BIBLIOTHÈQUE
DE LA PLÉIADE

BOSSUET

*Œuvres*

TEXTES ÉTABLIS
ET ANNOTÉS PAR L'ABBÉ VELAT
ET YVONNE CHAMPAILLER

*nrf*

GALLIMARD

*Tous droits de traduction, de reproduction et d'adaptation
réservés pour tous les pays.*

© *Éditions Gallimard, 1961.*

*CE VOLUME CONTIENT :*

*INTRODUCTION
par l'abbé B. Velat.
CHRONOLOGIE
par Yvonne Champailler.*

ORAISONS FUNÈBRES

PANÉGYRIQUES

DISCOURS
SUR L'HISTOIRE UNIVERSELLE

SERMONS

MÉDITATION
SUR LA BRIÈVETÉ DE LA VIE

SERMON SUR LA PROVIDENCE

SECOND SERMON SUR LA PROVIDENCE

SERMON SUR LA MORT

RELATION SUR LE QUIÉTISME

*NOTES ET VARIANTES
par l'abbé B. Velat et Y. Champailler.*

*BIBLIOGRAPHIE
par Yvonne Champailler.*

# INTRODUCTION

## L'HOMME

Les contemporains de Bossuet ont été unanimes à trouver en lui un homme de bon sens, aimant la simplicité, loyal, modeste, humain et cordial dans ses rapports avec ses semblables, travailleur acharné, un prêtre, un évêque pieux et zélé vivant intégralement son sacerdoce en tout temps et en toutes circonstances.

Sachant être doux et tendre, bien que parfois violent et brutal quand il lui fallait défendre la vérité, il était capable d'émotions profondes : il pleura comme une femme et s'évanouit à la mort de Madame, et fut accablé par celle de Turenne.

Courtois dans les discussions, sans aigreur et sans haine à l'égard de ses adversaires, bien qu'ayant applaudi à la révocation de l'Édit de Nantes, il l'appliqua libéralement dans son diocèse.

Il trouvait grande joie à être entouré d'amis fidèles comme Rancé, qu'il aimait sincèrement et qu'il recevait à sa table princièrement. Aimant à vivre dans le luxe, il suivait dans sa propriété de Germigny l'étiquette qui était de rigueur à Versailles et qu'il connaissait bien pour s'y être soumis. Il avait grande compassion pour les pauvres que Saint Vincent de Paul lui avait appris à respecter, à entourer d'affection et à aider comme les membres privilégiés de l'Église. Comme prédicateur, il condamna très durement l'indifférence et le mépris des riches envers eux, et comme évêque, il distribua de larges aumônes durant les misères de 1693.

Vivant à la cour, il ne flatta jamais personne. Il respecta et aima sincèrement le Roi, car il voyait en lui le représentant de Dieu, mais il ne manqua jamais de blâmer son inconduite, même en public.

Soucieux de sa dignité, mais sans ambition, fuyant la cour quand il le pouvait pour se livrer dans la retraite à la prière et à la méditation, il ne rechercha pas les hauts emplois et se contenta du modeste diocèse de Meaux, lorsque sa charge de précepteur du Dauphin fut parvenue à son terme.

Dédaignant la gloire littéraire, il ne publia pas ses sermons, sauf un seul sur l'unité de l'Église, parce qu'il s'agissait d'une espèce de manifeste officiel.

La charité, le désintéressement, la modestie, la maîtrise de soi, toutes ces qualités lui venaient d'une foi de petit enfant, humble, naïve, candide, sincère, qu'il reçut dans sa famille très fervente (son père devenu veuf mourut diacre), qu'il développa par une piété sincère et régulière, qu'il nourrit par un contact assidu avec les livres saints et les Pères de l'Église et qu'il eut la joie de conserver vivante et agissante jusqu'à sa mort.

Très jeune, avant même son sacerdoce, il s'arrêta longuement sur ces vérités premières, ces lieux communs théologiques qui seront plus tard l'objet de longs développements dans ses prédications : Dieu gouverne avec sagesse et bonté par sa Providence. L'homme est sujet aux pires erreurs et n'est jamais pleinement satisfait dans ses désirs. La vie est brève ; faite de riens ; elle ne vaut que parce qu'elle est le moyen d'assurer la destinée éternelle. Le Chrétien doit la regarder en face et ne pas écarter de sa pensée la réalité inéluctable de la mort. La raison humaine doit rester soumise à Dieu, suprême Raison. Le fondement de la morale, c'est Dieu lui-même, Dieu absolu, auteur de tout bien créé. Par ses efforts, l'homme doit rétablir entre les passions, les sens et la raison, l'harmonie qui existait dans la nature humaine avant le péché originel. Dans ses agissements l'homme doit se tenir dans « la médiocrité », c'est-à-dire à mi-chemin entre le laxisme qui tend à adoucir les rigueurs de la Loi et l'austérité qui en augmente la sévérité. En cas d'incertitude : choisir l'essentiel et s'y attacher. Pourquoi s'inquiéter des scandales, se révolter devant les souffrances, les obstacles à la perfection, les injustices ? Il suffit au chrétien, pour conserver sa sérénité en toutes occasions, de retenir que Dieu est intelligence et bonté, qu'Il est notre guide et notre Père. C'est d'ailleurs dans cette perspective que Bossuet envisagea toujours la condition humaine. Une grande espérance ayant sa source dans le dogme de l'Incarnation et dans l'amour de Dieu pour sa créature demeura profondément ancrée au fond de son cœur jusqu'à son dernier soupir.

La prière et la réflexion ne devaient pas être les seuls soutiens de sa foi. A l'âge de 14 ans, il découvrit par hasard la Bible dans la bibliothèque de son père. Le livre divin fit sur lui une impression aussi profonde que l'œuvre d'Euclide sur Pascal, de Descartes sur Malebranche. Désormais, à la ville, à la cour, dans ses voyages, dans la retraite, l'Écriture sera sa joie, sa *consolation, son espérance, l'objet constant de son étude, sa nourriture spirituelle, la source sublime et cachée de son éloquence.*

*Marqué pour la vie par la rencontre de son âme avec le Livre divin, Bossuet devait en outre subir l'influence, combien bénéfique, de Saint Vincent de Paul qui le prépara à la réception du sacerdoce, et qui lui enseigna à la Société des mardis et par l'exemple, la nécessité de la vie intérieure chez le prêtre, la charité envers les petits et les déshérités de ce monde, la simplicité de parole qui n'était guère de mise à l'époque.*

*Bossuet n'oublia jamais la leçon et sut en toutes circonstances se réserver chaque jour du temps pour vaquer à la prière et à la méditation. Ce souci du recueillement était bien méritoire de sa part, car il suffit de jeter un coup d'œil sur sa biographie pour se rendre compte combien furent nombreuses et absorbantes ses activités.*

*Pendant son séjour à Metz (1652-1659), tout en continuant sa formation théologique, il se livre à la polémique contre les Protestants, par la plume et par la prédication. Venu à Paris à l'appel de Saint Vincent de Paul, il prêche des stations d'Avent et de Carême. Prédicateur attitré du Roi et de la Cour, il prend la parole lors des funérailles des grands. Un an après sa nomination à l'évêché de Condom (1669), le Roi lui confie l'éducation du Dauphin. Sa tâche accomplie, nommé évêque de Meaux, il se partage entre son diocèse qu'il administre d'ailleurs fort consciencieusement, Chantilly, Versailles où sa charge d'aumônier de la Dauphine l'oblige à séjourner à intervalles réguliers, et Paris où il prend part aux séances de l'Académie française dont il fait partie depuis 1671. Entre temps, il prêche des retraites et rédige des lettres de direction remarquables par la spontanéité et la vigueur de pensée.*

*Comment expliquer cette extraordinaire variété d'occupations que peu d'hommes seraient en mesure d'assurer? Sans doute la robustesse de son tempérament, l'excellence de sa santé, la profondeur et la vivacité de son intelligence lui permirent-elles de faire face à toutes ses obligations et de se livrer à un labeur écrasant. En effet, toute sa vie, Bossuet fut un travailleur acharné, accomplissant chacune de ses tâches avec une énergie et une conscience absolues.*

*Au collège des Jésuites de sa ville natale où il fit des études remarquables, travaillant méthodiquement et sans effort, il avait reçu de ses condisciples le surnom de* Bos suetus aratro *(Bœuf habitué à la charrue).*

*Au collège de Navarre, sous la direction de Nicolas Cornet,* prêtre aussi docte que pieux, honoré de la confiance de Louis XIII et de Louis XIV, Bossuet fit des progrès extraordinaires. Il approfondit la langue grecque, lut avec passion la Sainte Écriture, se familiarisa avec Saint Thomas et les subtilités de la Scolastique.

Prêtre, évêque, il consacrait au labeur la plus grande partie de ses nuits.

Nommé, en 1670, précepteur du Dauphin, Bossuet considéra l'éducation du prince comme une sorte de ministère et vit dans cette nouvelle charge un devoir très grave, là où d'autres n'auraient vu qu'un honneur. A ses yeux, former un futur roi de France, ce n'était pas faire de son élève un érudit, mais un homme équilibré, raisonnable, capable par sa religion, sa culture, les qualités de son intelligence et de son cœur, d'être le digne représentant de Dieu auprès de ses sujets et d'assurer ainsi la prospérité de son royaume. Afin de mieux accomplir sa tâche, à 45 ans, Bossuet eut le courage de recommencer toutes ses études classiques, de composer des livres scolaires, grammaires et autres, pour l'usage personnel de son royal élève. Malheureusement l'énorme travail qu'il s'imposa n'eut pas sa récompense. Les chefs-d'œuvre qu'il composa étaient trop au-dessus de la portée de son disciple dont « l'intelligence était nulle », à en croire Saint-Simon, « sans aucune sorte d'esprit, sans lumières, ni connaissances quelconques, et radicalement incapable d'en acquérir ». Mais ces années de préceptorat ne furent pas perdues, puisqu'on doit à cette éducation princière les trois grands traités : De la connaissance de Dieu et de soi-même, la Politique tirée de l'Écriture Sainte, et le Discours sur l'histoire universelle.

A 60 ans, pour répondre aux « pointilles » de Richard Simon sur la Bible, il se remet au grec et fait de l'hébreu. Enfin, pour mieux juger Mme Guyon et sa mystique, il n'hésite pas à se livrer à des recherches formidables qu'il poursuit jusqu'en carrosse sur la route de Meaux à Issy. Et Saint-Simon pourra écrire de lui en 1704 : « Il meurt les armes à la main ! »

Mais ce n'est pas encore dans l'amour du travail, et du travail bien fait, qu'on peut découvrir le secret de cette extraordinaire et déconcertante activité. Pour cela il faut se reporter à un événement qui se place dans sa jeunesse.

Quelques jours après son ordination sacerdotale, à laquelle il s'était préparé pieusement sous la direction de Saint Vincent de Paul, il soutenait sa thèse de Doctorat en théologie, à l'issue de laquelle le chancelier de l'Université de Paris lui remettait solennellement le bonnet et les autres insignes de docteur, en l'Église métropolitaine de Notre-Dame. Là, devant un autel placé sous le vocable des martyrs, il s'engagea par ce serment : « O vérité suprême conçue dans le sein paternel de Dieu, nous nous enchaînons à votre cause, nous lui consacrons toutes nos forces, tout notre être, tout le souffle qui nous anime ! ». Dans cette promesse est contenue sa vie tout entière. Celle-ci n'en sera que le fidèle témoignage.

Bossuet, en effet, est persuadé que le devoir impérieux du prêtre, qu'une de ses missions essentielles, est de transmettre aux fidèles le flambeau de la foi, de dispenser la vérité, d'en être le gardien vigilant et le défenseur courageux et d'en préciser les nuances. Et c'est bien dans le sacerdoce, dans le désir passionné d'étendre le royaume de Dieu sur les âmes, que se trouvent la source, l'unité et le but suprême de tous ses travaux apostoliques.

## L'ORATEUR

Au moment où Bossuet fait ses premiers pas dans le ministère de la parole, l'Église de France, ayant compris la grandeur du péril que lui faisait courir la Réforme protestante, est en pleine restauration. La foi est plus vive, le clergé se livre à l'étude des Sciences sacrées, à la prédication, commence à mettre de côté, très timidement d'ailleurs, le pédantisme, les sentences grecques, l'emphase si en honneur au cours de la Renaissance. Elle s'est débarrassée de la violence et des grossièretés du temps d'Henri III. Mais si la trivialité est abandonnée, le mauvais goût règne en maître, tandis que le pédantisme revient à la charge. Du Perron, Berthaut accumulent des métaphores précieuses et ridicules, tandis que Saint François de Sales tout en recommandant de parler « affectionnement et dévotement, simplement et candidement, et avec confiance » cite à tout instant Pline l'Ancien, les poètes profanes et recourt à des comparaisons bizarres empruntées à l'histoire naturelle. Mais la réforme de l'Oratoire par le Cardinal de Bérulle, l'influence des austères Messieurs de Port-Royal, de Bourgoing, de Serrault et surtout de Saint Vincent de Paul seront décisives pour apporter plus de dignité à la chaire.

Bossuet bénéficiera pleinement de ces tendances salutaires et, *grâce à son génie, il élèvera à un niveau, jamais atteint en France, l'éloquence sacrée.*

*Le grand orateur confère à la prédication une valeur quasi sacramentelle : ell n'est pas pour lui un genre littéraire particulier, mais un moyen de conversion et de perfectionnement des âmes. Le devoir essentiel du prédicateur est de « ne se servir de la parole que pour la pensée et de la pensée que pour la vérité et la vertu ». « Son but est de professer de bonne foi et sans affectation ce qu'il sent de Dieu en lui-même. » S'attaquant avec véhémence aux prétentions de certains orateurs chrétiens et à la curiosité coupable de leurs auditoires, il déclare dans son* Sermon sur la Parole de Dieu *(1661)* : *« Les prédicateurs doivent rechercher non des brillants qui égayent, ni une harmonie qui délecte, ni des mouvements qui chatouillent, mais des éclairs qui percent, un tonnerre qui émeuve, une foudre qui brise les cœurs. » En bref pour lui : le sermon est un art de faire parler Dieu et l'utilité des enfants de Dieu doit demeurer la loi suprême de la chaire. Réciproquement, au fidèle incombe le devoir, non moins impérieux, « d'écouter le prédicateur invisible qui parle au fond du cœur ».*

*A maintes reprises, Bossuet a donné ses idées personnelles sur la prédication, mais en particulier dans la lettre qu'il adressa au Cardinal de Bouillon sur la formation de l'orateur, dans son* Panégyrique de Saint Paul *(1657) où il traite de la parole de Dieu, dans ses sermons sur la prédication évangélique et sur l'unité de l'Église (1682).*

*Selon lui, l'orateur sacré avant d'aborder la chaire doit avoir reçu une solide formation. Tout d'abord il doit savoir beaucoup, « avoir appris les choses » c'est-à-dire connaître la Sainte Écriture qui sera le fondement essentiel de l'exposé théologique et de la doctrine, « qui servira l'éloquence et embellira le discours ».*

*Le prédicateur doit encore connaître sérieusement les Pères de l'Église, lire simultanément Tertullien, Saint Cyprien, Clément d'Alexandrie, Saint Grégoire de Nazianze ; surtout Saint Augustin et Saint Jean Chrysostome qui se complètent et se corrigent : l'évêque d'Hippone élevant l'esprit aux grandes considérations, Saint Chrysostome les accommodant aux capacités intellectuelles du peuple.*

*Le prédicateur doit enfin avoir étudié les auteurs profanes ; parmi les Grecs : Homère, Platon, Socrate, Démosthène ; parmi les Latins : Cicéron, Tite-Live, Salluste, Virgile ; parmi les Français : Guez de Balzac, les Messieurs de Port-Royal et Corneille.*

*Le prédicateur, s'il a pour première obligation de posséder la science religieuse et profane suffisante, doit être capable de l'exposer à son auditoire ; et pour cela, savoir bien parler, connaître les différents styles : style figuré, style orné, style relevé, afin d'éviter la monotonie de l'expression et obtenir ainsi cette variété qui est tout le secret pour plaire.*

*La rhétorique, il faut y recourir aussi, mais non pas la chercher pour elle-même :* « *Il ne lui est permis de paraître qu'à la suite de la sagesse!* »

*Voilà tout le programme de formation auquel doit s'astreindre celui qui a le redoutable honneur de parler au nom de Dieu, et que lui propose Bossuet.*

*Pour être juste, on doit dire que celui-ci s'y est consciencieusement soumis : il a* « *préchotté* » *de bonne heure, dévoré les livres saints que sa prodigieuse mémoire lui a fidèlement conservés : il les a tellement bien pénétrés et assimilés qu'il est fort difficile, dans ses œuvres oratoires, de déceler* « *les soudures* » *entre la citation biblique et le commentaire, et un critique a pu écrire que, de Moïse, Bossuet avait le verbe majestueux, mais attendri par la charité chrétienne, et, de David, il possédait la poétique ivresse et le pathétique ardent et sublime.*

*A Metz, pendant sept ans, il a étudié Saint Augustin et Saint Jean Chrysostome. Il a été accueilli dans les salons qui lui ont appris les belles manières, l'élégance, la pureté du langage et l'art de plaire. Enfin, il n'a pas craint de fréquenter le théâtre pour dérober aux auteurs les secrets de la diction, du geste et de l'attitude.*

*Homme de bon sens, estimant que la convenance à l'auditoire doit être la qualité première d'un sermon, il n'apprend jamais par cœur ses discours : il n'en écrit que le plan général, les citations, les exemples. <u>Quand il prêche</u>, il suit des yeux ses auditeurs et tient compte des mouvements de sympathie ou de résistance que ses paroles éveillent en eux : il modifie son exposé en conséquence, accommodant son raisonnement, ses sentiments à l'auditoire du moment. Il reprend ses manuscrits comme une matière pouvant servir plusieurs fois : les nombreuses corrections qu'ils portent en sont la meilleure preuve.*

*Grâce à sa puissante imagination, à son ardeur d'apôtre, à la connaissance des âmes, à la longue méditation de son sujet, à la rédaction rapide de son texte sous l'empire de l'inspiration ; prenant parfois un ton impétueux et personnel comme celui d'un visionnaire ou se perdant dans l'adoration, utilisant un style simple, varié, imagé : Bossuet a été comparé aux grands poètes lyriques, à Lamartine, à Vigny, à Musset et à Hugo.*

*Cependant, il serait injuste, et l'on trahirait la vérité, de dire que Bossuet dès le début de sa carrière oratoire, a atteint la perfection. Par son travail, par ses lectures, par son expérience, il mettra admirablement en valeur les possibilités de son génie naturel.*

*Pendant la période de Metz (1652-1659), son éloquence inspirée surtout par Tertullien et Saint Augustin, est didactique et théologique. Ses discours de jeunesse sont remarquables par une ardeur, une véhémence, une hardiesse toute biblique et dénotent une foi très vive. Il étale ses auteurs, veut se servir de sa science : il abuse du raisonnement scolastique, cite, avec intempérance, Pline le Jeune et Lucien et emploie des métaphores étranges. Il s'abaisse jusqu'au réalisme grossier et à la trivialité.* Le Panégyrique de Saint Gorgon *est rempli de ces manques de goût.*

*Mais il travaille à se corriger et à se perfectionner : il lit, médite, étudie les Pères grecs : Saint Jean Chrysostome, Saint Grégoire de Nazianze, Saint Basile qui lui apprennent l'attrait de la douceur et de l'onction.*

*La simplicité se manifeste davantage ; la trivialité diminue, la phrase prend de l'ampleur.* Le Panégyrique de Saint Bernard *contient des passages d'une beauté achevée.*

*De 1660 à 1670, — période des Avents et des Carêmes, — son éloquence devient philosophique, dogmatique et morale : elle forme un compromis entre celle de Saint Jean Chrysostome et celles de Tertullien et de Saint Augustin. Bossuet se rapproche de Pascal, de Molière et de La Rochefoucauld. Sans perdre de son ardeur naturelle, il acquiert le goût et la mesure. La charpente de ses discours est plus simple et plus élégante. Les raisonnements scolastiques ont disparu à peu près complètement. La langue débarrassée des archaïsmes devient magnifique : Bossuet sait maintenant être précis, noble, hardi, familier, comme il le faut. Saint Vincent de Paul, M. Olier, fondateur de la Compagnie de Saint-Sulpice, le Cardinal de Bérulle ne sont pas étrangers à cette transformation. Mais s'il s'efforce de tendre vers le dépouillement de la prédication apostolique, appelé à parler devant le Roi et la Cour, il doit polir son langage : il pousse alors parfois un peu trop loin le souci de la noblesse et du purisme.*

*Pendant son préceptorat, Bossuet renonce à la prédication. Devenu évêque de Meaux, il recommence à prêcher dans sa* cathédrale, dans les églises et les couvents de son diocèse. *Son éloquence a acquis sa dernière forme : elle est familière, homélitique et catéchistique.*

Les sujets que Bossuet aborde sont vastes d'ordinaire : ils touchent les grandes vérités du dogme chrétien : les mystères de l'Incarnation et de la Rédemption, la sagesse et la bonté de Dieu gouvernant le monde ; ou bien encore les causes d'inquiétude et d'angoisse des humains : la destinée éternelle, la prédestination et surtout la mort, hantise universelle, sur laquelle l'orateur se complaît à réfléchir. Mais il est bon de remarquer qu'il ne traite du dogme que pour tirer de ses considérations des leçons pratiques permettant aux chrétiens de suivre la Loi de l'Évangile.

L'orateur sacré se sert des différents genres de prédication qu'il a à sa disposition : stations de carême, sermons de circonstance, oraisons funèbres, panégyriques des Saints pour entreprendre une croisade morale contre la société dépravée, bien que croyante, de l'époque. Le développement de la richesse et du goût poussent au luxe. Pour maintenir un train de vie supérieur à ses possibilités, on ne craint pas de recourir aux procédés malhonnêtes, aux spéculations louches et de duper ses créanciers. A la Cour règnent les intrigues, la jalousie, l'élégance voluptueuse, la débauche. Les besogneux de la noblesse, les affairés du Tiers-État, solliciteurs d'une terre, d'une charge, d'un titre, utilisent n'importe quel moyen, même fut-il immoral et injuste pour parvenir à leurs fins. Bossuet, dans ses prédications, concentre ses efforts sur les vices essentiels dont dérivent tous les autres : *l'ambition, l'orgueil et la volupté.* Il reproche aux femmes leur coquetterie, leur désir de plaire et trouve des paroles fort sévères pour condamner leur légèreté et leur pédantisme (Panégyrique de Sainte Catherine). *Il n'hésite pas à s'attaquer aux Grands ; il blâme leurs emportements lorsqu'ils se sentent méprisés, leur dureté envers les pauvres* (Panégyrique de Saint François d'Assise), *leur libertinage et leur indifférence religieuse* (Oraison funèbre d'Anne de Gonzague). *Il s'en prend au clergé mondain et peu zélé dans l'exercice de son ministère* (Oraisons funèbres du Père Bourgoing, de Nicolas Cornet, Panégyrique de Saint Charles Borromée), *à la magistrature* (Oraison funèbre de Michel Le Tellier) ; *le Roi lui-même qu'il respecte et qu'il aime sincèrement n'échappe pas à ses critiques.* Si, en ce dernier cas, le prédicateur est obligé d'être prudent, de prendre des formes et des détours, il va assez loin pour reprocher au Souverain son inconduite, a l'audace de parler de ses amours avec Mlle de La Vallière et de le menacer fréquemment de l'enfer. Si, d'aventure, il lui donne des compliments, plus d'une fois l'ironie n'en est pas absente.

Ainsi le Roi et la Cour acceptent sans se plaindre les vérités parfois dures à entendre qui tombent de la bouche de ce nouveau Chrysostome. Est-ce à dire que Bossuet soit parvenu à arracher ses auditeurs à ce christianisme mondain, bien pâle reflet des préceptes évangéliques, dont ils se contentent ? Certainement non. Mais il faut affirmer à la louange de cet évêque si préoccupé des intérêts de Dieu et des âmes, qu'à cette tâche apostolique, il consacra le meilleur de soi-même et de ses activités.

Pas toujours apprécié comme il le mérite par ses contemporains dont les préférences allèrent à Bourdaloue et à Fléchier, Bossuet n'en demeure pas moins à nos yeux une des plus grandes gloires, sinon la plus grande, de l'éloquence sacrée en France au XVIIe siècle.

# LE THÉOLOGIEN

LES contemporains de Bossuet le considèrent dès *1670* comme le docteur de l'Église de France. Il s'était imposé par ses prédications chargées de doctrine. Il était le représentant de la tradition, et nombreuses furent les questions doctrinales qu'il eut à traiter et les controverses qu'il eut à dirimer. Importants furent les ouvrages de théologie qu'il composa. Et comme il est impossible ici, faute de place, de les énumérer tous et d'en donner l'analyse, même succincte, nous nous bornerons à présenter deux importants traités : la Politique tirée de l'Écriture Sainte et le Discours sur l'histoire universelle.

Ces deux ouvrages, qui sortirent des cours de politique et d'histoire que Bossuet fit au Dauphin, n'étaient pas destinés primitivement à être publiés. Ce ne fut que plus tard, sur les instances de ses amis, que Bossuet les corrigea, les compléta et les fit éditer.

Dans le premier de ces deux traités dont le but était de donner au futur roi de France des maximes de gouvernement, Bossuet prétend tirer de la Bible toute son argumentation. Il veut montrer, par exemple, que le livre saint enseigne la supériorité de la monarchie sur les autres formes de gouvernement : ce qui est en contradiction formelle avec les données scripturaires.

*Et quand Bossuet compose son livre, beaucoup plus que sur Salomon ou sur David, son esprit se porte vers le type idéal du Souverain, incarné en Louis XIV et sur le pouvoir absolu et centralisateur de la monarchie française. Faisant de la politique, non en politicien mais en théologien, Bossuet trouve en Dieu la source de l'autorité : le roi possède cette autorité légitimement parce qu'il parle au nom de Dieu et au nom de la raison !*

*Dans son* Discours sur l'Histoire universelle, *Bossuet se montre historien consciencieux. Il recourt à des sources d'information de première main, les étudie, les traduit avec soin, les commente. Soucieux de l'étendue de son information, il fait faire des recherches par des amis ou par les bibliothécaires du Roi. Évidemment son œuvre comporte, malgré ce sérieux travail de documentation, d'importantes lacunes, des erreurs de date et autres déficiences. Bossuet a suffisamment d'esprit critique pour interpréter comme il faut les documents imprimés ou écrits qu'il a examinés, mais sa naïveté naturelle et ses complaisances pour tel ou tel personnage particulier ont influencé ses façons de voir.*

*Par ailleurs, il faut souligner que Bossuet n'est pas qu'un historien : sa foi profonde l'engage à faire la philosophie de l'histoire ; et c'est en fonction de sa foi chrétienne qu'il considère les hommes et les choses ; de sorte que son Histoire universelle n'est qu'une vaste illustration de la double thèse dont les deux arguments nous semblent à la fois inconciliables et inexplicables, à savoir que, d'une part, rien n'échappe dans le temps et dans l'espace à l'action divine et que, d'autre part, les hommes iouissent d'une absolue liberté pour agir. Et Dieu fait servir les rois et les royaumes, dans le temps qu'Il a résolu, à ses desseins secrets sur l'Église. Ce principe de l'action perpétuelle de Dieu étant posé nettement par Bossuet, cela ne veut pas dire que l'auteur du* Discours *explique tout en vertu de ce principe ; car s'il a foi dans l'influence de la Providence toute puissante, il a foi en la raison, et en la liberté humaine, c'est ce qui ressort de cette phrase empruntée au* Discours *et qu'un déterministe ne désavouerait pas : « Il n'est point arrivé de changement qui n'ait sa cause dans les siècles précédents. »*

*En conclusion, Dieu mène les hommes et utilise leurs qualités et leurs défauts, leurs vertus et leurs vices pour réaliser son plan éternel.*

## LE POLÉMISTE

Bossuet, *non content de présenter au monde croyant les richesses de la foi et de la révélation évangélique, a voulu en être l'ardent défenseur. Sa science théologique étendue et profonde, jointe à l'opiniâtreté et à la véhémence de son caractère et à la combativité de son tempérament, le destinaient à être le plus grand champion de l'Église Catholique dans les attaques qu'elle eut à soutenir de la part du Protestantisme et le juge devant lequel devaient être dirimées définitivement les querelles et les controverses théologiques graves et nombreuses qui agitèrent l'Église à la fin du XVIIe siècle.*

*Au début de sa carrière sacerdotale, pendant tout son séjour à Metz, il lutta contre les Protestants et les Juifs, très nombreux dans la capitale de la Lorraine. Dans le pasteur Paul Ferry, « ce ministre à la bouche d'or » et dans son jeune émule David Ancillon, il trouva des adversaires dignes de lui. La réfutation du Catéchisme de Ferry couronna cette ardente campagne dont les résultats ne se firent pas attendre : de nombreuses conversions récompensèrent l'apostolat du jeune prêtre.*

*Plus tard, son zèle apostolique, toujours aussi ardent, amena à l'Église catholique des Protestants illustres comme Mlle de Bouillon, Turenne, de Lorges. Malgré les absorbantes occupations de son préceptorat, il tient des conférences contradictoires avec le ministre Claude qui aboutirent à la conversion de Mlle de Duras (1678).*

*Enfin, dans son* Histoire des Variations des Églises protestantes *(1688) et ses six* Avertissements aux Protestants *(1689-1691), il emprisonne dans les filets de sa dialectique les polémistes protestants les plus savants, Burnet, Basnage, Jurieu. Il tente par l'intermédiaire de Van Muelen et de Leibniz une réconciliation avec les Églises protestantes.*

*Il lutte encore contre Richard Simon qui soutient qu'on ne peut n'envisager dans l'Écriture que les points historiques et fait interdire par le Roi l'œuvre de Simon. Il attaque Malebranche et le Cartésianisme, les Casuistes, le Père Caffaro qui niait dans son ouvrage,* Maximes et réflexions sur la comédie, *les mouvements du théâtre, et les Jansénistes, bien qu'il admire leurs vertus.*

# INTRODUCTION

*C'est dans la controverse du Quiétisme, en la personne de Fénelon, que Bossuet trouva, pour la première fois, un adversaire catholique qui osa lui tenir tête. Et si Bossuet et Fénelon, qui avaient été autrefois d'excellents amis, se brouillèrent, c'est qu'ils estimaient que la question dont il retourne était capitale et que chacun d'eux croyait sa solution la seule bonne.*

*Le déroulement de cette dispute théologique ayant été traité avant la présentation du texte de la* Relation sur le Quiétisme, *il nous suffira de dire que si Bossuet triompha, son triomphe fut douteux et stérile, que Fénelon, bien que condamné, sortit grandi de la lutte, et que la piété, jusque-là faite de considérations empreintes de sécheresse sur le dogme, devint plus sentimentale et plus affective.*

*Arrivés à la fin de cette courte étude sur Bossuet, étude qui n'a pas d'autre but que d'aider le lecteur à comprendre les textes qui suivent, nous pouvons conclure en ces termes.*

*Contemporain de la période de splendeur de la monarchie, Bossuet a été la voix de son temps. Estimé de Louis XIV, qui trouvait en lui un serviteur, loyal, fidèle et sincèrement dévoué, confesseur d'Henriette d'Angleterre, ami de Rancé, de Bourdaloue, de La Bruyère, de Fénelon (avant l'affaire du Quiétisme), il a été mêlé à toutes les grandes affaires politiques et religieuses de son temps ; il sauva la France du Schisme : en prenant une part active à la rédaction des* Quatre Articles *(1682) il évita l'appel au concile et la rupture d'avec Rome. Les services qu'il rendit à l'Église et à l'État furent nombreux et précieux.*

*La dignité de sa vie privée, ses qualités d'esprit, son génie d'orateur, son zèle apostolique, sa charité, sa bonhomie, son attachement au devoir font de Bossuet une des figures les plus sympathiques de l'épiscopat français au XVIIe siècle.*

*De l'œuvre considérable de Bossuet (31 volumes in-8° dans l'édition Lachat), en 1936, nous avons extrait et présenté au public les* Oraisons funèbres *et les* Panégyriques des Saints, *en les accompagnant de notes explicatives. Dans cette nouvelle édition, nous avons ajouté les* Sermons sur la Mort et sur la Providence, *le* Discours sur l'Histoire Universelle *et la* Relation sur le Quiétisme *afin de donner un aperçu plus complet des talents si variés de Bossuet, d'autant que tous ces écrits ont été rédigés avec le plus grand soin par leur auteur.*

*Les* Oraisons funèbres, *véritables discours d'apparat, ont été prononcées pour la plupart devant le Roi et la Cour : elles nous font voir l'indépendance et l'impartialité de l'orateur à la fois historien, théologien et moraliste, accordant ses compliments, condamnant les torts quand il faut, dût-il déplaire à l'auguste assemblée.*

*Les* Panégyriques *des* Saints *et les* sermons *choisis sont une excellente illustration de la méthode suivie par Bossuet dans ces sortes de prédication : choix d'un thème théologique inspiré par une vie sainte : vanité de la vie, justice, charité par exemple et développement de ce thème sous forme d'argumentation dont la conclusion doit obliger l'auditoire à modifier sa conduite et à prendre de sincères résolutions pour l'avenir.*

*Le* Discours sur l'Histoire universelle *nous révèle les conceptions de Bossuet devant l'Histoire, sa méthode d'historien chrétien et sa façon d'interpréter les événements.*

*La* Relation sur le Quiétisme, *enfin, nous présente Bossuet théologien et polémiste. Ce livre mérite l'attention. Il nous montre comment l'auteur, peu attiré par nature vers la mystique, est amené à traiter une question concernant précisément la théologie mystique et est arrivé par une argumentation serrée à l'emporter sur ses adversaires.*

*M'étant consacré depuis une vingtaine d'années à des recherches de liturgie orientale et m'étant ainsi éloigné des questions de théologie et d'histoire au XVIIe siècle, j'ai prié Mlle Yvonne Champailler, agrégée de l'Université, de présenter les nouveaux textes faisant partie de la présente édition, d'en rédiger les introductions et les notes explicatives. Elle s'est acquittée de sa tâche avec grand soin et beaucoup d'intelligence. Qu'elle veuille bien trouver ici l'expression de ma vive gratitude.*

ABBÉ BERNARD VELAT

Septembre 1961.

# CHRONOLOGIE
# DE LA VIE DE BOSSUET

1627. — *27 septembre* : Naissance, à Dijon, de Jacques-Bénigne Bossuet, 7e enfant de Bénigne Bossuet, avocat au Parlement de Dijon. Il est baptisé le même jour, à Saint-Jean de Dijon.

1635. — *6 décembre* : Bossuet est tonsuré par l'évêque de Langres.

1636-1642. — Etudes au collège des Godrans, collège des Jésuites à Dijon, jusqu'à la rhétorique comprise.

1640. — *20 novembre* : Il est nommé chanoine de l'église de Metz.

1642. — *1er octobre* : Il vient étudier la théologie au collège de Navarre, sous la direction de Nicolas Cornet.

1643. — Il est introduit par le marquis de Feuquières, un de ses protecteurs, à l'hôtel de Rambouillet et à l'hôtel de Vendôme où il fait ses premiers essais oratoires. Il assiste à la représentation des pièces de Corneille avec son ami Rancé.

1648. — *25 janvier* : Il soutient sa première thèse, dite tentative, en présence de Condé, ami de sa famille, à qui il l'avait dédiée.
    *Septembre* : Il est ordonné sous-diacre à Langres. Au cours de sa retraite, il écrit *la Méditation sur la brièveté de la vie*. Il commence à prêcher, à Metz et à Paris, en particulier pour la Confrérie du Rosaire dont il a été nommé directeur par Nicolas Cornet.

1649. — *9 septembre* · Il prêche le *Panégyrique de saint Gorgon* à Metz.
    *21 septembre* : Il est ordonné diacre à Metz.

1650. — *9 novembre* : Il soutient sa thèse, dite sorbonique.

1651. — *26 avril* : Il défend en latin, au Parlement, la validité de sa thèse qui avait été contestée par la Sorbonne.
    *Juin-juillet* : Il soutient sa majeure et sa mineure ordinaires.

1652. — *24 janvier* : Il est nommé archidiacre de Sarrebourg, dans l'église de Metz.
*6 février* : Il obtient le 3ᵉ rang dans la promotion des licenciés.
*16 mars* : Il est ordonné prêtre à Paris, après avoir fait une retraite sous la direction de M. Vincent à Saint-Lazare.
*16 mai* : Il est reçu docteur en théologie.
*Juin* : Il part pour Metz où il réside. Il y prêche à la cathédrale et chez les sœurs de la Propagation de la Foi.
*4 octobre* : Il donne à Metz un *Panégyrique de saint François d'Assise*.

1653. — *26 mai, 16 et 27 septembre* : Il siège à l'Assemblée des Trois ordres à Metz.
*20 août* : Il fait à Metz le *Panégyrique de saint Bernard*.

1654. — *2 février* : Il prêche à Metz la vêture d'une nouvelle catholique.
*21 mars* : Il prononce le 1ᵉʳ *Panégyrique de saint Benoît*.
*27 août* : Il est nommé grand-archidiacre du chapitre de Metz.

1655. — *2 avril* ( ?) : Il prononce le 1ᵉʳ *Panégyrique de saint François de Paule*. Il publie *la Réfutation du catéchisme de Paul Ferri*, ministre protestant de Metz.

1656. — *Janvier-avril* : Il siège à l'Assemblée des Trois ordres.
*19 mars* : Il donne à Metz le *Panégyrique de saint Joseph*.
*7 mai* : Il prononce le 1ᵉʳ *Sermon sur la Providence*, à Dijon, devant le duc d'Épernon.
*1ᵉʳ sept.-2 oct.-4 nov.-2 déc.* : Il siège à la Faculté de théologie.
*8 septembre* : Il prêche à Paris, chez les Filles de la Providence, sur la Nativité de la Vierge.
*4 novembre* ( ?) : Il donne le *Panégyrique de saint Charles Borromée*, à Paris, à Saint-Jacques-de-la-Boucherie.
*25 novembre* ( ?) : Il donne le *Panégyrique de sainte Catherine* à Paris.
*Fin décembre* : Il prononce l'*Oraison funèbre de Yolande de Monterby*, abbesse des Bernardines du Petit-Clairvaux, à Metz.

1657. — *2 janv.-1ᵉʳ févr.-1ᵉʳ juin-1ᵉʳ sept.* : Il siège à la Faculté.
*25 janvier* ( ?) : Il donne le *Panégyrique de saint Paul*, à l'église Saint-Paul à Paris.
*7 mars* : Il prononce le 1ᵉʳ *Panégyrique de saint Thomas d'Aquin*, à Paris.

## CHRONOLOGIE

*19 mars :* Il prononce le *Panégyrique de saint Joseph,* aux Feuillants, à Paris.

*30 juin :* Il donne le 2ᵉ *Panégyrique de saint Paul,* à l'Hôpital général de Paris.

*21 juillet :* Il prêche le *Panégyrique de saint Victor,* à l'abbaye Saint-Victor, à Paris.

*15 octobre :* Il donne le *Panégyrique de sainte Thérèse* à Metz.

*1ᵉʳ novembre :* Il prêche à Metz devant la Reine-Mère, en faveur de l'œuvre des Bouillons.

1658. — Il réside surtout à Metz. Il y prêche (sur la charité, sur la pénitence, sur la médisance, sur la satisfaction...). Il prend part à une séance du chapitre en avril.

*14 août :* Il est choisi par l'assemblée des Trois ordres pour aller haranguer à Sedan un nouveau maréchal de France, le maréchal Fabert, au nom de la ville de Metz.

*Fin oct. :* Il prononce l'*Oraison funèbre de Henri de Gornay* de Marcheville, à Saint-Maximin de Metz.

*27 déc. :* Il prononce le *Panégyrique de saint Jean,* à Metz.

1659. — Bossuet vient résider à Paris, tout en restant attaché à l'église de Metz, où il retourne de temps en temps. Il siège souvent à la Faculté de théologie, dans les jurys de thèse. Il prêche aux Incurables, aux Nouveaux convertis, aux Feuillants.

*19 mars :* Il prononce le *Panégyrique de saint Joseph,* à Paris, aux Carmélites.

*3-12 avril :* Il prêche, à Saint-Lazare, la retraite préparatoire à l'ordination de Pâques, sur la théologie morale.

*25 mai :* Il donne le *Panégyrique de saint Thomas de Villeneuve,* à Paris, aux Petits-Augustins.

*12 sept. :* Il est dit résidant au Doyenné de Saint-Thomas-du-Louvre.

*Vers le 1ᵉʳ nov. :* Il prêche sur *l'éminente dignité des Pauvres,* aux Filles de la Providence, à Paris.

1660. — *15 févr.-4 avril :* Il prêche le Carême aux Minimes de la Place Royale (sermon sur les démons, sur la soumission due à la parole de Dieu, sur les rechutes, sur nos dispositions à l'égard des nécessités de la vie, sur les vaines excuses des pécheurs, sur l'honneur du monde, sur la Passion, sur la sainte nouveauté de vie, sur la paix).

*6 avril :* Il prêche le 2ᵉ *Panégyrique de saint François de Paule,* aux Minimes.

*12-22 mai :* Il prêche la retraite préparatoire à l'ordination de la Trinité à Saint-Lazare.

*25 juillet :* Il prêche le *Panégyrique de saint Jacques.*

*23 novembre* : Il assiste à un service célébré à Paris pour Vincent de Paul.
*25 novembre* : Il prononce le *Panégyrique de sainte Catherine*.
*28 décembre* : Il prononce le *Panégyrique de saint François de Sales*, à la Visitation, à Paris.

1661. — *6 mars-7 avril* : Il prêche le Carême aux Grandes Carmélites à Paris (sur la pénitence, sur la parole de Dieu, sur le danger des rechutes, sur l'ambition, sur la haine de la vérité, sur les souffrances, sur la Passion, sur l'homme, temple de Dieu).
*19 mars* : Il prononce le *Panégyrique de saint Joseph* devant Anne d'Autriche.
*29 juin* ( ?) : Il fait le *Panégyrique de saint Pierre*.

1662. — *26 févr.-9 avril* : Il prêche le Carême au Louvre (sur la prédication évangélique, sur la prière, sur le mauvais riche, sur l'enfer, sur la providence, sur la charité fraternelle, sur l'ambition, sur la mort, sur l'Annonciation, sur l'efficacité de la pénitence, sur l'ardeur de la pénitence, sur l'intégrité de la pénitence, sur les devoirs des Rois, sur la passion).
*4 décembre* : Il prononce l'*Oraison funèbre du P. Bourgoing*, supérieur général de l'Oratoire jusqu'en 1661, rue Saint-Honoré.

1663. — Bossuet continue à prêcher aux Nouvelles catholiques, aux Nouveaux catholiques, à l'Hôpital général.
*10-19 mai* : Il prêche la retraite préparatoire à l'ordination de la Trinité à Saint-Lazare.
*27 juin* : Il prononce l'*Oraison funèbre de Nicolas Cornet*, au collège de Navarre.
*7 août* : Il prononce le *Panégyrique du bienheureux Gaetan de Thienne* à Paris.
*15 août* : Il prêche sur l'Assomption, au Val-de-Grâce, devant Anne d'Autriche.
*25 août* : Il prêche le *Panégyrique de saint Louis*, à Saint-Louis-en-l'Ile.
*25 novembre* : Il prononce un nouveau *Panégyrique de sainte Catherine* à Saint-Nicolas-du-Chardonnet.
*2-30 décembre* : Il prêche l'Avent aux Carmélites.

1664. — *17 janv.* : Il prononce le *Panégyrique de saint Sulpice*, à Saint-Sulpice devant la Reine-Mère.
*14 mai* : Il est parrain d'une fille de Michel Dubois, cocher de la Reine-Mère, à Saint-Germain-l'Auxerrois.
*10 septembre* : Il est élu doyen du chapitre de Metz.

## CHRONOLOGIE XXVII

*Fin septembre :* Il s'entretient avec les religieuses de Port-Royal à la Visitation du faubourg Saint-Jacques.

1665. — *29 janvier :* Il prononce le *Panégyrique de saint Pierre Nolasque,* chez les Pères de la Merci, à Paris.

*22 févr -12 avril :* Il prêche le Carême à Saint-Thomas-du-Louvre (sur la parole de Dieu, sur l'amour du plaisir, sur les jugements humains, sur les souffrances, sur la Passion, sur la résurrection des morts).

*21 mars :* Il prêche le 2e *Panégyrique de saint Benoît.*

*17 juin :* Il prononce un discours pour l'ouverture du synode diocésain, à l'archevêché de Paris.

*28-29 juin :* Il retourne à la Visitation avec l'archevêque de Paris pour obtenir la soumission des religieuses de Port-Royal.

*18 juillet :* Il prononce le *Panégyrique de saint Thomas d'Aquin,* chez les Jacobins de la rue Saint-Honoré.

*22 juillet :* Il prononce le *Panégyrique de sainte Madeleine et de sainte Bertille,* à l'Abbaye de Notre-Dame à Chelles.

*29 nov.-20 déc. :* Il prêche l'Avent au Louvre (sur le Jugement dernier, sur la divinité de Jésus-Christ, sur le faux honneur, sur la nécessité de la pénitence).

1666. — *2 févr.-25 avril :* Il prêche le Carême à Saint-Germain devant la Cour (sur la purification de la Vierge, sur l'aumône, sur l'honneur, sur l'Annonciation, sur l'enfant prodigue, sur le culte dû à Dieu, sur l'ambition, sur la haine de la Vérité, sur la justice, sur la Passion).

1667. — *18 janvier :* Il prononce l'*Oraison funèbre d'Anne d'Autriche* au Carmel de la rue du Bouloi, au service du bout de l'an.

*11 août :* Il prononce le *Sermon de vêture* de Mlle de Beauvais en présence de la reine d'Angleterre, à Chaillot.

*15 août :* Il retourne plus fréquemment à Metz où il assiste son père dans ses derniers moments. Il prêche à Metz sur l'Assomption.

*25 décembre :* Il prêche à Dijon, aux Carmélites, sur la Nativité.

1668. — *1er janvier :* Il prêche à Dijon, devant Condé, sur la Circoncision.

*30 novembre :* Il prononce le *Panégyrique de saint André,* chez les Carmélites du faubourg Saint-Jacques.

*2-25 déc. :* Il prêche l'Avent à Saint-Thomas-du-Louvre (sur les fondements de la vengeance divine, sur la vigilance chrétienne, sur la véritable conversion, sur la nécessité de la pénitence).

*29 décembre* : Il prononce le *Panégyrique de saint Thomas de Cantorbéry*, à Saint-Thomas-du-Louvre.

1669. — *Janvier* : Il est chargé de faire une harangue au Roi, au nom de la Faculté de théologie, en faveur du *committimus*.
Il continue à prêcher à Paris, aux Nouvelles catholiques, à l'église de l'Oratoire, à Saint-Lazare (les entretiens du soir de la retraite d'ordination de la Trinité).
*8 septembre* : Il prononce le *Sermon de vêture* de Mme de la Vieuville, à l'abbaye Notre-Dame, à Meaux.
*13 septembre* : Il est nommé évêque de Condom.
*16 novembre* : Il prononce l'*Oraison funèbre de Henriette de France*, reine d'Angleterre, à la Visitation de Chaillot.
*1er déc.-25 déc.* : Il prêche l'Avent à Saint-Germain (sur l'endurcissement, sur la divinité de Jésus-Christ, sur le faux honneur, sur les rechutes).

1670. — *29 juin* : Il assiste Henriette d'Angleterre, duchesse d'Orléans, dans ses derniers moments.
*21 août* : Il prononce l'*Oraison funèbre de Henriette d'Angleterre*, à Saint-Denis.
*5 septembre* : Il est nommé précepteur du Dauphin.
*21 septembre* : Il est sacré évêque chez les Cordeliers à Pontoise.
*4 octobre* : Il prononce le *Panégyrique de saint François d'Assise* à Saint-Germain-en-Laye.

1671. — Il suit le Dauphin de Saint-Germain à Versailles et à Fontainebleau, puis à nouveau à Saint-Germain.
*8 juin* : Il est reçu à l'Académie française. Il y prononce le discours d'usage.
*27 juillet* : Il prend à bail un appartement du doyenné de Saint-Thomas-du-Louvre.
*31 octobre* : Il donne sa démission de l'évêché de Condom.
*25 novembre* : Il reçoit le prieuré Saint-Étienne du Plessis-Grimoult.
*1er décembre* : L'impression de l'*Exposition de la doctrine de l'Église catholique* est terminée.

1672. — Il baptise les nombreux filleuls du Dauphin.
*5 juin* : Il prêche le dimanche de la Pentecôte à Saint-Germain.
*14 août* : Il reçoit l'abbaye de Saint-Lucien de Beauvais.
*24 décembre* : Il achète une maison à Versailles.

1673. — Il se livre entièrement à sa tâche de précepteur.
*25 mai-7 août* : Il assiste à une séance de l'Académie française.

*3 décembre* : Il inaugure à Saint-Germain, les séances du petit concile.

1674. — Il continue à baptiser les filleuls du Dauphin.
    *12 avril-23 juillet* : Il assiste à une séance de l'Académie.
    *19 avril-26 juin* : Il accompagne la Reine et le Dauphin en Bourgogne, au moment de la campagne de Franche-Comté.

1675. — Il souffrit cette année-là et la suivante d'une fièvre persistante.
    *4 juin* : Il prononce le *Sermon de profession de Mme de La Vallière* au Carmel de la rue Saint-Jacques, à Paris.
    *20 ou 21 juillet* : Il a une conversation avec le Roi au sujet de Mme de Montespan, au retour de la campagne de Flandre.
    *30 octobre* : Il célèbre un service pour Turenne, qui avait été son ami, au Carmel de la rue Saint-Jacques.
Il commence à écrire un *Abrégé de l'Histoire de France,* et une *Grammaire latine.*

1676. — Il continue à se consacrer à l'instruction du Dauphin.
    *9 février* : Il fait une convention avec Mlle Catherine Gary de Mauléon.

1677. — Il compose pour le Dauphin le *Traité de la connaissance de Dieu et de soi-même* (publié en 1722), le *Traité du libre arbitre* (publié en 1731) et une *Logique* (publiée en 1828).
    *23 février* : Il visite avec le Dauphin la Bibliothèque du Roi et l'Observatoire.

1678. — Il fait détruire l'*Histoire critique de l'Ancien Testament* de l'oratorien Richard Simon.
    *22 mars* : Il reçoit l'abjuration de Mlle de Duras, chez les Pères de la doctrine chrétienne. Il avait eu avec elle des entretiens fréquents depuis le mois de février. Sur sa demande, il était même entré en controverse avec le ministre Claude.
    *12 août* : Il reçoit l'abjuration de Guy, Henri de Bourbon, marquis de Malauze, à Saint-Thomas-du-Louvre.

1679. — Il commence à rédiger le *Discours sur l'histoire universelle*. Il compose le *De Institutione Delphini* (lettre à Innocent XI) et *la Politique tirée des propres paroles de l'Écriture sainte.*
    *14 mai* : Il va visiter le peintre Le Brun à Montmorency.

*26 novembre* : Il donne aux religieux du Plessis-Grimoult l'autorisation d'installer un pressoir.

1680. — *8 janvier* : Il est nommé premier aumônier de la Dauphine.

*Janv.-févr.* : Il part à la rencontre de la duchesse de Bavière, jusqu'à Fegersheim. Il assiste à son mariage avec le Dauphin dans la chapelle de l'évêché de Châlons-sur-Marne.

*16-17 mars* : Il assiste La Rochefoucauld dans ses derniers moments.

*Fin octobre* : Il séjourne une semaine dans son abbaye de Saint-Lucien, à Beauvais. Il prononce un sermon à l'inauguration d'un nouveau reliquaire de saint Jean-Baptiste. Il va visiter les sinistrés de Grandvilliers, village qui dépendait de l'abbaye et qui avait été détruit par un incendie.

1681. — *Premiers mois* : Il publie le *Discours sur l'histoire universelle*, chez Marbre-Cramoisy, à Paris, in-4º.

*1er avril* : Il est désigné directeur de l'Académie française.

*6 avril* : Il prêche sur la Résurrection, le jour de Pâques, à Saint-Germain devant le Roi.

*21 avril* : Il constitue une rente de cent livres à son maître d'hôtel, Michel Feilliard, à qui il avait emprunté deux mille livres pour les dépenses de sa maison.

*2 mai* : Il est nommé évêque de Meaux.

*9 novembre* : Il prononce le *Sermon sur l'unité de l'Église* aux Grands Augustins, à Paris, à l'ouverture de l'Assemblée du clergé.

*26 novembre* : Il est nommé commissaire, pour étudier la question de la Régale, avec cinq autres commissaires.

1682. — Il publie une deuxième édition du *Discours sur l'histoire universelle*, chez Marbre-Cramoisy, in-12º.

Il rédige les *Quatre Articles* qui résument les libertés de l'Église gallicane et qui sont adoptés par l'Assemblée du clergé.

*8 février* : Il prend possession du siège de Meaux et commence aussitôt à recevoir les dignitaires du diocèse, à prêcher à la cathédrale et dans les communautés religieuses, à rédiger des mandements pour les fidèles, à tenir un synode.

Il écrit le *Traité de l'usure*. Il publie le *Traité de la communion sous les deux espèces* contre les Protestants.

*27 décembre* : Il s'entretient avec le ministre Jamet à Meaux sur la justification et sur les bonnes œuvres.

1683. — Il écrit la *Tradition sur la communion sous les deux espèces*.

Il continue à administrer son diocèse avec activité

(sermons nombreux dans les différentes églises de Meaux en particulier, à l'occasion des fêtes, des baptêmes, des confirmations, présidence d'un synode, assistance à des délibérations à l'Hôtel-Dieu de Meaux).

Il fait quelques séjours à Paris, rappelé par ses charges de chancelier de l'Académie, au moment de la mort de la Reine.

*1er septembre :* Il prononce l'*Oraison funèbre de Marie-Thérèse d'Autriche,* reine de France, à Saint-Denis.

1684. — Il administre son diocèse.

Il multiplie les prédications, surtout pendant le carême, aidé par les abbés de Fénelon, Fleury et de Langeron.

*17 avril :* Il assiste à une séance de l'Académie. Élu scrutateur, il dépouille les votes pour l'élection de Boileau-Despréaux, son ami.

*3 août :* Il prononce le *Panégyrique de saint Étienne,* à la cathédrale de Meaux.

1685. — Il administre son diocèse. Il reçoit en particulier de nombreuses abjurations de protestants à Meaux ou à Germigny, « la maison de plaisance des évêques de Meaux ». Il les exhorte ensuite.

*9 août :* Il prononce l'*Oraison funèbre d'Anne de Gonzague de Clèves,* princesse Palatine, aux Grandes Carmélites, à Paris.

1686. — Il réside le plus souvent dans son diocèse. Il y prêche, fréquemment « cinq grands quarts d'heure ».

*25 janvier :* Il prononce l'*Oraison funèbre de Michel Le Tellier* à Saint-Gervais, à Paris.

*30 janvier :* Il reçoit l'abjuration de la comtesse de Miossens d'Albret dans la chapelle du château de Versailles.

*Février :* Il préside en Sorbonne une thèse (tentative).

*27 février :* Il donne les cendres à la Dauphine à Versailles.

*16 juillet :* Il prononce l'*Oraison funèbre de Mme du Bled d'Uxelles,* abbesse de Faremoutiers (perdue).

*Fin août :* Il est appelé à Versailles au moment de la naissance du duc de Berry, auprès de la Dauphine.

*6 octobre :* Il donne un *Mandement sur le catéchisme.*

1687. — Il continue à se livrer surtout à ses activités pastorales (prédication, confirmation, ordination, catéchisme).

Il publie le *Catéchisme de Meaux.*

*5 mars :* Il est « inspecteur » au tirage de la loterie du Roi à Marly.

*10 mars :* Il prononce l'*Oraison funèbre du Prince de Condé* à Notre-Dame de Paris.

Il écrit l'*Histoire des Variations des Églises protestantes*.

1688. — Il administre son diocèse. Il se rend ainsi à Faremoutiers, à la Ferté-Gaucher, à Coulommiers, à Crouy-sur-Ourcq.

Il publie l'*Histoire des Variations des Églises protestantes*.

*Septembre* : Il reçoit le Dauphin qui se rend à l'armée sur le Rhin.

*18 novembre* : Il assiste à un Te Deum chanté pour la paix de Philipsbourg, dans sa cathédrale, et fait tirer un feu d'artifice.

1689. — Il est le plus souvent dans son diocèse.

Il publie *l'Apocalypse avec une explication*, l'*Avertissement aux protestants sur l'Apocalypse*, et les trois premiers *Avertissements aux Protestants*.

*26 janvier* : Il assiste à la première représentation d'*Esther* à Saint-Cyr.

*19 février* : Il assiste à une autre représentation et s'entretient avec Mme de Sévigné.

*14 juin* : Il adresse une *Allocution sur la mort* du chanoine Mutel aux Visitandines de Meaux, dont il était l'aumônier.

*20 août* : Il prononce le *Panégyrique de saint Bernard* au Pont-aux-Dames.

*28 août* : Il prononce le *Panégyrique de saint Augustin* à Notre-Dame de Meaux.

1690. — Il réside le plus souvent dans son diocèse.

Il publie le 4ᵉ et le 5ᵉ *Avertissements aux Protestants* et une *Lettre sur les Psaumes*. Il envoie de nombreuses *lettres de direction* à Mmes Cornuau (depuis 1686), du Mans, de Lusanci, de Luynes, de Baradat, de la Croix, de Soubise, de la Guillaumie.

*21 janvier* : Il préside la thèse (tentative) de Gaston de Noailles.

*Févr.-mars* : Il rétablit dans l'obéissance les religieuses de l'abbaye de Jouarre.

*Avril* : Il assiste la Dauphine, lui donne la communion et l'extrême-onction. Elle meurt le 25 avril. C'est lui qui porte son cœur au Val-de-Grâce.

1691. — Il réside toujours dans son diocèse, où il continue à prêcher et à donner les sacrements. Il publie le 6ᵉ *Avertissement aux Protestants* et la *Défense de l'Histoire des Variations*. Il entre en correspondance avec Leibniz et avec l'abbé de Lokkum au sujet de la réunion des Églises.

*15 mars* : Mme de Montespan charge Bossuet d'annoncer au Roi sa retraite définitive de la Cour.

# CHRONOLOGIE

1692. — Il commence à écrire la *Défense de la Tradition et des Saints-Pères* (publiée en 1743).
Il continue sa correspondance avec Leibniz.
Il est surtout occupé par son ministère épiscopal (prédications sur l'évangile du jour; règlement de l'affaire de Jouarre).
*31 août* : Il assiste au sacre de Godet des Marais, évêque de Chartres, à Saint-Cyr.

1693. — Il compose le *Traité de la concupiscence* (publié en 1731).
Il se livre toujours activement à ses tâches épiscopales. Il se rend aussi à plusieurs reprises à Versailles et à Paris.
*13 janvier* : Il reçoit une profession religieuse aux Ursulines de la rue Saint-Avoye.
*12 mai* : Il retourne à Paris prendre congé du Roi qui avait annoncé son départ pour l'armée.
*Fin juillet* : Il donne un dîner aux Académiciens à l'occasion de la réception de La Bruyère, son ami.
*Fin août* : Il rencontre Mme Guyon chez elle pour la première fois, en présence du duc de Chevreuse.
*Septembre* : Il fait une visite à Saint-Cyr sur la demande de Mme de Maintenon.
Il étudie les ouvrages de Mme Guyon, imprimés et manuscrits.

1694. — Il écrit la *Lettre au P. Caffaro* et publie les *Maximes et Réflexions sur la Comédie*.
*30 janvier* : Il rencontre à nouveau Mme Guyon, rue Cassette, chez un de ses cousins.
*20 février* : Il a une autre conférence avec Mme Guyon.
*4 mars* : Il écrit une longue lettre de « plus de vingt pages » à Mme Guyon.
*Juillet* : Il commence à s'entretenir du quiétisme et des ouvrages de Mme Guyon, à Issy, avec M. Tronson, supérieur de Saint-Sulpice et avec M. de Noailles, évêque de Châlons.

1695. — Il rédige les *Méditations sur l'Évangile* (publiées en 1731), les *Élévations sur les Mystères* (publiées en 1727) et la *Tradition des Nouveaux Mystiques* (publiée en 1753).
*3 janvier* : Il reçoit Mme Guyon à la Visitation de Meaux.
*9-12-14-19 février* : Il se rend à Issy.
*10 mars* : Il signe les *34 Articles d'Issy*, qui définissent la doctrine de l'Église sur l'oraison, avec Noailles, Tronson et Fénelon.
*16 avril* : Il publie une *Ordonnance sur les états d'oraison*.

*2 juillet* : Il prêche à la Visitation de Meaux sur « l'intérieur » devant Mme Guyon et lui remet deux *déclarations d'orthodoxie*.

*10 juillet* : Il sacre Fénelon archevêque de Cambrai, à Saint-Cyr.

*14 août* : Il est nommé supérieur de la maison et société de Navarre.

*14 décembre* : Il est nommé conservateur des privilèges de l'Université.

1696. — Il séjourne fréquemment à Versailles, à Fontainebleau et à Paris ; il continue à administrer son diocèse, mais il y réside moins souvent.

Il écrit l'*Instruction sur les états d'oraison*.

*5 févr.-7 mars-30 mai* : Il rend visite à Saint-Cyr et il y prêche sur l'oraison passive.

*22 juillet* : Il communique son manuscrit de *l'Instruction des états d'oraison* à Fénelon, par l'intermédiaire du duc de Chevreuse à Versailles. Il le récupère trois semaines plus tard.

*28 septembre* : Il prêche dans son diocèse à Rozoy et tient une séance pour la fondation d'un hôpital.

*5 novembre* : Il soupe chez Fénelon à Fontainebleau.

1697. — Il est fréquemment à la Cour, à Versailles, à Marly.

*Mars* : Il publie l'*Instruction sur les états d'oraison* cinq semaines après la publication par Fénelon de l'*Explication des Maximes des Saints*.

*15 mars* : Il présente son livre au Roi.

*29 juin* : Il est nommé conseiller d'État.

*7 juillet* : Il reçoit un logement du Roi à Marly.

*Août* : Il compose la *Declaratio trium Ecclesiæ principum* et la *Summa Doctrinæ libri cui titulus : Explication des Maximes des Saints*, qui paraissent en latin à l'usage de Rome, et en français, à la fin de l'année.

*30 octobre* : Il est nommé premier aumônier de la future duchesse de Bourgogne.

1698. — Il est plus fréquemment à la Cour que dans son diocèse. Il écrit de nombreuses lettres à l'abbé Bossuet, son neveu, qui le représente à Rome, dans l'affaire du Quiétisme. Il écrit la *Réponse à quatre lettres de M. de Cambrai* (publiées à la fin de l'année précédente).

*Mars* : Il publie divers écrits sur le quiétisme, *De Nova quæstione tractatus tres* (*Mystici in tuto, Schola in tuto, Quietismus redivivus*).

*22 mai* : Il prononce un *Discours pour la profession* de sœur Cornuau, à Torcy.

## CHRONOLOGIE                                                xxxv

*26 juin* : Il publie la *Relation sur le Quiétisme*. Il la présente au Roi et en fait la distribution aux courtisans.

*Fin de l'année* : Il fait paraître les *Remarques sur la Réponse de M. de Cambrai à la Relation sur le Quiétisme*.

1699. — Il est encore fréquemment à Paris, à Versailles, à Marly ou à Fontainebleau.

*Janvier* : Il publie la *Réponse d'un théologien à la lettre de M. de Cambrai à M. de Chartres* et la *Réponse aux préjugés décisifs de M. de Cambrai*.

*Février* : Nouvel écrit sur le quiétisme : *Réflexions ou dernier éclaircissement sur une réponse de M. de Cambrai* (publié en 1864).

*12 mars* : Le Pape condamne certains passages des *Maximes des Saints* de Fénelon. Bossuet affiche de la satisfaction à la Cour.

*9 mai* : Bossuet prononce le *Panégyrique des saints Jean de Capistran et Pascal Baylon,* récemment canonisés, chez les Cordeliers, à Meaux.

*Avril-août* : Il souffre d'eczéma. Il compose même une pièce de vers sur son « érésipèle ».

*Septembre* : Il fait un *Mandement* pour la publication de la constitution condamnant les *Maximes des Saints*.
Il compose un *Avertissement sur le livre des réflexions morales* (publié en 1710).

1700. — Il réside le plus souvent auprès de la Cour. Il siège au Conseil, il participe aux débats de l'Assemblée du clergé réunie à Saint-Germain-en-Laye, il communie la duchesse de Bourgogne, il s'entretient fréquemment avec le Roi et avec Mme de Maintenon.

*10 janvier* : Il fait une instruction aux Nouveaux catholiques à Meaux, à la chapelle de l'évêché.

*2 février* : Il s'occupe de nouveau de la réunion des Églises, à Versailles.

*23-26 février* : Il travaille à censurer les thèses des moralistes jésuites.

*Mars* : Il fait paraître une troisième édition du *Discours sur l'histoire universelle* (révisée).

*18 avril* : Il confère la prêtrise à son neveu Jacques Bénigne, et lui donne les pouvoirs de grand vicaire.
Il donne une *Instruction pastorale sur les promesses de l'Église*.

*17 mai* : Il va au lever du Roi, puis tient chez lui une assemblée d'ecclésiastiques, et va siéger au Conseil du Roi.

*6 juin* : Il présente au Roi son *Mémoire sur l'État présent de l'Église* et remet à Mme de Maintenon son *Extrait des propositions de la morale relâchée*.

*Juillet* : Il rédige les *Actes et délibérations de l'Assemblée générale du clergé de 1700,* au sujet de la condamnation des *Maximes des Saints.*

*Août-septembre* : Il obtient la condamnation par l'Assemblée du clergé de 127 propositions relâchées des casuistes (*censura et declaratio cleri gallicani*).

*Septembre* : Il reprend la *Politique tirée des propres paroles de l'Écriture* pour y mettre la dernière main.

1701. — Il voyage sans cesse, de son diocèse où il revient plus souvent pour ordonner, confirmer, prêcher, jusqu'à Versailles ou Paris, en litière.

*3-6 novembre* : Il pose pour son portrait peint par Rigaud.

*30 nov.-6-10 décembre* : Il consulte des médecins, Du Verney et Dodart.

*Fin décembre* : Il publie une seconde *Instruction pastorale sur les promesses de l'Église* et continue à correspondre avec Leibniz.

1702. — Il voyage toujours entre Versailles et Meaux ou Germigny. Il assiste souvent au lever du Roi, mais il continue à administrer son diocèse, à prêcher en particulier.

Il publie une 1$^{re}$ *Instruction sur la version de Trévoux,* version du Nouveau Testament que Richard Simon venait de faire paraître.

Il écrit aussi une *Défense de la tradition et des saints Pères* et une *Explication de la prophétie d'Isaïe sur l'enfantement de la Vierge.*

1703. — Il séjourne presque uniquement à Versailles et à Paris.

*Janv.-févr.* : Il s'occupe du *Cas de conscience* janséniste.

*Avril* : Il apprend « la tête troublée » qu'il a la pierre.

*11 août* : Il fait la distribution de sa seconde *Instruction contre le Nouveau Testament de Trévoux.*

*27 août* : Il fait son testament.

*20 septembre* : Il quitte Versailles pour toujours; il gagne Paris par eau, depuis Sèvres.

*8 novembre* : Il termine l'*Explication du prophète Isaïe* (publiée le 25 mars 1704).

Il reprend son travail sur *la Politique tirée des propres paroles de l'Écriture.*

1704. — *12 avril* : Il meurt, après avoir reçu l'extrême-onction.

Son oraison funèbre est prononcée à Meaux le 23 juillet par le P. de la Rue et le 18 août par Ignace de la Loubère au collège de Navarre.

# ORAISONS FUNÈBRES

Le discours funèbre inspiré par les sentiments les plus naturels du cœur humain est une des plus anciennes formes de l'éloquence ; mais au cours des siècles, ce genre littéraire a subi de nombreuses transformations.

A Athènes, lors des funérailles des soldats morts au champ d'honneur, un orateur choisi par le peuple ou par les magistrats rend un hommage collectif à ces héros et invite ses concitoyens à les venger et à imiter leurs vertus.

A Rome ces discours sont pour les Patriciens l'occasion d'étaler l'orgueil de l'aristocratie naissante. Les souverains y recourront pour flatter, au prix de mensonges éhontés et de louanges dithyrambiques, leurs prédécesseurs et les diviniser.

Dans les premiers temps de l'Eglise grecque et latine, l'orateur devient un moraliste : il révèle les misères de l'homme, les grandeurs de sa destinée et console par les espérances du dogme. Mais il ne s'agit pas encore d'un panégyrique à proprement parler.

Au Moyen âge, Robert de Sincériaux donne un sermon naïf, versifié, pour la mort de saint Louis. L'évêque d'Auxerre fait en présence de Charles V l'éloge de Du Guesclin au cours des funérailles du grand connétable.

Au XVIe siècle, François Ier, Marie Stuart, Ronsard, Henri IV seront l'objet de semblables hommages.

Les bons orateurs sont peu nombreux. Cependant le cardinal du Perron, le Père Senault, supérieur de l'Oratoire, Nicolas Grullié, évêque d'Uzès, Claude de Lingendes méritent d'être cités.

Les autres font preuve d'une érudition pédantesque, de bel esprit, de prétention exagérée, mêlent le profane au sacré, allant jusqu'à mettre en parallèle Pythagore et Moïse, Virgile et Salomon, Homère et saint Paul.

C'est très jeune, — il n'avait que 29 ans, — que Bossuet prononça en décembre 1656 à Metz sa première oraison funèbre, à l'occasion de la mort de Yolande de Monterby, abbesse des Bernardines. En octobre 1658, en cette même ville, il fit l'éloge de Henri de Gornay, un des notables de Metz. A Paris, il prononça en 1662 et en 1663, les oraisons funèbres du Père Bourgoing, supérieur de l'Oratoire et de Nicolas Cornet, grand-maître au Collège de Navarre. Aucun de ces discours ne nous est parvenu tel que Bossuet l'a prononcé. Dans ces oraisons funèbres, où il célèbre la mémoire de pieux amis, de prêtres modestes et savants, l'orateur est encore loin de la perfection à laquelle il parviendra par la suite.

Prêtre zélé et fervent, préoccupé avant tout de la gloire de Dieu et de la sanctification des âmes, Bossuet n'a aucune attirance pour ce genre littéraire complexe qui relève à la fois de l'histoire, puisqu'il comporte un récit des événements auxquels le défunt a été mêlé, de la politique, puisque l'orateur sera obligé de porter un jugement sur les personnages officiels, leurs attitudes et leurs comportements, de la morale, puisque le caractère du défunt est décrit en détail, — et enfin de la religion, car les graves problèmes des relations de l'homme avec Dieu et de la destinée humaine y sont longuement traités.

Bossuet avait tellement bien saisi toutes ces difficultés que dès *1662* dans l'oraison funèbre du Père Bourgoing, il était amené à s'exprimer ainsi : « Je vous avoue, Chrétiens, que j'ai coutume de plaindre les prédicateurs lorsqu'ils font les panégyriques funèbres des princes et des grands du monde. Ce n'est pas que de tels sujets ne fournissent ordinairement de nobles idées... Mais la licence et l'ambition, compagnes presque inséparables de grandes fortunes, mais l'intérêt et l'injustice toujours mêlés trop avant dans les affaires du monde font qu'on marche parmi des écueils et il arrive ordinairement que Dieu a si peu de part dans de telles vies qu'on a peine à y trouver quelques actions qui méritent d'être louées par ses ministres. » D'autres raisons motivaient l'aversion de Bossuet pour ce genre d'éloquence : l'orateur sacré chargé d'interpréter officiellement, peut-on dire, la douleur de tout un peuple, devait parler en présence de la famille du disparu, au cours d'une cérémonie célébrée à sa mémoire et soumise à l'étiquette la plus stricte. De ce fait, il était exposé à abandonner la simplicité évangélique, à travestir la vérité en taisant certains défauts de son héros, et à tomber dans des flatteries incompatibles avec la dignité et l'indépendance de son ministère sacerdotal.

Mais Bossuet saura trouver le moyen de tourner la difficulté en faisant essentiellement de l'oraison funèbre un sermon dont l'idée centrale est la Mort et dont le chrétien disparu ne sera que l'occasion et le prétexte. Aux mondains pour qui « l'éloge du mort procure la gloire du vivant », Bossuet répond : « Pas de pompeux discours pour accroître la pompe du deuil par des plaintes étudiées. » Dès *1656*, dans son oraison funèbre à la mémoire de Yolande de Monterby, il disait : « Quand l'Eglise ouvre la bouche des prédicateurs dans les funérailles de ses enfants... elle ordonne que ses ministres... fassent contempler à leurs auditeurs la commune condition de tous les mortels afin que la pensée de la mort *leur donne un saint dégoût de la vie présente et que la vanité humaine rougisse en regardant le terme fatal que la Providence divine a donné à ses espérances trompeuses.* »

A ses yeux de tels discours, rendus plus imposants sinon plus efficaces par la présence de la mort et leur solennité, doivent être un moyen de conversion de l'auditoire, croyant dans sa majorité, mais souvent peu enclin à suivre les obligations de la morale chrétienne. Donner aux vivants des leçons inspirées par la vie des morts, leur faire découvrir la main de Dieu dans leur existence, leur rappeler que la beauté physique, les qualités de l'esprit, les vertus sont vaines si elles ne sont pas accompagnées de la piété, l'humilité et la soumission à la volonté de Dieu ; en un mot, ramener les fidèles, — les grands de ce monde comme les plus humbles —, à la pratique sincère de la vie chrétienne ; voilà qui réhabilite l'oraison funèbre aux yeux de Bossuet, et en est le but essentiel.

La méthode que suit notre grand prédicateur est fort simple. Il choisit une courte phrase de la Sainte Ecriture (Ancien ou Nouveau Testament) comme thème et ligne directrice de son discours ; et loin d'en constituer une des idées secondaires, ce passage biblique en formera la trame et sera largement commenté tout au long du sermon, la vie du disparu n'étant là que pour soutenir par des exemples concrets le bien-fondé de la démonstration théologique. Ainsi dans l'oraison funèbre de Yolande de Monterby décédée plus qu'octogénaire, Bossuet parlera de la brièveté de la vie d'ici-bas, en face de l'éternité. Dans celle de Henriette d'Angleterre, il traitera du néant des grandeurs humaines devant la mort ; dans celle d'Anne de Gonzague, il exhortera son auditoire à une vie plus chrétienne.

Il n'y a pas de meilleure preuve montrant que Bossuet considérait l'oraison funèbre comme un sermon que de rappeler que dans certaines d'entre elles il a repris des passages de ses sermons : sermon sur la Providence dans l'oraison funèbre de Henriette de France, sermon sur la mort, dans celle de Henriette d'Angleterre, sermon sur l'impénitence finale dans celle d'Anne de Gonzague, sermon sur l'ambition dans celle du prince de Condé.

Enfin le souci qu'a Bossuet de convertir les âmes se manifeste par la véhémence de ses péroraisons, qui prennent le caractère de véritables mises en demeure. « *Mon discours dont vous vous croyez les juges vous jugera au dernier jour et si vous n'en sortez pas plus chrétiens, vous en sortirez plus coupables.* »

L'oraison funèbre, d'après Bossuet, est un moyen de conversion. Elle est aussi une page d'histoire, — du fait que l'orateur est amené à peindre les événements au milieu desquels ses personnages ont évolué et joué un rôle : la bataille de Rocroy, la Fronde, la Révolution en Angleterre. Mais il est bon de remarquer les différences importantes existant entre l'histoire qui est une science et doit donc être nette, précise et laisser peu de place à l'imagination, et l'oraison funèbre qui permet au prédicateur de laisser son lyrisme se manifester à son aise, de dramatiser le récit pour le rendre plus vivant, et d'utiliser les comparaisons et les images les plus variées. Du reste, Bossuet dans l'oraison funèbre de Henriette de France, s'est bien défendu d'être un historien et dans celle de Michel Le Tellier, il affirmera que « sa voix n'est pas destinée à satisfaire les politiques et les curieux ». En tout cas, il a eu le souci de dire la vérité, d'être véridique et impartial. Il a connu personnellement la plupart de ses héros et a vécu dans l'intimité de certains d'entre eux. Il fut le confesseur de Madame et le témoin de sa mort, l'ami du prince de Condé. Par ailleurs il s'est scrupuleusement documenté ; il a demandé un mémoire de Mme de Motteville et du chanoine Feuillet, de Saint-Cloud, sur Madame. Il s'est fait communiquer des lettres. Tenant à respecter les droits de la vérité, il n'a pas craint de faire allusion à certains défauts, à certaines faiblesses de ses personnages. Ainsi en est-il du prince de Condé. Parfois son silence sera encore plus éloquent !

Bossuet, dans ses oraisons funèbres, a excellé dans l'étude des caractères, et les portraits d'une réalité pénétrante qu'il a peints de ses personnages donnent une beauté particulière au discours. Ceux de Condé, de Marie-Thérèse, de Richelieu, de Mazarin, du cardinal de Retz sont les plus célèbres. Mais sans aucun doute celui de Henriette d'Angleterre est le plus fidèle et le plus achevé. On ne peut imaginer une personne plus accomplie, douée d'une incomparable douceur, généreuse, sûre envers ses amis, reconnaissante du bien qu'on lui fait, d'un goût exquis en littérature, sagace et discrète en politique, considérant la vie avec le plus grand sérieux, montrant une force d'âme extraordinaire devant la mort ! Que penser de la méthode suivie par Bossuet dans l'élaboration de ses éloges funèbres ?

La méditation sur la condition humaine et sur la mort donne à l'œuvre une unité harmonieuse qui ne saurait exister dans un récit biographique. Le cadre simple du discours prête à toutes les peintures et à tous les enseignements. Cependant une grave lacune subsiste du fait que Bossuet, n'empruntant à la vie de son héros que ce qui est nécessaire pour prouver sa thèse de théologie morale, n'en donne qu'un aspect incomplet, et cette amputation aura pour première conséquence de rendre possible une erreur de jugement sur le caractère et les activités du personnage en question. Ainsi Michel Le Tellier sera-t-il loué pour sa sagacité et sa prudence. Mais son œuvre qui fut l'un des soutiens les plus forts de la grandeur militaire de Louis XIV est passée sous silence. Des omissions de telle importance sont certainement bien regrettables !

Bossuet dit-il la vérité lorsqu'il dépeint les traits de son héros et qu'il décrit les événements auxquels il a été mêlé ?

Sincère, loyal, l'orateur n'a jamais voulu tromper sciemment son auditoire ; et s'il n'a pas toujours dit la vérité, ses erreurs qui sont de simples contrevérités, et non pas des mensonges, proviennent de différentes sources : tout d'abord de ses théories sur la Providence, sur la monarchie de droit divin qui faussaient ses appréciations sur les hommes et les choses ; puis de son ignorance et de ses illusions ; on lui a reproché d'avoir passé sous silence les défauts de Charles Ier, de faire de Cromwell un imposteur dont il explique le caractère par l'hypocrisie. De fait, vivant loin de la Cour et de ses intrigues, il a pu fort bien ignorer les tares de ses héros. Si parfois il s'est laissé aller jusqu'à donner des éloges exagérés des vertus et des actes du disparu, c'est que, par souci de notre édification, il a voulu faire de son personnage le modèle, l'idéal à imiter. Et par ailleurs, si l'on a reproché à Bossuet d'y avoir parfois apporté une indulgence excessive, il ne faut pas oublier que notre prédicateur était bon, généreux par tempérament, qu'il était prêtre, représentant d'un Dieu juste sans doute, mais aussi miséricordieux, qu'il parlait dans une église en présence de la famille du défunt, qu'il eût été de mauvais aloi de s'arrêter sur les défauts de quelqu'un que la mort avait rendu incapable de présenter sa défense.

Concluons cette courte étude sur les oraisons funèbres en indiquant les nouveautés dont ce genre littéraire est redevable à Bossuet.

Ne se soumettant pas à l'usage des divisions scolastiques, Bossuet développe sa pensée dans des plans amples et souples. Il s'avance d'un pas majestueux, libre et naturel. Il décrit les événements à mesure qu'ils se produisent et selon le degré de leur importance. Logicien, il n'utilise pas les procédés de la logique et raisonne comme les grands esprits à l'aide d'idées générales. Son héros a une physionomie vivante, éclairée par les lumières de la foi. Théologien et poète, l'orateur met sa vive imagination au service de la doctrine, cherchant à instruire, à toucher par un *enseignement efficace et réaliste, sachant s'élever au sublime et redescendre au familier sans déchoir. Son style plus travaillé que celui des sermons présente une étonnante variété, mais restera toujours en rapport avec la cérémonie groupant autour de sa chaire ceux qui sont venus rendre hommage à un illustre défunt.*

B. V.

# ORAISON FUNÈBRE
## DE MADAME
# YOLANDE DE MONTERBY[1]
## *ABBESSE DES RELIGIEUSES BERNARDINES*
### PRONONCÉE A METZ, FIN DE DÉCEMBRE 1656[2]

> *Ubi est, mors, victoria tua ?*
> O mort, où est ta victoire ?
> *I. Cor.*, xv, 55.

Quand l'Église[3] ouvre la bouche des prédicateurs dans les funérailles de ses enfants, ce n'est pas pour accroître la pompe du deuil par des plaintes étudiées, ni pour satisfaire l'ambition des vivants par de vains éloges des morts. La première de ces deux choses est trop indigne de sa fermeté, et l'autre, trop contraire à sa modestie. Elle se propose un objet plus noble dans la solennité des discours funèbres : elle ordonne que ses ministres, dans les derniers devoirs que l'on rend aux morts, fassent contempler à leurs auditeurs la commune condition de tous les mortels, afin que la pensée de la mort leur donne un saint dégoût de la vie présente, et que la vanité humaine rougisse en regardant le terme fatal que la Providence divine a donné à ses espérances trompeuses.

Ainsi n'attendez pas, Chrétiens, que je vous représente aujourd'hui, ni la perte de cette maison, ni la juste affliction de toutes ces dames, à qui la mort ravit une mère qui les a si bien élevées[4]. Ce n'est pas aussi mon dessein de rechercher bien loin dans l'antiquité les marques d'une très illustre noblesse, qu'il me serait aisé de vous faire voir dans la race de Monterby[5], dont l'éclat est assez connu par son nom et ses alliances. Je laisse tous ces entretiens superflus, pour m'attacher à une matière et plus sainte et plus fructueuse. Je vous demande seulement que vous appreniez de l'abbesse[6] pour laquelle nous offrons à Dieu le saint sacrifice de l'Eucharistie à vous servir si heureusement de la mort, qu'elle vous obtienne l'immortalité[1]. C'est par là que vous rendrez inutiles tous les efforts de cette cruelle ennemie[2] ; et que, l'ayant enfin désarmée de tout ce qu'elle semble avoir de terrible, vous lui pourrez dire avec l'Apôtre : « O mort, où est ta victoire ? » *Ubi est, mors, victoria tua*[3] *?* C'est ce que je tâcherai de vous faire entendre dans cette courte exhortation, où j'espère que le Saint-Esprit me fera la grâce de ramasser en peu de paroles des vérités considérables[4], que je puiserai dans les Ecritures.

C'est un fameux problème, qui a été souvent agité dans les écoles des philosophes, lequel est le plus désirable à l'homme, ou de vivre jusqu'à l'extrême vieillesse, ou d'être promptement délivré des misères de cette vie. Je n'ignore pas, Chrétiens, ce que pensent là-dessus la plupart des hommes. Mais, comme je vois tant d'erreurs reçues dans le monde avec un tel applaudissement, je ne veux pas ici consulter les sentiments de la multitude ; mais la raison et la vérité, qui seules doivent gouverner les esprits des hommes.

Et, certes, il pourrait sembler, au premier abord, que la voix commune de la nature, qui désire toujours ardemment la vie, devrait décider cette question : car, si la vie est un don de Dieu, n'est-ce pas un désir très juste de vouloir conserver longtemps les bienfaits de son souverain ? Et d'ailleurs, étant certain que la longue vie approche de plus près l'immortalité, ne devons-nous pas souhaiter de retenir, si nous pouvons, quelque image de ce glorieux privilège dont notre nature est déchue ?

En effet, nous voyons que les premiers hommes, lorsque le monde plus innocent était encore dans son enfance, remplissaient des neuf cents ans[5] par leur vie ; et que, lorsque la malice est accrue, la vie en même temps s'est diminuée. Dieu même, dont la vérité infaillible doit être la règle souveraine de nos sentiments, étant irrité contre nous, nous menace en sa colère d'abréger nos jours : et au contraire il promet une longue vie à ceux qui observeront ses commandements[6]. Enfin, si cette vie est le champ fécond dans lequel nous devons semer pour la glorieuse immortalité, ne devons-nous pas désirer que ce champ soit ample et spacieux, afin que la moisson soit plus abondante ? Et ainsi l'on ne peut nier que la longue[1] vie ne soit souhaitable.

Ces raisons, qui flattent nos sens, gagneront aisément le dessus. Mais on leur oppose d'autres maximes, qui sont plus dures, à la vérité, et aussi plus fortes et plus vigoureuses. Et premièrement, je dénie que la vie de l'homme puisse être longue; de sorte que souhaiter une longue vie dans ce lieu de corruption, c'est n'entendre pas ses propres désirs. Je me fonde sur ce principe de saint Augustin : *Non est longum quod aliquando finitur*[2] : « Tout ce qui a fin ne peut être long. » Et la raison en est évidente; car tout ce qui est sujet à finir s'efface nécessairement au dernier moment, et on ne peut compter de longueur en ce qui est entièrement effacé. Car, de même qu'il ne sert de rien de remplir [des pages[3]], lorsque j'efface tout par un dernier trait, ainsi la longue et la courte vie sont toutes égalées par la mort, parce qu'elle les efface toutes également.

Je vous ai représenté, Chrétiens, deux opinions différentes qui partagent les sentiments de tous les mortels. Les uns, en petit nombre, méprisent la vie; les autres estiment que leur plus grand bien, c'est de la pouvoir longtemps conserver. Mais peut-être que nous accorderons aisément ces deux propositions si contraires par une troisième maxime, qui nous apprendra d'estimer la vie, non par sa longueur, mais par son usage; et qui nous fera confesser qu'il n'est rien de plus dangereux qu'une longue vie, quand elle n'est remplie que de vaines entreprises ou même d'actions criminelles; comme aussi il n'est rien de plus précieux, quand elle est utilement ménagée[4] pour l'éternité. Et c'est pour cette seule raison que je bénirai mille et mille fois la sage et honorable vieillesse d'Yolande de Monterby; puisque, dès ses années les plus tendres jusqu'à l'extrémité de sa vie, qu'elle a finie en Jésus-Christ après un grand âge, la crainte de Dieu a été son guide, la prière son occupation, la pénitence son exercice, la charité sa pratique la plus ordinaire, le ciel tout son amour et son espérance.

Désabusons-nous, Chrétiens[5], des vaines et téméraires préoccupations, dont notre raison est toute obscurcie par l'illusion de nos sens : apprenons à juger des choses par les véritables principes; nous avouerons franchement, à l'exemple de cette abbesse, que nous devons dorénavant mesurer la vie par les actions, non par les années. C'est ce que vous comprendrez sans difficulté par ce raisonnement invincible[1].

Nous pouvons regarder le temps de deux manières différentes : nous le pouvons considérer premièrement en tant qu'il se mesure en lui-même par heures, par jours, par mois, par années ; et dans cette considération, je soutiens que le temps n'est rien, parce qu'il n'a ni forme ni substance ; que tout son être n'est que de couler, c'est-à-dire, que tout son être n'est que de périr, et partant que tout son être n'est rien.

C'est ce qui fait dire au Psalmiste, retiré profondément en lui-même, dans la considération du néant de l'homme : *Ecce mensurabiles posuisti dies meos :* « Vous avez, dit-il[2], établi le cours de ma vie pour être mesuré par le temps » ; et c'est ce qui lui fait dire aussitôt après, *et substantia mea tanquam nihilum ante te :* « et ma substance est comme rien devant vous » parce que tout mon être dépendant du temps, dont la nature est de n'être jamais que dans un moment qui s'enfuit d'une course précipitée et irrévocable, il s'ensuit que ma substance n'est rien, étant inséparablement attachée à cette vapeur légère et volage, qui ne se forme qu'en se dissipant, et qui entraîne perpétuellement mon être avec elle d'une manière si étrange et si nécessaire, que, si je ne suis le temps, je me perds, parce que ma vie demeure arrêtée ; et d'autre part, si je suis le temps, qui se perd et coule toujours, je me perds nécessairement avec lui : *Ecce mensurabiles posuisti dies meos*[3], *et substantia mea tanquam nihilum ante te ;* d'où passant plus outre, il conclut : *In imagine pertransit homo*[4] : « L'homme passe comme ces vaines images » que la fantaisie forme en elle-même dans l'illusion de nos songes, sans corps, sans solidité et sans consistance.

Mais élevons plus haut nos esprits ; et après avoir regardé le temps dans cette perpétuelle dissipation, considérons-le maintenant en un autre sens : en tant qu'il aboutit à l'éternité ; car cette présence immuable de l'éternité, toujours fixe, toujours permanente, enfermant en l'infinité de son étendue toutes les différences des temps, il s'ensuit manifestement que le temps peut être en quelque sorte dans l'éternité : et il a plu à notre grand Dieu, pour consoler les misérables mortels de la perte continuelle qu'ils font de leur être, par le vol irréparable du temps, que ce même temps, qui se perd, fût un passage à l'éternité qui demeure. Et de cette distinction importante du temps considéré en lui-même, et du temps par rapport à l'éternité, je tire cette conséquence infaillible[1] : si le temps n'est rien par lui-même, il s'ensuit que tout le temps est perdu, auquel nous n'aurons point attaché quelque chose de plus immuable que lui, quelque chose qui puisse passer à l'éternité bienheureuse. Ce principe étant supposé, arrêtons un peu notre vue sur un vieillard qui aurait blanchi dans les vanités de la terre. Quoique l'on me montre ses cheveux gris, quoique l'on me compte ses longues années, je soutiens que sa vie ne peut être longue, j'ose même assurer qu'il n'a pas vécu. Que sont devenues toutes ses années ? Elles sont passées, elles sont perdues. Il ne lui en reste pas la moindre parcelle en ses mains, parce qu'il n'y a rien attaché de fixe ni de permanent. Que si toutes ses années sont perdues, elles ne sont pas capables de faire nombre. Je ne vois rien à compter dans cette vie si longue, parce que tout y est inutilement dissipé : par conséquent tout est mort en lui; et sa vie étant vide de toutes parts, c'est erreur de s'imaginer qu'elle puisse jamais être estimée longue.

Que si je viens maintenant à jeter les yeux sur la dame[2] si vertueuse qui a gouverné si longtemps cette noble et religieuse abbaye, c'est là où je remarque, Fidèles, une vieillesse vraiment vénérable. Certes, quand elle n'aurait vécu que fort peu d'années, les ayant fait profiter si utilement pour la bienheureuse immortalité, sa vie me paraîtrait toujours assez longue. Je ne puis jamais croire qu'une vie soit courte, lorsque j'y vois une éternité tout entière[3].

Mais quand je considère quatre-vingt-dix ans si soigneusement ménagés; quand je regarde des années si pleines et si bien marquées par les bonnes œuvres; quand je vois, dans une vie si réglée, tant de jours, tant d'heures et tant de moments comptés et alloués pour l'éternité, c'est là que je ne puis m'empêcher de dire : O temps utilement employé, ô vieillesse vraiment précieuse! *Ubi est, mors, victoria tua ?* « O mort, où est ta victoire ? » Ta main avare[4] n'a rien enlevé à cette vertueuse abbesse, parce que ton domaine n'est que sur le temps; et que la sage dame [dont nous parlons][5], désirant conserver le sien, l'a fait heureusement passer dans l'éternité.

Si je l'envisage dans l'intérieur de son âme[1], j'y remarque, dans une conduite très sage, une simplicité chrétienne. Etant humble dans ses actions et dans ses paroles, elle s'est toujours plus glorifiée d'être fille de saint Bernard, que de tant de braves aïeux, de la race desquels elle est descendue[2]. Elle passait la plus grande partie de son temps dans la méditation et dans la prière. Ni les affaires ni les compagnies n'étaient pas capables de lui ravir le temps qu'elle destinait aux choses divines. On la voyait entrer en son cabinet avec une contenance modeste[3] et une action toute retirée[4]; et là elle répandait son cœur devant Dieu avec cette bienheureuse simplicité, qui est la marque la plus assurée des enfants de la nouvelle alliance[5]. Sortie de ces pieux exercices, elle parlait souvent des choses divines avec une affection si sincère, qu'il était aisé de connaître que son âme versait sur ses lèvres ses sentiments les plus purs et les plus profonds. Jusque dans sa vieillesse la plus décrépite, elle souffrait les incommodités et les maladies sans chagrin, sans murmure, sans impatience; louant Dieu parmi ses douleurs, non point par une constance affectée, mais avec une modération qui paraissait bien avoir pour principe une conscience tranquille, et un esprit satisfait de Dieu.

Parlerai-je de sa prudence si avisée dans la conduite de sa maison ? Chacun sait que sa sagesse et son économie en a beaucoup relevé le lustre. Mais je ne vois rien de plus remarquable que ce jugement si réglé avec lequel elle a gouverné les dames qui lui étaient confiées; toujours également éloignée, et de cette rigueur farouche, et de cette indulgence molle et relâchée : si bien que, comme elle avait pour elles une sévérité mêlée de douceur, elles lui ont toujours conservé une crainte accompagnée de tendresse, jusqu'au dernier moment de sa vie, et dans l'extrême caducité[6] de son âge.

L'innocence, la bonne foi, la candeur étaient ses compagnes inséparables[7]. Ni sa bouche ni ses oreilles n'ont jamais été ouvertes à la médisance, parce que la sincérité de son cœur en chassait cette [jalousie][8] secrète qui envenime presque tous les hommes contre leurs semblables. Elle savait donner de la retenue aux langues les moins modérées; et l'on remarquait dans ses entretiens cette charité dont parle l'Apôtre[9], qui n'est ni jalouse ni ambitieuse, toujours si disposée à croire le bien, qu'elle ne peut pas même soupçonner le mal.

Vous dirai-je avec quel zèle elle soulageait les pauvres membres de Jésus-Christ[1] ? Toutes les personnes qui l'ont fréquentée savent qu'on peut dire sans flatterie, qu'elle était naturellement libérale[2], même dans son extrême vieillesse, quoique cet âge ordinairement soit souillé des ordures[3] de l'avarice. Mais cette inclination généreuse s'était particulièrement appliquée aux pauvres. Ses charités s'étendaient bien loin sur les personnes malades et nécessiteuses : elle partageait souvent avec elles ce qu'on lui préparait pour sa nourriture; et dans ces saints empressements de la charité qui travaillait son âme innocente d'une inquiétude pieuse pour les membres affligés du Sauveur des âmes, on admirait particulièrement son humilité, non moins soigneuse de cacher le bien que sa charité de le faire[4]. Je ne m'étonne plus, Chrétiens, qu'une vie si religieuse ait été couronnée d'une fin si sainte[5].

# ORAISON FUNÈBRE
## DE MESSIRE
# HENRI DE GORNAY[1]

PRONONCÉE A METZ[2] — OCTOBRE OU NOVEMBRE 1658[3].

> *Non privabit bonis eos qui ambulant in innocentia : Domine virtutum, beatus homo qui sperat in te.*
>
> Il ne privera point de ses biens ceux qui marchent dans l'innocence : Seigneur des armées, heureux est l'homme qui espère en vous.
>
> *Psal.*, LXXXIII, 13.

C'est[4], Messieurs, dans ce dessein salutaire que j'espère aujourd'hui vous entretenir de la vie et des actions de messire Henri de Gornay, chevalier, seigneur de Talange, de Coin-sur-Seille[5], que la mort nous a ravi depuis peu de jours[6] ; où, rejetant loin de mon esprit toutes les considérations profanes, et les bassesses honteuses de la flatterie, indignes de la majesté du lieu où je parle, et du ministère sacré que j'exerce[7], je m'arrêterai à vous proposer trois ou quatre réflexions tirées des principes du christianisme, qui serviront, si Dieu le permet, pour l'instruction de tout ce peuple, et pour la consolation particulière de ses parents et de ses amis[8].

Quoique Dieu et la nature aient fait tous les hommes égaux, en les formant d'une même boue[9], la vanité humaine ne peut souffrir cette égalité, ni s'accommoder à la loi qui nous a été imposée de les regarder tous comme nos semblables. De là naissent ces grands efforts que nous faisons tous pour nous séparer du commun, et nous mettre en un rang plus haut par les charges ou par les emplois, par le crédit ou par les richesses. Que si nous pouvons obtenir ces avantages extérieurs, que la folle[10] ambition des hommes a mis à un si grand prix, notre cœur s'enfle tellement que nous regardons tous les autres comme étant d'un ordre inférieur à nous ; et à peine nous reste-t-il quelque souvenir de ce qui nous est commun avec eux.

Cette vérité importante, et connue si certainement par l'expérience, entrera plus utilement dans nos esprits, si nous considérons avec attention trois états où nous passons tous successivement : la naissance, le cours de la vie, sa conclusion par la mort. Plus je remarque de près la condition de ces trois états, plus mon esprit se sent convaincu que, quelque apparente inégalité que la fortune ait mise entre nous, la nature n'a pas voulu qu'il y eût grande différence d'un homme à un autre.

Et premièrement[1], la naissance a des marques indubitables de notre commune faiblesse. Nous commençons tous notre vie par les mêmes infirmités de l'enfance : nous saluons tous, en entrant au monde, la lumière du jour par nos pleurs[2] ; et le premier air que nous respirons, nous sert à tous indifféremment à former[3] des cris. Ces faiblesses de la naissance attirent sur nous tous généralement une même suite d'infirmités dans tout le progrès de la vie; puisque les grands, les petits et les médiocres vivent également assujettis aux mêmes nécessités naturelles, exposés aux mêmes périls, livrés en proie aux mêmes maladies. Enfin, après tout arrive la mort, qui, foulant aux pieds l'arrogance humaine, et abattant sans ressource toutes ces grandeurs imaginaires, égale[4] pour jamais toutes les conditions différentes, par lesquelles les ambitieux croyaient s'être mis au-dessus des autres : de sorte[5] qu'il y a beaucoup de raison de nous comparer à des eaux courantes, comme fait l'Ecriture sainte[6]. Car de même que, quelque inégalité[7] qui paraisse dans le cours des rivières qui arrosent la surface de la terre, elles ont toutes cela de commun, qu'elles viennent d'une petite origine; que, dans le progrès de leur course, elles roulent leurs flots en bas par une chute continuelle, et qu'elles vont enfin perdre leurs noms avec leurs eaux dans le sein immense de l'Océan, où l'on ne distingue point le Rhin, ni le Danube, ni ces autres fleuves renommés, d'avec les rivières les plus inconnues : ainsi tous les hommes commencent par les mêmes infirmités; dans le progrès de leur âge, les années se poussant[8] les unes les autres comme des flots : leur vie roule et descend sans cesse à la mort par sa pesanteur naturelle; et enfin, après avoir fait, ainsi que des fleuves, un peu plus de bruit les uns que les autres, ils vont tous[9] se confondre dans ce gouffre infini du néant, où l'on ne trouve plus ni rois, ni princes, ni capitaines, ni tous ces autres augustes noms qui nous séparent les uns des autres ; mais la corruption et les vers, la cendre et la pourriture qui nous égalent[1]. Telle est la loi de la nature, et l'égalité nécessaire à laquelle elle soumet tous les hommes dans ces trois états remarquables, la naissance, la durée, la mort[2].

Que pourront inventer les enfants d'Adam, pour couvrir ou pour effacer cette égalité[3], qui est gravée si profondément dans toute la suite de notre vie ? Voici, mes Frères, les inventions par lesquelles ils s'imaginent forcer la nature, et se rendre différents des autres, malgré l'égalité qu'elle a ordonnée. Premièrement, pour mettre à couvert la faiblesse commune de la naissance, chacun tâche d'attirer sur elle toute la gloire de ses ancêtres, et [de] la rendre plus éclatante par cette lumière empruntée. Ainsi l'on a trouvé le moyen de distinguer les naissances illustres d'avec les naissances viles et vulgaires, et de mettre une différence infinie entre le sang noble et le roturier, comme s'il n'avait pas les mêmes qualités, et n'était pas composé des mêmes éléments ; et par là, vous voyez déjà la naissance magnifiquement relevée. Dans le progrès[4] de la vie, on se distingue plus aisément par les grands emplois, par les dignités éminentes, par les richesses et par l'abondance. Ainsi on s'élève et on s'agrandit, et on laisse les autres dans la lie du peuple. Il n'y a donc plus que la mort, où l'arrogance humaine est bien empêchée, car c'est là que l'égalité est inévitable ; et encore que la vanité tâche, en quelque sorte, d'en couvrir la honte par les honneurs de la sépulture, il se voit peu d'hommes assez insensés pour se consoler de [leur] mort par l'espérance d'un superbe tombeau, ou par la magnificence de [leurs] funérailles[5]. Tout ce que peuvent faire ces misérables amoureux des grandeurs humaines, c'est de goûter tellement la vie, qu'ils ne songent point à la mort[6]. La mort jette[7] divers traits dans toute la vie par la crainte ; le dernier est inévitable. Ils croient faire beaucoup d'éviter les autres. C'est le seul moyen qui leur reste de secouer, en quelque façon, le joug insupportable de sa tyrannie, lorsqu'en détournant leur esprit, ils n'en sentent pas l'amertume.

C'est ainsi qu'ils se conduisent à l'égard de ces trois états ; et de là naissent trois vices énormes qui rendent ordinairement leur vie criminelle. Car cette superbe grandeur, dont ils se flattent dans leur naissance, les fait vains et audacieux; le désir démesuré dont ils sont poussés de se rendre considérables[1] au-dessus des autres, dans tout le progrès de leur âge, fait qu'ils s'avancent à la grandeur par toutes sortes de voies, sans épargner les plus criminelles; et l'amour désordonné des douceurs qu'ils goûtent dans une vie pleine de délices, détournant leurs yeux de dessus la mort, fait qu'ils tombent entre ses mains sans l'avoir prévu[2] : au lieu que l'illustre gentilhomme dont je vous dois aujourd'hui proposer l'exemple, a tellement ménagé toute sa conduite que la grandeur de sa naissance n'a rien diminué de la modération de son esprit; que ses emplois glorieux, dans la ville et dans les armées, n'ont point corrompu son innocence; et que bien loin d'éviter l'aspect de la mort, il l'a tellement méditée qu'elle n'a pas pu le surprendre, même en arrivant tout à coup, et qu'elle a été soudaine sans être imprévue.

Si autrefois le grand saint Paulin[3], digne prélat de l'église de Nole, en faisant le panégyrique de sa parente sainte Mélanie[4], a commencé les louanges de cette veuve si renommée, par la noblesse de son extraction[5], je puis bien suivre un si grand exemple, et vous dire un mot en passant de l'illustre maison de Gornay, si célèbre et si ancienne[6]. Mais pour ne pas traiter ce sujet d'une manière profane, comme fait la rhétorique mondaine, recherchons par les Ecritures de quelle sorte la noblesse est recommandable, et l'estime qu'on en doit faire selon les maximes du christianisme[7].

Et premièrement[8], Chrétiens, c'est déjà un grand avantage qu'il ait plu à notre Sauveur de naître d'une race illustre par la glorieuse union du sang royal[9] et sacerdotal[10] dans la famille d'où il est sorti : *regum et sacerdotum clara progenies*[11]. Pour quelle raison, lui qui a méprisé toutes les autres grandeurs humaines, etc ? *Non multi sapientes, non multi nobiles*[12]; Jésus-Christ l'a voulu être[13]. Ce n'était pas pour en recevoir de l'éclat; mais plutôt pour en donner à tous ses ancêtres. Il fallait qu'il sortît des patriarches, pour accomplir en sa personne toutes les bénédictions qui leur avaient été annoncées[14]. Il fallait qu'il naquît des rois de Juda pour conserver à David la perpétuité de son trône, que tant d'oracles divins lui avaient promise[15].

Louer dans un gentilhomme chrétien ce que Jésus-Christ même a voulu avoir[1]. Peu de choses; sujet trop profane. Néanmoins d'autant plus volontiers, qu'il y a quelque chose de saint à traiter. Je ne dirai point ni les grandes charges qu'elle[2] a possédées, ni avec quelle gloire elle a étendu ses branches dans les nations étrangères, ni ses alliances illustres avec les maisons royales de France et d'Angleterre[3]; ni son antiquité, qui est telle que nos chroniques n'en marquent point l'origine. Cette antiquité a donné lieu à plusieurs inventions fabuleuses, par lesquelles la simplicité de nos pères a cru donner du lustre à toutes les maisons anciennes; à cause que leur antiquité, en remontant plus loin aux siècles passés dont la mémoire est tout effacée[4], elle a donné aux hommes une plus grande liberté de feindre. La hardiesse humaine n'aime pas à demeurer court; où elle ne trouve rien de certain, elle invente. Je laisse toutes ces considérations profanes pour m'arrêter à des choses saintes.

Saint Livier[5]. Environ l'an 400, selon la supputation la plus exacte[6]. C'est la gloire de la maison de Gornay. Le sang qu'a répandu ce généreux martyr, l'honneur de la ville de Metz, pour la cause de Jésus-Christ, vous donne plus de gloire[7] que vous [n'en] avez reçu de tant d'illustres ancêtres. « Nous sommes la race des saints »: *Filii sanctorum sumus*[8]. L'histoire remarque qu'il[9] était *claris parentibus;* ce qui est une conviction manifeste, qu'il faut reprendre la grandeur de cette maison d'une origine plus haute.

Mais tous ces titres glorieux ne lui[10] ont jamais donné de l'orgueil. Il a toujours méprisé les vanteries ridicules dont il arrive assez ordinairement que la noblesse étourdit le monde. Il a cru que ces vanteries étaient plutôt dignes des races nouvelles, éblouies de l'éclat non accoutumé d'une noblesse de peu d'années; mais que la véritable marque des maisons illustres, auxquelles la grandeur et l'éclat étaient depuis plusieurs siècles passés en nature, ce devait être la modération[11]. Ce n'est pas qu'il ne jetât les yeux sur l'antiquité de sa race, dont il possédait parfaitement l'histoire: mais, comme il y avait des saints dans sa race, il avait raison de la contempler pour s'animer par ces grands exemples. Il n'était pas de ceux qui semblent être persuadés que leurs ancêtres n'ont travaillé que pour leur donner sujet de parler de leurs actions et de leurs emplois. Quand il regardait les siens, il croyait que tous ses aïeux illustres lui criaient continuellement jusques des siècles les plus reculés : Imite nos actions, ou ne te glorifie pas d'être notre fils ! Il se jeta dans les exercices de sa profession à l'imitation de saint Livier : il commença à faire la guerre contre les hérétiques rebelles[1]. Premier capitaine et major dans Phalzbourg, corps célèbre et renommé. Les belles actions qu'il y fit l'ayant fait connaître par le cardinal de Richeliéu, auquel la vertu ne pouvait pas être cachée; négociations d'Allemagne[2]. Ordinairement ceux qui sont dans les emplois de la guerre croient que c'est une prééminence de l'épée de ne s'assujettir à aucunes lois; il a révéré celle de l'Eglise. Les abstinences jamais violées[3]. Comment n'aurait-il pas respecté celle[4] qu'il recevait de toute l'Eglise, puisqu'il observait si soigneusement, et avec tant de religion, celle que sa dévotion particulière lui avait imposée ? Jeûne des samedis. Déshonorent la profession des armes par cette honte[5] de bien faire les exercices de la piété; on croit assez faire, pourvu qu'on observe les ordres du général.

Sa vieillesse, quoique pesante, n'était pas sans action : son exemple et ses paroles animaient les autres. Il est mort trop tôt. Non; car la mort ne vient jamais trop soudainement quand on s'y prépare par la bonne vie[6].

# ORAISON FUNÈBRE
## DU RÉVÉREND PÈRE
# FRANÇOIS BOURGOING[1]
## SUPÉRIEUR GÉNÉRAL
## DE LA CONGRÉGATION DE L'ORATOIRE[2]

PRONONCÉE A PARIS LE 4 DÉCEMBRE 1662[3].

> *Qui bene præsunt presbyteri, duplici honore digni habeantur.*
> Les prêtres[4] qui gouvernent sagement, doivent être tenus dignes d'un double honneur.
> *I. Tim.*, v, 17.

JE commencerai ce discours en faisant au Dieu vivant des remercîments solennels, de ce que la vie de celui dont je dois prononcer l'éloge a été telle par sa grâce, que je ne rougirai point de la[5] célébrer en présence de ses saints autels et au milieu de son Eglise. Je vous avoue, Chrétiens, que j'ai coutume de plaindre les prédicateurs, lorsqu'ils font les panégyriques funèbres des princes et des grands de ce monde. Ce n'est pas que de tels sujets ne fournissent ordinairement de nobles idées : il est beau de découvrir[6] les secrets d'une sublime politique, ou les sages tempéraments d'une négociation importante, ou les succès glorieux de quelque entreprise militaire. L'éclat de telles actions semble illuminer un discours ; et le bruit qu'elles font déjà dans le monde, aide celui qui parle à se faire entendre d'un ton plus ferme et plus magnifique. Mais la licence et l'ambition, compagnes presque inséparables des grandes fortunes ; mais l'intérêt et l'injustice, toujours mêlés trop avant dans les grandes affaires du monde, font qu'on marche parmi des écueils ; et il arrive ordinairement que Dieu a si peu de part dans de telles vies, qu'on a peine à y trouver quelques actions qui méritent d'être louées par ses ministres.

Grâces[7] à la miséricorde divine, le Révérend Père Bourgoing, supérieur général de la congrégation de l'Oratoire, a vécu de sorte[1] que je n'ai point à craindre aujourd'hui de pareilles difficultés. Pour orner une telle vie, je n'ai pas besoin d'emprunter les fausses couleurs de la rhétorique, et encore moins les détours de la flatterie. Ce n'est pas ici de ces discours où l'on ne parle qu'en tremblant, où il faut plutôt passer avec adresse que s'arrêter avec assurance, où la prudence et la discrétion tiennent toujours en contrainte l'amour de la vérité[2]. Je n'ai rien ni à taire ni à déguiser; et si la simplicité vénérable d'un prêtre de Jésus-Christ, ennemie du faste et de l'éclat, ne présente pas à nos yeux de ces actions pompeuses qui éblouissent les hommes, son zèle, son innocence, sa piété éminente nous donneront des pensées plus dignes de cette chaire. Les autels[3] ne se plaindront pas que leur sacrifice soit interrompu par un entretien profane; au contraire, celui que j'ai à vous faire vous proposera de si saints exemples, qu'il méritera de faire partie d'une cérémonie si sacrée, et qu'il ne sera pas une interruption, mais plutôt une continuation du mystère[4].

N'attendez donc pas, Chrétiens, que j'applique au Père Bourgoing des ornements étrangers, ni que j'aille rechercher bien loin sa noblesse dans sa naissance, sa gloire dans ses ancêtres, ses titres dans l'antiquité de sa famille : car encore qu'elle soit noble et ancienne dans le Nivernais[5], où elle s'est même signalée depuis plusieurs siècles par des fondations pieuses, encore que la grand' chambre du Parlement de Paris et les autres compagnies[6] souveraines aient vu les Bourgoings, les Le Clercs[7], les Friches, ses parents paternels et maternels, rendre la justice aux peuples avec une intégrité exemplaire, je ne m'arrête pas à ces choses, et je ne les touche qu'en passant[8]. Vous verrez le Père Bourgoing, illustre d'une autre manière, et noble de cette noblesse que saint Grégoire de Nazianze appelle si élégamment la noblesse personnelle[9] : vous verrez en sa personne un catholique zélé, un chrétien de l'ancienne marque, un théologien enseigné de Dieu, un prédicateur apostolique, ministre, non de la lettre, mais de l'esprit de l'Evangile; et, pour tout dire en un mot, un prêtre digne de ce nom, un prêtre de l'institution et selon l'ordre de Jésus-Christ, toujours prêt à être victime; un prêtre, non seulement prêtre, mais chef par son mérite d'une congrégation de saints prêtres; et que je vous ferai voir, par cette raison, *digne véritablement d'un*[1] *double honneur,* selon le précepte de l'Apôtre[2], et pour avoir vécu saintement en l'esprit du sacerdoce, et pour avoir élevé dans le[3] même esprit la sainte congrégation qui était commise à ses soins : c'est ce que je me propose de vous expliquer dans les deux points de ce discours.

[PREMIER POINT]

Suivons la conduite de l'esprit de Dieu[4]; et avant que de voir un prêtre à l'autel, voyons comme il se prépare à en approcher. La préparation pour le sacerdoce n'est pas, comme plusieurs pensent, une application de quelques jours; mais une étude de toute la vie : ce n'est pas un soudain effort de l'esprit pour se retirer du vice; mais une longue habitude de s'en abstenir; ce n'est pas une dévotion fervente seulement par sa nouveauté, mais affermie et enracinée par un grand usage. Saint Grégoire de Nazianze a dit ce beau mot du grand saint Basile : *Il était prêtre,* dit-il[5], *avant même que d'être prêtre ;* c'est-à-dire, si je ne me trompe, il en avait les vertus, avant que d'en avoir le degré[6] : il était prêtre par son zèle, par la gravité de ses mœurs, par l'innocence de sa vie, avant que de l'être par son caractère[7]. Je puis dire la même chose du Père Bourgoing : toujours modeste, toujours innocent, toujours zélé comme un saint prêtre, il avait prévenu[8] son ordination. Il n'avait pas attendu la consécration mystique, il s'était, dès son enfance, consacré lui-même par la pratique persévérante de la piété; et se tenant toujours sous la main de Dieu par la soumission à ses ordres, il se préparait excellemment à s'y abandonner tout à fait par l'imposition des mains de l'évêque. Ainsi son innocence l'ayant disposé à recevoir la plénitude du Saint-Esprit[9] par l'ordination sacrée, il aspirait sans cesse à la perfection du sacerdoce; et il ne faut pas s'étonner si, ayant l'esprit tout rempli des obligations de son ministère, il entra sans délibérer dans le dessein glorieux de l'Oratoire de Jésus, aussitôt qu'il vit paraître cette institution[10], qui avait pour son fondement le désir de la perfection sacerdotale.

L'Ecole de théologie de Paris, que je ne puis nommer sans éloge, quoique j'en doive parler avec modestie, est de tout temps en possession de[11] donner[12] des hommes illustres[13] à toutes les grandes entreprises qui se font pour

Dieu. Le Père Bourgoing était sur ses bancs, faisant retentir toute la Sorbonne du bruit de son esprit et de sa science[1]. Que vous dirai-je, Messieurs, qui soit digne de ses mérites ? Ce qu'on a dit de saint Athanase ; car les grands hommes sont sans envie, et ils prêtent toujours volontiers les éloges qu'on leur a donnés, à ceux qui se rendent leurs imitateurs. Je dirai donc du Père Bourgoing ce qu'un saint dit d'un saint, le grand Grégoire du grand Athanase[2], que durant le temps de ses études il se faisait admirer de ses compagnons; qu'il surpassait de bien loin ceux qui étaient ingénieux[3], par son esprit; ceux qui étaient laborieux, par son travail; ou bien, si vous le voulez, qu'il surpassait en esprit les plus éclairés, en diligence les plus assidus; enfin en l'un et en l'autre, ceux qui excellaient en l'un et en l'autre.

En ce temps, Pierre de Bérulle[4], homme vraiment illustre et recommandable, à la dignité duquel j'ose dire que même la pourpre romaine n'a rien ajouté, tant il était déjà relevé par le mérite de sa vertu et de sa science, commençait à faire luire à toute l'Eglise gallicane les lumières les plus pures et les plus sublimes du sacerdoce chrétien, et de la vie ecclésiastique. Son amour immense pour l'Eglise lui inspira le dessein de former une compagnie à laquelle il n'a point voulu donner d'autre esprit[5] que l'esprit même de l'Eglise, ni d'autres règles que ses canons, ni d'autres supérieurs que ses évêques, ni d'autres biens[6] que sa charité, ni d'autres vœux solennels que ceux du baptême et du sacerdoce. Là, une sainte liberté fait un saint engagement : on obéit sans dépendre; on gouverne sans commander; toute l'autorité est dans la douceur, et le respect s'entretient sans le secours de la crainte. La charité *qui bannit la crainte*[7], opère un si grand miracle; et sans autre joug qu'elle-même, elle sait non seulement captiver, mais encore anéantir la volonté propre. Là, pour former de vrais prêtres, on les mène à la source de la vérité : ils ont toujours[8] en main les saints Livres, pour en rechercher[9] sans relâche la lettre par l'étude, l'esprit par l'oraison, la profondeur par la retraite, l'efficace par la pratique, la fin par la charité, à laquelle tout se termine, et « qui est l'unique trésor du christianisme » : *Christiani nominis thesaurus*, comme parle Tertullien[10].

Tel est à peu près, Messieurs, l'esprit des prêtres de

l'Oratoire; et je pourrais en dire beaucoup davantage, si je ne voulais épargner la modestie de ces Pères. Sainte congrégation, le Père Bourgoing a besoin de vous pour acquérir la perfection du sacerdoce, après laquelle il soupire; mais je ne crains point d'assurer que vous aviez besoin de lui réciproquement, pour établir vos maximes et vos exercices. Et en effet, Chrétiens, cette vénérable compagnie est commencée entre ses mains : il en est un des quatre premiers[1] avec lesquels son instituteur[2] en a posé les fondements; c'est lui-même qui l'a étendue dans les principales villes de ce royaume. Que dis-je, de ce royaume ? Nos voisins lui tendent les bras, les évêques des Pays-Bas l'appellent; et ces provinces florissantes lui doivent l'établissement de tant de maisons qui ont consolé leurs pauvres, humilié leurs riches, instruit leurs peuples, sanctifié leurs prêtres, et répandu bien loin aux environs la bonne odeur de l'Evangile.

La grande part qu'il a eue à fonder une institution si véritablement ecclésiastique, vous doit faire voir, Chrétiens, combien ce grand homme était animé de l'esprit de l'Eglise et du sacerdoce. Mais venons aux exercices particuliers. Les ministres de Jésus-Christ ont deux principales fonctions : ils doivent parler à Dieu, ils doivent parler aux peuples; parler à Dieu par l'oraison, parler aux peuples fidèles par la prédication de l'Evangile. Ces deux fonctions sont unies, et il est aisé de les remarquer dans cette parole des saints apôtres : « Pour nous, disent-ils dans les Actes[3], nous demeurerons appliqués à l'oraison et au ministère de la parole » : *Nos vero orationi et ministerio verbi instantes erimus*. Prêtres, qui êtes les anges du Dieu des armées, vous devez sans cesse monter et descendre, comme les anges que vit Jacob dans cette échelle mystique[4]. Vous montez de la terre au ciel, lorsque vous unissez vos esprits à Dieu par le moyen de l'oraison; vous descendez du ciel en la terre, lorsque vous portez aux hommes ses ordres et sa parole. Montez donc et descendez sans cesse, c'est-à-dire, priez et prêchez : parlez à Dieu, parlez aux hommes; allez premièrement recevoir, et puis venez répandre les lumières; allez puiser dans la source; après, venez arroser la terre, et faire germer le fruit de vie.

Voulez-vous voir, Chrétiens, quel était l'esprit d'oraison de ce fidèle serviteur de Dieu ? Lisez ses Méditations[1], toutes pleines de lumière et de grâce. Elles sont entre les mains de tout le monde, des religieux, des séculiers, des prédicateurs, des contemplatifs, des simples et des savants[2] : tant il a été saintement et charitablement industrieux à présenter, tout ensemble, le pain aux forts, le lait aux enfants; et dans ce pain et dans ce lait, le même Jésus-Christ à tous!

Je ne m'étonne donc plus s'il prêchait si saintement au peuple fidèle le mystère de Jésus-Christ[3], qu'il avait si bien médité. O Dieu vivant et éternel, quel zèle[4]! quelle onction! quelle douceur! quelle force! quelle simplicité, et quelle éloquence! O! qu'il était éloigné de ces prédicateurs infidèles[5], qui ravilissent leur dignité jusqu'à faire servir au désir de plaire le ministère d'instruire; qui ne rougissent pas d'acheter des acclamations par des instructions, des paroles de flatterie par la parole de vérité, des louanges, vains aliments d'un esprit léger, par la nourriture solide et substantielle que Dieu a préparée à ses enfants! Quel désordre! quelle indignité! Est-ce ainsi qu'on fait parler Jésus-Christ? Savez-vous, ô prédicateurs, que ce divin conquérant veut régner sur les cœurs par votre parole? Mais ces cœurs sont retranchés contre lui; et, pour les abattre à ses pieds, pour les forcer invinciblement au milieu de leurs défenses, que ne faut-il pas entreprendre? quels obstacles[6] ne faut-il pas surmonter? Ecoutez l'apôtre saint Paul : « Il faut renverser les remparts des mauvaises habitudes, il faut détruire les conseils profonds d'une malice invétérée[7], il faut abattre toutes les hauteurs qu'un orgueil indompté et opiniâtre élève contre la science de Dieu, il faut captiver tout entendement sous l'obéissance de la foi » : *Ad destructionem munitionum, consilia destruentes, et omnem altitudinem extollentem se adversus scientiam Dei, et in captivitatem redigentes omnem intellectum in obsequium Christi*[8].

Que ferez-vous ici, faibles discoureurs? Détruirez-vous ces remparts en jetants des fleurs? Dissiperez-vous[9] ces conseils cachés en chatouillant les oreilles? Croyez-vous que ces superbes hauteurs tombent au bruit de vos périodes mesurées[10]? Et pour captiver les esprits, est-ce assez de les charmer un moment par la surprise d'un plaisir qui passe? Non, non, ne nous trompons pas : pour renverser tant de remparts, et vaincre tant de résistance, et nos mouvements affectés, et nos paroles arrangées, et nos figures artificielles, sont des machines trop faibles. Il faut prendre des armes plus puissantes[1], plus efficaces, celles qu'employait si heureusement le saint prêtre dont nous parlons.

La parole de l'Evangile sortait de sa bouche, vive, pénétrante, animée, toute pleine d'esprit et de feu. Ses sermons n'étaient pas le fruit de l'étude lente et tardive; mais d'une céleste ferveur, mais d'une prompte et soudaine illumination : c'est pourquoi deux jours lui suffisent pour faire l'oraison funèbre du grand cardinal de Bérulle, avec l'admiration de ses auditeurs. Il n'en employa pas beaucoup davantage à ce beau panégyrique latin de saint Philippe de Néri[2]; ce prêtre si transporté de l'amour de Dieu, dont le zèle était si grand et si vaste, que le monde entier était trop petit pour l'étendue de son cœur, pendant que son cœur même était trop petit pour l'immensité de son amour. Mais dois-je m'arrêter ici à deux actions particulières[3] du Père Bourgoing, puisque je sais qu'il a fourni de la même force la carrière de plusieurs carêmes, dans les chaires les plus illustres de la France et des Pays-Bas; toujours pressant, toujours animé; *lumière ardente et luisante*[4], qui ne brillait que pour échauffer[5], qui cherchait le cœur par l'esprit, et ensuite captivait l'esprit par le cœur ? D'où lui venait cette force ? C'est, mes Frères, qu'il était plein de la doctrine céleste; c'est qu'il s'était nourri et rassasié du meilleur suc du christianisme, c'est qu'il faisait régner dans ses sermons la vérité et la sagesse; l'éloquence suivait comme la servante[6], non recherchée avec soin, mais attirée par les choses mêmes. Ainsi son discours « se répandait à la manière d'un torrent; et s'il trouvait en son chemin les fleurs de l'élocution, il les entraînait plutôt après lui par sa propre impétuosité, qu'il ne les cueillait avec choix pour se parer d'un tel ornement » : *Fertur quippe impetu suo ; et elocutionis pulchritudinem, si occurrerit, vi rerum rapit, non cura decoris assumit*[7]. C'est l'idée de l'éloquence que donne saint Augustin aux prédicateurs, et ce qu'a pratiqué celui dont nous honorons ici la mémoire.

Après ces fonctions publiques, il resterait encore, Messieurs, de vous faire voir ce saint homme dans la conduite des âmes, et de vous y faire admirer son zèle, sa discrétion, son courage et sa patience. Mais quoique les autres choses que j'ai à vous dire ne me laissent pas le loisir d'entrer bien avant dans cette matière, je ne dois pas omettre en ce lieu qu'il a été longtemps confesseur de feu Monseigneur le duc d'Orléans, de glorieuse mémoire[1]. C'est une marque de son mérite d'avoir été appelé à un tel emploi, après cet illustre père Charles de Condren[2], dont le nom inspire la piété, dont la mémoire, toujours fraîche et toujours récente, est douce à toute l'Eglise comme une composition de parfums[3]. Mais quelle a été la conduite de son successeur dans cet emploi délicat ? N'entrons jamais dans ce détail ; honorons par notre silence le mystérieux secret que Dieu a imposé à ses ministres. Contentons-nous de savoir qu'il y a des plantes tardives dans le jardin de l'Epoux[4] ; que pour en voir la fécondité, les directeurs des consciences, ces laboureurs spirituels, doivent attendre avec patience le fruit précieux de la terre, comme parle l'apôtre saint Jacques[5] ; et qu'enfin le Père Bourgoing a eu cette singulière consolation, qu'il n'a pas attendu en vain, qu'il n'a pas travaillé inutilement, la terre qu'il cultivait lui ayant donné avec abondance des fruits de bénédiction et de grâce. Ha ! si nous avons un cœur chrétien, ne passons pas cet endroit sans rendre à Dieu de justes louanges pour le don inestimable de sa clémence, et prions sa bonté suprême qu'elle fasse souvent de pareils miracles : *Gratias Deo super inenarrabili dono ejus*[6].

Rendons grâces aussi, Chrétiens, à cette même bonté par Jésus-Christ Notre Seigneur, de ce qu'elle a fait paraître en nos jours un prêtre si saint, qu'on a vu apporter persévéramment l'innocence à l'autel, le zèle à la chaire, l'assiduité à la prière, une patience vigoureuse dans la conduite des âmes, une ardeur infatigable à toutes les affaires de l'Eglise. Il ne vit que pour l'Eglise, il ne respire que l'Eglise : il veut non seulement tout consacrer, mais encore tout sacrifier aux intérêts de l'Eglise, sa personne, ses frères, sa congrégation. Il l'a gouvernée en cet esprit durant l'espace de vingt et un ans ; et comme toute la conduite de cette sainte compagnie consiste à s'attacher constamment à la conduite de l'Eglise, à ses évêques, à son chef visible[7], je ne croirai pas m'éloigner de la suite de mon discours, si je trace ici en peu de paroles comme un plan de la sainte Eglise, selon le dessein éternel de son divin architecte : je vous demande, Messieurs, que vous renouveliez vos attentions.

## [SECOND POINT]

Vous comprenez, mes Frères, par tout ce que j'ai déjà dit, que le dessein de Dieu dans l'établissement de son Eglise est de faire éclater par toute la terre le mystère de son unité[1], en laquelle est ramassée toute sa grandeur. C'est pourquoi le Fils de Dieu est venu au monde, et *le Verbe a été fait chair, et il a daigné habiter en nous, et nous l'avons vu parmi les hommes plein de grâce et de vérité*[2] : afin que par la grâce qui unit, il ramenât tout le genre humain à la vérité, qui est une. Ainsi, venant sur la terre avec cet esprit d'unité, il a voulu que tous ses disciples fussent unis, et il a fondé son Eglise unique et universelle, « afin que tout y fût consommé et réduit en un » : *Ut sint consummati in unum,* comme il le dit lui-même dans son Evangile[3].

Je vous le dis, Chrétiens, c'est ici en vérité *un grand mystère en Jésus-Christ et en son Eglise*[4], « Il n'y a qu'une colombe et une parfaite » : *Una est columba mea, perfecta mea*[5] ; il n'y a qu'une seule Epouse, qu'une seule Eglise catholique, qui est la mère commune de tous les fidèles. Mais comment est-elle la mère de tous les fidèles, puisqu'elle n'est autre chose que l'assemblée de tous les fidèles ? C'est ici le secret de Dieu. Toute la grâce de l'Eglise, toute l'efficace du Saint-Esprit est dans l'unité : en l'unité est le trésor, en l'unité est la vie; hors de l'unité est la mort certaine[6]. L'Eglise donc est une; et, par son esprit d'unité catholique et universelle, elle est la mère toujours féconde de tous les particuliers qui la composent. Ainsi, tout ce qu'elle engendre, elle se l'unit très intimement; en cela dissemblable des autres mères, qui mettent hors d'elles-mêmes les enfants qu'elles produisent[7] : au contraire l'Eglise n'engendre les siens qu'en les recevant en son sein, qu'en les incorporant à son unité. Elle croit entendre sans cesse, en la personne de saint Pierre, ce commandement qu'on lui fait d'en haut : « Tue et mange, unis, incorpore » : *Occide et manduca*[8] ; et se sentant animée de cet esprit unissant, elle élève la voix nuit et jour pour appeler tous les hommes au banquet où tout est fait un[9]. Et lorsqu'elle voit les hérétiques qui s'arrachent de ses entrailles, ou plutôt qui lui arrachent ses entrailles mêmes, et qui emportent avec eux en la déchirant le sceau de son unité, qui est le baptême, conviction[10] visible de leur désertion, elle redouble son amour maternel envers ses enfants qui demeurent, les liant et les attachant toujours davantage à son esprit d'unité : tant il est vrai qu'il a plu à Dieu que tout concourût à l'œuvre de l'unité sainte de l'Eglise, et même le schisme, la rupture et la révolte!

Voilà donc le dessein du grand architecte, faire régner l'unité en son Eglise et par son Eglise : voyons maintenant l'exécution. L'exécution, Chrétiens, c'est l'établissement des pasteurs. Car, de crainte que les troupeaux errants et vagabonds ne fussent dispersés deçà et delà, Dieu établit les pasteurs pour les rassembler. Il a donc voulu imprimer dans l'ordre et dans l'office des pasteurs le mystère de l'unité de l'Eglise; et c'est en ceci que consiste la dignité de l'épiscopat. Le mystère de l'unité ecclésiastique est dans la personne, dans le caractère[1], dans l'autorité des évêques. En effet, Chrétiens, ne voyez-vous pas qu'il y a plusieurs prêtres, plusieurs ministres, plusieurs prédicateurs, plusieurs docteurs; mais il n'y a qu'un seul évêque dans un diocèse et dans une Eglise. Et nous apprenons de l'histoire ecclésiastique, que lorsque les factieux entreprenaient de diviser l'épiscopat, une voix commune de toute l'Eglise et de tout le peuple fidèle s'élevait contre cet attentat sacrilège par ces paroles remarquables : « Un Dieu, un Christ, un évêque » : *Unus Deus, unus Christus, unus episcopus*[2]. Quelle merveilleuse association, un Dieu, un Christ, un évêque! un Dieu, principe de l'unité; un Christ, médiateur de l'unité[3]; un évêque, marquant et représentant en la singularité de sa charge le mystère de l'unité de l'Eglise. Ce n'est pas assez, Chrétiens, chaque évêque a son troupeau particulier. Parlons plus correctement : les évêques n'ont tous ensemble qu'un même troupeau, dont chacun conduit une partie inséparable du tout; de sorte qu'en vérité tous les évêques sont au tout et à l'unité, et ils ne sont partagés que pour la facilité de l'application. Mais Dieu, voulant maintenir parmi ce partage l'unité inviolable du tout, outre les pasteurs des troupeaux particuliers, il a donné un père commun, il a préposé un pasteur à tout le troupeau, afin que la sainte Eglise fût une fontaine scellée par le sceau d'une parfaite unité, et « qu'y ayant un chef établi, l'esprit de division n'y entrât jamais » : *Ut capite constituto schismatis tolleretur occasio*[4].

Ainsi Notre Seigneur Jésus-Christ voulant commencer

le mystère de l'unité de son Eglise, il a séparé les apôtres du nombre de tous les disciples ; et ensuite, voulant consommer le mystère de l'unité de l'Eglise, il a séparé l'apôtre saint Pierre du milieu des autres apôtres. Pour commencer l'unité dans toute la multitude, il en choisit douze ; pour consommer l'unité parmi les douze, il en choisit un. En commençant l'unité, il n'exclut pas tout à fait la pluralité : *Comme le Père m'a envoyé, ainsi,* dit-il[1], *je vous envoie*. Mais pour conduire à la perfection le mystère de l'unité de son Eglise, il ne parle pas à plusieurs ; il désigne saint Pierre personnellement, il lui donne un nom particulier : *Et moi,* dit-il[2], *je te dis à toi : Tu es Pierre ; et,* ajoute-t-il, *sur cette pierre je bâtirai mon Eglise ; et,* conclut-il, *les portes d'enfer ne prévaudront point contre elle ;* afin que nous entendions que la police, le gouvernement, et toute l'ordonnance de l'Eglise se doit enfin réduire à l'unité seule ; et que le fondement de cette unité est et sera éternellement le soutien immobile de cet édifice.

Par conséquent, Chrétiens, quiconque aime l'Eglise doit aimer l'unité ; et quiconque aime l'unité doit avoir une adhérence[3] immuable à tout l'ordre épiscopal, dans lequel et par lequel le mystère de l'unité se consomme, pour détruire le mystère d'iniquité, qui est l'œuvre de rébellion et de schisme. Je dis : à tout l'ordre épiscopal ; au pape, chef de cet ordre et de l'Eglise universelle ; aux évêques, chefs et pasteurs des Eglises particulières[4]. Tel est l'esprit de l'Eglise ; tel est principalement le devoir des prêtres, qui sont établis de Dieu pour être coopérateurs de l'épiscopat. Le cardinal de Bérulle, plein de l'esprit de l'Eglise et du sacerdoce, n'a formé sa congrégation que dans la vue de ce dessein ; et le Père François Bourgoing l'a toujours très saintement gouvernée dans cette même conduite.

Soyez[5] bénie de Dieu, sainte Compagnie ; entrez de plus en plus dans ces sentiments, éteignez ces feux de division, ensevelissez sans retour ces noms de parti. Laissez se débattre, laissez disputer et languir dans des questions ceux qui n'ont pas le zèle de servir l'Eglise : d'autres pensées vous appellent, d'autres affaires demandent vos soins. Employez tout ce qui est en vous d'esprit et de cœur, et de lumière, et de zèle, au rétablissement de la discipline, si horriblement dépravée et dans le clergé et parmi le peuple[6].

Deux choses sont nécessaires à la Sainte Eglise, la pureté de la foi et l'ordre de la discipline. La foi est toujours sans tache, la discipline souvent chancelante. D'où vient cette différence, si ce n'est que la foi est le fondement[1], lequel étant renversé, tout l'édifice tomberait par terre ? Or, il a plu à notre Sauveur, qui a établi son Eglise comme un édifice sacré, de permettre que, pour exercer le zèle de ses ministres, il y eût toujours, à la vérité, quelques réfections à faire dans le corps du bâtiment, mais que le fondement fût si ferme, que jamais il ne pût être ébranlé : parce que les hommes peuvent bien, en quelque sorte, contribuer par sa grâce à faire les réparations de l'édifice; mais qu'ils ne pourraient jamais le redresser de nouveau, s'il était entièrement abattu[2]. Il faudrait que le Fils de Dieu vînt encore au monde; et comme il a résolu de n'y venir qu'une fois, il a fondé son temple si solidement, qu'il n'aura jamais besoin qu'on le rétablisse, et qu'il suffira seulement qu'on l'entretienne.

Qui pourrait assez exprimer quel était le zèle du Père Bourgoing, pour travailler à ce grand ouvrage ? Il regardait les évêques comme ceux qui sont établis de Dieu pour faire vivre dans le peuple et dans le clergé la discipline chrétienne. Il révérait dans leur ordre la vigueur et la plénitude d'une puissance céleste[3], pour réprimer la licence et arrêter le torrent des mauvaises mœurs, qui, s'enflant et s'élevant à grands flots, menace d'inonder toute la face de la terre. Non content d'exciter leur zèle, il travaillait nuit et jour à leur donner de fidèles ouvriers. Sa compagnie lui doit le dessein d'avoir des institutions ecclésiastiques pour y former de saints prêtres, c'est-à-dire, donner des pères aux enfants de Dieu[4]. Et il ne faut pas sortir bien loin pour voir des fruits de son zèle. Allez à cette maison où reposent les os du grand saint Magloire[5] : là, dans l'air le plus pur et le plus serein de la ville, un nombre infini d'ecclésiastiques respire un air encore plus pur de la discipline cléricale. Ils se répandent dans les diocèses, et portent partout l'esprit de l'Eglise; c'est l'effet des soins du Père Bourgoing. Mais pourquoi vous[6] parler ici d'un séminaire particulier ? toutes les maisons de l'Oratoire n'étaient-elles pas sous sa conduite autant de séminaires des évêques ? Il professait hautement que tous les sujets de sa compagnie étaient plus aux prélats qu'à la compagnie; et avec raison, Chrétiens, puisque la gloire de la compagnie, c'est d'être tout entière à eux, pour être par eux tout entière à l'Eglise et à Jésus-Christ.

De là vous pouvez connaître combien cette compagnie est redevable aux soins de son général, qui savait si bien conserver en elle l'esprit de son institut, c'est-à-dire, l'esprit primitif de la cléricature et du sacerdoce. Il en était tellement rempli, qu'il en animait tous ses frères; et ceux qui auraient été assez insensibles pour ne se pas rendre à ses paroles, auraient été forcés de céder à la force toute-puissante de ses exemples. Et en effet, Chrétiens, quel autre était plus capable de leur inspirer l'esprit d'oraison, que celui qu'ils voyaient toujours le plus assidu à ce divin exercice? Qui pouvait plus puissamment enflammer leurs cœurs à travailler sans relâche pour les intérêts de l'Eglise que celui dont les maladies n'étaient pas capables d'en ralentir[1] l'action? ce grand homme ne voulant pas, autant qu'il pouvait, qu'il fût tant permis aux infirmités [que] d'interrompre[2] les occupations d'un prêtre de Jésus-Christ. Qui a pu leur enseigner plus utilement à conserver parmi les emplois une sainte liberté d'esprit, que celui qui s'est montré dans les plus grands embarras autant paisible, autant dégagé, qu'agissant et infatigable? Enfin, de qui pouvaient-ils apprendre avec plus de fruit à dompter par la pénitence la délicatesse[3] des sens et de la nature, que de celui qu'ils ont toujours vu retrancher de son sommeil, malgré son besoin, endurer la rigueur du froid, malgré sa vieillesse, continuer[4] ses jeûnes, malgré ses travaux, enfin, affliger son corps par toutes sortes d'austérités, malgré ses infirmités corporelles?

O membres tendres et délicats, si souvent couchés sur la dure! O gémissements! ô cris de la nuit, pénétrant les nues, perçant jusqu'à Dieu! O fontaines de larmes, sources de joie[5]! O admirable ferveur d'esprit, et prière continuelle! O âme qui soutenait le corps presque sans aucune nourriture! ou plutôt, ô corps contraint de mourir avant la mort même, afin que l'âme fût en liberté! O appât du plaisir sensible et goût du fruit défendu, surmonté par la continence du Père Bourgoing! O Jésus-Christ! ô sa mort! ô son anéantissement et sa croix honorés par sa pénitence! Plût à Dieu que, touché d'un si saint exemple, je mortifie mes membres mortels, et que je commence à marcher par la voie étroite, et que je m'ensevelisse avec Jésus-Christ, pour être son cohéritier[1]!

Car que faisons-nous, Chrétiens, que faisons-nous autre chose, lorsque nous flattons notre corps, que d'accroître la proie de la mort, lui enrichir son butin, lui engraisser sa victime? Pourquoi m'es-tu donné, ô corps mortel, fardeau accablant, soutien nécessaire, ennemi flatteur, ami dangereux, avec lequel je ne puis avoir ni guerre ni paix, parce qu'à chaque moment il faut s'accorder, et à chaque moment il faut rompre? O inconcevable union, et aliénation non moins étonnante! « Malheureux homme que je suis! qui me délivrera de ce corps mortel? » *Infelix ego homo! quis me liberabit de corpore mortis hujus*[2]? Si nous n'avons pas le courage d'imiter le Père Bourgoing dans ses austérités, pourquoi flattons-nous nos corps, nourrissons-nous leurs convoitises par notre mollesse, et les rendons-nous invincibles par nos complaisances?

Se peut-il faire, mes Frères, que nous ayons tant d'attache à cette vie et à ses plaisirs, si nous considérons attentivement combien dure la condition avec laquelle on nous l'a prêtée? La nature, cruelle usurière, nous ôte tantôt un sens et tantôt un autre. Elle avait ôté l'ouïe au Père Bourgoing, et elle ne manque pas tous les jours de nous enlever quelque chose, comme pour l'intérêt de son prêt, sans se départir pour cela du droit, qu'elle se réserve, d'exiger en toute rigueur la somme totale à sa volonté. Et alors où serons-nous? que deviendrons-nous? dans quelles ténèbres serons-nous cachés? dans quel gouffre serons-nous perdus? Il n'y aura plus sur la terre aucun vestige de ce que nous sommes. « La chair[3] changera de nature, le corps prendra un autre nom; même celui de cadavre, dit Tertullien, ne lui demeurera pas longtemps; il deviendra un je ne sais quoi, qui n'a point de nom dans aucune langue »: tant il est vrai que tout meurt en nos corps, jusqu'à ces termes funèbres, par lesquels on exprimait nos malheureux restes. *Post totum illud ignobilitatis elogium, caducæ carnis in originem terram, et cadaveris nomen; et de isto quoque nomine periturae in nullum inde jam nomen, in omnis jam vocabuli mortem*[4].

Et vous vous attachez à ce corps, et vous bâtissez sur ces ruines, et vous contractez avec ce mortel une amitié immortelle! O! que la mort vous sera cruelle! O! que vainement[1] vous soupirez, disant avec ce roi des Amalécites : *Siccine separat amara mors*[2] ? « Est-ce ainsi que la mort amère sépare de tout ? » Quel coup ! quel état ! quelle violence !

Il n'y a que l'homme de bien qui n'a rien à craindre en ce dernier jour. La mortification lui rend la mort familière ; le détachement des plaisirs le désaccoutume du corps, il n'a point de peine à s'en séparer ; il a déjà, depuis fort longtemps, ou dénoué ou rompu les liens les plus délicats qui nous y attachent. Ainsi le Père Bourgoing ne peut être surpris de la mort : « Ses jeûnes et ses pénitences l'ont souvent avancé dans son voisinage, comme pour la lui faire observer de près » : *Sæpe jejunans mortem de proximo novit ;* pour sortir du monde plus légèrement, « il s'est déjà déchargé lui-même d'une partie de son corps, comme d'un empêchement importun à l'âme » : *Præmisso jam sanguinis succo, tanquam animæ impedimento*[3]. Un tel homme, dégagé du siècle, qui a mis toute son espérance en la vie future, voyant approcher la mort, ne la nomme ni cruelle ni inexorable : au contraire, il lui tend les bras, il lui présente sans murmurer ce qui lui reste de corps, et lui montre lui-même l'endroit où elle doit frapper son dernier coup. O mort[4] ! lui dit-il d'un visage ferme, tu ne me feras aucun mal, tu ne m'ôteras rien de ce qui m'est cher ; tu me sépareras de ce corps mortel ; ô mort ! je t'en remercie : j'ai travaillé toute ma vie à m'en détacher, j'ai tâché de mortifier mes appétits sensuels ; ton secours, ô mort, m'était nécessaire pour en arracher jusqu'à la racine. Ainsi, bien loin d'interrompre le cours de mes desseins, tu ne fais qu'accomplir l'ouvrage que j'ai commencé ; tu ne détruis pas ce que je prétends[5], mais tu l'achèves. Achève donc, ô mort favorable ! et rends-moi bientôt à mon maître.

Ha ! « qu'il n'en est pas ainsi des impies ! » *Non sic impii, non sic*[6]. La mort ne leur arrive jamais si tard, qu'elle ne soit toujours précipitée ; elle n'est jamais prévenue par tant d'avertissements qu'elle ne soit toujours imprévue. Toujours elle rompt quelque grand dessein et quelque affaire importante : au lieu qu'un homme de bien, à chaque heure, à chaque moment, a toujours ses affaires faites ; il a toujours *son âme en ses mains*[7], prêt à la rendre au premier signal. Ainsi est mort le Père Bourgoing ; et voilà qu'étant arrivé en la bienheureuse *terre des vivants*[8], il voit et il goûte en la source même *combien le Seigneur est doux*[1] ; et il chante, et il triomphe avec ses saints anges, pénétrant Dieu[2], pénétré de Dieu, admirant la magnificence de sa maison, et s'enivrant du torrent de ses délices.

Qui nous donnera, Chrétiens, que nous mourions de cette mort, et que notre mort soit un jour de fête, un jour de délivrance, un jour de triomphe ? Ha ! « que mon âme meure de la mort des justes ! » *Moriatur anima mea morte justorum*[3] ! Mais pour mourir de la mort des justes, vivez, mes Frères, de la vie des justes. Ne soyez pas de ceux[4] qui diffèrent à se reconnaître quand ils ont perdu la connaissance ; et qui méprisent si fort leur âme, qu'ils ne songent à la sauver que lorsqu'ils sont en danger de perdre leur corps ; desquels certes on peut dire véritablement qu'ils se convertissent par désespoir plutôt que par espérance. Mes Frères, faites pénitence, tandis que le médecin[5] n'est pas encore à vos côtés, vous donnant des jours et des heures qui ne sont pas en sa puissance, et toujours prêt à philosopher admirablement de la maladie après la mort. Convertissez-vous de bonne heure ; que la pensée en vienne de Dieu, et non de la fièvre ; de la raison, et non du trouble ; du choix, et non de la force ni de la contrainte. Si votre corps est une hostie, consacrez à Dieu *une hostie vivante*[6] ; si c'est un talent précieux qui doive profiter entre ses mains, mettez-le de bonne heure dans le commerce, et n'attendez pas à le lui donner qu'il le faille enfouir en terre : c'est ce que je dis à tous les fidèles.

Et vous, sainte Compagnie, qui avez désiré d'ouïr de ma bouche le panégyrique de votre père, vous ne m'avez pas appelé dans cette chaire, ni pour déplorer votre perte[7] par des plaintes étudiées, ni pour contenter les vivants par de vains éloges des morts. Un motif plus chrétien vous a excitée à me demander[8] ce discours funèbre à la gloire de ce grand homme : vous avez prétendu que je consacrasse la mémoire de ses vertus, et que je vous proposasse, comme en un tableau, le modèle de sa sainte vie. Soyez donc ses imitateurs, comme il l'a été de Jésus-Christ[9] ; c'est ce qu'il demande de vous aussi ardemment, j'ose dire plus ardemment que le sacrifice mystique ; car, si par ce sacrifice vous procurez son repos, en imitant ses vertus vous enrichissez sa couronne. C'est vous-mêmes, mes

Révérends Pères, qui serez et *sa couronne et sa gloire au jour de Notre-Seigneur*[1], si, comme vous avez été, durant tout le cours de sa vie, obéissants à ses ordres, vous vous rendez de plus en plus, après sa mort, fidèles imitateurs de sa piété. Ainsi soit-il.

# ORAISON FUNÈBRE
## DE MESSIRE
# NICOLAS CORNET[1]
## *GRAND-MAITRE DU COLLÈGE DE NAVARRE*

PRONONCÉE AU COLLÈGE DE NAVARRE LE 27 JUIN 1663[2].

*Simile est regnum cælorum thesauro abscondito.*
Le royaume des cieux est semblable à un trésor caché.
*Matth.*, XIII, 44.

Ceux qui ont vécu dans les dignités et dans les places relevées, ne sont pas les seuls d'entre les mortels dont la mémoire doit être honorée par des éloges publics. Avoir mérité les dignités et les avoir refusées[3], c'est une nouvelle espèce de dignité qui mérite d'être célébrée par toutes sortes d'honneurs; et comme l'univers n'a rien de plus grand que les grands hommes modestes, c'est principalement en leur faveur, et pour conserver leurs vertus, qu'il faut épuiser toutes sortes de louanges. Ainsi l'on ne doit pas s'étonner si cette maison royale ordonne[4] un panégyrique à M. Nicolas Cornet, son grand-maître, qu'elle aurait vu élevé aux premiers rangs de l'Eglise[5], si, juste en toutes autres choses, il ne s'était opposé en ce seul rencontre[6] à la justice de nos rois. Elle doit ce témoignage à sa vertu, cette reconnaissance à ses soins, cette gloire publique à sa modestie; et étant si fort affligée par la perte d'un si grand homme, elle ne peut pas négliger le seul avantage qui lui revient de sa mort, qui est la liberté de le louer. Car, comme, tant qu'il a vécu sur la terre, la seule autorité de sa modestie supprimait les marques d'estime, qu'elle eût voulu rendre aussi solennelles que son mérite était extraordinaire; maintenant qu'il lui est permis d'annoncer hautement ce qu'elle a connu de si près, elle ne peut manquer à ses devoirs particuliers, ni envier au public l'exemple d'une vie si réglée. Et moi (si toutefois vous me permettez de dire un mot de moi-même), moi, dis-je, qui ai trouvé en ce personnage, avec tant d'autres qualités, un trésor inépuisable de sages conseils, de bonne foi, de sincérité, d'amitié constante et inviolable[1], puis-je lui refuser quelques fruits d'un esprit qu'il a cultivé avec une bonté paternelle dès sa première jeunesse; ou lui dénier[2] quelque part dans mes discours, après qu'il en a été si souvent et le censeur et l'arbitre[3] ? Il est donc juste, Messieurs, puisqu'on a bien voulu employer ma voix, que je rende, comme je pourrai, à ce collège royal son grand-maître, aux maisons religieuses leur père et leur protecteur, à la Faculté de théologie l'une de ses plus vives lumières, et celui de tous ses enfants qui peut-être a autant soutenu[4] cette ancienne réputation de doctrine et d'intégrité qu'elle s'est acquise par toute la terre; enfin à toute l'Eglise et à notre siècle l'un de ses plus grands ornements.

Sortez, grand homme[5], de ce tombeau, aussi bien y êtes-vous descendu trop tôt pour nous; sortez, dis-je, de ce tombeau que vous avez choisi inutilement dans la place la plus obscure et la plus négligée de cette nef[6]. Votre modestie vous a trompé aussi bien que tant de saints hommes, qui ont cru qu'ils se cacheraient éternellement en se jetant dans les places les plus inconnues. Nous ne voulons pas vous laisser jouir de cette noble obscurité que vous avez tant aimée; nous allons produire au grand jour, malgré votre humilité, tout ce trésor de vos grâces, d'autant plus riche qu'il est plus caché. Car, Messieurs, vous n'ignorez pas que l'artifice le plus ordinaire de la Sagesse céleste, est de cacher ses ouvrages, et que le dessein de couvrir ce qu'elle a de plus précieux, est ce qui lui fait déployer une si grande variété de conseils[7] profonds. Ainsi toute la gloire de cet homme illustre, dont je dois aujourd'hui prononcer l'éloge, c'est d'avoir été un trésor caché; et je ne le louerai pas selon ses mérites, si, non content de vous faire part de tant de lumières, de tant de grandeurs, de tant de grâces du divin-Esprit, dont nous découvrons en lui un si bel amas, je ne vous montre encore un si bel artifice, par lequel il s'est efforcé de cacher au monde toutes ses richesses.

Vous verrez donc Nicolas Cornet, trésor public, et trésor caché; plein de lumière céleste, et couvert, autant qu'il a pu, de nuages épais; illuminant l'Eglise par sa doctrine, et ne voulant lui faire savoir que sa seule soumission; plus illustre, sans comparaison, par le désir de cacher toutes ses vertus, que par le soin de les acquérir et la gloire de les posséder. Enfin, pour réduire ce discours à quelque méthode, et vous déduire par ordre les mystères qui sont compris dans ce mot évangélique de « trésor caché », vous verrez, Messieurs, dans le premier point de ce discours, les richesses immenses et inestimables qui sont renfermées dans ce trésor; et vous admirerez dans le second l'enveloppe mystérieuse, et plus riche que le trésor même, dans laquelle il nous l'a caché. Voilà l'exemple que je vous propose; voilà le témoignage saint et véritable que je rendrai aujourd'hui, devant les autels, au mérite d'un si grand homme. J'en prends à témoin ce grand prélat[1], sous la conduite duquel cette grande maison portera sa réputation[2]. Il a voulu paraître à l'autel; il a voulu offrir à Dieu son sacrifice pour lui. C'est ce grand prélat que je prends à témoin de ce que je vais dire; et je m'assure, Messieurs[3], que vous ne me refuserez pas vos attentions.

[PREMIER POINT]

Ce que[4] Jésus-Christ Notre Seigneur a été naturellement et par excellence, il veut bien que ses serviteurs le soient par écoulement de lui-même, et par effusion de sa grâce. S'il est docteur du monde, ses ministres en font la fonction; et comme en qualité de docteur du monde, *en lui*, dit l'Apôtre[5], *ont été cachés les trésors de science et de sagesse*, ainsi il a établi des docteurs, qu'il a remplis de grâce et de vérité, pour en enrichir ses fidèles; et ces docteurs, illuminés par son Saint-Esprit, sont les véritables trésors de l'Eglise universelle.

En effet, Chrétiens, lorsque la Faculté de théologie est et a été si souvent consultée en corps, et que ses docteurs particuliers le sont tous les jours, touchant le devoir de la conscience; n'est-ce pas un témoignage authentique, qu'autant qu'elle a de docteurs, autant devrait-elle avoir de trésors publics, d'où l'on puisse tirer, selon les besoins et les occurrences différentes, de quoi relever les faibles, confirmer les forts, instruire les simples et les ignorants, confondre et réprimer les opiniâtres ? Personne ne peut ignorer que ce saint homme, dont nous parlons, ne se soit très dignement acquitté d'un si divin ministère : ses conseils[1] étaient droits, ses sentiments purs, ses réflexions efficaces, sa fermeté invincible. C'était un docteur de l'ancienne marque, de l'ancienne simplicité, de l'ancienne probité; également élevé au-dessus de la flatterie et de la crainte, incapable de céder aux vaines excuses des pécheurs, d'être surpris aux inventions[2] de la chair et du sang : et comme c'est en ceci que consiste principalement l'exercice des docteurs, permettez-moi, Chrétiens, de reprendre ici d'un plus haut principe la règle de cette conduite.

Deux maladies dangereuses[3] ont affligé en nos jours le corps de l'Eglise : il a pris à quelques docteurs une malheureuse et inhumaine complaisance, une pitié meurtrière, qui leur a fait porter des coussins sous les coudes des pécheurs[4], chercher des couvertures à leurs passions, pour condescendre à leur vanité, et flatter leur ignorance affectée. Quelques autres[5], non moins extrêmes, ont tenu les consciences captives sous des rigueurs très injustes : ils ne peuvent supporter aucune faiblesse, ils traînent toujours l'enfer après eux, et ne fulminent que des anathèmes. L'ennemi de notre salut se sert également des uns et des autres, employant la facilité de ceux-là pour rendre le vice aimable, et la sévérité de ceux-ci pour rendre la vertu odieuse. Quels excès terribles, et quelles armes opposées ! Aveugles enfants d'Adam, que le désir de savoir a précipités dans un abîme d'ignorance, ne trouverez-vous jamais la médiocrité[6], où la justice, où la vérité, où la droite raison a posé son trône ?

Certes, je ne vois rien dans le monde qui soit plus à charge à l'Eglise que ces esprits vainement subtils[7], qui réduisent tout l'Evangile en problèmes, qui forment des incidents sur l'exécution de ses préceptes, qui fatiguent les casuistes par des consultations infinies : ceux-là ne travaillent, en vérité, qu'à nous envelopper la règle des mœurs. « Ce sont des hommes, dit saint Augustin[8], qui se tourmentent beaucoup pour ne pas trouver ce qu'ils cherchent » : *Nihil laborant, nisi non invenire quod quærunt,* et, comme dit le même saint, *qui tournant s'enveloppent eux-mêmes dans les ombres de leurs propres ténèbres,* c'est-à-dire, dans leur ignorance et dans leurs erreurs, et s'en font une couverture. Mais plus malheureux encore les docteurs, indignes de ce nom, qui adhèrent à leurs sentiments, et donnent poids à leur folie. *Ce sont des astres errants,* comme parle l'apôtre saint Jude[9], qui, pour n'être pas assez attachés à la route immuable de la vérité, gauchissent et se détournent au gré des vanités, des intérêts et des passions humaines. Ils confondent le ciel et la terre ; ils mêlent Jésus-Christ avec Bélial[1] ; ils cousent l'étoffe vieille avec la neuve, contre l'ordonnance expresse de l'Evangile[2], des lambeaux de mondanité avec la pourpre royale : mélange indigne de la piété chrétienne ; union monstrueuse qui déshonore la vérité, la simplicité, la pureté incorruptible du christianisme !

Mais que dirai-je de ceux qui détruisent, par un autre excès, l'esprit de la piété ; qui trouvent partout des crimes nouveaux, et accablent la faiblesse humaine en ajoutant au joug que Dieu nous impose ? Qui ne voit que cette rigueur enfle la présomption, nourrit le dédain, entretient un chagrin superbe, et un esprit de fastueuse singularité ; fait paraître la vertu trop pesante, l'Evangile excessif, le christianisme impossible ? O faiblesse et légèreté de l'esprit humain, sans poids[3], sans consistance, seras-tu toujours le jouet des extrémités opposées ? Ceux qui sont doux deviennent trop lâches ; ceux qui sont fermes deviennent trop durs. Accordez-vous, ô docteurs ; et il vous sera bien aisé, pourvu que vous écoutiez le Docteur céleste. *Son joug est doux,* nous dit-il[4], *et son fardeau est léger. Voyez,* dit saint Chrysostome[5], *le tempérament : il ne dit pas simplement que son Evangile soit ou pesant ou léger ; mais il joint l'un et l'autre ensemble, afin que nous entendions que ce bon Maître ni ne nous décharge ni ne nous accable, et que, si son autorité veut assujettir nos esprits, sa bonté veut en même temps ménager nos forces.*

Vous donc, docteurs relâchés, puisque l'Evangile est un *joug,* ne le rendez pas si facile, de peur que si vous nous[6] déchargez de son poids, nos passions indomptées ne le secouent trop facilement ; et qu'ayant rejeté le joug, nous ne marchions indociles, superbes, indisciplinés, au gré de nos désirs impétueux. Vous aussi, docteurs trop austères ; puisque l'Evangile doit être *léger,* n'entreprenez pas d'accroître son poids : n'y ajoutez rien de vous-mêmes ou par faste, ou par caprice, ou par ignorance. Lorsque ce Maître commande, s'il charge d'une main, il soutient de l'autre[7] : ainsi tout ce qu'il impose est léger ; mais tout ce que les hommes y mêlent est insupportable.

Vous voyez donc, Chrétiens, que, pour trouver la règle de mœurs, il faut tenir le milieu entre les deux extrémités, et c'est pourquoi l'Oracle[8] toujours sage nous avertit de ne nous détourner jamais ni à la droite ni à la gauche[1]. Ceux-là se détournent à la gauche, qui penchent du côté du vice, et favorisent le parti de la corruption; mais ceux qui mettent la vertu trop haut[2], à qui toutes les faiblesses paraissent des crimes horribles, ou qui, des conseils[3] de perfection, font la loi commune de tous les fidèles, ne doivent pas se vanter d'aller droitement, sous prétexte qu'ils semblent chercher une régularité plus scrupuleuse. Car l'Ecriture nous apprend que, si l'on peut se détourner en allant à gauche, on peut aussi s'égarer du côté de la droite, c'est-à-dire, en s'avançant à la perfection[4], en captivant les âmes infirmes sous des rigueurs trop extrêmes. Il faut marcher au milieu : c'est dans ce sentier où la justice et la paix se baisent de baisers sincères; c'est-à-dire, qu'on rencontre la véritable droiture, et le calme assuré des consciences : *Misericordia et veritas obviaverunt sibi, justitia et pax osculatæ sunt*[5].

Il est permis aux enfants de louer leur mère[6]; et je ne dénierai point ici à l'Ecole de théologie de Paris la louange qui lui est due, et qu'on lui rend aussi par toute l'Eglise[7]. Le trésor de la vérité n'est nulle part plus inviolable. Les fontaines de Jacob ne coulent nulle part plus incorruptibles. Elle semble divinement être établie pour tenir la balance droite avec une grâce particulière[8], pour conserver le dépôt de la Tradition[9]. Elle a toujours la bouche ouverte pour dire la vérité : elle n'épargne ni ses enfants ni les étrangers[10], et tout ce qui choque la règle n'évite pas sa censure.

Le sage Nicolas Cornet, affermi dans ses maximes, exercé dans ses emplois, plein de son esprit, nourri du meilleur suc de sa doctrine, a soutenu dignement sa gloire et l'ancienne pureté de ses maximes. Il ne s'est pas laissé surprendre à cette rigueur affectée, qui ne fait que des superbes et des hypocrites : mais aussi s'est-il montré implacable à ces maximes moitié profanes et moitié saintes, moitié chrétiennes et moitié mondaines, ou plutôt toutes mondaines et toutes profanes, parce qu'elles ne sont qu'à demi chrétiennes et à demi saintes. Il n'a jamais trouvé belles aucunes des couleurs de la simonie[11]; et pour entrer dans l'état ecclésiastique, il n'a pas connu d'autre porte que celle qui est ouverte par les saints canons[12]. Il a condamné l'usure sous tous ses noms et sous tous ses titres. Sa pudeur a toujours rougi de tous les prétextes honnêtes des engagements déshonnêtes, où il n'a pas épargné le fer et le feu pour éviter les périls des occasions prochaines. Les inventeurs trop subtils de vaines contentions et de questions de néant, qui ne servent qu'à faire perdre, parmi des détours infinis, la trace toute droite de la vérité, lui ont paru[1], aussi bien qu'à saint Augustin, des hommes inconsidérés et volages, « qui soufflent sur de la poussière, et se jettent de la terre dans les yeux » : *Sufflantes pulverem, et excitantes terram in oculos suos*[2]. Ces chicanes raffinées, ces subtilités en vaines distinctions, sont véritablement de la poussière soufflée, de la terre dans les yeux, qui ne font que troubler la vue. Enfin il n'a écouté aucun expédient pour accorder l'esprit et la chair, entre lesquels nous avons appris que la guerre doit être immortelle[3]. Toute la France le sait, car il a été consulté de toute la France; et il faut même que ses ennemis[4] lui rendent ce témoignage, que ses conseils étaient droits, sa doctrine pure, ses discours simples[5], ses réflexions sensées, ses jugements sûrs, ses raisons pressantes, ses résolutions précises, ses exhortations efficaces, son autorité vénérable, et sa fermeté invincible.

C'était donc véritablement un grand et riche *trésor*; et tous ceux qui le consultaient, parmi cette simplicité qui le rendait vénérable, voyaient paraître avec abondance dans ce trésor évangélique, *les choses vieilles, et nouvelles*[6], les avantages naturels, et surnaturels, les richesses des deux Testaments, l'érudition ancienne et moderne, la connaissance profonde des saints Pères et des scolastiques, la science des antiquités et de l'état présent de l'Eglise, et le rapport nécessaire de l'un et de l'autre. Mais parmi tout cela, Messieurs, rien ne donnait plus d'autorité à ses décisions que l'innocence de sa vie : car il n'était pas de ces docteurs licencieux dans leurs propres faits, qui, se croyant suffisamment déchargés des bonnes œuvres[7] par les bons conseils, n'épargnent ni ne ménagent la bonne conscience des autres, indignes prostituteurs de leur intégrité. Au contraire, Nicolas Cornet ne se pardonnait rien à lui-même, et pour composer ses mœurs, il entrait dans les sentiments de la justice, de la jalousie, de l'exactitude d'un Dieu qui veut rendre la vérité redoutable. Nous savons que dans une affaire de ses amis, qu'il avait recommandée comme juste, craignant que le juge, qui le respectait, n'eût trop déféré à son témoignage et à sa sollicitation, il a réparé de ses deniers le tort qu'il reconnut, quelque temps après, avoir été fait à la partie[1] : tant il était lui-même sévère censeur de ses bonnes intentions!

Que vous dirai-je maintenant, Messieurs, de sa régularité dans tous ses autres devoirs ? Elle paraît principalement dans cette admirable circonspection qu'il avait pour les bénéfices[2]. Bien loin de les désirer, il crut qu'il en aurait trop, quand il en eut pour environ douze cents livres de rente. Ainsi, il se défit bientôt de ses titres, voulant honorer en tout la pureté des canons, et servir à la sainteté et à l'ordre[3] de la discipline ecclésiastique. Tant qu'il les a tenus, les pauvres et les fabriques[4] en ont presque tiré tout le fruit. Pour ce qui touchait sa personne, on voyait qu'il prenait à tâche d'honorer *le seul nécessaire*[5] par un retranchement effectif de toutes les superfluités : tellement que ceux qui le consultaient, voyant cette sagesse, cette modestie, cette égalité[6] de ses mœurs, le poids de ses actions et de ses paroles, enfin cette piété et cette innocence, qui, dans la plus grande chaleur des partis, étaient toujours demeurées sans reproches, et admirant le consentement de sa vie et de sa doctrine, croyaient que c'était la justice même qui parlait par sa bouche; et ils révéraient ses réponses comme des oracles d'un Gerson[7], d'un Pierre d'Ailly[8], et d'un Henri de Gand[9]. Et plût à Dieu, Messieurs, que le malheur de nos jours ne l'eût jamais arraché de ce paisible exercice!

Vous le savez, juste Dieu[10], vous le savez, que c'est malgré lui que cet homme modeste et pacifique a été contraint de se signaler parmi les troubles de votre Eglise. Mais un docteur ne peut pas se taire dans la cause de la foi; et il ne lui était pas permis de manquer en une occasion où sa science exacte et profonde, et sa prudence consommée ont paru si fort nécessaires. Je ne puis non plus omettre en ce lieu le service très important qu'il a rendu à l'Eglise, et je me sens obligé de vous exposer l'état de nos malheureuses dissensions; quoique je désirerais beaucoup davantage de les voir ensevelies éternellement dans l'oubli et dans le silence. Quelle effroyable tempête s'est excitée en nos jours, touchant la grâce et le libre arbitre[11]! Je crois que tout le monde ne le sait que trop; et il n'y a aucun endroit si reculé de la terre, où le bruit n'en ait été répandu. Comme presque le plus grand effort de cette nouvelle tempête tomba dans le temps qu'il était syndic de la Faculté de théologie ; voyant les vents s'élever, les nues s'épaissir, les flots s'enfler de plus en plus, sage, tranquille et posé qu'il était, il se mit à considérer attentivement quelle était cette nouvelle doctrine et quelles étaient les personnes[1] qui la soutenaient. Il vit donc que saint Augustin, qu'il tenait le plus éclairé et le plus profond de tous les docteurs, avait exposé à l'Eglise une doctrine toute sainte et apostolique touchant la grâce chrétienne[2] ; mais que, ou par la faiblesse naturelle de l'esprit humain, ou à cause de la[3] profondeur ou de la délicatesse des questions, ou plutôt par la condition nécessaire et inséparable de notre foi, durant cette nuit d'énigmes et d'obscurités[4], cette doctrine céleste s'est trouvée nécessairement enveloppée parmi des difficultés impénétrables : si bien qu'il y avait à craindre qu'on ne fût jeté insensiblement dans des conséquences ruineuses à la liberté de l'homme[5]. Ensuite il considéra avec combien de raisons toute l'Ecole et toute l'Eglise s'étaient appliquées à défendre ces[6] conséquences ; et il vit que la Faculté[7] des nouveaux docteurs en était si prévenue, qu'au lieu de les rejeter[8], ils en avaient fait une doctrine propre : si bien que la plupart de ces conséquences, que tous les théologiens avaient toujours regardées jusqu'alors comme des inconvénients fâcheux, au-devant desquels il fallait aller[9] pour bien entendre la doctrine de saint Augustin et de l'Eglise, ceux-ci les regardaient au contraire comme des fruits nécessaires, qu'il en fallait recueillir ; et que ce qui avait paru à tous les autres comme des écueils contre lesquels il fallait craindre d'échouer le vaisseau, ceux-ci ne craignaient point de nous le montrer comme le port salutaire auquel devait aboutir la navigation. Après avoir ainsi regardé la face et l'état de cette doctrine, que les docteurs[10], sans doute, reconnaîtront bien sur cette idée générale, il s'appliqua à connaître le génie de ses défenseurs. Saint Grégoire de Nazianze, qui lui était fort familier, lui avait appris que les troubles ne naissent pas dans l'Eglise par des âmes communes et faibles : *Ce sont*, dit-il[11], *de grands esprits, mais ardents et chauds, qui causent ces mouvements et ces tumultes ;* mais ensuite, les décrivant par leurs caractères propres, il les appelle excessifs, insatiables, et portés plus ardemment qu'il ne faut aux choses de la religion : paroles vraiment

sensées, et qui nous représentent au vif le naturel de tels
esprits[1].

Vous êtes étonnés peut-être d'entendre parler de la
sorte un si saint évêque. Car, Messieurs, nous devons
entendre que si l'on peut avoir trop d'ardeur, non point
pour aimer la saine[2] doctrine, mais pour l'éplucher de
trop près, et pour la rechercher trop subtilement, la première partie d'un homme qui étudie les vérités saintes,
c'est de savoir discerner les endroits où il est permis de
s'étendre, et où il faut s'arrêter tout court, et se souvenir
des bornes étroites dans lesquelles est resserrée notre
intelligence : de sorte que la plus prochaine disposition
à l'erreur est de vouloir réduire les choses à la dernière
évidence de la conviction; mais il faut modérer le feu
d'une mobilité inquiète, qui cause en nous cette intempérance et cette maladie de savoir, et êtres sages sobrement
et avec mesure, selon le principe[3] de l'Apôtre[4], et se contenter simplement des lumières qui nous sont données
plutôt pour réprimer notre curiosité, que pour éclaircir
tout à fait le fond des choses. C'est pourquoi ces esprits
extrêmes, qui ne se lassent jamais de chercher, ni de discourir, ni de disputer, ni d'écrire, saint Grégoire de
Nazianze les a appelés excessifs et insatiables.

Notre sage et avisé syndic jugea que ceux desquels nous
parlons étaient à peu près de ce caractère, grands hommes,
éloquents, hardis, décisifs, esprits forts et lumineux;
mais plus capables de pousser les choses à l'extrémité que
de tenir le raisonnement sur le penchant, et plus propres
à commettre ensemble les vérités chrétiennes qu'à les
réduire à leur unité naturelle : tels enfin, pour dire en un
mot, qu'ils donnent beaucoup à Dieu[5] et que c'est pour
eux une grande grâce de céder entièrement à s'abaisser
sous l'autorité suprême de l'Eglise et du Saint-Siège.
Cependant les esprits s'émeuvent, et les choses se mêlent
de plus en plus. Ce parti, zélé et puissant, charmait du
moins agréablement, s'il n'emportait tout à fait la fleur de
l'Ecole et de la jeunesse; enfin, il n'oubliait rien pour
entraîner après soi toute la Faculté de théologie.

C'est ici qu'il n'est pas croyable, combien notre sage
grand-maître a travaillé utilement parmi ces tumultes,
convainquant les uns par sa doctrine, retenant les autres
par son autorité, animant et soutenant tout le monde par
sa constance; et, lorsqu'il parlait en Sorbonne dans les

délibérations de la Faculté, c'est là qu'on reconnaissait, par expérience, la vérité de cet oracle : « La bouche de l'homme prudent est désirable dans les assemblées, et chacun pèse toutes ses paroles en son cœur » : *Os prudentis quæritur in ecclesia, et verba illius cogitabunt in cordibus suis*[1]. Car il parlait avec tant de poids, dans une si belle suite et d'une manière si considérée, que même ses ennemis n'avaient point de prise. Au reste, il s'appliquait également à démêler la doctrine, et à prévenir les pratiques[2] par sa sage et admirable prévoyance ; en quoi il se conduisait avec une telle modération, qu'encore qu'on n'ignorât pas la part qu'il avait en tous les conseils, toutefois à peine aurait-il paru, n'était que ses adversaires, en le chargeant publiquement presque de toute la haine, lui donnèrent aussi, malgré lui-même, la plus grande partie de la gloire. Et certes, il est véritable qu'aucun n'était mieux instruit du point décisif de la question. Il connaissait très parfaitement et les confins et les bornes de toutes les opinions de l'Ecole ; jusqu'où elles concouraient[3], et où elles commençaient à se séparer ; surtout il avait grande connaissance de la doctrine de saint Augustin et de l'école de saint Thomas. Il connaissait les endroits par où ces nouveaux docteurs semblaient tenir les limites certaines, [et ceux] par lesquels[4] ils s'en étaient divisés. C'est de cette expérience, de cette exquise connaissance, et du concert des meilleurs cerveaux de la Sorbonne, que nous est né cet extrait de ces cinq propositions[5], qui sont comme les justes limites par lesquelles la vérité est séparée de l'erreur, et qui étant, pour ainsi parler, le caractère propre et singulier des nouvelles opinions, ont donné le moyen à tous les autres de courir unanimement contre leurs nouveautés inouïes.

C'est donc ce consentement qui a préparé les voies à ces grandes décisions[6] que Rome a données[7] ; à quoi notre très sage docteur, par la créance qu'avait même le souverain Pontife à sa parfaite intégrité, ayant si utilement travaillé, il en a aussi avancé l'exécution avec une pareille vigueur, sans s'abattre, sans se détourner, sans se ralentir : si bien que par son travail, sa conduite, et par celle de ses fidèles coopérateurs, ils ont été contraints de céder. On ne fait plus aucune sortie, on ne parle plus que de paix. O ! qu'elle soit véritable, ô ! qu'elle soit effective ! ô ! qu'elle soit éternelle ! Que nous puissions avoir appris par expérience combien il est dangereux de troubler l'Eglise; et combien on outrage la saine[1] doctrine, quand on l'applique[2] malheureusement parmi des extrêmes conséquences! Puissent naître de ces conflits des connaissances plus nettes, des lumières plus distinctes, des flammes de charité plus tendres et plus ardentes, qui rassemblent bientôt en un, par cette véritable concorde, les membres dispersés de l'Eglise!

[SECOND POINT]

Mais je reviens à celui qui nous fournit à ce jour une si riche matière de justes louanges. Quelqu'un entendant son panégyrique, voyant tant de grands services qu'il a rendus à l'Eglise, et découvrant en ce personnage un si admirable trésor de rares et excellentes qualités, murmurera peut-être en secret de ce qu'une lumière si vive n'a pas été exposée plus haut sur le chandelier[3], et déclamera en son cœur contre l'injustice du siècle. Cette plainte paraît équitable, mais je dois néanmoins la faire cesser. Vous qui paraissez indignés qu'une vertu si rare n'a pas été couronnée, n'avez-vous pas entendu que j'ai dit, au commencement de ce discours, que ce grand homme s'était éloigné de toutes les dignités? Je l'ai dit, et je le dis encore une fois, le siècle n'a pas été injuste; mais Nicolas Cornet a été modeste. On a recherché son humilité, mais il n'y a pas eu moyen de la vaincre. Nos rois ont connu son mérite, l'ont voulu reconnaître[4]; mais on n'a pu le résoudre à [rien] recevoir d'une main mortelle, quoique royale, les ministres et les prélats concourant également à l'estimer. Je pourrais ici alléguer cet illustre prélat[5] qui fera paraître bientôt une nouvelle lumière dans le siège de saint Denis[6] et de saint Marcel[7], et qui a cette noble satisfaction de voir croître tous les jours sa gloire avec celle de notre monarque. Quand je considère les grands avantages qui lui ont été offerts, je ne puis que je n'admire cette vie modeste, et je ne vois pas dans notre siècle un plus bel exemple à imiter.

Les deux augustes cardinaux[8] qui ont soutenu la majesté de cet empire, ont voulu donner la récompense qui était due à son mérite; mais il a tout refusé.

Le premier l'ayant appelé, lui fit des offres dignes de Son Eminence: le second l'ayant présenté à notre auguste reine[1], mère de notre invincible monarque, lui proposa ses intentions pour une prélature; mais il remercia Sa Majesté et Son Eminence, déclarant qu'il n'avait pas les qualités naturelles et surnaturelles nécessaires pour les grandes dignités. Vous voyez par là quelle a été son humilité, et combien il a été soigneux de cacher les illustres avantages qu'il avait reçus de Dieu : puisque même il allait jusques au devant des propositions qu'on lui voulait faire.

Et, Messieurs, permettez-moi, que je fasse une petite digression. J'ai vu un grand homme mépriser ce qu'il y a de plus éclatant dans le siècle; et cependant je vois une jeunesse emportée, qui n'a, de toutes les qualités nécessaires, que des désirs violents pour s'élever aux charges ecclésiastiques, sans considérer si elle pourra s'acquitter des obligations qui sont attachées à ces dignités. On emploie tous les amis; on brigue la faveur des princes : on croit que c'est assez de monter sur le trône de Pharaon, comme Joseph, pour gouverner l'Egypte; mais il faut, comme lui, avoir été dans le cachot avant que d'être le favori de Pharaon[2]. Ha! modération de Cornet, tu dois bien confondre cette jeunesse aveuglée : on t'a présenté des dignités, et tu les as refusées. *Rara virtus, humilitas honorata*[3] : « Que c'est une chose rare de voir une personne humble, quand elle est élevée dans l'honneur! » Notre grand-maître a eu cette vertu pendant sa vie; mais parce qu'il s'est humilié, il faut qu'il soit glorifié après sa mort.

Le Fils de Dieu, qui n'a prononcé que des oracles, a dit que « celui qui s'humilie sera exalté » : *Qui se humiliat, exaltabitur*[4]. Nicolas Cornet ayant été humble toute sa vie, est et[5] sera bientôt en possession de la gloire. Comme il a eu l'humilité, il a eu toutes les autres vertus dont elle est le fondement. Il a été sage dès son enfance; la pudeur est née avec lui : il a voué sa virginité à Dieu dès ses plus tendres années; il a suivi le conseil de saint Paul, qui ordonne à tous les chrétiens de « se consacrer à Dieu comme des hosties saintes et vivantes » : *Obsecro vos, per viscera misericordiæ, ut exhibeatis vos hostiam viventem, sanctam*[6], *etc.*[7]. Il fit un sacrifice de son corps et de son âme à Dieu : il consacra son entendement à la foi, sa mémoire au souvenir éternel de Dieu, sa volonté à l'amour, son corps au jeûne et à la piété. Il fut simple dans ses discours, inviolable dans sa parole, incorruptible dans sa foi, fidèle aux exercices de l'oraison, et surtout attaché aux affaires de notre salut[1].

Ha! sainte Vierge, je vous en prends à témoin : vous savez combien de nuits il a été prosterné aux pieds de vos autels; combien il a imploré votre assistance pour le soulagement des pauvres peuples et pour la consolation des affligés.

Ce grand homme, cette âme forte et solide, qui savait que Jésus-Christ nous a recommandé d'être des lumières[2], c'est-à-dire, de donner de bons exemples; et d'ailleurs que notre vie doit être cachée, c'est-à-dire, doit être humble, a pratiqué parfaitement ces deux préceptes. Il fut humble et exemplaire : il faisait quelques petites aumônes en public, pour édifier le prochain; mais en particulier il en faisait de grandes; il était le protecteur des pauvres, et le soulagement des hôpitaux. Voilà les vertus qu'il a cachées.

Je ne parle point du respect envers notre monarque, de sa soumission à l'Eglise, de son amour immense envers son prochain. Il est certain que la France n'a pas eu d'âme plus française que la sienne, et que l'Etat n'a pas eu d'esprit plus attaché à son Prince que le sien. Mais il ne s'est pas contenté de cette fidélité qui a duré toute sa vie; il a, avant que de mourir, inspiré son esprit à cette maison royale.

Je ne finirais jamais, Messieurs, si je voulais faire le dénombrement de toutes ses belles qualités. Finissons, et retenons ce torrent; mais avant que de finir[3], voyons à quelle fin on m'a obligé de faire cet éloge funèbre. Quel fruit faut-il tirer de ce discours ? Ha! Messieurs, je ne suis monté en cette chaire, que pour vous proposer ses vertus pour exemple. Heureux seront ceux qui vivront comme il a vécu! heureux seront ceux qui pratiqueront les vertus qu'il a pratiquées! heureux seront ceux qui mépriseront les charges et les titres que le monde recherche! heureux seront ceux qui retranchent les choses superflues! heureux seront ceux qui ne s'enivrent pas de la fumée du siècle! heureux seront ceux qui ne vont pas se plonger dans la boue des plaisirs du monde! C'est ce que ce grand homme a fait, et que vous devez faire. Pourquoi, homme du monde, vous arrêter à un plaisir d'un moment ? Pourquoi occuper tous vos soins, et toutes vos pensées, pour amasser des choses que vous n'emporterez pas ? Pourquoi assiéger tous les matins la porte des grands ? Ne pensez qu'à une seule chose, c'est le Fils de Dieu qui l'a dit : *Porro unum est necessarium*[1] : « Il n'y a qu'une chose nécessaire », il n'y a qu'une chose importante, qui est notre salut. *In me unicum negotium mihi est,* dit Tertullien[2] : « Je n'ai qu'une affaire », et cette affaire est bien secrète; elle est dans le fond de mon cœur : c'est une affaire qui se doit passer entre Dieu et moi : et comme elle est de si grande importance, elle doit toute ma vie, tous les jours, toutes les heures, à tout moment occuper mes soins et mes pensées.

Voilà, Messieurs, l'affaire à laquelle s'est occupé Nicolas Cornet. Entrez dans les sentiments[3] de ce grand homme; imitez ses vertus, pratiquez l'humilité comme lui, aimez l'obscurité comme il l'a aimée.

Mais, avant que de finir[4], il faut que je m'adresse à toi, royale maison, et que je te dise deux mots. Célèbre sa mémoire, conserve son souvenir, et, si je puis demander quelque récompense pour ses travaux, imite ses vertus, va croissant de perfection en perfection. Ce grand exemple est digne d'être imité. Mais, je me trompe, tu l'imites dans sa doctrine et dans ses mœurs; continue et persévère.

Et vous, grandes mânes[5], je vous appelle; sortez de ce tombeau : je crois que vous êtes dans la gloire; mais si vous n'êtes pas encore dans le sanctuaire, vous y serez bientôt. Nous allons tous offrir à Dieu des sacrifices pour votre repos. Souvenez-vous de cette maison royale, que vous avez si tendrement chérie, et lui procurez les bénédictions du Ciel. C'est ce que je vous souhaite au nom du Père, du Fils, et du Saint-Esprit. *Amen.*

# ORAISON FUNÈBRE
## DE
# HENRIETTE-MARIE
## DE FRANCE[1]
### *REINE DE LA GRANDE-BRETAGNE*

PRONONCÉE LE 16 NOVEMBRE 1669, EN PRÉSENCE DE MONSIEUR, FRÈRE UNIQUE DU ROI, ET DE MADAME; EN L'ÉGLISE DES RELIGIEUSES DE SAINTE-MARIE DE CHAILLOT, OÙ AVAIT ÉTÉ DÉPOSÉ LE CŒUR DE SA MAJESTÉ.

> *Et nunc*[2], *Reges, intelligite ; erudimini, qui judicatis terram.*
> Maintenant, ô Rois, apprenez; instruisez-vous, Juges de la terre.
> *Psal.*, 11, 10.

MONSEIGNEUR[3],

CELUI qui règne dans les cieux, et de qui relèvent[4] tous les empires, à qui seul appartient la gloire, la majesté et l'indépendance, est aussi le seul qui se glorifie de faire la loi aux rois, et de leur donner, quand il lui plaît, de grandes et de terribles leçons[5]. Soit qu'il élève les trônes, soit qu'il les abaisse, soit qu'il communique sa puissance aux princes, soit qu'il la retire à lui-même[6], et ne leur laisse que leur propre faiblesse, il leur apprend leurs devoirs d'une manière souveraine et digne de lui. Car, en leur donnant sa puissance, il leur commande d'en user, comme il fait lui-même, pour le bien du monde; et il leur fait voir, en la retirant, que toute leur majesté est empruntée, et que, pour être assis sur le trône, ils n'en sont pas moins sous sa main et sous son autorité suprême[7]. C'est ainsi qu'il instruit les princes, non seulement par des discours et par des paroles, mais encore par des effets et par des exemples. *Et nunc, Reges, intelligite ; erudimini, qui judicatis terram*[8].

Chrétiens, que la mémoire d'une grande reine, fille, femme, mère de rois[1] si puissants, et souveraine de trois royaumes[2], appelle de tous côtés à cette triste cérémonie, ce discours vous fera paraître[3] un de ces exemples redoutables, qui étalent aux yeux du monde sa vanité toute entière. Vous verrez dans une seule vie toutes les extrémités des choses humaines : la félicité sans bornes, aussi bien que les misères; une longue et paisible jouissance d'une des plus nobles couronnes de l'univers; tout ce que peuvent donner de plus glorieux la naissance et la grandeur accumulé[4] sur une tête, qui ensuite est exposée à tous les outrages de la fortune; la bonne cause d'abord suivie de bons succès, et, depuis, des retours soudains[5], des changements inouïs; la rébellion longtemps retenue[6], à la fin tout à fait maîtresse; nul frein à la licence; les lois abolies; la Majesté violée par des attentats jusqu'alors inconnus; l'usurpation et la tyrannie sous le nom de liberté; une reine fugitive, qui ne trouve aucune retraite dans trois royaumes, et à qui sa propre patrie n'est plus qu'un triste lieu d'exil; neuf voyages sur mer, entrepris par une princesse, malgré les tempêtes; l'Océan étonné de se voir traversé tant de fois en des appareils si divers, et pour des causes si différentes; un trône indignement renversé, et miraculeusement rétabli[7]. Voilà les enseignements que Dieu donne aux rois : ainsi fait-il voir au monde le néant de ses pompes et de ses grandeurs. Si les paroles nous manquent, si les expressions ne répondent pas à un sujet si vaste et si relevé, les choses parleront assez d'elles-mêmes. Le cœur d'une grande reine[8], autrefois élevé par une si longue suite de prospérités, et puis plongé tout à coup dans un abîme d'amertumes, parlera assez haut; et s'il n'est pas permis aux particuliers de faire des leçons aux princes sur des événements si étranges, un roi me prête ses paroles[9] pour leur dire : *Et nunc, Reges, intelligite, erudimini, qui judicatis terram* : « Entendez, ô Grands de la terre; instruisez-vous, arbitres du monde. »

Mais la sage et religieuse princesse qui fait le sujet de ce discours n'a pas été seulement un spectacle proposé aux hommes pour y étudier les conseils de la divine Providence, et les fatales révolutions des monarchies; elle s'est instruite elle-même, pendant que Dieu instruisait les princes par son exemple[10]. J'ai déjà dit que ce grand Dieu les enseigne, et en leur donnant et en leur ôtant leur puissance. La reine dont nous parlons a également entendu deux leçons si opposées ; c'est-à-dire, qu'elle a usé chrétiennement de la bonne et de la mauvaise fortune. Dans l'une, elle a été bienfaisante ; dans l'autre, elle s'est montrée toujours invincible[1]. Tant qu'elle a été heureuse, elle a fait sentir son pouvoir au monde par des bontés infinies ; quand la fortune l'eut abandonnée, elle s'enrichit plus que jamais elle-même de vertus : tellement qu'elle a perdu pour son propre bien cette puissance royale qu'elle avait pour le bien des autres ; et si ses sujets, si ses alliés, si l'Eglise universelle a profité de ses grandeurs, elle-même a su profiter de ses malheurs et de ses disgrâces plus qu'elle n'avait fait de toute sa gloire. C'est ce que nous remarquerons dans la vie éternellement mémorable de très haute, très excellente et très puissante princesse HENRIETTE-MARIE DE FRANCE, REINE DE LA GRANDE-BRETAGNE.

Quoique personne n'ignore les grandes qualités d'une reine dont l'histoire a rempli tout l'univers, je me sens obligé d'abord à les rappeler en votre mémoire, afin que cette idée[2] nous serve pour toute la suite du discours. Il serait superflu de parler au long de la glorieuse naissance de cette princesse : on ne voit rien sous le soleil qui en égale la grandeur. Le pape saint Grégoire a donné dès les premiers siècles cet éloge singulier à la couronne de France : *qu'elle est autant au-dessus des autres couronnes du monde, que la dignité royale surpasse les fortunes particulières*[3]. Que s'il a parlé en ces termes du temps du roi Childebert[4], et s'il a élevé si haut la race de Mérovée, jugez ce qu'il aurait dit du sang de saint Louis et de Charlemagne[5]. Issue de cette race, fille de Henri le Grand, et de tant de rois, son grand cœur a surpassé sa naissance. Toute autre place qu'un trône eût été indigne d'elle. A la vérité, elle eut de quoi satisfaire à sa noble fierté, quand elle vit qu'elle allait unir la maison de France à la royale famille des Stuarts, qui étaient venus à la succession de la couronne d'Angleterre par une fille[6] de Henri VII, mais qui tenaient de leur chef[7], depuis plusieurs siècles, le sceptre d'Ecosse, et qui descendaient de ces rois antiques, dont l'origine se cache si avant dans l'obscurité des premiers temps[8]. Mais si elle eut de la joie de régner sur une grande nation, c'est parce qu'elle pouvait contenter le désir immense qui sans cesse la sollicitait à faire du bien. Elle eut une magnificence royale, et l'on eût dit qu'elle perdait ce qu'elle ne donnait pas. Ses autres vertus n'ont pas été moins admirables. Fidèle dépositaire des plaintes et des secrets, elle disait que les princes devaient[1] garder le même silence que les confesseurs, et avoir la même discrétion. Dans la plus grande fureur des guerres civiles, jamais on n'a douté de sa parole, ni désespéré de sa clémence. Quelle autre a mieux pratiqué cet art obligeant qui fait qu'on se rabaisse sans se dégrader, et qui accorde si heureusement la liberté avec le respect ? Douce, familière, agréable[2] autant que ferme et vigoureuse, elle savait persuader et convaincre aussi bien que commander, et faire valoir la raison non moins que l'autorité. Vous verrez avec quelle prudence elle traitait les affaires ; et une main si habile eût sauvé l'Etat[3], si l'Etat eût pu être sauvé[4]. On ne peut assez louer la magnanimité de cette princesse. La fortune ne pouvait rien sur elle : ni les maux qu'elle a prévus, ni ceux qui l'ont surprise, n'ont abattu son courage. Que dirai-je de son attachement immuable à la religion de ses ancêtres ? Elle a bien su reconnaître que cet attachement faisait la gloire de sa maison aussi bien que celle de toute la France, seule nation de l'univers[5] qui, depuis douze siècles presque accomplis que ses rois ont embrassé le christianisme, n'a jamais vu sur le trône que des princes enfants de l'Eglise. Aussi a-t-elle toujours déclaré que rien ne serait capable de la détacher de la foi de saint Louis. Le roi son mari lui a donné, jusques à la mort, ce bel éloge, qu'il n'y avait que le seul point de la religion où leurs cœurs fussent désunis ; et confirmant par son témoignage la piété de la reine, ce prince très éclairé a fait connaître en même temps à toute la terre la tendresse[6], l'amour conjugal, la sainte et inviolable fidélité de son épouse incomparable.

Dieu, qui rapporte tous ses conseils à la conservation de sa sainte Eglise, et qui, fécond en moyens, emploie toutes choses à ses fins cachées, s'est servi autrefois des chastes attraits de deux saintes héroïnes pour délivrer ses fidèles des mains de leurs ennemis. Quand il voulut sauver la ville de Béthulie, il tendit dans[7] la beauté de Judith[8], un piège imprévu et inévitable à l'aveugle brutalité d'Holopherne. Les grâces pudiques de la reine Esther eurent un effet aussi salutaire, mais moins violent. Elle gagna le cœur du roi son mari, et fit d'un prince infidèle un illustre[1] protecteur du peuple de Dieu. Par un conseil à peu près semblable, ce grand Dieu avait préparé un charme innocent au roi d'Angleterre, dans les agréments infinis[2] de la reine son épouse. Comme elle possédait son affection (car les nuages qui avaient paru[3] au commencement furent bientôt dissipés), et que son heureuse fécondité redoublait tous les jours les sacrés liens de leur amour mutuelle; sans commettre l'autorité du roi son seigneur, elle employait son crédit à procurer un peu de repos aux catholiques accablés. Dès l'âge de quinze ans[4], elle fut capable de ces soins; et seize années d'une prospérité accomplie, qui coulèrent sans interruption, avec l'admiration de toute la terre, furent seize années de douceur pour cette Eglise affligée. Le crédit de la reine obtint aux catholiques ce bonheur singulier[5] et presque incroyable, d'être gouvernés successivement par trois nonces apostoliques, qui leur apportaient les consolations que reçoivent les enfants de Dieu, de la communication avec le Saint-Siège.

Le pape saint Grégoire, écrivant au pieux empereur Maurice, lui représente en ces termes les devoirs des rois chrétiens : *Sachez, ô grand empereur, que la souveraine puissance vous est accordée d'en haut, afin que la vertu soit aidée, que les voies du ciel soient élargies, et que l'empire de la terre serve l'empire*[6] *du ciel*[7]. C'est la Vérité[8] elle-même qui lui a dicté ces belles paroles : car qu'y a-t-il de plus convenable à la puissance que de secourir la vertu ? à quoi la force doit-elle servir, qu'à défendre la raison ? et pourquoi commandent les hommes, si ce n'est pour faire que Dieu soit obéi ? Mais surtout il faut remarquer l'obligation si glorieuse, que ce grand pape impose aux princes, d'élargir les voies du ciel. Jésus-Christ a dit dans son Evangile : *Combien est étroit*[9] *le chemin qui mène à la vie*[10] ! Et voici ce qui le rend si étroit : c'est que le juste, sévère à lui-même et persécuteur irréconciliable de ses propres passions, se trouve encore persécuté par les injustes passions des autres, et ne peut pas même obtenir que le monde le laisse en repos dans ce sentier solitaire et rude, où il grimpe[11] plutôt qu'il ne marche. Accourez, dit saint Grégoire, Puissances du siècle; voyez dans quel sentier la vertu chemine, doublement à l'étroit, et par elle-même, et par l'effort de ceux qui la persécutent : secourez-la, tendez-lui la main : puisque vous la voyez déjà fatiguée du combat qu'elle soutient au dedans contre tant de tentations qui accablent la nature humaine, mettez-la du moins à couvert des insultes du dehors. Ainsi vous élargirez un peu les voies du ciel, et rétablirez ce chemin, que sa hauteur et son âpreté rendront toujours assez difficile[1].

Mais si jamais l'on peut dire que la voie du chrétien est étroite, c'est, Messieurs, durant les persécutions. Car que peut-on imaginer de plus malheureux, que de ne pouvoir conserver la foi sans s'exposer au supplice, ni sacrifier sans trouble, ni chercher Dieu qu'en tremblant ? Tel était l'état déplorable des catholiques anglais. L'erreur et la nouveauté[2] se faisaient entendre dans toutes les chaires; et la doctrine ancienne, qui, selon l'oracle de l'Evangile, *doit être prêchée sur les toits,* pouvait à peine parler à l'oreille[3]. Les enfants de Dieu étaient étonnés de ne voir plus ni l'autel, ni le sanctuaire, ni ces tribunaux de miséricorde[4] qui justifient[5] ceux qui s'accusent. O douleur ! il fallait cacher la pénitence avec le même soin qu'on eût fait les crimes; et Jésus-Christ même se voyait contraint, au grand malheur des hommes ingrats, de chercher d'autres voiles et d'autres ténèbres, que ces voiles et ces ténèbres mystiques dont il se couvre volontairement dans l'Eucharistie. A l'arrivée de la Reine, la rigueur se ralentit, et les catholiques respirèrent. Cette chapelle royale, qu'elle fit bâtir avec tant de magnificence dans son palais de Sommerset, rendait à l'Eglise sa première forme. Henriette, digne fille de saint Louis, y animait tout le monde par son exemple, et y soutenait avec gloire par ses retraites, par ses prières et par ses dévotions, l'ancienne réputation de la très chrétienne maison de France. Les prêtres de l'Oratoire, que le grand Pierre de Bérulle[6] avait conduits avec elle, et après eux les Pères Capucins[7], y donnèrent, par leur piété, aux autels leur véritable décoration, et au service divin sa majesté naturelle. Les prêtres et les religieux, zélés et infatigables pasteurs de ce troupeau affligé, qui vivaient en Angleterre pauvres, errants, travestis, *desquels aussi le monde n'était pas digne*[8], venaient reprendre avec joie les marques glorieuses de leur profession dans la chapelle de la Reine; et l'Eglise désolée, qui autrefois pouvait à peine gémir librement et pleurer sa gloire passée, faisait retentir hautement les cantiques de Sion dans une terre étrangère[9]. Ainsi la pieuse reine consolait la captivité des fidèles, et relevait leur espérance.

Quand Dieu laisse sortir du puits de l'abîme la fumée qui obscurcit le soleil, selon l'expression de l'Apocalypse[1], c'est-à-dire, l'erreur et l'hérésie ; quand, pour punir les scandales, ou pour réveiller les peuples et les pasteurs, il permet à l'esprit de séduction[2] de tromper les âmes hautaines, et de répandre partout un chagrin superbe[3], une indocile curiosité, et un esprit de révolte, il détermine, dans sa sagesse profonde, les limites qu'il veut donner aux malheureux progrès de l'erreur et aux souffrances de son Eglise. Je n'entreprends pas, Chrétiens, de vous dire la destinée des hérésies de ces derniers siècles, ni de marquer le terme fatal dans lequel Dieu a résolu de borner leur cours. Mais, si mon jugement ne me trompe pas ; si, rappelant la mémoire des siècles passés, j'en fais un juste rapport à l'état présent, j'ose croire, et je vois les sages concourir à ce sentiment, que les jours d'aveuglement sont écoulés, et qu'il est temps désormais que la lumière revienne. Lorsque le roi Henri VIII, prince en tout le reste accompli[4], s'égara dans les passions qui ont perdu Salomon et tant d'autres rois, et commença d'ébranler l'autorité de l'Eglise, les sages[5] lui dénoncèrent qu'en remuant ce seul point il mettait tout en péril, et qu'il donnait, contre son dessein, une licence effrénée aux âges suivants. Les sages le prévirent ; mais les sages sont-ils crus en ces temps d'emportement, et ne se rit-on pas de leur prophéties ? Ce qu'une judicieuse prévoyance n'a pu mettre dans l'esprit des hommes, une maîtresse plus impérieuse, je veux dire l'expérience, les a forcés de le croire. Tout ce que la religion a de plus saint a été en proie[6]. L'Angleterre a tant changé, qu'elle ne sait plus elle-même à quoi s'en tenir, et, plus agitée en sa terre et dans ses ports[7] mêmes que l'Océan qui l'environne, elle se voit inondée par l'effroyable débordement de mille sectes bizarres. Qui sait si, étant revenue de ses erreurs prodigieuses[8] touchant la royauté, elle ne poussera pas plus loin ses réflexions, et si, ennuyée de ses changements, elle ne regardera pas avec complaisance l'état qui a précédé ? Cependant admirons ici la piété de la Reine, qui a su si bien conserver les précieux restes de tant de persécutions. Que de pauvres, que de malheureux, que de familles ruinées pour la cause de la foi, ont subsisté, pendant tout le cours de sa vie, par l'immense profusion de ses aumônes ! Elles se répandaient de toutes parts jusqu'aux dernières extrémités de ses trois royaumes ; et, s'étendant par leur abondance même sur les ennemis de la foi, elles adoucissaient leur aigreur, et les ramenaient à l'Eglise. Ainsi, non seulement elle conservait, mais encore elle augmentait le peuple de Dieu. Les conversions étaient innombrables ; et ceux qui en ont été témoins oculaires, nous ont appris que, pendant trois ans de séjour[1] qu'elle a fait dans la cour du roi son fils, la[2] seule chapelle royale a vu plus de trois cents convertis[3], sans parler des autres, abjurer saintement leurs erreurs entre les mains de ses aumôniers. Heureuse d'avoir conservé si soigneusement l'étincelle de ce feu divin que Jésus est venu allumer au monde[4] ! Si jamais l'Angleterre revient à soi ; si ce levain[5] précieux vient un jour à sanctifier toute cette masse où il a été mêlé par ses royales mains, la postérité la plus éloignée n'aura pas assez de louanges pour célébrer les vertus de la religieuse Henriette, et croira devoir à sa piété l'ouvrage si mémorable du rétablissement de l'Eglise.

Que si l'histoire de l'Eglise garde chèrement la mémoire de cette reine, notre histoire ne taira pas les avantages qu'elle a procurés à sa maison et à sa patrie. Femme et mère très chérie et très honorée, elle a réconcilié avec la France le roi son mari, et le roi son fils. Qui ne sait qu'après la mémorable action[6] de l'île de Rhé, et durant ce fameux siège de La Rochelle[7], cette princesse, prompte à se servir des conjonctures[8] importantes, fit conclure la paix qui empêcha l'Angleterre de continuer son secours aux calvinistes révoltés ? Et dans ces dernières années, après que notre grand roi, plus jaloux de sa parole et du salut de ses alliés[9] que de ses propres intérêts, eut déclaré la guerre aux Anglais, ne fut-elle pas encore une sage et heureuse médiatrice ? Ne réunit-elle pas les deux royaumes ? Et depuis encore, ne s'est-elle pas appliquée en toutes rencontres à conserver cette même intelligence ? Ces soins regardent maintenant Vos Altesses royales[10] ; et l'exemple d'une grande reine, aussi bien que le sang de France et d'Angleterre, que vous avez uni par votre heureux mariage, vous doit inspirer le désir de travailler sans cesse à l'union de deux rois qui vous sont si proches, et de qui la puissance et la vertu peuvent faire le destin de toute l'Europe.

Monseigneur, ce n'est plus seulement par cette vaillante main et par ce grand cœur que vous acquerrez de la gloire. Dans le calme d'une profonde paix[1], vous aurez des moyens de vous signaler; et vous pouvez servir l'État sans l'alarmer, comme vous avez fait tant de fois, en exposant au milieu des plus grands hasards de la guerre[2] une vie aussi précieuse et aussi nécessaire que la vôtre. Ce service, Monseigneur, n'est pas le seul qu'on attend de vous; et l'on peut tout espérer d'un prince que la sagesse conseille, que la valeur anime, et que la justice accompagne dans toutes ses actions[3]. Mais où m'emporte mon zèle, si loin de mon triste sujet? Je m'arrête à considérer les vertus de Philippe, et je ne songe pas que je vous dois l'histoire des malheurs de Henriette.

J'avoue, en la commençant, que je sens plus que jamais la difficulté de mon entreprise[4]. Quand j'envisage de près les infortunes inouïes d'une si grande reine, je ne trouve plus de paroles; et mon esprit, rebuté de tant d'indignes traitements qu'on a faits à la Majesté et à la vertu, ne se résoudrait jamais à se jeter parmi tant d'horreurs, si la constance admirable avec laquelle cette princesse a soutenu ses calamités, ne surpassait de bien loin les crimes qui les ont causées. Mais en même temps, Chrétiens, un autre soin me travaille. Ce n'est pas un ouvrage humain que je médite. Je ne suis pas ici un historien[5] qui doive vous développer le secret des cabinets, ni l'ordre des batailles, ni les intérêts des partis : il faut que je m'élève au-dessus de l'homme, pour faire trembler toute créature sous les jugements de Dieu. *J'entrerai,* avec David, *dans les puissances du Seigneur*[6] ; et j'ai à vous faire voir les merveilles de sa main[7] et de ses conseils[8]; conseils de juste vengeance sur l'Angleterre; conseils de miséricorde pour le salut de la Reine; mais conseils marqués par le doigt de Dieu, dont l'empreinte est si vive et si manifeste dans les événements que j'ai à traiter, qu'on ne peut résister à cette lumière.

Quelque haut qu'on puisse remonter pour rechercher dans les histoires les exemples des grandes mutations, on trouvera[9] que jusques ici elles sont causées, ou par la mollesse, ou par la violence des princes. En effet, quand les princes, négligeant de connaître leurs affaires et leurs armées, ne travaillent qu'à la chasse, comme disait cet historien[10], n'ont de gloire que pour le luxe, ni d'esprit que pour inventer des plaisirs; ou quand, emportés par leur humeur violente, ils ne gardent plus ni lois ni mesures, et qu'ils ôtent les égards et la crainte aux hommes, en faisant que les maux qu'ils souffrent leur paraissent plus insupportables que ceux qu'ils prévoient; alors ou la licence excessive, ou la patience poussée à l'extrémité, menacent terriblement les maisons régnantes.

Charles Ier, roi d'Angleterre, était juste, modéré, magnanime, très instruit de ses affaires et des moyens de régner. Jamais prince ne fut plus capable de rendre la royauté, non seulement vénérable et sainte, mais encore aimable et chère à ses peuples[1]. Que lui peut-on reprocher, sinon la clémence[2] ? Je veux bien avouer de lui ce qu'un auteur célèbre a dit de César, « qu'il a été clément jusqu'à être obligé de s'en repentir » : *Cæsari proprium et peculiare sit clementiæ insigne qua usque ad pænitentiam omnes superavit*[3]. Que ce soit donc là, si l'on veut, l'illustre défaut de Charles, aussi bien que de César[4]; mais que ceux qui veulent croire que tout est faible dans les malheureux et dans les vaincus, ne pensent pas pour cela nous persuader que la force ait manqué à son courage, ni la vigueur à ses conseils. Poursuivi à toute outrance par l'implacable malignité de la fortune, trahi de tous les siens, il ne s'est pas manqué à lui-même. Malgré les mauvais succès de ses armes infortunées, si on a pu le vaincre, on n'a pas pu le forcer; et, comme il n'a jamais refusé ce qui était raisonnable étant vainqueur, il a toujours rejeté ce qui était faible et injuste[5] étant captif. J'ai peine à contempler son grand cœur dans ces dernières épreuves. Mais certes il a montré qu'il n'est pas permis aux rebelles de faire perdre la majesté à un roi qui sait se connaître; et ceux qui ont vu de quel front il a paru dans la salle de Westminster, et dans la place de Whitehall[6], peuvent juger aisément combien il était intrépide à la tête de ses armées, combien auguste et majestueux au milieu de son palais et de sa cour[7]. Grande reine[8], je satisfais à vos plus tendres désirs, quand je célèbre ce monarque; et ce cœur, qui n'a jamais vécu que pour lui, se réveille, tout poudre[9] qu'il est, et devient sensible, même sous ce drap mortuaire, au nom d'un époux si cher, à qui ses ennemis mêmes accorderont le titre de sage et celui de juste, et que la postérité mettra au rang des grands princes si son histoire trouve des lecteurs dont le jugement ne se laisse pas maîtriser aux événements ni à la fortune.

Ceux qui sont instruits des affaires, étant obligés d'avouer que le Roi n'avait point donné d'ouverture ni de prétexte aux excès sacrilèges dont nous abhorrons la mémoire, en accusent la fierté[1] indomptable de la nation; et je confesse que la haine des parricides[2] pourrait jeter les esprits dans ce sentiment. Mais quand on considère de plus près l'histoire de ce grand royaume, et particulièrement les derniers règnes, où l'on voit non seulement les rois majeurs[3], mais encore les pupilles[4], et les reines mêmes[5], si absolues et si redoutées, quand on regarde la facilité incroyable avec laquelle la religion a été ou renversée, ou rétablie[6] par Henri, par Edouard, par Marie, par Elisabeth, on ne trouve, ni la nation si rebelle, ni ses Parlements si fiers et si factieux : au contraire, on est obligé de reprocher à ces peuples d'avoir été trop soumis, puisqu'ils ont mis sous le joug leur foi même et leur conscience. N'accusons donc pas aveuglément le naturel des habitants de l'île la plus célèbre du monde, qui, selon les plus fidèles histoires, tirent leur origine des Gaules; et ne croyons pas que les Merciens, les Danois et les Saxons[7], aient tellement corrompu en eux ce que nos pères leur avaient donné de bon sang, qu'ils soient capables de s'emporter à des procédés si barbares, s'il ne s'y était mêlé d'autres causes. Qu'est-ce donc qui les a poussés ? Quelle force, quel transport, quelle intempérie a causé ces agitations et ces violences ? N'en doutons pas, Chrétiens, les fausses religions, le libertinage d'esprit, la fureur de disputer des choses divines, sans fin, sans règle, sans soumission, a emporté les courages[8]. Voilà les ennemis que la reine a eu à combattre, et que ni sa prudence, ni sa douceur, ni sa fermeté, n'ont pu vaincre.

J'ai déjà dit quelque chose[9] de la licence où se jettent les esprits, quand on ébranle les fondements de la religion et qu'on remue les bornes une fois posées[10]. Mais, comme la matière que je traite me fournit un exemple manifeste et unique dans tous les siècles, de ces extrémités furieuses, il est, Messieurs, de la nécessité de mon sujet, de remonter jusques au principe, et de vous conduire pas à pas par tous les excès où le mépris de la religion ancienne, et celui de l'autorité de l'Eglise, ont été capables de pousser les hommes.

Donc la source de tout le mal est que ceux qui n'ont

pas craint de tenter, au siècle passé, la réformation[1] par le schisme, ne trouvant point de plus fort rempart contre toutes leurs nouveautés, que la sainte autorité de l'Eglise, ils[2] ont été obligés de la renverser. Ainsi les décrets des conciles, la doctrine des Pères, et leur sainte unanimité, l'ancienne tradition du Saint-Siège et de l'Eglise catholique, n'ont plus été, comme autrefois, des lois sacrées et inviolables. Chacun s'est fait à soi-même un tribunal où il s'est rendu l'arbitre de sa croyance; et, encore qu'il semble que les novateurs aient voulu retenir les esprits en les renfermant dans les limites de l'Ecriture sainte, comme ce n'a été qu'à condition que chaque fidèle en deviendrait l'interprète, et croirait que le Saint-Esprit lui en dicte l'explication, il n'y a point de particulier qui ne se voie autorisé par cette doctrine à adorer ses inventions, à consacrer ses erreurs, à appeler Dieu tout ce qu'il pense[3]. Dès lors on a bien prévu que, la licence n'ayant plus de frein, les sectes se multiplieraient jusqu'à l'infini; que l'opiniâtreté serait invincible; et que tandis que les uns ne cesseraient de disputer, ou donneraient leurs rêveries pour inspirations, les autres, fatigués de tant de folles visions, et ne pouvant plus reconnaître la majesté de la religion déchirée par tant de sectes, iraient enfin chercher un repos funeste, et une entière indépendance, dans l'indifférence des religions[4], ou dans l'athéisme.

Tels, et plus pernicieux encore, comme vous verrez dans la suite, sont les effets naturels de cette nouvelle doctrine. Mais de même qu'une eau débordée[5] ne fait pas partout les même ravages, parce que sa rapidité ne trouve pas partout les mêmes penchants et les mêmes ouvertures; ainsi, quoique cet esprit d'indocilité et d'indépendance soit également répandu dans toutes les hérésies de ces derniers siècles, il n'a pas produit universellement les mêmes effets : il a reçu diverses limites, suivant que la crainte, ou les intérêts, ou l'humeur des particuliers et des nations, ou enfin la puissance divine, qui donne quand il lui plaît des bornes secrètes aux passions des hommes les plus emportées[6], l'ont différemment retenu. Que s'il s'est montré tout entier à l'Angleterre, et si sa malignité s'y est déclarée sans réserve, les rois en ont souffert; mais aussi les rois en ont été cause. Ils ont trop fait sentir aux peuples que l'ancienne religion se pouvait changer. Les sujets ont cessé d'en révérer les maximes, quand ils les ont vues[7] céder aux passions et aux intérêts de leurs princes. Ces terres trop remuées, et devenues incapables de consistance, sont tombées de toutes parts, et n'ont fait voir que d'effroyables précipices. J'appelle ainsi tant d'erreurs téméraires et extravagantes qu'on voyait paraître tous les jours. Ne croyez pas que ce soit seulement la querelle de l'épiscopat[1], ou quelques chicanes sur la liturgie anglicane[2], qui aient ému les Communes. Ces disputes n'étaient[3] encore que de faibles commencements, par où ces esprits turbulents faisaient comme un essai de leur liberté. Mais quelque chose de plus violent se remuait dans le fond des cœurs : c'était un dégoût secret de tout ce qui a de l'autorité, et une démangeaison d'innover sans fin, après qu'on en a vu le premier exemple.

Ainsi les calvinistes, plus hardis que les luthériens, ont servi à établir les sociniens[4], qui ont été plus loin qu'eux, et dont ils grossissent tous les jours le parti[5]. Les sectes infinies des anabaptistes[6] sont sorties de cette même source; et leurs opinions, mêlées au calvinisme, ont fait naître les indépendants[7], qui n'ont point eu de bornes, parmi lesquels on voit les trembleurs[8], gens fanatiques qui croient que toutes leurs rêveries leur sont inspirées; et ceux qu'on nomme chercheurs[9], à cause que, dix-sept cents ans après Jésus-Christ, ils cherchent encore la religion, et n'en ont point d'arrêtée.

C'est, Messieurs, en cette sorte, que les esprits une fois émus, tombant de ruines en ruines, se sont divisés en tant de sectes. En vain les rois d'Angleterre ont cru les pouvoir retenir sur cette pente dangereuse, en conservant l'épiscopat. Car que peuvent des évêques qui ont anéanti eux-mêmes l'autorité de leur chaire, et la révérence qu'on doit à la succession, en condamnant ouvertement leurs prédécesseurs jusqu'à la source même de leur sacre, c'est-à-dire, jusqu'au pape saint Grégoire et au saint moine Augustin, son disciple, et le premier apôtre de la nation anglaise ? Qu'est-ce que l'épiscopat, quand il se sépare de l'Église qui est son tout, aussi bien que du Saint-Siège qui est son centre, pour s'attacher, contre sa nature, à la royauté comme à son chef[10] ? Ces deux puissances d'un ordre si différent ne s'unissent pas, mais s'embarrassent mutuellement, quand on les confond ensemble[11]; et la majesté des rois d'Angleterre serait demeurée plus inviolable, si, contente de ses droits sacrés, elle n'avait point voulu attirer à soi les droits et l'autorité de l'Eglise. Ainsi rien n'a retenu la violence des esprits féconds en erreurs ; et Dieu, pour punir l'irréligieuse instabilité de ces peuples, les a livrés à l'intempérance de leur folle curiosité, en sorte que l'ardeur de leurs disputes insensées, et leur religion arbitraire[1] est devenue la plus dangereuse de leurs maladies.

Il ne faut point s'étonner s'ils perdirent le respect de la majesté et des lois, ni s'ils devinrent factieux, rebelles et opiniâtres. On énerve la religion quand on la change, et on lui ôte un certain poids, qui seul est capable de tenir les peuples. Ils ont dans le fond du cœur je ne sais quoi d'inquiet qui s'échappe, si on leur ôte ce frein nécessaire ; et on ne leur laisse plus rien à ménager, quand on leur permet de se rendre maîtres de leur religion. C'est de là que nous est né ce prétendu règne de Christ, inconnu jusques alors au christianisme, qui devait anéantir toute la royauté[2], et égaler[3] tous les hommes ; songe séditieux des indépendants, et leur chimère impie et sacrilège : tant il est vrai que tout se tourne en révoltes et en pensées séditieuses, quand l'autorité de la religion est anéantie ! Mais pourquoi chercher des preuves d'une vérité que le Saint-Esprit a prononcée par une sentence manifeste ? Dieu même menace les peuples qui altèrent la religion qu'il a établie, de se retirer du milieu d'eux, et par là de les livrer aux guerres civiles. Ecoutez comme il parle par la bouche du prophète Zacharie[4] : *Leur âme,* dit le Seigneur, *a varié envers moi,* quand ils ont si souvent changé la religion, *et je leur ai dit : Je ne serai plus votre pasteur ;* c'est-à-dire, je vous abandonnerai à vous-mêmes, et à votre cruelle destinée ; et voyez la suite : *Que ce qui doit mourir aille à la mort ; que ce qui doit être retranché soit retranché ;* entendez-vous ces paroles ? *et que ceux qui demeureront, se dévorent les uns les autres.* O prophétie trop réelle, et trop véritablement accomplie ! la Reine avait bien raison de juger qu'il n'y avait point de moyen d'ôter les causes des guerres civiles, qu'en retournant à l'unité catholique, qui a fait fleurir durant tant de siècles l'Eglise et la monarchie d'Angleterre, autant que les plus saintes Eglises et les plus illustres monarchies du monde. Ainsi, quand cette pieuse princesse servait l'Eglise, elle croyait servir l'Etat, elle croyait assurer[5] au roi des serviteurs, en conservant à Dieu des fidèles. L'expérience a justifié ses sentiments; et il est vrai que le roi son fils n'a rien trouvé de plus ferme dans son service, que ces catholiques si haïs, si persécutés, que lui avait sauvés la reine sa mère. En effet, il est visible que puisque la séparation et la révolte contre l'autorité de l'Eglise a été la source d'où sont dérivés tous les maux, on n'en trouvera jamais les remèdes que par le retour à l'unité, et par la soumission ancienne. C'est le mépris de cette unité qui a divisé l'Angleterre. Que si vous me demandez comment tant de factions opposées, et tant de sectes incompatibles, qui se devaient apparemment détruire les unes les autres, ont pu si opiniâtrement conspirer ensemble contre le trône royal, vous l'allez apprendre[1].

Un homme[2] s'est rencontré d'une profondeur d'esprit incroyable, hypocrite raffiné autant qu'habile politique, capable de tout entreprendre et de tout cacher, également actif et infatigable dans la paix et dans la guerre, qui ne laissait rien à la fortune de ce qu'il pouvait lui ôter par conseil[3] et par prévoyance; mais au reste si vigilant et si prêt à tout, qu'il n'a jamais manqué les occasions qu'elle lui a présentées; enfin un de ces esprits remuants et audacieux, qui semblent être nés pour changer le monde[4]. Que le sort de tels esprits est hasardeux, et qu'il en paraît dans l'histoire à qui leur audace a été funeste! Mais aussi que ne font-ils pas, quand il plaît à Dieu de s'en servir? Il fut donné à celui-ci de tromper les peuples, et de prévaloir contre les rois[5]. Car, comme il eut aperçu que, dans ce mélange infini de sectes, qui n'avaient plus de règles certaines, le plaisir de dogmatiser sans être repris ni contraint par aucune autorité ecclésiastique ni séculière, était le charme qui possédait les esprits, il sut si bien les concilier par là[6], qu'il fit un corps redoutable de cet assemblage monstrueux. Quand une fois on a trouvé le moyen de prendre la multitude par l'appât de la liberté, elle suit en aveugle, pourvu qu'elle en entende seulement le nom. Ceux-ci, occupés du premier objet qui les avait transportés, allaient toujours, sans regarder qu'ils allaient à la servitude; et leur subtil conducteur, qui, en combattant, en dogmatisant[7], en mêlant mille personnages divers, en faisant le docteur et le prophète, aussi bien que le soldat et le capitaine, vit qu'il avait tellement enchanté le monde, qu'il était regardé de toute l'armée comme un chef envoyé de Dieu pour la protection de l'indépendance, commença à s'apercevoir qu'il pouvait encore les pousser[1] plus loin. Je ne vous raconterai pas la suite trop fortunée de ses entreprises, ni ses fameuses victoires dont la vertu était indignée[2], ni cette longue tranquillité qui a étonné l'univers. C'était le conseil[3] de Dieu d'instruire les rois à ne point quitter son Eglise. Il voulait découvrir, par un grand exemple, tout ce que peut l'hérésie; combien elle est naturellement indocile et indépendante, combien fatale à la royauté et à toute autorité légitime. Au reste, quand ce grand Dieu a choisi quelqu'un pour être l'instrument de ses desseins, rien n'en arrête le cours : ou il enchaîne, ou il aveugle, ou il dompte tout ce qui est capable de résistance. *Je suis le Seigneur,* dit-il par la bouche de Jérémie; *c'est moi qui ai fait la terre avec les hommes et les animaux, et je la mets entre les mains de qui il me plaît. Et maintenant j'ai voulu soumettre ces terres à Nabuchodonosor, roi de Babylone, mon serviteur*[4]. Il l'appelle son serviteur, quoique infidèle, à cause qu'il l'a nommé pour exécuter ses décrets. *Et j'ordonne,* poursuit-il, *que tout lui soit soumis, jusqu'aux animaux*[5] : tant il est vrai que tout ploie et que tout est souple quand Dieu le commande. Mais écoutez la suite de la prophétie : *Je veux que ces peuples lui obéissent, et qu'ils obéissent encore à son fils, jusqu'à ce que le temps des uns et des autres vienne*[6]. Voyez, Chrétiens, comme les temps sont marqués, comme les générations sont comptées; Dieu détermine jusques à quand doit durer l'assoupissement, et quand aussi se doit réveiller le monde.

Tel a été le sort de l'Angleterre. Mais que, dans cette effroyable confusion de toutes choses, il est beau de considérer ce que la grande Henriette a entrepris pour le salut de ce royaume; ses voyages, ses négociations, ses traités, tout ce que sa prudence et son courage opposaient à la fortune de l'Etat; et enfin sa constance, par laquelle n'ayant pu vaincre la violence de la destinée, elle en a si noblement soutenu l'effort! Tous les jours elle ramenait quelqu'un des rebelles; et de peur qu'ils ne fussent malheureusement engagés à faillir toujours, parce qu'ils avaient failli une fois, elle voulait qu'ils trouvassent leur refuge dans sa parole[7]. Ce fut entre les mains que le gouverneur de Sharborough[8] remit ce port et ce château inaccessible. Les deux Hothams père et fils, qui avaient donné le premier exemple de perfidie, en refusant au Roi même les portes[1] de la forteresse et du port de Hull[2], choisirent la Reine pour médiatrice, et devaient rendre au Roi cette place, avec celle de Beverley[3]; mais ils furent prévenus et décapités; et Dieu, qui voulut punir leur honteuse désobéissance par les propres mains des rebelles, ne permit pas que le Roi profitât de leur repentir. Elle avait encore gagné un maire de Londres[4], dont le crédit était grand, et plusieurs autres chefs de la faction. Presque tous ceux qui lui parlaient se rendaient à elle; et si Dieu n'eût point été inflexible, si l'aveuglement des peuples n'eût pas été incurable, elle aurait guéri les esprits, et le parti le plus juste aurait été le plus fort.

On sait, Messieurs, que la Reine a souvent exposé sa personne dans ces conférences secrètes; mais j'ai à vous faire voir de plus grands hasards. Les rebelles s'étaient saisis des arsenaux et des magasins; et malgré la défection de tant de sujets, malgré l'infâme désertion de la milice même, il était encore plus aisé au Roi de lever des soldats, que de les armer. Elle abandonne, pour avoir des armes et des munitions, non seulement ses joyaux, mais encore le soin de sa vie. Elle se met en mer au mois de février, malgré l'hiver et les tempêtes; et sous prétexte de conduire en Hollande la princesse royale, sa fille aînée[5], qui avait été mariée à Guillaume, prince d'Orange[6], elle va pour engager les Etats dans les intérêts du Roi, lui gagner des officiers, lui amener des munitions. L'hiver ne l'avait pas effrayée, quand elle partit d'Angleterre; l'hiver ne l'arrête pas onze mois après, quand il faut retourner auprès du Roi : mais le succès n'en fut pas semblable. Je tremble au seul récit de la tempête furieuse dont sa flotte fut battue durant dix jours. Les matelots furent alarmés jusqu'à perdre l'esprit[7], et quelques-uns d'entre eux se précipitèrent dans les ondes. Elle, toujours intrépide autant que les vagues étaient émues, rassurait tout le monde par sa fermeté; elle excitait ceux qui l'accompagnaient à espérer en Dieu, qui faisait toute sa confiance; et pour éloigner de leur esprit les funestes idées[8] de la mort qui se présentait de tous côtés, elle disait, avec un air de sérénité qui semblait déjà ramener le calme, que les reines ne se noyaient pas. Hélas! elle est réservée à quelque chose de bien plus extraordinaire! et pour s'être sauvée du naufrage[9], ses malheurs n'en seront pas moins déplorables. Elle vit périr ses vaisseaux, et presque toute l'espérance d'un si grand secours. L'amiral[1] où elle était, conduit par la main de Celui qui domine sur la profondeur de la mer[2], et qui dompte ses flots soulevés, fut repoussé aux ports de Hollande ; et tous les peuples furent étonnés d'une délivrance si miraculeuse.

Ceux qui sont échappés du naufrage disent un éternel adieu à la mer et aux vaisseaux ; et, comme disait un ancien auteur[3], ils n'en peuvent même supporter la vue[4]. Cependant, onze jours après, ô résolution étonnante ! la Reine, à peine sortie d'une tourmente si épouvantable, pressée du désir de revoir le Roi, et de le secourir, ose encore se commettre à la furie de l'Océan et à la rigueur de l'hiver. Elle ramasse quelques vaisseaux, qu'elle charge d'officiers et de munitions, et repasse enfin en Angleterre. Mais qui ne serait étonné de la cruelle destinée de cette princesse ? Après s'être sauvée des flots, une autre tempête[5] lui fut presque fatale. Cent pièces de canon tonnèrent sur elle à son arrivée, et la maison où elle entra fut percée de leurs coups. Qu'elle eut d'assurance dans cet effroyable péril ! mais qu'elle eut de clémence pour l'auteur d'un si noir attentat[6] ! On l'amena prisonnier peu de temps après ; elle lui pardonna son crime, le livrant pour tout supplice à sa conscience, et à la honte d'avoir entrepris sur la vie d'une princesse si bonne et si généreuse : tant elle était au-dessus de la vengeance aussi bien que de la crainte !

Mais ne la verrons-nous jamais auprès du Roi, qui souhaite si ardemment son retour ? Elle brûle du même désir, et déjà je la vois paraître dans un nouvel appareil. Elle marche comme un général[7] à la tête d'une armée royale, pour traverser des provinces que les rebelles tenaient presque toutes. Elle assiège et prend d'assaut en passant une place considérable[8] qui s'opposait à sa marche ; elle triomphe, elle pardonne ; et enfin le Roi la vient recevoir dans une campagne, où il avait remporté l'année précédente une victoire signalée[9] sur le général Essex[10]. Une heure après, on apporta la nouvelle d'une grande bataille gagnée[11]. Tout semblait prospérer par sa présence ; les rebelles étaient consternés, et si la Reine en eût été crue ; si, au lieu de diviser les armées royales et de les amuser, contre son avis, aux sièges infortunés de Hull et de Glocester, on eût marché droit à Londres, l'affaire était décidée, et cette campagne eût fini la guerre[12]. Mais le moment fut manqué. Le terme fatal approchait; et le Ciel, qui semblait suspendre, en faveur de la piété de la Reine, la vengeance qu'il méditait, commença à se déclarer. *Tu sais vaincre,* disait un brave Africain au plus rusé capitaine qui fut jamais; *mais tu ne sais pas user de ta victoire : Rome, que tu tenais, t'échappe ; et le destin ennemi t'a ôté tantôt le moyen, tantôt la pensée de la prendre*[1]. Depuis ce malheureux moment, tout alla visiblement en décadence, et les affaires furent sans retour. La Reine, qui se trouva grosse, et qui ne put par tout son crédit faire abandonner ces deux sièges, qu'on vit enfin si mal réussir, tomba en langueur; et tout l'Etat languit avec elle. Elle fut contrainte de se séparer d'avec le Roi, qui était presque assiégé dans Oxford, et ils se dirent un adieu bien triste, quoiqu'ils ne sussent pas que c'était le dernier. Elle se retira à Exeter[2], ville forte, où elle fut elle-même bientôt assiégée. Elle y accoucha d'une princesse[3], et se vit, douze jours après, contrainte de prendre la fuite[4] pour se réfugier en France.

Princesse[5], dont la destinée est si grande et si glorieuse, faut-il que vous naissiez en la puissance des ennemis de votre maison ? O Eternel! veillez sur elle; anges saints, rangez à l'entour vos escadrons invisibles, et faites la garde autour du berceau d'une princesse si grande et si délaissée[6]. Elle est destinée au sage et valeureux Philippe, et doit des princes à la France, dignes de lui, dignes d'elle et de leurs aïeux. Dieu l'a protégée, Messieurs. Sa gouvernante[7], deux ans après, tire ce précieux enfant des mains des rebelles; et quoique ignorant sa captivité, et sentant trop sa grandeur, elle se découvre elle-même; quoique refusant tous les autres noms, elle s'obstine à dire qu'elle est la Princesse; elle est enfin amenée auprès de la Reine sa mère, pour faire sa consolation durant ses malheurs, en attendant qu'elle fasse la félicité d'un grand prince et la joie de toute la France. Mais j'interromps l'ordre de mon histoire[8]. J'ai dit que la Reine fut obligée à se retirer de son royaume. En effet, elle partit des ports d'Angleterre à la vue des vaisseaux des rebelles, qui la poursuivaient de si près, qu'elle entendait presque leurs cris et leurs menaces insolentes. O voyage bien différent de celui qu'elle avait fait sur la même mer, lorsque, venant prendre possession du sceptre de la Grande-Bretagne, elle voyait, pour ainsi dire, les ondes se courber sous elle, et soumettre toutes leurs vagues[1] à la dominatrice des mers! Maintenant chassée, poursuivie par ses ennemis implacables, qui avaient eu l'audace de lui faire son procès[2], tantôt sauvée, tantôt presque prise, changeant de fortune à chaque quart d'heure, n'ayant pour elle que Dieu et son courage inébranlable, elle n'avait ni assez de vents ni assez de voiles pour favoriser sa fuite précipitée. Mais enfin elle arrive à Brest, où après tant de maux il lui fut permis de respirer un peu.

Quand je considère en moi-même les périls extrêmes et continuels qu'a courus[3] cette princesse, sur la mer et sur la terre, durant l'espace de près de dix ans, et que d'ailleurs je vois que toutes les entreprises sont inutiles contre sa personne, pendant que tout réussit d'une manière surprenante contre l'Etat, que puis-je penser autre chose, sinon que la Providence, autant attachée à lui conserver la vie qu'à renverser sa puissance, a voulu qu'elle survéquît[4] à ses grandeurs, afin qu'elle pût survivre aux attachements de la terre, et aux sentiments d'orgueil qui corrompent d'autant plus les âmes, qu'elles sont plus grandes et plus élevées ? Ce fut un conseil à peu près semblable qui abaissa autrefois David sous la main du rebelle Absalon. *Le voyez-vous, ce grand roi,* dit le saint et éloquent prêtre de Marseille[5]; *le voyez-vous seul, abandonné, tellement déchu dans l'esprit des siens, qu'il devient un objet de mépris aux uns, et, ce qui est plus insupportable à un grand courage, un objet de pitié aux autres ; ne sachant,* poursuit Salvien, *de laquelle de ces deux choses il avait le plus à se plaindre, ou de ce que Siba le nourrissait, ou de ce que Séméi avait l'insolence de le maudire*[6] ? Voilà, Messieurs, une image, mais imparfaite, de la reine d'Angleterre, quand, après de si étranges humiliations, elle fut encore contrainte de paraître au monde, et d'étaler, pour ainsi dire, à la France même, et au Louvre, où elle était née avec tant de gloire, toute l'étendue de sa misère[7]. Alors elle put bien dire, avec le prophète Isaïe[8] : *Le Seigneur des armées a fait ces choses, pour anéantir tout le faste des grandeurs humaines, et tourner en ignominie ce que l'univers a de plus auguste.* Ce n'est pas que la France ait manqué à la fille de Henri le Grand; Anne la magnanime[9], la pieuse que nous ne nommerons jamais sans regret, la reçut d'une manière convenable à la majesté des deux reines. Mais les affaires du Roi ne permettant pas que cette sage régente pût proportionner le remède au mal, jugez de l'état de ces deux princesses. Henriette, d'un si grand cœur, est contrainte de demander du secours; Anne, d'un si grand cœur, ne peut en donner assez. Si l'on eût pu avancer ces belles années dont nous admirons maintenant le cours glorieux, Louis, qui entend de si loin les gémissements des chrétiens affligés[1]; qui, assuré de sa gloire, dont la sagesse de ses conseils et la droiture de ses intentions lui répondent toujours, malgré l'incertitude des événements, entreprend lui seul la cause commune[2], et porte ses armes redoutées à travers des espaces immenses de mer et de terre, aurait-il refusé son bras à ses voisins, à ses alliés, à son propre sang, aux droits sacrés de la royauté, qu'il sait si bien maintenir[3]? Avec quelle puissance l'Angleterre l'aurait-elle vu invincible défenseur, ou vengeur présent de la majesté violée! Mais Dieu n'avait laissé aucune ressource au roi d'Angleterre; tout lui manque, tout lui est contraire. Les Ecossais, à qui il se donne, le livrent aux parlementaires anglais, et les gardes fidèles de nos rois[4] trahissent le leur. Pendant que le Parlement d'Angleterre songe à congédier l'armée, cette armée, toute indépendante[5], réforme elle-même à sa mode le Parlement, qui eût gardé quelques mesures, et se rend maîtresse de tout. Ainsi le Roi est mené de captivité en captivité[6]; et la Reine remue en vain la France, la Hollande, la Pologne même, et les puissances du Nord les plus éloignées. Elle ranime les Ecossais, qui arment trente mille hommes : elle fait avec le duc de Lorraine[7] une entreprise, pour la délivrance du Roi son seigneur, dont le succès paraît infaillible, tant le concert en est juste. Elle retire[8] ses chers enfants[9], l'unique espérance de sa maison, et confesse à cette fois que, parmi les plus mortelles douleurs, on est encore capable de joie. Elle console le Roi qui lui écrit, de sa prison même, qu'elle seule soutient son esprit, et qu'il ne faut craindre de lui aucune bassesse, parce que sans cesse il se souvient qu'il est à elle. O mère! ô femme! ô reine admirable! et digne d'une meilleure fortune, si les fortunes de la terre[10] étaient quelque chose! enfin il faut céder à votre sort. Vous avez assez soutenu l'Etat, qui est attaqué par une force invincible et divine : il ne reste plus désormais, sinon que vous teniez ferme parmi ces ruines.

Comme une colonne, dont la masse solide paraît le plus ferme appui[11] d'un temple ruineux, lorsque ce grand édifice qu'elle soutenait fond sur elle sans l'abattre, ainsi la Reine se montre le ferme soutien de l'Etat, lorsque après en avoir longtemps porté le faix, elle n'est pas même courbée sous sa chute.

Qui cependant pourrait exprimer ses justes douleurs ? qui pourrait raconter ses plaintes ? Non, Messieurs, Jérémie lui-même, qui seul semble capable d'égaler[1] les lamentations aux calamités, ne suffirait pas à de tels regrets. Elle s'écrie avec ce prophète : *Voyez, Seigneur, mon affliction ; mon ennemi s'est fortifié, et mes enfants sont perdus. Le cruel a mis sa main sacrilège sur ce qui m'était le plus cher. La royauté a été profanée, et les princes sont foulés aux pieds*[2]. *Laissez-moi, je pleurerai amèrement ; n'entreprenez pas de me consoler*[3]. *L'épée*[4] *a frappé au-dehors ; mais je sens en moi-même une mort semblable*[5].

Mais, après que nous avons écouté ses plaintes, saintes Filles[6], ses chères amies (car elle voulait bien vous nommer ainsi), vous qui l'avez vue si souvent gémir devant les autels de son unique protecteur, et dans le sein desquelles elle a versé les secrètes consolations qu'elle en recevait, mettez fin à ce discours, en nous racontant les sentiments chrétiens dont vous avez été les témoins fidèles. Combien de fois a-t-elle en ce lieu remercié Dieu humblement de deux grandes grâces : l'une, de l'avoir fait chrétienne; l'autre, Messieurs, qu'attendez-vous ? peut-être d'avoir rétabli les affaires du roi son fils ? Non : c'est de l'avoir fait reine malheureuse. Ha ! je commence à regretter les bornes étroites du lieu où je parle. Il faut éclater, percer cette enceinte, et faire retentir bien loin une parole qui ne peut être assez entendue. Que ses douleurs l'ont rendue savante dans la science de l'Evangile, et qu'elle a bien connu la religion et la vertu de la croix, quand elle a uni le christianisme avec les malheurs[7] ! Les grandes prospérités nous aveuglent, nous transportent, nous égarent, nous font oublier Dieu, nous-mêmes, et les sentiments de la foi. De là naissent des monstres de crimes, des raffinements de plaisir, des délicatesses d'orgueil[8], qui ne donnent que trop de fondement à ces terribles malédictions, que Jésus-Christ a prononcées dans son Evangile : *Malheur à vous qui riez ! malheur à vous qui êtes pleins et contents du monde*[9] *!* Au contraire, comme le christianisme a pris sa naissance de la croix, ce sont aussi les malheurs qui le fortifient. Là, on expie ses péchés ; là, on épure ses intentions ; là, on transporte ses désirs de la terre au ciel ; là, on perd tout le goût du monde, et on cesse de s'appuyer sur soi-même et sur sa prudence. Il ne faut pas se flatter ; les plus expérimentés dans les affaires font des fautes capitales. Mais que nous nous pardonnons aisément nos fautes, quand la fortune nous les pardonne ! et que nous nous croyons bientôt les plus éclairés et les plus habiles, quand nous sommes les plus élevés et les plus heureux ! Les mauvais succès sont les seuls maîtres qui peuvent nous reprendre utilement, et nous arracher cet aveu d'avoir failli, qui coûte tant à notre orgueil. Alors, quand les malheurs nous ouvrent les yeux, nous repassons avec amertume sur tous nos faux pas ; nous nous trouvons également accablés de ce que nous avons fait, et de ce que nous avons manqué de faire, et nous ne savons plus par où excuser cette prudence présomptueuse qui se croyait infaillible. Nous voyons que Dieu seul est sage ; et en déplorant vainement les fautes qui ont ruiné nos affaires, une meilleure réflexion nous apprend à déplorer celles qui ont perdu notre éternité, avec cette singulière consolation, qu'on les répare quand on les pleure[1].

Dieu a tenu douze ans sans relâche, sans aucune consolation de la part des hommes, notre malheureuse Reine (donnons-lui hautement ce titre, dont elle a fait un sujet d'actions de grâces), lui faisant étudier sous sa main ces dures, mais solides leçons. Enfin, fléchi par ses vœux et par son humble patience, il a rétabli la maison royale. Charles II est reconnu[2], et l'injure des rois a été vengée. Ceux que les armes n'avaient pu vaincre ni les conseils ramener[3], sont revenus tout à coup d'eux-mêmes : déçus par leur liberté, ils en ont à la fin détesté l'excès[4], honteux d'avoir eu tant de pouvoir[5], et leurs propres succès leur faisant horreur. Nous savons que ce prince magnanime eût pu hâter ses affaires, en se servant de la main de ceux qui s'offraient à détruire la tyrannie par un seul coup. Sa grande âme a dédaigné ces moyens trop bas[6]. Il a cru qu'en quelque état que fussent les rois, il était de leur majesté de n'agir que par les lois ou par les armes. Ces lois, qu'il a protégées, l'ont rétabli presque toutes seules : il règne paisible et glorieux sur le trône de ses ancêtres, et fait régner avec lui la justice, la sagesse et la clémence[7].

Il est inutile de vous dire combien la Reine fut consolée

par ce merveilleux événement; mais elle avait appris par ses malheurs à ne changer pas dans un si grand changement de son état[1]. Le monde une fois banni n'eut plus de retour dans son cœur. Elle vit avec étonnement que Dieu, qui avait rendu inutiles tant d'entreprises et tant d'efforts, parce qu'il attendait l'heure qu'il avait marquée, quand elle fut arrivée, alla prendre comme par la main le roi son fils, pour le conduire à son trône. Elle se soumit plus que jamais à cette main souveraine, qui tient du plus haut des cieux les rênes de tous les empires[2]; et, dédaignant les trônes qui peuvent être usurpés, elle attacha son affection au royaume où l'on ne craint point d'avoir des égaux[3], et où l'on voit sans jalousie ses concurrents[4]. Touchée de ces sentiments, elle aima cette humble maison[5] plus que ses palais[6]. Elle ne se servit plus de son pouvoir que pour protéger la foi catholique, pour multiplier ses aumônes, et pour soulager plus abondamment les familles réfugiées de ses[7] trois royaumes, et tous ceux qui avaient été ruinés pour la cause de la religion, ou pour le service du Roi.

Rappelez en votre mémoire avec quelle circonspection elle ménageait le prochain[8], et combien elle avait d'aversion pour les discours empoisonnés de la médisance. Elle savait de quel poids est, non seulement la moindre parole, mais le silence même des princes, et combien la médisance se donne d'empire, quand elle a osé seulement paraître en leur auguste présence. Ceux qui la voyaient attentive à peser toutes ses paroles, jugeaient bien qu'elle était sans cesse sous la vue de Dieu, et que fidèle imitatrice de l'institut de Sainte-Marie, jamais elle ne perdait la sainte présence de la majesté divine. Aussi rappelait-elle souvent ce précieux souvenir par l'oraison, et par la lecture du livre de l'*Imitation de Jésus,* où elle apprenait à se conformer au véritable modèle des chrétiens. Elle veillait sans relâche sur sa conscience. Après tant de maux et tant de traverses, elle ne connut plus d'autres ennemis que ses péchés. Aucun ne lui sembla léger[9] : elle en faisait un rigoureux examen; et, soigneuse de les expier par la pénitence et par les aumônes, elle était si bien préparée, que la mort n'a pu la surprendre, encore qu'elle soit venue sous l'apparence du sommeil[10]. Elle est morte, cette grande reine; et par sa mort elle a laissé un regret éternel, non seulement à Monsieur et à Madame, qui, fidèles[1] à tous leurs devoirs, ont eu pour elle des respects si soumis, si sincères, si persévérants, mais encore à tous ceux qui ont eu l'honneur de la servir ou de la connaître[2]. Ne plaignons plus ses disgrâces, qui font maintenant sa félicité. Si elle avait été plus fortunée, son histoire serait plus pompeuse, mais ses œuvres seraient moins pleines; et avec des titres superbes, elle aurait peut-être paru vide devant Dieu[3]. Maintenant qu'elle a préféré la croix au trône, et qu'elle a mis ses malheurs au nombre des plus grandes grâces, elle recevra les consolations qui sont promises à ceux qui pleurent[4]. Puisse donc ce Dieu de miséricorde accepter ses afflictions en sacrifice agréable[5]! Puisse-t-il la placer au sein d'Abraham[6]; et, content de ses maux, épargner désormais à sa famille et au monde de si terribles leçons[7]!

# ORAISON FUNÈBRE
## DE
# HENRIETTE-ANNE D'ANGLETERRE[1]
## *DUCHESSE D'ORLÉANS*

PRONONCÉE A SAINT-DENIS LE VINGT ET UNIÈME JOUR D'AOÛT 1670.

> *Vanitas vanitatum, dixit Ecclesiastes ; vanitas vanitatum, et omnia vanitas*[2].
>
> Vanité des vanités, a dit l'Ecclésiaste; vanité des vanités, et tout est vanité.
> *Eccl.*, 1, 2.

MONSEIGNEUR[3],

J'ÉTAIS donc encore destiné à rendre ce devoir funèbre à très haute et très puissante princesse Henriette-Anne d'Angleterre, Duchesse d'Orléans. Elle, que j'avais vue si attentive pendant que je rendais le même devoir à la reine sa mère, devait être si tôt après le sujet d'un discours semblable; et ma triste voix était réservée à ce déplorable ministère. O vanité! ô néant! ô mortels ignorants de leurs destinées[4]! L'eût-elle cru, il y a dix mois ? Et vous, Messieurs, eussiez-vous pensé, pendant qu'elle versait tant de larmes en ce lieu[5], qu'elle dût si tôt vous y rassembler pour la pleurer elle-même ? Princesse, le digne objet de l'admiration de deux grands royaumes, n'était-ce pas assez que l'Angleterre pleurât votre absence[6], sans être encore réduite à pleurer votre mort ? Et la France, qui vous revit, avec tant de joie, environnée d'un nouvel éclat, n'avait-elle plus d'autres pompes et d'autres triomphes pour vous, au retour de ce voyage fameux[7], d'où vous aviez remporté tant de gloire et de si belles espérances ? *Vanité des vanités, et tout est vanité*[8]. C'est la seule parole qui me reste; c'est la seule réflexion que me permet, dans un accident si étrange, une si juste et si sensible douleur. Aussi n'ai-je point parcouru les Livres sacrés, pour y trouver quelque texte que je pusse appliquer à cette princesse. J'ai pris, sans étude et sans choix, les premières paroles que me présente l'Ecclésiaste, où, quoique la vanité ait été si souvent nommée[1], elle ne l'est pas encore assez à mon gré pour le dessein que je me propose. Je veux dans un seul malheur déplorer toutes les calamités du genre humain, et dans une seule mort faire voir la mort et le néant de toutes les grandeurs humaines. Ce texte, qui convient à tous les états et à tous les événements de notre vie, par une raison particulière devient propre à mon lamentable sujet; puisque jamais les vanités de la terre n'ont été si clairement découvertes, ni si hautement confondues. Non, après ce que nous venons de voir, la santé n'est qu'un nom[2], la vie n'est qu'un songe, la gloire n'est qu'une apparence, les grâces et les plaisirs ne sont qu'un dangereux amusement[3]; tout est vain en nous, excepté le sincère aveu que nous faisons devant Dieu de nos vanités, et le jugement arrêté qui nous fait mépriser tout ce que nous sommes.

Mais dis-je la vérité ? L'homme, que Dieu a fait à son image, n'est-il qu'une ombre ? Ce que Jésus-Christ est venu chercher[4] du ciel en la terre, ce qu'il a cru pouvoir, sans se ravilir, acheter de tout son sang, n'est-ce qu'un rien ? Reconnaissons notre erreur. Sans doute ce triste spectacle des vanités humaines nous imposait[5]; et l'espérance publique, frustrée tout à coup par la mort de cette princesse, nous poussait trop loin. Il ne faut pas permettre à l'homme de se mépriser tout entier, de peur que, croyant avec les impies que notre vie n'est qu'un jeu où règne le hasard, il ne marche sans règle et sans conduite au gré de ses aveugles désirs. C'est pour cela que l'Ecclésiaste, après avoir commencé son divin ouvrage par les paroles que j'ai récitées, après en avoir rempli toutes les pages du mépris des choses humaines, veut enfin montrer à l'homme quelque chose de plus solide, et conclut tout son discours en lui disant : *Crains Dieu, et garde ses commandements ; car c'est là tout l'homme ; et sache que le Seigneur examinera dans son jugement tout ce que nous aurons fait de bien et de mal*[6]. Ainsi tout est vain en l'homme, si nous regardons ce qu'il donne au monde; mais au contraire, tout est important, si nous considérons ce qu'il doit à Dieu.

Encore une fois, tout est vain en l'homme, si nous regardons le cours de sa vie mortelle ; mais tout est précieux, tout est important, si nous contemplons le terme où elle aboutit, et le compte qu'il en faut rendre. Méditons donc aujourd'hui, à la vue de cet autel et de ce tombeau, la première et la dernière parole de l'Ecclésiaste, l'une qui montre le néant de l'homme, l'autre qui établit sa grandeur. Que ce tombeau nous convainque de notre néant, pourvu que cet autel, où l'on offre tous les jours pour nous une victime d'un si grand prix, nous apprenne en même temps notre dignité. La princesse que nous pleurons sera un témoin fidèle de l'un et de l'autre. Voyons ce qu'une mort soudaine lui a ravi, voyons ce qu'une sainte mort lui a donné. Ainsi nous apprendrons à mépriser ce qu'elle a quitté sans peine, afin d'attacher toute notre estime à ce qu'elle a embrassé avec tant d'ardeur, lorsque son âme, épurée de tous les sentiments de la terre, et pleine du ciel où elle touchait[1], a vu la lumière toute manifeste. Voilà les vérités que j'ai à traiter, et que j'ai crues dignes d'être proposées à un si grand prince, et à la plus illustre assemblée de l'univers.

*Nous mourons tous*[2], disait cette femme dont l'Ecriture a loué la prudence au second livre des Rois[3], *et nous allons sans cesse au tombeau, ainsi que des eaux qui se perdent sans retour.* En effet, nous ressemblons tous à des eaux courantes. De quelque superbe distinction que se flattent les hommes, ils ont tous une même origine ; et cette origine est petite. Leurs années se poussent successivement comme des flots ; ils ne cessent de s'écouler ; tant qu'enfin après avoir fait un peu plus de bruit, et traversé un peu plus de pays les uns que les autres, ils vont tous ensemble se confondre dans un abîme où l'on ne reconnaît plus ni princes, ni rois, ni toutes ces autres qualités superbes qui distinguent les hommes ; de même que ces fleuves tant vantés demeurent sans nom et sans gloire, mêlés dans l'Océan avec les rivières les plus inconnues[4].

Et certainement, Messieurs, si quelque chose pouvait élever les hommes au-dessus de leur infirmité naturelle ; si l'origine qui nous est commune souffrait quelque distinction solide et durable entre ceux que Dieu a formés de la même terre[5], qu'y aurait-il[6] dans l'univers de plus distingué que la princesse dont je parle ? Tout ce que peuvent faire non seulement la naissance et la fortune, mais encore les grandes qualités de l'esprit, pour l'élévation d'une princesse, se trouve rassemblé, et puis anéanti dans la nôtre. De quelque côté que je suive[1] les traces de sa glorieuse origine, je ne découvre que des rois, et partout je suis ébloui de l'éclat des plus augustes couronnes. Je vois la maison de France, la plus grande, sans comparaison, de tout l'univers, et à qui les plus puissantes maisons peuvent bien céder sans envie, puisqu'elles tâchent de tirer leur gloire de cette source. Je vois les rois d'Ecosse, les rois d'Angleterre, qui ont régné depuis tant de siècles sur une des plus belliqueuses nations de l'univers plus encore par leur courage que par l'autorité de leur sceptre. Mais cette princesse, née sur le trône, avait l'esprit et le cœur plus haut que sa naissance. Les malheurs de sa maison n'ont pu l'accabler dans sa première jeunesse; et dès lors on voyait en elle une grandeur qui ne devait rien à la fortune. Nous disions, avec joie, que le Ciel l'avait arrachée, comme par miracle[2], des mains des ennemis du roi son père, pour la donner à la France : don précieux, inestimable présent, si seulement la possession en avait été plus durable! Mais pourquoi ce souvenir vient-il m'interrompre ? Hélas! nous ne pouvons un moment arrêter les yeux sur la gloire de la princesse, sans que la mort s'y mêle aussitôt pour tout offusquer de son ombre. O mort, éloigne-toi de notre pensée, et laisse-nous tromper pour un peu de temps la violence de notre douleur, par le souvenir de notre joie! Souvenez-vous donc, Messieurs, de l'admiration que la princesse d'Angleterre donnait à toute la cour. Votre mémoire vous la peindra mieux, avec tous ses traits et son incomparable douceur[3], que ne pourront jamais faire toutes mes paroles. Elle croissait au milieu des bénédictions de tous les peuples; et les années ne cessaient de lui apporter de nouvelles grâces. Aussi la reine sa mère, dont elle a toujours été la consolation, ne l'aimait pas plus tendrement que ne faisait Anne d'Espagne[4]. Anne, vous le savez, Messieurs, ne trouvait rien au-dessus de cette princesse. Après nous avoir donné une reine[5], seule capable par sa piété, et par ses autres vertus royales, de soutenir la réputation d'une tante si illustre, elle voulut, pour mettre dans sa famille ce que l'univers avait de plus grand, que Philippe de France, son second fils, épousât la princesse

Henriette ; et quoique le roi d'Angleterre, dont le cœur égale la sagesse, sût que la princesse sa sœur, recherchée de tant de rois[1], pouvait honorer un trône[2], il lui vit remplir avec joie la seconde place de France, que la dignité d'un si grand royaume peut mettre en comparaison avec les premières du reste du monde.

Que si son rang la distinguait[3], j'ai eu raison de vous dire qu'elle était encore plus distinguée par son mérite. Je pourrais vous faire remarquer qu'elle connaissait si bien[4] la beauté des ouvrages de l'esprit, que l'on croyait avoir atteint la perfection, quand on avait su plaire à Madame. Je pourrais encore ajouter, que les plus sages et les plus expérimentés admiraient cet esprit vif et perçant, qui embrassait sans peine les plus grandes affaires, et pénétrait avec tant de facilité dans les plus secrets intérêts[5]. Mais pourquoi m'étendre sur une matière où je puis tout dire en un mot[6] ? Le Roi, dont le jugement est une règle toujours sûre, a estimé la capacité de cette princesse, et l'a mise par son estime au-dessus de tous nos éloges.

Cependant, ni cette estime, ni tous ces grands avantages, n'ont pu donner atteinte à sa modestie. Toute éclairée qu'elle était, elle n'a point présumé de ses connaissances, et jamais ses lumières ne l'ont éblouie. Rendez témoignage à ce que je dis, vous que cette grande princesse a honorés de sa confiance. Quel esprit avez-vous trouvé plus élevé ? mais quel esprit avez-vous trouvé plus docile ? Plusieurs, dans la crainte d'être trop faciles, se rendent inflexibles à la raison, et s'affermissent contre elle. Madame s'éloignait toujours autant de la présomption que de la faiblesse ; également estimable, et de ce qu'elle savait trouver les sages conseils, et de ce qu'elle était capable de les recevoir. On les sait bien connaître, quand on fait sérieusement l'étude qui plaisait tant à cette princesse. Nouveau genre d'étude, et presque inconnu aux personnes de son âge et de son rang ; ajoutons, si vous voulez, de son sexe. Elle étudiait ses défauts ; elle aimait qu'on lui en[7] fît des leçons sincères : marque assurée d'une âme forte, que ses fautes ne dominent pas, et qui ne craint point de les envisager de près[8], par une secrète confiance des ressources qu'elle sent pour les surmonter. C'était le dessein d'avancer dans cette étude de sagesse[9], qui la tenait si attachée à la lecture de l'histoire, qu'on appelle avec raison la sage conseillère des princes.

C'est là que les plus grands rois n'ont plus de rang que par leurs vertus, et que, dégradés à jamais par les mains de la mort, ils viennent subir, sans cour et sans suite, le jugement de tous les peuples et de tous les siècles[1]. C'est là qu'on découvre que le lustre qui vient de la flatterie est superficiel, et que les fausses couleurs, quelque industrieusement qu'on les applique, ne tiennent pas. Là, notre admirable princesse étudiait les devoirs de ceux dont la vie compose l'histoire : elle y perdait insensiblement le goût des romans[2], et de leurs fades héros[3] ; et, soigneuse de se former sur le vrai, elle méprisait ces froides[4] et dangereuses fictions. Ainsi sous un visage riant, sous cet air de jeunesse qui semblait ne promettre que des jeux, elle cachait un sens et un sérieux dont ceux qui traitaient avec elle étaient surpris.

Aussi pouvait-on sans crainte lui confier les plus grands secrets. Loin du commerce des affaires et de la société des hommes, ces âmes sans force, aussi bien que sans foi, qui ne savent pas retenir leur langue indiscrète! *Ils ressemblent,* dit le Sage, *à une ville sans murailles qui est ouverte de toutes parts*[5], et qui devient la proie du premier venu. Que Madame était au-dessus de cette faiblesse! Ni la surprise, ni l'intérêt, ni la vanité, ni l'appât d'une flatterie délicate, ou d'une douce conversation, qui souvent épanchant le cœur, en fait échapper le secret, n'était capable de lui faire découvrir le sien ; et la sûreté qu'on trouvait en cette princesse, que son esprit rendait si propre aux grandes affaires, lui faisait confier les plus importantes.

Ne pensez pas que je veuille, en interprète téméraire des secrets d'État, discourir sur le voyage d'Angleterre[6], ni que j'imite ces politiques spéculatifs, qui arrangent suivant leurs idées les conseils des rois, et composent, sans instruction, les annales de leur siècle. Je ne parlerai de ce voyage glorieux, que pour dire que Madame y fut admirée plus que jamais. On ne parlait qu'avec transport[7] de la bonté de cette princesse, qui, malgré les divisions trop ordinaires dans les cours, lui gagna d'abord tous les esprits. On ne pouvait assez louer son incroyable dextérité à traiter les affaires les plus délicates, à guérir ces défiances cachées qui souvent les tiennent en suspens, et à terminer tous les différends d'une manière qui conciliait les intérêts les plus opposés. Mais qui pourrait penser, sans verser des larmes, aux marques d'estime et de tendresse que lui donna le roi son frère ? Ce grand roi, plus capable encore d'être touché par le mérite que par le sang, ne se lassait point d'admirer les excellentes qualités de Madame. O plaie irrémédiable! ce qui fut en ce voyage le sujet d'une si juste admiration, est devenu pour ce prince le sujet d'une douleur qui n'a point de bornes. Princesse, le digne lien des deux plus grands rois du monde, pourquoi leur avez-vous été si tôt ravie ? Ces deux grands rois se connaissent[1]; c'est l'effet des soins de Madame : ainsi leurs nobles inclinations concilieront leurs esprits, et la vertu sera entre eux immortelle médiatrice[2]. Mais si leur union ne perd rien de sa fermeté[3], nous déplorerons éternellement qu'elle ait perdu son agrément le plus doux, et qu'une princesse si chérie de tout l'univers ait été précipitée dans le tombeau, pendant que la confiance de deux si grands rois l'élevait au comble de la grandeur et de la gloire.

La grandeur et la gloire[4]! Pouvons-nous encore entendre ces noms dans ce triomphe de la mort ? Non, Messieurs, je ne puis plus soutenir ces grandes paroles, par lesquelles l'arrogance humaine tâche de s'étourdir elle-même, pour ne pas apercevoir son néant. Il est temps de faire voir que tout ce qui est mortel, quoi qu'on ajoute par le dehors pour le faire paraître grand, est par son fond[5] incapable d'élévation. Ecoutez à ce propos le profond raisonnement, non d'un philosophe qui dispute dans une école, ou d'un religieux qui médite dans un cloître : je veux confondre le monde par ceux que le monde même révère le plus, par ceux qui le connaissent le mieux, et ne lui veux donner, pour le convaincre, que des docteurs assis sur le trône. *O Dieu*, dit le Roi-Prophète, *vous avez fait mes jours mesurables, et ma substance n'est rien devant vous*[6]. Il en est ainsi, Chrétiens : tout ce qui se mesure finit; et tout ce qui est né pour finir n'est pas tout à fait sorti du néant, où il est sitôt replongé[7]. Si notre être, si notre substance n'est rien, tout ce que nous bâtissons dessus, que peut-il être ? Ni l'édifice n'est plus solide que le fondement, ni l'accident attaché à l'être, plus réel que l'être même. Pendant que la nature nous tient si bas, que peut faire la fortune pour nous élever ? Cherchez, imaginez parmi les hommes les différences les plus remarquables; vous n'en trouverez point de mieux marquée, ni qui vous paraisse plus effective que celle qui relève le victorieux au-dessus des vaincus qu'il voit étendus à ses pieds. Cependant ce vainqueur enflé de ses titres tombera lui-même à son tour entre les mains de la mort. Alors ces malheureux vaincus rappelleront à leur compagnie leur superbe triomphateur, et du creux de leurs tombeaux sortira cette voix, qui foudroie toutes les grandeurs : *Vous voilà blessé comme nous ; vous êtes devenu semblable à nous*[1]. Que la fortune ne tente donc pas de nous tirer du néant, ni de forcer la bassesse de notre nature.

Mais peut-être, au défaut de la fortune, les qualités de l'esprit, les grands desseins, les vastes pensées, pourront nous distinguer du reste des hommes. Gardez-vous bien de le croire, parce que toutes nos pensées, qui n'ont pas Dieu pour objet, sont du domaine de la mort. *Ils mourront*, dit le Roi-Prophète[2], *et en ce jour périront toutes leurs pensées* : c'est-à-dire, les pensées des conquérants, les pensées des politiques, qui auront imaginé dans leurs cabinets des desseins où le monde entier sera compris. Ils se seront munis de tous côtés[3] par des précautions infinies; enfin ils auront tout prévu, excepté leur mort, qui emportera en un moment toutes leurs pensées. C'est pour cela que l'Ecclésiaste, le roi Salomon, fils du roi David (car je suis bien aise de vous faire voir la succession de la même doctrine dans un même trône); c'est, dis-je, pour cela que l'Ecclésiaste, faisant le dénombrement des illusions qui travaillent les enfants des hommes, y comprend la sagesse même. *Je me suis*, dit-il, *appliqué à la sagesse, et j'ai vu que c'était encore une vanité*[4], parce qu'il y a une fausse sagesse, qui, se renfermant dans l'enceinte des choses mortelles, s'ensevelit avec elles dans le néant. Ainsi je n'ai rien fait pour Madame, quand je vous ai représenté tant de belles qualités qui la rendaient admirable au monde, et capable des plus hauts desseins où une princesse puisse s'élever. Jusqu'à ce que je commence à vous raconter ce qui l'unit à Dieu, une si illustre princesse ne paraîtra, dans ce discours, que comme un exemple le plus grand qu'on se puisse proposer, et le plus capable de persuader aux ambitieux qu'ils n'ont aucun moyen de se distinguer, ni par leur naissance, ni par leur grandeur, ni par leur esprit; puisque la mort, qui égale tout, les domine de tous côtés avec tant d'empire, et que, d'une main si prompte et si souveraine, elle renverse les têtes les plus respectées.

Considérez, Messieurs, ces grandes puissances que nous regardons de si bas. Pendant que nous tremblons sous leur main, Dieu les frappe, pour nous avertir. Leur élévation en est la cause; et il les épargne si peu, qu'il ne craint pas de les sacrifier à l'instruction du reste des hommes. Chrétiens, ne murmurez pas si Madame a été choisie pour nous donner une telle instruction. Il n'y a rien ici de rude pour elle, puisque, comme vous le verrez dans la suite, Dieu la sauve par le même coup qui nous instruit. Nous devrions être assez convaincus de notre néant : mais s'il faut des coups de surprise à nos cœurs enchantés de l'amour du monde, celui-ci est assez grand et assez terrible. O nuit désastreuse! ô nuit effroyable! où retentit tout à coup, comme un éclat de tonnerre, cette étonnante[1] nouvelle : Madame se meurt! Madame est morte[2]! Qui de nous ne se sentit frappé à ce coup, comme si quelque tragique accident avait désolé sa famille ? Au premier bruit d'un mal si étrange, on accourut à Saint-Cloud de toutes parts; on trouve tout consterné, excepté le cœur de cette princesse[3]. Partout on entend des cris; partout on voit la douleur et le désespoir, et l'image de la mort[4]. Le Roi, la Reine, Monsieur, toute la Cour, tout le peuple, tout est abattu, tout est désespéré; et il me semble que je vois l'accomplissement de cette parole du prophète : *Le roi pleurera, le prince sera désolé, et les mains tomberont au peuple, de douleur et d'étonnement*[5].

Mais et les princes et les peuples gémissaient en vain; en vain Monsieur, en vain le Roi même tenait Madame serrée par de si étroits embrassements. Alors ils pouvaient dire l'un et l'autre, avec saint Ambroise : *Stringebam brachia, sed jam amiseram quam tenebam* : « Je serrais les bras; mais j'avais déjà perdu ce que je tenais[6]. » La princesse leur échappait parmi des embrassements si tendres, et la mort plus puissante nous l'enlevait entre ces royales mains. Quoi donc! elle devait périr si tôt ? Dans la plupart des hommes les changements se font peu à peu, et la mort les prépare ordinairement à son dernier coup. Madame cependant a passé du matin au soir, ainsi que l'herbe des champs[7]. Le matin elle fleurissait; avec quelles grâces, vous le savez : le soir, nous la vîmes séchée; et ces fortes expressions, par lesquelles l'Ecriture sainte exagère l'inconstance des choses humaines, devaient être pour cette princesse si précises et si littérales[8].

Hélas ! nous composions son histoire de tout ce qu'on peut imaginer de plus glorieux[1]. Le passé et le présent nous garantissaient[2] l'avenir, et on pouvait tout attendre de tant d'excellentes qualités. Elle allait s'acquérir deux puissants royaumes, par des moyens agréables : toujours douce, toujours paisible autant que généreuse et bienfaisante, son crédit n'y aurait jamais été odieux : on ne l'eût point vue s'attirer la gloire avec une ardeur inquiète et précipitée ; elle l'eût attendue sans impatience, comme sûre de la posséder. Cet attachement, qu'elle a montré si fidèle pour le Roi jusques à la mort[3], lui en donnait les moyens. Et certes, c'est le bonheur de nos jours[4] que l'estime se puisse joindre avec le devoir, et qu'on puisse autant s'attacher au mérite et à la personne du Prince qu'on en révère la puissance et la majesté. Les inclinations de Madame ne l'attachaient pas moins fortement à tous ses autres devoirs. La passion qu'elle ressentait pour la gloire de Monsieur n'avait point de bornes. Pendant que ce grand prince, marchant sur les pas de son invincible frère, secondait avec tant de valeur et de succès[5] ses grands et héroïques desseins[6] dans la campagne de Flandre, la joie de cette princesse était incroyable. C'est ainsi que ses généreuses inclinations la menaient à la gloire par les voies que le monde trouve les plus belles ; et si quelque chose manquait encore à son bonheur[7], elle eût tout gagné par sa douceur et par sa conduite. Telle était l'agréable histoire que nous faisions pour Madame ; et, pour achever ces nobles projets, il n'y avait que la durée de sa vie dont nous ne croyions pas devoir être en peine. Car qui eût pu seulement penser que les années eussent dû manquer à une jeunesse qui semblait si vive ? Toutefois, c'est par cet endroit que tout se dissipe en un moment. Au lieu de l'histoire d'une belle vie, nous sommes réduits à faire l'histoire d'une admirable mais triste mort. A la vérité, Messieurs, rien n'a jamais égalé la fermeté de son âme, ni ce courage paisible, qui, sans faire effort pour s'élever, s'est trouvé par sa naturelle situation au-dessus des accidents les plus redoutables. Oui, Madame fut douce envers la mort, comme elle l'était envers tout le monde. Son grand cœur ni ne s'aigrit ni ne s'emporta contre elle. Elle ne la brave non plus avec fierté ; contente de l'envisager sans émotion, et de la recevoir sans trouble. Triste consolation, puisque, malgré ce grand courage, nous l'avons perdue! C'est la grande vanité des choses humaines. Après que, par le dernier effort de notre courage, nous avons, pour ainsi dire, surmonté la mort[1], elle éteint en nous jusqu'à ce courage par lequel nous semblions la défier. La voilà[2], malgré ce grand cœur, cette princesse si admirée et si chérie! la voilà telle que la mort nous l'a faite; encore ce reste tel quel va-t-il disparaître : cette ombre de gloire[3] va s'évanouir, et nous l'allons voir dépouillée même de cette triste décoration. Elle va descendre à ces sombres lieux, à ces demeures souterraines, pour y dormir dans la poussière avec les grands de la terre, comme parle Job[4], avec ces rois et ces princes anéantis, parmi lesquels à peine peut-on la placer[5], tant les rangs y sont pressés[6], tant la mort est prompte à remplir ces places! Mais ici notre imagination nous abuse encore. La mort ne nous laisse pas assez de corps pour occuper quelque place, et on ne voit là que les tombeaux[7] qui fassent quelque figure. Notre chair change bientôt de nature. Notre corps prend un autre nom; même celui de cadavre, dit Tertullien[8], parce qu'il nous montre encore quelque forme humaine, ne lui demeure pas longtemps : il devient un je ne sais quoi, qui n'a plus de nom dans aucune langue; tant il est vrai que tout meurt en lui, jusqu'à ces termes funèbres par lesquels on exprimait ses malheureux restes[9]!

C'est ainsi que la puissance divine, justement irritée contre notre orgueil, le pousse jusqu'au néant; et que, pour égaler à jamais les conditions, elle ne fait de nous tous qu'une même cendre. Peut-on bâtir sur ces ruines? Peut-on appuyer quelque grand dessein sur ce débris inévitable des choses humaines? Mais quoi, Messieurs, tout est-il donc désespéré pour nous? Dieu, qui foudroie toutes nos grandeurs, jusqu'à les réduire en poudre, ne nous laisse-t-il aucune espérance? Lui, aux yeux de qui rien ne se perd, et qui suit toutes les parcelles de nos corps[10], en quelque endroit écarté du monde que la corruption ou le hasard les jette, verra-t-il périr sans ressource ce qu'il a fait capable de le connaître et de l'aimer? Ici un nouvel ordre de choses se présente à moi : les ombres de la mort se dissipent : *Les voies me sont ouvertes à la véritable vie*[11]. Madame n'est plus dans le tombeau; la mort, qui semblait tout détruire, a tout établi : voici le secret de l'Ecclésiaste, que je vous avais marqué dès le commencement de ce discours, et dont il faut maintenant découvrir le fond[1].

Il faut donc penser, Chrétiens, qu'outre le rapport que nous avons du côté du corps avec la nature changeante et mortelle, nous avons d'un autre côté un rapport intime et une secrète affinité avec Dieu, parce que Dieu même a mis quelque chose en nous, qui peut confesser la vérité de son être, en adorer la perfection, en admirer la plénitude; quelque chose qui peut se soumettre à sa souveraine puissance, s'abandonner à sa haute et incompréhensible sagesse, se confier en sa bonté, craindre sa justice, espérer son éternité. De ce côté, Messieurs, si l'homme croit avoir en lui de l'élévation, il ne se trompera pas. Car, comme il est nécessaire que chaque chose soit réunie à son principe, et que c'est pour cette raison, dit l'Ecclésiaste[2], *que le corps retourne à la terre, dont il a été tiré* ; il faut, par la suite du même raisonnement, que ce qui porte en nous la marque divine, ce qui est capable de s'unir à Dieu, y soit aussi rappelé. Or, ce qui doit retourner à Dieu, qui est la grandeur primitive et essentielle, n'est-il pas grand et élevé ? C'est pourquoi, quand je vous ai dit que la grandeur et la gloire n'étaient parmi nous que des noms pompeux, vides de sens et de choses, je regardais le mauvais usage que nous faisons de ces termes. Mais, pour dire la vérité dans toute son étendue, ce n'est ni l'erreur ni la vanité qui ont inventé ces noms magnifiques; au contraire, nous ne les aurions jamais trouvés, si nous n'en avions porté le fonds en nous-mêmes : car où prendre ces nobles idées dans le néant ? La faute que nous faisons n'est donc pas de nous être servis de ces noms; c'est de les avoir appliqués à des objets trop indignes. Saint Chrysostome a bien compris cette vérité, quand il a dit : *Gloire, richesse, noblesse, puissance, pour les hommes du monde ne seront que des noms ; pour nous, si nous servons Dieu, ce sont*[3] *des choses. Au contraire, la pauvreté, la honte, la mort, sont des choses trop effectives et trop réelles pour eux ; pour nous, ce sont seulement des noms*[4] ; parce que celui qui s'attache à Dieu ne perd ni ses biens, ni son honneur, ni sa vie. Ne vous étonnez donc pas si l'Ecclésiaste dit si souvent : *Tout est vanité*. Il s'explique, *tout est vanité sous le soleil*[5], c'est-à-dire, tout ce qui est mesuré par les années, tout ce qui est emporté par la rapidité du temps. Sortez du temps et du changement; aspirez à l'éternité; la vanité ne vous tiendra plus asservis. Ne vous étonnez pas si le même Ecclésiaste méprise tout en nous, jusqu'à la sagesse, et ne trouve rien de meilleur que de goûter en repos le fruit de son travail[1]. La sagesse dont il parle en ce lieu est cette sagesse insensée, ingénieuse à se tourmenter, habile à se tromper elle-même, qui se corrompt dans le présent, qui s'égare dans l'avenir; qui, par beaucoup de raisonnements et de grands efforts, ne fait que se consumer inutilement en amassant des choses que le vent emporte. *Hé !* s'écrie ce sage roi, *y a-t-il rien de si vain*[2] *!* Et n'a-t-il pas raison de préférer la simplicité d'une vie particulière[3], qui goûte doucement et innocemment ce peu de biens que la nature nous donne, aux soucis et aux chagrins des avares, aux songes inquiets des ambitieux ? Mais *cela même,* dit-il[4], ce repos, cette douceur de la vie, *est encore une vanité,* parce que la mort trouble et emporte tout. Laissons-lui donc mépriser tous les états de cette vie, puisque enfin, de quelque côté qu'on s'y tourne, on voit toujours la mort en face, qui couvre de ténèbres tous nos plus beaux jours[5]. Laissons-lui égaler le fol et le sage; et même je ne craindrai pas[6] de le dire hautement en cette chaire, laissons-lui confondre l'homme avec la bête : *Unus interitus est hominis et jumentorum*[7]. En effet, jusqu'à ce que nous ayons trouvé la véritable sagesse, tant que nous regarderons l'homme par les yeux du corps, sans y démêler par l'intelligence ce secret principe de toutes nos actions, qui, étant capable de s'unir à Dieu, doit nécessairement y retourner, que verrons-nous autre chose dans notre vie que de folles inquiétudes ? et que verrons-nous dans notre mort qu'une vapeur qui s'exhale, que des esprits qui s'épuisent[8], que des ressorts qui se démontent et se déconcertent, enfin qu'une machine qui se dissout et qui se met en pièces ? Ennuyés[9] de ces vanités, cherchons ce qu'il y a de grand et de solide en nous. Le Sage nous l'a montré dans les dernières paroles de l'Ecclésiaste; et bientôt Madame nous le fera paraître dans les dernières actions de sa vie. *Crains Dieu, et observe ses commandements ; car c'est là tout l'homme*[10] *;* comme s'il disait : Ce n'est pas l'homme que j'ai méprisé : ne le croyez pas; ce sont les opinions, ce sont les erreurs par lesquelles l'homme abusé se déshonore lui-même. Voulez-vous savoir, en un mot, ce que c'est que l'homme ?

Tout son devoir, tout son objet, toute sa nature, c'est de craindre Dieu : tout le reste est vain, je le déclare; mais aussi tout le reste n'est pas l'homme. Voici ce qui est réel et solide, et ce que la mort ne peut enlever; car, ajoute l'Ecclésiaste, *Dieu examinera dans son jugement tout ce que nous aurons fait de bien et de mal*[1]. Il est maintenant aisé de concilier toutes choses. Le Psalmiste dit, *qu'à la mort périront toutes nos pensées*[2] ; oui, celles que nous aurons laissé emporter au monde, dont la figure passe et s'évanouit[3]. Car encore que notre esprit soit de nature à vivre toujours, il abandonne à la mort tout ce qu'il consacre aux choses mortelles; de sorte que nos pensées, qui devaient être incorruptibles du côté de leur principe, deviennent périssables du côté de leur objet. Voulez-vous sauver quelque chose de ce débris si universel, si inévitable ? Donnez à Dieu vos affections : nulle force ne vous ravira ce que vous aurez déposé en ses mains divines. Vous pourrez hardiment mépriser la mort, à l'exemple de notre héroïne chrétienne[4]. Mais, afin de tirer d'un si bel exemple toute l'instruction qu'il nous peut donner, entrons dans une profonde considération des conduites de Dieu sur elle, et adorons en cette princesse le mystère de la prédestination[5] et de la grâce.

Vous savez que toute la vie chrétienne, que tout l'ouvrage de notre salut est une suite continuelle de miséricordes; mais le fidèle interprète du mystère de la grâce, je veux dire le grand Augustin, m'apprend cette véritable et solide théologie, que c'est dans la première grâce et dans la dernière, que la grâce se montre grâce; c'est-à-dire, que c'est dans la vocation qui nous prévient[6] et dans la persévérance finale qui nous couronne, que la bonté qui nous sauve paraît toute gratuite et toute pure. En effet, comme nous changeons deux fois d'état, en passant premièrement des ténèbres à la lumière, et ensuite de la lumière imparfaite de la foi à la lumière consommée de la gloire[7]; comme c'est la vocation qui nous inspire la foi, et que c'est la persévérance qui nous transmet à la gloire, il a plu à la divine bonté de se marquer elle-même, au commencement de ces deux états, par une impression illustre et particulière, afin que nous confessions que toute la vie du chrétien, et dans le temps qu'il espère, et dans le temps qu'il jouit, est un miracle de grâce. Que ces deux principaux moments de la grâce ont été bien marqués par les merveilles que Dieu a faites pour le salut éternel de Henriette d'Angleterre! Pour la donner à l'Eglise[1], il a fallu renverser tout un grand royaume. La grandeur de la maison d'où elle est sortie n'était pour elle qu'un engagement plus étroit dans le schisme de ses ancêtres : disons, des derniers de ses ancêtres[2], puisque tout ce qui les précède, à remonter jusqu'aux premiers temps, est si pieux et si catholique[3]. Mais si les lois de l'Etat s'opposent à son salut éternel, Dieu ébranlera tout l'Etat pour l'affranchir de ces lois. Il met les âmes à ce prix; il remue le ciel et la terre pour enfanter[4] ses élus; et comme rien ne lui est cher que ces enfants de sa dilection éternelle, que ces membres inséparables de son Fils bien-aimé, rien ne lui coûte, pourvu qu'il les sauve. Notre princesse est persécutée avant que de naître[5], délaissée aussitôt que mise au monde; arrachée, en naissant, à la piété d'une mère catholique; captive, dès le berceau, des ennemis[6] implacables de sa maison; et, ce qui était plus déplorable, captive des ennemis de l'Eglise, par conséquent destinée premièrement par sa glorieuse naissance, et ensuite par sa malheureuse captivité, à l'erreur et à l'hérésie. Mais le sceau de Dieu était sur elle, elle pouvait dire avec le prophète : *Mon père et ma mère m'ont abandonnée ; mais le Seigneur m'a reçue en sa protection*[7]. *Délaissée de toute la terre dès ma naissance, je fus comme jetée entre les bras de sa providence paternelle, et dès le ventre de ma mère il se déclara mon Dieu*[8]. Ce fut à cette garde fidèle que la reine sa mère commit ce précieux dépôt. Elle ne fut point trompée dans sa confiance. Deux ans après, un coup imprévu[9], et qui tenait du miracle, délivra la princesse des mains des rebelles. Malgré les tempêtes de l'Océan, et les agitations encore plus violentes de la terre[10], Dieu, la prenant sur ses ailes, comme l'aigle[11] prend ses petits, la porta lui-même[12] dans ce royaume, lui-même la posa dans le sein de la reine sa mère, ou plutôt dans le sein de l'Eglise catholique. Là elle apprit[13] les maximes de la piété véritable, moins par les instructions qu'elle y recevait que par les exemples vivants de cette grande et religieuse reine. Elle a imité ses pieuses libéralités. Ses aumônes toujours abondantes se sont répandues principalement sur les catholiques d'Angleterre, dont elle a été la fidèle protectrice. Digne fille de saint Edouard[14] et de saint Louis, elle s'attacha du fond de son cœur à la foi de ces deux grands rois. Qui pourrait assez exprimer le zèle dont elle brûlait pour le rétablissement de cette foi dans le royaume d'Angleterre, où l'on en conserve encore tant de précieux monuments ? Nous savons qu'elle n'eût pas craint d'exposer sa vie pour un si pieux dessein : et le Ciel nous l'a ravie! O Dieu! que prépare ici votre éternelle providence ? Me permettrez-vous, ô Seigneur! d'envisager en tremblant vos saints et redoutables conseils ? Est-ce que les temps de confusion ne sont pas encore accomplis ? est-ce que le crime, qui fit céder vos vérités saintes à des passions malheureuses[1], est encore devant vos yeux, et que vous ne l'avez pas assez puni par un aveuglement de plus d'un siècle ? Nous ravissez-vous Henriette, par un effet du même jugement[2] qui abrégea les jours de la reine Marie, et son règne si favorable[3] à l'Eglise ? ou bien voulez-vous triompher seul ? et, en nous ôtant les moyens dont nos désirs se flattaient, réservez-vous, dans les temps marqués par votre prédestination éternelle, de secrets retours à l'Etat et à la maison d'Angleterre ? Quoi qu'il en soit, ô grand Dieu, recevez-en aujourd'hui les bienheureuses prémices[4] en la personne de cette princesse. Puisse toute sa maison et tout le royaume suivre l'exemple de sa foi! Ce grand roi, qui remplit de tant de vertus[5] le trône de ses ancêtres, et fait louer tous les jours la divine main qui l'y a rétabli comme par miracle, n'improuvera pas notre zèle, si nous souhaitons devant Dieu que lui et tous ses peuples soient comme nous. *Opto apud Deum, non tantum te, sed etiam omnes fieri tales, qualis et ego sum*[6]. Ce souhait est fait pour les rois ; et saint Paul, étant dans les fers, le fit la première fois en faveur du roi Agrippa ; mais saint Paul en exceptait ses liens, *exceptis vinculis his*, et nous, nous souhaitons principalement que l'Angleterre, trop libre dans sa croyance, trop licencieuse dans ses sentiments, soit enchaînée comme nous[7] de ces bienheureux liens qui empêchent l'orgueil humain de s'égarer dans ses pensées, en le captivant sous l'autorité du Saint-Esprit et de l'Eglise.

Après vous avoir exposé le premier effet de la grâce de Jésus-Christ en notre princesse, il me reste, Messieurs, de vous faire considérer le dernier, qui couronnera tous les autres. C'est par cette dernière grâce que la mort change de nature pour les chrétiens, puisqu'au lieu qu'elle semblait être faite pour nous dépouiller de tout, elle commence, comme dit l'Apôtre[1], à nous revêtir, et nous assure éternellement la possession des biens véritables. Tant que nous sommes détenus dans cette demeure mortelle, nous vivons assujettis aux changements, parce que, si vous me permettez de parler ainsi, c'est la loi du pays que nous habitons[2]; et nous ne possédons aucun bien, même dans l'ordre de la grâce, que nous ne puissions perdre un moment après, par la mutabilité naturelle de nos désirs. Mais aussitôt qu'on cesse pour nous de compter les heures, et de mesurer notre vie par les jours et par les années; sortis des figures qui passent, et des ombres qui disparaissent, nous arrivons au règne de la vérité, où nous sommes affranchis de la loi des changements. Ainsi notre âme n'est plus en péril; nos résolutions ne vacillent plus; la mort, ou plutôt la grâce de la persévérance finale, a la force de les fixer : et de même que le testament de Jésus-Christ, par lequel il se donne à nous, est confirmé à jamais, suivant le droit des testaments et la doctrine de l'Apôtre[3], par la mort de ce divin testateur; ainsi la mort du fidèle fait que ce bienheureux testament, par lequel de notre côté nous nous donnons au Sauveur, devient irrévocable. Donc, Messieurs, si je vous fais voir encore une fois Madame aux prises avec la mort, n'appréhendez rien pour elle : quelque cruelle que la mort vous paraisse, elle ne doit servir à cette fois que pour accomplir l'œuvre de la grâce, et sceller en cette princesse le conseil[4] de son éternelle prédestination[5]. Voyons donc ce dernier combat[6]; mais, encore un coup, affermissons-nous. Ne mêlons point de faiblesse à une si forte action, et ne déshonorons point par nos larmes une si belle victoire. Voulez-vous voir combien la grâce qui a fait triompher Madame a été puissante ? voyez combien la mort a été terrible. Premièrement, elle a plus de prise sur une princesse qui a tant à perdre. Que d'années elle va ravir à cette jeunesse! que de joie elle enlève à cette fortune! que de gloire elle ôte à ce mérite! D'ailleurs peut-elle venir ou plus prompte ou plus cruelle ? C'est ramasser toutes ses forces, c'est unir tout ce qu'elle a de plus redoutable, que de joindre, comme elle fait, aux plus vives douleurs l'attaque la plus imprévue. Mais quoique, sans menacer et sans avertir, elle se fasse sentir tout entière dès le premier coup, elle trouve la princesse prête. La grâce, plus active encore, l'a déjà mise en défense. Ni la gloire ni la jeunesse n'auront un soupir[1]. Un regret immense de ses péchés ne lui permet pas de regretter autre chose. Elle demande le crucifix sur lequel elle avait vu expirer la reine sa belle-mère, comme pour y recueillir les impressions de constance et de piété que cette âme vraiment chrétienne y avait laissées avec les derniers soupirs. A la vue d'un si grand objet, n'attendez pas de cette princesse des discours étudiés et magnifiques : une sainte simplicité fait ici toute la grandeur. Elle s'écrie : « O mon Dieu, pourquoi n'ai-je pas toujours mis en vous ma confiance ? » Elle s'afflige, elle se rassure, elle confesse humblement, et avec tous les sentiments d'une profonde douleur, que de ce jour seulement elle commence à connaître Dieu, n'appelant pas le connaître que de regarder encore tant soit peu le monde. Qu'elle nous parut au-dessus de ces lâches chrétiens qui s'imaginent avancer leur mort quand ils préparent leur confession; qui ne reçoivent les saints sacrements que par force : dignes certes de recevoir pour leur jugement[2] ce mystère de piété qu'ils ne reçoivent qu'avec répugnance! Madame appelle les prêtres plus tôt que les médecins[3]. Elle demande d'elle-même les sacrements de l'Eglise; la Pénitence avec componction; l'Eucharistie avec crainte, et puis avec confiance; la sainte Onction des mourants avec un pieux empressement[4]. Bien loin d'en être effrayée, elle veut la recevoir avec connaissance : elle écoute l'explication de ces saintes cérémonies[5], de ces prières apostoliques, qui, par une espèce de charme divin, suspendent les douleurs les plus violentes, qui font oublier la mort (je l'ai vu souvent) à qui les écoute avec foi : elle les suit, elle s'y conforme; on lui voit paisiblement présenter son corps à cette huile sacrée, ou plutôt au sang de Jésus, qui coule[6] si abondamment avec cette précieuse liqueur. Ne croyez pas que ces excessives et insupportables douleurs aient tant soit peu troublé sa grande âme. Ah! je ne veux plus tant admirer les braves ni les conquérants. Madame m'a fait connaître la vérité de cette parole du Sage[7] : *Le patient vaut mieux que le brave*[8] *; et celui qui dompte son cœur, vaut mieux que celui qui prend des villes.* Combien a-t-elle été maîtresse du sien! avec quelle tranquillité a-t-elle satisfait à tous ses devoirs! Rappelez en votre pensée ce qu'elle dit à Monsieur. Quelle force! quelle tendresse! O paroles qu'on voyait sortir de l'abondance d'un cœur qui se **sent** au-dessus de tout; paroles[1] que la mort présente, et Dieu plus présent encore, ont consacrées; sincère production d'une âme, qui, tenant au ciel, ne doit plus rien à la terre que la vérité, vous vivrez éternellement dans la mémoire des hommes, mais surtout vous vivrez éternellement dans le cœur de ce grand prince[2]. Madame ne peut plus résister aux larmes qu'elle lui voit répandre. Invincible par tout autre endroit, ici elle est contrainte de céder. Elle prie Monsieur de se retirer, parce qu'elle ne veut plus sentir de tendresse que pour ce Dieu crucifié qui lui tend les bras. Alors qu'avons-nous vu ? qu'avons-nous ouï ? Elle se conformait aux ordres de Dieu : elle lui offrait ses souffrances, en expiation de ses fautes; elle professait hautement la foi catholique, et la résurrection des morts, cette précieuse consolation des fidèles mourants. Elle excitait le zèle de ceux qu'elle avait appelés pour l'exciter elle-même[3], et ne voulait point qu'ils cessassent un moment de l'entretenir des vérités chrétiennes. Elle souhaita mille fois d'être plongée au sang de l'Agneau : c'était un nouveau langage que la grâce lui apprenait. Nous ne voyions[4] en elle, ni cette ostentation par laquelle on veut tromper les autres, ni ces émotions d'une âme alarmée par lesquelles on se trompe soi-même[5]. Tout était simple, tout était solide[6], tout était tranquille; tout partait d'une âme soumise, et d'une source sanctifiée par le Saint-Esprit.

En cet état, Messieurs, qu'avons-nous à demander à Dieu pour cette princesse, sinon qu'il l'affermît dans le bien, et qu'il conservât en elle les dons de sa grâce ? Ce grand Dieu nous exauçait; mais souvent, dit saint Augustin[7], en nous exauçant, il trompe heureusement notre prévoyance. La princesse est affermie dans le bien d'une manière plus haute[8] que celle que nous entendions. Comme Dieu ne voulait plus exposer aux illusions du monde les sentiments d'une piété si sincère, il a fait ce que dit le Sage[9]; *il s'est hâté.* En effet, quelle diligence! en neuf heures[10] l'ouvrage est accompli. *Il s'est hâté de la tirer du milieu des iniquités.* Voilà, dit le grand saint Ambroise[11], la merveille de la mort dans les chrétiens : elle ne finit pas leur vie; elle ne finit que leurs péchés, et les périls où ils sont exposés. Nous nous sommes plaints que la mort, ennemie des fruits que nous promettait la princesse, les a ravagés dans la fleur; qu'elle a effacé, pour ainsi dire, sous le pinceau même un tableau qui s'avançait à la perfection avec une incroyable diligence, dont les premiers traits, dont le seul dessin[1] montrait déjà tant de grandeur. Changeons maintenant de langage; ne disons plus que la mort[2] a tout d'un coup arrêté le cours de la plus belle vie du monde, et de l'histoire qui se commençait[3] le plus noblement; disons qu'elle a mis fin aux plus grands périls dont une âme chrétienne peut être assaillie. Et, pour ne point parler ici des tentations infinies qui attaquent à chaque pas la faiblesse humaine, quel péril n'eût point trouvé cette princesse dans sa propre gloire! La gloire! qu'y a-t-il[4] pour le chrétien de plus pernicieux et de plus mortel? quel appât plus dangereux? quelle fumée plus capable de faire tourner les meilleures têtes? Considérez[5] la princesse; représentez-vous cet esprit, qui, répandu par tout son extérieur, en rendait les grâces si vives : tout était esprit, tout était bonté. Affable à tous avec dignité, elle savait estimer les uns sans fâcher les autres; et quoique le mérite fût distingué, la faiblesse ne se sentait pas dédaignée. Quand quelqu'un traitait avec elle, il semblait qu'elle eût oublié son rang, pour ne se soutenir que par sa raison. On ne s'apercevait presque pas qu'on parlât à une personne si élevée; on sentait seulement au fond de son cœur qu'on eût voulu lui rendre au centuple la grandeur dont elle se dépouillait si obligeamment. Fidèle en ses paroles, incapable de déguisement, sûre à ses amis, par la lumière et la droiture de son esprit elle les mettait à couvert des vains ombrages[6], et ne leur laissait à craindre que leur propres fautes. Très reconnaissante des services, elle aimait à prévenir les injures par sa bonté; vive à les sentir, facile à les pardonner. Que dirai-je de sa libéralité? Elle donnait non seulement avec joie, mais avec une hauteur d'âme qui marquait tout ensemble et le mépris du don et l'estime de la personne. Tantôt par des paroles touchantes, tantôt même par son silence, elle relevait ses présents; et cet art de donner agréablement, qu'elle avait si bien pratiqué durant sa vie, l'a suivie, je le sais, jusqu'entre les bras de la mort[7]. Avec tant de grandes et tant d'aimables qualités, qui eût pu lui refuser son admiration? Mais avec son crédit, avec sa puissance, qui n'eût voulu s'attacher à elle? N'allait-elle pas gagner tous les cœurs? c'est-à-dire, la seule chose qu'ont à gagner[8] ceux à qui la naissance et la fortune semblent tout donner? et si cette haute élévation est un précipice affreux pour les chrétiens, ne puis-je pas dire, Messieurs, pour me servir des paroles fortes du plus grave des historiens, *qu'elle allait être précipitée dans la gloire*[1] ? Car quelle créature fut jamais plus propre à être l'idole du monde ? Mais ces idoles que le monde adore, à combien de tentations délicates ne sont-elles pas exposées ? La gloire, il est vrai, les défend de quelques faiblesses ; mais la gloire les défend-elle de la gloire même ? ne s'adorent-elles pas secrètement ? ne veulent-elles pas être adorées ? Que n'ont-elles pas à craindre de leur amour-propre ? et que se peut refuser la faiblesse humaine, pendant que le monde lui accorde tout ? N'est-ce pas là qu'on apprend à faire servir à l'ambition, à la grandeur, à la politique, à la vertu, et la religion, et le nom de Dieu ? La modération, que le monde affecte, n'étouffe pas les mouvements de la vanité : elle ne sert qu'à les cacher ; et plus elle ménage le dehors, plus elle livre le cœur aux sentiments les plus délicats et les plus dangereux de la fausse gloire. On ne compte plus que soi-même[2] ; et on dit au fond de son cœur : *Je suis, et il n'y a que moi sur la terre*[3]. En cet état, Messieurs, la vie n'est-elle pas un péril ? La mort n'est-elle pas une grâce ? Que ne doit-on pas craindre de ses vices, si les bonnes qualités sont si dangereuses ? N'est-ce donc pas un bienfait de Dieu, d'avoir abrégé les tentations avec les jours de Madame ; de l'avoir arrachée à sa propre gloire, avant que cette gloire, par son excès, eût mis en hasard sa modération ? Qu'importe que sa vie ait été si courte ? jamais ce qui doit finir[4] ne peut être long. Quand nous ne compterions point ses confessions plus exactes, ses entretiens de dévotion plus fréquents[5], son application plus forte à la piété dans les derniers temps de sa vie ; ce peu d'heures saintement passées parmi les plus rudes épreuves, et dans les sentiments les plus purs du christianisme, tiennent lieu toutes seules d'un âge accompli[6]. Le temps a été court, je l'avoue ; mais l'opération de la grâce a été forte, mais la fidélité de l'âme a été parfaite. C'est l'effet d'un art consommé[7], de réduire en petit tout un grand ouvrage ; et la grâce, cette excellente ouvrière[8], se plaît quelquefois à renfermer en un jour la perfection d'une longue vie. Je sais que Dieu ne veut pas qu'on s'attende à de tels miracles ; mais si la témérité insensée des hommes abuse de ses bontés, son bras pour cela n'est pas raccourci, et sa main n'est pas affaiblie. Je me confie pour Madame en cette miséricorde, qu'elle a si sincèrement et si humblement réclamée. Il semble que Dieu ne lui ait conservé le jugement libre jusqu'au dernier soupir, qu'afin de faire durer les témoignages de sa foi. Elle a aimé en mourant le sauveur Jésus, les bras lui ont manqué plutôt que l'ardeur d'embrasser la croix; j'ai vu sa main défaillante chercher encore en tombant de nouvelles forces pour appliquer sur ses lèvres[1] ce bienheureux signe de notre rédemption : n'est-ce pas mourir entre les bras et dans le baiser[2] du Seigneur ? Ah! nous pouvons achever ce saint sacrifice, pour le repos de Madame, avec une pieuse confiance. Ce Jésus en qui elle a espéré, dont elle a porté la croix en son corps par des douleurs si cruelles, lui donnera encore son sang[3], dont elle est déjà toute teinte, toute pénétrée, par la participation à ses sacrements, et par la communion avec ses souffrances.

Mais en priant pour son âme, Chrétiens, songeons à nous-mêmes. Qu'attendons-nous pour nous convertir ? quelle dureté[4] est semblable à la nôtre, si un accident si étrange, qui devrait nous pénétrer jusqu'au fond de l'âme, ne fait que nous étourdir pour quelques moments ? Attendons-nous que Dieu ressuscite des morts, pour nous instruire ? Il n'est point nécessaire que les morts reviennent, ni que quelqu'un[5] sorte du tombeau : ce qui entre aujourd'hui dans le tombeau doit suffire pour nous convertir. Car, si nous savons nous connaître, nous confesserons, Chrétiens, que les vérités de l'éternité sont assez bien établies; nous n'avons rien que de faible à leur opposer; c'est par passion, et non par raison, que nous osons les combattre. Si quelque chose les empêche de régner sur nous, ces saintes et salutaires vérités, c'est que le monde nous occupe; c'est que les sens nous enchantent; c'est que le présent nous entraîne. Faut-il un autre spectacle pour nous détromper et des sens, et du présent, et du monde ? La Providence divine pouvait-elle nous mettre en vue, ni de plus près, ni plus fortement, la vanité des choses humaines ? Et si nos cœurs s'endurcissent après un avertissement si sensible, que lui reste-t-il autre chose que de nous frapper nous-mêmes sans miséricorde ? Prévenons un coup si funeste; et n'attendons pas toujours des miracles de la grâce. Il n'est rien de plus odieux à la souveraine puissance, que de la vouloir forcer par des exemples, et de lui faire une loi de ses grâces et de ses faveurs. Qu'y a-t-il donc, Chrétiens, qui puisse nous empêcher de recevoir[1], sans différer, ses inspirations ? Quoi! le charme de sentir est-il si fort que nous ne puissions rien prévoir ? Les adorateurs des grandeurs humaines seront-ils satisfaits de leur fortune, quand ils verront que dans un moment leur gloire passera à leur nom, leurs titres à leurs tombeaux, leurs biens à des ingrats, et leurs dignités peut-être à leurs envieux[2] ? Que si nous sommes assurés qu'il viendra un dernier jour où la mort nous forcera de confesser toutes nos erreurs, pourquoi ne pas mépriser par raison ce qu'il faudra un jour mépriser par force ? et quel est notre aveuglement, si, toujours avançants vers notre fin, et plutôt mourants que vivants[3], nous attendons les derniers soupirs, pour prendre les sentiments que la seule pensée de la mort nous devrait inspirer à tous les moments de notre vie ? Commencez aujourd'hui à mépriser les faveurs du monde; et, toutes les fois que vous serez dans ces lieux augustes, dans ces superbes palais à qui Madame donnait un éclat que vos yeux recherchent encore; toutes les fois que, regardant cette grande place qu'elle remplissait si bien, vous sentirez qu'elle y manque; songez que cette gloire que vous admiriez faisait son péril en cette vie, et que dans l'autre elle est devenue le sujet d'un examen rigoureux, où rien n'a été capable de la rassurer que cette sincère résignation qu'elle a eue aux ordres de Dieu, et les saintes humiliations de la pénitence.

# ORAISON FUNÈBRE
## DE
## MARIE-THÉRÈSE D'AUTRICHE[1]
### *INFANTE D'ESPAGNE REINE DE FRANCE ET DE NAVARRE*

PRONONCÉE A SAINT-DENIS LE 1ᵉʳ SEPTEMBRE 1683, EN PRÉSENCE DE MONSEIGNEUR LE DAUPHIN.

*Sine macula enim sunt ante thronum Dei.*
Ils sont sans tache devant le trône de Dieu.
Paroles de l'apôtre saint Jean, dans sa *Révélation*[2], chap. XIV, 5.

MONSEIGNEUR[3],

Quelle assemblée l'apôtre saint Jean nous fait paraître ! Ce grand prophète nous ouvre le ciel, et notre foi y découvre *sur la sainte montagne de Sion,* dans la partie la plus élevée de la Jérusalem bienheureuse, l'Agneau qui ôte le péché du monde[4], avec une compagnie digne de lui. Ce sont[5] ceux dont il est écrit au commencement de l'Apocalypse : *Il y a dans l'Eglise de Sardis*[6] *un petit nombre de fidèles,* pauca nomina, *qui n'ont pas souillé leurs vêtements*[7] : ces riches vêtements dont le baptême les a revêtus ; vêtements qui ne sont rien moins que Jésus-Christ même, selon ce que dit l'Apôtre : *Vous tous qui avez été baptisés, vous avez été revêtus de Jésus-Christ*[8]. Ce petit nombre chéri de Dieu pour son innocence, et remarquable par la rareté d'un don si exquis, a su conserver ce précieux vêtement, et la grâce du baptême. Et quelle sera la récompense d'une si rare fidélité ? Ecoutez parler le Juste et le Saint[9] : *Ils marchent,* dit-il, *avec moi, revêtus de blanc, parce qu'ils en sont dignes*[10] *;* dignes, par leur innocence, de porter dans l'éternité la livrée de l'Agneau sans tache, et de marcher toujours avec lui, puisque jamais ils ne l'ont quitté depuis qu'il les a mis dans sa compagnie : âmes pures et innocentes, *âmes vierges*[1], comme les appelle saint Jean, au même sens que saint Paul disait à tous les fidèles de Corinthe : *Je vous ai promis, comme une vierge pudique, à un seul homme, qui est Jésus-Christ*[2]. La vraie chasteté de l'âme, la vraie pudeur chrétienne, est de rougir du péché, de n'avoir d'yeux ni d'amour que pour Jésus-Christ, et de tenir toujours ses sens épurés de la corruption du siècle. C'est dans cette troupe innocente et pure que la Reine a été placée : l'horreur qu'elle a toujours eue du péché lui a mérité cet honneur. La foi, qui pénètre jusqu'aux cieux, nous la fait voir aujourd'hui dans cette bienheureuse compagnie. Il me semble que je reconnais cette modestie, cette paix, ce recueillement que nous lui voyions devant les autels, qui inspirait du respect pour Dieu et pour elle : Dieu ajoute à ces saintes dispositions le transport d'une joie céleste[3]. La mort ne l'a point changée, si ce n'est qu'une immortelle beauté a pris la place d'une beauté changeante et mortelle. Cette éclatante blancheur[4], symbole de son innocence et de la candeur de son âme, n'a fait, pour ainsi parler, que passer au dedans, où nous la voyons rehaussée d'une lumière divine[5]. *Elle marche avec l'Agneau, car elle en est digne*[6]. La sincérité de son cœur, sans dissimulation et sans artifice, la range au nombre de ceux dont saint Jean a dit, dans les paroles qui précèdent celles de mon texte, que *le mensonge ne s'est point trouvé en leur bouche*[7], ni aucun déguisement dans leur conduite, « ce qui fait qu'on les voit sans tache devant le trône de Dieu » : *Sine macula enim sunt ante thronum Dei*. En effet, elle est sans reproche devant Dieu et devant les hommes : la médisance ne peut attaquer aucun endroit de sa vie depuis son enfance jusqu'à sa mort; et une gloire si pure, une si belle réputation est un parfum précieux[8] qui réjouit le ciel et la terre.

Monseigneur, ouvrez les yeux à ce grand spectacle. Pouvais-je mieux essuyer vos larmes, celles des princes qui vous environnent, et de cette auguste assemblée, qu'en vous faisant voir au milieu de cette troupe resplendissante, et dans cet état glorieux, une mère si chérie et si regrettée ? Louis même, dont la constance ne peut vaincre ses justes douleurs[9], les trouverait plus traitables dans cette pensée. Mais ce qui doit être votre unique consolation, doit aussi, Monseigneur, être votre exemple ; et, ravi de l'éclat immortel d'une vie toujours si réglée et toujours si irréprochable, vous devez en faire passer toute la beauté dans la vôtre.

Qu'il est rare, Chrétiens, qu'il est rare encore une fois, de trouver cette pureté parmi les hommes ! mais surtout, qu'il est rare de la trouver parmi les grands ! *Ceux que vous voyez revêtus d'une robe blanche, ceux-là,* dit saint Jean, *viennent d'une grande affliction*[1], *de tribulatione magna,* afin que nous entendions que cette divine blancheur se forme ordinairement sous la croix, et rarement dans l'éclat, trop plein de tentation, des grandeurs humaines.

Et toutefois il est vrai, Messieurs, que Dieu, par un miracle de sa grâce, se plaît à choisir, parmi les rois, de ces âmes pures. Tel a été saint Louis toujours pur et toujours saint dès son enfance ; et Marie-Thérèse, sa fille[2], a eu de lui ce bel héritage.

Entrons, Messieurs, dans les desseins de la Providence, et admirons les bontés de Dieu, qui se répandent sur nous et sur tous les peuples, dans la prédestination[3] de cette princesse. Dieu l'a élevée au faîte des grandeurs humaines, afin de rendre la pureté et la perpétuelle régularité de sa vie plus éclatante et plus exemplaire. Ainsi sa vie et sa mort, également pleines de sainteté et de grâce, deviennent l'instruction du genre humain. Notre siècle n'en pouvait recevoir de plus parfaite, parce qu'il ne voyait nulle part dans une si haute élévation une pareille pureté[4]. C'est ce rare et merveilleux assemblage que nous aurons à considérer dans les deux parties de ce discours. Voici en peu de mots ce que j'ai à dire de la plus pieuse des reines, et tel est le digne abrégé de son éloge : Il n'y a rien que d'auguste dans sa personne, il n'y a rien que de pur dans sa vie. Accourez, peuples : venez contempler dans la première place du monde la rare et majestueuse beauté d'une vertu toujours constante. Dans une vie si égale, il n'importe pas à cette princesse où la mort frappe : on n'y voit point d'endroit faible par où elle pût craindre d'être surprise : toujours vigilante, toujours attentive à Dieu et à son salut, sa mort, si précipitée[5], et si effroyable pour nous, n'avait rien de dangereux pour elle. Ainsi son élévation ne servira qu'à faire voir à tout l'univers, comme du lieu le plus éminent qu'on découvre dans son enceinte, cette importante vérité : qu'il n'y a rien de solide ni de vraiment grand parmi les hommes, que d'éviter le péché, et que la seule précaution contre les attaques de la mort, c'est l'innocence de la vie. C'est, Messieurs, l'instruction que nous donne dans ce tombeau, ou plutôt du plus haut des cieux, très haute, très excellente, très puissante et très chrétienne princesse Marie-Thérèse d'Autriche, infante d'Espagne, reine de France et de Navarre.

Je n'ai pas besoin de vous dire que c'est Dieu qui donne les grandes naissances, les grands mariages, les enfants, la postérité. C'est lui qui dit à Abraham : *Les rois sortiront de vous*[1], et qui fait dire par son prophète[2] à David : *Le Seigneur vous fera une maison*[3]. *Dieu, qui d'un seul homme a voulu former tout le genre humain,* comme dit saint Paul, et de cette source commune *le répandre sur toute la face de la terre,* en a vu et prédestiné[4] dès l'éternité les alliances et les divisions, *marquant les temps,* poursuit-il, *et donnant des bornes à la demeure des peuples*[5] ; et enfin un cours réglé à toutes ces choses. C'est donc Dieu qui a voulu élever la Reine, par une auguste naissance, à un auguste mariage, afin que nous la vissions honorée au-dessus de toutes les femmes de son siècle, pour avoir été chérie, estimée, et trop tôt, hélas ! regrettée par le plus grand de tous les hommes[6] !

Que je méprise ces philosophes, qui, mesurant les conseils de Dieu à leurs pensées, ne le font auteur que d'un certain ordre général d'où le reste se développe comme il peut ! Comme s'il avait à notre manière des vues générales et confuses, et comme si la souveraine Intelligence pouvait ne pas comprendre dans ses desseins les choses particulières, qui seules subsistent véritablement. N'en doutons pas, Chrétiens, Dieu a préparé dans son conseil éternel[7] les premières familles qui sont la source des nations, et dans toutes les nations les qualités dominantes qui en devaient faire la fortune. Il a aussi ordonné dans les nations les familles particulières dont elles sont composées, mais principalement celles qui devaient gouverner ces nations, et en particulier, dans ces familles, tous les hommes par lesquels elles devaient ou s'élever, ou se soutenir, ou s'abattre.

C'est par la suite de ces conseils que Dieu a fait naître les deux puissantes maisons d'où la Reine devait sortir;

celle de France et celle d'Autriche, dont il se sert pour balancer les choses humaines : jusqu'à quel degré et jusqu'à quel temps ? il le sait, et nous l'ignorons.

On remarque, dans l'Ecriture, que Dieu donne aux maisons royales certains caractères propres, comme celui que les Syriens, quoique ennemis des rois d'Israël, leur attribuaient par ces paroles : *Nous avons appris que les rois de la maison d'Israël sont cléments*[1].

Je n'examinerai pas les caractères particuliers qu'on a donnés aux maisons de France et d'Autriche; et sans dire que l'on redoutait davantage les conseils de celle d'Autriche[2], ni qu'on trouvait quelque chose de plus vigoureux dans les armes et dans le courage de celle de France, maintenant que, par une grâce particulière ces deux caractères[3] se réunissent visiblement en notre faveur, je remarquerai seulement ce qui faisait la joie de la Reine : c'est que Dieu avait donné à ces deux maisons, d'où elle est sortie, la piété en partage; de sorte que *sanctifiée*[4], qu'on m'entende bien, c'est-à-dire, consacrée à la sainteté par sa naissance, selon la doctrine de saint Paul[5], elle disait avec cet apôtre : *Dieu, que ma famille a toujours servi*, et à qui je suis dédiée *par mes ancêtres. Deus cui servio a progenitoribus*[6].

Que s'il faut venir au particulier de l'auguste maison d'Autriche, que peut-on voir de plus illustre que sa descendance immédiate, où, durant l'espace de quatre cents ans[7], on ne trouve que des rois et des empereurs, et une si grande affluence de maisons royales, avec tant d'Etats et tant de royaumes, qu'on a prévu, il y a longtemps, qu'elle en serait surchargée[8] ?

Qu'est-il besoin de parler de la très chrétienne maison de France, qui, par sa noble constitution, est incapable d'être assujettie[9] à une famille étrangère; qui est toujours dominante dans son chef; qui, seule dans tout l'univers et dans tous les siècles, se voit, après sept cents ans[10] d'une royauté établie (sans compter[11] ce que la grandeur d'une si haute origine fait trouver ou imaginer aux curieux observateurs des antiquités), seule, dis-je, se voit après tant de siècles encore dans sa force et dans sa fleur, et toujours en possession du royaume le plus illustre qui fut jamais sous le soleil, et devant Dieu, et devant les hommes : devant Dieu, d'une pureté inaltérable dans la foi; et devant les hommes, d'une si grande dignité, qu'elle a pu perdre l'Empire[12] sans perdre sa gloire ni son rang[13] ?

La Reine a eu part à cette grandeur, non seulement par la riche et fière maison de Bourgogne[1], mais encore par Isabelle de France[2], sa mère, digne fille de Henri le Grand, et, de l'aveu de l'Espagne, la meilleure reine, comme la plus regrettée, qu'elle eût jamais vue sur le trône. Triste rapport de cette princesse avec la reine sa fille : elle avait à peine quarante-deux ans quand l'Espagne la pleura; et, pour notre malheur, la vie de Marie-Thérèse n'a guère eu un plus long cours. Mais la sage, la courageuse et la pieuse Isabelle devait une partie de sa gloire aux malheurs de l'Espagne[3], dont on sait qu'elle trouva le remède par un zèle et par des conseils qui ranimèrent les grands et les peuples, et, si on le peut dire, le roi même[4]. Ne nous plaignons pas, Chrétiens, de ce que la reine sa fille, dans un état plus tranquille, donne aussi un sujet moins vif à nos discours[5], et contentons-nous de penser que, dans des occasions aussi malheureuses dont Dieu nous a préservés, nous y eussions pu trouver les mêmes ressources.

Avec quelle application et quelle tendresse Philippe IV son père ne l'avait-il pas élevée! On la regardait en Espagne, non pas comme une infante, mais comme un infant[6] ; car c'est ainsi qu'on y appelle la princesse qu'on reconnaît comme héritière de tant de royaumes. Dans cette vue on approcha d'elle tout ce que l'Espagne avait de plus vertueux et de plus habile[7]. Elle se vit, pour ainsi parler, dès son enfance, toute environnée de vertus; et on voyait paraître en cette jeune princesse plus de belles qualités qu'elle n'attendait de couronnes. Philippe l'élève ainsi pour ses Etats; Dieu, qui nous aime, la destine à Louis.

Cessez, princes et potentats[8], de troubler par vos prétentions[9] le projet de ce mariage. Que l'amour, qui semble aussi le vouloir troubler, cède lui-même[10]. L'amour peut bien remuer le cœur des héros du monde; il peut bien y soulever des tempêtes[11], et y exciter des mouvements qui fassent trembler les politiques[12], et qui donnent des espérances aux insensés : mais il y a des âmes d'un ordre supérieur à ses lois, à qui il ne peut inspirer des sentiments indignes de leur rang[13]. Il y a des mesures prises dans le ciel qu'il ne peut rompre; et l'infante, non seulement par son auguste naissance, mais encore par sa vertu et par sa réputation, est seule digne de Louis[14].

C'était *la femme prudente qui est donnée proprement par le Seigneur*[1], comme dit le Sage. Pourquoi *donnée proprement par le Seigneur*, puisque c'est le Seigneur qui donne tout ? et quel est ce merveilleux avantage, qui mérite d'être attribué d'une façon si particulière à la divine bonté ? Il ne faut, pour l'entendre, que considérer ce que peut dans les maisons[2] la prudence tempérée d'une femme sage pour les soutenir, pour y faire fleurir dans la piété la véritable sagesse, et pour calmer les passions violentes qu'une résistance emportée ne ferait qu'aigrir[3].

Ile pacifique où se doivent terminer les différends de deux grands empires à qui tu sers de limites; île éternellement mémorable[4] par les conférences de deux grands ministres, où l'on vit développer toutes les adresses et tous les secrets d'une politique si différente; où l'un[5] se donnait du poids par sa lenteur[6], et l'autre prenait l'ascendant par sa pénétration: auguste journée, où deux fières nations longtemps ennemies, et alors réconciliées par Marie-Thérèse[7], s'avancent sur leurs confins, leurs rois à leur tête, non plus pour se combattre, mais pour s'embrasser; où ces deux rois, avec leur cour, d'une grandeur d'une politesse, et d'une magnificence aussi bien que d'une conduite si différente[8], furent l'un à l'autre, et à tout l'univers, un si grand spectacle : fêtes sacrées, mariage fortuné, voile nuptial, bénédiction, sacrifice, puis-je mêler aujourd'hui vos cérémonies et vos pompes avec ces pompes funèbres, et le comble des grandeurs avec leurs ruines ? Alors l'Espagne perdit ce que nous gagnions : maintenant nous perdons tout les uns et les autres; et Marie-Thérèse périt pour toute la terre. L'Espagne pleurait seule : maintenant que la France et l'Espagne mêlent leurs larmes, et en versent des torrents, qui pourrait les arrêter ? Mais si l'Espagne pleurait son infante, qu'elle voyait monter sur le trône le plus glorieux de l'univers, quels seront nos gémissements à la vue de ce tombeau, où tous ensemble nous ne voyons plus que l'inévitable néant des grandeurs humaines ? Taisons-nous, ce n'est pas des larmes que je veux tirer de vos yeux. Je pose les fondements des instructions que je veux graver dans vos cœurs : aussi bien la vanité des choses humaines, tant de fois étalée dans cette chaire, ne se montre que trop d'elle-même sans le secours de ma voix, dans ce sceptre si tôt tombé d'une si royale main, et dans une si haute majesté si promptement dissipée.

Mais ce qui en faisait le plus grand éclat n'a pas encore paru[1]. Une reine si grande par tant de titres, le devenait tous les jours par les grandes actions du Roi, et par le continuel accroissement de sa gloire. Sous lui, la France a appris à se connaître. Elle se trouve des forces que les siècles précédents ne savaient pas. L'ordre et la discipline militaire s'augmentent avec les armées. Si les Français peuvent tout, c'est que leur roi est partout leur capitaine[2]; et après qu'il a choisi l'endroit principal qu'il doit animer par sa valeur, il agit de tous côtés par l'impression de sa vertu.

Jamais on n'a fait la guerre avec une force plus inévitable, puisqu'en méprisant les saisons[3], il a ôté jusqu'à la défense à ses ennemis. Les soldats, ménagés et exposés quand il faut, marchent avec confiance sous ses étendards : nul fleuve ne les arrête, nulle forteresse ne les effraye. On sait que Louis foudroie les villes[4] plutôt qu'il ne les assiège, et tout est ouvert à sa puissance.

Les politiques ne se mêlent plus[5] de deviner ses desseins. Quand il marche, tout se croit également menacé : un voyage tranquille devient tout à coup une expédition redoutable à ses ennemis. Gand tombe avant qu'on pense à le munir : Louis y vient par de longs détours[6]; et la Reine, qui l'accompagne au cœur de l'hiver, joint au plaisir de le suivre celui de servir secrètement à ses desseins.

Par les soins d'un si grand roi, la France entière n'est plus, pour ainsi parler, qu'une seule forteresse qui montre de tous côtés un front redoutable[7]. Couverte de toutes parts, elle est capable de tenir la paix avec sûreté dans son sein; mais aussi de porter la guerre partout où il faut et de frapper de près et de loin avec une égale force. Nos ennemis le savent bien dire; et nos alliés ont ressenti[8], dans le plus grand éloignement, combien la main de Louis était secourable.

Avant lui, la France, presque sans vaisseaux, tenait en vain aux deux mers : maintenant on les voit couvertes, depuis le levant jusqu'au couchant, de nos flottes victorieuses[9]; et la hardiesse française porte partout la terreur, avec le nom de Louis. Tu céderas, ou tu tomberas sous ce vainqueur, Alger[10], riche des dépouilles de la chrétienté. Tu disais en ton cœur avare : Je tiens la mer sous mes lois, et les nations sont ma proie. La légèreté de tes vaisseaux te donnait de la confiance : mais tu te verras attaquée dans tes murailles, comme un oiseau ravissant[1] qu'on irait chercher parmi ses rochers et dans son nid, où il partage son butin à ses petits. Tu rends déjà tes esclaves. Louis a brisé les fers dont tu accablais ses sujets, qui sont nés pour être libres sous son glorieux empire. Tes maisons ne sont plus qu'un amas de pierres[2]. Dans ta brutale fureur tu te tournes contre toi-même[3], et tu ne sais comment assouvir ta rage impuissante. Mais nous verrons la fin de tes brigandages. Les pilotes étonnés s'écrient par avance : *Qui est semblable à Tyr ? et toutefois elle s'est tue dans le milieu de la mer*[4] ; et la navigation va être assurée par les armes de Louis[5].

L'éloquence s'est épuisée à louer la sagesse de ses lois et l'ordre de ses finances. Que n'a-t-on pas dit de sa fermeté, à laquelle nous voyons céder jusqu'à la fureur des duels[6] ? La sévère justice de Louis, jointe à ses inclinations bienfaisantes, fait aimer à la France l'autorité[7] sous laquelle, heureusement réunie, elle est tranquille et victorieuse. Qui veut entendre combien la raison préside dans les conseils de ce prince, n'a qu'à prêter l'oreille quand il lui plaît d'en expliquer les motifs. Je pourrais ici prendre à témoin les sages ministres des cours étrangères, qui le trouvent aussi convaincant dans ses discours que redoutable par ses armes. La noblesse de ses expressions vient de celle de ses sentiments, et ses paroles précises sont l'image de la justesse qui règne dans ses pensées[8]. Pendant qu'il parle avec tant de force, une douceur surprenante lui ouvre les cœurs, et donne, je ne sais comment, un nouvel éclat à la majesté[9] qu'elle tempère[10].

N'oublions pas ce qui faisait la joie de la Reine[11]. Louis est le rempart de la religion : c'est à la religion qu'il fait servir ses armes redoutées par mer et par terre. Mais songeons qu'il ne l'établit partout au dehors, que parce qu'il la fait régner au dedans et au milieu de son cœur. C'est là qu'il abat des ennemis plus terribles que ceux que tant de puissances, jalouses de sa grandeur, et l'Europe entière, pourraient armer contre lui. Nos vrais ennemis sont en nous-mêmes, et Louis combat ceux-là plus que tous les autres. Vous voyez tomber de toutes parts les temples de l'hérésie[12] : ce qu'il renverse au dedans[13] est un sacrifice bien plus agréable ; et l'ouvrage du chrétien, c'est de détruire les passions qui feraient de nos cœurs un temple d'idoles. Que servirait à Louis d'avoir étendu sa gloire partout où s'étend le genre humain ? Ce ne lui est rien d'être l'homme que les autres hommes admirent : il veut être, avec David[1], l'*homme selon le cœur de Dieu*[2]. C'est pourquoi Dieu le bénit. Tout le genre humain demeure d'accord qu'il n'y a rien de plus grand que ce qu'il fait, si ce n'est qu'on veuille compter pour plus grand encore tout ce qu'il n'a pas voulu faire, et les bornes qu'il a données à sa puissance[3]. Adorez donc, ô grand Roi, Celui qui vous fait régner, qui vous fait vaincre, et qui vous donne dans la victoire, malgré la fierté qu'elle inspire, des sentiments si modérés! Puisse la chrétienté ouvrir les yeux et reconnaître le vengeur[4] que Dieu lui envoie! Pendant, ô malheur! ô honte! ô juste punition de nos péchés! pendant, dis-je, qu'elle est ravagée par les infidèles qui pénètrent jusqu'à ses entrailles, que tarde-t-elle à se souvenir et des secours de Candie[5], et de la fameuse journée du Raab[6], où Louis renouvela dans le cœur des infidèles l'ancienne opinion qu'ils ont des armes françaises, fatales à leur tyrannie; et par des exploits inouïs, devint le rempart de l'Autriche dont il avait été la terreur.

Ouvrez donc les yeux, Chrétiens, et regardez ce héros, dont nous pouvons dire, comme saint Paulin disait du grand Théodose, que nous voyons en Louis, *non un roi, mais un serviteur de Jésus-Christ, et un prince qui s'élève au-dessus des hommes, plus encore par sa foi que par sa couronne*[7].

C'était, Messieurs, d'un tel héros que Marie-Thérèse devait partager la gloire d'une façon particulière, puisque, non contente d'y avoir part comme compagne de son trône, elle ne cessait d'y contribuer par la persévérance de ses vœux[8].

Pendant que ce grand roi la rendait la plus illustre de toutes les reines, vous la faisiez, Monseigneur[9], la plus illustre de toutes les mères. Vos respects l'ont consolée de la perte de ses autres enfants[10]. Vous les lui avez rendus[11]; elle s'est vue renaître dans ce prince[12] qui fait vos délices et les nôtres[13]; et elle a trouvé une fille digne d'elle dans cette auguste princesse, qui par son rare mérite, autant que par les droits d'un nœud sacré, ne fait avec vous qu'un même cœur. Si nous l'avons admirée dès le moment qu'elle parut[14], le Roi a confirmé notre jugement;

et maintenant devenue, malgré ses souhaits[1], la principale décoration d'une cour dont un si grand roi fait le soutien, elle est la consolation de toute la France.

Ainsi notre reine, heureuse par sa naissance, qui lui rendait la piété aussi bien que la grandeur comme héréditaire, par sa sainte éducation, par son mariage, par la gloire et par l'amour d'un si grand roi, par le mérite et par les respects de ses enfants, et par la vénération de tous les peuples, ne voyait rien sur la terre qui ne fût au-dessous d'elle. Elevez maintenant, ô Seigneur, et mes pensées et ma voix! Que je puisse représenter à cette auguste audience l'incomparable beauté d'une âme que vous avez toujours habitée, qui n'a jamais *affligé votre Esprit saint*[2], qui jamais n'a perdu *le goût du don céleste*[3]; afin que nous commencions, malheureux pécheurs, à verser sur nous-mêmes un torrent de larmes; et que ravis des chastes attraits de l'innocence, jamais nous ne nous lassions d'en pleurer la perte.

A la vérité, Chrétiens, quand on voit dans l'Évangile la brebis perdue[4], préférée par le bon pasteur à tout le reste du troupeau; quand on y lit cet heureux retour du prodigue retrouvé, et ce transport d'un père attendri[5], qui met en joie toute sa famille, on est tenté de croire que la pénitence[6] est préférée à l'innocence même, et que le prodigue retourné reçoit plus de grâces que son aîné, qui ne s'est jamais échappé de la maison paternelle. Il est l'aîné toutefois; et deux mots, que lui dit son père, lui font entendre qu'il n'a pas perdu ses avantages: *Mon fils,* lui dit-il, *vous êtes toujours avec moi; et tout ce qui est à moi est à vous*[7]. Cette parole, Messieurs, ne se traite guère dans les chaires[8], parce que cette inviolable fidélité ne se trouve guère dans les mœurs. Expliquons-la toutefois, puisque notre illustre sujet nous y conduit, et qu'elle a une parfaite conformité avec notre texte. Une excellente doctrine de saint Thomas nous la fait entendre, et concilie toutes choses. Dieu témoigne plus d'amour au juste toujours fidèle; il en témoigne davantage aussi au pécheur réconcilié; mais en deux manières différentes. L'un paraîtra plus favorisé, si l'on a égard à ce qu'il est, et l'autre, si l'on remarque d'où il est sorti. Dieu conserve au juste un plus grand don; il retire le pécheur d'un plus grand mal. Le juste semblera plus avantagé, si l'on pèse son mérite; et le pécheur plus chéri, si l'on considère son indignité. Le père du prodigue l'explique lui-même : *Mon fils, vous êtes toujours avec moi, et tout ce qui est à moi est à vous* ; c'est ce qu'il dit à celui à qui il conserve un plus grand don. *Il fallait se réjouir, parce que votre frère était mort, et il est ressuscité*[1] ; c'est ainsi qu'il parle de celui qu'il retire d'un plus grand abîme de maux. Ainsi les cœurs sont saisis d'une joie soudaine par la grâce inespérée d'un beau jour d'hiver, qui, après un temps pluvieux, vient réjouir tout d'un coup la face du monde; mais on ne laisse pas de lui préférer la constante sérénité d'une saison plus bénigne; et, s'il nous est permis d'expliquer les sentiments du Sauveur par ces sentiments humains, il s'émeut plus sensiblement sur les pécheurs convertis, qui sont sa nouvelle conquête; mais il réserve une plus douce familiarité aux justes, qui sont ses anciens et perpétuels amis, puisque, s'il dit, parlant du prodigue : *Qu'on lui rende sa première robe*[2], il ne lui dit pas toutefois : *Vous êtes toujours avec moi* ; ou, comme saint Jean le répète dans l'Apocalypse : « Ils sont toujours avec l'Agneau, et paraissent sans tache devant son trône » : *Sine macula sunt ante thronum Dei*[3].

Comment se conserve cette pureté dans ce lieu de tentations, et parmi les illusions des grandeurs du monde, vous l'apprendrez de la Reine. Elle est de ceux dont le Fils de Dieu a prononcé dans l'Apocalypse : « Celui qui sera victorieux, je le ferai comme une colonne dans le temple de mon Dieu » : *Faciam illum columnam in templo Dei mei*[4]. Il en sera l'ornement, il en sera le soutien par son exemple : il sera haut, il sera ferme. Voilà déjà quelque image de la Reine. « Il ne sortira jamais du temple » : *Foras non egredietur amplius*[5]. Immobile comme une colonne, il aura sa demeure fixe dans la maison du Seigneur, et n'en sera jamais séparé par aucun crime. *Je le ferai*, dit Jésus-Christ, et c'est l'ouvrage de ma grâce. Mais comment affermira-t-il cette colonne ? Ecoutez, voici le mystère : *Et j'écrirai dessus*[6], poursuit le Sauveur : j'élèverai la colonne, mais en même temps je mettrai dessus une inscription mémorable. Hé ! qu'écrirez-vous, ô Seigneur ? Trois noms seulement, afin que l'inscription soit aussi courte que magnifique : *J'y écrirai*, dit-il, *le nom de mon Dieu, et le nom de la cité de mon Dieu, la nouvelle Jérusalem, et mon nouveau nom*[7]. Ces noms, comme la suite le fera paraître, signifient une foi vive dans l'intérieur, les pratiques extérieures de la piété dans les saintes observances de l'Eglise, et la fréquentation des saints sacrements : trois moyens de conserver l'innocence, et l'abrégé de la vie de notre sainte princesse[1]. C'est ce que vous verrez écrit sur la colonne, et vous lirez dans son inscription les causes de sa fermeté. Et d'abord : *J'y écrirai,* dit-il, *le nom de mon Dieu,* en lui inspirant une foi vive. C'est, Messieurs, par une telle foi, que le nom de Dieu est gravé profondément dans nos cœurs. Une foi vive est le fondement de la stabilité que nous admirons : car d'où viennent nos inconstances, si ce n'est de notre foi chancelante ? Parce que ce fondement est mal affermi, nous craignons de bâtir dessus, et nous marchons d'un pas douteux dans le chemin de la vertu. La foi seule a de quoi fixer l'esprit vacillant; car écoutez les qualités que saint Paul lui donne : *Fides sperandarum substantia rerum. La foi,* dit-il, *est une substance*[2], un solide fondement, un ferme soutien. Mais de quoi ? De ce qui se voit dans le monde ? Comment donner une consistance, ou pour parler avec saint Paul, une substance et un corps à cette ombre fugitive ? La foi est donc un soutien, mais des choses « qu'on doit espérer ». Et quoi encore ? *Argumentum non apparentium :* C'est une pleine conviction de ce qui ne paraît pas. La foi doit avoir en elle la conviction. Vous ne l'avez pas, direz-vous : j'en sais la cause; c'est que vous craignez de l'avoir, au lieu de la demander à Dieu qui la donne. C'est pourquoi tout tombe en ruine dans vos mœurs, et vos sens trop décisifs emportent si facilement votre raison incertaine et irrésolue. Et que veut dire cette conviction dont parle l'apôtre, si ce n'est, comme il dit ailleurs, une soumission de l'*intelligence entièrement captivée*[3], sous l'autorité d'un Dieu qui parle ? Considérez la pieuse reine devant les autels, voyez comme elle est saisie de la présence de Dieu : ce n'est pas par sa suite qu'on la connaît, c'est par son attention, et par cette respectueuse immobilité qui ne lui permet pas même de lever les yeux. Le sacrement adorable approche : ha! la foi du centurion, admirée par le Sauveur même, ne fut pas plus vive, et il ne dit pas plus humblement : *Je ne suis pas digne*[4]. Voyez comme elle frappe cette poitrine innocente, comme elle se reproche les moindres péchés, comme elle abaisse cette tête auguste devant laquelle s'incline l'univers. La terre, son origine et sa sépulture[5], n'est pas encore assez basse pour la recevoir : elle voudrait disparaître toute entière devant la majesté du Roi des rois. Dieu lui grave par une foi vive dans le fond du cœur ce que disait Isaïe : *Cherchez des antres profonds ; cachez-vous dans les ouvertures de la terre devant la face du Seigneur, et devant la gloire d'une si haute majesté*[1].

Ne vous étonnez donc pas si elle est si humble sur le trône. O spectacle merveilleux, et qui ravit en admiration le ciel et la terre! Vous allez voir une reine, qui, à l'exemple de David, attaque de tous côtés sa propre grandeur, et tout l'orgueil qu'elle inspire ; vous verrez dans les paroles de ce grand roi la vive peinture de la Reine, et vous en reconnaîtrez tous les sentiments : *Domine, non est exaltatum cor meum*[2] ! « O Seigneur, mon cœur ne s'est point haussé ! » : voilà[3] l'orgueil attaqué dans sa source. *Neque elati sunt oculi mei ;* « mes regards ne se sont pas élevés » : voilà l'ostentation et le faste réprimé. Ha! Seigneur, je n'ai pas eu ce dédain qui empêche de jeter les yeux sur les mortels trop rampants, et qui fait dire à l'âme arrogante : *Il n'y a que moi sur la terre*[4]. Combien était ennemie[5] de la pieuse reine de ces regards dédaigneux! et dans une si haute élévation, qui vit jamais paraître en cette princesse ou le moindre sentiment d'orgueil, ou le moindre air de mépris ? David poursuit : *Neque ambulavi in magnis, neque in mirabilibus super me :* « Je ne marche point dans des vastes pensées[6], ni dans des merveilles qui me passent. » Il combat ici les excès où tombent naturellement les grandes puissances. *L'orgueil, qui monte toujours*[7], après avoir porté ses prétentions à ce que la grandeur humaine a de plus solide, ou plutôt de moins ruineux, pousse ses desseins jusqu'à l'extravagance, et donne témérairement dans des projets insensés, comme faisait ce roi superbe (digne figure de l'ange rebelle) lorsqu'*il disait en son cœur : Je m'élèverai au-dessus des nues, je poserai mon trône sur les astres, et je serai semblable au Très-Haut*[8]. Je ne me perds point, dit David, dans de tels excès; et voilà l'orgueil méprisé dans ses égarements. Mais après l'avoir ainsi rabattu dans tous les endroits par où il semblait vouloir s'élever, David l'atterre tout à fait par ces paroles : « Si, dit-il, je n'ai pas eu d'humbles sentiments, et que j'aie exalté mon âme » : *Si non humiliter sentiebam*[9] ; ou, comme traduit saint Jérôme : *Si non silere feci animam meam*[10] : « Si je n'ai pas fait taire mon âme », si je n'ai pas imposé silence[11] à ces flatteuses pensées qui se présentent sans cesse pour enfler nos cœurs. Et enfin il conclut ainsi ce beau psaume : *Sicut ablactatus ad matrem suam, sic ablactata est anima mea* : « Mon âme a été, dit-il, comme un enfant sevré » : je me suis arraché moi-même aux douceurs de la gloire humaine[1], peu capables de me soutenir, pour donner à mon esprit une nourriture plus solide. Ainsi l'âme supérieure domine de tous côtés cette impérieuse grandeur, et ne lui laisse dorénavant aucune place. David ne donna jamais de plus beau combat. Non, mes Frères, les Philistins défaits, et les ours mêmes déchirés de ses mains[2], ne sont rien à comparaison de sa grandeur qu'il a domptée. Mais la sainte princesse que nous célébrons l'a égalé dans la gloire d'un si beau triomphe.

Elle sut pourtant se prêter au monde avec toute la dignité que demandait sa grandeur. Les rois[3], non plus que le soleil, n'ont pas reçu en vain l'éclat qui les environne ; il est nécessaire au genre humain ; et ils doivent, pour le repos autant que pour la décoration de l'univers, soutenir une majesté[4] qui n'est qu'un rayon de celle de Dieu. Il était aisé à la Reine de faire sentir une grandeur qui lui était naturelle. Elle était née dans une cour où la majesté se plaît à paraître avec tout son appareil, et d'un père qui sut conserver avec une grâce, comme avec une jalousie particulière[5], ce qu'on appelle en Espagne les coutumes de qualité[6] et les bienséances du palais. Mais elle aimait mieux tempérer la majesté, et l'anéantir devant Dieu, que de la faire éclater devant les hommes. Ainsi nous la voyions courir aux autels, pour y goûter avec David un humble repos, et s'enfoncer dans son oratoire, où, malgré le tumulte de la Cour, elle trouvait le Carmel d'Élie, le désert de Jean, et la montagne si souvent témoin des gémissements de Jésus[7].

J'ai appris de saint Augustin que « l'âme attentive se fait à elle-même une solitude » : *Gignit enim sibi ipsa mentis intentio solitudinem*[8]. Mais, mes Frères, ne nous flattons pas ; il faut savoir se donner des heures d'une solitude effective, si l'on veut conserver les forces de l'âme. C'est ici qu'il faut admirer l'inviolable fidélité que la Reine gardait à Dieu. Ni les divertissements, ni les fatigues des voyages[9], ni aucune occupation, ne lui faisait perdre ces heures particulières qu'elle destinait à la méditation et à la prière. Aurait-elle été si persévérante dans cet exercice, si elle n'y eût goûté la manne cachée[1], que *nul ne connaît que celui qui en ressent les saintes douceurs*[2] ? C'est là qu'elle disait avec David[3] : « O Seigneur, votre servante a trouvé son cœur, pour vous faire cette prière! » *Invenit servus tuus cor suum*[4]. Où allez-vous, cœurs égarés ? Quoi! même pendant la prière vous laissez errer votre imagination vagabonde; vos ambitieuses pensées vous reviennent devant Dieu; elles font même le sujet de votre prière! Par l'effet du même transport qui vous fait parler aux hommes de vos prétentions, vous en venez encore parler à Dieu, pour faire servir le ciel et la terre à vos intérêts. Ainsi votre ambition, que la prière devait éteindre, s'y échauffe[5] : feu bien différent de celui que David *sentait allumer dans sa méditation*[6]. Ha! plutôt puissiez-vous dire avec ce grand roi, et avec la pieuse reine que nous honorons : *O Seigneur, votre serviteur a trouvé son cœur!* J'ai rappelé ce fugitif[7], et le voilà tout entier devant votre face.

Ange saint, qui présidiez à l'oraison de cette sainte princesse, et qui portiez cet encens au-dessus des nues, pour le faire brûler sur l'autel que saint Jean a vu dans le ciel[8], racontez-nous les ardeurs de ce cœur blessé[9] de l'amour divin, faites-nous paraître ces torrents de larmes que la Reine versait devant Dieu pour ses péchés. Quoi donc! les âmes innocentes ont-elles aussi les pleurs et les amertumes de la pénitence ? Oui, sans doute, puisqu'il est écrit que *rien n'est pur sur la terre*[10] et que *celui qui dit qu'il ne pèche pas se trompe lui-même*[11]. Mais c'est des péchés légers, légers par comparaison, je le confesse, légers en eux-mêmes; la Reine n'en connaît aucun de cette nature. C'est ce que porte en son fonds toute âme innocente. La moindre ombre se remarque sur ces vêtements[12] qui n'ont pas encore été salis, et leur vive blancheur en accuse toutes les taches. Je trouve ici les chrétiens trop savants. Chrétien, tu sais trop la distinction des péchés véniels d'avec les mortels. Quoi! le nom commun de péché ne suffira pas pour te les faire détester les uns et les autres ? Sais-tu que ces péchés, qui semblent légers, deviennent accablants par leur multitude, à cause des funestes dispositions[13] qu'ils mettent dans les consciences ? C'est ce qu'enseignent d'un commun accord tous les saints docteurs, après saint Augustin et saint Grégoire. Sais-tu que les péchés, qui seraient véniels par leur objet, peuvent devenir mortels par l'excès de l'attachement ? Les plaisirs innocents le deviennent bien, selon la doctrine des saints ; et seuls ils ont pu damner le mauvais riche, pour avoir été trop goûtés. Mais qui sait le degré qu'il faut pour leur inspirer[1] ce poison mortel ? et n'est-ce pas une des raisons qui fait que David s'écrie : *Delicta quis intelligit ?* « Qui peut connaître ses péchés[2] ? » Que je hais donc ta vaine science et ta mauvaise subtilité, âme téméraire, qui prononces si hardiment : Ce péché que je commets sans crainte est véniel ! L'âme vraiment pure n'est pas si savante. La Reine sait en général qu'il y a des péchés véniels, car la foi l'enseigne ; mais la foi ne lui enseigne pas que les siens le soient. Deux choses vous vont faire voir l'éminent degré de sa vertu. Nous le savons, Chrétiens, et nous ne donnons point de fausses louanges devant ces autels. Elle a dit souvent, dans cette bienheureuse simplicité qui lui était commune avec tous les saints, qu'elle ne comprenait pas comment on pouvait commettre volontairement un seul péché, pour petit qu'il fût. Elle ne disait donc pas, il est véniel : elle disait, il est péché ; et son cœur innocent se soulevait. Mais comme il échappe toujours quelque péché à la fragilité humaine, elle ne disait pas, il est léger ; encore une fois, il est péché, disait-elle. Alors, pénétrée des siens, s'il arrivait quelque malheur à sa personne[3], à sa famille, à l'État, elle s'en accusait seule. Mais quels malheurs, direz-vous, dans cette grandeur et dans un si long cours de prospérités ? Vous croyez donc que les déplaisirs et les plus mortelles douleurs ne se cachent pas sous la pourpre[4] ? ou qu'un royaume est un remède universel à tous les maux, un baume qui les adoucit, un charme qui les enchante ? Au lieu que par un conseil de la providence divine, qui sait donner aux conditions les plus élevées leur contre-poids, cette grandeur que nous admirons de loin comme quelque chose au-dessus de l'homme, touche moins quand on y est né, ou se confond elle-même dans son abondance ; et qu'il se forme au contraire parmi les grandeurs une nouvelle sensibilité pour les déplaisirs, dont le coup est d'autant plus rude, qu'on est moins préparé à le soutenir.

Il est vrai que les hommes aperçoivent moins cette malheureuse délicatesse dans les âmes vertueuses. On les croit insensibles, parce que non seulement elles savent taire, mais encore sacrifier leurs peines secrètes[5]. Mais le

Père céleste se plaît à les regarder dans ce secret, et comme il sait leur préparer leur croix, il y mesure aussi leur récompense. Croyez-vous que la Reine pût être en repos dans ces fameuses campagnes[1] qui nous apportaient coup sur coup tant de surprenantes nouvelles ? Non, Messieurs, elle était toujours tremblante, parce qu'elle voyait toujours cette précieuse vie, dont la sienne dépendait, trop facilement hasardée. Vous avez vu ses terreurs ; vous parlerai-je de ses pertes et de la mort de ses chers enfants ? Ils lui ont tous déchiré le cœur. Représentons-nous ce jeune prince[2], que les Grâces semblaient elles-mêmes avoir formé de leurs mains (pardonnez-moi ces expressions[3]); il me semble que je vois encore tomber cette fleur[4]. Alors, triste messager d'un événement si funeste[5], je fus aussi le témoin, en voyant le Roi et la Reine, d'un côté de la douleur la plus pénétrante, et de l'autre des plaintes les plus lamentables ; et sous des formes différentes, je vis une affliction sans mesure. Mais je vis aussi des deux côtés la foi également victorieuse ; je vis le sacrifice agréable de l'âme humiliée sous la main de Dieu, et deux victimes royales immoler d'un commun accord leur propre cœur.

Pourrai-je maintenant jeter les yeux sur la terrible menace du Ciel irrité, lorsqu'il sembla si longtemps vouloir frapper ce Dauphin même[6], notre plus chère espérance ? Pardonnez-moi, Messieurs, pardonnez-moi si je renouvelle vos frayeurs[7]. Il faut bien, et je le puis dire, que je me fasse à moi-même cette violence, puisque je ne puis montrer qu'à ce prix la constance de la Reine. Nous vîmes alors dans cette princesse, au milieu des alarmes d'une mère, la foi d'une chrétienne. Nous vîmes un Abraham prêt à immoler Isaac, et quelques traits de Marie quand elle offrit son Jésus. Ne craignons point de le dire, puisqu'un Dieu ne s'est fait homme que pour assembler autour de lui des exemples pour tous les états. La Reine, pleine de foi, ne se propose pas un moindre modèle que Marie ; Dieu lui rend aussi[8] son fils unique, qu'elle lui offre d'un cœur déchiré, mais soumis, et veut que nous lui devions encore une fois un si grand bien.

On ne se trompe pas, Chrétiens, quand on attribue tout à la prière. Dieu, qui l'inspire, ne lui peut rien refuser. *Un roi*, dit David, *ne se sauve pas par ses armées ; et le puissant ne se sauve pas par sa valeur*[9]. Ce n'est pas aussi aux sages conseils qu'il faut attribuer les heureux succès. *Il s'élève,* dit le Sage, *plusieurs pensées dans le cœur de l'homme*[1] : reconnaissez l'agitation et les pensées incertaines des conseils humains; *mais,* poursuit-il, *la volonté du Seigneur demeure ferme ;* et pendant que les hommes délibèrent, il ne s'exécute que ce qu'il résout. *Le Terrible,* le Tout-Puissant, *qui ôte,* quand il lui plaît, *l'esprit des princes*[2], le leur laisse aussi quand il veut, pour les confondre davantage, *et les prendre dans leurs propres finesses*[3]. Car *il n'y a point de prudence, il n'y a point de sagesse, il n'y a point de conseil contre le Seigneur*[4]. Les Machabées étaient vaillants; et néanmoins il est écrit « qu'ils combattaient par leurs prières » plus que par leurs armes : *Per rationes congressi sunt*[5], assurés, par l'exemple de Moïse, que les mains élevées à Dieu[6] enfoncent plus de bataillons que celles qui frappent. Quand tout cédait à Louis, et que nous crûmes voir revenir le temps des miracles, où les murailles tombaient au bruit des trompettes[7], tous les peuples[8] jetaient les yeux sur la Reine, et croyaient voir partir de son oratoire la foudre qui accablait tant de villes.

Que si Dieu accorde aux prières les prospérités temporelles, combien plus leur accorde-t-il les vrais biens, c'est-à-dire, les vertus! Elles sont le fruit naturel d'une âme unie à Dieu par l'oraison. L'oraison qui nous les obtient, nous apprend à les pratiquer, non seulement comme nécessaires, mais encore comme reçues *du Père des lumières d'où descend sur nous tout don parfait*[9], et c'est là le comble de la perfection, parce que c'est le fondement de l'humilité. C'est ainsi que Marie-Thérèse attira par la prière toutes les vertus dans son âme. Dès sa première jeunesse, elle fut, dans les mouvements d'une cour alors assez turbulent[10], la consolation et le seul soutien de la vieillesse infirme du roi son père. La reine sa belle-mère[11], malgré ce nom odieux, trouva en elle non seulement un respect, mais encore une tendresse, que ni le temps ni l'éloignement n'ont pu altérer. Aussi pleure-t-elle sans mesure, et ne veut point recevoir de consolation[12]. Quel cœur, quel respect, quelle soumission n'a-t-elle pas eue pour le Roi! toujours vive pour ce grand prince[13], toujours jalouse de sa gloire, uniquement attachée aux intérêts de son Etat[14], infatigable dans les voyages[15], et heureuse, pourvu qu'elle fût en sa compagnie[16]; femme enfin où saint Paul aurait vu l'Eglise occupée de Jésus-Christ[17], et unie à ses volontés par une éternelle complaisance! Si nous osions demander au grand prince qui lui rend ici avec tant de piété les derniers devoirs quelle mère il a perdue, il nous répondrait par ses sanglots; et je vous dirai en son nom ce que j'ai vu[1] avec joie, ce que je répète avec admiration, que les tendresses inexplicables de Marie-Thérèse tendaient toutes à lui inspirer la foi, la piété, la crainte de Dieu, un attachement inviolable pour le Roi, des entrailles de miséricorde pour les malheureux, une immuable persévérance dans tous ses devoirs, et tout ce que nous louons dans la conduite de ce prince. Parlerai-je des bontés de la Reine tant de fois éprouvées par ses domestiques, et ferai-je retentir encore devant ces autels les cris de sa maison désolée ? Et vous, pauvres de Jésus-Christ[2], pour qui seuls elle ne pouvait endurer qu'on lui dît que ses trésors étaient épuisés; vous premièrement, pauvres volontaires, victimes de Jésus-Christ, religieux, vierges sacrées, âmes pures dont le monde n'était pas digne; et vous, pauvres, quelque nom que vous portiez, pauvres connus, pauvres honteux, malades, impotents, estropiés[3], *restes d'hommes*[4], pour parler avec saint Grégoire de Nazianze, car la Reine respectait en vous tous les caractères de la croix de Jésus-Christ; vous donc qu'elle assistait avec tant de joie, qu'elle visitait[5] avec de si saints empressements, qu'elle servait avec tant de foi, heureuse de se dépouiller d'une majesté empruntée, et d'adorer dans votre bassesse la glorieuse pauvreté[6] de Jésus-Christ, quel admirable panégyrique prononceriez-vous, par vos gémissements, à la gloire de cette princesse, s'il m'était permis de vous introduire dans cette auguste assemblée ? Recevez, père Abraham, dans votre sein, cette héritière de votre foi; comme vous, servante des pauvres, et digne de trouver en eux, non plus des anges, mais Jésus-Christ même. Que dirai-je davantage ? Écoutez tout en un mot: fille, femme, mère, maîtresse, reine, telle que nos vœux l'auraient pu faire, plus que tout cela chrétienne, elle accomplit tous ses devoirs sans présomption, et fut humble non seulement parmi toutes les grandeurs, mais encore parmi toutes les vertus.

J'expliquerai en peu de mots les deux autres noms que nous voyons écrits sur la colonne mystérieuse de l'Apocalypse, et dans le cœur de la Reine. Par le *nom de la sainte cité de Dieu, la nouvelle Jérusalem*[7], vous voyez bien, Messieurs, qu'il faut entendre le nom de l'Eglise catholique, cité sainte dont toutes *les pierres sont vivantes*[1], dont Jésus-Christ est le fondement, qui *descend du ciel*[2], avec lui, parce qu'elle y est renfermée comme dans le chef dont tous les membres reçoivent leur vie; cité qui se répand par toute la terre, et s'élève jusqu'aux cieux pour y placer ses citoyens. Au seul nom de l'Eglise, toute la foi de la Reine se réveillait. Mais une vraie fille de l'Eglise, non contente d'en embrasser la sainte doctrine, en aime les observances, où elle fait consister la principale partie des pratiques extérieures de la piété.

L'Eglise inspirée de Dieu, et instruite par les saints apôtres, a tellement disposé l'année, qu'on y trouve, avec la vie, avec les mystères, avec la prédication et la doctrine de Jésus-Christ, le vrai fruit de toutes ces choses dans les admirables vertus de ses serviteurs et dans les exemples de ses saints, et enfin un mystérieux abrégé de l'Ancien et du Nouveau Testament et de toute l'histoire ecclésiastique. Par là toutes les saisons sont fructueuses pour les chrétiens; tout y est plein de Jésus-Christ, qui est toujours *admirable*[3], selon le prophète et non seulement en lui-même, mais encore *dans ses saints*[4]. Dans cette variété, qui aboutit toute[5] à l'unité sainte tant recommandée par Jésus-Christ[6], l'âme innocente et pieuse trouve avec des plaisirs célestes une solide nourriture et un perpétuel renouvellement de sa ferveur. Les jeûnes y sont mêlés dans les temps convenables, afin que l'âme, toujours sujette aux tentations et au péché, s'affermisse et se purifie par la pénitence. Toutes ces pieuses observances avaient dans la Reine l'effet bienheureux que l'Eglise même demande : elle se renouvelait dans toutes les fêtes, elle se sacrifiait dans tous les jeûnes et dans toutes les abstinences. L'Espagne sur ce sujet a des coutumes que la France ne suit pas[7]; mais la Reine se rangea bientôt à l'obéissance : l'habitude ne put rien contre la règle, et l'extrême exactitude de cette princesse marquait la délicatesse de sa conscience. Quel autre a mieux profité de cette parole : *Qui vous écoute m'écoute*[8] ? Jésus-Christ nous y enseigne cette excellente pratique de marcher dans les voies de Dieu sous la conduite particulière de ses serviteurs, qui exercent son autorité dans son Eglise. Les confesseurs de la Reine pouvaient tout sur elle dans l'exercice de leur ministère, et il n'y avait aucune vertu où elle ne pût être élevée par son obéissance. Quel respect n'avait-elle pas pour le souverain Pontife, vicaire de Jésus-Christ, et pour tout l'ordre ecclésiastique! Qui pourrait dire[1] combien de larmes lui ont coûté ces divisions toujours trop longues[2], et dont on ne peut demander la fin avec trop de gémissements ? Le nom même et l'ombre de division faisait horreur à la Reine, comme à toute âme pieuse. Mais qu'on ne s'y trompe pas : le Saint-Siège ne peut jamais oublier la France, ni la France manquer au Saint-Siège. Et ceux qui, pour leurs intérêts particuliers, couverts, selon les maximes de leur politique, du prétexte de piété, semblent vouloir irriter le Saint-Siège contre un royaume qui en a toujours été le principal soutien sur la terre, doivent penser qu'une chaire si éminente, à qui Jésus-Christ a tant donné, ne veut pas être flattée par les hommes, mais honorée[3] selon la règle avec une soumission profonde ; qu'elle est faite pour attirer tout l'univers à son unité et y rappeler à la fin tous les hérétiques ; et que ce qui est excessif, loin d'être le plus attirant, n'est pas même le plus solide ni le plus durable.

Avec le saint nom de Dieu et avec le nom de la cité sainte, la nouvelle Jérusalem, je vois, Messieurs, dans le cœur de notre pieuse Reine le nom nouveau du Sauveur. Quel est, Seigneur, votre nom nouveau, sinon celui que vous expliquez, quand vous dites : *Je suis le pain de vie* ; et *Ma chair est vraiment viande*[4], et *Prenez, mangez, ceci est mon corps*[5] ? Ce nom nouveau du Sauveur est celui de l'Eucharistie, nom composé de « bien » et de « grâce », qui nous montre dans cet adorable sacrement une source de miséricorde, un miracle d'amour, un mémorial[6] et un abrégé de toutes les grâces, et le Verbe même tout changé en grâce et en douceur pour ses fidèles. Tout est nouveau dans ce mystère : c'est le *Nouveau Testament* de notre Sauveur[7], et on commence à y boire ce *vin nouveau*[8] dont la céleste Jérusalem est transportée. Mais, pour le boire dans ce lieu de tentation et de péché, il s'y faut préparer par la pénitence. La Reine fréquentait ces deux sacrements avec une ferveur toujours nouvelle. Cette humble princesse se sentait dans son état naturel, quand elle était comme pécheresse aux pieds d'un prêtre, y attendant la miséricorde et la sentence de Jésus-Christ. Mais l'Eucharistie était son amour : toujours affamée de cette viande céleste et toujours tremblante en la recevant, quoiqu'elle ne pût assez communier pour son désir, elle ne cessait de se plaindre humblement et modestement des communions fréquentes qu'on lui ordonnait. Mais qui eût pu refuser l'Eucharistie à l'innocence, et Jésus-Christ à une foi si vive et si pure ? La règle que donne saint Augustin, est de modérer l'usage de la communion quand elle tourne en dégoût. Ici, on voyait toujours une ardeur nouvelle, et cette excellente pratique de chercher dans la communion la meilleure préparation, comme la plus parfaite action de grâces pour la communion même. Par ces admirables pratiques, cette princesse est venue à sa dernière heure sans qu'elle eût besoin d'apporter à ce terrible passage une autre préparation que celle de sa sainte vie; et les hommes, toujours hardis à juger les autres, sans épargner les souverains, car on n'épargne que soi-même dans ses jugements; les hommes, dis-je, de tous les états, et autant les gens de bien que les autres, ont vu la Reine emportée avec une telle précipitation dans la vigueur de son âge, sans être en inquiétude pour son salut. Apprenez donc, Chrétiens, et vous principalement qui ne pouvez vous accoutumer à la pensée de la mort, en attendant que vous méprisiez celle que Jésus-Christ a vaincue, ou même que vous aimiez celle qui met fin à nos péchés et nous introduit à la vraie vie, apprenez à la désarmer d'une autre sorte, et embrassez la belle pratique où, sans se mettre en peine d'attaquer la mort, on n'a besoin que de s'appliquer à sanctifier sa vie.

La France a vu de nos jours deux reines plus unies encore par la piété que par le sang, dont la mort, également précieuse devant Dieu, quoique avec des circonstances différentes, a été d'une singulière édification à toute l'Eglise. Vous entendez bien que je veux parler d'Anne d'Autriche et de sa chère nièce, ou plutôt de sa chère fille[1] Marie-Thérèse. Anne dans un âge déjà avancé, et Marie-Thérèse dans sa vigueur, mais toutes deux d'une si heureuse constitution, qu'elle semblait nous promettre le bonheur de les posséder un siècle entier, nous sont enlevées contre notre attente, l'une par une longue maladie, et l'autre par un coup imprévu. Anne, avertie de loin par un mal aussi cruel qu'irrémédiable, vit avancer la mort à pas lents, et sous la figure qui lui avait toujours paru la plus affreuse[2], Marie-Thérèse, aussitôt emportée que frappée par la maladie, se trouve toute vive et toute entière entre les bras de la mort, sans presque l'avoir envisagée. A ce fatal avertissement[1], Anne, pleine de foi, ramasse toutes les forces qu'un long exercice de la piété lui avait acquises, et regarde sans se troubler toutes les approches de la mort. Humiliée sous la main de Dieu, elle lui rend grâces de l'avoir ainsi avertie; elle multiplie ses aumônes toujours abondantes; elle redouble ses dévotions toujours assidues; elle apporte de nouveaux soins à l'examen de sa conscience toujours rigoureux. Avec quel renouvellement de foi et d'ardeur lui vîmes-nous recevoir le saint Viatique! Dans de semblables actions il ne fallut à Marie-Thérèse que sa ferveur ordinaire : sans avoir besoin de la mort pour exciter sa piété, sa piété s'excitait toujours assez elle-même, et prenait dans sa propre force un continuel accroissement. Que dirons-nous, Chrétiens, de ces deux reines ? Par l'une, Dieu nous apprit comment il faut profiter du temps, et l'autre nous a fait voir que la vie vraiment chrétienne n'en a pas besoin. En effet, Chrétiens, qu'attendons-nous ? Il n'est pas digne d'un chrétien de ne s'évertuer contre la mort qu'au moment qu'elle se présente pour l'enlever. Un chrétien toujours attentif à combattre ses passions « meurt tous les jours » avec l'Apôtre : *Quotidie morior*[2]. Un chrétien n'est jamais vivant sur la terre, parce qu'il y est toujours mortifié, et que la mortification est un essai, un apprentissage, un commencement de la mort. Vivons-nous, Chrétiens, vivons-nous ? Cet âge que nous comptons, et où tout ce que nous comptons n'est plus à nous[3], est-ce une vie[4] ? et pouvons-nous n'apercevoir pas ce que nous perdons sans cesse avec les années ? Le repos et la nourriture ne sont-ils pas de faibles remèdes de la continuelle maladie qui nous travaille ? et celle que nous appelons la dernière, qu'est-ce autre chose, à le bien entendre, qu'un redoublement et comme le dernier accès du mal que nous apportons au monde en naissant ? Quelle santé nous couvrait la mort que la Reine portait dans son sein! De combien près la menace a-t-elle été suivie du coup! Et où en était cette grande Reine, avec toute la majesté qui l'environnait, si elle eût été moins préparée ? Tout d'un coup on voit arriver le moment fatal, où la terre n'a plus rien pour elle que des pleurs. Que peuvent tant de fidèles domestiques empressés autour de son lit ? Le Roi même, que pouvait-il, lui, Messieurs, lui qui succombait à la douleur avec toute sa puissance et tout son courage ? Tout ce qui environne ce prince l'accable. Monsieur, Madame venaient partager ses déplaisirs, et les augmentaient par les leurs. Et vous, Monseigneur, que pouviez-vous que de lui percer le cœur par vos sanglots ? Il l'avait assez percé par le tendre ressouvenir d'un amour qu'il trouvait toujours également vif après vingt-trois ans écoulés. On en gémit, on en pleure ; voilà ce que peut la terre pour une Reine si chérie : voilà ce que nous avons à lui donner, des pleurs, des cris inutiles. Je me trompe, nous avons encore des prières ; nous avons ce saint sacrifice, rafraîchissement de nos peines[1], expiation de nos ignorances et des restes de nos péchés. Mais songeons que ce sacrifice d'une valeur infinie, où toute la croix de Jésus est renfermée, ce sacrifice serait inutile à la Reine, si elle n'avait mérité par sa bonne vie que l'effet en pût passer jusqu'à elle : autrement, dit saint Augustin[2], qu'opère un tel sacrifice ? Nul soulagement pour les morts, une faible consolation pour les vivants. Ainsi tout le salut vient de cette vie, dont la fuite précipitée nous trompe toujours. Je viens, dit Jésus-Christ, *comme un voleur*[3]. Il a fait selon sa parole ; il est venu surprendre la Reine dans le temps que nous la croyions la plus saine, dans le temps qu'elle se trouvait la plus heureuse[4]. Mais c'est ainsi qu'il agit : il trouve pour nous tant de tentations et une telle malignité dans tous les plaisirs, qu'il vient troubler les plus innocents dans ses élus. Mais il vient, dit-il, *comme un voleur,* toujours surprenant et impénétrable dans ses démarches. C'est lui-même qui s'en glorifie dans toute son Ecriture. Comme un voleur[5], direz-vous, indigne comparaison ! N'importe qu'elle soit indigne de lui, pourvu qu'elle nous effraie, et qu'en nous effrayant elle nous sauve. Tremblons donc, Chrétiens, tremblons devant lui à chaque moment ; car qui pourrait ou l'éviter quand il éclate, ou le découvrir quand il se cache ? *Ils mangeaient,* dit-il, *ils buvaient, ils achetaient, ils vendaient, ils plantaient, ils bâtissaient, ils faisaient des mariages aux jours de Noé et aux jours de Loth*[6], et une subite ruine[7] les vint accabler. Ils mangeaient, ils buvaient, ils se mariaient. C'étaient des occupations innocentes : que sera-ce, quand en contentant nos impudiques désirs, en assouvissant nos vengeances et nos secrètes jalousies, en accumulant dans nos coffres des trésors d'iniquité, sans jamais vouloir séparer le bien d'autrui d'avec le nôtre; trompés par nos plaisirs, par nos jeux, par notre santé, par notre jeunesse, par l'heureux succès de nos affaires, par nos flatteurs, parmi lesquels il faudrait peut-être compter des directeurs infidèles que nous avons choisis pour nous séduire[1], et enfin par nos fausses pénitences qui ne sont suivies d'aucun changement de nos mœurs, nous viendrons tout à coup au dernier jour ? La sentence partira d'en haut : « La fin est venue, la fin est venue » : *Finis venit, venit finis.* « La fin est venue sur vous » : *Nunc finis super te*[2] : tout va finir pour vous en ce moment. Tranchez, « concluez » : *Fac conclusionem*[3]. Frappez l'arbre infructueux qui n'est plus bon que pour le feu : *Coupez l'arbre, arrachez ses branches, secouez ses feuilles, abattez ses fruits*[4] : périsse par un seul coup tout ce qu'il avait avec lui-même! Alors s'élèveront des frayeurs mortelles[5], et des grincements de dents, préludes de ceux de l'enfer. Ha! mes Frères, n'attendons pas ce coup terrible! Le glaive qui a tranché les jours de la Reine est encore levé sur nos têtes; nos péchés en ont affilé le tranchant fatal. *Le glaive que je tiens en main, dit le Seigneur notre Dieu, est aiguisé et poli : il est aiguisé, afin qu'il perce ; il est poli et limé, afin qu'il brille*[6]. Tout l'univers en voit le brillant éclat. Glaive du Seigneur, quel coup vous venez de faire! Toute la terre en est étonnée. Mais que nous sert ce brillant qui nous étonne, si nous ne prévenons le coup qui tranche[7] ? Prévenons-le, Chrétiens, par la pénitence. Qui pourrait n'être pas ému à ce spectacle ? Mais ces émotions d'un jour, qu'opèrent-elles ? Un dernier endurcissement, parce qu'à force d'être touché inutilement, on ne se laisse plus toucher d'aucun objet. Le sommes-nous des maux de la Hongrie et de l'Autriche ravagée ? Leurs habitants passés au fil de l'épée, et ce sont encore les plus heureux : la captivité entraîne bien d'autres maux et pour le corps et pour l'âme; ces habitants désolés, ne sont-ce pas des chrétiens et des catholiques, nos frères, nos propres membres, enfants de la même Eglise, et nourris à la même table du pain de vie ? Dieu accomplit sa parole[8] : *Le jugement commence par sa maison*[9], et le reste de la maison ne tremble pas! Chrétiens, laissez-vous fléchir, faites pénitence, apaisez Dieu par vos larmes. Ecoutez la pieuse Reine, qui parle plus haut que tous les prédicateurs. Ecoutez-la, Princes; écoutez-la, Peuples; écoutez-la, Monseigneur, plus que tous les autres. Elle vous dit par ma bouche, et par une voix qui vous est connue[1], que la grandeur est un songe, la joie une erreur, la jeunesse une fleur qui tombe, et la santé un nom trompeur. Amassez donc les biens qu'on ne peut perdre. Prêtez l'oreille aux graves discours que saint Grégoire de Nazianze adressait aux princes et à la maison régnante. *Respectez,* leur disait-il[2], *votre pourpre,* respectez votre puissance qui vient de Dieu, et ne l'employez que pour le bien. *Connaissez ce qui vous a été confié, et le grand mystère que Dieu accomplit en vous. Il se réserve à lui seul les choses d'en haut ; il partage avec vous celles d'en bas : montrez-vous dieux aux peuples soumis,* en imitant la bonté et la munificence divine[3]. C'est, Monseigneur, ce que vous demandent ces empressements de tous les peuples, ces perpétuels applaudissements, et tous ces regards qui vous suivent. Demandez à Dieu, avec Salomon[4], la sagesse qui vous rendra digne de l'amour des peuples et du trône de vos ancêtres ; et quand vous songerez à vos devoirs, ne manquez pas de considérer à quoi vous obligent les immortelles actions de Louis le Grand et l'incomparable piété de Marie-Thérèse.

# ORAISON FUNÈBRE
## DE
## *TRÈS HAUTE ET TRÈS PUISSANTE PRINCESSE*
# ANNE DE GONZAGUE DE CLÈVES[1]
## *PRINCESSE PALATINE*[2]

PRONONCÉE EN PRÉSENCE DE MONSEIGNEUR LE DUC, DE MADAME LA DUCHESSE[3], ET DE MONSEIGNEUR LE DUC DE BOURBON[4] DANS L'ÉGLISE DES CARMÉLITES[5] DU FAUBOURG SAINT-JACQUES, LE NEUVIÈME JOUR D'AOUT 1685.

> *Apprehendi te ab extremis terrae, et a longinquis ejus vocavi te : elegi te, et non abjeci te ; ne timeas, quia ego tecum sum.*
>
> « Je t'ai pris par la main pour te ramener des extrémités de la terre; je t'ai appelé des lieux les plus éloignés; je t'ai choisi, et je ne t'ai pas rejeté : ne crains point, parce que je suis avec toi. »
>
> *C'est Dieu même qui parle ainsi.*
>
> *Is.*, XLI, 9-10.

MONSEIGNEUR,

JE voudrais que toutes les âmes éloignées de Dieu, que tous ceux qui se persuadent qu'on ne peut se vaincre soi-même ni soutenir sa constance parmi les combats et les douleurs, tous ceux enfin qui désespèrent de leur conversion ou de leur persévérance, fussent présents à cette assemblée. Ce discours leur ferait connaître qu'une âme fidèle à la grâce, malgré les obstacles les plus invincibles, s'élève à la perfection la plus éminente. La princesse à qui nous rendons les derniers devoirs, en récitant selon sa coutume l'office divin, lisait les paroles d'Isaïe que j'ai rapportées. Qu'il est beau de méditer l'Ecriture sainte ! et que Dieu y sait bien parler non seulement à toute l'Eglise, mais encore à chaque fidèle selon ses besoins[1] ! Pendant qu'elle méditait ces paroles (c'est elle-même qui le raconte dans une lettre admirable), Dieu lui imprima dans le cœur que c'était à elle qu'il les adressait. Elle crut entendre une voix douce et paternelle qui lui disait[2] : *Je t'ai ramenée des extrémités de la terre, des lieux les plus éloignés*[3], des voies détournées où tu te perdais, abandonnée à ton propre sens, si loin de la céleste patrie et de la véritable voie, qui est Jésus-Christ. Pendant que tu disais en ton cœur rebelle : Je ne puis me captiver, *j'ai mis sur toi ma puissante main, et j'ai dit : Tu seras ma servante, je t'ai choisie* dès l'éternité, *et je n'ai pas rejeté* ton âme superbe et dédaigneuse. Vous voyez par quelles paroles Dieu lui fait sentir l'état d'où il l'a tirée; mais écoutez comme il l'encourage parmi les dures épreuves où il met sa patience : *Ne crains point* au milieu des maux dont tu te sens accablée, *parce que je suis ton Dieu,* qui te fortifie; *ne te détourne pas de la voie* où je t'engage, *puisque je suis avec toi ;* jamais je ne cesserai de te secourir; *et le Juste que j'envoie au monde,* ce Sauveur miséricordieux, ce pontife compatissant, *te tient par la main : tenebit te dextera Justi mei*[4]. Voilà, Messieurs, le passage entier du saint prophète Isaïe, dont je n'avais récité que les premières paroles. Puis-je mieux vous représenter les conseils de Dieu sur cette princesse que par des paroles dont il s'est servi pour lui expliquer les secrets de ces admirables conseils ? Venez maintenant, pécheurs, quels que vous soyez, en quelques régions écartées que la tempête de vos passions vous ait jetés, fussiez-vous dans ces terres ténébreuses dont il est parlé dans l'Ecriture[5], et dans l'ombre de la mort[6]; s'il vous reste quelque pitié de votre âme malheureuse, venez voir d'où la main de Dieu a retiré la princesse Anne, venez voir où la main de Dieu l'a élevée. Quand on voit de pareils exemples dans une princesse d'un si haut rang, dans une princesse qui fut nièce d'une impératrice[7], et unie par ce lien à tant d'empereurs, sœur d'une puissante reine[8], épouse d'un fils de roi[9], mère de deux grandes princesses[10], dont l'une est un ornement dans l'auguste maison de France, et l'autre s'est fait admirer dans la puissante maison de Brunswick; enfin dans une princesse dont le mérite passe la naissance, encore que, sortie d'un père et de tant d'aïeux souverains, elle ait réuni en elle avec le sang de Gonzague et de Clèves celui des Paléologues[11], celui de Lorraine[12], et celui de France par tant de côtés : quand Dieu joint à ces avantages une égale réputation, et qu'il choisit une personne d'un si grand éclat pour être l'objet de son éternelle miséricorde, il ne se propose rien moins que d'instruire tout l'univers. Vous donc qu'il assemble en ce saint lieu, et vous principalement, pécheurs, dont il attend la conversion avec une si longue patience, n'endurcissez pas vos cœurs, ne croyez pas qu'il vous soit permis d'apporter seulement à ce discours des oreilles curieuses. Toutes les vaines excuses dont vous couvrez votre impénitence vous vont être ôtées. Ou la princesse Palatine portera la lumière dans vos yeux, ou elle fera tomber, comme un déluge de feu, la vengeance de Dieu sur vos têtes. Mon discours, dont vous vous croyez peut-être les juges, vous jugera au dernier jour; ce sera sur vous un nouveau fardeau, comme parlaient les prophètes : *Onus verbi Domini super Israël*[1] ; et si vous n'en sortez plus chrétiens, vous en sortirez plus coupables. Commençons donc avec confiance l'œuvre de Dieu. Apprenons avant toutes choses à n'être pas éblouis du bonheur qui ne remplit pas le cœur de l'homme ni des belles qualités qui ne le rendent pas meilleur, ni des vertus, dont l'enfer est rempli, qui nourrissent le péché et l'impénitence, et qui empêchent l'horreur salutaire que l'âme pécheresse aurait d'elle-même. Entrons encore plus profondément dans les voies de la divine Providence, et ne craignons pas de faire paraître notre princesse dans les états différents où elle a été. Que ceux-là craignent de découvrir les défauts des âmes saintes, qui ne savent pas combien est puissant le bras de Dieu pour faire servir ces défauts non seulement à sa gloire, mais encore à la perfection de ses élus. Pour nous, mes Frères, qui savons à quoi ont servi à saint Pierre ses reniements, à saint Paul les persécutions qu'il a fait souffrir à l'Eglise, à saint Augustin ses erreurs, à tous les saints pénitents leurs péchés, ne craignons pas de mettre la princesse Palatine dans ce rang, ni de la suivre jusques dans l'incrédulité où elle était enfin tombée. C'est de là que nous la verrons sortir pleine de gloire et de vertu, et nous bénirons avec elle la main qui l'a relevée : heureux si la conduite[2] que Dieu tient sur elle nous fait craindre la justice, qui nous abandonne à nous-mêmes, et désirer la miséricorde qui nous en arrache! C'est ce que demande de vous très haute et très puissante princesse ANNE DE GONZAGUE ET de Clèves, princesse de Mantoue et de Montferrat, et comtesse Palatine du Rhin.

Jamais plante ne fut cultivée avec plus de soin, ni ne se vit plus tôt couronnée de fleurs et de fruits que la princesse Anne. Dès ses plus tendres années elle perdit sa pieuse mère Catherine de Lorraine. Charles, duc de Nevers, et depuis duc de Mantoue, son père, lui en trouva une digne d'elle, et ce fut la vénérable mère Françoise de la Châtre[1], d'heureuse et sainte mémoire, abbesse de Faremonstier[2], que nous pouvons appeler la restauratrice de la règle de Saint-Benoît[3], et la lumière de la vie monastique. Dans la solitude de Sainte-Fare[4], autant éloignée des voies du siècle que sa bienheureuse situation la sépare de tout commerce du monde; dans cette sainte montagne que Dieu avait choisie depuis mille ans[5], où les épouses de Jésus-Christ faisaient revivre la beauté des anciens jours, où les joies de la terre étaient inconnues, où les vestiges des hommes du monde, des curieux et des vagabonds, ne paraissaient pas[6]; sous la conduite de la sainte abbesse, qui savait donner le lait aux enfants aussi bien que le pain aux forts[7], les commencements de la princesse Anne étaient heureux. Les mystères lui furent révélés; l'Ecriture lui devint familière. On lui avait appris la langue latine, parce que c'était celle de l'Eglise; et l'office divin faisait ses délices. Elle aimait tout dans la vie religieuse, jusqu'à ses austérités et ses humiliations; et durant douze ans qu'elle fut dans ce monastère, on lui voyait tant de modestie et tant de sagesse, qu'on ne savait à quoi elle était le plus propre, ou à commander ou à obéir. Mais la sage abbesse, qui la crut capable de soutenir sa réforme, la destinait au gouvernement; et déjà on la comptait parmi les princesses qui avaient conduit cette célèbre abbaye, quand sa famille, trop empressée à exécuter ce pieux projet, le rompit. Nous sera-t-il permis de le dire? La princesse Marie, pleine alors de l'esprit du monde, croyait, selon la coutume des grandes maisons, que ses jeunes sœurs devaient être sacrifiées à ses grands desseins[8]. Qui ne sait où son rare mérite et son éclatante beauté, avantage toujours trompeur, lui firent porter ses espérances? Et d'ailleurs dans les plus puissantes maisons, les partages ne sont-ils pas regardés comme une espèce de dissipation par où elles se détruisent d'elles-mêmes: tant le néant y est attaché! La princesse Bénédicte, la plus jeune des trois sœurs, fut la première immolée à ces intérêts de famille[1]. On la fit abbesse, sans que, dans un âge si tendre, elle sût ce qu'elle faisait; et la marque d'une si grave dignité[2] fut comme un jouet entre ses mains. Un sort semblable était destiné à la princesse Anne. Elle eût pu renoncer à sa liberté si on lui eût permis de la sentir, et il eût fallu la conduire et non pas la précipiter dans le bien. C'est ce qui renversa tout à coup les desseins de Faremonstier. Avenay[3] parut avoir un air plus libre; et la princesse Bénédicte y présentait à sa sœur une retraite agréable. Quelle merveille de la grâce! Malgré une vocation si peu régulière, la jeune abbesse devint un modèle de vertu[4]. Ses douces conversations rétablirent dans le cœur de la princesse Anne ce que d'importuns empressements en avaient banni. Elle prêtait de nouveau l'oreille à Dieu, qui l'appelait avec tant d'attraits à la vie religieuse; et l'asile qu'elle avait choisi pour défendre sa liberté devint un piège innocent pour la captiver. On remarquait dans les deux princesses la même noblesse dans les sentiments, le même agrément, et, si vous me permettez de parler ainsi, les mêmes insinuations dans les entretiens : au-dedans les mêmes désirs, au-dehors les mêmes grâces; et jamais sœurs ne furent unies par des liens si doux, ni si puissants. Leur vie eût été heureuse dans leur éternelle union; et la princesse Anne n'aspirait plus qu'au bonheur d'être une humble religieuse d'une sœur dont elle admirait la vertu. En ce temps le duc de Mantoue, leur père, mourut : les affaires les appelèrent à la cour; la princesse Bénédicte, qui avait son partage dans le ciel, fut jugée propre à concilier les intérêts différents dans la famille. Mais, ô coup funeste pour la princesse Anne! la pieuse abbesse mourut dans ce beau travail, et dans la fleur de son âge. Je n'ai pas besoin de vous dire combien le cœur tendre de la princesse Anne fut profondément blessé par cette mort. Mais ce ne fut pas là sa plus grande plaie. Maîtresse de ses désirs, elle vit le monde, elle en fut vue : bientôt elle sentit qu'elle plaisait, et vous savez le poison subtil qui entre dans un jeune cœur avec ces pensées. Ces beaux desseins furent oubliés[5]. Pendant que tant de naissance, tant de biens, tant de grâces qui l'accompagnaient, lui attiraient les regards de toute l'Europe, le prince Edouard de Bavière, fils de l'électeur Frédéric V[1], comte Palatin du Rhin, et roi de Bohême, jeune prince qui s'était réfugié en France durant les malheurs de sa maison, la mérita. Elle préféra aux richesses les vertus de ce prince, et cette noble alliance où de tous côtés on ne trouvait que des rois. La princesse Anne l'invite à se faire instruire; il connut bientôt les erreurs où les derniers de ses pères, déserteurs de l'ancienne foi, l'avaient engagé. Heureux présages pour la maison Palatine! Sa conversion fut suivie de celle de la princesse Louise, sa sœur[2], dont les vertus font éclater par toute l'Eglise la gloire du saint monastère de Maubuisson[3]; et ces bienheureuses prémices[4] ont attiré une telle bénédiction sur la maison Palatine, que nous la voyons enfin catholique dans son chef. Le mariage de la princesse Anne fut un heureux commencement d'un si grand ouvrage. Mais, hélas! tout ce qu'elle aimait devait être de peu de durée. Le prince, son époux, lui fut ravi, et lui laissa trois princesses, dont les deux qui restent pleurent encore la meilleure mère qui fut jamais, et ne trouvent de consolation que dans le souvenir de ses vertus. Ce n'est pas encore le temps de vous en parler[5]. La princesse Palatine est dans l'état le plus dangereux de sa vie. Que le monde voit peu de ces veuves dont parle saint Paul[6], qui *vraiment veuves et désolées* s'ensevelissent, pour ainsi dire, elles-mêmes dans le tombeau de leurs époux, y enterrent tout amour humain avec ces cendres chéries[7], et, délaissées sur la terre, *mettent leur espérance en Dieu, et passent les nuits et les jours dans la prière !* Voilà l'état d'une veuve chrétienne, selon les préceptes de saint Paul : état oublié parmi nous où la viduité est regardée, non plus comme un état de désolation, car ces mots ne sont plus connus, mais comme un état désirable, où, affranchi de tout joug, on n'a plus à contenter que soi-même, sans songer à cette terrible sentence de saint Paul : *La veuve qui passe sa vie dans les plaisirs ;* remarquez qu'il ne dit pas : La veuve qui passe sa vie dans les crimes; il dit : La veuve qui la passe dans les plaisirs[8], *elle est morte toute vive,* parce que, oubliant le deuil éternel et le caractère de désolation qui fait le soutien comme la gloire de son état, elle s'abandonne aux joies du monde. Combien donc en devrait-on pleurer comme mortes, de ces veuves jeunes et riantes, que le monde trouve si heureuses! Mais surtout, quand on a connu Jésus-Christ et qu'on a eu part à ses grâces, quand la lumière divine s'est découverte, et qu'avec des yeux illuminés, on se jette dans les voies du siècle ; qu'arrive-t-il à une âme qui tombe d'un si haut état, qui renouvelle contre Jésus-Christ, et encore contre Jésus-Christ connu et goûté[1], tous les outrages des Juifs, et le crucifie encore une fois ? Vous reconnaissez le langage de saint Paul. Achevez donc, grand Apôtre, et dites-nous ce qu'il faut attendre d'une chute si déplorable : *Il est impossible,* dit-il, *qu'une telle âme soit renouvelée par la pénitence*[2]. Impossible : quelle parole ! soit, Messieurs, qu'elle signifie que la conversion de ces âmes autrefois si favorisées surpasse toute la mesure des dons ordinaires, et demande, pour ainsi parler, le dernier effort de la puissance divine, soit que l'impossibilité dont parle saint Paul veuille dire qu'en effet il n'y a plus de retour à ces premières douceurs qu'a goûtées une âme innocente, quand elle y a renoncé avec connaissance, de sorte qu'elle ne peut rentrer dans la grâce que par des chemins difficiles et avec des peines extrêmes.

Quoi qu'il en soit, Chrétiens, l'un et l'autre s'est vérifié[3] dans la princesse Palatine : pour la plonger entièrement dans l'amour du monde il fallait ce dernier malheur. Quoi ? la faveur de la Cour ! La Cour veut toujours unir les plaisirs avec les affaires. Par un mélange étonnant, il n'y a rien de plus sérieux, ni ensemble de plus enjoué. Enfoncez, vous trouvez partout des intérêts cachés[4], des jalousies délicates[5] qui causent une extrême sensibilité, et, dans une ardente ambition, des soins et un sérieux aussi triste qu'il est vain. Tout est couvert d'un air gai, et vous diriez qu'on ne songe qu'à s'y divertir. Le génie de la princesse Palatine se trouva également propre aux divertissements et aux affaires. La Cour ne vit jamais rien de plus engageant ; et, sans parler de sa pénétration ni de la fertilité infinie de ses expédients[6], tout cédait au charme secret de ses entretiens. Que vois-je durant ce temps ! quel trouble ! quel affreux spectacle se présente ici à mes yeux[7] ! La monarchie ébranlée jusqu'aux fondements, la guerre civile, la guerre étrangère[8], le feu au-dedans et au-dehors ; les remèdes de tous côtés plus dangereux que les maux[9] ; les princes arrêtés avec grand péril et délivrés avec un péril encore plus grand ; ce prince[10] que l'on regardait comme le héros de son siècle, rendu inutile à sa patrie dont il avait été le soutien, et ensuite, je ne sais comment, contre sa propre inclination, armé contre elle; un ministre[1] persécuté, et devenu nécessaire non seulement par l'importance de ses services, mais encore par ses malheurs où l'autorité souveraine était engagée[2]. Que dirai-je ? Etait-ce là de ces tempêtes[3] par où le ciel a besoin de se décharger quelquefois; et le calme profond de nos jours devait-il être précédé par de tels orages ? Ou bien étaient-ce les derniers efforts d'une liberté remuante qui allait céder la place à l'autorité légitime ? Ou bien était-ce comme un travail de la France prête à enfanter le règne miraculeux de Louis ? Non, non : c'est Dieu qui voulait montrer qu'il donne la mort, et qu'il ressuscite, qu'il plonge jusqu'aux enfers, et qu'il en retire[4], qu'il secoue la terre et la brise[5], et qu'il guérit en un moment toutes ses brisures[6]. Ce fut là que la princesse Palatine signala sa fidélité, et fit paraître toutes les richesses de son esprit. Je ne dis rien qui ne soit connu. Toujours fidèle à l'Etat[7] et à la grande reine Anne d'Autriche, on sait qu'avec le secret de cette princesse elle eut encore celui de tous les partis : tant elle était pénétrante! tant elle s'attirait de confiance! tant il lui était naturel de gagner les cœurs! Elle déclarait aux chefs des partis jusqu'où elle pouvait s'engager, et on la croyait incapable ni de tromper ni d'être trompée. Mais son caractère particulier était de concilier les intérêts opposés, et, en s'élevant au-dessus, de trouver le secret endroit et comme le nœud[8] par où on les peut réunir. Que lui servirent ses rares talents ? que lui servit d'avoir mérité la confiance intime de la Cour ? d'en soutenir le ministre, deux fois éloigné[9], contre sa mauvaise fortune, contre ses propres frayeurs[10], contre la malignité de ses ennemis, et enfin contre ses amis[11], ou partagés, ou irrésolus, ou infidèles ? Que ne lui promit-on pas dans ces besoins! Mais quel fruit lui en revint-il[12], sinon de connaître par expérience le faible des grands politiques, leurs volontés changeantes, ou leurs paroles trompeuses, la diverse face des temps, les amusements des promesses, l'illusion des amitiés de la terre qui s'en vont avec les années et les intérêts[13], et la profonde obscurité du cœur de l'homme, qui ne sait jamais ce qu'il voudra, qui souvent ne sait pas bien ce qu'il veut, et qui n'est pas moins caché ni moins trompeur à lui-même qu'aux autres ? O éternel roi des siècles, qui possédez seul l'immortalité, voilà ce qu'on vous préfère;

voilà ce qui éblouit les âmes qu'on appelle grandes !

Dans ces déplorables erreurs, la princesse Palatine avait les vertus que le monde admire, et qui font qu'une âme séduite s'admire elle-même : inébranlable dans ses amitiés et incapable de manquer aux devoirs humains. La reine, sa sœur, en fit l'épreuve dans un temps où leurs cœurs étaient désunis[1]. Un nouveau conquérant s'élève en Suède; on y voit un autre Gustave[2], non moins fier ni moins hardi ou moins belliqueux que celui dont le nom fait encore trembler l'Allemagne. Charles-Gustave[3] parut à la Pologne surprise et trahie[4] comme un lion qui tient sa proie dans ses ongles, tout prêt à la mettre en pièces. Qu'est devenue[5] cette redoutable cavalerie[6] qu'on voit fondre sur l'ennemi avec la vitesse d'un aigle ? Où sont ces âmes guerrières[7], ces marteaux d'armes[8] tant vantés, et ces arcs[9] qu'on ne vit jamais tendus en vain ? Ni les chevaux ne sont vites, ni les hommes ne sont adroits que pour fuir devant le vainqueur. En même temps, la Pologne se voit ravagée par le rebelle Cosaque, par le Moscovite infidèle, et plus encore par le Tartare, qu'elle appelle à son secours dans son désespoir. Tout nage dans le sang, et on ne tombe que sur des corps morts. La Reine n'a plus de retraite, elle a quitté le royaume; après de courageux, mais de vains efforts, le Roi est contraint de la suivre : réfugiés dans la Silésie, où ils manquent des choses les plus nécessaires, il ne leur reste qu'à considérer de quel côté allait tomber ce grand arbre[10] ébranlé par tant de mains, et frappé de tant de coups à sa racine, ou qui en enlèverait[11] les rameaux épars. Dieu en avait disposé autrement. La Pologne était nécessaire à son Eglise, et lui devait un vengeur[12]. Il la regarde en pitié; sa main puissante ramène en arrière le Suédois indompté, tout frémissant qu'il était. Il se venge sur le Danois[13], dont la soudaine invasion l'avait rappelé, et déjà il l'a réduit à l'extrémité. Mais l'Empire et la Hollande se remuent contre un conquérant qui menaçait tout le Nord de la servitude. Pendant qu'il rassemble de nouvelles forces et médite de nouveaux carnages, Dieu tonne du plus haut des cieux[14]; le redouté capitaine tombe au plus beau temps de sa vie, et la Pologne est délivrée[15]. Mais le premier rayon d'espérance vint de la princesse Palatine : honteuse de n'envoyer que cent mille livres au roi et à la reine de Pologne, elle les envoie du moins avec une incroyable promptitude. Qu'admira-t-on davantage, ou de ce que ce secours vint si à propos, ou de ce qu'il vint d'une main dont on ne l'attendait pas, ou de ce que, sans chercher d'excuse dans le mauvais état où se trouvaient ses affaires, la princesse Palatine s'ôta tout pour soulager une sœur qui ne l'aimait pas ? Les deux princesses ne furent plus qu'un même cœur : la Reine parut vraiment reine par une bonté et par une magnificence[1] dont le bruit a retenti par toute la terre; et la princesse Palatine joignit au respect qu'elle avait pour une aînée de ce rang et de ce mérite une éternelle reconnaissance.

Quel est, Messieurs, cet aveuglement dans une âme chrétienne, et qui le pourrait comprendre, d'être incapable de manquer aux hommes, et de ne craindre pas de manquer à Dieu ? comme si le culte de Dieu ne tenait aucun rang parmi les devoirs! Contez-nous[2] donc maintenant, vous qui les savez, toutes les grandes qualités de la princesse Palatine; faites-nous voir, si vous le pouvez, toutes les grâces de cette douce éloquence qui s'insinuait dans les cœurs par des tours si nouveaux et si naturels; dites qu'elle était généreuse, libérale, reconnaissante, fidèle dans ses promesses, juste : vous ne faites que raconter ce qui l'attachait à elle-même. Je ne vois dans tout ce récit que le prodigue de l'Evangile[3], qui veut avoir son partage, qui veut jouir de soi-même et des biens que son père lui a donnés, qui s'en va le plus loin qu'il peut de la maison paternelle *dans un pays écarté,* où il dissipe tant de rares trésors, et, en un mot, où il donne au monde tout ce que Dieu voulait avoir. Pendant qu'elle contentait le monde et se contentait elle-même, la princesse Palatine n'était pas heureuse, et le vide des choses humaines se faisait sentir à son cœur. Elle n'était heureuse[4], ni pour avoir avec l'estime du monde, qu'elle avait tant désirée, celle du Roi même; ni pour avoir l'amitié et la confiance de Philippe[5], et des deux princesses[6] qui ont fait successivement avec lui la seconde lumière de la Cour; de Philippe, dis-je, ce grand prince, que ni sa naissance, ni sa valeur, ni la victoire elle-même, quoiqu'elle se donne à lui avec tous ses avantages, ne peuvent enfler[7]; et de ces deux grandes princesses dont on ne peut nommer l'une sans douleur, ni connaître l'autre sans l'admirer[8]. Mais peut-être que le solide établissement de la famille de notre princesse achèvera son bonheur ? Non, elle n'était heureuse, ni pour avoir placé auprès d'elle la princesse Anne, sa chère fille et les délices de son cœur, ni pour l'avoir placée dans une maison où tout est grand. Que sert de s'expliquer davantage ? On dit tout quand on prononce seulement le nom de Louis de Bourbon, prince de Condé, et de Henri-Jules de Bourbon, duc d'Enghien[1]. Avec un peu plus de vie elle aurait vu les grands dons, et le premier des mortels, touché de ce que le monde admire le plus après lui, se plaire à le reconnaître par de dignes distinctions[2]. C'est ce qu'elle devait attendre du mariage de la princesse Anne. Celui de la princesse Bénédicte ne fut guère moins heureux, puisqu'elle épousa Jean-Frédéric, duc de Brunswick et de Hanovre, souverain puissant, qui avait joint le savoir avec la valeur, la religion catholique avec les vertus de sa maison, et, pour comble de joie à notre princesse, le service de l'Empire avec les intérêts de la France. Tout était grand dans sa famille ; et la princesse Marie[3], sa fille, n'aurait eu à désirer sur la terre qu'une vie plus longue. Que s'il fallait, avec tant d'éclat, la tranquillité et la douceur, elle trouvait dans un prince, aussi grand d'ailleurs que celui qui honore cette audience, avec les grandes qualités, celles qui pouvaient contenter sa délicatesse[4] ; et dans la duchesse sa chère fille, un naturel tel qu'il le fallait à un cœur comme le sien, un esprit qui se fait sentir sans vouloir briller, une vertu qui devait bientôt forcer l'estime du monde, et, comme une vive lumière, percer tout à coup, avec grand éclat, un beau mais sombre nuage[5]. Cette alliance fortunée lui donnait une perpétuelle et étroite liaison avec le prince[6] qui de tout temps avait le plus ravi son estime[7], prince qu'on admire autant dans la paix que dans la guerre, en qui l'univers attentif ne voit plus rien à désirer[8], et s'étonne de trouver enfin toutes les vertus en un seul homme. Que fallait-il davantage, et que manquait-il au bonheur de notre princesse ? Dieu, qu'elle avait connu, et tout avec lui. Une fois elle lui avait rendu son cœur[9]. Les douceurs célestes qu'elle avait goûtées sous les ailes de Sainte-Fare étaient revenues dans son esprit. Retirée à la campagne, séquestrée du monde, elle s'occupa trois ans entiers à régler sa conscience et ses affaires. Un million qu'elle retira du duché de Rethélois[10] servit à multiplier ses bonnes œuvres ; et la première fut d'acquitter ce qu'elle devait avec une scrupuleuse régularité, sans se permettre ces compositions si adroitement colorées, qui souvent ne sont qu'une injustice couverte d'un nom spécieux. Est-ce donc ici cet heureux retour que je vous promets depuis si longtemps ? Non, Messieurs; vous ne verrez encore à cette fois qu'un plus déplorable éloignement. Ni les conseils de la Providence, ni l'état de la princesse, ne permettaient qu'elle partageât tant soit peu son cœur : une âme comme la sienne ne souffre point de tels partages, et il fallait ou tout à fait rompre, ou se rengager tout à fait avec le monde. Les affaires l'y rappelèrent; sa piété s'y dissipa encore une fois : elle éprouva que Jésus-Christ n'a pas dit en vain : *Fiunt novissima hominis illius pejora prioribus*[1] : « L'état de l'homme qui retombe devient pire que le premier. » Tremblez, âmes réconciliées, qui renoncez si souvent à la grâce de la pénitence; tremblez, puisque chaque chute creuse sous vos pas de nouveaux abîmes; tremblez enfin au terrible exemple de la princesse Palatine. A ce coup le Saint-Esprit irrité se retire, les ténèbres s'épaississent, la foi s'éteint[2]. Un saint abbé[3], dont la doctrine[4] et la vie sont un ornement de notre siècle, ravi d'une conversion aussi admirable et aussi parfaite que celle de notre princesse, lui ordonna de l'écrire pour l'édification de l'Église. Elle commence ce récit en confessant son erreur. Vous, Seigneur, dont la bonté infinie n'a rien donné aux hommes de plus efficace pour effacer leurs péchés que la grâce de les reconnaître, recevez l'humble confession de votre servante; et, en mémoire d'un tel sacrifice, s'il lui reste quelque chose à expier après une si longue pénitence, faites-lui sentir aujourd'hui vos miséricordes. Elle confesse donc, Chrétiens, qu'elle avait tellement perdu les lumières de la foi, que lorsqu'on parlait sérieusement des mystères de la religion, elle avait peine à retenir ce ris dédaigneux[5] qu'excitent les personnes simples lorsqu'on leur voit croire des choses impossibles : *Et,* poursuit-elle, *c'eût été pour moi le plus grand de tous les miracles que de me faire croire fermement le christianisme.* Que n'eût-elle pas donné pour obtenir ce miracle! Mais l'heure marquée par la divine Providence n'était pas encore venue; c'était le temps où elle devait être livrée à elle-même, pour mieux sentir dans la suite la merveilleuse victoire de la grâce. Ainsi elle gémissait dans son incrédulité[6], qu'elle n'avait pas la force de vaincre. Peu s'en faut qu'elle ne s'emporte jusqu'à la dérision, qui est le dernier excès et comme le triomphe de l'orgueil[1], et qu'elle ne se trouve parmi « ces moqueurs dont le jugement est si proche », selon la parole du Sage, *Parata sunt derisoribus judicia*[2].

Déplorable aveuglement! Dieu a fait un ouvrage au milieu de nous, qui, détaché de toute autre cause, et ne tenant qu'à lui seul, remplit tous les temps et tous les lieux, et porte par toute la terre, avec l'impression de sa main, le caractère de son autorité : c'est Jésus-Christ et son Eglise. Il a mis dans cette Eglise une autorité seule capable d'abaisser l'orgueil et de relever la simplicité[3], et qui, également propre aux savants et aux ignorants, imprime aux uns et aux autres un même respect. C'est contre cette autorité que les libertins se révoltent avec un air de mépris. Mais qu'ont-ils vu, ces rares génies, qu'ont-ils vu plus que les autres ? Quelle ignorance est la leur! et qu'il serait aisé de les confondre, si, faibles et présomptueux, ils ne craignaient d'être instruits! Car pensent-ils avoir mieux vu les difficultés à cause qu'ils y succombent, et que les autres qui les ont vues les ont méprisées ? Ils n'ont rien vu, ils n'entendent rien; ils n'ont pas même de quoi établir le néant auquel ils espèrent après cette vie, et ce misérable partage ne leur est pas assuré. Ils ne savent s'ils trouveront un Dieu propice, ou un Dieu contraire. S'ils le font égal au vice et à la vertu, quelle idole[4]! Que s'il ne dédaigne pas de juger ce qu'il a créé, et encore ce qu'il a créé capable d'un bon et d'un mauvais choix, qui leur dira ou ce qui lui plaît, ou ce qui l'offense, ou ce qui l'apaise ? Par où ont-ils deviné que tout ce qu'on pense de ce premier Etre soit indifférent, et que toutes les religions qu'on voit sur la terre lui soient également bonnes ? Parce qu'il y en a de fausses, s'ensuit-il qu'il n'y en ait pas une véritable, ou qu'on ne puisse plus connaître l'ami sincère parce qu'on est environné de trompeurs ? Est-ce peut-être que tous ceux qui errent sont de bonne foi ? L'homme ne peut-il pas, selon sa coutume, s'en imposer à lui-même ? Mais quel supplice ne méritent pas les obstacles qu'il aura mis par ses préventions à des lumières plus pures ? Où a-t-on pris que la peine et la récompense ne soient que pour les jugements humains[5], et qu'il n'y ait pas en Dieu une justice dont celle qui reluit en nous ne soit qu'une étincelle ? Que s'il est une telle justice, souveraine, et par conséquent inévitable, divine, et par conséquent infinie, qui nous dira qu'elle n'agisse jamais selon sa nature, et qu'une justice infinie ne s'exerce pas à la fin par un supplice infini et éternel ? Où en sont donc les impies ; et quelle assurance ont-ils[1] contre la vengeance éternelle dont on les menace ? Au défaut d'un meilleur refuge, iront-ils enfin se plonger dans l'abîme de l'athéisme, et mettront-ils leur repos dans une fureur[2] qui ne trouve presque point de place dans les esprits ? Qui leur résoudra ces doutes, puisqu'ils veulent les appeler de ce nom ? Leur raison, qu'ils prennent pour guide, ne présente à leur esprit que des conjectures et des embarras. Les absurdités où ils tombent en niant la religion deviennent plus insoutenables que les vérités dont la hauteur les étonne ; et pour ne vouloir pas croire des mystères incompréhensibles, ils suivent l'une après l'autre d'incompréhensibles erreurs[3]. Qu'est-ce donc, après tout, Messieurs, qu'est-ce que leur malheureuse incrédulité, sinon une erreur[4] sans fin, une témérité qui hasarde tout, un étourdissement volontaire, et, en un mot, un orgueil qui ne peut souffrir son remède, c'est-à-dire qui ne peut souffrir une autorité légitime[5] ? Ne croyez pas que l'homme ne soit emporté que par l'intempérance des sens. L'intempérance de l'esprit n'est pas moins flatteuse. Comme l'autre elle se fait des plaisirs cachés, et s'irrite par la défense. Ce superbe croit s'élever au-dessus de tout[6] et au-dessus de lui-même, quand il s'élève, ce lui semble, au-dessus de la religion qu'il a si longtemps révérée : il se met au rang des gens désabusés ; il insulte en son cœur aux faibles esprits qui ne font que suivre les autres sans rien trouver par eux-mêmes ; et, devenu le seul objet de ses complaisances, il se fait lui-même son Dieu.

C'est dans cet abîme profond que la princesse Palatine allait se perdre. Il est vrai qu'elle désirait avec ardeur de connaître la vérité. Mais où est la vérité sans la foi, qui lui paraissait impossible, à moins que Dieu l'établît en elle par un miracle ? Que lui servait d'avoir conservé la connaissance de la Divinité[7] ? Les esprits même les plus déréglés n'en rejettent pas l'idée, pour n'avoir point à se reprocher un aveuglement trop visible. Un Dieu qu'on fait à sa mode[8], aussi patient, aussi insensible que nos passions le demandent, n'incommode pas. La liberté qu'on se donne de penser tout ce qu'on veut fait qu'on croit respirer un air nouveau. On s'imagine jouir de soi-même et de ses désirs ; et, dans le droit qu'on pense acquérir de ne se rien refuser, on croit tenir tous les biens, et on les goûte par avance.

En cet état, Chrétiens, où la foi même est perdue, c'est-à-dire où le fondement est renversé, que restait-il à notre princesse ? que restait-il à une âme qui, par un juste jugement de Dieu, était déchue de toutes les grâces, et ne tenait à Jésus-Christ par aucun lien ? qu'y restait-il, Chrétiens, si ce n'est ce que dit saint Augustin ? Il restait la souveraine misère, et la souveraine miséricorde : *Restabat[1] magna miseria, et magna misericordia[2]*. Il restait ce secret regard d'une Providence miséricordieuse, qui la voulait rappeler des extrémités de la terre ; et voici quelle fut la première touche. Prêtez l'oreille, Messieurs : elle a quelque chose de miraculeux. Ce fut un songe admirable, de ceux que Dieu même fait venir du ciel par le ministère des anges ; dont les images sont si nettes et si démêlées, où l'on voit je ne sais quoi de céleste. Elle crut, c'est elle-même qui le raconte au saint abbé[3] : écoutez, et prenez garde surtout de n'écouter pas avec mépris l'ordre des avertissements divins et la conduite[4] de la grâce ; elle crut, dis-je, *que, marchant seule dans une forêt, elle y avait rencontré un aveugle dans une petite loge[5]. Elle s'approche pour lui demander s'il était aveugle de naissance, ou s'il l'était devenu par quelque accident. Il répondit qu'il était aveugle-né. Vous ne savez donc pas,* reprit-elle, *ce que c'est que la lumière, qui est si belle et si agréable, et le soleil, qui a tant d'éclat et de beauté ? Je n'ai,* dit-il, *jamais joui de ce bel objet, et je ne m'en puis former aucune idée. Je ne laisse pas de croire,* continua-t-il, *qu'il est d'une beauté ravissante. L'aveugle parut alors changer de voix et de visage ; et, prenant un ton d'autorité : Mon exemple,* dit-il, *vous doit apprendre qu'il y a des choses très excellentes et très admirables qui échappent à notre vue, et qui n'en sont ni moins vraies ni moins désirables, quoiqu'on ne les puisse ni comprendre ni imaginer.* C'est en effet qu'il manque un sens aux incrédules comme à l'aveugle ; et ce sens, c'est Dieu qui le donne, selon ce que dit saint Jean : « Il nous a donné un sens pour connaître le vrai Dieu, et pour être en son vrai fils » : *Dedit nobis sensum, ut cognoscamus verum Deum, et simus in vero filio ejus[6]*. Notre princesse le comprit. En même temps, au milieu d'un songe si mystérieux, *elle fit l'application de la belle comparaison de l'aveugle aux vérités de la religion et de l'autre vie :* ce sont ses mots que je vous rapporte. Dieu, qui n'a besoin ni de temps ni d'un long circuit de raisonnements pour se faire entendre, tout à coup lui ouvrit les yeux. Alors, par une soudaine illumination, *elle se sentit si éclairée,* c'est elle-même qui continue à vous parler, *et tellement transportée de la joie d'avoir trouvé ce qu'elle cherchait depuis si longtemps, qu'elle ne put s'empêcher d'embrasser l'aveugle, dont le discours lui découvrait une plus belle lumière que celle dont il était privé*[1]. *Et,* dit-elle, *il se répandit dans mon cœur une joie si douce et une foi si sensible qu'il n'y a point de paroles capables de l'exprimer.* Vous attendez, Chrétiens, quel sera le réveil d'un sommeil si doux et si merveilleux. Ecoutez, et reconnaissez que ce songe est vraiment divin. *Elle s'éveilla là-dessus,* dit-elle, *et se trouva dans le même état où elle s'était vue dans cet admirable songe, c'est-à-dire tellement changée qu'elle avait peine à le croire.* Le miracle qu'elle attendait est arrivé; elle croit, elle qui jugeait la foi impossible : Dieu la change par une lumière soudaine, et par un songe qui tient de l'extase[2]. Tout suit en elle de la même force. *Je me levai,* poursuit-elle, *avec précipitation : mes actions étaient mêlées d'une joie et d'une activité extraordinaire.* Vous le voyez, cette nouvelle vivacité qui animait ses actions se ressent encore dans ses paroles. *Tout ce que je lisais sur la religion me touchait jusqu'à répandre des larmes. Je me trouvais à la messe dans un état bien différent de celui où j'avais accoutumé d'être.* Car c'était de tous les mystères celui qui lui paraissait le plus incroyable. *Mais alors,* dit-elle, *il me semblait sentir la présence réelle de Notre-Seigneur, à peu près comme l'on sent les choses visibles et dont l'on ne peut douter.* Ainsi elle passa tout à coup d'une profonde obscurité à une lumière manifeste; les nuages de son esprit sont dissipés : miracle aussi étonnant que celui où Jésus-Christ fit tomber en un instant des yeux de Saül converti cette espèce d'écaille dont ils étaient couverts[3]. Qui donc ne s'écrierait à un si soudain changement : *Le doigt de Dieu est ici*[4] ! La suite ne permet pas d'en douter, et l'opération de la grâce se reconnaît dans ses fruits. Depuis ce bienheureux moment, la foi de notre princesse fut inébranlable; et même cette joie sensible qu'elle avait à croire lui fut continuée quelque temps.

Mais au milieu de ces célestes douceurs la justice divine eut son tour. L'humble princesse ne crut pas qu'il lui fût permis d'approcher d'abord des saints sacrements. Trois mois entiers furent employés à repasser avec larmes ses ans écoulés parmi tant d'illusions, et à préparer sa confession. Dans l'approche du jour désiré où elle espérait de la faire, elle tomba dans une syncope qui ne lui laissa ni couleur, ni pouls, ni respiration. Revenue d'une si longue et si étrange défaillance, elle se vit replongée dans un plus grand mal; et, après les affres de la mort, elle ressentit toutes les horreurs de l'enfer. Digne effet des sacrements de l'Eglise, qui, donnés ou différés, font sentir à l'âme la miséricorde de Dieu, ou tout le poids de ses vengeances! Son confesseur qu'elle appelle la trouve sans force, incapable d'application, et prononçant à peine quelques mots entrecoupés : il fut contraint de remettre la confession au lendemain. Mais il faut qu'elle vous raconte elle-même quelle nuit elle passa dans cette attente. Qui sait si la Providence n'aura pas amené ici quelque âme égarée qui doive être touchée de ce récit ? *Il est*, dit-elle, *impossible de s'imaginer les étranges peines de mon esprit, sans les avoir éprouvées. J'appréhendais à chaque moment le retour de ma syncope, c'est-à-dire ma mort et ma damnation. J'avouais bien que je n'étais pas digne d'une miséricorde que j'avais si longtemps négligée, et je disais à Dieu dans mon cœur que je n'avais aucun droit de me plaindre de sa justice ; mais qu'enfin, chose insupportable ! je ne le verrais jamais ; que je serais éternellement avec ses ennemis, éternellement sans l'aimer, éternellement haïe de lui. Je sentais tendrement ce déplaisir, et je le sentais même,* comme je crois, ce sont ses propres paroles, *entièrement détaché des autres peines*[1] *de l'enfer.* Le voilà, mes chères Sœurs[2], vous le connaissez, le voilà ce pur amour[3] que Dieu lui-même répand dans les cœurs avec toutes ses délicatesses[4] et dans toute sa vérité. La voilà cette crainte qui change les cœurs; non point la crainte de l'esclave qui craint l'arrivée d'un maître fâcheux, mais la crainte d'une chaste épouse qui craint de perdre ce qu'elle aime. Ces sentiments tendres, mêlés de larmes et de frayeur, aigrissaient son mal jusqu'à la dernière extrémité; nul n'en pénétrait la cause, et on attribuait ces agitations à la fièvre dont elle était tourmentée. Dans cet état pitoyable, pendant qu'elle se regardait comme une personne réprouvée et presque sans espérance de salut, Dieu, qui fait entendre ses vérités en telle manière et sous telles figures qu'il lui plaît, continua de l'instruire comme il a fait Joseph et Salomon; et, durant l'assoupissement que l'accablement lui causa, il lui mit dans l'esprit cette parabole si semblable à celle de l'Evangile. Elle voit paraître ce que Jésus-Christ n'a pas dédaigné de nous donner[1] comme l'image de sa tendresse, une poule devenue mère, empressée autour des petits qu'elle conduisait[2]. Un d'eux s'étant écarté, notre malade le voit englouti par un chien avide. Elle accourt, elle lui arrache cet innocent animal. En même temps on lui crie d'un autre côté qu'il le fallait rendre au ravisseur, dont on éteindrait l'ardeur[3] en lui enlevant sa proie[4]. *Non, dit-elle, je ne le rendrai jamais.* En ce moment elle s'éveilla, et l'application de la figure qui lui avait été montrée se fit en un instant dans son esprit, comme si on lui eût dit : *Si vous, qui êtes mauvaise[5], ne pouvez vous résoudre à rendre ce petit animal que vous avez sauvé, pourquoi croyez-vous que Dieu, infiniment bon, vous redonnera au démon après vous avoir tirée de sa puissance ? Espérez, et prenez courage.* A ces mots elle demeura dans un calme et dans une joie qu'elle ne pouvait exprimer, *comme si un ange lui eût appris,* ce sont encore ses paroles, *que Dieu ne l'abandonnerait pas.* Ainsi tomba tout à coup la fureur des vents et des flots à la voix de Jésus-Christ qui les menaçait[6] ; et il ne fit pas un moindre miracle dans l'âme de notre sainte pénitente, lorsque, parmi les frayeurs d'une conscience alarmée et *les douleurs de l'enfer*[7], il lui fit sentir tout à coup par une vive confiance, avec la rémission de ses péchés, cette *paix qui surpasse toute intelligence*[8]. Alors une joie céleste saisit tous ses sens, *et les os humiliés tressaillirent*[9]. Souvenez-vous, ô sacré Pontife, quand vous tiendrez en vos mains la sainte victime qui ôte les péchés du monde, souvenez-vous de ce miracle[10] de sa grâce. Et vous, saints prêtres, venez ; et vous, saintes Filles[11], et vous, Chrétiens ; venez aussi, ô pécheurs : tous ensemble commençons d'une même voix le cantique de la délivrance, et ne cessons de répéter avec David, *que Dieu est bon ! que sa miséricorde est éternelle*[12] !

Il ne faut point manquer à de telles grâces, ni les recevoir avec mollesse. La princesse Palatine change en un moment tout entière : nulle parure que la simplicité, nul ornement que la modestie. Elle se montre au monde à cette fois, mais ce fut pour lui déclarer qu'elle avait renoncé à ses vanités : car aussi quelle erreur à une chrétienne, et encore à une chrétienne pénitente, d'orner ce qui n'est digne que de son mépris ; de peindre et de parer l'idole du monde ; de retenir comme par force, et avec mille artifices, autant indignes qu'inutiles[1], ces grâces qui s'envolent avec le temps! Sans s'effrayer de ce qu'on dirait, sans craindre comme autrefois ce vain fantôme[2] des âmes infirmes, dont les grands sont épouvantés plus que tous les autres, la princesse Palatine parut à la Cour si différente d'elle-même, et dès lors elle renonça à tous les divertissements, à tous les jeux, jusqu'aux plus innocents, se soumettant aux sévères lois de la pénitence chrétienne, et ne songeant qu'à restreindre et à punir une liberté qui n'avait pu demeurer dans ses bornes. Douze ans de persévérance au milieu des épreuves les plus difficiles l'ont élevée à un éminent degré de sainteté. La règle qu'elle se fit dès le premier jour fut immuable; toute sa maison y entra : chez elle on ne faisait que passer d'un exercice de piété à un autre. Jamais l'heure de l'oraison ne fut changée ni interrompue, pas même par les maladies. Elle savait que, dans ce commerce sacré, tout consiste à s'humilier sous la main de Dieu, et moins à donner qu'à recevoir; ou plutôt, selon le précepte de Jésus-Christ[3], son oraison fut perpétuelle[4], pour être égale au besoin. La lecture de l'Evangile et des Livres saints en fournissait la matière : si le travail semblait l'interrompre, ce n'était que pour la continuer d'une autre sorte. Par le travail on charmait l'ennui, on ménageait le temps, on guérissait la langueur de la paresse et les pernicieuses rêveries de l'oisiveté. L'esprit se relâchait, pendant que les mains, industrieusement occupées, s'exerçaient dans des ouvrages dont la piété avait donné le dessein[5]; c'était ou des habits pour les pauvres, ou des ornements pour les autels. Les psaumes avaient succédé aux cantiques des joies du siècle[6]. Tant qu'il n'était point nécessaire de parler, la sage princesse gardait le silence : la vanité et les médisances, qui soutiennent tout le commerce du monde, lui faisaient craindre tous les entretiens; et rien ne lui paraissait ni agréable, ni sûr que la solitude. Quand elle parlait de Dieu, le goût intérieur d'où sortaient toutes ses paroles se communiquait à ceux qui conversaient avec elle, et les nobles expressions qu'on remarquait dans ses discours ou dans ses écrits venaient de la haute idée qu'elle avait conçue des choses divines[7]. Sa foi ne fut pas moins simple que vive; dans les fameuses questions[8] qui ont doublé en tant de manières le repos de nos jours, elle déclarait hautement qu'elle n'avait autre part à y prendre que celle d'obéir à l'Eglise. Si elle eût eu la fortune des ducs de Nevers, ses pères, elle en aurait surpassé la pieuse magnificence, quoique cent temples fameux en portent la gloire jusqu'au ciel, *et que les églises des saints publient leurs aumônes*[1]. Le duc son père avait fondé dans ses terres de quoi marier, tous les ans, soixante filles; riche oblation, présent agréable. La princesse sa fille en mariait aussi tous les ans ce qu'elle pouvait, ne croyant pas assez honorer les libéralités de ses ancêtres, si elle ne les imitait. On ne peut retenir ses larmes[2] quand on lui voit épancher son cœur sur de vieilles femmes qu'elle nourrissait. Des yeux si délicats[3] firent leurs délices de ces visages ridés[4], de ces membres courbés sous les ans. Ecoutez ce qu'elle en écrit au fidèle ministre de ses charités[5], et, dans un même discours, apprenez à goûter la simplicité et la charité chrétienne : *Je suis ravie*, dit-elle, *que l'affaire de nos bonnes vieilles soit si avancée. Achevons vite, au nom de Notre-Seigneur, ôtons vitement cette bonne femme de l'étable où elle est, et la mettons dans un de ces petits lits*. Quelle nouvelle vivacité succède à celle que le monde inspire! Elle poursuit : *Dieu me donnera peut-être de la santé pour aller servir cette paralytique; au moins je le ferai par mes soins, si les forces me manquent; et, joignant mes maux aux siens, je les offrirai plus hardiment à Dieu. Mandez-moi ce qu'il faut pour la nourriture et les ustensiles de ces pauvres femmes; peu à peu nous les mettrons à leur aise*. Je me plais à répéter toutes ces paroles, malgré les oreilles délicates : elles effacent les discours les plus magnifiques, et je voudrais ne parler plus que ce langage. Dans les nécessités extraordinaires, sa charité faisait de nouveaux efforts. Le rude hiver des années dernières acheva de la dépouiller de ce qui lui restait de superflu; tout devint pauvre dans sa maison et sur sa personne : elle voyait disparaître avec une joie sensible[6] les restes des pompes du monde; et l'aumône lui apprenait à se retrancher tous les jours quelque chose de nouveau. C'est en effet la vraie grâce de l'aumône, en soulageant les besoins des pauvres, de diminuer en nous d'autres besoins, c'est-à-dire, ces besoins honteux qu'y fait la délicatesse, comme si la nature n'était pas assez accablée de nécessités. Qu'attendez-vous, Chrétiens, à vous convertir, et pourquoi désespérez-vous de votre salut ? Vous voyez la perfection où s'élève l'âme pénitente, quand elle est fidèle à la grâce. Ne craignez ni la maladie, ni les dégoûts, ni les tentations, ni les peines les plus cruelles. Une personne si sensible et si délicate, qui ne pouvait seulement entendre nommer les maux, a souffert, douze ans entiers et presque sans intervalle, ou les plus vives douleurs, ou des langueurs qui épuisaient le corps et l'esprit; et cependant, durant tout ce temps, et dans les tourments inouïs de sa dernière maladie, où ses maux s'augmentèrent jusqu'au dernier excès, elle n'a eu à se repentir que d'avoir une seule fois souhaité une mort plus douce. Encore réprimat-elle ce faible désir, en disant aussitôt après, avec Jésus-Christ, la prière du sacré mystère du Jardin; c'est ainsi qu'elle appelait la prière de l'agonie de notre Sauveur : *O mon Père, que votre volonté soit faite, et non pas la mienne*[1] ! Ses maladies lui ôtèrent la consolation qu'elle avait tant désirée d'accomplir ses premiers desseins[2], et de pouvoir achever ses jours sous la discipline et dans l'habit de Sainte-Fare. Son cœur donné, ou plutôt rendu à ce monastère, où elle avait goûté les premières grâces, a témoigné son désir, et sa volonté a été aux yeux de Dieu un sacrifice parfait. C'eût été un soutien sensible à une âme comme la sienne d'accomplir de grands ouvrages pour le service de Dieu; mais elle est menée par une autre voie, par celle qui crucifie davantage, qui, sans rien laisser entreprendre à un esprit courageux, le tient accablé et anéanti sous la rude loi de souffrir. Encore s'il eût plu à Dieu de lui conserver ce goût sensible de la piété, qu'il avait renouvelé dans son cœur au commencement de sa pénitence! Mais non : tout lui est ôté, sans cesse elle est travaillée de peines insupportables. *O Seigneur,* disait le saint homme Job, *vous me tourmentez d'une manière merveilleuse*[3] ! C'est que, sans parler ici de ses autres peines, il portait au fond de son cœur une vive et continuelle appréhension de déplaire à Dieu. Il voyait d'un côté[4] sa sainte justice, devant laquelle les anges ont peine à soutenir leur innocence. Il le voyait avec ces yeux éternellement ouverts[5] observer toutes les démarches, compter tous les pas[6] d'un pécheur, et garder *ses péchés comme sous le sceau,* pour les lui représenter au dernier jour[7] : *Signasti quasi in sacculo delicta mea.* D'un autre côté, il ressentait ce qu'il y a de corrompu dans le cœur de l'homme : *Je craignais,* dit-il, *toutes mes œuvres*[8]. Que vois-je ? le péché! le péché partout! Et il s'écriait jour et nuit : *O Seigneur, pourquoi n'ôtez-vous pas mes péchés*[9] ? et que ne tranchez-vous[10] une fois ces malheureux jours, où l'on ne fait que vous offenser, afin qu'il ne soit pas dit *que je suis contraire à la parole du Saint*[1] ! Tel était le fond de ses peines ; et ce qui paraît de si violent dans ses discours n'est que la délicatesse d'une conscience qui se redoute elle-même, ou l'excès d'un amour qui craint de déplaire. La princesse Palatine souffrit quelque chose de semblable. Quel supplice à une conscience timorée ! Elle croyait voir partout dans ses actions un amour-propre déguisé en vertu. Plus elle était clairvoyante, plus elle était tourmentée. Ainsi Dieu l'humiliait par ce qui a coutume de nourrir l'orgueil, et lui faisait un remède de la cause de son mal[2]. Qui pourrait dire par quelles terreurs elle arrivait aux délices de la sainte table ? Mais elle ne perdait pas la confiance. *Enfin*, dit-elle, c'est ce qu'elle écrit au saint prêtre[3] que Dieu lui avait donné pour la soutenir dans ses peines : *enfin je suis parvenue au divin banquet. Je m'étais levée dès le matin, pour être devant le jour aux portes du Seigneur ; mais lui seul sait les combats qu'il a fallu rendre.* La matinée se passait dans ce cruel exercice. *Mais à la fin*, poursuit-elle, *malgré mes faiblesses, je me suis comme traînée moi-même aux pieds de Notre-Seigneur, et j'ai connu qu'il fallait, puisque tout s'est fait en moi par la force de la divine bonté, que je reçusse encore avec une espèce de force ce dernier et souverain bien.* Dieu lui découvrait dans ces peines l'ordre secret de sa justice sur ceux qui ont manqué de fidélité aux grâces de la pénitence. *Il n'appartient pas*, disait-elle, *aux esclaves fugitifs, qu'il faut aller reprendre par force, et les ramener comme malgré eux, de s'asseoir au festin avec les enfants et les amis ; et c'est assez qu'il leur soit permis de venir recueillir à terre les miettes qui tombent de la table de leurs seigneurs.*

Ne vous étonnez pas, Chrétiens, si je ne fais plus, faible orateur, que de répéter les paroles de la princesse Palatine ; c'est que j'y ressens la manne cachée[4], et le goût des Écritures divines, que ses peines et ses sentiments lui faisaient entendre. Malheur à moi, si dans cette chaire j'aime mieux me chercher moi-même que votre salut, et si je ne préfère[5] à mes inventions, quand elles pourraient vous plaire, les expériences de cette princesse qui peuvent vous convertir ! Je n'ai regret qu'à ce que je laisse, et je ne puis vous taire ce qu'elle a écrit touchant les tentations d'incrédulité. *Il est bien croyable*, disait-elle, *qu'un Dieu qui aime infiniment en donne des preuves proportionnées à l'infinité de son amour et à l'infinité de sa puissance ; et ce qui est propre à la toute-puissance d'un Dieu passe de bien loin la capacité de notre faible raison. C'est,* ajoute-t-elle, *ce que je me dis à moi-même, quand les démons tâchent d'étonner ma foi ; et, depuis qu'il a plu à Dieu de me mettre dans le cœur,* remarquez ces belles paroles, *que son amour est la cause de tout ce que nous croyons, cette réponse me persuade plus que tous les livres.* C'est en effet l'abrégé de tous les saints Livres et de toute la doctrine chrétienne. Sortez, Parole éternelle[1] ; Fils unique du Dieu vivant, sortez du bienheureux sein de votre Père[2], et venez annoncer aux hommes le secret que vous y voyez. Il l'a fait, et durant trois ans il n'a cessé de nous dire le secret des conseils de Dieu ; mais tout ce qu'il en a dit est renfermé dans ce seul mot de son Evangile : *Dieu a tant aimé le monde, qu'il lui a donné son Fils unique*[3]. Ne demandez plus ce qui a uni en Jésus-Christ le ciel et la terre, et la croix avec les grandeurs ; *Dieu a tant aimé le monde.* Est-il incroyable que Dieu aime, et que la bonté se communique[4] ? Que ne fait pas entreprendre aux âmes courageuses l'amour de la gloire, aux âmes les plus vulgaires l'amour des richesses ; à tous, enfin, tout ce qui porte le nom d'amour ? Rien ne coûte, ni périls, ni travaux, ni peines ; et voilà les prodiges dont l'homme est capable. Que si l'homme, qui n'est que faiblesse, tente l'impossible, Dieu, pour contenter son amour, n'exécutera-t-il rien d'extraordinaire ? Disons donc pour toute raison dans tous les mystères : *Dieu a tant aimé le monde.* C'est la doctrine du Maître, et le Disciple bien-aimé l'avait bien comprise. De son temps un Cérinthe[5], un hérésiarque, ne voulait pas croire qu'un Dieu eût pu se faire homme, et se faire la victime des pécheurs[6]. Que lui répondit cet apôtre vierge, ce prophète du Nouveau Testament, cet aigle[7], ce théologien par excellence, ce saint vieillard qui n'avait de force que pour prêcher la charité, et pour dire : *Aimez-vous les uns les autres en Notre-Seigneur ;* que répondit-il à cet hérésiarque ? Quel symbole[8], quelle nouvelle confession de foi opposa-t-il à son hérésie naissante ? Ecoutez, et admirez. « Nous croyons, dit-il, et nous confessons l'amour que Dieu a pour nous » : *Et nos credidimus charitati quam habet Deus in nobis*[9]. C'est là toute la foi des chrétiens ; c'est la cause et l'abrégé de tout le symbole. C'est là que la princesse Palatine a trouvé la résolution de ses anciens doutes. Dieu a aimé : c'est tout dire[10].

S'il a fait, disait-elle, de si grandes choses pour déclarer son amour dans l'Incarnation, que n'aura-t-il pas fait pour le consommer dans l'Eucharistie, pour se donner, non plus en général à la nature humaine, mais à chaque fidèle en particulier ? Croyons donc avec saint Jean en l'amour d'un Dieu : la foi nous paraîtra douce, en la prenant par un endroit si tendre. Mais n'y croyons pas à demi, à la manière des hérétiques, dont l'un en retranche une chose, et l'autre une autre; l'un le mystère de l'Incarnation, et l'autre celui de l'Eucharistie; chacun ce qui lui déplaît : faibles esprits, ou plutôt cœurs étroits et entrailles resserrées[1], que la foi et la charité n'ont pas assez dilatés[2] pour comprendre toute l'étendue de l'amour d'un Dieu! Pour nous, croyons sans réserve, et prenons le remède entier, quoi qu'il en coûte à notre raison. Pourquoi veut-on que les prodiges coûtent tant à Dieu ? Il n'y a plus qu'un seul prodige que j'annonce aujourd'hui au monde. O ciel, ô terre[3], étonnez-vous à ce prodige nouveau! C'est que, parmi tant de témoignages de l'amour divin, il y ait tant d'incrédules et tant d'insensibles. N'en augmentez pas le nombre, qui va croissant tous les jours. N'alléguez plus votre malheureuse incrédulité, et ne faites pas une excuse de votre crime. Dieu a des remèdes pour vous guérir, et il ne reste qu'à les obtenir par des vœux continuels. Il a su prendre la sainte princesse dont nous parlons par le moyen qu'il lui a plu[4]; il en a d'autres pour vous jusqu'à l'infini, et vous n'avez rien à craindre que de désespérer de ses bontés. Vous osez nommer vos ennuis, après les peines terribles où vous l'avez vue! Cependant, si quelquefois elle désirait d'en être un peu soulagée, elle se le reprochait à elle-même. *Je commence,* disait-elle, *à m'apercevoir que je cherche le paradis terrestre à la suite de Jésus-Christ, au lieu de chercher la montagne des Olives et le Calvaire, par où il est entré dans sa gloire.* Voilà ce qu'il lui servit de méditer l'Evangile nuit et jour, et de se nourrir de la parole de vie. C'est encore ce qui lui fit dire cette admirable parole, *qu'elle aimait mieux vivre et mourir sans consolation que d'en chercher hors de Dieu.* Elle a porté ces sentiments jusqu'à l'agonie : et prête à rendre l'âme, on entendit qu'elle disait d'une voix mourante : *Je m'en vais voir comment Dieu me traitera; mais j'espère en ses miséricordes.* Cette parole de confiance emporta son âme sainte au séjour des justes.

Arrêtons ici, Chrétiens; et vous, Seigneur, imposez

silence à cet indigne ministre qui ne fait qu'affaiblir votre parole. Parlez dans les cœurs, Prédicateur invisible, et faites que chacun se parle à soi-même. Parlez, mes Frères, parlez : je ne suis ici que pour aider vos réflexions. Elle viendra cette heure dernière; elle approche, nous y touchons, la voilà venue. Il faut dire avec Anne de Gonzague : Il n'y a plus ni princesse, ni Palatine; ces grands noms dont on s'étourdit ne subsistent plus. Il faut dire avec elle : Je m'en vais[1], je suis emporté par une force inévitable; tout fuit, tout diminue, tout disparaît à mes yeux. Il ne reste plus à l'homme que le néant et le péché : pour tout fonds, le néant; pour toute acquisition, le péché. Le reste, qu'on croyait tenir, échappe : semblable à de l'eau gelée, dont le vil cristal se fond entre les mains qui le serrent, et ne fait que les salir. Mais voici ce qui glacera le cœur, ce qui achèvera d'éteindre la voix, ce qui répandra la frayeur dans toutes les veines : *Je m'en vais voir comment Dieu me traitera ;* dans un moment je serai entre ces mains, dont saint Paul écrit en tremblant : *Ne vous y trompez pas, on ne se moque pas de Dieu*[2]; et encore : *C'est une chose horrible de tomber entre les mains du Dieu vivant*[3]; entre ces mains où tout est action, où tout est vie; rien ne s'affaiblit, ni ne se relâche[4], ni ne se ralentit jamais! Je m'en vais voir si ces mains toutes-puissantes me seront favorables ou rigoureuses; si je serai éternellement ou parmi leurs dons, ou sous leurs coups. Voilà ce qu'il faudra dire nécessairement avec notre princesse. Mais pourrons-nous ajouter avec une conscience aussi tranquille : *J'espère en sa miséricorde ?* Car qu'aurons-nous fait pour la fléchir ? quand aurons-nous écouté *la voix de celui qui crie dans le désert : Préparez les voies du Seigneur*[5] ? Comment ? par la pénitence. Mais serons-nous fort contents d'une pénitence commencée à l'agonie, qui n'aura jamais été éprouvée; dont jamais on n'aura vu aucun fruit; d'une pénitence imparfaite; d'une pénitence nulle, douteuse, si vous le voulez; sans forces, sans réflexion, sans loisir pour en réparer les défauts ? N'en est-ce pas assez pour être pénétré de crainte jusque dans la moelle des os ?

Pour celle dont nous parlons, ha! mes Frères, toutes les vertus qu'elle a pratiquées se ramassent[6] dans cette dernière parole, dans ce dernier acte de sa vie; la foi, le courage, l'abandon à Dieu, la crainte de ses jugements, et cet amour plein de confiance qui seul efface tous les péchés. Je ne m'étonne donc pas si le saint pasteur[1] qui l'assista dans sa dernière maladie, et qui recueillit ses derniers soupirs, pénétré de tant de vertus, les porta jusques dans la chaire, et ne put s'empêcher de les célébrer dans l'assemblée des fidèles[2]. Siècle vainement subtil, où l'on veut pécher avec raison, où la faiblesse veut s'autoriser par des maximes, où tant d'âmes insensées cherchent leur repos dans le naufrage de la foi[3], et ne font d'effort contre elles-mêmes que pour vaincre, au lieu de leurs passions, les remords de leur conscience; la princesse Palatine t'est donnée « comme un signe et un prodige » : *in signum et in portentum*[4]. Tu la verras au dernier jour, comme je t'en ai menacé[5], confondre ton impénitence et tes vaines excuses. Tu la verras[6] se joindre à ces saintes filles et à toute la troupe des saints, et qui pourra soutenir leurs redoutables clameurs[7]! Mais que sera-ce quand Jésus-Christ paraîtra lui-même à ces malheureux, quand *ils verront celui qu'ils auront percé*[8], comme dit le prophète, dont ils auront rouvert toutes les plaies; et qu'il leur dira d'une voix terrible : « *Pourquoi me déchirez-vous par vos blasphèmes, nation impie ?* » *Me configitis, gens tota*[9]. Ou, si vous ne le faisiez pas par vos paroles, pourquoi le faisiez-vous par vos œuvres ? Ou pourquoi avez-vous marché dans mes voies d'un pas incertain, comme si mon autorité était douteuse ? Race infidèle, me connaissez-vous à cette fois ? Suis-je votre roi ? suis-je votre juge ? suis-je votre Dieu ? apprenez-le par votre supplice. Là commencera ce pleur éternel; là ce grincement de dents[10], qui n'aura jamais de fin. Pendant que les orgueilleux seront confondus, vous, Fidèles, *qui tremblez à sa parole*[11], en quelque endroit que vous soyez de cet auditoire, peu connus des hommes[12], et connus de Dieu, vous commencerez à lever la tête[13]. Si, touchés des saints exemples que je vous propose, vous laissez attendrir vos cœurs, si Dieu a béni le travail par lequel je tâche de vous enfanter en Jésus-Christ, et que, trop indigne ministre de ses conseils, je n'y aie pas été moi-même un obstacle, vous bénirez la bonté divine qui vous aura conduits à la pompe funèbre de cette pieuse princesse, où vous aurez peut-être trouvé le commencement de la véritable vie.

Et vous, Prince[14], qui l'avez tant honorée pendant qu'elle était au monde; qui, favorable interprète de ses moindres désirs, continuez votre protection et vos soins à tout ce qui lui fut cher, et qui lui donnez les dernières marques de piété avec tant de magnificence et tant de zèle; vous, Princesse, qui gémissez en lui rendant ce triste devoir, et qui avez espéré de la voir revivre dans ce discours, que vous dirai-je pour vous consoler? Comment pourrai-je, Madame, arrêter ce torrent de larmes que le temps n'a pas épuisé, que tant de justes sujets de joie n'ont pas tari? Reconnaissez ici le monde, reconnaissez ses maux toujours plus réels que ses biens, et ses douleurs par conséquent plus vives et plus pénétrantes que ses joies. Vous avez perdu ces heureux moments où vous jouissiez des tendresses d'une mère qui n'eut jamais son égale; vous avez perdu cette source inépuisable de sages conseils; vous avez perdu ces consolations qui, par un charme secret, faisaient oublier les maux dont la vie humaine n'est jamais exempte[1]. Mais il vous reste ce qu'il y a de plus précieux, l'espérance de la rejoindre dans le jour de l'éternité, et, en attendant, sur la terre, le souvenir de ses instructions, l'image de ses vertus, et les exemples de sa vie.

# ORAISON FUNÈBRE
## DE
## MESSIRE
# MICHEL LE TELLIER[1]
## *CHEVALIER, CHANCELIER DE FRANCE*

PRONONCÉE DANS L'ÉGLISE PAROISSIALE DE SAINT-GERVAIS,
OÙ IL EST INHUMÉ[2], LE 25 JANVIER 1686.

> *Posside sapientiam, acquire prudentiam : arripe illam, et exaltabit te : glorificaberis ab ea, cum eam fueris amplexatus.*
>
> Possédez la sagesse, et acquérez la prudence : si vous la cherchez avec ardeur, elle vous élèvera, et vous remplira de gloire quand vous l'aurez embrassée.
>
> *Prov.* IV, 7 et 8.

MESSEIGNEURS[3],

EN louant l'homme incomparable dont cette illustre assemblée[4] célèbre les funérailles et honore les vertus, je louerai la sagesse même[5]; et la sagesse que je dois louer dans ce discours n'est pas celle qui élève les hommes et qui agrandit les maisons, ni celle qui gouverne les empires, qui règle la paix et la guerre, et enfin qui dicte les lois et qui dispense les grâces. Car, encore que ce grand ministre, choisi par la divine Providence pour présider aux conseils du plus sage de tous les rois, ait été le digne instrument des desseins les mieux concertés que l'Europe ait jamais vus; encore que la sagesse, après l'avoir gouverné dès son enfance, l'ait porté aux plus grands honneurs et au comble des félicités humaines, sa fin nous a fait paraître que ce n'était pas pour ces avantages qu'il en écoutait les conseils. Ce que nous lui avons vu quitter sans peine n'était pas l'objet de son amour. Il a connu la sagesse que le monde ne connaît pas, cette sagesse *qui vient d'en haut, qui descend du Père des lumières*[6], et qui fait marcher les hommes dans les sentiers de la justice. C'est elle dont la prévoyance s'étend aux siècles futurs, et enferme dans ses desseins l'éternité toute entière. Touché[1] de ses immortels et invisibles attraits, il l'a recherchée avec ardeur, selon le précepte du Sage. *La sagesse vous élèvera,* dit Salomon, *et vous donnera de la gloire, quand vous l'aurez embrassée*[2]. Mais ce sera une gloire que le sens humain ne peut comprendre. Comme ce sage et puissant ministre aspirait à cette gloire, il l'a préférée à celle dont il se voyait environné sur la terre. C'est pourquoi sa modération l'a toujours mis au-dessus de sa fortune. Incapable d'être ébloui des grandeurs humaines, comme il y paraît sans ostentation, il y est vu sans envie; et nous remarquons dans sa conduite ces trois caractères de la véritable sagesse, qu'élevé sans empressement[3] aux premiers honneurs, il y a vécu aussi modeste que grand; que dans ses importants emplois, soit qu'il nous paraisse, comme chancelier, chargé de la principale administration de la justice, ou que nous le considérions, dans les autres occupations d'un long ministère, supérieur à ses intérêts, il n'a regardé que le bien public; et qu'enfin dans une heureuse vieillesse, prêt à rendre avec sa grande âme le sacré dépôt de l'autorité, si bien confié à ses soins, il a vu disparaître toute sa grandeur avec sa vie, sans qu'il lui en ait coûté un seul soupir : tant il avait mis en lieu haut et inaccessible à la mort son cœur[4] et ses espérances! De sorte qu'il nous paraît, selon la promesse du Sage, dans *une gloire immortelle,* pour s'être soumis aux lois de la véritable sagesse, et pour avoir fait céder à la modestie l'éclat ambitieux[5] des grandeurs humaines, l'intérêt particulier à l'amour du bien public, et la vie même au désir des biens éternels : c'est[6] la gloire qu'a remportée très haut et puissant seigneur Messire Michel Le Tellier, chevalier, chancelier de France.

Le grand cardinal de Richelieu achevait son glorieux ministère, et finissait tout ensemble une vie pleine de merveilles. Sous sa ferme et prévoyante conduite, la puissance d'Autriche cessait d'être redoutée, et la France, sortie enfin des guerres civiles, commençait à donner le branle aux affaires de l'Europe. On avait une attention particulière à celles d'Italie; et, sans parler des autres raisons, Louis XIII, de glorieuse et triomphante mémoire, devait sa protection à la duchesse de Savoie sa sœur[7], et à ses[8] enfants. Jules Mazarin, dont le nom devait être si grand dans notre histoire, employé par la cour de Rome en diverses négociations, s'était donné à la France; et, propre par son génie et par ses correspondances[1] à ménager les esprits de sa nation, il avait fait prendre un cours si heureux aux conseils du cardinal de Richelieu, que ce ministre se crut obligé de l'élever à la pourpre[2]. Par là il sembla montrer son successeur à la France; et le cardinal Mazarin s'avançait secrètement à la première place. En ces temps Michel Le Tellier, encore maître des requêtes[3], était intendant de justice en Piémont[4]. Mazarin, que ses négociations attiraient souvent à Turin, fut ravi d'y trouver un homme d'une si grande capacité et d'une conduite si sûre dans les affaires; car les ordres de la Cour obligeaient l'ambassadeur à concerter toutes choses avec l'intendant, à qui la divine Providence faisait faire ce léger apprentissage des affaires d'Etat. Il ne fallait qu'en ouvrir l'entrée à un génie si perçant pour l'introduire bien avant dans les secrets de la politique. Mais son esprit modéré ne se perdait pas dans ces vastes pensées; et renfermé, à l'exemple de ses pères, dans les modestes emplois de la robe, il ne jetait pas seulement les yeux sur les engagements éclatants mais périlleux de la Cour. Ce n'est pas qu'il ne parût toujours supérieur à ses emplois. Dès sa première jeunesse tout cédait aux lumières de son esprit, aussi pénétrant et aussi net qu'il était grave et sérieux. Poussé par ses amis, il avait passé du Grand Conseil[5], sage compagnie, où sa réputation vit encore, à l'importante charge de procureur du Roi[6]. Cette grande ville se souvient de l'avoir vu, quoique jeune, avec toutes les qualités d'un grand magistrat, opposé non seulement aux brigues et aux partialités[7] qui corrompent l'intégrité de la justice, et aux préventions qui en obscurcissent les lumières, mais encore aux voies irrégulières et extraordinaires où elle perd avec sa constance la véritable autorité de ses jugements. On y vit enfin tout l'esprit et les maximes d'un juge qui, attaché à la règle, ne porte pas[8] dans le tribunal ses propres pensées, ni des adoucissements ou des rigueurs arbitraires, et qui veut que les lois gouvernent, et non pas les hommes. Telle est l'idée qu'il avait de la magistrature. Il apporta ce même esprit dans le Conseil[9], où l'autorité du Prince, qu'on y exerce avec un pouvoir plus absolu, semble ouvrir un champ plus libre à la justice; et, toujours semblable à lui-même, il y suivit dès lors la même règle qu'il y a établie depuis, quand il en a été le chef[1].

Et certainement, Messieurs, je puis dire avec confiance que l'amour de la justice était comme né avec ce grave magistrat, et qu'il croissait avec lui dès son enfance. C'est aussi de cette heureuse naissance que sa modestie se fit un rempart contre les louanges qu'on donnait à son intégrité; et l'amour qu'il avait pour la justice ne lui parut pas mériter le nom de vertu, parce qu'il le portait, disait-il, en quelque manière dans le sang. Mais Dieu, qui l'avait prédestiné[2] à être un exemple de justice dans un si beau règne, et dans la première charge d'un si grand royaume, lui avait fait regarder le devoir de juge, où il était appelé, comme le moyen particulier qu'il lui donnait pour accomplir l'œuvre de son salut. C'était la sainte pensée qu'il avait toujours dans le cœur, c'était la belle parole qu'il avait toujours à la bouche; et par là il faisait assez connaître combien il avait pris le goût véritable de la piété chrétienne. Saint Paul en a mis l'exercice, non pas dans ces pratiques particulières que chacun se fait à son gré, plus attaché à ces lois qu'à celles de Dieu, mais à se sanctifier dans son état, et « chacun dans les emplois de sa vocation » : *Unusquisque in qua vocatione vocatus est*[3]. Mais si, selon la doctrine de ce grand apôtre, on trouve la sainteté dans les emplois les plus bas, et qu'un esclave s'élève à la perfection dans le service d'un maître mortel, pourvu qu'il y sache regarder l'ordre de Dieu, à quelle perfection l'âme chrétienne ne peut-elle pas aspirer dans l'auguste et saint ministère de la justice, puisque, selon l'Ecriture, *l'on y exerce le jugement non des hommes, mais du Seigneur même*[4] ? Ouvrez les yeux, Chrétiens, contemplez ces augustes tribunaux où la justice rend ses oracles : vous y verrez, avec David, *les dieux de la terre, qui meurent à la vérité comme des hommes*[5], mais qui cependant doivent juger comme des dieux, sans crainte, sans passion, sans intérêt, le Dieu des dieux à leur tête, comme le chante[6] ce grand roi d'un ton sublime dans ce divin psaume : *Dieu assiste,* dit-il, *à l'assemblée des dieux, et au milieu il juge les dieux*[7]. O juges, quelle majesté de vos séances[8]! quel président de vos assemblées! mais aussi quel censeur de vos jugements! Sous ces yeux redoutables, notre sage magistrat écoutait également le riche et le pauvre; d'autant plus pur et d'autant plus ferme dans l'administration de la justice, que, sans porter ses regards sur les hautes places dont tout le monde le jugeait digne, il mettait son élévation comme son étude à se rendre parfait dans son état. Non, non, ne le croyez pas, que la justice habite jamais dans les âmes où l'ambition domine. Toute âme inquiète et ambitieuse est incapable de règle. L'ambition a fait trouver ces dangereux expédients où, semblable à un sépulcre blanchi[1], un juge artificieux ne garde que les apparences de la justice. Ne parlons pas des corruptions qu'on a honte d'avoir à se reprocher; parlons de la lâcheté[2] ou de la licence d'une justice arbitraire, qui, sans règle et sans maxime, se tourne au gré de l'ami puissant. Parlons de la complaisance, qui ne veut jamais ni trouver le fil ni arrêter le progrès d'une procédure malicieuse. Que dirai-je du dangereux artifice qui fait prononcer à la justice, comme autrefois aux démons[3], des oracles ambigus et captieux ? Que dirai-je des difficultés qu'on suscite dans l'exécution, lorsqu'on n'a pu refuser la justice à un droit trop clair ? « La loi est déchirée », comme disait le prophète, « et le jugement n'arrive jamais à sa perfection » : *Non pervenit usque ad finem judicium*[4]. Lorsque le juge veut s'agrandir, et qu'il change en une souplesse de Cour le rigide et inexorable ministère de la justice, il fait naufrage contre ces écueils. On ne voit dans ses jugements qu'une justice imparfaite, semblable, je ne craindrai pas de le dire, à la justice de Pilate, justice qui fait semblant d'être vigoureuse, à cause qu'elle résiste aux tentations médiocres, et peut-être aux clameurs d'un peuple irrité, mais qui tombe et disparaît tout à coup[5] lorsqu'on allègue sans ordre même et mal à propos le nom de César. Que dis-je, le nom de César ? Ces âmes prostituées à l'ambition ne se mettent pas à si haut prix : tout ce qui parle, tout ce qui approche, ou les gagne ou les intimide, et la justice se retire d'avec elles. Que si elle s'est construit un sanctuaire éternel et incorruptible dans le cœur du sage Michel Le Tellier, c'est que, libre des empressements de l'ambition, il se voit élevé aux plus grandes places, non par ses propres efforts, mais par la douce impulsion d'un vent favorable, ou plutôt, comme l'événement l'a justifié, par un choix particulier de la divine Providence. Le cardinal de Richelieu était mort, peu regretté de son maître[6], qui craignait de lui devoir trop. Le gouvernement passé fut odieux : ainsi, de tous les ministres, le cardinal Mazarin, plus nécessaire et plus important, fut le seul dont le crédit se soutint; et le secrétaire d'Etat chargé des ordres de la guerre[1], ou rebuté d'un traitement[2] qui ne répondait pas à son attente, ou déçu par la douceur apparente du repos qu'il crut trouver dans la solitude, ou flatté d'une secrète espérance de se voir plus avantageusement rappelé par la nécessité de ses services, ou agité de ces je ne sais quelles inquiétudes dont les hommes ne savent pas se rendre raison à eux-mêmes, se résolut tout à coup à quitter cette grande charge. Le temps était arrivé que notre sage ministre devait être montré à son prince et à sa patrie. Son mérite le fit chercher à Turin[3] sans qu'il y pensât. Le cardinal Mazarin, plus heureux, comme vous verrez, de l'avoir trouvé qu'il ne le conçut alors, rappela au Roi ses agréables services; et le rapide moment d'une conjoncture imprévue, loin de donner lieu aux sollicitations, n'en laissa pas même aux désirs[4]. Louis XIII rendit au ciel son âme juste et pieuse; et il parut que notre ministre était réservé au roi son fils. Tel était l'ordre de la Providence; et je vois ici quelque chose de ce qu'on lit dans Isaïe[5]. La sentence partit d'en haut, et il fut dit à Sobna, chargé d'un ministère principal : « Je t'ôterai de ton poste, et je te déposerai de ton ministère » : *Expellam te de statione tua, et de ministerio tuo deponam te. En ce temps j'appellerai mon serviteur Eliakim, et je le revêtirai de ta puissance*[6]. Mais un plus grand honneur lui est destiné : le temps viendra que, par l'administration de la justice, « il sera le père des habitants de Jérusalem et de la maison de Juda » : *Erit pater habitantibus Jerusalem. La clef de la maison de David,* c'est-à-dire, de la maison régnante, *sera attachée à ses épaules : il ouvrira, et personne ne pourra fermer ; il fermera et personne ne pourra ouvrir*[7] ; il aura la souveraine dispensation de la justice et des grâces.

Parmi ces glorieux emplois notre ministre a fait voir à toute la France que sa modération durant quarante ans était le fruit d'une sagesse consommée. Dans les fortunes médiocres, l'ambition encore tremblante se tient si cachée qu'à peine se connaît-elle elle-même. Lorsqu'on se voit tout d'un coup élevé aux places les plus importantes, et que je ne sais quoi nous dit dans le cœur qu'on mérite d'autant plus de si grands honneurs qu'ils sont venus à nous comme d'eux-mêmes, on ne se possède plus; et, si vous me permettez de vous dire une pensée de saint Chrysostome, c'est aux hommes vulgaires un trop grand effort que celui de se refuser à cette éclatante beauté[8] qui se donne à eux. Mais notre sage ministre ne s'y laissa pas emporter. Quel autre parut d'abord plus capable des grandes affaires ? Qui connaissait mieux les hommes et les temps ? Qui prévoyait de plus loin, et qui donnait des moyens plus sûrs pour éviter les inconvénients dont les grandes entreprises sont environnées ? Mais, dans une si haute capacité et dans une si belle réputation, qui jamais a remarqué, ou sur son visage un air dédaigneux, ou la moindre vanité dans ses paroles ? Toujours libre dans la conversation, toujours grave dans les affaires, et toujours aussi modéré que fort et insinuant dans ses discours, il prenait sur les esprits un ascendant que la seule raison lui donnait[1]. On voyait et dans sa maison et dans sa conduite, avec des mœurs sans reproche, tout également éloigné des extrémités, tout enfin mesuré par la sagesse. S'il sut soutenir le poids des affaires, il sut aussi les quitter, et reprendre son premier repos. Poussé par la cabale[2], Chaville le vit tranquille durant plusieurs mois au milieu de l'agitation de toute la France. La Cour le rappelle en vain; il persiste dans sa paisible retraite, tant que l'état des affaires le put souffrir, encore qu'il n'ignorât pas ce qu'on machinait contre lui durant[3] son absence; et il ne parut pas moins grand en demeurant sans action, qu'il l'avait paru en se soutenant au milieu des mouvements les plus hasardeux. Mais dans le plus grand calme de l'Etat, aussitôt qu'il lui fut permis de se reposer des occupations de sa charge sur un fils qu'il n'eût jamais donné au Roi[4] s'il ne l'eût senti capable de le bien servir; après qu'il eut reconnu que le nouveau secrétaire d'Etat savait, avec une ferme et continuelle action, suivre les desseins et exécuter les ordres d'un maître si entendu dans l'art de la guerre; ni la hauteur des entreprises[5] ne surpassait sa capacité, ni les soins infinis de l'exécution n'étaient au-dessus de sa vigilance; tout était prêt aux lieux destinés; l'ennemi également menacé dans toutes ses places; les troupes, aussi vigoureuses que disciplinées, n'attendaient que les derniers ordres du grand capitaine[6], et l'ardeur que ses yeux inspirent; tout tombe sous ses coups, et il se voit l'arbitre du monde : alors le zélé ministre, dans une entière vigueur d'esprit et de corps, crut qu'il pouvait se permettre une vie plus douce[7]. L'épreuve en est hasardeuse pour un homme d'Etat, et la retraite presque toujours a trompé ceux qu'elle flattait[8] de l'espérance du repos. Celui-ci fut d'un caractère plus ferme. Les conseils où il assistait lui laissaient presque tout son temps ; et après cette grande foule d'hommes et d'affaires qui l'environnait, il s'était lui-même réduit à une espèce d'oisiveté et de solitude ; mais il la sut soutenir. Les heures qu'il avait libres furent remplies de bonnes lectures, et, ce qui passe toutes les lectures, de sérieuses réflexions sur les erreurs de la vie humaine, et sur les vains travaux des politiques, dont il avait tant d'expérience. L'éternité se présentait à ses yeux comme le digne objet du cœur de l'homme. Parmi ces sages pensées, et renfermé dans un doux commerce avec ses amis, aussi modestes que lui, car il savait les choisir de ce caractère, et il leur apprenait à le conserver dans les emplois les plus importants et de la plus haute confiance, il goûtait un véritable repos dans la maison de ses pères[1], qu'il avait accommodée peu à peu[2] à sa fortune présente, sans lui faire perdre les traces de l'ancienne simplicité, jouissant en sujet fidèle des prospérités de l'Etat et de la gloire de son maître. La charge de chancelier vaqua, et toute la France le destinait à un ministre si zélé pour la justice. Mais, comme dit le Sage, *autant que le ciel s'élève et que la terre s'incline au-dessous*[3] *de lui, autant le cœur des rois est impénétrable*[4]. Enfin le moment du Prince n'était pas encore arrivé, et le tranquille ministre, qui connaissait les dangereuses jalousies des cours et les sages tempéraments des conseils des rois, sut encore lever les yeux vers la divine Providence dont les décrets éternels règlent tous ces mouvements. Lorsque, après de longues années, il se vit élevé à cette grande charge[5], encore qu'elle reçût un nouvel éclat en sa personne, où elle était jointe à la confiance du Prince, sans s'en laisser éblouir, le modeste ministre disait seulement que le Roi, pour couronner plutôt la longueur que l'utilité de ses services, voulait donner un titre à son tombeau et un ornement à sa famille. Tout le reste de sa conduite répondit à de si beaux commencements. Notre siècle, qui n'avait point vu de chancelier si autorisé[6], vit en celui-ci autant de modération et de douceur que de dignité et de force, pendant qu'il ne cessait de se regarder comme devant bientôt rendre compte à Dieu d'une si grande administration. Ses fréquentes maladies le mirent souvent aux prises avec la mort[7] : exercé par tant de combats, il en sortait toujours plus fort et plus résigné à la volonté divine. La pensée de la mort ne rendit pas sa vieillesse moins tranquille ni moins agréable. Dans la même vivacité on lui vit faire seulement de plus graves réflexions sur la caducité son âge[1] et sur le désordre extrême que causerait dans l'Etat une si grande autorité dans des mains trop faibles. Ce qu'il avait vu arriver à tant de sages vieillards, qui semblaient n'être plus rien que leur ombre propre, le rendait continuellement attentif à lui-même. Souvent il se disait en son cœur que le plus malheureux effet de cette faiblesse de l'âge était de se cacher à ses propres yeux, de sorte que tout à coup on se trouve plongé dans l'abîme, sans avoir pu remarquer le fatal moment d'un insensible déclin; et il conjurait ses enfants, par toute la tendresse qu'il avait pour eux, et par toute leur reconnaissance, qui faisait sa consolation dans ce court reste de vie, de l'avertir de bonne heure quand ils verraient sa mémoire vaciller, ou son jugement s'affaiblir, afin que, par un reste de force, il pût garantir le public et sa propre conscience des maux dont les menaçait l'infirmité de son âge. Et lors même qu'il sentait son esprit entier, il prononçait la même sentence, si le corps abattu n'y répondait pas; car c'était[2] la résolution qu'il avait prise dans sa dernière maladie : et, plutôt que de voir languir les affaires avec lui, si ses forces ne lui revenaient, il se condamnait, en rendant les sceaux, à rentrer dans la vie privée, dont aussi jamais il n'avait perdu le goût, au hasard de s'ensevelir tout vivant, et de vivre peut-être assez pour se voir longtemps traversé par la dignité qu'il aurait quittée : tant il était au-dessus de sa propre élévation et de toutes les grandeurs humaines!

Mais ce qui rend sa modération plus digne de nos louanges, c'est la force de son génie né pour l'action, et la vigueur qui, durant cinq ans, lui fit dévouer sa tête aux fureurs civiles[3]. Si aujourd'hui je me vois contraint de retracer l'image de nos malheurs, je n'en ferai point d'excuse à mon auditoire, où, de quelque côté que je me tourne, tout ce qui frappe mes yeux me montre une fidélité irréprochable, ou peut-être une courte erreur réparée par de longs services. Dans ces fatales conjonctures, il fallait à un ministre étranger un homme d'un ferme génie et d'une égale sûreté, qui, nourri dans les compagnies[4], connût les ordres du royaume[5] et l'esprit de la nation. Pendant que la magnanime et intrépide Régente[6] était obligée à montrer le Roi enfant aux provinces pour dissiper les troubles qu'on y excitait de toutes parts, Paris et le cœur du royaume demandaient un homme capable de profiter des moments, sans attendre de nouveaux ordres, et sans troubler le concert de l'Etat. Mais le ministre lui-même, souvent éloigné de la Cour[1], au milieu de tant de conseils que l'obscurité des affaires, l'incertitude des événements, et les différents intérêts faisaient hasarder, n'avait-il pas besoin d'un homme que la Régente pût croire ? Enfin il fallait un homme qui, pour ne pas irriter la haine publique déclarée contre le ministère, sût se conserver de la créance dans tous les partis, et ménager les restes de l'autorité. Cet homme, si nécessaire au jeune Roi, à la Régente, à l'Etat, au ministre, aux cabales mêmes[2], pour ne les précipiter pas aux dernières extrémités par le désespoir, vous me prévenez, Messieurs, c'est celui dont nous parlons. C'est donc ici qu'il parut comme un génie principal. Alors nous le vîmes s'oublier lui-même, et, comme un sage pilote, sans s'étonner ni des vagues, ni des orages, ni de son propre péril, aller droit, comme au terme unique d'une si périlleuse navigation, à la conservation du corps de l'Etat et au rétablissement de l'autorité royale. Pendant que la Cour réduisait Bordeaux, et que Gaston, laissé à Paris pour le maintenir dans le devoir, était environné de mauvais conseils[3], Le Tellier fut le Chusaï[4] qui les confondit, et qui assura la victoire à l'Oint du Seigneur[5]. Fallut-il éventer les conseils d'Espagne et découvrir le secret d'une paix trompeuse que l'on proposait, afin d'exciter la sédition[6], pour peu qu'on l'eût différée ? Le Tellier en fit d'abord accepter les offres; notre plénipotentiaire partit[7]; et l'archiduc[8], forcé d'avouer qu'il n'avait pas de pouvoir, fit connaître lui-même au peuple ému, si toutefois un peuple ému connaît quelque chose, qu'on ne faisait qu'abuser de sa crédulité. Mais, s'il y eut jamais une conjoncture où il fallut montrer de la prévoyance et un courage intrépide, ce fut lorsqu'il s'agit d'assurer la garde des trois illustres captifs[9]. Quelle cause les fit arrêter ? Si ce fut ou des soupçons, ou des vérités, ou de vaines terreurs, ou de vrais périls, et, dans un pas si glissant, des précautions nécessaires : qui le pourra dire à la postérité ? Quoi qu'il en soit, l'oncle du Roi est persuadé; on croit pouvoir s'assurer des autres princes, et on en fait des coupables en les traitant comme tels[10]. Mais où garder des lions toujours prêts à rompre leurs chaînes[1], pendant que chacun s'efforce de les avoir en sa main, pour les retenir ou les lâcher au gré de son ambition ou de ses vengeances ? Gaston, que la Cour avait attiré dans ses sentiments, était-il inaccessible aux factieux ? Ne vois-je pas, au contraire, autour de lui des âmes hautaines, qui, pour faire servir les princes à leurs intérêts cachés, ne cessaient de lui inspirer qu'il devait s'en rendre le maître ? De quelle importance, de quel éclat, de quelle réputation au dedans et au dehors, d'être le maître du sort du prince de Condé! Ne craignons point de le nommer, puisque enfin tout est surmonté par la gloire de son grand nom et de ses actions immortelles. L'avoir entre ses mains, c'était y avoir la victoire même[2], qui le suit éternellement dans les combats. Mais il était juste que ce précieux dépôt de l'Etat demeurât entre les mains du Roi, et il lui appartenait de garder une si noble partie de son sang[3]. Pendant donc que notre ministre travaillait à ce glorieux ouvrage, où il y allait de la royauté et du salut de l'Etat, il fut seul en butte aux factieux. Lui seul, disaient-ils, savait dire et taire ce qu'il fallait. Seul il savait épancher et retenir son discours; impénétrable, il pénétrait tout; et, pendant qu'il tirait le secret des cœurs, il ne disait, maître de lui-même, que ce qu'il voulait. Il perçait dans tous les secrets, démêlait toutes les intrigues, découvrait les entreprises les plus cachées et les plus sourdes machinations. C'était ce sage dont il est écrit : « Les conseils se recèlent dans le cœur de l'homme à la manière d'un profond abîme sous une eau dormante; mais l'homme sage les épuise »; il en découvre le fond : *Sicut aqua profunda, sic consilium in corde viri ; vir sapiens exhauriet illud*[4]. Lui seul réunissait les gens de bien, rompait les liaisons des factieux, en déconcertait les desseins, et allait recueillir[5] dans les égarés ce qu'il y restait quelquefois de bonnes intentions. Gaston ne croyait que lui, et lui seul savait profiter des heureux moments et des bonnes dispositions d'un si grand prince[6]. « Venez, venez, faisons contre lui de secrètes menées » : *Venite, et cogitemus adversus eum cogitationes*[7]. Unissons-nous pour le discréditer[8]; tous ensemble; « frappons-le de notre langue et ne souffrons plus qu'on écoute tous ses beaux discours » : *percutiamus eum lingua, neque attendamus ad universos sermones ejus*[9]. Mais on faisait contre lui de plus funestes complots. Combien reçut-il d'avis secrets que sa vie n'était pas en sûreté ! Et il connaissait dans le parti de ces fiers courages dont la force malheureuse et l'esprit extrême ose tout, et sait trouver des exécuteurs. Mais sa vie ne lui fut pas précieuse[1], pourvu qu'il fût fidèle à son ministère. Pouvait-il faire à Dieu un plus beau sacrifice que de lui offrir une âme pure de l'iniquité de son siècle, et dévouée à son Prince et à sa patrie ? Jésus nous a montré l'exemple : les Juifs mêmes le reconnaissaient pour un si bon citoyen, qu'ils crurent ne pouvoir donner auprès de lui une meilleure recommandation à ce centenier qu'en disant à notre Sauveur : *Il aime notre nation*[2]. Jérémie a-t-il plus versé de larmes que lui sur les ruines de sa patrie ? Que n'a pas fait ce Sauveur miséricordieux pour prévenir les malheurs de ses citoyens ? Fidèle[3] au Prince comme à son pays, il n'a pas craint d'irriter l'envie des Pharisiens en défendant les droits de César[4] ; et lorsqu'il est mort pour nous sur le Calvaire, victime de l'univers[5], il a voulu que le plus chéri de ses évangélistes remarquât qu'il mourait[6] spécialement pour sa nation : *quia moriturus erat pro gente*[7]. Si notre zélé ministre, touché de ces vérités, exposa sa vie, craindrait-il de hasarder sa fortune ? Ne sait-on pas qu'il fallait souvent s'opposer aux inclinations du cardinal son bienfaiteur ? Deux fois, en grand politique, ce judicieux favori[8] sut céder au temps et s'éloigner de la Cour. Mais, il le faut dire ; toujours il y voulait revenir trop tôt. Le Tellier s'opposait à ses impatiences jusqu'à se rendre suspect ; et, sans craindre ni ses envieux ni les défiances d'un ministre également soupçonneux et ennuyé de son état, il allait d'un pas intrépide où la raison d'Etat le déterminait. Il sut suivre ce qu'il conseillait. Quand l'éloignement de ce grand ministre eut attiré celui de ses confidents, supérieur par cet endroit au ministre même, dont il admirait d'ailleurs les profonds conseils, nous l'avons vu retiré dans sa maison, où il conserva sa tranquillité parmi les incertitudes des émotions populaires[9] et d'une cour agitée ; et, résigné à la Providence, il vit sans inquiétude frémir à l'entour les flots irrités ; et parce qu'il souhaitait le rétablissement du ministre, comme un soutien nécessaire de la réputation et de l'autorité de la régence, et non pas, comme plusieurs autres, pour son intérêt[10], que le poste qu'il occupait lui donnait assez de moyens de ménager d'ailleurs, aucun mauvais traitement ne le rebutait. Un beau-frère[11], sacrifié malgré ses services, lui montrait ce qu'il pouvait craindre. Il savait, crime irrémissible dans les cours[1], qu'on écoutait des propositions contre lui-même; et peut-être que sa place eût été donnée, si on eût pu la remplir d'un homme aussi sûr. Mais il n'en tenait pas moins la balance droite. Les uns donnaient au ministre des espérances trompeuses; les autres lui inspiraient de vaines terreurs, et, en s'empressant beaucoup, ils faisaient les zélés et les importants. Le Tellier lui montrait la vérité, quoique souvent importune, et, industrieux à se cacher dans les actions éclatantes, il en renvoyait la gloire au ministre, sans craindre dans le même temps de se charger des refus que l'intérêt de l'Etat rendait nécessaires. Et c'est de là qu'il est arrivé qu'en méprisant par raison la haine de ceux dont il lui fallait combattre les prétentions, il en acquérait l'estime, et souvent même l'amitié et la confiance. L'Histoire en racontera de fameux exemples : je n'ai pas besoin de les rapporter, et, content de remarquer des actions de vertu dont les sages auditeurs puissent profiter, ma voix n'est pas destinée à satisfaire les politiques ni les curieux. Mais puis-je oublier celui[2] que je vois partout dans le récit de nos malheurs ? Cet homme si fidèle aux particuliers[3], si redoutable à l'Etat, d'un caractère si haut[4] qu'on ne pouvait ni l'estimer, ni le craindre, ni l'aimer, ni le haïr à demi; ferme génie[5], que nous avons vu, en ébranlant l'univers, s'attirer une dignité[6] qu'à la fin il voulut quitter[7] comme trop chèrement achetée, ainsi qu'il eut le courage de le reconnaître dans le lieu le plus éminent de la chrétienté, et enfin comme peu capable de contenter ses désirs : tant il connut son erreur et le vide des grandeurs humaines! Mais pendant qu'il voulait acquérir ce qu'il devait un jour mépriser, il remua tout par de secrets et puissants ressorts; et, après que tous les partis furent abattus, il sembla encore se soutenir seul, et seul encore menacer le favori victorieux de ses tristes et intrépides regards[8]. La religion s'intéresse dans ses infortunes; la ville royale s'émeut[9], et Rome[10] même menace. Quoi donc! n'est-ce pas assez que nous soyons attaqués au dedans et au dehors par toutes les puissances temporelles ? Faut-il que la religion se mêle dans nos malheurs, et qu'elle semble nous opposer de près et de loin[11] une autorité sacrée ? Mais, par les soins du sage Michel Le Tellier, Rome n'eut point à reprocher au cardinal Mazarin d'avoir terni l'éclat de la pourpre[1] dont il était revêtu ; les affaires ecclésiastiques prirent une forme réglée. Ainsi le calme fut rendu à l'Etat ; on revoit dans sa première vigueur l'autorité affaiblie ; Paris et tout le royaume, avec un fidèle et admirable empressement, reconnaît son Roi gardé par la Providence, et réservé à ses grands ouvrages[2] ; le zèle des compagnies[3], que de tristes expériences avaient éclairées, est inébranlable ; les pertes de l'Etat sont réparées ; le cardinal fait la paix avec avantage[4]. Au plus haut point de sa gloire, sa joie est troublée par la triste apparition de la mort ; intrépide[5], il domine jusqu'entre ses bras et au milieu de son ombre : il semble qu'il ait entrepris de montrer à toute l'Europe que sa faveur, attaquée par tant d'endroits, est si hautement rétablie, que tout devient faible contre elle, jusqu'à une mort prochaine et lente. Il meurt avec cette triste consolation ; et nous voyons commencer ces belles années dont on ne peut assez admirer le cours glorieux. Cependant la grande et pieuse Anne d'Autriche rendait un perpétuel témoignage à l'inviolable fidélité de notre ministre, où, parmi tant de divers mouvements[6], elle n'avait jamais remarqué un pas douteux. Le Roi, qui, dès son enfance[7], l'avait vu toujours attentif au bien de l'Etat, et tendrement attaché à sa personne sacrée, prenait confiance en ses conseils ; et le ministre conservait sa modération, soigneux surtout de cacher l'important service qu'il rendait continuellement à l'Etat, en faisant connaître les hommes capables de remplir les grandes places, et en leur rendant à propos des offices[8] qu'ils ne savaient pas. Car que peut faire de plus utile un zélé ministre, puisque le Prince, quelque grand qu'il soit, ne connaît sa force qu'à demi[9] s'il ne connaît les grands hommes que la Providence fait naître en son temps pour le seconder[10] ? Ne parlons pas des vivants, dont les vertus non plus que les louanges ne sont jamais sûres dans le variable état de cette vie. Mais je veux ici nommer par honneur le sage, le docte, et le pieux Lamoignon[11], que notre ministre proposait toujours comme digne de prononcer les oracles de la justice dans le plus majestueux de ses tribunaux. La Justice, leur commune amie, les avait unis ; et maintenant ces deux âmes pieuses, touchées sur la terre du même désir de faire régner les lois, contemplent ensemble à découvert les lois éternelles[12] d'où les nôtres sont dérivées ; et, si quelque légère trace de nos faibles distinctions[13] paraît encore dans une si simple et si claire vision, elles adorent Dieu en qualité de justice et de règle.

*Ecce in justitia regnabit rex, et principes in judicio præerunt*[1] : « Le roi régnera selon la justice, et les juges présideront en jugement. » La justice passe du Prince dans les magistrats, et du trône elle se répand sur les tribunaux. C'est dans le règne d'Ezéchias le modèle de nos jours. Un Prince zélé pour la justice[2] nomme un principal et universel magistrat capable de contenter ses désirs. L'infatigable ministre[3] ouvre des yeux attentifs sur tous les tribunaux; animé des ordres du Prince, il y établit la règle, la discipline, le concert, l'esprit de justice. Il sait que, si la prudence du souverain magistrat est obligée quelquefois dans les cas extraordinaires de suppléer à la prévoyance des lois, c'est toujours en prenant leur esprit; et enfin qu'on ne doit sortir de la règle qu'en suivant un fil qui tienne pour ainsi dire, à la règle même. Consulté de toutes parts, il donne des réponses courtes, mais décisives, aussi pleines de sagesse que de dignité, et le langage des lois est dans son discours. Par toute l'étendue du royaume chacun peut faire ses plaintes, assuré de la protection du Prince; et la justice ne fut jamais ni si éclairée ni si secourable. Vous voyez comme ce sage magistrat modère tout le corps de la justice. Voulez-vous voir ce qu'il fait dans la sphère où il est attaché[4], et qu'il doit mouvoir par lui-même ? Combien de fois s'est-on plaint que les affaires n'avaient ni de règle ni de fin; que la force des choses jugées n'était presque plus connue; que la compagnie, où l'on renversait avec tant de facilité les jugements de toutes les autres, ne respectait pas davantage les siens; enfin que le nom du Prince était employé[5] à rendre tout incertain, et que souvent l'iniquité sortait du lieu d'où elle devait être foudroyée! Sous le sage Michel Le Tellier, le Conseil fit sa véritable fonction; et l'autorité de ses arrêts, semblable à un juste contrepoids, tenait par tout le royaume la balance égale. Les juges que leurs coups hardis et leurs artifices faisaient redouter furent sans crédit : leur nom ne servit qu'à rendre la Justice plus attentive. Au Conseil comme au Sceau[6], la multitude, la variété, la difficulté des affaires n'étonnèrent jamais ce grand magistrat : il n'y avait rien de plus difficile, ni aussi de plus hasardeux que de le surprendre; et, dès le commencement de son ministère, cette irrévocable sentence sortit de sa bouche, que le crime de le tromper serait le moins pardonnable. De quelque belle apparence que l'iniquité se couvrît, il en pénétrait les détours et d'abord il savait connaître, même sous les fleurs, la marche tortueuse de ce serpent. Sans châtiment, sans rigueur, il couvrait l'injustice de confusion, en lui faisant seulement sentir qu'il la connaissait; et l'exemple de son inflexible régularité fut l'inévitable censure de tous les mauvais desseins. Ce fut donc par cet exemple admirable, plus encore que par ses discours et par ses ordres, qu'il établit dans le Conseil une pureté et un zèle de la justice, qui attire la vénération des peuples, assure la fortune des particuliers, affermit l'ordre public, et fait la gloire de ce règne.

Sa justice n'était pas moins prompte qu'elle était exacte. Sans qu'il fallût le presser, les gémissements des malheureux plaideurs, qu'il croyait entendre nuit et jour, étaient pour lui une perpétuelle et vive sollicitation. Ne dites pas à ce zélé magistrat qu'il travaille plus que son grand âge ne le peut souffrir[1] : vous irriterez le plus patient de tous les hommes. Est-on, disait-il, dans les places pour se reposer et pour vivre ? Ne doit-on pas sa vie à Dieu, au Prince, et à l'Etat ? Sacrés autels, vous m'êtes témoins que ce n'est pas aujourd'hui par ces artificieuses fictions de l'éloquence que je lui mets en la bouche ces fortes paroles! Sache la postérité, si le nom d'un si grand ministre fait aller mon discours jusqu'à elle, que j'ai moi-même souvent entendu ces saintes réponses. Après de grandes maladies causées par de grands travaux, on voyait revivre cet ardent désir de reprendre ses exercices ordinaires, au hasard de retomber dans les mêmes maux ; et, tout sensible qu'il était aux tendresses de sa famille, il l'accoutumait à ces courageux sentiments. C'est, comme nous l'avons dit, qu'il faisait consister, avec son salut, le service particulier qu'il devait à Dieu dans une sainte administration de la justice. Il en faisait son culte perpétuel, son sacrifice du matin et du soir, selon cette parole du Sage : *La justice vaut mieux devant Dieu que de lui offrir des victimes*[2]. Car quelle plus sainte hostie, quel encens plus doux, quelle prière plus agréable, que de faire entrer devant soi[3] la cause de la veuve, que d'essuyer les larmes du pauvre oppressé, et de faire taire l'iniquité par toute la terre ? Combien le pieux ministre était touché de ces vérités, ses paisibles audiences le faisaient paraître. Dans les audiences vulgaires[1], l'un, toujours précipité, vous trouble l'esprit; l'autre, avec un visage inquiet et des regards incertains, vous ferme le cœur; celui-là se présente à vous par coutume ou par bienséance, et il laisse vaguer ses pensées sans que vos discours arrêtent son esprit distrait; celui-ci, plus cruel encore, a les oreilles bouchées par ses préventions, et, incapable de donner entrée aux raisons des autres, il n'écoute que ce qu'il a dans son cœur. A la facile audience de ce sage magistrat, et par la tranquillité de son favorable visage, une âme agitée se calmait. C'est là qu'on trouvait *ces douces réponses qui apaisent la colère*[2], et « ces paroles qu'on préfère aux dons » : *verbum melius quam datum*[3]. Il connaissait les deux visages de la Justice : l'un facile dans le premier abord; l'autre sévère et impitoyable quand il faut conclure. Là, elle veut plaire aux hommes et également contenter les deux partis[4]; ici, elle ne craint ni d'offenser le puissant ni d'affliger le pauvre et le faible. Ce charitable magistrat était ravi d'avoir à commencer par la douceur; et dans toute l'administration de la justice il nous paraissait un homme que sa nature avait fait bienfaisant, et que la raison rendait inflexible. C'est par où il avait gagné les cœurs. Tout le royaume faisait des vœux pour la prolongation de ses jours : on se reposait sur sa prévoyance; ses longues expériences étaient pour l'Etat un trésor inépuisable de sages conseils; et sa justice, sa prudence, la facilité qu'il apportait aux affaires, lui méritaient la vénération et l'amour de tous les peuples. O Seigneur! vous avez fait, comme dit le Sage, *l'œil qui regarde, et l'oreille qui écoute*[5]! Vous donc qui donnez aux juges ces regards bénins[6], ces oreilles attentives, et ce cœur toujours ouvert à la vérité, écoutez-nous pour celui qui écoutait tout le monde. Et vous, doctes interprètes des lois, fidèles dépositaires de leurs secrets[7], et implacables vengeurs de leur sainteté méprisée, suivez ce grand exemple de nos jours. Tout l'univers a les yeux sur vous : affranchis des intérêts et des passions, sans yeux comme sans mains, vous marchez sur la terre, semblables aux esprits célestes; ou plutôt, images de Dieu, vous en imitez l'indépendance; comme lui vous n'avez besoin ni des hommes ni de leurs présents[8]; comme lui vous faites justice à la veuve et au pupille; l'étranger n'implore pas en vain votre secours[9];

et, assurés que vous exercez la puissance du Juge de l'univers, vous n'épargnez personne dans vos jugements. Puisse-t-il, avec ses lumières et avec son esprit de force vous donner cette patience, cette attention[1] et cette docilité toujours accessible à la raison, que Salomon lui demandait pour juger son peuple[2] !

Mais ce que cette chaire, ce que ces autels, ce que l'Evangile que j'annonce, et l'exemple du grand ministre dont je célèbre les vertus, m'oblige à recommander plus que toutes choses, c'est les droits sacrés de l'Eglise. L'Eglise ramasse ensemble[3] tous les titres par où l'on peut espérer le secours de la justice. La justice doit une assistance particulière aux faibles, aux orphelins, aux épouses délaissées, et aux étrangers. Qu'elle est forte cette Eglise, et que redoutable est le glaive que le Fils de Dieu lui a mis dans la main! Mais c'est un glaive spirituel, dont les superbes et les incrédules ne ressentent pas le *double tranchant*. Elle est fille du Tout-Puissant; mais son Père, qui la soutient au-dedans, l'abandonne souvent aux persécuteurs; et, à l'exemple de Jésus-Christ, elle est obligée de crier dans son agonie : *Mon Dieu, mon Dieu, pourquoi m'avez-vous délaissée*[4] ? Son Epoux est le plus puissant comme le plus beau et le plus parfait de tous les enfants des hommes[5]; mais elle n'a entendu sa voix agréable, elle n'a joui de sa douce et désirable présence qu'un moment[6] : tout d'un coup il a pris la fuite avec une course rapide, *et, plus vite qu'un faon de biche, il s'est élevé au-dessus des plus hautes montagnes*[7]. Semblable à une épouse désolée, l'Eglise ne fait que gémir, et le chant de la tourterelle délaissée est dans sa bouche[8]. Enfin elle est étrangère et comme errante sur la terre, où elle vient recueillir les enfants de Dieu sous ses ailes; et le monde, qui s'efforce de les lui ravir, ne cesse de traverser[9] son pèlerinage. Mère affligée, elle a souvent à se plaindre de ses enfants qui l'oppriment : on ne cesse d'entreprendre sur ses droits sacrés; sa puissance céleste est affaiblie, pour ne pas dire tout à fait éteinte. On se venge sur elle de quelques-uns de ses ministres trop hardis usurpateurs des droits temporels : à son tour la puissance temporelle a semblé vouloir tenir l'Eglise captive, et se récompenser de ses pertes sur Jésus-Christ même; les tribunaux séculiers ne retentissent que des affaires ecclésiastiques[10]; on ne songe pas au don particulier qu'a reçu l'Ordre apostolique pour les décider; don céleste que nous ne recevons qu'une fois *par l'imposition des mains,* mais que saint Paul nous ordonne de ranimer[1], de renouveler, et de rallumer sans cesse en nous-mêmes comme un feu divin, afin que la vertu en soit immortelle[2]. Ce don nous est-il seulement accordé pour annoncer la sainte parole, ou pour sanctifier les âmes par les sacrements ? N'est-ce pas aussi pour policer les Églises[3], pour y établir la discipline, pour appliquer les canons inspirés de Dieu à nos saints prédécesseurs, et accomplir tous les devoirs du ministère ecclésiastique ? Autrefois les canons, et les lois, et les évêques, et les empereurs concouraient ensemble à empêcher les ministres des autels de paraître, pour les affaires même temporelles, devant les juges de la terre [4]: on voulait avoir des intercesseurs purs du commerce des hommes, et on craignait de les rengager dans le siècle, d'où ils avaient été séparés pour être le partage du Seigneur. Maintenant, c'est pour les affaires ecclésiastiques qu'on les y voit entraînés : tant le siècle a prévalu, tant l'Eglise est faible et impuissante! Il est vrai que l'on commence à l'écouter : l'auguste Conseil[5] et le premier Parlement[6] donnent du secours à son autorité blessée; les sources du droit sont révélées[7]; les saintes maximes revivent. Un roi zélé pour l'Eglise, et toujours prêt à lui rendre davantage qu'on ne l'accuse de lui ôter[8], opère ce changement heureux : son sage et intelligent chancelier seconde ses désirs; sous la conduite de ce ministre, nous avons comme un nouveau code favorable à l'épiscopat[9], et nous vanterons désormais, à l'exemple de nos pères, les lois unies aux canons. Quand ce sage magistrat renvoie les affaires ecclésiastiques aux tribunaux séculiers, ses doctes arrêts leur marquent la voie qu'ils doivent tenir, et le remède qu'il pourra donner[10] à leurs entreprises. Ainsi la sainte clôture[11], protectrice de l'humilité et de l'innocence, est établie; ainsi la puissance séculière ne donne plus ce qu'elle n'a pas[12], et la sainte subordination des puissances ecclésiastiques, image des célestes hiérarchies[13] et lien de notre unité, est conservée; ainsi la cléricature jouit par tout le royaume de son privilège; ainsi sur le sacrifice des vœux[14], et sur *ce grand sacrement*[15] de l'indissoluble *union de Jésus-Christ avec son Eglise*[16], les opinions sont plus saines dans le barreau éclairé et parmi les magistrats intelligents que dans les livres de quelques auteurs qui se disent ecclésiastiques et théologiens. Un grand prélat[1] a part à ces grands ouvrages ; habile autant qu'agréable intercesseur auprès d'un père porté par lui-même à favoriser l'Eglise, il sait ce qu'il faut attendre de la piété éclairée d'un grand ministre, et il représente les droits de Dieu sans blesser ceux de César. Après ces commencements, ne pourrons-nous pas enfin espérer que les jaloux de la France[2] n'auront pas éternellement à lui reprocher les libertés de l'Eglise toujours employées contre elle-même[3] ? Ame pieuse du sage Michel Le Tellier, après avoir avancé ce grand ouvrage, recevez devant ces autels ce témoignage sincère de votre foi et de notre reconnaissance, de la bouche d'un évêque trop tôt obligé à changer en sacrifices pour votre repos ceux qu'il offrait pour une vie si précieuse. Et vous, saints évêques, interprètes du ciel, juges de la terre[4], apôtres, docteurs, et serviteurs des Eglises ; vous qui sanctifiez cette assemblée par votre présence ; et vous qui, dispersés par tout l'univers, entendrez le bruit d'un ministère si favorable à l'Eglise, offrez à jamais de saints sacrifices pour cette âme pieuse. Ainsi puisse la discipline ecclésiastique être entièrement rétablie! ainsi puisse être rendue la majesté à vos tribunaux, l'autorité à vos jugements, la gravité et le poids à vos censures! Puissiez-vous, souvent, assemblés[5] au nom de Jésus-Christ, l'avoir au milieu de vous et revoir la beauté des anciens jours! Qu'il me soit permis du moins de faire des vœux devant ces autels, de soupirer après les antiquités[6] devant une compagnie si éclairée, et d'annoncer la sagesse entre les parfaits[7] ! Mais, Seigneur, que ce ne soit pas seulement des vœux inutiles! Que pouvons-nous obtenir de votre bonté, si, comme nos prédécesseurs, nous faisons nos chastes délices de votre Écriture[8], notre principal exercice de la prédication de votre parole, et notre félicité de la sanctification de votre peuple ; si, attachés à nos troupeaux par un saint amour, nous craignons d'en être arrachés[9] ; si nous sommes soigneux de former des prêtres que Louis puisse choisir pour remplir nos chaires[10] ; si nous lui donnons le moyen de décharger sa conscience de cette partie la plus périlleuse de ses devoirs ; et que, par une règle inviolable, ceux-là demeurent exclus de l'épiscopat qui ne veulent pas y arriver par des travaux apostoliques[11]! Caraussi comment pourrons-nous sans ce secours incorporer tout à fait à l'Eglise de Jésus-Christ tant de peuples nouvellement convertis[1], et porter avec confiance un si grand accroissement de notre fardeau ? Ha! si nous ne sommes infatigables à instruire, à reprendre, à consoler[2], à donner le lait aux infirmes, et le pain aux forts[3], enfin à cultiver ces nouvelles plantes, et à expliquer à ce nouveau peuple la sainte parole, dont, hélas! on s'est tant servi pour le séduire, *le fort armé chassé de sa demeure reviendra* plus furieux que jamais, *avec sept esprits plus malins que lui, et notre état deviendra pire que le précédent*[4] ! Ne laissons pas cependant de publier ce miracle de nos jours; faisons-en passer le récit aux siècles futurs. Prenez vos plumes sacrées, vous qui composez les annales de l'Eglise : agiles instruments *d'un prompt écrivain et d'une main diligente*[5], hâtez-vous de mettre Louis avec les Constantin et les Théodose[6]. Ceux qui vous ont précédés dans ce beau travail racontent *qu'avant qu'il y eût des empereurs dont les lois eussent ôté les assemblées aux hérétiques, les sectes demeuraient unies et s'entretenaient longtemps. Mais,* poursuit Sozomène[7], *depuis que Dieu suscita des princes chrétiens, et qu'ils eurent défendu ces conventicules, la loi ne permettait pas aux hérétiques de s'assembler en public* ; *et le clergé, qui veillait sur eux, les empêchait de le faire en particulier. De cette sorte, la plus grande partie se réunissait*[8] ; *et les opiniâtres mouraient sans laisser de postérité, parce qu'ils ne pouvaient ni communiquer entre eux, ni enseigner librement leurs dogmes*[9]. Ainsi tombait l'Hérésie avec son venin; et la Discorde rentrait dans les enfers, d'où elle était sortie. Voilà, Messieurs, ce que nos pères ont admiré dans les premiers siècles de l'Eglise. Mais nos pères n'avaient pas vu, comme nous, une hérésie invétérée tomber tout à coup; les troupeaux égarés revenir en foule[10], et nos églises trop étroites pour les recevoir; leurs faux pasteurs les abandonner[11], sans même en attendre l'ordre, et heureux d'avoir à leur alléguer leur bannissement pour excuse; tout calme dans un si grand mouvement[12]; l'univers étonné de voir dans un événement si nouveau la marque la plus assurée, comme le plus bel usage de l'autorité, et le mérite du Prince plus reconnu et plus révéré que son autorité même. Touchés de tant de merveilles, épanchons nos cœurs sur la piété de Louis. Poussons jusqu'au ciel nos acclamations, et disons à ce nouveau Constantin, à ce nouveau Théodose, à ce nouveau Marcien[13], à ce nouveau Charlemagne, ce que les six cent trente Pères dirent autrefois dans le concile de Chalcédoine : *Vous avez affermi la foi, vous avez exterminé*[1] *les hérétiques : c'eſt le digne ouvrage de votre règne, c'en eſt le propre caractère. Par vous, l'Hérésie n'eſt plus : Dieu seul a pu faire cette merveille. Roi du ciel, conservez le roi de la terre : c'eſt le vœu des Eglises ; c'eſt le vœu des évêques*[2].

Quand le sage chancelier reçut l'ordre de dresser ce pieux édit qui donne le dernier coup à l'Hérésie, il avait déjà ressenti l'atteinte de la maladie dont il eſt mort. Mais un miniſtre si zélé pour la juſtice ne devait pas mourir avec le regret de ne l'avoir pas rendue à tous ceux dont les affaires étaient préparées. Malgré cette fatale faiblesse qu'il commençait à sentir, il écouta, il jugea, et il goûta le repos d'un homme heureusement dégagé, à qui ni l'Eglise, ni le monde, ni son Prince, ni sa patrie, ni les particuliers, ni le public, n'avaient plus rien à demander. Seulement Dieu lui réservait l'accomplissement du grand ouvrage de la Religion ; et il dit en scellant la révocation du fameux édit de Nantes, qu'après ce triomphe de la Foi et un si beau monument de la piété du Roi, il ne se souciait plus[3] de finir ses jours. C'eſt la dernière parole qu'il ait prononcée dans la fonction de sa charge ; parole digne de couronner[4] un si glorieux miniſtère ! En effet, la Mort se déclare ; on ne tente plus de remède contre ses funeſtes attaques : dix jours entiers il la considère avec un visage assuré ; tranquille, toujours assis, comme son mal le demandait, on croit assiſter[5] jusqu'à la fin ou à la paisible audience d'un miniſtre, ou à la douce conversation d'un ami commode. Souvent il s'entretient seul avec la Mort : la mémoire, le raisonnement, la parole ferme, et aussi vivant par l'esprit qu'il était mourant par le corps, il semble lui demander d'où vient qu'on la nomme cruelle. Elle lui fut nuit et jour[6] toujours présente ; car il ne connaissait plus le sommeil, et la froide main de la Mort pouvait seule lui clore les yeux. Jamais il ne fut si attentif : *Je suis*, disait-il, *en faction ;* car il me semble que je lui vois prononcer encore cette courageuse parole. Il n'eſt pas temps de se reposer ; à chaque attaque il se tient prêt, et il attend le moment de sa délivrance. Ne croyez pas que cette conſtance ait pu naître tout à coup entre les bras de la Mort : c'eſt le fruit des méditations que vous avez vues, et de la préparation de toute la vie. La Mort révèle les secrets des cœurs. Vous, riches, vous qui vivez dans les joies du monde, si vous saviez avec quelle facilité vous vous laissez prendre aux richesses que vous croyez posséder ; si vous saviez par combien d'imperceptibles liens elles s'attachent, et pour ainsi dire, elles s'incorporent à votre cœur, et combien sont forts et pernicieux ces liens que vous ne sentez pas, vous entendriez la vérité de cette parole du Sauveur : *Malheur à vous, riches*[1] ! *et vous pousseriez,* comme dit saint Jacques, *des cris lamentables et des hurlements à la vue de vos misères*[2]. Mais vous ne sentez pas un attachement si déréglé. Le désir se fait mieux sentir[3], parce qu'il a de l'agitation et du mouvement. Mais dans la possession, on trouve, comme dans un lit, un repos funeste, et on s'endort dans l'amour des biens de la terre, sans s'apercevoir de ce malheureux engagement. C'est, mes Frères, où tombe celui qui met sa confiance dans les richesses ; je dis même dans les richesses bien acquises. Mais l'excès de l'attachement, que nous ne sentons pas dans la possession, se fait, dit saint Augustin[4], sentir dans la perte. C'est là qu'on entend ce cri d'un roi malheureux, d'un Agag outré contre la mort qui lui vient ravir tout à coup avec la vie sa grandeur et ses plaisirs : *Siccine separat amara mors*[5] ! « Est-ce ainsi que la mort amère vient rompre tout à coup de si doux liens ! » Le cœur saigne ; dans la douleur de la plaie, on sent combien ces richesses y tenaient, et le péché que l'on commettait par un attachement si excessif se découvre tout entier : *Quantum amando deliquerint*[6], *perdendo senserunt.* Par une raison contraire, un homme dont la fortune protégée du Ciel ne connaît pas les disgrâces, qui, élevé sans envie aux plus grands honneurs, heureux dans sa personne et dans sa famille, pendant qu'il voit disparaître une vie si fortunée, bénit la Mort, et aspire aux biens éternels, ne fait-il pas voir qu'il n'avait pas mis son cœur *dans le trésor que les voleurs peuvent enlever*[7], et que, comme un autre Abraham, il ne connaît de repos que *dans la cité permanente*[8] ? Un fils[9] consacré à Dieu s'acquitte courageusement de son devoir comme de toutes les autres parties de son ministère, et il va porter la triste parole à un père si tendre et si chéri : il trouve ce qu'il espérait, un chrétien préparé à tout, qui attendait ce dernier office de sa piété. L'extrême-onction, annoncée par la même bouche à ce philosophe chrétien[10], excite autant sa piété qu'avait fait le saint Viatique. Les saintes prières des agonisants réveillent sa foi ;

son âme s'épanche dans les célestes cantiques, et vous diriez qu'il soit devenu un autre David par l'application qu'il se fait à lui-même de ses divins psaumes. Jamais juste n'attendit la grâce de Dieu avec une plus ferme confiance; jamais pécheur ne demanda un pardon plus humble, ni ne s'en crut plus indigne. Qui me donnera le burin que Job désirait[1], pour graver sur l'airain et sur le marbre cette parole sortie de sa bouche en ses derniers jours, que, depuis quarante-deux ans qu'il servait le Roi, il avait la consolation de ne lui avoir jamais donné de conseil que selon sa conscience, et, dans un si long ministère, de n'avoir jamais souffert une injustice qu'il pût empêcher ? La Justice demeurer constante, et, pour ainsi dire, toujours vierge et incorruptible parmi des occasions si délicates, quelle merveille de la grâce! Après ce témoignage de sa conscience, qu'avait-il besoin de nos éloges ? Vous étonnez-vous de sa tranquillité ? Quelle maladie ou quelle mort peut troubler[2] celui qui porte au fond de son cœur un si grand calme ? Que vois-je durant ce temps ? Des enfants percés de douleurs; car ils veulent bien que je rende ce témoignage à leur piété, et c'est la seule louange qu'ils peuvent écouter sans peine. Que vois-je encore ? Une femme forte, pleine d'aumônes et de bonnes œuvres, précédée, malgré ses désirs, par celui que tant de fois elle avait cru devancer[3]. Tantôt elle va offrir devant les autels cette plus chère et plus précieuse partie d'elle-même; tantôt elle rentre auprès du malade, non par faiblesse, mais, dit-elle, *pour apprendre à mourir, et profiter de cet exemple.* L'heureux vieillard jouit jusqu'à la fin des tendresses de sa famille, où il ne voit rien de faible; mais pendant qu'il en goûte la reconnaissance, comme un autre Abraham, il la sacrifie[4], et en l'invitant à s'éloigner : *Je veux,* dit-il, *m'arracher jusqu'aux moindres vestiges de l'humanité.* Reconnaissez-vous un chrétien qui achève son sacrifice, qui fait le dernier effort afin de rompre tous les liens de la chair et du sang, et ne tient plus à la terre ? Ainsi, parmi les souffrances et dans les approches de la Mort, s'épure comme dans un feu l'âme chrétienne. Ainsi elle se dépouille de ce qu'il y a de terrestre et de trop sensible, même dans les affections trop innocentes : telles sont les grâces qu'on trouve à la mort. Mais qu'on ne s'y trompe pas, c'est quand on l'a souvent méditée, quand on s'y est longtemps préparé par de bonnes œuvres : autrement la mort porte en elle-même ou l'insensibilité, ou un secret désespoir, ou, dans ses justes frayeurs, l'image d'une pénitence trompeuse, et enfin un trouble fatal à la piété. Mais voici, dans la perfection de la charité, la consommation de l'œuvre de Dieu. Un peu après, parmi ses langueurs, et percé de douleurs aiguës, le courageux vieillard se lève, et les bras en haut, après avoir demandé la persévérance : *Je ne désire point,* dit-il, *la fin de mes peines, mais je désire de voir Dieu.* Que vois-je ici, Chrétiens[1] ? la foi véritable, qui d'un côté ne se lasse pas de souffrir : vrai caractère d'un chrétien; et de l'autre, ne cherche plus qu'à se développer de ses ténèbres, et, en dissipant le nuage, se changer en pure lumière et en claire vision. O moment heureux où nous sortirons des ombres et des énigmes[2] pour voir la vérité manifeste! Courons-y, mes Frères, avec ardeur; hâtons-nous de *purifier notre cœur, afin de voir Dieu*[3], selon la promesse de l'Evangile. Là est le terme du voyage; là se finissent les gémissements; là s'achève le travail de la Foi[4], quand elle va pour ainsi dire, enfanter la vue[5]. Heureux moment, encore une fois, qui ne te désire pas, n'est pas chrétien! Après que ce pieux désir est formé par le Saint-Esprit dans le cœur de ce vieillard plein de foi, que reste-t-il, Chrétiens, sinon qu'il aille jouir de l'objet qu'il aime ? Enfin, prêt à rendre l'âme : *Je rends grâces à Dieu,* dit-il, *de voir défaillir mon corps devant mon esprit.* Touché d'un si grand bienfait et ravi de pouvoir pousser ses reconnaissances jusques au dernier soupir, il commença l'hymne des divines miséricordes : *Misericordias Domini in æternum cantabo*[6] : « Je chanterai, dit-il, éternellement les miséricordes du Seigneur. » Il expire en disant ces mots, et il continue avec les anges le sacré cantique.

Reconnaissez maintenant que sa perpétuelle modération venait d'un cœur détaché de l'amour du monde, et réjouissez-vous en Notre-Seigneur de ce que, riche, il a mérité les grâces et la récompense de la pauvreté[7]. Quand je considère attentivement dans l'Evangile la parabole, ou plutôt l'histoire du mauvais riche, et que je vois de quelle sorte Jésus-Christ y parle des fortunés de la terre, il me semble d'abord qu'il ne leur laisse aucune espérance au siècle futur. Lazare, pauvre et couvert d'ulcères, *est porté par les anges au sein d'Abraham,* pendant que le riche, toujours heureux dans cette vie, *est enseveli dans les enfers*[8].

Voilà un traitement bien différent que Dieu fait à l'un et à l'autre. Mais comment est-ce que le Fils de Dieu nous en explique la cause ? *Le riche,* dit-il, *a reçu ses biens, et le pauvre ses maux dans cette vie*[1]. Et de là quelle conséquence ? Ecoutez, riches, et tremblez : *Et maintenant,* poursuit-il, *l'un reçoit sa consolation, et l'autre son juste supplice*[2]. Terrible distinction! funeste partage pour les grands du monde! Et toutefois ouvrez les yeux : c'est le riche Abraham qui reçoit le pauvre Lazare dans son sein; et il vous montre, ô riches du siècle, à quelle gloire vous pouvez aspirer, si, *pauvres en esprit*[3] et détachés de vos biens, vous vous tenez aussi prêts à les quitter qu'un voyageur empressé à déloger de la tente où il passe une courte nuit. Cette grâce, je le confesse, est rare dans le Nouveau Testament, où les afflictions et la pauvreté des enfants de Dieu doivent sans cesse représenter à toute l'Eglise un Jésus-Christ sur la croix, et cependant, Chrétiens, Dieu nous donne quelquefois de pareils exemples, afin que nous entendions qu'on peut mépriser les charmes de la grandeur, même présente, et que les pauvres apprennent à ne désirer pas avec tant d'ardeur ce qu'on peut quitter avec joie. Ce ministre si fortuné et si détaché[4] tout ensemble leur doit inspirer ce sentiment. La mort a découvert le secret de ses affaires; et le public, rigide censeur des hommes de cette fortune et de ce rang, n'y a rien vu que de modéré[5]. On a vu ses biens accrus naturellement par un si long ministère et par une prévoyante économie; et on ne fait qu'ajouter à la louange de grand magistrat et de sage ministre, celle de sage et vigilant père de famille, qui n'a pas été jugée indigne des saints patriarches. Il a donc, à leur exemple, quitté sans peine ce qu'il avait acquis sans empressement : ses vrais biens ne lui sont pas ôtés, et sa justice demeure aux siècles des siècles. C'est d'elle que sont découlées tant de grâces et tant de vertus que sa dernière maladie a fait éclater. Ses aumônes, si bien cachées dans le sein du pauvre, ont prié pour lui[6] : sa main droite les cachait à sa main gauche[7]; et, à la réserve de quelque ami qui en a été le ministre ou le témoin nécessaire, ses plus intimes confidents les ont ignorées; mais *le Père, qui les a vues dans le secret, lui en a rendu la récompense*[8].

Peuples, ne le pleurez plus; et vous qui, éblouis de l'éclat du monde, admirez le tranquille cours d'une si longue et si belle vie, portez plus haut vos pensées. Quoi donc! quatre-vingt-trois ans passés au milieu des prospérités, quand il n'en faudrait retrancher ni l'enfance, ou l'homme ne se connaît pas, ni les maladies, où l'on ne vit point, ni tout le temps dont on a toujours tant de sujet de se repentir, paraîtront-ils quelque chose à la vue de l'éternité où nous avançons à si grands pas ? Après cent trente ans de vie, Jacob, amené au roi d'Egypte, lui raconte la courte durée de son laborieux pèlerinage, qui n'égale pas les jours de son père Isaac ni de son aïeul Abraham[1]. Mais les ans d'Abraham et d'Isaac, qui ont fait paraître si courts ceux de Jacob, s'évanouissent auprès de la vie de Sem, que celle d'Adam et de Noé efface[2]. Que si le temps comparé au temps, la mesure à la mesure, et le terme au terme, se réduit à rien; que sera-ce si l'on compare le temps à l'éternité, où il n'y a ni mesure ni terme! Comptons donc comme très court, Chrétiens, ou plutôt comptons comme un pur néant tout ce qui finit, puisque enfin, quand on aurait multiplié les années au delà de tous les nombres connus, visiblement ce ne sera rien quand nous serons arrivés au terme fatal[3]. Mais peut-être que, prêt à mourir[4], on comptera pour quelque chose cette vie de réputation, ou cette imagination de revivre dans sa famille qu'on croira laisser solidement établie. Qui ne voit, mes Frères, combien vaines, mais combien courtes[5] et combien fragiles sont encore ces secondes vies que notre faiblesse nous fait inventer pour couvrir en quelque sorte l'horreur de la mort! Dormez votre sommeil[6], riches de la terre, et demeurez dans votre poussière. Ha! si quelques générations, que dis-je ? si quelques années après votre mort, vous reveniez, hommes oubliés, au milieu du monde, vous vous hâteriez de rentrer dans vos tombeaux, pour ne voir pas votre nom terni, votre mémoire abolie, et votre prévoyance trompée dans vos amis, dans vos créatures, et plus encore dans vos héritiers et dans vos enfants[7]! Est-ce là le fruit du travail dont vous vous êtes consumés sous le soleil, vous amassant un trésor de haine et de colère éternelle au juste jugement de Dieu ? Surtout, mortels, désabusez-vous de la pensée dont vous vous flattez, qu'après une longue vie la mort vous sera plus douce et plus facile. Ce ne sont pas les années, c'est une longue préparation qui vous donnera de l'assurance. Autrement un philosophe[8] vous dira en vain que vous devez être rassasiés d'années et de jours, et que vous avez assez vu les saisons se renouveler, et le monde rouler autour de vous, ou plutôt que vous vous êtes assez vu rouler vous-même et passer avec le monde. La dernière heure n'en sera pas moins insupportable, et l'habitude de vivre ne fera qu'en accroître le désir. C'est de saintes méditations, c'est de bonnes œuvres, c'est ces véritables richesses que vous envoyerez[1] devant vous au siècle futur, qui vous inspireront de la force; et c'est par ce moyen que vous affermirez votre courage. Le vertueux Michel Le Tellier vous en a donné l'exemple : la sagesse, la fidélité, la justice, la modestie, la prévoyance, la piété, toute la troupe sacrée des vertus, qui veillaient pour ainsi dire autour de lui, en ont banni les frayeurs, et ont fait du jour de sa mort le plus beau, le plus triomphant, le plus heureux jour de sa vie.

# ORAISON FUNÈBRE
## DE
### *TRÈS HAUT ET TRÈS PUISSANT PRINCE*
# LOUIS DE BOURBON
### *PRINCE DE CONDÉ*[1]
### *PREMIER PRINCE DU SANG*

PRONONCÉE EN L'ÉGLISE DE NOTRE-DAME DE PARIS
LE DIXIÈME JOUR DE MARS 1687.

> *Dominus tecum, virorum fortissime... Vade in hac fortitudine tua... Ego ero tecum.*
>
> Le Seigneur est avec vous, ô le plus courageux de tous les hommes ! Allez avec ce courage dont vous êtes rempli. Je serai avec vous.
>
> *Jud.*, cap. VI, 12, 14, 16.

MONSEIGNEUR[2],

Au moment que j'ouvre la bouche pour célébrer la gloire immortelle de Louis de Bourbon, prince de Condé, je me sens également confondu, et par la grandeur du sujet, et, s'il m'est permis de l'avouer, par l'inutilité du travail. Quelle partie du monde habitable n'a pas ouï les victoires du prince de Condé, et les merveilles de sa vie ? On les raconte partout : le Français qui les vante n'apprend rien à l'étranger ; et, quoi que je puisse aujourd'hui vous en rapporter, toujours prévenu par vos pensées, j'aurai encore à répondre au secret reproche que vous me ferez d'être demeuré beaucoup au-dessous. Nous ne pouvons rien[3], faibles orateurs, pour la gloire des âmes extraordinaires : le Sage a raison de dire, que *leurs seules actions les peuvent louer*[4] ; toute autre louange languit auprès des grands noms ; et la seule simplicité d'un récit fidèle pourrait soutenir la gloire du prince de Condé.

Mais, en attendant que l'histoire, qui doit ce récit aux siècles futurs, le fasse paraître, il faut satisfaire, comme nous pourrons, à la reconnaissance publique et aux ordres du plus grand de tous les rois. Que ne doit point le royaume à un prince qui a honoré la maison de France, tout le nom français, son siècle, et, pour ainsi dire, l'humanité toute entière! Louis le Grand[1] est entré lui-même dans ces sentiments. Après avoir pleuré ce grand homme, et lui avoir donné par ses larmes, au milieu de toute sa cour, le plus glorieux éloge qu'il pût recevoir, il assemble dans un temple si célèbre[2] ce que son royaume a de plus auguste pour y rendre les devoirs publics à la mémoire de ce prince; et il veut que ma faible voix anime toutes ces tristes représentations[3] et tout cet appareil funèbre. Faisons donc cet effort sur notre douleur. Ici un plus grand objet, et plus digne de cette chaire se présente à ma pensée. C'est Dieu qui fait les guerriers et les conquérants. *C'est vous,* lui disait David, *qui avez instruit mes mains à combattre, et mes doigts à tenir l'épée*[4]. S'il inspire le courage, il ne donne pas moins les autres grandes qualités naturelles et surnaturelles[5], et du cœur et de l'esprit. Tout part de sa puissante main : c'est lui qui envoie du ciel les généreux sentiments, les sages conseils, et toutes les bonnes pensées; mais il veut que nous sachions distinguer entre les dons qu'il abandonne[6] à ses ennemis et ceux qu'il réserve à ses serviteurs. Ce qui distingue ses amis d'avec tous les autres c'est la piété : jusqu'à ce qu'on ait reçu ce don du ciel, tous les autres non seulement ne sont rien, mais encore tournent en ruine à ceux qui en sont ornés. Sans ce don inestimable de la piété, que serait-ce que le prince de Condé avec tout ce grand cœur et ce grand génie? Non, mes Frères, si la piété n'avait comme consacré ses autres vertus, ni ces princes[7] ne trouveraient aucun adoucissement à leur douleur, ni ce religieux pontife[8] aucune confiance dans ses prières, ni moi-même aucun soutien aux louanges que je dois à un si grand homme. Poussons donc à bout la gloire humaine par cet exemple; détruisons l'idole des ambitieux; qu'elle tombe anéantie devant ces autels. Mettons ensemble[9] aujourd'hui, car nous le pouvons dans un si noble sujet, toutes les plus belles qualités d'une excellente nature; et, à la gloire de la vérité, montrons, dans un prince admiré de tout l'univers, que ce qui fait les héros, ce qui porte la gloire du monde jusqu'au comble, valeur, magnanimité, bonté naturelle, voilà pour le cœur; vivacité, pénétration, grandeur et sublimité de génie, voilà pour l'esprit, ne seraient[1] qu'une illusion, si la piété ne s'y était jointe; et enfin, que la piété est le tout de l'homme. C'est, Messieurs, ce que vous verrez dans la vie éternellement mémorable de très haut et très puissant prince LOUIS DE BOURBON, PRINCE DE CONDÉ, PREMIER PRINCE DU SANG.

Dieu nous a révélé que lui seul il fait les conquérants, et que seul il les fait servir à ses desseins. Quel autre a fait un Cyrus, si ce n'est Dieu qui l'avait nommé deux cents ans avant sa naissance, dans les oracles d'Isaïe ? Tu n'es pas encore, lui disait-il, mais *je te vois, et je t'ai nommé par ton nom : tu t'appelleras Cyrus. Je marcherai*[2] *devant toi dans les combats ; à ton approche je mettrai les rois en fuite ; je briserai les portes d'airain*[3]. *C'est moi qui étends les cieux, qui soutiens la terre*[4], *qui nomme ce qui n'est pas comme ce qui est*[5]; c'est-à-dire, c'est moi qui fais tout, et moi qui vois, dès l'éternité, tout ce que je fais. Quel autre a pu former un Alexandre, si ce n'est ce même Dieu qui en a fait voir de si loin et par des figures si vives l'ardeur indomptable à son prophète Daniel ? *Le voyez-vous*, dit-il[6], *ce conquérant ; avec quelle rapidité il s'élève de l'occident comme par bonds, et ne touche pas à terre*[7] ? Semblable, dans ses sauts hardis et dans sa légère démarche, à ces animaux vigoureux et bondissants, il ne s'avance que par vives et impétueuses saillies, et n'est arrêté ni par montagnes ni par précipices. Déjà le roi de Perse est entre ses mains; « à sa vue il s'est animé » : *efferatus est in eum*, dit le prophète; *il l'abat, il le foule aux pieds : nul ne le peut défendre des coups qu'il lui porte, ni lui arracher sa proie*[8]. A n'entendre que ces paroles de Daniel, qui croiriez-vous voir, Messieurs, sous cette figure, Alexandre, ou le prince de Condé[9] ? Dieu donc lui avait donné cette indomptable valeur pour le salut de la France durant la minorité d'un roi de quatre ans. Laissez-le croître[10], ce roi chéri du Ciel, tout cédera à ses exploits : supérieur aux siens comme aux ennemis, il saura tantôt se servir, tantôt se passer[11] de ses plus fameux capitaines; et seul, sous la main de Dieu, qui sera continuellement à son secours, on le verra l'assuré rempart de ses Etats. Mais Dieu avait choisi le duc d'Enghien[12] pour le défendre dans son enfance. Aussi, vers les premiers jours de son règne, à l'âge de vingt-deux ans, le duc conçut un dessein où les vieillards expérimentés ne purent atteindre[1] ; mais la victoire le justifia devant Rocroy. L'armée ennemie est plus forte, il est vrai ; elle est composée de ces vieilles bandes wallonnes, italiennes et espagnoles, qu'on n'avait pu rompre jusqu'alors. Mais pour combien fallait-il compter le courage qu'inspirait à nos troupes le besoin pressant de l'Etat[2], les avantages passés, et un jeune prince du sang qui portait la victoire dans ses yeux[3] ! Don Francisco de Mellos[4] l'attend de pied ferme ; et sans pouvoir reculer, les deux généraux et les deux armées semblent avoir voulu se renfermer dans des bois et dans des marais[5], pour décider leur querelle, comme deux braves en champ clos[6]. Alors, que ne vit-on pas ! Le jeune prince parut un autre homme. Touchée[7] d'un si digne objet sa grande âme se déclara toute entière ; son courage croissait avec les périls, et ses lumières avec son ardeur. A la nuit qu'il fallut passer en présence des ennemis, comme un vigilant capitaine, il reposa le dernier, mais jamais il ne reposa plus paisiblement. A la veille d'un si grand jour, et dès la première bataille, il est tranquille, tant il se trouve dans son naturel ; et on sait que le lendemain[8], à l'heure marquée, il fallut réveiller d'un profond sommeil cet autre Alexandre[9]. Le voyez-vous comme il vole, ou à la victoire, ou à la mort ? Aussitôt qu'il eut porté[10] de rang en rang l'ardeur dont il était animé, on le vit presque en même temps pousser l'aile droite des ennemis, soutenir la nôtre ébranlée, rallier le Français à demi vaincu, mettre en fuite l'Espagnol victorieux, porter partout la terreur, et étonner de ses regards étincelants ceux qui échappaient à ses coups. Restait cette redoutable infanterie[11] de l'armée d'Espagne, dont les gros bataillons serrés[12], semblables à autant de tours, mais à des tours qui sauraient réparer leurs brèches, demeuraient inébranlables au milieu de tout le reste en déroute, et lançaient des feux de toutes parts. Trois fois le jeune vainqueur s'efforça de rompre ces intrépides combattants, trois fois il fut repoussé par le valeureux comte de Fontaines[13], qu'on voyait porté dans sa chaise[14], et, malgré ses infirmités, montrer qu'une âme guerrière[15] est maîtresse du corps qu'elle anime. Mais enfin il faut céder. C'est en vain qu'à travers des bois, avec sa cavalerie toute fraîche, Bek[16] précipite sa marche pour tomber sur nos soldats épuisés : le prince l'a prévenu[1] ; les bataillons enfoncés demandent quartier[2] ; mais la victoire va devenir plus terrible pour le duc d'Enghien que le combat. Pendant qu'avec un air assuré il s'avance pour recevoir la parole de ces braves gens, ceux-ci, toujours en garde, craignent la surprise de quelque nouvelle attaque; leur effroyable décharge met les nôtres en furie; on ne voit plus que carnage; le sang enivre le soldat, jusqu'à ce que le grand prince, qui ne put voir égorger ces lions comme de timides brebis, calma les courages émus, et joignit au plaisir de vaincre celui de pardonner. Quel fut alors l'étonnement de ces vieilles troupes et de leurs braves officiers, lorsqu'ils virent qu'il n'y avait plus de salut pour eux qu'entre les bras du vainqueur[3] ! De quels yeux regardèrent-ils le jeune prince, dont la victoire avait relevé la haute contenance[4], à qui la clémence ajoutait de nouvelles grâces! Qu'il eût encore volontiers sauvé[5] la vie au brave comte de Fontaines! Mais il se trouva par terre parmi des milliers de morts dont l'Espagne sent encore la perte. Elle ne savait pas que le prince qui lui fit perdre tant de ses vieux régiments à la journée de Rocroy en devait achever les restes dans les plaines de Lens. Ainsi la première victoire fut le gage de beaucoup d'autres. Le prince fléchit le genou, et, dans le champ de bataille, il rend[6] au Dieu des armées la gloire qu'il lui envoyait. Là on célébra Rocroy délivré, les menaces d'un redoutable ennemi tournées à sa honte, la régence affermie, la France en repos, et un règne, qui devait être si beau, commencé par un si heureux présage[7]. L'armée commença l'action de grâces; toute la France suivit; on y élevait jusqu'au ciel le coup d'essai du duc d'Enghien : c'en serait assez pour illustrer une autre vie que la sienne; mais pour lui, c'est le premier pas de sa course.

Dès cette première campagne, après la prise de Thionville, digne prix de la victoire de Rocroy[8], il passa pour un capitaine également redoutable dans les sièges et dans les batailles. Mais voici dans un jeune prince victorieux quelque chose qui n'est pas moins beau que la victoire. La Cour, qui lui préparait à son arrivée les applaudissements qu'il méritait, fut surprise de la manière dont il les reçut. La Reine régente lui a témoigné que le Roi était content de ses services. C'est, dans la bouche du Souverain la digne récompense de ses travaux. Si les autres osaient le louer, il repoussait leurs louanges comme des offenses, et, indocile à la flatterie, il en craignait jusqu'à l'apparence. Telle était la délicatesse, ou plutôt telle était la solidité de ce prince. Aussi avait-il pour maxime : écoutez, c'est la maxime qui fait les grands hommes : que, dans les grandes actions, il faut uniquement songer à bien faire, et laisser venir la gloire après la vertu. C'est ce qu'il inspirait aux autres ; c'est ce qu'il suivait lui-même. Ainsi la fausse gloire ne le tentait pas ; tout tendait au vrai et au grand[1]. De là vient qu'il mettait sa gloire dans le service du Roi et dans le bonheur de l'Etat ; c'était là le fond de son cœur ; c'étaient ses premières et ses plus chères inclinations. La Cour ne le retint guère, quoiqu'il en fût la merveille. Il fallait montrer partout, et à l'Allemagne comme à la Flandre, le défenseur intrépide que Dieu nous donnait[2]. Arrêtez ici vos regards. Il se prépare contre le prince quelque chose de plus formidable qu'à Rocroy ; et, pour éprouver sa vertu, la guerre va épuiser toutes ses inventions et tous ses efforts. Quel objet se présente à mes yeux ? Ce n'est pas seulement des hommes à combattre, c'est des montagnes inaccessibles ; c'est des ravines et des précipices d'un côté ; c'est, de l'autre, un bois impénétrable, dont le fond est un marais, et, derrière des ruisseaux, de prodigieux retranchements : c'est partout des forts élevés, et des forêts abattues qui traversent des chemins affreux ; et au dedans c'est Mercy avec ses braves Bavarois, enflés de tant de succès[3] et de la prise de Fribourg ; Mercy, qu'on ne vit jamais reculer dans les combats ; Mercy, que le prince de Condé et le vigilant Turenne n'ont jamais surpris dans un mouvement irrégulier, et à qui ils ont rendu ce grand témoignage, que jamais il n'avait perdu un seul moment favorable, ni manqué de prévenir leurs desseins, comme s'il eût assisté à leurs conseils[4]. Ici donc, durant huit jours, et à quatre attaques différentes, on vit tout ce qu'on peut soutenir et entreprendre à la guerre. Nos troupes semblent rebutées autant par la résistance des ennemis que par l'effroyable disposition des lieux, et le prince se vit quelque temps comme abandonné[5]. Mais comme un autre Machabée, *son bras ne l'abandonna pas, et son courage irrité par tant de périls vint à son secours*[6]. On ne l'eut pas plutôt vu à terre forcer le premier ces inaccessibles hauteurs, que son ardeur entraîna tout après elle. Mercy voit sa perte assurée ; ses meilleurs régiments sont défaits; la nuit sauve les restes de son armée. Mais que des pluies excessives s'y joignent[1] encore, afin que nous ayons à la fois, avec tout le courage et tout l'art, toute la nature à combattre : quelque avantage que prenne un ennemi habile autant que hardi, et dans quelque affreuse montagne qu'il se retranche de nouveau, poussé de tous côtés, il faut qu'il laisse en proie au duc d'Enghien, non seulement son canon et son bagage, mais encore tous les environs du Rhin[2]. Voyez comme tout s'ébranle : Philippsbourg est aux abois en dix jours, malgré l'hiver qui approche; Philippsbourg, qui tint si longtemps le Rhin captif sous nos lois[3], et dont le plus grand des rois a si glorieusement réparé la perte[4]. Worms, Spire, Mayence, Landau, vingt autres places de nom ouvrent leurs portes. Mercy ne les peut défendre, et ne paraît plus devant son vainqueur; ce n'est pas assez : il faut qu'il tombe à ses pieds, digne victime de sa valeur. Nordlingue en verra la chute[5] : il y sera décidé qu'on ne tient non plus devant les Français en Allemagne qu'en Flandre, et on devra tous ces avantages au même prince. Dieu, protecteur de la France et d'un roi qu'il a destiné à ses grands ouvrages[6], l'ordonne ainsi.

Par ces ordres, tout paraissait sûr sous la conduite du duc d'Enghien; et, sans vouloir ici achever le jour à vous marquer seulement ses autres exploits[7], vous savez parmi tant de fortes places attaquées, qu'il n'y en eut qu'une seule qui put échapper de ses mains[8]; encore releva-t-elle la gloire du prince[9]. L'Europe, qui admirait la divine ardeur dont il était animé dans les combats, s'étonna qu'il en fût le maître[10], et dès l'âge de vingt-six ans, aussi capable de ménager ses troupes que de les pousser dans les hasards, et de céder à la fortune, que de la faire servir à ses desseins. Nous le vîmes partout ailleurs comme un de ces hommes extraordinaires qui forcent tous les obstacles. La promptitude de son action ne donnait pas le loisir de la traverser. C'est là le caractère des conquérants. Lorsque David, un si grand guerrier, déplora la mort de deux fameux capitaines[11] qu'on venait de perdre, il leur donna cet éloge : *plus vites que les aigles, plus courageux que les lions*[12]. C'est l'image du prince que nous regrettons. Il paraît en un moment comme un éclair[13] dans les pays les plus éloignés. On le voit en même temps à toutes les attaques, à tous les quartiers[14]. Lorsque, occupé d'un côté, il envoie reconnaître l'autre, le diligent officier qui porte ses ordres s'étonne d'être prévenu, et trouve déjà tout ranimé par la présence du prince : il semble qu'il se multiplie dans une action; ni le fer ni le feu ne l'arrêtent. Il n'a pas besoin d'armer cette tête[1] qu'il expose à tant de périls; Dieu lui est une armure plus assurée; les coups semblent perdre leur force en l'approchant, et laisser seulement sur lui des marques de son courage et de la protection du Ciel[2]. Ne lui dites pas que la vie d'un premier prince du sang si nécessaire à l'Etat, doit être épargnée; il répond qu'un prince du sang, plus intéressé par sa naissance à la gloire du Roi et de la couronne, doit, dans le besoin de l'Etat, être dévoué plus que tous les autres pour en relever l'éclat. Après avoir fait sentir aux ennemis, durant tant d'années, l'invincible puissance du Roi, s'il fallut agir au dedans pour la soutenir, je dirai tout en un mot, il fit respecter la Régente[3]; et, puisqu'il faut une fois parler de ces choses dont je voudrais pouvoir me taire éternellement, jusqu'à cette fatale prison il n'avait pas seulement songé qu'on pût rien attenter contre l'Etat[4]; et, dans son plus grand crédit, s'il souhaitait d'obtenir des grâces, il souhaitait encore plus de les mériter. C'est ce qui lui faisait dire, je puis bien ici répéter devant ces autels les paroles que j'ai recueillies de sa bouche, puisqu'elles marquent si bien le fond de son cœur : il disait donc, en parlant de cette prison malheureuse, qu'il y était entré le plus innocent de tous les hommes[5], et qu'il en était sorti le plus coupable[6]. *Hélas ! poursuivait-il, je ne respirais que le service du Roi, et la grandeur de l'Etat !* On ressentait dans ses paroles un regret sincère d'avoir été poussé si loin par ses malheurs. Mais sans vouloir excuser[7] ce qu'il a si hautement condamné lui-même, disons, pour n'en parler jamais, que, comme dans la gloire éternelle[8], les fautes des saints pénitents, couvertes de ce qu'ils ont fait pour les réparer et de l'éclat infini de la divine miséricorde, ne paraissent plus; ainsi, dans les fautes si sincèrement reconnues, et dans la suite si glorieusement réparées par de fidèles services, il ne faut plus regarder que l'humble reconnaissance[9] du prince qui s'en repentit, et la clémence du grand roi qui les oublia.

Que s'il est enfin entraîné dans ces guerres infortunées, il y aura du moins cette gloire de n'avoir pas laissé avilir la grandeur de sa maison chez les étrangers. Malgré la majesté de l'Empire, malgré la fierté d'Autriche, et les couronnes héréditaires attachées à cette maison, même dans la branche qui domine en Allemagne[1], réfugié à Namur, soutenu de son seul courage et de sa seule réputation, il porta si loin les avantages d'un prince de France, et de la première maison de l'univers, que tout ce qu'on put obtenir de lui fut qu'il consentît de traiter d'égal avec l'archiduc, quoique frère de l'Empereur et fils de tant d'empereurs, à condition qu'en lieu tiers[2] ce prince ferait les honneurs des Pays-Bas. Le même traitement fut assuré au duc d'Enghien, et la maison de France garda son rang sur celle d'Autriche jusques dans Bruxelles. Mais voyez ce que fait faire un vrai courage. Pendant que le prince se soutenait si hautement avec l'archiduc qui dominait[3], il rendait au roi d'Angleterre et au duc d'York[4], maintenant un roi si fameux, malheureux alors, tous les honneurs qui leur étaient dus; et il apprit enfin à l'Espagne[5] trop politique[6] quelle était cette majesté que la mauvaise fortune ne pouvait ravir à de si grands princes. Le reste de sa conduite ne fut pas moins grand. Parmi les difficultés que ses intérêts apportaient au traité des Pyrénées[7], écoutez quels furent ses ordres, et voyez si jamais un particulier traita si noblement ses intérêts. Il mande à ses agents[8] dans la conférence qu'il n'est pas juste que la paix de la chrétienté soit retardée davantage à sa considération; qu'on ait soin de ses amis; et, pour lui, qu'on lui laisse suivre sa fortune. Ha! quelle grande victime se sacrifie au bien public! Mais quand les choses changèrent[9], et que l'Espagne lui voulut donner ou Cambrai et ses environs, ou le Luxembourg, en pleine souveraineté, il déclara qu'il préférait à ces avantages, et à tout ce qu'on pouvait jamais lui accorder de plus grand, quoi? son devoir, et les bonnes grâces du Roi. C'est ce qu'il avait toujours dans le cœur; c'est ce qu'il répétait sans cesse au duc d'Enghien[10]. Le voilà dans son naturel: la France le vit alors accompli par ces derniers traits, et avec je ne sais quoi d'achevé que les malheurs ajoutent aux grandes vertus; elle le revit dévoué plus que jamais à l'Etat et à son Roi. Mais, dans ses premières guerres, il n'avait qu'une seule vie à lui offrir, maintenant il en a une autre qui lui est plus chère que la sienne. Après avoir, à son exemple, glorieusement achevé[11] le cours de ses études[12], le duc d'Enghien est prêt à le suivre dans les combats. Non content de lui enseigner la guerre, comme il a fait jusqu'à la fin par ses discours, le prince le mène aux leçons vivantes et à la pratique. Laissons le passage du Rhin, le prodige de notre siècle[1] et de la vie de Louis le Grand. A la journée de Senef, le jeune duc, quoiqu'il commandât, comme il avait déjà fait en d'autres campagnes, vient, dans les plus rudes épreuves, apprendre la guerre aux côtés du prince son père. Au milieu de tant de périls, il voit ce grand prince renversé dans un fossé, sous un cheval tout en sang. Pendant qu'il lui offre le sien, et s'occupe à relever le prince abattu, il est blessé entre les bras d'un père si tendre[2], sans interrompre ses soins, ravi de satisfaire à la fois à la piété et à la gloire. Que pouvait penser le prince, si ce n'est que, pour accomplir les plus grandes choses, rien ne manquerait à ce digne fils que les occasions[3] ? Et ses tendresses redoublaient avec son estime.

Ce n'était pas seulement pour un fils, ni pour sa famille, qu'il avait des sentiments si tendres. Je l'ai vu[4], et ne croyez pas que j'use ici d'exagération, je l'ai vu vivement ému des périls de ses amis[5] ; je l'ai vu, simple et naturel, changer de visage au récit de leurs infortunes, entrer avec eux dans les moindres choses comme dans les plus importantes : dans les accommodements, calmer les esprits aigris, avec une patience et une douceur qu'on n'aurait jamais attendue d'une humeur si vive[6] ni d'une si haute élévation[7]. Loin de nous les héros sans humanité ! Ils pourront bien forcer les respects et ravir l'admiration, comme font tous les objets extraordinaires ; mais ils n'auront pas les cœurs. Lorsque Dieu forma le cœur et les entrailles de l'homme, il y mit premièrement la bonté[8] comme le propre caractère de la nature divine[9], et pour être comme la marque de cette main bienfaisante dont nous sortons. La bonté devait donc faire comme le fond de notre cœur, et devait être en même temps le premier attrait que nous aurions en nous-mêmes pour gagner les autres hommes. La grandeur qui vient par-dessus, loin d'affaiblir la bonté, n'est faite que pour l'aider à se communiquer davantage, comme une fontaine publique qu'on élève pour la répandre. Les cœurs sont à ce prix ; et les grands dont la bonté n'est pas le partage, par une juste punition de leur dédaigneuse insensibilité, demeureront privés éternellement du plus grand bien de la vie humaine[10], c'est-à-dire des douceurs de la société. Jamais homme ne les goûta mieux[1] que le prince dont nous parlons ; jamais homme ne craignit moins que la familiarité blessât le respect. Est-ce là celui qui forçait les villes et qui gagnait les batailles ? Quoi ! il semble avoir oublié ce haut rang qu'on lui a vu si bien défendre ! Reconnaissez le héros qui, toujours égal à lui-même, sans se hausser pour paraître grand, sans s'abaisser pour être civil et obligeant, se trouve naturellement tout ce qu'il doit être envers tous les hommes : comme un fleuve majestueux et bienfaisant, qui porte paisiblement dans les villes l'abondance qu'il a répandue dans les campagnes en les arrosant, qui se donne à tout le monde, et ne s'élève et ne s'enfle que lorsque avec violence on s'oppose à la douce pente qui le porte à continuer son tranquille cours. Telle a été la douceur, et telle a été la force du prince de Condé. Avez-vous un secret important ? versez-le hardiment dans ce noble cœur[2] : votre affaire devient la sienne par la confiance. Il n'y a rien de plus inviolable pour ce prince que les droits sacrés de l'amitié. Lorsqu'on lui demande une grâce, c'est lui qui paraît l'obligé ; et jamais on ne vit de joie ni si vive ni si naturelle que celle qu'il ressentait à faire plaisir. Le premier argent qu'il reçut d'Espagne[3] avec la permission du Roi, malgré les nécessités de sa maison épuisée, fut donné à ses amis[4], encore qu'après la paix il n'eût rien à espérer de leurs secours ; et quatre cent mille écus distribués par ses ordres firent voir, chose rare dans la vie humaine, la reconnaissance aussi vive dans le prince de Condé, que l'espérance d'engager les hommes l'est dans les autres. Avec lui la vertu eut toujours son prix. Il la louait jusques dans ses ennemis. Toutes les fois qu'il avait à parler de ses actions, et même dans les relations qu'il en envoyait à la Cour, il vantait les conseils de l'un, la hardiesse de l'autre ; chacun avait son rang dans ses discours ; et, parmi ce qu'il donnait à tout le monde, on ne savait où placer ce qu'il avait fait lui-même. Sans envie, sans fard[5], sans ostentation[6], toujours grand dans l'action et dans le repos, il parut à Chantilly comme à la tête des troupes. Qu'il embellît cette magnifique et délicieuse maison[7], ou bien qu'il munît un camp au milieu du pays ennemi, ou qu'il fortifiât une place ; qu'il marchât avec une armée parmi les périls, ou qu'il conduisît ses amis dans ces superbes allées au bruit de tant de jets d'eau qui ne se taisaient ni jour ni nuit[8], c'était toujours le même homme, et sa gloire le suivait partout. Qu'il est beau, après les combats et le tumulte des armes, de savoir encore goûter ces vertus paisibles et cette gloire tranquille qu'on n'a point à partager avec le soldat[1] non plus qu'avec la fortune; où tout charme, et rien n'éblouit; qu'on regarde sans être étourdi ni par le son des trompettes, ni par le bruit des canons, ni par les cris des blessés; où l'homme paraît tout seul aussi grand, aussi respecté que lorsqu'il donne des ordres, et que tout marche à sa parole!

Venons maintenant aux qualités de l'esprit; et puisque pour notre malheur, ce qu'il y a de plus fatal à la vie humaine, c'est-à-dire l'art militaire, est en même temps ce qu'elle a de plus ingénieux et de plus habile, considérons d'abord par cet endroit le grand génie de notre prince. Et, premièrement, quel général porta jamais plus loin sa prévoyance? C'était une de ses maximes, qu'il fallait craindre les ennemis de loin pour ne les plus craindre de près, et se réjouir à leur approche. Le voyez-vous comme il considère tous les avantages qu'il peut ou donner ou prendre[2]? avec quelle vivacité il se met dans l'esprit en un moment les temps, les lieux, les personnes, et non seulement leurs intérêts et leurs talents, mais encore leurs humeurs et leurs caprices! Le voyez-vous comme il compte la cavalerie et l'infanterie des ennemis, par le naturel[3] des pays ou des princes confédérés? Rien n'échappe à sa prévoyance. Avec cette prodigieuse compréhension de tout le détail et du plan universel de la guerre, on le voit toujours attentif à ce qui survient: il tire d'un déserteur, d'un transfuge, d'un prisonnier, d'un passant, ce qu'il veut dire, ce qu'il veut taire, ce qu'il sait, et pour ainsi dire ce qu'il ne sait pas: tant il est sûr dans ses conséquences. Ses partis lui rapportent jusqu'aux moindres choses: on l'éveille à chaque moment; car il tenait encore pour maxime qu'un habile capitaine peut bien être vaincu, mais qu'il ne lui est pas permis d'être surpris. Aussi lui devons-nous cette louange qu'il ne l'a jamais été. A quelque heure et de quelque côté que viennent les ennemis, ils le trouvent toujours sur ses gardes, toujours prêt à fondre sur eux et à prendre ses avantages, comme une aigle[4] qu'on voit toujours, soit qu'elle vole au milieu des airs, soit qu'elle se pose sur le haut de quelque rocher, porter de tous côtés des regards perçants, et tomber si sûrement sur sa proie qu'on ne peut éviter ses ongles non plus que ses yeux[1]. Aussi vifs étaient les regards, aussi vite et impétueuse était l'attaque, aussi fortes et inévitables étaient les mains[2] du prince de Condé. En son camp, on ne connaît point les vaines terreurs, qui fatiguent et rebutent plus que les véritables. Toutes les forces demeurent entières pour les vrais périls; tout est prêt au premier signal; et, comme dit le prophète: *Toutes les flèches sont aiguisées, et tous les arcs sont tendus*[3]. En attendant, on repose d'un sommeil tranquille, comme on ferait sous son toit et dans son enclos. Que dis-je qu'on repose? A Piéton[4], près de ce corps redoutable que trois puissances réunies avaient assemblé, c'étaient dans nos troupes de continuels divertissements: toute l'armée était en joie, et jamais elle ne sentit qu'elle fût plus faible que celle des ennemis. Le prince, par son campement, avait mis en sûreté non seulement toute notre frontière et toutes nos places, mais encore tous nos soldats: il veille, c'est assez. Enfin l'ennemi décampe[5]; c'est ce que le prince attendait. Il part à ce premier mouvement: déjà l'armée hollandaise[6] avec ses superbes étendards ne lui échappera pas; tout nage dans le sang[7], tout est en proie[8]; mais Dieu sait donner des bornes[9] aux plus beaux desseins. Cependant les ennemis sont poussés partout. Oudenarde est délivrée[10] de leurs mains; pour les tirer eux-mêmes de celles du prince, le Ciel les couvre d'un brouillard épais; la terreur et la désertion se mettent dans leurs troupes; on ne sait plus ce qu'est devenue cette formidable armée. Ce fut alors que Louis[11], qui, après avoir achevé le rude siège de Besançon, et avoir encore une fois réduit la Franche-Comté avec une rapidité inouïe[12], était revenu tout brillant de gloire pour profiter de l'action de ses armées de Flandre et d'Allemagne, commanda ce détachement[13] qui fit en Alsace les merveilles que vous savez, et parut le plus grand de tous les hommes, tant par les prodiges qu'il avait faits en personne, que par ceux qu'il fit faire à ses généraux.

Quoique une heureuse naissance eût apporté de si grands dons à notre prince, il ne cessait de l'enrichir par ses réflexions. Les campements de César firent son étude. Je me souviens qu'il nous ravissait en nous racontant comme en Catalogne, dans les lieux où ce fameux capitaine, par l'avantage des postes, contraignit cinq légions romaines et deux chefs expérimentés[14] à poser les armes sans combat[1], lui-même il avait été reconnaître les rivières et les montagnes qui servirent à ce grand dessein ; et jamais un si digne maître n'avait expliqué par de si doctes leçons[2] les *Commentaires* de César. Les capitaines des siècles futurs lui rendront un honneur semblable. On viendra étudier sur les lieux ce que l'histoire racontera du campement de Piéton, et des merveilles dont il fut suivi. On remarquera dans celui de Chatenoy[3] l'éminence qu'occupa ce grand capitaine, et le ruisseau dont il se couvrit sous le canon du retranchement de Selestad[4]. Là, on lui verra mépriser l'Allemagne conjurée, suivre à son tour les ennemis, quoique plus forts, rendre leurs projets inutiles[5], et leur faire lever le siège de Saverne, comme il avait fait un peu auparavant celui de Haguenau. C'est par de semblables coups, dont sa vie est pleine, qu'il a porté si haut sa réputation, que ce sera dans nos jours s'être fait un nom parmi les hommes, et s'être acquis un mérite dans les troupes, d'avoir servi sous le prince de Condé, et comme un titre pour commander, de l'avoir vu faire[6].

Mais si jamais il parut un homme extraordinaire, s'il parut être éclairé et voir tranquillement toutes choses, c'est dans ces rapides moments d'où dépendent les victoires, et dans l'ardeur du combat. Partout ailleurs il délibère ; docile, il prête l'oreille à tous les conseils : ici tout se présente à la fois ; la multitude des objets ne le confond pas ; à l'instant le parti est pris ; il commande et il agit tout ensemble, et tout marche en concours et en sûreté. Le dirai-je ? mais pourquoi craindre que la gloire d'un si grand homme puisse être diminuée par cet aveu ? Ce n'est plus ses promptes saillies[7], qu'il savait si vite et si agréablement réparer[8], mais enfin qu'on lui voyait quelquefois dans les occasions ordinaires : vous diriez qu'il y a en lui un autre homme, à qui sa grande âme abandonne de moindres ouvrages, où elle ne daigne se mêler. Dans le feu, dans le choc, dans l'ébranlement, on voit naître tout à coup je ne sais quoi de si net, de si posé, de si vif, de si ardent, de si doux, de si agréable pour les siens[9], de si hautain et de si menaçant pour les ennemis, qu'on ne sait d'où lui peut venir ce mélange de qualités si contraires. Dans cette terrible journée[10] où, aux portes de la ville et à la vue de ses citoyens, le Ciel sembla vouloir décider du sort de ce prince ; où, avec l'élite des troupes, il avait en tête un général si pressant[11] ; où il se vit plus que jamais exposé aux caprices de la fortune ; pendant que les coups venaient de tous côtés, ceux qui combattaient auprès de lui nous ont dit souvent que, si l'on avait à traiter quelque grande affaire avec ce prince, on eût pu choisir de ces moments où tout était en feu autour de lui, tant son esprit s'élevait[1] alors, tant son âme leur paraissait éclairée comme d'en haut en ces terribles rencontres ; semblable à ces hautes montagnes dont la cime, au-dessus des nues et des tempêtes, trouve la sérénité dans sa hauteur, et ne perd aucun rayon de la lumière qui l'environne. Ainsi, dans les plaines de Lens, nom agréable à la France, l'archiduc[2], contre son dessein, tiré d'un poste invincible par l'appât d'un succès trompeur, par un soudain mouvement du prince, qui lui oppose des troupes fraîches à la place des troupes fatiguées, est contraint à prendre la fuite. Ses vieilles troupes périssent[3] ; son canon, où il avait mis sa confiance, est entre nos mains ; et Bek, qui l'avait flatté d'une victoire assurée, pris et blessé dans le combat, vient rendre en mourant un triste hommage à son vainqueur par son désespoir[4]. S'agit-il ou de secourir ou de forcer une ville ? le prince saura profiter de tous les moments. Ainsi, au premier avis que le hasard lui porta d'un siège important[5], il traverse trop[6] promptement tout un grand pays, et, d'une première vue, il découvre un passage assuré pour le secours, aux endroits qu'un ennemi vigilant n'a pu encore assez munir. Assiège-t-il quelque place ? il invente tous les jours de nouveaux moyens d'en avancer la conquête. On croit qu'il expose les troupes : il les ménage en abrégeant[7] le temps des périls par la vigueur des attaques. Parmi tant de coups surprenants, les gouverneurs les plus courageux ne tiennent pas les promesses qu'ils ont faites à leurs généraux : Dunkerque est pris en treize jours, au milieu des pluies de l'automne ; et ses barques si redoutées de nos alliés[8] paraissent tout à coup dans tout l'Océan avec nos étendards.

Mais ce qu'un sage général doit le mieux connaître, c'est ses soldats et ses chefs : car de là vient ce parfait concert qui fait agir les armées comme un seul corps, ou, pour parler avec l'Ecriture, « comme un seul homme » : *Egressus est Israel tanquam vir unus*[9]. Pourquoi comme un seul homme ? parce que sous un même chef, qui connaît et les soldats et les chefs comme ses bras et ses mains, tout est également vif et mesuré. C'est ce qui donne la victoire ;

et j'ai ouï dire à notre grand prince qu'à la journée de Nordlingue[1], ce qui l'assurait du succès, c'est qu'il connaissait M. de Turenne, dont l'habileté consommée n'avait besoin d'aucun ordre pour faire tout ce qu'il fallait[2]. Celui-ci publiait de son côté qu'il agissait sans inquiétude, parce qu'il connaissait le prince et ses ordres toujours sûrs. C'est ainsi qu'ils se donnaient mutuellement un repos qui les appliquait chacun tout entier à son action. Ainsi finit heureusement la bataille la plus hasardeuse et la plus disputée qui fut jamais.

Ç'a été dans notre siècle un grand spectacle, de voir dans le même temps et dans les mêmes campagnes, ces deux hommes que la voix commune de toute l'Europe égalait aux plus grands capitaines des siècles passés, tantôt à la tête de corps séparés, tantôt unis[3], plus encore par le concours des mêmes pensées que par les ordres que l'inférieur recevait de l'autre, tantôt opposés front à front[4], et redoublant l'un dans l'autre l'activité et la vigilance : comme si Dieu, dont souvent, selon l'Ecriture, la sagesse se joue dans l'univers, eût voulu nous les montrer[5] dans toutes les formes, et nous montrer ensemble tout ce qu'il peut faire des hommes ! Que de campements, que de belles marches, que de hardiesse[6], que de précautions, que de périls, que de ressources ! Vit-on jamais en deux hommes les mêmes vertus avec des caractères si divers, pour ne pas dire si contraires ? L'un paraît agir par des réflexions profondes, et l'autre par de soudaines illuminations : celui-ci par conséquent plus vif, mais sans que son feu eût rien de précipité ; celui-là, d'un air plus froid, sans jamais rien avoir de lent, plus hardi à faire qu'à parler, résolu et déterminé au-dedans, lors même qu'il paraissait embarrassé au-dehors[7]. L'un, dès qu'il parut dans les armées, donne une haute idée de sa valeur et fait attendre quelque chose d'extraordinaire ; mais toutefois s'avance par ordre, et vient comme par degrés aux prodiges qui ont fini[8] le cours de sa vie ; l'autre, comme un homme inspiré, dès sa première bataille s'égale aux maîtres les plus consommés. L'un, par de vifs et continuels efforts, emporte[9] l'admiration du genre humain, et fait taire l'envie ; l'autre jette d'abord une si vive lumière qu'elle n'osait l'attaquer[10]. L'un enfin, par la profondeur de son génie et les incroyables ressources de son courage, s'élève au-dessus des plus grand périls[11], et sait même profiter de toutes les infidélités de la fortune ; l'autre, et par l'avantage d'une si haute naissance, et par ces grandes pensées que le Ciel envoie, et par une espèce d'instinct admirable dont les hommes ne connaissent pas le secret, semble né pour entraîner la fortune dans ses desseins, et forcer les destinées. Et, afin que l'on vît toujours dans ces deux hommes de grands caractères, mais divers, l'un, emporté d'un coup soudain, meurt pour son pays comme un Judas le Machabée[1] ; l'armée le pleure comme son père, et la Cour et tout le peuple gémit[2] ; sa piété est louée comme son courage, et sa mémoire ne se flétrit point par le temps ; l'autre, élevé par les armes au comble de la gloire comme un David, comme lui meurt dans son lit en publiant les louanges de Dieu, et instruisant sa famille, et laisse tous les cœurs remplis tant de l'éclat de sa vie que de la douceur de sa mort[3]. Quel spectacle de voir et d'étudier ces deux hommes, et d'apprendre de chacun d'eux toute l'estime que méritait l'autre[4] ! C'est ce qu'a vu notre siècle ; et, ce qui est encore plus grand, il a vu un roi se servir de ces deux grands chefs, et profiter du secours du Ciel ; et, après qu'il en est privé[5] par la mort de l'un et les maladies de l'autre, concevoir de plus grands desseins, exécuter de plus grandes choses, s'élever au-dessus de lui-même, surpasser et l'espérance des siens, et l'attente de l'univers : tant est haut son courage, tant est vaste son intelligence, tant ses destinées sont glorieuses[6] !

Voilà, Messieurs, les spectacles que Dieu donne à l'univers, et les hommes qu'il y envoie quand il y veut faire éclater, tantôt dans une nation, tantôt dans une autre, selon ses conseils éternels, sa puissance ou sa sagesse ; car ces divins attributs paraissent-ils mieux dans les cieux qu'il a formés de ses doigts[7], que dans ces rares talents qu'il distribue, comme il lui plaît, aux hommes extraordinaires ? Quel astre brille davantage dans le firmament que le prince de Condé n'a fait dans l'Europe ? Ce n'était pas seulement la guerre qui lui donnait de l'éclat ; son grand génie embrassait tout, l'antique comme le moderne, l'histoire, la philosophie, la théologie[8] la plus sublime, et les arts avec les sciences. Il n'y avait livre qu'il ne lût ; il n'y avait homme excellent, ou dans quelque spéculation, ou dans quelque ouvrage, qu'il n'entretînt ; tous sortaient plus éclairés d'avec lui, et rectifiaient leurs pensées, ou par ses pénétrantes questions, ou par ses réflexions judicieuses. Aussi, sa conversation était un charme[1], parce qu'il savait parler à chacun selon ses talents ; et non seulement aux gens de guerre, de leurs entreprises, aux courtisans, de leurs intérêts, aux politiques, de leurs négociations, mais encore aux voyageurs curieux, de ce qu'ils avaient découvert, ou dans la nature, ou dans le gouvernement, ou dans le commerce, à l'artisan[2], de ses inventions, et enfin aux savants de toutes les sortes, de ce qu'ils avaient trouvé de plus merveilleux. C'est de Dieu que viennent ces dons ; qui en doute ? Ces dons sont admirables ; qui ne le voit pas ? Mais, pour confondre l'esprit humain qui s'enorgueillit de tels dons, Dieu ne craint point d'en faire part à ses ennemis[3]. Saint Augustin considère parmi les païens tant de sages, tant de conquérants, tant de graves législateurs, tant d'excellents citoyens, un Socrate, un Marc-Aurèle, un Scipion, un César, un Alexandre, tous privés de la connaissance de Dieu, et exclus de son royaume éternel[4]. N'est-ce donc pas Dieu qui les a faits ? Mais quel autre les pouvait faire, si ce n'est celui qui fait tout dans le ciel et dans la terre ? Mais pour quoi les a-t-il faits ? et quels étaient les desseins particuliers de cette sagesse profonde qui jamais ne fait rien en vain ? Ecoutez la réponse de saint Augustin : « Il les a faits, nous dit-il, pour orner le siècle présent » : *Ut ordinem sæculi præsentis ornaret*[5]. Il a fait dans les grands hommes ces rares qualités, comme il a fait le soleil. Qui n'admire ce bel astre ? qui n'est ravi de l'éclat de son midi, et de la superbe parure de son lever[6] et de son coucher ? Mais, puisque Dieu le fait luire sur les bons et sur les mauvais, ce n'est pas un si bel objet qui nous rend heureux : Dieu l'a fait pour embellir et pour éclairer ce grand théâtre du monde. De même, quand il a fait dans ses ennemis aussi bien que dans ses serviteurs ces belles lumières d'esprit, ces rayons de son intelligence, ces images de sa bonté, ce n'est pas pour les rendre heureux qu'il leur a fait ces riches présents, c'est une décoration de l'univers, c'est un ornement du siècle présent. Et voyez la malheureuse destinée de ces hommes qu'il a choisis pour être les ornements de leur siècle. Qu'ont-ils voulu, ces hommes rares, sinon des louanges[7] et la gloire que les hommes donnent ? Peut-être que, pour les confondre, Dieu refusera cette gloire à leurs vains désirs ? Non[8], il les confond mieux en la leur donnant, et même au delà de leur attente. Cet Alexandre qui ne voulait[1] que faire du bruit dans le monde, y en a fait plus qu'il n'aurait osé espérer. Il faut encore qu'il se trouve dans tous nos panégyriques ; et il semble, par une espèce de fatalité glorieuse à ce conquérant, qu'aucun prince ne puisse recevoir de louanges qu'il ne les partage. S'il a fallu quelque récompense à ces grandes actions des Romains, Dieu leur en a su trouver une convenable à leurs mérites comme à leurs désirs. Il leur donne pour récompense l'empire du monde, comme un présent de nul prix[2]. O rois, confondez-vous dans votre grandeur ; conquérants, ne vantez pas vos victoires. Il leur donne pour récompense la gloire des hommes ; récompense qui ne vient pas jusqu'à eux ; qui s'efforce de s'attacher, à quoi ? peut-être à leurs médailles ou à leurs statues déterrées ; restes[3] des ans et des barbares[4] ; aux ruines de leurs monuments et de leurs ouvrages, qui disputent avec le temps ; ou plutôt à leur idée, à leur ombre, à ce qu'on appelle leur nom. Voilà le digne prix de tant de travaux, et, dans le comble de leurs vœux, la conviction de leur erreur[5]. Venez, rassasiez-vous, grands de la terre ; saisissez-vous, si vous pouvez, de ce fantôme de gloire, à l'exemple de ces grands hommes que vous admirez. Dieu, qui punit leur orgueil dans les enfers, ne leur a pas envié, dit saint Augustin, cette gloire tant désirée ; et « vains, ils ont reçu une récompense aussi vaine que leurs désirs » : *Receperunt mercedem suam, vani vanam*[6].

Il n'en sera pas ainsi de notre grand prince : l'heure de Dieu est venue, heure attendue, heure désirée[7], heure de miséricorde et de grâce. Sans être averti par la maladie, sans être pressé par le temps, il exécute ce qu'il méditait. Un sage religieux[8], qu'il appelle exprès, règle les affaires de sa conscience : il obéit, humble chrétien, à sa décision ; et nul n'a jamais douté de sa bonne foi. Dès lors aussi on le vit toujours sérieusement occupé du soin de se vaincre soi-même, de rendre vaines toutes les attaques[9] de ses insupportables douleurs, d'en faire par sa soumission un continuel sacrifice. Dieu, qu'il invoquait avec foi, lui donna le goût de son Ecriture, et, dans ce livre divin, la solide nourriture de la piété. Ses conseils[10] se réglaient plus que jamais par la justice ; on y soulageait la veuve et l'orphelin, et le pauvre en approchait avec confiance. Sérieux autant qu'agréable père de famille, dans les douceurs qu'il goûtait avec ses enfants[11], il ne cessait de leur inspirer les sentiments de la véritable vertu ; et ce jeune prince son petit-fils se sentira éternellement[1] d'avoir été cultivé par de telles mains. Toute sa maison profitait de son exemple. Plusieurs de ses domestiques avaient été malheureusement nourris dans l'erreur que la France tolérait alors : combien de fois l'a-t-on vu inquiété de leur salut, affligé de leur résistance, consolé par leur conversion ! Avec quelle incomparable netteté d'esprit leur faisait-il voir l'antiquité et la vérité[2] de la religion catholique ! Ce n'était plus cet ardent vainqueur qui semblait vouloir tout emporter ; c'était une douceur, une patience, une charité qui songeait à gagner les cœurs et à guérir des esprits malades. Ce sont[3], Messieurs, ces choses simples, gouverner sa famille, édifier ses domestiques, faire justice et miséricorde, accomplir le bien que Dieu veut, et souffrir les maux qu'il envoie ; ce sont[4] ces communes pratiques de la vie chrétienne que Jésus-Christ louera au dernier jour devant ses saints anges et devant son Père céleste. Les histoires seront abolies avec les empires, et il ne se parlera plus de tous ces faits éclatants dont elles sont pleines. Pendant qu'il passait sa vie dans ces occupations, et qu'il portait au-dessus de ses actions les plus renommées la gloire d'une si belle et si pieuse retraite, la nouvelle de la maladie de la duchesse de Bourbon[5] vint à Chantilly comme un coup de foudre. Qui ne fut frappé de la crainte de voir éteindre cette lumière naissante ? On appréhenda qu'elle n'eût le sort des choses avancées. Quels furent les sentiments du prince de Condé lorsqu'il se vit menacé de perdre ce nouveau lien[6] de sa famille avec la personne du Roi ! C'est donc dans cette occasion que devait mourir ce héros ! Celui que tant de sièges et tant de batailles n'ont pu emporter va périr par sa tendresse[7] ! Pénétré de toutes les inquiétudes que donne un mal affreux, son cœur, qui le soutient seul depuis si longtemps, achève à ce coup de l'accabler ; les forces qu'il lui fait trouver l'épuisent. S'il oublie toute sa faiblesse à la vue du Roi qui approche de la princesse malade ; si, transporté de son zèle, et sans avoir besoin de secours à cette fois, il accourt pour l'avertir de tous les périls que ce grand roi ne craignait pas, et qu'il l'empêche enfin d'avancer, il va tomber évanoui à quatre pas ; et on admire cette nouvelle manière de s'exposer pour son Roi[8]. Quoique la duchesse d'Enghien[9], princesse dont la vertu ne craignit jamais que de manquer à sa famille et à ses devoirs, eût obtenu de demeurer auprès de lui pour le soulager, la vigilance de cette princesse ne calme pas les soins qui le travaillent; et, après que la jeune princesse est hors de péril, la maladie du Roi[1] va bien causer d'autres troubles à notre prince. Puis-je ne m'arrêter pas en cet endroit ? A voir la sérénité qui reluisait sur ce front auguste, eût-on soupçonné que ce grand roi, en retournant à Versailles, allât s'exposer à ces cruelles douleurs où l'univers a connu sa piété, sa constance[2], et tout l'amour de ses peuples ? De quels yeux le regardions-nous lorsqu'aux dépens d'une santé qui nous est si chère, il voulait bien adoucir nos cruelles inquiétudes par la consolation de le voir, et que, maître de sa douleur comme de tout le reste des choses, nous le voyions tous les jours, non seulement régler ses affaires selon sa coutume, mais encore entretenir sa cour attendrie avec la même tranquillité qu'il lui fait paraître dans ses jardins enchantés! Béni soit-il de Dieu et des hommes, d'unir ainsi toujours la bonté à toutes les autres qualités que nous admirons! Parmi toutes ces douleurs, il s'informait avec soin de l'état du prince de Condé, et il marquait pour la santé de ce prince une inquiétude qu'il n'avait pas pour la sienne. Il s'affaiblissait, ce grand prince; mais la Mort cachait ses approches. Lorsqu'on le crut en meilleur état, et que le duc d'Enghien, toujours partagé entre les devoirs de fils et de sujet, était retourné par son ordre auprès du Roi, tout change en un moment, et on déclare au prince sa mort prochaine. Chrétiens, soyez attentifs, et venez apprendre à mourir, ou plutôt venez apprendre à n'attendre pas la dernière heure pour commencer à bien vivre. Quoi! attendre à commencer une vie nouvelle, lorsque, entre les mains de la Mort, glacés sous ses froides mains, vous ne saurez si vous êtes avec les morts ou encore avec les vivants! Ha! prévenez par la pénitence cette heure de troubles et de ténèbres. Par là, sans être étonné de cette dernière sentence qu'on lui prononça, le prince demeure un moment dans le silence, et tout à coup : *O mon Dieu ! dit-il, vous le voulez ; votre volonté soit faite ! je me jette entre vos bras, donnez-moi la grâce de bien mourir.* Que désirez-vous davantage ? Dans cette courte prière vous voyez la soumission aux ordres de Dieu, l'abandon à sa Providence, la confiance en sa grâce, et toute la piété. Dès lors aussi, tel qu'on l'avait vu dans tous ses combats, résolu, paisible, occupé sans inquiétude de ce qu'il fallait faire pour les soutenir, tel fut-il à ce dernier choc[1]; et la Mort ne lui parut pas plus affreuse, pâle et languissante, que lorsqu'elle se présente au milieu du feu sous l'éclat de la victoire, qu'elle montre seule[2]. Pendant que les sanglots éclataient de toutes parts[3], comme si un autre que lui en eût été le sujet, il continuait à donner ses ordres; et s'il défendait les pleurs, ce n'était pas comme un objet dont il fût troublé, mais comme un empêchement qui le retardait[4]. A ce moment, il étend ses soins jusqu'aux moindres de ses domestiques. Avec une libéralité digne de sa naissance et de leurs services, il les laisse comblés de ses dons, mais encore plus honorés des marques de son souvenir. Comme il donnait des ordres particuliers[5] et de la plus haute importance, puisqu'il y allait de sa conscience et de son salut éternel, averti qu'il fallait écrire et ordonner dans les formes : quand je devrais, Monseigneur, renouveler vos douleurs et rouvrir toutes les plaies de votre cœur, je ne tairai ces paroles qu'il répéta si souvent : qu'il vous connaissait; qu'il n'y avait sans formalités[6] qu'à vous dire ses intentions; que vous iriez encore au delà, et suppléeriez de vous-même à tout ce qu'il pourrait avoir oublié. Qu'un père vous ait aimé, je ne m'en étonne pas : c'est un sentiment que la nature inspire; mais qu'un père si éclairé vous ait témoigné cette confiance jusqu'au dernier soupir, qu'il se soit reposé sur vous de choses si importantes, et qu'il meure tranquillement sur cette assurance, c'est le plus beau témoignage que votre vertu pouvait remporter; et, malgré tout votre mérite, Votre Altesse n'aura de moi aujourd'hui que cette louange[7].

Ce que le prince commença ensuite pour s'acquitter des devoirs de la religion mériterait d'être raconté à toute la terre, non à cause qu'il est remarquable, mais à cause, pour ainsi dire, qu'il ne l'est pas, et qu'un prince si exposé à tout l'univers ne donne rien aux spectateurs. N'attendez donc pas, Messieurs, de ces magnifiques paroles[8] qui ne servent qu'à faire connaître, sinon un orgueil caché, du moins les efforts d'une âme agitée qui combat ou qui dissimule son trouble secret. Le prince de Condé ne sait ce que c'est que de prononcer de ces pompeuses sentences, et, dans la mort comme dans la vie, la vérité fit toujours toute sa grandeur. Sa confession fut humble, pleine de componction et de confiance. Il ne lui fallut pas longtemps pour la préparer : la meilleure préparation, pour celle des derniers temps, c'est de ne les attendre pas. Mais, Messieurs, prêtez l'oreille à ce qui va suivre. A la vue du saint Viatique, qu'il avait tant désiré, voyez comme il s'arrête sur ce doux objet. Alors il se souvient des irrévérences[1] dont, hélas! on déshonore ce divin mystère. Les chrétiens ne connaissent plus la sainte frayeur dont on était saisi autrefois à la vue du sacrifice. On dirait qu'il eût cessé d'être terrible, comme l'appelaient les saints Pères, et que le sang de notre victime n'y coule pas encore aussi véritablement que sur le Calvaire. Loin de trembler devant les autels, on méprise Jésus-Christ présent; et, dans un temps où tout un royaume se remue pour la conversion des hérétiques, on ne craint point d'en autoriser les blasphèmes. Gens du monde, vous ne pensez pas à ces horribles profanations; à la mort, vous y penserez avec confusion et saisissement. Le prince se ressouvint de toutes les fautes qu'il avait commises; et, trop faible pour expliquer avec force ce qu'il en sentait, il emprunta la voix de son confesseur pour en demander pardon au monde, à ses domestiques, et à ses amis. On lui répondit par des sanglots : ha! répondez-lui maintenant en profitant de cet exemple. Les autres devoirs de la religion furent accomplis avec la même piété et la même présence d'esprit. Avec quelle foi et combien de fois pria-t-il le Sauveur des âmes, en baisant sa croix, que son sang répandu pour lui ne le fût pas inutilement! C'est ce qui justifie[2] le pécheur; c'est ce qui soutient le juste; c'est ce qui rassure le chrétien. Que dirai-je des saintes prières des agonisants, où, dans les efforts que fait l'Eglise, on entend ses vœux les plus empressés, et comme les derniers cris par où cette sainte mère achève de nous enfanter[3] à la vie céleste ? Il se les fit répéter trois fois, et il y trouva toujours de nouvelles consolations. En remerciant ses médecins : *Voilà*, dit-il, *maintenant mes vrais médecins :* il montrait les ecclésiastiques dont il écoutait les avis, dont il continuait les prières, les psaumes toujours à la bouche, la confiance toujours dans le cœur. S'il se plaignit, c'était seulement d'avoir si peu à souffrir pour expier ses péchés : sensible jusques à la fin à la tendresse des siens, il ne s'y laissa jamais vaincre; et, au contraire, il craignait toujours de trop donner à la nature. Que dirai-je de ses derniers entretiens avec le duc d'Enghien ? Quelles couleurs assez vives pourraient vous représenter et la constance du père et les extrêmes douleurs du fils[1] ? D'abord le visage en pleurs, avec plus de sanglots que de paroles, tantôt la bouche collée sur ces mains victorieuses et maintenant défaillantes, tantôt se jetant entre ces bras et dans ce sein paternel, il semble, par tant d'efforts, vouloir retenir ce cher objet de ses respects et de ses tendresses. Les forces lui manquent, il tombe à ses pieds. Le prince, sans s'émouvoir, lui laisse reprendre ses esprits; puis, appelant la duchesse sa belle-fille, qu'il voyait aussi sans parole et presque sans vie, avec une tendresse qui n'eut rien de faible, il leur donne ses derniers ordres où tout respirait la piété[2]. Il les finit en les bénissant[3] avec cette foi et avec ces vœux que Dieu exauce, et en bénissant avec eux, ainsi qu'un autre Jacob, chacun de leurs enfants en particulier; et on vit de part et d'autre tout ce qu'on affaiblit en le répétant. Je ne vous oublierai pas, ô Prince[4], son cher neveu et comme son second fils, ni le glorieux témoignage qu'il a rendu constamment à votre mérite, ni ses tendres empressements et la lettre qu'il écrivit en mourant pour vous rétablir dans les bonnes grâces du Roi[5], le plus cher objet de vos vœux, ni tant de belles qualités[6] qui vous ont fait juger digne d'avoir si vivement occupé les dernières heures d'une si belle vie. Je n'oublierai pas non plus les bontés du Roi qui prévinrent les désirs du prince mourant, ni les généreux soins du duc d'Enghien qui ménagea cette grâce, ni le gré que lui sut le prince d'avoir été si soigneux, en lui donnant cette joie, d'obliger un si cher parent. Pendant que son cœur s'épanche, et que sa voix se ranime en louant le Roi, le prince de Conti arrive, pénétré de reconnaissance et de douleur. Les tendresses se renouvellent; les deux princes[7] ouïrent ensemble ce qui ne sortira jamais de leur cœur; et le prince conclut en leur confirmant qu'ils ne seraient jamais ni grands hommes, ni grands princes, ni honnêtes gens, qu'autant qu'ils seraient gens de bien, fidèles à Dieu et au Roi. C'est la dernière parole qu'il laissa gravée dans leur mémoire; c'est, avec la dernière marque de sa tendresse, l'abrégé de leurs devoirs. Tout retentissait de cris, tout fondait en larmes; le prince seul n'était pas ému, et le trouble n'arrivait pas dans l'asile où il s'était mis. O Dieu! vous étiez sa force, son inébranlable refuge, et, comme disait David[1], ce ferme rocher où s'appuyait sa constance! Puis-je taire durant ce temps ce qui se faisait à la Cour et en la présence du Roi? Lorsqu'il y fit lire la dernière lettre[2] que lui écrivit ce grand homme, et qu'on y vit, dans les trois temps que marquait le prince, ses services qu'il y passait si légèrement au commencement et à la fin de sa vie, et dans le milieu ses fautes dont il faisait une sincère reconnaissance, il n'y eut cœur qui ne s'attendrît à l'entendre parler de lui-même avec tant de modestie; et cette lecture, suivie des larmes du Roi, fit voir ce que les héros sentent les uns pour les autres. Mais lorsqu'on vint à l'endroit du remerciement où le prince marquait qu'il mourait content et trop heureux d'avoir encore assez de vie[3] pour témoigner au Roi sa reconnaissance, son dévouement, et, s'il l'osait dire, sa tendresse, tout le monde rendit témoignage à la vérité de ses sentiments; et ceux qui l'avaient ouï parler si souvent de ce grand roi dans ses entretiens familiers, pouvaient assurer que jamais ils n'avaient rien entendu ni de plus respectueux et de plus tendre pour sa personne sacrée, ni de plus fort pour célébrer ses vertus royales, sa piété, son courage, son grand génie[4], principalement à la guerre, que ce qu'en disait ce grand prince avec aussi peu d'exagération que de flatterie. Pendant qu'on lui rendait ce beau témoignage, ce grand homme n'était plus. Tranquille entre les bras de son Dieu où il s'était une fois jeté, il attendait sa miséricorde et implorait son secours jusqu'à ce qu'il cessa enfin de respirer et de vivre. C'est ici qu'il faudrait laisser éclater ces justes douleurs à la perte d'un si grand homme; mais, pour l'amour de la vérité, et à la honte de ceux qui la méconnaissent, écoutez encore ce beau témoignage qu'il lui rendit en mourant. Averti par son confesseur[5] que, si notre cœur n'était pas encore entièrement selon Dieu, il fallait, en s'adressant à Dieu même, obtenir qu'il nous fît un cœur comme il le voulait, et lui dire avec David ces tendres paroles: *O Dieu! créez en moi un cœur pur*[6]; à ces mots, le prince s'arrête, comme occupé de quelque grande pensée; puis, appelant le saint religieux qui lui avait inspiré ce beau sentiment: *Je n'ai jamais douté*, dit-il, *des mystères de la religion, quoi qu'on ait dit*[7]. Chrétiens, vous l'en devez croire; et, dans l'état où il est, il ne doit plus rien au monde que la vérité. *Mais*, poursuit-il, *j'en doute moins que jamais. Que ces vérités*, continuait-il avec une douceur ravissante, *se démêlent et s'éclaircissent dans mon esprit ! Oui*, dit-il, *nous verrons Dieu comme il est, face à face*. Il répétait en latin avec un goût merveilleux ces grands mots : *Sicuti est, facie ad faciem*[1] ; et on ne se lassait point de le voir dans ce doux transport. Que se faisait-il dans cette âme ? quelle nouvelle lumière[2] lui apparaissait ? quel soudain rayon perçait la nue, et faisait comme évanouir en ce moment, avec toutes les ignorances des sens, les ténèbres mêmes, si je l'ose dire, et les saintes obscurités de la foi ? Que devinrent alors ces beaux titres dont notre orgueil est flatté ? Dans l'approche d'un si beau jour, et dès la première atteinte d'une si vive lumière, combien promptement disparaissent tous les fantômes du monde ! que l'éclat de la plus belle victoire paraît sombre ! qu'on en méprise la gloire et qu'on veut de mal à ces faibles yeux qui s'y sont laissé[3] éblouir !

Venez, peuples, venez maintenant ; mais venez plutôt, princes et seigneurs, et vous qui jugez la terre, et vous qui ouvrez aux hommes les portes du ciel ; et vous, plus que tous les autres, princes et princesses, nobles rejetons de tant de rois, lumières de la France, mais aujourd'hui obscurcies et couvertes de votre douleur comme d'un nuage ; venez voir le peu qui nous reste d'une si auguste naissance, de tant de grandeur, de tant de gloire. Jetez les yeux de toutes parts : voilà tout ce qu'a pu faire la magnificence et la piété pour honorer un héros[4] ; des titres[5], des inscriptions[6], vaines marques de ce qui n'est plus ; des figures[7] qui semblent pleurer autour d'un tombeau, et de[8] fragiles images d'une douleur que le temps emporte avec tout le reste ; des colonnes qui semblent vouloir porter jusqu'au ciel le magnifique témoignage de notre néant ; et rien enfin ne manque dans tous ces honneurs que celui à qui on les rend. Pleurez donc sur ces faibles restes de la vie humaine, pleurez sur cette triste immortalité que nous donnons aux héros. Mais approchez en particulier, ô vous qui courez avec tant d'ardeur dans la carrière de la gloire, âmes guerrières[9] et intrépides ! Quel autre fut plus digne de vous commander ? mais dans quel autre avez-vous trouvé le commandement plus honnête[10] ? Pleurez donc ce grand capitaine, et dites en gémissant : Voilà celui qui nous menait dans les hasards; sous lui se sont formés tant de renommés capitaines, que ses exemples ont élevés aux premiers honneurs de la guerre : son ombre eût pu encore gagner des batailles; et voilà que dans son silence son nom même nous anime, et ensemble il nous avertit que, pour trouver à la mort quelque reste de nos travaux et n'arriver pas sans ressource à notre éternelle demeure, avec le roi de la terre il faut encore servir le roi du ciel. Servez donc ce roi immortel et si plein de miséricorde, qui vous comptera un soupir et un verre d'eau donné en son nom[1] plus que tous les autres ne feront jamais tout votre sang répandu; et commencez à compter le temps de vos utiles services du jour que vous vous serez donnés à un maître si bienfaisant. Et vous, ne viendrez-vous pas[2] à ce triste monument, vous, dis-je, qu'il a bien voulu mettre au rang de ses amis ? Tous ensemble, en quelque degré de sa confiance qu'il vous ait reçus, environnez ce tombeau, versez des larmes avec des prières; et, admirant dans un si grand prince une amitié si commode et un commerce si doux, conservez le souvenir d'un héros dont la bonté avait égalé le courage. Ainsi puisse-t-il toujours vous être un cher entretien! Ainsi puissiez-vous profiter de ses vertus; et que sa mort, que vous déplorez, vous serve à la fois de consolation et d'exemple! Pour moi[3], s'il m'est permis, après tous les autres, de venir rendre les derniers devoirs à ce tombeau, ô Prince, le digne sujet de nos louanges et de nos regrets, vous vivrez éternellement dans ma mémoire : votre image y sera tracée, non point avec cette audace qui promettait la victoire; non, je ne veux rien voir en vous de ce que la mort y efface. Vous aurez dans cette image des traits immortels; je vous y verrai tel que vous étiez à ce dernier jour sous la main de Dieu, lorsque sa gloire sembla commencer à vous apparaître. C'est là que je vous verrai plus triomphant qu'à Fribourg et à Rocroy; et, ravi d'un si beau triomphe, je dirai en actions de grâces ces belles paroles du bien-aimé disciple : *Et hæc est victoria quæ vincit mundum, fides nostra*[4] : « La véritable victoire, celle qui met sous nos pieds le monde entier, c'est notre foi. » Jouissez, Prince, de cette victoire, jouissez-en éternellement par l'immortelle vertu de ce sacrifice. Agréez ces derniers efforts d'une voix qui vous fut connue[5] : vous mettrez fin à tous ces discours[6]. Au lieu de déplorer la mort des autres, grand Prince, dorénavant je veux apprendre de vous à rendre la mienne sainte : heureux si, averti par ces cheveux blancs du compte que je dois rendre de mon administration, je réserve au troupeau que je dois nourrir de la parole de vie les restes d'une voix qui tombe, et d'une ardeur qui s'éteint.

# PANÉGYRIQUES

Pour Bossuet, le Panégyrique d'un saint n'est pas l'exposé de son existence, une biographie montrant l'action de la grâce divine dans une âme privilégiée et la réponse de cette âme aux avances divines. Ainsi conçu le Panégyrique ne ferait que célébrer une fois de plus des vertus déjà couronnées. Le Panégyrique, comme l'Oraison funèbre d'un grand de la terre, est avant tout une thèse de théologie, construite à partir d'un passage biblique, accompagnée de précises exhortations et aboutissant à des conclusions morales ; la foi étant le point d'appui qui détermine les bonnes volontés, et les vertus pratiquées par les saints ne nous étant proposées qu'en exemple. Fidèle à ce principe général, Bossuet, de propos délibéré, a éliminé de ses Panégyriques tout le merveilleux que l'on rencontre dans la vie des saints : il estimait, à juste titre d'ailleurs, que le récit de miracles et autres faits surnaturels, ne pouvait avoir des conséquences pratiques dans l'âme de ses auditeurs. Ainsi compris le Panégyrique n'était plus qu'une occasion d'inculquer à l'auditoire une leçon de morale, inspirée par les vertus éminentes d'un saint, comme l'Oraison funèbre : une méditation sur la mort, à l'occasion du décès d'un illustre personnage.

Le panégyrique de saint François d'Assise traite de l'amour de la pauvreté, celui de saint Benoît, de la voie de la perfection, celui de saint Joseph, de la valeur de la vie humble et cachée. Le panégyrique de saint Paul présente une triple thèse : la prédication chrétienne, les souffrances de l'apôtre, la constitution de l'Eglise. Le panégyrique de saint André ne loue pas l'apôtre dont la vie et le rôle sont totalement sacrifiés au profit de considérations sur la vocation des Douze : Dieu a choisi comme disciples des hommes de très humble condition, des modestes, des ignorants.

On voit par là que Bossuet a volontairement rejeté de ses panégyriques ces études psychologiques qui donnent tant de prix à ses oraisons funèbres. Cependant le premier panégyrique de saint François de Paule prononcé à Metz vers 1655 donne un portrait vivant et complet de ce vieillard qui a su si parfaitement imiter par ses pénitences « Jean-Baptiste, les Paul, les Antoine, les Hilarion ». Mais le panégyrique de saint Bernard, prononcé dans la même ville deux ans auparavant, est de ce point de vue supérieur au précédent. Bossuet décrit avec une sensibilité pénétrante, une vigueur, une grâce atteignant la perfection les événements *importants marquant la vie du saint Docteur, sa générosité au service de Dieu, son apostolat auprès des siens qui aboutit à l'entrée de son oncle et de ses frères à l'abbaye de Clairvaux ; son action sur ses moines, sur les évêques qui le prennent pour conseiller, sur les princes qui recourent à sa médiation dans leurs querelles. Mais là encore, il serait inexact que l'on trouve le véritable saint Bernard dans ces splendides descriptions : Bossuet utilise la vie du grand saint médiéval pour présenter à son auditoire le type idéal du chrétien que chacun a le devoir d'imiter. Le panégyrique de saint François de Sales (1660 ou 1662), qui renferme un curieux éloge du cardinal du Perron, ne nous donne aucun renseignement biographique, mais en revanche ce discours nous offre des indications précieuses sur la spiritualité « si sage et si tempérée » du pieux évêque de Genève et son* Introduction à la vie dévote, « ce chef-d'œuvre de piété et de prudence ».

*Il est bon de remarquer que Bossuet a prononcé seulement le panégyrique de saints, apôtres, évêques, religieux dont la vie modeste, les vertus et les exemples pouvaient être proposés utilement à l'imitation des fidèles. Là encore Bossuet veut faire œuvre sacerdotale, instruire, toucher pour convaincre et mener les âmes vers la perfection.*

*Du point de vue de la forme et du style, les Panégyriques diffèrent les uns des autres, puisqu'ils ont été composés à des dates assez espacées. Le lecteur voudra bien se reporter à ce sujet à ce que nous disons sur Bossuet orateur.*

B. V.

# PREMIER PANÉGYRIQUE
DE
# SAINT GORGON

PRÊCHÉ A METZ LE 9 SEPTEMBRE 1649[1].

> *Quorum intuentes exitum conversationis, imitamini fidem.*
> Paul, *ad Hebr.*, c. XIII.
>
> Imitez[2] leur foi en regardant la fin de leur conversation sur la terre, c'est-à-dire leur vie.

MONSEIGNEUR[3],

Si nous ne devions ce jour tout entier à la gloire de saint Gorgon, ou si j'étais en un lieu où je pusse vous témoigner la joie que toute la ville a reçue de votre arrivée, je vous dépeindrais si bien[4] les sentiments de ce peuple qu'il a plu à Dieu de commettre à votre garde, que mes auditeurs ne pourraient s'empêcher de donner pour ce regard[5] à mon discours une approbation publique. Mais, outre que votre vertu a paru suffisamment par vos grands emplois[6], et que votre science a été assez reconnue dans la plus célèbre compagnie de savants[7] qui soit au reste du monde, la dignité de cette chaire[8], ce temple auguste[9] que Dieu remplit de sa gloire, ces sacrés autels où on va célébrer le saint sacrifice demandent de moi une telle retenue qu'il faut que je m'abstienne de dire la vérité, pour[10] qu'il ne paraisse dans mon discours aucune apparence de flatterie. Seulement je vous dirai que l'honneur imprévu de votre présence est pour moi une rencontre si favorable que je ne vous en puis dissimuler mon ressentiment.

Après que les bienheureux martyrs avaient rendu l'âme, les fidèles avaient soin de ramasser, au péril de leur vie, ce qui restait de leurs corps; et l'Eglise conservait si chèrement ce sacré dépôt, que les tyrans, pour leur ôter les honneurs que l'on leur rendait, étaient contraints de faire jeter dans la rivière leurs saintes reliques[1]. Que si elle pouvait les dérober à cette dernière cruauté, elle célébrait leurs funérailles avec des cantiques d'actions de grâces, élevant au ciel son cœur et ses yeux[2] pour louer Dieu de les avoir rendus dignes d'un si grand honneur. Au reste, elle ne voulait point qu'on appelât des tombeaux les lieux où elle renfermait leur sainte dépouille : elle les nommait d'un nom plus auguste les Mémoires des martyrs[3]. Et si les tombeaux des hommes ordinaires sont des marques qu'ils ont succombé aux attaques de la mort, elle témoignait, au contraire, que les tombeaux des martyrs étaient des trophées qu'elle érigeait à leur nom, pour être[4] un monument éternel de la victoire qu'ils ont remportée glorieusement sur la mort.

Mais, parmi tout cela, les chrétiens ne croyaient point leur pouvoir rendre de plus grands respects qu'en se les proposant pour exemple. Tout ainsi, dit saint Basile[5], que les abeilles sortent de leur ruche quand elles voient le beau temps, et, parcourant les fleurs de quelque belle campagne, s'en retournent chargées de cette douce liqueur que le ciel y verse tous les matins avec la rosée : de même, aux jours illustres par la solennité des martyrs, nous accourons en foule à leurs Mémoires, pour y recueillir comme un don céleste l'exemple de leurs vertus. Voilà, Messieurs[6], ce qui nous assemble aujourd'hui. Saint Gorgon, en mourant, a laissé une certaine[7] odeur de sainteté sur la terre, que l'Eglise ne manque point de rafraîchir tous les ans. C'est là sans doute ce qui nous en est demeuré de meilleur. Nous ne pouvons pas appeler ces précieux restes les reliques de son corps[8], mais nous ne nous éloignerons pas de la raison, quand nous les nommerons les reliques de sa sainteté. Ce sont celles-là que je m'en vais[9] vous produire[10] dans ce discours; conservez-les dans vos cœurs comme dans un saint reliquaire, et faites en sorte que toutes vos affections s'en ressentent. Quelle joie vous sera-ce, lorsque vous ressusciterez avec saint Gorgon, de reconnaître en cette bienheureuse entrevue, les endroits de son corps[11] que vous aurez baisés sur la terre et les vertus que vous y aurez imitées.

Je n'ai que faire[12] de vous demander ni silence, ni attention : vous devez le silence à la majesté de ce lieu; vous devez vos attentions au récit d'une histoire si mémorable, que je vous ferai simplement et brièvement[1]. Prosternons-nous tous ensemble devant le trône de Dieu pour lui demander sa grâce ; et si nous n'osons approcher une grandeur si terrible, la sainte Vierge, que nous allons saluer par les paroles de l'ange[2], aura assez de bonté pour s'employer[3] pour nous auprès de son Fils : *Ave, Maria.*

Ce n'est pas sans raison que l'Apôtre nous exhorte à être toujours sous les armes[4], puisque nous apprenons par les oracles divins que notre vie est une guerre continuelle[5]. L'Esprit de Dieu, que nous avons reçu par le saint baptême, remplit nos âmes de l'idée du souverain bien, pour nous faire regarder avec mépris les mouvements éternels qui agitent la vie humaine. Mais vous le savez, Messieurs, il n'y a point de grande entreprise qui ne trouve de grands obstacles. Le monde entier s'efforce de combattre ce dessein : *Adversum nos omnis mundus armatur.* Il orne de faux appas[6] toutes les créatures qu'il comprend dans son enceinte, pour tâcher de nous surprendre par ce vain éclat. Que si nous sommes assez généreux pour dédaigner ses faveurs, il nous représente un grand appareil[7] de peines et de supplices pour nous émouvoir ; tellement qu'il faut que le serviteur de Dieu soit également sans crainte et sans espérance en la terre, qu'il se rende de tous côtés immobile et inexorable[8].

Et c'est là, Messieurs, ce qui a animé les puissances de la terre contre les défenseurs de la foi. Ces âmes héroïques n'ont pu plaire au monde, et le monde ne leur a pu plaire : voilà la cause de leurs contrariétés. Le monde ne leur a pas plu, c'est pourquoi ils l'ont méprisé. Ils n'ont pas plu au monde, de là vient que le monde a pris plaisir d'affliger ce qui n'était pas à lui. Et le tout est arrivé par un ordre secret de la Providence, afin d'accomplir cette parole mémorable de notre divin Sauveur : « Je ne suis pas venu pour donner la paix, mais pour allumer la guerre » : *Non veni pacem mittere, sed gladium*[9].

Vous voyez bien par là en quoi consiste le courage d'un véritable martyr. Je vous ai promis de vous en faire voir une idée excellente en la personne de notre saint : c'est ce que je ferai, s'il plaît à Dieu, dans la suite de ce discours. Je m'en vais tâcher de vous mettre devant les yeux, en deux points, une âme héroïque, un courage inflexible, que l'espoir des grandeurs n'a point amolli, que la crainte des supplices n'a point ébranlé.

Plaise seulement à cet Esprit qui souffle où il veut[1], de graver dans nos cœurs l'image de tant de vertus, afin que tout autant que nous sommes assemblés dans ce temple au nom du Seigneur, nous soyons tellement animés d'un si bel exemple, que nous ne vivions et ne respirions plus que pour Jésus-Christ.

### [PREMIER POINT]

Saint Gorgon vivait en la cour des empereurs Dioclétien[2] et Maximien[3], et avait une charge très considérable dans leur maison. Chacun sait combien l'on estime ces sortes d'emplois chez les princes, et combien les font valoir ceux qui les possèdent[4]. Surtout quiconque a tant soit peu lu l'histoire romaine y a pu remarquer quel crédit les empereurs donnaient ordinairement à leurs domestiques que leurs offices appelaient plus souvent près de leurs personnes. Mais sans m'amuser à des conjectures, je n'ai qu'à vous produire le témoignage d'Eusèbe[5], évêque de Césarée, qui a vécu dans le siècle de notre saint, personnage grave et recommandable à jamais pour nous avoir donné en un si beau style[6] l'histoire des premiers temps de l'Eglise. Voici donc ce qu'il dit de saint Gorgon et des compagnons de son martyre : *Ils étaient montés au suprême degré d'honneur auprès de leurs maîtres, et leur étaient chers ne plus ne moins que s'ils eussent été leurs enfants*[7]. Voilà peu de mots, mais il ne pouvait rien dire qui nous fît paraître un si grand crédit[8]. Vous remarquez bien que ces paroles nous font entendre, non seulement qu'ils étaient en très bonne posture auprès de leurs maîtres, que les empereurs avaient de grands desseins pour les avancer, mais encore qu'ils avaient pour eux une tendresse très particulière, que notre historien n'a pu exprimer qu'en disant qu'ils les aimaient comme leurs[9] propres enfants : *Iis æque ac germani filii cari erant*[10]. Or, ce n'est pas mon dessein de vous exagérer beaucoup leur pouvoir; je vous prie seulement de considérer quelle était l'opposition de ces deux qualités de favoris des empereurs et de disciples de Jésus-Christ. L'une les faisait respecter partout où s'étendait l'empire romain, c'est-à-dire, par tout le monde; l'autre les exposait à la risée, à la haine, aux exécrations de toute la terre; et puisque nous sommes sur ce sujet, peut-être[1] ne serait-il point hors de propos de vous dépeindre quelle était l'estime que l'on avait, en ces temps, du christianisme, afin que vous connaissiez mieux jusques à quel point Gorgon a méprisé les honneurs du monde.

Les chrétiens[2] étaient à tout le monde un spectacle de mépris et de moquerie : chacun les foulait aux pieds, et les rejetait « comme les ordures[3] et les excréments de la terre » : *Tanquam purgamenta hujus mundi,* ainsi que parle l'Apôtre[4]. On eût dit que les prisons n'étaient faites que pour eux jusques-là qu'elles étaient tellement remplies de fidèles qu'il ne restait plus de place dans les cachots[5] pour les malfaiteurs, comme nous rapporte l'histoire. Aux crimes[6] les plus énormes les lois ont ordonné de la qualité du supplice : il n'est[7] pas permis de passer outre. Elles ont bien voulu donner des bornes même à la justice, de peur de lâcher la bride à la cruauté. Il n'y avait que les chrétiens contre lesquels on n'appréhendait point de faillir qu'en les épargnant; il fallait donner toute licence à la barbarie, et leur arracher la vie par tout ce qu'il y peut avoir d'esprit et d'invention dans la cruauté : *Per atrocia ingenia pænarum*[8], dit le grave Tertullien[9]. Quelle fureur! mais bien plus, donner un chrétien aux bêtes farouches, c'était le divertissement ordinaire du peuple romain, quand il était las des sanglants spectacles des gladiateurs. De là ces clameurs si cruelles dont on a ouï si souvent résonner les amphithéâtres : *Christiani ad bestias ! Christiani ad bestias !* « Que l'on donne les chrétiens aux bêtes farouches! »

On n'observait contre eux ni formes ni procédures. Cela était bon pour les voleurs et les meurtriers; mais pour les chrétiens, on n'avait garde d'y faire tant de façons. On les traînait aux gibets tout ainsi qu'on mènerait de pauvres agneaux à la boucherie, sans qu'ils ouvrissent la bouche ni aux plaintes ni aux murmures. C'étaient des incestes, des magiciens, des parricides, qui mangeaient leurs propres enfants dans des sacrifices nocturnes[10]. Que s'il se trouvait quelqu'un qui voulût les défendre de ces horribles reproches, on les faisait passer pour de pauvres insensés, pour des esprits faibles qui s'amusaient à de vaines superstitions; de sorte qu'on ne les excusait qu'en les chargeant de nouvelles calomnies. Et voilà,

Messieurs, sans feinte et sans exagération, quelle était l'estime que l'on avait, dans le monde, des premiers chrétiens.

Ne vous en étonnez pas : Jésus-Christ devait être tout ensemble un signe de paix et un signe de contradiction[1]. La vérité était étrangère en ce monde; ce n'est pas merveille, si elle n'y trouvait point d'appui. Mais voyez par là ce que le zèle du christianisme a fait quitter à Gorgon, et ce qu'il lui a fait prendre. J'en fais juges[2] tout ce qu'il y a d'honnêtes gens en cette assemblée : combien ces reproches et cette ignominie doit-elle être insupportable aux âmes les plus communes, et bien plus encore aux hommes généreux, nourris comme notre saint dans la cour et dans le grand monde, en espérance de faire[3] une si belle fortune. En vérité, Messieurs, n'eussions-nous pas craint de choquer l'empereur et de faire tort à notre réputation ? Grâces à la Providence divine[4] qui nous a fait naître dans un siècle et dans un royaume où le nom de chrétien est une qualité honorable! Le peu de soin que nous avons de la gloire de notre Maître, cette lâcheté qui nous fait abandonner chaque jour son service pour de si légères considérations, la honte que nous avons de nous ranger à notre devoir nous font assez connaître que nous devons à cette bonne rencontre de ce que nous ne rougissons point du christianisme. Que si nous eussions vécu dans ces premiers temps où être chrétien c'était un crime d'Etat, nous eussions bien épargné aux tyrans la peine de nous tourmenter[5].

Car enfin que peut-on présumer autre chose de nos lâches déportements[6], sinon que nous n'eussions pas fait grand scrupule de renoncer au nom de chrétien, puisque nous ne craignons point de renoncer pour si peu de chose[7] aux plus saints devoirs du christianisme ? Je tremble, pour[8] moi, quand je considère à combien peu il tient que nous ne soyons infidèles. Ah! race de tant de millions de martyrs, qui nous ont engendrés en Jésus-Christ par leur sang, jamais la vertu de ceux qui nous ont précédés dans la foi ne réveillera-t-elle en nos cœurs les mouvements généreux du christianisme ? Jusques à quand porterons-nous à crédit le titre de chrétiens, pour faire blasphémer par les infidèles le saint nom qui a été invoqué sur nous; en cela bien contraires aux saints martyrs, qui, ayant fait profession du christianisme, dans un temps où il était odieux à toute la terre, l'ont rendu illustre par la gloire de leurs belles actions ; au lieu que nous, qui l'avons reçu depuis qu'il est devenu vénérable parmi tous les peuples, nous ne cessons de le déshonorer par nos lâchetés ? *Obsecro vos, fratres, per misericordiam Dei, ut digne ambuletis vocatione qua vocati estis*[1] : « Je vous conjure, mes frères, par les entrailles de la miséricorde de Dieu, de vivre[2] d'une façon convenable à votre vocation. » Ayons un peu de courage : osons du moins mépriser les faveurs du monde, puisque nous ne sommes plus obligés de passer par l'épreuve des tourments.

### [DEUXIÈME POINT]

Saint Gorgon ne l'a pas eu si aisé. Ce n'a pas été tout d'avoir méprisé les grandeurs ; l'empereur lui fit payer bien cher la grâce qu'il lui avait faite de le recevoir en son amitié. Outre la haine qu'il avait généralement pour tous les chrétiens, telle qu'il quitta l'empire[3], désespéré de n'en pouvoir éteindre la race, il était encore rongé d'un secret déplaisir d'avoir nourri en sa maison un ennemi de l'empire, et même de lui avoir donné part en sa confidence. Il se résout donc d'en faire un exemple qui pût donner de l'épouvante aux plus déterminés, et voici par où il commence. Il commande au saint martyr de sacrifier aux idoles ; ce qu'il refuse de faire généreusement, disant qu'il n'a garde de rendre cet honneur à un métal insensible ; pour lui, qu'il avait appris, dans l'école de Jésus-Christ, à adorer en esprit et en vérité[4] un seul Dieu créateur du ciel et de la terre, dont la beauté pure ne pouvait être vue par ces yeux mortels, ni représentée sur une matière comme la nôtre. Le peuple[5] ignorant, à qui Dieu n'avait point parlé dans le cœur de ces vérités, prit pour un blasphème cette céleste philosophie[6], et s'écria qu'il fallait punir l'ennemi des dieux. Là-dessus on le dépouille, on l'élève avec des cordes pour le faire voir à toute la ville, qui était accourue[7] pour voir quelle serait la fin de cette aventure ; et puis[8] on le bat de verges si cruellement, qu'en peu de temps il ne resta plus en son corps aucune partie entière. Déjà le sang ruisselait de tous côtés sur la face des bourreaux ; « les nerfs et les os étaient découverts ; et la peau étant toute déchirée, ce n'étaient plus ses membres, mais ses plaies que l'on tourmentait » : *Rupta compage viscerum, torquebantur in servo Dei non jam membra, sed vulnera*[1].

Cependant Gorgon, glorieux de confesser par tant de bouches[2] la vérité, se réjouit avec l'Apôtre de voir qu'il n'y a aucun endroit sur son corps où la Passion de son Maître crucifié ne soit imprimée[3]. Or il était de tous côtés tellement meurtri, et la douleur l'avait réduit dans un état si pitoyable qu'on ne pouvait lui donner un plus grand soulagement que de le laisser ainsi suspendu dans le lieu de son supplice. Quelle extrémité! Et néanmoins on lui refuse cette misérable grâce. Le tyran ordonne qu'on le descende, et ce pauvre corps écorché[4], à qui les plus doux onguents eussent causé des douleurs insupportables, est frotté de sel et de vinaigre[5]. Il reçut[6] ce nouveau supplice comme une nouvelle grâce que Dieu lui faisait pour accomplir en lui, aussi bien qu'en Jésus-Christ, cette prophétie du Psalmiste : *Super dolorem vulnerum meorum addiderunt*[7] : « Ils ont ajouté sur la douleur de mes plaies. »

Mais ce n'est pas tout. La cruauté cherche de nouveaux artifices; et si elle ne peut le vaincre par la grandeur des tourments, elle tâche au moins de l'étonner par la nouveauté. Ce sel et ce vinaigre n'ont fait, pour ainsi dire[8], que[9] lui éveiller l'appétit[10] : il lui faut, pour la rassasier, quelque assaisonnement plus barbare. Je vous demande encore un moment de patience, pour ne point laisser notre narration imparfaite[11].

Le tyran fait coucher le saint martyr sur un gril de fer déjà tout rouge par la véhémence de la chaleur, qui aussitôt rétrécit ses nerfs dépouillés avec une douleur que je ne puis vous exprimer. Quel horrible spectacle! Gorgon gisait sur un lit de charbons ardents, fondant de tous côtés par la force[12] du feu, et nourrissant de ses entrailles une flamme pâle et obscure[13] qui le dévorait. Il s'élevait à l'entour de lui une vapeur noire que le tyran humait pour contenter son avidité[14]; jusques à tant[15] que ne pouvant plus ni voir sa constance, ni supporter ses reproches, ni écouter les louanges qu'il donnait à Jésus-Christ d'une voix mourante, il lui fit promptement arracher le peu qui lui restait de vie, et envoya sa belle âme jouir à jamais des embrassements de son bien-aimé[16].

Voilà, Messieurs, quelle a été la fin de notre martyr, qui a méprisé le monde dans ses promesses et dans ses menaces, dans ses délices et dans ses tourments; laissant par sa mort un reproche éternel à la mollesse et au peu de foi de ces derniers siècles[1].

Après cela, que me reste-t-il autre chose, sinon de conclure par ces paroles qui ont fait l'ouverture de ce discours, et vous dire avec l'Apôtre : *Quorum intuentes*[2] *exitum... imitamini fidem ?* Vous avez vu en esprit comme[3] la constance de Gorgon a duré jusqu'à la mort, dont il a goûté à longs traits toute l'amertume; reste maintenant que vous imitiez sa foi, cette foi ardente qui lui a fait préférer à tous les honneurs l'opprobre de Jésus-Christ, et a tenu son esprit entier et inébranlable, pendant que son corps s'en allait pièce à pièce comme une vieille masure[4].

Or il en est des martyrs comme d'un excellent original, dont chaque peintre cherche à copier quelques traits pour embellir son ouvrage. Nous voyons dans leur vie la vie de notre Sauveur si bien exprimée, qu'il n'y a presque rien qui ne nous y doive servir d'exemple. Mais, dans un si grand éclat de vertus, il nous faut choisir celles qui nous sont plus nécessaires, dans les occurrences où nous nous trouvons.

Martyr et témoin, c'est la même chose[5]. On appelle les martyrs de Jésus-Christ ceux qui, souffrant pour la foi, en ont témoigné la vérité par leurs souffrances, et l'ont signée de leur sang. Maintenant il n'y a plus de tyrans qui nous persécutent; mais nous sommes instruits par l'Evangile que Dieu, qui est notre père, distribue à ses enfants les biens et les maux selon les conseils de sa Providence[6]. Ainsi, quand nous nous trouvons affligés[7], si nous recevons[8] nos afflictions de la main de Dieu avec humilité, ne témoignons-nous pas par cette déférence, qu'il y a une intelligence première et universelle, qui, par des raisons, occultes, mais équitables, fait notre bonne et[9] notre mauvaise fortune ? Et cela, qu'est-ce autre chose sinon être les témoins et les martyrs de la Providence ?

Messieurs, nous vivons dans un temps et dans une ville où nous avons beau sujet de mériter cet honneur. Il y a près de vingt ans[10] qu'elle porte quasi tout le fardeau de la guerre; sa situation trop importante semble ne lui avoir servi que pour l'exposer en proie[11] : *Diripuerunt eam omnes transeuntes viam,* etc[12]. Et, comme si ce n'était pas assez de tant de misères, Dieu en cette année, ayant trompé l'espérance de nos moissons, a mis la stérilité dans la terre[1]. Car il ne faut point douter que tous ces maux ne soient arrivés par son ordre. Il punit par la guerre celle que nous lui faisons tous les jours. La terre, par son commandement, nous refuse[2] le fruit de nos travaux, parce que nos âmes ne lui en rapportent point, bien qu'il les ait si soigneusement cultivées. Ah! Messieurs, humilions-nous sous la puissante main de Dieu, de peur qu'après avoir tout perdu, nous ne perdions encore l'affliction[3] que nos ruines nous apportent, au lieu de la faire profiter à notre salut.

Il ne faut point flatter. Nous voyons assez de personnes qui plaignent les malheurs du temps. Le ciel ne nous a fait encore que les premières menaces; et déjà le pauvre tâche d'amasser de quoi vivre par des tromperies, se défiant de la Providence, pendant que le riche[4] prépare ses greniers pour engloutir la nourriture du pauvre, qu'il lui fera acheter bien cher en son extrême indigence[5]. Les plus sages pensent à pourvoir à la nécessité du pays; leur zèle est louable; mais nous n'avançons rien par ces soins. S'il est vrai que Dieu soit irrité contre nous, comme il nous le fait paraître par les fléaux qu'il nous envoie, pensons-nous pouvoir arrêter le torrent de sa colère ? *Si tu montes jusques au ciel,* dit le Seigneur, *je t'en saurai bien tirer, et ma colère t'ira trouver jusques au plus profond des abîmes*[6]. Il faut aller à la source du mal puisque aussi bien nos prévoyances toujours incertaines ne peuvent rien contre ses ordres inévitables.

Que si, reconnaissant nos péchés, nous confessons qu'ils ont justement attiré son indignation sur nos têtes, qu'attendons-nous à faire pénitence ? Que ne prévenons-nous sa fureur par un sacrifice de larmes ? Que ne mettons-nous fin au long désordre de notre vie ? Que ne rachetons-nous *nos iniquités par aumônes*[7], ouvrant nos cœurs sur la misère du pauvre ? Ah! Seigneur, nous vous avons grandement offensé, nous ne sommes pas dignes d'être appelés vos enfants; détournez votre colère de dessus nous, de peur que nous ne disparaissions devant votre face, comme la poudre qui est emportée par un tourbillon. Nous vous en prions par Jésus-Christ votre Fils, qui s'est offert pour nous en odeur de suavité.

C'est ainsi, Messieurs, qu'il nous faut fléchir sa miséricorde; c'est par là qu'il nous faut obtenir cette paix que nous attendons il y a si longtemps. Il semble à tout coup que Dieu nous la veuille[1] donner; et si elle est retardée, ne l'attribuons à aucune raison humaine : c'est lui qui attend de nous les derniers devoirs. Elle ne[2] tient plus guère en ses mains, on dirait qu'il y porte[3] le cours des affaires : arrachons-la lui par le zèle[4] de nos prières; et surtout, si nous voulons qu'il nous fasse miséricorde, ayons compassion de nos pauvre frères, que la misère du temps réduira peut-être à d'étranges extrémités. Ainsi puissions-nous recevoir abondamment les faveurs du ciel; que Dieu rende le premier lustre à cette ville autrefois si fleurissante; qu'il rétablisse les campagnes désolées, qu'il fasse revivre partout aux environs le repos et la douceur d'une paix bien affermie; et pour établir une concorde éternelle entre ses[5] citoyens, qu'il ramène à l'union de sa sainte Eglise ceux qui sont séparés par le prétexte d'une réformation[6] sans effet; afin que, les forces du christianisme étant réunies, nous chantions d'une même voix les grandeurs de notre Dieu et les bontés de notre Sauveur Jésus-Christ, par qui nous espérons, etc.

# PANÉGYRIQUE
## DE
# SAINT FRANÇOIS D'ASSISE

PRÊCHÉ A METZ LE 4 OCTOBRE 1652[1].

> *Si quis videtur inter vos sapiens esse in hoc seculo, stultus fiat ut sit sapiens.*
>
> S'il y a quelqu'un parmi vous qui paraisse sage selon le siècle, qu'il devienne fou afin d'être sage.
>
> *I. Cor.*, III, 18.

Le Sauveur Jésus, Chrétiens, a donné un ample sujet de discourir, mais d'une manière bien différente, à quatre sortes de personnes, aux Juifs, aux Gentils[2], aux hérétiques et aux fidèles[3]. Les Juifs, qui étaient préoccupés de cette opinion si mal fondée, que le Messie[4] viendrait au monde avec une pompe royale, prévenus de cette fausse croyance, se sont approchés du Sauveur : ils ont vu qu'il était réduit dans un entier dépouillement de tout ce qui peut frapper les sens, un homme pauvre[5], un homme sans faste et sans éclat; ils l'ont méprisé : « Jésus leur a été un scandale » : *Judæis quidem scandalum,* dit le grand Apôtre[6]. Les Gentils[7], d'autre part, qui se croyaient les auteurs et les maîtres de la bonne philosophie, et qui depuis plusieurs siècles avaient vu briller au milieu d'eux les esprits les plus célèbres du monde, ont voulu examiner Jésus-Christ selon les maximes reçues parmi les savants de la terre; mais, aussitôt qu'ils ont ouï parler d'un Dieu fait homme, qui avait vécu misérablement, qui était mort attaché à une croix[8], ils en ont fait un sujet de risée : « Jésus a été pour eux une folie » : *Gentibus autem stultitiam*[9], poursuit saint Paul.

Après eux sont venus d'autres hommes que l'on appelait dans l'Eglise Manichéens[10] et Marcionites[11], tous feignant d'être chrétiens; qui, trop émus des invectives sanglantes des Gentils contre le Fils de Dieu, l'ont voulu mettre à couvert des moqueries de ces idolâtres, mais d'une manière tout à fait contraire aux desseins de la bonté divine sur nous. Ces faiblesses de notre Dieu[1], *pusillitates Dei,* comme les appelait un ancien[2], leur ont semblé trop honteuses pour les avouer franchement. Au lieu que les Gentils les exagéraient pour en faire une pièce de raillerie, ceux-ci au contraire tâchaient de les dissimuler, travaillant vainement à diminuer quelque chose des opprobres de l'Evangile, si utiles pour notre salut. Ils ont cru, avec les Gentils et les Juifs, qu'il était indigne d'un Dieu de prendre une chair comme la nôtre, et de se soumettre à tant de souffrances; et, pour excuser ces bassesses, ils ont soutenu que son corps était imaginaire[3], et par conséquent que sa nativité, et ensuite sa Passion et sa mort étaient fantastiques et illusoires : en un mot, à les en croire, toute sa vie n'était qu'une représentation sans réalité. Sans doute les vérités de Jésus ont été un scandale à ces hérétiques, puisqu'ils ont fait un fantôme du sujet de notre espérance[4]; ils ont voulu être trop sages, et par ce moyen ont détruit, selon leur pouvoir, « le déshonneur nécessaire de notre foi » : *Necessarium dedecus fidei,* dit le grave Tertullien[5].

Mais les vrais serviteurs de Jésus-Christ n'ont point eu de ces délicatesses, ni de ces vaines complaisances. Ils se sont bien gardés de croire les choses à demi, ni de rougir de l'ignominie de leur Maître. Ils n'ont point craint de faire éclater par toute la terre le scandale et la folie de la croix dans toute leur étendue : ils ont prédit aux Gentils que cette folie détruirait leur sagesse. Et quant à ces grandes absurdités que les païens trouvaient dans notre doctrine, nos pères ont répondu que les vérités évangéliques leur semblaient d'autant plus croyables, que selon la philosophie humaine, elles paraissaient tout à fait impossibles : *Prorsus credibile est, quia ineptum est;... certum est, quia impossibile est,* disait autrefois Tertullien[6]. Ainsi notre foi se plaît d'étourdir la sagesse humaine par des propositions hardies, où elle ne peut rien comprendre[7].

Depuis ce temps-là, mes Frères, la folie est devenue une qualité honorable; et l'apôtre saint Paul a publié, de la part de Dieu, cet édit[8] que j'ai récité dans mon texte : « Si quelqu'un veut être sage, il faut nécessairement qu'il soit fou » : *stultus fiat ut sit sapiens.* C'est pourquoi ne vous étonnez pas si, ayant entrepris aujourd'hui le panégyrique de saint François, je ne fais autre chose que vous montrer sa folie, beaucoup plus estimable que toute la prudence du monde. Mais d'autant que la première et la plus grande folie, c'est-à-dire la plus haute et la plus divine sagesse[1] que l'Evangile nous prêche, c'est l'Incarnation du Sauveur, il ne sera pas hors de propos, pour prendre déjà quelque idée de ce que j'ai à vous dire, que vous fassiez réflexion sur cet auguste mystère, pendant que nous réciterons les paroles que l'ange adressa à Marie lorsqu'il lui en apporta les nouvelles[2]. Implorons donc l'assistance du Saint-Esprit par l'intercession de la sainte Vierge. *Ave.*

Cette orgueilleuse sagesse du siècle[3], qui, ne pouvant comprendre la justice des voies de Dieu, emploie toutes ses fausses lumières à les contredire, se trouve merveilleusement confondue par la doctrine de l'Evangile, et par les très saints mystères du Sauveur Jésus. Déjà la toute-puissance divine avait commencé à lui faire sentir sa faiblesse dès l'origine de l'univers, en lui proposant des énigmes indissolubles[4] dans tous les ordres des créatures, et lui présentant le monde comme un sujet éternel de questions inutiles, qui ne seront jamais terminées par aucunes décisions. Et certes il était vraisemblable que ces grands et impénétrables secrets, qui bornent et resserrent si fort les connaissances de l'esprit humain, donneraient en même temps des limites à son orgueil. Toutefois, à notre malheur, il n'en est pas arrivé de la sorte, et en voici la cause qui me semble la plus apparente : c'est que la raison humaine, toujours téméraire et présomptueuse, ayant entrevu quelque petit jour dans les ouvrages de la nature, s'est imaginée découvrir quelque grande et merveilleuse lumière; au lieu d'adorer son Créateur, elle s'est admirée elle-même. L'orgueil[5], comme vous savez, Chrétiens, a cela de propre, qu'il prend son accroissement de lui-même, si petits que puissent être ses commencements, parce qu'il enchérit toujours sur ses premières complaisances par ses flatteuses réflexions.

Ainsi l'homme, s'étant trop plu dans ces belles conceptions, s'est persuadé que tout l'ordre du monde devait aller selon ses maximes. Il s'est enfin lassé de suivre la conduite que Dieu lui avait prescrite, afin de le ramener à lui comme à son principe. Au contraire, il a voulu que la Divinité se réglât selon ses idées; il s'est fait des dieux à sa mode, il a adoré ses ouvrages et ses fantaisies : et « s'étant évanoui, comme dit l'Apôtre[1], dans l'incertitude de ses pensées, lorsqu'il a cru se voir élevé au comble de la sagesse, il s'est précipité dans une extrême folie » : *Dicentes enim se esse sapientes, stulti facti sunt*[2].

C'est pourquoi cette sagesse éternelle qui prend plaisir de guérir ou de confondre la sagesse humaine, s'est sentie obligée de former de nouveaux desseins et de commencer un nouvel ordre de choses par Notre Seigneur Jésus-Christ : et admirez, s'il vous plaît, la profondeur de ses jugements[3]. Dans le premier ouvrage que Dieu nous avait proposé, qui est cette belle fabrique du monde, notre esprit y voyait d'abord des traits de sagesse infinie. Dans le second ouvrage, qui comprend la doctrine et la vie de notre Maître crucifié, il n'y découvre au premier aspect que folie et extravagance. Dans le premier, nous vous disions tout à l'heure que la raison humaine y avait compris quelque chose; et, en étant devenue insolente, elle n'a pas voulu reconnaître celui qui lui donnait[4] ses lumières. Dans le second dessein, qui est d'une tout autre excellence, toutes ses connaissances se perdent, elle ne sait du tout où se prendre; et par là il faudra nécessairement, ou bien qu'elle se soumette à une raison plus haute, ou bien qu'elle soit confondue : et, de façon ou d'autre, la victoire demeurera à la sagesse divine[5].

Et c'est ce que nous apprenons par ce docte raisonnement de l'Apôtre. Notre Dieu, dit ce grand personnage[6], avait introduit l'homme dans ce bel édifice du monde, afin qu'en admirant l'artifice, il en adorât l'architecte. Cependant l'homme ne s'est pas servi de la sagesse que Dieu lui donnait, pour reconnaître son Créateur par les ouvrages de sa sagesse[7], ainsi que l'Apôtre nous le déclare : *Quia in Dei sapientia non cognovit mundus per sapientiam Deum*[8] : hé bien! qu'en arrivera-t-il, saint Apôtre? Pour cela, continue-t-il, Dieu a posé cette loi éternelle, que dorénavant les croyants ne pussent être sauvés que par la folie de la prédication : *Placuit Deo per stultitiam prædicationis salvos facere credentes*[9]. A quoi te résoudras-tu donc, ô aveugle raison humaine? Te voilà vivement pressée par cette sagesse profonde, qui paraît à tes yeux sous une folie apparente. Je te vois, ce me semble, réduite à de merveilleuses extrémités, parce que de côté ou d'autre la folie t'est inévitable : car, dans la croix de Notre Seigneur et dans toute la conduite de l'Evangile, les pensées de Dieu et les tiennes sont opposées entre elles avec une telle contrariété, que, si les unes sont sages, il faut par nécessité que les autres soient extravagantes.

Que ferons-nous ici, Chrétiens[1] ? Si nous cédons à l'Evangile, toutes les maximes de prudence humaine nous déclarent fous et de la plus haute folie. Si nous osons accuser de folie la sagesse incompréhensible de Dieu, il faudra que nous soyons nous-mêmes des furieux et des démons[2]. Ah! plutôt démentons toutes nos maximes, désavouons toutes nos conséquences, plions sous le joug de la foi; et, dépouillant cette fausse sagesse dont nous sommes vainement enflés, devenons heureusement insensés pour l'amour de notre Sauveur, qui, étant la sagesse du Père[3], n'a pas dédaigné de passer pour fou en ce monde, afin de nous enseigner une prudence céleste[4] : en un mot, s'il y a quelqu'un parmi nous qui prétende à la véritable sagesse, « qu'il soit fou afin d'être sage » : *stultus fiat ut sit sapiens*, dit le grand Apôtre[5].

La voilà, la voilà, Chrétiens, cette illustre, cette généreuse, cette sage et triomphante folie du christianisme, qui dompte tout ce qui s'oppose à la science de Dieu, qui rend humble ou qui renverse invinciblement la raison humaine, et toujours en remporte une glorieuse victoire. La voilà, cette belle folie, qui doit être le seul ornement du panégyrique de saint François selon que je vous l'ai promis, et qui fera aujourd'hui son éloge[6].

Pour cela, vous remarquerez, s'il vous plaît, qu'il y a une convenance nécessaire entre les mœurs des chrétiens et la doctrine du christianisme. Cette folie apparente, qui est dans la parole du Fils de Dieu, doit passer par imitation dans la vie de ses serviteurs[7]. Ils sont un Evangile vivant. L'Evangile qui est écrit dans nos livres, et celui que le Saint-Esprit daigne écrire dans l'âme des saints[8], que l'on peut lire dans leurs actions comme dans de beaux caractères, déplaisent également à la fausse prudence du monde.

Figurez-vous donc que François, ayant considéré[9] ces grands et vastes chemins du monde, qui mènent à la perdition, s'est résolu de suivre des routes entièrement opposées. Le plus ordinaire conseil que nous donne la sagesse humaine, c'est d'amasser beaucoup de richesses, de faire valoir ses biens, d'en acquérir de nouveaux : c'est à quoi on rêve dans tous les cabinets[1], c'est de quoi on s'entretient dans toutes les compagnies, c'est le sujet le plus ordinaire de toutes les délibérations. Il y a pourtant d'autres personnes qui se croient plus raffinées, qui vous diront que ces richesses sont des biens étrangers à la nature ; qu'il vaut bien mieux jouir de la douceur de la vie, et tempérer par les voluptés ses amertumes continuelles, c'est une autre espèce de sages. Mais encore y en a-t-il d'autres, qui reprendront peut-être ces sectateurs trop ardents des richesses et des délices. Pour nous, diront-ils, nous faisons profession d'honneur, nous ne recherchons rien avec tant de soin que la réputation et la gloire[2]. Si vous pénétrez dans leurs consciences, vous trouverez qu'ils s'estiment les seuls honnêtes gens dans le monde : ils consument leur esprit de veilles[3] et d'inquiétudes pour acquérir du crédit, pour être élevés aux honneurs. Ce sont, à mon avis, les trois choses qui font toutes les affaires du monde, qui nouent toutes les intrigues, qui enflamment toutes les passions, qui causent tous les empressements.

Ah! que notre admirable François a bien reconnu l'illusion de tous ces biens imaginaires! Il dit que les richesses captivent le cœur, que les honneurs l'emportent, que les plaisirs l'amollissent; que, pour lui, il veut établir ses richesses[4] dans la pauvreté, ses délices dans les souffrances, et sa gloire dans la bassesse. O ignorance! ô folie! Eh Dieu! que pense-t-il faire ? O le plus insensé des hommes selon la sagesse du siècle, mais le plus sage, le plus intelligent, le plus avisé selon la sagesse de Dieu! C'est ce que je tâcherai de vous faire voir dans la suite de ce discours.

## [PREMIER POINT]

Quand je me suis proposé de vous entretenir aujourd'hui des trois victoires de saint François sur les richesses du monde, sur ses plaisirs et sur ses honneurs, je m'étais persuadé[5] que je pourrais les représenter les unes après les autres; mais je vois bien maintenant que c'est une entreprise impossible, et qu'ayant à commencer par la profession généreuse qu'il a faite de la pauvreté, je suis obligé de vous dire que, par cette seule résolution, il s'est mis infiniment au-dessus des honneurs et des opprobres, des incommodités[1] et des agréments, et de tout ce que l'on appelle bien et mal dans le monde. Car enfin ce serait mal connaître la nature de la pauvreté, que de la considérer comme un mal séparé des autres. Je pense pour moi, Chrétiens, que, lorsqu'on a inventé ce nom[2], on a voulu exprimer non point un mal particulier, mais un abîme de tous les maux, et l'assemblage de toutes les misères qui affligent la vie humaine. Et certes, j'oserais quasi assurer que c'est quelque mauvais démon, qui, voulant rendre la pauvreté tout à fait insupportable, a trouvé le moyen d'attacher aux richesses tout ce qu'il y a d'honorable et de plaisant dans le monde : c'est pourquoi notre langage ordinaire les nomme biens d'un nom général, parce qu'elles sont l'instrument commun pour acquérir tous les autres. De sorte que nous pourrions, au contraire, appeler la pauvreté un mal général, parce que, les richesses ayant tiré de leur côté la joie, l'affluence, l'applaudissement, la faveur, il ne reste à la pauvreté que la tristesse et le désespoir, et l'extrême nécessité, et ce qui est plus insupportable, le mépris et la servitude. Et c'est ce qui fait dire au Sage[3] que la pauvreté entrait en une maison tout ainsi qu'un soldat armé : *Pauperies quasi vir armatus*[4]. L'étrange comparaison! Vous dirai-je ici, Chrétiens, combien est effroyable en une pauvre maison une garnison de soldats ? Plût à Dieu que vous fussiez en état de l'apprendre seulement de ma bouche! Mais, hélas! nos campagnes désertes, et nos bourgs misérablement désolés, nous disent assez que c'est cette seule terreur[5] qui a dissipé deçà et delà tous leurs habitants[6]. Jugez, jugez par là combien la pauvreté est terrible, puisque la guerre, l'horreur du genre humain[7], le monstre le plus cruel que l'enfer ait jamais vomi pour la ruine des hommes, n'a presque rien de plus effroyable que cette désolation, cette indigence, cette pauvreté qu'elle traîne nécessairement avec elle. Mais du moins n'est-ce pas assez que la pauvreté soit accablée de tant de douleurs, sans qu'on la charge encore d'opprobre et d'ignominie ? Les fièvres, les maladies, qui sont presque nos plus grands maux, encore ont-elles cela de bon qu'elles ne font de honte à personne. Dans toutes les autres disgrâces[8], nous voyons que chacun prend plaisir de conter ses maux et ses infortunes : la seule pauvreté a cela de commun avec le vice, qu'elle nous fait rougir, de même que si être pauvre, c'était être extrêmement criminel[1].

En effet, combien y a-t-il de personnes qui se privent des contentements, et même des nécessités de la vie, afin de soutenir une pauvreté honorable! Combien d'autres en voyons-nous qui se font effectivement pauvres[2], tâchant de satisfaire à je ne sais quel point d'honneur, par une dépense qui les consume! Et d'où vient cela, Chrétiens, sinon que, dans l'estime des hommes, qui dit pauvre, dit le rebut du monde? Pour cela, le prophète[3] David, après avoir décrit les diverses misères des pauvres, conclut enfin par cette excellente parole qu'il adresse à Dieu: *Tibi derelictus est pauper*[4] : « Seigneur, dit-il, on vous abandonne le pauvre. » Et voyons-nous rien de plus commun dans le monde? Quand les pauvres s'adressent à nous, afin que nous soulagions leurs nécessités, n'est-il pas vrai que la faveur la plus ordinaire que nous leur faisons, c'est de souhaiter que Dieu les assiste? Dieu soit à votre aide! leur disons-nous; mais de contribuer[5] de notre part quelque chose pour les secourir, c'est la moindre de nos pensées. Nous nous en déchargeons sur la miséricorde divine, ne considérant pas que c'est par nos mains et par notre ministère que Dieu a résolu de leur faire cette miséricorde que nous leur souhaitons : tant il est vrai que personne ne se met en peine des pauvres! Chacun s'inquiète, chacun s'empresse à servir les grands; et il n'y a que Dieu seul à qui les pauvres ne soient point à charge : *Tibi derelictus est!*

Cela étant ainsi, comme l'expérience nous le fait voir, quand un homme accommodé dans le siècle, comme saint François, prend la résolution de se plaire dans les bassesses de la pauvreté, ne faut-il pas que ce soit une âme extrêmement touchée du mépris[6] de tous ces biens imaginaires, qui remportent parmi nous un si grand applaudissement? Le voyez-vous, Chrétiens, François, ce riche marchand d'Assise, que son père a envoyé à Rome pour les affaires de son négoce, le voyez-vous qui s'entretient avec un pauvre au milieu des rues? Eh Dieu! qu'a de commun le négoce avec cette sorte de gens? Quel marché veut-il faire avec ce pauvre homme? Ah! l'admirable trafic, le riche et précieux échange! il veut avoir l'habit de ce pauvre, et pour cela il lui donne le sien[7]; et après, ravi d'avoir fait un si bel échange d'un habit honnête contre un autre tout déchiré, il paraît tout joyeux habillé en pauvre, pendant que le pauvre a peine à se reconnaître sous son habit de bourgeois[1].

Jésus, mon Sauveur, qui dites que l'on vous habille quand on couvre la nudité de vos pauvres[2], pourrais-je bien ici exprimer combien cette action vous fut agréable ? L'histoire ecclésiastique m'apprend que saint Martin[3], votre serviteur, ayant donné la moitié de son manteau à un pauvre qui lui demandait l'aumône, vous lui apparûtes la nuit dans une vision merveilleuse, paré superbement de cette moitié de manteau, vous glorifiant en la présence de vos saints anges[4] que Martin, encore catéchumène, vous avait donné cet habit. Me permettrez-vous, ô mon Maître, une parole familière, que j'ose ici avancer en suite de ce que vous dites vous-même ? S'il est vrai que vous estimiez qu'on vous donne lorsqu'on fait largesse à vos pauvres[5], combien vous glorifierez-vous du don que vous fait François! Ce n'est pas de son manteau seulement qu'il se dépouille pour l'amour de vous : il veut vous revêtir tout entier; il vous fait présent d'un habit complet. Bien plus[6], ayant appris de votre Evangile que, lorsque vous étiez sur la terre, vous vous étiez toujours plu dans la pauvreté, non content de vous avoir habillé, il semble vous demander à son tour que vous l'habilliez à votre façon : il se couvre d'un habit de pauvre, afin d'être semblable à vous.

Et dans ce merveilleux appareil, d'autant plus magnifique qu'il était abject, suivons-le, s'il vous plaît, mes chers Frères; nous verrons une action qui sans doute sera surprenante. Il s'en va à l'Eglise de Dieu, à la mémoire[7] des apôtres saint Pierre et saint Paul, ces deux pauvres illustres qui ont vu les empereurs prosternés devant leurs tombeaux. Là, sans considérer qu'il pourrait être aisément connu (et vous savez que le commerce donne toujours beaucoup d'habitudes[8]), il se mêle parmi les pauvres, qu'il sait être les frères et les bien-aimés du Sauveur[9]; il fait son apprentissage de cette pauvreté généreuse à laquelle son Maître l'appelle; il goûte à longs traits la honte et l'ignominie qui lui a été si agréable; il se durcit le front contre cette molle et lâche pudeur du siècle, qui ne peut souffrir les opprobres, bien qu'ils aient été consacrés en la personne du Fils de Dieu. Ah! qu'il commence bien à faire profession de la folie de la croix, et de la pauvreté évangélique!

Mais avant que de passer outre à ses autres actions,

Fidèles, il est nécessaire, afin que nous en connaissions mieux le prix, que nous tâchions de nous détromper de cette folle admiration des richesses dans laquelle on nous a élevés. Il faut que je vous fasse voir, par des raisonnements invincibles, les grandeurs de la pauvreté selon les maximes de l'Evangile; d'où il vous sera aisé de conclure combien est injuste le mépris des pauvres, que je vous représentais tout à l'heure. Mais, afin de le faire avec plus de fruit, laissons, laissons, s'il vous plaît, aux orateurs du monde la pompe et la majesté du style panégyrique; ils ne se mettent point en peine que l'on les entende, pourvu qu'ils reconnaissent que l'on les admire. Pour nous, qui sommes ici dans la chaire du Sauveur Jésus, ornons notre discours de la simplicité de son Evangile, et repaissons nos âmes de vérités solides et intelligibles[1].

Je dis donc, ô riches du siècle, que vous avez tort de traiter les pauvres avec un mépris si injurieux. Afin que vous le sachiez, si nous voulions monter à l'origine des choses, nous trouverions peut-être qu'ils n'auraient pas moins de droit que vous aux biens que vous possédez[2]. La nature ou plutôt, pour parler plus chrétiennement, Dieu, le Père commun des hommes, a donné dès le commencement un droit égal à tous ses enfants sur toutes les choses dont ils ont besoin pour la conservation de leur vie. Aucun de nous ne se peut vanter d'être plus avantagé que les autres par la nature[3]. Mais l'insatiable désir d'amasser n'a pas permis que cette belle fraternité pût durer longtemps dans le monde. Il a fallu venir au partage et à la propriété, qui a produit toutes les querelles et tous les procès[4] : de là est né le mot de mien et de tien, cette parole si froide, dit l'admirable saint Jean Chrysostome[5]; de là, cette grande diversité de conditions, les uns vivant dans l'affluence de toutes choses, les autres languissant dans une extrême indigence. C'est pourquoi plusieurs des saints Pères ayant eu égard et à l'origine des choses, et à cette libéralité générale de la nature envers tous les hommes, n'ont pas fait de difficulté d'assurer que c'était en quelque sorte frustrer les pauvres de leur propre bien, que de leur dénier celui qui nous est superflu.

Je ne veux pas dire par là, mes Frères, que vous ne soyez que les dispensateurs des richesses que vous avez; ce n'est pas ce que je prétends. Car ce partage de biens s'étant fait d'un commun consentement de toutes les nations, et ayant été autorisé par la loi divine, vous êtes les maîtres et les propriétaires de la portion qui vous est échue. Mais sachez que, si vous en êtes les véritables propriétaires selon la justice des hommes, vous ne devez vous considérer que comme dispensateurs devant la justice de Dieu, qui vous en fera rendre compte. Ne vous persuadez pas qu'il ait abandonné le soin des pauvres : encore que vous les voyiez destitués de toutes choses, gardez-vous bien de croire qu'ils aient tout à fait perdu ce droit si naturel qu'ils ont de prendre dans la masse commune tout ce qui leur est nécessaire. Non, non, ô riches du siècle[1], ce n'est pas pour vous seuls que Dieu fait lever son soleil, ni qu'il arrose la terre, ni qu'il fait profiter dans son sein une si grande diversité de semences; les pauvres y ont leur part aussi bien que vous. J'avoue que Dieu ne leur a donné aucun fonds en propriété; mais il leur a assigné leur subsistance sur les biens que vous possédez, tout autant que vous êtes de riches. Ce n'est pas qu'il n'eût bien le moyen de les entretenir d'une autre manière, lui, sous le règne duquel les animaux, même les plus vils, ne manquent d'aucune des choses convenables à leur subsistance[2]. Ni sa main n'est point raccourcie[3], ni ses trésors ne sont point épuisés. Mais il a voulu que vous eussiez l'honneur de faire vivre vos semblables. Quelle gloire en vérité, Chrétiens, si nous la savions bien comprendre! Par conséquent, bien loin de mépriser les pauvres, vous les devriez respecter, les considérant comme des personnes que Dieu vous adresse et vous recommande[4].

Car enfin méprisez-les, traitez-les indignement tant qu'il vous plaira, il faut néanmoins qu'ils vivent à vos dépens, si vous ne voulez encourir l'indignation de celui qui parmi ces noms si augustes d'Eternel et de Dieu des armées[5], se glorifie encore de se dire le Père des pauvres. Vive Dieu! dit le Seigneur, c'est jurer par moi-même : le ciel et la terre et tout ce qu'ils enferment est à moi; vous êtes obligés de me rendre la redevance[6] de tous les biens que vous possédez. Mais certes, pour moi, je n'ai que faire ni de vos offrandes ni de vos richesses : je suis votre Dieu, et je n'ai pas besoin de vos biens. Je ne peux souffrir de nécessité qu'en la personne des pauvres, que j'avoue pour mes enfants; c'est à eux que j'ordonne que vous payiez fidèlement le tribut que vous me devez. Voyez-vous, mes Frères : ces pauvres que vous méprisez tant, Dieu les établit ses trésoriers et ses receveurs généraux ; il veut que l'on consigne en leurs mains tout l'argent qui doit entrer dans ses coffres. Il ne leur donne ici-bas aucun droit qu'ils puissent exiger par une justice étroite ; mais il leur permet de lever sur tous ceux qu'il a enrichis un impôt volontaire, non par contrainte, mais par charité. Que si on les refuse, si on les maltraite, il n'entend pas qu'ils portent leur plainte par-devant des juges mortels ; lui-même il écoutera leurs cris du plus haut des cieux : comme ce qui est dû aux pauvres ce sont ses propres deniers, il en a réservé la connaissance à son tribunal. C'est moi qui les vengerai, dit-il : je ferai miséricorde à qui leur fera miséricorde, je serai impitoyable à qui sera impitoyable pour eux. Merveilleuse dignité des pauvres ! La grâce, la miséricorde, le pardon est entre leurs mains ; et il y a des personnes assez insensées pour les mépriser[1] ! Mais encore n'est-ce pas là par où saint François les considère le plus.

Ce petit enfant de Bethléem, c'est ainsi qu'il appelle mon Maître, ce Jésus *qui, étant si riche, s'est fait pauvre pour l'amour de nous, afin de nous enrichir par son indigence,* comme dit l'apôtre saint Paul[2] ; ce roi pauvre, qui, venant au monde, n'y trouve point d'habit plus digne de sa grandeur que celui de la pauvreté, c'est là ce qui touche son âme. Ma chère pauvreté, disait-il, si basse que soit ton extraction selon le jugement des hommes, je ne puis que je ne t'estime, depuis que mon Maître t'a épousée. Et certes il avait raison, Chrétiens. Si un roi épouse une fille de basse extraction, elle devient reine : on en murmure quelque temps, mais enfin on la reconnaît ; elle est anoblie[3] par le mariage du prince ; sa noblesse passe à sa maison, ses parents ordinairement sont appelés aux plus belles charges, et ses enfants sont les héritiers du royaume. Ainsi, après que le Fils de Dieu a épousé la pauvreté, bien qu'on y résiste, bien qu'on en murmure, elle est noble et considérable par cette alliance. Les pauvres, depuis ce temps-là, sont des confidents du Sauveur et les premiers ministres de ce royaume spirituel qu'il est venu établir sur la terre. Jésus même, dans cet admirable discours qu'il fait à un grand auditoire sur cette mystérieuse montagne[4], ne daignant parler aux riches, sinon pour foudroyer leur orgueil, adresse la parole aux pauvres, ses bons amis, et leur dit avec une incroyable consolation de son âme : « O pauvres, que vous êtes heureux, parce qu'à vous appartient le royaume de Dieu! » : *Beati pauperes, quia veſtrum eſt regnum Dei*[1] !

Heureux donc mille et mille fois le pauvre François, le plus ardent, le plus transporté, et, si j'ose parler de la sorte, le plus désespéré amateur de la pauvreté qui ait peut-être été dans l'Eglise! Avec quel excès de zèle ne l'a-t-il point embrassée! Combien belle, combien généreuse, combien digne d'être consacrée à la mémoire éternelle de la poſtérité, fut cette réponse qu'il fit à son père[2], lorsqu'il le pressait, en présence de l'évêque d'Assise, de renoncer à ses biens! Il accusait son fils d'être le plus excessif en dépense qui fût dans tout le pays. Il ne saurait, disait-il, refuser un pauvre; il ne peut souffrir qu'il y ait dans la ville des familles nécessiteuses. Il vend toutes mes marchandises, et leur en diſtribue le prix. Et en effet, Chrétiens, à voir comme François en usait, on eût dit qu'il avait engagé son bien aux pauvres de la province, et que l'aumône qu'il leur faisait était moins un bienfait qu'une dette[3]. Et parce que tout son patrimoine ne pouvait suffire à payer ces dettes infinies d'une charité immense et sans bornes, son père soutenait qu'il était obligé à faire cession de biens[4]; d'autant plus, disait-il, qu'il était incorrigible, et qu'il n'y avait aucune apparence qu'il devînt meilleur ménager.

Que répondra François à des accusations si pressantes, faites avec toute la véhémence de l'autorité paternelle ? O Dieu éternel, que vous inspirez de belles réponses à vos serviteurs quand ils se laissent conduire à votre Esprit-Saint! « Tenez, dit François animé d'un inſtinct céleſte, tenez, ô mon père, je vous donne plus que vous ne voulez » et dans le même moment, jetant à ses pieds ses habits : « Jusqu'ici, poursuit-il, je vous avais appelé mon père; maintenant que je n'attendrai plus aucun bien de vous, j'en dirai plus hardiment et avec une confiance plus pleine : Notre Père, qui êtes aux cieux[5]. » Quelle éloquence assez forte, quels raisonnements assez magnifiques pourraient ici égaler la majeſté de cette parole? O la belle banqueroute que fait aujourd'hui ce marchand! O homme, non tant incapable d'avoir des richesses, que digne de n'en avoir pas, digne d'être écrit dans le livre des pauvres évangéliques et de vivre dorénavant sur le fonds de la Providence! Enfin il a rencontré cette pauvreté si ardemment désirée, en laquelle il avait mis son trésor : plus on lui ôte, plus on l'enrichit. Que l'on a bien fait de le dépouiller entièrement de ses biens; puisque aussi bien on voulait lui ravir ce qu'il estimait de plus beau dans toutes ses possessions, qui était le pouvoir de les répandre abondamment sur les pauvres! Il a trouvé un Père qui ne l'empêchera pas de donner, ni ce qu'il gagnera par le travail de ses mains, ni ce qu'il pourra obtenir de la charité des fidèles. Heureux de n'avoir plus rien dans le siècle, son habit même lui venant d'aumône! Heureux de n'avoir d'autre bien que Dieu, de n'attendre rien que de lui, de ne recevoir rien que pour l'amour de lui! Grâce à la miséricorde divine, il n'a plus aucune affaire que de servir Dieu : toute sa nourriture est de faire sa volonté[1]. Que son état est différent de celui des riches! vous le verrez dans ma seconde partie[2].

## [SECOND POINT]

Quand je vous considère, ô riches du siècle, vous me semblez bien pauvres en comparaison de François. Vous ne sauriez avoir tant de richesses, que vos passions déréglées n'en consument encore davantage. Il vous en faut pour la nécessité, pour la vanité, pour le luxe, pour les plaisirs, pour la pompe, pour la parade, pour mille superfluités. François, au contraire, ne saurait avoir ni un habillement si sordide, ni une nourriture si modique, qu'il ne soit parfaitement satisfait; tout prêt même à mourir de faim, si telle est la volonté de son Père. Il s'en va tantôt dans une sombre forêt, tantôt sur le haut d'une montagne[3], admirant les ouvrages de Dieu, invitant toutes les créatures à le louer et à le bénir, leur prêtant pour cela son intelligence et sa voix[4], passant les jours et les nuits à prononcer, à méditer, à goûter cette pieuse parole : « Notre Père, qui êtes aux cieux »; et cette autre : « Mon Dieu et mon tout », qu'il avait sans cesse à la bouche, *Deus meus et omnia*. Il court par toutes les villes, par toutes les bourgades, par tous les hameaux : il lève hautement l'étendard de la pauvreté; il commence à exercer un nouveau genre de négoce; il établit le plus beau et le plus riche commerce dont on se puisse jamais aviser. O vous, disait-il, vous qui désirez acquérir cette perle unique de l'Evangile[5], venez, associons-nous, afin de trafiquer dans le ciel : vendez tous vos biens, donnez tout aux pauvres, venez avec moi, libres de tous soins séculiers; venez, nous ferons pénitence; venez, nous louerons et servirons notre Dieu en simplicité et en pauvreté[1].

O sainte compagnie[2], qui commencez à vous assembler sous la conduite de saint François, puissiez-vous, en vous étendant de toutes parts, inspirer à tous les hommes du monde un généreux mépris des richesses, et porter tous les peuples à l'exercice de la pénitence! Mais que prétendez-vous faire avec ces habits d'une forme si singulière, si pesants en été, si peu propres à vous garantir des rigueurs du froid[3] ? Pourquoi n'avez-vous plus d'égard à la nécessité ou à la faiblesse de la chair ? Fidèles, le pauvre François, qui leur a donné ce conseil, ne comprend pas ce discours : il est prévenu d'autres maximes plus mâles et plus élevées. Il se souvient de ces feuilles de figuier qui couvrirent, dans le paradis, la nudité de nos premiers parents, sitôt que leur désobéissance la leur eut fait connaître[4]. Il songe que l'homme a été nu, tant qu'il a été innocent; et par conséquent que ce n'est pas la nécessité, mais le péché et la honte qui ont fait les premiers habits. Que si c'est le péché qui a habillé la nature corrompue[5], il juge qu'il sera bienséant que la pénitence l'habille après qu'elle a été réparée.

Mais pourquoi vous exténuez-vous par tant de jeûnes ? pourquoi vous consumez-vous par tant de veilles ? pourquoi vous jetez-vous sur ces neiges ? pourquoi vois-je ce cilice inséparable de votre corps, que l'on pourrait prendre pour une autre peau[6] qui se serait formée sur la première ? Répondez, François, répondez : vos sentiments sont si chrétiens que je croirais diminuer quelque chose de leur générosité, si je ne vous les faisais exposer à vous-même. Qui êtes-vous, dira-t-il, vous qui me faites cette question ? Ignorez-vous que le nom de chrétien signifie un homme souffrant ? Ne vous souvenez-vous pas de ces deux braves athlètes, Paul et Barnabé[7], qui allaient confirmant et consolant les Eglises ? Et que leur disaient-ils pour les consoler ? « Qu'il fallait par de longs travaux et une grande suite de tribulations, parvenir au royaume des cieux » : *Quoniam per multas tribulationes oportet nos intrare in regnum Dei*[8]. Sachez, poursuivra-t-il; et pardonnez-moi, Chrétiens, si je prends plaisir aujourd'hui à vous faire parler si souvent ce merveilleux personnage[1] ; sachez donc, dira-t-il, que nous autres chrétiens « nous avons un corps et une âme qui doivent être exposés à toute sorte d'incommodités » : *Ipsam animan ipsumque corpus expositum omnibus ad injuriam gerimus*[2]. Et c'est ainsi que, pour suivre le commandement de l'Apôtre[3], « afin de ne point courir en vain, je travaille à dompter mon corps, et à réduire en servitude l'appétit de ces voluptés qui, par leur délicatesse, rendent molle et efféminée cette mâle vertu de la foi » : *Discutiendæ sunt deliciæ, quarum mollitia et fluxu fidei virtus effeminari potest*[4]. Après tout, « quelles plus grandes délices à un chrétien, que le dégoût[5] des délices » ? *Quæ major voluptas, quam fastidium ipsius voluptatis*[6] ? « Quoi ! ne pourrons-nous pas vivre sans plaisir, nous qui devons mourir avec plaisir ? » *Non possumus vivere sine voluptate, qui mori cum voluptate debemus*[7] ? Ce sont les paroles du grave Tertullien[8], qu'il prêtera volontiers aux sentiments de François, si dignes de cette première vigueur et fermeté des mœurs chrétiennes.

Sévère, mais évangélique doctrine ; dures, mais indubitables vérités, qui faites frémir tous nos sens, et paraissez si folles à notre aveugle sagesse : c'est vous qui avez rendu l'inimitable François si heureusement insensé ; c'est vous qui l'avez enflammé d'un violent désir du martyre, qui lui fait chercher de toutes parts quelque infidèle qui ait soif de son sang. Et certes il est véritable, encore que tous nos sens y répugnent, qu'un chrétien qui est blessé de l'amour de notre Sauveur[9] n'a pas de plus grand plaisir que de répandre son sang pour lui. C'est là peut-être le seul avantage que nous pouvons remporter sur les anges. Ils peuvent bien être les compagnons de la gloire de Notre Seigneur, mais ils ne peuvent pas être les compagnons de sa mort[10]. Ces bienheureuses intelligences peuvent bien paraître devant la face de Dieu comme des victimes brûlantes d'une charité éternelle, mais leur nature impassible ne leur permet pas de faire une généreuse épreuve de leur affection parmi les souffrances, et de recevoir cet honneur, si doux à celui qui aime, d'aimer jusqu'à mourir, et même de mourir pour amour[11]. Pour nous, au contraire, nous jouissons de ce précieux avantage ; car des deux sortes de vies qu'il a plu à Dieu nous donner, l'une, immortelle et incorruptible, fera durer notre amour éternellement dans le ciel[12] ; et pour l'autre, qui est périssable, nous la lui pouvons immoler pour signaler cet amour sur la terre. Et c'est, comme je vous disais tout à l'heure, ce qui peut arriver de plus doux à une âme vraiment percée des traits de l'amour divin.

Ne voyez-vous pas, Chrétiens, que le Sauveur Jésus, durant le cours de sa vie mortelle, n'a point eu de plus délicieuse pensée, que celle qui lui représentait la mort qu'il devait endurer pour l'amour de nous ? Et d'où lui venait ce goût, ce plaisir ineffable qu'il ressentait dans la considération de maux si pénibles et si étranges ? C'est parce qu'il nous aimait d'une charité immense, dont nous ne saurions jamais nous former qu'une très faible idée. C'est pourquoi il brûle d'impatience de voir bientôt luire au monde cette Pâque si mémorable[1], qu'il devait sanctifier par sa mort. Il soupire sans cesse après ce baptême de sang[2] et après cette heure dernière, qu'il appelait aussi son heure par excellence[3], comme étant celle où son amour devait triompher. Lorsque Jean-Baptiste, son saint Précurseur, voit reposer le Saint-Esprit sur sa tête[4], que le ciel s'entr'ouvre sur lui, que le Père le reconnaît publiquement pour son Fils, ce n'est pas là, Chrétiens, ce qu'il appelle son heure. Cette heure, qui est la sienne, selon sa façon de parler ordinaire et selon la phrase de l'Ecriture, c'est celle à laquelle, portant nos iniquités sur le bois, il se doit immoler pour nous par un sacrifice de charité.

Que si le Créateur trouve une joie si parfaite à mourir pour sa créature, quel contentement doit éprouver la créature de mourir pour son Créateur[5] ! Et c'est ici où l'âme fidèle ressent de merveilleux transports dans la contemplation de notre Maître crucifié. Ce sang précieux, qui ruisselle de toutes parts de ses veines cruellement déchirées, devient pour elle comme un fleuve de flammes, qui l'embrase d'une ardeur invincible de se consumer pour lui. Et pourrions-nous voir notre brave et victorieux capitaine[6] verser son sang pour notre salut avec une si grande joie, sans que le nôtre s'échauffât en nous-mêmes par ce spectacle d'amour[7] ? Les médecins nous apprennent que ce sont certains esprits chauds, et par conséquent actifs et vigoureux, qui, se mêlant parmi notre sang, le font sortir ordinairement avec une grande impétuosité, sitôt que la veine est ouverte[8]. Ah ! que le sang de Jésus-Christ, qui est coulé dans nos veines par la vertu de ses sacrements, anime le sang des martyrs d'une sainte et divine chaleur, qui le fait jaillir d'ici-bas jusque sur le trône de Dieu, lorsqu'une épée infidèle l'épanche[1] pour la confession de la foi! Regardez ces bienheureux soldats du Sauveur, avec quelle contenance ils allaient se présenter au supplice. Une sainte et divine joie éclatait dans leurs yeux et sur leurs visages, par je ne sais quelle ardeur plus qu'humaine qui étonnait tous les spectateurs. C'est qu'ils considéraient en esprit ces torrents du sang de Jésus, qui se débordaient sur leurs âmes par une inondation merveilleuse.

Je ne m'étonne donc plus si l'incomparable François désire si ardemment le martyre[2], lui qui ne perdait jamais de vue le Sauveur attaché à la croix, et qui attirait continuellement, de ses adorables blessures, cette eau céleste de l'amour de Dieu, qui jaillit jusqu'à la vie éternelle. Enivré de ce divin breuvage, il court au martyre comme un insensé : ni les fleuves, ni les montagnes, ni les vastes espaces des mers ne peuvent arrêter son ardeur. Il passe en Asie, en Afrique, partout où il pense que la haine soit la plus échauffée contre le nom de Jésus. Il prêche hautement à ces peuples la gloire de l'Evangile; il découvre les impostures de Mahomet, leur faux prophète. Quoi! ces reproches si véhéments n'animent pas ces barbares contre le généreux François ? Au contraire, ils admirent son zèle infatigable, sa fermeté invincible, ce prodigieux mépris de toutes les choses du monde : ils lui rendent mille sortes d'honneurs. François, indigné de se voir ainsi respecté par les ennemis de son Maître, recommence ses invectives contre leur religion monstrueuse; mais, étrange et merveilleuse insensibilité! ils ne lui témoignent pas moins de déférence. Et le brave athlète de Jésus-Christ[3], voyant qu'il ne pouvait mériter qu'ils lui donnassent la mort : Sortons d'ici, mon Frère, disait-il à son compagnon[4]; fuyons, fuyons bien loin de ces barbares trop humains pour nous, puisque nous ne les pouvons obliger ni à adorer notre Maître, ni à nous persécuter, nous qui sommes ses serviteurs. O Dieu! quand mériterons-nous le triomphe du martyre, si nous trouvons des honneurs même parmi les peuples les plus infidèles ? Puisque Dieu ne nous juge pas dignes de la grâce du martyre, ni de participer à ses glorieux opprobres, allons-nous-en, mon Frère, allons achever notre vie dans le martyre de la pénitence, ou cherchons quelque endroit de la terre, où nous puissions boire à longs traits l'ignominie de la croix.

### [TROISIÈME POINT[1]]

Ce serait en cet endroit, Chrétiens, qu'il serait beau de vous représenter le dernier trait de folie du sage et admirable François. Que vous seriez ravis de lui voir établir sa gloire sur le mépris des honneurs ! Quelles louanges ne donneriez-vous pas à la naïve enfance de son innocente simplicité, et à cette humilité si profonde, par laquelle il se considérait comme le plus grand des pécheurs ; et à cette confiance fidèle, qui lui faisait fonder tout l'appui de son espérance sur les mérites du Fils de Dieu[2] ; et à cette crainte si humble qu'il avait de faire paraître ces sacrés caractères de la Passion du Sauveur, que Jésus crucifié, par une miséricorde ineffable, avait imprimés sur sa chair[3] ! Mais combien seriez-vous étonnés quand je vous dirais que François, François, cet admirable personnage, qui a mené une vie plus angélique qu'humaine, refuse la sainte prêtrise, estimant cette dignité trop pesante pour ses épaules[4] ! Hélas ! quelque imparfaits que nous soyons, nous y courons souvent sans y être appelés, avec une hardiesse, une précipitation qui fait frémir la Religion : téméraires, qui ne comprenons pas la hauteur des mystères de Dieu et la vertu qu'ils exigent dans ceux qui prétendent en être les dispensateurs ! Et François, au contraire, cet ange terrestre, après tant d'actions héroïques et un si long exercice d'une vertu consommée, bien que tout l'ordre ecclésiastique[5] lui tende les bras comme à un homme qui devait être un de ses plus beaux luminaires, tremble et frémit au seul nom de prêtre, et n'ose, malgré la vocation la plus légitime, regarder que de loin une dignité si redoutable ! Mais certes, si je commençais à vous raconter ces merveilles, j'entreprendrais un nouveau discours, et, sur la fin de ma course, je m'ouvrirais une carrière immense. Puis donc que nous faisons dans l'Eglise les panégyriques des saints moins pour célébrer leurs vertus, qui sont déjà couronnées, que pour nous en proposer l'exemple, il vaut mieux que nous retranchions quelque chose des éloges de saint François, afin de nous réserver[6] plus de temps pour tirer quelque utilité de sa vie[7].

Que choisirons-nous, Chrétiens, dans les actions de saint François, pour y trouver notre instruction ? Ce serait peut-être une entreprise trop téméraire, que de rechercher curieusement celle de ses vertus qui serait la plus éminente : il n'appartient qu'à Celui qui les donne d'en faire l'estimation. Que chacun prenne donc pour soi ce qu'il sent en sa conscience lui devoir être le plus utile; et moi, pour l'édification de l'Eglise, je vous proposerai ce qui me semble le plus profitable au salut de tous, et je ne sais quel sentiment me dit au fond de mon cœur que ce doit être le mépris des richesses, auxquelles il est tout visible que nous sommes trop attachés[1]. L'Apôtre, parlant à Timothée, instruit en sa personne les prédicateurs comment ils doivent exhorter les riches : « Commandez, dit-il, aux riches du siècle, qu'ils se gardent d'être hautains et de mettre leur espérance dans l'incertitude des richesses » : *Divitibus hujus sæculi præcipe non sublime sapere, neque sperare in incerto divitiarum*[2]. C'est ce que dit l'apôtre saint Paul, où il touche fort à propos les deux principales maladies des riches : la première, ce grand attachement à leurs biens; la seconde, cette grande estime qu'ils font ordinairement de leurs personnes, parce qu'ils voient que leurs richesses les mettent en considération dans le monde.

Or, mes Frères, quand je ne ferais ici que le personnage d'un philosophe, je ne manquerais pas de raisons pour vous faire voir que c'est une grande folie de faire tant d'état de ces biens qui nous peuvent être ravis par une infinité d'accidents, et dont la mort enfin nous dépouillera sans ressource après que nous aurons pris beaucoup de peine à les sauver des autres embûches que leur dressera la fortune. Que si la philosophie a si bien reconnu la vanité des richesses, nous autres chrétiens, combien les devons-nous mépriser; nous, dis-je, qui établissons ce mépris non sur des raisonnements humains, mais sur des vérités que le Fils du Père éternel a scellées et confirmées par son sang! S'il est donc vrai que l'héritage céleste, que Dieu nous a préparé par son Fils unique, soit l'unique objet de nos espérances, nous ne devons par conséquent estimer les choses que selon qu'elles nous y conduisent, et nous devons détester au contraire tout ce qui s'oppose à un si grand bonheur. Mais de tous les obstacles que le diable met à notre salut, il n'y en a aucun ni plus grand ni plus redoutable que les richesses. Pourquoi ? Je n'en alléguerai aucune raison; je me contenterai d'employer un mot de notre Sauveur, plus puissant que toutes les raisons. Il est rapporté par trois évangélistes, mais particulièrement par saint Marc avec une merveilleuse énergie.

*Mes enfants bien-aimés,* dit notre Maître à ses chers disciples, après les avoir longtemps regardés, afin de leur faire entendre que ce qu'il avait à leur enseigner était d'une importance extraordinaire : *Mes enfants bien-aimés, oh ! qu'il est difficile que les riches puissent être sauvés ! Je vous dis en vérité qu'il est plus aisé de faire passer un câble ou un chameau par l'ouverture d'une aiguille*[1]. Ne vous étonnez pas de cette façon de parler, qui nous paraît extraordinaire. C'était un proverbe parmi les Hébreux, par lequel ils exprimaient ordinairement les choses qu'ils croyaient impossibles; comme qui dirait parmi nous : Plutôt le ciel tomberait, ou quelque autre semblable expression. Mais ce n'est pas là où il faut s'arrêter : voyez, voyez seulement en quel rang[2] le Sauveur a mis[3] le salut des riches. Vous me direz peut-être que c'est une exagération; sans doute vous vous flatterez de cette pensée, et, moi je soutiens au contraire qu'il faut entendre cette parole à la lettre. J'espère vous le prouver par la suite de l'Evangile : rendez-vous attentifs; c'est le Sauveur qui parle : il est question d'entendre sa parole, qui est la vie éternelle.

Quand un homme parle avec exagération, cela se remarque ordinairement à son action, à sa contenance, et surtout au sentiment que son discours imprime sur l'esprit de ses auditeurs. Par exemple, s'il m'était arrivé de dire quelque chose de cette sorte, vous le connaîtriez beaucoup mieux et vous en seriez meilleurs juges que ceux qui ne m'ont pas entendu : rien de plus constant que cette vérité. Or qui sont ceux qui ont écouté le Sauveur ? Ce sont les bienheureux apôtres. Quel sentiment ont-ils eu de son discours ? ont-ils cru que cette sentence fût prononcée avec exagération ? Jugez-en vous-mêmes par leur étonnement et par leur réponse. A ces paroles du Sauveur, dit l'évangéliste, ils demeurent entièrement interdits, admirant sans doute la véhémence extraordinaire avec laquelle leur Maître avait avancé cette terrible proposition. Faisant ensuite réflexion en eux-mêmes sur l'amour désordonné des richesses, qui règne presque partout, ils se disent les uns aux autres : « Et qui pourra donc être sauvé ? » *Et quis poteſt salvus fieri*[1] ? Ah! qu'il eſt bien visible, par cette réponse, qu'ils avaient pris à la lettre cette parole du Fils de Dieu! Car il eſt très certain qu'une exagération ne les aurait pas si fort émus. Mais Jésus n'en demeure pas là : au contraire, les voyant étonnés, bien loin de leur lever ce scrupule, comme les riches le souhaiteraient, il appuie encore davantage. Vous dites, ô mes disciples, que, si cela eſt ainsi, le salut eſt donc impossible : *aussi eſt-il impossible aux hommes, mais à Dieu il n'eſt pas impossible ;* et il en ajoute la raison : *parce que,* dit-il, *tout eſt possible à Dieu*[2].

Que vous dirai-je ici, Chrétiens ? Il pourrait sembler d'abord que le Fils de Dieu se serait beaucoup relâché de sa première rigueur. Mais certes ce serait mal entendre la force de ses paroles ; expliquons-les par d'autres endroits. Je remarque dans les Écritures que cette façon de parler n'y eſt jamais employée que dans une prodigieuse et invincible difficulté. C'eſt alors, en effet, quand toutes les raisons humaines défaillent, qu'il semble absolument nécessaire d'alléguer, pour dernière raison, la toute-puissance divine. C'eſt ce que l'Ange[3] pratique à l'égard de la sainte Vierge, lorsque, lui voulant faire entendre qu'elle pourrait enfanter et demeurer vierge, il lui apporte l'exemple d'une ſtérile qui a conçu[4]; parce qu'enfin, poursuit-il, devant Dieu rien n'eſt impossible. Faites comparaison de ces choses. Une vierge peut concevoir, une ſtérile peut enfanter, un riche peut être sauvé : ce sont trois miracles dont les saintes Lettres ne nous rendent point d'autre raison, sinon que Dieu eſt tout-puissant. Donc, il eſt vrai, ô riche du siècle, que ton salut n'eſt point un ouvrage médiocre; donc il serait impossible, si Dieu n'était pas tout-puissant; donc cette difficulté passe de bien loin nos pensées, puisqu'il faut, pour la surmonter, une puissance infinie[5].

Et ne me dites pas que cette parole ne vous touche point, parce que peut-être vous n'êtes pas riches. Si vous n'êtes pas riches, vous avez envie de le devenir; et ces maléditions des richesses doivent tomber non tant sur les riches que sur ceux qui désirent de l'être. C'eſt de ceux-là que l'Apôtre prononce[6], *qu'ils s'engagent dans le piège du diable, et dans beaucoup de mauvais désirs, qui précipitent l'homme dans la perdition.* Le Fils de Dieu, dans le texte que je vous citais tout à l'heure, ne parle pas seulement des riches, mais de ceux « qui se fient aux richesses » : *confidentes in pecuniis*. Or, le désir et l'espérance étant inséparables, il est impossible de les désirer sans y mettre son espérance.

Vous raconterai-je ici tous les maux que ce maudit désir des richesses a apportés au genre humain ? Les fraudes, les voleries, les usures, les injustices, les oppressions, les inimitiés, les parjures, les perfidies, c'est le désir des richesses qui les a ordinairement amenés sur la terre. Aussi l'Apôtre a-t-il raison de dire, que « le désir des richesses est la racine de tous les maux » : *Radix omnium malorum est cupiditas*[1]. Pourquoi l'avaricieux[2], mettant sa joie et son espérance dans quelque mauvaise année et dans la disette publique, prépare et agrandit ses greniers afin d'y engloutir toute la subsistance du pauvre[3], qu'il lui fera acheter au prix de son sang, lorsqu'il sera réduit aux abois ? Pourquoi le marchand trompeur prononce-t-il plus de mensonges, plus de faux serments qu'il ne débite de marchandises ? Pourquoi le laboureur impatient maudit-il si souvent son travail et la Providence divine ? Pourquoi le soldat impitoyable exerce-t-il une rapine si cruelle ? Pourquoi le juge corrompu vend et livre-t-il son âme à Satan ? N'est-ce pas le désir des richesses ?

Mais surtout que ceux qui les possèdent veillent soigneusement à leur âme : elles ont des liens invisibles, dont nos cœurs ne se peuvent déprendre. Là où est notre trésor, là est notre cœur[4] : or un cœur qui aime autre chose que Dieu ne peut être capable d'aimer Dieu. « Oh ! si nous aimions Dieu comme il faut, dit l'admirable saint Augustin, nous n'aimerions point du tout l'argent » : *O si Deum digne amemus, nummos omnino non amabimus*[5]. Partant si nous aimons l'argent, il sera impossible que nous aimions Dieu.

Tirez maintenant cette conséquence : les hommes qui ont beaucoup de richesses, il est presque impossible qu'ils ne les aiment; quand ils le voudraient nier, cela paraît trop évidemment par la crainte qu'ils ont de les perdre. Qui aime si fort les richesses, il est impossible qu'il aime Dieu; qui n'aime pas Dieu, il est impossible qu'il soit sauvé. « O Dieu, qu'il est difficile que ceux qui ont de grands biens parviennent au royaume du ciel ! » *Quam difficile qui pecunias habent, regnum Dei intrabunt*[6] !

Si les richesses sont donc si dangereuses, avisez, mes Frères, à ce que vous en devez faire. Dieu ne vous les a pas données pour les enfermer dans des coffres, ni pour les employer à tant de dépenses superflues, pour ne pas dire pernicieuses. Elles vous sont données pour sustenter Jésus-Christ[1], qui languit en la personne des pauvres ; elles vous sont données pour racheter vos iniquités, et pour amasser des trésors éternels. Jetez, jetez les yeux sur tant de familles nécessiteuses qui n'osent vous exposer leurs misères ; sur les vierges de Jésus, que l'on voit presque défaillir dans leurs cloîtres, faute de moyens pour subsister ; sur tant de pauvres religieux, qui sous une mine riante cachent souvent une grande indigence. Une peu de courage, mes Frères ; faites quelques efforts pour l'amour de Dieu. Voyez avec quelle abondance il a élargi ses mains sur nous par la fertilité de cette année : élargissons les nôtres sur les misères de nos pauvres frères ; que personne ne s'en dispense. Ne vous excusez pas sur la modicité de vos facultés[2] ; Jésus mettra en ligne de compte jusqu'au moindre présent que vous lui ferez avec un cœur plein de charité : un verre d'eau même, offert dans cet esprit, peut vous mériter la vie éternelle[3].

C'est ainsi que les biens, qui sont ordinairement un poison, se convertiront pour vous en remède salutaire. Loin de perdre vos richesses en les distribuant, vous les posséderez d'autant plus sûrement que vous les aurez plus saintement prodiguées. Les pauvres vous les rendront d'une qualité bien plus excellente, car elles changent de nature en leurs mains. Dans les vôtres, elles sont périssables : elles deviennent incorruptibles, sitôt qu'elles ont passé dans les leurs. Ils sont plus puissants que les rois. Les rois, par leurs édits, donnent quelque prix aux monnaies : les pauvres les rehaussent de prix jusqu'à une valeur infinie, sitôt qu'ils y appliquent leur marque. *Faites-vous donc des trésors qui ne périssent jamais*[4] ; thésaurisez pour le siècle futur[5] un trésor inépuisable. Mettez vos richesses à couvert dans le ciel contre les guerres, contre les rapines, contre toute sorte d'événements ; déposez-les entre les mains de Dieu. Faites-vous, par vos aumônes, de bons amis sur la terre, qui vous recevront, après votre mort, dans ces éternels tabernacles[6], où le Père, le Fils et le Saint-Esprit, seul Dieu vivant et immortel, est glorifié dans tous les siècles des siècles. *Amen.*

# PANÉGYRIQUE
## DE
# SAINT BERNARD

PRÊCHÉ A METZ LE 20 AOUT 1653[1].

> *Non enim judicavi me scire aliquid inter vos nisi Jesum Christum, et hunc crucifixum.*
>
> Je n'ai pas estimé que je susse aucune chose parmi vous, si ce n'est Jésus-Christ, et Jésus-Christ crucifié.
>
> *I. Cor.*, 11, 2.

Nos Eglises de France ont introduit dans le dernier siècle une pieuse coutume, de commencer les prédications en invoquant l'assistance divine par les intercessions[2] de la bienheureuse Marie. Comme nos adversaires ne pouvaient souffrir l'honneur si légitime que nous rendons à la sainte Vierge, comme ils le blâmaient par des invectives aussi sanglantes qu'elles étaient injustes et téméraires, l'Eglise a cru qu'il était à propos de résister à leur audacieuse entreprise, et de recommander d'autant plus cette dévotion aux fidèles, que l'hérésie s'y opposait avec plus de fureur. Et parce que nous n'avons rien de plus vénérable que la prédication du saint Evangile, c'est là qu'elle invite tous ses enfants à implorer les oraisons de Marie, qu'elle reconnaît leur être si profitables.

Mais il y a, ce me semble, une autre raison plus particulière de cette sainte cérémonie : c'est que le devoir des prédicateurs est d'engendrer Jésus-Christ dans les âmes : *Mes petits enfants,* dit l'Apôtre, *pour lesquels je suis encore dans les douleurs de l'enfantement, jusqu'à ce que Jésus-Christ soit formé en vous*[3]. Vous voyez qu'il enfante et qu'il engendre Jésus-Christ dans les âmes : ainsi il y a quelque convenance entre les prédicateurs de la parole divine et la sainte Mère de Dieu. C'est pourquoi le grand saint Grégoire ne craint pas d'appeler mères de Jésus-Christ ceux qui sont appelés à ce glorieux ministère[1]. De là vient que l'Église s'est persuadé aisément que vous, ô très heureuse Marie, bénite[2] entre toutes les femmes ; vous qui avez été prédestinée dès l'éternité pour engendrer selon la chair le Fils du Très-Haut, vous aideriez volontiers de vos pieuses intercessions ceux qui le doivent engendrer en esprit dans les cœurs de tous les fidèles.

Mais dans quelle prédication doit-on plus espérer de votre secours, que dans celle que ce peuple attend aujourd'hui, où nous avons à louer la grâce et la miséricorde divine dans la sainteté du dévot Bernard[3], de Bernard le plus fidèle et le plus chaste de vos enfants[4] ; celui de tous les hommes qui a le plus honoré votre maternité glorieuse, qui a le mieux imité votre pureté angélique[5], qui a cru devoir à vos soins et à votre charité maternelle l'influence[6] continuelle de grâces qu'il recevait de votre cher Fils ! Aidez-nous donc par vos saintes prières, ô très bénite Marie ! aidez-nous à louer l'ouvrage de vos prières. Pour cela nous nous jetons à vos pieds, vous saluant et vous disant avec l'ange : *Ave*.

Parmi les divers ornements du pontife de la loi ancienne, celui qui me semble le plus remarquable, c'est ce mystérieux pectoral sur lequel, selon l'Ecriture, il portait[7] : *Urim et Tumim*[8], c'est-à-dire, vérité et doctrine ; ou, comme l'entendent d'autres interprètes, lumière et perfection. Je sais que cela est écrit pour nous faire voir quelles doivent être les qualités des ministres des choses sacrées ; et qu'encore que leurs habillements magnifiques semblent les rendre assez remarquables, ce n'est pas là toutefois ce qui les doit discerner du peuple ; mais que la vraie marque sacerdotale, le vrai ornement du grand prêtre, c'est la doctrine et la vérité : c'est ce qui nous est représenté en ce lieu.

Mais si nous portons plus loin nos pensées ; si dans le pontife du Vieux Testament, qui n'avait que des ombres et des figures, nous considérons Jésus-Christ, qui est la fin de la Loi[9] et le pontife de la nouvelle alliance, nous y trouverons quelque chose de plus merveilleux. Chrétiens, c'est ce saint pontife, c'est le grand sacrificateur qui porte véritablement sur lui-même la doctrine, la perfection et la vérité ; non point sur des pierres précieuses, ni dans des caractères gravés, comme faisaient les enfants d'Aaron[1], mais dans ses actions irrépréhensibles et dans sa conduite toute divine.

Pour comprendre cette vérité nécessaire à l'intelligence de notre texte, remettez, s'il vous plaît, en votre mémoire, que Jésus-Christ, notre Maître[2], est le Fils de Dieu. Vous[3] êtes trop bien instruits pour ignorer que Dieu n'engendre pas à la façon ordinaire, et que cette génération n'a rien de matériel ni de corruptible. *Dieu est esprit*[4], Fidèles, et ne vit que de raison et d'intelligence; de là vient aussi qu'il engendre par son intelligence et par sa raison : de sorte que le Fils de Dieu est le fruit d'une connaissance très pure, et qui, dans une simplicité incompréhensible, ne laisse pas d'être infiniment étendue. Etant le fruit de la raison et de l'intelligence[5] divine, il est lui-même raison et intelligence; et c'est pourquoi l'Ecriture l'appelle la Parole et la Sagesse du Père[6].

Et d'autant qu'il ne se peut faire que Dieu agisse autrement que par sa raison et par sa sagesse, de là vient que nous voyons dans les saintes Lettres que Dieu a tout fait par son Verbe, qui est son Fils : *Omnia per ipsum facta sunt*[7]; parce que, son Verbe est sa raison et sa lumière. C'est pourquoi cette grande machine du monde est un ouvrage si bien entendu, et fait reluire de toutes parts un[8] ordre si admirable avec une excellente raison. Il ne se peut que la disposition n'en soit belle, et tous les mouvements raisonnables, parce qu'ils viennent d'une idée très sage, et d'une science très assurée, et d'une raison souveraine, qui est le Verbe et le Fils de Dieu, par qui toutes choses ont été faites, par qui elles sont disposées et régies.

Or, Fidèles, ce Verbe divin, après avoir fait éclater sa sagesse dans la structure et le gouvernement de cet univers, parce que, comme dit l'apôtre saint Jean, par lui toutes choses ont été faites, touché d'un amour incroyable pour notre nature, il nous la manifeste[9] encore d'une façon tout ensemble plus familière et plus excellente dans un ouvrage plus divin et qui ne laisse pas toutefois de nous toucher aussi de bien plus près. Comment cela ? direz-vous. Ha ! voici le grand conseil de notre bon Dieu[10], et la grande consolation des fidèles : c'est que ce Verbe éternel comme vous savez, s'est fait homme dans la plénitude des temps; il s'est uni à notre nature, il a pris l'humanité[11] dans les entrailles de la bienheureuse Marie, et c'est cette miraculeuse union qui nous a donné Jésus-Christ, Dieu et homme, notre Maître et notre Sauveur.

Donc[1] la sainte humanité de Jésus étant unie au Verbe divin, elle est régie et gouvernée par le même Verbe[2]. Rendez-vous, s'il vous plaît, attentifs et comprenez ce raisonnement. Car de même que la raison humaine gouverne les appétits du corps qui lui est uni, tellement que la partie même inférieure participe en quelque sorte à la raison, en tant qu'elle s'y soumet et lui obéit : de même le Verbe divin gouverne l'humanité qu'il a revêtue[3], et, comme il l'a rendue sienne d'une façon extraordinaire, il la régit aussi, il la meut et il l'anime d'un soin[4] et d'une manière ineffable; si bien que toutes les actions de cette nature humaine, que le Verbe divin s'est appropriée, sont toutes pleines de cette sagesse incréée, qui est le Fils de Dieu, et sont dignes du Verbe éternel auquel elle est divinement unie, et par lequel elle est singulièrement gouvernée[5]. De là vient que les anciens Pères, parlant des actions de cet Homme-Dieu, les ont appelées opérations théandriques[6], c'est-à-dire opérations mêlées du divin et de l'humain, opérations divines et humaines tout ensemble; humaines par leur nature, divines par leur principe : d'autant que le Dieu-Verbe s'étant rendu propre la sainte humanité de Jésus, il en considère les actions comme siennes, et ne cesse d'y faire couler une influence de grâce et de sagesse toute divine[7] qui les anime et qui les relève au delà de ce que nous pouvons concevoir.

Notre doctrine étant ainsi supposée, il ne nous sera pas difficile de l'appliquer aux paroles du saint Apôtre qui servent de fondement à tout ce discours. Je dis donc[8] que l'humanité de Jésus touchant de si près au Verbe divin, et lui appartenant par une espèce d'union si intime, il était obligé, pour l'intérêt de sa gloire, de la conduire par sa sagesse : d'où il résulte que toutes les actions de Jésus venaient d'un principe divin et d'un fonds de sagesse infinie. Partant, si nous voulons reconnaître en quelle estime nous devons avoir les choses qui se présentent à nous, nous n'avons qu'à considérer le choix ou le mépris qu'en a fait le Sauveur Jésus pendant qu'il a vécu sur la terre. Comme il est la Parole substantielle du Père, toutes ses actions parlent et toutes ses œuvres instruisent.

On nous a toujours fait entendre[9] que la meilleure

façon d'enseigner, c'est de faire. L'action, en effet, a je ne sais quoi de plus vif et de plus pressant que les paroles les plus éloquentes. C'est aussi pour cela que le Fils de Dieu, ce divin précepteur que Dieu nous a envoyé du ciel, a choisi cette noble manière de nous enseigner par ses actions ; et cette instruction est d'autant plus persuasive et plus forte, qu'étant réglée par la sagesse même de Dieu, nous sommes assurés qu'il ne peut manquer. Bonté incroyable de notre Dieu ! Voyant que nous étions contraints d'aller puiser en divers endroits les ondes salutaires de la vérité, non sans un grand travail et un péril éminent de nous égarer dans une recherche si difficile, il nous a proposé son cher Fils, dans lequel il a ramassé toutes les vérités qui nous sont utiles, comme dans un saint et mystérieux abrégé ; et, ayant pitié de nos ignorances et de nos irrésolutions, il a tellement disposé sa vie, que par elle toutes les choses nécessaires pour la conduite des mœurs sont très évidemment décidées : d'où vient que l'apôtre saint Paul nous assure *qu'en Jésus-Christ sont cachés tous les trésors de la science et de la sagesse*[1]. C'est pourquoi, dit le même saint Paul[2], je ne cherche pas la bonne doctrine dans les écrits curieux, ni dans les raisonnements incertains des philosophes et des orateurs enflés de leur vaine éloquence[3] ; seulement j'étudie le Sauveur Jésus et en lui je vois toutes choses. De cette sorte, Fidèles, Jésus n'est pas seulement notre Maître, mais il est encore l'objet de nos connaissances : il n'est pas seulement la lumière qui nous guide à la vérité, mais il est lui-même la vérité dont nous désirons la science ; et c'est pourquoi nous sommes appelés chrétiens, non seulement parce que nous professons de ne suivre point d'autre maître que Jésus-Christ, mais encore parce que nous faisons gloire de ne savoir autre chose que Jésus-Christ. Et certes, ce serait en vain que nous rechercherions d'autres instructions, puisque, par le Verbe fait homme, la Science elle-même nous a parlé ; et que la Sagesse, pour nous enseigner, a fait devant nous ce qu'il fallait faire, et que la Vérité même s'est manifestée à nos esprits, et s'est rendue sensible à nos yeux.

Voilà de quelle sorte Jésus-Christ, notre grand Pontife, a porté sur lui-même la doctrine et la vérité[4]. Mais d'autant que c'est à la croix qu'il a particulièrement exercé sa charge de souverain prêtre, c'est là, c'est là, mes Frères, que, malgré la fureur de ses ennemis et la honte de sa nudité ignominieuse, il nous a paru le mieux revêtu de ses beaux ornements de doctrine et de vérité. Jésus était le livre où Dieu a écrit notre instruction; mais c'est à la croix que ce grand livre s'est le mieux ouvert, par ses bras étendus, et par ses cruelles blessures, et par sa chair percée de toutes parts; car, après une si belle leçon, que nous reste-t-il à apprendre ? Fidèles, ce qui nous abuse, ce qui nous empêche de reconnaître le souverain bien, qui est la seule science profitable, c'est l'attachement et l'aveugle estime que nous avons pour les biens sensibles. C'est ce qui a obligé le Sauveur Jésus à choisir volontairement les injures, les tourments et la mort. Bien plus, il a choisi de toutes les injures les plus sensibles, et de tous les supplices le plus infâme, et de toutes les morts la plus douloureuse; afin de nous faire voir combien sont méprisables les choses que les mortels abusés appellent des biens, et qu'en quelque extrémité de misère, de pauvreté, de douleurs que l'homme puisse être réduit, il sera toujours puissant, abondant, bienheureux, pourvu que Dieu lui demeure.

Ce sont ces vérités, Chrétiens, que le grand Pontife Jésus[1] nous montre écrites sur son corps déchiré, et c'est ce qu'il nous crie par autant de bouches qu'il a de plaies : de sorte que sa croix n'est pas seulement le sanctuaire d'un pontife et l'autel d'une victime, mais la chaire d'un maître et le trône d'un législateur. De là vient que l'apôtre saint Paul, après avoir dit qu'il ne sait autre chose que Jésus-Christ, il ajoute aussitôt : *Et Jésus-Christ crucifié;* parce que, si ces vérités chrétiennes nous sont montrées dans la vie de Jésus, nous les lisons encore bien plus efficacement dans sa mort, scellées et confirmées par son sang : tellement que Jésus crucifié, qui a été le scandale du monde, et qui a paru ignorance et folie aux philosophes du siècle, pour confondre l'arrogance humaine est devenu le plus haut point de notre sagesse.

Ha ! que l'admirable Bernard s'était avancé dans cette sagesse ! Il était toujours au pied de la croix, lisant, et contemplant et étudiant ce grand livre. Ce livre fut son premier alphabet dans sa tendre enfance; ce même livre fut tout son conseil dans sa sage et vénérable vieillesse. Il en baisait les sacrés caractères; je veux dire ces aimables blessures, qu'il considérait comme étant encore toutes fraîches et toutes vermeilles[1] et teintes de ce sang précieux qui est notre prix et notre breuvage[2]. Il disait avec l'apôtre saint Paul[3] : Que les sages du monde se glorifient, les uns de la connaissance des astres, et les autres des éléments; ceux-là de l'histoire ancienne et moderne, et ceux-ci de la politique; qu'ils se vantent, tant qu'il leur plaira, de leurs inutiles curiosités : pour moi, si Dieu permet que je sache Jésus crucifié, ma science sera parfaite, et mes désirs seront accomplis. C'est tout ce que savait saint Bernard; et comme l'on ne prêche que ce que l'on sait, lui, qui ne savait que la croix, ne prêchait aussi que la croix.

La science de la croix fait les chrétiens; la prédication de la croix produit les apôtres. C'est pourquoi saint Paul, qui se glorifie de ne savoir que Jésus crucifié, publie ailleurs hautement qu'il ne prêche que Jésus crucifié[4]. Ainsi faisait le dévot[5] saint Bernard. Je vous le ferai voir en particulier et dans sa cellule étudiant la croix de Jésus, afin que vous respectiez[6] la vertu de ce bon et parfait chrétien; mais après je vous le représenterai dans les chaires et dans les fonctions ecclésiastiques, prêchant et annonçant la croix de Jésus, afin que vous glorifiiez Dieu, qui nous a envoyé cet apôtre. Vous verrez donc, mes Frères, la vie chrétienne et la vie apostolique[7] de saint Bernard, fondées l'une et l'autre sur la science de notre Maître crucifié : c'est le sujet de cet entretien. Il est simple, je vous l'avoue; mais je bénirai cette simplicité, si, dans la croix de Jésus je puis vous montrer l'origine des admirables qualités du pieux Bernard. C'est ce que j'attends de la grâce du Saint-Esprit, si vous vous rendez soumis et attentifs à sa sainte parole. Commençons[8] avec l'assistance divine, et entrons dans la première partie.

## [PREMIER POINT]

Si j'ai été assez heureux pour vous faire entendre ce que je viens de vous dire, vous devez avoir remarqué que le Sauveur, pendu à la croix, nous enseigne le mépris du monde d'une manière très puissante et très efficace. Car si Jésus crucifié est le Fils et les délices du Père, s'il est son unique[9] et son bien-aimé, et le seul objet de sa complaisance; si d'ailleurs, selon notre façon de juger des choses, il est de tous les mortels le plus abandonné et le plus misérable ; le plus grand selon Dieu, et le plus méprisable selon les hommes : qui ne voit combien nous sommes trompés dans l'estime que nous faisons des biens et des maux, et que les choses qui ont parmi nous l'applaudissement et la vogue sont les dernières et les plus abjectes ? Et c'est ce qui inspire jusqu'au fond de l'âme le mépris du monde et des vanités à ceux qui sont savants dans la croix du Sauveur Jésus, où la pompe et les fausses voluptés de la terre ont été éternellement condamnées. C'est pourquoi l'apôtre saint Paul, considérant Jésus-Christ sur ce bois infâme : Ha! dit-il, je suis crucifié avec mon bon Maître. Je le vois, je le vois sur la croix, dépouillé de tous les biens que nous estimons, accablé à l'extrémité de tout ce qui nous afflige et qui nous effraye. Moi, qui le crois la sagesse même, j'estime ce qu'il estime ; et, dédaignant ce qu'il a dédaigné, je me crucifie avec lui, et rejette de tout mon cœur les choses qu'il a rejetées : *Christo confixus sum cruci*[1].

Tel est le sentiment d'un vrai chrétien, mais que cette vérité est dure à nos sens! Qui la pourra comprendre, Fidèles, si Jésus même ne l'imprime en nos cœurs ? C'est ainsi qu'il se plaît à nous commander des choses esquelles[2] toute la nature répugne, afin de faire éclater sa puissance dans notre faiblesse[3] ; et pour animer nos courages, il nous propose des personnes choisies, à qui sa grâce a rendu aisé ce qui nous paraissait impossible. Or, parmi les hommes illustres dont l'exemple enflamme nos espérances et confond notre lâcheté, il faut avouer que l'admirable Bernard tient un rang très considérable. Un gentilhomme, d'une race illustre, qui voit sa maison en crédit, et ses proches dans les emplois importants ; à qui sa naissance, son esprit, ses richesses promettent une belle fortune, à l'âge de vingt-deux ans renoncer au monde, au point que fit[4] saint Bernard, vous semble-t-il, Chrétiens, que ce soit un effet médiocre de la toute-puissance divine[5] ? S'il l'eût fait dans un âge plus avancé, peut-être que le dégoût, l'embarras, les ennuis et les inquiétudes qui se rencontrent dans les affaires, l'auraient pu porter à ce changement. S'il eût pris cette résolution dans une jeunesse plus tendre, la victoire eût été médiocre dans un temps où à peine nous nous sentons, et où les passions ne sont pas encore nées. Mais Dieu a choisi saint Bernard, afin de nous faire paraître le triomphe de la croix sur les vanités, dans les circonstances les plus remarquables que nous ayons jamais vues dans aucune histoire.

Vous dirai-je[1] en ce lieu ce que c'est qu'un jeune homme de vingt-deux ans[2] ? Quelle ardeur, quelle impatience, quelle impétuosité de désirs ? Cette force, cette vigueur, ce sang chaud et bouillant, semblable à un vin fumeux[3], ne leur permet rien de rassis ni de modéré. Dans les âges suivants, on commence à prendre son pli, les passions s'appliquent à quelques objets, et alors celle qui domine ralentit du moins la fureur des autres; au lieu que cette verte jeunesse n'ayant rien encore de fixe ni d'arrêté, en cela même qu'elle n'a point de passion dominante par-dessus les autres, elle est agitée de toutes les passions, avec violence[4]. Là les folles amours; là le luxe, l'ambition et le vain désir de paraître exercent leur empire sans résistance[5]. Tout s'y fait par une chaleur inconsidérée; et comment accoutumer à la règle, à la solitude, à la discipline, cet âge qui ne se plaît que dans le mouvement et dans le désordre, et qui n'est presque jamais dans une action composée[6] !

Certes, quand nous nous voyons penchants sur le retour de notre âge, que nous comptons déjà une longue suite de nos ans écoulés, que nos forces se diminuant, et que le passé occupant la partie la plus considérable de notre vie, nous ne tenons plus au monde que par un avenir incertain, ha! le présent ne nous touche plus guère. Mais la jeunesse, qui ne songe pas[7] que rien lui soit encore échappé, qui sent sa vigueur entière et présente, elle ne songe aussi qu'au présent, et y attache toutes ses pensées. Dites-moi, je vous prie, celui qui croit avoir le présent tellement à soi, quand est-ce qu'il s'adonnera aux pensées sérieuses de l'avenir ? Davantage[8], quelle apparence de quitter le monde, dans un âge où il ne nous y paraît[9] rien que de plaisant ? Nous voyons toutes choses selon la disposition où nous sommes; de sorte que la jeunesse, qui semble n'être formée que pour la joie et pour les plaisirs, ha! elle ne voit rien de fâcheux; tout lui rit, tout lui applaudit. Elle n'a point encore d'expérience des maux du monde, ni des traverses qui nous arrivent : de là vient qu'elle s'imagine qu'il n'y a point de dégoût, de disgrâce pour elle. Comme elle se sent forte et vigoureuse, elle bannit la crainte, et tend les voiles de toutes parts à l'espérance qui l'enfle et qui la conduit[10].

Vous le savez, Fidèles, de toutes les passions, la plus charmante, c'est l'espérance. C'est elle qui nous entretient et qui nous nourrit, qui adoucit toutes les amertumes de la vie; et souvent nous quitterions des biens effectifs, plutôt que de renoncer à nos espérances. Mais la jeunesse téméraire et malavisée, qui présume toujours beaucoup à cause qu'elle a peu expérimenté, ne voyant point de difficulté dans les choses, c'est là que l'espérance est la plus véhémente et la plus hardie[1] : si bien que les jeunes gens, enivrés de leurs espérances, croient tenir tout ce qu'ils poursuivent; toutes leurs imaginations leur paraissent des réalités. Ravis d'une certaine douceur de leurs prétentions infinies, ils s'imagineraient perdre infiniment, s'ils se départaient de leurs grands desseins; surtout les personnes de condition, qui, étant élevées dans un certain esprit de grandeur, et bâtissant toujours sur les honneurs de leur maison et de leurs ancêtres, se persuadent facilement qu'il n'y a rien à quoi ils ne puissent prétendre.

Figurez-vous maintenant le jeune Bernard, nourri en homme de condition, qui avait la civilité[2] comme naturelle, l'esprit poli par les bonnes lettres[3], la rencontre[4] belle et aimable, l'humeur accommodante, les mœurs douces et agréables : ha! que de puissants liens pour demeurer attaché à la terre! Chacun pousse de telles personnes : on les vante, on les loue; on pense leur donner du courage, et on leur inspire l'ambition. Je sais que sa pieuse mère l'entretenait souvent des[5] mépris du monde; mais, disons la vérité, cet âge ordinairement indiscret n'est pas capable de ces bons conseils. Les avis de leurs compagnons et de leurs égaux, qui ne croient rien de si sage qu'eux, l'emportent par-dessus les parents.

Triomphez, Seigneur, triomphez de tous les attraits de ce monde trompeur; et faites voir au jeune Bernard, comme vous le fîtes voir à saint Paul[6], ce qu'il faut qu'il endure pour votre service. Déjà vous lui avez inspiré, avec une tendre dévotion pour Marie, un généreux amour de la pureté; déjà il a méprisé des caresses les plus dangereuses, dans des rencontres que l'honnêteté ne me permet pas de dire en cette audience[7]; déjà votre grâce lui a fait chercher un bain et un rafraîchissement salutaire dans les neiges et dans les étangs glacés, où son intégrité[8] attaquée s'est fait un rempart contre les molles délices du siècle. Son regard imprime de la modestie : il retient jusques[1] à ses yeux, parce qu'il a appris de votre Evangile[2] et de votre apôtre[3], qu'il y a des yeux adultères. Dans un courage qui passe l'homme, on lui voit peintes sur le visage la honte[4] et la retenue d'une fille honnête et pudique. Mais, achevez, Seigneur[5], en la personne de ce saint jeune homme le grand ouvrage de votre grâce.

Et, en effet, le voyez-vous, Chrétiens, comme il est rêveur et pensif[6] ? de quelle sorte il fuit le grand monde, devenu extraordinairement amoureux du secret et de la solitude ? Là il s'entretient doucement de telles ou de semblables[7] pensées : Bernard, que prétends-tu[8] dans le monde ? Y vois-tu quelque chose qui te satisfasse ? Les fausses voluptés, après lesquelles les mortels ignorants courent d'une telle fureur, qu'ont-elles après tout, qu'une illusion de peu de durée ? Sitôt que cette première ardeur[9] qui leur donne tout leur agrément a été un peu ralentie par le temps, leurs plus violents sectateurs s'étonnent le plus souvent de s'être si fort travaillés pour rien[10]. L'âge et l'expérience nous font bien voir combien sont vaines les choses que nous avions le plus désirées, et encore ces plaisirs tels quels, combien sont-ils clairsemés[11] dans la vie ! Quelle joie peut-on ressentir où la douleur ne se jette comme à la traverse ? Et s'il nous fallait retrancher de nos jours tous ceux que nous avons mal passés, même selon les maximes du monde, pourrions-nous bien trouver en toute la vie de quoi faire trois ou quatre mois[12] ? Mais accordons aux fols amateurs du siècle[13] que ce qu'ils aiment est considérable ; combien dure cette félicité ? Elle fuit, elle fuit comme un fantôme qui, nous ayant donné quelque espèce de contentement pendant qu'il demeure avec nous, ne nous laisse en nous quittant que du trouble.

Bernard, Bernard, disait-il, cette verte jeunesse ne durera pas toujours : cette heure fatale viendra, qui tranchera toutes les espérances trompeuses par une irrévocable sentence ; la vie nous manquera, comme un faux ami, au milieu de nos entreprises. Là tous nos beaux desseins tomberont par terre[14] ; là s'évanouiront toutes nos pensées. Les riches de la terre, qui, durant cette vie, jouissent de la tromperie d'un songe agréable, s'imaginent avoir de grands biens, s'éveillant tout à coup dans ce grand jour de l'éternité, seront tout étonnés qu'ils se trouveront[15] les mains vides. La mort, cette fatale ennemie, entraînera avec elle tous nos plaisirs et tous nos honneurs dans l'oubli et dans le néant. Hélas! on ne parle que de passer le temps. Le temps passe en effet, et nous passons avec lui; et ce qui passe à mon égard par le moyen du temps qui s'écoule, entre dans l'éternité qui ne passe pas; et tout se ramasse dans le trésor de la science divine qui ne passe pas[1]. O Dieu éternel! quel sera notre étonnement, lorsque le juge sévère qui préside dans l'autre siècle, où celui-ci nous conduit malgré nous, nous représentant en un instant toute notre vie, nous dira d'une voix terrible : Insensés que vous êtes, qui avez tant estimé les plaisirs qui passent, et qui n'avez pas considéré la suite qui ne passe pas[2]?

Allons, concluait-il[3], et puisque notre vie est toujours emportée par le temps qui ne cesse de nous échapper, tâchons d'y attacher quelque chose qui nous demeure. Puis, retournant à son grand livre, qu'il étudiait continuellement avec une douceur incroyable, je veux dire à la croix de Jésus, il se rassasiait de son sang, et avec cette divine liqueur il humait le mépris du monde[4]. Je viens, disait-il, ô mon Maître, je viens me crucifier avec vous. Je vois que ces yeux si doux, desquels un seul regard a fait fondre saint Pierre en larmes, ne rendent plus de lumières : je tiendrai les miens fermés à jamais à la pompe du siècle; ils n'auront plus de lumière pour les vanités. Cette bouche divine, de laquelle inondaient[5] des fleuves de vie éternelle, je vois que la mort l'a fermée : je condamnerai la mienne au silence, et ne l'ouvrirai que pour confesser mes péchés et votre miséricorde. Mon cœur sera de glace pour les vains plaisirs; et comme je ne vois sur tout votre corps aucune partie entière, je veux porter de tous côtés sur moi-même les marques de vos souffrances, afin d'être un jour entièrement revêtu de votre glorieuse résurrection. Enfin je me jetterai à corps perdu sur vous, ô aimable mort[6], et je mourrai avec vous; je m'envelopperai avec vous dans votre drap mortuaire : aussi bien j'apprends de l'Apôtre[7] que nous sommes ensevelis avec vous dans le saint baptême.

Ainsi le pieux Bernard s'enflamme au mépris du monde, comme il est aisé de le recueillir de ses livres. Il ne songe plus qu'à chercher un lieu de retraite et de pénitence. Mais comme il ne désire que la rigueur et l'humilité, il ne se jette point dans ces fameux monastères, que leur réputation ou leur abondance rend illustres par toute la terre. En ce temps-là, un petit nombre de religieux vivait à Cîteaux, sous l'abbé Etienne[1]. L'austérité qui s'y pratiquait, les empêchait de s'attirer des imitateurs[2]; mais ils[3] ne se relâchaient pas pour cela, jugeant plus à propos de persister dans leur institut pour l'amour de Dieu, que d'y rien changer pour l'amour des hommes. Cette abbaye, maintenant si célèbre, était pour lors inconnue et sans nom[4]. Le bienheureux Bernard, à qui le voisinage donnait quelque connaissance de la vertu de ces saints personnages, embrasse leur règle et leur discipline, ravi d'avoir trouvé tout ensemble la sainteté de vie, l'extrême rigueur de la pénitence et l'obscurité. Là il commença de vivre de[5] sorte qu'il fut bientôt en admiration, même à ces anges terrestres; et, comme ils le voyaient toujours croître[6], il ne fut pas longtemps parmi eux, que, tout jeune qu'il était lors, ils le jugèrent capable[7] de former les autres. Je laisse les actions éclatantes[8] de ce grand homme; et, pour la confusion de notre mollesse, à la louange de la grâce de Dieu, je vous ferai un tableau de sa pénitence, tiré de ses paroles et de ses écrits[9].

Il avait accoutumé de dire qu'un novice, entrant dans le monastère, devait laisser son corps à la porte, et le saint homme en usait ainsi[10]. Ses sens étaient de telle sorte[11] mortifiés, qu'il ne voyait plus ce qui se présentait à ses yeux. La longue habitude de mépriser le plaisir du goût avait éteint en lui toute la pointe de la saveur. Il mangeait de toutes choses sans choix; il buvait de l'eau ou de l'huile indifféremment, selon qu'il les avait à la main. Le pain[12] dont il usait était si amer[13], que l'on voyait bien que sa plus grande appréhension était de donner quelque satisfaction à son corps. A ceux qui s'effrayaient de la solitude, il leur représentait l'horreur des ténèbres extérieures et ce grincement de dents éternel. Si quelqu'un trouvait trop rude ce long et horrible silence, il les avertissait que, s'ils considéraient attentivement l'examen rigoureux que le grand Juge fera des paroles, ils n'auraient pas beaucoup de peine à se taire. Il avait peu de soin de la santé de son corps, et blâmait fort en ce point la grande délicatesse des hommes, qui voudraient se rendre immortels, tant le désir qu'ils ont de la vie est désordonné; pour lui, il mettait ses infirmités parmi les exercices de la pénitence. Pour contrecarrer la mollesse du monde, il choisissait d'ordinaire pour sa demeure un air humide et malsain, afin d'être non tant malade que faible; et il estimait qu'un religieux était sain, quand il se portait assez bien pour chanter et psalmodier[1]. Il voulait[2] que les moines excitassent l'appétit de manger, non par les viandes[3], mais par les jeûnes; non par le ragoût[4], mais par le travail[5]. Il couchait sur la dure; mais, pour y dormir, disait-il, il attirait le sommeil par les veilles, par la psalmodie de la nuit, et par l'ouvrage[6] de la journée, de sorte que dans cet homme les fonctions même naturelles étaient exercées[7] non tant par la nature que par la vertu. Quel homme a jamais pu dire avec plus juste raison ce que disait l'apôtre saint Paul[8] : *Le monde m'est crucifié, et moi je suis crucifié au monde ?*

Ha! que l'admirable saint Chrysostome fait une excellente réflexion sur ces beaux mots de saint Paul! Ce ne lui était pas assez, remarque ce saint évêque[9], d'avoir dit que le monde était mort pour lui; il faut qu'il ajoute que lui-même est mort au monde. Certes, poursuit ce savant interprète, l'Apôtre considérait que non seulement les vivants ont quelques sentiments les uns pour les autres, mais qu'il leur reste encore quelque affection pour les morts; qu'ils en conservent le souvenir, et rendent du moins à leurs corps les honneurs de la sépulture. Tellement que saint Paul, pour nous faire entendre jusqu'à quelle extrémité le fidèle doit se dégager des plaisirs du siècle : Ce n'est pas assez, dit-il, que le commerce soit rompu entre le monde et le chrétien, comme il est entre les vivants et les morts, car il y peut rester quelque petite alliance : mais tel qu'est un mort à l'égard d'un mort, tels doivent être l'un à l'autre le monde et le chrétien.

O terrible raisonnement pour nous autres lâches et efféminés, et qui ne sommes chrétiens que de nom! Mais le grand saint Bernard l'avait fortement gravé en son cœur. Car ce qui nous fait vivre au monde[10], c'est l'inclination pour le monde; ce qui fait vivre le monde pour nous, c'est un certain éclat qui nous charme dans les biens sensibles. La mort éteint les inclinations; la mort ternit le lustre de toutes choses. Voyez le plus beau corps du monde : sitôt que l'âme s'est retirée, bien que les linéaments soient presque les mêmes, cette fleur de beauté s'efface et cette bonne grâce s'évanouit. Ainsi le monde n'ayant plus d'appas pour Bernard, et Bernard n'ayant plus aucun sentiment pour le monde, le monde est mort pour lui, et lui, il est mort au monde.

Chrétiens! quel sacrifice le pieux Bernard offre à Dieu par ses continuelles mortifications! Son corps est une victime que la charité lui consacre; en l'immolant, elle la conserve, afin de la[1] pouvoir toujours immoler. Que peut-il présenter de plus agréable au Sauveur Jésus, qu'une âme[2] dégoûtée de toute autre chose que de Jésus même; qui se plaît si fort en Jésus, qu'elle craint de se plaire en autre chose qu'en lui; qui veut être toujours affligée, jusqu'à ce qu'elle le possède parfaitement? Pour Jésus le pieux Bernard se dépouille de toutes choses, et même, si je l'ose dire, pour Jésus il se dépouille de ses bonnes œuvres.

Et en effet, Fidèles, comme les bonnes œuvres n'ont de mérite qu'en tant qu'elles viennent de Jésus-Christ, elles perdent leur prix, sitôt que nous nous les attribuons à nous-mêmes[3]. Il les faut rendre à celui qui les donne, et c'est encore ce que l'humble Bernard avait appris aux pieds de la croix. Combien belle, combien chrétienne fut cette parole de l'humble Bernard, lorsque étant entré dans de vives appréhensions[4] du terrible jugement de Dieu : Je sais, je sais, dit-il[5], que je ne mérite point le royaume des bienheureux; mais Jésus, mon Sauveur, le possède par deux raisons : il lui appartient par nature[6] et par ses travaux, comme son héritage et comme sa conquête. Ce bon Maître se contente du premier titre, et me cède libéralement le second[7]. O sentence digne d'un chrétien! Non, vous ne serez pas confondu, ô pieux Bernard! puisque vous appuyez votre espérance sur le fondement de la croix!

Mais, ô Dieu! comment ne tremblons-nous pas, misérables pécheurs que nous sommes, entendant une telle parole! Bernard, consommé en vertus, croit n'avoir rien fait pour le ciel; et nous, nous présumons de nous-mêmes, nous croyons avoir beaucoup fait, quand nous nous sommes légèrement acquittés de quelque petit devoir d'une dévotion superficielle. Cependant, ô douleur! l'amour du monde règne en nos cœurs, le seul mot de mortification nous fait horreur. C'est en vain que la justice divine nous frappe et nous menace encore de plus grands malheurs : nous ne laissons pas de courir après les plaisirs, comme s'il nous était possible d'être heureux en ce monde et en l'autre. Mes Frères, que pensez-vous faire, quand vous louez les vertus du grand saint Bernard ? En faisant son éloge, vous prononcez[1] votre condamnation.

Certes, il n'avait pas un corps de fer ni d'airain : il était sensible aux douleurs et d'une complexion délicate[2] ; pour nous apprendre que ce n'est pas le corps qui nous manque, mais plutôt le courage et la foi. Pour condamner tous les âges en sa personne, Dieu a voulu que sa pénitence commençât dès sa tendre jeunesse, et que sa vieillesse la plus décrépite[3] jamais ne la vît relâchée. Vous vous excusez sur vos grands emplois : Bernard était[4] accablé des affaires, non seulement de son Ordre, mais presque de toute l'Eglise. Il prêchait, il écrivait[5], il traitait les affaires des papes[6] et des évêques, des rois et des princes : il négociait[7] pour les grands et pour les petits, ouvrant à tout le monde les entrailles de sa charité; et parmi tant de diverses occupations, il ne modérait point ses austérités[8], afin que la mollesse de toutes les conditions et de tous les âges fût éternellement condamnée par l'exemple de ce saint homme.

Vous[9] me direz peut-être qu'il n'est pas nécessaire que tout le monde vive comme lui. Mais du moins faut-il considérer, Chrétiens, qu'entre les disciples du même Evangile il doit y avoir quelque ressemblance. Si nous prétendons au même paradis où Bernard est maintenant glorieux, comment se peut-il qu'il y ait une telle inégalité, mais une telle contrariété entre ses actions et les nôtres ? Par des routes si opposées, espérons-nous parvenir à la même fin, et arriver par les voluptés où il a cru ne pouvoir atteindre que par les souffrances ? Si nous n'aspirons pas à cette éminente perfection, du moins nous devrions imiter quelque chose de sa pénitence. Mais nous nous donnons tout entiers aux folles joies de ce monde; nous aimons la débauche[10] et la bonne chère, la vie commode et voluptueuse, et après cela, nous voulons encore être appelés chrétiens !

Et comment ne comprenons-nous pas que la croix de Jésus doit être gravée jusqu'au plus profond de nos âmes, si nous voulons être chrétiens ? C'est pourquoi l'Apôtre nous dit que nous sommes morts, et que notre vie est cachée, et que nous sommes ensevelis avec Jésus-Christ[11]. Nous entendons peu ce qu'on nous veut dire, si, lorsqu'on ne nous parle que de mort et de sépulture, nous ne concevons pas que le Fils de Dieu ne se contente pas de nous demander un changement médiocre. Il faut se changer jusqu'au fond ; et pour faire ce changement, ne nous persuadons pas, Chrétiens, qu'une diligence ordinaire suffise. Cependant l'affaire de notre salut est toujours la plus négligée. Toutes les autres choses nous pressent et nous embarrassent : il n'y a que pour le salut que nous sommes froids et languissants. Et toutefois le Sauveur nous dit que le royaume des cieux ne peut être pris que de force, et *qu'il n'y a que les violents qui l'emportent*[1]. O Dieu éternel ! s'il faut de la force, s'il faut de la violence, quelle espérance y a-t-il pour nous dans ce bienheureux héritage ? Mais je vous laisse sur cette pensée ; aussi bien je suis moi-même trop faible et trop languissant pour vous en représenter l'importance, et il faudrait pour cela que j'eusse quelque étincelle de ce zèle apostolique de saint Bernard, que nous allons considérer un moment dans la[2] seconde partie.

### [SECOND POINT]

Ce qui me reste à vous dire de saint Bernard est si grand et si admirable, que plusieurs discours ne suffiraient pas à vous le faire considérer comme il faut. Toutefois, puisque je vous ai promis de vous représenter ce saint homme dans les emplois publics et apostoliques, disons-en quelque chose brièvement, de peur que votre dévotion ne soit frustrée d'une attente si douce. Voulez-vous que nous voyions le commencement de l'apostolat de saint Bernard ? Ce fut sur sa famille qu'il répandit[3] ses premières lumières, commençant, dès sa tendre jeunesse, à prêcher la croix de Jésus à ses oncles et à ses frères, aux amis, aux voisins, à tous ceux qui fréquentaient dans la maison[4] de son père. Dès lors, il leur parlait de l'éternité avec une telle énergie, qu'il leur laissait je ne sais quoi dans l'âme[5], qui ne leur permettait pas de se plaire au monde. Son bon oncle Gaudri, homme très considérable dans le pays, fut le premier disciple de ce cher neveu. Ses aînés, ses cadets, tous se rangeaient sous sa discipline[6] ; et Dieu permit[7] que l'un après l'autre, après avoir résisté quelque temps, tous ses frères vinssent à lui dans les moments marqués par la Providence. Guy, l'aîné de cette maison, quitta tous les emplois militaires et les douceurs de son nouveau mariage[1]. Tous ensemble ils renoncèrent aux charges qu'ils avaient ou qu'ils prétendaient[2] dans la guerre; et ces braves, ces généreux[3], accoutumés au commandement et au noble tumulte des armes, ne dédaignent ni la bassesse, ni le silence, ni l'oisiveté de Cîteaux, si saintement occupée[4]. Il vont commencer de plus beaux combats, où la mort même donne la victoire.

Ces quatre frères allaient ainsi, disant au monde le dernier adieu, accompagnés de plusieurs gentilshommes, que Bernard, ce jeune pêcheur, avait pris dans les filets de Jésus. Nivard, le dernier de tous, qu'ils laissaient avec leur bon père pour être le support de sa caduque vieillesse, les étant venu embrasser : Vous aurez, lui disaient-ils, tous nos biens. Cet enfant, inspiré de Dieu[5], leur fit cette belle réponse : Hé[6] quoi donc! vous prenez le ciel, et vous me laissez la terre[7]! De cette sorte, il se plaignait doucement qu'ils le partageaient un peu trop en cadet; et cette sainte pensée fit[8] telle impression sur son âme, qu'ayant demeuré quelque temps dans le monde, il obtint son congé de son père, pour s'aller mettre en possession du même héritage que ses chers frères, non pour le partager, mais pour en jouir en commun avec eux.

Que reste-t-il au pieux Bernard pour voir toute sa famille conquise au Sauveur? Il avait encore une sœur, qui, profitant de la piété de ses frères, vivait dans le luxe et dans la grandeur. Elle les vint un jour visiter, brillante de pierreries, avec une mine hautaine et un équipage superbe. Jamais elle ne put obtenir le bien[9] de les voir, jusqu'à tant qu'ayant protesté qu'elle suivrait leurs bonnes instructions, le vénérable Bernard s'approcha : Hé! pourquoi, lui dit-il[10], veniez-vous troubler le repos de ce monastère et porter la pompe du diable jusques dans la maison de Dieu? Quelle honte de vous parer du patrimoine des pauvres! Il lui fit entendre qu'elle avait grand tort d'orner ainsi de la pourriture[11] : c'est ainsi qu'il appelait notre corps. Ce corps, en effet, Chrétiens, n'est qu'une masse de boue, que l'on pare d'un léger ornement, à cause de l'âme qui y demeure. Car de même que si un roi était contraint par quelque accident de loger en une cabane, on tâcherait de l'orner et l'on y verrait quelque petit rayon de la magnificence royale; c'est toujours[12] une maison de village, à qui cet honneur passager, dont elle serait bientôt dépouillée, ne fait point perdre sa qualité : ainsi cette ordure de notre corps est revêtue de quelque vain éclat, en faveur de l'âme qui doit y habiter quelque temps; toutefois c'est toujours de l'ordure, qui, au bout d'un terme bien court, retombera dans la première bassesse de sa naturelle corruption. Avoir tant de soin de si peu de chose, et négliger pour elle cette âme faite à l'image de Dieu, d'une nature immortelle et divine, n'est-ce pas une extrême fureur ? Ha! la sœur du pieux Bernard est touchée au vif de cette pensée : elle court aussitôt aux jeûnes, à la retraite, au sac[1], au monastère, à la pénitence. Cette femme orgueilleuse, domptée par une parole de saint Bernard, suit l'étendard de Jésus avec une fermeté invincible.

Mais comment vous tairai-je[2] le comble de la joie du saint homme et sa dernière conquête dans sa famille[3] ? Son bon père, le vieux Tesselin, qui était seul demeuré dans le monde, vient rejoindre ses enfants à Clairvaux. O Dieu éternel[4]! quelle joie! quelles larmes du père et du fils! Il n'est pas croyable avec quelle constance ce bon homme avait perdu ses enfants, l'honneur de sa maison et le support de son âge caduc[5]. Par leur retraite, il voyait son nom éteint sur la terre; mais il se réjouissait que sa sainte famille allait s'éterniser dans le ciel; et voici, que touché de l'Esprit de Dieu, afin que toute la maison lui fût consacrée, ce bon vieillard, sur le déclin de sa vie[6], devient enfant en Notre Seigneur Jésus-Christ sous la conduite[7] de son cher fils, qu'il reconnaît désormais pour son père. N'épargnez pas vos soins, ô parents, à élever en la crainte de Dieu les enfants que Dieu vous a confiés : vous ne savez pas quelle récompense cette bonté infinie vous réserve. Le[8] pieux Tesselin, qui avait si bien nourri les siens dans la piété, en reçoit sur la fin de ses jours une bénédiction abondante; puisque, par le moyen de son fils, après une longue vie, il meurt dans une bonne espérance, et, si je l'ose dire, dans la paix et dans les embrassements du Sauveur[9]. Vous[10] voyez que le grand saint Bernard est l'apôtre de sa famille.

Voulez-vous que je passe plus outre, et que je vous fasse voir comme il prêche la croix dans son monastère ? Combien de sortes de gens venaient, de tous les endroits de la terre, faire pénitence sous sa discipline ? Il avait ordinairement sept cents anges, j'appelle ainsi ces hommes célestes qui servaient Dieu avec lui à Clairvaux, si recueillis, si mortifiés, que le vénérable Guillaume, abbé de Saint-Thierry[1], nous rapporte, que lorsqu'il entrait dans cette abbaye, voyant cet ordre, ce silence, cette retenue, il n'était pas moins saisi de respect que s'il eût approché de nos redoutables autels[2]. Bernard, qui, par ses divines prédications, les accoutumait à la douceur de la croix, les faisait vivre de sorte[3] qu'ils ne savaient non plus de nouvelles du monde que si un océan immense les en eût séparés de bien loin; au reste, si ardents dans leurs exercices, si exacts dans leur pénitence, si rigoureux à eux-mêmes, qu'il était aisé à[4] juger qu'ils ne songeaient pas à vivre, mais à mourir. Cette société de pénitence les unissait entre eux comme frères, avec saint Bernard comme un bon père[5], et saint Bernard avec eux comme avec ses enfants bien-aimés, dans une si parfaite et si cordiale correspondance, qu'il ne se voyait point dans le monde une image plus achevée de l'ancienne Eglise, qui n'avait qu'une âme et qu'un cœur.

Quelle douleur à cet homme de Dieu, quand il lui fallait quitter ses enfants, qu'il aimait si tendrement dans les entrailles de Jésus-Christ! Mais Dieu, qui l'avait séparé[6] dès le ventre de sa mère pour renouveler en son temps l'esprit et la prédication des apôtres, le tirait de sa solitude pour le salut des âmes qu'il voulait sauver par son ministère. C'est ici, c'est ici, Chrétiens, où il paraissait véritablement un apôtre. Les apôtres allaient par toute la terre, portant l'Evangile de Jésus-Christ jusque dans les nations les plus reculées : et quelle partie du monde n'a pas été éclairée de la prédication de Bernard? Les apôtres fondaient les Eglises : et dans ce grand schisme de Pierre Léon[7], combien d'Eglises rebelles, combien de troupeaux séparés Bernard a-t-il ramenés à l'unité catholique, et s'est rendu par là[8] comme le second fondateur des Eglises? L'Apôtre compte parmi les fonctions de l'apostolat *le soin de toutes les Eglises*[9]; et le pieux Bernard ne régissait-il pas presque toutes les Eglises, par les salutaires conseils, que l'on lui demandait de toutes les parties de la terre? Il semblait que Dieu ne voulait pas l'attacher à aucune Eglise en particulier, afin qu'il fût le père commun de toutes[10].

Les signes[11] et les prodiges suivaient la prédication des apôtres : que de prophéties, que de guérisons, que d'événements extraordinaires et surnaturels[1] ont confirmé les prédications de saint Bernard! Saint Paul se glorifie qu'il prêchait, non point avec une éloquence affectée, ni par des discours de flatterie et de complaisance[2], mais seulement qu'il ornait ses sermons de la simplicité et de la vérité : qu'y a-t-il de plus ferme ni[3] de plus pénétrant que la simplicité de Bernard, qui captive tout entendement au service de la foi de Jésus ? Lorsque les apôtres prêchaient Jésus-Christ, une ardeur céleste les transportait, et paraissait tout visiblement dans la véhémence de leur action; ce qui fait dire à l'apôtre saint Paul qu'il agissait hardiment en Notre-Seigneur[4], et que sa prédication était accompagnée de la démonstration de l'Esprit[5]. Ainsi paraissait le zélé Bernard, qui, prêchant aux Allemands dans une langue qui leur était inconnue, ne laissait pas de les émouvoir, à cause qu'il leur parlait comme un homme venu du ciel, jaloux de l'honneur de Jésus.

Une des choses qui était autant admirable dans les apôtres, c'était de voir en des personnes si viles en apparence cette autorité magistrale, cette censure généreuse qu'ils exerçaient sur les mœurs, cette puissance dont ils usaient pour édifier, non pour détruire. C'est pourquoi l'Apôtre, formant Timothée au ministère de la parole : *Prends garde,* lui dit-il, *que personne ne te méprise*[6]. Dieu avait imprimé sur le front du vénérable Bernard une majesté[7] si terrible pour les impies, qu'enfin ils étaient contraints de fléchir : témoin cet enragé[8] prince d'Aquitaine[9], et tant d'autres, dont ses seules paroles ont souvent désarmé la fureur.

Mais ce qui était de plus divin dans les saints apôtres, c'était cette charité pour ceux qu'ils prêchaient. Ils étaient pères pour la conduite, et mères pour la tendresse[10], et nourrices pour la douceur : saint Paul prend toutes ces[11] qualités. Ils reprenaient, ils avertissaient *opportunément, importunément*[12], tantôt avec une sincère douceur, tantôt avec une sainte colère, avec des larmes, avec des reproches : ils prenaient mille formes différentes, et toujours la même charité dominait[13] ; ils bégayaient avec les enfants, ils parlaient aux hommes : Juif aux Juifs, Gentil aux Gentils, *tout à tous,* disait l'apôtre saint Paul, *afin de les gagner tous*[14]. Voyez les écrits de l'admirable Bernard ; vous y verrez les mêmes mouvements et la même charité apostolique. Quel homme a compati avec plus de tendresse

aux faibles, et aux misérables, et aux ignorants ? Il ne
dédaignait ni les plus pauvres ni les plus abjects. Quel
autre a repris plus hardiment les mœurs dépravées de son
siècle ? Il n'épargnait ni les princes, ni les potentats, ni
les évêques, ni les cardinaux, ni les papes[1]. Autant qu'il
respectait leur degré[2], autant a-t-il quelquefois repris leur
personne, avec un si juste tempérament de charité que,
sans être ni lâche, ni emporté, il avait toute la douceur de
la complaisance et toute la vigueur d'une liberté vraiment chrétienne[3].

Bel exemple pour les réformateurs de ces derniers
siècles[4] ! Si leur arrogance trop visible[5] leur eût permis
de traiter les choses avec une pareille modération, ils
auraient blâmé les mauvaises mœurs sans rompre la communion[6], et réprimé les vices sans violer l'autorité légitime. Mais le nom de chef de parti les a trop flattés[7] :
poussés d'un vain désir de paraître, leur éloquence s'est
débordée en invectives sanglantes; elle n'a que du fiel
et de la colère. Ils n'ont pas été vigoureux, mais fiers,
emportés et méprisants : de là vient qu'ils ont fait le
schisme, et n'ont pas apporté la réformation[8]. Il fallait,
pour un tel dessein, le courage et l'humilité de Bernard.
Il était vénérable à tous, à cause qu'on le voyait et libre
et modeste, également ferme et respectueux : c'est ce qui
lui donnait une si grande autorité dans le monde. S'élevait-il quelque schisme ou quelque doctrine suspecte[9],
les évêques déféraient tout à l'autorité de Bernard. Y
avait-il des querelles parmi les princes, Bernard était
aussitôt le médiateur.

Puissante ville de Metz, son entremise t'a été autrefois
extrêmement favorable. O belle et noble cité ! il y a longtemps que tu as été enviée. Ta situation trop importante
t'a presque toujours exposée en proie[10] : souvent tu as
été réduite à la dernière extrémité de misères; mais Dieu,
de temps en temps, t'a envoyé de bons protecteurs. Les
princes tes voisins avaient conjuré ta ruine; tes bons
citoyens avaient été défaits dans une grande bataille[11];
tes ennemis étaient enflés de leurs bons succès, et toi
enflammée du désir de vengeance : tout se préparait à une
guerre cruelle, si le bon Hillin, archevêque de Trèves,
n'eût cherché un charitable pacificateur. Ce fut le pieux
Bernard, qui, épuisé de forces par ses longues austérités et par une extrême vieillesse[12], attendait sa dernière

heure à Clairvaux. Mais quelle faiblesse eût été capable de ralentir l'ardeur de sa charité ? Il surmonte la maladie pour se rendre promptement dans tes murs. Mais il ne pouvait surmonter l'animosité des esprits, extraordinairement échauffés. Chacun courait aux armes avec une fureur incroyable : les armées étaient en vue, prêtes de[1] donner. La charité, qui ne désespère jamais, presse le vénérable Bernard : il parle, il prie, il conjure qu'on épargne le sang chrétien, et le prix du sang de Jésus[2]. Ces âmes de fer se laissent fléchir; les ennemis deviennent des frères; tous détestent leur aveugle fureur, et, d'un commun accord, ils vénèrent l'auteur d'un si grand miracle.

O ville si fidèle et si bonne[3] ! ne veux-tu pas honorer ton libérateur ? Mais, Fidèles, quels honneurs lui pourrons-nous rendre ? Certes, on ne saurait honorer les saints, sinon en imitant leurs vertus : sans cela nos louanges leur sont à charge, et nous sont pernicieuses à nous-mêmes. Fidèles, que pensons-nous faire, quand nous louons les vertus du grand saint Bernard ?

O Dieu de nos cœurs! quelle indignité! Cet innocent a fait une pénitence si longue, et nous, criminels, nous ne voulons pas la faire. La pénitence autrefois tenait un grand rang dans l'Eglise; je ne sais dans quel coin du monde elle s'est maintenant retirée. Autrefois, ceux qui scandalisaient l'Eglise par leurs désordres étaient tenus comme des Gentils et des publicains[4] : maintenant tout le monde leur applaudit. On ne les eût autrefois reçus à la communion des mystères qu'après une longue satisfaction et une grande épreuve de pénitence : maintenant ils entrent jusqu'au sanctuaire[5]. Autrefois ceux qui par des péchés mortels avaient foulé aux pieds le sang de Jésus, n'osaient même regarder les autels où on le distribue aux fidèles, si auparavant ils ne s'étaient purgés par des larmes, par des jeûnes ou par des aumônes. Ils croyaient être obligés de venger eux-mêmes leur ingratitude, de peur que Dieu ne la vengeât dans son implacable fureur : après avoir pris des plaisirs illicites, ils ne pensaient pas avoir de miséricorde[6], s'ils ne se privaient de ceux qui nous sont permis.

Ainsi vivaient nos pères, dans le temps où la piété fleurissait dans l'Eglise de Dieu. Pensons-nous que les flammes d'enfer[7] aient perdu depuis ce temps-là leurs intolérables ardeurs, à cause que notre froideur a contraint l'Eglise[1] de relâcher l'ancienne rigueur de sa discipline, à cause que la vigueur ecclésiastique est énervée ? Pensons-nous que ce Dieu jaloux[2], qui punit si rudement les péchés, en soit pour cela moins sévère, ou qu'il nous soit plus doux, parce que les iniquités se sont augmentées ? Vous voyez combien ce sentiment serait ridicule. Toutefois, comme si nous en étions persuadés, au lieu de songer à la pénitence, nous ne songeons à autre chose qu'à nous enrichir. C'est déjà une dangereuse pensée ; car l'Apôtre avertit Timothée, *que le désir des richesses est la racine de tous les maux*[3]. Encore songeons-nous à nous enrichir par des voies injustes, par des rapines, par des usures, par des voleries. Nous n'avons pas un cœur de chrétiens, parce qu'il est dur à la misère des pauvres. Notre charité est languissante, et nos haines sont irréconciliables. C'est en vain que la justice divine nous frappe[4], nous ne laissons pas de[5] nous donner toujours tout entiers aux folles joies de ce monde[6]. Nous n'appréhendons pas cette terrible sentence du Fils de Dieu : *Malheur à vous qui riez, car vous pleurerez*[7] ! et cette autre : *Le ris est mêlé de douleur, et les pleurs suivent la joie de bien près*[8], et cette autre[9] : *Ils passent leur vie dans les biens, et en un moment ils descendront dans les enfers*[10].

Retournons donc, Fidèles, retournons à Dieu de tout notre cœur. La pénitence n'est amère que pour un temps ; après, toute son amertume se tourne en une incroyable douceur. Elle mortifie les appétits déréglés, elle fait goûter les plaisirs célestes, elle donne une bonne espérance, elle ouvre les portes du ciel. On attend la miséricorde divine avec une grande consolation, quand on tâche de tout son pouvoir d'apaiser la justice par la pénitence,

O pieux Bernard ! ô saint pénitent, impétrez-nous[11] par vos saintes intercessions les larmes de la pénitence, qui vous donnaient une si sainte joie ; et, afin qu'elle soit renouvelée dans le monde, priez Dieu qu'il enflamme les prédicateurs de l'esprit apostolique qui vous animait. Nous vous demandons encore[12] une autre faveur. O vous ! qui avez tant de fois désarmé les princes qui se préparaient à la guerre, voyez que depuis tant d'années tous les fleuves sont teints, et que toutes les campagnes fument de toutes parts du sang chrétien[13] ! Les chrétiens, qui devraient être des enfants de paix, sont devenus des loups insatiables de sang. La fraternité chrétienne est rompue; et ce qui est de plus pitoyable, c'est que la licence des armes ne cesse d'enrichir l'enfer. Priez Dieu qu'il nous donne la paix[1], qu'il donne le repos à cette ville que vous avez autrefois tant[2] chérie; ou que, s'il est écrit dans le livre de ses décrets éternels que nous ne puissions voir la paix en ce monde, qu'il nous la donne à la fin dans le ciel, par Notre Seigneur Jésus-Christ. *Amen.*

# SECOND PANÉGYRIQUE
## DE
# SAINT GORGON

[*Incomplet*]

PRONONCÉ VERS 1654[1].

> *Omne quod natum eſt ex Deo, vincit mundum ;
> et hæc eſt victoria quæ vincit mundum, fides noſtra.*
>
> Tout ce qui eſt né de Dieu, surmonte le monde ; et la victoire qui surmonte le monde, c'eſt notre foi.
>
> I. Joan., v, 4.

Il n'eſt point de temps ni d'heure plus propre à faire l'éloge des saints martyrs, que celui du sacrifice adorable pour lequel vous êtes ici assemblés[2]. C'eſt, mes Frères, de ce sacrifice que les martyrs ont tiré toute leur force, et c'eſt aussi dans ce sacrifice qu'ils ont pris leur inſtruction. C'eſt la nourriture céleſte[3] que l'on nous donne à ces saints autels, qui les a affermis et fortifiés contre toutes les terreurs du monde ; et le sang que l'on y reçoit les a animés à verser le leur pour la gloire de l'Evangile. Et n'eſt-ce pas dans ce sacrifice que, voyant Jésus-Chriſt s'offrir à son Père[4], ils ont appris à s'offrir eux-mêmes en Jésus-Chriſt et par Jésus-Chriſt ? Et cette innocente victime qui s'immole tous les jours pour nous, leur a inspiré le dessein de s'immoler pour l'amour de lui[5]. Saint Ambroise, après avoir découvert les corps des martyrs de Milan, les mit dans les mêmes autels sur lesquels il célébrait le saint sacrifice ; et il en rend cette raison à son peuple : *Succedant,* dit ce grand évêque avec son éloquence ordinaire[6], *succedant victimæ triumphales in locum ubi Chriſtus hoſtia eſt :* « Il eſt juſte, il eſt raisonnable que ces triomphantes victimes soient placées dans le même lieu où Jésus-Chriſt eſt immolé tous les jours » ; et si ce sont des victimes, on ne peut les mettre que sur les autels[7].

Ne croyez donc pas, Chrétiens, que l'action du sacrifice soit interrompue par le discours que j'ai à vous faire du martyre de saint Gorgon. Vous quittez un sacrifice pour un sacrifice : c'est un sacrifice mystique[1] que la foi nous fait voir sur ces saints autels, et c'est aussi un sacrifice que je dois vous représenter en cette chaire. Jésus-Christ est immolé dans l'un et dans l'autre : là, il est mystiquement immolé sous les espèces sanctifiées, et ici, il sera immolé en la personne d'un de ses martyrs[2] ; là, il renouvelle le souvenir de sa Passion[3] douloureuse; ici, il accomplit en ses membres ce qui manquait à sa Passion, comme parle le divin Apôtre[4]. L'un et l'autre de ces sacrifices se fait par l'opération de l'Esprit de Dieu[5] ; et, pour profiter[6] de l'un et de l'autre, nous avons besoin de sa grâce, que je lui demande humblement par les prières de la sainte Vierge. *Ave.*

Pour entrer d'abord en matière, je suppose que vous savez que nous sommes enrôlés par le saint baptême dans une milice spirituelle, en laquelle nous avons le monde à combattre[7]. Cette vérité est connue; mais il importe que vous remarquiez que cette admirable milice a ceci de singulier, que le prince qui nous fait combattre sous ses glorieux étendards — vous entendez bien, Chrétiens, que c'est Jésus, le Sauveur des âmes — nous ordonne non seulement de combattre, mais encore nous commande de vaincre[8]. La raison en est évidente; car, dans les guerres que font les hommes, tout l'événement ne dépend pas du courage ni de la résolution des soldats : je veux dire qu'on n'emporte pas tout ce qu'on attaque avec vigueur. Quelquefois la nature des lieux, qui souvent sont inaccessibles; quelquefois les hasards divers qui se rencontrent dans les combats rendent inutiles les efforts des assaillants; quelquefois même la résistance est si opiniâtre que l'attaque la plus hardie n'est pas capable de la surmonter : de là vient que le général ne répond[9] pas toujours des événements; et enfin toutes les histoires sont pleines de ces braves infortunés, qui ont eu la gloire de bien combattre sans avoir le plaisir de triompher; qui ont remporté de la bataille la réputation de bons soldats, sans avoir pu obtenir le titre de victorieux.

Mais il n'en est pas de la sorte dans les guerres que nous faisons sous Jésus-Christ, notre capitaine[10]. Les armes qu'on nous donne sont invincibles : le seul nom de notre Sauveur, sous lequel nous avons l'honneur de combattre, met nos ennemis en désordre[1]; tellement que, si le courage ne nous manque pas, l'événement n'est pas incertain ni la victoire douteuse. C'est pourquoi je vous disais, Chrétiens, et j'avais raison de le dire, que, dans la milice où nous servons, dans l'armée où nous sommes enrôlés, il n'y a pas seulement ordre de combattre, mais encore que nous sommes obligés de vaincre; et vous le pouvez avoir remarqué par les paroles que j'ai alléguées du disciple bien-aimé de notre Sauveur : *Omne quod natum est ex Deo, vincit mundum :* « Tout ce qui est né de Dieu, surmonte le monde. » Où est l'armée où l'on puisse dire que tous les combattants sont victorieux ? Ici, vous voyez comme il parle : *Tout ce qui est né de Dieu,* tout ce qui est enrôlé par le baptême[2], *quod natum est ex Deo,* ce sont autant de victorieux. Cette milice remporte nécessairement la victoire, et s'il y a des vaincus, c'est qu'ils n'ont pas voulu combattre, c'est que ce sont des déserteurs. Il est écrit dans les prophètes : *Electi mei non laborabunt frustra*[3] : « Mes élus ne travailleront point en vain », c'est-à-dire que, dans cette armée, il n'y a point de vertus malheureuses; la valeur n'a jamais de mauvais succès, et tous ceux qui combattent bien, seront infailliblement couronnés : *Omne quod natum est ex Deo, vincit mundum.*

Venez donc, venez, Chrétiens, à cette glorieuse milice. Il y a des travaux à souffrir, mais aussi la victoire est indubitable : ayez la résolution de combattre, vous aurez l'assurance de vaincre. Que si les paroles ne suffisent pas, s'il faut des exemples pour vous animer, en voici un illustre que je vous présente dans le martyre du grand saint Gorgon[4]. Oui, mes Frères, il a combattu; c'est pourquoi il a triomphé. Vous lui verrez surmonter le monde, c'est-à-dire, dit saint Augustin[5], toutes ses erreurs, toutes ses terreurs, et les attraits de ses fausses amours : c'est ma première partie. Mais, mes Frères, ce n'est pas assez que vous lui voyiez répandre son sang, il faut que ce sang échauffe le nôtre; il faut que ses bienheureuses blessures[6], que l'amour de Jésus-Christ a ouvertes[7], fassent impression sur nos cœurs : il y aurait pour nous trop de honte, d'être lâches et inutiles spectateurs de cette glorieuse bataille. Jetons-nous, mes Frères, dans cette mêlée, fortifions-nous par les mêmes armes, soutenons le même combat; et nous remporterons la même victoire, et nous chanterons tous ensemble : *Et hæc est victoria quæ vincit mundum* [*fides nostra*] : « Et la victoire, qui surmonte le monde, c'est notre foi. »

### [PREMIER POINT]

Ce n'est pas à moi, Chrétiens, à entreprendre de vous faire voir quelle est la gloire des saints martyrs; il faut que j'emprunte les sentiments du plus illuminé de tous les docteurs : vous sentez que je veux nommer saint Augustin. Ce grand homme, pour nous faire entendre combien la grâce de Jésus-Christ est puissante dans les saints martyrs, se sert de cette belle pensée : d'un côté, il nous montre Adam dans le repos du paradis; de l'autre, il représente un martyr au milieu des roues et des chevalets[1] et de tout l'appareil horrible des tourments dont on le menace. Trouvez bon, je vous prie, mes Frères, que j'expose ici à vos yeux ces deux objets différents[2]. Dans Adam, la charité règne comme une souveraine paisible, sans aucune résistance des passions[3]; dans le martyr, la charité règne, mais elle est troublée par les passions et chargée du poids d'un corps corruptible : elle règne sur les passions, comme une reine à la vérité, mais sur des sujets rebelles, et qui ne portent le joug qu'à regret. Adam est dans les délices, on en offre aussi aux martyrs; mais avec cette différence, que les délices dont jouit Adam sont pour l'inviter à bien vivre, et les plaisirs qu'on offre au martyr lui sont présentés pour l'en détourner. Dieu promet des biens à Adam et il en promet au martyr; mais Adam tient déjà ce que Dieu promet[4], et le martyr n'a que l'espérance; et cependant il gémit parmi les douleurs. Adam n'a rien à craindre, sinon de pécher; le martyr a tout à craindre, s'il ne pèche pas. Dieu dit à Adam : Tu mourras, si tu pèches; et d'autre part, il dit au martyr : Meurs, afin que tu ne pèches pas; mais meurs cruellement, inhumainement. A Adam : La mort sera la punition de ton manquement de persévérance; à celui-ci : Ta persévérance sera suivie d'une mort cruelle. On retient celui-là comme par force; on précipite celui-ci avec violence. Cependant, ô merveille! dit saint Augustin (ha! c'est notre malheur) « au milieu d'une si grande félicité, avec une facilité si étonnante de ne point pécher, Adam ne demeure point ferme dans son devoir » : *Non stetit in tanta felicitate, in tanta non peccandi facilitate*[1]; et le martyr, quoique le monde le flatte d'abord, le menace, frémisse ensuite, écume de rage, tonnant avec fureur contre lui, il rejette[2] tout ce qui attire, méprise tout ce qui menace, surmonte tout ce qui tourmente. D'une main il repousse ceux qui le flattent, qui l'embrassent et qui le caressent; de l'autre il soutient les efforts de ceux qui lui arrachent, pour ainsi dire, la vie goutte à goutte. O Jésus, Dieu infirme[3], c'est votre ouvrage. Il est bien vrai, ô divin Sauveur, que vous nous avez réparés avec une grâce plus abondante que vous ne nous aviez établis. Le fort abandonne[4] l'immortalité, le faible supporte constamment la mort; la puissance succombe, et l'infirmité est victorieuse : *Virtus in infirmitate perficitur*[5]. Plus de force, plus d'infirmité; plus de gloire et plus de bassesse. C'est le mystère de Jésus-Christ fait chair : la force éclate dans la faiblesse : *Unde hoc, nisi donante illo a quo misericordiam consecuti sunt ut fideles essent*[6] ? D'où cela vient-il[7], si ce n'est de celui qui ne leur a pas donné un esprit de crainte pour céder aux persécuteurs, mais de force, de dilection, de sobriété : sobriété, pour s'abstenir des douceurs; force, pour ne pas s'effrayer des menaces; charité, pour supporter les tourments plutôt que de se séparer de Jésus-Christ et pour dire avec l'Apôtre : *Quis ergo nos separabit a caritate Christi*[8] ?

N'est-ce pas, mes Frères, cet esprit qui a agi dans saint Gorgon ? Il faut que je vous le représente dans la cour des empereurs. Vous savez quel crédit avaient auprès d'eux les domestiques qui les approchaient, la confiance dont ils les honoraient, les biens dont ils les comblaient, l'influence qu'ils avaient dans toutes les affaires[9]. De là cette magnificence qui les environnait, que Jésus-Christ avait en vue lorsqu'il a dit : « Ce sont ceux qui habitent les palais des rois, qui sont vêtus mollement » : *Ecce qui mollibus vestiuntur, in domibus regum sunt*[10]. Et par ces paroles le divin Sauveur nous retrace tout le luxe, la mollesse, les délices des cours. Or on sait combien la cour des empereurs romains était superbe et fastueuse. Quel devait donc être l'éclat de leurs favoris, et en particulier de saint Gorgon; car Eusèbe de Césarée[11], qui a vécu dans son siècle, dit de lui et des compagnons de son martyre, que l'empereur les aimait comme ses propres enfants : *Æque ac germani filii chari erant*[1], et qu'ils étaient montés au suprême degré des honneurs! Avoir de si belles espérances, et cependant vouloir être, quoi ? le plus misérable des hommes, en un mot, chrétien! il faut, certes, que la vue d'un objet bien attrayant[2] ait fait de vives et fortes impressions sur un cœur. Quels étaient alors les chrétiens, et à quoi s'exposaient-ils[3] ? Au mépris et à la haine, qui étaient l'un et l'autre portés aux dernières extrémités. Lequel des deux est le plus sensible ? Il y en a que le mépris met à couvert de la haine, et l'on hait bien souvent ce qu'on craint; et ce qu'on craint, on ne le méprise pas. Mais tout s'unissait contre les chrétiens, le mépris et la haine. Ceux qui les excusaient les faisaient passer pour des esprits faibles, superstitieux, indignes de tous les honneurs, qu'il fallait déclarer infâmes[4]. La haine, succédant au mépris, éclatait par la manière dont on les menait au supplice, sans garder aucune forme, ni suivre aucune procédure[5]. Cela était bon pour les voleurs et pour les meurtriers; mais, pour les chrétiens, on les conduisait aux gibets comme on mènerait des agneaux à la boucherie[6]. Chrétien, homme de néant, tu ne mérites aucun égard; et ton sang, aussi vil que celui des animaux, doit être répandu avec aussi peu de ménagement. Ainsi, dans l'excès de fureur dont les esprits étaient animés contre eux, on les poursuivait de toutes parts; et les prisons étaient tellement pleines de martyrs, qu'il n'y avait plus de place pour les malfaiteurs[7]. S'il y avait quelque bataille perdue, s'il arrivait quelque inondation ou quelque sécheresse, on les chargeait de la haine de toutes les calamités publiques[8]. Chrétiens innocents, on vous maudit, et vous bénissez; vous souffrez sans révolte, et même sans murmure, vous ne faites point de bruit sur la terre : on vous accuse de remuer tous les éléments, et de troubler l'ordre de la nature! Tel était l'effet de la haine qu'on portait au nom chrétien.

A quoi donc pensait saint Gorgon, de descendre d'une si haute faveur à une telle bassesse ? Considéré d'abord par tout l'empire, il consent de devenir l'exécration de tout l'empire : *Hæc est victoria quæ vincit mundum*. Et quel courage ne fallait-il pas pour exécuter cette généreuse résolution sous Dioclétien, où la persécution était la plus furieuse[9] ; où le diable, sentant approcher peut-être la gloire que Dieu voulait donner à l'Eglise sous l'empire de Constantin[1], vomissait tout son venin et toute sa rage contre elle, et faisait ses derniers efforts pour la renverser ? Dioclétien s'en vantait, et se glorifiait d'avoir de tous côtés dévoilé et confondu la superstition des chrétiens : *Superstitione christianorum ubique detecta.* Vraie marque de sa fureur, et en même temps marque sensible de son impuissance : *Et hæc est victoria quæ vincit mundum.* Saint Gorgon lui résiste; et le tyran, pour l'abattre, fait exercer sur son corps toute la violence que la cruauté la plus barbare peut inspirer. Ha ! qui viendra essuyer ce sang dont il est couvert, et laver ces blessures que le saint martyr endure pour Jésus-Christ ? Saint Paul en avait reçu, et le geôlier même de la prison où il est renfermé lave ses plaies avec un grand respect[2] : mais ici les tyrans ne permettent pas qu'on procure le moindre adoucissement à saint Gorgon; et son pauvre corps écorché, à qui les onguents les plus doux, les plus innocents, auraient causé d'insupportables douleurs, est frotté de sel et de vinaigre[3].

C'est ainsi qu'il devient conforme à son modèle, qui fait deux plaintes sur les traitements qu'il souffre dans sa Passion[4]. *His plagatus sum*[5] : « Voilà les blessures que j'ai reçues »; mais « ils ont encore ajouté de nouvelles cruautés aux premières douleurs de mes plaies » : *Super dolorem vulnerum meorum addiderunt*[6]. Ils m'ont mis une couronne d'épines[7]; voilà le sang qui en coule : *His plagatus sum ;* mais ils l'ont enfoncée par des coups de canne : *Super dolorem vulnerum meorum addiderunt.* Ils m'ont dépouillé pour me déchirer de coups de fouet[8] : *His plagatus sum ;* mais ils m'ont remis mes habits, et, me les ôtant de nouveau pour m'attacher nu à la croix, ils ont rouvert toutes mes blessures[9] : *Super dolorem vulnerum meorum addiderunt.* Ils ont percé mes mains et mes pieds[10]; et, ayant épuisé mes veines de sang, la sécheresse de mes entrailles me causait une soif ardente qui me dévorait la poitrine[11] : voilà le mal qu'ils m'ont fait : *His plagatus sum ;* mais lorsque je leur ai demandé à boire avec un grand cri, ils m'ont abreuvé en ma soif de fiel et de vinaigre[12] : *Super dolorem vulnerum meorum addiderunt.* C'est ce que peut dire saint Gorgon : ils ont déchiré ma peau, ils ont dépouillé[13] tous mes nerfs, ils ont entr'ouvert mes entrailles[14] : *His plagatus sum ;* mais, après cette cruauté, ils ont frotté ma chair écorchée avec du vinaigre et du sel pour aigrir la douleur de mes plaies : *Super dolorem vulnerum meorum addiderunt.*

Mais ils ont encore passé bien plus loin, et leur brutalité n'est pas assouvie. Ils couchent le saint martyr sur un gril de fer, devenu tout rouge par la violence de la chaleur; ô spectacle horrible! et cependant au milieu de ces exhalaisons infectes qui sortaient de la graisse de son corps rôti, Gorgon ne cessait de louer Jésus-Christ. Les prières qu'il faisait monter au ciel changeaient cette fumée noire en encens[1] : *Et hæc est victoria quæ vincit mundum.*

Mais en quoi a nui à saint Gorgon tout le mal qu'il a souffert ? « Tout ce temps de peines et de souffrances est passé comme un songe » : *Transierunt tempora laboriosa ;* temps de fatigues, temps de travail, qui l'a conduit au véritable repos, à la paix parfaite, et c'est ce que le Prophète-roi[2] exprime si bien par ces paroles qu'il a dites au nom de tous les martyrs : « Nous avons passé par l'eau et par le feu; mais vous nous avez fait entrer dans un lieu de rafraîchissement : *Transivimus per ignem et aquam, et eduxisti nos in refrigerium*[3]. » Dieu a essuyé tous les pleurs : il a ordonné à saint Gorgon de se reposer de tous ses travaux. On a cru lui ôter tout son bien et même la vie; et on ne lui ôte que la mortalité : *Ubi est, mors, victoria tua*[4] ? « O mort, où est ta victoire ? » Tu n'as ôté au saint martyr que des choses superflues; car tout ce qui n'est pas nécessaire est superflu. « Or une seule chose est nécessaire : *Porro unum est necessarium*[5]. » Dieu est cet unique nécessaire; tout le reste est superflu. Les honneurs sont-ils nécessaires ? Combien d'hommes vivent en repos, quoique oubliés du monde! Tout cela est hors de nous, et par conséquent ne peut contribuer à notre félicité. Il en est de même des richesses, qui ne sauraient remplir notre cœur; et c'est pourquoi, « ayant de quoi nous nourrir et nous vêtir, nous devons être contents : *Habentes... alimenta et quibus tegamur, contenti sumus*[6]. » Tout le reste est superflu; la santé, « la vie même, qui doit être regardée comme un bien superflu par celui qui considère la vie éternelle qui lui est promise : *Ipsa vita, cogitantibus æternam vitam, inter superflua reputanda est* »; elle ne nous est utile qu'autant que nous l'avons prodiguée pour Dieu. Ainsi tout ce qu'on ravit à saint Gorgon lui était superflu, puisqu'étant dépouillé de toutes ces choses, il se trouve bienheureux. Qu'a donc fait le tyran par tous les efforts de sa cruauté ? « En vain sa langue a-t-elle concerté les moyens de nuire et a-t-elle voulu, par ses tromperies, trancher comme un rasoir bien affilé » : *Sicut novacula acuta fecisti dolum*[1]. Que de peines on prend pour aiguiser un rasoir, que de soins pour l'affiler! combien de fois le faut-il passer sur la pierre! Ce n'est, au reste, que pour raser du poil, c'est-à-dire un excrément[2] inutile. Que ne font pas les méchants! en combien de soins sont-ils partagés pour dresser des embûches à l'homme de bien! Que n'a pas fait le tyran pour abattre notre martyr! Il se travaillait à trouver de nouveaux artifices pour le séduire, de nouveaux supplices pour l'épouvanter. « *Quid facturus justo, nisi superflua rasurus*[3] ? Mais que fera-t-il contre le juste ? il ne lui a rien ôté que de superflu. » Qu'est-ce que l'âme a besoin d'un corps qui la charge et la rend pesante ? La mort ne lui a rien ôté que la mortalité, et ceux qui ont voulu conserver la vie l'ont perdue; et ils vivent, les misérables, ils vivent pour souffrir éternellement. Parce que saint Gorgon l'a prodiguée, il l'a mise entre les mains de Dieu, où rien ne se perd, et il la conservera pour jamais.

Ainsi le moyen de surmonter le monde, c'est de tout abandonner à Dieu; autrement tout périt et tout passe avec le monde qui passe lui-même, et enveloppe tout dans sa ruine : c'est pourquoi il faut tout donner à Dieu. Saint Paul, possédé de cette pensée, disait : « Je donnerai tout » : *Ego autem impendam.* Ce n'est pas assez; aussi ajoute-t-il : « Et je me livrerai moi-même pour le salut de vos âmes » : *Superimpendar ipse pro animabus vestris*[4]...

# PREMIER PANÉGYRIQUE
## DE
# SAINT BENOÎT

PRONONCÉ A METZ VERS 1654[1].

ENCORE que[2] les hommes soient partagés en tant de différentes conditions, toutefois, selon l'Ecriture, il n'y a, à proprement parler que deux genres d'hommes, dont l'un compose le monde, et l'autre la cité de Dieu[3]. Cette solennelle division est venue de ce que l'homme n'a que deux parties principales, qui sont la partie animale et la raisonnable[4]. Or, c'est par là que nous distinguons deux espèces d'hommes, parce que les uns suivent la chair, les autres l'esprit.

Ces deux races d'hommes ont paru d'abord dès l'origine du monde en la personne de Caïn[5] et de Seth[6]. Pour cela, les enfants de Seth sont appelés les enfants de Dieu, et ceux de Caïn sont nommés les enfants du monde, pour nous faire distinguer ces deux sortes d'hommes, dont les uns vivent comme nés de Dieu, et les autres comme nés des hommes.

De là, ces deux cités, si souvent remarquées dans les Ecritures, Babylone terrestre[7] et Jérusalem céleste[8] et divine, dont l'une est bâtie sur un fleuve, c'est-à-dire dans un mouvement éternel : ce qui a fait dire au Psalmiste : *Assis sur les fleuves de Babylone, nous y avons gémi et pleuré*[9]. Et l'autre est fondée sur une montagne, c'est-à-dire dans une consistance immuable. De là vient que[10] le même Psalmiste chante : *Qui se confie en Dieu est comme la montagne de Sion ; celui qui habite en Jérusalem ne sera jamais ébranlé*[11].

Ces deux cités si diverses sont mêlées de corps, mais elles doivent être séparées de mœurs[12], ce qui nous est représenté dans les Ecritures[13], en ce que les enfants de Seth s'étant alliés par les mariages avec la postérité de Caïn[14], Dieu aussitôt, irrité de cette alliance, résolut, dans sa juste colère, d'ensevelir tout le monde dans le déluge.

Par où nous devons apprendre, Fidèles, que les véritables enfants de Dieu doivent fuir l'alliance du monde, de peur de communiquer[1], comme dit l'Apôtre, à ses œuvres infructueuses[2]. C'est pourquoi le Sauveur Jésus, parlant de ses véritables disciples, dont les noms sont écrits dans cette céleste Jérusalem : *Ils ne sont pas du monde,* dit-il[3], et si nous voulons être du monde, nous n'avons aucune part à son sacrifice, Jésus lui-même ayant dit qu'il ne priait pas pour le monde, *Non pro mundo rogo*[4].

Saint Benoît, instruit dans cette doctrine, ne trouve point de solitude assez reculée pour éviter la contagion de ce monde[5]. Il le fuit de toutes ses forces pour trouver dans le secret et la retraite ce divin Sauveur qui a dit : « Je ne suis pas du monde » : *Ego non sum de mundo*[6]. En effet, ce Jésus qu'il nous faut suivre, ah ! il est entièrement[7] éloigné du monde. Car, comme raisonne très doctement l'admirable saint Augustin, au Traité CVIII sur saint Jean[8] : Si nous ne sommes plus du monde depuis notre naissance spirituelle[9], à cause que nous sommes mus du Saint-Esprit[10], Jésus, dès le moment de sa conception, était entièrement séparé du monde, à cause qu'il avait été conçu de cet Esprit-Saint, dont la vertu couvrit l'heureuse Marie après que l'ange l'eut saluée par ces mots[11], que nous lui allons réciter pour implorer ses pieuses intercessions : *Ave gratia*, etc.

Et partant, sa victoire est à nous. *Ayez bon courage,* dit-il, *j'ai vaincu le monde*[12]. *Il habite en nos cœurs par la foi*[13], nous dit son grand apôtre saint Paul. Remplis de Jésus-Christ, il ne se peut que nous ne surmontions le monde, parce que, dit l'apôtre saint Jean : *Celui qui est en nous est plus grand que celui qui est dans le monde*[14]. Qui est celui qui est dans le monde ? C'est Satan, le prince du monde[15]. Qui est celui qui est en nous ? C'est Jésus-Christ, le vainqueur du monde. Donc, nous surmontons le monde par la force[16] de celui qui habite en nous par la foi[17]. Donc, celui qui est né de Dieu surmonte le monde, parce que, dit l'apôtre saint Jean, *celui là est vraiment né de Dieu qui confesse que Jésus est le Fils de Dieu*[18]. Donc[19], notre foi surmonte le monde parce que, selon le même saint Jean, celui-là surmonte le monde qui croit que Jésus est le Fils de Dieu[20]. Donc celui qui se laisse captiver par les biens sensibles *a renoncé la foi et est pire qu'un infidèle*[21]. Et quand je parle ici de la foi, je parle en enfant de l'Eglise, je parle de cette foi qui passe du dedans au-dehors, de cette foi qui vit et qui agit dans les bonnes œuvres. Car, puisque la foi comme vous voyez est si fort élevée au-dessus du monde, il s'ensuit nécessairement que toutes les actions chrétiennes, qui ont leur racine en la foi, surmontent le monde et tous ses appas, qu'elles triomphent des sens et de tous leurs charmes. *Omne quod natum est ex Deo, vincit mundum*[1]. Telle est la doctrine de notre apôtre.

Voyez-en maintenant la pratique en la vie du grand saint Benoît. Jeune, noble, vigoureux, opulent, il était dans ce grand théâtre de Rome, où ses parents l'avaient envoyé pour y être instruit dans les bonnes lettres[2]. Il voyait une jeunesse qui lâchait la bride à ses cupidités[3] effrénées. Là, régnaient dans une entière licence la vaine ambition, les molles délices, une incroyable facilité de se laisser gagner aux charmes du monde, à un grand désir[4] de lui plaire. En cet âge téméraire et fougueux, brûlant de connaître, enflé d'espérance, toutes choses l'invitaient à se laisser emporter au torrent des plaisirs mondains, dont le cours semble doux et agréable à une jeunesse inconsidérée, qui va sans conduite, sans expérience, où l'entraîne une aveugle chaleur. Mais Dieu, qui l'avait choisi pour un grand ouvrage résolu dans son conseil éternel, le retint par de belles réflexions.

O vanité, disait-il, ô aveuglement! où est cette vigueur du christianisme? Qu'est donc devenue cette foi qui est la seule guide[5] du chrétien, si nous suivons ainsi les choses sensibles? En vain Jésus-Christ a vaincu le monde, puisqu'il règne si absolument dans nos cœurs. En vain sommes-nous renés[6] par l'Esprit de Dieu, si nous vivons toujours selon ce que nous tenons du vieil homme[7], au lieu d'agir comme des hommes nouveaux en la foi de Notre Seigneur Jésus-Christ. Parmi d'autres belles considérations il entendit la voix de Dieu au fond de son cœur, telle à peu près qu'elle fut autrefois portée au fidèle patriarche Abraham. *Sors de ta terre,* lui dit Dieu intérieurement, *quitte ta parenté et tes connaissances, abandonne ta maison paternelle et viens au lieu que je te montrerai*[8]. Et que lui montrerez-vous, Seigneur? Son pays est riche, sa parenté noble, la maison de son père abondante. Tout lui rit dans le monde, et mille espérances éclatantes lui tendent les bras. *Sors de ta maison paternelle, viens au lieu que je te montrerai.*

O Dieu, que lui donnerez-vous en échange[1] ? Une terre inculte et inhabitée, un désert, un silence, une solitude dont le seul aspect fait horreur, une sombre et affreuse caverne[2]. Benoît, lui dit-il, voilà ta demeure; voilà tes héritages; voilà ta maison. Et que fera-t-il en un si triste lieu ? Quelle sera son occupation et son entretien ? La pénitence, les austérités, les larmes, la mortification, le mépris du monde. Le fidèle Benoît crut à Dieu[3] ainsi que le fidèle Abraham. Il dit un adieu éternel à tous les faux plaisirs qui l'environnaient. Et ce ne lui est pas assez de quitter les choses : il songe à retrancher les désirs et premièrement les plus naturels, tel qu'est sans doute[4] celui de la nourriture.

Considérez, Chrétiens, cet homme nouveau conduit et animé par la foi. Un pieux moine, nommé Romain[5], faisait pénitence dans un monastère voisin de la grotte de saint Benoît. Cependant Dieu, qui l'avait destiné pour assister son bon serviteur, permit qu'il rencontrât notre saint, qui lui raconta sa vocation sous la condition toutefois du secret éternel et inviolable. Figurez-vous, Fidèles, quelle était la frugalité de Romain sous la conduite de l'abbé Théodat[6], célèbre pour la sévérité de sa discipline. Il se retranchait beaucoup à lui-même de ce que la nature pouvait désirer; et de ce peu de pain que la pénitence lui avait laissé, la charité lui en dérobait tous les jours pour donner au pauvre Benoît, qui n'avait d'assistance que de lui seul. Il en usait ainsi de peur de détourner cet ange terrestre qui l'obligeait si étroitement au secret. Ainsi, épargne de ce bon religieux[7], personnage admirable. Modération de Benoît : ce que son charitable économe retranche à une pénitence si resserrée est un superbe banquet à Benoît, parce qu'il n'a point de viandes[8] plus délicieuses qu'une sobriété contente de peu.

Je vous appelle ici, sensuels. Vous êtes insatiables parmi vos plaisirs : Benoît est très satisfait dans son indigence. Tant il est vrai, ce que dit si bien l'admirable saint Augustin, que ceux qui aiment Dieu arrachent plus aisément leurs cupidités que ceux qui aiment le monde ne se rassasient[9] : *Cupiditates facilius resecantur in eis qui Deum diligunt quam in eis qui mundum diligunt aliquando satiantur*[10].

Vous le voyez ici par expérience, puisque ces deux bons serviteurs de Dieu sont nourris abondamment, ce leur semble je ne dirai pas d'un même repas, mais d'un même jeûne. D'où vient cette abondance dans la disette, si ce n'est que la foi de notre Sauveur, qui est de sa nature détachée des sens, dominant dans toutes les facultés de leur âme, restreignait les désirs de la chair à cette rigoureuse abstinence. Toutefois, étrange faiblesse de l'homme, incroyable malignité de Satan! Benoît, dans une vie si sévère, brûle de cette flamme infernale qui précipite tant d'âmes à perdition. L'amour des délices mortelles[1], qu'il avait presque éteint par ses grandes austérités, se réveille tout à coup avec violence, et déjà le regarde le monde d'un meilleur œil, tout près[2] d'abandonner sa sainte retraite, lorsque tout d'un coup il arrête sa vue sur des ronces qui étaient par hasard devant lui. Chrétiens, que lui dirent ces ronces, qui ait été capable de retenir cette volonté chancelante? Pouvons-nous pénétrer dans la pensée de ce saint personnage? Certes, si j'ose donner lieu à mes conjectures, il se souvint pour lors de cette redoutable parole de Dieu[3], qui maudit l'homme après son orgueilleuse désobéissance : *La terre*, lui dit-il, *sera dorénavant maudite en ton œuvre. Elle te germera des ronces et des épines*. Dans le bienheureux[4] état de la justice originelle, parce que l'homme était innocent, il eût été parfaitement satisfait. Il n'y aurait eu nulle peine, d'autant qu'il n'y avait aucun crime. Les voluptés eussent été permises parce que les passions eussent été réglées. Maintenant notre condition est bien autre. Race criminelle et maudite d'un misérable banni[5], il faut porter les peines de notre péché. La terre est maudite en notre œuvre[6]. Elle ne nous germe que des épines : c'est là notre propre possession. Les roses, les contentements, les douceurs pour l'heureux[7] état d'innocence; pour nous, misérables pécheurs, les épines, les douleurs et les amertumes. C'est pourquoi le Sauveur Jésus, voulant porter sur lui et la peine de notre péché et la malédiction de notre nature, a pris pour lui les épines en sa Passion, et en a volontairement couronné sa tête. C'était afin de nous faire entendre que, les choses étant changées par notre péché, il n'y a plus que les souffrances qui nous couronnent. Et ainsi, dit le grave Tertullien, «les ronces et les épines que notre péché avait produites, la vertu de la croix les a arrachées, émoussant toute la pointe de la mort en la tête de notre Sauveur» : *Omnem aculeum mortis in Dominici capitis tolerantia obtundens* (De Corona)[8]. C'est ce que ces épines dirent à Benoît;

en même temps il se jette dessus[1]. Se reconnaissant un des membres du corps mystique de Jésus-Christ, il veut avoir en son corps ce que le chef a eu dans la tête[2]. Il éteint par son sang le feu de la convoitise qui le dévorait. Et ainsi victorieux du monde, parce que celui qui était en lui est plus grand que celui qui est dans le monde[3], il se confirme d'autant plus dans ses bons desseins. Voilà, ce me semble, Fidèles, la chair glorieusement surmontée.

Parlerai-je ici des richesses[4] ? Mais qu'est-il nécessaire de rien ajouter à ce que je vous disais tout à l'heure ? Est-il rien de plus pauvre que saint Benoît, qui ne subsiste que par les aumônes, qui ne vit que des restes d'un autre homme aussi pauvre que lui ? Que vous dirai-je du mépris des honneurs ? Dans toute la terre, il n'y a qu'un homme qui connaît sa sainte vocation ; encore n'entre-t-il pas dans la grotte où se font les actions les plus chrétiennes. Et sur ce peu qui vient à sa connaissance, il a la bouche tout à fait fermée par la religion du secret.

Tels sont les commencements de Benoît. Donc c'est une vérité très constante que la grâce ne peut point demeurer oisive, mais qu'elle fait continuellement de nouveaux progrès dans les saints. Que sera un jour l'abondance de ce grand arbre[5] qui est déjà si riche dans ses premiers fruits ? Et s'il est déjà si parfait pendant que Dieu le forme pour son service, combien consommée sera sa vertu quand il l'appellera à former les autres ? C'est alors, c'est alors, Chrétiens, qu'il agira véritablement comme né de Dieu et que, régi entièrement par la foi, après avoir consumé les désirs charnels par le feu de la pénitence, il n'aura plus de vie que par le mouvement des désirs célestes.

Ce serait ici le lieu de vous raconter son amour pour les objets invisibles, les transports de sa bienheureuse[6] contemplation, que saint Grégoire le Grand nous rapporte[7], ses soupirs éternels à cette sainte et divine cité[8] que Dieu nous a préparée dans le ciel. Mais comme la richesse de ma matière m'a emporté bien plus loin que je ne pensais, il faut me laisser quelque temps à tirer quelque instruction d'un si bel exemple qu'est celui du grand saint Benoît et d'une si solide doctrine qu'est celle de l'apôtre saint Jean. Aussi bien qu'est-il nécessaire de vous exagérer[9] encore combien notre saint a aimé les biens éternels, après que vous avez connu si évidemment le mépris qu'il a fait de ceux de la terre ? Ne savez-vous pas que le cœur de l'homme ne saurait demeurer sans aimer ? Oui, plutôt une pierre demeurerait suspendue de son propre poids entre le ciel et la terre que le cœur de l'homme, étant comme il est, attiré par tant de sortes d'objets, sans s'attacher à quelqu'un par affection. D'où saint Augustin[1] a très bien conclu qu'il faut de toute nécessité que nous aimions ou le Créateur ou la créature. Par conséquent, il était impossible que saint Benoît eût tant de mépris pour les créatures, s'il n'eût été puissamment prévenu des charmes de cette incomparable beauté[2] dont la foi nous fait espérer la possession. Qu'est-ce que regardait saint Benoît, quand, sentant approcher l'heure de la mort, il en apprit la nouvelle à ses frères avec un visage si satisfait ? N'était-ce pas cet objet invisible que la foi seule pouvait lui montrer ? Qu'est-ce [que] regardait saint Benoît, lorsque, Dieu lui faisant voir en esprit son fils Placide[3] dans la rivière, quasi englouti par ses ondes, il commande à Maur[4] de le retirer, encore qu'il fût de toutes parts environné d'eaux[5]. Ne considérait-il pas par la foi la main de Dieu invisiblement étendue, prête à changer la nature des eaux par l'obéissance de Maur comme autrefois à la foi[6] de Pierre[7] ? Qu'est-ce que regardait saint Benoît lorsqu'il a si souvent commandé qu'on donnât aux pauvres de Jésus-Christ tout ce qui restait de vivre[8] dans son monastère, croyant sa maison infectée si on y conservait quelque chose qui eût été refusé aux pauvres membres de Jésus-Christ[9] ? N'avait-il pas les yeux arrêtés sur cette Providence vraiment paternelle, toujours riche, toujours libérale pour ceux qui attendaient d'elle leurs provisions selon la simplicité de la foi ? Bref, je ne craindrai pas, Chrétiens, de le comparer au grand Abraham[10], puisqu'il quitte toutes les choses visibles pour suivre généreusement la voix, la conduite, la Providence de Dieu, puisqu'il...

# PREMIER PANÉGYRIQUE
## DE
# SAINT FRANÇOIS DE PAULE

PRÊCHÉ A METZ, AU PLUS TARD EN AVRIL 1655[1].

*Caritas Christi urget nos.*
La charité de Jésus-Christ nous presse.
*II. Cor.*, v, 14.

Rendons cet honneur à l'humilité, qu'elle est seule digne de louange. La louange en cela est contraire aux autres choses que nous estimons, qu'elle perd son prix étant recherchée, et que sa valeur s'augmente quand on la méprise. Encore que les philosophes fussent des animaux de gloire, comme les appelle Tertullien[2], *Philosophus animal gloriæ,* ils ont reconnu la vérité de ce que je viens de vous dire; et voici la raison qu'ils en ont rendue : c'est que la gloire n'a point de corps, sinon en tant qu'elle est attachée à la vertu, dont elle n'est qu'une dépendance. C'est pourquoi, disaient-ils, il faut diriger ses intentions à la vertu seule; la gloire, comme un de ses apanages, la doit suivre sans qu'on y pense. Mais la religion chrétienne élève bien plus haut nos pensées : elle nous apprend que Dieu est le seul qui a de la majesté et de la gloire, et par conséquent que c'est à lui seul de la distribuer, ainsi qu'il lui plaît, à ses créatures, selon qu'elles s'approchent de lui. Or, encore que Dieu soit très haut[3], il est néanmoins inaccessible aux âmes qui veulent trop s'élever, et on ne l'approche qu'en s'abaissant; de sorte que la gloire n'est qu'une ombre et un fantôme, si elle n'est soutenue par le fondement de l'humilité, qui attire les louanges en les rejetant. De là vient que l'Eglise dit aujourd'hui dans la collecte[4] de saint François : « O Dieu, qui êtes la gloire des humbles » : *Deus, humilium celsitudo.* C'est à cette gloire solide qu'il faut porter notre ambition.

Monseigneur, la gloire du monde vous doit être devenue en quelque façon méprisable par votre propre abondance. Certes, notre histoire ne se taira pas de vos fameuses expéditions[1] ; et la postérité la plus éloignée ne pourra lire sans étonnement toutes les merveilles de votre vie. Les peuples, que vous conservez, ne perdront jamais la mémoire d'une si heureuse protection : ils diront à leurs descendants jusqu'aux dernières générations, que sous le grand maréchal de Schomberg, dans le dérèglement des affaires et au milieu de la licence des armes[2], ils ont commencé à jouir du calme et de la douceur de la paix.

Madame[3], votre piété, votre sage conduite, votre charité si sincère et vos autres généreuses inclinations auront aussi leur part dans cet applaudissement général de toutes les conditions et de tous les âges ; mais je ne craindrai pas de vous dire que cette gloire est bien peu de chose, si vous ne l'appuyez sur l'humilité.

Viendra, viendra le temps, Monseigneur, que non seulement les histoires, et les marbres, et les trophées, mais encore les villes, et les forteresses, et les peuples et les nations seront consumés par le même feu[4] ; et alors toute la gloire des hommes s'évanouira en fumée, si elle n'est défendue de l'embrasement général par l'humilité chrétienne. Alors le Sauveur Jésus descendra en sa majesté ; et assemblant le ciel et la terre pour faire l'éloge de ses serviteurs[5], dans une telle multitude il ne choisira, Chrétiens, ni les César, ni les Alexandre : il mettra en une place éminente les plus humbles, les plus inconnus. Parce que le pauvre François de Paule s'est humilié en ce monde, sa vertu sera honorée d'un panégyrique éternel de la propre bouche du Fils de Dieu. C'est ce qui m'encourage, mes Frères, à célébrer aujourd'hui ses louanges à la gloire de notre grand Dieu et pour l'édification de nos âmes. Bien que sa vertu soit couronnée dans le ciel, comme elle a été exercée sur la terre, il est juste qu'elle y reçoive les éloges qui lui sont dus. Pour cela, implorons la grâce de Dieu, par l'entremise de celle qui a été l'exemplaire des humbles, et qui fut élevée à la dignité la plus haute[6] en même temps qu'elle s'abaissa par les paroles les plus soumises, après que l'ange l'eut saluée en ces termes :

*Ave, Maria.*

Si nous avons jamais bien compris ce que nous devenons par la grâce du saint baptême et par la profession du christianisme, nous devons avoir entendu que nous sommes des hommes nouveaux et de nouvelles créatures en Notre Seigneur Jésus-Christ. C'est pourquoi l'apôtre saint Paul nous exhorte de nous renouveler en notre âme, et de ne marcher plus selon le vieil homme, mais en la nouveauté de l'Esprit de Dieu[1]. De là vient que le Sauveur Jésus nous est donné comme un nouvel homme et comme un nouvel Adam, ainsi que l'appelle le même saint Paul[2] ; et c'est lui qui, selon la volonté de son Père, est venu dans la plénitude des temps, afin de nous réformer selon les premières idées de cet excellent Ouvrier, qui, dans l'origine des choses, nous avait faits à sa ressemblance[3]. Par conséquent, comme le Fils de Dieu est lui-même le nouvel homme, personne ne peut espérer de participer à ses grâces, s'il n'est renouvelé à l'exemple de Notre Seigneur, qui nous est proposé comme l'auteur de notre salut[4] et comme le modèle de notre vie.

Mais d'autant qu'il était impossible que cette nouveauté admirable se fît en nous par nos propres forces, Dieu nous a donné[5] l'Esprit de son Fils, ainsi que parle l'Apôtre : *Misit Deus Spiritum Filii sui*[6] ; et c'est cet Esprit tout-puissant qui, venant habiter dans nos âmes, les change et les renouvelle, formant en nous les traits naturels et une vive image de Notre Seigneur Jésus-Christ, sur lequel nous devons être moulés[7]. Pour cela, il exerce en nos cœurs deux excellentes opérations, qu'il est nécessaire que vous entendiez, parce que c'est sur cette doctrine que tout ce discours doit être fondé[8].

Considérez donc, Chrétiens, que l'homme, dans sa véritable constitution, ne pouvant avoir d'autre appui que Dieu, ne pouvait se retirer aussi de lui, qu'il ne fît une chute effroyable ; et encore que, par cette chute, il ait été précipité au-dessous de toutes les créatures, toutefois, dit saint Augustin[9], « il tomba premièrement sur soi-même » : *Primum incidit in seipsum*. Que veut dire ce grand personnage, que l'homme tomba sur soi-même ? Tombant sur une chose qui lui est si proche et si chère, il semble que la chute n'en soit pas extrêmement dangereuse ; et néanmoins cet incomparable docteur prétend par là nous représenter une grande extrémité de misère. Pénétrons sa pensée, et disons que l'homme, par ce moyen, devenu amoureux de soi-même, s'est jeté dans un abîme de maux[1], courant aveuglément après ses désirs, et consumant ses forces après une vaine idole de félicité, qu'il s'est figurée à sa fantaisie.

Hé ! Fidèles, qu'est-il nécessaire d'employer ici beaucoup de paroles pour vous faire voir que c'est l'amour-propre qui fait toutes nos actions ! N'est-ce pas cet amour flatteur qui nous cache nos défauts à nous-mêmes, et qui ne nous montre les choses que par l'endroit agréable[2] ? Il ne nous abandonne pas un moment ; et de même que, si vous rompez un miroir, votre visage semble en quelque sorte se multiplier dans toutes les parties de cette glace cassée ; cependant c'est toujours le même visage : ainsi, quoique notre âme s'étende et se partage en beaucoup d'inclinations différentes, l'amour-propre y paraît partout. Etant la racine de toutes nos passions, il fait couler dans toutes les branches ses vaines, mais douces complaisances : si bien que l'homme, s'arrêtant en soi-même, ne peut plus s'élever à son Créateur. Et qui ne voit ici un désordre tout manifeste ?

Car Dieu étant notre fin dernière, en cette qualité, notre cœur lui doit son premier tribut ; et ne savez-vous pas que le tribut du cœur, c'est l'amour[3] ? Ainsi nous attribuons à nous-mêmes les droits qui n'appartiennent qu'à Dieu ; nous nous faisons notre fin dernière ; nous ne songeons qu'à nous plaire en toutes choses, même au préjudice de la loi divine ; et par divers degrés nous venons à ce maudit amour qui règne dans les enfants du siècle, et que saint Augustin définit en ces termes : *Amor sui usque ad contemptum Dei*[4] : « L'amour de soi-même qui passe jusqu'au mépris de Dieu. » C'est contre cet amour criminel que le Fils de Dieu s'élève dans son Evangile, le condamnant à jamais par cette irrévocable sentence : « Qui aime son âme, la perd ; et qui l'abandonne, la sauve. » *Qui amat animam suam, perdet eam ; et qui odit animam suam, custodit eam*[5]. Voyant que c'est l'amour-propre qui est cause de tous nos crimes, il avertit tous ceux qui veulent se ranger sous sa discipline, que, s'ils ne se haïssent eux-mêmes, il ne les peut recevoir en sa compagnie : *Celui qui ne veut pas renoncer à soi-même pour l'amour de moi, n'est pas digne de moi*[6]. De cette sorte, il nous arrache à nous-mêmes par une espèce de violence, et déclarant la guerre à cet amour-propre qui s'élève en nous au mépris de Dieu, comme disait tout à l'heure le saint évêque Augustin, « il fait succéder en sa place l'amour de Dieu jusqu'au mépris de nous-mêmes » : *Amor Dei usque ad contemptum sui,* dit le même saint Augustin[1].

Par là vous voyez, Chrétiens, les deux opérations de Dieu[2]. Car, pour nous faire la guerre à nous-mêmes, ne faut-il pas qu'il y ait en nous quelque autre chose que nous ? Et comment irons-nous à Dieu, si son Saint-Esprit ne nous y élève ? Par conséquent il est nécessaire que cet Esprit tout-puissant lève le charme de l'amour-propre, et nous détrompe de ses illusions; et puis, que faisant paraître à nos yeux un rayon de cette ravissante beauté, qui seule est capable de satisfaire la vaste capacité de nos âmes, il embrase nos cœurs des flammes de sa charité, en telle sorte que l'homme, pressé auparavant de l'amour[3] qu'il avait pour soi-même, puisse dire avec l'apôtre saint Paul : « La charité de Jésus-Christ nous presse » : *Caritas Christi urget nos.* Elle nous presse, nous incitant contre nous; elle nous presse, nous portant au-dessus de nous; elle nous presse, nous détachant de nous-mêmes; elle nous presse, nous unissant à Dieu; elle nous presse, non moins par les mouvements d'une sainte haine, que par les doux transports d'une bienheureuse dilection : *Caritas Christi urget nos*[4].

Voilà, mes Frères, voilà ce que le Saint-Esprit opère en nos cœurs, et voilà le précis de la vie[5] de l'incomparable François de Paule. Vous le verrez, ce grand personnage, vous le verrez avec un visage toujours riant, et toujours sévère. Il est toujours en guerre, et toujours en paix : toujours en guerre contre soi-même, par les austérités de la pénitence; toujours en paix avec Dieu, par les embrasements de la charité. Il épure la charité par la pénitence; il sanctifie la pénitence par la charité. Il considère son corps comme sa prison, et son Dieu comme sa délivrance. D'une main, il rompt ses liens; et de l'autre, il s'attache à l'objet qui lui donne la liberté. Sa vie est un sacrifice continuel. Il détruit sa chair par la pénitence, il l'offre et la consacre par la charité. Mais pourquoi vous tenir si longtemps dans l'attente d'un si beau spectacle[6] ? Fidèles, regardez ce combat : vous verrez l'admirable François de Paule combattant l'amour-propre par l'amour de Dieu. Ce vieillard que vous voyez, c'est le plus zélé ennemi de soi-même; mais c'est aussi l'homme le plus passionné pour la gloire de son Créateur : c'est le sujet de tout ce discours.

## [PREMIER POINT]

Si, dans cette première partie, je vous annonce une doctrine sévère, si je ne vous prêche autre chose que les rigueurs de la pénitence; Fidèles, ne vous en étonnez pas. On ne peut louer un grand politique, qu'on ne parle de ses bons conseils; ni faire l'éloge d'un capitaine fameux, sans rapporter ses conquêtes[1] : partant, que les chrétiens délicats, qui aiment qu'on les flatte par une doctrine lâche et complaisante, n'entendent pas les louanges du grave et austère François de Paule. Jamais homme n'a mieux compris ce que nous enseigne saint Augustin[2], après les divines Ecritures, que la vie chrétienne est une pénitence continuelle. Certes, dans le bienheureux état de la justice originelle[3], ces mots fâcheux de mortification et de pénitence n'étaient pas encore en usage, et n'avaient point d'accès[4] dans un lieu si agréable et si innocent. L'homme alors, tout occupé des louanges de son Dieu, ne connaissait pas les gémissements : *Non gemebat, sed laudabat*[5]. Mais depuis que, par son orgueil[6], il eut mérité que Dieu le chassât de ce paradis de délices; depuis que cet ange vengeur, avec son épée foudroyante, fut établi à ses portes pour lui en empêcher les approches, que de pleurs et que de regrets! Depuis ce temps-là, Chrétiens, la vie humaine a été condamnée à des gémissements éternels. Race maudite et infortunée d'un misérable proscrit[7], nous n'avons plus à espérer de salut, si nous ne fléchissons par nos larmes celui que nous avons irrité contre nous; et parce que les pleurs ne s'accordent pas avec les plaisirs, il faut nécessairement que nous confessions que nous sommes nés pour la pénitence. C'est ce que dit le grave Tertullien, dans le traité si saint et si orthodoxe qu'il a fait de cette matière[8]. « Pécheur que je suis, dit ce grand personnage, et né seulement pour la pénitence » : *Peccator omnium notarum cum sim, nec ulli rei nisi pœnitentiæ natus*, « comment est-ce que je m'en tairai, puisque Adam même, le premier auteur et de notre vie et de notre crime[9], restitué en son paradis par la pénitence, ne cesse de la publier » : *super illa tacere non possum, quam ipse quoque, et stirpis humanæ et offensæ in Deum princeps*

*Adam, exomologesi restitutus in paradisum suum, non tacet !*
C'est pourquoi le Fils de Dieu, venant sur la terre afin de porter nos péchés, s'est dévoué à la pénitence; et l'ayant consommée par sa mort, il nous a laissé la même pratique; et c'est à quoi nous nous obligeons très étroitement par le saint baptême. Le baptême, n'en doutez pas, est un sacrement de pénitence, parce que c'est un sacrement de mort et de sépulture[1]. L'Apôtre ne dit-il pas aux Romains, qu'autant que nous sommes de baptisés, nous sommes baptisés en la mort de Jésus, et que nous sommes ensevelis avec lui ? *In morte ipsius baptizati estis, consepulti... per baptismum*[2]. N'est-ce pas ce que nos pères représentaient par cette mystérieuse manière d'administrer le baptême ? On plongeait les hommes tout entiers, et on les ensevelissait sous les eaux[3]. Et comme les fidèles les voyaient se noyer, pour ainsi dire, dans les ondes de ce bain salutaire, ils se les représentaient tout changés en un moment par la vertu du Saint-Esprit, dont ces eaux étaient animées; comme si, sortant de ce monde en même temps qu'ils disparaissaient à leur vue, ils fussent allés mourir et s'ensevelir avec le Sauveur, selon la parole du saint Apôtre : *consepulti cum illo per baptismum*. Rendez-vous capables, mes Frères, de ces anciens sentiments de l'Eglise, et ne vous étonnez pas si l'on vous parle souvent de vous mortifier; puisque le sacrement par lequel vous êtes entrés dans l'Eglise vous a initiés tout ensemble et à la religion chrétienne et à une vie pénitente.

Mais puisque nous sommes sur cette matière, et d'ailleurs que la Providence divine semble avoir suscité saint François de Paule, afin de renouveler en son siècle l'esprit de pénitence presque entièrement éteint par la mollesse des hommes; il sera, ce me semble, à propos, avant que de vous raconter[4] ses austérités, de vous dire en peu de mots les raisons qui peuvent l'avoir obligé à une manière de vivre si laborieuse; et tout ensemble de vous faire voir qu'un chrétien est un pénitent, qui ne doit point donner d'autres bornes à ses mortifications que celles qui termineront le cours de sa vie. En voici la raison solide, que je tire de saint Augustin, dans une excellente homélie qu'il a faite de la pénitence[5]. Il y a deux sortes de chrétiens : les uns ont perdu la candeur de l'innocence baptismale, et les autres l'ont conservée; quoique, à notre grande honte, le nombre de ces derniers soit si petit dans le monde, qu'à peine doivent-ils être comptés. Or les uns et les autres sont obligés à la pénitence jusqu'au dernier soupir; et partant, la vie chrétienne est une pénitence continuelle.

Car, pour nous autres misérables pécheurs, qui nous sommes dépouillés de Jésus-Christ, dont nous avions été revêtus par le saint baptême[1], et qui, nonobstant tant de confessions réitérées, retournons toujours à nos mêmes crimes, quelles larmes assez amères et quelles douleurs assez véhémentes peuvent égaler notre ingratitude ? N'avons-nous pas juste sujet de craindre que la bonté de Dieu, si indignement[2] méprisée, ne se tourne en une fureur implacable ? Que si sa juste vengeance est si grande contre les Gentils, qui ne sont jamais entrés dans son alliance[3], sa colère ne sera-t-elle pas d'autant plus redoutable pour nous, qu'il est plus sensible à un père d'avoir des enfants perfides, que d'avoir de mauvais serviteurs ? Donc, si la justice divine est si fort enflammée contre nous, puisqu'il est impossible que nous lui puissions résister, que reste-t-il à faire autre chose sinon de prendre son parti contre nous-mêmes, et de venger par nos propres mains les mystères de Jésus violés[4], et son sang profané, et son Saint-Esprit affligé, comme parlent les Ecritures[5], et sa majesté offensée ? C'est ainsi, c'est ainsi, Chrétiens, que, prenant contre nous le parti de la justice divine, nous obligerons sa miséricorde à prendre notre parti contre sa justice. Plus nous déplorerons la misère où nous sommes tombés, plus nous nous rapprocherons du bien que nous avons perdu : Dieu recevra en pitié le sacrifice du cœur contrit, que nous lui offrirons pour la satisfaction de nos crimes; et sans considérer que les peines que nous nous imposons ne sont pas une vengeance proportionnée[6], ce bon père regardera seulement qu'elle est volontaire. Ne cessons donc jamais de répandre des larmes si fructueuses; frustrons l'attente du diable par la persévérance de notre douleur, qui, étant subrogée[7] en la place d'un tourment d'une éternelle durée, doit imiter en quelque sorte son intolérable perpétuité en s'étendant du moins jusqu'à notre dernière agonie.

Mais s'il y avait quelqu'un dans le monde, qui eût conservé jusqu'à cette heure la grâce du saint baptême; ô Dieu, le rare trésor pour l'Eglise! Toutefois, qu'il ne pense pas qu'il soit exempt pour cela de la loi indispensable de la pénitence[1]. Qui ne tremblerait pas, Chrétiens, en entendant les gémissements des âmes les plus innocentes ? Plus les saints s'avancent dans la vertu, plus ils déplorent leurs dérèglements, non par une humilité contrefaite, mais par un sentiment véritable de leurs propres infirmités[2]. En voulez-vous savoir la raison ? Voici celle de saint Augustin, prise des Ecritures divines : c'est que nous avons un ennemi domestique, avec lequel si nous sommes en paix, nous ne sommes point en paix avec Dieu. Et par combien d'expériences sensibles pourrais-je vous faire voir que, depuis notre première[3] enfance jusqu'à la fin de nos jours, nous avons en nous-mêmes certaines passions malfaisantes et une inclination au mal, que l'Apôtre appelle la convoitise[4], qui ne nous donne aucune[5] relâche ? Il est vrai que les saints la surmontent; mais, bien qu'elle soit surmontée, elle ne laisse pas de combattre. Dans un combat si long[6], si opiniâtre, l'ennemi nous attaquant de si près : si nous donnons des coups, nous en recevons : *Percutimus et percutimur,* dit saint Augustin[7] : « en blessant, nous sommes blessés »; et encore que, dans les saints, ces blessures soient légères, et que chacune en particulier n'ait pas assez de malignité pour leur faire perdre la vie, elles les accableraient[8] par leur multitude, s'ils n'y remédiaient par la pénitence.

Ha! quel déplaisir à une âme vraiment touchée de l'amour de Dieu, de sentir tant de répugnance à faire ce qu'elle aime le mieux! Combien répand-elle de larmes agitée en elle-même de tant de diverses affections qui la sépareraient de son Dieu, si elle se laissait emporter à leur violence! C'est ce qui afflige les saints : de là, leurs plaintes et leurs pénitences; de là, cette sainte haine qu'ils ont pour eux-mêmes; de là, cette guerre cruelle et innocente[9] qu'ils se déclarent. Imaginez-vous, Chrétiens, qu'un traître ou un envieux tâche de vous animer par de faux rapports contre vos amis les plus affidés. Combien souffrez-vous de contrainte, lorsque vous êtes en sa compagnie! Avec quels yeux le regardez-vous, ce perfide, ce déloyal, qui veut vous ravir ce que vous avez de plus cher! Et quels sont donc les transports des amis de Dieu, sentant l'amour-propre en eux-mêmes, qui, par toutes sortes de flatteries, les sollicite de rompre avec Dieu! Cette seule pensée leur fait horreur. C'est elle qui les arme contre leur propre chair : ils deviennent inventifs à se tourmenter[1].

Regardez, Fidèles, regardez le grand et l'incomparable François de Paule. O Dieu éternel! que dirai-je, et par où entrerai-je dans l'éloge de sa pénitence ? qu'admirerai-je le plus, ou qu'il l'ait si tôt commencée, ou qu'il l'ait fait durer si longtemps avec une pareille vigueur ? Sa tendre enfance l'a vue naître, sa vieillesse la plus décrépite[2] ne l'a jamais vue relâchée. Par l'une de ces entreprises, il a imité Jean-Baptiste[3]; et par l'autre il a égalé les Paul[4], les Antoine[5], les Hilarion[6].

Ce vieillard vénérable, que vous voyez marcher avec une contenance si grave et si simple, soutenant d'un bâton ses membres cassés; il y a soixante et dix-neuf ans qu'il fait une pénitence sévère. Dans sa treizième année il quitta la maison paternelle; il se jeta dès lors dans la solitude, il embrassa dès lors les austérités. A quatre-vingt-onze ans, ni les veilles, ni les fatigues, ni l'extrême caducité ne lui ont pu encore faire modérer l'étroite sévérité de sa vie, que Dieu n'a étendue si longtemps, qu'afin de nous faire voir une persévérance incroyable. Il fait un carême éternel; et durant ce carême, il semble qu'il ne se nourrisse que d'oraisons et de jeûnes. Un peu de pain est sa nourriture, de l'eau toute pure étanche sa soif : à ses jours de réjouissance, il y ajoute quelque légume; voilà les ragoûts de François de Paule[7]! En santé et en maladie, tel est son régime de vie; et dans une vie si austère, il est plus content que les rois. Il dit qu'il importe peu de quoi on sustente ce corps mortel, que la foi change la nature des choses, que Dieu donne telle vertu qu'il lui plaît aux nourritures que nous prenons, et que, pour ceux qui mettent leur espérance en lui seul, tout est bon, tout est salutaire : et c'est pour confondre ceux qui, voulant se dispenser de la mortification commune, se figurent de vaines appréhensions, afin de les faire servir d'excuse à leur délicatesse affectée.

Que vous dirai-je ici de l'austérité de son jeûne ? Il ne songe à prendre sa réfection que lorsqu'il sent que la nuit approche. Après avoir vaqué tout le jour au service de son Créateur, il croit avoir quelque droit de penser à l'infirmité de la nature. Il traite son corps comme un mercenaire à qui il donne son pain. De peur de manger pour le plaisir, il attend la dernière nécessité : par une nourriture modique il se prépare à un sommeil léger, louant la munificence divine de ce qu'elle le sustente de peu.

Qu'est-il nécessaire de vous raconter ses autres austérités ? Sa vie est égale partout; toutes les parties en sont réglées par la discipline de la pénitence. Demandez-lui la raison d'une telle sévérité, il vous répondra avec l'apôtre saint Paul[1] : « Ne pensez pas, mes Frères, que je travaille en vain » : *Sic curro, non quasi in incertum.* Et que faites-vous donc, grand François de Paule ? Ha! dit-il, « je châtie mon corps » : *Castigo corpus meum.* O le soin inutile! diront les fols amateurs du siècle. Mais par ce moyen, dit saint Paul, et après lui notre saint, par ce moyen, « je réduis en servitude ma chair » : *In servitutem (corpus meum) redigo.* Et pourquoi se donner tant de peines ? « C'est de peur, dit-il, qu'après avoir enseigné les autres, moi-même je ne sois réprouvé » : *Ne forte cum aliis prædicaverim, ipse reprobus efficiar.* Je me perdrais par l'amour de moi-même; par la haine de moi-même je me veux sauver : je ne prends pas ce que le monde appelle commodités, de peur que par un chemin si glissant je ne tombe insensiblement dans les voluptés. Puisque l'amour-propre me presse si fort, je veux me roidir au contraire : pressé plus vivement par la charité de Jésus-Christ, de crainte de m'aimer trop, je me persécute.

C'est ainsi que nos pères ont été nourris. L'Eglise, dès son berceau, a eu des persécuteurs; et plusieurs siècles se sont passés, pendant lesquels les puissances du monde faisaient, pour ainsi dire, continuellement rejaillir sur elle le sang de ses propres enfants. Dieu la voulait élever de la sorte, dans les hasards et dans les combats, et parmi de durs exercices, de peur qu'efféminée par l'amour des plaisirs de la terre, elle n'eût pas le courage assez ferme, ni digne des grandeurs auxquelles elle était appelée. Sectateurs d'une doctrine établie par tant de supplices, s'il était coulé en nos veines une goutte du sang de nos braves et invincibles ancêtres, nous ne soupirerions pas, comme nous faisons, après ces molles délices qui énervent la vie de notre foi, et font tomber par terre cette première générosité du christianisme.

Quelle est ici votre pensée, Chrétiens ? Vous dites que ces maximes sont extrêmement rigoureuses. Elles ne m'étonnent pas moins que vous; toutefois je ne puis vous dissimuler qu'elles sont extrêmement chrétiennes. Jésus notre Sauveur, dont nous faisons gloire d'être les disciples, après nous les avoir annoncées, les a confirmées par sa mort, et nous les a laissées par son Testament[1]. Regardez-le au jardin des Olives, c'est une pieuse remarque de saint Augustin; toutes les parties de son corps furent teintes par cette mystérieuse sueur[2]. « Que veut dire cela ? dit saint Augustin[3]. C'est qu'il avait dessein de nous faire voir que l'Eglise, qui est son corps, devait de toutes parts dégoutter de sang » : *Quid ostendebat quando per corpus orantis globi sanguinis distillabant, nisi quia corpus ejus, quod est Ecclesia, martyrum sanguine jam fluebat.*

Vous me direz peut-être que les persécutions sont cessées. Il est vrai, les persécutions sont cessées; mais les martyres ne sont pas cessés. Le martyre de la pénitence est inséparable de la sainte Eglise. Ce martyre, à la vérité, n'a pas un appareil si terrible; mais ce qui semble lui manquer du côté de la violence, il le récompense par la durée. Pendant toute l'étendue des siècles, il faut que l'Eglise dégoutte de sang; si ce n'est du sang que répand la tyrannie, c'est du sang que verse la pénitence. Les larmes, selon la pensée de saint Augustin[4], sont « le sang le plus pur de l'âme » : *Sanguis animæ per lacrymas profluat.* C'est ce sang qu'épanche la pénitence. Et pourquoi ne comparerais-je pas la pénitence au martyre ? Autant que les saints retranchent de mauvais désirs, ne se font-ils pas autant de salutaires blessures ? En déracinant l'amour-propre, ils arrachent comme un membre du cœur, selon le précepte de l'Evangile. Car l'amour-propre ne tient pas moins au cœur que les membres tiennent au corps; c'est le vrai sens de cette parole : « Si votre main droite vous scandalise, coupez, tranchez, dit le Fils de Dieu » : *Abscide illam*[5]. C'est-à-dire, si nous l'entendons, qu'il faut porter le couteau jusqu'au cœur, jusqu'aux plus intimes inclinations. L'Apôtre a prononcé pour tous les hommes et pour tous les temps : « que tous ceux qui veulent vivre pieusement en Jésus-Christ, souffriront persécution » : *Omnes qui pie volunt vivere in Christo Jesu, persecutionem patientur*[6]. Ainsi, au défaut des tyrans, les saints se persécutent eux-mêmes; tant il est nécessaire que l'Eglise souffre! Une haine injuste et cruelle animait les empereurs contre les gens de bien; une sainte haine anime les gens de bien contre eux-mêmes.

O nouveau genre de martyre, où le martyr patient et le persécuteur sont également agréables ; où Dieu, d'une même main, soutient celui qui souffre et couronne celui qui persécute ! C'est le martyre de saint François, c'est où il a paru invincible ; et quoique vous l'ayez déjà vu dans ce que je vous ai rapporté de sa vie, il faut encore ajouter un trait au tableau que j'ai commencé de sa pénitence, et puis nous passerons à sa charité.

Je dis donc qu'il y a deux choses qui composent la pénitence : la mortification du corps et l'abaissement de l'esprit[1]. Car la pénitence, comme je l'ai touché au commencement de ce discours, est un sacrifice de tout l'homme, qui, se jugeant digne du dernier supplice, se détruit en quelque façon devant Dieu. Par conséquent, il est nécessaire, afin que le sacrifice soit plein et entier, de dompter et l'esprit et le corps ; le corps par les mortifications, et l'esprit par l'humilité. Et d'autant que le sacrifice est plus agréable lorsque la victime est plus noble, il ne faut point douter que ce ne soit une action sans comparaison plus excellente d'humilier son esprit devant Dieu que de châtier son corps pour l'amour de lui : de sorte que l'humilité est la partie la plus essentielle de la pénitence chrétienne. C'est pourquoi le docte Tertullien donne cette belle définition à la pénitence : « La pénitence, dit-il[2], c'est la science d'humilier l'homme » : *Prosternendi et humilificandi hominis disciplina.* D'où passant plus outre, je dis que si la vie chrétienne est une pénitence continuelle, ainsi que nous l'avons établi par la doctrine de saint Augustin ; ce qui fait le vrai pénitent, c'est ce qui fait le vrai chrétien ; et partant, c'est en l'humilité que consiste la souveraine perfection du christianisme.

Ainsi ne vous persuadez pas avoir vu toute la pénitence de François de Paule, quand je vous ai fait contempler ses austérités : je ne vous ai encore montré que l'écorce. Tout sec et exténué qu'il est en son corps par les jeûnes et par les veilles, il est encore plus mortifié en esprit. Son âme est en quelque sorte plus exténuée[3] ; elle est entièrement vide de ces vaines pensées qui nous enflent. Dans une pureté angélique, dans une vertu si constante, si consommée, il se compte pour un serviteur inutile, il s'estime le moindre de tous ses frères. Le Souverain Pontife lui parle de le faire prêtre : François de Paule est effrayé du seul nom de prêtre : Ha ! faire prêtre un pêcheur comme moi! Cette proposition le fait trembler jusqu'au fond de l'âme. O confusion de notre siècle! des hommes tout sensuels comme nous, se présentent audacieusement à ce redoutable[1] ministère, dont le seul nom épouvante cet ange terrestre! Pour les honneurs du siècle, jamais homme les a-t-il plus méprisés? Il ne peut seulement comprendre pour quelle raison on les nomme honneurs. O Dieu! quel coup de tonnerre fut-ce pour lui, lorsqu'on lui apporta la nouvelle que le roi Louis XI le voulait avoir à sa cour; que le Pape lui ordonnait d'y aller, et auparavant de passer à Rome! Combien regrettat-il la douce retraite de sa solitude, et la bienheureuse obscurité de sa vie! Et pourquoi, disait-il, pourquoi faut-il que ce pauvre ermite soit connu des grands de la terre? Hé! dans quel coin pourrai-je dorénavant me cacher, puisque dans les déserts même de la Calabre, je suis connu par un roi de France?

C'est ici, Chrétiens, où je vous prie de vous rendre attentifs à ce que va faire François de Paule : voici le plus grand miracle de ce saint homme. Certes, je ne m'étonne plus qu'il ait tant de fois passé au milieu des flammes sans en avoir été offensé; ni de ce que, domptant la fureur de ce terrible détroit de Sicile, fameux par tant de naufrages, il ait trouvé sur son seul manteau l'assurance que les plus adroits nautoniers ne pouvaient trouver dans leurs grands navires. La cour, qu'il a surmontée, a des flammes plus dévorantes; elle a des écueils plus dangereux; et bien que les inventions hardies de l'expression poétique n'aient pu nous représenter la mer de Sicile si horrible que la nature l'a faite, la cour a des vagues plus furieuses, des abîmes plus creux, et des tempêtes plus redoutables. Comme c'est de la cour que dépendent toutes les affaires, et que c'est aussi là qu'elles aboutissent, l'ennemi du genre humain[2] y jette tous ses appâts, y étale toute sa pompe. Là est l'empire de l'intérêt; là est le théâtre des passions; là elles se montrent les plus violentes; là elles sont les plus déguisées. Voici donc François de Paule dans un nouveau monde. Il regarde ce mouvement, ces révolutions, cet empressement éternel, et uniquement pour des biens périssables, et pour une fortune qui n'a rien de plus assuré que sa décadence; il croit que Dieu ne l'a amené en ce lieu, que pour connaître mieux jusqu'où se peut porter la folie des hommes.

A Rome, le pape lui rend des honneurs extraordinaires; tous les cardinaux le visitent. En France, trois grands rois[1] le caressent; et après cela, je vous laisse à penser si tout le monde lui applaudit. A peine peut-il comprendre pourquoi on le respecte si fort. Il ne s'élève point parmi des faveurs si inespérées; c'est toujours le même homme, toujours humble, toujours soumis. Il parle aux grands et aux petits avec la même franchise, avec la même liberté : il traite avec tous indifféremment, par des discours simples, mais bien sensés, qui ne tendent qu'à la gloire de Dieu, et au salut de leurs âmes. O personnage vraiment admirable! Doux attraits de la cour, combien avez-vous corrompu d'innocents[2]! Ceux qui vous ont goûtés ne peuvent presque goûter autre chose. Combien avons-nous vu de personnes, je dis même des personnes pieuses, qui se laissaient comme entraîner à la cour, sans dessein de s'y engager! Oh! non, ils se donneront bien de garde de se laisser ainsi captiver. Enfin l'occasion s'est présentée belle, le moment fatal est venu, la vague les a poussés, et les a emportés ainsi que les autres. Ils n'étaient venus, disaient-ils, que pour être spectateurs de la comédie; à la fin, à force de la regarder, ils en ont trouvé l'intrigue si belle, qu'ils ont voulu jouer leur personnage. La piété même s'y glisse, souvent elle ouvre des entrées favorables; et après que l'on a bu de cette eau[3], tout le monde le dit, les histoires le publient, l'âme est toute changée par une espèce d'enchantement : c'est un breuvage charmé, qui enivre les plus sobres.

Cependant l'incomparable François de Paule est solitaire jusque dans la cour : rien ne l'ébranle, rien ne l'émeut; il ne demande rien, il ne s'empresse de rien, non pas même pour l'établissement de son Ordre[4]; il s'en remet à la Providence. Pour lui, il ne fait que ce qu'il a à faire, d'instruire ceux que Dieu lui envoie, et d'édifier l'Eglise par ses bons exemples. Je pense que je ne dirai rien qui soit éloigné de la vérité, si je dis que la cour de Louis XI devait être la plus raffinée de l'Europe : car s'il est vrai que l'humeur du prince règle les passions de ses courtisans, sous un prince si rusé tout le monde raffinait sans doute; c'était la manie du siècle, c'était la fantaisie de la cour. François de Paule regarde leurs souplesses avec un certain mépris. Pour lui, bien qu'il soit obligé de converser souvent avec eux, il conserve cette bonté si franche et si cordiale, et cette naïve enfance de son innocente simplicité. Chacun admire une si grande candeur, et tout le monde demeure d'accord qu'elle vaut mieux que toutes les finesses.

Ici, il me vient une pensée : de considérer lequel a l'âme plus grande et plus royale, de Louis ou de François de Paule[1]. Oui, j'ose comparer un pauvre moine avec un des plus grands rois et des plus politiques[2] qui ait jamais porté la couronne ; et sans délibérer davantage, je donne la préférence à l'humble François. En quoi mettons-nous la grandeur de l'âme ? Est-ce à prendre de nobles desseins ? Tous ceux de Louis sont enfermés dans la terre : François ne trouve rien qui soit digne de lui que le ciel. Louis, pour exécuter ce qu'il prétendait, cherchait mille pratiques et mille détours ; et avec sa puissance royale, il ne pouvait si bien nouer ses intrigues, que souvent, un petit ressort venant à manquer, toute l'entreprise ne fût renversée. François se propose de plus grands desseins, et sans aucun détour, y va par des voies très courtes et très assurées. Louis, à ce que remarque l'histoire, avec tous ses impôts et tous ses tributs[3], à peine a-t-il assez d'argent dans ses coffres, pour réparer les défauts[4] de sa politique : François rachète tous ses péchés, François gagne le ciel par ses larmes et par de pieux désirs ; ce sont ses richesses les plus précieuses, et il en a dans son cœur un trésor immense, et une source infinie. Louis, en une infinité de rencontres, est contraint de plier sous les coups de sa mauvaise fortune : et la fortune et le monde sont au-dessous de François. Enfin, pour vous faire voir la royauté de François, considérez ce prince qui tremble dans ses forteresses et au milieu de ses gardes. Il sent approcher une ennemie qui tranchera toutes ses espérances, et néanmoins il ne peut éviter ses attaques[5]. Fidèles, vous entendez bien que c'est de la mort dont je parle. Regardez maintenant le pauvre François ; voyez, voyez si la mort lui fait seulement froncer les sourcils : il la contemple avec un visage riant, il lui tend de bon cœur les mains, il lui montre l'endroit où elle doit frapper, il lui présente cette pourriture du corps. O mort[6] ! lui dit-il, quoique le monde t'appelle cruelle, tu ne me feras aucun mal, tu ne m'ôteras rien de ce que j'aime ; tu ne rompras pas le cours de mes desseins ; au contraire, tu ne feras qu'achever l'ouvrage que j'ai commencé ; tu me déferas tout à fait des choses dont il y a si longtemps que je tâche de me dépouiller ; tu me délivreras de ce corps. O mort ! je t'en remercie : il y a près de quatre-vingts ans que je travaille moi-même à m'en décharger.

O fermeté invincible de François de Paule ! ô grande âme et vraiment royale ! Que les rois de la terre se glorifient dans leur vaine magnificence : il n'y a point de royauté pareille à celle de François de Paule. Il règne sur ses appétits ; il est paisible, il est satisfait. La vie la plus heureuse, est celle qui appréhende le moins la mort. Et qui de nous aime si fort le monde qu'il ne désirât plutôt de mourir comme le pauvre François de Paule que comme le roi Louis XI ? Que si nous voulons mourir comme lui, il faudrait vivre aussi comme lui. Sa vie a donc été bienheureuse. Il est vrai qu'il s'est affligé par diverses austérités ; mais, souffrant pour l'amour de Celui qui seul avait gagné ses affections, sa charité charmait tous ses maux, elle adoucissait toutes ses douleurs. O puissance de la charité ! direz-vous. Mais le voulez-vous voir par l'exemple de saint François ; un moment d'audience satisfera ce pieux désir.

[SECOND POINT]

Ne vous étonnez pas, Chrétiens, si, dans une vie si dure, si laborieuse, l'admirable François de Paule a toujours un air riant, et toujours un visage content. Il aimait, et c'est tout vous dire ; parce que, dit saint Augustin, « celui qui aime, ne travaille pas » : *Qui amat, non laborat*[1]. Voyez les folles amours du siècle, comme elles triomphent parmi les souffrances. Or la charité de Jésus, venant d'une source plus haute, est aussi plus pressante et plus forte : *Caritas Christi urget nos*. Et encore que son cours soit plus réglé, il n'en est pas moins impétueux. Certes, il faut l'avouer, mes chers Frères, à notre grande confusion, que nous entendons peu ce que l'on nous dit de son énergie. Le langage de l'amour de Dieu nous est un langage barbare. Les âmes froides et languissantes comme les nôtres ne comprennent pas ces discours, qui sont pleins d'une ardeur si divine : *Non capit ignitum eloquium frigidum pectus,* disait le dévot saint Bernard[2]. Si je vous dis que l'amour de Dieu fait oublier toutes choses aux âmes qui en sont frappées ; si je vous dis qu'en étant possédées, elles en perdent le soin de leur corps, qu'elles ne songent presque plus ni à l'habiller, ni à le nourrir, comme peut-être vous ne ressentiez pas ces mouvements en vous-mêmes, vous prendrez peut-être ces vérités pour des rêveries agréables ; et moi, qui suis bien éloigné d'une expérience si sainte, je ne pourrais jamais vous parler des doux transports de la charité, si je n'empruntais les sentiments des saints Pères.

Ecoutez donc le grand saint Basile[1], l'ornement de l'Eglise orientale, le rempart de la foi catholique contre la perfidie arienne[2]. Voici comme parle ce saint évêque : *Sitôt que quelque rayon de cette première beauté commence à paraître sur nous, notre esprit, transporté par une ravissante douceur, perd aussitôt la mémoire de toutes ses autres occupations : il oublie toutes les nécessités de la vie. Nous aimons tellement cet amour bienheureux et céleste, que nous ne pouvons plus sentir d'autres flammes.* Fidèles, que veut-il dire « que nous aimons cet amour tout céleste » : *Cœlestem illum ac plane beatum amantes amorem*[3] ? C'est par l'amour qu'on aime : mais comment se peut-il faire qu'on aime l'amour ? Ha ! c'est que l'âme fidèle, blessée de l'amour[4] de son Dieu, aimant elle sent qu'elle aime, elle s'en réjouit, elle en triomphe de joie, elle commence à s'aimer elle-même, non pas pour elle-même, mais elle s'aime de ce qu'elle aime Dieu : *Cœlestem illum ac plane beatum amantes amorem.* Et cet amour lui plaît tellement, qu'en faisant toutes ses délices, elle regarde tout le reste avec indifférence. C'est ce que dit le tendre et affectueux saint Bernard[5], que celui qui aime, il aime : *Qui amat, amat.* « Celui qui aime, il aime. » Ce n'est pas, ce semble, une grande merveille. Il aime, c'est-à-dire, il ne sait autre chose qu'aimer ; il aime, et c'est tout, si vous me permettez cette façon de parler familière. L'amour de Dieu, quand il est dans une âme, change tout en soi-même : il ne souffre ni douleur, ni crainte, ni espérance que celle qu'il donne.

François de Paule, ô l'ardent amoureux ! Il est blessé, il est transporté ; on ne peut le tirer de sa chère cellule, parce qu'il y embrasse son Dieu en paix et en solitude. L'heure de manger arrive : il a une nourriture plus agréable, goûtant les douceurs de la charité. La nuit l'invite au repos : il trouve son véritable repos dans les chastes embrassements de son Dieu. Le roi le demande avec une extrême impatience : il a affaire, il ne peut quitter ; il est renfermé avec Dieu dans de secrètes communications. On frappe à sa porte avec violence ; la charité, qui a occupé tous ses sens par le ravissement de l'esprit, ne lui permet d'entendre autre chose que ce que Dieu lui dit au fond de son cœur dans un saint et ineffable silence. C'est qu'il aime son Dieu, et qu'il aime tellement cet amour qu'il veut le voir tout seul dans son cœur ; et autant qu'il lui est possible, il en chasse tous les autres mouvements. Comme chacun parle de ce qu'il aime, et que l'aimable François de Paule n'aime que ce saint et divin amour, aussi ne parle-t-il pas d'autre chose. Il avait gravé bien profondément au fond de son âme cette belle sentence du saint Apôtre : *Omnia vestra in caritate fiant*[1] : « Que toutes vos actions se fassent en charité. » Allons en charité, disait-il, faisons par charité : c'était la façon de parler ordinaire, que ce saint homme avait toujours à la bouche, fidèle interprète du cœur. De cette sorte, tous ses discours étaient des cantiques de l'amour divin, qui calmaient tous ses mouvements, qui enflammaient ses pieux désirs, qui charmaient toutes les douleurs de cette vie misérable.

Mais encore est-il nécessaire que je tâche de vous faire comprendre la force de cette parole, qui était si familière au saint dont nous célébrons les louanges. Comprenez, comprenez, Chrétiens, combien doivent être divins les mouvements des âmes fidèles. L'antiquité profane consacrait toutes nos affections, et en faisait ses divinités, et l'amour avait ses temples dans Rome, pour ne pas parler en ce lieu de ceux de la peur, et des autres passions plus basses. Quand ils se sentaient possédés de quelque mouvement extraordinaire, ils croyaient qu'il venait d'un dieu, ou bien que ce désir violent était lui-même leur dieu : *An sua cuique deus fit dira cupido*[2] ? Permettez-moi ce petit mot d'un auteur profane, que je m'en vais tâcher d'effacer par un passage admirable d'un auteur sacré. Il n'y a que les chrétiens qui puissent se vanter que leur amour est un Dieu. « Dieu est amour ; Dieu est charité », dit le bien-aimé disciple : *Deus caritas est*[3]. « Et puisque Dieu est charité, poursuit-il, celui qui demeure en charité, demeure en Dieu, et Dieu en lui » : *Et qui manet in caritate, in Deo manet, et Deus in eo*. O divine théologie ! Comprendrons-nous bien ce mystère ? Oui, certes, nous le comprendrons avec l'assistance divine, en suivant les vestiges des anciens docteurs.

Pour cela, élevez vos esprits jusqu'aux choses les plus hautes, que la foi chrétienne nous représente. Contemplez dans la Trinité adorable le Père et le Fils, qui, enflammés l'un pour l'autre par le même amour, produisent un torrent de flammes, un amour personnel et subsistant, que l'Ecriture appelle le Saint-Esprit[1] ; amour qui est commun au Père et au Fils, parce qu'il procède du Père et du Fils. « C'est ce Dieu qui est charité », selon que dit l'apôtre saint Jean : *Deus caritas est*. Car de même que le Fils de Dieu procédant par intelligence[2], il est intelligence, et par soi ; ainsi le Saint-Esprit procédant par amour, est amour. C'est pourquoi le dévot saint Bernard voulant nous exprimer que le Saint-Esprit est amour, il l'appelle le baiser de la bouche de Dieu, un fleuve de joie, un fleuve de vin pur, un fleuve de feu céleste, un qui vient de deux, qui unit les deux, lien vital et vivant : *Unus ex duobus, uniens ambos, vivificum gluten*[3]. En quoi il suit la profonde théologie de son maître saint Augustin, qui appelle le Saint-Esprit le lien commun du Père et du Fils[4] et de là vient que les Pères l'ont appelé le saint complément de la Trinité[5], d'autant que l'union, c'est ce qui achève les choses : tout est accompli quand l'union est faite, on ne peut plus rien ajouter.

C'est donc ce Dieu charité, qui est l'amour du Père et du Fils, qui descendant en nos cœurs y opère la charité. « Celui, dit saint Augustin, qui lie la société du Père et du Fils, c'est lui qui lie la société et entre nous, et avec le Père et le Fils. Ils nous réduisent en un par le Saint-Esprit, qui est commun à l'un et à l'autre, qui est Dieu, et amour de Dieu » : *Quod ergo commune est Patri et Filio, per hoc nos voluerunt habere communionem et inter nos et secum, et per illud donum nos colligere in unum quod ambo habent unum, hoc est, per Spiritum sanctum, Deum et donum Dei*[6]. C'est donc le Saint-Esprit, qui, étant, dès l'éternité le lien du Père et du Fils, puis se communiquant à nous par une miséricordieuse condescendance, nous attache premièrement à Dieu par un pur amour, et par le même nœud nous unit les uns aux autres. Telle est l'origine de la charité, qui est la chaîne qui lie toutes choses : c'est ce Dieu charité. Il n'est pas plus tôt en nos âmes, que lui, qui est amour et charité, il les embrase de ses feux, il y coule un amour qui lui ressemble en quelque sorte : à cause qu'il est le Dieu charité, il nous donne la charité. Remplis de cet amour, qui procède du Père et du Fils, nous aimons le Père et le Fils, et nous aimons aussi avec le Père et le Fils cet Amour bienheureux qui nous fait aimer le Père et le Fils, dit saint Augustin. Ne vous souvient-il pas de ce que nous disions tout à l'heure, que nous aimons l'amour ? C'est le sens profond de cette parole de saint Basile, que nous n'avions pour lors que légèrement effleuré. Ce baiser divin, souvenez-vous que c'est saint Bernard qui appelle ainsi le Saint-Esprit, ce baiser mutuel que le Père et le Fils se donnent dans l'éternité, et qu'ils nous donnent après dans le temps, nous nous le donnons les uns aux autres par un épanchement d'amour. C'est en cette manière que la charité passe du ciel en la terre, du cœur de Dieu dans le cœur de l'homme, où, comme dit l'Apôtre[1], *elle est répandue par le Saint-Esprit qui nous est donné*. Par où vous voyez ces deux choses, que le Saint-Esprit nous est donné et que par lui la charité nous est donnée ; et partant, il y a en nos cœurs, premièrement la charité incréée[2], qui est le Saint-Esprit, et après, la charité créée, qui nous est donnée par le Saint-Esprit. De là vient que l'apôtre saint Jean, qui a dit que Dieu est charité, dit dans le même endroit « que la charité est de Dieu » : *Caritas ex Deo est*[3]. Car le Saint-Esprit n'est pas plus tôt dans nos âmes, que, les embrasant de ses feux[4], il y coule un amour qui lui est en quelque sorte semblable : étant le Dieu charité, il y opère la charité. C'est pourquoi l'apôtre saint Jean, considérant le ruisseau dans sa source, et la source dans le ruisseau, prononce cette haute parole, que *Dieu est charité*, et que, *qui demeure en charité demeure en Dieu, et Dieu en lui*.

Que dirai-je maintenant de vous, ô admirable François de Paule, qui n'avez que la charité dans la bouche, parce que vous n'avez que la charité dans le cœur ? Je ne m'étonne pas, Chrétiens, de ce que dit de ce saint personnage le judicieux Philippe de Commines[5], qui l'avait vu souvent en la cour de Louis XI : *Je ne pense,* dit-il, *jamais avoir vu homme vivant de si sainte vie, où il semblât mieux que le Saint-Esprit parlait par sa bouche*. C'est que ses paroles et son action, étant animés par la charité, semblaient n'avoir rien de mortel, mais faisaient éclater tout visiblement l'opération de l'Esprit de Dieu, souverain moteur de son âme. De là vient ce que remarque le même auteur, que, bien qu'il fût ignorant et sans lettres, il parlait si bien des choses divines, et dans un sens si profond, que tout le monde en était étonné. C'est que ce maître tout-puissant l'enseignait par son onction[1]. Enfin, c'était par sa charité qu'il semblait avoir sur toutes les créatures un commandement absolu, parce que, uni à Dieu par une amitié si sincère, il était comme un Dieu sur la terre, selon ce que dit l'apôtre saint Paul, que « qui s'attache à Dieu est un même esprit avec lui » : *Qui autem adhæret Domino, unus spiritus est*[2].

C'est une chose admirable, que la miséricorde de notre Dieu ait porté cette majesté souveraine à se rabaisser jusqu'à nous, non seulement par une amitié cordiale, mais encore quelquefois, si je l'ose dire, par une étroite familiarité. « Je viens, dit-il, frapper à la porte; si quelqu'un m'ouvre, j'entrerai avec lui, et je souperai avec lui, et lui avec moi » : *Ecce sto ad ostium et pulso ; si quis audierit vocem meam, et aperuerit mihi januam, intrabo ad illum, et cænabo cum illo, et ipse mecum*[3]. Se peut-il rien de plus libre ? François de Paule, ce bon ami, étant ainsi familier avec Dieu à cause de son innocence, il disposait librement des biens de son Dieu, qui semblait lui avoir tout mis à la main[4]. Aussi certes, s'il m'est permis de parler comme nous parlons dans les choses humaines, ce n'était pas une connaissance d'un jour. Le saint homme François de Paule, ayant commencé sa retraite à douze ans, et ayant toujours donné, dès sa tendre enfance, des marques d'une piété extraordinaire, il y a grande apparence qu'il a toujours conservé l'intégrité baptismale[5]. Et ce sont ces âmes, que Dieu chérit, ces âmes toujours fraîches et toujours nouvelles, qui, gardant inviolablement leur première fidélité, après une longue suite d'années paraissent telles devant sa face, aussi saintes, aussi innocentes, qu'elles sortirent des eaux du baptême. Et c'est, mes Frères, ce qui me confond. O Dieu de mon cœur, quand je considère que cette âme si chaste, si virginale, cette âme qui est toujours demeurée dans la première enfance du saint baptême, fait une pénitence si rigoureuse, je frémis jusqu'au fond de l'âme. Fidèles, quelle indignité! Les innocents font pénitence, et les criminels vivent dans les délices!

O sainte pénitence, autrefois si honorée dans l'Eglise, en quel endroit du monde t'es-tu maintenant retirée ? Elle n'a plus aucun rang dans le siècle : rebutée de tout le monde, elle s'est jetée dans les cloîtres ; et néanmoins ce n'est pas là qu'elle est le plus nécessaire. C'est là que se retirent les personnes les plus pures ; et nous qui demeurons dans les attachements de la terre, nous, que les vains désirs du siècle embarrassent en tant de pratiques criminelles, nous nous moquons de la pénitence, qui est le seul remède de nos désordres. Consultons-nous dans nos consciences : sommes-nous véritablement chrétiens ? Les chrétiens sont les enfants de Dieu, et les enfants de Dieu sont poussés par l'Esprit de Dieu, et ceux qui sont poussés par l'Esprit de Dieu, la charité de Jésus les presse. Hélas ! oserions-nous bien dire que l'amour de Jésus nous presse, nous qui n'avons d'empressement que pour les biens de la terre, qui ne donnons pas à Dieu un moment de temps bien entier, chauds pour les intérêts du monde, froids et languissants pour le service du Sauveur Jésus ? Certes, si nous étions, je ne dis pas pressés, nous n'en sommes plus à ces termes ; mais si nous étions tant soit peu émus par la charité de Jésus, nous ne ferions pas tant de résolutions inutiles : le saint jour de Pâques ne nous verrait pas toujours chargés des mêmes crimes dont nous nous sommes confessés les années passées. Fidèles, qui vous étonnez de tant de fréquentes rechutes, ha ! que la cause en est bien visible ! Nous ne voulons point nous faire de violence, nous voulons trop avoir nos commodités ; et les commodités nous mènent insensiblement dans les voluptés : ainsi accoutumés à une vie molle, nous ne pouvons souffrir le joug de Jésus. Nous nous impatientons contre Dieu des moindres disgrâces qui nous arrivent, au lieu de les recevoir de sa main pour l'expiation de nos fautes ; et dans une si grande délicatesse[1], nous pensons pouvoir honorer les saints, nous faisons nos dévotions à la mémoire de François de Paule. Est-ce honorer les saints que de condamner leur vie par une vie tout opposée ? Est-ce honorer les saints, que d'entendre parler de leurs vertus, et n'être pas touchés du désir de les imiter ? Est-ce honorer les saints, que de regarder le chemin par lequel ils sont montés dans le ciel, et de prendre une route contraire ?

Figurez-vous, mes Frères, que le vénérable François de

Paule vous paraît aujourd'hui sur ces terribles autels, et qu'avec sa gravité et sa simplicité ordinaire : Chrétiens, vous dit-il, qu'êtes-vous venus faire en ce temple ? Ce n'est pas pour m'y rendre vos adorations; vous savez qu'elles ne sont dues qu'à Dieu seul. Vous voulez peut-être que je m'intéresse dans vos folles prétentions. Vous me demandez une vie aisée, à moi qui ai mené une vie toujours rigoureuse. Je présenterai volontiers vos vœux à notre grand Dieu, au nom de son cher Fils Jésus-Christ, pourvu que ce soit des vœux qui paraissent dignes de chrétiens. Mais apprenez de moi que, si vous désirez que nous autres amis de Dieu priions pour vous notre commun Maître, il veut que vous craigniez ce que nous avons craint, et que vous aimiez ce que nous avons aimé sur la terre. En vivant de la sorte, vous nous trouverez de vrais frères et de charitables intercesseurs.

Allons donc tous ensemble, Fidèles, allons rendre les vrais honneurs à l'humble François de Paule. Je vous ai apporté en ce lieu des reliques de ce saint homme : l'odeur qui nous reste de sa sainteté, et la mémoire de ses vertus, c'est ce qu'il a laissé sur la terre de meilleur et de plus utile; ce sont les reliques de son âme. Baisons ces précieuses reliques, enchâssons-les dans nos cœurs, comme dans un saint reliquaire[1]. Ne souhaitons pas une vie si douce ni si aisée; ne soyons pas fâchés quand elle sera détrempée de quelques amertumes. Le soldat est trop lâche, qui veut avoir tous ses plaisirs pendant la campagne; le laboureur est indigne de vivre, qui ne veut point travailler avant la moisson. Et toi, dit Tertullien[2], tu es trop délicat chrétien, si tu désires les voluptés même dans le siècle. Notre temps de délices viendra; c'est ici[3] le temps d'épreuve et de pénitence. Les impies ont leur temps dans le siècle[4], parce que leur félicité ne peut pas être éternelle : le nôtre est différé après cette vie, afin qu'il puisse s'étendre dans les siècles des siècles. Nous devons pleurer ici-bas, pendant qu'ils se réjouissent : quand l'heure de notre triomphe sera venue, ils commenceront à pleurer. Gardons-nous bien de rire avec eux, de peur de pleurer aussi avec eux; pleurons plutôt avec les saints, afin de nous réjouir en leur compagnie. Gémissons en ce monde, comme a fait le pauvre François : soyons imitateurs de sa pénitence, et nous serons compagnons de sa gloire. *Amen.*

# PANÉGYRIQUE
## DE
# SAINT JOSEPH

PRONONCÉ LE 19 MARS 1656[1].

*Depositum cuſtodi.*
Gardez le dépôt.
*I. Tim.*, VI, 20.

C'EST une opinion reçue et un sentiment commun parmi tous les hommes, que le dépôt a quelque chose de saint, et que nous le devons conserver à celui qui nous le confie, non seulement par fidélité, mais encore par une espèce de religion[2]. Aussi, apprenons-nous du grand saint Ambroise, au second livre de ses Offices[3], que c'était une pieuse coutume établie parmi les fidèles, d'apporter aux évêques et à leur clergé ce qu'ils voulaient garder avec plus de soin, pour le mettre auprès des autels; par une sainte persuasion qu'ils avaient, qu'ils ne pouvaient mieux placer leurs trésors[4] qu'où Dieu même confie[5] les siens, c'eſt-à-dire ses sacrés myſtères. Cette coutume était passée en l'Eglise[6] par l'exemple de la Synagogue ancienne. Nous lisons dans l'Hiſtoire sainte que le temple auguſte de Jérusalem était le lieu de dépôt des Juifs[7]; et nous apprenons des auteurs profanes[8], que les païens faisaient cet honneur à leurs fausses divinités, de mettre leurs dépôts dans leurs temples, et de les confier à leurs prêtres : comme si la nature nous enseignait que l'obligation du dépôt ayant quelque chose de religieux, ils ne pouvaient être mieux placés[9] que dans les lieux où l'on révère la Divinité, et entre les mains de ceux que la religion consacre.

Mais s'il y eut jamais un dépôt qui méritât d'être appelé saint, et d'être ensuite gardé saintement, c'eſt celui dont je dois parler, et que la providence du Père éternel commet à la foi du juste Joseph[1] : si bien que sa maison me paraît un temple, puisqu'un Dieu y daigne habiter et s'y est mis lui-même en dépôt; et Joseph a dû être consacré, pour garder ce sacré trésor. En effet il l'a été, Chrétiens : son corps l'a été par la continence, et son âme par tous les dons de la grâce[2]. O Marie, vous avez vu les effets de la grâce qui l'a rempli, et j'ai besoin de votre secours pour les faire entendre à ce peuple. Quand est-ce qu'on peut espérer de vous des intercessions plus puissantes, qu'où il s'agit du pudique époux que le Père vous a choisi, pour conserver cette[3] pureté qui vous est si chère et si précieuse[4] ? Nous recourons donc à vous, ô Marie, en vous saluant avec l'ange, et disant : *Ave, gratia plena.*

Dans le dessein que je me propose d'appuyer les louanges de saint Joseph, non point sur des conjectures douteuses, mais sur une doctrine solide tirée des Ecritures divines et des Pères, leurs interprètes fidèles, je ne puis rien faire de plus convenable à la solennité de cette journée, que de vous représenter ce grand saint comme un homme que Dieu choisit parmi tous les autres, pour lui mettre en main son trésor, et le rendre ici-bas son dépositaire. Je prétends vous faire voir aujourd'hui que, comme rien ne lui convient mieux, il n'est rien aussi qui soit plus illustre; et que ce beau titre de dépositaire, nous découvrant les conseils de Dieu sur ce bienheureux patriarche, nous montre[5] la source de toutes ses grâces et le fondement assuré de tous ses éloges.

Et premièrement, Chrétiens, il m'est aisé de vous faire voir combien cette qualité lui est honorable. Car, si le nom de dépositaire emporte une marque d'estime et rend témoignage à la probité; si, pour[6] confier un dépôt, nous choisissons ceux de nos amis dont la vertu est plus reconnue, dont la fidélité est plus éprouvée, enfin les plus intimes, les plus confidents, quelle est la gloire de saint Joseph, que Dieu fait dépositaire, non seulement de la bienheureuse Marie, que sa pureté angélique rend si agréable à ses yeux; mais encore de son propre Fils, qui est l'unique objet de ses complaisances et l'unique espérance de notre salut[7] : de sorte qu'en la personne de Jésus-Christ, saint Joseph est établi le dépositaire du trésor commun de Dieu et des hommes[8]. Quelle éloquence peut[9] égaler la grandeur et la majesté de ce titre ?

Que s'il est si avantageux[1] à celui dont je dois faire aujourd'hui le panégyrique, il faut que je pénètre[2] un si grand mystère avec le secours de la grâce; et que, recherchant dans les Ecritures[3] ce que nous y lisons de Joseph, je fasse voir[4] que tout se rapporte à cette belle qualité de dépositaire. En effet, je trouve dans les Evangiles trois dépôts confiés au juste Joseph[5] par la Providence divine; et j'y trouve aussi trois vertus qui éclatent entre les autres, et qui répondent à ces trois dépôts; c'est ce qu'il nous faut expliquer par ordre : suivez, s'il vous plaît, attentivement.

Le premier de tous les dépôts qui a été commis[6] à sa foi (j'entends le premier dans l'ordre des temps), c'est la sainte virginité de Marie, qu'il lui doit conserver entière sous le voile sacré de son mariage, et qu'il a toujours saintement gardée, ainsi qu'un dépôt sacré qu'il ne lui était pas permis de toucher. Voilà quel est le premier dépôt. Le second et le plus auguste, c'est la personne de Jésus-Christ, que le Père céleste dépose en ses mains, afin qu'il serve[7] de père à ce saint Enfant, qui n'en peut avoir sur la terre. Vous voyez déjà, Chrétiens, deux grands et deux illustres dépôts confiés aux soins de Joseph; mais j'en remarque encore un troisième, que vous trouverez admirable, si je puis vous l'expliquer[8] clairement. Pour l'entendre, il faut remarquer que le secret est comme un dépôt. C'est violer la sainteté du dépôt, que de trahir le secret d'un ami; et nous apprenons par les lois, que si vous divulguez le secret du testament que je vous confie, je puis ensuite agir contre vous comme ayant manqué au dépôt : *Depositi actione tecum agi posse*[9], comme parlent les jurisconsultes. Et la raison en est évidente, parce que le secret est comme un dépôt. Par où vous pouvez comprendre aisément que Joseph est dépositaire du Père éternel, parce qu'il lui a dit son secret. Quel secret? Secret admirable, c'est l'Incarnation de son Fils. Car, Fidèles, vous n'ignorez pas (et ce discours vous l'expliquera davantage[10]) que c'était un conseil de Dieu, de ne pas montrer Jésus-Christ au monde, jusqu'à ce que l'heure en fût arrivée; et saint Joseph a été choisi[11], non seulement pour le conserver, mais encore pour le cacher. Aussi lisons-nous dans l'évangéliste[12], qu'il admirait avec Marie tout ce qu'on disait du Sauveur : mais nous ne lisons pas qu'il parlât; parce que le Père éternel, en lui découvrant le mystère, lui découvre le tout en secret, et sous l'obligation du silence. Et ce secret, c'est un troisième dépôt que le Père ajoute aux deux autres, selon ce que dit le grand saint Bernard, que Dieu a voulu commettre à sa foi le secret le plus sacré de son cœur : *Cui tuto committeret secretissimum et sacratissimum sui cordis arcanum*[1]. Que vous êtes chéri de Dieu, ô incomparable Joseph, puisqu'il vous confie ces trois grands dépôts, la virginité de Marie, la personne de son Fils unique, le secret de tout son mystère !

Mais ne croyez pas, Chrétiens, qu'il soit méconnaissant de ces grâces. Si Dieu[2] l'honore par ces trois dépôts, de sa part il présente à Dieu le sacrifice des trois vertus que je remarque dans l'Evangile[3]. Je ne doute pas que sa vie n'ait été ornée de toutes les autres ; mais voici les trois principales que Dieu veut que nous voyions dans son Ecriture. La première, c'est sa pureté[4], qui paraît par sa continence dans son mariage. Qui ne voit la pureté de Joseph par cette sainte société de désirs pudiques, et cette admirable correspondance avec la virginité de Marie dans leurs noces spirituelles ? La seconde, sa fidélité. Combien paraît sa fidélité dans les soins infatigables qu'il a de Jésus, au milieu de tant de traverses qui suivent partout ce divin Enfant, dès le commencement de sa vie ! La troisième, son humilité, en ce que, possédant un si grand trésor, par une grâce extraordinaire du Père éternel, bien loin de se vanter de ses dons ou de faire connaître ses avantages, il se cache, autant qu'il peut, aux yeux des mortels[5], jouissant paisiblement avec Dieu du mystère qu'il lui révèle, et des richesses infinies qu'il met en sa garde. Ha ! que je découvre ici de grandeurs[6], et que j'y découvre d'instructions importantes ! Que je vois de grandeurs dans ces dépôts, que je vois d'exemples dans ces vertus ; et que l'explication d'un si beau sujet sera glorieuse à Joseph, et fructueuse à tous les fidèles ! Mais, afin de ne rien omettre dans une matière si importante, entrons plus avant au fond du mystère, achevons d'admirer les desseins de Dieu sur l'incomparable Joseph. Après avoir vu les dépôts, après avoir vu les vertus, considérons[7] le rapport des uns et des autres, et faisons le partage de tout ce discours.

Pour garder la virginité de Marie sous le voile du mariage, quelle vertu est nécessaire à Joseph ? Une pureté angélique, qui puisse en quelque sorte répondre à la pureté de sa chaste Epouse. Pour conserver le Sauveur Jésus parmi tant de persécutions qui l'attaquent dès son enfance, quelle vertu demanderons-nous ? Une fidélité inviolable, qui ne puisse être ébranlée par aucuns périls. Enfin, pour garder le secret qui lui a été confié, quelle vertu y emploiera-t-il, sinon cette humilité admirable qui appréhende les yeux des hommes, qui ne veut pas se montrer au monde, mais qui aime à se cacher avec Jésus-Christ ? *Depositum custodi* : O Joseph! gardez le dépôt; gardez la virginité de Marie; et pour la garder dans le mariage, joignez-y votre pureté. Gardez cette vie précieuse, de laquelle dépend le salut des hommes; et employez à la conserver parmi tant de difficultés, la fidélité de vos soins; gardez le secret du Père éternel : il veut que son Fils soit caché au monde; servez-lui d'un voile sacré, et enveloppez-vous avec lui dans l'obscurité qui le couvre, par l'amour de la vie cachée. C'est ce que je me propose de vous expliquer avec le secours de la grâce.

[PREMIER POINT]

Pour[1] comprendre solidement combien Dieu honore le grand saint Joseph, lorsque sa providence dépose en ses mains la virginité de Marie, il importe que nous entendions avant toutes choses combien cette virginité est chérie du ciel, combien elle est utile à la terre; et ainsi nous jugerons aisément, par la qualité du dépôt, de la dignité du dépositaire. Mettons donc cette vérité dans son jour; et faisons voir, par les saintes Lettres, combien la virginité était nécessaire pour attirer Jésus-Christ au monde. Vous n'ignorez pas, Chrétiens, que c'était un conseil de la Providence, que, comme Dieu produit son Fils dans l'éternité par une génération virginale, aussi, quand il naîtrait dans le temps, il sortît d'une mère vierge. C'est pourquoi les prophètes avaient annoncé qu'une vierge concevrait un fils[2]; nos pères ont vécu dans cette espérance, et l'Evangile nous en a fait voir le bienheureux accomplissement. Mais s'il est permis à des hommes de rechercher les causes d'un si grand mystère, il me semble que j'en découvre une très considérable; et qu'examinant[3] la nature de la sainte virginité selon la doctrine des Pères, j'y remarque une secrète vertu, qui oblige en quelque sorte le Fils de Dieu[4] à venir au monde par son entremise.

En effet, demandons aux anciens docteurs de quelle

sorte ils nous définissent la virginité chrétienne. Ils nous répondront, d'un commun accord, que c'est une imitation de la vie des anges ; qu'elle met les hommes au-dessus du corps, par le mépris de tous ses plaisirs ; et qu'elle élève tellement la chair qu'elle l'égale en quelque façon, si nous l'osons dire, à la pureté des esprits. Expliquez-le nous, ô grand Augustin ! et faites-nous entendre en un mot quelle estime vous faites des vierges. Voici une belle parole : *Habent aliquid jam non carnis in carne*[1]. « Ils ont, dit-il, en la chair quelque chose qui n'est pas de la chair », et qui tient de l'ange plutôt que de l'homme : *Habent aliquid jam non carnis in carne*. Vous voyez donc que, selon ce Père, la virginité est comme un milieu entre les esprits et les corps, et qu'elle nous fait approcher des natures spirituelles ; et de là, il est aisé de comprendre combien cette vertu devait avancer le mystère de l'Incarnation[2]. Car qu'est-ce que le mystère de l'Incarnation ? C'est l'union très étroite de Dieu et de l'homme[3], de la Divinité avec la chair. *Le Verbe a été fait chair,* dit l'évangéliste[4] ; voilà l'union, voilà le mystère. Mais, Fidèles, ne semble-t-il pas qu'il y a trop de disproportion entre la corruption de nos corps et la beauté immortelle de cet esprit pur ; et ainsi qu'il n'est pas possible d'unir des natures si éloignées ? C'est aussi pour cette raison que la sainte virginité se met entre-deux, pour les approcher[5] par son entremise. Et de même que la lumière, lorsqu'elle tombe sur les corps opaques, ne les peut jamais pénétrer, parce que leur obscurité la repousse ; il semble au contraire qu'elle s'en retire en réfléchissant ses rayons ; mais quand elle rencontre un corps transparent, elle y entre, elle s'y unit, parce qu'elle y trouve l'éclat et la transparence qui approche de sa nature, et tient quelque chose de la lumière ; ainsi nous pouvons dire, Fidèles, que la divinité du Verbe éternel, voulant s'unir à un corps mortel, demandait la bienheureuse entremise[6] de la sainte virginité, qui, ayant quelque chose de spirituel, a pu en quelque sorte préparer la chair à être unie à cet esprit pur.

Mais, de peur que vous ne croyiez que je parle ainsi de moi-même, il faut que vous appreniez cette vérité d'un célèbre évêque d'Orient : c'est le grand Grégoire de Nysse[7], dont je vous rapporte les propres paroles, tirées fidèlement de son texte. « C'est, dit-il, la virginité qui fait que Dieu ne refuse pas de venir vivre avec les hommes :

c'est elle qui donne aux hommes des ailes pour prendre leur vol du côté du ciel; et étant le lien sacré de la familiarité de l'homme avec Dieu, elle accorde, par son entremise[1], des choses si éloignées par nature » : *Quæ adeo natura distant, ipsa intercedens sua virtute conciliat, adducitque in concordiam*[2].

Peut-on confirmer en termes plus clairs la vérité que je prêche ? Et par là, ne voyez-vous pas, et la dignité de Marie, et celle de Joseph, son fidèle époux ? Vous voyez la dignité de Marie, en ce que sa virginité bienheureuse a été choisie dès l'éternité pour donner Jésus-Christ au monde; et vous voyez la dignité de Joseph, en ce que cette pureté de Marie, qui a été si utile à notre nature[3], a été confiée à ses soins, et que c'est lui qui conserve au monde une chose si nécessaire. O Joseph, « gardez ce dépôt » : *Depositum custodi*. Gardez chèrement ce sacré dépôt de la pureté de Marie. Puisqu'il plaît au Père éternel de garder la virginité de Marie sous le voile du mariage, elle ne se peut plus conserver sans vous; et aussi votre pureté est devenue en quelque sorte nécessaire au monde, par la charge glorieuse qui lui est donnée de garder celle de Marie.

C'est ici qu'il faut vous représenter un spectacle qui étonne toute la nature; je veux dire ce mariage céleste, destiné par la Providence pour protéger la virginité, et donner par ce moyen Jésus-Christ au monde. Mais qui prendrai-je pour mon conducteur dans une entreprise si difficile[4], sinon l'incomparable Augustin, qui traite[5] si divinement ce mystère ? Ecoutez ce savant évêque[6], et suivez exactement sa pensée. Il remarque, avant toutes choses, qu'il y a trois liens dans le mariage. Il y a premièrement le sacré contrat[7], par lequel ceux que l'on unit se donnent entièrement l'un à l'autre; il y a secondement l'amour conjugal, par lequel ils se vouent mutuellement un cœur qui n'est plus capable de se partager, et qui ne peut brûler d'autres flammes; il y a enfin les enfants, qui sont un troisième lien; parce que l'amour des parents venant, pour ainsi dire, à se rencontrer dans ces fruits communs de leur mariage, l'amour se lie par un nœud plus ferme.

Saint Augustin trouve ces trois choses dans le mariage de saint Joseph, et il nous montre que tout y concourt à garder la virginité[8]. Il y trouve premièrement le sacré contrat, par lequel ils se sont donnés l'un à l'autre; et c'est là qu'il faut admirer le triomphe de la pureté dans la vérité de ce mariage. Car Marie appartient à Joseph, et Joseph à la divine Marie; si bien que leur mariage est très véritable[1], parce qu'ils se sont donnés l'un à l'autre. Mais de quelle sorte se sont-ils donnés ? Pureté, voici ton triomphe! Ils se donnent réciproquement leur virginité, et sur cette virginité ils se cèdent un droit mutuel. Quel droit ? de se la garder l'un à l'autre. Oui, Marie a droit de garder la virginité de Joseph, et Joseph a droit de garder la virginité de Marie. Ni l'un ni l'autre n'en peut disposer, et toute la fidélité de ce mariage consiste à garder la virginité. Voilà les promesses qui les assemblent, voilà le traité qui les lie. Ce sont deux virginités qui s'unissent pour se conserver éternellement l'une l'autre par une chaste correspondance de désirs pudiques; et il me semble que je vois deux astres, qui n'entrent ensemble en conjonction, qu'à cause que leurs lumières s'allient. Tel est le nœud de ce mariage, d'autant plus ferme, dit saint Augustin[2], que les promesses qu'ils se sont données doivent être plus inviolables, en cela même qu'elles sont plus saintes.

Qui pourrait maintenant vous dire quel devait être l'amour conjugal de ces bienheureux mariés ? Car, ô sainte virginité, vos flammes sont d'autant plus fortes qu'elles sont plus pures et plus dégagées; et le feu de la convoitise, qui est allumé dans nos corps, ne peut jamais égaler l'ardeur des chastes embrasements des esprits que l'amour de la pureté lie ensemble. Je ne chercherai pas des raisonnements pour prouver cette vérité; mais je l'établirai par un grand miracle que j'ai lu dans saint Grégoire de Tours[3], au premier livre de son Histoire. Le récit vous en sera agréable, et du moins il relâchera vos attentions. Il dit que deux personnes de condition et de la première noblesse d'Auvergne, ayant vécu dans le mariage avec une continence parfaite, passèrent à une vie plus heureuse[4], et que leurs corps furent inhumés en deux places assez éloignées. Mais il arriva une chose étrange : ils ne purent pas demeurer longtemps dans cette dure séparation, et tout le monde fut étonné qu'on trouva tout à coup leurs tombeaux unis, sans que personne y eût mis la main. Chrétiens, que signifie ce miracle ? Ne vous semble-t-il pas que ces chastes morts se plaignent de se voir ainsi éloignés ? Ne vous semble-t-il pas qu'ils nous disent (car permettez-moi de les animer et de leur prêter une voix, puisque Dieu leur donne le mouvement); ne vous semble-t-il pas qu'ils nous disent : Et pourquoi a-t-on voulu nous séparer[1] ? Nous avons été si longtemps ensemble, et nous y avons toujours été comme morts, parce que nous avons éteint tout le sentiment des plaisirs mortels[2]; et étant accoutumés depuis tant d'années à être ensemble comme des morts, la mort ne nous doit pas désunir. Aussi Dieu permit qu'ils se rapprochèrent, pour nous montrer, par cette merveille, que ce ne sont pas les plus belles flammes que celles où la convoitise se mêle; mais que deux virginités, bien unies par un mariage spirituel, en produisent de bien plus fortes, et qui peuvent, ce semble, se conserver sous[3] les cendres mêmes de la mort. C'est pourquoi Grégoire de Tours, qui nous a décrit cette histoire, ajoute que les peuples de cette contrée appelaient ordinairement ces sépulcres, les sépulcres des deux amants; comme si ces peuples eussent voulu dire que c'étaient de véritables amants, parce qu'ils s'aimaient par l'esprit[4].

Mais où est-ce que cet amour si spirituel s'est jamais trouvé si parfait que dans le mariage de saint Joseph ? C'est là que l'amour était tout céleste, puisque toutes ses flammes et tous ses désirs ne tendaient qu'à conserver la virginité; et il est aisé de l'entendre. Car dites-nous, ô divin Joseph, qu'est-ce que vous aimez en Marie ? Ha! sans doute, ce n'était pas la beauté mortelle, mais cette beauté cachée et intérieure, dont la sainte virginité faisait le principal ornement. C'était donc la pureté de Marie qui faisait le chaste objet de ses feux; et plus il aimait cette pureté, plus il la voulait conserver, premièrement en sa sainte épouse, et secondement en lui-même, par une entière unité de cœur : si bien que son amour conjugal, se détournant du cours ordinaire, se donnait et s'appliquait tout entier à garder la virginité de Marie. O amour divin et spirituel! Chrétiens, n'admirez-vous pas comme tout concourt dans ce mariage à conserver ce sacré dépôt ? Leurs promesses sont toutes pures, leur amour est tout virginal. Il reste maintenant à considérer ce qu'il y a de plus admirable : c'est le fruit sacré de ce mariage, je veux dire le Sauveur Jésus.

Mais il me semble vous voir étonnés, de m'entendre

prêcher si assurément que Jésus est le fruit de ce mariage. Nous comprenons bien[1], direz-vous, que l'incomparable Joseph est père de Jésus-Christ par ses soins; mais nous savons qu'il n'a point de part à sa bienheureuse naissance. Comment donc nous assurez-vous que Jésus est le fruit de ce mariage ? Cela peut-être paraît impossible : toutefois, si vous rappelez à votre mémoire tant de vérités importantes que nous avons, ce me semble, si bien établies, j'espère que vous m'accorderez aisément que Jésus, ce bénit enfant, est sorti, en quelque manière, de l'union virginale de ces deux époux. Car, Fidèles, n'avons-nous pas dit que c'est la virginité de Marie qui a attiré[2] Jésus-Christ du ciel ? Jésus n'est-il pas cette fleur bénite[3] que la virginité a poussée ? n'est-il pas le fruit bienheureux que la virginité a produit ? Oui, certainement, nous dit saint Fulgence[4], « il est le fruit, il est l'ornement, il est le prix et la récompense de la sainte virginité » : *Sanctæ virginitatis fructus, decus et munus*[5]. C'est à cause de sa pureté que Marie a plu au Père éternel; c'est à cause de sa pureté que le Saint-Esprit[6] se répand sur elle et recherche ses embrassements, pour la remplir d'un germe céleste. Et par conséquent, ne peut-on pas dire que c'est sa pureté qui la rend féconde ? Que si c'est sa pureté qui la rend féconde, je ne craindrai plus d'assurer que Joseph a part à ce grand miracle. Car si cette pureté angélique est le bien de la divine Marie, elle est le dépôt du juste Joseph.

Mais je passe encore plus loin, Chrétiens; permettez-moi de quitter mon texte, et d'enchérir sur mes premières pensées, pour vous dire que la pureté de Marie n'est pas seulement le dépôt, mais encore le bien de son chaste époux. Elle est à lui par son mariage, elle est à lui par les chastes soins par lesquels il l'a conservée. O féconde virginité ! si vous êtes le bien de Marie, vous êtes aussi le bien de Joseph. Marie l'a vouée[7], Joseph la conserve; et tous deux la présentent au Père éternel comme un bien gardé par leurs soins communs. Comme donc il a tant de part à la sainte virginité de Marie, il en prend aussi au fruit qu'elle porte : c'est pourquoi Jésus est son fils, non pas à la vérité par la chair; mais il est son fils par l'esprit, à cause de l'alliance virginale qui le joint avec sa mère. Et saint Augustin l'a dit en un mot : *Propter quod fidele conjugium, parentes Christi vocari ambo meruerunt*[8]. O mystère de pureté! ô paternité bienheureuse! ô lumières incorruptibles, qui brillent de toutes parts dans ce mariage!

Chrétiens, méditons ces choses, appliquons-les nous à nous-mêmes : tout se fait ici pour l'amour de nous; tirons donc notre instruction de ce qui s'opère pour notre salut. Voyez combien chaste, combien innocente est la doctrine du christianisme. Jamais ne comprendrons-nous quels nous sommes ? Quelle honte, que nous nous souillions tous les jours par toute sorte d'impuretés, nous qui avons été élevés parmi des mystères si chastes ? Et quand est-ce que nous entendrons quelle est la dignité de nos corps, depuis que le Fils de Dieu en a pris un semblable ? *Que la chair se soit jouée*, dit Tertullien[1], *ou plutôt qu'elle se soit corrompue, avant qu'elle eût été recherchée par son maître ; elle n'était pas digne du don de salut, ni propre à l'office de la sainteté. Elle était encore, en Adam, tyrannisée par ses convoitises, suivant les beautés apparentes, et attachant toujours ses yeux à la terre. Elle était impure et souillée, parce qu'elle n'était pas lavée au baptême.* Mais depuis qu'un Dieu, en se faisant homme, n'a pas voulu venir en ce monde, si la sainte virginité ne l'y attirait; depuis que, trouvant au-dessous de lui[2] même la sainteté nuptiale, il a voulu avoir une mère vierge, et qu'il n'a pas cru que Joseph fût digne de prendre le soin de sa vie, s'il ne s'y préparait par la continence; depuis que, pour laver notre chair, son sang a sanctifié une eau salutaire, où elle peut laisser toutes les ordures[3] de sa première nativité; nous devons entendre, Fidèles, que depuis ce temps-là la chair est tout autre. Ce n'est plus cette chair formée de la boue et engendrée par la convoitise; c'est une chair refaite et renouvelée par une eau très pure et par l'Esprit Saint[4]. Donc, mes Frères, respectons nos corps qui sont les membres de Jésus-Christ; gardons-nous de prostituer à l'impureté cette chair que le baptême a fait vierge. *Possédons nos vaisseaux en honneur, et non pas dans ces passions ignominieuses que notre brutalité nous inspire, comme les Gentils qui n'ont pas de Dieu. Car Dieu ne nous appelle pas à l'impureté, mais à la sanctification*[5] en Notre Seigneur Jésus-Christ. Honorons par la continence, cette sainte virginité qui nous a donné le Sauveur, qui a rendu sa Mère féconde, qui a fait que Joseph a part à cette fécondité bienheureuse, et l'élève, si je l'ose dire, jusqu'à être le père de Jésus-Christ même. Mais, Fidèles, après avoir vu qu'il contribue, en quelque façon, à la naissance de Jésus-Christ en gardant la pureté de sa sainte Mère, voyons maintenant ses soins paternels, et admirons la fidélité par laquelle il conserve ce divin Enfant que le Père céleste lui a confié; c'est ma seconde partie.

## [SECOND POINT]

Ce n'est pas assez au Père éternel d'avoir confié à Joseph la virginité de Marie : il lui prépare quelque chose de plus relevé; et après avoir commis à sa foi cette sainte virginité qui doit donner Jésus-Christ au monde, comme s'il avait dessein d'épuiser sa libéralité infinie en faveur de ce patriarche[1], il va mettre en ses mains Jésus-Christ lui-même, et il veut le conserver par ses soins. Mais si nous pénétrons le secret, si nous entrons au fond du mystère, c'est là, Fidèles, que nous trouverons quelque chose de si glorieux au juste Joseph, que nous ne pourrons jamais assez le comprendre. Car Jésus, ce divin Enfant sur lequel Joseph a toujours les yeux, et qui fait l'admirable sujet de ses saintes inquiétudes, est né sur la terre comme un orphelin, et il n'a point de père en ce monde. C'est pourquoi saint Paul dit qu'il est sans père : *Sine patre*[2]. Il est vrai qu'il en[3] a un dans le ciel; mais à voir comme il l'abandonne, il semble que ce père ne le connaît plus. Il s'en plaindra un jour sur la croix, lorsque, l'appelant son Dieu et non pas son Père, *Et pourquoi,* dira-t-il, *m'abandonnez-vous*[4] ? Mais ce qu'il a dit en mourant, il pouvait le dire dès sa naissance; puisque, dès ce premier moment son Père l'expose aux persécutions, et commence à l'abandonner aux injures. Tout ce qu'il a fait en faveur de ce Fils unique, pour montrer qu'il ne l'oublie pas, du moins, ce qui paraît à nos yeux, c'est de le mettre en la garde d'un homme mortel, qui conduira sa pénible enfance[5], et Joseph est choisi pour ce ministère. Que fera ici ce saint homme ? Qui pourrait dire avec quelle joie il reçoit cet abandonné, et comme il s'offre de tout son cœur pour être le père de cet orphelin ? Depuis ce temps-là, Chrétiens, il ne vit plus que pour Jésus-Christ, il n'a plus de soin que pour lui; il prend lui-même pour ce Dieu un cœur et des entrailles de père; et ce qu'il n'est pas par nature, il le devient par affection.

Mais afin que vous soyez convaincus de la vérité d'un

si grand mystère et si glorieux à Joseph, il faut vous le montrer par les Ecritures, et pour cela vous exposer une belle réflexion de saint Chrysostome[1]. Il remarque dans l'Evangile que partout Joseph y paraît en père. C'est lui qui donne le nom à Jésus, comme les pères le donnaient alors[2]; c'est lui seul que l'ange avertit de tous les périls de l'Enfant, et c'est à lui qu'il annonce le retour[3]. Jésus le révère et lui obéit : c'est lui qui dirige toute sa conduite, comme en ayant le soin principal; et partout il nous est montré comme père. D'où vient cela ? dit saint Chrysostome; en voici la raison véritable. C'est, dit-il[4], que c'était un conseil de Dieu, de donner au grand saint Joseph « tout ce qui peut appartenir à un père, sans blesser la virginité » : " Ὅπερ ἐστὶ πατρὸς ἴδιον οὐ λυμαινόμενον, τὸ τῆς παρθενίας ἀξίωμα, τοῦτό σοι δίδωμι ".

Je ne sais si je comprends bien toute la force de cette pensée; mais voici, si je ne me trompe, ce que veut dire ce grand évêque. Et premièrement supposons[5] pour certain que c'est la sainte virginité qui empêche que le Fils de Dieu, en se faisant homme, ne choisisse un père mortel. En effet, Jésus-Christ venant sur la terre pour se rendre semblable aux hommes, comme il voulait bien avoir une mère, il ne devait pas refuser, ce semble, d'avoir un père tout ainsi que nous, et de s'unir encore à notre nature par le nœud de cette alliance; mais la sainte virginité s'y est opposée, parce que les prophètes lui avaient promis qu'un jour le Sauveur la rendrait féconde[6], et puisqu'il devait naître d'une Vierge mère, il ne pouvait avoir de père que Dieu. C'est par conséquent la virginité qui empêche la paternité de Joseph. Mais peut-elle l'empêcher jusqu'à ce point, que Joseph n'y ait plus de part, et qu'il n'ait aucune qualité de père ? Nullement, dit saint Chrysostome; car la sainte virginité ne s'oppose qu'aux qualités qui la blessent; et qui ne sait qu'il y en a dans le nom de père qui ne choquent pas la pudeur, et qu'elle peut avouer pour siennes ? Ces soins, cette tendresse, cette affection, cela blesse-t-il la virginité ? Voyez donc le secret de Dieu, et l'accommodement qu'il invente dans ce différend mémorable entre la paternité de Joseph et la pureté virginale. Il partage la paternité, et il veut que la virginité fasse le partage. Sainte pureté, lui dit-il, vos droits vous seront conservés. Il y a quelque chose dans le nom de père, que la virginité ne peut pas souffrir; vous ne l'aurez pas, ô Joseph! Mais « tout ce qui appartient à un père, sans que la virginité soit intéressée[1], voilà, dit-il, ce que je vous donne « : *Hoc tibi do, quod salva virginitate paternum esse potest*. Et par conséquent, Chrétiens, Marie ne concevra pas de Joseph, parce que la virginité y serait blessée; mais Joseph partagera avec Marie ces soins, ces veilles, ces inquiétudes, par lesquelles[2] elle élèvera ce divin Enfant; et il ressentira pour Jésus cette inclination naturelle, toutes ces douces émotions, tous ces tendres empressements d'un cœur paternel.

Mais peut-être vous demanderez où il prendra ce cœur paternel, si la nature ne le lui donne pas ? Ces inclinations naturelles peuvent-elles s'acquérir par choix; et l'art peut-il imiter ce que la nature écrit dans les cœurs ? Si donc saint Joseph n'est pas père, comment aura-t-il un amour de père ? C'est ici qu'il nous faut entendre que la puissance divine agit en cette œuvre. C'est par un effet de cette puissance que saint Joseph a un cœur de père; et si la nature ne le donne pas, Dieu lui en fait un de sa propre main. Car c'est de lui dont il est écrit qu'il tourne où il lui plaît les inclinations. Pour l'entendre[3], il faut remarquer une belle théologie que le Psalmiste nous a enseignée, lorsqu'il dit que Dieu forme en particulier tous les cœurs des hommes : *Qui finxit singillatim corda eorum*[4]. Ne vous persuadez pas, Chrétiens, que David regarde le cœur comme un simple organe du corps[5], que Dieu forme par sa puissance comme toutes les autres parties qui composent l'homme[6]. Il veut dire quelque chose de singulier : il considère le cœur en ce lieu[7] comme principe de l'inclination : et il le regarde dans les mains de Dieu comme une terre molle et humide, qui cède et qui obéit aux mains du potier, et reçoit de lui sa figure. C'est ainsi, nous dit le Psalmiste, que Dieu forme en particulier tous les cœurs des hommes.

Qu'est-ce à dire en particulier ? Il fait un cœur de chair dans les uns, quand il les amollit par la charité; un cœur endurci dans les autres, lorsque, retirant ses lumières, par une juste punition de leurs crimes, il les abandonne au sens réprouvé. Ne fait-il pas dans tous les fidèles, non un cœur d'esclave, mais un cœur d'enfant, quand il envoie en eux l'Esprit de son Fils ? Les apôtres tremblaient au moindre péril; mais Dieu leur fait un cœur tout nouveau, et leur courage devient invincible. Quels étaient les sentiments de Saül pendant qu'il paissait ses troupeaux ? Ils étaient sans doute bas et populaires. Mais Dieu, en le mettant sur le trône, lui change le cœur par son onction : *Immutavit Dominus cor Saül*[1] ; et il reconnaît incontinent qu'il est roi. D'autre part, les Israélites considéraient ce nouveau monarque comme un homme de la lie du peuple ; mais la main de Dieu leur touchant le cœur, *quorum Deus tetigit corda*[2], aussitôt ils le voient plus grand, et ils se sentent émus, en le regardant, de cette crainte respectueuse que l'on a pour ses souverains : c'est que Dieu faisait en eux un cœur de sujets.

C'est donc, Fidèles, cette même main qui forme en particulier tous les cœurs des hommes, qui fait un cœur de père en Joseph, et un cœur de fils en Jésus. C'est pourquoi Jésus obéit, et Joseph ne craint pas de lui commander. Et d'où lui vient cette hardiesse de commander à son Créateur ? C'est que le vrai père de Jésus-Christ, ce Dieu qui l'engendre dans l'éternité[3], ayant choisi le divin Joseph pour servir de père au milieu des temps[4] à son Fils unique, a fait, en quelque sorte, couler en son sein quelque rayon ou quelque étincelle de cet amour infini qu'il a pour son Fils : c'est ce qui lui change le cœur, c'est ce qui lui donne un amour de père ; si bien que le juste Joseph qui sent en lui-même un cœur paternel, formé tout à coup par la main de Dieu, sent aussi que Dieu lui ordonne d'user d'une autorité paternelle ; et il ose bien commander à celui qu'il reconnaît pour son maître.

Et après cela, Chrétiens, qu'est-il nécessaire que je vous explique la fidélité de Joseph à garder ce sacré dépôt ? Peut-il manquer de fidélité à celui qu'il reconnaît pour son fils unique ? de sorte qu'il ne serait pas nécessaire que je vous parlasse de cette vertu, s'il n'était important pour votre instruction que vous ne perdiez pas un si bel exemple. Car c'est ainsi qu'il nous faut apprendre, par les traverses continuelles qui ont exercé saint Joseph depuis que Jésus-Christ est mis en sa garde, qu'on ne peut conserver ce dépôt sans peine, et que pour être fidèle à sa grâce, il faut se préparer à souffrir. Oui certes, quand Jésus entre quelque part, il y entre avec sa croix, il y porte avec lui toutes ses épines, et il en fait part à tous ceux qu'il aime. Joseph et Marie étaient pauvres ; mais ils n'avaient pas encore été sans maison, ils avaient un lieu pour se retirer[5]. Aussitôt que cet enfant vient au monde, on ne trouve point[1] de maison pour eux, et leur retraite est dans une étable. Qui leur procure cette disgrâce, sinon celui dont il est écrit que, *venant en son propre bien, il n'y a pas été reçu par les siens, et qu'il n'a pas de gîte assuré où il puisse reposer sa tête*[2] ? Mais n'est-ce pas assez de leur indigence ? Pourquoi leur attire-t-il des persécutions ? Ils vivent ensemble dans leur ménage, pauvrement, mais avec douceur, surmontant leur pauvreté par leur patience et par leur travail assidu. Mais Jésus ne leur permet pas ce repos : il ne vient au monde que pour les troubler, et il attire tous les malheurs avec lui. Hérode ne peut souffrir que cet enfant vive[3] : la bassesse de sa naissance n'est pas capable de le cacher à la jalousie[4] de ce tyran. Le ciel lui-même trahit le secret : il découvre Jésus-Christ par une étoile; et il semble qu'il ne lui amène de loin des adorateurs[5], que pour lui susciter dans son pays propre un persécuteur impitoyable.

Que fera ici saint Joseph ? Représentez-vous, Chrétiens, ce que c'est qu'un pauvre artisan, qui n'a point d'autre héritage que ses mains, ni d'autre fonds que sa boutique, ni d'autre ressource que son travail[6]. Il est contraint d'aller en Egypte, et de souffrir un exil fâcheux; et cela pour quelle raison ? Parce qu'il a Jésus-Christ avec lui. Cependant, croyez-vous, Fidèles, qu'il se plaigne de cet enfant incommode[7], qui le tire de sa patrie, et qui lui est donné pour le tourmenter ? Au contraire, ne voyez-vous pas qu'il s'estime heureux de souffrir en sa compagnie, et que toute la cause de son déplaisir[8], c'est le péril du divin Enfant qui lui est plus cher que lui-même ? Mais peut-être a-t-il sujet d'espérer de voir bientôt finir ses disgrâces ? Non, Fidèles, il ne l'attend pas; partout on lui prédit des malheurs. Siméon[9] l'a entretenu des étranges contradictions que devait souffrir ce cher Fils : il en voit déjà le commencement, et il passe sa vie dans de continuelles appréhensions des maux qui lui sont préparés.

Est-ce assez pour éprouver sa fidélité ? Chrétiens, ne le croyez pas; voici encore une plus étrange épreuve. Si c'est peu des hommes pour le tourmenter, Jésus devient lui-même son persécuteur : il s'échappe adroitement de ses mains, il se dérobe à sa vigilance, et il demeure trois jours perdu[10]. Qu'avez-vous fait, fidèle Joseph ? Qu'est devenu le sacré dépôt que le Père céleste vous a confié ? Ha! qui pourrait ici raconter ses plaintes ? Si vous n'avez pas encore entendu la paternité de Joseph, voyez ses larmes, voyez ses douleurs, et reconnaissez qu'il est père. Ses regrets le font bien connaître, et Marie a raison de dire à cette rencontre : *Pater tuus et ego dolentes quærebamus te*[1] : « Votre père et moi vous cherchions avec une extrême douleur. » O mon Fils! dit-elle au Sauveur, je ne crains pas de l'appeler ici votre père, et je ne prétends pas faire tort à la pureté de votre naissance. Il s'agit de soins et d'inquiétudes, et c'est par là que je puis dire qu'il est votre père, puisqu'il a des inquiétudes vraiment paternelles : *Ego et pater tuus* ; je le joins avec moi par la société des douleurs.

Voyez, Fidèles, par quelles souffrances Jésus éprouve la fidélité, et comme il ne veut être qu'avec ceux qui souffrent. Ames molles et voluptueuses, cet enfant ne veut pas être avec vous, sa pauvreté a honte de votre luxe, et sa chair, destinée à tant de supplices, ne peut supporter votre extrême délicatesse. Il cherche ces forts et ces courageux qui ne refusent pas de porter sa croix, qui ne rougissent pas d'être compagnons de son indigence et de sa misère. Je vous laisse à méditer ces vérités saintes, car, pour moi, je ne puis vous dire tout ce que je pense sur ce beau sujet. Je me sens appelé ailleurs, et il faut que je considère le secret du Père éternel, confié à l'humilité de Joseph : il faut que nous voyions Jésus-Christ caché, et Joseph caché avec lui, et que nous nous excitions, par ce bel exemple, à l'amour de la vie cachée.

### [TROISIÈME POINT]

Que dirai-je ici, Chrétiens, de cet homme caché avec Jésus-Christ ? Où trouverai-je des lumières assez pénétrantes, pour percer les obscurités qui enveloppent la vie de Joseph ? Et quelle entreprise est la mienne, de vouloir exposer au jour ce que l'Ecriture a couvert d'un silence mystérieux ? Si c'est un conseil du Père éternel, que son Fils soit caché au monde, et que Joseph le soit avec lui; adorons les secrets de sa providence sans nous mêler de les rechercher; et que la vie cachée de Joseph soit l'objet de notre vénération, et non pas la matière de nos discours. Toutefois il en faut parler, puisque je sais bien que je l'ai promis; et il sera utile au salut des âmes de méditer un si beau sujet, puisque, si je n'ai rien à dire autre chose, je dirai du moins, Chrétiens, que Joseph a eu cet honneur d'être tous les jours avec Jésus-Christ, qu'il a eu avec Marie la plus grande part à ses grâces; que néanmoins Joseph a été caché, que sa vie, que ses actions, que ses vertus étaient inconnues. Peut-être apprendrons-nous[1], d'un si bel exemple, qu'on peut être grand sans éclat, qu'on peut être bienheureux sans bruit, qu'on peut avoir la vraie gloire sans le secours de la renommée, par le seul témoignage de sa conscience : *Gloria nostra hæc est, testimonium conscientiæ nostræ*[2]; et cette pensée nous incitera à mépriser la gloire du monde; c'est la fin que je me propose.

Mais pour entendre solidement la grandeur et la dignité de la vie cachée de Joseph, remontons jusqu'au principe; et admirons, avant toutes choses, la variété infinie des conseils de la Providence dans les vocations différentes. Entre toutes les vocations, j'en remarque deux, dans les Ecritures, qui semblent directement opposées : la première, celle des apôtres, la seconde, celle de Joseph. Jésus est révélé aux apôtres, Jésus est révélé à Joseph, mais avec des conditions bien contraires. Il est révélé aux apôtres, pour l'annoncer par tout l'univers; il est révélé à Joseph, pour le taire et pour le cacher. Les apôtres sont des lumières, pour faire voir Jésus-Christ au monde; Joseph est un voile, pour le couvrir; et, sous ce voile mystérieux on nous cache la virginité de Marie, et la grandeur du Sauveur des âmes. Aussi nous lisons dans les Ecritures que, lorsqu'on le voulait mépriser, *N'est-ce pas là,* disait-on, *le fils de Joseph*[3] ? Si bien que Jésus entre les mains des apôtres, c'est une parole qu'il faut prêcher : *Loquimini... omnia verba vitæ hujus*[4] : « Prêchez la parole de cet Evangile[5] »; et Jésus entre les mains de Joseph, c'est une parole cachée : *Verbum absconditum*[6], et il n'est pas permis de la découvrir. En effet, voyez-en la suite. Les divins apôtres prêchent si hautement l'Évangile, que le bruit de leur prédication retentit jusqu'au ciel[7] : et saint Paul a bien osé dire que les conseils de la sagesse divine sont venus à la connaissance des célestes puissances *par l'Eglise,* dit cet apôtre, et par le ministère des prédicateurs, *per Ecclesiam*[8]; et Joseph, au contraire, entendant parler des merveilles de Jésus-Christ, il écoute, il admire et se tait.

Que veut dire cette différence ? Dieu est-il contraire

à lui-même dans ces vocations opposées ? Non, Fidèles, ne le croyez pas : toute cette diversité tend à enseigner aux enfants de Dieu cette vérité importante, que toute la perfection chrétienne ne consiste qu'à se soumettre. Celui qui glorifie les apôtres par l'honneur de la prédication, glorifie aussi saint Joseph par l'humilité du silence; et par là nous devons apprendre que la gloire des chrétiens n'est pas dans les emplois éclatants, mais à faire ce que Dieu veut. Si tous ne peuvent pas avoir l'honneur de prêcher Jésus-Christ, tous peuvent avoir l'honneur de lui obéir; et c'est la gloire de saint Joseph, c'est le solide honneur du christianisme. Ne me demandez donc pas, Chrétiens, ce que faisait saint Joseph dans sa vie cachée : il est impossible que je vous l'apprenne, et je ne puis répondre autre chose, sinon ce que dit le divin Psalmiste : « Le juste, dit-il, qu'a-t-il fait ? » *Justus autem quid fecit*[1] ? Ordinairement la vie des pécheurs fait plus de bruit que celle des justes; parce que l'intérêt et les passions, c'est ce qui remue tout dans le monde. Les pécheurs, dit David, ont tendu leur arc, ils l'ont lâché contre les justes, ils ont détruit, ils ont renversé; on ne parle que d'eux dans le monde : *Quoniam quæ perfecisti destruxerunt*[2]. « Mais le juste, ajoute-t-il, qu'a-t-il fait ? » *Justus autem quid fecit ?* Il veut dire qu'il n'a rien fait. En effet, il n'a rien fait pour les yeux des hommes, parce qu'il a tout fait[3] pour les yeux de Dieu. C'est ainsi que vivait le juste Joseph. Il voyait Jésus-Christ, et il se taisait : il le goûtait, et il n'en parlait point; il se contentait de Dieu seul, sans partager sa gloire avec les hommes. Il accomplissait sa vocation, parce que, comme les apôtres sont les ministres de Jésus-Christ découvert, Joseph était le ministre et le compagnon de sa vie cachée.

Mais, Chrétiens, pourrons-nous bien dire[4] pourquoi il faut que Jésus se cache, pourquoi cette splendeur éternelle de la face du Père céleste se couvre d'une obscurité volontaire durant l'espace de trente années ? Ha! superbe, l'ignores-tu ? homme du monde, ne le sais-tu pas ? C'est ton orgueil qui en est la cause; c'est ton vain désir de paraître, c'est ton ambition infinie, et cette complaisance criminelle qui te fait honteusement détourner à un soin pernicieux de plaire aux hommes, celui qui doit être employé à plaire à ton Dieu. C'est pour cela que Jésus se cache. Il voit le désordre[5], il voit le ravage que cette passion fait dans les esprits ; et qu'elle corrompt[1] toute notre vie, depuis l'enfance jusqu'à la mort : il voit les vertus qu'elle étouffe par cette crainte lâche et honteuse de paraître sage et dévot ; il voit les crimes qu'elle fait commettre, ou pour s'accommoder à la société par une damnable complaisance, ou pour satisfaire l'ambition à laquelle on sacrifie tout dans le monde. Mais, Fidèles, ce n'est pas tout : il voit que ce désir de paraître détruit les vertus les plus éminentes, en leur faisant prendre le change, en substituant la gloire du monde à la place de celle du ciel, en nous faisant faire pour l'amour des hommes ce qu'il faut faire pour l'amour de Dieu. Jésus-Christ voit tous ces malheurs, causés par le désir de paraître ; et il se cache, pour nous enseigner à mépriser le bruit et l'éclat du monde. Il ne croit pas que sa croix suffise pour dompter cette passion furieuse ; il choisit, s'il se peut, un état plus bas, et où il est en quelque sorte plus anéanti.

Car enfin je ne craindrai pas de le dire : Mon Sauveur, je vous connais mieux à la croix et dans la honte de votre supplice, que je ne fais dans cette bassesse et dans cette vie inconnue. Quoique votre corps soit tout déchiré, que votre face soit ensanglantée[2], et que, bien loin de paraître Dieu[3], vous n'ayez pas même la figure d'homme[4] ; toutefois vous ne m'êtes pas si caché, et je vois, au travers de tant de nuages, quelque rayon de votre grandeur, dans cette constante résolution par laquelle vous surmontez les plus grands tourments. Votre douleur a de la dignité, puisqu'elle vous fait trouver un adorateur dans l'un des compagnons de votre supplice[5]. Mais ici, je ne vois rien que de bas ; et dans cet état d'anéantissement, un ancien a raison de dire que vous êtes injurieux à vous-même : *Adultus non gestit agnosci, sed contumeliosus insuper sibi est*[6]. Il est injurieux à lui-même, parce qu'il semble qu'il ne fait rien, et qu'il est inutile au monde. Mais il ne refuse pas cette ignominie, il veut bien que cette injure soit ajoutée à toutes les autres qu'il a souffertes, pourvu qu'en se cachant avec Joseph et avec l'heureuse Marie, il nous apprenne, par ce grand exemple, que s'il se produit quelque jour au monde, ce sera par le désir de nous profiter, et pour obéir à son Père ; qu'en effet, toute la grandeur consiste à nous conformer aux ordres de Dieu, de quelque sorte qu'il lui plaise disposer de nous ; et enfin que cette obscurité, que nous craignons tant, est si illustre et si glorieuse, qu'elle peut être choisie même par un Dieu. Voilà ce que nous enseigne Jésus-Christ caché avec toute son humble famille, avec Marie et Joseph, qu'il associe[1] à l'obscurité de sa vie, à cause qu'ils lui sont très chers. Prenons-y donc part[2] avec eux, et cachons-nous avec Jésus-Christ.

Chrétiens, ne savez-vous pas[3] que Jésus-Christ est encore caché ? Il souffre qu'on blasphème tous les jours son nom, et qu'on se moque de son Evangile, parce que l'heure de sa grande gloire n'est pas arrivée. Il est caché avec son Père, et nous sommes cachés en Dieu avec lui, comme parle le divin Apôtre. Puisque nous sommes cachés avec lui, ce n'est pas en ce lieu d'exil que nous devons rechercher la gloire. Mais quand Jésus se montrera en sa majesté, ce sera alors le temps de paraître : *Cum Christus apparuerit, ...tunc et vos apparebitis cum ipso in gloria*[4]. O Dieu! qu'il fera beau paraître en ce jour, où Jésus nous louera devant ses saints anges, à la face de tout l'univers, et devant son Père céleste! Quelle nuit, quelle obscurité assez longue pourra nous mériter cette gloire ? Que les hommes se taisent de nous éternellement, pourvu que Jésus-Christ en parle en ce jour. Toutefois craignons, Chrétiens, craignons cette terrible parole qu'il a prononcée dans son Evangile : *Vous avez reçu votre récompense*[5] ; vous avez voulu la gloire des hommes : vous l'avez eue ; vous êtes payé ; il n'y a plus rien à attendre. O envie ingénieuse de notre ennemi, qui nous donne les yeux des hommes, afin de nous ôter ceux de Dieu ; qui, par une reconnaissance[6] malicieuse, s'offre à récompenser nos vertus, de peur que Dieu ne les récompense! Malheureux, je ne veux point de ta gloire : ni ton éclat ni ta vaine pompe ne peuvent pas payer mes travaux. J'attends ma couronne d'une main plus chère, et ma récompense d'un bras plus puissant. Quand Jésus paraîtra en sa majesté, c'est alors, c'est alors que je veux paraître.

C'est là, Fidèles, que vous verrez ce que je ne puis vous dire aujourd'hui : vous découvrirez les merveilles de la vie cachée de Joseph ; vous saurez ce qu'il a fait durant tant d'années, et combien il est glorieux de se cacher avec Jésus-Christ. Ha! sans doute, il n'est pas de ceux qui ont reçu leur récompense en ce monde : c'est pourquoi il paraîtra alors, parce qu'il n'a pas paru ; il éclatera[7], parce qu'il n'a point éclaté. Dieu réparera l'obscurité de sa vie ; et sa gloire sera d'autant plus grande, qu'elle est réservée pour la vie future.

Aimons donc cette vie cachée, où Jésus s'est enveloppé avec Joseph. Qu'importe que les hommes nous voient ! Celui-là est follement ambitieux, à qui les yeux de Dieu ne suffisent pas ; et c'est lui faire trop d'injure, que de ne se contenter pas de l'avoir pour spectateur[1]. Que si vous êtes dans les grandes charges et dans les emplois importants, si c'est une nécessité que votre vie soit toute publique, méditez du moins sérieusement que vous ferez enfin une mort privée, puisque tous ces honneurs ne vous suivront pas. Que le bruit que les hommes font autour de vous ne vous empêche pas d'écouter les paroles du Fils de Dieu. Il ne dit pas : Heureux ceux qu'on loue ! mais il dit dans son Evangile : *Heureux ceux que l'on maudit pour l'amour de moi*[2] ! Tremblez donc, dans cette gloire qui vous environne, de ce que vous n'êtes pas jugés dignes des opprobres de l'Evangile. Mais, si le monde nous les refuse, Chrétiens, faisons-nous-en à nous-mêmes ; reprochons-nous devant Dieu notre ingratitude et nos vanités ridicules ; mettons-nous à nous-mêmes devant notre face toute la honte de notre vie ; soyons du moins obscurs à nos yeux par une humble confession de nos crimes ; et participons comme nous pouvons à la confusion de Jésus, afin de participer à sa gloire[3]. *Amen.*

# PANÉGYRIQUE
## DE
# L'APOTRE SAINT PAUL

prononcé a paris, a l'hopital général,
le 30 juin 1657[1].

> *Placeo mihi in infirmitatibus meis : cum enim infirmor, tunc potens sum.*
>
> Je ne me plais que dans mes faiblesses : car lorsque je me sens faible, c'est alors que je suis puissant.
>
> *II. Cor.*, xii, 10.

Dans le dessein que je me propose de faire aujourd'hui le panégyrique du plus illustre des prédicateurs et du plus zélé des apôtres, je ne puis vous dissimuler que je me sens moi-même étonné de la grandeur de mon entreprise[2]. Quand je rappelle à mon souvenir tant de peuples que Paul a conquis, tant de travaux qu'il a surmontés, tant de mystères qu'il a découverts[3], tant d'exemples qu'il nous a laissés d'une charité consommée, ce sujet me paraît si vaste, si relevé, si majestueux, que mon esprit, se trouvant surpris, ne sait ni où s'arrêter dans cette étendue, ni que tenter dans cette hauteur, ni que choisir dans cette abondance; et j'ose bien me persuader qu'un ange même ne suffirait pas pour louer cet homme du troisième ciel[4].

Mais ce qui m'étonne le plus, c'est que cet amour mêlé de respect que je sens pour le divin Paul, et duquel j'espérais de nouvelles forces dans un ouvrage qui tend à sa gloire, s'est tourné ici contre moi, et a confondu longtemps mes pensées, parce que, dans la haute idée que j'avais conçue de l'Apôtre, je ne pouvais rien dire qui lui fût égal, et il ne me permettait rien qui fût au-dessous.

Que me reste-t-il donc, Chrétiens, après vous avoir confessé ma faiblesse et mon impuissance, sinon de recourir à Celui qui a inspiré à saint Paul les paroles que j'ai rapportées : *Cum infirmor, tunc potens sum* : « Je suis puissant lorsque je suis faible » ? Après ces beaux mots de mon grand Apôtre[1], il ne m'est plus permis de me plaindre; et je ne crains pas de dire avec lui, que « je me plais dans cette faiblesse », qui me promet un secours divin : *Placeo mihi in infirmitatibus*. Mais pour obtenir cette grâce, il nous faut encore recourir à celle dans laquelle le mystère ne s'est accompli qu'après qu'elle a reconnu qu'il passait ses forces; c'est la bienheureuse Marie, que nous saluerons en disant : *Ave*[2].

Parmi tant d'actions glorieuses, et tant de choses extraordinaires, qui se présentent ensemble à ma vue quand je considère l'histoire de l'incomparable docteur des Gentils[3], ne vous étonnez pas, Chrétiens, si laissant à part ses miracles et ses hautes[4] révélations, et cette sagesse toute divine et vraiment digne du troisième ciel, qui paraît dans ses écrits admirables, et tant d'autres sujets illustres[5] qui rempliraient d'abord vos esprits de nobles et magnifiques idées, je me réduis à vous faire voir les infirmités de ce grand Apôtre, et si c'est sur ce seul objet que je vous prie d'arrêter vos yeux. Ce qui m'a porté à ce choix, c'est que, devant vous prêcher saint Paul, je me suis senti obligé d'entrer dans l'esprit de saint Paul lui-même et de prendre ses sentiments. C'est pourquoi l'ayant entendu nous prêcher avec tant de zèle, qu'il ne se glorifie que dans ses faiblesses, et que ses infirmités font sa force : *Cum enim infirmor, tunc potens sum,* je suis les mouvements qu'il m'inspire, et je médite son panégyrique, en tâchant de vous faire voir ces faiblesses toutes-puissantes par lesquelles il a établi l'Eglise, renversé la sagesse humaine, et captivé tout entendement sous l'obéissance de Jésus-Christ.

Entrons donc, avant toutes choses, dans le sens de cette parole, et examinons les raisons pour lesquelles le divin Paul ne se croit fort que dans sa faiblesse : c'est ce qu'il m'est aisé de vous faire entendre. Il se souvenait, Chrétiens, de son Dieu anéanti[6] pour l'amour des hommes; il savait que si ce grand monde, et ce qu'il enferme en son vaste sein, est l'ouvrage de sa puissance, il avait fait un monde nouveau, un monde racheté par son sang et régénéré par sa mort, c'est-à-dire, sa sainte Eglise, qui est l'œuvre de sa faiblesse. C'est ce que regarde saint Paul; et après ces grandes pensées, il jette aussitôt les yeux sur lui-même. C'est là qu'il admire sa vocation : il se voit choisi dès l'éternité pour être le prédicateur des Gentils ; et comme l'Eglise doit être formée de ces nations infidèles dont il est ordonné l'apôtre, il s'ensuit manifestement qu'il est le principal coopérateur de la grâce de Jésus-Christ dans l'établissement de l'Eglise.

Quels seront ses sentiments, Chrétiens, dans une entreprise si haute, où la Providence l'appelle ? L'exécutera-t-il par la force ? Mais, outre que la sienne n'y peut pas suffire, le Saint-Esprit lui a fait connaître que la volonté du Père céleste, c'est que cet ouvrage divin soit soutenu par l'infirmité : *Dieu,* dit-il[1], *a choisi ce qui est infirme pour détruire ce qui est puissant.* Par conséquent, que lui reste-t-il, sinon de consacrer au Sauveur une faiblesse soumise et obéissante, et de confesser son infirmité ; afin d'être le digne ministre de ce Dieu qui, étant si fort par nature, s'est fait infirme pour notre salut ? Voilà donc la raison solide pour laquelle il se considère comme un instrument inutile, qui n'a de vertu ni de force qu'à cause de la main qui l'emploie ; et c'est pour cela, Chrétiens, qu'il triomphe dans son impuissance, et qu'en avouant qu'il est faible, il ose dire qu'il est tout-puissant : *Cum enim infirmor, tunc potens sum.*

Mais pour nous convaincre par expérience de la vérité qu'il nous prêche, il faut voir ce grand homme dans trois fonctions importantes du ministère qui lui est commis. Car ce n'est pas mon dessein, Messieurs, de considérer aujourd'hui saint Paul dans sa vie particulière : je me propose de le regarder dans les emplois de l'apostolat, et je les réduis à trois chefs : la prédication, les combats[2], le gouvernement ecclésiastique.

Entendez ceci, Chrétiens, et voyez la liaison nécessaire de ces trois obligations dont le charge son apostolat. Car il fallait premièrement établir l'Eglise, et c'est ce qu'a fait la prédication. Mais d'autant que cette Eglise naissante devait être dès son berceau attaquée[3] par toute la terre, en même temps qu'on l'établissait, il fallait se préparer à combattre. Et parce qu'un si grand établissement se dissiperait[4] de lui-même, si les esprits n'étaient bien conduits, après avoir si bien soutenu l'Eglise contre ceux qui l'attaquaient au dehors, il fallait la maintenir au dedans par le bon ordre de la discipline. De sorte que la prédication devait précéder, parce que la foi commence par l'ouïe; après, les combats devaient suivre; car aussitôt que l'Evangile parut, les persécutions s'élevèrent; enfin le gouvernement ecclésiastique devait assurer les conquêtes, en tenant les peuples conquis dans l'obéissance par une police[1] toute divine.

C'est, mes Frères, à ces trois choses que se rapportent tous les travaux de l'Apôtre; et nous le pouvons aisément connaître par le récit qu'il en fait lui-même dans ce merveilleux chapitre onzième de la seconde aux Corinthiens. Il raconte premièrement ses fatigues et ses voyages laborieux; et n'est-ce pas la prédication qui les lui faisait entreprendre pour porter par toute la terre l'Evangile du Fils de Dieu ? Il raconte aussi ses périls et tant de cruelles[2] persécutions qui ont éprouvé sa constance; et voilà quels sont ses combats. Enfin, il ajoute à toutes ses peines les inquiétudes qui le travaillaient dans le soin de conduire toutes les Eglises : *Sollicitudo omnium Ecclesiarum*[3]; et c'est ce qui regarde le gouvernement.

Ainsi, vous voyez en peu de paroles tout ce qui occupe l'esprit de saint Paul : il prêche, il combat, il gouverne; et (Messieurs, le pourrez-vous croire?) il est faible dans tous ces emplois. Et premièrement, il est assuré que saint Paul est faible en prêchant, puisque sa prédication n'est pas appuyée, ni sur la force de l'éloquence, ni sur ces doctes raisonnements que la philosophie a rendus plausibles : *Non in persuasibilibus humanæ sapientiæ verbis*[4]. Secondement, il n'est pas moins clair qu'il est faible dans les combats; puisque, lorsque tout le monde l'attaque, il ne résiste à ses ennemis qu'en s'abandonnant à leur violence : *Æstimati sumus sicut oves occisionis*[5] : il est donc faible en ces deux états. Mais peut-être que parmi ses frères, où la grâce de l'apostolat et l'autorité du gouvernement lui donnent un rang considérable, ce grand homme paraîtra plus fort ? Non, Fidèles, ne le croyez pas : c'est là que vous le verrez plus infirme. Il se souvient qu'il est le disciple de Celui qui a dit dans son Evangile, qu'il n'est pas venu pour être servi, mais afin de servir lui-même[6] : c'est pourquoi il ne gouverne pas les fidèles en leur faisant supporter le joug d'une autorité superbe et impérieuse; mais il les gouverne par la charité, en se faisant infirme avec eux : *Factus sum infirmis infirmus*, et se rendant serviteur de tous : *Omnium me servum feci*[7]. Il est donc infirme partout, soit qu'il prêche, soit qu'il combatte, soit qu'il gouverne le peuple de Dieu par l'autorité de l'apostolat ; et ce qui est de plus admirable, c'est qu'au milieu de tant de faiblesse, il nous dit d'un ton[1] de victorieux qu'il est fort, qu'il est puissant, qu'il est invincible : *Cum enim infirmor, tunc potens sum.*

Ha! mes Frères, ne voyez-vous pas la raison qui lui donne cette hardiesse ? C'est qu'il sent qu'il est le ministre de ce Dieu qui, se faisant faible, n'a pas perdu sa toute-puissance. Plein de cette pensée, il voit sa faiblesse au-dessus de tout[2]. Il croit que ses prédications persuaderont, parce qu'elles n'ont point de force pour persuader ; il croit qu'il surmontera dans tous les combats, parce qu'il n'a point d'armes pour se défendre ; il croit qu'il pourra tout sur ses frères dans l'ordre du gouvernement ecclésiastique, parce qu'il s'abaissera à leurs pieds, et se rendra l'esclave de tous par la servitude de la charité. Tant il est vrai que dans toutes choses[3] il est puissant en ce qu'il est faible, puisqu'il met la force de persuader dans la simplicité du discours, puisqu'il n'espère vaincre qu'en souffrant, puisqu'il fonde sur sa servitude toute l'autorité de son ministère! Voilà, Messieurs, trois infirmités, dans lesquelles je prétends montrer la puissance du divin Apôtre : soyez, s'il vous plaît, attentifs, et considérez dans ce premier point la faiblesse victorieuse de ses prédications toutes simples.

## [PREMIER POINT]

Je ne puis assez exprimer combien grand, combien admirable est le spectacle que je vous prépare dans cette première partie : Car ce que les plus grands hommes[4] de l'antiquité ont souvent désiré de voir[5], c'est ce que je dois vous représenter : saint Paul prêchant Jésus-Christ au monde, et convertissant les cœurs endurcis par ses divines prédications. Mais n'attendez pas, Chrétiens, de ce céleste prédicateur, ni la pompe ni les ornements dont se pare l'éloquence humaine. Il est trop grave et trop sérieux pour rechercher ces délicatesses ; ou, pour dire quelque chose de plus chrétien et de plus digne du grand Apôtre, il est trop passionnément amoureux des glorieuses bassesses du christianisme, pour vouloir corrompre par les vanités de l'éloquence séculière la vénérable simplicité de l'Evangile de Jésus-Christ[6]. Mais, afin que vous compreniez quel est donc ce prédicateur destiné par la Providence pour confondre la sagesse humaine, écoutez la description que j'en ai tirée de lui-même dans la première aux Corinthiens.

Trois choses contribuent ordinairement à rendre un orateur agréable et efficace[1] : la personne de celui qui parle, la beauté des choses qu'il traite, la manière ingénieuse dont il les explique. Et la raison en est évidente : car l'estime de l'orateur prépare une attention favorable, les belles choses nourrissent l'esprit, et l'adresse de les expliquer d'une manière qui plaise les fait doucement entrer dans le cœur. Mais de la manière que se représente le prédicateur dont je parle, il est bien aisé de juger qu'il n'a aucun de ces avantages.

Et premièrement, Chrétiens, si vous regardez son extérieur, il avoue lui-même que sa mine n'est point relevée : *Præsentia corporis infirma*[2] ; et si vous considérez sa condition, il est pauvre, il est méprisable, et réduit à gagner sa vie par l'exercice d'un art mécanique[3]. De là vient qu'il dit aux Corinthiens : *J'ai été au milieu de vous avec beaucoup de crainte et d'infirmités*[4] : d'où il est aisé de comprendre combien sa personne était méprisable. Chrétiens, quel prédicateur pour convertir tant de nations !

Mais peut-être que sa doctrine sera si plausible et si belle, qu'elle donnera du crédit à cet homme si méprisé ? Non, il n'en est pas de la sorte : « Il ne sait, dit-il, autre chose que son Maître crucifié » : *Non judicavi me scire aliquid inter vos, nisi Jesum Christum, et hunc crucifixum*[5] : c'est-à-dire, qu'il ne sait rien que ce qui choque, que ce qui scandalise, que ce qui paraît folie et extravagance. Comment donc peut-il espérer que ses auditeurs soient persuadés ? Mais, grand Paul, si la doctrine que vous annoncez est si étrange et si difficile, cherchez du moins des termes polis[6], couvrez des fleurs de la rhétorique cette face hideuse de votre Evangile, et adoucissez son austérité par les charmes de votre éloquence. A Dieu ne plaise, répond ce grand homme, que je mêle la sagesse humaine à la sagesse du Fils de Dieu ! C'est la volonté de mon Maître que mes paroles ne soient pas moins rudes que ma doctrine paraît incroyable : *Non in persuasibilibus humanæ sapientiæ verbis*[7]. C'est ici qu'il nous faut entendre les secrets de la Providence. Elevons nos esprits, Messieurs, et considérons les raisons pour lesquelles le Père céleste[1] a choisi ce prédicateur sans éloquence[2] et sans agrément, pour porter par toute la terre, aux Romains, aux Grecs, aux Barbares, aux petits, aux grands, aux rois même[3], l'Evangile de Jésus-Christ.

Pour pénétrer un si grand mystère, écoutez le grand Paul lui-même, qui, ayant représenté aux Corinthiens combien ses prédications avaient été simples, en rend cette raison admirable : c'est, dit-il, que « nous vous prêchons une sagesse qui est cachée, que les princes de ce monde n'ont pas reconnue » : *Sapientiam quæ abscondita est*[4]. Quelle est cette sagesse cachée ? Chrétiens, c'est Jésus-Christ même. Il est la sagesse du Père[5] ; mais il est une sagesse incarnée, qui, s'étant couverte volontairement de l'infirmité de la chair, s'est cachée aux grands de la terre par l'obscurité de ce voile. C'est donc une sagesse cachée ; et c'est sur cela que s'appuie le raisonnement de l'Apôtre. Ne vous étonnez pas, nous dit-il, si, prêchant une sagesse cachée, mes discours ne sont point ornés des lumières de l'éloquence. Cette merveilleuse faiblesse qui accompagne la prédication, est une suite de l'abaissement par lequel mon Sauveur s'est anéanti ; et comme il a été humble[6] en sa personne, il veut l'être encore dans son Evangile.

Admirable pensée de l'Apôtre, et digne certainement d'être méditée! Mettons-la donc dans un plus grand jour, et supposons[7] avant toute chose que le Fils éternel de Dieu avait résolu de paraître aux hommes en deux différentes manières. Premièrement, il devait paraître dans la vérité de sa chair ; secondement, il devait paraître dans la vérité de sa parole. Car, comme il était le Sauveur de tous, il devait se montrer à tous. Par conséquent, il ne suffit pas qu'il paraisse en un coin du monde, il faut qu'il se montre par tous les endroits où la volonté de son Père lui a préparé des fidèles : si bien que ce même Jésus, qui n'a paru que dans la Judée par la vérité de sa chair, sera porté par toute la terre par la vérité de sa parole[8].

C'est pourquoi le grand Origène[9] n'a pas craint de nous assurer que la parole de l'Evangile est une espèce de second corps que le Sauveur a pris pour notre salut : *Panis quem Dominus corpus suum esse dicit, verbum est nutritorium animarum*[10]. Qu'est-ce à dire ceci, Chrétiens ? et quelle ressemblance a-t-il pu trouver entre le corps de notre Sauveur et la parole de son Evangile ? Voici le fond de cette pensée : c'est que la Sagesse éternelle, qui est engendrée dans le sein du Père, s'est rendue sensible en deux sortes. Elle s'est rendue sensible en la chair qu'elle a prise au sein de Marie; et elle se rend encore sensible par les Ecritures divines et par la parole de l'Evangile : tellement que nous pouvons dire que cette parole et ces Ecritures sont comme un second corps[1] qu'elle prend pour paraître encore à nos yeux. C'est là, en effet, que nous la voyons : ce Jésus, qui a conversé avec les apôtres, vit encore pour nous dans son Evangile; et il y répand encore, pour notre salut, la parole de vie éternelle[2].

Après cette belle doctrine, il est bien aisé de comprendre que la prédication des apôtres, soit qu'elle sorte toute vivante de la bouche de ces grands hommes, soit qu'elle coule dans leurs écrits pour y être portée aux âges suivants, ne doit rien avoir qui éclate. Car, mes Frères, n'entendez-vous pas, selon la pensée de saint Paul, que ce Jésus, qui nous doit paraître et dans sa chair et dans sa parole, veut être humble dans l'une et dans l'autre ?

De là ce rapport admirable entre la personne de Jésus-Christ et la parole qu'il a inspirée. *Lac est credentibus, cibus est intelligentibus.* La chair qu'il a prise a été infirme[3], la parole qui le prêche est simple : nous adorons en notre Sauveur la bassesse mêlée avec la grandeur. Il en est ainsi de son Ecriture, tout y est grand, et tout y est bas; tout y est riche, et tout y est pauvre; et en l'Evangile, comme en Jésus-Christ, ce que l'on voit est faible, et ce que l'on croit est divin. Il y a des lumières dans l'un et dans l'autre; mais ces lumières dans l'un et dans l'autre sont enveloppées de nuages : en Jésus, par l'infirmité de la chair; et en l'Ecriture divine, par la simplicité de la lettre. C'est ainsi que Jésus veut être prêché, et il dédaigne pour sa parole, aussi bien que pour sa personne, tout ce que les hommes admirent.

N'attendez donc pas de l'Apôtre, ni qu'il vienne flatter les oreilles par des cadences harmonieuses, ni qu'il veuille charmer les esprits par de vaines curiosités. Ecoutez ce qu'il dit lui-même : *Nous prêchons une sagesse cachée ; nous prêchons un Dieu crucifié.* Ne cherchons pas de vains ornements à ce Dieu[4] qui rejette tout l'éclat du monde. Si notre simplicité déplaît aux superbes, qu'ils sachent que nous voulons leur déplaire, que Jésus-Christ dédaigne leur faste insolent, et qu'il ne veut être connu que des humbles. Abaissons-nous donc à ces humbles; faisons-leur des prédications dont la bassesse tienne quelque chose de l'humiliation de la croix, et qui soient dignes de ce Dieu qui ne veut vaincre que par la faiblesse.

C'est pour ces solides raisons que saint Paul rejette tous les artifices de la rhétorique. Son discours, bien loin de couler avec cette douceur agréable, avec cette égalité tempérée que nous admirons dans les orateurs, paraît inégal et sans suite à ceux qui ne l'ont pas assez pénétré; et les délicats de la terre, qui ont, disent-ils, les oreilles fines, sont offensés de la dureté de son style irrégulier. Mais, mes Frères, n'en rougissons pas. Le discours de l'Apôtre est simple, mais ses pensées sont toutes divines. S'il ignore la rhétorique, s'il méprise la philosophie, Jésus-Christ lui tient lieu de tout; et son nom qu'il a toujours à la bouche, ses mystères qu'il traite si divinement, rendront sa simplicité toute-puissante. Il ira, cet ignorant dans l'art de bien dire, avec cette locution[1] rude, avec cette phrase qui sent l'étranger[2], il ira en cette Grèce polie, la mère des philosophes et des orateurs; et malgré la résistance du monde, il y établira plus d'Eglise que Platon n'y a gagné de disciples par cette éloquence qu'on a crue divine. Il prêchera Jésus dans Athènes, et le plus savant[3] de ses sénateurs passera de l'Aréopage en l'école de ce barbare. Il poussera encore plus loin ses conquêtes, il abattra aux pieds du Sauveur la majesté des faisceaux romains en la personne d'un proconsul[4], et il fera trembler dans leurs tribunaux les juges[5] devant lesquels on le cite. Rome même entendra sa voix; et un jour cette ville maîtresse se tiendra bien plus honorée d'une lettre du style de Paul adressée à ses citoyens[6], que de tant de fameuses harangues qu'elle a entendues de son Cicéron[7].

Et d'où vient cela, Chrétiens ? C'est que Paul a des moyens pour persuader, que la Grèce n'enseigne pas, et que Rome n'a pas appris. Une puissance surnaturelle, qui se plaît de relever ce que les superbes méprisent, s'est répandue[8] et mêlée dans l'auguste simplicité de ses paroles. De là vient que nous admirons dans ses admirables Epîtres une certaine vertu plus qu'humaine qui persuade contre les règles, ou plutôt qui ne persuade pas tant, qu'elle captive les entendements; qui ne flatte pas les oreilles, mais qui porte ses coups droit au cœur. De même qu'on voit un grand fleuve[9] qui retient encore, coulant dans la plaine, cette force violente et impétueuse qu'il avait acquise aux montagnes d'où il tire son origine[1], ainsi cette vertu céleste qui est contenue dans les écrits de saint Paul, même dans cette simplicité de style, conserve toute la vigueur qu'elle apporte du ciel d'où elle descend.

C'est par cette vertu divine que la simplicité de l'Apôtre a assujetti toutes choses. Elle a renversé[2] les idoles, établi la croix de Jésus, persuadé à un million d'hommes de mourir pour en défendre la gloire; enfin, dans ses admirables Epîtres, elle a expliqué de si grands secrets, qu'on a vu les plus sublimes esprits, après s'être exercés longtemps dans les plus hautes spéculations où pouvait aller la philosophie, descendre de cette vaine hauteur où ils se croyaient élevés, pour apprendre à bégayer humblement dans l'école de Jésus-Christ, sous la discipline de Paul.

Aimons donc, aimons, Chrétiens, la simplicité de Jésus, aimons l'Evangile avec sa bassesse[3], aimons Paul dans son style rude, et profitons d'un si grand exemple. Ne regardons pas les prédications comme un divertissement de l'esprit; n'exigeons pas des prédicateurs les agréments de la rhétorique, mais la doctrine des Ecritures. Que si notre délicatesse, si notre dégoût les contraint à chercher des ornements étrangers pour nous attirer par quelque moyen à l'Evangile du Sauveur Jésus, distinguons l'assaisonnement de la nourriture solide. Au milieu des discours qui plaisent, ne jugeons rien de digne de nous que les enseignements qui édifient[4]; et accoutumons-nous tellement à aimer Jésus-Christ tout seul dans la pureté naturelle de ses vérités toutes saintes, que nous voyions encore régner dans l'Eglise cette première simplicité, qui a fait dire au divin Apôtre : *Cum infirmor, tunc potens sum* : « Je suis puissant, parce que je suis faible »; mes discours sont forts parce qu'ils sont simples; c'est leur simplicité innocente[5] qui a confondu la sagesse humaine. Mais, grand Paul, ce n'est pas assez : la puissance vient au secours de la fausse sagesse, je vois les persécuteurs qui s'élèvent. Après avoir fait des discours où votre simplicité persuade, il faut vous préparer aux combats où votre faiblesse triomphe : c'est ma seconde partie.

[DEUXIÈME POINT]

C'est donc un décret de la Providence, que, pour annoncer Jésus-Christ, les paroles ne suffisent pas : il faut quelque chose de plus violent pour persuader le monde endurci. Il faut lui parler par des plaies, il faut l'émouvoir par du sang[1]; et c'est à force de souffrir, c'est par les supplices que la religion chrétienne doit vaincre sa dureté obstinée. C'est, Messieurs, cette vérité, c'est cette force persuasive du sang épanché pour le Fils de Dieu, qu'il faut maintenant vous faire comprendre par l'exemple du divin Apôtre; mais pour cela remontons à la source.

Je suppose[2] donc, Chrétiens, qu'encore que la parole du Sauveur des âmes ait une efficace divine, toutefois sa force de persuader consiste principalement en son sang; et vous le pouvez aisément comprendre par l'histoire de son Evangile. Car qui ne sait que le Fils de Dieu, tant qu'il a prêché sur la terre, a toujours eu peu de sectateurs, et que ce n'est que depuis sa mort que les peuples ont couru à ce divin Maître ? Quel est, Messieurs, ce nouveau miracle ? Méprisé et abandonné pendant tout le cours de sa vie, il commence à régner après qu'il est mort[3]. Ses paroles toutes divines, qui devaient lui attirer les respects des hommes, le font attacher à un bois infâme; et l'ignominie de ce bois, qui devait couvrir ses disciples d'une confusion éternelle, fait adorer par tout l'univers les vérités de son Evangile. N'est-ce pas pour nous faire entendre que sa croix, et non ses paroles, devait émouvoir les cœurs endurcis, et que sa force de persuader était en son sang répandu et dans ses cruelles blessures ?

La raison d'un si grand mystère mériterait bien d'être pénétrée, si le sujet que j'ai à traiter me laissait assez de loisir pour la mettre ici dans son jour. Disons[4] seulement en peu de paroles que le Fils de Dieu s'était incarné, afin de porter sa parole en deux endroits différents : il devait parler à la terre, et il devait encore parler au ciel. Il devait parler à la terre par ses divines prédications; mais il avait aussi à parler au ciel par l'effusion de son sang, qui devait fléchir sa rigueur[5] en expiant les péchés du monde. C'est pourquoi l'apôtre saint Paul dit que « le sang du Sauveur Jésus crie bien mieux que celui d'Abel » : *Melius clamantem quam Abel*[1] ; parce que le sang d'Abel demande vengeance, et le sang de notre Sauveur fait descendre la miséricorde. Jésus-Christ devait donc parler à son Père aussi bien qu'aux hommes, au ciel aussi bien qu'à la terre.

Mais il faut remarquer ici un secret de la Providence : c'est que c'était au ciel qu'il fallait parler afin que la terre fût persuadée. Et cela, pour quelle raison[2] ? C'est que la grâce divine, qui devait amollir les cœurs, devait être envoyée du ciel. Par exemple, vous avez beau semer votre grain sur cette terre toute desséchée, vous recueillerez peu de fruit si la pluie du ciel ne la rend féconde. Il en est à peu près de même dans la vérité que je vous explique. Lorsque mon Sauveur a parlé aux hommes, il a seulement semé sur la terre, et cette terre ingrate et stérile lui a donné peu de sectateurs ; il faut donc maintenant qu'il parle à son Père, il faut que, se tournant du côté du ciel, il y porte la voix de son sang. C'est alors, Messieurs, c'est alors que la grâce tombant avec abondance, *notre terre donnera son fruit*[3] : alors le ciel apaisé persuadera aisément les hommes ; et la parole qu'il a semée fructifiera par tout l'univers. De là vient qu'il a dit lui-même : *Quand j'aurai été élevé de terre,* quand j'aurai été mis en croix, quand j'aurai répandu mon sang, « je tirerai à moi toutes choses » : *Omnia traham ad meipsum*[4] ; nous montrant, par cette parole, que sa force était en sa croix, et que son sang lui devait attirer le monde.

Cette vérité étant supposée[5], je ne m'étonne pas, Chrétiens, que l'Eglise soit établie par le moyen des persécutions. Donnez du sang, bienheureux Apôtre[6] ; votre Maître lui donnera une voix capable d'émouvoir le ciel et la terre. Puisqu'il vous a enseigné que sa force consiste en sa croix, portez-la par toute la terre, cette croix victorieuse et toute-puissante ; mais ne la portez pas imprimée sur des marbres inanimés, ni sur des métaux insensibles ; portez-la sur votre corps même[7], et abandonnez[8]-le aux tyrans, afin que leur fureur y puisse graver[9] une image vive et naturelle de Jésus-Christ crucifié.

C'est ce qu'il va bientôt entreprendre[10]. Il ira par toute la terre. Chrétiens, pour quelle raison ? C'est afin, nous dit-il lui-même, « c'est afin de porter partout la mort et la croix de Jésus, imprimée en son propre corps » :

*Mortificationem Jesu in corpore nostro circumferentes*[1] ; et c'est peut-être pour cette raison qu'il a dit ces belles paroles, écrivant aux Colossiens : *Adimpleo ea quæ desunt passionum Christi*[2] : « Je veux, dit-il, accomplir[3] ce qui manque aux souffrances de Jésus-Christ. » Que nous dites-vous, ô grand Paul[4] ? Peut-il donc manquer quelque chose au prix et à la valeur infinie des souffrances de votre Maître ? Non, ce n'est pas là sa pensée. Ce grand homme n'ignore pas que rien ne manque à leur dignité; mais ce qui leur manque, dit-il, c'est que Jésus n'a souffert qu'en Jérusalem; et comme sa force est toute en sa croix, il faut qu'il souffre par tout le monde, afin d'attirer tout le monde. C'est ce que l'Apôtre voulait accomplir. Les Juifs ont vu la croix de son Maître; il la veut montrer aux Gentils, dont il est le prédicateur. Il[5] va donc, dans cette pensée, du levant jusqu'au couchant, de Jérusalem jusqu'à Rome, portant partout sur lui-même la croix de Jésus, et accomplissant[6] ses souffrances; trouvant partout de nouveaux supplices, faisant partout de nouveaux fidèles, et remplissant tant de nations de son sang et de l'Evangile.

Mais je ne croirais pas, Chrétiens, m'être acquitté de ce que je dois à la gloire de ce grand Apôtre, si, parmi tant de grands exemples que nous donne sa belle vie, je ne choisissais quelque action illustre, où vous puissiez voir en particulier combien ses souffrances sont persuasives[7]. Considérez donc ce grand homme fouetté à Philippes[8] par main de bourreau[9] pour y avoir prêché Jésus-Christ; puis jeté dans l'obscurité d'un cachot, ayant les pieds serrés dans du bois qui était entr'ouvert par force et les pressait ensuite avec violence; qui cependant, triomphant de joie de sentir si vivement en lui-même[10] la sanglante impression de la croix, avec Silas[11] son cher compagnon, rompait le silence de la nuit en offrant à Dieu, d'une âme contente, des louanges pour ses supplices, des actions de grâces pour ses blessures. Voilà[12] comme il porte la croix du Sauveur; et aussi, dans ce même temps, le Sauveur lui veut faire voir une merveilleuse représentation de ce qui s'est fait à la sienne. Là du sang, et ici du sang; là, Messieurs, « la terre a tremblé[13] », et ici elle tremble encore : *Terræ motus factus est magnus*[14] : là les tombeaux ont été ouverts, qui sont comme les prisons des morts, et des morts sont ressuscités[15];

ici les prisons sont ouvertes, qui sont les tombeaux obscurs des hommes vivants : *Aperta sunt omnia ostia*[1] ; et pour achever cette ressemblance, là, celui qui garde la croix du Sauveur le reconnaît pour le Fils de Dieu, *Vere Filius Dei erat iste*[2] ; et ici celui qui garde saint Paul jette aussitôt à ses pieds : *Procidit ad pedes*[3], et se soumet à son Evangile. Que ferai-je, dit-il, pour être sauvé ? *Quid me oportet facere, ut salvus fiam*[4] ? Il lave premièrement les plaies de l'Apôtre : l'Apôtre après lavera les siennes[5] par la grâce du saint baptême; et ce bienheureux geôlier se prépare à cette eau céleste en essuyant le sang de l'Apôtre[6], qui lui inspire l'amour de la croix et l'esprit du christianisme.

Vous voyez déjà, Chrétiens, ce que peut la croix de Jésus, imprimée sur le corps de Paul; mais renouvelez vos attentions pour voir la suite de cette aventure, qui vous le montrera d'une manière bien plus admirable. Que fera le divin Apôtre, sortant des prisons de Philippes ? Qu'il vous le dise de sa propre bouche, dans une lettre qu'il a écrite aux habitants de Thessalonique : « Vous savez, leur dit-il, mes Frères, quelle a été notre entrée chez vous, et qu'elle n'a pas été inutile » : *Quia non inanis fuit*[7]. Pour quelle raison, Chrétiens, son abord[8] à Thessalonique n'a-t-il pas été inutile ? Vous serez surpris de l'apprendre : « C'est, dit-il qu'ayant été tourmentés et traités indignement à Philippes, cela nous a donné l'assurance de vous annoncer l'Evangile » : *Sed ante passi et contumeliis affecti, sicut scitis, in Philippis, fiduciam habuimus in Deo nostro, loqui ad vos Evangelium Dei*[9].

Quand je considère, Messieurs, ces paroles du divin Apôtre, j'avoue que je ne suis plus à moi-même, et je ne puis assez admirer l'esprit céleste qui le possédait. Car quel est le victorieux, dont le cœur puisse être autant excité par l'image glorieuse et tranquille de la victoire tout nouvellement remportée, que le grand Paul est encouragé par le souvenir des souffrances dont il porte encore les marques, dont il sent encore les vives atteintes ? Son entrée sera fructueuse, parce qu'elle est précédée par de grands tourments; il prêchera avec confiance, parce qu'il a beaucoup enduré[10] ; et si nous savons pénétrer tout le sens de cette parole, nous devons croire que le grand Apôtre, sortant des prisons de Philippes, exhortait[11] par cette pensée les compagnons de son ministère :

Allons, mes Frères, à Thessalonique ; notre entrée n'y sera pas inutile, puisque nous avons déjà tant souffert ; nous avons assez répandu de sang pour oser entreprendre quelque grand dessein. Allons donc en cette ville célèbre ; faisons-y profiter[1] ce sang répandu ; portons-y la croix de Jésus récemment imprimée sur nous par nos plaies encore toutes fraîches ; et que ces nouvelles blessures donnent au Sauveur de nouveaux disciples ! Il y vole dans cette espérance, et son attente n'est pas frustrée.

Mais pourquoi m'arrêter, Messieurs, à vous raconter le fruit[2] qu'il a fait dans la ville de Thessalonique ? Il en est de même de toutes les autres qu'il éclaire par sa doctrine et qu'il attire[3] par ses souffrances. Il court ainsi par toute la terre, portant partout la croix de Jésus[4], toujours menacé, toujours poursuivi avec une fureur implacable ; sans repos durant trente années, il passe d'un travail à un autre, et trouve partout de nouveaux périls ; des naufrages dans ses voyages de mer, des embûches dans ceux de terre ; de la haine parmi les Gentils, de la rage parmi les Juifs ; des calomniateurs dans tous les tribunaux ; des supplices dans toutes les villes ; dans l'Eglise même et dans sa maison, des faux frères qui le trahissent[5] : tantôt lapidé et laissé pour mort, tantôt battu outrageusement et presque déchiré par le peuple ; il meurt tous les jours pour le Fils de Dieu, *Quotidie morior*[6], et il marque l'ordre de ses voyages par les traces du sang qu'il répand et par les peuples qu'il convertit ; car il joint toujours l'un et l'autre : si bien que nous lui pouvons appliquer ces beaux mots de Tertullien[7] : « Ses blessures font ses conquêtes ; il ne reçoit pas plus tôt une plaie, qu'il la couvre par une couronne ; aussitôt qu'il verse du sang, il acquiert[8] de nouvelles palmes ; il remporte plus de victoires qu'il ne souffre de violences » : *Corona premit vulnera*[9], *palma sanguinem obscurat, plus victoriarum est quam injuriarum*[10].

C'est pourquoi le Sauveur Jésus voulant encore abattre à ses pieds l'impérieuse majesté de Rome, il y conduit enfin le divin Apôtre, comme le plus illustre de ses capitaines. Mais, mes Frères, il faut plus de sang pour fonder cette illustre Eglise, qui doit être la mère des autres : saint Paul y donnera tout le sien ; aussi y trouvera-t-il un persécuteur qui ne le sait pas répandre à demi, je veux dire le cruel Néron, qui ajoutera le comble à ses crimes en faisant mourir cet Apôtre.

Vous raconterai-je, Messieurs, combien son sang se multipliera, quelle suite de chrétiens sa fécondité fera naître, combien il animera de martyrs, et avec quelle force il affermira cet empire spirituel qui se doit établir à Rome, plus illustre que celui des Césars ? Mais quand est-ce que j'achèverai, si j'entreprends de vous rapporter toutes les grandeurs de l'Apôtre ? J'en ai dit assez, Chrétiens, pour nous inspirer l'amour de la croix, si notre extrême délicatesse ne nous la rendait odieuse. O croix ! qui donnez la victoire à Paul, et dont la faiblesse le rend tout-puissant, notre siècle délicieux[1] ne peut souffrir votre dureté ! Personne ne veut dire avec l'Apôtre : *Je ne me plais que dans mes souffrances, et je ne suis fort que dans mes faiblesses.* Nous voulons être puissants dans le monde, c'est pourquoi nous sommes faibles selon Jésus-Christ ; et l'amour de la croix de Jésus étant éteint parmi les fidèles, toute la force chrétienne s'est évanouie. Mais, mes Frères, je ne puis vous dire ce que je pense sur ce beau sujet. Le grand Paul me rappelle encore : après avoir vu les faiblesses que la croix lui a fait sentir, il faut achever ce discours, en considérant les infirmités que la charité lui inspire dans le gouvernement ecclésiastique[2].

### [TROISIÈME POINT]

Le pourrez-vous croire, Messieurs, que l'Eglise de Jésus-Christ se gouverne par la faiblesse ; que l'autorité des pasteurs soit appuyée sur l'infirmité ; que le grand Apôtre saint Paul, qui commande avec tant d'empire, qui menace si hautement les opiniâtres, qui juge souverainement les pécheurs, enfin qui fait valoir avec tant de force la dignité de son ministère[3], soit infirme parmi les fidèles, et que ce soit une divine faiblesse qui le rende puissant dans l'Eglise ? Cela vous paraît peut-être incroyable ; cependant c'est une doctrine que lui-même nous a enseignée, et qu'il faut vous expliquer en peu de paroles.

Pour cela vous devez entendre que l'empire spirituel, que le Fils de Dieu donne à son Eglise, n'est pas semblable à celui des rois. Il n'a pas cette majesté terrible ; il n'a pas ce faste dédaigneux, ni ce superbe esprit de grandeur dont sont enflés les princes du monde. *Les rois des nations les dominent,* dit le Fils de Dieu dans son Evangile[1]; *mais il n'en est pas ainsi parmi vous, où le plus grand doit être le moindre, et où le premier est le serviteur.*

Le fondement de cette doctrine, c'est que cet empire divin est fondé[2] sur la charité. Car, mes Frères, cette charité peut prendre toutes sortes de formes. C'est elle qui commande dans les pasteurs, c'est elle qui obéit dans les peuples; mais soit qu'elle commande, soit qu'elle obéisse, elle retient toujours ses qualités propres, elle demeure toujours charité, toujours douce, toujours patiente, toujours tendre et compatissante, jamais fière ni ambitieuse[3].

Le gouvernement ecclésiastique, qui est appuyé sur la charité, n'a donc rien d'altier ni de violent[4] : son commandement est modeste[5], son autorité est douce et paisible. Ce n'est pas une domination qu'elle exerce : *Dominantur, vos autem non sic;* c'est[6] un ministère dont elle s'acquitte, c'est une économie qu'elle ménage[7] par la sage dispensation de la charité fraternelle.

Mais cette charité ecclésiastique, qui conduit le peuple de Dieu, passe encore beaucoup plus loin. Au lieu de s'élever orgueilleusement pour faire valoir son autorité, elle croit que, pour gouverner, il faut qu'elle s'abaisse, qu'elle s'affaiblisse, qu'elle se rende infirme elle-même, afin de porter les infirmes. Car Jésus-Christ, son original[8], en venant régner sur les hommes, a voulu prendre leurs infirmités : ainsi les apôtres, ainsi les pasteurs doivent se revêtir des faiblesses des troupeaux commis à leur vigilance, afin que, de même que le Fils de Dieu est un pontife compatissant qui ressent nos infirmités, ainsi les pasteurs du peuple fidèle sentent les faiblesses de leurs frères, et portent leurs infirmités en les partageant. C'est pourquoi le divin Apôtre, plein de cet esprit ecclésiastique, croit établir son autorité en se faisant infirme aux infirmes et se rendant serviteur de tous[9].

Mais voulez-vous voir, Chrétiens, dans un exemple particulier, jusqu'à quel point cet homme admirable ressent les infirmités de ses frères ? Représentez-vous ses fatigues, ses voyages, ses inquiétudes, ses peines pour résister à tant d'ennemis, ses soins pour enseigner tant de peuples, ses veilles pour gouverner tant d'Eglises : cependant, accablé de tous ces travaux, il s'impose encore lui-même la nécessité de gagner sa vie[10] à la sueur de son corps, *operantes manibus nostris*[11].

Que l'ancienne Rome ne me vante plus ses dictateurs pris à la charrue[1], qui ne quittaient leur commandement que pour retourner à leur labourage : je vois quelque chose de plus merveilleux en la personne de mon grand Apôtre[2], qui, même au milieu de ses fonctions[3] non moins augustes que laborieuses, renonce volontairement aux droits de sa charge ; et refusant de tous les fidèles la paye honorable qui était si bien due à son ministère, ne veut tirer que de ses propres mains ce qui est nécessaire pour sa subsistance.

Cela, mes Frères, venait d'un esprit infiniment au-dessus du monde ; mais vous l'admirerez beaucoup davantage, si vous pénétrez le motif de cette action glorieuse. Ecoutez donc ces belles paroles de l'admirable saint Augustin, par lesquelles il entre si bien dans les sentiments du grand Paul : *Infirmorum periculis, ne falsis suspicionibus agitati odissent quasi venale Evangelium, tanquam paternis maternisque visceribus tremefactus hoc fecit*[4]. Qui vous oblige, ô divin Apôtre, à travailler ainsi de vos mains ? *C'est à cause*, dit saint Augustin, *qu'ayant une tendresse plus que maternelle pour les peuples qui lui sont commis, il tremble pour les périls des infirmes qui, agités par de faux soupçons, pourraient peut-être haïr l'Evangile, en s'imaginant que l'Apôtre le prêchait pour son intérêt.* Quelle charité de saint Paul ! Ce qu'il craint, ce n'est qu'un soupçon, et un soupçon mal fondé, et un soupçon qu'il eût démenti par toute la suite de sa vie céleste, si épurée des sentiments de la terre : toutefois ce soupçon fait trembler l'Apôtre, il déchire ses entrailles[5] plus que maternelles[6] ; ce grand homme, pour éviter ce soupçon, veut bien veiller nuit et jour, et ajouter le travail des mains à toutes ses autres fatigues !

Qui pourrait donc assez expliquer combien vivement il sentait toutes les infirmités des fidèles ? Celui qui tremblait pour un seul soupçon, et qu'une ombre de mal épouvantait, en quel état était-il, mes Frères, quelle était son inquiétude, quand il voyait des maux véritables, des scandales parmi les fidèles, des péchés publics ou particuliers ? Que ne puis-je entrer dans ce cœur tout ardent des flammes de la charité fraternelle, pour y voir de quel sentiment le grand Paul disait ces beaux mots : « Qui est infirme parmi les fidèles, sans que je sois infirme avec lui ? et qui peut les scandaliser, sans que je sois moi-même brûlé de douleur ? » *Quis infirmatur, et ego non infirmor ? Quis scandalizatur, et ego non uror*[1] ?

Arrêtons ici, Chrétiens, et que la méditation d'un si grand exemple fasse le fruit de tout ce discours. Car quelle âme de fer et de bronze ne se sentirait attendrie par les saintes infirmités que la charité inspire à l'Apôtre ? Voyait-il un membre affligé, il ressentait toute sa douleur. Voyait-il des simples et des ignorants, il descendait du troisième ciel[2] pour leur donner un lait maternel et bégayer avec ces enfants. Voyait-il des pécheurs touchés, le saint Apôtre pleurait avec eux pour participer à leur pénitence : en voyait-il d'endurcis, il pleurait encore leur aveuglement. Partout où l'on frappait un fidèle, il se sentait aussitôt frappé; et la douleur passant jusqu'à lui par la sainte correspondance de la charité fraternelle, il s'écriait aussitôt, comme blessé et ensanglanté : *Quis infirmatur, et ego non infirmor ?* « Qui est infirme, sans que je le sois ? Je suis brûlé intérieurement, quand quelqu'un est scandalisé. » Si bien qu'en considérant ce saint homme répandant ses lumières par toute l'Eglise, recevant de tous côtés des atteintes de tous les membres affligés, je me le représente souvent comme le cœur de ce corps mystique : et de même que tous les membres, comme ils tirent du cœur toute leur vertu, lui font aussi promptement sentir, par une secrète communication, tous les maux dont ils sont attaqués[3], comme s'ils voulaient l'avertir de l'assistance dont ils ont besoin; ainsi tous les maux qui sont dans l'Eglise se réfléchissent sur le saint Apôtre, pour solliciter sa charité attendrie d'aller au secours des infirmes : *Quis infirmatur, et ego non infirmor ?*

Mais je passe encore plus loin, et j'apprends de saint Chrysostome, qu'il n'est pas seulement le cœur de l'Eglise, « mais qu'il s'afflige pour tous les membres, comme si lui seul était toute l'Eglise » : *Tanquam ipse universa orbis Ecclesia esset, sic pro membris singulis discruciabatur*[4]. Que ne me reste-t-il assez de loisir pour entrer au fond de cette pensée, et pour vous montrer, Chrétiens, cette étendue de la charité, qui ne permet pas à saint Paul de se resserrer en lui-même, qui le répand dans toute l'Eglise, qui le mêle avec tous les membres, qui fait qu'il vit et qu'il souffre en eux : *Tanquam ipse universa orbis Ecclesia esset, sic pro membris singulis discruciabatur*. C'est là, c'est là, si nous l'entendons, le comble des infirmités de l'Apôtre.

Grand Paul, permettez-moi de le dire, j'ai médité toute votre vie, j'ai considéré vos infirmités au milieu des persécutions; mais je ne craindrai pas d'assurer qu'elles ne sont pas comparables à celles qui sont attirées sur vous par la charité fraternelle[1]. Dans vos persécutions, vous ne portiez que vos propres faiblesses, ici vous êtes chargé de celles des autres; dans vos persécutions, vous souffriez par vos ennemis; ici vous souffrez par vos frères, dont tous les besoins et tous les périls ne vous laissent pas respirer; dans vos persécutions, votre charité vous fortifiait et vous soutenait contre les attaques; ici c'est votre charité qui vous accable; dans vos persécutions, vous ne pouviez être combattu que d'un seul endroit dans un même temps; ici tout le monde ensemble vient fondre sur vous et vous devez en soutenir le faix.

C'est donc ici l'accomplissement de toutes ces divines faiblesses dont l'Apôtre se glorifie, et c'est ici qu'il s'écrie avec plus de joie : *Cum infirmor, tunc potens sum* : « Je ne suis puissant que dans ma faiblesse. » Car quelle est la force de Paul, qui se fait infirme volontairement afin de porter les infirmes, qui partage avec eux leurs infirmités, afin de les aider à les soutenir, qui s'abaisse jusqu'à terre par la charité pour les mettre sur ses épaules et les élever avec lui au ciel[2], qui se fait esclave d'eux tous, pour les gagner tous à son Maître ? N'est-ce pas là gouverner l'Eglise d'une manière digne d'un apôtre, n'est-ce pas imiter Jésus-Christ lui-même, dont le trouble nous affermit[3] et dont les infirmités nous guérissent[4] ?

Ne voulez-vous pas, Chrétiens, imiter un si grand exemple ? Que d'infirmes à supporter, que d'ignorants à instruire, que de pauvres à soulager dans l'Eglise! Mon Frère, excitez votre zèle : cet homme qui vous hait depuis tant d'années, c'est un infirme qu'il vous faut guérir. — Mais sa haine est invétérée! — Donc son infirmité est plus dangereuse. — Mais il vous a, dites-vous, maltraité souvent par des injures et par des outrages! — Soutenez son infirmité[5] : tout le mal est tombé sur lui; ayez pitié du mal qu'il s'est fait, et oubliez celui qu'il a voulu vous faire. Courez à ce pécheur endurci, réchauffez et rallumez sa charité éteinte; tendez-lui les bras, ouvrez-lui le cœur, tâchez de *gagner votre frère*[6].

Mais jetez encore les yeux sur les nécessités temporelles de tant de pauvres qui crient après vous. Ne semble-t-il pas que la Providence ait voulu les unir ensemble dans cet hôpital merveilleux[1], afin que leur voix fût plus forte, et qu'ils pussent plus aisément émouvoir vos cœurs ? Ne voulez-vous pas les entendre, et vous joindre à tant d'âmes saintes qui, conduites par vos pasteurs, courent au soulagement de ces misérables ? Allez à ces infirmes, mes Frères, faites-vous infirmes avec eux, sentez en vous-mêmes leurs infirmités, et participez à leur misère. Souffrez premièrement avec eux[2]; et ensuite soulagez-vous avec eux, en répandant abondamment vos aumônes. Portez ces faibles et ces impuissants; et ces faibles et ces impuissants vous porteront après jusqu'au ciel. *Amen.*

# PANÉGYRIQUE
## DE
# SAINT VICTOR

PRONONCÉ A PARIS, DANS L'ABBAYE DE CE NOM,
LE 21 JUILLET 1657[1].

> *Hæc est victoria quæ vincit mundum, fides nostra.*
> La victoire qui surmonte le monde, c'est notre foi.
>
> I. Joan., v. 4.

QUAND je considère, Messieurs, tant de sortes de cruautés qu'on a exercées sur les chrétiens, pendant l'espace de quatre cents ans[2], avec une fureur implacable, je médite souvent en moi-même pour quelle cause il a plu à Dieu, qui pouvait choisir des moyens plus doux, qu'il en ait coûté tant de sang pour établir son Eglise[3]. En effet, si nous consultons la faiblesse humaine, il est malaisé de comprendre comment il a pu se résoudre à souffrir qu'on lui immolât tant de martyrs, lui qui avait rejeté dans sa nouvelle alliance[4] les sacrifices sanglants; et après avoir épargné le sang des taureaux et des boucs, il y a sujet de s'étonner qu'il se soit plu, durant tant de siècles, à voir verser celui des hommes, et encore celui de ses serviteurs, par tant d'étranges supplices. Et toutefois, Chrétiens, tel a été le conseil de sa providence, et je ne crains point de vous assurer[5] que c'est un conseil de miséricorde. Dieu ne se plaît pas dans le sang; mais il se plaît dans le spectacle de la patience. Dieu n'aime pas[6] la cruauté, mais il aime une vertu éprouvée; et s'il la fait passer par un examen laborieux, c'est qu'il sait qu'il a le pouvoir de la récompenser selon ses mérites. Si saint Victor avait moins souffert, sa foi n'aurait pas montré toute sa vigueur; et si les tyrans l'avaient épargné, ils lui auraient envié ses couronnes. Dieu nous propose le ciel comme une place qu'il veut qu'on lui enlève et qu'on emporte de force ; afin que, non contents du salut, nous aspirions encore à la gloire, et qu'étant non seulement échappés des mains de nos ennemis, mais encore ayant surmonté toute leur puissance, nous puissions dire avec l'Apôtre : *Hæc est victoria quæ vincit mundum, fides nostra.*

Pour prendre ces sentiments généreux s'il ne fallait que de grands exemples, j'espérerais quelque effet extraordinaire de celui de l'invincible Victor, dont la constance s'est signalée par un martyre si mémorable ; mais, comme ces nobles désirs ne naissent pas de nous-mêmes, recourons à celui qui les inspire, et demandons-lui son Esprit par l'intercession de la sainte Vierge. *Ave.*

Comme[1] c'est le dessein du Fils de Dieu de n'avoir dans sa compagnie que des esprits courageux, il ne leur propose aussi que de grands objets et des espérances glorieuses ; il ne leur parle que de victoires : partout il ne leur promet que des couronnes, et toujours il les entretient de fortes pensées. Entre tous les fidèles de Jésus-Christ, ceux qui se sont le plus remplis de ces sentiments, ce sont les bienheureux martyrs, que nous pouvons appeler les vrais conquérants et les vrais triomphateurs de l'Eglise. Encore que leurs victoires aient des circonstances sans nombre qui en relèvent l'éclat, néanmoins la gloire qu'ils se sont acquise dépend principalement de trois choses, dont la première est la cause de leur martyre, la seconde le fruit, la troisième la perfection. La cause de leur martyre[2], ç'a été le mépris[3] des idoles. Le fruit de leurs souffrances et de leur martyre, ç'a été la conversion des peuples ; et enfin ce qui en a fait la perfection, c'est qu'ils ne se sont pas épargnés eux-mêmes, et qu'ils ont signalé leur fidélité par l'effusion de leur sang[4]. Voilà ce que j'appelle la perfection, suivant cette parole de l'Evangile : « Il n'y a point de charité plus grande que de donner sa vie pour ceux qu'on aime » : *Majorem hac dilectionem nemo habet, ut animam suam ponat quis pro amicis suis*[5].

C'est, ce me semble, de ces trois chefs que se doit tirer principalement la gloire des saints martyrs, et c'est aussi sur ce fondement que je prétends appuyer, Messieurs, celle de l'invincible Victor, patron de cette célèbre abbaye[6]. Il fut produit devant les idoles par l'ordre des juges romains, afin qu'il leur offrît de l'encens ; et non content de le refuser avec une fermeté inébranlable, d'un coup de pied qu'il leur donne il les renverse par terre. C'est pour cette cause qu'il a enduré de si cruels supplices. Mais c'est peu pour le Dieu vivant qu'on ait fait tomber à ses pieds des idoles muettes et inanimées; c'est une trop faible victoire : ce qui le touche le plus, c'est que les hommes, ses vives images[1], sur lesquels il a empreint les traits de sa face, adorent ces images mortes, par lesquelles une ignorance grossière a entrepris de figurer sa[2] divinité. Victor généreux, Victor[3], après avoir détruit ces vains simulacres, travaille à lui gagner les hommes, ses vivantes images; Victor s'y applique de toute sa force; et j'apprends de l'historien de sa vie que, pendant qu'il a été prisonnier, il a heureusement converti ses gardes; il a fidèlement confirmé[4] ses frères. Peut-il mieux servir Dieu et avec plus de fruit, que de travailler si utilement à retenir ses troupes dans la discipline, et même à les fortifier[5] de nouveaux soldats, pendant que la puissance ennemie tâche de les dissiper[6] par la crainte? C'est le fruit de cet illustre martyre; mais ce qui en a fait la perfection, c'est que l'invincible Victor, non content[7] d'avoir si bien conduit au combat la milice du Fils de Dieu, a encore payé de sa personne, en mourant pour l'amour de lui dans des tourments sans exemple[8], et lui a sacrifié sa vie. C'est ainsi qu'il a surmonté le monde; et ce qu'il prétend par cette victoire, c'est de faire triompher Jésus-Christ.

En effet, vous triomphez, ô Jésus! et Victor fait éclater aujourd'hui votre souveraine puissance sur les fausses divinités, sur vos élus, sur lui-même : sur les fausses divinités, en les détruisant devant vous; sur ceux que vous avez choisis, en les affermissant dans votre service[9]; et enfin sur lui-même, en s'immolant tout entier à votre gloire. C'est ce qu'a fait le grand saint Victor, c'est ce qui doit aujourd'hui vous servir d'exemple; et Dieu veuille que je vous propose avec tant de force les victoires de ce saint martyr que vous soyez enflammés de la même ardeur de vaincre le monde!

[PREMIER POINT]

Quel est ce concours de peuple que je vois fondre de toutes parts en la place publique de Marseille? quel spectacle les y attire? quelle nouveauté les y mène? Mais quel est cet homme intrépide que je vois devant cette idole, et que l'on presse, par tant de menaces, de lui présenter de l'encens, sans pouvoir fléchir sa constance ni ébranler sa résolution ? Sans doute, c'est cet illustre Victor, la fleur de la noblesse de Marseille[1], qui, étant pressé de se déclarer sur le sujet de la religion, a confessé hautement la foi chrétienne en présence de toute l'armée dans laquelle il avait servi avec tant de gloire, et a renoncé volontairement à l'épée, au baudrier et aux autres marques de la milice, si considérables par tout l'empire, si convenables à sa condition, pour porter les caractères[2] de Jésus-Christ, c'est-à-dire des chaînes aux pieds et aux mains, et des blessures dans tout le corps déchiré cruellement par mille supplices. Car, depuis ce jour glorieux, auquel[3] notre invincible martyr préféra les opprobres de Jésus-Christ aux honneurs de la milice romaine, on n'a cessé de le tourmenter par des cruautés inouïes, sans lui donner aucune[4] relâche, et on lui prépare encore de plus grands tourments.

Mais avant que de l'exposer aux nouvelles peines qu'une fureur inventive a imaginées, les magistrats résolurent de lui présenter publiquement la statue[5] de leur Jupiter. Ils espéraient, Messieurs, que son corps étant épuisé par les souffrances passées, et son esprit troublé dans[6] la crainte des maux à venir, dont l'on exposait à ses yeux le grand et terrible appareil, la faiblesse humaine abattue, pour détourner l'effort de cette tempête, laisserait échapper[7] quelque petit signe d'adoration. C'en était assez pour les satisfaire; et ils avaient raison[8] de se contenter des plus légères grimaces, sachant bien qu'un homme qui peut se résoudre à n'être chrétien qu'à demi cesse entièrement de l'être, et que, le cœur ne se pouvant partager entre la vérité et l'erreur, toute la foi est renversée par la moindre démonstration d'infidélité.

Voilà donc notre saint martyr devant l'idole de ce Jupiter, père prétendu des dieux et des hommes. Tout le peuple se prosterne à terre; et cette multitude aveugle, qui ne craint pas les coups de la main de Dieu, tremble devant l'ouvrage de la main des hommes. Grand et admirable Victor, quelles furent alors vos pensées ? Telles que le Saint-Esprit nous les représente dans le cœur du divin Apôtre : *Incitabatur spiritus ejus in ipso, videns idololatriæ deditam civitatem*[9] : « Son esprit était pressé et violenté en lui-même, voyant cette multitude idolâtre » : ce spectacle lui était plus dur que tous ses supplices. Tantôt il levait les yeux au ciel; tantôt il les jetait sur ce peuple avec une tendre compassion de son aveuglement déplorable. Sont-ce là, disait-il, ô Dieu vivant! sont-ce là les dieux que l'on vous oppose ? Quoi! est-il possible qu'on se persuade que je puisse abaisser devant cette idole ce corps qui est destiné pour être votre victime, et que vous avez déjà consacré par tant de souffrances ? Là, plein de zèle et de jalousie pour la gloire du Dieu des armées, et saintement indigné qu'on le crût capable d'une lâcheté si honteuse, il tourne[1] sur cette idole un regard sévère, et d'un coup de pied il la renverse devant tout ce peuple qui se prosternait à ses pieds : il la brise, il la foule aux pieds, et il surmonte le monde en détruisant les divinités qu'il élève contre le vrai Dieu, qui a fait le ciel et la terre. Une voix retentit[2] de toutes parts : Qu'on venge l'injure des dieux immortels! Mais pendant que les juges irrités exercent leur esprit cruel[3] à inventer de nouveaux supplices, et que Victor attend d'un visage égal la fin de leurs délibérations tragiques, rentrons en nous-mêmes, Messieurs, et tirons quelque instruction de cet acte de piété héroïque.

Ne nous persuadons pas que l'idolâtrie soit détruite, sous prétexte que nous ne voyons plus parmi nous ces idoles grossières et matérielles que l'antiquité aveugle adorait. Il y a une idolâtrie spirituelle, qui règne encore par toute la terre. Il y a des idoles cachées, que nous adorons en secret au fond de nos cœurs; et ce que saint Paul a dit[4] de l'avarice, que c'était un culte d'idoles, se doit dire de la même sorte de tous les autres péchés qui nous captivent sous leur tyrannie. De là vient ce beau mot de Tertullien, que « le crime de l'idolâtrie est tout le sujet du jugement » : *Tota causa judicii, idololatria*[5]. Quoi donc! est-il véritable que Dieu ne jugera que les idolâtres, et tous les autres pécheurs jouiront-ils de l'impunité ? Chrétiens, ne le croyez pas : ce n'est pas le dessein de ce grand homme d'autoriser tous les autres crimes; mais c'est qu'il prétend qu'en l'idolâtrie tous les autres sont condamnés; mais c'est qu'il estime que l'idolâtrie se trouve dans tous les crimes; qu'elle est comme un crime universel, dont tous les autres ne sont que des dépendances. Il est ainsi, Chrétiens : nous sommes des idolâtres, lorsque nous servons à nos convoitises. Humilions-nous devant notre Dieu d'être coupables de ce crime énorme ; et afin de bien comprendre cette vérité, qui nous doit couvrir de confusion[1], faisons une réflexion sérieuse sur les causes et sur les effets de l'idolâtrie : par là nous reconnaîtrons aisément qu'il y en a bien peu parmi nous qui soient tout à fait exempts de ce crime.

Le principe de l'idolâtrie, ce qui la fait régner dans le genre humain, c'est que nous sommes éloignés de Dieu et attachés à nous-mêmes ; et si nous savons entendre aujourd'hui ce que fait en nous cet éloignement, et ce qu'y produit cette attache, nous aurons découvert la cause évidente de tous les égarements des idolâtres. Quand je dis que nous sommes éloignés de Dieu, je ne prétends pas, Chrétiens, que nous en ayons perdu toute idée. Il est vrai que si l'homme avait pu éteindre toute la connaissance de Dieu, la malignité de son cœur l'aurait porté à cet excès. Mais Dieu ne l'a pas permis : il se montre à nos esprits par trop d'endroits, il se grave en trop de manières dans nos cœurs : *Non sine testimonio semetipsum reliquit*[2]. L'homme qui ne veut pas le connaître, ne peut le méconnaître entièrement ; et cet étrange combat de Dieu qui s'approche de l'homme, de l'homme qui s'éloigne de Dieu, a produit ce monstrueux assemblage que nous remarquons dans l'idolâtrie. C'est Dieu, et ce n'est pas Dieu qu'on adore : c'est le nom de Dieu qu'on emploie, mais on en détruit la grandeur, « en communiquant à la créature ce nom incommunicable ». *Incommunicabile nomen*[3] ; mais on en perd toute l'énergie, en répandant sur plusieurs[4] ce qui n'a de majesté qu'en l'unité seule.

D'où est venu ce dessein à l'homme, sinon de l'instinct du serpent trompeur, qui a dit à nos premiers pères : « Vous serez comme des dieux[5] » ? Saint Basile de Séleucie[6] dit que, proférant[7] ces paroles, il jetait dès l'origine du monde les fondements de l'idolâtrie[8]. Car dès lors il commençait d'inspirer[9] à l'homme le désir d'attribuer à d'autres sujets ce qui était incommunicable et l'audace de multiplier ce qui devait être toujours unique. *Vous serez,* voilà cette injuste communication ; *des dieux,* voilà cette multiplication injurieuse : tout cela pour avilir la Divinité. Car comme nul autre que Dieu ne peut soutenir ce grand nom ; le communiquer, c'est le détruire, et comme toute sa force est dans l'unité, le multiplier, c'est l'anéantir. C'est à quoi tendait l'impiété par tant de divisions et tant de partages, de tourner enfin le nom de Dieu en dérision, ce nom auguste, si redoutable[1]. C'est pourquoi, après avoir divisé la Divinité[2], premièrement par ses attributs, secondement par ses fonctions, ensuite par les éléments et les autres parties du monde, dont l'on a fait un partage entre les aînés et les cadets, comme d'une terre ou d'un héritage, on en est venu à la fin à une multiplication sans ordre et sans bornes, jusqu'à reléguer plusieurs dieux aux foyers et aux cuisines. On en a mis trois à la seule porte. Aussi saint Augustin reproche-t-il aux païens : « qu'au lieu qu'il n'y a qu'un portier dans une maison, et qu'il suffit, parce que c'est un homme, les hommes ont voulu qu'il y eût trois dieux » : *Unum quisque domui suæ ponit ostiarium ; et quia homo est, omnino sufficit : tres deos isti posuerunt*[3]. A quel dessein tant de dieux, sinon pour dégrader ce grand nom, et en avilir la majesté ? Ainsi vous voyez, Chrétiens, que l'homme s'étant éloigné de Dieu, ce qu'il n'a pu entièrement abolir, je veux dire son nom et sa connaissance, il l'a obscurci par l'erreur, il l'a corrompu par le mélange, il l'a anéanti par le partage.

Mais passons encore plus loin, et remarquons maintenant que ce qui l'a poussé à ces erreurs[4], c'est un désir caché qu'il a dans le cœur de se déifier soi-même. Car depuis qu'il eut avalé ce poison subtil de la flatterie infernale : *Vous serez comme des dieux,* s'il avait pu ouvertement se déclarer Dieu, son orgueil se serait emporté jusqu'à cet excès. Mais se dire Dieu, Chrétiens, et cependant se sentir mortel, l'arrogance la plus aveugle[5] en aurait eu honte. Et de là vient, Messieurs, je vous prie d'observer ceci en passant, que nous lisons dans l'Histoire sainte[6] que le roi Nabuchodonosor, exigeant de son peuple les honneurs divins, n'osa les demander pour sa personne, et ordonna qu'on les rendît à sa statue. Quel privilège avait cette image pour mériter l'adoration plutôt que l'original ? Nul sans doute; mais il agissait ainsi par un certain sentiment que cette présence d'un homme mortel, incapable de soutenir les honneurs divins, démentirait trop visiblement sa prétention extravagante[7]. L'homme donc étant empêché par sa misérable mortalité, conviction trop manifeste de sa faiblesse, de se porter lui-même pour Dieu, et tâchant néanmoins, autant qu'il pouvait, d'attacher la divinité à soi-même, il lui a donné premièrement une forme humaine; ensuite il a adoré ses propres ouvrages; après il a fait des dieux de ses passions ; il en a fait même de ses vices. Enfin, ne pouvant s'égaler à Dieu, il a voulu mettre Dieu au-dessous de lui, il a prodigué le nom de Dieu, jusqu'à le donner aux animaux et aux plus indignes reptiles. Et cela, pour quelle raison, sinon pour secouer le joug de son Souverain, afin que la majesté de Dieu étant si étrangement avilie, et l'homme n'ayant plus devant les yeux ni l'autorité de son nom, ni les conduites de sa providence, ni la crainte de ses jugements, n'eût plus d'autre règle que sa volonté, plus d'autres guides que ses passions, et enfin plus d'autres dieux que lui-même ? C'est à quoi aboutissaient à la fin toutes les inventions de l'idolâtrie.

C'est ce qui a porté le grand saint Victor à renverser[1] avec tant de zèle les idoles, par lesquelles les hommes ingrats tâchaient de renverser le trône de Dieu pour n'adorer que leurs fantaisies. Mais revenez, illustre martyr : d'autres idoles se sont élevées[2], d'autres idolâtres remplissent la terre ; et sous la profession du christianisme ils présentent de l'encens dans leur conscience à de fausses divinités. Et certainement, Chrétiens, s'il est vrai, comme je l'ai dit, que l'aliénation d'avec Dieu et l'attachement à nous-mêmes sont la cause[3] de l'idolâtrie, si d'ailleurs nous reconnaissons en nous ces deux vices, et si fortement enracinés, comment pouvons-nous nous persuader que nous soyons exempts de ce crime, dont nous portons la source en nous-mêmes ? Non, non, mes Frères, ne le croyons pas, l'idolâtrie n'est pas renversée ; elle n'a fait que changer de forme, elle a pris seulement un autre visage[4].

Cœur humain, abîme infini, qui dans tes profondes retraites caches tant de pensées différentes, qui s'échappent souvent à tes propres yeux, si tu veux savoir ce que tu adores et à qui tu présentes de l'encens, regarde seulement où vont tes désirs : car c'est là l'encens que Dieu veut, c'est le seul parfum qui lui plaît. Où vont-ils donc, ces désirs ? de quel côté prennent-ils leur cours ? où se tourne leur mouvement ? Tu le sais, je n'ose le dire ; mais de quelque côté qu'ils se portent, sache que c'est là ta divinité : Dieu n'a plus que le nom de Dieu ; cette créature en reçoit l'hommage, puisqu'elle emporte l'amour que Dieu demande. Mais comme nous avons vu dans l'idolâtrie que l'homme, s'étant une fois donné la licence de se faire des dieux à sa mode, les a multipliés sans aucune mesure, il nous en arrive tous les jours de même; car quiconque s'éloigne de Dieu, l'indigence de la créature l'obligeant à partager sans fin ses affections, il ne se contente pas d'une seule idole. Où l'on[1] a trouvé le plaisir, on n'y trouve pas la fortune; ce qui satisfait l'avarice ne contente pas la vanité : l'homme a des besoins infinis; et chaque créature étant bornée, ce que l'une ne donne pas, il faut nécessairement l'emprunter de l'autre. Autant d'appuis que nous y cherchons, autant nous faisons-nous de maîtres; et ces maîtres que nous mettons sur nos têtes, craindrons-nous de les appeler nos divinités ? Et ne sont-ils pas plus que nos dieux, si je puis parler de la sorte, puisque nous les préférons à Dieu même ?

Mais pour nous convaincre, Messieurs, d'une idolâtrie plus criminelle, considérons, je vous prie, quelle idée nous avons de Dieu[2]. Qui de nous ne lui donne pas une forme et une nature étrangère[3], lorsque ayant le cœur éloigné de lui, nous croyons néanmoins l'honorer par certaines prières réglées que nous faisons passer sur le bord des lèvres par un murmure inutile[4] ? Et celui qui croit l'apaiser en lui présentant par aumônes quelque partie de ses rapines; et celui qui, observant dans sa sainte loi ce qu'il trouve de plus conforme à son humeur, croit par là s'acquérir le droit de mépriser impunément tout le reste; et celui qui, multipliant tous les jours ses crimes sans prendre aucun soin de se convertir, ne parle que de pardon et ne prêche que miséricorde : en vérité, Messieurs, se figure-t-il Dieu tel qu'il est ? Eh quoi! le Dieu des chrétiens est-ce un Dieu qui se paye de vaines grimaces, ou qui se laisse corrompre par les présents, ou qui souffre qu'on se partage entre lui et le monde, ou qui se dépouille de sa justice pour laisser gouverner le monde par une bonté insensible et déraisonnable, sous laquelle les péchés seraient impunis ? Est-ce là le Dieu des chrétiens ? n'est-ce pas plutôt une idole formée à plaisir et au gré de nos passions ?

Et d'où est né en nous ce dessein, de faire Dieu à notre mode[5], sinon de ce vieux levain de l'idolâtrie, qui faisait crier autrefois à ce peuple : « Faites-nous, faites-nous des dieux » : *Fac nobis deos*[6] ? Et pourquoi voulons-nous nous faire des dieux à plaisir, sinon pour dépouiller la Divinité des attributs qui nous choquent, qui contraignent la liberté ou plutôt la licence immodérée que nous donnons à nos passions ; si bien que nous ne défigurons la Divinité, qu'afin que le péché triomphe à son aise, et que nous ne connaissions plus d'autres dieux que nos vices, et nos fantaisies, et nos inclinations corrompues ? Dans un aveuglement si étrange, combien faudrait-il de Victors[1] pour briser toutes les idoles par lesquelles nous excitons[2] Dieu à jalousie ? Chrétiens, que chacun détruise les siennes : soit que ce soit Vénus et l'impureté, soit que ce soit Mammone[3] et l'avarice, donnons-lui un coup de pied généreux qui les abatte devant Jésus-Christ ; car à quoi nous aurait servi de baiser ce pied vénérable, sacré dépôt de cette maison[4] ?

O pied de l'illustre Victor, c'est par vos coups puissants que l'idole est tombée par terre : ce tyran, qui vous a coupé a cru vous immoler à son Jupiter ; mais il vous a consacré à Jésus-Christ, et n'a fait que signaler votre victoire ! C'est l'honneur de saint Victor, qu'il lui ait coûté du sang pour faire triompher Jésus-Christ ; et il fallait pour sa gloire qu'en renversant un faux dieu, il offrît un sacrifice[5] au véritable. Mes Frères, imitons cet exemple : mais portons encore plus loin notre zèle, et après avoir appris de Victor à détruire les ennemis de Jésus-Christ, apprenons encore du même martyr à lui conserver ses serviteurs. Il a fait l'un et l'autre avec courage : il a renversé par terre les ennemis du Fils de Dieu ; voyons maintenant comment il travaille à lui conserver ses serviteurs : c'est ma deuxième partie.

### [SECOND POINT]

C'est un secret de Dieu, de savoir joindre ensemble l'affranchissement[6] et la servitude, et saint Paul nous l'a expliqué, en la première épître aux Corinthiens, lorsqu'il a dit ces belles paroles : « Le fidèle qui est libre, est serviteur de Jésus-Christ » : *Qui in Domino vocatus est servus, libertus est Domini ; similiter qui liber vocatus est, servus est Christi*[7]. Ce tempérament merveilleux qu'apporte le saint Apôtre à la liberté par la contrainte, à la contrainte par la liberté, est plein d'une sage conduite, et digne de l'Esprit de Dieu. Celui qui est libre, Messieurs, a besoin qu'on le modère et qu'on le réprime ; et celui qui est dans la servitude, a besoin qu'on le soutienne et qu'on le relève. Saint Paul a fait l'un et l'autre[8] en disant à l'affranchi[1] qu'il est serviteur ; et au serviteur, qu'il est affranchi. Par la première de ces paroles il donne comme un contre-poids à la liberté, de peur qu'elle ne s'emporte ; il semble, par la seconde, qu'il lâche la main à la contrainte, de peur qu'elle ne se laisse accabler ; et il nous apprend par toutes les deux cette vérité importante, que[2] le chrétien doit mêler dans toutes ses actions et la liberté[3] et la contrainte : jamais tant de liberté, que nous n'y donnions toujours quelques bornes qui nous contraignent ; et jamais tant de contrainte, que nous ne sachions toujours conserver une sainte liberté d'esprit, et joindre par ce moyen la liberté et la servitude.

Mais cette liberté et cette contrainte, qui se trouvent jointes selon l'esprit[4] dans tous les véritables enfants de Dieu, il a plu à la Providence qu'elles fussent unies[5] en notre martyr, même selon le corps, et en le prenant à la lettre. Son historien[6] nous apprend une particularité remarquable : c'est qu'ayant été arrêté par l'ordre de l'empereur pour la cause de l'Evangile, il demeurait captif durant tout le jour, et qu'un ange le délivrait toutes les nuits : tellement que nous pouvons dire qu'il était prisonnier et libre. Mais ce qui fait le plus à notre sujet, c'est que, dans l'un et dans l'autre de ces deux états, il travaillait toujours au salut des âmes ; puisque, ainsi que nous lisons dans la même histoire, étant renfermé dans la prison, il convertissait ses propres gardes, et qu'il « n'usait de sa liberté que pour affermir[7] en Jésus-Christ l'esprit de ses frères », *ut christianorum paventia corda confirmaret*.

Durant le temps des persécutions, deux spectacles de piété édifiaient les hommes et les anges : les chrétiens en prison, et les chrétiens en liberté, qui semblaient en quelque sorte disputer ensemble à qui glorifierait le mieux Jésus-Christ, quoique par des voies différentes ; et il faut que je vous donne en peu de paroles une description de leurs exercices : mon sujet en sera éclairci, et votre piété édifiée. Faisons donc, avant toutes choses, la peinture d'un chrétien en prison. O Dieu, que son visage est égal et que son action est hardie ! mais que cette hardiesse est modeste, mais que cette modestie est généreuse ! et qu'il est aisé de le distinguer de ceux que leurs crimes ont mis dans les fers ! Qu'il sent bien qu'il souffre pour la bonne cause, et que la sérénité de ses regards rend un illustre témoignage à son innocence ! Bien loin de se plaindre de sa prison, il regarde le monde au contraire comme une prison véritable[1]. Non, il n'en connaît point de plus obscure, puisque tant de sortes d'erreurs y éteignent la lumière de la vérité; ni qui contienne plus de criminels, puisqu'il y en a presque autant que d'hommes, ni de fers plus durs que les siens, puisque les âmes mêmes en sont enchaînées; ni de cachot plus rempli d'ordures[2], par l'infection de tant de péchés. Persuadé de cette pensée, « il croit que ceux qui l'arrachent du milieu du monde, en pensant le rendre captif, le tirent d'une captivité plus insupportable, et ne le jettent pas tant en prison qu'ils ne l'en délivrent réellement : *Si recogitemus ipsum magis mundum carcerem esse, exisse vos e carcere, quam in carcerem introisse intelligemus*[3].

Ainsi dans ces prisons bienheureuses[4] dans lesquelles les saints martyrs étaient renfermés, ni les plaintes, ni les murmures, ni l'impatience, n'y paraissaient pas : elles devenaient des temples sacrés, qui résonnaient nuit et jour de pieux cantiques. Leurs gardes en étaient émus; et il arrivait, pour l'ordinaire, qu'en gardant les martyrs ils devenaient chrétiens. Celui qui gardait saint Paul et Silas[5] fut baptisé par l'Apôtre[6]; les gardes de notre saint se donnèrent à Jésus-Christ par son entremise. C'est ainsi que ces bienheureux prisonniers avaient accoutumé de gagner leurs gardes, et à peine en pouvait-on trouver d'assez durs[7] pour être à l'épreuve de cette corruption innocente. Mais s'ils travaillaient à gagner leurs gardes, ce n'était pas pour forcer leurs prisons; ils ne tâchaient, au contraire, de les attirer que pour les rendre prisonniers avec eux, et en faire des compagnons de leurs chaînes. Longin, Alexandre et Félicien, qui étaient les gardes de saint Victor, les portèrent eux aussi, et sont arrivés devant lui à la couronne du martyre. O gloire[8] de nos prisonniers, qui, tout chargés qu'ils étaient de fers, se rendaient maîtres de leurs propres gardes, pour en faire des victimes de Jésus-Christ! Voilà, Messieurs, en peu de paroles, la première partie du tableau : tels étaient les chrétiens en prison.

Mais jetez maintenant les yeux sur ceux que la fureur publique avait épargnés : voici quels étaient leurs sentiments. Ils avaient honte de leur liberté, et se la reprochaient à eux-mêmes; mais ils entraient fortement dans cette pensée que Dieu, ne les ayant pas jugés dignes de la glorieuse qualité de ses prisonniers, il ne leur laissait leur liberté que pour servir ses martyrs. Prenez, mes Frères, ces sentiments[1] que doit vous inspirer l'esprit du christianisme, et faites avec moi cette réflexion importante. Dieu fait un partage dans son Eglise : quelques-uns de ses fidèles sont dans les souffrances; les autres par sa volonté vivent à leur aise. Ce partage n'est pas sans raison, et voici sans doute le dessein de Dieu. Vous qu'il exerce par les afflictions, c'est qu'il veut vous faire porter ses marques[2]; vous qu'il laisse dans l'abondance, c'est qu'il vous réserve pour servir les autres. Donc, ô riches, ô puissants du siècle, tirez cette conséquence, que si, selon l'ordre des lois du monde, les pauvres semblent n'être nés que pour servir, selon les lois du christianisme, vous êtes nés pour servir les pauvres et soulager leurs nécessités.

C'est ce que croyaient nos ancêtres, ces premiers fidèles; et c'est pourquoi, comme j'ai dit, ceux qui étaient libres pensaient n'avoir cette liberté que pour servir leurs frères captifs, et ils leur en consacraient tout l'usage. C'est pourquoi, Messieurs, les prisons publiques étaient le commun rendez-vous de tous les fidèles; nul obstacle, nulle appréhension, nulle raison humaine ne les arrêtait : ils y venaient admirer ces braves soldats, l'élite de l'armée chrétienne; et les regardant avec foi comme destinés au martyre, *martyres designati*[3], ils les voyaient tout resplendissants de l'éclat de cette couronne qui pendait déjà sur leurs têtes, et qui allait bientôt y être appliquée. Ils les servaient humblement dans cette pensée, ils les encourageaient[4] avec respect; ils pourvoyaient à tous leurs besoins avec une telle profusion, que souvent même les infidèles, chose que vous jugerez incroyable, et néanmoins très bien avérée[5]; souvent, dis-je, les infidèles se mêlaient avec les martyrs, pour pouvoir goûter avec eux les fruits de la charité chrétienne; tant la charité était abondante, qu'elle faisait trouver des délices même dans l'horreur des prisons!

Voilà, mes Frères, les saints emplois qui partageaient les fidèles durant le temps des persécutions. Que vous étiez heureuse, ô sainte Eglise, de voir deux si beaux spectacles : les uns souffraient pour la foi, les autres compatissaient par la charité; les uns exerçaient la patience, et les autres la miséricorde; dignes certainement les uns et les autres d'une louange immortelle! Car à qui donnerons-nous l'avantage ? Le travail des uns est plus glorieux, la fonction des autres est plus étendue; ceux-là combattent les ennemis, ceux-ci soutiennent les combattants mêmes. Mais que sert de prononcer ici sur ce doute, puisque ces deux emplois différents que Dieu partage entre ses élus, il lui a plu de les réunir en la personne de notre martyr ? Il est prisonnier et libre, et il plaît à notre Sauveur qu'il remporte la gloire de ces deux états. Victor désire ardemment l'honneur de porter les marques de Jésus-Christ. Voilà des chaînes, voilà des cachots, voilà une sombre prison : c'est de quoi imprimer sur son corps les caractères du Fils de Dieu[1], et les livrées de sa glorieuse servitude. Mais Victor, accablé de fers, ne peut avoir la gloire d'animer ses frères. Allez, anges du Seigneur, et délivrez-le toutes les nuits, pour exercer cette fonction qu'il a coutume de remplir avec tant de fruit : faites tomber ces fers de ses mains; ôtez-lui ces chaînes pesantes, qu'il se tient heureux de porter pour la gloire de l'Evangile. Ah! qu'il les quitte à regret, ces chaînes chéries et bien-aimées! Mais c'est pour les reprendre bientôt. Mais c'est trop de les perdre un moment! n'importe, Victor obéit. Quoiqu'il chérisse sa prison, il est prêt de[2] la quitter au premier ordre; il n'a d'attachement qu'à la volonté de son Maître : il est ce chrétien généreux dont parle Tertullien[3] : *Christianus etiam extra carcerem sæculo renuntiavit, in carcere etiam carceri*[4] : « Le chrétien, même hors de la prison, renonce au siècle; et en prison, il renonce à la prison même. »

Vous jugerez peut-être que ce n'est pas une grande épreuve, de renoncer à une prison; mais les saints martyrs ont d'autres pensées, et ils trouvent si honorable d'être prisonniers de Jésus-Christ, qu'ils ne se peuvent dépouiller sans peine de cette marque de leur servitude. Ce qui console Victor, c'est qu'il ne sort de ses fers que pour consoler les fidèles, pour rassurer leurs esprits flottants, pour les animer au martyre. C'est à quoi il passe les nuits avec une ardeur infatigable; et, après un si utile travail, il vient[5] avec joie reprendre ses chaînes, il vient se reposer dans sa prison, et il se charge de nouveau de ce poids aimable[6] que la foi de Jésus-Christ lui impose.

Mes Frères, voilà notre exemple : telle doit être la liberté du christianisme. Qui nous donnera, ô Jésus, que nous nous rendions nous-mêmes captifs par l'amour de la sainte retraite, et que jamais nous ne soyons libres que pour courir aux offices de la charité ? Heureux mille et mille fois celui qui ne trouve l'usage de sa liberté, que lorsque la charité l'appelle! Mais si nous voulons garder de la liberté pour les affaires du monde, gardons-en aussi pour celles de Dieu, et n'en perdons pas un si saint usage. O mains engourdies de l'avare, que ne rompez-vous ces liens de l'avarice, qui vous empêchent de vous ouvrir sur les misères du pauvre! Que ne brisez-vous ces liens qui ne vous permettent pas d'aller au secours de l'innocent qu'on opprime, qu'une seule de vos paroles pourrait soutenir; ou du prisonnier qui languit, et que vos soins pourraient délivrer; ou de cette pauvre famille qui se désespère, et qui subsisterait largement du moindre retranchement de votre luxe[1]! Employez, Messieurs, votre liberté dans ces usages chrétiens; consacrez-la au service des pauvres membres de Jésus-Christ. Ainsi en prenant part à la croix des autres, vous vous élèverez à la fin à cette grande perfection du christianisme, qui consiste à s'immoler soi-même : c'est ce qui nous reste à considérer dans le martyre de saint Victor.

[TROISIÈME POINT]

Pour tirer de l'utilité de cette dernière partie, où je dois vous représenter le martyre de saint Victor, je vous demande, mes Frères, que vous n'arrêtiez pas seulement la vue sur tant de peines qu'il a endurées, mais que, remontant en esprit à ces premiers temps où la foi s'établissait par tant de martyres, vous vous mettiez vous-mêmes à l'épreuve touchant l'amour de la croix, qui est la marque essentielle du chrétien. Trois circonstances principales[2] rendaient la persécution épouvantable. Premièrement, on méprisait les chrétiens; secondement, on les haïssait : *Eritis odio omnibus*[3]; enfin la haine passait jusqu'à la fureur. Parce qu'on les méprisait, on les condamnait sans procédures[4]; parce qu'on les haïssait, on les faisait souffrir sans modération; parce que la haine allait jusqu'à la fureur, on poussait la violence jusqu'au delà de la mort. Ainsi, la vengeance publique[5] n'ayant ni formalité dans son exercice, ni mesure dans sa cruauté, ni bornes dans sa durée, nos pères en étaient réduits aux dernières extrémités[6]. Mais pesons plus exactement ces trois circonstances pour la gloire de notre martyr et la conviction de notre lâcheté.

J'ai dit premièrement, Chrétiens, qu'on ne gardait avec nos ancêtres aucune formalité de justice, parce qu'on les tenait pour des personnes viles, dont le sang n'était d'aucun prix : « c'était la balayure du monde », *omnium peripsema*[1] ; ce qui a fait dire à Tertullien[2] : *Christiani, destinatum morti genus*[3]. Savez-vous ce que c'est que les chrétiens ? C'est, dit-il, « un genre d'hommes destiné à la mort ». Remarquez qu'il ne dit pas condamné, mais destiné à la mort ; parce qu'on ne les condamnait pas par les formes, mais plutôt qu'on les regardait comme dévoués[4] au dernier supplice par le seul préjugé d'un nom odieux : *oves occisionis*, comme dit l'Apôtre[5], « des brebis de sacrifice, des agneaux de boucherie », dont on versait le sang sans façon et sans procédures. Si le Tibre s'était débordé[6], si la pluie cessait d'arroser la terre, si les Barbares avaient ravagé quelque partie de l'empire, les chrétiens en répondaient de leurs têtes ; il avait passé en proverbe : *Cælum stetit, causa christiani*[7]. Pauvres chrétiens innocents, on ne sait que vous imputer, parce que vous ne vous mêlez de rien dans le monde, et on vous[8] accuse de renverser tous les éléments[9], et de troubler tout l'ordre de la nature ; et sur cela, on vous expose aux bêtes farouches, parce qu'il a plu au peuple romain de crier dans l'amphithéâtre : *Christianos ad leones*[10] : « Qu'on donne les chrétiens aux lions ! » Il fallait cette victime aux dieux immortels, et ce divertissement au peuple irrité, peut-être pour le délasser des sanglants spectacles des gladiateurs par quelque objet plus agréable. Quoi donc ! sans formalité immoler une si grande multitude ! De quoi parlez-vous, de formalité ? Cela est bon pour les voleurs et les meurtriers ; mais il n'en faut pas pour les chrétiens, âmes viles et méprisables, dont on ne peut assez prodiguer le sang[11].

Victor, généreux Victor, quoi ! ce sang illustre qui coule en vos veines, sera-t-il donc répandu avec moins de forme que celui du dernier esclave ? Oui, Messieurs, pour professer le christianisme, il fallait avaler toute cette honte ; mais voici quelque chose de bien plus terrible. Ordinairement ceux que l'on méprise, on ne les juge pas dignes de colère ; et ce foudre de l'indignation ne frappe que sur les lieux élevés. C'est pourquoi David disait à Saül : Qui poursuivez-vous, ô roi d'Israël ? contre qui vous irritez-vous ? « Quoi! un si grand roi contre un ver de terre! » *Canem mortuum persequeris et pulicem unum*[1]. Il ne trouve rien de plus efficace pour se mettre à couvert de la colère de ce prince, que de se représenter comme un objet tout à fait méprisable : et en effet on se défend de la fureur des grands par la bassesse de sa condition. Les chrétiens toutefois, bien qu'ils soient le rebut du monde, n'en sont pas moins le sujet non seulement de la haine, mais encore de l'indignation publique; et malgré ce mépris qu'on a pour eux, ils ne peuvent obtenir qu'on les néglige. Tout le monde est armé contre leur faiblesse; et voici un effet étrange de cette colère furieuse. Dans les crimes[2] les plus atroces, les lois ont ordonné de la qualité du supplice; il n'est pas permis de passer outre : elles ont bien voulu donner des bornes même à la justice, de peur de lâcher la bride à la cruauté. Il n'y avait que les chrétiens sur lesquels on n'appréhendait point de faillir, si ce n'est en les épargnant : « il leur fallait arracher la vie par toutes les inventions d'une cruauté raffinée », *per atrociora genera pænarum,* dit le grave Tertullien[3].

Car considérez, je vous prie, ce qu'on n'a pas inventé contre saint Victor. On a soigneusement ramassé contre lui seul tout ce qu'il y a de force dans les hommes, dans les animaux, dans les machines les plus violentes. Qu'on l'attache sur le chevalet[4], et qu'il lasse durant trois jours des bourreaux qui s'épuisent en le flagellant; qu'un cheval fougueux et indompté le traîne à sa queue par toute la ville ou dans les revues de l'armée, au milieu de laquelle il a paru si souvent avec tant d'éclat; qu'il laisse par toutes les rues non seulement des ruisseaux de sang, mais même des lambeaux de sa chair : encore n'est-ce pas assez pour assouvir la haine de ses tyrans. Que veut-on faire de cette meule ? quel monstre veut-on écraser et réduire en poudre[5] ? Quoi! c'est l'innocent Victor qu'on veut accabler de ce poids, qu'on veut mettre en pièces par ce mouvement! Eh! il ne faut pas tant de force contre un corps humain, que la nature a fait si tendre et si aisé à dissoudre. Mais la haine aveugle des infidèles ne pouvait rien inventer d'assez horrible; et la foi ardente des chrétiens ne pouvait rien trouver d'assez dur. Invente encore, s'il est possible, quelque machine inconnue, ô cruauté ingénieuse! si tu ne peux abattre Victor par la violence, tâche de l'étonner par l'horreur de tes supplices. Il est prêt à en supporter tout l'effort; sa patience surmontera toutes tes attaques. « Il ne reçoit aucune blessure qu'il ne couvre par une couronne; il ne verse pas une goutte de sang qui ne lui mérite de nouvelles palmes; il remporte plus de victoires, qu'il ne souffre de violences » : *Corona premit vulnera, palma sanguinem obscurat, plus victoriarum est quam injuriarum*[1]. Mais, enfin, la matière manque : quoique le courage ne diminue pas, il faut que le corps tombe sous les derniers coups. Que fera la rage des persécuteurs ? Ce qu'elle a fait aux autres martyrs, dont elle poursuivait[2] les corps mutilés jusque dans le sein de la mort[3], jusque dans l'asile de la sépulture. Elle en use de même contre notre saint; et lui enviant jusqu'à un tombeau, elle le fait jeter au fond de la mer. Mais, par l'ordre du Tout-Puissant, la mer officieuse rend ce dépôt à la terre, et la terre nous a conservé ses os, afin qu'en baisant ces saintes reliques, nous y pussions puiser l'amour des souffrances : car c'est ce qu'il faut apprendre des saints martyrs; c'est le fruit qu'il faut remporter des discours que l'on consacre à leur gloire.

Mais, ô croix, ô tourments, ô souffrances, les chrétiens prêchent et publient que vous faites toute la gloire du christianisme[4]; les chrétiens vous révèrent dans les saints martyrs, les chrétiens vous louent dans les autres; et par une lâcheté sans égale, aucun ne vous veut pour soi-même! Et toutefois il est véritable que les souffrances font les chrétiens, et qu'on les reconnaît à cette épreuve. N'alléguons pas ici l'Écriture sainte, dont presque toutes les lignes nous enseignent cette doctrine; laissons tant de raisons excellentes[5] que les saints Pères nous en ont données : convainquons-nous par expérience de cette vérité fondamentale. Quand[6] est-ce que l'Eglise a eu des enfants dignes d'elle, et a porté des chrétiens dignes de ce nom ? C'est lorsqu'elle était persécutée : c'est lorsqu'elle lisait à tous les poteaux des sentences épouvantables prononcées contre elle; qu'elle voyait dans tous les gibets, et dans toutes les places publiques, de ses enfants immolés pour la gloire de l'Evangile.

Durant ce temps, Messieurs, il y avait des chrétiens sur la terre; il y avait de ces hommes forts qui, étant nourris dans les proscriptions et dans les alarmes continuelles, s'étaient fait une glorieuse habitude de souffrir pour l'amour de Dieu. Ils croyaient que c'était trop de délicatesse que de rechercher le plaisir et en ce monde et en l'autre : regardant la terre comme un exil[1], ils jugeaient qu'ils n'y avaient point de plus grande affaire que d'en sortir au plus tôt. Alors la piété était sincère, parce qu'elle n'était pas encore devenue un art : elle n'avait pas encore appris le secret de s'accommoder au monde et de servir aux négoces des ténèbres[2]. Simple et innocente qu'elle était, elle ne regardait que le ciel, auquel elle prouvait sa fidélité par une longue patience. Tels étaient les chrétiens de ces premiers temps; les voilà dans leur pureté, tels que les engendrait le sang des martyrs, tels que les formaient les persécutions. Maintenant la paix est venue, et la discipline s'est relâchée : le nombre des fidèles s'est augmenté, et l'ardeur de la foi s'est ralentie; et, comme disait éloquemment un ancien, « l'on t'a vue, ô Eglise catholique, affaiblie par ta fécondité, diminuée par ton accroissement, et presque abattue par tes propres forces »: *Factaque es, Ecclesia, profectu tuæ fœcunditatis infirmior, atque accessu relabens, et quasi viribus minus valida*[3]. D'où vient cet abattement des courages ? C'est qu'ils ne sont plus exercés par les persécutions. Le monde est entré dans[4] l'Eglise, on a voulu joindre Jésus-Christ avec Bélial[5]; et de cet indigne mélange, quelle race enfin nous est née ? Une race mêlée[6] et corrompue, des demi-chrétiens, des chrétiens mondains et séculiers, une piété bâtarde et falsifiée, qui est toute dans les discours et dans un extérieur contrefait[7].

O piété à la mode, que je me moque de tes vanteries et des discours étudiés que tu débites à ton aise pendant que le monde te rit[8] ! Viens, que je te mette à l'épreuve. Voici une tempête qui s'élève, voici une perte de biens, une insulte, une contrariété, une maladie. Tu te laisses aller aux murmures, pauvre piété déconcertée; tu ne peux plus te soutenir, piété sans force[9] et sans fondement. Va, tu n'étais qu'un vain simulacre de la piété chrétienne; tu n'étais qu'un faux or, qui brille au soleil, mais qui ne dure pas dans le feu, mais qui s'évanouit dans le creuset! La vertu chrétienne n'est pas faite de la sorte. *Aruit tanquam testa virtus mea*[10] : elle ressemble à la terre d'argile, qui est toujours molle et sans consistance jusqu'à ce que le feu la cuise et la rende ferme : *Aruit tanquam testa virtus mea*. Et s'il est ainsi, Chrétiens; si les souffrances sont nécessaires pour soutenir l'esprit du christianisme, Seigneur, rendez-nous les tyrans, rendez-nous les Domitiens et les Nérons !

Mais modérons notre zèle, et ne faisons point de vœux indiscrets ; n'envions pas à nos princes le bonheur d'être chrétiens, et ne demandons pas des persécutions que notre lâcheté ne pourrait souffrir[1]. Sans ramener les roues et les chevalets, sur lesquels on étendait nos ancêtres, la matière ne manquera pas à la patience. La nature a assez d'infirmités, le monde a assez d'injustice, sa faveur assez d'inconstance, il y a assez de bizarrerie dans le jugement des hommes, et assez d'inégalité dans leurs humeurs contrariantes. Apprenons à goûter ces amertumes ; et quelque sorte d'afflictions que Dieu nous envoie, profitons de ces occasions précieuses et ménageons-en avec soin tous les moments.

Le ferons-nous, mes Frères, le ferons-nous ? Nous réjouirons-nous dans les opprobres ? nous plairons-nous dans les contrariétés ? Ha ! nous sommes trop délicats, et notre courage est trop mou. Nous aimerons toujours les plaisirs, nous ne pouvons durer un moment[2] avec Jésus-Christ sur la croix. Mais, mes Frères, s'il est ainsi, pourquoi baisons-nous les os des martyrs ? pourquoi célébrons-nous leur naissance ? pourquoi écoutons-nous leurs éloges ! Quoi ! serons-nous seulement spectateurs oisifs ? Quoi ! verrons-nous le grand saint Victor boire à longs traits ce calice amer de sa passion, que le Fils de Dieu lui a mis en main ; et nous croirons que cet exemple ne nous regarde point, et nous n'en avalerons pas une seule goutte, comme si nous n'étions pas enfants de la croix ! Ha ! mes Frères, gardez-vous d'une si grande insensibilité. Montrez que vous croyez ces paroles : *Bienheureux ceux qui souffrent persécution*[3] ; et ces autres non moins convaincantes : *Celui qui ne se hait pas soi-même, et qui ne porte pas sa croix tous les jours, n'est pas digne de moi*[4].

Ha ! nous les croyons, ô Sauveur Jésus : c'est vous qui les avez proférées. — Mais si vous les croyez, nous dit-il, prouvez-le-moi par vos œuvres. Ce sont les souffrances, ce sont les combats, c'est la peine, c'est le grand travail, qui justifient la sincérité de la foi. — Seigneur, tout ce que vous exigez de nous est l'équité même ; donnez-nous la grâce de l'accomplir ; car en vain entreprendrions-nous par nos propres forces de l'exécuter : bientôt nos efforts impuissants ne nous laisseraient que la confusion de notre superbe témérité. Soutenez donc, ô Dieu tout-puissant, notre faiblesse par votre Esprit Saint ! Faites-nous des chrétiens véritables, c'est-à-dire des chrétiens amis de la croix : accordez-nous cette grâce par les exemples et par les prières de Victor, votre serviteur, dont nous honorons la mémoire ; afin que l'imitation de sa patience nous mène à la participation[1] de sa couronne. *Amen.*

# PANÉGYRIQUE
## DE
# SAINTE THÉRÈSE

PRONONCÉ DEVANT ANNE D'AUTRICHE, A METZ,
LE 15 OCTOBRE 1657[1].

> *Nostra autem conversatio in cælis est.*
> Notre société est dans les cieux.
> *Philipp.*, III, 20.

Dieu a tant d'amour pour les hommes, et sa nature est si libérale, qu'on peut dire qu'il semble qu'il se fasse quelque violence, quand il retient pour un temps ses bienfaits, et qu'il les empêche de couler sur nous avec une entière profusion. C'est ce que vous pouvez aisément comprendre par le texte que j'ai rapporté de l'incomparable Docteur des Gentils[2]. Car, encore qu'il ait plu au Père céleste de ne recevoir ses fidèles en son éternel sanctuaire qu'après qu'ils auront fini cette vie; néanmoins il semble qu'il se repente de les avoir remis à un si long terme, puisque le grand Paul nous enseigne qu'il leur ouvre son paradis par avance; et comme s'il ne pouvait arrêter le cours de sa munificence infinie, il laisse quelquefois tomber sur leurs âmes tant de lumières et tant de douceurs, et il les élève de telle sorte, par la grâce de son Saint-Esprit, qu'étant encore dans ce corps mortel, ils peuvent dire avec l'Apôtre que leur demeure est au ciel, et leur société avec les anges : *Nostra autem conversatio in cælis est.*

C'est ce que j'espère vous faire paraître en la vie de sainte Thérèse; et c'est, Madame[3], à ce grand spectacle que l'Eglise invite Votre Majesté. Elle verra une créature qui a vécu sur la terre comme si elle eût été dans le ciel, et qui, étant composée de matière, ne s'est guère moins appliquée[4] à Dieu que ces pures intelligences[5] qui brillent toujours devant lui par la lumière d'une charité éternelle[6] et chantent perpétuellement ses louanges. Mais, avant que de traiter de si grands secrets, allons tous ensemble puiser des lumières dans la source de la vérité : prions la sainte Vierge de nous y conduire; et, pour apprendre à louer un ange terrestre[1], joignons-nous avec un ange du ciel[2] : *Ave.*

Vous[3] avez écouté, mes Frères, ce que nous a dit le divin Apôtre[4], qu'encore que nous vivions sur la terre dans la compagnie des hommes mortels, néanmoins il ne laisse pas d'être véritable que *notre demeure est au ciel,* et notre société[5] avec les anges : *Nostra autem conversatio in cælis est.* C'est une vérité importante, pleine de consolation pour tous les fidèles; et comme[6] je me propose aujourd'hui de vous en montrer la pratique dans la vie admirable de sainte Thérèse, je tâcherai avant toutes choses de rechercher jusqu'au principe cette excellente doctrine. Et pour cela, je vous prie d'entendre qu'encore que l'Eglise qui règne au ciel et celle qui gémit sur la terre, semblent être entièrement séparées, il y a[7] néanmoins un lien sacré, par lequel elles sont unies. Ce lien, Messieurs, c'est la charité, qui se trouve dans ce lieu d'exil aussi bien que dans la céleste patrie; qui réjouit[8] les saints qui triomphent, et anime[9] ceux qui combattent; qui, se répandant du ciel en la terre, et des anges sur les mortels, fait que la terre devient un ciel et que les hommes deviennent des anges.

Car, ô sainte Jérusalem[10], heureuse Eglise[11] des premiers-nés, dont les noms sont écrits au ciel, quoique l'Eglise, votre chère sœur, qui vit et combat sur la terre, n'ose pas se comparer à vous, elle ne laisse pas d'assurer qu'un saint amour vous unit ensemble. Il est vrai qu'elle cherche[12], et que vous possédez, qu'elle travaille et que vous vous reposez, qu'elle espère et que vous jouissez. Mais parmi tant de différences par lesquelles vous êtes si fort éloignées, il y a du moins ceci de commun, que ce[13] qu'aiment les esprits bienheureux, c'est ce qu'aiment aussi les hommes mortels. Jésus est leur vie, Jésus est la nôtre; et parmi leurs chants d'allégresse et nos tristes gémissements, on entend résonner partout ces paroles du sacré Psalmiste : *Mihi autem adhærere Deo bonum est*[14] : « Mon bien est de m'unir à Dieu. » C'est ce que disent les saints dans le ciel, c'est ce que les fidèles répondent en terre; si bien que, s'unissant saintement avec ces esprits immortels[1] par cet admirable cantique que l'amour de Dieu leur inspire, ils se mêlent dès cette vie à la troupe des bienheureux, et ils peuvent dire avec l'Apôtre : « Notre conversation est dans les cieux » : *Nostra conversatio in cœlis est.* Telle est la force de la charité, qu'elle fait que le saint Apôtre ne craint pas de nous établir dans le paradis, même durant ce pèlerinage, et ose bien placer des mortels dans le séjour d'immortalité. Car il faut ici remarquer une merveilleuse doctrine, qui fera le sujet de tout ce discours, c'est, mes Frères, que cet Esprit Saint, qui est l'auteur de la charité[2], qui la fait descendre du ciel en la terre, a voulu aussi lui donner des ailes pour retourner au lieu de son origine.

En effet, il est véritable, le mouvement de la charité[3] c'est de tendre toujours aux choses célestes : ni le poids de ce corps mortel, ni les liens de la chair et du sang ne sont pas capables de la retenir; elle a trop de moyens de s'en détacher et de s'élever au-dessus. Elle a[4] premièrement l'espérance, elle a secondement des désirs ardents, elle a troisièmement l'amour des souffrances. « Mais qui pourra entendre ces choses ? » *Quis sapiens, et intelliget ista*[5] ? Qui pourra comprendre ces trois mouvements, par lesquels une âme enflammée et touchée de l'amour de Dieu se déprend de ce corps de mort ? Elle se voit au milieu des biens périssables, mais elle passe bientôt au-dessus par la force de son espérance : espérance si ferme et si vigoureuse, « qu'elle s'avance, dit saint Paul[6], au dedans du voile » : *Spem incedentem usque ad interiora velaminis;* c'est-à-dire qu'elle perce les cieux pour pénétrer jusqu'au sanctuaire, où « Jésus, notre avant-coureur, est entré pour nous » : *Præcursor pro nobis introivit Jesus*[7].

Voyez, mes Frères, le vol de cette âme que l'amour de Dieu a blessée. Elle est déjà au ciel par son espérance; mais, hélas! elle n'y est pas encore en effet : les liens de ce corps l'arrêtent. C'est alors que la charité lui inspire des désirs pressants, par lesquels elle s'efforce de rompre ses chaînes en disant avec saint Paul : *Desiderium habens dissolvi, et esse cum Christo*[8] : « Ha! que ne suis-je bientôt délivrée, afin d'être avec Jésus-Christ! » Ce n'est pas assez des désirs; et la charité, qui les pousse, étant irritée contre cette chair qui la tient si longtemps captive, semble la vouloir détruire elle-même par un généreux amour des souffrances. C'est par ces trois divins mouvements que Thérèse s'élève au-dessus du monde. Ils sont grands, ils sont relevés; et peut-être auriez-vous peine de les retenir, ou d'en bien comprendre la connexion, si je ne les répétais encore une fois en les appliquant à notre sainte. Enflammée de l'amour de Dieu, elle le cherche par son espérance : c'est le premier pas qu'elle fait; que si l'espérance est trop lente, elle y court, elle s'y élance par des désirs ardents et impétueux : tel est son second mouvement; et enfin son dernier effort, c'est que les désirs ne suffisant pas[1] pour briser les liens de sa chair mortelle, elle lui livre une sainte guerre; elle tâche, ce semble, de s'en décharger par de longues mortifications et par de continuelles souffrances, afin qu'étant libre et dégagée, et ne tenant presque plus au corps, elle puisse dire avec vérité ces paroles[2] du saint Apôtre : *Nostra autem conversatio in cælis est :* « Notre conversation est dans les cieux. » Ce sont, Messieurs, ces trois actions de la charité de Thérèse qui partageront ce discours. Je commence à vous faire voir quelle est la force de son espérance. Vous comprenez bien, je m'assure, que, dans une matière si haute, j'ai besoin d'une attention fort exacte; mais il ne faut rien méditer de bas quand on parle de sainte Thérèse, et qu'on a l'honneur, Madame, d'entretenir Votre Majesté.

PREMIER POINT

L'espérance que je vous prêche, celle que le Fils de Dieu nous enseigne et qui élève si fort l'âme de Thérèse[3], n'est pas semblable à ces espérances par lesquelles le monde trompeur surprend l'imprudence des hommes, ou abuse leur crédulité. L'espérance dont le monde parle n'est autre chose, à le bien entendre, qu'une illusion agréable; et ce philosophe l'avait bien compris, lorsque, ses amis le priant de leur définir l'espérance, il leur répondit en un mot : « C'est un songe de personnes qui veillent » : *Somnium vigilantium*[4]. Considérez en effet, Messieurs, ce que c'est qu'un homme enflé d'espérance. A quels honneurs n'aspire-t-il pas ? quels emplois, quelles dignités ne se donne-t-il pas à lui-même ? Il nage déjà parmi les délices, et il admire sa grandeur future. Rien ne lui paraît impossible; mais lorsque, s'avançant ardemment dans la carrière qu'il s'est proposée, il voit naître de toutes parts des difficultés qui l'arrêtent à chaque pas, lorsque la vie lui manque, comme un faux ami, au milieu de ses entreprises, ou que, forcé par la rencontre des choses, il revient à son sens rassis et ne trouve rien en ses mains de toute cette haute[1] fortune dont il embrassait une vaine image, que peut-il juger de lui-même, sinon qu'une espérance trompeuse le faisait jouir pour un temps de la douceur d'un songe agréable ? Et ensuite ne doit-il pas dire, selon la pensée de ce philosophe, que l'espérance peut être appelée « la rêverie d'un homme qui veille » : *Somnium vigilantium ?* Mais, ô espérance du siècle, source infinie de soins inutiles et de folles prétentions, vieille idole de toutes les cours, dont tout le monde se moque et que tout le monde poursuit, ce n'est pas de toi que je parle : l'espérance des enfants de Dieu, que je dois aujourd'hui prêcher et que nous devons tous admirer en sainte Thérèse, n'a rien de commun avec tes erreurs.

Apprenez aujourd'hui, mes Frères, à remarquer la différence de l'une et de l'autre, afin que vous puissiez dire avec connaissance : « Ha! vraiment il est meilleur d'espérer en Dieu, que de se confier aux grands de la terre » : *Bonum est confidere in Domino, quam confidere in homine*[2]. Mais pénétrons profondément cette vérité, et disons, s'il se peut, en peu de paroles que cette différence consiste en ce point, que l'espérance du monde laisse la possession toujours incertaine et encore beaucoup éloignée; au lieu que l'espérance des enfants de Dieu est si ferme et si immuable, que je ne crains point de vous assurer qu'elle nous met[3] par avance en possession du bonheur que l'on nous propose[4], et qu'elle fait un commencement de la jouissance. Prouvons-le[5] solidement par les Ecritures; et, parmi un nombre infini d'exemples par lesquels elles nous confirment cette vérité, je vous prie d'en remarquer seulement un seul, qui n'est ignoré de personne.

Dieu avait promis Jésus-Christ au monde; et Isaïe voyant en esprit cette grande et mémorable journée en laquelle devait naître son Libérateur[6], il s'écrie, transporté de joie : « Un petit enfant nous est né, un fils nous est donné » : *Parvulus natus est nobis, et filius datus est nobis*[7]. Chrétiens, il écrivai[+] cette prophétie plusieurs siècles avant sa naissance[8]; néanmoins il le voit déjà, il soutient qu'il nous est donné, seulement à cause qu'il sait qu'il nous est promis et que, comme dit le grand Augustin, « toutes les choses que Dieu a promises, selon l'ordre de ses conseils sont déjà en quelque sorte accomplies, parce qu'elles sont assurées » : *Quæ ventura erant, jam in Dei prædestinatione velut facta erant, quia certa erant*[1]. Vous voyez par là, Chrétiens, que, selon les Ecritures sacrées, la promesse que Dieu nous donne, à cause de sa certitude, est infaillible.

Notre incomparable Thérèse a imité ce divin prophète[2]. Se sentant appelée par la Providence à procurer la réformation de l'ordre ancien du Carmel[3], si renommé par toute l'Eglise, elle croit déjà l'ouvrage achevé, parce que c'est Dieu qui lui a ordonné de l'entreprendre. C'est un miracle incroyable de voir comment cette fille a bâti ses monastères[4]. Représentez-vous une femme qui, pauvre et destituée de tout secours, a pu bâtir tous les monastères dans lesquels elle a fait revivre une si parfaite régularité : elle n'avait ni fonds pour leur subsistance, ni crédit pour en avancer l'établissement. Toutes les puissances s'unissaient contre elle, j'entends et les ecclésiastiques et les séculières, avec une telle opiniâtreté, qu'elle paraissait invincible. Toutes les personnes zélées que Dieu employait à cette œuvre, et même ses serviteurs les plus fidèles, désespéraient du succès, et le disaient ouvertement à la sainte Mère[5]. Elle seule demeure constante dans la ruine apparente de tous ses desseins; aussi ferme que le fidèle Abraham[6], « elle fortifie son espérance contre toute espérance » : *Contra spem in spem,* dit le grand Apôtre[7]; c'est-à-dire qu'où manquait l'espérance humaine, accablée sous les ruines de son entreprise, là une espérance divine commençait à lever la tête au milieu de tant de débris. Animée de cette espérance, lorsque tout l'édifice semblait abattu, elle le croyait déjà établi. Et cela pour quelle raison, si ce n'est qu'il est bon d'espérer en Dieu, et non pas d'espérer aux hommes ? parce qu'ainsi que je l'ai déjà dit, l'espérance que l'on a aux hommes ne nous montrant[8] que de fort loin la possession, n'est qu'un amusement inutile qui substitue un fantôme au lieu de la chose; et au contraire l'espérance que l'on met en Dieu est un commencement de la jouissance.

Mais, mes Frères, ce n'est pas assez d'avoir établi cette

vérité sur des exemples si clairs : afin que vous soyez convaincus combien il est beau d'espérer en Dieu, il faut vous montrer la raison de cette excellente doctrine. Je vous prie de vous y rendre attentifs, elle est tirée d'un très haut principe : c'est l'immobilité des conseils de Dieu[1], et sa constance toujours immuable. *Je suis Dieu, dit le Seigneur, et je ne change jamais*[2] ; et de là s'ensuit une conséquence que je ne puis vous exprimer mieux que par ces beaux mots de Tertullien, qui sont tout[3] faits pour notre sujet : « Il est digne de Dieu, dit-il, de tenir pour fait tout ce qu'il ordonne, soit pour le présent, soit pour le futur; parce que son éternité, qui l'élève au-dessus des temps, le rend maître absolu de l'un et de l'autre » : *Divinitati competit, quæcumque decreverit, ut perfecta reputare ; quia non sit apud illam differentia temporis, apud quam uniformem statum temporum dirigit æternitas ipsa*[4].

Voilà, Messieurs, de grandes paroles, que nous trouverons pleines d'un sens admirable si nous le savons bien développer. Il veut dire qu'il y a grande différence entre les promesses des hommes et les promesses de Dieu. Quand vous promettez, ô mortels, de quelque crédit que vous vous vantiez, et fussiez-vous, s'il se peut, plus grands que les rois dont la puissance fait trembler le monde, l'événement est toujours douteux, parce que toutes vos promesses ne regardent que l'avenir, et cet avenir n'est pas en vos mains : un nuage épais le couvre à vos yeux et vous en ôte la connaissance. C'est pourquoi l'espérance humaine, chancelante, timide, douteuse, sans appui et sans fondement, ne peut mettre l'esprit en repos, parce qu'elle le tient toujours en suspens[5] sur un avenir incertain. Mais[6] ce grand Dieu, ce grand Roi des siècles, dont nous révérons les promesses, étant éternel, immuable, seul arbitre de tous les temps, il les a toujours présents à ses yeux, et lui seul en a mesuré le cours. Comme donc le temps à venir n'est pas moins à lui que le présent, il s'ensuit que ce qu'il promet n'est pas moins certain que ce qu'il donne. Le ciel et la terre passeront, mais ses paroles ne passeront pas[7] ; et puisqu'il se trouve toujours véritable, soit qu'il donne, soit qu'il promette, le chrétien ne se trouve pas moins assuré lorsqu'il espère que lorsqu'il jouit.

Et c'est à quoi regarde le divin Apôtre, lorsqu'il dit que notre demeure est aux cieux. Eveillez-vous, mortels misérables, ne vous imaginez pas être en terre; croyez que votre demeure est au ciel, où vous êtes transportés par votre espérance. Vous en êtes éloignés par votre nature, mais « il vous a tendu sa main du plus haut des cieux » : *Misit manum suam de cœlo ;* c'est-à-dire il vous a donné sa promesse par laquelle il vous invite à sa gloire. Non seulement il a promis, mais encore il a juré, dit l'Apôtre, et « il a juré par lui-même » : *Juravit per semetipsum*[1]; et « pour faire connaître aux hommes la résolution immuable de son conseil éternel, il a pris sa vérité à témoin que le ciel est notre héritage » : *Volens ostendere pollicitationis hæredibus immobilitatem consilii sui, interposuit jusjurandum*[2]. Après[3] cette promesse fidèle, après ce serment inviolable par lequel Dieu s'engage à nous, le chrétien peut-il être en doute ? Non, mes Frères, je ne le crois pas. Une promesse[4] si sûre, si bien confirmée me vaut un commencement de l'exécution; et si la promesse divine est un commencement de l'exécution, n'ai-je pas eu raison de vous dire que l'espérance qui s'y attache est un commencement de la jouissance ? C'est[5] pourquoi l'Apôtre saint Paul dit qu' « elle est l'ancre de notre âme » : *Quam sicut anchoram habemus animæ tutam et firmam*[6]. Qu'est-ce à dire, que l'espérance est l'ancre de l'âme ? Représentez-vous un navire, qui, loin du rivage et du port, vogue dans une mer inconnue. Si la tempête l'agite, si les nuages couvrent le soleil, alors le pilote incertain, craignant que la violence des vents et des flots irrités ne le pousse contre des écueils, commande aussitôt que l'on jette l'ancre; et cette ancre lui fait trouver la consistance parmi les flots, de peur que le vaisseau ne soit emporté : la terre au milieu des ondes est comme un port parmi les orages.

C'est ainsi, ô enfants de Dieu, et pour retourner à notre sujet après cette digression nécessaire, c'est ainsi, divine Thérèse, que votre âme s'établit au ciel. Battue de l'orage et des vents qui agitent la vie humaine comme un océan plein d'écueils, et ne pouvant encore arriver au ciel, vous y jetez cette ancre sacrée; je veux dire, votre espérance; par laquelle étant attachée dans cette bienheureuse terre des vivants, vous trouvez la patrie même dans l'exil, la consistance dans l'agitation, la tranquillité dans la tourmente; et mêlée avec les esprits célestes, auxquels votre esprit[7] est uni, vous pouvez dire avec l'Apôtre :

*Nostra autem conversatio in cœlis est :* « Notre conversation est aux cieux. » Ne parlez donc plus à Thérèse de toutes les prétentions de la terre. Accoutumée à une autre vie, elle n'entend plus ce langage; et son âme, élevée au ciel par la force de son espérance, n'a plus de goût ni de sentiment que pour les chastes voluptés des anges. Que le monde s'irrite contre elle, qu'il contredise ses pieux desseins, qu'il la déchire par ses calomnies, qu'on la traîne à l'Inquisition[1] comme une femme qui donne la vogue à des visions dangereuses; qu'elle entende même les prédicateurs tonner publiquement contre sa conduite (car cela lui est arrivé, sa compagne en tremblant d'effroi), et figurez-vous, Chrétiens, quelle devait être son émotion, se voyant ainsi attaquée dans une célèbre audience. Toutefois elle ne sent pas cet orage : toutes ces ondes, qui tombent sur elle, ne sont pas capables de l'ébranler. Son esprit demeure tranquille comme dans une grande bonace, au milieu de cette tempête; et cela, pour quelle raison ? parce qu'il est solidement établi sur cette ancre immobile de son espérance.

Chrétiens, profitons de ce grand exemple. Parmi tous les troubles qui nous tourmentent, parmi tant de différentes agitations, dans les morts cruelles et précipitées de nos proches et de nos amis, jetons au ciel cette ancre sacrée, je veux dire notre espérance. Ha! si nous étions appuyés sur cette espérance immuable, les maladies, les pertes de biens et les afflictions ne seraient pas capables de nous submerger. Toutes ces ondes qui tombent sur nous, feraient flotter légèrement ce vaisseau fragile, mais elles ne pourraient pas l'emporter bien loin, parce qu'il serait appuyé sur cette ancre de l'espérance.

Et vous, princes et grands de la terre[2], pourquoi offrez-vous à Thérèse des richesses ? Ecoutez comme elle parle à ces saintes filles qu'une commune espérance unit avec elle : Soyons pauvres, mes chères Sœurs, soyons pauvres dans nos maisons et dans nos habits. Elle ne veut rien dans ses monastères qui ne sente la pauvreté de Jésus; elle veut toujours être pauvre, parce que ce n'est pas ici le temps de jouir, mais c'est seulement le temps d'espérer. Soyons chrétiennes, mes Sœurs, leur dit-elle. Elle craint de rien posséder, sachant que le vrai chrétien ne possède pas, mais qu'il cherche; qu'il ne s'arrête pas, mais qu'il passe comme un voyageur pressé; qu'il ne bâtit pas sur la terre, parce que sa cité n'est pas de ce monde, et qu'une loi bienheureuse lui est imposée de ne se réjouir que par espérance : *Spe gaudentes*[1].

Mais, Chrétiens, si vous voulez voir jusqu'où la sainte espérance a élevé l'âme de Thérèse, méditez ce sacré cantique[2] que l'amour divin lui met à la bouche. Je vis, dit-elle, sans vivre en moi; et j'espère une vie si haute, que je meurs de ne mourir pas. Qu'entends-je et que dites-vous, divine Thérèse ? Je vis, dit-elle, sans vivre en moi. Si vous n'êtes plus en vous-même, quelle force vous a enlevée, sinon celle de votre espérance ? O transports inconnus au monde, mais que Dieu fait sentir aux saints avec des douceurs ravissantes! Thérèse n'est donc plus sur la terre, elle vit avec les anges; elle croit être avec son Epoux[3]. Et ne vous en étonnez pas : l'espérance a pu faire un si grand miracle. Car comme les personnes agiles, pourvu qu'elles puissent appuyer la main, porteront après aisément le corps; ainsi l'espérance, qui est la main de l'âme, par laquelle elle s'étend aux objets : sitôt qu'elle s'est appuyée sur Dieu, elle est si forte et si vigoureuse, qu'elle y enlève après l'âme tout entière. Vivez donc heureuse, ô Thérèse, vivez avec cet Epoux céleste, qui seul a pu gagner votre cœur. Si vous ne pouvez encore le joindre, envoyez votre espérance après lui; et enrichie par cette espérance, méprisez hardiment tous les biens du monde. Car quelle possession se peut égaler à une espérance si belle, et quels biens présents ne céderaient pas à ce bienheureux avenir!

Où courez-vous, mortels abusés, et pourquoi allez-vous errant de vanités en vanités, toujours attirés et toujours trompés par des espérances nouvelles ? Si vous recherchez des biens effectifs, pourquoi poursuivez-vous ceux du monde, qui passent légèrement comme un songe ? Et si vous vous repaissez d'espérances, que n'en choisissez-vous qui soient assurées ? Dieu vous promet; pourquoi doutez-vous ? Dieu vous parle; que ne suivez-vous ? Il vaut mieux espérer de lui, que de recevoir les faveurs des autres; et les biens qu'il promet sont plus assurés que tous ceux que le monde donne. Espérez donc avec Thérèse; et pour voir manifestement combien est grand le bien qu'elle cherche, regardez de quelle ardeur elle y court et par quels désirs elle s'y élance : c'est ma deuxième partie.

## SECOND POINT

C'est une loi de la Providence, que la jouissance succède aux désirs ; et le chrétien ne mérite pas de se réjouir dans le ciel, s'il n'a auparavant appris à gémir dans ce lieu de pèlerinage[1]. Car pour être vrai chrétien, il faut sentir qu'on est voyageur ; et vous m'avouerez aisément que celui-là ne la connaît pas, qui ne soupire point après sa patrie. C'est pourquoi[2] saint Augustin a dit ces beaux mots, qui méritent bien d'être médités : *Qui non gemit peregrinus, non gaudebit civis*[3] : « Celui qui ne gémit pas comme voyageur, ne se réjouira pas comme citoyen » ; c'est-à-dire, si nous l'entendons, il ne sera jamais habitant du ciel, parce qu'il a voulu l'être de la terre ; puisqu'il refuse le travail du voyage, il n'aura pas le repos de la patrie ; et s'arrêtant où il faut marcher, il n'arrivera pas où il faut parvenir : *Qui non gemit peregrinus, non gaudebit civis*. Ceux au contraire qui déploreront leur exil, seront habitants du ciel, parce qu'ils ne veulent pas l'être de ce monde, et qu'ils tendent par de saints désirs à la Jérusalem bienheureuse[4]. Il faut donc, mes Frères, que nous gémissions. C'est à vous, heureux citoyens[5] de la céleste Jérusalem, c'est à vous qu'appartient la joie ; mais, pendant que nous languissons en ce lieu d'exil, les pleurs et les désirs font notre partage. Et David[6] a exprimé nos vrais sentiments, quand il a chanté d'une voix plaintive[7] : *Super flumina Babylonis, illic sedimus ; et flevimus, dum recordaremur Sion*[8] : « Assis sur les fleuves de Babylone, nous avons gémi et pleuré en nous souvenant de Sion. »

Remarquez ici, Chrétiens, les deux causes de la douleur que ressent une âme pieuse qui attend avec l'Apôtre l'adoption des enfants de Dieu[9]. Pour quelle cause soupirez-vous donc, âme sainte, âme gémissante, et quel est le sujet de vos plaintes ? Le prophète en rapporte deux ; c'est le souvenir de Sion et les fleuves de Babylone. Pourquoi ne voulez-vous pas qu'elle pleure, éloignée de ce qu'elle cherche, et exposée au milieu de ce qu'elle fuit ? Elle aime la paix de Sion[10], et elle se sent reléguée dans les troubles de Babylone[11], où elle ne voit que des eaux courantes, c'est-à-dire, des plaisirs qui passent : *Super flumina Babylonis*. Et pendant qu'elle ne voit rien qui ne passe, elle se souvient de Sion, de cette Jérusalem bienheureuse, où toutes choses sont permanentes. Ainsi, dans la diversité de ces deux objets, elle ne sait ce qui l'afflige le plus, de Babylone où elle se voit, ou de Sion d'où elle est bannie ; et c'est pour cela que sainte Thérèse ne peut modérer ses douleurs.

Que dirai-je ici, Chrétiens ? qui me donnera des paroles, pour vous exprimer dignement la divine ardeur qui la presse ? Mais quand je pourrais la représenter aussi forte et aussi fervente qu'elle est dans le cœur de Thérèse, qui comprendra ce que j'ai à dire ? et nos esprits attachés à la terre entendront-ils ces transports célestes ? Disons néanmoins, comme nous pourrons, ce que son histoire raconte ; disons que l'admirable Thérèse, nuit et jour, sans aucun repos ni trêve, soupirait après son divin Epoux ; disons que, son amour[1] s'augmentant toujours, elle ne pouvait plus supporter la vie, qu'elle déchirait sa poitrine par des cris et par des sanglots, et que cette douleur l'agitait de sorte qu'il semblait à chaque moment qu'elle allait rendre les derniers soupirs.

Je vous vois étonnés, Fidèles : l'amour aveugle des biens périssables ne vous permet pas de comprendre de quelle sorte ces beaux mouvements peuvent être formés dans les cœurs. Mais quittez cet étonnement. Il faut, s'il se peut, vous le faire entendre, en vous décrivant en un mot quelle est la force de la charité, en vous le montrant par les Ecritures.

Sachez donc que c'est la charité qui presse Thérèse, charité toujours vive, toujours agissante, qui pousse sans relâche du côté du ciel les âmes qu'elle a blessées[2] et qu'elle ne cesse de travailler par de saintes inquiétudes jusqu'à ce qu'elles y soient établies. C'est pourquoi le grand Paul, en étant rempli, jeûne continuellement ; il pleure, il soupire, il se plaint en lui-même, il est pressé et violenté, il souffre des douleurs pareilles à celles de l'enfantement, et son âme ne cherche qu'à sortir du corps : *Infelix ego homo ! quis me liberabit de corpore mortis hujus*[3] ? « Malheureux homme que je suis ! qui me délivrera de ce corps de mort ? » Quelle est la cause de ces transports ? C'est la charité qui le presse, c'est ce feu divin et céleste qui, détenu contre sa nature dans un corps mortel, tâche de s'ouvrir par force un passage ; et frappant de toutes parts avec violence, par des désirs ardents et impétueux il ébranle tous les fondements de la prison qui l'enserre. De là ces pleurs, de là ces sanglots, de là ces douleurs excessives, qui mettraient sans doute Thérèse au tombeau[1], si Dieu, par un secret de sa providence, ne la voulait conserver encore pour la rendre plus digne de son amour.

Et c'est ici qu'il faut vous représenter un nouveau genre de martyre, que la charité fait souffrir à l'incomparable Thérèse[2]. Dieu l'attire, et Dieu la retient. Il lui ordonne de courir au ciel, et il veut qu'elle demeure en la terre : d'un côté, il lui découvre d'une même vue toutes les misères de cet exil, tous les charmes et tous les attraits de sa vision[3] bienheureuse, non point dans l'obscurité des discours humains, mais dans la lumière claire et pénétrante de sa vérité infinie; mais comme elle pense se jeter à lui, charmée de ses beautés immortelles, aussitôt il lui fait connaître qu'il la veut encore retenir au monde. Qu'est-ce à dire ceci, ô grand Dieu! Est-il digne de votre bonté de tourmenter ainsi un cœur qui vous aime ? Si vous inspirez ces désirs, pourquoi refusez-vous de les satisfaire ? Ou ne la tirez pas avec tant de force, ou permettez-lui de vous suivre. Ne voyez-vous pas, ô Epoux céleste, qu'elle ne sait à quoi arrêter son choix ? Vous l'appelez, vous la repoussez : si bien que, pendant qu'elle court à vous, elle se déchire elle-même; et son âme ensanglantée[4] par la violence de ces mouvements opposés, que vous la forcez de souffrir, ne trouve plus de consolation. En cet état où vous la mettez, n'a-t-elle pas raison de vous dire : *Quare posuisti me contrarium tibi*[5] ? Dans les désirs que vous m'inspirez, *c'est vous qui me rendez contraire à vous-même !* Ou qu'une autre main l'attire, ou qu'une autre main la retienne.

O merveille des desseins de Dieu! ô conduite impénétrable de ses jugements dans l'opération de sa grâce! *Quis loquetur potentias Domini, auditas faciet omnes laudes ejus*[6] ? Qui nous expliquera ce mystère ? qui nous dira les moyens secrets par lesquels le Saint-Esprit purifie les cœurs ? Il sait bien que, dans ces combats, dans ces mystérieuses contrariétés, il s'allume un feu dans les âmes qui les rend tous les jours plus pures. Il fait naître de saints désirs; et il se plaît de[7] les enflammer, en différant de les satisfaire. Il se plaît à regarder du plus haut des cieux que Thérèse meurt tous les jours, parce qu'elle ne peut pas mourir une fois : *Quotidie morior*[1], dit le saint Apôtre; et il reçoit tous les jours mille sacrifices, en retardant le dernier. Mais je passe encore plus loin; pourrai-je bien dire ce que je pense ? Il voit que, par un secret merveilleux, elle se détache d'autant plus du corps, qu'elle a plus de peine à s'en détacher; et que dans l'effort qu'elle fait pour s'en séparer tout entière, elle le fuit d'autant plus qu'elle s'y sent plus longtemps et plus violemment retenue. C'est pourquoi, si la violence de ses désirs ne peut rompre les liens du corps, ils en éteignent tous les sentiments, ils en mortifient tous les appétits; elle ne vit plus pour la chair; et enfin elle devient tous les jours et plus libre et plus dégagée par cette perpétuelle agitation, comme un oiseau qui, battant des ailes secoue l'humidité qui les rend pesantes, ou dissipe le froid qui les engourdit : si bien que, portée par ces saints désirs, elle paraît détachée du corps pour vivre et converser avec les anges[2] : *Nostra conversatio in cœlis est*.

Heureuses mille et mille fois les âmes qui désirent ainsi Jésus-Christ! Mais cependant ses ardeurs s'augmentent, et ce feu si vif et si agissant ne peut plus être retenu sous la cendre d'une chair mortelle[3]. Cette divine maladie d'amour prenant tous les jours de nouvelles forces, elle ne peut plus supporter la vie. Chaste Epoux qui l'avez blessée[4], que tardez-vous à la mettre au ciel, où elle s'élève par de saints désirs, et où elle semble déjà transportée par la meilleure partie d'elle-même ? Ou, s'il vous plaît qu'elle vive encore, quel remède trouverez-vous à ses peines ? La mort ? mais il vous plaît de la différer, pour élever sa perfection à l'état glorieux et suréminent que votre providence a marqué pour elle. L'espérance ? mais elle la tue, parce qu'en lui disant qu'elle vous verra, elle lui dit aussi dans le même temps qu'elle n'est pas encore avec vous. Que ferez-vous donc, ô Sauveur, et de quoi soutiendrez-vous votre amante, dont le cœur languit après vous ? Chrétiens, il sait le secret de lui faire trouver du goût dans la vie. Quel secret ? Secret merveilleux. Il lui enverra des afflictions; il éprouvera son amour par de continuelles souffrances : secret étrange, selon le monde; mais sage, admirable, infaillible, selon les maximes de l'Evangile. C'est par où je m'en vais conclure.

## TROISIÈME POINT

La langueur de sainte Thérèse ne peut donc plus être soutenue que par des souffrances; et dans l'ennui qu'elle a de la vie, elle ne trouve point de consolation que de dire[1] continuellement à son Dieu : Seigneur, « ou souffrir, ou mourir » : *Aut pati, aut mori*. Il est digne de votre audience de comprendre solidement toute la force de cette parole; et quand je vous en aurai découvert le sens, vous confesserez avec moi qu'elle renferme comme en abrégé toute la doctrine du Fils de Dieu et tout l'esprit du christianisme. Mais observez avant toutes choses la merveilleuse contrariété des inclinations naturelles et de celles que la grâce inspire.

La première inclination que la nature nous donne, c'est sans doute l'amour de la vie; la seconde, qui la suit de près ou qui peut-être est encore plus forte, c'est l'amour des plaisirs du monde, sans lesquels la vie serait ennuyeuse. Car, mes Frères, il est véritable : quelque amour que nous ayons pour la vie, nous ne la pourrions supporter si elle n'avait des contentements; et jugez-en par expérience. Combien longues, combien ennuyeuses vous paraissent ces tristes journées que vous passez sans aucun plaisir de conversation ou de jeu, ou de quelque autre divertissement! Ne vous semble-t-il pas alors, si je puis parler de la sorte, que les jours sont durs et pesants : *Pondus diei ?* c'est ce qui s'appelle le poids du jour : c'est pourquoi ils vous sont à charge, et vous ne pouvez supporter ce poids. Au contraire, est-il rien qui aille plus vite ni qui s'écoule, s'échappe et vole plus légèrement que le temps passé parmi les délices ? De là vient que ce roi mourant[2] auquel Isaïe rendit la santé se plaint qu'on tranche le cours de sa vie lorsqu'il ne faisait que la commencer : *Dum adhuc ordirer, succidit me ; de mane usque ad vesperam finies me*[3] : « Je finis lorsque je commence, et ma vie s'est achevée du matin au soir! » Que veut dire ce prince malade ? Il avait près de quarante ans; cependant il s'imagine qu'il ne fait que de naître, et il ne compte encore qu'un jour de son âge! C'est que sa vie passée dans le luxe, dans le plaisir du commandement et dans une abondance royale, ne lui faisait presque point sentir sa durée, tant elle coulait doucement! Je vous parle ici,

Chrétiens, dans le sentiment des hommes du monde, qui ne vivent que pour les plaisirs; et c'est afin que vous compreniez quel étrange renversement des inclinations naturelles apporte[1] l'esprit du christianisme dans les âmes qui en sont remplies : et voyez-le par l'exemple de sainte Thérèse.

Les afflictions, les douleurs aiguës, ce cruel amas de maux et de peines sous lequel elle paraît accablée, et qui pourrait contraindre les plus patients à appeler la mort au secours, c'est ce qui lui fait désirer de vivre; et au lieu que la vie est amère aux autres, si elle n'est adoucie par les voluptés, elle n'est amère à Thérèse que lorsqu'elle y jouit de quelque repos. Qui lui donne ces désirs étranges ? d'où lui viennent ces inclinations si contraires à la nature ? En voici la raison solide : c'est qu'il n'est rien de plus opposé que de vivre selon la nature et de vivre selon la grâce; c'est, comme dit l'apôtre saint Paul[2], qu'elle n'a pas reçu l'esprit de ce monde, mais un esprit victorieux du monde; c'est que, pleine de Jésus-Christ, elle veut vivre selon Jésus-Christ. Ce Jésus, ce divin Sauveur, n'a vécu que pour endurer; et il m'est aisé de vous faire voir, par les Ecritures divines, qu'il n'a voulu étendre sa vie qu'autant de temps qu'il fallait souffrir. Entendez donc encore cette vérité, par laquelle j'achèverai ce discours, et qui en fera tout le fruit.

Je ne m'étonne pas, Chrétiens, que Jésus ait voulu mourir : il devait ce sacrifice à son Père, pour apaiser sa juste fureur et le rendre propice aux hommes. Mais qu'était-il nécessaire qu'il passât ses jours, et ensuite qu'il les finît parmi tant de maux ? C'est pour la raison que j'ai dite. Étant l'homme de douleurs, comme l'appelait le Prophète[3], il n'a voulu vivre que pour endurer; ou, pour le dire plus fortement par un beau mot de Tertullien, « il a voulu se rassasier, avant que de mourir, par[4] la volupté de la patience » : *Saginari voluptate patientiæ discessurus volebat*[5]. Voilà une étrange façon de parler. Ne diriez-vous pas, Chrétiens, que, selon le sentiment de ce Père, toute la vie du Sauveur était un festin, dont tous les mets étaient des tourments ? Festin étrange, selon le siècle[6], mais que Jésus a jugé digne de son goût. Sa mort suffisait pour notre salut; mais sa mort ne suffisait pas à ce merveilleux appétit qu'il avait de souffrir pour nous. Il a fallu y joindre les fouets[1], et cette sanglante couronne qui perce sa tête, et tout ce cruel appareil de supplices épouvantables ; et cela, pour quelle raison ? C'est que ne vivant que pour endurer, « il voulait se rassasier, avant que de mourir, de la volupté de souffrir pour nous » : *Saginari voluptate patientiæ discessurus volebat.*

Mais pour vous convaincre plus clairement de la vérité que je prêche, regardez ce que fait Jésus à la croix. Ce Dieu avide de souffrir pour l'homme, tout épuisé, tout mourant qu'il est, considère que les prophéties lui promettent encore un breuvage amer dans sa soif : il le demande avec un grand cri[2], et après cette aigreur et cette amertume dont le Juif impitoyable arrose sa langue, que fait-il ? Il me semble qu'il se tourne du côté du ciel. Eh bien ! dit-il, ô mon Père, ai-je bu tout le calice que votre providence m'avait préparé ? ou bien reste-t-il quelque peine qu'il soit nécessaire que j'endure encore ? Donnez, je suis prêt, ô mon Dieu ! *Paratum cor meum, Deus, paratum cor meum*[3]. Je veux boire tout le calice de ma Passion, et je n'en veux pas perdre une seule goutte. Là, voyant dans ses décrets éternels qu'il n'y a plus rien à souffrir pour lui : Ha ! dit-il, c'en est fait, « tout est consommé » : *Consummatum est*[4] ; sortons, il n'y a plus rien à faire en ce monde ; et aussitôt il rendit son âme à son Père. Et par là, ne paraît-il pas, Chrétiens, qu'il ne vit que pour endurer, puisque, lorsqu'il aperçoit la fin des souffrances, il s'écrie : Tout est achevé, et qu'il ne veut plus prolonger sa vie ?

Tel est l'esprit du Sauveur Jésus, et c'est lui qui l'a répandu sur Thérèse, sa pudique épouse. Elle veut aussi souffrir ou mourir ; et son amour ne peut endurer qu'aucune cause retarde sa mort, sinon celle qui a différé la mort du Sauveur. Chrétiens, échauffons nos cœurs par la vue de ce grand exemple, et apprenons de sainte Thérèse qu'il nous faut nécessairement souffrir ou mourir. Et un chrétien en peut-il douter ? Si nous sommes de vrais chrétiens, ne devons-nous pas désirer d'être toujours avec Jésus-Christ ? Or, mes Frères, où le trouve-t-on, cet aimable Sauveur de nos âmes ? En quel lieu peut-on l'embrasser ? On ne le trouve qu'en ces deux lieux : dans sa gloire ou dans ses supplices, sur son trône ou bien sur sa croix. Nous devons donc, pour être avec lui, ou bien l'embrasser dans son trône, et c'est ce que nous donne la mort, ou bien nous unir à sa croix, et c'est ce que nous avons par les souffrances; tellement qu'il faut souffrir ou mourir, afin de ne quitter jamais le Sauveur. Et quand Thérèse fait cette prière : Que je souffre ou bien que je meure, c'est de même que si elle eût dit : A quelque prix que ce soit, je veux être avec Jésus-Christ; s'il ne m'est pas encore permis de l'accompagner dans sa gloire, je le suivrai du moins parmi ses souffrances, afin que, n'ayant pas le bonheur de le contempler assis dans son trône, j'aie du moins la consolation de l'embrasser pendu à sa croix.

Souffrons donc, souffrons, Chrétiens, ce qu'il plaît à Dieu de nous envoyer : les afflictions et les maladies, les misères et la pauvreté, les injures et les calomnies; tâchons de porter d'un courage ferme telle partie de sa croix dont il lui plaira de nous honorer[1]. Quoique tous nos sens y répugnent, il est doux de souffrir avec Jésus-Christ, puisque ces souffrances nous font espérer la société de sa gloire; et cette pensée doit fortifier ceux qui vivent dans la douleur et l'affliction.

Mais pour vous, fortunés du siècle, à qui la faveur, les richesses, le crédit et l'autorité fait trouver la vie si commode, et qui, dans cet état paisible, semblez être exempts des misères qui affligent les autres hommes, que vous dirai-je aujourd'hui, et quelle croix vous laisserai-je en partage ? Je pourrais vous représenter que peut-être ces beaux jours passeront bien vite, que la fortune n'est pas si constante qu'on ne voie aisément finir ses faveurs, ni la vie si abondante en plaisirs qu'elle n'en soit bientôt épuisée. Mais avant ces grands changements, au milieu des prospérités, que ferez-vous, que souffrirez-vous pour porter la croix de Jésus ? Abandonner les richesses, macérer le corps ? Non, je ne vous dis pas[2], Chrétiens, que vous abandonniez vos richesses, ni que vous macériez vos corps par de longues mortifications. Heureux ceux qui le peuvent faire dans l'esprit de la pénitence! Mais tout le monde n'a pas ce courage. Jetez seulement les yeux sur les pauvres membres de Jésus-Christ[3], qui étant accablés de maux ne trouvent point de consolations. Souffrez en eux, souffrez avec eux; descendez à leur misère par la compassion; chargez-vous volontairement d'une partie des maux qu'ils endurent; et, leur prêtant vos mains charitables, aidez-leur à porter la croix, sous la pesanteur de laquelle vous les voyez suer et gémir. Prosternez-vous humblement aux pieds de ce Dieu crucifié; dites-lui, honteux et confus : Puisque vous ne m'avez point jugé digne de me faire part de votre croix[1], permettez du moins, ô Sauveur, que j'emprunte celle des autres, et que je la puisse porter avec eux : donnez-moi un cœur tendre, un cœur fraternel, un cœur véritablement chrétien, par lequel je puisse sentir leurs douleurs et participer du moins de la sorte aux bénédictions de ceux qui souffrent.

Madame[2],

Permettez-moi de vous dire, avec le respect d'un sujet[3] et la liberté d'un prédicateur, que cette instruction salutaire regarde principalement Votre Majesté. Nous répandons tous les jours des vœux pour sa gloire et pour sa grandeur : nous prions Dieu, avec tout le zèle que notre devoir nous peut inspirer, que sa main ne se lasse pas de verser ses bienfaits sur elle; et afin que votre joie soit pleine et entière, qu'il fasse que ce grand roi, votre fils, à mesure qu'il s'avance en âge, devienne tous les jours plus cher à ses peuples et plus redoutable à ses ennemis. Mais, parmi tant de prospérités, nous ne croyons pas être criminels, si nous lui souhaitons aussi des douleurs. J'entends, Madame, ces douleurs si saintes, qui saisissent les cœurs chrétiens à la vue des afflictions, et leur font sentir les misères des pauvres membres du Fils de Dieu. Votre Majesté le ressent, Madame; toute la France a vu des marques de cette bonté qui lui est si naturelle[4]. Mais, Madame, ce n'est pas assez; tâchez d'augmenter tous les jours ces pieuses inquiétudes qui travaillent Votre Majesté en faveur des misérables. Dans ce secret, dans cette retraite où les heures vous semblent si douces, parce que vous les passez avec Dieu, affligez-vous devant lui des longues souffrances de la chrétienté désolée, et surtout des peuples qui vous sont soumis; et pendant que vous formez de saintes résolutions d'y apporter le soulagement que les affaires pourront permettre, pendant que notre victorieux monarque avance tous les jours l'ouvrage de la paix par ses victoires et par cette vie agissante à laquelle il s'accoutume dès sa jeunesse, attirez-la du ciel par vos vœux; et pour récompense de ces douleurs que la charité vous inspirera, puissiez-vous jamais n'en ressentir d'autres, et après une longue vie recevoir enfin de la main de Dieu une couronne plus glorieuse que celle qui environne votre front auguste. Faites ainsi, grand Dieu, à cause de votre bonté et de votre miséricorde infinie! *Amen.*

## ALLOCUTION QUI NE FUT PAS PRONONCÉE[1]

Sire,

Permettez-moi de vous dire, avec le respect d'un sujet et la liberté d'un prédicateur, que cette instruction salutaire regarde principalement Votre Majesté[2]. Nous prions Dieu, avec tout le zèle que l'amour et le devoir nous peut inspirer, que, multipliant ses victoires, il égale votre renommée à celle des plus fameux conquérants. Mais, parmi toutes ces prospérités, nous ne croyons pas être criminels, si nous lui souhaitons aussi des douleurs : j'entends, Sire, ces saintes douleurs qui saisissent les cœurs chrétiens à la vue des afflictions, et qui leur font[3] sentir les misères des pauvres membres de Jésus-Christ. Sire, ces douleurs sont dignes des rois, et s'ils sont le cœur des royaumes, qu'ils animent par leur influence, il est juste que, comme le cœur, ils ressentent aussi les impressions des maux qu'endurent les autres parties. Votre Majesté les ressent, Sire; elle fait la guerre dans cet esprit : elle étend bien loin ses conquêtes, elle s'accoutume dès sa jeunesse à cette vie agissante, pour assurer la tranquillité publique; elle sent et elle plaint les maux de ses peuples; elle ne respire qu'à les soulager. Pour récompense de ces douleurs que sa bonté lui fait ressentir[4], puisse-t-elle jamais n'en éprouver d'autres, et après une longue vie, recevoir enfin de la main de Dieu une couronne plus glorieuse que celle qui environne son front auguste[5]!

# PANÉGYRIQUE
## DE
# SAINT JEAN APÔTRE

PRONONCÉ A METZ LE 27 DÉCEMBRE 1658[1].

> *Ego dilecto meo, et ad me conversio ejus.*
> Je suis à mon bien-aimé, et la pente de son cœur est tournée vers moi.
>
> *Cant.*, VII, 10.

IL est superflu, Chrétiens, de faire aujourd'hui le panégyrique du disciple bien-aimé de notre Sauveur. C'est assez de dire en un mot qu'il était le favori de Jésus, et le plus chéri de tous les apôtres. Saint Augustin dit très doctement que « l'ouvrage est parfait lorsqu'il plaît à son ouvrier » : *Hoc est perfectum quod artifici suo placet*[2] ; et il me semble que nous le connaissons par expérience. Quand nous voyons un excellent peintre qui travaille à faire un tableau, tant qu'il tient son pinceau en main, que tantôt il efface un trait, et tantôt il en tire un autre, son ouvrage ne lui plaît pas, il n'a pas rempli[3] toute son idée, et le portrait n'est pas achevé ; mais sitôt qu'ayant fini tous ses traits et relevé toutes ses couleurs, il commence à exposer sa peinture en vue, c'est alors que son esprit est content, et que tout est ajusté aux règles de l'art ; l'ouvrage est parfait, parce qu'il plaît à son ouvrier et qu'il a fait ce qu'il voulait faire : *Hoc est perfectum quod artifici suo placet*. Ne doutez donc pas, Chrétiens, de la grande perfection de saint Jean, puisqu'il plaît si fort à son ouvrier ; et croyez que Jésus-Christ, créateur des cœurs, qui les crée, comme dit saint Paul[4], dans les bonnes œuvres, l'a fait tel qu'il fallait qu'il fût pour être l'objet de ses complaisances. Ainsi je pourrais conclure ce panégyrique après cette seule parole, si votre instruction, Chrétiens, ne désirait de moi un plus long discours.

Sainte et bienheureuse Marie, impétrez-nous[1] les lumières de l'Esprit de Dieu pour parler de Jean, votre second fils[2]. Que votre pudeur n'en rougisse pas; votre virginité n'y est point blessée. C'est Jésus-Christ qui vous l'a donné, et qui a voulu vous annoncer lui-même que vous seriez la mère de son bien-aimé. Qui doute que vous n'ayez cru à la parole de votre Dieu, vous qui avez été si humblement soumise à celle qui vous fut portée par son ange, qui vous salua de sa part, en disant[3] : *Ave ?*

Je remarque dans les saintes Lettres trois états divers dans lesquels a passé le Sauveur Jésus pendant les jours de sa chair[4] et le cours de son pèlerinage[5]. Le premier a été sa vie; le second a été sa mort; le troisième a été mêlé de mort et de vie, où Jésus n'a été ni mort ni vivant; ou plutôt il y a été tout ensemble et mort et vivant; et c'est l'état où il se trouvait dans la célébration de sa sainte Cène, lorsque, mangeant avec ses disciples, il leur montrait qu'il était en vie; et, voulant être mangé par ses disciples, ainsi qu'une victime immolée, il leur paraissait comme mort. Consacrant lui-même son corps et son sang, il faisait voir qu'il était vivant; et, divisant mystiquement son corps de son sang[6], il se couvrait des signes de mort, et se dévouait à la croix par une destination particulière. Dans ces trois états, Chrétiens, il m'est aisé de vous faire voir que Jean a toujours été le fidèle et le bien-aimé du Sauveur. Tant qu'il vécut avec les hommes, nul n'eut plus de part en sa confiance; quand il rendit son âme à son Père, aucun des siens ne reçut de lui des marques d'un amour plus tendre; quand il donna son corps à ses disciples, ils virent tous la place honorable qu'il lui fit prendre près de sa personne dans cette sainte cérémonie[7].

Mais ce qui me fait connaître plus sensiblement la forte pente du cœur de Jésus sur le disciple dont nous parlons, ce sont trois présents qu'il lui fait dans ces trois états admirables où nous le voyons dans son Evangile. Je trouve, en effet, Chrétiens, qu'en sa vie, il lui donne sa croix; à sa mort, il lui donne sa mère; à sa Cène, il lui donne son cœur. Que désire un ami vivant, sinon de s'unir avec ceux qu'il aime dans la société des mêmes emplois ? et l'amitié a-t-elle rien de plus doux que cette aimable association ? L'emploi de Jésus était de souffrir:

c'est ce que son Père lui a prescrit, et la commission qu'il lui a donnée. C'est pourquoi il unit saint Jean à sa vie laborieuse et crucifiée, en lui prédisant de bonne heure les souffrances qu'il lui destine : *Vous boirez,* dit-il[1], *mon calice, et vous serez baptisé de mon baptême.* Voilà le présent qu'il lui fait pendant le cours de sa vie. Quelle marque nous peut donner un ami mourant que notre amitié lui est précieuse, sinon lorsqu'il témoigne un ardent désir de se conserver notre cœur, même après sa mort, et de vivre dans notre mémoire ? C'est ce qu'a fait Jésus-Christ en faveur de Jean d'une manière si avantageuse qu'il n'est pas possible d'y rien ajouter, puisqu'il lui donne sa divine mère, c'est-à-dire ce qu'il a de plus cher au monde : *Fils,* dit-il[2], *voilà votre mère.* Mais ce qui montre le plus son amour, c'est le beau présent qu'il lui fait au sacré banquet de l'Eucharistie, où son amitié n'étant pas contente de lui donner comme aux autres sa chair et son sang pour en faire un même corps avec lui, il le prend entre ses bras, il l'approche de sa poitrine[3] ; et comme s'il ne suffisait pas de l'avoir gratifié de tant de dons, il le met en possession de la source même de toutes ses libéralités, c'est-à-dire de son propre cœur, sur lequel il lui ordonne de se reposer comme sur une place qui lui est acquise. O disciple vraiment heureux, à qui Jésus-Christ a donné sa croix, pour l'associer à sa vie souffrante ; à qui Jésus-Christ a donné sa mère, pour vivre éternellement dans son souvenir ; à qui Jésus-Christ a donné son cœur, pour n'être plus avec lui qu'une même chose ! Que reste-t-il, ô cher favori, sinon que vous acceptiez ces présents avec le respect qui est dû à l'amour de votre bon Maître ?

Voyez, Chrétiens, comme il les accepte. Il accepte la croix du Sauveur, lorsque Jésus-Christ, la lui proposant : Pourrez-vous bien, dit-il, boire ce calice ? Je le puis, lui répond saint Jean, et il l'embrasse[4] de toute son âme : *Possumus*[5]. Il accepte la sainte Vierge avec une joie merveilleuse : il nous rapporte lui-même qu'aussitôt que Jésus-Christ la lui eut donnée, il la considéra comme son bien propre : *Accepit eam discipulus in sua*[6]. Il accepte surtout le cœur de Jésus avec une tendresse incroyable, lorsqu'il se repose dessus doucement et tranquillement, pour marquer une jouissance paisible et une possession assurée. O mystère de charité ! ô présents divins et sacrés !

Qui me donnera des paroles assez tendres et affectueuses pour vous expliquer à ce peuple[1] ? C'est néanmoins ce qu'il nous faut faire avec le secours de la grâce.

## PREMIER POINT

Ne vous persuadez pas, Chrétiens, que l'amitié de notre Sauveur soit de ces amitiés délicates qui n'ont que des douceurs et des complaisances, et qui n'ont pas assez de résolution pour voir un courage fortifié par les maux et exercé par les souffrances. Celle que le Fils de Dieu a pour nous est d'une nature bien différente : elle veut nous durcir aux travaux, et nous accoutumer à la guerre; elle est tendre, mais elle n'est pas molle; elle est ardente, mais elle n'est pas faible; elle est douce, mais elle n'est pas flatteuse. Oui certainement, Chrétiens, quand Jésus entre quelque part, il y entre avec sa croix, il y porte avec lui toutes ses épines, et il en fait part à tous ceux qu'il aime. Comme notre apôtre est son bien-aimé, il lui fait présent de sa croix; et de cette même main, dont il a tant de fois serré la tête de Jean sur sa bienheureuse poitrine avec une tendresse incroyable, il lui présente ce calice amer, plein de souffrances et d'afflictions, qu'il lui ordonne de boire tout plein, et d'en avaler jusqu'à la lie : *Calicem quidem meum bibetis*[2].

Avouez la vérité, Chrétiens, vous n'ambitionnez guère un tel présent : vous n'en comprenez pas le prix. Mais, s'il reste encore en vos âmes quelque teinture de votre baptême que les délices du monde n'aient pas effacée, vous serez bientôt convaincus de la nécessité de ce don, en écoutant prêcher Jésus-Christ, dont je vous rapporterai les paroles sans aucun raisonnement recherché, mais dans la même simplicité dans laquelle elles sont sorties de sa sainte et divine bouche.

Notre Seigneur Jésus avait deux choses à donner aux hommes, sa croix et son trône, sa servitude et son règne, son obéissance jusqu'à la mort et son exaltation jusqu'à la gloire. Quand il est venu sur la terre, il a proposé l'un et l'autre; c'était l'abrégé de sa commission, c'était tout le sujet de son ambassade : *Complacuit... dare vobis regnum*[3] : « Il a plu au Père de vous donner son royaume. » *Non veni pacem mittere, sed gladium*[4] : « Je ne suis pas venu apporter la paix, mais le glaive. » *Sicut oves in medio lupo-*

*rum*[1] : « Allez comme des brebis au milieu des loups. » Ses disciples, encore grossiers et charnels, ne voulaient point comprendre sa croix[2], et ils ne l'importunaient que de son royaume[3] ; et lui, désirant les accoutumer aux mystères de son Evangile, il ne leur dit ordinairement qu'un mot du royaume, et il revient toujours à la croix. C'est ce qui doit nous montrer qu'il faut partager nos affections entre sa croix et son trône, ou plutôt, puisque ces deux choses sont si bien liées, qu'il faut réunir nos affections dans la poursuite de l'un et de l'autre.

O Jean, bien-aimé de Jésus, venez apprendre de lui cette vérité. Il l'a déjà plusieurs fois prêchée à tous les apôtres, vos compagnons ; mais vous, qui êtes le favori, approchez-vous avec votre frère[4], et il vous l'enseignera en particulier. Votre mère lui dit : « Commandez que mes deux fils soient assis à votre droite dans votre royaume » : *Dic ut sedeant hi duo filii mei*[5]. « Pouvez-vous, leur répondez-vous, boire le calice que je dois boire ? » *Potestis bibere calicem quem ego bibiturus sum*[6] ? Mon Sauveur, permettez-moi de le dire, vous ne répondez pas à propos. On parle de gloire ; vous, d'ignominie. Il répond à propos, mais ils ne demandent pas à propos : *Nescitis quid petatis*[7] : « Vous ne savez ce que vous demandez. » Prenez la croix, et vous aurez le royaume : il est caché sous cette amertume. Attends à la croix, tu y verras les titres de ma royauté. « Ce n'est pas à moi à vous donner ce que vous demandez » : *Non est meum dare vobis*[8] : c'est à vous à le prendre, selon la part que vous voudrez avoir aux souffrances. Cela demeure gravé dans le cœur de Jean. Il ne songe plus au royaume qu'il ne songe à la croix avant toutes choses ; et c'est ce qu'il nous représente admirablement dans son Apocalypse. « Moi, Jean, nous dit-il, qui suis votre frère et qui ai part à la tribulation, au royaume et à la patience de Jésus-Christ, j'ai été dans l'île nommée Patmos[9], pour la parole du Seigneur, et pour le témoignage que j'ai rendu à Jésus-Christ ; et je fus ravi en esprit » : *Ego Joannes frater vester, et socius in tribulatione, et regno, et patientia, fui in insula quæ appellatur Patmos, propter verbum Dei, et testimonium Jesu ; fui in spiritu*[10]. Pourquoi fait-il cette observation : J'ai vu en esprit le Fils de l'homme en son trône, j'ai ouï le cantique de ses louanges ? pourquoi ? Parce que j'ai été banni dans une île : *fui in insula*. Je croyais autrefois qu'on ne pouvait voir

Jésus-Christ régnant, à moins que d'être assis à sa droite et revêtu de sa gloire; mais il m'a fait connaître qu'on ne le voit jamais mieux que dans les souffrances. L'affliction m'a dessillé les yeux, le vent de la persécution a dissipé les nuages de mon esprit, et a ouvert le passage à la lumière. Mais voyez encore plus précisément : *Ego Joannes, socius in tribulatione et regno.* Il parle du royaume, mais il parle auparavant de la croix; il mettait autrefois le royaume devant la croix[1], maintenant il met la croix la première; et, après avoir nommé le royaume, il revient incontinent aux souffrances : *et patientia.* Il craint de s'arrêter trop à la gloire comme il avait fait autrefois.

Mais voyons quelle a été sa croix. Il semble que c'est celui de tous les disciples qui a eu la plus légère[2]. Pour nous détromper, expliquons quelle a été sa croix et nous verrons qu'en effet elle a été la plus grande de toutes dans l'intérieur. Apprenez le mystère, et considérez les deux croix de notre Sauveur. L'une se voit au Calvaire, et elle paraît la plus douloureuse; l'autre est celle qu'il a portée durant tout le cours de sa vie : c'est la plus pénible. Dès le commencement, il se destine pour être la victime du genre humain[3]. Il devait offrir deux sacrifices. Le dernier sacrifice s'est opéré à l'autel de la croix; mais il fallait qu'il accomplît le sacrifice qui était appelé *Juge sacrificium*[4], dont son cœur était l'autel et le temple. Ô cœur toujours mourant, toujours percé de coups, brûlant d'impatience de souffrir, qui ne respirait que l'immolation! Ne croyez donc pas que sa Passion soit son sacrifice le plus douloureux. Sa Passion le console : il a une soif ardente qui le brûle et qui le consume; sa Passion le rafraîchira; et c'est peut-être une des raisons pour laquelle il l'appelle une coupe qu'il a à boire, parce qu'elle doit rafraîchir l'ardeur de sa soif. En effet, quand il parle de cette dernière croix : « C'est à présent, s'écrie-t-il, que le Fils de l'homme est glorifié » : *Nunc clarificatus est*[5]. C'est ainsi qu'il s'exprime après la dernière Pâque, sitôt que Judas fut sorti du cénacle. Mais s'agit-il de l'autre croix, c'est alors qu'il se sent vivement pressé dans l'attente de l'accomplissement de ce baptême : *Baptismo habeo baptizari, et quomodo coarctor*[6]! L'un le dilate : *Nunc clarificatus est;* l'autre le presse : *Coarctor.* Lequel est-ce qui fait sa vraie croix, celui qui le presse et qui lui fait violence, ou celui qui relâche la force du mal ?

C'est cette première croix, si pressante et si douloureuse, que Jésus-Christ veut donner à Jean. Pierre lui demandait : « Seigneur, que destinez-vous à celui-ci ? » *Domine, hic autem quid*[1] ? Vous m'avez dit quelle sera ma croix; quelle part y donnerez-vous à celui-ci ? Ne vous en mettez point en peine. La croix que je veux qu'il porte ne frappera pas les sens : je me réserve de la lui imprimer moi-même : elle sera principalement au fond de son âme; ce sera moi qui y mettrai la main, et je saurai bien la rendre pesante. Et pour le rendre capable de la soutenir avec un courage vraiment héroïque, il lui inspira l'amour des souffrances. Tout homme[2] que Jésus-Christ aime, il attire tellement son cœur après lui, qu'il ne souhaite rien avec plus d'ardeur que de voir abattre son corps, comme une vieille masure qui le sépare de Jésus-Christ. Mais quel autre avait plus d'ardeur pour la croix que Jean, qui avait humé ce désir aux plaies mêmes de Jésus-Christ[3]; qui avait vu sortir de son côté l'eau vive de la félicité, mais mêlée avec le sang des souffrances[4] ? Il est donc embrasé du désir du martyre : et cependant, ô Sauveur, quels supplices lui donnerez-vous ? Un exil. O cruauté lente et timide de Domitien[5] ! faut-il que tu ne sois trop humain que pour moi, et que tu n'aies pas soif de mon sang ! Mais peut-être qu'il sera bientôt répandu. On lui prépare de l'huile bouillante, pour le faire mourir dans ce bain brûlant[6]. Vous voilà enfin, ô croix de Jésus ! que je souhaite si vivement. Il s'élance dans cet étang d'huile fumante et bouillante, avec la même promptitude que, dans les ardeurs de l'été, on se jette dans le bain pour se rafraîchir. Mais, ô surprise fâcheuse et cruelle ! tout d'un coup elle se change en rosée. Bien-aimé de mon cœur, est-ce là l'amour que vous me portez ? Si vous ne voulez pas me donner la mort, pourquoi forcez-vous la nature de se refuser à mes empressements ? O bourreaux, apportez du feu, réchauffez votre huile inopinément refroidie. Mais ces cris sont inutiles : Jésus-Christ veut prolonger sa vie, parce qu'il veut encore aggraver sa croix. Il faut vivre jusqu'à une vieillesse décrépite[7] : il faut qu'il voie passer devant lui tous ses frères, les saints apôtres, et qu'il survive presque à tous les enfants qu'il a engendrés à Notre Seigneur.

De quoi le consolerez-vous, ô Sauveur des âmes ! ne voyez-vous pas qu'il meurt tous les jours, parce qu'il ne peut mourir une fois ? Hélas! il semble qu'il n'a plus qu'un souffle. Ce vieillard n'est plus que cendre; et sous cette cendre vous voulez cacher un grand feu. Ecoutez comme il crie : « Mes bien-aimés, nous sommes dès à présent enfants de Dieu; mais ce que nous serons un jour ne paraît pas encore » : *Carissimi, nunc filii Dei sumus, et nondum apparuit quid erimus*[1]. De quoi le consolerez-vous ? Sera-ce par les visions dont vous le gratifierez[2] ? Mais c'est ce qui augmente l'ardeur de ses désirs. Il voit couler ce fleuve qui réjouit la cité de Dieu, la Jérusalem céleste[3]. Que sert de lui montrer la fontaine, pour ne lui donner qu'une goutte à boire ? Ce rayon lui fait désirer le grand jour; et cette goutte que vous laissez tomber sur lui, lui fait avoir soif de la source. Ecoutez comme il crie dans l'Apocalypse : *Et Spiritus et sponsa dicunt : Veni :* « L'Esprit et l'Epouse disent : Venez. » Que lui répond le divin Epoux ? « Oui, je viens bientôt » : *Etiam venio cito*[4]. O instant trop long! *O modicum longum*[5] ! Il redouble ses gémissements et ses cris : « Venez, Seigneur Jésus » : *Veni, Domine Jesu*. O divin[6] Sauveur, quel supplice! Votre amour est trop sévère pour lui. Je sais que, dans la croix que vous lui donnez, « il y a une douleur qui console », *ipse consolatur dolor*[7] ; et que le calice de votre Passion que vous lui faites boire à longs traits, tout amer qu'il est à nos sens, a ses douceurs pour l'esprit, quand une foi vive l'a persuadé des maximes de l'Evangile. Mais j'ose dire, ô divin Sauveur, que cette manière douce et affectueuse avec laquelle vous avez traité saint Jean, votre bien-aimé disciple, et ces caresses mystérieuses dont il vous a plu l'honorer[8], exigeaient en quelque sorte de vous quelque marque plus sensible de la tendresse de votre cœur, et que vous lui deviez des consolations qui fussent plus approchantes de cette familiarité bienheureuse que vous avez voulu lui permettre. C'est aussi ce que nous verrons au Calvaire, dans le beau présent qu'il lui fait et dans le dernier adieu qu'il lui dit.

## SECOND POINT

Certainement, Chrétiens, l'amitié ne peut jamais être véritable, qu'elle ne se montre bientôt tout entière; et elle n'a jamais plus de peine que lorsqu'elle se voit cachée. Toutefois il faut avouer que, dans le temps qu'il faut dire adieu, la douleur que la séparation lui fait ressentir lui donne je ne sais quoi de si vif et de si pressant pour se faire voir dans son naturel, que jamais elle ne se découvre avec plus de force. C'est pourquoi les derniers adieux que l'on dit aux personnes que l'on a aimées saisissent de pitié les cœurs les plus durs : chacun tâche, dans ces rencontres, de laisser des marques de son souvenir. Nous voyons, en effet, tous les testaments remplis de clauses de cette nature; comme si l'amour, qui ne se nourrit ordinairement que par la présence, voyant approcher le moment fatal de la dernière séparation, et craignant par là sa perte totale, en même temps qu'il se voit privé de la conversation et de la vue, ramassait tout ce qui lui reste de force, pour vivre et durer du moins dans le souvenir.

Ne croyez pas que notre Sauveur ait oublié son amour en cette occasion. *Ayant aimé les siens, il les a aimés jusqu'à la fin*[1] ; et puisqu'il ne meurt que par son amour, il n'est jamais plus puissant qu'à sa mort. C'est aussi sans doute pour cette raison qu'il amène au pied de sa croix les deux personnes qu'il chérit le plus, c'est-à-dire, Marie, sa divine mère, et Jean, son fidèle et son bon ami, qui, remis de ses premières terreurs[2], vient recueillir les derniers soupirs de son Maître mourant pour notre salut.

Car, je vous demande, mes Frères, pourquoi appeler la très sainte Vierge à ce spectacle d'inhumanité ? Est-ce pour lui percer le cœur et lui déchirer les entrailles ? Faut-il que ses yeux maternels soient frappés de ce triste objet, et qu'elle voie couler devant elle, par tant de cruelles blessures, un sang qui lui est si cher ? Pourquoi le plus chéri de tous ses disciples est-il le seul témoin de ses souffrances ? Avec quels yeux verra-t-il cette poitrine sacrée, sur laquelle il se reposait il y a deux jours, pousser les derniers sanglots parmi des douleurs infinies ? Quel plaisir au Sauveur de contempler ce favori bien-aimé, saisi par la vue de tant de tourments et par la mémoire encore toute fraîche de tant de caresses[3] récentes, mourir de langueur au pied de sa croix ? S'il l'aime si chèrement, que ne lui épargne-t-il cette affliction ? et n'y a-t-il pas de la dureté de lui refuser cette grâce ? Chrétiens, ne le croyez pas, et comprenez le dessein du Sauveur des âmes. Il faut que Marie et saint Jean assistent à la mort de Jésus, pour y recevoir ensemble, avec la tendresse du dernier adieu, les présents qu'il a à leur faire, afin de signaler en expirant l'excès de son affection.

Mais que leur donnera-t-il, nu, dépouillé comme il est ? Les soldats avares et impitoyables ont partagé jusqu'à ses habits, et joué sa tunique mystérieuse[1] : il n'a pas de quoi se faire enterrer. Son corps même n'est plus à lui : il est la victime de tous les pécheurs; il n'y a goutte de son sang qui ne soit due à la justice de Dieu, son Père. Pauvre esclave, qui n'a plus rien en son pouvoir, dont il puisse disposer par son testament! Il a perdu jusqu'à son Père, auquel il s'est glorifié tant de fois d'être si étroitement uni. C'est son Dieu, ce n'est plus son Père. Au lieu de dire comme auparavant : *Tout ce qui est à vous est à moi*[2], il ne lui demande plus qu'un regard : *Respice in me ;* et il ne peut l'obtenir, et il s'en voit abandonné : *Quare me dereliquisti*[3] ? Ainsi, de quelque côté qu'il tourne les yeux, il ne voit plus rien qui lui appartienne. Je me trompe, il voit Marie et saint Jean : tout le reste des siens l'ont abandonné; et ils sont là pour lui dire : Nous sommes à vous. Voilà tout le bien qui lui reste, et dont il peut disposer par son testament. Mais c'est à eux qu'il faut donner, et non pas les donner eux-mêmes. O amour ingénieux de mon Maître! Il faut leur donner, il faut les donner. Il faut donner Marie au disciple, et le disciple à la divine Marie. *Ego dilecto meo,* dit-il. Mon Maître, je suis à vous; usez de moi comme il vous plaira. Voyez la suite : *et ad me conversio ejus*[4]. *Fils,* dit-il, *voilà votre mère.* O Jean, je vous donne Marie; et je vous donne en même temps à Marie : Marie est à saint Jean, saint Jean à Marie. Vous devez vous rendre heureux l'un et l'autre par une mutuelle possession. Ce ne vous est pas un moindre avantage d'être donnés que de recevoir; et je ne vous enrichis pas plus par le don que je vous fais, que par celui que je fais de vous.

Mais, mes Frères, entrons plus profondément dans cet admirable mystère : recherchons par les Ecritures quelle est cette seconde naissance qui fait saint Jean le fils de Marie, quelle est cette nouvelle fécondité qui rend Marie mère de saint Jean; et développons les secrets d'une belle théologie, qui mettra cette vérité dans son jour. Saint Paul, parlant de notre Sauveur après l'infamie de sa mort et la gloire de sa résurrection, en a dit ces belles paroles[5] : *Nous ne connaissons plus maintenant personne selon la chair ; et si nous avons connu autrefois Jésus-Christ selon la chair, maintenant qu'il est mort et ressuscité, nous ne le connaissons plus de la sorte.* Que veut dire cette parole, et quel est le sens de l'Apôtre ? Veut-il dire que le Fils de Dieu s'est dépouillé, en mourant, de sa chair humaine, et qu'il ne l'a point reprise en sa glorieuse résurrection ? Non, mes Frères, à Dieu ne plaise! Il faut trouver un autre sens à cette belle parole du divin Apôtre, qui nous ouvre l'intelligence de ses sentiments. Ne le cherchez pas, le voici : il veut dire que le Fils de Dieu, dans la gloire de sa résurrection, a bien la vérité[1] de la chair, mais qu'il n'en a plus les infirmités; et pour toucher encore plus le fond de cette excellente doctrine, entendons que l'Homme-Dieu, Jésus-Christ, a eu deux naissances et deux vies[2], qui sont infiniment différentes.

La première de ces naissances l'a tiré du sein de Marie; la seconde l'a fait sortir du sein du tombeau. En la première, il est né de l'Esprit de Dieu, mais par une mère mortelle; et de là, il en a tiré la mortalité. Mais en sa seconde naissance, nul n'y a part que son Père céleste[3]; c'est pourquoi il n'y a plus rien que de glorieux. Il était de sa providence d'accommoder ses sentiments à ces deux manières de vie si contraires : de là vient que dans la première, il n'a pas jugé indignes de lui les sentiments de faiblesse humaine; mais, dans sa bienheureuse résurrection, il n'y a plus rien que de grand, et tous ses sentiments sont d'un Dieu qui répand sur l'humanité qu'il a prise tout ce que la divinité a de plus auguste. Jésus, en conversant parmi les mortels, a eu faim, a eu soif; il a été quelquefois saisi par la crainte, touché par la douleur; la pitié a serré son cœur, elle a ému et altéré son sang, elle lui a fait répandre des larmes. Je ne m'en étonne pas, Chrétiens : c'étaient les jours de son humiliation, qu'il devait passer dans l'infirmité. Mais durant les jours de sa gloire et de son immortalité, après sa seconde naissance, par laquelle son Père l'a ressuscité pour le faire asseoir à sa droite[4], les infirmités sont bannies, et la toute-puissance divine, déployant sur lui sa vertu, a dissipé toutes ses faiblesses. Il commence à agir tout à fait en Dieu : la manière en est incompréhensible, et tout ce qu'il est permis aux mortels de dire d'un mystère si haut, c'est qu'il n'y faut plus rien concevoir de ce que le sens humain peut imaginer; si bien qu'il ne nous reste plus que de nous écrier hardiment, avec l'incomparable docteur des Gentils[5], que si nous avons connu Jésus-Christ selon sa naissance mortelle, dans les sentiments de la chair, *nunc jam non novimus,* maintenant qu'il est glorieux et ressuscité, nous ne le connaissons plus de la sorte, et tout ce que nous y concevons est divin.

Selon cette doctrine du divin Apôtre, je ne craindrai pas d'assurer que Jésus-Christ ressuscité regarde Marie d'une autre manière que ne faisait pas Jésus-Christ mortel. Car mes Frères, sa mortalité l'a fait naître dans la dépendance de celle qui lui a donné la vie : *Il lui était soumis et obéissant,* dit l'évangéliste[1]. Tout Dieu qu'était Jésus, l'amour qu'il avait pour sa sainte mère était mêlé sans doute de cette crainte filiale et respectueuse que les enfants bien nés ne perdent jamais. Il était accompagné de toutes ces douces émotions, de toutes ces inquiétudes aimables qu'une affection sincère imprime toujours dans les cœurs des hommes mortels : tout cela était bienséant durant les jours de faiblesse. Mais, enfin, voilà Jésus en la croix : le temps de mortalité va passer. Il va commencer désormais à aimer Marie d'une autre manière : son amour ne sera pas moins ardent ; et, tant que Jésus-Christ sera homme, il n'oubliera jamais cette Vierge-Mère. Mais, après sa bienheureuse résurrection, il faut bien qu'il prenne un amour convenable à l'état de sa gloire.

Que deviendront donc, Chrétiens, ces respects, cette déférence, cette complaisance obligeante, ces soins si particuliers, ces douces inquiétudes qui accompagnaient son amour ? Mourront-ils avec Jésus-Christ, et Marie en sera-t-elle à jamais privée ? Chrétiens, sa bonté ne le permet pas. Puisqu'il va entrer par sa mort en un état glorieux, où il ne les peut plus retenir, il les fait passer en saint Jean, et il entreprend de les faire revivre dans le cœur de ce bien-aimé. Et n'est-ce pas ce que veut dire le grand saint Paulin[2] par ces éloquentes paroles : *Jam scilicet ab humana fragilitate, qua erat natus ex fœmina, per crucis mortem demigrans in æternitatem Dei, ut esset in gloria Dei Patris, delegat homini jura pietatis humanæ :* « Etant prêt de[3] passer, par la mort de la croix, de l'infirmité humaine à la gloire et à l'éternité de son Père, il laisse à un homme mortel les sentiments de la piété humaine. » Tout ce que son amour avait de tendre et de respectueux pour sa sainte mère vivra maintenant dans le cœur de Jean : c'est lui qui sera le fils de Marie ; et, pour établir entre eux éternellement cette alliance mystérieuse, il leur parle du haut de sa croix, non point avec une action tremblante comme un patient prêt à rendre l'âme, « mais avec toute la force d'un homme vivant, et toute la fermeté d'un Dieu qui doit ressusciter » : *Plena virtute viventis et constantia resurrecturi*[1]. Lui, qui tourne les cœurs ainsi qu'il lui plaît et dont la parole est toute-puissante, opère en eux tout ce qu'il leur dit, et fait Marie mère de Jean, et Jean fils de Marie.

Car qui pourrait assez exprimer quelle fut la force de cette parole sur l'esprit de l'un et de l'autre ? Ils gémissaient au pied de la croix, toutes les plaies de Jésus-Christ déchiraient leurs âmes, et la vivacité de la douleur les avait presque rendus insensibles. Mais lorsqu'ils entendirent cette voix mourante du dernier adieu de Jésus, leurs sentiments furent réveillés par cette nouvelle blessure : toutes les entrailles de Marie furent renversées[2], et il n'y eut goutte de sang dans le cœur de Jean qui ne fût aussitôt émue. Cette parole entra donc au fond de leurs âmes, ainsi qu'un glaive tranchant; elles en furent percées et ensanglantées[3] avec une douleur incroyable : mais aussi leur fallait-il faire cette violence; il fallait de cette sorte entr'ouvrir leurs cœurs, afin, si je puis parler de la sorte, d'enter en l'un le respect d'un fils, et dans l'autre la tendresse d'une bonne mère.

Voilà donc Marie mère de saint Jean. Quoique son amour maternel, accoutumé d'embrasser un Dieu, ait peine à se terminer sur un homme, et qu'une telle inégalité semble plutôt lui reprocher son malheur que la récompenser de sa perte, toutefois la parole de son Fils la presse; l'amour que le Sauveur a eu pour saint Jean l'a rendu un autre lui-même, et fait qu'elle ne croit pas se tromper quand elle cherche Jésus-Christ en lui. Grand et incomparable avantage de ce disciple chéri ! Car de quels dons l'aura orné le Sauveur, pour le rendre digne de remplir sa place ? Si l'amour qu'il a pour la sainte Vierge l'oblige à lui laisser son portrait en se retirant de sa vue, ne doit-il pas lui avoir donné une image vive et naturelle ? Quel doit donc être le grand saint Jean, destiné à demeurer sur la terre pour y être la représentation du Fils de Dieu après sa mort, et une représentation si parfaite qu'elle puisse charmer la douleur et tromper, s'il se peut, l'amour de sa sainte mère par la naïveté de la ressemblance !

D'ailleurs, quelle abondance de grâces attirait sur lui tous les jours l'amour maternel de Marie et le désir qu'elle avait conçu de former en lui Jésus-Christ[1] ! Combien s'échauffaient tous les jours les ardeurs de sa charité par la chaste communication de celles qui brûlaient le cœur de Marie ! Et à quelle perfection s'avançait sa chasteté virginale, qui était sans cesse épurée par les regards modestes de la sainte Vierge et par sa conversation angélique !

Apprenons de là, Chrétiens, quelle est la force de la pureté. C'est elle qui mérite à saint Jean la familiarité du Sauveur ; c'est elle qui le rend digne d'hériter de son amour pour Marie, de succéder en sa place, d'être honoré de sa ressemblance. C'est elle qui lui fait tomber Marie en partage, et lui donne une mère vierge. Elle fait quelque chose de plus : elle lui ouvre le cœur de Jésus, et lui en assure la possession.

## TROISIÈME POINT

Je l'ai déjà dit, Chrétiens, il ne suffit pas au Sauveur de répandre ses dons sur saint Jean ; il veut lui donner jusqu'à la source. Tous les dons viennent de l'amour ; il lui a donné son amour. C'est au cœur que l'amour prend son origine ; il lui donne encore le cœur, et le met en possession du fonds dont il lui a déjà donné tous les fruits. Viens, dit-il, ô mon cher disciple : je t'ai choisi devant tous les temps pour être le docteur de la charité ; viens la boire jusque dans sa source, viens y prendre ces paroles pleines d'onction par lesquelles tu attendriras mes fidèles ; approche de ce cœur qui ne respire que l'amour des hommes, et, pour mieux parler de mon amour, viens sentir de près les ardeurs qui me consument.

Je ne m'étendrai pas à vous raconter les avantages de saint Jean. Mais, Jean, puisque vous en êtes le maître, ouvrez-nous ce cœur de Jésus, faites-nous-en remarquer tous les mouvements, que la seule charité excite. C'est ce qu'il a fait dans tous ses écrits[2] : tous les écrits de saint Jean ne tendent qu'à expliquer le cœur de Jésus. En ce cœur est l'abrégé de tous les mystères du christianisme : mystères de charité, dont l'origine est au cœur ; un cœur, s'il se peut dire, tout pétri d'amour : toutes les palpitations, tous les battements de ce cœur, c'est la charité qui les produit. Voulez-vous voir saint Jean vous montrer tous les secrets de ce cœur ? Il remonte « jusqu'au principe » : *In principio*[1]. C'est pour venir à ce terme : *Et habitavit*[2] : « Il a habité parmi nous. » Qui l'a fait ainsi habiter avec nous ? L'amour : « C'est ainsi que Dieu a aimé le monde » : *Sic Deus dilexit mundum*[3]. C'est donc l'amour qui l'a fait descendre pour se revêtir de la nature humaine. Mais quel cœur aura-t-il donné à cette nature humaine, sinon un cœur tout pétri d'amour ?

C'est Dieu qui fait tous les cœurs, ainsi qu'il lui plaît. « Le cœur du roi est dans sa main », comme celui de tous les autres : *Cor regis in manu Dei est*[4]. *Regis,* du roi Sauveur. Quel autre cœur a été plus dans la main de Dieu ? C'était le cœur d'un Dieu, qu'il réglait de près, dont il conduisait tous les mouvements. Qu'aura donc fait le Verbe divin, en se faisant homme, sinon de se former un cœur sur lequel il imprimât cette charité infinie qui l'obligeait à venir au monde ? Donnez-moi tout ce qu'il y a de tendre, tout ce qu'il y a de doux et d'humain : il faut faire un Sauveur qui ne puisse souffrir les misères sans être saisi de douleur; qui, voyant les brebis perdues, ne puisse supporter leurs égarements[5]. Il lui faut un amour qui le fasse courir au péril de sa vie, qui lui fasse baisser les épaules pour charger dessus sa brebis perdue, qui lui fasse crier : « Si quelqu'un a soif, qu'il vienne à moi » : *Si quis sitit, veniat ad me*[6]; « Venez à moi, vous tous qui êtes fatigués » : *Venite ad me, omnes qui laboratis*[7]. Venez, pécheurs; c'est vous que je cherche. Enfin, il lui faut un cœur qui lui fasse dire : « Je donne ma vie, parce que je le veux » : *Ego pono eam a meipso*[8]. C'est moi, qui ai un cœur amoureux, qui dévoue mon corps et mon âme à toutes sortes de tourments.

Voilà, mes Frères, quel est le cœur de Jésus, voilà quel est le mystère du christianisme. C'est pourquoi l'abrégé de la foi est renfermé dans ces paroles : « Pour nous, nous avons cru à l'amour que Dieu a pour nous » : [*Nos*[9] *credidimus caritati quam habet Deus in nobis*[10]. Voilà la profession de saint Jean.] Pourquoi le Juif ne croit-il pas à notre Évangile[11] ? Il reconnaît la puissance; mais il ne veut pas croire à l'amour : il ne peut se persuader que Dieu nous ait assez aimés pour nous donner son Fils. Pour moi, je crois à sa charité; et c'est tout dire. Il s'est fait homme, je le crois ; il est mort pour nous, je le crois ; il aime, et qui aime fait tout : *Credidimus caritati*[1].

Mais si nous y croyons, il faut l'imiter[2]. Ce cœur de Jésus embrasse tous les fidèles : c'est là où nous sommes tous réunis, « pour être consommés dans l'unité » : *Ut sint consummati in unum*[3]. C'est le cœur qui parlait, lorsqu'il disait : « Mon Père, je veux que là où je suis, mes disciples y soient aussi avec moi » : *Volo ut ubi sum ego, et illi sint mecum*[4]. Il ne distrait personne[5], il appelle tous ses enfants, et nous devons nous aimer « dans les entrailles de la charité de ce divin Sauveur » : *in visceribus Jesu Christi*[6]. Ayons donc un cœur de Jésus-Christ, un cœur étendu, qui n'exclue personne de son amour. C'est de cet amour réciproque qu'il se formera une chaîne de charité, qui s'étendra du cœur de Jésus dans tous les autres, pour les lier et les unir inviolablement : ne la rompons pas ; ne refusons à aucun de nos frères d'entrer dans cette sainte union de la charité de Jésus-Christ. Il y a place pour tout le monde[7]. Usons sans envie des biens qu'elle nous procure : nous ne les perdons pas en les communiquant aux autres, mais nous les possédons d'autant plus sûrement ; ils se multiplient pour nous avec d'autant plus d'abondance que nous désirons plus généreusement les partager avec nos frères. Et pourquoi veux-tu arracher ton frère de ce cœur de Jésus-Christ ? Il ne souffre point de séparation : il *te vomira*[8] toi-même. Il supporte toutes les infirmités, pourvu que la charité dont nous sommes animés les couvre. Aimons-nous donc dans le cœur de Jésus. *Dieu est charité ; et qui persévère dans la charité demeure en Dieu, et Dieu en lui*[9]. Ha ! qui me donnera des amis que j'aime véritablement par la charité ? Lorsque je répands en eux mon cœur, je le répands en Dieu qui est charité. « Ce n'est pas à un homme que je me confie, mais à celui en qui il demeure pour être tel. Et dans ma juste confiance, je ne crains point ces résolutions si changeantes de l'inconstance humaine » : *Non homini committo, sed illi in quo manet ut talis sit. Nec in mea securitate crastinum illud humanæ cogitationis incertum omnino formido*[10]. C'est ainsi que s'aiment les bienheureux esprits.

L'amour, qui les unit intimement entre eux, s'échauffe de plus en plus dans ces mutuels embrassements de leurs cœurs. Ils s'aiment en Dieu, qui est le centre de leur union ; ils s'aiment pour Dieu, qui est tout leur bien. Ils aiment Dieu dans chacun de leurs concitoyens, qu'ils savent n'être grands que par lui; et vivement sensibles au bonheur de leurs frères, ils se trouvent heureux de jouir en eux et par eux des avantages qu'ils n'auraient pas eux-mêmes : ou plutôt, ils ont tout; la charité leur approprie l'universalité des dons de tout le corps, parce qu'elle les consomme dans cette unité sainte qui, les absorbant en Dieu, les met en possession des biens de toute la cité céleste.

Voulons-nous donc, mes Frères, participer ici-bas à la béatitude céleste[1] ? aimons-nous; que la charité fraternelle remplisse nos cœurs : elle nous fera goûter, dans la douceur de son action, ces délices inexprimables qui font le bonheur des saints; elle enrichira notre pauvreté, en nous rendant tous les biens communs; et ne formant de nous tous qu'un cœur et qu'une âme, elle commencera en nous cette unité divine qui doit faire notre éternel bonheur, et qui sera parfaite en nous lorsque, l'amour ayant entièrement transformé toutes nos puissances, Dieu sera tout en nous.

# PANÉGYRIQUE
## DE
# SAINT JOSEPH

REPRIS PAR ORDRE D'ANNE D'AUTRICHE A PARIS,
AUX CARMÉLITES, 19 MARS 1659[1].

Madame, comme les vertus sont modestes et élevées dans la retenue, elles ont honte de se montrer elles-mêmes, et elles savent que ce qui les rend plus recommandables, c'est le soin qu'elles prennent de se cacher, de peur de ternir par l'ostentation et par une lumière empruntée l'éclat naturel et solide que leur donne la pudeur qui les accompagne. Il n'y a que l'obéissance dont on se peut glorifier sans crainte; elle est la seule des vertus que l'on ne blâme point de se produire, et dont on se peut vanter hardiment sans que la modestie en soit offensée. C'est pour cette raison, Madame, que je supplie Votre Majesté de permettre que je publie hautement les soumissions que je rends aux commandements que j'ai reçus d'elle. Il lui plaît[2] d'ouïr de ma bouche ce panégyrique du grand saint Joseph; elle m'ordonne de rappeler en mon souvenir des idées que le temps y avait effacées[3]. J'y aurais de la répugnance, si je ne croyais manquer de respect, en rougissant de dire ce que Votre Majesté veut entendre. Il ne faut donc point étudier d'excuses; il ne faut point se plaindre du peu de loisir, ni peser soigneusement les motifs pour lesquels Votre Majesté me donne cet ordre. L'obéissance est trop curieuse, qui cherche les causes du commandement; il ne lui appartient pas d'avoir des yeux, si ce n'est pour considérer son devoir; elle doit chérir son aveuglement, qui la fait marcher avec sûreté. Votre Majesté verra donc Joseph dépositaire du Père éternel : il est digne de ce titre auguste, auquel il s'est préparé par tant de vertus. Mais n'est-il pas juste, Madame, qu'après vous avoir témoigné mes soumissions, je demande à Dieu cette fermeté qu'il promet aux prédicateurs de son Evangile, et qui, bien loin de se rabaisser devant les monarques du monde, y doit paraître avec plus de force[1] ?

Je m'adresse à vous, divine Marie, pour m'obtenir de Dieu cette grâce : j'espère tout de votre assistance, lorsque je dois célébrer la gloire de votre époux. *Ave Maria*.

(V. Le second exorde et le corps du discours, pour lesquels aucune correction ne fut ajoutée au manuscrit, ci-dessus, p. 327.)

## *PÉRORAISON*[2]

Madame,

Cette grandeur qui vous environne, empêche sans doute Votre Majesté de pouvoir goûter avec Jésus-Christ cette obscurité bienheureuse. Votre vie est dans la lumière, votre piété perce les nuages dans lesquels votre humilité veut l'envelopper. Les victoires de notre grand roi relèvent l'éclat de votre couronne; et ce qui surpasse toutes les victoires, c'est qu'on ne parle plus par toute la France que de cette ardeur toute chrétienne avec laquelle Votre Majesté travaille à faire descendre la paix sur la terre, d'où nos crimes l'ont bannie depuis tant d'années, et à rendre le calme à cet Etat, après en avoir soutenu toutes les tempêtes avec une résolution si constante. Parmi tant de gloire et tant de grandeur, quelle part peut prendre Votre Majesté à l'obscurité de Jésus-Christ et aux opprobres de son Evangile ? Puisque le monde s'efforce à lui donner des louanges, où pourra-t-elle trouver de l'humiliation, si elle ne la prend d'elle-même ? C'est, Madame, ce qui oblige Votre Majesté, lorsqu'elle se retire avec Dieu, de se dépouiller à ses pieds de toute cette magnificence royale, qui aussi bien s'évanouit devant lui[3], et là, de se couvrir humblement la face de la sainte confusion de la pénitence. C'est trop flatter les grands que de leur persuader qu'ils sont impeccables[4] : au contraire, qui ne sait pas que leur condition éminente leur apporte ce mal nécessaire, que leurs fautes ne peuvent presque être médiocres ? C'est, Madame, dans la vue de tant de périls que Votre Majesté doit s'humilier. Tous les peuples loueront sa sage conduite dans toute l'étendue de leurs cœurs; elle seule s'accusera, elle seule se confondra devant Dieu, et participera par ce moyen aux opprobres de Jésus-Christ, pour participer à sa gloire, que je lui souhaite éternelle[1]. *Amen.*

# SECOND PANÉGYRIQUE
## DE
# SAINT FRANÇOIS DE PAULE

PRÊCHÉ A PARIS CHEZ LES RÉVÉRENDS PÈRES MINIMES
DE LA PLACE ROYALE LE 6 AVRIL 1660[1].

> *Fili, tu semper mecum es, et omnia mea tua sunt.*
> Mon fils, vous êtes toujours avec moi, et tout ce qui est à moi est à vous.
> *Luc.*, XV, 31.

JE ne pouvais désirer, Messieurs, une rencontre plus heureuse ni plus favorable, que de[2] faire ici mon dernier discours, en produisant dans cette audience le grand et admirable saint François de Paule. L'adieu que doivent dire aux fidèles les prédicateurs de l'Evangile ne doit être autre chose qu'un pieux désir, par lequel ils tâchent d'attirer sur eux les bénédictions célestes ; et c'est ce que fait l'apôtre saint Paul, lorsque, se séparant des Ephésiens, il les recommande au grand Dieu, et à sa grâce toute-puissante : *Et nunc commendo vos Deo, et verbo gratiæ ipsius*[3]. Je ne doute pas, Chrétiens, que les vœux[4] de ce saint apôtre n'aient été suivis de l'exécution ; mais, ne pouvant pas espérer un pareil effet de prières comme les miennes, ce m'est une consolation particulière de vous faire paraître saint François de Paule pour vous bénir en Notre Seigneur. Ce sera donc ce grand patriarche[5] qui, vous trouvant assemblés dans une église qui porte son nom, étendra aujourd'hui les mains sur vous ; ce sera lui qui vous obtiendra les grâces du ciel, et qui, laissant dans vos esprits l'idée de sa sainteté et la mémoire de ses vertus[6], confirmera par ses beaux exemples les vérités évangéliques qui vous ont été prêchées[7] durant ce carême. Animé de cette pensée, je commencerai ce discours avec une bonne espérance ; et, de peur qu'elle ne soit vaine, je prie Dieu de la confirmer[1] par la grâce de son Saint-Esprit, que je lui demande humblement par l'intercession de la sainte Vierge. *Ave.*

Ne parlons pas toujours du pécheur qui fait pénitence, ni du prodigue qui retourne dans la maison paternelle. Qu'on n'entende pas toujours dans les chaires la joie de ce père miséricordieux, qui a retrouvé son cadet qu'il avait perdu[2]. Cet aîné fidèle et obéissant, qui est toujours demeuré auprès de son père[3] avec toutes les soumissions d'un bon fils, mérite bien aussi qu'on loue quelquefois sa persévérance. Il ne faut pas laisser dans l'oubli cette partie de la parabole ; et l'innocence toujours conservée, telle que nous la voyons en François de Paule, doit aussi avoir ses panégyriques. Il est vrai que l'Evangile semble ne retentir de toutes parts que du retour de ce prodigue ; il occupe, ce semble, tout l'esprit du père ; vous diriez qu'il n'y ait que lui qui le touche au cœur. Toutefois, au milieu du ravissement que lui donne son cadet retrouvé, il dit deux ou trois mots à l'aîné, qui lui témoignent une affection bien particulière[4] : *Mon fils, vous êtes toujours avec moi, et tout ce qui est à moi est à vous ;* hé[5] ! je vous prie, ne vous fâchez pas si je laisse aujourd'hui épancher ma joie sur votre frère que j'avais perdu, et que j'ai retrouvé contre mon attente : *Fili, tu semper mecum es ;* c'est-à-dire, si nous l'entendons[6] : Mon fils, je sais bien reconnaître votre obéissance toujours constante, et elle m'inspire pour vous un fonds d'amitié, laquelle ne laisse pas d'être plus forte, encore que vous ne la voyez[7] pas accompagnée de cette émotion sensible que me donne le retour inopiné de votre frère : « vous êtes toujours avec moi, et tout ce qui est à moi est à vous ; nos cœurs et nos intérêts ne sont qu'un » : *tu semper mecum es, et omnia mea tua sunt.* Voilà une parole bien tendre : cet aîné a un beau partage, et garde bien sa place dans le cœur du père.

Cette parole, Messieurs, se traite rarement dans les chaires, parce que cette fidélité inviolable ne se trouve guère dans les mœurs. Qui de nous n'est jamais sorti de la maison de son père ? Qui de nous n'a pas été prodigue ? Qui n'a pas *dissipé sa substance*[8] par une vie déréglée et licencieuse ? Qui n'a pas repu les pourceaux, c'est-à-dire, ses passions corrompues ? Puisqu'il y en a si peu dans l'Eglise qui aient su garder sans tache l'intégrité[1] de leur baptême, il est beaucoup plus nécessaire de rappeler les pécheurs, que de parler des avantages de l'innocence. Et toutefois, Chrétiens, comme l'Eglise nous montre aujourd'hui, en la personne de saint François de Paule, une sainteté extraordinaire, qui s'est commencée dès l'enfance et qui s'est toujours augmentée jusqu'à son extrême vieillesse[2]; comme nous voyons en ce grand homme un religieux accompli; comme nous admirons, dans sa longue vie, un siècle presque tout entier d'une piété toujours également soutenue : prodiges que nous sommes, respectons cet aîné toujours fidèle, et célébrons les prérogatives de la sainteté baptismale si soigneusement conservée.

Je les trouve toutes ramassées dans les paroles de mon texte[3]. Etre toujours avec Jésus-Christ sur sa croix et dans ses souffrances, dans le mépris du monde et des vanités, et être toujours avec Jésus-Christ par une sainte correspondance de charité, et une véritable unité de cœur; voilà deux choses qui sont renfermées dans la première partie de mon texte : *Fili, tu semper mecum es :* « Mon Fils, vous êtes toujours avec moi. » Mais il ajoute, pour comble de gloire, « Et tout ce qui est à moi est à vous » : *Et omnia mea tua sunt ;* c'est-à-dire que l'innocence a un droit acquis sur tous les biens de son Créateur. Ce sont, mes Frères, les trois avantages qu'a donnés à François de Paule l'intégrité baptismale. Nous commençons dans le saint baptême à être avec Jésus-Christ sur la croix, parce que nous y professons le mépris du monde : saint François, dès son enfance, a éternellement rompu le commerce avec lui par une vie pénitente et mortifiée[4]. Nous commençons dans le saint baptême à nous unir à Dieu par la charité; il n'a jamais cessé d'avancer toujours dans cette bienheureuse communication. Nous acquérons dans le saint baptême un droit particulier sur les biens de Dieu; et saint François a tellement conservé et même encore augmenté ce droit, qu'on l'a vu maître de soi-même et de toutes choses, par une puissance miraculeuse que Dieu lui avait donnée presque sur toutes les créatures. Ces trois merveilleux avantages de la sainteté baptismale, tous ramassés dans mon texte, et dans la personne de François de Paule, feront le partage de ce discours, et le sujet de vos attentions.

## PREMIER POINT

C'est une fausse imagination que de croire que l'obligation de quitter le monde ne regarde que les cloîtres et les monastères. Ce qu'a dit l'apôtre saint Paul[1], que nous sommes morts et ensevelis avec Jésus-Christ, étant une dépendance de notre baptême, oblige également tous les fidèles, et leur impose une nécessité indispensable de rompre tout commerce avec le monde. Et en effet, Messieurs, les liens qui nous attachent au monde se formant en nous par la naissance, il est clair qu'ils se doivent rompre par la mort. Les morts ne sont plus de rien, ils n'ont plus de part à la société humaine; c'est pourquoi les tombeaux sont appelés des solitudes : *Ædificant sibi solitudines*[2]. Si donc nous sommes morts en Jésus-Christ par le saint baptême, nous avons par conséquent renoncé au monde.

Le grand apôtre saint Paul[3] nous a expliqué profondément ce que c'est que cette mort spirituelle, lorsqu'il a parlé en ces termes : « Le monde, dit-il, est crucifié pour moi, et moi je suis crucifié pour le monde » : *Mihi mundus crucifixus est, et ego mundo*[4]. Le docte et éloquent saint Jean Chrysostome fait une belle réflexion sur ces paroles : Ce n'est pas assez, dit-il[5], à l'Apôtre, que le chrétien soit mort au monde; mais il ajoute encore : Il faut que le monde soit mort pour le chrétien : et cela, pour nous faire entendre que le commerce est rompu des deux côtés, et qu'il n'y a plus aucune alliance. Car, poursuit ce docte interprète, l'Apôtre considérait que non seulement les vivants ont quelques sentiments les uns pour les autres, mais qu'il leur reste encore quelque affection pour les morts : ils en conservent le souvenir; ils leur rendent quelques honneurs, ne serait-ce que ceux de la sépulture. C'est pourquoi l'apôtre saint Paul ayant entrepris de nous faire entendre jusqu'à quelle extrémité le fidèle doit se dégager de l'amour du monde : Ce n'est pas assez, nous dit-il, que le commerce soit rompu entre le monde et le chrétien, comme il l'est entre les vivants et les morts; car il y a souvent quelque affection[6] des vivants aux morts, qui va les rechercher dans le tombeau même. Il faut une plus grande rupture; et, afin qu'il n'y reste plus aucune alliance, tel qu'est un mort à l'égard d'un mort, tel doit être le monde et le chrétien : *Mihi mundus crucifixus est, et ego mundo.* Où va cela[1], Chrétiens, et où nous conduit ce raisonnement ? Il faut vous en donner, en peu de paroles, une idée plus particulière.

Ce qui nous fait vivre au monde, c'est l'inclination pour le monde[2] : ce qui fait vivre le monde pour nous, c'est un certain éclat qui nous charme[3] dans les biens du monde. La mort éteint les inclinations, la mort ternit le lustre de toutes choses : c'est pourquoi, dit saint Paul, je suis mort au monde, je n'ai plus d'inclination pour le monde : le monde est mort pour moi, il n'a plus d'éclat pour mes yeux. Comme on voit dans le plus beau corps du monde, qu'aussitôt que l'âme s'en est retirée, encore que les linéaments soient presque les mêmes, cette fleur de beauté se passe[4], et cette bonne grâce s'évanouit : ainsi le monde est mort pour le chrétien[5] : il n'a plus d'appas qui l'attirent, ni de charmes qui touchent son cœur. Voilà cette mort spirituelle, qui sépare le monde et le chrétien : telle est l'obligation du baptême. Mais si nous avons si mal observé les promesses que nous avons faites, admirons du moins aujourd'hui la sainte obstination de saint François de Paule à combattre la nature et ses sentiments; admirons la fidélité inviolable de ce grand homme, qui a été envoyé de Dieu, pour faire revivre en son siècle cet esprit de mortification et de pénitence, c'est-à-dire, le véritable esprit du christianisme, presque entièrement aboli par la mollesse.

Que[6] dirai-je ici, Chrétiens, et par où commencerai-je l'éloge de sa pénitence ? Qu'admirerai-je le plus, ou qu'il l'ait si tôt commencée, ou qu'il l'ait fait durer si longtemps avec une pareille vigueur ? Sa tendre enfance l'a vue naître en lui, sa vieillesse la plus décrépite[7] ne l'a jamais vue relâchée. Par l'une de ces entreprises, il a imité Jean-Baptiste, et par l'autre il a égalé les Paul, les Antoine, les Hilarion[8]. Vous allez voir, Messieurs, en ce grand homme un terrible renversement de la nature; et, afin de le bien entendre, représentez-vous en vous-mêmes quelles sont ordinairement dans tous les hommes les deux extrémités de la vie : je veux dire, l'enfance et la vieillesse. Elles ont déjà cela de commun, que la faiblesse et l'infirmité sont leur partage. L'enfance est faible, parce qu'elle ne fait que commencer; la vieillesse, parce qu'elle approche de sa ruine[9], prête à tomber par terre. Dans l'enfance, le corps est semblable à un bâtiment encore imparfait ; et il ressemble dans la vieillesse à un édifice caduc, dont les fondements sont ébranlés. Les désirs en l'une et en l'autre sont proportionnés à leur état. Avec le même empressement que l'enfance montre pour la nourriture, la vieillesse s'étudie aux précautions ; parce que l'une veut acquérir ce qui lui manque, et l'autre retenir ce qui lui échappe. Ainsi l'une demande[1] des secours pour s'avancer à sa perfection, et l'autre cherche des appuis pour soutenir sa défaillance. C'est pourquoi elles sont toutes deux entièrement appliquées à ce qui touche le corps : la dernière, sollicitée par la crainte ; et la première, poussée par un secret instinct de la nature.

François de Paule, Messieurs, est un homme que Dieu a voulu envoyer au monde, pour nous montrer que les lois de la nature cèdent, quand il lui plaît, aux lois de la grâce. Nous voyons en cet homme admirable, contre tout l'ordre de la nature, un enfant qui modère ses désirs, un vieillard qui n'épargne pas son peu de force. C'est ce fils fidèle et persévérant, qui est toujours avec Jésus-Christ. Jésus a toujours été dans les travaux : *In laboribus a juventute mea*[2] ; il a toujours été sur la croix ; François de Paule, enfant, commence les travaux de sa pénitence. Il n'avait que six ou sept ans, que des religieux très réformés admiraient sa vie austère et mortifiée. A treize ans, il quitte le monde et se jette dans un désert, de peur de souiller son innocence par la contagion du siècle. Grâce du baptême, mort spirituelle, où as-tu jamais paru avec plus de force ? Cet enfant est déjà crucifié au monde, cet enfant est déjà mort au monde, auquel il n'a jamais commencé de vivre ! Cela est admirable, sans doute ; mais voici qui ne l'est pas moins.

A quatre-vingt-onze ans, ni ses fatigues continuelles, ni son extrême caducité, ne le peuvent obliger de modérer la sévérité de sa vie. Il fait un carême éternel, et, dans la rigueur de son jeûne, un peu de pain est sa nourriture, de l'eau toute pure étanche sa soif ; à ses jours de réjouissance, il y ajoute quelques légumes : voilà les ragoûts[3] de François de Paule. Au milieu de cette rigueur, de peur de manger pour le plaisir, il attend toujours la dernière nécessité. Il ne songe à prendre sa réfection, que lorsqu'il sent que la nuit approche. Après avoir vaqué tout le jour au service de son Créateur, il croit avoir quelque droit de penser à pourvoir à l'infirmité de la nature. Il traite son corps comme un mercenaire[1], à qui il donne son pain quand il a achevé sa journée. Par une nourriture modique, il se prépare à[2] un sommeil léger; louant la munificence divine, de ce qu'elle lui apprend si bien à se contenter de peu. Telle est la conduite de saint François en santé et en maladie; tel est son régime de vivre. Une vigueur spirituelle, qui se renouvelle et se fortifie de jour en jour, ne permet pas à son âme de sentir la caducité de l'âge. C'est cette jeunesse intérieure qui soutenait ses membres cassés, dans sa vieillesse décrépite, et lui a fait continuer sa pénitence jusqu'à la fin de sa vie.

Voici, mes Frères, un grand exemple, pour confondre notre mollesse. O Dieu de mon cœur! quand je considère que cet homme si pur et si innocent, cet homme qui est toujours demeuré dans l'enfance et la simplicité du saint baptême, fait une pénitence si rigoureuse; je frémis jusqu'au fond de l'âme, et les continuelles mortifications de cet innocent me font trembler pour les criminels qui vivent dans les délices. Quand nous aurions toujours conservé la sainteté baptismale, la seule conformité avec Jésus-Christ nous oblige[3] d'embrasser sa croix, en mortifiant nos mauvais désirs. Mais lorsque nous avons été assez malheureux pour perdre la sainteté et la grâce par quelque faute mortelle, il est bien aisé de juger combien alors cette obligation est redoublée. Car l'apôtre saint Paul nous enseigne que quiconque déchoit de la grâce, crucifie de nouveau Jésus-Christ[4]; qu'il perce encore une fois ses pieds et ses mains; que non seulement il répand, mais encore qu'il foule aux pieds son sang précieux[5]. S'il est ainsi, Chrétiens, mes Frères, pour réparer cet attentat par lequel nous crucifions Jésus-Christ, que pouvons-nous faire autre chose sinon de nous crucifier nous-mêmes, et de venger sur nos propres corps l'injure que nous avons faite à notre Sauveur?

Tout autant que nous sommes de pécheurs, prenons aujourd'hui ces sentiments; et imprimons vivement en nos esprits cette obligation indispensable de venger Jésus-Christ en nous-mêmes. Je ne vous demande pas[6], pour cela, ni des jeûnes continuels, ni des macérations extraordinaires, quoique, hélas! quand nous le ferions, la justice divine aurait droit d'en exiger encore beaucoup davantage, mais notre lâcheté et notre faiblesse ne permettent pas seulement que l'on nous propose une médecine si forte. Du moins, corrigeons nos mauvais désirs; du moins, ne pensons jamais à nos crimes sans nous affliger devant Dieu de notre prodigieuse ingratitude. Ne donnons point de bornes à une si juste douleur; et songeons qu'étant subrogée[1] à une peine d'une éternelle durée, elle doit imiter, en quelque sorte, son intolérable perpétuité : faisons-la donc durer[2] du moins jusqu'à la fin de notre vie. Heureux ceux que la mort vient surprendre[3] dans les humbles sentiments de la pénitence[4] ! Je parle mal, Chrétiens; la mort ne les surprend pas. La mort pour eux n'est pas une mort; elle n'est mort que pour ceux qui vivent enivrés de l'amour du monde.

Notre incomparable[5] François était en la cour de Louis XI, où l'on voyait tous les jours et le pouvoir de la mort, et son impuissance : son pouvoir, sur ce grand monarque; son impuissance, sur ce pauvre ermite. Louis, resserré dans ses forteresses, et environné de ses gardes, ne sait à qui confier sa vie; et la crainte de la mort le saisit de telle sorte qu'elle lui fait méconnaître ses meilleurs amis[6]. Vous voyez un prince, Messieurs, que la mort réduit en un triste état : toujours tremblant, toujours inquiet, il craint généralement tout ce qui l'approche; et il n'est précaution qu'il ne cherche pour se garantir de cette ennemie[7], qui saura bien éluder ses soins et les vains raffinements de sa politique.

Regardez maintenant le pauvre François, et voyez si elle lui fera seulement froncer les sourcils. Il la contemple avec un visage riant; elle ne lui est pas inconnue, et il y a déjà trop longtemps qu'il s'est familiarisé avec elle, pour être étonné de ses approches. La mortification l'a accoutumé à la mort; les jeûnes et la pénitence, dit Tertullien[8], la lui ont déjà fait voir de près et l'ont souvent avancé dans son voisinage : *Sæpe jejunans, mortem de proximo novit.* Il sortira du monde plus légèrement : il s'est déjà déchargé lui-même d'une partie de son corps, comme d'un empêchement importun à l'âme : *præmisso jam sanguinis succo, tanquam animæ impedimento.* C'est pourquoi, sentant[9] approcher la mort, il lui tend de bon cœur les bras; il lui présente avec joie ce qui lui reste de corps, et d'un visage riant il lui désigne[10] l'endroit où elle doit frapper son dernier coup. O mort[11], lui dit-il, quoique le monde te nomme cruelle et inexorable, tu ne me feras aucun mal, parce que tu ne m'ôteras rien de ce que j'aime. Bien loin de rompre le cours de mes desseins, tu ne feras qu'achever l'ouvrage que j'ai commencé, en me défaisant de toutes les choses dont je tâche de me défaire il y a longtemps. Tu me déchargeras de ce corps : ô mort, je t'en remercie; il y a plus de quatre-vingts ans que je travaille moi-même à m'en décharger. J'ai professé, dans le baptême, que ses désirs ne me touchaient pas[1]; j'ai tâché de les couper[2] pendant tout le cours de ma vie : ton secours, ô mort, m'était nécessaire, pour en arracher la racine; tu ne détruis pas ce que je suis, mais tu achèves ce que je fais.

Telle est la force de la pénitence. Celui qui aime ses exercices a toujours son âme en ses mains, et est prêt à tout moment de la rendre. L'admirable François de Paule, tout rempli de ces sentiments, et nourri dès sa tendre enfance sur la croix[3] de notre Sauveur, n'avait garde de craindre la mort. Mais nous parlons déjà de sa mort, et nous ne faisons encore que de commencer les merveilles de sa sainte vie : l'ordre des choses nous y a conduits. Mais continuons la suite de notre dessein; et, après avoir vu notre grand saint François uni si étroitement avec Jésus-Christ dans la société de ses souffrances, voyons-le dans la bienheureuse participation de sa sainte familiarité : *Tu semper mecum es :* c'est ma seconde partie.

## SECOND POINT

Saint Paul, écrivant aux Hébreux, a prononcé cette sentence dans le chapitre VI de cette Epître admirable : « Il est impossible, dit-il, que ceux qui ont reçu une fois dans le saint baptême les lumières de la grâce, qui ont goûté le don céleste, qui ont été faits participants du Saint-Esprit, et sont tombés volontairement de cet état bienheureux, soient jamais renouvelés par la pénitence » : *Impossibile est rursum renovari ad pænitentiam*[4]. Je m'éloignerais de la vérité[5], si je voulais conclure de ce passage, comme faisaient les Novatiens[6], que ceux qui sont une fois déchus de la grâce n'y peuvent jamais être rétablis; mais je ne croirai pas me tromper si j'en tire cette conséquence[7], qu'il y a je ne sais quoi de particulier dans l'intégrité baptismale, qu'on ne retrouve jamais quand on l'a perdue : *Impossibile est rursum renovari*. Rendez-lui sa première robe, dit ce père miséricordieux parlant du prodigue pénitent[1] ; c'est-à-dire, rendez-lui la justice[2] dont il s'était dépouillé lui-même. Cette robe lui est rendue, je le confesse : qu'elle est belle et resplendissante! Mais elle aurait encore un éclat plus grand, si elle n'avait jamais été souillée. Le père, je le sais bien, reçoit son fils dans sa maison, et il le fait rentrer dans ses premiers droits; mais néanmoins il ne lui dit pas : « Mon fils, tu es toujours avec moi » : *Fili, tu semper mecum es ;* et il montre bien, par cette parole, que cette innocence toujours entière, cette fidélité jamais violée, sait bien conserver ses avantages.

En quoi consiste ce privilège ? C'est ce qu'il est malaisé d'entendre. La tendresse extraordinaire que Dieu témoigne, dans son Ecriture, pour les pécheurs convertis, semble nous obliger de croire qu'il n'use avec eux d'aucune réserve[3]. Ne peut-on pas même juger qu'il les préfère aux justes, en quelque façon, puisqu'il[4] quitte les justes, dit l'Evangile[5], pour aller chercher les pécheurs; et que, bien loin de diminuer pour eux son affection, il prend plaisir au contraire de la redoubler ? Et toutefois, Chrétiens, il ne nous est pas permis de douter que ce Dieu, qui est juste dans toutes ses œuvres, ne sache bien garder la prérogative qui est due naturellement à l'innocence : et lorsqu'il semble que les saintes Lettres accordent aux pécheurs convertis quelque sorte de préférence, voici en quel sens il le faut entendre[6]. Cette décision est tirée du grand saint Thomas[7], qui, faisant la comparaison de l'état du juste qui persévère et du pécheur qui se convertit, dit qu'il faut considérer en l'un ce qu'il a, et en l'autre d'où il est sorti. Après cette distinction il conclut judicieusement, à son ordinaire, que Dieu conserve au juste un plus grand don, et qu'il retire le pécheur d'un plus grand mal : et partant, que le juste est sans doute plus avantagé, si l'on a égard à son mérite, mais que le pécheur semblera plus favorisé[8], si l'on regarde son indignité. D'où il s'ensuit que l'état du juste est toujours absolument le meilleur : et par conséquent[9] il faut croire que ces mouvements de tendresse que ressent la bonté divine pour les pécheurs convertis, qui sont sa nouvelle conquête, n'ôtent pas la prérogative[10] d'une estime particulière aux justes, qui sont ses anciens amis, et qu'enfin ce chaste amateur de la sainteté et de l'innocence trouve je ne sais quel attrait particulier dans ces âmes qui n'ont jamais rejeté sa grâce, ni affligé son

Esprit; qui[1], étant toujours fraîches et toujours nouvelles, et gardant inviolablement leur première foi, après une longue suite d'années paraissent aussi saintes, aussi innocentes qu'elles sortirent des eaux du baptême, comme a fait, par exemple, saint François de Paule.

Quelles douceurs, quelle affection, quelle familiarité particulière Dieu réserve à ces innocents; c'est un secret de sa grâce, que je n'entreprends pas de pénétrer. Je sais seulement que François de Paule, accoutumé dès sa tendre enfance à communiquer avec Dieu, ne pouvait plus vivre un moment sans lui. Semblable à ces amis empressés qui contractent une habitude si forte de converser librement ensemble que la moindre séparation ne leur paraît pas supportable : ainsi vivait saint François de Paule. O mon Dieu, disait-il avec David, du plus loin que je me souvienne, et presque « dès le ventre de ma mère, vous êtes mon Dieu » : *De ventre matris meæ Deus meus es tu, ne discesseris a me*[2]. Jamais mon cœur n'a aimé que vous; il n'a jamais brûlé d'autres flammes. Hé! mon Dieu, ne me quittez pas : *ne discesseris a me* : je ne puis subsister un moment sans vous. Son cœur étant ainsi disposé, c'était, Messieurs, lui ôter la vie, que de le tirer de sa solitude[3]. En effet, dit le dévot saint Bernard, « c'est une espèce de mort violente, que de se sentir arracher de la douce société de Jésus-Christ par les affaires du monde » : *Mori videntur sibi..., et revera mortis species est a contemplatione candidi Jesu ad has tenebras rursus avelli*[4]. Jugez donc des douleurs de François de Paule quand il reçut l'ordre du pape d'aller à la cour de Louis XI[5], qui le demandait avec instance. O solitude, ô retraite qu'on le force d'abandonner! combien regretta-t-il de vous perdre! Mais enfin il faut obéir, et je vois qu'il vous quitte, bien résolu néanmoins de se faire une solitude dans le tumulte, au milieu de tout le bruit de la cour et de ses empressements éternels.

C'est ici, c'est ici, Chrétiens, où je vous prie de vous rendre attentifs à ce que va faire François de Paule. Voici, sans doute, son plus grand miracle, d'avoir été si solitaire et si recueilli au milieu des faveurs des rois et dans les applaudissements de toute leur cour. Je ne m'étonne plus quand je lis dans l'histoire de saint François, qu'il a passé au milieu des flammes sans en avoir été offensé; ni que, domptant la fureur de ce détroit de Sicile[6], fameux par tant de naufrages, il ait trouvé sur son manteau la sûreté que les plus adroits pilotes ont peine à trouver dans leurs grands vaisseaux. La cour a des flammes plus dévorantes, elle a des écueils plus dangereux ; et, bien que les inventions hardies des expressions poétiques n'aient pu nous représenter la mer de Sicile aussi horrible que la nature l'a faite, la cour a des vagues plus furieuses, et des abîmes plus creux, et des tempêtes plus redoutables. Comme c'est de la cour que dépendent toutes les affaires, et que c'est là aussi qu'elles aboutissent, l'ennemi du genre humain y jette tous ses appâts, y étale toute sa pompe : là est l'empire de l'intérêt; là est le théâtre des passions : là elles sont les plus violentes, là elles sont les plus déguisées.

Voici donc François de Paule dans un nouveau monde, chéri et honoré par trois de nos rois[1], et après cela vous ne doutez pas que toute la cour ne lui applaudisse. Tout cela ne le touche pas : la douce méditation des choses divines, et cette sainte union avec Jésus-Christ, l'ont désabusé pour jamais de tout ce qui éclate dans le monde. Doux attraits[2] de la cour, combien avez-vous corrompu d'innocents ! Combien en a-t-on vu qui se laissent comme entraîner à la cour par force, sans dessein de s'y engager ! Enfin l'occasion s'est présentée belle, le moment fatal est venu ; la vague les a poussés et les a emportés, ainsi que les autres ! Ils n'étaient venus, disaient-ils, que pour être spectateurs de la comédie : à la fin ils en ont trouvé l'intrigue si belle, qu'ils y ont voulu jouer leur personnage. Souvent même l'on s'est servi de la piété pour s'ouvrir des entrées favorables ; et, après que l'on a bu de cette eau, l'âme est toute changée par une espèce d'enchantement. C'est un breuvage charmé, qui enivre les plus sobres ; et la plupart[3] de ceux qui en ont goûté ne peuvent presque plus[4] goûter autre chose.

Cependant[5] l'admirable saint François de Paule est solitaire jusque dans la cour, et toujours recueilli en Dieu parmi ce tumulte : on ne peut presque le tirer de sa cellule, où cette âme pure et innocente embrasse son Dieu en secret. L'heure de manger arrive : il goûte une nourriture plus agréable dans les douceurs de son oraison. La nuit l'invite au repos : il trouve son véritable repos à répandre son cœur devant Dieu[6]. Le roi[7] le demande en personne avec une extrême impatience : il a affaire, il ne peut quitter, il est enfermé avec Dieu dans de secrètes communications. On frappe à sa porte avec violence : l'amour divin, qui a occupé tous ses sens par le ravissement de l'esprit, ne lui permet pas d'entendre autre chose que ce que Dieu lui dit au fond de son cœur, dans un saint et admirable silence. O homme vraiment uni avec Dieu, et digne d'entendre de sa bouche : *Fili, tu semper mecum es* : « Mon fils, vous êtes toujours avec moi ! » Il est accoutumé avec Dieu, il ne connaît que lui : il est né, il est crû sous son aile; il ne peut le quitter ni vivre sans lui un seul moment, privé des délices de son amour.

Sainte familiarité avec Jésus-Christ, oraison, prière, méditation, entretiens sacrés de l'âme avec Dieu, que ne savons-nous goûter vos douceurs[1] ! Pour les goûter, mes Frères, il faut se retirer quelquefois du bruit et du tumulte du monde, afin d'écouter Jésus en secret. « Il est malaisé, dit saint Augustin, de trouver Jésus-Christ dans le grand monde : il faut pour cela une solitude » : *Difficile est in turba videre Jesum : solitudo quædam necessaria est*[2]. Faisons-nous une solitude, rentrons[3] en nous-mêmes pour penser à Dieu; ramassons tout notre esprit en cette haute partie de notre âme, pour nous exciter à louer Dieu : ne permettons pas, Chrétiens, qu'aucune autre pensée nous vienne troubler.

Mais que les hommes du monde sont[4] éloignés de ces sentiments! Converser avec Dieu leur paraît une rêverie : le seul mot de retraite et de solitude leur donne un ennui qu'ils ne peuvent vaincre. Ils passent éternellement d'affaire en affaire, et de visite en visite. Et je ne m'en étonne pas, dit saint Bernard : ils n'ont pas[5] cette oreille intérieure pour écouter la voix de Dieu[6] dans leur conscience, ni cette bouche spirituelle pour lui parler secrètement au dedans du cœur. C'est pourquoi ils cherchent à tromper le temps par mille sortes d'occupations[7] : et, ne sachant à quoi passer les heures du jour, dont la lenteur leur est à charge, ils charment l'ennui qui les accable, par des amusements inutiles : *Longitudinem temporis, qua gravantur, inutilibus confabulationibus expendere satagunt*[8]. Regardez cet homme d'intrigues environné de la troupe de ses clients; qui se croit honoré par l'assiduité des devoirs qu'ils s'empressent de lui rendre; il regarde comme une grande peine de se trouver vis-à-vis de lui-même : *Stipatus clientium cuneis, frequentiore comitatu officiosi agminis hic honestatus, pœnam putat esse cum solus est*[1]. Toujours ce lui est un supplice que d'être seul, comme si ce n'était pas assez de lui-même pour pouvoir s'occuper agréablement dans l'affaire de son salut. Cependant il est véritable, vous vous fuyez vous-même, vous refusez de converser avec vous-même, vous cherchez continuellement les autres, et vous ne pouvez vous souffrir vous-même. *Usque adeo carus est hic mundus hominibus, ut sibimetipsis viluerint*[2] : « Ce monde tient si fort au cœur des hommes[3], qu'ils se dédaignent eux-mêmes », qu'ils en oublient leurs propres affaires. Désabusez-vous, ô mortels ! Que vous servent ces liaisons et ces nouvelles intrigues où vous vous jetez tous les jours ? C'est pour vous donner du crédit, pour avoir de l'autorité ? Mais unissez-vous avec Dieu, et apprenez de François de Paule, que c'est par là qu'on peut acquérir la véritable puissance[4] : *omnia mea tua sunt :* c'est ma troisième partie.

## TROISIÈME POINT

Nous apprenons de Tertullien que l'hérétique Marcion[5] avait l'insolence de reprocher hautement au Dieu d'Abraham qu'il ne s'accordait pas avec lui-même. Tantôt il paraissait dans son Ecriture avec une majesté si terrible, qu'on n'en osait approcher[6] sans crainte; et tantôt il avait, dit-il, des faiblesses, des facilités, des bassesses et des enfances, *pusillitates et incongruentias Dei*[7], comme il avait l'audace de s'exprimer, jusqu'à[8] craindre de fâcher Moïse, et à le prier de le laisser faire : *Dimitte me ut irascatur furor meus*[9] : « Laisse-moi lâcher la bride à ma colère » contre ce peuple infidèle. D'où cet hérétique concluait, que le Dieu que servaient les Juifs avait une conduite irrégulière, qui se démentait elle-même.

Ce qui servait de prétexte à cette rêverie sacrilège, c'est en effet, Messieurs, que nous voyons dans les saintes Ecritures que Dieu change en quelque façon de conduite selon la diversité des personnes. Quand les hommes présument d'eux-mêmes, ou qu'ils manquent à la soumission qui lui est due, ou qu'ils prennent peu de soin de se rendre dignes de s'approcher de sa majesté, il ne se relâche jamais d'aucun de ses droits, et il conserve avec eux toute sa grandeur[10]. Voyez comme il traite Achab[11], comme il se plaît à l'humilier. Au contraire, quand on obéit, et que l'on agit[1] avec lui en simplicité de cœur, il se dépouille en quelque sorte de sa puissance, et il n'y a aucune partie de son domaine, dont il ne mette en possession ses serviteurs. « Vive le Seigneur, dit Elie, en la présence duquel je suis, il n'y aura ni pluie ni rosée que par mon congé » : *Vivit Dominus, in cujus conspectu sto, si erit annis his ros et pluvia nisi juxta oris mei verba*[2]. Voilà un homme qui paraît bien vindicatif, et cependant voyez-en la suite. C'est un homme qui jure, et Dieu se sent lié par ce serment; et pour délivrer la parole de son serviteur, confirmée par son jugement, il ferme le ciel durant trois années avec une rigueur inflexible.

Que veut dire ceci, Chrétiens, si ce n'est, comme dit si bien saint Augustin, que Dieu se fait servir par les hommes, et qu'il les sert aussi réciproquement? Ses fidèles serviteurs lui disent avec le Psalmiste : « Nous voilà tout prêts, ô Seigneur, d'accomplir constamment votre volonté : » *Ecce venio... ut faciam, Deus, voluntatem tuam*[3]. Vous voyez les hommes qui servent Dieu; mais écoutez le même Psalmiste : « Dieu fera la volonté de ceux qui le craignent » : *Voluntatem timentium se faciet*[4]. Voilà Dieu qui leur rend le change, et les sert aussi à son tour. Vous servez Dieu, Dieu vous sert; vous faites sa volonté, et il fait la vôtre : *Si ideo times Deum ut facias ejus voluntatem, ille quodammodo ministrat tibi, facit voluntatem tuam*[5]. Pour nous apprendre, Chrétiens, que Dieu est un ami sincère, qui n'a rien de réservé pour les siens, et qui, étudiant les désirs de ceux qui le craignent, leur permet d'user de ses biens avec une espèce d'empire[6] : *Voluntatem timentium se faciet*.

Mais encore que cette bonté s'étende généralement sur tous ses amis; c'est-à-dire, sur tous les justes : les paroles de mon texte nous font bien connaître que ces justes persévérants[7], ces enfants qui n'ont jamais quitté sa maison, ont un droit tout particulier de disposer des biens paternels; et c'est à ceux-là qu'il dit dans son Evangile ces paroles, avec un sentiment de tendresse extraordinaire et singulier : « Mon fils, vous avez toujours été avec moi, et tout ce qui est à moi est à vous » : *Fili, tu semper mecum es, et omnia mea tua sunt*. Pourquoi me reprochez-vous que je ne vous donne rien? usez vous-même de votre droit, et disposez, comme maître, de tout ce qu'il y a dans ma maison.

C'est donc en vertu de cette innocence, et de cette parole de l'Evangile, que le grand saint François de Paule n'a jamais cru rien d'impossible. Cette sainte familiarité d'un fils qui sent l'amour de son père, lui donnait la confiance de tout entreprendre : et un prélat de la cour de Rome, que le Pape lui avait envoyé pour l'examiner, lui représentant les difficultés de l'établissement de son ordre si austère, si pénitent, si mortifié, fut ravi en admiration d'entendre dire à notre grand saint, et avec une ferveur d'esprit incroyable, que tout est possible quand on aime Dieu, et qu'on s'étudie de lui plaire; et qu'alors les créatures les plus rebelles sont forcées, par une secrète vertu, de faire la volonté de celui qui s'applique à faire celle de son Dieu. Il n'a point été trompé dans son attente : son ordre fleurit dans toute l'Eglise avec cette constante régularité qu'il avait si bien établie, et qui se soutient sans relâchement depuis deux cents ans[1].

Ce n'est pas en cette seule rencontre que Dieu a fait connaître à son serviteur, qu'il écoutait[2] ses désirs. Tous les peuples où il a passé ont ressenti mille et mille fois des effets considérables de ses prières; et quatre de nos rois successivement lui ont rendu ce glorieux témoignage, que, dans leurs affaires très importantes ils n'avaient point trouvé de secours plus prompt, ni de protection plus assurée. Presque toutes les créatures ont senti cette puissance si peu limitée, que Dieu lui donnait sur ses biens; et je vous raconterais avec joie les miracles presque infinis que Dieu faisait par son ministère, non seulement dans les grands besoins, mais encore, s'il se peut dire, sans nécessité, n'était que ce détail serait ennuyeux, et apporterait peu de fruit. Mais[3], comme de tels miracles, qui se font particulièrement hors des grands besoins, sont le sujet le plus ordinaire de la raillerie des incrédules, il faut qu'à l'occasion du grand saint François je tâche aujourd'hui de leur apprendre, par une doctrine solide, à parler plus révéremment des œuvres de Dieu. Voici donc ce que j'ai vu dans les saintes Lettres, touchant ces sortes de miracles.

Je trouve deux raisons principales, pour lesquelles Dieu étend son bras à des opérations miraculeuses : la première, c'est pour montrer sa grandeur, et convaincre les hommes de sa puissance; la seconde, pour faire voir sa bonté, et combien il est indulgent à ses serviteurs. Or je remarque cette différence dans ces deux espèces de miracles, que, lorsque Dieu veut faire un miracle pour montrer seulement sa toute-puissance, il choisit des occasions extraordinaires[1]. Mais, quand il veut faire encore sentir sa bonté, il ne néglige pas les occasions les plus communes[2]. Cela vient[3] de la différence de ces deux divins attributs. La toute-puissance semble surmonter de plus grands obstacles; la bonté descend à des soins plus particuliers. L'Ecriture nous le fait voir en deux chapitres consécutifs du quatrième livre des Rois[4]. Elisée[5] guérit Naaman le lépreux, capitaine général de la milice du roi de Syrie, et chef des armées de tout son royaume : voilà une occasion extraordinaire, où Dieu veut montrer son pouvoir aux nations infidèles. « Qu'il vienne à moi, dit Elisée, et qu'il sache que Israël n'est point sans prophète » : *Veniat ad me, et sciat esse prophetam in Israel*[6]. Mais, au chapitre suivant, comme les enfants des prophètes[7] travaillaient sur le bord d'un fleuve, l'un d'eux laisse tomber sa cognée dans l'eau, et aussitôt crie à Elisée : *Heu! heu! heu! Domine mi, et hoc ipsum mutuo acceperam*[8] : « Hélas! cette cognée n'était pas à moi; je l'avais empruntée. » Et encore qu'une rencontre si peu importante[9] semblât ne mériter pas un miracle, néanmoins Dieu, qui se plaît à faire connaître qu'il aime[10] la simplicité de ses serviteurs, et prévient leurs désirs dans les moindres choses, fit nager miraculeusement ce fer sur les eaux, au commandement d'Elisée, et le rendit à celui qui l'avait perdu. Et[11] d'où vient cela, Chrétiens, si ce n'est que notre grand Dieu, qui n'est pas moins bon que puissant, nous montrant sa toute-puissance dans les entreprises éclatantes, veut bien aussi, quand il lui plaît, montrer dans les moindres la facilité incroyable avec laquelle il s'abandonne à ses serviteurs, pour justifier cette parole : *omnia mea tua sunt?*

Puisque le grand saint François de Paule a été choisi de Dieu en son temps, pour faire éclater en sa personne cette merveilleuse communication qu'il donne de sa puissance à ses bons amis, je ne m'étonne pas, Chrétiens, si les fidèles de Jésus-Christ ont eu tant de confiance en lui durant sa vie, ni si elle dure encore, et a pris de nouvelles forces après sa mort. Je ne m'étonne pas de voir sa mémoire singulièrement honorée par la dévotion publique, son ordre révéré par toute l'Eglise, et les temples qui portent son nom, et sont consacrés à sa mémoire, fréquentés avec grand concours par tous les fidèles.

Mais ce qui m'étonne, mes Frères, ce que je ne puis vous dissimuler, ce que je voudrais pouvoir dire avec tant de force que les cœurs les plus durs en fussent touchés, c'est lorsqu'il arrive que ces mêmes temples, où la mémoire de François de Paule, où les bons exemples de ses religieux, enfin, pour abréger ce discours, où toutes choses inspirent la dévotion, deviennent le théâtre de l'irrévérence de quelques particuliers audacieux. Je n'accuse pas tout le monde, et je ne doute pas, au contraire, que cette église ne soit fréquentée par des personnes d'une piété très recommandable. Mais qui pourrait souffrir sans douleur, que sa sainteté soit déshonorée par les désordres de ceux qui, ne respectant ni Dieu ni les hommes, la profanent tous les jours par leurs insolences ? Que s'il y avait dans cet auditoire quelques-uns de cette troupe scandaleuse, permettez-moi[1] de leur demander que leur a fait ce saint lieu qu'ils choisissent pour le profaner par leurs paroles, par leurs actions, par leurs contenances impies ; que leur ont fait ces religieux, vrais enfants et imitateurs du grand saint François de Paule ; et leur vie a-t-elle mérité, au milieu de tant de travaux que leur fait subir volontairement leur mortification et leur pénitence, qu'on leur ajoute encore cette peine, qui est la seule qui les afflige, de voir mépriser à leurs yeux le maître qu'ils servent ?

Mais laissons les hommes mortels, et parlons des intérêts du Sauveur des âmes. Que leur a fait Jésus-Christ, qu'ils viennent outrager jusque dans son temple ? Pendant que le prêtre est saisi de crainte, dans une profonde considération des sacrements dont il est ministre ; pendant que le Saint-Esprit descend sur l'autel pour y opérer les sacrés mystères[2], que les anges les révèrent, que les démons tremblent, que les âmes saintes et pieuses de nos frères qui sont décédés attendent leur soulagement des saints sacrifices, ces impies discourent aussi librement, que si tout ce mystère était une fable[3]. D'où leur vient cette hardiesse devant Jésus-Christ ? Est-ce qu'ils ne le connaissent pas, parce qu'il se cache ; ou qu'ils le méprisent, parce qu'il se tait ? Vive le Seigneur tout-puissant, en la présence duquel je parle ! Ce Dieu qui se tait maintenant, ne se taira pas toujours ; ce Dieu qui se tient maintenant caché, saura bien quelque jour paraître pour leur confusion éternelle.

J'ai cru que je ne devais pas[1] quitter cette chaire sans leur donner ce charitable avertissement[2]. C'est honorer saint François de Paule que de travailler, comme nous pouvons, à purger son église de ces scandaleux ; et je les exhorte, en Notre Seigneur, de profiter de cette instruction, s'ils ne veulent être regardés comme des profanateurs publics de tous les mystères du christianisme.

Mais après leur avoir parlé, je retourne à vous, Chrétiens, qui venez en ce temple pour adorer Dieu, et pour y écouter sa sainte parole. Que vous dirai-je aujourd'hui, et par où conclurai-je ce dernier discours ? Ce sera par ces beaux mots de l'Apôtre : *Deus autem spei repleat vos gaudio et pace in credendo, ut abundetis in spe et virtute Spiritus sancti*[3] : « Que le Dieu de mon espérance vous remplisse de joie et de paix, en croyant à la parole de son Evangile ; afin que vous abondiez en espérance, et en la vertu du Saint-Esprit. » C'est l'adieu que j'ai à vous dire. Nos remerciements sont des vœux ; nos adieux, des instructions et des prières. Que ce grand Dieu de notre espérance, pour vous récompenser de l'attention que vous avez donnée à son Evangile, vous fasse la grâce d'en profiter. C'est ce que je demande pour vous. Demandez pour moi réciproquement, que je puisse tous les jours apprendre à traiter saintement et fidèlement la parole de vérité ; que non seulement je la traite, mais que je m'en nourrisse et que j'en vive. Je vous quitte avec ce mot ; et ce ne sera pas néanmoins sans vous avoir désiré à tous, dans toute l'étendue de mon cœur, la félicité éternelle : au nom du Père, et du Fils, et du Saint-Esprit. *Amen.*

# PRÉCIS D'UN PANÉGYRIQUE
## DE
# SAINT JACQUES

VERS 1660 (25 JUILLET)[1].

> *Dic ut sedeant hi duo filii mei, unus ad dexteram tuam et unus ad sinistram in regno tuo.*
>
> Dites que mes deux fils soient assis dans votre royaume, l'un à votre droite, et l'autre à votre gauche.
>
> Matth., XX, 21.

Nous voyons trois choses dans l'Evangile : premièrement leur ambition réprimée : *Nescitis quid petatis*[2] : « Vous ne savez ce que vous demandez »; secondement, leur ignorance instruite : *Potestis bibere calicem ?* « Pouvez-vous boire le calice que je dois boire ? »; troisièmement, leur fidélité prophétisée : *Calicem quidem meum bibetis*[3] : « Vous boirez, il est vrai, mon calice. »

### PREMIER POINT

Il est assez ordinaire aux hommes de ne savoir ce qu'ils demandent, parce qu'ils ont des désirs qui sont des désirs de malades, inspirés par la fièvre, c'est-à-dire, par les passions; et d'autres ont des désirs d'enfants, inspirés par l'imprudence. Il semble que celui de ces deux apôtres n'est pas de cette nature : ils veulent être auprès de Jésus-Christ, compagnons de sa gloire et de son triomphe; cela est fort désirable. L'ambition n'est pas excessive : il veut que nous régnions avec lui; et lui qui nous promet de nous placer jusque dans son trône, ne doit pas trouver mauvais que l'on souhaite d'être à ses côtés : néanmoins il leur répond : « Vous ne savez ce que vous demandez » : *Nescitis quid petatis.*

Pour découvrir leur erreur, il faut savoir que les hommes peuvent se tromper doublement : ou en désirant comme bien ce qui ne l'est pas; ou en désirant un bien véritable, sans considérer assez en quoi il consiste, ni les moyens pour y arriver. L'erreur des apôtres ne gît pas dans la première de ces fausses idées; ce qu'ils désirent est un fort grand bien, puisqu'ils souhaitent d'être assis auprès de la personne du Sauveur des âmes. Mais ils le désirent avec un empressement trop humain; et c'est là la nature de leur erreur, causée par l'ambition qui les anime. Ils s'étaient imaginé Jésus-Christ dans un trône, et ils souhaitaient d'être à ses côtés; non pas pour avoir le bonheur d'être avec lui; mais pour se montrer aux autres dans cet état de magnificence mondaine : tant il est vrai qu'on peut chercher Jésus-Christ même avec une intention mauvaise, pour paraître devant les hommes, afin qu'il nous fasse notre fortune. Il veut qu'on l'aime nu et dépouillé, pauvre et infirme, et non seulement glorieux et magnifique. Les apôtres avaient tout quitté pour lui, et néanmoins ils ne le cherchaient pas comme il faut, parce qu'ils ne le cherchaient pas seul. Voilà leur erreur découverte, et leur ambition réprimée : voyons maintenant, dans le deuxième point, leur ignorance instruite.

## SECOND POINT

Il semble quelquefois que le Fils de Dieu ne réponde pas à propos aux questions qu'on lui fait. Ses apôtres disputent entre eux pour savoir quel est le plus grand, *Quis videretur esse major*[1], et Jésus-Christ leur présente un enfant, et leur dit : « Si vous ne devenez comme de petits enfants, vous n'entrerez pas dans le royaume des cieux » : *Nisi efficiamini sicut parvuli, non intrabitis in regnum cœlorum*[2]. Si donc le divin Sauveur en quelques occasions ne satisfait pas directement aux demandes qui lui sont faites, il nous avertit alors de chercher la raison dans le fond de la réponse. Ainsi, en ce lieu[3] on lui parle de gloire, et il répond en représentant l'ignominie qu'il doit souffrir : c'est qu'il va à la source de l'erreur. Les deux disciples s'étaient figuré qu'à cause qu'ils touchaient de plus près au Fils de Dieu par l'alliance du sang[4], ils devaient aussi avoir les premières places dans son royaume; c'est pourquoi, pour les désabuser, il les rappelle à sa croix :

*Potestis bibere calicem?* Et pour bien entendre cette réponse, il faut savoir qu'au lieu que les rois de la terre tirent le titre de leur royauté de leur origine et de leur naissance, Jésus-Christ tire le sien de sa mort. Sa naissance est royale, il est le fils et l'héritier de David[1], et néanmoins il ne veut être roi que par sa mort. Le titre de sa royauté est sur sa croix : il ne confesse qu'il est roi qu'étant près de mourir. C'est donc comme s'il disait à ses disciples : Ne prétendez pas aux premiers honneurs parce que vous me touchez par la naissance[2] : voyez si vous avez le courage de m'approcher par la mort. Celui qui touche le plus à ma croix, c'est celui à qui je donne la première place; non pour le sang qu'il a reçu dans sa naissance, mais pour celui qu'il répandra pour moi dans sa mort : voilà le bonheur des chrétiens. S'ils ne peuvent toucher Jésus-Christ par la naissance, ils le peuvent par la mort, et c'est là la gloire qu'ils doivent envier.

## TROISIÈME POINT

Les disciples acceptent ce parti : « Nous pouvons, disent-ils, boire votre calice », *Possumus*[3], et Jésus-Christ leur prédit qu'ils le boiront. Leur promesse n'est pas téméraire. Mais admirons la dispensation de la grâce dans le martyre de ces deux frères. Ils demandaient deux places singulières dans la gloire, il leur donne deux places singulières dans sa croix. Quant à la gloire, « ce n'est pas à moi à vous la donner » : *Non est meum dare vobis,* je ne suis distributeur que des croix, je ne puis vous donner que le calice de ma Passion; mais dans l'ordre des souffrances, comme vous êtes mes favoris, vous aurez deux places singulières. L'un mourra le premier[4], et l'autre le dernier de tous mes apôtres[5]; l'un souffrira plus de violences, mais la persécution plus lente de l'autre éprouvera plus longtemps sa persévérance. Jacques a l'avantage, en ce qu'il boit le calice jusqu'à la dernière goutte. Jean le porte sur le bord des lèvres[6] : prêt à boire, on le lui ravit, pour le faire souffrir plus longtemps.

Apprenons par cet exemple à boire le calice de notre Sauveur, selon qu'il lui plaît de le préparer. Il nous arrive une affliction, c'est le calice que Dieu nous présente : il est amer, mais il est salutaire. On nous fait une injure : ne regardons pas celui qui nous déchire; que la foi nous fasse apercevoir la main de Jésus-Christ, invisiblement étendue pour nous présenter ce breuvage. Figurons-nous qu'il nous dit : *Potestis bibere ?* « Avez-vous le courage de le boire ? » Mais avez-vous la hardiesse; ou serez-vous assez lâches de le refuser de ma main, d'une main si chère ? Une médecine amère devient douce, en quelque façon, quand un ami, un époux, etc., la présente : vous la buvez volontiers, malgré la répugnance de la nature. Quoi! Jésus-Christ vous la présente, et votre main tremble, votre cœur se soulève! Vous voudriez répandre par la vengeance la moitié de son amertume sur votre ennemi, sur celui qui vous a fait tort! ce n'est pas là ce que Jésus-Christ demande. Pouvez-vous boire, dit-il, ce calice des mauvais traitements, qu'on vous fera boire ? *Potestis bibere ?* Et non pas : Pouvez-vous renverser sur la tête de l'injuste qui vous vexe ce calice de la colère qui vous anime ? La véritable force, c'est de boire tout jusqu'à la dernière goutte. Disons donc avec les apôtres : *Possumus ;* mais voyons Jésus-Christ qui a tout bu comme il l'avait promis : *Quem ego bibiturus sum ;* et quoiqu'il fût tout-puissant pour l'éloigner de lui, il n'a usé de son autorité que pour réprimer celui qui[1], par l'affection toute humaine qu'il lui portait, voulait l'empêcher de le boire : *Calicem quem dedit mihi Pater, non vis ut bibam illum*[2] ?

# PANÉGYRIQUE
## DE
# SAINTE CATHERINE

PRÊCHÉ EN 1660, REPRIS EN 1663[1].

> *Dedit illi scientiam sanctorum.*
> Il lui a donné la science des saints.
> *Sap.*, x, 10.

ENCORE que l'ennemi de notre salut[2] ne se désiste jamais de la folle et téméraire entreprise de renverser l'Eglise de Dieu, toutefois nous voyons par les Ecritures qu'il n'agit pas toujours par la force ouverte. Souvent il paraît en tyran, il persécute les fidèles; mais souvent, dit saint Augustin[3], il fait le docteur, et il se mêle de les enseigner : de sorte qu'il ne suffit pas que Dieu ait opposé à ses violences la victorieuse armée des martyrs, dont le courage invincible a épuisé la cruauté[4] de tous les supplices, mais il est également nécessaire qu'il éclaire aussi des docteurs, pour combattre les dangereuses maximes par lesquelles son ennemi tâche de corrompre la simplicité de la foi, et de détruire la vérité de son Evangile.

C'est un grand miracle, Messieurs, qu'une fille de dix-huit ans ait osé marcher sous les étendards de cette armée[5] laborieuse et entreprenante, dont la discipline est si dure, qu'elle ne doit l'emporter sur ses ennemis qu'en les lassant par sa patience. Mais je ne crains point d'assurer que c'est quelque chose encore de plus admirable, qu'elle tienne rang parmi les docteurs; et que Dieu unissant en elle, si je puis parler de la sorte, toute la force de son Saint-Esprit, elle ait été aussi éclairée pour annoncer la vérité, qu'elle a paru déterminée à mourir pour elle. Un tel prodige, Messieurs, n'est pas proposé en vain à l'Eglise; et nous en tirerons de grandes lumières pour la conduite de notre vie, si Dieu, fléchi par la sainte Vierge, dont nous implorons le secours, daigne diriger nos pensées et bénir nos intentions. Disons donc avant toutes choses : *Ave*...

Je n'ignore pas, Chrétiens, que la science ne soit un présent du ciel, et qu'elle n'apporte au monde de grands avantages : je sais qu'elle est la lumière de l'entendement, le guide de la volonté, la nourrice de la vertu[1], l'amie de la vérité, la compagne de la sagesse, la mère des bons conseils; en un mot, l'âme de l'esprit, et la maîtresse[2] de la vie humaine. Mais comme il est naturel à l'homme de corrompre les meilleures choses, cette science, qui a mérité de si grands éloges, se gâte le plus souvent en nos mains par l'usage que nous en faisons. C'est elle qui s'est élevée contre la science de Dieu; c'est elle qui, promettant de nous éclaircir, nous aveugle plutôt par l'orgueil; c'est elle qui nous fait adorer nos propres pensées sous le nom auguste de la vérité; qui, sous prétexte de nourrir l'esprit, étouffe les bonnes affections, et enfin qui fait succéder à la recherche du bien véritable, une curiosité vague et infinie, source inépuisable[3] d'erreurs et d'égarements très pernicieux.

Mais je n'aurais jamais fait, Messieurs, si je voulais raconter les maux que fait naître l'amour des sciences, et vous dire tous les périls dans lesquels il engage les enfants d'Adam, qu'un aveugle désir de savoir a rendus, avec sa race, justement maudite, le jouet de la vanité, aussi bien que le théâtre de la misère. Un docteur inspiré de Dieu, et qui a puisé sa science dans l'oraison, en réduit tous les abus à trois chefs. Trois sortes d'hommes, dit saint Bernard[4], recherchent la science désordonnément. « Il y en a qui veulent savoir, mais seulement pour savoir; et c'est une mauvaise curiosité » : *Quidam scire volunt, ut sciant ; et turpis curiositas est.* « Il y en a qui veulent savoir, mais qui se proposent pour but de leurs grandes et vastes connaissances, de se faire connaître eux-mêmes et de se rendre célèbres; et c'est une vanité dangereuse » : *Quidam scire volunt, ut sciantur ipsi ; et turpis vanitas est.* « Enfin il y en a qui veulent savoir, mais qui ne désirent avoir de science que pour en faire trafic[5], et pour amasser des richesses; et c'est une honteuse avarice » : *Quidam scire volunt, ut scientiam suam vendant ; et turpis quæstus est.* Il y en a donc, comme vous voyez, à qui la science ne sert que d'un vain spectacle; d'autres à qui elle sert pour la montre et pour l'appareil; d'autres à qui elle ne sert que pour le trafic, si je puis parler de la sorte. Tous trois corrompent la science, tous trois sont corrompus par la science. La science étant regardée en[1] ces trois manières, qu'est-ce autre chose, mes Frères, « qu'une très mauvaise occupation qui travaille les enfants des hommes », comme parle l'Ecclésiaste ? *Hanc occupationem pessimam dedit Deus filiis hominum ut occuparentur in ea*[2].

Curieux, qui vous repaissez d'une spéculation[3] stérile et oisive, sachez que cette vive lumière, qui vous charme dans la science, ne lui est pas donnée seulement pour réjouir votre vue, mais pour conduire vos pas et régler vos volontés[4]. Esprits vains, qui faites trophée de votre doctrine avec tant de pompe, pour attirer des louanges, sachez que ce talent glorieux ne vous a pas été confié[5] pour vous faire valoir vous-mêmes, mais pour faire triompher la vérité[6]. Ames lâches et intéressées, qui n'employez la science que pour gagner les biens de la terre, méditez sérieusement qu'un trésor si divin[7] n'est pas fait pour cet indigne trafic, et que, s'il entre dans le commerce c'est d'une manière plus haute, et pour une fin plus sublime, c'est-à-dire, pour négocier le salut des âmes. C'est ainsi que la glorieuse sainte Catherine, que nous honorons, a usé de ce don du Ciel[8]. Elle a contemplé au dedans la lumière de la science, non pour contenter son esprit, mais pour diriger ses affections; elle l'a répandue au dehors, au milieu des philosophes et des grands du monde, non pour établir sa réputation, mais pour faire triompher l'Evangile[9]; enfin elle l'a fait profiter, et l'a mise dans le commerce, non pour acquérir des biens temporels, mais pour gagner des âmes à Jésus-Christ. C'est par où je me propose de vous faire entendre qu'elle possède la science des saints, et c'est tout le sujet de ce discours[10].

## PREMIER POINT

Je ne suis pas fort surpris que les sciences profanes soient considérées comme un divertissement de l'esprit : elles ont si peu de solidité, que l'on peut, sans grande injure, n'en faire qu'un jeu. Mais[11] que l'on regarde Jésus-Christ comme un sujet de recherches curieuses, et que tant d'hommes se persuadent d'être bien savants dans les mystères de son royaume, quand ils ont trouvé dans son Evangile de quoi exercer leur esprit par des questions délicates, ou de quoi l'amuser[1] par des méditations agréables; c'est ce qui ne se peut souffrir à des chrétiens. Parce que Jésus-Christ est une lumière[2], ils s'imaginent peut-être qu'il suffit de la contempler[3] et de se réjouir à sa vue; mais ils devraient penser au contraire que cette lumière n'éclaire que ceux qui la suivent, et non simplement ceux qui la regardent. « Qui me suit, nous dit-il, et non qui me voit, ne marche point dans les ténèbres » : *Qui sequitur me, non ambulat in tenebris*[4]. Par où il nous fait entendre que qui le voit sans le suivre n'en marche pas moins dans la nuit et dans les ombres de la mort. Ainsi « celui qui se vante de le connaître, et qui ne garde pas ses commandements, est un menteur, dit saint Jean, et la vérité n'est pas en lui » : *Qui dicit se nosse : eum, et mandata ejus non custodit, mendax est, et in hoc veritas non est*[5]. Pourquoi ne connaît-il point Jésus-Christ ? Parce qu'il ne le connaît point tel qu'il est : je veux dire qu'il le connaît comme la vérité; mais il ne le connaît pas comme la voie; et Jésus-Christ, comme vous savez, est l'un et l'autre : « Je suis, dit-il, la voie et la vérité » : *Ego sum via et veritas*[6]; vérité qui doit être méditée par une sérieuse contemplation; mais voie où il faut entrer par de pieuses pratiques[7].

C'est donc une maxime infaillible, que la science du christianisme tend à la pratique et l'action, et qu'elle n'illumine que pour échauffer la connaissance, que pour exciter les affections[8]. Mais nous l'entendrons beaucoup mieux, si nous réduisons les choses au premier principe et à la source de cette science. Cette source, ce premier principe de la science des saints, c'est la foi, de laquelle il nous importe aujourd'hui de bien entendre la nature, afin de connaître aussi son usage, et celui de toutes les connaissances qui en dépendent.

Pour cela nous remarquerons que toute la vie chrétienne nous étant représentée dans les Ecritures comme un édifice spirituel, ces mêmes Ecritures nous disent aussi que la foi en est le fondement. Saint Pierre ne paraît dans l'Evangile comme le fondement de l'Eglise, qu'à cause qu'en reconnaissant Jésus-Christ, il a posé la première pierre et établi le fondement de la foi[9]. L'Apôtre enseigne aux Colossiens, que « nous sommes fondés sur la foi, et que c'est la fermeté de ce fondement qui nous rend immobiles et inébranlables dans l'espérance de l'Evangile » : *In fide fundati, et stabiles, et immobiles a spe Evangelii*[1]. Et ensuite le même saint Paul définit la foi, *l'appui et le fondement des choses qu'il faut espérer*[2]. C'est pourquoi le saint concile de Trente, suivant les traces de cette doctrine, nous décrit aussi la foi en ces termes : *Humanæ salutis initium, fundamentum et radix totius justificationis*[3] : « Le commencement du salut de l'homme, la racine et le fondement de toute la justice chrétienne. »

Cette qualité de fondement, attribuée à la foi[4] par le Saint-Esprit[5], met, ce me semble, dans un grand jour[6] la vérité que j'annonce; et il est maintenant bien aisé d'entendre que la foi n'est pas destinée pour attirer des regards curieux, mais pour fonder une conduite constante et réglée. Car qui ne sait, Chrétiens, qu'on ne cherche pas la curiosité dans le fondement que l'on cache en terre, mais la solidité et la consistance ? Ainsi la foi chrétienne n'est pas un spectacle pour les yeux, mais un appui pour les mœurs. Ce fondement est mis dans l'obscurité; mais ce fondement est établi avec certitude[7]. Telle est la nature de la foi, laquelle, comme vous voyez, ne pouvant avoir l'évidence qui satisfait la curiosité, mais seulement la fermeté et la certitude capable de soutenir la conduite, il est aisé de comprendre qu'elle déploie toute sa vertu à nous appliquer à l'action, et non à nous arrêter à la connaissance.

Sainte Catherine, Messieurs, surmontant par la grandeur de son génie la faiblesse ordinaire de son sexe, avait appris, dès sa tendre enfance, toutes les sciences curieuses qui peuvent ou égayer, ou polir, ou enfin illuminer un esprit bien fait. Mais le Maître qui l'enseignait au dedans avait rempli son esprit de connaissances bien plus pénétrantes. Aussi le chaste amour qu'elle avait pour elles l'avait tellement touchée que, méprisant tout le reste, elle rappelait de toutes parts ses autres pensées pour les réduire à la foi, pour les appuyer sur ce fondement, pour ensuite les appliquer de toute sa force aux saintes et bienheureuses pratiques de la piété chrétienne.

Si je ne me trompe, Messieurs, souvent elle méditait ce raisonnement, et je ne me trompe pas, car quiconque est rempli de l'esprit de Dieu, s'il ne le fait pas dans la même forme que j'ai dessein de le proposer, il ne laisse pas toutefois d'être persuadé de son efficace. Voici donc le raisonnement de la sainte que nous honorons, ou plutôt le raisonnement du vrai chrétien, que chacun de nous doit faire en soi-même : J'ai cru à la parole du Fils de Dieu; j'ai reçu la doctrine de son Evangile; j'ai posé par ce moyen un bon fondement, fondement assuré et inébranlable, contre lequel les portes de l'enfer ne prévaudront pas[1] : c'est le fondement de la foi, capable de soutenir immuablement la conduite de la vie présente, et l'espérance de la vie future. Mais qui dit fondement, dit le commencement de quelque édifice; et qui dit fondement, dit le soutien de quelque chose. Que si la foi n'est encore qu'un commencement, il faut donc achever l'ouvrage; et si la foi doit être un soutien, c'est une nécessité de bâtir dessus. Notre sainte voit si clairement dans une lumière céleste cette conséquence importante, qu'elle n'a point de repos jusqu'à ce qu'elle ait bâti sur la foi, et réduit sa connaissance en pratique. Mais un commencement aussi beau qu'est celui de la foi en Notre Seigneur, demande pour y répondre, un bâtiment magnifique; et un soutien aussi ferme, aussi solide, attend quelque structure hardie, et quelque miracle d'architecture, si je puis parler de la sorte. Remplie de cette pensée, elle ne médite plus rien qui soit ordinaire; elle n'a plus dans l'esprit que des choses qui surpassent toute la nature, le martyre, la virginité : celui-là capable de nous faire vaincre toute la fureur des démons, de nous élever audessus de la violence des hommes; celle-ci donnée pour nous égaler à la pureté des esprits célestes.

Et plût à Dieu, Chrétiens, que nous eussions aujourd'hui compris à l'exemple de cette sainte, que quelque grande que soit la foi, quelque lumineuse que soit la science qui est appuyée sur ces principes, tout cela n'est encore qu'un commencement de l'œuvre qui se prépare! Peut-être que nous rougirions de nous arrêter dès le premier pas, et que nous craindrions de nous attirer ce reproche de l'Evangile : *Hic homo cœpit ædificare*[2] : « voilà cet homme inconsidéré », ce fol, cet insensé, qui fait un grand amas de matériaux, et qui ayant posé tous les fondements d'un édifice superbe et royal, tout d'un coup a quitté l'ouvrage, et laissé tous ses desseins imparfaits. Quelle légèreté, ou quelle imprudence!

Mais pensons à nous, Chrétiens : c'est nous-mêmes qui

sommes cet homme insensé. Nous avons commencé un grand bâtiment, nous avons déjà établi la foi qui en est le fondement immuable, « qui rend présentes les choses qu'on espère » : *Sperandarum substantia rerum*, dit l'Apôtre[1]. Pour poser ce fondement de la foi, quel effort a-t-il fallu faire ? Le fond destiné[2] pour le bâtiment était plus mouvant que le sable : car est-il rien de moins fixe que l'esprit humain, toujours variable en ses pensées, vague en ses désirs, chancelant dans ses résolutions ? Il a fallu l'affermir : que de miracles, que de souffrances, que de prophéties, que d'enseignements, que d'inspirations, que de grâces ont été nécessaires pour servir d'appui ! Il y avait d'un côté des hauteurs superbes qui s'élevaient contre Dieu, l'opiniâtreté et la présomption : il a fallu les abattre et les aplanir; de l'autre, des précipices affreux, l'erreur, l'ignorance, l'irrésolution qui menaçait de ruine : il a fallu les combler. Enfin, que n'a-t-il pas fallu entreprendre, pour poser ce fondement de la foi ? Et après de si grands efforts et tant de préparatifs extraordinaires, on abandonne toute l'entreprise, et on met des fondements sur lesquels on ne bâtit rien : peut-on voir une pareille folie ? Insensés[3], ne voyons-nous pas que ce fondement attend l'édifice, que ce commencement de la foi demande sa perfection par la bonne vie, et que ces murailles à demi élevées, qui se ruinent parce qu'on néglige de les achever, rendent hautement témoignage contre notre folle et téméraire conduite ? *Hic homo cœpit ædificare, et non potuit consummare.*

Mais poussons encore plus loin, et par le même principe, insistons toujours[4] : Quelles choses devons-nous bâtir sur ce fondement de la foi ? Quelles autres choses ? Messieurs, il est bien aisé de l'entendre : des choses proportionnées au fondement même, des œuvres dignes de la foi que nous professons. Car un architecte avisé, qui conduit son entreprise avec art[5], proportionne de telle sorte le fondement avec l'édifice, qu'on mesure et qu'on découvre déjà l'étendue, l'ordre, les hauteurs de tout le palais, en voyant la profondeur, les alignements, la solidité des fondations. Ne doutez pas qu'il n'en soit de même, Messieurs, de l'édifice dont nous parlons, qui est la vie chrétienne et spirituelle. Que cet édifice est bien entendu ! Que l'architecte est habile, qui en a posé le fondement ! Mais de peur que vous n'en doutiez, écoutez l'apôtre saint Paul : « J'ai, dit-il, établi le fondement, ainsi qu'un sage architecte » : *Ut sapiens architectus fundamentum posui*[1]. Mais peut-être s'est-il trompé ? A Dieu ne plaise, Messieurs ! Car il n'agit pas, dit-il, de lui-même : « il agit selon la grâce qui lui est donnée ; il bâtit suivant les lumières qu'il a reçues » : *Secundum gratiam quæ data est mihi*. Il a donc gardé toutes les mesures ; et il ne pouvait se tromper, parce qu'il ne faisait que suivre le plan qui lui avait été envoyé d'en haut : *Secundum gratiam quæ data est mihi*. Que s'il a conduit toute l'entreprise suivant les instructions et les règles d'une architecture céleste, qui doute qu'il n'ait gardé toutes les mesures ; et ainsi, que le bâtiment et l'ordre de l'édifice ne doivent répondre au fondement qu'a posé ce sage entrepreneur ?

C'est pour cela, Chrétiens, qu'il n'y a rien de plus grand, ni de plus magnifique que cet édifice, parce qu'il n'y a rien de plus précieux, ni de plus solide que ce fondement. Car dites-nous, ô grand Paul, quel fondement avez-vous posé ? N'entendez-vous pas sa réponse ? « On ne peut point, dit-il, poser d'autre fondement, sinon celui que j'ai mis, qui est Jésus-Christ » : *Fundamentum aliud nemo potest ponere præter id quod positum est, quod est Christus Jesus*[2]. O ! le merveilleux fondement, qui est établi en nous par la foi ! Et que saint Paul a raison de nous avertir de « prendre garde avec soin à ce que nous aurons à bâtir dessus » ! *Unusquisque videat quomodo superædificet*[3]. Certainement, Chrétiens, sur un fondement si divin, il ne faut rien élever qui ne soit auguste : si bien que toute la science des saints consiste à connaître ce fondement, et toute la pratique de la sainteté à savoir ériger dessus des choses qui lui conviennent, des œuvres qui sentent son esprit, des mœurs tirées sur ses exemples, une vie toute formée sur sa doctrine[4].

Ainsi sainte Catherine ayant établi ce fondement, plus elle en connaissait la dignité par la science des saints, plus elle s'étudiait à bâtir dessus un édifice proportionné ; et il est aisé de l'entendre. Un Dieu s'est humilié et anéanti ; voilà, Messieurs, le fondement[5]. Qu'est-ce que notre sainte a bâti dessus ? Un mépris de son sang et de sa noblesse[6], pour se couvrir tout entière des opprobres de Jésus-Christ et de la glorieuse infamie de son Evangile. Un Dieu est né d'une vierge : voilà le fondement du christianisme[7] ; et Catherine érige dessus, quoi ? l'amour immortel et incorruptible de la pureté virginale. Un Dieu a comparu, dit le saint Apôtre[1], devant le tribunal de Ponce Pilate, pour y rendre un témoignage fidèle[2] : voilà le fondement de la foi, et je vois sainte Catherine, qui, pour bâtir sur ce fondement, marche au trône des empereurs, pour y rendre un témoignage semblable, et y soutient invinciblement la vérité de l'Evangile. Si Jésus est étendu sur la croix, Catherine se présente aussi pour être étendue sur une roue; si Jésus donne tout son sang, Catherine lui rend tout le sien : et enfin, en toute manière, il n'y a rien de plus convenable que ce fondement et cet édifice.

Chrétiens, il est véritable : le même fondement est posé en nous par la grâce du saint baptême, et par la profession du christianisme. Mais que l'édifice est différent, que le reste de la structure est dissemblable! Est-ce vous, ô divin Jésus, qui êtes le fondement de notre foi ? Pourquoi donc ce mélange indigne de nos désirs criminels avec ce divin fondement ? O foi et science des chrétiens! ô vie et pratique des chrétiens! Est-il rien de plus opposé, ni de plus discordant que vous êtes ? Voyez la bizarrerie. Un fondement d'or et de pierres précieuses : un bâtiment de bois et de paille. Je parle avec l'Apôtre[3], qui nous représente par là les péchés, matière vraiment combustible et propre à exciter et entretenir le feu de la vengeance divine. O foi, que vous êtes pure! ô vie, que vous êtes corrompue! Quels yeux ne seraient pas choqués d'une si honteuse inégalité, si on la regardait avec attention ? et faut-il autre chose que la sainteté de ce fondement, pour convaincre l'extravagance criminelle de ceux qui ont élevé cet édifice ?

Eveillons-nous donc, Chrétiens; et que ce mélange prodigieux de Jésus-Christ et du monde, commençant à offenser notre vue, nous presse à nous accorder avec nos propres connaissances. Car comment nous pouvons-nous supporter nous-mêmes, en croyant de si grands mystères, et les déshonorant tout ensemble par un mépris si outrageux ? « Ne porterons-nous donc le nom de chrétiens, que pour déshonorer Jésus-Christ » : *Dicuntur christiani ad contumeliam Christi*[4] ? Quelle crainte vous peut empêcher de bâtir sur ces fondements ? Ce qu'on vous prêche est grand, je le sais : se haïr soi-même, dompter ses passions, se contraindre, se mortifier, vaincre ses plaisirs, mépriser non seulement ses biens, mais sa vie, pour la gloire de Jésus-Christ; j'avoue que l'entreprise est hardie. Mais voyez aussi, Chrétiens, combien ce fondement est inébranlable. Quoi! vous n'appuyez dessus qu'en tremblant, comme s'il était douteux et mal affermi! vous marchez dessus d'un pas incertain, vous n'osez y mettre qu'un pied, et tenez l'autre posé sur la terre, comme si elle était plus ferme! Et pourquoi chancelez-vous si longtemps entre Jésus-Christ et le monde ? Que vous sert de connaître les vérités saintes, si vous n'allez point après la lumière qu'elles allument devant vos yeux ?

O Jésus, ô divin Jésus, nous allons changer aujourd'hui par votre grâce une conduite si déréglée; nous ne voulons plus de lumières que pour les réduire en pratique. Nous ne désirons de croître en science que pour nous affermir dans la piété : nous ferons céder au désir de faire, la curiosité de connaître; et nous fortifierons notre volonté par la modération de notre esprit. Ainsi, ayant appris saintement à profiter au dedans de notre science, nous pourrons la produire ensuite dans le même esprit que notre sainte, pour glorifier la vérité par un témoignage fidèle : c'est ma seconde partie.

## SECOND POINT

La vérité est un bien commun : quiconque la possède, la doit à ses frères, selon les occasions que Dieu lui présente; et « quiconque se veut rendre propre[1] ce bien public de la nature raisonnable, mérite bien de le perdre, et d'être réduit, dit saint Augustin, à ce qui est véritablement le propre de l'esprit de l'homme, c'est-à-dire, le mensonge et l'erreur » : *Quisquis suum vult esse quod omnium est, a communi propellitur ad sua, id est, a veritate ad mendacium*[2].

Par ce principe, Messieurs, celui que Dieu a honoré[3] du don de science est obligé d'éclairer les autres. Mais comme, en faisant connaître la vérité, il se fait paraître lui-même, et que ceux qui sont instruits par son entremise, lui rendent ordinairement des louanges, comme une juste reconnaissance d'un si grand bienfait, il est à craindre qu'il ne se corrompe par les marques de la faveur publique, et qu'il ne perde sa récompense par[4] un désir empressé de la recevoir[5].

Que si les têtes les plus fortes sont souvent émues d'un encens si délicat[1] et si pénétrant, combien plus celle d'une jeune fille, en qui l'opinion de science est d'autant plus applaudie, qu'elle est plus extraordinaire en son sexe! C'est ici le miracle de la main de Dieu dans la sainte que nous honorons; et quoique ce soit un grand prodige de voir Catherine savante, c'est encore quelque chose de plus surprenant de voir Catherine modeste, et ne se servir de cette science que pour faire régner Jésus-Christ.

Les dames modestes et chrétiennes voudront bien entendre en ce lieu les vérités de leur sexe[2]. Leur plus grand malheur, Chrétiens, c'est qu'ordinairement le désir de plaire est leur passion dominante[3]; et comme pour le malheur des hommes elles n'y réussissent que trop facilement, il ne faut pas s'étonner si leur vanité est souvent extrême, étant nourrie et fortifiée par une complaisance presque universelle. Qui ne voit avec quelle pompe elles étalent cette beauté qui ne fait que colorer la superficie ? Que si elles se sentent dans l'esprit quelques avantages plus considérables, combien les voit-on empressées à les faire éclater dans leurs entretiens! et quel paraît leur triomphe, lorsqu'elles s'imaginent charmer tout le monde! C'est la raison principale pour laquelle, si je ne me trompe, on les exclut des sciences; parce que, quand elles pourraient les acquérir, elles auraient trop de peine à les porter : de sorte que si on leur défend cette application, ce n'est pas tant, à mon avis, dans la crainte d'engager leur esprit à une entreprise trop haute, que dans celle d'exposer leur humilité à une épreuve trop dangereuse.

Pour guérir en elles cette maladie, l'Eglise leur propose sainte Catherine au milieu d'une assemblée de philosophes, également victorieuse de leurs flatteries et de leurs vaines subtilités, et se démêlant d'une même force des pièges qu'ils tendent à son esprit, et des embûches qu'ils dressent à sa modestie : *A laqueo linguæ iniquæ, et a labiis operantium mendacium*[4]. C'est qu'elle sait, Chrétiens, que ce beau talent de science ne lui a pas été confié pour en tirer avantage, et lors même que Dieu nous le donne, qu'il n'est pas à nous, pour deux raisons. Premièrement il n'est pas à nous, non plus que les autres dons de la grâce, parce qu'il nous est élargi[5] d'en haut. Mais, outre cette raison générale, qui est que ce don ne vient pas en nous de nous-mêmes, il a ceci de particulier, qu'il ne nous est pas donné pour nous-mêmes. Car la théologie n'ignore pas, et je le dirai en passant, que la science n'est pas de ces grâces qui nous rendent plus agréables à la divine majesté ; mais de cette autre espèce de grâces qui sont communiquées pour le bien des autres, tel qu'est, comme chacun sait, le don des miracles[1]. Comme donc nous ne sommes pas plus saints ni plus justes pour être éclairés par la science, je ne crains point de vous dire que ce n'est pas un avantage particulier : car c'est une espèce de trésor public, auquel ceux qui le possèdent peuvent bien prendre leur part pour leur instruction, comme les autres enfants de l'Église, mais dont ils ne peuvent se donner la gloire, non plus que s'attribuer la propriété, sans une espèce de vol sacrilège. Car si l'on nous défend de nous glorifier de ce qui nous est donné pour nous-mêmes, combien moins le devons-nous faire de ce qui nous est donné pour toute l'Eglise[2] !

Ainsi la science chrétienne ne se doit jamais produire au dehors pour se faire admirer elle-même. Elle a un plus digne office, dont elle se doit tenir assez glorieuse : c'est de faire paraître Jésus-Christ. Et la raison en est évidente. Quand on présente[3] au miroir quelque beau visage, dites-le-moi, Chrétiens, n'est-ce pas pour faire paraître, non la glace, mais le visage ? et tout l'honneur du miroir, si je puis parler de la sorte, n'est que dans une fidèle représentation. La science du christianisme, qu'est-ce autre chose qu'un miroir fidèle et céleste, dans lequel Jésus-Christ se représente ? Quand Jésus-Christ donne à ses fidèles la science de ses vérités, que fait-il autre chose en eux, sinon de poser dans leur esprit un miroir céleste de ses propres perfections ? Ne vous persuadez pas, ô vous qui êtes ornés de cette science, que vous deviez la faire paraître avec soin, mais seulement Jésus-Christ, dont elle montre au naturel les perfections. C'est pourquoi, dit le saint Apôtre, nous ne nous prêchons pas nous-mêmes, mais Jésus-Christ Notre Seigneur ; nous ne montrons le miroir que pour faire voir le visage ; nous ne produisons la science que pour faire connaître Jésus-Christ. Il est vrai qu'il a plu à Dieu de répandre sur nous ses lumières. « Le même Dieu qui a commandé que la lumière sortît des ténèbres, a fait luire sa clarté dans nos cœurs » : *Qui dixit de tenebris lumen splendescere, ipse illuxit in cordibus nostris*[1]. Mais ce n'est pas pour nous donner un vain éclat, à nous qui n'étions que ténèbres ; c'est qu'il a voulu imprimer dans la science qu'il nous a donnée, comme dans une glace unie, l'image de son Fils notre Sauveur, « afin que tout le monde admirât sa face, et fût ravi de ses beautés immortelles » : *Ipse illuxit in cordibus nostris, ad illuminationem scientiæ claritatis Dei in facie Christi Jesu*[2].

Catherine, voyant reluire en son âme l'image de la vérité dans celle de Jésus-Christ, la trouve si belle et si accomplie, qu'elle veut l'exposer dans le plus grand jour. Elle n'emploie sa science que pour faire connaître la vérité ; mais, afin qu'elle paraisse comme triomphante, elle met à ses pieds la Philosophie[3], qui est son ennemie capitale. Pour confondre la Philosophie, elle s'était instruite de tous ses détours ; et afin d'assurer le triomphe de la vérité sur cette rivale, elle fait deux choses admirables : elle la désarme et la dépouille[4]. Elle la désarme, comment ? Elle détruit les erreurs qu'elle a établies ; c'est ainsi qu'elle la désarme. Elle la dépouille, en quelle manière ? Elle lui ôte les vérités qu'elle a usurpées ; c'est ainsi qu'elle la dépouille. Voici, Messieurs, un beau combat, et qui mérite vos attentions.

Encore que les philosophes soient les protecteurs de l'erreur, toutefois ils ont découvert quelques rayons de la vérité. « Quelquefois, dit Tertullien, ils ont frappé à sa porte » : *Veritatis fores pulsant*[5]. S'ils ne sont pas entrés dans son sanctuaire, s'ils n'ont pas eu le bonheur de la voir et de l'adorer dans son temple, ils se sont quelquefois présentés à ses portiques[6], et lui ont rendu de loin quelque hommage. Soit que, dans ce grand débris des connaissances humaines, Dieu en ait voulu conserver quelque petit reste, comme des vestiges de notre première institution ; soit[7], comme dit Tertullien, que « cette longue et terrible tempête d'opinions et d'erreurs les ait quelquefois jetés au port par aventure et par un heureux égarement » : *Nonnunquam et in procella, confusis vestigiis cœli et freti, aliquis portus offenditur, prospero errore*[8] ; soit que la Providence divine ait voulu faire éclater sur eux quelque rayon de lumière pour la conviction de leurs erreurs, il est assuré, Chrétiens, qu'au milieu de tant de ténèbres, ils ont entrevu quelque jour et reconnu confusément quelques vérités. Mais le grand Paul leur reproche[9] qu'ils les ont injustement détenues captives[1] ; et en voici la raison. C'est qu'ils voyaient le principe, et ils ne voulaient pas ouvrir les yeux pour en reconnaître les conséquences nécessaires. Par exemple, l'ordre visible du monde[2] leur découvrait manifestement les invisibles perfections de son Créateur ; et quoique la suite de cette doctrine fût de lui rendre l'hommage qu'une telle majesté exige de nous, ils refusaient de servir celui qu'ils reconnaissaient pour leur souverain. Ainsi la vérité gémissait captive sous une telle contrainte, et souffrait violence en eux, parce qu'elle n'agissait pas dans toute sa force : de sorte qu'il la fallait délivrer du pouvoir[3] de ces violents usurpateurs, et la remettre, comme une vierge honnête et pudique, entre les mains du christianisme, qui seul la conserve dans sa pureté.

C'est ce que fait aujourd'hui sainte Catherine. Elle fait paraître[4] Jésus-Christ avec tant d'éclat que les erreurs que soutenait la philosophie sont dissipées par sa présence ; et les vérités qu'elle avait enlevées violemment viennent se réunir à lui comme à leur maître, ou plutôt se réunir en lui comme dans leur centre : ainsi la Philosophie est forcée de rendre les armes. Mais, quoiqu'elle soit vaincue et persuadée, elle a peine à déposer son premier orgueil, et elle paraît encore étonnée d'être devenue chrétienne. Mais enfin les raisonnements de Catherine l'amènent captive aux pieds de la croix : elle ne rougit plus de ses fers ; au contraire, elle s'en trouve honorée, et il semble qu'elle prend plaisir de céder à une sagesse plus haute.

Apprenons d'un si saint exemple à rendre témoignage à la vérité[5], à la faire triompher du monde, à faire servir toutes nos lumières à un si juste devoir qu'elle nous impose. O sainte vérité, je vous dois trois sortes de témoignages : je vous dois le témoignage de ma parole ; je vous dois le témoignage de ma vie ; je vous dois le témoignage de mon sang.

Je vous dois le témoignage de ma parole. O vérité, vous étiez cachée dans le sein du Père éternel, et vous avez daigné, par miséricorde, vous manifester à nos yeux[6]. Pour honorer cette charitable manifestation, je vous dois manifester au dehors par le témoignage de ma parole. Périssent tous mes discours, disait le prophète[7], et que ma langue soit éternellement attachée à mon palais, si je t'oublie jamais, ô vérité, et si je ne te rends témoignage!

Mais, Chrétiens, il ne suffit pas de lui donner celui de la voix, qui n'est qu'un son inutile; et notre zèle est trop languissant, s'il ne consacre que des paroles à la vérité, qui ne peut être assez honorée que par des effets dignes d'elle. Car sa solidité immuable n'est pas suffisamment reconnue par nos discours, qui ne sont que des ombres de nos pensées; et il faut qu'elle soit gravée en nos mœurs par des marques effectives de notre affection[1]. Ne donner que la parole à la vérité, c'est donner l'ombre pour le corps, et une image imparfaite pour l'original. Il faut honorer la vérité par la vérité, en la faisant paraître en nous-mêmes par des effets dignes d'elle.

Mais, outre le témoignage des œuvres, nous devons encore à la vérité le témoignage du sang. Car la vérité, c'est Dieu même. Il lui faut un sacrifice complet, pour lui rendre tout le culte qui lui est dû[2], et pour honorer dignement l'éternelle consistance de sa vérité. Nous devons nous préparer tous les jours à nous détruire pour elle, si jamais elle exige de nous ce sacrifice. Ainsi a fait Catherine, qui, étant remplie si abondamment de la science des saints, pour en rendre ses actions de grâce à la vérité, l'a glorifiée devant tout le monde par le témoignage de sa parole, qu'elle a soutenu par celui de sa vie, et enfin scellé et confirmé par celui de son sang : de sorte qu'il ne faut pas s'étonner si une science si bien employée au service de la vérité a fait un si grand profit dans ce commerce spirituel, et a gagné tant d'âmes à Jésus-Christ; c'est ce qui me reste à vous expliquer dans la troisième partie.

## TROISIÈME POINT

C'est un indigne spectacle, que de voir les dons de l'esprit servir aux intérêts temporels. Je ne vois rien de plus servile que[3] ces âmes basses, qui regrettent toutes leurs veilles, qui murmurent contre leur science, et l'appellent stérile et infructueuse, quand elle ne fait pas leur fortune. Mais que les sciences humaines s'oublient de leur dignité jusqu'à n'avoir plus d'usage que dans le commerce, ce n'est pas à moi, Chrétiens, de le déplorer dans cette chaire. Faut-il, sainte fille du Ciel[4], source des conseils désintéressés, auguste science du christianisme, faut-il que je vous voie en nos jours si indignement ravilie que de vous rendre esclave de l'avarice ? Un tel opprobre, Messieurs, que font à Jésus-Christ et à l'Evangile les ouvriers mercenaires, mérite bien, ce me semble, que nous établissions ici des maximes fortes pour épurer les intentions ; et la science de notre sainte, consacrée uniquement au salut des âmes, nous en donnera l'ouverture.

Vous croirez aisément, Messieurs, que les lumières de son esprit et la vaste étendue de ses connaissances, soutenue de l'éclat d'une jeunesse florissante et de l'appui d'une race illustre[1] dont elle était l'ornement, lui donnaient de grands avantages pour s'établir dans le monde. En effet, ses historiens nous apprennent que l'empereur[2] et toute sa cour l'avaient regardée comme la merveille de son siècle. Mais elle n'a garde de rabaisser les lumières de l'Esprit de Dieu jusqu'à les faire servir à la fortune, surtout dans une cour infidèle : elle fait valoir ce talent dans un commerce plus haut; elle l'emploie à négocier le salut des âmes.

Et en effet, Chrétiens, ce glorieux talent de science est destiné sans doute pour quelque commerce. Jésus-Christ, en le confiant à ses serviteurs : « Négociez, leur a-t-il dit, jusqu'à ce que je vienne » : *Negotiamini donec venio*[3]. Mais c'est un commerce divin, où le monde ne peut avoir part, et deux raisons invincibles nous le persuadent. La première se tire de la dignité de ce céleste dépôt; la seconde, de celui qui nous l'a commis et qui s'en est toujours réservé le fonds. Mettons ces deux raisons dans un plus grand jour; et premièrement, Chrétiens, pour apprendre à n'avilir pas le talent de la science chrétienne, considérons sa valeur et sa dignité.

La matière dont est composée cette céleste monnaie, c'est l'Evangile et tous ses mystères. Mais quelle image admirable y vois-je empreinte ? *Cujus est imago hæc*[4] ? « Quelle est cette image ? » Je l'ai déjà dit, Chrétiens, l'image qui est imprimée sur notre science, c'est l'image de Jésus-Christ, roi des rois. Oh! que la marque d'un si grand prince rehausse le prix de ce talent, et que sa valeur est inestimable!

Que faites-vous, âmes mercenaires, lorsque vous n'avez autre but que d'en trafiquer avec le monde, pour acquérir des biens temporels ? Le commerce se fait par échange; l'échange est fondé sur l'égalité : quelle égalité trouvez-vous entre la science de Dieu, qui comprend en elle-même les trésors célestes, et ces malheureux avantages dont la fortune dispose?

Le premier homme, Messieurs, qui a osé[1] mettre de l'égalité entre des choses aussi dissemblables que l'argent et les dons de Dieu, c'est cet infâme Simon le Magicien[2], qui a mérité pour ce crime la malédiction des apôtres, et ensuite est devenu l'exécration de tous les siècles suivants. Mais je ne crains point d'assurer que ceux qui ne s'étudient à la science ecclésiastique que pour entrer dans[3] les bénéfices, ou pour ménager par quelque autre voie leurs intérêts temporels marchent sur les pas de ce magicien, et attirent sur eux, comme un coup de foudre, cette imprécation apostolique : *Pecunia tecum sit in perditionem* : « Que ton argent, malheureux, soit avec toi en perdition! »

Dirai-je ici ce que je pense? Ils s'accordent avec Simon, en égalant les choses divines aux biens périssables : mais il y a cette différence honteuse pour ceux dont je parle, que, dans le marché de Simon, l'argent est le prix qu'il offre, la grâce du Saint-Esprit, le bien qu'il veut acquérir; et que ceux-ci renversent l'ordre du contrat, pour le rendre plus infâme et plus mercenaire. Ils prodiguent et prostituent le présent du Ciel, pour avoir les biens de la terre. Simon donnait son argent pour le don de Dieu; et ceux-ci dispensent le don de Dieu pour mériter de l'argent. Quelle indignité! Si bien qu'au lieu que saint Pierre reproche à Simon « qu'il avait voulu acquérir le don de Dieu par argent » : *Donum Dei existimasti pecunia possideri*[4]; nous pouvons dire de ceux-ci qu'ils veulent acquérir de l'argent par le don de Dieu : en quoi ils seraient sans comparaison plus lâches et plus criminels que Simon, n'était qu'il a joint l'un et l'autre crime, et que les Pères ont sagement remarqué[5] que sans doute il ne voulait acheter que dans le dessein de vendre.

Certainement, Chrétiens, ceux qui profanent ainsi la science du christianisme n'en connaissent pas le mérite; autrement ils rougiraient de la ravilir par un usage si bas : aussi voyons-nous ordinairement que ces ouvriers mercenaires altèrent et falsifient par un mélange étranger cette divine monnaie. Ils ne débitent point ces maximes pures qui enseignent à mépriser, et non à ménager les biens de la terre. La science qu'ils étudient n'est pas la science de Dieu, victorieuse du siècle et de ses convoitises[1], mais une science flatteuse et accommodante, propre aux négoces du monde, et non au sacré commerce du ciel : *Et in avaritia fictis verbis de vobis negotiabuntur*[2] : « L'avarice les portera à vous séduire par des paroles artificieuses, pour faire de vous une espèce de trafic. »

Que si nous méditons saintement la pure science du christianisme, mettons-la aussi à son droit usage, faisons notre gain du salut des âmes; prenons un noble intérêt, et tâchons de profiter dans un commerce si honorable. Imitons sainte Catherine, qui fait valoir de telle sorte ce divin talent, que les courtisans et les philosophes, ses amis et ses ennemis, enfin tous ceux qui l'approchent, et même l'impératrice, sont poussés d'un désir ardent de se donner à Jésus-Christ.

C'est ainsi qu'il fallait user de cet admirable trésor, qui avait été commis à sa foi. Car, pour venir, Chrétiens, à la seconde raison que j'ai promis de vous proposer, et avec laquelle je m'en vais conclure, la science du christianisme est un bien qui n'est pas à nous. Jésus-Christ, en le mettant en nos mains, s'en est réservé le fonds : nous l'avons de lui par emprunt, ou plutôt il nous l'a confié, ainsi qu'un dépôt duquel nous devons un jour lui rendre raison : *Negotiamini dum venio*[3] : « Négociez, je vous le permets »; mais sachez que je viendrai vous demander compte de toute votre administration et de l'emploi que vous aurez fait de mon bien.

S'il est ainsi, Chrétiens, ne disposons pas de ce bien comme si nous en étions les propriétaires. Il est, ce me semble, assez équitable, que si nous employons le bien d'autrui, ce soit dans quelque commerce dans lequel le maître puisse prendre part. Et quelle part donnerez-vous au divin Sauveur dans ces terres, dans ces revenus, dans ces bénéfices que vous accumulez sans mesure ? Ne savez-vous pas « qu'il est notre Dieu, et qu'il n'a pas besoin de nos biens » : *Deus meus es tu, quoniam bonorum meorum non eges*[4]. Mais, s'il n'a pas besoin de nos biens, j'ose dire qu'il a besoin de nos âmes. C'est pour ces âmes chéries qu'il descendra bientôt du ciel sur la terre : pour trouver ces âmes perdues et égarées comme des brebis, il a couru tous les déserts; pour les réunir au troupeau sacré, il les a portées sur ses épaules[5]; pour les laver de leurs taches, il a versé tout son sang; pour les guérir de leurs maladies, il a répandu l'onction de son Saint-Esprit; pour les nourrir et les fortifier, il leur a donné son propre corps[1].

Par conséquent, mes Frères, c'est dans ce commerce des âmes qu'il faut faire profiter ses dons; et quand viendra le temps de rendre les comptes, ce grand économe ne rougira pas de partager avec vous un profit si honorable. Il recevra de votre main ces âmes que vous lui aurez amenées; et de sa part, pour reconnaître un si beau travail : Venez, dira-t-il, serviteur fidèle, qui avez fait valoir mon dépôt en mon esprit et selon mes ordres; il est temps que vous receviez votre récompense[2].

Quelle sera la proportion de cette glorieuse récompense ? Le prophète Daniel nous le fait entendre : *Qui docti fuerint, fulgebunt quasi splendor firmamenti ; et qui ad justitiam erudiunt multos, quasi stellæ in perpetuas æternitates*[3] : « Ceux, dit-il, qui auront appris des autres la sainte doctrine brilleront comme la splendeur du firmament; et ceux qui l'auront enseignée paraîtront comme des étoiles durant toute l'éternité. » Où vous voyez, Chrétiens, par quelle sage disposition de la justice divine, ceux qui ont reçu d'ailleurs leurs instructions sont comparés au firmament, qui luit seulement par réflexion de la lumière des astres; mais que ceux qui ont éclairé l'Eglise par la doctrine de vérité sont eux-mêmes des astres brillants, et sources d'une lumière vive et immortelle.

Ainsi sainte Catherine réjouit par un double éclat la céleste Jérusalem. Elle est toute lumineuse pour avoir appris humblement et fidèlement pratiqué ce qu'on enseigne de plus excellent dans l'école de Jésus-Christ; mais cet éclat est relevé au centuple, parce qu'elle a répandu bien loin les lumières de la science de Dieu, et qu'elle a fait luire sur plusieurs âmes les vérités éternelles.

Ne croyez pas, Chrétiens, que ceux qui ont reçu dans l'Eglise le ministère d'enseigner les autres, soient les seuls à prétendre à cette récompense, que même une fille a pu mériter. Tous les fidèles de Jésus-Christ doivent espérer cette gloire, parce que tous doivent travailler à s'édifier mutuellement par de saintes instructions. C'est pourquoi l'apôtre saint Paul avertit en général les enfants de Dieu qu'ils doivent assaisonner leurs discours du sel de la sagesse divine : *Sermo vester semper in gratia sale sit conditus, ut sciatis quomodo oporteat vos unicuique respondere*[4] : « Que votre entretien soit toujours édifiant et assaisonné du sel de la sagesse; en sorte que vous sachiez comment vous devez répondre à chaque personne. »

O que ces conversations sont remplies de grâce, et que ce sel a de force pour faire prendre goût à la vérité ! Lorsqu'on entend les prédicateurs, je ne sais quelle accoutumance malheureuse de recevoir par leur entremise la parole de l'Evangile, fait qu'on l'écoute de leur bouche plus nonchalamment. On s'attend qu'ils reprendront les mauvaises mœurs, on dit qu'ils le font d'office ; et l'esprit humain indocile y fait moins de réflexion. Mais quand un homme que l'on croit du monde, simplement et sans affectation, propose de bonne foi ce qu'il sent de Dieu en lui-même, quand il ferme la bouche à un libertin qui fait vanité du vice ou qui raille impudemment des choses sacrées, encore une fois, Chrétiens, qu'une telle conversation, assaisonnée de ce sel de grâce, a de force pour exciter l'appétit et réveiller le goût des biens éternels !

Donc, mes Frères, que tout le monde prêche l'Evangile dans sa famille, parmi ses amis, dans les conversations et les compagnies ; que chacun emploie toutes ses lumières pour gagner les âmes que le monde engage, pour faire régner sur la terre la sainte vérité de Dieu, que le monde tâche de bannir par ses illusions. Si l'erreur, si l'impiété, si tous les vices ont leurs défenseurs, ô sainte vérité ! serez-vous abandonnée de ceux qui vous servent ? Quoi ! ceux mêmes qui font profession d'être vos amis n'oseront-ils parler pour votre gloire ? Parlons, mes Frères, parlons hautement pour une cause si juste ; résistons à l'iniquité, qui, ne se contentant plus qu'on la souffre, ose encore exiger qu'on lui applaudisse. Parlons souvent de nos espérances, de la douce tranquillité d'une âme fidèle, des ennuis dévorants de la vie présente, de la paix qui nous attend en la vie future. Ainsi la vérité éternelle, que nous aurons glorifiée par nos discours, nous glorifiera par ses récompenses, dans la sainte société que je vous souhaite aux siècles des siècles avec le Père, le Fils et le Saint-Esprit. *Amen.*

# PANÉGYRIQUE
## DU
# BIENHEUREUX
# FRANÇOIS DE SALES

PRONONCÉ LE 28 DÉCEMBRE 1660[1].

> *Ille erat lucerna ardens et lucens.*
> Il était une lumière[2] ardente et luisante.
> *Joan.*, v. 35.

Laissons un spectacle de cruauté[3], pour arrêter notre vue sur l'image de la douceur même; laissons des petits enfants qui emportent la couronne[4] des hommes, pour contempler un homme qui a l'innocence et la simplicité des enfants; laissons des mères désolées, qui ne veulent point recevoir de consolation dans la perte qu'elles font de leurs fils, pour contempler[5] un père toujours constant, qui a amené lui-même ses filles à Dieu, afin de[6] les immoler de ses propres mains par la mortification religieuse. Il n'est pas malaisé, ce semble, de louer un père si vénérable devant des filles si respectueuses, puisqu'elles ont le cœur si bien préparé à écouter ses louanges. Mais, à le considérer par un autre endroit, cette entreprise est fort haute[7], parce qu'étant si justement prévenues d'une estime extraordinaire de ses vertus, il n'est rien de plus difficile que de satisfaire à leur piété, remplir leurs justes désirs, et égaler leurs grandes idées. C'est ce qui me fait désirer, mes Sœurs, pour votre entière satisfaction, que l'éloge de ce grand homme se fasse bientôt[8] en ce lieu auguste où se prononcent les oracles du christianisme[9]. Mais, en attendant ce glorieux jour, trop éloigné pour nos vœux, qui ouvrira la bouche des prédicateurs, pour faire retentir, par toutes les chaires, les mérites incomparables de François de Sales, votre très saint instituteur, nous pourrons[1] nous entretenir en particulier de ses admirables vertus, et honorer avec ses enfants sa bienheureuse mémoire, qui est plus douce à tous les fidèles qu'une exhalation[2] de parfums, comme parle l'Ecriture sainte[3]. Commençons donc, chères âmes, cette sainte conversation avec la bénédiction du ciel; et pour implorer son secours, employons les prières de la sainte Vierge, en disant, *Ave.*

Il y a assez de fausses lumières, qui ne veulent briller dans le monde que pour attirer l'admiration par la surprise des yeux. Il est assez naturel aux hommes de vouloir s'élever aux lieux éminents, pour étaler de loin avec pompe l'éclat d'une superbe grandeur. Ce vice, si commun dans le monde, est entré bien avant dans l'Eglise, et a gagné jusqu'aux autels. Beaucoup veulent monter dans les chaires pour y charmer les esprits par l'éclat de leurs pensées délicates; mais peu s'étudient comme il faut à se rendre capables d'échauffer les cœurs par des sentiments de piété. Beaucoup s'empressent avec ardeur de paraître dans les grandes places, pour luire sur le chandelier[4]; peu s'appliquent sérieusement à jeter[5] dans les âmes ce feu céleste que Jésus a apporté sur la terre[6].

François de Sales, mes Sœurs, votre saint et admirable instituteur, n'a pas été de ces faux luisants, qui n'attirent que des regards curieux et des acclamations inutiles. Il avait appris de l'Evangile que les amis de l'Epoux et les ministres de la sainte Eglise devaient être ardents et luisants; qu'ils devaient non seulement éclairer, mais encore échauffer la maison de Dieu : *Ille erat lucerna ardens et lucens.* C'est ce qu'il a fidèlement accompli durant tout le cours de sa vie; et il ne sera pas malaisé de vous le faire connaître fort évidemment, par cette réflexion.

Trois choses principalement lui ont donné beaucoup d'éclat dans le monde : la science, comme docteur et prédicateur; l'autorité, comme évêque; la conduite, comme directeur des âmes. La science l'a rendu un flambeau capable d'illuminer les fidèles; la dignité épiscopale a mis ce flambeau sur le chandelier pour éclairer toute l'Eglise; et le soin de la direction a appliqué cette lumière bénigne[7] à la conduite des particuliers. Vous voyez combien reluit ce flambeau sacré; admirez maintenant comme il échauffe. Sa science, pleine d'onction, attendrit[8] les cœurs; sa modestie dans l'autorité[1] enflamme les hommes à la vertu; sa douceur dans la direction les gagne à l'amour de Notre-Seigneur. Voilà donc un flambeau ardent et luisant : si sa science reluit, parce qu'elle est claire, elle échauffe en même temps, parce qu'elle est tendre et affective; s'il brille aux yeux des hommes par l'éclat de sa dignité, il les édifie[2] tout ensemble par l'exemple de sa modération; enfin, si ceux qu'il dirige se trouvent éclairés fort heureusement par ses salutaires[3] conseils, ils se sentent aussi vivement touchés par sa charmante douceur; et c'est ce que je me propose de vous expliquer dans les trois parties de ce discours.

## PREMIER POINT

Plusieurs[4] considèrent Jésus-Christ comme un sujet de recherches curieuses, et pensent être savants dans son Ecriture, quand ils y ont rencontré ou des questions inutiles, ou des rêveries agréables. François de Sales, mes Sœurs, a cherché une science qui tendît à la piété; et afin que vous entendiez dans le fond et de quelle sorte[5] Jésus-Christ veut être connu, remontez avec moi jusques au principe.

Il y a deux temps à distinguer, qui comprennent tout le mystère du christianisme : il y a le temps des énigmes, et ensuite le temps de la claire vue; le temps de l'obscurité, et après, celui des lumières : enfin le temps de croire, et le temps de voir. Cette distinction étant supposée[6], tirons maintenant cette conséquence. Dans le temps de la claire vue, c'est alors que les esprits seront satisfaits par la manifestation de la vérité; car « nous verrons Dieu face à face » : *Videbimus,* etc.[7]; et là, découvrant, sans aucun nuage, la vérité dans sa source, nous trouverons de quoi contenter toutes nos curiosités raisonnables. Maintenant quelle est notre connaissance ? Connaissance obscure et enveloppée, qui nous fait entrevoir de loin quelque rayon de lumière[8], à travers mille nuages épais; connaissance, par conséquent, qui n'a pas été destinée pour nous satisfaire, mais pour nous conduire, et qui est plutôt pour le cœur que pour l'esprit[9]. Et c'est ce qui a fait dire au divin Sauveur : *Beati mundo corde, quoniam ipsi Deum videbunt*[10]. *Videbunt,* ils verront un jour, et ce sera alors le temps de satisfaire l'esprit; maintenant, c'est le temps de travailler pour le cœur, en le purifiant par le saint amour ; et ce doit être tout l'objet de notre science.

Approfondissons davantage cette matière importante, et apprenons, par les saintes Lettres[1], quelle est la science de cette vie. L'apôtre saint Pierre la compare à un flambeau allumé parmi les ténèbres : *Lucernæ ardenti in caliginoso loco*[2]. Traduisons mot à mot ces belles paroles : C'est *une lampe allumée dans un lieu obscur,* etc.[3]. C'est pourquoi si ce flambeau a de la lumière, il doit avoir encore beaucoup plus d'ardeur, parce qu'elle doit attirer[4].

C'est pourquoi notre saint évêque a étudié dans l'Evangile de Jésus-Christ une science lumineuse, à la vérité, mais encore beaucoup plus ardente ; et aussi, quoiqu'il sût convaincre, il savait bien mieux convertir. Le grand cardinal du Perron[5] en a rendu un beau témoignage. Ce rare et admirable génie, dont les ouvrages[6] sont le plus ferme rempart de l'Eglise contre les hérétiques modernes, a dit, plusieurs fois, qu'il convaincrait bien les errants[7] ; mais que, si l'on voulait qu'ils se convertissent, il fallait les conduire à notre prélat. Et en effet, il n'est pas croyable combien de brebis errantes il a ramenées au troupeau. C'est que sa science, pleine d'onction, ne brillait que pour échauffer. Des traits de flamme sortaient de sa bouche, qui allaient pénétrer dans le fond des cœurs. Il savait que la chaleur entre bien plus avant[8] que la lumière : celle-ci ne fait qu'effleurer et dorer légèrement la surface ; la chaleur pénètre jusques aux entrailles, pour en tirer des fruits merveilleux, et produire des richesses inestimables. C'est cette bénigne[9] chaleur qui donnait une si grande efficace[10] à ses divines prédications que, dans un pays fort peuplé de son diocèse[11], où il n'y avait que cent catholiques quand il commença de prêcher, à peine y restait-il autant d'hérétiques quand il y eut répandu cette lumière ardente de l'Evangile.

Mais ne vous persuadez pas qu'il n'ait converti que les hérétiques ; cette science ardente et luisante agissait encore bien plus fortement sur les « domestiques de la foi[12] ». Je trouve, dans ces derniers siècles, deux hommes d'une sainteté extraordinaire, saint Charles Borromée[13] et François de Sales. Leurs talents étaient différents et leurs conduites diverses, car chacun a reçu son don par la distribution de l'Esprit ; mais tous deux ont travaillé avec même fruit à l'édification de l'Eglise, quoique par des voies différentes. Saint Charles a réveillé dans le clergé, cet esprit de piété ecclésiastique; l'illustre François de Sales a rétabli la dévotion parmi les peuples. Avant saint Charles Borromée, il semblait que l'ordre ecclésiastique avait oublié sa vocation, tant il avait corrompu ses voies[1]; et l'on peut dire, mes Sœurs, qu'avant votre saint instituteur, l'esprit de dévotion n'était presque plus connu parmi les gens du siècle. On reléguait dans les cloîtres la vie intérieure et spirituelle, on la croyait trop sauvage pour paraître dans la Cour et dans le grand monde. François de Sales a été choisi pour[2] l'aller chercher dans sa retraite[3]. Il a ramené la dévotion au milieu du monde; mais ne croyez pas qu'il l'ait déguisée pour la rendre plus agréable aux yeux des mondains : il l'amène dans son habit naturel, avec sa croix, avec ses épines, avec son détachement et ses souffrances. En l'état que la produit ce digne prélat, et dans lequel elle nous paraît en son *Introduction à la Vie dévote*[4], le religieux le plus austère la peut reconnaître, et le courtisan le plus dégoûté, s'il ne lui donne pas son affection, ne peut lui refuser son estime.

Et certainement, Chrétiens, c'est une erreur intolérable, qui a préoccupé les esprits, qu'on ne peut être dévot dans le monde. Ceux qui se plaignent sans cesse que l'on n'y peut pas faire son salut démentent Jésus-Christ et son Evangile. Jésus-Christ s'est déclaré le sauveur de tous; et par là, il nous fait connaître qu'il n'y a aucune condition qu'il n'ait consacrée, et à laquelle il n'ait ouvert le chemin du ciel. Car, comme dit excellemment Jean Chrysostome[5], la doctrine de l'Evangile est bien peu puissante, si elle ne peut policer les villes, régler les sociétés et le commerce des hommes. Si, pour vivre chrétiennement, il faut quitter sa famille et la société du genre humain, pour habiter les déserts et les lieux cachés et inaccessibles, les empires seront renversés et les villes abandonnées. Ce n'est pas le dessein du Fils de Dieu : au contraire, il commande aux siens de luire devant les hommes[6]. Il ne dit pas dans les bois, dans les solitudes, dans les montagnes seules et inhabitées; il a dit dans les villes et parmi les hommes : c'est là que leur lumière doit luire, afin que l'on glorifie leur Père céleste. Louons donc ceux qui se retirent; mais ne décourageons[7] pas ceux qui demeurent. S'ils ne suivent pas la vertu, qu'ils n'en accusent que leur lâcheté, et non leurs emplois, ni le monde, ni les attraits de la Cour, ni les occupations de la vie civile.

Mais que dis-je ici, Chrétiens[1] ? les hommes abuseront de cette doctrine, et en prendront un prétexte pour s'engager dans l'amour du monde. Que dirons-nous donc, mes Frères, et où nous tournerons-nous désormais, si on change en venin tous nos discours ? Prêchons qu'on ne peut se sauver dans le monde, nous désespérons nos auditeurs; disons, comme il est vrai, qu'on s'y peut sauver, ils prennent occasion de s'y embarquer trop avant. O mondains! ne vous trompez pas, et entendez ce que nous prêchons. Nous disons qu'on peut se sauver dans le monde, mais pourvu qu'on y vive dans un esprit de détachement[2]; qu'on se peut sauver dans les grands emplois, mais pourvu qu'on les exerce avec justice; qu'on se peut sauver parmi les richesses, mais pourvu qu'on les dispense avec charité; enfin qu'on se peut sauver dans les dignités, mais pourvu qu'on en use avec cette modération dont notre saint prélat nous donnera un illustre exemple dans notre seconde partie.

## SECOND POINT

De toutes les passions humaines, la plus fière dans ses pensées, et la plus emportée dans ses désirs, mais[3] la plus souple dans sa conduite et la plus cachée[4] dans ses desseins[4], c'est l'ambition. Saint Grégoire nous a représenté son vrai caractère, lorsqu'il a dit ces mots, dans son *Pastoral,* qui est un chef-d'œuvre de prudence[5] : « L'ambition, dit ce grand pontife[6], est timide quand elle cherche, superbe et audacieuse quand elle a trouvé » : *Pavida cum quærit, audax cum pervenerit.* Voici[7], mes Sœurs, un étrange monstre, qui est composé du mélange de ces deux qualités contraires, la timidité et l'audace. Comme la dernière lui est naturelle et lui vient de son propre fonds; aussi la fait-elle paraître dans toute sa force, quand elle a sa liberté tout entière : *Audax cum pervenerit.* Mais, en attendant, Chrétiens, qu'elle soit arrivée au but, elle se resserre en elle-même, elle contraint ses inclinations : *Timida cum quærit.* Et voici la raison qui l'y oblige : c'est, comme dit saint Jean Chrysostome[8], que les hommes sont naturellement d'une humeur fâcheuse et contrariante : *Contentiosum hominum genus.* Soit que le venin de l'envie les empêche de voir le progrès des autres d'un œil équitable; soit qu'une imagination de puissance qu'ils exercent, traversant leurs desseins, leur fasse ressentir un plaisir secret et malin; soit que quelque autre inclination malfaisante les oblige à s'opposer les uns aux autres, tant y a[1] qu'il est inévitable que l'ardeur d'impétuosité trop ouverte[2] nous attire infailliblement des concurrents et des opposants. C'est pourquoi l'ambition raffinée s'avance d'un pas timide; et tâchant de se cacher sous son contraire pour être mieux déguisée, elle se montre au public sous le visage de la retenue.

Voyez cet ambitieux, voyez Simon le Magicien devant les apôtres[3], comme il est rampant à leurs pieds, comme il leur parle d'une voix tremblante. Le même, quand il aura acquis du crédit, en imposant aux peuples et aux empereurs par ses charmes et par ses prestiges, à quel excès d'arrogance ne se laissera-t-il pas emporter, et combien travaillera-t-il pour abattre[4] ces mêmes apôtres devant lesquels il paraissait si bassement respectueux ?

Mais je ne m'étonne pas, Chrétiens, que l'ambition se cache aux autres, puisqu'elle ne se découvre pas à elle-même. Ne voyons-nous pas tous les jours que cet ambitieux ne se connaît pas, et qu'il ne sent pas l'ardeur qui le presse[5] ? Dans les premières démarches de sa fortune naissante, il ne songeait qu'à se tirer de la boue; après, il a eu dessein de servir l'Eglise dans quelque emploi honorable; là, d'autres désirs se sont découverts, que son cœur ne lui avait pas encore expliqués. C'est que ce feu qui se prenait par en bas, ne regardait pas encore le sommet du toit : il gagne de degré en degré où sa matière l'attire, et ne remarque sa force qu'en s'élevant. Tel est le naturel des ambitieux, qui s'efforcent de persuader aux autres et à eux-mêmes qu'ils n'ont que des sentiments modestes. Mais quelque profonds que soient les abîmes où ils tâchent de nous recéler leurs vastes prétentions[6], quand ils seront établis dans les dignités, leur gloire, trop longtemps cachée, se produira[7] malgré eux, par ces deux effets qui ne laissent pas de s'accorder, encore qu'ils semblent contraires : l'un est de mépriser ce qu'ils sont; l'autre, de le faire valoir avec excès.

Oui, je dis qu'ils méprisent ce qu'ils sont, puisque leur esprit n'en est pas content, qu'ils se plaignent sans cesse de leur mauvaise fortune, et qu'ils pensent n'avoir rien fait. Leur vertu, à leur avis, n'a pas encore trouvé son théâtre[1]; leur grand génie se trouve à l'étroit dans un emploi si borné; cette pourpre ne leur paraît pas assez brillante; et il faudrait, pour les satisfaire, qu'elle jetât plus de feu. Dans ces hautes prétentions, ils comptent pour rien tout ce qu'ils possèdent. Mais voyez l'égarement de leur ambition : pendant qu'ils méprisent eux-mêmes les honneurs dont ils sont revêtus, ils veulent que tout le monde les considère comme quelque chose d'auguste[2]; et si peu qu'on ose entreprendre de toucher ce point délicat, vous n'entendrez sortir de leur bouche que des paroles d'autorité, pour marquer leur grandeur et leur puissance. Ainsi ce superbe Aman[3], tant de fois cité dans les chaires comme le modèle d'une ambition démesurée, pendant qu'il veut[4] que toute la terre adore sa puissance prodigieuse, il la méprise lui-même en son cœur, et il s'imagine n'avoir rien gagné, quand il regarde l'accroissement qui lui manque encore : *Hæc cum omnia habeam nihil me habere puto*[5]. Tant l'ambition est injuste, ou de ne se contenter pas de ce qu'elle veut que le monde admire, ou d'exiger qu'on respecte tant ce qui n'est pas capable de la satisfaire!

Ceux qui s'abandonnent, mes Sœurs, à ces sentiments déréglés, peuvent bien luire et briller dans le monde par des dignités éminentes; mais ils ne luisent que pour le scandale, ils ne sont pas capables d'enflammer les cœurs au mépris des vanités de la terre et à l'amour de la modestie chrétienne. C'est, mes Sœurs, notre saint évêque qui a été véritablement une lumière ardente et luisante, lui qui, étant établi dans le premier ordre de la dignité[6] ecclésiastique, s'est également éloigné de ces deux effets ordinaires de l'ambition, de vouloir s'élever plus haut, ou de maintenir avec faste l'autorité de son rang[7]. Pour l'élever à l'épiscopat, il avait été nécessaire de forcer son humilité par un commandement absolu. Il remplit si dignement cette place, qu'il n'y avait aucun prélat dans l'Eglise que la réputation publique jugeât si digne des premiers sièges. Ce n'était pas seulement la renommée, dont le suffrage ordinairement n'est pas de grand poids; le roi Henri le Grand le pressa souvent d'accepter les premières prélatures de ce royaume; et sous le règne de son fils, un grand cardinal[8], qui était chef de ses conseils, le voulait faire son coadjuteur dans l'évêché de Paris, avec des avantages extraordinaires. Il était tellement respecté dans Rome, qu'il eût pu facilement s'élever jusqu'à la pourpre sacrée[1], si peu qu'il eût pris de soin de s'attirer cet honneur. Parmi ces ouvertures favorables, il nous eût été impossible de comprendre quel était son détachement, si la Providence divine n'eût permis, pour notre instruction, qu'il s'en soit lui-même expliqué à une personne confidente, comme s'il eût été à l'article de la mort, où tout le monde ne paraît que fumée.

Que je vous demande ici, Chrétiens : Balthazar, ce grand roi des Assyriens, à la veille de cette nuit fatale en laquelle Daniel[2] lui prédit, de la part de Dieu, la fin de sa vie et la translation de son trône, était-il encore charmé de cette pompe royale, dans les approches de la dernière heure ? Au contraire, ne vous semble-t-il pas qu'il voyait son sceptre lui tomber des mains, sa pourpre pâlir sur ses épaules, et l'éclat de sa couronne se tenir visiblement sur sa tête parmi les ombres de la mort, qui commençaient à l'environner ? Pourrait-on encore se glorifier de la beauté d'un vaisseau, étant tout près[3] de l'écueil contre lequel on saurait qu'il va se briser ? Ces aveugles adorateurs de la fortune estiment-ils beaucoup leur grandeur, quand ils voient que, dans un moment, leur gloire va passer à leur nom, tous leurs titres à leur tombeau, et peut-être leurs dignités à leurs ennemis, du moins à des indifférents ? Alors, alors, mes Frères, toutes leurs vanités seront confondues ; et, s'il leur reste encore quelque lumière, ils seront contraints d'avouer que tout ce qui passe est bien méprisable. Mais ces sentiments forcés leur apporteront peu d'utilité ; au contraire, ce sera peut-être leur condamnation qu'il ait fallu appeler la mort au secours, pour les contraindre de reconnaître des vérités si constantes, où il semble que rien ne vive que l'ambition.

François de Sales, mes Sœurs, n'attend pas cette extrémité pour éteindre en son cœur tout l'amour du monde. Dans la plus grande vigueur de son âge, au milieu de l'applaudissement et de la faveur, il le considère des mêmes yeux qu'il ferait en ce dernier jour, où périssent toutes nos pensées ; et il ne songe non plus à s'avancer que s'il était un homme mourant. Et certainement, Chrétiens, il n'est pas seulement un homme mourant ; mais il est en effet de ces heureux morts dont la vie est cachée en Dieu, et qui s'ensevelissent tout vivants avec Jésus-

Christ[1]. Que s'il est si sage et si tempéré à l'égard des dignités qu'il n'a pas, il use dans le même esprit de la puissance qui lui est confiée. Il en donna un illustre exemple, lorsque son *Introduction à la Vie dévote,* ce chef-d'œuvre de piété et de prudence, ce trésor de sages conseils, ce livre qui conduit tant d'âmes à Dieu, dans lequel tous les esprits purs viennent goûter avec joie les saintes douceurs de la dévotion, fut déchiré publiquement, jusques dans les chaires évangéliques, avec toute l'amertume et l'emportement que peut inspirer un zèle indiscret, pour ne pas dire malin. Si notre saint évêque se fût élevé contre ces prédicateurs téméraires, il aurait trouvé assez de prétextes de couvrir son ressentiment de l'intérêt de l'épiscopat qui était violé en sa personne, et dont l'honneur, disait un ancien[2], établit la paix de l'Eglise. Mais il pensa, Chrétiens, que si c'était une plaie à l'Eglise de voir qu'un évêque fût outragé[3], elle serait bien plus grande encore de voir qu'un évêque parût ému en sa propre cause, et animé dans ses intérêts[4]. Ce grand homme se persuada que l'injure que l'on faisait à sa dignité serait bien mieux réparée par l'exemple de sa modestie que par le châtiment de ses envieux : c'est pourquoi on ne vit ni censures, ni apologies, ni réponses; il dissimula cet affront, et, à voir comme il en parle en passant en un endroit de ses œuvres, en des termes[5] si modestes, nous ne pourrions jamais nous imaginer l'atrocité de l'injure, si la mémoire n'en était encore toute récente[6].

## [TROISIÈME POINT]

Qui que vous soyez, Chrétiens, qui êtes appelés par le Saint-Esprit[7] à la conduite des âmes que le Fils de Dieu a rachetées, ne vous proposez[8] pas de suivre les règles de la politique du monde. Songez que votre modèle est au ciel, et que le premier directeur des âmes, celui dont[9] vous devez imiter l'exemple, c'est ce Dieu même que nous adorons. Or[10] ce directeur souverain des âmes ne se contente pas de répandre des lumières dans l'esprit, il en veut au cœur. Quand il veut faire sentir son pouvoir aux créatures inanimées, il ne consulte pas leurs dispositions[11], mais il les contraint et les force. Il n'y a que le cœur humain qu'il semble ne régir pas tant par puissance qu'il le ménage par art, qu'il le conduit par industrie et qu'il l'engage par douceur. Les directeurs des consciences doivent agir par la même voie, et cette douceur chrétienne est le principal instrument de la conduite des âmes, parce qu'ils doivent amener à Dieu des victimes volontaires, et lui former des enfants et non des esclaves.

Pour avoir une belle idée de cette douceur évangélique, ce serait assez, ce me semble, de contempler[1] le visage de François de Sales. Toutefois, pour remonter jusques au principe, allons chercher jusques dans son cœur la source de cette douceur attirante, qui n'est autre que la charité. Ceux qui ont le plus pratiqué et le mieux connu ce grand homme, nous assurent qu'il était enclin à la colère; c'est-à-dire qu'il était du tempérament qui est le plus opposé à la douceur. Mais il faut ici admirer[2] ce que fait la charité dans les cœurs, et de quelle manière elle les change; et tout ensemble vous découvrir ce que c'est que la douceur chrétienne, qui semble être la vertu particulière de notre illustre prélat. Pour bien entendre ces choses, il faut remarquer[3], s'il vous plaît, que le plus grand changement que la nature fasse[4] dans les hommes, est lorsqu'elle leur donne des enfants : c'est alors que les humeurs les plus aigres et les plus indifférentes conçoivent une nouvelle tendresse[5], et ressentent des empressements qui leur étaient auparavant inconnus. Il n'y a personne qui n'ait observé les inclinations extraordinaires qui naissent tout à coup[6] dans le cœur des mères et des nourrices, qui sont comme de secondes mères; et, j'ai appris de saint Augustin, que « la charité est une mère, et que la charité est une nourrice » : *Caritas nutrix*[7], *caritas mater est*[8]. En effet, nous lisons dans les Écritures, que la charité a des enfants : elle a des entrailles, où elle les porte; elle a des mamelles qu'elle leur présente; elle a un lait qu'elle leur donne. Il ne faut donc pas s'étonner, si elle change ceux qu'elle possède, et surtout les conducteurs des âmes; ni si elle adoucit leur humeur, en leur inspirant[9] dans le cœur des sentiments maternels.

C'est, mes Sœurs, cette onction de la charité qui a changé votre bienheureux père; c'est cette huile vraiment céleste[10], c'est ce baume spirituel qui a adouci des humeurs aigres[11] qui excitaient en lui la colère; par où vous devez maintenant connaître ce que c'est que la douceur chrétienne. Ce n'est pas autre chose, mes Sœurs, que la fleur de la charité, qui, ayant rempli le dedans, répand ensuite sur l'extérieur une grâce simple et sans fard, et un air de liberté[1] tempérée, qui ne respire qu'une affection toute sainte : c'est par là que François de Sales commençait à gagner les cœurs.

Mais la douceur chrétienne n'agit pas seulement sur le visage; elle porte avec soi, dans l'intérieur, ces trois vertus principales qui la composent : la patience, la compassion, la condescendance, vertus absolument nécessaires à ceux qui dirigent les âmes; la patience, pour supporter les défauts; la compassion, pour les plaindre; la condescendance, pour les guérir.

La conduite des âmes est une agriculture spirituelle; et j'apprends de l'apôtre saint Jacques que la vertu des laboureurs, c'est la patience : « Voilà, dit-il, que le laboureur attend le fruit de la terre, supportant patiemment toutes choses » : *Ecce agricola exspectat pretiosum fructum terræ, patienter ferens*[2]. Et en effet, Chrétiens, pour dompter, si je puis parler de la sorte, la dureté[3] de la terre, surmonter l'inégalité des saisons, et supporter sans relâche l'assiduité d'un si long travail, qu'y a-t-il de plus nécessaire[4] que la patience ? Mais vous en avez d'autant plus besoin, ô laboureurs spirituels, que le grain que vous semez est plus délicat[5]; le champ[6] que vous cultivez, plus stérile; les fruits que vous attendez, ordinairement plus tardifs; et les vicissitudes que vous craignez, sans comparaison plus dangereuses.

Pour vaincre ces difficultés, il faut une patience invincible, telle qu'était celle de François de Sales. Bien loin de se dégoûter ou de relâcher son application quand la terre qu'il cultivait ne lui donnait pas des fruits assez tôt, il augmentait son ardeur quand elle ne lui produisait que des épines. On a vu des hommes ingrats, auxquels il avait donné tant de veilles pour les conduire par la droite voie, qui, au lieu de reconnaître ses soins, s'emportaient jusqu'à cet excès de lui faire mille reproches outrageux. C'était un sourd qui n'entendait pas, et un muet qui ne parlait pas : *Ego autem tanquam surdus non audiebam, et sicut mutus non aperiens os suum*[7]. Il louait Dieu dans son cœur de lui faire naître cette occasion de fléchir, par sa patience, ceux qui résistaient à ses bons conseils. Quelque étrange que fût leur emportement[8], il ne lui est jamais arrivé de se plaindre d'eux; mais il n'a jamais cessé de les plaindre eux-mêmes; et c'est le second sentiment d'un bon directeur.

Vous le savez, ô pécheurs, lépreux spirituels que la Providence divine adressait à cet Elisée[1]; vous particulièrement, pauvres dévoyés, de ce grand diocèse de Genève, et vous, pasteurs des troupeaux errants, ministres d'iniquité, qui corrompez les fontaines de Jacob[2] et tâchez de détourner ses eaux vives sur[3] une terre étrangère : lorsque votre bonheur vous a fait tomber entre les mains de ce pasteur charitable, vous avez expérimenté quelles étaient ses compassions.

Et certainement, Chrétiens, il n'est rien de plus efficace, pour toucher les cœurs, que cette sincère démonstration d'une charité compatissante. Les larmes du père affligé, qui déplore les erreurs de son prodigue, lui font bien mieux sentir son égarement que les discours subtils et étudiés, par lesquels il aurait pu le convaincre. C'est ce qui faisait dire à saint Augustin[4] qu'il fallait rappeler les hérétiques plutôt par des témoignages de charité que par des contentions échauffées. Et la raison en est évidente. L'ardeur de celui qui dispute peut naître du désir de vaincre : la compassion est plus agréable, qui montre le désir de sauver. Un homme peut s'aigrir contre vous, quand vous choquez ses pensées; mais il vous sera toujours obligé que vous désiriez son salut. Il craint de servir de trophée à votre orgueil; mais il ne se fâche jamais d'être l'objet de votre charité. Entrez par cet abord favorable; n'attaquez pas cette place du côté de cette éminence, où la présomption se retranche : ce ne sont que des hauteurs immenses et des précipices ruineux, escarpés; approchez[5] par l'endroit le plus accessible; et par ce cœur qui s'ouvre à vous, tâchez de gagner l'esprit qui s'éloigne.

Jamais homme n'a mieux pratiqué cette ruse innocente et cette salutaire intelligence que le saint évêque dont nous parlons. Il ne lui était pas difficile de persuader aux pécheurs et particulièrement aux hérétiques qui conversaient avec lui, combien il déplorait leur misère : c'est pourquoi aussitôt ils étaient touchés; et il leur semblait entendre une voix secrète, qui leur disait dans le fond du cœur ces paroles de saint Augustin : *Veni, columba te vocat, gemendo te vocat*[6] : pécheurs, courez à la pénitence; hérétiques, venez à l'Eglise : celui qui vous appelle, c'est la douceur même; ce n'est pas un oiseau sauvage qui vous étourdisse par ses cris importuns, ou qui vous déchire par ses ongles ; c'est une colombe qui gémit pour vous, et qui tâche de vous attirer[1] en gémissant, par l'effort d'une compassion plus que paternelle : *Veni, columba te vocat, gemendo te vocat.*

Un homme si tendre, mes Sœurs, et si charitable, sans doute n'avait pas de peine à se rabaisser par une miséricordieuse condescendance, qui est la troisième partie de la douceur chrétienne et la qualité la plus nécessaire à un fidèle conducteur des âmes : condescendance, mes Sœurs, que l'onction de la charité produit dans les cœurs ; et voici en quelle manière.

Je vous parlais tout à l'heure de ces changements merveilleux que fait dans les cœurs l'amour des enfants, entre lesquels le plus remarquable est d'apprendre à se rabaisser. Car voyez cette mère et cette nourrice, ou ce père même, si vous voulez, comme il se rapetisse avec cet enfant, si je puis parler de la sorte. Il vient du palais, dit saint Augustin[2], où il a prononcé des arrêts, où il a fait retentir tout le barreau du bruit de son éloquence : retourné dans son domestique, parmi ses enfants, il vous paraît un autre homme : ce ton de voix magnifique a dégénéré[3] en un bégayement ; ce visage naguère si grave a pris tout à coup un air enfantin ; une troupe d'enfants l'environne, auxquels il est ravi de céder ; et ils ont tant de pouvoir sur ses volontés, qu'il ne peut leur rien refuser que ce qui leur nuit. Puisque l'amour des enfants produit ces effets, il faut bien que la charité chrétienne, qui donne des sentiments maternels[4], particulièrement aux pasteurs des âmes, inspire en même temps la condescendance : elle accorde tout, excepté ce qui est contraire au salut. Vous le savez, ô grand Paul! qui êtes descendu tant de fois du troisième ciel[5] pour bégayer avec les enfants ; qui paraissiez vous-même parmi les fidèles ainsi qu'un enfant : *Facti sumus parvuli in medio vestrum*[6], petit avec les petits, Gentil[7] avec les Gentils, infirme avec les infirmes, tout à tous, afin de les sauver tous.

Que dirai-je maintenant de saint François de Sales ? *Ipsa caritas alios parturit, cum aliis infirmatur ; alios curat ædificare, alios contremiscit offendere ; ad alios se inclinat, ad alios se erigit ; aliis blanda, aliis severa nulli inimica, omnibus mater... languidulis plumis teneros fœtus operit et susurrantes pullos contracta voce advocat ; cujus blandas alas refugientes superbi præda fiunt alitibus*[8]. Elle s'élève contre les uns sans s'emporter[1], et s'abaisse devant les autres sans se démettre : sévère à ceux-là sans rigueur, et douce à ceux-ci sans flatterie : elle se plaît avec les forts, mais elle les quitte pour courir aux besoins des faibles. (Voir saint Thomas de Villeneuve[2].)

# SECOND PANÉGYRIQUE
## DE
# SAINT JOSEPH

PRÊCHÉ DEVANT LA REINE LE 19 MARS 1661[1].

> *Quæsivit sibi Deus virum juxta cor suum.*
> Le Seigneur s'est cherché un homme selon son cœur.
> *I. Reg.*, XIII, 14.

Cet homme selon le cœur de Dieu ne se montre pas au dehors, et Dieu ne le choisit pas sur les apparences, ni sur le témoignage de la voix publique. Lors qu'il envoya Samuel[2] dans la maison de Jessé pour y trouver David[3], le premier de tous qui a mérité cet éloge ce grand homme, que Dieu destinait à la plus auguste couronne du monde, n'était pas même connu dans sa famille. On présente, sans songer à lui, tous ses aînés au prophète ; mais Dieu, qui ne juge pas à la manière des hommes, l'avertissait en secret de ne pas regarder à leur riche taille, ni à leur contenance hardie[4] : si bien que, rejetant ceux que l'on produisait dans le monde, il fit approcher celui que l'on envoyait paître les troupeaux ; et, versant sur sa tête l'onction royale[5], il laissa ses parents étonnés d'avoir si peu jusqu'alors connu ce fils, que Dieu choisissait avec un avantage si extraordinaire[6].

Une semblable conduite de la Providence divine me fait appliquer aujourd'hui à Joseph, le fils de David[7], ce qui a été dit de David lui-même. Le temps était arrivé que Dieu cherchât un homme selon son cœur, pour déposer en ses mains ce qu'il avait de plus cher : je veux dire la personne de son Fils unique, l'intégrité de sa sainte mère, le salut du genre humain, le secret le plus sacré de son conseil, le trésor du ciel et de la terre[8]. Il laisse Jérusalem et les autres villes renommées ; il s'arrête sur Nazareth, et, dans cette bourgade inconnue il va choisir encore un homme inconnu, un pauvre artisan, Joseph en un mot, pour lui confier un emploi dont les anges du premier ordre[1] se seraient sentis honorés; afin, Messieurs, que nous entendions que l'homme selon le cœur de Dieu doit être lui-même cherché dans le cœur, et que ce sont les vertus cachées qui le rendent digne de cette louange. Comme je me propose aujourd'hui de traiter ces vertus cachées, c'est-à-dire, de vous découvrir le cœur du juste Joseph, j'ai besoin plus que jamais, Chrétiens, que celui qui s'appelle le Dieu de nos cœurs[2] m'éclaire par son Saint-Esprit. Mais quelle injure ferions-nous à la divine Marie, si, ayant accoutumé en d'autres sujets de lui demander son secours, maintenant qu'il s'agit de son saint époux, nous ne nous efforcions de lui dire avec une dévotion particulière : *Ave*.

C'est un vice ordinaire aux hommes, de se donner entièrement au dehors, et de négliger le dedans; de travailler à la montre et à l'apparence, et de mépriser l'effectif et le solide; de songer souvent quels ils paraissent, et de ne penser point quels ils doivent être. C'est pourquoi les vertus qui sont estimées, ce sont celles qui se mêlent d'affaires, et qui entrent dans le commerce des hommes; au contraire, les vertus cachées et intérieures, où le public n'a point de part, où tout se passe entre Dieu et l'homme, non seulement ne sont pas suivies, mais ne sont pas même entendues. Et toutefois, c'est dans ce secret que consiste tout le mystère de la vertu véritable. En vain pensez-vous former un bon magistrat, si vous ne faites auparavant un homme de bien; en vain vous considérez quelle place vous pourrez remplir dans la société civile, si vous ne méditez auparavant quel homme vous êtes en particulier. Si la société civile élève un édifice, l'architecte fait tailler premièrement une pierre, et puis on la pose dans le bâtiment[3]. Il faut composer un homme en lui-même, avant que de méditer quel rang on lui donnera parmi les autres; et si l'on ne travaille[4] sur ce fonds, toutes les autres vertus, si éclatantes qu'elles puissent être, ne seront que des vertus de parade et appliquées par le dehors[5], qui n'auront point de corps ni de vérité. Elles pourront nous acquérir de l'estime et rendre nos mœurs agréables; enfin elles pourront nous former au gré et selon le cœur des hommes;

mais il n'y a que les vertus particulières qui aient ce droit admirable, de nous composer au gré et selon le cœur de Dieu.

Ce sont ces vertus particulières, c'est cet homme de bien, cet homme au gré de Dieu et selon son cœur, que je veux vous montrer aujourd'hui en la personne du juste Joseph. Je laisse les dons et les mystères qui pourraient relever son panégyrique. Je ne vous dis plus, Chrétiens, qu'il est le dépositaire des trésors célestes[1], le père de Jésus-Christ, le conducteur de son enfance, le protecteur de sa vie, l'époux et le gardien de sa sainte mère. Je veux taire[2] tout ce qui éclate, pour faire l'éloge d'un saint dont la principale grandeur est d'avoir été à Dieu sans éclat. Les vertus mêmes dont je parlerai ne sont ni de la société ni du commerce; tout est renfermé dans le secret de sa conscience. La simplicité, le détachement, l'amour de la vie cachée sont donc les trois vertus du juste Joseph, que j'ai dessein de vous proposer. Vous me paraissez étonnés de voir l'éloge d'un si grand saint, dont la vocation est si haute, réduit à trois vertus si communes : mais sachez qu'en ces trois vertus consiste le caractère de cet homme de bien dont nous parlons; et il m'est aisé de vous faire voir que c'est aussi en ces trois vertus que consiste le caractère du juste Joseph. Car, mes Sœurs, cet homme de bien, que nous considérons, pour être selon le cœur de Dieu, il faut premièrement qu'il le cherche; en second lieu, qu'il le trouve; en troisième lieu, qu'il en jouisse. Quiconque cherche Dieu, qu'il cherche en simplicité celui qui ne peut souffrir[3] les voies détournées. Quiconque veut trouver Dieu, qu'il se détache de toutes choses, pour trouver celui qui veut être lui seul tout notre bien. Quiconque veut jouir de Dieu, qu'il se cache[4] et qu'il se retire, pour jouir en repos, dans la solitude, de celui qui ne se communique point parmi le trouble et l'agitation du monde. C'est ce qu'a fait notre patriarche : Joseph, homme simple, a cherché Dieu[5]; Joseph, homme détaché, a trouvé Dieu; Joseph, homme retiré, a joui de Dieu : c'est le partage de ce discours.

## PREMIER POINT

Le[6] chemin de la vertu n'est pas de ces grandes routes dans lesquelles on peut s'étendre avec liberté : au contraire, nous apprenons par les saintes Lettres que ce n'est qu'un petit sentier, et une voie étroite et serrée, et tout ensemble extrêmement droite : *Semita justi recta est, rectus callis justi ad ambulandum*[1]. Par où nous devons apprendre qu'il faut y marcher en simplicité et dans une grande droiture. Si peu non seulement que l'on se détourne, mais même que l'on chancelle dans cette voie, on tombe dans les écueils dont elle est environnée de part et d'autre. C'est pourquoi le Saint-Esprit[2], voyant ce péril, nous avertit si souvent de marcher dans la voie qu'il nous a marquée, sans jamais nous détourner à droite ou à gauche : *Non declinabitis neque ad dexteram neque ad sinistram*[3] ; nous enseignant, par cette parole, que, pour tenir cette voie, il faut dresser tellement son intention qu'on ne lui permette jamais de se relâcher, ni de faire le moindre pas de côté ou d'autre.

C'est ce qui s'appelle dans les Ecritures avoir le cœur droit avec Dieu et marcher en simplicité devant sa face. C'est le seul moyen de le chercher, et[4] la voie unique pour aller à lui ; parce que, comme dit le Sage, « Dieu conduit le juste par les voies droites » : *Justum deduxit (Dominus) per vias rectas*[5]. Car il veut qu'on le cherche avec grande ardeur ; et ainsi, que l'on prenne les voies les plus courtes, qui sont toujours les plus droites : si bien qu'il ne croit pas qu'on le cherche, lorsqu'on ne marche pas droitement à lui. C'est pourquoi il ne veut point ceux qui s'arrêtent, il ne veut point ceux qui se détournent, il ne veut point ceux qui se partagent. Quiconque prétend partager son cœur entre la terre et le ciel, ne donne rien au ciel, et tout à la terre, parce que la terre retient ce qu'il lui engage, et que le ciel n'accepte pas ce qu'il lui offre[6].

Vous devez entendre, par ce discours, que cette bienheureuse simplicité tant vantée dans les saintes Lettres, c'est une certaine droiture de cœur et une pureté d'intention ; et l'acte principal de cette vertu, c'est d'aller à Dieu de bonne foi, et sans s'en imposer à soi-même : acte nécessaire et important, qu'il faut que je vous explique. Ne vous persuadez pas, Chrétiens, que je parle ainsi sans raison : car si dans la voie de la vertu, il y en a qui trompent les autres, beaucoup aussi se trompent eux-mêmes. Ceux qui se partagent entre les deux voies, qui veulent avoir un pied dans l'une et dans l'autre, qui se donnent tellement à Dieu qu'ils ont toujours un regard au monde; ceux-là ne marchent point en simplicité, ni devant Dieu ni devant les hommes, et n'ont point par conséquent de vertu solide. Ils ne sont pas droits avec les hommes, parce qu'ils imposent à leur vue par l'image d'une piété qui ne peut être que contrefaite, étant altérée par le mélange : ils ne sont pas droits devant Dieu, parce que, pour plaire à ses yeux, il ne suffit pas, Chrétiens, de produire par étude et par artifice des actes de vertu empruntés et des directions d'intention forcées.

Un homme engagé dans l'amour du monde, viole tous les jours les lois les plus saintes de la bonne foi, ou de l'amitié, ou de l'équité naturelle, que nous devons aux plus étrangers, pour satisfaire à son avarice. Cependant sur une certaine inclination vague et générale qui lui reste pour la vertu, il s'imagine être homme de bien, et il en veut produire des actes : mais quels actes, ô Dieu tout-puissant ? Il a ouï dire à ses directeurs[1] ce que c'est qu'un acte de détachement, ou un acte de contrition et de repentance : il tire de sa mémoire les paroles qui le composent, ou l'image des sentiments qui le forment. Il les applique comme il peut[2] sur sa volonté, car je ne puis dire autre chose[3], puisque son intention y est opposée : et il s'imagine être vertueux; mais il se trompe, il s'abuse, il se joue de lui-même.

Pour se rendre agréable à Dieu, il ne suffit pas, Chrétiens, de tirer par artifice[4] des actes de vertu forcés et des directions d'intention étudiées[5]. Les actes de piété doivent naître du fond du cœur, et non pas être empruntés de l'esprit ou de la mémoire. Mais ceux qui viennent du cœur ne souffrent point de partage. *Nul ne peut servir deux maîtres*[6] : Dieu ne peut souffrir cette intention louche, si je puis parler de la sorte, qui regarde de deux côtés en un même temps. Les regards ainsi partagés rendent l'abord d'un homme choquant et difforme et l'âme se défigure elle-même, quand elle tourne en deux endroits ses intentions. *Il faut*, dit le Fils de Dieu[7], *que votre œil soit simple ;* c'est-à-dire que votre regard soit unique, et pour parler encore en termes plus clairs, que l'intention pure et dégagée s'appliquant tout entière à la même fin, le cœur prenne sincèrement et de bonne foi les sentiments que Dieu veut. Mais ce que j'en ai dit en général se connaîtra mieux dans l'exemple.

Dieu a ordonné au juste Joseph de recevoir la divine

Vierge comme son épouse fidèle, pendant que[1] sa grossesse semble la convaincre[2]; de regarder comme son fils propre un enfant qui ne le touche que parce qu'il est dans sa maison; de révérer comme son Dieu celui auquel il est obligé de servir de protecteur et de gardien. Dans ces trois choses, mes Frères, où il faut prendre des sentiments délicats et que la nature ne peut pas donner, il n'y a qu'une extrême simplicité qui puisse rendre le cœur docile et traitable. Voyons ce que fera le juste Joseph. Nous remarquerons en son lieu qu'à l'égard de sa sainte Epouse, jamais le soupçon ne fut plus modeste, ni le doute plus respectueux : mais enfin il était si juste[3], qu'il ne pouvait pas se désabuser sans que le ciel s'en mêlât. Aussi un ange lui déclare, de la part de Dieu, qu'elle a conçu de son Saint-Esprit[4]. Si son intention eût été moins droite, s'il n'eût été à Dieu qu'à demi, il ne se serait pas rendu tout à fait; il serait demeuré au fond de son âme quelque reste de soupçon mal guéri, et son affection pour la sainte Vierge aurait toujours été douteuse et tremblante. Mais son cœur, qui cherche Dieu en simplicité[5], ne sait point se partager avec Dieu : il n'a point de peine à connaître que la vertu incorruptible de sa sainte Epouse méritait le témoignage du ciel. Il surpasse la foi d'Abraham, bien qu'il nous soit donné dans les Ecritures[6] comme le modèle de la foi parfaite. Abraham est loué dans les saintes Lettres, pour avoir cru l'enfantement d'une stérile[7]; Joseph a cru celui d'une vierge, et il a reconnu en simplicité ce grand et impénétrable mystère de la virginité féconde.

Mais voici quelque chose de plus admirable. Dieu veut que vous receviez comme votre fils cet enfant de la pureté de Marie. Vous ne partagerez pas avec cette Vierge l'honneur de lui donner la naissance, parce que la virginité y serait blessée; mais vous partagerez avec elle ces soins, ces veilles, ces inquiétudes par lesquelles elle élèvera ce cher Fils : vous tiendrez lieu de père à ce saint Enfant, qui n'en a point sur la terre; et quoique vous ne le soyez pas par la nature, il faut que vous le deveniez par l'affection[8]. Mais comment s'accomplira un si grand ouvrage ? Où prendra-t-il ce cœur paternel, si la nature ne le lui donne pas ? Ces inclinations peuvent-elles s'acquérir par choix ? et ne craindrons-nous pas en ce lieu ces mouvements empruntés et ces affections artificielles, que nous venons de reprendre tout à l'heure ? Non, mes Frères; ne le craignons pas. Un cœur qui cherche Dieu en simplicité[1] est une terre molle et humide, qui reçoit la forme qu'il lui veut donner; ce que Dieu veut lui passe en nature. Si donc c'est la volonté du Père céleste que Joseph tienne sa place en ce monde, et qu'il serve de père à son Fils, il ressentira, n'en doutez pas, pour ce saint et divin Enfant, cette inclination naturelle, toutes ces douces émotions, tous ces tendres empressements d'un cœur paternel.

En effet, durant ces trois jours que le Fils de Dieu s'était dérobé pour demeurer dans le temple avec les docteurs, il est aussi touché que la mère même, et elle le sait bien reconnaître : *Pater tuus et ego dolentes quærebamus te*[2]; Votre père et moi étions affligés. Voyez qu'elle le joint avec elle dans la société des douleurs. Je ne crains pas de l'appeler ici votre père, et je ne prétends pas faire tort à la pureté de votre naissance : il s'agit de soins et d'inquiétudes; et c'est par là que je puis dire qu'il est votre père, puisqu'il a vraiment des inquiétudes paternelles. Voyez, Messieurs, comme ce saint homme prend simplement, et de bonne foi les sentiments que Dieu lui ordonne.

Mais aimant Jésus-Christ comme son fils, se pourra-t-il faire, mes Sœurs, qu'il le révère comme son Dieu ? Sans doute, et il n'y aurait rien de plus difficile[3], si la sainte simplicité n'avait rendu son esprit docile, pour céder sans peine aux ordres divins.

Voici, Chrétiens, le dernier effort de la simplicité du juste Joseph dans la pureté de sa foi. Le grand mystère[4] de notre foi, c'est de croire un Dieu dans la faiblesse. Mais afin de bien comprendre, mes Sœurs, combien est parfaite la foi de Joseph, il faut, s'il vous plaît, remarquer que la faiblesse de Jésus-Christ peut être considérée en deux états : ou comme étant soutenue par quelque effet de puissance, ou comme étant délaissée et abandonnée à elle-même. Dans les dernières années de la vie de notre Sauveur, quoique l'infirmité de sa chair fût visible par ses souffrances, sa toute-puissance divine ne l'était pas moins par ses[5] miracles. Il est vrai qu'il paraissait homme; mais cet homme disait des choses qu'aucun homme n'avait jamais dites; mais cet homme faisait des choses qu'aucun homme n'avait jamais faites. Alors la faiblesse étant soutenue, je ne m'étonne pas que dans cet état Jésus ait attiré des adorateurs, les marques de sa puissance pouvant donner lieu de juger que l'infirmité était volontaire; et la foi n'était pas d'un si grand mérite[1]. Mais en l'état que l'a vu Joseph, j'ai quelque peine à comprendre comment il a cru si fidèlement; parce que jamais la faiblesse n'a paru plus abandonnée, non pas même, je le dis sans crainte, dans l'ignominie de la croix[2]. Car c'était cette heure importante pour laquelle il était venu : son Père l'avait délaissé; il était d'accord avec lui qu'il le délaisserait en ce jour; lui-même s'abandonnait volontairement pour être livré aux mains des bourreaux. Si durant ces jours d'abandonnement la puissance de ses ennemis a été fort grande, ils ne doivent pas s'en glorifier; parce que, les ayant renversés d'abord par une seule de ses paroles, il leur a bien fait connaître qu'il ne leur cédait que par une faiblesse volontaire : *Non haberes potestatem adversum me ullam, nisi tibi datum esset desuper*[3] : « Vous n'auriez aucun pouvoir sur moi, s'il ne vous était donné d'en haut. » Mais en l'état dont je parle, et dans lequel le voit saint Joseph, la faiblesse est d'autant plus grande qu'elle semble en quelque sorte forcée.

Car enfin, mon divin Sauveur, quelle est en cette rencontre la conduite de votre Père céleste ? Il veut sauver les Mages, qui vous sont venus adorer, et il les fait échapper par une autre voie[4]. (Je ne l'invente pas, Chrétiens, je ne fais que suivre l'histoire sainte.) Il veut vous sauver vous-même, et il semble qu'il ait peine à l'exécuter. Un ange vient du ciel éveiller, pour ainsi dire, Joseph en sursaut, et lui dire, comme pressé par un péril imprévu : *Fuyez vite, partez cette nuit avec la Mère et l'Enfant, et sauvez-vous en Egypte*[5]. Fuyez : ô quelle parole! Encore s'il avait dit : Retirez-vous! Mais : fuyez pendant la nuit : ô précaution de faiblesse! Quoi donc! le Dieu d'Israël ne se sauve qu'à la faveur des ténèbres! Et qui le dit ? C'est un ange qui arrive soudainement à Joseph, comme un messager effrayé : « de sorte, dit un ancien[6], qu'il semble que tout le ciel soit alarmé, et que la terreur s'y soit répandue avant même de passer à la terre » : *Ut videatur cælum timor ante tenuisse quam terram.* Mais voyons la suite de cette aventure. Joseph se sauve en Egypte, et le même ange revient à lui : *Retourne*, dit-il[7], *en Judée ; car ceux-là sont morts, qui cherchaient l'âme de l'Enfant.* Hé quoi! s'ils étaient vivants, un Dieu ne serait pas en sûreté ? O faiblesse délaissée et abandonnée! Voilà l'état du divin Jésus; et en cet état saint Joseph l'adore avec la même soumission que s'il avait vu ses plus grands miracles. Il reconnaît le mystère de ce miraculeux délaissement, il sait que la vertu de la foi, c'est de soutenir l'espérance sans aucun sujet d'espérance : *Contra spem in spem*[1]. Il s'abandonne à Dieu en simplicité, et exécute, sans s'enquérir, tout ce qu'il commande. En effet, l'obéissance est trop curieuse qui examine les causes du commandement : elle ne doit avoir des yeux que pour considérer son devoir, et elle doit chérir son aveuglement, qui la fait marcher en sûreté[2]. Mais cette obéissance de saint Joseph venait de ce qu'il croyait en simplicité, et que son esprit, ne chancelant pas entre la raison et la foi, suivait avec une intention droite les lumières qui venaient d'en haut. O foi vive, ô foi simple et droite, que le Sauveur a raison de dire qu'il ne te trouvera plus sur la terre[3] ! Car, mes Frères, comment croyons-nous ? Qui nous donnera aujourd'hui de pénétrer au fond de nous-mêmes, pour voir si ces actes de foi que nous faisons quelquefois, sont véritablement dans le cœur, ou si ce n'est pas la coutume qui les y amène du dehors ?

Que si nous ne pouvons pas lire dans nos cœurs, interrogeons nos œuvres, et connaissons notre peu de foi. Une marque de sa faiblesse, c'est que nous n'osons entreprendre de bâtir dessus; nous n'osons nous y confier, ni établir sur ce fondement l'espérance de notre bonheur[4]. Démentez-moi, Messieurs, si je ne dis pas la vérité. Lorsque nous flottons incertains entre la vie chrétienne et la vie du monde, n'est-ce pas un doute secret qui nous dit dans le fond du cœur : Mais cette immortalité[5] que l'on nous promet, est-ce une chose assurée ? Et n'est-ce pas trop hasarder son repos, son bonheur[6], que de quitter ce qu'on voit pour suivre ce qu'on ne voit pas ? Nous ne croyons donc pas en simplicité, nous ne sommes pas chrétiens de bonne foi.

Mais je croirais, direz-vous, si je voyais un ange comme saint Joseph. O homme, désabusez-vous : Jonas[7] a disputé contre Dieu, quoiqu'il fût instruit de ses volontés par une vision manifeste[8]; et Job a été fidèle, quoiqu'il n'eût point encore été confirmé par des apparitions extraordinaires. Ce ne sont pas les voies ordinaires qui font fléchir notre cœur; mais la sainte simplicité et la pureté d'intention que produit la charité véritable, qui attache aisément notre esprit à Dieu, en le détachant des créatures. C'est, mes Sœurs, ce détachement qui fera notre seconde partie.

## SECOND POINT

Dieu, qui a établi son Evangile sur des contrariétés mystérieuses, ne se donne qu'à ceux qui se contentent de lui et se détachent des autres biens. Il faut qu'Abraham quitte sa maison et tous les attachements de la terre, avant que Dieu lui dise : Je suis ton Dieu. Il faut abandonner tout ce qui se voit, pour mériter ce qui ne se voit pas ; et nul ne peut posséder ce grand tout, s'il n'est au monde comme n'ayant rien : *Tanquam nihil habentes*[1]. Si jamais il y eut un homme à qui Dieu se soit donné de bon cœur, c'est sans doute le juste Joseph, qui le tient dans sa maison et entre ses mains, et à qui il est présent à toutes les heures, beaucoup plus dans le cœur que devant les yeux. Voilà un homme qui a trouvé Dieu d'une façon bien particulière : aussi s'est-il rendu digne d'un si grand trésor par un détachement sans réserve, puisqu'il est détaché de ses passions, détaché de son intérêt et de son propre repos.

Deux sortes de passions ont accoutumé de nous émouvoir : je veux dire les passions douces et les passions violentes. Desquelles des deux, mes Sœurs, est-il plus difficile de se rendre maître ? il n'est pas aisé de le décider[2]. J'ai appris du grand saint Thomas[3] que celles-là sont à craindre par la durée, celles-ci par la promptitude et par l'impétuosité de leur mouvement : celles-là nous flattent, celles-ci nous poussent par force ; celles-là nous gagnent, celles-ci nous entraînent. Mais, quoique par des voies différentes, les unes et les autres renversent le sens, les unes et les autres engagent le cœur. O pauvre cœur humain ! de combien d'ennemis es-tu la proie ? de combien de tempêtes es-tu le jouet ? de combien d'illusions es-tu le théâtre ?

Mais apprenons, Chrétiens, par l'exemple de saint Joseph, à vaincre ces douceurs qui nous charment[4], et ces violences qui nous emportent. Voyez comme il est détaché de ses passions, puisqu'il a pu surmonter sans résistance[5], parmi les douces la plus flatteuse, parmi les violentes la plus farouche, je veux dire l'amour et la jalousie. Son épouse est sa sœur. Il n'est touché, si je le puis dire, que de la virginité de Marie ; mais il l'aime pour la conserver en sa chaste épouse, et ensuite pour l'imprimer en soi-même par une entière unité de cœur. La fidélité[1] de ce mariage consiste à se garder l'un à l'autre la parfaite intégrité qu'ils se sont promise. Voilà les promesses qui les assemblent, voilà le traité qui les lie. Ce sont deux virginités qui s'unissent pour se conserver l'une l'autre éternellement par une chaste correspondance de désirs pudiques ; et il me semble que je vois deux astres qui n'entrent ensemble en conjonction qu'à cause que leurs lumières s'allient. Tel est le nœud de ce mariage, d'autant plus ferme, dit saint Augustin[2], que les promesses qu'ils se sont données doivent être plus inviolables en cela même qu'elles sont plus saintes.

Mais la jalousie, Chrétiens, a pensé rompre le sacré lien de cette amitié conjugale. Joseph, encore ignorant des mystères dont sa chère épouse était rendue digne[3], ne sait que penser de sa grossesse. Je laisse aux peintres et aux poètes de représenter à vos yeux les horreurs de la jalousie, le venin de ce serpent, et les cent yeux de ce monstre : il me suffit de vous dire que c'est une espèce de complication des passions les plus furieuses. C'est là qu'un amour outragé pousse la douleur jusqu'au désespoir, et la haine jusqu'à la furie ; et c'est peut-être pour cette raison que le Saint-Esprit nous a dit : *Dura sicut infernus æmulatio*[4] : « La jalousie est dure comme l'enfer », parce qu'elle ramasse en effet les deux choses les plus cruelles que l'enfer ait, la rage et le désespoir.

Mais ce monstre si furieux ne peut rien contre le juste Joseph. Car admirez sa modération envers sa sainte et divine Epouse. Il sent le mal tel qu'il ne peut la défendre ; et il ne veut pas la condamner tout à fait. Il prend un conseil tempéré. Réduit par l'autorité de la Loi à l'éloigner de sa compagnie[5], il évite du moins de la diffamer, il demeure dans les bornes de la justice ; et bien loin d'exiger le châtiment[6], il lui épargne même la honte. Voilà une résolution bien modérée : mais encore ne presse-t-il pas l'exécution. Il veut attendre la nuit, cette sage conseillère dans nos ennuis, dans nos promptitudes, dans nos précipitations dangereuses. Et, en effet, cette nuit lui découvrira le mystère, un ange viendra éclaircir ses doutes ; et j'ose dire, Messieurs, que Dieu devait ce secours au juste Joseph. Car, puisque la raison humaine, soutenue de la grâce, s'était élevée à son plus haut point, il fallait que le Ciel achevât le reste ; et celui-là « était digne de savoir la vérité, qui, sans l'avoir reconnue, n'avait pas laissé néanmoins de pratiquer la justice » : *Merito responsum subvenit mox divinum, cui humano deficiente consilio justitia non defecit*[1].

Certainement saint Jean Chrysostome a raison d'admirer ici la philosophie de Joseph[2]. C'était, dit-il, un grand philosophe, parfaitement détaché de ses passions, puisque nous lui voyons surmonter la plus tyrannique de toutes. Combien est maître de ses mouvements un homme qui, en cet état, est capable de prendre conseil, et un conseil modéré, et qui, l'ayant pris si sage, peut encore en suspendre l'exécution, et dormir, parmi ces pensées, d'un sommeil tranquille ? Si son âme n'eût été calme, croyez que les lumières d'en haut n'y seraient pas sitôt descendues. Il est donc indubitable, mes Frères, qu'il était bien détaché de ses passions, tant de celles qui charment par leur douceur, que de celles qui entraînent par leur violence.

Plusieurs jugeront peut-être qu'étant si détaché de ses passions, c'est un discours superflu[3] de vous dire qu'il l'est aussi de ses intérêts. Mais je ne sais pas, Chrétiens, si cette conséquence est bien assurée. Car cet attachement à notre intérêt est plutôt un vice qu'une passion ; parce que les passions ont leur cours, et consistent dans une certaine ardeur que les emplois changent, que l'âme modère, que le temps emporte, qui se consume enfin elle-même : au lieu que l'attachement à l'intérêt s'enracine de plus en plus par le temps[4] ; parce que, dit saint Thomas[5], venant de faiblesse, il se fortifie tous les jours, à mesure que tout le reste se débilite et s'épuise. Mais quoi qu'il en soit, Chrétiens, il n'est rien de plus dégagé de cet intérêt que l'âme du juste Joseph. Représentez-vous un pauvre artisan qui n'a point d'héritage que ses mains, point de fonds que sa boutique, point de ressource que son travail ; qui donne d'une main ce qu'il vient de recevoir de l'autre, et se voit tous les jours au bout de son fonds ; obligé néanmoins à de grands voyages qui lui ôtent toutes ses pratiques (car il faut parler de la sorte du père de Jésus-Christ), sans que l'ange qu'on lui envoie lui dise jamais un mot de sa subsistance. Il n'a pas eu honte de souffrir ce que nous avons honte de dire (humiliez-vous, ô grandeurs humaines!) Il va néanmoins, sans s'inquiéter, toujours errant, toujours vagabond, seulement parce qu'il est avec Jésus-Christ; trop heureux de le posséder à ce prix. Il s'estime encore trop riche, et il fait tous les jours de nouveaux efforts pour vider son cœur, afin que Dieu y étende ses possessions et y dilate son règne; abondant, parce qu'il n'a rien; possédant tout, parce que tout lui manque; heureux, tranquille, assuré, parce qu'il ne rencontre ni repos, ni demeure, ni consistance.

C'est ici le dernier effet du détachement de Joseph, et celui que nous devons remarquer avec une réflexion plus sérieuse. Car notre vice le plus commun et le plus opposé au christianisme, c'est une malheureuse inclination de nous établir sur la terre, au lieu que nous devons toujours avancer et ne nous arrêter jamais nulle part. Saint Paul, dans la divine Epître aux Hébreux, nous enseigne que Dieu nous a bâti une cité : « Et c'est pour cela, dit-il, qu'il ne rougit pas de s'appeler notre Dieu » : *Ideo non confunditur Deus vocari Deus eorum : paravit enim illis civitatem*[1]. Et en effet, Chrétiens, comme le nom de Dieu est un nom de Père, il aurait honte, avec raison, de s'appeler notre Dieu, s'il ne pourvoyait à nos besoins[2]. Il a donc songé, ce bon Père, à pourvoir soigneusement ses enfants : il leur a préparé « une cité qui a des fondements », dit saint Paul : *Fundamenta habentem civitatem*[3], c'est-à-dire qui est solide et inébranlable. S'il a honte de n'y pas pourvoir, quelle honte de ne l'accepter pas! Quelle injure faites-vous à votre patrie, si vous vous trouvez bien dans l'exil! Quel mépris faites-vous de Sion, si vous êtes à votre aise dans Babylone[4]! Allez et marchez toujours, et n'ayez jamais de demeure fixe. C'est ainsi qu'a vécu le juste Joseph. A-t-il jamais goûté un moment de joie depuis qu'il a eu Jésus-Christ en garde ? Cet Enfant ne laisse pas les siens en repos : il les inquiète toujours dans ce qu'ils possèdent, et toujours il leur suscite quelque nouveau trouble.

Il nous veut apprendre, mes Sœurs, que c'est un conseil de la miséricorde de mêler de l'amertume dans toutes nos joies[5]. Car nous sommes des voyageurs exposés pendant le voyage à l'intempérie de l'air et à l'irrégularité des saisons. Parmi les fatigues d'un si long voyage, l'âme épuisée par le travail, cherche quelque lieu pour se délasser. L'un met son divertissement dans un emploi; l'autre a sa consolation dans sa femme, dans son mari, dans sa famille; l'autre, son espérance en son fils. Ainsi chacun se partage, et cherche quelque appui sur la terre. L'Evangile ne blâme pas ces affections : mais comme le cœur humain est précipité dans ses mouvements et qu'il lui est difficile de modérer ses désirs, ce qui lui était donné pour se relâcher, peu à peu il s'y repose, et enfin il s'y attache. Ce n'était qu'un bâton pour le soutenir pendant le travail du voyage, il s'en fait un lit pour s'y endormir; et il demeure, il s'arrête, il ne se souvient plus de Sion. *Universum stratum ejus versasti in infirmitate ejus*[1] : Dieu lui renverse ce lit où il s'endormait parmi les félicités temporelles, et, par une plaie salutaire, il fait sentir à ce cœur combien ce repos était dangereux. Vivons donc en ce monde comme détachés. Si nous y sommes comme n'ayant rien, nous y serons en effet comme possesseurs de tout : si nous nous détachons des créatures, nous y gagnerons le Créateur; et il ne nous restera plus que de nous cacher avec Joseph, pour en jouir dans la retraite et la solitude; c'est notre dernière partie.

## TROISIÈME POINT

La justice chrétienne est une affaire particulière de Dieu avec l'homme et de l'homme avec Dieu; c'est un mystère entre eux deux, qu'on profane quand on le divulgue, et qui ne peut être caché avec trop de religion à ceux qui ne sont pas du secret. C'est pourquoi le Fils de Dieu nous ordonne, lorsque nous avons dessein de prier (et le même doit s'entendre de toutes les vertus chrétiennes), il nous ordonne, dis-je, de nous retirer en particulier, et de fermer la porte sur nous[2]. « Fermez, dit-il, la porte sur vous, et célébrez votre mystère avec Dieu seul, sans y admettre personne que ceux qu'il lui plaira d'appeler » : *Solo pectoris contentus arcano orationem tuam fac esse mysterium*[3]. Ainsi la vie chrétienne doit être une vie cachée, et le chrétien véritable doit désirer ardemment de[4] demeurer couvert sous l'aile de Dieu, sans avoir d'autre spectateur.

Mais ici toute la nature réclame, et ne peut souffrir cette obscurité, dont voici la raison, si je ne me trompe :

c'est que la nature répugne à la mort ; et vivre caché et inconnu, c'est être comme mort dans l'esprit des hommes. Car, comme la vie est dans l'action, celui qui cesse d'agir semble avoir aussi cessé de vivre[1]. Or, mes Sœurs, les hommes du monde, accoutumés au tumulte et aux empressements, ne savent pas ce que c'est qu'une action paisible et intérieure, et ils croient qu'ils n'agissent pas s'ils ne s'agitent, et qu'ils ne se remuent pas s'ils ne font du bruit ; de sorte qu'ils considèrent la retraite et l'obscurité comme une extinction de la vie. Au contraire, ils mettent tellement la vie dans cet éclat du monde et dans ce bruit tumultueux, qu'ils osent bien se persuader qu'ils ne seront pas tout à fait morts, tant que leur nom fera du bruit sur la terre. C'est pourquoi la réputation leur paraît comme une seconde vie : ils comptent pour beaucoup de survivre dans la mémoire des hommes ; et peu s'en faut qu'ils ne croient qu'ils sortiront en secret de leurs tombeaux, pour entendre ce qu'on dira d'eux : tant ils sont persuadés que vivre, c'est faire du bruit et remuer encore les choses humaines[2] ! « Voilà l'éternité que promet le siècle, éternité par les titres, immortalité par la renommée » : *Qualem potest præstare sæculum de titulis æternitatem, de fama immortalitatem*[3]. Vaine et fragile immortalité, mais dont ces anciens conquérants faisaient tant d'état. C'est cette fausse imagination qui fait que l'obscurité semble une mort aux amateurs du monde, et même, si je l'ose dire, quelque chose de plus dur que la mort, puisque, selon leur opinion, vivre caché et inconnu, c'est s'ensevelir tout vivant et s'enterrer, pour ainsi dire, au milieu du monde.

Notre Seigneur Jésus-Christ étant venu pour mourir et s'immoler, il a voulu mourir et s'immoler pour nous en toutes manières : de sorte qu'il ne s'est point contenté, mes Sœurs, de mourir de la mort naturelle, ni de la mort la plus cruelle et la plus violente ; mais il a encore voulu y ajouter la mort civile et politique. Et comme cette mort civile vient par deux moyens, ou par l'infamie ou par l'oubli, il a voulu subir l'une et l'autre. Victime pour l'orgueil humain[4], il a voulu se sacrifier par tous les genres d'humiliations, et il a donné à cette mort d'oubli les trente premières années de sa vie. Pour mourir avec Jésus-Christ, il nous faut mourir de cette mort, afin de pouvoir dire avec saint Paul : *Mihi mundus crucifixus est, et ego mundo*[1] : « Le monde est crucifié pour moi, et je suis crucifié pour le monde. »

Le grand pape saint Grégoire donne à ce passage de l'Apôtre une belle interprétation : Le monde, dit-il[2], est mort pour nous, quand nous le quittons ; mais, ajoute-t-il, ce n'est pas assez ; il faut, pour arriver à la perfection, que nous soyons morts pour lui et qu'il nous quitte ; c'est-à-dire que nous devons nous mettre en tel état, que nous ne plaisions plus au monde, qu'il nous tienne pour morts, et qu'il ne nous compte plus pour être de ses parties et de ses intrigues, ni même de ses entretiens et de ses discours. C'est la haute perfection du christianisme, c'est là que l'on trouve la vie, parce que l'on apprend à jouir de Dieu, qui n'habite pas dans le tourbillon ni dans le tumulte du siècle, mais dans la paix de la solitude et de la retraite.

Ainsi était mort le juste Joseph : enseveli avec Jésus-Christ et la divine Marie, il ne s'ennuyait pas de cette mort, qui le faisait vivre avec le Sauveur. Au contraire, il ne craint rien tant que le bruit et la vie du siècle viennent troubler ou interrompre ce repos caché et intérieur. Mystère admirable, mes Sœurs : Joseph a dans sa maison de quoi attirer les yeux de toute la terre, et le monde ne le connaît pas : il possède un Dieu-Homme, et il n'en dit mot : il est témoin d'un si grand mystère, et il le goûte en secret, sans le divulguer. Les Mages et les pasteurs[3] viennent adorer Jésus-Christ, Siméon et Anne[4] publient ses grandeurs : nul autre ne pouvait rendre meilleur témoignage du mystère de Jésus-Christ que celui qui en était le dépositaire, qui savait le miracle de sa naissance, que l'ange avait si bien instruit de sa dignité et du sujet de son envoi. Quel père ne parlerait pas d'un fils si aimable ? Et cependant l'ardeur de tant d'âmes saintes qui s'épanchent devant lui avec tant de zèle pour célébrer les louanges de Jésus-Christ, n'est pas capable d'ouvrir sa bouche pour leur découvrir le secret de Dieu qui lui a été confié. *Erant mirantes,* dit l'évangéliste[5] : ils paraissaient étonnés, il semblait qu'ils ne savaient rien : ils écoutaient parler tous les autres, et ils gardaient le silence avec tant de religion qu'on dit encore dans leur ville, au bout de trente ans : N'est-ce pas le fils de Joseph[6] ? sans qu'on ait rien appris, durant tant d'années, du mystère de sa conception virginale[7]. C'est qu'ils savaient l'un et l'autre, que, pour jouir de Dieu en vérité, il fallait se faire une solitude ;

qu'il fallait rappeler en soi-même tant de désirs qui errent deçà et delà et tant de pensées qui s'égarent; qu'il fallait se retirer avec Dieu, et se contenter de sa vue.

Mais, Chrétiens, où trouverons-nous ces hommes spirituels et intérieurs dans un siècle qui donne tout à l'éclat ? Quand je considère les hommes, leurs emplois, leurs occupations, leurs empressements, je trouve tous les jours plus véritable ce qu'a dit saint Jean Chrysostome[1], que, si nous rentrons en nous-mêmes, nous trouverons que nos actions se font toutes par des vues humaines. Car, pour ne point parler en ce lieu de ces âmes prostituées qui ne tâchent que de plaire au monde, combien pourrons-nous en trouver qui ne se détournent pas de la droite voie, s'ils rencontrent en leur chemin les puissances; qui ne se relâchent du moins, s'ils ne se ralentissent pas tout à fait; qui ne tâchent de se ménager entre la justice et la faveur, entre le devoir et la complaisance ? Combien en trouverons-nous à qui le préjugé des opinions, la tyrannie de la coutume, la crainte de choquer le monde ne fassent pas chercher du moins des tempéraments pour accorder Jésus-Christ avec Bélial[2], et l'Evangile avec le siècle ? Que s'il y en a quelques-uns en qui les égards humains n'étouffent ni ne resserrent les sentiments de la vertu, y en aura-t-il quelqu'un qui ne se lasse pas d'attendre sa couronne en l'autre vie, et qui ne veuille pas en tirer toujours quelque fruit[3] par avance, dans les louanges des hommes ? C'est la peste de la vertu chrétienne. Et comme j'ai l'honneur de parler en présence d'une grande reine, qui écoute tous les jours les justes applaudissements de ses peuples, il me sera permis d'appuyer un peu sur cette morale.

La vertu est comme une plante qui peut mourir en deux sortes : quand on l'arrache, ou quand on la dessèche. Il viendra un ravage d'eaux qui la déracinera et la portera par terre; ou bien, sans y employer tant de violence, il arrivera quelque intempérie qui la fera sécher sur son tronc : elle paraîtra encore vivante, mais elle aura cependant la mort dans le sein. Il en est de même de la vertu. Vous aimez l'équité et la justice : quelque grand intérêt se présente à vous, ou quelque passion violente, qui pousse impétueusement dans votre cœur cet amour que vous avez pour la justice : s'il se laisse emporter à cette tempête, ce sera un ravage d'eaux qui déracinera la justice. Vous soupirez quelque temps sur l'affaiblissement que vous éprouvez; mais enfin vous laissez arracher cet amour de votre cœur. Tout le monde est étonné de voir que vous avez perdu la justice que vous cultiviez avec tant de soin.

Mais quand vous aurez résisté à ces efforts violents, ne prétendez pas pour cela de l'avoir sauvée, si vous ne la gardez d'un autre péril : j'entends celui des louanges. Le vice contraire la déracine, l'amour des louanges la dessèche. Il semble qu'elle se tienne en état; elle paraît se bien soutenir, et elle trompe, en quelque sorte, les yeux des hommes. Mais la racine est séchée, elle ne tire plus de nourriture, elle n'est plus bonne que pour le feu. C'est cette herbe des toits dont parle David, « qui se sèche d'elle-même avant qu'on l'arrache » : *Quod priusquam evellatur, exaruit*[1]. Qu'il serait à désirer, Chrétiens, qu'elle ne fût pas née dans un lieu si haut, et qu'elle durât plus longtemps dans quelque vallée déserte! Qu'il serait à désirer pour cette vertu qu'elle ne fût pas exposée dans une place si éminente, et qu'elle se nourrît dans quelque coin par l'humilité chrétienne[2] !

Que si c'est une nécessité qu'il faille mener une vie publique et entendre les louanges des hommes, voici ce qu'il faut penser. Quand ce que l'on dit n'est pas au dedans, craignons un plus grand jugement[3]. Si les louanges sont véritables, craignons de perdre notre récompense. Pour éviter ce dernier malheur, Madame, voici un sage conseil que vous donne un grand pape : c'est saint Grégoire le Grand[4]; il mérite que Votre Majesté lui donne audience. Ne cachez jamais la vertu comme une chose dont vous ayez honte : il faut qu'elle luise devant les hommes, afin qu'ils glorifient le Père céleste[5]. Elle doit luire principalement dans la personne des souverains, afin que les mœurs dépravées soient non seulement réprimées par l'autorité de leurs lois, mais encore confondues par la lumière de leurs exemples. Mais, pour dérober quelque chose aux hommes : je propose à Votre Majesté un artifice innocent : outre les vertus qui doivent l'exemple, *mettez toujours quelque chose dans l'intérieur, que le monde ne connaisse pas ;* faites-vous un trésor caché, que vous réserviez pour les yeux de Dieu; ou, comme dit Tertullien : *Mentire aliquid ex his quæ intus sunt, ut soli Deo exhibeas veritatem*[6].

Madame,

Ce sera de là que sortira votre grande gloire. Joseph a mérité les plus grands honneurs, parce qu'il n'a jamais été touché de l'honneur : l'Eglise n'a rien de plus illustre, parce qu'elle n'a rien de plus caché. Je rends grâces au Roi[1] d'avoir voulu honorer sa sainte mémoire avec une nouvelle solennité. Fasse le Dieu tout-puissant que toujours il révère ainsi la vertu cachée! Mais qu'il ne se contente pas de l'honorer dans le ciel, qu'il la chérisse aussi sur la terre; qu'à l'exemple des rois pieux, il aille quelquefois la forcer dans sa retraite[2]; et qu'il puisse bien entendre cette vérité, que la vertu qui s'empresse avec plus d'ardeur à paraître au grand jour que fait sa présence, n'est pas toujours le plus à l'épreuve. Si Votre Majesté, Madame, lui inspire ces sages pensées, elle aura pour sa récompense la félicité éternelle, que, etc. *Amen.*

# PANÉGYRIQUE
## DE
# L'APÔTRE SAINT PIERRE

PRONONCÉ VERS 1661 (29 JUIN)[1].

> *Simon Joannis, amas me ? Domine, tu omnia nosti, tu scis quia amo te.*
>
> Simon, fils de Jean, m'aimes-tu ? Seigneur, vous savez toutes choses, et vous n'ignorez pas que je vous aime.
>
> *Joan.*, XXI, 17.

C'EST sans doute, mes Frères, un spectacle bien digne de notre curiosité, que de considérer le progrès de l'amour de Dieu dans les âmes. Quel agréable divertissement ne trouve-t-on pas à contempler de quelle manière les ouvrages de la nature s'avancent à leur perfection, par un accroissement insensible! Combien ne goûte-t-on pas de plaisir à observer le succès des arbres[2] qu'on a entés dans un jardin, l'accroissement des blés, le cours d'une rivière! On aime à voir comment d'une petite source elle va se grossissant peu à peu, jusqu'à ce qu'elle se décharge en la mer. Ainsi c'est un saint et innocent plaisir de remarquer les progrès de l'amour de Dieu dans les cœurs. Examinons-les en saint Pierre.

Son amour a été premièrement imparfait; et celui qu'il ressentait pour le Fils de Dieu tenait plus d'une tendresse naturelle que de la charité divine. De là vient qu'il était faible, languissant, et n'avait qu'une ferveur de peu de durée. Ce qu'il y avait de plus dangereux, c'est que cette ardeur inconstante, qui ne le rendait pas ferme, le faisait superbe et présomptueux : voilà le premier état de son amour. Mais le faible de cet amour languissant ayant enfin paru dans sa chute[3], cet apôtre, se défiant de soi-même, se releva de sa ruine, plus fort et plus vigoureux par l'humilité qu'il avait acquise : voilà quel est le second degré. Et enfin cet amour, qui s'était fortifié par la pénitence, fut entièrement perfectionné par le sacrifice de son martyre. C'est ce qu'il nous faut remarquer en la personne de notre apôtre, en observant, avant toutes choses, que ce triple progrès nous est expliqué dans le texte de notre évangile.

Car, n'est-ce pas pour cette raison que Jésus demande trois fois à saint Pierre : *Pierre, m'aimes-tu?* Il ne se contente pas de sa première réponse : *Je vous aime,* dit-il, *Seigneur.* Mais peut-être que c'est de cet amour faible, dont l'ardeur indiscrète le transportait avant sa chute : s'il est ainsi, ce n'est pas assez. De là vient que Jésus réitère la même demande. Et il ne se contente pas que Pierre lui réponde encore de même; car il ne suffit pas que son amour soit fortifié par la pénitence, il faut qu'il soit consommé par le martyre. C'est pourquoi il le presse plus vivement, et le disciple lui répond avec une ardeur non pareille : *Vous savez, Seigneur, que je vous aime;* tellement que notre Sauveur, voyant son amour élevé au plus haut degré où il peut monter en ce monde, ne l'interroge pas davantage, et il lui dit : *Suis-moi.* Et où ? A la croix, où tu seras attaché avec moi : *Extendes manus tuas*[1]; marquant par là le dernier effort que peut faire la charité. Car point de charité plus grande ici-bas, que celle qui conduit à donner sa vie pour Jésus-Christ : *Majorem dilectionem nemo habet*[2]. Ainsi paraissent, dans notre Evangile, ces trois états de l'amour que saint Pierre a ressenti pour le Fils de Dieu ; et, suivant les traces de l'Ecriture, nous[3] vous ferons voir aussi, premièrement son amour imparfait et faible par le mélange des sentiments de la chair; secondement, son amour épuré et fortifié par les larmes de la pénitence; troisièmement, son amour consommé et perfectionné par la gloire du martyre.

### PREMIER POINT

Il semble que ce soit faire tort à l'amour que saint Pierre avait pour son Maître, que de dire qu'il ait été imparfait. Le premier pas qu'il fait, c'est de quitter toutes choses pour l'amour de lui : *Ecce nos reliquimus omnia*[4]. Et peut-il témoigner un plus grand amour, que lorsqu'il lui dit avec tant de force : « A qui irons-nous ? vous avez les paroles de la vie éternelle » : *Ad quem ibimus? verba vitæ æternæ habes*[5]. Toutefois son amour était imparfait, parce qu'il tenait beaucoup plus d'une tendresse naturelle qu'il avait pour Jésus-Christ, que d'une charité véritable. Pour l'entendre, il faut remarquer quelle sorte d'amour Jésus-Christ veut que l'on ait pour lui. Il ne veut pas que l'on aime simplement sa gloire, mais encore son abaissement et sa croix. C'est pourquoi nous voyons en plusieurs endroits, que lorsque sa grandeur paraît davantage, il rappelle aussitôt les esprits au souvenir de sa mort : *Dicebant excessum ejus*[1]. C'est de quoi il entretenait, à sa glorieuse transfiguration, Moïse et Elie[2]; de même, en plusieurs endroits de l'Evangile, on voit qu'il a un soin tout particulier de ne laisser jamais perdre de vue ses souffrances[3]. Ainsi, pour l'aimer d'un amour parfait, il faut surmonter cette tendresse naturelle qui voudrait le voir toujours dans la gloire, afin de prendre un amour fort et vigoureux qui puisse le suivre dans l'ignominie. C'est ce que saint Pierre ne pouvait pas goûter. Il avait de la charité; mais cette charité était imparfaite, à cause d'une affection plus basse qui se mêlait avec elle. C'est ce que nous voyons clairement au chapitre XVI de saint Matthieu.

« Vous êtes le Christ, le Fils du Dieu vivant », s'écrie cet apôtre : *Tu es Christus, Filius Dei vivi*. Il dit cela, non seulement avec beaucoup de lumière, mais avec beaucoup d'ardeur. C'est pourquoi il est heureux, *Beatus*[4], parce qu'il avait la foi, et la foi opérante par la charité. Cette ardeur ne tenait rien de la terre; la chair et le sang n'y avaient aucune part : *Caro et sanguis non revelavit tibi*[5]. Mais voyons ce qui suit après.

Jésus-Christ, voyant sa gloire si hautement confessée par la bouche de Pierre, commence selon son style ordinaire, à parler de ses abaissements. Dès lors il déclara à ses disciples qu'il fallait qu'il souffrît beaucoup et qu'il fût mis à mort : « *Exinde cœpit Jesus ostendere discipulis suis, quia oporteret eum... multa pati..., et occidi*[6]. » Et aussitôt ce même Pierre, qui avait si bien reconnu la vérité en confessant la grandeur du Sauveur du monde, ne la peut plus souffrir dans ce qu'il déclare de sa bassesse. « Sur quoi Pierre, le prenant à part, se mit à le reprendre en lui disant : A Dieu ne plaise, Seigneur! cela ne vous arrivera pas » : *Cœpit increpare illum : Absit a te, Domine ! non erit tibi hoc*[7]. Ne voyez-vous pas, Chrétiens, qu'il n'aime pas Jésus-Christ comme il faut ? Il ne connaît pas le mystère du Verbe fait chair, c'est-à-dire, le mystère d'un Dieu abaissé. Il confesse avec joie ses grandeurs, mais il ne peut supporter ses humiliations : de sorte qu'il ne l'aime pas comme Sauveur; puisque ses abaissements n'ont pas moins de part à ce grand ouvrage, que sa grandeur divine et infinie. Quelle est la cause de la répugnance qu'avait cet apôtre à reconnaître ce Dieu abaissé ? C'était cette tendresse naturelle qu'il avait pour le Fils de Dieu, par laquelle il le voulait voir honoré à la manière que les hommes le désirent. C'est pourquoi le Sauveur lui dit : *Retire-toi de moi, Satan, tu m'es à scandale; car tu n'as pas le sentiment des choses divines, mais seulement de ce qui regarde les hommes*[1]. Voyez l'opposition. Là il dit : Barjona, fils de la colombe; ici, Satan. Là il dit : Tu es une pierre sur laquelle je veux bâtir; ici, Tu es une pierre de scandale pour faire tomber. Là : *Caro et sanguis non revelavit tibi, sed Pater meus*; ici, à l'opposite : *Non sapis ea quæ Dei sunt, sed ea quæ hominum*. D'où vient qu'il lui parle si différemment, sinon à cause de ce mélange qui rend sa charité imparfaite ? Il a de la charité : *Caro et sanguis non revelavit* : il a un amour naturel qui ne veut que de la gloire, et fuit les humiliations : *Non sapis [ea] quæ Dei sunt*. C'est pourquoi, quand on prend son Maître, il frappe de son épée, ne pouvant souffrir cet affront[2]. Aussi Jésus-Christ lui dit[3] : « Quoi, je ne boirai pas le calice que mon Père m'a donné à boire ? » *Calicem quem dedit mihi Pater, non bibam illum ?*

C'est ce mélange d'amour naturel qui rendait sa charité lente; car cet amour l'embarrasse, quoiqu'il semble aller à la même fin. Comme si vous liez deux hommes ensemble[4], dont l'un soit agile et l'autre pesant, et qu'en même temps vous leur ordonniez de courir dans la même voie : quoiqu'ils aillent au même but, néanmoins ils s'embarrassent l'un l'autre; et pendant que le plus dispos veut aller avec diligence, retenu et accablé par la pesanteur de l'autre, souvent il ne peut plus avancer, souvent même il tombe et ne se relève qu'à peine. Ainsi en est-il de ces deux amours. Tous deux, ce semble, vont à Jésus-Christ. Celui-là, divin et céleste, l'aime d'un amour que la chair et le sang ne peuvent inspirer; et l'autre est porté pour lui de cette tendresse naturelle que nous vous avons tant de fois décrite[5]. Le premier est lié avec le dernier; et, étant enveloppé avec lui, non seulement il est retardé, mais encore porté par terre par la pesanteur qui l'arrête.

C'est pourquoi vous voyez l'amour de saint Pierre, toujours chancelant, toujours variable. Il voit son Maître, et il se jette dans les eaux pour venir à lui; mais un moment après, il a peur, et mérite que Jésus lui dise : *Modicæ fidei, quare dubitasti*[1] ? « Homme de peu de foi, pourquoi as-tu douté ? » Quand le Sauveur lui prédit sa chute, il se laisse si fort transporter par la chaleur de son amour indiscret, qu'il donne le démenti à son Maître[2]; mais attaqué par une servante, il le renie avec jurement. Qui est cause de cette chute, sinon sa témérité ? Et qui l'a rendu téméraire, sinon cet amour naturel qu'il sentait pour le Fils de Dieu ? Il s'imaginait qu'il était ferme, parce qu'il expérimentait qu'il était ardent; et il ne considérait pas que la fermeté vient de la grâce, et non pas des efforts de la nature : tellement qu'étant tout ensemble et faible et présomptueux, déçu[3] par son propre amour, il promet beaucoup, et, surpris par sa faiblesse, il n'accomplit rien; au contraire, il renie son Maître, et pendant que la lâcheté des autres fait qu'ils évitent la honte de le renier par celle de leur fuite, le courage faible de saint Pierre fait qu'il le suit, pour le lui faire quitter plus honteusement : de sorte qu'il semble que son amour ne l'engage à un plus grand combat que pour le faire tomber d'une manière plus ignominieuse.

Ainsi se séduisent eux-mêmes, ceux qui n'aiment pas Jésus-Christ selon les sentiments qu'il demande, c'est-à-dire, qui n'aiment pas sa croix, qui attendent de lui des prospérités temporelles, qui le louent quand ils sont contents, qui l'abandonnent sur la croix et dans les douleurs. Leur amour ne vient pas de la charité qui ne cherche que Dieu, mais d'une complaisance qu'ils ont pour eux-mêmes : c'est pourquoi ils sont téméraires, parce que la nature est toujours orgueilleuse, comme la charité est toujours modeste. Voilà les causes de la langueur et ensuite de la chute de notre apôtre; mais voyons son amour épuré et fortifié par les larmes de la pénitence.

## SECOND POINT

Saint Augustin nous apprend[4] qu'il est utile aux superbes de tomber, parce que leur chute leur ouvre les yeux, qu'ils avaient aveuglés par leur amour-propre. C'est ce que nous voyons en la personne de notre apôtre. Il a vu que son amour l'avait trompé. Il se figurait qu'il était ferme parce qu'il se sentait ardent, et il se fiait sur cette ardeur; mais ayant reconnu par expérience que cette ardeur n'était pas constante, tant que la nature s'en mêlait, il a purifié son cœur pour n'y laisser brûler que la charité toute seule. Et la raison en est évidente : car, de même que dans la comparaison que j'ai déjà faite d'un homme dispos qui court dans la même carrière avec un autre pesant et tardif, l'expérience ayant appris au premier que le second l'empêche et le fait tomber, l'oblige aussi à rompre les liens qui l'attachaient avec lui; ainsi l'apôtre saint Pierre ayant reconnu que le mélange des sentiments naturels rendait sa charité moins active, et enfin en avait éteint toute la lumière, il a séparé bien loin toutes ces affections qui venaient du fonds de la nature, pour laisser aller la charité toute seule. Que me sert, disait-il en pleurant amèrement sa chute honteuse, que me sert cette ardeur indiscrète, à laquelle je me suis laissé séduire ? Il faut éteindre ce feu volage, qui s'exhale par son propre effort, et se consume par sa propre violence, et ne laisser agir en mon âme que celui de la charité, qui s'accroît continuellement par son exercice. C'est ce qui lui fait dire, aussi bien qu'à son collègue saint Paul : « Si nous avons connu Jésus-Christ selon la chair, maintenant nous ne le connaissons plus de cette sorte » : *Et si cognovimus secundum carnem Christum, sed nunc jam non novimus*[1]. La chair, qui se plaît dans la pompe du monde, ne veut voir Jésus-Christ que dans sa gloire, et ne peut supporter son ignominie; mais la charité ne l'aime pas moins sur le Calvaire que sur le Thabor[2]; et je devais avoir dit du premier ce que j'ai dit autrefois de l'autre : « Il nous est bon d'être ici » : *Bonum est nos hic esse*[3].

Voilà donc saint Pierre changé, et sa chute l'a rendu savant. Car, sachant qu'un empire très noble et très souverain était préparé à notre Sauveur, il ne pouvait comprendre qu'il le pût jamais conserver au milieu des ignominies, auxquelles il disait si souvent lui-même que sa sainte humanité était destinée : si bien que ne pouvant concilier ces deux vérités, le désir ardent qu'il avait de voir Jésus-Christ régnant, l'empêchait de reconnaître Jésus-Christ souffrant. Mais sa chute l'a désabusé de cette erreur; car, dans la chaleur de son crime, ayant senti son cœur amolli par un seul regard de son Maître, il est convaincu par sa propre expérience qu'il n'a rien perdu de la puissance, pour être entre les mains des bourreaux. Il voit ce Jésus méprisé, ce Jésus abandonné aux soldats, régner en victorieux sur les cœurs les plus endurcis. Il croyait qu'il perdrait son empire parmi les supplices; et il sent par expérience que jamais il n'a régné plus absolument. Ses yeux, quoique déjà tout meurtris, ne laissent pas, par un seul regard, de faire couler des larmes amères. Ainsi, persuadé par sa chute et par les larmes de sa pénitence, que le royaume de Jésus-Christ se conserve et s'établit par sa croix, il purifie son amour par cette pensée; et lui, qui avait tant de répugnance à considérer Jésus-Christ en croix[1], reconnaît, avec une fermeté incroyable, que son règne et son pouvoir est en la croix. « Que toute la maison d'Israël sache donc très certainement, que Dieu a fait Seigneur et Christ ce Jésus que vous avez crucifié »: *Certissime sciat ergo omnis domus Israël, quia et Dominum eum et Christum fecit Deus hunc Jesum quem vos interemistis*[2].

Voilà donc saint Pierre changé, le voilà fortifié par la pénitence. Son amour n'est plus faible, parce qu'il n'est plus présomptueux; et il n'est plus présomptueux, parce que ce n'est plus un amour mêlé des inclinations naturelles, mais une charité toute pure, laquelle, comme dit saint Paul[3], n'est jamais superbe ni ambitieuse. Cet amour imparfait et son orgueil tout ensemble ont été brisés par sa chute; et, étant devenu humble, il devient ensuite invincible. Il n'avait pas eu la force de résister à une servante, et le voilà qui tient tête à tous les magistrats de Jérusalem[4]. Là, il n'ose pas confesser son Maître; ici, il répond constamment que non seulement il ne veut pas, mais encore qu'il ne peut pas refuser sa voix pour rendre témoignage à ses vérités : *Non possumus*[5]. Comme un soldat qui, dans le commencement du combat, ayant été surpris par la crainte, se serait abandonné à la fuite, tout à coup, rougissant de sa faiblesse, et piqué d'une noble honte et d'une juste indignation contre son courage qui lui a manqué, revient à la mêlée fortifié par sa défaite; et pour réparer sa première faute, il se jette où le péril est le plus certain; ainsi l'apôtre saint Pierre[6]...

Apprenons donc que la pénitence nous doit donner de nouvelles forces pour combattre le péché et faire régner Jésus-Christ sur nos cœurs. C'est par là que nous montrerons la vérité de notre douleur, et que notre amour, allant toujours se perfectionnant parmi nos victoires et nos sacrifices, pourra être enfin à jamais affermi, comme celui du saint apôtre, par le dernier effort d'une charité insurmontable.

## TROISIÈME POINT

*Petre, amas me ?* « Pierre, m'aimez-vous ? » Jésus-Christ l'interroge trois fois, pour montrer que la charité est une dette qui ne peut jamais être entièrement acquittée, et que ce divin Maître ne laisse pas d'exiger dans le temps même que l'on la paye, parce que cette dette est de nature qu'elle s'accroît en la payant. Pierre, depuis le moment de sa conversion, pour acquitter dignement cette dette, n'a cessé de croître dans l'amour de son divin Maître; et son amour, par ces différents progrès, est enfin parvenu à un degré si éminent, qu'il ne saurait atteindre ici-bas à une plus haute perfection.

C'est à cette heure que notre apôtre est fondé plus que jamais à répondre au divin Sauveur : *Vous savez que je vous aime ;* puisque son amour, mis à la plus grande épreuve que l'homme puisse porter, triomphe des tourments et de la mort même. Ni l'attache à la vie, ni l'opprobre d'un supplice ignominieux, ni la douleur d'un martyre cruel et long, ne peuvent ralentir son ardeur[1]. Que dis-je ? ils ne servent qu'à l'animer de plus en plus, par le désir dont son cœur est possédé, de se sacrifier pour celui qu'il aime si fortement. Et, loin de trouver rien de trop pénible dans l'amertume de ses souffrances, il veut encore y ajouter de son propre mouvement une circonstance non moins dure[2] pour exprimer plus vivement les sentiments de son profond abaissement devant son Maître, pour lui faire comme une dernière amende honorable de ses infidélités passées, et l'adorer dans le plus parfait anéantissement de lui-même. Tant il est vrai que l'amour de saint Pierre est à présent aussi fort que la mort, que son zèle est inflexible comme l'enfer, que ses lampes sont des lampes de feu, que sa flamme est toute divine; et que, s'il a succombé autrefois à la plus faible épreuve, désormais les grandes eaux ne pourront l'éteindre, et les fleuves de toutes les tentations réunies n'auront point la force de l'étouffer[3].

Quel contraste, mes Frères, entre nous et ce grand apôtre ! Si Jésus-Christ nous demandait, ainsi qu'à lui : « M'aimez-vous ? » *Amas me ?* qui répondra : Seigneur, je vous aime ? Tous le diront ; mais prenons garde. L'hypocrisie le dit ; mais c'est une feinte. La présomption le dit ; mais c'est une illusion. L'amour du monde le dit ; mais c'est un intérêt, qui n'aime Jésus-Christ que pour être heureux sur la terre. Qui sont ceux qui le disent véritablement ? Ceux qui l'aiment jusque sur la croix ; ceux qui sont prêts à tout perdre pour lui demeurer fidèles, à tout souffrir pour être consommés dans son amour.

# PANÉGYRIQUE
## DE
# SAINTE CATHERINE

PRONONCÉ A SAINT-NICOLAS-DU-CHARDONNET
LE 25 NOVEMBRE 1663[1].

### *PÉRORAISON*[2]

C'EST pour ce négoce céleste que cette maison est établie : on leur apprend la science, non pour retenir dans un barreau; c'est la science ecclésiastique, destinée pour négocier le salut des âmes. C'est pourquoi on les choisit dès cet âge tendre, pour prévenir le cours de la corruption du siècle, et donner, s'il se peut, aux autels des ministres innocents. O innocence, que tu aurais de vertu dans les fonctions sacerdotales, que de bénédictions et de grâces! Mais où te trouvera-t-on sur la terre ? On travaille du moins en cette maison à te conserver des vaisseaux sans tache[3]. Ç'a toujours été l'esprit de l'Eglise. « On les doit retenir sous la discipline, les instruire par la doctrine ecclésiastique. » *Ut ecclesiasticis utilitatibus pareant*[4]. Quelles sont ces utilités ecclésiastiques ? Ce n'est pas d'augmenter les fermes[5], ni d'accroître le revenu de l'Eglise; mais c'est afin de gagner les âmes. C'est dans ce dessein qu'on les élève comme de jeunes plantes, et qu'on les fait instruire dans cette maison.

Que reste-t-il maintenant, Messieurs, sinon que pendant que la science, comme un soleil, fera mûrir les fruits, vous arrosiez la racine ? La science éclaire par en haut la partie qui regarde le ciel; il reste que vous donniez la nourriture à celle qui est engagée dans la terre. Cette eau salutaire de vos aumônes, en passant par ces plantes que l'on vous cultive, se tournera en fruits de vie, pour leur profit particulier, pour celui de toute l'Eglise, au service de laquelle on les destine, et enfin, Messieurs, pour le vôtre, en vous amassant dans le ciel des couronnes d'immortalité, que je vous souhaite. *Amen.*

# PANÉGYRIQUE
## DE
# SAINT SULPICE

PRÊCHÉ LE 17 JANVIER 1664, DANS L'ÉGLISE
DE SAINT-SULPICE A PARIS, DEVANT LA REINE-MÈRE[1].

> *Nos autem non spiritum hujus mundi accepimus, sed spiritum qui ex Deo est ; ut sciamus quæ a Deo donata sunt nobis.*
>
> Pour nous, nous n'avons pas reçu l'esprit de ce monde, mais un Esprit qui vient de Dieu, pour connaître les choses qu'il nous a données.
>
> *I. Cor.*, 11, 12.

CHAQUE compagnie a ses lois, ses coutumes, ses maximes et son esprit[2]; et lorsque nos emplois ou nos dignités nous donnent place dans quelque corps, aussitôt on nous avertit de prendre l'esprit de la compagnie dans laquelle nous sommes entrés. Cette grande société, que l'Ecriture appelle le monde, a son esprit qui lui est propre; et c'est ce que l'apôtre saint Paul appelle dans notre texte l'esprit du monde. Mais, comme la grâce du christianisme est répandue en nos cœurs pour nous séparer du monde et nous dépouiller de son esprit, un autre esprit nous est donné, d'autres maximes nous sont proposées; et c'est pourquoi le même saint Paul, parlant de la société des enfants de Dieu, a dit ces belles paroles : « Nous n'avons pas reçu l'esprit de ce monde »; mais un « Esprit qui est de Dieu, pour connaître les dons de sa grâce » : *Ut sciamus*, etc.

Si le saint que nous honorons, et dont je dois prononcer l'éloge, avait eu l'esprit de ce monde, il aurait été rempli des idées du monde, et il aurait marché, comme les autres, dans la grande voie, courant après les délices et les vanités; mais, étant plein au contraire de l'esprit de Dieu, il a connu parfaitement les biens qu'il nous donne;

un trésor qui ne se perd pas, une vie qui ne finit pas, l'héritage de Jésus-Christ, la communication de sa gloire[1], la société de son trône[2]. Ces grandes et nobles idées ayant effacé de son cœur les idées du monde, la cour ne l'a point corrompu par ses faveurs, ni engagé par ses attraits, ni trompé par ses espérances; et il nous enseigne, par ses saints exemples, à nous défaire entièrement de l'esprit du monde, pour recevoir l'esprit du christianisme. Venez donc apprendre aujourd'hui... [*Ave.*]

Jésus-Christ, ce glorieux conquérant, a eu à combattre le ciel, la terre et les enfers; je veux dire la justice de Dieu, la rage et la furie des démons, des persécutions inouïes de la part du monde. Toujours grand, toujours invincible, il a triomphé dans tous ces combats; tout l'univers publie ses victoires. Mais celle dont il se glorifie avec plus de magnificence, c'est celle qu'il a gagnée sur le monde; et je ne lis rien dans son Evangile, qu'il ait dit avec plus de force, que cette belle parole : « Prenez courage, j'ai vaincu le monde » : *Confidite, ego vici mundum*[3].

Il l'a vaincu en effet, lorsque, crucifié sur le Calvaire, il a couvert, pour ainsi dire, la face du monde de toute l'horreur de sa croix, de toute l'ignominie de son supplice. Non content de l'avoir vaincu par lui-même, il le surmonte tous les jours par ses serviteurs. Il est sorti de ses plaies un esprit victorieux du monde, qui, animant le corps de l'Eglise, la rend saintement féconde, pour engendrer tous les jours une race spirituelle, née pour triompher glorieusement[4] de la pompe, des vanités et des délices mondaines.

Cette grâce victorieuse des attraits du monde n'agit pas de la même sorte dans tous les fidèles. Il y a des saints solitaires qui se sont tout à fait retirés du monde; il y en a d'autres non moins illustres, lesquels y vivant sans en être, l'ont, pour ainsi dire vaincu dans son propre champ de bataille. Ceux-là, entièrement détachés, semblent désormais n'user plus du monde[5]; ceux-ci, non moins généreux, en usent comme n'en usant pas, selon le précepte de l'Apôtre[6]. Ceux-là, s'en arrachant tout à coup, n'ont plus rien à démêler avec lui; ceux-ci sont toujours aux mains, et gagnent de jour en jour, par un long combat, ce que les autres emportent tout à une fois par la seule fuite : car ici la fuite même est une victoire, parce qu'elle ne vient ni de surprise ni de lâcheté, mais d'une ardeur de courage qui rompt ses liens, force sa prison et assure sa liberté par une retraite glorieuse.

Ce n'est pas assez, Chrétiens, et il y a dans l'Eglise une grâce plus excellente; je veux dire, une force céleste et divine, qui nous fait non seulement surmonter le monde par la fuite ou par le combat, mais qui en doit inspirer le mépris aux autres : c'est la grâce de l'ordre ecclésiastique. Car, comme on voit dans le monde une efficace d'erreur, qui fait passer de l'un à l'autre, par une espèce de contagion, l'amour des vanités de la terre; il a plu au Saint-Esprit de mettre dans ses ministres une efficace de sa vérité, pour détacher tous les cœurs de l'esprit du monde, pour prévenir la contagion[1] qui empoisonne les âmes, et rompre les enchantements par lesquels il les tient captives.

Voilà donc trois grâces qui sont dans l'Eglise, pour surmonter le monde et ses vanités : la première, de s'en séparer tout à fait, et de s'éloigner de son commerce; la seconde, de s'y conserver sans corruption, et de résister à ses attraits[2]; la troisième, plus éminente, est d'en imprimer le dégoût aux autres, et d'en empêcher la contagion. Ces trois grâces sont dans l'Eglise; mais il est rare de les voir unies dans une même personne, et c'est ce qui me fait admirer la vie du grand saint Sulpice. Il l'a commencée à la cour, il l'a finie dans la solitude, le milieu en a été occupé dans les fonctions ecclésiastiques[3]. Courtisan, il a vécu dans le monde sans être pris de ses charmes : évêque, il en a détaché[4] ses frères : solitaire, il a désiré de finir ses jours dans une entière retraite. Ainsi successivement, dans les trois états de sa vie, nous lui verrons surmonter le monde, de toutes les manières dont on le peut vaincre : car il s'est opposé généreusement[5] à ses faveurs dans la cour, au cours de sa malignité dans l'épiscopat, à la douceur de son commerce dans la solitude : trois points dans ce discours.

## PREMIER POINT

Quoique les hommes soient partagés en tant de conditions différentes, toutefois, selon l'Ecriture, il n'y a que deux genres d'hommes, dont les uns composent le monde, et les autres la société des enfants de Dieu. Cette solennelle division est venue, dit saint Augustin[6], de ce que l'homme n'a que deux parties principales ; la partie animale[1], et la raisonnable ; et c'est par là que nous distinguons deux espèces d'hommes, parce que les uns suivent la chair, et les autres sont gouvernés par l'esprit. Ces deux races d'hommes ont paru d'abord en figure, dès l'origine des siècles, en la personne et dans la famille de Caïn[2] et de Seth[3] ; les enfants de celui-ci étant toujours appelés les enfants de Dieu, et au contraire ceux de Caïn étant nommés constamment les enfants des hommes ; afin que nous distinguions qu'il y en a qui vivent comme nés de Dieu, selon les mouvements de l'esprit, et les autres comme nés des hommes, selon les inclinations de la nature.

De là, ces deux cités renommées, dont il est parlé si souvent dans les saintes Lettres : Babylone charnelle et terrestre[4] ; Jérusalem divine et spirituelle[5], dont l'une est posée sur les fleuves, c'est-à-dire, dans une éternelle agitation : *Super aquas multas,* dit l'Apocalypse[6] ; ce qui a fait dire au Psalmiste : *Assis sur les fleuves de Babylone*[7] ; et l'autre est bâtie sur une montagne, c'est-à-dire, dans une consistance immuable[8]. C'est pourquoi le même a chanté : « Celui qui se confie en Dieu est comme la montagne de Sion ; celui qui habite en Jérusalem ne sera jamais ébranlé » : *Qui confidunt in Domino sicut mons Sion*[9]... Or, encore que ces deux cités soient mêlées de corps, elles sont, dit saint Augustin[10], infiniment éloignées d'esprit et de mœurs. Ce qui nous est encore représenté dès le commencement des choses, en ce que les enfants de Dieu s'étant alliés, par les mariages, avec la race des hommes, ayant trouvé, dit l'Ecriture[11], leurs filles belles, ayant aimé leurs plaisirs et leurs vanités, Dieu, irrité de cette alliance, résolut en sa juste indignation, d'ensevelir tout le monde dans le déluge : afin que nous entendions que les véritables enfants de Dieu doivent fuir entièrement le commerce et l'alliance du monde, de peur de communiquer[12], comme dit l'Apôtre[13], à ses œuvres infructueuses.

C'est pourquoi le Sauveur Jésus, *Illuminator antiquitatum*[14], parlant de ses véritables disciples, dont les noms sont écrits au ciel : *Ils ne sont pas du monde,* dit-il[15], *comme je ne suis pas du monde ;* et quiconque veut être du monde, il s'exclut volontairement de la société de ses prières, et de la communion de son sacrifice, Jésus-Christ ayant dit décisivement : *Je ne prie pas pour le monde*[16].

J'ai dit ces choses, mes Frères, afin que vous connaissiez que ce n'est pas une obligation particulière des religieux de mépriser le monde; mais que la nécessité de s'en séparer est la première, la plus générale, la plus ancienne obligation de tous les enfants de Dieu.

La cour, la partie la plus dangereuse. (Voy. *Sermon I de la Madeleine*[1], *Carême du Louvre.*)

Saint Sulpice, dans sa jeunesse, à la cour. (Voy. *Sermon*[2] *de saint Bernard.*) Chaste en cet âge. Vœu de chasteté[3]. O sainte chasteté! fleur de la vertu, ornement immortel des corps mortels, marque assurée d'une âme bien faite, protectrice de la sainteté et de la foi mutuelle dans les mariages, fidèle dépositaire de la pureté du sang des races, et qui seule en sais conserver la trace! quoique tu sois si nécessaire au genre humain, où te trouve-t-on sur la terre? O grand opprobre de nos mœurs! l'un des sexes a honte de te conserver; et celui auquel il pourrait sembler que tu es échue en partage, ne se pique guère moins de te perdre dans les autres, que de te conserver en soi-même. Confessez-vous à Dieu devant ces autels, vaines et superbes beautés, dont la chasteté n'est qu'orgueil ou affectation et grimace : quel est votre sentiment, lorsque vous vous étalez avec tant de pompe, pour attirer les regards? Dites-moi seulement ce mot : quels regards désirez-vous attirer? sont-ce des regards indifférents? etc. Quel miracle, que saint Sulpice, jeune et agréable, n'ait jamais été pris dans ces pièges! Sachant qu'il ne devait l'amour qu'à son Dieu, jamais il n'a souillé dans son cœur la source de l'amour. Ange visible.

Ses autres vertus, non vertus du monde et de commerce. (Voy. *Sermon*[4] *de l'Honneur du monde.*)

Bonne foi; probité; justice; candeur; innocence. Admirable modération. Mais peut-être ne durera-t-elle que jusqu'à ce qu'elle ait gagné le dessus : génie de l'ambition : *Pavida cum quærit, audax cum pervenerit*[5] (Voy. *François de Sales*[6]); devient insupportable par la faveur. Un habile courtisan disait autrefois qu'il ne pouvait souffrir à la cour l'insolence et les outrages des favoris, et encore moins, disait-il, leurs civilités superbes et dédaigneuses, leurs grâces trop engageantes, leur amitié tyrannique, qui demande, d'un homme libre, une dépendance servile : *Contumeliosam humanitatem*[7].

Toujours modéré. Pour se détromper du monde, il

allait se rassasier de la vue des opprobres de Jésus-Christ dans les hôpitaux et dans les prisons. Images de la grandeur de Dieu dans le Prince, image de la bassesse de Jésus-Christ et de ses humiliations dans les pauvres. Ce favori de Clotaire, aux pieds d'un pauvre ulcéré, adorant Jésus-Christ sous des haillons, et expiant la contagion des grandeurs du monde! Et cela caché; non comme ces vertus trompeuses, qui se rendent elles-mêmes captives des yeux qu'elles veulent captiver[1].

## SECOND POINT

La grâce du baptême porte une efficace pour nous détacher du monde; la grâce de l'ordination porte une efficace divine, pour imprimer ce détachement dans tous les cœurs.

Le royaume de Jésus-Christ n'est pas de ce monde. Il y a guerre déclarée entre Jésus-Christ et le monde, une inimitié immortelle : le monde le veut détruire, et il veut détruire le monde. Ceux qu'il établit ses ministres doivent donc entrer dans ses intérêts : s'il y a en eux quelque puissance, c'est pour détruire la puissance qui lui est contraire. Ainsi, toute la puissance ecclésiastique est destinée à abattre les hauteurs du monde : *Ad deprimendam altitudinem sæculi hujus*[2].

On reçoit le Saint-Esprit dans le baptême, dans une certaine mesure; mais on en reçoit la plénitude dans l'ordination sacrée, et c'est ce que signifie l'imposition des mains de l'évêque. Car, comme dit le grand Aréopagite[3], ce que fait le pontife mû de Dieu, animé de Dieu, c'est l'image de ce que Dieu fait d'une manière plus forte et plus pénétrante[4]. L'évêque ouvre les mains sur nos têtes; Dieu verse, à pleines mains, dans les âmes la plénitude de son Saint-Esprit. C'est ce qui fait dire à un saint pape : *Plenitudo Spiritus in sacris ordinationibus operatur*[5]. Le Saint-Esprit, dans le baptême, nous dépouille de l'esprit du monde : *Non enim Spiritum hujus mundi accepimus*[6]. La plénitude du Saint-Esprit doit[7] faire dans l'ordination quelque chose de beaucoup plus fort : elle doit se répandre bien loin au dehors, pour détruire dans tous les cœurs, l'esprit et l'amour du monde. Animons-nous, mes Frères; c'est assez pour nous d'être chrétiens, trop d'honneur de porter ce beau caractère : *Propter nos nihil sufficientius est*[1]. Si donc nous sommes ecclésiastiques, c'est sans doute pour le bien des autres, etc.

Que n'a pas entrepris le grand saint Sulpice, pour détruire le règne du monde ? Mais c'est peu de dire qu'il a entrepris : ses soins paternels opéraient sans cesse de nouvelles conversions. Il y avait dans ses paroles et dans sa conduite une certaine vertu occulte, mais toute-puissante, qui inspirait le dégoût du monde. Nous lisons dans l'histoire de sa vie, que, durant son épiscopat[2], tous les déserts à l'entour de Bourges étaient peuplés de saints solitaires. Il consacrait tous les jours à Dieu des vierges sacrées, etc.

D'où lui venait ce bonheur, cette bénédiction, cette grâce, d'inspirer si puissamment le mépris du monde ? Qu'y avait-il dans sa vie et dans sa personne... ? C'est ce qu'il faut tâcher d'expliquer en faveur de tant de saints ecclésiastiques qui remplissent ce séminaire et cette audience. Deux choses produisaient un si grand effet : la simplicité ecclésiastique, qui condamnait souverainement la somptuosité, les délices, les superfluités du monde; un gémissement paternel sur les âmes, qui étaient captives de ses vanités.

Simplicité ecclésiastique. Un dépouillement intérieur, qui, par une sainte circoncision[3], opère au dehors un retranchement[4] effectif de toutes superfluités. En quoi le monde paraît-il grand ? Dans ses superfluités : de grands palais, de riches habits, une longue suite de domestiques. L'homme si petit par lui-même, se resserre en lui-même, s'imagine qu'il s'agrandit, et qu'il se dilate, en amassant autour de soi des choses qui lui sont étrangères. Le vulgaire est étonné de cette pompe, et ne manque pas de s'écrier : Voilà les grands, voilà les heureux! C'est ainsi que la puissance du monde tâche de faire voir que ses biens sont grands. Une autre puissance, établie, pour faire voir qu'il n'est rien : c'est la puissance ecclésiastique.

Toutes nos actions, jusqu'au moindre geste du corps, jusqu'au moindre et plus délicat mouvement des yeux, doivent ressentir le mépris du monde. Si la vanité change tout (le visage, le regard, le son de la voix; car tout devient instrument de la vanité), ainsi la simplicité. Mais qu'elle ne soit jamais affectée, parce qu'elle ne serait plus simplicité. Entreprenons, Messieurs, de faire voir à tous les hommes, que le monde n'a rien de solide ni de désirable. Frugalité, modestie, simplicité du grand saint Sulpice. *Habentes alimenta et quibus tegamur, his contenti simus*[1]. Que nous servent ces cheveux coupés, si nous nourrissons au dedans tant de désirs superflus, pour ne pas dire pernicieux ?

Son train[2], les pauvres : *Habeo defensionem sed in orationibus pauperum*[3]. · *Sobriam a turbis gravitatem, seriam vitam, singulare pondus dignitas sibi vindicat sacerdotalis*[4]. — *Dignitatis suæ auctoritatem fidei et vitæ meritis quærant*[5]. — *Clericus professionem suam, et in habitu, et in incessu probet et nec vestibus, nec calceamentis decorem quærat*[6].

Simplicité de Jésus-Christ : *Vulpes foveas habent et volucres cœli nidos : Filius autem hominis non habet ubi caput reclinet*[7] : non pour faire pitié, mais pour donner du courage.

*Mundi lucrum quæritur sub ejus honoris, specie quo mundi destrui lucra debuerunt*[8].

Pour les honneurs : il faut honorer ses ministres pour l'amour de celui qui a dit : *Qui vous reçoit me reçoit*[9]. La simplicité ecclésiastique suit cette belle règle ecclésiastique : *Seipsum præbeat patientiæ atque humilitatis exemplum, minus sibi assumendo quam offertur ; sed tamen ab eis qui se honorant nec totum nec nihil accipiendo*[10]. Il ne faut pas recevoir tout ce qu'on nous offre, de peur qu'il ne paraisse que nous nous repaissons de cette fumée, il ne faut pas le[11] rejeter tout à fait : *Propter illos accipiatur quibus consulere non potest, si nimia dejectione vilescat.* (Aug., *Ep.* 64[12].)

Gémissement. L'état de l'Eglise, durant cette vie, c'est un état de désolation, parce que c'est un état de viduité : *Numquid possunt filii sponsi lugere, quamdiu cum illis est sponsus*[13] ? Elle est séparée de son cher Epoux, et elle ne peut se consoler d'avoir perdu plus de la moitié d'elle-même. Cet état de désolation et de viduité de l'Eglise doit paraître principalement dans l'ordre ecclésiastique.

Le sacerdoce est un état de pénitence, pour ceux qui ne font pas pénitence : *Lugeam multos... qui non egerunt pænitentiam*[14] : Saint Grégoire : *Nulla illicita perpetrat, sed perpetrata ab aliis ut propria deplorat*[15]. Les joies dissolues du monde portaient un contre-coup de tristesse sur le cœur de saint Sulpice, car il écoutait ces paroles, comme un tonnerre : *Væ vobis, qui ridetis nunc, quia lugebitis et flebitis*[16] ! Il s'effrayait pour son peuple. *Docente te in ecclesia, non clamor populi, sed gemitus suscitetur*[17]. (Saint Jérôme.)

« M'aimes-tu ? pais mon troupeau : *neque enim non amanti committeret tam amatas*[1]. » Cet amour, source de ses larmes. Jésus-Christ, gémissant pour nous. — Ses prières : *Orationis usu et experimento jam didicit quod obtinere a Domino quæ poposcerit possit*[2]. (Grég., Past.) Il l'avait expérimenté : priant en faveur du roi, il l'avait emporté contre Dieu ; combien plus pour la vie spirituelle.

Mais quel était son gémissement sur les ecclésiastiques mondains[3] ! *Hi qui putantur crucem portare, sic portant, ut plus habeant in crucis nomine dignitatis, quam in passione supplicii.*

## TROISIÈME POINT

Saint Sulpice, touché de cette pensée, se retire, pour régler ses comptes avec la justice divine. Il connaît la charge d'un évêque. *Ut referat unusquisque propria corporis prout gessit*[4]. « Si le compte est si exact de ce qu'on fait en son propre corps, ô combien est-il redoutable de ce qu'on fait dans le corps de Jésus-Christ, qui est son Eglise ! » (S. Bernard.) *Si reddenda est ratio de his quæ quisque gessit in corpore suo, quid fiet de his quæ quisque gessit in corpore Christi*[5] !

Il ne se repose pas sur sa vocation si sainte, si canonique[6] ; il sait que Judas a été élu par Jésus-Christ même, et que cependant, par son avarice, il a perdu la grâce de l'apostolat.

Justice de Dieu, que vous êtes exacte ! vous comptez tous les pas, vous mettez en la balance tous les grains de sable.

Il se retire donc, pour se préparer à la mort, pour méditer la sévérité de la justice de Dieu. Il récompense un verre d'eau[7] ; mais il pèse une parole oiseuse, particulièrement dans les prêtres, où tout, jusqu'aux moindres actions, doit être une source de grâces. Des larcins que nous faisons aux âmes fidèles, tout ce que nous donnons au monde.

A quoi pensons-nous, Chrétiens, que ne nous retirons-nous, pour nous préparer à ce dernier jour ? N'avons-nous pas appris de l'Apôtre que nous sommes tous ajournés, pour comparaître personnellement devant le tribunal de Jésus-Christ ? Quelle sera cette surprise, combien étrange et combien terrible, lorsque ces saintes vérités, auxquelles les pécheurs ne pensaient jamais, ou qu'ils laissaient inutiles et négligées dans un coin de leur mémoire, leur paraîtront tout d'un coup, pour les[1] condamner ? Aigre, inexorable, inflexible, armée de reproches amers, te trouverons-nous toujours, ô vérité persécutante ? Oui, mes Frères, ils la trouveront; spectacle horrible à leurs yeux, poids intolérable sur leurs consciences, flammes dévorantes dans leurs entrailles. Se retenir quelque temps pour écouter ses conseils, avant que d'être convaincu par son témoignage, jugé par ses règles, condamné par ses arrêts et par ses sentences suprêmes.

Accoutumons-nous aux yeux et à la présence de notre juge. Solitude effroyable de l'âme devant Jésus-Christ, pour lui rendre compte. Le remède le plus efficace, c'est une douce solitude devant lui-même, pour lui préparer ses comptes. Attendre à la mort, combien dangereux! C'est le coup du souverain : Dieu presse trop violemment.

Mais cette solitude est ennuyeuse. — *Heu ! quam subtiliter nos ille decipiendi artifex fallit, ut non discernamus, gaudendi avidi, unde verius gaudeamus*[2] ! « O ! que le père de mensonge[3], ce malicieux imposteur, nous trompe subtilement, pour empêcher que nos cœurs, avides de joie, ne fassent le discernement des véritables sujets de se réjouir ! » Tous les autres divertissements, charme de notre chagrin, amusement d'un cœur enivré. Vous sentez-vous dans ce tumulte, dans ce bruit, dans cette dissipation, dans cette sortie de vous-même ? Avec quelle joie, dit David, *invenit servus tuus cor suum, ut oraret te oratione hac*[4] !

*Sed ignavam infamabis*. Il faut faire quelque figure dans le monde[5]...

MADAME[6],

Votre Majesté doit penser sérieusement à ce dernier jour. Nous n'osons y jeter les yeux; cette pensée nous effraye, et fait horreur à tous vos sujets, qui vous regardent comme leur mère, aussi bien que comme celle de notre monarque. Mais, Madame, autant qu'elle nous fait horreur[7], autant Votre Majesté se la doit rendre ordinaire et familière. Puisse Votre Majesté être tellement occupée de Dieu, avoir le cœur tellement percé de la crainte de ses jugements, l'âme si vivement pénétrée de l'exactitude et des rigueurs de sa justice, qu'elle se mette en état de rendre bon compte d'une si grande puissance, et de tout le bien qu'elle peut faire, et encore de tout le mal qu'elle peut empêcher par autorité, ou modérer par conseils, ou détourner par prudence. C'est ce que Dieu demande de vous. Ha! si les vœux que je lui fais pour votre salut sont reçus devant sa face, cette salutaire pensée jettera Votre Majesté dans une humiliation si profonde, que, méprisant autant sa grandeur royale que nous sommes obligés de la révérer, elle fera sa plus chère application[1] du soin de mériter dans le ciel une couronne immortelle.

# PANÉGYRIQUE
## DE
# SAINT PIERRE NOLASQUE

PRÊCHÉ A PARIS, DANS L'ÉGLISE DES PÈRES DE LA MERCI,
LE 29 JANVIER 1665[1].

> *Dedit semetipsum pro nobis.*
> Il s'est donné lui-même pour nous[2].
> *Tit.*, 11, 14.

*C'est un plus grand bonheur,* dit le Fils de Dieu, *de donner que de recevoir*[3]. Cette parole était digne de celui qui a tout donné jusques à son sang, et qui se serait épuisé lui-même, si ses trésors n'étaient infinis aussi bien que ses largesses. Saint Paul, qui a recueilli ce beau sentiment de la bouche[4] de notre Sauveur, le propose à tous les fidèles, pour servir de loi à leur charité. *Souvenez-vous,* leur dit-il, *de cette parole du Seigneur Jésus, qu'il vaut mieux donner que de recevoir ;* parce que le bien que vous recevez est une consolation de votre indigence, et celui que vous répandez est la marque d'une plénitude qui s'étend à soulager les besoins des autres.

Jamais il n'y a eu sur la terre un homme plus libéral que le grand saint Pierre Nolasque, fondateur de l'ordre sacré de Notre-Dame de la Merci[5], dont nous honorons aujourd'hui la bienheureuse mémoire; car il ne s'est rien proposé de moins que l'immense profusion d'un Dieu, qui s'est prodigué lui-même, et de là il a conçu le dessein de dévouer sa personne, et de consacrer tout son ordre aux nécessités des misérables.

Tous les fidèles serviteurs de Dieu ont imité quelques traits du Sauveur des âmes : celui-ci a cette grâce particulière, de l'avoir fidèlement copié dans le caractère par lequel il est établi notre rédempteur. Pour entendre un si grand dessein, et imiter un si grand exemple, demandons l'assistance, etc. [*Ave.*]

La manière la plus excellente d'honorer les choses divines, c'est, Messieurs, de les imiter. Dieu nous ayant fait cet honneur de nous former à sa ressemblance[1], le plus grand hommage que nous puissions rendre à la souveraine vérité de Dieu, c'est de nous conformer à ce qu'il est ; car alors nous célébrons ses grandeurs, non point par nos paroles, ni par nos pensées, ni par quelques sentiments de notre cœur ; mais, ce qui est bien plus relevé, par toute la suite de nos actions, et par tout l'état de notre personne.

Nous pouvons donc honorer en deux façons les mystères de Jésus-Christ, ou par des actes particuliers de nos volontés, ou par tout l'état de notre vie. Nous les honorons par des actes, en les adorant par foi, en les ressentant par reconnaissance, en nous y attachant par amour. Mais voici que je vous montre avec l'Apôtre « une voie bien plus excellente » : *Excellentiorem viam vobis demonstro*[2]. C'est d'honorer ces divins mystères par quelque chose de plus profond, en nous dévouant saintement à Dieu, non seulement pour les aimer et pour les connaître, mais encore pour les imiter, pour en porter sur nous-mêmes l'impression et le caractère, pour en recevoir en nous-mêmes la bénédiction et la grâce.

C'est en cette sorte, mes Frères, que saint Pierre Nolasque a été choisi pour honorer le mystère de la Rédemption. Il l'a honoré véritablement, entrant dans les devoirs, dans la gratitude, dans toutes les dépendances d'une créature rachetée. Mais, afin qu'il fût lié plus intimement à la grâce de ce mystère, il a plu au Saint-Esprit[3] qu'il se dévouât volontairement à l'imitation de cette immense charité, par laquelle Jésus-Christ a donné son âme, pour être[4], comme il le dit lui-même[5], *la rédemption* des pécheurs.

S'il y a au monde quelque servitude[6] capable de représenter à nos yeux la misère extrême de la captivité horrible de l'homme sous la tyrannie des démons, c'est l'état[7] d'un chrétien captif, sous la tyrannie des mahométans. Car et le corps et l'esprit y souffrent une égale violence, et l'on n'est pas moins en péril de son salut que de sa vie. C'est donc au soulagement de cet état misérable qu'est appliqué saint Pierre Nolasque, pour honorer les bontés de Jésus délivrant les hommes de la tyrannie de Satan. Il se donne de tout son cœur à ces malheureux esclaves, et il s'y donne dans le même esprit que Jésus s'est donné aux hommes captifs pour les affranchir de leur servitude : *Dedit semetipsum pro nobis.*

Jésus-Christ a donné aux hommes et à l'œuvre de la rédemption, premièrement ses soins paternels ; secondement, sa propre personne ; troisièmement, ses disciples. Il nous a donné ses soins, parce qu'il a toujours eu l'esprit occupé de la pensée de notre salut[1] : il nous a donné sa propre personne, parce qu'il s'est immolé pour nous ; il nous a donné ses disciples, qui étant la plus noble partie du peuple qu'il a racheté, est appliquée par lui-même, et entièrement dévouée à coopérer par sa charité à la délivrance de tous les autres[2].

C'est ainsi que le Fils de Dieu a consommé l'œuvre de notre rédemption, et c'est par les mêmes voies que le saint que nous révérons a imité son amour et honoré son mystère. Fidèle imitateur du Sauveur des âmes, il a été touché, aussi bien que lui, des cruelles extrémités où sont réduits les captifs ; il leur a donné, aussi bien que lui, premièrement, tous ses soins ; secondement, toute sa personne ; troisièmement, tous ses disciples, et l'ordre religieux qu'il a établi dans l'Eglise. C'est ce que nous aurons à considérer dans les trois points de ce discours.

PREMIER POINT

L'une des raisons principales qui a rendu les infidèles si fort incrédules au mystère de la Rédemption[3], c'est qu'ils n'ont pu se persuader que Dieu eût tant d'amour pour le genre humain, que les chrétiens le publiaient. Celsus[4], dans cet écrit si envenimé qu'il a fait contre l'Evangile, auquel le docte Origène[5] a si fortement répondu[6], se moque des chrétiens, de ce qu'ils osaient présumer que Dieu même était descendu du ciel pour venir à leur secours. Ils trouvaient indigne de Dieu d'avoir un soin si particulier des choses humaines ; et c'est pourquoi l'Ecriture Sainte, pour établir dans les cœurs la croyance d'un si grand mystère, ne cesse de publier la bonté de Dieu et son amour pour les hommes. C'est aussi ce qui a obligé l'apôtre saint Jean à confesser en ces termes la foi de la Rédemption[7] : *Pour nous, nous croyons,* dit-il[8], *à la charité que Dieu a eue pour les hommes.* Voilà une belle profession de foi, et conçue d'une façon bien singulière ; mais absolument nécessaire pour combattre et déraciner l'incrédulité. Car c'est de même que s'il disait : Les Juifs et les Gentils ne veulent pas croire que Dieu ait si fort aimé la nature humaine, que de s'en revêtir pour la racheter. « Mais pour nous, dit ce saint apôtre, nous n'ignorons pas ses bontés ; et connaissant, comme nous faisons, ses miséricordes et ses entrailles paternelles, nous croyons facilement cet amour immense qu'il a témoigné aux hommes, en se livrant lui-même pour eux : *Et nos cognovimus et credidimus caritati quam habet Deus in nobis*[1].

Elevons donc nos voix, mes Frères, et confessons hautement que nous croyons à la charité que le Fils de Dieu a eue pour nous. Nous croyons qu'il s'est fait homme pour notre salut ; nous croyons qu'il n'a vécu sur la terre que pour travailler à ce grand ouvrage. Il nous a toujours portés dans son cœur, dans sa naissance et dans sa mort, dans son travail et dans son repos, dans ses conversations et dans ses retraites, dans les villes et dans le désert, dans la gloire et dans les opprobres, dans ses humiliations et dans ses miracles. Il n'a rien fait que pour nous durant tout le cours de sa vie mortelle ; et maintenant qu'il est dans le ciel *à la droite de la Majesté*[2] *dans les lieux très hauts*[3], il ne nous a pas oubliés. Au contraire, dit le saint Apôtre, il y est monté pour y être notre avocat, notre ambassadeur et notre pontife : il y traite nos affaires auprès de son Père ; « toujours vivant, dit le même Apôtre, afin d'intercéder pour nous » : *Semper vivens, ad interpellandum pro nobis*[4] : comme s'il n'avait ni de vie, ni de félicité, ni de gloire que pour l'avantage et le bien des hommes.

Ce n'est pas assez, Chrétiens. Si nous croyons véritablement que Dieu nous a aimés avec tant d'excès, il faut qu'un si grand amour, qui s'est étendu sur nous avec tant de profusion, nous fasse aussi dilater nos cœurs sur les besoins de nos frères. *Si Dieu,* dit saint Jean[5], *nous a tant aimés, nous devons nous aimer les uns les autres ;* nous devons reconnaître ses soins paternels, en nous revêtant à son exemple, de soins charitables ; et nous ne pouvons mieux confesser la miséricorde que nous recevons qu'en l'exerçant sur les autres en simplicité de cœur : *Estote misericordes*[6]...

Le saint que nous honorons était pénétré de ces sentiments. Il avait toujours devant les yeux les charités infinies d'un Dieu rédempteur ; et pour se rendre semblable à lui, il se laissait percer par les mêmes traits. Il avait[1] sucé cet esprit dans les plaies de Jésus-Christ, dans la source même des miséricordes. Il pouvait dire avec Job[2] que la tendresse, la compassion, *la miséricorde était crue avec lui dès son enfance ;* et c'était de telles victimes par lesquelles il croyait devoir honorer les bontés inexprimables d'un Dieu rédempteur.

Et en effet, Chrétiens, pour rendre le souverain culte à la souveraine majesté de Dieu, il me semble que nous lui devons deux sortes de sacrifices. Je remarque, dans les Écritures, qu'il y a un sacrifice qui tue, et un sacrifice qui donne la vie. Le sacrifice qui tue est assez connu; témoin le sang de tant de victimes et le massacre de tant d'animaux[3]. Mais, outre ce sacrifice qui détruit, je vois dans les saintes Lettres un sacrifice qui sauve : car, comme dit le sage Ecclésiastique, « celui-là offre un sacrifice, qui exerce la miséricorde » : *Qui facit misericordiam, offert sacrificium*[4]. D'où vient cette différence, si ce n'est que l'un des sacrifices a été divinement établi pour honorer la bonté de Dieu, et l'autre pour apaiser[5] sa sainte justice ? La justice divine poursuit les pécheurs à main armée, elle lave ses mains dans leur sang[6], elle les perd et les extermine, elle veut qu'ils soient dissipés devant sa face, comme la cire fondue devant le feu : [*Sicut fluit cera a facie ignis, sic*] *pereant peccatores a facie Dei*[7]. Au contraire, la miséricorde, toujours douce, toujours bienfaisante, ne veut pas que personne périsse : elle attend les pécheurs avec patience; elle pense, dit l'Écriture, « des pensées de paix et non des pensées d'affliction » : *Ego cogito... cogitationes pacis, et non afflictionis*[8].

Voilà une grande opposition : aussi honore-t-on ces deux attributs par des sacrifices bien opposés. A cette justice rigoureuse qui tonne, qui fulmine, qui rompt et qui brise, qui renverse les montagnes et arrache les cèdres du Liban, c'est-à-dire, qui extermine les pécheurs superbes, il lui faut des sacrifices sanglants et des victimes égorgées, pour marquer la peine qui est due au crime[9]. Mais, pour cette miséricorde toujours bienfaisante, qui guérit ce qui est blessé, qui affermit ce qui est faible, qui vivifie ce qui est mort, il faut présenter en sacrifice non des victimes détruites, mais des victimes conservées, c'est-à-dire des pauvres soulagés, des infirmes soutenus, des morts ressuscités dans les pécheurs convertis. Telles sont les véritables hosties qui honorent la miséricorde divine.

Ainsi saint Pierre Nolasque étant toujours occupé des soins, des compassions, des bontés de Jésus pour le genre humain, et sentant[1] son cœur empressé dans le désir de les reconnaître, il s'écrie avec le Psalmiste : *Quid retribuam Domino pro omnibus quæ retribuit mihi*[2] ? Que rendrai-je au Seigneur pour tous les biens qu'il m'a faits, et à toute la nature humaine ? Quelle victime, quel sacrifice lui offrirai-je en actions de grâces ? Ha! poursuit-il avec le Prophète, *Calicem salutaris accipiam*[3] : « Je prendrai le calice du Sauveur », je boirai le même breuvage que Jésus a bu ; c'est-à-dire, je me remplirai, je m'enivrerai de sa charité, par laquelle il a tant aimé la nature humaine. Je dilaterai mon cœur, comme il a dilaté le sien, etc.; j'offrirai à ce Dieu amateur et conservateur des hommes des victimes qui lui plaisent, des hommes sauvés et délivrés.

Il cherche donc dans toute l'Eglise tous les infirmes, tous les malheureux, résolu de leur consacrer ses affections et ses soins. Dieu lui fait arrêter les yeux sur ces misérables captifs qui gémissent sous la tyrannie des mahométans. Il voit leur corps dans l'oppression, leur esprit dans l'angoisse, leur cœur dans le désespoir, leur foi même dans un péril évident. Il offre à Dieu leurs cris, leurs gémissements, les larmes de leurs amis, la désolation de leur famille. Peut-être ne le font-il pas, peut-être sont-ils de ceux qui s'élèvent contre Dieu, même sous les coups de sa main puissante; serviteurs rebelles et opiniâtres, châtiés et non corrigés, frappés et non convertis, abattus et non humiliés, atterrés, comme dit David, sans être touchés de componction : *Dissipati sunt, nec compuncti*[4]. C'est ce qui afflige son cœur. Quoiqu'il pense toujours à eux avec un empressement charitable, néanmoins, deux fois le jour et deux fois la nuit, il se présente pour eux devant la face de Dieu[5], et cherche auprès d'un Père si tendre les moyens de soulager ses enfants captifs.

Mes Frères, cet objet lugubre d'un chrétien captif dans les prisons des mahométans me jette dans une profonde considération des grands et épouvantables progrès de cette religion monstrueuse. O Dieu! que le genre humain est crédule aux impostures de Satan! O! que l'esprit de séduction et d'erreur a d'ascendant sur notre raison! Que nous portons en nous-mêmes, au fond de nos cœurs, une étrange opposition à la vérité, dans nos aveuglements, dans nos ignorances, dans nos préoccupations opiniâtres! Voyez comme l'ennemi du genre humain n'a rien oublié pour nous perdre et pour nous faire embrasser des erreurs damnables. Avant la venue du Sauveur, il se faisait adorer par toute la terre, sous les noms de ces fameuses idoles devant lesquelles tremblaient tous les peuples : il travaillait de toute sa force à étouffer le nom du vrai Dieu. Jésus-Christ et ses martyrs l'ont fait retentir si haut, depuis le levant jusques au couchant, qu'il n'y a plus moyen de l'éteindre ni de l'obscurcir; les peuples qui ne le connaissaient pas, y sont attirés en foule par la croix de Jésus-Christ. Et voici que cet ancien imposteur, qui, dès l'origine du monde, est en possession de tromper les hommes, ne pouvant plus abolir le saint nom de Dieu, frémissant contre Jésus-Christ qui l'a fait connaître à tout l'univers, il tourne toute sa furie contre lui et contre son Evangile : et trouvant encore le nom de Jésus trop bien établi dans le monde par tant de martyres[1] et tant de miracles, il lui déclare la guerre en faisant semblant de le révérer, et il inspire à Mahomet, en l'appelant un prophète[2], de faire passer sa doctrine pour une imposture; et cette religion monstrueuse, qui se dément elle-même, a pour toute raison son ignorance, pour toute persuasion sa violence et sa tyrannie, pour tout miracle ses armes, armes redoutables et victorieuses, qui font trembler le monde, et rétablissent par force l'empire de Satan dans tout l'univers.

O Jésus! Seigneur des seigneurs, arbitre de tous les empires, et *Prince des rois de la terre*[3], jusques à quand endurerez-vous que votre ennemi déclaré, assis sur le trône du grand Constantin, soutienne avec tant d'armées les blasphèmes de son Mahomet, abatte votre croix sous son croissant, et diminue tous les jours la chrétienté par des armes si fortunées[4]? Est-ce que vous réservez cette redoutable puissance pour faire souffrir à votre Eglise cette dernière et effroyable persécution que vous lui avez dénoncée[5]? Est-ce que, pour entretenir votre Eglise dans le mépris des grandeurs comme elle y a été élevée, en même temps que vous lui donnez la gloire d'avoir des rois pour enfants, vous abandonnez, d'un autre côté, à votre ennemi capital, comme un présent de peu d'importance, le plus redoutable empire qui soit éclairé par le soleil ? Ou bien est-ce qu'il ne vous plaît pas que votre Eglise, nourrie dans les alarmes, fortifiée par les persécutions et par les terreurs, jouisse dans la paix même d'une tranquillité assurée ? Et c'est pour cette raison que vous lui mettez, comme sur sa tête, cette puissance redoutable qui ne cesse de la menacer de la dernière désolation.

Et en effet, Chrétiens, ç'a été le conseil de Dieu que l'Eglise fût établie au milieu des flots, qui frémissent impétueusement autour d'elle, et menacent de l'engloutir. C'est pourquoi saint Augustin, expliquant ces paroles du sacré Psalmiste : *Lætentur insulæ multa*[1], dit que ces îles vraiment fortunées qui doivent se réjouir du règne de Dieu, sont les Eglises chrétiennes, environnées de toutes parts d'une mer irritée, qui menace de les engloutir et de les couvrir sous ses ondes. Tel est le conseil de Dieu; et je regarde la puissance mahométane comme un océan indomptable, toujours prêt à inonder toute l'Eglise, sa furie n'étant arrêtée que par des digues entr'ouvertes : ce sont les puissances chrétiennes, toujours cruellement divisées. Et n'étaient-ce pas ces divisions qui avaient ouvert autrefois aux sultans, successeurs de Mahomet, une entrée si large, que du temps de Pierre Nolasque, les Espagnes mêmes étaient entièrement inondées ?

C'est ce qui lui perce le cœur. Il est nuit et jour persécuté des cris des captifs; il faut qu'il coure à leur délivrance. Ne lui dites pas que la noblesse de son extraction, et le crédit qu'il a auprès du roi d'Aragon, dont il a été précepteur, l'appelle à des emplois plus illustres : il court après ces captifs. Il fallait qu'il descendît de bien haut à l'humiliation[2] d'un emploi si bas selon l'estime du monde, pour mieux imiter celui qui est descendu du ciel en la terre. Imiter un Dieu rédempteur, c'est toute la gloire qu'il se propose. Par mille traverses, par mille périls il va délivrer ses frères, etc[3]. *Induite vos ergo sicut electi Dei, sancti et dilecti, viscera misericordiæ, benignitatem, humilitatem, modestiam, patientiam.* (*Coloss. III,* 12.)

Dieu commence, imitez[4]. Un combat entre nous et la miséricorde divine : Dieu commence, imitez : *Estote misericordes, sicut et Pater vester cœlestis misericors est*[5]; Dieu revient à la charge, et il nous imite à son tour : *Beati misericordes, quoniam ipsi misericordiam consequentur*[6]. Un flux et reflux de miséricorde. Dieu, qui aime un tel sacrifice, multiplie ses dons. Allant ainsi augmentant, après avoir donné vos soins, vous donnerez à la fin vos propres personnes, comme saint Pierre Nolasque.

## SECOND POINT

Ce fut, Messieurs, un grand spectacle, lorsqu'on vit sur le Calvaire, le Fils uniquement agréable se mettre en la place des ennemis; l'innocent, le juste, la sainteté même se donner en échange pour les malfaiteurs; celui qui était infiniment riche, se constituer caution, et se livrer tout entier pour les insolvables.

Vous savez assez, Chrétiens, quelle dette le genre humain avait contractée envers Dieu et envers sa sainte justice. Nous sommes naturellement débiteurs à ses lois suprêmes. Et qu'est-ce que nous leur devons ? Une obéissance fidèle. Mais, lorsque nous manquons volontairement à lui payer cette dette, nous entrons dans une autre obligation : nous devons notre tête à ses vengeances, nous ne pouvons plus le payer que par notre mort et notre supplice.

En vain les hommes, effrayés par le sentiment de leurs crimes, cherchent des victimes et des holocaustes pour les subroger en leur place. Dussent-ils massacrer tous leurs troupeaux, et les immoler à Dieu devant ses autels, il n'est pas possible que la vie des bêtes paye pour la vie des hommes : la compensation n'est pas suffisante : *Impossibile enim est sanguine taurorum et hircorum auferri peccata*[1]. De sorte que ceux qui offraient de tels sacrifices faisaient bien, à la vérité, une reconnaissance publique de ce qu'ils devaient à la justice divine; mais ils n'avaient pas pour cela le payement de leurs dettes. Il fallait qu'un homme payât pour les hommes; et c'est pour cela qu'un Dieu s'est fait homme.

Ce Dieu-Homme, avide de nous racheter, livre à l'abandon sa propre personne à la justice de Dieu, à l'injustice des hommes, à la furie des démons. Dieu, les hommes, les démons exercent sur lui toute leur puissance[2]. Il s'engage, il se prodigue de tous côtés; et il ne lui importe pas comment il se donne, pourvu qu'il paye notre prix et qu'il nous rende notre liberté et notre franchise.

Je ne puis vous dire, mes Frères, dans quels excès nous

doit jeter la contemplation de ce mystère. Jésus-Christ, se donnant pour moi, et devenant ma rançon, m'apprend deux choses contraires. Il m'apprend à m'estimer, il m'apprend à me mépriser, l'un et l'autre jusqu'à l'infini. Mon cœur incertain et irrésolu ne sait à quoi se déterminer, au milieu de telles contrariétés[1]. M'estimerai-je, me mépriserai-je, ou joindrai-je l'un et l'autre ensemble, puisque mon Sauveur m'apprend l'un et l'autre ?

Oui, Chrétiens, mon Sauveur m'apprend à m'estimer jusqu'à l'infini ; car la règle d'estimer les choses, c'est de connaître le prix qu'elles coûtent. Ecoutez maintenant l'Apôtre[2], qui vous dit que vous avez été rachetés, non par or ni par argent, ni par des richesses corruptibles, mais par le sang d'un Dieu, par la personne d'un Dieu immolé pour vous. O âme! dit saint Augustin, apprends à t'estimer par cette rançon[3] ; voilà le prix que tu vaux : *O anima ! erige te, tanti vales*[4]. O homme! celui qui t'a fait s'est livré pour toi; celui dont la sagesse infinie sait donner si justement la valeur aux choses, a mis ton âme à ce prix. Qu'est-ce donc que la terre, qu'est-ce que le ciel, qu'est-ce que toute la nature ensemble, à comparaison de ma dignité[5] ?

Mais ce qui m'apprend à m'estimer, m'apprend à me mépriser jusqu'à l'excès. Car, quand je vois un Dieu qui se ravilit jusqu'à vouloir se donner lui-même pour racheter ses esclaves, que dis-je, ses esclaves ? cette qualité est trop honorable, les esclaves du démon et du péché, il me semble qu'il se rabaisse, non plus jusques au néant, mais infiniment au-dessous. Et en effet, Chrétiens, se rendre semblable aux hommes, c'est se ravaler jusques au néant; mais se livrer pour les hommes, mourir pour les hommes, créature si vile par son extraction, et si ravilie par son crime, c'est plus que s'anéantir; puisque c'est se mépriser[6] pour le néant même.

Après l'exemple d'un Dieu, à qui l'excès de sa charité rend sa propre vie méprisable, pourvu qu'il puisse à ce prix racheter les âmes, y a-t-il quelque esclave assez malheureux, pour lequel nous devions craindre de nous prodiguer ? Saint Paul aussi ne sait plus que faire : *Ego autem... impendam;* ce n'est pas assez... (Il faut inventer un terme nouveau pour exprimer une ardeur nouvelle), *et superimpendar ipse pro animabus vestris*[7]. Un martyre, c'est la privation du martyre. Le vrai néant[8].

C'est ce qui touche saint Pierre Nolasque; sa personne ne lui est plus rien, quand il voit un Dieu se donner lui-même : il n'y a point de cachots dans lesquels il n'aille chercher de pauvres captifs pour leur rendre leur liberté aux dépens de sa propre vie.

Le voyez-vous, Messieurs, traitant avec ce barbare de la délivrance de ce chrétien ? S'il manque quelque chose au prix, il offre un supplément admirable : il est prêt à donner sa propre personne. Il consent d'entrer dans la même prison, de se charger des mêmes fers, de subir les mêmes travaux, et de rendre les mêmes services. O grâce de la rédemption! que vous opérez dans son âme! Il a un cœur de Jésus, qui n'a ni de vie ni de liberté que pour la rédemption de ses frères. C'est l'esprit d'un Dieu rédempteur, qui le rend capable de ces sentiments : car admirez la suite de cette action. Prisonnier entre les mains des pirates, pour ses frères qu'il a délivrés, il préfère son cachot à tous les palais, et ses chaînes à tous les trésors. Il n'y a rien qui puisse égaler sa joie; et je ne m'en étonne pas. La liberté plaît à la nature; la captivité, à la grâce; et saint Pierre Nolasque goûte l'une et l'autre, portant en lui-même la captivité, et possédant la liberté dans ses frères, qu'il a heureusement affranchis d'une misérable servitude. Il est libre[1], il est satisfait, puisque ses frères le sont; et pour ce qui regarde sa liberté propre, il la méprise si fort, qu'il est toujours prêt de l'abandonner pour le moindre des chrétiens captifs, ne désirant d'être libre que pour s'engager de nouveau en faveur des autres esclaves.

Voyez ce que lui apprend un Dieu rédempteur. On veut l'engager à la cour dans les liens de la fortune : il le refuse, et il court pour se charger d'autres liens : ce sont les liens de Jésus-Christ. Je ne sais[2] si je pourrai vous faire comprendre ce que Dieu me met dans l'esprit, pour exprimer les transports de la charité de ce grand homme. Il me semble en vérité, Chrétiens, qu'il goûte mieux dans les autres la douceur de la liberté, qu'il ne le ferait en lui-même. Car le plaisir d'être libre, quand il s'attache à nous-mêmes, étant un fruit de notre amour-propre, on doit craindre de s'abandonner à cette douceur trop sensible. Quand est-ce donc qu'un homme de Dieu goûtera le plaisir de la liberté dans toute son étendue ? Quand il ne la goûtera que dans ses frères affranchis. Telles sont les délices de Pierre Nolasque. Pendant qu'il est dans les fers, il ressent tout le plaisir et toute la joie des chrétiens[1] qu'il a délivrés ; et il le ressent d'autant plus, que cette joie ne le flatte qu'en le dépouillant de lui-même, pour lui faire trouver son repos dans le repos de ses frères.

Telle est la joie du Dieu rédempteur. Ecoutez le divin Apôtre : *Proposito sibi gaudio sustinuit crucem*[2] : « Il a enduré la croix, s'étant proposé une grande joie. » Quelle joie pouvait goûter ce divin Sauveur dans cette langueur, dans cette tristesse, dans cet ennui accablant dans lequel sa sainte âme était abîmée ? Quelle joie, dis-je, pouvait-il goûter, qui ait fait dire à l'Apôtre : *Proposito sibi gaudio ?* Joie divine, joie toute céleste et digne d'un Dieu Sauveur[3] ; la joie d'affranchir les hommes captifs, en donnant son âme pour eux.

Pour tirer quelque utilité d'un si grand exemple, faisons cette observation, que nous devons honorer la charité d'un Dieu rédempteur en deux manières différentes. Nous la devons honorer par une généreuse indépendance, nous la devons honorer par une extrême sujétion. Car, ainsi que nous avons dit, un Dieu se prodiguant pour les âmes, nous apprend également à nous estimer et à nous mépriser nous-mêmes. L'estime que nous devons avoir de nous-mêmes nous rend libres et indépendants ; le mépris que nous devons faire de nous-mêmes nous doit rendre esclaves volontaires, pour honorer la charité de celui qui, étant libre et indépendant, s'est assujetti pour notre salut à des extrémités si cruelles.

Saint Paul parle ainsi aux fidèles : *Vous avez été achetés d'un prix infini, ne vous rendez pas esclaves des hommes*[4]. Rachetés d'une si grande rançon, ne ravilissez pas votre dignité : vous qu'un Dieu a daigné payer au prix de son sang, ne soyez pas dépendants des hommes mortels ; ne prodiguez pas une liberté qui a tant coûté à votre Sauveur. Tel est le précepte de l'Apôtre ; et il semble que Pierre Nolasque agit au contraire ; et je vois que pour imiter un Dieu rédempteur, il se rend esclave des hommes, et des hommes ennemis de Dieu. Entendons le sens de l'Apôtre : *Vous qui êtes rachetés par un si grand prix, ne vous rendez pas*, dit-il, *serviteurs*[5] *des hommes*. Ne vous rendez pas les esclaves de leurs vanités ; mais rendez-vous esclaves de leurs besoins. Ne vous rendez pas leurs esclaves en adhérant à leurs erreurs ; mais rendez-vous leurs esclaves en soulageant leurs nécessités. Ne vous rendez pas leurs esclaves par une vaine complaisance ; mais rendez-vous leurs esclaves par une charité sincère et compatissante : *Per caritatem servite invicem*[1].

Entrons dans le détail de cette morale. Un de vos amis vous aborde, un de ces amis mondains qui vous aiment pour le siècle[2] et les vanités : il vous veut donner un sage conseil. Comme il vous honore et qu'il vous estime, il désire votre avancement : c'est pourquoi il vous exhorte de vous embarquer dans cette intrigue, peut-être malicieuse ; d'engager ce grand dans vos intérêts, peut-être au préjudice de votre conscience. Prenez garde soigneusement, et ne vous rendez pas esclaves des hommes. Entrez en considération de ce que vous êtes, pensez ce qu'un Dieu a donné pour vous. Quand on vous représente ce que vous valez, pour vous engager dans des desseins ambitieux : Vous ne me connaissez pas tout entier, je vaux infiniment davantage. Ne vous mettez pas tout seul dans la balance ; « pesez-vous, dit saint Augustin, avec votre prix » : *Appende te cum pretio tuo*[3] ; et si vous savez estimer votre âme, vous verrez qu'aucune chose n'est digne de vous, qui ne soit digne premièrement de Jésus-Christ même. — Vous êtes digne de cet emploi. — Mais est-il digne de ce que je suis ? — Ne soyons donc pas si vils à nous-mêmes, nous qui sommes si précieux au Dieu rédempteur, que nous nous rendions esclaves des complaisances mondaines.

C'est ainsi que nous devons estimer notre âme pour laquelle Jésus-Christ a donné la sienne. Mais apprenons aussi à nous mépriser et à dire avec l'Apôtre : *Mon âme ne m'est pas précieuse*[4]. Si nos frères ont besoin de notre secours, quelque indignes qu'ils nous paraissent de cette assistance, ne craignons pas de nous prodiguer pour les secourir. Car Jésus n'a pas dédaigné de prodiguer et sa vie, et sa divine personne, pour le salut des pécheurs. Méprisons donc saintement notre âme, ayons-la toujours en nos mains pour la prodiguer au premier venu : *Anima mea in manibus meis semper*[5]. O sainte charité ! rendez-moi captif des nécessités des misérables, disposez en leur faveur, non seulement de mes biens, mais de ma vie et de ma personne. C'est ici qu'il faut pratiquer toutes ces contrariétés évangéliques[6], de perdre son âme pour la conserver, de la gagner en la prodiguant, de la rendre estimable par le mépris même.

Car en effet[1], Chrétiens, quelle gloire, quelle grandeur, quelle dignité dans ce mépris ! Saint Pierre Nolasque ne s'estime rien, il s'appelle le vrai néant[2], et préfère la liberté du moindre esclave à la sienne ; et vous voyez qu'en se méprisant, il participe à la dignité du Sauveur des âmes, qui s'est montré non seulement le Sauveur, mais encore le maître et le Dieu de tous, en se donnant volontairement pour tous.

Ha ! le zèle de Dieu me presse[3]. Je ne veux plus que mon âme soit à moi-même. Venez, pauvres ; venez, misérables, faites de moi ce qu'il vous plaira, je suis à vous, je suis votre esclave ! Ce n'est pas moi, Messieurs, en particulier qui vous parle ainsi ; mais je vous exprime, comme je peux, les sentiments d'un vrai chrétien. O Dieu ! qui nous donnera que des âmes de cette sorte, libres par leurs servitudes, dégagées et indépendantes par leurs dépendances, travaillent au salut des hommes ? L'Eglise aurait bientôt conquis tout le monde. Car telle est la règle de l'Evangile : il faut que nous nous donnions à ceux que nous voulons gagner à Jésus-Christ. Voulons-nous les assujettir, il faut nous assujettir à leur service ; et nous devons, pour ainsi dire, être leur conquête, pour les rendre capables d'être la nôtre. Pourquoi est-ce qu'un Paul, un Céphas, un Apollo[4], et tant d'autres ouvriers fidèles ont conquis tant d'âmes à notre Sauveur ? C'est à cause qu'ils se donnaient sans retenue aux âmes : *Omnia vestra sunt :* « Tout est à vous, dit l'Apôtre[5], et Paul, et Céphas, et Apollo » ; tout est à vous, encore une fois. C'est pourquoi tout était à eux, parce qu'ils étaient à tous sans réserve.

Et Dieu nous l'a fait connaître, en la vie de notre grand saint[6]. On a vu un mahométan[7], astrologue, médecin, parent du roi maure d'Andalousie ; c'est-à-dire, si nous l'entendons, un homme dans lequel tout combattait contre l'Evangile : la religion, la science, la curiosité, la fortune, baisser[8] néanmoins la tête sous le joug aimable de Jésus-Christ, convaincu par le seul miracle de la charité de saint Pierre Nolasque. Il voyait un homme qui se donnait pour des inconnus ; l'image du mystère de la Rédemption lui fit adorer l'original : il crut à la charité que Dieu a eue pour les hommes, en voyant celle que ce même Dieu inspirait aux hommes pour leurs semblables. Il n'eut point de peine à comprendre que ce grand œuvre de la rédemption, que les chrétiens vantaient avec tant de force, était réel et véritable; puisque l'esprit en durait encore et se déclarait à ses yeux avec une telle efficace dans cet illustre disciple de la croix. Il se jette donc entre ses bras; et non content de recevoir de lui le baptême, il lui demande l'habit de son ordre, avide de pratiquer ce qui l'avait gagné à l'Eglise : *Si comprehendam in quo et comprehensus sum a Christo Jesu*[1]. Ha! si l'on voyait reluire en l'Eglise cette charité désintéressée, toute la terre se convertirait. Car qu'y aurait-il de plus efficace, pour faire adorer un Dieu se livrant pour tous, que d'imiter son exemple ? *Hoc enim sentite in vobis quod et in Christo Jesu*[2]. Disons donc avec l'Apôtre[3], mais disons d'un cœur véritable : *Ego autem... impendam et superimpendar ipse pro animabus vestris :* « Je me donnerai; ce n'est pas assez : il faut inventer un terme nouveau pour exprimer une ardeur nouvelle, *superimpendar,* je me prodiguerai pour vos âmes. » La charité de ce Dieu qui se donne à nous, nous presse de l'imiter, et de dévouer nos personnes au service de tous les hommes[4].

## TROISIÈME POINT

C'est un précepte de l'Apôtre, de ne point considérer ce qui nous touche, mais ce qui touche les autres : *Non quæ sua sunt singuli considerantes, sed ea quæ aliorum*[5]. C'est la perfection de la charité, et c'est par là que nous nous montrons les véritables disciples de celui qui a méprisé son honneur, qui a oublié sa propre personne, qui a donné enfin son âme pour nous.

Ce précepte de saint Paul prend son origine de celui de Jésus-Christ même. Car écoutez comme il parle à ses saints disciples à la veille de sa Passion douloureuse : « Je vous donne, dit-il, un nouveau commandement, qui est que vous vous aimiez les uns les autres comme je vous ai aimés » : *Mandatum novum do vobis, ut diligatis invicem sicut dilexi vos*[6]. La force de ce précepte est dans ces paroles : *Comme je vous ai aimés ;* et par là il faut que nous entendions que, comme il nous a aimés jusqu'à s'oublier soi-même pour notre salut, ainsi, pour aimer nos frères dans la perfection qu'il désire, nous devons regarder avec saint Paul, non ce qui nous touche en particulier, mais ce qui touche les autres.

N'est-ce pas pour cette raison qu'il nous a donné son saint corps, mémorial éternel[1] de la charité infinie par laquelle il s'est donné pour notre salut ? Il ne nous donne son corps que pour nous donner son esprit; car c'est lui qui nous a dit que *c'est l'esprit qui vivifie, et que la chair par elle-même ne profite pas*[2]. Il nous donne son corps, afin de nous donner son esprit : et quel est l'esprit de Jésus, sinon cet esprit de charité pure, toujours prête à renoncer à soi-même, pour servir aux utilités et au salut du prochain ? Ainsi ce divin Sauveur, non content d'avoir pratiqué cette charité excellente, de se donner pour ses amis, il[3] nous a laissé son esprit, afin que nous ne soyons plus à nous-mêmes, mais à ceux qu'il a faits nos frères, et non seulement nos frères, mais nos propres membres.

C'est ici, mes Révérends Pères, que votre saint patriarche a imité parfaitement son divin modèle. Car, après avoir pratiqué dans une si haute perfection cette grande charité du Sauveur des âmes, il en fait votre loi et la règle de tout son ordre; et il vous a obligés, non seulement à exposer votre liberté, mais encore à l'engager effectivement pour délivrer vos frères captifs.

Il a voulu par là vous conduire au point le plus éminent de la vie régulière et religieuse. Qu'ont prétendu[4] les auteurs de ces saintes institutions, sinon de conduire leurs disciples à l'entière abnégation de soi-même ? On le peut faire en deux sortes[5]. On renonce premièrement à soi-même, en mortifiant ses désirs par l'exercice de la pénitence. Mais on y renonce secondement, et d'une manière beaucoup plus parfaite, par la pratique de la charité fraternelle. Votre bienheureux instituteur n'a pas dédaigné la première voie : la vie qu'il vous a prescrite est une vie pénitente et mortifiée. Mais il a eu encore un dessein plus noble, et il a cru qu'il n'y avait rien de plus efficace pour vous détacher de vous-mêmes, que de vous nourrir dans cet esprit vraiment saint et vraiment chrétien, que[6] votre vie, votre liberté, vos personnes mêmes sont entièrement dévouées au service et au salut du prochain.

Voilà une méthode admirable de surmonter l'amour-propre; car la nature de l'amour-propre, c'est de se borner en soi-même, de se nourrir de soi-même, de vivre entièrement pour soi-même. Voilà un amour captif, qui ne sort ni ne se répand au dehors. Voulez-vous vous affranchir de sa tyrannie ? « Dilatez-vous » : *Dilatamini et vos*[1]. Laissez sortir ce captif, laissez couler sur le prochain cet amour que vous avez pour vous-mêmes; aimez vos frères comme vous-mêmes, selon le précepte de l'Evangile[2]. Ne voyez-vous pas, Chrétiens, que l'amour, auparavant trop captif, commence à s'affranchir en se dilatant ? Ce n'est plus un amour-propre qui n'aime rien que soi-même; c'est un amour de société, qui aime le prochain comme soi-même; et s'il peut aller à ce point, que de l'aimer plus que soi-même, le préférer à soi-même, procurer son bien et son avantage aux dépens de sa liberté et de sa propre personne, comme saint Pierre Nolasque l'a pratiqué, et comme il l'a ordonné à ses religieux. Amour-propre, tu es détruit jusqu'à la racine, un amour divin et céleste a succédé en ta place, qui, nous arrachant à nous-mêmes, fait que nous nous retrouvons plus parfaitement dans l'amour de Jésus-Christ notre Sauveur et dans l'unité de ses membres.

# DEUXIÈME PANÉGYRIQUE
## DE
# SAINT BENOIT

PRÊCHÉ LE 21 MARS 1665[1].

*Egredere.*
Sors.
*Gen.*, XII, 1.

Le croirez-vous[2], mes Frères, si je vous le dis, que toute la doctrine de l'Evangile, toute la discipline chrétienne, toute la perfection monastique[3] est entièrement renfermée dans cette seule parole : *Egredere :* « Sors » ? La vie du chrétien est un long et infini voyage, durant le cours duquel, quelque plaisir qui nous flatte, quelque compagnie qui nous divertisse[4], quelque ennui qui nous prenne, quelque fatigue qui nous accable, aussitôt que nous commençons de nous reposer, une voix[5] s'élève d'en haut qui nous dit sans cesse et sans relâche : *Egredere :* « Sors », et nous ordonne de marcher plus outre. Telle est la vie chrétienne, et telle est par conséquent la vie monastique. Car qu'est-ce qu'un moine véritable, un moine[6] digne de ce nom, sinon un parfait chrétien ? Faisons donc voir aujourd'hui, dans le père et le législateur, et le modèle de tous les moines la pratique exacte de ce beau précepte, après avoir imploré le secours d'en haut, etc. [*Ave.*]

Dans ce grand et infini voyage, où nous devons marcher sans repos, et nous avancer sans relâche, je remarque trois états et comme trois lieux, où nous avons accoutumé de nous arrêter. Ou bien nous nous arrêtons dans le plaisir des sens, ou bien dans la satisfaction de notre esprit propre, et dans l'exercice de notre liberté[7], ou bien enfin dans la vue de notre perfection. Voilà comme trois pays étrangers dans lesquels nous nous arrêtons, et ensuite nous n'arrivons pas en notre patrie.

Mais, pour aller à la source, et rendre la raison profonde de ces trois divers égarements, considérons tous les pas, et remarquons les divers progrès que fait l'âme durant ce voyage. Ou nous nous arrêtons au-dessous de nous, ou nous nous arrêtons en nous-mêmes, ou nous nous arrêtons au-dessus de nous.

Lorsque nous nous attachons au plaisir des sens, nous nous arrêtons au-dessous de nous; c'est le premier attrait de l'âme, encore ignorante[1], lorsqu'elle commence son voyage. Elle trouve premièrement en son chemin cette basse région; elle y voit des fleuves qui coulent, des fleurs qui se flétrissent[2] du matin au soir; tout y passe dans une grande inconstance. Mais, dans ces fleuves qui s'écoulent, elle trouve de quoi rafraîchir sa soif; elle promène ses désirs errants dans cette variété d'objets; et quoiqu'elle perde toujours ce qu'elle possède, son espérance flatteuse ne cesse de l'enchanter[3] de telle sorte qu'elle se plaît dans cette basse région : *Egredere* : « Sors », songe que tu es faite à l'image de Dieu; rappelle ce qu'il y a en toi de divin et d'immortel : veux-tu être toujours captive des choses inférieures[4] ?

Que si elle obéit à cette voix, en sortant de ce pays, elle se trouve comme dans un autre, qui n'est pas moins dangereux pour elle; c'est la satisfaction de son esprit propre. Nuls attraits que ses désirs, nulle règle que ses humeurs, nulle conduite que ses volontés. Elle n'est plus au-dessous d'elle; elle commence à s'arrêter en elle-même : la voilà dans des objets et dans des attaches qui sont plus convenables à sa dignité; et toutefois l'oracle la presse, et lui dit encore : *Egredere* : « Sors ». Ame, ne sens-tu pas, par je ne sais quoi de pressant qui te pousse au-dessus de toi, que tu n'es pas faite pour toi-même ? Un bien infini t'appelle; Dieu même te tend les bras : sors donc de cette seconde région, c'est-à-dire, de la satisfaction de ton esprit propre.

Ainsi, mes Frères, elle arrivera à ce qu'il y a de plus relevé et de plus sublime, et commencera de s'unir à Dieu. Et alors ne lui sera-t-il pas permis de se reposer ? Non; il n'y a rien de plus dangereux : car c'est là qu'une secrète complaisance fait qu'on s'endort dans la vue de sa propre perfection. Tout est calme, tout est accoisé[5]; toutes les passions sont vaincues, toutes les humeurs, domptées; l'esprit même, avec sa fierté et son audace naturelle, abattu et mortifié : il est temps de se reposer ? Non, non; *Egredere* : « Sors ». Il nous est tellement ordonné de cheminer sans relâche, qu'il ne nous est pas même permis de nous arrêter en Dieu; car, quoiqu'il n'y ait rien au-dessus de lui à prétendre, il y a tous les jours à faire en lui de nouveaux progrès, et il découvre, pour ainsi dire, tous les jours à notre ardeur de nouvelles infinités. Ainsi nous renfermer dans certaines bornes, c'est entreprendre de resserrer l'immensité de sa nature[1].

Allez donc, sans vous arrêter jamais; perdez la vue de toute la perfection que vous pouvez avoir acquise; marchez de vertus en vertus, si vous voulez être dignes de voir le Dieu des dieux en Sion[2]. Telle est la vie chrétienne; telle est l'institution monastique, conformément à laquelle nous regarderons saint Benoît dans une continuelle sortie de lui-même, pour se perdre saintement en Dieu. Nous le verrons premièrement sortir des plaisirs des sens par la mortification et la pénitence; secondement, de la satisfaction de l'esprit, par l'amour de la discipline et de la régularité monastique : enfin sortir de la vue de sa propre perfection, par une parfaite humilité, et un ardent désir de croître. C'est le sujet de ce discours.

## PREMIER POINT

Nous lisons de l'Enfant prodigue, qu'en sortant de la maison paternelle, il fut en une région fort éloignée : *In regionem longinquam*[3]. C'est l'image des égarements de notre âme, qui s'étant retirée de Dieu, ô! qu'il est vrai qu'elle s'est perdue dans une région bien éloignée, jusqu'à être captive des sens! Voyez en quelle hauteur elle devait être : *Qui futurus fuerat etiam carne spiritualis*[4], parce que l'esprit devait régir, etc. (Voy. *Sermon de la Purification*, au Louvre[5]) : voilà où elle était établie, — *factus est etiam mente carnalis*[6] : voilà l'extrémité, voilà l'exil où elle a été reléguée[7]. Description de cet exil. (Voy. Etat de l'âme sous la dépendance des sens, IIe (IIe *Méditation de la Pureté*[8].)

*Egredere, egredere* : « Sors, sors » d'une si infâme servitude et d'un bannissement si honteux : *Caveatur delectatio, cui mentem enervandam non oportet dari*[9]. — *Fortitudinem suam ad te custodiant, nec eam spargant in deliciosas lassitudines*[10].

Saint Benoît a écouté cette voix à Rome, parmi la jeunesse licencieuse[11]. Aussitôt qu'il fut arrivé à cet âge ardent, où je ne sais quoi commence à se remuer dans le cœur, que la contagion des mauvais exemples et sa propre inquiétude précipite à toute sorte d'excès ; aussitôt il se sentit obligé à prêter l'oreille attentive à celui qui lui disait, *Egredere :* « Sors ».

J'aurais besoin d'emprunter ici les couleurs de la poésie, pour vous représenter vivement cette affreuse solitude, ce désert horrible et effroyable dans lequel il se retira[1]. Un silence affreux et terrible, qui n'était interrompu que par les cris des bêtes sauvages ; et comme si ce désert épouvantable n'eût pas été suffisant pour sa retraite, au milieu de ces vallons inhabités et de ces roches escarpées, il se choisit encore un trou profond, dont les bêtes mêmes n'auraient pu qu'à peine faire leur tanière. C'est là que se cache ce saint jeune homme, ou plutôt, c'est là qu'il s'enterre tout vivant, pour y faire mourir tous les sens, jusqu'aux affections les plus naturelles.

Sa vie. Le religieux Romain[2] le nourrit du reste de son jeûne. (Voy. *Sermon de saint Benoît*[3].) Ha ! dans les superfluités et dans l'abondance, nous ne trouvons rien pour les pauvres ; et celui-ci dans sa pauvreté, après que la pénitence avait soigneusement retranché tout ce qu'elle pouvait, ne laisse pas de trouver encore de quoi nourrir saint Benoît[4] ; et tous deux vivent ensemble, non tant d'un même repas que d'un même jeûne.

C'est, mes Pères, dans cette retraite, et parmi ces austérités, qu'il méditait ces belles règles de sobriété qu'il vous a données : premièrement, d'ôter à la nature tout le superflu ; secondement, pour l'empêcher de prendre du goût en prenant le nécessaire, rappeler l'esprit au dedans par la lecture et la méditation : *Ut non tam cœnam cœnent, quam disciplinam*[5] ; troisièmement, d'être sans inquiétude à l'égard de ce nécessaire ; ne donner pas cet appui aux sens, que l'aliment nécessaire leur est assuré : par[6] aucune prévoyance humaine ; abandon à la Providence, ne pas plus craindre la faim que les autres maux. Donner aux pauvres tout[7].

Mais voyons néanmoins encore comment il sortira de l'amour de ces infâmes plaisirs, dont les ardeurs insensées nous poussent à des excès si horribles. Saint Grégoire de Nysse a remarqué que l'Apôtre parle différemment de cette passion et des autres. Il veut qu'on fasse tête contre tous les vices, et il n'y a que celui-ci contre lequel il ordonne de s'assurer par la fuite. *State succincti lumbos mentis vestræ*[1] ; demeurez, mettez-vous en défense, faites ferme. Mais parlant du vice d'impureté, toute l'espérance est dans la fuite ; et c'est pourquoi il a dit : *Fugite fornicationem*[2]... *Militare præceptum,* dit saint Grégoire de Nysse[3] : tout le précepte de la milice dans cette guerre, c'est de savoir fuir ; parce que tous les traits donnent dans les yeux, et par les yeux dans le cœur ; si bien que le salut est d'éviter la rencontre, et de détourner les regards.

Quel autre avait pratiqué avec plus de force cette noble et généreuse fuite, que notre saint ? Mais, ô faiblesse de notre nature, qui trouve toujours en elle-même le principe de sa perte ! Ce feu infernal le poursuit jusques dans cette grotte affreuse. Déjà elle lui paraît insupportable ; déjà il regarde le monde d'un œil plus riant. Ces épines[4]. (Voy. *Sermon de saint Benoît.*) Saint Grégoire : *Voluptatem traxit in dolorem*[5]. Le sentiment de la volupté avait éveillé tous les sens, pour les appeler à la participation de ses douceurs pernicieuses ; et, pour détourner le cours de ces ardeurs sensuelles, il excite le sentiment de la douleur, qui éveille tous les sens d'une autre manière, pour les noyer dans l'amertume : *Voluptatem traxit in dolorem :* « Il tira en douleur tout le sentiment de la volupté. » C'est à quoi il employa ces épines : elles rappelèrent en son souvenir, et l'ancienne malédiction de notre nature, et les supplices que le Sauveur a soufferts pour nos voluptés infâmes.

C'est ce que doit faire en nous le plaisir des sens : aussitôt qu'il commence à se réveiller, cette douceur trompeuse, dont il nous séduit, nous doit rappeler la mémoire de ce trouble, de cette alarme, de cette amertume, où ces excès ont plongé la sainte âme de notre Sauveur. Ne croyons pas que ce combat nous soit inutile ; au contraire, la victoire nous est assurée[6]. Saint Benoît, par ce seul effort, a vaincu pour jamais la concupiscence. *Exercet minora certamina, non virtutum diminutione, sed hostium*[7]. (Voy. *Sermon de saint Thomas d'Aquin*[8], 3ᵉ point.) Sortez donc du plaisir des sens ; mais prenez garde, mes Frères, qu'en sortant de cet embarras[9], pour aller à Dieu librement, vous ne vous arrêtiez pas en chemin, et ne soyez pas retenus par la satisfaction de l'esprit.

## SECOND POINT

Saint Augustin nous apprend[1] que dans cette grande chute de notre nature, l'homme, en se séparant de Dieu, tomba premièrement sur soi-même[2]. Il n'en est pas demeuré là, à la vérité ; et s'étant brisé par l'effort d'une telle chute, ses désirs, qui étaient réunis en Dieu, mis en plusieurs pièces par cette rupture, furent partagés deçà et delà, et tombèrent impétueusement dans les choses inférieures. Mais ils ne furent pas précipités tout à coup à ce bas étage ; et notre esprit, détaché de Dieu, demeura premièrement arrêté en lui-même par la complaisance à ses volontés, et l'amour de sa liberté déréglée.

En effet, cet amour de la liberté est la source du premier crime. Un saint pape nous apprend, que « l'homme a été déçu par sa liberté » : *Sua in æternum libertate deceptus*[3]. Il a été trompé par sa liberté, parce qu'il en a voulu faire une indépendance : il a été trompé par sa liberté, parce qu'il l'a élevée jusqu'à l'audace de la rébellion ; il a été trompé par sa liberté, parce qu'il a voulu goûter la fausse douceur de faire ce que nous voulons, au préjudice de ce que Dieu veut. Tel est le péché du premier homme, qui, ayant passé à ses descendants, tel qu'il a été dans sa source, a imprimé, au fond de nos cœurs, une liberté indomptée et un amour d'indépendance[4].

Nous nous relevons de notre chute avec le même progrès pour lequel nous sommes tombés. Comme donc, en nous retirant de Dieu, nous nous sommes arrêtés en nous-mêmes, avant que de nous engager tout à fait dans les choses inférieures, ainsi, sortant de ce bas étage, nous avons beaucoup à craindre de nous arrêter encore à nous-mêmes, plutôt que de nous réunir tout à fait à Dieu. C'est à quoi s'est opposé le grand saint Benoît, lorsqu'il vous a obligés si exactement à la loi de l'obéissance[5]. Laisser tous les ouvrages imparfaits ; afin que l'ouvrage de l'obéissance soit parfaitement accompli. Image de la souveraineté de Dieu. Honorer la dépendance souveraine où sa grandeur et sa majesté tiennent toutes choses. Exactitude de la Règle à décrire l'obéissance. Dompter par la discipline cette liberté indomptable, etc.

Exhortation aux Pères de pratiquer l'obéissance[6]. Les mondains [vont] à la servitude par la liberté : vous, à la liberté par la dépendance. *Volens quo nollem perveneram*[1]. Voulez-vous que vos passions soient invincibles ? Qui de nous n'espère pas de les vaincre un jour ? Mais, en les autorisant par notre liberté indocile, nous les mettons en état de ne pouvoir plus être réprimées. Vous suivez vos inclinations, vous faites ce que vous voulez; vous ne pouvez plus en être le maître, vous voilà où vous ne voulez pas. Vous vous engagez à cet amour, vous allez où vous voulez, vous ne pouvez plus vous en déprendre; et ces chaînes que vous avez vous-mêmes forgées[2], etc... : Vous voilà donc où vous ne voulez pas. Ainsi vous arrivez à la servitude par la liberté.

Prenez une voie contraire : allez à la liberté par la dépendance. Qu'est-ce que la liberté des enfants de Dieu, sinon une dilatation et une étendue d'un cœur qui se dégage de tout le fini ? Par conséquent, coupez, retranchez. *Egredere :* notre volonté est finie; et tant qu'elle se resserre en elle-même, elle se donne des bornes. Voulez-vous être libre ? dégagez-vous; n'ayez plus de volonté que celle de Dieu : ainsi vous entrerez dans les puissances du Seigneur[3]; et oubliant votre volonté propre, vous ne vous souviendrez plus que de sa justice. (Voy. Vêture : *Simile est regnum cælorum*[4].)

Mais peut-être que vous direz : Comment est-ce que saint Benoît a pratiqué cette obéissance, lui qui a toujours gouverné ? Et moi je vous répondrai qu'il a pratiqué l'obéissance, lorsque, malgré son humilité, il a accepté le commandement. Je vous répondrai encore une fois qu'il a pratiqué l'obéissance lorsqu'il s'est laissé forcer par la charité à quitter la paix de sa retraite. Enfin je vous répondrai qu'il a pratiqué l'obéissance lorsqu'il a exercé son autorité.

Quelle est la supériorité ecclésiastique ? Dans le monde, l'autorité attire à soi les pensées des autres, captive leurs humeurs sous la sienne. Dans les supériorités ecclésiastiques[5], on doit s'accommoder aux humeurs des autres, parce qu'on doit rendre l'obéissance non seulement ponctuelle, mais volontaire; parce qu'on doit non seulement régir, mais guérir les âmes; non seulement les conduire, mais les supporter. Saint Benoît a bien entendu cette vérité, lorsqu'il a dit ces mots, touchant l'abbé : *Quam arduum sit regere animas, et multorum servire moribus*[6]. Admirable alliance, régir et servir! Telle est l'autorité ecclésiastique. Il y a cette différence entre celui qui gouverne et celui qui obéit, que celui qui obéit ne doit obéir qu'à un seul, et que celui qui gouverne obéit à tous : si bien que sous le nom de père, sous le nom de supérieur et de maître spirituel, il est effectivement serviteur de tous ses frères : *Omnium me servum feci*[1]. Ainsi celui de tous dont la volonté est la plus captive, c'est le supérieur : car il ne doit jamais agir suivant son inclination, mais selon le besoin des autres. Saint Benoît : *Blandimentis, increpationibus, suasionibus, correptionibus, omnibus se conformet et aptet*[2]. Nul, par conséquent, ne doit être plus dénué de son esprit propre et de sa propre volonté.

Comparaison[3] de l'eau et des corps solides qui ont leur figure propre. Ainsi ceux qui ont leur volonté ne fléchissent pas facilement aux besoins des autres. (Voy. *Saint Thomas de Villeneuve*[4].)

Exhortation à l'obéissance. C'est la guide des mœurs, le rempart de l'humilité, l'appui de la persévérance, la vie de l'esprit, et la mort assurée de l'amour-propre. Vous avez, mes Pères, un exemple domestique de la vertu de l'obéissance. Description de saint Maur et de saint Placide[5]. A quoi attribuerai-je un si grand miracle ? ou à la force de l'obéissance, ou à celle du commandement ? Grande question, dit saint Grégoire[6], entre saint Benoît et saint Maur. Mais disons, pour le décider, que l'obéissance porte grâce[7], pour accomplir l'effet du commandement, que le commandement porte grâce, pour donner efficace à l'obéissance.

Marchez, mes Pères, sur les flots avec le secours de l'obéissance, vous trouverez de la consistance au milieu de l'inconstance des choses humaines. Les flots n'auront point de force pour vous abattre, ni les abîmes pour vous engloutir. Vous demeurerez immuables, comme si tout faisait ferme sous vos pieds, etc. Mais quand vous serez arrivés à cette perfection éminente de renoncer à la satisfaction de votre esprit propre, ne vous arrêtez pas en si beau chemin : *Egredere :* « sortez », passez outre.

## TROISIÈME POINT

La perfection chrétienne n'est pas dans un degré déterminé : elle consiste à croître toujours. Jésus-Christ en est le modèle; la nécessité de le suivre, l'impossibilité d'y atteindre. Par conséquent, avancer sans cesse, et sans se relâcher jamais. *Egredere, egredere :* quelque part où vous soyez, passez outre. (Voy. Vêture : *Sequere me,* 3ᵉ point. *Item,* Vêture : *Oportet vos nasci denuo,* sur le passage : *Quæ quidem retro sunt*[1]...)

Le voyage chrétien est de tendre à une haute éminence par un chemin droit, avec un poids d'une pesanteur infinie qui vous traîne en bas. Tel est l'état du chrétien : il faut toujours être en action, toujours grimper, toujours faire effort : car, dans un chemin si droit, avec un poids si pesant[2], qui ne court pas, retombe; qui languit, meurt bientôt; qui ne fait pas tout, ne fait rien; qui n'avance pas, recule en arrière.

Saint Benoît (chapitre dernier de la Règle) après les avoir menés par tous les sentiers de la perfection, à la fin il les rappelle au premier pas : *Ut initium aliquod conversationis nos demonstremus habere*[3]. Toujours les tenir en haleine : *Hanc minimam inchoationis regulam, Deo adjuvante, perfice,* etc.[4]

Deux[5] raisons : l'une, que si l'on croit être parvenu au but, si l'on croit avoir fait quelque progrès, on se relâche; le sommeil nous prend, on périt. Assoupissement de l'âme, qui croit être avancée dans la perfection. En nous, une partie languissante, qui est toujours prête à s'endormir, toujours fatiguée, toujours accablée, qui ne cherche qu'à se laisser aller au repos. L'esprit veille et dispute contre le sommeil : *Vigilate*[6]. Cette partie languissante et endormie, lui dit, pour l'inviter au repos : Tout est calme, tout est accoisé[7]; les passions sont vaincues, les vents sont bridés, toutes les tempêtes apaisées, le ciel est serein, la mer est unie, le vaisseau s'avance tout seul : *Ferunt ipsa æquora classem*[8]. Voyez comme le ciel est serein; etc.; ne voulez-vous pas prendre un peu de repos ? L'esprit se laisse aller, et sommeille : assuré sur la face de la mer calmée et sur la protection du ciel, expérimentée si[9] souvent, il lâche le gouvernail, et laisse aller le vaisseau à l'abandon : les vents se soulèvent, il est submergé. O esprit! qui vous êtes fié vainement et en la grâce du ciel et au calme trompeur de vos passions, vous servirez d'exemple à jamais des périls où jette les âmes une folle et téméraire confiance[10]!

L'autre raison : la vanité. (Voy. Vêture : *De la Virginité,* à la fin[11] : *Et ideo vivo, quia triumphas.*) Pratique d'humilité en se transportant hors de soi. C'est dans cette vue, mes Pères, que saint Benoît, votre bienheureux législateur, vous ramène toujours au commencement, jugeant bien que la vie spirituelle ne peut subsister sans un continuel renouvellement de ferveur. C'est pour cela qu'il appelle l'accomplissement de sa règle un petit commencement. Car parlons en vérité de cette Règle; et pour couronner cette humilité qui l'a si saintement déprimée, relevons-la aujourd'hui et célébrons sa grandeur et sa perfection devant l'Eglise de Dieu.

Cette Règle, c'est un pressis[1] du christianisme, un docte et mystérieux abrégé de toute la doctrine de l'Evangile, de toutes les institutions des saints Pères, de tous les conseils de perfection. Là, paraissent, avec éminence, la prudence et la simplicité, l'humilité et le courage, la sévérité[2] et la douceur, la liberté et la dépendance. Là, la correction a sa fermeté; la condescendance tout son attrait; le commandement toute sa vigueur; et la sujétion, son repos; le silence sa gravité et la parole sa grâce, la force son exercice et la faiblesse son soutien, etc. Et toutefois, mes Pères, il l'appelle un commencement, pour vous nourrir toujours dans la crainte.

Tremblez ici[3], Chrétiens. Ceux qui sont dans le port frémissent, et ceux qui sont dans les tempêtes vivent assurés, etc. Oh! que ces voies sont contraires! ô! que les uns ou les autres sont insensés! Qui jugera ce différend? qui décidera ce doute? qui terminera ce procès? Chacun a pris son parti, et s'est intéressé dans sa propre cause. Jugez-nous, Sagesse; tranchez, par votre autorité souveraine, lesquels sont les sages, lesquels sont les fols? ou, si vous ne voulez pas nous parler vous-même, faites parler votre Apôtre : *Cum metu et tremore*[4]... « O vous qui êtes dans la voie de perfection, opérez votre salut avec tremblement. » Car c'est Dieu seul qui vous tient. Si vous le quittez, il vous quitte; si vous l'abandonnez, il vous abandonne; si vous vous relâchez, il vous laisse aller. Mais, s'il vous quitte, vous le quittez encore plus; et s'il vous abandonne, vous vous éloignez jusqu'à l'infini; et s'il vous laisse aller, vous tombez jusqu'au fond du précipice. Que si ceux-là vivent en crainte, qui sont dans la voie de perfection, combien doivent être saisis de frayeur ceux qui s'abandonnent aux vices!

*Egredere, egredere* : récapitulation de tout le voyage; exhortation à l'amour de la patrie. *Amen.*

# PANÉGYRIQUE
## DE
# SAINT ANDRÉ, APOTRE

PRÊCHÉ AUX CARMÉLITES DU FAUBOURG SAINT-JACQUES
LE 30 NOVEMBRE 1668[1].

> *Venite*[2] *post me, et faciam vos fieri piscatores hominum.*
> Venez après moi, et je vous ferai devenir des pêcheurs d'hommes.
>
> Matth., IV, 19.

### PREMIER POINT

Jésus va commencer ses conquêtes. Il a déjà prêché son Evangile; déjà les troupes[3] se pressent pour écouter sa parole. Personne ne s'est encore attaché à lui; et parmi tant d'écoutants, il n'a pas encore gagné un seul disciple. Aussi ne reçoit-il pas indifféremment tous ceux qui se présentent pour le suivre. Il y en a qu'il rebute[4], il y en a qu'il éprouve, il y en a qu'il diffère. Il a ses temps destinés, il a ses personnes choisies[5]. Il jette ses filets; il étend ses rets sur cette mer du siècle, mer immense, mer profonde, mer orageuse et éternellement agitée[6]. Il veut prendre des hommes dans le monde; mais quoique cette eau soit trouble, il n'y pêche pas à l'aveugle. Il sait ceux qui sont à lui; il regarde[7], il considère, il choisit. C'est[8] aujourd'hui le choix d'importance; car il va prendre ceux par qui il a résolu de prendre les autres; enfin il va choisir ses apôtres.

Les hommes jettent leurs filets de tous côtés; ils amassent toutes sortes de poissons, bons et mauvais, dans les filets de l'Eglise, selon la parole de l'Evangile (Matt., XIII.) Jésus choisit. Mais puisqu'il a le choix des personnes, peut-être commencera-t-il ses conquêtes par quelque prince de la synagogue, par quelque prêtre, par quelque pontife[9], ou par quelque célèbre docteur de la

Loi, pour donner réputation à sa mission et à sa conduite ? Nullement. Ecoutez, mes Frères : *Jésus marchait le long de la mer de Galilée. Il vit deux pêcheurs, Simon et André son frère, et il leur dit : Venez après moi, et je vous ferai devenir des pêcheurs d'hommes*[1].

Voilà ceux, etc. [qui doivent] accomplir les prophéties, dispenser la grâce, annoncer la nouvelle alliance[2], faire triompher la croix. Est-ce qu'il ne veut point des grands de la terre, ni des riches, ni des nobles, ni des puissants, ni même des doctes et des orateurs et des philosophes ? Il n'en est pas ainsi. Voyez les âges suivants. Les grands viendront en foule se joindre à l'humble troupeau du Sauveur Jésus; les empereurs et les rois abaisseront leur tête superbe, pour porter le joug. On verra les faisceaux romains abattus devant la croix de Jésus. Les Juifs feront la loi aux Romains. Ils recevront dans leurs Etats des lois étrangères, qui y seront plus fortes que les leurs propres : ils verront sans jalousie un empire s'élever au milieu de leur empire, des lois au-dessus des leurs; un empire s'élever au-dessus du leur, non pour le détruire, mais au contraire pour l'affermir. Les orateurs viendront, et on leur verra préférer la simplicité de l'Evangile et ce langage mystique, à cette magnificence de leurs discours vainement pompeux[3]. Ces esprits polis[4] de Rome et d'Athènes viendront apprendre à parler dans les écrits des barbares. Les philosophes se rendront aussi; et après s'être longtemps débattus et tourmentés, ils donneront enfin dans les filets de nos célestes pêcheurs, où étant pris heureusement, ils quitteront les rets de leurs vaines et dangereuses subtilités, où ils tâchaient de prendre les âmes ignorantes et curieuses. Ils apprendront, non à raisonner, mais à croire, et à trouver la lumière dans une intelligence captivée.

Jésus ne rebute donc point les grands, ni les puissants, ni les sages : « il ne les rejette pas, mais il les diffère » : *Differantur isti superbi, aliqua soliditate sanandi sunt*[5]. Les grands[6] veulent que leur puissance donne le branle aux affaires; les sages, que leurs raisonnements gagnent les esprits. Dieu veut déraciner leur orgueil. Dieu veut guérir leur enflure. Ils viendront en leur temps, quand tout sera accompli, quand l'Eglise sera établie, quand l'univers aura vu, et qu'il sera bien constant que l'ouvrage aura été achevé sans eux; quand ils auront appris à ne plus partager la gloire de Dieu, à descendre de cette hauteur, à quitter dans l'Eglise, aux pieds de la croix, cette primauté qu'ils affectent; quand ils se réputeront les derniers de tous; les[1] premiers partout, mais les derniers dans l'Eglise; ceux que leur propre grandeur éloigne le plus du ciel, ceux que leurs périls et leurs tentations approchent le plus près de l'abîme[2].

Hauteur. Précipice. Egarement.

Les[3] autres se réjouissent d'avoir attiré à leur parti les grands et les doctes; Jésus, d'y avoir attiré les petits et les simples : *Confiteor tibi, Pater*[4], [*quia abscondisti hæc a sapientibus et prudentibus, et revelasti ea parvulis*], afin que le faste des hommes soit humilié et que toute langue confesse que vraiment c'est Dieu seul qui a fait l'ouvrage. *Exultavit Spiritu*[5]. C'est quelque chose de grand que ce qui a donné tant de joie au Sauveur Jésus.

O grands, ô doctes, êtes-vous ceux qu'elle estime les plus heureux, dont elle estime l'état le meilleur ? Non, [mais au contraire] ceux pour qui elle tremble, ceux[6]...

En attendant, venez, ô pêcheurs; venez, saint couple de frères, André et Simon. Vous n'êtes rien, vous n'avez rien. Il n'y a rien en vous qui mérite d'être recherché, il y a seulement une vaste capacité à remplir. *Nihil est quod in te expetatur, sed est quod in te impleatur*[7]. Vous êtes vides de tout, et vous êtes principalement vides de vous-mêmes. Venez recevoir, venez vous remplir à cette source infinie. *Tam largo fonti vas inane admovendum est*[8].

*Videte vocationem vestram, fratres*[9], ...*ut sublimitas sit virtutis Dei*[10].

C'est une démonstration de la vérité de l'Evangile.

En effet, considérez, je vous prie, l'entreprise de ces pêcheurs. Jamais prince, jamais empire, jamais république n'a conçu un dessein si haut. Sans aucune apparence de secours humain[11]. Ils se sont mis dans l'esprit de changer par tout l'univers les religions établies, et les fausses et la véritable, et parmi les Gentils, et parmi les Juifs. Ils partagent le monde entre eux pour le conquérir[12]. Ils veulent établir un nouveau culte, un nouveau sacrifice, une loi nouvelle; parce que, disent-ils, un homme qu'on a crucifié en Jérusalem l'a enseigné de la sorte. Cet homme est ressuscité, il est monté aux cieux où il est le Tout-Puissant. Nulle grâce que par ses mains, nul accès à Dieu qu'en son nom[1]; en sa croix est établie la gloire de Dieu; en sa mort, le salut et la vie des hommes. Mais voyons par quels artifices ils [lui] concilieront les esprits. Venez, disent-ils, servir Jésus-Christ. Quiconque se donne à lui sera heureux quand il sera mort. En attendant, il faudra souffrir les dernières extrémités. Voilà leur doctrine et voilà leurs preuves; voilà leur fin, voilà leurs moyens. Dans une si étrange entreprise, je ne dis pas, avoir réussi comme ils ont fait, mais avoir osé espérer, c'est une marque invincible de la vérité. Il n'y a que la vérité ou la vraisemblance qui puisse faire espérer les hommes. Qu'un homme soit avisé, qu'il soit téméraire, s'il espère, il n'y a point de milieu, ou la vérité le presse, ou la vraisemblance le flatte; ou la force de celle-là le convainc, ou l'apparence de celle-ci le déçoit[2]. Ici, tout ce qui se voit étonne, tout ce qui se prévoit est contraire; tout ce qui est humain est impossible. Donc, où il n'y a nulle vraisemblance, il faut conclure nécessairement que c'est la seule vérité qui soutient l'ouvrage.

C'est[3] une création : l'Eglise tirée du néant. Abraham et Sara stériles[4]. Il[5] attend la vieillesse décrépite[6], stérile par nature, épuisée par l'âge. Alors il envoie son ange. Dans un certain temps, Sara concevra. Sara se prend à rire. Il veut faire voir que cette race promise est son propre ouvrage. Ainsi l'Eglise. Il laisse tout tomber, tout jusqu'à l'espérance. *Sperabamus*[7]. Quand Dieu veut faire voir qu'un ouvrage est tout de sa main, il réduit tout à l'impuissance et au désespoir, et puis il agit[8]. *Sperabamus*. C'en est fait; notre espérance est tombée et ensevelie avec lui dans le tombeau. Après la mort de Jésus-Christ, ils retournent à la pêche. Jamais durant sa vie. Ils espéraient toujours, *Sperabamus*. C'est Pierre qui en fait la proposition. *Vado piscari* (Joan., XXI, 3). *Venimus et nos tecum*. Retournons aux poissons, laissons les hommes[9]. Voilà le fondement qui abandonne l'édifice, le capitaine qui quitte l'armée. Pierre, le chef des apôtres, va reprendre son premier métier, et les filets, et le bateau qu'il avait quitté. Evangile, que deviendrez-vous ? Pêche spirituelle, vous ne serez plus. Jésus vient : *Pasce oves meas*[10].

Que le monde se moque tant qu'il voudra : si faut-il[11] que la [plus] forte persuasion qui ait jamais paru sur la terre, et dans la chose la plus incroyable, et parmi les épreuves les plus difficiles, et dans les hommes les plus incrédules et les plus timides, dont le plus hardi a renié lâchement son maître[1], ait une cause apparente. La feinte ne va pas si loin, la surprise ne dure pas si longtemps, la folie n'est pas si réglée.

Car enfin, poussons à bout le raisonnement des incrédules et des libertins[2]. Qu'est-ce qu'ils veulent penser de nos saints pêcheurs ? Quoi ? qu'ils avaient inventé une belle fable, qu'ils se plaisaient d'annoncer au monde ? Mais ils l'auraient faite plus vraisemblable. Que c'étaient des insensés et des imbéciles, qui ne s'entendaient pas eux-mêmes ? Mais leur vie, mais leurs écrits, mais leurs lois et la sainte discipline qu'ils ont établie, et enfin l'événement même prouvent le contraire.

C'est une chose inouïe, ou que la finesse invente si mal, ou que la folie exécute si heureusement. Ni le projet ne sent point des hommes rusés; ni le succès, des hommes dépourvus de sens. Ce ne sont pas ici des hommes prévenus, qui meurent pour des sentiments qu'ils ont sucés avec le lait. Ce ne sont pas des spéculatifs et des curieux qui, ayant rêvé dans leur cabinet sur des choses imperceptibles, sur des mystères éloignés des sens, font leurs idoles de leurs opinions, et les défendent jusques à mourir. Ceux-ci ne nous disent pas : Nous avons pensé, nous avons médité, nous avons conclu. Leurs pensées pourraient être fausses, leurs méditations mal fondées, leurs conséquences[3] mal prises et défectueuses. Ils nous disent : Nous avons vu, nous avons ouï, nous avons touché de nos mains, et souvent, et longtemps, et plusieurs ensemble ce Jésus-Christ ressuscité des morts. S'ils disent la vérité, que reste-t-il à répondre ? S'ils inventent, que prétendent-ils ? Quel avantage, quelle récompense, quel prix de tous leurs travaux ? S'ils attendaient quelque chose, c'était ou dans cette vie, ou après leur mort. D'espérer pendant cette vie, ni la haine, ni la puissance, ni le nombre de leurs ennemis, ni leur propre faiblesse ne le souffre pas. Les voilà donc réduits aux siècles futurs; et alors, ou ils attendent de Dieu la félicité de leurs âmes, ou ils attendent des hommes la gloire et l'immortalité de leur nom. S'ils attendent la félicité que promet le Dieu véritable, il est clair qu'ils ne pensent pas à tromper le monde; et si le monde veut s'imaginer que le désir de se signaler dans l'histoire, ait été flatter ces esprits grossiers jusques dans leurs bateaux de pêcheurs, je dirai seulement ce mot : si un Pierre, si un André, si un Jean, parmi tant d'opprobres et tant de persécutions, ont pu prévoir de si loin la gloire du christianisme, et celle que nous leur donnons, je ne veux rien de plus fort pour convaincre tous les esprits raisonnables que c'étaient des hommes divins, auxquels et l'Esprit de Dieu et la force toujours invincible[1] de la vérité faisaient voir, dans l'extrémité de l'oppression, la victoire très assurée de la bonne cause.

Voilà ce que fait voir la vocation des pêcheurs : elle fait voir que l'Eglise est un édifice tiré du néant, une création, l'œuvre d'une main toute-puissante. Voyez la structure. Rien de plus grand : le fondement, c'est le néant même : *ea quæ non sunt*. Si le néant y paraît, création; quelque partie brute, pour montrer ce que l'art a opéré. Si c'est Dieu, bâtissons dessus, ne craignons pas. Laissons-nous prendre; et, tant de fois pris par les vanités, laissons-nous prendre une fois à ces pêcheurs d'hommes et aux filets de l'Evangile[2].

Laissons-nous tirer de cette mer, dont la face est toujours changeante, qui cède à tout vent, et qui est toujours agitée de quelque tempête. Ecoutez ce grand bruit du monde, ce tumulte, ce trouble éternel. Voyez ce mouvement, cette agitation, ces montagnes d'eau[3] qui s'aplanissent tout à coup : ondes impétueuses qui se roulent les unes contre les autres, qui s'entrechoquent avec violence et s'effacent mutuellement. Image du monde et des passions. Les agitations de la vie humaine. Ces grands poissons[4], ces monstres marins qui fendent les eaux avec grand tumulte, et il ne reste à la fin aucun vestige de leur passage. Ainsi passent dans le monde ces grandes puissances, grand bruit, grande ostentation; ont-ils passé, il n'y paraît plus, tout est effacé, et il n'en reste aucune apparence.

Il vaut mieux être enfermé dans ces rets, qui nous conduiront au rivage, que de nager et se perdre dans une eau si vaste.

Image de liberté.

La parole est le rets. Saintes Filles, vous y êtes prises. La parole qui vous a prise[s] : *Quid prodest homini*[5], etc. Puisqu'il m'a pris, qu'il me possède. On travaille vainement si Jésus-Christ ne parle : *In verbo tuo laxabo rete*. C'est ce qui donne efficace[6].

## SECOND POINT

Saint André, un des plus illustres et à qui Dieu a donné le plus grand succès dans cette pêche mystérieuse. C'est lui qui a pris son frère Simon, le prince de tous les pêcheurs spirituels. *Veni et vide*[1]. C'est ce qui donne lieu à Hésychius[2], prêtre de Jérusalem, de lui donner cet éloge[3] : André, le premier-né des apôtres, la colonne premièrement établie[4], pierre devant Pierre, fondement du fondement même, qui a appelé avant qu'on l'appelât, qui a amené des disciples à Jésus-Christ devant que d'y avoir été amené lui-même[5].

L'Epire, l'Achaïe, la Thrace, la Scythie, peuples barbares et presque sauvages, libres par leur indocile fierté, *omnes illæ ferocia liberæ gentes.*

*Laxate retia.*

La foule des peuples et des nations converties.

Il y entre des esprits inquiets et impatients; ils ne peuvent se donner de bornes, ni renfermer leur esprit dans l'obéissance : la curiosité les agite, l'inquiétude les pousse, l'orgueil les emporte; ils rompent les rets, ils échappent, ils font des schismes et des hérésies. Voyons se perdre dans des questions infinies et se perdre dans cet abîme ouvert les sacramentaires[6].

Demeurons dans l'Eglise, heureusement captivés. Il y en demeure des mauvais; mais il n'en sort[7] aucun des bons.

Autre inconvénient. La multitude est si grande que la nacelle surchargée est prête à couler à fond[8]. — Figure de l'Eglise. — L'Eglise s'est accrue, et la discipline s'est relâchée; le nombre des fidèles s'est augmenté, et l'ardeur de la foi s'est ralentie. L'Eglise n'est faite que pour les Saints. Aussi les enfants de Dieu y sont appelés et y accourent de toutes parts. Tous ceux qui sont du nombre y sont entrés. Mais combien [en] est-il entré par dessus le nombre! (*Multiplicati sunt super numerum*)! Combien parmi nous, qui néanmoins ne sont pas des nôtres! Les enfants d'iniquité qui l'accablent. La foule des méchants qui l'opprime. Les vices ont pénétré jusques dans le cœur de l'Eglise; et ceux qui ne devaient pas même y être nommés, y paraissent [maintenant][9] la tête levée. *Maledictum, et mendacium, et adulterium inun-*

*daverunt* (Osée, IV, 2). Les scandales se sont élevés, et l'iniquité étant entrée comme un torrent, elle a renversé la discipline. Il n'y a plus de corrections, il n'y a plus de censure. On ne peut plus, dit saint Bernard, noter les méchants, tant le nombre en est immense; on ne peut plus les éviter, tant leurs emplois sont nécessaires; on ne peut plus les réprimer ni les corriger, tant leur crédit est redoutable[1].

Dans cette foule, les bons sont cachés. Dans quelque coin écarté, dans quelque vallée déserte; soupirent en secret. Gémissements de la pénitence. Combien de saints pénitents! Les uns paraissent, les autres sont cachés, selon qu'il plaît au Père céleste, ou de les sanctifier par l'obscurité, ou de les produire pour le bon exemple[2].

## TROISIÈME POINT

L'Eglise parle à ses enfants. Promptitude. Dieu parle et tout se fait. La liberté ne nous est pas donnée pour hésiter ni pour disputer contre lui.

Elle[3] nous donne le volontaire[4]. Le même droit subsiste et la même obligation d'obéir ponctuellement et dans l'instant même, non pour affaiblir son empire, mais pour rendre notre sujétion plus honorable.

Ceux qui sont accoutumés au commandement[5]. Dieu a cela par nature, que rien ne lui résiste. Quand on hésite ou qu'on diffère, il se tient pour méprisé et refusé tout à fait.

Quand la vocation est claire et certaine, qui est capable de hésiter un moment est capable de manquer tout à fait.

Qui[6] peut retarder un jour peut passer toute sa vie. Nos passions et nos affaires ne nous demandent jamais qu'un délai.

Ce lui est une insupportable lenteur que d'aller seulement dire adieu aux siens, que d'aller rendre à son propre père les honneurs de la sépulture. (Saint Chrysostome[7].) Il faudra voir le testament, l'exécuteur, le contester; d'une affaire il en naît une autre, et un moment de remise attire quelquefois la vie toute entière. C'est pourquoi il faut tout quitter.

Puisqu'il[8] faudra nécessairement couper quelque part, coupez dès l'abord, tranchez au commencement, afin d'être plus tôt à celui à qui vous voulez être pour toujours.

Ils n'ont quitté qu'un art méprisable. En dit-il avec moins de force : *Reliquimus omnia*[1] ? Des filets, voilà le présent qu'ils suspendent à ses autels ; voilà les armes, voilà le trophée qu'ils érigent à sa victoire.

Qu'il y a plaisir de servir celui qui fait justice au cœur et qui pèse l'affection, qui veut à la vérité nous faire acheter son royaume, mais aussi qui a la bonté de se contenter de ce que nous avons entre nos mains.

*Tantum valet quantum habes, quid vilius cum emitur, quid carius cum possidetur* (saint Grégoire[2], *hic, hom. in Evangel.*) ? Rien qui soit à plus vil prix quand on l'achète, rien qui soit plus précieux quand on le possède.

Ce n'est pas assez de quitter, le suivre[3]. La croix. O croix aimable, ô croix si ardemment désirée, et enfin trouvée si heureusement ! *Ut per te me recipiat qui per te moriens me redemit*[4] !

Quand[5] est-ce que l'Eglise a vu des chrétiens dignes de ce nom[6] ? C'est lorsqu'elle était persécutée, lorsqu'elle lisait à tous les poteaux des sentences épouvantables contre ses enfants, et qu'elle les voyait à tous les gibets, et dans toutes les places publiques, immolés pour la gloire de l'Evangile. Durant ce temps, mes Sœurs, il y avait des chrétiens sur la terre ; il y avait de ces hommes forts, qui, nourris dans les proscriptions et dans les alarmes continuelles, s'étaient fait une glorieuse habitude de souffrir pour l'amour de Dieu. Ils croyaient que c'était trop de délicatesse à des disciples de la croix que de rechercher le plaisir et en ce monde et en l'autre. Comme la terre leur était un exil, ils [n'] estimaient[7] rien de meilleur pour eux que d'en sortir au plus tôt. Alors la piété était sincère, parce qu'elle n'était pas encore devenue un art[8] : elle n'avait pas encore appris le secret de s'accommoder au monde, ni de servir au négoce des ténèbres. Simple et innocente qu'elle était, elle ne regardait que le ciel, auquel elle prouvait sa fidélité par une longue patience. Tels étaient les chrétiens de ces premiers temps : les voilà dans leur pureté, tels que les engendrait le sang des martyrs, tels que les formaient les persécutions !

Maintenant une longue paix a corrompu ces courages mâles, et on les a vus ramollis depuis qu'ils n'ont plus été exercés. Le monde est entré dans l'Eglise. On a voulu joindre Jésus-Christ avec Bélial[9] ; et de cet indigne mélange, quelle race enfin nous est née! Une race mêlée et corrompue, des demi-chrétiens, des chrétiens mondains et séculiers; une piété bâtarde et falsifiée, qui est toute dans les discours et dans un extérieur contrefait. O piété à la mode, que je me ris de tes vanteries et des discours étudiés que tu débites à ton aise pendant que le monde te rit! Viens que je te mette à l'épreuve. Voici une tempête qui s'élève; voici une perte de biens, une insulte, une disgrâce, une maladie. Quoi! tu te laisses aller au murmure, ô vertu contrefaite et déconcertée! tu ne peux plus te soutenir, piété sans force et sans fondement! Va, tu n'étais qu'un vain fantôme[1] de la piété chrétienne; tu n'étais qu'un faux or, qui brille au soleil, mais qui ne dure pas dans le feu, mais qui s'évanouit dans le creuset. La piété chrétienne n'est pas faite de la sorte : le feu l'épure et l'affermit[2]. Ha! s'il est ainsi, Chrétiens, si les souffrances sont nécessaires pour soutenir l'esprit du christianisme, Seigneur, rendez-nous les tyrans; rendez-nous les Domitiens et les Nérons.

Mais[3] modérons notre zèle, et ne faisons point de vœux indiscrets : n'envions pas à nos princes le bonheur d'être chrétiens, et ne demandons pas des persécutions que notre lâcheté ne pourrait souffrir. Sans ramener les roues et les chevalets sur lesquels on étendait nos ancêtres, la matière ne manquera pas à la patience. La nature a assez d'infirmités, les affaires assez d'épines, les hommes assez d'injustice, leurs jugements assez de bizarreries, leurs humeurs[4] assez d'importunes inégalités; le monde assez d'embarras, ses faveurs assez d'inconstances, ses rebuts assez d'amertumes, ses engagements les plus doux assez de captivités. Que si tout est prospère, si tout nous rit, c'est à nous à nous rendre nous-mêmes nos persécuteurs[5].

Sans cesse combattre son cœur. O! qu'il est difficile, pendant que le monde nous accorde tout, de se refuser quelque chose! Qui, ayant en sa possession une personne très accomplie, qu'il aurait aimée, vivrait avec elle comme avec sa sœur : c'est une aussi forte résolution. Il est, dit saint Jean Chrysostome, aussi difficile de ne pas laisser corrompre son cœur par les grandeurs qu'on possède[6].

Vie chrétienne. — Se contrarier soi-même, craindre ce qui nous attire, pardonner ce qui nous irrite, rejeter souvent ce qui nous avance et nous opposer nous-mêmes aux accroissements de notre fortune. Martyrs de nous-mêmes. [Martyre[1]] où le persécuteur et le patient sont également agréables, où Dieu d'une même main anime celui qui souffre et couronne celui qui persécute.

Saintes Filles, etc.[2].

# PANÉGYRIQUE
## DE
# SAINT THOMAS DE CANTORBÉRY

PRONONCÉ DANS L'ÉGLISE DE SAINT-THOMAS DU LOUVRE
LE 29 DÉCEMBRE 1668[1].

> *In morte mirabilia operatus est.*
> Il a fait des choses merveilleuses dans sa mort[2].
>
> *Eccli.*, XLVIII, 15.

Les mystères de Jésus-Christ sont une chute continuelle; et tant qu'il a vu devant soi quelque nouvelle bassesse, il n'a jamais cessé de descendre. Il se compare lui-même, dans son Evangile, à un grain de froment qui tombe[3]; et en effet, il est allé toujours tombant : premièrement du ciel en la terre, de son trône dans une crèche; de là, par plusieurs degrés, il est tombé[4] jusqu'à l'ignominie du supplice, jusqu'à l'obscurité du tombeau, jusqu'à la profondeur de l'enfer[5]. Mais, comme il ne pouvait tomber plus bas, c'était là aussi le terme fatal de ses chutes mystérieuses; et ce cours d'abaissements étant rempli, c'est de là qu'il a commencé de se relever couronné d'honneur et de gloire.

Ce que notre chef a fait une fois en sa personne sacrée, tous les jours il l'accomplit dans ses membres[6]; et le martyr que nous honorons, nous en est un illustre exemple. Saint Thomas, archevêque de Cantorbéry, s'étant trouvé engagé, pour les intérêts de l'Eglise, dans de longs et fâcheux démêlés avec un grand roi, avec Henri II, roi d'Angleterre[7], on l'a vu tomber peu à peu de la faveur à la disgrâce, de la disgrâce au bannissement, du bannissement à une espèce de proscription, et enfin à une mort violente. Mais la Providence divine, ayant lâché la main jusqu'à ce terme, a fait commencer de là son élévation. Elle a honoré de miracles le tombeau de cet illustre martyr; elle a mené à ses cendres un roi pénitent[1]; elle a conservé les droits de l'Eglise par le sang de ce saint évêque, persécuté injustement pour sa cause, et tirant sa gloire de ses souffrances. Elle m'a donné lieu de dire de lui ce que l'Ecclésiastique a dit d'Elisée, que « sa mort a opéré des miracles » : *In morte mirabilia operatus est*. Mais afin de vous découvrir toutes ces merveilles, demandons l'assistance du Saint-Esprit par l'entremise de Marie : *Ave*.

C'est une loi établie, que l'Eglise ne peut jouir d'aucun avantage qui ne lui coûte la mort de ses enfants; et que, pour affermir ses droits, il faut qu'elle répande du sang. Son Epoux l'a rachetée par le sang qu'il a versé pour elle, et il veut qu'elle achète par un prix semblable les grâces qu'il lui accorde. C'est par le sang des martyrs qu'elle a étendu ses conquêtes bien loin au delà de l'empire romain; son sang lui a procuré et la paix dont elle a joui sous les empereurs chrétiens, et la victoire qu'elle a remportée sur les empereurs infidèles. Il paraît donc qu'elle devait du sang à l'affermissement de son autorité, comme elle en avait donné à l'établissement de sa doctrine; et ainsi la discipline, aussi bien que la foi de l'Eglise, a dû avoir des martyrs.

C'est pour cette cause, Messieurs, que votre glorieux patron[2] a donné sa vie. Nous avons honoré, ces derniers jours, le premier martyr de la foi[3]; aujourd'hui, nous célébrons le triomphe du premier martyr de la discipline; et afin que tout le monde comprenne combien ce martyre a été semblable à ceux que nous ont fait voir les anciennes persécutions, je m'attacherai à vous montrer que la mort de notre saint archevêque a opéré les mêmes merveilles dans la cause de la discipline que celle des autres martyrs a autrefois opérées lorsqu'il s'agissait de la croyance.

En effet, pour ne pas vous laisser longtemps en suspens, comme les martyrs qui ont combattu pour la foi[4] ont affermi, par le témoignage de leur sang[5], cette foi que les tyrans voulaient abolir, calmé par leur patience la haine publique, qu'on voulait exciter contre eux en les traitant comme des scélérats, confirmé par leur constance invincible les fidèles, qu'on avait dessein d'effrayer par le terrible spectacle de tant de supplices; en sorte que, profitant des persécutions, ils les ont fait servir, contre leur nature, à l'établissement de leur foi, à la conversion de leurs ennemis, à l'instruction et à l'affermissement de leurs frères : ainsi vous verrez bientôt, Chrétiens, que des effets tout semblables ont suivi la mort du grand archevêque de Cantorbéry; et la suite de cet entretien vous fera paraître que le sang de ce nouveau martyr de la discipline a affermi l'autorité ecclésiastique, qui était violemment opprimée; que sa mort a converti les cœurs indociles des ennemis de la discipline de l'Eglise[1]; enfin, qu'elle a échauffé le zèle de ceux qui sont préposés pour en être les défenseurs. Voilà ce que j'ai dessein de vous faire entendre dans les trois parties de ce discours.

## PREMIER POINT

Pour bien entendre le sujet des fameux combats du grand saint Thomas de Cantorbéry pour l'honneur de l'Eglise et du sacerdoce, il faut considérer avant toutes choses quelques vérités importantes, qui regardent l'état de l'Eglise : ce qu'elle est, ce qui lui est dû, et ce qu'elle doit; quels droits elle a sur la terre, et quels moyens lui sont donnés pour s'y maintenir. Je sais que cette matière est fort étendue et pleine de questions épineuses; mais, comme la décision de ces doutes dépend d'un ou deux principes, j'espère qu'en laissant un grand embarras de difficultés fort enveloppées je pourrai vous dire en peu de paroles ce qui est essentiel et fondamental, et absolument nécessaire pour connaître l'état de la cause pour laquelle saint Thomas a donné sa vie. J'avance donc deux vérités qui expliquent parfaitement, si je ne me trompe, l'état de l'Eglise sur la terre. Je dis qu'elle y est comme une étrangère; et qu'elle y est toutefois revêtue d'un caractère royal par la souveraineté toute divine et toute spirituelle qu'elle y exerce. Ces deux vérités éclaircies nous donneront par ordre la résolution des difficultés que j'ai proposées.

Et premièrement, l'Eglise est dans le monde comme une étrangère; cette qualité fait sa gloire. Elle montre sa dignité et son origine céleste, lorsqu'elle dédaigne d'habiter la terre : elle ne s'y arrête donc pas, mais elle y passe; elle ne s'y habitue pas, mais elle y voyage. Ce qu'elle appréhende le plus, c'est que ses enfants ne s'y naturalisent, et qu'ils ne fassent leur principal établissement où ils ne doivent avoir qu'un lieu de passage[1]. Mais nous comprendrons plus facilement cette qualité d'étrangère, si nous faisons en un mot la comparaison de l'Eglise de Jésus-Christ avec la Synagogue ancienne.

Il n'y a personne qui n'ait remarqué que les livres sacrés de Moïse[2], outre les préceptes de religion, sont pleins de lois politiques, et qui regardent le gouvernement d'un Etat. Ce sage législateur ordonne du commerce et de la police, des successions et des héritages, de la justice et de la guerre, et enfin de toutes les choses qui peuvent maintenir un empire. Mais le Prince du nouveau peuple[3], le législateur de l'Eglise, a pris une conduite opposée. Il laisse faire aux princes du monde l'établissement des lois politiques; et toutes celles qu'il nous donne, et qui sont écrites dans son Evangile, ne regardent que la vie future. D'où vient cette différence entre l'ancien et le nouveau peuple : si ce n'est que la Synagogue devant avoir sa demeure et faire son séjour sur la terre, il fallait lui donner des lois pour y établir son gouvernement; au lieu que l'Eglise de Jésus-Christ voyageant comme une étrangère parmi tous les peuples du monde, elle n'a point de lois particulières touchant la société politique; et il suffit de lui dire généralement ce qu'on dit aux étrangers et aux voyageurs, qu'en ce qui regarde le gouvernement, elle suive les lois du pays où elle fera son pèlerinage, et qu'elle en révère les princes et les magistrats : *Omnis anima potestatibus sublimioribus subdita sit*[4] ? C'est le seul commandement politique que le Nouveau Testament nous donne.

Cette vérité étant supposée[5], si vous me demandez, Chrétiens, quels sont les droits de l'Eglise[6], qu'attendez-vous que je vous réponde, sinon qu'elle a sans doute de grands avantages et des prétentions glorieuses; mais que Celui dont elle attend tout ayant dit que son royaume n'est pas de ce monde[7], tout le droit qu'elle peut avoir d'elle-même sur la terre, c'est qu'on lui laisse, pour ainsi dire, passer son chemin et achever son voyage en paix ? Tellement que rien ne lui convient mieux, à elle et à ses enfants, que ces mots de Tertullien : « Toute notre affaire en ce monde, c'est d'en sortir au plus tôt » : *Nihil nostra refert in hoc ævo, nisi de eo quam celeriter excedere*[8].

Mais peut-être que vous penserez que je représente l'Eglise comme une étrangère trop faible, et que je la laisse sans autorité et sans fonction sur la terre, enfin trop nue et trop désarmée au milieu de tant de puissances ennemies de sa doctrine, ou jalouses de sa grandeur. Non, mes Frères, il n'en est pas ainsi[1]. Elle ne voyage pas sans sujet dans ce monde : elle y est envoyée par un ordre suprême, pour y recueillir les enfants de Dieu, et rassembler ses élus dispersés aux quatre vents[2]. Elle a charge de les tirer du monde ; mais il faut qu'elle les vienne chercher dans le monde ; et en attendant, Chrétiens, qu'elle les présente à Dieu, maintenant qu'elle voyage avec eux et qu'elle les tient sous son aile, n'est-il pas juste qu'elle les gouverne, qu'elle dirige leurs pas incertains et qu'elle conduise leur pèlerinage ? C'est pourquoi elle a sa puissance, elle a ses lois et sa police spirituelle, elle a ses ministres et ses magistrats, par lesquels elle exerce, dit Tertullien, « une divine censure contre tous les crimes » : *Exhortationes, castigationes et censura divina*[3]. Malheur à ceux qui la troublent, ou qui se mêlent dans cette céleste administration, ou qui osent en usurper la moindre partie ! C'est une injustice inouïe de vouloir profiter des dépouilles de cette épouse du Roi des rois, à cause seulement qu'elle est étrangère et qu'elle n'est pas armée[4]. Son Dieu prendra en main sa querelle, et sera un rude vengeur contre ceux qui oseront porter[5] leurs mains sacrilèges sur l'Arche de son alliance[6]. Mais laissons ces réflexions, et avançons dans notre sujet.

Jusqu'ici, l'Eglise n'a aucun droit qui relève de la puissance des hommes, elle ne tient que de son Epoux. Mais les rois du monde ont fait leur devoir ; et pendant que cette illustre étrangère voyageait dans leurs Etats, ils lui ont accordé de grands privilèges, ils ont signalé leur zèle envers elle par des présents magnifiques. Elle n'est pas ingrate de[7] leurs bienfaits, elle s'en glorifie[8] par toute la terre. Mais elle ne craint point de leur dire que, parmi leurs plus grandes libéralités, ils reçoivent plus qu'ils ne donnent ; et enfin, pour nous expliquer nettement, qu'il y a plus de justice que de grâce dans les privilèges qu'ils lui accordent. Car, pour ne pas raconter ici les avantages spirituels que l'Eglise leur communique, pouvaient-ils refuser de lui faire part de quelques honneurs de leur royaume, qu'elle prend tant de soin de leur conserver ?

Ils régnaient[1] sur les corps par la force, et peut-être sur les cœurs par l'inclination ou par les bienfaits. L'Eglise leur a ouvert une place plus sûre et plus vénérable : elle leur a fait un trône dans les consciences, en présence et sous les yeux de Dieu même : elle a fait un des articles de sa foi de la sûreté de leurs personnes sacrées, et une partie de sa religion de l'obéissance qui leur est due. Elle va étouffer dans le fond des cœurs, non seulement les premières pensées de rébellion, mais encore les moindres murmures; et pour ôter tout prétexte de soulèvement contre les puissances légitimes, elle a enseigné constamment, et par sa doctrine et par ses exemples, qu'il en faut tout souffrir, jusqu'à l'injustice, par laquelle s'exerce secrètement la justice même de Dieu. Après des services si importants[2], si on lui accorde des privilèges, n'est-ce pas une récompense qui lui est bien due[3] ? et les possédant à ce titre, peut-on concevoir le dessein de les lui ravir, sans une extrême injustice ?

Cependant Henri second, roi d'Angleterre, se déclare l'ennemi de l'Eglise. Il l'attaque au spirituel et au temporel, en ce qu'elle tient de Dieu et en ce qu'elle tient des hommes : il usurpe ouvertement sa puissance. Il met la main dans son trésor, qui enferme la subsistance des pauvres. Il flétrit l'honneur de ses ministres par l'abrogation de leurs privilèges, et opprime leur liberté par des lois qui lui sont contraires[4]. Prince téméraire et malavisé, que ne peut-il découvrir de loin les renversements étranges que fera un jour dans son Etat le mépris de l'autorité ecclésiastique, et les excès inouïs où les peuples seront emportés quand ils auront secoué ce joug nécessaire[5] ! Mais rien ne peut arrêter ses emportements[6]. Les mauvais conseils ont prévalu, et c'est en vain que l'on s'y oppose : il a tout fait fléchir à sa volonté, et il n'y a plus que le saint archevêque de Cantorbéry qu'il n'a pu encore ni corrompre par ses caresses, ni abattre par ses menaces.

A la vérité, il met sa constance à des épreuves bien dures. Qu'on le dépouille, qu'on le déshonore, qu'on le bannisse[7], il s'en réjouit ; mais pourquoi ruiner les siens ? C'est ce qui lui perce le cœur. Il n'y a rien de plus insensible ni de plus sensible tout à la fois que la charité véritable. Insensible à ses propres maux, et en cela directement contraire à l'amour-propre, elle a une extrême sensibilité pour les maux des autres. Aussi le grand Apôtre, très peu touché de tout ce qui le regardait, disait aux fidèles : « J'ai appris à me contenter de l'état où je me trouve ; je sais vivre pauvrement, je sais vivre dans l'abondance ; j'ai été instruit en toutes choses et en toutes rencontres à être bien traité et à souffrir la faim, à être dans l'abondance et à être dans l'indigence » : *Scio et humiliari, scio et abundare ; ubique et in omnibus institutus sum, et satiari et esurire, et abundare et penuriam pati*[1]. Et cependant cet homme tout céleste, si indifférent, si dur pour lui-même, ressent le contre-coup de tous les maux, de toutes les peines que peut souffrir le moindre des fidèles. « Qui est faible, s'écrie-t-il, sans que je le sois avec lui ? Qui est scandalisé sans que je brûle ? » *Quis infirmatur, et ego non infirmor ? quis scandalizatur, et ego non uror*[2] ? Sa tendresse pour ses frères est si grande qu'il ne peut les voir dans les larmes et dans l'affliction qu'il n'en soit pénétré d'une vive douleur : « Que faites-vous de pleurer ainsi, et de me briser le cœur ? » *Quid facitis flentes, et affligentes*[3] *cor meum*[4] ? C'est en vain que vous me fendez le cœur par vos larmes : car, pour moi, je suis tout prêt de souffrir non seulement les chaînes, mais la mort même pour le nom du Seigneur Jésus : *Ego enim non solum alligari, sed et mori paratus sum*[5]. Ce cœur de diamant, qui semble défier le ciel et la terre, et l'enfer de l'émouvoir, peut souffrir la mort et les plus dures extrémités : il ne peut souffrir les larmes de ses frères. Combien a dû être touché saint Thomas, de voir les siens affligés et persécutés à son occasion! Il se souvient de Jésus, qui n'est pas plus tôt né qu'il attire des persécutions à ses parents, qui sont contraints de quitter leur maison pour l'amour de lui[6]. Il a reçu sa loi d'en haut, et ne peut rien faire pour les siens, sinon de leur souhaiter qu'ayant part aux persécutions, ils aient part à la grâce.

Le prophète Zacharie[7] semble avoir voulu nous représenter l'immuable et éternelle concorde qui doit être entre l'empire et le sacerdoce. « Celui-là, dit-il, parlant du prince, sera revêtu de gloire, il sera assis et dominera sur son trône ; et le pontife sera aussi sur son trône, et il y aura un conseil de paix entre ces deux » : *Ipse portabit gloriam et sedebit, et dominabitur super solio suo ; et erit sacerdos super solio suo, et consilium pacis erit inter illos duos*[8]. Vous voyez que la gloire et l'éclat et l'autorité dominante sont dans le trône royal. Mais, quoique le Fils de Dieu ait enseigné à ses ministres[1] qu'ils ne doivent pas dominer à la manière du monde, le sacerdoce néanmoins ne laisse pas d'avoir son trône, car le prophète en établit deux : il reconnaît deux puissances, qui sont, comme vous voyez, plutôt unies que subordonnées[2], *consilium pacis inter illos ;* et le genre humain se repose à l'ombre[3] de cette concorde.

Saint Thomas a souvent représenté au roi d'Angleterre, par des lettres pleines d'une force, d'une douceur et d'une modestie apostolique, que ces puissances doivent concourir et se prêter la main mutuellement, et non se regarder avec jalousie, puisqu'elles ont des fins si diverses qu'elles ne peuvent se choquer sans quitter leur route et sortir de leurs limites. Il soutient ces charitables avertissements avec toute l'autorité que pouvait donner non seulement la sainteté de son caractère, mais la sainteté de sa vie, qui était l'exemple et l'admiration de tout l'univers.

Notre France l'avait connue, puisque, lorsqu'il fut exilé, elle lui avait ouvert les bras; et le roi Louis VII, témoin oculaire des vertus apostoliques de ce grand homme, a toujours constamment favorisé et sa personne et la cause qu'il défendait, par toutes sortes de bons offices[4]. Rendons ici témoignage à l'incomparable piété de nos monarques très chrétiens. Comme ils ont vu que Jésus-Christ ne règne pas, si son Eglise n'est autorisée[5], leur propre autorité ne leur a pas été plus chère que l'autorité de l'Eglise. Cette puissance royale, qui doit donner le branle à toutes les autres choses, n'a jamais jugé indigne d'elle de ne faire que seconder dans les affaires spirituelles[6]; et un roi de France, empereur, n'a pas cru se rabaisser, lorsque, écrivant aux évêques, il les assure de sa protection[7], dans les fonctions de leur ministère; « afin, dit ce grand roi, que notre puissance royale servant, comme il est convenable, à ce que demande votre autorité, vous puissiez exécuter vos décrets » : *Ut nostro auxilio suffulti, quod vestra auctoritas exposcit, famulante, ut decet, potestate nostra, perficere valeatis*[8].

Telles sont les maximes saintes et durables de la monarchie très chrétienne; et plût à Dieu que le roi d'Angleterre eût suivi les sentiments et imité les exemples de ses augustes voisins[9] ! Saint Thomas ne se verrait pas réduit à la dure nécessité de s'opposer à son prince. Mais, comme ce monarque se rend inflexible, l'Eglise opprimée est contrainte de recourir aux derniers efforts[1]. Vous attendez peut-être des foudres et des anathèmes? Mais, quoique Henri les eût mérités, Thomas, aussi modéré que vigoureux, ne fulmine pas[2] aisément contre une tête royale. Voici ces derniers efforts dont je veux parler : le saint archevêque offre à Dieu sa vie; et sachant que l'Eglise n'est jamais plus forte, que lorsqu'elle parle par la voix du sang, il revient d'un long exil avec un esprit de martyr, préparé aux violences d'un roi implacable et de toute sa cour irritée[3].

Saint Ambroise a remarqué[4], dès son temps, que les hommes apostoliques qui entreprennent d'un grand courage les œuvres de piété et la censure des vices, sont assez souvent traversés[5] par des raisons politiques. Car comme les pécheurs ne peuvent souffrir ceux qui viennent les troubler dans leur faux repos[6], et comme le monde n'a rien tant à cœur que de voir l'Eglise sans force et la piété sans défense, il se plaît de lui opposer ce qu'il a de plus redoutable, c'est-à-dire le nom de César et les intérêts de l'Etat[7]. Ainsi, quand Néhémias relevait les tours abattues et les murailles désolées de Jérusalem, les ministres du roi de Perse publiaient partout qu'il méditait un dessein de rébellion[8]; et, comme le moindre soupçon d'infidélité attire des difficultés infinies, ils tâchaient de ralentir l'ardeur de son zèle par cette vaine terreur. Quoique le saint archevêque n'élevât ni des tours ni des forteresses, et qu'il songeât seulement à réparer les ruines d'une Jérusalem spirituelle[9], toutefois il fut exposé aux mêmes reproches. Henri, déjà prévenu et irrité[10] par les faux rapports, témoigna, avec une aigreur extrême, que la vie de ce prélat lui était à charge[11]. Que de mains furent armées contre lui par cette parole!

Chrétiens, soyez attentifs : s'il y eut jamais un martyre qui ressembla parfaitement à un sacrifice, c'est celui que je dois vous représenter. Voyez les préparatifs : l'évêque est à l'église avec son clergé, et ils sont déjà revêtus. Il ne faut pas chercher bien loin la victime : le saint pontife est préparé, et c'est la victime que Dieu a choisie. Ainsi, tout est prêt pour le sacrifice, et je vois entrer dans l'église ceux qui doivent donner le coup[12]. Le saint homme va au-devant d'eux à l'imitation de Jésus-Christ; et, pour imiter en tout ce divin modèle, il défend à son clergé toute résistance, et se contente de demander sûreté pour les siens. *Si c'est moi que vous cherchez, laissez*, dit Jésus, *retirer ceux-ci*[1]. Ces choses étant accomplies, et l'heure du sacrifice étant arrivée, voyez comme saint Thomas en commence la cérémonie. Victime et pontife tout ensemble, il présente sa tête et fait sa prière. Voici les vœux solennels et les paroles mystiques[2] de ce sacrifice : *Et ego pro Deo mori paratus sum, et pro assertione justitiæ, et pro Ecclesiæ libertate, dummodo effusione sanguinis mei pacem et libertatem consequatur :* « Je suis prêt à mourir, dit-il, pour la cause de Dieu et de son Évangile, et toute la grâce que je demande c'est que mon sang lui rende la paix et la liberté qu'on veut lui ravir. » Il se prosterne devant Dieu; et comme, dans le sacrifice solennel nous appelons les saints pour être nos intercesseurs, il n'omet pas une partie si considérable de cette cérémonie sacrée : il appelle les saints martyrs et la sainte Vierge au secours de l'Eglise opprimée; il ne parle que de l'Eglise, il n'a que l'Eglise dans le cœur et dans la bouche, et abattu par le coup, sa langue froide et inanimée semble encore nommer l'Eglise[3].

Mais voici un nouveau spectacle. Après qu'on a dépouillé le saint martyr, on découvre un autre martyre non moins admirable, qui est le martyre de la pénitence, un cilice affreux tout plein de vermine[4]. Ha! ne méprisons point cette peinture, et ne craignons point de remuer ces ordures si précieuses. Ce cilice lui perce la peau, et il est si attaché à sa peau, qu'il semble qu'il soit une autre peau autour de son corps[5]. On voit que ce saint a été martyr durant tout le temps de sa vie; et on ne s'étonne plus de ce qu'il est mort avec tant de force, mais de ce qu'il a pu vivre au milieu de telles souffrances[6]. O digne défenseur de l'Eglise! Voilà les hommes qui méritent de parler pour elle, et de combattre pour ses intérêts : aussi sa victoire est-elle assurée. Les lois qui l'oppriment vont être abolies; et ce que le saint archevêque n'a pas obtenu vivant, il l'accomplira par sa mort.

Le Ciel se déclare manifestement. Pendant que les politiques raffinent et raisonnent à leur mode, Dieu parle par des miracles si visibles et si fréquents, que les rois mêmes et les plus grands rois, oui, mes Frères, nos rois très chrétiens passent les mers pour aller honorer ses saintes reliques. Louis le Jeune va en personne[7] lui demander la guérison de son fils aîné attaqué d'une maladie mortelle. Nous devons Philippe-Auguste au grand saint Thomas, nous lui devons saint Louis, nous lui devons tous nos rois et toute la famille royale, qu'il a sauvée dans sa tige. Voyez, mes Frères, quels défenseurs trouve l'Eglise dans sa faiblesse, et combien elle a raison de dire avec l'Apôtre : *Cum infirmor, tunc potens sum*[1]. Ce sont ces bienheureuses faiblesses qui lui donnent cet invincible secours, et qui arment en sa faveur les plus valeureux soldats et les plus puissants conquérants du monde, je veux dire les saints martyrs. Quiconque ne ménage pas[2] l'autorité de l'Eglise, qu'il craigne ce sang précieux des martyrs, qui la consacre et qui la protège. Pour avoir violé ses droits, Henri est mal assuré dans son trône; sa couronne est ébranlée sur sa tête, son sceptre ne tient pas dans ses mains. Dieu permet que tous ses voisins se liguent, que tous ses sujets se révoltent et oublient leur devoir; que son propre fils[3] oublie sa naissance et se mette à la tête de ses ennemis. Déjà la vengeance du Ciel commence à le presser de toutes parts; mais c'est une vengeance miséricordieuse, qui ne l'abat que pour le rendre humble et pour faire d'un roi pécheur un roi pénitent : c'est la seconde merveille qu'a opérée la mort du saint archevêque : *In morte mirabilia operatus est*[4]...

## SECOND POINT

Dans ce démêlé célèbre où les intérêts de l'Eglise ont engagé saint Thomas contre un grand monarque, je me sens obligé de vous avertir qu'il ne lui a pas résisté en rebelle et dans un esprit de faction : il a joint la fermeté avec le respect. S'il a toujours songé qu'il était évêque, il n'a jamais oublié qu'il était sujet; et la charité pastorale animait de telle sorte toute sa conduite, qu'il ne s'est opposé au pécheur que dans le dessein de sauver le roi.

Il ne doit pas être nouveau aux chrétiens d'avoir à se défendre des grands de la terre[5]; et c'est une des premières leçons que Jésus-Christ a données à ses saints apôtres. Mais encore que cette instruction nous prépare principalement contre les rois infidèles, plusieurs exemples illustres, et entre autres celui du grand saint Thomas, nous font voir assez clairement que l'Eglise a souvent besoin de rappeler toute sa vigueur au milieu de sa paix et de son triomphe. Combien ces occasions sont fortes[1] et dangereuses, vous le comprendrez aisément, si vous me permettez, Chrétiens, de vous représenter comme en deux tableaux les deux temps et les deux états du christianisme : l'empire ennemi de l'Eglise, et l'empire réconcilié avec l'Eglise.

Durant le temps de l'inimitié, il y avait entre l'un et l'autre une entière séparation. L'Eglise n'avait que le ciel, et l'empire n'avait que la terre : les charges, les dignités, les magistratures, c'est ce qui, selon le langage de l'Eglise, s'appelait le siècle, auquel elle obligeait ses enfants de renoncer. C'était une espèce de désertion que d'aspirer aux honneurs du monde; et les sages ne pensaient pas qu'un chrétien de la bonne marque pût devenir magistrat. Quand cela fut permis à certaines conditions au premier concile d'Arles[2], dans les premières années du grand Constantin, les termes mêmes de la permission marquaient toujours quelque répugnance: *Ad præsidatum prosilire*[3] : par un mot qui voulait dire qu'on s'égarait hors des bornes, qu'on s'échappait, qu'on sortait des lignes. Ce n'est pas que les fidèles ne sussent que les puissances de l'Etat étaient légitimes, puisque même saint Paul leur avait appris qu'elles étaient ordonnées de Dieu[4]. Mais, dans cette première ferveur, l'Eglise respirait tellement le ciel, qu'elle ne voulait rien voir dans les siens qui ne fût céleste; et elle était encore tellement remplie de la simplicité presque rustique de ses saints et divins pêcheurs[5], qu'elle ne pouvait accoutumer ses yeux à la pompe et aux grandeurs de la terre.

Il faut vous dire, Messieurs, l'opinion qu'on avait en ce temps-là des empereurs, sur le sujet de la religion. On ne considérait pas seulement qu'ils étaient ennemis de l'Eglise; mais Tertullien a bien osé dire qu'ils n'étaient pas capables d'y être reçus : vous allez être étonnés de la liberté de cette parole. « Les Césars, dit-il, seraient chrétiens, si le siècle qui nous persécute se pouvait passer des Césars, ou s'ils pouvaient être Césars et chrétiens tout ensemble » : *Cæsares credidissent super Christo, si aut Cæsares non essent sæculo necessarii, aut si et christiani potuissent esse et Cæsares*[6]. Voilà, direz-vous, de ces excès de Tertullien. Eh! quoi donc! n'avons-nous pas vu les Césars obéir enfin à l'Evangile, et abaisser leur majesté aux pieds de la croix ? Il est vrai; mais il faut savoir distinguer les temps. Durant les temps des combats, qui devaient engendrer les martyrs, les Césars étaient nécessaires au siècle, le parti contraire à l'Eglise les devait avoir à sa tête ; et Tertullien a raison de dire que le nom d'empereur et de César, qui, selon les occultes dispositions de la Providence[1], était un nom de majesté, était incompatible avec le nom de chrétien, qui devait être alors un nom d'opprobre. Les fidèles de ces temps-là, regardant les empereurs de la sorte, n'avaient garde de corrompre leur simplicité à la Cour : il ne fallait pas craindre que les faveurs des empereurs fussent capables de les tenter[2] ; et leurs mains, qu'ils voyaient trempées et encore toutes dégouttantes du sang des martyrs, leur rendaient leurs offres et leurs présents non seulement suspects, mais odieux. Pour ce qui regardait leurs menaces, il fallait à la vérité beaucoup de vigueur pour n'en être pas ému ; mais ils avaient du moins cet avantage, qu'une guerre si déclarée les déterminait à la résistance, et qu'il n'y avait pas à délibérer si on s'opposerait[3] à une puissance qu'on voyait si ouvertement armée contre l'Evangile.

Mais après la paix de l'Eglise[4], après que l'empire s'est uni avec elle, les choses peu à peu ont été changées. Comme le monde a paru ami, les fidèles n'ont plus refusé ses présents. Ces chrétiens sauvages et durs, qui ne pouvaient s'apprivoiser avec la Cour, ont commencé à la trouver belle ; et, la voyant devenue chrétienne, ils ont appris à en briguer les faveurs. Ainsi les douceurs de la paix ont amolli ces courages mâles, que l'exercice de la guerre rendait invincibles ; l'ambition, la flatterie, l'amour des grandeurs, se coulant insensiblement dans l'Eglise, ont énervé peu à peu cette vigueur ancienne, même dans l'ordre ecclésiastique qui en était le plus ferme appui ; et, comme dit saint Grégoire[5], on a cherché l'honneur du siècle dans une puissance que Dieu avait établie pour l'anéantir.

Dans cet état du christianisme, s'il arrive qu'un roi chrétien, comme Henri d'Angleterre, entreprenne contre l'Eglise, ne faudra-t-il pas, pour lui résister, une résolution extraordinaire ? Combien a désiré notre saint prélat, puisqu'il plaisait à Dieu qu'il souffrît persécution pour la justice, que Dieu lui envoyât un Néron ou quelque monstre semblable pour persécuteur ! Il n'eût pas eu à combattre tant de fortes considérations qui le retenaient contre un roi, enfant de l'Eglise, son maître, son bienfaiteur, dont il avait été le premier ministre. De plus, un ennemi déclaré, à qui le prétexte du nom chrétien n'aurait pas donné le moyen de tromper les évêques par de belles apparences, aurait-il pu détacher[1] tous ses frères les évêques, pour le laisser seul et abandonné dans la défense de la bonne cause ? Voici donc une nouvelle espèce de persécution qui s'élève contre saint Thomas ; persécution formidable, à qui la puissance royale donne de la force, à qui la profession du christianisme[2] donne le moyen d'employer la ruse. N'est-ce pas en de pareilles rencontres que la justice a besoin d'être soutenue avec toute la vigueur[3] ecclésiastique, d'autant plus qu'il ne suffit pas de résister seulement à ce roi superbe ; mais il faut encore tâcher de l'abattre, mais de l'abattre pour son salut, par l'humilité de la pénitence ?

Notre saint évêque n'ignore pas qu'il n'est rien de plus utile aux pécheurs que de trouver des obstacles à leurs desseins criminels[4]. Il ne cède donc pas à l'iniquité, sous prétexte qu'elle est armée et soutenue d'une main royale ; au contraire, lui voyant prendre son cours d'un lieu éminent, d'où elle peut se répandre avec plus de force, il se croit plus obligé de s'élever contre, comme une digue que l'on élève à mesure que l'on voit les ondes enflées. Ainsi le désir de sauver le roi l'oblige à lui résister de toute sa force. Mais que dis-je, de toute sa force ? Est-il donc permis à un sujet d'avoir de la force contre son prince, et, pensant en faire un généreux, n'en ferons-nous point un rebelle ? Non, mes Frères, ne craignez rien, ni de la conduite de saint Thomas, ni de la simplicité de mes expressions. Selon le langage ecclésiastique, la force a une autre signification que dans le langage du monde. La force, selon le monde, s'étend jusqu'à entreprendre ; la force, selon l'Eglise, ne va pas plus loin que de tout souffrir : voilà les bornes qui lui sont prescrites. Ecoutez l'apôtre saint Paul : *Nondum usque ad sanguinem restitistis*[5] ; comme s'il disait : Vous n'avez pas tenu jusqu'au bout, parce que vous ne vous êtes pas défendus jusqu'au sang. Il ne dit pas : jusqu'à attaquer[6], jusqu'à verser le sang de vos ennemis ; mais, jusqu'à répandre le vôtre.

Au reste, saint Thomas n'abuse pas de ces maximes vigoureuses. Il ne prend pas par fierté ces armes apostoliques pour se faire valoir dans le monde : il s'en sert comme d'un bouclier nécessaire dans l'extrême besoin de l'Eglise. La force du saint évêque ne dépend donc pas du concours de ses amis, ni d'une intrigue finement menée. Il ne sait point étaler au monde sa patience pour rendre son persécuteur plus odieux[1], ni faire jouer de secrets ressorts pour soulever les esprits. Il n'a pour lui que les prières des pauvres, les gémissements des veuves et des orphelins. Voilà, disait saint Ambroise[2], les défenseurs des évêques; voilà leurs gardes, voilà leur armée. Il est fort, parce qu'il a un esprit également incapable et de crainte et de murmure. Il peut dire véritablement à Henri, roi d'Angleterre, ce que disait Tertullien, au nom de toute l'Eglise, à un magistrat de l'empire, grand persécuteur de l'Eglise : *Non te terremus, qui nec timemus*[3]. Apprends à connaître quels nous sommes, et vois quel homme c'est qu'un chrétien : « Nous ne pensons pas à te faire peur, et nous sommes incapables[4] de te craindre. » Nous ne sommes ni redoutables ni lâches : nous ne sommes pas redoutables, parce que nous ne savons pas cabaler; et nous ne sommes pas lâches, parce que nous savons mourir.

C'est ce que semble dire le grand saint Thomas, et c'est par ce sentiment qu'il unit ensemble les devoirs de l'épiscopat avec ceux de la sujétion[5]. *Non te terremus ;* voilà le sujet toujours soumis et respectueux : *qui nec timemus,* voilà l'évêque toujours ferme et inébranlable. *Non te terremus ;* je ne médite[6] rien contre l'Etat : *qui nec timemus ;* je suis prêt à tout souffrir pour l'Eglise. J'ai donc eu raison de vous dire qu'il résiste de toute sa force; mais cette force n'est point rebelle, parce que cette force, c'est sa patience. Encore n'étale-t-il pas au monde cette patience avec une contenance fière et un air de dédain, pour rendre son persécuteur odieux : au contraire, sa modestie est connue de tous, selon le précepte de l'Apôtre[7]. C'est par là qu'il espère convertir le roi; il se propose de l'apaiser, du moins en lassant sa fureur. Il ne désire que de souffrir, afin que sa vengeance épuisée se tourne à de meilleurs sentiments. Quoiqu'il voie que ses biens ravis, sa réputation déchirée, les fatigues d'un long exil, l'injuste[8] persécution de tous les siens, n'aient pu assouvir sa colère, il sait ce que peut le sang d'un martyr; et le sien est tout prêt à couler pour amollir le cœur de son prince. Il n'a pas été trompé dans son espérance : le sang de ce martyr, le sacrifice sanglant de Thomas, a produit un autre sacrifice, sacrifice d'humilité et de pénitence ; il a amené à Dieu une autre victime, victime royale et couronnée.

Je vous ai représenté l'appareil du premier sacrifice : que celui-ci est digne encore de vos attentions ! Là, un évêque à la tête de son clergé ; et ici, un roi environné de toute sa cour : là, un évêque nous a paru revêtu de ses ornements ; ici, nous voyons un roi humblement dépouillé des siens : là, vous avez vu des épées tirées, qui sont les armes de la cruauté ; ici, une discipline et une haire[1], qui sont les instruments de la pénitence. Dans le premier sacrifice, si vous avez eu de l'admiration pour le courage, vous avez eu de l'horreur pour le sacrilège : ici, tout est plein de consolation. La victime est frappée, mais c'est la contrition qui perce son cœur : la victime est abattue, mais c'est l'humilité qui la renverse. Le sang qui est répandu, ce sont les larmes de la pénitence : *Quidam sanguis animæ*[2] ; l'autel du sacrifice, c'est le tombeau même du saint martyr. Le roi se prosterne devant ce tombeau, il fait une humble réparation aux cendres du grand saint Thomas, il honore ces cendres, il baise ces cendres, il arrose ces cendres de larmes, il mêle ses larmes au sang du martyr, il sanctifie ces larmes par la société de ce sang ; et ce sang qui criait vengeance, apaisé par ces larmes d'un roi pénitent, demande protection pour sa couronne. Il affermit[3] son trône ébranlé, il relève le courage de ses serviteurs ; il met le roi d'Ecosse, son plus grand ennemi, entre ses mains ; il fait rentrer son fils dans son devoir qu'il avait oublié ; enfin, en un même jour, il rend la concorde à sa maison, la tranquillité à son Etat, et le repos à sa conscience. Voilà ce qu'a fait la mort de Thomas, voilà la seconde merveille qu'elle a opérée, la conversion des persécuteurs : la dernière dépend en partie de nous ; c'est, mes Frères, que notre zèle pour la sainte Eglise soit autant échauffé, comme il est instruit par l'exemple de ce grand homme.

### TROISIÈME POINT

A la mort de Thomas, le clergé d'Angleterre commença à reprendre cœur : le sang de ce martyr ranima et réunit tous les esprits pour soutenir, par un saint concours, les intérêts de l'Eglise. Apprenons aussi à l'aimer et à être jaloux de sa gloire. Mais, Messieurs, ce n'est pas assez que nous apprenions du grand saint Thomas à conserver soigneusement son autorité et ses droits : il faut qu'il nous montre à en bien user, chacun selon le degré où Dieu l'a établi dans le ministère; et vous ne pouvez ignorer quel doit être ce bon usage que je vous demande, si vous écoutez un peu la voix de ce sang. Car considérons seulement pour quelle cause il est répandu, et d'où vient que toute l'Eglise célèbre avec tant de dévotion le martyre de saint Thomas. C'est qu'on voulait lui ravir[1] ses privilèges, usurper sa puissance, envahir ses biens; et ce grand archevêque y a résisté.

Mais si l'on ne se sert de ces privilèges que pour s'élever orgueilleusement au-dessus des autres; si l'on n'use de cette puissance que pour faire les grands dans le siècle; si l'on n'emploie ces richesses que pour contenter de mauvais désirs, ou pour se faire considérer par une pompe mondaine, est-ce là de quoi faire un martyr ? Etait-ce là un digne sujet pour donner du sang et pour troubler tout un grand royaume ? N'est-ce pas pour faire dire aux politiques impies, que saint Thomas a été le martyr de l'avarice ou de l'ambition du clergé, et que nous consacrons sa mémoire parce qu'il nous a soutenus dans des intérêts temporels ?

Voilà, direz-vous, un discours d'impie; voilà un raisonnement digne d'un hérétique ou d'un libertin. Je le confesse, Messieurs; mais répondons à cet hérétique, fermons la bouche à ce libertin, justifions le martyre du grand saint Thomas de Cantorbéry : il ne sera pas difficile. Nous dirons[2] que, si le clergé a des privilèges, c'est afin que la religion soit honorée; que s'il possède des biens, c'est pour l'exercice des saints ministères, pour la décoration des autels, et pour la subsistance des pauvres; que s'il a de l'autorité, c'est afin qu'elle serve de frein à la licence, de barrière à l'iniquité, d'appui à la discipline. Nous ajouterons qu'il est peut-être à propos que le clergé ait quelque force même dans le siècle, quelque éclat même temporel, quoique modéré, afin de combattre le monde par ses propres armes, pour attirer ou réprimer les âmes infirmes par les choses qui ont coutume de les frapper[3]. Cet éclat, ces secours, ces soutiens externes de l'Eglise, empêchent peut-être le monde de l'attaquer, pour ainsi dire, dans ses propres biens, dans cette divine puissance, dans le cœur même de la religion; et ce sont, si vous voulez, comme les dehors de cette sainte Sion, de cette belle forteresse de David, qu'il ne faut point laisser prendre ni abandonner, et moins encore livrer à ses ennemis. D'ailleurs, comme le monde gagne insensiblement, quand saint Thomas n'aurait fait qu'arrêter un peu son progrès, le dessein en est toujours glorieux. Voilà une défense invincible, et sans doute on ne pouvait pas répandre son sang pour une cause plus juste.

Mais si le monde nous presse encore, s'il convainc un si grand nombre d'ecclésiastiques de faire servir ces droits à l'orgueil, cette puissance à la tyrannie, ces richesses à la vanité ou à l'avarice; si cette apologie et notre défense n'est que dans notre bouche et dans nos discours, et non dans nos mœurs et dans notre vie : ne dira-t-on pas qu'à la vérité, notre origine était sainte, mais que nous nous sommes démentis nous-mêmes, que nous avons tourné en mondanité la simplicité de nos pères, et que nous couvrons du prétexte de la religion nos passions particulières ? N'est-ce pas déshonorer le sang du grand saint Thomas, faire servir son martyre à nos intérêts, et exposer aux dérisions injustes[1] de nos ennemis la cause si juste et si glorieuse pour laquelle il a immolé sa vie ?

Fasse donc ce divin Sauveur, qui a établi le clergé pour être la lumière du monde, que tous ceux qui sont appelés aux honneurs ecclésiastiques, en quelque degré du saint ministère qu'ils aient été établis[2], emploient si utilement leur autorité qu'on loue à jamais le grand saint Thomas de l'avoir si bien défendue; qu'ils dispensent si saintement, si chastement[3] les biens de l'Eglise, que l'on voie par expérience la raison qu'il y avait de les conserver par un sang si pur et si précieux. Qu'ils maintiennent la dignité de l'ordre sacré par le mépris des grandeurs du monde, et non par la recherche des honneurs; par l'exemple de leur modestie, plutôt que par les marques de la vanité; par la mortification et la pénitence, plutôt que par l'abondance et la délicatesse des enfants du siècle. Que leur vie soit l'édification des peuples; leur parole, l'instruction des simples; leur doctrine, la lumière des dévoyés; leur vigueur et leur fermeté, la confusion des pécheurs; leur charité, l'asile des pauvres; leur puissance, le soutien des faibles; leur maison, la retraite des affligés; leur vigilance, le salut de tous. Ainsi nous réveillerons dans l'esprit de tous les fidèles cette ancienne vénération pour le sacerdoce; nous irons tous ensemble, nous et les peuples que nous enseignons, recevoir avec saint Thomas la couronne d'immortalité qui nous est promise, au nom du Père, et du Fils, et du Saint-Esprit. *Amen.*

# EXORDE POUR UN PANÉGYRIQUE
## DE
# SAINT FRANÇOIS D'ASSISE

PRONONCÉ CHEZ LES RÉCOLLETS
DE SAINT-GERMAIN-EN-LAYE, LE 4 OCTOBRE 1670[1].

> *Si quis videtur inter vos sapiens esse in hoc sæculo, stultus fiat ut sit sapiens.*
> S'il y a quelqu'un parmi vous qui paraisse sage selon le siècle, qu'il devienne fou afin d'être sage.
>
> *I. Cor.*, III, 18.

Que pensez-vous, mes Révérends Pères, que je veuille faire aujourd'hui dans cette chaire sacrée ? Vous avez assemblé vos amis et vos illustres protecteurs pour rendre leurs respects à votre saint patriarche, et moi, je ne prétends autre chose que de le faire passer pour un insensé : je ne veux raconter que ses folies; c'est l'éloge que je lui destine, c'est le panégyrique que je lui prépare. David ayant fait le fou en présence du roi Achis[2], ce prince le fit éloigner. Mais l'insensé que je vous présente mérite qu'on le regarde; et David lui-même ayant prononcé : « Bienheureux celui qui ne regarde pas les folies trompeuses » : *qui non respexit in vanitates et insanias falsas*[3] a reconnu tacitement qu'il y avait une folie sublime et céleste, qui avait son fond dans la vérité. C'est de cette divine folie que François était possédé; c'est celle que je dois aujourd'hui vous représenter. Donnez-moi pour cela, ô divin Esprit, non des pensées délicates, ni un raisonnement suivi, mais de saints égarements et une sage extravagance, etc. [*Ave.*]

« Le monde avec la sagesse humaine n'ayant pas connu Dieu par les ouvrages de la sagesse[4], il a plu à Dieu de sauver par la folie de la prédication ceux qui croiraient en lui » : *In Dei sapientia non cognovit mundus per sapientiam*

*Deum ; placuit Deo per stultitiam prædicationis salvos facere credentes*[1]. Dieu donc, indigné contre la raison humaine, qui ne l'avait pas voulu connaître par les ouvrages de sa sagesse, ne veut plus désormais qu'il y ait de salut pour elle que par la folie. Ainsi deux desseins et deux ouvrages de Dieu forment toute la suite de son œuvre dans le monde. Ces deux ouvrages semblent diamétralement opposés entre eux : car l'un est un ouvrage de sagesse; l'autre, un ouvrage de folie. L'univers est celui de la sagesse. Y a-t-il rien de mieux entendu que cet édifice, rien de mieux pourvu que cette famille, rien de mieux gouverné que cet empire ? Dieu avait dessein de satisfaire la raison humaine; mais elle l'a méprisé, elle a méconnu son auteur[2] : Vive Dieu! dit le Seigneur, je ne songerai jamais à la satisfaire; mais « je m'appliquerai à la perdre et à la confondre » : *Perdam sapientiam sapientium*[3]. Et de là ce second ouvrage, qui est la réparation par la folie de la croix. C'est pourquoi il ne garde plus aucune mesure; et en voici la raison. Dans le premier ouvrage, Dieu se contentait de se montrer; et pour cela la proportion y était nécessaire, comme devant être une image de sa sagesse et de sa beauté immortelle : c'est pourquoi « tout y est avec mesure, avec nombre, avec poids » : *Omnia in mensura, et numero, et pondere*[4]. *Il a étendu son cordeau*, dit l'Ecriture[5]; il a pris au juste ses alignements pour composer, pour ordonner, pour placer tous les éléments. Ici, non content de se montrer, il veut s'unir à sa créature; c'est-à-dire, l'Infini avec le fini. Il n'y a plus de proportion ni de mesure à garder : il ne s'avance plus que par des démarches insensées; il saute les montagnes et les collines, du ciel à la crèche, de la crèche, par divers bonds sur la croix, de la croix au tombeau et au fond des enfers, et de là au plus haut des cieux[6]. Tout est sans ordre, tout est sans mesure.

Par les mêmes démarches que l'Infini s'est joint au fini, par les mêmes le fini doit s'élever à l'Infini. Il doit se libérer et s'affranchir de toutes les règles de prudence qui le resserrent en lui-même, afin de se perdre dans l'Infini; et cette perte dans l'Infini, parce qu'elle met au-dessus de toutes les règles, paraît un égarement. Telle est la folie de François.

La perte de la raison fait perdre trois choses. Premièrement, les insensés perdent les biens : ils n'en connaissent plus la valeur, ils les répandent, ils les prodiguent. Secondement, ils perdent la honte : louanges ou opprobres, tout leur est égal; ils s'exposent sans en être émus à la dérision publique. Troisièmement, ils se perdent eux-mêmes : ils ne connaissent pas l'inégalité des saisons, ni les excès du froid et du chaud; ils ne craignent pas les périls, et s'y jettent à l'abandon[1] avec joie. François a perdu la raison, non point par faiblesse; mais il l'a perdue heureusement dans les ténèbres de la foi; ensuite il a perdu les biens, la honte et soi-même. Non seulement il néglige les biens, mais il a une avidité de les perdre; non seulement il méprise les opprobres, mais il ambitionne d'en être couvert; non seulement il s'expose aux périls, mais il les recherche et les poursuit. O le plus insensé des hommes, selon les maximes du monde; mais le plus sage, le plus prudent, le plus avisé selon les maximes du ciel!

L'âme[2] qui possède Dieu, ne veut que lui. « J'entrerai dans les puissances du Seigneur : Seigneur, je ne me souviendrai que de votre justice » : *Introibo in potentias Domini : Domine, memorabor justitiæ tuæ solius*[3]. Quand on veut entrer dans les grandeurs et dans les puissances du monde, on tombe nécessairement dans la multiplicité des désirs. Mais quand on pénètre dans les puissances du Seigneur, aussitôt on oublie tout le reste; on ne s'occupe que des moyens de croître dans la justice, pour s'assurer la possession d'un si grand bien : *Domine, memorabor justitiæ tuæ solius*. C'est ce que l'Evangile confirme en nous exhortant à chercher d'abord « le royaume de Dieu et sa justice » : *Quærite primum regnum Dei et justitiam ejus*[4]. Le règne, c'est *potentias Domini*; c'est pourquoi on travaille à acquérir la justice pour y parvenir : *memorabor ustitiæ tuæ solius*.

Ce n'est pas ici le temps des honneurs : il faut porter la confusion d'avoir méprisé notre Roi. Nous avons dégradé Dieu et sa royauté. Jésus-Christ n'est plus notre Roi; nous avons transgressé ses lois, violé son autorité, foulé aux pieds sa majesté sainte : c'est pourquoi il n'a plus de couronne qu'une couronne d'épines; et sa royauté devient le jouet des soldats, etc.

# ESQUISSE D'UN PANÉGYRIQUE
## DE
# L'APOTRE SAINT PAUL

PRONONCÉ VERS 1694[1].

> *Caritas Christi urget nos.*
> La charité de Jésus-Christ nous presse.
> *II. Cor.*, v, 14.

La charité est une huile qui remplit le cœur, et un feu qui le presse. C'est cet effort de la charité pressante que je veux considérer. *Ave.*

*Caritas Christi urget nos : æstimantes hoc, quoniam si unus pro omnibus mortuus est, ergo omnes mortui sunt ; et pro omnibus mortuus est Christus, ut et qui vivunt jam non sibi vivant, sed ei qui pro ipsis mortuus est et resurrexit* : « La charité[2] de Jésus-Christ nous presse : considérant que si un seul est mort pour tous, donc tous sont morts; et que Jésus-Christ est mort pour tous, afin que ceux qui vivent ne vivent plus pour eux-mêmes, mais pour celui qui est mort et ressuscité pour eux. » La vue de Jésus-Christ mort doit donc nous inspirer le désir de lui rendre autant de vies qu'il y a de cœurs, en ne vivant plus que pour lui. Aussi saint Basile parlant de saint Paul sur ce passage, dit qu'il était insensé d'une folie d'amour : vivant d'une vie d'amour pour celui qui l'avait gagné.

Mais qu'est-ce que vivre pour Jésus-Christ ? C'est aimer ce qu'il aimait, et renfermer, par une parfaite conformité ses affections dans les objets qui lui ont gagné le cœur, détruisant en nous toute autre chose.

Or nous pouvons déterminer trois choses que Jésus a aimées. Il a aimé la vérité; il a aimé sa croix; il a aimé son Eglise. Il est venu pour prêcher les hommes[3]; c'est pourquoi il a aimé la vérité. Il est venu pour racheter les hommes ; c'est pourquoi il a aimé sa croix. Il est venu pour sanctifier les hommes par l'application de son sang[1] ; c'est pourquoi il a aimé son Eglise.

Paul a vécu pour Jésus, et aimé ce que Jésus aime : il a aimé la vérité, et il en a fait tout son emploi ; il a aimé la croix, et il en a fait toutes ses délices ; il a aimé l'Eglise, et il en a fait l'objet de ses complaisances et l'unique sujet de tous ses travaux.

### PREMIER POINT[2]

Jésus a aimé la vérité. Engendré par la connaissance de la vérité, vérité lui-même, principe avec le Père[3] de l'Esprit qui est appelé l'Esprit de vérité, parce qu'il procède de l'amour d'icelle, la charité a pressé Jésus de sortir du sein de son Père pour manifester la vérité, pour la rendre sensible et palpable : *Unigenitus Filius, qui est in sinu Patris, ipse enarravit*[4]. Quiconque aime la vérité, la veut publier, et la veut faire régner. « La vérité est une vierge, mais sa pudeur est de n'être pas découverte » : *Nihil veritas erubescit, nisi solummodo abscondi*[5]. Quand on est animé de son amour, on est pressé de la publier : *Caritas Christi urget nos.*

Paul ayant connu la vérité, il ne va point aux apôtres qui la savaient, mais il la prêche en Arabie, à Damas, montrant que celui-ci[6] était Jésus[7]. Voyez comme il est pressé de la découvrir : *Incitabatur spiritus ejus in ipso, videns idololatriæ deditam civitatem*[8]. Mais Paul montre la vérité toute nue, sans fard, sans aucun de ces ornements d'une sagesse mondaine : il la prêche avec une éloquence qui tire sa force de sa simplicité toute céleste.

Pour prêcher la vérité avec autorité, il la prêche dans un esprit d'indépendance ; et pour cela, il ne veut rien tirer de personne : il impose à ses propres mains la charge de lui fournir tout ce qui lui est nécessaire[9]. Et, en effet, pour prêcher la vérité il faut un cœur de roi, une grandeur d'âme royale : *Ego autem constitutus sum rex ab eo super Sion montem sanctum ejus, prædicans præceptum ejus*[10], et si cette noble fonction ne demande pas qu'on soit roi par l'autorité du commandement, du moins exige-t-elle qu'on soit roi par indépendance. C'est pourquoi saint Paul se rend indépendant de tout ; et s'étant mis en état de n'avoir besoin de rien, « il va reprenant tout homme à temps et à contretemps », *corripientes omnem hominem*[1]...; *opportune, importune*[2]. Il s'était mis en état de ne se réjouir du bien qu'on lui faisait, que pour l'amour de ceux qui le faisaient[3].

## SECOND POINT

Jésus a aimé la croix, et a toujours témoigné une grande avidité pour les souffrances. Paul aimait la croix pour se conformer à Jésus, et pour faire régner Jésus. Aussi ce sont ses souffrances qui ouvrent la porte à l'Evangile, dans les différents lieux où il prêche[4]. Les moments de souffrance sont des moments précieux. Dans les autres occasions, la bouche seule loue : parmi les souffrances, et tout le corps affligé, et tout le cœur abattu sous la main de Dieu, et tout l'esprit assujetti aux lois de sa volonté se tournent en langues[5] pour célébrer la grandeur de sa souveraineté absolue, et sa miséricorde, et sa justice.

## TROISIÈME POINT

Qui peut dire combien saint Paul a aimé l'Eglise ? Trois choses nous montrent assez à quel haut degré son amour pour l'Eglise était porté : l'empressement de la charité de l'Apôtre pour ses frères, la tendresse de sa charité pour chacun d'eux, l'étendue de sa charité pour tous les membres qui composent l'Eglise. Ainsi c'est avec grande raison que saint Chrysostome, frappé du zèle étonnant de l'Apôtre, et de son immense charité, dit que Paul, par sa grande sensibilité sur les intérêts de l'Eglise, en était non seulement le cœur, *cor Ecclesiæ,* mais qu'il s'affectait aussi vivement sur les biens et les maux de tout le corps, que s'il eût été l'Eglise entière : *Quasi ipse universa esset orbis Ecclesia*[6].

# *APPENDICE*

# TEXTES
## PRIS A L'AUDITION

# PANÉGYRIQUE
## DE
# SAINT SÉBASTIEN

PRÊCHÉ VERS 1652[1].

> *Posuit me sibi quasi in signum. Convulneravit lumbos meos, non pepercit et effudit in terra viscera mea. Concidit me vulnere super vulnus, irruit in me quasi gigas.*
>
> Job, XVI, 13-15.

Ces paroles que le Saint-Esprit[2] a mises autrefois en la bouche du saint homme Job réduit sur le fumier, exposé comme un blanc[3] à la rage de ses ennemis, se peuvent aussi raisonnablement appliquer au saint dont nous faisons la fête, puisque je trouve tant de proportion entre l'un et l'autre, qu'il semble que ce qui a servi de défense au miroir d'une innocence persécutée peut servir d'éloge et de fondement à la gloire du plus courageux, mais du plus affligé de tous les martyrs de la loi de l'Evangile. En effet, soit que nous considérions la nature du supplice de saint Sébastien, soit que nous examinions les circonstances de sa mort, ou que nous fassions réflexion sur les instruments particuliers de la malice de ses bourreaux, nous n'avons pas de peine d'avouer qu'il a été comme un blanc exposé aux traits de leur fureur, et que, dans l'état de son martyre, il peut dire que ce sont les ennemis de l'Evangile qui l'ont couvert de plaies depuis les pieds jusques à la tête, lui ont percé les entrailles à grands coups de flèches et l'ont tellement chargé de blessures qu'il n'est plus qu'un triste composé de douleurs et de souffrances : *Posuit me quasi sibi in signum,* etc...

Job[4] s'est servi autrefois de ces paroles pour deux raisons : la première, pour montrer les funestes vestiges [de la fureur] de ses ennemis et la seconde pour faire voir la constance et la fermeté[5] de son courage qui, dans la pensée des Pères de l'Eglise, lui a fait porter la qualité d'ouvrier des victoires de Dieu : *operarius victoriæ Dei*[1]. Mais notre saint les répète aussi pour ces deux raisons mêmes : l'une, pour faire voir les vestiges sanglants de la cruauté de Maximien et de Dioclétien, l'autre pour servir de monument éternel et de témoignage à la grandeur de son courage dans la querelle de l'Evangile. Ou plutôt disons que l'Eglise ne nous le représente pénétré jusques à la moelle des os d'une infinité de coups de flèche qu'afin d'exciter notre ferveur[2], et de fortifier notre faiblesse dans la pratique et l'amour des austérités. Esprit-Saint, qui êtes la force des martyrs, descendez aujourd'hui dans mon cœur et sur ma langue, pour donner à mes auditeurs une haute idée des vertus de cet illustre martyr : c'est la grâce que je vous demande prosterné aux pieds de Marie, à qui je dis comme autrefois l'archange Gabriel : *Ave*.

Pour établir solidement l'éloge du glorieux saint Sébastien, il faut que vous remarquiez avant toutes choses que toute la perfection du chrétien ne consiste que dans les vertus rudes, fâcheuses et difficiles à pratiquer. Car comme la religion chrétienne est une [profession] de douleurs et non pas un état de mollesse et de délices, *non est voluptuosa, sed severa in Deum professio*[3], enfin tout le fondement de l'Evangile ne consiste que dans les vertus mortifiantes; et, comme nous sommes composés de corps et d'âme, il faut que ces vertus s'étendent sur ces deux parties; il faut que le corps endure, il faut que l'âme souffre d'autant que, pour être parfait, il faut souffrir en tout ce qu'on a de soi-même, il faut endurer en ces deux parties. Mais quelles sont les vertus qui le font endurer ? C'est la foi et le martyre. La première s'attaque à l'âme, et la deuxième en veut au corps : la première combat l'esprit et le mortifie; c'est l'apôtre saint Paul qui me l'apprend : *captivantes intellectum in obsequium fidei*[4]; cette vertu lui donne des chaînes, le lie et le fait mourir. Pour ce qui est du martyre, vous en pouvez encore moins douter, puisque le corps y est accablé sous la pesanteur des coups; on le bat, on le meurtrit[5], en un mot, il ne peut jamais plus souffrir que par la violence des tourments. Ainsi, Messieurs, pour vous faire voir l'excellence du grand saint Sébastien, je suis déterminé à vous le faire voir sous deux belles qualités : 1º comme un chrétien courageux parmi les ténèbres du paganisme; 2º comme un soldat invincible au milieu des rigueurs de son supplice et comme un martyr victorieux dans la violence de son martyre et l'excès de son courage : deux réflexions importantes qui feront l'éloge de notre grand saint et la matière de ce discours. Un peu d'attention, s'il vous plaît.

## PREMIER POINT

La grandeur de la foi peut être considérée par [trois] belles circonstances : 1º si elle est généreuse; 2º si elle est désintéressée; 3º si elle est persévérante. Le courage lui donne la naissance, le détachement la conserve, mais la constance la conduit heureusement à son terme. Si elle n'est généreuse, c'est une lumière qui s'éteint à l'opposition d'un petit corps opaque; si elle n'est désintéressée, c'est une flamme, c'est une[1] . . . . . . . . . . . . . . . . et si elle n'est constante, c'est un feu follet qui se perd au moindre obstacle. Voilà pourquoi on la dépeint avec l'épée, le bandeau et la croix. L'épée pour [faire] voir son courage, le bandeau pour montrer qu'elle est aveugle et que, comme elle est détachée des choses matérielles, elle doit se détacher de tous les intérêts de la terre. On la dépeint avec la croix pour montrer l'exemplaire de la constance et le modèle de la persévérance qu'elle doit avoir. Ce sont les trois caractères que je trouve d'une façon particulière dans la foi du glorieux saint Sébastien qui lui fait porter la qualité de chrétien courageux parmi les ténèbres et l'aveuglement du paganisme. 1º Elle est courageuse, parce qu'elle triomphe des passions et de ses sens. 2º Elle est désintéressée, puisqu'elle triomphe de ces avantages qu'il pouvait espérer à des belles promesses de l'empereur; et enfin elle est persévérante, puisqu'elle triomphe dans les obstacles qui pouvaient empêcher sa durée. Développons ceci pour faire comprendre cette vérité.

Il faut que vous entriez d'abord dans la pensée du Trismégiste[2], qui a, ce me semble, divinement exprimé la querelle que Dieu a suscitée contre l'homme. Les créatures sans raison, comme elles sont toutes limitées, elles ne peuvent pas aspirer à quelque haut degré de perfection, et partant elles n'ont besoin ni de mérites, ni de vertus. C'est pour cela que Dieu ne leur donne point de difficultés à surmonter. Elles suivent seulement leur instinct, et comme elles n'espèrent rien, elles n'ont aussi rien à craindre, ni rien à combattre. Mais l'homme, à qui Dieu a voulu donner la conduite de ses affections, comme il ne voit pas de bornes à ses perfections, il peut aussi toujours aspirer plus haut, sans jamais restreindre ses prétentions. C'est pourquoi il peut toujours mériter de plus en plus, tout le cours de sa vie n'étant qu'une guerre perpétuelle, qui lui fournit sans cesse des occasions pour faire paraître sa vertu. Cette guerre n'est autre que la répugnance de la chair et de l'esprit, guerre intestine, guerre perpétuelle, guerre qui dure autant que la vie : *militia est vita hominis super terram* (Job, VII, 1). Dans les autres créatures, comme tout y est animal, il n'y a point d'opposition, point de répugnance; mais dans l'homme, parce que toutes les parties sont différentes, l'une étant corruptible, l'autre incorruptible, l'une du ciel, l'autre de la terre, l'une toute divine, l'autre charnelle, suivant la pensée de Tertullien[1] : *participata communicatione mentis et corporis sumus cœlum et terra*, il s'ensuit qu'il se trouve nécessairement dans nous une antipathie qui ne cesse pas qu'une partie ne l'emporte sur l'autre.

Admirez ici, Messieurs, les desseins de notre Dieu, qui nous a suscité cette guerre pour être le sujet de notre victoire, et ne nous a élevé des ennemis que pour être des captifs de notre triomphe. Il est vrai que l'homme a donné par sa faute[2] une grande prise sur soi à la nature, son ennemi capital, quand l'appétit sensuel s'accroît par la trahison du péché et la faiblesse de notre âme; ce qui fait qu'il s'écrie : *Multiplicati sunt inimici mei super me,* que ses ennemis se sont multipliés, en même temps que son péché s'est soulevé contre lui : *Iniquitates meæ supergressæ sunt* (Ps. XXXVII, 5). Ce serait donc assez de dire que saint Sébastien était homme, pour vous faire comprendre qu'il avait de puissants ennemis à combattre. Mais il me semble que la qualité de chrétien l'engage à des circonstances bien plus considérables. Car remarquez qu'il n'y a rien qui le puisse solliciter à entreprendre cette guerre contre lui-même. Il est parmi des idolâtres, dont l'occupation est de donner tout à leurs sens. Il ne se faut pas étonner si, adorant des dieux voluptueux, ils suivaient leurs vices en s'attachant à leur culte et à leur doctrine. « Ils rougiraient, dit ce grand homme[3], de ne pas imiter ceux qu'ils adorent et ils croiraient leur faire tort si, en leur présentant de l'encens, ils ne reconnaissaient pas le modèle de leurs actions. » C'est cependant la condition malheureuse où notre invincible martyr se voit engagé par l'état de sa profession. Car vous savez, Messieurs, qu'il avait pris les armes sous les empereurs Dioclétien [et] Maximien, et que même il avait fait de si belles conquêtes qu'il avait mérité la charge de lieutenant-colonel[1] en leur armée; et vous m'avouerez que, s'il y a du libertinage, c'est particulièrement parmi les soldats, gens adonnés à la rapine, aux vols, et aux meurtres et aux impuretés. Il faut donc une foi bien courageuse pour surmonter tant d'ennemis que leur sort favorise et dont la concupiscence autorise les actions déréglées. Ah! guerre du péché, que tu es funeste! ennemi que tu es puissant puisque tu attaques au dedans et au dehors, et qu'ayant intelligence, tu peux [te] promettre un triomphe assuré, tellement que notre saint faisait ce beau dialogue : *Quare posuisti me contrarium tibi ?* (Job, VII, 20). Ah! mon Dieu, je ne puis exprimer les obligations que je vous ai de m'avoir donné la foi et de m'avoir tiré des ténèbres de l'idolâtrie et de l'aveuglement du paganisme. Mais pourquoi, mon Dieu, est-ce que, nonobstant cette grâce je vous suis contraire? N'était-ce pas assez de cette conspiration extérieure des ennemis de votre gloire, sans mettre une contradiction immortelle dans mon corps et dans mon âme ? Pourquoi m'avez-vous créé dans un état si contraire[2] ? Pourquoi une si grande répugnance à vous obéir ? A quoi bon cet appétit qui m'empêche l'exécution de vos commandements ? Mais entendez la réponse que lui fit Dieu : *Victus erit a te appetitus tuus*[3] : Ce combat n'est que pour te donner la victoire; cette répugnance n'est que pour faire éclater ta foi, et ces ennemis ne sont que pour rehausser ton triomphe.

Il me semble que, dans ce combat, Dieu se comporte à l'égard de notre saint comme un maître d'escrime avec ses écoliers de salle. Ce n'est pas ma pensée, c'est celle du Prophète, qui dit que Dieu nous donne l'industrie pour nous défendre, qu'il instruit nos mains au combat : *Qui docet manus meas ad bellum*[4] (Ps. CXLIII, 1). Il nous présente un plastron, plutôt pour marquer nos bons coups que pour servir de résistance. *Qui docet manus meas ad prælium.* Ou bien, disons avec saint Basile, qu'il fait comme un bon écuyer ou comme un maître d'académie[1] qui, pour apprendre à bien ajuster une lance, met un but seulement pour servir à ceux qui veulent faire paraître leur adresse, sans encourir d'autre danger qu'un retour de bras qui ne peut être causé que par le défaut de ceux qui le tirent, comme une juste peine de leur ignorance. Voilà le combat où notre grand et incomparable saint Sébastien est engagé. Mais voyons comme la foi en triomphe et [comme] cette qualité de chrétien le fait combattre et vaincre ses ennemis. C'est proprement la foi qui nous rend victorieux[2], et il n'y a que cette vertu qui puisse mériter de triompher; ce qui oblige l'apôtre saint Paul lorsqu'il décrivait un soldat chrétien, de lui donner la foi pour son bouclier[3], comme si elle seule était capable de recevoir tous les coups des ennemis et de les rendre inutiles par la résistance. Ne cherchons pas d'autres preuves que par l'exemple que nous fournit ce saint athlète dont nous faisons aujourd'hui la fête.

L'empereur ayant été averti que notre saint, sous le nom de colonel, se servait même de son autorité impériale pour mieux défendre les chrétiens et tâcher de détourner du culte de ses dieux, et que, pour cette effet, il avait encouragé au martyre Marc et Marcellin, personnes de condition, à qui on avait différé l'arrêt de mort, pour voir si on gagnerait quelque chose sur leur esprit, et que saint Sébastien les avait non seulement excités au martyre, mais même qu'il attirait à son parti Tranquillin et Marcia, père et mère de Marcellin, vous pouvez vous imaginer si ce monstre d'enfer n'entra pas incontinent dans des sentiments de rage de voir le trône de Jésus-Christ établi sur la ruine de ses idoles. Ce qui l'obligea à faire venir notre saint, le reprendre témérairement et lui demander s'il était vrai qu'il fût chrétien et qu'il se servît de son autorité pour les protéger. Ah! Sébastien, c'est ici qu'il faut que votre foi soit courageuse. Ce n'est pas assez de l'avoir dans la tête, il faut l'avoir dans la langue, et confesser hautement ce que vous avez dans le cœur. Ah! Messieurs, n'appréhendez pas pour notre saint. Il répond hardiment et sans crainte de ce tyran et sans avoir égard aux mouvements de sa nature, qui le sollicitaient à se jeter dans les bonnes grâces de son prince pour vivre dans toute sorte de contentements. Mais il ne se soucie pas de ces considérations, qui sont néanmoins très puissantes parmi les courtisans et les gens d'épée. Il s'arme du bouclier de la foi, résiste à tous les efforts, combat avec une grandeur de courage incroyable la cruauté de ce prince. N'ai-je donc pas eu raison de vous dire que notre saint a paru comme un chrétien courageux parmi les ténèbres du paganisme ?

Mais le deuxième caractère de sa foi consiste à avoir été désintéressé. Je vous ai déjà apporté quelques mots, vous faisant voir la grandeur de son courage à s'opposer à leur erreur et [à] se moquer de leurs dieux. Vous avez compris sans doute comme il ne pouvait être intimidé par aucun avantage, ni charmé par les promesses. Tertullien demande dans son *Apologie*[1] si on peut licitement vivre avec les idolâtres et converser avec eux. Ce père semble s'étonner que, dans son temps, on ait pu vivre avec les païens, et qu'ayant usé de même viande[2], on ne participe pas à leur erreur. Aussi les idolâtres de son siècle semblaient se moquer, voyant les chrétiens vivre avec eux et être contraints de [se] servir des mêmes aliments. Ce Père, prenant la parole pour tous les fidèles, fait cette belle réponse : *Pares sumus vita, non disciplina*. Vous me reprochez que nous avons conversé avec vous, que nous avons mangé de même viande. Mais pour cela nous ne participons pas à votre erreur : *Pares sumus vita, non disciplina*[3]. Vous me reprochez que nous avons conversé avec vous et que nous sommes sous les mêmes éléments; mais sachez que, si notre condition malheureuse nous engage d'être avec vous, notre doctrine et notre profession nous en séparent, et que, si nous partageons ensemble les mêmes aliments, nous ne partageons pas la même loi. A Dieu ne plaise que nous soyons engagés dans les mêmes ténèbres et qu'un aveuglement commun nous fasse entrer en société de doctrine!

Voilà quel a été le dessein de Dieu engageant saint Sébastien avec les idolâtres : c'est qu'il a voulu faire éclater la foi et apprendre que cette lumière sombre qui ne donne sa clarté que dans les lieux ténébreux, *lucerna lucens*[4], a néanmoins[5] assez d'éclat pour dissiper les ténèbres de l'idolâtrie.

Mais voyez-le rompre les obstacles qui se présentent : car imaginez-vous quelles furent d'un côté les menaces de l'empereur pour intimider notre saint, et de l'autre les promesses qu'il lui faisait pour l'attirer à son parti. Ne conjecturez-vous pas combien de fois il lui représenta la grandeur de son extraction, la noblesse de sa famille, sa charge de colonel et ses beaux exploits qui l'avaient déjà rendu recommandable dans l'Empire et lui avaient fait occuper la plus belle fonction de l'armée ? Ah ! Messieurs, qui pourrait n'être pas saisi de frayeur ? Mais, d'autre côté, qui ne serait pas charmé de si glorieux avantages ? Ah ! qu'il paraît bien, mon Dieu, que votre grâce est victorieuse, et quand elle veut triompher d'un cœur, il n'y a rien qui soit capable de s'opposer à ses conquêtes. Notre saint surmonte tous les obstacles, et comme il fait gloire de prêcher un Dieu crucifié, dépouillé, nu, abandonné et mis à mort en croix, il n'y a rien qui soit capable de l'intimider; il se présente hardiment devant le tribunal de cet idolâtre et avec une sainte effronterie digne d'un soldat chrétien, répond courageusement que sa religion lui fait espérer d'autres biens que ceux que les princes de la terre lui peuvent promettre; que ceux-ci sont sujets au caprice de la fortune; mais que la foi lui en fait connaître qui ne sont sujets à aucuns défauts. Et parce qu'étant armé des armes de la lumière, suivant le conseil de saint Paul, *induamur arma lucis* (Rom., XIII, 12) il ne veut que cette belle vertu pour surmonter et les tourments et les avantages, et voyant que la splendeur de la foi est capable d'éclairer les plus aveugles au milieu de leurs ténèbres, il fait voir clairement à l'empereur quel est l'excès de son injuste cruauté et lui découvre la vanité de ses idoles.

Je me persuade que vous vous imaginez qu'une foi si généreuse et si persévérante dans son progrès le soit aussi dans sa fin. Ce n'est qu'à cette persévérance que se donne la couronne, et comme on ne triomphe jamais qu'on n'ait surmonté tous ses ennemis, aussi on ne mérite point la gloire qu'on n'ait résisté jusques à la mort aux ennemis de la foi : *Qui perseveraverit usque in finem, hic salvus erit* (Matth., X, 22). Le trône de Dieu ne se donne qu'aux victorieux, et jamais on ne porte cette qualité qu'après de grands combats : *Qui vicerit, dabo ei sedere mecum* (Apoc., III, 21).

L'empereur se pouvait flatter jusques à cette heure de pouvoir faire changer de sentiment à son colonel, et s'imaginant que sa religion n'était qu'une pure rêverie et qu'il la quitterait bientôt, c'est pourquoi il commande qu'on l'amène. Et ce incontinent, après l'avoir outragé de paroles, Dioclétien commanda qu'on l'attachât à un poteau et que les gardes de son corps le perçassent de flèches. Mais cette circonstance est trop considérable pour la laisser sous silence. C'est pourquoi elle doit être le sujet d'une réflexion plus importante. Après vous avoir montré la grandeur de la foi de notre saint, voyons dans cette dernière partie la violence de son martyre et l'excès de son courage, qui me fait dire qu'il a été un soldat invincible au milieu des rigueurs de son supplice et un martyr victorieux dans l'état de sa mort! Un peu d'attention.

## SECOND POINT

C'est une chose surprenante de voir la conduite de Dieu à l'égard des saints, et d'examiner la manière dont il s'est servi et les moyens qu'il a employés pour leur faire mériter la plus belle de toutes les gloires. Comme il a une [providence] pour ses élus..., afin[1] que tout ce qui semblait davantage leur ravir l'éclat de la réputation, contribuât à les rendre recommandables par toute la terre. D'où vient que saint Augustin, expliquant ce passage de l'Apôtre qui dit que : « toutes choses tournent en bien à ceux qui aiment Dieu » : *Diligentibus Deum omnia cooperantur in bonum* (Rom., VIII, 28), il ose bien assurer que le péché, pour énorme qu'il soit, sert néanmoins d'instrument à leur gloire. Il n'y a jamais eu de péché plus abominable devant Dieu que la persécution de l'innocence; jamais de crime plus énorme devant ses yeux que la cruauté de tyrans qui, emportés d'un faux zèle, tournent toute leur rage contre les serviteurs de Dieu. Car les persécuteurs devaient s'attaquer à Dieu, puisqu'ils lui étaient unis inséparablement, non seulement par la grâce de nature, mais encore par le lien de la foi et de la charité. Mais néanmoins, ce péché, tout énorme qu'il est, contribue à leur gloire et semble avoir servi de sujet à leur triomphe.

La pensée de Tertullien[2] me ravit encore davantage. Je vous prie de la bien entendre. Ce grand homme, qui prenait plaisir à se moquer du faux culte des dieux et de l'aveuglement des idolâtres, et qui en même temps n'avait d'autre dessein que de faire voir la grandeur du nom chrétien, remarque par une pensée délicate que, parmi les chrétiens il y a des dieux hommes, aussi bien que parmi les païens, suivant cette parole du Prophète : *Ego dixi, vos dii estis* (Ps., LXXXI, 6). Mais voyez comme il l'explique. Il considère que les infidèles ont consacré leurs idoles pour être les [sujets] de leur vénération ; ces pauvres aveugles faisaient leurs idoles pour ne leur rendre aucun honneur [?]. Voilà ce qu'ils faisaient à l'égard des chrétiens ; car, en les faisant passer par le glaive, ils travaillaient à leur gloire et les consacraient en divinités. Voilà pourquoi, ils se servaient de la bouche de ce Père pour se moquer de leur rage et leur dire par une agréable raillerie : Pauvres aveugles, que votre conduite est étrange ! Vous prétendez finir le nom de chrétien en les martyrisant ; vous croyez faire passer les fidèles pour des scélérats en les faisant passer par le fer et le feu. Mais savez-vous bien que vous travaillez à notre gloire et que, sans y penser, vous nous traitez comme vos dieux, qui souffrent des épreuves fâcheuses avant qu'ils soient les objets de vos adorations.

Voilà, Messieurs, quelle a été la conduite du Ciel à l'égard des saints ; leurs supplices leur ont procuré par un secret surprenant la plus grande de toutes les gloires. La raison de cette vérité se prend de ce que le Fils de Dieu, par une extension de vertus et une surabondance de puissance, a communiqué aux suppliciés une gloire éternelle ; d'où vient que c'est par la force de la croix qu'il dit que tous les chrétiens triompheront : « en ce signe », *in hoc signo vinces*. C'est par ce moyen qu'il a rendu les martyrs invincibles au milieu de leurs tourments, qui leur faisaient avouer qu'ils n'avaient jamais été si aises que lorsqu'ils souffraient : *currebant ad supplicia velut ad ornamenta*[1]. Grand saint Sébastien, soyez aujourd'hui le garant de la vérité que je prêche, faites paraître la grandeur de votre courage. Je vous demande seulement, Messieurs, de rappeler en votre mémoire et en vos esprits ce que je viens de vous dire[2], que l'empereur Dioclétien, étant averti qu'il détruisait le culte de ses dieux pour établir la religion chrétienne, commanda qu'on l'attachât debout dans un champ, les mains et les pieds liés, comme on nous le représente, et que les soldats de la garde le tirassent à l'envi et le fissent mourir sous une grêle de coups de flèches, dont ils lui percèrent les entrailles.

Ah ! grand saint, c'est ici qu'ils vont **faire paraître**

votre courage et faire que le poteau, qui dans la pensée du tyran doit être le but de votre mort, soit le théâtre de votre triomphe, et [que] le champ qui est destiné pour vous faire mourir soit un champ de bataille ouvert à vos victoires. Tout le monde accourt à ce spectacle, les uns pleins de rage, les autres touchés de compassion. Mais, au reste, dans ces divers sentiments, il n'y a que notre saint qui soit invincible. Les soldats décochent leurs flèches envenimées contre lui; le voilà tout percé et sanglant; tout le monde le croit mort, on l'abandonne pour servir de proie aux oiseaux. Mais Dieu qui a une providence qui veille sur les saints, en a une particulière pour lui. Il lui rend la vie, brise ses liens et le remet en santé; une bonne femme va pour prendre son corps et lui rendre les derniers honneurs d'une sainte sépulture; mais, au lieu de trouver un cadavre sans vie, elle le trouve vivant. Ah! quel miracle! N'est-ce pas un soldat invincible parmi les horreurs de la mort? Et n'avons-nous pas sujet de dire au poteau auquel il est attaché ce que disent les Pères au tombeau du Fils de Dieu, qu'il lui sert d'une seconde mère, où il reçoit une vie infiniment plus belle que la première. Mais le plus grand miracle de tous, le Fils de Dieu s'apparut à lui et le baisa par un témoignage d'amitié et par une espèce de récompense. Je ne parle pas qu'il délia la langue d'une femme muette depuis six ans, pour autoriser la vérité de la religion qu'il prêchait, puisque j'apprends de saint Léon qu'il faut plus regarder dans un saint sa personne que les miracles[1], et que le courage des martyrs est un plus grand prodige que tout le bouleversement de la nature[2] : *omni miraculo majus est homo miraculum*[3].

Considérons donc plutôt la personne de notre invincible martyr, son courage à supporter la violence de ses tourments et les triomphes qu'il a remportés à sa mort. Il voit le tyran tout désespéré, les bourreaux qui écument de rage, l'enfer qui grince des dents de se voir moqué de la sorte. Vous diriez que le passage de Job au chap. XVI est formel pour notre saint. Je n'en rapporterai que quelques textes pour ne lasser pas votre patience. J'en ferai seulement l'application : *Collegit furorem suum in me*. Dioclétien enrage de voir [prospérer] la religion de mon Dieu, ramasse tout son venin et toute sa fureur contre moi; il s'est servi de menaces et, enragé de se voir moqué, a grincé des dents et écumé de rage : châtiment terrible, *Terribilibus oculis me intuitus est.* Mon ennemi déclaré, parce qu'il l'était de mon Dieu, m'a regardé avec des yeux pleins de fiel, qui me regardaient comme la dernière de toutes les créatures : *Aperuerunt super me ora sua.* Ces infâmes courtisans, [ses] compagnons, ouvrirent leur bouche pour me charger d'outrages et d'imprécations. Ils m'ont même frappé cruellement jusques à se lasser, n'y ayant que mon courage qui fût infatigable dans ces tourments : *Conclusit me Deus apud iniquum.* C'est la providence de mon Dieu qui m'a engagé à ce combat. C'est pour les intérêts de sa gloire que j'ai été renfermé entre les méchants, et c'est pour la défense de sa religion que j'ai été livré entre leurs mains : *Ego quondam eram opulentus :* J'étais auparavant dans l'abondance, dans les dignités et dans les honneurs; j'étais colonel de l'empereur : mais j'ai été froissé tout d'un coup sous une grêle de flèches, on a froissé ma tête, enfin ils m'ont percé et m'ont éventré. Hé bien! Messieurs, qu'en dites-vous ? Le prophète Job pouvait-il parler de notre saint en des termes plus exprès ?

Voilà la qualité de son supplice : ce qui m'oblige à dire qu'il a triomphé de ses ennemis par la violence de sa mort. Ne vous étonnez donc pas si, par un privilège particulier, le Pape, reconnaissant les grands services qu'il avait rendus à l'Eglise, étant instruit de son courage et de la force de son zèle, l'a appelé le défenseur de la foi : titre qui est si particulier que jamais les Souverain pontife ne l'a donné à aucun martyr qu'à lui, titre qui lui est si glorieux, qui est la source de la grandeur et le propre[1] de son élévation.

Finissons, Messieurs, et tirons quelque fruit de ce discours. Vous avez vu un chrétien dont la foi et le courage l'a rendu grand dans toute l'Eglise. Mais, dans quelque élévation qu'il puisse être, il doit être autant le sujet de vos imitations qu'il peut être de vos étonnements : *Inspice et fac secundum exemplar* (Exod., XXV, 40) : « Regardez et vous conformez à l'exemplaire » que l'Eglise vous présente; c'est un beau modèle, dont vous êtes obligés de contrôler tous les traits et les vertus que je vous ai prêchés. Elles ne lui sont pas si particulières que vous n'y puissiez prendre part. Mais hélas! où est votre foi ? et n'ai-je pas raison de répéter aujourd'hui ces paroles du Fils de Dieu : *Filius hominis veniens, putas inveniet fidem in terra* (Luc, XVIII, 8) : « pensez-vous que le Fils de l'homme dans son [avènement] puisse rencontrer de la foi sur la terre ? » Hélas ! elle est éteinte, elle est anéantie.

Je trouve donc trois sortes de foi exemplaire : la première consiste dans la connaissance de l'entendement qui se soumet aux vérités de l'Evangile ; la seconde passe de l'entendement à la volonté et va jusques à l'action. La troisième sert à [faire] rendre les œuvres publiques en présence de nos frères. Or, où sont ces trois sortes de foi dans le christianisme ? Il n'y en a aucune.

Ha ! on ne pouvait autrefois [que] voir marcher un chrétien pour dire qu'il était tout saint, tant il avait de retenue, d'humilité et de modestie. Mais maintenant, on est bien en une autre posture ; les gestes, le maintien, les habitudes ne montrent que la vanité, que le luxe, que l'impureté et les désordres[1]. Ha ! Chrétiens, prenez-y garde. Ayez une foi vive. Mais il faut en même temps que cette foi fasse naître en vous l'esprit du martyre, c'est-à-dire qu'elle vous fasse aimer les mortifications, les rigueurs et les austérités, que la pénitence par une [haine] divine fasse autant sur vos corps que le martyre sur celui du glorieux saint Sébastien[2] ; cette morale est rude, fâcheuse, je l'avoue ; il en faut passer par là : *Regnum cœlorum vim patitur et violenti rapiunt illud* (Matth., XI, 12). Il n'y a que les personnes qui se font violence qui emportent le royaume du ciel, et vous ne pouvez me montrer aucun saint qui n'ait été un martyr ou qui n'ait eu l'esprit du martyre, qui est la [gêne] des souffrances et des travaux. Non, non, vous ne m'en sauriez montrer aucun ; car il n'y en a point qui ne soit conforme à l'image du Fils de Dieu. Or, le Fils de Dieu, tout saint, tout innocent et impeccable qu'il était, a néanmoins toujours été un véritable homme de douleurs : *Virum dolorum* (Is., LIII, 3). Ne prétendez donc pas aller au ciel par un autre chemin ; toute autre voie doit être suspecte. Imitez aujourd'hui le grand saint Sébastien, comme vous honorez sa fête, afin que vous puissiez un jour être élevés avec lui dans la gloire que je vous souhaite, au nom du Père et du Fils et du Saint-Esprit. *Amen.*

# PANÉGYRIQUE
## DE
# SAINT CHARLES BORROMÉE

PRÊCHÉ A PARIS, LE 4 NOVEMBRE 1656 [?][1].

> *Ergo mors in nobis operatur, vita autem in vobis.*
>
> « Donc la mort opère en nous, et la vie en vous », dit l'Apôtre saint Paul dans la 2e *Epître aux Corinthiens,* chap. 4e, v, 12.

Lorsqu'on parle en présence des peuples fidèles ou des devoirs du sacerdoce ou des vertus des ecclésiastiques, ils pensent que ces discours ne les touchent point, et renvoient toute la pratique de ces devoirs ou à l'ordre sacerdotal ou aux personnes consacrées. Mais c'est une vérité chrétienne, que, se faisant en nous par le saint baptême une impression spirituelle du caractère du pontificat de Notre-Seigneur Jésus-Christ[2], tous ceux qui ont l'honneur d'être ses membres sont aussi participants de son sacerdoce, et que, par conséquent, ils doivent prendre part, selon la mesure qui leur est donnée, à l'esprit et aux fonctions de sa prêtrise. C'est ce que le docte saint Chrysostome[3] explique très excellemment par l'ordre même du sacrifice, où le peuple s'unit avec le prêtre en société du même esprit, où le prêtre quoiqu'il paraisse tout seul à l'autel, porte néanmoins des vœux communs et parle au nom de toute la sainte assistance, apprenant aux enfants de Dieu par cette sainte cérémonie qu'ils sont réellement unis avec lui dans un esprit sacerdotal et apostolique. C'est pourquoi je me persuade, Messieurs, que ce que j'ai à dire aujourd'hui du saint pontife, dont nous honorons la mémoire, quoiqu'il regarde principalement l'état ecclésiastique, il ne sera pas toutefois inutile au reste de mes auditeurs. Et comme j'ai dessein de vous faire voir que l'esprit du sacerdoce oblige tous les chrétiens à se consacrer à Dieu comme des victimes, j'espère que les fidèles, que le sang du Sauveur du monde a faits et prêtres et sacrificateurs au Dieu vivant, entendront par cette doctrine qu'ils doivent se rendre des oblations saintes, vivantes et agréables par Jésus-Christ au Père éternel[1]. Mais, comme saint Paul assure que ce sacrifice se doit consommer dans l'esprit du même Jésus et que j'apprends du même apôtre que ce Jésus *s'est offert à son Père par le Saint-Esprit*[2], prions ce même Esprit qu'il produise l'abondance de la grâce dans nos cœurs pour en faire des hosties vivantes; mais demandons cette grâce par l'intercession de Marie, en lui disant : *Ave*.

Le sacrifice des chrétiens, c'est de s'immoler eux-mêmes avec Jésus-Christ, et de se rendre semblables à ce Dieu sacrifié pour l'amour de nous, en devenant avec lui des hosties vivantes. Mais cette commune obligation de tous les fidèles regarde principalement ceux qui sont appelés aux fonctions sacrées, qui ne participent pas comme ils doivent au sacerdoce de Jésus-Christ, s'ils ne tâchent à lui ressembler en qualité de victimes; et c'est pour cette raison que saint Paul parlant dans la IIe Epître aux Corinthiens des ministres du Nouveau Testament et les regardant en esprit comme des victimes dévouées, il dit que « la mort opère en eux » : *ergo mors operatur*. [Saint Ambroise[3]] écrit ces belles paroles : « Autrefois, dans l'Ancien Testament, les prêtres offraient à Dieu le sang des taureaux et des boucs, mais depuis que le grand pontife est venu et qu'il s'est immolé lui-même pour le salut des pécheurs, c'est le devoir des prêtres de se sacrifier eux-mêmes pour expier les péchés du peuple, et il n'y a point de chrétiens qui ne doivent être autant de victimes » : *Postquam Christus venit se immolare pro salute mundi, semetipsos cœperunt offerre sacerdotes pro salute peccatorum*. C'est sur ces paroles du grand évêque de Milan[4] que j'établis la gloire de saint Charles Borromée, son successeur, qui s'est montré véritablement digne du sacerdoce, parce qu'il s'est mis avec Jésus-Christ dans un état de victime.

Et pour vous le faire voir avec ordre, je remarque dans tous les prêtres de la nouvelle alliance cette obligation, et particulièrement dans les évêques, qui portent éminemment cette dignité du sacerdoce qui enferme en soi trois admirables qualités. Car les prêtres sont les intercesseurs pour le peuple; ils sont les princes du peuple; ils sont les pères du peuple.

Ils sont les intercesseurs du peuple [afin de prier pour leurs péchés; ils sont les princes du peuple[1]], afin de les diriger dans leur conduite; ils sont les pères du peuple afin de pourvoir à leurs besoins et à leurs nécessités.

Ces trois qualités les mettent certainement au-dessus de tous en qualité de pontifes; mais pour accomplir ce ministère, si elles les élèvent au-dessus de tous en qualité de pontifes, elles les abaissent au-dessous de tous en qualité de victimes. Car s'ils sont les intercesseurs pour les péchés du peuple, ils doivent aussi les expier par eux-mêmes, et les voilà victimes de la pénitence. S'ils exercent vigoureusement l'autorité apostolique et s'ils sont destinés pour retrancher et pour couper le scandale, ils s'exposent à la fureur des méchants, et les voilà victimes de la discipline ecclésiastique. Et enfin, s'ils abandonnent entièrement leurs biens et s'ils s'exposent eux-mêmes pour pourvoir aux besoins et aux nécessités temporelles du peuple, ils s'épuisent de biens, et les voilà victimes de la charité pastorale. Voilà les trois immolations qui font la consommation de son sacerdoce.

Paraissez donc maintenant, grand Charles Borromée! Faites-vous voir à cette sainte assemblée comme un grand évêque; c'est ce que je prétends vous faire voir dans les trois parties de ce discours, où vous remarquerez que ce grand prélat a prié pour les péchés de son peuple jusqu'à souffrir toutes choses pour les expier; il a combattu pour la discipline ecclésiastique jusqu'à exposer sa vie pour la soutenir; et enfin il a pourvu à tous les besoins de son peuple jusqu'à s'épuiser soi-même pour les soulager. Après cela, ne peut-il pas dire avec saint Paul : *Ergo mors operatur in nobis ?* Oui, la mort opère en nous par ces trois sacrifices que nous offrons. Mais ne peut-il pas ajouter que cette mort, défectueuse pour lui, vient à donner la vie à son peuple, *Vita autem in vobis ?* C'est le sujet de ce discours.

### PREMIER POINT

Quoiqu'il n'y ait rien de plus fort que la charité chrétienne, je ne crois pas vous offenser, Messieurs, si je dis qu'il n'y a rien de plus variable. Mais elle a cet avantage surprenant qu'elle n'est changeante que par sa propre constance, je veux dire par l'affection sincère par laquelle elle procure infatigablement le bien de son prochain. Il n'y a point d'offense qu'elle ne pardonne, il n'y a point d'infirmité qu'elle ne supporte, point de mauvaise humeur avec laquelle elle ne s'accommode. De ce principe naissent ses deux inclinations, dont l'Apôtre écrit dans l'Epître aux Romains, et qui, comme dit saint Bernard[1], sont « les deux mamelles de l'Epoux », *duo ubera sponsi.* Et quelles sont ces deux mamelles ? *Gaudere cum gaudentibus, flere cum flentibus ;* c'est se réjouir avec ceux qui se réjouissent, c'est pleurer avec ceux qui pleurent. C'est l'abondance de la charité qui fait distiller le lait de ces deux mamelles en faveur de notre prochain. Elle fait distiller en faveur de ceux qui se réjouissent « le lait de satisfaction et de conjouissance », *lac congratulationis,* dit saint Bernard. Elle fait distiller en faveur de ceux qui sont affligés, « le lait de la consolation spirituelle », *lac consolationis,* et cela se fait par une amitié compatissante.

Mais, Messieurs, cette charité ne suit pas toujours la même conduite. L'esprit de l'intérêt propre qui est tout à fait attaché à soi-même par un lien indissoluble, souffre néanmoins des changements dans les choses humaines. Il ne faut donc pas s'étonner si l'esprit de la charité inspire quelque chose de plus surprenant, si quelquefois elle pleure avec ceux qui pleurent et se réjouit avec ceux qui se réjouissent. Quelquefois aussi, tout au contraire, elle pleure sur ceux qui se réjouissent et se réjouit sur ceux qui versent des larmes en abondance. Oui, Messieurs, cette charité toute bienfaisante qu'elle est, jamais jalouse, jamais ambitieuse, jamais intéressée, ni vindicative[2], elle a quelquefois de la douleur sur ceux qui se consolent; mais elle voit aussi des larmes qui lui inspirent de la joie. Que me sert de vous tenir en suspens ? peut-être prévenez-vous ma pensée. Peut-être l'avez-vous bien entendu, que la charité pleure sur les joies dissolues des enfants du monde et que ce cœur ne peut s'empêcher d'en verser des larmes, mais que les larmes de la piété réjouissent ce même cœur et le dilatent par un épanchement de joie et de consolation. Je l'ai appris du grand saint Paul, et je vous prie de le bien entendre. Il dit, écrivant aux Corinthiens : Mes Frères, *sripsi vobis per multas lacrymas*[3], « je vous ai écrit avec beaucoup de tristesse et de larmes;

mais en même temps que mon frère Tite m'a fait connaître vos soupirs et vos larmes, au lieu de m'attrister avec vous, je me suis abîmé dans la joie » : *audivi vestras lacrymas et vestrum fletum ita ut magis gauderem*[1] ? Ah! âme sainte, est-ce ainsi que vous pratiquez vos propres conseils ? Vous qui dites : Il faut se réjouir avec ceux qui se réjouissent et pleurer avec ceux qui pleurent, et tout au contraire vous pleurez sur ceux qui se réjouissent et vous vous réjouissez sur ceux qui répandent des larmes. Messieurs, écoutez la suite de ce discours : Ah! dit ce grand apôtre, je ne me réjouis pas de ce que vous êtes affligés; mais je ressens une joie extrême quand je vois que vous êtes tristes de cette tristesse qui est selon Dieu, *tristitia secundum Deum*[2] : je ne me réjouis pas de votre affliction, tout au contraire; mais je ressens une joie indicible « quand je vous vois abattus par cette tristesse salutaire qui conduit à la pénitence » : *non quia contristati estis, sed quia contristati estis ad pænitentiam*. Je sais « combien salutaire et combien fructueuse est cette pénitence qui conduit à Dieu » : *pænitentia secundum Deum salutem operatur :* et c'est pour cela que je me réjouis quand j'apprends que vous ressentez de la tristesse, parce que cette tristesse vous fait concevoir le désir de la pénitence, *pænitentia secundum Deum salutem operatur,* ou, pour traduire selon l'original : « je me réjouis de ce que vous faites une pénitence dont vous ne devez jamais vous repentir » : *pænitentiam haudquaquam pænitendam*. Si je me réjouis donc de voir couler vos larmes, il ne faut pas vous en étonner, et si je m'afflige sans mesure sur ceux qui passent tout le temps de leur vie dans les jeux et dans les débauches, cela ne vous doit pas surprendre. Et c'est pour cette raison qu'il dit en un autre endroit de l'Epître[3] « qu'il verse des larmes pour ceux qui ne font pas pénitence » : *ita ut lugeam multos qui non agunt pænitentiam;* comme s'il disait : Je plains ces malheureux parce qu'ils ne se plaignent pas eux-mêmes; je déplore leur misère parce que bien loin de la déplorer eux-mêmes, ils passent toute leur vie dans le libertinage et la débauche. Ah! ville de Milan! nouvelle Ninive[4], enivrée en tes plaisirs, superbe en tes pompes, aveugle en tes vanités, insatiable en tes débauches! mais ville de Milan plus superbe, plus aveugle et plus insatiable que la ville de Ninive, parce que tu résistes à la voix de Dieu qui t'appelle par les paroles de ton grand archevêque et que tu lui envoies tes ministres pour soutenir les débauches de ton carnaval, que tu as besoin, au milieu de tes joies, cependant que ton cœur est rebelle à la grâce et qu'il lui déclare la guerre, que tu as besoin, dis-je, qu'un cœur véritablement apostolique verse des larmes pour tes crimes! Ah! que tu as besoin, cependant que « tu amasses un trésor » d'ire, *thesaurisas tibi iram*[1], que saint Charles Borromée fasse une grande pénitence pour tes péchés et qu'il détourne par le sacrifice de soi-même la colère et la rigueur que tu prépares!

Mais il faut rechercher à fond ce qui a obligé ce saint archevêque à faire une si rude pénitence pour les péchés de son peuple et qui l'a fait entrer en cet esprit de mortification; et nous verrons que la cause de ses larmes et de sa pénitence se tire du fond et de l'esprit de son sacerdoce.

Pour le bien entendre, remarquez, Messieurs, que c'est une vérité constante, mais qui peut-être surprendra mes auditeurs, que l'esprit du sacerdoce est un esprit de pénitence publique. Peut-être serez-vous surpris que j'avance aujourd'hui cette doctrine, que l'esprit du sacerdoce est un esprit de pénitence publique ? Je sais sans en douter que ce sont les solitaires et les moines qui sont véritablement dans l'état de la pénitence, que c'est le devoir de leur charge, et que l'état sacerdotal est un état privilégié et qu'il a toujours été considéré comme un état de sainteté et d'innocence.

Mais il faut ici observer qu'il y a deux états de pénitence publique : l'un qui satisfait pour ses crimes, et le second qui satisfait pour les crimes et les péchés des autres : et tel est l'état sacerdotal, bien loin de penser, Messieurs, que l'état sacerdotal soit un état de pénitence pour ses propres crimes. Car qui ne sait que les ministres des sacrements doivent apporter à l'autel une conscience innocente et remplie de pureté, et c'est par cette raison qu'étant éloignés des crimes, ils sont établis par le Fils de Dieu pour faire une pénitence publique et pour expier les fautes des hommes non seulement avec des larmes et des grands cris, comme dit l'Apôtre, mais encore par l'effusion de [leur] sang. Ainsi, j'ai raison de dire que l'état sacerdotal est un état de pénitence publique. C'est ce que saint Grégoire a fort bien expliqué dans la première partie de son *Pastoral*[2]. Car, si vous lui demandez quel est le pasteur fidèle, il vous répondra que c'est un homme « qui ne commet rien de vicieux, mais qui déplore les transgressions des autres comme si c'étaient les siennes propres » : *qui nulla vitia perpetrat, perpetrata autem ab aliis ut sua deplorat*[1]. Le pasteur fidèle ne commet jamais rien de vicieux, mais il déplore les crimes des autres comme les siens propres, parce que la pénitence publique est une marque inhérente à sa qualité de pasteur et de prêtre. Confessons, Messieurs, devant tout ce peuple que nous sommes bien éloignés de la perfection de notre ordre. Mais pour en renouveler le souvenir, regardons ce bel exemple que les derniers siècles nous en ont laissé.

Le grand cardinal, saint Charles Borromée, accoutumé dès longtemps à la mortification, étant arrivé dans la ville en laquelle régnait l'impénitence, il commence de suppléer à ses crimes par une plus sévère pénitence. Ce grand cardinal, issu d'une ville d'Italie[2] et de parents très nobles, élevé délicatement, nourri dès sa plus tendre jeunesse dans une cour superbe, en laquelle il tenait la première place, mais en laquelle il donnait l'exemple de la modération, va devenir en son diocèse, hé quoi! un homme de douleurs, une victime qui s'immole pour les péchés de son peuple. Il veille continuellement, son emploi ne lui permet qu'un repos interrompu; « il ne couche plus que sur la dure, afin que sa chair trouve la douleur même dans son lit » : *ipsis etiam cubilibus constricta, ipsis incunabulis lancinata,* dit Tertullien[3] ; et afin de ressembler plus parfaitement à ce saint pontife selon l'ordre de Melchisédech, il se résolut de payer de sa personne pour toutes les peines que son peuple devait à la justice de Dieu pour ses péchés. L'histoire est remarquable; je vous prie de l'entendre. Dieu, qui commande aux maladies quand il veut et qui les fait servir ou de ministres de ses vengeances ou de témoins de ses épreuves, « avait appelé la peste dans la ville de Milan » : *vocavit Dominus pestem*[4]. Dieu avait donc envoyé la peste[5], ou bien disons, pour imiter les paroles de l'Écriture : Dieu avait appelé la peste et l'avait envoyée avec tout son venin pour infecter la ville de Milan. L'ange exterminateur[6] étendait son bras meurtrier sur toute cette misérable ville. La mort se faisait voir de toutes parts. Il vint en pensée à ce grand archevêque qu'il se devait présenter tout seul aux coups de la vengeance de Dieu, afin de la détourner de dessus son peuple. Hé quoi! il est écrit : *Je frapperai le pasteur, et les brebis seront égarées*[1] ; et ici, voici un pasteur qui s'offre comme une victime à la colère de Dieu pour être frappé, afin de rappeler ses brebis! Ce n'est pas qu'un homme pécheur puisse expier par lui seul les péchés de toutes les âmes. C'est la gloire du divin Sauveur, dont il est jaloux, et « qu'il proteste ne donner à personne » : *gloriam meam alteri non dabo*[2]. Mais notre grand saint se persuade que Dieu aura la bonté de prendre son sang en sacrifice d'expiation pour épargner le sang de ses enfants, et cela s'était déjà vu dans la ville de Milan, quand le peuple fut affligé du temps de saint Ambroise. Car, il le dit lui-même dans une épître[3], qu'il n'épargnerait son sang, « qu'il le répandrait volontiers pour le salut de son peuple » : *Utinam certe meus sanguis pro salute omnium funderetur !* Le grand cardinal Borromée entre dans ce sentiment généreux d'offrir sa vie pour le salut de son peuple. Mais qui lui donne ce sentiment ? Mais qui lui impose cette obligation ? C'est l'esprit de son sacerdoce, c'est le privilège de sa prêtrise. Car il considère, selon les paroles de saint Cyprien[4], que l'Eglise est dans le pasteur et que le pasteur est dans l'Eglise par une extraordinaire communication, si bien qu'il se considère comme une personne qui doit s'immoler pour les péchés du peuple, et en qualité de pasteur et de ministre dévoué à Dieu pour porter la peine des crimes des autres. Quiconque eût vu le saint archevêque en présence de tout le peuple assemblé en procession, les yeux baignés de pleurs, la tête baissée comme une victime destinée à la mort, prier Dieu qu'il fît tomber sur lui toute la tempête, il eût pu se représenter un Moïse priant Dieu qu'il pardonne à son peuple ou qu'il l'efface du livre de vie[5] ; ou David voyant l'ange exterminateur qui afflige son peuple et qui dit à Dieu : Hé! Seigneur, que faites-vous ? pourquoi affligez-vous ce peuple innocent, et pourquoi vous ne me punissez pas, moi, qui suis le coupable ? Tournez, Seigneur, tournez sur moi les coups de votre colère et de votre vengeance; ou saint Paul « qui souhaite d'être fait anathème pour ses frères » : *Optavi esse anathema pro fratribus meis*[6]. Après ce grand sacrifice, le ciel paraît plus serein; Dieu commande à l'ange exterminateur de suspendre son bras et la maladie prend fin, tellement que l'on peut dire que ce grand archevêque, par son sacrifice, a opéré la mort en lui et la vie en son troupeau : *Ergo mors operatur in nobis, vita in vobis.*

Chrétiens, profitons de ce bel exemple : ne nous persuadons pas que cette obligation d'être victimes regarde seulement les pasteurs; pensons que tous ceux qui ont l'honneur d'être chrétiens sont obligés à se rendre des victimes pour le salut de leurs frères. Je pourrais établir cette vérité sur saint Augustin[1], qui considère dans l'Eglise des membres vivants et des membres morts, et qui dit que l'économie de ce corps mystique est telle, que les membres morts ne recouvrent la vie que par le moyen des membres vivants, tellement que Dieu inspire aux saints et aux justes un esprit de mortification et de victime pour l'expiation des crimes des autres. Ah! s'il en est ainsi, Chrétiens, gardons-nous bien de regarder les crimes des autres avec des visages indifférents! Ah! cet homme est enchanté par les plaisirs du monde, il quitte sa paroisse pour l'académie[2]. On ne le voit plus avec son pasteur; il est toujours avec ses compagnons de jeux et de débauches. Il fortifie malheureusement son cœur contre les mouvements, les inspirations et les attraits de la grâce. Soupirez pour lui, chastes colombes; enfants de la grâce, attendrissez-vous sur cet insensible. Faites pénitence sur ces impénitents. Que les enfants pleurent pour leurs pères; que les pères gémissent pour leurs enfants, que les amis fassent pénitence pour leurs amis! Déclarons partout la guerre au péché; tâchons par nos pénitences d'anéantir partout la colère de Dieu. Mais afin que nos pénitences soient efficaces, tâchons de soutenir, à l'exemple de notre saint, jusqu'à la mort la discipline ecclésiastique. C'est ce qu'il faut vous faire voir dans la deuxième partie de ce discours.

### DEUXIÈME POINT

Pour le bien entendre, Messieurs, il faut présupposer quelque chose touchant l'établissement de l'Eglise, que je tâcherai de vous expliquer en peu de paroles. La parole de Dieu, qui a promis à son Eglise qu'elle ne serait jamais abattue[3], l'a voulu assurer en même temps qu'elle serait toujours agitée. Ç'a été le conseil de Dieu qu'elle fût établie au milieu des vents et des flots, afin d'être toujours agitée, et c'est pour cela que saint Augustin lui applique ces paroles : *Dominus regnavit, exultet terra, lætentur insulæ multæ*[1]. Il dit que l'Eglise doit se réjouir. Ce même saint Augustin[2]...; après, saint Bernard applique cet autre verset à l'Eglise : *Quoniam ipse super maria fundavit eam*[3]. Il dit que Dieu a établi son Eglise sur les eaux. Mais d'où vient qu'il a établi son Eglise sur les eaux plutôt que sur la terre, puisque ce qui est établi sur l'eau ne prend point de racine ? C'est qu'il veut que l'Eglise soit comme un navire qui vogue sur les eaux de ce monde, et qui est agitée tantôt par les afflictions, qui sont appelées des eaux, tantôt par l'hérésie, que saint Jude[4] compare aux tempêtes et aux flots écumants. Ah! Eglise de Jésus-Christ, heureuse cité de Dieu, dont on a publié de si grandes choses[5], comment pouvez-vous vous promettre une si grande assurance au milieu de tant d'orages et de tant de tempêtes ? Ah! ne vous étonnez donc pas, Messieurs, si vous entendez dire qu'elle est établie sur les eaux et sur la mer, parce que le prophète royal dit que « ses fondements sont établis sur les saintes montagnes » : *fundamenta ejus in montibus sanctis*[6]. Ah! les fondements de l'Eglise sont établis sur les saintes montagnes, c'est-à-dire sur la fermeté. Nouvelle structure. Jérusalem inconnue! Paraître sur la terre et avoir ses fondements dans le ciel! Tu as donc la structure sur la terre, mais ton fondement est dans le ciel, parce que Jésus-Christ est ton fondement. C'est donc une tour qui peut bien être battue par les vents et par les orages, mais dont jamais le fondement ne peut être détruit. Ô cité bienheureuse, tu peux bien être attaquée par les afflictions de la terre, mais ton fondement ne peut jamais se renverser! Ô nacelle spirituelle, tu peux bien être agitée par les eaux et par les tempêtes, mais tu as jeté ton ancre invisible dans le ciel. Nul vent ne peut briser tes voiles, ni rompre tes sacrés cordages, qui te tiennent invisiblement attachée. Mais quoique tu sois soutenue d'en haut, Dieu ne laisse pas encore de te soutenir sur la terre : tellement que l'Eglise a sa fermeté aussi bien que ses secousses; elle est défendue contre les orages de l'hérésie par la fermeté de sa foi, contre la superbe par la simplicité de ses mœurs, contre les mauvaises affections par la rigueur de sa discipline. Et comme le fondement de l'Eglise n'est point différent de sa discipline, je ne m'étonne pas si ce grand cardinal tâche à réparer ses brèches par la discipline sévère qu'il y fait observer. Ah!

Chrétiens, qui êtes enrôlés en cette sainte confrérie, apprenez à ne jamais rien craindre.

Quand les prédicateurs vous prêchent la sévérité de cette discipline, ne pensez pas qu'ils prétendent l'établir par une pensée ambitieuse. Loin de ces sentiments injurieux, Jésus-Christ a donné cette discipline à son Eglise pour réprimer les crimes qui se commettent. C'est lui qui, ayant permis qu'elle fût agitée par les flots de l'impiété et de l'hérésie, a en même temps élevé cette digue spirituelle pour empêcher que toute la terre n'en fût inondée. C'est pour cela que saint Charles, dont nous honorons la mémoire, établit la discipline ecclésiastique pour réprimer l'iniquité, lorsqu'elle règne davantage sur la terre[1]. Il entreprend de réprimer les désordres qui se commettaient dans l'Eglise, mais il n'en pourrait venir à bout qu'en soutenant jusqu'à la mort la discipline ecclésiastique. Il veut réformer son Chapitre soutenu hautement par les puissants et par le gouverneur même de la ville. Il défend hautement l'observance des lois qui vont contre la gloire de Dieu; il n'épargne ni les puissants, ni le gouverneur, quand ils font quelque chose contre la loi de Dieu. Tous se soulèvent contre lui; lui se soulève contre tous, résolu de venger le tort qu'ils faisaient à Dieu ou de perdre la vie; résolu de mourir aux pieds des bourreaux ou d'abattre au pied de la croix tous les vices et tous les désordres et toutes les abominations.

Vous jugez bien, Messieurs, que cet homme ne vivra plus longtemps, puisqu'il est tout seul. Car que prétend-il faire, ayant tout le monde contre lui ? Ne devrait-il pas bien penser que la prudence humaine lui prescrit toute autre chose que ce qu'il fait ? Ah! la prudence humaine lui défend d'entreprendre d'autres affaires que les siennes propres. Elle ne peut pas souffrir qu'une personne fasse quelque chose que pour ses propres intérêts, et regarde comme imprudents ceux qui travaillent pour d'autres que pour eux-mêmes. Mais la prudence du ciel inspire bien d'autres mouvements : elle se moque de cette prudence humaine qui ne songe qu'à se procurer[2]... un bannissement et jamais un véritable retour. Une prudence toute céleste lui inspire de troubler les consciences dans ce lieu d'exil. Et ne vous imaginez pas que les menaces des grands le puissent empêcher; toute leur résistance est inutile, et il dit, avec saint Augustin, que, quoique les tempêtes de l'impiété et de l'hérésie se soulèvent contre lui, jamais elles n'abattront la puissance de Jésus-Christ dans son Eglise : *non ibit major inimicus Christi*[1]. Tout le monde se bande contre lui. Hé! les prédicateurs apostoliques qui entreprennent d'un cœur intrépide la défense de Jésus-Christ sont ordinairement traversés de la sorte, et je ne m'étonne pas que le monde n'a point de force qu'il n'oppose aux desseins de ce grand homme. On lui oppose la force du prince et l'intérêt de l'Etat. Les ministres du roi d'Espagne publient partout qu'il avait dessein d'enlever sa couronne et de se faire roi. On lui fait les mêmes reproches qu'à saint Ambroise; on l'accuse de couvrir du masque de la piété et de la dévotion son orgueil et sa superbe afin de gagner les cœurs du peuple. Vains prétextes de religion ou d'asile pour l'Etat! malicieuse tromperie ou vaine ambition! se peut-il faire que jamais vos injustes prétentions [se] puissent appliquer sur une intention aussi juste que celle du grand saint Charles Borromée, dont tout le dessein n'est que d'instruire, tout le désir que de faire du bien, et toute la force que de soutenir! C'est là la force ecclésiastique, c'est là l'autorité d'un grand pontife. Saint Ambroise sentait en lui-même une telle force. Il se plaît donc, comme son prédécesseur, à être accusé de sédition et de tyrannie et il dit hautement[2] : Oui donc, « nous avons notre tyrannie. » : *Habemus tyrannidem nostram*. Mais quelle est cette tyrannie ? *Tyrannis sacerdotum infirmitas est*. Ah! « la tyrannie des prêtres, c'est leur faiblesse et leur infirmité ». Car, comme dit saint Paul, « c'est pour lors que nous sommes plus forts quand nous sommes plus faibles : *cum enim infirmor, tunc potens sum* (II Cor., XII, 10). « J'ai des armes, dit ce grand saint, pour me défendre » : *Habeo arma*. Mais quelles sont ces armes ? *Habeo offerendi corporis mei potestatem*. « C'est le pouvoir que j'ai d'offrir mon corps » pour être la victime de Jésus-Christ. Voilà donc les armes de saint Charles Borromée; voilà sa puissance, voilà sa force. Ce n'est pas une intrigue pratiquée dès longtemps, ce n'est pas une puissance heureusement ménagée, c'est une puissance inhérente à lui-même. Car, s'il est fort, il n'est fort que par lui-même puisqu'il est tout seul. S'il est redoutable il est tout seul et partant il l'est par soi-même. Cependant il fulmine contre les ministres de l'Eglise et de l'Etat qui osèrent entreprendre contre sa discipline sacrée.

Chacun l'avertit de se cacher et de se donner de garde de ses ennemis. Mais il répond en même temps avec saint Ambroise : De quelle garde me parlez-vous ? « J'ai une garde invisible en la personne des pauvres », *habeo defensionem in pauperes*[1]. Ce sont ces boiteux, ces vieillards et ces languissants qui font toute ma force et toute ma défense : *Cæci et debiles robustis et bellatoribus fortiores sunt* : « Ces aveugles et ces infirmes sont plus forts que les plus puissants guerriers. » Voilà la force de saint Charles Borromée. Voilà son autorité; voilà sa puissance. C'est ainsi qu'il combat pour la discipline ecclésiastique dans l'espoir du martyre. Mais il ne plut pas à Dieu qu'il tombât sous les mains de ses ennemis. Il a voulu épargner son sang pour un plus auguste office. Car, après avoir dompté tous les rebelles et converti tous les impies et une grande quantité d'hérétiques, ne peut-il pas dire avec saint Paul : *Ergo mors operatur in nobis, vita autem in vobis*[2] ? Ah ! « La mort opère en nous, mais notre mort est cause de votre vie. » Ah ! qui me donnera ce bien que ce grand cardinal revienne encore un coup pour établir la pénitence, qui n'est pas seulement abattue, mais qui est entièrement perdue et anéantie ? Nous sommes dans un temps où l'Eglise est arrivée au dernier relâchement. Le nombre des chrétiens croît, mais sa discipline se relâche. L'Eglise fait comme cet homme qui fit un banquet et qui n'y reçut pas seulement les conviés, mais qui y laissa entrer encore beaucoup de surnuméraires : *Multiplicati sunt super numerum*[3]. Ces surnuméraires qui sont entrés dans l'Eglise, ce sont ces âmes vicieuses, ces personnes adonnées aux crimes, dont saint Paul défend de ne point parler[4] ; enfin ces surnuméraires ont renversé par terre la digue touet céleste de la discipline ecclésiastique. On ne peut plus maintenant compter les méchants, tant le nombre en est grand! On ne les peut plus retrancher de l'Eglise, tant ils sont forts! Saint Charles Borromée avait considéré le clergé comme une digue forte et puissante pour l'opposer au torrent des méchants, et c'est pour cela qu'il l'avait procuré par l'assemblement du concile de Trente[5] pour le rétablissement de la discipline ecclésiastique. Mais qui ne voit qu'elle est maintenant toute renversée ? Ce qui reste néanmoins de cette discipline sacrée, nous le devons au zèle infatigable de ce saint Cardinal, qui en[6]... de saints écrits. Mes Frères consacrés à l'Eglise, dévorons ses livres, méditons ses livres. Ah! ses livres sont les règles primitives de notre ordre[1], et nous devons les dévorer, si nous voulons résister aux secousses des méchants. Alors nous serons forts comme une armée rangée en bataille et nous serons soutenus par la force de cette digue toute céleste et par l'autorité ecclésiastique, sans laquelle on ne peut pas résister à l'iniquité de Satan. Mais, afin que cette discipline ecclésiastique ne nous paraisse jamais ennuyeuse, animons-nous de la charité pastorale pour secourir les pauvres dans leurs nécessités et dans leurs besoins, à l'exemple du grand cardinal Borromée. Donnez-moi encore un moment d'audience. J'achève en peu de paroles.

## TROISIÈME POINT

Ce ne sont pas seulement les ennemis de la discipline ecclésiastique, ce sont encore tous les pauvres malheureux qui persécutent ce saint archevêque, et, de toutes les persécutions, celle-ci lui est la plus sensible. Dans toutes les autres, il n'avait affaire qu'à des personnes particulières, ou tout au plus à quelques compagnies; mais ici, c'est tout un peuple qui l'attaque, mais qui le persécute d'autant plus étrangement que ce sont tous ses enfants : de sorte que ce peuple réunit en soi les particuliers et les compagnies, les amis et les ennemis, les étrangers et les enfants : et ce qui est plus rigoureux, c'est que dans toutes les autres persécutions, la charité empêchait les maux d'approcher de lui : *non accedet ad te malum*[2]. Mais quoi! c'est la charité même qui le force, qui le blesse, et qui ne lui permet pas d'être content dans la disette de ses enfants et dans la nécessité de son peuple! D'où vient cela, mes Frères ? C'est que le propre de la charité, c'est de s'exciter sur la misère d'autrui, d'où vient qu'elle cause une certaine tendresse en nos cœurs, en voyant les nécessités de nos frères. Mais la charité chrétienne ne suit pas toujours les mouvements de la chair. Demandez-le à ce grand cardinal Borromée. Il vous répondra : « Je sais être pauvre comme je sais être riche » : *scio abundare et penuriam pati*[3]; je sais ce que c'est du chaud et du froid, de la faim et de la soif : ces maux quoiqu'ils ne me touchent point, me font trembler quand je les considère dans les autres. Voilà un corps insensible et qui semble n'être point altéré de toutes les misères humaines; mais ce même corps qui est insensible pour lui-même, se laisse toucher de compassion, dans les misères des autres. Ah! il ne peut plus vivre, s'il ne témoigne à son peuple l'ardeur de la charité. Mais d'où vient, Chrétiens, que ce corps qui n'est point charitable pour soi devient sensible pour les autres ? Ah! c'est par un mouvement de charité qui le met au-dessus de tous les maux, c'est par un mouvement de dilatation, par laquelle il se mêle dans les afflictions de tous les autres. « Sa charité l'élève jusque dans le ciel et ne laisse pas de l'attacher à la terre » : *Caritas nexus est summis et imis conjunctus*[1]. C'est le propre de la charité de joindre le ciel et la terre. Elle fait monter la terre jusques au ciel, mais elle fait descendre le ciel jusques sur la terre. C'est ainsi, saints Confrères, qui êtes assemblés en son nom, que vous devez travailler à vous revêtir d'un esprit de tendresse, de compassion et de fraternité chrétienne. Et je ne crois pas que cette compassion soit inutile en soi-même parce qu'elle pousse des plaintes infructueuses. Car tout de même que l'on voit que le ciel répand l'eau de toutes parts, touché de la stérilité de la terre, ainsi le cœur de saint Charles Borromée, ému par la compassion fait rejaillir ses eaux, je veux dire ses aumônes sur la disette de tous les pauvres[2]. Il ne vous imite pas, riches malheureux, qui pensez avoir satisfait aux obligations de la charité quand vous avez répandu quelque petite goutte de votre abondance. Il vend jusqu'à son lit pour soulager les pauvres, parce qu'ayant été la victime de la pénitence et de la discipline ecclésiastique, il veut être encore la victime de la charité pastorale. Car ces aumônes, Messieurs, ne sont pas seulement un présent, ce sont encore des sacrifices[3]. Le présent se peut faire sans violence, mais le sacrifice ne se fait jamais sans quelque effort. Si donc la charité est un sacrifice, elle ne se contente pas de donner le superflu, elle se fait encore violence pour donner une partie du nécessaire. Il faut se faire quelque effort pour faire une véritable aumône : *Manum inferre rei suæ ex causa eleemosynæ*[4], dit Tertullien. Il faut s'épuiser de ses propres biens. Il faut prendre le couteau de la séparation, il faut retrancher une partie du nécessaire pour faire une sainte et fructueuse aumône. Ah! Chrétiens, si vous pratiquiez de telles aumônes, la confrérie de saint Charles Borromée[5] ne serait pas réduite comme elle est, à se plaindre de votre froideur. Ah! Messieurs, soutenez une si pieuse compagnie; prêtez-leur la main. En ce temps, où les maladies règnent avec tant de pouvoir, hé! prêtez-leur votre secours. Ne laissez pas tomber une œuvre si sainte; employez-vous avec eux à secourir les pauvres malades.

Et vous aussi, sainte Confrérie, qui avez donné le commencement à toutes les autres, ne laissez jamais ralentir votre zèle, qui a réchauffé le zèle de toutes les autres paroisses. Représentez-vous maintenant que vous entendez les cris de ces pauvres malades, qui, après avoir perdu tout autre secours, n'ont plus que le vôtre pour se soulager. Ah! Chrétiens, plus les cris des pauvres sont faibles, plus ils ont de force pour se faire entendre. Que dirai-je maintenant de ceux qui sont contraints de dévorer leurs soupirs en eux-mêmes, ou dont les plaintes ne sont entendues que de leurs pauvres familles ou peut-être de quelques voisins aussi pauvres qu'eux[1]? Vous entendez bien que je veux parler de ces pauvres honteux. Cherchez-les dans ces antres obscurs où ils voudraient pouvoir se cacher à eux-mêmes. Cherchez-les, Chrétiens, et tâchez à tirer de leur bouche l'aveu de leur pauvreté et de leur indigence. Et ne me dites pas que vous ne pouvez les soulager, car la charité fait ce qu'elle peut et plus qu'elle ne peut, *secundum virtutem et supra virtutem*. Elle n'a qu'à se regarder soi-même pour faire ce qu'elle veut; mais elle n'a qu'à s'élever au dessus de soi-même [pour faire] plus qu'elle ne peut. Que si, dans quelque rencontre, la providence divine[2]..., et la source des aumônes vous manque, ah! donnez-leur une aumône spirituelle : la source des consolations et des instructions ne vous manque jamais. Et c'est cette charité que saint Charles Borromée répandait sur tout son peuple durant le temps de sa maladie. Il étendait sa charité sur tous les misérables : il n'y a point de pauvres dans la disette qui ne ressentent ses libéralités; il n'y a point de pauvres si abandonnés dans son diocèse qui ne soient illuminés par ses instructions. Il travaille sans cesse pour porter les ambitieux à l'humilité et pour retirer les abandonnés du désespoir et du précipice. Il a méprisé la contagion et la pestilence[3]. Ah! Chrétiens, vos frères languissent à vos portes et vous les laissez vivre sans secours et sans consolations! Mais, me direz-vous, de quoi serviront ces consolations à ce pauvre, qui a besoin de pain et non pas de paroles? Ah! Chrétiens, ne parlez pas de la sorte :

car, quand un homme est dans la plus grande pauvreté, quand il se voit abandonné de tout le monde, et qu'il porte un fardeau de misère sur ses épaules, si cet homme vous voit venir à lui, il dira en son cœur : Donc je ne suis point tout à fait abandonné; donc on pense encore à moi; donc je suis soulagé dans mes misères. Il croira que Dieu aura mis la pensée de le venir voir dans vos cœurs, et, à travers les nuages épais de sa tristesse, il croira entrevoir un rayon de la bonté paternelle. Donnez-lui quelque petite instruction; dites-lui qu'il ne faut pas aigrir ses maux par l'impatience; dites-lui qu'il ne faut pas irriter la colère de Dieu par un désespoir; parlez-lui des jours de notre misérable pèlerinage; parlez-lui de ces jours de l'ancien Adam que nous devons passer en cette misérable servitude; tâchez d'exciter en lui le désir de ces jours éternels, où nous vivons en joie et en repos, et où toutes nos larmes sont essuyées. Vos paroles seront un aiguillon dans son cœur, dit l'Ecclésiaste[1], et peut-être que par un mot, vous aurez sauvé votre frère, pour lequel Jésus-Christ est mort[2]. Sainte Confrérie, voilà quelle doit être votre occupation. S'il y a encore quelque chose à dire, ne vous en étonnez pas; car on ne peut pas dire tout en un seul discours. S'il y a quelque chose à ajouter, méditez-le dans vos cœurs « et Dieu vous le révélera » : *et hoc quoque Deus revelabit*[3]. Cherchez dans la conduite de votre pasteur[4], autant éclairé par sa piété que par sa doctrine, tout ce qui peut consoler les âmes affligées; et ce Dieu, qui est toute charité, vous conduira du séjour de la charité fraternelle dans le séjour de la charité divine, que je le prie d'accroître en vous par la charité du Père et du Fils et du Saint-Esprit. *Amen.*

# PANÉGYRIQUE
## DE
# SAINTE CATHERINE

PRÊCHÉ A PARIS, LE 25 NOVEMBRE 1656 [?][1].

> *Omne quod natum est ex Deo vincit mundum, et hæc est victoria quæ vincit mundum fides nostra,*
>
> Tout ce qui est né de Dieu surmonte le monde, et la victoire qui surmonte le monde, c'est notre foi.
>
> *Paroles prises de la 1<sup>re</sup> Epître de saint Jean, chap. XV.*

C'EST un spectacle bien agréable à des chrétiens, que de leur faire voir que le monde est vaincu par un chrétien. C'est un spectacle bien agréable à des vierges qui sont consacrées à Dieu, que de leur montrer ce triomphe en une personne de leur sexe. C'est un spectacle digne d'être présenté devant les autels du Dieu vivant, de voir que celui qui y est adoré a fait toute sa gloire et tout le sujet de son triomphe d'avoir surmonté le monde. *Confidite, ego vici mundum*[2]. Je me propose donc de vous faire voir un grand champ de bataille, où une jeune fille, âgée de dix-huit ans, combat la puissance de l'empire romain, attaque toute l'autorité de l'empereur et renverse toute sa magnificence, toutes ses pompes, toutes ses grandeurs, toutes ses délices et toute son attente. Mais ce n'est pas assez, âmes saintes, que vous assistiez à ce combat; il faut que vous vous jetiez vous-mêmes dans la mêlée et que, combattant avec la glorieuse sainte Catherine, vous méritiez de participer et à sa gloire et à sa couronne. C'est à quoi j'espère vous exciter, après avoir imploré l'assistance du Saint-Esprit par l'intercession de la Vierge, à qui je présente les paroles d'un ange : *Ave.*

C'est une chose bien remarquable dans la milice chrétienne, que nous ne soyons pas seulement obligés à combattre, mais encore qu'il nous soit ordonné de vaincre. Dans toutes les autres guerres, on s'acquitte fidèlement de son devoir, lorsque l'on entreprend avec prudence et qu'on combat avec vigueur; et la victoire dépend de tant de circonstances imprévues, que, pourvu qu'on ne manque ni à la prudence ni à la valeur, quoiqu'on ne remporte pas toujours la victoire, on ne laisse pas pourtant de s'être acquitté de son devoir. Toutes les histoires sont pleines de ces braves infortunés qui ont mérité le titre de généreux soldats, et de vaillants capitaines, sans avoir jamais pu mériter celui de victorieux et de conquérants. Il n'y a que dans la milice chrétienne qu'il est ordonné, non seulement de combattre, mais encore de vaincre. Il est écrit dans un prophète : « Mes élus ne travailleront point en vain » : *Electi mei non laborabunt frustra*[1]. Cela veut dire que, dans le camp du Fils de Dieu, il n'y a point d'attaque malheureuse, que la valeur n'est point suivie de mauvais événements, parce que la grâce qui nous est donnée produit un tel effet et porte une telle efficace dans notre âme que toutes les forces du monde ne sont pas capables de lui résister. Un soldat qui demeure seul dans le champ de bataille et qui ne voit plus d'ennemis autour de lui, c'est augure infaillible qu'il a remporté la victoire. Il est de même dans la milice chrétienne. Un chrétien qui combat contre le monde n'est jamais vaincu, et quoiqu'il soit enrôlé sous l'étendard de Jésus-Christ pour souffrir quantité d'assauts, il est néanmoins toujours assuré de remporter la victoire. Et c'est pour cela que saint Jean dit, dans les paroles de mon texte, que « tout ce qui est né de Dieu surmonte le monde » : *Omne quod natum est ex Deo vincit mundum.* Autant de soldats, autant de vainqueurs; autant de chrétiens, autant de conquérants; et quiconque est enrôlé sous l'étendard de Jésus-Christ par la grâce du baptême doit être assuré de vaincre. C'est ce qui doit animer le courage des chrétiens, en ce que, dans leurs combats, l'événement n'est pas incertain et que, s'ils ont toujours à combattre, ils sont aussi toujours assurés de vaincre. C'est pour cela que je vous ai exhortés dès le commencement de ce discours à combattre avec la glorieuse sainte Catherine, en vous montrant que vous ne devez pas seulement combattre, mais encore vaincre le monde. Vous l'avez déjà repoussé tant de fois, vous l'avez déjà tant de fois mis sous vos pieds! Mais, comme ce combat se renouvelle tous les jours, il faut être toujours prêts, et que vous vous teniez sur vos gardes. Je me propose donc de vous faire voir aujourd'hui le monde entièrement surmonté et toute sa pompe généralement abattue sous les pieds de la glorieuse sainte Catherine. Et afin de vous exposer en peu de paroles ce qui doit faire le partage de ce discours et le sujet de vos attentions : 1º je vous dirai que sainte Catherine a surmonté le monde dans ses plaisirs et dans ses délices ; 2º je vous ferai voir comme elle l'a surmonté dans ses pompes et dans ses vanités, et en troisième lieu je vous montrerai comme elle l'a surmonté dans sa sagesse. C'est tout le sujet de ce discours et le partage de cette méditation.

### PREMIER POINT

Disons donc, avant toutes choses, que la glorieuse sainte Catherine a surmonté le monde dans ses plaisirs et dans ses délices. C'est l'effet d'une conduite admirable de la providence de Dieu, qu'il lui ait plu ordonner que les victoires que nous remportons sur le monde ne se puissent gagner que par des attaques si dangereuses, et que nous ayons des ennemis domestiques et intérieurs que nous soyons obligés de combattre sans cesse. Mais voici ce qui est le plus difficile, c'est que nous avons dans nos entrailles un feu toujours allumé de cet amour de nous-mêmes qui est si fort inhérent dans nos cœurs et de passions si violentes ; parce qu'il veut, ce grand Dieu, que sa grâce se perfectionne en nous et que nous combattions incessamment le feu brûlant de notre propre amour, qui est si fort inhérent dans nos cœurs.

Il a voulu faire voir par là l'efficace et la force de sa grâce. Il prétend, ce grand Dieu, nous faire combattre sans cesse, et que nous ne soyons jamais en repos. Il veut, pour honorer son triomphe, que sans cesse nous remportions des victoires sur le monde en arrachant de notre cœur tout ce qui se ressent de ses plaisirs et de ses délices, et que le triomphe de sa grâce soit établi dans toutes les facultés de notre âme. C'est ce qui paraît clairement dans la personne de tous les martyrs, et je tâcherai de vous éclairer dans ces difficultés et de vous y conduire par les lumières que je veux emprunter de saint Augustin, dans le livre qu'il a fait *De la correction et de la grâce*. Il représente dans ce livre,[1] d'un côté, Adam dans les délices du paradis, et de l'autre, il fait voir le martyr dans les tortures et dans les chevalets[2]. Chose étrange! dit saint Augustin, Adam est dans les délices du paradis et l'on offre aussi des délices aux martyrs; mais si l'on offre ces délices à Adam, c'est afin de le maintenir en grâce, et on ne les présente aux martyrs que pour les faire tomber de leur innocence. Dieu promet des plaisirs à tous les fidèles, mais Adam a toujours de l'espérance[3], et les saints martyrs languissent toujours dans la violence de leurs douleurs; Adam n'a rien à craindre que le péché et il le commet; les martyrs ont tout à craindre et ne craignent rien. La mort est proposée à l'un comme la juste punition de sa faute[4], et elle est proposée aux autres comme la récompense de leurs vertus et le fruit de leur persévérance, de sorte qu'il semble que l'un soit retenu par force et que l'autre soit précipité par amour. Et cependant Adam pèche : « dans une si grande félicité et dans une si grande facilité de ne pas pécher », comme parle saint Augustin : *In tanta felicitate, in tanta non peccandi facilitate*[5]. Un fruit donné à Adam lui donne la félicité[6], et celui qui lui est défendu suppose qu'il lui est facile de la posséder. Il pèche donc au milieu des plaisirs et des délices du paradis, et ce martyr demeure constant parmi les tourments et les tortures. D'où vient cela, dit saint Augustin, sinon de celui *qui non dedit spiritum timoris sed prudentiæ et virtutis et sobrietatis et amoris*[7]. Cela vient de celui qui ne nous a pas donné un esprit de crainte, mais un esprit de prudence, de force et de courage et d'un saint amour. Il a donné aux martyrs un esprit de sobriété, afin de ne pas s'arrêter aux plaisirs et aux délices du monde. Il leur a donné un esprit de force et de courage, afin de n'être pas effrayés par les menaces, ni par les tourments; et il leur a donné un esprit de sainte dilection, afin de s'attacher intimement à Dieu au milieu des tourments et parmi les plus cruels supplices. Voilà donc les victoires de la grâce de Jésus-Christ, qui arrache un chrétien des délices du monde. Mais ce qu'il y a de plus insupportable dans les tourments, c'est ce que les martyrs doivent se comporter en telle sorte qu'ils ne se laissent pas gagner par les flatteries et par les belles promesses du monde, qu'ils surmontent non seulement les menaces, mais encore les afflictions et les supplices. *Unde hoc,* dit saint Augustin, *nisi de adjuvante qui non dedit spiritum timoris sed virtutis et amoris, quo cuncta placentia, cuncta minantia, cuncta cruciantia superantur*[1] !

C'est donc en cela que paraît véritablement le triomphe de la grâce de Jésus-Christ, que les chrétiens surmontent et les menaces et les supplices ; et nous le voyons aujourd'hui dans la personne de la glorieuse sainte Catherine, jeune, d'une race illustre, belle jusques à ravir tout le monde, l'esprit éclairé par les sciences. Jugez par là, âmes chrétiennes, de ses autres avantages en un âge si tendre, n'ayant que dix-huit ans[2]. Ayant de si grands avantages de naissance, d'esprit et de corps, elle ne se laissa jamais emporter aux plaisirs du monde. Ah ! ne faut-il pas croire qu'elle n'était pas capable d'être surmontée par la flatterie ? Elle conserve l'amour de son cœur à Jésus-Christ, elle l'aime avec excès : c'est le seul objet de son amour. Elle qui n'aima rien plus que son divin Epoux, elle n'a pas un amour médiocre, puisqu'elle ressent pour lui des maux extrêmes pour lui témoigner un amour plus légitime. Ce n'est pas assez ; par le vœu de sa virginité, elle ferme la porte de son cœur à tous les plaisirs de la terre et, en même temps qu'elle professe la pureté chrétienne, tous les délices lui sont éternellement interdits. Car, comme dit saint Basile[3], « il faut que tous les sens des vierges soient aussi vierges » : *Virgines esse sensus virginis oportet,* tellement qu'elles ne doivent jamais permettre l'entrée de leur cœur à tout ce qui peut flatter les sens. Il faut aller jusques au cœur et arracher les plaisirs où nous sommes endormis comme dans l'ombre de la mort. Il faut que la mort de Jésus-Christ aille jusques au cœur, afin que, s'attachant intimement à la croix de Jésus-Christ, elles détruisent et arrachent ce qu'il y a des plaisirs du monde. Voilà donc Catherine, séquestrée de tous les plaisirs du monde, elle a sevré tous ses sens ; elle s'est privée de l'usage de la vue ; elle sait que ce n'est pas en vain que saint Paul[4] ordonne qu'elles aient toujours le voile sur les yeux, afin qu'elles ferment leur vue à toutes les choses de la terre. Elle a donc fermé sa vue ; elle a donc été jusques au fond de son cœur, parce qu'elle ne se contente pas de donner la première atteinte à ses passions et qu'elle sait que l'une étant surmontée, l'autre revient aussitôt à la charge, tellement qu'elle combat jusques au dernier mouvement de la passion qui veut l'attacher à la créature et disputer à Jésus-Christ son cœur et ses affections. N'est-elle donc pas entièrement séquestrée des délices du monde ? C'est donc là la charité de Jésus-Christ qui l'anime, et elle peut dire avec saint Paul que la charité de Jésus-Christ la presse : *Caritas Christi urget nos*[1].

Mais elle n'aspire qu'à verser son sang pour la gloire de Jésus-Christ, et c'est en effet un gage de l'amour qu'elle lui porte. Car, comme dit le Sauveur[2], la charité n'est pas véritable si elle ne nous presse de donner notre âme et notre vie pour laisser à l'objet que nous chérissons des preuves plus assurées de notre amour. C'est aussi ce que fait sainte Catherine : elle se voit engagée dans les supplices ; elle cherche partout des occasions de souffrir. Elle entend le Sauveur qui lui dit sur la croix : *Sitio*[3]. Il dit qu'il a soif ; mais il a soif jusques à ce qu'il ait épuisé tous les tourments. Il a soif jusques à tant qu'il ait épuisé tous les supplices. Sa soif n'est point rassasiée qu'il n'ait enduré toute sorte d'opprobre et d'ignominie. C'est pourquoi il crie toujours : *Sitio :* « j'ai soif », et en même temps qu'on lui donne un breuvage composé de fiel et d'absinthe, il s'écrie : *Consummatum est !* « Tout est consommé ! » Il dit que tout est consommé, parce qu'il n'a plus rien à souffrir : *Consummatum est*[4].

Quiconque est rempli de l'amour de Dieu, il a la même soif des tourments et des supplices. C'est pourquoi, bien loin de craindre les bourreaux, les martyrs excitent eux-mêmes leur courage et leur fureur. Comme en effet l'amour n'est pas bien éprouvé qu'il ne le soit par le témoignage du sang répandu, ah ! cette charité est trop faible qui ne sait que pousser des désirs inutiles. Ah ! cet amour est trop languissant qui ne sait louer son bien-aimé qu'au milieu des prospérités et des délices ! Car en effet le Sauveur nous apprend[5] qu'il ne faut louer les martyrs que lorsqu'ils sont persécutés par la rage des tyrans. Alors leur corps devient tout ulcéré ; leur sang qui coule de toutes parts, le cœur blessé, l'âme soumise, la volonté qui se détermine au supplice, tout cela se tourne en langues et en voix pour chanter le cantique du divin amour. L'amour donc, sitôt qu'il règne dans un cœur, il ne craint point les tourments ; il est plus fort que les tourments. Il ne craint point la mort : il est plus fort que la mort. Il ne craint point l'enfer : il est plus fort que l'enfer. Il a ses forces, et il n'est pas capable d'appréhender. Il est lui-même son martyre : il n'est donc plus en état de craindre le martyre. Il est lui-même son enfer; l'absence de son bien-aimé fait son enfer : il n'est donc plus en état de craindre l'enfer. C'est ainsi que fut sainte Catherine. Elle ne craint ni le martyre, ni la mort, ni l'enfer même. Elle se réjouit que la cruauté ingénieuse ait inventé cette machine épouvantable pour servir à son supplice. Elle chérit cette roue dont on ne peut parler qu'avec horreur. Elle loue la rigueur qui va mettre son amour à l'épreuve la plus délicate. Ah! invente donc quelque chose de plus terrible, ô cruauté des hommes, pour éprouver l'excès de mon amour, et si tu ne peux m'attacher à mon bien-aimé, tâche du moins à me faire endurer plus cruellement que la nouveauté de tes supplices! Elle ne résiste point, elle voudrait être déjà sous les rasoirs tranchants. Ah! quelle violence à son amour! J'ose dire même que l'esprit de Dieu s'est joint avec la cruauté de ses persécuteurs. Car on presse cette âme, et plus elle souffre de violence, plus elle triomphe des supplices. Elle succombe néanmoins aux tourments, parce qu'elle veut faire voir l'excès de l'amour qu'elle porte à son bien-aimé. Elle succombe donc, non pas à un acte de faiblesse mais pressée par cette promesse qu'elle lui a faite et qu'elle veut laisser pour exemple à tout le monde; elle élève ses yeux et son cœur au ciel, et en même temps la machine se brise en pièces[1]. Catherine donc a eu toute la gloire de ce supplice, quoiqu'elle ne l'ait pas enduré. Mais enfin il faut qu'elle donne des preuves plus convaincantes de son amour par les dernières violences qu'elle souffre; il faut que par la mort son âme sorte de son corps; et le tyran ayant commandé qu'on lui tranchât la tête, elle rendit heureusement son âme à Dieu.

Courage donc, Chrétiens : *Hæc est victoria quæ vincit mundum*. Voilà, voilà une grande sainte qui a vaincu le monde : *cuncta placentia, cuncta minantia, cuncta cruciantia*, dit saint Augustin[2]. Elle a surmonté tous les délices du monde, toutes ses menaces et tous ses supplices. Ah! Chrétiens, ne voulez-vous pas maintenant vous jeter dans la mêlée ? Ne voulez-vous pas vous mêler dans le combat de cette grande sainte pour obtenir une semblable couronne ? Ah! quiconque est embrasé du divin amour, il ne craint point les supplices, il ne forme que pour eux des vœux et des désirs, et leur abord fait sa plus grande joie.

Mais ce n'est pas assez de vous avoir montré comme sainte Catherine a vaincu le monde dans ses plaisirs et ses délices, il faut encore vous faire voir comme elle l'a surmonté dans ses pompes et dans ses vanités.

## DEUXIÈME POINT

C'est ce qu'a fait sainte Catherine. Je vous ai fait déjà remarquer qu'elle avait aux yeux du monde de grands avantages. Vous avez vu qu'elle possédait une beauté ravissante, et son historien[1] ne dédaigne pas de toucher cette circonstance dans sa vie, afin que les femmes apprennent par son exemple, non pas à donner au monde leur cœur, mais à consacrer à Dieu ce trésor qu'elles estiment le plus cher. Voilà donc Catherine qui paraît avec tout ce qui est capable de donner du crédit et de la réputation à une jeune fille. Cependant elle méprise toutes les pompes et toutes les vanités du monde, et croit qu'il vaut mieux suivre les opprobres et les ignominies avec Jésus-Christ que de posséder tous les trésors avec les Égyptiens. Outre ces trésors de naissance et de beauté qu'elle possédait extraordinairement, elle avait encore une science relevée, et certainement c'est ici la plus grande épreuve de sainte Catherine[2]. On voit assez des désirs de plaire dans une personne de son sexe, et comme c'est le malheur de se trop flatter dans leurs propres pensées, il ne faut pas s'étonner si l'épreuve de sa haute réputation est délicate et dangereuse pour une jeune fille. Et si ce sexe succombe presque en tous rencontres au milieu des applaudissements, quand une jeune fille a quelque chose qui passe les avantages de la gloire de son sexe, pour lors l'épreuve qu'on en fait est fort délicate; c'est pourquoi il était bien à craindre pour sainte Catherine, parce qu'il n'y a rien de plus estimé parmi les hommes que la science, et que c'est elle seule qui met toute la différence entre eux. Et si vous voyez que les plus fortes têtes se laissent emporter à une passion si délicate, jugez si une jeune fille ne sera pas capable de tomber dans un pas si glissant. C'est aussi peut-être pour cela qu'on défend d'ordinaire à celles de son sexe de rechercher trop curieusement les sciences, non pas qu'elles ne soient capables de les acquérir, mais parce que les ayant acquises, elles ne pourraient peut-être sans crime en supporter le brillant et l'éclat[3].

Cependant sainte Catherine, avec tous ses ornements admirables, se retranche toujours dans une grande modestie. Elle préfère les opprobres de Jésus-Christ à tout ce qu'elle possédait de plus glorieux et de plus illustre. Elle ne cherche que la honte et l'ignominie. Car, autrefois, professer la religion chrétienne, c'était courir aux opprobres et aux infamies[1]. Chose étrange! Vous voyez tous les chrétiens dans le mépris et dans le rebut. Il n'y avait que des malédictions à vomir contre eux. Il n'y avait qu'à inventer contre eux tout ce qu'il y avait de plus horrible et de plus exécrable, ils étaient condamnés à une bassesse étrange, si bien qu'on les estimait la lie et la boue du peuple, et cependant quoique les païens leur fissent tant d'opprobres, ils ne pouvaient obtenir d'eux qu'on les négligeât aucunement. C'était une chose effroyable à dire que, si la rosée manquait un jour à tomber, ou si le Tibre venait à se déborder quelquefois, on accusait les chrétiens de ce désordre. Ils n'étaient propres qu'à attacher à des gibets et on les chargeait de malédictions en telle sorte qu'on les faisait la cause de tous les malheurs. *Pluvia defecit causa christiani :* « la pluie a manqué, les chrétiens en sont la cause[2] ». On estimait que tous les chrétiens étaient la cause de tous les désordres qui arrivaient, et c'est pour cela qu'on les conduisait à la mort comme de pauvres brebis à la boucherie[3]. Ce qui fait dire à Tertullien que « c'étaient des personnes destinées à la mort » : *Christiani genus morti destinatum*[4]. Il ne dit pas condamnés, mais destinés. Ils n'y allaient pas comme des criminels, après toutes les formalités de justice mises en usage, mais parce que les païens croyaient que les chrétiens étaient des âmes basses. Voilà pourquoi ils étaient destinés à la mort : *Christiani genus morti destinatum*. Ce n'était donc pas une condamnation, mais une destination, et ils y étaient destinés par le nom de chrétiens, qui était odieux et exécrable aux païens et aux infidèles. Ah! pauvre nom de chrétien, que tu es odieux! Ah! pauvres chrétiens, que vous souffrez de malédictions! On vous accuse de tous les maux qui menacent la terre, on vous charge de tous les désordres qui arrivent dans la nature. On allume contre vous des haines implacables, parce qu'on regarde votre sang comme un sang vil et méprisable, et voilà pourquoi vous ne pouvez manquer d'être destinés à la mort!

Cependant sainte Catherine est illustre et renommée de

tous les peuples. Les qualités de son esprit et de son corps la rendent aimable à tout le monde. Tous ceux qui s'approchent d'elle, cette sainte leur persuade le désir de l'ignominie et les attire à son amour. Les courtisans de l'empereur[1] la vont visiter en sa prison, et, au milieu de son martyre, ils la trouvent plus glorieuse et voient en elle un cœur plus intrépide au milieu de ses supplices que l'empereur même sur son trône, et surpris du courage de cette innocence persécutée, ils se dépouillent de leur pompe pour la changer en des fers et pour embrasser à son exemple les opprobres et les ignominies du Fils de Dieu sur la croix. Ah! si cette grande sainte a reçu cet honneur du Fils de Dieu devant sa mort, de lui sacrifier devant elle deux grandes victimes (l'une c'était l'impératrice, et l'autre la fille de l'empereur : voilà deux grandes victimes qu'elle immole à son Dieu); mais elle devient elle-même la victime de Jésus-Christ, et nous pouvons dire qu'elle va subir généreusement ses opprobres et ses ignominies.

Chrétiens, qu'en pensez-vous ? Que trouvez-vous dans le monde qui doive attirer vos amours et vos estimes ? Quoi, le monde ? Jésus-Christ l'a entièrement détruit, il a défiguré toute sa gloire et si vous voulez que je vous en parle sincèrement, ah! le Fils de Dieu l'a couvert de la honte de ses supplices et des horreurs de sa mort. C'est pour cela qu'il n'y a que les saints qui le défigurent de la sorte; et il ne m'étonne plus, grande sainte, de voir que vous avez surmonté toutes ses pompes et toutes ses vanités, parce que vous êtes fortement persuadée que ce n'étaient tout au plus que des sujets de honte et d'ignominie.

Puisse donc aujourd'hui tout cet auditoire dégager son cœur de l'amour qu'il a pour tout ce qui est du monde! Puissent[2] toutes les dames qui m'écoutent, mépriser cette beauté fragile et passagère qui se flétrit au moindre souffle de vent, qui se ride et se cave à la moindre chaleur, et qu'un petit faux-jour est capable de dissiper! Puissent-elles déraciner de leur cœur, l'amour qu'elles ont pour l'agrément et pour la complaisance, qui les engage elles-mêmes à un joug trop honteux et trop infâme pour des chrétiens! Puissent-elles mépriser tous les ornements affectés qui sont la cause que les chrétiens font honte à la grâce qu'ils ont reçue au sacrement de baptême! Puissent-elles avoir un dégoût éternel pour le fard et les ajustements, qui font dire au grand Tertullien[1], qu'elles sont défigurées par leur beauté, souillées par leurs ornements et obscurcies par leur lustre et par leur éclat, afin qu'elles préfèrent la pourpre qui couvre les opprobres de Jésus-Christ à tout ce qu'il y a de plus grand, de plus riche et de plus superbe dans le monde.

Mais continuons les victoires de la glorieuse sainte Catherine et, après l'avoir vue vaincre les plaisirs et les délices du monde par les souffrances, après l'avoir vue surmonter ses pompes et ses vanités par sa modestie et ses abaissements, voyons enfin comme par son humilité elle triomphe de ce qui est plus illustre et plus éclatant en sa personne; voyons comme cette jeune fille triomphe de la science et de la sagesse des philosophes.

## TROISIÈME POINT

C'est ici un étrange spectacle, Messieurs; c'est déjà quelque chose d'extraordinaire, que la grâce a fait en cette grande sainte et dont elle doit être récompensée dans ce monde, qu'elle se soit enrôlée sous l'étendard de Jésus-Christ dans la troupe des martyrs; c'est déjà quelque chose de grand qu'on ait vu une jeune fille donner son nom à la milice chrétienne, qui ne peut surmonter ses ennemis qu'en aiguisant leur rage et leur fureur. Mais de voir une jeune fille parmi les docteurs n'être pas moins savante pour soutenir les vérités de la religion que résolue de mourir pour leur défense, certainement c'est ce qui fait paraître plus clairement la force, la puissance, l'efficace de la grâce de Jésus-Christ, puisqu'il a surmonté en cette grande sainte *par des choses faibles les choses les plus fortes du monde*[2]. On assemble tous les philosophes contre Catherine : voilà la science du monde qui s'oppose à la science de Dieu, qui va paraître victorieuse et triomphante de la science du monde. Sainte Catherine surmonte donc la science du monde : elle abat sa superbe et sa fausse sagesse au pied de la croix du Fils de Dieu. Cette superbe devient docile, et quoiqu'elle ne soit pas encore accoutumée à s'abattre sous le joug du Fils de Dieu, néanmoins n'étant pas assez forte, cette science et cette sagesse du monde se soumettent à la science et à la sagesse de Dieu et se réjouissent d'être éclairées par ses lumières. Catherine donc, pour surmonter la science et la sagesse du monde, fait deux choses[1] : 1° elle la détruit; 2° elle la dépouille. Je dis : 1° qu'elle détruit, parce qu'elle dissipe tous les œuvres du mensonge; — je dis : 2° qu'elle dépouille, parce qu'elle ôte la force que la science du monde avait donnée au mensonge, et la donne à l'Eglise chrétienne, parce que l'Eglise des chrétiens est la dépositaire de la vérité. Il est vrai que les philosophes étaient dans l'erreur, ils s'écartaient bien loin de la vérité; mais cependant ils n'avaient pas moins de subtilité pour cela parce qu'ils détournaient la vérité pour la donner au mensonge, et c'est ce qui a fait dire à Tertullien : *Pulsarunt ad januam veritatis*[2], qu'ils ont « frappé à la porte de la vérité », mais qu'ils ne sont pas entrés dans son sanctuaire. Car, comme il a plu à Dieu de conserver, malgré le débris de l'univers, des vestiges des plus grandes vérités, ce qui a fait errer les anciens philosophes, c'est ce qui leur a fait peu à peu trouver leur port dans un heureux égarement, comme parle Tertullien : *Prospero errore philosophia portum invenit*[3]. Le mensonge est « l'ennemi de la vérité », comme le démon l'est du genre humain : *interpolator veritatis*[4] comme l'appelle Tertullien. Il se déguise souvent et prend la figure de la vérité : c'est le singe de la vérité. Et c'est le mensonge que les anciens philosophes ont suivi, ou lorsqu'ils ont tâché d'obscurcir la vérité par le mensonge, ou bien qu'ils se sont efforcés d'éclairer l'erreur par la lumière de la vérité; tellement que, pour abattre l'orgueil de ces philosophes, il fallait ôter au mensonge les vérités qu'il avait usurpées, et convaincre les erreurs qu'il avait établies. Car quiconque veut suivre la vérité, il ne peut pas soutenir l'erreur, et, comme dit saint Paul, les philosophes anciens *tenaient la vérité captive*[5] sous le joug du mensonge, parce que le mensonge qui la couvrait ne leur permettait pas de la découvrir et de la développer.

C'était la faute de la philosophie des idolâtres qui, ayant fermé leurs cœurs à l'amour de la vérité, les avait empêchés de lui rendre de justes hommages et des adorations légitimes. Voilà donc la vérité captive sous le joug du mensonge[6]; la fausseté de l'un empêche que l'on n'aperçoive la vérité de l'autre. Mais pouvez-vous croire qu'une jeune fille puisse développer tant d'erreurs ? Ah! c'est un coup du Très-Haut; c'est un effet de la grâce de Jésus-Christ. Elle ôte à la philosophie humaine les vérités qu'elle avait usurpées. Car la vérité étant vierge, elle ne devait point être souillée ; mais les philosophes ont tâché de la souiller par le mensonge. Il fallait donc prendre cette sainte vérité entre les mains de ceux qui la souillaient pour lui rendre son éclat et son lustre[1]. Et c'est ce qu'a fait sainte Catherine. Cinquante philosophes s'assemblent de toutes parts ; elle les confond tous par sa science ; et ceux qui ont vu ses écrits avouent qu'elle était la plus célèbre par la philosophie qu'il se pût voir. Les philosophes, voyant qu'elle défend très puissamment la vérité et qu'elle est également imprenable et aux vérités, pour les appuyer, et aux mensonges, pour les surprendre, enfin ils donnent les mains. Ah ! qui a fait ce grand ouvrage, si ce n'est Jésus-Christ par le moyen de sainte Catherine ? L'amour qu'elle avait pour la vérité l'a fait parler en sa faveur, et la haine qu'elle portait à l'erreur lui a fait dissiper les mensonges.

Chrétiens, laissons donc aujourd'hui embraser nos cœurs par les ardeurs de cette sainte vérité. Il n'y a point de vérité que vous ne pénétriez, grande Sainte, par votre charité, qui est immense, et que votre science ne manifeste aux yeux de tout le monde. Nous devons donc rendre à la vérité le témoignage de la parole, et puisque cette sainte a bien voulu développer la vérité de ces ombres pour l'honorer par sa manifestation, nous devons aussi par conséquent la manifester, et c'est pour cela que nous lui devons le témoignage de notre parole et de notre voix.

Mais ce n'est pas assez de donner seulement à la vérité le témoignage de notre parole : sa solidité, étant inviolable, demande quelque chose de plus solide que la voix ; et le témoignage de la parole, qui n'est qu'un vent, n'est pas assez fort pour la soutenir et pour l'appuyer[2]. Ah ! notre zèle est trop faible et trop impuissant, si nous n'ajoutons au témoignage de la parole le témoignage de la vie. C'est pourquoi, après qu'un chrétien a publié la vérité par la parole, il faut qu'il la confirme par la sainteté de sa vie. Ô sainte vérité, tu dois être la règle de notre vie ; ô sainte vérité, tu dois être l'exemplaire de nos mœurs ; ô sainte vérité, tu dois être la forme de nos jugements !

Mais ce n'est pas encore assez pour établir la vérité, du témoignage de la parole et de la vie, et nous lui devons encore le témoignage du sang, parce que le témoignage du sang étant le dernier, est le témoignage le plus accompli, parce qu'il se termine par les souffrances. Nous lui devons donc le témoignage du sang, quand il lui plaira de l'exiger de nous.

Chrétiens, animons maintenant nos cœurs pour rendre ces trois témoignages à la vérité. Rendons-lui un témoignage et de parole et de vie. Pour le témoignage du sang, nous ne sommes pas dans le temps de le lui rendre; mais en revanche, tâchons de lui rendre les témoignages de parole et de vie; tâchons que, par toute la terre, notre parole rende témoignage que la vérité est méprisée. On rencontre partout de ces esprits malheureux qui font gloire de se déclarer contre la vérité; le libertinage semble être venu au dernier période. Les libertins ne se contentent pas de lui faire violence, mais ils veulent encore qu'on leur applaudisse. Ah! Chrétiens, souffrirez-vous un tel scandale ? Parlez, parlez hautement en ces rencontres en faveur de la vérité, et ce n'est pas assez que les prédicateurs tonnent dans la chaire. On croit qu'ils sont obligés de déclamer contre les vices. Mais quand vous êtes dans les compagnies insolentes, si vous êtes hommes de courage, vous devez résister fortement à ces malheureux; et la juste appréhension qu'ils auront qu'on ne se soulève contre eux sera d'autant plus considérable qu'elle mettra des bornes à leur impudence.

Ce n'est pas assez, Chrétiens, que nous donnions seulement à la vérité des témoignages de parole, c'est donner de l'ombre au corps et de la figure à la réalité. Il faut encore ajouter le témoignage de la vie. Ah! donnons à la vérité le témoignage de notre vie, en vivant comme de vrais chrétiens, et que l'esprit de Jésus-Christ puisse être reconnu dans toutes nos actions. Nous avons pour fondement de nos actions la foi; il y avait des hauteurs superbes à abattre pour poser ce fondement[1]; il y avait l'esprit humain et la raison. Il fallait les abattre toutes deux pour poser le fondement de la foi. Poser le fondement de notre vie sur l'esprit humain, c'est bâtir sur le sable, parce que l'esprit humain est toujours chancelant, oscillant et inconstant. Il n'est jamais stable ni ferme. Il a donc fallu aveugler la raison et abattre l'orgueil de l'esprit humain. Mais, après toutes ces grandes entreprises, après avoir posé le fondement de la foi, que bâtiton ? On ne bâtit rien. Ah! n'est-ce pas attirer sur nous cette malédiction de l'Evangile : *Hic homo cœpit ædificare et non potuit consummare*[1], et l'on dira de nous : Cet homme a commencé à bâtir, il a posé le fondement; mais après avoir posé le fondement, il n'a pu achever son édifice. Ah! c'est que nous avons bien posé le fondement de la foi, mais nous n'avons rien bâti dessus.

Voici quel doit être le fondement de notre vie[2] : Jésus-Christ a méprisé le monde, il ne veut que les souffrances, il ne cherche que la honte, il veut se rassasier d'opprobres il abat à ses pieds toutes les grandeurs de la terre. Voilà le fondement que nous avons, et sur lequel nous devons bâtir toute notre vie. Mais quand je pense à ce fondement, avons-nous bâti notre édifice spirituel là-dessus ? O fondement! O édifice! O chrétiens ennemis de la foi! O étrange dissipation! Faut-il sur un fondement de bois élever un édifice de paille[3] ? Ah! commençons à ouvrir les yeux pour voir une effroyable contrariété du fondement et de l'édifice. Le fondement est saint, et l'édifice est rempli de crimes. Le fondement est juste, et l'édifice est coupable. Ah! si le dessous demande notre amour, le dessus nous donnera de l'horreur. Eh quoi! ne sommes-nous pas convaincus que la foi est notre fondement ? Tâchons donc à bâtir sur un si noble fondement un édifice qui lui ressemble. Bâtissons sur un fondement d'or un édifice de pierres précieuses. Mais que devons-nous bâtir sur ce fondement ? Ah! Chrétiens, nos cœurs sont trop timides : on voit que nous ne bâtissons qu'en tremblant, comme si notre fondement était trop faible et trop caduc pour soutenir la pesanteur de notre édifice : *superædificantes vosmetipsos super fundamentum fidei*[4]. Hé! bâtissons notre édifice, dit saint Paul[5], sur le fondement de la foi, il n'y a rien de plus ferme, il n'y a rien de plus constant, il n'y a rien de plus inébranlable. Bâtissons donc sur le fondement de la foi l'édifice spirituel des actions de toute notre vie. Rendons ce témoignage par nos bonnes œuvres que nous sommes chrétiens et disciples de Jésus-Christ. Rendons [le] témoignage à Jésus-Christ d'une foi toute céleste, rendons-lui [le] témoignage de notre sainteté et de notre innocence. Ah! il faut que notre foi soit généreuse et constante. Car *nous n'avons pas reçu l'esprit de crainte du monde, mais nous avons reçu l'esprit de Dieu*[6] dans le sacrement de baptême. Or nous n'avons pas l'esprit de Dieu si nous ne savons les devoirs qui lui sont dus. Mais si nous savons les honneurs et les respects qui lui sont dus, oh! donnons à Jésus-Christ ce qui lui appartient. Imitons ses actions et ses vertus, et pour vous, mes Frères, vivant[1] de la vie de Jésus-Christ, vous édifierez sur le fondement de la foi un édifice véritablement saint, et Dieu, pour récompenser votre travail, après vous avoir récompensés en cette vie par sa grâce, il couronnera cette grâce dans le ciel par la plénitude de la gloire que je vous souhaite au nom du Père, du Fils et du Saint-Esprit. *Amen.*

# DISCOURS
## SUR
# L'HISTOIRE UNIVERSELLE

*Avec* la Politique tirée de l'Ancien Testament *le* Discours sur l'Histoire Universelle *a été pour Bossuet « l'œuvre de sa vie ».*

*Accueilli avec faveur par ses contemporains, considéré encore comme assurant sa gloire avec les oraisons funèbres — n'est-il pas écrit dans le catalogue des Ecrivains : « Ce sont ses oraisons funèbres et son* Discours sur l'histoire universelle *qui l'ont conduit à l'immortalité » ? —, il a été jugé avec sévérité par Renan : « L'histoire universelle de Bossuet n'a plus dans l'état actuel des études historiques aucune partie qui tienne debout » a écrit l'auteur de la* Vie de Jésus.

*On revient à une constatation de fait quand on affirme seulement que le* Discours sur l'histoire universelle *a été le fruit de la maturité de Bossuet : composé alors qu'il était précepteur du Dauphin, il a été écrit entre 1670 et 1681 ; qu'il a été une de ses œuvres les plus soignées : il l'a réédité deux fois, après avoir apporté des corrections à la première édition ; il y travaillait encore à la veille de sa mort. Il est évident que c'est une des œuvres auxquelles Bossuet était le plus attaché : il en avait fait une somme théologique autant qu'historique, où il avait « mis en lumière, comme l'a écrit M. Calvet, les grandes lois divines et humaines du gouvernement du monde. »*

## LA COMPOSITION

*La* Lettre à Innocent XI, *où Bossuet exposa son plan d'éducation au Pape en 1679, fait l'historique du* Discours *jusqu'à la veille de sa première édition. On peut se reporter pour la consulter au volume XXIII des Œuvres complètes de Bossuet publiées par Lachat à Paris de 1862 à 1866.*

*Bossuet eut d'abord l'intention de faire imprimer l'abrégé d'histoire universelle qu'il avait composé « pour soutenir les connaissances du Dauphin », en deux parties : « la première, depuis l'origine du monde jusqu'à la chute de l'ancien empire romain et au couronnement de Charlemagne ; et la seconde, depuis ce nouvel empire établi par les Français ». Le* Discours *fut donc d'abord un manuel d'histoire écrit à l'intention du Dauphin, avec quelques réflexions en préface.*

Puis Bossuet « *repassa* » *sa première œuvre en 1679, et la bouleversa, sur le conseil d'amis. L'exposé des faits devint préface et les réflexions corps de l'ouvrage. Ces nouvelles réflexions « font entendre toute la suite de la religion et les changements des empires avec leurs causes profondes ». L'ouvrage parut ainsi en 1681. Mais Bossuet n'y publiait pas la seconde partie, postérieure à Charlemagne ; il l'annonçait seulement dans le dernier chapitre.*

*En 1682, une deuxième édition paraissait : c'était presque une copie. Des titres avaient été ajoutés, certaines formes corrigées, le Dauphin était moins invoqué. L'œuvre perdait son apparence pédagogique.*

*En 1700, une troisième édition ajoutait d'autres titres de chapitres.*

*Mais Bossuet reprit encore son œuvre. Il y fit même jusqu'à sa mort en 1704, d'importantes additions, qu'il portait lui-même en marge. Il introduisit le chapitre XXIX dans la deuxième partie, d'importants passages sur l'authenticité des livres saints qu'on discutait alors. Il mettait son œuvre à la mode du jour : la controverse y pénétrait.*

*Les additions ne parurent qu'en 1818, dans ce qu'on appelle l'édition de Versailles, publiée par l'Abbé Caron, prêtre de Saint-Sulpice.*

*C'est cette édition qu'on suivra, en y apportant seulement quelques légères corrections et en signalant bien les additions manuscrites souvent écrites à la hâte, certainement pas destinées à la publication sans révision.*

*Le second discours ne fut donc jamais publié par Bossuet. A sa mort, il se présentait seulement comme une ébauche : une trame d'événements et de dates. Il fut imprimé en 1806 comme* une suite du Discours sur l'histoire universelle *par Renouard, rarement réédité depuis lors, car cette sèche nomenclature ne présente aucun intérêt.*

### SOMMAIRE

*Pour acquérir rapidement une connaissance succincte du* Discours, *il faut en lire la présentation qu'en fait Bossuet lui-même dans l'*Avant-Propos, *derrière le titre* : dessein général de cet ouvrage; sa division en trois parties; *à moins qu'on ne veuille en avoir une analyse plus brève et moins pédagogique : on peut alors recourir à la* Lettre à Innocent XI : « *Nous avons* *ajouté (à la première partie, depuis l'origine du monde jusqu'à la chute de l'ancien empire romain) de nouvelles réflexions... Dans cet ouvrage, on voit paraître la religion toujours ferme et inébranlable depuis le commencement du monde : le rapport des deux Testaments lui donne cette force ; et l'Evangile qu'on voit s'élever sur les fondements de la loi, montre une solidité qu'on reconnaît aisément être à toute épreuve. On voit la vérité toujours victorieuse... ; pendant qu'on voit au contraire les empires les plus florissants, non seulement s'affaiblir par la suite des années, mais encore se défaire mutuellement et tomber les uns sur les autres. ... Ainsi nous tirons deux fruits de l'*Histoire universelle. *Le premier est de faire voir tout ensemble l'autorité et la sainteté de la religion, par sa propre stabilité et par sa durée perpétuelle. Le second, est que connaissant ce qui a causé la ruine de chaque empire, nous pouvons sur leur exemple, trouver les moyens de soutenir les Etats, si fragiles de leur nature ; sans toutefois oublier que ces soutiens mêmes sont sujets à la loi commune de la mortalité, qui est attachée aux choses humaines, et qu'il faut porter plus haut ses espérances.* »

*On distingue donc une première partie :* les Epoques, *que Chateaubriand admirait : «* Quelle revue, Bossuet fait de la terre ! » *déclarait-il. Table chronologique d'une grande probité, c'est aussi une étude du génie des peuples. Les pages sont parfois ternes comme un cours, mais parfois surgissent une pensée, une formule éclatantes. Voltaire l'apprécia bien, lorsqu'il évoqua «* ces traits rapides d'une vérité énergique ».

La suite de la Religion *dans le cours des siècles est la plus étendue. Bossuet y montre avec «* une ferme consistance » *comment «* la loi de Dieu s'y découvre progressivement, se lève sous les Patriarches, sous Moïse et sous les prophètes s'accroît ; Jésus-Christ, plus grand que les patriarches, plus autorisé que Moïse, plus éclairé que tous les prophètes, nous la montre dans sa plénitude » (*II*ᵉ *partie, ch. XIX).*

*Puis Bossuet, dans la troisième partie fait* tomber les Empires *avec l'éloquence d'un prédicateur en chaire, contemplant la main de Dieu sur l'homme.*

### INTÉRÊT

*On ne peut nier l'intérêt persistant de ce* Discours. *Bossuet s'y révèle pédagogue, historien, mais aussi controversiste, philosophe et théologien, écrivain par surcroît.*

*Reflet de son siècle d'abord, par ses connaissances historiques limitées : celles d'un érudit, soucieux de recourir aux sources, mais ne trouvant que les écrivains de l'Antiquité et la Bible ; cherchant à utiliser les rapports de voyages des missionnaires en Egypte par exemple, ou ceux de diplomates français en mission dans l'Empire ottoman, mais souvent égaré avec eux dans des hypothèses fragiles. Il fait naître ainsi Adam, le premier homme, en 4004 avant J.-C., réduit l'antiquité des premiers empires égyptiens (Sésostris pharaon du XIX$^e$ siècle devient le contemporain de Salomon qui a vécu neuf siècles plus tard). Il multiplie parfois les dates inutiles et peu sûres, ainsi quand il étudie les premiers temps de la République à Rome (I$^{re}$ partie, ép. VIII). — Il se laisse entraîner à des jugements simplistes qui provoquent le sourire de l'historien contemporain, sur les mœurs des Egyptiens (III$^e$ partie, ch. III.) lorsqu'il s'inspire de Diodore, sur les beaux temps de la République romaine, forte et vertueuse, sur les empereurs, tel Caracalla « horreur du genre humain par ses infamies ».*

*Reflet de son temps aussi par les passions qui l'aveuglent. Passions religieuses : les Ariens sont des « démons » qui n'agissent que par la « violence » (I$^{re}$ partie, ép. XI). Passions politiques : la maison de France ne peut être que « la plus ancienne et la plus noble de toutes celles qui sont au monde » (I$^{re}$ partie, ép. XI). Il s'exclame : « Que ne fait dans les cœurs, l'envie de régner ! » L'Eglise gallicane, lors des martyres de Lyon « remplit (déjà) tout l'univers de sa gloire ». (I$^{re}$ partie, ép. X). La louange de Louis XIV s'étale souvent (II$^e$ partie, ch. XXXI). La controverse ôte aussi sa mesure à l'historien. La deuxième partie est encombrée et déséquilibrée par les longues pages ajoutées après 1700 pour répondre « aux incrédules, faux savants, faux critiques » qui attribuaient à Esdras la paternité des livres de Moïse. Si Bossuet, d'autre part, insiste tant sur le caractère inspiré de la Bible, c'est pour répondre à Spinoza. La troisième partie enfin est une réponse aux libertins qui voyaient dans l'histoire du monde une suite de hasards, où Dieu n'intervenait pas.*

*Mais Bossuet se révèle plus encore honnête homme et honnête historien.*

*Il reconnaît les incertitudes des années du monde, comme celle de la naissance du Christ. Il veut seulement « éviter les anachronismes qui brouillent l'ordre des affaires et laisser disputer des autres entre les savants » (I$^{re}$ partie, XII$^e$ ép.).*

*Il discute ses sources. Lorsque les écrivains profanes sont en contradiction, il préfère donner sa confiance à l'histoire sainte. En bon classique, il suit les historiens qui ont choisi « la version vraisemblable ». Il se donne ainsi pour maîtres, comme on continue à le faire, Hérodote, parce que c'est un « historien judicieux », Thucydide « historien très exact », Josèphe « historien très fidèle et très instruit des affaires de sa nation ».*

*S'il n'étudie pas la Chine, — ce que Voltaire lui a reproché — c'est qu'il « n'aime pas à donner pour certain ce qui ne l'est pas » ; or l'histoire de la Chine « n'est pas encore assez éclaircie ».*

*Il s'intéresse aux faits, mais moins qu'aux constitutions, aux mœurs et surtout au caractère des peuples. Les pages qu'il a écrites dans la troisième partie sur l'esprit conservateur des Égyptiens, sur l'amour de la liberté chez les Grecs, sur Rome, « maîtresse de l'univers » avant Montesquieu, peuvent encore inspirer les historiens les plus rigoureux de nos jours.*

*Sa grande idée : « La Providence régit le monde », ne gêne pas l'investigation historique. C'est en effet « dans les choses humaines qu'il cherche l'explication des choses humaines » (Rébelliau). Il avoue lui-même qu'il « recherche les effets dans leurs causes les plus éloignées, car Dieu a voulu que les choses dépendent les unes des autres ».*

*L'historien, comme le théologien, trouve son profit à la lecture du* Discours. *Il y trouve aussi son agrément, car Bossuet y déploie toutes ses qualités d'écrivain. On a pu saluer le* Discours *de « chef-d'œuvre de la prose française ». Ce n'est pas une œuvre de puriste qui recherche le succès littéraire, mais l'œuvre d'un homme d'action qui cherche à convaincre. Souvent rapide, — on a parlé d'écriture « au pas de charge » — précis, neutre même, il éclate parfois en images poétiques à la manière des écrivains sacrés, en formules énergiques et brèves comme les Anciens, ou même en mots familiers. Coupé ou périodique, familier ou savant, son style est toujours adapté à sa pensée. Le* Discours *est aussi une somme de l'art de s'exprimer.*

Y. C.

# DISCOURS
## SUR
# L'HISTOIRE UNIVERSELLE
## A M^GR LE DAUPHIN[1].

### AVANT-PROPOS

#### DESSEIN GÉNÉRAL DE CET OUVRAGE :
#### SA DIVISION EN TROIS PARTIES

Quand l'histoire serait inutile aux autres hommes, il faudrait la faire lire aux princes. Il n'y a pas de meilleur moyen de leur découvrir ce que peuvent les passions et les intérêts, les temps et les conjonctures, les bons et les mauvais conseils. Les histoires ne sont composées que des actions qui les occupent, et tout semble y être fait pour leur usage. Si l'expérience leur est nécessaire pour acquérir cette prudence qui fait bien régner, il n'est rien de plus utile à leur instruction que de joindre aux exemples des siècles passés les expériences qu'ils font tous les jours. Au lieu qu'ordinairement ils n'apprennent qu'aux dépens de leurs sujets et de leur propre gloire à juger des affaires dangereuses qui leur arrivent; par le secours de l'histoire ils forment leur jugement, sans rien hasarder, sur les événement passés. Lorsqu'ils voient jusqu'aux vices les plus cachés des princes, malgré les fausses louanges qu'on leur donne pendant leur vie, exposés aux yeux de tous les hommes, ils ont honte de la vaine joie que leur cause la flatterie, et ils connaissent que la vraie gloire ne peut s'accorder qu'avec le mérite.

D'ailleurs il serait honteux, je ne dis pas à un prince, mais en général à tout honnête homme, d'ignorer le genre humain, et les changements mémorables que la suite des temps a faits dans le monde. Si l'on n'apprend de l'histoire à distinguer les temps, on représentera les hommes sous la loi de nature, ou sous la loi écrite[1], tels qu'ils sont sous la loi évangélique ; on parlera des Perses vaincus sous Alexandre, comme on parle des Perses victorieux sous Cyrus ; on fera la Grèce aussi libre du temps de Philippe que du temps de Thémistocle ou de Miltiade ; le peuple romain aussi fier sous les empereurs que sous les consuls ; l'Eglise aussi tranquille sous Dioclétien que sous Constantin ; et la France, agitée de guerres civiles du temps de Charles IX et de Henri III, aussi puissante que du temps de Louis XIV, où, réunie sous un si grand roi, seule elle triomphe de toute l'Europe[2].

C'est, Monseigneur, pour éviter ces inconvénients que vous avez lu tant d'histoires anciennes et modernes. Il a fallu avant toutes choses vous faire lire dans l'Ecriture l'histoire du peuple de Dieu, qui fait le fondement de la religion. On ne vous a pas laissé ignorer l'histoire grecque ni la romaine ; et ce qui vous était plus important, on vous a montré avec soin l'histoire de ce grand royaume que vous êtes obligé de rendre heureux[3]. Mais de peur que ces histoires et celles que vous avez encore à apprendre ne se confondent dans votre esprit, il n'y a rien de plus nécessaire que de vous représenter distinctement, mais en raccourci, toute la suite des siècles.

Cette manière d'histoire universelle est à l'égard des histoires de chaque pays et de chaque peuple, ce qu'est une carte générale à l'égard des cartes particulières. Dans les cartes particulières vous voyez tout le détail d'un royaume ou d'une province en elle-même ; dans les cartes universelles vous apprenez à situer ces parties du monde dans leur tout ; vous voyez ce que Paris ou l'Ile-de-France est dans le royaume, ce que le royaume est dans l'Europe, et ce que l'Europe est dans l'univers.

Ainsi les histoires particulières représentent la suite des choses qui sont arrivées à un peuple dans tout leur détail : mais afin de tout entendre, il faut savoir le rapport que chaque histoire peut avoir avec les autres ; ce qui se fait par un abrégé, où l'on voie, comme d'un coup d'œil, tout l'ordre des temps.

Un tel abrégé, Monseigneur, vous propose un grand spectacle. Vous voyez tous les siècles précédents se développer, pour ainsi dire, en peu d'heures devant vous ; vous voyez comme les empires se succèdent les uns aux autres, et comme la religion, dans ses différents états, se soutient également depuis le commencement du monde jusqu'à notre temps.

C'est la suite de ces deux choses, je veux dire celle de la religion et celle des empires, que vous devez imprimer dans votre mémoire; et comme la religion et le gouvernement politique sont les deux points sur lesquels roulent les choses humaines, voir ce qui regarde ces choses renfermé dans un abrégé, et en découvrir par ce moyen tout l'ordre et toute la suite, c'est comprendre dans sa pensée tout ce qu'il y a de grand parmi les hommes, et tenir, pour ainsi dire, le fil de toutes les affaires de l'univers.

Comme donc en considérant une carte universelle vous sortez du pays où vous êtes né, et du lieu qui vous renferme, pour parcourir toute la terre habitable que vous embrassez par la pensée, avec toutes ses mers et tous ses pays; ainsi, en considérant l'abrégé chronologique, vous sortez des bornes étroites de votre âge, et vous vous étendez dans tous les siècles.

Mais de même que, pour aider sa mémoire dans la connaissance des lieux, on retient certaines villes principales, autour desquelles on place les autres, chacune selon sa distance; ainsi dans l'ordre des siècles il faut avoir certains temps marqués par quelque grand événement auquel on rapporte tout le reste.

C'est ce qui s'appelle *époque,* d'un mot grec qui signifie *s'arrêter,* parce qu'on s'arrête là, pour considérer comme d'un lieu de repos tout ce qui est arrivé devant ou après, et éviter par ce moyen les anachronismes, c'est-à-dire cette sorte d'erreur qui fait confondre les temps.

Il faut d'abord s'attacher à un petit nombre d'époques, telles que sont dans les temps de l'histoire ancienne: Adam, ou la création; Noé, ou le déluge; la vocation d'Abraham, ou le commencement de l'alliance de Dieu avec les hommes; Moïse, ou la loi écrite; la prise de Troie; Salomon, ou la fondation du temple; Romulus, ou Rome bâtie; Cyrus, ou le peuple de Dieu délivré de la captivité de Babylone; Scipion, ou Carthage vaincue; la naissance de Jésus-Christ; Constantin, ou la paix de l'Eglise; Charlemagne, ou l'établissement du nouvel empire.

Je vous donne cet établissement du nouvel empire sous Charlemagne, comme la fin de l'histoire ancienne, parce que c'est là que vous verrez finir tout à fait l'ancien empire romain. C'est pourquoi je vous arrête à un point si considérable de l'histoire universelle. La suite vous en sera proposée dans une seconde partie, qui vous mènera jusqu'au siècle que nous voyons illustré par les actions immortelles du roi votre père[1], et auquel l'ardeur que vous témoignez à suivre un si grand exemple, fait encore espérer un nouveau lustre[2].

Après vous avoir expliqué en général le dessein de cet ouvrage, j'ai trois choses à faire pour en tirer toute l'utilité que j'en espère.

Il faut, premièrement, que je parcoure avec vous les époques que je vous propose, et que vous marquant en peu de mots les principaux événements qui doivent être attachés à chacune d'elles, j'accoutume votre esprit à mettre ces événements dans leur place, sans y regarder autre chose que l'ordre des temps. Mais comme mon intention principale est de vous faire observer, dans cette suite des temps, celle de la religion et celle des grands empires ; après avoir fait aller ensemble, selon le cours des années, les faits qui regardent ces deux choses, je reprendrai en particulier avec les réflexions nécessaires, premièrement, ceux qui nous font entendre la durée perpétuelle de la religion, et enfin ceux qui nous découvrent les causes des grands changements arrivés dans les empires.

Après cela, quelque partie de l'histoire ancienne que vous lisiez, tout vous tournera à profit. Il ne passera aucun fait dont vous n'aperceviez les conséquences. Vous admirerez la suite des conseils de Dieu dans les affaires de la religion : vous verrez aussi l'enchaînement des affaires humaines, et par là vous connaîtrez avec combien de réflexion et de prévoyance elles doivent être gouvernées.

# PREMIÈRE PARTIE

*LES ÉPOQUES, OU LA SUITE DES TEMPS*

## PREMIÈRE ÉPOQUE.

ADAM, OU LA CRÉATION

*Premier âge du monde.*

La première époque vous présente un grand spectacle : Dieu qui crée le ciel et la terre par sa parole, et qui fait l'homme à son image[1]. C'est par où commence Moïse, le plus ancien des historiens, le plus sublime des philosophes, et le plus sage des législateurs.

Il pose ce fondement tant de son histoire que de sa doctrine et de ses lois. Après il nous fait voir tous les hommes renfermés en un seul homme, et sa femme même tirée de lui; la concorde des mariages et la société du genre humain établie sur ce fondement; la perfection et la puissance de l'homme, tant qu'il porte l'image de Dieu en son entier; son empire sur les animaux; son innocence tout ensemble et sa félicité dans le paradis, dont la mémoire s'est conservée dans l'âge d'or des poètes; le précepte divin donné à nos premiers parents; la malice de l'esprit tentateur, et son apparition sous la forme du serpent; la chute d'Adam et d'Eve, funeste à toute leur postérité; le premier homme justement puni dans tous ses enfants, et le genre humain maudit de Dieu; la première promesse de la rédemption; et la victoire future des hommes sur le démon qui les a perdus.

La terre commence à se remplir[2], et les crimes s'augmentent. Caïn, le premier enfant d'Adam et d'Eve, fait voir au monde naissant la première action tragique; et la vertu commence dès lors à être persécutée par le vice[3]. Là paraissent les mœurs contraires des deux frères : l'innocence d'Abel, sa vie pastorale, et ses offrandes agréables;

celles de Caïn rejetées, son avarice, son impiété, son parricide, et la jalousie, mère des meurtres; le châtiment de ce crime, la conscience du parricide agitée de continuelles frayeurs; la première ville bâtie par ce méchant, qui se cherchait un asile contre la haine et l'horreur du genre humain; l'invention de quelques arts par ses enfants; la tyrannie des passions, et la prodigieuse malignité du cœur humain, toujours porté à faire le mal; la postérité de Seth fidèle à Dieu malgré cette dépravation; le pieux Hénoch, miraculeusement tiré du monde, qui n'était pas digne de le posséder[1]; la distinction des enfants de Dieu d'avec les enfants des hommes, c'est-à-dire de ceux qui vivaient selon l'esprit d'avec ceux qui vivaient selon la chair; leur mélange, et la corruption universelle du monde; la ruine des hommes résolue par un juste jugement de Dieu[2]; sa colère dénoncée aux pécheurs par son serviteur Noé; leur impénitence, et leur endurcissement puni enfin par le déluge[3]; Noé et sa famille réservés pour la réparation du genre humain.

Voilà ce qui s'est passé en 1656 ans. Tel est le commencement de toutes les histoires, où se découvre la toute-puissance, la sagesse et la bonté de Dieu; l'innocence heureuse sous sa protection; sa justice à venger les crimes, et en même temps sa patience à attendre la conversion des pécheurs; la grandeur et la dignité de l'homme dans sa première institution; le génie du genre humain depuis qu'il fut corrompu; le naturel de la jalousie, et les causes secrètes des violences et des guerres, c'est-à-dire tous les fondements de la religion et de la morale.

Avec le genre humain Noé conserva les arts, tant ceux qui servaient de fondement à la vie humaine, et que les hommes savaient dès leur origine, que ceux qu'ils avaient inventés depuis. Ces premiers arts que les hommes apprirent d'abord, et apparemment de leur créateur, sont l'agriculture[4], l'art pastoral[5], celui de se vêtir[6], et peut-être celui de se loger. Aussi ne voyons-nous pas le commencement de ces arts en Orient, vers les lieux d'où le genre humain s'est répandu.

La tradition du déluge universel se trouve par toute la terre. L'arche, où se sauvèrent les restes du genre humain, a été de tout temps célèbre en Orient, principalement dans les lieux où elle s'arrêta après le déluge. Plusieurs autres circonstances de cette fameuse histoire se trouvent marquées dans les annales et dans les traditions des anciens peuples[1] : les temps conviennent et tout se rapporte, autant qu'on le pouvait espérer dans une antiquité si reculée.

## DEUXIÈME ÉPOQUE

### NOÉ, OU LE DÉLUGE

*Deuxième âge du monde.*

Près du déluge[2] se rangent le décroissement de la vie humaine, le changement dans le vivre[3], et une nouvelle nourriture substituée aux fruits de la terre; quelques préceptes donnés à Noé de vive voix seulement; la confusion des langues[4] arrivée à la tour de Babel, premier monument de l'orgueil et de la faiblesse des hommes; le partage des trois enfants de Noé, et la première distribution des terres.

La mémoire de ces trois premiers auteurs des nations et des peuples s'est conservée parmi les hommes. Japhet, qui a peuplé la plus grande partie de l'Occident, y est demeuré célèbre sous le nom fameux d'Iapet. Cham et son fils Chanaan n'ont pas été moins connus parmi les Egyptiens et les Phéniciens; et la mémoire de Sem a toujours duré dans le peuple hébreu, qui en est sorti.

Un peu après ce premier partage du genre humain, Nemrod, homme farouche, devient par son humeur violente le premier des conquérants; et telle est l'origine des conquêtes. Il établit son royaume à Babylone[5], au même lieu où la tour avait été commencée, et déjà élevée fort haut, mais non pas autant que le souhaitait la vanité humaine. Environ dans le même temps Ninive fut bâtie, et quelques anciens royaumes établis. Ils étaient petits dans ces premiers temps : et on trouve dans la seule Egypte quatre dynasties ou principautés : celle de Thèbes, celle de Thin, celle de Memphis et celle de Tanis : c'était la capitale de la Basse-Egypte. On peut aussi rapporter à ce temps le commencement des lois et de la police des Egyptiens, celui de leurs pyramides, qui durent encore[6], et celui des observations astronomiques tant de ces peuples que des Chaldéens : aussi voit-on remonter jusqu'à ce temps, et pas plus haut, les observations que les Chaldéens, c'est-à-dire sans contestation les premiers observateurs des astres, donnèrent dans Babylone à Callisthène pour Aristote[1].

Tout commence : il n'y a point d'histoire ancienne où il ne paraisse, non seulement dans ces premiers temps, mais longtemps après, des vestiges manifestes de la nouveauté du monde. On voit les lois s'établir, les mœurs se polir, et les empires se former. Le genre humain sort peu à peu de l'ignorance; l'expérience l'instruit, et les arts sont inventés ou perfectionnés. A mesure que les hommes se multiplient, la terre se peuple de proche en proche : on passe les montagnes et les précipices; on traverse les fleuves et enfin les mers, et on établit de nouvelles habitations. La terre, qui n'était au commencement qu'une forêt immense, prend une autre forme; les bois abattus font place aux champs, aux pâturages, aux hameaux, aux bourgades, et enfin aux villes. On s'instruit à prendre certains animaux, à apprivoiser les autres, et à les accoutumer au service. On eut d'abord à combattre les bêtes farouches : les premiers héros se signalèrent dans ces guerres; elles firent inventer les armes, que les hommes tournèrent après contre leurs semblables : Nemrod, le premier guerrier et le premier conquérant, est appelé dans l'Ecriture un fort chasseur[2]. Avec les animaux, l'homme sut encore adoucir les fruits et les plantes; il plia jusqu'aux métaux à son usage, et peu à peu il y fit servir toute la nature.

Comme il était naturel que le temps fît inventer beaucoup de choses, il devait aussi en faire oublier d'autres, du moins à la plupart des hommes. Ces premiers arts que Noé avait conservés, et qu'on voit aussi toujours en vigueur dans les contrées où se fit le premier établissement du genre humain, se perdirent à mesure qu'on s'éloigna de ce pays. Il fallut, ou les rapprendre avec le temps, ou que ceux qui les avaient conservés les reportassent aux autres. C'est pourquoi on voit tout venir de ces terres toujours habitées, où les fondements des arts demeurèrent en leur entier; et là même on apprenait tous les jours beaucoup de choses importantes. La connaissance de Dieu et la mémoire de la création s'y conserva; mais elle allait s'affaiblissant peu à peu. Les anciennes traditions s'oubliaient et s'obscurcissaient; les fables, qui leur succédèrent, n'en retenaient plus que de grossières idées; les fausses divinités se multipliaient : et c'est ce qui donna lieu à la vocation d'Abraham.

## TROISIÈME ÉPOQUE

### LA VOCATION D'ABRAHAM, OU LE COMMENCEMENT DU PEUPLE DE DIEU ET DE L'ALLIANCE

*Troisième âge du monde.*

QUATRE cent vingt-six ans après le déluge, comme les peuples marchaient chacun en sa voie, et oubliaient celui qui les avait faits, Dieu, pour empêcher le progrès d'un si grand mal, au milieu de la corruption, commença à se séparer un peuple élu. Abraham fut choisi pour être la tige et le père de tous les croyants. Dieu l'appela dans la terre de Chanaan, où il voulait établir son culte et les enfants de ce patriarche[1] qu'il avait résolu de multiplier comme les étoiles du ciel et comme le sable de la mer. A la promesse qu'il lui fit de donner cette terre à ses descendants, il joignit quelque chose de bien plus illustre; et ce fut cette grande bénédiction qui devait être répandue sur tous les peuples du monde, en Jésus-Christ sorti de sa race. C'est ce Jésus-Christ qu'Abraham honore en la personne du grand pontife Melchisédech qui le représente; c'est à lui qu'il paie la dîme du butin qu'il avait gagné sur les rois vaincus, et c'est par lui qu'il est béni[2]. Dans des richesses immenses, et dans une puissance qui égalait celle des rois, Abraham conserva les mœurs antiques : il mena toujours une vie simple et pastorale, qui toutefois avait sa magnificence, que ce patriarche faisait paraître principalement en exerçant l'hospitalité envers tout le monde. Le ciel lui donna des hôtes; les anges lui apprirent les conseils de Dieu[3]; il y crut et parut en tout plein de foi et de piété. De son temps, Inachus, le plus ancien de tous les rois connus par les Grecs, fonda le royaume d'Argos[4]. Après Abraham, on trouve Isaac, son fils, et Jacob, son petit-fils, imitateurs de sa foi et de sa simplicité dans la même vie pastorale. Dieu leur réitère aussi les mêmes promesses qu'il avait faites à leur père, et les conduit comme lui en toutes choses. Isaac bénit Jacob au préjudice d'Esaü son frère aîné[1] ; et trompé en apparence, en effet il exécuta les conseils de Dieu, et régla la destinée de deux peuples. Esaü eut encore le nom d'Edom, d'où sont nommés les Iduméens dont il est le père. Jacob, que Dieu protégeait, excella[2] en tout au-dessus d'Esaü. Un ange, contre qui il eut un combat plein de mystères, lui donna le nom d'Israël, d'où ses enfants sont appelés les Israélites. De lui naquirent les douze patriarches, pères des douze tribus du peuple hébreu : entre autres Lévi, d'où devaient sortir les ministres des choses sacrées ; Juda, d'où devait sortir avec la race royale le Christ Roi des rois et Seigneur des seigneurs ; et Joseph, que Jacob aima plus que tous ses autres enfants. Là se déclarent de nouveaux secrets de la providence divine. On y voit, avant toutes choses, l'innocence et la sagesse du jeune Joseph toujours ennemie des vices, et soigneuse de les réprimer dans ses frères ; ses songes mystérieux et prophétiques ; ses frères jaloux, et la jalousie cause pour la seconde fois d'un parricide[3] ; la vente de ce grand homme ; la fidélité qu'il garde à son maître, et sa chasteté admirable ; les persécutions qu'elle lui attire ; sa prison et sa constance ; ses prédictions[4] ; sa délivrance miraculeuse ; cette fameuse explication des songes de Pharaon[5] ; le mérite d'un si grand homme reconnu : son génie élevé et droit, et la protection de Dieu qui le fait dominer partout où il est ; sa prévoyance ; ses sages conseils, et son pouvoir absolu dans le royaume de la Basse-Egypte ; par ce moyen le salut de son père Jacob et de sa famille[6]. Cette famille chérie de Dieu s'établit ainsi dans cette partie de l'Egypte dont Tanis était la capitale, et dont les rois prenaient tous le nom de Pharaon. Jacob meurt ; et un peu devant[7] sa mort il fait cette célèbre prophétie[8], où, découvrant à ses enfants l'état de leur postérité, il découvre en particulier à Juda le temps du Messie qui devait sortir de sa race. La maison de ce patriarche devient un grand peuple en peu de temps : cette prodigieuse multiplication excite la jalousie des Egyptiens : les Hébreux sont injustement haïs, et impitoyablement persécutés. Dieu fait naître Moïse leur libérateur[9], qu'il délivre des eaux du Nil, et le fait tomber entre les mains de la fille de Pharaon : elle l'élève comme son fils, et le fait instruire dans toute la sagesse des Egyptiens.

En ces temps, les peuples d'Egypte s'établirent en divers endroits de la Grèce. La colonie que Cécrops amena d'Egypte fonda douze villes, ou plutôt douze bourgs, dont il composa le royaume d'Athènes[1], et où il établit, avec les lois de son pays, les dieux qu'on y adorait. Un peu après arriva le déluge de Deucalion dans la Thessalie, confondu par les Grecs avec le déluge universel[2]. Hellen, fils de Deucalion[3], régna en Phthie, pays de la Thessalie, et donna son nom à la Grèce. Ses peuples, auparavant appelés Grecs, prirent toujours depuis le nom d'Hellènes, quoique les Latins leur aient conservé leur ancien nom. Environ dans le même temps, Cadmus, fils d'Agénor, transporta en Grèce une colonie de Phéniciens, et fonda la ville de Thèbes dans la Béotie. Les dieux de Syrie et de Phénicie entrèrent avec lui dans la Grèce. Cependant Moïse s'avançait en âge. A quarante ans[4], il méprisa les richesses de la cour d'Egypte; et touché des maux de ses frères les Israélites, il se mit en péril pour les soulager. Ceux-ci, loin de profiter de son zèle et de son courage l'exposèrent à la fureur de Pharaon, qui résolut sa perte. Moïse se sauva d'Egypte en Arabie, dans la terre de Madian, où sa vertu, toujours secourable aux oppressés[5], lui fit trouver une retraite assurée. Ce grand homme, perdant l'espérance de délivrer son peuple, ou attendant un meilleur temps, avait passé quarante ans à paître les troupeaux de son beau-père Jéthro, quand il vit dans le désert le buisson ardent, et entendit la voix du Dieu de ses pères, qui le renvoyait en Egypte pour tirer ses frères de la servitude[6]. Là paraissent l'humilité, le courage, et les miracles de ce divin législateur; l'endurcissement de Pharaon et les terribles châtiments que Dieu lui envoie; la Pâque, et le lendemain le passage de la mer Rouge; Pharaon et les Egyptiens ensevelis dans les eaux, et l'entière délivrance des Israélites.

## QUATRIÈME ÉPOQUE

MOÏSE, OU LA LOI ÉCRITE

*Quatrième âge du monde.*

Les temps de la loi écrite commencent[1]. Elle fut donnée à Moïse 430 ans après la vocation d'Abraham, 856 ans après le déluge, et la même année que le peuple hébreu sortit d'Egypte. Cette date est remarquable, parce qu'on s'en sert pour désigner tout le temps qui s'écoule depuis Moïse jusqu'à Jésus-Christ. Tout ce temps est appelé le temps de la *loi écrite,* pour le distinguer du temps précédent, qu'on appelle le temps de la *loi de nature,* où les hommes n'avaient pour se gouverner que la raison naturelle et les traditions de leurs ancêtres.

Dieu donc, ayant affranchi son peuple de la tyrannie des Egyptiens pour le conduire en la terre où il veut être servi, avant que de l'y établir, lui propose la loi selon laquelle il y doit vivre. Il écrit de sa propre main, sur deux tables qu'il donne à Moïse au haut du mont Sinaï, le fondement de cette loi, c'est-à-dire le Décalogue, ou les dix commandements, qui contiennent les premiers principes du culte de Dieu et de la société humaine. Il dicte au même Moïse les autres préceptes, par lesquels il établit le tabernacle, figure du temps futur[2]; l'arche où Dieu se montrait présent par ses oracles, et où les tables de la loi étaient renfermées; l'élévation d'Aaron, frère de Moïse; le souverain sacerdoce ou le pontificat, dignité unique, donnée à lui et à ses enfants; les cérémonies de leur sacre et la forme de leurs habits mystérieux; les fonctions des prêtres, enfants d'Aaron; celles des lévites, avec les autres observances de la religion; et, ce qu'il y a de plus beau, les règles des bonnes mœurs, la police et le gouvernement de son peuple élu, dont il veut être lui-même le législateur. Voilà ce qui est marqué par l'époque de la loi écrite. Après, on voit le voyage continué dans le désert; les révoltes, les idolâtries, les châtiments, les consolations du peuple de Dieu, que ce législateur tout-puissant forme peu à peu par ce moyen; le sacre d'Eléazar souverain pontife[1], et la mort de son père Aaron; le zèle de Phinées, fils d'Eléazar; et le sacerdoce assuré à ses descendants par une promesse particulière.

Durant ces temps, les Egyptiens continuent l'établissement de leurs colonies en divers endroits, principalement dans la Grèce, où Danaüs, Egyptien, se fait roi d'Argos, et dépossède les anciens rois venus d'Inachus. Vers la fin des voyages du peuple de Dieu dans le désert[2], on voit commencer les combats, que les prières de Moïse rendent heureux. Il meurt et laisse aux Israélites toute leur histoire, qu'il avait soigneusement digérée[3] dès l'origine du monde jusques au temps de sa mort. Cette histoire est continuée par l'ordre de Josué et de ses successeurs. On la divisa depuis en plusieurs livres; et c'est de là que nous sont venus le livre de Josué, le livre des Juges, et les quatre livres des Rois. L'histoire que Moïse avait écrite, et où toute la loi était renfermée, fut aussi partagée en cinq livres qu'on appelle Pentateuque, et qui sont le fondement de la religion. Après la mort de l'homme de Dieu, on trouve les guerres de Josué[4], la conquête et le partage de la Terre-Sainte, et les rébellions du peuple châtié et rétabli à diverses fois. Là se voient les victoires d'Othoniel, qui nous délivre de la tyrannie de Chusan, roi de Mésopotamie; et quatre-vingts ans après[5], celle d'Aod sur Eglon, roi de Moab[6]. Environ ce temps[7], Pélops, Phrygien, fils de Tantale, règne dans le Péloponèse, et donne son nom à cette fameuse contrée. Bel, roi des Chaldéens, reçoit de ces peuples les honneurs divins. Les Israélites ingrats retombent dans la servitude[8]. Jabin, roi de Chanaan, les assujettit; mais Débora la prophétesse, qui jugeait le peuple, et Barac, fils d'Abinoem, défont Sisara, général des armées de ce roi[9]. Quarante ans après, Gédéon, victorieux sans combattre, poursuit et abat les Madianites[10]. Abimélech, son fils, usurpe l'autorité par le meurtre de ses frères[11], l'exerce tyranniquement, et la perd enfin avec la vie[12]. Jephté ensanglante sa victoire par un sacrifice qui ne peut être excusé que par un ordre secret de Dieu, sur lequel il ne lui a pas plu de nous rien faire connaître. Durant ce siècle, il arrive des choses très considérables parmi les Gentils. Car, en suivant la supputation d'Hérodote[13], qui paraît la plus exacte, il faut placer en ces temps, 514 ans devant Rome, et du temps de Débora, Ninus, fils de Bel, et la fondation du premier empire des

Assyriens. Le siège en fut établi à Ninive, ville ancienne et déjà célèbre[1], mais ornée et illustrée par Ninus. Ceux qui donnent 1300 ans aux premiers Assyriens ont leur fondement dans l'antiquité de la ville; et Hérodote, qui ne leur en donne que 520, ne parle que de la durée de l'empire qu'ils ont commencé, sous Ninus, fils de Bel, à étendre dans la haute Asie.

Un peu après, et durant le règne de ce conquérant, on doit mettre la fondation ou le renouvellement de l'ancienne ville de Tyr, que la navigation et ses colonies rendent si célèbre[2]. Dans la suite, et quelque temps après Abimélech[3], on trouve les fameux combats d'Hercule, fils d'Amphitryon, et ceux de Thésée, roi d'Athènes, qui ne fit qu'une seule ville des douze bourgs de Cécrops, et donna une meilleure forme au gouvernement des Athéniens.

Durant le temps de Jephté, pendant que Sémiramis, veuve de Ninus et tutrice de Ninyas, augmentait l'empire des Assyriens par ses conquêtes, la célèbre ville de Troie, déjà prise une fois par les Grecs sous Laomédon son troisième roi, fut réduite en cendres, encore par les Grecs, sous Priam, fils de Laomédon, après un siège de dix ans[4].

## CINQUIÈME ÉPOQUE

### LA PRISE DE TROIE

*Quatrième âge du monde.*

CETTE époque de la ruine de Troie[5], arrivée environ l'an 308 après la sortie d'Egypte, et 1164 ans, après le déluge, est considérable, tant à cause de l'importance d'un si grand événement célébré par les deux plus grands poètes de la Grèce et de l'Italie, qu'à cause qu'on peut rapporter à cette date ce qu'il y a de plus remarquable dans les temps appelés fabuleux ou héroïques : fabuleux, à cause des fables dont les histoires de ces temps sont enveloppées; héroïques, à cause de ceux que les poètes ont appelés les enfants des dieux et les héros. Leur vie n'est pas éloignée de cette prise; car du temps de Laomédon, père de Priam, paraissent tous les héros de la toison d'or,

Jason, Hercule, Orphée, Castor et Pollux, et les autres qui sont connus; et du temps de Priam même, durant le dernier siège de Troie, on voit les Achille, les Agamemnon, les Ménélas, les Ulysse, Hector, Sarpédon, fils de Jupiter, Enée, fils de Vénus, que les Romains reconnaissent pour leur fondateur, et tant d'autres dont les familles illustres et des nations entières ont fait gloire de descendre. Cette époque est donc propre pour rassembler ce que les temps fabuleux ont de plus certain et de plus beau.

Mais ce qu'on voit dans l'Histoire sainte est en toutes façons plus remarquable : la force prodigieuse d'un Samson[1], et sa faiblesse étonnante; Héli, souverain pontife[2], vénérable par sa piété, et malheureux par le crime de ses enfants; Samuel, juge irréprochable[3], et prophète choisi de Dieu pour sacrer les rois; Saül, premier roi du peuple de Dieu, ses victoires, sa présomption à sacrifier sans les prêtres, sa désobéissance mal excusée par le prétexte de la religion, sa réprobation, sa chute funeste.

En ce temps, Codrus, roi d'Athènes, se dévoua à la mort pour le salut de son peuple, et lui donna la victoire par sa mort[4]. Ses enfants, Médon et Nilée, disputèrent entre eux le royaume. A cette occasion, les Athéniens abolirent la royauté, et déclarèrent Jupiter le seul roi du peuple d'Athènes. Ils créèrent des gouverneurs ou présidents perpétuels, mais sujets à rendre compte de leur administration. Ces magistrats furent appelés *archontes*. Médon, fils de Codrus, fut le premier qui exerça cette magistrature et elle demeura longtemps dans sa famille. Les Athéniens répandirent leurs colonies dans cette partie de l'Asie Mineure, qui fut appelée Ionie. Les colonies Eoliennes se firent à peu près dans le même temps, et toute l'Asie Mineure se remplit de villes grecques. Après Saül, paraît un David[5], cet admirable berger, vainqueur du fier Goliath, et de tous les ennemis du peuple de Dieu; grand roi, grand conquérant, grand prophète, digne de chanter les merveilles de la toute-puissance divine; homme enfin selon le cœur de Dieu, comme il le nomme lui-même, et qui par sa pénitence[6] a fait même tourner son crime à la gloire de son Créateur. A ce pieux guerrier succéda son fils Salomon[7], sage, juste, pacifique, dont les mains pures de sang furent jugées dignes de bâtir le temple de Dieu[8].

## SIXIÈME ÉPOQUE

### SALOMON, OU LE TEMPLE ACHEVÉ

*Cinquième âge du monde.*

Ce fut environ l'an 3000 du monde, le 488 depuis la sortie d'Egypte, et, pour ajuster les temps de l'histoire sainte avec ceux de la profane, 180 ans après la prise de Troie, 250 devant la fondation de Rome, et 1000 ans devant Jésus-Christ, que Salomon acheva ce merveilleux édifice[1]. Il en célébra la dédicace avec une piété et une magnificence extraordinaires[2]. Cette célèbre action est suivie des autres merveilles du règne de Salomon, qui finit par de honteuses faiblesses. Il s'abandonne à l'amour des femmes; son esprit baisse, son cœur s'affaiblit, et sa piété dégénère en idolâtrie. Dieu, justement irrité, l'épargne en mémoire de David son serviteur; mais il ne voulut pas laisser son ingratitude entièrement impunie : il partagea son royaume après sa mort, et sous son fils Roboam[3]. L'orgueil brutal de ce jeune prince lui fit perdre dix tribus, que Jéroboam sépara de leur Dieu et de leur roi. De peur qu'ils ne retournassent aux rois de Juda, il défendit d'aller sacrifier au temple de Jérusalem, et il érigea ses veaux d'or, auxquels il donna le nom du Dieu d'Israël, afin que le changement parût moins étrange. La même raison lui fit retenir la loi de Moïse, qu'il interprétait à sa mode; mais il en faisait observer presque toute la police tant civile que religieuse[4] : de sorte que le Pentateuque demeura toujours en vénération dans les tribus séparées.

Ainsi fut élevé le royaume d'Israël contre le royaume de Juda. Dans celui d'Israël triomphèrent l'impiété et l'idolâtrie. La religion, souvent obscurcie dans celui de Juda, ne laissa pas de s'y conserver.

En ces temps, les rois d'Egypte étaient puissants. Les quatre royaumes avaient été réunis sous celui de Thèbes. On croit que Sésostris, ce fameux conquérant des Egyptiens, est le Sésac, roi d'Egypte, dont Dieu se servit pour châtier l'impiété de Roboam[5]. Dans le règne d'Abiam, fils de Roboam, on voit la fameuse victoire que la piété de ce prince lui obtint sur les tribus schismatiques[1]. Son fils Asa, dont la piété est louée dans l'Ecriture, y est marqué comme un homme qui songeait plus, dans ses maladies, au secours de la médecine qu'à la bonté de Dieu. De son temps, Amri, roi d'Israël, bâtit Samarie[2], où il établit le siège de son royaume. Ce temps est suivi du règne admirable de Josaphat[3], où fleurissent la piété, la justice, la navigation et l'art militaire. Pendant qu'il faisait voir au royaume de Juda un autre David, Achab et sa femme Jézabel qui régnaient en Israël, joignaient à l'idolâtrie de Jéroboam toutes les impiétés des Gentils[4]. Ils périrent tous deux misérablement. Dieu, qui avait supporté leurs idolâtries, résolut de venger sur eux le sang de Naboth, qu'ils avaient fait mourir, parce qu'il avait refusé, comme l'ordonnait la loi de Moïse, de leur vendre à perpétuité l'héritage de ses pères. Leur sentence leur fut prononcée par la bouche du prophète Elie. Achab fut tué quelque temps après[5], malgré les précautions qu'il prenait pour se sauver. Il faut placer vers ce temps la fondation de Carthage[6], que Didon, venue de Tyr, bâtit en un lieu, où, à l'exemple de Tyr, elle pouvait trafiquer avec avantage, et aspirer à l'empire de la mer. Il est malaisé de marquer le temps où elle se forma en république; mais le mélange des Tyriens et des Africains fit qu'elle fut tout ensemble guerrière et marchande. Les anciens historiens, qui mettent son origine devant la ruine de Troie, peuvent faire conjecturer que Didon l'avait plutôt augmentée et fortifiée, qu'elle n'en avait posé les fondements.

Les affaires changèrent de face dans le royaume de Juda. Athalie, fille d'Achab et de Jézabel[7], porta avec elle l'impiété dans la maison de Josaphat. Joram, fils d'un prince si pieux, aima mieux son beau-père que son père. La main de Dieu fut sur lui. Son règne fut court, et sa fin fut affreuse[8]. Au milieu de ses châtiments, Dieu faisait des prodiges inouïs, même en faveur des Israélites, qu'il voulait rappeler à la pénitence. Ils virent, sans se convertir, les merveilles d'Elie et d'Elisée, qui prophétisèrent durant les règnes d'Achab et de cinq de ses successeurs. En ce temps Homère fleurit[9], et Hésiode fleurissait trente ans avant lui. Les mœurs antiques qu'ils nous représentent, et les vestiges qu'ils gardent encore, avec beaucoup de grandeur de l'ancienne simplicité, ne servent pas peu à nous faire entendre les antiquités beaucoup plus reculées, et la divine simplicité de l'Ecriture.

Il y eut des spectacles effroyables dans les royaumes de Juda et d'Israël[1]. Jézabel fut précipitée du haut d'une tour par ordre de Jéhu. Il ne lui servit de rien de s'être parée : Jéhu la fit fouler aux pieds des chevaux. Il fit tuer Joram, roi d'Israël, fils d'Achab ; toute la maison d'Achab fut exterminée, et peu s'en fallut qu'elle n'entraînât celle des rois de Juda dans sa ruine. Le roi Ochozias, fils de Joram, roi de Juda, et d'Athalie, fut tué dans Samarie avec ses frères, comme allié et ami des enfants d'Achab. Aussitôt que cette nouvelle fut portée à Jérusalem, Athalie résolut de faire mourir tout ce qui restait de la famille royale, sans épargner ses enfants, et de régner par la perte de tous les siens. Le seul Joas, fils d'Ochozias, enfant encore au berceau, fut dérobé à la fureur de son aïeule. Jozabeth, sœur d'Ochozias, et femme de Joïada, souverain pontife, le cacha dans la maison de Dieu, et sauva ce précieux reste de la maison de David. Athalie, qui le crut tué avec tous les autres, vivait sans crainte.

Lycurgue donnait des lois à Lacédémone. Il est repris de les avoir faites toutes pour la guerre, à l'exemple de Minos, dont il avait suivi les institutions[2], et d'avoir peu pourvu à la modestie des femmes, pendant que, pour faire des soldats, il obligeait les hommes à une vie si laborieuse et si tempérante.

Rien ne remuait en Judée contre Athalie : elle se croyait affermie par un règne de six ans. Mais Dieu lui nourrissait un vengeur dans l'asile sacré son temple. Quand il eut atteint l'âge de sept ans[3], Joïada le fit connaître à quelques-uns des principaux chefs de l'armée royale qu'il avait soigneusement ménagés[4] ; et assisté des lévites, il sacra le jeune roi dans le temple. Tout le peuple reconnut sans peine l'héritier de David et de Josaphat. Athalie, accourue au bruit pour dissiper la conjuration, fut arrachée de l'enclos du temple, et reçut le traitement que ses crimes méritaient. Tant que Joïada vécut, Joas fit garder la loi de Moïse. Après la mort de ce saint pontife, corrompu par les flatteries de ses courtisans, il s'abandonna avec eux à l'idolâtrie. Le pontife Zacharie, fils de Joïada, voulut les reprendre[5] ; et Joas, sans se souvenir de ce qu'il devait à son père, le fit lapider. La vengeance suivit de près. L'année suivante[6], Joas, battu par les Syriens, et tombé dans le mépris, fut assassiné par les siens; et Amasias, son fils, meilleur que lui, fut mis sur le trône[1].

Le royaume d'Israël, abattu par les victoires des rois de Syrie, et par les guerres civiles, reprenait ses forces sous Jéroboam II, plus pieux que ses prédécesseurs. Ozias, autrement nommé Azarias, fils d'Amasias, ne gouvernait pas avec moins de gloire le royaume de Juda[2]. C'est ce fameux Ozias frappé de la lèpre, et tant de fois repris dans l'Ecriture, pour avoir en ses derniers jours osé entreprendre sur l'office sacerdotal, et, contre la défense de la loi, avoir lui-même offert de l'encens sur l'autel des parfums. Il fallut le séquestrer, tout roi qu'il était, selon la loi de Moïse; et Joatham, son fils, qui fut depuis son successeur, gouverna sagement le royaume. Sous le règne d'Ozias, les saints prophètes, dont les principaux en ce temps furent Osée et Isaïe, commencèrent à publier leurs prophéties par écrit[3], et dans des livres particuliers, dont ils déposaient les originaux dans le temple, pour servir de monument à la postérité. Les prophéties de moindre étendue, et faites seulement de vive voix, s'enregistraient selon la coutume dans les archives du temple avec l'histoire du temps.

Les jeux Olympiques, institués par Hercule, et longtemps discontinués, furent rétablis[4]. De ce rétablissement, sont venues les Olympiades, par où les Grecs comptaient les années. A ce terme finissent les temps que Varron nomme *fabuleux,* parce que jusqu'à cette date, les histoires profanes sont pleines de confusion et de fables, et commencent les temps historiques, où les affaires du monde sont racontées par des relations plus fidèles et plus précises. La première Olympiade est marquée par la victoire de Corèbe. Elles se renouvelaient tous les cinq ans, et après quatre ans révolus. Là, dans l'assemblée de toute la Grèce, à Pise premièrement, et dans la suite à Elide, se célébraient ces fameux combats, où les vainqueurs étaient couronnés avec des applaudissements incroyables. Ainsi, les exercices étaient en honneur, et la Grèce devenait tous les jours plus forte et plus polie. L'Italie était encore presque toute sauvage. Les rois latins de la postérité d'Enée régnaient à Albe; Phul était roi d'Assyrie. On le croit père de Sardanapale, appelé, selon la coutume des Orientaux, Sardan-Pul, c'est-à-dire, Sardan, fils de Phul. On croit aussi que ce Phul, ou Pul, a été le roi de Ninive qui fit pénitence avec tout son peuple, à la prédication de Jonas[1]. Ce prince, attiré par les brouilleries du royaume d'Israël, venait l'envahir; mais, apaisé par Manahem, il l'affermit dans le trône qu'il venait d'usurper par violence, et reçut en reconnaissance un tribut de mille talents. Sous son fils Sardanapale, et après Alcmæon, dernier archonte perpétuel des Athéniens, ce peuple que son humeur conduisait insensiblement à l'état populaire, diminua le pouvoir de ses magistrats, et réduisit à dix ans l'administration des archontes. Le premier de cette sorte fut Charops.

Romulus et Rémus, sortis des anciens rois d'Albe par leur mère Ilia, rétablirent dans le royaume d'Albe leur grand-père Numitor, que son frère Amulius en avait dépossédé; et incontinent après, ils fondèrent Rome, pendant que Joatham régnait en Judée.

## SEPTIÈME ÉPOQUE

#### ROMULUS, OU ROME FONDÉE

CETTE ville, qui devait être la maîtresse de l'univers, et dans la suite le siège principal de la religion, fut fondée sur la fin de la troisième année de la sixième olympiade[2], 430 ans environ après la prise de Troie, de laquelle les Romains croyaient que leurs ancêtres étaient sortis, 753 ans devant Jésus-Christ[3]. Romulus, nourri durement avec les bergers, et toujours dans les exercices de la guerre, consacra cette ville au Dieu de la guerre qu'on croyait son père. Vers les temps de la naissance de Rome[4], arriva, par la mollesse de Sardanapale, la chute du premier empire des Assyriens. Les Mèdes, peuple belliqueux, animés par les discours d'Arbace, leur gouverneur, donnèrent à tous les sujets de ce prince efféminé l'exemple de le mépriser. Tout se révolta contre lui, et il périt enfin dans sa ville capitale, où il se vit contraint à se brûler lui-même avec ses femmes, ses eunuques, et ses richesses. Des ruines de cet empire on voit sortir trois grands royaumes. Arbace ou Orbace, que quelques-uns appellent Pharnace, affranchit les Mèdes, qui, après une assez longue anarchie, eurent des rois très puissants.

Outre cela, incontinent après Sardanapale[1], on voit paraître un second royaume des Assyriens, dont Ninive demeura la capitale, et un royaume de Babylone. Ces deux derniers royaumes ne sont pas inconnus aux auteurs profanes, et sont célèbres dans l'Histoire sainte. Le second royaume de Ninive est fondé par Thilgath ou Théglath, fils de Phalasar, appelé pour cette raison Théglathphalasar, à qui on donne aussi le nom de Ninus le jeune. Baladan, que les Grecs nomment Bélésis, établit le royaume de Babylone, où il est connu sous le nom de Nabonassar. De là l'ère de Nabonassar, célèbre chez Ptolémée et les anciens astronomes, qui comptaient leurs années par le règne de ce prince. Il est bon d'avertir ici que ce mot d'ère signifie un dénombrement d'années commencé à un certain point que quelque grand événement fait remarquer.

Achaz, roi de Juda[2], impie et méchant, pressé par Razin, roi de Syrie, et par Phacée, fils de Romélias, roi d'Israël, au lieu de recourir à Dieu, qui lui suscitait ces ennemis pour le punir, appela Théglathphalasar, premier roi d'Assyrie ou de Ninive, qui réduisit à l'extrémité le royaume d'Israël, et détruisit tout à fait celui de Syrie; mais en même temps il ravagea celui de Juda qui avait imploré son assistance. Ainsi les rois d'Assyrie apprirent le chemin de la Terre-Sainte et en résolurent la conquête. Ils commencèrent par le royaume d'Israël[3], que Salmanasar, fils et successeur de Théglathphalasar, détruisit entièrement. Osée, roi d'Israël, s'était fié au secours de Sabacon, autrement nommé Sua ou Soüs, roi d'Ethiopie[4], qui avait envahi l'Egypte. Mais ce puissant conquérant ne put le tirer des mains de Salmanasar. Les dix tribus, où le culte de Dieu s'était éteint, furent transportées à Ninive, et dispersées parmi les Gentils, s'y perdirent tellement, qu'on ne peut plus en découvrir aucune trace. Il en resta quelques-uns, qui furent mêlés parmi les Juifs, et firent une petite partie du royaume de Juda[5]. En ce temps arriva la mort de Romulus. Il fut toujours en guerre et toujours victorieux, mais au milieu des guerres, il jeta les fondements de la religion et des lois. Une longue paix donna moyen à Numa son successeur[6] d'achever l'ouvrage. Il forma la religion, et adoucit les mœurs farouches du peuple romain. De son temps, les colonies venues de Corinthe, et de quelques autres villes de Grèce, fondèrent Syracuse en Sicile, Crotone, Tarente et peut-être quelques autres villes dans cette partie de l'Italie, à qui de plus anciennes colonies grecques répandues dans tout le pays, avaient déjà donné le nom de *Grande-Grèce*[1].

Cependant Ezéchias, le plus pieux et le plus juste de tous les rois après David, régnait en Judée. Sennachérib, fils et successeur de Salmanasar[2], l'assiégea dans Jérusalem avec une armée immense[3]; elle périt en une nuit par la main d'un ange. Ezéchias, délivré d'une manière si admirable, servit Dieu, avec tout son peuple, plus fidèlement que jamais. Mais après la mort de ce prince[4], et sous son fils Manassès, le peuple ingrat oublia Dieu, et les désordres s'y multiplièrent.

L'état populaire se formait alors parmi les Athéniens, et ils commencèrent à choisir les archontes annuels, dont le premier fut Créon[5].

Pendant que l'impiété s'augmentait dans le royaume de Juda, la puissance des rois d'Assyrie, qui devaient en être les vengeurs, s'accrut sous Asaraddon, fils de Sennachérib. Il réunit le royaume de Babylone à celui de Ninive[6], et égala dans la grande Asie la puissance des premiers Assyriens. Les Mèdes commençaient aussi à se rendre considérables. Déjocès, leur premier roi, que quelques-uns prennent pour l'Arphaxad nommé dans le livre de Judith, fonda la superbe ville d'Ecbatane, et jeta les fondements d'un grand empire. Ils l'avaient mis sur le trône pour couronner ses vertus, et mettre fin aux désordres que l'anarchie causait parmi eux[7]. Conduits par un si grand roi, ils se soutenaient contre leurs voisins, mais ils ne s'étendaient pas.

Rome s'accroissait, mais faiblement. Sous Tullus Hostilius, son troisième roi[8], et par le fameux combat des Horaces et des Curiaces, Albe fut vaincue et ruinée : ses citoyens, incorporés à la ville victorieuse, l'agrandirent et la fortifièrent. Romulus avait pratiqué le premier ce moyen d'augmenter la ville, où il reçut les Sabins et les autres peuples vaincus. Ils oubliaient leur défaite, et devenaient des sujets affectionnés. Rome, en étendant ses conquêtes, réglait sa milice, et ce fut sous Tullus Hostilius qu'elle commença à apprendre cette belle discipline, qui la rendit dans la suite maîtresse de l'univers.

Le royaume d'Egypte, affaibli par ses longues divisions, se rétablissait sous Psammitique[1]. Ce prince, qui devait son salut aux Ioniens et aux Cariens, les établit dans l'Egypte, fermée jusqu'alors aux étrangers. A cette occasion, les Egyptiens entrèrent en commerce avec les Grecs; et, depuis ce temps aussi, l'histoire d'Egypte, jusque-là mêlée de fables pompeuses par l'artifice des prêtres, commence, selon Hérodote[2], à avoir de la certitude.

Cependant les rois d'Assyrie devenaient de plus en plus redoutables à tout l'Orient. Saosduchin, fils d'Asaraddon[3] qu'on croit être le Nabuchodonosor du livre de Judith, défit en bataille rangée Arphaxad, roi des Mèdes, quel qu'il soit[4]. Si ce n'est pas Déjocès lui-même, premier fondateur d'Ecbatane, ce peut être Phraorte ou Aphaarte son fils, qui en éleva les murailles. Enflé de sa victoire, le superbe roi d'Assyrie entreprit de conquérir toute la terre. Dans ce dessein, il passa l'Euphrate, et ravagea tout jusqu'en Judée. Les Juifs avaient irrité Dieu et s'étaient abandonnés à l'idolâtrie à l'exemple de Manassès : mais ils avaient fait pénitence avec ce prince; Dieu les prit aussi en sa protection. Les conquêtes de Nabuchodonosor et d'Holopherne son général furent tout à coup arrêtées par la main d'une femme[5]. Déjocès, quoique battu par les Assyriens, laissa son royaume en état de s'accroître sous ses successeurs. Pendant que Phraorte son fils, et Cyaxare, fils de Phraorte, subjuguaient la Perse, et poussaient leurs conquêtes dans l'Asie Mineure jusques aux bords de l'Halys, la Judée vit passer le règne détestable d'Amon[6], fils de Manassès; et Josias, fils d'Amon[7], sage dès l'enfance, travaillait à réparer les désordres causés par l'impiété des rois ses prédécesseurs.

Rome, qui avait pour roi Ancus Martius, domptait quelques Latins sous sa conduite, et continuant à se faire des citoyens de ses ennemis, elle les renfermait dans ses murailles. Ceux de Veies, déjà affaiblis par Romulus, firent de nouvelles pertes. Ancus poussa ses conquêtes jusqu'à la mer voisine[8], et bâtit la ville d'Ostie à l'embouchure du Tibre.

En ce temps, le royaume de Babylone fut envahi par Nabopolassar. Ce traître, que Chinaladan, autrement Sarac, avait fait général de ses armées contre Cyaxare, roi des Mèdes, se joignit avec Astyage, fils de Cyaxare, prit Chinaladan dans Ninive, détruisit cette grande ville si longtemps maîtresse de l'Orient, et se mit sur le trône de son maître. Sous un prince si ambitieux, Babylone s'enorgueillit. La Judée, dont l'impiété croissait sans mesure, avait tout à craindre. Le saint roi Josias[1] suspendit pour un peu de temps, par son humilité profonde, le châtiment que son peuple avait mérité; mais le mal s'augmenta sous ses enfants[2]. Nabuchodonosor II, plus terrible que son père Nabopolassar, lui succéda[3]. Ce prince, nourri dans l'orgueil et toujours exercé à la guerre, fit des conquêtes prodigieuses en Orient et en Occident, et Babylone menaçait toute la terre de la mettre en servitude. Ses menaces eurent bientôt leur effet à l'égard du peuple de Dieu. Jérusalem fut abandonnée à ce superbe vainqueur, qui la prit par trois fois : la première, au commencement de son règne, et à la quatrième année du règne de Joakim, d'où commencent les soixante-dix ans de la captivité de Babylone, marqués par le prophète Jérémie[4]; la seconde, sous Jéchonias, ou Joachim, fils de Joakim[5]; et la dernière, sous Sédécias[6], où la ville fut renversée de fond en comble, le temple réduit en cendres, et le roi mené captif à Babylone, avec Saraïa, souverain pontife, et la meilleure partie du peuple. Les plus illustres de ses captifs furent les prophètes Ezéchiel et Daniel. On compte aussi parmi eux les trois jeunes hommes que Nabuchodonosor ne put forcer à adorer sa statue, ni les consumer par les flammes.

La Grèce était florissante, et ses sept Sages se rendaient illustres. Quelque temps devant la dernière désolation de Jérusalem[7], Solon, l'un de ces sept Sages, donnait des lois aux Athéniens, et établissait la liberté sur la justice; les Phocéens d'Ionie menaient à Marseille leur première colonie[8].

Tarquin l'Ancien, roi de Rome, après avoir subjugué une partie de la Toscane, et orné la ville de Rome par des ouvrages magnifiques, acheva son règne. De son temps, les Gaulois, conduits par Bellovèse, occupèrent dans l'Italie tous les environs du Pô, pendant que Ségovèse, son frère, mena bien avant dans la Germanie un autre essaim de la nation[9]. Servius Tullius, successeur de Tarquin, établit le cens, ou le dénombrement, des citoyens distribués en certaines classes, par où cette grande ville se trouva réglée comme une famille particulière.

Nabuchodonosor embellissait Babylone, qui s'était

enrichie des dépouilles de Jérusalem et de l'Orient. Elle n'en jouit pas longtemps : ce roi, qui l'avait ornée avec tant de magnificence, vit en mourant la perte prochaine de cette superbe ville[1]. Son fils Evilmérodac[2], que ses débauches rendaient odieux, ne dura guère, et fut tué par Nériglissor, son beau-frère, qui usurpa le royaume[3].

Pisistrate usurpa aussi dans Athènes l'autorité souveraine, qu'il sut conserver trente ans durant, parmi beaucoup de vicissitudes, et qu'il laissa même à ses enfants.

Nériglissor ne put souffrir la puissance des Mèdes qui s'agrandissaient en Orient, et leur déclara la guerre. Pendant qu'Astyage, fils de Cyaxare I, se préparait à la résistance, il mourut et laissa cette guerre à soutenir à Cyaxare II son fils, appelé par Daniel Darius le Mède. Celui-ci nomma pour général de son armée, Cyrus, fils de Mandane, sa sœur, et de Cambyse, roi de Perse, sujet à l'empire des Mèdes[4]. La réputation de Cyrus, qui s'était signalé en diverses guerres sous Astyage, son grand-père, réunit la plupart des rois d'Orient sous les étendards de Cyaxare. Il prit, dans sa ville capitale, Crésus, roi de Lydie[5], et jouit de ses richesses immenses; il dompta les autres alliés des rois de Babylone[6], et étendit sa domination non seulement sur la Syrie, mais encore bien avant dans l'Asie Mineure. Enfin il marcha contre Babylone; il la prit[7] et la soumit à Cyaxare, son oncle, qui, n'étant pas moins touché de sa fidélité que de ses exploits, lui donna sa fille unique et son héritière en mariage. Dans le règne de Cyaxare[8], Daniel, déjà honoré, sous les règnes précédents, de plusieurs visions célestes, où il vit passer devant lui en figures si manifestes tant de rois et tant d'empires, apprit, par une nouvelle révélation, ces septante fameuses semaines, où les temps du Christ et la destinée du peuple juif sont expliqués. C'étaient des semaines d'années si bien qu'elles contenaient quatre cent quatre-vingt-dix ans; et cette manière de compter était ordinaire aux Juifs, qui observaient la septième année aussi bien que le septième jour avec un repos religieux. Quelque temps après cette vision, Cyaxare mourut, aussi bien que Cambyse, père de Cyrus; et ce grand homme, qui leur succéda, joignit le royaume de Perse, obscur jusqu'alors, au royaume des Mèdes, si fort augmenté par ses conquêtes[9]. Ainsi il fut maître paisible de tout l'Orient, et fonda le plus grand empire qui eût été dans le monde. Mais ce qu'il faut le plus remarquer, pour la suite de nos époques, c'est que ce grand conquérant, dès la première année de son règne, donna son décret pour rétablir le temple de Dieu en Jérusalem, et les Juifs dans la Judée.

Il faut un peu s'arrêter en cet endroit, qui est le plus embrouillé de toute la chronologie ancienne, par la difficulté de concilier l'histoire profane avec l'histoire sainte. Vous aurez sans doute, Monseigneur, déjà remarqué que ce que je raconte de Cyrus est fort différent de ce que vous en avez lu dans Justin; qu'il ne parle point du second royaume des Assyriens, ni de ces fameux rois d'Assyrie et de Babylone, si célèbres dans l'histoire sainte; et qu'enfin mon récit ne s'accorde guère avec ce que nous raconte cet auteur des trois premières monarchies, de celle des Assyriens finie en la personne de Sardanapale, de celle des Mèdes finie en la personne d'Astyage, grand-père de Cyrus, et de celle des Perses commencée par Cyrus et détruite par Alexandre.

Vous pouvez joindre à Justin Diodore avec la plupart des auteurs grecs et latins dont les écrits nous sont restés, qui racontent ces histoires d'une autre manière que celle que j'ai suivie, comme plus conforme à l'Ecriture.

Mais ceux qui s'étonnent de trouver l'histoire profane en quelques endroits peu conforme à l'histoire sainte devaient remarquer en même temps qu'elle s'accorde encore moins avec elle-même. Les Grecs nous ont raconté les actions de Cyrus en plusieurs manières différentes. Hérodote en remarque trois, outre celle qu'il a suivie[1], et il ne dit pas qu'elle soit écrite par des auteurs plus anciens ni plus recevables que les autres. Il remarque encore lui-même[2] que la mort de Cyrus est racontée diversement, et qu'il a choisi la manière qui lui a paru la plus vraisemblable, sans l'autoriser davantage. Xénophon, qui a été en Perse au service du jeune Cyrus, frère d'Artaxerxès nommé Mnémon, a pu s'instruire de plus près de la vie et de la mort de l'ancien Cyrus, dans les annales des Perses et dans la tradition de ce pays; et, pour peu qu'on soit instruit de l'antiquité, on n'hésitera pas à préférer, avec saint Jérôme[3], Xénophon, un si sage philosophe, aussi bien qu'un si habile capitaine, à Ctésias[4], auteur fabuleux, que la plupart des Grecs ont copié, comme Justin et les Latins ont fait les Grecs; et plutôt même qu'Hérodote, quoiqu'il soit très judicieux. Ce qui m'a déterminé à ce choix, c'est que l'histoire de Xénophon, plus suivie et plus vraisemblable en elle-même, a encore cet avantage qu'elle est plus conforme à l'Ecriture, qui, par son antiquité et par le rapport des affaires du peuple juif avec celles de l'Orient, mériterait d'être préférée à toutes les histoires grecques, quand d'ailleurs on ne saurait pas qu'elle a été dictée par le Saint-Esprit.

Quant aux trois premières monarchies, ce qu'en ont écrit la plupart des Grecs a paru douteux aux plus sages de la Grèce. Platon fait voir en général, sous le nom des prêtres d'Egypte, que les Grecs ignoraient profondément les antiquités[1] ; et Aristote a rangé parmi les conteurs de fables[2], ceux qui ont écrit les *Assyriaques*.

C'est que les Grecs ont écrit tard ; et que voulant divertir par les histoires anciennes la Grèce toujours curieuse, ils les ont composées sur des mémoires confus, qu'ils se sont contentés de mettre dans un ordre agréable, sans se trop soucier de la vérité.

Et certainement la manière dont on arrange ordinairement les trois premières monarchies est visiblement fabuleuse. Car, après qu'on a fait périr sous Sardanapale l'empire des Assyriens, on fait paraître sur le théâtre les Mèdes, et puis les Perses ; comme si les Mèdes avaient succédé à toute la puissance des Assyriens, et que les Perses se fussent établis en ruinant les Mèdes.

Mais au contraire, il paraît certain que lorsque Arbace révolta les Mèdes contre Sardanapale, il ne fit que les affranchir, sans leur soumettre l'empire d'Assyrie. Hérodote distingue le temps de leur affranchissement d'avec celui de leur premier roi Déjocès[3] ; et, selon la supputation des plus habiles chronologistes, l'intervalle entre ces deux temps doit avoir été environ de quarante ans. Il est d'ailleurs constant par le témoignage uniforme de ce grand historien et de Xénophon[4], pour ne point ici parler des autres, que durant les temps qu'on attribue à l'empire des Mèdes, il y avait en Assyrie des rois très puissants que tout l'Orient redoutait, et dont Cyrus abattit l'empire par la prise de Babylone.

Si donc la plupart des Grecs, et les Latins qui les ont suivis, ne parlent point de ces rois babyloniens ; s'ils ne donnent aucun rang à ce grand royaume parmi les premières monarchies dont ils racontent la suite ; enfin si nous ne voyons presque rien, dans leurs ouvrages, de ces fameux rois Téglathphalasar, Salmanasar, Sennachérib, Nabuchodonosor, et de tant d'autres si renommés dans l'Ecriture et dans les histoires orientales; il le faut attribuer, ou à l'ignorance des Grecs plus éloquents dans leurs narrations que curieux dans leurs recherches, ou à la perte que nous avons faite de ce qu'il y avait de plus recherché et de plus exact dans leurs histoires.

En effet, Hérodote avait promis une histoire particulière des Assyriens[1], que nous n'avons pas, soit qu'elle ait été perdue, ou qu'il n'ait pas eu le temps de la faire; et on peut croire d'un historien si judicieux, qu'il n'y aurait pas oublié les rois du second empire des Assyriens, puisque même Sennachérib, qui en était l'un, se trouve encore nommé, dans les livres que nous avons de ce grand auteur[2], comme roi des Assyriens et des Arabes.

Strabon, qui vivait du temps d'Auguste rapporte[3] ce que Mégasthène, auteur ancien et voisin des temps d'Alexandre, avait laissé par écrit sur les fameuses conquêtes de Nabuchodonosor, roi des Chaldéens, à qui il fait traverser l'Europe, pénétrer l'Espagne, et porter ses armes jusqu'aux Colonnes d'Hercule. Elien nomme Tilgamus roi d'Assyrie[4], c'est-à-dire sans difficulté le Tilgath ou le Téglath de l'histoire sainte; et nous avons dans Ptolémée un dénombrement des princes qui ont tenu les grands empires, parmi lesquels se voit une longue suite de rois d'Assyrie inconnus aux Grecs, et qu'il est aisé d'accorder avec l'histoire sacrée.

Si je voulais rapporter ce que nous racontent les annales des Syriens, un Bérose, un Abydénus, un Nicolas de Damas, je ferais un trop long discours. Josèphe et Eusèbe de Césarée nous ont conservé les précieux fragments de tous ces auteurs[5], et d'une infinité d'autres qu'on avait entiers de leur temps, dont le témoignage confirme ce que nous dit l'Ecriture sainte touchant les antiquités orientales, et en particulier touchant les histoires assyriennes.

Pour ce qui est de la monarchie des Mèdes, que la plupart des historiens profanes mettent la seconde dans le dénombrement des grands empires, comme séparée de celle des Perses, il est certain que l'Ecriture les unit toujours ensemble; et vous voyez, Monseigneur, qu'outre l'autorité des livres saints, le seul ordre des faits montre que c'est à cela qu'il faut s'en tenir.

Les Mèdes, avant Cyrus, quoique puissants et considérables, étaient effacés par la grandeur des rois de Babylone. Mais Cyrus, ayant conquis leur royaume par les forces réunies des Mèdes et des Perses, dont il est ensuite devenu le maître par une succession légitime, comme nous l'avons remarqué après Xénophon, il paraît que le grand empire dont il a été le fondateur a dû prendre son nom des deux nations; de sorte que celui des Mèdes et celui des Perses ne sont que la même chose, quoique la gloire de Cyrus y ait fait prévaloir le nom des Perses.

On peut encore penser qu'avant la guerre de Babylone, les rois des Mèdes ayant étendu leurs conquêtes du côté des colonies grecques de l'Asie Mineure, ont été par ce moyen célèbres parmi les Grecs, qui leur ont attribué l'empire de la grande Asie, parce qu'ils ne connaissaient qu'eux de tous les rois d'Orient. Cependant les rois de Ninive et de Babylone, plus puissants, mais plus inconnus à la Grèce, ont été presque oubliés dans ce qui nous reste d'histoires grecques; et tout le temps qui s'est écoulé depuis Sardanapale jusqu'à Cyrus a été donné aux Mèdes seuls.

Ainsi il ne faut plus tant se donner de peine à concilier en ce point l'histoire profane avec l'histoire sacrée. Car quant à ce qui regarde le premier royaume des Assyriens, l'Ecriture n'en dit qu'un mot en passant, et ne nomme ni Ninus fondateur de cet empire, ni, à la réserve de Phul, aucun de ses successeurs, parce que leur histoire n'a rien de commun avec celle du peuple de Dieu. Pour les seconds Assyriens, la plupart des Grecs ou les ont entièrement ignorés, ou, pour ne les avoir pas assez connus, ils les ont confondus avec les premiers.

Quand donc on objectera ceux des auteurs grecs qui arrangent à leur fantaisie les trois premières monarchies, et qui font succéder les Mèdes à l'ancien empire d'Assyrie, sans parler du nouveau, que l'Ecriture fait voir si puissant, il n'y a qu'à répondre qu'ils n'ont point connu cette partie d'histoire, et qu'ils ne sont pas moins contraires aux plus curieux et aux mieux instruits des auteurs de leur nation qu'à l'Ecriture.

Et ce qui tranche en un mot toute la difficulté, les auteurs sacrés, plus voisins, par les temps et par les lieux, des royaumes d'Orient, écrivant d'ailleurs l'histoire d'un peuple dont les affaires sont si mêlées avec celles de ces grands empires, quand ils n'auraient que cet avantage, pourraient faire taire les Grecs, et les Latins qui les ont suivis.

Si toutefois on s'obstine à soutenir cet ordre célèbre des trois premières monarchies, et que pour garder aux Mèdes seuls le second rang qui leur est donné, on veuille leur assujettir les rois de Babylone, en avouant toutefois qu'après environ cent ans de sujétion, ceux-ci se sont affranchis par une révolte, on sauve en quelque façon la suite de l'histoire sainte; mais on ne s'accorde guère avec les meilleurs historiens profanes, auxquels l'histoire sainte est plus favorable, en ce qu'elle unit toujours l'empire des Mèdes à celui des Perses.

Il reste encore à vous découvrir une des causes de l'obscurité de ces anciennes histoires. C'est que, comme les rois d'Orient prenaient plusieurs noms, ou, si vous voulez, plusieurs titres, qui ensuite leur tenaient lieu de nom propre, et que les peuples les traduisaient ou les prononçaient différemment, selon les divers idiomes de chaque langue, des histoires si anciennes, dont il reste si peu de bons mémoires, ont dû être par là fort obscurcies. La confusion des noms en aura sans doute beaucoup mis dans les choses mêmes, et dans les personnes; et de là vient la peine qu'on a de situer dans l'histoire grecque les rois qui ont eu le nom d'Assuérus, autant inconnu aux Grecs que connu aux Orientaux.

Qui croirait, en effet, que Cyaxare fût le même nom qu'Assuérus, composé du mot *Ky,* c'est-à-dire Seigneur, et du mot *Axare,* qui revient manifestement à Axuérus ou Assuérus[1] ? Trois ou quatre princes ont porté ce nom, quoiqu'ils en eussent encore d'autres. Ainsi il n'y a nul doute que Darius le Mède ne puisse avoir été un Assuérus ou Cyaxare : et tout cadre à lui donner un de ces deux noms. Si on n'était averti que Nabuchodonosor, Nabucodrosor, et Nabocolassar, ne sont que le même nom, ou que le nom du même homme, on aurait peine à le croire; et cependant la chose est certaine. C'est un nom tiré de Nabo, un des dieux que Babylone adorait, et qu'on insérait dans les noms des rois en différentes manières. Sargon est Sennachérib; Ozias est Azarias; Sédécias est Mathanias; Joachas s'appelait aussi Sellum; on croit que

Soüs ou Sua est le même que Sabacon roi d'Ethiopie; Asaraddon, qu'on prononce indifféremment Esar-Haddon ou Asorhaddan, est nommé Asénaphar par les Cuthéens[1]; on croit que Sardanapale est le même que quelques historiens ont nommé Sarac; et par une bizarrerie dont on ne sait point l'origine, ce même roi se trouve nommé par les Grecs Tonos-Concoléros. Nous avons déjà remarqué que Sardanapale était vraisemblablement Sardan, fils de Phul ou Pul. Mais qui sait si ce Pul ou Phul, dont il est parlé dans l'histoire sainte[2], n'est pas le même que Phalasar? Car une des manières de varier ces noms était de les abréger, de les allonger, de les terminer en diverses inflexions, selon le génie des langues. Ainsi Téglathphalasar, c'est-à-dire Téglath, fils de Phalasar, pourrait être un des fils de Phul, qui, plus vigoureux que son frère Sardanapale, aurait conservé une partie de l'empire qu'on aurait ôté à sa maison. On pourrait faire une longue liste des Orientaux, dont chacun a eu, dans les histoires, plusieurs noms différents; mais il suffit d'être instruit en général de cette coutume. Elle n'est pas inconnue aux Latins, parmi lesquels les titres et les adoptions ont multiplié les noms en tant de sortes. Ainsi le titre d'Auguste et celui d'Africain sont devenus les noms propres de César Octavien et des Scipions; ainsi les Nérons ont été Césars. La chose n'est pas douteuse, et une plus longue discussion d'un fait si constant est inutile[3].

Pour ceux qui s'étonneront de ce nombre infini d'années que les Egyptiens se donnent eux-mêmes, je les renvoie à Hérodote, qui nous assure précisément, comme on vient de voir, que leur histoire n'a de certitude que depuis le temps de Psammitique[4]; c'est-à-dire six à sept cents ans avant Jésus-Christ. Que si l'on se trouve embarrassé de la durée que le commun donne au premier empire des Assyriens, il n'y a qu'à se souvenir qu'Hérodote l'a réduit à cent vingt ans[5] et qu'il est suivi par Denys d'Halicarnasse, le plus docte des historiens, et par Appien. Et ceux qui après tout cela se trouvent trop resserrés dans la supputation ordinaire des années, pour y ranger à leur gré tous les événements et toutes les dates qu'ils croiront certaines, peuvent se mettre au large tant qu'il leur plaira dans la supputation des Septante, que l'Eglise leur laisse libre, pour y placer à leur aise tous les rois qu'on veut donner à Ninive, avec toutes les années qu'on attribue à leur règne; toutes les dynasties des Egyptiens, en quelque sorte qu'ils les veulent arranger; et encore toute l'histoire de la Chine, sans même attendre, s'ils veulent, qu'elle soit plus éclaircie[1].

Je ne prétends plus, Monseigneur, vous embarrasser, dans la suite, des difficultés de chronologie, qui vous sont très peu nécessaires. Celle-ci était trop importante, pour ne la pas éclaircir en cet endroit; et après vous en avoir dit ce qui suffit à notre dessein, je reprends la suite de nos époques.

## HUITIÈME ÉPOQUE

### CYRUS, OU LES JUIFS RÉTABLIS

*Sixième âge du monde.*

Ce fut donc 218 ans après la fondation de Rome, 536 ans avant Jésus-Christ, après les 70 ans de la captivité de Babylone[2], et la même année que Cyrus fonda l'empire des Perses, que ce prince, choisi de Dieu pour être le libérateur de son peuple et le restaurateur de son temple, mit la main à ce grand ouvrage. Incontinent après la publication de son ordonnance, Zorobabel, accompagné de Jésus, fils de Josédec, souverain pontife, ramena les captifs, qui rebâtirent l'autel et posèrent les fondements du second temple[3]. Les Samaritains, jaloux de leur gloire, voulurent prendre part à ce grand ouvrage; et, sous prétexte qu'ils adoraient le Dieu d'Israël, quoiqu'ils en joignissent le culte à celui de leurs faux dieux, ils prièrent Zorobabel de leur permettre de rebâtir avec lui le temple de Dieu[4]. Mais les enfants de Juda, qui détestaient leur culte mêlé, rejetèrent leur proposition. Les Samaritains irrités traversèrent leur dessein par toutes sortes d'artifices et de violences.

Environ ce temps, Servius Tullius, après avoir agrandi la ville de Rome, conçut le dessein de la mettre en république[5]. Il périt au milieu de ces pensées, par les conseils de sa fille et par le commandement de Tarquin le Superbe, son gendre. Ce tyran envahit le royaume, où il exerça durant un long temps toutes sortes de violences.

Cependant l'empire des Perses allait croissant : outre

ces provinces immenses de la grande Asie, tout ce vaste continent de l'Asie inférieure leur obéit ; les Syriens et les Arabes furent assujettis ; l'Egypte, si jalouse de ses lois, reçut les leurs[1]. La conquête s'en fit par Cambyse, fils de Cyrus. Ce brutal ne survécut guère à Smerdis, son frère, qu'un songe ambigu lui fit tuer en secret[2]. Le mage Smerdis régna quelque temps sous le nom de Smerdis frère de Cambyse : mais sa fourbe fut bientôt découverte. Les sept principaux seigneurs conjurèrent contre lui, et l'un d'eux fut mis sur le trône[3]. Ce fut Darius, fils d'Hystaspe, qui s'appelait dans ses inscriptions le meilleur et le mieux fait de tous les hommes[4]. Plusieurs marques le font reconnaître pour l'Assuérus du livre d'Esther, quoiqu'on n'en convienne pas. Au commencement de son règne, le temple fut achevé, après diverses interruptions causées par les Samaritains[5]. Une haine irréconciliable se mit entre les deux peuples, et il n'y eut rien de plus opposé que Jérusalem et Samarie. C'est du temps de Darius que commence la liberté de Rome et d'Athènes, et la grande gloire de la Grèce. Harmodius et Aristogiton, Athéniens, délivrent leur pays[6] d'Hipparque, fils de Pisistrate, et sont tués par ses gardes. Hippias, frère d'Hipparque, tâche en vain de se soutenir. Il est chassé : la tyrannie des Pisistratides est entièrement éteinte[7]. Les Athéniens affranchis dressent des statues à leurs libérateurs, rétablissent l'état populaire. Hippias se jette entre les bras de Darius, qu'il trouva déjà disposé à entreprendre la conquête de la Grèce, et n'a plus d'espérance qu'en sa protection.

Dans le temps qu'il fut chassé, Rome se défit aussi de ses tyrans. Tarquin le Superbe avait rendu par ses violences la royauté odieuse ; l'impudicité de Sexte son fils acheva de la détruire[8]. Lucrèce déshonorée se tua elle-même : son sang et les harangues de Brutus animèrent les Romains. Les rois furent bannis, et l'empire consulaire fut établi suivant les projets de Servius Tullius ; mais il fut bientôt affaibli par la jalousie du peuple. Dès le premier consulat, P. Valérius, consul célèbre par ses victoires, devient suspect à ses citoyens ; et il fallut, pour les contenter, établir la loi qui permit d'appeler au peuple, du sénat et des consuls dans toutes les causes où il s'agissait de châtier un citoyen. Les Tarquins chassés trouvèrent des défenseurs ; les rois voisins regardèrent leur bannissement comme une injure faite à tous les rois ; et Porsenna, roi des Clusiens, peuple d'Etrurie, prit les armes contre Rome[1]. Réduite à l'extrémité, et presque prise, elle fut sauvée par la valeur d'Horatius Coclès. Les Romains firent des prodiges pour leur liberté : Scévola, jeune citoyen, se brûla la main qui avait manqué Porsenna ; Clélie, une jeune fille, étonna ce prince par sa hardiesse ; Porsenna laissa Rome en paix, et les Tarquins demeurèrent sans ressource.

Hippias, pour qui Darius se déclara[2], avait de meilleures espérances. Toute la Perse se remuait en sa faveur, et Athènes était menacée d'une grande guerre.

Durant que Darius en faisait les préparatifs[3], Rome, qui s'était si bien défendue contre les étrangers, pensa périr par elle-même : la jalousie s'était réveillée entre les patriciens et le peuple ; la puissance consulaire, quoique déjà modérée par la loi de P. Valérius, parut encore excessive à ce peuple trop jaloux de sa liberté : il se retira au mont Aventin. Les conseils violents furent inutiles ; le peuple ne put être ramené que par les paisibles remontrances de Ménénius Agrippa ; mais il fallut trouver des tempéraments, et donner des tribuns au peuple pour le défendre contre les consuls. La loi qui établit cette nouvelle magistrature fut appelée la loi sacrée, et ce fut là que commencèrent les tribuns du peuple.

Darius avait enfin éclaté contre la Grèce. Son gendre Mardonius, après avoir traversé l'Asie, croyait accabler les Grecs par le nombre de ses soldats ; mais Miltiade défit cette armée immense, dans la plaine de Marathon, avec dix mille Athéniens[4].

Rome battait tous ses ennemis aux environs, et semblait n'avoir à craindre que d'elle-même. Coriolan, zélé patricien, et le plus grand de ses capitaines, chassé, malgré ses services, par la faction populaire, médita la ruine de sa patrie[5], mena les Volsques contre elle, la réduisit à l'extrémité, et ne put être apaisé que par sa mère[6].

La Grèce ne jouit pas longtemps du repos que la bataille de Marathon lui avait donné. Pour venger l'affront de la Perse et de Darius[7], Xerxès son fils et son successeur, et petit-fils de Cyrus par sa mère Atosse, attaqua les Grecs avec onze cent mille combattants (d'autres disent dix-sept cent mille), sans compter son armée navale de douze cents vaisseaux. Léonidas, roi de

Sparte, qui n'avait que trois cents hommes, lui en tua vingt mille au passage des Thermopyles, et périt avec les siens. Par les conseils de Thémistocle, Athénien, l'armée navale de Xerxès est défaite la même année, près de Salamine. Ce prince repasse l'Hellespont avec frayeur ; et, un an après, son armée de terre, que Mardonius commandait, est taillée en pièces auprès de Platée par Pausanias, roi de Lacédémone, et par Aristide, Athénien, appelé le Juste[1]. La bataille se donna le matin ; et le soir de cette fameuse journée, les Grecs Ioniens, qui avaient secoué le joug des Perses, leur tuèrent trente mille hommes dans la bataille de Mycale, sous la conduite de Léotychides. Ce général, pour encourager ses soldats, leur dit que Mardonius venait d'être défait dans la Grèce. La nouvelle se trouva véritable, ou par un effet prodigieux de la renommée, ou plutôt par une heureuse rencontre ; et tous les Grecs de l'Asie Mineure se mirent en liberté. Cette nation remportait partout de grands avantages ; et un peu auparavant les Carthaginois, puissants alors, furent battus dans la Sicile, où ils voulaient étendre leur domination, à la sollicitation des Perses. Malgré ce mauvais succès, ils ne cessèrent depuis de faire de nouveaux desseins sur une île si commode à leur assurer l'empire de la mer, que leur république affectait[2]. La Grèce le tenait alors ; mais elle ne regardait que l'Orient et les Perses.

Pausanias venait d'affranchir l'île de Chypre de leur joug[3], quand il conçut le dessein d'asservir son pays[4]. Tous ses projets furent vains, quoique Xerxès lui promît tout : le traître fut trahi par celui qu'il aimait le plus, et son infâme amour lui coûta la vie[5]. La même année, Xerxès fut tué par Artaban son capitaine des gardes[6], soit que ce perfide voulût occuper le trône de son maître, ou qu'il craignît les rigueurs d'un prince dont il n'avait pas exécuté assez promptement les ordres cruels. Artaxerxe à la Longue-Main, son fils, commença son règne, et reçut peu de temps après une lettre de Thémistocle, qui, proscrit par ses citoyens, lui offrit ses services contre les Grecs[7]. Il sut estimer autant qu'il le devait un capitaine si renommé et lui fit un grand établissement, malgré la jalousie des satrapes. Ce roi magnanime protégea le peuple juif[8] ; et dans sa vingtième année, que ses suites rendent mémorable, il permit à Néhémias de rétablir

Jérusalem avec ses murailles[1]. Ce décret d'Artaxerxe diffère de celui de Cyrus, en ce que celui de Cyrus regardait le temple, et celui-ci est fait pour la ville. A ce décret prévu par Daniel, et marqué dans sa prophétie[2], les quatre cent quatre-vingt-dix ans de ses semaines commencent. Cette importante date a de solides fondements. Le bannissement de Thémistocle est placé, dans la Chronique d'Eusèbe, à la dernière année de la 76e olympiade, qui revient à l'an 280 de Rome. Les autres chronologistes le mettent un peu au-dessous : la différence est petite, et les circonstances du temps assurent la date d'Eusèbe. Elles se tirent de Thucydide, historien très exact; et ce grave auteur, contemporain presque aussi bien que concitoyen de Thémistocle, lui fait écrire sa lettre au commencement du règne d'Artaxerxe[3]. Cornélius Népos, auteur ancien, et judicieux autant qu'élégant, ne veut pas de cette date après l'autorité de Thucydide[4]; raisonnement d'autant plus solide, qu'un autre auteur plus ancien encore que Thucydide s'accorde avec lui. C'est Charon de Lampsaque cité par Plutarque[5]; et Plutarque ajoute lui-même que les Annales, c'est-à-dire celles de Perse, sont conformes à ces deux auteurs. Il ne les suit pourtant pas, mais il n'en dit aucune raison; et les historiens qui commencent huit ou neuf ans plus tard le règne d'Artaxerxe ne sont ni du temps, ni d'une si grande autorité. Il paraît donc indubitable qu'il en faut placer le commencement vers la fin de la 76e olympiade, et approchant de l'année 280 de Rome, par où la vingtième année de ce prince doit arriver vers la fin de la 81e olympiade, et environ l'an 300 de Rome. Au reste, ceux qui rejettent plus bas le commencement d'Artaxerxe, pour concilier les auteurs, sont réduits à conjecturer que son père l'avait du moins associé au royaume quand Thémistocle écrivit sa lettre; et, en quelque façon que ce soit, notre date est assurée. Ce fondement étant posé, le reste du compte est aisé à faire, et la suite le rendra sensible. Après le décret d'Artaxerxe, les Juifs travaillèrent à rétablir leur ville et ses murailles, comme Daniel l'avait prédit[6]. Néhémias conduisit l'ouvrage avec beaucoup de prudence et de fermeté, au milieu de la résistance des Samaritains, des Arabes et des Ammonites. Le peuple fit un effort, et Éliasib, souverain pontife, l'anima par son exemple.

Cependant les nouveaux magistrats qu'on avait donnés au peuple romain augmentaient les divisions de la ville; et Rome, formée sous des rois, manquait des lois nécessaires à la bonne constitution d'une république. La réputation de la Grèce, plus célèbre encore par son gouvernement que par ses victoires, excita les Romains à se régler sur son exemple. Ainsi ils envoyèrent des députés[1] pour rechercher les lois des villes de Grèce, et surtout celles d'Athènes, plus conformes à l'état de leur république. Sur ce modèle, dix magistrats absolus, qu'on créa l'année d'après[2], sous le nom de *décemvirs,* rédigèrent les lois des Douze Tables, qui sont le fondement du droit romain. Le peuple, ravi de l'équité avec laquelle ils les composèrent, leur laissa empiéter[3] le pouvoir suprême, dont ils usèrent tyranniquement[4]. Il se fit alors de grands mouvements[5] par l'intempérance d'Appius Clodius, un des décemvirs, et par le meurtre de Virginie, que son père aima mieux tuer de sa propre main que de la laisser abandonnée à la passion d'Appius. Le sang de cette seconde Lucrèce réveilla le peuple romain, et les décemvirs furent chassés.

Pendant que les lois romaines se formaient sous les décemvirs, Esdras, docteur de la loi, et Néhémias, gouverneur du peuple de Dieu nouvellement rétabli dans la Judée, réformaient les abus, et faisaient observer la loi de Moïse qu'ils observaient les premiers[6]. Un des principaux articles de leur réformation fut d'obliger tout le peuple, et principalement les prêtres, à quitter les femmes étrangères qu'ils avaient épousées contre la défense de la loi. Esdras mit en ordre les Livres saints, dont il fit une exacte révision, et ramassa les anciens mémoires du peuple de Dieu pour en composer les deux livres des *Paralipomènes* ou *Chroniques,* auxquelles il ajouta l'histoire de son temps, qui fut achevée par Néhémias. C'est par leurs livres que se termine cette longue histoire que Moïse avait commencée, et que les auteurs suivants continuèrent sans interruption jusqu'au rétablissement de Jérusalem. Le reste de l'Histoire sainte n'est pas écrit dans la même suite. Pendant qu'Esdras et Néhémias faisaient la dernière partie de ce grand ouvrage, Hérodote, que les auteurs profanes appellent le père de l'histoire, commençait à écrire. Ainsi les derniers auteurs de l'Histoire sainte se rencontrent avec le premier auteur de l'histoire grecque ; et quand elle commence, celle du peuple de Dieu, à la prendre seulement depuis Abraham, enfermait déjà quinze siècles. Hérodote n'avait garde de parler des Juifs dans l'histoire qu'il nous a laissée ; et les Grecs n'avaient besoin d'être informés que des peuples que la guerre, le commerce, ou un grand éclat leur faisait connaître. La Judée, qui commençait à peine à se relever de sa ruine, n'attirait pas les regards.

Ce fut dans des temps si malheureux que la langue hébraïque commença à se mêler de langage chaldaïque, qui était celui de Babylone durant le temps que le peuple y fut captif ; mais elle était encore entendue, du temps d'Esdras, de la plus grande partie du peuple, comme il paraît par la lecture qu'il fit faire des livres de la loi « hautement et intelligiblement en présence de tout le » peuple, hommes et femmes en grand nombre, et de » tous ceux qui pouvaient entendre ; et tout le monde » entendait pendant la lecture[1]. » Depuis ce temps, peu à peu elle cessa d'être vulgaire. Durant la captivité, et ensuite par le commerce qu'il fallut avoir avec les Chaldéens, les Juifs apprirent la langue chaldaïque, assez approchante de la leur, et qui avait presque le même génie. Cette raison leur fit changer l'ancienne figure des lettres hébraïques, et ils écrivirent l'hébreu avec les lettres des Chaldéens, plus usitées parmi eux, et plus aisées à former. Ce changement fut aisé entre deux langues voisines dont les lettres étaient de même valeur, et ne différaient que dans la figure. Depuis ce temps, on ne trouve l'Ecriture sainte parmi les Juifs qu'en caractères chaldaïques.

J'ai dit[2] que l'Ecriture ne se trouve parmi les Juifs qu'en ces caractères. Mais on a trouvé de nos jours, entre les mains des Samaritains, un Pentateuque en anciens caractères hébraïques tels qu'on les voit dans les médailles et dans tous les monuments des siècles passés. Ce Pentateuque ne diffère en rien de celui des Juifs, si ce n'est qu'il y a un endroit falsifié en faveur du culte public, que les Samaritains soutenaient que Dieu avait établi sur la montagne de Garizim près de Samarie, comme les Juifs soutenaient que c'était dans Jérusalem. Il y a encore quelques différences, mais légères. Il est constant que les anciens Pères, et entre autres Eusèbe et saint Jérôme, ont vu cet ancien Pentateuque samaritain ; et qu'on trouve, dans celui que nous avons, tous les caractères de celui dont ils ont parlé.

Pour entendre parfaitement les antiquités du peuple de Dieu, il faut ici en peu de mots faire l'histoire des Samaritains et de leur Pentateuque. Il faut, pour cela, se souvenir qu'après Salomon[1], et en punition de ses excès, sous Roboam son fils, Jéroboam sépara dix tribus du royaume de Juda, et forma le royaume d'Israël, dont la capitale fut Samarie[2].

Ce royaume, ainsi séparé, ne sacrifia plus dans le temple de Jérusalem, et rejeta toutes les Ecritures faites depuis David et Salomon, sans se soucier non plus des ordonnances de ces deux rois, dont l'un avait préparé le temple, et l'autre l'avait construit et dédié.

Rome fut fondée l'an du monde 3250; et trente-trois ans après, c'est-à-dire l'an du monde 3283, les dix tribus schismatiques furent transportées à Ninive, et dispersées parmi les Gentils.

Sous Asaraddon, roi d'Assyrie, les Cuthéens furent envoyés pour habiter Samarie[3]. C'étaient des peuples d'Assyrie, qui furent depuis appelés Samaritains. Ceux-ci joignirent le culte de Dieu avec celui des idoles, et obtinrent d'Asaraddon un prêtre israélite qui leur apprit le service du dieu du pays, c'est-à-dire les observances de la loi de Moïse. Mais leur prêtre ne leur donna que les livres de Moïse dont les dix tribus révoltées avaient conservé la vénération, sans y joindre d'autres Livres saints, pour les raisons que l'on vient de voir.

Ces peuples ainsi instruits ont toujours persisté dans la haine que les dix tribus avaient contre les Juifs; et lorsque Cyrus permit aux Juifs de rétablir le temple de Jérusalem[4], les Samaritains traversèrent autant qu'ils purent leur dessein[5], en faisant semblant néanmoins d'y vouloir prendre part, sous prétexte qu'ils adoraient le Dieu d'Israël, quoiqu'ils en joignissent le culte avec celui de leurs fausses divinités.

Ils persistèrent toujours à traverser les desseins des Juifs lorsqu'ils rebâtissaient leur ville sous la conduite de Néhémias; et les deux nations furent toujours ennemies.

On voit ici la raison pourquoi ils ne changèrent pas avec les Juifs les caractères hébreux en caractères chaldaïques. Ils n'avaient garde d'imiter les Juifs, non plus qu'Esdras leur grand docteur, puisqu'ils les avaient en exécration ; c'est pourquoi leur Pentateuque se trouve écrit en anciens caractères hébraïques, ainsi qu'il a été dit.

Alexandre leur permit de bâtir le temple de Garizim[1]. Manassès, frère de Jaddus, souverain pontife des Juifs, qui embrassa le schisme des Samaritains, obtint la permission de bâtir ce temple ; et c'est apparemment sous lui qu'ils commencèrent à quitter le culte des faux dieux, ne différant d'avec les Juifs qu'en ce qu'ils le voulaient servir, non point dans Jérusalem, comme Dieu l'avait ordonné, mais sur le mont Garizim.

On voit ici la raison pourquoi ils ont falsifié, dans leur Pentateuque, l'endroit où il est parlé de la montagne de Garizim, dans le dessein de montrer que cette montagne était bénite de Dieu et consacrée à son culte, et non pas Jérusalem.

La haine entre les deux peuples subsista toujours : les Samaritains soutenaient que leur temple de Garizim devait être préféré à celui de Jérusalem. La contestation fut émue devant Ptolémée Philométor, roi d'Egypte. Les Juifs, qui avaient pour eux la succession et la tradition manifeste, gagnèrent leur cause par un jugement solennel[2].

Les Samaritains, qui durant la persécution d'Antiochus et des rois de Syrie[3] se joignirent toujours à eux contre les Juifs, furent subjugués par Jean Hircan[4], fils de Simon, qui renversa leur temple de Garizim, mais qui ne les put empêcher de continuer leur service sur la montagne où il était bâti, ni réduire ce peuple opiniâtre à venir adorer dans le temple de Jérusalem.

De là vient que du temps de Jésus-Christ, on voit encore les Samaritains attachés au même culte, et condamnés par Jésus-Christ[5].

Ce peuple a toujours subsisté depuis ce temps-là, en deux ou trois endroits de l'Orient. Un de nos voyageurs l'a connu, et nous en a rapporté le texte du Pentateuque qu'on appelle Samaritain, dont on voit à présent l'antiquité ; et on entend parfaitement toutes les raisons pour lesquelles il est demeuré à l'état où nous le voyons.

Les Juifs vivaient avec douceur sous l'autorité d'Artaxerxe. Ce prince, réduit par Cimon, fils de Miltiade, général des Athéniens, à faire une paix honteuse, désespéra de vaincre les Grecs par la force, et ne songea plus qu'à profiter de leurs divisions. Il en arriva de grandes entre les Athéniens et les Lacédémoniens. Ces deux peuples, jaloux l'un de l'autre, partagèrent toute la Grèce. Périclès, Athénien, commença la guerre du Péloponèse[1], durant laquelle Théramène, Thrasybule et Alcibiade, Athéniens, se rendent célèbres. Brasidas et Myndare, Lacédémoniens, y meurent en combattant pour leur pays. Cette guerre dura vingt-sept ans, et finit à l'avantage de Lacédémone, qui avait mis dans son parti Darius, nommé le Bâtard, fils et successeur d'Artaxerxe. Lysandre, général de l'armée navale des Lacédémoniens, prit Athènes, et en changea le gouvernement[2]. Mais la Perse s'aperçut bientôt qu'elle avait rendu les Lacédémoniens trop puissants. Ils soutinrent le jeune Cyrus dans sa révolte contre Artaxerxe, son aîné[3], appelé Mnémon à cause de son excellente mémoire, fils et successeur de Darius. Ce jeune prince, sauvé de la prison et de la mort par sa mère Parysatis, songe à la vengeance, gagne les satrapes par ses agréments infinis, traverse l'Asie Mineure, va présenter la bataille au roi, son frère, dans le cœur de son empire, le blesse de sa propre main, et se croyant trop tôt vainqueur, périt par sa témérité. Les dix mille Grecs qui le servaient font cette retraite étonnante, où commandait à la fin Xénophon, grand philosophe et grand capitaine, qui en a écrit l'histoire. Les Lacédémoniens continuaient à attaquer l'empire des Perses, qu'Agésilas, roi de Sparte, fit trembler dans l'Asie Mineure[4]; mais les divisions de la Grèce le rappelèrent en son pays.

En ce temps, la ville de Veies, qui égalait presque la gloire de Rome, après un siège de dix ans et beaucoup de divers succès, fut prise par les Romains sous la conduite de Camille. Sa générosité lui fit encore une autre conquête. Les Falisques qu'il assiégeait[5] se donnèrent à lui, touchés de ce qu'il leur avait renvoyé leurs enfants qu'un maître d'école lui avait livrés. Rome ne voulait pas vaincre par les trahisons, ni profiter de la perfidie d'un lâche, qui abusait de l'obéissance d'un âge innocent. Un peu après[6], les Gaulois Sénonais entrèrent en Italie, et assiégèrent Clusium. Les Romains perdirent contre eux la fameuse bataille d'Allia. Leur ville fut prise et brûlée[7]. Pendant qu'ils se défendaient dans le Capitole, leurs affaires furent rétablies par Camille qu'ils avaient banni. Les Gaulois demeurèrent sept mois maîtres de

Rome ; et, appelés ailleurs par d'autres affaires, ils se retirèrent chargés de butin[1].

Durant les brouilleries de la Grèce, Epaminondas, Thébain, se signala par son équité et par sa modération, autant que par ses victoires[2]. On remarque qu'il avait pour règle de ne mentir jamais, même en riant. Ses grandes actions éclatent dans les dernières années de Mnémon et dans les premières d'Ochus. Sous un si grand capitaine, les Thébains sont victorieux, et la puissance de Lacédémone est abattue.

Celle des rois de Macédoine commence avec Philippe, père d'Alexandre le Grand[3]. Malgré les oppositions d'Ochus et d'Arsès son fils, rois de Perse, et malgré les difficultés plus grandes encore que lui suscitait dans Athènes l'éloquence de Démosthène, puissant défenseur de la liberté, ce prince, victorieux durant vingt ans, assujettit toute la Grèce, où la bataille de Chéronée, qu'il gagna sur les Athéniens et sur leurs alliés, lui donna une puissance absolue[4]. Dans cette fameuse bataille, pendant qu'il rompait les Athéniens, il eut la joie de voir Alexandre, à l'âge de dix-huit ans, enfoncer les troupes thébaines de la discipline d'Epaminondas, et entre autres la troupe sacrée qu'on appelait des Amis, qui se croyait invincible. Ainsi maître de la Grèce, et soutenu par un fils d'une si grande espérance, il conçut de plus hauts desseins, et ne médita rien moins que la ruine des Perses, contre lesquels il fut déclaré capitaine général[5]. Mais leur perte était réservée à Alexandre. Au milieu des solennités d'un nouveau mariage, Philippe fut assassiné par Pausanias, jeune homme de bonne maison, à qui il n'avait pas rendu justice[6]. L'eunuque Bagoas tua dans la même année Arsès, roi de Perse, et fit régner à sa place Darius, fils d'Arsame, surnommé Codomanus. Il mérite par sa valeur qu'on se range à l'opinion, d'ailleurs la plus vraisemblable, qui le fait sortir de la famille royale. Ainsi deux rois courageux commencèrent ensemble leur règne, Darius, fils d'Arsame, et Alexandre, fils de Philippe. Ils se regardaient d'un œil jaloux, et semblaient nés pour se disputer l'empire du monde. Mais Alexandre voulut s'affermir avant que d'entreprendre son rival. Il vengea la mort de son père ; il dompta les peuples rebelles qui méprisaient sa jeunesse ; il battit les Grecs qui tentèrent vainement de secouer le joug, et ruina Thèbes[7], où il n'épargna que la maison et les descendants de Pindare, dont la Grèce admirait les odes. Puissant et victorieux, il marche après tant d'exploits à la tête des Grecs, contre Darius[1], qu'il défait en trois batailles rangées[2], entre triomphant dans Babylone et dans Suse[3], détruit Persépolis, ancien siège des rois de Perse[4], pousse ses conquêtes jusqu'aux Indes[5], et vient mourir à Babylone, âgé de trente-trois ans[6].

De son temps[7] Manassès, frère de Jaddus, souverain pontife, excita des brouilleries parmi les Juifs. Il avait épousé la fille de Sanaballat, Samaritain, que Darius avait fait satrape de ce pays. Plutôt que de répudier cette étrangère, à quoi le conseil de Jérusalem et son frère Jaddus voulaient l'obliger, il embrassa le schisme des Samaritains. Plusieurs Juifs, pour éviter de pareilles censures, se joignirent à lui. Dès lors il résolut de bâtir un temple près de Samarie sur la montagne de Garizim, que les Samaritains croyaient bénite, et de s'en faire le pontife. Son beau-père, très accrédité auprès de Darius, l'assura de la protection de ce prince, et les suites lui furent encore plus favorables. Alexandre s'éleva[8] : Sanaballat quitta son maître, et mena des troupes au victorieux durant le siège de Tyr. Ainsi il obtint tout ce qu'il voulut; le temple de Garizim fut bâti, et l'ambition de Manassès fut satisfaite. Les Juifs cependant, toujours fidèles aux Perses, refusèrent à Alexandre le secours qu'il leur demandait. Il allait à Jérusalem, résolu de se venger : mais il fut changé à la vue du souverain pontife, qui vint au-devant de lui avec les sacrificateurs, revêtus de leurs habits de cérémonie, et précédés de tout le peuple habillé de blanc. On lui montra des prophéties qui prédisaient ses victoires : c'étaient celles de Daniel. Il accorda aux Juifs toutes leurs demandes, et ils lui gardèrent la même fidélité qu'ils avaient toujours gardée aux rois de Perse.

Durant ces conquêtes[9], Rome était aux mains avec les Samnites ses voisins, et avait une peine extrême à les réduire, malgré la valeur et la conduite de Papirius Cursor, le plus illustre de ses généraux. Après la mort d'Alexandre, son empire fut partagé[10]. Perdiccas, Ptolémée, fils de Lagus, Antigonus, Séleucus, Lysimaque, Antipater et son fils Cassander, en un mot tous ses capitaines, nourris dans la guerre sous un si grand conquérant, songèrent à s'en rendre maîtres par les armes[11]; ils immolèrent à leur ambition toute la famille d'Alexandre,

son frère, sa mère, ses femmes, ses enfants, et jusqu'à ses
sœurs : on ne vit que des batailles sanglantes et d'effroyables révolutions.

Au milieu de tant de désordres, plusieurs peuples de
l'Asie Mineure et du voisinage s'affranchirent, et formèrent les royaumes de Pont, de Bithynie et de Pergame.
La bonté du pays les rendit ensuite riches et puissants.
L'Arménie secoua aussi dans le même temps le joug des
Macédoniens, et devint un grand royaume. Les deux Mithridates père et fils fondèrent celui de Cappadoce. Mais
les deux plus puissantes monarchies qui se soient élevées
alors furent celle d'Egypte, fondée par Ptolémée[1], fils
de Lagus, d'où viennent les Lagides, et celle d'Asie ou de
Syrie, fondée par Séleucus[2], d'où viennent les Séleucides. Celle-ci comprenait, outre la Syrie, ces vastes et
riches provinces de la haute Asie qui composaient l'empire des Perses. Ainsi tout l'Orient reconnut la Grèce, et
en apprit le langage.

La Grèce elle-même était opprimée par les capitaines
d'Alexandre. La Macédoine son ancien royaume, qui donnait des maîtres à l'Orient, était en proie au premier venu.
Les enfants de Cassander se chassèrent les uns les autres
de ce royaume. Pyrrhus, roi des Epirotes[3], qui en avait
occupé une partie, fut chassé par Démétrius Poliorcète[4], fils d'Antigonus, qu'il chassa aussi à son tour[5] ;
il est lui-même chassé encore une fois par Lysimaque[6],
et Lysimaque par Séleucus[7], que Ptolémée Céraunus,
chassé d'Egypte par son père Ptolémée I, tua en traître
malgré ses bienfaits[8]. Ce perfide n'eut pas plutôt envahi
la Macédoine, qu'il fut attaqué par les Gaulois, et périt
dans un combat qu'il leur donna[9].

Durant les troubles de l'Orient, ces peuples vinrent
dans l'Asie Mineure, conduits par leur roi Brennus, et
s'établirent dans la Gallo-Grèce ou Galatie, nommée ainsi
de leur nom, d'où ils se jetèrent dans la Macédoine qu'ils
ravagèrent, et firent trembler toute la Grèce. Mais leur
armée périt dans l'entreprise sacrilège du temple de
Delphes[10]. Cette nation remuait partout, et partout elle
était malheureuse. Quelques années devant l'affaire de
Delphes[11], les Gaulois d'Italie, que leurs guerres continuelles et leurs victoires fréquentes rendaient la terreur des
Romains, furent excités contre eux par les Samnites, les
Brutiens et les Etruriens[12]. Ils remportèrent d'abord

une nouvelle victoire; mais ils en souillèrent la gloire en tuant des ambassadeurs. Les Romains indignés marchent contre eux, les défont, entrent dans leurs terres, où ils fondent une colonie[1], les battent encore deux fois, en assujettissent une partie, et réduisent l'autre à demander la paix. Après que les Gaulois d'Orient eurent été chassés de la Grèce[2], Antigonus Gonatas, fils de Démétrius Poliorcète, qui régnait depuis douze ans dans la Grèce, mais fort peu paisible, envahit sans peine la Macédoine. Pyrrhus était occupé ailleurs. Chassé de ce royaume, il espéra de contenter son ambition par la conquête de l'Italie, où il fut appelé par les Tarentins[3]. La bataille que les Romains venaient de gagner sur eux et sur les Samnites ne leur laissait que cette ressource. Il remporta contre les Romains des victoires qui le ruinaient[4]. Les éléphants de Pyrrhus les étonnèrent; mais le consul Fabrice fit bientôt voir aux Romains que Pyrrhus pouvait être vaincu. Le roi et le consul semblaient se disputer la gloire de la générosité plus encore que celle des armes : Pyrrhus rendit au consul tous les prisonniers sans rançon, disant qu'il fallait faire la guerre avec le fer, et non point avec l'argent; et Fabrice renvoya au roi son perfide médecin[5] qui était venu lui offrir d'empoisonner son maître.

En ces temps, la religion et la nation judaïque commencent à éclater parmi les Grecs. Ce peuple, bien traité par les rois de Syrie, vivait tranquillement selon ses lois. Antiochus, surnommé le Dieu, petit-fils de Séleucus, les répandit dans l'Asie Mineure, d'où ils s'étendirent dans la Grèce, et jouirent partout des mêmes droits et de la même liberté que les autres citoyens[6]. Ptolémée, fils de Lagus, les avait déjà établis en Egypte. Sous son fils Ptolémée Philadelphe[7], leurs Ecritures furent tournées en grec, et on vit paraître cette célèbre version, appelée la version des Septante. C'étaient de savants vieillards qu'Eléazar, souverain pontife, envoya au roi qui les demandait. Quelques-uns veulent qu'ils n'aient traduit que les cinq livres de la loi. Le reste des livres sacrés pourrait, dans la suite, avoir été mis en grec pour l'usage des Juifs répandus dans l'Egypte et dans la Grèce[8], où ils oublièrent non seulement leur ancienne langue, qui était l'hébreu, mais encore le chaldéen, que la captivité leur avait appris. Ils se firent un grec mêlé d'hébraïsmes, qu'on appelle le langage hellénistique : les Septante et tout le Nouveau

Testament sont écrits en ce langage. Durant cette dispersion des Juifs, leur temple fut célèbre par toute la terre, et tous les rois d'Orient y présentaient leurs offrandes. L'Occident était attentif à la guerre des Romains et de Pyrrhus. Enfin ce roi fut défait par le consul Curius[1], et repassa en Epire. Il n'y demeura pas longtemps en repos, et voulut se récompenser sur la Macédoine des mauvais succès d'Italie. Antigonus Gonatas fut renfermé dans Thessalonique[2], et contraint d'abandonner à Pyrrhus tout le reste du royaume. Il reprit cœur pendant que Pyrrhus, inquiet et ambitieux, faisait la guerre aux Lacédémoniens et aux Argiens[3]. Les deux rois ennemis furent introduits dans Argos en même temps par deux cabales contraires et par deux portes différentes. Il se donna dans la ville un grand combat : une mère, qui vit son fils poursuivi par Pyrrhus qu'il avait blessé, écrasa ce prince d'un coup de pierre. Antigonus, défait d'un tel ennemi, entra dans la Macédoine, qui, après quelques changements, demeura paisible à sa famille. La ligue des Achéens l'empêcha de s'accroître. C'était le dernier rempart de la liberté de la Grèce, et ce fut elle qui en produisit les derniers héros avec Aratus et Philopœmen. Les Tarentins, que Pyrrhus entretenait d'espérance, appelèrent les Carthaginois après sa mort. Ce secours leur fut inutile : ils furent battus avec les Brutiens et les Samnites leurs alliés. Ceux-ci, après soixante-douze ans de guerre continuelle, furent forcés à subir le joug des Romains. Tarente les suivit de près; les peuples voisins ne tinrent pas : ainsi tous les anciens peuples d'Italie furent subjugués. Les Gaulois, souvent battus, n'osaient remuer.

Après 480 ans de guerre les Romains se virent les maîtres en Italie, et commencèrent à regarder les affaires du dehors[4] : ils entrèrent en jalousie contre les Carthaginois, trop puissants dans leur voisinage par les conquêtes qu'ils faisaient dans la Sicile, d'où ils venaient d'entreprendre sur eux et sur l'Italie en secourant les Tarentins. La république de Carthage tenait les deux côtés de la mer Méditerranée. Outre celle d'Afrique, qu'elle possédait presque tout entière, elle s'était étendue du côté d'Espagne par le détroit. Maîtresse de la mer et du commerce, elle avait envahi les îles de Corse et de Sardaigne. La Sicile avait peine à se défendre; et l'Italie était menacée de trop près pour ne pas craindre. De là les guerres puniques[1], malgré les traités, mal observés de part et d'autre. La première apprit aux Romains à combattre sur la mer[2]. Ils furent maîtres d'abord dans un art qu'ils ne connaissaient pas ; et le consul Duilius, qui donna la première bataille navale, la gagna. Régulus soutint cette gloire, et aborda en Afrique, où il eut à combattre ce prodigieux serpent, contre lequel il fallut employer toute son armée. Tout cède : Carthage, réduite à l'extrémité, ne se sauve que par le secours de Xantippe, Lacédémonien. Le général romain est battu et pris[3] ; mais sa prison le rend plus illustre que ses victoires. Renvoyé sur sa parole, pour ménager l'échange des prisonniers, il vient soutenir dans le sénat la loi qui ôtait toute espérance à ceux qui se laissaient prendre, et retourne à une mort assurée. Deux épouvantables naufrages contraignirent les Romains d'abandonner de nouveau l'empire de la mer aux Carthaginois. La victoire demeura longtemps douteuse entre les deux peuples, et les Romains furent prêts à céder ; mais ils réparèrent leur flotte. Une seule bataille décida, et le consul Lutatius acheva la guerre[4]. Carthage fut obligée à payer tribut, et à quitter, avec la Sicile, toutes les îles qui étaient entre la Sicile et l'Italie. Les Romains gagnèrent cette île tout entière, à la réserve de ce qu'y tenait Hiéron, roi de Syracuse, leur allié[5].

Après la guerre achevée, les Carthaginois pensèrent périr par le soulèvement de leur armée. Ils l'avaient composée, selon leur coutume, de troupes étrangères, qui se révoltèrent pour leur paye. Leur cruelle domination fit joindre à ces troupes mutinées presque toutes les villes de leur empire, et Carthage étroitement assiégée, était perdue sans Amilcar, surnommé Barcas. Lui seul avait soutenu la dernière guerre. Ses citoyens lui durent encore la victoire qu'ils remportèrent sur les rebelles[6] : il leur en coûta la Sardaigne, que la révolte de leur garnison ouvrit aux Romains[7]. De peur de s'embarrasser avec eux dans une nouvelle querelle, Carthage céda malgré elle une île si importante, et augmenta son tribut. Elle songeait à rétablir en Espagne son empire ébranlé par la révolte : Amilcar passa dans cette province, avec son fils Annibal, âgé de neuf ans, et y mourut dans une bataille[8]. Durant neuf ans qu'il y fit la guerre, avec autant d'adresse que de valeur, son fils se formait sous un si grand capitaine, et tout ensemble il concevait une haine implacable contre les Romains. Son allié Asdrubal fut donné pour successeur à son père. Il gouverna sa province avec beaucoup de prudence, et y bâtit Carthage la Neuve, qui tenait l'Espagne en sujétion. Les Romains étaient occupés dans la guerre contre Teuta, reine d'Illyrie, qui exerçait impunément la piraterie sur toute la côte. Enflée du butin qu'elle faisait sur les Grecs et sur les Epirotes, elle méprisa les Romains, et tua leur ambassadeur. Elle fut bientôt accablée[1] : les Romains ne lui laissèrent qu'une petite partie de l'Illyrie, et gagnèrent l'île de Corfou[2], que cette reine avait usurpée. Ils se firent alors respecter en Grèce par une solennelle ambassade, et ce fut la première fois qu'on y connut leur puissance. Les grands progrès d'Asdrubal leur donnaient de la jalousie; mais les Gaulois d'Italie les empêchaient de pourvoir aux affaires de l'Espagne[3]. Il y avait quarante-cinq ans qu'ils demeuraient en repos. La jeunesse qui s'était élevée durant ce temps ne songeait plus aux pertes passées, et commençait à menacer Rome[4]. Les Romains, pour attaquer avec sûreté de si turbulents voisins, s'assurèrent des Carthaginois. Le traité fut conclu avec Asdrubal, qui promit de ne passer point au delà de l'Ebre[5]. La guerre entre les Romains et les Gaulois se fit avec fureur de part et d'autre : les Transalpins se joignirent aux Cisalpins : tous furent battus. Concolitanus, un des rois gaulois, fut pris dans la bataille : Anéroestus, un autre roi, se tua lui-même. Les Romains victorieux passèrent le Pô pour la première fois, résolus d'ôter aux Gaulois les environs de ce fleuve, dont ils étaient en possession depuis tant de siècles. La victoire les suivit partout; Milan fut pris; presque tout le pays fut assujetti.

En ce temps Asdrubal mourut[6]; et Annibal, quoiqu'il n'eût encore que vingt-cinq ans, fut mis à sa place. Dès lors on prévit la guerre. Le nouveau gouverneur entreprit ouvertement de dompter l'Espagne, sans aucun respect des traités[7]. Rome alors écouta les plaintes de Sagonte son alliée. Les ambassadeurs romains vont à Carthage. Les Carthaginois rétablis n'étaient plus d'humeur à céder. La Sicile ravie de leurs mains; la Sardaigne injustement enlevée, et le tribut augmenté, leur tenaient au cœur. Ainsi la faction qui voulait qu'on abandonnât Annibal se trouva faible. Ce général songeait à tout. De secrètes ambassades l'avaient assuré des Gaulois d'Italie, qui, n'étant plus en état de rien entreprendre par leurs propres forces, embrassèrent cette occasion de se relever. Annibal traverse l'Ebre, les Pyrénées, toute la Gaule transalpine, les Alpes, et tombe comme en un moment sur l'Italie. Les Gaulois ne manquent point de fortifier son armée et font un dernier effort pour leur liberté[1]. Quatre batailles perdues font croire que Rome allait tomber[2]. La Sicile prend le parti du vainqueur[3]. Hiéronyme, roi de Syracuse, se déclare contre les Romains; presque toute l'Italie les abandonne[4], et la dernière ressource de la république semble périr en Espagne avec les deux Scipions[5].

Dans de telles extrémités, Rome dut son salut à trois grands hommes. La constance de Fabius Maximus, qui, se mettant au-dessus des bruits populaires, faisait la guerre en retraite, fut un rempart à sa patrie. Marcellus, qui fit lever le siège de Nole[6], et prit Syracuse[7], donnait vigueur aux troupes par ses actions. Mais Rome, qui admirait ces deux grands hommes, crut voir dans le jeune Scipion quelque chose de plus grand. Les merveilleux succès de ses conseils confirmèrent l'opinion qu'on avait qu'il était de race divine, et qu'il conversait avec les dieux. A l'âge de vingt-quatre ans, il entreprend d'aller en Espagne[8], où son oncle et son père venaient de périr : il attaque Carthage la Neuve[9], comme s'il eût agi par inspiration, et ses soldats l'emportent d'abord. Tous ceux qui le voient sont gagnés au peuple romain; les Carthaginois lui quittent l'Espagne[10]; à son abord en Afrique, les rois se donnent à lui; Carthage tremble à son tour, et voit ses armées défaites[11] : Annibal, victorieux durant seize ans, est vainement rappelé, et ne peut défendre sa patrie[12] : Scipion y donne la loi : le nom d'Africain est sa récompense. Le peuple romain ayant abattu les Gaulois et les Africains ne voit plus rien à craindre, et combat dorénavant sans péril.

Au milieu de la première guerre punique[13], Théodote, gouverneur de la Bactrienne, enleva mille villes à Antiochus appelé le Dieu, fils d'Antiochus Soter, roi de Syrie. Presque tout l'Orient suivit cet exemple. Les Parthes se révoltèrent sous la conduite d'Arsace, chef de la maison des Arsacides, et fondateur d'un empire qui s'étendit peu à peu dans toute la haute Asie.

Les rois de Syrie et ceux d'Egypte, acharnés les uns

contre les autres, ne songeaient qu'à se ruiner mutuellement, ou par la force, ou par la fraude. Damas et son territoire, qu'on appelait la Cœlé-Syrie, ou la Syrie basse, et qui confinait aux deux royaumes, fut le sujet de leurs guerres; et les affaires de l'Asie étaient entièrement séparées de celles de l'Europe.

Durant tous ces temps, la philosophie florissait dans la Grèce. La secte des philosophes italiques et celle des ioniques la remplissaient de grands hommes, parmi lesquels il se mêla beaucoup d'extravagants à qui la Grèce curieuse ne laissa pas de donner le nom de philosophes. Du temps de Cyrus et de Cambyse, Pythagore commença la secte italique dans la Grande-Grèce, aux environs de Naples. A peu près dans le même temps, Thalès, Milésien, forma la secte ionique. De là sont sortis ces grands philosophes, Héraclite, Démocrite, Empédocle, Parménides; Anaxagore, qui, un peu avant la guerre du Péloponèse, fit voir le monde construit par un esprit éternel; Socrate, qui, un peu après, ramena la philosophie à l'étude des bonnes mœurs, et fut le père de la philosophie morale; Platon, son disciple, chef de l'Académie; Aristote, disciple de Platon et précepteur d'Alexandre, chef des péripatéticiens; sous les successeurs d'Alexandre, Zénon, nommé Cittien, d'une ville de l'île de Chypre où il était né, chef des stoïciens; et Epicure, Athénien, chef des philosophes qui portent son nom, si toutefois on peut nommer philosophes ceux qui niaient ouvertement la Providence, et qui, ignorant ce que c'est que le devoir, définissaient la vertu par le plaisir. On peut compter parmi les plus grands philosophes Hippocrate, le père de la médecine, qui éclata au milieu des autres dans ces heureux temps de la Grèce.

Les Romains avaient dans le même temps une autre espèce de philosophie, qui ne consistait point en disputes ni en discours, mais dans la frugalité, dans la pauvreté, dans les travaux de la vie rustique, et dans ceux de la guerre, où ils faisaient leur gloire de celle de leur patrie et du nom romain : ce qui les rendit enfin maîtres de l'Italie et de Carthage.

## NEUVIÈME ÉPOQUE

### SCIPION, OU CARTHAGE VAINCUE

L'AN 552 de la fondation de Rome, environ 250 ans après celle de la monarchie des Perses, et 202 ans avant Jésus-Christ, Carthage fut assujettie aux Romains[1]. Annibal ne laissait pas sous main de leur susciter des ennemis partout où il pouvait; mais il ne fit qu'entraîner tous ses amis anciens et nouveaux dans la ruine de sa patrie et dans la sienne. Par les victoires du consul Flaminius[2], Philippe, roi de Macédoine, allié des Carthaginois, fut abattu; les rois de Macédoine réduits à l'étroit, et la Grèce affranchie de leur joug[3]. Les Romains entreprirent de faire périr Annibal, qu'ils trouvaient encore redoutable après sa perte. Ce grand capitaine, réduit à se sauver de son pays[4], remua l'Orient contre eux, et attira leurs armes en Asie. Par ses puissants raisonnements, Antiochus surnommé le Grand, roi de Syrie, devint jaloux de leur puissance, et leur fit la guerre[5]; mais il ne suivit pas, en la faisant, les conseils d'Annibal, qui l'y avait engagé. Battu par mer et par terre, il reçut la loi que lui imposa le consul Lucius Scipion, frère de Scipion l'Africain, et il fut renfermé dans le mont Taurus. Annibal, réfugié chez Prusias, roi de Bithynie, échappa aux Romains par le poison[6]. Ils sont redoutés par toute la terre, et ne veulent plus souffrir d'autre puissance que la leur. Les rois étaient obligés de leur donner leurs enfants pour otage de leur foi. Antiochus, depuis appelé l'Illustre ou Epiphane, second fils d'Antiochus le Grand, roi de Syrie, demeura longtemps à Rome en cette qualité; mais sur la fin du règne de Séleucus Philopator, son frère aîné, il fut rendu[7], et les Romains voulurent avoir à sa place Démétrius Soter, fils du roi, alors âgé de dix ans. Dans ce contre-temps[8], Séleucus mourut; et Antiochus usurpa le royaume sur son neveu. Les Romains étaient appliqués aux affaires de la Macédoine, où Persée inquiétait ses voisins, et ne voulait plus s'en tenir aux conditions imposées au roi Philippe son père[9].

Ce fut alors que commencèrent les persécutions du

peuple de Dieu. Antiochus l'Illustre régnait comme un furieux : il tourna toute sa fureur contre les Juifs, et entreprit de ruiner le temple, la loi de Moïse, et toute la nation[1]. L'autorité des Romains l'empêcha de se rendre maître de l'Egypte. Ils faisaient la guerre à Persée, qui, plus prompt à entreprendre qu'à exécuter, perdait ses alliés par son avarice, et ses armées par sa lâcheté. Vaincu par le consul Paul Emile[2], il fut contraint de se livrer entre ses mains. Gentius, roi de l'Illyrie, son allié, abattu en trente jours par le préteur Anicius, venait d'avoir un sort semblable. Le royaume de Macédoine, qui avait duré 700 ans, et avait, près de 200 ans, donné des maîtres non seulement à la Grèce, mais encore à tout l'Orient, ne fut plus qu'une province romaine. Les fureurs d'Antiochus s'augmentaient contre le peuple de Dieu. On voit paraître alors la résistance de Mathathias[3], sacrificateur, de la race de Phinées, et imitateur de son zèle; les ordres qu'il donne en mourant pour le salut de son peuple[4]; les victoires de Judas le Machabée, son fils, malgré le nombre infini de ses ennemis; l'élévation de la famille des Asmonéens, ou des Machabées; la nouvelle dédicace du temple, que les Gentils avaient profané[5]; le gouvernement de Judas, et la gloire du sacerdoce rétablie[6]; la mort d'Antiochus, digne de son impiété et de son orgueil; sa fausse conversion durant sa dernière maladie, et l'implacable colère de Dieu sur ce roi superbe. Son fils Antiochus Eupator, encore en bas âge, lui succéda, sous la tutelle de Lysias son gouverneur. Durant cette minorité, Démétrius Soter, qui était en otage à Rome, crut se pouvoir rétablir; mais il ne put obtenir du sénat d'être renvoyé dans son royaume : la politique romaine aimait mieux un roi enfant. Sous Antiochus Eupator[7], la persécution du peuple de Dieu et les victoires de Judas le Machabée continuent. La division se met dans le royaume de Syrie[8]. Démétrius s'échappe de Rome; les peuples le reconnaissent; le jeune Antiochus est tué avec Lysias, son tuteur. Mais les Juifs ne sont pas mieux traités sous Démétrius que sous ses prédécesseurs; il éprouve le même sort : ses généraux sont battus par Judas le Machabée; et la main du superbe Nicanor, dont il avait si souvent menacé le temple, y est attachée. Mais un peu après, Judas, accablé par la multitude, fut tué en combattant avec une valeur étonnante[9]. Son frère

Jonathas succède à sa charge, et soutient sa réputation. Réduit à l'extrémité, son courage ne l'abandonna pas. Les Romains, ravis d'humilier les rois de Syrie, accordèrent aux Juifs leur protection; et l'alliance que Judas avait envoyé leur demander fut accordée, sans aucun secours toutefois; mais la gloire du nom romain ne laissait pas d'être un grand support au peuple affligé. Les troubles de la Syrie croissaient tous les jours. Alexandre Balas, qui se vantait d'être fils d'Antiochus l'Illustre, fut mis sur le trône par ceux d'Antioche[1]. Les rois d'Egypte, perpétuels ennemis de la Syrie, se mêlaient dans ses divisions pour en profiter. Ptolémée Philométor soutint Balas. La guerre fut sanglante: Démétrius Soter y fut tué[2], et ne laissa pour venger sa mort, que deux jeunes princes encore en bas âge, Démétrius Nicator et Antiochus Sidétès. Ainsi l'usurpateur demeura paisible, et le roi d'Egypte lui donna sa fille Cléopâtre en mariage. Balas, qui se crut au-dessus de tout, se plongea dans la débauche, et s'attira le mépris de tous ses sujets.

En ce temps[3] Philométor jugea le fameux procès que les Samaritains firent aux Juifs. Ces schismatiques toujours opposés au peuple de Dieu, ne manquaient point de se joindre à leurs ennemis, et pour plaire à Antiochus l'Illustre leur persécuteur[4], ils avaient consacré leur temple de Garizim à Jupiter Hospitalier[5]. Malgré cette profanation, ces impies ne laissèrent pas de soutenir quelque temps après, à Alexandrie, devant Ptolémée Philométor, que ce temple devait l'emporter sur celui de Jérusalem. Les partis contestèrent devant le roi et s'engagèrent de part et d'autre, à peine de la vie, à justifier leurs prétentions par les termes de la loi de Moïse[6]. Les Juifs gagnèrent leur cause, et les Samaritains furent punis de mort, selon la convention. Le même roi permit à Onias, de la race sacerdotale, de bâtir en Egypte le temple d'Héliopolis, sur le modèle de celui de Jérusalem[7]: entreprise qui fut condamnée par tout le conseil des Juifs, et jugée contraire à la loi. Cependant Carthage remuait, et souffrait avec peine les lois que Scipion l'Africain lui avait imposées. Les Romains résolurent sa perte totale, et la troisième guerre punique fut entreprise[8]. Le jeune Démétrius Nicator, sorti de l'enfance, songeait à se rétablir sur le trône de ses ancêtres, et la mollesse de l'usurpateur lui faisait tout espérer. A son approche, Balas se troubla; son beau-père Philométor se déclara contre lui[1], parce que Balas ne voulut pas lui laisser prendre son royaume : l'ambitieuse Cléopâtre sa femme le quitta pour épouser son ennemi, et il périt enfin de la main des siens, après la perte d'une bataille. Philométor mourut peu de jours après des blessures qu'il y reçut; et la Syrie fut délivrée de deux ennemis.

On vit tomber en ce même temps deux grandes villes. Carthage fut prise et réduite en cendres par Scipion Emilien, qui confirma, par cette victoire, le nom d'Africain dans sa maison, et se montra digne héritier du grand Scipion son aïeul. Corinthe eut la même destinée et la république ou la ligue des Achéens périt avec elle. Le consul Mummius ruina de fond en comble cette ville, la plus voluptueuse de la Grèce et la plus ornée. Il en transporta à Rome les incomparables statues, sans en connaître le prix : les Romains ignoraient les arts de la Grèce, et se contentaient de savoir la guerre, la politique et l'agriculture.

Durant les troubles de Syrie, les Juifs se fortifièrent : Jonathas se vit recherché des deux partis, et Nicator victorieux le traita de frère. Il en fut bientôt récompensé[2]; dans une sédition, les Juifs accoururent le tirèrent d'entre les mains des rebelles : Jonathas fut comblé d'honneurs. Mais quand le roi se crut assuré, il reprit les desseins de ses ancêtres, et les Juifs furent tourmentés comme auparavant.

Les troubles de Syrie recommencèrent : Diodote, surnommé Tryphon, éleva un fils de Balas, qu'il nomma Antiochus le Dieu, et lui servit de tuteur pendant son bas âge. L'orgueil de Démétrius souleva les peuples; toute la Syrie était en feu[3] : Jonathas sut profiter de la conjoncture, et renouvela l'alliance avec les Romains. Tout lui succédait[4], quand Tryphon, par un manquement de parole, le fit périr avec ses enfants. Son frère Simon, le plus prudent et le plus heureux des Machabées, lui succéda; et les Romains le favorisèrent comme ils avaient fait de ses prédécesseurs. Tryphon ne fut pas moins infidèle à son pupille Antiochus, qu'il l'avait été à Jonathas. Il fit mourir cet enfant par le moyen des médecins, sous prétexte de le faire tailler de la pierre qu'il n'avait pas, et se rendit maître d'une partie du royaume. Simon prit le parti de Démétrius Nicator, roi légitime;

et après avoir obtenu de lui la liberté de son pays, il la soutint par les armes contre le rebelle Tryphon[1]. Les Syriens furent chassés de la citadelle qu'ils tenaient dans Jérusalem, et ensuite de toutes les places de la Judée. Ainsi les Juifs, affranchis du joug des Gentils par la valeur de Simon, accordèrent les droits royaux à lui et à sa famille, et Démétrius Nicator consentit à ce nouvel établissement. Là commence le nouveau royaume du peuple de Dieu, et la principauté des Asmonéens toujours jointe au souverain sacerdoce.

En ces temps, l'empire des Parthes s'étendit sur la Bactriane et sur les Indes, par les victoires de Mithridate, le plus vaillant des Arsacides. Pendant qu'il s'avançait vers l'Euphrate[2], Démétrius Nicator, appelé par les peuples de cette contrée que Mithridate venait de soumettre, espérait de réduire à l'obéissance les Parthes que les Syriens traitaient toujours de rebelles. Il remporta plusieurs victoires; et prêt à retourner dans la Syrie pour y accabler Tryphon, il tomba dans un piège qu'un général de Mithridate lui avait tendu : ainsi il demeura prisonnier des Parthes. Tryphon, qui se croyait assuré par le malheur de ce prince, se vit tout d'un coup abandonné des siens[3]. Ils ne pouvaient plus souffrir son orgueil. Durant la prison de Démétrius, leur roi légitime, ils se donnèrent à sa femme Cléopâtre et à ses enfants; mais il fallut chercher un défenseur à ces princes encore en bas âge. Ce soin regardait naturellement Antiochus Sidétès, frère de Démétrius : Cléopâtre le fit connaître dans tout le royaume. Elle fit plus : Phraate, frère et successeur de Mithridate, traita Nicator en roi, et lui donna sa fille Rodogune en mariage. En haine de cette rivale, Cléopâtre, à qui elle ôtait la couronne avec son mari, épousa Antiochus Sidétès, et se résolut à régner par toutes sortes de crimes. Le nouveau roi attaqua Tryphon[4]; Simon se joignit à lui dans cette entreprise; et le tyran, forcé dans toutes ses places, finit comme il le méritait. Antiochus, maître du royaume, oublia bientôt les services que Simon lui avait rendus dans cette guerre, et le fit périr[5]. Pendant qu'il ramassait contre les Juifs toutes les forces de la Syrie, Jean Hyrcan, fils de Simon, succéda au pontificat de son père, et tout le peuple se soumit à lui. Il soutint le siège dans Jérusalem avec beaucoup de valeur; et la guerre qu'Antiochus méditait contre les Parthes, pour délivrer son frère captif, lui fit accorder aux Juifs des conditions supportables.

En même temps que cette paix se conclut, les Romains, qui commençaient à être trop riches, trouvèrent de redoutables ennemis dans la multitude effroyable de leurs esclaves. Eunus, esclave lui-même, les souleva en Sicile, et il fallut employer à les réduire toute la puissance romaine.

Un peu après[1], la succession d'Attalus, roi de Pergame, qui fit par son testament le peuple romain son héritier, mit la division dans la ville. Les troubles des Gracques commencèrent. Le séditieux tribunat de Tibérius Gracchus, un des premiers hommes de Rome, le fit périr : tout le sénat le tua par la main de Scipion Nasica, et ne vit que ce moyen d'empêcher la dangereuse distribution d'argent dont cet éloquent tribun flattait le peuple[2]. Scipion Emilien rétablissait la discipline militaire; et ce grand homme, qui avait détruit Carthage, ruina encore en Espagne Numance, la seconde terreur des Romains.

Les Parthes se trouvèrent faibles contre Sidétès[3] : ses troupes, quoique corrompues par un luxe prodigieux, eurent un succès surprenant. Jean Hyrcan, qui l'avait suivi dans cette guerre avec ses Juifs, y signala sa valeur, et fit respecter la religion judaïque[4], lorsque l'armée s'arrêta pour lui donner le loisir de célébrer un jour de fête. Tout cédait; et Phraate vit son empire réduit à ses anciennes limites; mais, loin de désespérer de ses affaires, il crut que son prisonnier lui servirait à les rétablir et à envahir la Syrie. Dans cette conjoncture, Démétrius éprouva un sort bizarre : il fut souvent relâché, et autant de fois retenu, suivant que l'espérance ou la crainte prévalaient dans l'esprit de son beau-père; enfin un moment heureux, où Phraate ne vit de ressource que dans la diversion qu'il voulait faire en Syrie par son moyen, le mit tout à fait en liberté. A ce moment le sort tourna[5] : Sidétès, qui ne pouvait soutenir ses effroyables dépenses que par des rapines insupportables, fut accablé tout d'un coup par un soulèvement général des peuples, et périt avec son armée tant de fois victorieuse. Ce fut en vain que Phraate fit courir après Démétrius : il n'était plus temps; ce prince était rentré dans son royaume. Sa femme, Cléopâtre, qui ne voulait que régner, retourna bientôt avec lui, et Rodogune fut oubliée.

Hyrcan profita du temps ; il prit Sichem aux Samaritains, et renversa de fond en comble le temple de Garizim, deux cents ans après qu'il avait été bâti par Sanaballat. Sa ruine n'empêcha pas les Samaritains de continuer leur culte sur cette montagne ; et les deux peuples demeurèrent irréconciliables. L'année d'après[1], toute l'Idumée, unie par les victoires d'Hyrcan au royaume de Judée, reçut la loi de Moïse avec la circoncision. Les Romains continuèrent leur protection à Hyrcan, et lui firent rendre les villes que les Syriens lui avaient ôtées[2]. L'orgueil et les violences de Démétrius Nicator ne laissèrent pas la Syrie longtemps tranquille. Les peuples se révoltèrent. Pour entretenir leur révolte, l'Egypte ennemie leur donna un roi[3] : ce fut Alexandre Zébina, fils de Balas. Démétrius fut battu ; et Cléopâtre, qui crut régner plus absolument sous ses enfants que sous son mari, le fit périr. Elle ne traita pas mieux son fils aîné Séleucus, qui voulait régner malgré elle[4]. Son second fils, Antiochus appelé Grypus, avait défait les rebelles, et revenait victorieux : Cléopâtre lui présenta en cérémonie la coupe empoisonnée, que son fils, averti de ses desseins pernicieux, lui fit avaler[5]. Elle laissa en mourant une semence éternelle de divisions, entre les enfants qu'elle avait eus des deux frères, Démétrius Nicator et Antiochus Sidétès. La Syrie ainsi agitée ne fut plus en état de troubler les Juifs. Jean Hyrcan prit Samarie[6], et ne put convertir les Samaritains. Cinq ans après, il mourut[7] : la Judée demeura paisible à ses deux enfants Aristobule et Alexandre Jannée[8], qui régnèrent l'un après l'autre sans être incommodés des rois de Syrie.

Les Romains laissaient ce riche royaume se consumer par lui-même, et s'étendaient du côté de l'Occident. Durant les guerres de Démétrius Nicator et de Zébina[9], ils commencèrent à s'étendre au delà des Alpes ; et Sextius, vainqueur des Gaulois nommés Saliens, établit dans la ville d'Aix une colonie qui porte encore son nom[10]. Les Gaulois se défendaient mal. Fabius dompta les Allobroges et tous les peuples voisins ; et la même année[11] que Grypus fit boire à sa mère le poison qu'elle lui avait préparé, la Gaule narbonnaise, réduite en province, reçut le nom de province romaine. Ainsi l'empire romain s'agrandissait, et occupait peu à peu toutes les terres et toutes les mers du monde connu. Mais autant que la face de la république paraissait belle au dehors par les conquêtes autant était-elle défigurée par l'ambition désordonnée de ses citoyens, et par ses guerres intestines. Les plus illustres des Romains devinrent les plus pernicieux au bien public. Les deux Gracques, en flattant le peuple, commencèrent des divisions qui ne finirent qu'avec la république. Caïus, frère de Tibérius, ne put souffrir qu'on eût fait mourir un si grand homme d'une manière si tragique : animé à la vengeance par des mouvements qu'on crut inspirés par l'ombre de Tibérius, il arma tous les citoyens les uns contre les autres ; et, à la veille de tout détruire, il périt d'une mort semblable à celle qu'il voulait venger.

L'argent faisait tout à Rome[1]. Jugurtha, roi de Numidie, souillé du meurtre de ses frères que le peuple romain protégeait, se défendit plus longtemps par ses largesses que par ses armes ; et Marius, qui acheva de le vaincre[2], ne put parvenir au commandement qu'en animant le peuple contre la noblesse.

Les esclaves armèrent encore une fois dans la Sicile[3], et leur seconde révolte ne coûta pas moins de sang aux Romains que la première. Marius battit les Teutons[4], les Cimbres, et les autres peuples du nord qui pénétraient dans les Gaules, dans l'Espagne, et dans l'Italie. Les victoires qu'il en remporta furent une occasion de proposer de nouveaux partages de terre[5] : Métellus, qui s'y opposait, fut contraint de céder au temps ; et les divisions ne furent éteintes que par le sang de Saturninus, tribun du peuple[6].

Pendant que Rome protégeait la Cappadoce contre Mithridate, roi de Pont[7], et qu'un si grand ennemi cédait aux forces romaines, avec la Grèce qui était entrée dans ses intérêts[8], l'Italie exercée aux armes par tant de guerres soutenues ou contre les Romains, ou avec eux, mit leur empire en péril par une révolte universelle[9].

Rome se vit déchirée dans les mêmes temps par les fureurs de Marius et de Sylla[10], dont l'un avait fait trembler le Midi et le Nord, et l'autre était le vainqueur de la Grèce et de l'Asie. Sylla, qu'on nommait l'Heureux, le fut trop contre sa patrie, que sa dictature tyrannique mit en servitude[11]. Il put bien quitter volontairement la souveraine puissance[12] ; mais il ne put empêcher l'effet du mauvais exemple. Chacun voulut dominer. Sertorius, zélé partisan de Marius[13], se cantonna dans l'Espagne, et se ligua avec Mithridate[1]. Contre un si grand capitaine, la force fut inutile ; et Pompée ne put réduire ce parti qu'en y mettant la division. Il n'y eut pas jusqu'à Spartacus, gladiateur, qui ne crut pouvoir aspirer au commandement. Cet esclave ne fit pas moins de peine aux préteurs et aux consuls[2], que Mithridate en faisait à Lucullus. La guerre des gladiateurs devint redoutable à la puissance romaine ; Crassus avait peine à la finir, et il fallut envoyer contre eux le grand Pompée. Lucullus prenait le dessus en Orient. Les Romains passèrent l'Euphrate ; mais leur général, invincible contre l'ennemi, ne put tenir dans le devoir ses propres soldats[3]. Mithridate souvent battu, sans jamais perdre courage, se relevait ; et le bonheur de Pompée semblait nécessaire à terminer cette guerre. Il venait de purger les mers des pirates qui les infestaient, depuis la Syrie jusqu'aux Colonnes d'Hercule[4], quand il fut envoyé contre Mithridate. Sa gloire parut alors élevée au comble. Il achevait de soumettre ce vaillant roi ; l'Arménie, où il s'était réfugié ; l'Ibérie et l'Albanie, qui le soutenaient[5] ; la Syrie déchirée par ses factions ; la Judée, où la division des Asmonéens ne laissa à Hyrcan II, fils d'Alexandre Jannée, qu'une ombre de puissance[6] ; et enfin tout l'Orient : mais il n'eût pas eu où triompher de tant d'ennemis, sans le consul Cicéron qui sauvait la ville des feux que lui préparait Catilina suivi de la plus illustre noblesse de Rome. Ce redoutable parti fut ruiné par l'éloquence de Cicéron, plutôt que par les armes de C. Antonius, son collègue.

La liberté du peuple romain n'en fut pas plus assurée. Pompée régnait dans le sénat, et son grand nom le rendait maître absolu de toutes les délibérations. Jules César, en domptant les Gaules[7], fit à sa patrie la plus utile conquête qu'elle eût jamais faite. Un si grand service le mit en état d'établir sa domination dans son pays. Il voulut premièrement égaler et ensuite surpasser Pompée.

Les immenses richesses de Crassus lui firent croire qu'il pourrait partager la gloire de ces deux grands hommes, comme il partageait leur autorité[8]. Il entreprit témérairement la guerre contre les Parthes, funeste à lui et à sa patrie[9]. Les Arsacides vainqueurs insultèrent par de cruelles railleries à l'ambition des Romains et à l'avarice insatiable de leur général.

Mais la honte du nom romain ne fut pas le plus mauvais effet de la défaite de Crassus. Sa puissance contrebalançait celle de Pompée et de César, qu'il tenait unis comme malgré eux. Par sa mort, la digue qui les retenait fut rompue[1]. Les deux rivaux, qui avaient en main toutes les forces de la république, décidèrent leur querelle à Pharsale par une bataille sanglante[2]. César, victorieux, parut en un moment par tout l'univers, en Egypte, en Asie, en Mauritanie[3], en Espagne[4] : vainqueur de tous côtés, il fut reconnu comme maître à Rome et dans tout l'empire[5]. Brutus et Cassius crurent affranchir leurs citoyens en le tuant comme un tyran, malgré sa clémence[6].

Rome retomba entre les mains de Marc-Antoine, de Lépide, et du jeune César Octavien, petit-neveu de Jules César, et son fils par adoption : trois insupportables tyrans, dont le triumvirat et les proscriptions font encore horreur en les lisant[7]. Mais elles furent trop violentes pour durer longtemps. Ces trois hommes partagent l'empire. César garde l'Italie; et, changeant incontinent en douceur ses premières cruautés, il fait croire qu'il y a été entraîné par ses collègues. Les restes de la république périssent avec Brutus et Cassius[8]. Antoine et César, après avoir ruiné Lépide[9], se tournent l'un contre l'autre[10]. Toute la puissance romaine se met sur la mer. César gagne la bataille Actiaque[11] : les forces de l'Egypte et de l'Orient, qu'Antoine menait avec lui, sont dissipées; tous ses amis l'abandonnent, et même sa Cléopâtre pour laquelle il s'était perdu[12]. Hérode Iduméen, qui lui devait tout, est contraint de se donner au vainqueur, et se maintient par ce moyen dans la possession du royaume de Judée, que la faiblesse du vieux Hyrcan avait fait perdre entièrement aux Asmonéens. Tout cède à la fortune de César : Alexandrie lui ouvre ses portes; l'Egypte devient une province romaine; Cléopâtre, qui désespère de la pouvoir conserver, se tue elle-même après Antoine; Rome tend les bras à César, qui demeure, sous le nom d'Auguste et sous le titre d'empereur, seul maître de tout l'empire[13]. Il dompte, vers les Pyrénées, les Cantabres et les Asturiens révoltés[14]; l'Ethiopie lui demande la paix[15]; les Parthes épouvantés lui renvoient les étendards pris sur Crassus, avec tous les prisonniers romains[16]; les Indes recherchent son alliance; ses armes se font sentir aux Rhètes ou Grisons[17], que leurs montagnes ne peuvent défendre; la Pannonie le reconnaît[1]; la Germanie le redoute, et le Véser reçoit ses lois[2]. Victorieux par mer et par terre, il ferme le temple de Janus[3]. Tout l'univers vit en paix sous sa puissance et Jésus-Christ vient au monde[4].

## DIXIÈME ÉPOQUE

### NAISSANCE DE JÉSUS-CHRIST

*Septième et dernier âge du monde.*

Nous voilà enfin arrivés à ces temps tant désirés par nos pères, de la venue du Messie[5]. Ce nom veut dire le Christ ou l'Oint du Seigneur; et Jésus-Christ le mérite comme pontife, comme roi et comme prophète. On ne convient pas de l'année précise où il vint au monde, et on convient que sa vraie naissance devance de quelques années notre ère vulgaire[6], que nous suivrons pourtant avec tous les autres, pour une plus grande commodité. Sans disputer davantage sur l'année de la naissance de Notre-Seigneur, il suffit que nous sachions qu'elle est arrivée environ l'an 4000 du monde. Les uns la mettent un peu auparavant, les autres un peu après, et les autres précisément en cette année : diversité qui provient autant de l'incertitude des années du monde, que de celle de la naissance de Notre-Seigneur. Quoi qu'il en soit, ce fut environ ce temps, 1000 ans après la dédicace du temple, et l'an 754 de Rome, que Jésus-Christ, fils de Dieu dans l'éternité, fils d'Abraham et de David dans le temps, naquit d'une vierge. Cette époque est la plus considérable de toutes, non seulement par l'importance d'un si grand événement, mais encore parce que c'est celle d'où il y a plusieurs siècles que les chrétiens commencent à compter leurs années. Elle a encore ceci de remarquable, qu'elle concourt à peu près avec le temps où Rome retourne à l'état monarchique sous l'empire paisible d'Auguste.

Tous les arts fleurirent de son temps; et la poésie latine fut portée à sa dernière perfection par Virgile et par Horace, que ce prince n'excita pas seulement par ses bienfaits, mais encore en leur donnant un libre accès auprès de lui.

La naissance de Jésus-Christ fut suivie de près de la mort d'Hérode[1]. Son royaume fut partagé entre ses enfants; et le principal partage ne tarda pas à tomber entre les mains des Romains[2]. Auguste acheva son règne avec beaucoup de gloire[3].

Tibère, qu'il avait adopté, lui succéda sans contradiction; et l'empire fut reconnu pour héréditaire dans la maison des Césars[4]. Rome eut beaucoup à souffrir de la cruelle politique de Tibère; le reste de l'empire fut assez tranquille. Germanicus, neveu de Tibère, apaisa les armées rebelles, refusa l'empire, battit le fier Arminius[5], poussa ses conquêtes jusqu'à l'Elbe[6]; et s'étant attiré avec l'amour de tous les peuples la jalousie de son oncle, ce barbare le fit mourir ou de chagrin, ou par le poison[7].

A la quinzième année de Tibère, saint Jean-Baptiste paraît[8]; Jésus-Christ se fait baptiser par ce divin précurseur[9]; le Père éternel reconnaît son fils bien-aimé par une voix qui vient d'en-haut; le Saint-Esprit descend sur le Sauveur sous la figure pacifique d'une colombe; toute la Trinité se manifeste. Là commence, avec la soixante-dixième semaine de Daniel, la prédication de Jésus-Christ. Cette dernière semaine était la plus importante et la plus marquée. Daniel l'avait séparée des autres, comme la semaine où l'alliance devait être confirmée, et au milieu de laquelle les anciens sacrifices devaient perdre leur vertu[10]. Nous la pouvons appeler la semaine des mystères. Jésus-Christ y établit sa mission et sa doctrine par des miracles innombrables, et ensuite par sa mort[11]. Elle arriva la quatrième année de son ministère qui fut aussi la quatrième année de la dernière semaine de Daniel; et cette grande semaine se trouve, de cette sorte, justement coupée au milieu par cette mort.

Ainsi le compte des semaines est aisé à faire ou plutôt il est tout fait. Il n'y a qu'à ajouter à quatre cent cinquante-trois ans, qui se trouveront depuis l'an 300 de Rome, et le vingtième d'Artaxerxe, jusqu'au commencement de l'ère vulgaire, les trente ans de cette ère qu'on voit aboutir à la quinzième année de Tibère, et au baptême de Notre-Seigneur; il se fera de ces deux sommes quatre cent quatre-vingt-trois ans : des sept ans qui restent encore pour en achever quatre cent quatre-vingt-dix, le quatrième, qui fait le milieu, est celui où Jésus-Christ est mort; et tout ce que Daniel a prophétisé est visiblement renfermé dans le terme qu'il s'est prescrit. On n'aurait pas même besoin de tant de justesse; et rien ne force à prendre dans cette extrême rigueur le milieu marqué par Daniel. Les plus difficiles se contenteraient de le trouver en quelque point que ce fût entre les deux extrémités : ce que je dis, afin que ceux qui croiraient avoir des raisons pour mettre un peu plus haut ou un peu plus bas le commencement d'Artaxerxe, ou la mort de Notre-Seigneur, ne se gênent pas dans leur calcul; et que ceux qui voudraient tenter d'embarrasser une chose claire, par des chicanes de chronologie, se défassent de leur inutile subtilité[1].

Voilà ce qu'il faut savoir pour ne se point embarrasser des auteurs profanes, et pour entendre, autant qu'on en a besoin, les antiquités judaïques. Les autres discussions de chronologie sont ici fort peu nécessaires. Qu'il faille mettre de quelques années plus tôt ou plus tard la naissance de Notre-Seigneur, et ensuite prolonger sa vie un peu plus ou un peu moins, c'est une diversité qui provient autant des incertitudes des années du monde que de celles de Jésus-Christ. Et quoi qu'il en soit, un lecteur attentif aura déjà pu reconnaître qu'elle ne fait rien à la suite ni à l'accomplissement des conseils de Dieu. Il faut éviter les anachronismes qui brouillent l'ordre des affaires, et laisser les savants disputer des autres.

Quant[2] à ceux qui veulent absolument trouver dans les histoires profanes les merveilles de la vie de Jésus-Christ et de ses apôtres, auxquelles le monde ne voulait pas croire, et qu'au contraire il entreprenait de combattre de toutes ses forces, comme une chose qui le condamnait, nous parlerons ailleurs de leur injustice, nous verrons aussi qu'il se trouve dans les auteurs profanes plus de vérités qu'on ne croit favorables au christianisme : et je donnerai seulement ici pour exemple l'éclipse arrivée au crucifiement de Notre-Seigneur.

Les ténèbres qui couvrirent toute la surface de la terre en plein midi, et au moment que Jésus-Christ fut crucifié[3], sont prises pour une éclipse ordinaire par les auteurs païens, qui ont remarqué ce mémorable événement[4]. Mais les premiers chrétiens, qui en ont parlé aux Romains comme d'un prodige marqué non seulement par les auteurs, mais encore par les registres publics[1], ont fait voir que ni au temps de la pleine lune, où Jésus-Christ était mort, ni dans toute l'année où cette éclipse est observée, il ne pouvait en être arrivé aucune qui ne fût surnaturelle. Nous avons les propres paroles de Phlégon, affranchi d'Adrien, citées dans un temps où son livre était entre les mains de tout le monde, aussi bien que les Histoires syriaques de Thallus qui l'a suivi ; et la quatrième année de la 202e olympiade, marquée dans les Annales de Phlégon, est constamment celle de la mort de Notre-Seigneur.

Pour achever les mystères, Jésus-Christ sort du tombeau le troisième jour ; il apparaît à ses disciples ; il monte aux cieux en leur présence ; il leur envoie le Saint-Esprit ; l'Eglise se forme ; la persécution commence ; saint Etienne est lapidé ; saint Paul est converti. Un peu après, Tibère meurt[2]. Caligula, son petit-neveu, son fils par adoption et son successeur, étonne l'univers par sa folie cruelle et brutale : il se fait adorer, et ordonne que sa statue soit placée dans le temple de Jérusalem. Chéréas délivre le monde de ce monstre[3]. Claudius règne malgré sa stupidité. Il est déshonoré par Messaline, sa femme, qu'il redemande après l'avoir fait mourir[4]. On le remarie avec Agrippine, fille de Germanicus[5]. Les apôtres tiennent le concile de Jérusalem[6], où saint Pierre parle le premier, comme il fait partout ailleurs. Les Gentils convertis y sont affranchis des cérémonies de la loi. La sentence en est prononcée au nom du Saint-Esprit et de l'Eglise. Saint Paul et saint Barnabé portent le décret du concile aux églises, et enseignent aux fidèles à s'y soumettre[7]. Telle fut la forme du premier concile. Le stupide empereur déshérita son fils Britannicus, et adopta Néron, fils d'Agrippine[8]. En récompense, elle empoisonna ce trop facile mari[9]. Mais l'empire de son fils ne lui fut pas moins funeste à elle-même, qu'à tout le reste de la république[10]. Corbulon fit tout l'honneur de ce règne, par les victoires qu'il remporta sur les Parthes et sur les Arméniens. Néron commença dans le même temps la guerre contre les Juifs, et la persécution contre les chrétiens[11]. C'est le premier empereur qui ait persécuté l'Eglise. Il fit mourir à Rome saint Pierre et saint Paul[12]. Mais comme dans le même temps il persécutait tout le genre humain, on se révolta contre lui de tous côtés : il apprit que le sénat l'avait condamné, et se tua lui-même[1]. Chaque armée fit un empereur : la querelle se décida auprès de Rome, et dans Rome même, par d'effroyables combats. Galba, Othon et Vitellius y périrent : l'empire affligé se reposa sous Vespasien[2]. Mais les Juifs furent réduits à l'extrémité : Jérusalem fut prise et brûlée[3]. Tite, fils et successeur de Vespasien[4], donna au monde une courte joie; et ses jours qu'il croyait perdus quand ils n'étaient pas marqués de quelque bienfait, se précipitèrent trop vite. On vit revivre Néron en la personne de Domitien. La persécution se renouvela.

Saint Jean, sorti de l'huile bouillante, fut relégué dans l'île de Patmos, où il écrivit son Apocalypse[5]. Un peu après, il écrivit son Evangile, âgé de quatre-vingt-dix ans[6], et joignit la qualité d'évangéliste à celles d'apôtre et de prophète. Depuis ce temps les chrétiens furent toujours persécutés, tant sous les bons que sous les mauvais empereurs. Ces persécutions se faisaient tantôt par les ordres des empereurs et par la haine particulière des magistrats, tantôt par le soulèvement des peuples, et tantôt par des décrets prononcés authentiquement dans le sénat sur le rescrit des princes, ou en leur présence. Alors la persécution était plus universelle et plus sanglante; et ainsi la haine des infidèles, toujours obstinée à perdre l'Eglise, s'excitait de temps en temps elle-même à de nouvelles fureurs. C'est par ces renouvellements de violence que les historiens ecclésiastiques comptent dix persécutions sous dix empereurs. Dans de si longues souffrances, les chrétiens ne firent jamais la moindre sédition. Parmi tous les fidèles, les évêques étaient toujours les plus attaqués. Parmi toutes les églises, l'église de Rome fut persécutée avec plus de violence; et les Papes confirmèrent souvent par leur sang l'Evangile qu'ils annonçaient à toute la terre.

Domitien est tué : l'empire commence à respirer sous Nerva. Son grand âge ne lui permet pas de rétablir les affaires; mais, pour faire durer le repos public, il choisit Trajan pour son successeur[7]. L'empire, tranquille au dedans et triomphant au dehors, ne cesse d'admirer un si bon prince[8]. Aussi avait-il pour maxime, qu'il fallait que ses citoyens le trouvassent tel qu'il eût voulu trouver l'empereur, s'il eût été simple citoyen. Ce prince dompta les Daces et Décébale leur roi[9]; étendit ses conquêtes en Orient[10]; donna un roi aux Parthes, et leur fit craindre la puissance romaine[1] : heureux que l'ivrognerie et ses infâmes amours, vices si déplorables dans un si grand prince, ne lui aient rien fait entreprendre contre la justice!

A des temps si avantageux pour la république succédèrent ceux d'Adrien, mêlés de bien et de mal[2]. Ce prince maintint la discipline militaire[3], vécut lui-même militairement[4] et avec beaucoup de frugalité, soulagea les provinces[5], fit fleurir les arts, et la Grèce, qui en était la mère. Les Barbares furent tenus en crainte par ses armes et par son autorité[6]. Il rebâtit Jérusalem[7], à qui il donna son nom; et c'est de là que lui vient le nom d'Ælia; mais il en bannit les Juifs, toujours rebelles à l'empire[8]. Ces opiniâtres trouvèrent en lui un impitoyable vengeur. Il déshonora par ses cruautés, et par ses amours monstrueuses, un règne si éclatant[9] : son infâme Antinoüs, dont il fit un dieu, couvre de honte toute sa vie. L'empereur sembla réparer ses fautes, et rétablir sa gloire effacée, en adoptant Antonin le Pieux[10], qui adopta Marc-Aurèle, le sage et le philosophe.

En ces deux princes paraissent deux beaux caractères. Le père, toujours en paix[11], est toujours prêt, dans le besoin, à faire la guerre : le fils est toujours en guerre, toujours prêt à donner la paix à ses ennemis et à l'empire. Son père Antonin lui avait appris qu'il valait mieux sauver un seul citoyen que de défaire mille ennemis. Les Parthes[12] et les Marcomans[13] éprouvèrent la valeur de Marc-Aurèle : les derniers étaient des Germains, que cet empereur achevait de dompter quand il mourut[14]. Par la vertu des deux Antonin, ce nom devint les délices des Romains.

La gloire d'un si beau nom ne fut effacée, ni par la mollesse de Lucius Vérus, frère de Marc-Aurèle et son collègue dans l'empire, ni par les brutalités de Commode, son fils et son successeur. Celui-ci, indigne d'avoir un tel père, en oublia les enseignements et les exemples. Le sénat et les peuples le détestèrent : ses plus assidus courtisans et sa maîtresse le firent mourir[15]. Son successeur Pertinax, vigoureux défenseur de la discipline militaire, se vit immolé à la fureur des soldats licencieux qui l'avaient un peu auparavant élevé malgré lui à la souveraine puissance[16]. L'empire, mis à l'encan par l'armée, trouva un acheteur. Le jurisconsulte Didius Julianus hasarda ce hardi marché; il lui en coûta la vie. Sévère,

Africain, le fit mourir, vengea Pertinax, passa de l'Orient en Occident, triompha en Syrie, en Gaule[1] et dans la Grande-Bretagne[2]. Rapide conquérant, il égala César par ses victoires; mais il n'imita pas sa clémence[3]. Il ne put mettre la paix parmi ses enfants. Bassien ou Caracalla, son fils aîné, faux imitateur d'Alexandre, aussitôt après la mort de son père, tua son frère Géta[4], empereur comme lui, dans le sein de Julie, leur mère commune : passa sa vie dans la cruauté et dans le carnage, et s'attira à lui-même une mort tragique. Sévère lui avait gagné le cœur des soldats et des peuples, en lui donnant le nom d'Antonin; mais il n'en sut pas soutenir la gloire. Le Syrien Héliogabale[5], ou plutôt Alagabale, son fils, ou du moins réputé pour tel, quoique le nom d'Antonin lui eût donné d'abord le cœur des soldats et la victoire sur Macrin, devint aussitôt après, par ses infamies, l'horreur du genre humain, et se perdit lui-même. Alexandre Sévère[6], fils de Mamée, son parent et son successeur, vécut trop peu pour le bien du monde. Il se plaignit d'avoir plus de peine à contenir ses soldats qu'à vaincre ses ennemis. Sa mère, qui le gouvernait, fut cause de sa perte, comme elle l'avait été de sa gloire[7]. Sous lui, Artaxerxe, Persien, tua son maître Artaban[8], dernier roi des Parthes, et rétablit l'empire des Perses en Orient.

En ces temps, l'Eglise encore naissante remplissait toute la terre[9]; et non seulement l'Orient, où elle avait commencé, c'est-à-dire la Palestine, la Syrie, l'Egypte, l'Asie Mineure et la Grèce; mais encore dans l'Occident, outre l'Italie, les diverses nations des Gaules, toutes les provinces d'Espagne, l'Afrique, la Germanie, la Grande-Bretagne dans les endroits impénétrables aux armes romaines; et encore hors de l'empire, l'Arménie, la Perse, les Indes, les peuples les plus barbares, les Sarmates, les Daces, les Scythes, les Maures, les Gétuliens, et jusqu'aux îles les plus inconnues. Le sang de ses martyrs la rendait féconde. Sous Trajan, saint Ignace, évêque d'Antioche, fut exposé aux bêtes farouches[10]. Marc-Aurèle, malheureusement prévenu des calomnies dont on chargeait le christianisme, fit mourir saint Justin le philosophe, et l'apologiste de la religion chrétienne[11]. Saint Polycarpe, évêque de Smyrne, disciple de saint Jean, à l'âge de quatre-vingts ans, fut condamné au feu sous le même prince[12]. Les saints martyrs de Lyon et de Vienne endurèrent des supplices inouïs, à l'exemple de saint Photin leur évêque, âgé de quatre-vingt-dix ans[1]. L'Eglise gallicane remplit tout l'univers de sa gloire. Saint Irénée, disciple de saint Polycarpe et successeur de saint Photin, imita son prédécesseur, et mourut martyr sous Sévère, avec un grand nombre de fidèles de son église[2]. Quelquefois la persécution se ralentissait. Dans une extrême disette d'eau, que Marc-Aurèle souffrit en Germanie[3], une légion chrétienne obtint une pluie capable d'étancher la soif de son armée, et accompagnée de coups de foudre qui épouvantèrent ses ennemis. Le nom de Foudroyante fut donné ou confirmé à la légion par ce miracle. L'empereur en fut touché, et écrivit au sénat en faveur des Chrétiens. A la fin, ses devins lui persuadèrent d'attribuer à ses dieux et à ses prières un miracle que les païens ne s'avisaient pas seulement de souhaiter. D'autres causes suspendaient ou adoucissaient quelquefois la persécution pour un peu de temps : mais la superstition, vice que Marc-Aurèle ne put éviter, la haine publique et les calomnies qu'on imposait aux Chrétiens prévalaient bientôt. La fureur des païens se rallumait, et tout l'empire ruisselait du sang des martyrs. La doctrine accompagnait les souffrances. Sous Sévère, et un peu après[4], Tertullien, prêtre de Carthage, éclaira l'Eglise par ses écrits, la défendit par une admirable Apologétique, et la quitta enfin aveuglé par une orgueilleuse sévérité, et séduit par les visions du faux prophète Montanus[5]. A peu près dans le même temps, le saint prêtre Clément Alexandrin déterra les antiquités du paganisme, pour le confondre. Origène, fils du saint martyr Léonide, se rendit célèbre par toute l'Eglise dès sa première jeunesse, et enseigna de grandes vérités, qu'il mêlait de beaucoup d'erreurs. Le philosophe Ammonius fit servir à la religion la philosophie platonicienne et s'attira le respect même des païens.

Cependant les Valentiniens, les Gnostiques, et d'autres sectes impies[6], combattaient l'Evangile par de fausses traditions. Saint Irénée leur oppose la tradition et l'autorité des églises apostoliques, surtout de celle de Rome, fondée par les apôtres saint Pierre et saint Paul, et la principale de toutes[7]. Tertullien fait la même chose[8]. L'Eglise n'est ébranlée ni par les hérésies, ni par les schismes, ni par la chute de ses docteurs les plus illustres.

La sainteté de ses mœurs est si éclatante, qu'elle lui attire les louanges de ses ennemis.

Les affaires de l'empire se brouillaient d'une terrible manière. Après la mort d'Alexandre[1], le tyran Maximin, qui l'avait tué, se rendit le maître, quoique de race gothique. Le sénat lui opposa quatre empereurs, qui périrent tous en moins de deux ans. Parmi eux étaient les deux Gordien père et fils, chéris du peuple romain[2]. Le jeune Gordien leur fils[3], quoique dans une extrême jeunesse, montra une sagesse consommée, défendit à peine contre les Perses l'empire affaibli par tant de divisions. Il avait repris sur eux beaucoup de places importantes[4]. Mais Philippe, Arabe, tua un si bon prince[5]; et de peur d'être accablé par deux empereurs, que le sénat élut l'un après l'autre, il fit une paix honteuse avec Sapor, roi de Perse[6]. C'est le premier des Romains qui ait abandonné par traité quelques terres de l'empire. On dit qu'il embrassa la religion chrétienne dans un temps où tout à coup il parut meilleur, et il est vrai qu'il fut favorable aux chrétiens. En haine de cet empereur, Dèce, qui le tua[7], renouvela la persécution avec plus de violence que jamais[8]. L'Église s'étendit de tous côtés, principalement dans les Gaules[9], et l'empire perdit bientôt Dèce, qui le défendait vigoureusement. Gallus et Volusien passèrent bien vite[10]; Émilien ne fit que paraître; la souveraine puissance fut donnée à Valérien[11], et ce vénérable vieillard y monta par toutes les dignités. Il ne fut cruel qu'aux chrétiens.

Sous lui, le pape saint Étienne[12], et saint Cyprien, évêque de Carthage[13], malgré toutes leurs disputes qui n'avaient point rompu la communion[14], reçurent tous deux la même couronne. L'erreur de saint Cyprien, qui rejetait le baptême donné par les hérétiques, ne nuisit ni à lui ni à l'Église. La tradition du Saint-Siège se soutint, par sa propre force, contre les spécieux raisonnements et contre l'autorité d'un si grand homme, encore que d'autres grands hommes défendissent la même doctrine. Une autre dispute fit plus de mal. Sabellius confondit ensemble les trois personnes divines[15], et ne connut en Dieu qu'une seule personne sous trois noms. Cette nouveauté étonna l'Église; et saint Denys, évêque d'Alexandrie, découvrit[16] au pape saint Sixte II les erreurs de cet hérésiarque[17]. Ce saint Pape suivit de près au martyre saint

Etienne son prédécesseur : il eut la tête tranchée, et laissa un plus grand combat à soutenir à son diacre saint Laurent.

C'est alors qu'on voit commencer l'inondation des Barbares. Les Bourguignons[1] et d'autres peuples germains, les Goths, autrefois appelés les Gètes, et d'autres peuples qui habitaient vers le Pont-Euxin et au delà du Danube, entrèrent dans l'Europe[2] : l'Orient fut envahi par les Scythes asiatiques et par les Perses. Ceux-ci défirent Valérien, qu'ils prirent ensuite par une infidélité; et, après lui avoir laissé achever sa vie dans un pénible esclavage, ils l'écorchèrent, pour faire servir sa peau déchirée de monument à leur victoire[3]. Gallien, son fils et son collègue, acheva de tout perdre par sa mollesse. Trente tyrans partagèrent l'empire[4].

Odenat, roi de Palmyre, ville ancienne dont Salomon est le fondateur, fut le plus illustre de tous : il sauva les provinces d'Orient des mains des Barbares, et s'y fit reconnaître. Sa femme Zénobie marchait avec lui à la tête des armées, qu'elle commanda seule après sa mort, et se rendit célèbre par toute la terre, pour avoir joint la chasteté avec la beauté, et le savoir avec la valeur. Claudius II[5], et Aurélien après lui[6], rétablirent les affaires de l'empire. Pendant qu'ils abattaient les Goths avec les Germains par des victoires signalées, Zénobie conservait à ses enfants les conquêtes de leur père. Cette princesse penchait au judaïsme. Pour l'attirer, Paul de Samosate, évêque d'Antioche, homme vain et inquiet, enseigna son opinion judaïque sur la personne de Jésus-Christ, qu'il ne faisait qu'un pur homme[7]. Après une longue dissimulation d'une si nouvelle doctrine, il fut convaincu et condamné au concile d'Antioche. La reine Zénobie soutint la guerre contre Aurélien[8], qui ne dédaigna pas de triompher d'une femme si célèbre[9]. Parmi de perpétuels combats, il sut faire garder aux gens de guerre la discipline romaine, et montra qu'en suivant les anciens ordres et l'ancienne frugalité, on pouvait faire agir de grandes armées au dedans et au dehors, sans être à charge à l'empire. Les Francs commençaient alors à se faire craindre[10]. C'était une ligue de peuple germains, qui habitaient le long du Rhin. Leur nom montre qu'ils étaient unis par l'amour de la liberté. Aurélien les avait battus étant particulier, et les tint en crainte étant empereur. Un tel prince se fit haïr par ses actions sanguinaires.

par les ordres de Maxence. La réception des images était la forme ordinaire de reconnaître les nouveaux princes. On se prépare à la guerre de tous côtés. Le césar Sévère, que Galérius envoya contre Maxence[1], le fit trembler dans Rome[2]. Pour se donner de l'appui dans sa frayeur, il rappela son père Maximien. Le vieillard ambitieux quitta sa retraite, où il n'était qu'à regret, et tâcha en vain de retirer Dioclétien, son collègue, du jardin qu'il cultivait à Salone. Au nom de Maximien, empereur pour la seconde fois, les soldats de Sévère le quittent. Le vieil empereur le fait tuer; et en même temps, pour s'appuyer contre Galérius, il donne à Constantin sa fille Fauste. Il fallait aussi de l'appui à Galérius après la mort de Sévère; c'est ce qui le fit résoudre à nommer Licinius empereur[3] : mais ce choix piqua Maximin, qui, en qualité de césar, se croyait plus proche du suprême honneur. Rien ne put lui persuader de se soumettre à Licinius, et il se rendit indépendant dans l'Orient. Il ne restait presque plus à Galérius que l'Illyrie où il s'était retiré après avoir été chassé d'Italie. Le reste de l'Occident obéissait à Maximien, à son fils Maxence et à son gendre Constantin. Mais il ne voulait non plus, pour compagnons de l'empire, ses enfants que les étrangers. Il tâcha de chasser de Rome son fils Maxence, qui le chassa lui-même. Constantin, qui le reçut dans les Gaules, ne le trouva pas moins perfide. Après divers attentats, Maximien fit un dernier complot, où il crut avoir engagé sa fille Fauste contre son mari. Elle le trompait; et Maximien, qui pensait avoir tué Constantin en tuant l'eunuque qu'on avait mis dans son lit, fut contraint de se donner la mort à lui-même. Une nouvelle guerre s'allume[4]; et Maxence, sous prétexte de venger son père, se déclare contre Constantin qui marche à Rome avec ses troupes[5]. En même temps, il fait renverser les statues de Maximien : celles de Dioclétien, qui y étaient jointes, eurent le même sort. Le repos de Dioclétien fut troublé de ce mépris, et il mourut quelque temps après, autant de chagrin que de vieillesse.

En ces temps, Rome, toujours ennemie du christianisme, fit un dernier effort pour l'éteindre, et acheva de l'établir. Galérius, marqué par les historiens comme l'auteur de la dernière persécution[6], deux ans devant qu'il eût obligé Dioclétien à quitter l'empire, le contraignit à faire ce sanglant édit[7], qui ordonnait de persécuter les chrétiens plus violemment que jamais. Maximien, qui les haïssait, et n'avait jamais cessé de les tourmenter, animait les magistrats et les bourreaux; mais sa violence, quelque extrême qu'elle fût, n'égalait point celle de Maximin et de Galérius. On inventait tous les jours de nouveaux supplices. La pudeur des vierges chrétiennes n'était pas moins attaquée que leur foi. On recherchait les livres sacrés avec des soins extraordinaires, pour en abolir la mémoire; et les chrétiens n'osaient les avoir dans leurs maisons, ni presque les lire. Ainsi, après trois cents ans de persécution, la haine des persécuteurs devenait plus âpre. Les chrétiens les lassèrent par leur patience. Les peuples, touchés de leur sainte vie, se convertissaient en foule. Galérius désespéra de les pouvoir vaincre. Frappé d'une maladie extraordinaire[1], il révoqua ses édits, et mourut de la mort d'Antiochus, avec une aussi fausse pénitence. Maximin continua la persécution : mais Constantin le Grand, prince sage et victorieux, embrassa publiquement le christianisme[2].

## ONZIÈME ÉPOQUE

### CONSTANTIN, OU LA PAIX DE L'ÉGLISE

Cette célèbre déclaration de Constantin arriva l'an 312 de Notre-Seigneur. Pendant qu'il assiégeait Maxence dans Rome, une croix lumineuse lui parut en l'air devant tout le monde, avec une inscription qui lui promettait la victoire : la même chose lui est confirmée dans un songe. Le lendemain, il gagna cette célèbre bataille qui défit Rome d'un tyran, et l'Eglise d'un persécuteur. La croix fut étalée comme la défense du peuple romain et de tout l'empire. Un peu après[3], Maximin fut vaincu par Licinius, qui était d'accord avec Constantin; et il fit une fin semblable à celle de Galérius. La paix fut donnée à l'Eglise. Constantin la combla d'honneurs. La victoire le suivit partout, et les Barbares furent réprimés, tant par lui que par ses enfants[4]. Cependant Licinius se brouille avec lui, et renouvelle la persécution. Battu par mer et par terre, il est contraint de quitter l'empire[5], et enfin de perdre la vie.

En ce temps[1] Constantin assembla à Nicée en Bithynie le premier concile général, où trois cent dix-huit évêques, qui représentaient toute l'Eglise, condamnèrent le prêtre Arius, ennemi de la divinité du Fils de Dieu, et dressèrent le symbole où la consubstantialité du Père et du Fils est établie. Les prêtres de l'Eglise romaine, envoyés par le pape saint Sylvestre, précédèrent tous les évêques dans cette assemblée; et un ancien auteur grec[2] compte parmi les légats du Saint-Siège, le célèbre Osius, évêque de Cordoue, qui présida au concile. Constantin y prit sa séance, et en reçut les décisions comme un oracle du ciel. Les ariens cachèrent leurs erreurs et rentrèrent dans ses bonnes grâces en dissimulant. Pendant que sa valeur maintenait l'empire dans une souveraine tranquillité[3], le repos de sa famille fut troublé par les artifices de Fauste, sa femme. Crispe, fils de Constantin, mais d'un autre mariage, accusé par cette marâtre de l'avoir voulu corrompre, trouva son père inflexible. Sa mort fut bientôt vengée. Fauste convaincue fut suffoquée dans le bain. Mais Constantin, déshonoré par la malice de sa femme, reçut en même temps beaucoup d'honneur par la piété de sa mère. Elle découvrit, dans les ruines de l'ancienne Jérusalem, la vraie croix féconde en miracles. Le saint sépulcre fut aussi trouvé. La nouvelle ville de Jérusalem qu'Adrien avait fait bâtir, la grotte où était né le Sauveur du monde, et tous les saints lieux, furent ornés de temples superbes par Hélène et par Constantin. Quatre ans après[4], l'empereur rebâtit Byzance, qu'il appela Constantinople, et en fit le second siège de l'empire. L'Eglise paisible sous Constantin fut cruellement affligée en Perse[5]. Une infinité de martyrs signalèrent leur foi. L'empereur tâcha en vain d'apaiser Sapor et de l'attirer au christianisme. La protection de Constantin ne donna aux chrétiens persécutés qu'une favorable retraite. Ce prince, béni de toute l'Eglise, mourut plein de joie et d'espérance[6], après avoir partagé l'empire entre ses trois fils, Constantin, Constance et Constant. Leur concorde fut bientôt troublée. Constantin périt dans la guerre qu'il eut avec son frère Constant pour les limites de leur empire[7]. Constance et Constant ne furent guère plus unis. Constant soutint la foi de Nicée que Constance combattait. Alors l'Eglise admira les longues souffrances de saint Athanase, patriarche d'Alexandrie et défenseur du concile de Nicée. Chassé de son siège par Constance, il fut rétabli canoniquement par le pape saint Jules I, dont Constant appuya le décret[1]. Ce bon prince ne dura guère. Le tyran Magnence le tua par trahison[2]; mais tôt après, vaincu par Constance[3], il se tua lui-même. Dans la bataille où ses affaires furent ruinées[4], Valens, évêque arien, secrètement averti par ses amis, assura Constance que l'armée du tyran était en fuite, et fit croire au faible empereur qu'il le savait par révélation. Sur cette fausse révélation, Constance se livre aux ariens. Les évêques orthodoxes sont chassés de leurs sièges : toute l'Eglise est remplie de confusion et de trouble; la constance du pape Libère cède aux ennuis de l'exil; les tourments font succomber le vieil Osius[5], autrefois le soutien de l'Eglise; le concile de Rimini[6], si ferme d'abord, fléchit à la fin par surprise et par violence; rien ne se fait dans les formes; l'autorité de l'empereur est la seule loi : mais les ariens, qui font tout par là, ne peuvent s'accorder entre eux, et changent tous les jours leur symbole; la foi de Nicée subsiste : saint Athanase, et saint Hilaire, évêque de Poitiers, ses principaux défenseurs, se rendent célèbres par toute la terre.

Pendant que l'empereur Constance, occupé des affaires de l'arianisme, faisait négligemment celles de l'empire, les Perses remportèrent de grands avantages[7]. Les Allemands[8] et les Francs tentèrent de toutes parts l'entrée des Gaules : Julien, parent de l'empereur, les arrêta, et les battit. L'empereur lui-même défit les Sarmates, et marcha contre les Perses. Là paraît la révolte de Julien contre l'empereur[9], son apostasie, la mort de Constance[10], le règne de Julien, son gouvernement équitable, et le nouveau genre de persécution qu'il fit souffrir à l'Eglise. Il en entretint les divisions; il exclut les chrétiens non seulement des honneurs, mais des études; et, en imitant la sainte discipline de l'Eglise, il crut tourner contre elle ses propres armes. Les supplices furent ménagés, et ordonnés sous d'autres prétextes que celui de la religion. Les chrétiens demeurèrent fidèles à leur empereur; mais la gloire, qu'il cherchait trop, le fit périr[11]; il fut tué dans la Perse, où il s'était engagé témérairement. Jovien, son successeur, zélé chrétien, trouva les affaires désespérées, et ne vécut que pour conclure une paix honteuse[12].

Après lui, Valentinien fit la guerre en grand capitaine[13] :

il y mena son fils Gratien dès sa première jeunesse, maintint la discipline militaire, battit les Barbares, fortifia les frontières de l'empire, et protégea en Occident la foi de Nicée. Valens, son frère, qu'il fit son collègue, la persécutait en Orient ; et ne pouvant gagner ni battre saint Basile et saint Grégoire de Nazianze, il désespérait de la pouvoir vaincre. Quelques ariens joignirent de nouvelles erreurs aux anciens dogmes de la secte. Aërius, prêtre arien, est noté dans les écrits des saints Pères comme l'auteur d'une nouvelle hérésie[1], pour avoir égalé la prêtrise à l'épiscopat, et avoir jugé inutiles les prières et les obligations que toute l'Eglise faisait pour les morts. Une troisième erreur de cet hérésiarque, était de compter parmi les servitudes de la loi, l'observance de certains jeûnes marqués, et de vouloir que le jeûne fût toujours libre. Il vivait encore quand saint Epiphane se rendit célèbre par son *Histoire des hérésies,* où il est réfuté avec tous les autres. Saint Martin fut fait évêque de Tours[2], et remplit tout l'univers du bruit de sa sainteté et de ses miracles, durant sa vie et après sa mort. Valentinien mourut après un discours violent qu'il fit aux ennemis de l'empire ; son impétueuse colère, qui le faisait redouter des autres, lui fut fatale à lui-même. Son successeur Gratien vit sans envie l'élévation de son jeune frère Valentinien II, qu'on fit empereur, encore qu'il n'eût que neuf ans. Sa mère Justine, protectrice des ariens, gouverna durant son bas âge.

On voit ici en peu d'années de merveilleux événements : la révolte des Goths contre Valens[3], ce prince quitter les Perses pour réprimer les rebelles ; Gratien accourir à lui[4] après avoir remporté une victoire signalée sur les Allemands. Valens, qui veut vaincre seul, précipite le combat, où il est tué auprès d'Andrinople : les Goths victorieux le brûlent dans un village où il s'était retiré. Gratien, accablé d'affaires, associe à l'empire le grand Théodose[5], et lui laisse l'Orient. Les Goths sont vaincus ; tous les Barbares sont tenus en crainte ; et ce que Théodose n'estimait pas moins, les hérétiques macédoniens, qui niaient la divinité du Saint-Esprit, sont condamnés au concile de Constantinople[6]. Il ne s'y trouva que l'Eglise grecque : le consentement de tout l'Occident et du pape saint Damase, le fit appeler second concile général.

Pendant que Théodose gouvernait avec tant de force et de succès, Gratien, qui n'était pas moins vaillant ni moins pieux, abandonné de ses troupes, toutes composées d'étrangers, fut immolé au tyran Maxime[1]. L'Eglise et l'empire pleurèrent ce bon prince. Le tyran régna dans les Gaules, et sembla se contenter de ce partage. L'impératrice Justine, publia, sous le nom de son fils, des édits en faveur de l'arianisme[2]. Saint Ambroise, évêque de Milan, ne lui opposa que la sainte doctrine, les prières et la patience; et sut par de telles armes, non seulement conserver à l'Eglise les basiliques que les hérétiques voulaient occuper, mais encore lui gagner le jeune empereur. Cependant Maxime remue; et Justine ne trouve rien de plus fidèle que le saint évêque, qu'elle traitait de rebelle. Elle l'envoie au tyran, que ses discours ne peuvent fléchir. Le jeune Valentinien est contraint de prendre la fuite avec sa mère. Maxime se rend maître à Rome, où il rétablit les sacrifices des faux dieux, par complaisance pour le sénat, presque encore tout païen[3]. Après qu'il eut occupé tout l'Occident, et dans le temps qu'il se croyait le plus paisible, Théodose, assisté des Francs, le défit dans la Pannonie, l'assiégea dans Aquilée, et le laissa tuer par ses soldats. Maître absolu des deux empires, il rendit celui d'Occident à Valentinien, qui ne le garda pas longtemps. Ce jeune prince éleva et abaissa trop Arbogaste, un capitaine des Francs, vaillant, désintéressé, mais capable de maintenir par toute sorte de crimes le pouvoir qu'il s'était acquis sur les troupes. Il éleva le tyran Eugène, qui ne savait que discourir, et tua Valentinien, qui ne voulait plus avoir pour maître le superbe Franc[4]. Ce coup détestable fut fait dans les Gaules, auprès de Vienne. Saint Ambroise, que le jeune empereur avait mandé pour recevoir de lui le baptême, déplora sa perte, et espéra bien de son salut. Sa mort ne demeura pas impunie. Un miracle visible donna la victoire à Théodose sur Eugène, et sur les faux dieux dont ce tyran avait rétabli le culte[5]. Eugène fut pris : il fallut le sacrifier à la vengeance publique, et abattre la rébellion par sa mort. Le fier Arbogaste se tua lui-même, plutôt que d'avoir recours à la clémence du vainqueur, que tout le reste des rebelles venait d'éprouver.

Théodose, seul empereur, fut la joie et l'admiration de tout l'univers. Il appuya la religion; il fit taire les hérétiques; il abolit les sacrifices impurs des païens; il corrigea la mollesse, et réprima les dépenses superflues[1]. Il avoua humblement ses fautes, et il en fit pénitence. Il écouta saint Ambroise, célèbre docteur de l'Église, qui le reprenait de sa colère[2], seul vice d'un si grand prince. Toujours victorieux, jamais il ne fit la guerre que par nécessité. Il rendit les peuples heureux, et mourut en paix[3], plus illustre par sa foi que par ses victoires.

De son temps[4], saint Jérôme, prêtre retiré dans la sainte grotte de Bethléem, entreprit des travaux immenses pour expliquer l'Ecriture, en lut tous les interprètes, déterra toutes les histoires saintes et profanes qui la peuvent éclaircir, et composa sur l'original hébreu la version de la Bible que toute l'Eglise a reçue sous le nom de *Vulgate*.

L'empire, qui paraissait invincible sous Théodose, changea tout à coup sous ses deux fils. Arcade eut l'Orient, et Honorius l'Occident[5] : tous deux, gouvernés par leurs ministres, ils firent servir leur puissance à des intérêts particuliers. Rufin et Eutrope successivement favoris d'Arcade, et aussi méchants l'un que l'autre, périrent bientôt[6], et les affaires n'en allèrent pas mieux sous un prince faible. Sa femme Eudoxe lui fit persécuter saint Jean Chrysostome[7], patriarche de Constantinople, et la lumière de l'Orient. Le pape saint Innocent et tout l'Occident soutinrent ce grand évêque contre Théophile, patriarche d'Alexandrie, ministre des violences de l'impératrice. L'Occident était troublé par l'inondation des Barbares[8]. Radagaise, Goth et païen, ravagea l'Italie. Les Vandales, nation gothique et arienne, occupèrent une partie de la Gaule, et se répandirent dans l'Espagne. Alaric, roi des Visigoths, peuples ariens, contraignit Honorius à lui abandonner ces grandes provinces déjà occupées par les Vandales. Stilicon, embarrassé de tant de Barbares, les bat, les ménage, s'entend et rompt avec eux, sacrifie tout à son intérêt, et conserve néanmoins l'empire qu'il avait dessein d'usurper. Cependant Arcade mourut[9] et crut l'Orient si dépourvu de bons sujets, qu'il mit son fils Théodose, âgé de huit ans, sous la tutelle d'Isdegerde, roi de Perse. Mais Pulchérie, sœur du jeune empereur, se trouva capable des grandes affaires. L'empire de Théodose se soutient par la prudence et par la piété de cette princesse.

Celui d'Honorius semblait proche de sa ruine. Il fit

mourir Stilicon, et ne sut pas remplir la place d'un si habile ministre. La révolte de Constantin[1], la perte entière de la Gaule et de l'Espagne[2], la prise et le sac de Rome, par les armes d'Alaric et des Visigoths[3], furent la suite de la mort de Stilicon. Ataulphe[4], plus furieux qu'Alaric, pilla Rome de nouveau, et il ne songeait qu'à abolir le nom romain; mais pour le bonheur de l'empire, il prit Placidie, sœur de l'empereur. Cette princesse captive, qu'il épousa, l'adoucit. Les Goths traitèrent avec les Romains[5], et s'établirent en Espagne, en se réservant dans les Gaules les provinces qui tiraient vers les Pyrénées[6]. Leur roi Vallia conduisit sagement ces grands desseins. L'Espagne montra sa constance, et sa foi ne s'altéra pas sous la domination de ces ariens. Cependant les Bourguignons, peuples germains, occupèrent le voisinage du Rhin, d'où peu à peu ils gagnèrent le pays qui porte encore leur nom. Les Francs ne s'oublièrent pas; résolus de faire de nouveaux efforts pour s'ouvrir les Gaules[7], ils élevèrent à la royauté Pharamond, fils de Marcomir; et la monarchie de France, la plus ancienne et la plus noble de toutes celles qui sont au monde, commença sous lui[8]. Le malheureux Honorius mourut sans enfants[9], et sans pourvoir à l'empire. Théodose nomma empereur son cousin Valentinien III[10], fils de Placidie et de Constance, son second mari, et le mit durant son bas âge sous la tutelle de sa mère, à qui il donna le titre d'impératrice.

En ces temps[11], Célestius et Pélage nièrent le péché originel, et la grâce par laquelle nous sommes chrétiens. Malgré leurs dissimulations, les conciles d'Afrique les condamnèrent[12]. Les papes saint Innocent et saint Zozime[13], que le pape saint Célestin suivit depuis, autorisèrent la condamnation, et l'étendirent par tout l'univers. Saint Augustin confondit ces dangereux hérétiques, et éclaira toute l'Eglise par ses admirables écrits. Le même Père, secondé de saint Prosper son disciple, ferma la bouche aux demi-pélagiens, qui attribuaient le commencement de la justification et de la foi aux seules forces du libre arbitre.

Un siècle si malheureux à l'empire, et où il s'éleva tant d'hérésies, ne laissa pas d'être heureux au christianisme. Nul trouble ne l'ébranla, nulle hérésie ne le corrompit. L'Eglise, féconde en grands hommes, confondit toutes les erreurs. Après les persécutions, Dieu se plut à faire éclater la gloire de ses martyrs ; toutes les histoires et tous les écrits sont pleins des miracles que leur secours imploré et leurs tombeaux honorés opéraient par toute la terre[1]. Vigilance, qui s'opposait à des sentiments si reçus, réfuté par saint Jérôme, demeura sans suite. La foi chrétienne s'affermissait et s'étendait tous les jours.

Mais l'empire d'Occident n'en pouvait plus : attaqué par tant d'ennemis, il fut encore affaibli par les jalousies de ses généraux. Par les artifices d'Aétius, Boniface, comte d'Afrique, devint suspect à Placidie[2]. Le comte, maltraité, fit venir d'Espagne Genséric et les Vandales, que les Goths en chassaient, et se repentit trop tard de les avoir appelés. L'Afrique fut ôtée à l'empire.

L'Eglise souffrit des maux infinis par la violence de ces ariens, et vit couronner une infinité de martyrs. Deux furieuses hérésies s'élevèrent : Nestorius, patriarche de Constantinople, divisa la personne de Jésus-Christ[3] ; et, vingt ans après, Eutychès, abbé, en confondit les deux natures. Saint Cyrille, patriarche d'Alexandrie, s'opposa à Nestorius, qui fut condamné par le pape saint Célestin[4]. Le concile d'Éphèse[5], troisième général, en exécution de cette sentence, déposa Nestorius, et confirma le décret de saint Célestin, que les évêques du concile appellent leur Père, dans leur définition[6]. La sainte Vierge fut reconnue pour Mère de Dieu, et la doctrine de saint Cyrille fut célébrée par toute la terre. Théodose, après quelques embarras, se soumit au concile, et bannit Nestorius. Eutychès, qui ne put combattre cette hérésie qu'en se jetant dans un autre excès, ne fut pas moins fortement rejeté[7]. Le pape saint Léon le Grand le condamna, et le réfuta tout ensemble, par une lettre qui fut révérée dans tout l'univers. Le concile de Chalcédoine[8], quatrième général, où ce grand pape tenait la première place, autant par sa doctrine que par l'autorité de son siège, anathématisa Eutychès, et Dioscore, patriarche d'Alexandrie, son protecteur. La lettre du concile à saint Léon fait voir que ce pape y présidait par ses légats, comme le chef à ses membres[9]. L'empereur Marcien assista lui-même à cette grande assemblée, à l'exemple de Constantin, et en reçut les décisions avec le même respect. Un peu auparavant Pulchérie l'avait élevé à l'empire en l'épousant. Elle fut reconnue pour impératrice après la mort de son frère, qui n'avait point laissé de fils. Mais il fallait donner un maître à l'empire : la vertu de Marcien lui procura cet honneur. Durant le temps de ces deux conciles, Théodoret, évêque de Cyr, se rendit célèbre; et sa doctrine serait sans tache, si les écrits violents qu'il publia contre saint Cyrille n'avaient eu besoin de trop grands éclaircissements. Il les donna de bonne foi, et fut compté parmi les évêques orthodoxes.

Les Gaules commençaient à reconnaître les Francs. Aétius les avaient défendues contre Pharamond et contre Clodion le Chevelu; mais Mérovée fut plus heureux, et y fit un plus solide établissement, à peu près dans le même temps que les Anglais[1], peuples saxons, occupèrent la Grande-Bretagne. Ils lui donnèrent leur nom, et y fondèrent plusieurs royaumes. Cependant les Huns, peuples des Palus-Méotides[2], désolèrent tout l'univers avec une armée immense, sous la conduite d'Attila leur roi, le plus affreux de tous les hommes. Aétius, qui le défit dans les Gaules, ne put l'empêcher de ravager l'Italie[3]. Les îles de la mer Adriatique servirent de retraite à plusieurs contre sa fureur. Venise s'éleva au milieu des eaux. Le pape saint Léon, plus puissant qu'Aétius et que les armées romaines, se fit respecter par ce roi barbare et païen, et sauva Rome du pillage; mais elle y fut exposée bientôt après, par les débauches de son empereur Valentinien[4]. Maxime, dont il avait violé la femme, trouva le moyen de le perdre en dissimulant sa douleur, et se faisant un mérite de sa complaisance. Par ses conseils trompeurs, l'aveugle empereur fit mourir Aétius, le seul rempart de l'empire. Maxime, auteur du meurtre, en inspire la vengeance aux amis d'Aétius, et fait tuer l'empereur. Il monte sur le trône par ces degrés, et contraint l'impératrice Eudoxe, fille de Théodose le Jeune, à l'épouser. Pour se tirer de ses mains, elle ne craignit point de se mettre en celles de Genséric[5]. Rome est en proie au Barbare; le seul saint Léon l'empêche d'y mettre tout à feu et à sang : le peuple déchire Maxime, et ne reçoit dans ses maux que cette triste consolation.

Tout se brouille en Occident : on y voit plusieurs empereurs s'élever et tomber presque en même temps. Majorien[6] fut le plus illustre. Avitus soutint mal sa réputation, et se sauva par un évêché[7]. On ne put plus défendre les Gaules contre Mérovée, ni contre Childéric son fils : mais le dernier pensa périr par ses débauches. Si ses sujets le chassèrent[1], un fidèle ami qui lui resta le fit rappeler. Sa valeur le fit craindre de ses ennemis, et ses conquêtes s'étendirent bien avant dans les Gaules[2]. L'empire d'Orient était paisible sous Léon, Thracien, successeur de Marcien, et sous Zénon, gendre et successeur de Léon[3]. La révolte de Basilisque[4], bientôt opprimée, ne causa qu'une courte inquiétude à cet empereur; mais l'empire d'Occident périt sans ressource. Auguste, qu'on nomme Augustule, fils d'Oreste, fut le dernier empereur reconnu à Rome; et incontinent après il fut dépossédé par Odoacre, roi des Hérules[5]. C'étaient des peuples venus du Pont-Euxin, dont la domination ne fut pas longue.

En Orient, l'empereur Zénon entreprit de se signaler d'une manière inouïe. Il fut le premier des empereurs qui se mêla de régler les questions de la foi. Pendant que les demi-eutychiens s'opposaient au concile de Chalcédoine, il publia contre le concile son Hénotique[6], c'est-à-dire son décret d'union, détesté par les catholiques, et condamné par le pape Félix III. Les Hérules furent bientôt chassés de Rome par Théodoric[7], roi des Ostrogoths, c'est-à-dire Goths orientaux, qui fonda le royaume d'Italie, et laissa, quoique arien, un assez libre exercice à la religion catholique. L'empereur Anastase la troublait en Orient[8]. Il marcha sur les pas de Zénon son prédécesseur, et appuya les hérétiques : par là, il aliéna les esprits des peuples, et ne put jamais les gagner, même en ôtant des impôts fâcheux. L'Italie obéissait à Théodoric[9]. Odoacre, pressé dans Ravenne, tâcha de se sauver par un traité que Théodoric n'observa pas; et les Hérules furent contraints de tout abandonner. Théodoric, outre l'Italie, tenait encore la Provence. De son temps[10], saint Benoît, retiré en Italie dans un désert, commençait dès ses plus tendres années à pratiquer les saintes maximes, dont il composa depuis cette belle règle que tous les moines d'Occident reçurent avec le même respect que les moines d'Orient ont pour celle de saint Basile.

Les Romains achevèrent de perdre les Gaules par les victoires de Clovis, fils de Childéric. Il gagna aussi sur les Allemands la bataille de Tolbiac[11], par le vœu qu'il fit d'embrasser la religion chrétienne, à laquelle Clotilde sa femme ne cessait de le porter. Elle était de la maison des rois de Bourgogne, et catholique zélée, encore que sa famille et sa nation fût arienne. Clovis, instruit par saint Vast, fut baptisé à Reims, avec ses Français, par saint Remi, évêque de cette ancienne métropole. Seul de tous les princes du monde, il soutint la foi catholique, et mérita le titre de *très-chrétien* à ses successeurs. Par la bataille où il tua de sa propre main Alaric[1], roi des Visigoths, Tolose[2] et l'Aquitaine furent jointes à son royaume[3]. Mais la victoire des Ostrogoths[4] l'empêcha de tout prendre jusqu'au Pyrénées, et à la fin de son règne ternit la gloire des commencements[5]. Ses quatre enfants partagèrent le royaume, et ne cessèrent d'entreprendre les uns sur les autres.

Anastase mourut frappé du foudre[6]. Justin, de basse naissance, mais habile et très-catholique, fut fait empereur par le sénat. Il se soumit avec tout son peuple aux décrets du pape saint Hormisdas, et mit fin aux troubles de l'Eglise d'Orient. De son temps Boëce, homme célèbre par sa doctrine[7] aussi bien que par sa naissance, et Symmaque, son beau-père, tous deux élevés aux charges les plus éminentes, furent immolés aux jalousies de Théodoric, qui les soupçonna sans sujet de conspirer contre l'Etat. Le roi, troublé de son crime, crut voir la tête de Symmaque dans un plat qu'on lui servait, et mourut quelque temps après[8]. Amalasonte, sa fille et mère d'Atalaric, qui devenait roi par la mort de son aïeul, est empêchée par les Goths de faire instruire le jeune prince comme méritait sa naissance, et contrainte de l'abandonner aux gens de son âge, elle voit qu'il se perd sans pouvoir y apporter de remède. L'année d'après[9], Justin mourut, après avoir associé à l'empire son neveu Justinien, dont le long règne est célèbre par les travaux de Tribonien, compilateur du droit romain, et par les exploits de Bélisaire et de l'eunuque Narsès. Ces deux fameux capitaines réprimèrent les Perses[10], défirent les Ostrogoths et les Vandales[11], rendirent à leur maître l'Afrique, l'Italie, et Rome ; mais l'empereur, jaloux de leur gloire, sans vouloir prendre part à leurs travaux, les embarrassait toujours plus qu'il ne leur donnait d'assistance[12].

Le royaume de France s'augmentait. Après une longue guerre[13], Childebert et Clotaire, enfants de Clovis, conquirent le royaume de Bourgogne, et en même temps immolèrent à leur ambition les enfants mineurs de leur frère Clodomir, dont ils partagèrent entre eux le royaume. Quelque temps après, et pendant que Bélisaire attaquait si vivement les Ostrogoths, ce qu'ils avaient dans les Gaules fut abandonné aux Français. La France s'étendait alors beaucoup au delà du Rhin; mais les partages des princes, qui faisaient autant de royaumes, l'empêchaient d'être réunie sous une même domination. Ses principales parties furent la Neustrie, c'est-à-dire la France occidentale, et l'Austrasie, c'est-à-dire la France orientale.

La même année que Rome fut reprise par Narsès[1], Justinien fit tenir à Constantinople le cinquième concile général, qui confirma les précédents, et condamna quelques écrits favorables à Nestorius. C'est ce qu'on appelait les trois chapitres, à cause des trois auteurs, déjà morts il y avait longtemps, dont il s'agissait alors. On condamna la mémoire et les écrits de Théodore, évêque de Mopsueste, une lettre d'Ibas, évêque d'Edesse, et, parmi les écrits de Théodoret, ceux qu'il avait composés contre saint Cyrille. Les livres d'Origène, qui troublaient tout l'Orient depuis un siècle, furent aussi réprouvés. Ce concile, commencé avec de mauvais desseins, eut une heureuse conclusion, et fut reçu du Saint-Siège, qui s'y était opposé d'abord. Deux ans après le concile[2], Narsès, qui avait ôté l'Italie aux Goths, la défendit contre les Français, et remporta une pleine victoire sur Bucelin, général des troupes d'Austrasie. Malgré tous ces avantages, l'Italie ne demeura guère aux empereurs. Sous Justin II[3], neveu de Justinien, et après la mort de Narsès, le royaume de Lombardie fut fondé par Alboïn. Il prit Milan et Pavie; Rome et Ravenne se sauvèrent à peine de ses mains[4], et les Lombards firent souffrir aux Romains des maux extrêmes. Rome fut mal secourue par ses empereurs[5], que les Avares, nation scythique, les Sarrasins, peuples d'Arabie, et les Perses, plus que tous les autres, tourmentaient de tous côtés en Orient. Justin, qui ne croyait que lui-même et ses passions, fut toujours battu par les Perses et par leur roi Chosroès. Il se troubla de tant de pertes, jusqu'à tomber en frénésie. Sa femme Sophie soutint l'empire. Le malheureux prince revint trop tard à son bon sens, et reconnut en mourant la malice de ses flatteurs[6]. Après lui, Tibère II[7], qu'il avait nommé empereur, réprima les ennemis, soulagea les peuples, et s'enrichit par ses aumônes. Les victoires de Maurice[8],

Cappadocien, général de ses armées, firent mourir de dépit le superbe Chosroès[1]. Elles furent récompensées de l'empire, que Tibère lui donna en mourant, avec sa fille Constantine.

En ce temps, l'ambitieuse Frédégonde, femme du roi Chilpéric I, mettait toute la France en combustion, et ne cessait d'exciter des guerres cruelles entre les rois français. Au milieu des malheurs de l'Italie, pendant que Rome était affligée d'une peste épouvantable, saint Grégoire le Grand fut élevé malgré lui sur le siège de saint Pierre[2]. Ce grand pape apaise la peste par ses prières; instruit les empereurs, et tout ensemble leur fait rendre l'obéissance qui leur est due; console l'Afrique et la fortifie; confirme en Espagne les Visigoths convertis de l'arianisme, et Récarède le Catholique, qui venait de rentrer au sein de l'Eglise; convertit l'Angleterre; réforme la discipline dans la France, dont il exalte les rois, toujours orthodoxes, au-dessus de tous les rois de la terre; fléchit les Lombards; sauve Rome et l'Italie, que les empereurs ne pouvaient aider; réprime l'orgueil naissant des patriarches de Constantinople; éclaire toute l'Eglise par sa doctrine, gouverne l'Orient et l'Occident avec autant de vigueur que d'humilité, et donne au monde un parfait modèle du gouvernement ecclésiastique. L'histoire de l'Eglise n'a rien de plus beau que l'entrée du saint moine Augustin dans le royaume de Kent[3] avec quarante de ses compagnons qui, précédés de la croix et de l'image du grand roi Notre-Seigneur Jésus-Christ, faisaient des vœux solennels pour la conversion de l'Angleterre[4]. Saint Grégoire, qui les avait envoyés, les instruisait par des lettres véritablement apostoliques, et apprenait à saint Augustin à trembler parmi les miracles continuels que Dieu faisait par son ministère[5]. Berthe, princesse de France, attira au christianisme le roi Edhilbert son mari. Les rois de France, et la reine Brunehaut, protégèrent la nouvelle mission. Les évêques de France entrèrent dans cette bonne œuvre, et ce furent eux qui, par l'ordre du pape, sacrèrent saint Augustin[6]. Le renfort que saint Grégoire envoya au nouvel évêque produisit de nouveaux fruits[7], et l'Eglise anglicane prit sa forme. L'empereur Maurice, ayant éprouvé la fidélité du saint pontife, se corrigea par ses avis, et reçut de lui cette louange, si digne d'un prince chrétien, que la bouche des hérétiques n'osait s'ouvrir de son temps. Un si pieux empereur fit pourtant une grande faute[1] : un nombre infini de Romains périrent entre les mains des Barbares, faute d'être rachetés à un écu par tête. On voit, incontinent après, les remords du bon empereur; la prière qu'il fait à Dieu de le punir en ce monde plutôt qu'en l'autre; la révolte de Phocas[2], qui égorge à ses yeux toute sa famille; Maurice, tué le dernier, et ne disant autre chose parmi tous ses maux, que ce verset du Psalmiste : « Vous êtes juste, ô Seigneur, et tous vos jugements sont droits![3] » Phocas, élevé à l'empire par une action si détestable, tâcha de gagner les peuples en honorant le Saint-Siège, dont il confirma les privilèges[4]. Mais sa sentence était prononcée. Héraclius, proclamé empereur par l'armée d'Afrique, marcha contre lui. Alors Phocas éprouva que souvent les débauches nuisent plus aux princes que les cruautés; et Photin, dont il avait débauché la femme, le livra à Héraclius, qui le fit tuer[5].

La France vit un peu après une tragédie bien plus étrange. La reine Brunehaut, livrée à Clotaire II, fut immolée à l'ambition de ce prince[6] : sa mémoire fut déchirée, et sa vertu, tant louée par saint Grégoire, a peine encore à se défendre.

L'empire cependant était désolé. Le roi de Perse Chosroès II, sous prétexte de venger Maurice, avait entrepris de perdre Phocas. Il poussa ses conquêtes sous Héraclius. On vit l'empereur battu[7], et la vraie croix enlevée par les Infidèles; puis, par un retour admirable[8], Héraclius cinq fois vainqueur, la Perse pénétrée par les Romains, Chosroès tué par son fils, et la sainte croix reconquise. Pendant que la puissance des Perses était si bien réprimée, un plus grand mal s'éleva contre l'empire et contre toute la chrétienté. Mahomet s'érigea en prophète parmi les Sarrasins[9]; il fut chassé de la Mecque par les siens. A sa fuite commence la fameuse Hégire, d'où les Mahométans comptent leurs années. Le faux prophète donna ses victoires pour toute marque de sa mission. Il soumit en neuf ans toute l'Arabie de gré ou de force, et jeta les fondements de l'empire des Califes. A ces maux se joignit l'hérésie des monothélites[10] qui, par une bizarrerie presque inconcevable, en reconnaissant deux natures en Notre-Seigneur, n'y voulaient reconnaître qu'une seule volonté. L'homme, selon eux, n'y voulait rien, et il n'y avait en

Jésus-Christ que la seule volonté du Verbe. Ces hérétiques cachaient leur venin sous des paroles ambiguës : un faux amour de la paix leur fit proposer qu'on ne parlât ni d'une ni de deux volontés[1]. Ils imposèrent par ces artifices au pape Honorius I, qui entra avec eux dans un dangereux ménagement, et consentit au silence, où le mensonge et la vérité furent également supprimés. Pour comble de malheur, quelque temps après, l'empereur Héraclius entreprit de décider la question de son autorité, et proposa son *Ecthèse* ou exposition, favorable aux monothélites[2] ; mais les artifices des hérétiques furent enfin découverts. Le pape Jean IV condamna l'*Ecthèse*[3]. Constant, petit-fils d'Héraclius, soutint l'édit de son aïeul par le sien appelé *Type*[4]. Le Saint-Siège et le pape Théodore s'opposent à cette entreprise : le pape saint Martin I assemble le concile de Latran, où il anathématise le *Type* et les chefs des monothélites[5]. Saint Maxime, célèbre par tout l'Orient pour sa piété et pour sa doctrine, quitte la Cour infectée de la nouvelle hérésie, reprend ouvertement les empereurs qui avaient osé prononcer sur les questions de la foi, et souffre des maux infinis pour la religion catholique[6]. Le Pape, traîné d'exil en exil, et toujours durement traité par l'empereur, meurt enfin parmi les souffrances sans se plaindre ni se relâcher de ce qu'il doit à son ministère[7].

Cependant la nouvelle Eglise anglicane, fortifiée par les soins des papes Boniface V et Honorius, se rendait illustre par toute la terre. Les miracles y abondaient avec les vertus, comme dans le temps des apôtres ; et il n'y avait rien de plus éclatant que la sainteté de ses rois. Edwin embrassa avec tout son peuple la foi qui lui avait donné la victoire sur ses ennemis[8], et convertit ses voisins. Oswald[9] servit d'interprète aux prédicateurs de l'Evangile ; et, renommé par ses conquêtes, il leur préféra la gloire d'être chrétien. Les Merciens furent convertis par le roi de Northumberland Oswin[10] ; leurs voisins et leurs successeurs suivirent leurs pas, et leurs bonnes œuvres furent immenses.

Tout périssait en Orient. Pendant que les empereurs se consument dans des disputes de religion[11], et inventent des hérésies, les Sarrasins pénètrent l'empire ; ils occupent la Syrie et la Palestine[12] ; la sainte cité leur est assujettie[13] ; la Perse leur est ouverte par ses divisions, et ils prennent ce grand royaume sans résistance. Ils entrent en Afrique, en état d'en faire bientôt une de leurs provinces[1] : l'île de Chypre leur obéit[2] ; et ils joignent, en moins de trente ans, toutes ces conquêtes à celles de Mahomet.

L'Italie, toujours malheureuse et abandonnée, gémissait sous les armes des Lombards. Constant désespéra de les chasser, et se résolut à ravager ce qu'il ne put défendre. Plus cruel que les Lombards mêmes, il ne vint à Rome que pour en piller les trésors[3] : les églises ne s'en sauvèrent pas ; il ruina la Sardaigne et la Sicile ; et, devenu odieux à tout le monde, il périt de la main des siens[4]. Sous son fils Constantin Pogonat, c'est-à-dire le Barbu, les Sarrasins s'emparèrent de la Cilicie et de la Lycie[5]. Constantinople assiégée ne fut sauvée que par un miracle[6]. Les Bulgares, peuples venus de l'embouchure du Volga, se joignirent à tant d'ennemis dont l'empire était accablé[7], et occupèrent cette partie de la Thrace appelée depuis Bulgarie, qui était l'ancienne Mysie[8].

L'Eglise anglicane enfantait de nouvelles églises ; et saint Wilfrid, évêque d'York, chassé de son siège, convertit la Frise.

Toute l'Eglise reçut une nouvelle lumière par le concile de Constantinople[9], sixième général, où le pape saint Agathon présida par ses légats, et expliqua la foi catholique par une lettre admirable. Le concile frappa d'anathème un évêque célèbre par sa doctrine, un patriarche d'Alexandrie, quatre patriarches de Constantinople, c'est-à-dire tous les auteurs de la secte des monothélites, sans épargner le pape Honorius, qui les avait ménagés. Après la mort d'Agathon, qui arriva durant le concile, le pape saint Léon II en confirma les décisions, et en reçut tous les anathèmes. Constantin Pogonat imitateur du grand Constantin et de Marcien, entra au concile à leur exemple ; et, comme il y rendit les mêmes soumissions, il y fut honoré des mêmes titres d'orthodoxe, de religieux, de pacifique empereur, et de restaurateur de la religion. Son fils Justinien II lui succéda[10] encore enfant. De son temps[11], la foi s'étendait et éclatait vers le nord. Saint Kilien, envoyé par le pape Conon, prêcha l'Evangile dans la Franconie. Du temps du pape Serge[12], Céadual, un des rois d'Angleterre, vint reconnaître en personne l'Eglise romaine, d'où la foi avait passé en son île ; et, après avoir reçu le baptême par les mains du Pape, il mourut selon qu'il l'avait lui-même désiré.

La maison de Clovis était tombée dans une faiblesse déplorable : de fréquentes minorités avaient donné occasion de jeter les princes dans une mollesse dont ils ne sortaient point étant majeurs. De là sort une longue suite de rois fainéants qui n'avaient que le nom de roi, et laissaient tout le pouvoir aux maires du palais[1]. Sous ce titre, Pepin Héristal gouverna tout, et éleva sa maison à de plus hautes espérances. Par son autorité, et après le martyre de saint Vigbert, la foi s'établit dans la Frise, que la France venait d'ajouter à ses conquêtes[2]. Saint Swibert, saint Willibrod, et d'autres hommes apostoliques répandirent l'Evangile dans les provinces voisines. Cependant la minorité de Justinien s'était heureusement passée : les victoires de Léonce avaient abattu les Sarrasins, et rétabli la gloire de l'empire en Orient[3]. Mais ce vaillant capitaine, arrêté injustement, et relâché mal à propos, coupa le nez à son maître, et le chassa[4]. Ce rebelle souffrit un pareil traitement de Tibère nommé Absimare, qui lui-même ne dura guère. Justinien rétabli[5] fut ingrat envers ses amis; et en se vengeant de ses ennemis, il s'en fit de plus redoutables qui le tuèrent[6]. Les images de Philippique, son successeur, ne furent pas reçues dans Rome, à cause qu'il favorisait les monothélites, et se déclarait ennemi du concile sixième. On élut à Constantinople Anastase II, prince catholique, et on creva les yeux à Philippique[7].

En ce temps, les débauches du roi Roderic ou Rodrigue firent livrer l'Espagne aux Maures : c'est ainsi qu'on appelait les Sarrasins d'Afrique. Le comte Julien, pour venger sa fille, dont Roderic abusait, appela ces infidèles[8]. Ils viennent avec des troupes immenses; ce roi périt; l'Espagne est soumise, et l'empire des Goths y est éteint. L'Eglise d'Espagne fut mise alors à une nouvelle épreuve; mais comme elle s'était conservée sous les ariens, les mahométans ne purent l'abattre. Ils la laissèrent d'abord avec assez de liberté : mais dans les siècles suivants il fallut soutenir de grands combats; et la chasteté eut ses martyrs, aussi bien que la foi, sous la tyrannie d'une nation aussi brutale qu'infidèle. L'empereur Anastase ne dura guère. L'armée força Théodose III à prendre la pourpre[9]. Il fallut combattre : le nouvel empereur gagna la bataille, et Anastase fut mis dans un monastère. Les

Maures, maîtres de l'Espagne, espéraient s'étendre bientôt au-delà des Pyrénées; mais Charles Martel, destiné à les réprimer, s'était élevé en France, et avait succédé, quoique bâtard, au pouvoir de son père Pepin Héristel, qui laissa l'Austrasie à sa maison comme une espèce de principauté souveraine, et le commandement en Neustrie par la charge de maire du palais. Charles réunit tout par sa valeur[1].

Les affaires d'Orient étaient brouillées. Léon Isaurien, préfet d'Orient, ne reconnut pas Théodose, qui quitta sans répugnance l'empire, qu'il n'avait accepté que par force, et, retiré à Ephèse, ne s'occupa plus que des véritables grandeurs.

Les Sarrasins reçurent de grands coups durant l'empire de Léon. Ils levèrent honteusement le siège de Constantinople[2]. Pélage, qui se cantonna dans les montagnes d'Asturie[3] avec ce qu'il y avait de plus résolu parmi les Goths, après une victoire signalée, opposa à ces infidèles un nouveau royaume, par lequel ils devaient un jour être chassés de l'Espagne. Malgré les efforts et l'armée immense d'Abdérame leur général, Charles Martel gagna sur eux la fameuse bataille de Tours[4]. Il y périt un nombre infini de ces infidèles, et Abdérame lui-même demeura sur la place. Cette victoire fut suivie d'autres avantages, par lesquels Charles arrêta les Maures, et étendit le royaume jusqu'aux Pyrénées[5]. Alors les Gaules n'eurent presque rien qui n'obéît aux Français, et tous reconnaissaient Charles Martel. Puissant en paix, en guerre, et maître absolu du royaume, il régna sous plusieurs rois qu'il fit et défit à sa fantaisie, sans oser prendre ce grand titre. La jalousie des seigneurs français voulait être ainsi trompée.

La religion s'établissait en Allemagne. Le prêtre saint Boniface convertit ces peuples, et en fut fait évêque par le pape Grégoire II, qui l'y avait envoyé[6].

L'empire était alors assez paisible; mais Léon y mit le trouble pour longtemps. Il entreprit de renverser comme des idoles les images de Jésus-Christ et de ses saints[7]. Comme il ne put attirer à ses sentiments saint Germain, patriarche de Constantinople, il agit de son autorité; et, après une ordonnance du sénat, on lui vit d'abord briser une image de Jésus-Christ, qui était posée sur la grande porte de l'église de Constantinople. Ce fut par là que commencèrent les violences des iconoclastes, c'est-à-dire des brise-images. Les autres images que les empereurs, les évêques et tous les fidèles avaient érigées, depuis la paix de l'Eglise, dans les lieux publics et particuliers, furent aussi abattues. A ce spectacle le peuple s'émut. Les statues de l'empereur furent renversées en divers endroits. Il se crut outragé en sa personne : on lui reprocha un semblable outrage qu'il faisait à Jésus-Christ et à ses saints, et que, de son aveu propre, l'injure faite à l'image retombait sur l'original. L'Italie passa encore plus avant : l'impiété de l'empereur fut cause qu'on lui refusa les tributs ordinaires. Luitprand, roi des Lombards, se servit du même prétexte pour prendre Ravenne, résidence des *exarques*. On nommait ainsi les gouverneurs que les empereurs envoyaient en Italie. Le pape Grégoire II s'opposa au renversement des images, mais en même temps il s'opposait aux ennemis de l'empire, et tâchait de retenir les peuples dans l'obéissance. La paix se fit avec les Lombards[1], et l'empereur exécuta son décret contre les images plus violemment que jamais. Mais le célèbre Jean de Damas lui déclara qu'en matière de religion il ne connaissait de décrets que ceux de l'Eglise et souffrit beaucoup. L'empereur chassa de son siège le patriarche saint Germain, qui mourut en exil âgé de quatre-vingt-dix ans.

Un peu après, les Lombards reprirent les armes[2], et dans les maux qu'ils faisaient souffrir au peuple romain, ils ne furent retenus que par l'autorité de Charles Martel, dont le pape Grégoire II avait imploré l'assistance. Le nouveau royaume d'Espagne, qu'on appelait dans ces premiers temps le royaume d'Oviède, s'augmentait par les victoires et par la conduite d'Alphonse, gendre de Pélage, qui, à l'exemple de Récarède dont il était descendu, prit le nom de Catholique. Léon mourut[3], et laissa l'empire aussi bien que l'Eglise dans une grande agitation. Artabaze, préteur d'Arménie, se fit proclamer empereur, au lieu de Constantin Copronyme, fils de Léon, et rétablit les images. Après la mort de Charles Martel, Luitprand menaça Rome de nouveau : l'exarchat de Ravenne fut en péril, et l'Italie dut son salut à la prudence du pape saint Zacharie. Constantin, embarrassé dans l'Orient, ne songeait qu'à s'établir; il battit Artabaze, prit Constantinople, et la remplit de supplices[4].

Les deux enfants de Charles Martel, Carloman et

Pepin, avaient succédé à la puissance de leur père[1]; mais Carloman dégoûté du siècle, au milieu de sa grandeur et de ses victoires, embrassa la vie monastique[2]. Par ce moyen, son frère Pepin réunit en sa personne toute la puissance. Il sut la soutenir par un grand mérite, et prit le dessein de s'élever à la royauté. Childéric, le plus misérable de tous les princes, lui en ouvrit le chemin[3], et joignit à la qualité de fainéant celle d'insensé[4]. Les Français, dégoûtés de leurs fainéants, et accoutumés depuis tant de temps à la maison de Charles Martel, féconde en grands hommes, n'étaient plus embarrassés que du serment qu'ils avaient prêté à Childéric. Sur la réponse du pape Zacharie, ils se crurent libres, et d'autant plus dégagés du serment qu'ils avaient prêté à leur roi, que lui et ses devanciers semblaient depuis cent ans avoir renoncé au droit qu'ils avaient de leur commander, en laissant attacher tout le pouvoir à la charge de maire du palais. Ainsi Pepin fut mis sur le trône, et le nom de roi fut réuni avec l'autorité.

Le pape Etienne III trouva dans le nouveau roi le même zèle que Charles Martel avait eu pour le saint-Siège contre les Lombards[5]. Après avoir vainement imploré le secours de l'empereur, il se jeta entre les bras des Français. Le roi le reçut en France avec respect, et voulut être sacré et couronné de sa main[6]. En même temps il passa les Alpes, délivra Rome et l'exarchat de Ravenne, et réduisit Astolphe, roi des Lombards, à une paix équitable.

Cependant l'empereur faisait la guerre aux images. Pour s'appuyer de l'autorité ecclésiastique, il assembla un nombreux concile à Constantinople. On n'y vit pourtant point paraître, selon la coutume, ni les légats du Saint-Siège, ni les évêques, ou les légats des autres sièges patriarcaux[7]. Dans ce concile, non seulement on condamna comme idolâtrie tout l'honneur rendu aux images en mémoire des originaux, mais encore on y condamna la sculpture et la peinture comme des arts détestables[8]. C'était l'opinion des Sarrasins, dont on disait que Léon avait suivi les conseils quand il renversa les images. Il ne parut pourtant rien contre les reliques. Le concile de Copronyme ne défendit pas de les honorer; et il frappa d'anathème ceux qui refusaient d'avoir recours aux prières de la sainte Vierge et des saints[9]. Les catholiques, persécutés pour l'honneur qu'ils rendaient aux images, répondaient à l'empereur qu'ils aimaient mieux endurer toute sorte d'extrémités, que de ne pas honorer Jésus-Christ jusque dans son ombre.

Cependant Pepin repassa les Alpes[1], et châtia l'infidèle Astolphe, qui refusait d'exécuter le traité de paix. L'Eglise romaine ne reçut jamais un plus beau don que celui que lui fit alors ce pieux prince. Il lui donna les villes reconquises sur les Lombards, et se moqua de Copronyme qui les redemandait, lui qui n'avait pu les défendre. Depuis ce temps, les empereurs furent peu reconnus dans Rome : ils y devinrent méprisables par leur faiblesse, et odieux par leurs erreurs. Pepin y fut regardé comme protecteur du peuple romain et de l'Eglise romaine. Cette qualité devint comme héréditaire à sa maison et aux rois de France. Charlemagne, fils de Pepin, la soutint avec autant de courage que de piété. Le pape Adrien eut recours à lui contre Didier, roi des Lombards, qui avait pris plusieurs villes, et menaçait toute l'Italie[2]. Charlemagne passa les Alpes[3]. Tout fléchit : Didier fut livré; les rois lombards, ennemis de Rome et des papes, furent détruits; Charlemagne se fit couronner roi d'Italie, et prit le titre de roi des Français et des Lombards[4]. En même temps, il exerça dans Rome même l'autorité souveraine en qualité de patrice, et confirma au Saint-Siège les donations du roi son père.

Les empereurs avaient peine à résister aux Bulgares, et soutenaient vainement contre Charlemagne les Lombards dépossédés. La querelle des images durait toujours. Léon IV, fils de Copronyme, semblait d'abord s'être adouci; mais il renouvela la persécution aussitôt qu'il se crut le maître. Il mourut bientôt. Son fils Constantin, âgé de dix ans, lui succéda[5], et régna sous la tutelle de l'impératrice Irène, sa mère. Alors les choses commencèrent à changer de face. Paul, patriarche de Constantinople, déclara, sur la fin de sa vie, qu'il avait combattu les images contre sa conscience, et se retira dans un monastère, où il déplora en présence de l'impératrice, le malheur de l'Eglise de Constantinople, séparée des quatre sièges patriarcaux, et lui proposa la célébration[6] d'un concile universel comme l'unique remède d'un si grand mal[7]. Taraise, son successeur, soutint que la question n'avait pas été jugée dans l'ordre, parce qu'on avait commencé par une ordonnance de l'empereur, qu'un concile tenu contre les formes avait suivi ; au lieu qu'en matière de religion, c'est au concile à commencer, et aux empereurs à appuyer le jugement de l'Eglise. Fondé sur cette raison, il n'accepta le patriarcat qu'à condition qu'on tiendrait le concile universel : il fut commencé à Constantinople, et continué à Nicée[1]. Le Pape y envoya ses légats, le concile des iconoclastes fut condamné : ils sont détestés comme gens qui, à l'exemple des Sarrasins, accusaient les chrétiens d'idolâtrie. On décida que les images seraient honorées en mémoire et pour l'amour des originaux ; ce qui s'appelle, dans le concile, *culte relatif, adoration et salutation honoraire,* qu'on oppose *au culte suprême, et à l'adoration de latrie, ou d'entière sujétion,* que le concile réserve à Dieu seul[2]. Outre les légats du Saint-Siège et la présence du patriarche de Constantinople, il y parut des légats des autres sièges patriarcaux opprimés alors par les infidèles. Quelques-uns leur ont contesté leur mission : mais ce qui n'est pas contesté, c'est que, loin de les désavouer, tous ces sièges ont accepté le concile sans qu'il y paraisse de contradiction, et il a été reçu par toute l'Eglise.

Les Français, environnés d'idolâtres ou de nouveaux chrétiens dont ils craignaient de brouiller les idées, et d'ailleurs embarrassés du terme équivoque d'adoration, hésitèrent longtemps. Parmi toutes les images, ils ne voulaient rendre d'honneur qu'à celle de la croix, absolument différente des figures que les païens croyaient pleines de divinité. Ils conservèrent pourtant en lieu honorable, et même dans les églises, les autres images, et détestèrent les iconoclastes. Ce qui resta de diversité ne fit aucun schisme. Les Français connurent enfin que les Pères de Nicée ne demandaient pour les images que le même genre de culte, toutes proportions gardées, qu'ils rendaient eux-mêmes aux reliques, au livre de l'Evangile, et à la croix ; et ce concile fut honoré par toute la chrétienté sous le nom de septième concile général.

Ainsi nous avons vu les sept conciles généraux, que l'Orient et l'Occident, l'Eglise grecque et l'Eglise latine reçoivent avec une égale révérence. Les empereurs convoquaient ces grandes assemblées par l'autorité souveraine qu'ils avaient sur tous les évêques, ou du moins sur les principaux, d'où dépendaient tous les autres, et qui étaient alors sujets de l'empire. Les voitures publiques leur étaient fournies par l'ordre des princes. Ils assemblaient les conciles en Orient, où ils faisaient leur résidence, et y envoyaient ordinairement des commissaires pour maintenir l'ordre. Les évêques ainsi assemblés portaient avec eux l'autorité du Saint-Esprit et la tradition des Eglises. Dès l'origine du christianisme il y avait trois sièges principaux, qui précédaient tous les autres : celui de Rome, celui d'Alexandrie, et celui d'Antioche. Le concile de Nicée avait approuvé que l'évêque de la cité sainte eût le même rang[1]. Le second et le quatrième concile élevèrent le siège de Constantinople, et voulurent qu'il fût le second[2]. Ainsi il se fit cinq sièges, que dans la suite des temps on appela patriarcaux. La préséance leur était donnée dans le concile. Entre ces sièges, le siège de Rome était toujours regardé comme le premier, et le concile de Nicée régla les autres sur celui-là[3]. Il y avait aussi des évêques métropolitains qui étaient les chefs des provinces, et qui précédaient les autres évêques. On commença assez tard à les appeler archevêques; mais leur autorité n'en était pas moins reconnue. Quand le concile était formé, on proposait l'Ecriture sainte ; on lisait les passages des anciens Pères, témoins de la tradition; c'était la tradition qui interprétait l'Ecriture; on croyait que son vrai sens était celui dont les siècles passés étaient convenus, et nul ne croyait avoir droit de l'expliquer autrement. Ceux qui refusaient de se soumettre aux décisions du concile, étaient frappés d'anathème. Après avoir expliqué la foi, on réglait la discipline ecclésiastique et on dressait les canons, c'est-à-dire les règles de l'Église. On croyait que la foi ne changeait jamais, et qu'encore que la discipline pût recevoir divers changements, selon les temps et selon les lieux, il fallait tendre, autant qu'on pouvait, à une parfaite imitation de l'antiquité. Au reste, les Papes n'assistèrent que par leurs légats aux premiers conciles généraux, mais ils en approuvèrent expressément la doctrine, et il n'y eut dans l'Église qu'une seule foi.

Constantin et Irène firent religieusement exécuter les décrets du septième concile[4] ; mais le reste de leur conduite ne se soutint pas. Le jeune prince, à qui sa mère fit épouser une femme qu'il n'aimait point, s'emportait à des amours déshonnêtes; et, las d'obéir aveuglément à une mère si impérieuse, il tâchait de l'éloigner des affaires où elle se maintenait malgré lui. Alphonse le Chaste régnait en Espagne[1]. La continence perpétuelle que garda ce prince, lui mérita ce beau titre, et le rendit digne d'affranchir l'Espagne de l'infâme tribut de cent filles, que son oncle Mauregat avait accordé aux Maures. Soixante et dix mille de ces infidèles tués dans une bataille, avec Mugaït, leur général, firent voir la valeur d'Alphonse. Constantin tâchait aussi de se signaler contre les Bulgares ; mais les succès ne répondaient pas à son attente. Il détruisit à la fin tout le pouvoir d'Irène[2] ; et, incapable de se gouverner lui-même autant que de souffrir l'empire d'autrui, il répudia sa femme Marie, pour épouser Théodote, qui était à elle. Sa mère, irritée, fomenta les troubles que causa un si grand scandale[3]. Constantin périt par ses artifices. Elle gagna le peuple en modérant les impôts, et mit dans ses intérêts les moines avec le clergé par une piété apparente. Enfin elle fut reconnue seule impératrice. Les Romains méprisèrent ce gouvernement, et se tournèrent à Charlemagne, qui subjuguait les Saxons, réprimait les Sarrasins, détruisait les hérésies[4], protégeait les papes, attirait au christianisme les nations infidèles, rétablissait les sciences et la discipline ecclésiastique, assemblait de fameux conciles, où sa profonde doctrine était admirée, et faisait ressentir non seulement à la France et à l'Italie, mais encore à l'Espagne, à l'Angleterre, à la Germanie, et partout, les effets de sa piété et de sa justice.

## DOUZIÈME ÉPOQUE

### CHARLEMAGNE, OU L'ÉTABLISSEMENT DU NOUVEL EMPIRE

Enfin l'an 800 de Notre-Seigneur, ce grand protecteur de Rome et de l'Italie, ou pour mieux dire de toute l'Eglise et de toute la chrétienté, élu empereur par les Romains sans qu'il y pensât[5], et couronné par le pape Léon III, qui avait porté le peuple romain à ce choix, devint le fondateur du nouvel empire et de la grandeur temporelle du Saint-Siège.

Voilà, Monseigneur, les douze époques que j'ai suivies dans cet abrégé. J'ai attaché à chacune d'elles les faits principaux qui en dépendent. Vous pouvez maintenant, sans beaucoup de peine, disposer, selon l'ordre des temps, les grands événements de l'histoire ancienne, et les ranger, pour ainsi dire, chacun sous son étendard.

Je n'ai pas oublié, dans cet abrégé, cette célèbre division que font les chronologistes de la durée du monde en sept âges. Le commencement de chaque âge nous sert d'époque : si j'y en mêle quelques autres, c'est afin que les choses soient plus distinctes, et que l'ordre des temps se développe devant vous avec moins de confusion.

Quand je vous parle de l'ordre des temps, je ne prétends pas, Monseigneur, que vous vous chargiez scrupuleusement de toutes les dates; encore moins que vous entriez dans toutes les disputes des chronologistes, où le plus souvent il ne s'agit que de peu d'années. La chronologie contentieuse, qui s'arrête scrupuleusement à ces minuties, a son usage sans doute; mais elle n'est pas votre objet, et sert peu à éclairer l'esprit d'un grand prince. Je n'ai point voulu raffiner sur cette discussion des temps; et parmi les calculs déjà faits, j'ai suivi celui qui m'a paru le plus vraisemblable[1], sans m'engager à le garantir.

Que dans la supputation qu'on fait des années, depuis le temps de la création jusqu'à Abraham il faille suivre les Septante, qui font le monde plus vieux, ou l'hébreu, qui le fait plus jeune de plusieurs siècles; encore que l'autorité de l'original hébreu semble devoir l'emporter, c'est une chose si indifférente en elle-même, que l'Eglise, qui a suivi avec saint Jérôme la supputation de l'hébreu dans notre Vulgate, a laissé celle des Septante dans son Martyrologe. En effet, qu'importe à l'histoire de diminuer ou de multiplier des siècles vides, où aussi bien l'on n'a rien à raconter ? N'est-ce pas assez que les temps où les dates sont importantes aient des caractères fixes, et que la distribution en soit appuyée sur des fondements certains ? Et quand même dans ces temps il y aurait de la dispute pour quelques années, ce ne serait presque jamais un embarras. Par exemple, qu'il faille mettre de quelques années plus tôt ou plus tard, ou la fondation de Rome, ou la naissance de Jésus-Christ : vous avez pu reconnaître que cette diversité ne fait rien à la suite des histoires, ni à l'accomplissement des conseils de Dieu. Vous devez éviter les anachronismes qui brouillent l'ordre des affaires, et laisser disputer des autres entre les savants.

Je ne veux non plus charger votre mémoire du compte

des Olympiades, quoique les Grecs, qui s'en servent, les rendent nécessaires à fixer les temps. Il faut savoir ce que c'est, afin d'y avoir recours dans le besoin; mais, au reste, il suffira de vous attacher aux dates que je vous propose comme les plus simples et les plus suivies, qui sont celles du monde jusqu'à Rome, celles de Rome jusqu'à Jésus-Christ, et celles de Jésus-Christ dans toute la suite.

Mais le vrai dessein de cet abrégé n'est pas de vous expliquer l'ordre des temps, quoiqu'il soit absolument nécessaire pour lier toutes les histoires, et en montrer le rapport. Je vous ai dit, Monseigneur, que mon principal objet est de vous faire considérer, dans l'ordre des temps, la suite du peuple de Dieu et celle des grands empires.

Ces deux choses roulent ensemble dans ce grand mouvement des siècles, où elles ont pour ainsi dire un même cours; mais il est besoin, pour les bien entendre, de les détacher quelquefois l'une de l'autre, et de considérer tout ce qui convient à chacune d'elles.

# SECONDE PARTIE

## *LA SUITE DE LA RELIGION*

### CHAPITRE PREMIER

#### LA CRÉATION, ET LES PREMIERS TEMPS

La religion et la suite du peuple de Dieu, considérée de cette sorte, est le plus grand et le plus utile de tous les objets qu'on puisse proposer aux hommes. Il est beau de se remettre devant les yeux les états différents du peuple de Dieu, sous la loi de nature et sous les patriarches; sous Moïse et sous la loi écrite; sous David et sous les prophètes; depuis le retour de la captivité jusqu'à Jésus-Christ; et enfin sous Jésus-Christ même, c'est-à-dire sous la loi de grâce et sous l'Evangile; dans les siècles qui ont attendu le Messie, et dans ceux où il a paru; dans ceux où le culte de Dieu a été réduit à un seul peuple, et dans ceux où, conformément aux anciennes prophéties, il a été répandu par toute la terre; dans ceux enfin où les hommes, encore infirmes[1] et grossiers, ont eu besoin d'être soutenus par des récompenses et des châtiments temporels, et dans ceux où les fidèles, mieux instruits, ne doivent plus vivre que par la foi, attachés aux biens éternels, et souffrant, dans l'espérance de les posséder, tous les maux qui peuvent exercer leur patience.

Assurément, Monseigneur, on ne peut rien concevoir qui soit plus digne de Dieu, que de s'être premièrement choisi un peuple qui fût un exemple palpable de son éternelle providence; un peuple dont la bonne ou la mauvaise fortune dépendît de la piété, et dont l'état rendît témoignage à la sagesse et à la justice de celui qui le gouvernait. C'est par où Dieu a commencé, et c'est ce qu'il a fait voir dans le peuple juif. Mais, après avoir établi par tant de preuves sensibles ce fondement immuable, que lui seul conduit à sa volonté tous les événements de la vie présente, il était temps d'élever les hommes à de plus hautes pensées, et d'envoyer Jésus-Christ, à qui il était réservé de découvrir au nouveau peuple, ramassé de tous les peuples du monde, les secrets de la vie future.

Vous pourrez suivre aisément l'histoire de ces deux peuples et remarquer comme Jésus-Christ fait l'union de l'un et de l'autre, puisque ou attendu, ou donné, il a été dans tous les temps, la consolation et l'espérance des enfants de Dieu.

Voilà donc la religion toujours uniforme, ou plutôt toujours la même dès l'origine du monde : on y a toujours reconnu le même Dieu, comme auteur, et le même Christ, comme Sauveur du genre humain.

Ainsi vous verrez qu'il n'y a rien de plus ancien parmi les hommes que la religion que vous professez, et que ce n'est pas sans raison que vos ancêtres ont mis leur plus grande gloire à en être les protecteurs.

Quel témoignage n'est-ce pas de sa vérité, de voir que dans les temps où les histoires profanes n'ont à nous conter que des fables, ou tout au plus des faits confus et à demi oubliés, l'Ecriture, c'est-à-dire, sans contestation, le plus ancien livre qui soit au monde, nous ramène par tant d'événements précis, et par la suite même des choses, à leur véritable principe, c'est-à-dire à Dieu qui a tout fait; et nous marque si distinctement la création de l'univers, celle de l'homme en particulier, le bonheur de son premier état, les causes de ses misères et de ses faiblesses, la corruption du monde et le déluge, l'origine des arts et celle des nations, la distribution des terres, enfin la propagation du genre humain, et d'autres faits de même importance, dont les histoires humaines ne parlent qu'en confusion, et nous obligent à chercher ailleurs les sources certaines.

Que si l'antiquité de la religion lui donne tant d'autorité, sa suite continuée sans interruption et sans altération durant tant de siècles, et malgré tant d'obstacles survenus, fait voir manifestement que la main de Dieu la soutient.

Qu'y a-t-il de plus merveilleux que de la voir toujours subsister sur les mêmes fondements dès les commencements du monde, sans que ni l'idolâtrie et l'impiété qui l'environnaient de toutes parts, ni les tyrans qui l'ont persécutée, ni les hérétiques et les infidèles qui ont tâché de la corrompre, ni les lâches qui l'ont trahie, ni ses sectateurs indignes qui l'ont déshonorée par leurs crimes, ni enfin la longueur du temps, qui seule suffit pour abattre toutes les choses humaines, aient jamais été capables, je ne dis pas de l'éteindre, mais de l'altérer ? Si maintenant nous venons à considérer quelle idée cette religion, dont nous révérons l'antiquité, nous donne de son objet, c'est-à-dire du premier être, nous avouerons qu'elle est au-dessus de toutes les pensées humaines, et digne d'être regardée comme venue de Dieu même.

Le Dieu qu'ont toujours servi les Hébreux et les chrétiens n'a rien de commun avec les divinités pleines d'imperfections, et même de vices, que le reste du monde adorait. Notre Dieu est un, infini, parfait, seul digne de venger les crimes et de couronner la vertu, parce qu'il est seul la sainteté même.

Il est infiniment au-dessus de cette cause première et de ce premier moteur que les philosophes ont connu, sans toutefois l'adorer. Ceux d'entre eux qui ont été le plus loin nous ont proposé un Dieu qui, trouvant une matière éternelle et existante par elle-même aussi bien que lui, l'a mise en œuvre, et l'a façonnée comme un artisan vulgaire, contraint dans son ouvrage par cette matière et par ses dispositions qu'il n'a pas faites ; sans jamais pouvoir comprendre que, si la matière est d'elle-même, elle n'a pas dû attendre sa perfection d'une main étrangère, et que, si Dieu est infini et parfait, il n'a eu besoin, pour faire tout ce qu'il voulait, que de lui-même et de sa volonté toute-puissante. Mais le Dieu de nos pères, le Dieu d'Abraham, le Dieu dont Moïse nous a écrit les merveilles, n'a pas seulement arrangé le monde, il l'a fait tout entier dans sa matière et dans sa forme. Avant qu'il eût donné l'être, rien ne l'avait que lui seul. Il nous est représenté comme celui qui fait tout, et qui fait tout par sa parole, tant à cause qu'il fait tout par raison qu'à cause qu'il fait tout sans peine, et que pour faire de si grands ouvrages il ne lui en coûte qu'un seul mot, c'est-à-dire qu'il ne lui en coûte que de le vouloir.

Et pour suivre l'histoire de la création, puisque nous l'avons commencée, Moïse nous a enseigné que ce puissant architecte, à qui les choses coûtent si peu, a voulu les faire à plusieurs reprises, et créer l'univers en six jours, pour montrer qu'il n'agit pas avec une nécessité ou par une impétuosité aveugle, comme se le sont imaginé quelques philosophes. Le soleil jette d'un seul coup, sans se retenir, tout ce qu'il a de rayons : mais Dieu, qui agit par intelligence et avec une souveraine liberté, applique sa vertu où il lui plaît, et autant qu'il lui plaît : et comme, en faisant le monde par sa parole, il montre que rien ne le peine, en le faisant à plusieurs reprises, il fait voir qu'il est le maître de sa matière, de son action, de toute son entreprise, et qu'il n'a, en agissant, d'autre règle que sa volonté, toujours droite par elle-même.

Cette conduite de Dieu nous fait voir aussi que tout sort immédiatement de sa main. Les peuples et les philosophes qui ont cru que la terre mêlée avec l'eau, et aidée, si vous le voulez, de la chaleur du soleil, avait produit d'elle-même par sa propre fécondité, les plantes et les animaux, se sont trop grossièrement trompés. L'Ecriture nous a fait entendre que les éléments sont stériles si la parole de Dieu ne les rend féconds. Ni la terre, ni l'eau, ni l'air n'auraient jamais eu les plantes ni les animaux que nous y voyons, si Dieu qui en avait fait et préparé la matière, ne l'avait encore formée par sa volonté toute-puissante, et n'avait donné à chaque chose les semences propres pour se multiplier dans tous les siècles.

Ceux qui voient les plantes prendre leur naissance et leur accroissement par la chaleur du soleil, pourraient croire qu'il en est le créateur. Mais l'Ecriture nous fait voir la terre revêtue d'herbes et de toutes sortes de plantes avant que le soleil ait été créé, afin que nous concevions que tout dépend de Dieu seul.

Il a plu à ce grand ouvrier de créer la lumière, avant même de la réduire à la forme qu'il lui a donnée dans le soleil et dans les astres, parce qu'il voulait nous apprendre que ces grands et magnifiques luminaires, dont on nous a voulu faire des divinités, n'avaient par eux-mêmes ni la matière précieuse et éclatante dont ils ont été composés, ni la forme admirable à laquelle nous les voyons réduits.

Enfin le récit de la création, tel qu'il est fait par Moïse, nous découvre ce grand secret de la véritable philosophie, qu'en Dieu seul réside la fécondité et la puissance absolue. Heureux, sage, tout-puissant, seul suffisant à lui-même, il agit sans nécessité comme il agit sans besoin; jamais contraint ni embarrassé par sa matière dont il fait ce qu'il veut, parce qu'il lui a donné par sa seule volonté, le fond de son être. Par ce droit souverain, il la tourne, il la façonne, il la meut sans peine : tout dépend immédiatement de lui ; et si, selon l'ordre établi dans la nature, une chose dépend de l'autre, par exemple, la naissance et l'accroissement des plantes, de la chaleur du soleil, c'est à cause que ce même Dieu, qui a fait toutes les parties de l'univers, a voulu les lier les unes aux autres, et faire éclater sa sagesse par ce merveilleux enchaînement.

Mais tout ce que nous enseigne l'Ecriture sainte sur la création de l'univers, n'est rien en comparaison de ce qu'elle dit de la création de l'homme.

Jusqu'ici Dieu avait tout fait en commandant : « Que la lumière soit : que le firmament s'étende au milieu des eaux ; que les eaux se retirent ; que la terre soit découverte, et qu'elle germe ; qu'il y ait de grands luminaires qui partagent le jour et la nuit ; que les oiseaux et les poissons sortent du sein des eaux ; que la terre produise les animaux selon leurs espèces différentes[1]. » Mais quand il s'agit de produire l'homme, Moïse lui fait tenir un nouveau langage : « Faisons l'homme, dit-il, à notre image et ressemblance[2] ».

Ce n'est plus cette parole impérieuse et dominante ; c'est une parole plus douce, quoique non moins efficace. Dieu tient conseil en lui-même ; Dieu s'excite lui-même, comme pour nous faire voir que l'ouvrage qu'il va entreprendre surpasse tous les ouvrages qu'il avait faits jusqu'alors.

*Faisons l'homme.* Dieu parle en lui-même ; il parle à quelqu'un qui fait comme lui, à quelqu'un dont l'homme est la créature et l'image ; il parle à un autre lui-même ; il parle à celui par qui toutes choses ont été faites, à celui qui dit dans son Evangile : « Tout ce que le Père fait, le Fils le fait semblablement[3]. » En parlant à son Fils, ou avec son Fils, il parle en même temps avec l'Esprit tout-puissant, égal et co-éternel à l'un et à l'autre.

C'est une chose inouïe dans tout le langage de l'Ecriture, qu'un autre que Dieu ait parlé de lui-même en nombre pluriel : *Faisons.* Dieu même, dans l'Ecriture, ne parle ainsi que deux ou trois fois ; et ce langage extraordinaire commence à paraître lorsqu'il s'agit de créer l'homme.

Quand Dieu change de langage, et en quelque façon de conduite, ce n'est pas qu'il change en lui-même ; mais il nous montre qu'il va commencer, suivant des conseils éternels, un nouvel ordre de choses.

Ainsi l'homme, si fort élevé au-dessus des autres créatures dont Moïse nous avait décrit la génération, est produit d'une façon toute nouvelle. La Trinité commence à se déclarer, en faisant la créature raisonnable, dont les opérations intellectuelles sont une image imparfaite de ces éternelles opérations par lesquelles Dieu est fécond en lui-même.

La parole de conseil, dont Dieu se sert, marque que la créature qui va être faite est la seule qui peut agir par conseil et par intelligence. Tout le reste n'est pas moins extraordinaire. Jusque-là nous n'avions point vu, dans l'histoire de la Genèse, le doigt de Dieu appliqué sur une matière corruptible. Pour former le corps de l'homme, lui-même prend de la terre[1]; et cette terre, arrangée sous une telle main reçoit la plus belle figure qui eût encore paru dans le monde. L'homme a la taille droite, la tête élevée, les regards tournés vers le ciel : et cette conformation, qui lui est particulière, lui montre son origine et le lieu où il doit tendre.

Cette attention particulière qui paraît en Dieu quand il fait l'homme, nous montre qu'il a pour lui un égard particulier, quoique d'ailleurs tout soit conduit immédiatement par sa sagesse.

Mais la manière dont il produit l'âme, est beaucoup plus merveilleuse : il ne la tire point de la matière; il l'inspire d'en-haut, c'est un souffle de vie qui vient de lui-même.

Quand il crée les bêtes, il dit : « Que l'eau produise les poissons; » et il créa de cette sorte les monstres marins, et toute âme vivante et mouvante qui devait remplir les eaux. Il dit encore : « Que la terre produise toute âme vivante, les bêtes à quatre pieds et les reptiles[2]. »

C'est ainsi que devaient naître ces âmes vivantes d'une vie brute et bestiale, à qui Dieu ne donne pour toute action que des mouvements dépendants du corps. Dieu les tire du sein des eaux et de la terre; mais cette âme dont la vie devait être une imitation de la sienne, qui devait vivre comme lui de raison et d'intelligence, qui lui devait être unie en le contemplant et en l'aimant, et qui, pour cette raison, était faite à son image, ne pouvait être tirée de la matière. Dieu, en façonnant la matière, peut bien former un beau corps ; mais en quelque sorte qu'il la tourne et la façonne, jamais il n'y trouvera son image et sa ressemblance. L'âme faite à son image, et qui peut être heureuse en le possédant, doit être produite par une nouvelle création : elle doit venir d'en-haut ; et c'est ce que signifie *ce souffle de vie*[1], que Dieu tire de sa bouche.

Souvenons-nous que Moïse propose aux hommes charnels par des images sensibles, des vérités pures et intellectuelles. Ne croyons pas que Dieu souffle à la manière des animaux. Ne croyons pas que notre âme soit un air subtil, ni une vapeur déliée. Ce souffle que Dieu inspire, et qui porte en lui-même l'image de Dieu, n'est ni air, ni vapeur. Ne croyons pas que notre âme soit une portion de la nature divine, comme l'ont rêvé quelques philosophes[2]. Dieu n'est pas un tout qui se partage. Quand Dieu aurait des parties, elles ne seraient pas faites. Car le Créateur, l'être incréé ne serait pas composé de créatures. L'âme est faite, et tellement faite, qu'elle n'est rien de la nature divine, mais seulement une chose faite à l'image et ressemblance de la nature divine ; une chose qui doit toujours demeurer unie à celui qui l'a formée : c'est ce que veut dire ce souffle divin ; c'est ce que nous représente cet esprit de vie.

Voilà donc l'homme formé. Dieu forme encore de lui la compagne qu'il veut lui donner. Tous les hommes naissent d'un seul mariage, afin d'être à jamais, quelque dispersés et multipliés qu'ils soient, une seule et même famille.

Nos premiers parents, ainsi formés, sont mis dans ce jardin délicieux qui s'appelle le Paradis : Dieu se devait à lui-même de rendre son image heureuse.

Il donne un précepte à l'homme, pour lui faire sentir qu'il a un maître ; un précepte attaché à une chose sensible, parce que l'homme était fait avec des sens ; un précepte aisé, parce qu'il voulait lui rendre la vie commode tant qu'elle serait innocente.

L'homme ne garde pas un commandement d'une si facile observance ; il écoute l'esprit tentateur, et il s'écoute lui-même, au lieu d'écouter Dieu uniquement : sa perte est inévitable ; mais il la faut considérer dans son origine aussi bien que dans ses suites.

Dieu avait fait au commencement ses anges, esprits purs et séparés de toute matière. Lui, qui ne fait rien que de bon, les avait tous créés dans la sainteté; et ils pouvaient assurer leur félicité en se donnant volontairement à leur créateur. Mais tout ce qui est tiré du néant est défectueux. Une partie de ces anges se laissa séduire à l'amour-propre. Malheur à la créature qui se plaît en elle-même, et non pas en Dieu! elle perd en un moment tous ses dons. Etrange effet du péché! ces esprits lumineux devinrent esprits de ténèbres : ils n'eurent plus de lumières qui ne se tournassent en ruses malicieuses. Une maligne envie prit en eux la place de la charité; leur grandeur naturelle ne fut plus qu'orgueil; leur félicité fut changée en la triste consolation de se faire des compagnons dans leur misère; et leurs bienheureux exercices, au misérable emploi de tenter les hommes. Le plus parfait de tous, qui avait aussi été le plus superbe, se trouva le plus malfaisant comme le plus malheureux. L'homme *que Dieu avait mis un peu au-dessous des anges*[1], en l'unissant à un corps, devint à un esprit si parfait un objet de jalousie : il voulut l'entraîner dans sa rébellion, pour ensuite l'envelopper dans sa perte. Les créatures spirituelles[2] avaient, comme Dieu même, des moyens sensibles pour communiquer avec l'homme qui leur était semblable dans sa partie principale. Les mauvais esprits, dont Dieu voulait se servir pour éprouver la fidélité du genre humain, n'avaient pas perdu le moyen d'entretenir ce commerce avec notre nature, non plus qu'un certain empire qui leur avait été donné d'abord sur la créature corporelle. Le démon usa de ce pouvoir contre nos premiers parents. Dieu permit qu'il leur parlât en la forme d'un serpent, comme la plus convenable à représenter la malignité avec le supplice de cet esprit malfaisant, ainsi qu'on le verra dans la suite. Il ne craint point de leur faire horreur sous cette figure. Tous les animaux avaient été également amenés aux pieds d'Adam pour en recevoir un nom convenable, et reconnaître le souverain que Dieu leur avait donné[3]. Ainsi aucun des animaux ne causait de l'horreur à l'homme, parce que, dans l'état où il était, aucun ne lui pouvait nuire.

Ecoutons maintenant comment le démon lui parla, et pénétrons le fond de ses artifices. Il s'adresse à Eve, comme à la plus faible : mais en la personne d'Eve, il parle à son mari aussi bien qu'à elle : « Pourquoi Dieu vous a-t-il fait cette défense[4] ? » S'il vous a faits raisonnables, vous devez savoir la raison de tout : ce fruit n'est pas un poison; vous n'en mourrez pas[1]. » Voilà par où commence l'esprit de révolte. On raisonne sur le précepte, et l'obéissance est mise en doute. « Vous serez comme des dieux[2], » libres et indépendants; heureux en vous-mêmes, sages par vous-mêmes : « vous saurez le bien et le mal; » rien ne vous sera impénétrable. C'est par ces motifs que l'esprit s'élève contre l'ordre du Créateur, et au-dessus de la règle. Eve, à demi gagnée, regarda le fruit, dont la beauté promettait *un goût excellent*[3]. Voyant que Dieu avait uni en l'homme l'esprit et le corps, elle crut qu'en faveur de l'homme il pourrait bien encore avoir attaché aux plantes des vertus surnaturelles, et des dons intellectuels aux objets sensibles. Après avoir mangé de ce beau fruit, elle en présenta elle-même à son mari. Le voilà dangereusement attaqué. L'exemple et la complaisance fortifient la tentation : il entre dans les sentiments du tentateur si bien secondé : une trompeuse curiosité, une flatteuse pensée d'orgueil, le secret plaisir d'agir de soi-même, et selon ses propres pensées, l'attire et l'aveugle; il veut faire une dangereuse épreuve de sa liberté, et il goûte avec le fruit défendu, la pernicieuse douceur de contenter son esprit; les sens mêlent leur attrait à ce nouveau charme; il les suit, il s'y soumet, et il s'en fait le captif, lui qui en était le maître.

En même temps tout change pour lui. La terre ne lui rit plus comme auparavant; il n'en aura plus rien que par un travail opiniâtre; le ciel n'a plus cet air serein; les animaux, qui lui étaient tous, jusqu'aux plus odieux et aux plus farouches, un divertissement innocent, prennent pour lui des formes hideuses : Dieu, qui avait tout fait pour son bonheur, lui tourne en un moment tout en supplice. Il se fait peine à lui-même, lui qui s'était tant aimé. La rébellion de ses sens lui fait remarquer en lui je ne sais quoi de honteux[4]. Ce n'est plus ce premier ouvrage du Créateur où tout était beau; le péché a fait un nouvel ouvrage qu'il faut cacher. L'homme ne peut plus supporter sa honte, et voudrait pouvoir la couvrir à ses propres yeux. Mais Dieu lui devient encore plus insupportable. Ce grand Dieu, qui l'avait fait à sa ressemblance, et qui lui avait donné des sens comme un secours nécessaire à son esprit, se plaisait à se montrer à lui sous une forme sensible : l'homme ne peut plus souffrir sa présence[1] ; il cherche le fond des forêts pour se dérober à celui qui faisait auparavant tout son bonheur. Sa conscience l'accuse avant que Dieu parle; ses malheureuses excuses achèvent de le confondre. Il faut qu'il meure : le remède d'immortalité lui est ôté; et une mort plus affreuse, qui est celle de l'âme, lui est figurée par cette mort corporelle à laquelle il est condamné.

Mais voici notre sentence prononcée dans la sienne. Dieu, qui avait résolu de récompenser son obéissance dans toute sa postérité, aussitôt qu'il s'est révolté, le condamne et le frappe, non seulement en sa personne, mais encore dans tous ses enfants, comme dans la plus vive et la plus chère partie de lui-même : nous sommes tous maudits dans notre principe; notre naissance est gâtée et infectée dans sa source.

N'examinons point ici ces regles terribles de la justice divine, par lesquelles la race humaine est maudite dans son origine. Adorons les jugements de Dieu, qui regarde tous les hommes comme un seul homme dans celui dont il veut tous les faire sortir. Regardons-nous aussi comme dégradés dans notre père rebelle, comme flétris à jamais par la sentence qui le condamne, comme bannis avec lui, et exclus du paradis où il devait nous faire naître.

Les règles de la justice humaine nous peuvent aider à entrer dans les profondeurs de la justice divine dont elles sont une ombre : mais elles ne peuvent pas nous découvrir le fond de cet abîme. Croyons que la justice aussi bien que la miséricorde de Dieu ne veulent pas être mesurées sur celles des hommes, et qu'elles ont toutes deux des effets bien plus étendus et bien plus intimes.

Mais pendant que les rigueurs de Dieu sur le genre humain nous épouvantent, admirons comme il tourne nos yeux vers un objet plus agréable, en nous découvrant notre délivrance future dès le jour de notre perte. Sous la figure du serpent[2], dont le rampement tortueux était une vive image des dangereuses insinuations et des détours fallacieux de l'esprit malin, Dieu fait voir à Eve notre mère[3] le caractère odieux et tout ensemble le juste supplice de son ennemi vaincu. Le serpent devait être le plus haï de tous les animaux, comme le démon est la plus maudite de toutes les créatures. Comme le serpent rampe sur sa poitrine, le démon, justement précipité du ciel où il avait été créé, ne se peut plus relever. La terre, dont il est dit que le serpent se nourrit, signifie les basses pensées que le démon nous inspire : lui-même il ne pense rien que de bas, puisque toutes ses pensées ne sont que péché. Dans l'inimitié éternelle entre toute la race humaine et le démon, nous apprenons que la victoire nous sera donnée, puisqu'on nous y montre une semence bénite par laquelle notre vainqueur devait avoir *la tête écrasée,* c'est-à-dire, devait avoir son orgueil dompté, et son empire abattu par toute la terre.

Cette semence bénite était Jésus-Christ, fils d'une vierge, ce Jésus-Christ en qui seul Adam n'avait point péché, parce qu'il devait sortir d'Adam d'une manière divine, conçu non de l'homme, mais du Saint-Esprit. C'était[1] donc par ce divin germe, ou par la femme qui le produirait, selon les diverses leçons de ce passage, que la perte du genre humain devait être réparée, et la puissance ôtée au prince du monde, *qui ne trouve rien du sien en Jésus-Christ*[2].

Mais avant que de nous donner le Sauveur, il fallait que le genre humain connût par une longue expérience le besoin qu'il avait d'un tel secours. L'homme fut donc laissé à lui-même; ses inclinations se corrompirent, ses débordements allèrent à l'excès, et l'iniquité couvrit toute la face de la terre.

Alors Dieu médita une vengeance dont il voulut que le souvenir ne s'éteignît jamais parmi les hommes : c'est celle du déluge universel[3], dont en effet la mémoire dure encore dans toutes les nations, aussi bien que celle des crimes qui l'ont attiré.

Que les hommes ne pensent plus que le monde va tout seul, et que ce qui a été sera toujours comme de lui-même. Dieu, qui a tout fait, et par qui tout subsiste, va noyer tous les animaux avec tous les hommes, c'est-à-dire qu'il va détruire la plus belle partie de son ouvrage.

Il n'avait besoin que de lui-même pour détruire ce qu'il avait fait d'une parole : mais il trouve plus digne de lui de faire servir ses créatures d'instrument à sa vengeance; et il appelle les eaux pour ravager la terre couverte de crimes.

Il s'y trouva pourtant un homme juste. Dieu, avant que de le sauver du déluge des eaux, l'avait préservé, par sa grâce, du déluge de l'iniquité. Sa famille fut réservée pour repeupler la terre, qui n'allait plus être qu'une immense solitude. Par les soins de cet homme juste, Dieu sauve les animaux, afin que l'homme entende qu'ils sont faits pour lui, et qu'il s'en serve pour la gloire de leur Créateur.

Il fait plus[1]; et, comme s'il se repentait d'avoir exercé sur le genre humain une justice si rigoureuse, il promet solennellement de n'envoyer jamais de déluge pour inonder toute la terre; et il daigna faire ce traité, non seulement avec *les hommes*, mais encore *avec tous les animaux tant de la terre que de l'air*[2], pour montrer que sa providence s'étend sur tout ce qui a vie. L'arc-en-ciel parut alors : Dieu en choisit les couleurs si douces et si agréablement diversifiées sur un nuage rempli d'une bénigne rosée, plutôt que d'une pluie incommode, pour être un témoignage éternel que les pluies qu'il enverrait dorénavant ne feraient jamais d'inondation universelle. Depuis ce temps, l'arc-en-ciel paraît dans les célestes visions comme un des principaux ornements du trône de Dieu[3], et y porte une impression de ses miséricordes.

Le monde se renouvelle, et la terre sort encore une fois du sein des eaux : mais, dans ce renouvellement, il demeure une impression éternelle de la vengeance divine. Jusqu'au déluge toute la nature était plus forte et plus vigoureuse : par cette immense quantité d'eaux que Dieu amena sur la terre, et par le long séjour qu'elles y firent, les sucs qu'elle renfermait furent altérés; l'air, chargé d'une humidité excessive, fortifia les principes de la corruption; et la première constitution de l'univers se trouvant affaiblie, la vie humaine, qui se poussait jusques à près de mille ans, se diminua peu à peu : les herbes et les fruits n'eurent plus leur première force, et il fallut donner aux hommes une nourriture plus substantielle dans la chair des animaux[4].

Ainsi devaient disparaître et s'effacer peu à peu les restes de la première institution; et la nature changée avertissait l'homme que Dieu n'était plus le même pour lui depuis qu'il avait été irrité par tant de crimes.

Au reste, cette longue vie des premiers hommes, marquée dans les annales du peuple de Dieu, n'a pas été inconnue aux autres peuples, et leurs anciennes traditions en ont conservé la mémoire[5]. La mort qui s'avançait fit sentir aux hommes une vengeance plus prompte; et comme tous les jours ils s'enfonçaient de plus en plus dans le crime, il fallait qu'ils fussent aussi, pour ainsi parler, tous les jours plus enfoncés dans leur supplice.

Le seul changement des viandes[1] leur pouvait marquer combien leur état allait s'empirant, puisqu'en devenant plus faibles, ils devenaient en même temps plus voraces et plus sanguinaires.

Avant le temps du déluge, la nourriture que les hommes prenaient sans violence dans les fruits qui tombaient d'eux-mêmes, et dans les herbes qui aussi bien séchaient si vite, était sans doute quelque reste de la première innocence, et de la douceur à laquelle nous étions formés. Maintenant, pour nous nourrir, il faut répandre du sang malgré l'horreur qu'il nous cause naturellement; et tous les raffinements dont nous nous servons pour couvrir nos tables, suffisent à peine à nous déguiser les cadavres qu'il nous faut manger pour nous assouvir.

Mais ce n'est là que la moindre partie de nos malheurs. La vie déjà raccourcie s'abrège encore par les violences qui s'introduisent dans le genre humain. L'homme qu'on voyait dans les premiers temps épargner la vie des bêtes, s'est accoutumé à n'épargner plus la vie de ses semblables. C'est en vain que Dieu défendit, aussitôt après le déluge, de verser le sang humain; en vain, pour sauver quelque vestige de la première douceur de notre nature, en permettant de manger la chair des bêtes, il en avait réservé le sang[2]. Il est vrai qu'avant le déluge, Caïn avait sacrifié son frère à sa jalousie[3]. Lamech, sorti de Caïn, avait fait le second meurtre[4]; et on peut croire qu'il s'en fit d'autres après ces damnables exemples. Mais les guerres n'étaient pas encore inventées. Ce fut après le déluge que parurent ces ravageurs de provinces que l'on a nommés conquérants, qui, poussés par la seule gloire du commandement, ont exterminé tant d'innocents. Nemrod, maudit rejeton de Cham maudit par son père, commença à faire la guerre seulement pour s'établir un empire[5]. Depuis ce temps, l'ambition s'est jouée sans aucune borne de la vie des hommes; ils en sont venus à ce point de s'entre-tuer sans se haïr; le comble de la gloire et le plus beau de tous les arts a été de se tuer les uns les autres.

Cent ans ou environ[6] après le déluge, Dieu frappa le genre humain d'un autre fléau par la division des langues. Dans la dispersion qui se devait faire de la famille de Noé par toute la terre habitable, c'était encore un lien de la société, que la langue qu'avaient parlée les premiers hommes, et qu'Adam avait apprise à ses enfants, demeurât commune. Mais ce reste de l'ancienne concorde périt à la tour de Babel : soit que les enfants d'Adam, toujours incrédules, n'eussent pas donné assez de croyance à la promesse de Dieu, qui les avait assurés qu'on ne verrait plus de déluge, et qu'ils se soient préparé un refuge contre un semblable accident dans la solidité et dans la hauteur de ce superbe édifice, ou qu'ils n'aient eu pour objet que de rendre leur nom immortel par ce grand ouvrage, avant que de se séparer, ainsi qu'il est remarqué dans la Genèse[1], Dieu ne leur permit pas de le porter, comme ils l'espéraient, jusqu'aux nues; ni de menacer pour ainsi dire le ciel par l'élévation de ce hardi bâtiment; et il mit la confusion parmi eux, en leur faisant oublier leur premier langage. Là donc ils commencèrent à se diviser en langues et en nations. Le nom de Babel, qui signifie confusion, demeura à la tour, en témoignage de ce désordre, et pour être un monument éternel au genre humain que l'orgueil est la source de la division et du trouble parmi les hommes.

Voilà les commencements du monde tels que l'histoire de Moïse nous les représente : commencements heureux d'abord, pleins ensuite de maux infinis; par rapport à Dieu, qui fait tout, toujours admirables; tels enfin que nous apprenons, en les repassant dans notre esprit, à considérer l'univers et le genre humain toujours sous la main du Créateur, tiré du néant par sa parole, conservé par sa bonté, gouverné par sa sagesse, puni par sa justice, délivré par sa miséricorde, et toujours assujetti à sa puissance.

Ce n'est pas ici l'univers tel que l'ont conçu les philosophes; formé, selon quelques-uns[2], par un concours fortuit des premiers corps; ou qui, selon les plus sages, a fourni sa matière à son auteur; qui, par conséquent, n'en dépend, ni dans le fond de son être, ni dans son premier état, et qui l'astreint à certaines lois que lui-même ne peut violer.

Moïse et nos anciens pères, dont Moïse a recueilli les traditions, nous donnent d'autres pensées. Le Dieu qu'il nous a montré a bien une autre puissance : il peut faire et défaire ainsi qu'il lui plaît; il donne des lois à la nature et les renverse quand il veut.

Si pour se faire connaître dans le temps que la plupart des hommes l'avaient oublié, il a fait des miracles étonnants, et a forcé la nature à sortir de ses lois les plus constantes, il a continué par là à montrer qu'il en était le maître absolu, et que sa volonté est le seul lien qui entretient l'ordre du monde.

C'est justement ce que les hommes avaient oublié : la stabilité d'un si bel ordre ne servait plus qu'à leur persuader que cet ordre avait toujours été, et qu'il était de soi-même ; par où ils étaient portés à adorer ou le monde en général, ou les astres, les éléments, et enfin tous ces grands corps qui le composent. Dieu donc a témoigné au genre humain une bonté digne de lui, en renversant dans les occasions éclatantes cet ordre, qui non seulement ne les frappait plus, parce qu'ils y étaient accoutumés, mais encore qui les portait, tant ils étaient aveuglés, à imaginer hors de Dieu l'éternité et l'indépendance.

L'histoire du peuple de Dieu, attestée par sa propre suite, et par la religion, tant de ceux qui l'ont écrite que de ceux qui l'ont conservée avec tant de soin, a gardé, comme dans un fidèle registre, la mémoire de ces miracles et nous donne par là l'idée véritable de l'empire suprême de Dieu maître tout-puissant de ses créatures, soit pour les tenir sujettes aux lois générales qu'il a établies, soit pour leur en donner d'autres quand il juge qu'il est nécessaire de réveiller par quelque coup surprenant le genre humain endormi.

Voilà le Dieu que Moïse nous a proposé dans ses écrits comme le seul qu'il fallait servir ; voilà le Dieu que les patriarches ont adoré avant Moïse ; en un mot, le Dieu d'Abraham, d'Isaac et de Jacob, à qui notre père Abraham a bien voulu immoler son fils unique, dont Melchisédech, figure de Jésus-Christ, était le pontife, à qui notre père Noé a sacrifié en sortant de l'arche, que le juste Abel avait reconnu en lui offrant ce qu'il avait de plus précieux, que Seth donné à Adam à la place d'Abel avait fait connaître à ses enfants appelés aussi enfants de Dieu, qu'Adam même avait montré à ses descendants comme celui des mains duquel il s'était vu récemment sorti, et qui seul pouvait mettre fin aux maux de sa malheureuse postérité.

La belle philosophie que celle qui nous donne des idées si pures de l'auteur de notre être ! la belle tradition que celle qui nous conserve la mémoire de ses œuvres magnifiques! Que le peuple de Dieu est saint, puisque, par une suite non interrompue depuis l'origine du monde jusqu'à nos jours, il a toujours conservé une tradition et une philosophie si sainte!

## CHAPITRE II

### ABRAHAM ET LES PATRIARCHES

Mais comme le peuple de Dieu a pris, sous le patriarche Abraham, une forme plus réglée, il est nécessaire, Monseigneur, de vous arrêter un peu sur ce grand homme.

Il naquit environ trois cent cinquante ans après le déluge, dans un temps où la vie humaine, quoique réduite à des bornes plus étroites, était encore très longue. Noé ne faisait que de mourir; Sem, son fils aîné, vivait encore; et Abraham a pu passer avec lui presque toute sa vie.

Représentez-vous donc le monde encore nouveau, et encore, pour ainsi dire, tout trempé des eaux du déluge, lorsque les hommes, si près de l'origine des choses, n'avaient besoin, pour connaître l'unité de Dieu et le service qui lui était dû, que de la tradition qui s'en était conservée depuis Adam et depuis Noé : tradition d'ailleurs si conforme aux lumières de la raison, qu'il semblait qu'une vérité si claire et si importante ne pût jamais être obscurcie, ni oubliée parmi les hommes. Tel est le premier état de la religion qui dure jusqu'à Abraham, où, pour connaître les grandeurs de Dieu, les hommes n'avaient à consulter que leur raison et leur mémoire.

Mais la raison était faible et corrompue; et, à mesure qu'on s'éloignait de l'origine des choses, les hommes brouillaient les idées qu'ils avaient reçues de leurs ancêtres. Les enfants indociles ou malappris n'en voulaient plus croire leurs grands-pères décrépits, qu'ils ne connaissaient qu'à peine après tant de générations; le sens humain abruti ne pouvait plus s'élever aux choses intellectuelles; et, les hommes ne voulant plus adorer que ce qu'ils voyaient, l'idolâtrie se répandait par tout l'univers.

L'esprit qui avait trompé le premier homme goûtait alors

tout le fruit de sa séduction, et voyait l'effet entier de cette parole : « Vous serez comme des dieux. » Dès le moment qu'il la proféra, il songeait à confondre en l'homme l'idée de Dieu avec celle de la créature, et à diviser un nom dont la majesté consiste à être incommunicable. Son projet lui réussissait. Les hommes ensevelis dans la chair et dans le sang, avaient pourtant conservé une idée obscure de la puissance divine, qui se soutenait par sa propre force, mais qui, brouillée avec les images venues par leurs sens, leur faisait adorer toutes les choses où il paraissait quelque activité et quelque puissance. Ainsi le soleil et les astres qui se faisaient sentir de si loin, le feu et les éléments dont les objets étaient si universels, furent les premiers effets de l'adoration publique. Les grands rois, les grands conquérants qui pouvaient tout sur la terre, et les auteurs des inventions utiles à la vie humaine, eurent bientôt après les honneurs divins. Les hommes portèrent la peine de s'être soumis à leurs sens : les sens décidèrent de tout, et firent malgré la raison, tous les dieux qu'on adora sur la terre.

Que l'homme parut alors éloigné de sa première institution, et que l'image de Dieu y était gâtée! Dieu pouvait-il l'avoir fait avec ces perverses inclinations qui se déclaraient tous les jours de plus en plus ? et cette pente prodigieuse qu'il avait à s'assujettir à toute autre chose qu'à son Seigneur naturel, ne montrait-elle pas trop visiblement la main étrangère par laquelle l'œuvre de Dieu avait été si profondément altérée dans l'esprit humain, qu'à peine pouvait-on y en reconnaître quelque trace ? Poussé par cette aveugle impression qui le dominait, il s'enfonçait dans l'idolâtrie, sans que rien le pût retenir. Un si grand mal faisait des progrès étranges. De peur qu'il n'infectât tout le genre humain, et n'éteignît tout à fait la connaissance de Dieu, ce grand Dieu appela d'en-haut son serviteur Abraham, dans la famille duquel il voulait établir son culte, et conserver l'ancienne croyance tant de la création de l'univers que de la providence particulière avec laquelle il gouverne les choses humaines.

Abraham a toujours été célèbre dans l'Orient. Ce n'est pas seulement les Hébreux qui le regardent comme leur père. Les Iduméens se glorifient de la même origine. Ismaël, fils d'Abraham, est connu parmi les Arabes comme celui d'où ils sont sortis[1]. La circoncision leur est demeurée comme la marque de leur origine, et ils l'ont reçue de tout temps, non pas au huitième jour, à la manière des Juifs, mais à treize ans, comme l'Ecriture nous apprend qu'elle fut donnée à leur père Ismaël[1] : coutume qui dure encore parmi les mahométans. D'autres peuples arabes se ressouviennent d'Abraham et de Cétura, et ce sont les mêmes que l'Ecriture fait sortir de ce mariage[2]. Ce patriarche était chaldéen; et ces peuples, renommés pour leurs observations astronomiques, ont compté Abraham comme un de leurs plus savants observateurs[3]. Les historiens de Syrie l'ont fait roi de Damas, quoique étranger et venu des environs de Babylone; et ils racontent qu'il quitta le royaume de Damas pour s'établir dans le pays des Chananéens, depuis appelé Judée[4]. Mais il vaut mieux remarquer ce que l'histoire du peuple de Dieu nous rapporte de ce grand homme.

Nous avons vu qu'Abraham suivait le genre de vie que suivirent les anciens hommes avant que tout l'univers eût été réduit en royaumes. Il régnait dans sa famille, avec laquelle il embrassait cette vie pastorale tant renommée pour sa simplicité et son innocence; riche en troupeaux, en esclaves et en argent, mais sans terres et sans domaine[5]; et toutefois il vivait dans un royaume étranger, respecté, et indépendant comme un prince[6]. Sa piété, et sa droiture protégée de Dieu, lui attiraient ce respect. Il traitait d'égal avec les rois qui recherchaient son alliance; et c'est de là qu'est venue l'ancienne opinion qui l'a lui-même fait roi. Quoique sa vie fût simple et pacifique, il savait faire la guerre, mais seulement pour défendre ses alliés opprimés[7]. Il les défendit, et les vengea par une victoire signalée : il leur rendit toutes leurs richesses reprises sur leurs ennemis, sans réserver autre chose que la dîme qu'il offrit à Dieu, et la part qui appartenait aux troupes auxiliaires qu'il avait menées au combat. Au reste, après un si grand service, il refusa les présents des rois avec une magnanimité sans exemple, et ne put souffrir qu'aucun homme se vantât d'avoir enrichi Abraham. Il ne voulait rien devoir qu'à Dieu qui le protégeait, et qu'il suivait seul avec une foi et une obéissance parfaites.

Guidé par cette foi, il avait quitté sa terre natale pour venir au pays que Dieu lui montrait. Dieu qui l'avait appelé, et qui l'avait rendu digne de son alliance, la conclut à ces conditions.

Il lui déclara qu'il serait le Dieu de lui et de ses enfants[1], c'est-à-dire qu'il serait leur protecteur, et qu'ils le serviraient comme le seul Dieu créateur du ciel et de la terre.

Il lui promit une terre (ce fut celle de Chanaan) pour servir de demeure fixe à sa postérité, et de siège à la religion[2].

Il n'avait point d'enfants, et sa femme Sara était stérile. Dieu lui jura par soi-même et par son éternelle vérité, que de lui et de cette femme naîtrait une race qui égalerait les étoiles du ciel et le sable de la mer[3].

Mais voici l'article le plus mémorable de la promesse divine. Tous les peuples se précipitaient dans l'idolâtrie. Dieu promit au saint patriarche qu'en lui et en sa semence, toutes ces nations aveugles qui oubliaient leur Créateur seraient bénites[4], c'est-à-dire rappelées à sa connaissance, où se trouve la véritable bénédiction.

Par cette parole, Abraham est fait le père de tous les croyants, et sa postérité est choisie pour être la source d'où la bénédiction doit s'étendre par toute la terre.

En cette promesse était enfermée la venue du Messie tant de fois prédit à nos pères, mais toujours prédit comme celui qui devait être le Sauveur de tous les Gentils et de tous les peuples du monde.

Ainsi ce germe béni, promis à Eve, devint aussi le germe et le rejeton d'Abraham.

Tel est le fondement de l'alliance; telles en sont les conditions. Abraham en reçut la marque dans la circoncision[5], cérémonie dont le propre effet était de marquer que ce saint homme appartenait à Dieu avec toute sa famille.

Abraham était sans enfants quand Dieu commença à bénir sa race. Dieu le laissa plusieurs années sans lui en donner. Après il eut Ismaël, qui devait être père d'un grand peuple, mais non pas de ce peuple élu, tant promis à Abraham[6]. Le père du peuple élu devait sortir de lui et de sa femme Sara qui était stérile. Enfin, treize ans après Ismaël, il vint cet enfant tant désiré : il fut nommé Isaac[7], c'est-à-dire *ris,* enfant de joie, enfant de miracle, enfant de promesse, qui marque par sa naissance que les vrais enfants de Dieu naissent de la grâce.

Il était déjà grand ce bénit enfant, et dans un âge où son père pouvait espérer d'en avoir d'autres enfants, quand tout à coup Dieu lui commanda de l'immoler[8]. A quelles épreuves la foi est-elle exposée! Abraham mena Isaac à la montagne que Dieu lui avait montrée, et il allait sacrifier ce fils en qui seul Dieu lui promettait de le rendre père et de son peuple et du Messie. Isaac présentait le sein à l'épée que son père tenait toute prête à frapper. Dieu, content de l'obéissance du père et du fils, n'en demande pas davantage. Après que ces deux grands hommes ont donné au monde une image si vive et si belle de l'oblation volontaire de Jésus-Christ, et qu'ils ont goûté en esprit les amertumes de sa croix, ils sont jugés vraiment dignes d'être ses ancêtres. La fidélité d'Abraham fait que Dieu lui confirme toutes ses promesses[1], et bénit de nouveau non seulement sa famille, mais encore par sa famille toutes les nations de l'univers.

En effet, il continua sa protection à Isaac, son fils, et à Jacob, son petit-fils. Ils furent ses imitateurs, attachés comme lui à la croyance ancienne, à l'ancienne manière de vie qui était la vie pastorale, à l'ancien gouvernement du genre humain où chaque père de famille était prince dans sa maison. Ainsi, dans les changements qui s'introduisaient tous les jours parmi les hommes, la sainte antiquité revivait dans la religion et dans la conduite d'Abraham et de ses enfants.

Aussi Dieu réitéra-t-il à Isaac et à Jacob les mêmes promesses qu'il avait faites à Abraham[2]; et comme il s'était appelé le Dieu d'Abraham, il prit encore le nom de Dieu d'Isaac, et de Dieu de Jacob.

Sous sa protection, ces trois grands hommes commencèrent à demeurer dans la terre de Chanaan, mais comme des étrangers, et sans y posséder *un pied de terre*[3], jusqu'à ce que la famine attira Jacob en Egypte, où ses enfants multipliés devinrent bientôt un grand peuple, comme Dieu l'avait promis.

Au reste, quoique ce peuple, que Dieu faisait naître dans son alliance, dût s'étendre par la génération, et que la bénédiction dût suivre le sang, ce grand Dieu ne laissa pas d'y marquer l'élection de sa grâce. Car, après avoir choisi Abraham du milieu des nations, parmi les enfants d'Abraham il choisit Isaac, et des deux jumeaux d'Isaac il choisit Jacob, à qui il donna le nom d'Israël.

La préférence de Jacob[4] fut marquée par la solennelle bénédiction qu'il reçut d'Isaac par surprise en apparence, mais en effet par une expresse disposition de la sagesse divine. Cette action prophétique et mystérieuse avait été préparée par un oracle dès le temps que Rebecca, mère d'Esaü et de Jacob, les portait tous deux dans son sein. Car cette pieuse femme, troublée du combat qu'elle sentait entre ses deux enfants dans ses entrailles, consulta Dieu, de qui elle reçut cette réponse : « Vous portez deux peuples dans votre sein, et l'aîné sera assujetti au plus jeune. » En exécution de cet oracle, Jacob avait reçu de son frère la cession de son droit d'aînesse, confirmée par serment[1]; et Isaac, en le bénissant, ne fit que le mettre en possession de ce droit, que le ciel lui-même lui avait donné. La préférence des Israélites enfants de Jacob sur les Iduméens enfants d'Esaü, est prédite par cette action, qui marque aussi la préférence future des Gentils nouvellement appelés à l'alliance par Jésus-Christ, au-dessus de l'ancien peuple.

Jacob eut douze enfants qui furent les douze patriarches auteurs des douze tribus. Tous devaient entrer dans l'alliance; mais Juda fut choisi parmi tous ses frères pour être le père des rois du peuple saint, et le père du Messie tant promis à ses ancêtres.

Le temps devait venir que dix tribus étant retranchées du peuple de Dieu pour leur infidélité, la postérité d'Abraham ne conserverait son ancienne bénédiction, c'est-à-dire la religion, la terre de Chanaan, et l'espérance du Messie, qu'en la seule tribu de Juda, qui devait donner le nom au reste des Israélites qu'on appela Juifs, et à tout le pays qu'on nomma Judée.

Ainsi l'élection divine paraît toujours, même dans ce peuple charnel, qui devait se conserver par la propagation ordinaire.

Jacob vit en esprit le secret de cette élection[2]. Comme il était prêt à expirer, et que ses enfants autour de son lit demandaient la bénédiction d'un si bon père, Dieu lui découvrit l'état des douze tribus quand elles seraient dans la Terre promise; il l'expliqua en peu de paroles, et ce peu de paroles renferment des mystères innombrables.

Quoique tout ce qu'il dit des frères de Juda soit exprimé avec une magnificence extraordinaire, et ressente un homme transporté hors de lui-même par l'esprit de Dieu; quand il vient à Juda, il s'élève encore plus haut. « Juda, dit-il, tes frères te loueront; ta main sera sur le cou de tes ennemis; les enfants de ton père se prosterneront devant toi. Juda est un jeune lion. Mon fils, tu es allé au butin. Tu t'es reposé comme un lion et comme une lionne. Qui osera le réveiller ? Le sceptre (c'est-à-dire l'autorité) ne sortira point de Juda, et on verra toujours des capitaines et des magistrats, ou des juges nés de sa race, jusqu'à ce que vienne celui qui doit être envoyé, et qui sera l'attente des peuples[1] ; » ou, comme porte une autre leçon qui peut-être n'est pas moins ancienne, et qui au fond ne diffère pas de celle-ci, « jusqu'à ce que vienne celui à qui les choses sont réservées ; » et le reste comme nous venons de le rapporter.

La suite de la prophétie regarde à la lettre la contrée que la tribu de Juda devait occuper dans la Terre sainte. Mais les dernières paroles que nous avons vues, en quelque façon qu'on les veuille prendre, ne signifient autre chose que celui qui devait être l'envoyé de Dieu, le ministre et l'interprète de ses volontés, l'accomplissement de ses promesses, et le roi du nouveau peuple, c'est-à-dire le Messie ou l'Oint du Seigneur.

Jacob n'en parle expressément qu'au seul Juda dont ce Messie devait naître : il comprend, dans la destinée de Juda seul, la destinée de toute la nation, qui après sa dispersion devait voir les restes des autres tribus réunis sous les étendards de Juda.

Tous les termes de la prophétie sont clairs : il n'y a que le mot de sceptre que l'usage de notre langue nous pourrait faire prendre pour la seule royauté ; au lieu que, dans la langue sainte, il signifie, en général, la puissance, l'autorité, la magistrature. Cet usage du mot de sceptre se trouve à toutes les pages de l'Ecriture : il paraît même manifestement dans la prophétie de Jacob, et le patriarche veut dire qu'aux jours du Messie toute autorité cessera dans la maison de Juda ; ce qui emporte la ruine totale d'un Etat.

Ainsi les temps du Messie sont marqués ici par un double changement. Par le premier, le royaume de Juda et du peuple juif est menacé de sa dernière ruine. Par le second, il doit s'élever un nouveau royaume, non pas d'un seul peuple, mais de tous les peuples, dont le Messie doit être le chef et l'espérance.

Dans le style de l'Ecriture, le peuple juif est appelé en nombre singulier, et par excellence, *le peuple*, ou *le peuple de Dieu*[2] ; et quand on trouve *les peuples*[3], ceux qui sont exercés dans les Ecritures, entendent les autres peuples, qu'on voit aussi promis au Messie dans la prophétie de Jacob.

Cette grande prophétie comprend en peu de paroles toute l'histoire du peuple juif, et du Christ qui lui est promis. Elle marque toute la suite du peuple de Dieu, et l'effet en dure encore.

Aussi ne prétends-je pas vous en faire un commentaire : vous n'en aurez pas besoin, puisqu'en remarquant simplement la suite du peuple de Dieu, vous verrez le sens de l'oracle se développer de lui-même, et que les seuls événements en seront les interprètes.

## CHAPITRE III

MOÏSE, LA LOI ÉCRITE, ET L'INTRODUCTION DU PEUPLE
DANS LA TERRE PROMISE

Après la mort de Jacob, le peuple de Dieu demeura en Egypte, jusqu'au temps de la mission de Moïse, c'est-à-dire environ deux cents ans.

Ainsi il se passa quatre cent trente ans avant que Dieu donnât à son peuple la terre qu'il lui avait promise.

Il voulait accoutumer ses élus à se fier à sa promesse, assurés qu'elle s'accomplit tôt ou tard, et toujours dans les temps marqués par son éternelle providence.

Les iniquités des Amorrhéens, dont il leur voulait donner la terre et les dépouilles, n'étaient pas encore, comme il le déclare à Abraham[1], au comble où il les attendait pour les livrer à la dure et impitoyable vengeance qu'il voulait exercer sur eux par les mains de son peuple élu.

Il fallait donner à ce peuple le temps de se multiplier, afin qu'il fût en état de remplir la terre qui lui était destinée[2], et de l'occuper par force, en exterminant ses habitants maudits de Dieu.

Il voulait qu'ils éprouvassent en Egypte une dure et insupportable captivité, afin qu'étant délivrés par des prodiges inouïs, ils aimassent leur libérateur, et célébrassent éternellement ses miséricordes.

Voilà l'ordre des conseils de Dieu, tels que lui-même

nous les a révélés, pour nous apprendre à le craindre, à l'adorer, à l'aimer, à l'attendre avec foi et patience.

Le temps étant arrivé, il écoute les cris de son peuple cruellement affligé par les Egyptiens, et il envoie Moïse pour délivrer ses enfants de leur tyrannie.

Il se fait connaître à ce grand homme plus qu'il n'avait jamais fait à aucun homme vivant. Il lui apparaît d'une manière également magnifique et consolante[1] : il lui déclare qu'il est celui qui est. Tout ce qui est devant lui n'est qu'une ombre. *Je suis,* dit-il, *celui qui suis*[2] : l'être et la perfection m'appartiennent à moi seul. Il prend un nouveau nom, qui désigne l'être et la vie en lui comme dans leur source; et c'est ce grand nom de Dieu, terrible, mystérieux, incommunicable, sous lequel il veut dorénavant être servi.

Je ne vous raconterai pas en particulier les plaies de l'Egypte, ni l'endurcissement de Pharaon, ni le passage de la mer Rouge, ni la fumée, les éclairs, la trompette résonnante, le bruit effroyable qui parut au peuple sur le mont Sinaï. Dieu y gravait de sa main, sur deux tables de pierre, les préceptes fondamentaux de la religion et de la société : il dictait le reste à Moïse à haute voix.

Pour maintenir cette loi dans sa vigueur, il eut ordre de former une assemblée vénérable de septante conseillers, qui pouvait être appelée le sénat du peuple de Dieu et le conseil perpétuel de la nation. Dieu parut publiquement, et fit publier sa loi en sa présence avec une démonstration étonnante de sa majesté et de sa puissance.

Jusque-là Dieu n'avait rien donné par écrit qui pût servir de règle aux hommes. Les enfants d'Abraham avaient seulement la circoncision et les cérémonies qui l'accompagnaient, pour marque de l'alliance que Dieu avait contractée avec cette race élue. Ils étaient séparés, par cette marque, des peuples qui adoraient les fausses divinités : au reste, ils se conservaient dans l'alliance de Dieu par le souvenir qu'ils avaient des promesses faites à leurs pères, et ils étaient connus comme un peuple qui servait le Dieu d'Abraham, d'Isaac et de Jacob. Dieu était si fort oublié, qu'il fallait le discerner par le nom de ceux qui avaient été ses adorateurs, et dont il était aussi le protecteur déclaré.

Il ne voulut point abandonner plus longtemps à la seule mémoire des hommes le mystère de la religion et de son alliance. Il était temps de donner de plus fortes barrières à l'idolâtrie, qui inondait tout le genre humain, et achevait d'y éteindre les restes de la lumière naturelle.

L'ignorance et l'aveuglement s'étaient prodigieusement accrus depuis le temps d'Abraham. De son temps, et un peu après, la connaissance de Dieu paraissait encore dans la Palestine et dans l'Egypte. Melchisédech, roi de Salem, était *le pontife du Dieu très-haut, qui a fait le ciel et la terre*[1]. Abimélech, roi de Gérare, et son successeur de même nom, craignaient Dieu, juraient en son nom, et admiraient sa puissance[2]. Les menaces de ce grand Dieu étaient redoutées par Pharaon, roi d'Egypte[3]; mais dans le temps de Moïse, ces nations s'étaient perverties. Le vrai Dieu n'était plus connu en Egypte comme le Dieu de tous les peuples de l'univers, mais *comme le Dieu des Hébreux*[4]. On adorait jusqu'aux bêtes et jusqu'aux reptiles[5]. Tout était Dieu, excepté Dieu même; et le monde, que Dieu avait fait pour manifester sa puissance, semblait être devenu un temple d'idoles. Le genre humain s'égara jusqu'à adorer ses vices et ses passions; et il ne faut pas s'en étonner. Il n'y avait point de puissance plus inévitable ni plus tyrannique que la leur. L'homme accoutumé à croire divin tout ce qui était puissant, comme il se sentait entraîné au vice par une force invincible, crut aisément que cette force était hors de lui, et s'en fit bientôt un Dieu. C'est par là que l'amour impudique eut tant d'autels, et que des impuretés qui font horreur commencèrent à être mêlées dans les sacrifices[6].

La cruauté y entra en même temps. L'homme coupable, qui était troublé par le sentiment de son crime, et qui regardait la divinité comme ennemie, crut ne pouvoir l'apaiser par les victimes ordinaires. Il fallut verser le sang humain avec celui des bêtes : une aveugle frayeur poussait les pères à immoler leurs enfants, et à les brûler à leurs dieux au lieu d'encens. Ces sacrifices étaient communs dès le temps de Moïse, et ne faisaient qu'une partie de ces horribles iniquités des Amorrhéens, dont Dieu commit la vengeance aux Israélites.

Mais ils n'étaient pas particuliers à ces peuples. On sait que dans tous les peuples du monde, sans en excepter aucun, les hommes ont sacrifié leurs semblables[7]; et il n'y a point eu d'endroits sur la terre où on n'ait servi de ces tristes et affreuses divinités, dont la haine implacable pour le genre humain exigeait de telles victimes.

Au milieu de tant d'ignorances, l'homme vint à adorer jusqu'à l'œuvre de ses mains. Il crut pouvoir renfermer l'esprit divin dans des statues; et il oublia si profondément que Dieu l'avait fait, qu'il crut à son tour pouvoir faire un Dieu. Qui le pourrait croire, si l'expérience ne nous faisait voir qu'une erreur si stupide et si brutale n'était pas seulement la plus universelle, mais encore la plus enracinée et la plus incorrigible parmi les hommes ? Ainsi il faut reconnaître, à la confusion du genre humain, que la première des vérités, celle que le monde prêche, celle dont l'impression est la plus puissante, était la plus éloignée de la vue des hommes. La tradition qui la conservait dans leurs esprits, quoique claire encore, et assez présente, si on y eût été attentif, était prête à s'évanouir : des fables prodigieuses, et aussi pleines d'impiété que d'extravagance, prenaient sa place. Le moment était venu où la vérité, mal gardée dans la mémoire des hommes, ne pouvait plus se conserver sans être écrite; et Dieu ayant résolu d'ailleurs de former son peuple à la vertu par des lois plus expresses et en plus grand nombre, il résolut en même temps de les donner par écrit.

Moïse fut appelé à cet ouvrage. Ce grand homme recueillit l'histoire des siècles passés : celle d'Adam, celle de Noé, celle d'Abraham, celle d'Isaac, celle de Jacob, celle de Joseph, ou plutôt celle de Dieu même et de ses faits admirables.

Il ne lui fallut pas déterrer de loin les traditions de ses ancêtres. Il naquit cent ans après la mort de Jacob. Les vieillards de son temps avaient pu converser plusieurs années avec ce saint patriarche : la mémoire de Joseph et des merveilles que Dieu avait faites par ce grand ministre des rois d'Egypte était encore récente. La vie de trois ou quatre hommes remontait jusqu'à Noé, qui avait vu les enfants d'Adam, et touchait, pour ainsi parler, à l'origine des choses[1].

Ainsi les traditions anciennes du genre humain et celles de la famille d'Abraham, n'étaient pas malaisées à recueillir : la mémoire en était vive; et il ne faut pas s'étonner si Moïse, dans sa Genèse, parle des choses arrivées dans les premiers siècles, comme de choses constantes, dont même on voyait encore, et dans les peuples voisins et dans la terre de Chanaan, des monuments remarquables.

Dans le temps qu'Abraham, Isaac et Jacob avaient habité cette terre, ils y avaient érigé partout des monuments des choses qui leur étaient arrivées. On y montrait encore les lieux où ils avaient habité; les puits qu'ils avaient creusés dans ces pays secs, pour abreuver leur famille et leurs troupeaux; les montagnes où ils avaient sacrifié à Dieu et où il leur était apparu; les pierres qu'ils avaient dressées ou entassées pour servir de mémorial à la postérité, les tombeaux où reposaient leurs cendres bénites. La mémoire de ces grands hommes était récente, non seulement dans tout le pays, mais encore dans tout l'Orient, où plusieurs nations célèbres n'ont jamais oublié qu'elles venaient de leur race.

Ainsi quand le peuple hébreu entra dans la Terre promise, tout y célébrait leurs ancêtres; et les villes et les montagnes, et les pierres mêmes y parlaient de ces hommes merveilleux, et des visions étonnantes par lesquelles Dieu les avait confirmés dans l'ancienne et véritable croyance.

Ceux qui connaissent tant soit peu les antiquités, savent combien les premiers temps étaient curieux d'ériger et de conserver de tels monuments, et combien la postérité retenait soigneusement les occasions qui les avaient fait dresser. C'était une des manières d'écrire l'histoire; on a depuis façonné et poli les pierres; et les statues ont succédé après les colonnes aux masses grossières et solides que les premiers temps érigeaient.

On a même de grandes raisons de croire que dans la lignée où s'est conservée la connaissance de Dieu, on conservait aussi par écrit des mémoires des anciens temps. Car les hommes n'ont jamais été sans ce soin. Du moins est-il assuré qu'il se faisait des cantiques que les pères apprenaient à leurs enfants; cantiques qui, se chantant dans les fêtes et dans les assemblées, y perpétuaient la mémoire des actions les plus éclatantes des siècles passés.

De là est née la poésie, changée dans la suite en plusieurs formes, dont la plus ancienne se conserve encore dans les odes et dans les cantiques, employés par tous les anciens, et encore à présent par les peuples qui n'ont pas l'usage des lettres, à louer la Divinité et les grands hommes.

Le style de ces cantiques, hardi, extraordinaire, naturel

toutefois en ce qu'il est propre à représenter la nature dans ses transports, qui marche pour cette raison par de vives et impétueuses saillies, affranchi des liaisons ordinaires que recherche le discours uni, renfermé d'ailleurs dans des cadences nombreuses qui en augmentent la force, surprend l'oreille, saisit l'imagination, émeut le cœur, et s'imprime plus aisément dans la mémoire.

Parmi tous les peuples du monde, celui où de tels cantiques ont été le plus en usage, a été le peuple de Dieu. Moïse en marque un grand nombre[1] qu'il désigne par les premiers vers, parce que le peuple savait le reste. Lui-même en a fait deux de cette nature. Le premier nous met devant les yeux le passage triomphant de la mer Rouge, et les ennemis du peuple de Dieu, les uns déjà noyés, et les autres à demi vaincus par la terreur[2]. Par le second, Moïse confond l'ingratitude du peuple, en célébrant les bontés et les merveilles de Dieu[3]. Les siècles suivants l'ont imité. C'était Dieu et ses œuvres merveilleuses qui faisaient le sujet des odes qu'ils ont composées : Dieu les inspirait lui-même; et il n'y a proprement que le peuple de Dieu où la poésie soit venue par enthousiasme.

Jacob avait prononcé dans ce langage mystique les oracles qui contenaient la destinée de ses enfants, afin que chaque tribu retînt plus aisément ce qui la touchait, et apprît à louer celui qui n'était pas moins magnifique dans ses prédictions que fidèle à les accomplir.

Voilà les moyens dont Dieu s'est servi pour conserver jusqu'à Moïse la mémoire des choses passées. Ce grand homme, instruit par tous ces moyens, et élevé au-dessus par le Saint-Esprit, a écrit les œuvres de Dieu avec une exactitude et une simplicité qui attire la croyance et l'admiration, non pas à lui, mais à Dieu même.

Il a joint aux choses passées, qui contenaient l'origine et les anciennes traditions du peuple de Dieu, les merveilles que Dieu faisait actuellement pour sa délivrance. De cela il n'allègue point aux Israélites d'autres témoins que leurs yeux. Moïse ne leur conte point des choses qui se soient passées dans des retraites impénétrables et dans des antres profonds; il ne parle point en l'air; il particularise et circonstancie toutes choses, comme un homme qui ne craint point d'être démenti. Il fonde toutes leurs lois et toute leur république sur les merveilles qu'ils ont vues. Ces merveilles n'étaient rien moins que la nature changée tout à coup, en différentes occasions, pour les délivrer et pour punir leurs ennemis : la mer séparée en deux, la terre entr'ouverte, un pain céleste, des eaux abondantes tirées des rochers par un coup de verge, le ciel qui leur donnait un signal visible pour marquer leur marche; et d'autres miracles semblables qu'ils ont vu durer quarante ans.

Le peuple d'Israël n'était pas plus intelligent ni plus subtil que les autres peuples, qui, s'étant livrés à leurs sens, ne pouvaient concevoir un Dieu invisible. Au contraire, il était grossier et rebelle autant ou plus qu'aucun autre peuple. Mais ce Dieu invisible dans sa nature se rendait tellement sensible par de continuels miracles, et Moïse les inculquait avec tant de force, qu'à la fin ce peuple charnel se laissa toucher de l'idée si pure d'un Dieu qui faisait tout par sa parole, d'un Dieu qui n'était qu'esprit, que raison et intelligence.

De cette sorte, pendant que l'idolâtrie, si fort augmentée depuis Abraham, couvrait toute la face de la terre, la seule postérité de ce patriarche en était exempte. Leurs ennemis leur rendaient ce témoignage; et les peuples où la vérité de la tradition n'était pas encore tout à fait éteinte, s'écriaient avec étonnement : « On ne voit point d'idoles en Jacob; on n'y voit point de présages superstitieux; on n'y voit point de divinations ni de sortilèges : c'est un peuple qui se fie au Seigneur son Dieu, dont la puissance est invincible[1]. »

Pour imprimer dans les esprits l'unité de Dieu, et la parfaite uniformité qu'il demandait dans son culte, Moïse répète souvent[2], que dans la Terre promise, ce Dieu unique choisirait un lieu dans lequel seul se feraient les fêtes, les sacrifices, et tout le service public. En attendant ce lieu désiré, durant que le peuple errait dans le désert, Moïse construisit le Tabernacle, temple portatif, où les enfants d'Israël présentaient leurs vœux au Dieu qui avait fait le ciel et la terre, et qui ne dédaignait pas de voyager, pour ainsi dire, avec eux, et de les conduire.

Sur ce principe de religion, sur ce fondement sacré était bâtie toute la loi : loi sainte, juste, bienfaisante, honnête, sage, prévoyante et simple, qui liait la société des hommes entre eux par la sainte société de l'homme avec Dieu.

A ces saintes institutions, il ajouta des cérémonies

majestueuses, des fêtes qui rappelaient la mémoire des miracles par lesquels le peuple d'Israël avait été délivré; et, ce qu'aucun autre législateur n'avait osé faire, des assurances précises que tout leur réussirait tant qu'ils vivraient soumis à la loi, au lieu que leur désobéissance serait suivie d'une manifeste et inévitable vengeance[1]. Il fallait être assuré de Dieu, pour donner ce fondement à ses lois; et l'événement a justifié que Moïse n'avait pas parlé de lui-même.

Quant à ce grand nombre d'observances dont il a chargé les Hébreux; encore que maintenant elles nous paraissent superflues, elles étaient alors nécessaires pour séparer le peuple de Dieu des autres peuples, et servaient comme de barrière à l'idolâtrie, de peur qu'elle n'entraînât ce peuple choisi avec tous les autres.

Pour maintenir la religion et toutes les traditions du peuple de Dieu, parmi les douze tribus, une tribu est choisie à laquelle Dieu donne en partage, avec les dîmes et les oblations, le soin des choses sacrées. Lévi et ses enfants sont eux-mêmes consacrés à Dieu comme la dîme de tout le peuple. Dans Lévi, Aaron est choisi pour être souverain pontife, et le sacerdoce est rendu héréditaire dans sa famille.

Ainsi les autels ont leurs ministres, la loi a ses défenseurs particuliers, et la suite du peuple de Dieu est justifiée par la succession de ses pontifes, qui va sans interruption depuis Aaron, le premier de tous.

Mais ce qu'il y avait de plus beau dans cette loi, c'est qu'elle préparait la voie à une loi plus auguste, moins chargée de cérémonies, et plus féconde en vertus.

Moïse, pour tenir le peuple dans l'attente de cette loi, leur confirme la venue de ce grand prophète qui devait sortir d'Abraham, d'Isaac et de Jacob. « Dieu, dit-il, vous suscitera du milieu de votre nation et du nombre de vos frères un prophète semblable à moi : écoutez-le[2]. » Ce prophète semblable à Moïse, législateur comme lui, qui peut-il être, sinon le Messie, dont la doctrine devait un jour régler et sanctifier tout l'univers ?

Le Christ[3] devait être le premier qui formerait un peuple nouveau, et à qui il dit aussi : « Je vous donne un nouveau commandement[4]; » et encore : « Si vous m'aimez, gardez mes commandements[5]; » et encore plus expressément : « Il a été dit aux anciens : Vous ne tuerez pas ; et moi je vous dis[1] ; » et le reste, de même style et de même force.

Le voilà donc ce nouveau prophète, semblable à Moïse, et auteur d'une loi nouvelle, dont Moïse dit aussi, en nous annonçant sa venue : « Ecoutez-le[2] : » et c'est pour accomplir cette promesse, que Dieu, envoyant son Fils, fait lui-même retentir d'en haut comme un tonnerre cette voix divine : « Celui-ci est mon Fils bien-aimé, dans lequel j'ai mis ma complaisance : écoutez-le[3] ».

C'était le même prophète et le même Christ que Moïse avait figuré dans le serpent d'airain qu'il érigea dans le désert. La morsure de l'ancien serpent, qui avait répandu dans tout le genre humain le venin dont nous périssons tous, devait être guérie en le regardant, c'est-à-dire en croyant en lui, comme il l'explique lui-même. Mais pourquoi rappeler ici le serpent d'airain seulement ? Toute la loi de Moïse, tous ses sacrifices, le souverain pontife qu'il établit avec tant de mystérieuses cérémonies, son entrée dans le sanctuaire, en un mot, tous les sacrés rites de la religion judaïque, où tout était purifié par le sang, l'agneau même qu'on immolait à la solennité principale, c'est-à-dire à celle de Pâque, en mémoire de la délivrance du peuple : tout cela ne signifiait autre chose que le Christ sauveur par son sang de tout le peuple de Dieu.

Jusqu'à ce qu'il fût venu, Moïse devait être lu dans toutes les assemblées comme l'unique législateur. Aussi voyons-nous jusqu'à sa venue, que le peuple dans tous les temps et dans toutes les difficultés, ne se fonde que sur Moïse. Comme Rome révérait les lois de Romulus, de Numa et des Douze-Tables ; comme Athènes recourait à celles de Solon ; comme Lacédémone conservait et respectait celles de Lycurgue : le peuple hébreu alléguait sans cesse celles de Moïse. Au reste, le législateur y avait si bien réglé toutes choses, que jamais on n'a eu besoin d'y rien changer. C'est pourquoi le corps du droit judaïque n'est pas un recueil de diverses lois faites dans des temps et dans des occasions différentes. Moïse, éclairé de l'Esprit de Dieu, avait tout prévu. On ne voit point d'ordonnances ni de David, ni de Salomon, ni de Josaphat, ou d'Ezéchias, quoique tous très zélés pour la justice. Les bons princes n'avaient qu'à faire observer la loi de Moïse, et se contentaient d'en recommander l'observance à leurs successeurs[4]. Y ajouter ou en retrancher un seul article[1], était un attentat que le peuple eût regardé avec horreur. On avait besoin de la loi à chaque moment, pour régler non seulement les fêtes, les sacrifices, les cérémonies, mais encore toutes les autres actions publiques et particulières, les jugements, les contrats, les mariages, les successions, les funérailles, la forme même des habits, et en général tout ce qui regarde les mœurs. Il n'y avait point d'autre livre où on étudiât les préceptes de la bonne vie. Il fallait le feuilleter et le méditer nuit et jour, en recueillir des sentences, les avoir toujours devant les yeux. C'était là que les enfants apprenaient à lire. La seule règle d'éducation qui était donnée à leurs parents, était de leur apprendre, de leur inculquer, de leur faire observer cette sainte loi, qui seule pouvait les rendre sages dès l'enfance. Ainsi elle devait être entre les mains de tout le monde. Outre la lecture assidue que chacun en devait faire en particulier, on en faisait tous les sept ans, dans l'année solennelle de la rémission et du repos, une lecture publique, et comme une nouvelle publication, à la fête des Tabernacles[2], où tout le peuple était assemblé durant huit jours. Moïse fit déposer auprès de l'Arche l'original de la loi[3] : mais, de peur que dans la suite des temps elle ne fût altérée par la malice ou par la négligence des hommes, outre les copies qui couraient parmi le peuple, on en faisait des exemplaires authentiques, qui, soigneusement revus et gardés par les prêtres et les lévites, tenaient lieu d'originaux. Les rois (car Moïse avait bien prévu que ce peuple voudrait enfin avoir des rois comme tous les autres), les rois, dis-je, étaient obligés, par une loi expresse du Deutéronome[4], à recevoir des mains des prêtres un de ces exemplaires si religieusement corrigés, afin qu'ils le transcrivissent, et le lussent toute leur vie. Les exemplaires ainsi revus par autorité publique étaient en singulière vénération à tout le peuple : on les regardait comme sortis immédiatement des mains de Moïse, aussi purs et aussi entiers que Dieu les lui avait dictés. Un ancien volume de cette sévère et religieuse correction ayant été trouvé dans la maison du Seigneur, sous le règne de Josias[5], et peut-être était-ce l'original même que Moïse avait fait mettre auprès de l'arche, excita la piété de ce saint roi et lui fut une occasion de porter ce peuple à la pénitence. Les grands effets qu'a opérés dans tous les temps la lecture publique de cette loi sont innombrables. En un mot, c'était un livre parfait, qui, étant joint par Moïse à l'histoire du peuple de Dieu, lui apprenait tout ensemble son origine, sa religion, sa police, ses mœurs, sa philosophie, tout ce qui sert à régler la vie, tout ce qui unit et forme la société, les bons et les mauvais exemples, la récompense des uns, et les châtiments rigoureux qui avaient suivi les autres.

Par cette admirable discipline, un peuple sorti d'esclavage, et tenu quarante ans dans un désert, arrive tout formé à la terre qu'il doit occuper. Moïse le mène à la porte, et, averti de sa fin prochaine, il commet ce qui reste à faire à Josué[1]. Mais, avant que de mourir, il composa ce long et admirable cantique, qui commence par ces paroles[2] : « O cieux! écoutez ma voix; que la terre prête l'oreille aux paroles de ma bouche. » Dans ce silence de toute la nature il parle d'abord au peuple avec une force inimitable, et, prévoyant ses infidélités, il lui en découvre l'horreur. Tout d'un coup, il sort de lui-même, comme trouvant tout discours humain au-dessous d'un sujet si grand : il rapporte ce que Dieu dit, et le fait parler avec tant de hauteur et tant de bonté, qu'on ne sait ce qu'il inspire le plus, ou la crainte et la confusion, ou l'amour et la confiance.

Tout le peuple apprit par cœur ce divin cantique, par ordre de Dieu et de Moïse[3]. Ce grand homme après cela mourut content, comme un homme qui n'avait rien oublié pour conserver parmi les siens la mémoire des bienfaits et des préceptes de Dieu. Il laissa ses enfants au milieu de leurs citoyens, sans aucune distinction, et sans aucun établissement extraordinaire. Il a été admiré non seulement de son peuple, mais encore de tous les peuples du monde, et aucun législateur n'a jamais eu un si grand nom parmi les hommes.

Tous les prophètes[4] qui ont suivi dans l'ancienne loi, et tout ce qu'il y a eu d'écrivains sacrés, ont tenu à gloire d'être ses disciples. En effet, il parle en maître : on remarque dans ses écrits un caractère tout particulier, et je ne sais quoi d'original qu'on ne trouve en nul autre écrit : il a dans sa simplicité un sublime si majestueux, que rien ne le peut égaler; et si, en entendant les autres prophètes, on croit entendre des hommes inspirés de Dieu, c'est pour ainsi dire Dieu même en personne qu'on croit entendre dans la voix et dans les écrits de Moïse.

On tient qu'il a écrit le livre de Job[1]. La sublimité des pensées et la majesté du style, rendent cette histoire digne de Moïse. De peur que les Hébreux ne s'enorgueillissent, en s'attribuant à eux seuls la grâce de Dieu, il était bon de leur faire entendre qu'il avait eu ses élus, même dans la race d'Esaü. Quelle doctrine était plus importante! et quel entretien plus utile pouvait donner Moïse au peuple affligé dans le désert, que celui de la patience de Job qui, livré entre les mains de Satan pour être exercé par toutes sortes de peines, se voit privé de ses biens, de ses enfants, et de toute consolation sur la terre; incontinent après, frappé d'une horrible maladie, et agité au-dedans par la tentation du blasphème et du désespoir; qui néanmoins, en demeurant ferme, fait voir qu'une âme fidèle soutenue du secours divin, au milieu des épreuves les plus effroyables, et malgré les plus noires pensées que l'esprit malin puisse suggérer, sait non seulement conserver une confiance invincible, mais encore s'élever par ses propres maux à la plus haute contemplation, et reconnaître, dans les peines qu'elle endure, avec le néant de l'homme, le suprême empire de Dieu et sa sagesse infinie? Voilà ce qu'enseigne le livre de Job[2]. Pour garder le caractère du temps, on voit la foi du saint homme couronnée par des prospérités temporelles : mais cependant le peuple de Dieu apprend à connaître quelle est la vertu des souffrances, et à goûter la grâce qui devait un jour être attachée à la croix.

Moïse l'avait goûtée, lorsqu'il préféra les souffrances et l'ignominie qu'il fallait subir avec son peuple, aux délices et à l'abondance de la maison du roi d'Égypte[3]. Dès lors Dieu lui fit goûter les opprobres de Jésus-Christ[4]. Il les goûta encore davantage dans sa fuite précipitée, et dans son exil de quarante ans. Mais il avala jusqu'au fond le calice de Jésus-Christ, lorsque, choisi pour sauver ce peuple, il lui en fallut supporter les révoltes continuelles, où sa vie était en péril[5]. Il apprit ce qu'il en coûte à sauver les enfants de Dieu, et fit voir de loin ce qu'une plus haute délivrance devait un jour coûter au Sauveur du monde.

Ce grand homme n'eut pas même la consolation d'entrer dans la Terre promise : il la vit seulement du haut d'une montagne, et n'eut point de honte d'écrire qu'il en était exclu par une incrédulité[6] qui, toute légère qu'elle paraissait, mérita d'être châtiée si sévèrement dans un homme dont la grâce était si éminente. Moïse servit d'exemple à la sévère jalousie de Dieu, et au jugement qu'il exerce avec une si terrible exactitude sur ceux que ses dons obligent à une fidélité plus parfaite.

Mais un plus haut mystère nous est montré dans l'exclusion de Moïse. Ce sage législateur, qui ne fait par tant de merveilles que de conduire les enfants de Dieu dans le voisinage de leur terre, nous sert lui-même de preuve que *sa loi ne mène rien à la perfection*[1] *;* et que, sans nous pouvoir donner l'accomplissement des promesses, elle nous les fait *saluer de loin*[2]*,* ou nous conduit tout au plus comme à la porte de notre héritage. C'est un Josué, c'est un Jésus, car c'était le vrai nom de Josué, qui, par ce nom et par son office, représentait le Sauveur du monde; c'est cet homme si fort au-dessous de Moïse en toutes choses, et supérieur seulement par le nom qu'il porte; c'est lui, dis-je, qui doit introduire le peuple de Dieu dans la Terre-Sainte.

Par les victoires de ce grand homme, devant qui le Jourdain retourne en arrière, les murailles de Jéricho tombent d'elles-mêmes, et le soleil s'arrête au milieu du ciel, Dieu établit ses enfants dans la terre de Chanaan, dont il chasse par le même moyen des peuples abominables. Par la haine qu'il donnait pour eux à ses fidèles, il leur inspirait un extrême éloignement de leur impiété; et le châtiment qu'il en fit par leur ministère, les remplit eux-mêmes de crainte pour la justice divine dont ils exécutaient les décrets. Une partie de ces peuples, que Josué chassa de leur terre, s'établirent en Afrique, où l'on trouva longtemps après, dans une inscription ancienne[3], le monument de leur fuite et des victoires de Josué. Après que ces victoires miraculeuses eurent mis les Israélites en possession de la plus grande partie de la Terre promise à leurs pères, Josué, et Eléazar, souverain pontife, avec les chefs des douze tribus, leur en firent le partage, selon la loi de Moïse[4], et assignèrent à la tribu de Juda le premier et le plus grand lot[5]. Dès le temps de Moïse, elle s'était élevée au-dessus des autres en nombre, en courage et en dignité[6]. Josué mourut, et le peuple continua la conquête de la Terre-Sainte. Dieu voulut que la tribu de Juda marchât à la tête, et déclara qu'il avait livré le pays entre ses mains[7]. En effet, elle défit les Chananéens, et prit Jérusalem[1], qui devait être la cité sainte, et la capitale du peuple de Dieu. C'était l'ancienne Salem, où Melchisédech avait régné du temps d'Abraham; Melchisédech, ce *roi de justice* (car c'est ce que veut dire son nom) et en même temps *roi de paix,* puisque *Salem* veut dire *paix*[2], qu'Abraham avait reconnu pour le plus grand pontife qui fût au monde : comme si Jérusalem eût été dès lors destinée à être une ville sainte, et le chef de la religion. Cette ville fut donnée d'abord aux enfants de Benjamin, qui, faibles et en petit nombre, ne purent chasser les Jébuséens, anciens habitants du pays, et demeurèrent parmi eux[3]. Sous les Juges, le peuple de Dieu est diversement traité, selon qu'il fait bien ou mal. Après la mort des vieillards qui avaient vu les miracles de la main de Dieu, la mémoire de ces grands ouvrages s'affaiblit, et la pente universelle du genre humain entraîne le peuple à l'idolâtrie. Autant de fois qu'il y tombe, il est puni; autant de fois qu'il se repent, il est délivré. La foi de la Providence, et la vérité des promesses et des menaces de Moïse, se confirme de plus en plus dans le cœur des vrais fidèles. Mais Dieu en préparait encore de plus grands exemples. Le peuple demanda un roi, et Dieu lui donna Saül, bientôt réprouvé pour ses péchés : il résolut enfin d'établir une famille royale, d'où le Messie sortirait, et il la choisit dans Juda. David, un jeune berger sorti de cette tribu, le dernier des enfants de Jessé, dont son père ni sa famille ne connaissait pas le mérite, mais que Dieu trouva selon son cœur, fut sacré par Samuel dans Bethléem, sa patrie[4].

## CHAPITRE IV

#### DAVID, SALOMON, LES ROIS ET LES PROPHÈTES

Ici le peuple de Dieu prend une forme plus auguste. La royauté est affermie dans la maison de David. Cette maison commence par deux rois de caractère différent, mais admirables tous deux. David, belliqueux et conquérant, subjugue les ennemis du peuple de Dieu, dont il fait craindre les armes par tout l'Orient; et Salomon, renommé par sa sagesse au dedans et au dehors, rend ce peuple heureux par une paix profonde. Mais la suite de la religion nous demande ici quelques remarques particulières sur la vie de ces deux grands rois.

David régna d'abord sur Juda, puissant et victorieux, et ensuite il fut reconnu par tout Israël. Il prit sur les Jébuséens la forteresse de Sion, qui était la citadelle de Jérusalem. Maître de cette ville, il y établit, par ordre de Dieu, le siège de la royauté et celui de la religion. Sion fut sa demeure : il bâtit autour, et la nomma la cité de David[1]. Joab, fils de sa sœur[2], bâtit le reste de la ville, et Jérusalem prit une nouvelle forme. Ceux de Juda occupèrent tout le pays ; et Benjamin, petit en nombre, y demeura mêlé avec eux.

L'arche d'alliance bâtie par Moïse, où Dieu reposait sur les Chérubins, et où les deux tables du Décalogue étaient gardées, n'avait point de place fixe. David la mena en triomphe dans Sion[3], qu'il avait conquise par le tout-puissant secours de Dieu, afin que Dieu régnât dans Sion, et qu'il y fût reconnu comme le protecteur de David, de Jérusalem, et de tout le royaume. Mais le Tabernacle, où le peuple avait servi Dieu dans le désert, était encore à Gabaon[4] ; et c'était là que s'offraient les sacrifices, sur l'autel que Moïse avait élevé. Ce n'était qu'en attendant qu'il y eût un temple où l'autel fût réuni avec l'arche, et où se fît tout le service. Quand David eut défait tous ses ennemis, et qu'il eut poussé les conquêtes du peuple de Dieu jusqu'à l'Euphrate[5], paisible et victorieux, il tourna toutes ses pensées à l'établissement du culte divin[6], et sur la même montagne où Abraham, prêt à immoler son fils unique, fut retenu par la main d'un ange[7], il désigna par ordre de Dieu le lieu du temple.

Il en fit tous les desseins, il en amassa les riches et précieux matériaux ; il y destina les dépouilles des peuples et des rois vaincus. Mais ce temple, qui devait être disposé par le conquérant, devait être construit par le pacifique. Salomon le bâtit sur le modèle du Tabernacle. L'autel des holocaustes, l'autel des parfums, le chandelier d'or, les tables des pains de proposition, tout le reste des meubles sacrés du temple, fut pris sur des pièces semblables que Moïse avait fait faire dans le désert[8]. Salomon n'y ajouta que la magnificence et la grandeur. L'arche que l'homme de Dieu avait construite fut posée dans le Saint des saints, lieu inaccessible, symbole de l'impénétrable majesté de Dieu, et du ciel interdit aux hommes jusqu'à ce que Jésus-Christ leur en eût ouvert l'entrée par son sang. Au jour de la dédicace du temple, Dieu y parut dans sa majesté. Il choisit ce lieu pour y établir son nom et son culte. Il y eut défense de sacrifier ailleurs. L'unité de Dieu fut démontrée par l'unité de son temple. Jérusalem devint une cité sainte, image de l'Eglise, où Dieu devait habiter comme dans son véritable temple, et du ciel où il nous rendra éternellement heureux par la manifestation de sa gloire.

Après que Salomon eut bâti le temple, il bâtit encore le palais des rois[1], dont l'architecture était digne d'un si grand prince. Sa maison de plaisance, qu'on appela le Bois du Liban, était également superbe et délicieuse. Le palais qu'il éleva pour la reine fut une nouvelle décoration à Jérusalem. Tout était grand dans ces édifices; les salles, les vestibules, les galeries, les promenoirs, le trône du roi, et le tribunal où il rendait la justice : le cèdre fut le seul bois qu'il employa dans ces ouvrages. Tout y reluisait d'or et de pierreries. Les citoyens et les étrangers admiraient la majesté des rois d'Israël. Le reste répondait à cette magnificence, les villes, les arsenaux, les chevaux, les chariots, la garde du prince[2]. Le commerce, la navigation et le bon ordre, avec une paix profonde, avaient rendu Jérusalem la plus riche ville de l'Orient. Le royaume était tranquille et abondant : tout y représentait la gloire céleste. Dans les combats de David, on voyait les travaux par lesquels il la fallait mériter; et on voyait dans le règne de Salomon combien la jouissance en était paisible.

Au reste, l'élévation de ces deux grands rois et de la famille royale fut l'effet d'une élection particulière. David célèbre lui-même la merveille de cette élection par ces paroles : « Dieu a choisi les princes dans la tribu de Juda. Dans la maison de Juda, il a choisi la maison de mon père. Parmi les enfants de mon père, i lui a plu de m'élire roi sur tout son peuple d'Israël; et parmi mes enfants (car le Seigneur m'en a donné plusieurs), il a choisi Salomon, pour être assis sur le trône du Seigneur et régner sur Israël[3]. »

Cette élection divine avait un objet plus haut que celui qui paraît d'abord. Ce Messie, tant de fois promis comme le fils d'Abraham, devait aussi être le fils de David et de tous les rois de Juda. Ce fut en vue du Messie et de son règne éternel que Dieu promit à David que son trône subsisterait éternellement. Salomon, choisi pour lui succéder, était destiné à représenter la personne du Messie. C'est pourquoi Dieu dit de lui : « Je serai son père, et il sera mon fils[1] ; » chose qu'il n'a jamais dite avec cette force d'aucun roi ni d'aucun homme.

Aussi, du temps de David, et sous les rois ses enfants, le mystère du Messie se déclare-t-il plus que jamais par des prophéties magnifiques, et plus claires que le soleil.

David l'a vu de loin, et l'a chanté dans ses Psaumes avec une magnificence que rien n'égalera jamais. Souvent il ne pensait qu'à célébrer la gloire de Salomon son fils ; et tout d'un coup ravi hors de lui-même, et transporté bien loin au delà, il a vu celui *qui est plus que Salomon en gloire* aussi bien qu'*en sagesse*[2]. Le Messie lui a paru assis sur un trône plus durable que le soleil et que la lune. Il a vu à ses pieds *toutes les nations* vaincues, et ensemble *bénites en lui*[3], conformément à la promesse faite à Abraham. Il a élevé sa vue plus haut encore ; il l'a vu *dans les lumières des saints, et devant l'aurore, sortant éternellement du sein* de son Père, *pontife éternel* et sans successeur, ne succédant aussi à personne, créé extraordinairement, non selon l'ordre d'Aaron, mais *selon l'ordre de Melchisédech,* ordre nouveau que la loi ne connaissait pas. Il l'a vu *assis à la droite de Dieu,* regardant du plus haut des cieux, *ses ennemis abattus*. Il est étonné d'un si grand spectacle ; et ravi de la gloire de son fils, il l'appelle *son Seigneur*[4].

Il l'a vu *Dieu, que Dieu avait oint* pour le faire régner sur toute la terre *par sa douceur, par sa vérité, et par sa justice*[5]. Il a assisté en esprit au conseil de Dieu, et a ouï de la propre bouche du Père éternel cette parole qu'il adresse à son Fils unique : *Je t'ai engendré aujourd'hui,* à laquelle Dieu joint la promesse d'un empire perpétuel, « qui s'étendra sur tous les Gentils, et n'aura point d'autres bornes que celles du monde[6]. Les peuples frémissent en vain ; les rois et les princes font des complots inutiles. Le Seigneur se rit du haut des cieux[7] » de leurs projets insensés, et établit malgré eux l'empire de son Christ. Il l'établit sur eux-mêmes, et il faut qu'ils soient les premiers sujets de ce Christ dont ils voulaient secouer le joug[8]. Et encore que le règne de ce grand Messie soit souvent prédit dans les Ecritures sous des idées magnifiques, Dieu n'a point caché à David les ignominies de ce fruit béni de ses entrailles. Cette instruction était nécessaire au peuple de Dieu. Si ce peuple encore infirme avait besoin d'être attiré par des promesses temporelles, il ne fallait pourtant pas lui laisser regarder les grandeurs humaines comme sa souveraine félicité et comme son unique récompense : c'est pourquoi Dieu montre de loin ce Messie tant promis et tant désiré, le modèle de la perfection, et l'objet de ses complaisances, abîmé dans la douleur. La croix paraît à David comme le trône véritable de ce nouveau roi. Il voit *ses mains et ses pieds percés, tous ses os marqués sur sa peau*[1] par tout le poids de son corps violemment suspendu, *ses habits partagés, sa robe jetée au sort, sa langue abreuvée de fiel et de vinaigre, ses ennemis frémissant autour de lui, et s'assouvissant de son sang*[2]. Mais il voit en même temps les glorieuses suites de ses humiliations : *tous les peuples de la terre se ressouvenir de leur Dieu* oublié depuis tant de siècles; *les pauvres venir les premiers à la table* du Messie, et ensuite *les riches et les puissants ; tous l'adorer et le bénir ;* lui présidant *dans la grande* et nombreuse *Église*, c'est-à-dire, dans l'assemblée des nations converties, et *y annonçant à ses frères le nom de Dieu*[3] et ses vérités éternelles. David, qui a vu ces choses, a reconnu, en les voyant, que le royaume de son fils n'était pas de ce monde. Il ne s'en étonne pas, car il sait que le monde passe; et un prince toujours si humble sur le trône voyait bien qu'un trône n'était pas un bien où se dussent terminer ses espérances.

Les autres prophètes n'ont pas moins vu le mystère du Messie. Il n'y a rien de grand ni de glorieux qu'ils n'aient dit de son règne. L'un voit *Bethléem, la plus petite ville de Juda,* illustrée par sa naissance; et, en même temps élevé plus haut, il voit une autre naissance par laquelle *il sort de toute éternité* du sein de son Père[4] ; l'autre voit la virginité de sa mère, *un Emmanuel, un Dieu avec nous*[5] sortir de ce sein virginal, et un enfant *admirable* qu'il appelle *Dieu*[6]. Celui-ci le voit entrer *dans son temple*[7] : cet autre le voit *glorieux dans son tombeau,* où la mort a été vaincue[8]. En publiant ses magnificences, ils ne taisent pas ses opprobres. Ils l'ont vu *vendu ;* ils ont su le nombre et l'emploi des *trente pièces d'argent dont il a été acheté*[9]. En même temps qu'ils l'ont vu *grand et élevé*[10], ils l'ont vu *méprisé et méconnaissable au milieu des hommes ; l'étonnement du monde,* autant par sa bassesse que par sa grandeur; *le dernier des hommes ; l'homme de douleurs chargé de tous nos péchés ; bienfaisant et méconnu ; défiguré par ses plaies, et par là guérissant les nôtres ; traité comme un criminel ; mené au supplice avec des méchants, et se livrant, comme un agneau* innocent, paisiblement *à la mort ; une longue postérité naître de lui*[1] par ce moyen, et la vengeance déployée sur son peuple incrédule. Afin que rien ne manquât à la prophétie, ils ont compté les années jusqu'à sa venue[2] ; et, à moins que de s'aveugler, il n'y a plus moyen de le méconnaître.

Non seulement les prophètes voyaient Jésus-Christ, mais encore ils en étaient la figure, et représentaient ses mystères, principalement celui de la croix. Presque tous ils ont souffert persécution pour la justice, et nous ont figuré dans leurs souffrances, l'innocence et la vérité persécutée en Notre-Seigneur. On voit Elie et Elisée toujours menacés. Combien de fois Isaïe a-t-il été la risée du peuple et des rois, qui, à la fin, comme porte la tradition constante des Juifs, l'ont immolé à leur fureur ? Zacharie, fils de Joïada, est lapidé; Ezéchiel paraît toujours dans l'affliction; les maux de Jérémie sont continuels et inexplicables; Daniel se voit deux fois au milieu des lions. Tous ont été contredits et maltraités, et tous nous ont fait voir, par leur exemple, que si l'infirmité de l'ancien peuple demandait en général d'être soutenue par des bénédictions temporelles, néanmoins les forts d'Israël, et les hommes d'une sainteté extraordinaire, étaient nourris dès lors du pain d'affliction, et buvaient par avance, pour se sanctifier, dans le calice préparé au Fils de Dieu; calice d'autant plus rempli d'amertume, que la personne de Jésus-Christ était plus sainte.

Mais ce que les prophètes ont vu plus clairement, et ce qu'ils ont aussi déclaré dans les termes les plus magnifiques, c'est la bénédiction répandue sur les Gentils par le Messie. *Ce rejeton de Jessé* et de David a paru au saint prophète Isaïe, *comme un signe* donné de Dieu *aux peuples et aux Gentils, afin qu'ils l'invoquent*[3]. L'homme de douleur, dont les plaies *devaient faire notre guérison,* était choisi *pour laver les Gentils par une sainte aspersion* qu'on reconnaît dans son sang et dans le baptême. *Les rois,* saisis de respect en sa présence, *n'osent ouvrir la bouche devant lui.* Ceux qui n'ont jamais ouï parler de lui, *le voient ; et ceux à qui il était inconnu sont appelés pour le contempler*[4]. C'est *le témoin*

*donné aux peuples ; c'est le chef et le précepteur des Gentils.*
Sous lui *un peuple inconnu se joindra au peuple de Dieu, et les Gentils y accourront de tous côtés*[1]. C'est *le juste de Sion, qui s'élèvera comme une lumière ; c'est son sauveur, qui sera allumé comme un flambeau. Les Gentils verront ce juste, et tous les rois connaîtront cet homme tant célébré dans les prophéties de Sion*[2].

Le voici mieux décrit encore, et avec un caractère particulier. Un homme d'une douceur admirable, singulièrement *choisi de Dieu, et l'objet de ses complaisances, déclare aux Gentils leur jugement : les îles attendent sa loi.* C'est ainsi que les Hébreux appellent l'Europe et les pays éloignés. *Il ne fera aucun bruit :* à peine l'entendra-t-on, tant il sera doux et paisible. *Il ne foulera pas aux pieds un roseau brisé, ni n'éteindra un reste fumant de toile brûlée.* Loin d'accabler les infirmes et les pécheurs, sa voix charitable les appellera, et sa main bienfaisante sera leur soutien. *Il ouvrira les yeux des aveugles, et tirera les captifs de leur prison*[3]. Sa puissance ne sera pas moindre que sa bonté. Son caractère essentiel est de joindre ensemble la douceur avec l'efficace : c'est pourquoi cette voix si douce passera en un moment d'une extrémité du monde à l'autre, et, sans causer aucune sédition parmi les hommes, elle excitera toute la terre. *Il n'est ni rebutant ni impétueux ;* et celui que l'on connaissait à peine quand il était dans la Judée, ne sera pas seulement le fondement *de l'alliance du peuple,* mais encore *la lumière de tous les Gentils*[4]. Sous son règne admirable *les Assyriens et les Egyptiens ne seront plus avec les Israélites qu'un même peuple de Dieu*[5]. Tout devient Israël, tout devient saint. Jérusalem n'est plus une ville particulière; c'est l'image d'une nouvelle société, où tous les peuples se rassemblent : l'Europe, l'Afrique et l'Asie reçoivent des prédicateurs dans lesquels *Dieu a mis son signe, afin qu'ils découvrent sa gloire aux Gentils.* Les élus, jusques alors appelés du nom d'Israël, *auront un autre nom* où sera marqué l'accomplissement des promesses, et un *amen* bienheureux. *Les prêtres et les lévites,* qui jusques alors sortaient d'Aaron, *sortiront dorénavant du milieu de la gentilité*[6]. Un nouveau sacrifice, plus pur et plus agréable que les anciens, sera substitué à leur place[7], et on saura pourquoi David avait célébré un pontife d'un nouvel ordre[8]. *Le juste descendra du ciel comme une rosée, la terre produira son germe ; et ce sera le Sauveur avec lequel on verra naître la justice*[9]. Le ciel et la terre s'uniront pour produire, comme par un commun enfantement, celui qui sera tout ensemble céleste et terrestre : de nouvelles idées de vertu paraîtront au monde dans ses exemples et dans sa doctrine; et la grâce qu'il répandra les imprimera dans les cœurs. Tout change par sa venue, et Dieu *jure par lui-même que tout genou fléchira devant lui, et que toute langue reconnaîtra sa souveraine puissance*[1].

Voilà une partie des merveilles que Dieu a montrées aux prophètes sous les rois enfants de David, et à David avant tous les autres. Tous ont écrit par avance l'histoire du Fils de Dieu, qui devait aussi être fait le fils d'Abraham et de David. C'est ainsi que tout est suivi dans l'ordre des conseils divins. Ce Messie montré de loin comme le Fils d'Abraham, est encore montré de plus près comme le Fils de David. Un empire éternel lui est promis : la connaissance de Dieu répandue par tout l'univers est marquée comme le signe certain et comme le fruit de sa venue : la conversion des Gentils, et la bénédiction de tous les peuples du monde, promise depuis si longtemps à Abraham, à Isaac et à Jacob, est de nouveau confirmée, et tout le peuple de Dieu vit dans cette attente.

Cependant Dieu continue à le gouverner d'une manière admirable. Il fait un nouveau pacte avec David, et s'oblige de le protéger, lui et les rois ses descendants, s'ils marchent dans les préceptes qu'il leur a donnés par Moïse; sinon, il leur dénonce de rigoureux châtiments[2]. David qui s'oublie pour un peu de temps, les éprouve le premier[3] ; mais, ayant réparé sa faute par sa pénitence, il est comblé de biens, et proposé comme le modèle d'un roi accompli. Le trône est affermi dans sa maison. Tant que Salomon son fils imite sa piété, il est heureux : il s'égare dans sa vieillesse; et Dieu, qui l'épargne pour l'amour de son serviteur David, lui dénonce qu'il le punira en la personne de son fils[4]. Ainsi il fait voir aux pères, que selon l'ordre secret de ses jugements, il fait durer après leur mort leurs récompenses ou leurs châtiments; et il les tient soumis à ses lois par leur intérêt le plus cher, c'est-à-dire par l'intérêt de leur famille. En exécution de ses décrets, Roboam, téméraire par lui-même, est livré à un conseil insensé : son royaume est diminué de dix tribus[5]. Pendant que ces dix tribus rebelles et schismatiques se séparent de leur Dieu et de leur roi, les enfants de Juda, fidèles à Dieu et à David qu'il avait choisi, demeurent dans l'alliance et dans la foi d'Abraham. Les lévites se joignent à eux avec Benjamin : le royaume du peuple de Dieu subsiste par leur union sous le nom de royaume de Juda; et la loi de Moïse s'y maintient dans toutes ses observances. Malgré les idolâtries et la corruption effroyable des dix tribus séparées, Dieu se souvient de son alliance avec Abraham, Isaac et Jacob. Sa loi ne s'éteint pas parmi ces rebelles : il ne cesse de les rappeler à la pénitence par des miracles innombrables et par les continuels avertissements qu'il leur envoie par ses prophètes. Endurcis dans leur crime, il ne les peut plus supporter, et les chasse de la Terre promise, sans espérance d'y être jamais rétablis[1].

L'histoire de Tobie, arrivée en ce même temps, et durant les commencements de la captivité des Israélites[2], nous fait voir la conduite des élus de Dieu qui restèrent dans les tribus séparées. Ce saint homme, en demeurant parmi eux avant la captivité, sut non seulement se conserver pur des idolâtries de ses frères, mais encore pratiquer la loi, et adorer Dieu publiquement dans le temple de Jérusalem, sans que les mauvais exemples ni la crainte l'en empêchassent. Captif et persécuté à Ninive, il persista dans la piété avec sa famille[3]; et la manière admirable dont lui et son fils sont récompensés de leur foi, même sur la terre, montre que, malgré la captivité et la persécution, Dieu avait des moyens secrets de faire sentir à ses serviteurs les bénédictions de la loi, en les élevant toutefois, par les maux qu'ils avaient à souffrir, à de plus hautes pensées. Par les exemples de Tobie et par ses saints avertissements, ceux d'Israël étaient excités à reconnaître du moins sous la verge la main de Dieu qui les châtiait; mais presque tous demeuraient dans l'obstination : ceux de Juda, loin de profiter des châtiments d'Israël, en imitent les mauvais exemples. Dieu ne cesse de les avertir par ses prophètes, qu'il leur envoie coup sur coup, *s'éveillant la nuit, et se levant dès le matin,* comme il dit lui-même[4], pour marquer ses soins paternels. Rebuté de leur ingratitude, il s'émeut contre eux, et les menace de les traiter comme leurs frères rebelles.

## CHAPITRE V

LA VIE ET LE MINISTÈRE PROPHÉTIQUE : LES JUGEMENTS DE DIEU DÉCLARÉS PAR LES PROPHÉTIES

Il n'y a rien de plus remarquable, dans l'histoire du peuple de Dieu, que ce ministère des prophètes. On voit des hommes séparés du reste du peuple par une vie retirée et par un habit particulier[1] : ils ont des demeures où on les voit vivre dans une espèce de communauté, sous un supérieur que Dieu leur donnait[2]. Leur vie pauvre et pénitente était la figure de la mortification, qui devait être annoncée sous l'Evangile. Dieu se communiquait à eux d'une façon particulière, et faisait éclater aux yeux du peuple cette merveilleuse communication; mais jamais elle n'éclatait avec tant de force que dans les temps du désordre où il semblait que l'idolâtrie allait abolir la loi de Dieu. Durant ces temps malheureux, les prophètes faisaient retentir de tous côtés, et de vive voix et par écrit, les menaces de Dieu, et le témoignage qu'il rendait à sa vérité. Les écrits qu'ils faisaient étaient entre les mains de tout le peuple, et soigneusement conservés en mémoire perpétuelle aux siècles futurs[3]. Ceux du peuple qui demeuraient fidèles à Dieu s'unissaient à eux, et nous voyons même qu'en Israël, où régnait l'idolâtrie, ce qu'il y avait de fidèles célébrait avec les prophètes le sabbat et les fêtes établies par la loi de Moïse[4]. C'était eux qui encourageaient les gens de bien à demeurer fermes dans l'alliance. Plusieurs d'eux ont souffert la mort; et on a vu à leur exemple, dans les temps les plus mauvais, c'est-à-dire dans le règne même de Manassès[5], une infinité de fidèles répandre leur sang pour la vérité, en sorte qu'elle n'a pas été un seul moment sans témoignage.

Ainsi la société du peuple de Dieu subsistait toujours; les prophètes y demeuraient unis; un grand nombre de fidèles persistait hautement dans la loi de Dieu avec eux, et avec les pieux sacrificateurs[6] qui persistaient dans les observances que leurs prédécesseurs, à remonter jusqu'à Aaron, leur avaient laissées. Dans les règnes les plus impies, tels que furent ceux d'Achaz et de Manassès,

Isaïe et les autres prophètes ne se plaignaient pas qu'on eût interrompu l'usage de la circoncision, qui était le sceau de l'alliance, et dans laquelle était renfermée selon la doctrine de saint Paul, toute l'observance de la loi. On ne voit pas non plus que les sabbats et les autres fêtes fussent abolis; et si Achaz ferma durant quelque temps la porte du temple[1], et qu'il y ait eu quelque interruption dans les sacrifices, c'était une violence qui ne fermait pas pour cela la bouche de ceux qui louaient et confessaient publiquement le nom de Dieu : car Dieu n'a jamais permis que cette voix fût éteinte parmi son peuple; et quand Aman entreprit de détruire l'héritage du Seigneur, changer ses promesses et faire cesser ses louanges[2], on sait ce que Dieu fit pour l'empêcher. Sa puissance ne parut pas moins lorsqu'Antiochus voulut abolir la religion. Que ne dirent point les prophètes à Achaz et à Manassès, pour soutenir la vérité de la religion et la pureté du culte ? *Les paroles des voyants qui leur parlaient au nom du Dieu d'Israël étaient écrites,* comme remarque le texte sacré, *dans l'histoire de ces rois*[3]. Si Manassès en fut touché, s'il fit pénitence, on ne peut douter que leur doctrine ne tînt un grand nombre de fidèles dans l'obéissance de la loi; et le bon parti était si fort, que, dans le jugement qu'on portait des rois après leur mort, on déclarait ces rois impies indignes du sépulcre de David et de leurs pieux prédécesseurs. Car, encore qu'il soit écrit qu'Achaz fut enterré dans la cité de David, l'Ecriture marque expressément *qu'on ne le reçut pas dans le sépulcre des rois d'Israël*[4]. On n'excepta pas Manassès de la rigueur de ce jugement, encore qu'il eût fait pénitence, pour laisser un monument éternel de l'horreur qu'on avait eue de sa conduite. Et afin qu'on ne pense pas que la multitude de ceux qui adhéraient publiquement au culte de Dieu avec les prophètes fût destituée de la succession légitime de ses pasteurs ordinaires, Ezéchiel marque expressément, en deux endroits[5], *les sacrificateurs et les lévites enfants de Sadoc, qui, dans les temps d'égarement, avaient persisté dans l'observance des cérémonies du sanctuaire.*

Cependant, malgré les prophètes, malgré les prêtres fidèles, et le peuple uni avec eux dans la pratique de la loi, l'idolâtrie qui avait ruiné Israël entraînait souvent, dans Juda même, et les princes et le gros du peuple. Quoique les rois oubliassent le Dieu de leurs pères, il supporta longtemps leurs iniquités, à cause de David son serviteur. David est toujours présent à ses yeux. Quand les rois enfants de David suivent les bons exemples de leur père, Dieu fait des miracles surprenants en leur faveur; mais ils sentent, quand ils dégénèrent, la force invincible de sa main, qui s'appesantit sur eux. Les rois d'Égypte, les rois de Syrie, et surtout les rois d'Assyrie et de Babylone, servent d'instrument à sa vengeance. L'impiété s'augmente, et Dieu suscite en Orient un roi plus superbe et plus redoutable que tous ceux qui avaient paru jusqu'alors : c'est Nabuchodonosor, roi de Babylone, le plus terrible des conquérants. Il le montre de loin aux peuples et aux rois comme le vengeur destiné à les punir[1]. Il approche, et la frayeur marche devant lui. Il prend une première fois Jérusalem et transporte à Babylone une partie de ses habitants[2]. Ni ceux qui restent dans le pays, ni ceux qui sont transportés, quoique avertis les uns par Jérémie, et les autres par Ezéchiel, ne font pénitence. Ils préfèrent à ces saints prophètes *des prophètes qui leur prêchaient des illusions*[3], et les flattaient dans leurs crimes. Le vengeur revient en Judée, et le joug de Jérusalem est aggravé; mais elle n'est pas tout à fait détruite. Enfin l'iniquité vient à son comble; l'orgueil croît avec la faiblesse, et Nabuchodonosor met tout en poudre[4].

Dieu n'épargna pas son sanctuaire. Ce beau temple, l'ornement du monde, qui devait être éternel si les enfants d'Israël eussent persévéré dans la piété[5], fut consumé par le feu des Assyriens. C'était en vain que les Juifs disaient sans cesse : *le temple de Dieu, le temple de Dieu, le temple de Dieu est parmi nous*[6] ; comme si ce temple sacré eût dû les protéger tout seul. Dieu avait résolu de leur faire voir qu'il n'était point attaché à un édifice de pierre, mais qu'il voulait trouver des cœurs fidèles. Ainsi il détruisit le temple de Jérusalem; il en donna le trésor au pillage; et tant de riches vaisseaux, consacrés par des rois pieux, furent abandonnés à un roi impie.

Mais la chute du peuple de Dieu devait être l'instruction de tout l'univers. Nous voyons en la personne de ce roi impie, et ensemble victorieux, ce que c'est que les conquérants. Ils ne sont pour la plupart que des instruments de la vengeance divine. Dieu exerce par eux sa justice, et puis il l'exerce sur eux-mêmes. Nabuchodonosor revêtu de la puissance divine, et rendu invincible par ce ministère, punit tous les ennemis du peuple de Dieu. Il ravage les Iduméens, les Ammonites et les Moabites ; il renverse les rois de Syrie ; l'Egypte, sous le pouvoir de laquelle la Judée avait tant de fois gémi, est la proie de ce roi superbe, et lui devient tributaire[1] : sa puissance n'est pas moins fatale à la Judée même, qui ne sait pas profiter des délais que Dieu lui donne. Tout tombe ; tout est abattu par la justice divine, dont Nabuchodonosor est le ministre : il tombera à son tour, et Dieu, qui emploie la main de ce prince pour châtier ses enfants et abattre ses ennemis, le réserve à sa main toute-puissante.

## CHAPITRE VI

### JUGEMENTS DE DIEU SUR NABUCHODONOSOR, SUR LES ROIS SES SUCCESSEURS, ET SUR TOUT L'EMPIRE DE BABYLONE

Il n'a pas laissé ignorer à ses enfants la destinée de ce roi qui les châtiait, et de l'empire des Chaldéens, sous lequel ils devaient être captifs. De peur qu'ils ne fussent surpris de la gloire des impies et de leur règne orgueilleux, les prophètes leur en dénonçaient la courte durée. Isaïe, qui a vu la gloire de Nabuchodonosor et son orgueil insensé longtemps avant sa naissance, a prédit sa chute soudaine et celle de son empire[2]. Babylone n'était presque rien, quand ce prophète a vu sa puissance et, un peu après, sa ruine. Ainsi les révolutions des villes et des empires qui tourmentaient le peuple de Dieu, ou profitaient de sa perte, étaient écrites dans ses prophéties. Ces oracles étaient suivis d'une prompte exécution : et les Juifs, si rudement châtiés, virent tomber avant eux, ou avec eux, ou un peu après, selon les prédictions de leurs prophètes, non seulement Samarie, Idumée, Gaza, Ascalon, Damas, les villes des Ammonites et des Moabites, leurs perpétuels ennemis, mais encore les capitales des grands empires, mais Tyr, la maîtresse de la mer, mais Tanis, mais Memphis, mais Thèbes à cent portes avec toutes les richesses de son Sésostris, mais Ninive même, le siège des rois d'Assyrie, ses persécuteurs, mais la superbe Babylone, victorieuse de toutes les autres, et riche de leurs dépouilles.

Il est vrai que Jérusalem périt en même temps pour ses péchés : mais Dieu ne la laissa pas sans espérance. Isaïe, qui avait prédit sa perte, avait vu son glorieux rétablissement, et lui avait même nommé Cyrus son libérateur, deux cents ans avant qu'il fût né[1]. Jérémie, dont les prédictions avaient été si précises pour marquer à ce peuple ingrat sa perte certaine, lui avait promis son retour après soixante-dix ans de captivité[2]. Durant ces années, ce peuple abattu était respecté dans ses prophètes : ces captifs prononçaient aux rois et aux peuples leurs terribles destinées. Nabuchodonosor, qui voulait se faire adorer, adore lui-même Daniel[3], étonné des secrets divins qu'il lui découvrait; il apprend de lui sa sentence bientôt suivie de l'exécution[4]. Ce prince victorieux triomphait dans Babylone, dont il fit la plus grande ville, la plus forte et la plus belle que le soleil eût jamais vue[5]. C'était là que Dieu l'attendait, pour foudroyer son orgueil. Heureux et invulnérable, pour ainsi parler, à la tête de ses armées, et durant tout le cours de ses conquêtes[6], il devait périr dans sa maison, selon l'oracle d'Ezéchiel[7]. Lorsqu'admirant sa grandeur et la beauté de Babylone, il s'élève au-dessus de l'humanité, Dieu le frappe, lui ôte l'esprit et le range parmi les bêtes. Il revient au temps marqué par Daniel[8], et reconnaît le Dieu du ciel qui lui avait fait sentir sa puissance; mais ses successeurs ne profitent pas de son exemple. Les affaires de Babylone se brouillent, et le temps marqué par les prophéties pour le rétablissement de Juda arrive parmi tous ces troubles. Cyrus paraît à la tête des Mèdes et des Perses[9] : tout cède à ce redoutable conquérant. Il s'avance lentement vers les Chaldéens, et sa marche est souvent interrompue. Les nouvelles de sa venue viennent de loin à loin, comme avait prédit Jérémie[10] : enfin il se détermine. Babylone, souvent menacée par les prophètes, et toujours superbe et impénitente, voit arriver son vainqueur qu'elle méprise. Ses richesses, ses hautes murailles, son peuple innombrable, sa prodigieuse enceinte, qui enfermait tout un grand pays, comme l'attestent tous les anciens[11], et ses provisions infinies lui enflent le cœur. Assiégée durant un long temps sans sentir aucune incommodité, elle se rit de ses ennemis, et des fossés que Cyrus creusait autour d'elle ; on n'y parle que de festins et de réjouissances. Son roi Balthasar, petit-fils de Nabuchodonosor, aussi superbe que lui, mais moins habile, fait une fête solennelle à tous les seigneurs[1]. Cette fête est célébrée avec des excès inouïs. Balthasar fait apporter les vaisseaux sacrés enlevés du temple de Jérusalem, et mêle la profanation avec le luxe. La colère de Dieu se déclare : une main céleste écrit des paroles terribles sur la muraille de la salle où se faisait le festin ; Daniel en interprète le sens, et ce prophète, qui avait prédit la chute funeste de l'aïeul, fait voir encore au petit-fils la foudre qui va partir pour l'accabler. En exécution du décret de Dieu, Cyrus se fait tout à coup une ouverture dans Babylone. L'Euphrate détourné dans les fossés qu'il lui préparait depuis si longtemps, lui découvre son lit immense : il entre par ce passage imprévu. Ainsi fut livrée, en proie *aux Mèdes et aux Perses, et à Cyrus,* comme avaient dit les prophètes, *cette superbe Babylone*[2]. Ainsi périt en elle le royaume des Chaldéens, qui avait détruit tant d'autres royaumes[3] ; *et le marteau qui avait brisé tout l'univers, fut brisé lui-même.* Jérémie l'avait prédit[4]. Le Seigneur *rompit la verge dont il avait frappé tant de nations.* Isaïe l'avait prévu[5]. Les peuples, accoutumés au joug des rois chaldéens, les voient eux-mêmes sous le joug : *Vous voilà,* dirent-ils, *blessés comme nous ; vous êtes devenus semblables à nous, vous qui disiez dans votre cœur : J'élèverai mon trône au-dessus des astres, et je serai semblable au Très-Haut*[6]. C'est ce qu'avait prononcé le même Isaïe. *Elle tombe, elle tombe,* comme l'avait dit ce prophète, *cette grande Babylone, et ses idoles sont brisées*[7]. *Bel est renversé, et Nabo* son grand Dieu, d'où les rois prenaient leur nom, *tombe par terre*[8] : car les Perses leurs ennemis, adorateurs du soleil, ne souffraient point les idoles ni les rois qu'on avait faits dieux. Mais comment périt cette Babylone ? comme les prophètes l'avaient déclaré. *Ses eaux furent desséchées,* comme avait prédit Jérémie[9], pour donner passage à son vainqueur : enivrée, endormie, trahie par sa propre joie, selon le même prophète, elle se trouva au pouvoir de ses ennemis, *et prise comme dans un filet sans le savoir*[10]. On passe tous ses habitants au fil de l'épée : car *les Mèdes* ses vainqueurs, comme avait dit Isaïe[11], *ne cherchaient ni l'or ni l'argent,* mais la vengeance, mais à assouvir leur haine par la perte d'un peuple cruel, que son orgueil faisait l'ennemi de tous les peuples du monde. *Les courriers venaient l'un sur l'autre annoncer au roi que l'ennemi entrait dans la ville* : Jérémie l'avait ainsi marqué[1]. Ses astrologues, en qui elle croyait, et qui lui promettaient un empire éternel, *ne purent la sauver de son vainqueur.* C'est Isaïe et Jérémie qui l'annoncent d'un commun accord[2]. Dans cet effroyable carnage, les Juifs, avertis de loin, échappèrent seuls au glaive du victorieux[3]. Cyrus, devenu par cette conquête le maître de tout l'Orient, reconnaît dans ce peuple, tant de fois vaincu, je ne sais quoi de divin. Ravi des oracles qui avaient prédit ses victoires, il avoue qu'il doit son empire *au Dieu du ciel* que les Juifs servaient, et signale la première année de son règne par le rétablissement de son temple et de son peuple[4].

## CHAPITRE VII

### DIVERSITÉ DES JUGEMENTS DE DIEU. JUGEMENT DE RIGUEUR SUR BABYLONE; JUGEMENT DE MISÉRICORDE SUR JÉRUSALEM

Qui n'admirerait ici la Providence divine, si évidemment déclarée sur les Juifs et sur les Chaldéens, sur Jérusalem et sur Babylone ? Dieu les veut punir toutes deux; et afin qu'on n'ignore pas que c'est lui seul qui le fait, il se plaît à le déclarer par cent prophéties. Jérusalem et Babylone, toutes deux menacées dans le même temps et par les mêmes prophètes, tombent l'une après l'autre dans le temps marqué. Mais Dieu découvre ici le grand secret des deux châtiments dont il se sert : un châtiment de rigueur sur les Chaldéens; un châtiment paternel sur les Juifs, qui sont ses enfants. L'orgueil des Chaldéens (c'était le caractère de la nation et l'esprit de tout cet empire) est abattu sans retour. *Le superbe est tombé, et ne se relèvera pas,* disait Jérémie[5]; et Isaïe devant lui : *Babylone la glorieuse, dont les Chaldéens insolents s'enorgueillissaient, a été faite comme Sodome et comme Gomorrhe*[6], à qui Dieu n'a laissé aucune ressource. Il n'en est pas ainsi des Juifs : Dieu les a châtiés comme des enfants désobéissants qu'il remet dans leur devoir par le châtiment, et puis, touché de leurs larmes, il oublie leurs fautes. « Ne crains point, ô Jacob, dit le Seigneur[1], parce que je suis avec toi. Je te châtierai avec justice, et ne te pardonnerai pas comme si tu étais innocent; mais je ne te détruirai pas comme je détruirai les nations parmi lesquelles je t'ai dispersé. » C'est pourquoi Babylone, ôtée pour jamais aux Chaldéens, est livrée à un autre peuple; et Jérusalem, rétablie par un changement merveilleux, voit revenir ses enfants de tous côtés.

## CHAPITRE VIII

### RETOUR DU PEUPLE SOUS ZOROBABEL, ESDRAS ET NÉHÉMIAS

Ce fut Zorobabel, de la tribu de Juda et du sang des rois, qui les ramena de captivité. Ceux de Juda reviennent en foule, et remplissent tout le pays. Les tribus dispersées se perdent parmi les Gentils, à la réserve de ceux qui, sous le nom de Juda, et réunis sous ses étendards, rentrent dans la terre de leurs pères.

Cependant l'autel se redresse, le temple se rebâtit, les murailles de Jérusalem sont relevées. La jalousie des peuples voisins est réprimée par les rois de Perse devenus les protecteurs du peuple de Dieu. Le pontife rentre en exercice avec tous les prêtres qui prouvèrent leur descendance par les registres publics : les autres sont rejetés[2]. Esdras, prêtre lui-même et docteur de la loi, et Néhémias, gouverneur, réforment tous les abus que la captivité avait introduits, et font garder la loi dans sa pureté. Le peuple pleure avec eux les transgressions qui lui avaient attiré ces grands châtiments, et reconnaît que Moïse les avait prédits. Tous ensemble lisent dans les saints livres les menaces de l'homme de Dieu[3], ils en voient l'accomplissement : l'oracle de Jérémie[4], et le retour tant promis après les soixante-dix ans de captivité, les étonne et les console : ils adorent les jugements de Dieu, et, réconciliés avec lui, ils vivent en paix.

## CHAPITRE IX

DIEU, PRÊT À FAIRE CESSER LES PROPHÉTIES, RÉPAND SES LUMIÈRES PLUS ABONDAMMENT QUE JAMAIS

Dieu, qui fait tout en son temps, avait choisi celui-ci pour faire cesser les voies extraordinaires, c'est-à-dire les prophéties, dans son peuple désormais assez instruit. Il restait environ cinq cents ans jusques aux jours du Messie. Dieu donna à la majesté de son Fils de faire taire les prophètes durant tout ce temps, pour tenir son peuple en attente de celui qui devait être l'accomplissement de tous leurs oracles.

Mais vers la fin des temps où Dieu avait résolu de mettre fin aux prophéties, il semblait qu'il voulait répandre toutes ses lumières et découvrir tous les conseils de sa providence : tant il exprima clairement les secrets des temps à venir.

Durant la captivité, et surtout vers les temps qu'elle allait finir, Daniel révéré pour sa piété même par les rois infidèles, et employé pour sa prudence aux plus grandes affaires de leur État[1], vit par ordre, à diverses fois, et sous des figures différentes, quatre monarchies sous lesquelles devaient vivre les Israélites[2]. Il les marque par leurs caractères propres. On voit passer comme un torrent l'empire d'un roi des Grecs : c'était celui d'Alexandre. Par sa chute, on voit établir un autre empire moindre que le sien, et affaibli par ses divisions[3]. C'est celui de ses successeurs parmi lesquels il y en a quatre marqués dans la prophétie[4]. Antipater, Séleucus, Ptolémée et Antigonus sont visiblement désignés. Il est constant par l'histoire qu'ils furent plus puissants que les autres, et les seuls dont la puissance ait passé à leurs enfants. On voit leurs guerres, leurs jalousies et leurs alliances trompeuses; la dureté et l'ambition des rois de Syrie; l'orgueil, et les autres marques qui désignent Antiochus l'Illustre, implacable ennemi du peuple de Dieu; la brièveté de son règne, et la prompte punition de ses excès[5]. On voit naître enfin sur la fin, et comme dans le sein de ces monarchies, le règne *du Fils de l'homme*. A ce nom vous reconnaissez

Jésus-Christ ; mais ce règne du Fils de l'homme est encore appelé *le règne des saints du Très-Haut.* Tous les peuples sont soumis à ce grand et pacifique royaume ; l'éternité lui est promise, et il doit être le seul dont *la puissance ne passera pas à un autre empire*[1].

Quand viendra ce Fils de l'homme, et ce Christ tant désiré, et comment il accomplira l'ouvrage qui lui est commis, c'est-à-dire la rédemption du genre humain, Dieu le découvre manifestement à Daniel. Pendant qu'il est occupé de la captivité de son peuple dans Babylone, et des soixante et dix ans dans lesquels Dieu avait voulu la renfermer, au milieu des vœux qu'il fait pour la délivrance de ses frères il est tout à coup élevé à des mystères plus hauts. Il voit un autre nombre d'années, et une autre délivrance bien plus importante. Au lieu des septante années prédites par Jérémie, il voit septante semaines, à commencer depuis l'ordonnance donnée par Artaxerxe à la Longue-Main, la vingtième année de son règne, pour rebâtir la ville de Jérusalem[2]. Là est marquée en termes précis, sur la fin de ces semaines, *la rémission des péchés, le règne éternel de la justice, l'entier accomplissement des prophéties, et l'onction du Saint des saints*[3]. *Le Christ* doit faire sa charge et paraître comme *conducteur* du peuple *après soixante-neuf semaines. Après soixante-neuf semaines* (car le prophète le répète encore) *le Christ doit être mis à mort*[4] : il doit mourir de mort violente ; il faut qu'il soit immolé pour accomplir les mystères. Une semaine est marquée entre les autres, et c'est la dernière et la soixante-dixième : c'est celle où le Christ sera immolé, où *l'alliance sera confirmée, et au milieu de laquelle l'hostie et les sacrifices seront abolis*[5], sans doute, par la mort du Christ, car c'est ensuite de la mort du Christ que ce changement est marqué. *Après cette mort du Christ, et l'abolition des sacrifices,* on ne voit plus qu'horreur et confusion : on voit *la ruine de la Cité sainte et du sanctuaire ; un peuple et un capitaine qui vient pour tout perdre ; l'abomination dans le temple ; la dernière et irrémédiable désolation*[6] du peuple ingrat envers son Sauveur.

Nous avons vu[7] que ces semaines, réduites en semaines d'années, selon l'usage de l'Ecriture, font quatre cent quatre-vingt-dix ans, et nous mènent précisément, depuis la vingtième année d'Artaxerxe, à la dernière semaine, semaine pleine de mystères, où Jésus-Christ immolé met fin par sa mort aux sacrifices de la loi, et en accomplit les figures. Les doctes font de différentes supputations pour faire cadrer ce temps au juste. Celle que je vous ai proposée est sans embarras. Loin d'obscurcir la suite de l'histoire des rois de Perse, elle l'éclaircit; quoiqu'il n'y aurait rien de fort surprenant, quand il se trouverait quelque incertitude dans les dates de ces princes, et le peu d'années dont on pourrait disputer, sur un compte de quatre cent quatre-vingt-dix ans, ne feront jamais une importante question. Mais pourquoi discourir davantage ? Dieu a tranché la difficulté, s'il y en avait, par une décision qui ne souffre aucune réplique. Un événement manifeste nous met au-dessus de tous les raffinements des chronologistes; et la ruine totale des Juifs, qui a suivi de si près la mort de Notre-Seigneur, fait entendre aux moins clairvoyants l'accomplissement de la prophétie.

Il ne reste plus qu'à vous en faire remarquer une circonstance. Daniel nous découvre un nouveau mystère. L'oracle de Jacob nous avait appris que le royaume de Juda devait cesser à la venue du Messie; mais il ne nous disait pas que sa mort serait la cause de la chute de ce royaume. Dieu a révélé ce secret important à Daniel, et il lui déclare que la ruine des Juifs sera la suite de la mort du Christ et de leur méconnaissance. Marquez, s'il vous plaît, cet endroit : la suite des événements vous en fera bientôt un beau commentaire.

## CHAPITRE X

#### PROPHÉTIE DE ZACHARIE ET D'AGGÉE

Vous voyez ce que Dieu montra au prophète Daniel un peu devant les victoires de Cyrus, et le rétablissement du temple. Du temps qu'il se bâtissait, il suscita les prophètes Aggée et Zacharie, et incontinent après il envoya Malachie qui devait fermer les prophéties de l'ancien peuple.

Que n'a pas vu Zacharie ? On dirait que le livre des décrets divins ait été ouvert à ce prophète, et qu'il y ait lu toute l'histoire du peuple de Dieu depuis la captivité.

Les persécutions des rois de Syrie, et les guerres qu'ils

font à Juda, lui sont découvertes dans toute leur suite[1]. Il voit Jérusalem prise et saccagée; un pillage effroyable, et des désordres infinis; le peuple en fuite dans le désert, incertain de sa condition, entre la mort et la vie; à la veille de sa dernière désolation, une nouvelle lumière lui paraître tout à coup. Les ennemis sont vaincus; les idoles sont renversées dans toute la Terre-Sainte; on voit la paix et l'abondance dans la ville et dans le pays, et le temple est révéré dans tout l'Orient.

Une circonstance mémorable de ces guerres est révélée au prophète : « Juda même combattra, dit-il[2], contre Jérusalem : » c'est-à-dire que Jérusalem devait être trahie par ses enfants; et que parmi ses ennemis, il se trouverait beaucoup de Juifs.

Quelquefois il voit une longue suite de prospérités[3] : Juda est rempli de force[4]; les royaumes qui l'ont oppressé sont humiliés[5]; les voisins qui n'ont cessé de le tourmenter sont punis; quelques-uns sont convertis et incorporés au peuple de Dieu. Le prophète voit ce peuple comblé des bienfaits divins, parmi lesquels il leur conte le triomphe aussi modeste que glorieux « du roi pauvre, du roi pacifique, du roi sauveur, qui entre, monté sur un âne, dans sa ville de Jérusalem.[6] »

Après avoir raconté les prospérités, il reprend dès l'origine toute la suite des maux[7]. Il voit tout d'un coup le feu dans le temple; tout le pays ruiné avec la ville capitale; des meurtres, des violences, un roi qui les autorise. Dieu a pitié de son peuple abandonné : il s'en rend lui-même le pasteur, et sa protection le soutient. A la fin, il s'allume des guerres civiles, et les affaires vont en décadence. Le temps de ce changement est désigné par un caractère certain, et trois pasteurs, c'est-à-dire, selon le style ancien, trois princes, dégradés en un même mois, en marquent le commencement. Les paroles du prophète[8] sont précises : *J'ai retranché,* dit-il[9], *trois pasteurs,* c'est-à-dire trois princes, *en un seul mois, et mon cœur s'est resserré envers eux* (envers mon peuple), *parce qu'aussi ils ont varié envers moi,* et ne sont pas demeurés fermes dans mes préceptes; *et j'ai dit : Je ne serai plus votre pasteur* ; je ne vous gouvernerai plus (avec cette application particulière que vous aviez toujours éprouvée) : je vous abandonnerai à vous-mêmes, à votre malheureuse destinée, à l'esprit de division qui se mettra parmi vous, sans prendre dorénavant aucun soin de détourner les maux qui vous menacent. *Ainsi ce qui doit mourir ira à la mort ; ce qui doit être retranché sera retranché, et chacun dévorera la chair de son prochain.* Voilà quel devait être à la fin le sort des Juifs justement abandonnés de Dieu ; et voilà en termes précis le commencement de la décadence à la chute de ces trois princes. La suite nous fera voir que l'accomplissement de la prophétie n'a pas été moins manifeste.

Au milieu de tant de malheurs, prédits si clairement par Zacharie, paraît encore un plus grand malheur. Un peu après les divisions, et dans les temps de la décadence, Dieu *est acheté trente deniers* par son peuple ingrat ; et le prophète voit tout, jusques *au champ du potier* ou *du sculpteur* auquel cet argent est employé[1]. De là suivent d'extrêmes désordres parmi les pasteurs du peuple ; enfin ils sont aveuglés, et leur puissance est détruite[2].

Que dirai-je de la merveilleuse vision de Zacharie, qui voit *le pasteur frappé et les brebis dispersées*[3] ! Que dirai-je *du regard que jette le peuple sur son Dieu qu'il a percé*, et des larmes que lui fait verser une mort plus lamentable que celle d'un fils unique[4], et que celle de Josias ? Zacharie a vu toutes ces choses ; mais ce qu'il a vu de plus grand, « c'est le Seigneur envoyé par le Seigneur pour habiter dans Jérusalem, d'où il appelle les Gentils pour les agréger à son peuple, et demeurer au milieu d'eux[5]. »

Aggée dit moins de choses ; mais ce qu'il dit est surprenant. Pendant qu'on bâtit le second temple, et que les vieillards qui avaient vu le premier fondent en larmes en comparant la pauvreté de ce dernier édifice avec la magnificence de l'autre[6], le prophète, qui voit plus loin, publie la gloire du second temple, et le préfère au premier[7]. Il explique d'où viendra la gloire de cette nouvelle maison : c'est que *le désiré des Gentils arrivera* : ce Messie promis depuis deux mille ans, et dès l'origine du monde, comme le Sauveur des Gentils, paraîtra dans ce nouveau temple. *La paix y sera établie ; tout l'univers ému* rendra témoignage à la venue de son Rédempteur ; il n'y a plus *qu'un peu de temps* à l'attendre, et les temps destinés à cette attente sont dans leur dernier période.

## CHAPITRE XI

LA PROPHÉTIE DE MALACHIE, QUI EST LE DERNIER DES PROPHÈTES, ET L'ACHÈVEMENT DU SECOND TEMPLE

Enfin le temple s'achève, les victimes y sont immolées; mais les Juifs avares y offrent des hosties défectueuses. Malachie, qui les en reprend, est élevé à une plus haute considération; et à l'occasion des offrandes immondes des Juifs il voit *l'offrande* toujours *pure* et jamais souillée *qui sera présentée à Dieu,* non plus seulement comme autrefois dans le temple de Jérusalem, mais *depuis le soleil levant jusqu'au couchant;* non plus par les Juifs, mais *par les Gentils,* parmi lesquels il prédit *que le nom de Dieu sera grand*[1]. Il voit aussi, comme Aggée, la gloire du second temple et le Messie qui l'honore de sa présence; mais il voit en même temps que le Messie est le Dieu à qui ce temple est dédié. « J'envoie mon ange, dit le Seigneur[2], pour me préparer les voies; et incontinent vous verrez arriver dans son saint temple le Seigneur que vous cherchez, et l'Ange de l'alliance que vous désirez. »

Un ange est un envoyé : mais voici un envoyé d'une dignité merveilleuse, un envoyé qui a un temple, un envoyé qui est Dieu, et qui entre dans le temple comme dans sa propre demeure; un envoyé désiré par tout le peuple, qui vient faire une nouvelle alliance, et qui est appelé, pour cette raison, l'Ange de l'alliance ou du testament.

C'était donc dans le second temple que ce Dieu envoyé de Dieu devait paraître : mais un autre envoyé précède, et lui prépare les voies. Là nous voyons le Messie précédé par son précurseur. Le caractère de ce précurseur est encore montré au prophète. Ce doit être un nouvel Elie, remarquable par sa sainteté, par l'austérité de sa vie, par son autorité et par son zèle[3].

Ainsi le dernier prophète de l'ancien peuple marque le premier prophète qui devait venir après lui, c'est-à-dire cet *Elie,* précurseur du Seigneur qui devait paraître. Jusqu'à ce temps le peuple de Dieu n'avait point à attendre de prophète ; la loi de Moïse lui devait suffire ; et c'est pourquoi Malachie finit par ces mots[1] : « Souvenez-vous de la loi que j'ai donnée sur le mont Horeb à Moïse mon serviteur, pour tout Israël. Je vous enverrai le prophète Elie, qui unira les cœurs des pères avec le cœur des enfants[2], » qui montrera à ceux-ci ce qu'ont attendu les autres.

A cette loi de Moïse Dieu avait joint les prophètes qui avaient parlé en conformité, et l'histoire du peuple de Dieu faite par les mêmes prophètes, dans laquelle étaient confirmées par des expériences sensibles les promesses et les menaces de la loi. Tout était soigneusement écrit ; tout était digéré par l'ordre des temps : et voilà ce que Dieu laissa pour l'instruction de son peuple, quand il fit cesser les prophéties.

## CHAPITRE XII

LES TEMPS DU SECOND TEMPLE ; FRUITS DES CHÂTIMENTS ET DES PROPHÉTIES PRÉCÉDENTES ; CESSATION DE L'IDOLÂTRIE ET DES FAUX PROPHÈTES

De telles instructions firent un grand changement dans les mœurs des Israélites. Ils n'avaient plus besoin ni d'apparition, ni de prédiction manifeste, ni de ces prodiges inouïs que Dieu faisait si souvent pour leur salut. Les témoignages qu'ils avaient reçus leur suffisaient ; et leur incrédulité, non seulement convaincue par l'événement, mais encore si souvent punie, les avait enfin rendus dociles.

C'est pourquoi depuis ce temps on ne les voit plus retourner à l'idolâtrie, à laquelle ils étaient si étrangement portés. Ils s'étaient trop mal trouvés d'avoir rejeté le Dieu de leurs pères. Ils se souvenaient toujours de Nabuchodonosor et de leur ruine si souvent prédite dans toutes ces circonstances, et toutefois plus tôt arrivée qu'elle n'avait été crue. Ils n'étaient pas moins en admiration de leur rétablissement, fait, contre toute apparence, dans le temps et par celui qui leur avait été marqué. Jamais ils ne voyaient le second temple sans se souvenir pourquoi le premier avait été renversé, et comment celui-ci avait été rétabli : ainsi ils se confirmaient dans la foi de leurs Ecritures auxquelles tout leur état rendait témoignage.

On ne vit plus parmi eux de faux prophètes. Ils s'étaient défaits tout ensemble de la pente qu'ils avaient à les croire, et de celle qu'ils avaient à l'idolâtrie. Zacharie avait prédit par un même oracle que ces deux choses leur arriveraient[1]. En voici les propres paroles[2] : « En ces jours, dit le Seigneur Dieu des armées, je détruirai le nom des idoles dans toute la Terre-Sainte, il ne s'en parlera plus ; il n'y paraîtra non plus de faux prophètes ni d'esprit impur pour les inspirer. Et si quelqu'un se mêle de prophétiser par son propre esprit, son père et sa mère lui diront : Vous mourrez demain, parce que vous avez menti au nom du Seigneur. » On peut voir dans le texte même, le reste qui n'est pas moins fort. Cette prophétie eut un manifeste accomplissement. Les faux prophètes cessèrent sous le second temple : le peuple rebuté de leurs tromperies n'était plus en état de les écouter. Les vrais prophètes de Dieu étaient lus et relus sans cesse : il ne leur fallait point de commentaire ; et les choses qui arrivaient tous les jours, en exécution de leurs prophéties, en étaient de trop fidèles interprètes.

## CHAPITRE XIII

LA LONGUE PAIX DONT ILS JOUISSENT, PAR QUI PRÉDITE

En effet, tous leurs prophètes leur avaient promis une paix profonde. On lit encore avec joie la belle peinture que font Isaïe et Ezéchiel[3] des bienheureux temps qui devaient suivre la captivité de Babylone. Toutes les ruines sont réparées, les villes et les bourgades sont magnifiquement rebâties, le peuple est innombrable, les ennemis sont à bas, l'abondance est dans les villes et dans la campagne ; on y voit la joie, le repos, et enfin tous les fruits d'une longue paix. Dieu promet de tenir son peuple dans une durable et parfaite tranquillité[4]. Ils en jouirent sous les rois de Perse. Tant que cet empire se soutint, les favorables décrets de Cyrus, qui en était le fondateur, assurèrent le repos des Juifs. Quoiqu'ils aient été menacés de leur dernière ruine sous Assuérus, quel qu'il soit, Dieu, fléchi par leurs larmes, changea tout à coup le cœur du roi, et tira une vengeance éclatante d'Aman leur ennemi[1]. Hors de cette conjoncture, qui passa si vite, ils furent toujours sans crainte. Instruits par leurs prophètes à obéir aux rois à qui Dieu les avait soumis[2], leur fidélité fut inviolable. Aussi furent-ils toujours doucement traités. A la faveur d'un tribut assez léger, qu'ils payaient à leurs souverains, qui étaient plutôt leurs protecteurs que leurs maîtres, ils vivaient selon leurs propres lois : la puissance sacerdotale fut conservée en son entier; les pontifes conduisaient le peuple; le conseil public, établi premièrement par Moïse, avait toute son autorité; et ils exerçaient entre eux la puissance de vie et de mort, sans que personne se mêlât de leur conduite. Les rois l'ordonnaient ainsi[3]. La ruine de l'empire des Perses ne changea point leurs affaires. Alexandre respecta leur temple, admira leurs prophéties, et augmenta leurs privilèges[4]. Ils eurent un peu à souffrir sous ses premiers successeurs. Ptolémée, fils de Lagus, surprit Jérusalem et en emmena en Egypte cent mille captifs[5]; mais il cessa bientôt de les haïr. Pour mieux dire, il ne les haït jamais : il ne voulait que les ôter aux rois de Syrie ses ennemis. En effet, il ne les eut pas plus tôt soumis, qu'il les fit citoyens d'Alexandrie, capitale de son royaume, ou plutôt il leur confirma le droit qu'Alexandre, fondateur de cette ville, leur y avait déjà donné; et ne trouvant rien dans tout son état de plus fidèle que les Juifs, il en remplit ses armées et leur confia ses places les plus importantes. Si les Lagides les considérèrent, ils furent encore mieux traités des Séleucides sous l'empire desquels ils vivaient. Séleucus Nicanor, chef de cette famille, les établit dans Antioche[6]; et Antiochus le Dieu, son petit-fils, les ayant fait recevoir dans toutes les villes de l'Asie Mineure, nous les avons vus se répandre dans toute la Grèce, y vivre selon leur loi, et y jouir des mêmes droits que les autres citoyens, comme ils faisaient dans Alexandrie et dans Antioche. Cependant leur loi est tournée en grec par les soins de Ptolémée Philadelphe, roi d'Egypte[7]. La religion judaïque est connue parmi les Gentils; le temple de Jérusalem est enrichi par les dons des rois et des peuples; les Juifs vivent en paix et en liberté sous la puissance des rois de Syrie, et ils n'avaient guère goûté une telle tranquillité sous leurs propres rois.

## CHAPITRE XIV

INTERRUPTION ET RÉTABLISSEMENT DE LA PAIX; DIVISION DANS LE PEUPLE SAINT; PERSÉCUTION D'ANTIOCHUS : TOUT CELA PRÉDIT

Elle semblait devoir être éternelle, s'ils ne l'eussent eux-mêmes troublée par leurs dissensions. Il y avait trois cents ans qu'ils jouissaient de ce repos tant prédit par leurs prophètes, quand l'ambition et les jalousies qui se mirent parmi eux les pensèrent perdre. Quelques-uns des plus puissants trahirent leur peuple pour flatter les rois; ils voulurent se rendre illustres à la manière des Grecs, et préférèrent cette vaine pompe à la gloire solide que leur acquérait parmi leurs citoyens l'observance des lois de leurs ancêtres. Ils célébrèrent des jeux comme les Gentils[1]. Cette nouveauté éblouit les yeux du peuple, et l'idolâtrie revêtue de cette magnificence parut belle à beaucoup de Juifs. A ces changements se mêlèrent les disputes pour le souverain sacerdoce, qui était la dignité principale de la nation. Les ambitieux s'attachaient aux rois de Syrie pour y parvenir; et cette dignité sacrée fut le prix de la flatterie de ces courtisans. Les jalousies et les divisions des particuliers ne tardèrent pas à causer, selon la coutume, de grands malheurs à tout le peuple et à la ville sainte. Alors arriva ce que nous avons remarqué qu'avait prédit Zacharie[2] : *Judas même combattit contre Jérusalem,* et cette ville fut trahie par ses citoyens. Antiochus l'Illustre, roi de Syrie, conçut le dessein de perdre ce peuple divisé, pour profiter de ses richesses. Ce prince parut alors avec tous les caractères que Daniel avait marqués[3] : ambitieux, avare, artificieux, cruel, insolent, impie, insensé, enflé de ses victoires, et puis irrité de ses pertes[4]. Il entre dans Jérusalem en état de tout entreprendre : les factions des Juifs, *et non pas ses propres forces,* l'enhardissaient; et Daniel l'avait ainsi prévu[5]. Il exerce des cruautés inouïes : son orgueil l'emporte aux derniers excès, *et il vomit des blasphèmes contre le Très-Haut,* comme l'avait prédit le même prophète[6]. En exécution de ces prophéties, et *à cause des péchés du peuple, la force lui est donnée contre le sacrifice perpétuel*[7]. Il profane le temple de

Dieu, que les rois ses ancêtres avaient révéré : il le pille, et répare, par les richesses qu'il y trouve, les ruines de son trésor épuisé. Sous prétexte de rendre conformes les mœurs de ses sujets, et, en effet, pour assouvir son avarice en pillant toute la Judée, il ordonne aux Juifs d'adorer les mêmes dieux que les Grecs : surtout il veut qu'on adore Jupiter Olympien, dont il place l'idole dans le temple même[1] ; et, plus impie que Nabuchodonosor, il entreprend de détruire les fêtes, la loi de Moïse, les sacrifices, la religion, et tout le peuple. Mais les succès de ce prince avaient leurs bornes marquées par les prophéties. Mathatias s'oppose à ses violences, et réunit les gens de bien. Judas Machabée son fils, avec une poignée de gens, fait des exploits inouïs, et purifie le temple de Dieu *trois ans et demi* après sa profanation, comme avait prédit Daniel[2]. Il poursuit les Iduméens et tous les autres Gentils qui se joignaient à Antiochus[3] ; et leur ayant pris leurs meilleures places, il revient victorieux et humble, tel que l'avait vu Isaïe[4], chantant les louanges de Dieu qui avait livré en ses mains les ennemis de son peuple, et encore tout rouge de leur sang. Il continue ses victoires, malgré les armées prodigieuses des capitaines d'Antiochus. Daniel n'avait donné que *six ans*[5] à ce prince impie pour tourmenter le peuple de Dieu ; et voilà qu'au terme préfix[6] il apprend à Ecbatane les faits héroïques de Judas[7]. Il tombe dans une profonde mélancolie, et meurt, comme avait prédit le saint prophète, misérable, *mais non de main d'homme*[8], après avoir reconnu, mais trop tard, la puissance du Dieu d'Israël.

Je n'ai plus besoin de vous raconter de quelle sorte ses successeurs poursuivirent la guerre contre la Judée, ni la mort de Judas son libérateur, ni les victoires de ses deux frères Jonathas et Simon, successivement souverains pontifes, dont la valeur rétablit la gloire ancienne du peuple de Dieu. Ces trois grands hommes virent les rois de Syrie et tous les peuples voisins conjurés contre eux ; et ce qui était de plus déplorable, ils virent à diverses fois ceux de Juda même armés contre leur patrie et contre Jérusalem : chose inouïe jusqu'alors, mais comme on a dit, expressément marquée par les prophètes[9]. Au milieu de tant de maux, la confiance qu'ils eurent en Dieu les rendit intrépides et invincibles. Le peuple fut toujours heureux sous leur conduite ; et enfin, du temps de Simon, affranchi du joug des Gentils, il se soumit à lui et à ses enfants, du consentement des rois de Syrie.

Mais l'acte par lequel le peuple de Dieu transporte à Simon toute la puissance publique, et lui accorde les droits royaux, est remarquable. Le décret porte *qu'il en jouira lui et sa postérité, jusqu'à ce qu'il vienne un fidèle et véritable prophète*[1].

Le peuple, accoutumé dès son origine à un gouvernement divin, et sachant que depuis le temps que David avait été mis sur le trône par ordre de Dieu, la souveraine puissance appartenait à sa maison, à qui elle devait être à la fin rendue, au temps du Messie, quoique d'une manière plus mystérieuse et plus haute qu'on ne l'attendait[2], mit expressément cette restriction au pouvoir qu'il donna à ses pontifes, et continua de vivre sous eux dans l'espérance de ce Christ tant de fois promis. C'est ainsi que ce royaume absolument libre usa de son droit, et pourvut à son gouvernement. La postérité de Jacob, par la tribu de Juda et par les restes qui se rangèrent sous ses étendards, se conserva en corps d'Etat, et jouit indépendamment et paisiblement de la terre qui lui avait été assignée.

La religion judaïque[3] eut un grand éclat, et reçut de nouvelles marques de la protection divine. Jérusalem, assiégée et réduite à l'extrémité par Antiochus Sidètes, roi de Syrie, fut délivrée de ce siège d'une manière admirable. Ce prince fut touché d'abord de voir un peuple affamé plus occupé de sa religion que de son malheur, et leur accorda une trêve de sept jours en faveur de la semaine sacrée de la fête des Tabernacles[4]. Loin d'inquiéter les assiégés durant ce saint temps, il leur envoyait avec une magnificence royale des victimes pour les immoler dans leur temple, sans se mettre en peine que c'était en même temps leur fournir des vivres dans leur extrême besoin. Selon la docte remarque des chronologistes[5], les Juifs venaient alors de célébrer l'année sabbatique ou de repos, c'est-à-dire la septième année, où, comme parle Moïse[6], la terre qu'on ne semait point devait se reposer de son travail ordinaire. Tout manquait dans la Judée, et le roi de Syrie pouvait d'un seul coup perdre tout un peuple qu'on lui faisait regarder comme toujours ennemi et toujours rebelle. Dieu, pour garantir ses enfants d'une perte si inévitable, n'envoya pas comme autrefois ses anges exterminateurs ; mais ce qui n'est pas moins merveilleux, quoique d'une autre manière, il toucha le cœur du roi, qui, admirant la piété des Israélites, que nul péril n'avait détournés des observances les plus incommodes de leur religion, leur accorda la vie et la paix. Les prophètes avaient prédit que ce ne serait plus par des prodiges semblables à ceux des temps passés que Dieu sauverait son peuple, mais par la conduite d'une providence plus douce, qui toutefois ne laisserait pas d'être également efficace et à la longue aussi sensible. Par un effet de cette conduite, Jean Hircan, dont la valeur s'était signalée dans les armées d'Antiochus, après la mort de ce prince, reprit l'empire de son pays.

Sous lui les Juifs s'agrandissent par des conquêtes considérables. Ils soumettent Samarie[1] (Ezéchiel et Jérémie l'avaient prédit) ; ils domptent les Iduméens, les Philistins et les Ammonites, leurs perpétuels ennemis[2], et ces peuples embrassent leur religion (Zacharie l'avait marqué)[3]. Enfin, malgré la haine et la jalousie des peuples qui les environnent, sous l'autorité de leurs pontifes, qui deviennent enfin leurs rois, ils fondent le nouveau royaume des Asmonéens ou des Machabées, plus étendu que jamais, si on excepte les temps de David et de Salomon.

Voilà en quelle manière le peuple de Dieu subsista toujours parmi tant de changements ; et ce peuple, tantôt châtié, et tantôt consolé dans ses disgrâces, par les différents traitements qu'il reçoit selon ses mérites, rend un témoignage public à la Providence qui régit le monde.

## CHAPITRE XV

ATTENTE DU MESSIE ; SUR QUOI FONDÉE ; PRÉPARATION À
SON RÈGNE ET À LA CONVERSION DES GENTILS

Mais en quelque état qu'il fût, il vivait toujours en attente des temps du Messie, où il espérait de nouvelles grâces plus grandes que toutes celles qu'il avait reçues ; et il n'y a personne qui ne voie que cette foi du Messie, et de ses merveilles, qui dure encore aujourd'hui parmi les Juifs, leur est venue de leurs patriarches et de leurs prophètes dès l'origine de leur nation[1]. Car dans cette longue suite d'années, où eux-mêmes reconnaissaient que par un conseil de la Providence, il ne s'élevait plus parmi eux aucun prophète, et que Dieu ne leur faisait point de nouvelles prédictions ni de nouvelles promesses, cette foi du Messie qui devait venir était plus vive que jamais. Elle se trouva si bien établie, quand le second temple fut bâti, qu'il n'a plus fallu que le prophète pour y confirmer le peuple. Ils vivaient sous la foi des anciennes prophéties qu'ils avaient vues s'accomplir si précisément à leurs yeux en tant de chefs; le reste, depuis ce temps, ne leur a jamais paru douteux, et ils n'avaient point de peine à croire que Dieu, si fidèle en tout, n'accomplît encore en son temps ce qui regardait le Messie, c'est-à-dire la principale de ses promesses et le fondement de toutes les autres.

En effet, toute leur histoire, tout ce qui leur arrivait de jour en jour, n'était qu'un perpétuel développement des oracles que le Saint-Esprit leur avait laissés. Si, rétablis dans leur terre après la captivité, ils jouirent durant trois cents ans d'une paix profonde; si leur temple fut révéré, et leur religion honorée dans tout l'Orient; si enfin leur paix fut troublée par leurs dissensions; si ce superbe roi de Syrie fit des efforts inouïs pour les détruire; s'il prévalut quelque temps; si un peu après il fut puni; si la religion judaïque et tout le peuple de Dieu fut relevé avec un éclat plus merveilleux que jamais, et le royaume de Juda accru sur la fin des temps par de nouvelles conquêtes : on a vu que tout cela se trouvait écrit dans leurs prophètes. Oui, tout y était marqué, jusqu'au temps que devaient durer les persécutions, jusqu'aux lieux où se donnèrent les combats, jusqu'aux terres qui devaient être conquises.

Je vous ai rapporté en gros quelque chose de ces prophéties : le détail serait la matière d'un plus long discours; mais vous en voyez assez pour demeurer convaincu de ces fameuses prédictions qui font le fondement de notre croyance : plus on les approfondit, plus on y trouve de vérités; et les prophéties du peuple de Dieu ont eu durant tous ces temps un accomplissement si manifeste, que depuis, quand les païens mêmes, quand un Porphyre, quand un Julien l'Apostat[2], ennemis d'ailleurs des Écritures, ont voulu donner des exemples de prédictions prophétiques, ils les ont été chercher parmi les Juifs.

Et je puis même vous dire avec vérité que si durant cinq cents ans le peuple de Dieu fut sans prophète, tout l'état de ces temps était prophétique : l'œuvre de Dieu s'acheminait, et les voies se préparaient insensiblement à l'entier accomplissement des anciens oracles.

Le retour de la captivité de Babylone n'était qu'une ombre de la liberté, et plus grande et plus nécessaire, que le Messie devait apporter aux hommes captifs du péché. Le peuple, dispersé en divers endroits dans la Haute-Asie, dans l'Asie-Mineure, dans l'Egypte, dans la Grèce même, commençait à faire éclater parmi les Gentils le nom et la gloire du Dieu d'Israël. Les Ecritures, qui devaient un jour être la lumière du monde, furent mises dans la langue la plus connue de l'univers ; leur antiquité est reconnue. Pendant que le temple est révéré, et les Ecritures répandues parmi les Gentils, Dieu donne quelque idée de leur conversion future, et en jette de loin les fondements.

Ce qui se passait même parmi les Grecs était une espèce de préparation à la connaissance de la vérité. Leurs philosophes connurent que le monde était régi par un Dieu bien différent de ceux que le vulgaire adorait, et qu'ils servaient eux-mêmes avec le vulgaire. Les histoires grecques font foi que cette belle philosophie venait d'Orient, et des endroits où les Juifs avaient été dispersés : mais de quelque endroit qu'elle soit venue, une vérité si importante répandue parmi les Gentils, quoique combattue, quoique mal suivie, même par ceux qui l'enseignaient, commençait à réveiller le genre humain, et fournissait par avance des preuves certaines à ceux qui devaient un jour le tirer de son ignorance.

## CHAPITRE XVI

### PRODIGIEUX AVEUGLEMENT DE L'IDOLÂTRIE AVANT LA VENUE DU MESSIE

COMME toutefois la conversion de la gentilité était une œuvre réservée au Messie, et le propre caractère de sa venue, l'erreur et l'impiété prévalaient partout. Les nations les plus éclairées et les plus sages, les Chaldéens, les Egyptiens, les Phéniciens, les Grecs, les Romains, étaient les plus ignorants et les plus aveugles sur la religion : tant il est vrai qu'il y faut être élevé par une grâce particulière, et par une sagesse plus qu'humaine. Qui oserait raconter les cérémonies des dieux immortels, et leurs mystères impurs ? Leurs amours, leurs cruautés, leurs jalousies, et tous leurs autres excès étaient le sujet de leurs fêtes, de leurs sacrifices, des hymnes qu'on leur chantait, et des peintures que l'on consacrait dans leurs temples. Ainsi le crime était adoré, et reconnu nécessaire au culte des dieux. Le plus grave des philosophes défend de boire avec excès, si ce n'était dans les fêtes de Bacchus et à l'honneur de ce dieu[1]. Un autre, après avoir sévèrement blâmé toutes les images malhonnêtes, en excepte celles des dieux, qui voulaient être honorés par ces infamies[2]. On ne peut lire sans étonnement les honneurs qu'il fallait rendre à Vénus, et les prostitutions qui étaient établies pour l'adorer[3]. La Grèce, toute polie et toute sage qu'elle était, avait reçu ces mystères abominables. Dans les affaires pressantes, les particuliers et les républiques vouaient à Vénus des courtisanes[4], et la Grèce ne rougissait pas d'attribuer son salut aux prières qu'elles faisaient à leur déesse. Après la défaite de Xerxès et de ses formidables armées, on mit dans le temple un tableau où étaient représentés leurs vœux et leurs processions, avec cette inscription de Simonides, poète fameux : « Celles-ci ont prié la déesse Vénus, qui pour l'amour d'elles a sauvé la Grèce. »

S'il fallait adorer l'amour, ce devait être du moins l'amour honnête; mais il n'en était pas ainsi. Solon, qui le pourrait croire, et qui attendrait d'un si grand nom une si grande infamie[2] Solon, dis-je, établit à Athènes le temple de Vénus la prostituée[5], ou de l'amour impudique. Toute la Grèce était pleine de temples consacrés à ce dieu, et l'amour conjugal n'en avait pas un dans tout le pays[6].

Cependant ils détestaient l'adultère dans les hommes et dans les femmes : la société conjugale était sacrée parmi eux. Mais quand ils s'appliquaient à la religion, ils paraissaient comme possédés par un esprit étranger, et leur lumière naturelle les abandonnait.

La gravité romaine n'a pas traité la religion plus sérieusement, puisqu'elle consacrait à l'honneur des dieux les impuretés du théâtre et les sanglants spectacles des gladiateurs, c'est-à-dire tout ce qu'on pouvait imaginer de plus corrompu et de plus barbare.

Mais je ne sais si les folies ridicules qu'on mêlait dans la religion n'étaient pas encore plus pernicieuses, puisqu'elles lui attiraient tant de mépris. Pouvait-on garder le respect qui est dû aux choses divines, au milieu des impertinences que contaient les fables, dont la représentation ou le souvenir faisaient une si grande partie du culte divin ? Tout le service public n'était qu'une continuelle profanation, ou plutôt une dérision du nom de Dieu; et il fallait bien qu'il y eût quelque puissance ennemie de ce nom sacré, qui ayant entrepris de le ravilir, poussât les hommes à l'employer dans les choses si méprisables, et même à le prodiguer à des sujets si indignes.

Il est vrai que les philosophes avaient à la fin reconnu qu'il y avait un autre Dieu que ceux que le vulgaire adorait; mais ils n'osaient l'avouer. Au contraire, Socrate donnait pour maxime qu'il fallait que chacun suivît la religion de son pays[1]. Platon, son disciple, qui voyait la Grèce et tous les pays du monde remplis d'un culte insensé et scandaleux, ne laisse pas de poser comme un fondement de sa République, « qu'il ne faut jamais rien changer dans la religion qu'on trouve établie, et que c'est avoir perdu le sens que d'y penser[2]. » Des philosophes si graves, et qui ont dit de si belles choses sur la nature divine, n'ont osé s'opposer à l'erreur publique, et ont désespéré de la pouvoir vaincre. Quand Socrate fut accusé de nier les dieux que le public adorait, il s'en défendit comme d'un crime[3]; et Platon, en parlant du Dieu qui avait formé l'univers, dit qu'il est difficile de le trouver, et qu'il est défendu de le déclarer au peuple[4]. Il proteste de n'en parler jamais qu'en énigme, de peur d'exposer une si grande vérité à la moquerie.

Dans quel abîme était le genre humain, qui ne pouvait supporter la moindre idée du vrai Dieu ? Athènes, la plus polie et la plus savante de toutes les villes grecques, prenait pour athées ceux qui parlaient des choses intellectuelles[5], et c'est une des raisons qui avaient fait condamner Socrate. Si quelques philosophes osaient enseigner que les statues n'étaient pas des dieux comme l'entendait le vulgaire, ils se voyaient contraints de s'en dédire ; encore après cela étaient-ils bannis comme des impies par sentence de l'Aréopage[1]. Toute la terre était possédée de la même erreur : la vérité n'y osait paraître. Le Dieu créateur du monde n'avait de temple ni de culte qu'en Jérusalem. Quand les Gentils y envoyaient leurs offrandes, ils ne faisaient autre honneur au Dieu d'Israël, que de le joindre aux autres dieux. La seule Judée connaissait sa sainte et sévère jalousie, et savait que partager la religion entre lui et les autres dieux, était la détruire.

## CHAPITRE XVII

#### CORRUPTION ET SUPERSTITION PARMI LES JUIFS : FAUSSES DOCTRINES DES PHARISIENS

Cependant, à la fin des temps, les Juifs mêmes qui le connaissaient, et qui étaient les dépositaires de la religion, commencèrent, tant les hommes vont toujours affaiblissant la vérité, non point à oublier le Dieu de leurs pères, mais à mêler dans la religion des superstitions indignes de lui. Sous le règne des Asmonéens, et dès le temps de Jonathas, la secte des Pharisiens commença parmi les Juifs[2]. Ils s'acquirent d'abord un grand crédit par la pureté de leur doctrine et par l'observance exacte de la loi : joint que leur conduite était douce, quoique régulière, et qu'ils vivaient entre eux en grande union. Les récompenses et les châtiments de la vie future, qu'ils soutenaient avec zèle, leur attiraient beaucoup d'honneur[3]. A la fin, l'ambition se mit parmi eux. Ils voulurent gouverner, et en effet ils se donnèrent un pouvoir absolu sur le peuple : ils se rendirent les arbitres de la doctrine et de la religion, qu'ils tournèrent insensiblement à des pratiques superstitieuses, utiles à leur intérêt et à la domination qu'ils voulaient établir sur les consciences ; et le vrai esprit de la loi était prêt à se perdre.

A ces maux se joignit un plus grand mal, l'orgueil et la présomption ; mais une présomption qui allait à s'attribuer à soi-même le don de Dieu. Les Juifs, accoutumés à ses bienfaits et éclairés depuis tant de siècles de sa connaissance, oublièrent que sa bonté seule les avait séparés des autres peuples, et regardèrent sa grâce comme une dette. Race élue et toujours bénie depuis deux mille ans, ils se jugèrent les seuls dignes de connaître Dieu, et se crurent d'une autre espèce que les autres hommes qu'ils voyaient privés de sa connaissance. Sur ce fondement, ils regardèrent les Gentils avec un insupportable dédain. Etre sorti d'Abraham selon la chair, leur paraissait une distinction qui les mettait naturellement au-dessus de tous les autres; et, enflés d'une si belle origine, ils se croyaient saints par nature, et non par grâce : erreur qui dure encore parmi eux. Ce furent les pharisiens qui, cherchant à se glorifier de leurs lumières, et de l'exacte observance des cérémonies de la loi, introduisirent cette opinion vers la fin des temps. Comme ils ne songeaient qu'à se distinguer des autres hommes, ils multiplièrent sans bornes les pratiques extérieures, et débitèrent toutes leurs pensées, quelque contraires qu'elles fussent à la loi de Dieu, comme des traditions authentiques.

## CHAPITRE XVIII

### SUITE DES CORRUPTIONS PARMI LES JUIFS; SIGNAL DE LEUR DÉCADENCE, SELON QUE ZACHARIE L'AVAIT PRÉDIT

Encore que ces sentiments n'eussent point passé par décret public en dogme de la Synagogue, ils se coulaient insensiblement parmi le peuple qui devenait inquiet, turbulent et séditieux. Enfin les divisions, qui devaient être, selon leurs prophètes[1], le commencement de leur décadence, éclatèrent à l'occasion des brouilleries survenues dans la maison des Asmonéens. Il y avait à peine soixante ans jusqu'à Jésus-Christ, quand Hircan et Aristobule, enfants d'Alexandre Jannée, entrèrent en guerre pour le sacerdoce, auquel la royauté était annexée. C'est ici le moment fatal où l'histoire marque la première cause de la ruine des Juifs[2]. Pompée, que les deux frères appelèrent pour les régler, les assujettit tous deux, en même temps qu'il déposséda Antiochus surnommé l'Asiatique, dernier roi de Syrie. Ces trois princes dégradés ensemble, et comme par un seul coup, furent le signal de la décadence marquée en termes précis par le prophète Zacharie[1]. Il est certain, par l'histoire, que ce changement des affaires de la Syrie et de la Judée fut fait en même temps par Pompée, lorsqu'après avoir achevé la guerre de Mithridate, prêt à retourner à Rome, il régla les affaires d'Orient. Le prophète a exprimé ce qui faisait à[2] la ruine des Juifs qui, de deux frères qu'ils avaient vus rois, en virent l'un prisonnier servir au triomphe de Pompée, et l'autre (c'est le faible Hircan) à qui le même Pompée ôta avec le diadème une grande partie de son domaine, ne retenir plus qu'un vain titre d'autorité qu'il perdit bientôt. Ce fut alors que les Juifs furent faits tributaires des Romains; et la ruine de la Syrie attira la leur, parce que ce grand royaume, réduit en province dans leur voisinage, y augmenta tellement la puissance des Romains, qu'il n'y avait plus de salut qu'à leur obéir. Les gouverneurs de Syrie firent de continuelles entreprises sur la Judée : les Romains s'y rendirent maîtres absolus, et en affaiblirent le gouvernement en beaucoup de choses. Par eux enfin le royaume de Juda passa des mains des Asmonéens, à qui il s'était soumis, en celles d'Hérode, étranger et Iduméen. La politique cruelle et ambitieuse de ce roi, qui ne professait qu'en apparence la religion judaïque, changea les maximes du gouvernement ancien. Ce ne sont plus ces Juifs maîtres de leur sort sous le vaste empire des Perses et des premiers Séleucides, où ils n'avaient qu'à vivre en paix. Hérode, qui les tient de près asservis sous sa puissance, brouille toutes choses; confond à son gré la succession des pontifes; affaiblit le pontificat, qu'il rend arbitraire; énerve l'autorité du conseil de la nation, qui ne peut plus rien : toute la puissance publique passe entre les mains d'Hérode et des Romains dont il est l'esclave, et il ébranle les fondements de la république judaïque.

Les pharisiens, et le peuple qui n'écoutait que leurs sentiments, souffraient cet état avec impatience. Plus ils se sentaient pressés du joug des Gentils, plus ils conçurent pour eux de dédain et de haine. Ils ne voulurent plus de Messie qui ne fût guerrier, et redoutable aux puissances qui les captivaient. Ainsi, oubliant tant de prophéties qui leur parlaient si expressément de ses humiliations, ils n'eurent plus d'yeux ni d'oreilles que pour celles qui leur annoncent des triomphes, quoique bien différents de ceux qu'ils voulaient.

## CHAPITRE XIX

### JÉSUS-CHRIST ET SA DOCTRINE

Dans ce déclin de la religion et des affaires des Juifs, à la fin du règne d'Hérode, et dans le temps que les pharisiens introduisaient tant d'abus, Jésus-Christ est envoyé sur la terre pour rétablir le royaume dans la maison de David, d'une manière plus haute que les Juifs charnels ne l'entendaient, et pour prêcher la doctrine que Dieu avait résolu de faire annoncer à tout l'univers. Cet admirable enfant, appelé par Isaïe le Dieu fort, le Père du siècle futur, et l'Auteur de la paix[1], naît d'une Vierge à Bethléem, et il y vient reconnaître l'origine de sa race. Conçu du Saint-Esprit, saint par sa naissance, seul digne de réparer le vice de la nôtre, il reçoit le nom de Sauveur[2], parce qu'il devait nous sauver de nos péchés. Aussitôt après sa naissance, une nouvelle étoile, figure de la lumière qu'il devait donner aux Gentils, se fait voir en Orient, et amène au Sauveur, encore enfant, les prémices de la gentilité convertie. Un peu après, ce Seigneur tant désiré vient à son saint temple, où Siméon le regarde non seulement comme *la gloire d'Israël,* mais encore comme *la lumière des nations infidèles*[3]. Quand le temps de prêcher son Evangile approcha, saint Jean-Baptiste, qui lui devait préparer les voies, appela tous les pécheurs à la pénitence, et fit retentir de ses cris tout le désert où il avait vécu dès ses premières années avec autant d'austérité que d'innocence. Le peuple, qui depuis cinq cents ans n'avait point vu de prophètes, reconnut ce nouvel Elie, tout prêt à le prendre pour le Sauveur, tant sa sainteté parut admirable; mais lui-même il montrait au peuple celui dont *il était indigne de délier les souliers*[4]. Enfin Jésus-Christ commence à prêcher son Evangile, et à révéler les secrets qu'il voyait de toute éternité au sein de son Père. Il pose les fondements de son Eglise par la vocation de douze pêcheurs[5], et met saint Pierre à la tête de tout le troupeau, avec une prérogative si manifeste, que les évangélistes, qui dans le dénombrement qu'ils font des apôtres, ne gardent aucun ordre certain, s'accordent à nommer saint Pierre devant tous les autres, comme le premier[1]. Jésus-Christ parcourut toute la Judée, qu'il remplit de ses bienfaits; secourable aux malades, miséricordieux envers les pécheurs dont il se montre le vrai médecin par l'accès qu'il leur donne auprès de lui, faisant ressentir aux hommes une autorité et une douceur qui n'avait jamais paru qu'en sa personne. Il annonce de hauts mystères, mais il les confirme par de grands miracles; il commande de grandes vertus, mais il donne en même temps de grandes lumières, de grands exemples, et de grandes grâces. C'est par là aussi qu'il paraît « plein de grâce et de vérité, et nous recevons tous de sa plénitude[2]. »

Tout se soutient en sa personne : sa vie, sa doctrine, ses miracles. La même vérité y reluit partout : tout concourt à y faire voir le maître du genre humain et le modèle de la perfection.

Lui seul vivant au milieu des hommes, et à la vue de tout le monde, a pu dire sans craindre d'être démenti : « Qui de vous me reprendra de péché[3] ? » Et encore : « Je suis la lumière du monde; ma nourriture est de faire la volonté de mon Père : celui qui m'a envoyé est avec moi, et ne me laisse pas seul parce que je fais toujours ce qui lui plaît[4]. »

Ses miracles sont d'un ordre particulier et d'un caractère nouveau. Ce ne sont point *des signes dans le ciel,* tels que les Juifs les demandaient[5] : il les fait presque tous sur les hommes mêmes, et pour guérir leurs infirmités. Tous ces miracles tiennent plus de la bonté que de la puissance, et ne surprennent pas tant les spectateurs, qu'ils les touchent dans le fond du cœur. Il les fait avec empire : les démons et les maladies lui obéissent; à sa parole les aveugles-nés reçoivent la vue, les morts sortent du tombeau, et les péchés sont remis. Le principe en est en lui-même; ils coulent de source : « Je sens, dit-il, qu'une vertu est sortie de moi[6]. » Aussi personne n'en avait-il fait ni de si grands, ni en si grand nombre; et toutefois il promet que ses disciples feront en son nom encore *de plus grandes choses*[7] : tant est féconde et inépuisable la vertu qu'il porte en lui-même.

Qui n'admirerait la condescendance avec laquelle il tempère la hauteur de sa doctrine ? C'est du lait pour les enfants, et tout ensemble du pain pour les forts. On le voit plein des secrets de Dieu ; mais on voit qu'il n'en est pas étonné, comme les autres mortels à qui Dieu se communique : il en parle naturellement, comme étant né dans le secret de cette gloire ; et *ce qu'il a sans mesure*[1], il le répand avec mesure, afin que notre faiblesse le puisse porter.

Quoiqu'il soit envoyé pour tout le monde, il ne s'adresse d'abord qu'aux brebis perdues de la maison d'Israël, auxquelles il était aussi principalement envoyé : mais il prépare la voie à la conversion des Samaritains et des Gentils. Une femme le reconnaît pour le Christ, que sa nation attendait aussi bien que celle des Juifs, et apprend de lui le mystère du culte nouveau qui ne serait plus attaché à un certain lieu[2]. Une femme chananéenne et idolâtre lui arrache, pour ainsi dire, quoique rebutée, la guérison de sa fille[3]. Il reconnaît en divers endroits les enfants d'Abraham dans les Gentils[4], et parle de sa doctrine comme devant être prêchée, contredite et reçue par toute la terre. Le monde n'avait jamais rien vu de semblable, et ses apôtres en sont étonnés. Il ne cache point aux siens les tristes épreuves par lesquelles ils devaient passer. Il leur fait voir les violences et la séduction employées contre eux, les persécutions et les fausses doctrines, les faux frères, la guerre au-dedans et au-dehors, la foi épurée par toutes ces épreuves ; à la fin des temps, l'affaiblissement de cette foi[5], et le refroidissement de la charité parmi ses disciples[6] ; au milieu de tant de périls, son Eglise et la vérité toujours invincibles[7].

Voici donc une nouvelle conduite, et un nouvel ordre de choses : on ne parle plus aux enfants de Dieu de récompenses temporelles ; Jésus-Christ leur montre une vie future ; et les tenant suspendus dans cette attente, il leur apprend à se détacher de toutes choses sensibles. La croix et la patience deviennent leur partage sur la terre, et le *ciel* leur est proposé comme devant être *emporté de force*[8]. Jésus-Christ, qui montre aux hommes cette nouvelle voie, y entre le premier : il prêche des vérités pures qui étourdissent les hommes grossiers, et néanmoins superbes ; il découvre l'orgueil caché et l'hypocrisie des pharisiens et des docteurs de la loi qui la corrompaient par leurs interprétations. Au milieu de ces reproches, il honore leur ministère, et la *chaire de Moïse où ils sont assis*[9]. Il fréquente le temple, dont il fait respecter la sainteté, et renvoie aux prêtres les lépreux qu'il a guéris. Par là il apprend aux hommes comment ils doivent reprendre et réprimer les abus, sans préjudice du ministère établi de Dieu, et montre que le corps de la Synagogue subsistait malgré la corruption des particuliers. Mais elle penchait visiblement à sa ruine. Les pontifes et les pharisiens animaient contre Jésus-Christ le peuple juif, dont la religion se tournait en superstition. Ce peuple ne peut souffrir le Sauveur du monde, qui l'appelle à des pratiques solides mais difficiles. Le plus saint et le meilleur de tous les hommes, la sainteté et la bonté même, devient le plus envié et le plus haï. Il ne se rebute pas, et ne cesse de faire du bien à ses citoyens; mais il voit leur ingratitude : il en prédit le châtiment avec larmes, et dénonce à Jérusalem sa chute prochaine. Il prédit aussi que les Juifs, ennemis de la vérité qu'il leur annonçait, seraient livrés à l'erreur, et deviendraient le jouet des faux prophètes.

Cependant la jalousie des pharisiens et des prêtres le mène à un supplice infâme : ses disciples l'abandonnent; un d'eux le trahit; le premier et le plus zélé de tous le renie trois fois. Accusé devant le conseil, il honore jusqu'à la fin le ministère des prêtres, et répond en termes précis au pontife qui l'interrogeait juridiquement. Mais le moment était arrivé, où la Synagogue devait être réprouvée. Le pontife et tout le conseil condamne Jésus-Christ parce qu'il se disait le Christ Fils de Dieu. Il est livré à Ponce Pilate, président[1] romain : son innocence est reconnue par son juge, que la politique et l'intérêt font agir contre sa conscience : le juste est condamné à mort : le plus grand de tous les crimes donne lieu à la plus parfaite obéissance qui fut jamais : Jésus, maître de sa vie et de toutes choses, s'abandonne volontairement à la fureur des méchants, et offre le sacrifice qui devait être l'expiation du genre humain. A la croix, il regarde dans les prophéties ce qui restait à faire : il l'achève, et dit enfin : *Tout est consommé*[2]. A ce mot, tout change dans le monde : la loi cesse, ses figures passent, ses sacrifices sont abolis par une oblation plus parfaite. Cela fait, Jésus-Christ expire avec un grand cri; toute la nature s'émeut; le centurion qui le gardait, étonné d'une telle mort, s'écrie qu'il est vraiment le Fils de Dieu; et les spectateurs s'en retournent frappant leur poitrine. Au troisième jour, il ressuscite; il paraît aux siens qui l'avaient abandonné, et qui s'obstinaient à ne pas croire sa résurrection. Ils le voient, ils lui parlent, ils le touchent, ils sont convaincus. Pour confirmer la foi de sa résurrection, il se montre à diverses fois et en diverses circonstances. Ses disciples le voient en particulier, et le voient aussi tous ensemble : il paraît une fois à plus de cinq cents hommes assemblés[1]. Un apôtre, qui l'a écrit, assure que la plupart d'eux vivaient encore dans le temps qu'il l'écrivait. Jésus-Christ ressuscité donne à ses apôtres tout le temps qu'ils veulent pour le bien considérer; et après s'être mis entre leurs mains en toutes les manières qu'ils le souhaitent, en sorte qu'il ne puisse plus leur rester le moindre doute, il leur ordonne de porter témoignage de ce qu'ils ont vu, de ce qu'ils ont ouï, et de ce qu'ils ont touché. Afin qu'on ne puisse douter de leur bonne foi, non plus que de leur persuasion, il les oblige à sceller leur témoignage de leur sang. Ainsi leur prédication est inébranlable; le fondement en est un fait positif, attesté unanimement par ceux qui l'ont vu. Leur sincérité est justifiée par la plus forte épreuve qu'on puisse imaginer, qui est celle des tourments et de la mort même. Telles sont les instructions que reçurent les apôtres. Sur ce fondement, douze pêcheurs entreprennent de convertir le monde entier, qu'ils voyaient si opposé aux lois qu'ils avaient à leur prescrire, et aux vérités qu'ils avaient à leur annoncer. Ils ont ordre de commencer par Jérusalem[2], et de là de se répandre par toute la terre pour « instruire toutes les nations, et les baptiser au nom du Père, du Fils, et du Saint-Esprit[3]. » Jésus-Christ leur promet « d'être avec eux tous les jours jusqu'à la consommation des siècles, » et assure, par cette parole, la perpétuelle durée du ministère ecclésiastique. Cela dit, il monte aux cieux en leur présence.

Les promesses vont être accomplies : les prophéties vont avoir leur dernier éclaircissement. Les Gentils sont appelés à la connaissance de Dieu par les ordres de Jésus-Christ ressuscité; une nouvelle cérémonie est instituée pour la régénération du nouveau peuple; et les fidèles apprennent que le vrai Dieu, le Dieu d'Israël, ce Dieu un et indivisible auquel ils sont consacrés par le baptême, est tout ensemble Père, Fils, et Saint-Esprit.

Là donc nous sont proposées les profondeurs incompréhensibles de l'Etre divin, la grandeur ineffable de son unité, et les richesses infinies de cette nature, plus féconde encore au-dedans qu'au-dehors, capable de se communiquer sans division à trois personnes égales.

Là sont expliqués les mystères qui étaient enveloppés, et comme scellés dans les anciennes Ecritures. Nous entendons le secret de cette parole : « Faisons l'homme à notre image[1] ; » et la Trinité, marquée dans la création de l'homme, est expressément déclarée dans sa régénération.

Nous apprenons ce que c'est que cette Sagesse *conçue,* selon Salomon[2], *devant tous les temps dans le sein de Dieu;* Sagesse qui fait toutes ses délices, et par qui sont ordonnés tous ses ouvrages. Nous savons qui est celui que David a vu *engendré devant l'aurore*[3] ; et le Nouveau Testament nous enseigne que c'est le Verbe, la parole intérieure de Dieu, et sa pensée éternelle qui est toujours dans son sein, et par qui toutes choses ont été faites.

Par là nous répondons à la mystérieuse question qui est proposée dans les *Proverbes :* « Dites-moi le nom de Dieu, et le nom de son Fils, si vous le savez[4]. » Car nous savons que ce nom de Dieu, si mystérieux et si caché, est le nom de Père, entendu en ce sens profond qui le fait concevoir dans l'éternité Père d'un Fils égal à lui, et que le nom de son Fils est le nom de Verbe; Verbe qu'il engendre éternellement en se contemplant lui-même, qui est l'expression parfaite de sa vérité, son image, son Fils unique, *l'éclat de sa clarté, et l'empreinte de sa substance*[5].

Avec le Père et le Fils nous connaissons aussi le Saint-Esprit, l'amour de l'un et de l'autre, et leur éternelle union. C'est cet Esprit qui fait les prophètes, et qui est en eux pour leur découvrir les conseils de Dieu, et les secrets de l'avenir; Esprit dont il est écrit : « Le Seigneur m'a envoyé, et son Esprit[6], » qui est distingué du Seigneur, et qui est aussi le Seigneur même, puisqu'il envoie les prophètes, et qu'il leur découvre les choses futures. Cet Esprit qui parle aux prophètes, et qui parle par les prophètes, est uni au Père et au Fils, et intervient avec eux dans la consécration du nouvel homme.

Ainsi le Père, le Fils, et le Saint-Esprit, un seul Dieu en trois personnes, montré plus obscurément à nos pères, est clairement révélé dans la nouvelle alliance. Instruits d'un si haut mystère, et étonnés de sa profondeur incompréhensible, nous couvrons notre face devant Dieu avec les Séraphins que vit Isaïe[1], et nous adorons avec eux celui qui est trois fois saint.

C'était au Fils unique *qui était dans le sein du Père*[2], et qui sans en sortir venait à nous, c'était à lui à nous découvrir pleinement ces admirables secrets de la nature divine, que Moïse et les prophètes n'avaient qu'effleurés.

C'était à lui à nous faire entendre d'où vient que le Messie, promis comme un homme qui devait sauver les autres hommes, était en même temps montré comme Dieu en nombre singulier, et absolument à la manière dont le Créateur nous est désigné : et c'est ainsi qu'il a fait, en nous enseignant que, quoique fils d'Abraham, *il était devant qu'Abraham fût fait*[3] ; qu'*il est descendu du ciel, et toutefois qu'il est au ciel*[4] ; qu'il est Dieu, Fils de Dieu, et tout ensemble homme, fils de l'homme; le vrai Emmanuel, Dieu avec nous; en un mot, le Verbe fait chair, unissant en sa personne la nature humaine avec la divine, afin de réconcilier toutes choses en lui-même.

Ainsi nous sont révélés les deux principaux mystères, celui de la Trinité et celui de l'Incarnation. Mais celui qui nous les a révélés, nous en fait trouver l'image en nous-mêmes, afin qu'ils nous soient toujours présents, et que nous reconnaissions la dignité de notre nature.

En effet, si nous imposons silence à nos sens, et que nous nous renfermions pour un peu de temps au fond de notre âme, c'est-à-dire dans cette partie où la vérité se fait entendre, nous y verrons quelque image de la Trinité que nous adorons. La pensée, que nous sentons naître comme le germe de notre esprit, comme le fils de notre intelligence, nous donne quelque idée du Fils de Dieu conçu éternellement dans l'intelligence du Père céleste. C'est pourquoi ce Fils de Dieu prend le nom de Verbe, afin que nous entendions qu'il naît dans le sein du Père, non comme naissent les corps, mais comme naît dans notre âme cette parole intérieure que nous y sentons quand nous y contemplons la vérité[5].

Mais la fécondité de notre esprit ne se termine pas à cette parole intérieure, à cette pensée intellectuelle, à cette image de la vérité qui se forme en nous. Nous aimons et cette parole intérieure et l'esprit où elle naît; et en l'aimant nous sentons en nous quelque chose qui ne nous est pas moins précieux que notre esprit et notre pensée, qui est le fruit de l'un et de l'autre, qui les unit, qui s'unit à eux, et ne fait avec eux qu'une même vie.

Ainsi, autant qu'il se peut trouver de rapport entre Dieu et l'homme, ainsi, dis-je, se produit en Dieu l'amour éternel qui sort du Père qui pense, et du Fils qui est sa pensée, pour faire avec lui et sa pensée une même nature également heureuse et parfaite.

En un mot, Dieu est parfait; et son Verbe, image vivante d'une vérité infinie, n'est pas moins parfait que lui; et son amour, qui sortant de la source inépuisable du bien en a toute la plénitude, ne peut manquer d'avoir une perfection infinie; et puisque nous n'avons point d'autre idée de Dieu que celle de la perfection, chacune de ces trois choses considérée en elle-même mérite d'être appelée Dieu : mais parce que ces trois choses conviennent nécessairement à une même nature, ces trois choses ne sont qu'un seul Dieu.

Il ne faut donc rien concevoir d'inégal ni de séparé dans cette Trinité adorable; et quelque incompréhensible que soit cette égalité, notre âme, si nous l'écoutons, nous en dira quelque chose.

Elle est; et quand elle sait parfaitement ce qu'elle est, son intelligence répond à la vérité de son être; et quand elle aime son être avec son intelligence autant qu'ils méritent d'être aimés, son amour égale la perfection de l'un et de l'autre[1]. Ces trois choses ne se séparent jamais, et s'enferment l'une l'autre : nous entendons que nous sommes, et que nous aimons; et nous aimons à être, et à entendre. Qui le peut nier, s'il s'entend lui-même ? Et non seulement une de ces choses n'est pas meilleure que l'autre, mais les trois ensemble ne sont pas meilleures qu'une d'elles en particulier, puisque chacune enferme le tout, et que dans les trois consiste la félicité et la dignité de la nature raisonnable. Ainsi, et infiniment au-dessus, est parfaite, inséparable, une en son essence, et enfin égale en tout sens, la Trinité que nous servons, et à laquelle nous sommes consacrés par notre baptême.

Mais nous-mêmes qui sommes l'image de la Trinité, nous-mêmes, à un autre égard, nous sommes encore l'image de l'Incarnation.

Notre âme, d'une nature spirituelle et incorruptible, a un corps corruptible qui lui est uni[2]; et de l'union de l'un et de l'autre résulte un tout, qui est l'homme, esprit et corps tout ensemble, incorruptible et corruptible, intelligent et purement brute. Ces attributs conviennent au tout, par rapport à chacune de ses deux parties : ainsi le Verbe divin, dont la vertu soutient tout, s'unit d'une façon particulière, ou plutôt il devient lui-même, par une parfaite union, ce Jésus-Christ fils de Marie; ce qui fait qu'il est Dieu et homme tout ensemble, engendré dans l'éternité, et engendré dans le temps; toujours vivant dans le sein du Père, et mort sur la croix pour nous sauver.

Mais où Dieu se trouve mêlé, jamais les comparaisons tirées des choses humaines ne sont qu'imparfaites. Notre âme n'est pas devant notre corps, et quelque chose lui manque lorsqu'elle en est séparée. Le Verbe, parfait en lui-même dès l'éternité, ne s'unit à notre nature que pour l'honorer. Cette âme qui préside au corps, et y fait divers changements, elle-même en souffre à son tour. Si le corps est mû au commandement et selon la volonté de l'âme, l'âme est troublée, l'âme est affligée et agitée en mille manières, ou fâcheuses ou agréables, suivant les dispositions du corps; en sorte que comme l'âme élève le corps à elle en le gouvernant, elle est abaissée au-dessous de lui par les choses qu'elle en souffre. Mais, en Jésus-Christ, le Verbe préside à tout, le Verbe tient tout sous sa main. Ainsi l'homme est élevé, et le Verbe ne se rabaisse par aucun endroit : immuable et inaltérable, il domine en tout et partout la nature qui lui est unie.

De là vient qu'en Jésus-Christ, l'homme, absolument soumis à la direction intime du Verbe qui l'élève à soi, n'a que des pensées et des mouvements divins. Tout ce qu'il pense, tout ce qu'il veut, tout ce qu'il dit, tout ce qu'il cache au-dedans, tout ce qu'il montre au-dehors est animé par le Verbe, conduit par le Verbe, digne du Verbe, c'est-à-dire digne de la raison même, de la sagesse même, et de la vérité même. C'est pourquoi tout est lumière en Jésus-Christ; sa conduite est une règle; ses miracles sont des instructions, ses paroles sont esprit et vie.

Il n'est pas donné à tous de bien entendre ces sublimes vérités, ni de voir parfaitement en lui-même cette merveilleuse image des choses divines, que saint Augustin et les autres Pères ont crue si certaine. Les sens nous gouvernent trop; et notre imagination, qui se veut mêler dans toutes nos pensées, ne nous permet pas toujours de nous arrêter sur une lumière si pure. Nous ne nous connaissons pas nous-mêmes ; nous ignorons les richesses que nous portons dans le fond de notre nature ; et il n'y a que les yeux les plus épurés qui les puissent apercevoir. Mais si peu que nous entrions dans ce secret, et que nous sachions remarquer en nous l'image des deux mystères qui font le fondement de notre foi, c'en est assez pour nous élever au-dessus de tout, et rien de mortel ne nous pourra plus toucher.

Aussi Jésus-Christ nous appelle-t-il à une gloire immortelle, et c'est le fruit de la foi que nous avons pour les mystères.

Ce Dieu-Homme, cette vérité et cette sagesse incarnée, qui nous fait croire de si grandes choses sur sa seule autorité, nous en promet dans l'éternité la claire et bienheureuse vision, comme la récompense certaine de notre foi.

De cette sorte, la mission de Jésus-Christ est relevée infiniment au-dessus de celle de Moïse.

Moïse était envoyé pour réveiller par des récompenses temporelles les hommes sensuels et abrutis. Puisqu'ils étaient devenus tout corps et tout chair, il les fallait d'abord prendre par les sens, leur inculquer par ce moyen la connaissance de Dieu, et l'horreur de l'idolâtrie à laquelle le genre humain avait une inclination si prodigieuse.

Tel était le ministère de Moïse : il était réservé à Jésus-Christ d'inspirer à l'homme des pensées plus hautes, et de lui faire connaître dans une pleine évidence la dignité, l'immortalité, et la félicité éternelle de son âme.

Durant les temps d'ignorance, c'est-à-dire durant les temps qui ont précédé Jésus-Christ, ce que l'âme connaissait de sa dignité et de son immortalité l'induisait le plus souvent à erreur. Le culte des hommes morts faisait presque tout le fond de l'idolâtrie : presque tous les hommes sacrifiaient aux mânes, c'est-à-dire aux âmes des morts. De si anciennes erreurs nous font voir à la vérité combien était ancienne la croyance de l'immortalité de l'âme, et nous montrent qu'elle doit être rangée parmi les premières traditions du genre humain. Mais l'homme, qui gâtait tout, en avait étrangement abusé, puisqu'elle le portait à sacrifier aux morts. On allait même jusqu'à cet excès, de leur sacrifier des hommes vivants : on tuait leurs esclaves, et même leurs femmes, pour les aller servir dans l'autre monde. Les Gaulois le pratiquaient avec beaucoup d'autres peuples[1]; et les Indiens, marqués par les auteurs païens parmi les premiers défenseurs de l'immortalité de l'âme, ont été aussi les premiers à introduire sur la terre, sous prétexte de religion, ces meurtres abominables. Les mêmes Indiens se tuaient eux-mêmes pour avancer la félicité de la vie future; et ce déplorable aveuglement dure encore aujourd'hui parmi ces peuples : tant il est dangereux d'enseigner la vérité dans un autre ordre que celui que Dieu a suivi, et d'expliquer clairement à l'homme tout ce qu'il est, avant qu'il ait connu Dieu parfaitement.

C'était faute de connaître Dieu que la plupart des philosophes n'ont pu croire l'âme immortelle sans la croire une portion de la divinité, une divinité elle-même, un être éternel, incréé aussi bien qu'incorruptible, et qui n'avait non plus de commencement que de fin. Que dirai-je de ceux qui croyaient la transmigration des âmes; qui les faisaient rouler des cieux à la terre, et puis de la terre aux cieux; des animaux dans les hommes, et des hommes dans les animaux; de la félicité à la misère, et de la misère à la félicité, sans que ces révolutions eussent jamais ni de terme ni d'ordre certain? Combien était obscurcie la justice, la providence, la bonté divine parmi tant d'erreurs! Et qu'il était nécessaire de connaître Dieu et les règles de sa sagesse, avant que de connaître l'âme et sa nature immortelle!

C'est pourquoi la loi de Moïse ne donnait à l'homme qu'une première notion de la nature de l'âme et de sa félicité. Nous avons vu l'âme au commencement faite par la puissance de Dieu aussi bien que les autres créatures; mais avec ce caractère particulier qu'elle était faite à son image et par son souffle, afin qu'elle entendît à qui elle tient par son fond, et qu'elle ne se crût jamais de même nature que les corps, ni formée de leur concours. Mais les suites de cette doctrine, et les merveilles de la vie future ne furent pas alors universellement développées; et c'était au jour du Messie que cette grande lumière devait paraître à découvert.

Dieu en avait répandu quelques étincelles dans les anciennes Ecritures. Salomon avait dit que « comme le corps retourne à la terre d'où il est sorti, l'esprit retourne à Dieu qui l'a donné[2]. » Les patriarches et les prophètes ont vécu dans cette espérance ; et Daniel avait prédit qu'il viendrait un temps « où ceux qui dorment dans la poussière s'éveilleraient, les uns pour la vie éternelle, et les autres pour une éternelle confusion, afin de voir toujours[1]. » Mais en même temps que ces choses lui sont révélées, il lui est ordonné de « sceller le livre et de le tenir fermé jusqu'au temps ordonné de Dieu[2] ; » afin de nous faire entendre que la pleine découverte de ces vérités était d'une autre saison et d'un autre siècle.

Encore donc que les Juifs eussent dans leurs Ecritures quelques promesses des félicités éternelles, et que vers les temps du Messie, où elles devaient être déclarées, ils en parlassent beaucoup davantage, comme il paraît par les livres de la Sagesse et des Machabées, toutefois cette vérité faisait si peu un dogme formel et universel de l'ancien peuple, que les Sadducéens, sans la reconnaître, non seulement étaient admis dans la Synagogue, mais encore élevés au sacerdoce. C'est un des caractères du peuple nouveau, de poser pour fondement de la religion la foi de la vie future, et ce devait être le fruit de la venue du Messie.

C'est pourquoi, non content de nous avoir dit qu'une vie éternellement bienheureuse était réservée aux enfants de Dieu, il nous a dit en quoi elle consistait. La vie bienheureuse est d'être avec lui dans la gloire de Dieu son Père ; la vie bienheureuse est de voir la gloire qu'il a dans le sein du Père dès l'origine du monde ; la vie bienheureuse est que Jésus-Christ soit en nous comme dans ses membres, et que l'amour éternel que le Père a pour son Fils s'étendant sur nous, il nous comble des mêmes dons ; la vie bienheureuse, en un mot, est de connaître le seul vrai Dieu, et Jésus-Christ qu'il a envoyé[3] ; mais le connaître de cette manière qui s'appelle la claire vue, *la vue face à face*[4] et à découvert, la vue qui réforme en nous et y achève l'image de Dieu, selon ce que dit saint Jean, « que nous lui serons semblables, parce que nous le verrons tel qu'il est[5]. »

Cette vue sera suivie d'un amour immense, d'une joie inexplicable et d'un triomphe sans fin. Un *Alleluia* éternel et un *Amen* éternel, dont on entend retentir la céleste Jérusalem[6], font voir toutes les misères bannies et tous les désirs satisfaits ; il n'y a plus qu'à louer la bonté divine.

Avec de si nouvelles récompenses, il fallait que Jésus-Christ proposât aussi de nouvelles idées de vertu, des pratiques plus parfaites et plus épurées. La fin de la religion, l'âme des vertus et l'abrégé de la loi, c'est la charité. Mais, jusqu'à Jésus-Christ, on peut dire que la perfection et les effets de cette vertu n'étaient pas entièrement connus. C'est Jésus-Christ proprement qui nous apprend à nous contenter de Dieu seul. Pour établir le règne de la charité, et nous en découvrir tous les devoirs, il nous propose l'amour de Dieu, jusqu'à nous haïr nous-mêmes, et persécuter sans relâche le principe de corruption que nous avons tous dans le cœur. Il nous propose l'amour du prochain, jusqu'à étendre sur tous les hommes cette inclination bienfaisante, sans en excepter nos persécuteurs; il nous propose la modération des désirs sensuels, jusqu'à retrancher tout à fait nos propres membres, c'est-à-dire ce qui tient le plus vivement et le plus intimement à notre cœur; il nous propose la soumission aux ordres de Dieu, jusqu'à nous réjouir des souffrances qu'il nous envoie; il nous propose l'humilité, jusqu'à aimer les opprobres pour la gloire de Dieu, et à croire que nulle injure ne nous peut mettre si bas devant les hommes, que nous ne soyons encore plus bas devant Dieu par nos péchés. Sur ce fondement de la charité, il perfectionne tous les états de la vie humaine. C'est par là que le mariage est réduit à sa forme primitive: l'amour conjugal n'est plus partagé; une si sainte société n'a plus de fin que celle de la vie, et les enfants ne voient plus chasser leur mère pour mettre à sa place une marâtre. Le célibat est montré comme une imitation de la vie des anges, uniquement occupée de Dieu et des chastes délices de son amour. Les supérieurs apprennent qu'ils sont serviteurs des autres, et dévoués à leur bien; les inférieurs reconnaissent l'ordre de Dieu dans les puissances légitimes, lors même qu'elles abusent de leur autorité: cette pensée adoucit les peines de la sujétion, et sous des maîtres fâcheux, l'obéissance n'est plus fâcheuse au vrai chrétien.

A ces préceptes il joint des conseils de perfection éminente: renoncer à tout plaisir, vivre dans le corps comme si on était sans corps; quitter tout; donner tout aux pauvres, pour ne posséder que Dieu seul; vivre de peu et presque de rien, et attendre ce peu de la Providence divine.

Mais la loi la plus propre à l'Evangile, est celle de porter sa croix. La croix est la vraie épreuve de la foi, le vrai fondement de l'espérance, le parfait épurement de la charité, en un mot le chemin du ciel. Jésus-Christ est mort à la croix; il a porté sa croix toute sa vie; c'est à la croix qu'il veut qu'on le suive, et il met la vie éternelle à ce prix. Le premier à qui il promet en particulier le repos du siècle futur, est un compagnon de sa croix : « Tu seras, lui dit-il, aujourd'hui avec moi en paradis[1]. » Aussitôt qu'il fut à la croix, le voile qui couvrait le sanctuaire fut déchiré de haut en bas, et le ciel fut ouvert aux âmes saintes. C'est au sortir de la croix et des horreurs de son supplice, qu'il parut à ses apôtres glorieux et vainqueur de la mort, afin qu'ils comprissent que c'est par la croix qu'il devait entrer dans sa gloire, et qu'il ne montrait point d'autre voie à ses enfants.

Ainsi fut donnée au monde, en la personne de Jésus-Christ, l'image d'une vertu accomplie, qui n'a rien et n'attend rien sur la terre; que les hommes ne récompensent que par de continuelles persécutions; qui ne cesse de leur faire du bien, et à qui ses propres bienfaits attirent le dernier supplice. Jésus-Christ meurt sans trouver ni reconnaissance dans ceux qu'il oblige, ni fidélité dans ses amis, ni équité dans ses juges. Son innocence, quoique reconnue, ne le sauve pas; son Père même, en qui seul il avait mis son espérance, retire toutes les marques de sa protection : le Juste est livré à ses ennemis, et il meurt abandonné de Dieu et des hommes.

Mais il fallait faire voir à l'homme de bien, que dans les plus grandes extrémités il n'a besoin ni d'aucune consolation humaine, ni même d'aucune marque sensible du secours divin : qu'il aime seulement et qu'il se confie, assuré que Dieu pense à lui sans lui en donner aucune marque, et qu'une éternelle félicité lui est réservée.

Le plus sage des philosophes, en cherchant l'idée[2] de la vertu, a trouvé que comme de tous les méchants celui-là serait le plus méchant qui saurait si bien couvrir sa malice, qu'il passât pour homme de bien, et jouît par ce moyen de tout le crédit que peut donner la vertu : ainsi le plus vertueux devait être sans difficulté celui à qui sa vertu attire par sa perfection la jalousie de tous les hommes, en sorte qu'il n'ait pour lui que sa conscience, et qu'il se voie exposé à toute sorte d'injures, jusqu'à être mis sur la croix, sans que sa vertu lui puisse donner ce faible secours de l'exempter d'un tel supplice[1]. Ne semble-t-il pas que Dieu n'ait mis cette merveilleuse idée de vertu dans l'esprit d'un philosophe, que pour la rendre effective en la personne de son Fils, et faire voir que le juste a une autre gloire, un autre repos, enfin un autre bonheur que celui qu'on peut avoir sur la terre ?

Établir cette vérité, et la montrer accomplie si visiblement en soi-même aux dépens de sa propre vie, c'était le plus grand ouvrage que pût faire un homme; et Dieu l'a trouvé si grand qu'il l'a réservé à ce Messie tant promis, à cet homme qu'il a fait la même personne avec son Fils unique.

En effet, que pouvait-on réserver de plus grand à un Dieu venant sur la terre ? et qu'y pouvait-il faire de plus digne de lui, que d'y montrer la vertu dans toute sa pureté, et le bonheur éternel où la conduisent les maux les plus extrêmes ?

Mais si nous venons à considérer ce qu'il y a de plus haut et de plus intime dans le mystère de la croix, quel esprit humain le pourra comprendre ? Là nous sont montrées des vertus que le seul homme-Dieu pouvait pratiquer. Quel autre pouvait comme lui se mettre à la place de toutes les victimes anciennes, les abolir en leur substituant une victime d'une dignité et d'un mérite infini, et faire que désormais il n'y eût plus que lui seul à offrir à Dieu ? Tel est l'acte de religion que Jésus-Christ exerce à la croix. Le Père éternel pouvait-il trouver, ou parmi les anges, ou parmi les hommes, une obéissance égale à celle que lui rend son Fils bien-aimé, lorsque rien ne lui pouvant arracher la vie, il la donna volontairement pour lui complaire ? Que dirai-je de la parfaite union de tous ses désirs avec la divine volonté, et de l'amour par lequel il se tient uni *à Dieu qui était en lui, se réconciliant le monde*[2] ? Dans cette union incompréhensible, il embrasse tout le genre humain; il pacifie le ciel et la terre; il se plonge avec une ardeur immense dans ce déluge de sang où *il devait être baptisé* avec tous les siens, et fait sortir de ses plaies *le feu* de l'amour divin *qui devait embraser toute la terre*[3]. Mais voici ce qui passe toute intelligence : la justice pratiquée par ce Dieu-homme, qui se laisse condamner par le monde, afin que le monde demeure éternellement condamné par l'énorme iniquité de ce jugement. « Maintenant le monde est jugé, et le prince de ce monde va être chassé[1], » comme le prononce[2] Jésus-Christ lui-même. L'enfer, qui avait subjugué le monde, le va perdre; en attaquant l'innocent, il sera contraint de lâcher les coupables qu'il tenait captifs; la malheureuse *obligation* par laquelle nous étions livrés aux anges rebelles, *est anéantie : Jésus-Christ l'a attachée à sa croix*[3], pour y être effacée de son sang; l'enfer dépouillé gémit : la croix est un lieu de triomphe à notre Sauveur, et les puissances ennemies suivent en tremblant le char du vainqueur. Mais un plus grand triomphe paraît à nos yeux : la justice divine est elle-même vaincue; le pécheur, qui lui était dû comme sa victime, est arraché de ses mains. Il a trouvé une caution capable de payer pour lui un prix infini. Jésus-Christ s'unit éternellement les élus pour qui il se donne; ils sont ses membres et son corps; le Père éternel ne les peut plus regarder qu'en leur chef : ainsi il étend sur eux l'amour infini qu'il a pour son Fils. C'est son Fils lui-même qui le lui demande; il ne veut pas être séparé des hommes qu'il a rachetés : « O mon Père, je veux, dit-il, qu'ils soient avec moi[4]. » Ils seront remplis de mon esprit; ils jouiront de ma gloire; ils partageront avec moi jusqu'à mon trône[5].

Après un si grand bienfait, il n'y a plus que des cris de joie qui puissent exprimer nos reconnaissances. « O merveille! » s'écrie un grand philosophe et un grand martyr, « ô échange incompréhensible, et surprenant artifice de la sagesse divine[6] ! » Un seul est frappé, et tous sont délivrés. Dieu frappe son Fils innocent pour l'amour des hommes coupables, et pardonne aux hommes coupables pour l'amour de son Fils innocent. « Le juste paie ce qu'il ne doit pas, et acquitte les pécheurs de ce qu'ils doivent; car qu'est-ce qui pouvait mieux couvrir nos péchés que sa justice ? Comment pouvait être mieux expiée la rébellion des serviteurs que par l'obéissance du Fils ? L'iniquité de plusieurs est cachée dans un seul juste, et la justice d'un seul fait que plusieurs sont justifiés. » A quoi donc ne devons-nous pas prétendre ? « Celui qui nous a aimés, étant pécheurs, jusqu'à donner sa vie pour nous, que nous refusera-t-il après qu'il nous a réconciliés et justifiés par son sang[7] ? » Tout est à nous par Jésus-Christ, la grâce, la sainteté, la vie, la gloire, la béatitude : le royaume du Fils de Dieu est notre héritage :

il n'y a rien au-dessus de nous, pourvu seulement que nous ne nous ravilissions pas nous-mêmes.

Pendant que Jésus-Christ comble nos désirs et surpasse nos espérances, il consomme l'œuvre de Dieu commencée sous les patriarches et dans la loi de Moïse.

Alors Dieu voulait se faire connaître par des expériences sensibles : il se montrait magnifique en promesses temporelles, bon en comblant ses enfants des biens qui flattent les sens, puissant en les délivrant des mains de leurs ennemis, fidèle en les amenant dans la terre promise à leurs pères, juste par les récompenses et les châtiments qu'il leur envoyait manifestement selon leurs œuvres.

Toutes ces merveilles préparaient les voies aux vérités que Jésus-Christ venait enseigner. Si Dieu est bon jusqu'à nous donner ce que demandent nos sens, combien plutôt nous donnera-t-il ce que demande notre esprit, fait à son image ? S'il est si tendre et si bienfaisant envers ses enfants, renfermera-t-il son amour et ses libéralités dans ce peu d'années qui composent notre vie ? Ne donnera-t-il à ceux qu'il aime qu'une ombre de félicité, et qu'une terre fertile en grains et en huile ? N'y aura-t-il point un pays où il répande avec abondance les biens véritables ?

Il y en aura un sans doute, et Jésus-Christ nous le vient montrer. Car enfin le Tout-Puissant n'aurait fait que des ouvrages peu dignes de lui, si toute sa magnificence ne se terminait qu'à des grandeurs exposées à nos sens infirmes. Tout ce qui n'est pas éternel ne répond ni à la majesté d'un Dieu éternel, ni aux espérances de l'homme à qui il a fait connaître son éternité ; et cette immuable fidélité qu'il garde à ses serviteurs n'aura jamais un objet qui lui soit proportionné, jusqu'à ce qu'elle s'étende à quelque chose d'immortel et de permanent.

Il fallait donc qu'à la fin Jésus-Christ nous ouvrît les cieux, pour y découvrir à notre foi *cette cité permanente* où nous devons être recueillis après cette vie[1]. Il nous fait voir que si Dieu prend pour son titre éternel le nom de Dieu d'Abraham, d'Isaac et de Jacob, c'est à cause que ces saints hommes sont toujours vivants devant lui. *Dieu n'est pas le Dieu des morts*[2] : Il n'est pas digne de lui de ne faire, comme les hommes, qu'accompagner ses amis jusqu'au tombeau, sans leur laisser au-delà aucune espérance ; et ce lui serait une honte de se dire avec tant de force le Dieu d'Abraham, s'il n'avait fondé dans le ciel une cité éternelle où Abraham et ses enfants pussent vivre heureux.

C'est ainsi que les vérités de la vie future nous sont développées par Jésus-Christ. Il nous les montre, même dans la loi. La vraie Terre promise, c'est le royaume céleste. C'est après cette bienheureuse patrie que soupiraient Abraham, Isaac et Jacob[1] : la Palestine ne méritait pas de terminer tous leurs vœux, ni d'être le seul objet d'une si longue attente de nos pères.

L'Egypte d'où il faut sortir, le désert où il faut passer, la Babylone dont il faut rompre les prisons pour entrer ou pour retourner à notre patrie, c'est le monde avec ses plaisirs et ses vanités : c'est là que nous sommes vraiment captifs et errants, séduits par le péché et ses convoitises; il nous faut secouer ce joug, pour trouver dans Jérusalem et dans la cité de notre Dieu, la liberté véritable, et un sanctuaire *non fait de main d'homme*[2], où la gloire du Dieu d'Israël nous apparaisse.

Par cette doctrine de Jésus-Christ, le secret de Dieu nous est découvert; la loi est toute spirituelle, ses promesses nous introduisent à celles de l'Evangile, et y servent de fondement. Une même lumière nous paraît partout : elle se lève sous les patriarches; sous Moïse et sous les prophètes elle s'accroît; Jésus-Christ, plus grand que les patriarches, plus autorisé que Moïse, plus éclairé que tous les prophètes, nous la montre dans sa plénitude.

A ce Christ, à cet homme-Dieu, à cet homme qui tient sur la terre, comme parle saint Augustin, la place de la vérité, et la fait voir personnellement résidente au milieu de nous; à lui, dis-je, était réservé de nous montrer toute vérité, c'est-à-dire celle des mystères, celle des vertus, et celle des récompenses que Dieu a destinées à ceux qu'il aime.

C'était de telles grandeurs que les Juifs devaient chercher en leur Messie. Il n'y a rien de si grand que de porter en soi-même, et de découvrir aux hommes, la vérité toute entière, qui les nourrit, qui les dirige, et qui épure leurs yeux jusqu'à les rendre capables de voir Dieu.

Dans le temps que la vérité devait être montrée aux hommes avec cette plénitude, il était aussi ordonné qu'elle serait annoncée par toute la terre, et dans tous les temps. Dieu n'a donné à Moïse qu'un seul peuple, et un temps déterminé : tous les siècles et tous les peuples du monde sont donnés à Jésus-Christ ; il a ses élus partout, et son Eglise, répandue dans tout l'univers, ne cessera jamais de les enfanter. « Allez, dit-il, enseignez toutes les nations, les baptisant au nom du Père, et du Fils, et du Saint-Esprit, et leur apprenant à garder tout ce que je vous ai commandé : et voilà, je suis avec vous tous les jours jusqu'à la fin des siècles[1]. »

## CHAPITRE XX

LA DESCENTE DU SAINT-ESPRIT ; L'ÉTABLISSEMENT DE L'ÉGLISE ; LES JUGEMENTS DE DIEU SUR LES JUIFS ET SUR LES GENTILS

Pour répandre dans tous les lieux et dans tous les siècles de si hautes vérités, et pour y mettre en vigueur, au milieu de la corruption, des pratiques si épurées, il fallait une vertu plus qu'humaine. C'est pourquoi Jésus-Christ promet d'envoyer le Saint-Esprit pour fortifier ses apôtres, et animer éternellement le corps de l'Eglise.

Cette force du Saint-Esprit, pour se déclarer davantage, devait paraître dans l'infirmité. *Je vous enverrai,* dit Jésus-Christ à ses apôtres, *ce que mon Père a promis,* c'est-à-dire le Saint-Esprit : en attendant, *tenez-vous en repos dans Jérusalem ;* n'entreprenez rien *jusqu'à ce que vous soyez revêtus de la force d'en haut*[2].

Pour se conformer à cet ordre, ils demeurent enfermés quarante jours : le Saint-Esprit descend au temps arrêté ; les langues de feu tombées sur les disciples de Jésus-Christ marquent l'efficace de leur parole ; la prédication commence ; les apôtres rendent témoignage à Jésus-Christ ; ils sont prêts à tout souffrir pour soutenir qu'ils l'ont vu ressuscité. Les miracles suivent leurs paroles ; en deux prédications de saint Pierre, huit mille Juifs se convertissent, et, pleurant leur erreur, ils sont lavés dans le sang qu'ils avaient versé.

Ainsi l'Eglise est fondée dans Jérusalem, et parmi les Juifs, malgré l'incrédulité du gros de la nation. Les disciples de Jésus-Christ font voir au monde une charité, une force et une douceur qu'aucune société n'avait jamais eue. La persécution s'élève; la foi s'augmente; les enfants de Dieu apprennent de plus en plus à ne désirer que le ciel; les Juifs, par leur malice obstinée, attirent la vengeance de Dieu, et avancent les maux extrêmes dont ils étaient menacés; leur état et leurs affaires empirent. Pendant que Dieu continue à en séparer un grand nombre qu'il range parmi ses élus, saint Pierre est envoyé pour baptiser Corneille, centurion romain. Il apprend, premièrement, par une céleste vision, et après par expérience, que les Gentils sont appelés à la connaissance de Dieu. Jésus-Christ, qui les voulait convertir, parle d'en-haut à saint Paul, qui en devait être le docteur; et, par un miracle inouï jusqu'alors, en un instant[1], de persécuteur il le fait non seulement défenseur, mais encore zélé prédicateur de la foi : il lui découvre le secret profond de la vocation des Gentils par la réprobation des Juifs ingrats, qui se rendent de plus en plus indignes de l'Evangile. Saint Paul tend les mains aux Gentils : il traite avec une force merveilleuse ces importantes questions : « Si le Christ devait souffrir, et s'il était le premier qui devait annoncer la vérité au peuple et aux Gentils, après être ressuscité des morts[2] : » il prouve l'affirmative par Moïse et par les prophètes, et appelle les idolâtres à la connaissance de Dieu, au nom de Jésus-Christ ressuscité. Ils se convertissent en foule : saint Paul fait voir que leur vocation est un effet de la grâce qui ne distingue plus ni Juifs ni Gentils. La fureur et la jalousie transportent les Juifs; ils font des complots terribles contre saint Paul, outrés principalement de ce qu'il prêche les Gentils, et les amène au vrai Dieu : ils le livrent enfin aux Romains, comme ils leur avaient livré Jésus-Christ. Tout l'empire s'émeut contre l'Eglise naissante; et Néron, persécuteur de tout le genre humain, fut le premier persécuteur des fidèles. Ce tyran fait mourir saint Pierre et saint Paul. Rome est consacrée par leur sang; et le martyre de saint Pierre, prince des apôtres, établit dans la capitale de l'empire le siège principal de la religion. Cependant le temps approchait où la vengeance divine devait éclater sur les Juifs impénitents : le désordre se met parmi eux; un faux zèle les aveugle, et les rend odieux à tous les hommes; leurs faux prophètes les enchantent par les promesses d'un règne imaginaire. Séduits par leurs tromperies, ils ne peuvent plus souffrir aucun empire légitime, et ne donnent aucunes bornes à leurs attentats. Dieu les livre au sens réprouvé. Ils se révoltent contre les Romains qui les accablent ; Tite même, qui les ruine, reconnaît qu'il ne fait que prêter sa main *à Dieu irrité contre eux*[1]. Adrien achève de les exterminer. Ils périssent avec toutes les marques de la vengeance divine : chassés de leur terre, et esclaves par tout l'univers, ils n'ont plus ni temple, ni autel, ni sacrifice, ni pays ; et on ne voit en Juda aucune forme de peuple.

Dieu cependant avait pourvu à l'éternité de son culte : les Gentils ouvrent les yeux, et s'unissent en esprit aux Juifs convertis. Ils entrent par ce moyen dans la race d'Abraham, et, devenus ses enfants par la foi, ils héritent des promesses qui lui avaient été faites. Un nouveau peuple se forme, et le nouveau sacrifice, tant célébré par les prophètes, commence à s'offrir par toute la terre.

Ainsi fut accompli de point en point l'ancien oracle de Jacob : Juda est multiplié dès le commencement plus que tous ses frères ; et, ayant toujours conservé une certaine prééminence, il reçoit enfin la royauté comme héréditaire. Dans la suite, le peuple de Dieu est réduit à sa seule race ; et, renfermé dans sa tribu, il prend son nom. En Juda se continue ce grand peuple promis à Abraham, à Isaac, et à Jacob ; en lui se perpétuent les autres promesses, le culte de Dieu, le temple, les sacrifices, la possession de la Terre promise, qui ne s'appelle plus que la Judée. Malgré leurs divers états, les Juifs demeurent toujours en corps de peuple réglé et de royaume, usant de ses lois. On y voit naître toujours ou des rois, ou des magistrats et des juges, jusqu'à ce que le Messie vienne : il vient, et le royaume de Juda peu à peu tombe en ruine. Il est détruit tout à fait, et le peuple juif est chassé sans espérance de la terre de ses pères. Le Messie devient l'attente des nations, et il règne sur un nouveau peuple.

Mais, pour garder la succession et la continuité, il fallait que ce nouveau peuple fût enté, pour ainsi dire, sur le premier, et, comme dit saint Paul, « l'olivier sauvage sur le franc olivier, afin de participer à sa bonne sève[2]. » Aussi est-il arrivé que l'Église, établie premièrement parmi les Juifs, a reçu enfin les Gentils, pour faire avec eux un même arbre, un même corps, un même peuple, et les rendre participants de ses grâces et de ses promesses.

Ce qui arrive après cela aux Juifs incrédules, sous Vespasien et sous Tite, ne regarde plus la suite du peuple de Dieu. C'est un châtiment des rebelles, qui, par leur infidélité envers la semence promise à Abraham et à David, ne sont plus Juifs, ni fils d'Abraham que selon la chair, et renoncent à la promesse par laquelle les nations devaient être bénies.

Ainsi cette dernière et épouvantable désolation des Juifs n'est plus une transmigration, comme celle de Babylone; ce n'est pas une suspension du gouvernement et de l'état du peuple de Dieu, ni du service solennel de la religion : le nouveau peuple déjà formé et continué avec l'ancien en Jésus-Christ n'est pas transporté; il s'étend et se dilate sans interruption, depuis Jérusalem, où il devait naître, jusqu'aux extrémités de la terre. Les Gentils agrégés aux Juifs deviennent dorénavant les vrais Juifs, le vrai royaume de Juda opposé à cet Israël schismatique et retranché du peuple de Dieu, le vrai royaume de David, par l'obéissance qu'ils rendent aux lois et à l'Evangile de Jésus-Christ, fils de David.

Après l'établissement de ce nouveau royaume, il ne faut pas s'étonner si tout périt dans la Judée. Le second temple ne servait plus de rien depuis que le Messie y eut accompli ce qui était marqué par les prophéties. Ce temple avait eu la gloire qui lui était promise, quand le Désiré des nations y était venu. La Jérusalem visible avait fait ce qui lui restait à faire, puisque l'Eglise y avait pris sa naissance, et que de là elle étendait tous les jours ses branches par toute la terre. La Judée n'est plus rien à Dieu ni à la religion, non plus que les Juifs; et il est juste qu'en punition de leur endurcissement, leurs ruines soient dispersées par toute la terre.

C'est ce qui leur devait arriver au temps du Messie, selon Jacob, selon Daniel, selon Zacharie, et selon tous leurs prophètes[1]; mais comme ils doivent revenir un jour à ce Messie qu'ils ont méconnu, et que le Dieu d'Abraham n'a pas encore épuisé ses miséricordes sur la race quoique infidèle de ce patriarche, il a trouvé un moyen, dont il n'y a dans le monde que ce seul exemple, de conserver les Juifs hors de leur pays et dans leur ruine, plus longtemps même que les peuples qui les ont vaincus. On ne voit plus aucun reste ni des anciens Assyriens, ni des anciens Mèdes, ni des anciens Perses, ni des anciens

Grecs, ni même des anciens Romains. La trace s'en est perdue, et ils se sont confondus avec d'autres peuples. Les Juifs, qui ont été la proie de ces anciennes nations si célèbres dans les histoires, leur ont survécu; et Dieu, en les conservant, nous tient en attente de ce qu'il veut faire encore des malheureux restes d'un peuple autrefois si favorisé. Cependant leur endurcissement sert au salut des Gentils, et leur donne cet avantage de trouver en des mains non suspectes les Ecritures qui ont prédit Jésus-Christ et ses mystères. Nous voyons entre autres choses, dans ces Ecritures[1], et l'aveuglement et les malheurs des Juifs qui les conservent si soigneusement. Ainsi, nous profitons de leur disgrâce : leur infidélité fait un des fondements de notre foi; ils nous apprennent à craindre Dieu, et nous sont un spectacle éternel des jugements qu'il exerce sur ses enfants ingrats, afin que nous apprenions à ne nous point glorifier des grâces faites à nos pères.

Un mystère si merveilleux et si utile à l'instruction du genre humain mérite bien d'être considéré. Mais nous n'avons pas besoin des discours humains pour l'entendre : le Saint-Esprit a pris soin de nous l'expliquer par la bouche de saint Paul; et je vous prie d'écouter ce que cet apôtre en a écrit aux Romains[2].

Après avoir parlé du petit nombre de Juifs qui avait reçu l'Evangile, et de l'aveuglement des autres, il entre dans une profonde considération de ce que doit devenir un peuple honoré de tant de grâces, et nous découvre tout ensemble le profit que nous tirons de leur chute et les fruits que produira un jour leur conversion. « Les Juifs sont-ils donc tombés, dit-il, pour ne se relever jamais ? à Dieu ne plaise! Mais leur chute a donné occasion au salut des Gentils, afin que le salut des Gentils leur causât une émulation[3] » qui les fît rentrer en eux-mêmes. « Que si leur chute a été la richesse des Gentils » qui se sont convertis en si grand nombre, « quelle grâce ne verrons-nous pas reluire quand ils retourneront avec plénitude! Si leur réprobation a été la réconciliation du monde, leur rappel ne sera-t-il pas une résurrection de mort à vie ? Que si les prémices tirées de ce peuple sont saintes, la masse l'est aussi; si la racine est sainte, les rameaux le sont aussi; et si quelques-unes des branches ont été retranchées, et que toi, Gentil, qui n'étais qu'un olivier sauvage, tu aies été enté parmi les branches qui sont demeurées sur l'olivier franc, en sorte que tu participes au suc découlé de sa racine, garde-toi de t'élever contre les branches naturelles. Que si tu t'élèves, songe que ce n'est pas toi qui portes la racine, mais que c'est la racine qui te porte. Tu diras peut-être : Les branches naturelles ont été coupées afin que je fusse enté en leur place. Il est vrai, l'incrédulité a causé ce retranchement, et c'est ta foi qui te soutient. Prends donc garde de ne t'enfler pas, mais demeure dans la crainte : car si Dieu n'a pas épargné les branches naturelles, tu dois craindre qu'il ne t'épargne encore moins. »

Qui ne tremblerait en écoutant ces paroles de l'Apôtre ? Pouvons-nous n'être pas épouvantés de la vengeance qui éclate depuis tant de siècles terriblement sur les Juifs, puisque saint Paul nous avertit de la part de Dieu que notre ingratitude nous peut attirer un semblable traitement ? Mais écoutons la suite de ce grand mystère. L'Apôtre continue à parler aux Gentils convertis. « Considérez, leur dit-il, la clémence et la sévérité de Dieu : sa sévérité envers ceux qui sont déchus de sa grâce, et sa clémence envers vous, si toutefois vous demeurez fermes en l'état où sa bonté vous a mis; autrement vous serez retranchés comme eux. Que s'ils cessent d'être incrédules, ils seront entés de nouveau, parce que Dieu (qui les a retranchés) est assez puissant pour les faire encore reprendre. Car si vous avez été détachés de l'olivier sauvage où la nature vous avait fait naître, pour être entés dans l'olivier franc contre l'ordre naturel, combien plus facilement les branches naturelles de l'olivier même seront-elles entées sur leur propre tronc[1] ? » Ici l'Apôtre s'élève au-dessus de tout ce qu'il vient de dire, et entrant dans les profondeurs des conseils de Dieu, il poursuit ainsi son discours : « Je ne veux pas, mes frères, que vous ignoriez ce mystère, afin que vous appreniez à ne présumer pas de vous-mêmes. C'est qu'une partie des Juifs est tombée dans l'aveuglement, afin que la multitude des Gentils entrât cependant dans l'Église, et qu'ainsi tout Israël fût sauvé, selon qu'il est écrit[2] : Il sortira de Sion un libérateur qui bannira l'impiété de Jacob, et voici l'alliance que je ferai avec eux lorsque j'aurai effacé leurs péchés[3]. »

Ce passage d'Isaïe, que saint Paul cite ici selon les Septante, comme il avait accoutumé, à cause que leur version était connue par toute la terre, est encore plus fort dans l'original, et pris dans toute sa suite. Car le prophète y prédit avant toutes choses la conversion des Gentils par ces paroles : « Ceux d'Occident craindront le nom du Seigneur, et ceux d'Orient verront sa gloire. » Ensuite, sous la figure *d'un fleuve rapide poussé par un vent impétueux,* Isaïe voit de loin les persécutions qui feront croître l'Eglise. Enfin le Saint-Esprit lui apprend ce que deviendront les Juifs, et lui déclare « que le Sauveur viendra à Sion, et s'approchera de ceux de Jacob, qui alors se convertiront de leurs péchés ; et voici, dit le Seigneur, l'alliance que je ferai avec eux. Mon esprit qui est en toi, ô prophète, et les paroles que j'ai mises en ta bouche, demeureront éternellement non seulement dans ta bouche, mais encore dans la bouche de tes enfants, et des enfants de tes enfants, maintenant et à jamais, dit le Seigneur[1]. »

Il nous fait donc voir clairement qu'après la conversion des Gentils, le Sauveur que Sion avait méconnu, et que les enfants de Jacob avaient rejeté, se tournera vers eux, effacera leurs péchés, et leur rendra l'intelligence des prophéties qu'ils auront perdue durant un long temps, pour passer successivement de main en main dans toute la postérité, et n'être plus oubliée jusques à la fin du monde, et autant de temps qu'il plaira à Dieu le faire durer après ce merveilleux événement.

Ainsi les Juifs reviendront un jour, et ils reviendront pour ne s'égarer jamais ; mais ils ne reviendront qu'après que *l'Orient et l'Occident,* c'est-à-dire tout l'univers, auront été remplis de la crainte et de la connaissance de Dieu.

Le Saint-Esprit fait voir à saint Paul que ce bienheureux retour des Juifs sera l'effet de l'amour que Dieu a eu pour leurs pères. C'est pourquoi il achève ainsi son raisonnement : *Quant à l'Evangile,* dit-il, que nous vous prêchons maintenant, *les Juifs sont ennemis pour l'amour de vous :* si Dieu les a réprouvés, ç'a été, ô Gentils, pour vous appeler : *mais quant à l'élection* par laquelle ils étaient choisis dès le temps de l'alliance jurée avec Abraham, « ils lui demeurent toujours chers, à cause de leurs pères ; car les dons et la vocation de Dieu sont sans repentance. Et comme vous ne croyiez point autrefois, et que vous avez maintenant obtenu miséricorde à cause de l'incrédulité des Juifs, » Dieu ayant voulu vous choisir pour les remplacer ; « ainsi les Juifs n'ont point cru que Dieu vous ait voulu faire miséricorde, afin qu'un jour ils la reçoivent : car Dieu a tout renfermé dans l'incrédulité, pour faire miséricorde à tous, » et afin que tous connussent le besoin qu'ils ont de sa grâce. « O profondeur des trésors de la sagesse et de la science de Dieu ! que ses jugements sont incompréhensibles, et que ses voies sont impénétrables ! Car qui a connu les desseins de Dieu, ou qui est entré dans ses conseils ? Qui lui a donné le premier, pour en tirer récompense, puisque c'est de lui, et par lui, et en lui, que sont toutes choses ? la gloire lui en soit rendue durant tous les siècles[1]. »

Voilà ce que dit saint Paul sur l'élection des Juifs, sur leur chute, sur leur retour, et enfin sur la conversion des Gentils, qui sont appelés pour tenir leur place, et pour les ramener à la fin des siècles à la bénédiction promise à leurs pères, c'est-à-dire au Christ qu'ils ont renié. Ce grand Apôtre nous fait voir la grâce qui passe de peuple en peuple, pour tenir tous les peuples dans la crainte de la perdre ; et nous en montre la force invincible, en ce qu'après avoir converti les idolâtres, elle se réserve pour dernier ouvrage, de convaincre l'endurcissement et la perfidie judaïque.

Par ce profond conseil de Dieu les Juifs subsistent encore au milieu des nations, où ils sont dispersés et captifs ; mais ils subsistent avec le caractère de leur réprobation, déchus visiblement par leur infidélité des promesses faites à leurs pères, bannis de la Terre promise, n'ayant même aucune terre à cultiver, esclaves partout où ils sont, sans honneur, sans liberté, sans aucune figure du peuple.

Ils sont tombés en cet état trente-huit ans après qu'ils ont eu crucifié Jésus-Christ, et après avoir employé à persécuter ses disciples, le temps qui leur avait été laissé pour se reconnaître. Mais pendant que l'ancien peuple est réprouvé pour son infidélité, le nouveau peuple s'augmente tous les jours parmi les Gentils : l'alliance faite autrefois avec Abraham s'étend, selon la promesse, à tous les peuples du monde qui avaient oublié Dieu ; l'Eglise chrétienne appelle à lui tous les hommes, et tranquille durant plusieurs siècles, parmi des persécutions inouïes, elle leur montre à ne point attendre leur félicité sur la terre.

C'était là, Monseigneur, le plus digne fruit de la connaissance de Dieu, et l'effet de cette grande bénédiction que le monde devait attendre par Jésus-Christ. Elle allait se répandant tous les jours de famille en famille, et de peuple en peuple : les hommes ouvraient les yeux de plus en plus pour connaître l'aveuglement où l'idolâtrie les avait plongés; et malgré toute la puissance romaine, on voyait les chrétiens sans révolte, sans faire aucun trouble, et seulement en souffrant toutes sortes d'inhumanités, changer la face du monde, et s'étendre par tout l'univers.

La promptitude inouïe avec laquelle se fit ce grand changement est un miracle visible. Jésus-Christ avait prédit que son Evangile serait bientôt prêché par toute la terre : cette merveille devait arriver incontinent après sa mort; et il avait dit qu'*après qu'on l'aurait élevé de terre,* c'est-à-dire qu'on l'aurait attaché à la croix, *il attirerait à lui toutes choses*[1]. Ses apôtres n'avaient pas encore achevé leur course, et saint Paul disait déjà aux Romains, *que leur foi était annoncée dans tout le monde*[2]. Il disait aux Colossiens que l'Evangile était ouï « de toute créature qui était sous le ciel; qu'il était prêché, qu'il fructifiait, qu'il croissait par tout l'univers[3]. » Une tradition constante nous apprend que saint Thomas le porta aux Indes[4], et les autres en d'autres pays éloignés. Mais on n'a pas besoin des histoires pour confirmer cette vérité : l'effet parle; et on voit assez avec combien de raison saint Paul applique aux apôtres ce passage du Psalmiste : « Leur voix s'est fait entendre par toute la terre, et leur parole a été portée jusqu'aux extrémités du monde[5]. » Sous leurs disciples, il n'y avait presque plus de pays si reculé et si inconnu où l'Evangile n'eût pénétré. Cent ans après Jésus-Christ, saint Justin comptait déjà parmi les fidèles beaucoup de nations sauvages, et jusqu'à ces peuples vagabonds qui erraient de çà et de là sur des chariots sans avoir de demeure fixe[6]. Ce n'était point une vaine exagération; c'était un fait constant et notoire, qu'il avançait en présence des empereurs, et à la face de tout l'univers. Saint Irénée vient un peu après, et on voit croître le dénombrement qui se faisait des églises. Leur concorde était admirable : ce qu'on croyait dans les Gaules, dans l'Espagne, dans la Germanie, on le croyait dans l'Egypte et dans l'Orient; et comme « il n'y avait qu'un même soleil dans tout l'univers, on voyait dans toute l'Eglise, depuis une extrémité du monde à l'autre, la même lumière de la vérité[1]. »

Si peu qu'on avance, on est étonné des progrès qu'on voit. Au milieu du troisième siècle, Tertullien et Origène font voir dans l'Eglise des peuples entiers qu'un peu devant on n'y mettait pas[2]. Ceux qu'Origène exceptait, qui étaient les plus éloignés du monde connu, y sont mis un peu après par Arnobe[3]. Que pouvait avoir vu le monde pour se rendre si promptement à Jésus-Christ ? S'il a vu des miracles, Dieu s'est mêlé visiblement dans cet ouvrage : et s'il se pouvait faire qu'il n'en eût pas vu, *ne serait-ce pas un nouveau miracle,* plus grand et plus incroyable que ceux qu'on ne veut pas croire, *d'avoir converti le monde sans miracle,* d'avoir fait entrer tant d'ignorants dans des mystères si hauts, d'avoir inspiré à tant de savants une humble soumission, *et d'avoir persuadé tant de choses incroyables à des incrédules*[4] ?

Mais le miracle des miracles, si je puis parler de la sorte, c'est qu'avec la foi des mystères, les vertus les plus éminentes et les pratiques les plus pénibles se sont répandues sur toute la terre. Les disciples de Jésus-Christ l'ont suivi dans les voies les plus difficiles. Souffrir tout pour la vérité, a été parmi ses enfants un exercice ordinaire; et pour imiter leur Sauveur ils ont couru aux tourments avec plus d'ardeur que les autres n'ont fait aux délices. On ne peut compter les exemples ni des riches qui se sont appauvris pour aider les pauvres, ni des pauvres qui ont préféré la pauvreté aux richesses, ni des vierges qui ont imité sur la terre la vie des anges, ni des pasteurs charitables qui se sont faits tout à tous, toujours prêts à donner à leur troupeau, non seulement leurs veilles et leurs travaux, mais encore leurs propres vies. Que dirai-je de la pénitence et de la mortification ? Les juges n'exercent pas plus sévèrement la justice sur les criminels, que les pécheurs pénitents l'ont exercée sur eux-mêmes. Bien plus, les innocents ont puni en eux avec une rigueur incroyable cette pente prodigieuse que nous avons au péché. La vie de saint Jean-Baptiste, qui parut si surprenante aux Juifs, est devenue commune parmi les fidèles; les déserts ont été peuplés de ses imitateurs; et il y a eu tant de solitaires, que des solitaires plus parfaits ont été contraints de chercher des solitudes plus profondes : tant on a fui le monde, tant la vie contemplative a été goûtée.

Tels étaient les fruits précieux que devait produire l'Evangile. L'Eglise n'est pas moins riche en exemples qu'en préceptes, et sa doctrine a paru sainte, en produisant une infinité de saints. Dieu, qui sait que les plus fortes vertus naissent parmi les souffrances, l'a fondée par le martyre, et l'a tenue durant trois cents ans dans cet état, sans qu'elle eut un seul moment pour se reposer. Après qu'il eût fait voir, par une si longue expérience, qu'il n'avait pas besoin du secours humain ni des puissances de la terre pour établir son Eglise, il y appela enfin les empereurs, et fit du grand Constantin un protecteur déclaré du christianisme. Depuis ce temps, les rois ont accouru de toutes parts à l'Eglise; et tout ce qui était écrit dans les prophéties, touchant sa gloire future, s'est accompli aux yeux de toute la terre.

Que si elle a été invincible contre les efforts du dehors, elle ne l'est pas moins contre les divisions intestines. Ces hérésies, tant prédites par Jésus-Christ et par ses apôtres, sont arrivées, et la foi persécutée par les empereurs souffrait en même temps des hérétiques une persécution plus dangereuse. Mais cette persécution n'a jamais été plus violente que dans le temps où l'on vit cesser celle des païens. L'enfer fit alors ses plus grands efforts pour détruire par elle-même cette Eglise que les attaques de ses ennemis déclarés avaient affermie. A peine commençait-elle à respirer par la paix que lui donna Constantin; et voilà qu'Arius, ce malheureux prêtre, lui suscite de plus grands troubles qu'elle n'en avait jamais souffert. Constance, fils de Constantin, séduit par les ariens, dont il autorise le dogme, tourmente les catholiques par toute la terre : nouveau persécuteur du christianisme, d'autant plus redoutable, que sous le nom de Jésus-Christ il fait la guerre à Jésus-Christ même. Pour comble de malheurs, l'Eglise ainsi divisée tombe entre les mains de Julien l'Apostat, qui met tout en œuvre pour détruire le christianisme, et n'en trouve point de meilleur moyen que de fomenter les factions dont il était déchiré. Après lui vient un Valens, autant attaché aux ariens que Constance, mais plus violent. D'autres empereurs protègent d'autres hérésies avec une pareille fureur. L'Eglise apprend, par tant d'expériences, qu'elle n'a pas moins à souffrir, sous les empereurs chrétiens, qu'elle avait souffert sous les empereurs infidèles, et qu'elle doit verser du sang pour défendre non seulement tout le corps de sa doctrine, mais encore chaque article particulier. En effet, il n'y en a aucun qu'elle n'ait vu attaqué par ses enfants. Mille sectes et mille hérésies sorties de son sein se sont élevées contre elle. Mais si elle les a vues s'élever, selon les prédictions de Jésus-Christ, elle les a vues tomber toutes, selon ses promesses, quoique souvent soutenues par les empereurs et par les rois. Ses véritables enfants ont été, comme dit saint Paul, reconnus par cette épreuve; la vérité n'a fait que se fortifier quand elle a été contestée, et l'Eglise est demeurée inébranlable.

## CHAPITRE XXI

### RÉFLEXIONS PARTICULIÈRES SUR LE CHÂTIMENT DES JUIFS, ET SUR LES PRÉDICTIONS DE JÉSUS-CHRIST QUI L'AVAIENT MARQUÉ

Pendant que j'ai travaillé à vous faire voir sans interruption la suite des conseils de Dieu, dans la perpétuité de son peuple, j'ai passé rapidement sur beaucoup de faits qui méritent des réflexions profondes. Qu'il me soit permis d'y revenir, pour ne vous laisser pas perdre de si grandes choses.

Et premièrement, Monseigneur, je vous prie de considérer avec une attention plus particulière la chute des Juifs, dont toutes les circonstances rendent témoignage à l'Evangile. Ces circonstances nous sont expliquées par des auteurs infidèles, par des Juifs, et par des païens qui, sans entendre la suite des conseils de Dieu, nous ont raconté les faits importants par lesquels il lui a plu de la déclarer.

Nous avons Josèphe, auteur juif, historien très fidèle, et très instruit des affaires de sa nation, dont aussi il a illustré les antiquités par un ouvrage admirable. Il a écrit la dernière guerre, où elle a péri, après avoir été présent à tout, et y avoir lui-même servi son pays avec un commandement considérable.

Les Juifs nous fournissent encore d'autres auteurs très anciens, dont vous verrez les témoignages. Ils ont d'anciens commentaires sur les livres de l'Ecriture, et entre autres les *Paraphrases chaldaïques* qu'ils impriment avec leurs Bibles. Ils ont leur livre qu'ils nomment *Talmud*, c'est-à-dire doctrine qu'ils ne respectent pas moins que l'Ecriture elle-même. C'est un ramas des traités et des sentences de leurs anciens maîtres; et encore que les parties dont ce grand ouvrage est composé ne soient pas toutes de la même antiquité, les derniers auteurs qui y sont cités ont vécu dans les premiers siècles de l'Eglise. Là, parmi une infinité de fables impertinentes, qu'on voit commencer pour la plupart après les temps de Notre-Seigneur, on trouve de beaux restes des anciennes traditions du peuple juif, et des preuves pour le convaincre.

Et d'abord, il est certain, de l'aveu des Juifs, que la vengeance divine ne s'est jamais plus terriblement ni plus manifestement déclarée, qu'elle fit dans leur dernière désolation.

C'est une tradition constante, attestée dans leur Talmud, et confirmée par tous leurs rabbins, que, quarante ans avant la ruine de Jérusalem, ce qui revient à peu près au temps de la mort de Jésus-Christ, on ne cessait de voir dans le temple des choses étranges. Tous les jours il y paraissait de nouveaux prodiges, de sorte qu'un fameux rabbin s'écria un jour : « O temple, ô temple, qu'est-ce qui t'émeut, et pourquoi te fais-tu peur à toi-même[1] ? »

Qu'y a-t-il de plus marqué que ce bruit affreux qui fut ouï par les prêtres dans le sanctuaire le jour de la Pentecôte, et cette voix manifeste qui sortit du fond de ce lieu sacré : « Sortons d'ici, sortons d'ici! » Les saints anges protecteurs du temple déclarèrent hautement qu'ils l'abandonnaient, parce que Dieu, qui y avait établi sa demeure durant tant de siècles, l'avait réprouvé.

Josèphe et Tacite même ont raconté ce prodige[2]. Il ne fut aperçu que des prêtres. Mais voici un autre prodige qui a éclaté aux yeux de tout le peuple; et jamais aucun autre peuple n'avait rien vu de semblable. « Quatre ans devant la guerre déclarée, un paysan, dit Josèphe, se mit à crier : Une voix est sortie du côté de l'orient, une voix est sortie du côté de l'occident, une voix est sortie du côté des quatre vents : voix contre Jérusalem et contre le temple; voix contre les nouveaux mariés et les nouvelles mariées; voix contre tout le peuple[1]. » Depuis ce temps, ni jour ni nuit, il ne cessa de crier : « Malheur, malheur à Jérusalem! » Il redoublait ses cris les jours de fête. Aucune autre parole ne sortit jamais de sa bouche : ceux qui le plaignaient, ceux qui le maudissaient, ceux qui lui donnaient ses nécessités, n'entendirent jamais de lui que cette terrible parole : « Malheur à Jérusalem. » Il fut pris, interrogé, et condamné au fouet par les magistrats : à chaque demande et à chaque coup, il répondait, sans jamais se plaindre : « Malheur à Jérusalem. » Renvoyé comme un insensé, il courait tout le pays en répétant sans cesse sa triste prédiction. Il continua durant sept ans à crier de cette sorte, sans se relâcher, et sans que sa voix s'affaiblît. Au temps du dernier siège de Jérusalem, il se renferma dans la ville, tournant infatigablement autour des murailles, et criant de toute sa force : « Malheur au temple, malheur à la ville : malheur à tout le peuple! » A la fin il ajouta : « Malheur à moi-même! » et en même temps il fut emporté d'un coup de pierre lancé par une machine.

Ne dirait-on pas, Monseigneur, que la vengeance divine s'était comme rendue visible en cet homme, qui ne subsistait que pour prononcer ses arrêts; qu'elle l'avait rempli de sa force, afin qu'il pût égaler les malheurs du peuple par ses cris; et qu'enfin il devait périr par un effet de cette vengeance qu'il avait si longtemps annoncée, afin de la rendre si sensible et plus présente, quand il en serait non seulement le prophète et le témoin, mais encore la victime?

Ce prophète des malheurs de Jérusalem s'appelait Jésus. Il semblait que le nom de Jésus, nom de salut et de paix, devait tourner aux Juifs, qui le méprisaient en la personne de notre Sauveur, à un funeste présage; et que ces ingrats ayant rejeté un Jésus qui leur annonçait la grâce, la miséricorde et la vie, Dieu leur envoyait un autre Jésus qui n'avait à leur annoncer que des maux irrémédiables, et l'inévitable décret de leur ruine prochaine.

Pénétrons plus avant dans les jugements de Dieu, sous la conduite de ses Ecritures. Jérusalem et son temple ont été deux fois détruits, l'une par Nabuchodonosor, l'autre par Tite. Mais en chacun de ces deux temps, la justice de Dieu s'est déclarée par les mêmes voies, quoique plus à découvert dans le dernier.

Pour mieux entendre cet ordre des conseils de Dieu posons avant toutes choses cette vérité si souvent établie dans les saintes Lettres ; que l'un des plus terribles effets de la vengeance divine, est lorsqu'en punition de nos péchés précédents, elle nous livre à notre sens réprouvé, en sorte que nous sommes sourds à tous les sages avertissements, aveugles aux voies de salut qui nous sont montrées, prompts à croire tout ce qui nous perd pourvu qu'il nous flatte, et hardis à tout entreprendre, sans jamais mesurer nos forces avec celles des ennemis que nous irritons.

Ainsi périrent la première fois, sous la main de Nabuchodonosor, roi de Babylone, Jérusalem et ses princes. Faibles et toujours battus par ce roi victorieux, ils avaient souvent éprouvé qu'ils ne faisaient contre lui que de vains efforts[1], et avaient été obligés à lui jurer fidélité. Le prophète Jérémie leur déclarait, de la part de Dieu, que Dieu même les avait livrés à ce prince, et qu'il n'y avait de salut pour eux qu'à subir le joug. Il disait à Sédécias, roi de Judée, et à tout son peuple : « Soumettez-vous à Nabuchodonosor, roi de Babylone, afin que vous viviez, car pourquoi voulez-vous périr, et faire de cette ville une solitude[2] ? » Ils ne crurent point à sa parole. Pendant que Nabuchodonosor les tenait étroitement enfermés par les prodigieux travaux dont il avait entouré leur ville, ils se laissaient enchanter par leurs faux prophètes, qui leur remplissaient l'esprit de victoires imaginaires, et leur disaient au nom de Dieu, quoique Dieu ne les eût point envoyés : « J'ai brisé le joug du roi de Babylone : vous n'avez plus que deux ans à porter ce joug ; et après, vous verrez ce prince contraint à vous rendre les vaisseaux sacrés qu'il a enlevés du temple[3]. » Le peuple, séduit par ces promesses, souffrait la faim et la soif, et les plus dures extrémités, et fit tant par son audace insensée, qu'il n'y eut plus pour lui de miséricorde. La ville fut renversée, le temple fut brûlé, tout fut perdu[4].

A ces marques, les Juifs connurent que la main de Dieu était sur eux. Mais afin que la vengeance divine leur fût aussi manifeste dans la dernière ruine de Jérusalem qu'elle l'avait été dans la première, on a vu, dans l'une et dans l'autre, la même séduction, la même témérité et le même endurcissement.

Quoique leur rébellion eût attiré sur eux les armes

romaines, et qu'ils secouassent témérairement un joug sous lequel tout l'univers avait ployé, Tite ne voulait pas les perdre : au contraire, il leur fit souvent offrir le pardon, non seulement au commencement de la guerre, mais encore lorsqu'ils ne pouvaient plus échapper de ses mains. Il avait déjà élevé autour de Jérusalem une longue et vaste muraille, munie de tours et de redoutes aussi fortes que la ville même, quand il leur envoya Josèphe leur concitoyen, un de leurs capitaines, un de leurs prêtres, qui avait été pris dans cette guerre en défendant son pays. Que ne leur dit-il pas pour les émouvoir ? Par combien de fortes raisons les invita-t-il à rentrer dans l'obéissance ? Il leur fit voir le ciel et la terre conjurés contre eux, leur perte inévitable dans la résistance, et tout ensemble leur salut dans la clémence de Tite. « Sauvez, leur disait-il, la Cité sainte; sauvez-vous vous-mêmes; sauvez ce temple la merveille de l'univers, que les Romains respectent, et que Tite ne voit périr qu'à regret[1] ! » Mais le moyen de sauver des gens si obstinés à se perdre ? Séduits par leurs faux prophètes, ils n'écoutaient pas ces sages discours. Ils étaient réduits à l'extrémité : la faim en tuait plus que la guerre, et les mères mangeaient leurs enfants. Tite, touché de leurs maux, prenait ses dieux à témoin qu'il n'était pas cause de leur perte. Durant ces malheurs, ils ajoutaient foi aux fausses prédictions qui leur promettaient l'empire de l'univers. Bien plus, la ville était prise, le feu y était déjà de tous côtés, et ces insensés croyaient encore les faux prophètes qui les assuraient que le jour de salut était venu[2], afin qu'ils résistassent toujours, et qu'il n'y eût plus pour eux de miséricorde. En effet, tout fut massacré, la ville fut renversée de fond en comble, et à la réserve de quelques restes de tours que Tite laissa pour servir de monument à la postérité, il n'y demeura pas pierre sur pierre.

Vous voyez donc éclater sur Jérusalem la même vengeance qui avait autrefois paru sous Sédécias. Tite n'est pas moins envoyé de Dieu que Nabuchodonosor : les Juifs périssent de la même sorte. On voit dans Jérusalem la même rébellion, la même famine, les mêmes extrémités, les mêmes voies de salut ouvertes, la même séduction, le même endurcissement, la même chute; et afin que tout soit semblable, le second temple est brûlé sous Tite, le même mois et le même jour que l'avait été le premier sous Nabuchodonosor[1] : il fallait que tout fût marqué, et que le peuple ne pût douter de la vengeance divine.

Il y a pourtant, entre ces deux chutes de Jérusalem et des Juifs, de mémorables différences, mais qui toutes vont à faire voir dans la dernière une justice plus rigoureuse et plus déclarée. Nabuchodonosor fit mettre le feu dans le temple : Tite n'oublia rien pour le sauver, quoique ses conseillers lui représentassent que tant qu'il subsisterait, les Juifs, qui y attachaient leur destinée, ne cesseraient jamais d'être rebelles. Mais le jour fatal était venu : c'était le dixième d'août, qui avait déjà vu brûler le temple de Salomon[2]. Malgré les défenses de Tite prononcées devant les Romains et devant les Juifs, et malgré l'inclination naturelle des soldats qui devait les porter plutôt à piller qu'à consumer tant de richesses, un soldat, poussé, dit Josèphe, par *une inspiration divine*[3], se fait lever par ses compagnons à une fenêtre, et met le feu dans ce temple auguste. Tite accourt, Tite commande qu'on se hâte d'éteindre la flamme naissante. Elle prend partout en un instant, et cet admirable édifice est réduit en cendres.

Que si l'endurcissement des Juifs sous Sédécias était l'effet le plus terrible et la marque la plus assurée de la vengeance divine, que dirons-nous de l'aveuglement qui a paru du temps de Tite ? Dans la première ruine de Jérusalem, les Juifs s'entendaient du moins entre eux : dans la dernière, Jérusalem, assiégée par les Romains, était déchirée par trois factions ennemies[4]. Si la haine qu'elles avaient toutes pour les Romains allait jusqu'à la fureur, elles n'étaient pas moins acharnées les unes contre les autres : les combats du dehors coûtaient moins de sang aux Juifs que ceux du dedans. Un moment après les assauts soutenus contre l'étranger, les citoyens recommençaient leur guerre intestine ; la violence et le brigandage régnaient partout dans la ville. Elle périssait, elle n'était plus qu'un grand champ couvert de corps morts ; et cependant les chefs des factions y combattaient pour l'empire. N'était-ce pas une image de l'enfer, où les damnés ne se haïssent pas moins les uns les autres qu'ils haïssent les démons qui sont leurs ennemis communs, et où tout est plein d'orgueil, de confusion et de rage ?

Confessons donc, Monseigneur, que la justice que Dieu fit des Juifs par Nabuchodonosor n'était qu'une ombre de celle dont Tite fut le ministre. Quelle ville a jamais vu périr onze cent mille hommes en sept mois de temps, et dans un seul siège ? C'est ce que virent les Juifs au dernier siège de Jérusalem. Les Chaldéens ne leur avaient rien fait souffrir de semblable. Sous les Chaldéens, leur captivité ne dura que soixante et dix ans : il y a seize cents ans qu'ils sont esclaves par tout l'univers, et ils ne trouvent encore aucun adoucissement à leur esclavage.

Il ne faut plus s'étonner si Tite victorieux, après la prise de Jérusalem, ne voulait pas recevoir les congratulations des peuples voisins, ni les couronnes qu'ils lui envoyaient pour honorer sa victoire. Tant de mémorables circonstances, la colère de Dieu si marquée, et sa main qu'il voyait encore si présente, le tenaient dans un profond étonnement; et c'est ce qui lui fit dire ce que vous avez ouï, qu'il n'était pas le vainqueur, qu'il n'était qu'un faible instrument de la vengeance divine.

Il n'en savait pas tout le secret : l'heure n'était pas encore venue où les empereurs devaient reconnaître Jésus-Christ. C'était le temps des humiliations et des persécutions de l'Eglise. C'est pourquoi Tite, assez éclairé pour connaître que la Judée périssait par un effet manifeste de la justice de Dieu, ne connut pas quel crime Dieu avait voulu punir si terriblement. C'était le plus grand de tous les crimes; crime jusqu'alors inouï, c'est-à-dire le déicide, qui aussi a donné lieu à une vengeance dont le monde n'avait vu encore aucun exemple.

Mais si nous ouvrons un peu les yeux, et si nous considérons la suite des choses, ni ce crime des Juifs, ni son châtiment, ne pourront nous être cachés.

Souvenons-nous seulement de ce que Jésus-Christ leur avait prédit. Il avait prédit la ruine entière de Jérusalem et du temple. « Il n'y restera pas, dit-il, pierre sur pierre[1]. » Il avait prédit la manière dont cette ville ingrate serait assiégée, et cette effroyable circonvallation qui la devait environner; il avait prédit cette faim horrible qui devait tourmenter ses citoyens; et n'avait pas oublié les faux prophètes par lesquels ils devaient être séduits. Il avait averti les Juifs que le temps de leur malheur était proche; il avait donné les signes certains qui devaient en marquer l'heure précise; il leur avait expliqué la longue suite de crimes qui devait leur attirer un tel châtiment : en un mot, il avait fait toute l'histoire du siège et de la désolation de Jérusalem.

Et remarquez, Monseigneur, qu'il leur fit ces prédictions vers le temps de la Passion, afin qu'ils connussent mieux la cause de tous leurs maux. Sa Passion approchait quand il leur dit[1] : « La Sagesse divine vous a envoyé des prophètes, des sages et des docteurs; vous en tuerez les uns, vous en crucifierez les autres; vous les flagellerez dans vos synagogues; vous les persécuterez de ville en ville, afin que tout le sang innocent qui a été répandu sur la terre retombe sur vous, depuis le sang d'Abel le juste, jusques au sang de Zacharie, fils de Barachie, que vous avez massacré entre le temple et l'autel. Je vous dis en vérité, toutes ces choses viendront sur la race qui est à présent. Jérusalem, Jérusalem, qui tues les prophètes et qui lapides ceux qui te sont envoyés, combien de fois ai-je voulu rassembler tes enfants comme une poule rassemble ses petits sous ses ailes : et tu ne l'as pas voulu! Le temps approche que vos maisons demeureront désertes. »

Voilà l'histoire des Juifs. Ils ont persécuté leur Messie, et en sa personne et en celle des siens; ils ont remué tout l'univers contre ses disciples, et ne les ont laissés en repos dans aucune ville; ils ont armé les Romains et les empereurs contre l'Eglise naissante; ils ont lapidé saint Etienne, tué les deux Jacques, que leur sainteté rendait vénérables même parmi eux, immolé saint Pierre et saint Paul par l'épée et par les mains des Gentils. Il faut qu'ils périssent. Tant de sang mêlé à celui des prophètes qu'ils ont massacrés crie vengeance devant Dieu : « Leurs maisons et leur ville va être déserte : » leur désolation ne sera pas moindre que leur crime : Jésus-Christ les en avertit : le temps est proche : « toutes ces choses viendront sur la race qui est à présent; » et encore : « cette génération ne passera pas sans que ces choses arrivent[2], » c'est-à-dire que les hommes qui vivaient alors en devaient être les témoins.

Mais écoutons la suite des prédictions de notre Sauveur. Comme il faisait son entrée dans Jérusalem quelques jours avant sa mort, touché des maux que cette mort devait attirer à cette malheureuse ville, il la regarde en pleurant : « Ha, dit-il, ville infortunée, si tu connaissais, du moins en ce jour qui t'est encore donné » pour te repentir, « ce qui te pourrait apporter la paix! mais maintenant tout ceci est caché à tes yeux. Viendra le temps que tes ennemis t'environneront de tranchées, et t'enfermeront, et te serreront de toutes parts, et te détruiront entièrement toi et tes enfants, et ne laisseront en toi pierre sur pierre, parce que tu n'as pas connu le temps auquel Dieu t'a visitée[1]. »

C'était marquer assez clairement et la manière du siège et les derniers effets de la vengeance. Mais il ne fallait pas que Jésus allât au supplice sans dénoncer à Jérusalem combien elle serait un jour punie de l'indigne traitement qu'elle lui faisait. Comme il allait au Calvaire portant sa croix sur ses épaules, « il était suivi d'une grande multitude de peuple et de femmes qui se frappaient la poitrine et qui déploraient sa mort[2]. » Il s'arrêta, se tourna vers elles, et leur dit ces mots : « Filles de Jérusalem, ne pleurez pas sur moi, mais pleurez sur vous-mêmes et sur vos enfants; car le temps s'approche auquel on dira : Heureuses les stériles! heureuses les entrailles qui n'ont point porté d'enfants, et les mamelles qui n'en ont point nourri! Ils commenceront alors à dire aux montagnes : Tombez sur nous; et aux collines : Couvrez-nous. Car si le bois vert est ainsi traité, que sera-ce du bois sec[3] ? » Si l'innocent, si le juste souffre un si rigoureux supplice, que doivent attendre les coupables ?

Jérémie a-t-il jamais plus amèrement déploré la perte des Juifs ? Quelles paroles plus fortes pouvait employer le Sauveur pour leur faire entendre leurs malheurs et leur désespoir, et cette horrible famine funeste aux enfants, funeste aux mères qui voyaient sécher leurs mamelles, qui n'avaient plus que des larmes à donner à leurs enfants, et qui mangèrent le fruit de leurs entrailles ?

## CHAPITRE XXII

### DEUX MÉMORABLES PRÉDICTIONS DE NOTRE-SEIGNEUR SONT EXPLIQUÉES, ET LEUR ACCOMPLISSEMENT EST JUSTIFIÉ PAR L'HISTOIRE

Telles sont les prédictions qu'il a faites à tout le peuple. Celles qu'il fit en particulier à ses disciples méritent encore plus d'attention. Elles sont comprises dans ce long et admirable discours où il joint ensemble la ruine de Jérusalem avec celle de l'univers[1]. Cette liaison n'est pas sans mystère, et en voici le dessein.

Jérusalem, cité bienheureuse que le Seigneur avait choisie, tant qu'elle demeura dans l'alliance et dans la foi des promesses, fut la figure de l'Eglise, et la figure du ciel où Dieu se fait voir à ses enfants. C'est pourquoi nous voyons souvent les prophètes joindre, dans la suite du même discours, ce qui regarde Jérusalem à ce qui regarde l'Eglise et à ce qui regarde la gloire céleste : c'est un des secrets des prophéties, et une des clefs qui en ouvrent l'intelligence. Mais Jérusalem réprouvée, et ingrate envers son Sauveur, devait être l'image de l'enfer; ses perfides citoyens devaient représenter les damnés; et le jugement terrible que Jésus-Christ devait exercer sur eux était la figure de celui qu'il exercera sur tout l'univers, lorsqu'il viendra à la fin des siècles, en sa majesté, juger les vivants et les morts. C'est une coutume de l'Ecriture, et un des moyens dont elle se sert pour imprimer les mystères dans les esprits, de mêler pour notre instruction la figure à la vérité. Ainsi Notre-Seigneur a mêlé l'histoire de Jérusalem désolée avec celle de la fin des siècles; et c'est ce qui paraît dans tout le discours dont nous parlons.

Ne croyons pas toutefois que ces choses soient tellement confondues, que nous ne puissions discerner ce qui appartient à l'une et à l'autre. Jésus-Christ les a distinguées par des caractères certains, que je pourrais aisément marquer, s'il en était question. Mais il me suffit de vous faire entendre ce qui regarde la désolation de Jérusalem et des Juifs.

Les apôtres (c'était encore au temps de la Passion), assemblés autour de leur maître, lui montraient le temple et les bâtiments d'alentour : ils en admiraient les pierres, l'ordonnance, la beauté, la solidité, et il leur dit : « Voyez-vous ces grands bâtiments ? il n'y restera pas pierre sur pierre[2]. » Etonnés de cette parole, ils lui demandent le temps d'un événement si terrible; et lui, qui ne voulait pas qu'ils fussent surpris dans Jérusalem lorsqu'elle serait saccagée (car il voulait qu'il y eût dans le sac de cette ville une image de la dernière séparation des bons et des mauvais), commença à leur raconter tous les malheurs comme ils devaient arriver l'un après l'autre.

Premièrement, il leur marque « des pestes, des famines, et des tremblements de terre[1] ; » et les histoires font foi que jamais ces choses n'avaient été plus fréquentes ni plus remarquables qu'elles le furent durant ces temps. Il ajoute qu'il y aurait par tout l'univers « des troubles, des bruits de guerre, des guerres sanglantes ; que toutes les nations se soulèveraient les unes contre les autres[2], » et qu'on verrait toute la terre dans l'agitation. Pouvait-il mieux nous représenter les dernières années de Néron, lorsque tout l'empire romain, c'est-à-dire tout l'univers, si paisible depuis la victoire d'Auguste et sous la puissance des empereurs, commença à s'ébranler, et qu'on vit les Gaules, les Espagnes, tous les royaumes dont l'empire était composé, s'émouvoir tout à coup ; quatre empereurs s'élever presque en même temps contre Néron et les uns contre les autres ; les cohortes prétoriennes, les armées de Syrie, de Germanie, et toutes les autres qui étaient répandues en Orient et en Occident, s'entre-choquer, et traverser, sous la conduite de leurs empereurs, d'une extrémité du monde à l'autre, pour décider leur querelle par de sanglantes batailles ? Voilà de grands maux, dit le Fils de Dieu ; « mais ce ne sera pas encore la fin[3]. » Les Juifs souffriront comme les autres dans cette commotion universelle du monde : mais il leur viendra bientôt après des maux plus particuliers, « et ce ne sera ici que le commencement de leurs douleurs. »

Il ajoute que son Eglise, toujours affligée depuis son premier établissement, verrait la persécution s'allumer contre elle plus violente que jamais durant ces temps[4]. Vous avez vu que Néron, dans ses dernières années, entreprit la perte des chrétiens, et fit mourir saint Pierre et saint Paul. Cette persécution, excitée par les jalousies et les violences des Juifs, avançait leur perte ; mais elle n'en marquait pas encore le terme précis.

La venue des faux christs et des faux prophètes semblait être un plus prochain acheminement à la dernière ruine : car la destinée ordinaire de ceux qui refusent de prêter l'oreille à la vérité est d'être entraînés à leur perte par des prophètes trompeurs. Jésus-Christ ne cache pas à ses apôtres que ce malheur arriverait aux Juifs. « Il s'élèvera, dit-il, un grand nombre de faux prophètes qui séduiront beaucoup de monde[5]. » Et encore : « Donnez-vous garde des faux christs et des faux prophètes. »

Qu'on ne dise pas que c'était une chose aisée à deviner à qui connaissait l'humeur de la nation : car, au contraire, je vous ai fait voir que les Juifs, rebutés de ces séducteurs qui avaient si souvent causé leur ruine, et surtout dans le temps de Sédécias, s'en étaient tellement désabusés, qu'ils cessèrent de les écouter. Plus de cinq cents ans se passèrent sans qu'il parût aucun faux prophète en Israël. Mais l'enfer, qui les inspire, se réveilla à la venue de Jésus-Christ; et Dieu, qui tient en bride autant qu'il lui plaît les esprits trompeurs, leur lâcha la main, afin d'envoyer dans le même temps ce supplice aux Juifs, et cette épreuve à ses fidèles. Jamais il ne parut tant de faux prophètes que dans les temps qui suivirent la mort de Notre-Seigneur. Surtout vers le temps de la guerre judaïque, et sous le règne de Néron qui la commença, Josèphe nous fait voir une infinité de ces imposteurs[1] qui attiraient le peuple au désert par de vains prestiges et des secrets de magie, leur promettant une prompte et miraculeuse délivrance. C'est aussi pour cette raison que le désert est marqué dans les prédictions de Notre-Seigneur[2] comme un des lieux où seraient cachés ces faux libérateurs, que vous avez vus à la fin entraîner le peuple dans sa dernière ruine. Vous pouvez croire que le nom du Christ, sans lequel il n'y avait point de délivrance parfaite pour les Juifs, était mêlé dans ces promesses imaginaires ; et vous verrez dans la suite de quoi vous en convaincre.

La Judée ne fut pas la seule province exposée à ces illusions : elles furent communes dans tout l'empire. Il n'y a aucun temps où toutes les histoires nous fassent paraître un plus grand nombre de ces imposteurs qui se vantent de prédire l'avenir, et trompent les peuples par leurs prestiges. Un Simon le Magicien, un Elymas, un Apollonius Tyaneus, un nombre infini d'autres enchanteurs, marqués dans les histoires saintes et profanes, s'élevèrent durant ce siècle, où l'enfer semblait faire ses derniers efforts pour soutenir son empire ébranlé. C'est pourquoi Jésus-Christ remarque en ce temps, principalement parmi les Juifs, ce nombre prodigieux de faux prophètes. Qui considérera de près ses paroles verra qu'ils devaient se multiplier devant et après la ruine de Jérusalem, mais vers ces temps; que ce serait alors que la séduction, fortifiée par de faux miracles et par de fausses doctrines, serait tout ensemble si subtile et si puissante, que « les élus mêmes, s'il était possible, y seraient trompés[1]. »

Je ne dis pas qu'à la fin des siècles il ne doive encore arriver quelque chose de semblable et de plus dangereux, puisque même nous venons de voir que ce qui se passe dans Jérusalem est la figure manifeste de ces derniers temps ; mais il est certain que Jésus-Christ nous a donné cette séduction comme un des effets sensibles de la colère de Dieu sur les Juifs, et comme un des signes de leur perte. L'événement a justifié sa prophétie : tout est ici attesté par des témoignages irréprochables. Nous lisons la prédiction de leurs erreurs dans l'Evangile, nous en voyons l'accomplissement dans leurs histoires, et surtout dans celle de Josèphe.

Après que Jésus-Christ a prédit ces choses, dans le dessein qu'il avait de tirer les siens des malheurs dont Jérusalem était menacée, il vient aux signes prochains de la dernière désolation de cette ville.

Dieu ne donne pas toujours à ses élus de semblables marques. Dans ces terribles châtiments qui font sentir sa puissance à des nations entières, il frappe souvent le juste avec le coupable ; car il a de meilleurs moyens de les séparer, que ceux qui paraissent à nos sens. Les mêmes coups qui brisent la paille séparent le bon grain ; l'or s'épure dans le même feu où la paille est consumée[2] ; et sous les mêmes châtiments par lesquels les méchants sont exterminés, les fidèles se purifient. Mais dans la désolation de Jérusalem, afin que l'image du jugement dernier fût plus expresse, et la vengeance divine plus marquée sur les incrédules, il ne voulut pas que les Juifs qui avaient reçu l'Evangile fussent confondus avec les autres ; et Jésus-Christ donna à ses disciples des signes certains auxquels ils pussent connaître quand il serait temps de sortir de cette ville réprouvée. Il se fonda, selon sa coutume, sur les anciennes prophéties dont il était l'interprète aussi bien que la fin, et repassant sur l'endroit où la dernière ruine de Jérusalem fut montrée si clairement à Daniel, il dit ces paroles : « Quand vous verrez l'abomination de la désolation que Daniel a prophétisée, que celui qui lit entende ; quand vous la verrez établie dans le lieu saint, » ou, comme il est porté dans saint Marc, « dans le lieu où elle ne doit pas être, alors que ceux qui sont dans la Judée s'enfuient dans les montagnes[1]. » Saint Luc raconte la même chose en d'autres termes : « Quand vous verrez les armées entourer Jérusalem, sachez que sa désolation est proche ; alors que ceux qui sont dans la Judée se retirent dans les montagnes[2]. »

Un des évangélistes explique l'autre, et en conférant ces passages, il nous est aisé d'entendre que cette abomination prédite par Daniel est la même chose que les armées autour de Jérusalem. Les saints Pères l'ont ainsi entendu[3], et la raison nous en convainc.

Le mot d'*abomination,* dans l'usage de la langue sainte, signifie *idole :* et qui ne sait que les armées romaines portaient dans leurs enseignes les images de leurs dieux, et de leurs Césars qui étaient les plus respectés de tous leurs dieux ? Ces enseignes étaient aux soldats un objet de culte ; et parce que les idoles, selon les ordres de Dieu, ne devaient jamais paraître dans la Terre-Sainte, les enseignes romaines en étaient bannies. Aussi voyons-nous, dans les histoires, que tant qu'il a resté aux Romains tant soit peu de considération pour les Juifs, jamais ils n'ont fait paraître les enseignes romaines dans la Judée. C'est pour cela que Vitellius, quand il passa dans cette province pour porter la guerre en Arabie, fit marcher ses troupes sans enseignes[4] ; car on révérait encore alors la religion judaïque, et on ne voulait point forcer ce peuple à souffrir des choses si contraires à sa loi. Mais au temps de la dernière guerre judaïque, on peut bien croire que les Romains n'épargnèrent pas un peuple qu'ils voulaient exterminer. Ainsi, quand Jérusalem fut assiégée, elle était environnée d'autant d'idoles qu'il y avait d'enseignes romaines ; et l'abomination ne parut jamais tant *où elle ne devait pas être,* c'est-à-dire dans la Terre-Sainte, et autour du temple.

Est-ce donc là, dira-t-on, ce grand signe que Jésus-Christ devait donner ? Etait-il temps de s'enfuir quand Tite assiégea Jérusalem, et qu'il en ferma de si près les avenues qu'il n'y avait plus moyen de s'échapper ? C'est ici qu'est la merveille de la prophétie. Jérusalem a été assiégée deux fois en ces temps : la première, par Cestius, gouverneur de Syrie, l'an 68 de Notre-Seigneur[5] ; la seconde, par Tite, quatre ans après, c'est-à-dire l'an 72[6]. Au dernier siège, il n'y avait plus moyen de se sauver. Tite faisait cette guerre avec trop d'ardeur : il surprit toute la nation renfermée dans Jérusalem durant la fête de Pâque, sans que personne échappât; et cette effroyable circonvallation qu'il fit autour de la ville ne laissait plus d'espérance à ses habitants. Mais il n'y avait rien de semblable dans le siège de Cestius : il était campé à cinquante stades, c'est-à-dire à six milles de Jérusalem[1]. Son armée se répandait tout autour, mais sans y faire de tranchées ; et il faisait la guerre si négligemment, qu'il manqua l'occasion de prendre la ville, dont la terreur, les séditions, et même ses intelligences lui ouvraient les portes. Dans ce temps, loin que la retraite fût impossible, l'histoire marque expressément que plusieurs Juifs se retirèrent[2]. C'était donc alors qu'il fallait sortir, c'était le signal que le Fils de Dieu donnait aux siens. Aussi a-t-il distingué très nettement les deux sièges : l'un, où *la ville serait entourée de fossés et de forts*[3] ; alors il n'y aurait plus que la mort pour tous ceux qui y étaient enfermés : l'autre, où elle serait seulement *enceinte de l'armée*[4], et plutôt investie qu'assiégée dans les formes ; c'est alors *qu'il fallait fuir, et se retirer dans les montagnes*.

Les chrétiens obéirent à la parole de leur maître. Quoiqu'il y en eût des milliers dans Jérusalem et dans la Judée, nous ne lisons ni dans Josèphe, ni dans les autres histoires, qu'il s'en soit trouvé aucun dans la ville quand elle fut prise. Au contraire, il est constant par l'histoire ecclésiastique, et par tous les monuments de nos ancêtres[5], qu'ils se retirèrent à la petite ville de Pella, dans un pays de montagnes auprès du désert, aux confins de la Judée et de l'Arabie.

On peut connaître par là combien précisément ils avaient été avertis : et il n'y a rien de plus remarquable que cette séparation des Juifs incrédules d'avec les Juifs convertis au christianisme ; les uns étant demeurés dans Jérusalem pour y subir la peine de leur infidélité, et les autres s'étant retirés, comme Lot sorti de Sodome, dans une petite ville, où ils considéraient avec tremblement les effets de la vengeance divine, dont Dieu avait bien voulu les mettre à couvert.

Outre les prédictions de Jésus-Christ, il y eut des prédictions de plusieurs de ses disciples, entre autres celles de saint Pierre et de saint Paul. Comme on traînait au supplice ces deux fidèles témoins de Jésus-Christ ressuscité, ils dénoncèrent aux Juifs, qui les livraient aux Gentils, leur perte prochaine. Ils leur dirent : « que Jérusalem allait être renversée de fond en comble ; qu'ils périraient de faim et de désespoir ; qu'ils seraient bannis à jamais de la terre de leurs pères et envoyés en captivité par toute la terre ; que le terme n'était pas loin : et que tous ces maux leur arriveraient pour avoir insulté avec tant de cruelles railleries au bien-aimé Fils de Dieu qui s'était déclaré à eux par tant de miracles[1]. » La pieuse antiquité nous a conservé cette prédiction des apôtres, qui devait être suivie d'un si prompt accomplissement. Saint Pierre en avait fait beaucoup d'autres, soit par une inspiration particulière, soit en expliquant les paroles de son Maître ; et Phlégon, auteur païen, dont Origène produit le témoignage[2], a écrit que tout ce que cet apôtre avait prédit s'était accompli de point en point.

Aussi rien n'arrive aux Juifs qui ne leur ait été prophétisé. La cause de leur malheur nous est clairement marquée dans le mépris qu'ils ont fait de Jésus-Christ et de ses disciples. Le temps des grâces était passé, et leur perte était inévitable.

C'était donc en vain, Monseigneur, que Tite voulait sauver Jérusalem et le temple. La sentence était partie d'en haut : il ne devait plus y rester pierre sur pierre. Que si un empereur romain tenta vainement d'empêcher la ruine du temple, un autre empereur romain tenta encore plus vainement de le rétablir. Julien l'Apostat, après avoir déclaré la guerre à Jésus-Christ, se crut assez puissant pour anéantir ses prédictions. Dans le dessein qu'il avait de susciter de tous côtés des ennemis aux Chrétiens, il s'abaissa jusqu'à rechercher les Juifs, qui étaient le rebut du monde. Il les excita à rebâtir leur temple ; il leur donna des sommes immenses, et les assista de toute la force de l'empire[3]. Ecoutez quel en fut l'événement, et voyez comme Dieu confond les princes superbes. Les saints Pères et les historiens ecclésiastiques le rapportent d'un commun accord, et le justifient par des monuments qui restaient encore de leur temps. Mais il fallait que la chose fût attestée par les païens mêmes. Ammian Marcellin, Gentil de religion, et zélé défenseur de Julien, l'a racontée en ces termes : « Pendant qu'Alypius, aidé du gouverneur de la province, avançait l'ouvrage autant qu'il pouvait, de terribles globes de feu sortirent des fondements qu'ils avaient auparavant ébranlés par des secousses violentes; les ouvriers, qui recommencèrent souvent l'ouvrage, furent brûlés à diverses reprises; le lieu devint inaccessible, et l'entreprise cessa[1]. »

Les auteurs ecclésiastiques, plus exacts à représenter un événement si mémorable, joignent le feu du ciel au feu de la terre. Mais enfin la parole de Jésus-Christ demeura ferme. Saint Jean Chrysostome s'écrie : Il a bâti son Eglise sur la pierre, rien ne l'a pu renverser : il a renversé le temple, rien ne l'a pu relever : « nul ne peut abattre ce que Dieu élève ; nul ne peut relever ce que Dieu abat[2]. »

Ne parlons plus de Jérusalem ni du temple. Jetons les yeux sur le peuple même, autrefois le temple vivant de Dieu, et maintenant l'objet de sa haine. Les Juifs sont plus abattus que leur temple et que leur ville. L'Esprit de vérité n'est plus parmi eux; la prophétie y est éteinte; les promesses sur lesquelles ils appuyaient leur espérance sont évanouies : tout est renversé dans ce peuple, *et il n'y reste plus pierre sur pierre.*

Et voyez jusques à quel point ils sont livrés à l'erreur. Jésus-Christ leur avait dit : « Je suis venu à vous au nom de mon Père, et vous ne m'avez pas reçu; un autre viendra en son nom, et vous le recevrez[3]. » Depuis ce temps, l'esprit de séduction règne tellement parmi eux, qu'ils sont prêts encore à chaque moment à s'y laisser emporter. Ce n'était pas assez que les faux prophètes eussent livré Jérusalem entre les mains de Tite; les Juifs n'étaient pas encore bannis de la Judée, et l'amour qu'ils avaient pour Jérusalem en avait obligé plusieurs à choisir leur demeure parmi ses ruines. Voici un faux Christ qui va achever de les perdre. Cinquante ans après la prise de Jérusalem, dans le siècle de la mort de Notre-Seigneur, l'infâme Barchochébas, un voleur, un scélérat, parce que son nom signifiait le fils de l'étoile, se disait l'étoile de Jacob prédite au livre des Nombres[4], et se porta pour le Christ[5]. Akibas, le plus autorisé de tous les rabbins, et à son exemple tous ceux que les Juifs appelaient leurs sages, entrèrent dans son parti, sans que l'imposteur leur donnât aucune autre marque de sa mission, sinon qu'Akibas disait que le Christ ne pouvait pas beaucoup tarder[6]. Les Juifs se révoltèrent par tout l'empire romain, sous la conduite de Barchochébas qui leur promettait l'empire du monde. Adrien en tua six cent mille ; le joug de ces malheureux s'appesantit, et ils furent bannis pour jamais de la Judée.

Qui ne voit que l'esprit de séduction s'est saisi de leur cœur ? « L'amour de la vérité, qui leur apportait le salut, s'est éteint en eux : Dieu leur a envoyé une efficace d'erreur qui les fait croire au mensonge[1]. » Il n'y a point d'imposture si grossière qui ne les séduise. De nos jours, un imposteur s'est dit le Christ en Orient : tous les Juifs commençaient à s'attrouper autour de lui : nous les avons vus en Italie, en Hollande, en Allemagne et à Metz, se préparer à tout vendre et à tout quitter pour le suivre. Ils s'imaginaient déjà qu'ils allaient devenir les maîtres du monde, quand ils apprirent que leur Christ s'était fait Turc, et avait abandonné la loi de Moïse.

## CHAPITRE XXIII

### LA SUITE DES ERREURS DES JUIFS, ET LA MANIÈRE DONT ILS EXPLIQUENT LES PROPHÉTIES

Il ne faut pas s'étonner qu'ils soient tombés dans de tels égarements, ni que la tempête les ait dissipés après qu'ils ont eu quitté leur route. Cette route leur était marquée dans leurs prophéties, principalement dans celles qui désignaient le temps du Christ. Ils ont laissé passer ces précieux moments sans en profiter : c'est pourquoi on les voit ensuite livrés au mensonge, et ils ne savent plus à quoi se prendre.

Donnez-moi encore un moment pour vous raconter la suite de leurs erreurs, et tous les pas qu'ils ont faits pour s'enfoncer dans l'abîme. Les routes par où on s'égare tiennent toujours au grand chemin ; et, en considérant où l'égarement a commencé, on marche plus sûrement dans la droite voie.

Nous avons vu, Monseigneur, que deux prophéties marquaient aux Juifs le temps du Christ, celle de Jacob et celle de Daniel. Elles marquaient toutes deux la ruine du royaume de Juda, au temps que le Christ viendrait. Mais Daniel expliquait que la totale destruction de ce royaume devait être une suite de la mort du Christ ; et

Jacob disait clairement que, dans la décadence du royaume de Juda, le Christ qui viendrait alors serait *l'attente des peuples ;* c'est-à-dire qu'il en serait le libérateur, et qu'il se ferait un nouveau royaume composé non plus d'un seul peuple, mais de tous les peuples du monde. Les paroles de la prophétie ne peuvent avoir d'autre sens, et c'était la tradition constante des Juifs, qu'elles devaient s'entendre de cette sorte.

De là cette opinion répandue parmi les anciens rabbins, et qu'on voit encore dans leur Talmud[1], que, dans le temps que le Christ viendrait, il n'y aurait plus de magistrature : de sorte qu'il n'y avait rien de plus important, pour connaître le temps de leur Messie, que d'observer quand ils tomberaient dans cet état malheureux.

En effet, ils avaient bien commencé ; et s'ils n'avaient eu l'esprit occupé des grandeurs mondaines qu'ils voulaient trouver dans le Messie, afin d'y avoir part sous son empire, ils n'auraient pu méconnaître Jésus-Christ. Le fondement qu'ils avaient posé était certain : car aussitôt que la tyrannie du premier Hérode, et le changement de la république judaïque qui arriva de son temps, leur eut fait voir le moment de la décadence marquée dans la prophétie, ils ne doutèrent point que le Christ ne dût venir, et qu'on ne vît bientôt ce nouveau royaume où devaient se réunir tous les peuples.

Une des choses qu'ils remarquèrent, c'est que la puissance de vie et de mort leur fut ôtée[2]. C'était un grand changement, puisqu'elle leur avait toujours été conservée jusqu'alors, à quelque domination qu'ils fussent soumis, et même dans Babylone pendant leur captivité. L'histoire de Susanne[3] le fait assez voir, et c'est une tradition constante parmi eux. Les rois de Perse, qui les rétablirent, leur laissèrent cette puissance par un décret exprès[4], que nous avons remarqué en son lieu ; et nous avons vu aussi que les premiers Séleucides avaient plutôt augmenté que restreint leurs privilèges. Je n'ai pas besoin de parler ici encore une fois du règne des Machabées, où ils furent non seulement affranchis, mais puissants et redoutables à leurs ennemis. Pompée qui les affaiblit, à la manière que nous avons vue, content du tribut qu'il leur imposa, et de les mettre en état que le peuple romain en pût disposer dans le besoin, leur laissa leur prince avec toute la juridiction. On sait assez que les Romains en usaient ainsi et ne touchaient point au gouvernement du dedans dans les pays à qui ils laissaient leurs rois naturels.

Enfin les Juifs sont d'accord qu'ils perdirent cette puissance de vie et de mort, seulement quarante ans avant la désolation du second temple ; et on ne peut douter que ce ne soit le premier Hérode qui ait commencé à faire cette plaie à leur liberté. Car depuis que, pour se venger du Sanhédrin, où il avait été obligé de comparaître lui-même avant qu'il fût roi[1], et ensuite, pour s'attirer toute l'autorité à lui seul, il eut attaqué cette assemblée qui était comme le sénat fondé par Moïse, et le conseil perpétuel de la nation où la suprême juridiction était exercée, peu à peu ce grand corps perdit son pouvoir, et il lui en restait bien peu quand Jésus-Christ vint au monde. Les affaires empirèrent sous les enfants d'Hérode, lorsque le royaume d'Archélaüs, dont Jérusalem était la capitale, réduit en province romaine, fut gouverné par des présidents que les empereurs envoyaient. Dans ce malheureux état, les Juifs gardèrent si peu la puissance de vie et de mort, que pour faire mourir Jésus-Christ, qu'à quelque prix que ce fût ils voulaient perdre, il leur fallut avoir recours à Pilate ; et ce faible gouverneur leur ayant dit qu'ils le fissent mourir eux-mêmes, ils répondirent tout d'une voix : « Nous n'avons pas le pouvoir de faire mourir personne[2]. » Aussi fut-ce par les mains d'Hérode qu'ils firent mourir saint Jacques frère de saint Jean, et qu'ils mirent saint Pierre en prison[3]. Quand ils eurent résolu la mort de saint Paul, ils le livrèrent entre les mains des Romains[4], comme ils avaient fait Jésus-Christ ; et le vœu sacrilège de leurs faux zélés, qui jurèrent de ne boire ni ne manger jusques à ce qu'ils eussent tué ce saint apôtre, montre assez qu'ils se croyaient déchus du pouvoir de le faire mourir juridiquement. Que s'ils lapidèrent saint Etienne[5], ce fut tumultuairement, et par un effet de ces emportements séditieux que les Romains ne pouvaient pas toujours réprimer dans ceux qui se disaient alors les Zélateurs. On doit donc tenir pour certain, tant par ces histoires que par le consentement des Juifs, et par l'état de leurs affaires, que, vers les temps de Notre-Seigneur, et surtout dans ceux où il commença d'exercer son ministère, ils perdirent entièrement l'autorité temporelle. Ils ne purent voir cette perte, sans se souvenir de l'ancien oracle de Jacob, qui leur prédisait que, dans le temps du Messie, il n'y aurait plus parmi eux ni puissance, ni autorité, ni magistrature. Un de leurs plus anciens auteurs le remarque[1] ; et il a raison d'avouer que le sceptre n'était plus alors dans Juda, ni l'autorité dans les chefs du peuple, puisque la puissance publique leur était ôtée, et que le Sanhédrin étant dégradé, les membres de ce grand corps n'étaient plus considérés comme juges, mais comme simples docteurs. Ainsi, selon eux-mêmes, il était temps que le Christ parût. Comme ils voyaient ce signe certain de la prochaine arrivée de ce nouveau roi, dont l'empire devait s'étendre sur tous les peuples, ils crurent qu'en effet il allait paraître. Le bruit s'en répandit aux environs ; et on fut persuadé dans tout l'Orient qu'on ne serait pas longtemps sans voir sortir de Judée ceux qui régneraient sur toute la terre.

Tacite et Suétone rapportent ce bruit comme établi par une opinion constante, et par un ancien oracle qu'on trouvait dans les livres sacrés du peuple juif[2]. Josèphe récite cette prophétie dans les mêmes termes, et dit comme eux qu'elle se trouvait dans les saints livres[3]. L'autorité de ces livres, dont on avait vu les prédictions si visiblement accomplies en tant de rencontres, était grande dans tout l'Orient, et les Juifs, plus attentifs que les autres à observer des conjonctures qui étaient principalement écrites pour leur instruction, reconnurent le temps du Messie que Jacob avait marqué dans leur décadence. Ainsi les réflexions qu'ils firent sur leur état furent justes ; et, sans se tromper sur les temps du Christ, ils connurent qu'il devait venir dans les temps qu'il vint en effet. Mais, ô faiblesse de l'esprit humain, et vanité, source inévitable d'aveuglement ! L'humilité du Sauveur cacha à ces orgueilleux les véritables grandeurs qu'ils devaient chercher dans leur Messie. Ils voulaient que ce fût un roi semblable aux rois de la terre. C'est pourquoi les flatteurs du premier Hérode, éblouis de la grandeur et de la magnificence de ce prince, qui, tout tyran qu'il était, ne laissa pas d'enrichir la Judée, dirent qu'il était lui-même ce roi tant promis[4]. C'est aussi ce qui donna lieu à la secte des hérodiens, dont il est tant parlé dans l'Evangile[5], et que les païens ont connue, puisque Perse et son scholiaste nous apprennent[6], qu'encore du temps de Néron, la naissance du roi Hérode était célébrée par ses sectateurs avec la même solennité que le sabbat. Josèphe tomba dans une semblable erreur. Cet homme, « instruit comme il le dit lui-même[1], dans les prophéties judaïques, comme étant prêtre et sorti de leur race sacerdotale, » reconnut à la vérité que la venue de ce Roi promis par Jacob convenait aux temps d'Hérode, où il nous montre lui-même avec tant de soin un commencement manifeste de la ruine des Juifs : mais comme il ne vit rien dans sa nation qui remplît ces ambitieuses idées qu'elle avait conçues de son Christ, il poussa un peu plus avant le temps de la prophétie; et l'appliquant à Vespasien, il assura que « cet oracle de l'Ecriture signifiait ce prince déclaré empereur dans la Judée[2]. »

C'est ainsi qu'il détournait l'Ecriture sainte pour autoriser sa flatterie : aveugle, qui transportait aux étrangers l'espérance de Jacob et de Juda; qui cherchait en Vespasien le fils d'Abraham et de David, et attribuait à un prince idolâtre le titre de Celui dont les lumières devaient retirer les Gentils de l'idolâtrie.

La conjoncture des temps le favorisait. Mais pendant qu'il attribuait à Vespasien ce que Jacob avait dit du Christ, les zélés qui défendaient Jérusalem se l'attribuaient à eux-mêmes. C'est sur ce seul fondement qu'ils se promettaient l'empire du monde, comme Josèphe le raconte[3]; plus raisonnables que lui, en ce que du moins ils ne sortaient pas de la nation pour chercher l'accomplissement des promesses faites à leurs pères.

Comment n'ouvraient-ils pas les yeux au grand fruit que faisait dès lors parmi les Gentils la prédication de l'Evangile, et à ce nouvel empire que Jésus-Christ établissait par toute la terre? Qu'y avait-il de plus beau qu'un empire où la piété régnait, où le vrai Dieu triomphait de l'idolâtrie, où la vie éternelle était annoncée aux nations infidèles; et l'empire même des Césars n'était-il pas une vaine pompe, à comparaison de celui-ci? Mais cet empire n'était pas assez éclatant aux yeux du monde.

Qu'il faut être désabusé des grandeurs humaines pour connaître Jésus-Christ! Les Juifs connurent les temps; les Juifs voyaient les peuples appelés au Dieu d'Abraham, selon l'oracle de Jacob, par Jésus-Christ et par ses disciples : et toutefois ils le méconnurent ce Jésus qui leur était déclaré par tant de marques. Et encore que durant sa vie et après sa mort il confirmât sa mission par tant de miracles, ces aveugles le rejetèrent, parce qu'il n'avait en lui que la solide grandeur destituée de tout l'appareil qui frappe les sens, et qu'il venait plutôt pour condamner que pour couronner leur ambition aveugle.

Et toutefois forcés par les conjonctures et les circonstances du temps, malgré leur aveuglement ils semblaient quelquefois sortir de leurs préventions. Tout se disposait tellement, du temps de Notre-Seigneur, à la manifestation du Messie, qu'ils soupçonnèrent que saint Jean-Baptiste le pouvait bien être[1]. Sa manière de vie austère, extraordinaire, étonnante, les frappa; et, au défaut des grandeurs du monde, ils parurent vouloir d'abord se contenter de l'éclat d'une vie si prodigieuse. La vie simple et commune de Jésus-Christ rebuta ces esprits grossiers autant que superbes, qui ne pouvaient être pris que par les sens, et qui d'ailleurs, éloignés d'une conversion sincère, ne voulaient rien admirer que ce qu'ils regardaient comme inimitable. De cette sorte, saint Jean-Baptiste, qu'on jugea digne d'être le Christ, n'en fut pas cru quand il montra le Christ véritable; et Jésus-Christ, qu'il fallait imiter quand on y croyait, parut trop humble aux Juifs pour être suivi.

Cependant l'impression qu'ils avaient conçue que le Christ devait paraître en ce temps était si forte, qu'elle demeura près d'un siècle parmi eux. Ils crurent que l'accomplissement des prophéties pouvait avoir une certaine étendue, et n'était pas toujours toute renfermée dans un point précis; de sorte que près de cent ans il ne se parlait parmi eux que des faux Christs qui se faisaient suivre, et des faux prophètes qui les annonçaient. Les siècles précédents n'avaient rien vu de semblable, et les Juifs ne prodiguèrent le nom de Christ, ni quand Judas le Machabée remporta sur leur tyran tant de victoires, ni quand son frère Simon les affranchit du joug des Gentils, ni quand le premier Hircan fit tant de conquêtes. Les temps et les autres marques ne convenaient pas, et ce n'est que dans le siècle de Jésus-Christ qu'on a commencé à parler de tous ces messies. Les Samaritains, qui lisaient dans le Pentateuque la prophétie de Jacob, se firent des Christs aussi bien que les Juifs, et un peu après Jésus-Christ ils reconnurent leur Dosithée[2]. Simon le Magicien de même pays se vantait aussi d'être le Fils de Dieu, et Ménandre son disciple se disait le Sauveur du monde[1]. Dès le vivant de Jésus-Christ, la Samaritaine avait cru que le Messie *allait venir*[2] : tant il était constant dans la nation, et parmi tous ceux qui lisaient l'ancien oracle de Jacob, que le Christ devait paraître dans ces conjonctures.

Quand le terme fut tellement passé qu'il n'y eut plus rien à attendre, et que les Juifs eurent vu par expérience que tous les messies qu'ils avaient suivis, loin de les tirer de leurs maux, n'avaient fait que les y enfoncer davantage; alors ils furent longtemps sans qu'il parût parmi eux de nouveaux messies; et Barchochébas est le dernier qu'ils aient reconnu pour tel dans ces premiers temps du christianisme. Mais l'ancienne impression ne put être entièrement effacée. Au lieu de croire que le Christ avait paru, comme ils avaient fait encore au temps d'Adrien, sous les Antonins, ses successeurs, ils s'avisèrent de dire que leur Messie était au monde, bien qu'il ne parût pas encore, parce qu'il attendait le prophète Elie qui devait venir le sacrer[3]. Ce discours était commun parmi eux dans le temps de saint Justin; et nous trouvons aussi dans leur Talmud la doctrine d'un de leurs maîtres des plus anciens, qui disait que « le Christ était venu, selon qu'il était marqué dans les prophètes; mais qu'il se tenait caché quelque part à Rome parmi les pauvres mendiants[4]. »

Une telle rêverie ne put pas entrer dans les esprits, et les Juifs, contraints enfin d'avouer que le Messie n'était pas venu dans le temps qu'ils avaient raison de l'attendre selon leurs anciennes prophéties, tombèrent dans un autre abîme. Peu s'en fallut qu'ils ne renonçassent à l'espérance de leur Messie qui leur manquait dans le temps, et plusieurs suivirent un fameux rabbin, dont les paroles se trouvent encore conservées dans le Talmud[5]. Celui-ci, voyant le terme passé de si loin, conclut que « les Israélites n'avaient plus de Messie à attendre, parce qu'il leur avait été donné en la personne du roi Ezéchias. »

A la vérité, cette opinion, loin de prévaloir parmi les Juifs, y a été détestée. Mais comme ils ne connaissent plus rien dans les temps qui leur sont marqués par leurs prophéties, et qu'ils ne savent par où sortir de ce labyrinthe, ils ont fait un article de foi de cette parole que nous lisons dans le Talmud[6] : « Tous les termes qui étaient marqués pour la venue du Messie sont passés ; » et ont prononcé d'un commun accord : « Maudits soient ceux qui supputeront les temps du Messie ! » comme on voit, dans une tempête qui a écarté le vaisseau trop loin de sa route, le pilote désespéré abandonner son calcul, et aller où le mène le hasard.

Depuis ce temps, toute leur étude a été d'éluder les prophéties où le temps du Christ était marqué : ils ne se sont pas souciés de renverser toutes les traditions de leurs pères, pourvu qu'ils pussent ôter aux chrétiens ces admirables prophéties ; et ils en sont venus jusques à dire que celle de Jacob ne regardait pas le Christ.

Mais leurs anciens livres les démentent. Cette prophétie est entendue du Messie dans le Talmud[1], et la manière dont nous l'expliquons se trouve dans leurs Paraphrases[2], c'est-à-dire dans les commentaires les plus authentiques et les plus respectés qui soient parmi eux.

Nous y trouvons en propres termes que la maison et le royaume de Juda, auquel se devait réduire un jour toute la postérité de Jacob et tout le peuple d'Israël, produirait toujours *des juges et des magistrats,* jusqu'à la venue du Messie, sous lequel il se formerait un royaume composé de tous les peuples.

C'est le témoignage que rendaient encore aux Juifs, dans les premiers temps du christianisme, leurs plus célèbres docteurs et les plus reçus. L'ancienne tradition, si ferme et si établie, ne pouvait être abolie d'abord ; et quoique les Juifs n'appliquassent pas à Jésus-Christ la prophétie de Jacob, ils n'avaient encore osé nier qu'elle ne convînt au Messie. Ils n'en sont venus à cet excès que longtemps après, et lorsque, pressés par les chrétiens, ils ont enfin aperçu que leur propre tradition était contre eux.

Pour la prophétie de Daniel, où la venue du Christ était renfermée dans le terme de quatre cent quatre-vingt-dix ans, à compter depuis la vingtième année d'Artaxerxe à la Longue-Main, comme ce terme menait à la fin du quatrième millénaire du monde, c'était aussi une tradition très ancienne parmi les Juifs, que le Messie paraîtrait vers la fin de ce quatrième millénaire, et environ deux mille ans après Abraham. Un Elie dont le nom est grand parmi les Juifs, quoique ce ne soit pas le prophète, l'avait ainsi enseigné avant la naissance de Jésus-Christ ;

et la tradition s'en est conservée dans le livre du Talmud[1]. Vous avez vu ce terme accompli à la venue de Notre-Seigneur, puisqu'il a paru en effet environ deux mille ans après Abraham et vers l'an 4000 du monde. Cependant les Juifs ne l'ont pas connu; et frustrés de leur attente, ils ont dit que leurs péchés avaient retardé le Messie qui devait venir. Mais cependant nos dates sont assurées de leur aveu propre; et c'est un trop grand aveuglement de faire dépendre des hommes un terme que Dieu a marqué si précisément dans Daniel.

C'est encore pour eux un grand embarras de voir que ce prophète fasse aller le temps du Christ avant celui de la ruine de Jérusalem; de sorte que ce dernier temps étant accompli, celui qui le précède le doit être aussi.

Josèphe s'est ici trompé trop grossièrement[2]. Il a bien compté les semaines qui devaient être suivies de la désolation du peuple juif; et les voyant accomplies dans le temps que Tite mit le siège devant Jérusalem, il ne douta point que le moment de la perte de cette ville ne fût arrivé. Mais il ne considéra pas que cette désolation devait être précédée de la venue du Christ et de sa mort; de sorte qu'il n'entendit que la moitié de la prophétie.

Les Juifs qui sont venus après lui ont voulu suppléer à ce défaut. Il nous ont forgé un Agrippa descendu d'Hérode, que les Romains, disent-ils, ont fait mourir un peu devant la ruine de Jérusalem; et ils veulent que cet Agrippa, Christ par son titre de roi, soit le Christ dont il est parlé dans Daniel : nouvelle preuve de leur aveuglement. Car outre que cet Agrippa ne peut être ni le Juste ni le Saint des saints, ni la fin des prophéties, tel que devait être le Christ que Daniel marquait en ce lieu, outre que le meurtre de cet Agrippa, dont les Juifs étaient innocents, ne pouvait pas être la cause de leur désolation, comme devait être la mort du Christ de Daniel : ce que disent ici les Juifs est une fable. Cet Agrippa descendu d'Hérode fut toujours du parti des Romains; il fut toujours bien traité par leurs empereurs, et régna dans un canton de la Judée longtemps après la prise de Jérusalem, comme l'atteste Josèphe et les autres contemporains[3].

Ainsi tout ce qu'inventent les Juifs, pour éluder les prophéties, les confond. Eux-mêmes ils ne se fient pas à des inventions si grossières, et leur meilleure défense est dans cette loi qu'ils ont établie de ne supputer plus les jours du Messie. Par là ils ferment les yeux volontairement à la vérité, et renoncent aux prophéties où le Saint-Esprit a lui-même compté les années : mais pendant qu'ils y renoncent, ils les accomplissent, et font voir la vérité de ce qu'elles disent de leur aveuglement et de leur chute.

Qu'ils répondent ce qu'ils voudront aux prophéties : la désolation qu'elles prédisaient leur est arrivée dans le temps marqué; l'événement est plus fort que toutes leurs subtilités; et si le Christ n'est venu dans cette fatale conjoncture, les prophètes en qui ils espèrent les ont trompés.

## CHAPITRE XXIV

CIRCONSTANCES MÉMORABLES DE LA CHUTE DES JUIFS :
SUITE DE LEURS FAUSSES INTERPRÉTATIONS

Et pour achever de les convaincre, remarquez deux circonstances qui ont accompagné leur chute et la venue du Sauveur du monde : l'une, que la succession des pontifes, perpétuelle et inaltérable depuis Aaron, finit alors; l'autre, que la distinction des tribus et des familles, toujours conservée jusqu'à ce temps, y périt, de leur aveu propre.

Cette distinction était nécessaire jusques au temps du Messie. De Lévi devaient naître les ministres des choses sacrées. D'Aaron devaient sortir les prêtres et les pontifes. De Juda devait sortir le Messie même. Si la distinction des familles n'eût subsisté jusqu'à la ruine de Jérusalem, et jusqu'à la venue de Jésus-Christ, les sacrifices judaïques auraient péri devant le temps, et David eût été frustré de la gloire d'être reconnu pour le père du Messie. Le Messie est-il arrivé; le sacerdoce nouveau, selon l'ordre de Melchisédech, a-t-il commencé en sa personne, et la nouvelle royauté, qui n'était pas de ce monde a-t-elle paru : on n'a plus besoin d'Aaron, ni de Lévi, ni de Juda, ni de David, ni de leurs familles. Aaron n'est plus nécessaire dans un temps où les sacrifices devaient cesser, selon Daniel[1]. La maison de David et de Juda a accompli sa destinée lorsque le Christ de Dieu en est sorti; et comme si les Juifs renonçaient eux-mêmes à leur espérance, ils oublient précisément en ce temps la succession des familles, jusques alors si soigneusement et si religieusement retenue.

N'omettons pas une des marques de la venue du Messie, et peut-être la principale si nous la savons bien entendre, quoiqu'elle fasse le scandale et l'horreur des Juifs. C'est la rémission des péchés annoncée au nom d'un Sauveur souffrant, d'un Sauveur humilié et obéissant jusqu'à la mort. Daniel avait marqué, parmi ses semaines[1], la semaine mystérieuse que nous avons observée, où le Christ devait être immolé, où l'alliance devait être confirmée par sa mort, où les anciens sacrifices devaient perdre leur vertu. Joignons Daniel avec Isaïe : nous trouverons tout le fond d'un si grand mystère ; nous verrons « l'homme de douleurs qui est chargé des iniquités de tout le peuple, qui donne sa vie pour le péché, et le guérit par ses plaies[2]. » Ouvrez les yeux, incrédules : n'est-il pas vrai que la rémission des péchés vous a été prêchée au nom de Jésus-Christ crucifié ? S'était-on jamais avisé d'un tel mystère ? Quelque autre que Jésus-Christ, ou devant lui, ou après, s'est-il glorifié de laver les péchés par son sang ? Se sera-t-il fait crucifier exprès pour acquérir un vain honneur, et accomplir en lui-même une si funeste prophétie ? Il faut se taire, et adorer dans l'Evangile une doctrine qui ne pourrait pas même venir dans la pensée d'aucun homme, si elle n'était véritable.

L'embarras des Juifs est extrême dans cet endroit : ils trouvent dans leurs Ecritures trop de passages où il est parlé des humiliations de leur Messie. Que deviendront donc ceux où il est parlé de sa gloire et de ses triomphes ? Le dénouement naturel est, qu'il viendra aux triomphes par les combats, et à la gloire par les souffrances. Chose incroyable! les Juifs ont mieux aimé mettre deux Messies. Nous voyons dans leur Talmud, et dans d'autres livres d'une pareille antiquité[3], qu'ils attendent un Messie souffrant, et un Messie plein de gloire; l'un mort et ressuscité, l'autre toujours heureux et toujours vainqueur; l'un à qui conviennent tous les passages où il est parlé de faiblesse, l'autre à qui conviennent tous ceux où il est parlé de grandeur : l'un enfin fils de Joseph, car on n'a pu lui dénier un des caractères de Jésus-Christ, qui a été réputé fils de Joseph, et l'autre fils de David : sans jamais vouloir entendre que ce Messie fils de David devait, selon David, *boire du torrent* avant que *de lever la tête*[1] ; c'est-à-dire, être affligé avant que d'être *triomphant,* comme le dit lui-même le fils de David. « O insensés et pesants de cœur, qui ne pouvez croire ce qu'ont dit les prophètes, ne fallait-il pas que le Christ souffrît ces choses, et qu'il entrât dans sa gloire par ce moyen[2] ? »

Au reste, si nous entendons du Messie ce grand passage où Isaïe nous représente si vivement *l'homme de douleurs frappé pour nos péchés,* et défiguré *comme un lépreux*[3], nous sommes encore soutenus dans cette explication, aussi bien que dans toutes les autres, par l'ancienne tradition des Juifs; et, malgré leurs préventions, le chapitre tant de fois cité de leur Talmud[4] nous enseigne que ce *lépreux chargé des péchés du peuple sera le Messie*. Les douleurs du Messie, qui lui seront causées par nos péchés, sont célèbres dans le même endroit et dans les autres livres des Juifs. Il y est souvent parlé de l'entrée aussi humble que glorieuse qu'il devait faire dans Jérusalem, monté sur un âne; et cette célèbre prophétie de Zacharie lui est appliquée. De quoi les Juifs ont-ils à se plaindre ? Tout leur était marqué en termes précis dans leurs prophètes : leur ancienne tradition avait conservé l'explication naturelle de ces célèbres prophéties; et il n'y a rien de plus juste que ce reproche que leur fait le Sauveur du monde[5] : « Hypocrites, vous savez juger par les vents, et par ce qui vous paraît dans le ciel, si le temps sera serein ou pluvieux; et vous ne savez pas connaître, à tant de signes qui vous sont donnés, le temps où vous êtes! »

Concluons donc que les Juifs ont eu véritablement raison de dire que *tous les termes de la venue du Messie sont passés*. Juda n'est plus un royaume ni un peuple : d'autres peuples ont reconnu le Messie qui devait être envoyé. Jésus-Christ a été montré aux Gentils : à ce signe, ils sont accourus au Dieu d'Abraham, et la bénédiction de ce patriarche s'est répandue par toute la terre. L'homme de douleurs a été prêché, et la rémission des péchés a été annoncée par sa mort. Toutes les semaines se sont écoulées; la désolation du peuple et du sanctuaire, juste punition de la mort du Christ, a eu son dernier accomplissement; enfin le Christ a paru avec tous les caractères que la tradition des Juifs y reconnaissait, et leur incrédulité n'a plus d'excuse.

Aussi voyons-nous depuis ce temps des marques indubitables de leur réprobation. Après Jésus-Christ, ils n'ont fait que s'enfoncer de plus en plus dans l'ignorance et dans la misère, d'où la seule extrémité de leurs maux, et la honte d'avoir été si souvent en proie à l'erreur les fera sortir, ou plutôt la bonté de Dieu, quand le temps arrêté par sa providence pour punir leur ingratitude et dompter leur orgueil sera accompli.

Cependant ils demeurent la risée des peuples, et l'objet de leur aversion, sans qu'une si longue captivité les fasse revenir à eux, encore qu'elle dût suffire pour les convaincre. Car enfin, comme leur dit saint Jérôme : « Qu'attends-tu, ô Juif incrédule ? tu as commis plusieurs crimes durant le temps des Juges : ton idolâtrie t'a rendu l'esclave de toutes les nations voisines; mais Dieu a eu bientôt pitié de toi, et n'a pas tardé à t'envoyer des sauveurs. Tu as multiplié tes idolâtries sous tes rois; mais les abominations où tu es tombé sous Achaz et sous Manassès n'ont été punies que par soixante-dix ans de captivité. Cyrus est venu et il t'a rendu ta patrie, ton temple et tes sacrifices. A la fin, tu as été accablé par Vespasien et par Tite. Cinquante ans après, Adrien a achevé de t'exterminer, et il y a quatre cents ans que tu demeures dans l'oppression[1]. » C'est ce que disait saint Jérôme. L'argument s'est fortifié depuis, et douze cents ans ont été ajoutés à la désolation du peuple juif. Disons-lui donc, au lieu de quatre cents ans, que seize siècles ont vu durer sa captivité, sans que son joug devienne plus léger. « Qu'as-tu fait, ô peuple ingrat ? Esclave dans tous les pays, et de tous les princes, tu ne sers point les dieux étrangers. Comment Dieu qui t'avait élu t'a-t-il oublié, et que sont devenues ses anciennes miséricordes ? Quel crime, quel attentat plus grand que l'idolâtrie te fait sentir un châtiment que jamais tes idolâtries ne t'avaient attiré ? Tu te tais ? tu ne peux comprendre ce qui rend Dieu si inexorable ? Souviens-toi de cette parole de tes pères : *Son sang soit sur nous et sur nos enfants*[2]; et encore : *Nous n'avons point de roi que César*[3]. Le Messie ne sera pas ton roi; regarde bien ce que tu as choisi : demeure l'esclave de César et des rois jusqu'à ce que *la plénitude des Gentils soit entrée, et qu'enfin tout Israël soit sauvé*[4]. »

## CHAPITRE XXV

RÉFLEXIONS PARTICULIÈRES SUR LA CONVERSION
DES GENTILS. PROFOND CONSEIL DE DIEU, QUI LES VOULAIT
CONVERTIR PAR LA CROIX DE JÉSUS-CHRIST.
RAISONNEMENT DE SAINT PAUL
SUR CETTE MANIÈRE DE LES CONVERTIR

Cette conversion des Gentils était la seconde chose qui devait arriver au temps du Messie, et la marque la plus assurée de sa venue. Nous avons vu comme les prophètes l'avaient clairement prédite ; et leurs promesses se sont vérifiées dans les temps de Notre-Seigneur. Il est certain qu'alors seulement, et ni plus tôt ni plus tard, ce que les philosophes n'ont osé tenter, ce que les prophètes ni le peuple juif lorsqu'il a été le plus protégé et le plus fidèle n'ont pu faire, douze pêcheurs, envoyés par Jésus-Christ et témoins de sa résurrection, l'ont accompli. C'est que la conversion du monde ne devait être l'ouvrage ni des philosophes ni même des prophètes : il était réservé au Christ, et c'était le fruit de sa croix.

Il fallait à la vérité que ce Christ et ses apôtres sortissent des Juifs, et que la prédication de l'Evangile commençât à Jérusalem. « Une montagne élevée devait paraître dans les derniers temps, » selon Isaïe[1] : c'était l'Eglise chrétienne. « Tous les Gentils y devaient venir, et plusieurs peuples devaient s'y assembler. En ce jour le Seigneur devait seul être élevé, et les idoles devaient être tout à fait brisées[2]. » Mais Isaïe, qui a vu ces choses, a vu aussi en même temps que « la loi, qui devait juger les Gentils, sortirait de Sion, et que la parole du Seigneur, qui devait corriger les peuples, sortirait de Jérusalem[3] ; » ce qui a fait dire au Sauveur que « le salut devait venir des Juifs[4]. » Et il était convenable que la nouvelle lumière dont les peuples plongés dans l'idolâtrie devaient un jour être éclairés se répandît par tout l'univers, du lieu où elle avait toujours été. C'était en Jésus-Christ, fils de David et d'Abraham, que toutes les nations devaient être bénies et sanctifiées. Nous l'avons souvent remarqué. Mais nous n'avons pas encore observé la cause pour laquelle ce Jésus souffrant, ce Jésus crucifié et anéanti, devait être le seul auteur de la conversion des Gentils, et le seul vainqueur de l'idolâtrie.

Saint Paul nous a expliqué ce grand mystère au premier chapitre de la première Epître aux Corinthiens, et il est bon de considérer ce bel endroit dans toute sa suite. « Le Seigneur, dit-il[1], m'a envoyé prêcher l'Evangile, non par la sagesse, et par le raisonnement humain, de peur de rendre inutile la croix de Jésus-Christ; car la prédication du mystère de la croix est folie à ceux qui périssent, et ne paraît un effet de la puissance de Dieu qu'à ceux qui se sauvent, c'est-à-dire à nous. En effet, il est écrit[2] : *Je détruirai la sagesse des sages et je rejetterai la science des savants.* Où sont maintenant les sages ? où sont les docteurs ? que sont devenus ceux qui recherchaient les sciences de ce siècle ? Dieu n'a-t-il pas convaincu de folie la sagesse de ce monde ? » Sans doute, puisqu'elle n'a pu tirer les hommes de leur ignorance. Mais voici la raison que saint Paul en donne. C'est que « Dieu voyant que le monde avec la sagesse humaine ne l'avait point reconnu par les ouvrages de sa sagesse, » c'est-à-dire par les créatures qu'il avait si bien ordonnées, il a pris une autre voie, et « a résolu de sauver ses fidèles par la folie de la prédication[3], » c'est-à-dire par le mystère de la croix, où la sagesse humaine ne peut rien comprendre.

Nouveau et admirable dessein de la divine Providence! Dieu avait introduit l'homme dans le monde, où, de quelque côté qu'il tournât les yeux, la sagesse du Créateur reluisait dans la grandeur, dans la richesse et dans la disposition d'un si bel ouvrage. L'homme cependant l'a méconnu : les créatures qui se présentaient pour élever notre esprit plus haut, l'ont arrêté : l'homme aveugle et abruti les a servies; et non content d'adorer l'œuvre des mains de Dieu, il a adoré l'œuvre de ses propres mains. Des fables, plus ridicules que celles que l'on conte aux enfants, ont fait sa religion : il a oublié la raison; Dieu la lui veut faire oublier d'une autre sorte. Un ouvrage dont il entendait la sagesse ne l'a point touché; un autre ouvrage lui est présenté, où son raisonnement se perd, et où tout lui paraît folie : c'est la croix de Jésus-Christ. Ce n'est point en raisonnant qu'on entend ce mystère; c'est « en captivant son intelligence sous l'obéissance de la foi ; » c'est « en détruisant les raisonnements humains, et toute hauteur qui s'élève contre la science de Dieu[1]. »

En effet, que comprenons-nous dans ce mystère où le Seigneur de gloire est chargé d'opprobres ; où la sagesse divine est traitée de folle ; où celui qui, assuré en lui-même de sa naturelle grandeur, « n'a pas cru s'attribuer trop quand il s'est dit égal à Dieu, s'est anéanti lui-même jusqu'à prendre la forme d'esclave, et à subir la mort de la croix[2] ? » Toutes nos pensées se confondent ; et comme disait saint Paul, il n'y a rien qui paraisse plus insensé à ceux qui ne sont pas éclairés d'en haut.

Tel était le remède que Dieu préparait à l'idolâtrie. Il connaissait l'esprit de l'homme, et il savait que ce n'était pas par raisonnement qu'il fallait détruire une erreur que le raisonnement n'avait pas établie. Il y a des erreurs où nous tombons en raisonnant ; car l'homme s'embrouille souvent, à force de raisonner : mais l'idolâtrie était venue par l'extrémité opposée ; c'était en éteignant tout raisonnement, et en laissant dominer les sens qui voulaient tout revêtir des qualités dont ils sont touchés. C'est par là que la divinité était devenue visible et grossière. Les hommes lui ont donné leur figure, et ce qui était plus honteux encore, leurs vices et leurs passions. Le raisonnement n'avait point de part à une erreur si brutale : c'était un renversement du bon sens, un délire, une frénésie. Raisonnez avec un frénétique, et contre un homme qu'une fièvre ardente fait extravaguer, vous ne faites que l'irriter et rendre le mal irrémédiable : il faut aller à la cause, redresser le tempérament, et calmer les humeurs dont la violence cause de si étranges transports. Ainsi ce ne doit pas être le raisonnement qui guérisse le délire de l'idolâtrie. Qu'ont gagné les philosophes avec leurs discours pompeux, avec leur style sublime, avec leurs raisonnements si artificieusement arrangés ? Platon, avec son éloquence qu'on a crue divine, a-t-il renversé un seul autel où ces monstrueuses divinités étaient adorées ? Au contraire, lui et ses disciples, et tous les sages du siècle, ont sacrifié au mensonge : « Ils se sont perdus dans leurs pensées ; leur cœur insensé a été rempli de ténèbres, et, sous le nom de sages qu'ils se sont donné, ils sont devenus plus fous que les autres[3], » puisque, contre leurs propres lumières, ils ont adoré les créatures.

N'est-ce donc pas avec raison que saint Paul s'est écrié dans notre passage[1] : « Où sont les sages, où sont les docteurs ? Qu'ont opéré ceux qui recherchaient les sciences de ce siècle ? » ont-ils pu seulement détruire les fables de l'idolâtrie ? ont-ils seulement soupçonné qu'il fallût s'opposer ouvertement à tant de blasphèmes, et souffrir, je ne dis pas le dernier supplice, mais le moindre affront pour la vérité ? Loin de le faire, « ils ont retenu la vérité captive[2], » et ont posé pour maxime qu'en matière de religion il fallait suivre le peuple : le peuple, qu'ils méprisaient tant, a été leur règle dans la matière la plus importante de toutes, et où leurs lumières semblaient le plus nécessaires. Qu'as-tu donc servi, ô philosophie ? Dieu n'a-t-il pas convaincu de « folie la sagesse de ce monde ? » comme nous disait saint Paul[3]. « N'a-t-il pas détruit la sagesse des sages, et montré l'inutilité de la science des savants ? »

C'est ainsi que Dieu a fait voir, par expérience, que la ruine de l'idolâtrie ne pouvait pas être l'ouvrage du seul raisonnement humain. Loin de lui commettre la guérison d'une telle maladie, Dieu a achevé de le confondre par le mystère de la croix, et tout ensemble il a porté le remède jusqu'à la source du mal.

L'idolâtrie, si nous l'entendons, prenait sa naissance de ce profond attachement que nous avons à nous-mêmes. C'est ce qui nous avait fait inventer des dieux semblables à nous ; ces dieux qui en effet n'étaient que des hommes sujets à nos passions, à nos faiblesses et à nos vices : de sorte que, sous le nom de fausses divinités, c'était en effet leurs propres pensées, leurs plaisirs et leurs fantaisies que les Gentils adoraient.

Jésus-Christ nous fait entrer dans d'autres voies. Sa pauvreté, ses ignominies et sa croix le rendent un objet horrible à nos sens. Il faut sortir de soi-même, renoncer à tout, tout crucifier pour le suivre. L'homme arraché à lui-même, et à tout ce que sa corruption lui faisait aimer, devient capable d'adorer Dieu et sa vérité éternelle dont il veut dorénavant suivre les règles.

Là périssent et s'évanouissent toutes les idoles, et celles qu'on adorait sur des autels, et celles que chacun servait dans son cœur. Celles-ci avaient élevé les autres. On adorait Vénus, parce qu'on se laissait dominer à l'amour sensuel, et qu'on en aimait la puissance. Bacchus, le plus enjoué de tous les dieux, avait des autels, parce qu'on s'abandonnait et qu'on sacrifiait, pour ainsi dire, à la joie des sens, plus douce et plus enivrante que le vin. Jésus-Christ, par le mystère de sa croix, vient imprimer dans les cœurs l'amour des souffrances, au lieu de l'amour des plaisirs. Les idoles qu'on adorait au dehors furent dissipées, parce que celles qu'on adorait au dedans ne subsistaient plus : le cœur purifié, comme dit Jésus-Christ lui-même[1], est rendu capable de voir Dieu; et l'homme, loin de faire Dieu semblable à soi, tâche plutôt, autant que le peut souffrir son infirmité, à devenir semblable à Dieu.

Le mystère de Jésus-Christ nous a fait voir comment la divinité pouvait sans se ravilir être unie à notre nature, et se revêtir de nos faiblesses. Le Verbe s'est incarné : celui qui avait *la forme* et la nature *de Dieu,* sans perdre ce qu'il était, *a pris la forme d'esclave*[2]. Inaltérable en lui-même, il s'unit et il s'approprie une nature étrangère. O hommes, vous vouliez des dieux qui ne fussent, à dire vrai, que des hommes, et encore des hommes vicieux! c'était un trop grand aveuglement. Mais voici un nouvel objet d'adoration qu'on vous propose : c'est un Dieu et un homme tout ensemble; mais un homme qui n'a rien perdu de ce qu'il était en prenant ce que nous sommes. La divinité demeure immuable, et, sans pouvoir se dégrader, elle ne peut qu'élever ce qu'elle unit avec elle.

Mais encore qu'est-ce que Dieu a pris de nous ? nos vices et nos péchés ? à Dieu ne plaise : il n'a pris de l'homme que ce qu'il y a fait, et il est certain qu'il n'y avait fait ni le péché ni le vice. Il y avait fait la nature; il l'a prise. On peut dire qu'il avait fait la mortalité avec l'infirmité qui l'accompagne, parce qu'encore qu'elle ne fût pas du premier dessein, elle était le juste supplice du péché, et en cette qualité elle était l'œuvre de la justice divine. Aussi Dieu n'a-t-il pas dédaigné de la prendre; et, en prenant la peine du péché sans le péché même, il a montré qu'il était, non pas un coupable qu'on punissait, mais le juste qui expiait les péchés des autres.

De cette sorte, au lieu des vices que les hommes mettaient dans leurs dieux, toutes les vertus ont paru dans ce Dieu-homme; et afin qu'elles y parussent dans les dernières épreuves, elles y ont paru au milieu des plus horribles tourments. Ne cherchons plus d'autre Dieu visible après celui-ci : il est seul digne d'abattre toutes les idoles ; et la victoire qu'il devait remporter sur elles est attachée à sa croix.

C'est-à-dire qu'elle est attachée à une folie apparente. « Car les Juifs, poursuit saint Paul[1], demandent des miracles, » par lesquels Dieu, en remuant avec éclat toute la nature, comme il fit à la sortie d'Egypte, il les mette visiblement au-dessus de leurs ennemis, « et les Grecs ou les Gentils cherchent la sagesse » et des discours arrangés, comme ceux de leur Platon et de leur Socrate. « Et nous, continue l'Apôtre, nous prêchons Jésus-Christ crucifié, scandale aux Juifs, » et non pas miracle ; « folie aux Gentils, » et non pas sagesse : « mais qui est aux Juifs et aux Gentils appelés à la connaissance de la vérité, la puissance et la sagesse de Dieu ; parce qu'en Dieu, ce qui est fou est plus sage que toute la sagesse humaine, et ce qui est faible est plus fort que toute la force humaine. » Voilà le dernier coup qu'il fallait donner à notre superbe ignorance. La sagesse où l'on nous mène est si sublime, qu'elle paraît folie à notre sagesse ; et les règles en sont si hautes, que tout nous y paraît un égarement.

Mais si cette divine sagesse nous est impénétrable en elle-même, elle se déclare par ses effets. Une vertu sort de la croix, et toutes les idoles sont ébranlées. Nous les voyons tomber par terre, quoique soutenues par toute la puissance romaine. Ce ne sont point les sages, ce ne sont point les nobles, ce ne sont point les puissants qui ont fait un si grand miracle. L'œuvre de Dieu a été suivie ; et ce qu'il avait commencé par les humiliations de Jésus-Christ, il l'a consommé par les humiliations de ses disciples. « Considérez, mes frères, » c'est ainsi que saint Paul achève son admirable discours ; « considérez ceux que Dieu a appelés parmi vous, » et dont il a composé cette Eglise victorieuse du monde. « Il y a peu de ces sages » que le monde admire ; « il y a peu de puissants et peu de nobles : mais Dieu a choisi ce qui est fou selon le monde, pour confondre les sages ; il a choisi ce qui était faible, pour confondre les puissants : il a choisi ce qu'il y avait de plus méprisable et de plus vil, et enfin ce qui n'était pas, pour détruire ce qui était, afin que nul homme ne se glorifie devant lui[2]. » Les apôtres et leurs disciples, le rebut du monde, et le néant même, à les regarder par les yeux humains, ont prévalu à tous les empereurs et à tout l'empire. Les hommes avaient oublié la création, et Dieu l'a renouvelée en tirant de ce néant son Église, qu'il a rendue toute-puissante contre l'erreur. Il a confondu avec les idoles toute la grandeur humaine qui s'intéressait à les défendre; et il a fait un si grand ouvrage, comme il avait fait l'univers, par la seule force de sa parole.

## CHAPITRE XXVI

DIVERSES FORMES DE L'IDOLÂTRIE : LES SENS, L'INTÉRÊT, L'IGNORANCE, UN FAUX RESPECT DE L'ANTIQUITÉ, LA POLITIQUE, LA PHILOSOPHIE, ET LES HÉRÉSIES VIENNENT A SON SECOURS : L'ÉGLISE TRIOMPHE DE TOUT

L'IDOLÂTRIE nous paraît la faiblesse même, et nous avons peine à comprendre qu'il ait fallu tant de force pour la détruire. Mais au contraire son extravagance fait voir la difficulté qu'il y avait à la vaincre; et un si grand renversement du bon sens montre assez combien le principe était gâté. Le monde avait vieilli dans l'idolâtrie, et, enchanté par ses idoles, il était devenu sourd à la voix de la nature, qui criait contre elles. Quelle puissance fallait-il pour rappeler dans la mémoire des hommes le vrai Dieu si profondément oublié, et retirer le genre humain d'un si prodigieux assoupissement ?

Tous les sens, toutes les passions, tous les intérêts combattaient pour l'idolâtrie. Elle était faite pour le plaisir : les divertissements, les spectacles, et enfin la licence même, y faisaient une partie du culte divin. Les fêtes n'étaient que des jeux; et il n'y avait nul endroit de la vie humaine d'où la pudeur fût bannie avec plus de soin qu'elle l'était des mystères de la religion. Comment accoutumer des esprits si corrompus à la régularité de la religion véritable, chaste, sévère, ennemie des sens, et uniquement attachée aux biens invisibles ? Saint Paul parlait à Félix, gouverneur de Judée, « de la justice, de la chasteté, et du jugement à venir. Cet homme effrayé lui dit : Retirez-vous quant à présent; je vous manderai quand il faudra[1]. » Ces discours étaient incommodes pour un homme qui voulait jouir sans scrupule, et à quelque prix que ce fût, des biens de la terre.

Voulez-vous voir remuer l'intérêt, ce puissant ressort qui donne le mouvement aux choses humaines ? Dans ce grand décri de l'idolâtrie que commençaient à causer dans toute l'Asie les prédications de saint Paul, les ouvriers qui gagnaient leur vie en faisant de petits temples d'argent de la Diane d'Éphèse s'assemblèrent, et le plus accrédité d'entre eux leur représenta que leur gain allait cesser, « et non seulement, dit-il, nous courons fortune de tout perdre; mais le temple de la grande Diane va tomber dans le mépris, et la majesté de celle qui est adorée dans toute l'Asie, et même dans tout l'univers, s'anéantira peu à peu[1]. »

Que l'intérêt est puissant, et qu'il est hardi quand il se peut couvrir du prétexte de la religion! Il n'en fallut pas davantage pour émouvoir ces ouvriers. Ils sortirent tous ensemble criant comme des furieux : *La grande Diane des Éphésiens,* et traînant les compagnons de saint Paul au théâtre, où toute la ville s'était assemblée. Alors les cris redoublèrent, et durant deux heures la place publique retentissait de ces mots : *La grande Diane des Éphésiens.* Saint Paul et ses compagnons furent à peine arrachés des mains du peuple par les magistrats, qui craignirent qu'il n'arrivât de plus grands désordres dans ce tumulte. Joignez à l'intérêt des particuliers, l'intérêt des prêtres qui allaient tomber avec leurs dieux; joignez à tout cela l'intérêt des villes que la fausse religion rendait illustres, comme la ville d'Éphèse qui devait à son temple ses privilèges, et d'abord des étrangers dont elle était enrichie : quelle tempête devait s'élever contre l'Église naissante; et faut-il s'étonner de voir les apôtres si souvent battus, lapidés, et laissés pour morts au milieu de la populace? Mais un plus grand intérêt va remuer une plus grande machine : l'intérêt de l'État va faire agir le sénat, le peuple romain et les empereurs.

Il y avait déjà longtemps que les ordonnances du sénat défendaient les religions étrangères[2]. Les empereurs étaient entrés dans la même politique, et dans cette belle délibération où il s'agissait de réformer les abus du gouvernement, un des principaux règlements que Mécénas proposa à Auguste, fut d'empêcher les nouveautés dans la religion, qui ne manquaient pas de causer de dangereux mouvements dans les Etats. La maxime était véritable, car qu'y a-t-il qui émeuve plus violemment les esprits, et les porte à des excès plus étranges ? Mais Dieu voulait faire voir que l'établissement de la religion véritable n'excitait pas de tels troubles; et c'est une des merveilles qui montre qu'il agissait dans cet ouvrage. Car qui ne s'étonnerait de voir que durant trois cents ans entiers que l'Eglise a eu à souffrir tout ce que la rage des persécuteurs pouvait inventer de plus cruel, parmi tant de séditions et tant de guerres civiles, parmi tant de conjurations contre la personne des empereurs, il ne se soit jamais trouvé un seul chrétien ni bon ni mauvais ? Les chrétiens défient leurs plus grands ennemis d'en nommer un seul; il n'y en eut jamais aucun[1] : tant la doctrine chrétienne inspirait de vénération pour la puissance publique, et tant fut profonde l'impression que fit dans tous les esprits cette parole du Fils de Dieu[2] : « Rendez à César ce qui est à César, et à Dieu ce qui est à Dieu. »

Cette belle distinction porta dans les esprits une lumière si claire, que jamais les chrétiens ne cessèrent de respecter l'image de Dieu dans les princes persécuteurs de la vérité. Ce caractère de soumission reluit tellement dans toutes leurs apologies, qu'elles inspirent encore aujourd'hui à ceux qui les lisent l'amour de l'ordre public, et fait voir qu'ils n'attendaient que de Dieu l'établissement du christianisme. Des hommes si déterminés à la mort, qui remplissaient tout l'empire et toutes les armées[3], ne se sont pas échappés une seule fois durant tant de siècles de souffrance; ils se défendaient à eux-mêmes, non seulement les actions séditieuses, mais encore les murmures. Le doigt de Dieu était dans cette œuvre, et nulle autre main que la sienne n'eût pu retenir des esprits poussés à bout par tant d'injustices.

A la vérité, il leur était dur d'être traités d'ennemis publics, et d'ennemis des empereurs, eux qui ne respiraient que l'obéissance, et dont les vœux les plus ardents avaient pour objet le salut des princes et le bonheur de l'Etat. Mais la politique romaine se croyait attaquée dans ses fondements, quand on méprisait ses dieux. Rome se vantait d'être une ville sainte par sa fondation, consacrée dès son origine par des auspices divins, et dédiée par son auteur au dieu de la guerre. Peu s'en faut qu'elle ne crût Jupiter plus présent dans le Capitole que dans le ciel.

Elle croyait devoir ses victoires à sa religion. C'est par là qu'elle avait dompté et les nations et leurs dieux; car on raisonnait ainsi en ce temps : de sorte que les dieux romains devaient être les maîtres des autres dieux, comme les Romains étaient les maîtres des autres hommes. Rome, en subjuguant la Judée, avait compté le Dieu des Juifs parmi les dieux qu'elle avait vaincus : le vouloir faire régner, c'était renverser les fondements de l'empire; c'était haïr les victoires et la puissance du peuple romain[1]. Ainsi les chrétiens, ennemis des dieux, étaient regardés en même temps comme ennemis de la république. Les empereurs prenaient plus de soin de les exterminer que d'exterminer les Parthes, les Marcomans et les Daces : le christianisme abattu paraissait dans leurs inscriptions avec autant de pompe que les Sarmates défaits. Mais ils se vantaient à tort d'avoir détruit une religion qui s'accroissait sous le fer et dans le feu. Les calomnies se joignaient en vain à la cruauté. Des hommes qui pratiquaient des vertus au-dessus de l'homme étaient accusés de vices qui font horreur à la nature. On accusait d'inceste ceux dont la chasteté faisait les délices. On accusait de manger leurs propres enfants, ceux qui étaient bienfaisants envers leurs persécuteurs. Mais malgré la haine publique, la force de la vérité tirait de la bouche de leurs ennemis des témoignages favorables. Chacun sait ce qu'écrivit Pline le Jeune à Trajan sur les bonnes mœurs des chrétiens[2]. Ils furent justifiés, mais ils ne furent pas exempts du dernier supplice car il leur fallait encore ce dernier trait pour achever en eux l'image de Jésus-Christ crucifié, et ils devaient comme lui aller à la croix avec une déclaration publique de leur innocence.

L'idolâtrie ne mettait pas toute sa force dans la violence. Encore que son fond fût une ignorance brutale, et une entière dépravation du sens humain, elle voulait se parer de quelques raisons. Combien de fois a-t-elle tâché de se déguiser, et en combien de manières s'est-elle transformée pour couvrir sa honte! Elle faisait quelquefois la respectueuse envers la divinité. Tout ce qui est divin, disait-elle, est inconnu; il n'y a que la divinité qui se connaisse elle-même; ce n'est pas à nous à discourir de choses si hautes : c'est pourquoi il en faut croire les anciens, et chacun doit suivre la religion qu'il trouve établie dans son pays. Par ces maximes, les erreurs grossières autant qu'impies qui remplissaient toute la terre, étaient sans remède, et la voix de la nature qui annonçait le vrai Dieu était étouffée.

On avait sujet de penser que la faiblesse de notre raison égarée, a besoin d'une autorité qui la ramène au principe, et que c'est de l'antiquité qu'il faut apprendre la religion véritable. Aussi en avez-vous vu la suite immuable dès l'origine du monde. Mais de quelle antiquité se pouvait vanter le paganisme, qui ne pouvait lire ses propres histoires sans y trouver l'origine, non seulement de sa religion, mais encore de ses dieux ? Varron et Cicéron, sans compter les autres auteurs, l'ont bien fait voir[1]. Ou bien aurions-nous recours à ces milliers infinis d'années, que les Egyptiens remplissaient de fables confuses et impertinentes, pour établir l'antiquité dont ils se vantaient ? Mais toujours y voyait-on naître et mourir les divinités de l'Egypte; et ce peuple ne pouvait se faire ancien, sans marquer le commencement de ses dieux.

Voici une autre forme de l'idolâtrie. Elle voulait qu'on servît tout ce qui passait pour divin. La politique romaine, qui défendait si sévèrement les religions étrangères, permettait qu'on adorât les dieux des Barbares, pourvu qu'elle les eût adoptés. Ainsi elle voulait paraître équitable envers tous les dieux, aussi bien qu'envers tous les hommes. Elle encensait quelquefois le Dieu des Juifs avec tous les autres. Nous trouvons une lettre de Julien l'Apostat[2], par laquelle il promet aux Juifs de rétablir la sainte Cité, et de sacrifier avec eux au Dieu créateur de l'univers. Nous avons vu que les païens voulaient bien adorer le vrai Dieu, mais non pas le vrai Dieu tout seul; et il ne tint pas aux empereurs que Jésus-Christ même, dont ils persécutaient les disciples, n'eût des autels parmi les Romains.

Quoi donc, les Romains ont-ils pu penser à honorer comme Dieu celui que leurs magistrats avaient condamné au dernier supplice, et que plusieurs de leurs auteurs ont chargé d'opprobres ? Il ne faut pas s'en étonner, et la chose est incontestable.

Distinguons premièrement ce que fait dire en général une haine aveugle, d'avec les faits positifs dont on croit avoir la preuve. Il est certain que les Romains, quoiqu'ils aient condamné Jésus-Christ, ne lui ont jamais reproché aucun crime particulier. Aussi Pilate le condamna-t-il avec répugnance, violenté par les cris et par les menaces des Juifs. Mais ce qui est bien plus merveilleux, les Juifs eux-mêmes, à la poursuite desquels il a été crucifié, n'ont conservé dans leurs anciens livres la mémoire d'aucune action qui notât sa vie, loin d'en avoir remarqué aucune qui lui ait fait mériter le dernier supplice : par où se confirme manifestement ce que nous lisons dans l'Evangile, que tout le crime de Notre-Seigneur a été de s'être dit le Christ fils de Dieu.

En effet, Tacite nous rapporte bien le supplice de Jésus-Christ sous Ponce Pilate et durant l'empire de Tibère[1]; mais il ne rapporte aucun crime qui lui ait fait mériter la mort, que celui d'être l'auteur d'une secte convaincue de haïr le genre humain, ou de lui être odieuse. Tel est le crime de Jésus-Christ et des chrétiens; et leurs plus grands ennemis n'ont jamais pu les accuser qu'en termes vagues, sans jamais alléguer un fait positif qu'on leur ait pu imputer. Il est vrai que dans la dernière persécution, et trois cents ans après Jésus-Christ, les païens, qui ne savaient plus que reprocher ni à lui ni à ses disciples, publièrent de faux actes de Pilate, où ils prétendaient qu'on verrait les crimes pour lesquels il avait été crucifié. Mais comme on n'entend point parler de ces actes dans tous les siècles précédents, et que ni sous Néron, ni sous Domitien, qui régnaient dans l'origine du christianisme, quelque ennemis qu'ils en fussent, on n'en trouve rien du tout, il paraît qu'ils ont été faits à plaisir; et il y a parmi les Romains si peu de preuves constantes contre Jésus-Christ, que ses ennemis ont été réduits à en inventer.

Voilà donc un premier fait, l'innocence de Jésus-Christ sans reproche. Ajoutons-en un second, la sainteté de sa vie et de sa doctrine reconnue. Un des plus grands empereurs romains, c'est Alexandre Sévère, admirait Notre-Seigneur, et faisait écrire dans les ouvrages publics, aussi bien que dans son palais[2], quelques sentences de son Evangile. Le même empereur louait et proposait pour exemple, les saintes précautions avec lesquelles les chrétiens ordonnaient les ministres des choses sacrées. Ce n'est pas tout, on voyait dans son palais une espèce de chapelle, où il sacrifiait dès le matin. Il y avait consacré les images *des âmes saintes,* parmi lesquelles il rangeait avec Orphée Jésus-Christ et Abraham. Il avait une autre chapelle, ou comme on voudra traduire le mot latin *lararium,* de moindre dignité que la première, où l'on voyait l'image d'Achille et de quelques autres grands hommes; mais Jésus-Christ était placé dans le premier rang. C'est un païen qui l'écrit, et il cite pour témoin un auteur du temps d'Alexandre[1]. Voilà donc deux témoins de ce même fait; et voici un autre fait qui n'est pas moins surprenant.

Quoique Porphyre, en abjurant le christianisme, s'en fût déclaré l'ennemi, il ne laisse pas, dans le livre intitulé *la Philosophie par les oracles*[2], d'avouer qu'il y en a eu de très favorables à la sainteté de Jésus-Christ.

A Dieu ne plaise que nous apprenions par les oracles trompeurs la gloire du Fils de Dieu, qui les a fait taire en naissant. Ces oracles cités par Porphyre sont de pures inventions : mais il est bon de savoir ce que les païens faisaient dire à leurs dieux sur Notre-Seigneur. Porphyre donc nous assure qu'il y a eu des oracles, « où Jésus-Christ est appelé un homme pieux et digne de l'immortalité, et les Chrétiens, au contraire, des hommes impurs et séduits. » Il récite ensuite l'oracle de la déesse Hécate, où elle parle de Jésus-Christ comme « d'un homme illustre par sa piété, dont le corps a cédé aux tourments, mais dont l'âme est dans le ciel avec les âmes bienheureuses. Cette âme, disait la déesse de Porphyre, par une espèce de fatalité, a inspiré l'erreur aux âmes à qui le destin n'a pas assuré les dons des dieux et la connaissance du grand Jupiter; c'est pourquoi ils sont ennemis des dieux. Mais gardez-vous bien de le blâmer, poursuit-elle en parlant de Jésus-Christ, et plaignez seulement l'erreur de ceux dont je vous ai raconté la malheureuse destinée. » Paroles pompeuses et entièrement vides de sens, mais qui montrent que la gloire de Notre-Seigneur a forcé ses ennemis à lui donner des louanges.

Outre l'innocence et la sainteté de Jésus-Christ, il y a encore un troisième point qui n'est pas moins important, c'est ses miracles. Il est certain que les Juifs ne les ont jamais niés; et nous trouvons dans leur Talmud[3] quelques-uns de ceux que ses disciples ont faits en son nom. Seulement, pour les obscurcir, ils ont dit qu'il les avait faits par les enchantements qu'il avait appris en Egypte; ou même par le nom de Dieu, ce nom inconnu et ineffable dont la vertu peut tout selon les Juifs, et que Jésus-Christ avait découvert, on ne sait comment, dans le sanctuaire[1]; ou enfin, parce qu'il était un de ces prophètes marqués par Moïse[2], dont les miracles trompeurs devaient porter le peuple à l'idolâtrie. Jésus-Christ vainqueur des idoles, dont l'Evangile a fait reconnaître un seul Dieu par toute la terre, n'a pas besoin d'être justifié de ce reproche : les vrais prophètes n'ont pas moins prêché sa divinité, qu'il a fait lui-même ; et ce qui doit résulter du témoignage des Juifs, c'est que Jésus-Christ a fait des miracles pour justifier sa mission.

Au reste, quand ils lui reprochent qu'il les a faits par magie, ils devraient songer que Moïse a été accusé du même crime. C'était l'ancienne opinion des Egyptiens, qui, étonnés des merveilles que Dieu avait opérées en leur pays par ce grand homme, l'avaient mis au nombre des principaux magiciens. On peut voir encore cette opinion dans Pline et dans Apulée[3], où Moïse se trouve nommé avec Jannès et Mambré, ces célèbres enchanteurs d'Egypte dont parle saint Paul[4], et que Moïse avait confondus par ses miracles. Mais la réponse des Juifs était aisée. Les illusions des magiciens n'ont jamais un effet durable, ni ne tendent à établir, comme a fait Moïse, le culte du Dieu véritable et la sainteté de vie : joint que Dieu sait bien se rendre le maître, et faire des œuvres que la puissance ennemie ne puisse imiter. Les mêmes raisons mettent Jésus-Christ au-dessus d'une si vaine accusation, qui dès-là, comme nous l'avons remarqué, ne sert plus qu'à justifier que ses miracles sont incontestables.

Ils le sont en effet si fort, que les Gentils n'ont pu en disconvenir non plus que les Juifs. Celse, le grand ennemi des chrétiens, et qui les attaque dès les premiers temps avec toute l'habileté imaginable, recherchant avec un soin infini tout ce qui pouvait leur nuire, n'a pas nié tous les miracles de Notre-Seigneur : il s'en défend, en disant avec les Juifs que Jésus-Christ avait appris les secrets des Egyptiens, c'est-à-dire la magie, et qu'il voulut s'attribuer la divinité par les merveilles qu'il fit en vertu de cet art damnable[5]. C'est pour la même raison que les chrétiens passaient pour magiciens[6]; et nous avons un passage de Julien l'Apostat[7] qui méprise les miracles de Notre-Seigneur, mais qui ne les révoque pas en doute. Volusien, dans son épître à saint Augustin[1], en fait de même; et ce discours était commun parmi les païens.

Il ne faut donc plus s'étonner si, accoutumés à faire des dieux de tous les hommes où il éclatait quelque chose d'extraordinaire, ils voulurent ranger Jésus-Christ parmi leurs divinités. Tibère, sur les relations qui lui venaient de Judée, proposa au sénat d'accorder à Jésus-Christ les honneurs divins[2]. Ce n'est point un fait qu'on avance en l'air, et Tertullien le rapporte, comme public et notoire, dans son Apologétique qu'il présente au sénat au nom de l'Église, qui n'eût pas voulu affaiblir une aussi bonne cause que la sienne par des choses où on aurait pu si aisément la confondre. Que si on veut le témoignage d'un auteur païen, Lampridius nous dira « qu'Adrien avait élevé à Jésus-Christ des temples qu'on voyait encore du temps qu'il écrivait[3]; » et qu'Alexandre Sévère, après l'avoir révéré en particulier, lui voulait publiquement dresser des autels, et le mettre au nombre des dieux[4].

Il y a certainement beaucoup d'injustice à ne vouloir croire, touchant Jésus-Christ, que ce qu'en écrivent ceux qui ne se sont pas rangés parmi ses disciples : car c'est chercher la foi dans les incrédules, ou le soin et l'exactitude dans ceux qui, occupés de toute autre chose, tenaient la religion pour indifférente. Mais il est vrai néanmoins que la gloire de Jésus-Christ a eu un si grand éclat, que le monde ne s'est pu défendre de lui rendre quelque témoignage; et je ne puis vous en rapporter de plus authentique que celui de tant d'empereurs.

Je reconnais toutefois qu'ils avaient encore un autre dessein. Il se mêlait de la politique dans les honneurs qu'ils rendaient à Jésus-Christ. Ils prétendaient qu'à la fin les religions s'uniraient, et que les dieux de toutes les sectes deviendraient communs. Les chrétiens ne connaissaient point ce culte mêlé, et ne méprisèrent pas moins les condescendances que les rigueurs de la politique romaine. Mais Dieu voulut qu'un autre principe fît rejeter par les païens les temples que les empereurs destinaient à Jésus-Christ. Les prêtres des idoles, au rapport de l'auteur païen déjà cité tant de fois[5], déclarèrent à l'empereur Adrien que « s'il consacrait ces temples bâtis à l'usage des chrétiens, tous les autres temples seraient abandonnés, et que tout le monde embrasserait la religion chrétienne. » L'idolâtrie même sentait dans notre religion une force victorieuse contre laquelle les faux dieux ne pouvaient tenir, et justifiait elle-même la vérité de cette sentence de l'Apôtre : « Quelle convention peut-il y avoir entre Jésus-Christ et Bélial, et comment peut-on accorder le temple de Dieu avec les idoles[1] ? »

Ainsi, par la vertu de la croix, la religion païenne, confondue par elle-même, tombait en ruine ; et l'unité de Dieu s'établissait tellement, qu'à la fin l'idolâtrie n'en parut pas éloignée. Elle disait que la nature divine, si grande et si étendue, ne pouvait être exprimée ni par un seul nom, ni sous une seule forme ; mais que Jupiter, et Mars, et Junon, et les autres dieux, n'étaient au fond que le même dieu, dont les vertus infinies étaient expliquées et représentées par tant de mots différents[2]. Quand ensuite il fallait venir aux histoires impures des dieux, à leurs infâmes généalogies, à leurs impudiques amours, à leurs fêtes et à leurs mystères qui n'avaient point d'autre fondement que ces fables prodigieuses, toute la religion se tournait en allégories : c'était le monde ou le soleil qui se trouvait être ce Dieu unique ; c'était les étoiles, c'était l'air, et le feu, et l'eau, et la terre, et les divers assemblages qui étaient cachés sous les noms des dieux et dans leurs amours. Faible et misérable refuge : car, outre que les fables étaient scandaleuses, et toutes les allégories froides et forcées, que trouvait-on à la fin, sinon que ce Dieu unique était l'univers avec toutes ses parties ; de sorte que le fond de la religion était la nature, et toujours la créature adorée à la place du Créateur ?

Ces faibles excuses de l'idolâtrie, quoique tirées de la philosophie des stoïciens, ne contentaient guère les philosophes. Celse et Porphyre cherchèrent de nouveaux secours dans la doctrine de Platon et de Pythagore ; et voici comment ils conciliaient l'unité de Dieu avec la multiplicité des dieux vulgaires. Il n'y avait, disaient-ils, qu'un Dieu souverain ; mais il était si grand, qu'il ne se mêlait pas des petites choses. Content d'avoir fait le ciel et les astres, il n'avait daigné mettre la main à ce bas monde, qu'il avait laissé former à ses subalternes ; et l'homme quoique né pour le connaître, parce qu'il était mortel, n'était pas une œuvre digne de ses mains[3]. Aussi était-il inaccessible à notre nature : il était logé trop haut pour nous ; les esprits célestes qui nous avaient faits, nous servaient de médiateurs auprès de lui, et c'est pourquoi il les fallait adorer.

Il ne s'agit pas de réfuter ces rêveries des platoniciens, qui aussi bien tombent d'elles-mêmes. Le mystère de Jésus-Christ les détruisait par le fondement[1]. Ce mystère apprenait aux hommes que Dieu, qui les avait faits à son image, n'avait garde de les mépriser; que s'ils avaient besoin de médiateur, ce n'était pas à cause de leur nature que Dieu avait faite comme il avait fait toutes les autres; mais à cause de leur péché dont ils étaient les seuls auteurs : au reste, que leur nature les éloignait si peu de Dieu, que Dieu ne dédaignait pas de s'unir à eux en se faisant homme, et leur donnait pour médiateur, non point ces esprits célestes que les philosophes appelaient démons, et que l'Ecriture appelait anges; mais un homme qui, joignant la force d'un Dieu à notre nature infirme, nous fît un remède de notre faiblesse.

Que si l'orgueil des platoniciens ne pouvait pas se rabaisser jusqu'aux humiliations du Verbe fait chair, ne devaient-ils pas du moins comprendre que l'homme, pour être un peu au-dessous des anges, ne laissait pas d'être comme eux capable de posséder Dieu; de sorte qu'il était plutôt leur frère que leur sujet, et ne devait pas les adorer, mais adorer avec eux, en esprit de société, celui qui les avait faits les uns et les autres à sa ressemblance? C'était donc non seulement trop de bassesse, mais encore trop d'ingratitude au genre humain, de sacrifier à d'autres qu'à Dieu; et rien n'était plus aveugle que le paganisme, qui, au lieu de lui réserver ce culte suprême, le rendait à tant de démons.

C'est ici que l'idolâtrie, qui semblait être aux abois, découvrit tout à fait son faible. Sur la fin des persécutions, Porphyre, pressé par les chrétiens, fut contraint de dire que le sacrifice n'était pas le culte suprême; et voyez jusqu'où il poussa l'extravagance. Ce Dieu très haut, disait-il[2], ne recevait point de sacrifice : tout ce qui est matériel est impur pour lui, et ne peut lui être offert. La parole même ne doit pas être employée à son culte, parce que la voix est une chose corporelle : il faut l'adorer en silence, et par de simples pensées; tout autre culte est indigne d'une majesté si haute.

Ainsi Dieu était trop grand pour être loué. C'était un crime d'exprimer comme nous pouvons ce que nous pensons de sa grandeur. Le sacrifice, quoiqu'il ne soit qu'une manière de déclarer notre dépendance profonde, et une reconnaissance de sa souveraineté, n'était pas pour lui. Porphyre le disait ainsi expressément; et cela qu'était-ce autre chose qu'abolir la religion, et laisser tout à fait sans culte celui qu'on reconnaissait pour le Dieu des dieux ?

Mais qu'était-ce donc que ces sacrifices que les Gentils offraient dans tous les temples ? Porphyre en avait trouvé le secret. Il y avait, disait-il, des esprits impurs, trompeurs, malfaisants, qui, par un orgueil insensé, voulaient passer pour des dieux, et se faire servir par les hommes. Il fallait les apaiser, de peur qu'ils ne nous nuisissent[1]. Les uns, plus gais et plus enjoués, se laissaient gagner par des spectacles et des jeux : l'humeur plus sombre des autres voulait l'odeur de la graisse, et se repaissait de sacrifices sanglants. Que sert de réfuter ces absurdités ? Enfin les chrétiens gagnaient leur cause. Il demeurait pour constant que tous les dieux auxquels on sacrifiait parmi les Gentils étaient des esprits malins dont l'orgueil s'attribuait la divinité, de sorte que l'idolâtrie, à la regarder en elle-même, paraissait seulement l'effet d'une ignorance brutale; mais à remonter à la source, c'était une œuvre menée de loin, poussée aux derniers excès par des esprits malicieux. C'est ce que les chrétiens avaient toujours prétendu; c'est ce qu'enseignait l'Evangile; c'est ce que chantait le Psalmiste : « Tous les dieux des Gentils sont des démons, mais le Seigneur a fait les cieux[2]. »

Et toutefois, Monseigneur, étrange aveuglement du genre humain! l'idolâtrie réduite à l'extrémité, et confondue par elle-même, ne laissait pas de se soutenir. Il ne fallait que la revêtir de quelque apparence, et l'expliquer en paroles dont le son fût agréable à l'oreille, pour la faire entrer dans les esprits. Porphyre était admiré. Jamblique, son sectateur, passait pour un homme divin parce qu'il savait envelopper les sentiments de son maître de termes qui paraissaient mystérieux, quoiqu'en effet ils ne signifiassent rien. Julien l'Apostat, tout fin qu'il était, fut pris par ces apparences; les païens mêmes le racontent[3]. Des enchantements vrais ou faux, que ces philosophes vantaient, leur austérité mal entendue, leur abstinence ridicule qui allait jusqu'à faire un crime de manger les animaux, leurs purifications superstitieuses, enfin leur contemplation qui s'évaporait en vaines pensées, et leurs paroles aussi peu solides qu'elles semblaient magnifiques, imposaient au monde. Mais je ne dis pas le fond. La sainteté des mœurs chrétiennes, le mépris des plaisirs qu'elle commandait, et plus que tout cela l'humilité qui faisait le fond du christianisme, offensait les hommes; et si nous savons le comprendre, l'orgueil, la sensualité et le libertinage étaient les seules défenses de l'idolâtrie.

L'Eglise la déracinait tous les jours par sa doctrine, et plus encore par sa patience. Mais ces esprits malfaisants, qui n'avaient cessé de tromper les hommes, et qui les avaient plongés dans l'idolâtrie, n'oublièrent pas leur malice. Ils suscitèrent dans l'Eglise ces hérésies que vous avez vues. Des hommes curieux, et par là vains et remuants, voulurent se faire un nom parmi les fidèles, et ne purent se contenter de cette sagesse sobre et tempérée que l'Apôtre avait tant recommandée aux chrétiens[1]. Ils entraient trop avant dans les mystères, qu'ils prétendaient mesurer à nos faibles conceptions : nouveaux philosophes, qui mêlaient les raisonnements humains avec la foi, et entreprenaient de diminuer les difficultés du christianisme, ne pouvant digérer toute la folie que le monde trouvait dans l'Evangile. Ainsi successivement, et avec une espèce de méthode, tous les articles de notre foi furent attaqués : la création, la loi de Moïse, fondement nécessaire de la nôtre, la divinité de Jésus-Christ, son incarnation, sa grâce, ses sacrements, tout enfin donna matière à des divisions scandaleuses. Celse et les autres nous le reprochaient[2]. L'idolâtrie semblait triompher. Elle regardait le christianisme comme une nouvelle secte de philosophie qui avait le sort de toutes les autres, et comme elles, se partageait en plusieurs autres sectes. L'Eglise ne leur paraissait qu'un ouvrage humain prêt à tomber de lui-même. On concluait qu'il ne fallait pas, en matière de religion, raffiner plus que nos ancêtres, ni entreprendre de changer le monde.

Dans cette confusion de sectes qui se vantaient d'être chrétiennes, Dieu ne manqua pas à son Eglise. Il sut lui conserver un caractère d'autorité que les hérésies ne pouvaient prendre. Elle était catholique et universelle : elle embrassait tous les temps; elle s'étendait de tous côtés. Elle était apostolique; la suite, la succession, la chaire de l'unité, l'autorité primitive lui appartenait[3].

Tous ceux qui la quittaient l'avaient premièrement reconnue, et ne pouvaient effacer le caractère de leur nouveauté, ni celui de leur rébellion. Les païens eux-mêmes la regardaient comme celle qui était la tige, le tout d'où les parcelles s'étaient détachées, le tronc toujours vif que les branches retranchées laissaient en son entier. Celse, qui reprochait aux chrétiens leurs divisions, parmi tant d'églises schismatiques qu'il voyait s'élever, remarquait une Eglise distinguée de toutes les autres, et toujours plus forte, qu'il appelait aussi pour cette raison *la grande Eglise.* « Il y en a, disait-il[1], parmi les chrétiens, qui ne reconnaissent pas le Créateur, ni les traditions des Juifs; » il voulait parler des marcionites : « mais, poursuivait-il, la grande Eglise les reçoit. » Dans le trouble qu'excita Paul de Samosate, l'empereur Aurélien n'eut pas de peine à connaître la vraie Eglise chrétienne à laquelle appartenait la *maison de l'Eglise,* soit que ce fût le lieu d'oraison, ou la maison de l'évêque. Il l'adjugea à ceux « qui étaient en communion avec les évêques d'Italie et celui de Rome[2], » parce qu'il voyait de tout temps le gros des chrétiens dans cette communion. Lorsque l'empereur Constance brouillait tout dans l'Eglise, la confusion qu'il y mettait en protégeant les ariens, ne put empêcher qu'Ammian Marcellin[3], tout païen qu'il était, ne reconnût que cet empereur s'égarait de la droite voie, « de la religion chrétienne, simple et précise par elle-même, » dans ses dogmes et dans sa conduite. C'est que l'Eglise véritable avait une majesté et une droiture que les hérésies ne pouvaient ni imiter ni obscurcir; au contraire, sans y penser, elles rendaient témoignage à l'Eglise catholique. Constance, qui persécutait saint Athanase, défenseur de l'ancienne foi, « souhaitait avec ardeur, dit Ammian Marcellin[4], de le faire condamner par l'autorité qu'avait l'évêque de Rome au-dessus des autres. » En recherchant de s'appuyer de cette autorité, il faisait sentir aux païens mêmes ce qui manquait à sa secte, et honorait l'Eglise dont les ariens s'étaient séparés: ainsi les Gentils mêmes connaissaient l'Eglise catholique. Si quelqu'un leur demandait où elle tenait ses assemblées, et quels étaient ses évêques, jamais ils ne s'y trompaient. Pour les hérésies, quoi qu'elles fissent, elles ne pouvaient se défaire du nom de leurs auteurs. Les sabelliens, les paulianistes, les ariens, les pélagiens, et les autres s'offensaient en vain du titre de parti qu'on leur donnait. Le monde, malgré qu'ils en eussent, voulait parler naturellement, et désignait chaque secte par celui dont elle tirait sa naissance. Pour ce qui est de la grande Eglise, de l'Eglise catholique et apostolique, il n'a jamais été possible de lui nommer un autre auteur que Jésus-Christ même, ni de lui marquer les premiers de ses pasteurs sans remonter jusqu'aux apôtres, ni de lui donner un autre nom que celui qu'elle prenait. Ainsi quoi que fissent les hérétiques, ils ne la pouvaient cacher aux païens. Elle leur ouvrait son sein par toute la terre : ils y accouraient en foule. Quelques-uns d'eux se perdaient peut-être dans les sentiers détournés, mais l'Eglise catholique était la grande voie où entraient toujours la plupart de ceux qui cherchaient Jésus-Christ : et l'expérience a fait voir que c'était à elle qu'il était donné de rassembler les Gentils. C'était elle aussi que les empereurs infidèles attaquaient de toute leur force. Origène nous apprend que peu d'hérétiques ont eu à souffrir pour la foi[1]. Saint Justin, plus ancien que lui, a remarqué que la persécution épargnait les marcionites et les autres hérétiques[2]. Les païens ne persécutaient que l'Eglise qu'ils voyaient s'étendre par toute la terre, et ne connaissaient qu'elle seule pour l'Eglise de Jésus-Christ. Qu'importe qu'on lui arrachât quelques branches ? Sa bonne sève ne se perdait pas pour cela : elle poussait par d'autres endroits, et le retranchement du bois superflu ne faisait que rendre ses fruits meilleurs. En effet, si on considère l'histoire de l'Eglise, on verra que toutes les fois qu'une hérésie l'a diminuée, elle a réparé ses pertes, et en s'étendant au dehors, et en augmentant au dedans la lumière et la piété, pendant qu'on a vu sécher en des coins écartés les branches coupées. Les œuvres des hommes ont péri malgré l'enfer qui les soutenait ; l'œuvre de Dieu a subsisté : l'Eglise a triomphé de l'idolâtrie et de toutes les erreurs.

## CHAPITRE XXVII

RÉFLEXION GÉNÉRALE SUR LA SUITE DE LA RELIGION, ET SUR LE RAPPORT QU'IL Y A ENTRE LES LIVRES DE L'ÉCRITURE

Cette Eglise toujours attaquée, et jamais vaincue, est un miracle perpétuel, et un témoignage éclatant de l'immutabilité des conseils de Dieu. Au milieu de l'agitation des choses humaines, elle se soutient toujours avec une force invincible; en sorte que, par une suite non interrompue depuis près de dix-sept cents ans, nous la voyons remonter jusqu'à Jésus-Christ, dans lequel elle a recueilli la succession de l'ancien peuple, et se trouve réunie aux prophètes et aux patriarches.

Ainsi tant de miracles étonnants, que les anciens Hébreux ont vus de leurs yeux, servent encore aujourd'hui à confirmer notre foi. Dieu, qui les a faits pour rendre témoignage à son unité et à sa toute-puissance, que pouvait-il faire de plus authentique pour en conserver la mémoire, que de laisser entre les mains de tout un grand peuple les actes qui les attestent rédigés par l'ordre des temps ? C'est ce que nous avons encore dans les livres de l'Ancien Testament, c'est-à-dire dans les livres les plus anciens qui soient au monde; dans les livres qui sont les seuls de l'antiquité où la connaissance du vrai Dieu soit enseignée, et son service ordonné; dans les livres que le peuple juif a toujours si religieusement gardés[1], et dont il est encore aujourd'hui l'inviolable porteur par toute la terre.

Après cela, faut-il croire les fables extravagantes des auteurs profanes sur l'origine d'un peuple si noble et si ancien ? Nous avons déjà remarqué[2] que l'histoire de sa naissance et de son empire finit où commence l'histoire grecque; en sorte qu'il n'y a rien à espérer de ce côté-là pour éclaircir les affaires des Hébreux. Il est certain que les Juifs et leur religion ne furent guère connus des Grecs qu'après que leurs Livres sacrés eurent été traduits en cette langue, et qu'ils furent eux-mêmes répandus dans les villes grecques, c'est-à-dire deux à trois cents ans avant Jésus-Christ. L'ignorance de la divinité était alors si profonde parmi les Gentils que leurs plus habiles écrivains ne pouvaient pas même comprendre quel Dieu adoraient les Juifs. Les plus équitables leur donnaient pour Dieu les nues et le ciel, parce qu'ils y levaient souvent les yeux, comme au lieu où se déclarait le plus hautement la toute-puissance de Dieu, et où il avait établi son trône. Au reste, la religion judaïque était si singulière et si opposée à toutes les autres; les lois, les sabbats, les fêtes et toutes les mœurs de ce peuple étaient si particulières, qu'ils s'attirèrent bientôt la jalousie et la haine de ceux parmi lesquels ils vivaient. On les regardait comme une nation qui condamnait toutes les autres. La défense qui leur était faite de communiquer avec les Gentils en tant de choses, les rendait aussi odieux qu'ils paraissaient méprisables. L'union qu'on voyait entre eux, la relation qu'ils entretenaient tous si soigneusement avec le chef de leur religion, c'est-à-dire Jérusalem, son temple et ses pontifes, et les dons qu'ils y envoyaient de toutes parts, les rendaient suspects; ce qui, joint à l'ancienne haine des Egyptiens contre ce peuple si maltraité de leurs rois et délivré par tant de prodiges de leur tyrannie, fit inventer des contes inouïs sur son origine, que chacun cherchait à sa fantaisie, aussi bien que les interprétations de leurs cérémonies, qui étaient si particulières, et qui paraissaient si bizarres lorsqu'on n'en connaissait pas le fond et les sources. La Grèce, comme on sait, était ingénieuse à se tromper et à s'amuser agréablement elle-même; et de tout cela sont venues les fables que l'on trouve dans Justin, dans Tacite, dans Diodore de Sicile, et dans les autres de pareille date qui ont paru curieux dans les affaires des Juifs, quoiqu'il soit plus clair que le jour qu'ils écrivaient sur des bruits confus, après une longue suite de siècles interposés, sans connaître leurs lois, leur religion, leur philosophie; sans avoir entendu leurs livres, et peut-être sans les avoir seulement ouverts.

Cependant, malgré l'ignorance et la calomnie, il demeurera pour constant que le peuple juif est le seul qui ait connu dès son origine le Dieu créateur du ciel et de la terre; le seul par conséquent qui devait être le dépositaire des secrets divins. Il les a aussi conservés avec une religion qui n'a point d'exemple. Les livres que les Egyptiens et les autres peuples appelaient divins sont perdus il y a longtemps, et à peine nous en reste-t-il quelque mémoire confuse dans les histoires anciennes. Les livres sacrés des Romains, où Numa, auteur de leur religion, en avait écrit les mystères, ont péri par les mains des Romains mêmes, et le sénat les fit brûler comme tendants à renverser la religion[1]. Ces mêmes Romains ont à la fin laissé périr les livres sibyllins, si longtemps révérés parmi eux comme prophétiques, et où ils voulaient qu'on crût qu'ils trouvaient les décrets des dieux immortels sur leur empire, sans pourtant en avoir jamais montré au public, je ne dis pas un seul volume, mais un seul oracle. Les Juifs ont été les seuls dont les Ecritures sacrées ont été d'autant plus en vénération, qu'elles ont été plus connues. De tous les peuples anciens, ils sont le seul qui ait conservé les monuments primitifs de sa religion, quoiqu'ils fussent pleins des témoignages de leur infidélité et de celle de leurs ancêtres. Et aujourd'hui encore ce même peuple reste sur la terre pour porter à toutes les nations où il a été dispersé, avec la suite de la religion, les miracles et les prédictions qui la rendent inébranlable.

Quand Jésus-Christ est venu, et qu'envoyé par son Père pour accomplir les promesses de la loi, il a confirmé sa mission et celle de ses disciples par des miracles nouveaux, ils ont été écrits avec la même exactitude. Les actes en ont été publiés à toute la terre, les circonstances des temps, des personnes et des lieux ont rendu l'examen facile à quiconque a été soigneux de son salut. Le monde s'est informé, le monde a cru; et, si peu qu'on ait considéré les anciens monuments de l'Eglise, on avouera que jamais affaire n'a été jugée avec plus de réflexion et de connaissance.

Mais dans le rapport qu'ont ensemble les livres des deux Testaments, il y a une différence à considérer : c'est que les livres de l'ancien peuple ont été composés en divers temps. Autres sont les temps de Moïse, autres ceux de Josué et des Juges, autres ceux des Rois : autres ceux où le peuple a été tiré d'Egypte, et où il a reçu la loi, autres ceux où il a conquis la Terre promise, autres ceux où il y a été rétabli par des miracles visibles. Pour convaincre l'incrédulité d'un peuple attaché aux sens, Dieu a pris une longue étendue de siècles durant lesquels il a distribué ses miracles et ses prophètes, afin de renouveler souvent les témoignages sensibles par lesquels il attestait ses vérités saintes. Dans le Nouveau Testament il a suivi une autre conduite. Il ne veut plus rien révéler de nouveau à son Eglise après Jésus-Christ. En lui est la perfection et la plénitude; et tous les Livres divins qui ont été composés dans la nouvelle alliance, l'ont été au temps des apôtres.

C'est-à-dire que le témoignage de Jésus-Christ et de ceux que Jésus-Christ même a daigné choisir pour témoins de sa résurrection, a suffi à l'Eglise chrétienne. Tout ce qui est venu depuis l'a édifiée; mais elle n'a regardé comme purement inspiré de Dieu que ce que les apôtres ont écrit, ou ce qu'ils ont confirmé par leur autorité.

Mais dans cette différence qui se trouve entre les livres des deux Testaments, Dieu a toujours gardé cet ordre admirable, de faire écrire les choses dans le temps qu'elles étaient arrivées, ou que la mémoire en était récente. Ainsi ceux qui les savaient les ont écrites; ceux qui les savaient ont reçu les livres qui en rendaient témoignage : les uns et les autres les ont laissés à leurs descendants comme un héritage précieux; et la pieuse postérité les a conservés.

C'est ainsi que s'est formé le corps des Ecritures saintes, tant de l'Ancien que du Nouveau Testament; Ecritures qu'on a regardées, dès leur origine, comme véritables en tout, comme données de Dieu même, et qu'on a aussi conservées avec tant de religion, qu'on n'a pas cru pouvoir sans impiété y altérer une seule lettre.

C'est ainsi qu'elles sont venues jusqu'à nous toujours saintes, toujours sacrées, toujours inviolables; conservées les unes par la tradition constante du peuple juif, et les autres par la tradition du peuple chrétien, d'autant plus certaine, qu'elle a été confirmée par le sang et par le martyre, tant de ceux qui ont écrit ces Livres divins, que de ceux qui les ont reçus.

Saint Augustin et les autres Pères demandent sur la foi de qui nous attribuons les livres profanes à des temps et à des auteurs certains[1]. Chacun répond aussitôt que les livres sont distingués par les différents rapports qu'ils ont aux lois, aux coutumes, aux histoires d'un certain temps, par le style même qui porte imprimé le caractère des âges et des auteurs particuliers; plus que tout cela, par la foi publique et par une tradition constante. Toutes ces choses concourent à établir les Livres divins, à en distinguer les temps, à en marquer les auteurs; et plus il y a eu de religion à les conserver dans leur entier, plus la tradition qui nous les conserve est incontestable[1].

Aussi a-t-elle toujours été reconnue, non seulement par les orthodoxes, mais encore par les hérétiques, et même par les infidèles. Moïse a toujours passé dans tout l'Orient, et ensuite dans tout l'univers, pour le législateur des Juifs, et pour l'auteur des livres qu'ils lui attribuent. Les Samaritains, qui les ont reçus des dix tribus séparées, les ont conservés aussi religieusement que les Juifs: leur tradition et leur histoire est constante, et il ne faut que repasser sur quelques endroits de la première partie[2] pour en voir toute la suite.

Deux peuples si opposés n'ont pas pris l'un de l'autre ces Livres divins; tous les deux les ont reçus de leur origine commune dès les temps de Salomon et de David. Les anciens caractères hébreux, que les Samaritains retiennent encore, montrent assez qu'ils n'ont pas suivi Esdras, qui les a changés. Ainsi le Pentateuque des Samaritains et celui des Juifs sont deux originaux complets, indépendants l'un de l'autre. La parfaite conformité qu'on y voit dans la substance du texte justifie la bonne foi des deux peuples. Ce sont des témoins fidèles qui conviennent sans s'être entendus, ou, pour mieux dire, qui conviennent malgré leurs inimitiés, et que la seule tradition immémoriale de part et d'autre a unis dans la même pensée.

Ceux donc qui ont voulu dire, quoique sans aucune raison, que ces livres, étant perdus ou n'ayant jamais été, ont été ou rétablis ou composés de nouveau, ou altérés par Esdras, outre qu'ils sont démentis par Esdras même, le sont aussi par le Pentateuque, qu'on trouve encore aujourd'hui entre les mains des Samaritains tel que l'avaient lu, dans les premiers siècles, Eusèbe de Césarée, saint Jérôme, et les autres auteurs ecclésiastiques, tel que ces peuples l'avaient conservé dès leur origine: et une secte si faible semble ne durer si longtemps que pour rendre ce témoignage à l'antiquité de Moïse.

Les auteurs qui ont écrit les quatre Evangiles ne reçoivent pas un témoignage moins assuré du consentement unanime des fidèles, des païens, et des hérétiques. Ce grand nombre de peuples divers, qui ont reçu et traduit ces Livres divins aussitôt qu'ils ont été faits, conviennent tous de leur date et de leurs auteurs. Les païens n'ont pas contredit cette tradition. Ni Celse qui a attaqué ces Livres sacrés, presque dans l'origine du christianisme; ni Julien l'Apostat, quoiqu'il n'ait rien ignoré ni rien omis de ce qui pouvait le décrier; ni aucun autre païen ne les a jamais soupçonnés d'être supposés : au contraire, tous leur ont donné les mêmes auteurs que les chrétiens. Les hérétiques, quoique accablés par l'autorité de ces Livres, n'osaient dire qu'ils ne fussent pas des disciples de Notre-Seigneur. Il y a eu pourtant de ces hérétiques qui ont vu les commencements de l'Eglise, et aux yeux desquels ont été écrits les livres de l'Evangile. Ainsi la fraude, s'il y en eût pu avoir, eût été éclairée de trop près pour réussir. Il est vrai qu'après les apôtres, et lorsque l'Eglise était déjà étendue par toute la terre, Marcion et Manès, constamment les plus téméraires et les plus ignorants de tous les hérétiques, malgré la tradition venue des apôtres, continuée par leurs disciples et par les évêques à qui ils avaient laissé leur chaire et la conduite des peuples, et reçue unanimement par toute l'Eglise chrétienne, osèrent dire que trois Evangiles étaient supposés, et que celui de saint Luc qu'ils préféraient aux autres, on ne sait pourquoi, puisqu'il n'était pas venu par une autre voie, avait été falsifié. Mais quelles preuves en donnaient-ils ? de pures visions, nuls faits positifs. Ils disaient, pour toute raison, que ce qui était contraire à leurs sentiments devait nécessairement avoir été inventé par d'autres que par les apôtres, et alléguaient pour toute preuve les opinions mêmes qu'on leur contestait, opinions d'ailleurs si extravagantes, et si manifestement insensées, qu'on ne sait encore comment elles ont pu entrer dans l'esprit humain. Mais certainement pour accuser la bonne foi de l'Eglise, il fallait avoir en main les originaux différents des siens, ou quelque preuve constante. Interpellés d'en produire eux et leurs disciples, ils sont demeurés muets[1], et ont laissé par leur silence une preuve indubitable qu'au second siècle du christianisme, où ils écrivaient, il n'y avait pas seulement un indice de fausseté, ni la moindre conjecture qu'on pût opposer à la tradition de l'Eglise.

Que dirai-je du consentement des livres de l'Ecriture,

et du témoignage admirable que tous les temps du peuple de Dieu se donnent les uns aux autres ? Les temps du second temple supposent ceux du premier, et nous ramènent à Salomon. La paix n'est venue que par les combats; et les conquêtes du peuple de Dieu nous font remonter jusqu'aux Juges, jusqu'à Josué, et jusqu'à la sortie d'Egypte. En regardant tout un peuple sortir d'un royaume où il était étranger, on se souvient comment il y était entré. Les douze patriarches paraissent aussitôt; et un peuple qui ne s'est jamais regardé que comme une seule famille nous conduit naturellement à Abraham, qui en est la tige. Ce peuple est-il plus sage et moins porté à l'idolâtrie après le retour de Babylone; c'était l'effet naturel d'un grand châtiment, que ses fautes passées lui avaient attiré. Si ce peuple se glorifie d'avoir vu durant plusieurs siècles des miracles que les autres peuples n'ont jamais vus, il peut aussi se glorifier d'avoir eu la connaissance de Dieu, qu'aucun autre peuple n'avait. Que veut-on que signifie la circoncision, et la fête des Tabernacles, et la Pâque, et les autres fêtes célébrées dans la nation de temps immémorial, sinon les choses qu'on trouve marquées dans le livre de Moïse ? Qu'un peuple distingué des autres par une religion et par des mœurs si particulières; qui conserve dès son origine, sur le fondement de la création et sur la foi de la Providence, une doctrine si suivie et si élevée, une mémoire si vive d'une longue suite de faits si nécessairement enchaînés, des cérémonies si réglées et des coutumes si universelles, ait été sans une histoire qui lui marquât son origine, et sans une loi qui lui prescrivît ses coutumes pendant mille ans qu'il est demeuré en Etat; et qu'Esdras ait commencé à lui vouloir donner tout à coup sous le nom de Moïse, avec l'histoire de ses antiquités, la loi qui formait ses mœurs, quand ce peuple, devenu captif, a vu son ancienne monarchie renversée de fond en comble : quelle fable plus incroyable pourrait-on jamais inventer ? et peut-on y donner créance, sans joindre l'ignorance au blasphème ?

Pour perdre une telle loi quand on l'a une fois reçue, il faut qu'un peuple soit exterminé, ou que par divers changements il en soit venu à n'avoir plus qu'une idée confuse de son origine, de sa religion et de ses coutumes. Si ce malheur est arrivé au peuple juif, et que sa loi si connue sous Sédécias se soit perdue soixante ans après, malgré les soins d'un Ezéchiel, d'un Jérémie, d'un Baruch, d'un Daniel, qui ont un recours perpétuel à cette loi, comme à l'unique fondement de la religion et de la police de leur peuple : si, dis-je, la loi s'est perdue malgré ces grands hommes, sans compter les autres, et dans le temps que la même loi avait ses martyrs, comme le montrent les persécutions de Daniel et des trois enfants; si cependant, malgré tout cela, elle s'est perdue en si peu de temps, et demeure si profondément oubliée qu'il soit permis à Esdras de la rétablir à sa fantaisie : ce n'était pas le seul livre qu'il lui fallait fabriquer. Il lui fallait composer en même temps tous les prophètes anciens et nouveaux, c'est-à-dire ceux qui avaient écrit et devant et durant la captivité; ceux que le peuple avait vu écrire, aussi bien que ceux dont il conservait la mémoire; et non seulement les prophètes, mais encore les livres de Salomon, et les Psaumes de David, et tous les livres d'histoire; puisqu'à peine se trouvera-t-il dans toute cette histoire un seul fait considérable, et dans tous ces autres livres un seul chapitre qui, détaché de Moïse, tel que nous l'avons, puisse subsister un seul moment. Tout y parle de Moïse, tout y est fondé sur Moïse; et la chose devait être ainsi puisque Moïse, et sa loi, et l'histoire qu'il a écrite, était en effet dans le peuple juif tout le fondement de la conduite publique et particulière. C'était en vérité à Esdras une merveilleuse entreprise, et bien nouvelle dans le monde, de faire parler en même temps avec Moïse tant d'hommes de caractère et de style différents, et chacun d'une manière uniforme et toujours semblable à elle-même; et faire accroire tout à coup à tout un peuple que ce sont là les livres anciens qu'il a toujours révérés, et les nouveaux qu'il a vu faire, comme s'il n'avait jamais ouï parler de rien, et que la connaissance du temps présent, aussi bien que celle du temps passé, fût tout à coup abolie. Tels sont les prodiges qu'il faut croire, quand on ne veut pas croire les miracles du Tout-Puissant, ni recevoir le témoignage par lequel il est constant qu'on a dit à tout un grand peuple qu'il les avait vus de ses yeux.

Mais si ce peuple est revenu de Babylone dans la terre de ses pères, si nouveau et si ignorant, qu'à peine se souvient-il qu'il eût été, en sorte qu'il ait reçu sans examiner tout ce qu'Esdras aura voulu lui donner, comment donc voyons-nous dans le livre qu'Esdras a écrit[1], et dans celui de Néhémias son contemporain, tout ce qu'on y dit des Livres divins ? Qui aurait pu les ouïr parler de la loi de Moïse en tant d'endroits et publiquement, comme d'une chose connue de tout le monde, et que tout le monde avait entre ses mains ? Eussent-ils osé régler par là les fêtes, les sacrifices, les cérémonies, la forme de l'autel rebâti, les mariages, la police, et en un mot toutes choses, en disant sans cesse que tout se faisait « selon qu'il était écrit dans la loi de Moïse, serviteur de Dieu[2] ? »

Esdras y est nommé comme « docteur en la loi que Dieu avait donnée à Israël par Moïse; » et c'est suivant cette loi, comme par la règle *qu'il avait entre ses mains,* qu'Artaxerxe lui ordonne de visiter, de régler et de réformer le peuple en toutes choses. Ainsi l'on voit que les Gentils mêmes connaissaient la loi de Moïse comme celle que tout le peuple et tous ses docteurs regardaient de tout temps comme leur règle. Les prêtres et les lévites sont disposés par les villes; leurs fonctions et leur rang sont réglés « selon qu'il était écrit dans la loi de Moïse. » Si le peuple fait pénitence, c'est des transgressions qu'il avait commises contre cette loi : s'il renouvelle l'alliance avec Dieu par une souscription expresse de tous les particuliers, c'est sur le fondement de la même loi, qui pour cela est « lue hautement, distinctement, et intelligiblement, soir et matin durant plusieurs jours, à tout le peuple assemblé exprès, » comme la loi de leurs pères; tant hommes que femmes entendant pendant la lecture, et reconnaissant les préceptes qu'on leur avait appris dès leur enfance. Avec quel front Esdras aurait-il fait lire à tout un grand peuple, comme connu, un livre qu'il venait de forger ou d'accommoder à sa fantaisie, sans que personne y remarquât la moindre erreur ou le moindre changement ? Toute l'histoire des siècles passés était répétée depuis le livre de la Genèse jusqu'au temps où l'on vivait. Le peuple, qui si souvent avait secoué le joug de cette loi, se laisse charger de ce lourd fardeau sans peine et sans résistance, convaincu par expérience que le mépris qu'on en avait fait avait attiré tous les maux où on se voyait plongé. Les usures sont réprimées selon le texte de la loi, les propres termes en étaient cités; les mariages contractés sont cassés, sans que personne réclamât. Si la loi eût été perdue, ou en tout cas oubliée, aurait-on vu tout le peuple agir naturellement en conséquence de cette loi, comme l'ayant toujours eue présente ? Comment est-ce que tout ce peuple pouvait écouter Aggée, Zacharie et Malachie qui prophétisaient alors, qui comme les autres prophètes leurs prédécesseurs ne leur prêchaient que « Moïse et la loi que Dieu lui avait donnée en Horeb[1]; » et cela comme une chose connue et de tout temps en vigueur dans la nation ? Mais comment dit-on, dans le même temps, et dans le retour du peuple, que tout ce peuple admira l'accomplissement de l'oracle de Jérémie touchant les soixante-dix ans de captivité[2] ? Ce Jérémie, qu'Esdras venait de forger avec tous les autres prophètes, comment a-t-il tout d'un coup trouvé créance ? Par quel artifice nouveau a-t-on pu persuader à tout un peuple, et aux vieillards qui avaient vu ce prophète, qu'ils avaient toujours attendu la délivrance miraculeuse qu'il leur avait annoncée dans ses écrits ? Mais tout cela sera encore supposé : Esdras et Néhémias n'auront point écrit l'histoire de leur temps; quelque autre l'aura fait sous leur nom; et ceux qui ont fabriqué tous les autres livres de l'Ancien Testament auront été si favorisés de la postérité, que d'autres faussaires leur en auront supposé à eux-mêmes, pour donner créance à leur imposture.

On aura honte sans doute de tant d'extravagances; et au lieu de dire qu'Esdras ait fait tout d'un coup paraître tant de livres si distingués les uns des autres par les caractères du style et du temps, on dira qu'il y aura pu insérer les miracles et les prédictions qui les font passer pour divins : erreur plus grossière encore que la précédente, puisque ces miracles et ces prédictions sont tellement répandus dans tous ces livres, sont tellement inculqués et répétés si souvent, avec tant de tours divers et une si grande variété de fortes figures, en un mot, en font tellement tout le corps, qu'il faut n'avoir jamais seulement ouvert ces saints Livres, pour ne voir pas qu'il est encore plus aisé de les refondre, pour ainsi dire tout à fait, que d'y insérer les choses que les incrédules sont si fâchés d'y trouver. Et quand même on leur aurait accordé tout ce qu'ils demandent, le miraculeux et divin est tellement le fond de ces Livres, qu'il s'y retrouverait encore, malgré qu'on en eût. Qu'Esdras, si on veut, y ait ajouté après coup les prédictions des choses déjà arrivées de son temps ; celles qui se sont accomplies depuis, par exemple, sous Antiochus et les Machabées, et tant d'autres que l'on a vues, qui les aura ajoutées ? Dieu aura peut-être donné à Esdras le don de prophétie, afin que l'imposture d'Esdras fût plus vraisemblable ; et on aimera mieux qu'un faussaire soit prophète, qu'Isaïe, ou que Jérémie, ou que Daniel ; ou bien chaque siècle aura porté un faussaire heureux, que tout le peuple en aura cru ; et de nouveaux imposteurs, par un zèle admirable de religion, auront sans cesse ajouté aux Livres divins, après même que le canon en aura été clos, qu'ils se seront répandus avec les Juifs par toute la terre, et qu'on les aura traduits en tant de langues étrangères. N'eût-ce pas été, à force de vouloir établir la religion, la détruire par les fondements ? Tout un peuple laisse-t-il donc changer si facilement ce qu'il croit être divin, soit qu'il le croie par raison ou par erreur ? Quelqu'un peut-il espérer de persuader aux chrétiens, ou même aux Turcs, d'ajouter un seul chapitre ou à l'Evangile, ou à l'Alcoran ? Mais peut-être que les Juifs étaient plus dociles que les autres peuples, ou qu'ils étaient moins religieux à conserver leurs saints Livres ? Quels monstres d'opinions se faut-il mettre dans l'esprit, quand on veut secouer le joug de l'autorité divine, et ne régler ses sentiments, non plus que ses mœurs, que par sa raison égarée!

## CHAPITRE XXVIII

LES DIFFICULTÉS QU'ON FORME CONTRE L'ÉCRITURE
SONT AISÉES A VAINCRE PAR LES HOMMES
DE BON SENS ET DE BONNE FOI

Qu'on ne dise pas que la discussion de ces faits est embarrassante : car, quand elle le serait, il faudrait ou s'en rapporter à l'autorité de l'Eglise et à la tradition de tant de siècles, ou pousser l'examen jusqu'au bout, et ne pas croire qu'on en fût quitte pour dire qu'il demande plus de temps qu'on n'en veut donner à son salut. Mais au fond, sans remuer avec un travail infini les livres des deux Testaments, il ne faut que lire le livre des Psaumes, où sont recueillis tant d'anciens cantiques du peuple de

Dieu, pour y voir, dans la plus divine poésie qui fut jamais, des monuments immortels de l'histoire de Moïse, de celle des Juges, de celle des Rois, imprimés par le chant et par la mesure dans la mémoire des hommes. Et pour le Nouveau Testament, les seules Epîtres de saint Paul, si vives, si originales, si fort du temps, des affaires et des mouvements qui étaient alors, et enfin d'un caractère si marqué ; ces Epîtres, dis-je, reçues par les églises auxquelles elles étaient adressées, et de là communiquées aux autres églises, suffiraient pour convaincre les esprits bien faits, que tout est sincère et original dans les Écritures que les apôtres nous ont laissées.

Aussi se soutiennent-elles les unes les autres avec une force invincible. Les Actes des Apôtres ne font que continuer l'Evangile ; leurs Epîtres le supposent nécessairement : mais afin que tout soit d'accord, et les Actes et les Epîtres et les Evangiles réclament partout les anciens livres des Juifs[1]. Saint Paul et les autres apôtres ne cessent d'alléguer ce que *Moïse a dit,* ce qu'il *a écrit*[2], ce que les prophètes ont dit et écrit après Moïse. Jésus-Christ appelle en témoignage *la Loi de Moïse, les Prophètes et les Psaumes*[3], comme des témoins qui déposent tous de la même vérité. S'il veut expliquer ses mystères, *il commence par Moïse et par les Prophètes*[4] ; et quand il dit aux Juifs que *Moïse a écrit de lui*[5], il pose pour fondement ce qu'il y avait de plus constant parmi eux, et les ramène à la source même de leurs traditions.

Voyons néanmoins ce qu'on oppose à une autorité si reconnue, et au consentement de tant de siècles : car, puisque de nos jours on a bien osé publier en toute sorte de langues des livres contre l'Ecriture, il ne faut point dissimuler ce qu'on dit pour décrier ses antiquités. Que dit-on donc pour autoriser la supposition du Pentateuque et que peut-on objecter à une tradition de trois mille ans, soutenue par sa propre force et par la suite des choses ? Rien de suivi, rien de positif, rien d'important, des chicanes sur des nombres, sur des lieux, ou sur des noms : et de telles observations, qui dans toute autre matière ne passeraient tout au plus que pour de vaines curiosités incapables de donner atteinte au fond des choses, nous sont ici alléguées comme faisant la décision de l'affaire la plus sérieuse qui fut jamais.

Il y a, dit-on, des difficultés dans l'histoire de l'Ecriture.

Il y en a sans doute qui n'y seraient pas si le livre était moins ancien, ou s'il avait été supposé, comme on l'ose dire, par un homme habile et industrieux ; si l'on eût été moins religieux à le donner tel qu'on le trouvait, et qu'on eût pris la liberté d'y corriger ce qui faisait de la peine. Il y a les difficultés que fait un long temps, lorsque les lieux ont changé de nom ou d'état, lorsque les dates sont oubliées, lorsque les généalogies ne sont plus connues, qu'il n'y a plus de remède aux fautes qu'une copie tant soit peu négligée introduit si aisément en de telles choses, ou que des faits échappés à la mémoire des hommes laissent de l'obscurité dans quelque partie de l'histoire. Mais enfin cette obscurité est-elle dans la suite même, ou dans le fond de l'affaire ? Nullement : tout y est suivi ; et ce qui reste d'obscur ne sert qu'à faire voir dans les Livres saints une antiquité plus vénérable.

Mais il y a des altérations dans le texte : les anciennes versions ne s'accordent pas ; l'hébreu en divers endroits est différent de lui-même ; et le texte des Samaritains, outre le mot qu'on les accuse d'y avoir changé exprès[1] en faveur de leur temple de Garizim, diffère encore en d'autres endroits de celui des Juifs. Et de là que conclura-t-on ? que les Juifs ou Esdras auront supposé le Pentateuque au retour de la captivité ? C'est justement tout le contraire qu'il faudrait conclure. Les différences du samaritain ne servent qu'à confirmer ce que nous avons déjà établi, que leur texte est indépendant de celui des Juifs. Loin qu'on puisse s'imaginer que ces schismatiques aient pris quelque chose des Juifs et d'Esdras, nous avons vu au contraire que c'est en haine des Juifs et d'Esdras, et en haine du premier et du second temple, qu'ils ont inventé leur chimère de Garizim. Qui ne voit donc qu'ils auraient plutôt accusé les impostures des Juifs que de les suivre ? Ces rebelles, qui ont méprisé Esdras et tous les prophètes des Juifs, avec leur temple et Salomon qui l'avait bâti, aussi bien que David qui en avait désigné le lieu, qu'ont-ils respecté dans leur Pentateuque, sinon une antiquité supérieure non seulement à celle d'Esdras et des prophètes, mais encore à celle de Salomon et de David, en un mot, l'antiquité de Moïse, dont les deux peuples conviennent ? Combien donc est incontestable l'autorité de Moïse et du Pentateuque, que toutes les objections ne font qu'affirmer !

Mais d'où viennent ces variétés des textes et des versions ? D'où viennent-elles en effet, sinon de l'antiquité du livre même, qui a passé par les mains de tant de copistes depuis tant de siècles que la langue dans laquelle il est écrit a cessé d'être commune ? Mais laissons les vaines disputes, et tranchons en un mot la difficulté par le fond. Qu'on me dise s'il n'est pas constant que de toutes les versions, et de tout le texte quel qu'il soit, il en reviendra toujours les mêmes lois, les mêmes miracles, les mêmes prédictions, la même suite d'histoire, le même corps de doctrine, et enfin la même substance. En quoi nuisent après cela les diversités des textes ? Que nous fallait-il davantage que ce fond inaltérable des Livres sacrés, et que pouvions-nous demander de plus à la divine Providence ? Et pour ce qui est des versions, est-ce une marque de supposition ou de nouveauté, que la langue de l'Ecriture soit si ancienne qu'on en ait perdu les délicatesses, et qu'on se trouve empêché à en rendre toute l'élégance ou toute la force dans la dernière rigueur ? N'est-ce pas plutôt une preuve de la plus grande antiquité ? Et si on veut s'attacher aux petites choses, qu'on me dise si de tant d'endroits où il y a de l'embarras, on en a jamais rétabli un seul par raisonnement ou par conjecture. On a suivi la foi des exemplaires, et comme la tradition n'a jamais permis que la saine doctrine pût être altérée, on a cru que les autres fautes, s'il y en restait, ne serviraient qu'à prouver qu'on n'a rien ici innové par son propre esprit.

Mais enfin, et voici le fort de l'objection : N'y a-t-il pas des choses ajoutées dans le texte de Moïse, et d'où vient qu'on trouve sa mort à la fin du livre qu'on lui attribue ? Quelle merveille que ceux qui ont continué son histoire aient ajouté sa fin bienheureuse au reste de ses actions, afin de faire du tout un même corps ? Pour les autres additions, voyons ce que c'est. Est-ce quelque loi nouvelle, ou quelque nouvelle cérémonie, quelque dogme, quelque miracle, quelque prédiction ? On n'y songe seulement pas : il n'y en a pas le moindre soupçon, ni le moindre indice; c'eût été ajouter à l'œuvre de Dieu : la loi l'avait défendu[1], et le scandale qu'on eût causé eût été horrible. Quoi donc! on aura continué peut-être une généalogie commencée; on aura peut-être expliqué un nom de ville changé par le temps; à l'occasion de la manne dont le peuple a été nourri durant quarante ans, on aura marqué le temps où cessa cette nourriture céleste; et ce fait, écrit depuis dans un autre livre[1], sera demeuré par remarque dans celui de Moïse[2], comme un fait constant et public dont tout le peuple était témoin; quatre ou cinq marques de cette nature faites par Josué, ou par Samuel, ou par quelque autre prophète d'une pareille antiquité, parce qu'elles ne regardaient que des faits notoires, et où constamment il n'y avait point de difficulté, auront naturellement passé dans le texte; et la même tradition nous les aura apportées avec tout le reste : aussitôt tout sera perdu! Esdras sera accusé, quoique le samaritain, où ces remarques se trouvent, nous montre qu'elles ont une antiquité non seulement au-dessus d'Esdras, mais encore au-dessus du schisme des dix tribus! N'importe, il faut que tout retombe sur Esdras. Si ces remarques venaient de plus haut, le Pentateuque serait encore plus ancien qu'il ne faut, et on ne pourrait assez révérer l'antiquité d'un livre dont les notes mêmes auraient un si grand âge. Esdras aura donc tout fait; Esdras aura oublié qu'il voulait faire parler Moïse, et lui aura fait écrire si grossièrement comme déjà arrivé ce qui s'est passé après lui. Tout un ouvrage sera convaincu de supposition par ce seul endroit; l'autorité de tant de siècles et la foi publique ne lui servira plus de rien : comme si, au contraire, on ne voyait pas que ces remarques dont on se prévaut sont une nouvelle preuve de sincérité et de bonne foi, non seulement dans ceux qui les ont faites, mais encore dans ceux qui les ont transcrites. A-t-on jamais jugé de l'autorité, je ne dis pas d'un livre divin, mais de quelque livre que ce soit, par des raisons si légères? Mais c'est que l'Ecriture est un livre ennemi du genre humain; il veut obliger les hommes à soumettre leur esprit à Dieu, et à réprimer leurs passions déréglées : il faut qu'il périsse; et, à quelque prix que ce soit, il doit être sacrifié au libertinage.

Au reste, ne croyez pas que l'impiété s'engage sans nécessité dans toutes les absurdités que vous avez vues. Si contre le témoignage du genre humain, et contre toutes les règles du bon sens, elle s'attache à ôter au Pentateuque et aux prophéties leurs auteurs toujours reconnus, et à leur contester leurs dates; c'est que les dates font tout en cette matière, pour deux raisons. Premièrement, parce que des livres pleins de tant de faits miraculeux, qu'on y voit revêtus de leurs circonstances les plus particulières, et avancés non seulement comme publics, mais encore comme présents, s'ils eussent pu être démentis, auraient porté avec eux leur condamnation; et au lieu qu'ils se soutiennent de leur propre poids, ils seraient tombés par eux-mêmes il y a longtemps. Secondement, parce que leurs dates étant une fois fixées, on ne peut plus effacer la marque infaillible d'inspiration divine qu'ils portent empreinte dans le grand nombre et la longue suite des prédictions mémorables dont on les trouve remplis.

C'est pour éviter ces miracles et ces prédictions, que les impies sont tombés dans toutes les absurdités qui vous ont surpris. Mais qu'ils ne pensent pas à échapper à Dieu : il a réservé à son Écriture une marque de divinité qui ne souffre aucune atteinte. C'est le rapport des deux Testaments. On ne dispute pas du moins que tout l'Ancien Testament ne soit écrit devant le Nouveau. Il n'y a point ici de nouvel Esdras qui ait pu persuader aux Juifs d'inventer ou de falsifier leur Écriture en faveur des chrétiens qu'ils persécutaient. Il n'en faut pas davantage. Par le rapport des deux Testaments, on prouve que l'un et l'autre est divin. Ils ont tous deux le même dessein et la même suite : l'un prépare la voie à la perfection que l'autre montre à découvert; l'un pose le fondement, et l'autre achève l'édifice; en un mot, l'un prédit ce que l'autre fait voir accompli.

Ainsi tous les temps sont unis ensemble, et un dessein éternel de la divine Providence nous est révélé. La tradition du peuple juif et celle du peuple chrétien ne font ensemble qu'une même suite de religion, et les Ecritures des deux Testaments ne font aussi qu'un même corps et un même livre.

## CHAPITRE XXIX[1]

MOYEN FACILE DE REMONTER A LA SOURCE DE LA RELIGION, ET D'EN TROUVER LA VÉRITÉ DANS SON PRINCIPE

CES choses seront évidentes à qui voudra les considérer avec attention. Mais comme tous les esprits ne sont pas également capables d'un raisonnement suivi, prenons par la main les plus infirmes, et menons-les doucement jusqu'à l'origine.

Qu'ils considèrent d'un côté les institutions chrétiennes, et de l'autre celles des Juifs; qu'ils en recherchent la source, en commençant par les nôtres, qui leur sont plus familières, et qu'ils regardent attentivement les lois qui règlent nos mœurs; qu'ils regardent nos Ecritures, c'est-à-dire les quatre Evangiles, les Actes des Apôtres, les Epîtres apostoliques et l'Apocalypse; nos sacrements, notre sacrifice, notre culte, et parmi les sacrements, le baptême où ils voient la consécration du chrétien sous l'invocation expresse de la Trinité; l'Eucharistie, c'est-à-dire un sacrement établi pour conserver la mémoire de la mort de Jésus-Christ, et de la rémission des péchés qui y est attachée; qu'ils joignent à toutes ces choses le gouvernement ecclésiastique, la société de l'Eglise chrétienne en général, les églises particulières, les évêques, les prêtres, les diacres préposés pour les gouverner. Des choses si nouvelles, si singulières, si universelles, ont sans doute une origine. Mais quelle origine peut-on leur donner, sinon Jésus-Christ et ses disciples, puisqu'en remontant par degrés et de siècle en siècle, ou pour mieux dire d'année en année, on les trouve ici et non pas plus haut, et que c'est là que commencent, non seulement ces institutions, mais encore le nom même de chrétien ? Si nous avons un baptême, une eucharistie, avec les circonstances que nous avons vues, c'est Jésus-Christ qui en est l'auteur. C'est lui qui a laissé à ses disciples ces caractères de leur profession, ces mémoriaux de ses œuvres, ces instruments de sa grâce. Nos saints Livres se trouvent tous publiés dès le temps des apôtres, ni plus tôt, ni plus tard; c'est en leur personne que nous trouvons la source de l'épiscopat. Que si, parmi nos évêques, il y en a un premier, on voit aussi une primauté parmi les apôtres; et celui qui est le premier parmi nous est reconnu dès l'origine du christianisme pour le successeur de celui qui était déjà le premier sous Jésus-Christ même, c'est-à-dire de Pierre. J'avance hardiment ces faits, et même le dernier comme constant, parce qu'il ne peut jamais être contesté de bonne foi, non plus que les autres, comme il serait aisé de le faire voir par ceux mêmes qui, par ignorance ou par esprit de contradiction, ont le plus chicané là-dessus.

Nous voilà donc à l'origine des institutions chrétiennes. Avec la même méthode remontons à l'origine de celles des Juifs. Comme là nous avons trouvé Jésus-Christ, sans qu'on puisse seulement songer à remonter plus haut; ici, par les mêmes voies et par les mêmes raisons, nous serons obligés de nous arrêter à Moïse, ou de remonter aux origines que Moïse nous a marquées.

Les Juifs avaient comme nous, et ont encore en partie, leurs lois, leurs observances, leurs sacrements, leurs Ecritures, leur gouvernement, leurs pontifes, leur sacerdoce, le service de leur temple. Le sacerdoce était établi dans la famille d'Aaron, frère de Moïse. D'Aaron et de ses enfants venait la distinction des familles sacerdotales; chacun reconnaissait sa tige, et tout venait de la source d'Aaron, sans qu'on pût remonter plus haut. La Pâque ni les autres fêtes ne pouvaient venir de moins loin. Dans la Pâque, tout rappelait la nuit où le peuple avait été affranchi de la servitude d'Egypte, et où tout se préparait à sa sortie. La Pentecôte ramenait aussi jour pour jour le temps où la loi avait été donnée, c'est-à-dire la cinquantième journée après la sortie d'Egypte. Un même nombre de jours séparait encore ces deux solennités. Les tabernacles, ou les tentes de feuillages verts, où de temps immémorial le peuple demeurait tous les ans sept jours et sept nuits entières, étaient l'image du long campement dans le désert durant quarante ans; et il n'y avait, parmi les Juifs, ni fête, ni sacrement, ni cérémonie qui n'eût été instituée ou confirmée par Moïse, et qui ne portât encore, pour ainsi dire, le nom et le caractère de ce grand législateur.

Ces religieuses observances n'étaient pas toutes de même antiquité. La circoncision, la défense de manger du sang, le sabbat même, étaient plus anciens que Moïse et que la loi, comme il paraît par l'Exode[1]; mais le peuple savait toutes ces dates, et Moïse les avait marquées. La circoncision menait à Abraham, à l'origine de la nation, à la promesse de l'alliance[2]. La défense de manger du sang menait à Noé et au déluge[3]; et les révolutions du sabbat, à la création de l'univers, et au septième jour béni de Dieu, où il acheva ce grand ouvrage[4]. Ainsi tous les grands événements, qui pouvaient servir à l'instruction des fidèles, avaient leur mémorial parmi les Juifs, et ces anciennes observances, mêlées avec celles que Moïse avait établies, réunissaient dans le peuple de Dieu toute la religion des siècles passés.

Une partie de ces observances ne paraissent plus à présent dans le peuple juif. Le temple n'est plus, et avec lui devaient cesser les sacrifices et même le sacerdoce de la loi. On ne connaît plus parmi les Juifs d'enfants d'Aaron, et toutes les familles sont confondues. Mais puisque tout cela était encore en son entier lorsque Jésus-Christ est venu, et que constamment, il rapportait tout à Moïse, il n'en faudrait pas davantage pour demeurer convaincu qu'une chose si établie venait de bien loin, et de l'origine même de la nation.

Qu'ainsi ne soit; remontons plus haut, et parcourons toutes les dates où l'on nous pourrait arrêter. D'abord on ne peut aller moins loin qu'Esdras; Jésus-Christ a paru dans le second temple, et c'est constamment[1] du temps d'Esdras qu'il a été rebâti. Jésus-Christ n'a cité de livres que ceux que les Juifs avaient mis dans leur Canon; mais suivant la tradition constante de la nation, ce Canon a été clos et comme scellé du temps d'Esdras, sans que jamais les Juifs aient rien ajouté depuis; et c'est ce que personne ne révoque en doute. C'est donc ici une double date, une époque, si vous voulez l'appeler ainsi, bien considérable pour leur histoire, et en particulier pour celle de leur Écriture. Mais il nous a paru plus clair que le jour qu'il n'était pas possible de s'arrêter, puisque là même tout est rapporté à une autre source. Moïse est nommé partout comme celui dont les livres, révérés par tout le peuple, par tous les prophètes, par ceux qui vivaient alors, par ceux qui les avaient précédés, faisaient l'unique fondement de la religion judaïque. Ne regardons pas encore ces prophètes comme des hommes inspirés : qu'ils soient seulement, si l'on veut, des hommes qui avaient paru en divers temps et sous divers rois, et que l'on ait écoutés comme les interprètes de la religion; leur seule succession, jointe à celle de ces rois dont l'histoire est liée avec la leur, nous mène manifestement à la source de Moïse. Malachie, Aggée, Zacharie, Esdras, qui regardent la loi de Moïse comme établie de tout temps, touchent les temps de Daniel, où il paraît clairement qu'elle n'était pas moins reconnue. Daniel touche à Jérémie et à Ézéchiel, où l'on ne voit autre chose que Moïse, l'alliance faite sous lui, les commandements qu'il a laissés, les menaces et les punitions pour les avoir transgressés[1] : tous parlent de cette loi comme l'ayant goûtée dès leur enfance; et non seulement ils l'allèguent comme reçue, mais encore ils ne font aucune action, ils ne disent pas un mot qui n'ait avec elle de secrets rapports.

Jérémie nous mène au temps du roi Josias, sous lequel il a commencé à prophétiser. La loi de Moïse était donc alors aussi connue et aussi célèbre que les écrits de ce prophète, que tout le peuple lisait de ses yeux, et que ses prédications, que chacun écoutait de ses oreilles. En effet, en quoi est-ce que la piété de ce prince est recommandable dans l'histoire sainte, si ce n'est pour avoir détruit dès son enfance tous les temples et tous les autels que cette loi défendait; pour avoir célébré avec un soin particulier les fêtes qu'elle commandait, par exemple, celle de Pâque avec toutes les observances qu'on trouve encore écrites de mot à mot dans la loi[2]; enfin pour avoir tremblé avec tout son peuple à la vue des transgressions qu'eux et leurs pères avaient commises contre cette loi, et contre Dieu, qui en était l'auteur[3] ? Mais il n'en faut pas demeurer là. Ezéchias son aïeul avait célébré une Pâque aussi solennelle, et avec les mêmes cérémonies, et avec la même attention à suivre la loi de Moïse. Isaïe ne cessait de la prêcher avec les autres prophètes, non seulement sous le règne d'Ezéchias, mais encore durant un long temps sous les règnes de ses prédécesseurs. Ce fut en vertu de cette loi, qu'Osias, le bisaïeul d'Ezéchias, étan devenu lépreux, fut non seulement chassé du temple, mais encore séparé du peuple avec toutes les précautions que cette loi avait prescrites[4]. Un exemple si mémorable en la personne d'un roi, et d'un si grand roi, marque la loi trop présente et trop connue de tout le peuple pour ne venir pas de plus haut. Il n'est pas moins aisé de remonter par Amasias, par Josaphat, par Asa, par Abia, par Roboam, à Salomon père du dernier, qui recommande si hautement la loi de ses pères par ces paroles des Proverbes : « Garde, mon fils, les préceptes de ton père; n'oublie pas la loi de ta mère. Attache les commandements de cette loi à ton cœur; fais-en un collier autour de ton cou : quand tu marcheras, qu'ils te suivent, qu'ils te gardent dans ton sommeil; et incontinent après ton réveil, entretiens-toi avec eux; parce que le commandement est un flambeau, et la loi une lumière, et la voie de la vie une correction et une instruction salutaires[1]. » En quoi il ne fait que répéter ce que son père David avait chanté : « La loi du Seigneur est sans tache, elle convertit les âmes; le témoignage du Seigneur est sincère, et rend sages les petits enfants; les justices du Seigneur sont droites, et réjouissent les cœurs; ses préceptes sont pleins de lumière, ils éclairent les yeux[2]. » Et tout cela qu'est-ce autre chose que la répétition et l'exécution de ce que disait la loi elle-même : « Que les préceptes que je te donnerai aujourd'hui soient dans ton cœur; raconte-les à tes enfants, et ne cesse de les méditer, soit que tu demeures dans ta maison, ou que tu marches dans les chemins; quand tu te couches le soir, ou le matin quand tu te lèves. Tu les lieras à ta main comme un signe; ils seront mis et se remueront dans des rouleaux devant tes yeux, et tu les écriras à l'entrée sur la porte de ta maison[3] » ? Et on voudrait qu'une loi qui devait être si familière, et si fort entre les mains de tout le monde, pût venir par des voies cachées, ou qu'on pût jamais l'oublier, et que ce fût une illusion qu'on eût faite à tout le peuple, que de lui persuader que c'était la loi de ses pères, sans qu'il en eût vu de tout temps des monuments incontestables!

Enfin, puisque nous en sommes à David et à Salomon, leur ouvrage le plus mémorable, celui dont le souvenir ne s'était jamais effacé dans la nation, c'était le temple. Mais qu'ont fait après tout ces deux grands rois, lorsqu'ils ont préparé et construit cet édifice incomparable ? qu'ont-ils fait que d'exécuter la loi de Moïse, qui ordonnait de choisir un lieu où l'on célébrât le service de toute la nation[4], où s'offrissent les sacrifices que Moïse avait prescrits, où l'on retirât l'arche qu'il avait construite dans le désert, dans lequel enfin on mît en grand le tabernacle que Moïse avait fait bâtir pour être le modèle du temple futur ? de sorte qu'il n'y a pas un seul moment où Moïse et sa loi n'ait été vivante; et la tradition de ce célèbre législateur remonte de règne en règne, et presque d'année en année, jusqu'à lui-même ?

Avouons que la tradition de Moïse est trop manifeste et trop suivie pour donner le moindre soupçon de fausseté, et que les temps dont est composée cette succession se touchent de trop près pour laisser la moindre jointure et le moindre vide où la supposition pût être placée. Mais pourquoi nommer ici la supposition ? il n'y faudrait pas seulement penser, pour peu qu'on eût de bon sens. Tout est rempli, tout est gouverné, tout est pour ainsi dire éclairé de la loi et des livres de Moïse. On ne peut les avoir oubliés un seul moment; et il n'y aurait rien de moins soutenable que de vouloir s'imaginer que l'exemplaire qui en fut trouvé dans le temple par Helcias, souverain pontife[1], à la dix-huitième année de Josias, et apporté à ce prince, fût le seul qui restât alors. Car qui aurait détruit les autres ? Que seraient devenues les Bibles d'Osée, d'Isaïe, d'Amos, de Michée et des autres, qui écrivaient immédiatement devant ce temps, et de tous ceux qui les avaient suivis dans la pratique de la piété ? Où est-ce que Jérémie aurait appris l'Ecriture sainte, lui qui commença à prophétiser avant cette découverte, et dès la treizième année de Josias ? Les prophètes se sont bien plaints que l'on transgressait la loi de Moïse, mais non pas qu'on en eût perdu jusqu'aux livres. On ne lit point, ni qu'Achaz, ni que Manassès, ni qu'Amon, ni qu'aucun de ces rois impies qui ont précédé Josias, aient tâché de les supprimer. Il y aurait eu autant de folie et d'impossibilité que d'impiété dans cette entreprise, et la mémoire d'un tel attentat ne se serait jamais effacée : et quand ils auraient tenté la suppression de ce divin Livre dans le royaume de Juda, leur pouvoir ne s'étendait pas sur les terres du royaume d'Israël, où il s'est trouvé conservé. On voit donc bien que ce livre, que le souverain pontife fit apporter à Josias, ne peut avoir été autre chose qu'un exemplaire plus correct et plus authentique, fait sous les rois précédents et déposé dans le temple, ou plutôt, sans hésiter, l'original de Moïse, que ce sage législateur avait ordonné qu'on mît à côté « de l'arche en témoignage contre tout le peuple[2]. » C'est ce qu'insinuent ces paroles de l'histoire sainte : « Le pontife Helcias trouva dans le temple le livre de la loi de Dieu par la main de Moïse[3]. » Et de quelque sorte qu'on entende ces paroles, il est bien certain que rien n'était plus capable de réveiller le peuple endormi, et de ranimer son zèle à la lecture de la loi, peut-être alors trop négligée, qu'un original de cette importance laissé dans le sanctuaire par les soins et par l'ordre de Moïse en témoignage contre les révoltes et les transgressions du peuple, sans qu'il soit besoin de se figurer la chose du monde la plus impossible, c'est-à-dire la loi de Dieu oubliée ou réduite à un exemplaire. Au contraire, on voit clairement que la découverte de ce livre n'apprend rien de nouveau au peuple, et ne fait que l'exciter à prêter une oreille plus attentive à une voix qui lui était déjà connue. C'est ce qui fait dire au roi : « Allez et priez le Seigneur pour moi et pour les restes d'Israël et de Juda, afin que la colère de Dieu ne s'élève point contre nous au sujet des paroles écrites dans ce livre, puisqu'il est arrivé de si grands maux à nous et à nos pères, pour ne les avoir point observées[1]. »

Après cela, il ne faut plus se donner la peine d'examiner en particulier tout ce qu'ont imaginé les incrédules, les faux savants, les faux critiques, sur la supposition des livres de Moïse. Les mêmes impossibilités qu'on y trouvera en quelque temps que ce soit, par exemple, dans celui d'Esdras, règnent partout. On trouvera toujours également dans le peuple une répugnance invincible à regarder comme ancien ce dont il n'aura jamais entendu parler, et comme venu de Moïse, et déjà connu et établi, ce qui viendra de leur être mis tout nouvellement entre les mains.

Il faut encore se souvenir de ce qu'on ne peut jamais assez remarquer, des dix tribus séparées. C'est la date la plus remarquable dans l'histoire de la nation, puisque c'est lorsqu'il se forma un nouveau royaume, et que celui de David et de Salomon fut divisé en deux. Mais puisque les livres de Moïse sont demeurés dans les deux partis ennemis comme un héritage commun, ils venaient par conséquent des pères communs avant la séparation ; par conséquent aussi ils venaient de Salomon, de David, de Samuel qui l'avait sacré, d'Héli, sous qui Samuel encore enfant avait appris le culte de Dieu et l'observance de la loi ; de cette loi que David célébrait dans ses Psaumes chantés de tout le monde, et Salomon dans ses sentences que tout le peuple avait entre les mains. De cette sorte, si haut qu'on remonte, on trouve toujours la loi de Moïse établie, célèbre, universellement reconnue, et on ne se peut reposer qu'en Moïse même ; comme dans les archives chrétiennes on ne peut se reposer que dans les temps de Jésus-Christ et des apôtres.

Mais là que trouverons-nous ? que trouverons-nous dans ces deux points fixes de Moïse et de Jésus-Christ, sinon, comme nous l'avons déjà vu, des miracles visibles et incontestables, en témoignage de la mission de l'un et de l'autre ? D'un côté, les plaies de l'Egypte, le passage de la mer Rouge, la loi donnée sur le mont Sinaï, la terre entr'ouverte, et toutes les autres merveilles dont on disait à tout le peuple qu'il avait été lui-même le témoin; et de l'autre, des guérisons sans nombre, des résurrections de morts, et celle de Jésus-Christ même attestée par ceux qui l'avaient vue, et soutenue jusqu'à la mort, c'est-à-dire tout ce qu'on pouvait souhaiter pour assurer la vérité d'un fait, puisque Dieu même, je ne craindrai pas de le dire, ne pouvait rien faire de plus clair pour établir la certitude du fait que de le réduire au témoignage des sens, ni une épreuve plus forte pour établir la sincérité des témoins que celle d'une cruelle mort.

Mais après qu'en remontant des deux côtés, je veux dire du côté des Juifs et de celui des chrétiens, on a trouvé une origine si certainement miraculeuse et divine, il restait encore, pour achever l'ouvrage, de faire voir la liaison de deux institutions si manifestement venues de Dieu. Car il faut qu'il y ait un rapport entre ses œuvres, que tout soit d'un même dessein, et que la loi chrétienne, qui se trouve la dernière, se trouve attachée à l'autre. C'est aussi ce qui ne peut être nié. On ne doute pas que les Juifs n'aient attendu et n'attendent encore un Christ : et les prédictions dont ils sont les porteurs ne permettent pas de douter que ce Christ promis aux Juifs ne soit celui que nous croyons.

## CHAPITRE XXX

LES PRÉDICTIONS RÉDUITES A TROIS FAITS PALPABLES : PARABOLE DU FILS DE DIEU QUI EN ÉTABLIT LA LIAISON

Et à cause que la discussion des prédictions particulières, quoiqu'en soi pleine de lumière, dépend de beaucoup de faits que tout le monde ne peut pas suivre également, Dieu en a choisi quelques-uns qu'il a rendus sensibles aux plus ignorants. Ces faits illustres, ces faits éclatants dont tout l'univers est témoin, sont les faits que j'ai tâché jusques ici de vous faire suivre; c'est-à-dire la désolation du peuple juif et la conversion des Gentils arrivées ensemble, et toutes deux précisément dans le même temps que l'Evangile a été prêché, et que Jésus-Christ a paru.

Ces trois choses, unies dans l'ordre des temps, l'étaient encore beaucoup davantage dans l'ordre des conseils de Dieu. Vous les avez vues marcher ensemble dans les anciennes prophéties ; mais Jésus-Christ, fidèle interprète des prophéties et des volontés de son Père, nous a encore mieux expliqué cette liaison dans son Evangile. Il le fait dans la parabole de la vigne[1], si familière aux prophètes. Le père de famille avait planté cette vigne, c'est-à-dire la religion véritable fondée sur son alliance ; et l'avait donnée à cultiver à des ouvriers, c'est-à-dire aux Juifs. Pour en recueillir les fruits, il envoie à diverses fois ses serviteurs, qui sont les prophètes. Ces ouvriers infidèles les font mourir. Sa bonté le porte à leur envoyer son propre Fils. Ils le traitent encore plus mal que les serviteurs. A la fin, il leur ôte sa vigne, et la donne à d'autres ouvriers : il leur ôte la grâce de son alliance pour la donner aux Gentils.

Ces trois choses devaient donc concourir ensemble, l'envoi du Fils de Dieu, la réprobation des Juifs, et la vocation des Gentils. Il ne faut plus de commentaire à la parabole que l'événement a interprétée.

Vous avez vu que les Juifs avouent que le royaume de Juda et l'état de leur république a commencé à tomber dans les temps d'Hérode, et lorsque Jésus-Christ est venu au monde. Mais les altérations qu'ils faisaient à la loi de Dieu leur ont attiré une diminution si visible de leur puissance, leur dernière désolation, qui dure encore, devait être la punition d'un plus grand crime.

Ce crime est visiblement leur méconnaissance envers leur Messie, qui venait les instruire et les affranchir. C'est aussi depuis ce temps qu'un joug de fer est sur leur tête ; et ils en seraient accablés, si Dieu ne les réservait à servir un jour ce Messie qu'ils ont crucifié.

Voilà donc déjà un fait avéré et public : c'est la ruine totale de l'état du peuple juif dans le temps de Jésus-Christ. La conversion des Gentils, qui devait arriver dans le même temps, n'est pas moins avérée. En même temps que l'ancien culte est détruit dans Jérusalem avec le temple, l'idolâtrie est attaquée de tous côtés ; et les peuples, qui depuis tant de milliers d'années avaient oublié leur Créateur, se réveillent d'un si long assoupissement.

Et afin que tout convienne, les promesses spirituelles sont développées par la prédication de l'Evangile, dans le temps que le peuple juif, qui n'en avait reçu que de temporelles, réprouvé manifestement pour son incrédulité, et captif par toute la terre, n'a plus de grandeur humaine à espérer. Alors le ciel est promis à ceux qui souffrent persécution pour la justice; les secrets de la vie future sont prêchés, et la vraie béatitude est montrée loin de ce séjour où règne la mort, où abondent le péché et tous les maux.

Si on ne découvre pas ici un dessein toujours soutenu et toujours suivi; si on n'y voit pas un même ordre des conseils de Dieu, qui prépare dès l'origine du monde ce qu'il achève à la fin des temps, et qui, sous divers états, mais avec une succession toujours constante, perpétue aux yeux de tout l'univers la sainte société où il veut être servi, on mérite de ne rien voir, et d'être livré à son propre endurcissement, comme au plus juste et au plus rigoureux de tous les supplices.

Et afin que cette suite du peuple de Dieu fût claire aux moins clairvoyants, Dieu la rend sensible et palpable par des faits que personne ne peut ignorer, s'il ne ferme volontairement les yeux à la vérité. Le Messie est attendu par les Hébreux; il vient, et il appelle les Gentils, comme il avait été prédit. Le peuple qui le reconnaît comme venu est incorporé au peuple qui l'attendait, sans qu'il y ait entre deux un seul moment d'interruption; ce peuple est répandu par toute la terre; les Gentils ne cessent de s'y agréger, et cette Eglise que Jésus-Christ a établie sur la pierre, malgré les efforts de l'enfer, n'a jamais été renversée.

# CHAPITRE XXXI

### SUITE DE L'ÉGLISE CATHOLIQUE ET SA VICTOIRE MANIFESTE SUR TOUTES LES SECTES

QUELLE consolation aux enfants de Dieu! mais quelle conviction de la vérité, quand ils voient que d'Innocent XI, qui remplit aujourd'hui si dignement le premier siège de l'Eglise, on remonte sans interruption jusqu'à saint Pierre, établi par Jésus-Christ, prince des apôtres : d'où, en reprenant les pontifes qui ont servi sous la loi, on va jusqu'à Aaron et jusqu'à Moïse ; de là jusqu'aux patriarches, et jusqu'à l'origine du monde ! Quelle suite, quelle tradition, quel enchaînement merveilleux ! Si notre esprit naturellement incertain, et devenu par ses incertitudes le jouet de ses propres raisonnements, a besoin, dans les questions où il y va du salut, d'être fixé et déterminé par quelque autorité certaine, quelle plus grande autorité que celle de l'Eglise catholique, qui réunit en elle-même toute l'autorité des siècles passés, et les anciennes traditions du genre humain jusqu'à sa première origine ?

Ainsi la société que Jésus-Christ, attendu durant tous les siècles passés, a enfin fondée sur la pierre, et où saint Pierre et ses successeurs doivent présider par ses ordres, se justifie elle-même par sa propre suite, et porte dans son éternelle durée le caractère de la main de Dieu.

C'est aussi cette succession, que nulle hérésie, nulle secte, nulle autre société que la seule Eglise de Dieu n'a pu se donner. Les fausses religions ont pu imiter l'Eglise en beaucoup de choses, et surtout elles l'imitent en disant, comme elle, que c'est Dieu qui les a fondées ; mais ce discours en leur bouche n'est qu'un discours en l'air. Car si Dieu a créé le genre humain ; si, le créant à son image, il n'a jamais dédaigné de lui enseigner le moyen de le servir et de lui plaire, toute secte qui ne montre pas sa succession depuis l'origine du monde n'est pas de Dieu.

Ici tombent aux pieds de l'Eglise toutes les sociétés et toutes les sectes que les hommes ont établies au-dedans et au-dehors du christianisme. Par exemple, le faux prophète des Arabes a bien pu se dire envoyé de Dieu, et, après avoir trompé des peuples souverainement ignorants, il a pu profiter des divisions de son voisinage, pour y étendre par les armes une religion toute sensuelle ; mais il n'a ni osé supposer qu'il ait été attendu, ni enfin il n'a pu donner, ou à sa personne, ou à sa religion, aucune liaison réelle ni apparente avec les siècles passés. L'expédient qu'il a trouvé pour s'en exempter est nouveau. De peur qu'on ne voulût rechercher dans les Ecritures des chrétiens des témoignages de sa mission, semblables à ceux que Jésus-Christ trouvait dans les Ecritures des Juifs, il a dit que les chrétiens et les Juifs avaient falsifié tous leurs livres. Ses sectateurs ignorants l'en ont cru sur sa parole, six cents ans après Jésus-Christ; et il s'est annoncé lui-même, non seulement sans aucun témoignage précédent, mais encore sans que ni lui ni les siens aient osé ou supposer ou promettre aucun miracle sensible qui ait pu autoriser sa mission. De même les hérésiarques, qui ont fondé des sectes nouvelles parmi les chrétiens, ont bien pu rendre la loi plus facile, et en même temps moins soumise, en niant les mystères qui passent les sens. Ils ont bien pu éblouir les hommes par leur éloquence et par une apparence de piété, les remuer par leurs passions, les engager par leurs intérêts, les attirer par la nouveauté et par le libertinage, soit par celui de l'esprit, soit même par celui des sens; en un mot, ils ont pu facilement, ou se tromper, ou tromper les autres, car il n'y a rien de plus humain : mais outre qu'ils n'ont pas pu même se vanter d'avoir fait aucun miracle en public, ni réduire leur religion à des faits positifs dont leurs sectateurs fussent témoins, il y a toujours un fait malheureux pour eux, que jamais ils n'ont pu couvrir; c'est celui de leur nouveauté. Il paraîtra toujours aux yeux de tout l'univers, qu'eux et la secte qu'ils ont établie se sera détachée de ce grand corps et de cette Eglise ancienne que Jésus-Christ a fondée, où saint Pierre et ses successeurs tenaient la première place, dans laquelle toutes les sectes les ont trouvés établis. Le moment de la séparation sera toujours si constant, que les hérétiques eux-mêmes ne le pourront désavouer, et qu'ils n'oseront pas seulement tenter de se faire venir de la source par une suite qu'on n'ait jamais vue s'interrompre. C'est le faible inévitable de toutes les sectes que les hommes ont établies. Nul ne peut changer les siècles passés, ni se donner des prédécesseurs, ou faire qu'il les ait trouvés en possession. La seule Eglise catholique remplit tous les siècles précédents par une suite qui ne lui peut être contestée. La loi vient au-devant de l'Evangile; la succession de Moïse et des patriarches ne fait qu'une même suite avec celle de Jésus-Christ; être attendu, venir, être reconnu par une postérité qui dure autant que le monde, c'est le caractère du Messie en qui nous croyons : « Jésus-Christ est aujourd'hui, il était hier, et il est aux siècles des siècles[1]. »

Ainsi, outre l'avantage qu'a l'Eglise de Jésus-Christ

d'être seule fondée sur des faits miraculeux et divins qu'on a écrits hautement, et sans crainte d'être démenti, dans le temps qu'ils sont arrivés, voici, en faveur de ceux qui n'ont pas vécu dans ces temps, un miracle toujours subsistant, qui confirme la vérité de tous les autres : c'est la suite de la religion toujours victorieuse des erreurs qui ont tâché de la détruire. Vous y pouvez joindre encore une autre suite, et c'est la suite visible d'un continuel châtiment sur les Juifs qui n'ont pas reçu le Christ promis à leurs pères.

Ils l'attendent néanmoins encore, et leur attente toujours frustrée fait une partie de leur supplice. Ils l'attendent, et font voir en l'attendant qu'il a toujours été attendu. Condamnés par leurs propres livres, ils assurent la vérité de la religion; ils en portent, pour ainsi dire, toute la suite écrite sur leur front; d'un seul regard on voit ce qu'ils ont été, pourquoi ils sont comme on les voit, et à quoi ils sont réservés.

Ainsi quatre ou cinq faits authentiques, et plus clairs que la lumière du soleil, font voir notre religion aussi ancienne que le monde. Ils montrent par conséquent qu'elle n'a point d'autre auteur, que celui qui a fondé l'univers, qui, tenant tout en sa main, a pu seul et commencer, et conduire un dessein où tous les siècles sont compris.

Il ne faut donc plus s'étonner, comme on fait ordinairement, de ce que Dieu nous propose à croire tant de choses si dignes de lui, et tout ensemble si impénétrables à l'esprit humain; mais plutôt il faut s'étonner de ce qu'ayant établi la foi sur une autorité si ferme et si manifeste, il reste encore dans le monde des aveugles et des incrédules.

Nos passions désordonnées, notre attachement à nos sens, et notre orgueil indomptable en sont la cause. Nous aimons mieux tout risquer, que de nous contraindre; nous aimons mieux croupir dans notre ignorance, que de l'avouer; nous aimons mieux satisfaire une vaine curiosité, et nourrir dans notre esprit indocile la liberté de penser tout ce qu'il nous plaît, que de ployer sous le joug de l'autorité divine.

De là vient qu'il y a tant d'incrédules; et Dieu le permet ainsi pour l'instruction de ses enfants. Sans les aveugles, sans les sauvages, sans les infidèles qui restent, et dans le sein même du christianisme, nous ne connaîtrions pas assez la corruption profonde de notre nature, ni l'abîme d'où Jésus-Christ nous a tirés. Si sa sainte vérité n'était contredite, nous ne verrions pas la merveille qui l'a fait durer parmi tant de contradictions, et nous oublierions à la fin que nous sommes sauvés par la grâce. Maintenant l'incrédulité des uns humilie les autres; et les rebelles qui s'opposent aux desseins de Dieu font éclater la puissance par laquelle, indépendamment de toute autre chose, il accomplit les promesses qu'il a faites à son Eglise.

Qu'attendons-nous donc à nous soumettre ? Attendons-nous que Dieu fasse toujours de nouveaux miracles; qu'il les rende inutiles en les continuant; qu'il y accoutume nos yeux comme ils le sont au cours du soleil et à toutes les autres merveilles de la nature ? Ou bien attendons-nous que les impies et les opiniâtres se taisent; que les gens de bien et les libertins rendent un égal témoignage à la vérité; que tout le monde d'un commun accord la préfère à sa passion; et que la fausse science, que la seule nouveauté fait admirer, cesse de surprendre les hommes ? N'est-ce pas assez que nous voyions qu'on ne peut combattre la religion sans montrer, par de prodigieux égarements, qu'on a le sens renversé, et qu'on ne se défend plus que par présomption ou par ignorance ? L'Eglise, victorieuse des siècles et des erreurs, ne pourra-t-elle pas vaincre dans vos esprits les pitoyables raisonnements qu'on lui oppose; et les promesses divines, que nous voyons tous les jours s'y accomplir, ne pourront-elles nous élever au-dessus des sens ?

Et qu'on ne nous dise pas que ces promesses demeurent encore en suspens, et que, comme elles s'étendent jusqu'à la fin du monde, ce ne sera qu'à la fin du monde que nous pourrons nous vanter d'en avoir vu l'accomplissement. Car, au contraire, ce qui s'est passé nous assure de l'avenir : tant d'anciennes prédictions, si visiblement accomplies, nous font voir qu'il n'y aura rien qui ne s'accomplisse; et que l'Eglise, contre qui l'enfer, selon la promesse du Fils de Dieu, ne peut jamais prévaloir, sera toujours subsistante jusqu'à la consommation des siècles, puisque Jésus-Christ, véritable en tout, n'a point donné d'autres bornes à sa durée.

Les mêmes promesses nous assurent la vie future.

Dieu, qui s'est montré si fidèle en accomplissant ce qui regarde le siècle présent, ne le sera pas moins à accomplir ce qui regarde le siècle futur, dont tout ce que nous voyons n'est qu'une préparation ; et l'Eglise sera sur la terre toujours immuable et invincible, jusqu'à ce que ses enfants étant ramassés, elle soit tout entière transportée au ciel qui est son séjour véritable.

Pour ceux qui seront exclus de cette cité céleste, une rigueur éternelle leur est réservée ; et après avoir perdu par leur faute une bienheureuse éternité, il ne leur restera plus qu'une éternité malheureuse.

Ainsi les conseils de Dieu se terminent par un état immuable ; ses promesses et ses menaces sont également certaines ; et ce qu'il exécute dans le temps, assure ce qu'il nous ordonne ou d'espérer ou de craindre dans l'éternité.

Voilà ce que vous apprend la suite de la religion mise en abrégé devant vos yeux. Par le temps elle vous conduit à l'éternité. Vous voyez un ordre constant dans tous les desseins de Dieu, et une marque visible de sa puissance dans la durée perpétuelle de son peuple. Vous reconnaissez que l'Eglise a une tige toujours subsistante, dont on ne peut se séparer sans se perdre ; et que ceux qui, étant unis à cette racine, font des œuvres dignes de leur foi, s'assurent la vie éternelle.

Etudiez donc, Monseigneur, avec une attention particulière cette suite de l'Eglise, qui vous assure si clairement toutes les promesses de Dieu. Tout ce qui rompt cette chaîne, tout ce qui sort de cette suite, tout ce qui s'élève de soi-même et ne vient pas en vertu des promesses faites à l'Eglise dès l'origine du monde, vous doit faire horreur. Employez toutes vos forces à rappeler dans cette unité tout ce qui s'en est dévoyé, et à faire écouter l'Eglise par laquelle le Saint-Esprit prononce ses oracles.

La gloire de vos ancêtres est non seulement de ne l'avoir jamais abandonnée, mais de l'avoir toujours soutenue, et d'avoir mérité par là d'être appelés ses fils aînés, qui est sans doute le plus glorieux de tous leurs titres.

Je n'ai pas besoin de vous parler de Clovis, de Charlemagne, ni de saint Louis. Considérez seulement le temps où vous vivez, et de quel père Dieu vous a fait naître. Un roi si grand en tout se distingue plus par sa foi que par ses autres admirables qualités. Il protège la religion au-dedans et au-dehors du royaume, et jusqu'aux extrémités du monde. Ses lois sont un des plus fermes remparts de l'Eglise. Son autorité révérée autant par le mérite de sa personne que par la majesté de son sceptre, ne se soutient jamais mieux que lorsqu'elle défend la cause de Dieu. On n'entend plus de blasphème; l'impiété tremble devant lui : c'est ce roi marqué par Salomon, qui dissipe tout le mal par ses regards[1]. S'il attaque l'hérésie par tant de moyens, et plus encore que n'ont jamais fait ses prédécesseurs, ce n'est pas qu'il craigne pour son trône; tout est tranquille à ses pieds, et ses armes sont redoutées par toute la terre : mais c'est qu'il aime ses peuples, et que, se voyant élevé par la main de Dieu à une puissance que rien ne peut égaler dans l'univers, il n'en connaît point de plus bel usage que de la faire servir à guérir les plaies de l'Eglise.

Imitez, Monseigneur, un si bel exemple, et laissez-le à vos descendants. Recommandez-leur l'Eglise plus encore que ce grand empire que vos ancêtres gouvernent depuis tant de siècles. Que votre auguste maison, la première en dignité qui soit au monde, soit la première à défendre les droits de Dieu, et à étendre par tout l'univers le règne de Jésus-Christ, qui la fait régner avec tant de gloire!

# TROISIÈME PARTIE

## *LES EMPIRES*

### CHAPITRE PREMIER

LES RÉVOLUTIONS DES EMPIRES SONT RÉGLÉES PAR LA
PROVIDENCE, ET SERVENT A HUMILIER LES PRINCES

Quoiqu'il n'y ait rien de comparable à cette suite de la vraie Eglise que je vous ai représentée, la suite des empires, qu'il faut maintenant vous remettre devant les yeux, n'est guère moins profitable, je ne dirai pas seulement aux grands princes comme vous, mais encore aux particuliers, qui contemplent dans ces grands objets, les secrets de la divine Providence.

Premièrement, ces empires ont pour la plupart une liaison nécessaire avec l'histoire du peuple de Dieu. Dieu s'est servi des Assyriens et des Babyloniens, pour châtier ce peuple; des Perses pour le rétablir; d'Alexandre et de ses premiers successeurs, pour le protéger; d'Antiochus l'Illustre et de ses successeurs, pour l'exercer; des Romains, pour soutenir sa liberté contre les rois de Syrie, qui ne songeaient qu'à le détruire. Les Juifs ont duré jusqu'à Jésus-Christ sous la puissance des mêmes Romains. Quand ils l'ont méconnu et crucifié, ces mêmes Romains ont prêté leurs mains, sans y penser, à la vengeance divine, et ont exterminé ce peuple ingrat. Dieu, qui avait résolu de rassembler dans le même temps le peuple nouveau de toutes les nations, a premièrement réuni les terres et les mers sous ce même empire. Le commerce[1] de tant de peuples divers, autrefois étrangers les uns aux autres, et depuis réunis sous la domination romaine, a été un des plus puissants moyens dont la Providence se soit servie pour donner cours à l'Evangile. Si le même empire romain a persécuté durant trois cents ans ce peuple nouveau qui naissait de tous côtés dans son enceinte, cette persécution a confirmé l'Eglise chrétienne, et a fait éclater sa gloire avec sa foi et sa patience. Enfin l'empire romain a cédé; et ayant trouvé quelque chose de plus invincible que lui, il a reçu paisiblement dans son sein cette Eglise à laquelle il avait fait une si longue et si cruelle guerre. Les empereurs ont employé leur pouvoir à faire obéir l'Eglise : et Rome a été le chef de l'empire spirituel que Jésus-Christ a voulu étendre par toute la terre.

Quand le temps a été venu que la puissance romaine devait tomber, et que ce grand empire, qui s'était vainement promis l'éternité, devait subir la destinée de tous les autres, Rome, devenue la proie des Barbares, a conservé par la religion son ancienne majesté. Les nations qui ont envahi l'empire romain y ont appris peu à peu la piété chrétienne, qui a adouci leur barbarie; et leurs rois, en se mettant chacun dans sa nation à la place des empereurs, n'ont trouvé aucun de leurs titres plus glorieux que celui de protecteurs de l'Eglise.

Mais il faut ici vous découvrir les secrets jugements de Dieu sur l'empire romain et sur Rome même : mystère que le Saint-Esprit a révélé à saint Jean, et que ce grand homme, apôtre, évangéliste et prophète, a expliqué dans l'Apocalypse. Rome, qui avait vieilli dans le culte des idoles, avait une peine extrême à s'en défaire, même sous les empereurs chrétiens; et le sénat se faisait un honneur de défendre les dieux de Romulus, auxquels il attribuait toutes les victoires de l'ancienne république[1]. Les empereurs étaient fatigués des députations de ce grand corps qui demandait le rétablissement de ses idoles, et qui croyait que corriger Rome de ses vieilles superstitions était faire injure au nom romain. Ainsi cette compagnie, composée de ce que l'empire avait de plus grand, et une immense multitude de peuple où se trouvaient presque tous les plus puissants de Rome, ne pouvaient être retirées de leurs erreurs, ni par la prédication de l'Evangile, ni par un si visible accomplissement des anciennes prophéties, ni par la conversion presque de tout le reste de l'empire, ni enfin par celle des princes dont tous les décrets autorisaient le christianisme. Au contraire, ils continuaient à charger d'opprobres l'Eglise de Jésus-Christ, qu'ils accusaient encore, à l'exemple de leurs pères, de tous les malheurs de l'empire, toujours prêts à renouveler les anciennes persécutions, s'ils n'eussent été réprimés par les empereurs. Les choses étaient encore en cet état, au quatrième siècle de l'Eglise, et cent ans après Constantin, quand Dieu enfin se ressouvint de tant de sanglants décrets du sénat contre les fidèles, et tout ensemble des cris furieux dont tout le peuple romain, avide du sang chrétien, avait si souvent fait retentir l'amphithéâtre. Il livra donc aux Barbares cette ville *enivrée du sang des martyrs,* comme parle saint Jean[1]. Dieu renouvela sur elle les terribles châtiments qu'il avait exercés sur Babylone; Rome même est appelée de ce nom. Cette nouvelle Babylone, imitatrice de l'ancienne, comme elle enflée de ses victoires, triomphante dans ses délices et dans ses richesses, souillée de ses idolâtries et persécutrice du peuple de Dieu, tombe aussi comme elle d'une grande chute, et saint Jean chante sa ruine[2]. La gloire de ses conquêtes, qu'elle attribuait à ses dieux, lui est ôtée : elle est en proie aux Barbares, prise trois et quatre fois, pillée, saccagée, détruite. Le glaive des Barbares ne pardonne qu'aux chrétiens. Une autre Rome toute chrétienne sort des cendres de la première; et c'est seulement après l'inondation des Barbares que s'achève entièrement la victoire de Jésus-Christ sur les dieux romains, qu'on voit non seulement détruits, mais encore oubliés.

C'est ainsi que les empires du monde ont servi à la religion et à la conservation du peuple de Dieu; c'est pourquoi ce même Dieu, qui a fait prédire à ses prophètes les divers états de son peuple, leur a fait prédire aussi la succession des empires. Vous avez vu les endroits où Nabuchodonosor a été marqué comme celui qui devait venir pour punir les peuples superbes, et surtout le peuple juif ingrat envers son auteur. Vous avez entendu nommer Cyrus deux cents ans avant sa naissance, comme celui qui devait rétablir le peuple de Dieu et punir l'orgueil de Babylone. La ruine de Ninive n'a pas été prédite moins clairement. Daniel, dans ses admirables visions, a fait passer en un instant devant vos yeux l'empire de Babylone, celui des Mèdes et des Perses, celui d'Alexandre et des Grecs. Les blasphèmes et les cruautés d'un Antiochus l'Illustre y ont été prophétisés aussi bien que les victoires miraculeuses du peuple de

Dieu sur un si violent persécuteur. On y voit ces fameux empires tomber les uns après les autres; et le nouvel empire que Jésus-Christ devait établir y est marqué si expressément, par ses propres caractères, qu'il n'y a pas moyen de le méconnaître. C'est l'empire des saints du Très-Haut; c'est l'empire du Fils de l'homme; empire qui doit subsister au milieu de la ruine de tous les autres, et auquel seul l'éternité est promise.

Les jugements de Dieu sur le plus grand de tous les empires de ce monde, c'est-à-dire sur l'empire romain, ne nous ont pas été cachés. Vous les venez d'apprendre de la bouche de saint Jean. Rome a senti la main de Dieu, et a été comme les autres un exemple de sa justice. Mais son sort était plus heureux que celui des autres villes. Purgée par ses désastres des restes de l'idolâtrie, elle ne subsiste plus que par le christianisme qu'elle annonce à tout l'univers.

Ainsi tous les grands empires que nous avons vus sur la terre ont concouru par divers moyens au bien de la religion et à la gloire de Dieu, comme Dieu même l'a déclaré par ses prophètes.

Quand vous lisez si souvent dans leurs écrits que les rois entreront en foule dans l'Eglise, et qu'ils en seront les protecteurs et les nourriciers, vous reconnaissez à ces paroles les empereurs et les autres princes chrétiens; et comme les rois vos ancêtres se sont signalés plus que tous les autres, en protégeant et étendant l'Eglise de Dieu, je ne craindrai point de vous assurer que c'est eux qui de tous les rois sont prédits le plus clairement dans ces illustres prophéties.

Dieu donc, qui avait dessein de se servir des divers empires pour châtier, ou pour exercer, ou pour étendre, ou pour protéger son peuple, voulant se faire connaître pour l'auteur d'un si admirable conseil, en a découvert le secret à ses prophètes, et leur a fait prédire ce qu'il avait résolu d'exécuter. C'est pourquoi, comme les empires entraient dans l'ordre des desseins de Dieu sur le peuple qu'il avait choisi, la fortune de ces empires se trouve annoncée par les mêmes oracles du Saint-Esprit qui prédisent la succession du peuple fidèle.

Plus vous vous accoutumerez à suivre les grandes choses, et à les rappeler à leurs principes, plus vous serez en admiration de ces conseils de la Providence. Il importe que vous en preniez de bonne heure les idées, qui s'éclairciront tous les jours de plus en plus dans votre esprit, et que vous appreniez à rapporter les choses humaines aux ordres de cette sagesse éternelle dont elles dépendent.

Dieu ne déclare pas tous les jours ses volontés par ses prophètes touchant les rois et les monarchies qu'il élève ou qu'il détruit. Mais l'ayant fait tant de fois dans ces grands empires dont nous venons de parler, il nous montre, par ces exemples fameux, ce qu'il fait dans tous les autres; et il apprend aux rois ces deux vérités fondamentales : premièrement, que c'est lui qui forme les royaumes pour les donner à qui il lui plaît; et secondement, qu'il sait les faire servir dans les temps et dans l'ordre qu'il a résolu, aux desseins qu'il a sur son peuple.

C'est ce qui doit tenir tous les princes dans une entière dépendance, et les rendre toujours attentifs aux ordres de Dieu, afin de prêter la main à ce qu'il médite pour sa gloire dans toutes les occasions qu'il leur en présente.

Mais cette suite des empires, même à la considérer plus humainement, a de grandes utilités, principalement pour leurs princes, puisque l'arrogance, compagne ordinaire d'une condition si éminente, est si fortement rabattue par ce spectacle. Car si les hommes apprennent à se modérer en voyant mourir les rois, combien plus seront-ils frappés en voyant mourir les royaumes mêmes; et où peut-on recevoir une plus belle leçon de la vanité des grandeurs humaines ?

Ainsi quand vous voyez passer comme en un instant devant vos yeux, je ne dis pas les rois et les empereurs, mais ces grands empires qui ont fait trembler tout l'univers, quand vous voyez les Assyriens anciens et nouveaux, les Mèdes, les Perses, les Grecs, les Romains se présenter devant vous successivement, et tomber, pour ainsi dire, les uns sur les autres : ce fracas effroyable vous fait sentir qu'il n'y a rien de solide parmi les hommes, et que l'inconstance et l'agitation est le propre partage des choses humaines.

## CHAPITRE II

### LES RÉVOLUTIONS DES EMPIRES ONT DES CAUSES PARTICULIÈRES QUE LES PRINCES DOIVENT ÉTUDIER

Mais ce qui rendra ce spectacle plus utile et plus agréable, ce sera la réflexion que vous ferez, non seulement sur l'élévation et sur la chute des empires, mais encore sur les causes de leur progrès et sur celles de leur décadence.

Car ce même Dieu qui a fait l'enchaînement de l'univers, et qui, tout-puissant par lui-même, a voulu, pour établir l'ordre, que les parties d'un si grand tout dépendissent les unes des autres; ce même Dieu a voulu aussi que le cours des choses humaines eût sa suite et ses proportions; je veux dire que les hommes et les nations ont eu des qualités proportionnées à l'élévation à laquelle ils étaient destinés; et qu'à la réserve de certains coups extraordinaires, où Dieu voulait que sa main parût toute seule, il n'est point arrivé de grand changement qui n'ait eu ses causes dans les siècles précédents.

Et comme dans toutes les affaires il y a ce qui les prépare, ce qui détermine à les entreprendre, et ce qui les fait réussir, la vraie science de l'histoire est de remarquer dans chaque temps ces secrètes dispositions qui ont préparé les grands changements, et les conjonctures importantes qui les ont fait arriver.

En effet, il ne suffit pas de regarder seulement devant ses yeux, c'est-à-dire de considérer ces grands événements qui décident tout à coup de la fortune des empires. Qui veut entendre à fond les choses humaines doit les reprendre de plus haut; et il lui faut observer les inclinations et les mœurs, ou, pour dire tout en un mot, le caractère, tant des peuples dominants en général que des princes en particulier, et enfin de tous les hommes extraordinaires qui, par l'importance du personnage qu'ils ont eu à faire dans le monde, ont contribué, en bien ou en mal, au changement des États et à la fortune publique.

J'ai tâché de vous préparer à ces importantes réflexions dans la première partie de ce Discours; vous y aurez pu observer le génie des peuples, et celui des grands hommes qui les ont conduits. Les événements qui ont porté coup dans la suite ont été montrés ; et afin de vous tenir attentif à l'enchaînement des grandes affaires du monde, que je voulais principalement vous faire entendre, j'ai omis beaucoup de faits particuliers dont les suites n'ont pas été si considérables. Mais parce qu'en nous attachant à la suite, nous avons passé trop vite sur beaucoup de choses pour pouvoir faire les réflexions qu'elles méritaient, vous devez maintenant vous y attacher avec une attention plus particulière, et accoutumer votre esprit à rechercher les effets dans leurs causes les plus éloignées.

Par là vous apprendrez ce qu'il est si nécessaire que vous sachiez : qu'encore qu'à ne regarder que les rencontres particulières, la fortune semble seule décider de l'établissement et de la ruine des empires, à tout prendre il en arrive à peu près comme dans le jeu, où le plus habile l'emporte à la longue.

En effet, dans ce jeu sanglant où les peuples ont disputé de l'empire et de la puissance, qui a prévu de plus loin, qui s'est le plus appliqué, qui a duré le plus longtemps dans les grands travaux, et enfin qui a su le mieux ou pousser ou se ménager suivant la rencontre, à la fin a eu l'avantage, et a fait servir la fortune même à ses desseins.

Ainsi ne vous lassez point d'examiner les causes des grands changements, puisque rien ne servira jamais tant à votre instruction ; mais recherchez-les surtout dans la suite des grands empires, où la grandeur des événements les rend plus palpables.

## CHAPITRE III

### LES SCYTHES, LES ÉTHIOPIENS ET LES ÉGYPTIENS

JE ne compterai pas ici parmi les grands empires celui de Bacchus, ni celui d'Hercule, ces célèbres vainqueurs des Indes et de l'Orient. Leurs histoires n'ont rien de certain, leurs conquêtes n'ont rien de suivi ; il les faut laisser célébrer aux poètes, qui en ont fait le plus grand sujet de leurs fables.

Je ne parlerai pas non plus de l'empire que le Madyes d'Hérodote[1], qui ressemble assez à l'Indathyrse de Mégasthène[2], et au Tanaüs de Justin[3], établit pour un peu de temps dans la grande Asie. Les Scythes, que ce prince menait à la guerre, ont plutôt fait des courses que des conquêtes. Ce ne fut que par rencontre, et en poussant les Cimmériens, qu'ils entrèrent dans la Médie, battirent les Mèdes, et leur enlevèrent cette partie de l'Asie où ils avaient établi leur domination. Ces nouveaux conquérants n'y régnèrent que vingt-huit ans. Leur impiété, leur avarice, et leur brutalité la leur fit perdre ; et Cyaxare, fils de Phraorte, sur lequel ils l'avaient conquise, les en chassa. Ce fut plutôt par adresse que par force. Réduit à un coin de son royaume que les vainqueurs avaient négligé, ou que peut-être ils n'avaient pu forcer, il attendit avec patience que ces conquérants brutaux eussent excité la haine publique, et se défissent eux-mêmes par le désordre de leur gouvernement.

Nous trouvons encore dans Strabon[4], qui l'a tiré du même Mégasthène, un Téarcon, roi d'Ethiopie : ce doit être le Taraca de l'Ecriture[5], dont les armes furent redoutées du temps de Sennachérib, roi d'Assyrie. Ce prince pénétra jusqu'aux colonnes d'Hercule, apparemment le long de la côte d'Afrique, et passa jusqu'en Europe. Mais que dirais-je d'un homme dont nous ne voyons dans les historiens que quatre ou cinq mots, et dont la domination n'a aucune suite ?

Les Ethiopiens, dont il était roi, étaient, selon Hérodote[6], les mieux faits de tous les hommes, et de la plus belle taille. Leur esprit était vif et ferme ; mais ils prenaient peu de soin de le cultiver, mettant leur confiance dans leurs corps robustes et dans leurs bras nerveux. Leurs rois étaient électifs, et ils mettaient sur le trône le plus grand et le plus fort. On peut juger de leur humeur par une action que nous raconte Hérodote. Lorsque Cambyse leur envoya, pour les surprendre, des ambassadeurs et des présents tels que les Perses les donnaient, de la pourpre, des bracelets d'or, et des compositions de parfums, ils se moquèrent de ses présents, où ils ne voyaient rien d'utile à la vie, aussi bien que de ses ambassadeurs, qu'ils prirent pour ce qu'ils étaient, c'est-à-dire pour des espions. Mais leur roi voulut aussi faire un présent à sa mode au roi de Perse ; et, prenant en main un arc qu'un Perse eût à peine soutenu, loin de le pouvoir tirer, il le banda en présence des ambassadeurs, et leur dit : « Voici le conseil que le roi d'Ethiopie donne au roi de Perse. Quand les Perses se pourront servir aussi aisément que je viens de faire d'un arc de cette grandeur et de cette force, qu'ils viennent attaquer les Ethiopiens, et qu'ils amènent plus de troupes que n'en a Cambyse. En attendant, qu'ils rendent grâces aux dieux, qui n'ont pas mis dans le cœur des Ethiopiens le désir de s'étendre hors de leur pays. » Cela dit, il débanda l'arc, et le donna aux ambassadeurs. On ne peut dire quel eût été l'événement de la guerre. Cambyse, irrité de cette réponse, s'avança vers l'Ethiopie comme un insensé, sans ordre, sans convois, sans discipline, et vit périr son armée, faute de vivres, au milieu des sables, avant que d'approcher l'ennemi.

Ces peuples d'Ethiopie n'étaient pourtant pas si justes qu'ils s'en vantaient, ni si renfermés dans leur pays. Leurs voisins les Egyptiens avaient souvent éprouvé leurs forces. Il n'y a rien de suivi dans les conseils de ces nations sauvages et mal cultivées : si la nature y commence souvent de beaux sentiments, elle ne les achève jamais. Aussi n'y voyons-nous que peu de choses à apprendre et à imiter. N'en parlons pas davantage, et venons aux peuples policés.

Les Egyptiens sont les premiers où l'on ait su les règles du gouvernement. Cette nation grave et sérieuse connut d'abord la vraie fin de la politique, qui est de rendre la vie commode et les peuples heureux. La température toujours uniforme du pays y faisait les esprits solides et constants. Comme la vertu est le fondement de toute la société, ils l'ont soigneusement cultivée. Leur principale vertu a été la reconnaissance. La gloire qu'on leur a donnée, d'être les plus reconnaissants de tous les hommes, fait voir qu'ils étaient aussi les plus sociables[1]. Les bienfaits sont le lien de la concorde publique et particulière. Qui reconnaît les grâces, aime à en faire; et en bannissant l'ingratitude, le plaisir de faire du bien demeure si pur, qu'il n'y a plus moyen de n'y être pas sensible. Leurs lois étaient simples, pleines d'équité, et propres à unir entre eux les citoyens. Celui qui pouvant sauver un homme attaqué, ne le faisait pas, était puni de mort aussi rigoureusement que l'assassin[2]. Que si on ne pouvait secourir le malheureux, il fallait du moins dénoncer l'auteur de la violence ; et il y avait des peines établies contre ceux qui manquaient à ce devoir. Ainsi les citoyens étaient à la garde les uns des autres, et tout le corps de l'Etat était uni contre les méchants. Il n'était pas permis d'être inutile à l'Etat : la loi assignait à chacun son emploi, qui se perpétuait de père en fils[1]. On ne pouvait ni en avoir deux, ni changer de profession ; mais aussi toutes les professions étaient honorées. Il fallait qu'il y eût des emplois et des personnes plus considérables, comme il faut qu'il y ait des yeux dans le corps. Leur éclat ne fait pas mépriser les pieds, ni les parties les plus basses. Ainsi parmi les Egyptiens, les prêtres et les soldats avaient des marques d'honneur particulières ; mais tous les métiers, jusqu'aux moindres, étaient en estime ; et on ne croyait pouvoir sans crime mépriser les citoyens, dont les travaux, quels qu'ils fussent, contribuaient au bien public. Par ce moyen tous les arts venaient à leur perfection ; l'honneur qui les nourrit s'y mêlait partout ; on faisait mieux ce qu'on avait toujours vu faire, et à quoi on s'était uniquement exercé dès son enfance.

Mais il y avait une occupation qui devait être commune ; c'était l'étude des lois et de la sagesse. L'ignorance de la religion et de la police du pays n'était excusée en aucun état. Au reste, chaque profession avait son canton qui lui était assigné. Il n'en arrivait aucune incommodité dans un pays dont la largeur n'était pas grande ; et dans un si bel ordre, les fainéants ne savaient où se cacher.

Parmi de si bonnes lois, ce qu'il y avait de meilleur, c'est que tout le monde était nourri dans l'esprit de les observer. Une coutume nouvelle était un prodige en Egypte[2] : tout s'y faisait toujours de même ; et l'exactitude qu'on y avait à garder les petites choses, maintenait les grandes. Aussi n'y eut-il jamais de peuple qui ait conservé plus longtemps ses usages et ses lois. L'ordre des jugements servait à entretenir cet esprit. Trente juges étaient tirés des principales villes, pour composer la compagnie qui jugeait tout le royaume[3]. On était accoutumé à ne voir dans ces places que les plus honnêtes gens du pays, et les plus graves. Le prince leur assignait certains revenus, afin qu'affranchis des embarras domestiques, ils pussent donner tout leur temps à faire observer les lois.

Ils ne tiraient rien des procès, et on ne s'était pas encore avisé de faire un métier de la justice. Pour éviter les surprises, les affaires étaient traitées par écrit dans cette assemblée. On y craignait la fausse éloquence, qui éblouit les esprits et émeut les passions. La vérité ne pouvait être expliquée d'une manière trop sèche. Le président du sénat portait un collier d'or et de pierres précieuses, d'où pendait une figure sans yeux, qu'on appelait la Vérité. Quand il la prenait, c'était le signal pour commencer la séance[1]. Il l'appliquait au parti qui devait gagner sa cause, et c'était la forme de prononcer les sentences. Un des plus beaux artifices des Egyptiens pour conserver leurs anciennes maximes, était de les revêtir de certaines cérémonies qui les imprimaient dans les esprits. Ces cérémonies s'observaient avec réflexion; et l'humeur sérieuse des Egyptiens ne permettait pas qu'elles tournassent en simples formules. Ceux qui n'avaient point d'affaires, et dont la vie était innocente, pouvaient éviter l'examen de ce sévère tribunal. Mais il y avait en Egypte une espèce de jugement tout à fait extraordinaire, dont personne n'échappait. C'est une consolation en mourant de laisser son nom en estime parmi les hommes, et de tous les biens humains c'est le seul que la mort ne nous peut ravir. Mais il n'était pas permis en Egypte de louer indifféremment tous les morts : il fallait avoir cet honneur par un jugement public[2]. Aussitôt qu'un homme était mort, on l'amenait en jugement. L'accusateur public était écouté. S'il prouvait que la conduite du mort eût été mauvaise, on en condamnait la mémoire, et il était privé de la sépulture. Le peuple admirait le pouvoir des lois, qui s'étendait jusqu'après la mort, et chacun, touché de l'exemple, craignait de déshonorer sa mémoire et sa famille. Que si le mort n'était convaincu d'aucune faute, on l'ensevelissait honorablement; on faisait son panégyrique, mais sans y rien mêler de sa naissance. Toute l'Egypte était noble, et d'ailleurs on n'y goûtait de louanges que celles qu'on s'attirait par son mérite.

Chacun sait combien curieusement[3] les Egyptiens conservaient les corps morts. Leurs momies se voient encore. Ainsi leur reconnaissance envers leurs parents était immortelle; les enfants, en voyant les corps de leurs ancêtres, se souvenaient de leurs vertus que le public avait reconnues, et s'excitaient à aimer les lois qu'ils leur avaient laissées.

Pour empêcher les emprunts d'où naissent la fainéantise, les fraudes et la chicane, l'ordonnance du roi Asychis ne permettait d'emprunter qu'à condition d'engager le corps de son père à celui dont on empruntait[1]. C'était une impiété et une infamie tout ensemble de ne pas retirer assez promptement un gage si précieux; et celui qui mourait sans s'être acquitté de ce devoir, était privé de la sépulture.

Le royaume était héréditaire; mais les rois étaient obligés plus que tous les autres à vivre selon les lois. Ils en avaient de particulières qu'un roi avait digérées, et qui faisaient une partie des livres sacrés[2]. Ce n'est pas qu'on disputât rien aux rois, ou que personne eût droit de les contraindre; au contraire, on les respectait comme des dieux : mais c'est qu'une coutume ancienne avait tout réglé, et qu'ils ne s'avisaient pas de vivre autrement que leurs ancêtres. Ainsi ils souffraient sans peine non seulement que la qualité des viandes et la mesure du boire et du manger leur fût marquée (car c'était une chose ordinaire en Égypte, où tout le monde était sobre, et où l'air du pays inspirait la frugalité[3]), mais encore que toutes leurs heures fussent destinées[4]. En s'éveillant au point du jour, lorsque l'esprit est le plus net et les pensées les plus pures, ils lisaient leurs lettres pour prendre une idée plus droite et plus véritable des affaires qu'ils avaient à décider. Sitôt qu'ils étaient habillés, ils allaient sacrifier au temple. Là, environnés de toute leur cour, et les victimes étant à l'autel, ils assistaient à une prière pleine d'instruction, où le pontife priait les dieux de donner au prince toutes les vertus royales, en sorte qu'il fût religieux envers les dieux, doux envers les hommes, modéré, juste, magnanime, sincère, et éloigné du mensonge, libéral, maître de lui-même, punissant au-dessous du mérite, et récompensant au-dessus. Le pontife parlait ensuite des fautes que les rois pouvaient commettre; mais il supposait toujours qu'ils n'y tombaient que par surprise ou par ignorance, chargeant d'imprécations les ministres qui leur donnaient de mauvais conseils, et leur déguisaient la vérité. Telle était la manière d'instruire les rois. On croyait que les reproches ne faisaient qu'aigrir leurs esprits; et que le moyen le plus efficace de leur inspirer la vertu était de leur marquer leur devoir dans des louanges conformes aux lois, et prononcées gravement devant les dieux. Après la prière et le sacrifice, on lisait au roi, dans les saints livres, les conseils et les actions des grands hommes, afin qu'il gouvernât son Etat par leurs maximes, et maintînt les lois qui avaient rendu ses prédécesseurs heureux, aussi bien que leurs sujets.

Ce qui montre que ces remontrances se faisaient et s'écoutaient sérieusement, c'est qu'elles avaient leur effet. Parmi les Thébains, c'est-à-dire dans la dynastie principale, celle où les lois étaient en vigueur, et qui devint à la fin la maîtresse de toutes les autres, les plus grands hommes ont été les rois. Les deux Mercures auteurs des sciences et de toutes les institutions des Egyptiens, l'un voisin des temps du déluge, et l'autre qu'ils ont appelé le Trismégiste ou le trois fois grand, contemporain de Moïse, ont été tous deux rois de Thèbes. Toute l'Egypte a profité de leurs lumières, et Thèbes doit à leurs instructions d'avoir eu peu de mauvais princes. Ceux-ci étaient épargnés pendant leur vie; le repos public le voulait ainsi; mais ils n'étaient pas exempts du jugement qu'il fallait subir après la mort[1]. Quelques-uns ont été privés de la sépulture, mais on en voit peu d'exemples; et, au contraire, la plupart des rois ont été si chéris des peuples, que chacun pleurait leur mort autant que celle de son père ou de ses enfants.

Cette coutume de juger les rois après leur mort parut si sainte au peuple de Dieu, qu'il l'a toujours pratiquée. Nous voyons dans l'Ecriture que les méchants rois étaient privés de la sépulture de leurs ancêtres; et nous apprenons de Josèphe[2] que cette coutume durait encore du temps des Asmonéens. Elle faisait entendre aux rois que si leur majesté les met au-dessus des jugements humains pendant leur vie, ils y reviennent enfin quand la mort les a égalés aux autres hommes.

Les Egyptiens avaient l'esprit inventif, mais ils le tournaient aux choses utiles. Leurs Mercures ont rempli l'Egypte d'inventions merveilleuses, et ne lui avaient presque rien laissé ignorer de ce qui pouvait rendre la vie commode et tranquille. Je ne puis laisser aux Egyptiens la gloire qu'ils ont donnée à leur Osiris, d'avoir inventé le labourage[3]; car on le trouve de tout temps dans les pays voisins de la terre d'où le genre humain s'est répandu, et on ne peut douter qu'il ne fût connu dès l'origine du monde. Aussi les Egyptiens donnent-ils eux-mêmes une si grande antiquité à Osiris, qu'on voit bien qu'ils ont confondu son temps avec celui des commencements de l'univers, et qu'ils ont voulu lui attribuer les choses dont l'origine passait de bien loin tous les temps connus dans leur histoire. Mais si les Egyptiens n'ont pas inventé l'agriculture, ni les autres arts que nous voyons devant le déluge, ils les ont tellement perfectionnés, et ont pris un si grand soin de les rétablir parmi les peuples où la barbarie les avait fait oublier, que leur gloire n'est guère moins grande que s'ils en avaient été les inventeurs.

Il y en a même de très importants dont on ne peut leur disputer l'invention. Comme leur pays était uni, et leur ciel toujours pur et sans nuage, ils ont été les premiers à observer le cours des astres[1]. Ils ont aussi les premiers réglé l'année. Ces observations ont été jetés naturellement dans l'arithmétique; et s'il est vrai, ce que dit Platon[2], que le soleil et la lune aient enseigné aux hommes la science des nombres, c'est-à-dire, qu'on ait commencé les comptes réglés par celui des jours, des mois et des ans, les Egyptiens sont les premiers qui aient écouté ces merveilleux maîtres. Les planètes et les autres astres ne leur ont pas été moins connus, et ils ont trouvé cette grande année qui ramène tout le ciel à son premier point. Pour reconnaître leurs terres tous les ans couvertes par le débordement du Nil, ils ont été obligés de recourir à l'arpentage, qui leur a bientôt appris la géométrie[3]. Ils étaient grands observateurs de la nature qui, dans un air si serein et sous un soleil si ardent, était forte et féconde parmi eux[4]. C'est aussi ce qui leur a fait inventer ou perfectionner la médecine. Ainsi toutes les sciences ont été en grand honneur parmi eux. Les inventeurs des choses utiles recevaient, et de leur vivant et après leur mort, de dignes récompenses de leurs travaux. C'est ce qui a consacré les livres de leurs deux Mercures, et les a fait regarder comme des livres divins. Le premier de tous les peuples où on voie des bibliothèques est celui d'Egypte. Le titre qu'on leur donnait inspirait l'envie d'y entrer, et d'en pénétrer les secrets : on les appelait *le trésor des remèdes de l'âme*[5]. Elle s'y guérissait de l'ignorance, la plus dangereuse de ses maladies, et la source de toutes les autres.

Une des choses qu'on imprimait le plus fortement dans l'esprit des Egyptiens était l'estime et l'amour de leur patrie. Elle était, disaient-ils, le séjour des dieux; ils y avaient régné durant des milliers infinis d'années. Elle était la mère des hommes et des animaux, que la terre d'Egypte arrosée du Nil avait enfantés pendant que le reste de la nature était stérile[1]. Les prêtres, qui composaient l'histoire d'Egypte de cette suite immense de siècles, qu'ils ne remplissaient que de fables et des généalogies de leurs dieux, le faisaient pour imprimer dans l'esprit des peuples l'antiquité et la noblesse de leur pays. Au reste, leur vraie histoire était renfermée dans des bornes raisonnables; mais ils trouvaient beau de se perdre dans un abîme infini de temps qui semblait les approcher de l'éternité.

Cependant l'amour de la patrie avait des fondements plus solides. L'Egypte était en effet le plus beau pays de l'univers, le plus abondant par la nature, le mieux cultivé par l'art, le plus riche, le plus commode, et le plus orné par les soins et la magnificence de ses rois.

Il n'y avait rien que de grand dans leurs desseins et dans leurs travaux. Ce qu'ils ont fait du Nil est incroyable. Il pleut rarement en Egypte; mais ce fleuve, qui l'arrose toute par ses débordements réglés, lui apporte les pluies et les neiges des autres pays. Pour multiplier un fleuve si bienfaisant, l'Egypte était traversée d'une infinité de canaux d'une longueur et d'une largeur incroyable[2]. Le Nil portait partout la fécondité avec ses eaux salutaires, unissait les villes entre elles, et la grande mer avec la mer Rouge entretenait le commerce au dedans et au dehors du royaume, et le fortifiait contre l'ennemi; de sorte qu'il était tout ensemble et le nourricier et le défenseur de l'Egypte. On lui abandonnait la campagne; mais les villes, rehaussées avec des travaux immenses, et s'élevant comme des îles au milieu des eaux, regardaient avec joie de cette hauteur toute la plaine inondée et tout ensemble fertilisée par le Nil. Lorsqu'il s'enflait outre mesure, de grands lacs, creusés par les rois, tendaient leur sein aux eaux répandues. Ils avaient leurs décharges préparées : de grandes écluses les ouvraient ou les fermaient selon le besoin; et les eaux ayant leur retraite, ne séjournaient sur les terres qu'autant qu'il fallait pour les engraisser.

Tel était l'usage de ce grand lac, qu'on appelait le lac de Myris ou de Mœris ; c'était le nom du roi qui l'avait fait faire[1]. On est étonné quand on lit, ce qui néanmoins est certain, qu'il avait de tour environ cent quatre-vingts de nos lieues. Pour ne point perdre trop de bonnes terres en le creusant, on l'avait étendu principalement du côté de la Libye. La pêche en valait au prince des sommes immenses ; et ainsi quand la terre ne produisait rien, on en tirait des trésors immenses en la couvrant d'eaux. Deux pyramides, dont chacune portait sur un trône deux statues colossales, l'une de Myris, et l'autre de sa femme, s'élevaient de trois cents pieds au milieu du lac, et occupaient sous les eaux un pareil espace. Ainsi elles faisaient voir qu'on les avait érigées avant que le creux eût été rempli, et montraient qu'un lac de cette étendue avait été fait de main d'homme sous un seul prince.

Ceux qui ne savent pas jusques à quel point on peut ménager[2] la terre, prennent pour fable ce qu'on raconte du nombre des villes d'Egypte[3]. La richesse n'en était pas moins incroyable. Il n'y en avait point qui ne fût remplie de temples magnifiques et de superbes palais[4]. L'architecture y montrait partout cette noble simplicité, et cette grandeur qui remplit l'esprit. De longues galeries y étalaient des sculptures que la Grèce prenait pour modèles. Thèbes le pouvait disputer aux plus belles villes de l'univers[5]. Ses cent portes chantées par Homère sont connues de tout le monde. Elle n'était pas moins peuplée qu'elle était vaste, et on a dit qu'elle pouvait faire sortir ensemble dix mille combattants par chacune de ses portes[6]. Qu'il y ait, si l'on veut, de l'exagération dans ce nombre, toujours est-il assuré que son peuple était innombrable. Les Grecs et les Romains ont célébré sa magnificence et sa grandeur[7], encore qu'ils n'en eussent vu que des ruines, tant les restes en étaient augustes.

Si nos voyageurs avaient pénétré jusqu'au lieu où cette ville était bâtie, ils auraient sans doute encore trouvé quelque chose d'incomparable dans ses ruines ; car les ouvrages des Egyptiens étaient faits pour tenir contre le temps. Leurs statues étaient des colosses ; leurs colonnes étaient immenses[8]. L'Egypte visait au grand, et voulait frapper les yeux de loin, mais toujours en les contentant par la justesse des proportions. On a découvert dans le Saïde (vous savez bien que c'est le nom de la Thébaïde) des temples et des palais presque encore entiers, où ces colonnes et ces statues sont innombrables[1]. On y admire surtout un palais dont les restes semblent n'avoir subsisté que pour effacer la gloire de tous les plus grands ouvrages. Quatre allées à perte de vue, et bornées de part et d'autre par des sphinx d'une matière aussi rare que leur grandeur est remarquable, servent d'avenues à quatre portiques dont la hauteur étonne les yeux. Quelle magnificence, et quelle étendue! Encore ceux qui nous ont décrit ce prodigieux édifice n'ont-ils pas eu le temps d'en faire le tour, et ne sont pas même assurés d'en avoir vu la moitié; mais tout ce qu'ils y ont vu était surprenant. Une salle, qui apparemment faisait le milieu de ce superbe palais, était soutenue de six-vingt colonnes de six brassées de grosseur, grandes à proportion, et entremêlées d'obélisques[2] que tant de siècles n'ont pu abattre. Les couleurs mêmes, c'est-à-dire ce qui éprouve le plus tôt le pouvoir du temps, se soutiennent encore parmi les ruines de cet admirable édifice, et y conservent leur vivacité : tant l'Egypte savait imprimer le caractère d'immortalité à tous ses ouvrages. Maintenant que le nom du roi pénètre aux parties du monde les plus inconnues, et que ce prince étend aussi loin les recherches qu'il fait faire des plus beaux ouvrages de la nature et de l'art, ne serait-ce pas un digne objet de cette noble curiosité, de découvrir les beautés que la Thébaïde renferme dans ses déserts, et d'enrichir notre architecture des inventions de l'Egypte ? Quelle puissance et quel art a pu faire d'un tel pays la merveille de l'univers ? Et quelles beautés ne trouverait-on pas si on pouvait aborder la ville royale, puisque si loin d'elle on découvre des choses si merveilleuses ?

Il n'appartenait qu'à l'Egypte de dresser des monuments pour la postérité. Ses obélisques font encore aujourd'hui, autant par leur beauté que par leur hauteur, le principal ornement de Rome; et la puissance romaine, désespérant d'égaler les Egyptiens, a cru faire assez pour sa grandeur d'emprunter les monuments de leurs rois.

L'Egypte n'avait point encore vu de grands édifices que la tour de Babel, quand elle imagina ses pyramides, qui, par leur figure autant que par leur grandeur, triomphent du temps et des Barbares. Le bon goût des Egyptiens leur fit aimer dès lors la solidité et la régularité toute nue. N'est-ce point que la nature porte d'elle-même à cet air simple, auquel on a tant de peine à revenir, quand le goût a été gâté par des nouveautés et des hardiesses bizarres ? Quoi qu'il en soit, les Egyptiens n'ont aimé qu'une hardiesse réglée, ils n'ont cherché le nouveau et le surprenant que dans la variété infinie de la nature, et ils se vantaient d'être les seuls qui avaient fait, comme les dieux, des ouvrages immortels. Les inscriptions des pyramides n'étaient pas moins nobles que l'ouvrage. Elles parlaient aux spectateurs[1]. Une de ces pyramides, bâtie de briques, avertissait par son titre qu'on se gardât bien de la comparer aux autres, « et qu'elle était autant au-dessus de toutes les pyramides, que Jupiter était au-dessus de tous les dieux. »

Mais quelque effort que fassent les hommes, leur néant paraît partout. Ces pyramides étaient des tombeaux[2] ; encore les rois qui les ont bâties n'ont-ils pas eu le pouvoir d'y être inhumés, et ils n'ont pas joui de leur sépulcre.

Je ne parlerais pas de ce beau palais qu'on appelait le Labyrinthe[3], si Hérodote, qui l'a vu, ne nous assurait qu'il était plus surprenant que les pyramides. On l'avait bâti sur le bord du lac de Myris, et on lui avait donné une vue proportionnée à sa grandeur. Au reste, ce n'était pas tant un seul palais qu'un magnifique amas de douze palais disposés régulièrement, et qui communiquaient ensemble. Quinze cents chambres mêlées de terrasses s'arrangeaient autour de douze salles, et ne laissaient point de sortie à ceux qui s'engageaient à les visiter. Il y avait autant de bâtiments par-dessous terre. Ces bâtiments souterrains étaient destinés à la sépulture des rois, et encore (qui le pourrait dire sans honte et sans déplorer l'aveuglement de l'esprit humain ?) à nourrir les crocodiles sacrés, dont une nation d'ailleurs si sage faisait ses dieux.

Vous vous étonnez de voir tant de magnificence dans les sépultures de l'Egypte. C'est qu'outre qu'on les érigeait comme des monuments sacrés pour porter aux siècles futurs la mémoire des grands princes, on les regardait encore comme des demeures éternelles[4]. Les maisons étaient appelées des hôtelleries, où l'on n'était qu'en passant, et pendant une vie trop courte pour terminer tous nos desseins : mais les maisons véritables étaient les tombeaux que nous devions habiter durant des siècles infinis.

Au reste, ce n'était pas sur les choses inanimées que l'Egypte travaillait le plus. Ses plus nobles travaux et son plus bel art consistaient à former les hommes. La Grèce en était si persuadée, que ses plus grands hommes, un Homère, un Pythagore, un Platon, Lycurgue même et Solon, ces deux grands législateurs, et les autres qu'il n'est pas besoin de nommer, allèrent apprendre la sagesse en Egypte[1]. Dieu a voulu que Moïse même *fût instruit dans toute la sagesse des Egyptiens :* c'est par là qu'il a commencé *à être puissant en paroles et en œuvres*[2]. La vraie sagesse se sert de tout; et Dieu ne veut pas que ceux qu'il inspire négligent les moyens humains, qui viennent aussi de lui à leur manière.

Ces sages d'Egypte avaient étudié le régime qui fait les esprits solides, les corps robustes, les femmes fécondes et les enfants vigoureux. Par ce moyen, le peuple croissait en nombre et en forces. Le pays était sain naturellement; mais la philosophie leur avait appris que la nature veut être aidée. Il y a un art de former les corps aussi bien que les esprits. Cet art, que notre nonchalance nous a fait perdre, était bien connu des anciens, et l'Egypte l'avait trouvé. Elle employait principalement à ce beau dessein la frugalité et les exercices[3]. Dans un grand champ de bataille, qui a été vu par Hérodote[4], les crânes des Perses aisés à percer, et ceux des Egyptiens plus durs que les pierres auxquelles ils étaient mêlés, montraient la mollesse des uns, et la robuste constitution qu'une nourriture frugale et de vigoureux exercices donnaient aux autres. La course à pied, la course à cheval, la course dans les chariots, se pratiquait en Egypte avec une adresse admirable; et il n'y avait point dans tout l'univers de meilleurs hommes de cheval que les Egyptiens. Quand Diodore nous dit qu'ils rejetaient la lutte[5] comme un exercice qui donnait une force dangereuse et peu durable, il a dû l'entendre de la lutte outrée des athlètes, que la Grèce elle-même, qui la couronnait dans ses jeux, avait blâmée comme peu convenable aux personnes libres : mais avec une certaine modération elle était digne des honnêtes gens; et Diodore lui-même nous apprend[6] que le Mercure des Egyptiens en avait inventé les règles aussi bien que l'art de former les corps. Il faut entendre de même ce que dit encore cet auteur touchant la musique[1]. Celle qu'il fait mépriser aux Egyptiens, comme capable de ramollir les courages, était sans doute cette musique molle et efféminée qui n'inspire que les plaisirs et une fausse tendresse. Car pour cette musique généreuse, dont les nobles accords élèvent l'esprit et le cœur, les Egyptiens n'avaient garde de la mépriser, puisque, selon Diodore même[2], leur Mercure l'avait inventée, et avait aussi inventé le plus grave des instruments de musique. Dans la procession solennelle des Egyptiens, où l'on portait en cérémonie les livres de Trismégiste, on voit marcher à la tête le chantre tenant en main *un symbole de la musique* [je ne sais pas ce que c'est] *et le livre des hymnes sacrés*[3]. Enfin, l'Egypte n'oubliait rien pour polir l'esprit, ennoblir le cœur et fortifier le corps. Quatre cent mille soldats qu'elle entretenait étaient ceux de ses citoyens qu'elle exerçait avec plus de soin. Les lois de la milice se conservaient aisément et comme par elles-mêmes, parce que les pères les apprenaient à leurs enfants : car la profession de la guerre passait de père en fils comme les autres; et après les familles sacerdotales, celles qu'on estimait les plus illustres étaient, comme parmi nous, les familles destinées aux armes. Je ne veux pas dire pourtant que l'Egypte ait été guerrière. On a beau avoir des troupes réglées et entretenues, on a beau les exercer à l'ombre dans les travaux militaires et parmi les images des combats, il n'y a jamais que la guerre et les combats effectifs qui fassent les hommes guerriers. L'Egypte aimait la paix, parce qu'elle aimait la justice, et n'avait des soldats que pour sa défense. Contente de son pays, où tout abondait, elle ne songeait point aux conquêtes. Elle s'étendait d'une autre sorte, en envoyant ses colonies par toute la terre et avec elles la politesse et les lois. Les villes les plus célèbres venaient apprendre en Egypte leurs antiquités, et la source de leurs plus belles institutions[4]. On la consultait de tous côtés sur les règles de la sagesse. Quand ceux d'Elide eurent établi les jeux olympiques, les plus illustres de la Grèce, ils recherchèrent par une ambassade solennelle l'approbation des Egyptiens, et apprirent d'eux de nouveaux moyens d'encourager les combattants[5]. L'Egypte régnait par ses conseils; et cet empire d'esprit lui parut plus noble et plus glorieux que celui qu'on établit par les armes. Encore que les rois de Thèbes fussent sans comparaison les plus puissants de tous les rois de l'Egypte, jamais ils n'ont entrepris sur les dynasties voisines, qu'ils ont occupées seulement quand elles eurent été envahies par les Arabes; de sorte qu'à vrai dire ils les ont plutôt enlevées aux étrangers, qu'ils n'ont voulu dominer sur les naturels du pays. Mais quand ils se sont mêlés d'être conquérants, ils ont surpassé tous les autres. Je ne parle point d'Osiris vainqueur des Indes; apparemment c'est Bacchus, ou quelque autre héros aussi fabuleux. Le père de Sésostris (les doctes veulent que ce soit Aménophis, ou autrement Memnon), ou par instinct ou par humeur, ou, comme le disent les Egyptiens, par l'autorité d'un oracle, conçut le dessein de faire de son fils un conquérant[1]. Il s'y prit à la manière des Egyptiens, c'est-à-dire avec de grandes pensées. Tous les enfants qui naquirent le même jour que Sésostris furent amenés à la cour par ordre du roi. Il les fit élever comme ses enfants, et avec les mêmes soins que Sésostris, près duquel ils étaient nourris. Il ne pouvait lui donner de plus fidèles ministres, ni des compagnons plus zélés de ses combats. Quand il fut un peu avancé en âge, il lui fit faire son apprentissage par une guerre contre les Arabes. Ce jeune prince y apprit à supporter la faim et la soif, et soumit cette nation jusqu'alors indomptable. Accoutumé aux travaux guerriers par cette conquête, son père le fit tourner vers l'occident de l'Egypte : il attaqua la Libye, et la plus grande partie de cette vaste région fut subjuguée. En ce temps son père mourut, et le laissa en état de tout entreprendre. Il ne conçut pas un moindre dessein que celui de la conquête du monde; mais avant que de sortir de son royaume, il pourvut à la sûreté du dedans, en gagnant le cœur de tous ses peuples par la libéralité et par la justice, et réglant au reste le gouvernement avec une extrême prudence[2]. Cependant il faisait ses préparatifs : il levait des troupes, et leur donnait pour capitaines les jeunes gens que son père avait fait nourrir avec lui. Il y en avait dix-sept cents, capables de répandre dans toute l'armée le courage, la discipline, et l'amour du prince. Cela fait, il entra dans l'Ethiopie qu'il se rendit tributaire. Il continua ses victoires dans l'Asie. Jérusalem fut la première à sentir la force de ses armes. Le téméraire Roboam ne put lui résister, et Sésostris enleva les richesses de Salomon. Dieu, par un juste jugement, les avait livrées entre ses mains. Il pénétra dans les Indes plus loin qu'Hercule ni que Bacchus, et plus loin que ne fit depuis Alexandre, puisqu'il soumit le pays au-delà du Gange. Jugez par là si les pays plus voisins lui résistèrent. Les Scythes obéirent jusqu'au Tanaïs; l'Arménie et la Cappadoce lui furent sujettes. Il laissa une colonie dans l'ancien royaume de Colchos, où les mœurs d'Egypte sont toujours demeurées depuis. Hérodote a vu dans l'Asie Mineure, d'une mer à l'autre, les monuments de ses victoires, avec les superbes inscriptions de Sésostris, roi des rois et seigneur des seigneurs. Il y en avait jusque dans la Thrace, et il étendit son empire depuis le Gange jusqu'au Danube. La difficulté des vivres l'empêcha d'entrer plus avant dans l'Europe. Il revint après neuf ans, chargé des dépouilles de tous les peuples vaincus. Il y en eut qui défendirent courageusement leur liberté; d'autres cédèrent sans résistance. Sésostris eut soin de marquer dans ses monuments la différence de ces peuples en figures hiéroglyphiques, à la manière des Egyptiens. Pour décrire son empire, il inventa les cartes de géographie. Cent temples fameux, érigés en action de grâces aux dieux tutélaires de toutes les villes, furent les premières aussi bien que les plus belles marques de ses victoires; et il eut soin de publier, par les inscriptions, que ces grands ouvrages avaient été achevés sans fatiguer ses sujets[1]. Il mettait sa gloire à les ménager, et à ne faire travailler aux monuments de ses victoires que les captifs. Salomon lui en avait donné l'exemple. Ce sage prince n'avait employé que les peuples tributaires dans les grands ouvrages qui ont rendu son règne immortel[2]. Les citoyens étaient attachés à de plus nobles exercices : ils apprenaient à faire la guerre et à commander. Sésostris ne pouvait pas se régler sur un plus parfait modèle. Il régna trente-trois ans, et jouit longtemps de ses triomphes, beaucoup plus digne de gloire, si la vanité ne lui eût pas fait traîner son char par les rois vaincus[3]. Il semble qu'il ait dédaigné de mourir comme les autres hommes. Devenu aveugle dans sa vieillesse, il se donna la mort à lui-même, et laissa l'Egypte riche à jamais. Son empire pourtant ne passa pas la quatrième génération. Mais il restait encore, du temps de Tibère, des monuments magnifiques, qui en marquaient l'étendue et la quantité des tributs[4]. L'Egypte retourna bientôt à son humeur pacifique. On a même écrit que Sésostris fut le premier à ramollir, après ses conquêtes, les mœurs de ses Egyptiens, dans la crainte des révoltes[1]. S'il le faut croire, ce ne pouvait être qu'une précaution qu'il prenait pour ses successeurs; car pour lui, sage et absolu comme il était, on ne voit pas ce qu'il pouvait craindre de ses peuples qui l'adoraient. Au reste, cette pensée est peu digne d'un si grand prince; et c'était mal pourvoir à la sûreté de ses conquêtes, que de laisser affaiblir le courage de ses sujets. Il est vrai aussi que ce grand empire ne dura guère. Il faut périr par quelque endroit. La division se mit en Egypte. Sous Anysis l'aveugle, l'Ethiopien Sabacon envahit le royaume[2] : il en traita aussi bien les peuples, et y fit d'aussi grandes choses qu'aucun des rois naturels. Jamais on ne vit une modération pareille à la sienne, puisque, après cinquante ans de règne heureux, il retourna en Ethiopie, pour obéir à des avertissements qu'il crut divins. Le royaume abandonné tomba entre les mains de Sethon, prêtre de Vulcain, prince religieux à sa mode, mais peu guerrier, et qui acheva d'énerver la milice en maltraitant les gens de guerre. Depuis ce temps l'Egypte ne se soutint plus que par des milices étrangères. On trouve une espèce d'anarchie. On trouve douze rois choisis par le peuple, qui partagèrent entre eux le gouvernement du royaume. C'est eux qui ont bâti ces douze palais qui composaient le Labyrinthe. Quoique l'Egypte ne pût oublier ses magnificences, elle fut faible et divisée sous ces douze princes. Un d'eux (ce fut Psammitique) se rendit le maître par le secours des étrangers. L'Egypte se rétablit, et demeura assez puissante pendant cinq ou six règnes. Enfin cet ancien royaume, après avoir duré environ seize cents ans, affaibli par les rois de Babylone et par Cyrus, devint la proie de Cambyse, le plus insensé de tous les princes.

Ceux qui ont bien connu l'humeur de l'Egypte ont reconnu qu'elle n'était pas belliqueuse[3] : vous en avez vu les raisons. Elle avait vécu en paix environ treize cents ans, quand elle produisit son premier guerrier, qui fut Sésostris. Aussi, malgré sa milice si soigneusement entretenue, nous voyons sur la fin que les troupes étrangères font toute sa force, qui est un des plus grands défauts que puisse avoir un Etat. Mais les choses humaines ne sont point parfaites, et il est malaisé d'avoir ensemble dans la perfection les arts de la paix avec les avantages de la guerre. C'est une assez belle durée d'avoir subsisté seize siècles. Quelques Ethiopiens ont régné à Thèbes dans cet intervalle, entre autres Sabacon, et à ce qu'on croit Tharaca. Mais l'Egypte tirait cette utilité de l'excellente constitution de son Etat, que les étrangers qui la conquéraient, entraient dans ses mœurs plutôt que d'y introduire les leurs : ainsi, changeant de maîtres, elle ne changeait pas de gouvernement. Elle eut peine à souffrir les Perses dont elle voulut souvent secouer le joug. Mais elle n'était pas assez belliqueuse pour se soutenir par sa propre force contre une si grande puissance; et les Grecs qui la défendaient, occupés ailleurs, étaient contraints de l'abandonner; de sorte qu'elle retombait toujours sous ses premiers maîtres, mais toujours opiniâtrement attachée à ses anciennes coutumes, et incapable de démentir les maximes de ses premiers rois. Quoiqu'elle en retînt beaucoup de choses sous les Ptolémées, le mélange des mœurs grecques et asiatiques y fut si grand, qu'on n'y reconnut presque plus l'ancienne Egypte.

Il ne faut pas oublier que les temps des anciens rois d'Egypte sont fort incertains, même dans l'histoire des Egyptiens. On a peine à placer Osymanduas, dont nous voyons de si magnifiques monuments dans Diodore[1] et de si belles marques de ses combats. Il semble que les Egyptiens n'aient pas connu le père de Sésostris, qu'Hérodote et Diodore n'ont pas nommé. Sa puissance est encore plus marquée par les monuments qu'il a laissés dans toute la terre, que par les mémoires de son pays; et ces raisons nous font voir qu'il ne faut pas croire, comme quelques-uns, que ce que l'Egypte publiait de ses antiquités, ait toujours été aussi exact qu'elle s'en vantait, puisqu'elle-même est si incertaine des temps les plus éclatants de sa monarchie.

## CHAPITRE IV

### LES ASSYRIENS ANCIENS ET NOUVEAUX, LES MÈDES ET CYRUS

Le grand empire des Egyptiens est comme détaché de tous les autres, et n'a pas, comme vous voyez, une longue suite[1]. Ce qui nous reste à dire est plus soutenu, et a des dates plus précises.

Nous avons néanmoins encore très peu de choses certaines touchant le premier empire des Assyriens : mais enfin, en quelque temps qu'on en veuille placer les commencements, selon les diverses opinions des historiens, vous verrez que lorsque le monde était partagé en plusieurs petits Etats, dont les princes songeaient plutôt à se conserver qu'à s'accroître, Ninus, plus entreprenant et plus puissant que ses voisins, les accabla les uns après les autres, et poussa bien loin ses conquêtes du côté de l'Orient[2]. Sa femme Sémiramis, qui joignit à l'ambition assez ordinaire à son sexe, un courage et une suite de conseils qu'on n'a pas accoutumé d'y trouver, soutint les vastes desseins de son mari, et acheva de former cette monarchie.

Elle était grande sans doute; et la grandeur de Ninive, qu'on met au-dessus de celle de Babylone[3], le montre assez. Mais comme les historiens les plus judicieux[4] ne font pas cette monarchie si ancienne que les autres nous la représentent, ils ne la font pas non plus si grande. On voit durer trop longtemps les petits royaumes[5] dont il la faudrait composer, si elle était aussi ancienne et aussi étendue que le fabuleux Ctésias, et ceux qui l'en ont cru sur sa parole, nous la décrivent. Il est vrai que Platon[6], curieux observateur des antiquités, fait le royaume de Troie du temps de Priam une dépendance de l'empire des Assyriens. Mais on n'en voit rien dans Homère, qui, dans le dessein qu'il avait de relever la gloire de la Grèce, n'aurait pas oublié cette circonstance; et on peut croire que les Assyriens étaient peu connus du côté de l'Occident, puisqu'un poète si savant, et si curieux d'orner son poème de tout ce qui appartenait à son sujet, ne les y fait point paraître.

Cependant, selon la supputation que nous avons jugée la plus raisonnable, le temps du siège de Troie était le plus beau temps des Assyriens, puisque c'est celui des conquêtes de Sémiramis ; mais c'est qu'elles s'étendirent seulement vers l'Orient[1]. Ceux qui la flattent le plus lui font tourner ses armes de ce côté-là. Elle avait eu trop de part aux conseils et aux victoires de Ninus pour ne pas suivre ses desseins si convenables d'ailleurs à la situation de son empire ; et je ne crois pas qu'on puisse douter que Ninus ne se soit attaché à l'Orient, puisque Justin même, qui le favorise autant qu'il peut, lui fait terminer aux frontières de la Libye les entreprises qu'il fit du côté de l'Occident.

Je ne sais donc plus en quel temps Ninive aurait poussé ses conquêtes jusqu'à Troie, puisqu'on voit si peu d'apparence que Ninus et Sémiramis aient rien entrepris de semblable ; et que tous leurs successeurs, à commencer depuis leur fils Ninyas, ont vécu dans une telle mollesse et avec si peu d'action, qu'à peine leur nom est-il venu jusqu'à nous, et qu'il faut plutôt s'étonner que leur empire ait pu subsister, que de croire qu'il ait pu s'étendre.

Il fut sans doute beaucoup diminué par les conquêtes de Sésostris ; mais comme elles furent de peu de durée, et peu soutenues par ses successeurs, il est à croire que les pays qu'elles enlevèrent aux Assyriens, accoutumés dès longtemps à leur domination, y retournèrent naturellement : de sorte que cet empire se maintint en grande puissance et en grande paix, jusqu'à ce qu'Arbace ayant découvert la mollesse de ses rois, si longtemps cachée dans le secret du palais, Sardanapale, célèbre par ses infamies, devint non seulement méprisable, mais encore insupportable à ses sujets.

Vous avez vu les royaumes qui sont sortis du débris de ce premier empire des Assyriens, entre autres celui de Ninive et celui de Babylone. Les rois de Ninive retinrent le nom de rois d'Assyrie, et furent les plus puissants. Leur orgueil s'éleva bientôt au-delà de toutes bornes par les conquêtes qu'ils firent, parmi lesquelles on compte celle du royaume des Israélites ou de Samarie. Il ne fallut rien moins que la main de Dieu, et un miracle visible pour les empêcher d'accabler la Judée sous Ezéchias ; et on ne sut plus quelles bornes on pourrait donner à leur puissance, quand on leur vit envahir un peu après dans leur voisinage, le royaume de Babylone, où la famille royale était défaillie.

Babylone semblait être née pour commander à toute la terre. Ses peuples étaient pleins d'esprit et de courage. De tout temps la philosophie régnait parmi eux avec les beaux-arts, et l'Orient n'avait guère de meilleurs soldats que les Chaldéens[1]. L'antiquité admire les riches moissons d'un pays que la négligence de ses habitants laisse maintenant sans culture; et son abondance le fit regarder, sous les anciens rois de Perse, comme la troisième partie d'un si grand empire[2]. Ainsi les rois d'Assyrie, enflés d'un accroissement qui ajoutait à leur monarchie une ville si opulente, conçurent de nouveaux desseins. Nabuchodonosor I crut son empire indigne de lui, s'il n'y joignait tout l'univers. Nabuchodonosor II, superbe plus que tous les rois ses prédécesseurs, après des succès inouïs et des conquêtes surprenantes, voulut plutôt se faire adorer comme un dieu, que commander comme un roi. Quels ouvrages n'entreprit-il point dans Babylone! Quelles murailles, quelles tours, quelles portes, et quelle enceinte, y voit-on paraître! Il semblait que l'ancienne tour de Babel allât être renouvelée dans la hauteur prodigieuse du temple de Bel, et que Nabuchodonosor voulût de nouveau menacer le ciel. Son orgueil, quoique abattu par la main de Dieu, ne laissa pas de revivre dans ses successeurs. Ils ne pouvaient souffrir autour d'eux aucune domination, et, voulant tout mettre sous le joug, ils devinrent insupportables aux peuples voisins. Cette jalousie réunit contre eux, avec les rois de Médie et les rois de Perse, une grande partie des peuples d'Orient. L'orgueil se tourne aisément en cruauté. Comme les rois de Babylone traitaient inhumainement leurs sujets, des peuples entiers, aussi bien que les principaux seigneurs de leur empire se joignirent à Cyrus et aux Mèdes[3]. Babylone, trop accoutumée à commander et à vaincre pour craindre tant d'ennemis ligués contre elle, pendant qu'elle se croit invincible, devint captive des Mèdes qu'elle prétendait subjuguer, et périt enfin par son orgueil.

La destinée de cette ville fut étrange, puisqu'elle périt par ses propres inventions. L'Euphrate faisait à peu près dans ses vastes plaines le même effet que le Nil dans celles d'Egypte; mais, pour le rendre commode, il fallait encore plus d'art et plus de travail que l'Egypte n'en employait pour le Nil. L'Euphrate était droit dans son cours, et jamais ne se débordait[1]. Il lui fallut faire dans tout le pays un nombre infini de canaux, afin qu'il en pût arroser les terres, dont la fertilité devenait incomparable par ce secours. Pour rompre la violence de ses eaux trop impétueuses, il fallut le faire couler par mille détours, et lui creuser de grands lacs qu'une sage reine revêtit avec une magnificence incroyable. Nitocris, mère de Labynithe, autrement nommé Nabonide ou Balthasar, dernier roi de Babylone, fit ces grands ouvrages. Mais cette reine entreprit un travail bien plus merveilleux : ce fut d'élever sur l'Euphrate un pont de pierre, afin que les deux côtés de la ville, que l'immense largeur de ce fleuve séparait trop, pussent communiquer ensemble. Il fallut donc mettre à sec une rivière si rapide et si profonde, en détournant ses eaux dans un lac immense que la reine avait fait creuser. En même temps on bâtit le pont, dont les solides matériaux étaient préparés, et on revêtit de briques les deux bords du fleuve, jusqu'à une hauteur étonnante, en y laissant des descentes revêtues de même, et d'un aussi bel ouvrage que les murailles de la ville. La diligence du travail en égala la grandeur[2]. Mais une reine si prévoyante ne songea pas qu'elle apprenait à ses ennemis à prendre sa ville. Ce fut dans le même lac qu'elle avait creusé que Cyrus détourna l'Euphrate, quand, désespérant de réduire Babylone, ni par force ni par famine, il s'y ouvrit des deux côtés de la ville le passage que nous avons vu tant marqué par les prophètes.

Si Babylone eût pu croire qu'elle eût été périssable comme toutes les choses humaines, et qu'une confiance insensée ne l'eût pas jetée dans l'aveuglement, non seulement elle eût pu prévoir ce que fit Cyrus, puisque la mémoire d'un travail semblable était récente ; mais encore, en gardant toutes les descentes, elle eût accablé les Perses dans le lit de la rivière où ils passaient. Mais on ne songeait qu'aux plaisirs et aux festins ; il n'y avait ni ordre ni commandement réglé. Ainsi périssent non seulement les plus fortes places, mais encore les plus grands empires. L'épouvante se mit partout ; le roi impie fut tué ; et Xénophon, qui donne ce titre au dernier roi de Babylone[3], semble désigner par ce mot les sacrilèges de Balthasar, que Daniel nous fait voir puni par une chute si surprenante.

Les Mèdes, qui avaient détruit le premier empire des Assyriens, détruisirent encore le second, comme si cette nation eût dû être toujours fatale à la grandeur assyrienne. Mais à cette dernière fois la valeur et le grand nom de Cyrus fit que les Perses ses sujets eurent la gloire de cette conquête.

En effet, elle est due entièrement à ce héros, qui ayant été élevé sous une discipline sévère et régulière, selon la coutume des Perses, peuples alors aussi modérés que depuis ils ont été voluptueux, fut accoutumé dès son enfance à une vie sobre et militaire[1]. Les Mèdes, autrefois si laborieux et si guerriers[2], mais à la fin ramollis par leur abondance, comme il arrive toujours, avaient besoin d'un tel général. Cyrus se servit de leurs richesses et de leur nom, toujours respecté en Orient; mais il mettait l'espérance du succès dans les troupes qu'il avait amenées de Perse. Dès la première bataille, le roi de Babylone fut tué, et les Assyriens mis en déroute[3]. Le vainqueur offrit le duel au nouveau roi; et en montrant son courage, il se donna la réputation d'un prince clément qui épargne le sang des sujets. Il joignit la politique à la valeur. De peur de ruiner un si beau pays, qu'il regardait déjà comme sa conquête, il fit résoudre que les laboureurs seraient épargnés de part et d'autre[4]. Il sut réveiller la jalousie des peuples voisins contre l'orgueilleuse puissance de Babylone, qui allait tout envahir; et enfin la gloire qu'il s'était acquise, autant par sa générosité et par sa justice que par le bonheur de ses armes, les ayant tous réunis sous ses étendards, avec de si grands secours il soumit cette vaste étendue de terre dont il composa son empire.

C'est par là que s'éleva cette monarchie. Cyrus la rendit si puissante, qu'elle ne pouvait guère manquer de s'accroître sous ses successeurs. Mais pour entendre ce qui l'a perdue, il ne faut que comparer les Perses et les successeurs de Cyrus avec les Grecs et leurs généraux, surtout avec Alexandre.

## CHAPITRE V

### LES PERSES, LES GRECS, ET ALEXANDRE

CAMBYSE, fils de Cyrus, fut celui qui corrompit les mœurs des Perses[1]. Son père, si bien élevé parmi les soins de la guerre, n'en prit pas assez de donner au successeur d'un si grand empire une éducation semblable à la sienne; et, par le sort ordinaire des choses humaines, trop de grandeur nuisit à la vertu. Darius, fils d'Hystaspe, qui d'une vie privée fut élevé sur le trône, apporta de meilleures dispositions à la souveraine puissance, et fit quelques efforts pour réparer les désordres. Mais la corruption était déjà trop universelle; l'abondance avait introduit trop de dérèglement dans les mœurs; et Darius n'avait pas lui-même conservé assez de force pour être capable de redresser tout à fait les autres. Tout dégénéra sous ses successeurs, et le luxe des Perses n'eut plus de mesure.

Mais encore que ces peuples devenus puissants eussent beaucoup perdu de leur ancienne vertu en s'abandonnant aux plaisirs, ils avaient toujours conservé quelque chose de grand et de noble. Que peut-on voir de plus noble que l'horreur qu'ils avaient pour le mensonge[2], qui passa toujours parmi eux pour un vice honteux et bas ? Ce qu'ils trouvaient de plus lâche après le mensonge, était de vivre d'emprunt. Une telle vie leur paraissait fainéante, honteuse, servile, et d'autant plus méprisable qu'elle portait à mentir. Par une générosité naturelle à leur nation, ils traitaient honnêtement les rois vaincus. Pour peu que les enfants de ces princes fussent capables de s'accommoder avec les vainqueurs, ils les laissaient commander dans leur pays avec presque toutes les marques de leur ancienne grandeur[3]. Les Perses étaient honnêtes, civils[4], libéraux envers les étrangers, et ils savaient s'en servir. Les gens de mérite étaient connus parmi eux, et ils n'épargnaient rien pour les gagner. Il est vrai qu'ils ne sont pas arrivés à la connaissance parfaite de cette sagesse qui apprend à bien gouverner. Leur grand empire fut toujours régi avec quelque confusion.

Ils ne surent jamais trouver ce bel art, depuis si bien pratiqué par les Romains, d'unir toutes les parties d'un grand Etat, et d'en faire un tout parfait. Aussi n'étaient-ils presque jamais sans révoltes considérables. Ils n'étaient pourtant pas sans politique. Les règles de la justice étaient connues parmi eux; et ils ont eu de grands rois qui les faisaient observer avec une admirable exactitude. Les crimes étaient sévèrement punis[1], mais avec cette modération, qu'en pardonnant aisément les premières fautes, on réprimait les rechutes par de rigoureux châtiments. Ils avaient beaucoup de bonnes lois, presque toutes venues de Cyrus et de Darius, fils d'Hystaspe[2]. Ils avaient des maximes de gouvernement, des conseils réglés pour les maintenir[3], et une grande subordination dans tous les emplois. Quand on disait que les grands qui composaient le conseil étaient les yeux et les oreilles du prince[4], on avertissait tout ensemble, et le prince, qu'il avait ses ministres comme nous avons les organes de nos sens, non pas pour se reposer, mais pour agir par leur moyen; et les ministres, qu'ils ne devaient pas agir pour eux-mêmes, mais pour le prince, qui était leur chef, et pour tout le corps de l'Etat. Ces ministres devaient être instruits des anciennes maximes de la monarchie[5]. Le registre qu'on tenait des choses passées[6] servait de règle à la postérité. On y marquait les services que chacun avait rendus, de peur qu'à la honte du prince, et au grand malheur de l'Etat, ils ne demeurassent sans récompense. C'était une belle manière d'attacher les particuliers au bien public, que de leur apprendre qu'ils ne devaient jamais sacrifier pour eux seuls, mais pour le roi et pour tout l'Etat, où chacun se trouvait avec tous les autres. Un des premiers soins du prince était de faire fleurir l'agriculture; et les satrapes dont le gouvernement était le mieux cultivé avaient la plus grande part aux grâces[7]. Comme il y avait des charges établies pour la conduite des armes, il y en avait aussi pour veiller aux travaux rustiques : c'était deux charges semblables, dont l'une prenait soin de garder le pays, et l'autre de le cultiver. Le prince les protégeait avec une affection presque égale, et les faisait concourir au bien public. Après ceux qui avaient remporté quelque avantage à la guerre, les plus honorés étaient ceux qui avaient élevé beaucoup d'enfants[8]. Le respect qu'on inspirait aux Perses, dès leur enfance, pour l'autorité royale, allait jusqu'à l'excès, puisqu'ils y mêlaient de l'adoration, et paraissaient plutôt des esclaves que des sujets soumis par raison à un empire légitime : c'était l'esprit des Orientaux; et peut-être que le naturel vif et violent de ces peuples demandait un gouvernement plus ferme et plus absolu.

La manière dont on élevait les enfants des rois est admirée par Platon[1], et proposée aux Grecs comme le modèle d'une éducation parfaite. Dès l'âge de sept ans on les tirait des mains des eunuques, pour les faire monter à cheval, et les exercer à la chasse. A l'âge de quatorze ans, lorsque l'esprit commence à se former, on leur donnait pour leur instruction quatre hommes des plus vertueux et des plus sages de l'Etat. Le premier, dit Platon, leur apprenait la magie, c'est-à-dire, dans leur langage, le culte des dieux selon les anciennes maximes et selon les lois de Zoroastre, fils d'Oromase. Le second les accoutumait à dire la vérité, et à rendre la justice. Le troisième leur enseignait à ne se laisser pas vaincre par les voluptés, afin d'être toujours libres et vraiment rois, maîtres d'eux-mêmes et de leurs désirs. Le quatrième fortifiait leur courage contre la crainte, qui en eût fait des esclaves, et leur eût ôté la confiance si nécessaire au commandement. Les jeunes seigneurs étaient élevés à la porte du roi avec ses enfants[2]. On prenait un soin particulier qu'ils ne vissent ni n'entendissent rien de malhonnête. On rendait compte au roi de leur conduite. Ce compte qu'on lui en rendait était suivi, par son ordre, de châtiments et de récompenses. La jeunesse qui les voyait, apprenait de bonne heure, avec la vertu, la science d'obéir et de commander. Avec une si belle institution[3] que ne devait-on pas espérer des rois de Perse et de leur noblesse, si on eût eu autant de soin de les bien conduire dans le progrès de leur âge, qu'on en avait de les bien instruire dans leur enfance ? Mais les mœurs corrompues de la nation les entraînaient bientôt dans les plaisirs, contre lesquels nulle éducation ne peut tenir. Il faut pourtant confesser que malgré cette mollesse des Perses, malgré le soin qu'ils avaient de leur beauté et de leur parure, ils ne manquaient pas de valeur. Ils s'en sont toujours piqués, et ils en ont donné d'illustres marques. L'art militaire avait parmi eux la préférence qu'il méritait, comme celui à l'abri duquel tous les autres peuvent s'exercer en repos[4]. Mais jamais ils n'en connurent le fond, ni ne surent ce que peut dans une armée la sévérité, la discipline, l'arrangement des troupes, l'ordre des marches et des campements, et enfin une certaine conduite qui fait remuer ces grands corps sans confusion et à propos. Ils croyaient avoir tout fait quand ils avaient ramassé sans choix un peuple immense, qui allait au combat assez résolument, mais sans ordre, et qui se trouvait embarrassé d'une multitude infinie de personnes inutiles que le roi et les grands traînaient après eux seulement pour le plaisir. Car la mollesse était si grande, qu'ils voulaient trouver dans l'armée la même magnificence et les mêmes délices que dans les lieux où la cour faisait sa demeure ordinaire ; de sorte que les rois marchaient accompagnés de leurs femmes, de leurs concubines, de leurs eunuques et de tout ce qui servait à leurs plaisirs. La vaisselle d'or et d'argent, et les meubles précieux, suivaient dans une abondance prodigieuse, et enfin tout l'attirail que demande une telle vie. Une armée composée de cette sorte, et déjà embarrassée de la multitude excessive de ses soldats, était surchargée par le nombre démesuré de ceux qui ne combattaient point. Dans cette confusion, on ne pouvait se mouvoir de concert ; les ordres ne venaient jamais à temps, et dans une action tout allait comme à l'aventure, sans que personne fût en état de pourvoir à ce désordre. Joint encore qu'il fallait avoir fini bientôt, et passer rapidement dans un pays : car ce corps immense, et avide non seulement de ce qui était nécessaire pour la vie, mais encore de ce qui servait au plaisir, consumait tout en peu de temps ; et on a peine à comprendre d'où il pouvait tirer sa subsistance.

Cependant, avec ce grand appareil, les Perses étonnaient les peuples qui ne savaient pas mieux la guerre qu'eux. Ceux mêmes qui la savaient se trouvèrent ou affaiblis par leurs propres divisions, ou accablés par la multitude de leurs ennemis ; et c'est par là que l'Egypte, toute superbe qu'elle était, et de son antiquité, et de ses sages institutions, et des conquêtes de son Sésostris, devint sujette des Perses. Il ne leur fut pas malaisé de dompter l'Asie Mineure, et même les colonies grecques, que la mollesse de l'Asie avait corrompues. Mais quand ils vinrent à la Grèce même, ils trouvèrent ce qu'ils n'avaient jamais vu, une milice réglée, des chefs entendus, des soldats accoutumés à vivre de peu, des corps endurcis au travail, que la lutte et les autres exercices ordinaires dans ce pays rendaient adroits; des armées médiocres à la vérité, mais semblables à ces corps vigoureux où il semble que tout soit nerf, et où tout est plein d'esprit; au reste, si bien commandées et si souples aux ordres de leurs généraux, qu'on eût cru que les soldats n'avaient tous qu'une même âme, tant on voyait de concert dans leurs mouvements.

Mais ce que la Grèce avait de plus grand était une politique ferme et prévoyante, qui savait abandonner, hasarder et défendre ce qu'il fallait; et ce qui est plus grand encore, un courage que l'amour de la liberté et celui de la patrie rendait invincible.

Les Grecs, naturellement pleins d'esprit et de courage, avaient été cultivés de bonne heure par des rois et des colonies venues d'Egypte, qui, s'étant établies dès les premiers temps en divers endroits du pays, avaient répandu partout cette excellente police des Egyptiens. C'est de là qu'ils avaient appris les exercices du corps, la lutte, la course à pied, la course à cheval et sur des chariots, et les autres exercices qu'ils mirent dans leur perfection par les glorieuses couronnes des jeux olympiques. Mais ce que les Egyptiens leur avaient appris de meilleur était à se rendre dociles, et à se laisser former par des lois pour le bien public. Ce n'était pas des particuliers qui ne songent qu'à leurs affaires, et ne sentent les maux de l'Etat qu'autant qu'ils en souffrent eux-mêmes, ou que le repos de leur famille en est troublé : les Grecs étaient instruits à se regarder et à regarder leur famille comme partie d'un plus grand corps, qui était le corps de l'Etat. Les pères nourrissaient leurs enfants dans cet esprit; et les enfants apprenaient dès le berceau à regarder la patrie comme une mère, à qui ils appartenaient plus encore qu'à leurs parents. Le mot de civilité ne signifiait pas seulement parmi les Grecs la douceur et la déférence mutuelle qui rend les hommes sociables : l'homme civil n'était autre chose qu'un bon citoyen, qui se regarde toujours comme membre de l'Etat, qui se laisse conduire par les lois, et conspire avec elles au bien public, sans rien entreprendre sur personne. Les anciens rois que la Grèce avait eus en divers pays, un Minos, un Cécrops, un Thésée, un Codrus, un Témène, un Cresphonte, un Eurysthène, un Patrocle[1], et les autres semblables, avaient répandu cet esprit dans toute la nation[2]. Ils furent tous populaires[3], non point en flattant le peuple, mais en procurant[4] son bien, et en faisant régner la loi.

Que dirai-je de la sévérité des jugements ? Quel plus grave tribunal y eut-il jamais que celui de l'Aréopage, si révéré dans toute la Grèce, qu'on disait que les dieux mêmes y avaient comparu ? Il a été célèbre dès les premiers temps ; et Cécrops apparemment l'avait fondé sur le modèle des tribunaux de l'Egypte. Aucune compagnie n'a conservé si longtemps la réputation de son ancienne sévérité, et l'éloquence trompeuse en a toujours été bannie.

Les Grecs ainsi policés peu à peu se crurent capables de se gouverner eux-mêmes et la plupart des villes se formèrent en républiques. Mais de sages législateurs qui s'élevèrent en chaque pays, un Thalès, un Pythagore, un Pittacus, un Lycurgue, un Solon, un Philolas, et tant d'autres que l'histoire marque, empêchèrent que la liberté ne dégénérât en licence. Des lois simplement écrites et en petit nombre, tenaient les peuples dans le devoir, et les faisaient concourir au bien commun du pays.

L'idée de liberté, qu'une telle conduite inspirait, était admirable. Car la liberté que se figuraient les Grecs, était une liberté soumise à la loi, c'est-à-dire à la raison même reconnue par tout le peuple. Ils ne voulaient pas que les hommes eussent du pouvoir parmi eux. Les magistrats, redoutés durant le temps de leur ministère, redevenaient des particuliers qui ne gardaient d'autorité qu'autant que leur en donnait leur expérience. La loi était regardée comme la maîtresse : c'était elle qui établissait les magistrats, qui en réglait le pouvoir, et qui enfin châtiait leur mauvaise administration.

Il n'est pas ici question d'examiner si ces idées sont aussi solides que spécieuses. Enfin la Grèce en était charmée, et préférait les inconvénients de la liberté à ceux de la sujétion légitime, quoiqu'en effet beaucoup moindres. Mais comme chaque forme de gouvernement a ses avantages, celui que la Grèce tirait du sien, était que les citoyens s'affectionnaient d'autant plus à leur pays qu'ils le conduisaient en commun, et que chaque particulier pouvait parvenir aux premiers honneurs.

Ce que fit la philosophie pour conserver l'état de la Grèce n'est pas croyable. Plus ces peuples étaient libres, plus il était nécessaire d'y établir par de bonnes raisons les règles des mœurs, et celles de la société. Pythagore, Thalès, Anaxagore, Socrate, Archytas, Platon, Xénophon, Aristote, et une infinité d'autres, remplirent la Grèce de ces beaux préceptes. Il y eut des extravagants, qui prirent le nom de philosophes, mais ceux qui étaient suivis étaient ceux qui enseignaient à sacrifier l'intérêt particulier, et même la vie, à l'intérêt général et au salut de l'Etat; et c'était la maxime la plus commune des philosophes, qu'il fallait ou se retirer des affaires publiques, ou n'y regarder que le bien public.

Pourquoi parler des philosophes ? Les poètes mêmes, qui étaient dans les mains de tout le peuple, les instruisaient plus encore qu'ils ne les divertissaient. Le plus renommé des conquérants regardait Homère comme un maître qui lui apprenait à bien régner. Ce grand poète n'apprenait pas moins à bien obéir, et à être bon citoyen. Lui et tant d'autres poètes, dont les ouvrages ne sont pas moins graves qu'ils sont agréables, ne célèbrent que les arts utiles à la vie humaine, ne respirent que le bien public, la patrie, la société, et cette admirable civilité que nous avons expliquée.

Quand la Grèce ainsi élevée regardait les Asiatiques avec leur délicatesse, avec leur parure et leur beauté semblable à celle des femmes, elle n'avait que du mépris pour eux. Mais leur forme de gouvernement, qui n'avait pour règle que la volonté du prince, maîtresse de toutes les lois et même des plus sacrées, lui inspirait de l'horreur, et l'objet le plus odieux qu'eût toute la Grèce, étaient les Barbares[1].

Cette haine était venue aux Grecs dès les premiers temps, et leur était devenue comme naturelle. Une des choses qui faisait aimer la poésie d'Homère, est qu'il chantait les victoires et les avantages de la Grèce sur l'Asie. Du côté de l'Asie était Vénus, c'est-à-dire les plaisirs, les folles amours et la mollesse; du côté de la Grèce était Junon, c'est-à-dire la gravité avec l'amour conjugal, Mercure avec l'éloquence, Jupiter et la sagesse politique. Du côté de l'Asie était Mars, impétueux et brutal, c'est-à-dire la guerre faite avec fureur : du côté de la Grèce était Pallas, c'est-à-dire l'art militaire et la valeur conduite par esprit. La Grèce, depuis ce temps, avait toujours cru que l'intelligence et le vrai courage était son partage naturel. Elle ne pouvait souffrir que l'Asie pensât à la subjuguer; et en subissant ce joug, elle eût cru assujettir la vertu à la volupté, l'esprit au corps, et le véritable courage à une force insensée qui consistait seulement dans la multitude.

La Grèce était pleine de ces sentiments, quand elle fut attaquée par Darius, fils d'Hystaspe, et par Xerxès, avec des armées dont la grandeur paraît fabuleuse, tant elle est énorme. Aussitôt chacun se prépare à défendre sa liberté. Quoique toutes les villes de Grèce fissent autant de républiques, l'intérêt commun les réunit, et il ne s'agissait entre elles que de voir qui ferait le plus pour le bien public. Il ne coûta rien aux Athéniens d'abandonner leur ville au pillage et à l'incendie; et après qu'ils eurent sauvé leurs vieillards et leurs femmes avec leurs enfants, ils mirent sur des vaisseaux tout ce qui était capable de porter les armes. Pour arrêter quelques jours l'armée persienne à un passage difficile, et pour lui faire sentir ce que c'était que la Grèce, une poignée de Lacédémoniens courut avec son roi à une mort assurée, contents en mourant d'avoir immolé à leur patrie un nombre infini de ces Barbares, et d'avoir laissé à leurs compatriotes l'exemple d'une hardiesse inouïe. Contre de telles armées et une telle conduite, la Perse se trouva faible et éprouva plusieurs fois, à son dommage, ce que peut la discipline contre la multitude et la confusion, et ce que peut la valeur conduite avec art contre une impétuosité aveugle.

Il ne restait à la Perse, tant de fois vaincue, que de mettre la division parmi les Grecs, et l'état même où ils se trouvaient par leurs victoires, rendait cette entreprise facile[1]. Comme la crainte les tenait unis, la victoire et la confiance rompit l'union. Accoutumés à combattre et à vaincre, quand ils crurent n'avoir plus à craindre la puissance des Perses, ils se tournèrent les uns contre les autres. Mais il faut expliquer un peu davantage cet état des Grecs, et ce secret de la politique persienne.

Parmi toutes les républiques dont la Grèce était composée, Athènes et Lacédémone étaient sans comparaison les principales. On ne peut avoir plus d'esprit qu'on en avait à Athènes, ni plus de force qu'on en avait à Lacédémone. Athènes voulait le plaisir : la vie de Lacédémone était dure et laborieuse. L'une et l'autre aimait la gloire et la liberté : mais à Athènes la liberté tendait naturellement à la licence ; et, contrainte par des lois sévères à Lacédémone, plus elle était réprimée au dedans, plus elle cherchait à s'étendre en dominant au dehors. Athènes voulait aussi dominer, mais par un autre principe. L'intérêt se mêlait à la gloire. Ses citoyens excellaient dans l'art de naviguer ; et la mer, où elle régnait, l'avait enrichie. Pour demeurer seule maîtresse de tout le commerce, il n'y avait rien qu'elle ne voulût assujettir ; et ses richesses, qui lui inspiraient ce désir, lui fournissaient le moyen de le satisfaire. Au contraire, à Lacédémone, l'argent était méprisé. Comme toutes ses lois tendaient à en faire une république guerrière, la gloire des armes était le seul charme dont les esprits de ses citoyens fussent possédés. Dès là naturellement elle voulait dominer ; et plus elle était au-dessus de l'intérêt, plus elle s'abandonnait à l'ambition.

Lacédémone, par sa vie réglée, était ferme dans ses maximes et dans ses desseins. Athènes était plus vive, et le peuple y était trop maître. La philosophie et les lois faisaient à la vérité de beaux effets dans des naturels si exquis ; mais la raison toute seule n'était pas capable de les retenir. Un sage Athénien[1], et qui connaissait admirablement le naturel de son pays, nous apprend que la crainte était nécessaire à ces esprits trop vifs et trop libres ; et qu'il n'y eut plus moyen de les gouverner, quand la victoire de Salamine les eut rassurés contre les Perses.

Alors deux choses les perdirent, la gloire de leurs belles actions, et la sûreté où ils croyaient être. Les magistrats n'étaient plus écoutés ; et comme la Perse était affligée par une excessive sujétion, Athènes, dit Platon, ressentit les maux d'une liberté excessive.

Ces deux grandes républiques, si contraires dans leurs mœurs et dans leur conduite, s'embarrassaient l'une l'autre dans le dessein qu'elles avaient d'assujettir toute la Grèce, de sorte qu'elles étaient toujours ennemies, plus encore par la contrariété de leurs intérêts, que par l'incompatibilité de leurs humeurs.

Les villes grecques ne voulaient la domination ni de l'une ni de l'autre ; car, outre que chacun souhaitait pouvoir conserver sa liberté, elles trouvaient l'empire de ces deux républiques trop fâcheux. Celui de Lacédémone était dur. On remarquait dans son peuple je ne sais quoi de farouche. Un gouvernement trop rigide et une vie trop laborieuse y rendait les esprits trop fiers, trop austères, et trop impérieux[1] : joint qu'il fallait se résoudre à n'être jamais en paix sous l'empire d'une ville qui, étant formée pour la guerre, ne pouvait se conserver qu'en la continuant sans relâche[2]. Ainsi les Lacédémoniens voulaient commander, et tout le monde craignait qu'ils ne commandassent[3]. Les Athéniens étaient naturellement plus doux et plus agréables. Il n'y avait rien de plus délicieux à voir que leur ville, où les fêtes et les jeux étaient perpétuels; où l'esprit, où la liberté et les passions donnaient tous les jours de nouveaux spectacles[4]. Mais leur conduite inégale déplaisait à leurs alliés, et était encore plus insupportable à leurs sujets. Il fallait essuyer les bizarreries d'un peuple flatté, c'est-à-dire, selon Platon, quelque chose de plus dangereux que celles d'un prince gâté par la flatterie.

Ces deux villes ne permettaient point à la Grèce de demeurer en repos. Vous avez vu la guerre du Péloponèse, et les autres toujours causées et entretenues par les jalousies de Lacédémone et d'Athènes. Mais ces mêmes jalousies, qui troublaient la Grèce, la soutenaient en quelque façon et l'empêchaient de tomber dans la dépendance de l'une ou de l'autre de ces républiques.

Les Perses aperçurent bientôt cet état de la Grèce. Ainsi tout le secret de leur politique était d'entretenir ces jalousies et de fomenter ces divisions. Lacédémone, qui était la plus ambitieuse, fut la première à les faire entrer dans les querelles des Grecs. Ils y entrèrent dans le dessein de se rendre maîtres de toute la nation; et soigneux d'affaiblir les Grecs les uns par les autres, ils n'attendaient que le moment de les accabler tous ensemble. Déjà les villes de Grèce ne regardaient dans leurs guerres que le roi de Perse, qu'elles appelaient le grand Roi, ou le Roi par excellence, comme si elles se fussent déjà comptées pour sujettes; mais il n'était pas possible que l'ancien esprit de la Grèce ne se réveillât, à la veille de tomber dans la servitude, et entre les mains des Barbares. De petits rois grecs entreprirent de s'opposer à ce grand roi, et de ruiner son empire. Avec une petite armée, mais nourrie dans la discipline que nous avons vue, Agésilas, roi de Lacédémone, fit trembler les Perses dans l'Asie Mineure[1], et montra qu'on les pouvait abattre. Les seules divisions de la Grèce arrêtèrent ses conquêtes; mais il arriva dans ces temps-là que le jeune Cyrus frère d'Artaxerxe se révolta contre lui. Il avait dix mille Grecs dans ses troupes, qui seuls ne purent être rompus dans la déroute universelle de son armée. Il fut tué dans la bataille, et de la main d'Artaxerxe, à ce qu'on dit. Nos Grecs se trouvaient sans protecteur au milieu des Perses et aux environs de Babylone. Cependant Artaxerxe victorieux ne put ni les obliger à poser volontairement les armes, ni les y forcer. Ils conçurent le hardi dessein de traverser en corps d'armée tout son empire pour retourner en leur pays, et ils en vinrent à bout. C'est la belle histoire qu'on trouve si bien racontée par Xénophon dans son livre de la *Retraite des dix mille*, ou de l'*Expédition du jeune Cyrus*. Toute la Grèce vit alors, plus que jamais, qu'elle nourrissait une milice invincible à laquelle tout devait céder, et que ses seules divisions la pouvaient soumettre à un ennemi trop faible pour lui résister quand elle serait unie. Philippe, roi de Macédoine, également habile et vaillant, ménagea si bien les avantages que lui donnait, contre tant de villes et de républiques divisées, un royaume petit, à la vérité, mais uni, et où la puissance royale était absolue, qu'à la fin, moitié par adresse et moitié par force, il se rendit le plus puissant de la Grèce, et obligea tous les Grecs à marcher sous ses étendards contre l'ennemi commun. Il fut tué dans ces conjonctures; mais Alexandre son fils succéda à son royaume et à ses desseins.

Il trouva les Macédoniens non seulement aguerris, mais encore triomphants, et devenus par tant de succès presque autant supérieurs aux autres Grecs en valeur et en discipline, que les autres Grecs étaient au-dessus des Perses et de leurs semblables.

Darius, qui régnait en Perse de son temps, était juste, vaillant, généreux, aimé de ses peuples, et ne manquait ni d'esprit ni de vigueur pour exécuter ses desseins. Mais si vous le comparez avec Alexandre, son esprit avec ce génie perçant et sublime; sa valeur avec la hauteur et la fermeté de ce courage invincible qui se sentait animé par les obstacles; avec cette ardeur immense d'accroître tous les jours son nom, qui lui faisait préférer à tous les périls, à tous les travaux et à mille morts, le moindre degré de gloire; enfin, avec cette confiance qui lui faisait sentir au fond de son cœur que tout lui devait céder comme à un homme que sa destinée rendait supérieur aux autres, confiance qu'il inspirait non seulement à ses chefs, mais encore aux moindres de ses soldats, qu'il élevait par ce moyen au-dessus des difficultés, et au-dessus d'eux-mêmes : vous jugerez aisément auquel des deux appartenait la victoire. Et si vous joignez à ces choses les avantages des Grecs et des Macédoniens au-dessus de leurs ennemis, vous avouerez que la Perse, attaquée par un tel héros et par de telles armées, ne pouvait plus éviter de changer de maître. Ainsi vous découvrirez en même temps ce qui a ruiné l'empire des Perses, et ce qui a élevé celui d'Alexandre.

Pour lui faciliter la victoire, il arriva que la Perse perdit le seul général qu'elle pût opposer aux Grecs : c'était Memnon, Rhodien[1]. Tant qu'Alexandre eut en tête un si fameux capitaine, il put se glorifier d'avoir vaincu un ennemi digne de lui. Au lieu de hasarder contre les Grecs une bataille générale, Memnon voulait qu'on leur disputât tous les passages, qu'on leur coupât les vivres, qu'on les allât attaquer chez eux, et que, par une attaque vigoureuse, on les forçât à venir défendre leur pays. Alexandre y avait pourvu, et les troupes qu'il avait laissées à Antipater suffisaient pour garder la Grèce. Mais sa bonne fortune le délivra tout d'un coup de cet embarras. Au commencement d'une diversion, qui déjà inquiétait toute la Grèce, Memnon mourut, et Alexandre mit tout à ses pieds.

Ce prince fit son entrée dans Babylone avec un éclat qui surpassait tout ce que l'univers avait jamais vu; et après avoir vengé la Grèce, après avoir subjugué avec une promptitude incroyable toutes les terres de la domination persienne, pour assurer de tous côtés son nouvel empire, ou plutôt pour contenter son ambition, et rendre son nom plus fameux que celui de Bacchus, il entra dans les Indes où il poussa ses conquêtes plus loin que ce célèbre vainqueur. Mais celui que les déserts, les fleuves et les montagnes n'étaient pas capables d'arrêter, fut contraint de céder à ses soldats rebutés qui lui demandaient du repos. Réduit à se contenter des superbes monuments qu'il laissa sur le bord de l'Araspe, il ramena son armée par une autre route que celle qu'il avait tenue, et dompta tous les pays qu'il trouva sur son passage.

Il revint à Babylone, craint et respecté non pas comme un conquérant, mais comme un dieu. Mais cet empire formidable qu'il avait conquis ne dura pas plus longtemps que sa vie, qui fut fort courte. A l'âge de trente-trois ans, au milieu des plus vastes desseins qu'un homme eût jamais conçus, et avec les plus justes espérances d'un heureux succès, il mourut sans avoir eu le loisir d'établir solidement ses affaires, laissant un frère imbécile, et des enfants en bas âge, incapables de soutenir un si grand poids. Mais ce qu'il y avait de plus funeste pour sa maison et pour son empire, est qu'il laissait ces capitaines à qui il avait appris à ne respirer que l'ambition et la guerre. Il prévit à quels excès ils se porteraient quand il ne serait plus au monde : pour les retenir, et de peur d'en être dédit, il n'osa nommer ni son successeur ni le tuteur de ses enfants. Il prédit seulement que ses amis célébreraient ses funérailles avec des batailles sanglantes; et il expira dans la fleur de son âge, plein des tristes images de la confusion qui devait suivre sa mort.

En effet, vous avez vu le partage de son empire, et la ruine affreuse de sa maison. La Macédoine, son ancien royaume, tenu par ses ancêtres depuis tant de siècles, fut envahi de tous côtés comme une succession vacante; et, après avoir été longtemps la proie du plus fort, il passa enfin à une autre famille. Ainsi ce grand conquérant, le plus renommé et le plus illustre qui fût jamais, a été le dernier roi de sa race. S'il fût demeuré paisible dans la Macédoine, la grandeur de son empire n'aurait pas tenté ses capitaines, et il eût pu laisser à ses enfants le royaume de ses pères. Mais parce qu'il avait été trop puissant, il fut cause de la perte de tous les siens : et voilà le fruit glorieux de tant de conquêtes.

Sa mort fut la seule cause de cette grande révolution. Car il faut dire à sa gloire que si jamais homme a été capable de soutenir un si vaste empire, quoique nouvellement conquis, ç'a été sans doute Alexandre, puisqu'il n'avait pas moins d'esprit que de courage. Il ne faut donc point imputer à ses fautes, quoiqu'il en ait fait de grandes, la chute de sa famille, mais à la seule mortalité; si ce n'est qu'on veuille dire qu'un homme de son humeur, et que son ambition engageait toujours à entreprendre, n'eût jamais trouvé le loisir d'établir les choses.

Quoi qu'il en soit, nous voyons par son exemple, qu'outre les fautes que les hommes pourraient corriger, c'est-à-dire celles qu'ils font par emportement ou par ignorance, il y a un faible irrémédiable inséparablement attaché aux desseins humains; et c'est la mortalité. Tout peut tomber en un moment par cet endroit-là; ce qui nous force d'avouer que comme le vice le plus inhérent, si je puis parler de la sorte, et le plus inséparable des choses humaines, c'est leur propre caducité; celui qui sait conserver et affermir un État, a trouvé un plus haut point de sagesse que celui qui sait conquérir et gagner des batailles.

Il n'est pas besoin que je vous raconte en détail ce qui fit périr les royaumes formés du débris de l'empire d'Alexandre, c'est-à-dire celui de Syrie, celui de Macédoine, et celui d'Egypte. La cause commune de leur ruine est qu'ils furent contraints de céder à une plus grande puissance, qui fut la puissance romaine. Si toutefois nous voulions considérer le dernier état de ces monarchies, nous trouverions aisément les causes immédiates de leur chute; et nous verrions, entre autres choses, que la plus puissante de toutes, c'est-à-dire celle de Syrie, après avoir été ébranlée par la mollesse et le luxe de la nation, reçut enfin le coup mortel par la division de ses princes.

## CHAPITRE VI

#### L'EMPIRE ROMAIN, ET, EN PASSANT, CELUI DE CARTHAGE ET SA MAUVAISE CONSTITUTION

Nous sommes enfin venus à ce grand empire qui a englouti tous les empires de l'univers, d'où sont sortis les plus grands royaumes du monde que nous habitons, dont nous respectons encore les lois, et que nous devons par conséquent mieux connaître que tous les autres empires. Vous entendez bien que je parle de l'empire romain. Vous en avez vu la longue et mémorable histoire dans toute sa suite. Mais pour entendre parfaitement les causes de l'élévation de Rome et celles des grands changements qui sont arrivés dans son état, considérez attentivement, avec les mœurs des Romains, les temps d'où dépendent tous les mouvements de ce vaste empire.

De tous les peuples du monde, le plus fier et le plus hardi, mais tout ensemble le plus réglé dans ses conseils, le plus constant dans ses maximes, le plus avisé, le plus laborieux, et enfin le plus patient, a été le peuple romain.

De tout cela s'est formée la meilleure milice et la politique la plus prévoyante, la plus ferme et la plus suivie qui fut jamais.

Le fond d'un Romain, pour ainsi parler, était l'amour de sa liberté et de sa patrie. Une de ces choses lui faisait aimer l'autre : car, parce qu'il aimait sa liberté, il aimait aussi sa patrie comme une mère qui le nourrissait dans des sentiments également généreux et libres.

Sous ce nom de liberté, les Romains se figuraient, avec les Grecs, un état où personne ne fût sujet que de la loi, et où la loi fût plus puissante que les hommes.

Au reste, quoique Rome fût née sous un gouvernement royal, elle avait, même sous ses rois, une liberté qui ne convient guère à une monarchie réglée : car outre que les rois étaient électifs, et que l'élection s'en faisait par tout le peuple, c'était encore au peuple assemblé à confirmer les lois, et à résoudre la paix ou la guerre. Il y avait même des cas particuliers où les rois déféraient au peuple le jugement souverain : témoin Tullus Hostilius, qui, n'osant ni condamner ni absoudre Horace, comblé tout ensemble, et d'honneur pour avoir vaincu les Curiaces, et de honte pour avoir tué sa sœur, le fit juger par le peuple. Ainsi les rois n'avaient proprement que le commandement des armées et l'autorité de convoquer les assemblées légitimes, d'y proposer les affaires, de maintenir les lois, et d'exécuter les décrets publics.

Quand Servius Tullius conçut le dessein que vous avez vu de réduire Rome en république, il augmenta dans un peuple déjà si libre l'amour de la liberté, et de là vous pouvez juger combien les Romains en furent jaloux quand ils l'eurent goûtée tout entière sous leurs consuls.

On frémit encore en voyant dans les histoires la triste fermeté du consul Brutus, lorsqu'il fit mourir à ses yeux ses deux enfants, qui s'étaient laissé entraîner aux sourdes pratiques que les Tarquins faisaient dans Rome pour y rétablir leur domination. Combien fut affermi dans l'amour de la liberté un peuple qui voyait ce consul sévère immoler à la liberté sa propre famille! Il ne faut plus s'étonner, si on méprisa dans Rome les efforts des peuples voisins, qui entreprirent de rétablir les Tarquins bannis[1]. Ce fut en vain que le roi Porsenna les prit en sa protection. Les Romains, presque affamés, lui firent connaître, par leur fermeté, qu'ils voulaient du moins mourir libres. Le peuple fut encore plus ferme que le sénat; et Rome entière fit dire à ce puissant roi, qui venait de la réduire à l'extrémité, qu'il cessât d'intercéder pour les Tarquins, puisque, résolue de tout hasarder pour sa liberté, elle recevrait plutôt ses ennemis que ses tyrans[2]. Porsenna, étonné de la fierté de ce peuple, et de la hardiesse plus qu'humaine de quelques particuliers, résolut de laisser les Romains jouir en paix d'une liberté qu'ils savaient si bien défendre.

La liberté leur était donc un trésor qu'ils préféraient à toutes les richesses de l'univers. Aussi avez-vous vu que dans leurs commencements, et même bien avant dans leurs progrès, la pauvreté n'était pas un mal pour eux; au contraire, ils la regardaient comme un moyen de garder leur liberté plus entière, n'y ayant rien de plus libre ni de plus indépendant qu'un homme qui sait vivre de peu, et qui, sans rien attendre de la protection ou de la libéralité d'autrui, ne fonde sa subsistance que sur son industrie et sur son travail.

C'est ce que faisaient les Romains. Nourrir du bétail, labourer la terre, se dérober à eux-mêmes tout ce qu'ils pouvaient, vivre d'épargne et de travail : voilà quelle était leur vie; c'est de quoi ils soutenaient leur famille, qu'ils accoutumaient à de semblables travaux.

Tite-Live a raison de dire qu'il n'y eut jamais de peuple où la frugalité, où l'épargne, où la pauvreté aient été plus longtemps en honneur. Les sénateurs les plus illustres, à n'en regarder que l'extérieur, différaient peu des paysans, et n'avaient d'éclat ni de majesté qu'en public et dans le sénat. Du reste, on les trouvait occupés du labourage et des autres soins de la vie rustique, quand on les allait quérir pour commander les armées. Ces exemples sont fréquents dans l'histoire romaine. Curius et Fabrice, ces grands capitaines qui vainquirent Pyrrhus, un roi si riche, n'avaient que de la vaisselle de terre, et le premier, à qui les Samnites en offraient d'or et d'argent, répondit que son plaisir n'était point d'en avoir, mais de commander à qui en avait. Après avoir triomphé, et avoir enrichi la république des dépouilles de ses ennemis, ils n'avaient pas de quoi se faire enterrer. Cette modération durait encore pendant les guerres puniques. Dans la première, on voit Régulus, général des armées romaines, demander son congé au sénat pour aller cultiver sa métairie abandonnée pendant son absence[1]. Après la ruine de Carthage, on voit encore de grands exemples de la première simplicité. Æmilius Paulus, qui augmenta le trésor public par le riche trésor des rois de Macédoine, vivait selon les règles de l'ancienne frugalité, et mourut pauvre. Mummius, en ruinant Corinthe, ne profita que pour le public des richesses de cette ville opulente et voluptueuse[2]. Ainsi les richesses étaient méprisées : la modération et l'innocence des généraux romains faisait l'admiration des peuples vaincus.

Cependant, dans ce grand amour de la pauvreté, les Romains n'épargnaient rien pour la grandeur et pour la beauté de leur ville. Dès leurs commencements, les ouvrages publics furent tels, que Rome n'en rougit pas depuis même qu'elle se vit maîtresse du monde. Le Capitole, bâti par Tarquin le Superbe, et le temple qu'il éleva à Jupiter dans cette forteresse, étaient dignes dès lors de la majesté du plus grand des dieux, et de la gloire future du peuple romain. Tout le reste répondait à cette grandeur. Les principaux temples, les marchés, les bains, les places publiques, les grands chemins, les aqueducs, les cloaques mêmes et les égouts de la ville avaient une magnificence qui paraîtrait incroyable, si elle n'était attestée par tous les historiens[3], et confirmée par les restes que nous en voyons. Que dirai-je de la pompe des triomphes, des cérémonies de la religion, des jeux et des spectacles qu'on donnait au peuple[4] ? En un mot, tout ce qui servait au public, tout ce qui pouvait donner aux peuples une grande idée de leur commune patrie, se faisait avec profusion autant que le temps le pouvait permettre. L'épargne régnait seulement dans les maisons particulières. Celui qui augmentait ses revenus et rendait ses terres plus fertiles par son industrie et par son travail, qui était le meilleur économe et prenait le plus sur lui-même, s'estimait le plus libre, le plus puissant, et le plus heureux.

Il n'y a rien de plus éloigné d'une telle vie que la mollesse. Tout tendait plutôt à l'autre excès, je veux dire à la dureté. Aussi les mœurs des Romains avaient-elles naturellement quelque chose, non seulement de rude et de rigide, mais encore de sauvage et de farouche. Mais ils n'oublièrent rien pour se réduire eux-mêmes sous de bonnes lois ; et le peuple le plus jaloux de sa liberté que l'univers ait jamais vu, se trouva en même temps le plus soumis à ses magistrats et à la puissance légitime.

La milice d'un tel peuple ne pouvait manquer d'être admirable, puisqu'on y trouvait, avec des courages fermes et des corps vigoureux, une si prompte et si exacte obéissance.

Les lois de cette milice étaient dures, mais nécessaires. La victoire était périlleuse et souvent mortelle à ceux qui la gagnaient contre les ordres. Il y allait de la vie, non seulement à fuir, à quitter ses armes, à abandonner son rang, mais encore à se remuer, pour ainsi dire, et à branler tant soit peu sans le commandement du général. Qui mettait les armes bas devant l'ennemi, qui aimait mieux se laisser prendre que de mourir glorieusement pour sa patrie, était jugé indigne de toute assistance. Pour l'ordinaire on ne comptait plus les prisonniers parmi les citoyens, et on les laissait aux ennemis comme des membres retranchés de la république. Vous avez vu dans Florus et dans Cicéron[1], l'histoire de Régulus, qui persuada au sénat, aux dépens de sa propre vie, d'abandonner les prisonniers aux Carthaginois. Dans la guerre d'Annibal, et après la perte de la bataille de Cannes, c'est-à-dire dans le temps où Rome, épuisée par tant de pertes, manquait le plus de soldats, le sénat aima mieux armer, contre sa coutume, huit mille esclaves, que de racheter huit mille Romains qui ne lui auraient pas plus coûté que la nouvelle milice qu'il fallut lever[2]. Mais dans la nécessité des affaires, on établit plus que jamais comme une loi inviolable, qu'un soldat romain devait ou vaincre ou mourir.

Par cette maxime, les armées romaines, quoique défaites et rompues, combattaient et se ralliaient jusqu'à la dernière extrémité, et comme remarque Salluste[3], il se trouve parmi les Romains plus de gens punis pour avoir combattu sans en avoir ordre, que pour avoir lâché le pied et quitté son poste : de sorte que le courage avait plus besoin d'être réprimé, que la lâcheté n'avait besoin d'être excitée.

Ils joignirent à la valeur l'esprit et l'invention. Outre qu'ils étaient par eux-mêmes appliqués et ingénieux, ils savaient profiter admirablement de tout ce qu'ils voyaient dans les autres peuples de commode pour les campements, pour les ordres de bataille, pour le genre même des armes, en un mot, pour faciliter tant l'attaque que la défense. Vous avez vu, dans Salluste et dans les autres auteurs, ce que les Romains ont appris de leurs voisins et de leurs ennemis mêmes. Qui ne sait qu'ils ont appris des Carthaginois l'invention des galères, par lesquelles ils les ont battus, et enfin qu'ils ont tiré de toutes les nations qu'ils ont connues de quoi les surmonter toutes ?

En effet, il est certain, de leur aveu propre, que les Gaulois les surpassaient en force de corps, et ne leur cédaient pas en courage. Polybe nous fait voir qu'en une rencontre décisive, les Gaulois, d'ailleurs plus forts en nombre, montrèrent plus de hardiesse que les Romains, quelque déterminés qu'ils fussent[1]; et nous voyons toutefois, en cette même rencontre, ces Romains, inférieurs en tout le reste, l'emporter sur les Gaulois, parce qu'ils savaient choisir de meilleures armes, se ranger dans un meilleur ordre, et mieux profiter du temps dans la mêlée. C'est ce que vous pourrez voir quelque jour plus exactement dans Polybe; et vous avez souvent remarqué vous-même, dans les Commentaires de César, que les Romains commandés par ce grand homme ont subjugué les Gaulois plus encore par les adresses de l'art militaire que par leur valeur.

Les Macédoniens, si jaloux de conserver l'ancien ordre de leur milice formée par Philippe et par Alexandre, croyaient leur phalange invincible, et ne pouvaient se persuader que l'esprit humain fût capable de trouver quelque chose de plus ferme. Cependant le même Polybe, et Tite-Live après lui[2], ont démontré qu'à considérer seulement la nature des armées romaines et de celles des Macédoniens, les dernières ne pouvaient manquer d'être battues à la longue, parce que la phalange macédonienne, qui n'était qu'un gros bataillon carré, fort épais de toutes parts, ne pouvait se mouvoir que tout d'une pièce;

au lieu que l'armée romaine, distinguée en petits corps, était plus prompte et plus disposée à toute sorte de mouvements.

Les Romains ont donc trouvé, ou ils ont bientôt appris l'art de diviser les armées en plusieurs bataillons et escadrons, et de former les corps de réserve, dont le mouvement est si propre à pousser ou à soutenir ce qui s'ébranle de part et d'autre. Faites marcher contre des troupes ainsi disposées la phalange macédonienne : cette grosse et lourde machine sera terrible à la vérité à une armée sur laquelle elle tombera de tout son poids ; mais, comme parle Polybe, elle ne peut conserver longtemps sa propriété naturelle, c'est-à-dire sa solidité et sa consistance, parce qu'il lui faut des lieux propres, et pour ainsi dire faits exprès, et qu'à faute de les trouver, elle s'embarrasse elle-même, ou plutôt elle se rompt par son propre mouvement ; joint qu'étant une fois enfoncée, elle ne sait plus se rallier. Au lieu que l'armée romaine, divisée en ses petits corps, profite de tous les lieux, et s'y accommode : on l'unit et on la sépare comme on veut ; elle défile aisément et se rassemble sans peine ; elle est propre aux détachements, aux ralliements, à toute sorte de conversions et d'évolutions, qu'elle fait ou tout entière ou en partie, selon qu'il est convenable ; enfin elle a plus de mouvements divers, et par conséquent plus d'action et plus de force que la phalange. Concluez donc, avec Polybe, qu'il fallait que la phalange lui cédât, et que la Macédoine fût vaincue.

Il y a plaisir, Monseigneur, à vous parler de ces choses dont vous êtes si bien instruit par d'excellents maîtres, et que vous voyez pratiquées, sous les ordres de Louis le Grand, d'une manière si admirable, que je ne sais si la milice romaine a jamais rien eu de plus beau. Mais, sans vouloir ici la mettre aux mains avec la milice française, je me contente que vous ayez vu que la milice romaine, soit qu'on regarde la science même de prendre ses avantages, ou qu'on s'attache à considérer son extrême sévérité à faire garder tous les ordres de la guerre, a surpassé de beaucoup tout ce qui avait paru dans les siècles précédents.

Après la Macédoine il ne faut plus vous parler de la Grèce : vous avez vu que la Macédoine y tenait le dessus, et ainsi elle vous apprend à juger du reste. Athènes n'a plus rien produit depuis les temps d'Alexandre. Les Étoliens, qui se signalèrent en diverses guerres, étaient plutôt indociles que libres, et plutôt brutaux que vaillants. Lacédémone avait fait son dernier effort pour la guerre en produisant Cléomène, et la ligue des Achéens en produisant Philopœmen. Rome n'a point combattu contre ces deux grands capitaines; mais le dernier, qui vivait du temps d'Annibal et de Scipion, à voir agir les Romains dans la Macédoine, jugea bien que la liberté de la Grèce allait expirer et qu'il ne lui restait plus qu'à reculer le moment de sa chute[1]. Ainsi les peuples les plus belliqueux cédaient aux Romains. Les Romains ont triomphé du courage dans les Gaulois, du courage et de l'art dans les Grecs, et de tout cela soutenu de la conduite la plus raffinée, en triomphant d'Annibal; de sorte que rien n'égala jamais la gloire de leur milice.

Ainsi n'ont-ils rien eu, dans tout leur gouvernement, dont ils se soient tant vantés que de leur discipline militaire. Ils l'ont toujours considérée comme le fondement de leur empire. La discipline militaire est la chose qui a paru la première dans leur Etat, et la dernière qui s'y est perdue : tant elle était attachée à la constitution de leur république.

Une des plus belles parties de la milice romaine était qu'on n'y louait point la fausse valeur. Les maximes du faux honneur, qui ont fait périr tant de monde parmi nous, n'étaient pas seulement connues dans une nation si avide de gloire. On remarque de Scipion[2] et de César, les deux premiers hommes de guerre et les plus vaillants qui aient été parmi les Romains, qu'ils ne se sont jamais exposés qu'avec précaution et lorsqu'un grand besoin le demandait. On n'attendait rien de bon d'un général qui ne savait pas connaître le soin qu'il devait avoir de conserver sa personne[3]; et on réservait pour le vrai service les actions d'une hardiesse extraordinaire. Les Romains ne voulaient point de batailles hasardées mal à propos, ni de victoires qui coûtassent trop de sang; de sorte qu'il n'y avait rien de plus hardi ni tout ensemble de plus ménagé qu'étaient les armées romaines.

Mais comme il ne suffit pas d'entendre la guerre, si on n'a un sage conseil pour l'entreprendre à propos, et tenir le dedans de l'Etat dans un bon ordre, il faut encore vous faire observer la profonde politique du sénat romain. A le prendre dans les bons temps de la république, il n'y eut jamais d'assemblée où les affaires fussent traitées plus mûrement, ni avec plus de secret, ni avec une plus longue prévoyance, ni dans un plus grand concours, et avec un plus grand zèle pour le bien public.

Le Saint-Esprit n'a pas dédaigné de marquer ceci dans le livre des Machabées[1], ni de louer la haute prudence et les conseils vigoureux de cette sage compagnie, où personne ne se donnait de l'autorité que par la raison, et dont tous les membres conspiraient à l'utilité publique sans partialité et sans jalousie.

Pour le secret, Tite-Live nous en donne un exemple illustre[2]. Pendant qu'on méditait la guerre contre Persée, Eumènes, roi de Pergame, ennemi de ce prince, vint à Rome pour se liguer contre lui avec le sénat. Il y fit ses propositions en pleine assemblée, et l'affaire fut résolue par les suffrages d'une compagnie composée de trois cents hommes. Qui croirait que le secret eût été gardé, et qu'on n'ait jamais rien su de la délibération que quatre ans après, quand la guerre fut achevée? Mais ce qu'il y a de plus surprenant, est que Persée avait à Rome ses ambassadeurs pour observer Eumènes. Toutes les villes de Grèce et d'Asie, qui craignaient d'être enveloppées dans cette querelle, avaient aussi envoyé les leurs, et tous ensemble tâchaient à découvrir une affaire d'une telle conséquence. Au milieu de tant d'habiles négociateurs, le sénat fut impénétrable. Pour faire garder le secret on n'eut jamais besoin de supplices, ni de défendre le commerce avec les étrangers sous des peines rigoureuses. Le secret se recommandait comme tout seul; et par sa propre importance.

C'est une chose surprenante dans la conduite de Rome, d'y voir le peuple regarder presque toujours le sénat avec jalousie, et néanmoins lui déférer tout dans les grandes occasions, et surtout dans les grands périls. Alors on voyait tout le peuple tourner les yeux sur cette sage compagnie, et attendre ses résolutions comme autant d'oracles.

Une longue expérience avait appris aux Romains que de là étaient sortis tous les conseils qui avaient sauvé l'Etat. C'était dans le sénat que se conservaient les anciennes maximes, et l'esprit, pour ainsi parler, de la république. C'était là que se formaient les desseins qu'on voyait se soutenir par leur propre suite ; et ce qu'il y avait de plus grand dans le sénat, est qu'on n'y prenait jamais des résolutions plus vigoureuses que dans les plus grandes extrémités.

Ce fut au plus triste état de la république, lorsque, faible encore et dans sa naissance, elle se vit tout ensemble et divisée au-dedans par les tribuns, et pressée audehors par les Volsques que Coriolan irrité menait contre sa patrie[1] : ce fut, dis-je, en cet état, que le sénat parut le plus intrépide. Les Volsques, toujours battus par les Romains, espérèrent de se venger ayant à leur tête le plus grand homme de Rome, le plus entendu à la guerre, le plus libéral, le plus incompatible avec l'injustice ; mais le plus dur, le plus difficile et le plus aigri. Ils voulaient se faire citoyens par force ; et après de grandes conquêtes, maîtres de la campagne et du pays, ils menaçaient de tout perdre si on n'accordait leur demande. Rome n'avait ni armée ni chefs ; et néanmoins dans ce triste état, et pendant qu'elle avait tout à craindre, on vit sortir tout à coup ce hardi décret du sénat, qu'on périrait plutôt que de rien céder à l'ennemi armé ; et qu'on lui accorderait des conditions équitables, après qu'il aurait retiré ses armes.

La mère de Coriolan, qui fut envoyée pour le fléchir, lui disait entre autres raisons : « Ne connaissez-vous pas les Romains ? Ne savez-vous pas, mon fils, que vous n'en aurez rien que par les prières, et que vous n'en obtiendrez ni grande ni petite chose par la force ?[2] » Le sévère Coriolan se laissa vaincre : il lui en coûta la vie, et les Volsques choisirent d'autres généraux. Mais le sénat demeura ferme dans ses maximes ; et le décret qu'il donna de ne rien accorder par force, passa pour une loi fondamentale de la politique romaine, dont il n'y a pas un seul exemple que les Romains se soient départis dans tous les temps de la république[3]. Parmi eux, dans les états les plus tristes, jamais les faibles conseils n'ont été seulement écoutés. Ils étaient toujours plus traitables victorieux que vaincus : tant le sénat savait maintenir les anciennes maximes de la république, et tant il y savait confirmer le reste des citoyens.

De ce même esprit sont sorties les résolutions prises tant de fois dans le sénat, de vaincre les ennemis par la force ouverte, sans y employer les ruses ou les artifices, même ceux qui sont permis à la guerre : ce que le sénat ne faisait ni par un faux point d'honneur, ni pour avoir ignoré les lois de la guerre, mais parce qu'il ne jugeait rien de plus efficace pour abattre un ennemi orgueilleux, que de lui ôter toute l'opinion qu'il pourrait avoir de ses forces, afin que, vaincu jusque dans le cœur, il ne vît plus de salut que dans la clémence du vainqueur.

C'est ainsi que s'établit par toute la terre cette haute opinion des armes romaines. La créance répandue partout que rien ne leur résistait faisait tomber les armes des mains à leurs ennemis, et donnait à leurs alliés un invincible secours. Vous voyez ce que fait dans toute l'Europe une semblable opinion des armées françaises ; et le monde, étonné des exploits du Roi, confesse qu'il n'appartenait qu'à lui seul de donner des bornes à ses conquêtes.

La conduite du sénat romain, si forte contre les ennemis, n'était pas moins admirable dans la conduite du dedans. Ces sages sénateurs avaient quelquefois pour le peuple une juste condescendance ; comme lorsque, dans une extrême nécessité, non seulement ils se taxèrent eux-mêmes plus haut que les autres, ce qui leur était ordinaire, mais encore qu'ils déchargèrent le menu peuple de tout impôt, ajoutant, « que les pauvres payaient un assez grand tribut à la république, en nourrissant leurs enfants[1]. »

Le sénat montra, par cette ordonnance, qu'il savait en quoi consistaient les vraies richesses d'un État ; et un si beau sentiment, joint aux témoignages d'une bonté paternelle, fit tant d'impression dans l'esprit des peuples, qu'ils devinrent capables de soutenir les dernières extrémités pour le salut de leur patrie.

Mais quand le peuple méritait d'être blâmé, le sénat le faisait aussi avec une gravité et une vigueur digne de cette sage compagnie, comme il arriva dans le démêlé entre ceux d'Ardée et d'Aricie. L'histoire en est mémorable, et mérite de vous être racontée. Ces deux peuples étaient en guerre pour des terres que chacun d'eux prétendait[2]. Enfin, las de combattre, ils convinrent de se rapporter au jugement du peuple romain, dont l'équité était révérée par tous les voisins. Les tribus furent assemblées, et le peuple ayant connu, dans la discussion, que ces terres prétendues par d'autres, lui appartenaient de droit, se les adjugea. Le sénat, quoique convaincu que le peuple dans le fond avait bien jugé, ne put souffrir que les

Romains eussent démenti leur générosité naturelle, ni qu'ils eussent lâchement trompé l'espérance de leurs voisins qui s'étaient soumis à leur arbitrage. Il n'y eut rien que ne fît cette compagnie pour empêcher un jugement d'un si pernicieux exemple, où les juges prenaient pour eux les terres contestées par les parties. Après que la sentence eut été entendue, ceux d'Ardée dont le droit était le plus apparent, indignés d'un jugement si inique, étaient prêts à s'en venger par les armes. Le sénat ne fit point de difficulté de leur déclarer publiquement qu'il était aussi sensible qu'eux-mêmes à l'injure[1] qui leur avait été faite; qu'à la vérité il ne pouvait pas casser un décret du peuple, mais que si, après cette offense, ils voulaient bien se fier à la compagnie de la réparation qu'ils avaient raison de prétendre, le sénat prendrait un tel soin de leur satisfaction, qu'il ne leur resterait aucun sujet de plainte. Les Ardéates se fièrent à cette parole. Il leur arriva une affaire capable de ruiner leur ville de fond en comble. Ils reçurent un si prompt secours par les ordres du sénat, qu'ils se crurent trop bien payés de la terre qui leur avait été ôtée, et ne songeaient plus qu'à remercier de si fidèles amis. Mais le sénat ne fut pas content, jusqu'à ce qu'en leur faisant rendre la terre que le peuple romain s'était adjugée, il abolît la mémoire d'un si infâme jugement.

Je n'entreprends pas ici de vous dire combien le sénat a fait d'actions semblables; combien il a livré aux ennemis de citoyens parjures qui ne voulaient pas leur tenir parole, ou qui chicanaient sur leurs serments; combien il a condamné de mauvais conseils qui avaient eu d'heureux succès[2] : je vous dirai seulement que cette auguste compagnie n'inspirait rien que de grand au peuple romain, et donnait en toutes rencontres une haute idée de ses conseils, persuadée qu'elle était que la réputation était le plus ferme appui des Etats.

On peut croire que, dans un peuple si sagement dirigé, les récompenses et les châtiments étaient ordonnés avec grande considération. Outre que le service et le zèle au bien de l'Etat étaient le moyen le plus sûr pour s'avancer dans les charges, les actions militaires avaient mille récompenses qui ne coûtaient rien au public, et qui étaient infiniment précieuses aux particuliers, parce qu'on y avait attaché la gloire, si chère à ce peuple belliqueux.

Une couronne d'or très mince, et le plus souvent une couronne de feuilles de chêne, ou de laurier, ou de quelque herbage plus vil encore, devenait inestimable parmi les soldats, qui ne connaissaient point de plus belles marques que celles de la vertu, ni de plus noble distinction que celle qui venait des actions glorieuses.

Le sénat, dont l'approbation tenait lieu de récompense, savait louer et blâmer quand il fallait. Incontinent après le combat, les consuls et les autres généraux donnaient publiquement aux soldats et aux officiers la louange ou le blâme qu'ils méritaient; mais eux-mêmes ils attendaient en suspens le jugement du sénat, qui jugeait de la sagesse des conseils sans se laisser éblouir par le bonheur des événements. Les louanges étaient précieuses, parce qu'elles se donnaient avec connaissance : le blâme piquait au vif les cœurs généreux, et retenait les plus faibles dans le devoir. Les châtiments qui suivaient les mauvaises actions tenaient les soldats en crainte, pendant que les récompenses et la gloire bien dispensée les élevait au-dessus d'eux-mêmes.

Qui peut mettre dans l'esprit des peuples la gloire, la patience dans les travaux, la grandeur de la nation, et l'amour de la patrie, peut se vanter d'avoir trouvé la constitution d'État la plus propre à produire de grands hommes. C'est sans doute les grands hommes qui font la force d'un empire. La nature ne manque pas de faire naître dans tous les pays des esprits et des courages élevés, mais il faut lui aider à les former. Ce qui les forme, ce qui les achève, ce sont des sentiments forts et de nobles impressions qui se répandent dans tous les esprits, et passent insensiblement de l'un à l'autre. Qu'est-ce qui rend notre noblesse si fière dans les combats et si hardie dans les entreprises ? c'est l'opinion reçue dès l'enfance, et établie par le sentiment unanime de la nation, qu'un gentilhomme sans cœur se dégrade lui-même, et n'est plus digne de voir le jour. Tous les Romains étaient nourris dans ces sentiments, et le peuple disputait avec la noblesse à qui agirait le plus par ces vigoureuses maximes. Durant les bons temps de Rome, l'enfance même était exercée par des travaux : on n'y entendait parler d'autre chose que de la grandeur du nom romain. Il fallait aller à la guerre quand la république l'ordonnait, et là travailler sans cesse, camper hiver et été, obéir sans résistance, mourir ou vaincre. Les pères qui n'élevaient pas leurs enfants dans ces maximes, et comme il fallait, pour les rendre capables de servir l'Etat, étaient appelés en justice par les magistrats, et jugés coupables d'un attentat envers le public. Quand on a commencé à prendre ce train, les grands hommes se font les uns les autres ; et si Rome en a plus porté qu'aucune autre ville qui eût été avant elle, ce n'a point été par hasard ; mais c'est que l'Etat romain, constitué de la manière que nous avons vue, était, pour ainsi parler, du tempérament qui devait être le plus fécond en héros.

Un Etat qui se sent ainsi formé, se sent aussi en même temps d'une force incomparable, et ne se croit jamais sans ressource. Aussi voyons-nous que les Romains n'ont jamais désespéré de leurs affaires, ni quand Porsenna, roi d'Etrurie, les affamait dans leurs murailles ; ni quand les Gaulois, après avoir brûlé leur ville, inondaient tout leur pays, et les tenaient serrés dans le Capitole ; ni quand Pyrrhus, roi des Epirotes, aussi habile qu'entreprenant, les effrayait par ses éléphants, et défaisait toutes leurs armées ; ni quand Annibal, déjà tant de fois vainqueur, leur tua encore plus de cinquante mille hommes et leur meilleure milice dans la bataille de Cannes.

Ce fut alors que le consul Terentius Varro, qui venait de perdre par sa faute une si grande bataille, fut reçu à Rome comme s'il eût été victorieux, seulement parce que, dans un si grand malheur, il n'avait point désespéré des affaires de la république. Le sénat l'en remercia publiquement ; et dès lors on résolut, selon les anciennes maximes, de n'écouter dans ce triste état aucune proposition de paix. L'ennemi fut étonné ; le peuple reprit cœur, et crut avoir des ressources que le sénat connaissait par sa prudence.

En effet, cette constance du sénat, au milieu de tant de malheurs qui arrivaient coup sur coup, ne venait pas seulement d'une résolution opiniâtre de ne céder jamais à la fortune, mais encore d'une profonde connaissance des forces romaines et des forces ennemies. Rome savait par son cens, c'est-à-dire par le rôle de ses citoyens, toujours exactement continué depuis Servius Tullius ; elle savait, dis-je, tout ce qu'elle avait de citoyens capables de porter les armes, et ce qu'elle pouvait espérer de la jeunesse qui s'élevait tous les jours. Ainsi elle ménageait ses forces contre un ennemi qui venait des bords de l'Afrique, que le temps devait détruire tout seul dans un pays étranger, où les secours étaient si tardifs, et à qui ses victoires mêmes, qui lui coûtaient tant de sang, étaient fatales. C'est pourquoi, quelque perte qui fût arrivée, le sénat, toujours instruit de ce qui lui restait de bons soldats, n'avait qu'à temporiser, et ne se laissait jamais abattre. Quand, par la défaite de Cannes et par les révoltes qui suivirent, il vit les forces de la république tellement diminuées, qu'à peine eût-on pu se défendre si les ennemis eussent pressé, il se soutint par courage; et, sans se troubler de ses pertes, il se mit à regarder les démarches du vainqueur. Aussitôt qu'on eut aperçu qu'Annibal, au lieu de poursuivre sa victoire, ne songeait durant quelque temps qu'à en jouir, le sénat se rassura, et vit bien qu'un ennemi capable de manquer à sa fortune, et de se laisser éblouir par ses grands succès, n'était pas né pour vaincre les Romains. Dès lors Rome fit tous les jours de plus grandes entreprises; et Annibal, tout habile, tout courageux, tout victorieux qu'il était, ne put tenir contre elle.

Il est aisé de juger, par ce seul événement, à qui devait enfin demeurer tout l'avantage. Annibal, enflé de ses grands succès, crut la prise de Rome trop aisée, et se relâcha. Rome, au milieu de ses malheurs, ne perdit ni le courage, ni la confiance, et entreprit de plus grandes choses que jamais. Ce fut incontinent après la défaite de Cannes qu'elle assiégea Syracuse et Capoue, l'une infidèle aux traités, et l'autre rebelle. Syracuse ne put se défendre, ni par ses fortifications, ni par les inventions d'Archimède. L'armée victorieuse d'Annibal vint vainement au secours de Capoue. Mais les Romains firent lever à ce capitaine le siège de Nole. Un peu après, les Carthaginois défirent et tuèrent en Espagne les deux Scipions. Dans toute cette guerre il n'était rien arrivé de plus sensible ni de plus funeste aux Romains. Leur perte leur fit faire les derniers efforts : le jeune Scipion, fils d'un de ces généraux, non content d'avoir relevé les affaires de Rome en Espagne, alla porter la guerre aux Carthaginois dans leur propre ville, et donna le dernier coup à leur empire.

L'état de cette ville ne permettait pas que Scipion y trouvât la même résistance qu'Annibal trouvait du côté de Rome; et vous en serez convaincu si peu que vous regardiez la constitution de ces deux villes.

Rome était dans sa force; et Carthage, qui avait commencé de baisser, ne se soutenait plus que par Annibal[1]. Rome avait son sénat uni, et c'est précisément dans ces temps que s'y est trouvé ce concert tant loué dans le livre des Machabées. Le sénat de Carthage était divisé par de vieilles factions irréconciliables; et la perte d'Annibal eût fait la joie de la plus notable partie des grands seigneurs. Rome encore pauvre, et attachée à l'agriculture, nourrissait une milice admirable, qui ne respirait que la gloire, et ne songeait qu'à agrandir le nom romain. Carthage, enrichie par son trafic, voyait tous ses citoyens attachés à leurs richesses, et nullement exercés dans la guerre. Au lieu que les armées romaines étaient presque toutes composées de citoyens; Carthage, au contraire, tenait pour maxime de n'avoir que des troupes étrangères, souvent autant à craindre à ceux qui les paient qu'à ceux contre qui on les emploie.

Ces défauts venaient en partie de la première institution de la république de Carthage, et en partie s'y étaient introduits avec le temps. Carthage a toujours aimé les richesses; et Aristote l'accuse d'y être attachée jusqu'à donner lieu à ses citoyens de les préférer à la vertu[2]. Par là une république toute faite pour la guerre, comme le remarque le même Aristote, à la fin en a négligé l'exercice. Ce philosophe ne la reprend pas de n'avoir que des milices étrangères; et il est à croire qu'elle n'est tombée que longtemps après dans ce défaut. Mais les richesses y mènent naturellement une république marchande : on veut jouir de ses biens, et on croit tout trouver dans son argent. Carthage se croyait forte parce qu'elle avait beaucoup de soldats, et n'avait pu apprendre, par tant de révoltes arrivées dans les derniers temps, qu'il n'y a rien de plus malheureux qu'un Etat qui ne se soutient que par les étrangers, où il ne trouve ni zèle, ni sûreté, ni obéissance.

Il est vrai que le grand génie d'Annibal semblait avoir remédié aux défauts de sa république. On regarde comme un prodige que dans un pays étranger, et durant seize ans entiers, il n'ait jamais vu, je ne dis pas de sédition, mais de murmure, dans une armée toute composée de peuples divers, qui sans s'entendre entre eux s'accordaient si bien à entendre les ordres de leur général[3]. Mais l'habileté d'Annibal ne pouvait pas soutenir Carthage, lorsqu'attaquée dans ses murailles par un général comme Scipion, elle se trouva sans forces. Il fallut rappeler Annibal, à qui il ne restait plus que des troupes affaiblies plus par leurs propres victoires que par celles des Romains, et qui achevèrent de se ruiner par la longueur du voyage. Ainsi Annibal fut battu ; et Carthage, autrefois maîtresse de toute l'Afrique, de la mer Méditerranée, et de tout le commerce de l'univers, fut contrainte de subir le joug que Scipion lui imposa.

Voilà le fruit glorieux de la patience romaine. Des peuples qui s'enhardissaient et se fortifiaient par leurs malheurs avaient bien raison de croire qu'on sauvait tout, pourvu qu'on ne perdît pas l'espérance ; et Polybe a très bien conclu, que Carthage devait à la fin obéir à Rome, par la seule nature des deux républiques.

Que si les Romains s'étaient servis de ces grandes qualités politiques et militaires seulement pour conserver leur État en paix, ou pour protéger leurs alliés opprimés, comme ils en faisaient le semblant, il faudrait autant louer leur équité que leur valeur et leur prudence. Mais quand ils eurent goûté la douceur de la victoire, ils voulurent que tout leur cédât, et ne prétendirent à rien moins qu'à mettre premièrement leurs voisins, et ensuite tout l'univers, sous leurs lois.

Pour parvenir à ce but, ils surent parfaitement conserver leurs alliés, les unir entre eux, jeter la division et la jalousie parmi leurs ennemis, pénétrer leurs conseils, découvrir leurs intelligences, et prévenir leurs entreprises.

Ils n'observaient pas seulement les démarches de leurs ennemis, mais encore tous les progrès de leurs voisins : curieux surtout, ou de diviser, ou de contre-balancer par quelque autre endroit les puissances qui devenaient trop redoutables, ou qui mettaient de trop grands obstacles à leurs conquêtes.

Ainsi les Grecs avaient tort de s'imaginer, du temps de Polybe, que Rome s'agrandissait plutôt par hasard que par conduite[1]. Ils étaient trop passionnés pour leur nation, et trop jaloux des peuples qu'ils voyaient s'élever au-dessus d'eux ; ou peut-être que voyant de loin l'empire romain s'avancer si vite, sans pénétrer les conseils qui faisaient mouvoir ce grand corps, ils attribuaient au hasard, selon la coutume des hommes, les effets dont les causes ne leur étaient pas connues. Mais Polybe, que son étroite familiarité avec les Romains faisait entrer si avant dans le secret des affaires, et qui observait de si près la politique romaine durant les guerres puniques, a été plus équitable que les autres Grecs, et a vu que les conquêtes de Rome étaient la suite d'un dessein bien entendu. Car il voyait les Romains, du milieu de la mer Méditerranée, porter leurs regards partout aux environs jusqu'aux Espagnes et jusqu'en Syrie; observer ce qui s'y passait; s'avancer régulièrement et de proche en proche; s'affermir avant que de s'étendre; ne se point charger de trop d'affaires; dissimuler quelque temps, et se déclarer à propos; attendre qu'Annibal fût vaincu pour désarmer Philippe, roi de Macédoine, qui l'avait favorisé; après avoir commencé l'affaire, n'être jamais las ni contents jusqu'à ce que tout fût fait; ne laisser aux Macédoniens aucun moment pour se reconnaître; et après les avoir vaincus, rendre par un décret public à la Grèce, si longtemps captive, la liberté à laquelle elle ne pensait plus; par ce moyen répandre d'un côté la terreur, et de l'autre la vénération de leur nom : c'en était assez pour conclure que les Romains ne s'avançaient pas à la conquête du monde par hasard, mais par conduite.

C'est ce qu'a vu Polybe dans le temps des progrès de Rome. Denys d'Halicarnasse, qui a écrit après l'établissement de l'Empire, et du temps d'Auguste, a conclu la même chose[1], en reprenant dès leur origine les anciennes institutions de la république romaine, si propres de leur nature à former un peuple invincible et dominant. Vous en avez assez vu pour entrer dans les sentiments de ces sages historiens, et pour condamner Plutarque qui, toujours passionné pour les Grecs, attribue à la seule fortune la grandeur romaine, et à la seule vertu celle d'Alexandre[2].

Mais plus ces historiens font voir de dessein dans les conquêtes de Rome, plus ils y montrent d'injustice. Ce vice est inséparable du désir de dominer, qui aussi pour cette raison, est justement condamné par les règles de l'Evangile. Mais la seule philosophie suffit pour nous faire entendre que la force nous est donnée pour conserver notre bien, et non pas pour usurper celui d'autrui. Cicéron l'a reconnu; et les règles qu'il a données pour faire la guerre[3], sont une manifeste condamnation de la conduite des Romains.

Il est vrai qu'ils parurent assez équitables au commencement de leur république. Il semblait qu'ils voulaient eux-mêmes modérer leur humeur guerrière, en la resserrant dans les bornes que l'équité prescrivait. Qu'y a-t-il de plus beau ni de plus saint que le collège des Féciaux; soit que Numa en soit le fondateur, comme le dit Denys d'Halicarnasse[1], ou que ce soit Ancus Martius, comme le veut Tite-Live[2] ? Ce conseil était établi pour juger si une guerre était juste : avant que le sénat la proposât, ou que le peuple la résolût, cet examen d'équité précédait toujours. Quand la justice de la guerre était reconnue, le sénat prenait ses mesures pour l'entreprendre; mais on envoyait, avant toutes choses, redemander dans les formes à l'usurpateur les choses injustement ravies, et on n'en venait aux extrémités qu'après avoir épuisé les voies de douceur. Sainte institution s'il en fut jamais, et qui fait honte aux chrétiens, à qui un Dieu venu au monde pour pacifier toutes choses n'a pu inspirer la charité et la paix! Mais que servent les meilleures institutions, quand enfin elles dégénèrent en pures cérémonies ? La douceur de vaincre et de dominer corrompit bientôt dans les Romains ce que l'équité naturelle leur avait donné de droiture. Les délibérations des Féciaux ne furent plus parmi eux qu'une formalité inutile; et encore qu'ils exerçassent envers leurs plus grands ennemis des actions de grande équité, et même de grande clémence, l'ambition ne permettait pas à la justice de régner dans leurs conseils.

Au reste, leurs injustices étaient d'autant plus dangereuses qu'ils savaient mieux les couvrir du prétexte spécieux de l'équité, et qu'ils mettaient sous le joug insensiblement les rois et les nations, sous couleur de les protéger et de les défendre.

Ajoutons encore qu'ils étaient cruels à ceux qui leur résistaient; autre qualité assez naturelle aux conquérants, qui savent que l'épouvante fait plus de la moitié des conquêtes. Faut-il dominer à ce prix, et le commandement est-il si doux, que les hommes le veuillent acheter par des actions inhumaines ? Les Romains, pour répandre partout la terreur, affectaient de laisser dans les villes prises des spectacles terribles de cruauté[3], et de paraître impitoyables à qui attendait la force, sans même épargner les rois qu'ils faisaient mourir inhumainement, après les avoir menés en triomphe chargés de fers, et traînés à des chariots comme des esclaves.

Mais s'ils étaient cruels et injustes pour conquérir, ils gouvernaient avec équité les nations subjuguées. Ils tâchaient de faire goûter leur gouvernement aux peuples soumis, et croyaient que c'était le meilleur moyen de s'assurer leurs conquêtes. Le sénat tenait en bride les gouverneurs et faisait justice au peuple. Cette compagnie était regardée comme l'asile des oppressés : aussi les concussions et les violences ne furent-elles connues parmi les Romains que dans les derniers temps de la république ; et jusqu'à ce temps la retenue de leurs magistrats était l'admiration de toute la terre.

Ce n'était donc pas de ces conquérants brutaux et avares, qui ne respirent que le pillage, ou qui établissent leur domination sur la ruine des pays vaincus. Les Romains rendaient meilleurs tous ceux qu'ils prenaient, en y faisant fleurir la justice, l'agriculture, le commerce, les arts mêmes et les sciences, après qu'ils les eurent une fois goûtées[1].

C'est ce qui leur a donné l'empire le plus florissant et le mieux établi, aussi bien que le plus étendu qui fût jamais. Depuis l'Euphrate et le Tanaïs jusqu'aux colonnes d'Hercule[2] et à la mer Atlantique, toutes les terres et toutes les mers leur obéissaient : du milieu et comme du centre de la mer Méditerranée, ils embrassaient toute l'étendue de cette mer, pénétrant au long et au large tous les Etats d'alentour, et la tenant entre deux pour faire la communication de leur empire. On est encore effrayé quand on considère que les nations qui font à présent des royaumes si redoutables, toutes les Gaules, toutes les Espagnes, la Grande-Bretagne presque tout entière, l'Illyrique jusqu'au Danube, la Germanie jusqu'à l'Elbe, l'Afrique jusqu'à ses déserts affreux et impénétrables, la Grèce, la Thrace, la Syrie, l'Egypte, tous les royaumes de l'Asie Mineure, et ceux qui sont enfermés entre le Pont-Euxin et la mer Caspie[3], et les autres que j'oublie peut-être, ou que je ne veux pas rapporter, n'ont été, durant plusieurs siècles, que des provinces romaines. Tous les peuples de notre monde, jusqu'aux plus barbares, ont respecté leur puissance ; et les Romains y ont établi presque partout, avec leur empire, les lois et la politesse[4].

C'est une espèce de prodige que, dans un si vaste

empire, qui embrassait tant de nations et tant de royaumes, les peuples aient été si obéissants et les révoltes si rares. La politique romaine y avait pourvu par divers moyens qu'il faut vous expliquer en peu de mots.

Les colonies romaines, établies de tous côtés dans l'empire, faisaient deux effets admirables : l'un, de décharger la ville d'un grand nombre de citoyens, et la plupart pauvres; l'autre, de garder les postes principaux, et d'accoutumer peu à peu les peuples étrangers aux mœurs romaines.

Ces colonies, qui portaient avec elles leurs privilèges, demeuraient toujours attachées au corps de la république, et peuplaient tout l'empire de Romains.

Mais, outre les colonies, un grand nombre de villes obtenaient pour leurs citoyens le droit de citoyens romains; et, unies par leur intérêt au peuple dominant, elles tenaient dans le devoir les villes voisines.

Il arriva à la fin que tous les sujets de l'empire se crurent Romains. Les honneurs du peuple victorieux peu à peu se communiquèrent aux peuples vaincus : le sénat leur fut ouvert, et ils pouvaient aspirer jusqu'à l'empire. Ainsi, par la clémence romaine, toutes les nations n'étaient plus qu'une seule nation, et Rome fut regardée comme la commune patrie.

Quelle facilité n'apportait pas à la navigation et au commerce cette merveilleuse union de tous les peuples du monde sous un même empire! La société romaine embrassait tout, et, à la réserve de quelques frontières inquiétées quelquefois par les voisins, tout le reste de l'univers jouissait d'une paix profonde. Ni la Grèce, ni l'Asie Mineure, ni la Syrie, ni l'Egypte, ni enfin la plupart des autres provinces, n'ont jamais été sans guerre que sous l'empire romain; et il est aisé d'entendre qu'un commerce si agréable des nations servait à maintenir dans tout le corps de l'empire la concorde et l'obéissance.

Les légions distribuées pour la garde des frontières, en défendant le dehors, affermissaient le dedans. Ce n'était pas la coutume des Romains d'avoir des citadelles dans leurs places, ni de fortifier leurs frontières; et je ne vois guère commencer ce soin que sous Valentinien I. Auparavant on mettait la force et la sûreté de l'empire uniquement dans les troupes, qu'on disposait de manière qu'elles se prêtaient la main les unes les autres. Au reste, comme l'ordre était qu'elles campassent toujours, les villes n'en étaient point incommodées; et la discipline ne permettait pas aux soldats de se répandre dans la campagne. Ainsi les armées romaines ne troublaient ni le commerce ni le labourage. Elles faisaient dans leurs camps comme une espèce de villes, qui ne différaient des autres que parce que les travaux y étaient continuels, la discipline plus sévère, et le commandement plus ferme. Elles étaient toujours prêtes pour le moindre mouvement; et c'était assez pour tenir les peuples dans le devoir, que de leur montrer seulement dans le voisinage cette milice invincible.

Mais rien ne maintenait tant la paix de l'empire, que l'ordre de la justice. L'ancienne république l'avait établi : les empereurs et les sages l'ont expliqué sur les mêmes fondements : tous les peuples, jusqu'aux plus barbares, le regardaient avec admiration, et c'est par là principalement que les Romains étaient jugés dignes d'être les maîtres du monde. Au reste, si les lois romaines ont paru si saintes, que leur majesté subsiste encore malgré la ruine de l'empire, c'est que le bon sens, qui est le maître de la vie humaine, y règne partout, et qu'on ne voit nulle part une plus belle application des principes de l'équité naturelle.

Malgré cette grandeur du nom romain, malgré la politique profonde et toutes les belles institutions de cette fameuse république, elle portait en son sein la cause de sa ruine, dans la jalousie perpétuelle du peuple contre le sénat ou plutôt des plébéiens contre les patriciens. Romulus avait établi cette distinction[1]. Il fallait bien que les rois eussent des gens distingués qu'ils attachassent à leur personne par des liens particuliers, et par lesquels ils gouvernassent le reste du peuple. C'est pour cela que Romulus choisit les Pères, dont il forma le corps du sénat. On les appelait ainsi, à cause de leur dignité et de leur âge, et c'est d'eux que sont sorties les familles patriciennes. Au reste quelque autorité que Romulus eût réservée au peuple, il avait mis les plébéiens en plusieurs manières dans la dépendance des patriciens, et cette subordination nécessaire à la royauté avait été conservée non seulement sous les rois, mais encore dans la république. C'était parmi les patriciens qu'on prenait toujours les sénateurs. Aux patriciens appartenaient les emplois, les commandements, les dignités, même celle du sacerdoce : et les Pères, qui avaient été les auteurs de la liberté, n'abandonnèrent pas leurs prérogatives. Mais la jalousie se mit bientôt entre les deux ordres. Car je n'ai pas besoin de parler ici des chevaliers romains, troisième ordre comme mitoyen entre les patriciens et le simple peuple, qui prenait tantôt un parti et tantôt l'autre. Ce fut donc entre ces deux ordres que se mit la jalousie : elle se réveillait en diverses occasions; mais la cause profonde qui l'entretenait était l'amour de la liberté.

La maxime fondamentale de la république était de regarder la liberté comme une chose inséparable du nom romain. Un peuple nourri dans cet esprit, disons plus, un peuple qui se croyait né pour commander aux autres peuples, et que Virgile pour cette raison appelle si noblement un peuple-roi, ne voulait recevoir de loi que de lui-même.

L'autorité du sénat était jugée nécessaire pour modérer les conseils publics, qui, sans ce tempérament, eussent été trop tumultueux. Mais, au fond, c'était au peuple à donner les commandements, à établir les lois, à décider de la paix et de la guerre. Un peuple qui jouissait des droits les plus essentiels de la royauté entrait en quelque sorte dans l'humeur des rois. Il voulait bien être conseillé, mais non pas forcé par le sénat. Tout ce qui paraissait trop impérieux, tout ce qui s'élevait au-dessus des autres, en un mot tout ce qui blessait ou semblait blesser l'égalité que demande un Etat libre, devenait suspect à ce peuple délicat. L'amour de la liberté, celui de la gloire et des conquêtes, rendait de tels esprits difficiles à manier; et cette audace, qui leur faisait tout entreprendre au dehors, ne pouvait manquer de porter la division au dedans.

Ainsi Rome, si jalouse de sa liberté, par cet amour de la liberté qui était le fondement de son Etat, a vu la division se jeter entre tous les ordres dont elle était composée. De là ces jalousies furieuses entre le sénat et le peuple, entre les patriciens et les plébéiens : les uns alléguant toujours que la liberté excessive se détruit enfin elle-même; et les autres craignant, au contraire, que l'autorité, qui de sa nature croît toujours, ne dégénérât enfin en tyrannie.

Entre ces deux extrémités, un peuple d'ailleurs si sage ne put trouver le milieu. L'intérêt particulier, qui fait que de part ou d'autre on pousse plus loin qu'il ne faut même ce qu'on a commencé pour le bien public, ne permettait pas qu'on demeurât dans des conseils modérés. Les esprits ambitieux et remuants excitaient les jalousies pour s'en prévaloir ; et ces jalousies tantôt plus couvertes, et tantôt plus déclarées, selon les temps, mais toujours vivantes dans le fond des cœurs, ont enfin causé ce grand changement qui arriva du temps de César, et les autres qui ont suivi.

## CHAPITRE VII

LA SUITE DES CHANGEMENTS DE ROME EST EXPLIQUÉE

Il vous sera aisé d'en découvrir toutes les causes, si après avoir bien compris l'humeur des Romains, et la constitution de leur république, vous prenez soin d'observer un certain nombre d'événements principaux, qui, quoique arrivés en des temps assez éloignés, ont une liaison manifeste. Les voici ramassés ensemble pour une plus grande facilité.

Romulus, nourri dans la guerre, et réputé fils de Mars, bâtit Rome, qu'il peupla de gens ramassés, bergers, esclaves, voleurs, qui étaient venus chercher la franchise et l'impunité dans l'asile qu'il avait ouvert à tous venants : il en vint aussi quelques-uns plus qualifiés et plus honnêtes.

Il nourrit ce peuple farouche dans l'esprit de tout entreprendre par la force, et ils eurent par ce moyen jusqu'aux femmes qu'ils épousèrent.

Peu à peu il établit l'ordre et réprima les esprits par des lois très saintes. Il commença par la religion, qu'il regarda comme le fondement des États[1]. Il la fit aussi sérieuse, aussi grave, et aussi modeste que les ténèbres de l'idolâtrie le pouvaient permettre. Les religions étrangères et les sacrifices, qui n'étaient pas établis par les coutumes romaines, furent défendus. Dans la suite, on se dispensa de cette loi ; mais c'était l'intention de Romulus qu'elle fût gardée, et on en retint toujours quelque chose.

Il choisit parmi tout le peuple tout ce qu'il y avait de meilleur, pour en former le conseil public, qu'il appela le Sénat. Il le composa de deux ou trois cents sénateurs, dont le nombre fut encore après augmenté; et de là sortirent les familles nobles, qu'on appelait patriciennes. Les autres s'appelaient les plébéiens, c'est-à-dire le commun peuple.

Le sénat devait digérer et proposer toutes les affaires : il en réglait quelques-unes souverainement avec le roi; mais les plus générales étaient rapportées au peuple, qui en décidait.

Romulus, dans une assemblée où il survint tout à coup un grand orage, fut mis en pièces par les sénateurs, qui le trouvaient trop impérieux; et l'esprit d'indépendance commença dès lors à paraître dans cet ordre.

Pour apaiser le peuple, qui aimait son prince, et donner une grande idée du fondateur de la ville, les sénateurs publièrent que les dieux l'avaient enlevé au ciel, et lui firent dresser des autels.

Numa Pompilius, second roi, dans une longue et profonde paix, acheva de former les mœurs, et de régler la religion sur les mêmes fondements que Romulus avait posés.

Tullus Hostilius établit par de sévères règlements la discipline militaire, et les ordres de la guerre, que son successeur Ancus Martius accompagna de cérémonies sacrées, afin de rendre la milice sainte et religieuse.

Après lui, Tarquin l'Ancien, pour se faire des créatures, augmenta le nombre des sénateurs jusqu'au nombre de trois cents, où ils demeurèrent fixés durant plusieurs siècles, et commença les grands ouvrages qui devaient servir à la commodité publique.

Servius Tullius projeta l'établissement d'une république sous le commandement de deux magistrats annuels qui seraient choisis par le peuple.

En haine de Tarquin le Superbe, la royauté fut abolie avec des exécrations horribles contre tous ceux qui entreprendraient de la rétablir; et Brutus fit jurer au peuple qu'il se maintiendrait éternellement dans sa liberté.

Les mémoires de Servius Tullius furent suivis dans ce changement. Les consuls, élus par le peuple entre les patriciens, étaient égalés aux rois, à la réserve qu'ils étaient deux qui avaient entre eux un tour réglé pour commander, et qu'ils changeaient tous les ans.

Collatin nommé consul avec Brutus, comme ayant été avec lui l'auteur de la liberté, quoique mari de Lucrèce, dont la mort avait donné lieu au changement, et intéressé plus que tous les autres à la vengeance de l'outrage qu'elle avait reçu, devint suspect, parce qu'il était de la famille royale, et fut chassé.

Valère substitué à sa place, au retour d'une expédition où il avait délivré sa patrie des Véientes et des Etruriens, fut soupçonné par le peuple d'affecter[1] la tyrannie, à cause d'une maison qu'il faisait bâtir sur une éminence. Non seulement il cessa de bâtir; mais devenu tout populaire, quoique patricien, il établit la loi qui permet d'appeler au peuple, et lui attribue en certains cas le jugement en dernier ressort.

Par cette nouvelle loi, la puissance consulaire fut affaiblie dans son origine, et le peuple étendit ses droits.

A l'occasion des contraintes qui s'exécutaient pour dettes par les riches contre les pauvres, le peuple, soulevé contre la puissance des consuls et du sénat, fit cette retraite fameuse au mont Aventin.

Il ne se parlait que de liberté dans ces assemblées; et le peuple romain ne se crut pas libre s'il n'avait des voies légitimes pour résister au sénat[2]. On fut contraint de lui accorder des magistrats particuliers, appelés tribuns du peuple, qui pussent l'assembler et le secourir contre l'autorité des consuls, par opposition ou par appel.

Ces magistrats, pour s'autoriser, nourrissaient la division entre les deux ordres, et ne cessaient de flatter le peuple, en proposant que les terres des pays vaincus, ou le prix qui proviendrait de leur vente, fût partagé entre les citoyens.

Le sénat s'opposait toujours constamment[3] à ces lois ruineuses à l'Etat, et voulait que le prix des terres fût adjugé au trésor public.

Le peuple se laissait conduire à ses magistrats séditieux, et conservait néanmoins assez d'équité pour admirer la vertu des grands hommes qui lui résistaient.

Contre ces dissensions domestiques, le sénat ne trouvait point de meilleur remède, que de faire naître continuellement des occasions de guerres étrangères. Elles empêchaient les divisions d'être poussées à l'extrémité, et réunissaient les ordres dans la défense de la patrie.

Pendant que les guerres réussissent, et que les conquêtes s'augmentent, les jalousies se réveillent.

Les deux partis, fatigués de tant de divisions qui menaçaient l'Etat de sa ruine, conviennent de faire des lois, pour donner le repos aux uns et aux autres, et établir l'égalité qui doit être dans une ville libre.

Chacun des ordres prétend que c'est à lui qu'appartient l'établissement de ces lois.

La jalousie, augmentée par ces prétentions, fait qu'on résout d'un commun accord une ambassade en Grèce pour y rechercher les institutions des villes de ce pays, et surtout les lois de Solon qui étaient les plus populaires. Les lois des Douze-Tables sont établies; mais les décemvirs qui les rédigèrent, furent privés du pouvoir dont ils abusaient.

Pendant que tout est tranquille, et que des lois si équitables semblent établir pour jamais le repos public, les dissensions se réchauffent par les nouvelles prétentions du peuple, qui aspire aux honneurs, et au consulat réservé jusqu'alors au premier ordre.

La loi pour les y admettre est proposée. Plutôt que de rabaisser le consulat, les Pères consentent à la création de trois nouveaux magistrats qui auraient l'autorité des consuls sous le nom de tribuns militaires, et le peuple est admis à cet honneur.

Content d'établir son droit, il use modérément de sa victoire, et continue quelque temps à donner le commandement aux seuls patriciens.

Après de longues disputes, on revient au consulat, et peu à peu les honneurs deviennent communs entre les deux ordres, quoique les patriciens soient toujours plus considérés dans les élections.

Les guerres continuent, et les Romains soumettent, après cinq cents ans, les Gaulois cisalpins leurs principaux ennemis, et toute l'Italie[1].

Là commencent les guerres puniques; et les choses en viennent si avant, que chacun de ces deux peuples jaloux croit ne pouvoir subsister que par la ruine de l'autre.

Rome, prête à succomber, se soutient principalement, durant ses malheurs, par la constance et par la sagesse du sénat.

A la fin la patience romaine l'emporte : Annibal est vaincu, et Carthage subjuguée par Scipion l'Africain.

Rome victorieuse s'étend prodigieusement, durant

deux cents ans, par mer et par terre, et réduit tout l'univers sous sa puissance.

En ces temps, et depuis la ruine de Carthage, les charges dont la dignité aussi bien que le profit s'augmentait avec l'empire, furent briguées avec fureur. Les prétendants ambitieux ne songèrent qu'à flatter le peuple; et la concorde des ordres, entretenue par l'occupation des guerres puniques, se troubla plus que jamais. Les Gracques mirent tout en confusion, et leurs séditieuses propositions furent le commencement de toutes les guerres civiles.

Alors on commença à porter des armes, et à agir par la force ouverte dans les assemblées du peuple romain, où chacun auparavant voulait l'emporter par les seules voies légitimes, et avec la liberté des opinions[1].

La sage conduite du sénat et les grandes guerres survenues modérèrent les brouilleries.

Marius, plébéien, grand homme de guerre, avec son éloquence militaire et ses harangues séditieuses, où il ne cessait d'attaquer l'orgueil de la noblesse, réveilla la jalousie du peuple, et s'éleva par ce moyen aux plus grands honneurs.

Sylla, patricien, se mit à la tête du parti contraire et devint l'objet de la jalousie de Marius.

Les brigues et la corruption peuvent tout dans Rome. L'amour de la patrie et le respect des lois s'y éteint.

Pour comble de malheurs, les guerres d'Asie apprennent le luxe aux Romains, et augmentent l'avarice[2].

En ce temps, les généraux commencèrent à s'attacher leurs soldats, qui ne regardaient en eux jusqu'alors que le caractère de l'autorité publique.

Sylla, dans la guerre contre Mithridate, laissait enrichir ses soldats pour les gagner.

Marius, de son côté, proposait à ses partisans des partages d'argent et de terre.

Par ce moyen, maîtres de leurs troupes, l'un sous prétexte de soutenir le sénat, et l'autre sous le nom du peuple, ils se firent une guerre furieuse jusque dans l'enceinte de la ville.

Le parti de Marius et du peuple fut tout à fait abattu, et Sylla se rendit souverain sous le nom de dictateur.

Il fit des carnages effroyables, et traita durement le

peuple, et par voie de fait et de paroles, jusque dans les assemblées légitimes.

Plus puissant et mieux établi que jamais, il se réduisit de lui-même à la vie privée, mais après avoir fait voir que le peuple romain pouvait souffrir un maître.

Pompée, que Sylla avait élevé, succéda à une grande partie de sa puissance. Il flattait tantôt le peuple et tantôt le sénat pour s'établir; mais son inclination et son intérêt l'attachèrent enfin au dernier parti.

Vainqueur des pirates, des Espagnes et de tout l'Orient, il devient tout-puissant dans la république, et principalement dans le sénat.

César, qui veut du moins être son égal, se tourne du côté du peuple, et imitant dans son consulat les tribuns les plus séditieux, il propose avec des partages de terre, les lois les plus populaires qu'il put inventer.

La conquête des Gaules porte au plus haut point la gloire et la puissance de César.

Pompée et lui s'unissent par intérêt, et puis se brouillent par jalousie. La guerre civile s'allume. Pompée croit que son seul nom soutiendra tout, et se néglige. César, actif et prévoyant, remporte la victoire et se rend le maître.

Il fait diverses tentatives pour voir si les Romains pourraient s'accoutumer au nom de roi. Elles ne servent qu'à le rendre odieux. Pour augmenter la haine publique, le sénat lui décerne des honneurs jusqu'alors inouïs dans Rome : de sorte qu'il est tué en plein sénat comme un tyran.

Antoine, sa créature, qui se trouva consul au temps de sa mort, émut le peuple contre ceux qui l'avaient tué, et tâcha de profiter des brouilleries pour usurper l'autorité souveraine. Lépidus, qui avait aussi un grand commandement sous César, tâcha de le maintenir. Enfin le jeune César, à l'âge de dix-neuf ans, entreprit de venger la mort de son père, et chercha l'occasion de succéder à sa puissance.

Il sut se servir, pour ses intérêts, des ennemis de sa maison, et même de ses concurrents.

Les troupes de son père se donnèrent à lui, touchées du nom de César et des largesses prodigieuses qu'il leur fit.

Le sénat ne peut plus rien : tout se fait par la force et par les soldats qui se livrent à qui plus leur donne.

Dans cette funeste conjoncture, le triumvirat abattit tout ce que Rome nourrissait de plus courageux et de plus opposé à la tyrannie. César et Antoine défirent Brutus et Cassius : la liberté expira avec eux. Les vainqueurs, après s'être défaits du faible Lépide, firent divers accords et divers partages, où César, comme plus habile, trouvant toujours le moyen d'avoir la meilleure part, mit Rome dans ses intérêts, et prit le dessus. Antoine entreprend en vain de se relever, et la bataille Actiaque soumet tout l'empire à la puissance d'Auguste César.

Rome, fatiguée et épuisée par tant de guerres civiles, pour avoir du repos est contrainte de renoncer à sa liberté.

La maison des Césars, s'attachant sous le grand nom d'empereur le commandement des armées, exerce une puissance absolue.

Rome, sous les Césars, plus soigneuse de se conserver que de s'étendre, ne fait presque plus de conquêtes que pour éloigner les Barbares qui voulaient entrer dans l'empire.

A la mort de Caligula, le sénat, sur le point de rétablir la liberté et la puissance consulaire, en est empêché par les gens de guerre, qui veulent un chef perpétuel, et que leur chef soit le maître.

Dans les révoltes causées par les violences de Néron, chaque armée élit un empereur; et les gens de guerre connaissent qu'ils sont maîtres de donner l'empire.

Ils s'emportent jusqu'à le vendre publiquement au plus offrant, et s'accoutument à secouer le joug. Avec l'obéissance, la discipline se perd. Les bons princes s'obstinent en vain à la conserver; et leur zèle pour maintenir l'ancien ordre de la milice romaine ne sert qu'à les exposer à la fureur des soldats.

Dans les changements d'empereur, chaque armée entreprenant de faire le sien, il arrive des guerres civiles et des massacres effroyables.

Ainsi l'empire s'énerve par le relâchement de la discipline, et tout ensemble il s'épuise par tant de guerres intestines.

Au milieu de tant de désordres, la crainte et la majesté du nom romain diminue. Les Parthes souvent vaincus deviennent redoutables du côté de l'Orient, sous l'ancien nom de Perses qu'ils reprennent. Les nations septentrionales qui habitaient des terres froides et incultes, attirées par la beauté et par la richesse de celles de l'empire, en tentent l'entrée de toutes parts.

Un seul homme ne suffit plus à soutenir le fardeau d'un empire si vaste et si fortement attaqué.

La prodigieuse multitude des guerres, et l'humeur des soldats, qui voulaient voir à leur tête des empereurs et des césars, oblige à les multiplier.

L'empire même étant regardé comme un bien héréditaire, les empereurs se multiplient naturellement par la multitude des enfants des princes.

Marc-Aurèle associe son frère à l'empire. Sévère fait ses deux enfants empereurs. La nécessité des affaires oblige Dioclétien partager l'Orient et l'Occident entre lui et Maximien : chacun d'eux surchargé se soulage en élisant deux césars.

Par cette multitude d'empereurs et de césars, l'Etat est accablé d'une dépense excessive, le corps de l'empire est désuni, et les guerres civiles se multiplient.

Constantin, fils de l'empereur Constantius Chlorus, partage l'empire comme un héritage entre ses enfants : la postérité suit ces exemples, et on ne voit presque plus un seul empereur.

La mollesse d'Honorius et celle de Valentinien III, empereur d'Occident, fait tout périr.

L'Italie et Rome même sont saccagées à diverses fois et deviennent la proie des Barbares.

Tout l'Occident est à l'abandon. L'Afrique est occupée par les Vandales, l'Espagne par les Visigoths, la Gaule par les Francs, la Grande-Bretagne par les Saxons, Rome et l'Italie même par les Hérules, et ensuite par les Ostrogoths. Les empereurs romains se renferment dans l'Orient et abandonnent le reste, même Rome et l'Italie.

L'empire reprend quelque force sous Justinien par la valeur de Bélisaire et de Narsès. Rome, souvent prise et reprise, demeure enfin aux empereurs. Les Sarrasins, devenus puissants par la division de leurs voisins et par la nonchalance des empereurs, leur enlèvent la plus grande partie de l'Orient, et les tourmentent tellement de ce côté-là, qu'ils ne songent plus à l'Italie. Les Lombards y occupent les plus belles et les plus riches provinces. Rome, réduite à l'extrémité par leurs entreprises continuelles, et demeurée sans défense du côté de ses empereurs, est contrainte de se jeter entre les bras des

Français. Pepin, roi de France, passe les monts, et réduit les Lombards. Charlemagne, après en avoir éteint la domination, se fait couronner roi d'Italie, où sa seule modération conserve quelques petits restes aux successeurs des Césars ; et en l'an 800 de Notre-Seigneur, élu empereur par les Romains, il fonde le nouvel empire.

Il est maintenant aisé de connaître les causes de l'élévation et de la chute de Rome.

Vous voyez que cet Etat fondé sur la guerre, et par là naturellement disposé à empiéter sur ses voisins, a mis tout l'univers sous le joug pour avoir porté au plus haut point la politique et l'art militaire.

Vous voyez les causes des divisions de la république, et finalement de sa chute, dans les jalousies de ses citoyens, et dans l'amour de la liberté poussé jusqu'à un excès et une délicatesse insupportable.

Vous n'avez plus de peine à distinguer tous les temps de Rome, soit que vous vouliez la considérer en elle-même, soit que vous la regardiez par rapport aux autres peuples ; et vous voyez les changements qui devaient suivre la disposition des affaires en chaque temps.

En elle-même vous la voyez au commencement dans un Etat monarchique établi selon ses lois primitives, ensuite dans sa liberté, et enfin soumise encore une fois au gouvernement monarchique, mais par force et par violence.

Il est aisé de concevoir de quelle sorte s'est formé l'Etat populaire, ensuite des commencements qu'il avait dès les temps de la royauté ; et vous ne voyez pas dans une moindre évidence comment dans la liberté s'établissaient peu à peu les fondements de la nouvelle monarchie.

Car, de même que vous avez vu le projet de république dressé dans la monarchie par Servius Tullius, qui donna comme un premier goût de la liberté au peuple romain, vous avez aussi observé que la tyrannie de Sylla, quoique passagère, quoique courte, a fait voir que Rome, malgré sa fierté, était autant capable de porter le joug que les peuples qu'elle tenait asservis.

Pour connaître ce qu'a opéré successivement cette jalousie furieuse entre les ordres, vous n'avez qu'à distinguer les deux temps que je vous ai expressément marqués : l'un, où le peuple était retenu dans certaines bornes par les périls qui l'environnaient de tous côtés ;

et l'autre, où n'ayant plus rien à craindre au-dehors, il s'est abandonné sans réserve à sa passion.

Le caractère essentiel de chacun de ces deux temps, est que dans l'un l'amour de la patrie et des lois retenait les esprits ; et que dans l'autre tout se décidait par l'intérêt et par la force.

De là s'ensuivait encore que, dans le premier de ces deux temps, les hommes de commandement, qui aspiraient aux honneurs par les moyens légitimes, tenaient les soldats en bride et attachés à la république ; au lieu que dans l'autre temps, où la violence emportait tout, ils ne songeaient qu'à les ménager, pour les faire entrer dans leurs desseins malgré l'autorité du sénat.

Par ce dernier état, la guerre était nécessairement dans Rome ; et par le génie de la guerre, le commandement venait naturellement entre les mains d'un seul chef : mais parce que dans la guerre, où les lois ne peuvent plus rien, la seule force décide, il fallait que le plus fort demeurât le maître ; par conséquent que l'empire retournât en la puissance d'un seul.

Et les choses s'y disposaient tellement par elles-mêmes, que Polybe, qui a vécu dans le temps le plus florissant de la république, a prévu par la seule disposition des affaires, que l'état de Rome à la longue reviendrait à la monarchie[1].

La raison de ce changement est que la division entre les ordres n'a pu cesser parmi les Romains que par l'autorité d'un maître absolu, et que d'ailleurs la liberté était trop aimée pour être abandonnée volontairement. Il fallait donc peu à peu l'affaiblir par des prétextes spécieux, et faire, par ce moyen, qu'elle pût être ruinée par la force ouverte.

La tromperie, selon Aristote[2], devait commencer en flattant le peuple, et devait naturellement être suivie de la violence.

Mais de là on devait tomber dans un autre inconvénient par la puissance des gens de guerre, mal inévitable à cet état.

En effet, cette monarchie que formèrent les Césars s'étant érigée par les armes, il fallait qu'elle fût toute militaire ; et c'est pourquoi elle s'établit sous le nom d'empereur, titre propre et naturel du commandement des armées.

Par là vous avez pu voir que comme la république

avait son faible inévitable, c'est-à-dire la jalousie entre le peuple et le sénat, la monarchie des Césars avait aussi le sien ; et ce faible était la licence des soldats qui les avaient faits.

Car il n'était pas possible que les gens de guerre, qui avaient changé le gouvernement, et établi les empereurs, fussent longtemps sans s'apercevoir que c'était eux en effet qui disposaient de l'empire.

Vous pouvez maintenant ajouter au temps que vous venez d'observer ceux qui vous marquent l'état et le changement de la milice ; celui où elle est soumise et attachée au sénat et au peuple romain ; celui où elle s'attache à ses généraux ; celui où elle les élève à la puissance absolue sous le titre militaire d'empereurs ; celui où, maîtresse en quelque façon de ses propres empereurs, qu'elle créait, elle les fait et les défait à sa fantaisie. De là le relâchement ; de là les séditions et les guerres que vous avez vues ; de là enfin la ruine de la milice avec celle de l'empire.

Tels sont les temps remarquables qui nous marquent les changements de l'état de Rome considérée en elle-même. Ceux qui nous la font connaître par rapport aux autres peuples, ne sont pas moins aisés à discerner.

Il y a le temps où elle combat contre ses égaux, et où elle est en péril. Il dure un peu plus de cinq cents ans, et finit à la ruine des Gaulois en Italie, et de l'empire des Carthaginois.

Celui où elle combat, toujours plus forte et sans péril quelque grandes que soient les guerres qu'elle entreprenne. Il dure deux cents ans, et va jusqu'à l'établissement de l'empire des Césars.

Celui où elle conserve son empire et sa majesté. Il dure quatre cents ans, et finit au règne de Théodose le Grand.

Celui enfin où son empire, entamé de toutes parts, tombe peu à peu. Cet état, qui dure aussi quatre cents ans, commence aux enfants de Théodose, et se termine enfin à Charlemagne.

Je n'ignore pas, Monseigneur, qu'on pourrait ajouter aux causes de la ruine de Rome beaucoup d'incidents particuliers. Les rigueurs des créanciers sur leurs débiteurs ont excité de grandes et de fréquentes révoltes. La prodigieuse quantité de gladiateurs et d'esclaves, dont Rome et l'Italie était surchargée, ont causé d'effroyables violences, et même des guerres sanglantes. Rome, épuisée par tant de guerres civiles et étrangères, se fit tant de nouveaux citoyens, ou par brigue ou par raison, qu'à peine pouvait-elle se reconnaître elle-même parmi tant d'étrangers qu'elle avait naturalisés. Le sénat se remplissait de Barbares; le sang romain se mêlait; l'amour de la patrie, par lequel Rome s'était élevée au-dessus de tous les peuples du monde, n'était pas naturel à ses citoyens venus de dehors; et les autres se gâtaient par le mélange. Les partialités[1] se multipliaient avec cette prodigieuse multiplicité de citoyens nouveaux; et les esprits turbulents y trouvaient de nouveaux moyens de brouiller et d'entreprendre.

Cependant le nombre des pauvres s'augmentait sans fin par le luxe, par les débauches, et par la fainéantise qui s'introduisait. Ceux qui se voyaient ruinés n'avaient de ressource que dans les séditions, et en tout cas se souciaient peu que tout pérît après eux. On sait que c'est ce qui fit la conjuration de Catilina. Les grands ambitieux, et les misérables qui n'ont rien à perdre, aiment toujours le changement. Ces deux genres de citoyens prévalaient dans Rome; et l'état mitoyen, qui seul tient tout en balance dans les états populaires, étant le plus faible, il fallait que la république tombât.

On peut joindre encore à ceci l'humeur et le génie particulier de ceux qui ont causé les grands mouvements, je veux dire des Gracques, de Marius, de Sylla, de Pompée, de Jules César, d'Antoine et d'Auguste. J'en ai marqué quelque chose; mais je me suis attaché principalement à vous découvrir les causes universelles et la vraie racine du mal, c'est-à-dire cette jalousie entre les deux ordres, dont il vous était important de considérer toutes les suites.

## CHAPITRE VIII

### CONCLUSION DE TOUT LE DISCOURS PRÉCÉDENT, OU L'ON MONTRE QU'IL FAUT TOUT RAPPORTER A UNE PROVIDENCE

Mais souvenez-vous, Monseigneur, que ce long enchaînement des causes particulières, qui font et défont les empires, dépend des ordres secrets de la divine

Providence. Dieu tient du plus haut des cieux les rênes de tous les royaumes ; il a tous les cœurs en sa main : tantôt il retient les passions, tantôt il leur lâche la bride ; et par là il remue tout le genre humain. Veut-il faire des conquérants ; il fait marcher l'épouvante devant eux, et il inspire à eux et à leurs soldats une hardiesse invincible. Veut-il faire des législateurs ; il leur envoie son esprit de sagesse et de prévoyance ; il leur fait prévenir les maux qui menacent les Etats, et poser les fondements de la tranquillité publique. Il connaît la sagesse humaine, toujours courte par quelque endroit ; il l'éclaire, il étend ses vues, et puis il l'abandonne à ses ignorances : il l'aveugle, il la précipite, il la confond par elle-même : elle s'enveloppe, elle s'embarrasse dans ses propres subtilités, et ses précautions lui sont un piège. Dieu exerce par ce moyen ses redoutables jugements, selon les règles de sa justice toujours infaillible. C'est lui qui prépare les effets dans les causes les plus éloignées, et qui frappe ces grands coups dont le contre-coup porte si loin. Quand il veut lâcher le dernier, et renverser les empires, tout est faible et irrégulier dans les conseils. L'Egypte, autrefois si sage, marche enivrée, étourdie et chancelante, parce que le Seigneur a répandu l'esprit de vertige dans ses conseils : elle ne sait plus ce qu'elle fait, elle est perdue. Mais que les hommes ne s'y trompent pas : Dieu redresse quand il lui plaît le sens égaré ; et celui qui insultait à l'aveuglement des autres tombe lui-même dans des ténèbres plus épaisses, sans qu'il faille souvent autre chose, pour lui renverser le sens, que ses longues prospérités.

C'est ainsi que Dieu règne sur tous les peuples. Ne parlons plus de hasard ni de fortune, ou parlons-en seulement comme d'un nom dont nous couvrons notre ignorance. Ce qui est hasard à l'égard de nos conseils incertains est un dessein concerté dans un conseil plus haut, c'est-à-dire dans ce conseil éternel qui renferme toutes les causes et tous les effets dans un même ordre. De cette sorte tout concourt à la même fin ; et c'est faute d'entendre le tout, que nous trouvons du hasard ou de l'irrégularité dans les rencontres particulières.

Par là se vérifie ce que dit l'Apôtre[1], que « Dieu est heureux, et le seul puissant, Roi des rois, et Seigneur des seigneurs. » Heureux, dont le repos est inaltérable, qui voit tout changer sans changer lui-même, et qui fait tous les changements par un conseil immuable; qui donne, et qui ôte la puissance, qui la transporte d'un homme à un autre, d'une maison à une autre, d'un peuple à un autre, pour montrer qu'ils ne l'ont tous que par emprunt, et qu'il est le seul en qui elle réside naturellement.

C'est pourquoi tous ceux qui gouvernent se sentent assujettis à une force majeure. Ils font plus ou moins qu'ils ne pensent, et leurs conseils n'ont jamais manqué d'avoir des effets imprévus. Ni ils ne sont maîtres des dispositions que les siècles passés ont mises dans les affaires, ni ils ne peuvent prévoir le cours que prendra l'avenir, loin qu'ils le puissent forcer. Celui-là seul tient tout en sa main, qui sait le nom de ce qui est et de ce qui n'est pas encore, qui préside à tous les temps, et prévient tous les conseils.

Alexandre ne croyait pas travailler pour ses capitaines, ni ruiner sa maison par ses conquêtes. Quand Brutus inspirait au peuple romain un amour immense de la liberté, il ne songeait pas qu'il jetait dans les esprits le principe de cette licence effrénée, par laquelle la tyrannie qu'il voulait détruire devait être un jour rétablie plus dure que sous les Tarquins. Quand les Césars flattaient les soldats, ils n'avaient pas dessein de donner des maîtres à leurs successeurs et à l'empire. En un mot, il n'y a point de puissance humaine qui ne serve malgré elle à d'autres desseins que les siens. Dieu seul sait tout réduire à sa volonté. C'est pourquoi tout est surprenant, à ne regarder que les causes particulières, et néanmoins tout s'avance avec une suite réglée. Ce discours vous le fait entendre; et pour ne plus parler des autres empires, vous voyez par combien de conseils imprévus, mais toutefois suivis en eux-mêmes, la fortune de Rome a été menée depuis Romulus jusqu'à Charlemagne.

Vous croirez peut-être, Monseigneur, qu'il aurait fallu vous dire quelque chose de plus de vos Français et de Charlemagne qui a fondé le nouvel empire. Mais outre que son histoire fait partie de celle de France que vous écrivez vous-même, et que vous avez déjà si fort avancée, je me réserve à vous faire un second discours, où j'aurai une raison nécessaire de vous parler de la France et de ce grand conquérant qui, étant égal en valeur à ceux que l'antiquité a le plus vantés, les surpasse en piété, en sagesse et en justice.

Ce même discours vous découvrira les causes des prodigieux succès de Mahomet et de ses successeurs. Cet empire, qui a commencé deux cents ans avant Charlemagne, pouvait trouver sa place dans ce discours : mais j'ai cru qu'il valait mieux vous faire voir dans une même suite ses commencements et sa décadence.

Ainsi je n'ai plus rien à vous dire sur la première partie de l'histoire universelle. Vous en découvrez tous les secrets; et il ne tiendra plus qu'à vous d'y remarquer toute la suite de la religion et celle des grands empires jusqu'à Charlemagne.

Pendant que vous les verrez tomber presque tous d'eux-mêmes, et que vous verrez la religion se soutenir par sa propre force, vous connaîtrez aisément quelle est la solide grandeur, et où un homme sensé doit mettre son espérance.

# SERMONS

On connaît le mot de Voiture prononcé après qu'il eut entendu le jeune Bossuet improviser un sermon, tard le soir, dans le salon de Madame de Rambouillet, alors qu'il achevait ses études au collège de Navarre : « Je n'ai jamais ouï prêcher ni si tôt, ni si tard ». Il peut être aussi bien recueilli comme une prédiction.

Les sermons tiennent en effet une grande place dans la vie de Bossuet : il commença sa prédication dès qu'il fut ordonné sous-diacre, en 1648 ; il ne devait l'abandonner qu'à la veille de sa mort, en 1702, lorsque, malade, il dut renoncer à monter en chaire.

On en possède 235 (ses oraisons funèbres comprises) ; mais on en a perdu au moins 485 dont on connaît les titres. Bossuet n'eut jamais l'intention de les publier ; un seul fut imprimé : celui qu'il prononça sur l'unité de l'Eglise à l'ouverture de la fameuse Assemblée de 1682. A sa mort, parfois introduits dans des enveloppes, mais figurant le plus souvent sur des feuilles volantes, ils furent recueillis par son neveu, l'abbé Bossuet, qui les utilisa, en distribua bientôt aux prêtres de son diocèse de Troyes, puis transmit le reste en héritage à un petit-neveu de Bossuet, M. de Chasot, qui continua à les disperser ; sa veuve les confia enfin à un bénédictin, Dom Déforis, qui les publia en 1772. La publication était donc incomplète ; elle était aussi infidèle. Elle le resta jusqu'aux éditions que firent Gandar, Rébelliau et Lebarq, bientôt revu par Urbain et Lévesque, à la fin du XIXe siècle.

Bossuet n'avait pas écrit ses sermons pour les publier. La plupart de ses manuscrits se présentaient encore comme des brouillons, difficiles à déchiffrer. Bossuet les composait en effet d'une haleine. Puis il les reprenait. Il raturait une expression, plaçait dans la marge, au-dessus ou au-dessous du mot effacé, l'expression préférée ; il ajoutait parfois un mot, une phrase, souvent sans indiquer où l'introduire ; il plaçait enfin côte à côte plusieurs synonymes, sans barrer les premiers, sans doute pour proposer au choix ultime de sa parole des « variantes » qui tenaient moins en bride son imagination. Certaines idées étaient seulement ébauchées. Le sermon prêché différait du sermon préparé car celui-ci n'était pas appris par coeur. Comme l'a écrit son secrétaire, Le Dieu, dans ses Mémoires (éd. Guettée p. 110 et 117) « Bossuet s'abandonnait à son mouvement sur ses auditeurs ». On possède plusieurs « sténographies » de quelques-unes de ses prédications (Sermon pour l'Annonciation ; Profession de Louise de La Vallière). Elles diffèrent toutes de la préparation : certains tours sont plus heureux, d'autres moins vifs ; les passages ébauchés ont trouvé leur forme, mais l'idée et la démarche restent les mêmes.

Bossuet n'a pas varié les procédés de composition de ses sermons, mais son éloquence a pourtant évolué au cours de sa longue existence. Ses premiers sermons prononcés à Paris parfois, mais surtout à Metz où il avait été nommé chanoine, étaient encore le reflet de l'enseignement scolastique reçu au collège de Navarre ; au procédé d'école s'alliait d'ailleurs une expression rude, teintée d'actualité. L'influence de saint Vincent de Paul lui donna une « honnête simplicité ». Mais le naturel lyrique de Bossuet ne fut pas longtemps refoulé : dès 1659, Bossuet abandonnait Metz ; il monta dès lors dans les chaires de Paris, et prêcha pour le Roi en particulier, en 1662, en 1666 et en 1669, deux Carêmes et deux Avents. Maître de sa doctrine et de sa forme, il prononça alors ses plus beaux sermons. Nommé précepteur en 1670, il se livra entièrement à sa tâche : « Les chaires ne connurent plus sa voix ». Il reprit sa prédication en 1682, dans son diocèse de Meaux, « allant, comme l'écrit encore Le Dieu, d'une paroisse à l'autre, l'Evangile à la main », plus familièrement, composant mentalement sans écrire à l'avance, ou jetant seulement sur un feuillet « un texte en tête, un raisonnement,... une division. » (Le Dieu, Mémoires, éd. Guettée p. 118).

On a choisi quelques sermons qui jalonnent cette évolution : une méditation des premières années : de 1648 ; un sermon provincial, prêché à Dijon en 1656 ; un sermon du carême royal de 1662, prononcé au Louvre ; un des sommets de la prédication de Bossuet enfin : le sermon sur la mort, du même carême royal.

On pouvait faire un échantillonnage de thèmes : on a préféré retenir ceux qui ont été repris par Bossuet dans d'autres œuvres notoires, théologiques ou apologétiques, publiées dans cette édition : le thème de la mort et celui de la Providence.

On trouvera une information abondante sur les sermons de Bossuet dans plusieurs ouvrages et articles :

VAILLANT. *Etudes sur les sermons de Bossuet d'après les manuscrits.* 1851.

FLOQUET. *Etudes sur la vie de Bossuet.* 1855.
GANDAR. *Bossuet orateur.* 1868. 2ᵉ éd.
GAZIER. *Choix de sermons de Bossuet.* 1882.

## SERMONS

Lebarq. *Histoire critique de la prédication de Bossuet*. 1888.

*Œuvres oratoires de Bossuet,* 1890-97, rééditées en 7 volumes de 1914 à 1926 par Urbain et Lévesque.

La *Revue Bossuet* publiée par Lévesque en 8 volumes in-8º de 1900 à 1909 (articles nombreux).

La *Revue d'histoire littéraire en France.* 1952, p. 316 et suiv.
*La division en points dans les sermons de Bossuet,* par Truchet.

On pourra consulter aussi pour une vue plus rapide : Rébelliau, *Bossuet,* 1900, ch. ii, iii, iv.

Y. C.

# SERMONS

## MÉDITATION
## SUR LA BRIÈVETÉ DE LA VIE[1]

C'est bien peu de chose que l'homme, et tout ce qui a fin est bien peu de chose. Le temps viendra où cet homme qui nous semblait si grand ne sera plus, où il sera comme l'enfant qui est encore à naître, où il ne sera rien. Si longtemps qu'on soit au monde, y serait-on mille ans, il en faut venir là. Il n'y a que le temps de ma vie qui me fait différent de ce qui ne fut jamais : cette différence est bien petite, puisqu'à la fin je serai encore confondu avec ce qui n'est point, et qu'arrivera le jour où il ne paraîtra pas seulement que j'aie été, et où peu m'importera combien de temps j'aie été, puisque je ne serai plus. J'entre dans la vie avec la loi d'en sortir, je viens faire mon personnage, je viens me montrer comme les autres; après, il faudra disparaître. J'en vois passer devant moi, d'autres me verront passer; ceux-là mêmes donneront à leurs successeurs le même spectacle; et tous enfin se viendront confondre dans le néant.

Ma vie est de quatre-vingts ans tout au plus; prenons-en cent : qu'il y a eu de temps où je n'étais pas! qu'il y en a où je ne serai point! et que j'occupe peu de place dans ce grand abîme de temps! Je ne suis rien; ce petit intervalle n'est pas capable de me distinguer du néant où il faut que j'aille. Je ne suis venu que pour faire nombre, encore n'avait-on que faire de moi; et la comédie ne se serait pas moins bien jouée, quand je serais demeuré derrière le théâtre. Ma partie est bien petite en ce monde, et si peu considérable que, quand je regarde de près, il me semble que c'est un songe de me voir ici, et que tout ce que je vois ne sont que de vains simulacres : *Præterit figura hujus mundi*[2].

Ma carrière est de quatre-vingts ans tout au plus ; et, pour aller là, par combien de périls faut-il passer ? par combien de maladies, etc. ? à quoi tient-il que le cours ne s'en arrête à chaque moment ? Ne l'ai-je pas reconnu quantité de fois ? J'ai échappé la mort à telle et telle rencontre : c'est mal parler, j'ai échappé la mort : j'ai évité ce péril, mais non pas la mort : la mort nous dresse diverses embûches ; si nous échappons l'une, nous tombons en une autre ; à la fin, il faut venir entre ses mains. Il me semble que je vois un arbre battu des vents ; il y a des feuilles qui tombent à chaque moment ; les unes résistent plus, les autres moins : que s'il y en a qui échappent de l'orage, toujours l'hiver viendra, qui les flétrira et les fera tomber ; ou comme dans une grande tempête, les uns sont soudainement suffoqués, les autres flottent sur un ais abandonné aux vagues ; et lorsqu'il croit[1] avoir évité tous les périls, après avoir duré longtemps, un flot le pousse contre un écueil et le brise. Il en est de même : le grand nombre d'hommes qui courent la même carrière fait que quelques-uns passent jusqu'au bout ; mais, après avoir évité les attaques diverses de la mort, arrivant au bout de la carrière où ils tendaient parmi tant de périls, ils la vont trouver eux-mêmes, et tombent à la fin de leur course : leur vie s'éteint d'elle-même comme une chandelle qui a consumé sa matière.

Ma carrière est de quatre-vingts ans tout au plus ; et de ces quatre-vingts ans, combien y en a-t-il que je compte pendant ma vie ? Le sommeil est plus semblable à la mort ; l'enfance est la vie d'une bête. Combien de temps voudrais-je avoir effacé de mon adolescence ? et quand je serai plus âgé, combien encore ? Voyons à quoi tout cela se réduit. Qu'est-ce que je compterai donc ? car tout cela n'en est déjà pas. Le temps où j'ai eu quelque contentement, où j'ai acquis quelque honneur ? mais combien ce temps est-il clairsemé dans ma vie ? c'est comme des clous attachés à une longue muraille, dans quelque distance ; vous diriez que cela occupe bien de la place ; amassez-les, il n'y en a pas pour emplir la main. Si j'ôte le sommeil, les maladies, les inquiétudes, etc., de ma vie ; que je prenne maintenant tout le temps où j'ai eu quelque contentement ou quelque honneur, à quoi cela va-t-il ? Mais ces contentements, les ai-je eus tous ensemble ? les ai-je eus autrement que par parcelles ?

mais les ai-je eus sans inquiétude, et, s'il y a de l'inquiétude, les donnerai-je au temps que j'estime, ou à celui que je ne compte pas ? Et ne l'ayant pas eu à la fois, l'ai-je du moins eu tout de suite ? l'inquiétude n'a-t-elle pas toujours divisé deux contentements ? ne s'est-elle pas toujours jetée à la traverse pour les empêcher de se toucher ? Mais que m'en reste-t-il ? Des plaisirs licites, un souvenir inutile ; des illicites, un regret, une obligation à l'enfer ou à la pénitence, etc.

Ah ! que nous avons bien raison de dire que nous passons notre temps ! Nous le passons véritablement, et nous passons avec lui. Tout mon être tient à un moment ; voilà ce qui me sépare du rien : celui-là s'écoule, j'en prends un autre ; ils se passent les uns après les autres ; les uns après les autres je les joins, tâchant de m'assurer ; et je ne m'aperçois pas qu'ils m'entraînent insensiblement avec eux, et que je manquerai au temps, non pas le temps à moi. Voilà ce que c'est que de ma vie ; et ce qui est épouvantable, c'est que cela passe à mon égard, devant Dieu cela demeure. Ces choses me regardent. Ce qui est à moi, la possession en dépend du temps, parce que j'en dépends moi-même ; mais elles sont à Dieu devant[1] moi, elles dépendent de Dieu devant que du temps ; le temps ne les peut tirer de son empire, il est au-dessus du temps : à son égard cela demeure, cela entre dans ses trésors. Ce que j'y aurai mis, je le trouverai : ce que je fais dans le temps, passe par le temps à l'éternité ; d'autant que le temps est compris et est sous l'éternité, et aboutit à l'éternité. Je ne jouis des moments de cette vie que durant le passage ; quand ils passent, il faut que j'en réponde comme s'ils demeuraient. Ce n'est pas assez dire : ils sont passés, je n'y songerai plus. Ils sont passés, oui pour moi, mais à Dieu, non ; il m'en demandera compte.

Hé bien ! mon âme, est-ce donc si grand'chose que cette vie ? et si cette vie est si peu de chose, parce qu'elle passe, qu'est-ce que les plaisirs qui ne tiennent pas toute la vie, et qui passent en un moment ? cela vaut-il bien la peine de se damner ? cela vaut-il bien la peine de se donner tant de peine, d'avoir tant de vanité ? Mon Dieu, je me résous de tout mon cœur, en votre présence, de penser tous les jours, au moins en me couchant et en me levant, à la mort. En cette pensée : « J'ai peu de temps, j'ai beaucoup de chemin à faire, peut-être en ai-je encore moins que je ne pense, » je louerai Dieu de m'avoir retiré ici pour songer à la pénitence, et mettrai ordre à mes affaires, à ma confession, à mes exercices avec grande exactitude, grand courage et grande diligence; pensant, non pas à ce qui passe, mais à ce qui demeure.

# SERMON SUR LA PROVIDENCE

PRÊCHÉ A DIJON, EN LA SAINTE CHAPELLE,
LE III<sup>e</sup> DIMANCHE APRÈS PAQUES, 7 MAI 1656[1]

> *Mundus gaudebit, vos autem contristabimini ; sed tristitia vestra vertetur in gaudium.*
>
> *Joan.*, XVI, 20.

De toutes les passions qui nous troublent, je ne crains point, Fidèles, de vous assurer que la plus pleine d'illusion, c'est la joie, bien qu'elle soit la plus désirée; et le Sage n'a jamais parlé avec plus de sens que lorsqu'il a dit dans l'Ecclésiaste qu'il réputait le ris une erreur, et que la joie était une tromperie : *Risum reputavi errorem*[2]. Et la raison, c'est, si je ne me trompe, que, depuis la désobéissance de l'homme, Dieu a voulu retirer à lui tout ce qu'il avait répandu de solide contentement sur la terre dans l'innocence des commencements : il l'a, dis-je, voulu retirer à lui pour le rendre un jour à ses bienheureux, et que la petite goutte de joie qui nous est restée d'un si grand débris n'est pas capable de satisfaire une âme dont les désirs ne sont point finis, et qui ne se peut jamais reposer qu'en Dieu. C'est pourquoi nous lisons dans notre Evangile que Jésus laisse la joie au monde comme un présent qu'il estime peu : *Mundus gaudebit ;* et que le partage de ses enfants, c'est une salutaire tristesse, qui ne veut point être consolée par les plaisirs que le monde cherche : *vos autem contristabimini.*

Mais encore que le sujet de mon Evangile m'oblige aujourd'hui à vous faire voir la vanité des réjouissances du monde, ne vous persuadez pas, Chrétiens, que je veuille par là tempérer la joie de la belle journée que nous attendons[3]. Je sais bien que Tertullien a dit autrefois que la licence ordinairement épiait le temps des réjouissances publiques, et qu'elle n'en trouvait point qui lui fût plus propre : *Est omnis publicæ lætitiæ luxuria captatrix*[4] ; mais celle que nous verrons bientôt éclater est si raisonnable et si bien fondée, que l'Eglise même y veut prendre part, qu'elle y mêlera ses actions de grâces, dont cette chapelle royale[1] résonnera toute ; et d'ailleurs il est impossible que cette joie ne soit infiniment juste, venant d'un principe de reconnaissance.

Et certainement, Monseigneur, quelques grands préparatifs que l'on fasse pour recevoir demain Votre Altesse, son entrée n'aura rien de plus magnifique, rien de plus grand ni de plus glorieux que les vœux et la reconnaissance publique de tous les ordres de cette province, que votre haute générosité a comblée de biens et à qui votre main armée a donné la paix, que votre autorité lui conserve[2]. Le plus digne emploi d'un grand prince, c'est de sauver les pays entiers et de montrer, comme Votre Altesse, l'éminence de sa dignité par l'étendue de ses influences. C'est l'effet le plus relevé que puisse produire en vous votre sang illustre, mêlé si souvent dans celui des rois[3]. Toutes ces obligations si universellement répandues, ce sont, Monseigneur, autant de colonnes que vous érigez à votre gloire dans les cœurs des hommes, colonnes augustes et majestueuses, et plus durables que tous les marbres ; oui, plus fermes et plus durables que tous les marbres. Autrefois, de pareils bienfaits vous ont dressé de pareilles marques dans cette ville illustre et fameuse que l'Empire nous a rendue et qui a été si longtemps heureuse sous votre conduite[4]. Elles durent et dureront à jamais dans les affections de ces peuples, qu'un si long temps n'a pas altérées. Que de trophées de cette nature s'était élevés en Guyenne votre âme si grande et si bienfaisante ! L'envie n'a jamais pu les abattre : elle les a peut-être couverts pour un temps[5] ; mais enfin tout le monde a ouvert les yeux, et l'éclat solide de votre vertu a dissipé l'illusion de quelques années. Tant il est vrai, Monseigneur, qu'une puissance si peu limitée et qui ne s'occupe, comme la vôtre, qu'à faire du bien, laisse des impressions immortelles ! Mais je ne prétends pas ici prévenir les doctes et éloquentes harangues par lesquelles Votre Altesse sera célébrée. Je dois ma voix au Sauveur des âmes et aux vérités de son Evangile, et il me suffit d'avoir dit ce mot pour me joindre aux acclamations du public et témoigner la part que je prends aux avantages de ma patrie[6]. Ecoutons maintenant parler Jésus-Christ, après que, etc. *Ave.*

Ce que dit Tertullien est très véritable, *que les hommes*

*sont accoutumés, il y a longtemps, à manquer au respect qu'ils doivent à Dieu* et à traiter peu révéremment les choses sacrées. *Semper humana gens male de Deo meruit*[1]. Car, outre que, dès l'origine du monde, l'idolâtrie a divisé son empire et lui a voulu donner des égaux, l'ignorance téméraire et précipitée a gâté, autant qu'elle a pu, l'auguste pureté de son être par les opinions étranges qu'elle en a formées. L'homme a eu l'audace de lui disputer tous les avantages de sa nature, et il me serait aisé de vous faire voir qu'il n'y a aucun de ses attributs qui n'ait été l'objet de[2] quelque blasphème. Mais de toutes ses perfections infinies, celle qui a été exposée à des contradictions plus opiniâtres, c'est sans doute cette providence éternelle qui gouverne les choses humaines. Rien n'a paru plus insupportable à l'arrogance des libertins, que de se voir continuellement observés par cet œil toujours veillant de la providence divine; il leur a paru, à ces libertins, que c'était une contrainte importune de reconnaître qu'il y eût au ciel une force supérieure qui gouvernât tous nos mouvements, et châtiât nos actions déréglées avec une autorité souveraine. Ils ont voulu secouer le joug de cette Providence qui veille sur nous, afin d'entretenir dans l'indépendance une liberté indocile, qui les porte à vivre à leur fantaisie, sans crainte, sans retenue[3] et sans discipline.

Telle était la doctrine des épicuriens, laquelle, toute brutale qu'elle est, tâchait de s'appuyer sur des arguments; et ce qui paraissait le plus vraisemblable, c'est la preuve qu'elle a tirée de la distribution des biens et des maux, telle qu'elle est représentée dans notre Evangile : *Le monde se réjouira,* dit le Fils de Dieu; *et vous, mes disciples, vous serez tristes*[4]. Qu'est-ce à dire ceci, Chrétiens ? Le monde, les amateurs des biens périssables, les ennemis de Dieu seront dans la joie : encore ce désordre est-il supportable; mais vous, ô justes, ô enfants de Dieu, vous serez dans l'affliction et dans la tristesse! C'est ici que le libertinage s'écrie que l'innocence ainsi opprimée rend un témoignage certain contre la providence divine, et fait voir que les affaires humaines vont au hasard et à l'aventure.

Ha! Fidèles, qu'opposerons-nous à cet exécrable blasphème, et comment défendrons-nous contre les impies les vérités[5] que nous adorons ? Ecouterons-nous les amis de Job, qui lui soutiennent qu'il est coupable, parce qu'il était affligé, et que sa vertu était fausse, parce qu'elle était exercée. *Quand est-ce que l'on a vu,* disaient-ils, *que les gens de bien fussent maltraités*[1] ? Cela ne se peut, cela ne se peut. Mais au contraire, dit le Fils de Dieu, ceux dont je prédis les afflictions, ce ne sont ni des trompeurs ni des hypocrites ; ce sont mes disciples les plus fidèles, et ce sont ceux dont je propose la vertu au monde, comme l'exemple le plus achevé d'une bonne vie. « Ceux-là, dit Jésus, seront affligés, *vos autem*. » Voilà qui paraît bien étrange, et les amis de Job ne l'ont pu comprendre.

D'autre part, la philosophie ne s'est pas moins embarrassée sur cette difficulté importante. Ecoutez comme parlaient certains philosophes que le monde appelait les stoïciens. Ils disaient avec les amis de Job : C'est une erreur de s'imaginer que l'homme de bien puisse être affligé. Mais ils le prenaient d'une autre manière : c'est que le sage, disaient-ils, est invulnérable et inaccessible à toutes sortes de maux : quelque disgrâce qui lui arrive, il ne peut jamais être malheureux, parce qu'il est lui-même sa félicité. C'est le prendre d'un ton bien haut pour des hommes faibles et mortels. Mais, ô maximes vainement pompeuses ! ô insensibilité affectée ! ô fausse et imaginaire sagesse, qui croit être forte parce qu'elle est dure, et généreuse parce qu'elle est enflée ! Que ces principes sont opposés à la modeste simplicité[2] du Sauveur des âmes, qui, considérant dans notre Evangile les fidèles dans l'affliction, confesse qu'ils en seront attristés, *vos autem contristabimini ;* et partant leurs douleurs seront effectives.

Plus nous avançons, Chrétiens, plus les difficultés nous paraissent grandes. Mais voulez-vous voir encore en un mot le dernier effort de la philosophie impuissante, afin que, reconnaissant l'inutilité de tous les remèdes humains, nous recourions avec plus de foi à l'Evangile du Sauveur des âmes ? Sénèque a fait un traité exprès pour défendre la cause de la Providence et fortifier le juste souffrant ; où, après avoir épuisé toutes ses sentences pompeuses et tous ses raisonnements magnifiques, enfin il introduit Dieu parlant en ces termes au juste et à l'homme de bien affligé : « Que veux-tu que je fasse ? dit-il ; je n'ai pu te retirer de ces maux, mais j'ai armé ton courage contre toutes choses ; *Quia non poteram vos istis subducere, animos vestros adversus omnia armavi*[3]. » Je n'ai

SERMON SUR LA PROVIDENCE 1043

pu : quelle parole à un Dieu! Est-ce donc une nécessité absolue qu'on ne puisse prendre le parti de la providence divine, sans combattre ouvertement sa toute-puissance ? C'est ainsi que réussit la philosophie, quand elle se mêle de faire parler cette majesté souveraine et de pénétrer ses secrets.

Allons, Fidèles, à Jésus-Christ, allons à la véritable sagesse; écoutons parler notre Dieu dans sa langue naturelle, je veux dire dans les oracles de son Ecriture; cherchons aux innocents affligés des consolations plus solides dans l'évangile de cette journée. Mais, afin de procéder avec ordre, réduisons nos raisonnements à trois chefs tirés des paroles du Sauveur des âmes, que j'ai alléguées pour mon texte. *Le monde,* dit-il, *se réjouira, et vous, ô justes, vous serez tristes ; mais votre tristesse sera changée en joie.* Le monde se réjouira; mais ce sera certainement d'une joie telle que le monde la peut avoir, trompeuse, inconstante et imaginaire, parce qu'il est écrit que *le monde passe*[1] : *mundus autem gaudebit. Vous, ô justes, vous serez tristes ;* mais c'est votre médecin qui vous parle ainsi, et qui vous prépare cette amertume : et donc elle vous sera salutaire : *Vos autem contristabimini.* Que si peut-être vous vous plaignez qu'il vous laisse sans consolation sur la terre au milieu de tant de misères, voyez qu'en vous donnant cette médecine, il vous présente de l'autre main la douceur d'une espérance assurée, qui vous ôte tout ce mauvais goût et remplit votre âme de plaisirs célestes : « Votre tristesse, dit-il, sera changée en joie : *Tristitia vestra vertetur in gaudium.* »

Par conséquent, ô homme de bien, si, parmi tes afflictions, il t'arrive de jeter les yeux sur la prospérité des méchants, que ton cœur n'en murmure point, parce qu'elle ne mérite pas d'être désirée; c'est la première vérité de notre Evangile. Si cependant les misères croissent, si le fardeau des malheurs s'augmente, ne te laisse pas accabler, et reconnais dans la douleur qui te presse l'opération du médecin qui te guérit, *vos autem contristabimini* : c'est le second point. Enfin, si tes forces se diminuent, soutiens ton courage abattu par l'attente du bien que l'on te propose, qui est une santé éternelle dans la bienheureuse immortalité, *tristitia vestra (vertetur in gaudium) ;* c'est par où je finirai ce discours. Et voilà en abrégé, Chrétiens, toute l'économie de cet entretien, et le sujet du saint Evangile que l'Eglise a lu ce matin dans la célébration des divins mystères. Reste que vous vous rendiez attentifs à ces vérités importantes. Laissons tous les discours superflus; cette matière est essentielle, allons à la substance des choses avec le secours de la grâce.

## PREMIER POINT

Pour entrer d'abord en matière, je commence mon raisonnement par cette proposition infaillible, qu'il n'est rien de mieux ordonné que les événements des choses humaines, et toutefois qu'il n'est rien aussi où la confusion soit plus apparente.

Qu'il n'y ait rien de mieux ordonné, il m'est aisé de le faire voir par ce raisonnement invincible. Plus les choses touchent de près à la providence et à la sagesse divine, plus la disposition en doit être belle. Or, dans toutes les parties de cet univers, Dieu n'a rien de plus cher que l'homme, qu'il a fait à sa ressemblance; rien par conséquent n'est mieux ordonné que ce qui touche cette créature chérie et si avantagée par son créateur. Et si nous admirons tous les jours tant d'art, tant de justesse, tant d'économie dans les astres, dans les éléments, dans toutes les natures inanimées, à plus forte raison doit-on dire qu'il y a un ordre admirable dans ce qui regarde les hommes. Il y a donc certainement beaucoup d'ordre; et toutefois il faut reconnaître qu'il n'y a rien qui paraisse moins. Au contraire, plus nous pénétrons dans la conduite des choses humaines, dans les événements des affaires, plus nous sommes contraints d'avouer qu'il y a beaucoup de désordre. (*Eccles.*, IX.)

Ce serait une insolence inouïe, si nous voulions ici faire le procès à tout ce qu'il y a jamais eu de grand dans le monde. Il y a eu plus d'un David sur le trône; ce n'est pas pour une fois seulement que la grandeur et la piété se sont jointes : il y a eu des hommes extraordinaires que la vertu a portés au plus grand éclat, et la malice n'est pas si universelle que l'innocence n'ait été souvent couronnée. Mais, Chrétiens, ne nous flattons pas; avouons, à la honte du genre humain, que les crimes les plus hardis ont été ordinairement plus heureux que les vertus les plus renommées. Et la raison en est évidente : c'est sans doute que la licence est plus entreprenante que la retenue. La fortune veut être prise par force, les affaires veulent être emportées par la violence; il faut que les passions se remuent, il faut prendre des desseins extrêmes. Que fera ici la vertu avec sa faible et impuissante médiocrité ? je dis : faible et impuissante, dans l'esprit des hommes. Elle est trop sévère et trop composée. C'est pourquoi le divin Psalmiste, après avoir décrit au psaume X le bruit que les pécheurs ont fait dans le monde, il vient ensuite à parler du juste : « Et le juste, dit-il, qu'a-t-il fait ? *Justus autem quid fecit*[1] ? » Il semble, dit-il, qu'il n'agisse pas; et il n'agit pas, en effet, selon l'opinion des mondains, qui ne connaissent point d'action sans agitation, ni d'affaire sans empressement. Le juste n'ayant donc point d'action, du moins au sentiment des hommes du monde, il ne faut pas s'étonner, Fidèles, si les grands succès ne sont pas pour lui.

Et certes, l'expérience nous apprend assez que ce qui nous meut, ce qui nous excite, ce n'est pas la droite raison : on se contente de l'admirer et de la faire servir de prétexte; mais l'intérêt, la passion, la vengeance, c'est ce qui agite puissamment les ressorts de l'âme; et, en un mot, le vice, qui met tout en œuvre, est plus actif, plus pressant, plus prompt, et ensuite, pour l'ordinaire, il réussit mieux que la vertu, qui ne sort point de ses règles, qui ne marche qu'à pas comptés, qui ne s'avance que par mesure. D'ailleurs, les histoires saintes et profanes nous montrent partout de fameux exemples qui font voir les prospérités des impies, c'est-à-dire l'iniquité triomphante[2]. Quelle confusion plus étrange ! David même s'en scandalise; et il avoue dans le psaume LXXII que sa constance devient chancelante « quand il considère la paix des pécheurs, *pacem peccatorum videns*[3], » tant ce désordre est épouvantable. Et cependant nous vous avons dit qu'il n'est rien de mieux ordonné que les événements des choses humaines. Comment démêlerons-nous ces obscurités, et comment accorderons-nous ces contrariétés apparentes ? comment prouverons-nous un tel paradoxe, que l'ordre le plus excellent se doive trouver dans une confusion si visible ?

J'apprends du Sage, dans l'Ecclésiaste[4], que l'unique moyen de sortir de cette épineuse difficulté, c'est de jeter les yeux sur le Jugement. Regardez les choses humaines dans leur propre suite, tout y est confus et mêlé; mais regardez-les par rapport au jugement dernier et universel : vous y voyez reluire un ordre admirable. Le monde[1] comparé à ces tableaux qui sont, comme un jeu de l'optique, dont la figure est assez étrange; la première vue ne vous montre qu'une peinture qui n'a que des traits informes et un mélange confus de couleurs; mais sitôt que celui qui sait le secret vous le fait considérer par le point de vue[2] ou dans un miroir tourné en cylindre qu'il applique sur cette peinture confuse, aussitôt, les lignes se ramassant, cette confusion se démêle, et vous produit une image bien proportionnée. Il en est ainsi de ce monde : quand je le contemple dans sa propre vue, je n'y aperçois que désordre; si la foi me le fait regarder par rapport au jugement dernier et universel, en même temps j'y vois reluire un ordre admirable. Mais entrons profondément en cette matière, et éclaircissons par les Ecritures la difficulté proposée. Suivez, s'il vous plaît, mon raisonnement.

Remarquons avant toutes choses que le jugement dernier et universel est toujours représenté dans les saintes Lettres par un acte de séparation. *On mettra,* dit-on, *les mauvais à part ; on les tirera du milieu des justes*[3] ; et enfin tout l'Evangile parle de la sorte. Et la raison en est évidente, en ce que le discernement est la principale fonction du juge et la qualité nécessaire du jugement; de sorte que cette grande journée en laquelle le Fils de Dieu descendra du ciel, c'est la journée du discernement général : que si c'est la journée du discernement, où les bons seront séparés d'avec les impies, donc, en attendant ce grand jour, il faut qu'ils demeurent mêlés.

Approche ici, ô toi qui murmures en voyant la prospérité des pécheurs : *Ha ! la terre les devrait engloutir ; ha ! le ciel se devrait éclater en foudre !* Tu ne songes pas au secret de Dieu. S'il punissait ici tous les réprouvés, la peine les discernerait d'avec les bons : or l'heure du discernement n'est pas arrivée, cela est réservé pour le Jugement; ce n'est donc pas encore le temps de punir généralement tous les criminels, parce que ce n'est pas encore celui de les séparer d'avec tous les justes. *Ne vois-tu pas,* dit saint Augustin[4], *que, pendant l'hiver, l'arbre mort et l'arbre vivant paraissent égaux ? ils sont tous deux sans fruits et sans feuilles. Quand est-ce qu'on les pourra discerner ? Ce sera lorsque le printemps viendra renouveler la nature, et que cette verdure agréable fera paraître dans toutes les branches la vie que la racine tenait enfermée.* Ainsi ne t'impatiente pas, ô homme de bien; laisse passer l'hiver de ce siècle où toutes choses sont confondues; contemple ce grand renouvellement de la résurrection générale, qui fera le discernement tout entier, lorsque la gloire de Jésus-Christ reluira visiblement sur les justes. Si cependant ils sont mêlés avec les impies, si l'ivraie croît avec le bon grain, si même elle s'élève au-dessus, c'est-à-dire si l'iniquité semble triomphante, n'imite pas l'ardeur inconsidérée de ceux qui, poussés d'un zèle indiscret, tenteraient d'arracher[1] ces mauvaises herbes : c'est un zèle indiscret et précipité. Aussi le Père de famille ne le permet pas : *Attendez,* dit-il, *la moisson*[2], c'est-à-dire la fin du siècle, où toutes choses seront démêlées; alors on fera le discernement : et *ce sera le temps de chaque chose,* selon la parole de l'Ecclésiaste[3].

Ces excellents principes sont établis, je ne me contente plus de vous dire que ce que Dieu tarde à punir les crimes, ce qu'il les laisse souvent prospérer, n'a rien de contraire à sa providence; je passe outre maintenant, et je dis que c'est un effet visible de sa providence. Car la sagesse ne consiste pas à faire les choses promptement, mais à les faire dans le temps qu'il faut. Cette sagesse profonde de Dieu ne se gouverne pas par les préjugés ni par les fantaisies des enfants des hommes, mais selon l'ordre immuable des temps et des lieux qu'elle a disposé dès l'éternité. « C'est pourquoi, dit Tertullien (voici des paroles précieuses), Dieu ayant remis le jugement à la fin des siècles, il ne précipite pas le discernement, qui en est une condition nécessaire : *Qui semel æternum judicium destinavit post sæculi finem, non præcipitat discretionem, quæ est conditio judicii, ante sæculi finem. Æqualis est interim super omne humanum genus, et indulgens, et increpans; communia voluit esse et commoda profanis et incommoda suis*[4]. » Remarquez cette excellente parole; il ne précipite pas le discernement. Précipiter les affaires, c'est le propre de la faiblesse, qui est contrainte de s'empresser dans l'exécution de ses desseins, parce qu'elle dépend des occasions, et que ces occasions sont certains moments dont la fuite précipitée cause aussi de la précipitation à ceux qui les cherchent. Mais Dieu, qui est l'arbitre de tous les temps, qui sait que rien ne peut échapper ses mains, il ne précipite pas ses conseils ; jamais il ne prévient le temps résolu, il ne s'impatiente pas : il se rit des prospérités de ses ennemis ; « parce que, dit le Roi-prophète, il sait bien où il les attend : il voit de loin le jour qu'il leur a marqué pour en prendre une rigoureuse vengeance : *Quoniam prospicit quod veniet dies ejus*[1]. » Mais, en attendant ce grand jour, voyez comme il distribue les biens et les maux avec une équité merveilleuse, tirée de la nature même des uns et des autres.

Je distingue deux sortes de biens et de maux. Il y a les biens et les maux mêlés, qui dépendent de l'usage que nous en faisons. Par exemple, la maladie est un mal qui peut tourner en bien par la patience, comme la santé est un bien qui peut dégénérer en mal, en favorisant la débauche ; c'est ce que j'appelle les biens et les maux mêlés, qui participent de la nature du bien et du mal, selon l'usage où on les applique. Mais il y a outre cela le bien souverain, qui jamais ne peut être mal, comme la félicité éternelle ; et il y a aussi certains maux extrêmes, qui ne peuvent tourner en bien à ceux qui les souffrent, comme les supplices des réprouvés. Cette distinction étant supposée, je dis que ces biens et ces maux suprêmes, si je puis parler de la sorte, appartiennent au discernement général, où les bons seront séparés pour jamais de la société des impies ; et que ces biens et ces maux mêlés se distribuent avec équité dans le mélange des choses présentes.

Car il fallait que la Providence destinât certains biens aux justes, où les méchants n'eussent point de part ; et, de même, qu'elle préparât aux méchants des peines dont les bons ne fussent jamais tourmentés. De là vient ce discernement éternel qui se fera dans le jugement. Et, avant ce temps limité, tout ce qu'il y a de biens et de maux devait être commun aux uns et aux autres, c'est-à-dire à l'impie aussi bien qu'au juste ; parce que les élus et les réprouvés étant en quelque façon confondus durant tout le cours de ce siècle, la justice et la miséricorde divine sont aussi par conséquent tempérées. C'est ce qui fait dire au Prophète que « le calice qui est dans les mains de Dieu est plein de vin pur et de vin mêlé : *Calix in manu Domini (vini meri plenus mixto*[2].) ». Ce passage est très remarquable, et nous y voyons bien représentée toute l'économie de la Providence. Il y a premièrement le vin pur, c'est-à-dire la joie céleste, qui n'est altérée par aucun mélange de mal : c'est une joie toute pure, *vini meri*. Il y a aussi le mélange ; et c'est ce que ce siècle doit boire, ainsi que nous l'avons expliqué, parce qu'il n'y a que des biens et des maux mêlés, *plenus mixto*. Et enfin il y a la lie, *faex ejus non est exinanita ;* et c'est ce que boiront les pécheurs, *bibent omnes*. Ces pécheurs surpris dans leurs crimes, ces pécheurs éternellement séparés des justes, ils boiront toute la lie, toute l'amertume de la vengeance divine.

Tremblez, tremblez, pécheurs endurcis, devant la colère[1] qui vous poursuit ! Car si, dans le mélange du siècle présent, où Dieu en s'irritant se modère, où sa justice est toujours mêlée de miséricorde, où il frappe d'un bras qui se retient, nous ne pouvons quelquefois supporter ses coups, où en serez-vous, misérables, si vous êtes un jour contraints de porter le poids intolérable de sa colère, quand elle agira de toutes ses forces et qu'il n'y aura plus aucune douceur qui tempère son amertume[2] ? Et vous, admirez, ô enfants de Dieu, comme votre Père céleste tourne tout à votre avantage, vous instruisant non seulement par paroles, mais encore par les choses mêmes ! Et certes, s'il punissait tous les crimes, s'il n'épargnait aucun criminel, qui ne croirait que toute sa colère serait épuisée dès ce siècle, et qu'il ne réserverait rien au siècle futur ? Si donc il les attend, s'il les souffre, sa patience même vous avertit de la sévérité de ses jugements. Et quand il leur permet si souvent de réussir pendant cette vie, quand il souffre que le monde se réjouisse, quand il laisse monter les pécheurs jusques sur les trônes, c'est encore une instruction qu'il vous donne, mais une instruction importante. Si personne ne prospérait que les justes, les hommes, étant ordinairement attachés aux biens, ne serviraient Dieu que pour les prospérités temporelles ; et le service que nous lui rendrions, au lieu de nous rendre religieux, nous ferait avares ; au lieu de nous faire désirer le ciel, il nous captiverait dans les biens mortels.

Voyez, dit-il, mortels abusés, voyez l'état que je fais des biens après lesquels vous courez avec tant d'ardeur ; voyez à quel prix je les mets, et avec quelle facilité je les abandonne à mes ennemis : je dis, à mes ennemis les plus implacables, à ceux auxquels ma juste fureur prépare des torrents de flamme éternelle. Regardez les républiques de Rome et d'Athènes; elles ne connaîtront pas seulement mon nom adorable, elles serviront les idoles; toutefois elles seront florissantes par les lettres, par les conquêtes et par l'abondance, par toute sorte de prospérités temporelles; et le peuple qui me révère sera relégué en Judée, en un petit coin de l'Asie, environné des superbes monarchies des Orientaux infidèles. Voyez ce Néron, ce Domitien, ces deux monstres du genre humain, si durs par leur humeur sanguinaire, si efféminés par leurs infâmes délices, qui persécuteront mon Eglise par toute sorte de cruautés, qui oseront même se bâtir des temples pour braver la Divinité : ils seront les maîtres de l'univers. Dieu leur abandonne l'empire du monde, comme un présent de peu d'importance qu'il met dans les mains de ses ennemis.

Ha! qu'il est bien vrai, ô Seigneur, que vos pensées ne sont pas les pensées des hommes, et que vos voies ne sont pas nos voies[1]! O vanité et grandeur humaine, triomphe d'un jour, superbe néant, que tu parais peu à ma vue, quand je te regarde par cet endroit. Ouvrons les yeux à cette lumière; laissons, laissons réjouir le monde, et ne lui envions pas sa prospérité. Elle passe, et le monde passe; elle fleurit avec quelque honneur dans la confusion de ce siècle. Viendra le temps du discernement : « Vous la dissiperez, ô Seigneur, comme un songe de ceux qui s'éveillent; et, pour confondre vos ennemis, vous détruirez leur image en votre cité, *in civitate tua imaginem (ipsorum ad nihilum rediges)*[2]. » Qu'est-ce à dire, vous détruirez leur image ? C'est-à-dire vous détruirez leur félicité, qui n'est pas une félicité véritable, mais une ombre fragile de félicité; vous la briserez ainsi que du verre, et vous la briserez en votre cité, *in civitate tua,* c'est-à-dire devant vos élus, afin que l'arrogance des enfants des hommes demeure éternellement confondue.

Par conséquent, ô juste, ô fidèle, recherche uniquement les biens véritables que Dieu ne donne qu'à ses serviteurs; apprends à mépriser les biens apparents, qui, bien loin de nous faire heureux, sont souvent un commencement de supplice. Oui, cette félicité des enfants du siècle, lorsqu'ils nagent dans les plaisirs illicites, que tout leur rit, que tout leur succède, cette paix, ce repos que nous admirons, qui, selon l'expression du Prophète,

« fait sortir l'iniquité de leur graisse, *prodiit quasi ex adipe (iniquitas eorum*[1]) », qui les enfle, qui les enivre jusqu'à leur faire oublier la mort : c'est un supplice, c'est une vengeance que Dieu commence d'exercer sur eux. Cette impunité, c'est une peine qui les précipite au sens réprouvé, qui les livre aux désirs de leur cœur, leur amassant ainsi un trésor de haine dans ce jour d'indignation, de vengeance et de fureur éternelle. N'est-ce pas assez pour nous écrier avec l'incomparable Augustin : « *Nihil est infelicius felicitate peccantium, qua pœnalis nutritur impunitas, et mala voluntas velut hostis interior roboratur*[2] : Il n'est rien de plus misérable que la félicité des pécheurs, qui entretient une impunité qui tient lieu de peine et fortifie cet ennemi domestique, je veux dire, la volonté déréglée, » en contentant ses mauvais désirs. Mais si nous voyons par là, Chrétiens, que la prospérité peut être une peine, ne pouvons-nous pas faire voir aussi que l'affliction peut être un remède ? Ainsi notre première partie ayant montré à l'homme de bien qu'il doit considérer sans envie les enfants du siècle qui se réjouissent, nous lui ferons voir dans le second point qu'il doit tirer de l'utilité des disgrâces que Dieu lui envoie.

## SECOND POINT

Donc, Fidèles, pour vous faire voir combien les afflictions sont utiles, connaissons premièrement quelle est leur nature et disons que la cause générale de toutes nos peines, c'est le trouble qu'on nous apporte dans les choses que nous aimons. Or nous pouvons y être troublés en trois différentes manières, qui me semblent être comme les trois sources d'où découlent toutes les misères dont nous nous plaignons.

Premièrement, on nous inquiète quand on nous refuse ce que nous aimons ; car il n'est rien de plus misérable que cette soif qui jamais n'est rassasiée, que ces désirs toujours suspendus qui courent éternellement sans rien prendre. On ne peut assez exprimer combien l'âme est travaillée par ce mouvement.

Mais on l'afflige beaucoup davantage quand on la trouble dans la possession du bien qu'elle tient : *parce que*, dit saint Augustin[3], *quand elle possède ce qu'elle aimait, comme les honneurs, les richesses, elle se l'attache à elle-même par la joie qu'elle a de l'avoir ; elle se l'incorpore en quelque façon, si je puis parler de la sorte ; cela devient comme une partie de nous-mêmes, et,* pour dire le mot de saint Augustin, *comme un membre de notre cœur ;* de sorte que, si on vient à nous l'arracher, aussitôt le cœur en gémit; il est tout déchiré, tout ensanglanté par la violence qu'il souffre.

La troisième espèce d'affliction, qui est si ordinaire dans la vie humaine, ne nous ôte pas entièrement le bien qui nous plaît; mais elle nous traverse de tant de côtés, elle nous presse tellement d'ailleurs, qu'elle ne nous permet pas d'en jouir. Vous avez acquis de grands biens, il semble que vous deviez être heureux, mais vos continuelles infirmités vous empêchent de goûter le fruit de votre bonne fortune : est-il rien de plus importun ? C'est avoir le verre en main et ne pouvoir boire, bien que vous soyez tourmenté d'une soif ardente, et cela nous cause un chagrin extrême.

Voilà les trois genres d'afflictions qui produisent toutes nos plaintes : n'avoir pas ce que nous aimons; le perdre après l'avoir possédé; le posséder sans en goûter la douceur à cause des empêchements que les autres maux y apportent. Si donc je vous fais voir, Chrétiens, que ces trois choses nous sont salutaires, n'aurai-je pas prouvé manifestement que c'est un effet merveilleux de la bonté paternelle de Dieu sur les justes de vouloir qu'ils soient attristés dans la vie présente, comme Jésus leur prédit dans notre Evangile ? C'est ce que j'entreprends de montrer avec le secours de la grâce.

Et premièrement il nous est utile de n'avoir pas ce que nous aimons; et c'est en quoi le monde s'abuse, qui, voyant un homme qui a ce qu'il veut, s'écrie, avec un grand applaudissement, qu'il est heureux, qu'il est fortuné. Il a ce qu'il veut : est-il pas heureux ? Il est vrai, le monde le dit; mais l'Evangile de Jésus-Christ s'y oppose : et la raison, c'est que nous sommes malades. Je vous nie, délicats du siècle, que la misère consiste à n'avoir pas ce que vous aimez; c'est plutôt à n'aimer pas ce qu'il faut; et de même, la félicité n'est pas tant à posséder ce que vous aimez, qu'à aimer ce qui le doit être.

Pour entendre solidement cette vérité, remarquez que la félicité, c'est la santé de l'âme. Nulle créature n'est heureuse si elle n'est saine, et c'est la même chose à l'égard de l'âme, qu'elle soit heureuse et qu'elle soit saine, à cause qu'elle est saine quand elle est dans une bonne constitution, et cela même la rend bienheureuse. Comparez maintenant ces deux choses : n'avoir pas ce que nous aimons, et aimer ce qui ne doit pas être aimé; et considérez lequel des deux rend l'homme plus véritablement misérable. Direz-vous que c'est n'avoir pas ce que vous aimez ? Mais quand vous n'avez pas ce que vous aimez, c'est un empêchement qui vient du dehors. Au contraire, quand vous aimez ce qu'il ne faut pas, c'est un dérèglement au dedans. Le premier, c'est une mauvaise fortune : il se peut faire que l'intérieur n'en soit point troublé; le second est une maladie qui l'altère et qui le corrompt. Et puisqu'il n'y a point de bonheur sans la santé et le bon état du dedans, il s'ensuit que celui-là est plus malheureux, qui aime sans une juste raison, que celui qui aime sans un bon succès, parce qu'il est plus déréglé, et par conséquent plus malade. Dans les autres maux : Délivrez-moi; mais où il y a du désordre et ensuite du péché : Ha! guérissez-moi, s'écrie-t-il; c'est qu'il y a du dérèglement, et conséquemment de la maladie. D'où il résulte très évidemment que le bonheur ne consiste pas à obtenir ce que l'on désire.

Cela est bon quand on est en bonne santé. On accorde à un homme sain de manger à son appétit; mais il y a des appétits de malade, qu'il est nécessaire de tenir en bride, et ce serait une opinion bien brutale d'établir la félicité à contenter les désirs irréguliers qui sont causés par la maladie. Or, Fidèles, toute notre nature est remplie de ces appétits de malade qui naissent de la faiblesse de notre raison et de la mortalité qui nous environne. N'est-ce pas un appétit de malade que cet amour désordonné des richesses, qui nous fait mépriser les biens éternels ? N'est-ce pas un appétit de malade, que de courir après les plaisirs et de négliger en nous la partie céleste pour satisfaire la partie mortelle ? Et parce qu'il naît en nous une infinité de ces appétits de malades, de là vient que nous lisons dans les saintes Lettres que Dieu se venge souvent de ses ennemis en satisfaisant leurs désirs. Etrange manière de se venger, mais qui de toutes est la plus terrible.

C'est ainsi qu'il traita les Israélites qui murmuraient au désert contre sa bonté. *Qui est-ce,* disait ce peuple brutal, *qui nous donnera de la chair ? Nous ne pouvons plus souf-*

*frir cette manne*[1]. Dieu les exauça en sa fureur ; et leur donnant les viandes qu'ils demandaient, sa colère en même temps s'éleva contre eux. C'est ainsi que, pour punir les plus grands pécheurs, nous apprenons du divin Apôtre[2], qu'il les livre à leurs propres désirs ; comme s'il disait : Il les livre entre les mains des bourreaux, ou de leurs plus cruels ennemis. Que s'il est ainsi, Chrétiens, comme l'expérience nous l'apprend assez, que nous nourrissons en nous-mêmes tant de désirs qui nous sont nuisibles et pernicieux, donc c'est un effet de miséricorde, de nous contrarier souvent dans nos appétits, d'appauvrir nos convoitises, qui sont infinies, en leur refusant ce qu'elles demandent ; et le vrai remède de nos maladies, c'est de contenir nos affections déréglées par une discipline forte et vigoureuse, et non pas de les contenter par une molle condescendance. « *Vos autem contristabimini,* (pour vous, vous serez dans la tristesse, » en n'ayant pas ce que vous aimez : c'est la première peine qui nous est utile.

Mais, Fidèle, il ne t'est pas moins salutaire qu'on t'enlève quelquefois ce que tu possèdes. Connaissons-le par expérience. Quand nous possédons les biens temporels, il se fait certains nœuds secrets qui engagent le cœur insensiblement dans l'amour des choses présentes, et cet engagement est plus dangereux, en ce qu'il est ordinairement plus imperceptible. Le désir se fait mieux sentir, parce qu'il a de l'agitation et du mouvement ; mais la possession assurée, c'est un repos, c'est comme un sommeil : on s'y endort, on ne le sent pas. C'est ce que dit l'apôtre saint Paul, que ceux qui amassent de grandes richesses, « tombent dans les lacets, *incidunt in laqueum*[3]. » C'est que la possession des richesses a des filets invisibles où le cœur se prend insensiblement. Peu à peu il se détache du Créateur par l'amour désordonné de la créature, et à peine s'aperçoit-il de cet attachement vicieux. Mais qu'on lui dise que cette maison est brûlée, que cette somme est perdue sans ressource par la banqueroute de ce marchand ; aussitôt le cœur saignera, la douleur de la plaie lui fera sentir « combien ces richesses étaient fortement attachées aux fibres de l'âme, et combien il s'écartait de la droite voie par cet attachement excessif[4]. *Quantum (haec) amando peccaverint, perdendo senserunt* », dit saint Augustin[5]. Il verra combien ces richesses pouvaient être utilement employées ; et qu'enfin il n'a rien sauvé de tous ses grands biens, que ce qu'il a mis en sûreté dans le ciel, l'y faisant passer par les mains des pauvres : il ouvrira les yeux aux biens éternels qu'il commençait déjà d'oublier. Ainsi ce petit mal guérira les grands, et sa blessure sera son salut.

Mais si Dieu laisse à ses serviteurs quelque possession des biens de la terre, ce qu'il peut faire de meilleur pour eux, c'est de leur en donner du dégoût, de répandre mille amertumes secrètes sur tous les plaisirs qui les environnent, de ne leur permettre jamais de s'y reposer, de secouer et d'abattre cette fleur du monde qui leur rit trop agréablement; de leur faire naître des difficultés, de peur que cet exil ne leur plaise et qu'ils ne le prennent pour la patrie; de piquer leurs cœurs jusqu'au vif, pour leur faire sentir la misère de ce pèlerinage laborieux et exciter leurs affections endormies à la jouissance des biens véritables. C'est ainsi qu'il vous faut traiter, ô enfants de Dieu, jusqu'à ce que votre santé soit parfaite, *vos autem (contristabimini)*. Cette convoitise qui vous rend malades demande nécessairement cette médecine. Il importe que vous ayez des maux à souffrir, tant que vous en aurez à corriger; il importe que vous ayez des maux à souffrir, tant que vous serez au milieu des biens où il est dangereux de se plaire trop. Si ces remèdes vous semblent durs, « ils excusent, dit Tertullien, le mal qu'ils vous font, par l'utilité qu'ils vous apportent, *emolumento curationis offensam sui excusant*[1]. »

## TROISIÈME POINT

Mais admirez la bonté de notre Sauveur, qui, de peur que vous soyez accablés, vous donne de quoi vous mettre au-dessus de tous les malheurs de la vie. Et quel est ce secours qu'il vous donne ? C'est une espérance assurée que la joie de l'immortalité bienheureuse suivra de près vos afflictions. Or il n'est rien de plus solide[2] que cette espérance, appuyée sur la parole[3] qui porte le monde, et si évidemment attestée par toute la suite de notre Evangile. Attestée, premièrement par la joie du siècle : car si Dieu donne de la joie à ses ennemis, songez à ce qu'il prépare à ses serviteurs; si tel est le contentement des captifs, quelle sera la félicité des enfants ? Attestée, en second lieu, par la tristesse des justes : car si tel est le plaisir de Dieu[1], que, durant tout le cours de la vie présente, la vertu soit toujours aux mains avec tant de maux qui l'attaquent ; si, d'ailleurs, selon la règle immuable de la véritable sagesse, la guerre se fait pour avoir la paix : donc cette vertu, qu'on met à l'épreuve, enfin un jour se verra paisible, et ce Dieu qui la fait combattre lui donnera un jour la paix assurée. Et si nous apprenons de saint Paul[2] que *la souffrance produit l'épreuve*[3] ; si, lorsque le capitaine éprouve un soldat, c'est qu'il lui destine quelque bel emploi, console-toi, ô juste souffrant ! Puisque Dieu t'éprouve par la patience, c'est une marque qu'il veut t'élever, et tu dois mesurer ta grandeur future par la difficulté de l'épreuve. Et c'est pourquoi l'Apôtre ayant dit que la souffrance produit l'épreuve, il ajoute aussitôt que *l'épreuve produit l'espérance*[4].

Mais quelle parole pourrait exprimer quelle est la force de cette espérance ? C'est elle qui nous fait trouver un port assuré parmi toutes les tempêtes de cette vie. C'est pourquoi l'Apôtre l'appelle notre ancre[5] ; et de même que l'ancre empêche que la[6] navire ne soit emportée, et quoiqu'elle soit au milieu des ondes, elle l'établit sur la terre, lui faisant en quelque sorte rencontrer un port entre[7] les vagues dont elle est battue : ainsi quoique nous flottions encore ici-bas, l'espérance, qui est l'ancre de notre âme, nous donnera de la consistance, si nous la savons jeter dans le ciel.

Donc, ô justes[8], consolez-vous dans toutes les disgrâces qui vous arrivent ; et quand la terre tremblerait jusqu'aux fondements, quand le ciel se mêlerait[9] avec les enfers, quand toute la nature serait renversée, que votre espérance demeure ferme : le ciel et la terre passeront, mais la parole de celui qui a dit que notre tristesse sera changée en joie sera éternellement immuable ; et quelque fléau qui tombe sur vous, ne croyez jamais que Dieu vous oublie. *Le Seigneur sait ceux qui sont à lui*[10] et *son œil veille toujours sur les justes*[11]. Quoiqu'ils soient mêlés avec les impies, désolés par les mêmes guerres, emportés par les mêmes pestes, battus enfin des mêmes tempêtes, Dieu sait bien démêler les siens de cette confusion générale. Le même feu fait reluire l'or et fumer la paille ; *le même mouvement,* dit saint Augustin[12], *fait exhaler la puanteur de la boue et la bonne senteur des parfums ;* et le vin n'est pas confondu avec le marc, quoiqu'ils portent tous deux le poids du même pressoir : ainsi les mêmes afflictions qui consument les méchants purifient les justes. Que si quelquefois les pécheurs prospèrent, s'ils tâchent quelquefois de faire rougir l'espérance de l'homme de bien par l'ostentation d'un éclat présent, disons-leur avec le grand Augustin[1] : *O herbe rampante, oserais-tu te comparer à (l'arbre*[2]*) fruitier pendant la rigueur de l'hiver, sous le prétexte qu'il perd sa verdure durant cette froide saison, et que tu conserves la tienne ? Viendra l'ardeur du grand jugement qui te desséchera jusqu'à la racine et fera germer les fruits immortels des arbres que la patience aura cultivés.*

Méditons, méditons, Fidèles, cette grande et terrible vicissitude; le monde se réjouira, et vous serez tristes, mais votre tristesse tournera en joie, et la joie du monde sera changée en un grincement de dents éternel! Ha! si ce changement est inévitable, loin de nous l'amour des plaisirs du monde! Quand les enfants du siècle nous inviteront à leurs délices, à leurs débauches, à leurs autres joies dissolues, craignons de nous joindre à leur compagnie : l'heure de notre réjouissance n'est pas arrivée. *Pourquoi m'invitent-ils ?* dit Tertullien : *je ne veux point de part à leurs joies, parce qu'ils seront exclus de la mienne*[3]. Il y a une vicissitude de biens et de maux; on y va par tour : il y a une loi établie, que nous expérimenterons tour à tour les biens et les maux. J'appréhende de me réjouir avec eux, de peur de pleurer un jour avec eux. C'est être trop délicat de vouloir trouver du plaisir partout. Il sied mal à un chrétien de se réjouir, pendant qu'il n'est pas avec Jésus-Christ. Si j'ai quelque affection pour ce divin Maître, il faut que je le suive en tous lieux; et avant que me joindre à lui dans l'éternité de sa gloire, il faut que je l'accompagne du moins un moment dans la dureté de sa croix. Ce sont, Fidèles, les sentiments avec lesquels vous devez gagner ce jubilé[4] que je vous annonce. C'est ainsi que vous pourrez obtenir cette paix si ardemment désirée, et qui en est le véritable sujet : car il n'est point d'oraison plus forte que celle qui part d'une chair mortifiée par la pénitence et d'une âme dégoûtée des plaisirs du siècle.

# SERMON SUR LA PROVIDENCE

PRÊCHÉ AU LOUVRE, POUR LA IIe SEMAINE
DU CARÊME, LE 10 MARS 1662[1]

> *Fili, recordare quia recepisti bona in vita tua, et Lazarus similiter mala : nunc autem hic consolatur, tu vero cruciaris.*
>
> Luc., XVI, 25.

Nous lisons dans l'Histoire sainte[2] que, le roi de Samarie ayant voulu bâtir une place forte qui tenait en crainte et en alarmes toutes les places du roi de Judée, ce prince assembla son peuple, et fit un tel effort contre l'ennemi, que non seulement il ruina cette forteresse, mais qu'il en fit servir les matériaux pour construire deux grands châteaux forts, par lesquels il fortifia sa frontière. Je médite aujourd'hui, Messieurs, de faire quelque chose de semblable ; et, dans cet exercice pacifique, je me propose l'exemple de cette entreprise militaire. Les libertins déclarent la guerre à la providence divine, et ils ne trouvent rien de plus fort contre elle que la distribution des biens et des maux qui paraît injuste, irrégulière, sans aucune distinction entre les bons et les méchants. C'est là que les impies se retranchent comme dans leur forteresse imprenable, c'est de là qu'ils jettent hardiment des traits contre la sagesse qui régit le monde. Assemblons-nous, Chrétiens, pour combattre les ennemis du Dieu vivant ; renversons leurs remparts superbes. Non contents de leur faire voir que cette inégale dispensation des biens et des maux du monde ne nuit en rien à la Providence, montrons au contraire qu'elle l'établit. Prouvons par le désordre même qu'il y a un ordre supérieur qui rappelle tout à soi par une loi immuable ; et bâtissons les forteresses de Juda des débris et des ruines de celles de Samarie. C'est le dessein de ce discours, que j'expliquerai plus à fond après que nous aurons imploré les lumières du Saint-Esprit par l'intercession de la sainte Vierge. *Ave.*

Le théologien d'Orient, saint Grégoire de Nazianze, contemplant la beauté du monde, dans la structure duquel Dieu s'est montré si sage et si magnifique, l'appelle élégamment en sa langue le plaisir et les délices de son Créateur, θεοῦ τρυφήν[1]. Il avait appris de Moïse que ce divin architecte, à mesure qu'il bâtissait ce grand édifice, en admirait lui-même toutes les parties : *(Vidit Deus lucem quod esset bona)* ; qu'en ayant composé le tout, il avait encore enchéri et l'avait trouvé « parfaitement beau : » *(Et erant valde bona)*[2] ; enfin qu'il avait paru tout saisi de joie dans le spectacle de son propre ouvrage. Où il ne faut pas s'imaginer que Dieu ressemble aux ouvriers mortels, lesquels, comme ils peinent beaucoup dans leurs entreprises et craignent toujours pour l'événement, sont ravis que l'exécution les décharge du travail et les assure du succès. Mais, Moïse regardant les choses dans une pensée plus sublime et prévoyant en esprit qu'un jour les hommes ingrats nieraient la Providence qui régit le monde, il nous montre dès l'origine combien Dieu est satisfait de ce chef-d'œuvre de ses mains, afin que, le plaisir de le former nous étant un gage certain du soin qu'il devait prendre à le conduire, il ne fût jamais permis de douter qu'il n'aimât à gouverner ce qu'il avait tant aimé à faire et ce qu'il avait lui-même jugé si digne de sa sagesse.

Ainsi nous devons entendre que cet univers, et particulièrement le genre humain, est le royaume de Dieu, que lui-même règle et gouverne selon des lois immuables ; et nous nous appliquerons aujourd'hui à méditer les secrets de cette céleste politique qui régit toute la nature, et qui, enfermant dans son ordre l'universalité[3] des choses humaines, ne dispose pas avec moins d'égards les accidents inégaux qui mêlent la vie des particuliers que ces grands et mémorables événements qui décident de la fortune des empires.

Grand et admirable sujet, et digne de l'attention de la cour la plus auguste du monde ! Prêtez l'oreille, ô mortels, et apprenez de votre Dieu même les secrets par lesquels il vous gouverne ; car c'est lui qui vous enseignera dans cette chaire, et je n'entreprends aujourd'hui d'expliquer ses conseils profonds qu'autant que je serai éclairé par ses oracles infaillibles.

Mais il nous importe peu, Chrétiens, de connaître par

quelle sagesse nous sommes régis, si nous n'apprenons aussi à nous conformer à l'ordre de ses conseils. S'il y a de l'art à gouverner, il y en a aussi à bien obéir. Dieu donne son esprit de sagesse aux princes[1] pour savoir conduire les peuples, et il donne aux peuples l'intelligence pour être capables d'être dirigés par ordre; c'est-à-dire qu'outre la science maîtresse par laquelle le Prince commande, il y a une autre science subalterne qui enseigne aussi aux sujets à se rendre dignes instruments de la conduite supérieure; et c'est le rapport de ces deux sciences qui entretient le corps d'un État par la correspondance du chef et des membres.

Pour établir ce rapport dans l'empire de notre Dieu, tâchons de faire aujourd'hui deux choses. Premièrement, Chrétiens, quelque étrange confusion, quelque désordre même ou quelque injustice qui paraisse dans les affaires humaines, quoique tout y semble emporté par l'aveugle rapidité de la fortune, mettons bien avant dans notre esprit que tout s'y conduit par ordre, que tout s'y gouverne par maximes, et qu'un conseil éternel et immuable se cache parmi tous ces événements que le temps semble déployer avec une si étrange incertitude. Secondement, venons à nous-mêmes; et, après avoir bien compris quelle puissance nous meut et quelle sagesse nous gouverne, voyons quels sont les sentiments qui nous rendent dignes d'une conduite si relevée. Ainsi nous découvrirons, suivant la médiocrité de l'esprit humain, en premier lieu les ressorts et les mouvements, et ensuite l'usage et l'application de cette sublime politique qui régit le monde; et c'est tout le sujet de ce discours.

## PREMIER POINT

Quand je considère en moi-même la disposition des choses humaines, confuse, inégale, irrégulière, je la compare souvent à certains tableaux, que l'on montre assez ordinairement dans les bibliothèques des curieux comme un jeu de la perspective. La première vue ne vous montre que des traits informes et un mélange confus de couleurs, qui semble être ou l'essai de quelque apprenti, ou le jeu de quelque enfant, plutôt que l'ouvrage d'une main savante. Mais aussitôt que celui qui sait le secret vous les fait regarder par un certain endroit, aussitôt, toutes les lignes inégales venant à se ramasser d'une certaine façon dans votre vue, toute la confusion se démêle, et vous voyez paraître un visage avec ses linéaments et ses proportions, où il n'y avait auparavant aucune apparence de forme humaine. C'est, ce me semble, Messieurs, une image assez naturelle du monde, de sa confusion apparente et de sa justesse cachée, que nous ne pouvons jamais remarquer qu'en le regardant par un certain point que la foi en Jésus-Christ nous découvre.

« J'ai vu, dit l'Ecclésiaste, un désordre étrange sous le soleil; j'ai vu que l'on ne commet pas ordinairement ni la course aux plus vites, ni la guerre aux plus courageux, ni les affaires aux plus sages : *Nec velocium (esse) cursum, nec fortium bellum...;* mais que le hasard et l'occasion dominent partout, *sed tempus casumque in omnibus*[1] ». « J'ai vu, dit le même Ecclésiaste, que toutes choses arrivent également à l'homme de bien et au méchant, à celui qui sacrifie et à celui qui blasphème : *Quod universa æque eveniant justo et impio..., immolanti victimas et sacrificia contemnenti... Eadem cunctis eveniunt*[2]. » Presque tous les siècles se sont plaints d'avoir vu l'iniquité triomphante et l'innocence affligée; mais, de peur qu'il y ait rien d'assuré, quelquefois on voit, au contraire, l'innocence dans le trône et l'iniquité dans le supplice. Quelle est la confusion de ce tableau! et ne semble-t-il pas que ces couleurs aient été jetées au hasard, seulement pour brouiller la toile ou le papier, si je puis parler de la sorte?

Le libertin inconsidéré s'écrie aussitôt qu'il n'y a point d'ordre : « Il dit en son cœur : Il n'y a point de Dieu, » ou ce Dieu abandonne la vie humaine aux caprices de la fortune : *Dixit insipiens* [*in corde suo : Non est Deus*][3]. Mais arrêtez, malheureux, et ne précipitez pas votre jugement dans une affaire si importante! Peut-être que vous trouverez que ce qui semble confusion est un art caché; et si vous savez rencontrer le point par où il faut regarder les choses, toutes les inégalités se rectifieront, et vous ne verrez que sagesse où vous n'imaginiez que désordre.

Oui, oui, ce tableau a son point, n'en doutez pas; et le même Ecclésiaste qui nous a découvert la confusion, nous mènera aussi à l'endroit par où nous contemplerons l'ordre du monde. *J'ai vu,* dit-il, *sous le soleil l'impiété en la place du jugement, et l'iniquité dans le rang que devait tenir la justice*[1] : c'est-à-dire, si nous l'entendons, l'iniquité sur le tribunal, ou même l'iniquité dans le trône où la seule justice doit être placée. Elle ne pouvait pas monter plus haut ni occuper une place qui lui fût moins due. Que pouvait penser Salomon en considérant un si grand désordre ? Quoi ? que Dieu abandonnait les choses humaines sans conduite et sans jugement ? Au contraire, dit ce sage prince, en voyant ce renversement, « aussitôt j'ai dit en mon cœur : Dieu jugera le juste et l'impie, et alors ce sera le temps de toutes choses : *Et tempus omnis rei tunc erit.* »

Voici, Messieurs, un raisonnement digne du plus sage des hommes : il découvre dans le genre humain une extrême confusion; il voit dans le reste du monde un ordre qui le ravit; il voit bien qu'il n'est pas possible que notre nature, qui est la seule que Dieu a faite à sa ressemblance, soit la seule qu'il abandonne au hasard; ainsi, convaincu par raison qu'il doit y avoir de l'ordre parmi les hommes, et voyant par expérience qu'il n'est pas encore établi, il conclut nécessairement que l'homme a quelque chose à attendre. Et c'est ici, Chrétiens, tout le mystère du conseil de Dieu; c'est la grande maxime d'Etat de la politique du ciel. Dieu veut que nous vivions au milieu du temps dans une attente perpétuelle de l'éternité; il nous introduit dans le monde, où il nous fait paraître un ordre admirable pour montrer que son ouvrage est conduit avec sagesse, où il laisse de dessein formé quelque désordre apparent pour montrer qu'il n'y a pas mis encore la dernière main. Pourquoi ? Pour nous tenir toujours en attente du grand jour de l'éternité, où toutes choses seront démêlées par une décision dernière et irrévocable, où Dieu, séparant encore une fois la lumière d'avec les ténèbres, mettra, par un dernier jugement, la justice et l'impiété dans les places qui leur sont dues, « et alors, dit Salomon, ce sera le temps de chaque chose : *Et tempus omnis rei tunc erit.* »

Ouvrez donc les yeux, ô mortels[2] : c'est Jésus-Christ qui vous y exhorte dans cet admirable discours qu'il a fait en saint Matthieu, VI, et Luc, XII, dont je vais vous donner une paraphrase. Contemplez le ciel et la terre et la sage économie de cet univers. Est-il rien de mieux entendu que cet édifice ? est-il rien de mieux pourvu que cette famille ? est-il rien de mieux gouverné que cet empire ? Cette puissance suprême, qui a construit le monde, et qui n'y a rien fait qui ne soit très bon, a fait néanmoins des créatures meilleures les unes que les autres. Elle a fait les corps célestes qui sont immortels ; elle a fait les terrestres qui sont périssables ; elle a fait des animaux admirables par leur grandeur ; elle a fait les insectes et les oiseaux qui semblent méprisables par leur petitesse ; elle a fait ces grands arbres des forêts, qui subsistent des siècles entiers ; elle a fait les fleurs des champs qui se passent du matin au soir. Il y a de l'inégalité dans ses créatures, parce que cette même bonté, qui a donné l'être aux plus nobles, ne l'a pas voulu envier aux moindres. Mais depuis les plus grandes jusqu'aux plus petites, sa providence se répand partout. Elle nourrit les petits oiseaux, qui l'invoquent dès le matin par la mélodie de leurs chants ; et ces fleurs, dont la beauté est si tôt flétrie, elle les habille si superbement durant ce petit moment de leur être, que Salomon, dans toute sa gloire, n'a rien de comparable à cet ornement. Vous, hommes, qu'il a faits à son image, qu'il a éclairés de sa connaissance, qu'il a appelés à son royaume, pouvez-vous croire qu'il vous oublie et que vous soyez les seules de ses créatures sur lesquelles les yeux toujours vigilants de sa providence paternelle ne soient pas ouverts ? *Nonne vos magis pluris estis illis*[1] *?*

Que s'il vous paraît quelque désordre, s'il vous semble que la récompense court trop lentement à la vertu, et que la peine ne poursuit pas d'assez près le vice, songez à l'éternité de ce premier Etre : ses desseins, conçus dans le sein immense de cette immuable éternité, ne dépendent ni des années ni des siècles, qu'il voit passer devant lui comme des moments ; et il faut la durée entière du monde pour développer tout à fait les ordres d'une sagesse si profonde. Et nous, mortels misérables, nous voudrions, en nos jours qui passent si vite, voir toutes les œuvres de Dieu accomplies ! Parce que nous et nos conseils sommes limités dans un temps si court, nous voudrions que l'Infini se renfermât aussi dans les mêmes bornes, et qu'il déployât en si peu d'espace tout ce que sa miséricorde prépare aux bons et tout ce que sa justice destine aux méchants ! Il ne serait pas raisonnable : laissons agir l'Eternel suivant les lois de son éternité, et, bien loin de la réduire à notre mesure, tâchons d'entrer plutôt dans son étendue : *Jungere æternitati Dei, et cum illo æternus esto*[1].

Si nous entrons, Chrétiens, dans cette bienheureuse liberté d'esprit, si nous mesurons les conseils de Dieu selon la règle de l'éternité, nous regarderons sans impatience ce mélange confus des choses humaines. Il est vrai, Dieu ne fait pas encore de discernement entre les bons et les méchants; mais c'est qu'il a choisi son jour arrêté, où il le fera paraître tout entier à la face de tout l'univers, quand le nombre des uns et des autres sera complet. C'est ce qui a fait dire à Tertullien ces excellentes paroles : « Dieu, écrit-il, ayant remis le jugement à la fin des siècles, il ne précipite pas le discernement, qui en est une condition nécessaire, et il se montre presque égal en attendant sur toute la nature humaine : *Qui [enim] semel æternum judicium destinavit post sæculi finem, non præcipitat discretionem*[2]. N'avez-vous pas remarqué cette parole admirable : Dieu ne précipite pas le discernement ? Précipiter les affaires, c'est le propre de la faiblesse, qui est contrainte de s'empresser dans l'exécution de ses desseins, parce qu'elle dépend des occasions et que ces occasions sont certains moments dont la fuite soudaine cause une nécessaire précipitation à ceux qui sont obligés de s'y attacher. Mais Dieu, qui est l'arbitre de tous les temps, qui, du centre de son éternité, développe tout l'ordre des siècles, qui connaît sa toute-puissance, et qui sait que rien ne peut échapper ses mains souveraines, ah ! il ne précipite pas ses conseils. Il sait que la sagesse ne consiste pas à faire toujours les choses promptement, mais à les faire dans le temps qu'il faut. Il laisse censurer ses desseins aux fols et aux téméraires; mais il ne trouve pas à propos d'en avancer l'exécution pour les murmures des hommes. Ce lui est assez, Chrétiens, que ses amis et ses serviteurs regardent de loin venir son jour avec humilité et tremblement : pour les autres, il sait où il les attend; et le jour est marqué pour les punir : *Quoniam prospicit quod veniet dies ejus*[3].

Mais cependant, direz-vous, Dieu fait souvent du bien aux méchants, il laisse souffrir de grands maux aux justes; et quand un tel désordre ne durerait qu'un moment, c'est toujours quelque chose contre la justice. Désabusons-nous, Chrétiens, et entendons aujourd'hui la différence des biens et des maux. Il y en a de deux sortes : il y a les biens et les maux mêlés, qui dépendent de l'usage que nous en faisons. Par exemple, la maladie est un mal; mais qu'elle sera un grand bien, si vous la sanctifiez par la patience! la santé est un bien; mais qu'elle deviendra un mal dangereux en favorisant la débauche! Voilà les biens et les maux mêlés, qui participent de la nature du bien et du mal, et qui touchent à l'un ou à l'autre, suivant l'usage où on les applique.

Mais entendez, Chrétiens, qu'un Dieu tout-puissant a dans les trésors de sa bonté un souverain bien qui ne peut jamais être mal : c'est la félicité éternelle; et qu'il a dans les trésors de sa justice certains maux extrêmes qui ne peuvent tourner en bien à ceux qui les souffrent, tels que sont les supplices des réprouvés. La règle de sa justice ne permet pas que les méchants goûtent jamais ce bien souverain, ni que les bons soient tourmentés par ces maux extrêmes : c'est pourquoi il fera un jour le discernement; mais pour ce qui regarde les biens et les maux mêlés, il les donne indifféremment aux uns et aux autres.

Que le saint et divin Psalmiste a célébré divinement cette belle distinction de biens et de maux! « J'ai vu, dit-il, dans la main de Dieu une coupe remplie de trois liqueurs : *Calix in manu Domini vini meri plenus mixto.* » Il y a premièrement le vin pur, *vini meri;* il y a secondement le vin mêlé, *plenus mixto;* enfin il y a la lie : *verumtamen fæx ejus non est exinanita*[1]. Que signifie ce vin pur ? La joie de l'éternité, joie qui n'est altérée par aucun mal. Que signifie cette lie, sinon le supplice des réprouvés, supplice qui n'est tempéré d'aucune douceur ? Et que représente ce vin mêlé, sinon ces biens et ces maux que l'usage peut faire changer de nature, tels que nous les éprouvons dans la vie présente ? O la belle distinction des biens et des maux que le Prophète a chantée! mais la sage dispensation que la Providence en a faite! Voici les temps de mélange, voici les temps de mérite, où il faut exercer les bons pour les éprouver, et supporter les pécheurs pour les attendre : qu'on répande dans ce mélange ces biens et ces maux mêlés dont les sages savent profiter, pendant que les insensés en abusent. Mais ces temps de mélange finiront. Venez, esprits purs, esprits innocents, venez boire le vin pur de Dieu, sa félicité sans mélange. Et vous, ô méchants endurcis, méchants éternellement séparés des justes : il n'y a plus pour vous de félicité, plus de danses, plus de banquets, plus de jeux; venez boire toute l'amertume de la vengeance divine : *Bibent omnes peccatores terræ*[1]. Voilà, Messieurs, ce discernement qui démêlera toutes choses par une sentence dernière et irrévocable.

*O que vos œuvres sont grandes, que vos voies sont justes et véritables, ô Seigneur, Dieu tout-puissant ! Qui ne vous louerait, qui ne vous bénirait, ô Roi des siècles*[2] ! Qui n'admirerait votre providence, qui ne craindrait vos jugements ? Ha! vraiment « l'homme insensé n'entend pas ces choses et le fou ne les connaît pas : *Vir insipiens non cognoscet, et stultus non intelliget haec*[3] ». « Il ne regarde que ce qu'il voit, et il se trompe : *Hæc cogitaverunt, et erraverunt*[4] » ; car il vous a plu, ô grand architecte, qu'on ne vît la beauté de votre édifice qu'après que vous y aurez mis la dernière main; et votre prophète a prédit que « ce serait seulement au dernier jour qu'on entendrait le mystère de votre conseil : *In novissimis diebus intelligetis consilium ejus*[5] ».

Mais alors il sera bien tard pour profiter d'une connaissance si nécessaire : prévenons, Messieurs, l'heure destinée, assistons en esprit au dernier jour, et, du marchepied de ce tribunal devant lequel nous comparaîtrons, contemplons les choses humaines. Dans cette crainte, dans cette épouvante, dans ce silence universel de toute la nature, avec quelle dérision sera entendu le raisonnement des impies, qui s'affermissaient dans le crime en voyant d'autres crimes impunis! Eux-mêmes, au contraire, s'étonneront comment ils ne voyaient pas que cette publique impunité les avertissait hautement de l'extrême rigueur de ce dernier jour. Oui, j'atteste le Dieu vivant, qui donne dans tous les siècles des marques de sa vengeance : les châtiments exemplaires qu'il exerce sur quelques-uns ne me semblent pas si terribles que l'impunité de tous les autres. S'il punissait ici tous les criminels, je croirais toute sa justice épuisée, et je ne vivrais pas en attente d'un discernement plus redoutable. Maintenant sa douceur même et sa patience ne me permettent pas de douter qu'il ne faille attendre un grand changement. Non, les choses ne sont pas encore en leur place fixe. Lazare souffre encore, quoique innocent; le mauvais riche, quoique coupable, jouit encore de quelque repos : ainsi, ni la peine ni le repos ne sont pas encore où ils doivent être. Cet état est violent, et ne peut pas durer toujours. Ne vous y fiez pas, ô hommes du monde : il faut que les choses changent. Et, en effet, admirez la suite : *Mon fils, tu as reçu des biens en ta vie, et Lazare aussi a reçu des maux.* Ce désordre se pouvait souffrir durant les temps de mélange, où Dieu préparait un plus grand ouvrage; mais sous un Dieu bon et sous un Dieu juste, une telle confusion ne pouvait pas être éternelle. C'est pourquoi, poursuit Abraham, maintenant que vous êtes arrivés tous deux au lieu de votre éternité, *nunc autem,* une autre disposition se va commencer; chaque chose sera en place; la peine ne sera plus séparée du coupable à qui elle est due, ni la consolation refusée au juste qui l'a espérée : *Nunc autem hic consolatur, tu vero cruciaris*[1]. Voilà, Messieurs, le conseil de Dieu exposé fidèlement par son Ecriture; voyons maintenant en peu de paroles quel usage nous en devons faire; c'est par où je m'en vais conclure.

## SECOND POINT

Quiconque est persuadé qu'une sagesse divine le gouverne et qu'un conseil immuable le conduit à une fin éternelle, rien ne lui paraît ni grand ni terrible que ce qui a relation à l'éternité : c'est pourquoi les deux sentiments que lui inspire la foi de la Providence, c'est premièrement de n'admirer rien, et ensuite de ne rien craindre de tout ce qui se termine en la vie présente.

Il ne doit rien admirer, et en voici la raison. Cette sage et éternelle Providence qui a fait, comme nous avons dit, deux sortes de biens, qui dispense des biens mêlés dans la vie présente, qui réserve les biens tout purs à la vie future, a établi cette loi, qu'aucun n'aurait de part aux biens suprêmes, qui aurait trop admiré les biens médiocres. Car la sage et véritable libéralité veut qu'on sache distinguer ses dons[2] : Dieu veut, dit saint Augustin, que nous sachions distinguer entre les biens qu'il répand dans la vie présente, pour servir de consolation aux captifs, et ceux qu'il réserve au siècle à venir, pour faire la félicité de ses enfants; ou, pour dire quelque chose de plus fort, Dieu veut que nous sachions distinguer entre les biens vraiment méprisables qu'il donne si souvent à ses ennemis, et ceux qu'il garde précieusement pour ne les communiquer qu'à ses serviteurs : *Hæc omnia tribuit etiam malis, ne magni pendantur a bonis,* dit saint Augustin[1].

Et certainement, Chrétiens, quand, rappelant en mon esprit la mémoire de tous les siècles, je vois si souvent les grandeurs du monde entre les mains des impies; quand je vois les enfants d'Abraham et le seul peuple qui adore Dieu relégué en la Palestine, en un petit coin de l'Asie, environné des superbes monarchies des Orientaux infidèles; et, pour dire quelque chose qui nous touche de plus près, quand je vois cet ennemi déclaré du nom chrétien soutenir avec tant d'armées les blasphèmes de Mahomet[2] contre l'Évangile, abattre sous son croissant la croix de Jésus-Christ, notre Sauveur, diminuer tous les jours la chrétienté par des armes si fortunées; et que je considère d'ailleurs que, tout déclaré qu'il est contre Jésus-Christ, ce sage distributeur des couronnes le voit du plus haut des cieux assis sur le trône du grand Constantin, et ne craint pas de lui abandonner un si grand empire comme un présent de peu d'importance, ha! qu'il m'est aisé de comprendre qu'il fait peu d'état de telles faveurs et de tous les biens qu'il donne pour la vie présente! Et toi, ô vanité et grandeur humaine, triomphe d'un jour, superbe néant, que tu parais peu à ma vue, quand je te regarde par cet endroit!

Mais peut-être que je m'oublie et que je ne songe pas où je parle, quand j'appelle les empires et les monarchies un présent de peu d'importance. Non, non, Messieurs, je ne m'oublie pas; non, non, je n'ignore pas combien grand et combien auguste est le monarque qui nous honore de son audience, et je sais assez remarquer combien Dieu est bienfaisant en son endroit, de confier à sa conduite une si grande et si noble partie du genre humain, pour la protéger par sa puissance. Mais je sais aussi, Chrétiens, que les souverains pieux, quoique, dans l'ordre des choses humaines, ils ne voient rien de plus grand que leur sceptre, rien de plus sacré que leur personne, rien de plus inviolable que leur majesté, doivent néanmoins mépriser le royaume qu'ils possèdent seuls, au prix d'un autre royaume dans lequel ils ne craignent point d'avoir des égaux, et qu'ils désirent même, s'ils sont chrétiens, de partager un jour avec leurs sujets, que la grâce de Jésus-Christ et la vision bienheureuse aura rendus leurs compagnons : *Plus amant illud regnum in quo non timent habere consortes*[1].

Ainsi la foi de la Providence, en mettant toujours en vue aux enfants de Dieu la dernière décision, leur ôte l'admiration de toute autre chose; mais elle fait encore un plus grand effet : c'est de les délivrer de la crainte. Que craindraient-ils, Chrétiens ? Rien ne les choque, rien ne les offense, rien ne leur répugne. Il y a cette différence remarquable entre les causes particulières et la cause universelle du monde, que les causes particulières se choquent les unes les autres : le froid combat le chaud, et le chaud attaque le froid. Mais la cause première et universelle, qui enferme dans un même ordre et les parties et le tout, ne trouve rien qui la combatte, parce que, si les parties se choquent entre elles, c'est sans préjudice du tout; elles s'accordent avec le tout, dont elles font l'assemblage par leur discordance.

Il serait long, Chrétiens, de démêler ce raisonnement; mais, pour en faire l'application, quiconque a des desseins particuliers, quiconque s'attache aux causes particulières, disons encore plus clairement, qui veut obtenir ce bienfait du Prince, ou qui veut faire sa fortune par la voie détournée[2], il trouve d'autres prétendants qui le contrarient, des rencontres inopinées qui le traversent : un ressort ne joue pas à temps, et la machine s'arrête; l'intrigue n'a pas son effet; ses espérances s'en vont en fumée. Mais celui qui s'attache immuablement au tout et non aux parties, non aux causes prochaines, aux puissances, à la faveur, à l'intrigue, mais à la cause première et fondamentale, à Dieu, à sa volonté, à sa providence, il ne trouve rien qui s'oppose à lui, ni qui trouble ses desseins : au contraire, tout concourt et tout coopère à l'exécution de ses desseins, parce que tout concourt et tout coopère, dit le saint Apôtre, à l'accomplissement de son salut, et son salut est sa grande affaire; c'est là où se réduisent toutes ses pensées : *Diligentibus Deum omnia cooperantur in bonum*[3].

S'appliquant de cette sorte à la Providence, si vaste, si étendue, qui enferme dans ses desseins toutes les causes et tous les effets, il s'étend et se dilate lui-même, et il apprend à s'appliquer en bien toutes choses. Si Dieu lui envoie des prospérités, il reçoit le présent du ciel avec soumission, et il honore la miséricorde qui lui fait du bien, en le répandant sur les misérables. S'il est dans l'adversité, il songe que *l'épreuve produit l'espérance*[1], que la guerre se fait pour la paix, et que, si sa vertu combat, elle sera un jour couronnée. Jamais il ne désespère, parce qu'il n'est jamais sans ressource. Il croit toujours entendre le Sauveur Jésus qui lui grave dans le fond du cœur ces belles paroles : *Ne craignez pas, petit troupeau, parce qu'il a plu à votre Père de vous donner un royaume*[2]. Ainsi, à quelque extrémité qu'il soit réduit, jamais on n'entendra de sa bouche ces paroles infidèles, qu'il a perdu tout son bien : car peut-il désespérer de sa fortune, lui à qui il reste encore un royaume entier, et un royaume qui n'est autre que celui de Dieu ? Quelle force le peut abattre, étant toujours soutenu par une si belle espérance ?

Voilà quel il est en lui-même. Il ne sait pas moins profiter de ce qui se passe dans les autres. Tout le confond et tout l'édifie, tout l'étonne et tout l'encourage. Tout le fait rentrer en lui-même, autant les coups de grâce que les coups de rigueur et de justice; autant la chute des uns que la persévérance des autres; autant les exemples de faiblesse que les exemples de force; autant la patience de Dieu que sa justice exemplaire. Car, s'il lance son tonnerre sur les criminels, le juste, dit saint Augustin[3], vient laver ses mains dans leur sang, c'est-à-dire qu'il se purifie de la crainte d'un pareil supplice. S'ils prospèrent visiblement, et que leur bonne fortune semble faire rougir sur la terre l'espérance d'un homme de bien, il regarde le revers de la main de Dieu, et il entend avec foi comme une voix céleste, qui dit aux méchants fortunés qui méprisent le juste opprimé : O herbe terrestre, ô herbe rampante, oses-tu bien te comparer à l'arbre fruitier pendant la rigueur de l'hiver, sous prétexte qu'il a perdu sa verdure et que tu conserves la tienne durant cette froide saison ? Viendra le temps de l'été, viendra l'ardeur du grand jugement, qui te desséchera jusqu'à la racine, et fera germer les fruits immortels des arbres que la patience aura cultivés. Telles sont les saintes pensées qu'inspire la foi de la Providence.

Chrétiens, méditons ces choses : et certes elles méritent d'être méditées. Ne nous arrêtons pas à la fortune, ni à ses pompes trompeuses. Cet état que nous voyons aura son retour : tout cet ordre que nous admirons sera renversé. Que servira, Chrétiens, d'avoir vécu dans l'autorité, dans les délices, dans l'abondance, si cependant Abraham nous dit : Mon fils, tu as reçu du bien en ta vie, maintenant les choses vont être changées. Nulles marques de cette grandeur, nul reste de cette puissance. Je me trompe, j'en vois de grands restes et des vestiges sensibles ; et quels ? C'est le Saint-Esprit qui le dit : « Les puissants, dit l'oracle de la Sagesse, seront tourmentés puissamment : *Potentes potenter tormenta patientur*[1]. » C'est-à-dire qu'ils conserveront, s'ils n'y prennent garde, une malheureuse primauté de peines, à laquelle ils seront précipités par la primauté de leur gloire. *Confidimus autem de (vobis meliora, dilectissimi, tametsi ita loquimur)*[2]. Ha ! « encore que je parle ainsi, j'espère de vous de meilleures choses. » Il y a des puissances saintes : Abraham, qui condamne le mauvais riche, a lui-même été riche et puissant ; mais il a sanctifié sa puissance en la rendant humble, modérée, soumise à Dieu, secourable aux pauvres. Si vous profitez de cet exemple, vous éviterez le supplice du riche cruel, et vous irez avec le pauvre Lazare vous reposer dans le sein du riche Abraham, et posséder avec lui les richesses éternelles.

# SERMON SUR LA MORT

PRÊCHÉ AU LOUVRE, POUR LA IVe SEMAINE
DU CARÊME, LE 22 MARS 1662[1]

*Domine, veni et vide*
Seigneur, venez et voyez.
*Joan.,* XI, 34.

Me sera-t-il permis aujourd'hui d'ouvrir un tombeau devant la cour, et des yeux si délicats ne seront-ils point offensés par un objet si funèbre ? Je ne pense pas, Messieurs, que des chrétiens doivent refuser d'assister à ce spectacle avec Jésus-Christ. C'est à lui que l'on dit dans notre Evangile : *Seigneur, venez et voyez* où l'on a déposé le corps de Lazare; c'est lui qui ordonne qu'on lève la pierre, et qui semble nous dire à son tour : Venez, et voyez vous-mêmes. Jésus ne refuse pas de voir ce corps mort, comme un objet de pitié et un sujet de miracle; mais c'est nous, mortels misérables, qui refusons de voir ce triste spectacle, comme la conviction de nos erreurs. Allons, et voyons avec Jésus-Christ; et désabusons-nous éternellement de tous les biens que la mort enlève.

C'est une étrange faiblesse de l'esprit humain que jamais la mort ne lui soit présente, quoiqu'elle se mette en vue de tous côtés, et en mille formes diverses. On n'entend dans les funérailles que des paroles d'étonnement de ce que ce mortel est mort[2]. Chacun rappelle en son souvenir depuis quel temps il lui a parlé, et de quoi le défunt l'a entretenu; et tout d'un coup il est mort. Voilà, dit-on, ce que c'est que l'homme! Et celui qui le dit, c'est un homme; et cet homme ne s'applique rien, oublieux de sa destinée! ou s'il passe dans son esprit quelque désir volage de s'y préparer, il dissipe bientôt ces noires idées; et je puis dire, Messieurs, que les mortels n'ont pas moins de soin d'ensevelir les pensées de la mort que d'enterrer les morts mêmes[3]. Mais peut-être que ces pensées feront plus d'effet dans nos cœurs, si nous les méditons avec Jésus-Christ sur le tombeau de

Lazare; mais demandons-lui qu'il nous les imprime par la grâce de son Saint-Esprit, et tâchons de la mériter par l'entremise de la sainte Vierge. *Ave.*

Entre toutes[1] les passions de l'esprit humain, l'une des plus violentes, c'est le désir de savoir; et cette curiosité fait qu'il épuise ses forces[2] pour trouver ou quelque secret inouï dans l'ordre de la nature, ou quelque adresse inconnue dans les ouvrages de l'art, ou quelque raffinement inusité dans la conduite des affaires. Mais, parmi[3] ces vastes désirs d'enrichir notre entendement par des connaissances nouvelles, la même chose nous arrive qu'à ceux qui, jetant[4] bien loin leurs regards, ne remarquent pas les objets qui les environnent : je veux dire que notre esprit[5], s'étendant par de grands efforts sur des choses fort éloignées[6], et parcourant, pour ainsi dire, le ciel et la terre, passe cependant si légèrement sur ce qui se présente à lui de plus près[7], que nous consumons toute notre vie toujours ignorants de ce qui nous touche; et non seulement de ce qui nous touche, mais encore de ce que nous sommes.

Il n'est rien[8] de plus nécessaire que de recueillir en nous-mêmes toutes ces pensées qui s'égarent; et c'est pour cela, Chrétiens, que je vous invite aujourd'hui d'accompagner le Sauveur jusques au tombeau du Lazare : « *Veni et vide :* Venez et voyez. » O mortels, venez contempler le spectacle des choses mortelles[9]; ô hommes, venez apprendre ce que c'est que l'homme.

Vous serez peut-être étonnés que je vous adresse à la mort pour être instruits de ce que vous êtes[10]; et vous croirez que ce n'est pas bien représenter l'homme, que de le montrer où il n'est plus. Mais, si vous prenez soin de vouloir entendre ce qui se présente à nous[11] dans le tombeau, vous accorderez aisément qu'il n'est point[12] de plus véritable interprète ni de plus fidèle miroir des choses humaines.

La nature d'un composé[13] ne se remarque jamais plus distinctement que dans la dissolution de ses parties. Comme elles s'altèrent mutuellement par le mélange, il faut les séparer pour les bien connaître. En effet, la société de l'âme et du corps nous paraît quelque chose de plus qu'il n'est, et l'âme, quelque chose de moins; mais lorsque, venant à se séparer, le corps retourne à la terre, et que l'âme aussi est mise en état de retourner au ciel, d'où elle est tirée, nous voyons l'un et l'autre dans sa pureté. Ainsi nous n'avons qu'à considérer ce que la mort nous ravit, et ce qu'elle laisse en son entier; quelle partie de notre être tombe sous ses coups, et quelle autre se conserve dans cette ruine; alors nous aurons compris ce que c'est que l'homme : de sorte que[1] je ne crains point d'assurer que c'est du sein de la mort et de ses ombres épaisses que sort une lumière immortelle pour éclairer nos esprits touchant l'état de notre nature. Accourez donc[2], ô mortels, et voyez dans le tombeau du Lazare ce que c'est que l'humanité : venez voir dans un même objet la fin de vos desseins et le commencement[3] de vos espérances; venez voir tout ensemble la dissolution et le renouvellement[4] de votre être; venez voir le triomphe de la vie dans la victoire de la mort : *Veni et vide*.

O mort, nous te rendons grâces des lumières que tu répands sur notre ignorance : toi seule nous convaincs[5] de notre bassesse, toi seule nous fais connaître notre dignité : si l'homme s'estime trop, tu sais déprimer[6] son orgueil; si l'homme se méprise trop, tu sais relever son courage; et, pour réduire toutes ses pensées à un juste tempérament, tu lui apprends ces deux vérités, qui lui ouvrent les yeux pour se bien connaître : qu'il est méprisable[7] en tant qu'il passe, et infiniment estimable en tant qu'il aboutit à l'éternité. Et ces deux importantes considérations feront le sujet de ce discours[8].

## PREMIER POINT

C'est une entreprise hardie[9] que d'aller dire aux hommes qu'ils sont peu de chose. Chacun est jaloux de ce qu'il est[10], et on aime mieux être aveugle que de connaître son faible; surtout les grandes fortunes veulent être traitées délicatement; elles ne prennent pas plaisir qu'on remarque leur défaut : elles veulent que, si on le voit, du moins on le cache. Et toutefois, grâce à la mort, nous en pouvons parler avec liberté. Il n'est rien de si grand dans le monde qui ne reconnaisse en soi-même beaucoup de bassesse, à le considérer par cet endroit-là[11]. Vive l'Éternel! ô grandeur humaine, de quelque côté que je t'envisage, sinon en tant que tu viens de Dieu et que tu dois être rapportée à Dieu, car, en cette sorte, je découvre en toi un rayon de la Divinité qui attire justement mes respects ; mais, en tant que tu es purement humaine, je le dis encore une fois, de quelque côté que je t'envisage, je ne vois rien en toi que je considère, parce que, de quelque endroit que je te tourne, je trouve toujours la mort en face, qui répand tant d'ombres de toutes parts sur ce que l'éclat du monde voulait colorer, que je ne sais plus sur quoi appuyer ce nom auguste de grandeur, ni à quoi je puis appliquer un si beau titre.

Convainquons-nous, Chrétiens, de cette importante vérité par un raisonnement invincible. L'accident ne peut pas être plus noble que la substance ; ni l'accessoire plus considérable que le principal ; ni le bâtiment plus solide que le fonds sur lequel il est élevé ; ni enfin ce qui est attaché à notre être plus grand ni plus important que notre être même. Maintenant, qu'est-ce que notre être ? Pensons-y bien, Chrétiens : qu'est-ce que notre être ? Dites-le nous, ô Mort ; car les hommes superbes[1] ne m'en croiraient pas. Mais, ô Mort, vous êtes muette, et vous ne parlez qu'aux yeux. Un grand roi vous va prêter sa voix, afin que vous vous fassiez entendre aux oreilles, et que vous portiez dans les cœurs des vérités plus articulées[2].

Voici la belle méditation dont David s'entretenait sur le trône et au milieu de sa cour. Sire[3], elle est digne de votre audience. *Ecce mensurabiles posuisti dies meos, et substantia mea tanquam nihilum ante te*[4] : O éternel roi des siècles ! vous êtes toujours à vous-même, toujours en vous-même ; votre être éternellement permanent[5] ni ne s'écoule, ni ne se change, ni ne se mesure ; *et voici que vous avez fait mes jours mesurables, et ma substance n'est rien devant vous*. Non, ma substance n'est rien devant vous, et tout l'être qui se mesure n'est rien, parce que ce qui se mesure a son terme, et lorsqu'on est venu à ce terme, un dernier point détruit tout, comme si jamais il n'avait été. Qu'est-ce que cent ans, qu'est-ce que mille ans, puisqu'un seul moment les efface[6] ? Multipliez vos jours, comme les cerfs[7], que la Fable ou l'histoire de la nature[8] fait vivre durant tant de siècles ; durez autant que ces grands chênes sous lesquels nos ancêtres se sont reposés, et qui donneront encore de l'ombre à notre postérité[9] ; entassez dans cet espace, qui paraît immense, honneurs, richesses, plaisirs : que vous profitera[10] cet amas, puisque le dernier souffle de la mort, tout faible, tout languissant, abattra tout à coup cette vaine pompe avec la même facilité qu'un château de cartes, vain amusement des enfants[1] ? Que vous servira d'avoir tant écrit dans ce livre, d'en avoir rempli toutes les pages de beaux caractères, puisque enfin une seule rature[2] doit tout effacer ? Encore une rature laisserait-elle quelques traces du moins d'elle-même[3] ; au lieu que ce dernier moment, qui effacera d'un seul trait toute votre vie, s'ira perdre lui-même, avec tout le reste, dans ce grand gouffre[4] du néant. Il n'y aura plus sur la terre aucuns vestiges[5] de ce que nous sommes[6] ; la chair changera de nature ; le corps prendra un autre nom ; *même celui de cadavre ne lui demeurera pas longtemps : il deviendra*, dit Tertullien, *un je ne sais quoi qui n'a plus de nom dans aucune langue*[7] : tant il est vrai que tout meurt en lui[8], jusqu'à ces termes funèbres par lesquels on exprimait ses malheureux restes : *Post totum ignobilitatis elogium, caducæ in originem terram, et cadaveris nomen ; et de isto quoque nomine perituræ in nullum inde jam nomen, in omnis jam vocabuli mortem*[9].

Qu'est-ce donc que ma substance, ô grand Dieu ? J'entre dans la vie[10] pour en sortir bientôt ; je viens me montrer comme les autres ; après, il faudra disparaître. Tout nous appelle à la mort : la nature, presque envieuse[11] du bien qu'elle nous a fait, nous déclare souvent et nous fait signifier qu'elle ne peut pas nous laisser longtemps ce peu de matière qu'elle nous prête, qui ne doit[12] pas demeurer dans les mêmes mains, et qui doit être éternellement dans le commerce : elle en a besoin pour d'autres formes, elle la redemande pour d'autres ouvrages[13].

Cette recrue continuelle[14] du genre humain, je veux dire les enfants qui naissent, à mesure qu'ils croissent et qu'ils s'avancent, semblent nous pousser de l'épaule, et nous dire : Retirez-vous, c'est maintenant notre tour. Ainsi, comme nous en voyons passer[15] d'autres devant nous, d'autres nous verront passer, qui doivent à leurs successeurs le même spectacle. O Dieu! encore une fois, qu'est-ce que de nous[16] ? Si je jette la vue devant moi, quel espace infini où je ne suis pas! si je la retourne en arrière, quelle suite effroyable[17] où je ne suis plus! et que j'occupe peu de place dans cet abîme immense du temps[18] ! Je ne suis rien : un si petit intervalle n'est pas capable de me distinguer du néant ; on ne m'a envoyé que pour faire nombre ; encore n'avait-on que faire de moi, et la pièce n'en aurait pas été moins jouée, quand je serais demeuré derrière le théâtre.

Encore, si nous voulons discuter les choses dans une considération plus subtile, ce n'est pas toute l'étendue de notre vie qui nous distingue du néant; et vous savez, Chrétiens, qu'il n'y a jamais qu'un moment qui nous en sépare. Maintenant nous en tenons un; maintenant il périt; et avec lui nous péririons tous, si, promptement et sans perdre temps, nous n'en saisissions un autre semblable, jusqu'à ce qu'enfin il en viendra un[1] auquel nous ne pourrons arriver, quelque effort que nous fassions pour nous y étendre; et alors nous tomberons tout à coup[2], manque de soutien. O fragile appui de notre être! ô fondement ruineux de notre substance! *In imagine pertransit homo*[3]. Ha! vraiment l'homme passe de même qu'une ombre, ou de même qu'une image en figure; et comme lui-même n'est rien de solide, il ne poursuit aussi que des choses vaines, l'image du bien, et non le bien même[4]...

Que la place est petite que nous occupons en ce monde! si petite certainement et si peu considérable, qu'il me semble que toute ma vie n'est qu'un songe. Je doute quelquefois, avec Arnobe, si je dors ou si je veille : *Vigilemus aliquando, an ipsum vigilare, quod dicitur, somni sit perpetui portio*[5] ? Je ne sais si ce que j'appelle veiller n'est peut-être pas une partie un peu plus excitée[6] d'un sommeil profond; et si je vois des choses réelles, ou si je suis seulement troublé par des fantaisies et par de vains simulacres[7]. « *Præterit figura hujus mundi*[8] : La figure de ce monde passe, et ma substance n'est rien devant Dieu[9]. »

## SECOND POINT

N'en doutons pas[10], Chrétiens : quoique nous soyons relégués dans cette dernière partie de l'univers[11], qui est le théâtre des changements et l'empire de la mort; bien plus, quoiqu'elle nous soit inhérente et que nous la portions dans notre sein; toutefois, au milieu de cette matière[12] et à travers l'obscurité de nos connaissances qui vient des préjugés de nos sens, si nous savons rentrer en nous-mêmes, nous y trouverons quelque principe qui montre bien par une certaine vigueur[13] son origine céleste[14], et qui n'appréhende pas la corruption.

## SERMON SUR LA MORT

Je ne suis pas de ceux qui font grand état des connaissances humaines; et je confesse néanmoins que je ne puis contempler sans admiration ces merveilleuses[1] découvertes qu'a fait[2] la science pour pénétrer la nature, ni tant de belles inventions que l'art a trouvées pour l'accommoder à notre usage. L'homme a presque changé la face du monde : il a su dompter[3] par l'esprit les animaux, qui le surmontaient par la force : il a su discipliner[4] leur humeur brutale[5] et contraindre leur liberté indocile. Il a même fléchi par adresse les créatures inanimées : la terre n'a-t-elle pas été forcée[6] par son industrie à lui donner des aliments[7] plus convenables, les plantes à corriger en sa faveur[8] leur aigreur sauvage[9], les venins[10] même à se tourner en remèdes pour l'amour de lui[11] ? Il serait superflu de vous raconter comme il sait ménager les éléments, après tant de sortes de miracles qu'il fait faire tous les jours aux plus intraitables, je veux dire au feu et à l'eau[12], ces deux grands ennemis, qui s'accordent néanmoins à nous servir dans des opérations si utiles[13] et si nécessaires. Quoi plus[14] ? il est monté jusqu'aux cieux : pour marcher plus sûrement, il a appris aux astres à le guider dans ses voyages; pour mesurer plus également sa vie, il a obligé le soleil à rendre compte, pour ainsi dire, de tous ses pas. Mais laissons à la rhétorique cette longue et scrupuleuse énumération, et contentons-nous de remarquer en théologiens que Dieu ayant formé l'homme, dit l'oracle de l'Écriture[15], pour être le chef de l'univers, d'une si noble institution, quoique changée par son crime, il lui a laissé[16] un certain instinct de chercher ce qui lui manque dans toute l'étendue[17] de la nature. C'est pourquoi, si je l'ose dire, il fouille partout hardiment comme dans son bien, et il n'y a aucune partie de l'univers où il n'ait signalé son industrie[18].

Pensez maintenant, Messieurs, comment aurait pu prendre un tel ascendant[19] une créature si faible et si exposée, selon le corps, aux insults[20] de toutes les autres, si elle n'avait en son esprit[21] une force supérieure à toute la nature visible, un souffle immortel de l'Esprit de Dieu, un rayon de sa face, un trait de sa ressemblance.

Non, non, il ne se peut autrement. Si un excellent ouvrier a fait quelque machine[22], aucun ne peut s'en servir que par les lumières qu'il donne. Dieu a fabriqué le monde comme une grande machine que sa seule sagesse pouvait inventer, que sa seule puissance pouvait construire[1]. O homme! il t'a établi pour t'en servir[2]; il a mis, pour ainsi dire, en tes mains toute la nature pour l'appliquer à tes usages; il t'a même permis de l'orner et de l'embellir par ton art : car qu'est-ce autre chose que l'art, sinon l'embellissement de la nature[3] ? Tu peux ajouter quelques couleurs[4] pour orner cet admirable tableau; mais comment pourrais-tu faire remuer tant soit peu une machine si forte[5] et si délicate, ou de quelle sorte pourrais-tu faire seulement un trait convenable dans une peinture si riche, s'il n'y avait en toi-même et dans quelque partie de ton être quelque art dérivé de ce premier art, quelques secondes idées tirées de ces idées originales, en un mot, quelque ressemblance, quelque écoulement, quelque portion[6] de cet Esprit ouvrier qui a fait le monde ? Que s'il est ainsi[7], Chrétiens, qui ne voit que toute la nature conjurée ensemble n'est pas capable d'éteindre un si beau rayon de la puissance qui la soutient[8]; et que notre âme supérieure au monde et à toutes les vertus qui le composent, n'a rien à craindre que de son auteur ?

Mais continuons, Chrétiens, une méditation si utile de l'image de Dieu en nous; et voyons par quelles maximes l'homme, cette créature chérie[9], destinée à se servir de toutes les autres, se prescrit à lui-même ce qu'il doit faire. Dans la corruption où nous sommes, je confesse que c'est ici notre faible; et toutefois je ne puis[10] considérer sans admiration ces règles immuables des mœurs, que la raison a posées. Quoi! cette âme plongée dans le corps, qui en épouse[11] toutes les passions avec tant d'attache, qui languit[12], qui n'est plus à elle-même quand il souffre, dans quelle lumière a-t-elle vu qu'elle eût néanmoins sa félicité à part[13] ? qu'elle dût dire hardiment[14], tous les sens, toutes les passions et presque toute la nature criant à l'encontre, quelquefois : *Ce m'est un gain de mourir*[15], et quelquefois : *Je me réjouis dans les afflictions*[16] ? Ne faut-il pas, Chrétiens, qu'elle ait découvert intérieurement une beauté bien exquise dans ce qui s'appelle devoir, pour oser assurer positivement que l'on doit[17] s'exposer sans crainte, qu'il faut s'exposer même avec joie à des fatigues immenses, à des douleurs incroyables et à une mort assurée[18], pour les amis, pour la patrie, pour le Prince, pour les autels ? Et n'est-ce pas une espèce de miracle que, ces maximes constantes de courage, de probité, de justice ne pouvant jamais être abolies, je ne dis pas par le temps, mais par un usage contraire, il y ait, pour le bonheur du genre humain, beaucoup moins de personnes qui les dénient[1] tout à fait, qu'il n'y en a qui les pratiquent parfaitement[2] ?

Sans doute il y a au dedans de nous une divine clarté[3] : « Un rayon de votre face, ô Seigneur, s'est imprimé en nos âmes : *Signatum est super nos (lumen vultus tui, Domine)*[4]. » C'est là que nous découvrons, comme dans un globe de lumière, un agrément immortel dans[5] l'honnêteté et la vertu : c'est la première Raison, qui se montre à nous par son image[6] ; c'est la Vérité elle-même, qui nous parle et qui doit bien nous faire entendre qu'il y a quelque chose en nous qui ne meurt pas, puisque Dieu nous a fait[7] capables de trouver du bonheur, même dans la mort.

Tout cela n'est rien, Chrétiens ; et voici le trait le plus admirable de cette divine ressemblance. Dieu se connaît et se contemple ; sa vie, c'est de se connaître : et parce que l'homme est son image, il veut aussi qu'il le connaisse être éternel, immense, infini, exempt[8] de toute matière, libre de toutes limites, dégagé de toute imperfection. Chrétiens, quel est ce miracle ? Nous qui ne sentons rien que de borné, qui ne[9] voyons rien que de muable, où avons-nous pu comprendre[10] cette éternité ? où avons-nous songé cette infinité[11] ? O éternité ! ô infinité ! dit saint Augustin[12], que nos sens ne soupçonnent pas seulement[13], par où donc es-tu entrée dans nos âmes ? Mais si nous sommes tout corps et toute matière, comment pouvons-nous concevoir un esprit pur ? et comment avons-nous pu seulement inventer ce nom ?

Je sais ce que l'on peut dire en ce lieu, et avec raison : que, lorsque nous parlons de ces esprits[14], nous n'entendons[15] pas trop ce que nous disons. Notre faible imagination, ne pouvant soutenir une idée si pure, lui présente toujours quelque petit corps[16] pour la revêtir. Mais après qu'elle a fait son dernier effort pour les rendre bien subtils et bien déliés, ne sentez-vous pas en même temps qu'il sort du fond de notre âme une lumière céleste qui dissipe tous ces fantômes, si minces et si délicats que nous ayons pu les figurer ? Si vous la pressez davantage, et que vous lui demandiez ce que c'est, une voix s'élèvera[17] du centre de l'âme : Je ne sais pas ce que c'est, mais, néanmoins ce n'est pas cela. Quelle force, quelle énergie, quelle secrète vertu sent en elle-même cette âme, pour se corriger, pour se démentir elle-même et rejeter tout ce qu'elle pense[1] ! Qui ne voit qu'il y a en elle un ressort caché[2] qui n'agit pas encore de toute sa force, et lequel, quoiqu'il soit contraint, quoiqu'il n'ait pas son mouvement libre, fait bien voir par une certaine vigueur qu'il ne tient pas tout entier à la matière et qu'il est comme attaché par sa pointe à quelque principe plus haut[3] ?

Il est vrai, Chrétiens, je le confesse, nous ne soutenons pas longtemps cette noble ardeur[4]; l'âme se replonge bientôt dans sa matière. Elle a ses langueurs et ses faiblesses[5]; et permettez-moi de le dire, car je ne sais plus comment m'exprimer, elle a des grossièretés[6], qui, si elle n'est éclairée d'ailleurs, la forcent presque elle-même de douter de ce qu'elle est[7]. C'est pourquoi les sages du monde, voyant l'homme, d'un côté si grand, de l'autre si méprisable, n'ont su ni que penser ni que dire[8] : les uns en feront un dieu, les autres en feront un rien; les uns diront que la nature le chérit comme une mère et qu'elle en fait ses délices; les autres, qu'elle l'expose comme une marâtre et qu'elle en fait son rebut; et un troisième parti, ne sachant plus que deviner touchant la cause de ce[9] mélange, répondra qu'elle s'est jouée en unissant deux pièces qui n'ont nul rapport, et ainsi que, par une espèce de caprice, elle a formé ce prodige qu'on appelle l'homme.

Vous jugez bien, Chrétiens, que ni les uns ni les autres n'ont donné au but, et qu'il n'y a plus que la foi qui puisse expliquer un si grand énigme[10]. Vous vous trompez, ô sages du siècle : l'homme n'est pas les délices de la nature, puisqu'elle l'outrage en tant de manières; l'homme ne peut non plus être son rebut, puisqu'il y a quelque chose en lui qui vaut mieux que la nature elle-même, je parle de la nature sensible. Maintenant parler de caprice[11] dans les ouvrages de Dieu, c'est blasphémer contre sa sagesse. Mais d'où vient donc une si étrange disproportion ? Faut-il, Chrétiens, que je vous le dise ? et ces mesures mal assorties avec ces fondements si magnifiques ne crient-elles pas assez haut que l'ouvrage n'est pas en son entier ? Contemplez ce grand édifice, vous y verrez des marques d'une main divine; mais l'inégalité

de l'ouvrage vous fera bientôt remarquer ce que le péché
a mêlé du sien. O Dieu! quel est ce mélange? J'ai peine
à me reconnaître; peu s'en faut que je ne m'écrie[1] avec le
prophète : « *Hæccine est urbs perfecti decoris, gaudium universæ
terræ*[2]? Est-ce là cette Jérusalem? est-ce là cette ville,
est-ce là ce temple, l'honneur, la joie de toute la terre? »
Et moi je dis : Est-ce là cet homme fait à l'image de Dieu,
le miracle de sa sagesse, et le chef-d'œuvre de ses mains[3]?

C'est lui-même, n'en doutez pas. D'où vient donc cette
discordance? et pourquoi vois-je ces parties si mal rapportées[4]? C'est que l'homme a voulu bâtir à sa mode sur
l'ouvrage de son créateur, et il s'est éloigné du plan : ainsi,
contre la régularité du premier dessin, l'immortel[5] et le
corruptible, le spirituel et le charnel, l'ange et la bête,
en un mot, se sont trouvés tout à coup unis. Voilà le mot
de l'énigme, voilà le dégagement de tout l'embarras : la
foi[6] nous a rendus à nous-mêmes, et nos faiblesses honteuses ne peuvent plus nous cacher notre dignité naturelle.

Mais, hélas! que nous profite cette dignité? Quoique
nos ruines respirent encore quelque air de grandeur,
nous n'en sommes pas moins accablés dessous; notre
ancienne immortalité ne sert qu'à nous rendre plus insupportable la tyrannie de la mort, et quoique nos âmes lui
échappent, si cependant le péché les rend misérables,
elles n'ont pas de quoi se vanter d'une éternité si onéreuse. Que dirons-nous, Chrétiens? que répondrons-
nous à une plainte si pressante? Jésus-Christ y répondra
dans notre Evangile. Il vient voir le Lazare décédé, il
vient visiter la nature humaine qui gémit sous l'empire
de la mort. Ha! cette visite n'est pas sans cause : c'est l'ouvrier même qui vient en personne pour reconnaître ce
qui manque à son édifice; c'est qu'il a dessein de le reformer suivant son premier modèle : *Secundum imaginem ejus
qui creavit illum*[7].

O âme remplie de crimes[8], tu crains avec raison l'immortalité qui rendrait ta[9] mort éternelle! Mais voici en
la personne de Jésus-Christ la résurrection et la vie : qui
croit en lui, ne meurt pas[10]; qui croit en lui, est déjà vivant
d'une vie spirituelle et intérieure, vivant par la vie de la
grâce qui attire après elle la vie de la gloire. Mais le corps
est cependant sujet à la mort[11]! O âme, console-toi : si ce
divin architecte, qui a entrepris de te réparer, laisse tom-

ber pièce à pièce ce vieux bâtiment de ton corps, c'est qu'il veut te le rendre en meilleur état, c'est qu'il veut le rebâtir dans un meilleur ordre ; il entrera pour un peu de temps dans l'empire de la mort, mais il ne laissera rien entre ses mains, si ce n'est la mortalité.

Ne[1] vous persuadez pas que nous devions regarder la corruption, selon les raisonnements de la médecine, comme une suite naturelle de la composition[2] et du mélange. Il faut élever plus haut nos esprits et croire, selon les principes du christianisme, que ce qui engage la chair à la nécessité d'être corrompue, c'est qu'elle est un attrait au mal, une source de mauvais désirs, enfin une *chair de péché*[3], comme parle le saint Apôtre. Une telle chair doit être détruite, je dis même dans les élus, parce qu'en cet état de chair de péché, elle ne mérite pas d'être réunie à une âme bienheureuse, ni d'entrer dans le royaume de Dieu : *Caro et sanguis regnum Dei possidere non possunt*[4]. Il faut donc qu'elle change sa première forme afin d'être renouvelée, et qu'elle perde tout son premier être, pour en recevoir un second de la main de Dieu. Comme un vieux bâtiment irrégulier qu'on néglige[5], afin de le dresser de nouveau dans un plus bel ordre d'architecture ; ainsi cette chair toute déréglée par le péché et la convoitise, Dieu la laisse tomber en ruine, afin de la refaire à sa mode, et selon le premier plan de sa création : elle doit être réduite en poudre, parce qu'elle a servi au péché...

Ne vois-tu pas le divin Jésus qui fait ouvrir le tombeau ? C'est le Prince qui fait ouvrir la prison aux misérables captifs. Les corps morts qui sont enfermés dedans entendront un jour sa parole, et ils ressusciteront comme le Lazare ; ils ressusciteront mieux que le Lazare, parce qu'ils ressusciteront pour ne mourir plus, et que la mort, dit le Saint-Esprit, sera noyée[6] dans l'abîme, pour ne paraître jamais : *Et mors ultra non erit*[7].

Que crains-tu donc, âme chrétienne, dans les approches de la mort ? Peut-être qu'en voyant tomber ta maison, tu appréhendes d'être sans retraite ? Mais écoute le divin Apôtre : *Nous savons,* nous savons, dit-il, nous ne sommes pas induits à le croire par des conjectures douteuses, mais nous le savons très assurément et avec une entière certitude, *que si cette maison de terre et de boue, dans laquelle nous habitons, est détruite, nous avons une autre maison qui nous est préparée au ciel*[1]. O conduite miséricordieuse de celui qui pourvoit à nos besoins! Il a dessein[2], dit excellemment saint Jean Chrysostome[3], de réparer la maison qu'il nous a donnée : pendant qu'il la détruit et qu'il la renverse pour la refaire[4] toute neuve, il est nécessaire que nous délogions[5]. Et lui-même nous offre son palais; il nous donne un appartement, pour nous faire attendre en repos l'entière réparation de notre ancien édifice[6].

# RELATION
# SUR LE QUIÉTISME

BOSSUET *a beaucoup écrit sur le quiétisme. On ne pouvait pas tout publier ici. Il fallait choisir. La* Relation *sur le Quiétisme a paru présenter tous les aspects du conflit qui a dressé Bossuet contre Fénelon durant cinq ans, de 1694 à 1699.*

*Les Lettres que l'évêque de Meaux a écrites au cours de cette querelle ne font allusion qu'aux événements du jour ; beaucoup ont été détruites ou perdues ; certaines, envoyées à l'abbé Bossuet à Rome, sont en code. L'*Instruction Pastorale *suivie de l'*Instruction sur les états d'oraison *ne sont que théologiques, au contraire, comme la plupart des ouvrages que Bossuet a composés jusqu'à la publication de la* Relation, *en juin 1698. Jusqu'en mars 1699, date de la condamnation de Fénelon à Rome, enfin, Bossuet s'est contenté de répondre aux objections soulevées par la* Relation sur le Quiétisme.

*Dans la* Relation, *Bossuet fait donc un historique de la querelle du quiétisme : il y* « raconte toute la suite de cette fâcheuse histoire »; *cet appel au jugement du public, pour être compris, se décharge de ses raffinements théologiques, mais le problème religieux n'est pas éludé.*

*La* Relation *n'est pourtant pas seulement un journal des événements et des discussions : on y a vu un* « chef-d'œuvre de la langue française » *(Calvet). Bossuet y déploie tous ses* « sortilèges », *pour employer un mot de l'abbé Brémond : une verve mordante, en phrases courtes, peu habituelles, coupées d'argumentations rigoureuses ou d'indignations lyriques.*

*Mais surtout la* Relation *révèle un aspect peu connu de la personne et du talent de l'aigle de Meaux : c'est un pamphlet. Bossuet dogmatise sur le Pur-Amour, mais il attaque surtout Mme Guyon,* « la prophétesse » *du quiétisme, et Fénelon, son ami, avec violence et souvent avec mauvaise foi. On n'y trouve ni charité, ni vérité. C'est* « une mauvaise action », *a écrit Brémond.*

*On aura le souci de rétablir la* « vérité historique » *dans les notes. La lumière sur cette affaire n'a d'ailleurs pas été entièrement faite. Mme de Maintenon a brûlé certaines de ses lettres, qui la compromettaient sans doute aux yeux du Roi : n'avoua-t-elle pas au cardinal de Noailles, avoir souvent* « eu besoin de mentir » ?

*On pourra se reporter à quelques ouvrages essentiels sur la question : au très bossuettiste Crouslé, qui a publié un* Fénelon et Bossuet, études morales et littéraires, *en deux tomes in-8°, à Paris, en 1894-95, abondant, mais parfois inexact ; surtout aux anti-bossuettistes :* Brémond, *dont la retentissante* Apologie pour Fénelon *a paru en 1910, à Paris, et se présente comme une réfutation de Crouslé ;* Schmittlein, *qui a étudié* L'aspect politique du différend Bossuet-Fénelon. *Son important ouvrage, parfois contestable, a paru à Mayenne, en 1954 ;* L. Cognet, *qui s'est intéressé particulièrement à l'aspect théologique du conflit Fénelon-Bossuet jusqu'après la signature des articles d'Issy en 1697, dans le* Crépuscule des Mystiques, *publié en Belgique, chez Desclée en 1958.*

*Enfin quelques articles sur* « Fénelon et le Quiétisme » *ont paru dans la* Revue XVIIe siècle, *en 1951-1952, dans le numéro spécial du Tricentenaire de la Naissance de Fénelon (nos 12, 13, 14) :* le problème théologique, *par* G. Joffrin ; le procès des Maximes des Saints à Rome ; la soumission de Fénelon et son cardinalat manqué, *par* J. Orcibal ; un aspect de l'éthique fénelonienne : l'anéantissement du moi, *par* J. Lydie-Goré ; la spiritualité de Mme Guyon, *par* L. Cognet.

*On trouve une analyse de la querelle, rapide, mais précise et modérée dans* J. Calvet, La littérature religieuse de François de Sales à Fénelon, *De Gigord, Paris, 1938, et* Bossuet. L'homme et l'œuvre, *Boivin, 1941 ; et dans* F. Varillon, Fénelon et le pur-amour, *Le Seuil, Paris, 1957. On y trouve également une bibliographie, mais la plus exhaustive est celle de Schmittlein.*

*Tous les ouvrages de Bossuet sur le quiétisme ont été publiés dans les tomes XVIII, XIX et XX de l'édition Lachat, à Paris, de 1862 à 1866 ; ses lettres dans les tomes XXVIII, XXIX et XXX. Urbain et Lévesque ont fait une édition critique de la correspondance de Bossuet en 15 volumes, chez Hachette de 1909 à 1923.*

*Pour mieux échapper aux* « sortilèges » *de Bossuet, on peut enfin consulter* les notes marginales, *que Fénelon a écrites en trois jours sur le premier exemplaire de la Relation qu'il a eu entre les mains du 8 au 11 juillet 1698, et qui ont été publiées à Paris en 1901, à la Librairie internationale, et surtout sa* Réponse à la Relation, *puis sa* Réponse aux Remarques sur la Réponse.

*\*\**

*On ne fera ici qu'un bref exposé de l'affaire pour mieux situer la* Relation. *Elle s'ouvrit en France en 1693 par ce que J. Calvet a appelé* « la tempête de Saint-Cyr ». *Mais elle avait déjà éclaté en Italie, où le père du quiétisme, Molinos, prêtre d'origine espagnole, avait été condamné par le Pape en 1687. Pour bien comprendre cette mystique, il faut la lier à celle du XVIe siècle espagnol, à Thérèse d'Avila, à Jean de la Croix ; il faut aussi l'opposer au moralisme ascétique du jansénisme français et au rationalisme cartésien. Molinos résumait toute sa doctrine dans ces mots :* « aller par l'anéantissement à la paix », c'est-à-dire, « à Dieu pur, ineffable, abstrait de toute pensée particulière, dans le silence intérieur » (Guide spirituelle, publiée en italien en 1675, L. III, c. XXI, n. 207). *Certains théologiens romains l'avaient d'abord publiquement approuvée. Puis on avait craint que la morale ne soit menacée et Molinos avait été reconnu hérétique par le Saint-Office. On avait condamné en particulier son oubli de soi-même dans l'état d'union à Dieu, porté à un tel point* « qu'on ne devait plus songer... ni à sa propre perfection, ni à son propre salut ». *On avait voulu préserver l'exercice du culte, les pratiques extérieures et la moralité. Les quiétistes n'affirmaient-ils pas que certaines souillures pouvaient être un moyen dont Dieu se servait pour élever une âme à un plus haut degré d'anéantissement en lui-même ?*

*Le quiétisme avait pénétré en France, mais adouci. A Marseille, le prêtre aveugle Malaval, homme instruit et pieux, avait écrit, en 1673, la* Pratique facile pour élever l'âme à la contemplation. *Ce furent Mme Guyon et son directeur spirituel, le P. La Combe, qui furent les apôtres les plus actifs du quiétisme. Mme Guyon, née Jeanne-Marie Bouvier de La Motte, en 1648, était de santé fragile. Mise dès l'âge de quatre ans chez les Bénédictines, elle eut toujours une piété vive : à cinq ans, elle eut une vision de l'enfer ; à douze ans, elle lut avec passion saint François de Sales et la vie de sainte Jeanne de Chantal, qu'elle rêva aussitôt d'imiter. A seize ans, elle était mariée à un riche gentilhomme qui ne la rendit pas heureuse. Elle se réfugia dans une piété fervente.* « Rien ne se passait dans mon oraison dans la tête, mais c'était une oraison de jouissance et de possession dans la volonté, où le goût de Dieu était si grand, si pur et si simple qu'il attirait et absorbait les deux autres puissances de l'âme dans un profond recueillement sans acte ni discours. C'était une oraison de foi qui excluait toute distinction, car je n'avais aucune vue de Jésus-Christ, ni des attributs divins » (Vie, I<sup>re</sup> partie, ch. VIII, § 10). *On ne peut guère trouver de textes définissant mieux le quiétisme. En 1676 son mari mourait : elle allait commencer ses voyages* « apostoliques », *en compagnie du P. La Combe le plus souvent. Appelée d'abord à Thonon par l'évêque de Genève, Mgr d'Aranthon, pour diriger la maison de Nouvelles-Catholiques qu'il venait de fonder, elle voulut y imposer sa spiritualité qu'on estima trop personnelle. Elle se rendit alors à Turin, puis à Grenoble, à Marseille, à Verceil, et à Dijon ; en 1686 elle se fixait enfin à Paris. Elle retrouva son amie la duchesse de Charost, dont le neveu, Nicolas Fouquet, marquis de Vaux, — le fils du surintendant — devait bientôt épouser sa fille. Mme de Charost la mit en relations avec les filles de Colbert, les duchesses de Mortemart, de Chevreuse et de Beauvillier. Mme Guyon devint leur oracle spirituel.*

*Partout elle avait ainsi constitué de petits groupes dévots* « d'enfants mystiques ». *Elle avait écrit plusieurs ouvrages : le* Moyen court et facile pour faire l'oraison *et le commentaire du* Cantique des Cantiques *avaient été publiés ; le manuscrit des* Torrents spirituels *circulait. Le P. La Combe était l'auteur d'un autre ouvrage de mystique :* l'Analyse de l'oraison mentale. *Il prêchait de son côté. Mais leur influence inquiéta. En 1687, on jugeait Molinos à Rome. L'archevêque de Paris, Harlay de Chanvallon, qui poursuivait* « toutes les nouveautés qui pouvaient troubler la paix de l'Eglise et l'ordre public », *les fit arrêter. Le P. La Combe ne devait plus sortir de prison. Mme Guyon en fut tirée grâce à l'intervention de sa jeune cousine, Mme de la Maisonfort, toute-puissante sur l'esprit de Mme de Maintenon, qui voulait en faire* « une pierre fondamentale de Saint-Cyr ». *Mme Guyon ne s'était pas rétractée ; elle avait seulement signé un texte où elle condamnait de tout son cœur l'erreur qui pouvait se trouver dans ses livres ou dans ses écrits.*

*Libérée, elle continua son apostolat. C'est alors que ses amis lui firent rencontrer Fénelon, leur oracle ecclésiastique, en octobre 1688. Fénelon, d'abord réservé, se laissa gagner par la piété de Mme Guyon. Il lui écrivit bientôt :* « Je tiens à vous par la voie de pure foi..., par la simplicité que je trouve en vous et par l'expérience de mort à soi-même et de souplesse dans les mains de Dieu qu'on tire de cette conduite. » *Mais il avouait plus tard :* « Je n'ai jamais eu aucun goût naturel pour elle ni pour ses écrits. » *Il l'introduisit à Saint-Cyr, où il confessait beaucoup. Mme de Maintenon apprécia le Moyen court. Mais en 1693, Mme Guyon était priée de ne plus revenir à Saint-Cyr. Quelle était l'origine de ce revirement ? Elle est assez obscure. On soupçonnait alors l'archevêque de Paris, Harlay de Chanvallon, de préparer une nouvelle intervention contre Mme Guyon. Voulait-il à travers elle atteindre la réputation de solidité doctrinale de Mme de Maintenon ? Mme de Maintenon soupçonna-t-elle aussi une offensive janséniste contre sa fondation et contre Fénelon ? C'est l'opinion — discutable — de l'abbé Brémond.*

*Fut-elle plutôt animée par des sentiments moins purs ? Par son exemple et par ses écrits, Mme Guyon avait suscité des actes d'indiscipline à son égard à Saint-Cyr; elle avait su gagner la confiance de Fénelon. Apparut-elle comme une rivale à Mme de Maintenon ? Celle-ci était-elle enfin déjà décidée à lutter contre l'influence politique du jeune précepteur du duc de Bourgogne qu'elle n'était pas parvenue à dominer et de son petit groupe d'amis, très en faveur auprès du Roi, les ducs de Chevreuse et de Beauvillier ? Rien ne prouve aucune de ces hypothèses.*

*Elle chargea, en tout cas, son confesseur, Godet des Marais, qui était évêque de Chartres et supérieur hiérarchique de Saint-Cyr, de faire une enquête sur l'état d'esprit de la maison. Godet constata* « *des singularités : les novices n'obéissaient plus, on avait des extases* ». *Mme Guyon fut alors priée de renoncer à ses visites à Saint-Cyr. Fénelon approuva cette décision. Il conseillait toujours à Mme de Maisonfort, sa dirigée, la spiritualité d'abandon dans le pur amour. Mais il pensait que tout le monde n'avait pas* « *l'esprit droit et fidèle* » *pour le comprendre.*

*Et puisqu'on voulait devancer l'accusation de l'archevêque de Paris, il fut décidé de faire examiner la doctrine de Mme Guyon en secret par un théologien. Fénelon engagea Mme Guyon à* « *se soumettre absolument à l'examen de M. de Meaux* », *à qui il s'était attaché depuis sa sortie de Saint-Sulpice.*

*C'est alors que Bossuet entra en scène. Il fut conduit chez Mme Guyon. Il lut consciencieusement ses ouvrages, qui lui avaient été confiés, certains inédits et sous le sceau de la confession. Bossuet ne connaissait rien à la mystique. Fénelon devait écrire plus tard qu'il n'avait jamais lu ni François de Sales, ni même saint Jean de la Croix. Sa piété était raisonnante et raisonnable. Il fut choqué par les outrances de Mme Guyon. Vite, il s'emporta contre elle.*

*Il fut décidé de lui joindre deux autres examinateurs : Noailles, évêque de Châlons, ami de Bossuet, ancien condisciple de Fénelon à Saint-Sulpice, et M. Tronson, supérieur de Saint-Sulpice, et directeur de Fénelon. Ils étaient moins violents que Bossuet ; la piété et la science théologique de M. Tronson étaient réputées. Mais ils n'avaient pas plus d'expérience mystique que Bossuet. Ils se réunirent à Issy, chez M. Tronson, à partir d'octobre 1694. Bossuet avait demandé à Fénelon de rassembler des extraits des mystiques. Il arrivait, son carrosse chargé de documents. Fénelon fournissait aussi des arguments à Mme Guyon pour sa justification. Les examinateurs d'Issy discutèrent de l'oraison passive — ou « nuit de l'esprit... où l'âme s'unit à Dieu par le non-savoir et le non-vouloir, les puissances étant suspendues pour tous les actes réfléchis »* (Fénelon), *et surtout du sacrifice conditionnel du salut,* « *par excès d'amour de Dieu et de haine de soi-même* » (lettre de Mme Guyon au duc de Chevreuse, en partie reproduite dans sa Vie, III$^e$ p., ch. XVII, § 3 et suiv.).

*Pendant ce temps, en octobre 1694, Harlay, mis au courant des « conventicules » d'Issy, sur son propre diocèse, avait décidé de publier une censure. Il y condamnait les deux œuvres imprimées de Mme Guyon, mais sans la nommer* (cf. Cognet, p. 251).

*A Issy, 30 articles furent finalement rédigés. Ils condamnaient les erreurs qui avaient été trouvées dans les écrits de Mme Guyon et de Fénelon. Celui-ci présenta des contre-propositions. On en admit plusieurs et finalement 34 articles furent signés par Bossuet, Noailles, Fénelon et Tronson le 10 mars 1695. On en trouve une étude précise dans L. Cognet, p. 278-302. C'était un compromis. Bossuet, dans son projet en 30 articles, avait affirmé sans nuance que l'acte de foi devait se manifester de manière discursive et que l'âme devait demander explicitement son salut. Le mysticisme pour lui semblait miraculeux, rare et extraordinaire. Fénelon parvint à le faire transiger. Certains articles suggérèrent la possibilité d'un pur amour désintéressé et d'une oraison passive non miraculeuse.*

*L'affaire semblait terminée. Fénelon avait signé les articles d'Issy. Le 10 juillet 1695, il fut sacré archevêque de Cambrai par Bossuet à Saint-Cyr. Mme Guyon avait accepté de se retirer chez les Visitandines de Meaux.*

*Tout commençait en réalité. La querelle du pur amour allait éclater en public entre Bossuet et Fénelon.*

*Les articles d'Issy étaient ambigus. Chacun voulut les expli-*

quer à sa manière. Bossuet le premier, qui publia le *16 avril 1695* une Ordonnance et Instruction Pastorale sur les états d'oraison. *(Cf. Cognet, p. 308-310).* Il y condamnait les principaux ouvrages quiétistes, la Guide spirituelle *de Molinos,* la Pratique facile *de Malaval,* le Moyen court, la Règle des Associés, *le commentaire du* Cantique des Cantiques *de Mme Guyon, qu'il ne nommait pas, l'*Analysis *du P. La Combe. Il annonçait une « Instruction plus ample... ». Fénelon lui proposa de prendre part à sa composition.*

*Mais très vite Fénelon dut comprendre la volonté de Bossuet d'accabler Mme Guyon et de lui arracher une reconnaissance d'hérésie. Il y était certainement poussé par Mme de Maintenon. Schmittlein a voulu le prouver. S'il est possible de penser que Bossuet fut entraîné dans ce harcèlement du quiétisme de Mme Guyon, par le souci de défendre la piété chrétienne contre celle qu'il considérait comme une dangereuse exaltée, les lettres de la femme du Roi montrent que les sentiments de la fondatrice de Saint-Cyr n'étaient pas aussi purs.*

*On aurait voulu que Fénelon condamne Mme Guyon. Mais il fut blessé par l'emprisonnement de son amie, en décembre 1695, à Vincennes et par les calomnies qu'on lançait contre ses mœurs. Il comprit aussi que la mystique était menacée. Il décida de rompre son silence et de la défendre. Il refusa de lire le manuscrit de l'*Instruction sur les états d'oraison *de Bossuet où Mme Guyon était attaquée, et en quelques mois, composa l'*Explication des Maximes des Saints sur la vie intérieure. *Le duc de Chevreuse, qui s'était chargé de l'édition, la précipita. Les* Maximes *parurent avant l'*Instruction *de Bossuet, malgré Noailles, le 28 janvier 1697. Bossuet fut offensé de la méfiance que Fénelon avait manifestée à son égard en refusant de le consulter alors que l'approbation de Noailles et de Tronson avait été sollicitée. L'*Instruction sur les états d'oraison *de M. de Meaux parut en mars seulement : la querelle était ouverte et publique. Elle apparaissait sous son véritable aspect : deux formes de la piété chrétienne étaient opposées.*

*Fénelon, dans sa préface, émettait un doute sur la valeur des jugements que « les théologiens de cabinet » portaient sur les expériences vécues de la mystique. Puis il exposait sa notion du pur amour : l'amour pur devait être désintéressé. Il était acquis par des épreuves successives qui supprimaient l'attachement qu'on peut avoir pour ses vertus, et même le désir du ciel, si Dieu le demandait. Il se manifestait surtout par l'oraison de contemplation, où les actes distincts de l'intelligence et de la volonté* disparaissaient à peu près. On parvenait alors à une parfaite union à Dieu, dans la partie supérieure de l'âme, presque détachée de la partie inférieure, abandonnée à la terre. Fénelon examinait ensuite les Maximes des Saints sur la vie intérieure et sur l'oraison, en 45 articles. Pour chacun, il opposait l'article vrai à l'article faux et montrait avec subtilité le passage imperceptible de l'un à l'autre. Fénelon, pour rédiger son ouvrage, s'était appuyé, comme l'a écrit J. Calvet (La littérature religieuse, p. 501), « sur l'expérience..., sur l'autorité de l'individu..., sur les droits et les lumières de l'instinct ». Sa théologie était une théologie vivante.

Avec une égale conviction, plus d'éloquence, plus de clarté et moins de souplesse, Bossuet s'affermissait « sur la règle..., sur l'autorité de la tradition..., sur les commandements de la raison ». Son bon sens réaliste craignait les chimères du subconscient, du sentiment. Au moderne qu'était Fénelon, s'opposait l'ancien. Pour combattre les mystiques douteux, Molinos, Malaval et Mme Guyon en particulier, il faisait appel à la Bible, aux Pères de l'Eglise, à saint Augustin surtout. Il montrait que Dieu a mis dans l'homme le désir de son bonheur, avec l'espérance. Il fallait aimer Dieu, parce qu'il était notre bien. Cet amour de Dieu devait se manifester par une vie active. Dieu devait être recherché par un effort constant de la volonté et de l'intelligence.

Dès que les Maximes eurent paru, elles furent examinées. Bossuet y releva des propositions erronées. Il fut question de les soumettre à quelques évêques. Fénelon décida alors de porter l'affaire à Rome. Le procès de Fénelon était ouvert.

Pendant un an, les adversaires publièrent ouvrage sur ouvrage pour éclairer le public, et préciser leur pensée. Le premier acte se jouait : il devait être théologique.

Bossuet publia divers mémoires sur les Maximes des Saints, une préface à l'Instruction pastorale donnée à Cambrai, le 15 septembre 1697, un premier, puis un second, puis un troisième, puis un quatrième, puis un cinquième écrit à M. l'archevêque de Cambrai sur l'acceptation de la damnation par pur amour, sur la passivité de l'âme en oraison. Il composa avec Noailles qui était devenu entre temps archevêque de Paris, et Godet des Marais, l'évêque de Chartres, la Déclaration des sentiments des trois évêques. Il la précisa dans le Sommaire de la doctrine du livre qui a pour titre l'Explication des Maximes des Saints, car il avait dû modérer ses expressions dans la Déclaration commune. Il fit une

Réponse à quatre lettres de M. l'archevêque de Cambrai.
*Il publia en latin trois traités qui devaient éclairer Rome :* Mystici in tuto, Schola in tuto, Quietismus redivivus.

*Mais les examinateurs du Saint-Office, le 30 avril 1698, se partagèrent à égalité : 5 votèrent pour l'orthodoxie des* Maximes, *5 contre. Malgré les démarches pressantes de son neveu, qui le représentait à Rome, Bossuet n'avait donc pas réussi à convaincre les juges romains.*

*Il changea alors de tactique et abandonna les arguments doctrinaux. L'acte diffamatoire commençait contre la personne de Fénelon. Il devait éclater avec la* Relation sur le Quiétisme *qui fut présentée au Roi, le 26 juin 1698. L'abbé Bossuet la répandit avec diligence à Rome. Bossuet y étalait l'attache de M. de Cambrai pour Mme Guyon et pour le P. La Combe, comme le lui avait conseillé son neveu, et suggérait entre eux des relations coupables.*

*L'effet fut « terrible », à Rome comme à Versailles. Les examinateurs et les cardinaux romains favorables à Fénelon furent ébranlés.*

*Mais l'archevêque de Cambrai répondit. Il montra avec adresse que l'attaque de Bossuet n'avait pas de fondement. Bossuet écrivit des* Remarques sur la Réponse *de Fénelon. Fénelon répondit aux* Remarques. *La véhémence mordante de Bossuet n'avait pas fait long feu. Elle avait pourtant diminué le prestige de Fénelon, accusé de s'être laissé « séduire » par la spiritualité d'une folle.*

*Il fallut recourir, pour obtenir une condamnation romaine, à la menace politique. Avant même la publication de la* Relation, *le 2 juin 1698, les amis et les parents de Fénelon avaient été renvoyés de la Cour sous prétexte de quiétisme. En janvier 1699, le Roi retira à Fénelon son appartement de Versailles et le fit rayer de l'état de la Cour. Bossuet rédigea pour le Roi des lettres de plus en plus pressantes au Pape. Il y demandait une « décision, mais claire, nette, qui ne puisse recevoir de fausse interprétation » (lettre du 23 décembre 1698). Sous la menace, le Pape fléchit. L'abbé de Chantérac, le représentant des intérêts de Fénelon, écrivait à son parent : « Je remarque même déjà que nos amis en sont intimidés et presque découragés. Comment résister à une si grande autorité ? »*

*Le 12 mars 1698, le Pape publiait un bref. Bossuet avait réclamé une bulle, plus solennelle, comme pour les condamnations de Jansénius et de Molinos. Ce bref était proclamé* motu proprio. *Or le Parlement avait toujours refusé de recevoir en*

*France des brefs de cette nature, par gallicanisme. La mention d'hérétique n'y figurait pas. La condamnation portait seulement sur quelques propositions que Fénelon lui-même avait répudiées auparavant. Elle ne portait pas sur les explications que Fénelon en avait faites.*

*Innocent XII condamnait les* Maximes « comme pouvant induire insensiblement les fidèles dans des erreurs déjà condamnées par l'Eglise... et en outre comme contenant des propositions (23) qui, soit dans le sens des paroles tel qu'il se présente d'abord, soit eu égard à la liaison des principes, sont téméraires, scandaleuses, malsonnantes, offensent les oreilles pieuses, sont pernicieuses dans la pratique et même erronées respectivement ». *Etaient condamnés : l'état habituel d'amour de Dieu sans souci de récompenses et de châtiments ; l'état d'indifférence, sans recherche de perfection personnelle et sans désir de salut ; l'acte de contemplation, sans considération des attributs de Dieu et de l'humanité de Jésus-Christ, et sans actes distincts de l'intelligence et de la volonté ; la séparation, enfin, de la partie supérieure et de la partie inférieure de l'âme.*

*Bossuet triompha à la Cour, où on s'empressa pour le féliciter. Il pensait avoir préservé la religion des chimères de l'instinct. En fait, la réputation du mysticisme était atteinte pour deux siècles.*

Y. C.

# RELATION
# SUR LE QUIÉTISME

## PREMIÈRE SECTION

RAISON D'ÉCRIRE CETTE RELATION

1. Puisque M. l'archevêque de Cambrai veut qu'on lui réponde si précisément sur ses demandes[1], et que dans cette conjoncture, il n'y en a point de plus importantes que celles qui regardent notre procédé, qu'il tâche de rendre odieux en toutes manières, pendant qu'il a été en toutes manières plein de charité et de douceur jusqu'à l'excès : si l'on tardait à le satisfaire, il tirerait trop d'avantage de notre silence. Que ne donne-t-il point à entendre contre nous par ces paroles de sa *Réponse* à notre *Déclaration*[2] ? « *Le procédé de ces prélats, dont j'aurais à me plaindre, a été tel que je ne pourrais espérer d'être cru en le racontant. Il est bon même d'en épargner la connaissance au public*[3]. » Tout ce qu'on peut imaginer de plus rigoureux et de plus extrême est renfermé dans ce discours, et en faisant semblant de se vouloir taire, on en dit plus que si l'on parlait. Pour se donner toute la raison et nous donner tout le tort, ce prélat, dans la première édition de cette *Réponse*[4], posait ce fait important : « *qu'il avait fait proposer à M. de Chartres*[5] *que nous suppliassions de concert le Pape de faire régler par ses théologiens à Rome une nouvelle édition de son livre*[6] *: en sorte qu'il ne nous restât qu'à laisser faire ces théologiens ;* » et un peu après : « *Je demandais une réponse prompte, et au lieu d'une réponse je reçus la* Déclaration *imprimée contre moi.* » Nous ne savons rien de ce fait avancé en l'air : M. de Chartres éclaircira le public de ce qui le touche : mais sans attendre la réfutation d'un fait de cette importance, M. de Cambrai s'en dédit lui-même, puisqu'il a voulu retirer cette édition, quoique répandue à Rome par son ordre, et que

dans celle qu'il lui substitue, il supprime tout cet article[1]. Nous avons en main les deux éditions, celle où il avance ce fait, et celle où il le supprime : et la preuve est démonstrative, que sans même se souvenir des faits qu'il avance, ce prélat écrit ce qui lui vient dans l'esprit de plus odieux, encore qu'il soit si faux, que lui-même il est obligé de le retirer et de le supprimer entièrement.

2. Il n'en faudrait pas davantage pour juger des beaux dehors qu'il veut donner à sa conduite, et des affreuses couleurs dont il défigure la nôtre. Il s'attache principalement à me décrier : non content de m'accuser par toutes ses lettres « *d'un zèle précipité, d'un zèle amer*[2] » c'est à moi qu'il écrit ces mots : *Vous ne cessez de me déchirer* ; et ce qui est encore plus injurieux, *Vous allez me pleurer partout, et vous me déchirez en me pleurant*[3] : il ajoute : *Que peut-on croire de ces larmes qui ne servent qu'à donner plus d'autorité aux accusations ?* Dans les mêmes lettres[4] : *La passion m'empêche de voir ce qui est sous mes yeux : l'excès de la prévention m'ôte toute exactitude. Je suis*, dit-il[5], *l'auteur de l'accusation* contre son livre : je suis cet impitoyable, *qui sans pouvoir assouvir son courage : necdum expleto animo, par la censure indirecte et ambitieuse portée dans notre* Déclaration, *redouble ses coups en particulier : et*, continue-t-il, *en recueillant mes esprits : recollecto spiritu : je reprends les paroles douces pour l'appeler un second Molinos*[6] : paroles qui ne sont jamais sorties de ma bouche, puisque ce prélat sait lui-même que je l'ai toujours séparé d'avec Molinos dans la conduite et même dans certaines conséquences, encore qu'il en ait posé tous les principes. Mais voici des accusations plus particulières.

3. *Je ne comprends rien*, dit-il, *à la conduite de M. de Meaux : d'un côté il s'enflamme avec indignation* : (car à l'entendre je ne suis jamais de sens rassis) : *il s'enflamme donc avec indignation, si peu qu'on révoque en doute l'évidence de ce système de Madame Guyon : de l'autre, il la communie de sa main, il l'autorise dans l'usage quotidien des sacrements, et il lui donne quand elle part de Meaux une attestation complète, sans avoir exigé d'elle aucun acte où elle ait rétracté formellement aucune erreur*[7] : *d'où viennent tant de rigueur et tant de relâchement ?* »

4. Ce sont les reproches que nous avons écrits de la main de M. l'archevêque de Cambrai, dans un mémoire qui subsiste encore. Il sait bien à qui il l'avait adressé, et nous le dirons dans la suite : tout est injuste dans l'endroit

qu'on en vient de voir : il n'était pas permis de dire que j'ai donné (une seule fois) la communion de ma main à Mme Guyon, sans remarquer en même temps que c'était à Paris où elle y était reçue par ses supérieurs[1] : en sorte qu'il n'était pas même en mon pouvoir de l'exclure de la table sacrée : on lui donnait les saints Sacrements à cause de la profession qu'elle faisait à chaque moment d'être soumise et obéissante. A Meaux je lui ai nommé un confesseur, à qui sur le fondement de l'entière soumission qu'elle témoignait et par écrit et de vive voix dans les termes les plus forts où elle pût être conçue, je donnai toute permission de la faire communier. Elle a souscrit à la condamnation de ses livres, comme contenant une mauvaise doctrine : elle a encore souscrit à nos censures, où ses livres imprimés et toute sa doctrine étaient condamnés : enfin elle a rejeté par un écrit exprès les propositions capitales d'où dépendait son système[2]. J'ai tous ces actes souscrits de sa main ; et je n'ai donné cette attestation, qu'on nomme complète[3], que par rapport à ces actes qui y sont expressément énoncés, et avec expresses défenses de diriger, d'enseigner ou dogmatiser ; défenses qu'elle a acceptées et souscrites de sa main dans cette même attestation : voilà donc ce mélange incompréhensible de relâchement et de rigueur éclairci par actes, et l'accusation de M. de Cambrai manifestement convaincue de faux. Qui ne voit donc après cela, qu'il ne faut donner aucune croyance aux faits que ce prélat avance contre un confrère et contre un ami aussi intime que je l'étais ? J'accorde sans peine à M. l'archevêque de Cambrai que si nous lui avons fait quelque injure, il doit, comme il ne cesse de le répéter, soutenir l'honneur de son ministère offensé : qu'il nous fasse la même justice. Je suis donc obligé aussi de faire paraître la vérité sur les plaintes dont il se sert pour animer contre moi tout le public. Il faut rechercher jusqu'à la source quelles peuvent être les causes, et de ces larmes trompeuses, et des emportements qu'on m'attribue : il faut qu'on voie jusque dans l'origine, si c'est la charité ou la passion qui m'a guidé dans cette affaire : elle a duré plus de quatre ans, et je suis le premier qu'on y ait fait entrer. La connexion des faits ne me permet pas de les séparer, et je suis dans l'obligation de raconter toute la suite de cette fâcheuse histoire, puisque la conduite de mes confrères et la mienne ne peut être entendue que par ce moyen.

5. Il est vrai qu'il est affligeant de voir des évêques en venir à ces disputes, même sur des faits. Les libertins en triomphent, et prennent occasion de tourner la piété en hypocrisie, et les affaires de l'Eglise en dérision : mais si l'on n'a pas la justice de remonter à la source, on juge contre la raison. M. de Cambrai se vante partout qu'il n'a pas écrit le premier; ce qui pourrait mettre la raison de son côté, et du moins nous rendrait d'injustes agresseurs. Il m'adresse cette parole à moi-même : *Qui est-ce qui a écrit le premier ? qui est-ce qui a commencé le scandale*[1] ? Mais est-il permis de dissimuler les faits constants et publics ? Qui est-ce en effet qui a imprimé le premier sur ces matières, de M. de Cambrai ou de nous ? Qui est-ce qui dit le premier dans un avertissement à la tête d'un ouvrage d'importance, *qu'il ne voulait qu'expliquer avec plus d'étendue les principes de deux Prélats* (M. de Paris et moi) *donnés au public en trente-quatre propositions*[2] ? Etions-nous convenus ensemble qu'il expliquerait nos principes ? avais-je seulement ouï parler de cette explication ? M. de Cambrai dit beaucoup de choses de M. de Paris, que ce prélat a réfutées au gré de tout le public par des faits incontestables : mais pour moi, les excuses de M. de Cambrai n'ont pas la moindre apparence, puisqu'il est constant que je n'avais pas seulement entendu parler de l'explication qu'il voulait donner de nos principes communs. En avais-je usé de la même sorte avec M. de Cambrai; et quand je voulus publier l'explication que j'avais promise de notre doctrine, n'avais-je pas commencé par mettre le livre que je préparais en manuscrit entre les mains de M. de Cambrai pour l'examiner[3] ? Ce sont des faits très constants, et qu'on ne nie pas. Je suis donc manifestement innocent de la division survenue entre nous, moi qu'on accuse d'être l'auteur de tout le mal. Si au lieu d'expliquer nos principes, il se trouve qu'on nous implique dans des erreurs capitales : si on remplit tout un livre des maximes de Molinos, et qu'on ne fasse que de les couvrir d'apparences plus spécieuses, avons-nous dû le souffrir ? Il n'y a donc qu'à examiner si dans le fond notre cause est aussi juste que nous l'avons démontré ailleurs : mais en attendant il est justifié à la face du soleil, aux yeux de Dieu et des hommes, que nous

ne sommes pas les agresseurs; que notre défense était légitime autant qu'elle est nécessaire, et que du moins cette partie du procédé qui est le fondement de toute la suite, ne reçoit pas seulement une ombre de contestation.

6. Le reste n'est pas moins certain : mais afin de le faire entendre à tout le public, puisque c'est M. de Cambrai qui nous y presse lui-même, et qu'il a cinq cents bouches par toute l'Europe[1] à sa disposition, pour y faire retentir ses plaintes, que pouvons-nous faire, encore un coup, que de reprendre les choses jusqu'à l'origine par un récit aussi simple qu'il sera d'ailleurs véritable et soutenu de preuves certaines ?

## II<sup>e</sup> SECTION

COMMENCEMENT DE LA RELATION : ET PREMIÈREMENT CE QUI S'EST PASSÉ AVEC MOI SEUL

1. Il y avait assez longtemps que j'entendais dire à des personnes distinguées par leur piété et par leur prudence[2], que M. l'abbé de Fénelon était favorable à la nouvelle oraison, et on m'en donnait des indices qui n'étaient pas méprisables. Inquiet pour lui, pour l'Eglise et pour les princes de France dont il était déjà Précepteur[3], je le mettais souvent sur cette matière, et je tâchais de découvrir ses sentiments dans l'espérance de le ramener à la vérité pour peu qu'il s'en écartât. Je ne pouvais me persuader qu'avec ses lumières et avec la docilité que je lui croyais, il donnât dans ces illusions, ou du moins qu'il y voulût persévérer s'il était capable de s'en laisser éblouir. J'ai toujours une certaine persuasion de la force de la vérité quand on l'écoute, et je ne doutai jamais que M. l'abbé de Fénelon n'y fût attentif. J'avais pourtant quelque peine de voir qu'il n'entrait pas avec moi dans cette matière avec autant d'ouverture que dans les autres que nous traitions tous les jours. A la fin Dieu me tira de cette inquiétude : et un de nos amis communs, homme d'un mérite comme d'une qualité distinguée, lorsque j'y pensais le moins, me vint déclarer que Mme Guyon et ses amis voulaient remettre à mon jugement son oraison et ses livres. Ce fut en l'année 1693, vers le mois de

Septembre, qu'on me proposa cet examen. De deviner maintenant pourquoi l'on me fit cette confidence, si ce fut là un de ces sentiments de confiance que Dieu met quand il lui plaît dans les cœurs pour venir à ses fins cachées, ou si l'on crut simplement dans la conjoncture qu'il se fallait chercher quelque sorte d'appui dans l'épiscopat, c'est où je ne puis entrer : je ne veux point raisonner, mais raconter seulement des faits que me rappellent sous les yeux de Dieu, non seulement une mémoire fraîche et sûre comme au premier jour, mais encore les écrits que j'ai en main. Naturellement je crains de m'embarrasser des affaires où je ne suis pas conduit par une vocation manifeste : ce qui arrive dans le troupeau dont je suis chargé, quoiqu'indigne, ne me donne point cette peine : j'ai la foi au saint ministère et à la vocation divine. Pour cette fois, en me proposant d'entrer dans cet examen, on me répéta si souvent que Dieu le voulait, et que Mme Guyon ne désirant que d'être enseignée, un évêque, à qui elle prenait confiance, ne pouvait pas lui refuser l'instruction qu'elle demandait avec tant d'humilité, qu'à la fin je me rendis. Je connus bientôt que c'était M. l'abbé de Fénelon qui avait donné le conseil; et je regardai comme un bonheur de voir naître une occasion si naturelle de m'expliquer avec lui : Dieu le voulait : je vis Mme Guyon : on me donna tous ses livres, et non seulement les imprimés, mais encore les manuscrits, comme sa Vie qu'elle avait écrite dans un gros volume, des commentaires sur *Moïse,* sur *Josué,* sur les *Juges,* sur l'*Evangile,* sur les *Epîtres* de saint Paul, sur l'*Apocalypse* et sur beaucoup d'autres livres de l'Ecriture. Je les emportai dans mon diocèse où j'allais; je les lus avec attention; j'en fis d'amples extraits comme on le fait des matières dont on doit juger; j'en écrivis au long de ma main les propres paroles : je marquai tout jusqu'aux pages; et durant l'espace de quatre ou cinq mois, je me mis en état de prononcer le jugement qu'on me demandait.

2. Je ne me suis jamais voulu charger, ni de confesser ni de diriger cette Dame, quoiqu'elle me l'ait proposé, mais seulement de lui déclarer mon sentiment sur son oraison et sur la doctrine de ses livres, en acceptant la liberté qu'elle me donnait de lui ordonner ou de lui défendre précisément sur cela ce que Dieu, dont je

demandais perpétuellement les lumières, voudrait m'inspirer.

3. La première occasion que j'eus de me servir de ce pouvoir fut celle-ci. Je trouvai dans la Vie de cette Dame que Dieu lui donnait une abondance de grâces dont elle crevait au pied de la lettre : il la fallait délacer : elle n'oublie pas qu'une Duchesse[1] avait une fois fait cet office : en cet état on la mettait souvent sur son lit : souvent on se contentait de demeurer assis auprès d'elle : on venait recevoir la grâce dont elle était pleine, et c'était là le seul moyen de la soulager. Au reste, elle disait très expressément que ces grâces n'étaient point pour elle : qu'elle n'en avait aucun besoin, étant pleine par ailleurs, et que cette surabondance était pour les autres. Tout cela me parut d'abord superbe, nouveau, inouï, et dès là du moins fort suspect, et mon cœur, qui se soulevait à chaque moment contre la doctrine des livres que je lisais, ne put résister à cette manière de donner les grâces. Car distinctement, ce n'était ni par ses prières, ni par ses avertissements qu'elle les donnait : il ne fallait qu'être assis auprès d'elle pour aussitôt recevoir une effusion de cette plénitude de grâces. Frappé d'une chose aussi étonnante, j'écrivis de Meaux à Paris à cette Dame, que je lui défendais, Dieu par ma bouche, d'user de cette nouvelle communication de grâces, jusqu'à ce qu'elle eût été plus examinée. Je voulais en tout et partout procéder modérément, et ne rien condamner à fond avant que d'avoir tout vu.

4. Cet endroit de la vie de Mme Guyon est trop important pour être laissé douteux, et voici comme elle l'explique dans sa Vie. *Ceux*, dit-elle, *que Notre-Seigneur m'a donnés* (c'est un style répandu dans tout le livre), *mes véritables enfants, ont une tendance à demeurer en silence auprès de moi. Je découvre leurs besoins, et leur communique en Dieu ce qui leur manque. Ils sentent fort bien ce qu'ils reçoivent, et ce qui leur est communiqué avec plénitude.* Un peu après : *Il ne faut*, dit-elle, *que se mettre auprès de moi en silence.* Aussi cette communication s'appelle *la communication en silence*, sans parler et sans écrire ; c'est le langage des anges, celui du Verbe qui n'est qu'un silence éternel. Ceux qui sont ainsi auprès d'elle *sont nourris*, dit-elle, *intimement de la grâce communiquée par moi en plénitude*. A mesure qu'on recevait la grâce autour d'elle, *je me sentais*, dit-elle, *peu à peu*

*vider et soulager.* Chacun recevait sa grâce *selon son degré d'oraison, et éprouvait auprès de moi cette plénitude de grâces apportées par Jésus-Christ : c'était comme une écluse qui se décharge avec profusion : on se sentait empli, et moi je me sentais vider et soulager de ma plénitude : mon âme m'était montrée comme un de ces torrents qui tombent des montagnes avec une rapidité inconcevable.*

5. Ce qu'elle raconte avec plus de soin, c'est, comme on a dit, qu'il n'y avait rien pour elle dans cette plénitude de grâces : elle répète partout *que tout était plein : il n'y avait rien de vide en elle :* c'était comme une nourrice qui *crève de lait,* mais qui n'en prend rien pour elle-même; *Je suis,* dit-elle, *depuis bien des années dans un état également nu et vide en apparence ; je ne laisse pas d'être très pleine. Une eau qui remplirait un bassin, tant qu'elle se trouve dans les bornes de ce qu'il peut contenir, ne fait rien distinguer de sa plénitude : mais qu'on lui verse une surabondance, il faut qu'il se décharge : ou qu'il crève. Je ne sens jamais rien pour moi-même : mais lorsque l'on remue par quelque chose ce fond intimement plein et tranquille, cela fait sentir la plénitude avec tant d'excès qu'elle rejaillit sur les sens : c'est,* poursuit-elle, *un regorgement de plénitude, un rejaillissement d'un fond comblé et toujours plein pour toutes les âmes qui ont besoin de puiser les eaux de cette plénitude : c'est le réservoir divin où les enfants de la sagesse puisent incessamment ce qui leur faut.*

6. C'est dans un de ces excès de plénitude, qu'environnée une fois de quelques personnes, *comme une femme lui eut dit qu'elle était plus pleine qu'à l'ordinaire, je leur dis,* raconte-t-elle, *que je mourais de plénitude, et que cela surpassait mes sens au point de me faire crever :* ce fut à cette occasion que la Duchesse qu'elle indique, et que personne n'apprendra jamais de ma bouche, *me délaça,* dit-elle, *charitablement pour me soulager : ce qui n'empêcha pas que par la violence de la plénitude, mon corps*[1] *ne crevât de deux côtés.* Elle se soulagea en communiquant de sa plénitude à un confesseur qu'elle désigne, et à deux autres personnes que je ne découvrirai pas[2].

7. C'est après avoir vu ces choses, et beaucoup d'autres aussi importantes, que nous allons raconter, que M. l'archevêque de Cambrai persiste à défendre Mme Guyon en des termes dont on sera étonné, quand nous en serons à l'article où il les faudra produire écrits de sa main. On verra alors plus clair que le jour, ce qu'on ne voit déjà

que trop, que c'est après tout Mme Guyon qui fait le fond de cette affaire, et que c'est la seule envie de la soutenir qui a séparé ce prélat d'avec ses confrères. Puisqu'il m'attaque, comme on a vu, sur mon procédé, tant avec Mme Guyon qu'avec lui-même, d'une manière qui rendait et mon ministère et ma conduite odieuse à toute l'Eglise, c'était à lui de prévoir ce que ses injustes reproches me contraindraient à la fin de découvrir : mais une raison plus haute me force encore à parler. Il faut prévenir les fidèles contre une séduction qui subsiste encore : une femme qui est capable de tromper les âmes par de telles illusions, doit être connue, surtout lorsqu'elle trouve des admirateurs et des défenseurs, et un grand parti pour elle, avec une attente des nouveautés que la suite fera paraître. Je confesse que c'était ici en effet un ouvrage de ténèbres, qu'on doit désirer de tenir caché, et je l'eusse fait éternellement comme je l'ai fait durant plus de trois ans avec un impénétrable silence, si l'on n'eût pas abusé avec trop d'excès de ma discrétion, et si la chose n'était pas venue à un point où il faut, pour le service de l'Eglise, mettre en évidence ce qui se trame sourdement dans son sein.

8. Comme Mme Guyon sentit d'abord que je trouverais beaucoup de choses extraordinaires dans sa *Vie,* elle me prévint là-dessus en cette manière dans une lettre que j'ai encore toute écrite de sa main et signée d'elle : *Il y a de trois sortes de choses extraordinaires que vous avez pu remarquer : la première qui regarde les communications intérieures en silence ; celle-là est très aisée à justifier par le grand nombre de personnes de mérite et de probité*[1] *qui en ont fait l'expérience. Ces personnes, que j'aurai l'honneur de vous nommer lorsque j'aurai celui de vous voir, le peuvent justifier. Pour les choses à venir, c'est une matière sur laquelle j'ai quelque peine qu'on fasse attention : ce n'est point là l'essentiel ; mais j'ai été obligée de tout écrire. Nos amis pourraient facilement vous justifier cela, soit par des lettres qu'ils ont en main, écrites il y a dix ans, soit par quantité de choses qu'ils ont témoignées et dont je perds facilement l'idée. Pour les choses miraculeuses je les ai mises dans la même simplicité que le reste.* La voilà donc déjà dans son opinion communicatrice des grâces de la manière inouïe et prodigieuse qu'on vient d'entendre : prophétesse de plus et grande faiseuse de miracles. Elle me prie sur cela de suspendre mon jugement, jusqu'à ce

que je l'aie vue et entendue plusieurs fois : ce que je fis autant que je pus sur les deux derniers chefs.

9. Je laisse donc pour un peu de temps les miracles qui se trouvent à toutes les pages de cette *Vie;* et les prédictions qui sont ou vagues ou fausses, ou confuses et mêlées. Pour les communications en silence, elle tâcha de les justifier par un écrit qu'elle joignit à sa lettre avec ce titre : *La main du Seigneur n'est pas accourcie.* Elle y apporte l'exemple *des célestes hiérarchies* qu'elle allègue aussi dans sa *Vie* en plusieurs endroits : *Celui des Saints qui s'entendent sans parler : celui du fer frotté de l'aimant; celui des hommes déréglés qui se communiquent un esprit de dérèglement : celui de sainte Monique et de saint Augustin dans le livre X des Confessions de ce Père :* où il s'agit bien du silence où ces deux âmes furent attirées, mais sans la moindre teinture de ces prodigieuses communications, de ces superbes plénitudes, de ces regorgements qu'on vient d'entendre. Je ne parle point des expériences auxquelles on me renvoyait, ni aussi de certains effets que la prévention ou même la bonne foi peuvent avoir. Ce ne sont rien moins que des preuves, puisque c'est cela même qu'il faut éprouver et examiner, selon ce principe de l'Apôtre : *Éprouvez les esprits s'ils sont de Dieu* : et encore : *Éprouvez tout; retenez ce qui est bon.* Quand pour en venir à cette épreuve j'eus commencé par défendre ces absurdes communications, Mme Guyon tâcha d'en excuser une partie comme la rupture de ses habits en deux endroits par cette effroyable plénitude : j'ai sa réponse peu satisfaisante, dans une lettre de sa main qui sert à justifier le fait. Pour l'examen d'une si étrange communication on voit bien qu'il est inutile. Ce qu'il y avait de bon dans cette réponse, c'est que la Dame promettait d'obéir et de n'écrire à personne; ce que j'avais aussi exigé pour l'empêcher de se mêler de direction, comme elle faisait avec une autorité étonnante : car j'avais entre autres choses trouvé dans sa *Vie,* ce qui paraît aussi dans son *Interprétation* imprimée sur le *Cantique,* que par un état et une destination apostolique, dont elle était revêtue et où les âmes d'un certain état sont élevées, non seulement elle *voyait clair dans le fond des âmes,* mais encore *qu'elle recevait une autorité miraculeuse sur les corps et sur les âmes de ceux que Notre-Seigneur lui avait donnés. Leur état intérieur semblait,* dit-elle, *être en ma main,* (par l'écoulement qu'on

a vu de cette grâce communiquée de sa plénitude) : sans qu'ils sussent *comment ni pourquoi ils ne pouvaient s'empêcher de m'appeler leur mère ; et quand on avait goûté de cette direction, toute autre conduite était à charge.*

10. Au milieu des précautions que je prenais contre le cours de ces illusions, je continuai ma lecture, et j'en vins à l'endroit où elle prédit le règne prochain du Saint-Esprit par toute la terre. Il devait être précédé d'une terrible persécution contre l'oraison : *Je vis,* dit-elle, *le démon déchaîné contre l'oraison et contre moi : qu'il allait soulever une persécution étrange contre les personnes d'oraison : il n'osait m'attaquer moi-même : il me craignait trop : je le défiais quelquefois : il n'osait paraître : j'étais pour lui comme un foudre.*

11. *Une nuit,* dit-elle à Dieu, *que j'étais fort éveillée, vous me montrâtes à moi-même sous la figure de cette femme de l'Apocalypse : vous me montrâtes ce mystère, vous me fîtes comprendre cette lune ; mon âme au-dessus des vicissitudes et inconstances.* Elle remarque elle-même, et le soleil de Justice qui l'environnait, et toutes les vertus divines qui faisaient comme une couronne autour de sa tête : *Elle était grosse d'un fruit ; c'est de cet esprit, Seigneur,* disait-elle, *que vous vouliez communiquer à tous mes enfants : le démon jette un fleuve contre moi : c'est la calomnie : la terre l'engloutirait, elle tomberait peu à peu : j'aurais des millions d'enfants :* elle s'applique de même le reste de la prophétie.

12. Dans la suite elle voit la victoire de ceux qu'elle appelle les Martyrs du Saint-Esprit. *O Dieu,* dit-elle comme une personne inspirée, *vous vous taisez ! vous ne vous tairez pas toujours.* Après cet enthousiasme, elle montre la consommation de toutes choses par l'étendue de ce même esprit dans toute la terre. Un peu après elle raconte que, *passant par Versailles elle vit de loin le Roi à la chasse : qu'elle fut prise de Dieu avec une possession si intime qu'elle fut contrainte de fermer les yeux : elle eut alors une certitude que Sa Majesté l'aidait d'une manière particulière ; et,* dit-elle, *que Notre-Seigneur permettrait que je lui parlasse. J'écris,* poursuit-elle, *ceci pour ne rien cacher, la chose ayant à présent peu d'apparence pour une personne décriée.* Mais elle eut en même temps *une certitude qu'elle serait délivrée de l'opprobre* par le moyen d'une protectrice[1] de qui on sait qu'elle est peu favorisée, quoiqu'elle la nomme en deux endroits de sa *Vie.*

13. Chacun peut faire ici ses réflexions sur les prophé-

ties de cette Dame ; car pour moi je ne veux point sortir des faits : c'en est un bien considérable que dans un enthousiasme sur les merveilles que Dieu voulait opérer par elle, *il m'a semblé*, dit-elle, *que Dieu m'a choisie en ce siècle pour détruire la raison humaine : pour établir la sagesse de Dieu par la destruction de la sagesse du monde : il établira les cordes de son empire en moi et les nations reconnaîtront sa puissance : son esprit sera répandu en toute chair. On chantera le cantique de l'Agneau comme vierge, et ceux qui le chanteront seront ceux qui seront parfaitement désappropriés : ce que je lierai sera lié, ce que je délierai sera délié : je suis cette pierre fichée par la croix sainte, rejetée par les architectes ;* et le reste que j'ai lu moi-même à M. l'abbé de Fénelon : il sait bien ceux qui assistaient à la conférence, et que c'était lui seul que je regardais, parce que c'était lui comme prêtre qui devait enseigner les autres.

14. Mme Guyon continue à se donner un air prophétique dans son *Explication sur l'Apocalypse*, d'où j'ai extrait ces paroles : *Le temps va venir : il est plus proche qu'on ne pense : Dieu choisira deux témoins en particulier, soit ceux qui seront réellement vivants et qui doivent rendre témoignage ; soit ceux dont je viens de parler* (qui sont la foi et l'amour pur) ; et dans la suite : *O Mystère plus véritable que le jour qui luit, vous passez à présent pour fable, pour contes de petits enfants, pour choses diaboliques : le temps viendra qu'aucune de ces paroles ne sera regardée qu'avec respect, parce qu'on verra alors qu'elles viennent de mon Dieu ; lui-même les conservera jusqu'au jour qu'il a destiné pour les faire paraître.*

15. C'est de ses écrits dont elle parle. Elle insinue partout dans sa Vie qu'ils sont inspirés : elle en donne pour preuve éclatante la miraculeuse rapidité de sa main : et n'oublie rien pour faire entendre qu'elle est la plume de ce diligent écrivain dont parle David. C'est aussi ce que ses disciples m'ont vanté cent fois : elle se glorifie que ses écrits seront conservés comme par miracle, et *un jour arrivera*, dit-elle encore dans l'*Apocalypse*, *que ce qui est écrit ici, sera entendu de tout le monde, et ne sera plus ni barbare ni étranger.*

16. C'est ainsi qu'elle entretient ses amis d'un avenir merveilleux. J'ai transcrit de ma main une de ses lettres au père La Combe[1], duquel il faudra parler en son lieu : j'ai **rendu un** exemplaire d'une main bien sûre qui **m'avait été** donné pour le copier. Sans m'arrêter à des

prédictions mêlées de vrai et de faux qu'elle hasarde sans cesse, je remarquerai seulement qu'elle y confirme ses creuses visions sur la femme enceinte de l'*Apocalypse,* et que c'est peut-être pour cette raison qu'elle insère dans sa *Vie* cette prétendue lettre prophétique.

17. Je ramassais toutes ces choses que je crus utiles pour ouvrir les yeux à M. l'abbé de Fénelon, que je croyais incapable de donner dans les illusions d'une telle prophétesse quand je les lui représenterais ; et voici encore d'autres remarques que je recueillis dans la même vue.

18. Je ne sais comment je ferai pour expliquer celle qui se présente la première. C'est un songe mystérieux dont l'effet fut étonnant. *Car,* dit-elle, *je fus si pénétrée de ce songe, et mon esprit fut si net, qu'il ne me resta nulle distinction ni pensée que celle que Notre-Seigneur lui donnait.* Mais qu'était-ce enfin que ce songe, et qu'est-ce qu'y vit cette femme si pénétrée ? Une montagne où elle fut reçue par Jésus-Christ : une chambre où elle demande pour qui étaient les deux lits qu'elle y voyait : *en voilà un pour ma mère : et l'autre ? pour vous, mon épouse* ; un peu après : *Je vous ai choisie pour être ici avec vous.* Quand j'ai repris Mme Guyon d'une vision si étrange : quand je lui ai représenté ce lit pour une épouse séparé d'avec le lit de la mère, comme si la Mère de Dieu dans le sens spirituel et mystérieux n'était pas pour ainsi parler la plus épouse de toutes les épouses : elle m'a toujours répondu : C'est un songe. Mais, lui disais-je, c'est un songe que vous nous donnez comme un grand mystère, et comme le fondement *d'une oraison,* ou plutôt *non d'une oraison, mais d'un état dont on ne peut rien à cause de sa grande pureté.* Mais passons : et vous, ô Seigneur, si j'osais, je vous demanderais un de vos Séraphins avec le plus brûlant de tous ses charbons, pour purifier mes lèvres souillées par ce récit quoique nécessaire[1].

19. Je dirai avec moins de peine un autre effet du titre d'épouse dans la *Vie* de cette femme. C'est qu'elle vint à un état où elle ne pouvait plus prier les Saints ni même la sainte Vierge : c'est déjà là un grand mal, de reconnaître de tels états si contraires à la doctrine catholique; mais la raison qu'elle en rend est bien plus étrange. *C'est,* dit-elle, *que ce n'est pas à l'épouse, mais aux domestiques de prier les autres de prier pour eux :* comme si toute âme pure n'était

pas épouse ; ou que celle-ci fût la seule parfaite ; ou que les âmes bienheureuses, qu'il s'agissait de prier, ne fussent pas des épouses plus unies à Dieu que tout ce qu'il y a de plus saint et de plus uni sur la terre.

20. Ce qu'il y a de plus répandu dans ce livre et dans tous les autres, c'est que cette Dame est sans erreur. C'est la marque qu'elle donne partout de son état entièrement uni à Dieu, et de son apostolat ; mais quoique ses erreurs fussent infinies, celle que je relevai alors le plus, était celle qui regardait l'exclusion de tout désir et de toute demande pour soi-même, en s'abandonnant aux volontés de Dieu les plus cachées, quelles qu'elles fussent, ou pour la damnation ou pour le salut. C'est ce qui règne dans tous les livres imprimés et manuscrits de cette Dame, et ce fut sur quoi je l'interrogeai dans une longue conférence que j'eus avec elle en particulier[1]. Je lui montrai dans ses écrits, et lui fis répéter plusieurs fois que toute demande pour soi est intéressée, contraire au pur amour et à la conformité avec la volonté de Dieu, et enfin très précisément qu'elle ne pouvait rien demander pour elle. Quoi, lui disais-je, vous ne pouvez rien demander pour vous ? Non, répondit-elle, je ne le puis. Elle s'embarrassa beaucoup sur les demandes particulières de l'oraison dominicale. Je lui disais : Quoi, vous ne pouvez pas demander à Dieu la rémission de vos péchés ? Non, repartit-elle : hé bien, repris-je aussitôt, moi, que vous rendez l'arbitre de votre oraison, je vous ordonne, Dieu par ma bouche, de dire après moi : Mon Dieu, je vous prie de me pardonner mes péchés. Je puis bien, dit-elle, répéter ces paroles ; mais d'en faire entrer le sentiment dans mon cœur, c'est contre mon oraison. Ce fut là que je lui déclarai qu'avec une telle doctrine je ne pouvais plus lui permettre les saints sacrements, et que sa proposition était hérétique. Elle me promit quatre et cinq fois de recevoir instruction et de s'y soumettre, et c'est par là que finit notre conférence. Elle se fit au commencement de l'année 1694, comme il serait aisé de le justifier par les dates des lettres qui y ont rapport. Tôt après, elle fut suivie d'une autre conférence plus importante avec M. l'abbé de Fénelon dans son appartement à Versailles. J'y entrai plein de confiance qu'en lui montrant sur les livres de Mme Guyon toutes les erreurs et tous les excès qu'on vient d'entendre, il conviendrait avec moi qu'elle était

trompée et que son état était un état d'illusion. Je remportai pour toute réponse que, puisqu'elle était soumise sur la doctrine, il ne fallait pas condamner la personne. Sur tous les autres excès, sur ces prodigieuses communications de grâces, sur ce qu'elle disait d'elle-même, de la sublimité de ses grâces et de l'état de son éminente sainteté ; qu'elle était la femme enceinte de l'*Apocalypse,* celle à qui était donné de lier et délier, la pierre angulaire, et le reste de cette nature ; on me disait que c'était le cas de pratiquer ce que dit saint Paul : *Eprouvez les esprits :* pour les grandes choses qu'elle disait d'elle-même, c'étaient des magnanimités semblables à celles de l'Apôtre lorsqu'il raconte tous ses dons, et que c'était cela même qu'il fallait examiner. Dieu me faisait sentir tout autre chose : sa soumission ne rendait pas son oraison bonne, mais faisait espérer seulement qu'elle se laisserait redresser : le reste me paraissait plein d'une illusion si manifeste, qu'il n'était besoin d'aucune autre épreuve que de la simple relation des faits. Je témoignai mon sentiment avec toute la liberté, mais aussi avec toute la douceur possible, ne craignant rien tant que d'aigrir celui que je voulais ramener. Je me retirai étonné de voir un si bel esprit dans l'admiration d'une femme dont les lumières étaient si courtes, le mérite si léger, les illusions si palpables, et qui faisait la prophétesse. Les pleurs que je versai sous les yeux de Dieu, ne furent pas du moins alors de ceux dont M. de Cambrai me dit à présent : *Vous me pleurez et vous me déchirez.* Je ne songeais qu'à tenir caché ce que je voyais sans m'en ouvrir qu'à Dieu seul ; à peine le croyais-je moi-même : j'eusse voulu pouvoir me le cacher : je me tâtais pour ainsi dire moi-même en tremblant, et à chaque pas je craignais des chutes après celle d'un esprit si lumineux. Mais je ne perdis pas courage, me consolant sur l'expérience de tant de grands esprits que Dieu avait humiliés un peu de temps pour les faire ensuite marcher plus sûrement, et je m'attachai d'autant plus à ramener M. l'abbé de Fénelon, que ceux qui nous avaient écoutés étaient en sa main.

21. Un peu après cette conférence, j'écrivis une longue lettre à Mme Guyon, où je m'expliquais sur les difficultés qu'on vient d'entendre ; j'en réservais quelques autres à un plus grand examen : je marquais tous mes sentiments, tels que je les viens de représenter : ces prodigieuses

communications n'y étaient pas oubliées, non plus que l'autorité de lier et de délier, les visions sur l'*Apocalypse* et les autres choses que j'ai racontées. La lettre est du 4 mars 1694 : la réponse qui suivit de près est très soumise, et justifie tous les faits que j'ai avancés sur le contenu de ses livres. Elle acceptait le conseil de se retirer sans voir ni écrire à personne autrement que pour ses affaires ; j'estimais la docilité qui paraissait dans sa lettre, et je tournai mon attention à désabuser M. l'abbé de Fénelon d'une personne dont la conduite était si étrange[1].

## III<sup>e</sup> SECTION

### SECONDE PARTIE DE LA RELATION CONTENANT CE QUI S'EST PASSÉ AVEC M. DE CHALONS, M. TRONSON ET MOI

1. Pendant que j'étais occupé de ces pensées, plein d'espérance et de crainte, Mme Guyon tournait l'examen à tout autre chose que ce qu'on avait commencé. Elle se mit dans l'esprit de faire examiner les accusations qu'on intentait contre ses mœurs, et les désordres qu'on lui imputait. Elle en écrivit à cette future protectrice qu'elle croyait avoir vue dans sa prophétie, pour la supplier de demander au Roi des commissaires, avec pouvoir d'informer et de prononcer sur sa vie. La copie qu'elle m'envoya de sa lettre, et celle qu'elle y joignit, marquent par les dates que tout ceci arriva au mois de Juin de l'an 1694. C'était le cas d'accomplir les prédictions, et Mme Guyon y tournait les choses d'une manière assez spécieuse : insinuant adroitement qu'il fallait la purger des crimes dont elle était accusée, sans quoi on entrerait trop prévenu dans l'examen de sa doctrine. Mais il n'est pas si aisé de surprendre une piété éclairée. La médiatrice qu'elle avait choisie vit d'abord que le parti des commissaires, outre les autres inconvénients, s'éloignait du but, qui était de commencer par examiner la doctrine dans les écrits qu'on avait en main, et dans les livres dont l'Eglise était inondée[2]. Ainsi la proposition tomba d'elle-même : Mme Guyon céda : et ce fut elle qui fit demander, par ses amis, la chose du monde qui me fut la plus agréable :

c'est que pour achever un examen de cette importance où il fallait pénétrer toute la matière du quiétisme et mettre fin, si l'on pouvait, à une sorte d'oraison si pernicieuse, on m'associât M. de Châlons à présent archevêque de Paris, et M. Tronson, supérieur général de la Congrégation de Saint-Sulpice. La lettre où Mme Guyon m'informa de cette démarche, explique amplement toutes les raisons qui l'avaient portée à se soumettre comme à moi à ces deux Messieurs. Je ne connaissais le dernier que par sa réputation. Mais M. l'abbé de Fénelon et ses amis y avaient une croyance particulière. Pour M. de Châlons, on sait la sainte amitié qui nous a toujours unis ensemble. Il était aussi fort ami de M. l'abbé de Fénelon[1]. Avec de tels associés j'espérais tout. Le Roi sut la chose par rapport à Mme Guyon seulement, et l'approuva. M. l'archevêque de Paris a expliqué ce qui lui fut écrit sur ce sujet-là, et quelle fut sa réponse. On donna à ces Messieurs les livres que j'avais vus : M. l'abbé de Fénelon commença alors en grand secret à écrire sur cette matière. Les écrits qu'il nous envoyait se multipliaient tous les jours : sans y nommer Mme Guyon ni ses livres, tout tendait à les soutenir ou bien à les excuser : c'était en effet de ces livres qu'il s'agissait entre nous, et ils faisaient le seul sujet de nos assemblées. L'oraison de Mme Guyon était celle qu'il conseillait, et peut-être la sienne particulière. Cette Dame ne s'oublia pas, et durant sept ou huit mois que nous employâmes à une discussion si sérieuse, elle nous envoya quinze ou seize gros cahiers que j'ai encore, pour faire le parallèle de ses livres avec les saints Pères, les théologiens et les auteurs spirituels. Tout cela fut accompagné de témoignages absolus de soumission. M. l'abbé de Fénelon prit la peine de venir avec quelques-uns de ses amis[2] à Issy, maison du séminaire de Saint-Sulpice, où les infirmités de M. Tronson nous obligèrent à tenir nos conférences. Tous nous prièrent de vouloir bien entrer à fond dans cet examen, et protestèrent de s'en rapporter à notre jugement. Mme Guyon fit la même soumission par des lettres très respectueuses, et nous ne songeâmes plus qu'à terminer cette affaire très secrètement, en sorte qu'il ne parût point de dissension dans l'Eglise[3].

2. Nous commençâmes à lire avec plus de prières que d'étude, et dans un gémissement que Dieu sait, tous les

écrits qu'on nous envoyait, surtout ceux de M. l'abbé de Fénelon[1]; à conférer tous les passages, et souvent à relire les livres entiers, quelque grande et laborieuse qu'en fût la lecture. Les longs extraits, que j'ai encore, font voir quelle attention nous apportions à une affaire où il y allait en effet du tout pour l'Eglise, puisqu'il ne s'agissait de rien moins que d'empêcher la renaissance du quiétisme, que nous voyions recommencer en ce Royaume par les écrits de Mme Guyon que l'on y avait répandus.

3. Nous regardions comme le plus grand de tous les malheurs qu'elle eût pour défenseur M. l'abbé de Fénelon : son esprit, son éloquence, sa vertu, la place qu'il occupait et celles qui lui étaient destinées, nous engageaient aux derniers efforts pour le ramener. Nous ne pouvions désespérer du succès; car encore qu'il nous écrivît des choses (il faut l'avouer) qui nous faisaient peur, et dont ces Messieurs ont la mémoire aussi vive que moi, il y mêlait tant de témoignages de soumission, que nous ne pouvions nous persuader que Dieu le livrât à l'esprit d'erreur. Les lettres qu'il m'écrivait durant l'examen, et avant que nous eussions pris une finale résolution, ne respiraient que l'obéissance; et encore qu'il la rendît toute entière à ces Messieurs, je dois avouer ici qu'outre que j'étais l'ancien de la conférence, il semblait s'adresser à moi avec une liberté particulière, par le long usage où nous étions de traiter ensemble les matières théologiques : l'une de ces lettres était conçue en ces termes :

4. *Je reçois, Monseigneur, avec beaucoup de reconnaissance les bontés que vous me témoignez. Je vois bien que vous voulez charitablement mettre mon cœur en paix. Mais j'avoue qu'il me paraît que vous craignez un peu de me donner une vraie et entière sûreté dans mon état.* <u>Quand vous le voudrez</u>, *je vous dirai comme à un confesseur tout ce qui peut être compris dans une confession générale de toute ma vie, et de tout ce qui regarde mon intérieur.* <u>Quand je vous ai supplié de me dire la vérité sans m'épargner,</u> *ce n'a été ni un langage de cérémonie, ni un art pour vous faire expliquer. Si je voulais avoir de l'art, je le tournerais à d'autres choses, et nous n'en serions pas où nous sommes. Je n'ai voulu que ce que je voudrai toujours, s'il plaît à Dieu, qui est de connaître la vérité. Je suis prêtre, je dois tout à l'Eglise, et rien à moi, ni à ma réputation personnelle. Je vous déclare encore, Monseigneur,*

*que je ne veux pas demeurer un seul instant dans l'erreur par ma faute. Si je n'en sors point au plus tôt, je vous déclare que c'est vous qui en êtes cause, en ne me décidant rien. Je ne tiens point à ma place, et je suis prêt à la quitter, si je m'en suis rendu indigne par mes erreurs. Je vous somme au nom de Dieu, et par l'amour que vous avez pour la vérité, de me la dire en toute rigueur. J'irai me cacher et faire pénitence le reste de mes jours, après avoir abjuré et rétracté publiquement la doctrine égarée qui m'a séduit : mais si ma doctrine est innocente, ne me tenez point en suspens par des respects humains. C'est à vous à instruire avec autorité ceux qui se scandalisent faute de connaître les opérations de Dieu dans les âmes. Vous savez avec quelle confiance je me suis livré à vous, et appliqué sans relâche à ne vous laisser rien ignorer de mes sentiments les plus forts. Il ne me reste toujours qu'à obéir. Car ce n'est pas l'homme ou le très grand docteur que je regarde en vous : c'est Dieu. Quand même vous vous tromperiez, mon obéissance simple et droite ne me tromperait pas, et je compte pour rien de me tromper en le faisant avec droiture et petitesse sous la main de ceux qui ont l'autorité dans l'Église. Encore une fois, Monseigneur, si peu que vous doutiez de ma docilité sans réserve, essayez-la sans m'épargner. Quoique vous ayez l'esprit plus éclairé qu'un autre, je prie Dieu qu'il vous ôte tout votre propre esprit et qu'il ne vous laisse que le sien.*

5. Voilà de mot à mot toute la lettre. On voit bien par les offres de tout quitter, et de faire la rétractation la plus solennelle, combien la matière était importante, et combien il y était engagé. Ce n'était point encore par ses livres, puisqu'il n'en avait écrit aucun en faveur de la nouvelle oraison. J'acceptais avec joie la prière qu'il faisait pour moi, afin que je perdisse tout mon propre esprit qu'en effet je n'écoutais pas, et je tâchais de n'avoir d'oreilles que pour la tradition. Dans l'état de soumission où je voyais M. l'abbé de Fénelon, j'eusse regardé comme une injustice de douter pour peu que ce fût de sa docilité. Il ne me vint jamais dans la pensée que les erreurs d'esprit où je le voyais, quoiqu'en elles-mêmes importantes et pernicieuses, pussent lui nuire, ou pussent même l'exclure des dignités de l'Église. On ne craignit point au quatrième siècle de faire évêque le grand Synésius, encore qu'il confessât beaucoup d'erreurs. On le connaissait d'un esprit si bien fait et si docile, qu'on ne songea pas seulement que ces erreurs, quoique capitales, fussent un obstacle à sa promotion. Je ne parle point ainsi pour me justifier. Je

pose simplement le fait, dont je laisse le jugement à ceux qui l'écoutent : s'ils veulent le différer jusqu'à ce qu'ils aient pu voir l'effet du tout, ils me feront beaucoup de grâce. Tout ici dépend de la suite; et je ne puis rien cacher au lecteur sans tout envelopper de ténèbres. Au reste la docilité de Synésius n'était pas plus grande que celle que M. l'abbé de Fénelon faisait paraître : une autre lettre contient ces paroles :

6. *Je ne puis m'empêcher de vous demander avec une pleine soumission si vous avez dès à présent quelque chose à exiger de moi. Je vous conjure au nom de Dieu de ne me ménager en rien ; et sans attendre les conversations que vous me promettiez, si vous croyez maintenant que je doive quelque chose à la vérité et à l'Église dans laquelle je suis prêtre, un mot sans raisonnement me suffira. Je ne tiens qu'à une seule chose, qui est l'obéissance simple. Ma conscience est donc dans la vôtre. Si je manque, c'est vous qui me faites manquer faute de m'avertir. C'est à vous à répondre de moi, si je suis un moment dans l'erreur. Je suis prêt à me taire, à me rétracter, à m'accuser, et même à me retirer, si j'ai manqué à ce que je dois à l'Église. En un mot, réglez-moi tout ce que vous voudrez ; et si vous ne me croyez pas, prenez-moi au mot pour m'embarrasser. Après une telle déclaration je ne crois pas devoir finir par des compliments.*

7. Une autre lettre disait : *Je vous ai déjà supplié de ne retarder pas un seul moment par considération pour moi la décision qu'on vous demande. Si vous êtes déterminé à condamner quelque partie de la doctrine que je vous ai exposée par obéissance, je vous supplie de le faire aussi promptement qu'on vous en priera. J'aime autant me rétracter aujourd'hui que demain et même beaucoup mieux.* Tout le reste était de même sens, et finissait par ces mots : *Traitez-moi comme un petit écolier, sans penser ni à ma place, ni à vos anciennes bontés pour moi. Je serai toute ma vie plein de reconnaissance et de docilité, si vous me tirez au plus tôt de l'erreur. Je n'ai garde de vous proposer tout ceci pour vous engager à une décision précipitée aux dépens de la vérité : à Dieu ne plaise : je souhaite seulement que vous ne retardiez rien pour me ménager.*

8. Ces lettres me furent écrites par M. l'abbé de Fénelon depuis le 12 de Décembre 1694 jusqu'au 26 de Janvier 1695 et pendant le temps qu'après avoir lu tous les écrits, tant de Mme Guyon que de M. l'abbé de Fénelon, nous dressions les articles où nous comprenions la condamnation de toutes les erreurs que nous trouvions

dans les uns et dans les autres, pesant toutes les paroles, et tâchant non seulement à résoudre toutes les difficultés qui paraissaient, mais encore à prévenir par principes celles qui pourraient s'élever dans la suite. Nous avions d'abord pensé à quelques conversations de vive voix après la lecture des écrits ; mais nous craignîmes qu'en mettant la chose en dispute, nous ne soulevassions plutôt que d'instruire un esprit que Dieu faisait entrer dans une meilleure voie, qui était celle de la soumission absolue. Il nous écrivait lui-même, dans une lettre que j'ai encore : *Epargnez-vous la peine d'entrer dans cette discussion : prenez la chose par le gros, et commencez par supposer que je me suis trompé dans mes citations. Je les abandonne toutes : je ne me pique ni de savoir le grec, ni de bien raisonner sur les passages ; je ne m'arrête qu'à ceux qui vous paraîtront mériter quelque attention ; jugez-moi sur ceux-là, et décidez sur les points essentiels, après lesquels tout le reste n'est presque plus rien.* On voit par là, que nous nous étions assez déclarés sur ses écrits. Il s'y était expliqué tellement à fond, que nous comprenions parfaitement toute sa pensée. On se rencontrait tous les jours : nous étions si bien au fait, qu'on n'avait aucun besoin de longs discours. Nous recueillions pourtant avec soin tout ce que M. l'abbé de Fénelon nous avait dit au commencement, et tout ce qu'il nous disait dans l'occasion. On agissait en simplicité comme on fait entre des amis, sans prendre aucun avantage les uns sur les autres ; d'autant plus que nous-mêmes, qu'on reconnaissait pour juges, nous n'avions d'autorité sur M. l'abbé de Fénelon que celle qu'il nous donnait. Dieu semblait lui faire sentir dans le cœur la voie que nous devions suivre pour le ramener doucement, et sans blesser la délicatesse d'un esprit si délié. L'examen durait longtemps, il est vrai : les besoins de nos diocèses faisaient des interruptions à nos conférences. Quant à M. l'abbé de Fénelon, on aimait mieux ne le troubler pas tout à fait sur ses sentiments, que de paraître les condamner précipitamment et avant que d'en avoir lu toutes les défenses. C'était déjà leur donner un coup que de les tenir pour suspects et soumis à un examen. M. l'abbé de Fénelon avait raison de nous dire qu'après tout, nous ne savions ses sentiments que par lui-même. Comme il ne tenait qu'à lui de nous les taire, la franchise avec laquelle il nous les découvrait nous était un argument de sa docilité, et nous les cachions avec d'autant plus de soin, qu'il avait moins de ménagement à nous les montrer.

9. Ainsi, durant tout le temps que nous traitions tous trois cette affaire avec lui, c'est-à-dire durant huit ou dix mois, le secret ne fut pas moins impénétrable qu'il l'avait été durant le temps à peu près égal que j'y étais appliqué seul. Il me faut ici avouer, le moindre souffle venu au Roi des sentiments favorables de M. l'abbé de Fénelon pour Mme Guyon et pour sa doctrine, eût produit d'étranges effets dans l'esprit d'un prince si religieux, si délicat sur la foi, si circonspect à remplir les grandes places de l'Eglise; et le moins qu'on en eût dû attendre eût été pour cet abbé une exclusion inévitable de toutes les dignités. Mais nous ne nous avisâmes seulement pas (au moins moi, je le reconnais) qu'il y eût rien à craindre d'un homme dont nous croyions le retour si sûr, l'esprit si docile et les intentions si droites : et soit par raison ou par prévention, ou si l'on veut, par erreur (car je me confesse ici au public plutôt que je ne cherche à me défendre), je crus l'instruction des Princes de France en trop bonne main, pour ne pas faire en cette occasion tout ce qui servait à y conserver un dépôt si important.

10. J'ai porté cette assurance jusqu'au point que la suite fera connaître. Dieu l'a permis, peut-être pour m'humilier : peut-être aussi que je péchais en me fiant trop aux lumières que je croyais dans un homme; ou qu'encore que de bonne foi je crusse mettre ma confiance dans la force de la vérité et dans la puissance de la grâce, je parlais trop assurément d'une chose qui surpassait mon pouvoir. Quoi qu'il en soit, nous agissions sur ce fondement, et autant que nous travaillions à ramener un ami, autant nous demeurions appliqués à ménager avec une espèce de religion sa réputation précieuse.

11. C'est ce qui nous inspira le dessein qu'on va entendre. Nous nous sentions obligés, pour donner des bornes à ses pensées, de l'astreindre par quelque signature : mais en même temps nous nous proposâmes, pour éviter de lui donner l'air d'un homme qui se rétracte, de le faire signer avec nous comme associé à notre délibération. Nous ne songions en toutes manières qu'à sauver un tel ami, et nous étions bien concertés pour son avantage.

12. Peu de temps après, il fut nommé à l'archevêché

de Cambrai. Nous applaudîmes à ce choix comme tout le monde, et il n'en demeura pas moins dans la voie de la soumission où Dieu le mettait : plus il allait être élevé lsur le chandelier, plus il me semblait qu'il devait venir à ce grand éclat et aux grâces de l'état épiscopal par l'humble docilité que nous lui voyions. Ainsi nous continuâmes à former notre jugement; et lui-même nous le demandait avec la même humilité. Les trente-quatre Articles furent dressés à Issy dans nos conférences particulières : nous les présentâmes tout dressés au nouveau Prélat, M. de Châlons et moi, dans mon appartement à Versailles. M. l'archevêque de Paris a exposé dans sa *Réponse à M. l'archevêque de Cambrai,* la peine que lui fit cette lecture. Nous lui dîmes sans disputer avec une sincérité épiscopale, ce qu'il devait faire des écrits qu'il nous avait envoyés en si grand nombre : il ne dit mot; et malgré la peine qu'il avait montrée, il s'offrit à signer les articles dans le moment par obéissance. Nous trouvâmes plus à propos de les remettre entre ses mains, afin qu'il pût les considérer durant quelques jours. Quoiqu'ils entamassent le vif, ou plutôt quoiqu'ils renversassent tous les fondements de la nouvelle oraison, comme les principes en étaient évidents, nous crûmes que M. l'abbé de Fénelon ne les contredirait pas quand il les aurait entendus. Il nous apporta des restrictions à chaque article, qui en éludaient toute la force et dont l'ambiguïté les rendait non seulement inutiles, mais encore dangereux : nous ne crûmes pas nous y devoir arrêter. M. de Cambrai céda, et les Articles furent signés à Issy, chez M. Tronson, le 10 de Mars 1695[1].

13. Quand M. l'archevêque de Cambrai dit maintenant dans sa *Réponse* à notre *Déclaration,* qu'il *a dressé les Articles avec nous*[2] je suis fâché qu'il ait oublié les saintes dispositions où Dieu l'avait mis. On a vu dans les lettres qu'il écrivait pendant qu'on travaillait à ces Articles, qu'il ne demandait qu'une décision sans raisonner. Si nous entrâmes dans ce sentiment, je prie ceux qui liront cet écrit de ne le pas attribuer à hauteur ou à dédain : à Dieu ne plaise : en toute autre occasion nous eussions tenu à honneur de délibérer avec un homme de ses lumières et de son mérite, qui allait même nous être agrégé dans le corps de l'épiscopat. Mais à cette fois Dieu lui montrait une autre voie : c'était celle d'obéir

sans examiner : il faut conduire les hommes par les sentiers que Dieu leur ouvre, et par les dispositions que sa grâce leur met dans le cœur. Aussi la première fois que M. l'archevêque de Cambrai a parlé de nos XXXIV Articles (c'est dans l'avertissement du livre des *Maximes des Saints*) il ne parle que de deux prélats, de M. de Châlons et de moi, qui les avions dressés, sans songer alors à se nommer comme auteur. Il se souvenait de l'esprit où nous étions tous quand on signa. Voilà le petit mystère que nous inspira son seul avantage. J'entends dire par ses amis que c'était là comme un secret de confession entre nous, qu'il ne voulait pas découvrir et que nous l'avions révélé. Nous n'avons jamais pensé à rien de semblable, ni imaginé d'autre secret que celui de ménager son honneur, et de cacher sa rétractation sous un titre plus spécieux. S'il ne s'était pas trop déclaré par son livre, et qu'enfin il ne forçât pas notre long silence, ce secret serait encore impénétrable. On a vu dans une de ses lettres qu'il s'était offert à me faire une confession générale : il sait bien que je n'ai jamais accepté cette offre[1]. Tout ce qui pourrait regarder des secrets de cette nature sur ses dispositions intérieures est oublié, et il n'en sera jamais question. M. l'archevêque de Cambrai insinue dans quelques-uns de ses écrits, que je fus difficile sur quelques-unes de ses restrictions, et que M. de Paris, alors M. de Châlons, me redressa fortement. Nous l'avons donc bien oublié tous deux, puisqu'il ne nous en reste aucune idée; nous étions toujours tellement d'accord, que nous n'eûmes jamais besoin de nous persuader les uns les autres; et que tous ensemble guidés par le même esprit de la tradition, nous n'eûmes dans tous les temps qu'une même voix[2].

14. M. l'archevêque de Cambrai demeura si bien dans l'esprit de soumission où Dieu l'avait mis, que m'ayant prié de le sacrer, deux jours avant cette divine cérémonie, à genoux et baisant la main qui devait le sacrer, il la prenait à témoin qu'il n'aurait jamais d'autre doctrine que la mienne[3]. J'étais dans le cœur, je l'oserai dire, plus à ses genoux que lui aux miens. Mais je reçus cette soumission comme j'avais fait toutes les autres de même nature que l'on voit encore dans ses lettres : mon âge, mon antiquité, la simplicité de mes sentiments, qui n'étaient que ceux de l'Église, et le personnage que je devais faire me

donnaient cette confiance. M. de Châlons fut prié d'être l'un des assistants dans le sacre, et nous crûmes donner à l'Eglise un prélat toujours unanime avec ses consécrateurs.

15. Je ne crois pas que M. l'archevêque de Cambrai veuille oublier une circonstance digne de louange de sa soumission. Après la signature des Articles et aux environs du temps de son sacre, il me pria de garder du moins quelques-uns de ses écrits[1] pour être en témoignage contre lui s'il s'écartait de mes sentiments. J'étais bien éloigné de cet esprit de défiance. Non, Monsieur, je ne veux jamais d'autre précaution avec vous que votre foi : je rendis tous les papiers comme on me les avait donnés, sans en réserver un seul, ni autre chose que mes extraits pour me souvenir des erreurs que j'aurais à réfuter sans nommer l'auteur. Pour les lettres qui étaient à moi, j'en ai, comme on a vu, gardé quelques-unes, plus pour ma consolation que dans la croyance que je pusse jamais en avoir besoin, si ce n'est peut-être pour rappeler en secret à M. l'archevêque de Cambrai ses saintes soumissions en cas qu'il fût tenté de les oublier : si elles voient maintenant le jour, c'est au moins à l'extrémité, lorsqu'on me force à parler, et toujours plus tôt que je ne voudrais. La protestation qu'il me fit un peu avant son sacre serait aussi demeurée dans le silence avec tout le reste, s'il n'était venu jusqu'aux oreilles du Roi que l'on en tirait avantage, et que pour me faire confirmer la doctrine du livre des *Maximes des Saints,* on disait que j'en avais consacré l'auteur.

16. Un peu devant la publication de ce livre il arriva une chose qui me causa une peine extrême. Dans mon *Instruction pastorale* du 16 d'Avril 1695, j'en avais promis une plus ample pour expliquer nos Articles; et je priais M. l'archevêque de Cambrai de joindre son approbation à celle de M. l'évêque de Châlons devenu archevêque de Paris, et à celle de M. de Chartres, pour le livre que je destinais à cette explication. Puisque nous avons eu à nommer ici M. l'évêque de Chartres, il faut dire que c'était lui qui le premier des évêques de ce voisinage avait découvert dans son diocèse les mauvais effets des livres et de la conduite de Mme Guyon[2]. La suite de cette affaire nous avait fait concourir ensemble à beaucoup de choses. Pour M. l'archevêque de Paris, j'étais d'autant

plus obligé à m'appuyer de son autorité, que pour le bien de notre province il en était devenu le chef. Je crus aussi qu'il était de l'édification publique, que notre unanimité avec M. de Cambrai fût connue de plus en plus de tout le monde. Je mis mon livre en manuscrit entre les mains de cet archevêque : j'attendais ses difficultés pour me corriger sur ses avis : je me sentais pour lui, ce me semble, la même docilité qu'il m'avait témoignée avant son sacre : mais, trois semaines après, l'approbation me fut refusée par une raison que j'étais bien éloigné de prévoir. Un ami commun me rendit dans la galerie de Versailles une lettre de créance de M. l'archevêque de Cambrai qui était dans son diocèse. Sur cette créance on m'expliqua que ce Prélat ne pouvait entrer dans l'approbation de mon livre, parce que j'y condamnais Mme Guyon qu'il ne pouvait condamner.

17. En vain je représentai à cet ami le terrible inconvénient où M. de Cambrai allait tomber. Quoi ? il va paraître, disais-je, que c'est pour soutenir Mme Guyon qu'il se désunit d'avec ses confrères ? Tout le monde va donc voir qu'il en est le protecteur ? Ce soupçon, qui le déshonorait dans tout le public, va devenir une certitude[1] ? Que deviennent ces beaux discours que nous avait faits tant de fois M. de Cambrai, que lui et ses amis répandaient partout, que bien éloigné de s'intéresser dans les livres de cette femme, il était prêt à les condamner s'il était utile ? A présent qu'elle les avait condamnés elle-même ; qu'elle en avait souscrit la condamnation entre mes mains, et celle de la mauvaise doctrine qui y était contenue, les voulait-il défendre plus qu'elle-même ? Quel serait l'étonnement de tout le monde, de voir paraître à la tête de mon livre l'approbation de M. l'archevêque de Paris et de M. de Chartres sans la sienne ? N'était-ce pas mettre en évidence le signe de sa division d'avec ses confrères, ses consécrateurs, ses plus intimes amis ? quel scandale ? quelle flétrissure à son nom ? de quels livres voulait-il être le martyr ? pourquoi ôter au public la consolation de voir dans l'approbation de ce prélat le témoignage solennel de notre unanimité ? Toutes ces raisons furent sans effet : mon manuscrit me fut rendu après être demeuré, comme on a vu, trois semaines entières au pouvoir de M. l'archevêque de Cambrai : l'ami qui s'était chargé de me le rendre, prit

sur lui tout le temps qu'on l'avait gardé : M. de Cambrai, disait-il, ne l'avait tenu que peu de jours, et le rendait sans en avoir lu que très peu de chose[1]. J'écrivis un mot à ce prélat pour lui témoigner mes justes craintes. Je reçus une réponse qui ne disait rien, et dès lors il préparait ce qu'on va voir.

18. On voudra peut-être savoir auparavant ce qu'était devenue alors Mme Guyon. Elle avait demandé d'être reçue dans mon diocèse pour y être instruite : elle fut six mois dans le saint couvent des filles de Sainte-Marie[2], à condition de ne communiquer avec qui que ce soit ni au dedans ni au dehors, ni par lettres ni autrement, qu'avec le confesseur que je lui nommai à sa prière, et avec deux religieuses que j'avais choisies, dont l'une était la vénérable Mère le Picard, très sage supérieure de ce monastère. Comme toutes ses lettres et tous ses discours ne respiraient que la soumission et une soumission aveugle, on ne pouvait lui refuser l'usage des saints sacrements. Je l'instruisis avec soin : elle souscrivit aux articles où elle sentit la destruction entière de toute sa doctrine : je rejetai ses explications, et sa soumission fut pure et simple. Un peu après elle souscrivit aux justes censures que M. de Châlons et moi publiâmes de ses livres et de la mauvaise doctrine qui y était contenue, *la condamnant de cœur et de bouche, comme si chaque proposition était énoncée*. On en spécifia quelques-unes des principales, auxquelles tout aboutissait : elle y renonça expressément. Les livres qu'elle condamna furent le *Moyen court,* et le *Cantique des Cantiques,* qui étaient les seuls imprimés qu'elle avouât : je ne voulus point entrer dans les manuscrits que le peuple ne connaissait pas : elle offrait à chaque parole de les brûler tous; mais je jugeai ce soin inutile, à cause des copies qui en resteraient. Ainsi je me contentai de lui défendre de les communiquer, d'en écrire d'autres, d'enseigner, dogmatiser, diriger, la condamnant au silence et à la retraite comme elle le demandait. Je reçus la déclaration qu'elle me fit contre les abominations dont elle était accusée, la présumant innocente, tant qu'elle ne serait point convaincue par un examen légitime, dans lequel je n'entrai jamais. Elle me demanda la permission d'aller aux eaux de Bourbon; après ses soumissions, elle était libre : elle souhaita qu'au retour des eaux on la reçût dans le même monastère, où elle retint son appartement. Je le

permis dans le dessein de l'instruire et de la convertir à fond, sans lui laisser s'il se pouvait la moindre teinture des visions et illusions passées. Je lui donnai cette attestation que ses amis vantent tant, mais qu'elle n'a jamais osé montrer[1], parce que j'y spécifiais expressément *qu'au moyen des déclarations et soumissions de Mme Guyon, que nous avions par devers nous souscrites de sa main, et des défenses par elle acceptées avec soumission, d'écrire, d'enseigner et dogmatiser dans l'Église, ou de répandre ses livres imprimés ou manuscrits, ou de conduire des âmes dans les voies de l'oraison ou autrement ; je demeurais satisfait de sa conduite et lui avais continué la participation des saints sacrements, dans laquelle je l'avais trouvée.* Cette attestation était du premier de Juillet 1695. Je partis le lendemain pour Paris, où l'on devait aviser à la conduite qu'on tiendrait dorénavant avec elle. Je ne raconterai pas comme elle prévint le jour que j'avais arrêté pour son départ ni comme depuis elle se cacha; comment elle fut reprise, et convaincue de beaucoup de contraventions aux choses qu'elle avait signées. Ce que je ne puis dissimuler, c'est qu'elle fait toujours la prophétesse : j'ai dans des mémoires notés de sa main, que Dieu lui laisse la disposition de la vie de ceux qui s'opposent à ses visions : elle a fait des prélats et des archevêques bien différents de ceux que le Saint-Esprit avait choisis : elle a fait aussi des prédictions dont le récit ferait horreur. On a vu ce qu'elle avait prédit sur la protection de son oraison par le Roi même : depuis elle a débité qu'après ce qu'elle appelle persécution, son oraison revivrait sous un enfant : la prophétie a été marquée à cet auguste Enfant, sans faire aucune impression dans son esprit. A Dieu ne plaise que j'accuse M. de Cambrai, ni les sages têtes qui environnent cet aimable Prince, du discours qu'on lui en a fait : mais il y a dans tous les partis des esprits outrés qui parlent sans ménagement : ceux-là répandent encore que les temps changeront, et intimident les simples. On voit donc assez les raisons qui me font écrire ces circonstances : on voit sous les yeux de qui je les écris, et pourquoi enfin je fais connaître une femme qui est cause encore aujourd'hui des divisions de l'Église.

19. M. l'archevêque de Cambrai en parlait très diversement durant le temps de nos examens. Il nous a souvent épouvantés, en nous disant à deux et à trois ensemble, qu'il avait plus appris d'elle que de tous les docteurs :

d'autres fois il nous consolait, en disant que loin d'approuver ses livres il était prêt à les condamner, pour peu qu'on le jugeât nécessaire. Je ne doutai non plus de son retour sur ce point que sur les autres : et ne cherchant autre chose que de ramener à fond un homme d'esprit, d'une manière d'autant plus sincère qu'elle serait plus douce et moins forcée, je souhaitais qu'il revînt de lui-même comme d'un court éblouissement; et nous crûmes tous qu'il fallait attendre à lui proposer l'expresse condamnation des livres de cette femme dans un temps qui ne lui ferait aucune peine. Voilà ces impitoyables, ces envieux de la gloire de M. l'archevêque de Cambrai, ces gens qui l'ont voulu perdre : qui ont poussé si avant leur rigueur, *que le récit n'en trouverait point de croyance parmi les hommes.* Qu'on nous marque du moins un temps où cette manie nous ait pu prendre. On pourrait bien nous reprocher trop de ménagement, trop de douceur, trop de condescendance. Qu'il soit ainsi, je le veux; et pour ne parler que de moi seul, que j'aie poussé trop avant la confiance, l'amour de la paix et cette bénigne charité qui ne veut pas soupçonner le mal : jusques ici tout au moins il demeurera pour certain que M. l'archevêque de Cambrai s'est désuni le premier d'avec ses confrères pour soutenir contre eux Mme Guyon.

## IVe SECTION

QUELLES FURENT LES EXCUSES DE M. DE CAMBRAI

1. Ce prélat prévit bien les inconvénients que j'avais marqués à celui qui était chargé de sa créance[1]; et voici ce qu'il envoya écrit de sa main à la personne du monde auprès de laquelle il voulait le plus se justifier[2]. Je rapporterai l'écrit entier sans en retrancher une parole : que le lecteur s'y rende attentif, il y va voir la cause véritable de tous les troubles de l'Eglise. L'écrit commence en cette sorte.

2. *Quand M. de Meaux m'a proposé d'approuver son livre, je lui ai témoigné avec attendrissement que je serais ravi de donner cette marque publique de ma conformité de sentiment avec un Prélat que j'ai regardé depuis ma jeunesse comme mon maître dans la science de la religion. Je lui ai même offert d'aller à*

*Germigny pour dresser avec lui mon approbation. J'ai dit en même temps à Messeigneurs de Paris et de Chartres, et à M. Tronson, que je ne voyais aucune ombre de difficulté entre M. de Meaux et moi sur le fond de la doctrine : mais que s'il voulait attaquer personnellement dans son livre Mme Guyon, je ne pourrais pas l'approuver. Voilà ce que j'ai déclaré il y a six mois.* (Je n'en avais jamais rien su, non plus que de ce qui suit.)

3. *M. de Meaux vient de me donner un livre à examiner : à l'ouverture des cahiers j'ai trouvé qu'ils sont pleins d'une réfutation personnelle : aussitôt j'ai averti Messeigneurs de Paris et de Chartres avec M. Tronson de l'embarras où me mettait M. de Meaux.*

4. *Expliquons-nous : s'il prend pour réfutation personnelle la condamnation de la personne, je ne songeais pas seulement à condamner la personne de Mme Guyon, qui s'était soumise : s'il appelle réfutation personnelle celle de son livre, ce n'était donc pas sa personne, mais son livre qu'il voulait défendre. Il continue.*

5. *On n'a pas manqué de me dire que je pouvais condamner les livres de Mme Guyon sans diffamer sa personne et sans me faire tort : mais je conjure ceux qui parlent ainsi, de peser devant Dieu les raisons que je vais leur représenter. Les erreurs qu'on impute à Mme Guyon ne sont point excusables par l'ignorance de son sexe : il n'y a point de villageoise grossière qui n'eût d'abord horreur de ce qu'on veut qu'elle ait enseigné. Il ne s'agit pas de quelque conséquence subtile et éloignée, qu'on pourrait contre son intention tirer de ses principes spéculatifs et de quelques-unes de ses expressions ; il s'agit de tout un dessein diabolique, qui est, dit-on, l'âme de tous ses livres. C'est un système monstrueux qui est lié dans toutes ses parties, et qui se soutient avec beaucoup d'art d'un bout jusqu'à l'autre. Ce ne sont point des conséquences obscures qui puissent avoir été imprévues à l'auteur ; au contraire elles sont le formel et unique but de tout son système. Il est évident, dit-on, et il y aurait de la mauvaise foi à le nier, que Mme Guyon n'a écrit que pour détruire comme une imperfection toute la foi explicite des attributs, des personnes divines, des mystères de Jésus-Christ et de son humanité : elle veut dispenser les chrétiens de tout culte sensible, de toute invocation distincte de notre unique Médiateur : elle prétend détruire dans les fidèles toute vie intérieure et toute oraison réelle, en supprimant tous les actes distincts que Jésus-Christ et les apôtres ont commandés, en réduisant pour toujours les âmes à une quiétude oisive qui exclut*

*toute pensée de l'entendement, et tout mouvement de la volonté. Elle soutient que quand on a fait une fois un acte de foi et d'amour, cet acte subsiste perpétuellement pendant toute la vie, sans avoir jamais besoin d'être renouvelé ; qu'on est toujours en Dieu sans penser à lui, et qu'il faut bien se garder de réitérer cet acte. Elle ne laisse aux chrétiens qu'une indifférence impie et brutale entre le vice et la vertu, entre la haine éternelle de Dieu et son amour éternel, pour lequel il est de foi que chacun de nous a été créé. Elle défend comme une infidélité toute résistance réelle aux tentations les plus abominables : elle veut qu'on suppose que dans un certain état de perfection où elle élève bientôt les âmes, on n'a plus de concupiscence ; qu'on est impeccable, infaillible et jouissant de la même paix que les bienheureux ; qu'enfin tout ce qu'on fait sans réflexion avec facilité, et par la pente de son cœur, est fait passivement et par une pure inspiration. Cette inspiration qu'elle attribue à elle et aux siens n'est pas l'inspiration commune des justes, elle est prophétique ; elle renferme une autorité apostolique, au-dessus de toutes lois écrites : elle établit une tradition secrète sur cette voie qui renverse la tradition universelle de l'Eglise. Je soutiens qu'il n'y a point d'ignorance assez grossière pour pouvoir excuser une personne qui avance tant de maximes monstrueuses ; cependant on assure que Mme Guyon n'a rien écrit que pour accréditer cette damnable spiritualité et pour la faire pratiquer. C'est là l'unique but de ses ouvrages ; ôtez-en cela, vous en ôtez tout : elle n'a pu penser autre chose. L'abomination évidente de ses écrits rend donc évidemment sa personne abominable ; je ne puis donc séparer sa personne d'avec ses écrits.*

6. De la manière dont M. de Cambrai charge ici les choses, il semble qu'il ait voulu se faire peur à lui-même, et une illusion manifeste au lecteur. Sans examiner si j'impute toutes ces erreurs à Mme Guyon ou seulement une partie, et le reste à d'autres auteurs, il n'y a que ce seul mot à considérer : si on suppose que cette Dame persiste dans ses erreurs quelles qu'elles soient, il est vrai que sa personne est abominable : si au contraire elle s'humilie, si elle souscrit aux censures qui réprouvent cette doctrine et ses livres où elle avoue qu'elle est contenue, si elle condamne ses livres, il n'y a donc que ses livres qui demeurent condamnables ; et par son humilité, si elle est sincère et qu'elle y persiste, sa personne est devenue innocente, et peut même devenir sainte par son repentir. On avait donc raison de dire à M. de Cambrai qu'il pouvait approuver mon livre sans blâmer Mme Guyon, que

je supposais repentante et contre laquelle je ne disais mot ; et à moins de supposer que sa repentance fut feinte ou qu'elle était retournée à son vomissement, M. de Cambrai était injuste de représenter sa personne comme abominable par mon livre, et d'y refuser son approbation sur ce vain prétexte.

7. C'est en cet endroit qu'il raconte ce qu'on a transcrit plus haut de mot à mot[1], qu'il ne comprend pas M. de Meaux, qui d'un côté communie Mme Guyon, et d'autre part la condamne si durement : *pour moi*, poursuit-il, *si je croyais ce que croit M. de Meaux des livres de Mme Guyon, et par une conséquence nécessaire de sa personne même, j'aurais cru malgré mon amitié pour elle, être obligé en conscience à lui faire avouer et rétracter formellement à la face de toute l'Eglise les erreurs qu'elle aurait évidemment enseignées dans tous ses écrits.*

8. *Je crois même que la puissance séculière devrait aller plus loin. Qu'y a-t-il de plus digne du feu qu'un monstre, qui sous apparence de spiritualité ne tend qu'à établir le fanatisme et l'impureté ? qui renverse la loi divine, qui traite d'imperfections toutes les vertus, qui tourne en épreuves et en imperfections tous les vices, qui ne laisse ni subordination ni règle dans la société des hommes, qui par le principe du secret autorise toute sorte d'hypocrisie et de mensonges ; enfin qui ne laisse aucun remède assuré contre tant de maux ? Toute religion à part, la seule police suffit pour punir du dernier supplice une personne si empestée. Il est donc vrai que, si cette femme a voulu manifestement établir ce système damnable, il fallait la brûler au lieu de la congédier, comme il est certain que M. de Meaux l'a fait après lui avoir donné la fréquente communion et une attestation authentique, sans qu'elle ait rétracté ses erreurs. Si donc elle les a rétractées ; si elle s'est repentie ; si elle déteste les impuretés et beaucoup d'autres excès que vous dites qu'on lui attribue ; si vous supposez faussement qu'on les lui impute, pendant qu'on ne songe pas seulement à l'en accuser ; si on la répute innocente de tout ce dont on ne l'avait pas convaincue par preuves ; si l'on ne songe même pas à cet examen, qui n'était pas mûr alors et dont il ne s'agissait seulement pas, mais seulement des erreurs dont elle était à la vérité légitimement convaincue, mais aussi qu'elle rejetait par acte authentique avec les livres qui les contenaient, la mettrez-vous entre les mains de la justice ? la brûlerez-vous ? songez-vous bien à la sainte douceur de notre ministère ? Ne sommes-nous pas les serviteurs de*

celui qui dit : *Je ne veux point la mort du pécheur* ? Lorsque saint Jean et saint Jacques voulaient faire descendre le feu du ciel, n'est-ce pas à nous que Jésus-Christ dit en la personne de ces deux apôtres : *Vous ne savez pas de quel esprit vous êtes* ? ne suffit-il pas d'être impitoyable envers les erreurs, et de condamner sans miséricorde les livres qui les contiennent ? faut-il pousser au désespoir une femme qui signe la condamnation et des erreurs et des livres ? ne doit-on pas présumer de sa bonne foi, tant que l'on ne voit point d'actes contraires ; et sa bonne foi présumée ne méritait-elle aucune indulgence pour sa personne ? En vérité, vous seriez outré si vous poussiez votre zèle jusqu'à cet excès, et c'est l'être que de soutenir qu'on ne puisse condamner un livre sans en juger l'auteur digne du feu, même lorsque cet auteur condamne lui-même son livre.

9. *Pour moi,* continue M. de Cambrai, *je ne pourrais approuver le livre où M. de Meaux impute à cette femme un système si horrible dans toutes ses parties, sans me diffamer moi-même, et sans lui faire une injustice irréparable. En voici la raison : je l'ai vue souvent : tout le monde le sait : je l'ai estimée, je l'ai laissé estimer par des personnes illustres dont la réputation est chère à l'Eglise, et qui avaient confiance en moi. Je n'ai pu ni dû ignorer ses écrits ; quoique je ne les aie pas examinés tous à fond dans le temps, du moins j'en ai su assez pour devoir me défier d'elle, et pour l'examiner en toute rigueur. Je l'ai fait avec plus d'exactitude que ses examinateurs ne le pouvaient faire, car elle était bien plus libre, bien plus dans son naturel, bien plus ouverte avec moi dans les temps où elle n'avait rien à craindre. Je lui ai fait expliquer souvent ce qu'elle pensait sur les matières qu'on agite. Je l'ai obligée à m'expliquer la valeur de chacun des termes de ce langage mystique dont elle se servait dans ses écrits. J'ai vu clairement en toute occasion qu'elle les entendait dans un sens très innocent et très catholique. J'ai même voulu suivre en détail et sa pratique et les conseils qu'elle donnait aux gens les plus ignorants et les moins précautionnés. Jamais je n'ai trouvé aucune trace de ces maximes infernales qu'on lui impute. Pouvais-je en conscience les lui imputer par mon approbation, et lui donner le dernier coup pour sa diffamation, après avoir vu de près si clairement son innocence ?*

10. Voilà sans doute répondre bien hautement de Mme Guyon : voilà de belles paroles ; mais bien vaines, car il n'y a qu'un mot à dire : c'est qu'il fallait sans hésiter

approuver dans mon livre la condamnation de ceux de Mme Guyon, si j'en prenais bien le sens : et si je lui imposais, M. de Cambrai ne pouvait pas éviter d'entrer avec moi dans cet examen, à moins que d'être déterminé, comme maintenant il ne le paraît que trop, à défendre et cette femme et ses livres, à quelque prix que ce fût, contre ses confrères.

11. Disons donc la vérité de bonne foi : il sentait bien en sa conscience que je ne lui imputais rien que de véritable, et en effet il continue en cette sorte : *Que les autres qui ne connaissent que ses écrits les prennent dans un sens rigoureux, je les laisse faire ; je ne défends ni n'excuse, ni sa personne ni ses écrits : n'est-ce pas beaucoup faire sachant ce que je sais ? Pour moi, je dois selon la justice juger du sens de ses écrits par ses sentiments que je sais à fond, et non pas de ses sentiments par le sens rigoureux qu'on donne à ses expressions, et auquel elle n'a jamais pensé. Si je faisais autrement j'achèverais de convaincre le public qu'elle mérite le feu : voilà ma règle pour la justice et pour la vérité : venons à la bienséance.*

12. Toute cette règle de justice est fondée sur cette fausse maxime, qu'elle méritait le feu, encore qu'elle eût détesté même par écrit les erreurs dont elle était convaincue, et celles qui suivaient du sens naturel de ses paroles. Du reste c'était un fait bien constant que ses livres et sa doctrine avaient scandalisé toute l'Eglise : Rome même s'était expliquée, et tant de prélats en France et ailleurs en avaient suivi l'exemple, qu'on ne pouvait plus dissimuler le mauvais effet de ces livres et le scandale qu'ils excitaient par toute la terre[1]. Cependant M. de Cambrai qui les avait donnés pour règle à ceux qui prenaient confiance en lui, aujourd'hui encore ne veut pas en revenir. De peur de les condamner, il rompt toute mesure avec ses confrères; et il ne veut pas qu'on voie son aveugle attachement à ces livres pernicieux : la suite le fera paraître beaucoup davantage. Maintenant il suffit de voir deux choses qui résultent de son discours : l'une *qu'il a laissé estimer Mme Guyon par des personnes illustres, dont la réputation est chère à l'Eglise,* et qui avaient *confiance en lui.* Il ajoute : *Je n'ai pu ni dû ignorer ses écrits* : c'est donc avec ses écrits qu'il *l'a laissé estimer* à ces personnes vraiment illustres *qui avaient confiance en lui;* en un mot qu'il conduisait. Elles estimèrent Mme Guyon et ses écrits avec l'approbation de M. l'archevêque de Cambrai alors M. l'abbé

de Fénelon : l'oraison qu'il leur conseillait était celle que Mme Guyon enseignait dans ces livres qu'il leur avait *laissé estimer* avec la personne. Il est juste de conserver, comme il dit, la réputation chère à l'Eglise de ces illustres personnes, à laquelle aussi on n'a jamais songé seulement à donner la moindre atteinte : mais qui peut nier que M. de Cambrai ne fût obligé de désabuser ces personnes de l'estime qu'il leur avait donnée, *laissé prendre* si l'on veut, de Mme Guyon et de ses livres ? Il ne s'agit donc en aucune sorte de leur réputation que l'autorité de M. de Cambrai mettait à couvert : mais il s'agit de savoir si M. de Cambrai lui-même n'a pas trop voulu conserver sa propre réputation dans leurs esprits, et dans l'esprit de tant d'autres qui savaient combien il recommandait Mme Guyon à ceux qui se confiaient à sa conduite : s'il n'a pas trop voulu sauver l'approbation qu'il avait donnée à des livres pernicieux et réprouvés partout où ils paraissaient.

13. C'est de quoi M. de Cambrai ne peut s'excuser après son aveu, qu'on vient d'entendre, puisqu'il paraît maintenant par là, en second lieu, qu'il veut encore aujourd'hui soutenir ces livres, et qu'il n'y trouve de douteux que *ce langage mystique dont se sert Mme Guyon dans ses écrits.* C'est un langage mystique d'avoir dit dans son *Moyen court* que l'acte d'abandon fait une fois ne se doit jamais réitérer[1] ; c'est un langage mystique d'avoir renvoyé aux états inférieurs de la contemplation, celle des attributs particuliers et des personnes divines, sans en excepter Jésus-Christ[2] ; c'est un langage mystique de supprimer tout désir jusqu'à celui du salut et des joies du paradis, pour toute volonté d'acquiescer à la volonté de Dieu connue ou inconnue, quelle qu'elle soit pour notre salut et celui des autres, ou pour notre damnation[3]. Tout le reste, qui est tiré du *Moyen court* et de l'*Interprétation du Cantique* dans le livre des *Etats d'Oraison,* quoiqu'il ne soit pas moins mauvais, est un langage mystique selon M. de Cambrai. Il est vrai, mais ce langage mystique est celui des faux mystiques de nos jours : d'un Falconi, d'un Molinos, d'un Malaval, auteurs condamnés[4] : mais non celui d'aucun mystique approuvé. Voilà comme M. de Cambrai excuse les livres de Mme Guyon. Prendre à la lettre, et selon la suite de tout le discours, ce qu'on en vient de rapporter et tout ce qui est de même esprit, c'est

suivre le sens que ce prélat veut appeler rigoureux quoiqu'il soit le sens naturel, et qu'il entreprend d'excuser pour laisser en autorité ces mauvais livres : encore qu'il sente si bien en sa conscience qu'il ne les peut justifier, que pour les sauver il a recours à cette méthode inouïe de juger du sens d'un livre par la connaissance particulière qu'on a des sentiments de l'auteur, et non pas des sentiments d'un auteur par les paroles de son livre. C'est à quoi aboutissent toutes les belles excuses de M. de Cambrai. Mais enfin ce sens rigoureux, comme il l'appelle, est celui qui avait frappé et scandalisé toute la chrétienté : et répondre si hautement que Mme Guyon n'y avait jamais pensé, c'est encore un coup vouloir juger de ses paroles par ses pensées, et non pas de ses pensées par ses paroles ; c'est ouvrir la porte aux équivoques les plus grossières et fournir des excuses aux plus mauvais livres.

14. Il est vrai que c'est là encore aujourd'hui la méthode de M. de Cambrai, qui veut qu'on devine ce qu'il a pensé dans son livre des *Maximes,* sans avoir daigné en dire un seul mot ; et il ne faut pas s'étonner qu'après avoir justifié Mme Guyon par une méthode aussi fausse que celle qu'on vient d'entendre, il la fasse encore servir à se justifier lui-même. Mais venons à ce qu'il ajoute sur la bienséance.

15. *Je l'ai connue : je n'ai pu ignorer ses écrits. J'ai dû m'assurer de ses sentiments, moi prêtre, moi précepteur des Princes, moi appliqué depuis ma jeunesse à une étude continuelle de la doctrine ; j'ai dû voir ce qui est évident. Il faut donc que j'aie du moins toléré l'évidence de ce système impie ? ce qui fait l'erreur, et qui me couvre d'une éternelle confusion. Tout notre commerce n'a même roulé que sur cette abominable spiritualité dont on prétend qu'elle a rempli ses livres, et qui est l'âme de tous ses discours. En reconnaissant toutes ces choses par mon approbation, je me rends infiniment plus inexcusable que Mme Guyon. Ce qui paraîtra du premier coup d'œil au lecteur, c'est qu'on m'a réduit à souscrire à la diffamation de mon amie, dont je n'ai pu ignorer le système monstrueux qui est évident dans ses ouvrages de mon propre aveu. Voilà ma sentence prononcée et signée par moi-même à la tête du livre de M. de Meaux, où ce système est étalé dans toutes ses horreurs. Je soutiens que ce coup de plume donné contre ma conscience par une lâche politique me rendrait à jamais infâme et indigne de mon ministère.*

16. *Voilà néanmoins ce que les personnes les plus sages et les*

*plus affectionnées pour moi ont souhaité et préparé de loin. C'est donc pour assurer ma réputation, qu'on veut que je signe que mon amie mérite d'être brûlée avec ses écrits, pour une spiritualité exécrable qui fait l'unique lien de notre amitié. Mais encore comment est-ce que je m'expliquerai là-dessus ? Sera-ce librement selon mes pensées, et dans un livre où je pourrai parler avec plus d'étendue ? Non : j'aurai l'air d'un homme muet et confondu : on tiendra ma plume : on me fera expliquer dans l'ouvrage d'autrui : par une simple approbation, j'avouerai que mon amie est évidemment un monstre sur la terre, et que le venin de ses écrits ne peut être sorti que de son cœur. Voilà ce que mes meilleurs amis ont pensé pour mon honneur. Si les plus cruels ennemis voulaient me dresser un piège pour me perdre, n'est-ce pas là précisément ce qu'ils me devraient demander ?*

17. Comment ne songe-t-il pas qu'au milieu de ses excuses, chacun lui répond secrètement : Non, votre amie ne méritait point d'être *brûlée avec ses livres,* puisqu'elle les condamnait. Votre amie n'était pas même *un monstre sur la terre ;* mais une femme ignorante, qui éblouie d'une spécieuse spiritualité, trompée par ses directeurs, applaudie par un homme de votre importance, a condamné son erreur, quand on a pris soin de l'instruire. Cet aveu ne pouvait qu'édifier l'Église et désabuser de ses livres ceux qu'ils avaient séduits : M. l'archevêque de Cambrai n'eût fait qu'approuver une conduite si juste; mais une crainte mal entendue de diffamer son amie, et *de se diffamer,* lui tenait trop au cœur. Ce qu'il appelle diffamer son amie, c'est d'entendre ses livres naturellement comme faisaient ses confrères : comme faisait tout le monde qui les condamnait. Il ne voulait pas faire sentir à ses amis qu'il leur avait mis en main un si mauvais livre. C'est là ce qu'il appelait *se diffamer :* et on s'étonnera à présent de lui voir faire tant de pas en arrière sans le vouloir avouer ? Il craint trop, non pas *de se diffamer,* mais d'avouer une faute. Ce n'est pas là se diffamer : c'est s'honorer, au contraire, et réparer sa réputation blessée. Etait-ce un si grand malheur d'avoir été trompé par une *amie*[1] ? M. l'archevêque de Cambrai sait bien encore aujourd'hui faire dire à Rome qu'à peine il connaît Mme Guyon. Quelle conduite ? à Rome il rougit de cette amie : en France où il n'ose dire qu'elle lui est inconnue, plutôt que de laisser flétrir ses livres, il en répond, et se rend garant de leur doctrine, quoique déjà condamnée par leur auteur.

18. Que dire donc ? que Mme Guyon a souscrit par force sa condamnation ? Est-ce une force de la souscrire dans un monastère, où elle s'était renfermée volontairement pour y être instruite[1] ? Est-ce une force de céder à l'autorité des évêques qu'on a choisis pour ses docteurs ? Mais pouvait-on condamner plus expressément ces mauvais livres, que de souscrire à leur juste et sévère censure ? C'était, dit-on, faire avouer à M. de Cambrai une tromperie trop forte. Quel remède ? il est constant par la commune déclaration de toute la chrétienté, et par la reconnaissance de Mme Guyon, que sa spiritualité est condamnable. Il est certain par l'aveu présent de M. de Cambrai, que *tout son commerce* avec Mme Guyon *roulait sur cette spiritualité* qu'elle avait elle-même condamnée, et qu'elle faisait *l'unique lien de cette amitié* tant vantée : quelle réponse à un aveu si formel ? que dire à ceux qui objecteront : ou ce commerce uni par un tel lien était connu, ou il ne l'était pas : s'il ne l'était pas, M. de Cambrai n'avait rien à craindre en approuvant le livre de M. de Meaux : s'il l'était, ce prélat n'en était que plus obligé à se déclarer; et il n'y avait à craindre que de se taire, ou de biaiser sur ce sujet.

19. M. l'archevêque de Cambrai semble avoir prévu cette objection, et c'est pourquoi il continue en cette sorte; car je n'omets aucune de ses paroles. *On ne manquera pas de dire que je dois aimer l'Eglise plus que mon amie et plus que moi-même : comme s'il s'agissait de l'Eglise dans une affaire où la doctrine est en sûreté, et où il ne s'agit plus que d'une femme que je veux bien laisser diffamer sans ressource, pourvu que je n'y prenne aucune part contre ma conscience. Oui, je brûlerais mon amie de ma propre main, et je me brûlerais moi-même avec joie, plutôt que de laisser l'Eglise en péril. C'est une pauvre femme captive, accablée de douleurs et d'opprobres : personne ne la défend ni ne l'excuse, et on a toujours peur.* Hé, bon Dieu, n'est-ce donc rien dans l'Eglise de flétrir un livre séduisant répandu par tout le royaume et au delà, surtout quand on a été pour peu que ce soit soupçonné de l'approuver ? N'est-ce rien encore un coup de remarquer, de mettre au jour, de réfuter les erreurs d'un tel livre ? C'est à quoi M. de Cambrai ne veut pas entendre. Pourquoi se séparer d'avec ses confrères, et ne montrer pas à toute l'Eglise le consentement de l'épiscopat contre un livre en effet si pernicieux ? *On a toujours peur,* dit

M. de Cambrai : on le voit bien : il voudrait qu'on fût à repos contre cette *pauvre captive* dont il déplore le sort, et qu'on laissât par pitié fortifier un parti qui ne s'étend déjà que trop. Que sert de dire : *Oui, je brûlerais mon amie de mes propres mains, je me brûlerais moi-même* ? Ceux qui brûlent tout de cette sorte, le font pour ne rien brûler : ce sont des zèles outrés où l'on va au delà du but pour passer par-dessus le point essentiel. Ne brûlez point de votre propre main Mme Guyon, vous seriez irrégulier : ne brûlez point une femme qui témoigne se reconnaître, à moins encore une fois, que vous soyez assuré que sa reconnaissance n'est pas sincère : ne vous brûlez pas vous-même : sauvez les personnes, condamnez l'erreur, proscrivez avec vos confrères les mauvais livres qui la répandent par toute la terre, et finissez une affaire qui trouble l'Eglise.

20. *Après tout*, poursuit M. de Cambrai, *lequel est le plus à propos ou que je réveille dans le monde le souvenir de ma liaison passée avec elle, et que je me reconnaisse ou le plus insensé de tous les hommes pour n'avoir pas vu des infamies évidentes, ou exécrable pour les avoir tolérées, ou bien que je garde jusqu'au bout un profond silence sur les écrits et sur la personne de Mme Guyon, comme un homme qui l'excuse intérieurement sur ce qu'elle n'a pas peut-être assez connu la valeur de chaque expression, ni la rigueur avec laquelle on examinerait le langage des mystiques dans la suite du temps sur l'expérience de l'abus que quelques hypocrites en ont fait : en vérité, lequel est le plus sage de ces deux partis ?*

21. Je n'ai qu'à remarquer en un mot *ce profond silence jusqu'au bout*, que M. de Cambrai promet ici : on verra bientôt les maux qu'un silence si déterminé cause à l'Eglise. Après cette remarque nécessaire au fait, continuons la lecture de l'écrit du Prélat.

22. *On ne cesse de dire tous les jours que les mystiques même les plus approuvés ont beaucoup exagéré ; on soutient même que saint Clément et plusieurs des principaux Pères ont parlé en des termes qui demandent beaucoup de correctifs. Pourquoi veut-on qu'une femme soit la seule qui n'ait pas pu exagérer ? pourquoi faut-il que tout ce qu'elle a dit tende à former un système qui fait frémir ? Si elle a pu exagérer innocemment, si j'ai connu à fond l'innocence de ses exagérations, si je sais ce qu'elle a voulu dire mieux que ses livres ne l'ont expliqué, si j'en suis convaincu par des preuves aussi décisives que les*

termes qu'on reprend dans ses livres sont équivoques, puis-je la diffamer contre ma conscience et me diffamer avec elle ? Ce prélat se déclare donc de plus en plus : les termes de Mme Guyon ne sont qu'équivoques : les évêques et le Pape même n'ont condamné ses livres, que parce qu'ils ne les ont pas bien entendus : nous voilà ramenés en sa faveur aux malheureuses chicanes de la question de fait et de droit : M. de Cambrai en est l'auteur, et il n'a plus que cette ressource pour défendre Mme Guyon contre ses confrères et contre Rome même.

23. Voici en cet état comme il triomphe, en disant sans interruption : *Qu'on observe de près toute ma conduite. A-t-il été question du fond de la doctrine ? J'ai d'abord dit à M. de Meaux que je signerais de mon sang les XXXIV Articles qu'il avait dressés, pourvu qu'il y expliquât certaines choses. M. l'archevêque de Paris pressa très fortement M. de Meaux sur ces choses qui lui parurent justes et nécessaires. M. de Meaux se rendit, et je n'hésitai pas un seul moment à signer. Maintenant qu'il s'agit de flétrir par contre-coup mon ministère avec ma personne, en flétrissant Mme Guyon avec ses écrits, on trouve en moi une résistance invincible. D'où vient cette différence de conduite ? Est-ce que j'ai été faible et timide quand j'ai signé les XXXIV propositions ? On en peut juger par ma fermeté présente. Est-ce que je refuse maintenant d'approuver le livre de M. de Meaux par entêtement et avec un esprit de cabale ? On en peut juger par ma facilité à signer les XXXIV propositions. Si j'étais entêté, je le serais bien plus du fond de la doctrine de Mme Guyon que de sa personne. Je ne pourrais même dans mon entêtement le plus ridicule et le plus dangereux, me soucier de sa personne qu'autant que je la croirais nécessaire pour l'avancement de la doctrine. Tout ceci est assez évident par la conduite que j'ai tenue. On l'a condamnée, renfermée, chargée d'ignominie*[1] : *je n'ai jamais dit un seul mot pour la justifier, pour l'excuser, pour adoucir son état*[2]. *Pour le fond de la doctrine, je n'ai cessé d'écrire, et de citer les auteurs approuvés de l'Eglise. Ceux qui ont vu notre discussion doivent avouer que M. de Meaux, qui voulait d'abord tout foudroyer, a été contraint d'admettre pied à pied des choses qu'il avait cent fois rejetées comme très mauvaises. Ce n'est donc pas de la personne de Mme Guyon dont j'ai été en peine et de ses écrits, c'est du fond de la doctrine des Saints, trop inconnue à la plupart des docteurs scolastiques.*

24. Dès que la doctrine a été sauvée sans épargner les erreurs

*de ceux qui sont dans l'illusion, j'ai vu tranquillement Mme Guyon captive et flétrie. Si je refuse maintenant d'approuver ce que M. de Meaux en dit, c'est que je ne veux ni achever de la déshonorer contre ma conscience, ni me déshonorer en lui imputant des blasphèmes qui retombent inévitablement sur moi.*

25. Voilà tout ce qui regarde les raisons de M. l'archevêque de Cambrai pour ne point approuver mon livre qu'il avait reçu pour cela. Il en résulte des faits de la dernière conséquence pour connaître parfaitement l'esprit où était d'abord ce prélat, et le changement arrivé dans sa conduite depuis qu'il a été archevêque. On entend ce que veulent dire ces airs foudroyants qu'il commence à me donner : cette ignorance profonde qu'il attribue à l'Ecole, dont il fait semblant maintenant de vouloir soutenir l'autorité ; ces divisions qu'il fait sonner si haut, sans qu'elles aient jamais eu le moindre fondement, entre M. de Châlons, qui fut obligé à me presser très fortement, et moi qui lui résistais et ne cédais qu'à la force. Ces faits et les autres sont de la dernière conséquence : que le sage lecteur s'en souvienne : mais afin de les mieux comprendre, achevons sans interruption la suite de l'écrit que nous lisons.

26. *Depuis que j'ai signé les XXXIV propositions, j'ai déclaré dans toutes les occasions qui s'en sont présentées naturellement que je les avais signées, et que je ne croyais pas qu'il fût jamais permis d'aller au delà de cette borne.*

27. *Ensuite j'ai montré à M. l'archevêque de Paris une explication très ample et très exacte de tout le système des voies intérieures, à la marge des XXXIV propositions. Ce Prélat n'y a pas remarqué la moindre erreur ni le moindre excès. M. Tronson, à qui j'ai montré aussi cet ouvrage, n'y a rien repris.* Remarquez en passant dans le fait, qu'il n'y a ici nulle mention de m'avoir communiqué ces explications, dont en effet je n'ai jamais entendu parler.

28. *Il y a environ six mois qu'une Carmélite du faubourg Saint-Jacques me demanda des éclaircissements sur cette matière. Aussitôt je lui écrivis une grande lettre que je fis examiner par M. de Meaux. Il me proposa seulement d'éviter un mot indifférent en lui-même, mais que ce prélat remarquait qu'on avait quelquefois mal employé*[1]. *Je l'ôtai aussitôt, et j'ajoutai encore des explications pleines de préservatifs qu'il ne demandait pas. Le faubourg Saint-Jacques, d'où est sortie la plus implacable critique des mystiques, n'a pas eu un seul mot à dire sur cette*

lettre. M. Pirot[1] a dit hautement qu'elle pouvait servir de règle assurée de la doctrine sur ces matières. *En effet j'y ai condamné toutes les erreurs qui ont alarmé quelques gens de bien dans ces derniers temps.* En passant, il s'en faut beaucoup : au reste il ne s'agit pas d'examiner une lettre particulière, dont le dernier état ne m'est connu que par un récit confus. Mais voici qui commence à devenir bien essentiel.

29. *Je ne trouve pourtant pas que ce soit assez pour dissiper tous les vains ombrages, et je crois qu'il est nécessaire que je me déclare d'une manière encore plus authentique. J'ai fait un ouvrage où j'explique à fond tout le système des voies intérieures ; où je marque d'une part tout ce qui est conforme à la foi et fondé sur la tradition des Saints, et de l'autre tout ce qui va plus loin et qui doit être censuré rigoureusement. Plus je suis dans la nécessité de refuser mon approbation au livre de M. de Meaux, plus il est capital que je me déclare en même temps d'une façon encore plus forte et plus précise. L'ouvrage est déjà tout prêt. On ne doit pas craindre que j'y contredise M. de Meaux. J'aimerais mieux mourir que de donner au public une scène si scandaleuse. Je ne parlerai de lui que pour le louer, et que pour me servir de ses paroles. Je sais parfaitement ses pensées, et je puis répondre qu'il sera content de mon ouvrage quand il le verra avec le public.*

30. *D'ailleurs je ne prétends pas le faire imprimer sans consulter personne. Je vais le confier dans le dernier secret à M. l'archevêque de Paris et à M. Tronson. Dès qu'ils auront achevé de le lire, je le donnerai suivant leurs corrections. Ils seront les juges de ma doctrine ; et on n'imprimera que ce qu'ils auront approuvé : ainsi on n'en doit pas être en peine. J'aurais la même confiance pour M. de Meaux, si je n'étais dans la nécessité de lui laisser ignorer un ouvrage dont il voudrait apparemment empêcher l'impression par rapport au sien.*

31. *J'exhorterai dans cet ouvrage tous les mystiques qui se sont trompés sur la doctrine, d'avouer leurs erreurs. J'ajouterai que ceux qui sans tomber dans aucune erreur se sont mal expliqués, sont obligés en conscience de condamner sans restriction leurs expressions, à ne s'en plus servir, à lever toute équivoque par une explication publique de leurs vrais sentiments. Peut-on aller plus loin pour réprimer l'erreur ?*

32. *Dieu seul sait à quel point je souffre, de faire souffrir en cette occasion la personne du monde pour qui j'ai le respect et l'attachement le plus constant et le plus sincère.*

33. C'est ainsi que finit le mémoire écrit de la main de M. l'archevêque de Cambrai. On entend bien qui est la personne qu'il est si fâché de faire souffrir, et quel était le sujet de cette souffrance : tous les véritables amis de M. de Cambrai souffraient en effet de le voir si prodigieusement attaché à la défense de ce livre, qu'il aimait mieux se séparer d'avec ses confrères qui le condamnaient, que de s'y unir par une commune approbation de mon livre, à laquelle il vient encore de déclarer dans ce mémoire qu'il ne trouvait que le seul obstacle d'improuver les livres de Mme Guyon : mais laissons ces réflexions, et venons aux faits essentiels qui sont contenus dans ce mémoire.

## V<sup>e</sup> SECTION

### FAITS CONTENUS DANS CE MÉMOIRE

1. Commençons par les derniers, pendant qu'on en a la mémoire fraîche. Il y en a deux bien importants, dont l'un est que l'on me cachait les explications qu'on mettait à la marge des XXXIV propositions, pour les montrer seulement à M. l'archevêque de Paris et à M. Tronson. On commençait donc dès lors à commenter sur les articles connus : on les tournait, on les expliquait à sa mode, on se cachait de moi : pourquoi[1] ? n'était qu'on sentait dans sa conscience qu'on sortait de nos premiers sentiments ? On dira que M. de Paris et M. Tronson l'auraient senti comme moi : qui en doute ? aussi ont-ils fait; et M. de Paris l'a bien montré[2] : mais enfin chacun a ses yeux et sa conscience : on s'aide les uns aux autres : pourquoi me séparer d'avec ces messieurs, puisque nous avions eux et moi dressé ces articles avec la parfaite unanimité qu'on a vue ? pourquoi ne se cacher qu'à celui à qui avant que d'être archevêque, et dans le temps de l'examen des Articles, on se remettait de tout *comme à Dieu, sans discussion, comme un enfant, comme un écolier*[3] ? Ce n'est pas pour mon avantage que je relève ces mots; c'est pour montrer la louable disposition d'humilité et d'obéissance où Dieu mettait alors M. de Cambrai. Qu'était-il arrivé depuis, qui changeât sa réso-

lution ? est-ce à cause que je l'avais sacré ? est-ce à cause que non content de me choisir pour ce ministère, plein encore et plus que jamais des sentiments que Dieu lui avait donnés pour moi quoiqu'indigne, il renouvelait la protestation de n'avoir jamais d'autres sentiments que les miens, dont il connaissait la pureté ? Cependant c'est après avoir signé les Articles, qu'il en donne à mon insu *une ample explication* à M. l'archevêque de Paris et à M. Tronson[1]. Quant à moi, j'en serais très content : mais quant à M. de Cambrai, voulait-il détacher et désunir les frères et les unanimes, qui avaient travaillé ensemble avec un concert si parfait et si ecclésiastique ? S'il le voulait, quelle conduite ! s'il ne le voulait pas, pourquoi se cacher de moi, qui ne respirais que l'unité et la concorde ? Etais-je devenu tout à coup difficile, capricieux et impraticable ? Il valait bien mieux me communiquer ce qu'on traitait avec les compagnons inséparables de mon travail, qu'une lettre à une Carmélite, qui ne fait rien à nos questions, puisqu'on lui parlait plutôt par rapport à son instruction particulière que par rapport à l'état en général. Mais, quoi ? on veut étaler un reste de confiance pour un homme qui la méritait toute entière, pendant qu'on lui cache l'essentiel, et que, pour avoir moins de témoins des variations qu'il méditait, M. l'archevêque de Cambrai travaille secrètement à le détacher d'avec ceux avec qui Dieu l'avait associé dans ce travail.

2. *J'ai fait un ouvrage où j'explique à fond tout le système des voies intérieures ; l'ouvrage est déjà tout prêt : on ne doit pas craindre que j'y contredise M. de Meaux : j'aimerais mieux mourir que de donner au public une scène si scandaleuse*[2]. Sans mourir, pour éviter ce scandale il n'y avait qu'à me communiquer ce nouvel ouvrage, comme on avait communiqué tous les autres, comme j'avais communiqué celui que je méditais. Je prends ici à témoin le ciel et la terre, que de l'aveu de M. de Cambrai, je n'ai rien su de ce qu'il tramait, et que j'ai les mains pures des scandaleuses divisions qui sont arrivées.

3. *Je ne parlerai de M. de Meaux que pour le louer et pour me servir de ses paroles*[3]. Qui pense-t-on amuser par ce discours ambigu ? Que font de vagues louanges dans un livre de doctrine ? Ne se sert-on pas tous les jours des paroles d'un auteur contre lui-même et pour le combattre ? Ainsi M. de Cambrai ne rassurait pas le monde contre les

dissensions qu'on avait à craindre de son livre, et encore un coup j'en suis innocent.

4. *Je sais parfaitement les pensées de M. de Meaux, et je puis répondre qu'il sera content de mon ouvrage quand il le verra avec le public.* Quoi, il sait si bien mes pensées qu'il ne daigne pas me les demander ? *Je serai content : il en répond,* pourvu que je voie son livre, avec tout le monde. Est-ce qu'il croyait entraîner le public, et par cette autorité m'entraîner moi-même ? me faire accroire que dans les articles d'Issy, j'avais pensé tout ce qu'il voulait, ou bien qu'assuré, si je l'ose dire, de mon esprit pacifique, il croyait que je laisserais tout passer ? Ne songeait-il pas que la discrétion, la patience, la condescendance, surtout dans les matières de la foi, ont des bornes au delà desquelles il ne faut pas les pousser ? On avait un moyen sûr contre un si grand mal, qui était de concerter, de s'entendre, comme j'en donnais l'exemple : on a évité une voie si douce et si naturelle : on a cru qu'on entraînerait le public ; et loin de se laisser entraîner, on a vu un soulèvement si universel[1], qu'à peine s'en trouvera-t-il un pareil exemple. C'est ainsi que Dieu déroute les hommes lorsqu'on néglige les moyens certains et simples qu'on a en main, et qu'on se fie à son éloquence.

5. *Je ne prétends pas faire imprimer cet ouvrage sans consulter personne*[2]. On promet de consulter M. l'archevêque de Paris et M. Tronson, et de n'imprimer que ce qu'ils auront approuvé. *J'aurais,* dit-on, *la même confiance pour M. de Meaux, si je n'étais dans la nécessité de lui laisser ignorer un ouvrage dont il voudrait apparemment empêcher l'impression par rapport au sien.* Pourquoi la voudrais-je empêcher ? Est-ce qu'il sentait en sa conscience, que voulant tourner les Articles comme il a fait, nos deux livres seraient contraires, et qu'il raisonnait sur des principes opposés à ceux dont nous étions convenus ? C'est ce qu'il fallait prévenir. C'est peut-être par la jalousie de primer que je voudrais *apparemment* empêcher son livre de paraître ? quelle marque avais-je donnée d'une si basse disposition ? Pourquoi vouloir en soupçonner son confrère, son ami, son consécrateur, à qui on ne peut reprocher que trop de prévention pour sa docilité ? Si j'étais assez déraisonnable pour montrer une si honteuse jalousie, et pour faire de vains procès à M. de Cambrai, M. de Paris et M. Tronson ne m'auraient-ils pas confondu ? et parce qu'*apparemment*

je contredirais, sur cette conjecture, sur cette apparence, on hasarde effectivement le plus grand scandale qu'on pût exciter dans l'Eglise.

6. Mais d'où vient ce changement de conduite ? Celui à qui on défère tout durant la discussion des matières, celui dont on attend le jugement, même seul, avec un abandon dont je n'ai point abusé : en un mot, celui à qui seul on voulait tout rapporter sans discussion et sans réserve, est aujourd'hui le seul de qui on se cache. Pourquoi ? Il ne m'en est rien arrivé de nouveau depuis que M. de Cambrai est archevêque[1] : je n'ai fait que lui donner une nouvelle marque de confiance en lui demandant son approbation et en soumettant mon livre à son examen : mais il lui est arrivé qu'élevé à cette sublime dignité, il a voulu tourner à ses fins cachées les articles qu'il avait signés, et il a fallu depuis oublier ce qu'il avait promis à celui des arbitres qu'il avait choisis, à qui il avait montré plus de soumission.

7. Il s'est encore trompé dans cette pensée aussi bien que dans celle d'imposer au public; M. de Paris lui a refusé toute approbation : il a donné son approbation à mon livre. On a vainement tenté de désunir ce que Dieu, je l'oserai dire, avait uni, par la foi commune et par l'esprit de la tradition que nous avions cherché ensemble dans les mêmes sources. Il est vrai que M. Tronson demeure d'accord de n'avoir point obligé M. de Cambrai à me donner son approbation : mais enfin, tout dépend de l'exposé : M. de Cambrai exposait qu'il ne pouvait approuver mon livre sans trahir ses sentiments : lui répondre sur cet exposé, qu'il ne doit pas approuver, c'est la même chose que de conseiller à quelqu'un de ne pas signer la confession de la foi tant qu'il n'en est pas persuadé. C'est précisément ce que M. Tronson m'a fait dire : c'est ce qu'il m'a dit lui-même; il a dit encore à plusieurs personnes et à moi-même en présence d'irréprochables témoins, qu'il croyait M. de Cambrai obligé en conscience de condamner les livres de Mme Guyon, et d'abandonner son propre livre : enfin tout était fini s'il avait voulu passer par son avis : la preuve de ce fait serait aisée, mais il vaut mieux ne s'attacher qu'à ce qui décide.

8. On voit maintenant une des raisons pourquoi M. de Cambrai, qui toujours conféra avec M. de Paris et

M. de Chartres, a refusé constamment de conférer avec moi. Il paraît déjà par cet écrit qu'avant même la publication de son livre il ne songeait qu'à nous détacher : mais la vérité est plus forte que les finesses des hommes, et on ne peut séparer ceux qu'elle unit[1].

9. *J'exhorterai les mystiques qui se sont trompés,* continue M. de Cambrai[2], *d'avouer leurs erreurs : et ceux qui se sont mal expliqués de condamner sans restriction leurs expressions : peut-on aller plus loin pour réprimer l'erreur ?* Qui doute qu'on ne le puisse et qu'on ne le doive ? Quand on a autorisé un mauvais livre, un livre non seulement suspect partout, mais encore déjà condamné à Rome et ailleurs : quand on *l'a laissé estimer à des personnes illustres,* et qu'on s'est servi de la confiance qu'on avait en nous pour autoriser ce livre, encore qu'on ne pût le justifier que par un recours à de secrètes explications que ceux à qui on le recommande ne devaient ni ne pouvaient deviner : quand on allègue pour toute excuse, qu'on ne peut excuser ce livre, qu'à cause qu'on l'explique mieux qu'il ne s'explique lui-même : est-ce assez d'exhorter en général les auteurs, s'ils ont failli, à se reconnaître, et s'ils ont parlé ambigument, à s'expliquer ? Non sans doute, ce n'est pas assez : ce n'est là qu'une illusion : c'en est une de proposer de faire écrire une femme qui ne devait jamais avoir écrit, et à qui on a imposé un éternel silence : il faut se disculper soi-même envers le public, et ne pas prendre de vains prétextes pour s'en excuser.

10. Il est si profondément attaché à soutenir la doctrine de cette femme, qu'il avoue non seulement qu'elle est son amie, mais encore que tout son commerce et toute sa liaison avec elle était uniquement fondé sur la spiritualité qu'elle professait[3].

11. Il est, dis-je, encore aujourd'hui si attaché aux livres de Mme Guyon improuvés par tant de censures, qu'il affecte d'en excuser les erreurs comme un langage mystique, comme des exagérations qu'il ose même soutenir par celles de quelques mystiques, et même de quelques Pères[4], sans songer que ce qu'on reprend dans cette femme n'est pas seulement quelques exagérations, ce qui peut arriver innocemment, mais d'avoir enchéri par principes sur tous les mystiques vrais ou faux, jusqu'à outrer le livre de Molinos même.

12. Cependant encore un coup, il demeure si fort

attaché à ces mauvais livres, qu'il vient encore de déclarer dans ce mémoire, qu'il poussera sur ce sujet *le silence jusqu'au bout*. Il le pousse en effet jusqu'au bout, puisqu'aujourd'hui même, malgré tout le péril où il est pour avoir voulu excuser ces livres, on ne lui en peut encore arracher une claire condamnation.

13. Pour achever ces réflexions sur les faits constants, il faut encore observer la prodigieuse différence de ce qui se passait effectivement entre nous sur la signature des articles, et de ce qu'en raconte M. de Cambrai. Si je dis qu'il offrait de souscrire à tout dans le moment sans rien examiner, et par une entière et absolue obéissance, je ne ferai que répéter ce qu'on a vu dans toutes ses lettres : mais si je lis ce qu'il y a dans son mémoire, c'est tout le contraire ; c'est lui qui nous enseignait, c'est lui qui nous imposait les conditions de la signature : j'étais un homme dur et difficile, qu'il fallait que M. de Paris, alors M. de Châlons, *pressât très fortement* pour me faire revenir aux sentiments de M. de Cambrai. Je ne refusai jamais d'être enseigné d'aucun des moindres de l'Eglise, à plus forte raison des grands prélats : mais pour cette fois et dans cette affaire, je répète, et Dieu le sait, qu'il n'y eut jamais entre M. de Châlons et moi la moindre difficulté : nous avions dressé les articles tout d'une voix, sans aucune ombre de contestation, et nous rejetâmes tout d'une voix les subtiles interprétations de M. l'archevêque de Cambrai, qui tendaient à rendre inutiles toutes nos résolutions.

14. *Pour le fond de la doctrine,* dit-il, *je n'ai cessé d'écrire et d'écouter les auteurs approuvés de l'Eglise*[1]. A quel propos ce discours ? La question était de les bien entendre. Qu'est-ce que M. de Cambrai soumettait à notre jugement, si ce n'était l'interprétation qu'il y donnait ? Mais à présent c'est tout autre chose : c'est lui qui nous enseigne la tradition : donnons gloire à Dieu si cela est ; mais était-ce nous qui demandions des arbitres de notre doctrine ? qui ne demandions qu'une décision pour nous y soumettre, sans nous réserver seulement la moindre réplique[2] ? qui pressions avec tant d'instance qu'on nous prît au mot sur cette offre, et qu'on mît notre docilité à cette épreuve ? Qu'est-il arrivé depuis que M. de Cambrai écrivait ces choses, si ce n'est que, devenu archevêque de Cambrai, il n'a plus voulu s'astreindre à la doctrine qu'il avait souscrite volontairement, qu'il a voulu varier, et qu'enfin il a

oublié la soumission que Dieu lui avait mise dans le cœur.

15. *Ceux qui ont vu notre discussion doivent avouer,* poursuit-il, *que M. de Meaux, qui voulait d'abord tout foudroyer, a été contraint d'admettre pied à pied des choses qu'il avait cent fois rejetées comme très mauvaises*[1]. C'était donc moi qui enseignais une mauvaise doctrine : c'était à moi qu'il fallait donner des arbitres : M. de Cambrai, qui ne parlait que de soumission à nos sentiments, était en effet celui qui nous enseignait : M. de Meaux voulait *tout foudroyer :* mais s'il était à la fois si fulminant et si injuste dans le temps de la discussion, pourquoi attendiez-vous sa décision pour vous y soumettre ? pourquoi la demandiez-vous avec tant d'instance ? pourquoi vouliez-vous écouter en lui non pas un docteur que vous daigniez appeler très grand, mais Dieu même[2] ? Etait-ce là des paroles sérieuses, ou des flatteries et des dérisions ? était-ce des coups de foudre que vous respectiez, et un homme qui foudroyait tout à tort ou à droit, que vous preniez pour votre juge, que vous écoutiez comme Dieu même ?

16. Relisons encore une fois les mêmes mots : *Ceux qui ont vu notre discussion doivent avouer que M. de Meaux, qui voulait tout foudroyer, était contraint pied à pied d'admettre ce qu'il rejetait.* Mais qui a vu cette discussion ? quel autre que nous y était admis ? par quel témoin me prouvera-t-on que j'ai tant varié ? Mais si j'avais à revenir de tant de choses, M. de Cambrai n'avait-il à revenir de rien ? Pour moi je produis ses lettres et un mémoire écrit de sa main. Avouons qu'il fait deux personnages bien contraires : lisons les lettres qu'il écrivait durant la discussion ; il ne demandait qu'un jugement après lequel il n'offrait dès le premier mot que rétractation, que de tout quitter. Lisons le mémoire qu'il fait après sur la même discussion ; non seulement M. de Cambrai n'a aucun sentiment dont il ait eu à revenir : mais c'était à lui que nous revenions, et nous ne faisions que foudroyer à droite et à gauche sans discernement.

17. *Ce n'était pas,* dit-il, *la personne de Mme Guyon dont j'ai été en peine et de ses écrits, mais du fond de la doctrine des saints trop inconnue à la plupart des scolastiques*[3]. Nous étions donc ces *scolastiques,* à qui *la doctrine des saints était si inconnue,* et c'était M. de Cambrai qui nous l'enseignait. Pendant la discussion, il se portait pour dis-

ciple : depuis que dans un degré supérieur il veut proposer de nouvelles règles par ses explications, il se repent d'avoir été si soumis, et il parle comme ayant été l'arbitre de tout[1].

18. Nous ne sommes pas infaillibles : sans doute; mais encore faudrait-il nous montrer en quoi nous avions besoin d'être instruits ? quelles erreurs enseignions-nous ? avions-nous contesté quelque partie de la doctrine des saints ? demandions-nous des docteurs et des arbitres ? Gardons-nous bien de nous glorifier, si ce n'est en Notre-Seigneur : ne parlons pas de la déférence qu'on se doit les uns aux autres ; un disciple de Jésus-Christ fait gloire d'apprendre tous les jours et de tout le monde; mais encore ne faut-il pas oublier le personnage que nous faisons, M. de Châlons, M. Tronson et moi : sans doute on nous regardait comme des gens d'une sûre et irréprochable doctrine, à qui on voulait tout déférer sur les mystères de l'oraison et du pur amour, c'est-à-dire sur des points très essentiels de la foi : M. de Cambrai lui-même nous proposait, nous recevait, nous regardait comme tels, et tout d'un coup nous ne sommes plus que des docteurs à qui, comme à la plupart des scolastiques, la doctrine des saints est profondément *inconnue*.

19. Mais en même temps que M. de Cambrai s'attribue tant d'autorité et tant de lumière, Dieu permet qu'il nous découvre ses incertitudes : maintenant il ne vante que l'Ecole : il ne nous accuse que d'être opposés aux docteurs scolastiques; mais alors il ne s'agissait que de nous apprendre la doctrine des saints *inconnue et très inconnue,* non à quelques-uns seulement, ou au petit nombre, mais à la plupart des docteurs de l'Ecole.

20. *Ce n'est pas la personne de Mme Guyon dont j'ai été en peine et de ses écrits.* De quoi donc s'agissait-il alors ? qu'est-ce qui avait introduit notre question ? pourquoi avait-on choisi et demandé des arbitres auxquels on soumettait tout ? n'était-ce pas pour juger de l'oraison et des livres de Mme Guyon ? veut-on toujours oublier et perdre de vue le point précis de la dispute ? M. de Cambrai n'avait encore rien mis au jour sur cette matière : ce n'était pas lui qu'on accusait; c'était Mme Guyon et ses livres : pourquoi se mêlait-il si avant dans cette affaire ? qui l'y avait appelé, si ce n'est sa propre conscience qui lui faisait sentir que si l'on condamnait les livres de Mme Guyon qu'il

avait tant recommandés, il demeurait condamné lui-même ? pourquoi composait-il tant d'écrits ? était-ce ou pour accuser, ou pour excuser et pour défendre ces livres ? C'était donc là notre question, et cependant à entendre présentement M. de Cambrai, ce n'est pas de quoi il était en peine; c'était du fond de la *doctrine des saints*. Quoi ? de la doctrine des saints en général, ou par rapport à ces livres si fortement accusés ? On nous voulait donc enseigner que ces livres étaient conformes à la doctrine des saints, et que si on les accusait, c'était à cause que les docteurs de l'Ecole pour la plupart ignoraient cette doctrine que Mme Guyon venait de leur apprendre ?

21. Disons la vérité comme elle résulte des faits et des écrits qu'on vient d'entendre. Pendant qu'elle écrivait devant nous comme la partie accusée, M. l'abbé de Fénelon écrivait aussi autant qu'elle, ou comme son avocat, ou comme son interprète : quoi qu'il en soit, pour empêcher sa condamnation, il ne s'agissait pas de la personne qui parlait toujours comme soumise : il s'agissait des livres et de la doctrine; c'était donc les livres qu'il voulait défendre, et il n'avait point d'autre titre pour entrer dans cette cause : ce qu'il avait commencé étant simplement M. l'abbé de Fénelon, il l'a continué *comme nommé à l'archevêché de Cambrai ;* c'est sous ce titre qu'il souscrit aux XXXIV propositions[1] : il a persisté à soumettre tout aux arbitres qu'il avait choisis, et auxquels aussi il envoyait tous ses écrits : il recevait ce mouvement comme un mouvement venu de Dieu qu'il poussa jusqu'à son sacre : si après il oublie tout, qu'avons-nous à dire ? qu'il dissimulait ? ou bien qu'étant tout ce qu'il pouvait être[2], il est entré dans d'autres desseins, et l'a pris d'un autre ton ?

22. Il fait de merveilleux raisonnements sur sa conduite: *Qu'on observe, dit-il, toute ma conduite, est-ce que j'ai été faible et timide quand j'ai signé les XXXIV propositions ? on en peut juger par ma fermeté présente ; est-ce que je refuse par entêtement et avec un esprit de cabale d'approuver le livre de M. de Meaux ? on en peut juger par ma facilité à signer les XXXIV propositions.* A quoi servent les raisonnements quand les faits parlent ? Ces faits montrent une règle et une raison plus simple et plus naturelle pour juger des changements de conduite : c'est en un mot d'être archevêque ou ne l'être pas; d'avoir des mesures à garder

avant que de l'être, et de n'en garder plus quand l'affaire est consommée.

23. Il nous fait valoir sa facilité *à laisser condamner, renfermer, charger d'opprobres Mme Guyon, sans jamais dire un seul mot pour la justifier, pour l'excuser, pour adoucir son état*. Il ne faut pas encore ici beaucoup raisonner : c'est naturellement et simplement que Mme Guyon, par sa mauvaise doctrine et par sa conduite inconsidérée, sans qu'alors on l'approfondît davantage, était devenue si ridicule et si odieuse, que la prudence et les précautions de M. l'abbé de Fénelon, même depuis qu'il fut nommé archevêque de Cambrai, ne lui permettaient pas de se commettre inutilement; que dis-je, de se commettre? de se décrier sans retour pour la soutenir, et qu'il n'y avait de ressource à qui voulait la défendre, que dans les voies indirectes.

24. C'est ainsi qu'il nous paraissait par tous ses écrits qu'il avait secrètement entrepris de la défendre : c'est ainsi qu'il la défend encore aujourd'hui en soutenant le livre des *Maximes des Saints* : il pose maintenant comme alors tous les principes pour la soutenir : si voyant qu'il est éclairé, il enveloppe sa doctrine; s'il la mitige dans quelques endroits, la manière de l'enseigner n'en est que plus dangereuse. Enfin nous ne pouvions l'excuser alors que par l'extrême soumission dont nous avons été contraint de donner les preuves par ses lettres; et nous n'avons perdu cette espérance que par l'édition de son livre, dont il faut maintenant parler.


## VIe SECTION

### L'HISTOIRE DU LIVRE

1. Ce livre qui devait être si bien concerté avec M. de Paris et M. Tronson (car pour moi, je n'étais plus que celui qu'on ne voulait pas écouter) : ce livre, dis-je, où l'on s'était engagé, comme on a vu, à ne rien mettre qui ne fût bien corrigé et approuvé d'eux, parut enfin tout à coup au mois de Février de 1697[1], sans aucune marque d'une approbation si nécessaire. M. l'archevêque de Paris explique lui-même à M. l'archevêque de Cam-

brai, comme ce livre avait paru contre son avis, contre la parole formelle que M. de Cambrai lui avait donnée[1]. Pour moi, qui me restreins sur cela uniquement à ce qui est public, j'observerai seulement que ne pas voir l'approbation de M. l'archevêque de Paris à la tête de ce livre, c'était en voir le refus, puisqu'après les engagements que M. de Cambrai avait pris, il ne pouvait pas ne l'avoir pas demandée : ne parlons donc plus de la mienne qui n'était pas moins nécessaire, puisque j'étais l'un des deux prélats dont on promettait d'expliquer les principes. Il ne faut point perdre de vue cette promesse authentique dans l'avertissement de M. l'archevêque de Cambrai. On vit donc alors un livre qui devait décider des matières si délicates ; démêler si exactement le vrai et le faux ; lever toutes les équivoques, et réduire les expressions à toute la rigueur du langage théologique ; par ce moyen servir de règle à toute la spiritualité : on vit, dis-je, paraître ce livre sans aucune approbation, pas même de ceux dont elle était le plus nécessaire, et de ceux dont on avait promis de la prendre.

2. Il ne sert de rien de répondre que M. de Cambrai avait bien promis de ne rien dire que M. de Paris n'approuvât, mais non pas de prendre son approbation par écrit, car ce n'est pas la coutume de prouver une approbation par un fait en l'air : on doit la montrer écrite et signée, surtout quand celui de qui on la prend est intéressé dans la cause, comme M. l'archevêque de Paris l'était manifestement dans le nouveau livre, où encore un coup l'on promettait dans la préface du livre qu'on expliquerait sa doctrine.

3. Ainsi M. de Cambrai hasardait tout : *lui qui aimait mieux mourir que de donner au public une scène aussi scandaleuse que celle de me contredire,* s'expose encore à donner celle de contredire M. l'archevêque de Paris, et de mettre toute l'Eglise en combustion. Il a mieux aimé s'y exposer et l'exécuter en effet, que de convenir avec ses amis, avec ses confrères, pour ne plus dire avec ceux qu'il avait choisis pour arbitres de sa doctrine. Pendant que nous offrions de notre côté de tout concerter avec lui, que nous le faisions en effet, que nous mettions en ses mains nos compositions, il a rompu toute union : tant il était empressé de donner la loi dans l'Eglise, et de fournir des excuses à Mme Guyon ; et il ne veut pas qu'on lui dise

qu'il est la seule cause de la division dans l'épiscopat, et du scandale de la chrétienté!

4. Il voudrait qu'on oubliât combien fut prompt et universel le soulèvement contre son livre : la ville, la Cour, la Sorbonne, les communautés, les savants, les ignorants, les hommes, les femmes, tous les ordres sans exception furent indignés, non pas du procédé, que peu savaient et que personne ne savait à fond ; mais de l'audace d'une décision si ambitieuse, du raffinement des expressions, de la nouveauté inouïe, de l'entière inutilité et de l'ambiguïté de la doctrine. Ce fut alors que le cri public fit venir aux oreilles sacrées du Roi ce que nous avions si soigneusement ménagé : il apprit par cent bouches que Mme Guyon avait trouvé un défenseur dans sa Cour, dans sa maison, auprès des Princes ses enfants : avec quel déplaisir, on le peut juger de la piété et de la sagesse de ce grand Prince. Nous parlâmes les derniers : chacun sait les justes reproches que nous essuyâmes de la bouche d'un si bon maître, pour ne lui avoir pas découvert ce que nous savions : de quoi ne chargeait-il pas notre conscience ? Cependant M. de Cambrai dans un soulèvement si universel ne se plaignait que de nous ; et pendant que nous étions obligés à nous excuser de l'avoir trop utilement servi, et qu'il fallut enfin demander pardon de notre silence qui l'avait sauvé, il faisait et méditait contre nous les accusations les plus étranges.

5. J'avais seul soulevé le monde : Quoi ? ma cabale ? mes émissaires ? l'oserai-je dire ? je le puis avec confiance et à la face du soleil ; le plus simple de tous les hommes, je veux dire le plus incapable de toute finesse et de toute dissimulation, qui n'ai jamais trouvé de créance que parce que j'ai toujours marché dans la créance commune : tout à coup j'ai conçu le hardi dessein de perdre par mon seul crédit M. l'archevêque de Cambrai, que jusques alors j'avais toujours voulu sauver à mes risques. Ce n'est rien : j'ai remué seul par d'imperceptibles ressorts, d'un coin de mon cabinet, parmi mes papiers et mes livres, toute la Cour, tout Paris, tout le royaume : car tout prenait feu : toute l'Europe et Rome même, où l'étonnement universel, pour ne rien dire de plus, fut porté aussi vite que les nouvelles publiques : ce que les puissances les plus accréditées, les plus absolues ne sau-

raient accomplir, et n'oseraient entreprendre, qui est de faire concourir les hommes comme en un instant dans les mêmes pensées, seul je l'ai fait sans me remuer.

6. Cependant je n'écrivais rien : mon livre, qu'on achevait d'imprimer quand celui de M. de Cambrai parut, demeura encore trois semaines sous la presse; et quand je le publiai, on y trouva bien à la vérité des principes contraires à ceux des *Maximes des Saints* (il ne se pouvait autrement, puisque nous prenions des routes si différentes, et que je ne songeais qu'à établir les Articles que M. de Cambrai voulait éluder), mais pas un seul mot tourné contre ce prélat.

7. Je ne dirai de mon livre qu'un seul fait public et constant : il passa sans qu'il y parût de contradiction. Je n'en tire aucun avantage; c'est que j'enseignais la théologie de toute l'Eglise : l'approbation de M. de Paris et celle de M. de Chartres y ajoutaient l'autorité que donne naturellement dans les matières de la foi, le saint concours des évêques. Le Pape même me fit l'honneur de m'écrire sur ce livre que j'avais mis à ses pieds sacrés, et daigna spécifier dans son bref, que *ce volume avait beaucoup augmenté la bonne volonté dont il m'honorait :* on peut voir ce bref dans ma seconde édition; on peut voir aussi dans le bref à M. de Cambrai, s'il y a un mot de son livre : cette différence ne regarde pas ma personne : c'est un avantage de la doctrine que j'enseignais qui est connue par toute la terre, et que la chaire de saint Pierre autorise et favorise toujours.

8. Les affaires parurent ensuite se brouiller un peu. C'est la conduite ordinaire de Dieu contre les erreurs. Il arrive à leur naissance au premier abord une éclatante déclaration de la foi. C'est comme le premier coup de l'ancienne tradition qui repousse la nouveauté qu'on veut introduire : l'on voit suivre après comme un second temps que j'appelle de tentation : les cabales, les factions se remuent; les passions, les intérêts partagent le monde : de grands corps, de grandes puissances s'émeuvent : l'éloquence éblouit les simples; la dialectique leur tend des lacets; une métaphysique outrée jette les esprits en des pays inconnus; plusieurs ne savent plus ce qu'ils croient, et tenant tout dans l'indifférence, sans entendre, sans discerner, ils prennent parti par humeur. Voilà ces temps que j'appelle de tentation, si l'on veut d'obscurcissement :

on doit attendre avec foi le dernier temps où la vérité triomphe et prend manifestement le dessus.

9. La première chose qui parut à l'ouverture du livre de M. l'archevêque de Cambrai, fut une manifeste affectation d'excuser les mystiques nouvellement condamnés, en les retranchant jusqu'à trois fois de la liste des faux spirituels[1]. On reconnaît ici celui qui avait promis *de pousser le silence jusqu'au bout* sur le sujet de Mme Guyon. On a montré ailleurs que le *Moyen court* de cette femme n'était autre chose qu'une explication plus expresse de la *Guide* de Molinos, principalement sur l'indifférence du salut[2]; et qu'on avait même affecté de transcrire dans ce livret les mêmes passages dont Molinos dans sa *Guide* faisait son appui : entre autres une lettre du Père Falconi qui a été censurée à Rome[3]. Ainsi pour sauver Mme Guyon, il fallait sauver Molinos; et c'est pourquoi M. de Cambrai l'avait épargné dans les *Maximes des Saints*. Il est vrai qu'il n'osa se dispenser de condamner nommément cet hérésiarque dans sa lettre au Pape. Mais il n'y parla que des LXVIII propositions de ce malheureux, et affecta de se taire sur la *Guide,* qui était l'original du nouveau quiétisme et du *Moyen court*. Pour ce dernier livre, bien éloigné de le condamner, il l'excusait dans la même lettre, en comprenant son auteur parmi les mystiques, *qui*, dit-il, *portant le mystère de la foi dans une conscience pure, avaient favorisé l'erreur par un excès de piété affectueuse, par le défaut de précaution sur le choix des termes, et par une ignorance pardonnable des principes de la théologie*[4]. Il ajoute que ce fut là le sujet du zèle de quelques évêques, et des XXXIV propositions, quoique ces propositions et ces censures n'aient jamais eu pour objet que Mme Guyon et Molinos. Voilà les prétendues exagérations, les prétendues équivoques, en un mot le prétendu langage mystique qu'on a vu qu'il préparait pour refuge à cette femme; et il présentait cette excuse au Pape même, pour en tirer ses avantages, si on eût voulu la recevoir.

10. On voit pour le *Moyen court* et les autres livres de Mme Guyon le même esprit d'indulgence, lorsque parlant des censures de quelques évêques *contre certains petits livrets*[5], dont il n'osait se taire tout à fait devant le Pape, il réduit ces mêmes censures *à quelques endroits, qui, pris dans le sens qui se présente naturellement, méritent d'être condamnés*[6]. Il semblerait par là les condamner, si l'on ne se souvenait

du sens particulier qu'il a voulu trouver dans les mêmes livres, malgré leurs propres paroles, ne les jugeant condamnables que dans un sens rigoureux, qu'il assure que leur auteur n'a jamais eu dans l'esprit ; par où l'on ne sent que trop qu'il se réservait de les excuser par ce sens particulier qu'il veut trouver dans le livre malgré les paroles du livre même.

11. Cependant, quelque peu qu'il en ait dit, il a tant de peur qu'on ne croie qu'il ait passé condamnation sur les livres de Mme Guyon, en parlant dans sa lettre au Pape des évêques qui l'ont censurée, qu'il explique dans sa *Réponse à la Déclaration,* qu'*il ne s'appuie en rien sur leurs censures, auxquelles il n'a jamais pris aucune part ni directe ni indirecte* : paroles choisies pour montrer qu'il était bien éloigné de les approuver.

12. Ce qu'il répond sur l'omission affectée de Molinos et de Mme Guyon n'est pas moins étrange : *Prétend-on,* dit-il, *sérieusement, que je veuille défendre ou excuser Molinos, pendant que je déteste dans tout mon livre toutes les erreurs des LXVIII propositions qui l'ont fait condamner*[1] ? Oui, sans doute, on le prétend sérieusement puisque même ces paroles confirment l'affectation perpétuelle de supprimer la *Guide* de cet auteur, et de s'arrêter seulement aux LXVIII propositions, comme si elles faisaient le seul sujet de la condamnation du Saint-Siège sans que ce livre y soit compris.

13. *Pour la personne,* ajoute-t-il, *dont les prélats ont censuré les livres, j'ai déjà rendu compte au Pape, mon supérieur, de ce que je pense là-dessus.* Qui ne voit que c'est là biaiser sur un point si essentiel ? Est-ce en vain que saint Pierre a dit, *qu'on doit être prêt à rendre raison de sa foi*[2], non seulement à son supérieur, mais encore *à tous ceux qui la demandent* : Omni poscenti ? Qu'eût coûté à M. de Cambrai, de s'expliquer à toute l'Église sans l'affectation d'épargner et de soutenir Mme Guyon ? Mais voyons encore quel compte il a rendu au Pape de ses sentiments sur les livres de cette femme. *Je ne le répète point,* dit-il, *ma lettre étant devenue publique.* Il n'y a point de lettre publique que celle où il dit au Pape *qu'il y a de certains petits livrets censurés par les évêques, dont quelques endroits au sens qui se présente naturellement, étaient condamnables* : voilà tout le compte qu'il rendait au Pape de ces livres pernicieux dans leur tout, et insoutenables en tout sens, parce que ce qu'on y lit est pernicieux,

et que ce qu'on y veut deviner est forcé et n'est pas suffisant.

14. On peut encore observer ici l'affectation de ne nommer au Pape que Molinos sans nommer Mme Guyon. Il est vrai qu'on a jeté à la marge de la lettre au Pape le *Moyen court*, etc., avec l'*Explication du Cantique des Cantiques*. Mais après la liberté que M. de Cambrai s'est donnée, de dire qu'on a inséré ce qu'on a voulu dans son texte, qui l'empêchera de désavouer une note marginale dont le texte ne porte rien ? et en tout cas il en sera quitte pour condamner dans ces livres *quelques endroits* seulement, en épargnant le fond qui est tout gâté, et encore à les condamner dans ce sens prétendu rigoureux, auquel il est caution que l'auteur n'a jamais pensé.

15. Il ne satisfait pas davantage le public en ajoutant ces paroles : *Je ferai sur ce point, comme sur tous les autres, ce que le Pape jugera à propos* : car qu'y avait-il à attendre depuis la censure de Rome de 1689 ? ne voit-on pas que M. de Cambrai, qui si longtemps après a soutenu ce livre, en veut encore éluder la condamnation en la différant ? Ainsi cette lettre *devenue publique,* visiblement ne dit rien : aussi M. de Cambrai voudrait bien que l'on crût qu'il a écrit quelque lettre au Pape plus secrète et plus précise : c'est pourquoi dans la seconde édition de sa *Réponse*, il a supprimé ces mots : *Ma lettre est devenue publique*[1], et il a voulu retirer l'édition où ils étaient, parce qu'on y voyait trop clairement que sur les livres de Mme Guyon il ne voulait qu'éluder, et ne s'expliquer jamais.

16. Il fait plus que de garder le silence. M. l'archevêque de Paris a démontré que le livre des *Maximes* n'est plus qu'un faible adoucissement, qu'une adroite et artificieuse justification des livres de Mme Guyon[2]. M. de Cambrai n'a fait que revêtir de belles couleurs l'exclusion de l'espérance et du désir du salut, avec celle de Jésus-Christ et des personnes divines dans la pure contemplation, et tous les autres excès de cette femme : c'est visiblement son intérieur que ce prélat a voulu dépeindre, et ses manifestes défauts qu'il a voulu pallier dans son article XXXIX. C'est ce qu'on ressent dans sa *Vie*, où elle parle d'elle-même en cette sorte : *Les âmes des degrés inférieurs paraîtront souvent plus parfaites. On se trouve si éloigné du reste des hommes, et ils pensent si différemment, que le prochain devient insupportable.* Voici une nouvelle merveille, de se trou-

ver si fort au-dessus des autres hommes, que l'éminence de la perfection, qui fait regarder le prochain avec la plus tendre condescendance, empêche de le supporter : mais la merveille des merveilles, *c'est,* ajoute-t-elle, *qu'on éprouve dans la nouvelle vie qu'on couvre l'extérieur par des faiblesses apparentes :* ainsi parmi les défauts qu'elle ne peut vaincre ni couvrir, elle flatte par ces superbes excuses la complaisance cachée qui lui fait tourner son faible en orgueil, et par le même moyen M. l'archevêque de Cambrai entretient l'admiration des *justes qui la connaissent*[1].

17. Que servaient dans les *Maximes des Saints* ces beaux discours sur les âmes prétendues parfaites : *Elles parlent d'elles-mêmes par pure obéissance, simplement en bien ou en mal, comme elles parleraient d'autrui*[2] : ne voit-on pas qu'il fallait trouver des excuses aux énormes vanteries d'une femme qui se disait revêtue d'un état prophétique et apostolique, avec pouvoir de lier et de délier; pleine de grâce jusqu'à regorger, et d'une perfection tellement suréminente qu'elle ne pouvait supporter le reste des hommes ? Quand de tels excès se découvriront, l'excuse en est toute prête dans le livre de M. de Cambrai : Mme Guyon aura parlé d'elle-même comme d'un autre : elle aura parlé par obéissance au Père La Combe son directeur, à qui elle adresse sa *Vie* où se trouvent toutes les choses qu'on a rapportées[3].

18. Le Père La Combe était celui qui lui avait été donné d'une façon particulière et miraculeuse[4] : s'il était devenu son père spirituel, elle avait premièrement été sa mère : c'était le seul à qui elle communiquait *la grâce, quoique de loin,* avec toute *la tendresse* qu'elle représente dans sa *Vie,* jusqu'à se sentir obligée *pour la laisser évaporer,* de lui dire quelquefois : *O mon fils, vous êtes mon fils bien-aimé dans lequel je me suis plu uniquement.* Dieu lui avait pourtant donné dans *sa prison, et comme le fruit de ses travaux,* un autre homme encore *plus intime* que le Père La Combe; *et quelque grande que fût son union avec ce Père, celle qu'elle devait avoir avec le dernier était encore tout autre chose.* Sur cela je ne veux rien deviner, et je rapporte ici seulement cet endroit de sa *Vie,* pour montrer que le faux mystère se continue, et que nous ne sommes pas à la fin des illusions que nous promet cette femme.

19. Cependant ce Père La Combe est l'auteur de l'*Analyse* condamnée à Rome, et depuis par plusieurs évêques.

Les circonstances de sa liaison avec cette femme ont été connues du défunt évêque de Genève de sainte mémoire, Jean d'Aranthon ; et l'histoire en est devenue publique dans la *Vie* de ce saint évêque[1], que le docte et pieux général des Chartreux a mise au jour. Le temps est venu où Dieu veut que cette union soit entièrement découverte : je n'en dirai rien davantage, et je me contente de faire connaître celui par l'ordre duquel Mme Guyon écrivait sa *Vie*.

20. A toutes les pages de cette *Vie* elle se laisse emporter jusqu'à dire : *O qu'on ne me parle plus d'humilité : les vertus ne sont plus pour moi : non, mon Dieu, qu'il n'y ait plus pour moi ni vertu, ni perfection, ni sainteté* : partout dans la même *Vie* les *manières vertueuses* sont les manières imparfaites : *l'humilité vertu* est une humilité feinte, du moins affectée ou forcée : c'est là aussi qu'on trouve la source du nouveau langage ; où l'on dit qu'on ne veut plus *les vertus comme vertus*. M. de Cambrai a adopté ces paroles[2] : de là vient dans ses écrits tout ce qu'on y voit pour rabaisser les vertus ; et de là vient enfin la violence perpétuelle qu'il fait à tant de passages de saint François de Sales, qu'il fallait entendre plus simplement avec le saint.

21. Nous n'avions rien dit d'approchant de tout cela dans nos articles : ces explications ajoutées en faveur de Mme Guyon n'étaient pas une explication plus étendue comme M. de Cambrai la promettait, mais une dépravation manifeste de nos sentiments et de nos principes. Dans l'article XXXIII nous avions tout dit sur les conditions et suppositions impossibles : il n'en fallait pas davantage pour vérifier ce qu'en avait dit saint Chrysostome et les autres saints, qui n'ont jamais introduit ces suppositions qu'avec l'expression du cas impossible. Mais ce qui suffisait pour les saints, ne suffisait pas pour excuser Mme Guyon : ainsi pour la satisfaire il a fallu inventer le sacrifice absolu, dont jamais on n'avait entendu parler, et toutes les circonstances qu'on en a souvent remarquées : toutes choses ajoutées à nos articles, et inconnues à tous les auteurs, excepté à Molinos et à Mme Guyon.

22. Pour en dire ce mot en passant, et remettre un peu le lecteur dans le fait, était-ce une explication de nos principes que cet acquiescement à sa juste condamnation, qu'un de nos articles a expressément condamné[3] ? Nous y avions dit en termes exprès, *qu'il ne faut jamais permettre*

*aux âmes peinées d'acquiescer à leur désespoir et damnation apparente :* au contraire, M. de Cambrai fait permettre cet acquiescement par un directeur ; et pour le rendre plus volontaire, pour l'attribuer à la plus haute partie de l'âme, il l'appelle un sacrifice, et un sacrifice absolu. Nous avions dit dans le même article, *qu'il fallait avec saint François de Sales assurer ces âmes que Dieu ne les abandonnerait pas :* loin d'approuver cet article, M. de Cambrai le réfute expressément, lorsqu'il dit qu'il n'est question, ni de raisonner avec ces âmes qui sont incapables de tout raisonnement, ni même de leur représenter la bonté de Dieu en général. Il faut donc destituer de consolation des âmes qu'on suppose saintes, et leur ôter avec la raison le culte raisonnable que saint Paul enseigne : il faut les livrer à leurs cruelles pensées, et pour dire tout en un mot, à leur désespoir ! Etait-ce là expliquer ou dépraver nos principes, et qu'avions-nous dit de semblable dans nos articles ?

## VII<sup>e</sup> SECTION

SUR LES EXPLICATIONS DE M. DE CAMBRAI, ET SUR LA NÉCESSITÉ DE NOTRE DÉCLARATION

1. S'il faut maintenant venir aux explications de M. l'archevêque de Cambrai, trois choses sont à remarquer dans le fait : la première, que c'était des explications dont nous n'avions jamais entendu parler, et qu'il fallait pourtant avouer comme contenues dans nos articles d'Issy, puisque c'étaient ces articles que M. de Cambrai voulait avoir expliqués : la seconde, qu'il les changeait tous les jours, en sorte qu'elles ne sont pas encore achevées : la troisième, que visiblement elles contenaient de nouvelles erreurs.

2. Qu'avions-nous affaire de son amour naturel, auquel nous n'avions jamais songé ? et quand nous l'eussions admis, que servait-il au dénouement des difficultés ? La principale de toutes était l'acquiescement à sa juste condamnation du côté de Dieu : mais M. l'archevêque de Paris vient encore de démontrer qu'acquiescer à la perte de cet amour naturel, c'est si peu acquiescer à

sa juste condamnation de la part de Dieu, que c'est au contraire en recevoir une grâce, puisque selon l'auteur même, c'en est une des plus éminentes d'être privé d'un amour dont on fait le seul obstacle à la perfection ? Qu'eussions-nous pu dire à un raisonnement si clair ? et en fallait-il davantage pour nous empêcher de recevoir des explications dont le livre qu'on nous voulait faire excuser ne tirait aucun secours ?

3. D'ailleurs cette explication est si mauvaise, qu'encore tout nouvellement et dans la dernière lettre qui m'est adressée, M. de Cambrai la vient de changer. Dans cette dernière lettre[1], acquiescer à sa juste condamnation, ce n'est plus acquiescer à la perte de l'amour naturel, comme jusqu'ici il avait voulu nous le faire entendre : *acquiescer à sa juste condamnation, c'est (à un pécheur) reconnaître qu'il mérite la peine éternelle* : ainsi l'amour naturel ne sert plus de rien à cet acte; ce n'est point par un amour naturel qu'un pécheur se reconnaît digne d'un supplice éternel. Mais cette nouvelle réponse n'est pas meilleure que les autres, et M. l'archevêque de Cambrai se verra contraint de l'abandonner aussitôt qu'on lui aura fait cette courte réflexion. Il n'est pas vrai que de reconnaître qu'on mérite la peine éternelle soit acquiescer à sa juste condamnation de la part de Dieu : car loin d'y acquiescer, ce qui est d'un désespéré, on demande pardon au juste Juge : on le prie de changer sa justice en miséricorde, et de ne nous pas traiter selon nos mérites, mais de nous sauver par grâce au nom de Jésus-Christ Notre-Seigneur; loin de consentir par cet acte à sa juste condamnation de la part de Dieu, c'est au contraire y opposer sa miséricorde qui en empêche l'effet.

4. Ainsi, et c'est la seconde remarque, ces explications changeaient tous les jours : celle à laquelle M. de Cambrai, en général, semble se tenir, est celle de l'amour naturel et celle du terme de *motif*, auquel il demeure d'accord qu'il donne maintenant un nouveau sens tout différent de celui de l'Ecole[2]. Je n'entame point cette matière, dont l'évêque de Chartres, par qui les explications ont passé à nous, dira selon sa prudence ce qu'il trouvera à propos : mais je marquerai seulement ces faits publics. La lettre au Pape parut peu de mois après le livre, pour en adoucir les expressions; mais sans qu'il

fût parlé d'amour naturel ni du nouveau sens des *motifs*. Tôt après il vint en nos mains par M. de Chartres, une autre explication où ce prélat pourra dire qu'il n'y avait nulle mention d'amour naturel, et que le *motif* y avait encore un sens tout contraire à celui qu'on a proposé depuis. A la fin l'amour naturel, dont on n'avait point encore entendu parler, est venu; et c'est cette explication qui fut étalée dans l'*Instruction pastorale*[1].

5. Pour tourner de ce côté-là toute la dispute, M. de Cambrai publia à Rome et ailleurs, où il voulut, la version latine de son livre. Il l'altérait d'une étrange sorte en le traduisant: presque partout où l'on trouve dans le livre le mot *de propre intérêt, commodum proprium,* le traducteur a inséré le mot *de désir et d'appétit mercenaire: appetitionis mercenariæ*. Mais l'intérêt propre n'est pas un désir: l'intérêt propre manifestement est un objet au dehors, et non pas une affection au dedans, ni un principe intérieur de l'action: tout le livre est donc altéré par ce changement. C'est à M. de Cambrai une vaine excuse, de dire que c'est ainsi qu'il l'entendait, puisque dans une version il faut traduire simplement les mots, et non pas y insérer des gloses.

6. Il a aussi partout inséré le terme de *mercenaire* sans l'avoir jamais défini, et pour avoir lieu d'insinuer dans le livre tout ce qu'il voudrait par un double sens qui règne partout.

7. Dans la même version latine on traduit le mot de *motif,* par celui *d'affection intérieure: appetitus interior:* contre la signification naturelle de ce mot, qui est celle que l'on doit suivre dans une fidèle version. C'était pourtant cette version que M. l'archevêque de Cambrai avait supplié le Pape de vouloir attendre pour juger de son livre[2]: il voulait donc être jugé sur une infidèle version: il y ajoutait des notes latines qui n'étaient pas moins discordantes de son livre; et c'est ce qu'il proposait pour éluder l'examen du livre français, par des explications non seulement ajoutées à son livre, mais encore qui n'y cadraient pas.

8. Ceux qui n'ont pas vu cette version ni ces notes, en peuvent juger par l'*Instruction pastorale*. On a montré par tant de preuves démonstratives le peu de conformité de cette *Instruction* avec le livre, qu'il n'y a plus que le seul M. de Cambrai qui l'ose nier: tant ses explica-

tions visiblement sont forcées. Mais ce qui prouve l'incertitude de ces explications, c'est que leur auteur en paraît lui-même si peu content, qu'il ne cesse de donner de nouveaux sens à son *Instruction pastorale*. Il y avait reconnu, comme il a été démontré dans ma préface[1], que *son amour naturel ne s'arrêtait point à lui-même, qu'il tendait à Dieu comme au bien suprême,* qu'aussi les imparfaits, qui agissaient encore par cet amour, *voulaient les mêmes objets, et que toute la différence n'était pas du côté de l'objet, mais du côté de l'affection avec laquelle la volonté le désire*[2] : mais il a vu l'inconvénient de cette doctrine, et dans les lettres qu'il m'a adressées[3], il ne veut plus que son amour naturel soit un amour naturel de Dieu en lui-même, ni autre chose que l'amour naturel d'un don créé, qui est la béatitude formelle.

9. Mais en cela il se trompe encore. Il n'est pas permis de croire que, pour être un don créé, *la béatitude formelle,* c'est-à-dire la jouissance de Dieu, puisse être désirée naturellement, parce que ce don créé est surnaturel, et que l'amour n'en est inspiré que par la grâce, non plus que l'amour de Dieu : de sorte que la raison qui l'obligeait à se corriger, porte contre sa correction comme contre son premier discours.

10. Je n'apporte que cet exemple, quoiqu'il y en ait beaucoup d'autres de cette nature, parce qu'il suffit de voir ici par quelque preuve sensible, que s'engager aux explications de M. de Cambrai, c'était entrer dans des détours qui n'ont point de fin, puisqu'il ne cesse d'y ajouter quelques nouveaux traits.

11. En voici néanmoins encore une autre preuve. M. l'archevêque de Cambrai a donné à Rome deux éditions de sa *Réponse à la Déclaration des trois évêques :* l'une de 1697, sans aucun nom ni de l'imprimeur ni de la ville; l'autre de 1698, à *Bruxelles, chez Eugène Henry Frick.* Il y a de quoi remplir cinq ou six pages des additions ou restrictions qui se trouvent dans la dernière édition ; et lorsqu'il l'a présentée à Rome, il a prié qu'on lui rendît l'autre, quoique donnée de sa part; ce qui montre qu'il voulait couvrir ses changements : et il s'étonne que nous n'entrions pas dans des explications si variables!

12. Une dernière raison qui démontre l'inconvénient d'y entrer, c'est que souvent ces explications ne sont que de nouvelles erreurs. Je n'en rapporterai qu'un seul

exemple, mais bien clair. M. de Cambrai ne sait comment distinguer son amour du quatrième degré d'avec celui du cinquième ; ni comment conserver à ce dernier la prééminence qu'il lui veut donner, puisque le quatrième amour, comme le cinquième, *cherche Dieu pour l'amour de lui-même, et le préfère à tout sans exception*[1], portant même la perfection et la pureté jusqu'à *ne chercher son propre bonheur que par rapport à Dieu*[2] : ce qui est si pur, qu'on ne peut aller au delà, ni pousser plus loin le désintéressement de l'amour.

13. Je ne dis ces choses qu'en abrégé, parce qu'elles sont assez expliquées ailleurs, et qu'on ne peut pas toujours répéter. Embarrassé de cette remarque, qui renverse tout son système par le fondement, M. de Cambrai répond que l'amour du quatrième degré, quoiqu'il soit justifiant, remarquez ce mot, rapporte véritablement tout à Dieu, mais *habituellement et non pas actuellement*[3], comme le cinquième de même, dit-il, que l'acte du péché véniel est rapporté à Dieu, selon saint Thomas[4], *habituellement et non pas actuellement*.

14. Cette réponse est inouïe dans l'Ecole, et contient deux manifestes erreurs : la première, de ne faire l'amour justifiant rapporté à Dieu, que comme l'acte du péché véniel, ce que personne n'a fait avant M. de Cambrai.

15. L'erreur est énorme : car si l'acte du péché véniel est habituellement rapporté à Dieu, il s'ensuit qu'on le peut commettre pour l'amour de Dieu, ce qui ôte toute la malice du péché véniel. On peut donc bien dire avec saint Thomas, que le péché véniel n'empêche point l'homme, ni l'acte humain indéfiniment, d'être rapporté à Dieu comme fin dernière ; mais que l'acte même du péché véniel où se trouve ce qui s'appelle le désordre, *inordinatio,* soit rapporté habituellement à Dieu, c'est contre la nature de tout péché, et du véniel par conséquent.

16. La règle que donne ici M. de Cambrai n'est pas moins erronée : cette règle est que des actes qui n'ont aucun rapport à la fin dernière, et qui ne sont pas rapportés à Dieu, *du moins habituellement,* sont des péchés mortels[5] : mais de là il s'ensuit en premier lieu, que tous péchés sont mortels, puisque nul péché ne peut être en aucune sorte rapporté à Dieu ; et secondement, comme l'a remarqué M. de Paris, que tous les actes des païens

sont péchés mortels, puisque ce qui empêche le péché véniel de rompre dans le juste qui le commet le rapport du moins habituel à Dieu, c'est l'habitude de la charité qu'il a dans l'âme : d'où par une contraire raison il s'ensuit que le païen n'ayant en lui ce principe de charité habituelle ni rien qui l'unisse à Dieu, par la règle de M. de Cambrai, quoi qu'il fasse, il pèche toujours mortellement.

17. Ainsi les nouvelles explications étant de nouveaux détours pour s'éloigner de plus en plus de la vérité, y entrer c'était se jeter dans un labyrinthe d'erreurs qui n'est pas encore fini. L'auteur ne fait point de livres qu'il ne produise quelque nouveauté contre la saine théologie : il semblait avoir jeté *l'involontaire* qu'il avait admis dans le trouble de la sainte âme de Jésus-Christ, mais il est plus clair que le jour que dans ses derniers écrits il rétablit ce dogme impie : j'en ai fait la démonstration[1], que je ne répète pas : c'est-à-dire qu'il marche sans route et sans principes, selon que le pousse le besoin présent.

18. Il est évident par ces faits, que nous ne pouvions recevoir les explications : il est donc d'une pareille évidence que nous ne pouvions pas ne pas rejeter le livre, ni nous empêcher de désavouer publiquement l'auteur, qui publiquement nous en avait attribué la doctrine. Car que faire, et que nous pourrait conseiller M. de Cambrai lui-même ? de nous taire ? c'est consentir : c'est manquer à l'essentiel de l'épiscopat, dont toute la grâce consiste principalement à dire la vérité : c'est contrevenir à la sentence du pape saint Hormisdas : *Ipse impellit in errorem qui non instruit ignorantes : c'est pousser les simples dans l'erreur que de ne les pas instruire*[2] : surtout dans le cas où l'on vous prend à témoin, et qu'on se sert de votre nom pour les tromper. Quoi donc ? de parler ? c'est ce que nous avons fait en toute simplicité dans notre *Déclaration*. Mais, dit-on, c'est une censure anticipée : point du tout ; c'est une déclaration nécessaire de nos sentiments, quand on nous force à les dire. Qui obligeait M. de Cambrai à expliquer nos articles sans notre aveu ? à nous citer en notre propre nom ; et enfin à nous faire accroire que son livre, où nous trouvions tant d'erreurs, n'est qu'une plus ample explication de notre doctrine ? Lui est-il permis de tout entreprendre, et n'avons-nous qu'à nous taire quoi qu'il

avance contre nous ? Ce ne sont pas là des prétextes : ce sont des raisons plus claires que le soleil. M. de Cambrai n'est pas moins injuste quand il dit que nous l'avons dénoncé : la bonne foi l'obligeait à reconnaître que c'est lui-même qui s'est dénoncé par sa lettre au Pape, lorsqu'il le prie de juger son livre : personne ne l'avait accusé[1] : c'est lui-même qui se fait honneur d'avoir porté l'affaire au Pape. Nous approuvons sa soumission, mais nous ne pouvions dissimuler que c'était sans consentir à sa doctrine.

19. *Pourquoi,* dit-il, *envoyer à Rome votre Déclaration ?* La réponse vient dans l'esprit à tout le monde. C'est parce que son livre y avait été porté; qu'il l'y avait envoyé lui-même, et qu'il écrivait au Pape que ce livre ne contenait autre chose que notre doctrine[2] : la sincérité permet-elle de dissimuler des choses si claires ? Mais, c'est qu'on voulait se plaindre, et qu'on n'en trouvait aucun sujet.

20. Ces plaintes sont réfutées par un seul mot : elles aboutissent à dire que nous avons voulu perdre M. de Cambrai : Dieu le sait : mais sans appeler un si grand témoin, la chose parle. Avant que son livre eût paru nous en avons caché les erreurs, jusqu'à souffrir les reproches qu'on a entendus : après que ce livre a paru, il s'était assez perdu lui-même : si nous l'avons voulu perdre il était de concert avec nous, en soulevant tout le monde contre lui par ses ambitieuses décisions, et en remplissant ce même livre d'erreurs si palpables, et de tant d'inexcusables excès.

21. Lorsqu'il nous reproche et à moi en particulier, qu'il nous a fait proposer de supplier le Pape par une lettre commune, de faire juger nos questions sans bruit par ses théologiens, et en attendant de demeurer dans le silence : premièrement il dit une chose dont je n'ai jamais entendu parler, et si fausse, qu'il en supprime les principales circonstances, comme il a paru dès le commencement de cette déclaration[3]. Aussi est-il vrai secondement, que la proposition était impossible : l'imputation qu'il nous avait faite de sa doctrine était publique dans son *Avertissement* du livre des *Maximes des Saints*. Il l'avait réitérée sans notre participation dans sa lettre au Pape, qui était publique, comme il l'avoue; et il y répétait une et deux fois que sa doctrine était

conforme à la nôtre : par conséquent notre conscience nous obligeait à le désavouer aussi publiquement qu'il nous avait appelés en témoignage. En troisième lieu, nous ne mettions point en question la fausseté de sa doctrine; nous la tenions déterminément mauvaise et insoutenable : ce n'était pas là une affaire particulière entre M. de Cambrai et nous : c'était la cause de la vérité, et l'affaire de l'Eglise, dont nous ne pouvions ni nous charger seuls, ni la traiter comme une querelle privée, qui est tout ce que voulait M. de Cambrai. Ainsi, supposé qu'il persistât invinciblement, comme il a fait, à nous imputer ses pensées, et qu'il ne voulût jamais se dédire, il n'y avait de salut pour nous qu'à déclarer notre sentiment à toute la terre. Cette *Déclaration* demeurait naturellement soumise au Pape, comme tout ce qu'on fait en particulier sur les matières de la foi; c'était même la lui soumettre que de la lui présenter; mais cependant nous déchargions notre conscience, et autant qu'il était en nous, nous rejetions les erreurs que notre silence aurait confirmées.

## VIIIe SECTION

SUR LES VOIES DE DOUCEUR ET LES CONFÉRENCES AMIABLES

1. Que si l'on dit qu'il fallait tenter toutes voies de douceur, avant que d'en venir à une déclaration solennelle : c'est aussi ce que nous avons fait. M. l'archevêque de Paris l'a démontré si clairement pour lui et pour nous, que je n'aurais rien à ajouter sur ce fait, sans les accusations particulières par où l'on m'attaque.

2. Mais si l'on veut se convaincre par ses yeux de la netteté de ma conduite, il n'y a qu'à lire l'écrit que j'adressai à M. de Cambrai lui-même trois semaines avant l'envoi de notre *Déclaration*. Si le lecteur peut-être un peu trop pressé n'aime pas à être renvoyé à d'autres écrits, et veut tout trouver dans celui qu'il tient en sa main, voici en abrégé ce que je disais : Qu'après tant d'écrits, *il fallait prendre une voie plus courte, et où aussi on s'explique plus précisément, qui est celle de la conférence de vive voix ; que cette voie toujours pratiquée,* et même par les apôtres, comme la plus efficace et la plus douce pour convenir de quelque

chose, *lui ayant déjà été souvent proposée,* je la proposais encore moi-même par cet écrit, *à condition d'en éloigner toutes manières contentieuses, et au péril d'être déclaré ennemi de la paix, si elle n'était de ma part amiable et respectueuse.* Sur ce qu'il faisait semblant de craindre ma vivacité, comme il l'appelait, je lui alléguais l'expérience, non seulement de mes conférences *avec les ministres*[1], *mais encore de celles que nous avions eues quelquefois ensemble à cette occasion*[2], *sans que j'y eusse élevé la voix d'un demi-ton seulement*[3].

3. S'il y avait quelques expédients à trouver, ils ne pouvaient naître que de pareilles conférences : mais j'espérais autre chose ; j'espérais, dis-je, de la force de la vérité, et d'une entière connaissance des manières de M. de Cambrai, que je le ramènerais aux principes, Dieu par ma voix, *clairement, amiablement, je l'osais dire, certainement et sans réplique ; en très peu de conférences, en une seule peut-être, et peut-être en moins de deux heures*[4].

4. Tout ce qu'objectait M. de Cambrai, c'est que je m'étais engagé à répondre par écrit à vingt demandes ; ce que je trouvai ensuite à propos de différer, à cause, disais-je, *des équivoques de ces vingt demandes qu'on serait longtemps à démêler, et à cause du temps trop long qu'il faudrait donner à écrire les réfutations et les preuves*[5] : en ajoutant toutefois que *j'écrirais sans peine toutes les propositions que j'aurais avancées dans la conférence, si on le demandait ; mais qu'il fallait commencer par ce qu'il y a de plus court, de plus décisif, de plus précis ;* j'ajoutais encore *de plus charitable ; rien ne pouvant suppléer ce que fait la vive voix et le discours animé, mais simple, ni la présence de Jésus-Christ au milieu de nous, lorsque nous serions assemblés en son nom pour convenir de la vérité.*

5. Tout le monde était étonné de l'inflexible refus de M. de Cambrai pendant six semaines ; nous en avons des témoins qu'on ne dément pas, et on s'empressait à l'envi de nous faire conférer ensemble. Je ne refusais aucune condition. Un religieux de distinction, touché comme tout le monde de ce désir charitable de rallier des évêques, tira parole de moi, pour lier une conférence où il serait. S'il n'avait dit qu'à moi seul la réponse qu'il me rapporta, il faudrait peut-être la lui laisser raconter à lui-même : ce fut en un mot, que M. de Cambrai ne voulait pas qu'on pût dire qu'il changeât rien par l'avis de M. de Meaux. Si ce prélat ne veut pas convenir de cette réponse, qu'il

la fasse telle qu'il voudra : on voit bien qu'il n'en saurait faire qui ne soit mauvaise. Quoi qu'il en soit, je lui envoyai moi-même l'écrit dont on vient d'entendre les extraits : il n'est pas long ; on pourra le lire en moins d'un quart d'heure, parmi ceux que j'ai ramassés : M. de Cambrai ne disconvient pas de l'avoir reçu. Voilà cinq grandes lettres qu'il m'adresse, où il me reprend seulement d'avoir dit dans cet écrit que je *le portais dans mes entrailles*[1] : il ne croit pas *qu'on puisse porter dans ses entrailles* ceux qu'on reprend pour l'amour de la vérité, ni les pleurer que par des larmes artificieuses pour les déchirer davantage. Que ne venait-il à la conférence éprouver lui-même la force de ces larmes fraternelles, et des discours que la charité, j'ose le croire, et la vérité nous auraient inspirés ? Nous attendîmes trois semaines l'effet de cette nouvelle invitation ; et ce ne fut qu'à l'extrémité, et après avoir épuisé toutes les voies de douceur, qu'on envoya la *Déclaration* dont il faut dire encore un mot.

## IX<sup>e</sup> SECTION

SUR LA DÉCLARATION DES TROIS ÉVÊQUES,
ET SUR LE SUMMA DOCTRINÆ

1. On se plaint qu'elle est trop rude : mais M. l'archevêque de Paris a assuré avec vérité, que M. l'archevêque de Cambrai y avait été beaucoup épargné. Nous y avions tu *ces tentations d'un genre particulier* auxquelles il faut succomber[2], et dont on n'a pu s'empêcher de parler ailleurs[3] ; nous y avions tu ces docilités des *âmes ingénues sur les choses humiliantes* indéfiniment, *qu'on leur pourrait commander*[4] : ce dénuement non seulement *de toute consolation*, mais encore *de toute liberté ; ce détachement de tout, et même de la voie qui leur apprend ce détachement : cette disposition*, sans limites, *à toutes les pratiques qu'on voudra leur imposer, et cet oubli universel de leurs expériences, de leurs lectures, et des personnes qu'elles ont consultées autrefois avec confiance :* enfin nous y avions tu *les possessions, les obsessions, et autres choses extraordinaires,* que l'auteur nous avait données comme *appartenantes aux voies intérieures*[5] : on sait à quoi les faux spirituels les font servir, aussi bien que les autres choses

qu'on vient d'entendre. M. de Cambrai l'insinue lui-même ; et nous sommes peu consolés de lui entendre dire que la voie *de pur amour et de pure foi* qu'il enseigne, est celle *où l'on en verra moins* que dans les autres : comme s'il n'y allait ici que du plus ou du moins, et qu'il n'eût pas fallu s'expliquer plus précisément contre ces abominations.

2. L'auteur objecte sans cesse qu'on n'a point eu d'égard à ses correctifs, dont il veut que son livre soit plus rempli que quelque autre livre que ce soit. C'est de quoi nous nous plaignions : nous avons trouvé malheureux pour un livre de cette nature, d'avoir besoin de tant de correctifs, comme il l'est à une règle d'avoir besoin de trop d'exceptions : la vérité est plus simple, et ce qui doit si souvent être modifié marque naturellement un mauvais fond : il n'y avait qu'à s'expliquer simplement, ainsi qu'on l'avait promis. Tout ce qu'on a dit sur le sacrifice absolu n'a causé que de l'embarras dans l'article des suppositions impossibles, et on eût dû se passer de ces correctifs, qui ne font qu'augmenter le mal : témoin le dangereux correctif de la persuasion *non intime, mais apparente*, qui ne sert qu'à excuser le langage de Molinos, comme il a été démontré ailleurs[1] ! Tous les lecteurs désintéressés reconnaissent que ces correctifs ne sont que de vrais entortillements capables de tourner les têtes, et on en a vu assez pour faire sentir les lacets que trouvent les simples dans l'obscurité de ce livre, qui promettait tant de précision, et de trancher si nettement sur les équivoques.

3. Une des choses qu'on vante le plus comme un excellent correctif, ce sont les *articles faux,* où il est vrai que M. de Cambrai condamne les faux mystiques. M. l'archevêque de Paris en a découvert l'artifice ; on s'embarrasse naturellement quand on ne veut pas condamner ce qu'on n'ose défendre à pleine bouche. On outre ailleurs le quiétisme pour passer par-dessus le vrai mal. Quel quiétiste a jamais *consenti de haïr Dieu éternellement, ni de se haïr soi-même d'une haine réelle, en sorte que nous cessions d'aimer en nous pour Dieu son œuvre et son image*[2] ? Qui jamais *a consenti à se haïr soi-même d'une haine absolue, comme supposant que l'ouvrage du Créateur n'est pas bon : à porter jusque-là le renoncement de soi-même, par une haine impie de notre âme qui la suppose mauvaise par sa nature, suivant le principe des manichéens*[3] ? Quand on tire de tels coups, on tire en l'air :

on passe par-dessus le corps, et à la manière des poètes on contente la juste aversion des fidèles contre le quiétisme, en leur donnant à déchirer un fantôme.

## Xe SECTION

PROCÉDÉS A ROME : SOUMISSION DE M. DE CAMBRAI

1. La relation serait imparfaite si l'on omettait les écrits italiens et latins qu'on a mis à Rome au nom de M. de Cambrai, entre les mains de tant de gens, qu'il en est venu des exemplaires jusqu'à nous. Un de ces écrits latins que j'ai en main sous le titre d'*Observations d'un docteur de Sorbonne,* dit que *les jansénistes se sont liés avec l'évêque de Meaux contre M. de Cambrai, et que les autres évêques se sont unis contre lui comme contre une autre Suzanne, à cause qu'il n'a pas voulu entrer dans leur cabale et dans leurs mauvais desseins*[1]. Le même écrit fait valoir M. de Cambrai *comme nécessaire pour soutenir l'autorité du Saint-Siège contre les évêques, par lesquels il est important de ne pas laisser opprimer un si habile défenseur.* Nous sommes dans d'autres endroits les ennemis des religieux dont il est le protecteur[2]. On voit par là toutes les machines qu'il a voulu remuer. Mais le Pape qui gouverne l'Eglise de Dieu ne souffrira pas que rien affaiblisse la gloire du clergé de France, toujours si obéissant au Saint-Siège. La vérité ne se soutient pas par des mensonges : et pour ce qui est des religieux, dans quels diocèses de la chrétienté sont-ils traités plus paternellement que dans les nôtres ? M. de Cambrai répondra peut-être que tout cela se dit sans son ordre : mais je laisse à juger au sage lecteur si dans une accusation aussi visiblement fausse, où il s'agit également de la religion et de l'Etat, et de la réputation des évêques de France, qui font une partie si considérable de l'épiscopat, ce serait assez de désavouer en l'air, quand on l'aurait fait, des calomnies manifestes, après qu'elles auront eu leur effet sur certaines gens : et si la justice et la vérité ne demandent pas une déclaration plus expresse et plus authentique.

2. On vante dans les mêmes écrits le grand nombre d'évêques et de docteurs qui favorisent les sentiments de M. l'archevêque de Cambrai, et que la seule crainte

empêche de se déclarer. Il faudrait du moins en nommer un seul : on n'ose : l'épiscopat n'a pas été entamé, et l'archevêque de Cambrai ne peut citer pour son sentiment aucun docteur qui ait un nom[1].

3. Un des reproches les plus apparents que me fait cet archevêque, c'est qu'il ne méritait pas d'être traité, étant soumis, à la manière dont on traite les pélagiens : comme si l'on ne savait pas que ces hérétiques ont joué longtemps le personnage de gens soumis, même au Saint-Siège. Je ne souhaite que de voir M. de Cambrai parfaitement séparé d'avec ceux dont la soumission est ambiguë ; mais de bonne foi et en conscience, peut-on être content de la demande, que malgré ses soumissions précédentes, ce prélat voulait faire au Pape pour déterminer la manière dont il devait prononcer, comme il le déclare dans sa lettre du 3 d'Août 1697 ? Il est vrai que par une lettre suivante il dit ces mots : *A Dieu ne plaise que je fasse la loi à mon supérieur : ma promesse de souscrire, et de faire un mandement en conformité, est absolue et sans restriction.* Que voulaient donc dire ces mots de la lettre du 3 d'Août ? *Je demanderai seulement au Pape qu'il ait la bonté de marquer précisément les erreurs qu'il condamne, et les sens sur lesquels il porte sa condamnation, afin que ma souscription soit sans restriction ?* Sans cela donc, la restriction est inévitable : mais c'est pousser le Pape et l'Eglise à l'impossible. Il n'y aurait jamais eu de décision s'il avait fallu prévoir tous les sens que la mauvaise fertilité des esprits subtils aurait produits : à cette condition nous n'aurions eu ni l'*homousion* de Nicée, ni le *theotocos* d'Ephèse[2]. On voit donc qu'il s'en faut tenir à cette *sagesse modérée* de saint Paul[3] : autrement on tombe dans *les questions désordonnées et interminables* proscrites par cet apôtre[4].

4. On dira que M. de Cambrai se rétracte de cette absurde proposition dans sa seconde lettre : mais non, puisqu'il continue à demander que le Pape *ait la bonté de marquer chaque proposition digne de censure, avec le sens précis sur lequel la censure doit tomber* : c'est là encore se replonger dans l'impossibilité où toutes les décisions ecclésiastiques sont éludées. Si M. de Cambrai déclare qu'il sera soumis, et *qu'on ne le verra jamais, quoi qu'il arrive, écrire ni parler pour éluder la condamnation de son ouvrage* : c'est en déclarant *en même temps qu'il se bornera à demander au Pape une instruction particulière sur les erreurs dont il devra se corriger.* A cette con-

dition, il proteste d'être tranquille, *tant sur le droit que sur le fait :* mais c'est après avoir auparavant dénoncé à tout l'univers que, bien éloigné d'être en repos au dedans, il ne cessera de questionner le Pape pour lui faire dire autre chose que ce qu'il aura décidé.

5. Le monde complaisant dira encore que c'est pousser trop loin le soupçon : mais je ne fais cependant que répéter les paroles de deux lettres imprimées, que M. de Cambrai ne rétracte pas. Je prie Dieu au reste, qu'il s'en tienne aux termes généraux de sa soumission; et quoique la vérité me force de remarquer ce qu'il publie de mauvais, *j'espérerai toujours* avec saint Paul, *ce qu'il y aura de meilleur : Confidimus meliora, tametsi ita loquimur*[1].

## XI<sup>e</sup> SECTION

### CONCLUSION

1. Il a donc enfin fallu révéler le faux mystère de nos jours : le voici en abrégé tel qu'il a paru dans le discours précédent : une nouvelle prophétesse a entrepris de ressusciter la *Guide* de Molinos, et l'oraison qu'il y enseigne : c'est de cet esprit qu'elle est pleine : mystérieuse femme de l'*Apocalypse,* c'est de cet enfant qu'elle est enceinte : l'ouvrage de cette femme n'est pas achevé; nous sommes dans les temps qu'elle appelle de persécution, où les martyrs qu'elle nomme du Saint-Esprit auront à souffrir. Viendra le temps, et selon elle nous y touchons, où le règne du Saint-Esprit et de l'oraison, par où elle entend la sienne qui est celle de Molinos, sera établi avec une suite de merveilles dont l'univers sera surpris. De là cette communication de grâces; de là dans une femme la puissance de lier et de délier. Il est certain par preuves qu'elle a oublié ce qu'elle a souscrit entre mes mains et en d'autres plus considérables, sur la condamnation et de ses livres et de la doctrine qui y était contenue[2]. Chaque évêque doit rendre compte dans le temps convenable, de ce que la disposition de la divine Providence lui a mis en main : c'est pourquoi j'ai été contraint d'expliquer que M. l'archevêque de Cambrai, un homme de cette élévation, est entré dans ce malheureux mystère, et s'est rendu

le défenseur, quoique souvent par voies détournées, de cette femme et de ses livres.

2. Il ne dira pas qu'il ait ignoré cette prodigieuse et insensée communication de grâces, ni tant de prétendues prophéties, ni le prétendu état apostolique de cette femme, lorsqu'il l'a, de son aveu propre, *laissé estimer à tant d'illustres personnes qui se fiaient en lui* pour leur conscience[1]. Il a donc laissé estimer une femme qui prophétisait les illusions de son cœur. Sa liaison intime avec cette femme était fondée *sur sa spiritualité,* et il n'y a pas d'autre *lien* de tout ce *commerce* : c'est ce qu'on a vu écrit de sa main; après quoi on ne doit point s'étonner qu'il ait entrepris la défense de ses livres.

3. C'est pour les défendre qu'il écrivait tant de mémoires devant les arbitres choisis[2]; et il n'a pas été nécessaire que j'en représentasse les longs extraits que j'ai encore, puisque la substance s'en trouve dans le livre des *Maximes des Saints.*

4. Pour avoir lieu de défendre ces livres pernicieux, dont le texte lui paraissait à lui-même si insoutenable, il a fallu avoir recours à un sens caché que cette femme lui a découvert; il a fallu dire qu'il a mieux expliqué ces livres que ces livres ne s'expliquent eux-mêmes : le sens qui se présente naturellement n'est pas le vrai sens : ce n'est qu'un sens rigoureux, *auquel il répond qu'elle n'a jamais pensé :* ainsi pour les bien entendre, il faut lire dans la pensée de leur auteur; deviner ce qui n'est connu que du seul M. de Cambrai; juger des paroles par les sentiments, et non pas des sentiments par les paroles : tout ce qu'il y a de plus égaré dans les livres de cette femme, c'est un langage mystique dont ce prélat nous est garant : ses erreurs sont de simples équivoques; ses excès sont d'innocentes exagérations, semblables à celles des Pères et des mystiques approuvés.

5. Voilà ce que pense un si grand prélat des livres de Mme Guyon, après avoir, si nous l'en croyons, poussé l'examen jusqu'à la dernière rigueur : c'est ce qu'il a écrit de sa main quelque temps devant la publication de son livre; et après tant de censures, on n'a pu encore lui arracher une vraie condamnation de ces mauvais livres : au contraire c'est pour les sauver qu'il a épargné la *Guide* de Molinos, qui en est l'original.

6. Cependant malgré toutes les mitigations du livre

des *Maximes des Saints,* on y voit encore et Mme Guyon et Molinos trop faiblement déguisés pour être méconnus ; et si je dis après cela que l'ouvrage d'une femme ignorante et visionnaire, et celui de M. de Cambrai, manifestement sont d'un seul et même dessein, je ne dirai après tout que ce qui paraît de soi-même.

7. Je ne le dirai qu'après que la douceur et la charité ont fait leurs derniers efforts. On n'a point chicané Mme Guyon sur ses soumissions : on les a reçues bonnement, j'emploierai ce mot, et en présumant toujours pour la sincérité et l'obéissance : on a ménagé son nom, sa famille, ses amis, sa personne autant qu'on a pu : on n'a rien oublié pour la convertir, et il n'y a que l'erreur et les mauvais livres qui n'ont point été épargnés[1].

8. A l'égard de M. l'archevêque de Cambrai, nous ne sommes que trop justifiés par les faits incontestables de cette *Relation;* je le suis en particulier plus que je ne voudrais. Mais pour faire tomber tous les injustes reproches de ce prélat, il fallait voir non pas seulement les parties du fait, mais le tout jusqu'à la source : c'est par là, si je l'ose dire, qu'il paraît que dès l'origine on a tâché de suivre les mouvements de cette charité *douce, patiente,* qui ne *soupçonne ni ne présume le mal*[2]. Le silence est impénétrable jusqu'à ce que M. de Cambrai se déclare lui-même par son livre : on l'attend jusqu'à la fin, quelque dureté qu'il témoigne à refuser toute conférence : on ne se déclare qu'à l'extrémité. Où placera-t-on cette jalousie qu'on nous impute sans preuve ; et s'il faut se justifier sur une si basse passion, de quoi était-on jaloux dans le nouveau livre de cet archevêque ? Lui enviait-on l'honneur de défendre et de peindre de belles couleurs Mme Guyon et Molinos ? portait-on envie au style d'un livre ambigu, ou au crédit qu'il donnait à son auteur, dont au contraire il ensevelissait toute la gloire ? J'ai honte pour les amis de M. de Cambrai qui font profession de piété, et cependant qui ne laissent pas sans fondement d'avoir répandu partout et jusqu'à Rome, qu'un certain intérêt m'a fait agir[3]. Quelque fortes que soient les raisons que je pourrais alléguer pour ma défense, Dieu ne me met point d'autre réponse dans le cœur, sinon que les défenseurs de la vérité, s'ils doivent être purs de tout intérêt, ne doivent pas moins être au-dessus de la crainte qu'on leur impute d'être intéressés. Au reste je

veux bien qu'on croie que l'intérêt m'a poussé contre ce livre, s'il n'y a rien de répréhensible dans sa doctrine, ni rien qui soit favorable à la femme dont il fallait que l'illusion fût révélée. Dieu a voulu qu'on me mît malgré moi entre les mains les livres qui en font foi. Dieu a voulu que l'Eglise eût dans la personne d'un évêque un témoin vivant de ce prodige de séduction : ce n'est qu'à l'extrémité que je la découvre, quand l'erreur s'aveugle elle-même jusqu'au point de me forcer à déclarer tout : quand non contente de paraître vouloir triompher, elle insulte : quand Dieu découvre d'ailleurs tant de choses qu'on tenait cachées. Je me garde bien d'imputer à M. l'archevêque de Cambrai autre dessein que celui qui est découvert par des écrits de sa main, par son livre, par ses réponses, et par la suite des faits avérés : c'en est assez et trop d'être un protecteur si déclaré de celle qui prédit et qui se propose la séduction de tout l'univers. Si l'on dit que c'est trop parler contre une femme dont l'égarement semble aller jusqu'à la folie : je le veux, si cette folie n'est pas un pur fanatisme; si l'esprit de séduction n'agit pas dans cette femme, si cette Priscille n'a pas trouvé son Montan pour la défendre[1].

9. Si cependant les faibles se scandalisent; si les libertins s'élèvent; si l'on dit, sans examiner quelle est la source du mal, que les querelles des évêques sont implacables : il est vrai, si on sait l'entendre, qu'elles le sont en effet sur le point de la doctrine révélée. C'est la preuve de la vérité de notre religion et de la divine révélation qui nous guide, que les questions sur la foi soient toujours inaccommodables. Nous pouvons tout souffrir; mais nous ne pouvons souffrir qu'on biaise, pour peu que ce soit, sur les principes de la religion. Que si ces disputes sont indifférentes, comme le voudraient les gens du monde, il n'y aurait qu'à dire avec Gallion, proconsul d'Achaïe, qui était le caractère le plus relevé de l'empire romain dans les provinces : *O Juifs, s'il s'agissait de quelque injustice, ou de quelque mauvaise action, ou de quelque affaire importante, je me croirais obligé de vous écouter avec patience : mais il ne s'agit que des points de votre doctrine, et des disputes de mots et de votre loi : démêlez-vous-en comme vous pourrez*[2] ; comme s'il eût dit : Battez-vous sur ces matières tant qu'il vous plaira, *je ne veux point en être le juge*[3]. *Et en effet les Juifs battaient Sosthènes jusque devant le tribunal, sans que Gallion s'en mît en*

*peine :* voilà l'image des politiques et des gens du monde sur les disputes de religion ; et les tenant pour indifférentes, ils se contentent de décider que les évêques ont trop de chaleur : mais il n'en est pas ainsi. Si, bien différent en toutes manières de Gallion, un grand Roi plein de piété ne veut point se rendre juge de ces matières, ce n'est point par mépris ; c'est par respect pour l'Eglise à qui Dieu en a donné le jugement : cependant qu'y a-t-il de nouveau, et que n'aient pas toujours pratiqué avec tous les princes chrétiens ses augustes prédécesseurs, à protéger les évêques qui marchent dans la voie battue et dans la solidité de l'ancienne règle ?

10. Nous souhaitons et nous espérons de voir bientôt M. l'archevêque de Cambrai reconnaître du moins l'inutilité de ses spéculations. Il n'était pas digne de lui, du caractère qu'il porte, du personnage qu'il faisait dans le monde, de sa réputation, de son esprit, de défendre les livres et les dogmes d'une femme de cette sorte. Pour les interprétations qu'il a inventées, il n'a qu'à se souvenir d'être demeuré d'accord qu'il n'en trouve rien dans l'Ecriture ; il n'en cite aucun passage pour ses nouveaux dogmes : il nomme les Pères et quelques auteurs ecclésiastiques qu'il tâche de traîner à lui par des conséquences, mais où il ne trouve ni son sacrifice absolu, ni ses simples acquiescements, ni ses contemplations d'où Jésus-Christ est absent par état, ni ses tentations extraordinaires auxquelles il faut succomber, ni sa grâce actuelle qui nous fait connaître la volonté de bon plaisir en toutes occasions et dans tous les événements, ni sa charité naturelle qui n'est pas la vertu théologale, ni sa cupidité qui, sans être vicieuse, est la racine de tous les vices, ni sa pure concupiscence, qui est, quoique sacrilège, la préparation à la justice, ni sa dangereuse séparation des deux parties de l'âme, à l'exemple de Jésus-Christ involontairement troublé, ni son malheureux retour à ce trouble involontaire, ni son amour naturel qu'il réforme tous les jours, au lieu de le rejeter une bonne fois tout entier, comme également inutile et dangereux dans l'usage qu'il en fait, ni ses autres propositions que nous avons relevées. Elles sont les fruits d'une vaine dialectique, d'une métaphysique outrée, de la fausse philosophie que saint Paul a condamnée[1]. Tous les jours nous entendons ses meilleurs amis le plaindre d'avoir étalé son érudition, et exercé son élo-

quence sur des sujets si peu solides. Avec ses abstractions ne voit-il pas que bien éloigné de mieux faire aimer Dieu, il ne fait que dessécher les cœurs, en affaiblissant les motifs capables de les attendrir ou de les enflammer ? Les vaines subtilités dont il éblouit le monde ont toujours été le sujet des gémissements de l'Eglise. Je ne lui raconterai pas tous ceux que leur bel esprit a déçus; je lui nommerai seulement au neuvième siècle un Jean Scot Erigène, à qui les saints de son temps ont reproché[1], dans un autre sujet à la vérité, mais toujours par le même esprit, sa vaine philosophie, où il voulait faire consister la religion et la piété. C'est par où il faisait dire aux Pères du concile de Valence que *dans des temps malheureux il mettait le comble à leurs travaux*[2] ; et que lui et ses sectateurs, en remuant *de frivoles questions : ineptas quæstiunculas;* en autorisant de creuses visions : *aniles fabulas;* en raffinant sur la spiritualité, et pour parler avec ces Pères, en composant *des ragoûts de dévotion qui étaient à charge à la pureté de la foi : pultes puritati fidei nauseam inferentes;* ils devaient craindre *d'être importuns aux gémissements de l'Eglise* qui avait déjà trop d'autres choses à déplorer : *superfluis cœtum pie dolentium et gementium non oneret.* Nous exhortons M. de Cambrai à occuper sa plume éloquente et son esprit inventif à des sujets plus dignes de lui : qu'il prévienne, il est temps encore, le jugement de l'Eglise : l'Eglise romaine aime à être prévenue de cette sorte ; et comme, dans les sentences qu'elle prononce, elle veut toujours être précédée par la tradition, on peut en un certain sens l'écouter avant qu'elle parle.

# NOTES ET VARIANTES

# NOTES ET VARIANTES

*Afin de ne pas trop alourdir ces notes, on en a écarté la plupart des remarques d'ordre linguistique. Qu'il suffise ici d'attirer l'attention sur certaines particularités propres à la langue de Bossuet.*

*Il faut signaler d'abord l'emploi de quelques archaïsmes. Bossuet conserva, plus longtemps que ses contemporains, des termes et des constructions du XVI<sup>e</sup> siècle, déclinants ou même abolis en 1681 (année de la parution du* Discours sur l'histoire universelle). *On a souvent insisté sur l'emprise de la tradition sur sa pensée; elle existe autant sur son expression.*

*Il faut également signaler de nombreux latinismes, qu'une lecture rapide ne décèle pas toujours. Presque chaque mot, sous la plume de Bossuet, a son sens fort, étymologique, surgi directement du mot latin sans l'usure provoquée par l'usage. Le lecteur accoutumé aux auteurs classiques du XVII<sup>e</sup> siècle rendra par exemple leur force à* illustre *(éclatant de lumière),* étonner *(frapper de stupeur); leurs sens particulier à* honnête homme *(homme bien élevé, cultivé),* conduite *(dessein suivi, méthode),* humeur *(caractère),* génie *(talent particulier et sentiments naturels de chacun),* vertu *(force morale, valeur),* politesse *(civilisation),* spécieux *(de belle apparence),* curieux *(soigneux),* république *(état),* triompher *(célébrer un triomphe militaire),* honneurs *(charges publiques), etc.*

*Certaines constructions inspirées elles aussi par la connaissance parfaite de la langue latine ne devront pas surprendre davantage. Bossuet utilise souvent l'adverbe au lieu du relatif, le verbe réfléchi, au lieu du passif; il accorde le verbe avec le sujet le plus proche.*

*On n'a pas eu l'intention de faire un abrégé grammatical et linguistique; on a seulement voulu rappeler rapidement quelques principes nécessaires à une exacte compréhension du texte, pour éviter leur éparpillement tout au long des notes. On peut recourir, pour le détail, à la* Syntaxe du XVII<sup>e</sup> siècle *de Haase, au* Glossaire des classiques français *de Huguet et au* Dictionnaire *de Littré.*

# ORAISONS FUNÈBRES

## ORAISON FUNÈBRE
## DE YOLANDE DE MONTERBY

**P. 9.**

1. Yolande de Monterby (ou de Montarby) était fille de Philippe de Montarby, seigneur de Charmoille et de Fréville, et d'Edmée Chapon, dame d'Espinan. Elle succéda à sa sœur Huguette, en mars 1629, supérieure des Bernardines de Sainte-Marie ou du Petit Clairvaux de Metz. Elle devait diriger cette abbaye vingt-sept ans durant, avec édification, bonté, habileté, tout ensemble. Elle mourut nonagénaire, le 14 décembre 1656. Sa nièce Christine, sa coadjutrice avec future succession depuis 1642, ne lui succéda à proprement parler qu'à partir de 1655. (Cf. Floquet, *Études*, I, 266-269.)

2. A) DATE : Bossuet, invité aux obsèques de l'abbesse (fin décembre 1656), prononça la « courte exhortation » qu'on va lire, n'ayant pu refuser d'être l'interprète de la douleur de *ces dames* et de la peine qu'il ressentait lui-même pour celle « dont le mérite rare, la piété éminente, l'habileté dans le gouvernement lui inspirèrent une vénération singulière ». (Floquet, *op. cit.*, I, 266.)

B) TEXTE : Le manuscrit existe encore : il se trouve à Paris dans la bibliothèque de Mme la comtesse de Béarn.

C) ANALYSE : Ce que doit être un éloge funèbre prononcé du haut de la chaire : un discours de ce genre doit surtout servir à l'instruction commune des fidèles. L'exemple de Yolande de Monterby est fait pour leur apprendre « à se servir si heureusement de la mort, qu'elle leur obtienne l'immortalité ».

La vie humaine, qu'elle soit longue ou brève, ne tire sa valeur que de la mesure où elle est utilisée à préparer l'éternité. La vie de l'abbesse est un modèle : les vertus de Yolande de Monterby : humilité, piété, sagesse, zèle, générosité envers les pauvres.

3. Cet exorde est la partie la plus achevée de ce discours. Bossuet, préoccupé de la dignité de son ministère, commence par rappeler quel doit être le caractère d'un éloge funèbre prononcé du haut de la chaire. (Voy. Gandar, *Bossuet orateur*, p. 230.)

4. Yolande de Monterby était « aimée comme une mère par toutes « ces dames » de Clairvaux, obéie d'elles, au premier mot ; c'était enfin un insigne modèle de capacité, de piété, de bonté intelligente, de résolution tout ensemble ». (Floquet, *op. cit.*, I, 268.)

5. Yolande de Monterby appartenait à une famille d'ancienne noblesse de Champagne qui subsiste encore. (Voy. *Recherche de la noblesse de Champagne*, par M. de Caumartin, Châlons, 1673, in-fol., II, 175.)

6. *Edit.* : « très digne et très vertueuse ». Ces mots sont barrés sur le manuscrit de Mme la comtesse de Béarn.

### P. 10.

1. Voici la leçon pratique donnée aux auditeurs de l'éloge funèbre : ayez une vie aussi sainte que celle de Yolande de Monterby, à cette condition la mort vous conduira à l'immortalité bienheureuse.

2. C'est de la mort qu'il s'agit ; véritable *ennemie* de l'homme, qui annihile ses entreprises, ses affections et ses espérances.

3. *I Cor.* xv, 55. Ce passage de saint Paul fait allusion à la résurrection des justes et à la victoire définitive de Jésus-Christ sur le péché et sur la mort, à la fin des temps. C'est ce verset 55 que Bossuet a pris pour texte de son éloge funèbre.

4. C'est-à-dire qui méritent d'être examinées attentivement à cause de leur importance doctrinale.

5. La Bible signale la grande longévité des premiers hommes : Jared vécut 962 ans, Mathusalem 969 ans. (*Gen.* v, 20-27.)

6. « Honore ton père et ta mère, afin que tes jours soient longs dans le pays que Yahweh ton Dieu te donne. » (*Exode*, xx, 12.)

### P. 11.

1. *Ms. :* « bonne ».
2. *In Joan.*, tract. xxxii, n. 9. Texte : « Quid est longum ».
3. *Première rédaction :* « ...qu'il ne sert de rien que les pages que j'avais écrites... ».
4. C'est-à-dire employée avec sagesse et circonspection.
5. Bossuet en vient ici aux exhortations pratiques.

### P. 12.

1. Cet adjectif est souvent employé par Bossuet, et équivaut à irréfutable.
2. *Ps.* xxxviii, 6.
3. *Ms. :* « dies meos », etc.
4. *Ps.* xxxviii, 7.

**P. 13.**

1. Remarquer la logique rigoureuse de Bossuet en cet endroit.

2. Les Bernardines de Sainte-Marie du Petit Clairvaux étaient chanoinesses, s'appelaient *mesdames,* et ne recevaient que des filles nobles. (Voy. Floquet, *Etudes,* I, 266.)

3. *Edit. :* « glorieusement attachée », mots barrés sur le ms. Noter l'élévation de la pensée digne des plus beaux passages de Bossuet.

4. Avide, rapace. — Remarquer cette personnification de la mort. Elle revient souvent dans Bossuet.

5. Mots barrés par mégarde sur le ms.

**P. 14.**

1. Dans ce paragraphe, Bossuet fait un portrait très simple, mais exact des qualités et des vertus de l'abbesse de Clairvaux, dont les principales étaient la piété, l'humilité, la modération et la bonté envers les pauvres.

2. Voir note 5, p. 9.

3. *Edit. :* « une contenance, une modestie ». *Ms. :* « une contenance modeste ».

4. Yolande de Monterby savait agir tout en se retirant en elle-même, en conservant la vie intérieure.

5. C'est-à-dire les chrétiens. Dieu avait contracté avec Abraham et son peuple une alliance ; c'est l'ancienne alliance. La nouvelle alliance est celle que Dieu a contractée avec les hommes par la médiation et l'immolation de son Fils, Jésus-Christ.

6. Une vieillesse avancée, et qui présente les signes d'une chute prochaine.

7. *Edit. :* « Elles conduisaient ses desseins, elles ménageaient tous ses intérêts, elles régissaient toute sa famille. » Tout ceci est barré sur le ms.

8. *Ms. :* « envie ». Effacé et non remplacé.

9. « Caritas... non inflatur, non est ambitiosa, non quærit quæ sua sunt, non irritatur, non cogitat malum. » (*I Cor.*, XIII, 4, 5.)

**P. 15.**

1. Allusion à la doctrine paulinienne du corps mystique d'après laquelle Jésus-Christ donne la vie à son Eglise, comme les branches de la vigne la reçoivent du cep auquel elles sont unies. Le Christ est la tête ou le chef de ce corps mystique, l'Esprit-Saint en est l'âme et tous les baptisés en sont les membres.

2. C'est-à-dire généreuse, aimant à donner. Bossuet dira ailleurs : « Le libéral use de ses biens et sait les employer. »

3. Le radical du mot *ordure* est *ord*. Le dernier mot vient

probablement du latin *horridus,* qui fait horreur, qui est laid. Il s'agit donc ici de la laideur de l'avarice.

4. Ellipse : que sa charité n'était soigneuse de le faire.

5. Gandar (*Bossuet orateur,* p. 229-233) juge assez sévèrement ce premier essai de Bossuet dans un genre où il devait atteindre la perfection. Pour notre part, nous nous rangeons volontiers à l'avis de M. Lebarq : « Sans prétendre l'exalter nous trouvons qu'il est ce qu'il devait être ; et nous savons gré au jeune orateur de n'avoir pas élevé la voix plus haut que le sujet ne le comportait. » (Edit. Lebarq, II, 273, n. 4.)

## ORAISON FUNÈBRE
## DE HENRI DE GORNAY

**P. 17.**

1. Henri de Gornay appartenait à l'une des plus anciennes et plus illustres familles du pays messin. Il se considérait comme allié aux rois de France et d'Angleterre, et comme le descendant de saint Livier, martyr canonisé par l'Eglise et patron d'une paroisse de Metz. Il était né vers 1592 de Daniel de Gornay, seigneur de Coin-sur-Seille, et de Madeleine de Gornay. Il se distingua à la guerre, notamment au siège de La Rochelle, et fut chargé de négociations diplomatiques délicates en Allemagne et en Turquie, et devint en 1641 maître échevin de la ville de Metz. Il avait épousé en 1618, Marie-Agathe de Rheidezel de Cambourg dont il eut un fils : le comte Jean-Christophe de Gornay qui devint lieutenant-général et gouverneur de Maubeuge et fut tué en 1690. Henri de Gornay mourut à Metz le 24 octobre 1658. (Cf. Floquet, *Etudes,* I, 513-517.)

2. En la paroisse Saint-Maximin où était la chapelle des de Gornay.

3. A) DATE : M. Lachat a placé à tort cette allocution en 1662. L'épitaphe gravée sur la tombe d'Henri de Gornay, en l'église Saint-Maximin, indique le 24 octobre 1658 comme date de sa mort. D'autre part, Bossuet nous apprend que lorsque son éloge funèbre fut prononcé, la mort « l'avait ravi depuis peu de jours ». (Voy. texte de l'Oraison funèbre, page 17.) Il faut donc placer ce discours en octobre ou novembre 1658.

B) TEXTE : Le manuscrit appartient maintenant au collège de Juilly. Il lui a été donné par l'abbé Bautain qui l'avait reçu de M. Gossin, en 1843, à titre de remerciement pour un sermon de charité, en faveur de l'œuvre de Saint-François Régis. (Edit. Lebarq, II, 525, n. 1.)

C) ANALYSE : Dieu a fait tous les hommes égaux entre eux : la naissance, le cours de la vie et la mort, ces trois états auxquels la loi de nature soumet tous les hommes, le prouvent surabondamment; ceux-ci font tout ce qu'ils peuvent pour détruire cette égalité primitive. L'exemple d'Henri de Gornay doit rappeler les fidèles au sentiment de cette naturelle et nécessaire égalité que Dieu a mise entre tous les hommes. Il aurait pu être orgueilleux de sa naissance : il a préféré s'en montrer digne par son courage au siège de La Rochelle, par sa prudence dans ses négociations diplomatiques, par sa sagesse dans l'administration de la ville de Metz. Il se prépara à bien mourir dans l'humilité, la piété et la mortification. Ce discours est incomplet : les deux derniers points sont à peine effleurés.

4. Il manque sans doute un court avant-propos, où Bossuet devait exposer en quelques mots le but de l'Oraison Funèbre, comme il l'avait fait pour l'*Oraison funèbre de Mme Yolande de Monterby*.

5. Bossuet écrit : « Couyn ». L'édit. Lachat porte : « Louyn ». Cette petite commune se trouve à deux lieues de Metz et dépend de la paroisse de Cuvry.

6. Voir la note 3. Ce détail fixe la date de l'Oraison Funèbre.

7. Il est intéressant de rapprocher cet exorde de celui de l'*Oraison funèbre de Yolande de Monterby*. Dans ces deux passages, Bossuet apparaît occupé de la dignité du ministère qu'il exerce et de la juste mesure de ses obligations. (Cf. Gandar, *Bossuet orateur*, p. 230.)

8. Bossuet indique nettement ici le but de ces éloges funèbres. Il est double : l'instruction commune de tous les fidèles et la consolation de la famille et des amis du défunt.

9. « Yahweh forma l'homme de la poussière du sol, et il souffla dans ses narines un souffle de vie, et l'homme devint un être vivant. » (*Gen.* II, 7.)

10. *Ms.* : « fole ».

**P. 18.**

1. Ici commence le plus beau passage de l'Oraison Funèbre où l'éclat des images rivalise avec la sincérité de l'émotion et l'expression de la vérité.

2. « Primam vocem similem omnibus emisi plorans. » (*Sap.* VII, 3.)

3. *Var.* : « à pousser ».

4. Egalise.

5. Comparaison soulignée sur le manuscrit.

6. « Omnes morimur, et quasi aquæ dilabimur in terram. » (*II Reg.* XIV, 14.)

7. Les lignes de l'Oraison Funèbre comprises entre les numéros de rappel 7, p. 18 et 1, p. 19 se retrouvent dans une *Esquisse d'un Sermon pour la fête de la nativité de la Sainte Vierge* qui, d'après M. Lebarq, serait antérieure de quelques mois à l'éloge d'Henri de Gornay.

8. *Edit.* : « se poussent ».

ORAISONS FUNÈBRES

9. *Ms.* : « ils vont tous *enfin...* ». — L'auteur avait déjà écrit ce dernier mot à la ligne précédente.

**P. 19.**

1. Remarquer le sens transitif donné à ce verbe. « Ce gouffre infini de la mort ou du néant, où l'on ne trouve plus ni César, ni Alexandre, ni tous ces augustes noms qui nous séparent, mais la corruption et les vers, la cendre et la pourriture qui nous égalent. » *(Esquisse d'un sermon pour la fête de la nativité de la Sainte Vierge.)*

2. « Ce magnifique passage, au lieu de suspendre la marche du développement, joue dans l'ensemble de la composition un rôle essentiel, il en indique à la fois le dessein et l'ordre, il en établit l'unité » (Gandar, *Bossuet orateur*, p. 236-237.)

3. *Var. :* « pour combattre cette égalité... ». Cette variante a été préférée par Lachat.

4. Latinisme (de *progredior,* aller en avant). Ce mot est fort bien choisi — la vie est semblable à un chemin sur lequel on avance et dont le terme est la mort.

5. *Edit. :* « Il se voit peu d'homme assez insensé pour se consoler de sa mort... ou par la magnificence de *ses* funérailles. » Les funérailles d'un tombeau! Cette phrase incohérente a été conservée par Lachat : elle est le résultat d'un mélange du texte définitif avec une première rédaction ainsi conçue : « Je ne vois point d'homme assez insensé pour se consoler de sa mort par l'espérance d'un superbe tombeau ou par la magnificence de ses funérailles. » (Cf. Edit. Lebarq-Lévesque, II, 528, n. 2.)

6. Cette idée revient extrêmement souvent dans les sermons de Bossuet; dans le *Sermon sur la mort* en particulier.

7. Les anciennes éditions altèrent ce passage que Lachat indique comme une note marginale.

**P. 20.**

1. *Var. :* « recommandables ».
2. *Edit. :* « sans l'avoir prévue ».
3. Saint Paulin, né à Bordeaux en 353, fut d'abord sénateur consulaire de Campanie. Il commença vers l'âge de 40 ans à pratiquer une vie de continence et de pauvreté. Il reçut la prêtrise en 394. Il passa à Nole les trente-cinq dernières années de sa vie et mourut évêque de cette ville en 431.
4. *Ad Sever.*, Ep. XXIX, n. 7.
5. Il s'agit de Mélanie l'Ancienne, dame romaine, née à Rome vers 343, morte à Jérusalem en 410. Veuve à vingt-trois ans, elle visita les solitaires de la Thébaïde et se fixa à Jérusalem dans un monastère qu'elle fit bâtir.
6. Voir n. 1, p. 17.
7. Bossuet insiste une fois de plus sur la haute dignité de

son ministère. Il hait la rhétorique mondaine et ne veut faire qu'œuvre sacerdotale du haut de la chaire. Il est en cela le digne émule de saint Vincent de Paul. (Voy. *Panégyrique de saint Paul.*)

8. Passage que l'auteur a souligné plus tard.

9. Marie appartenait très certainement à la race des rois. La tradition est unanime sur ce point. (Cf. *Luc* I, 32, — *Rom.* I, 3. — *II Tim.* II, 8.)

La généalogie du Christ selon saint Matthieu signale aussi le roi David, parmi les ancêtres de Jésus.

10. Sur ce point, voir Fillion : *Vie de N.-S. J.-C.*, I, 485. Au IVe siècle le manichéen Faustus a soutenu que la Sainte Vierge n'était pas de la tribu de Juda, mais de celle de Lévi, à cause de *Luc* I, 36 (parente avec sainte Elisabeth). Saint Augustin a accordé la parenté avec la lignée sacerdotale, il le fallait bien, tout en maintenant la descendance davidique. Il suffit, pour accorder les deux, de supposer un mariage contracté entre un membre de la tribu de Juda et une descendante d'Aaron. (Cf. saint Augustin, *Contra Faustum,* XXIII, 1-4, 9; Origène : *Selecta in Num.* XXXVI, 8; Saint Hégésippe : *Comment. in Dan.* I, 12.)

La théorie du sacerdoce selon l'ordre de Melchisédech a pu aussi inviter à chercher les origines lévitiques de la Sainte Vierge. Fillion cite le testament des douze patriarches et le testament de Siméon : ces passages ont fait supposer aux critiques actuels qu'en réalité Marie appartenait à la tribu de Lévi, mais non, en même temps, à celle de Juda.

11. *Ad Sever.*, Epître XXIX, n. 7.

12. *I Cor.*, I, 26.

13. C'est-à-dire : être noble. Déforis a supprimé cette phrase, et l'a remplacée par les mots suivants : « Pourquoi a-t-il voulu naître de parents illustres ? »

14. Allusion aux premières promesses messianiques de l'Ancien Testament : bénédiction de Noé, promesses faites à Isaac et à Jacob (*Gen.* XXVI et XXVIII), bénédiction de Jacob (*Gen.* XLIX, 8-10), 4e oracle de Balaam (*Num.* XXIV, 14-19), etc.

15. En particulier la prophétie de Nathan au IIe livre de *Samuel,* VII, 16; et dans cette prophétie le verset 13 surtout : « et j'affermirai pour toujours le trône de son royaume ».

**P. 21.**

1. A partir de cet endroit, Bossuet ne fait qu'esquisser son discours. La rédaction que donnent habituellement les éditions est due à la plume de Déforis.

2. « Sa famille ». — Ce mot ne se trouve pas sur le manuscrit ; mais il est réclamé par le sens.

3. Voir n. 1, p. 17.

4. Phrase négligée. M. Lebarq fait remarquer à juste titre

« qu'en effaçant *en* qui remplace « plus elle remontait » on aurait un pléonasme usité avec les sujets joints à un participe ».

5. Saint Livier, martyr canonisé par l'Eglise et ancêtre d'Henri de Gornay, était le patron d'une des paroisses de Metz.

6. Ce paragraphe n'est qu'un sommaire. Bossuet s'est contenté d'en noter les idées principales sur son manuscrit.

7. Bossuet a supprimé sur son manuscrit cette première rédaction : « ...donne un *lustre* plus considérable à tous les descendants de cette maison que celui que vous avez reçu de tant d'illustres ancêtres. »

8. *Tob.*, II, 18.

9. C'est-à-dire saint Livier.

10. A Henri de Gornay. Pour éviter toute ambiguïté, Déforis a ajouté : « au respectable défunt que nous célébrons ».

11. Latinisme (du lat. *moderatio,* de *modus,* borne), c'est-à-dire, la retenue.

**P. 22.**

1. Allusion au siège de La Rochelle auquel prit part Henri de Gornay.

2. Voir biographie d'Henri de Gornay, n. 1, p. 17.

3. Déforis a refait complètement la phrase : « Pour lui, dit-il, il a révéré celles de l'Eglise jusque dans les points qui paraissaient les plus incompatibles avec son état. Jamais on ne l'a vu violer les abstinences prescrites, sans une raison capable de lui procurer une dispense légitime. »

4. C'est-à-dire l'abstinence.

5. *Edit.* : « honte trop commune... ».

6. Cette Oraison funèbre est un des derniers discours que Bossuet prononça à Metz. L'orateur, à partir des premiers mois de 1659, change d'auditoire, c'est à Paris, c'est pour la ville et la cour, comme on disait au XVIIe siècle, qu'il va maintenant porter la parole.

## ORAISON FUNÈBRE
## DU PÈRE BOURGOING

**P. 23.**

1. François Bourgoing, né à Paris le 18 mars 1585 et reçu en 1609 bachelier et docteur de Sorbonne, quitta en 1611, la cure du village de Clichy, près Paris, pour entrer dans la congrégation des Pères de l'Oratoire que formait alors le cardinal de Bérulle. Ce dernier l'envoya fonder des maisons à Nantes, à Dieppe, à Rouen, en Auvergne, surtout en Flandre, et dans beaucoup d'autres lieux. En 1645, après la mort du Père de Condren qui avait succédé au cardinal de Bérulle, dans la

place de supérieur général de la congrégation, le Père Bourgoing fut élu pour le remplacer. Il donna sa démission en 1661, un an avant sa mort, après avoir rempli cette charge pendant vingt ans. De grandes infirmités avaient beaucoup affaibli ses facultés physiques et intellectuelles; mais sa vieillesse ne fut pas la seule cause de sa détermination. Bien que sa piété, son zèle apostolique, sa sagesse et sa science eussent été unanimement reconnus, un certain nombre de ses confrères, défenseurs du jansénisme, qui ne lui pardonnaient pas sa déférence envers Rome en matière de dogme et de discipline, battaient en brèche son autorité. Une circulaire que le grand séminaire de Rouen possède, prouve que dès 1653, le Père Bourgoing avait été obligé de les exhorter à se soumettre aux décisions pontificales. Dans son *Histoire abrégée du T. R. Père Bourgoing,* p. 1-13 (t. VIII des *Œuvres de Bossuet*), Déforis affirme que de nombreux indisciplinés lui tinrent tête pendant dix ans. A sa mort, qui survint le 28 octobre 1662, ces divisions intestines existaient encore.

2. La congrégation des Prêtres de l'Oratoire fut fondée en 1611 par le Père de Bérulle sur le modèle de l'institut de Saint-Philippe de Néri. Le Père de Bérulle lui donna le nom d'*Oratoire de Jésus*. De son vivant, la congrégation dont le berceau avait été le faubourg Saint-Jacques se transporta rue Saint-Honoré et y éleva (1621) la célèbre chapelle, consacrée actuellement au culte protestant. — Les progrès de cette congrégation de prêtres séculiers furent très grands sous la direction du second supérieur général, le Père Charles de Condren qui écrivit les constitutions laissées par le Père de Bérulle à l'état de projet. L'adhésion de beaucoup de ses prêtres au jansénisme y créa de regrettables dissensions.

3. A) Date : Elle nous est fournie par le billet de faire-part, conservé aux Archives nationales (MM 628, p. 112) et ainsi libellé : « Vous êtes priés d'assister au service de défunt, le Révérend Père François Bourgoing, général des Prêtres de la congrégation de l'Oratoire de Jésus-Christ Notre-Seigneur, qui se fera en leur église, près le Louvre, lundi 4 du mois de décembre sur les dix heures du matin. Mgr. l'Evêque de Grasse y célébrera la Grande Messe et M. l'abbé Bossuet fera l'Oraison funèbre. »

B) Texte : Le manuscrit n'existe plus. Déforis l'avait reçu de l'abbé de La Motte, ancien vicaire général de l'évêque de Troyes. M. Lebarq a consulté un extrait du discours que le Père Batterel avait transcrit en 1729, en se servant de l'original que lui avait communiqué le neveu de Bossuet.

C) Analyse. *Exorde :* Nombreux sont les écueils qu'offrent habituellement les éloges funèbres. Le Père Bourgoing a eu une vie si sainte, qu'il est aisé pour l'orateur sacré, de célébrer ses mérites.

ORAISONS FUNÈBRES 1191

*Premier point* : Le Père Bourgoing a vécu saintement dans l'esprit du sacerdoce. Dès son enfance il fut pieux et soumis à Dieu. Il eut une jeunesse laborieuse et remporta de grands succès en Sorbonne. Il eut une grande part dans la fondation de la congrégation de l'Oratoire. Homme de prière, il prêcha l'Evangile avec une simplicité sans apprêts et un zèle tout apostolique. Il employa sa sagesse et sa patience à diriger les âmes avec fruit.

*Second point* : Le Père Bourgoing éleva dans le même esprit la congrégation qui lui fut confiée. Le Christ a voulu que l'Eglise fût une. Cette unité existe dans la soumission parfaite au pape et à tout l'ordre épiscopal ; et dans la pureté de la foi. Le Père Bourgoing, à la tête de la congrégation de l'Oratoire, a sans cesse travaillé à la réalisation de cette unité. Il a quitté saintement cette terre, après avoir regardé la mort en face et s'y être préparé par des années de pénitence. Il est souhaitable que tous les chrétiens, les membres de la congrégation de l'Oratoire en particulier, aient la même mort, en imitant pendant leur vie les vertus de ce saint prêtre.

4. La copie de Batterel ne porte pas de traduction.
5. *Batterel* : « le ».
6. *Var.* : « raconter ».
7. Les textes modernes portent « grâce » au singulier et affaiblissent ainsi de beaucoup la valeur de ce mot. Cette expression de reconnaissance fait penser aux paroles liturgiques « Gratias agamus Domino Deo nostro ».

**P. 24.**

1. *Déforis* : « de telle sorte ». Corrigé d'après Batterel.
2. Bossuet restera toujours fidèle à ce principe, et s'efforcera de juger toujours impartialement les personnages dont il sera chargé de prononcer l'éloge funèbre. Il louera les talents militaires du prince de Condé, mais il n'hésitera pas à juger sévèrement les fautes dont il s'était rendu coupable envers la royauté.
3. Remarquer cette personnification très intéressante des « autels » ; procédé souvent employé par Bossuet.
4. C'est du Saint Sacrifice de la Messe qu'il s'agit ici. L'Oraison funèbre a été prononcée au cours de la grand' messe solennelle de *Requiem*, célébrée pour le repos de l'âme du défunt par l'évêque de Grasse. Voir n. 3, p. 23.
5. Originaire du Nivernais, la famille du P. Bourgoing remplit dans la province des charges importantes, et donna plusieurs conseillers au Parlement de Paris.
6. En Droit ancien, ce mot désignait les grands corps de magistrature (Parlement, Chambre des Comptes, Cour des Aides, Grand Conseil). « Il fallait à un ministre étranger un homme..., qui, nourri dans les *compagnies,* connût les ordres

du royaume et l'esprit de la nation. » (*Oraison Funèbre de Michel Le Tellier.*)

7. *Batterel*: « les Clercs ». — Bossuet met toujours au pluriel les noms propres quand ils désignent plusieurs personnes portant le même nom. Déforis les a mis au singulier.

8. Le père de François Bourgoing était conseiller à la Cour des Aides, « homme docte ès langues et bien versé dans la poésie », dit Lacroix du Maine (Édition Lachat, XII, 640.)

9. *Orat.* XXVIII (*nunc* XXVI).

**P. 25.**

1. *Batterel* : « du double honneur ». Les deux leçons sont acceptables.

2. « Qui bene præsunt presbyteri, duplici honore digni habeantur. » *I Tim.*, V, 17.

3. *Batterel* : « ce ».

4. La manière d'agir de l'Esprit-Saint. « Ces différentes conduites de Dieu dans l'ancienne et la nouvelle alliance. » (*Sermon sur l'éminente dignité des pauvres dans l'Eglise.*)

5. *Orat.* XX (*nunc* LXIII).

6. Le sacrement de l'Ordre qui donne le pouvoir de remplir les fonctions ecclésiastiques et la grâce de les exercer saintement se compose de différents *degrés* appelés eux-mêmes Ordres, qui ont pour but de conduire par étapes à la dignité suprême du sacerdoce.

7. Le caractère sacerdotal imprimé dans l'âme du prêtre par le sacrement de l'Ordre.

8. *Prévenu* doit être pris au sens latin du mot : « il avait devancé » son ordination.

9. Le Baptême et la Confirmation confèrent le Saint Esprit; mais le sacrement de l'Ordre le donne dans sa plénitude.

10. 10 novembre 1611.

11. Capable de.

12. *Var.* : « fournir ».

13. Voir plus loin, *Oraison funèbre de Nicolas Cornet*, n. 7, p. 46.

**P. 26.**

1. (Floquet, *Etudes,* II, 222.)

2. Saint Grégoire de Naz., *Orat.* XXI, 4. Bossuet s'inspire du passage plutôt qu'il ne le traduit.

3. Doué. Du latin : *ingeniosus*. Le mot latin *ingenium* signifie le talent naturel. *Déforis* : « ingénieux, par son travail; laborieux, par son esprit ».

4. Pierre de Bérulle, 1575-1629. Ordonné prêtre en 1599, il travailla à l'introduction des Carmélites en France, et fonda l'Oratoire en 1611; il prit part à d'importantes négociations politiques; cardinal en 1627. Parmi ses ouvrages de spiritualité

il faut signaler : *Elévations à Jésus et Marie,* — *Discours sur l'état et les grandeurs de Jésus.*

5. Allusion à la mésentente qui opposait ses membres les uns aux autres.

6. *Déforis :* « biens ».

7. « Timor non est in caritate : sed perfecta caritas foras mittit timorem, quoniam timor pœnam habet, qui autem timet, non est perfectus in caritate. » (I *Joan.*, IV, 18.)

8. *Var. :* « ils doivent toujours avoir... »

9. *Déforis :* « chercher ». — Nous gardons ici la leçon de Batterel, plus conforme à l'usage de Bossuet.

10. *De patientia,* II, 12.

**P. 27.**

1. Voir Floquet, *Etudes,* II, 222, n. 1.
2. Pierre de Bérulle.
3. *Act.,* VI, 4.
4. *Gen.,* XXVIII, 12.

**P. 28.**

1. Ces méditations sont intitulées ainsi : *Les vérités et excellences de Jésus-Christ N.-S., disposées par méditations pour tous les jours de l'année,* Paris, 1636, 6 vol. in-12. — Voici les autres principaux ouvrages du Père Bourgoing : *Lignum vitæ,* 1629 ; — *Institutio spiritualis ordinandorum,* 1639 ; — *Homélies chrétiennes sur les évangiles des dimanches et des principales fêtes,* 1642 ; *Ratio studiorum,* 1645 ; — *Direction des missions,* 1646 ; — *Exercices d'une Retraite,* 1648 ; — *Homélies des Saints sur le martyrologe romain,* 1651 (pour les trois premiers mois de l'année seulement) ; — *Préface* des Œuvres du cardinal de Bérulle, éditées en 1644 ; — *Déclaration présentée à la Reine par le R. P. Général, au nom de la Congrégation, sur quelques points touchant le sacrement de Pénitence.* Cette dernière œuvre fut retirée par l'auteur, après les critiques dont elle fut l'objet de la part de plusieurs membres de la congrégation de l'Oratoire.

2. Les méditations du Père Bourgoing eurent un succès considérable et M. Floquet (*Etudes,* II, 223) regrette que Bossuet ne les ait pas louées davantage.

3. Il est intéressant de rapprocher cette phrase de Bossuet d'un passage de la Ire *Epître aux Corinthiens* II, 2 : « non enim judicavi me scire aliquid inter vos nisi Jesum Christum, et hunc crucifixum. » Le Père Bourgoing, suivant l'exemple de saint Paul, ramène toute sa prédication à cette science et renferme toute sa doctrine dans ce mystère. Pour saint Paul, en effet, toute la religion se résume dans la connaissance pratique du mystère du Christ.

4. Floquet (*Etudes,* II, 227), remarque judicieusement « que le panégyriste appliqué uniquement à peindre le Père Bourgoing venait à son insu de se peindre lui-même ».

5. Jugement sévère de Bossuet, mérité du reste, sur l'éloquence de certains prédicateurs de son temps plus préoccupés de leur propre gloire que des intérêts de Dieu et des âmes.

6. La foi rencontre de nombreux obstacles dans les âmes : Bossuet se contente ici de citer saint Paul. Il avait développé sa pensée sur ce point dans son *Panégyrique de saint Joseph* prononcé le 19 mars 1661. (Cf. p. 501).

7. *Var.* : « endurcie ».

8. *II Cor.* x, 4, 5.

9. Détruirez-vous. Ce verbe est employé avec le même sens dans le *Sermon pour la Circoncision* : « les hommes dissipent le pacte éternel ».

10. *Var.* : « de votre harmonie ».

**P. 29.**

1. *Var.* : « plus fortes ».

2. Fondateur de la congrégation de l'Oratoire en Italie, né à Florence en 1515, mort à Rome en 1595. Après avoir séjourné à Naples jusqu'en 1533, il alla à Rome pour y faire ses études. Cinq ans après, il vendit ses livres pour se consacrer au service des malades et des pauvres. En 1548, il établit la confrérie et l'hôpital de la Sainte-Trinité pour l'assistance des indigents. Entré dans les ordres en 1551, il réunit peu après de jeunes ecclésiastiques qu'il chargea de faire des prédications publiques dans les rues de Rome. Le peuple les appela les oratoriens. Le fondateur ratifia le nom et appela sa congrégation l'Oratoire de Rome : il n'y admit que des prêtres qui s'engageaient à vivre pauvrement dans l'étude et la pratique de la charité, sans toutefois faire aucun vœu. Béatifié par Paul V en 1615, il fut canonisé par Grégoire XV en 1622.

3. L'Oraison funèbre du cardinal de Bérulle et le Panégyrique de saint Philippe de Néri.

4. « Ille erat lucerna ardens et lucens. Vos autem voluistis ad horam exsultare in luce ejus. » (*Joan.*, v, 35.)

5. Plus notre connaissance de Dieu est précise, plus grand est notre amour pour lui. Bossuet développera cette pensée dans le I$^{er}$ point de son *Sermon sur le culte de Dieu* (1666).

6. Cette idée revient dans un *Sermon pour une Profession* que Bossuet aurait prêché le 5 décembre 1681 à l'occasion de la vêture de Marie-Anne de saint François Bailly. (Edit. Lebarq, VI, 152 et suiv.) « ...je vous conjure de joindre vos prières aux miennes afin qu'il plaise à cet esprit... de répandre sur mes lèvres ces deux beaux ornements de l'éloquence chrétienne, je veux dire la simplicité et la vérité. »

7. Saint Aug., *De doctr. christ.*, IV, 42.

**P. 30.**

1. Formule officielle. Gaston d'Orléans ne méritait pas

ORAISONS FUNÈBRES

semblable éloge. L'orateur laisse entendre que ce prince avait eu besoin de s'amender.

2. Charles de Condren, 1588-1641, oratorien en 1617, général en 1629 après la mort du cardinal de Bérulle. Il refusa les archevêchés de Reims, de Lyon, le chapeau de cardinal. Il fonda en 1639 le collège de Juilly. Il a laissé l'*Idée du sacerdoce et du sacrifice de Jésus-Christ,* un des classiques de la théologie spirituelle, des discours, des lettres, etc. Il est un des principaux maîtres de l'Ecole française de spiritualité.

3. Cf. *Panégyrique de saint François de Sales :* « nous pouvons... honorer sa bienheureuse mémoire, plus douce à tous les fidèles qu'une composition de parfums. »

4. Phrase inspirée par le *Cantique des Cantiques.*

5. « Agricola exspectat pretiosum fructum terræ, patienter ferens. » (*Jacob.,* v, 7.)

6. *II Cor.,* ix, 15.

7. Eloge à l'endroit du Père Bourgoing, en même temps que leçon pour l'auditoire.

**P. 31.**

1. Dieu unique par nature a voulu faire éclater cette unité dans toutes ses œuvres, dans l'Eglise en particulier.

2. *Joan.,* I. 14.

3. *Ibid.,* xvii, 23.

4. « Sacramentum hoc magnum est; ego autem dico in Christo et in Ecclesia. » (*Ephes.,* v, 32.)

5. *Cant.,* vi, 8.

6. Cette expression de Bossuet correspond exactement à cet axiome théologique : « Extra Ecclesiam nulla salus. »

7. Comparaison juste et imagée, que Fléchier et les écrivains de son école ne se seraient sans doute pas permise.

8. *Act.,* x, 13 : allusion à la vision de saint Pierre, à Joppé, à la suite de laquelle l'apôtre admit les Gentils dans l'Eglise.

9. Le banquet eucharistique où l'âme, par la sainte communion, ne fait plus qu'*un* avec le Christ.

10. Preuve convaincante et visible de leur désertion. Le mot *conviction* ne s'emploie plus guère dans ce sens aujourd'hui.

**P. 32.**

1. Le caractère sacré imprimé dans l'âme des évêques et des prêtres par le sacrement de l'Ordre.

2. Cornel., *Epist. ad Cypr.,* ap. Cypr., Epît. XLVI. Théodoret, *Hist. eccles.,* II, xiv.

3. L'artisan de l'unité.

4. S. Hieron., *Adv. Jovin.,* lib. I.

**P. 33.**

1. *Joan.,* xx, 21.

2. *Matth.*, XVI, 18.

3. Doit donner une adhésion complète.

4. Remarquer avec quelle force et quelle insistance l'orateur demande aux prêtres et aux fidèles cette union et cette soumission au pape et aux évêques.

5. Ce paragraphe et les premières lignes du suivant jusqu'à : « si ce n'est que » se trouvent dans un fragment autographe conservé à la Bibliothèque d'Avignon.

6. Nouvelle allusion au jansénisme.

**P. 34.**

1. La foi est le fondement de l'édifice spirituel, de l'espérance et de la morale : pensée que Bossuet développe longuement dans le 2e point de son *Sermon sur la soumission due à la parole de Jésus-Christ*. (Carême des Minimes, 22 février 1660.)

2. *Var.* : « s'il avait été ruiné ».

3. La plénitude du sacerdoce conférée par le sacre épiscopal.

4. Il s'agit ici de la création des premiers séminaires. Cette institution avait été imposée aux évêques par le concile de Trente (Session XXIIIe).

5. Saint Magloire, évêque de Dol, né dans le pays de Galles vers 525, mort à Jersey vers 605. Cousin de saint Samson et de saint Malo, il fut élevé dans le monastère de Llan Illtyd. En 555, il passa la mer avec saint Samson à qui il succéda sur le siège épiscopal de Dol, puis après plusieurs années de pontificat, se retira dans un ermitage de Jersey et vécut dans l'austérité. Ses reliques, afin d'échapper à la profanation, pendant l'invasion normande, furent apportées à Paris et confiées, au XVIIe siècle, à la garde de la congrégation de l'Oratoire.

6. Mot omis par Batterel ou ajouté par Déforis.

**P. 35.**

1. *Batterel* : « de ralentir... »

2. *Batterel* : « qu'elles pussent interrompre... »

3. Mot employé par Bossuet dans des sens très divers : il faut le prendre ici au sens latin (*delicatus* : mou, voluptueux) : la mollesse, les voluptés des sens et de la nature.

4. *Var.* : « prolonger ».

5. « Beati qui lugent: quoniam ipsi consolabuntur. » (*Matth.*, V, 5.)

**P. 36.**

1. Réminiscence de saint Paul, *Rom.*, VIII, 16, 17 : « Ipse enim spiritus testimonium reddit spiritui nostro quod sumus filii Dei. Si autem filii et heredes : heredes quidem Dei, coheredes autem Christi : si tamen compatimur, ut et conglorificemur. »

2. *Rom.*, VII, 24.

3. La fin de cet alinéa se retrouve dans le Ier point du *Sermon sur la mort* (1662), dans le IIe point du *Sermon sur la Résurrection* (1669) et dans l'*Oraison funèbre de Henriette d'Angleterre* (p. 92-93).

4. Tertullien, *De resur. carn.*, n. 4.

## P. 37.

1. Les dernières lignes de cet alinéa et les premières lignes du suivant se retrouvent dans le IIIe point du *Sermon sur la Résurrection*.

2. *I Reg.*, XV, 32.

3. Tertullien, *De jejun.*, n. 12.

4. Rapprocher ce passage de la fin du Ier point du *Panégyrique de saint François de Paule* (p. 442 à partir de la n. 11) : les expressions sont presque identiques.

5. Ce que j'ai désiré, voulu à l'avance. Du latin : *prætendere* : tendre devant, en avant.

6. *Ps.*, I, 5.

7. « Anima mea in manibus meis semper. » (*Ps.* CXVIII, 109.)

8. « Videre bona in terra viventium. » (*Ps.* XXVI, 13 ; CXLI, 6.)

## P. 38.

1. « Gustate et videte quoniam suavis est Dominus. » (*Ps.* XXXIII, 9.)

2. Cf. saint Paul, *I Cor.*, XIII, 12 : « Videmus nunc *per speculum,* in *ænigmate,* tunc autem *facie ad faciem.* Nunc cognosco ex parte, tunc autem cognoscam sicut et cognitus sum. »

3. *Num.*, XXIII, 10.

4. L'orateur s'inspire ici de saint Grégoire de Nazianze. *Hom.* XI.

5. Ce passage est emprunté au *Sermon sur la pénitence* que Bossuet avait prêché le 6 mars 1661.

6. « Observo vos per misericordiam Dei, ut exhibeatis corpora vestra hostiam viventem, sanctam, Deo placentem. » (*Rom.*, XII, 1.)

7. Dans les premières lignes de ce paragraphe, Bossuet souligne une fois de plus devant ses auditeurs le souci qu'il a de la dignité de son ministère dans ces sortes d'éloges. Rapprocher ces lignes de l'exorde de l'*Oraison funèbre de Mme de Monterby*.

8. La congrégation, en ordonnant qu'un service solennel serait célébré pour lui (le Père Bourgoing) voulut qu'on y prononçât l'éloge de son regretté supérieur général, et qu'à l'archidiacre de Metz, cet orateur plus admiré de jour en jour, fût confié le soin de consacrer le souvenir de vertus si rares, de raconter cette vie laborieuse, utile, sainte et de lui si bien

connue; Bossuet lié étroitement avec Vincent de Paul, n'ayant pu ne l'être pas avec Bourgoing, ami très affectionné du saint supérieur de Saint-Lazare. » (Floquet, *Etudes,* II, 224.)

9. Cf. *I Cor.,* XI, 1 : « Imitatores mei estote, sicut et ego Christi. »

**P. 39.**

1. Allusion à *Philip.,* IV, 1 : « Gaudium meum et corona mea, sic state in Domino. » *I Cor.,* V, 5 : « Tradere hujusmodi Satanæ in interitum carnis, ut spiritus salvus erit. » *I Thess.,* II, 19, 20 : « Quæ est enim nostra spes, aut gaudium, aut corona gloriæ ? nonne vos ante Dominum nostrum Jesum Christum estis in adventu ejus ? Vos enim estis gloria nostra et gaudium. »

## ORAISON FUNÈBRE
## DE NICOLAS CORNET

**P. 41.**

1. Nicolas Cornet naquit à Amiens, le 12 octobre 1592, de Jacques Cornet, sieur d'Hunval en Artois, de Coupel et de l'Angle, premier échevin d'Amiens, et d'Anne Rabasche. Après son cours d'études il entra au noviciat des Jésuites, mais sa mauvaise santé l'empêcha de rester dans la Compagnie qu'il aima et estima toujours. Il reçut en 1626 le bonnet de docteur dans la Faculté de théologie de Paris. Prieur de Notre-Dame de Vouvant en Poitou, il fut doyen de Saint-Thomas du Louvre en 1633. Grand maître du collège de Navarre, de 1635 à 1643, puis de 1651 à 1663, il fut nommé en 1649 Syndic de la Faculté de théologie. Ce fut en cette qualité qu'il dénonça aux docteurs de Sorbonne sept propositions résumant la doctrine hétérodoxe contenue dans l'*Augustinus* de Jansénius dont le venin commençait à se répandre parmi les jeunes théologiens. Cinq de ces propositions furent condamnées par Rome comme hérétiques. Les Jansénistes ne le lui pardonnèrent jamais. Il mourut le 18 avril 1663.

2. A) DATE : Cette Oraison funèbre fut prononcée par Bossuet le 27 juin 1663, c'est-à-dire deux mois et dix jours après la mort de Cornet, au cours du service funèbre ordonné en son honneur. Déforis et le cardinal de Bausset après lui, ont tort de proposer le 27 avril comme date de cet éloge funèbre. Bossuet n'aurait eu que neuf jours pour préparer un discours qui demandait beaucoup de réserve, de circonspection et d'impartialité. (Voy. Floquet, *Etudes,* II, 249, 250.)

B) TEXTE : Le manuscrit n'a été perdu. Le texte donné ici a malheureusement peu d'autorité. Il a été établi sur l'édition donnée en 1698 par un petit-neveu de Nicolas Cornet. Floquet et Lachat ont tort de soutenir l'authenticité absolue de ce texte. Il contient des interpolations de détail portant plus sur le style que sur la doctrine. (Voy. Edition Lebarq, IV, 470, 471.)

C) ANALYSE. *Exorde* : Il n'y a rien de plus grand que la modestie des grands hommes. Elle doit être louée d'une manière toute particulière. Celle de Nicolas Cornet mérite cet éloge : il est juste de mettre en plein jour la vie sainte et cachée de ce bon serviteur de Dieu.

*Premier point* : Nicolas Cornet est un trésor d'une valeur inestimable. Au milieu du rigorisme des uns et du laxisme des autres, il a su soutenir dignement « la gloire et l'ancienne pureté des maximes » de la Faculté de Paris, par sa science, sa modestie, sa piété et l'orthodoxie de sa doctrine. Grâce à sa perspicacité, il a pu renseigner Rome à temps sur les dangers que courait la doctrine traditionnelle de l'Eglise sur la grâce.

*Second point* : Nicolas Cornet a caché le trésor qu'il était, dans l'humilité la plus parfaite. Il a refusé les emplois les plus brillants et les charges les plus importantes. Il a été soumis à l'Eglise et à son roi. Que tous les fidèles aient à cœur d'imiter un si bel exemple de vertu.

3. Voir plus bas note 5.

4. C'est en effet la maison de Navarre qui, voulant exalter cet homme si simple et lui procurer des honneurs mérités, décida qu'un service solennel serait célébré pour lui, qu'un discours serait prononcé dans cette chapelle où il avait voulu être inhumé.

5. Louis XIII, Richelieu et Mazarin lui avaient offert des charges importantes. En 1662, un an avant sa mort, Louis XIV et la reine mère étaient résolus de l'élever sur le siège primatial de Bourges, ils se heurtèrent encore à un ferme refus.

6. Occasion, circonstance. Nous avons ici un des rares exemples de l'emploi par Bossuet de ce mot au masculin.

**P. 42.**

1. Bossuet avait été l'élève préféré, l'ami très cher, pendant vingt ans, de Nicolas Cornet.

2. Bien que Bossuet saisisse toute la difficulté d'un discours prononcé en de telles circonstances, il considère comme un devoir de reconnaissance de prononcer l'éloge de celui qui fut son maître.

3. En tant que docteur et grand maître du Collège de Navarre, Cornet avait eu à apprécier et à faire la critique des premiers sermons de son élève.

4. A la suite de Déforis, les éditeurs ajoutent entre crochets un complément [qu'aucun] que l'ancienne syntaxe ne réclamait pas.

5. La suite de l'exorde est nettement inférieure à ce qui précède. On peut donc légitimement douter de l'authenticité absolue de ce passage.

6. Cornet avait demandé par testament d'être inhumé dans le lieu le moins apparent de la chapelle du collège, près de la porte.

7. Bossuet emploie souvent le mot *conseil* pour désigner les projets, le plan, la détermination de Dieu. Par exemple : « La Sagesse incréée, par un conseil de condescendance, se rabaisse en prenant un corps. » *(Sermon pour la fête de l'Annonciation.)*

**P. 43.**

1. La Mothe-Houdancourt, ancien évêque de Rennes, grand proviseur de Navarre et premier aumônier d'Anne d'Autriche. Il venait d'être nommé à l'archevêché d'Auch.

2. Remarquer la répétition du mot *grand* dans ces lignes. Ce texte n'est certainement pas celui de Bossuet.

3. Parmi les auditeurs de Bossuet, se trouvaient Péréfixe, archevêque nommé de Paris, les évêques du Puy, de Laon, de Soissons, de Chartres, de Châlons, de Lisieux, de Rennes, de Valence et de Lavaur, les abbés de Foix, d'Hocquincourt, de Chavigny, de Coislin, etc.

4. Le texte de ce premier point est du Bossuet authentique.

5. *Coloss.*, II, 3.

**P. 44.**

1. Bossuet défend courageusement son maître : il était digne par ses qualités morales, sa science, et sa vertu d'appartenir à la Faculté de théologie de Paris. Cet éloge est du reste l'expression de la vérité.

2. Les ruses. — *Edit. d'Amst.* : « d'être surpris des détours d'intérêts humains aux inventions. » — *Déforis :* « d'être surpris des détours... [de se prêter] aux inventions. »

3. L'édition Lebarq, IV, 490, donne un extrait des *Mémoires* de Godefroi Hermant, historien dévoué aux Jansénistes. C'est un passage de l'*Oraison funèbre de Nicolas Cornet* recueilli à l'audition, par un *écrivain* pour le compte des Jansénistes au moment où Bossuet prononçait son discours. Ce texte est nettement inférieur au discours imprimé que nous donnons ici. Cet écrivain a dû prendre au vol quelques phrases et a composé le reste de mémoire.

4. « Consuunt pulvillos sub omni cubito manus. » (*Ezech.*, XIII, 18.)

5. Après avoir condamné le laxisme de certains ecclésiastiques, Bossuet attaque le rigorisme janséniste.

6. Au sens latin : la mesure, le juste milieu.

7. Cette expression se retrouve dans l'*Oraison funèbre d'Anne de Gonzague* (voy. p. 160) : « Siècle vainement subtil ».

8. *De gener. cont. manich.*, II, 11, et *De lib. arbitr.* II, XVI.

9. « Sidera errantia. » — *Jud.*, 13.

## P. 45.

1. *Bélial* (étymologiquement sans joug) désigne Satan. Ce mot rappelle la rébellion du démon contre Dieu, il est employé dans le testament des douze Patriarches. Cf. *II Cor.*, VI, 15.

2. « Nemo assumentum panni rudis assuit vestimento veteri : alioquin aufert supplementum novum a veteri, et major scissura fit. » (*Marc.,* II, 21.)

3. *Edit. :* « sans point. » Faute de lecture évidente.

4. *Matth.,* XI, 30.

5. *In Matth.* Hom. XXXVIII, n. 3.

6. Les éditions donnent cette leçon : « de peur que, si vous êtes chargés de son poids, vos passions..., et que... nous... » le texte donné ici est celui que M. Lebarq a établi par conjecture.

7. Le Christ impose des obligations; mais Il aide par sa grâce.

8. La parole de Dieu.

## P. 46.

1. « Ne declines ad dexteram neque ad sinistram. » (*Prov.* IV, 27).

2. *Amst. :* « trop haute ».

3. Les conseils évangéliques.

4. « Les anciennes éditions ponctuent différemment de manière à faire regarder ces deux membres de phrase comme synonymes. Le premier serait l'explication des mots « du côté de la droite »; le second est le complément de s'égarer. » (Edition Lebarq, III, 478, n. 3.)

5. *Ps.* XXXIV, 11.

6. Nouvel éloge de la Faculté de théologie de Paris dont Bossuet a été l'élève.

7. L'Université de Paris était surtout célèbre par ses chaires de théologie. Au moyen âge, elle compta plus de 30.000 étudiants. A cette époque Albert le Grand, saint Thomas d'Aquin, saint Bonaventure et Duns Scot l'élevèrent à son apogée. Sous l'impulsion du concile de Trente, elle donna, au XVIIe siècle, un grand élan aux études théologiques spéculatives. L'ascétique et la mystique brillèrent d'un vif éclat avec Bérulle, le Père Eudes et le Père de Condren, saint Vincent de Paul et M. Olier. On assista pendant ce siècle à la renaissance de l'exégèse avec Corneille Lapierre et à celle de l'Histoire ecclésiastique avec Louis et Denis de Sainte-Marthe qui éditent la *Gallia christiana* (1656) et Jean Bolland qui commence la publication des *Acta Sanctorum* (1643).

8. *Amst. :* « elles y semblent divinement être établies... »

9. *Amst. :* « pour tenir la balance droite et consumer le dépôt de la tradition ».

10. Allusion probable à Jansénius, évêque d'Ypres.

11. Le mot *simonie* tire son étymologie de Simon le Magicien qui offrit aux apôtres une somme d'argent pour obtenir d'eux le pouvoir de communiquer le Saint-Esprit. On peut dire d'une manière générale que ce mot sert à désigner le trafic des choses saintes, la vente de biens spirituels.

12. Le mot *canon*, fréquemment employé dans la langue ecclésiastique, a différentes significations qui se rapportent toutes au sens étymologique (ce mot vient du grec κανων, règle). Il s'agit ici de règles disciplinaires imposées par l'Eglise à ses membres, clergé et fidèles.

**P. 47.**

1. Les mots qui suivent se retrouvent dans un *Sermon sur la haine de la vérité* que Bossuet donna en 1661.

2. *Conf.*, XII, XVI.

3. « Sapientia carnis... legi Dei non est subjecta, nec enim potest. » (*Rom.*, VIII, 7.)

4. Les Jansénistes, après avoir été quelque temps équitables envers N. Cornet, l'attaquèrent violemment. Bossuet, pour avoir prononcé son Oraison funèbre, n'échappa pas à ces attaques.

5. Les *Mémoires* de Godefroi Hermant portent : « ses discours *saints* ».

6. *Matth.*, XIII, 52.

7. *Déforis :* « déchargés de faire de bonnes œuvres... »

**P. 48.**

1. Trait que l'on retrouve dans les *Mémoires* d'Hermant.

2. Il s'agit ici des bénéfices ecclésiastiques, c'est-à-dire d'êtres juridiques constitués ou érigés pour toujours par l'autorité ecclésiastique compétente, consistant dans des offices sacrés et dans le droit de percevoir les revenus attachés à titre de dot à ces offices. (Cette définition est celle donnée par le code de Droit canonique actuel, au canon 1409.)

3. *Amst. :* « à la sainteté et l'ordre... »

4. Dans l'ancien droit ecclésiastique ce mot désignait l'ensemble des biens et des revenus d'une église.

5. « Martha, sollicita es, et turbaris erga plurima. Porro unum est necessarium... » (*Luc*, X, 41-42.)

6. *Amst. :* « cette légalité ».

7. Jean Charlier, dit de Gerson (1363-1429), élève et ami de Pierre d'Ailly, docteur en 1394, chancelier de l'Université en 1395, joua un rôle considérable au concile de Constance. Il écrivit de nombreux ouvrages de théologie morale et mystique.

8. Pierre d'Ailly naquit à Compiègne en 1350. Docteur en théologie en 1381. Recteur du collège de Navarre, chancelier

de l'Université, évêque du Puy, puis de Cambrai, créé cardinal par Jean XXIII en 1412. Il joua un rôle important au concile de Constance, et exposa ses idées dans un traité sur la réforme de l'Eglise. Il mourut en 1420.

9. Henri de Gand, archidiacre de Bruges, puis de Tournai, docteur scolastique très intéressant, bien que ses œuvres soient restées inédites. Il mourut en 1293.

10. Ce passage de l'Oraison funèbre se trouve dans les *Mémoires* de G. Hermant établi d'après les notes de l'écrivain janséniste.

11. Le jansénisme enseignait que, depuis le péché originel, *l'homme n'est plus vraiment libre,* qu'il se sauve ou se perd *nécessairement* suivant que Dieu lui octroie ou lui refuse sa grâce.

**P. 49.**

1. Ce fut en effet Nicolas Cornet, alors syndic de la Sorbonne, qui tira en 1649 du livre de Jansénius cinq propositions sur la grâce et sur la liberté qui furent dénoncées à Rome et condamnées le 3 mai 1653 par la bulle *Cum occasione.*

2. Saint Augustin composa de nombreux traités contre les hérésiarques, et lutta si bien contre Pélage qui niait la nécessité du baptême et de la grâce pour être sauvé, qu'il fut surnommé le *docteur de la grâce.*

3. *Déforis :* « sa ».

4. C'est-à-dire la vie d'ici-bas par opposition à la vie de là-haut où l'on verra Dieu face à face, dans la lumière de gloire.

5. Voir n. 11, p. 48.

6. *Edit. :* « les conséquences ».

7. Texte des éditions. Expression peu vraisemblable toutefois, remarque justement M. Lebarq.

8. *Amst. :* « la rejeter ».

9. Qu'il fallait prévenir, qu'il fallait éviter.

10. M. Lebarq estime que *docteurs* serait une faute pour *doctes.*

11. *Orat.* xxxii, 3 (P. G., t. xxxvi, col. 176).

**P. 50.**

1. *Edit. :* « paroles vraiment sensées et qui nous représentent au vif le naturel de tels esprits. Vous êtes étonnés peut-être d'entendre parler de la sorte un si saint évêque. Car, Messieurs, nous devons entendre... »

2. *Amst. :* « sainte ». *Déforis :* « saine ». — Ce dernier mot a dû être employé par Bossuet. Cette hypothèse est justifiée par l'expression « sanam doctrinam » qu'on trouve dans *II Tim.*, iv, 3.

3. *Déforis :* « selon le *précepte* de l'apôtre... ». Ce mot est préférable à *principe.*

4. « Non plus sapere quam oportet sapere, sed sapere ad sobrietatem. » (*Rom.* xii, 3.)

5. Texte peu satisfaisant; surtout si l'on conserve la virgule.

**P. 51.**

1. *Eccli.*, XXI, 17.
2. Les cabales, les intrigues.
3. *Edit.* : « jusqu'où elles couraient... »
4. *Amst.* : « les limites certaines par lesquelles... » — *Déforis* : « les limites certaines, par lesquels... »
5. Voici le texte latin des cinq propositions tirées de l'*Augustinus* de Jansénius, et condamnées comme hérétiques par le pape Innocent X, le 31 mai 1653, dans la Constitution « *Cum occasione* » :

1º Aliqua Dei præcepta hominibus justis volentibus et conantibus, secundum præsentes quas habent vires, sunt impossibilia : deest quoque illis gratia, qua possibilia fiant.

2º Interiori gratiæ in statu naturæ numquam resistitur.

3º Ad merendum et demerendum in statu naturæ lapsæ non requiritur in homine libertas a necessitate, sed sufficit libertas a coactione.

4º Semipelagiani admittebant prævenientis gratiæ interioris necessitatem ad singulos actus, etiam ad initium fidei; et in hoc erant heretici, quod vellent eam gratiam talem esse, cui potest humana voluntas resistere et obtemperare.

5º Semipelagianum est dicere, Christum pro omnibus omnino hominibus mortuum esse aut sanguinem fudisse.

6. *Amst.* : « les voies et les grandes décisions... »
7. Il s'agit de la condamnation des cinq propositions de Jansénius par la Constitution *Cum occasione*. (Voir *supra* n. 5.)

**P. 52.**

1. *Déforis* : « la Sainte ».
2. Phrase qu'on peut difficilement accepter comme étant réellement de Bossuet.
3. Allusion à ce passage de l'Evangile : « Neque accendunt lucernam, et ponunt eam sub modio, sed super candelabrum, ut luceat omnibus qui in domo sunt. » (*Matth.*, V, 15.)
4. M. Lebarq estime que cette phrase est arrangée et que l'auteur avait peut-être écrit « ont connu... » et en surcharge : « ont voulu reconnaître ».
5. Hardouin de Beaumont de Péréfixe, évêque de Rodez, nommé à l'archevêché de Paris en 1662, et qui n'eut ses bulles qu'en 1664. Il avait été précepteur de Louis XIV. (Cf. Floquet, *Études,* II, 28.) D'après les Jansénistes, il aurait été blessé d'avoir été moins encensé par l'orateur que le prélat officiant.
6. Saint Denis, martyr et premier évêque de Paris. Accompagné du prêtre Rusticus et du diacre Eleutherius, il fut envoyé par le pape dans la petite bourgade de Lutèce, encore

confinée dans une île de la Seine. Il y prêcha l'Evangile et fut martyrisé avec ses deux compagnons, non sur la colline de Montmartre, mais au village de Catulliacus (auj. Saint-Denis) : c'est là que s'éleva son tombeau, au-dessus duquel fut construite une basilique. La date de la mission et de la mort de saint Denis a été tout le temps controversée dans l'Eglise de France. D'après Tillemont, Lannoi, saint Denis serait mort sous l'empereur Dèce. Une autre opinion que le Bréviaire romain appuie de son autorité, identifie le premier évêque de Paris avec saint Denis l'Aréopagite qui, après avoir été évêque d'Athènes, se serait rendu à Rome, puis à Paris, où il aurait subi le martyre.

7. Saint Marcel, évêque de Paris, né et mort à Paris (350-405). Elevé par l'évêque de Paris, qui le fit instruire, et après l'avoir ordonné, le désigna pour son successeur. Marcel eut une grande réputation de charité et de sainteté. Une légende le représente sortant de la ville, pour aller combattre un dragon prodigieux, qu'il mit à mort en le touchant de sa crosse. Fortunat a écrit sa vie.

8. Richelieu et Mazarin.

**P. 53.**

1. Voir n. 5, p. 41.
2. « His auditis dominus et nimium credulus verbis conjugis, iratus est valde ; traditique Joseph in carcerem, ubi vincti regis custodiebantur. Et erat ibi clausus. » (*Gen.*, XXXIX, 19, 20.)
3. Saint Bernard, *Hom.* IV *super Missus est,* n. 9.
4. *Luc,* XIV, 11.
5. On attendrait plutôt : « *ou* sera... »
6. *Rom.*, XII, 1. — *Amst. :* « per viscera misericordiæ, ut exhibeatis vos hostiam sanctam... »
7. Cet *etc.* est employé habituellement par Bossuet, quand il cite des textes qu'il sait par cœur.

**P. 54.**

1. On peut se demander si cette fin de phrase, manquant de précision est bien de Bossuet.
2. « Vos estis lux mundi... » (*Matth.*, V, 14.)
3. « Toutes ces redites paraissent encore moins authentiques que ce qui précède. Il est impossible de reconnaître Bossuet dans une péroraison si peu digne de lui, et si fort au-dessous de la plus grande partie de cette Oraison Funèbre. Il est probable que c'est un des endroits où il s'était borné à de simples indications. » (Edition Lebarq, IV, 488, n. 3.)

**P. 55.**

1. *Luc,* X, 42.

2. *De pallio*, n. 5. — *Amst.* : « Auguſtin ».
3. *Amst.* : « dans le sentiment... »
4. La fin de ce discours semble avoir été grossièrement retouchée.
5. C'est le seul exemple que nous ayons de ce mot employé au féminin.

## ORAISON FUNÈBRE
## DE HENRIETTE DE FRANCE

**P. 57.**

1. A) Biographie : Henriette-Marie de France était la dernière des six enfants de Henri IV et de Marie de Médicis. Elle naquit au Louvre le 20 novembre 1609, quelques mois seulement avant le crime de Ravaillac. Une éducation très imparfaite ne sut mettre en valeur les heureux dons d'esprit qu'elle avait hérités de son père. Elle fut mariée, dès l'âge de seize ans, au roi d'Angleterre, Charles Ier. Son mariage avec un prince protestant avait été précédé d'assez longues négociations. Urbain VIII avait fini par accorder la dispense de mixte religion dans l'espoir que cette union ramènerait le royaume d'Angleterre à l'unité religieuse. Après quelques nuages entre le roi et la reine dus à la différence de nationalité et de religion, Henriette réussit à acquérir un grand ascendant sur son époux et eut désormais une grande part à toutes ses entreprises. Après quelques années de bonheur, elle vit le peuple anglais se soulever contre le roi. Elle fit preuve alors de beaucoup de décision et de courage, et lutta vaillamment pour la défense de la couronne jusqu'à la mort de Charles Ier sur l'échafaud. Elle organisa une armée de secours en Hollande, marcha à la tête des troupes, rallia de nouveaux partisans à la cause royale ; et l'on put croire un moment que le roi allait sortir vainqueur de sa lutte contre le Parlement. Mais il ne sut profiter de ses premiers succès militaires, et fut battu à Newbury. Réfugiée à Exeter, la reine y mit au monde sa fille Henriette. Elle fut contrainte d'abandonner son enfant quelques jours après, et de se réfugier en France au Louvre. Arrivée à Paris en 1644, elle y fut d'abord accueillie royalement. Puis l'avarice de Mazarin la jeta dans le dénuement le plus absolu. Pendant la Fronde, la pension que la cour de France lui avait promise ne lui fut pas payée : la reine mena alors la plus misérable des existences. Peu après, elle apprit coup sur coup tous ses malheurs : l'exécution de Charles Ier, les vaines tentatives faites par l'aîné de ses fils Charles, pour reconquérir le trône de son père. Entre temps, Mazarin avait conclu une alliance avec Cromwell. Ce traité stipulait que les trois fils de Charles Ier, réfugiés auprès de leur mère, seraient bannis de France. Henriette s'étant enhardie à faire réclamer son douaire par l'inter-

médiaire de l'ambassade de France, Cromwell lui fit répondre insolemment qu'elle n'avait jamais été reconnue comme épouse légitime.

Après avoir connu l'extrémité des malheurs et des humiliations, brusquement en 1660, elle vit sa maison relevée. La fortune lui sourit de nouveau : Charles II fut rétabli sur le trône de ses pères et accueilli en Angleterre avec enthousiasme. Sa fille Henriette épousa le duc d'Orléans, frère de Louis XIV. Etant retournée à deux reprises en Angleterre, elle put constater que sa qualité de catholique la rendait toujours impopulaire. Elle se retira à Paris, au couvent de Chaillot. Pendant huit ans, elle y vécut dans la piété, le détachement et la résignation. Elle mourut chrétiennement le 10 novembre 1669, à l'âge de soixante ans.

B) L'Oraison Funèbre : C'est à la prière de Madame, duchesse d'Orléans, que Bossuet accepta de prononcer l'Oraison funèbre d'Henriette de France. Les *Mémoires* de Mme de Motteville, qui avait vécu dans l'intimité de la défunte, lui furent d'un grand secours, et lui fourniront des précisions sur la piété, le caractère, la résignation de la reine au milieu de ses malheurs, et sur sa mort édifiante. Mais l'étude de la Révolution d'Angleterre intéressa l'orateur davantage encore. Les détails qu'il nous en donne, ainsi que les portraits de Charles Ier et de Cromwell, sont intéressants à l'extrême. Il n'a sans doute pas tout vu, ni tout saisi ; mais comme le fait remarquer avec justesse le chanoine Calvet *(Bossuet, Œuvres choisies)*, « il a vu et compris éminemment le rôle des passions humaines dans les troubles politiques ; et sur ce point, les historiens n'ont rien ajouté à ses observations ».

C) Texte : Le manuscrit de cette Oraison funèbre est perdu. Bossuet qui n'avait encore publié aucun de ses discours ne put refuser l'impression de celui-ci. L'édition originale date de 1669. L'orateur réunit en 1689 en un seul volume cette Oraison funèbre et celles qu'il prononça par la suite. L'Oraison funèbre d'Henriette de France subit quelques corrections de détail qui constituent le texte définitif. Une autre révision avait été faite dès 1671. Les leçons de la première édition (1669) sont données ici en variantes. Nous reproduisons les corrections faites par Bossuet sur un exemplaire de 1669 conservé au British Museum, et qui sont indiquées dans l'édition Lebarq, Urbain et Lévesque. (Cf. Edition Lebarq, V, 514.)

D) Analyse. *Exorde :* Dieu est le maître des rois ; soit qu'il les élève, soit qu'il les abaisse, il les instruit par de grandes leçons. Ces leçons apparaissent tout particulièrement dans la vie étonnante de la reine d'Angleterre, qui a connu toutes les extrémités des choses humaines. Chrétienne, la reine Henriette a su user de la bonne comme de la mauvaise fortune pour son salut.

*Première partie :* Henriette de France, et sa grandeur. — Sa naissance illustre. Son mariage avec Charles Stuart, roi d'Angleterre. Le grand cœur de la reine a surpassé l'éclat de sa naissance. Sa générosité, son zèle pour le catholicisme : ce qu'elle a fait pour le relever; sa charité pour les pauvres. Son rôle pacificateur entre la France et l'Angleterre.

*Seconde partie :* Les malheurs d'Henriette. — La révolution en a été la cause. L'origine de cette rébellion ne se trouve ni dans l'humeur de la nation, ni dans le caractère de Charles I*er*, mais dans « la fureur de disputer des choses divines sans fin, sans règle, sans soumission ». Un homme a su utiliser à son profit ces instincts de révolte et a pris la place du roi décapité. Portrait de Cromwell. — Vertus de la reine dans ses épreuves : son courage dans la lutte, sa clémence dans la victoire, sa résignation dans la défaite, sa piété reconnaissante envers Dieu « pour l'avoir faite reine malheureuse ». La mort n'a pu la surprendre : elle s'y était préparée toute sa vie.

2. M. Floquet (*Etudes,* III, 359) et plusieurs autres critiques estiment que Bossuet a choisi ce texte pour protester contre l'usage sacrilège que Cromwell en avait fait. Peu après l'exécution de Charles I*er*, il avait fait frapper une médaille représentant un glaive flamboyant avec ce texte pour légende. On ne peut affirmer avec certitude que Bossuet connaissait ce détail et qu'il choisit ce texte, tout exprès.

3. Philippe, duc d'Orléans, frère de Louis XIV, gendre de la reine défunte.

4. « Celui qui est assis sur le trône d'où relève tout l'univers... » (début du *Sermon de vêture* de Mlle de La Vallière).

5. C'est à tort qu'on trouve dans certaines éditions : « de grandes et terribles leçons ».

6. Ce latinisme *(retrahere ad se)* ne s'emploierait plus actuellement de cette manière. Les mots *à lui-même* marquent fortement cette reprise exercée par Dieu sur ce qui n'appartient qu'à lui.

7. M. Jacquinet rapproche très heureusement de ce passage la conclusion du *Discours sur l'histoire universelle.* Plusieurs idées et même plusieurs expressions semblables s'y retrouvent.

8. Bossuet avait déjà fait usage de ce texte dans la péroraison de son *deuxième Sermon sur la Purification de la Sainte Vierge,* en déplorant la mort récente d'Anne d'Autriche, survenue en janvier 1666.

**P. 58.**

1. Fille de Henri IV, femme de Charles I*er*, mère de Charles II.

2. Henriette de France fut reine d'Angleterre, d'Ecosse et d'Irlande. Le royaume d'Irlande fut conquis en 1171 par

Henri II. La couronne d'Ecosse n'était unie à celle d'Angleterre que depuis les premières années du XVIIe siècle (1603).

3. Au XVIIe siècle, *paraître* a un sens très fort et signifie beaucoup plus que *montrer* ou *faire voir*. Cf. début de l'*Oraison funèbre de Marie-Thérèse,* p. 107 et l'*Oraison funèbre d'Anne de Gonzague,* p. 137 « ne craignons pas de *faire paraître* notre princesse dans les états différents où elle a été ».

4. *Edit. Lachat :* « accumulées »; cette faute n'est pas dans Déforis. MM. Lebarq-Lévesque font remarquer que l'édition de 1741, chez J. Desaint, portait le mot au féminin singulier. L'édition de 1774 chez Saillant et la veuve Desaint était revenue à la leçon véritable que nous donnons ici.

5. Des revers soudains. Le mot *retour* désigne plus habituellement un changement heureux de fortune qu'un revers. C'est dans ce sens qu'il faut prendre ce mot un peu plus loin : « Tout alla visiblement en décadence et les affaires furent sans retour. »

6. Ce n'est qu'en 1642, après seize ans de règne que fut consommée la rupture définitive entre Charles Ier et ses sujets. Mais cette rupture avait été précédée de longs démêlés entre le roi et le Parlement.

7. On a souvent rapproché le début des *Histoires* de Tacite de ce préambule si saisissant dans sa rapidité. « Opus aggredior opimum casibus, atrox prœliis, discors seditionibus, ipsa etiam pace sævum... » Mais Bossuet est nettement supérieur à Tacite par la noblesse du sentiment, et le choix des traits. On peut comparer avec profit ce préambule à certaines phrases énumératives de l'*Histoire universelle* dans lesquelles Bossuet résume en quelques mots toute une époque.

8. Le cœur de la reine, donné au couvent de Chaillot, était dans une urne que l'orateur pouvait montrer d'un geste. Le corps avait été déposé dans le caveau royal de Saint-Denis.

9. Le roi David instruisant les souverains au nom de Dieu lui-même.

10. *Var :* « par son exemple fameux ».

**P. 59.**

1. Bossuet explique plus loin ce mot en disant que « ni les maux qu'elle a prévus, ni ceux qui l'ont surprise n'ont abattu son courage ».

2. *Idée* ne signifie pas ici notion ou conception. Ce mot correspond ici au grec Εἶδος ou au latin : *species,* espèce, mirage.

3. « Quanto ceteros homines regia dignitas antecedit tanto cæterarum regna regni vestri profecto culmen excedit. » (VI, VI.)

4. Il s'agit de Childebert II.

5. Rapprocher ce passage d'un passage du *Sermon sur les*

*devoirs des rois :* « Un grand pape, saint Grégoire... qu'aurait-il dit à Louis-Auguste ? »

6. La princesse Marguerite, fille aînée de Henri VII mariée à Jacques IV, roi d'Ecosse, aïeule du roi d'Angleterre Jacques Ier.

7. C'est-à-dire, par succession dans la ligne masculine.

8. « Avant Kenneth Mac-Alpin, roi des Pictes et des Scots (IXe siècle), les historiens écossais comptent soixante-six rois, dont le premier, Fergus, aurait régné environ 350 ans avant Jésus-Christ. » (Note de M. Jacquinet.)

**P. 60.**

1. *Var. :* « doivent ».

2. « Elle était agréable dans la société, honnête, douce et facile, vivant avec ceux qui avaient l'honneur de l'approcher sans façon. » Mme de Motteville, *Mémoires sur Anne d'Autriche et sa cour,* éd. Riaux, I, 222.

3. Voir, à ce sujet, le jugement de lord Clarendon, *Mémoires,* t. XII de la collection publiée par Guizot, p. 225.

4. Réminiscence de Virgile, *Enéide,* II, 290-291 :
« Si Pergama dextra
Defendi possent, etiam hac defensa fuissent. »

5. On retrouve cet éloge de la maison de France, concernant la pureté de sa foi, dans le IIe point du *Sermon sur l'unité de l'Eglise.*

6. Voir à ce sujet la lettre du roi Charles Ier à la reine, (*Mémoires pour servir à l'histoire de la révolution d'Angleterre,* collection Guizot, VI, 445), citée par M. Jacquinet, *Oraisons funèbres,* p. 85.

7. *Var. :* « en la beauté... »

8. « Des deux exemples bibliques par lesquels Bossuet se plaît à relever le zèle de la reine pour la religion opprimée, le premier n'était pas à beaucoup près, aussi facile ni aussi agréable à rappeler que le second... Mais notre écrivain a toutes les délicatesses aussi bien que toutes les audaces. » (Note de M. Jacquinet.)

**P. 61.**

1. *Illustre :* éclatant. Un protecteur manifeste.

2. La reine fut d'une beauté remarquable. « Elle avait les yeux beaux, le teint admirable et le nez bien fait. Il y avait dans son visage quelque chose de si agréable qu'elle se faisait aimer de tout le monde... j'ai vu des portraits qui étaient faits du temps de sa beauté, qui montraient qu'elle avait été fort admirable. » (Mme de Motteville, *Mémoires.*)

3. Bossuet ne craint pas de faire allusion à la brouille qui assombrit les premiers temps de la vie commune des deux époux. La reine, au début de son mariage, avait éprouvé

un vif ressentiment d'avoir été mise toute seule parmi plusieurs personnes de langue et de religion différentes.

4. Henriette de France se maria dans sa seizième année.

5. *Singulier*, étant donné que les communications entre le Saint-Siège et les catholiques étaient rendues plus difficiles par l'Eglise anglicane.

6. *Var.* : « serve à l'empire... »

7. Le latin se trouve en *note marginale* : « Ad hoc enim potestas dominorum meorum pietati cœlitus data est super omnes homines, ut qui bona appetunt adjuventur, ut cœlorum via largius pateat, ut terrestre regnum cœlesti regno famuletur. » (III, LXV.)

8. Le Verbe Incarné a dit de lui-même : « ego sum via et veritas ».

9. *Var.* : « que le chemin est étroit qui mène à la vie ».

10. Cf. *Matth.*, VII, 14.

11. Dans le *quatrième Sermon pour le jour de Pâques* (IIe point) : « Qui *grimpe* sur une hauteur, s'il cesse de s'élever par un continuel effort, est entraîné par la pensée même. »

**P. 62.**

1. Cette éloquente paraphrase de saint Grégoire se retrouve dans le fragment de *Sermon sur l'ambition* et dans le *Sermon sur les devoirs des rois* (IIe point).

2. La nouveauté dans le dogme est, pour l'orateur, le signe de l'erreur et de l'égarement.

3. Bossuet a retourné le texte de l'Evangile : « Quod in aure auditis, prædicate super tecta. » (*Matth.*, V, 27.) Ce procédé lui fournit une antithèse frappante.

4. Les confessionnaux.

5. Ce verbe est pris ici au sens théologique. *Justifier*, c'est faire passer de l'état de péché à l'état de grâce, c'est donner la justice, la grâce. « Jésus-Christ est venu appeler à la pénitence et justifier les pécheurs. » (Pascal, *Pensées*.)

6. Voir dans l'*Oraison funèbre du R. P. Bourgoing*, l'éloge de Pierre de Bérulle et de l'Oratoire. Théologien mystique, le cardinal de Bérulle fut aussi un diplomate avisé.

7. Les Capucins remplacèrent les Oratoriens qui avaient été renvoyés en France par décision du roi.

8. *Hébr.*, XI, 38.

9. Allusion à la captivité de Babylone et au psaume CXXXVI : « Super flumina Babylonis, illic sedimus et flevimus, cum recordaremur Sion... Et qui abduxerunt nos : Hymnum cantate nobis de canticis Sion. Quomodo cantabimus canticum Domini in terra aliena ? »

**P. 63.**

1. « Aperuit puteum abyssi, et ascendit fumus putei... et

obscuratus est sol... » (*Apoc.*, IX, 2.) Le *puits de l'abîme* représente l'Enfer, le soleil, la vérité de Dieu, la fumée, l'erreur qui obscurcit cette vérité. (Voir Bossuet, *Explication de l'Apocalypse,* c. IX.)

2. Le Démon.

3. Cf. *Oraison funèbre de N. Cornet* (p. 45) : « Qui ne voit que cette rigueur, enfle la présomption, nourrit le dédain, entretient un *chagrin superbe* et un esprit de fastueuse singularité ? »

4. Noter la préoccupation de Bossuet de ménager la dignité d'un si grand nom. Comparer ce jugement sur Henri VIII à celui que l'orateur porte sur lui dans l'*Histoire des variations* (livre VII).

5. Thomas Morus, grand chancelier, et Fischer, évêque de Rochester.

6. Archaïsme correspondant au latin *in prædam :* en proie, à l'état de bien pillé et déchiré. — « Puissante ville de Metz... ta situation trop importante t'a presque toujours exposée en proie. » (*Panégyrique de saint Bernard,* p. 280, n. 10.) Cette expression biblique revient souvent dans Bossuet.

7. « C'est surtout à l'idée de retraite et de refuge, de sûr asile, qu'il faut s'attacher en lisant ces mots. Autrement la gradation ménagée dans cette phrase ne serait pas d'une entière justesse et d'une irréprochable clarté. » (Note de M. Jacquinet.)

8. *Prodigium,* c'est un monstre, ou un présage funeste. Cet adjectif a ici un sens péjoratif.

## P. 64.

1. Il s'agit de son second voyage. Les protestants lui témoignèrent une telle hostilité qu'elle dut regagner la France.

2. *Var. :* « sa seule... »

3. Ce qui amena les plaintes du Parlement, et de nouvelles rigueurs contre les catholiques.

4. « Ignem veni mittere in terram, et quid volo, nisi ut accendatur. » (*Luc,* XII, 49.)

5. Cf. *Matth.*, XIII, 33 : « Simile est regnum cœlorum fermento, quod acceptum mulier abscondit in farinæ satis tribus, donec fermentatum est totum. »

6. Il s'agit de la défense glorieuse de l'île de Ré par la garnison de l'île commandée par le marquis de Toiras, contre Buckingham en 1627.

7. Les Protestants avaient les Anglais pour alliés. Ils firent leur soumission le 28 juin 1629, après quatorze mois de siège.

8. Vaugelas écrivait en 1647 : « Ce mot, pour dire, *une certaine rencontre, bonne ou mauvaise, dans les affaires,* est très excellent, quoique très nouveau. » (*Rem. sur la langue fr.*)

9. Louis XIV avait conclu un traité avec les Hollandais

ORAISONS FUNÈBRES 1213

et dut les aider dans leur guerre contre l'Angleterre (1665). Mais la flotte qu'il envoya fit plus d'évolutions qu'elle ne livra de combats. Grâce à l'intervention de la reine, la France se détacha de la Hollande en 1667.

10. Le duc et la duchesse d'Orléans.

**P. 65.**

1. On la croyait telle. Malgré la signature du traité d'Aix-la-Chapelle (1668) marquant la fin de la guerre de Dévolution; Louis XIV se préparait à attaquer la Hollande.

2. Dans la campagne de Flandre en 1667. Il se distingua plus tard dans la guerre de 1672 et sur le champ de bataille de Cassel, en 1677.

3. Le prince, très médiocre, ne méritait pas de tels éloges. Bossuet ne les lui donne d'ailleurs que pour se conformer à l'étiquette et avec brièveté.

4. Voir le début : « Si les paroles me manquent, et les expressions ne répondent pas à un sujet si vaste et si relevé... »

5. « Non, Bossuet n'est pas un historien : qu'est-il donc ? On serait tenté de répondre : un prophète ou un apôtre, ou un Père de l'Eglise, à voir le ton d'autorité sublime dont il annonce l'objet et le dessein de cette seconde partie. » (Note de M. Jacquinet.)

6. « Introibo in potentias Domini. » (*Ps.* LXX, 15.)

7. « Le Dieu dont Moïse nous a écrit les merveilles... » (*Hist. univ.*, II, 1.)

8. Les desseins secrets de Dieu.

9. *Edition Lebacq :* « on trouve... »

10. Une note marginale renvoie à Quinte-Curce, VIII, IX (au sujet des rois indiens : « Venatus maximus labor est »).

**P. 66.**

1. Les historiens ont jugé Charles Ier beaucoup plus sévèrement que ne le fait Bossuet. S'il possédait de réelles vertus en tant qu'homme, son manque de décision, de jugement et de droiture, en tant que roi, avaient rendu son gouvernement impopulaire, presque odieux, mais à la date où parle Bossuet, en France comme en Angleterre, une réaction de l'opinion avait réhabilité sa mémoire.

2. *Var. :* « sa clémence ». — Corrigé dès 1671.

3. Pline, *Hist. nat.*, VII, XXV.

4. Là encore, éloge excessif commandé par la circonstance. On ne trouve rien dans la vie de Charles Ier qui puisse être comparé à la magnanimité de César, envers ses ennemis vaincus.

5. Allusion aux conditions de paix exorbitantes proposées au roi par le Parlement révolté.

6. Jugé à Westminster, Charles Ier fut exécuté à Whitehall, en 1649.

7. Remarquer ici le grand respect de Bossuet pour la majesté royale, inspiré par sa foi religieuse, rendu plus profond encore par le crime de 1649.

8. Le pathétique et la vie de ce passage proviennent non seulement de la puissance d'imagination et du génie de l'orateur, mais de la sensibilité profonde d'un grand cœur en face de la douleur, et de la conviction que l'amour de deux âmes ne finit pas avec la vie, qu'il se perpétue au delà du tombeau.

9. *Var.* : « tout cendre qu'il est... »

**P. 67.**

1. L'humeur sauvage et indépendante, au sens latin du mot *(feritas)*.

2. Nous dirions aujourd'hui *des régicides*. Au XVIIe siècle, ce dernier mot n'existait pas ; et parricide se disait de tout crime particulièrement odieux.

3. Henri VIII.

4. Edouard VI, fils de Henri VIII et de Jeanne Seymour, roi à dix ans sous la tutelle du duc de Somerset.

5. Marie Tudor, fille de Henri VIII et de Catherine d'Aragon ; Elisabeth, fille de Henri VIII et d'Anne de Boleyn. — *Var.* : « Les reines même... »

6. Henri VIII fit de l'Angleterre une nation schismatique ; avec Edouard VI, elle devint presque luthérienne ; la reine Marie rétablit violemment le catholicisme ; Elisabeth constitua l'Eglise anglicane.

7. Les peuples primitifs de l'Angleterre sont les Saxons, les Danois et les Angles ; les Merciens constituent une partie du royaume des Angles, mais ne sont pas une race.

8. les cœurs, les âmes.

9. Voir *supra* note 6.

10. Allusion à *Prov.* XXII, 28. « Ne transferas terminum antiquum quem fecerunt patres tui. »

**P. 68.**

1. Bossuet appelle ainsi la réforme protestante.

2. *Var.* : « ont été obligés... » (sans *ils*).

3. Voilà l'argument principal sur lequel Bossuet reviendra sans cesse dans ses controverses avec les Eglises séparées. (Voir surtout la *Conférence avec Claude,* et le *quatrième Avertissement aux Protestants.*)

4. Etat d'esprit de celui qui trouve que toutes les religions se valent, et non *indifférence en matière de religion*.

5. Rapprocher cette image de cette phrase vue plus haut : « l'Angleterre inondée par le débordement de mille sectes bizarres. »

6. *Jacquinet* : « les plus emportés ».

7. Le texte des éditions originales porte : « vu ».

**P. 69.**

1. Entre anglicans et presbytériens. Les premiers étaient soutenus par Charles Ier et opprimaient les autres sectes; les Communes donnaient leur appui aux seconds.
2. Propagée par l'archevêque anglican Laud qui prétendait même l'imposer au reste des Protestants anglais.
3. *Var.* : « Tout cela n'était... » — Déjà corrigé en 1671.
4. Disciples de Lelio et de Socin. Cette hérésie qui consistait à ne voir en Dieu qu'une seule personne et qui niait la Trinité et l'Incarnation fut propagée par Fauste, neveu de Socin et né comme lui à Sienne, en Italie, au commencement du XVIe siècle.
5. Voir le *quatrième Avertissement aux Protestants,* IIIe partie.
6. Les anabaptistes nient la validité du baptême conféré aux enfants avant l'âge de raison, et rebaptisent les enfants à cet âge.
7. Ceux qui voulaient s'affranchir de toute autorité ecclésiastique ou civile, sous prétexte d'un prétendu règne du Christ.
8. Ce sont les disciples de George Fox qui se livraient à des contorsions quand l'inspiration de Dieu leur venait (*to quake,* trembler).
9. Secte de puritains fondée par Henry Vane (*to seek* : chercher).
10. Bossuet développe longuement cette pensée dans l'*Histoires des variations* (VII, XLII-XLIX).
11. Voir *Histoire des variations* (VII, XLII-XLIX) : la conduite de l'apostat Cranmer y est particulièrement flétrie.

**P. 70.**

1. La religion libre, laissée au choix de chacun. Cette expression se retrouve dans la *seconde Instruction sur les promesses de l'Eglise.*
2. *Var.* : « toute royauté... »
3. Rendre égaux. « Laissons-lui égaler le fol et le sage. » (*Oraison funèbre de Madame.*)
4. Le latin se trouve en note : « Anima eorum variavit in me, et dixi : non pascam vos. — Quod moritur, moriatur, et quod succiditur, succidatur, et reliqui devorent unusquisque carnem proximi sui. » (*Zach.,* XI, 8, 9.)
5. *Var.* : « elle croyait servir l'Etat et assurer... » — Corrigé dès 1671.

**P. 71.**

1. Le portrait de Cromwell qui va être tracé par l'orateur servira de conclusion à l'explication du conseil de Dieu sur l'Angleterre (p. 65) : « Ce n'est pas un ouvrage humain que je médite... » Bossuet va montrer comment Dieu s'est servi de Cromwell comme instrument de sa vengeance.

2. Cromwell. Par délicatesse, l'orateur évite de prononcer ce nom odieux devant la fille de Charles I<sup>er</sup>.

3. Par calcul.

4. Ce portrait est constitué par une série de contrastes; il y avait plusieurs hommes en Cromwell.

5. *Apoc.*, XIII, 5, 7 : « Est datum illi bellum facere eum sanctis et vincere eos. Et data est illi potestas in omnem tribum et populum, et linguam, et gentem. »

6. En laissant à chacun la liberté de dogmatiser, de prêcher suivant sa fantaisie.

7. Ce verbe désigne plutôt la prédication violente ou mystique dont le goût était aux différentes Églises réformées et dont la matière prêtait moins au dissentiment et à la dispute que les explications sur le dogme même.

**P. 72.**

1. *British Museum :* « qu'il pouvait encore, éloigné de ceux-ci, les pousser... »

2. Remarquer que Bossuet, tout en jugeant très sévèrement Cromwell, ne le diminue pas.

3. Le dessein secret de Dieu.

4. *Note marginale :* « Ego feci terram, et homines et jumenta quæ sunt super faciem terræ, in fortitudine mea magna, in brachio meo extento; et dedi eam ei qui placuit in oculis meis. » (*Jérém.*, XXVII, 5.) — « Et nunc itaque dedi omnes terras istas in manu Nabuchodonosor, regis Babylonis, servi mei. » (*Ibid.*, XXVII, 6.)

5. « Insuper et bestias agri dedi ei, ut serviant illi. » (*Jérém., Ibid.*)

6. « Et servient ei omnes gentes, et filio ejus, donec veniat tempus terræ ejus et ipsius. » (*Jérém.*, XXVII, 7.) — A la mort d'Olivier Cromwell, son fils Richard lui avait succédé dans la dignité de Lord Protecteur (1658).

7. *Var. :* « leur refuge dans sa bonté et leur sûreté dans sa parole ». Édition de 1669.

8. Ou Scarborough, ville du comté d'York, sur la mer du Nord, dont le gouverneur était Sir Hugh Cholmondley.

**P. 73.**

1. Le roi étant aux portes de la place, et la sommant de se rendre, sir John Hotham, au nom du serment qu'il avait prêté devant le Parlement, s'excusa de tenir la ville fermée.

2. Hull, ville maritime du comté d'York, port important au confluent de l'Hull et du Humber.

3. Beverley, ville du comté d'York.

4. Le lord-maire Gourney.

5. Henriette-Marie Stuart, mère de Guillaume III, stathouder de Hollande, qui devint roi d'Angleterre en 1668 par l'expulsion de Jacques II dont il avait épousé la fille.

6. Guillaume II d'Orange, père de Guillaume III.

7. *Var.* : « Les matelots alarmés en perdirent l'esprit de frayeur... »

8. Les images (ἔδη).

9. *Var.* : « sauvée des flots, son naufrage n'en sera pas moins déplorable. » — Ces deux phrases furent modifiées dès 1671.

**P. 74.**

1. Le vaisseau amiral.

2. *Ps.* LXXXVIII, 10. « Tu dominaris potestati maris, motum autem fluctuum ejus tu mitigas. »

3. Tertullien, dont Bossuet cite le texte en note : « Naufragio liberati, exinde repudium et navi et mari dicunt. » (*De pœnit.*, n. 7.)

4. *Var.* : « et aux vaisseaux; ils n'en peuvent même supporter la vue. » — Ce sont les paroles mêmes de Tertullien.

5. Un des éditeurs des *Oraisons funèbres* (A. Didier, 1846) critique cette expression, la trouvant forcée. M. Jacquinet au contraire, la considère comme une figure toute naturelle.

6. L'amiral Batten, du parti des parlementaires, qui fit tirer son artillerie sur le port de Burlington où Henriette venait de débarquer.

7. « Ayant fait une belle armée, elle se mit à la tête de ses gens, et marcha droit vers le roi son mari, toujours à cheval, sans nulle délicatesse de femme, vivant avec ses soldats à peu près comme on pourrait s'imaginer qu'Alexandre vivait avec les siens. » (Mme de Motteville, *Mémoires,* I, 211.)

8. Bristol, alors principal port de commerce de l'Angleterre.

9. Victoire partielle d'Edge-Hill : l'infanterie royale était battue pendant que la cavalerie triomphait.

10. Robert Devereux, comte d'Essex, fils du célèbre favori de la reine Elisabeth.

11. Victoire remportée à Roundway-Down, dans le Wiltshire, par les généraux Wilmot et Opten sur les troupes parlementaires.

12. C'est l'avis de Macaulay.

**P. 75.**

1. Imitation de deux passages de Tite-Live, cités en note par Bossuet : « Tum Maharbal : Vincere scis, Annibal, victoria uti nescis. » (*Dec.* I, III.) — « Potiundæ urbis Romæ, modo mentem non dari, modo fortunam. » (*Ibid.,* VI.)

2. Chef-lieu du comté de Devon.

3. Henriette-Anne qui était présente à l'Oraison funèbre et qui elle-même « devait être sitôt après le sujet d'un discours semblable ».

4. D'après l'avis de Guizot (*Hist. de la révol. d'Angleterre,*

3ᵉ édit., II, 41, 55) la reine en prenant la fuite aurait cédé aux terreurs d'une imagination tourmentée. Il faut remarquer cependant qu'en restant à Exeter, elle aurait risqué de tomber entre les mains du général Essex.

5. La duchesse d'Orléans.

6. Bossuet donne d'autres détails sur l'enfance pénible, pleine de dangers, de Madame, dans l'Oraison Funèbre de celle-ci.

7. La comtesse de Morton. Elle réussit à conduire en France la petite princesse déguisée en garçon sous le nom de Henri.

8. *British Museum :* « récit ».

**P. 76.**

1. Il semble que ces mots sont suggérés à Bossuet par le tableau de Rubens représentant l'arrivée de Marie de Médicis en France.

2. La Chambre des Communes l'avait déclarée coupable de haute trahison.

3. L'édition originale porte : « qu'a couru ».

4. Le verbe *vivre* possédait deux formes au passé défini et à l'imparfait du subjonctif : (je véquis et je vécus ; que je véquisse et que je vécusse). La seconde seule s'est maintenue. M. Lebarq estime que la forme employée ici est moins de Bossuet que de ses imprimeurs : car on ne la rencontre pas dans les manuscrits.

5. Salvien.

6. « Dejectus usque in servorum suorum, quod grave est, contumeliam, vel, quod gravius, misericordiam ; ut vel Siba eum passeret, vel ei maledicere Semei publice non timeret. » (*De gubern. Dei,* II, v.) Texte cité par Bossuet en note marginale.

7. « J'allai chez la reine d'Angleterre que je trouvai dans la chambre de mademoiselle sa fille... Elle me dit d'abord : « Vous voyez, je viens tenir compagnie à Henriette : la pauvre enfant n'a pu se lever aujourd'hui faute de feu. » Le vrai était qu'il y avait six mois que le cardinal n'avait fait payer la pension de la reine, et que les marchands ne lui voulaient plus rien fournir, et qu'il n'y avait pas un morceau de bois dans la maison. » (Cardinal de Retz, *Mémoires,* éd. Michaud et Poujoulat, p. 99.)

8. *Note marginale :* « Dominus exercituum cogitavit hoc, ut detraheret superbiam omnis gloriæ et ad ignominiam deduceret universos inclytos terræ. » (*Isaïe,* XXIII, 9.)

9. Bossuet avait gardé une vive reconnaissance envers Anne d'Autriche qui avait discerné de bonne heure son mérite. Il prononça son Oraison funèbre en 1667.

ORAISONS FUNÈBRES 1219

**P. 77.**

1. Allusion aux secours envoyés cette année même à Candie assiégée par les Turcs. Un corps de 7.000 hommes commandé par le duc de Beaufort prit une part glorieuse à la défense de la ville.
2. « Maintenant que l'île de Candie, réputée le boulevard de la chrétienté était inondée de soixante mille Turcs, les rois chrétiens regardaient cette perte avec indifférence... » (Voltaire, *le Siècle de Louis XIV*, Bibl. de la Pléiade, p. 707.)
3. Bossuet ne croyait pas si bien dire en parlant de Louis XIV. Celui-ci, vingt ans plus tard, accueillit Jacques II vaincu et fugitif et mit à sa disposition ses armées et ses flottes pour l'aider à reconquérir son trône.
4. Une des quatre compagnies des gardes du corps du Roi de France était entièrement composée d'Ecossais. Créée par Charles VII, cette garde fut supprimée en 1786.
5. M. Jacquinet voit de l'ironie dans cette expression qui signifierait selon lui, *tout à fait indépendante*. M. Lebarq fait remarquer que ces mots pourraient signifier : *toute composée d'Indépendants*, secte dont nous avons déjà parlé.
6. Depuis juin 1647 jusqu'en janvier 1649, où il fut décapité.
7. Charles IV de Lorraine, qui guerroya contre la France, au service de l'Espagne.
8. Elle reprend.
9. Non pas tous. La princesse Elisabeth ne revit jamais plus sa mère.
10. « De tels traits portent tellement la marque de Bossuet que même hors de leur place, ils pourraient le faire reconnaître. » (Note de M. Jacquinet.)
11. *Var.* : « Comme on voit une colonne, ouvrage d'une antique architecture, qui paraît le plus ferme appui... »

**P. 78.**

1. Cette forte parole sur Jérémie se retrouve dans le *Sermon sur les fondements de la vengeance divine* (IIIe point).
2. *Notes marginales* : « Facti sunt filii mei perditi, quoniam invaluit inimicus. » (*Lament.*, I, 16.) — « Manum suam misit hostis ad omnia desiderabilia ejus. » (*Ibid.*, 10.) — « Polluit regnum et principes ejus. » (*Ibid.*, II, 2.)
3. Un texte d'Isaïe est intercalé au milieu des extraits des *Lamentations* : « Recedite a me, amare flebo : nolite incumbere ut consolemini me. » (*Is.*, XXII, 4.)
4. *Var.* : « le glaive ».
5. « Foris interfecit gladius et domi mors similis est. » (*Lament.*, I, 20.) — Remarquer le tact parfait de l'orateur devant la fille de la victime et tous ses auditeurs : « Tout est rappelé, rien n'est accusé : les images sanglantes restent voilées. » (Note de M. Jacquinet.)

6. Les Filles de la Visitation de Sainte-Marie dont le couvent de Chaillot avait été fondé par la reine d'Angleterre.

7. Quand elle a considéré les malheurs comme essentiels à l'état du vrai chrétien.

8. Ces belles expressions se retrouvent dans le *Sermon sur l'impénitence finale* (Ier point) et dans le *Sermon sur l'ambition* (Ier point).

9. *Note marginale :* « Væ qui saturati estis !... Væ vobis, qui ridetis ! » (*Luc,* VI, 25.)

## P. 79.

1. Bossuet avait déjà dit dans le *Sermon sur l'amour des plaisirs* (IIe point) : « Jamais il ne faudrait se consoler des fautes que l'on a commises *n'était qu'en les déplorant on les répare et on les efface.* »

2. Par la révolution de 1660.

3. *British Museum :* « et que les conseils n'avaient pu ramener... »

4. Le peuple avait horreur du despotisme militaire ou plutôt de l'anarchie armée sous le régime de laquelle se trouvait l'Angleterre à l'abdication de Richard Cromwell.

5. *Var. :* « Honteux d'avoir tant pu... »

6. Cet adjectif n'est pas assez fort s'il s'agit de projets comparables à la conspiration des Poudres ou au meurtre de Buckingham.

7. Eloge peu mérité, mais commandé par les circonstances. Charles II fut en effet un prince frivole et dissolu.

## P. 80.

1. Bossuet avait dit à Henriette au moment du rétablissement de son fils sur le trône : « Grande et auguste reine, en laquelle Dieu a montré de nos jours un spectacle si surprenant de toutes les révolutions des choses humaines, *et qui seule n'êtes point changée au milieu de tant de changements...* » (IIIe point d'un *Sermon pour la fête de la Visitation,* 2 juillet 1660.)

2. Voir *Discours sur l'histoire universelle* (IIIe partie, chap. VIII) : « Dieu tient du plus haut des cieux les rênes de tous les royaumes ».

3. *Note marginale :* « Plus amant illud regnum in quo non timent habere consortes. » (S. Aug., *De civitate Dei,* V, XXIV.)

4. Voir *Sermon sur la Providence* (IIe point) dans lequel Bossuet, à peu près dans les mêmes termes qu'ici, recommande aux rois de mépriser leur royaume d'ici-bas au profit du royaume de Dieu « dans lequel ils ne craignent pas d'avoir des égaux, et qu'ils désirent même, s'ils sont chrétiens, de partager un jour avec leurs sujets ».

5. La Visitation de Chaillot.

6. De Londres, où elle passa sa jeunesse.
7. *Edit. de 1689* et *1691* : « ces ».
8. Certains ont reproché ici à Bossuet un manque de transition. Ce défaut est plus apparent que réel : Bossuet poursuit en effet l'éloge commencé plus haut des vertus qui ont soutenu la reine au milieu de ses épreuves, et des pratiques de piété qui ont achevé de la sanctifier.
9. Marie-Thérèse non plus ne connaissait pas de péché léger. Voir son Oraison funèbre, page 123, entre les nos d'appel 1 et 2.
10. Elle s'éteignit en dormant. « Cette expression si simple et si douce convient également à l'hypothèse d'une défaillance durant un sommeil naturel, et à celle d'une torpeur causée par un narcotique imprudemment administré. » (Note de M. Lebarq.)

**P. 81.**

1. *British Museum :* « qui, étant fidèles... »
2. Bossuet était de ce nombre. La reine le fit venir plusieurs fois à Chaillot.
3. « Et divites dimisit inanes » (*Luc,* I, 53.)
4. *Matth.*, V, 5 : « Beati qui lugent : quoniam ipsi consolabuntur. »
5. Un critique, l'abbé de Vauxelles, a dit des dernières pages de l'Oraison funèbre : « Cette péroraison est si tranquille qu'à peine elle en paraît une. »
6. « Factum est autem ut moreretur mendicus et portaretur in sinu Abrahæ » (*Luc,* XVI, 22.)
7. L'avenir malheureusement réservait encore à la France comme à l'Angleterre, aux Stuarts comme aux Bourbons, de *terribles leçons.*

# ORAISON FUNÈBRE
## DE HENRIETTE-ANNE D'ANGLETERRE

**P. 83.**

1. A) BIOGRAPHIE : Henriette-Anne Stuart, sixième et dernier enfant de Charles Ier et d'Henriette de France, naquit le 16 juin 1644 à Exeter où sa mère s'était réfugiée pour échapper aux révolutionnaires. Après la fuite de sa mère, la comtesse Morton la recueillit, et put la lui rendre deux ans après. La princesse fut élevée au Louvre où elle connut la misère, puis à Chaillot où, sous la direction sage et attentive de sa mère, ses qualités de cœur et d'esprit purent s'épanouir. A seize ans, lors de sa première présentation à la cour, sa beauté, son intelligence éveillée et sa grâce engageante la firent beaucoup remarquer. L'avènement de son frère sur le trône d'Angleterre releva sa famille et lui permit d'épouser, le

31 mars 1661, le duc d'Orléans, frère de Louis XIV, six mois après le mariage de ce dernier avec Marie-Thérèse. A défaut de couronne, « elle régna sur les honnêtes gens par les charmes de sa personne ». Elle donna le ton à cette jeune cour, où la modestie de la reine lui laissait le périlleux honneur de présider tous les divertissements. Elle vit se presser autour d'elle tous les hommages, surtout ceux du roi. Son imprudence innocente la mêla à des aventures plus ou moins scabreuses qui furent l'occasion d'odieuses calomnies. Mais ses ennemis eux-mêmes s'accordent pour rendre hommage à sa vertu. Elle aima l'esprit, elle inspira *Bérénice* à Corneille et à Racine. La dédicace de *l'Ecole des Femmes* (1662) et celle d'*Andromaque* (1667) qui lui furent adressées expriment la reconnaissance exempte de flatterie de leurs auteurs.

A la mort de sa mère, Bossuet devint le guide de cette conscience qui, sous des dehors frivoles, était profondément religieuse. Mais la politique traversa tout à coup ces salutaires influences. Louis XIV la chargea, en 1670, d'une mission diplomatique auprès de Charles II. Elle partit pour Londres, afin de conclure un traité d'alliance entre la France et le roi d'Angleterre, son frère. Ce voyage fut pour elle un triomphe, car sa mission réussit pleinement; mais il fut aussi l'origine de ses chagrins intimes et l'une des causes principales de sa fin prématurée : son mari éprouva un vif ressentiment de son succès diplomatique; et sa santé, très fragile, subit une nouvelle atteinte de ce surcroît de fatigues. C'est à Saint-Cloud où elle était allée se reposer de son voyage qu'elle fut prise de ce mal étrange qui devait l'emporter quelques heures après. Dans la soirée du 29 juin 1670, vers 5 heures du soir, elle demanda un verre d'eau de chicorée glacée; aussitôt après l'avoir avalé, elle fut prise de violentes douleurs d'entrailles; et le lendemain, à deux heures et demie du matin, elle rendit le dernier soupir. L'autopsie démontra, malgré des soupçons calomniateurs, que Madame n'avait pas été empoisonnée, et qu'elle avait été victime du choléra-morbus. Cette mort fut extrêmement édifiante. Madame fit preuve à ses derniers instants d'une résignation, d'une douceur et d'un calme admirables. Bossuet qui était présent en a témoigné avec la plus vive émotion.

(Cf. Sainte-Beuve, *Causeries du Lundi*, VI : *Madame, duchesse d'Orléans, d'après les Mémoires de Cosnac.*)

B) L'ORAISON FUNÈBRE : Moins pompeuse, et contenant moins de développements historiques que l'*Oraison funèbre de Henriette de France,* l'*Oraison funèbre de Henriette d'Angleterre* a une portée plus générale. Elle est un avertissement à tous ceux qui oublient la fragilité des biens terrestres, et leur néant. Tout est vanité, puisque la jeunesse, la beauté, la grâce, l'esprit, la grandeur sont détruits par la mort. Cette vérité cruelle domine toute l'Oraison funèbre, et fait de ce discours un véritable sermon sur la mort.

Plus douce et plus calme que la précédente, cette Oraison funèbre est plus attendrie et plus profondément émouvante. On n'y trouve point de portraits et d'événements historiques, mais on y rencontre des passages extrêmement pathétiques, qui inspirent une émotion indicible : tel le récit des derniers moments de la princesse. Bossuet avait connu, apprécié et aimé celle dont il retraçait la vie. Il avait parfait son éducation. Il était devenu son conseiller habituel depuis la mort de sa mère et l'avait assistée à ses derniers instants. Aussi l'orateur n'eut-il qu'à puiser dans ses souvenirs personnels pour faire apparaître cette émotion sincère et intense qu'on trouve dans son discours.

C) Texte : Ce discours, dont le manuscrit est perdu, fut imprimé à Paris, en 1670, sous le titre que nous donnons à la page 83 de cette édition. On le réimprima avec l'*Oraison funèbre de Henriette de France* en 1671 et en 1680. Il fait partie du recueil d'Oraisons Funèbres publié en 1689, dont nous avons parlé dans la note 1, C, de l'*Oraison funèbre de Henriette de France*.

D) Analyse. *Exorde et division :* Tout est vain dans l'homme, si l'on considère ce qu'il donne au monde. Au contraire, tout est grand dans l'homme si l'on regarde ce qu'il doit à Dieu. La vie de la princesse est une preuve du néant et de la grandeur de l'homme. Nous verrons : 1° ce qu'une mort soudaine lui a ravi ; 2° ce qu'une sainte mort lui a donné.

*Première partie :* Ce qu'une mort soudaine lui a ravi. — Sa naissance illustre. L'empire universel que lui donnaient sur les cœurs sa délicatesse d'esprit, sa beauté, sa discrétion, son sens des affaires, sa modestie, sa bonté. Or, tout cela n'est rien, puisque la mort détruit tous ces avantages. Récit pathétique de la mort soudaine de Madame. Ce que cette princesse aurait pu être et ce qu'elle est : « un cadavre, non, pas même un cadavre, mais un je ne sais quoi qui n'a de nom dans aucune langue ».

*Deuxième partie :* Ce qu'une sainte mort lui a donné. — Grandeur de l'homme en général : venant de Dieu l'âme peut mépriser la mort, si elle se rend digne d'être réunie à son principe par la grâce. Application à Madame : elle a reçu de Dieu deux grâces essentielles, la grâce de la prédestination et la grâce de la persévérance finale.

1° Grâce de la prédestination : sa captivité, sa délivrance, son éducation chrétienne, son attachement à la foi de ses pères, ses aumônes, ses prières.

2° Grâce de la persévérance finale : nouveau récit de cette mort soudaine et cruelle. Le courage, le détachement, les sentiments d'amour pour Dieu qu'elle déploya jusqu'à la fin. Il ne faut pas regretter que Dieu l'ait enlevée : sa vie était un péril, sa mort une grâce. Nouvel éloge de ses qualités.

Il faut profiter de la leçon de cette mort si émouvante. Une sainte mort assurant la vraie grandeur, que les chrétiens n'attendent pas le dernier jour pour se convertir.

2. Dans son commentaire latin sur l'*Ecclésiaste* Bossuet fait remarquer qu'à l'encontre de la *Vulgate* qui a adopté le mot *vanitas,* d'anciens interprètes du texte hébreu avaient traduit : *vapor, fumus, aura tenuis.* Le mot *vanitas,* ajoute-t-il, est le plus expressif.

3. Le Grand Condé, premier prince du sang, représentant la famille royale. Etaient aussi présents à l'Oraison Funèbre, la reine, mais incognito, Jean-Casimir, abbé de Saint-Germain-des-Prés, après avoir été cardinal, puis roi de Pologne, l'ambassadeur d'Angleterre, lord Montaigu et deux envoyés extraordinaires de Charles II : Buckingham et Thomas Stanley.

4. Réminiscence d'une construction latine :
O misera hominum mentes, o pectora cæca.
(Lucrèce, *De natura rerum,* II, 14.)

5. Aux funérailles, non à l'Oraison funèbre de la reine d'Angleterre, sa mère.

6. Pendant un court séjour qu'elle venait de faire à la cour de Charles II, la princesse s'était acquis toutes les sympathies, et son départ avait inspiré les regrets les plus vifs.

7. Voyage diplomatique pour rapprocher la France de l'Angleterre et qui fut couronné de succès.

8. « Admirable reprise de la parole biblique ; elle éclate comme un cri de découragement et de désespoir. » (M. Jacquinet.)

## P. 84.

1. « Vanitas vanitatum dixit Ecclesiastes : vanitas vanitatum et omnia vanitas. »

2. Dans l'*Oraison funèbre de Marie-Thérèse,* « la santé n'est qu'un *nom trompeur* ».

3. *Amusement,* ici, c'est ce qui fait perdre le temps. Voir *Panégyrique de sainte Thérèse* (Ier point), p. 398.

4. Dieu pour relever l'homme après son péché, s'est porté vers lui, *l'a cherché,* en s'abaissant, en prenant un corps humain, en s'incarnant.

5. Nous abusait.

6. *Note marginale :* « Deum time et mandata ejus observa, hoc est enim omnis homo ; et cuncta quæ fiunt adducet Deus in judicium [pro omni errato], sive bonum, sive malum illud sit. » (*Eccl.,* XII, 13, 14.) — Les mots entre crochets, ne font pas partie de la citation dans les éditions de 1671 et de 1680.

## P. 85.

1. Remarquer la hardiesse de l'expression et l'apparente contradiction de langage exprimant merveilleusement la possession anticipée de Dieu par l'âme sainte.

2. « Omnes morimur et quasi aquæ delabimur in terram, quæ non revertuntur. » (*II Rég.*, XIV, 14.) *Note marginale.*

3. Cette femme est la femme du pays de Théma *(mulier Themitis)*, Massillon l'appelle Thémite, qui fut envoyée à David par Joab pour obtenir la grâce d'Absalon et qui l'obtint par son ingénieuse éloquence.

4. Bossuet reprend ici la comparaison qu'il avait ébauchée magnifiquement dans l'*Oraison funèbre de Henri de Gornay* (p. 18, à partir du n° d'appel 5) mais avec plus de simplicité, de mouvement et de grandeur.

5. Comparer avec ce passage d'un précis de *Sermon pour la nativité de la Vierge* : « Quelque inégalité qu'il paraisse entre les conditions des hommes, il ne peut pas y avoir grande différence *entre de la boue et de la boue.* »

6. *Edit. 1671* et *1680* : « qui aurait-il... »

## P. 86.

1. Pas de ces détails généalogiques que les prédicateurs, avant Bossuet, donnaient si volontiers dans les Oraisons Funèbres. La princesse en effet avait pour ancêtres, du côté paternel les Stuarts d'Ecosse, et du côté maternel, les Bourbons : fille de Charles Ier, elle était, par sa mère, petite-fille de Henri IV.

2. Cf. p. 75. « O Eternel! veillez sur elle... » Allusion à la fuite en France de la princesse et de sa gouvernante, la comtesse de Morton.

3. « Elle mêlait dans toute sa conversation une douceur qu'on ne trouvait point dans les autres personnes royales. Ce n'est pas qu'elle eût moins de majesté : mais elle en savait user d'une manière plus facile et plus touchante... » (Daniel de Cosnac, *Mémoires,* publiés par la Société d'histoire de France, I, 420.)

4. Femme de Louis XIII, fille de Philippe III, petite-fille de Charles-Quint, plus connue sous le nom d'Anne d'Autriche.

5. Marie-Thérèse, fille de Philippe IV, reine de France; nièce d'Anne d'Autriche avant de devenir sa belle-fille.

## P. 87.

1. Il avait été un moment question, en 1658, de marier Henriette à Louis XIV, puis à l'empereur d'Autriche, Léopold Ier; au roi de Portugal, Alphonse VI, enfin à Charles-Emmanuel II, duc de Savoie.

2. Allusion au projet de mariage entre la princesse et Louis XIV.

3. *Var.*: « Si son rang l'élevait si haut, j'ai eu raison de vous dire qu'elle était encore plus élevée par son mérite. » Cette forme primitive fut corrigée par Bossuet lui-même au cours du tirage de la première édition et changée en celle que nous avons donnée ici.

4. C'est à Henriette d'Angleterre que Molière dédia *l'Ecole des femmes*, et que Racine dédia *Andromaque*.

5. Allusion aux négociations entreprises avec Charles II pour le détacher de la Triple-Alliance.

6. Très habilement l'orateur unit dans son éloge, le roi et la princesse. Il est à noter que cette louange à Louis XIV est faite d'une admiration sincère; sentiment que partageait d'ailleurs à ce moment toute l'opinion publique.

7. Sur ses défauts. Bossuet, depuis la mort de la reine d'Angleterre, venait chaque semaine au Palais Royal, compléter l'instruction religieuse et morale de Madame.

8. *Var.*: « d'envisager de près ses défauts... » Corrigé dès 1671.

9. Certains textes portent à tort « *de la* sagesse ».

## P. 88.

1. Idée qui se retrouve dans le majestueux *Avant-propos* de l'*Histoire universelle*, adressé au Dauphin.

2. L'orateur indique discrètement ici un défaut de son héroïne.

3. Ces romans étaient l'*Astrée*, la *Cléopâtre*, la *Clélie*, le *Polexandre*, le *Grand Cyrus*. Ils avaient encore beaucoup de vogue en 1660. Bossuet, d'accord sur ce point avec Boileau, trouve que les héros en sont fades, extravagants, insipides, et les fictions froides.

4. C'est-à-dire fausses, frivoles, chimériques. Le latin *frigidus*, parmi ses nombreuses significations possède celle qui est indiquée ici : *frigida negotia* : occupations vaines, frivoles.

5. *Note marginale* : « Sicut urbs patens et absque murorum ambitu, ita vir qui non potest in loquendo cohibere spiritum suum. » (*Prov.*, XXV, 28.)

6. Le voyage diplomatique entrepris par Madame de Paris à Douvres, en avril 1670, pour conclure un traité d'alliance entre Charles II et la France. La mission de Madame fut couronnée d'un plein succès.

7. Cette expression n'est pas trop forte tant la grâce et l'amabilité de Madame soulevaient de sympathies.

## P. 89.

1. Savent ce qu'ils sont.

2. M. Jacquinet rapproche heureusement ce passage de

Bossuet d'une belle parole de Cicéron sur l'amitié : « *Virtus, virtus inquam... et conciliat amicitias et conservat.* » (*De amicitia,* c. XXVII.)

3. Bossuet, sans vouloir faire de la politique du haut de la chaire, tient à affirmer en public la stabilité de cette alliance.

4. « L'orateur est comme involontairement ressaisi par ces pensées de mort et de néant auxquelles il est temps de nous ramener ; il n'y revient pas par une transition habile : il y retombe pour ainsi dire frappé tout à coup, atterré du vide de ces deux grands mots... » (Note de M. Jacquinet.)

5. Les éditions originales portent : « par son *fonds* ».

6. *Note marginale :* « Ecce mensurabiles posuisti dies meos, et substantia mea tanquam nihilum ante te. » (*Ps.* XXXVIII, 6.)

7. Cf. première partie du *Sermon sur la mort.* On y trouve les mêmes idées, mais avec moins de précision.

**P. 90.**

1. *Note marginale :* « Ecce tu vulneratus es sicut et nos; nostri similis effectus es. » (*Is.,* XIV, 10.) Lisez : « Et tu vulneratus... »

2. *Note marginale :* « In illa die peribunt omnes cogitationes eorum. » (*Ps.* CXLV, 4.)

3. Sur l'aveugle prévoyance des ambitieux, cf. *troisième Sermon pour la fête de tous les Saints* (IIe point) et *Sermon sur l'ambition* (IIe point).

4. *Note marginale :* « Transivi ad contemplandam sapientiam..., locutusque cum mente mea, animadverti quod hoc quoque esset vanitas. » (*Eccl.,* II, 12, 15.) Le latin n'est pas cité en note dans les éditions de 1671 et de 1680.

**P. 91.**

1. Foudroyante *(extonare).*

2. Bossuet conserve une impression très vive de ces cris de consternation qui retentirent dans la nuit du 29 au 30 juin, cris qu'il entendit lui-même puisqu'il était à Saint-Cloud, au chevet de la princesse moribonde.

3. Voltaire raconte, dans *le Siècle de Louis XIV,* que Bossuet fut obligé de s'arrêter après ces mots : « L'auditoire éclata en sanglots et la voix de l'orateur fut interrompue par ses soupirs et ses pleurs. »

4. Réminiscence de Virgile (*Æn.,* II, 369) :
« Crudelis ubique
   Luctus, ubique, pavor et *plurima mortis imago* ».

5. De frayeur. — *Note marginale :* « Rex lugebit, et princeps induetur mœrore, et manus populi terræ conturbabuntur. » (*Ezech.,* VII, 27.)

6. *Oratio de obitu Satyri fratris,* I, 19. — Le texte imité porte : « Stringebam brachia, sed jam perdideram quem tenebam ».

7. Passage inspiré de David (*Ps.* CII, 15) : « Homo sicut fœnum dies ejus, tanquam flos agri sic efflorebit. » Bossuet ne cite pas ces paroles.

8. Allusion au mal impitoyable qui devait l'emporter en quelques heures.

**P. 92.**

1. Allusion au succès remporté par Madame au cours de sa mission diplomatique auprès de Charles II.

2. *Edit. de 1680 :* « nous garantissait... »

3. « Le roi avait le cœur si serré qu'à peine pouvait-il parler, si bien qu'il fut contraint de se retirer. Madame lui dit : « Embrassez-moi, Monsieur, pour la dernière fois. Ah! Monsieur, ne pleurez pas, vous m'attendririez. Vous perdez une bonne servante. » Elle ajouta qu'elle avait plus craint de perdre ses bonnes grâces qu'elle ne craignait la mort. » (Daniel de Cosnac.)

4. En 1670, Louis XIV méritait un tel hommage.

5. Cet homme frivole et vicieux avait montré une grande bravoure pendant la campagne de Flandre, de 1667.

6. Consistant à attaquer l'Espagne en Franche-Comté et dans les Flandres à la fois.

7. Allusion à la mésintelligence des deux époux. Remarquer l'art avec lequel Bossuet sait concilier le respect de la vérité avec les convenances.

**P. 93.**

1. Cf. *Panégyrique de saint Victor,* Exorde : « c'est ainsi que Victor a *surmonté* la mort ».

2. L'orateur devait désigner de la main le cercueil, en disant ces mots.

3. La pompe funèbre, l'apparat de la cérémonie. La *Gazette de France,* du 23 août 1670, donne d'intéressants détails à ce sujet.

4. *Job.,* XXI, 26 : « Simul in pulvere dormient et vermes operient eos ».

5. Il faudra agrandir les caveaux pour placer Marie-Thérèse (1683). (Cf. Floquet, *Etudes...,* III, 420.)

6. C'est ce qui arrive bientôt pour tous les cimetières. Mais dans la nécropole royale, l'encombrement que l'orateur signale avec une sorte d'ironie lugubre, parle plus haut encore.

7. Ces tombeaux furent détruits et les restes qu'ils contenaient dispersés, au moment de la Révolution.

8. *Note marginale :* « Cadit in originem terram, et cadaveris nomen, ex isto quoque nomine peritura, in nullum inde jam nomen, in omnis jam vocabuli mortem. » (Tertullien, *De resurrectione carnis,* IV.) — (Cf. *Sermon sur la mort.*)

ORAISONS FUNÈBRES

9. Bossuet a employé ce texte de Tertullien, et en a tiré le plus heureux parti dans le *Sermon sur la mort* (Ier point); dans le *Sermon sur la résurrection dernière* (IIe point) et dans l'*Oraison funèbre du Père Bourgoing* (IIe point).

10. Bossuet a présent à l'esprit le dogme de la résurrection des morts. Cf. *Sermon sur la résurrection dernière* (Ier point).

11. *Note marginale* : « Notas mihi fecisti vias vitæ. » (*Ps.* xv 11.)

**P. 94.**

1. On lit « fonds » dans les éditions originales.

2. *Note marginale* : « Revertatur pulvis in terram suam unde erat, et spiritus redeat ad Deum qui fecit illum. » (*Eccl.*, XII, 7.)

3. *Var.* : « ce seront ».

4. « Gloria enim et potentia, divitiæ et nobilitas, et his similia, nomina sunt apud ipsos, res autem, apud nos : quemadmodum et tristitia, mors et ignominia et paupertas et similia, nomina sunt apud nos, res apud illos. » *Hom.* LVIII (al. LIX), *in Matth.*, n. 5.

5. *Eccl.*, I, 2, 14; III, 11.

**P. 95.**

1. *Eccl.*, I, 17 : « Dedique cor meum ut scirem prudentiam atque doctrinam, erroresque et stultitiam : et agnovi quod in his quoque esset labor et afflictio spiritus. »

*Ibid.*, II, 14 : « Sapientis oculi in capite ejus; stultus in tenebris ambulat; et didici quod unus utriusque esset interitus. »

*Ibid.*, II, 24 : « Nonne melius est comedere et bibere, et ostendere animæ suæ bona de laboribus suis ? Et hoc de manu Dei est. »

2. « Et est quidquam tam vanum. » (*Eccl.* II, 19.)

3. D'une vie privée.

4. *Note marginale :* « Vidi quod hoc quoque esset vanitas. » (*Eccl.*, II, 1.)

5. On retrouve la même idée exprimée dans le *Sermon sur la mort* (IIe point) : « O grandeur humaine, de quelque côté que je t'envisage, etc. »

6. « Toutefois, si persuadé qu'il soit, que dans l'*Ecclésiaste,* tel qu'il l'entend et l'interprète, la mort de l'homme n'est assimilée que par un côté à celle des bêtes, Bossuet semble n'avoir pas osé traduire ici le texte qu'il cite. » (Note de M. Jacquinet.)

7. *Eccl.*, III, 19.

8. Au XVIIe siècle, par *esprits,* on entendait des atomes subtils qui transmettaient le mouvement à toutes les parties du corps.

9. Excédés.
10. *Eccl.*, XII, 13 : « Deum time et mandata ejus observa : hoc est enim omnis homo. »

**P. 96.**

1. *Eccl.*, XII, 14 : « Et cuncta quæ fiunt adducet Deus in judicium pro omni errato sive bonum, sive malum illud sit. »
2. *Ps.* CXLV, 4 : « In illa die peribunt omnes cogitationes eorum. »
3. Cf. *I Cor.*, VII, 31 : « Præterit figura hujus mundi. »
4. Certains ont critiqué ce mot d'*héroïne chrétienne* que la mort si édifiante de la princesse avait inspiré à l'orateur.
5. L'action divine par laquelle une âme est prédestinée d'avance à la grâce et au salut.
6. Qui agit sans que nous l'ayons mérité.
7. La *gloire* réservée aux bienheureux dans le ciel.

**P. 97.**

1. Cf. *second Sermon pour la Toussaint* (II<sup>e</sup> point). Au sujet de la sélection des justes. — L'orateur ne veut pas dire qu'Henriette ait été l'unique cause de la Révolution d'Angleterre.
2. Henri VIII qui s'était fait chef de l'Eglise anglicane, en 1534, Edouard VI, Elisabeth I<sup>re</sup>, Jacques I<sup>er</sup>, Charles I<sup>er</sup>. Elle ne descendait directement que de ces deux derniers rois.
3. Allusion probable à saint Edouard. Voir note 14.
4. Cf. saint Paul : « Omnis creatura ingemiscit et parturit, revelationem filiorum Dei exspectans. » (*Rom.*, VIII, 22.)
5. La reine Henriette, alors qu'elle était enceinte de la princesse, dut fuir devant les rebelles à Oxford, puis à Exeter.
6. Voir à ce sujet l'*Oraison funèbre de Henriette de France*, p. 75.
7. « Pater meus et mater mea dereliquerunt me : dominus autem assumpsit me ». (*Ps*, XXVI, 10.)
8. « In te projectus sum ex utero : de ventre matris mea Deus meus es tu. » (*Ps.*, XXI, 11.)
9. Voir *Oraison funèbre de Henriette de France*, p. 75.
10. Cette pensée se retrouve dans l'*Oraison Funèbre de Henriette de France,* p. 63 : « L'Angleterre a tant changé... »
11. Expression biblique. Cf. *Exode* XIX, 4 : « Vos ipsi vidistis, quæ fecerim Ægyptiis, quo modo portaverim vos *super alas aquilarum,* et assumpserim mihi. »
12. Bossuet, au I<sup>er</sup> point d'une *Méditation sur la félicité des Saints* qu'il prononça au collège de Navarre en 1648, insiste sur l'action de Dieu tendant à rechercher des élus et à préparer leur récompense : « A cela, Dieu *agit avec passion*. Il s'est contenté de dire un mot pour créer le ciel et la terre :

mais, pour ce qui regarde la gloire de ses élus, vous diriez qu'il s'y applique de toutes ses forces. »

13. C'est à la Visitation de Chaillot, où la reine s'était retirée, que la princesse fut éduquée.

14. Edouard le Confesseur, le dernier roi de la dynastie saxonne au XIe siècle.

**P. 98.**

1. Ce sont les passions qui déterminèrent Henri VIII à rompre avec le Saint-Siège et à se faire le chef d'une Eglise nouvelle.

2. La reine Marie qui ne régna que cinq ans, de 1553 à 1558, rétablit le catholicisme par des moyens si violents et si cruels qu'elle augmenta l'horreur de ses sujets pour le catholicisme.

3. Favorable par l'intention, mais non par les résultats. (Voir note précédente.)

4. Les commencements *(primitiæ)* du retour de la maison d'Angleterre à l'Eglise romaine.

5. Cet éloge est excessif; mais le roi d'Angleterre était l'allié de la France. Du reste, on doit remarquer la banalité des termes employés ici.

6. *Act.*, XXVI, 29.

7. En utilisant avec habileté une parole célèbre de saint Paul, Bossuet pouvait ainsi adresser un vœu au roi d'Angleterre tout en observant en même temps les convenances.

**P. 99.**

1. « Superindui cupientes, si tamen vestiti. » (*II Cor.*, V, 3.)

2. La loi dont il s'agit, c'est l'obligation aux changements que nous procure la mort.

3. « ... Novi testamenti mediator est : ut morte intercedente, in redemptionem earum prævaricationum, quæ erant sub priori testamento repromissionem accipiant qui vocati sunt æternæ hereditatis. » (*Hebr.*, IX, 15.)

4. Rendre irrévocable le dessein.

5. Voir n. 5, p. 96.

6. Nouveau récit de la mort de Madame; mais cette fois l'orateur montre en quoi cette mort est le couronnement des grâces divines à l'égard de la princesse.

**P. 100.**

1. Madame de La Fayette, l'abbé Feuillet et Daniel de Cosnac sont absolument d'accord avec Bossuet sur ce point.

2. Au sens biblique de condamnation. Cf. *I Cor.*, XI, 29 : « qui enim manducat et bibit indigne, *judicium* sibi manducat et bibit... »

3. « Dès que cette âme véritablement chrétienne et royale se sentit si vivement atteinte, et qu'il y avait du péril, elle

eut son principal recours au grand médecin du ciel et demanda aussitôt qu'on lui fît venir son confesseur. C'est la réflexion chrétienne que fit M. Esprit, premier médecin de monseigneur le duc d'Orléans, qui a assuré qu'elle réitéra deux ou trois fois cette demande. Cependant, comme on a plus d'empressement pour la santé du corps que pour celle de l'âme, on vint exprès à Paris avertir promptement M. Yvelin son premier médecin, et quantité d'autres personnes, et on s'oublia de faire venir son confesseur. Le mal s'augmentant, on fut obligé de recourir à M. le curé de Saint-Cloud pour entendre sa confession... » (*Narré simple et très véritable de quelques circonstances arrivées à la dernière maladie de madame la Duchesse d'Orléans contre la fausseté de quelques écrits et imprimés sur ce sujet, 1670.*)

4. Bossuet, prévenu tard, n'arriva à Saint-Cloud qu'à une heure du matin. Madame s'était déjà confessée au curé de Saint-Cloud, puis au chanoine Feuillet, et avait reçu le Saint Viatique et l'Extrême-Onction.

5. « Cette explication fut fournie par Nicolas Feuillet, chanoine de Saint-Cloud, qui l'assista à ses derniers moments avec Bossuet. Voici ce qu'il en dit lui-même dans sa relation : « Quand on lui appliquait les saintes huiles, je lui disais en français : L'Eglise demande à Dieu, Madame, qu'il vous pardonne les péchés que vous avez commis par tant de mauvaises paroles, par les plaisirs que vous avez pris aux senteurs et aux parfums, par tant de regards illicites, pour avoir entendu tant de rapports et de médisances, par les ardeurs de la concupiscence, par tant de mauvaises œuvres et par des attouchements qui étaient défendus par la loi de Dieu. » On a accusé le chanoine Feuillet d'avoir révélé, en quelque sorte, la confession que venait de lui faire la princesse. » (Note de l'édit. Lebarq, V, 674.)

6. Tous les sacrements tirent leur efficacité du sacrifice de la croix : ils sont les véhicules de la grâce que le Christ a gagnée par les mérites infinis de sa Passion.

7. *Note marginale* : « Melior est patiens viro forti : et qui dominatur animo suo, expugnatore urbium. » (*Prov.*, XVI, 32.)

8. *Var.* : 1re édition : « le brave ». Ce mot a été corrigé en 1671 et remplacé par : « fort ».

**P. 101.**

1. Madame, quelques instants avant de mourir, dit Madame de La Fayette, adressa ces paroles à Monsieur : « Hélas, monsieur ! vous ne m'aimez plus, il y a longtemps ; mais cela est injuste, je ne vous ai jamais manqué. » Bossuet en faisant allusion à ces mots détruisait toutes les calomnies qui avaient couru sur le compte de Madame et qui avaient été acceptées par un mari soupçonneux et jaloux.

ORAISONS FUNEBRES

2. Cet homme frivole oublia rapidement la leçon donnée avec tant d'habileté par l'orateur.

3. « En arrivant, dit dans sa relation le chanoine Feuillet, Bossuet se prosterna contre terre et fit une prière qui me charma ; il entremêlait des actes de foi, d'espérance et d'amour. Elle se tourna de l'autre côté. Et comme il eut cessé, elle lui dit : « Croyez-vous, monsieur, que je ne vous entende pas, parce que je me suis tournée ? » Il continua donc, et elle dit qu'elle eût bien voulu reposer. Pour lors, M. de Condom se leva et alla voir Monsieur. »

4. *Edit. de 1670 et de 1671* : « nous ne voyons. » Corrigé en 1680.

5. Cf. *Sermon sur l'impénitence finale* (Ier point).

6. *Var.* : 1re édit. : « précis ». Corrigé dès la seconde édition (1671).

7. *In Epist. Joan.*, VI, 7, 8.

8. Dieu a donné à la princesse la grâce si précieuse du salut en permettant qu'elle-même meure saintement, grâce infiniment supérieure à celle de la persévérance que ses amis sollicitaient pour elle.

9. *Note marginale* : « Properavit educere de medio iniquitatum. » (*Sap.*, VI, 14.)

10. La princesse tomba malade le 29 juin, à cinq heures du soir ; elle expira le 30, vers trois heures du matin.

11. « Finis factus est errorris, quia culpa, non natura defecit. » (*De bono mortis*, IX, 38.)

## P. 102.

1. *Edit. originale* : « le dessein ».

2. Se reporter aux douloureuses paroles de la page 92 : « Hélas ! nous composions... »

3. Cf. *Sermon sur la nativité de la Vierge* : « Le jour de Jésus-Christ *se commence.* »

4. *Edit. originale* : « qui a-t-il... ? »

5. Nouvel éloge de la princesse. Ce portrait de l'esprit et du cœur de Madame, très exact, en même temps que très finement étudié, est d'un charme captivant.

6. Des vains soupçons. Elle était si droite qu'elle n'interprétait jamais en mauvaise part les actions ou les paroles de son entourage : elle n'était pas *ombrageuse*.

7. Bossuet fait ici allusion à un trait qui montre jusqu'où cette princesse porta la grâce et la délicatesse qui lui étaient naturelles, même *entre les bras de la mort* : « Comme M. de Condom lui parlait, sa première femme de chambre s'approcha d'elle pour lui donner quelque chose dont elle avait besoin : elle lui dit en anglais, afin que M. de Condom ne l'entendît

pas : « Donnez à M. de Condom, lorsque je serai morte, l'émeraude que j'ai fait faire pour lui. » (Madame de La Fayette.) Voir à ce sujet, Floquet, *Etudes,* III, 283.

8. *Var. :* « qui reste à gagner à ceux... » — Corrigé dès 1671.

### P. 103.

1. « Sic Agricola simul suis virtutibus, simul vitiis aliorum in ipsam gloriam præceps agebatur. » (Tacit., *Agricola,* n. 41.) La note marginale ne comprend que les cinq derniers mots.

2. Cette idée est longuement développée dans le *Sermon pour la vêture* qui a pour texte : « Elegi abjectus esse. » (IIe point.)

3. « Ego sum, et præter me non est altera. » (*Is.,* XLVII, 10.)

4. « Non est longum quod aliquando finitur » (saint Augustin). Cf. *Oraison funèbre de Madame Yolande de Monterby,* page 11, et n. 2 de la même page.

5. Allusion aux pieux entretiens que Bossuet avait eus avec la princesse depuis la mort de sa mère.

6. Cette idée est développée dans l'*Oraison funèbre de Madame de Monterby.*

7. « Rien de plus vrai du moins de certains ordres d'*ouvrages.* Les exemples à l'appui ne manqueraient pas. — L'étonnante campagne d'Italie de Bonaparte, terminée en quelques mois. L'*Histoire universelle* écrite par Bossuet en un volume. » (Note de M. Jacquinet.)

8. En effet, c'est l'efficacité de la grâce divine qui rend parfaite et méritante la vie humaine. — Le mot *ouvrier* s'employait comme adjectif et s'appliquait de préférence aux ouvrages relevés, à l'époque de Bossuet. Cf. *Sermon sur la mort,* IIe point : « Quelque portion de cet esprit ouvrier qui a fait le monde. »

### P. 104.

1. M. Jacquinet rapproche ce passage de Bossuet du *Crucifix* de Lamartine.

2. Certaines éditions portent à tort : « dans les baisers », et faussent ainsi le sens de la phrase.

3. Pendant le saint sacrifice de la messe au cours de laquelle ce discours a été prononcé.

4. *Premières éditions :* « Et quelle dureté ».

5. Les résurrections semblables à celles de Lazare sont inutiles à notre conversion.

### P. 105.

1. *Var.:* « Recevez donc, sans différer, ses inspirations, et ne

tardez pas à vous convertir. Quoi ! le charme... » (Corrigé dès 1671.)

2. Cette phrase se retrouve dans le *Panégyrique de saint François de Sales* (II<sup>e</sup> point), p. 487.

3. Cette austère pensée selon laquelle la vie n'est qu'une mort lente et continue se retrouve dans le *Sermon sur la mort* (I<sup>er</sup> point).

## ORAISON FUNÈBRE
## DE MARIE-THÉRÈSE D'AUTRICHE

**P. 107.**

1. A) BIOGRAPHIE : Marie-Thérèse d'Autriche naquit en 1638, de Philippe IV, roi d'Espagne, et d'Isabelle de Bourbon, fille de Henri IV. A six ans, elle perdit sa mère et vécut tristement à la cour du roi son père jusqu'au moment où les négociations engagées entre la France et l'Espagne, aboutirent au traité des Pyrénées (1659) dont l'une des principales clauses était le mariage de l'Infante avec Louis XIV.

Reine de France, elle ne joua aucun rôle et n'eut aucune part dans les affaires du royaume, le roi ayant toujours veillé à lui enlever toute influence politique. Elle n'en avait d'ailleurs aucunement le goût, ni le génie. Des six enfants qu'elle eut, elle n'en laissa qu'un vivant, lorsqu'elle mourut en 1683, à l'âge de quarante-cinq ans.

En toute vérité, on peut dire que Marie-Thérèse fut une sainte reine en même temps qu'une reine malheureuse. Frappée si douloureusement dans ses affections maternelles, elle souffrit beaucoup de l'inconduite du roi et de son abandon qui en était la conséquence. Elle trouva courage et résignation dans une piété ardente et une charité exemplaire. Elle eut la consolation, avant de mourir, de voir le roi se rapprocher d'elle et corriger les déréglements de sa vie privée.

B) L'ORAISON FUNÈBRE : Une telle vie faite d'humilité, de vertus cachées et de renoncement n'offrait, selon l'expression de La Fontaine, qu'une matière « infertile et petite » pour une oraison funèbre. Que dire d'une femme si peu mêlée à la cour et aux événements du siècle ? Que dire d'une existence faite de souffrances intimes et de circonstances qu'il était difficile de rappeler ou d'effleurer dans un discours public ? Bossuet sut tourner la difficulté en associant partout le souvenir de Louis XIV à ce qu'il disait de son épouse et en célébrant les gloires du règne. Il vanta la foi religieuse de la reine, ses pratiques extérieures de piété et son amour des sacrements. Il fut le seul des trente-quatre orateurs qui prononcèrent l'éloge funèbre de la reine, à oser faire allusion aux chagrins de l'épouse trahie.

Sans la poétique apostrophe à la ville d'Alger menacée par les escadres de Duquesne, ce discours serait terne et froid. Mais il faut louer sans réserve Bossuet d'avoir eu le courage de parler avec tant de franchise et de discrétion parmi tant d'écueils.

C) Texte : Le manuscrit est perdu. Un exemplaire de la première édition (achevée d'imprimer le 12 octobre 1683) ayant servi d'épreuve à Bossuet, se trouve à la Bibliothèque nationale parmi les manuscrits (Fonds fr., 12826.)

C'est le texte de l'édition de 1689 que nous donnons ici. Les variantes signalées sont celles de l'édition princeps.

D) Analyse. *Exorde et division :* Tableau de l'assemblée des âmes saintes dans la Jérusalem céleste. Par les yeux de la foi « qui pénètre jusqu'aux cieux », Bossuet voit la reine dans le séjour des bienheureux, où sa pureté d'âme lui a permis d'entrer. Marie-Thérèse fut en effet une reine pieuse : 1° on ne voit rien que d'auguste dans sa personne ; 2° il n'y a rien que de pur dans sa vie.

*Première partie :* Naissance de la reine : grandeur des maisons de France et d'Autriche d'où elle est issue. Les vertus de sa mère, fille de Henri IV. Premières années et éducation de l'Infante. Son mariage, consécration d'une paix glorieuse : éloge de Louis XIV. — Dieu a élevé cette princesse au faîte des grandeurs humaines, afin qu'elle fût par la pureté inaltérable de sa vie un exemple de sainteté proposé à tout l'univers.

*Deuxième partie :* La reine est la colonne mystique de l'Apocalypse sur laquelle Dieu a écrit trois choses : une foi vive, la fidélité aux observances de l'Eglise, l'assiduité à recevoir les sacrements, l'Eucharistie en particulier.

1° Foi vive de la reine. — La foi est le soutien de ses vertus, de son humilité toute chrétienne au milieu des grandeurs, de sa ferveur dans la prière, de sa patience dans les épreuves, de sa résignation et de sa tendresse d'épouse et de sa charité envers les pauvres.

2° Sa soumission parfaite aux observances de l'Eglise : son respect pour le Saint-Siège.

3° Son assiduité à recevoir l'Eucharistie : ferveur toujours nouvelle de la princesse dans l'usage de ce sacrement.

La mort l'a trouvée prête à paraître devant Dieu ; pas plus qu'elle n'avait surpris la pieuse Anne d'Autriche : parallèle des morts de ces deux reines. Comme elles, il faut employer toute sa vie à se préparer à la mort. Trop tardive, cette préparation est vaine.

2. On se servait encore de ce mot à l'époque de Bossuet pour désigner l'Apocalypse dont il est la traduction exacte.

3. Le Dauphin : Louis, fils de la reine défunte, né en 1661, et ancien élève de Bossuet.

4. Dans la vision de saint Jean, les souffrances et la mort

sanglante du Christ présenté sous les traits de l'agneau, sont souvent rappelées, mais comme un titre de gloire. L'adoration de la cour céleste (formée de milliers d'anges et de bienheureux) s'adresse spécialement à l'Agneau, dans l'écrit johannique.

5. *Var.* : « c'est ceux... » (1683).

6. Les éditeurs donnent en note les textes latins et prétendent même que la citation est de Bossuet. Or, les éditions de 1683 et de 1689 n'en portent pas trace.

7. *Apoc.*, III, 4.

8. *Gal.*, III, 27.

9. Le Fils de l'Homme qui s'adresse à saint Jean dans l'*Apocalypse*.

10. *Apoc.*, III, 4.

**P. 108.**

1. *Ibid.*, XIV.

2. *II Cor.*, XI, 2.

3. Cette princesse d'une modestie et d'une humilité de sainte passa sa vie dans la dévotion la plus austère et dans la pratique des bonnes œuvres. Ses grandes vertus permettaient à l'orateur de célébrer l'entrée de son âme dans la gloire, au lieu de se borner à la présumer. (Cf. Edition Jacquinet, p. 179, n. 1.)

4. La blancheur du teint de la défunte a été souvent remarquée par ses contemporains.

5. A ce sujet on pourra lire avec profit la page de M. de Sacy, admirateur passionné de Bossuet, citée par Jacquinet, *Oraisons funèbres*, p. 175. En voici la conclusion : « La mort ne l'a point changée, si ce n'est qu'une immortelle beauté a pris la place d'une beauté changeante et mortelle. Cette éclatante blancheur, symbole de son innocence et de la candeur de son âme, n'a fait, pour ainsi dire, que passer au dedans, où nous la voyons revêtue d'une splendeur divine. Malheur à qui ne serait pas remué jusqu'au fond de l'âme par cette sublime peinture ! »

6. *Apoc.*, III, 4.

7. *Apoc.*, XIV, 5.

8. Figure du langage biblique. (Voir *Panégyrique de saint François de Sales* : Nous pouvons... honorer sa bienheureuse mémoire, *plus douce à tous les fidèles qu'une composition de parfums...* »)

9. Cette mort toucha le roi, d'autant plus que, depuis quelque temps, subissant enfin l'influence de sages conseils, il s'était rapproché de la reine.

**P. 109.**

1. *Apoc.*, VII, 13, 14.

2. Elle descendait de saint Louis par Isabelle de Bourbon, fille de Henri IV, première femme de Philippe IV.

3. Il s'agit ici de l'action divine choisissant quelques personnes pour certains rôles à jouer, ou arrêtant et décrétant à l'avance certains événements.

4. M. Jacquinet rapproche heureusement de ce passage de l'Oraison Funèbre les *Méditations sur l'Evangile* (VIIe jour).

5. « Elle mourut en peu de jours (à quarante-cinq ans) d'une maladie qu'on ne crut pas d'abord considérable ; mais une saignée faite mal à propos fit rentrer l'humeur d'un clou dont à peine s'était-on aperçu. » (Mme de Caylus, *Souvenirs*.)

**P. 110.**

1. *Gen.*, XVII, 6.
2. Le prophète Nathan.
3. *II Reg.*, VII, 11.
4. Voir n. 3, p. 109 sur le mot *prédestination*.
5. « Fecit ex uno omne genus hominum inhabitare super universum faciem terræ..., definiens... terminos habitationis eorum. » (*Act.*, XVII, 24, 26.)
6. Eloge excessif à notre sens ; on eût préféré : le plus grand de tous les rois. Mais de telles paroles, prononcées au moment où Louis XIV avait atteint l'apogée de sa destinée, étaient acceptées avec applaudissements par les contemporains de l'orateur.
7. Cf. *Histoire universelle,* III, II et VIII.

**P. 111.**

1. *III Reg.,* XX, 31.,
2. C'est surtout par des traités et des mariages conclus par d'habiles diplomates que les Habsbourg avaient accru leur puissance.
3. La primauté de la France est présentée avec discrétion. Bossuet évite ainsi de choquer les oreilles espagnoles présentes à la cérémonie.
4. « Filii vestri sancti sunt. » (*I Cor.,* VII, 14.)
5. *Ibid.*
6. « Gratias ago Deo, cui servio a progenitoribus in conscientia pura. » (*II Tim.,* I, 3.)
7. A partir de Rodolphe de Habsbourg appelé au trône impérial en 1273.
8. « Les auditeurs de Bossuet pouvaient sous-entendre : et deviendrait impuissante à les conserver. » (Note de M. Jacquinet.)
9. Par la loi salique empêchant les filles de France, mariées hors de leur patrie, de porter la couronne dans une famille étrangère.

ORAISONS FUNÈBRES

10. A partir d'Hugues Capet, couronné en 987.
11. Allusion à l'histoire des ancêtres des Capétiens durant les IXe et Xe siècles.
12. A la chute de l'empereur Charles le Gros, déposé en 887 à la diète de Tribur.
13. Les Capétiens, bien que simples roitelets au début, jouèrent un rôle important dans l'Histoire.

**P. 112.**

1. Marie de Bourgogne, fille de Charles le Téméraire, avait épousé l'empereur Maximilien. Philippe le Beau, son fils, devint roi d'Espagne en 1504.
2. Plus connue sous le nom d'Elisabeth, morte en 1644. Elle avait épousé le roi d'Espagne, Philippe IV.
3. Perte définitive des Provinces Unies, du Portugal. Révolte de la Catalogne.
4. Bossuet, tout en respectant les convenances, ne craint pas de dire la vérité et laisse entendre combien ce triste prince avait besoin d'être ranimé.
5. La reine a joué en effet un rôle insignifiant dans l'histoire du grand règne. Bossuet ne craint pas de l'avouer.
6. Quatre infants moururent avant la naissance de Don Carlos (Charles II) en 1661. Marie-Thérèse fut un certain temps héritière de ces royaumes.
7. Sans doute les Pères Jean de Palme et André de Guadalupe, franciscains, qui s'occupèrent de l'éducation de l'infante après la mort de sa mère.
8. Cette apostrophe a été l'objet de nombreuses critiques : elle serait froide et injustifiée dans ce passage. Mais il faut remarquer que ce mariage fut considéré comme une affaire d'Etat de la plus haute importance. Cet événement fut célébré avec enthousiasme par Bossuet, le 15 février 1660. (Cf. *Second sermon sur les Démons.*)
9. Toutes les maisons souveraines de l'Europe recherchaient l'alliance d'une princesse héritière présomptive de tant d'Etats.
10. Allusion à la passion que Louis XIV, avant son mariage, éprouva pour Marie Mancini, nièce du cardinal Mazarin. Le ministre l'envoya en exil et le roi se résigna.
11. Allusion au désespoir du roi au moment du départ de la jeune fille.
12. Mazarin ne fut tranquillisé que par le départ de sa nièce; cette passion du jeune roi pouvait anéantir le projet du ministre. On reconnaît aujourd'hui le désintéressement de Mazarin au sujet de cette affaire.
13. Louis XIV a mérité trop rarement cet éloge. Il le méritait au moment de ce discours.
14. Cf. Racine : *la Nymphe de la Seine à la Reine.*

**P. 113.**

1. « A Domino proprie uxor prudens. » (*Prov.*, xix, 14.)
2. Hommage discret à la piété de la reine, à sa fidélité, à sa résignation d'épouse délaissée. Souci constant de Bossuet de respecter la vérité.
3. Il est facile d'appliquer à Louis XIV cette vérité générale.
4. Le 7 novembre 1659, après vingt-quatre conférences tenues par le cardinal Mazarin et Don Louis de Haro, dans l'Ile des Faisans, sur la Bidassoa, un traité de paix fut conclu entre la France et l'Espagne.
5. Don Louis de Haro, ministre et favori de Philippe IV.
6. Voir des détails très intéressants sur le génie des deux négociateurs dans Voltaire, *le Siècle de Louis XIV*, ch. vi.
7. La principale clause de ce traité était le mariage de Marie-Thérèse d'Autriche avec Louis XIV, mariage qui se fit l'année suivante.
8. Ces mots dépendent de *leur cour* et non de *rois*.

**P. 114.**

1. L'orateur était obligé non seulement par les convenances, de faire l'éloge du roi; mais il le fit pour donner une idée plus précise de la grandeur de la reine.
2. Le roi commanda en personne dans la campagne de Hollande, puis jusqu'à la conclusion de la paix de Ryswick (1698).
3. La conquête de la Franche-Comté date de janvier 1667.
4. C'est-à-dire s'en empare par des attaques foudroyantes. Allusion à la prise de Dôle (1667), de Maestricht (1673), etc.
5. La supériorité de la tactique française déconcerte les diplomates les plus avisés. Cet éloge habilement présenté du gouvernement de Louis XIV ne pouvait être que très agréable au roi.
6. Par la Lorraine (février 1678). La ville de Gand, investie par le maréchal d'Humières, se rendit après quatre jours de siège (9 mars), et le château trois jours après.
7. Allusion aux ouvrages de défense réalisés sous la direction de Vauban, surtout dans l'est et le nord-est de la France.
8. Nos alliés : l'empereur Léopold qui fut sauvé par les Français à la bataille de Saint-Gothard et les Vénitiens que le duc de Beaufort soutint dans l'île de Candie.
9. En 1664, le duc de Beaufort battit les corsaires d'Afrique et s'empara de Gigeri dans le royaume d'Alger. Entre 1673 et 1677, Duquesne et le comte d'Estrées furent victorieux de la marine hollandaise. Bossuet résume en quelques mots ces événements glorieux du règne de Louis XIV : il y avait dans son auditoire des oreilles susceptibles à ménager.
10. En 1683, Duquesne eut la mission de détruire les obs-

tacles que les Barbaresques mettaient au commerce français. Il s'en acquitta avec gloire : Alger, bombardée deux fois, fut obligée de rendre les prisonniers français qu'elle retenait esclaves.

**P. 115.**

1. Ravisseur.
2. Cf. Voltaire, *le Siècle de Louis XIV,* ch. xiv : « Une partie de la ville fut écrasée et consumée. »
3. Le bombardement fut cause de graves dissentiments et de massacres chez les Barbaresques : les uns voulaient capituler immédiatement, les autres préféraient lutter jusqu'au bout.
4. *Ezech.,* xxvii, 32.
5. La piraterie barbaresque était un grand péril pour la navigation en Méditerranée. Le succès récent de Duquesne était véritablement l'événement du jour. Voilà pourquoi Bossuet en parle avec tant d'enthousiasme.
6. A ce sujet, voir le *Sermon sur la justice* que Bossuet prêcha en 1666.
7. Éloge très mérité au moment où Bossuet parle, Louis XIV était à l'apogée de son règne : grandes étaient l'admiration et la reconnaissance du peuple envers le souverain.
8. Ces qualités de l'esprit et du cœur ne sauraient être contestées et contribuèrent à faire aimer le roi de ses sujets. Ses fautes graves (guerres ruineuses, révocation de l'édit de Nantes) firent oublier au peuple ces qualités et contribuèrent fortement à le rendre impopulaire.
9. Cf. Voltaire, *le Siècle de Louis XIV,* ch. xxv : « Le son de sa voix noble et touchante gagnait les cœurs qu'intimidait sa présence. »
10. Tous les historiens sont d'accord sur ce point.
11. Allusion au changement de conduite de Louis XIV à l'égard de la reine, en même temps qu'à la protection accordée au catholicisme par le roi.
12. L'édit de Nantes ne fut révoqué que deux ans plus tard (1685); mais on commençait cependant à fermer ou à détruire les temples.
13. Avec discrétion Bossuet félicite le roi de son rapprochement avec la reine, et de la mise à l'écart de Madame de Montespan.

**P. 116.**

1. Bossuet en nommant David devant le roi, ne voulait-il pas le lui proposer en exemple ? Les deux rois avaient commis des fautes semblables, mais David avait expié son crime dans la pénitence.
2. « Quæsivit sibi Dominus virum juxta cor suum. » (I *Reg.,* xiii, 14.)

3. En 1678, Louis XIV avait donné l'exemple de la modération dans la conclusion de la paix, et méritait le titre de pacificateur. Malheureusement, il n'en fut pas toujours ainsi; particulièrement après le traité de Nimègue. Cf. Voltaire, *le Siècle de Louis XIV*, ch. xiv.

4. Le vengeur de la chrétienté ne fut pas Louis XIV mais le roi de Pologne, Jean Sobieski, qui délivra la ville de Vienne assiégée par les Turcs de Soliman III (septembre 1683). On se passa de l'aide du roi de France hésitant.

5. La ville de Candie tomba au pouvoir des Turcs le 16 septembre 1669. Les secours que les ducs de Beaufort et de Navailles avaient introduits dans cette place en retardèrent la prise de trois mois.

6. Le 1er août 1664, à la journée du Saint-Gothard, près du Raab, les Turcs furent défaits par les Allemands que commandait Montecuculli, secondé par Coligny et La Feuillade, à la tête de six mille Français, et par le prince Charles-Léopold, neveu du duc de Lorraine.

7. *Note marginale* : « In Theodosio non imperatorem, sed Christi servum; nec regno, sed fide, principem prædicamus. » (*Ad. Sever.* Ep. xxviii.) — La véritable leçon de saint Paulin est celle-ci : « In Theodosio non tam imperatorem, quam Christi servum...; nec regno, sed fide principem prædicarem. » (Paulin, Ep. ix, *ad Sever.* nov. édit., xxviii, n° 6.)

8. Cette idée sera développée pages 124 et 125.

9. Louis, dauphin de France, marié avec Marie-Anne-Christine-Victoire, fille de l'Electeur de Bavière.

10. Cinq enfants de la reine, trois filles et deux garçons, moururent au berceau, ou très jeunes. Le Dauphin est le seul des enfants que Louis XIV eut de Marie-Thérèse qui ait survécu à sa mère.

11. Eloge mérité en partie. Le Dauphin fut un bon fils, mais son intelligence ne profita guère de l'éducation donnée par les maîtres les plus réputés.

12. Louis, duc de Bourgogne, son petit-fils, futur élève de Fénelon, né le 6 août 1682.

13. Allusion aux démonstrations de joie populaire qui accueillirent la naissance du prince.

14. Voir à ce sujet les lettres élogieuses de Madame de Sévigné, datées des 20 et 22 mars 1680. (Cf. Bibl. de la Pléiade, tome ii, pp. 649-653.)

## P. 117.

1. Elle avait d'abord voulu se faire religieuse bénédictine.
2. « Nolite contristare spiritum sanctum Dei. » (*Eph.*, iv, 30.)
3. « Gustaverunt donum cœleste. » (*Hebr.*, vi, 4.)
4. *Luc*, xv, 4, 20.

ORAISONS FUNÈBRES 1243

5. *Luc*, XV, 31-32.
6. Bossuet s'inspire ici de son *premier Sermon sur la nativité de la Sainte Vierge.* (1659.)
7. *Luc*, XV, 31.
8. Bossuet l'avait cependant traitée dans le *second Panégyrique de saint François de Paule,* p. 435. (Voir Exorde.)

**P. 118.**

1. *Luc*, XV, 32.
2. *Ibid.*, 22.
3. *Apoc.*, XIV, 5.
4. *Ibid.*, III, 12.
5. *Ibid.*
6. *Ibid.*
7. *Ibid.*

**P. 119.**

1. La subdivision de la seconde partie du discours n'est, comme on le voit, que le commentaire d'un texte de la Sainte Ecriture.
2. *Hébr.*, XI, 1.
3. « In captivitatem redigentes omnem intellectum in obsequium Christi. » (*II Cor.*, X, 5.)
4. « Et respondens centurio ait : Domine, non sum dignus. » (*Matth.*, VIII, 10.)
5. Allusion aux paroles liturgiques employées par l'Eglise le mercredi des Cendres : « Memento, homo, quia pulvis es et in pulverem reverteris. »

**P. 120.**

1. *Is.*, II, 10.
2. *Ps.* CXXX, 1.
3. *Var.* : « et voilà ».
4. « Dicis in corde tuo : Ego sum, et non est præter me amplius. » (*Is.*, XLVII, 8.)
5. *Var.* : « éloignée » (1683).
6. La pensée de Marie-Thérèse disparaît au milieu de cette analyse, d'ailleurs très fine et très pénétrante, de l'orgueil.
7. « Superbia eorum qui te oderunt ascendit semper. » (*Ps.* LXXIII, 23.)
8. « Qui dicebas in corde tuo : In cœlum conscendam : super astra Dei exaltabo solium meum : ascendam super altitudinem nubium similis ero altissimo. » (*Is.*, XIV, 13, 14.)
9. « Les éditeurs ajoutent : *sed exaltavi animam meam.* Ces mots qui se lisaient dans l'édition originale (1683) ont été ensuite effacés par Bossuet pour ne pas éloigner la variante de saint Jérôme des mots auxquels elle se rapporte. » (Note de l'édit. Lebarq.)

10. Cette traduction met en relief la pensée du Psalmiste plus que ne le fait la *Vulgate*.

11. Phrase inachevée dont la construction peut se rapprocher de celle du texte biblique.

**P. 121.**

1. *Var.* : « aux douceurs peu capables de me soutenir... »

2. Allusion au récit que fait David à Saül de ses combats victorieux contre les lions et les ours qui venaient attaquer son troupeau. ( *I Reg.*, XVII.)

3. *Var.* : « Les rois doivent cet éclat à l'univers, comme le soleil lui doit sa lumière, et pour le repos du genre humain, ils doivent soutenir une majesté... »

4. Cf. *Politique tirée de l'Ecriture Sainte,* III, III, 2.

5. Philippe IV fut en effet esclave de l'étiquette et de toutes ses exigences.

6. En espagnol : *las costumbres de calidad.*

7. Bossuet veut dire par là que son oratoire était un lieu où elle pouvait méditer, faire pénitence et pleurer à son aise. Il nous donnera plus loin la raison de ses larmes.

8. *De divers. quæst. ad Simplicium,* lib. II, IV.

9. Le roi se déplaçait souvent et fort loin. Il fallait l'accompagner dans son carrosse et savoir supporter les intempéries et les fatigues.

**P. 122.**

1. « Vincenti dabo manna absconditum... et nomen novum, quod nemo scit nisi qui accipit. » (*Apoc.*, II, 17.)

2. Bossuet alléguait ici (1683) les mots correspondants du texte sacré auquel il emprunte ces expressions bibliques. Il les a ensuite effacés sans même les conserver en note. (Edition Lebarq, VI, 190, n. 4.)

3. « Invenit servus tuus cor suum ut oraret. » (*II Reg.*, VII, 27.)

4. Bossuet abrège la citation latine, en effaçant ce qui correspondait à la dernière partie de sa traduction : « Ut oraret te oratione hac. »

5. Cf. *troisième Sermon sur la conception de la Vierge,* IIe point.

6. « Concaluit cor meum intra me, et in meditatione mea exardescet ignis. » (*Ps.* XXXVIII, 4.)

7. Cf. *Sermon sur le culte dû à Dieu,* IIe point, dans lequel Bossuet commente longuement ces mots de David.

8. « Angelus... stetit ante altare..., data sunt illi incensa multa, ut daret de orationibus sanctorum... super altare aureum. » (*Apoc.*, VIII, 3.)

9. Réminiscence du *Cantique des Cantiques* : « Vulnerasti cor meum, soror mea, sponsa. » (*Cant.*, IV, 9.)

10. « Cœli non sunt mundi in conspectu ejus. » (*Job*, XV, 15.)

11. « Si dixerimus quoniam peccatum non habemus, ipsi nos seducimus. » (*I Joan.*, 1, 8.)

12. Il s'agit ici du vêtement immaculé des élus, de ceux qui suivent l'agneau sans tache.

13. *Var.* : « et par les funestes dispositions... »

**P. 123.**

1. Insuffler.
2. *Ps.* XVIII, 13.
3. Marie-Thérèse eut beaucoup à souffrir, comme mère et comme épouse.
4. Bossuet fait évidemment allusion aux souffrances morales éprouvées par l'épouse délaissée. Il s'employa, avec succès d'ailleurs, à rapprocher le roi de la reine; et obtint le renvoi de Madame de Montespan de la cour.
5. Sans doute, nouvelle allusion aux tristesses intimes de la reine.

**P. 124.**

1. Par ces mots, l'orateur se détourne d'un sujet trop brûlant, et montre la reine en proie à d'autres inquiétudes, à d'autres chagrins : ceux de la mère.
2. Philippe, duc d'Anjou, second fils de la reine, mort à l'âge de trois ans, en 1671.
3. Bossuet se permet en effet de citer un souvenir mythologique. Il le fait d'ailleurs avec simplicité et rapidité.
4. Ce petit prince était « le mieux fait et le plus joli du monde » dit Mademoiselle de Montpensier dans ses *Mémoires* (août 1671).
5. En 1672, Bossuet alors précepteur du Dauphin, avait été chargé d'annoncer à Louis XIV et à la reine, la mort du petit duc d'Anjou.
6. Dans l'automne de 1680, peu de temps après son mariage, le Dauphin fut très gravement malade.
7. Cette maladie alarma d'autant plus la nation que si le dauphin y avait succombé, Louis XIV serait resté sans aucun héritier légitime.
8. Dieu lui rend, à elle aussi, par une espèce de résurrection. Cet *aussi* ne semble pas clair. Cf. *premier Sermon sur la compassion de la Sainte Vierge* (II<sup>e</sup> point) : « Dieu lui *rendra* bientôt ce fils bien-aimé, et en attendant, chrétiens, en le lui ôtant pour trois jours, il lui donne pour la consoler, tous les chrétiens pour enfants. » Ce passage semble autoriser le sens donné plus haut.
9. *Ps.* XXXII, 16.

**P. 125.**

1. « Multæ cogitationes in corde viri : voluntas autem Domini permanebit. » (*Prov.*, XIX, 21.)

2. « Vovete et reddite Domino Deo vestro... terribili, et qui aufert spiritum principum. » (*Ps.* LXXV, 2.)

3. « Qui apprehendit sapientes in astutia eorum. » (*Job*, V, 13). Cf. *I Cor.*, III, 19.

4. *Prov.*, XXI, 30.

5. *II Machab.*, XV, 26.

6. « Lorsque Moïse tenait les mains élevées, Israël était victorieux; mais lorsqu'il les abaissait un peu, Amalec avait l'avantage. » (*Ex.*, XVII, 11.) Allusion à la victoire des Israélites sur les Amalécites, remportée grâce à la prière de Moïse.

7. Allusion à la victoire de Gédéon sur les Madianites. (*Judic.*, VII, 19.)

8. Non pas les nations, mais les simples sujets du roi de France.

9. « Omne datum optimum et omne donum perfectum desursum est, descendens a Patre luminum. » (*Jac.*, I, 17.)

10. Allusion aux cabales qui troublèrent la cour de Philippe, en particulier à celle qui voulut fiancer Marie-Thérèse au fils du roi de Portugal (1648).

11. Après la mort de sa première femme, Isabelle de Bourbon (1644), Philippe IV s'était remarié avec Marie-Anne d'Autriche, sa nièce.

12. Expressions bibliques : « Et noluit (Rachel) consolari, quia non sunt. » (*Jerem.*, XXI, 25.) Cf. *Matth.*, II, 18.

13. Aucune autre expression ne pouvait mieux rappeler l'amour et la tendresse que Marie-Thérèse conserva toujours pour le roi, malgré ses écarts de conduite.

14. « Princesse devenue véritablement française. » (Saint-Simon.)

15. Cf. n. 9, p. 121.

16. Cette expression, tout en manquant de précision, marque à la fois la tendresse et la soumission peu exigeantes de l'épouse.

17. « Sicut Ecclesia subjecta est Christo ; ita et mulieres viris suis in omnibus. » (*Ephes.*, V, 24.)

**P. 126.**

1. Précepteur du Dauphin, pendant deux ans, Bossuet avait été intimement mêlé à la vie de la famille royale.

2. Cf. les deux Sermons de Bossuet *Sur l'aumône*.

3. Cf. *premier Sermon sur la nativité de la sainte Vierge* (fin).

4. « Veterum hominum miseræ reliquiæ. » (*Orat.*, XVI, nunc XIV).

5. Surtout à l'hôpital de Saint-Germain-en-Laye. Elle servait elle-même les pauvres infirmes. Lorsque sa santé ne le lui permit plus, elle redoubla de largesses envers eux. (Cf. Edit. Lebarq, VI, 196, n. 5.)

6. Bien que peu citée, cette page est une des plus admirables que Bossuet ait écrites.

7. « Qui vicerit... scribam super eum nomen... civitatis Dei mei, novæ Jerusalem quæ descendit de cœlo a Deo meo. » (*Apoc.*, III, 12.)

**P. 127.**

1. « Ad quem (Christum) accedentes lapidem vivum..., et ipsi tanquam lapides vivi superædificamini, domus spiritualis. » (*I Petr.*, II, 4, 5.)

2. *Apoc.*, III, 12.

3. « Vocabitur nomen ejus, admirabilis. » (*Is.*, IX, 6.)

4. « Mirabilis in sanctis suis. » (*Ps.* LXVIII, 36.)

5. Texte de la 1<sup>re</sup> édition (1683). Celle de 1689 porte : « Dans cette variété, qui aboutit *tout*... » Il y a là, croient MM. Jacquinet et Lebarq, une faute d'impression.

6. « Porro unum est necessarium. » (*Luc*, X, 42.)

7. Il s'agit de certaines tolérances, de certains adoucissements à la loi ecclésiastique accordés par le Saint-Siège à l'Espagne.

8. *Luc*, X, 16.

**P. 128.**

1. *Var. :* « Mais surtout qui pourrait dire... ? »

2. Allusion au grave conflit qui surgit entre la papauté et Louis XIV au sujet du droit de régale, droit en vertu duquel les rois de France depuis le XII<sup>e</sup> siècle percevaient, dans la plupart des provinces, les revenus des évêchés vacants et nommaient à tous les bénéfices (à l'exception des paroisses). Louis XIV avait voulu étendre le droit de régale à tout le royaume par l'édit de 1673 ; Innocent XI dans des brefs successifs blâma le roi et refusa les bulles à tous les candidats à l'épiscopat proposés par Louis XIV.

Bossuet fit voter par l'assemblée du clergé convoquée en 1682 pour délibérer de cette affaire la *Déclaration des quatre articles* sur les libertés de l'Eglise gallicane. Au moment de la mort de la reine, les extrémistes poussaient à la violence ; aussi ces vœux d'union, ces exhortations à la paix venaient-ils fort à propos, bien que n'étant pas réclamés par le sujet du discours.

3. Ici, comme dans son *Discours sur l'unité de l'Eglise* (II<sup>e</sup> point), Bossuet professe à la fois le plus profond respect envers le pape tout en ne craignant d'exprimer son antipathie pour les opinions dites ultramontaines. S'il fait la leçon au pape comme aux Gallicans, il le fait avec pondération et en des termes absolument irréprochables.

4. *Joan.*, VI, 48, 56. Le mot *viande* signifie ici : *nourriture* en général (lat. : *vivenda :* dont on doit vivre, de *vivere*).

5. *Matth.*, XXVI, 26.

6. L'Eucharistie est un mémorial; à la sainte Cène le Christ, après avoir converti le pain en son corps et le vin en son sang, a dit en effet : « Faites ceci en mémoire de moi. » (*Luc*, XXII, 19.)

7. « Hic est sanguis meus novi testamenti. » (*Matth.*, XXVI, 28.)

8. « Non bibam amodo de hoc genimine vitis, usque in diem illum, cum illud bibam vobiscum novum in regno patris mei. » (*Matth.*, XXVI, 29.)

**P. 129.**

1. Marie-Thérèse était, à double titre, la nièce d'Anne d'Autriche, puisque son père Philippe IV était le frère de celle-ci et que sa mère Isabelle de Bourbon était la sœur de Louis XIII. Elle devint la fille par alliance d'Anne d'Autriche en épousant le fils aîné de Louis XIII. — Bossuet, avec raison, fait l'éloge commun de la piété et des vertus des deux reines que les liens de la plus vive tendresse unissaient l'une à l'autre. Anne d'Autriche fut une protectrice dévouée, une amie fidèle et une mère véritable pour sa belle-fille, surtout à l'époque où Louis XIV par ses écarts de conduite compromettait le bonheur de son épouse.

2. Elle mourut d'un cancer. Bien avant sa mort, ayant vu dans un hôpital une femme atteinte de ce terrible mal, elle s'était éloignée vivement en s'écriant : « Seigneur, Seigneur, tout autre fléau que celui-là ! »

**P. 130.**

1. Il est infiniment regrettable que l'*Oraison funèbre d'Anne d'Autriche* ait été perdue; mais le *second Sermon sur la Purification de la Vierge*, prêché devant la cour, le 2 février 1666 (la reine mère était morte le 20 janvier) contient une admirable page sur les vertus de la défunte qu'il serait bon de rapprocher de notre texte.

2. *I Cor.*, XV, 31.

3. Cf. *Sermon sur la nécessité de la pénitence* (II$^e$ point) : « Ce que le temps semble vous donner, il vous l'ôte; il retranche vos jours en y ajoutant. Cette fuite et cette course invincible du temps n'est qu'une subtile imposture pour vous mener insensiblement au dernier jour. »

4. Voir *Oraison funèbre de Henriette d'Angleterre*, page 105 : « Plutôt mourants que vivants. »

**P. 131.**

1. Expression empruntée à la liturgie des défunts : *Refrigerium pœnarum*.

2. *Serm.* CLXXII, 2.

3. « Veniam ad te tanquam fur. » (*Apoc.*, III, 3.)

4. Voir n. 13, p. 115.

5. Voir II⁰ point du *Sermon sur la nécessité de travailler à son Salut*.

6. *Luc,* XVII, 26, 27, 28.

7. Le déluge au temps de Noé, la pluie de feu sur Sodome au temps de Loth.

**P. 132.**

1. Rapprocher ce passage du II⁰ point du *Sermon sur la satisfaction,* et de l'*Oraison funèbre de Nicolas Cornet* (p. 44) dans laquelle il attaque vivement les casuistes et leurs subtilités.

2. *Ezech.,* VII, 2 (prophétie contre Juda).

3. *Ibid.,* 23.

4. *Dan.,* IV, 11.

5. Noter le contraste entre ces dernières pages et le ton général de l'Oraison funèbre. L'orateur, préoccupé avant toutes choses des intérêts spirituels de ses auditeurs, craint que la grande leçon de piété et de vertu donnée par la vie de la reine n'ait pas d'effets assez durables et assez profonds sur les âmes; avant de conclure, il recourra à la force.

6. *Ezech.,* XXI, 9, 10.

7. Et non « qui nous tranche » comme on lit dans certaines éditions.

8. L'orateur cherche à tirer ses auditeurs de leur indifférence en face de l'invasion de l'Autriche et de la Hongrie par les Turcs, en même temps qu'il leur présente ce fléau comme une juste punition des péchés de l'humanité, de la chrétienté en particulier. (Voir p. 116.)

9. « Tempus est, ut incipiat judicium a domo Dei. » (*I Petr.* IV, 17.)

**P. 133.**

1. Rappel discret de ce que l'évêque et le prince avaient été l'un pour l'autre pendant tant d'années.

2. *Orat.,* XXVII (*nunc* XXXVI).

3. Remarquer la liberté avec laquelle parle Bossuet au fils de Louis XIV, tout en respectant les convenances.

4. « Da mihi... assistricem sapientiam. » (*Sap.,* IX, 4.)

## ORAISON FUNÈBRE
## D'ANNE DE GONZAGUE

**P. 135.**

1. A) BIOGRAPHIE : Née en 1616, seconde fille du duc de Nevers et de Catherine de Lorraine, Anne de Gonzague fut sacrifiée à son aînée la princesse Marie, la future reine de

Pologne. Dès son enfance on la destinait à la vie religieuse; mais elle s'échappa du cloître de Faremoutiers, comme d'une prison, pour se réfugier auprès de sa sœur Bénédicte, abbesse d'Avenay. Rendue maîtresse d'elle-même à vingt ans, par la mort de son père, elle abusa de sa liberté et se jeta dans l'intrigue. D'une rare beauté, d'un esprit enjoué et brillant, les aventures romanesques ne lui manquèrent pas. A vingt-neuf ans, elle épousa, contre le gré de sa famille, Edouard, comte palatin du Rhin, fils du roi de Bohême, Frédéric, exilé en France.

La Fronde lui offrit un théâtre et un rôle. Elle s'attacha d'abord aux princes, puis elle servit Mazarin et alla jusqu'à se dévouer aux deux partis à la fois. Récompensée de ses services par la cour, elle reçut une pension et fut nommée surintendante de la maison royale. Disgraciée en 1660, elle s'éloigna de la cour pendant trois ans. Après un premier essai de repentir provisoire, elle se livra aux goûts les plus dissipés, allant jusqu'à perdre entièrement la foi, et à tourner en railleries la religion. A la suite de deux songes, au moment même où sa fortune semblait bien établie, elle renonça brusquement aux vanités du monde, et effaça par une éclatante pénitence les erreurs ou les scandales du passé, à l'imitation de son amie Mme de Longueville. Après douze années de vertus édifiantes, elle mourut comme une sainte, dans sa soixante-huitième année, le 6 juillet 1684.

B) L'Oraison Funèbre : Ce discours a un caractère nettement apologétique : il est plus un sermon qu'un panégyrique. L'histoire détaillée d'une mémorable conversion est une belle occasion pour Bossuet de dire leurs vérités aux « libertins » : il s'en sert à confondre les incrédules et les endurcis. Afin que cette leçon fût plus complète, l'orateur n'hésita pas à raconter les égarements de la princesse. Parlant avec prudence et discrétion, il eut cependant l'audace de tout dire.

Une fine peinture de la cour, un tableau vigoureux de la Fronde, un passage sur Charles-Gustave, écrit dans un style biblique, agrémentent cette Oraison Funèbre pleine de grâces et charmante. On y relève aussi certains récits empreints d'une exquise familiarité.

C) Texte : Le manuscrit est perdu. L'édition originale de 1685 en tient lieu. Elle fut rééditée par Bossuet en 1689. (Cf. Edit. Lebarq, VI, 286, n. 1.)

D) Analyse. *Exorde et division :* Dieu a fait un miracle de grâce pour le salut de cette princesse. Qu'aucun pécheur ne désespère devant une telle marque de bonté. Mais malheur à tous ceux qui resteraient indifférents devant cette grande leçon. Nous verrons 1º d'où la main de Dieu a retiré la princesse; 2º où la main de Dieu l'a élevée.

*Première partie :* Naissance, éducation de la princesse. Son enfance heureuse dans les couvents de Faremoutiers et d'Avenay. Dissipations de sa vie mondaine, surtout au temps de son veuvage. Sa faveur à la cour : elle emploie ses talents à nouer des intrigues. Après une conversion superficielle, elle retombe dans les mêmes fautes et sombre dans l'incrédulité. Attaque de l'orateur contre la vanité et la folie des libertins.

*Deuxième partie :* Intervention de Dieu pour sauver la princesse. Le Seigneur lui a envoyé deux songes : le premier qui détermine sa conversion, le second, plus touchant, qui lui rend l'espérance du salut. Tableau de la vie pénitente de la princesse : austérités, charités, scrupules, confiance illimitée dans l'amour de Dieu, patience jusque dans les souffrances de la mort.

La vie de la princesse est proposée en exemple par Dieu aux pécheurs. Elle les jugera et les confondra au dernier jour, s'ils ne l'imitent pas dans sa pénitence.

2. Ce titre lui venait de son mariage avec Edouard, comte palatin, fils de l'électeur palatin Frédéric V gendre du roi d'Angleterre, Jacques I$^{er}$.

3. Le duc d'Enghien, Henri-Jules de Bourbon, fils du Grand Condé, et sa femme Anne de Clèves, fille de la Palatine.

4. Fils des précédents.

5. C'est dans cette Eglise qu'il avait prêché son carême de 1661, le panégyrique de saint Joseph, celui de saint André, plusieurs sermons de prise de voile, entre autres, celui de Mlle de La Vallière en 1675. Il venait y faire très souvent des conférences spirituelles aux religieuses.

# P. 136.

1. Cf. *Sermon pour la profession de foi de Mlle de La Vallière,* fin : « Car il (le Saint-Esprit) parle à chacun en particulier et lui applique, selon ses besoins, la parole de la vie éternelle. »

2. *Is.,* XLI, 9, 10.

3. Ces paroles d'Isaïe qui s'appliquent si bien aux conversions étaient un jour tombées sous les yeux de la princesse et avaient achevé dans son âme l'œuvre de la grâce. Bossuet ne pouvait trouver de meilleur texte pour son sermon.

4. *Is.,* XLI, 10. Le texte véritable est : « Suscepit te... »

5. « Populus qui ambulabat in tenebris... habitantibus in regione umbræ mortis. » (*Is.,* IX, 2.)

6. « M. Jacquinet donne, comme *notes de Bossuet,* les citations latines des passages de l'Ecriture. Dans tout le cours de l'Oraison Funèbre, l'édition princeps et celle de 1689 se bornent à indiquer les références. Les extraits sont une innovation du XVIII$^e$ siècle (édition de 1774). » (Note de l'édition Lebarq, VI, 290, n. 3.)

7. Selon Moréri, Eléonore de Gonzague, seconde femme de l'empereur Ferdinand II, était la cousine et non la tante d'Anne de Gonzague.

8. Marie de Gonzague, l'aînée des filles du duc de Nevers, qui fut mêlée à la conjuration de Cinq-Mars; reine de Pologne par ses deux mariages successifs avec le roi Wladislas VII, puis avec le frère et successeur de celui-ci, Casimir V. Elle mourut en 1667.

9. La royauté de Frédéric V, électeur palatin, beau-père de la princesse fut éphémère. Proclamé roi par les Bohémiens révoltés contre l'empereur Ferdinand II, il perdit bientôt (1620) dans une bataille près de Prague, sa couronne et ses Etats héréditaires.

10. Il ne s'agit que de celles qui lui ont survécu : la duchesse d'Enghien, belle-fille du prince de Condé, et la duchesse de Hanovre, mariée à Jean-Frédéric, duc de Hanovre.

11. Un de ses aïeuls maternels avait épousé au XVIe siècle la mère de Jean-Georges Paléologue, marquis de Montferrat, descendant des empereurs de Byzance, et avait acquis à sa famille ce marquisat, dot de sa femme.

12. Par Catherine de Lorraine, sa mère.

**P. 137.**

1. *Zach.,* XII, 1.

2. Cf. *Oraison funèbre de Madame :* « Entrons dans une profonde considération des conduites de Dieu sur elle. » (p. 96.)

**P. 138.**

1. Fille de Claude de la Châtre, maréchal de France, et de Jeanne Chabot, elle avait succédé en juin 1605 à sa sœur Anne de la Châtre, à la tête du monastère de Faremoutiers. En 1621, elle ramena ses religieuses à la stricte observance de la règle. Elle mourut en 1643.

2. Faremoustier, *Farræ monasterium,* couvent du diocèse de Meaux, fondé au VIIe siècle par sainte Fare, sœur de saint Faron, évêque de Meaux. Cette antique maison était chère à Bossuet, il la visitait fréquemment, et s'en occupait avec une particulière sollicitude.

3. Voir l'éloge de cette règle, dans le *second Panégyrique de saint Benoît,* IIIe point, p. 565-66.

4. *dans la solitude de sainte Fare :* « Chateaubriand a transcrit avec admiration le passage tout entier, dans un chapitre du *Génie du Christianisme,* consacré à Bossuet, orateur. — Cette chaste solitude de sainte Fare ne pouvait être plus saintement louée ni plus gracieusement décrite. Quelle paix, quelle suavité dans ce tableau, on dirait une peinture de Lesueur. » (Note de M. Jacquinet.)

5. Sainte Fare fonda le couvent en 615. Elle en fut la pre-

mière abbesse. Bossuet fait l'éloge de cette sainte et de son frère dans ses *Pensées chrétiennes et morales* (article XLII).

6. Peu de monastères et de couvents méritaient alors cet éloge.

7. Cf. *Sermon sur la loi de Dieu.* « Là, cette sagesse profonde qui donne une nourriture solide aux parfaits, a daigné se tourner en lait pour sustenter les petits enfants. »

8. Allusion vive et discrète, respectant les convenances et permettant cependant d'évoquer beaucoup de souvenirs délicats, en particulier le projet de mariage avec le duc d'Orléans, frère du roi. Ce projet avorta; et la princesse Marie dut se contenter de devenir par son mariage avec le vieux Wladislas VII, reine de Pologne. Elle rencontra dans cette situation beaucoup d'épreuves et de déceptions.

**P. 139.**

1. Allusion à cette coutume, malheureusement trop répandue alors, de faire entrer en religion les cadets de famille, qu'on dépouillait ainsi de leur part d'héritage au profit de leur aîné. Bossuet s'élève contre cette coutume dans le *quatrième Sermon pour le jour de Pâques.*

2. La crosse d'abbesse.

3. Monastère de religieuses bénédictines, fondé en 650 par sainte Berthe, près d'Aï (diocèse de Reims).

4. M. Jacquinet cite à juste titre l'exemple d'Angélique Arnauld, réformatrice de Port-Royal, qui était entrée dans la vie religieuse, sans vocation, par la volonté de sa famille, étant encore enfant.

5. Allusion à son intrigue avec le duc de Guise, petit-fils du Balafré.

**P. 140.**

1. Voir n. 2, p. 135.

2. Louise-Hollandine, fille de Frédéric V, née en 1622. Les religieuses de Port-Royal, ses institutrices, la ramenèrent au catholicisme.

3. Abbaye de Bernardines, fondée en 1240, près du village de Saint-Ouen (arrondissement de Pontoise) par la reine Blanche, qui y mourut à la fin de l'année 1252.

4. Voir *Oraison funèbre de Madame,* page 98 : « recevez-en, ô grand Dieu, les bienheureuses prémices en la personne de cette princesse », et la n. 4 de cette même page.

5. De vous parler de ses vertus.

6. « Viduas honora quæ vere viduæ sunt... quæ autem vere vidua est et desolata speret in Deum et instet obsecrationibus et orationibus nocte ac die. » (*I Tim.,* v, 3, 5.)

7. M. Jacquinet rapproche de cette image de la vraie veuve chrétienne deux vers de Virgile.

« Ille meos, primus qui me sibi junxit, amores
Abstulit : *ille habeat secum servetque sepulcro.* »

*Enéide,* IV, 28.

On ne saurait dire si Bossuet avait dans l'esprit ce passage de l'*Enéide,* lorsqu'il commentait ce texte de saint Paul.

8. « Nam quæ in deliciis est, vivens mortua est. » (*I Tim.,* V, 6.)

### P. 141.

1. Ce mot se trouve dans l'*Epître aux Hébreux* dont Bossuet s'inspire ici : « Quand on a goûté le don céleste... Qui gustaverunt donum cœleste... »

2. « Impossibile est enim eos qui semel sunt illuminati... gustaverunt nihilominus bonum Dei verbum, virtutesque sæculi futuri, et prolapsi sunt, rursus renovari ad pœnitentiam rursum crucifigentes sibimetipsis Filium Dei, et ostentui habentes. » (*Hebr.,* VI, 4 et seq.)

3. C'est-à-dire le retour de la princesse à la piété n'a pu se faire qu'avec la grâce de Dieu, accompagnée d'épreuves très pénibles.

4. Cf. peintures de la vie de cour dans le *second Panégyrique de saint François de Paule* (I<sup>er</sup> point) et dans le *Sermon sur les vaines excuses des pécheurs* (I<sup>er</sup> point). — Rapprocher ces passages de La Bruyère, *De la cour, œuv. compl., Bibl. de la Pléiade,* p. 215.

5. Ici : inquiètes, ombrageuses.

6. Surtout pendant la Fronde, au cours de laquelle elle avait joué d'une manière supérieure le rôle de conciliatrice.

7. Bossuet, royaliste ardent, ne pouvait avoir de sympathie pour la Fronde.

8. La guerre avec l'Espagne. Condé, en 1652, était l'allié des Espagnols.

9. Concessions retirées peu après, de l'ordonnance de Saint-Germain (24 octobre 1648); arrestation des princes (janvier 1650), leur mise en liberté, treize mois après, retraite de Mazarin à Cologne (février 1651), etc.

10. Condé.

### P. 142.

1. Mazarin.

2. La Fronde sera décrite avec autant de modération et d'éloquence que d'impartialité et de tristesse. Bossuet cependant juge avec moins de sévérité ces faits que la Révolution anglaise. La présence de plusieurs membres de la famille du prince de Condé qui fut mêlée à ces événements demandait à l'orateur la discrétion et l'indulgence.

3. L'orateur cherche la raison de ces pénibles événements, et la trouve dans un passage du Psalmiste. La main de Dieu

après s'être appesantie sur la France, l'a magnifiquement relevée.

4. « Dominus mortificat et vivificat; deducit ad inferos et reducit. » (*I Reg.*, II, 6.)

5. « Commovisti terram et conturbasti eam. Sana contritiones ejus, quia commota est. » (*Ps.* LIX, 4.)

6. Cette expression peu heureuse, est due à une traduction trop littérale de : « sana contritiones ejus ».

7. C'est à peu près exact. Cf. biographie de la Palatine, n. 1 A, p. 135.

8. Expressions bien choisies, servant à montrer l'habileté diplomatique de la princesse, capable de ménager les partis, de les satisfaire tous en conciliant leurs intérêts opposés.

9. De février à décembre 1651, et d'août 1652 à février 1653. Mais il ne faut pas oublier que, du fond de son exil, Mazarin gouvernait encore la reine et la cour.

10. Mot vrai sans doute, mais peu flatteur pour Mazarin.

11. Ces amis infidèles ou hésitants désignent surtout Servien et de Lionne qui n'agirent pas toujours loyalement envers le cardinal, au milieu des heures troubles de la Fronde.

12. Nommée surintendante de la maison de la future reine, en 1660, elle fut presque aussitôt dépouillée de cet emploi, sur un ordre du roi, au profit de la comtesse de Soissons, nièce de Mazarin.

13. Cf. *Sermon sur la charité fraternelle* (Ier point).

**P. 143.**

1. Actuellement encore, l'histoire intime de la famille d'Anne de Gonzague n'est pas connue en détail. On sait cependant qu'à la mort du duc de Nevers, des questions d'intérêt avaient divisé ses enfants.

2. Le premier avait été Gustave-Adolphe qui battit les Impériaux à Leipzig en 1631 et à Lutzen en 1632.

3. Jean-Casimir, roi de Pologne, descendant des Wasa, que la reine Marie avait épousé après la mort de Wladislas VII, protesta contre l'élévation de Charles-Gustave au trône de Suède, vacant par l'abdication de la reine Christine. Il s'attira une invasion de son belliqueux voisin qui ne cherchait qu'un prétexte pour donner carrière à son humeur conquérante.

4. Allusion à la défection d'un certain nombre de seigneurs palatins qui favorisèrent l'invasion suédoise, par haine pour le gouvernement de Jean-Casimir.

5. Les Suédois mirent en déroute les Polonais sous les murs de Varsovie et de Cracovie.

6. La cavalerie était la principale force de l'armée polonaise. Elle était renommée dans toute l'Europe pour sa beauté et sa valeur.

7. Cette expression revient par deux fois dans l'*Oraison funèbre du prince de Condé,* p. 194, n. 15; p. 216, n. 9.

8. Sortes de massues qui sont d'un côté des armes tranchantes, de l'autre des marteaux.

9. Armes des corps d'auxiliaires polonais venus d'Ukraine et de Tartarie.

10. « Clamavit fortiter, et sic ait : Succidite arborem et præcidite ramos ejus : excutite folia ejus, et dispergite fructus ejus. » (*Dan.,* IV, 11, 20.)

« Succedent eum alieni et crudelissimi nationum, et projicient eum super montes, et in cunctis convallibus corruent rami ejus et confrigentur arbusta ejus, in universis rupibus terræ. » (*Ezech.,* XXXI, 12.)

11. L'édition de 1689 donne à tort : « *qui enlèverait* les rameaux. »

12. Jean Sobieski qui délivra Vienne assiégée par les Turcs de Soliman III. Bossuet avait convié inutilement Louis XIV, dans l'*Oraison funèbre de Marie-Thérèse* à remplir ce rôle de vengeur de la Chrétienté.

13. *Il :* Charles-Gustave; *sur le Danois :* sur Christian V, roi de Danemark.

14. « On ne peut s'empêcher de remarquer que tout ce magnifique récit se rattache au sujet par un fil assez mince. » (M. Jacquinet).

15. Si l'on songe qu'à l'époque de Bossuet, de nombreux liens unissaient la France à la Pologne : Marie de Gonzague était devenue reine de Pologne, Jean-Casimir était venu achever sa vie en France, à l'ombre du cloître, Jean Sobieski avait épousé une Française, Mademoiselle d'Arquien, on comprend plus facilement pourquoi Bossuet s'est étendu sur cet épisode.

## P. 144.

1. Magnificence envers sa nièce, Anne de Clèves, à l'occasion du mariage de celle-ci, avec le fils du Grand Condé (1663) : elle l'avait très richement dotée, et lui avait fait de magnifiques cadeaux pour ses noces.

2. Racontez-nous. — « S'il n'y avait point d'autres exemples de *conter* pour *raconter,* on pourrait être tenté d'imprimer : *Comptez-nous,* que Bossuet écrivait de même manière. » (Edit. Lebarq. VI, 300, n. 2.)

3. « Et dixit adolescentior ex illis patri : Pater, da mihi portionem substantiæ, quæ me contingit. Et divisit illis substantiam. Et non post multos dies, congregatis omnibus, adolescentior filius peregre profectus est in regionem longinquam, et ibi dissipavit substantiam suam vivendo luxuriose. » (*Luc,* XV, 12, 13.)

4. Avec habileté, Bossuet rappelle, rapidement d'ailleurs,

toutes les joies familiales, les alliances glorieuses, les satisfactions mondaines qui dédommagèrent la Palatine de ses déceptions de 1660. Encore ne le fait-il qu'à l'aide de courtes allusions.

5. Philippe d'Orléans, Monsieur, frère de Louis XIV, qui fut marié deux fois : d'abord à Henriette d'Angleterre, ensuite à Charlotte-Elisabeth de Bavière.

6. Henriette d'Angleterre, morte en 1670 et Charlotte-Elisabeth de Bavière, fille de Charles-Louis, électeur palatin du Rhin, petite-fille de l'électeur palatin Frédéric V, roi de Bohême.

7. Voir *Oraison funèbre de Henriette d'Angleterre,* page 92, à partir du n° d'appel 5.

8. Charlotte-Elisabeth, par la droiture de son cœur et l'élévation de ses sentiments, était digne de succéder à Madame. (Voir son portrait dans *Saint-Simon,* éd. Chéruel, XI, 204.) D'allure virile, rude, cette princesse allemande ressemblait bien peu à la gracieuse Henriette!

**P. 145.**

1. « Deux noms fort beaux à prononcer, sans doute, mais dont le second tirait presque tout son éclat du premier. » (Note de M. Jacquinet.)

2. Un an après la mort de la princesse Palatine, son petit-fils, le duc de Bourbon qui avait Condé pour grand-père du côté paternel, épousait Mademoiselle de Nantes, fille légitimée de Louis XIV. A cette occasion, le roi avait assuré à ce jeune prince, en survivance, les charges de grand-maître de sa maison et de gouverneur de la Bourgogne possédées par le duc d'Enghien, son père.

3. Troisième fille de la Palatine, mariée à un prince de Salm, qui jouissait de toute la faveur de l'empereur Léopold Ier.

4. Sa délicatesse d'esprit. — Ces dons d'esprit étaient grands dans ce prince, mais, si l'on en croit Saint-Simon, son caractère était détestable.

5. Passage peu clair. Cette princesse avait plus de sagesse, de piété, de douceur que de brillant dans l'esprit.

6. Condé.

7. Saint-Simon nous dit qu'Anne de Gonzague « devint jusqu'à sa mort la plus intime et confidente amie du prince de Condé, qu'elle servit plus utilement que personne, de sorte qu'ils marièrent leurs enfants ».

8. Voir *Oraison funèbre du prince de Condé,* p. 209-210.

9. Au moment où Mazarin la mit en disgrâce.

10. Anne de Gonzague l'avait reçu en partage à la mort de son père.

**P. 146.**

1. *Luc,* XI, 26.
2. Bossuet, afin de montrer à son auditoire l'état spirituel lamentable dans lequel était tombée la princesse, emprunte de longs passages au récit qu'elle fait elle-même de son incrédulité.
3. L'abbé de Rancé, abbé et réformateur de la Trappe, grand ami de Bossuet.
4. La science. L'abbé de Rancé écrivit plusieurs ouvrages remarquables de morale et de direction, en particulier un traité *De la sainteté et des devoirs de la vie monastique.*
5. Bossuet n'ose citer ici les paroles mêmes de la princesse : « Je me sentais, avait-elle écrit, la même envie de rire qu'on sent ordinairement quand des personnes fort simples croient des choses ridicules et impossibles. »
6. Cf. Pascal, *Pensées :* « Je ne puis avoir que de la compassion pour ceux *qui gémissent dans ce doute.* »

**P. 147.**

1. Cf. *troisième Sermon sur la Passion,* IIe point.
2. *Prov.,* XIX, 29.
3. La simplicité de cœur des humbles. Cf. *Méditations sur l'Évangile,* IIe jour.
4. Idole est à prendre au sens étymologique : vaine image, fantôme.
5. La justice humaine.

**P. 148.**

1. Cf. *troisième Sermon pour la fête de tous les saints :* « Voulez-le, ne le voulez pas, *votre éternité vous est assurée !* »
2. Au sens latin de *furor : insania, amentia,* folie.
3. Bossuet a attaqué souvent les *libertins,* les incrédules de son temps. (Cf. *Sermon sur la divinité de la religion,* Ier point, *S. sur le Jugement dernier,* Ier point, *Panégyrique de saint André,* etc.) — mais absorbé dans sa lutte contre le protestantisme, préoccupé de soutenir l'Église gallicane, il semble qu'il ne se soit pas rendu compte de l'importance du péril que ces incrédules faisaient courir au catholicisme.
4. Au sens latin du mot : *erratio :* action d'errer, d'aller au hasard, à l'aventure.
5. *Var. :* « c'est-à-dire une autorité légitime » (1685).
6. Avec raison, l'orateur considère l'orgueil comme la source de l'incrédulité.
7. Malgré son impiété la princesse Palatine n'avait jamais perdu la croyance en un Être suprême : elle le confesse dans le récit de sa conversion.
8. Dans le *Sermon sur la nécessité de travailler à son salut* (Ier point), Bossuet distingue entre le déiste et l'athée; mais il les traite l'un et l'autre avec la même sévérité.

## P. 149.

1. Le texte de saint Augustin porte : *Remansit magna*. Bossuet cite souvent de mémoire les textes de la Sainte Ecriture et des Pères et les altère ainsi plus ou moins.
2. *Enarr. in Psalm.*, L, n. 8.
3. Voir n. 3, p. 146.
4. Ce mot désignait souvent au XVIIe siècle l'art de conduire les choses ou de se conduire soi-même ; il équivaut à peu près au latin *ratio* (dans le sens de méthode, de manière d'agir raisonnée).
5. Le texte de la Palatine porte : dans une petite grotte. Afin de rendre plus vive et plus rapide la réponse de l'aveuglé, Bossuet a modifié légèrement le récit de la princesse.
6. *I Joan.*, V, 20.

## P. 150.

1. C'est Bossuet qui a ajouté ce beau contraste. La princesse Palatine avait dit simplement : « Je me sentis en un moment si éclairée de la vérité, que me trouvant transportée de joie d'avoir trouvé ce que je cherchais depuis si longtemps, j'embrassai cet aveugle, et lui dis que je lui avais plus d'obligation que je n'en avais jamais eu à personne du monde ; et il se répandit dans mon cœur une certaine joie si douce et une foi si sensible, qu'il m'est impossible de l'exprimer. Je m'éveillai... »
2. Ce mot est à prendre ici au sens religieux, c'est-à-dire l'absorption de l'âme en Dieu, cause de la suspension plus ou moins complète des sens extérieurs qui semblent rivés sur Lui ou sur l'objet qu'Il manifeste.
3. « Confestim ceciderunt ab oculis ejus tanquam squamæ. » (*Actes*, IX, 18.)
4. *Exod.*, VIII, 19.

## P. 151.

1. Dans ce qui précède, Bossuet a résumé d'une manière très heureuse le récit de la Palatine. Ici même, le texte d'Anne de Gonzague est moins concis et porte ceci : « détaché de la crainte et de la frayeur des autres peines. »
2. Les Carmélites, parmi lesquelles se trouvait probablement sœur Louise de la Miséricorde (Madame de La Vallière).
3. Bossuet venait souvent faire des conférences spirituelles aux Carmélites et connaissait mieux que quiconque la sainteté, l'austérité de vie, la générosité de ces âmes vivant à l'ombre du cloître. Il pouvait donc, en toute connaissance de cause, leur rendre ce témoignage.
4. La suite explique cette expression : « La voilà,... cette crainte d'une chaste épouse qui craint de perdre ce qu'elle aime. » Cf. *Instruction sur les états d'oraison*.

**P. 152.**

1. « Jerusalem, quæ occidis prophetas,... quoties volui congregare filios tuos quemadmodum gallina congregat pullos suos sub alas. » (*Matth.*, XXIII, 37.)

2. L'abbé Maury, dans son *Essai sur l'éloquence de la chaire*, c. XLIV, *De la noblesse du style*, loue avec emphase, et dans un style ampoulé, la manière dont Bossuet introduit ici ces images familières du songe de la Palatine. Sans le suivre dans sa longue dissertation, contentons-nous d'admirer la simplicité pleine de dignité et de sincérité avec laquelle s'exprime Bossuet. L'orateur a pris simplement la précaution de recourir à une parabole évangélique pour introduire le récit de la princesse.

3. On ne voit pas très bien comment la personne qui parle dans le songe comprend l'éducation du chien. Le texte de la Palatine n'est pas très clair non plus : « J'entendis alors quelqu'un qui disait : il faut le rendre (le poussin) au chien : *cela le gâtera de* [le] *lui ôter* ».

4. C'est ainsi qu'on forme les chiens de chasse.

5. « Si vos, cum sitis mali. » (*Math.* VII, 11.)

6. « Facta est tranquillitas magna. » (*Marc*, IV, 39.) « Increpavit ventum..., et facta est tranquillitas. » (*Luc*, VIII, 24.)

7. « Dolores inferni circumdederunt me. » (*Ps.* XVII, 6.)

8. « Pax Dei quæ exsuperat omnem sensum. » (*Philip.*, IV, 7.)

9. « Auditui meo dabis gaudium et lætitiam, et exultabunt ossa humiliata. » (*Ps.* L, 10.)

10. Bossuet exhorte le célébrant à remercier Dieu, pendant la célébration du saint sacrifice de la messe de la grâce de la conversion qu'Il a accordée à la Palatine, et à prier avec ferveur pour le repos de l'âme de celle-ci.

11. Les Carmélites, dans la chapelle desquelles avait lieu la cérémonie funèbre.

12. « Confitemini Domino quoniam bonus, quoniam in æternum misericordia ejus. » (*Ps.* CXXXV, 1.)

**P. 153.**

1. Bossuet met autant de sévérité que de compassion dans ces paroles. Souvent dans ses sermons, il condamne la coquetterie excessive des femmes. (*S. sur la résurrection dernière*, IIIe point.) Il est particulièrement dur à ce sujet dans le *Sermon sur l'intégrité de la pénitence*, et condamne tous les moyens mis en œuvre par les femmes « pour orner ce corps mortel et *cette boue colorée* ».

2. C'est-à-dire le qu'en-dira-t-on ?

3. « Oportet semper orare et non deficere. » (*Luc*, XVIII, 1)

4. Cf. *Méditations sur l'Evangile*, XLIe jour.

5. Ce mot doit signifier : *plan, patron*. Au XVIIe siècle, on ne distinguait pas par l'orthographe *dessin* de *dessein*.

6. *Cantique* désigne ici toutes espèces de chants, et même de chansons. C'est un latinisme, qui était déjà peu employé du temps de Bossuet.

7. Monsieur de Sacy (*Variétés littéraires,* I, 54) cité par M. Jacquinet en note apprécie ainsi ce passage de l'Oraison Funèbre : « A la description admirable de la conversion d'Anne de Gonzague, je préfère encore celle de sa vie pénitente. Je ne connais rien qui fasse mieux sentir, en fait d'art et d'éloquence, l'alliance intime du beau et du sévère. »

8. Allusion aux querelles religieuses du siècle, le jansénisme en particulier. Certaines dames pieuses ou converties, à l'encontre de la Palatine, avaient pris fait et cause en faveur de l'erreur.

## P. 154.

1. « Eleemosynas illius enarrabit omnis ecclesia sanctorum. » (*Eccli.,* XXXI, 11.)

2. Il n'y a pas d'exagération dans cette expression, rien n'est plus touchant et plus émouvant que la charité s'exerçant sur les pauvres, les malades, les vieillards. *Epancher son cœur sur quelqu'un :* témoigner de l'affection à quelqu'un.

3. « Des yeux si délicats ne seront-ils point offensés par un objet si funèbre ». *(Sermon sur la mort.)*

4. Rien d'exagéré non plus, dans cette expression. L'âme profondément chrétienne aime tendrement les pauvres, les malades, tous ceux qui sont éprouvés, et voit en eux les membres souffrants de Jésus-Christ. Voir le *Sermon sur l'éminente dignité des pauvres dans l'Eglise* et le *Panégyrique de saint François d'Assise.*

5. Probablement Louis Lefebvre, aumônier du prince de Condé, puis attaché à la maison de la princesse Palatine.

6. Le *Mercure galant* de juillet 1684 dit en effet qu'elle alla jusqu'à vendre ses meubles, ses bijoux, pour faire des aumônes aux pauvres éprouvés par les rigueurs de l'hiver.

## P. 155.

1. *Luc,* X, 16.

2. Voir à ce sujet p. 138 : « Elle aimait tout dans la vie religieuse. »

3. *Job,* X, 16.

4. Bossuet utilise habilement les plaintes du « saint homme Job » en les commentant avec éloquence, pour révéler les souffrances morales qui assaillaient la princesse convertie jusque dans les rigueurs de ses mortifications.

5. Cf. *Sermon sur la nécessité de travailler à son salut* (I$^{er}$ point) : on y trouve un magnifique développement sur la vigilance perpétuelle de Dieu pénétrant les consciences jusqu'au plus profond de l'être, « sondant les reins et les cœurs ».

6. « Gressus meos dinumerasti. » (*Job,* XIV, 16.)
7. *Ibid.*, 17.
8. « Verebar omnia opera. » (*Ibid.*, IX, 28.)
9. « Cur non tollis peccatum meum ? Et quare non aufers iniquitatem meam ? » (*Ibid.*, VII, 21.)
10. *Var. :* « et que ne retranchez-vous... » (1685).

**P. 156.**

1. « Et hæc mihi sit consolatio, ut affligens me dolore non parcat, nec contradicam sermonibus sanctis. » (*Ibid.*, VI, 10.)
2. Elle craignait tellement de s'estimer à l'excès et de se complaire dans ses vertus, que cette frayeur devenait un nouveau genre d'expiation et par conséquent, une source de mérite.
3. Peut-être Monsieur de La Barmondière, dont il sera question plus loin. Voir n. 1, p. 160.
4. Expression tirée de l'*Apocalypse* : « Vincenti dabo manna absconditum... » (*Apoc.*, II, 17) : le pain des anges, l'Eucharistie dont la manne est le symbole.
5. L'édition de 1685 donne à tort : « si je préfère. »

**P. 157.**

1. L'orateur emploie cette apostrophe soudaine et inattendue pour attirer l'attention de ses auditeurs sur une des plus belles leçons chrétiennes de son discours : « le secret des conseils de Dieu. »
2. « Unigenitus Filius, qui in sinu Patris, ipse enarravit. » (*Joan.*, I, 18.)
3. *Ibid.*, III, 16.
4. Bossuet a souvent développé dans ses œuvres cette pensée que le mystère de l'Incarnation est avant tout un mystère d'amour (*second Sermon pour la fête de l'Annonciation,* Ier point; *Elévations sur les mystères*).
5. Cérinthe et Ebion niaient la divinité de Jésus-Christ. Les évêques d'Asie prièrent alors saint Jean, seul membre survivant du collège apostolique, d'écrire la vie du Christ, en insistant particulièrement sur sa divinité.
6. Victime pour le rachat des pécheurs.
7. « Saint Jean... s'élève comme un aigle, au-dessus des nues de l'infirmité humaine et va découvrir jusque dans le sein du Père le Verbe de Dieu, égal à Dieu, sans que ses yeux soient éblouis par l'éclat de cette gloire. » (Préface de la traduction de l'Evangile de saint Jean, par Lemaistre de Sacy). — Cf. Bossuet, *Elévations sur les mystères,* XIIe semaine, VII.
8. (Du grec σύμβολον : marque, signe) : résumé du dogme en même temps qu'un signe de reconnaissance entre les chrétiens.
9. *I Joan.*, IV, 16.

10. M. Jacquinet rapproche de ce passage quelques vers de Lamartine tirés des *Méditations* (La Semaine sainte à La Roche-Guyon). Voici les trois derniers de cette citation :
« La croix à mes regards révèle un nouveau jour :
Aux pieds d'un Dieu mourant, puis-je douter encore ?
Non : *l'amour m'explique l'amour.* »

## P. 158.

1. « Cor nostrum dilatatum est... angustiamini autem in visceribus vestris. » (*II Cor.* VI, 11, 12.)
2. Voir la citation précédente.
3. Transition rapide qui va permettre à l'orateur de donner une terrible leçon aux *incrédules,* aux insensibles, à la fin de son discours.
4. *Var.* (édition de 1685) : « qui lui a plu ».

## P. 159.

1. La Palatine avait écrit : « je m'en vais voir comment Dieu me traitera. » — Bossuet morcelle ces paroles, de façon à en tirer tout l'enseignement doctrinal qu'elles suggèrent.
2. *Gal.*, VI, 7.
3. *Hebr.*, X, 31.
4. « Ni se relâche » dans les éditions originales (sans *ne*). Cette leçon semble provenir d'un accident typographique. — Les phrases courtes qui remplacent ici les périodes habituelles ne font qu'accroître la sévérité de cette page et l'effet de frayeur que l'orateur veut provoquer en ceux qui l'écoutent.
5. « Vox clamantis in deserto : parate viam Domini... facite ergo fructus dignos pœnitentiæ. » (*Luc*, III, 4, 8.)
6. Cf. *Oraison funèbre de Marie-Thérèse.* « Anne, pleine de foi, ramasse toutes les forces qu'un long exercice de la piété lui avait acquises. »

## P. 160.

1. Claude Bottu de La Barmondière, curé de Saint-Sulpice (1678-1689).
2. On ne sait s'il s'agit d'un éloge prononcé le jour des funérailles (faites à Saint-Sulpice le 16 juillet 1684) ou d'un simple hommage rendu au cours d'un sermon, au lendemain de la mort édifiante de la princesse.
3. Rapprocher cette expression de cette phrase : « Au défaut d'un meilleur *refuge,* iront-ils enfin se plonger dans l'*abîme* de l'athéisme, et mettront-ils leur *repos* dans une fureur qui ne trouve presque point de place dans les esprits ? » (p. 148.) — Les idées sont mises en relief par l'opposition des termes.
4. *Is.*, VIII, 18.

5. Cf. p. 137. « Mon discours, dont vous vous croyez peut-être les juges, vous jugera au dernier jour. »

6. « Cette page à la Michel-Ange, d'une grandeur et d'une terreur si naturelles, que Bossuet semble ne pas même se douter des écueils qu'il affronte, est une des preuves les plus étonnantes de la puissance de son imagination comme de l'ardeur de sa foi, et des prestiges (au meilleur sens du mot) de sa parole. » (Note de M. Jacquinet.)

7. Cf. *Sermon sur le Jugement dernier,* IIe point.

8. « Aspicient ad me quem confixerunt. » (*Zach.*, XII, 18.)

9. *Malach.*, III, 9.

10. « Filii autem regni ejicientur in tenebras exteriores : ibi erit fletus et stridor dentium. » (*Matth.*, VIII, 18.)

11. « Ad quem autem respiciam nisi ad pauperculum et contritum spiritu et trementem sermones meos... audite verbum Domini, qui tremitis ad verbum ejus. » (*Is.*, LXVI, 2, 5.)

12. C'est-à-dire les chrétiens humbles dont les mérites sont peu connus et peu appréciés des hommes, et que Dieu seul connaît; et non pas ceux qui sont de condition obscure.

13. « Respicite et levate capita vestra quoniam appropinquat redemptio vestra. » (*Luc*, XXI, 8.)

14. Le duc d'Enghien, son gendre, fils du Grand Condé. — Bossuet termine son discours par quelques paroles de religieuse consolation, et un dernier éloge de la défunte.

**P. 161.**

1. Les bizarreries du caractère de son mari auraient suffi à justifier cette réflexion, si elle n'était une vérité d'expérience générale. (Edit. Lebarq, VI, 322, n. 2.)

## ORAISON FUNÈBRE
## DE MICHEL LE TELLIER

**P. 163.**

1. A) BIOGRAPHIE : Michel Le Tellier naquit le 19 avril 1603. Son père, seigneur de Chaville, près de Versailles, était conseiller à la Cour des Aides. Dès l'âge de vingt et un ans, par exception aux règlements, il obtint la charge de conseiller au Grand Conseil. Bientôt après (1631) il devenait procureur du Roi au Châtelet. Il avait épousé en 1629 la fille d'un conseiller d'Etat, Elisabeth Turpin de Vaudredon. Nommé maître des requêtes en 1638, il attira l'attention de Richelieu par la fermeté peu commune avec laquelle lui et le chancelier Séguier contribuèrent à réprimer une sédition soulevée par les paysans de Basse Normandie qui, sous le nom de *va-nu-pieds*, s'étaient révoltés contre les impôts et la taille. Ces services lui valurent la fonction délicate d'intendant à l'armée de Piémont où il connut Mazarin (1640) qui le proposa au Roi en 1643 pour la

charge de secrétaire d'Etat à la guerre. Il resta vingt-cinq ans à ce poste important. En 1668, il se déchargea de ses fonctions de secrétaire d'Etat à la guerre sur Louvois, son fils aîné qui le suppléait en grande partie depuis deux ans. Ministre d'Etat de 1668 à 1677, il obtint cette année-là la dignité de chancelier de France. Garde des sceaux, il exigea des magistrats plus d'instruction et de régularité, ranima dans les écoles l'étude de la jurisprudence, ne fut pas étranger à la déclaration du clergé français dans l'assemblée de 1682, et signa la Révocation de l'édit de Nantes (1685). Il mourut pieusement le 28 octobre de la même année.

Souple, circonspect et adroit à user des occasions, comme à s'armer d'autorité pour frapper à propos des coups décisifs, il prit une part importante dans les affaires de la guerre de Trente ans, de la guerre avec l'Espagne, dans la conclusion du traité des Pyrénées et dans la Fronde. Voici le jugement que porte sur lui l'abbé de Choisy, un de ses contemporains : « Timide dans les affaires de famille, courageux et même entreprenant dans celles de l'Etat; génie médiocre, vues bornées, peu propre à tenir les premières places... mais assez ferme à suivre un plan..., régulier et civil dans le commerce de la vie..., ennemi dangereux, il cherchait sans cesse l'occasion de frapper celui qui l'avait offensé... »

B) L'ORAISON FUNÈBRE : Bossuet que des liens de reconnaissance attachaient à Le Tellier ne put refuser à l'archevêque de Reims, fils du chancelier, une faveur qui lui sembla un devoir : il prononça son Oraison funèbre le 25 janvier 1686, en l'église Saint-Gervais.

Pour composer son discours, Bossuet s'est inspiré de la notice que lui avait remise Claude Le Peletier, parent et confident de Le Tellier. La longue vie si bien remplie du chancelier offrait une matière intéressante à l'orateur. Célébrant Le Tellier comme magistrat, comme politique et comme ministre, il loue surtout les qualités administratives de l'homme d'Etat : sa prudence, sa modération, son désintéressement et sa piété; éloge excessif par endroits, si l'on donne quelque créance au jugement de l'abbé de Choisy. Certains courtisans au contraire estimèrent que l'orateur n'avait pas suffisamment exalté le père de Louvois.

Ce discours fut plus tard l'objet d'autres critiques, mais en sens inverse. Voltaire en particulier, y vit « la glorification d'un personnage des plus médiocres ou même d'un monstre digne du mépris et de la haine de la postérité. » (Lebarq, VI, 328.)

Cette Oraison funèbre, bien inférieure à celles que Bossuet avait déjà prononcées, contient un admirable portrait du cardinal de Retz et un bel exposé de l'état du royaume à l'avènement de Louis XIV. L'orateur sacré, toujours préoccupé de tirer de son sujet une leçon pratique, rappelle aux grands, aux évêques et aux magistrats qui composaient la majeure partie de son auditoire les importants devoirs de leurs charges respectives.

Fléchier, à son tour, prononça l'Oraison funèbre du chancelier dans l'église des Invalides, le 22 mars 1686. « Elle fut admirée de tous ceux qui l'entendirent, écrit un contemporain, et surtout de ceux qui avaient entendu celle qu'avait faite M. de Meaux! »

C) Texte : Le manuscrit est perdu. C'est l'exemplaire de l'édition originale (in-4) achevée d'imprimer le 3 mars 1686 qui en tient lieu. En voici le titre complet : *Oraison funèbre de très haut et puissant seigneur Messire Michel Le Tellier, chevalier, chancelier de France, prononcée dans l'Eglise paroissiale de Saint-Gervais, où il est inhumé, le 25 janvier 1686.* Et au-dessous : A Paris, par Sébastien Mabre-Cramoisy, Imprimeur du Roi et Directeur de son Imprimerie royale.

D) Analyse. *Exorde :* Le Tellier a compris que la véritable sagesse n'est pas « celle qui gouverne les empires, qui dicte les lois, qui dispense les grâces », mais celle qui s'attache aux biens éternels. Ce principe lui a permis de remplir dignement les grandes fonctions auxquelles ses talents l'ont appelé.

*Première partie :* Le Tellier, serviteur du bien public dans ses divers emplois. Ses débuts dans la magistrature où il rencontre de nombreux abus. Il est élevé au poste d'intendant de justice, puis à celui de ministre de la guerre. Dans toutes ses charges, il garde la simplicité; dans la disgrâce, une inaltérable tranquillité d'âme. Devenu chancelier de France, à soixante-quatorze ans, il a une vieillesse active et féconde.

*Seconde partie :* Le Tellier, homme politique. Son rôle pendant la Fronde : appui fidèle de la Régente et de Mazarin. Il a travaillé habilement, et avec dévouement, au rétablissement de l'autorité royale et de la paix publique.

*Troisième partie :* Le Tellier, chef de la justice. Ses réformes : le Conseil d'Etat ramené à plus d'équité dans l'exercice de ses attributions judiciaires. Son respect pour les prérogatives des droits de l'Eglise et de l'épiscopat. Son rôle dans la Révocation de l'édit de Nantes. Son courage et son détachement en face de la mort.

La dernière heure est terrible : la vie du chrétien doit être une longue et continuelle préparation à la mort.

2. On y voit encore son monument funèbre, mais il est incomplet : la partie qui portait l'épitaphe manque. En l'absence de toute inscription Le Tellier se reconnaît à ses traits, à son costume et à ses armes.

3. « A messeigneurs les Evêques qui étaient présents en habit » (note de l'édition de 1689).

4. Etaient présents, outre le nonce du Pape, « un grand

ORAISONS FUNÈBRES

nombre d'archevêques, d'évêques, ducs, maréchaux de France, présidents aux mortiers, conseillers d'Etat, maîtres des requêtes et conseillers de la cour... » (*Mercure galant,* mars 1686.)

5. Eloge exagéré. On en trouvera plusieurs de ce genre au cours de l'Oraison funèbre.

6. « Sapientia desursum descendens. » (*Jac.*, III, 15.) « Quæ desursum descendens. » (*Jac.*, III, 17.) Cf. *Jac.*, I, 17.

**P. 164.**

1. Ce mot a ici une très grande force, et équivaut à : *possédé, ravi.*

2. *Prov.,* IV, 7, 8.

3. Ce détail n'est pas absolument exact : Le Tellier sut profiter des circonstances et s'assurer de sérieux avantages personnels.

4. « Image hardie correspondant au *Sursum Corda* de la liturgie. » (Remarque de M. Jacquinet.)

5. *Ambitiosus :* fastueux, qui s'étale orgueilleusement.

6. *Edition de 1686 :* « et c'est ».

7. Christine, veuve de Victor-Amédée Ier. Les princes de Savoie, ses deux beaux-frères, lui disputaient la régence.

8. Aux enfants de sa sœur.

**P. 165.**

1. Par ses relations d'affaires dans les cours italiennes.

2. Sans qu'il fût prêtre, du reste : la prêtrise n'était pas indispensable pour l'élévation au cardinalat. Le canon 232 du *Codex juris canonici* la réclame maintenant.

3. Sous l'ancienne monarchie, cette charge avait des attributions très étendues : juges à l'hôtel des Requêtes, rapporteurs au conseil d'Etat, ces magistrats pouvaient être délégués dans les provinces comme *intendants de justice, police et finances,* dont Richelieu avait singulièrement relevé les pouvoirs.

4. En 1640, après la victoire de la Rota et la prise de Turin, au moment de l'occupation de ce pays par les Français.

5. Le Grand Conseil était une cour souveraine en dehors des parlements, entre lesquels elle prononçait en cas de conflit ; elle jugeait aussi les procès concernant les évêchés et la plupart des bénéfices ecclésiastiques.

6. Le procureur du roi remplissait les fonctions du ministère public près des juridictions autres que celles des cours souveraines. — C'est au tribunal du Châtelet que Le Tellier remplit cette fonction.

7. Ce mot employé au pluriel désignait les cabales, les intrigues de parti, les factions.

8. *Var. :* « ne porte pas ses pensées, ni des adoucissements ou des rigueurs arbitraires dans le tribunal ».

9. Le Conseil du Roi ou le Conseil d'Etat.

**P. 166.**

1. Le Tellier présida plus tard (1677) le Conseil en qualité de chancelier.
2. Cf. *Oraison funèbre de Marie-Thérèse*, n. 4, p. 110.
3. *I Cor.*, VII, 20.
4. « Non enim hominis exercetis judicium, sed Domini. » (*II Par.*, XIX, 6.)
5. « Ego dixi : Dii estis ; vos autem sicut homines moriemini. » (*Ps.* LXXXI, 7.)
6. M. Jacquinet fait remarquer que Bossuet emploie de préférence ce verbe, quand il parle de David.
7. « Deus stetit in synagoga deorum : in medio autem deos dijudicat. » (*Ps.* LXXXI, 1.)
8. L'auditoire de Bossuet était composé en grande partie de magistrats.

**P. 167.**

1. Expression inspirée par l'Evangile (cf. *Matth.*, XXIII, 27) : « Væ vobis, scribæ et Pharisæi... »
2. Bossuet a saisi l'occasion pour faire entendre aux magistrats présents de dures vérités. Dans cette prédication extrêmement pratique, l'orateur passe en revue toutes les faiblesses qui corrompent la justice.
3. Au sujet de l'influence des démons sur les oracles païens, voir deux sermons de Bossuet sur les démons.
4. *Habac.*, I, 4.
5. Cf. *Joan.*, XIX, 12-16.
6. Louis XIII. Bossuet n'hésite pas à prendre parti contre le roi, en faveur de Richelieu, qui contribua pour une part si importante à la grandeur de la France.

**P. 168.**

1. Le Secrétaire d'Etat dont parle ici l'orateur s'appelait Des Noyers. Il avait précédé Le Tellier aux affaires de la guerre, de 1636 à 1643. Ce nom fort connu des contemporains de Bossuet est à peu près ignoré aujourd'hui.
2. On raconte que Louis XIII doutant de l'exactitude d'une assurance que lui donnait Des Noyers, et s'irritant des affirmations par lesquelles celui-ci lui tenait tête, s'écria : « Est-ce ainsi que vous m'en donnez à garder, petit bonhomme ? » Le ministre était de fort petite taille. « Ces mots le piquèrent tellement qu'il ne put s'empêcher de dire que, si le roi le croyait un donneur de bourdes, il ne devait pas se servir de lui, et qu'il le priait de lui donner son congé. Il fut aussitôt pris au mot et eut ordre de se retirer dans sa terre de Dangu. » (*Mémoires,* de Montglat, éd. Michaud, p. 136. Cité par M. Jacquinet.)

ORAISONS FUNÈBRES

3. Il était intendant de justice en Piémont sous l'autorité nominale de la régente.

4. *Edition de 1686* : « à la sollicitation... au désir. »

5. Un événement aussi peu extraordinaire que le remplacement d'un secrétaire d'Etat ne demandait guère le recours à une citation du prophète Isaïe.

6. *Is.*, XXII, 19, 20.

7. *Is.*, XXII, 21, 22. — Il s'agit peut-être ici d'une allusion à la clé des Sceaux dont l'usage et la garde étaient confiés au chancelier seul.

8. « M. Jacquinet croit devoir donner une signification peu ordinaire à ce mot, et il suppose que le passage, non indiqué, de saint Chrysostome, autorisait cette interprétation. Puisqu'un critique aussi familiarisé avec la pensée de Bossuet s'est trompé sur cette phrase, il n'est pas superflu de l'expliquer par un rapprochement. Bossuet a dit ailleurs : « Tel qu'est le péril d'un homme qui, ayant épousé une femme d'une beauté extraordinaire, serait obligé néanmoins de vivre avec elle comme avec sa sœur... autant est-il difficile de garder la modération dans les dignités. » (*Sur l'ambition*, 1661.) (Edition Lebarq, VI, 336, n. 2.) Pour M. Jacquinet le mot beauté signifierait « charme enivrant des grandes places, des grands honneurs ».

## P. 169.

1. Rare éloge que ce politique judicieux et solide paraît avoir mérité.

2. La régente, cédant aux instances du parti des princes, à celles de Condé en particulier, s'était vue forcée de l'éloigner du Conseil (juillet 1651), en même temps que Servien et de Lionne. Elle l'y rappela bientôt.

3. *M. Jacquinet* : « pendant ».

4. L'édition Lebarq (VI, 327) cite un trait caractéristique à ce sujet : « Voyant que son fils négligeait ses obligations pour se livrer aux plaisirs, Le Tellier le menaça d'une révocation de son emploi. Le jeune homme tira profit de cet avertissement, et à partir de ce moment, il fit preuve d'une activité et d'une application continuelles. »

5. L'éloge de Louvois tout en étant bref et rapidement présenté, est très expressif : en une simple phrase incidente, Bossuet montre le grand organisateur militaire dans sa formidable activité.

6. Eloge du roi. Il était d'usage de réserver au monarque une part à tout éloge décerné en public à ses ministres.

7. En 1666 ou 1668, à la demande de Le Tellier, le roi confia à Louvois l'administration de la guerre. Toutefois Le Tellier n'en continua pas moins à prendre part aux affaires importantes.

8. Les hommes d'Etat..., qu'elle flattait, tels que Des Noyers. (Voir n. 1, p. 168.)

**P. 170.**

1. A Chaville. Cette maison n'existe plus. La bibliothèque Victor Cousin de la Sorbonne en possède le dessin.

2. Cf. *Oraison funèbre de Michel Le Tellier* par Fléchier : « Quelle peine n'eut-on pas à lui persuader d'*étendre un peu, en faveur de la dignité, les limites de son patrimoine et d'ajouter quelques politesses de l'art aux agréments rustiques de la nature ?* » Que nous sommes loin de la simplicité d'expression de Bossuet !

3. *Var.* : « s'incline au-dessous, autant... » (édit. de 1686).

4. « Cœlum sursum et terra deorsum : et cor regum inscrutabile. » (*Prov.*, XXV, 3.)

5. En 1677, après Etienne d'Aligre qui avait été nommé à cette charge en 1672, à l'âge de 78 ans.

6. C'est-à-dire qui eût à ce point l'autorité du caractère. On ne peut reprocher à Bossuet une sévérité excessive à l'égard de ce magistrat, pour avoir employé cette expression. En effet, voici ce que Mme de Motteville a dit de lui dans ses *Mémoires* (I, 119) : « Il aurait été le premier homme de son siècle, si, avec sa science et sa grande capacité, il eût eu une âme assez élevée pour préférer la gloire à la fortune. »

7. Cf. *Oraison funèbre de Madame,* p. 99 (entre les n[os] d'appel 3 et 4).

**P. 171.**

1. Le Tellier avait soixante-quatorze ans lorsqu'il fut élevé à la dignité de chancelier.

2. *Var.* : « c'est la résolution » (édit. de 1686).

3. La Fronde.

4. Elevé, formé dans la magistrature. *Les compagnies* : ce mot désignait les cours souveraines (Parlement, Chambre des comptes, Cour des aides, Grand Conseil) et les Cours de justice.

5. Les trois ordres : clergé, noblesse, tiers état.

6. « Elle est intrépide dans les grandes occasions et la mort ni le malheur ne lui font point peur... » (Mme de Motteville, *Mémoires*.)

**P. 172.**

1. Mazarin dut quitter la cour, et même la France, deux fois, de février 1651 à janvier 1652, et de nouveau d'août 1652 à février 1653.

2. Trait aussi piquant qu'exact. *Cabales* signifie ici : factions.

3. Par les Frondeurs. Gaston, oncle du roi, inquiet et hésitant, se laissait circonvenir par eux.

# ORAISONS FUNÈBRES

4. Chusaï, Conseiller de David. Resté fidèle au roi, il l'aida à triompher de la révolte d'Absalon. — M. Jacquinet a fait la remarque suivante à laquelle nous nous associons volontiers : « Il est permis de croire que même dans l'auditoire de Bossuet peu de personnes savaient l'histoire de ce Le Tellier de la cour de David. »

5. *II Reg.*, XVII, 5-16.

6. Les Espagnols, à cette époque, fomentaient des troubles intérieurs en France et prenaient une part très active aux intrigues qui se formaient à Paris contre le cardinal. Ils escomptaient que le rejet des propositions de paix soulèverait l'opinion contre lui.

7. Le comte d'Avaux.

8. L'archiduc d'Autriche, gouverneur de la Flandre, Léopold-Guillaume.

9. Condé, son frère le prince de Conti, et leur beau-frère, le duc de Longueville.

10. Mot de sympathie non équivoque de Bossuet, ami de la famille de Condé, à l'adresse des captifs. L'Histoire n'a pas désavoué le jugement de l'orateur.

## P. 173.

1. Allusion aux tentatives d'évasion, aux complots formés pour leur délivrance.

2. Bossuet, très habilement, rend ainsi un double hommage : il loue en même temps pour des motifs contraires naturellement, Condé et le secrétaire d'Etat.

3. Condé était prince du sang.

4. *Prov.*, XX, 5. Ainsi édité par Bossuet. — Le vrai texte serait : « sed homo sapiens ».

5. « Le choix délicat du verbe fait voir quel prix le ministre attachait justement à ces *bonnes intentions*, subsistant au fond de l'âme de ces *égarés*, et quel soin il mettait à les découvrir et à en tirer parti. » (Note de M. Jacquinet.)

6. Des heureux moments, Gaston en eut quelquefois, mais trop rarement. Il fallait faire preuve d'une réelle habileté pour les saisir et en profiter. *Si grand prince* : formule banale, en même temps qu'obligatoire pour désigner le frère de Louis XIII, l'oncle du roi régnant.

7. *Jérém.*, XVIII, 18. — La *Vulgate* dit : « cogitemus contra Jeremiam ».

8. Le texte original porte : « décréditer ». — Plus loin (Edit. Jacquinet) : « tous *ces* beaux discours ».

9. *Jérém.*, XVIII. — Le texte de la Sainte Ecriture dit : « ... et non attendamus. »

## P. 174.

1. Pendant la Fronde, plusieurs projets d'assassinat furent

formés; mais aucun ne fut exécuté. Le risque couru par Le Tellier ne fut pas très grand, et l'on s'étonne de voir Bossuet rappeler immédiatement après le souvenir de la Passion du Christ, à cette occasion.

2. *Luc,* VII, 5.

3. Soumis à César, représentant du pouvoir légitimement établi.

4. « Reddite quæ sunt Cæsaris Cæsari, et quæ sunt Dei Deo. » (*Matth.,* XXII, 21.)

5. Le Christ s'est fait victime, s'est immolé pour le rachat de l'humanité tout entière.

6. *Edit. de 1686* : « qu'il mourrait ».

7. *Joan.,* XI, 51. Vrai texte : « quod Jesus moriturus ».

8. Bossuet n'hésite pas du vivant de Louis XIV, à qualifier Mazarin de *favori,* et à dépeindre dans cette Oraison funèbre, comme il l'a déjà fait dans celle d'Anne de Gonzague, les côtés faibles du personnage.

9. Les soulèvements.

10. Détail inexact : en faisant revenir Mazarin, Le Tellier obéissait à son devoir; mais cette résolution n'allait pas contre ses intérêts. (Cf. Mme de Motteville, *Mémoires,* III, 279.)

11. Gabriel de Cassagnet, seigneur de Tilladet, qui avait épousé Madeleine Le Tellier, sœur du chancelier. Il fut disgracié en 1642, lors de la conspiration de Cinq-Mars, puis rappelé à la cour, au commencement de la Régence.

**P. 175.**

1. « D'après l'esprit des cours, Le Tellier pouvait se croire perdu ou en grand péril, du moment que *des propositions contre lui* étaient écoutées. » (Note de M. Jacquinet.)

2. Le cardinal de Retz : l'apparition de ce personnage n'était pas indispensable ici, mais elle permet à l'orateur de compléter l'éloge de Le Tellier.

3. Surtout à ses amis personnels. Il l'était beaucoup moins envers ses amis politiques.

4. Si fier, si décidé. Voir à ce sujet Sainte-Beuve, *Causeries du Lundi,* V, 42, 249.

5. Cette qualification du cardinal de Retz doit être acceptée avec réserve, et à condition que l'on considère son génie comme étant capable de prendre les moyens les moins scrupuleux, et d'user des expédients les plus divers pour arriver à ses fins.

6. Le cardinalat, qu'il considérait comme le moyen le plus sûr pour renverser Mazarin et prendre sa place dans l'administration du royaume.

7. En 1675, après avoir mis en ordre ses affaires, il demanda au pape la permission de se dépouiller de la pourpre et de

vivre dans la retraite d'une de ses abbayes. Le pape n'accepta pas cette démission.

8. « On voit par ce dernier trait que Bossuet n'avait pas échappé à l'espèce de séduction que ce fier et brillant génie de Retz exerçait sur ses contemporains. » (Note de M. Jacquinet.)

9. Le cardinal de Retz était devenu archevêque de Paris par la mort de Henri de Gondi. Le clergé parisien, soutenu par le nonce du pape, réclamait son pasteur emprisonné au château de Nantes, puis retiré à Rome et en Hollande après son évasion. Ce fut Le Tellier qui trouva une solution à cette embarrassante affaire en 1666 : Retz accepta l'abbaye de Saint-Denis, dont les revenus étaient considérables en échange du siège auquel il renonçait.

10. Innocent X, qui prit la défense de la dignité cardinalice.

11. Paris, de près; Rome, de loin.

# P. 176.

1. C'est-à-dire de l'avoir terni en la personne du cardinal de Retz. Mazarin avait voulu le faire comparaître devant un tribunal extraordinaire comme coupable de haute trahison, sans tenir compte des immunités ecclésiastiques.

2. Cf. *Oraison funèbre de Condé* : « Dieu, protecteur de la France, et d'un roi, qu'il destine à *ses grands ouvrages,* l'ordonne ainsi. »

3. Cf. n. 4, p. 171.

4. Il s'agit ici du traité des Pyrénées (1659) qui donna à la France le Roussillon, la Cerdagne et l'Artois.

5. Il ne le fut pas toujours. Mais il envisagea la mort avec calme et courage.

6. C'est-à-dire les mesures, les décisions, les démarches politiques du ministre.

7. Il s'agit évidemment de l'enfance du roi.

8. M. Floquet (Etudes..., III, 11) croit que Bossuet a pensé à lui-même en parlant de ces bons offices. Cela ne paraît guère probable.

9. « Parler ainsi, c'est donner aux grands hommes qui entourent un trône, *quelque grand que soit* le prince, l'honneur des succès et des gloires de celui-ci, au moins *par moitié ;* ce langage, au temps des apothéoses décernées à Louis XIV, n'était pas d'un courtisan. » (Note de M. Jacquinet.)

10. Ces paroles contrastent vivement avec les nombreux passages de ses œuvres oratoires où Bossuet fait de Louis XIV l'unique cause des grandeurs de son règne.

11. Guillaume de Lamoignon, premier président du Parlement de Paris, père de Chrétien de Lamoignon. Ce dernier fut avocat général; ami des gens de lettres, de Boileau en parti-

culier, le poète lui dédia sa VI<sup>e</sup> épître : *La campagne et la ville*.

12. Réunissant ces deux grands magistrats dans un même éloge, l'orateur nous les montre dans la gloire céleste, recevant une récompense appropriée à leurs occupations d'ici-bas et aux vertus dont ils firent preuve pendant leur vie terrestre.

13. Cf. Fénelon, *Traité de l'existence de Dieu*, II, v : *Des attributs de Dieu*. « Toutes les perfections de Dieu n'en font qu'une, et si je les multiplie, c'est par la faiblesse de mon esprit qui, ne pouvant d'une seule vue embrasser tout ce qui est infini et parfaitement un, le multiplie pour se soulager... »

### P. 177.

1. *Is.*, XXXII, 1.
2. Louis XIV.
3. Le Tellier, nommé chancelier de France en 1677.
4. Le Conseil d'Etat que présidait le chancelier.
5. Il y avait une grande franchise de la part de l'orateur à parler ainsi d'un passé récent.
6. Avant de sceller les lettres royales, le chancelier entendait un rapport sur leur conformité avec les lois du royaume.

### P. 178.

1. *Edit. Jacquinet :* « ne peut le souffrir ».
2. *Prov.*, XXI, 3.
3. Il voulait que la cause de la veuve, si souvent méprisée et ajournée, trouvât plein accès devant le juge et fût entendue par lui.

### P. 179.

1. Combien vivantes et expressives sont ces rapides esquisses des différents types de juges rencontrés par les infortunés plaideurs !
2. *Prov.*, XV, 1.
3. *Eccli.*, XVIII, 16.
4. Il s'agit sans doute des deux parties adverses, plaidant devant un tribunal. Bossuet a écrit *partis* pour désigner des personnes en cause dans un procès. (*Sermon pour la fête de la Circoncision :* « Etant le médiateur de la paix, il est aussi le dépositaire des paroles des deux partis. »)
5. *Prov.*, XX, 12.
6. Du latin *benignus :* bienveillant, amical.
7. Ce que les profanes appellent les *obscurités* des lois.
8. *Ps.* XV, 2. — « Deus magnus et potens et terribilis, qui personam non accepit, nec munera. » (*Deut.*, X, 17.)
9. « Facit judicium pupillo et viduæ; amat peregrinum et dat ei victum et vestitum. » (*Deut.*, X, 18.)

### P. 180.

1. Si l'orateur, par convenance, était obligé de passer rapi-

dement sur certaines vertus nécessaires au juge, il pouvait sans crainte recommander aux magistrats présents d'être patients, attentifs et éclairés.

2. « Dabis servo tuo cor docile, ut populum tuum judicare possit. » (*III Rég.*, III, 9.)

3. Réunit en elle.

4. « Eli, Eli, lamma sabacthani : hoc est Deus meus, Deus meus ut quid dereliquisti me ? » (*Matth.*, XXVII, 46.)

5. « Speciosus forma præ filiis hominum. » (*Ps.* XLIV, 3.)

6. « Amicus sponsi, qui stat et audit eum, gaudio gaudet propter vocem sponsi. » (*Joan.*, III, 29.)

7. « Fuge, dilecte mi, et assimilare capreæ, hinnuloque cervorum super montes aromatum. » (*Cant.*, VIII, 14.)

8. « Vox turturis audita est in terra nostra. » (*Cant.*, II, 12.)

9. Déranger, contrarier, en suscitant de graves obstacles.

10. A mesure que la puissance royale s'était étendue et était devenue plus forte, elle avait fait pénétrer dans le domaine de sa juridiction des affaires de discipline, d'administration concernant à la fois l'Eglise et l'Etat, qui étaient autrefois de la compétence des tribunaux des évêques ou *officialités*.

## P. 181.

1. « Admoneste ut ressuscites gratiam Dei quæ est in te per impositionem manuum mearum. » (*II Tim.*, I, 6.)

2. *Var.* : « en soit immortelle dans l'ordre sacré. » — Ces quatre derniers mots ne faisant qu'exprimer l'idée déjà contenue dans *en nous-mêmes* ont été supprimés dans la seconde édition publiée par Bossuet en 1689.

3. *Police* (du grec πολιτεία) : constitution, ensemble de règlements.

4. Dans ce passage, Bossuet regrette la grande diminution de la juridiction ecclésiastique.

5. Le Conseil d'Etat.

6. Celui de Paris.

7. Au sens étymologique du mot : *revelatæ* : débarrassées du voile qui les couvraient, remises en lumière et enseignées.

8. On retrouve cette idée dans la lettre écrite au pape, en 1682, au nom de l'assemblée de 1682, et dans celle qui fut rédigée par Bossuet après la réponse d'Innocent XI.

9. Louis XIV, sur les conseils de Le Tellier, avait récompensé la soumission dont les évêques avaient fait preuve dans l'affaire de la Régale (1681) en modifiant légèrement certains articles de l'ancien code dans le sens de l'indépendance épiscopale. Il faut noter que ces concessions étaient de minime importance.

10. Ses jugements dans des affaires semblables faisaient prévoir le sort qu'auraient leurs arrêts s'ils dépassaient la

mesure. Le mot *remède* semble désigner les revisions, les cassations, etc., tendant à modifier ces décisions excessives.

11. L'édition Lebarq fait très justement remarquer qu'il s'agit bien de la clôture des couvents, et non comme M. Jacquinet l'imagine de « tout le corps de l'Eglise », de « tous ceux desquels il vient d'être dit qu'ils doivent *être séparés du siècle pour être le partage du Seigneur* ».

12. C'est-à-dire la juridiction ecclésiastique. « Les légistes avaient enfin renoncé à des prétentions qui compliquèrent en 1682 la question de la Régale. » (Note de l'Edition Lebarq, VI, 353.)

13. Les Anges, les Archanges, les Chérubins, les Séraphins, les Vertus, les Trônes, les Principautés, les Dominations, etc.

14. M. Jacquinet fait erreur en disant qu'il s'agit « des vœux que le prêtre fait dans la cérémonie de l'ordination ». Le prêtre séculier ne se lie pas par des vœux au cours de son ordination. Au moment de son sous-diaconat, il s'est engagé à conserver le célibat et à réciter quotidiennement le Bréviaire. Cette promesse n'est pas un vœu. Il y a une nuance. Au contraire, un membre du clergé régulier peut être lié par un vœu, sans appartenir aux ordres sacrés ou même aux ordres mineurs. Une femme ne pourra jamais devenir prêtre, et peut cependant prononcer des vœux.

15. Le mariage.

16. « Sacramentum hoc magnum est : ego autem dico in Christo, et in Ecclesia. » (*Ephes.*, v, 33.)

**P. 182.**

1. Charles-Maurice Le Tellier, archevêque de Reims, fils du chancelier, frère cadet de Louvois. Il présida l'assemblée du clergé en 1700.

2. « Dans ce mot assez vif, éclate... ce qu'on pourrait appeler le patriotisme gallican de Bossuet. » (Note de M. Jacquinet.)

3. L'emploi qu'on fait des libertés de l'Eglise gallicane contre elle-même.

4. Expression inspirée par les paroles du Christ : « Amen, dico vobis, quæcumque alligaveritis super terram erunt ligata et in cœlo, et quæcumque solveritis super terram erunt soluta et in cœlo. » (*Matth.*, XVIII, 18.)

5. Bossuet, très discrètement encore, exprime le vœu de voir les assemblées provinciales se réunir plus fréquemment et plus librement.

6. Les institutions anciennes.

7. « Sapientiam loquimur inter perfectos. » (*I Cor.*, II, 6.)

8. Bossuet qui avait étudié avec passion la Sainte Ecriture était qualifié plus que tout autre pour donner un tel conseil.

9. « Un évêque qui résidait, quoiqu'il eût ses entrées et

même ses fonctions à la cour, prêche aux autres la résidence. Il y avait des prélats de cour qu'il fallait, lorsqu'ils tombaient en disgrâce, *exiler* dans leur diocèse. » (Note de l'édition Lebarq, VI, 355.)

10. En vertu du Concordat de 1516, conclu entre François Ier et Léon X, le roi nommait aux évêchés.

11. Cf. *Oraison funèbre de Nicolas Cornet,* p. 53 : « J'ai vu un grand homme... »

# P. 183.

1. Après la révocation toute récente de l'édit de Nantes. Mais que valait en réalité une telle conversion obtenue, la plupart du temps, par la violence ?

2. Bossuet était le premier à réaliser ce programme de dévouement et de zèle apostolique qu'il propose à ses confrères dans l'épiscopat.

3. Cf. Origène, *In Matth. comment.* n. 85 ; il dit de la parole du Christ : « Lac est credentibus, cibus est intelligentibus. »

4. *Luc,* XI, 26. — Cf. *Ibid.,* 4, 24, 25.

5. *Ps.* XLIV, 2.

6. Bossuet écrit et son éditeur imprime : « avec les Constantins et les Théodoses ». Cette forme plurielle donne aujourd'hui un sens différent. — L'orateur applaudit sans réserve à la révocation de l'édit de Nantes! Cette attitude ne doit pas nous surprendre : toute la France catholique de son temps fut du même avis.

7. Historien ecclésiastique, né près de Gaza, vers la fin du IVe siècle, mort vers 443. Il nous reste de lui une *Histoire ecclésiastique* qu'il dédia à Théodose II, et où il a raconté la période qui va de 314 à 425. — Il y a dans son ouvrage beaucoup de confusion et de crédulité.

8. Revenait à l'Eglise catholique. — On appelait *réunis* les nouveaux convertis.

9. Sozom, *Hist.,* II, XXXII.

10. Ces conversions en masse obtenues par l'intimidation et la violence, moyens employés d'ordinaire par les intendants des provinces, ne pouvaient être sincères et profondes.

11. « Mot bien dur, dérision peu méritée. D'après quelles informations Bossuet parle-t-il ainsi de ces ministres qui, sauf quelques timides, n'émigraient que contraints et désespérés, ou demeuraient courageusement au péril de leurs jours ? — Déjà, dans les persécutions récentes antérieures à l'édit, plusieurs avaient donné leur vie pour leur foi. » (Note de M. Jacquinet.)

12. Ce calme trompeur ne dura pas longtemps ; six mois plus tard, les Etats protestants, à l'instigation de leurs coreligionnaires, formaient une nouvelle ligue, à Augsbourg (9 juillet 1686) et se soulevaient contre la France.

13. Empereur d'Orient, qui n'hésita pas à recourir à la violence pour faire respecter les décisions du concile de Chalcédoine (451).

## P. 184.

1. Eliminé, écarté. Ce verbe n'est pas à prendre ici dans le sens si fort qu'il a aujourd'hui, mais au sens étymologique : vous avez fait disparaître du territoire. Il ne s'agit pas de massacres.

2. *Conc. Chalced.*, Act. VI.

3. Il ne regrettait plus de finir ses jours.

4. Les événements se chargèrent de donner tort à cette appréciation de Bossuet. « Il ne savait pas qu'il signait un des grands malheurs de la France. » (Voltaire, *le Siècle de Louis XIV,* ch. XXXVI).

5. « Ellipse hardie jusqu'à l'excès : A le voir si tranquille... on croit assister. Certaines éditions la font disparaître, mais à tort, en mettant deux points après *demandait*. » (Edit. Lebarq, VI, 357, n. 2.)

6. « La figure de ce vieux magistrat de quatre-vingt-trois ans, *aussi vivant par l'esprit que mourant par le corps,* qui, nuit et jour, attend la mort dans ce fauteuil que son mal ne lui permet pas de quitter, et fermement *s'entretient avec elle* en ses longues insomnies, nous entre dans l'esprit et s'y grave, comme le souvenir de certaines eaux-fortes de Rembrandt. » (Note de M. Jacquinet.)

## P. 185.

1. *Luc*, VI, 24.

2. « Agite nunc, divites, plorate ululantes in miseriis vestris, quæ advenient vobis. » (*Jac.*, V, 1.)

3. Bossuet développe magnifiquement ces pensées sur l'amour des richesses dans son *Sermon sur les souffrances* (Ier point), et dans son premier *Sermon sur la Providence* (IIe point).

4. « Illi autem infirmiores, qui terrenis his bonis, quamvis ea non præponerent Christo, aliquantula tamen cupiditate cohærebant, quantum hæc amando peccaverint perdendo senserunt. Tantum quippe doluerunt, quantum se doloribus inseruerunt. » (Aug. *De civit. Dei*, I, X, 2.)

5. *I Rég.*, XV, 32.

6. Citation de mémoire. Le texte de saint Augustin porte : « Quantum hæc amando peccaverint... » Cf. note 4.

7. « Nolite thesaurizare vobis thesauros in terra... ubi fures effodiunt et furantur. Thesaurizate autem vobis thesauros in cælo. » (*Matth.*, VI, 19, 20, 21.)

8. « Expectabat fundamenta habentem civitatem. » (*Hebr.*, XI, 10.)

9. L'archevêque de Reims. Voir n. 1, p. 182.

10. Bossuet emploie volontiers les mots de *philosophe* pour désigner un sage selon la religion et de *philosophie* pour désigner la science des choses divines.

**P. 186.**

1. « Quis mihi tribuat ut scribantur sermones mei ? Quis mihi det ut exarentur in libro, stylo ferreo et plumbi lamina, vel celte sculptantur in silice. » (*Job*, XIX, 23, 24.)

2. *Edit. de 1689-1699, 1741*, etc. : « trouver ».

3. Elle faillit mourir en 1676 d'une fièvre maligne. Elle s'éteignit en 1698, âgée de plus de quatre-vingt-dix ans.

4. Allusion un peu forcée au sacrifice d'Abraham.

**P. 187.**

1. « Comparer ce tableau de la mort de Le Tellier avec celui des derniers moments du prince de Condé. Ce sont, de part et d'autre, les mêmes images radieuses pour exprimer le lever du jour céleste dans l'âme du chrétien mourant, les mêmes tressaillements d'ineffable joie. » (M. Jacquinet.)

2. *I Cor.*, XIII, 12.

3. *Matth.*, V, 8.

4. Le travail, au sens de *parturitio* : travail d'enfantement, comme le fait entendre la fin de la phrase.

5. La pleine vue de Dieu, la vision béatifique.

6. *Ps.* LXXXVIII, 1.

7. Cette idée se retrouve dans le *Sermon sur l'éminente dignité des pauvres dans l'Eglise*. (Exorde.)

8. *Luc*, XVI, 22.

**P. 188.**

1. *Luc*, XVI, 25 (cf. *Luc.*, VI).

2. *Ibid.*

3. « Beati pauperes spiritu. » (*Matth.*, V, 3.)

4. Le Tellier le fut à l'heure de sa mort; qu'il l'ait été durant sa vie, c'est autre chose : certaines réserves s'imposent sur ce point.

5. Cette fortune *modérée* s'élevait, à la mort de Mme la Chancelière, à trois millions. Mais on ne reprocha jamais à Le Tellier les richesses d'un Mazarin ou le luxe d'un Fouquet.

6. « Conclude eleemosynam in corde pauperis, et hæc pro te exorabit. » (*Eccli.*, XXIX, 15.)

7. « Te faciënte eleemosynam, nesciat sinistra tua quid faciat dextera tua... » (*Matth.*, VI, 3.)

8. *Matth.*, VI, 4.

**P. 189.**

1. « Respondit Jacob : dies peregrinationis meæ centum

triginta annorum sunt parvi et mali; et non pervenerunt usque ad dies patrum meorum, quibus peregrinati sunt. » (*Gen.*, XLVII, 9.)

2. Voici les renseignements fournis par la *Genèse* sur la longévité des patriarches : Isaac mourut à 180 ans, Abraham à 175, Sem à 600, Noé à 950, Adam à 930.

3. La brièveté de la vie, le néant de la vie humaine en face de l'éternité sont des sujets que Bossuet avait traités à maintes reprises dans ses sermons. Il est tout naturel que les réminiscences de sa propre éloquence lui reviennent en foule.

4. Au temps de Bossuet, *prêt à* et *prêt de (près de)* étaient synonymes.

5. C'est-à-dire combien stériles et nulles sont pour les morts. — *Mais* correspond ici au latin *magis*.

6. Expression empruntée au *Ps.* LXXV, 6. « Dormierunt somnum suum... », mais l'amère éloquence de cette apostrophe est propre à Bossuet.

7. La suprême déception! Cf. *Sermon sur nos dispositions à l'égard des nécessités de la vie* (IIIᵉ point). (« ou bien le fruit de son travail passera aux mains d'un dissipateur... »)

8. Lucrèce. Cf. *De natura rerum,* III, 945, ou Horace (I *Satir.*, 1, 18).

**P. 190.**

1. *Envoyerez,* vieux futur auquel s'est substituée la forme moderne.

## ORAISON FUNÈBRE
## DE LOUIS DE BOURBON

**P. 191.**

1. A) Biographie : Louis II de Bourbon, prince de Condé, surnommé le Grand Condé, arrière-petit-fils du célèbre Louis Iᵉʳ de Bourbon, qui fut tué à Jarnac en 1569, et fils de Henri II de Bourbon et de Charlotte-Marguerite de Montmorency, naquit à Paris le 8 septembre 1621. Il fit de solides et brillantes études au collège des jésuites de Bourges et épousa en 1641 une nièce de Richelieu. Il fit ses premières armes à dix-neuf ans, et en avait à peine vingt-deux lorsqu'il reçut le commandement en chef des troupes chargées de repousser les Espagnols des frontières françaises du Nord. Il se montra digne de ce choix en remportant la victoire de Rocroy (19 mai 1643), et en couronnant son succès par la prise de Thionville (10 août 1643), et de quelques autres places. L'année suivante, il alla joindre Turenne à l'armée d'Allemagne, tenue en échec par un grand homme de guerre, Mercy,

qu'il battit dans les journées sanglantes de Fribourg (3 avril 1644). L'occupation d'une partie du Palatinat, la prise de Mayence, de Landau et de plusieurs autres places, la victoire de Nordlingue (3 août 1645) suivirent et complétèrent les grands combats de Fribourg. L'année suivante, le duc d'Enghien, devenu prince de Condé par la mort de son père, après une suite d'opérations dans les Pays-Bas, recevait la capitulation de Dunkerque et rendait cette place à la France.

Moins heureux en Catalogne, il échoua devant Lerida (1647). Mais, en 1648, il répara ses revers d'Espagne, en battant l'archiduc Léopold et les troupes espagnoles à Lens, et hâta par ses succès la conclusion du traité de Westphalie.

Jeté au milieu des intrigues de la Fronde, il prit d'abord parti pour la cour qu'il ramena à Paris ; mais il mit ses services à un si haut prix que la reine et Mazarin, poussés à bout, le firent arrêter et enfermer à Vincennes (1650). Il sortit de prison un an après, ne respirant que la vengeance.

Battu par Turenne dans le faubourg Saint-Antoine (1652), il se jeta dans les bras des Espagnols qui lui donnèrent un commandement dans leur armée. Dans cette triste guerre où il eut Turenne pour adversaire, il ne fut d'ailleurs que rarement heureux. Il essaya inutilement de reprendre Arras et ne put empêcher Don Juan de perdre la bataille des Dunes (1658). A la paix des Pyrénées Condé fut rétabli dans ses honneurs et ses dignités.

Huit années de retraite suivirent le pardon de Louis XIV. Il reparut enfin à la tête des armées royales, soumit en trois semaines toute la Franche-Comté (1668), prit une part glorieuse à la campagne de Hollande (1672), défit les Espagnols et les Autrichiens réunis à la journée de Senef (1674) et obligea le prince d'Orange à lever le siège d'Oudenarde. Après la mort de Turenne, il rassura la France consternée, en forçant Montecuculli à lever le siège de Haguenau et de Saverne.

Vieux et perclus de goutte, il passa ses dernières années dans sa somptueuse retraite de Chantilly, entouré de poètes et de littérateurs, s'appliquant à réparer par une vie plus digne le scandale que provoquèrent autrefois ses écarts de conduite, et à étudier une religion qu'il avait méconnue dans sa jeunesse. Il mourut le 11 décembre 1686 à Fontainebleau près de sa petite-fille, la duchesse de Bourbon, avec le calme d'un héros et la piété d'un chrétien.

B) L'ORAISON FUNÈBRE : Les funérailles de Condé furent célébrées avec un éclat extraordinaire à Notre-Dame, le 10 mars 1687. Le roi avait voulu que Bossuet prononçât l'Oraison funèbre. Ce choix était excellent pour plusieurs raisons : Bossuet était l'homme le plus en vue, le prélat le mieux indiqué pour exalter le génie militaire du grand capitaine. D'autre part, des liens d'une amitié ancienne et sincère unissaient Bossuet à Condé. Le 24 janvier 1648, le vainqueur de Rocroy, escorté d'une suite imposante, avait assisté à la soutenance de la thèse que le jeune théologien développa au collège de Navarre. Il paraît même qu'il eut la tentation de prendre part à ce combat tout nouveau pour lui. Des relations plus intimes s'établirent entre ces deux hommes supérieurs, attirés l'un vers l'autre par cette espèce de curiosité ou de sympathie qui fait rechercher aux grands esprits la compagnie de leurs pairs. Cette amitié devait s'accroître et s'ennoblir davantage par le retour à Dieu du grand capitaine.

Aussi Bossuet n'eut-il qu'à écouter son cœur lorsqu'il fut choisi par Louis XIV pour satisfaire par un éloge solennel « à la reconnaissance publique et aux ordres du plus grand des rois ».

Cette Oraison funèbre fut son chant du cygne; il est magnifique. Toute la carrière du héros est retracée en quelques pages par un historien très bien informé et impartial, qui ose dire avec franchise toute la vérité, qui ne dissimule point les fautes, mais qui sait mettre également en pleine lumière les qualités de cœur et d'esprit de l'illustre soldat.

Le récit plein de fougue et d'enthousiasme de la bataille de Rocroy; le parallèle entre Condé et Turenne que l'aristocratie du XVIIe siècle reprocha à Bossuet; la péroraison fameuse où l'orateur convie peuple, armée, princes et princesses à venir contempler ce qui « reste d'une si auguste naissance, de tant de grandeur, de tant de gloire », appartiennent aux plus belles pages de la littérature française.

Cette Oraison funèbre marque une date importante dans la vie de Bossuet. Elle se termine par les adieux touchants du pasteur qui veut réserver à son troupeau « les restes d'une voix qui tombe, et d'une ardeur qui s'éteint ».

C) Texte : Le manuscrit est perdu. L'édition princeps date de 1687. La Bibliothèque nationale en a plusieurs exemplaires, le château de Chantilly en possède un, contenant trois corrections autographes. Le texte que nous donnons ici est le texte de l'édition collective de 1689. Les variantes que nous signalons sont les leçons de l'édition de 1687. Nous avons aussi tenu compte des corrections portées sur l'exemplaire de Chantilly.

D) Analyse. *Exorde et division :* Bossuet exprime son impuissance devant un si grand nom; mais il est soutenu par une autre tâche : il se propose de nous enseigner que les qualités du cœur et de l'esprit ne sont rien sans la piété qui est le « tout de l'homme ».

*Première partie : a)* Qualités du cœur de Condé : son courage, son ardeur impétueuse, son sang-froid, sa promptitude d'action prouvés par les faits : récit des batailles de Rocroy et de Fribourg. Sa modestie : il est l'ennemi des flatteurs. Sa sincérité : comment il a regretté ses fautes. Sa bonté : tendresse pour les siens, grandeur accessible.

*b)* Qualités de l'esprit : étude de son génie militaire : il est fait de prévoyance, de vigilance pendant les campagnes, de travail et d'étude pendant la paix, *d'illuminations* sur le champ de bataille : Senef, Dunkerque, Lens, combat du faubourg Saint-Antoine. Parallèle de Condé et de Turenne.

*Seconde partie :* Toute cette gloire ne serait rien, si elle ne reposait pas sur un fond plus solide. La gloire est vaine : Dieu la donne à ses amis. Seule la piété apporte avec elle une gloire impérissable. La piété et le zèle religieux du prince pendant ses dernières années, quand « l'heure de Dieu est venue ». Dernière preuve de son dévouement au roi et aux siens. Il meurt, plein de foi et d'espérance.

*Péroraison :* Dans une admirable péroraison, Bossuet invite le peuple, les grands, les compagnons d'armes du prince, ses amis, à venir saluer une dernière fois le héros dans sa tombe. L'orateur lui-même fait ses adieux à Condé et à l'Oraison Funèbre.

2. Henri-Jules, fils unique de Condé. M. le Prince après la mort de son père.

3. Rien de plus exact : le récit des actions de ces *âmes extraordinaires* est le plus bel éloge qu'on puisse leur apporter. Cette louange prend une valeur particulière, lorsqu'elle vient d'un homme tel que Bossuet.

4. « Et laudent... opera ejus. » (*Prov.* XXXI, 31.) — C'est le dernier verset de l'éloge de la femme forte.

## P. 192.

1. Quelque temps après l'annexion de la Franche-Comté, de Dunkerque et de la moitié de la Flandre, « l'Hôtel de Ville de Paris lui déféra... le nom de Grand, avec solennité, et ordonna que dorénavant ce titre seul serait employé dans les monuments publics ». (Voltaire, *le Siècle de Louis XIV,* ch. XIII.)

2. L'église métropolitaine de Notre-Dame de Paris.

3. Les figures allégoriques, œuvres de Lebrun et de Mignard, qui symbolisaient les vertus du prince. Voir notes 5, 6, 7, p. 216.

4. *Ps.* CXLIII, 1.

5. La piété et les vertus qui en sont la conséquence.

6. Les dons faits par Dieu à ses ennemis ne sont pas un présent véritable : il les leur livre dans un autre but. Voir p. 207-208.

7. Le fils du défunt, son petit-fils le duc de Bourbon et le prince de Conti, son neveu.

8. L'archevêque de Paris, Harlay de Champvallon. Il gouverna le diocèse de 1664 à 1671.

9. *Var.* : « Mettons en un... » (1687). Corrigé en 1689.

**P. 193.**

1. *Jacquinet :* « ne serait ».

2. « Les éditeurs modernes donnent en note les extraits d'*Isaïe*, que Bossuet traduit ou plutôt imite assez librement. Quelques-uns même, comme M. Jacquinet, présentent ces notes comme étant de l'orateur lui-même. Rien dans les éditions originales de 1687 et 1689 n'autorise cette assertion. Les textes qu'on y trouve allégués sont peu nombreux et très courts. » (Édition Lebarq, VI, 425, n. 4.)

3. *Is.*, XLV, 1, 2 : « Hæc dicit Dominus christo meo Cyro cujus apprehendi dexteram... Ego ante te ibo, et gloriosos terræ humiliabo, portas æreas conteram et vectes ferreos confringam. »

4. *Is.*, XLIV, 24 : « ... Extendens cœlos solus, stabiliens terram, et nullus mecum. »

5. Il est à remarquer que cette traduction d'Isaïe est abrégée et très arrangée : on y trouve de nombreuses coupures dans les versets cités, dont l'ordre même a été bousculé : l'orateur cite *Is.*, XLV, 1, 2, avant *Is.*, XLIV, 24.

6. Très libre aussi cette traduction de *Daniel,* mais non moins magnifique que celle d'*Isaïe*.

7. « Veniebat ab occidente super faciem totius terræ; et non tangebat terram. » (*Dan.*, VIII, 5.) — Ces quatre derniers mots sont en note sur le ms.

8. « Cucurrit ad eum in impetu fortitudinis suæ. Cumque appropinquasset prope arietem, efferatus est in eum et percussit arietem... Cumque eum misisset in terram, conculcavit, et nemo quibat liberare arietem de manu ejus. » (*Dan.*, VIII, 6, 7.)

9. Ces passages bibliques heureusement choisis font déjà entrevoir les caractéristiques du génie militaire du grand capitaine : l'étonnante rapidité des mouvements, l'impétuosité des attaques, la lutte poursuivie jusqu'à la victoire complète.

10. « On ne s'étonne pas de cette apostrophe aux contemporains, bien vieux alors,... de la bataille de Rocroy (1643)... On cède soi-même à ces extraordinaires mouvements, on s'associe à ces appels adressés du fond d'un passé lointain à un avenir qui lui-même est du passé. » (M. Jacquinet.)

11. De sérieuses défaites apprirent à Louis XIV qu'il ne pouvait se passer de ces « fameux capitaines » qui avaient gagné tant de batailles. Le roi tint à l'écart Condé depuis la Fronde jusqu'en 1678.

12. Ou *d'Anguien,* comme on écrivait alors.

**P. 194.**

1. A la hauteur duquel ils ne purent s'élever. *Vieillards*

*expérimentés* désigne le maréchal de Lhopital et certains officiers supérieurs âgés qui étaient opposés à une bataille rangée.

2. Les Espagnols enhardis par la mort de Richelieu, celle de Louis XIII et l'état lamentable du royaume se préparaient à envahir la France. La route de Paris leur eût été ouverte, s'ils avaient été vainqueurs à Rocroy.

3. D'un mot, Bossuet trace le portrait physique de Condé et donne le caractère saillant de sa physionomie. Ses contemporains, peintres, écrivains ou graveurs lui ont attribué un regard d'aigle.

4. Ou mieux *de Mello,* gouverneur des Pays-Bas espagnols.

5. La ville de Rocroy était, en effet, à l'époque de la bataille, entourée de bois et de marécages qui ont aujourd'hui entièrement disparu. Cf. Chéruel, *Histoire de la minorité de Louis XIV,* I, 71.

6. M. Jacquinet fait remarquer que cette comparaison se trouvait déjà, en partie du moins, dans le récit de la bataille de Rocroy par le baron de La Moussaie, publié, avec retouches, par Henri de Bessé en 1673.

7. Possédée, occupée entièrement. Ce mot a ici un sens très fort.

8. D'après M. le duc d'Aumale (*Premières campagnes de Condé, Revue des Deux Mondes* du 15 avril 1883), ce fut au milieu de la nuit qu'il fallut réveiller « cet autre Alexandre ». L'historien de Condé témoigne qu'en ce qui concerne le récit de la bataille de Rocroy par Bossuet, *l'éloquence ne surpasse pas l'exactitude.*

9. La nuit qui précéda la bataille d'Arbelles, Alexandre dormit d'un profond sommeil.

10. Bossuet résume en quelques mots rapides et fidèles toute la première partie de la bataille de Rocroy au cours de laquelle l'aile gauche de l'armée française était sur le point d'être battue. En prenant l'armée espagnole à revers, Condé put rétablir la situation.

11. Cette *redoutable infanterie,* connue sous le nom de *Tercios viejos* (vieux régiments) : soldats espagnols aguerris formant le plus solide noyau de l'armée à pied.

12. Ces bataillons rappelaient, par l'épaisseur de leurs rangs, leur courage tenace, leur lenteur aux manœuvres, la phalange macédonienne.

13. Paul Bernard, comte de Fontaines, né en Lorraine vers 1570; gouverneur de Bruges en 1631 ; maréchal de camp, général de l'armée espagnole. A Rocroy, il commandait l'infanterie.

14. Elle fut donnée par le vainqueur à Pierre Noël, gouverneur de Rocroy. L'arrière-petite-fille de cet officier l'offrit à l'un des derniers princes de Condé. Elle est actuellement au Musée d'artillerie.

15. Cf. *Oraison funèbre d'Anne de Gonzague,* n. 7, p. 143.
16. Général allemand, chef des renforts.

**P. 195.**

1. La victoire des Français était déjà complète à l'arrivée de Bek.
2. Demandent la vie sauve. Demander quartier est demander le logis. Ou bien, faire quartier, ne signifierait-il pas : épargner la quatrième partie ? (Cf. décimer.)
3. Cette scène est absolument exacte. (Cf. récit du duc d'Aumale, *Premières campagnes de Condé, Revue des Deux Mondes,* 15 avril 1883).
4. « ... Il a fort bonne mine et tout à fait l'air d'un grand prince et d'un grand capitaine. » (Mlle de Montpensier, *Mémoires,* année 1646, édit. Chéruel, I, 130.)
5. Le cómte de Fontaines mourut dans la bataille percé de coups.
6. Remarquer ce bel emploi du mot *rendre* : la victoire et la gloire sont des dons ou des prêts de Dieu : le prince, à l'issue de la bataille, lui en fait hommage, les lui restitue.
7. Corneille, dans son épître dédicatoire de *Polyeucte* (1643) célèbre « le coup d'essai » de Condé. Le prince n'est pas nommé ; mais le texte du poète le désigne clairement.
8. La prise de Thionville fut en effet rendue possible par la victoire de Rocroy.

**P. 196.**

1. Cet éloge qu'il décernait à Condé, Bossuet aurait pu se l'appliquer à lui-même.
2. Voir texte de l'Oraison funèbre, p. 192 : « C'est Dieu qui fait les guerriers... », et p. 193.
3. En 1643, Rantzau, commandant les troupes franco-weimariennes, s'était fait battre et Mercy avait pu s'emparer de Fribourg-en-Brisgau, en juillet 1644.
4. « Une chose tout à fait singulière, c'est qu'on n'a jamais projeté quelque chose dans le conseil de guerre qui pût être avantageux aux armes du roi, et par conséquent nuisible à celles de l'empereur, que Mercy ne l'ait deviné et prévenu, de même que s'il eût été en quart avec les maréchaux, et qu'ils lui eussent fait confidence de leur dessein. » (*Mémoires* du maréchal de Gramont, éd. Michaud, p. 260.)
5. Allusion au moment critique où les troupes royales se repliaient en désordre, dispersées par le feu meurtrier des ennemis. C'est alors que Condé, en tête des régiments de renfort, s'élança contre les retranchements ennemis.
6. « Salvavit mihi bracchium meum et indignatio mea ipsa auxiliata est mihi. » (*Is.,* LXIII, 5.) La note de Bossuet commence au mot *indignatio.*

## P. 197.

1. S'ajoutent à la nuit pour faciliter la tâche des Bavarois et entraver la victoire des Français. Mercy put ainsi se retrancher rapidement sur un plateau élevé, voisin de Fribourg.

2. Résultats exacts de la bataille de Fribourg qui fut souvent l'objet de vives critiques. Là encore, Bossuet nous apparaît comme un historien bien informé et impartial.

3. De 1644 à 1676, date à laquelle Philippsbourg fut repris par Charles V, duc de Lorraine.

4. La perte de Philippsbourg fut largement compensée par les acquisitions du traité de Nimègue.

5. Verra la chute de Mercy. Il fut en effet tué au combat d'Allerheim, village voisin de Nordlingue.

6. Cf. *Oraison funèbre de Michel Le Tellier*, p. 176, n° d'appel 2.

7. Plus loin, en effet, quand l'orateur traitera des *qualités d'esprit* du héros, il parlera de ses autres victoires : Lens, campagne d'Alsace, Dunkerque.

8. *Var.* : « échapper ses mains » (1687, 1689). « *De* est une des trois corrections au crayon ajoutées par Bossuet lui-même, sur un exemplaire qui a été offert naguère à M. le duc d'Aumale par feu l'abbé Bossuet, curé de Saint-Louis-en-l'Ile à Paris. » (Note de l'édition Lebarq, VI, 431, n. 4.)

9. Il s'agit du siège de Lerida auquel Condé renonça par un acte de haute sagesse qui était une victoire sur son caractère. (Cf. Mlle de Montpensier, *Mémoires,* I, 151 et La Bruyère, *Œuv. compl., Bibl. de la Pléiade,* p. 100 : Du mérite personnel, Portrait d'Émile.)

10. Cf. *Mémoires* du maréchal de Gramont, éd. Michaud, p. 273. — Cette résolution fut même mise en vers satiriques.

11. Le roi Saül et son fils Jonathas.

12. *Note marginale :* « Aquilis velociores, leonibus fortiores. » (II Reg., 1, 23.)

13. Lenet, contemporain de Condé, dans ses *Mémoires* (II⁰ partie) emploie ce mot pour exprimer la rapidité des mouvements de Condé à Rocroy.

14. Ce mot désignant les différents corps de troupe rangés en bataille.

## P. 198.

1. « Le jour de la bataille de Rocroy, Condé avait pris sa cuirasse, mais il ne voulut pas se servir d'autre habillement de tête que de son chapeau couvert de force plumes blanches qui servirent souvent de ralliement. » *(Mémoires* de Lenet, éd. Michaud, p. 480.)

2. Des nombreuses blessures qu'il reçut, une seule présenta quelque gravité. Au passage du Rhin (1672), il eut le poignet fracassé par un coup de pistolet, qu'un capitaine de cavalerie hollandais essayait de lui décharger sur la tête.

3. Pendant la première Fronde, Condé, fidèle à la cause royale, rétablit l'autorité de la Régente (août 1648-mars 1649).

4. Malgré les fautes, les prétentions, les exigences du prince, il n'y avait rien eu dans sa conduite qui pût le faire considérer comme un traître ou un rebelle.

5. Affirmation exagérée sans aucun doute : on ne peut dire que le prince a été *le plus innocent de tous les hommes,* à moins qu'on considère avec Bossuet, Condé pur d'*attentat* contre l'Etat ou le souverain.

6. Cf. *Oraison funèbre d'Anne de Gonzague* : « On croit pouvoir s'assurer des autres princes, et l'*on en fait des coupables en les traitant comme tels.* » Bossuet s'attache à montrer que c'est la *fatale prison,* cause de tout le mal, qui a fait de Condé un rebelle.

7. Un tel aveu, en pareil cas, était la meilleure et la plus habile des excuses.

8. L'orateur montre excellemment l'efficacité souveraine du repentir et celle du pardon. — « Dans ce magnifique et cordial *n'en parlons plus,* par lequel Bossuet sort de ce brûlant passage, tous les termes sont calculés, pesés, balancés, avec un soin infini comme avec un tact suprême : c'est le comble de l'art dans l'expression d'une pensée sincère. » (Note de M. Jacquinet.)

9. C'est-à-dire l'acte par lequel il reconnut sa faute, l'aveu.

**P. 199.**

1. Est maîtresse en Allemagne, comme branche impériale.

2. C'est-à-dire quand ils se rencontreraient en tout autre lieu que la résidence de l'un ou de l'autre. Cet emploi de *tiers* a vieilli.

3. Voir note 1.

4. Charles II et son frère le duc d'York qui devait lui succéder sous le nom de Jacques II étaient non seulement bannis de leur pays, mais exilés de France par Mazarin à la requête de Cromwell. Ils avaient passé dans les Pays-Bas et pris du service dans l'armée espagnole.

5. Allusion à une scène racontée par Saint-Simon (éd. Chéruel, III, 154) où l'on voit comment Condé donna à Bruxelles une leçon de politesse à Don Juan d'Autriche au cours d'un dîner offert au roi d'Angleterre.

6. *Var.* : « trop dédaigneuse » (1687, 1689). « *Politique* est une correction au crayon sur l'exemplaire de M. le duc d'Aumale. En se relisant l'orateur a jugé que le dédain avait peut-être moins inspiré la conduite de Don Juan (fils naturel de Philippe IV et gouverneur des Pays-Bas) que la politique comprise à la façon de Mazarin. » (Edit. Lebarq, VI, 434, n. 1.)

7. Mazarin s'opposait à ce que Condé fût rétabli dans ses charges et dignités.

## ORAISONS FUNÈBRES

8. Cf. Lettre de Condé à Lenet, citée par Desormeaux, *Histoire de Louis de Bourbon,* 1768, IV, 154.

9. Cf. *Ibid.*, p. 157. A la suite des conférences de l'Ile des Faisans entre Don Louis de Haro et Mazarin. (Cf. *Oraison funèbre de Marie-Thérèse,* n. 4, p. 113.) Condé reçut le gouvernement de la Bourgogne et eut la permission d'accepter de l'Espagne un million d'écus d'or.

10. Il s'agit de Henri-Jules de Bourbon devenu duc d'Enghien au moment où son père devint prince de Condé.

11. « Précieux hommage aux belles études du collège qu'un tel mot appliqué à des victoires d'écolier par un Bossuet, au milieu de l'éloge d'un Condé parmi les souvenirs de Rocroy, de Fribourg et de Senef. » (M. Jacquinet.)

12. Il fit avec succès ses études au collège des jésuites de Namur, ville où il avait suivi son père en exil.

## P. 200.

1. Ce fut une opération militaire, hardie et féconde en heureuses conséquences, mais qui ne présenta guère de difficulté.

2. « ... si la guerre continue, Monsieur le Duc sera la cause de la mort de Monsieur le Prince; son amour pour lui passe toutes ses autres passions. » (Mme de Sévigné : Lettre datée du 20 juin 1672. Cf. *Bibl. de la Pléiade,* tome I, p. 574).

3. C'est-à-dire les commandements importants. La médiocrité du talent militaire du prince l'avait sans doute tenu éloigné de ces commandements importants. « Quoique instruit par son père à faire la guerre, il ne put *jamais apprendre ce grand art.* » (Saint-Simon, *Mémoires,* éd. Chéruel, VI, 333.)

4. Bossuet, ami de la famille de Condé, avait le droit de parler ainsi et de donner un témoignage public.

5. Voir le récit d'un épisode de la journée du faubourg Saint-Antoine, dans les *Mémoires* de Mlle de Montpensier, éd. Chéruel, II, 199.

6. La vivacité de Condé était connue. Boileau, qui était, lui aussi, très emporté, disait : « Désormais je serai toujours de l'avis de M. le Prince même quand il aura tort. »

7. D'un rang si élevé. M. Jacquinet considère cette expression comme un synonyme adouci de hauteur, de caractère.

8. L'Ecriture enseigne que l'homme a été créé à l'image de Dieu, dans un état d'innocence et de bonheur parfait. Avant la faute originelle, la volonté d'Adam était droite et orientée vers le bien et la vertu.

9. *Var.:* « comme son propre caractère » (1687).

10. M. Jacquinet cite ici un passage de Montaigne (I, 42) sur l'amitié « en laquelle consiste le plus parfait et doux fruit de la vie humaine ».

### P. 201.

1. Bossuet, doué d'une délicatesse infinie de sentiments, goûta lui-même aux douceurs de l'amitié et sut, malgré l'austérité de sa vie d'évêque, en pratiquer tous les devoirs.

2. Comme dans un vase sûr qui le gardera précieusement. Cf. *Oraison funèbre de Madame* : « L'appât d'une douce conversation qui, souvent *épanchant le cœur, en fait échapper le secret*, n'était pas capable de lui faire découvrir le sien. »

3. Voir n. 9, p. 199.

4. Il s'agit d'une restitution de sommes prêtées.

5. Certaines éditions impriment à tort « sans faste ». Les éditions originales portent toutes : « sans fard ».

6. M. Jacquinet cite un passage du cardinal de Retz (*Mémoires*, éd. Michaud, p. 341) montrant avec quelle réserve et quelle répugnance le prince parlait de son passé.

7. Chantilly, avec ses jardins dessinés par Le Nôtre, pouvait rivaliser avec Versailles. Santeuil et Rapin en ont chanté les beautés dans des vers latins.

8. Bossuet nous fait voir ici Condé dans ce que Mme de Sévigné appelle « son apothéose de Chantilly ». (Lettre à Mme de Grignan, du 23 juillet 1677. Cf. *Bibl. de la Pléiade*, tome II, p. 304.)

### P. 202.

1. Cette conclusion de la première partie est peut-être inspirée par le *Pro Marcello* dans lequel Cicéron, exaltant César, établit un parallèle entre la gloire militaire et celle des vertus civiques. Dans l'orateur latin, on sent l'artifice et l'apprêt à travers ses louanges magnifiques. Au contraire, on trouve en Bossuet les accents de la sincérité la plus profonde.

2. Il sait tromper l'ennemi en feignant de lui donner l'avantage, et il sait prendre l'avantage au moment décisif. Style militaire extrêmement concis.

3. Caractère extérieur et matériel. Aujourd'hui, ce mot n'est employé que dans le sens de caractère moral.

4. Bossuet emploie ce mot, tantôt au masculin (*Oraison funèbre d'Anne de Gonzague*, p. 143), tantôt au féminin comme ici. Le genre de ce mot n'était pas encore fixé à l'époque de Bossuet.

### P. 203.

1. M. Jacquinet cite le cardinal de Retz (*Mémoires*, éd. Michaud, p. 59) : « Le combat était presque perdu (Lens); M. le Prince le rétablit et le gagna par un seul coup de cet œil d'aigle, que vous lui connaissez, qui voit tout dans la guerre et ne s'éblouit pas. »

2. Bossuet a fait un bel usage de cette expression dans le *Sermon sur la nécessité de travailler à son salut* (Ier point).

ORAISONS FUNÈBRES 1291

3. *Is.*, v, 28.

4. Près de Charleroi. Condé y tint tête à Guillaume d'Orange, qui commandait soixante mille hommes. Condé sut si bien se retrancher que l'ennemi, malgré l'avantage du nombre, n'osa l'attaquer.

5. Guillaume d'Orange se retira sur Mons par le défilé de Senef. C'est là que Condé engagea l'action.

6. Bossuet nomme cette armée, car c'est elle qui eut le plus à souffrir dans la bataille. Les Hollandais y perdirent cinq ou six mille hommes tués ou blessés.

7. La bataille de Senef coûta beaucoup de sang : Condé vainqueur y perdit mille officiers et six mille soldats.

8. Tout est à feu et à sang. — Cf. *Oraison funèbre de Henriette de France,* n. 6, p. 63.

9. Cette victoire fut incomplète, presque douteuse (11 août 1674).

10. Sur le siège d'Oudenarde, voir Voltaire, *le Siècle de Louis XIV*, ch. XII.

11. Il était de règle d'associer à l'éloge décerné aux serviteurs du roi, celui du souverain lui-même.

12. En six semaines.

13. Mit en campagne sous ses ordres cette armée détachée. — Louis XIV ne commanda pas en Alsace. Ce fut Turenne qui dirigea cette glorieuse campagne.

14. Afranius et Petreius, lieutenants de Pompée.

**P. 204.**

1. Cf. *De bello civ.*, lib. I.

2. Bossuet, dont le large esprit s'intéressait à tout ce qui est noble et élevé, avait été captivé par les conversations qu'il avait eues avec le prince.

3. Petite ville de Lorraine, dans les Vosges, entre Sainte-Marie-aux-Mines et Schelestadt.

4. Selestad, ou Schelestadt, ou Sélestat, ville d'Alsace sur l'Ill, à proximité de la forêt de l'Illwald.

5. Voltaire donne dans *le Siècle de Louis XIV*, ch. XII, quelques détails sur les moyens employés par Condé pour faire lever à Montecuculli les sièges de Saverne et d'Haguenau, après la mort de Turenne.

6. « Le matin de la journée de Senef... après quelques ordres donnés, le prince de Condé se mit à la tête des premiers escadrons et tira son épée. Le jeune Villars (le futur vainqueur de Denain) qui se tenait le plus près possible, ne put s'empêcher de s'écrier, de manière à être entendu de lui : « Voilà la chose du monde que j'avais le plus désiré de voir : le Grand Condé l'épée à la main. » (Sainte-Beuve, *Causeries du lundi,* t. XIII, *Le maréchal de Villars.*)

7. Il s'agit probablement de ces brusques mouvements

d'impatience ou de colère que Condé ne savait pas maîtriser.

8. Quand cela était possible. Chavigny essuya une telle colère de la part du prince qu'il en tomba malade et mourut peu après.

9. « Les jours de combat, il était fort doux à ses amis, fier aux ennemis. » (Bussy-Rabutin, portrait de Condé sous le nom de Tyridate. *Histoire amoureuse des Gaules*.)

10. Combat du faubourg Saint-Antoine (2 juillet 1652) entre Condé et Turenne commandant les troupes royales, et que Bossuet évite de nommer par délicatesse.

11. Turenne, qui attaqua vivement Condé, sans attendre l'arrivée de son artillerie.

### P. 205.

1. Il força l'admiration de tous par son courage, sa présence d'esprit et son sang-froid. Cf. Mlle de Montpensier, *Mémoires,* éd. Chéruel, II, 103.

2. Léopold, frère de l'empereur Ferdinand III.

3. La vieille infanterie espagnole *(Tercios viejos)* dont une grande partie avait été écrasée à Rocroy.

4. Bek, amené prisonnier à Arras, mourut de désespoir dans sa prison.

5. Bossuet ne le nomme pas, par délicatesse; il s'agit du siège de Cambrai : à ce moment-là, Condé était au service de l'Espagne.

6. *Trop* est ici employé dans le sens de *très*. C'est un archaïsme.

7. C'est peut-être vrai quand il s'agit des sièges. On a reproché au contraire à Condé de ne pas avoir assez ménagé le sang de ses soldats dans les batailles qu'il livra.

8. Dunkerque était un nid de corsaires espagnols. Ses barques étaient redoutées des Hollandais, nos alliés en 1646. Après la capitulation de la ville, les barques de Dunkerque réapparurent sur l'Océan, arborant le pavillon français, et pacifiques.

9. *I Reg.,* XI, 7. Texte cité de mémoire. Le texte de la *Vulgate* est le suivant : « Et egressi sunt tanquam vir unus. »

### P. 206.

1. Bossuet ne suit pas l'ordre chronologique, mais un plan personnel auquel il a rattaché tous les événements importants de la vie du prince. Nordlingue complète cet ensemble et prépare le parallèle entre les deux grands capitaines.

2. « M. le maréchal de Turenne a fait dans ce rencontre des choses incroyables, sans sa capacité et son cœur extraordinaire, la bataille était perdue. » (Lettre de Condé à Mazarin, sur la bataille de Nordlingue. *Recueil de lettres de Mazarin,* éd. Chéruel, II, 211).

3. A la bataille de Fribourg et dans la campagne d'Allemagne de 1645.

4. Aux combats de Gien, du faubourg Saint-Antoine, et devant Arras, Valenciennes et Cambrai.

5. L'orateur sacré ne fait pas un parallèle profane entre les deux capitaines : tous les hommages qu'il leur rend, il les fait remonter à Dieu, l'auteur de tout Bien qui a suscité de tels hommes, comme Il a créé l'univers.

6. *Var.* : « de hardiesses » (1687).

7. Détail exact, confirmé par les témoignages de ses contemporains (Langlade, dans les *Mémoires du duc de Bouillon*. — Bussy-Rabutin, *Lettre à Mme de Sévigné,* 11 août 1675. — Pellisson, *Lettres historiques,* II, 242).

8. Combats d'Ensheim, de Mulhausen, de Turkeim; destruction d'une armée de soixante-dix mille hommes; délivrance de l'Alsace.

9. *Var.* : « force » (1687).

10. « La merveille de ces deux portraits parallèles si étudiés, si creusés, si vrais, si vivants, c'est que tout en rendant la plus entière justice à Turenne, et en mettant sa gloire plus en haut, Bossuet réussit pourtant à ne pas l'égaler à Condé... Turenne est égal ou même supérieur à Condé par la réflexion, la volonté, le calcul, la science..., mais les regards, et les admirations de la foule... vont plus naturellement au héros né, au vainqueur de Rocroy... à ceux qui ont fait les plus grandes choses *par une espèce d'instinct admirable dont les hommes ne connaissent pas le secret.* » (Note de M. Jacquinet.)

11. Devant Valenciennes en 1656, où il fut surpris dans ses lignes par la faute du maréchal de La Ferté.

## P. 207.

1. « Et Judas cecidit... Et fleverunt eum omnis populus Israel. » (*I Mach.*, IX, 18, 20.) Cette référence était inexacte dans l'édition originale.

2. « Cette nouvelle [de la mort de Turenne] arriva lundi à Versailles, écrit Mme de Sévigné, le Roi en a été affligé, comme on doit l'être de la perte du plus grand capitaine et du plus honnête homme du monde; toute la cour fut en larmes, et M. de Condom [Bossuet] pensa s'évanouir. » (Lettre du 31 juillet 1675. Cf. *Bibl. de la Pléiade,* tome I, p. 780.)

3. Condé est mort *dans son lit,* l'âme en paix, en chrétien exemplaire.

4. Bussy-Rabutin, Mme de Sévigné, Corbinelli, tout en reconnaissant que tout dans cette Oraison funèbre est *de main de maître,* trouvèrent ce parallèle *violent* et déplacé. « C'était en réalité, écrit M. Jacquinet, affaire d'étiquette beaucoup plus que de justice historique ou de goût. »

5. Voir dans *le Siècle de Louis XIV,* ch. XIII. « Après la mort de Turenne et la retraite de Condé (1675), le roi n'en continua pas la guerre avec moins d'avantage contre l'Empire, l'Es-

pagne et la Hollande. Il avait des officiers formés par ces deux grands hommes ; il avait Louvois qui lui valait plus qu'un général... »

6. Au moment où Bossuet parle, Louis XIV était le plus puissant et le plus redouté monarque de l'Europe.

7. Langage biblique. Rapprocher cette expression d'*Is.*, XL, 12 : « Quis mensus est pugillo aquas, et cœlos palmo ponderavit ? quis appendit tribus digitis molem terræ... »

8. La correspondance échangée entre Bossuet et le prince montre que cette science l'intéressait vivement. (Cf. Floquet, *Etudes,* III, Appendice.)

## P. 208.

1. Mme de Motteville, dans un passage de ses *Mémoires* (éd. Riaux, III, 141), cité par M. Jacquinet, raconte comment le prince, grâce à son esprit et à sa gaieté, sut soutenir le courage de ses compagnons de captivité, au château de Vincennes.

2. Ce mot a ici la signification d'*artiste*.

3. Bossuet a utilisé à maintes reprises dans ses prédications cet argument montrant le néant des talents et des vertus admirés par le monde, mais qui n'ont pas été sanctifiés par la foi. (Voir par exemple *Panégyrique de saint Pierre Nolasque,* Ier point.)

4. Plusieurs des pensées qui suivent se retrouvent en abrégé dans le *Traité de la concupiscence,* ch. XIX.

5. *Contr. Julian.* lib. V, n. 14. — Le texte de saint Augustin, cité librement par Bossuet, porte : « Et ex eis ordinem sæculi præsentis exornat. »

6. Bossuet ne parle qu'en passant des beautés de la nature. « Mais dans ces rapides échappées sur le monde visible, écrit M. Jacquinet, quelle vivacité de sentiments, quelle fraîcheur et quelle vérité de coloris. » (Voir le tableau du lever de soleil dans le *Traité de la concupiscence,* ch. XXXII.)

7. « Est-ce là tout ce qu'a voulu Socrate, est-ce là tout ce que cherchait Marc-Aurèle, ces sages du monde ancien, nommés tout à l'heure à côté de César et d'Alexandre et qui de nouveau semblent visés aussi bien qu'eux ? » (M. Jacquinet.)

8. *Édit. de 1687 :* « cette gloire à leurs vains désirs. Non... »

## P. 209.

1. Cet exemple est longuement développé dans le *Traité de la concupiscence,* ch. XIX.

2. Heureuse réminiscence d'un passage du *second Sermon sur la Providence* (IIe point) : « Voyez, mortels abusés... »

3. *Var. :* « reste »(1687).

4. Le temps et les barbares sont deux puissances de des-

truction qu'il faut craindre pareillement. Bossuet reprend cette idée dans le *Discours sur l'histoire universelle*, III, III : « Les pyramides (d'Egypte) triomphent *du temps et des barbares.* »

5. *Conviction* doit être pris ici au sens actif : action de convaincre.

6. *In Psalm.*, CXVIII, Serm. XII, n. 2.

7. Bourdaloue, faisant à son tour l'oraison funèbre de Condé, six semaines après Bossuet rappelle, à ce sujet, une prière qu'il avait formulée en 1683, en louant le père du héros, Henri de Bourbon, mort depuis près de quarante ans. Voici comment il s'exprime : « Soit inspiration ou transport de zèle, élevé alors au-dessus de moi, je m'étais promis, Seigneur, ou plutôt, je m'étais assuré que vous ne laisseriez pas ce grand homme, avec un cœur aussi droit que celui que je lui connaissais, dans la voie de la perdition et de la corruption du monde. Lui-même, dont la présence m'animait, fut ému. Et qui sait, ô mon Dieu si, vous servant dès lors de mon faible organe, vous ne commençâtes pas dans ce moment à l'éclairer et à le toucher de vos divines lumières ? »

8. Le Père de Champ, de la Compagnie de Jésus, son confesseur ordinaire.

9. De rendre vaines ses douleurs en les offrant à Dieu.

10. Les conseils domestiques du prince : ses séances d'affaires privées. (Note de M. Jacquinet.)

11. Avec son fils, le duc d'Enghien, et avec les enfants de celui-ci.

## P. 210.

1. Le petit-fils du Grand Condé, qui fut l'élève de La Bruyère, ne réalisa pas cette prédiction.

2. Le Prince s'intéressait à toutes les sciences (p. 207, au n° d'appel 8), à la théologie en particulier. Les études personnelles qu'il avait faites sur ce sujet le mettaient en état d'instruire les autres.

3. *Var.* : « c'est » (1687).

4. *Var.* : « c'est »(1687).

5. Mlle de Nantes, fille légitimée de Louis XIV et de Mme de Montespan, mariée en 1685, au duc Louis III de Bourbon, petit-fils de Condé. *La maladie* : une petite vérole très dangereuse (novembre 1686).

6. Une autre fille légitimée de Louis XIV, Mlle de Blois, avait épousé l'aîné des fils du prince de Conti, frère de Condé.

7. La duchesse de Bourbon était tombée malade à Fontainebleau où elle séjournait avec la cour. Condé se rendit à son chevet : les fatigues du voyage ainsi que l'émotion, hâtèrent sa fin.

8. La duchesse avait la petite vérole. Condé, atteint de la

goutte, fit un effort violent pour empêcher le roi de la voir, lui déclarant que s'il s'obstinait à entrer : « il faudrait au moins qu'il lui passât sur le ventre auparavant ». (*Mémoires* du marquis de Sourches.)

9. Fille d'Anne de Gonzague, et belle-mère de la jeune malade.

**P. 211.**

1. Une fistule. Cette maladie s'aggrava en 1686, et le roi fut obligé de subir ce qu'on appelait alors la grande opération.

2. Louis XIV supporta cette opération très douloureuse, avec un courage admirable. Il tint conseil le même jour.

**P. 212.**

1. Bossuet a déjà présenté la mort, comme l'ennemie du genre humain dans l'*Oraison funèbre de Henriette d'Angleterre*. Voir dans cette Oraison funèbre, n. 6, p. 99.

2. Remarquer la concision de cette phrase : c'est-à-dire en dissimulant sa propre présence pour ne laisser voir que le triomphe. Condé meurt en regardant la mort en face sans la craindre plus que sur le champ de bataille.

3. Certaines éditions modernes (Garnier par exemple) donnent en note une citation de Justin sur la mort d'Alexandre (lib. XII, n. 15) : « Cum lacrymarent omnes, ipse Alexander non sine lacrymis tantum, verum etiam sine ullo tristioris mentis argumento fuit : adeo sicuti in hostem, ita et in mortem invictus animus fuit. » Ce rapprochement est assez ingénieux, mais il est probable que Bossuet n'y a pas songé.

4. Dans sa marche vers Dieu.

5. Il s'agit évidemment de dettes à payer, d'injustices à réparer. Il fit distribuer de grosses sommes dans les lieux que la guerre civile, par sa faute, avait le plus ravagés en 1652.

6. Sans dispositions testamentaires écrites.

7. Cette louange, tout en étant délicate et sincère, n'a rien de compromettant. L'orateur, du reste, ne pouvait en dire davantage.

8. M. Jacquinet rapproche de ce récit détaillé de la mort de Condé le tableau si touchant de la mort de Madame (p. 100).

**P. 213.**

1. Il y a évidemment là une allusion à une faute personnelle de Condé. La voix publique le comptait parmi *les libertins* les plus avancés de son temps.

2. Au sens théologique du mot : rétablit le pécheur dans l'état de grâce.

3. L'Eglise est comparée à une mère : elle nous enfante

à la vie de la grâce. Bossuet avait déjà dit dans l'*Oraison funèbre de Le Tellier* (p. 187) en parlant de la Foi : « Là s'achève *le travail* de la Foi, quand elle va, pour ainsi dire, *enfanter* la vue. »

## P. 214.

1. Voir Lettre de Mme de Sévigné, du 15 janvier 1687 : « Il paraît affligé au dernier point. » (Cf. *Bibl. de la Pléiade,* tome III, p. 142.)

2. Voir le passage de l'Oraison funèbre de Condé par Bourdaloue, où l'orateur s'excuse humblement de retracer la mort édifiante du prince après le tableau parfait qu'en a donné Bossuet.

3. *Il les finit :* ses ordres; *en les bénissant :* le duc et la duchesse d'Enghien. Légère incorrection dans les deux acceptions du même pronom *(les).*

4. François-Louis de Bourbon, prince de La Roche-sur-Yon; né en 1664, mort en 1709; prince de Conti après la mort de son frère aîné survenue en 1685. Condé avait été le tuteur des deux frères.

5. Il les avait perdues pour avoir pris part à une correspondance satirique sur Mme de Maintenon et sur le roi lui-même et pour avoir été avec son frère, faire la guerre contre les Turcs en Hongrie. Il passa son exil, à Chantilly, auprès de Condé, son tuteur.

6. Saint-Simon (*Mémoires,* éd. Chéruel, VII, 8) reconnaît ses brillantes qualités d'esprit, son courage, son humilité, mais l'accuse d'avarice et d'injustice.

7. Le duc d'Enghien et le prince de Conti.

## P. 215.

1. « Dominus petra mea et robur meum...; sperabo in eum. » (*II Reg;* XXII, 2, 3.) Cette excellente référence est supprimée dans certaines éditions. Déforis la remplace par celle-ci : « In petra exaltavit me, et nunc exaltavit caput meum super inimicos meos. » (*Ps.* XXVI, 6.)

2. Elle est reproduite dans la vie du prince par Desormeaux (Paris, 1766) et citée en note dans l'édition Jacquinet, p. 520.

3. Ce sont les termes mêmes d'un court post-scriptum ajouté par le prince à sa lettre, après avoir reçu la nouvelle de la grâce de Conti.

4. C'est au moins la cinquième fois que l'éloge du roi revient dans cette oraison funèbre. Peut-être Bossuet l'a-t-il fait à bon escient pour ménager la jalousie secrète du roi envers le prince.

5. C'est le Père François Bergier, jésuite, ami de Condé, qui reçut en l'absence du Père de Champ, la dernière confession du prince.

6. « Cor mundum crea in me, Deus. » (*Ps.* L, 12.)

7. Condé, d'après ses biographes, aurait mérité la réputation d'incrédule que lui-même reconnaissait avoir eue. En tout cas il est certain que, si sa foi ne disparut pas totalement, elle subit de sérieuses altérations et s'obscurcit.

**P. 216.**

1. *I Joan.*, III, 2; *I Cor.*, XIII, 12.

2. « Toutes les circonstances religieusement retracées de cette fin si chrétienne permettaient à Bossuet d'interpréter, comme il le fait ici, l'espèce de recueillement extatique qui en avait précédé les derniers instants et l'autorisaient à faire tomber sur le héros mourant comme un premier rayon de gloire céleste. » (Note de M. Jacquinet.)

3. *Var.* : « laissés » (1687).

4. Voir la description dans *Les Honneurs funèbres rendus à la mémoire de monseigneur Louis de Bourbon, prince de Condé, dans l'Eglise métropolitaine de Notre-Dame de Paris.* (Paris, 1687.)

5. Seize trophées rappelant les victoires de Condé étaient accompagnés des titres glorieux que lui avaient mérités ses exploits : *Princeps juventutis, Nova spes Reipublicæ, Ductor exercituum.*

6. Trente inscriptions latines gravées sur des tables de marbre qui rappelaient les belles actions du prince et ses vertus.

7. Un arc de triomphe formé de deux grands palmiers avait été dressé à la porte de Notre-Dame. « Et parce que c'était la coutume des anciens de faire paraître les images des ancêtres aux funérailles, on voit attachées aux palmiers seize médailles de bronze des hommes illustres de la branche de Bourbon, depuis Robert de Clermont, cinquième fils de saint Louis, jusqu'à Antoine de Bourbon, père d'Antoine, roi de Navarre et du premier prince de Condé. A l'entrée du chœur était un autre arc de triomphe représentant d'un côté la vie héroïque du prince, et de l'autre sa mort chrétienne : on y voyait le Courage et la Valeur en pleurs, et témoignant leur douleur par des expressions tirées de la Bible. » (Edit. Lebarq, VI, 475, *Ibid.*, n. 4.)

8. « Des » est la leçon des anciennes éditions (1687 et 1689). « De » est une correction faite au crayon sur l'exemplaire de Chantilly. (Cf. note de l'édition Lebarq, *Ibid.*, p. 457.)

9. Voir n. 15, p. 194 et *Oraison funèbre d'Anne de Gonzague*, n. 7, p. 143.

10. Plus humain.

**P. 217.**

1. « Quicumque potum dederit uni ex minimis istis cali-

cem aquæ frigidæ tantum in nomine discipuli,... non perdet mercedem suam. » *(Matth.,* x, 42.) — Ce *verre d'eau* opposé à toute la gloire d'un Condé est un trait admirable. Il a cependant choqué par sa hardiesse certains critiques peu habitués aux éloquentes familiarités du grand orateur.

2. Ce passage a-t-il été inspiré à Bossuet par saint Grégoire de Nazianze *(Oraison funèbre de saint Basile),* comme certains le prétendent ? Peut-être. Mais on est obligé de reconnaître qu'il existe des différences notables entre les deux discours.

3. Habituellement Bossuet parle de lui-même avec la plus grande discrétion et la plus parfaite modestie. « Ici, écrit M. Jacquinet, l'admiration, l'amitié, une vive piété pour une mémoire aussi chère qu'illustre ont tiré l'orateur de son habituelle réserve et mis sur ses lèvres un hommage personnel et tendre au grand homme. »

4. *I Joan.,* v, 4.

5. Cf. *Oraison funèbre de Marie-Thérèse,* n. 1, p. 133.

6. Aux Oraisons funèbres. — Cet adieu à l'Oraison funèbre était sincère et définitif. A moins qu'on ne considère comme telle l'allocution qu'il prononça le 26 avril 1690, au Val-de-Grâce, en déposant sur l'autel le cœur de la Dauphine dont il avait été l'aumônier. Ce discours n'a pas été conservé.

# PANÉGYRIQUES

## PREMIER PANÉGYRIQUE DE SAINT GORGON

**P. 223.**

1. A) Biographie : Gorgon était né à Nicomédie. Officier de la maison de l'empereur Dioclétien, il convertit à la foi du Christ, avec l'aide de Dorothée, son collègue, tous les autres serviteurs du palais impérial. Un jour, assistant l'un et l'autre aux tortures infligées à un martyr, ils se proclamèrent chrétiens devant l'empereur. Celui-ci les fit enchaîner aussitôt, et flageller jusqu'à ce que tout leur corps leur fût plus qu'une plaie. Les bourreaux répandirent ensuite du vinaigre mêlé de sel sur leurs blessures et les attachèrent sur un gril porté au rouge. Après des tourments variés ils moururent sur le gibet.

B) Date : Elle a été fixée avec certitude par M. Gandar (*Bossuet orateur,* p. 25-35).

C) Texte : Le manuscrit se trouve à Melun (Archives départementales), après avoir été la propriété du Grand Séminaire de Meaux.

D) ANALYSE. *Exorde* : L'Eglise a toujours honoré les martyrs, les plus glorieux de ses enfants, en même temps que nos modèles.

*Premier point* : Générosité du saint martyr. Il a préféré aux faveurs du monde le mépris et les humiliations attachés au nom de chrétien.

*Deuxième point* : Son courage invincible au milieu des plus cruels supplices. Son impatience et sa joie de souffrir et de mourir pour son Divin Maître. Nous devons l'imiter, en acceptant avec humilité et résignation les épreuves que Dieu nous envoie, en étant bons pour les pauvres et en faisant pénitence.

Ce panégyrique est, à proprement parler, le premier sermon que Bossuet prononça. Il n'était alors que sous-diacre. « On verra combien la langue et l'éloquence de celui qui devait être un grand orateur avaient encore de progrès à faire. » (Lebarq.) Gandar juge assez sévèrement cette œuvre de jeunesse de Bossuet : « Le plan qu'il avait pourtant étudié avec soin est indécis... et le récit est très inégal. » (Gandar, *Bossuet orateur*, p. 32.)

2. Déforis, dès le premier mot, s'est permis de refaire la traduction de l'auteur. D'un bout à l'autre de ce discours, il corrigera les incorrections venant de l'inexpérience du jeune orateur.

3. Bédacier, qui venait d'être nommé évêque suffragant (auxiliaire) de Metz, avec le titre d'évêque d'Auguste. (Cf. Floquet, *Etudes*, I, 504-513); et non pas le maréchal de Schomberg comme Déforis le supposait ou J.-B. Colbert de Saint-Pouage comme le voulait Lachat.

4. *Var.* : « avec tant de naïveté ».

5. *Edit.* : « à ce sujet ».

6. Bédacier était bénédictin. « Prieur de Marmoutiers, avant d'être évêque d'Auguste, un sous-diacre pouvait dire de lui qu'il avait rempli *de grands emplois*. » (Gandar, *Bossuet orateur*, p. 31.)

7. « Bédacier était un bénédictin de Saint-Germain-des-Prés : il appartenait donc à un ordre qui méritait mieux que pas une académie d'être appelé (surtout par un ecclésiastique et du haut d'une chaire chrétienne) « la plus célèbre compagnie de savants qui soit dans le monde. » (Gandar, *Ibid.*)

8. *Var.* : « la chaire où je suis ».

9. Saint-Gorgon de Metz. Nombre de magistrats, notamment Bénigne Bossuet, père de l'orateur, habitaient cette paroisse. Malgré l'emphase de l'expression, ce « temple auguste » ne désigne pas la cathédrale, où la présence de l'évêque n'aurait pas été pour le débutant un « honneur imprévu ». D'ailleurs une phrase de la première rédaction

du second point est formelle : « Il faut que votre paroisse, illustre par tant de raisons, mais surtout pour être sous la protection d'un si grand martyr, se rende, etc. » (Edit. Lebarq, I, 32, n. 3.)

10. *Var.* : « de peur ».

**P. 224.**

1. Les *Actes des Martyrs* contiennent de nombreux détails de ce genre.

2. La personnification de l'Eglise revient souvent dans les écrits de Bossuet. Tantôt il nous la présente sous les traits d'une épouse : l'épouse du Christ, tantôt sous les traits d'une mère : la mère de tous les chrétiens.

3. Les tombeaux des martyrs.

4. *Var.* : « pour servir à la postérité d'un mémorial éternel ».

5. Saint Basile (329-379) : un des plus illustres Pères grecs, frère de saint Grégoire de Nysse, d'origine cappadocienne. En 370, il devint évêque de Césarée, et lutta vigoureusement contre l'hérésie arienne.

6. Cette appellation est une habitude du collège de Navarre. Plus tard, l'orateur dira : *fidèles ;* jusqu'au moment où, prêchant à Paris, il reprendra le mot *messieurs*.

7. Remarquer la force que le mot *certaine* a dans cette expression.

8. Adrien Baillet (*Vies des Saints,* 9 septembre) nous apprend qu'en 764 ou 765 le corps de saint Gorgon ou *Gorgone* fut transporté de Rome en France par les soins de Chrodegang, évêque de Metz, et déposé à Gorze (à quatre lieues de Metz), dans l'église abbatiale bâtie sous le vocable de ce saint. (Floquet, *Etudes,* I, 504, n. 3.)

9. « Ainsi reconstitué ce passage ne semble plus offrir de difficulté. Dans notre *Histoire critique,* nous n'avions pas cru devoir tenir compte de la correction définitive, parce qu'elle était inachevée. — On lit dans une première rédaction, dont l'auteur n'a effacé que la moitié : « Vous avez baisé les premiers ce matin avec la dévotion que vous y deviez apporter, je m'en vais vous produire les autres dans ce discours; conservez-les... » Le discours devait d'abord être réservé pour l'office de l'après-midi : la présence de l'évêque à la messe l'aura fait avancer de quelques heures. Pour la même raison l'œuvre aura été concentrée au dernier moment. » (Edit. Lebarq, I, 33, n. 3.)

10. « Bossuet avait d'abord écrit : *produire les autres.* » (*Ibid.,* n. 4.)

11. Voir note 8.

12. Avant d'entrer dans son sujet, l'orateur invite d'une manière détournée ses auditeurs à être attentifs à ses paroles.

Cette exhortation se retrouve dans la plupart de ses sermons.

**P. 225.**

1. Déforis, et de nombreux éditeurs après lui, ont intercalé l'allocution ici, après avoir fabriqué l'interpolation suivante : « Vous venez d'entendre le sujet que je dois traiter devant vous : plus il est important, plus j'ai besoin des lumières d'en haut pour le faire dignement, et d'une manière qui puisse tourner à l'édification de cet auditoire. »

2. L'ange Gabriel (*Luc,* I, 28.)

3. Déforis corrige ainsi : « pour se rendre notre avocate » estimant sans doute peu élégant le verbe employé par Bossuet.

4. « Induite vos armaturam Dei, ut possitis stare adversus insidias diaboli. » (*Ephes.*, VI, 11.)

5. « Militia est vita hominis super terram. » (*Job,* VII, 1.)

6. Bossuet écrit *apas*.

7. *Var. :* « attirail ».

8. Les éditeurs intercalent ici un long fragment de la première rédaction : « Voilà donc les deux batteries que le monde dresse contre nous. Il veut l'emporter de gré ou de force : s'il ne peut se faire aimer, il tâche de se faire craindre ; et quoiqu'il semble que la crainte doive avoir un effet plus prompt, j'estime néanmoins que les complaisances du monde sont pour nous plus dangereuses, parce que nous nous y trouvons engagés d'inclination. Ce qu'il nous sera facile de conclure, si nous comprenons la différence de l'amour (*Lachat, etc. :* « de la mort ») et de la crainte que saint Augustin marque si habilement en divers lieux. Toute la force de la crainte consiste à revenir ou à troubler l'âme ; mais de la changer, il n'est pas en son pouvoir. Par exemple, vous rencontrez des voleurs qui vous voient en état de leur résister, ou ils se retirent, ou, s'ils vous abordent, c'est avec beaucoup de civilité. Ils n'en sont pas pour cela ni moins voleurs, ni moins avides de carnage et de pillerie, mais la crainte les oblige à dissimuler. Vous voyez donc bien qu'elle réprime les sentiments de l'âme, mais qu'elle ne les ôte (*Déforis, Lachat :* « détruit ») pas. Cela n'appartient qu'à l'amour ; c'est lui qui, pour ainsi dire, tient la clef de l'âme, qui l'ouvre et qui la dilate pour y faire entrer les objets : *Os nostrum patet ad vos ô Corinthii, cor nostrum dilatatum* : Pour vous, ô Corinthiens, j'ouvre ma bouche et mon cœur (*Déforis, Lachat :* « l'amour que j'ai pour vous, ô Corinthiens, ouvre ma bouche... ») dit le grand Apôtre (*II Cor.*, VI, 11), pour leur témoigner son affection. Et c'est pour cela que, selon la doctrine du même (*Déforis, Lachat :* « du grand ») apôtre, la loi ancienne qui était une loi de crainte, a été écrite au dehors sur des tables de pierre : *Forinsecus in tabulis lapideis*, parce que la

crainte n'a point d'accès au dedans de l'âme ; au lieu que la loi nouvelle est gravée dans le fond du cœur : *In tabulis cordis carnalibus* (II *Cor.*, III, 3) parce que c'est la loi d'amour. Par où il appert qu'il est bien plus difficile de vaincre un mauvais amour qu'une mauvaise crainte, parce que l'amour tenant dans l'âme la place principale, il faut faire pour le chasser une plus grande révolution et, partant, ceux que le monde a pris par inclination sont bien plus captifs que ceux qu'il abat par la frayeur des supplices. Ce que j'ai été bien aise de (*Déforis, Lachat :* « ce que j'ai dû ») vous faire remarquer afin que vous connussiez (*Déforis, Lachat :* « connaissiez ») quelle est la nature de la guerre que le monde vous a déclarée, et combien il faut que le soldat de Jésus-Christ soit armé de tous côtés. Car du reste il importe peu à la gloire de saint Gorgon laquelle des deux entreprises est plus difficile, puisqu'il a également [triomphé] en l'une et en l'autre ; c'est le partage de mon discours. » — Cette rédaction a été remplacée par celle que nous donnons dans le texte. Les éditeurs les amalgament, à l'exemple de Déforis. On voit de plus comment ils corrigent Bossuet dans le détail. (Edit. Lebarq, I, 34-35 en note.)

9. *Matth.*, x, 34.

**P. 226.**

1. « Spiritus ubi vult spirat. » (*Joan.*, III, 8.)
2. Dioclétien (245-313) : empereur romain. Les dernières années de son règne furent obscurcies par l'une des plus violentes persécutions qu'aient subies les chrétiens (303-311).
3. Maximien (250-310) : empereur romain associé à l'empire par Dioclétien. Rude et orgueilleux, il fut un des plus farouches persécuteurs des chrétiens.
4. Petite pointe à l'adresse des courtisans et de tous ceux qui avaient une charge auprès du roi.
5. Eusèbe de Césarée (267-340) : un des évêques les plus savants de son temps. Nous avons de lui une *Histoire ecclésiastique* en dix livres, racontant l'établissement et les premiers progrès de l'Eglise.
6. *Edit. :* « en si beau style ».
7. Bossuet redonne ce détail dans le *second Panégyrique de saint Gorgon,* à partir du n° d'appel 11, p. 289.
8. *Edit. :* « qui peignît mieux un si grand crédit ».
9. *Ms. :* « ses ».
10. *Hist. eccl.*, VIII, 6.

**P. 227.**

1. « Ici et quelques lignes plus bas *(aux crimes les plus énormes...),* des traits de plume indiquent l'intention de laisser de côté toutes les digressions. Mais ces indications sont, je crois, de date postérieure au sermon ; Bossuet les aura tracées,

au moment d'esquisser (vers 1654) un second panégyrique du même saint. Des passages qui tenaient plus intimement au fond du sujet sont, au contraire, soulignés. » (Edit. Lebarq, I, 37, n. 1.)

2. Comparer cet alinéa avec le *second Panégyrique de saint Gorgon* (p. 290, entre les n^os d'appel 3 et 8).

3. Dans ce passage, l'orateur emploie des termes bien rudes, touchant à la trivialité. L'expérience les lui fera abandonner petit à petit.

4. *I Cor.*, IV, 13.

5. *Var.* : « qu'il n'y restait plus de place pour... »

6. Ce passage se retrouve mot à mot dans le *Panégyrique de saint Victor*, p. 387.

7. *Edit.* : « il n'était ».

8. *Ms.* : « Per omne ingenium crudelitatis. » Citation faite de mémoire : inexacte.

9. *De resur. carn.*, n. 8.

10. Les calomnies ridicules ont souvent servi de prétexte pour persécuter les chrétiens.

**P. 228.**

1. « Ecce positus est hic... in signum cui contradicetur. » (*Luc*, II, 34.)

2. Lachat et les éditions récentes abandonnent ici formellement l'orateur, et impriment : « Si on sait juger tout ce qu'il y a d'honneur en un cœur noble, combien... » Est-ce correction arbitraire ? n'est-ce pas plutôt une leçon ardument inventée, dans un passage difficile où l'on n'était plus guidé par Déforis ? Les anciens éditeurs, en effet, avaient pris le parti de supprimer ce qui leur faisait peine. » (Edit. Lebarq, I, 38, n. 1.)

3. *Edit.* : « qui peuvent espérer d'y faire... »

4. Cf. *Oraison funèbre du Révérend Père Bourgoing*, n. 7, p. 23. — *Lachat* : « nous sommes bien obligés à la Providence divine, qui nous a fait naître... » (1^re rédaction.)

5. L'orateur ne craint pas de juger très sévèrement en public la conduite de certains chrétiens plus préoccupés d'être des serviteurs fidèles du prince que de Dieu.

6. *Edit :* « des dérèglements de notre vie ».

7. *Ms.* : « pour si peu de choses ». — Cet *s,* croit M. Lebarq, est un lapsus.

8. *Edit.* : « je tremble pour moi ».

**P. 229.**

1. *Ephes.*, IV, 1. — Cf. *Rom.*, XII, 1 : « Obsecro vos per misericordiam Dei, ut exhibeatis corpora vestra hostiam viventem, sanctam Deo placentem. » — Texte composite ici.

2. *Var.* : « de marcher ». Déforis a refait cette traduction de

la manière suivante : « de vous conduire d'une manière convenable à... »

3. Il abdiqua en 305.

4. « Sed venit hora et nunc est, quando veri adoratores adorabunt Patrem in spiritu et veritate. » (*Joan.*, IV, 23.)

5. *Première rédaction* : « Après que le martyr eut refusé de sacrifier aux idoles, disant qu'il fallait adorer en esprit et en vérité un seul Dieu créateur du ciel et de la terre, dont la beauté pure ne pouvait être vue de ces yeux mortels, ni représentée sur une matière comme la nôtre, le peuple... »

6. Sur la signification de ce dernier mot, cf. *Oraison funèbre de Michel Le Tellier*, n. 10, p. 185.

7. Le martyre de saint Gorgon eut lieu à Nicomédie, sa ville natale.

8. *Edit.* : « puis ».

**P. 230.**

1. Saint Cyprien, *Ad mart. et conf.*, Ep. *VIII*.

2. Les blessures qu'il a reçues au cours de la flagellation.

3. Par ses blessures, il ressemble au Christ qui fut flagellé, lui aussi, au cours de sa Passion.

4. *Edit.* : « déchiré ».

5. Ce détail se trouve dans la leçon du *Bréviaire romain*, au 9 septembre.

6. *Edit.* : « il reçoit ».

7. *Ps.* LXVIII, 27.

8. *Pour ainsi dire*, absolument nécessaire ici, a été supprimé à tort par Lachat.

9. *Edit.* : « n'ont fait que de lui éveiller ».

10. Voir plus bas note 14.

11. Supprimé dans Déforis, etc.

12. *Var.* : « vertu ».

13. *Edit.* : « Une flamme pâle qui... » « Les deux mots *et obscure* sont extrêmement difficiles à lire, et j'en ai longtemps désespéré comme mes devanciers. » (Edit. Lebarq., I, 42, en note.)

14. « Obligé de suppléer à la sécheresse de la légende par une amplification oratoire, Bossuet est prolixe, souvent emphatique et quelquefois aussi trivial. » (Gandar, *Bossuet orateur*, p. 33.)

15. Bossuet écrivait alors *tans,* aussi bien pour l'adverbe *tant* que pour le substantif *temps*. Certains éditeurs modernes ont cru devoir imprimer : *jusques à temps*. Cependant, on employait fréquemment, au XVIe siècle, la locution *à tant* signifiant : à ce point, en ce moment.

16. Cette phrase est vraisemblablement inspirée par un passage du *Cantique des cantiques*.

**P. 231.**

1. « Si l'on rapproche ce résumé de l'énoncé de la division

on sera frappé de la régularité de ce petit discours qu'on nous représentait comme le désordre et la confusion mêmes. Il est vrai que le second point, qui se termine ici, n'est pas encore commencé dans les éditions, où on le formera en grande partie d'une interpolation. » (Edit. Lebarq, I, 42, n. 2.) Cf. note 4.

2. *Bossuet :* « quorum intuemini, etc. »

3. *Edit. :* « comment ». — « Or, Bossuet a barré les deux dernières lettres de ce mot. » (Note de l'éd. Lebarq, *Ibid.*, p. 42.)

4. Les éditeurs commencent ici le second point par un long emprunt au brouillon, qui n'est à conserver qu'à titre de variante :

« Que si après avoir vu quelles impressions la douleur a faites sur son corps, vous êtes mus d'une louable curiosité de savoir ce que Dieu opérait invisiblement dans son âme et d'où lui venait parmi une telle agitation une si grande tranquillité, en un mot, si vous désirez connaître quelles étaient les pensées dont s'entretenait un chrétien souffrant, je vous les dirai en peu de mots pour votre édification, telles que nous apprend la théologie.

« Premièrement les martyrs n'étaient point de ces âmes basses, qui se croient incontinent délaissées de Dieu, sitôt qu'elles ressentent quelque affliction; au contraire, rien n'affermissait si bien leurs espérances que la considération de leurs supplices. La raison est d'autant que *la tribulation produit la souffrance, et la souffrance fait l'épreuve,* comme dit l'Apôtre. Or il est tout évident que, quand on prend quelqu'un pour en faire l'épreuve, c'est signe que l'on a dessein de s'en servir. Ainsi les martyrs, à qui Dieu avait appris sa conduite, se persuadaient par une souffrance très salutaire, que Dieu les réservait à quelque chose de grand, puisqu'il voulait bien avoir la bonté de les éprouver. Et c'est à mon avis, pourquoi l'Apôtre ajoute, que « l'épreuve fait l'espérance » : *Probatio vero spem (Rom.,* v, 4).

« Saint Cyprien, dans le livre qu'il a fait de l'*Exhortation des martyrs,* nous en fournit encore cette belle raison : Notre-Seigneur prophétise, en divers endroits, que la vie de ceux qui écouteront sa parole sera continuellement traversée; mais aussi il leur promet, après leurs travaux, un soulagement éternel. Et voyez comme le Saint-Esprit se sert de toutes choses pour relever nos courages : il leur fait entendre par un discours digne de lui, que Dieu, « dont on ne peut compter les miséricordes », n'est pas moins fidèle pour les biens que pour les maux, et que l'accomplissement de la moitié de la prophétie leur est un témoignage indubitable de la vérité de l'autre. Tellement qu'ils prenaient leur disgrâce présente pour un gage certain de leur future félicité; et, mesurant leurs contentements par leurs peines, ils croyaient qu'elles ne leur étaient pas tant envoyées pour les tourmenter dans le temps que pour leur donner de nouvelles assurances d'un bonheur sans fin.

« Ces pensées ne sont-elles pas pleines d'une grande consolation ? Mais leurs esprits, nourris depuis longtemps de la Parole leur en faisaient concevoir de bien plus sublimes. Comme ils ne jugeaient pas des choses par l'extérieur, ils considéraient que l'homme n'était pas ce qu'il nous paraît ; mais que Dieu, pour le former, avait fait sortir de sa bouche un esprit de vie, qu'il avait caché, comme un trésor céleste dans cette masse du corps ; que cet esprit, bien qu'il fût d'une race divine, comme le dit si bien l'Apôtre au milieu de l'Aréopage (*Act.*, XVII, 29) bien qu'il portât imprimée sur soi l'image de son Créateur, était néanmoins accablé d'un amas de pourriture, où il contractait par nécessité quelque chose de mortel et de terrestre, dégénérant de la pureté de son origine. Dans cette pensée, ils croyaient que les tourments ne faisaient qu'en détacher ce qu'il y avait d'étranger, tout ainsi que le feu sépare de l'or ce qui s'y mêle d'impur, *tanquam aurum in fornace* (*Sapient.*, III, 6). On eût dit à les voir qu'à mesure qu'on leur emportait quelque lambeau de leur chair, leur âme s'en serait trouvée beaucoup allégée, comme si on les eût déchargés d'un pesant fardeau ; et ils espéraient qu'à force d'arracher leur chair pièce après pièce, elle resterait toute pure et toute céleste, et en cet état serait présentée au nom de Jésus-Christ devant le trône de Dieu.

« Dans ces considérations, vous les eussiez vus, d'un cœur brûlant de charité, s'animer eux-mêmes contre leurs supplices. Tantôt ils se plaignaient de ce qu'ils étaient trop lents, ne souhaitant rien tant que de voir bientôt abattue cette masure ruineuse de leur corps, qui les séparait de leur Maître, et s'écriant avec l'Apôtre : *Desiderium habens dissolvi et esse cum Christo* (*Philipp.*, I, 23. — *Ms.* : « Cupio dissolvi, et esse... »). Tantôt ravis d'une certaine douceur, que ressentent les grands courages à souffrir pour ce qu'ils aiment, ils se réjouissaient de se voir enveloppés d'une chair mortelle, qui pût fournir de matière à la cruauté des bourreaux. De tels et semblables discours se consolaient les martyrs, en attendant avec patience qu'il plût à Dieu de les appeler à soi ; et saint Gorgon sut si bien prendre ces sentiments de ceux qui les avaient vus, qu'il devint lui-même à la postérité un exemple signalé.

« C'est vous particulièrement, Messieurs, que cet exemple regarde, puisque vous avez pris saint Gorgon pour votre patron. Vous n'êtes pas obligés de souffrir les mêmes peines ; mais comme vous participez à la même foi, vous devez entrer dans les mêmes sentiments. Il faut que votre paroisse, illustre par tant de titres, mais surtout pour être sous la protection d'un si grand martyr, se rende encore plus illustre en imitant sa foi, après avoir considéré sa mort si attentivement : *Quorum intuentes exitum..., imitamini fidem.* C'eſt par où je m'en vais conclure. »

5. Le mot *martyr* vient en effet du grec μάρτυς : témoin. Il désigne proprement les chrétiens qui ont souffert la mort plutôt que de renier leur foi. Il a été choisi parce que les apôtres et ceux qui, les premiers, ont versé leur sang pour Jésus-Chriſt, étaient les *témoins* de ses miracles et de sa résurrection.

6. « Ut sitis filii Patris veſtri qui in cœlis eſt, qui solem suum oriri facit super bonos et malos, et pluit super juſtos et injuſtos. » (*Matth.*, v, 45.)

7. *Edit.* : « quand nous sommes affligés ».

8. *Edit.* : « prenons ».

9. *Lachat* : « ou ».

10. « Ce chiffre eſt exaċt et nous fait remonter du lendemain des traités de Weſtphalie à l'époque où arrivèrent en Allemagne, sur l'inſtigation de Richelieu, ces Suédois qui désolèrent la vallée de la Moselle. » (Gandar, *Bossuet orateur*, p. 29.)

11. Sur cette expression, cf. *Oraison funèbre de Henriette de France*, n. 6, p. 63.

12. *Ps.* LXXXVIII, 42.

**P. 232.**

1. « Les années de disette ne sont malheureusement que trop nombreuses au milieu du XVIIᵉ siècle. La disette de 1649 a été l'une des plus cruelles; elle fut le sujet des délibérations de l'assemblée des Trois Ordres de Metz dans les séances qui ont précédé et suivi le 9 septembre. » (Gandar, *op. cit.*, p. 28.)

2. *Edit.* : « nous refuse par son commandement... »

3. Nous supportions en pure perte l'afflictíon.. — *Edit.*, « nous ne perdions encore le fruit de l'afflictíon... »

4. Bossuet a toujours traité très sévèrement dans ses sermons les riches qui méprisent les pauvres et qui sont durs envers eux, en particulier dans le *Sermon du mauvais riche* et dans le *Sermon sur l'impénitence finale.*

5. *Edit.* : « dans son indigence. »

6. Réminiscence biblique. « Si exaltatus fueris ut aquila, et si inter sidera posueris nidum tuum, inde detraham te. » (*Abdias,* 4.)

7. *Edit.* : « par nos aumônes. » — « Bossuet traduit littéralement, comme il arrivera toujours à le faire, une expression des Saints Livres : *Peccata tua eleemosynis redime* (*Dan.*, IV, 24). Du reſte, ce ſtyle nourri de l'Ecriture dans presque toutes les phrases montre combien il était plein de cette étude dès le temps du collège de Navarre. » (Édit. Lebarq, I, 45, n. 6.)

# PANÉGYRIQUES

**P. 233.**

1. *Lachat* : « veut ».
2. *Lachat* : « elle semble prête à descendre vers nous. »
3. *Lachat* : « on dirait qu'il y dispose les choses ».
4. *Edit.* : « la ferveur ».
5. *Edit.* « les citoyens ». — *Var.* : « parmi ses citoyens ».
6. Bossuet emploie habituellement ce mot pour désigner la Réforme protestante.

## PANÉGYRIQUE
## DE SAINT FRANÇOIS D'ASSISE

**P. 235.**

1. A) Biographie : Saint François d'Assise, fondateur des trois Ordres séraphiques, naquit à Assise (Ombrie) en 1182. Son père Pierre de Bernardone était un riche marchand. Associé au commerce paternel, François se livra d'abord aux divertissements mondains, à la musique et à la poésie, montrant déjà, d'ailleurs, une grande compassion pour les malheureux. Fait prisonnier de guerre, il passa un an dans les prisons de Pérouse. Quelque temps après, il tomba dangereusement malade. Cette épreuve le détacha du monde, il fut dès lors le héros de la pauvreté, vivant d'aumônes, soignant les lépreux, et réparant de ses mains les églises ruinées. Trois disciples s'étant mis sous sa direction, firent avec lui, en 1209, les trois vœux monastiques. Tels furent les débuts de l'ordre des frères mineurs ou franciscains. Le fondateur reçut le diaconat un peu plus tard. En 1212, il créa l'ordre des Clarisses et en 1221, le Tiers-Ordre de la Pénitence. Missionnaire, il eut un succès prodigieux. Il avait envoyé de ses religieux chez les infidèles. Lui-même alla en Egypte avec treize compagnons et y prêcha la foi. A son retour en Italie, il se démit de ses fonctions de ministre général et se retira pour prier, sur le mont Alverne, dans les Apennins. C'est là qu'il reçut les stigmates de la Passion en 1224. Il mourut dans le couvent de la Portioncule, berceau de son ordre, en 1226. Grégoire IX le canonisa deux ans après sa mort. Il a laissé des sermons, des conférences, des lettres et des cantiques spirituels d'une poétique beauté.

B) Date : Lebarq propose la date de 1652 à cause des allusions à la guerre qui désolait le pays messin et à la récolte abondante qui était venue compenser cette année-là une famine effroyable. La couleur naïve et archaïque de la langue le confirment dans cette opinion.

C) Texte : Le manuscrit de ce discours est perdu.

D) Analyse. *Exorde :* L'orateur oppose à la sagesse du monde la folie de la croix. Saint François possède cette folie céleste et sublime puisqu'il veut établir ses richesses dans la pauvreté, ses délices dans les souffrances, et sa gloire dans la bassesse.

*Première partie* : Pour les mondains, la richesse est le bien suprême, la pauvreté est une ignominie. François d'Assise, en acceptant librement la pauvreté, a donné une grande leçon aux hommes et montré la dignité des pauvres.

*Deuxième partie* : François mortifie son corps. Il en éprouve la joie la plus vive, car il aime tendrement Celui qui a été heureux de mourir pour les hommes.

*Troisième partie* (beaucoup plus courte que les deux précédentes) : François va au-devant des humiliations.

*Péroraison* : Les richesses sont un obstacle au salut : elles le rendent très difficile sinon impossible.

Voici le jugement de Gandar sur ce sermon (*Bossuet orateur,* p. 109 et p. 116) : « On sent qu'il est venu jusqu'à lui (Bossuet) tandis qu'il lisait les récits de saint Bonaventure, un reste de cette exaltation qui fit tressaillir les âmes chrétiennes au XIIIe siècle... Les paroles débordent comme les pensées ; il les jette sur le papier à la hâte. De tous les discours de la jeunesse de Bossuet il n'en est aucun peut-être où se fasse plus vivement sentir la fièvre de l'improvisation. Il va où l'esprit le mène, sans effort et sans calcul. »

2. Aux païens. *(Gentiles.)*

3. « Il faut voir dans l'exorde de notre panégyrique, avec quelle fierté chevaleresque, il (l'orateur) provoque ses adversaires, avec quelle témérité héroïque, il veut les combattre tous ensemble et prend d'abord plaisir à les compter. » (Gandar, *Bossuet orateur,* p. 108.)

4. Les Juifs se représentaient le Messie comme un prophète et un docteur ; mais surtout comme un monarque, libérateur de leur peuple, maître du monde, qui leur assurerait la suprématie sur toutes les autres nations.

5. Cf. *II Cor.,* VIII, 9 : « Propter vos egenus factus est cum esset dives. »

6. *I Cor.,* I, 23.

7. Voir note 2.

8. *Var.* : « pendu à une potence, — à un infâme gibet. »

9. *I Cor.,* I, 23.

10. Le manichéisme était la synthèse du *christianisme* et du *parsisme*. Cette hérésie se caractérisait par sa doctrine *dualiste* empruntée à la religion de Zoroastre et au gnosticisme, dont elle n'était pour ainsi dire qu'une forme nouvelle.

11. Les marcionites admettaient trois principes : le *Dieu bon,* le *démiurge,* esprit inférieur à Dieu quoique juste et puissant, et la *matière* essentiellement mauvaise. Cette hérésie, ainsi que le manichéisme, troubla l'Église au cours des IIe et IIIe siècles.

## P. 236.

1. Ces abaissements, ces humiliations de notre Dieu, dans le mystère de l'Incarnation.
2. Tertull., *Adv. Marcion.*, II, 27.
3. Allusion au *docétisme,* hérésie apparue à la fin du Ier siècle, et qui prétendait que le Christ n'avait eu de l'humanité que les apparences.
4. En niant le mystère de l'Incarnation, les docètes rejetaient la possibilité du mystère de la Rédemption, de la Passion et de la mort du Christ qui restent la base et le motif de l'espérance chrétienne.
5. *De carne Christ.*, n. 5.
6. *De carne Christ.*, n. 5.
7. « Bossuet exprime la même idée en termes à peu près identiques, dans les premières lignes de l'exorde de son *Sermon pour l'Exaltation de la Sainte Croix,* qu'il prononça à Metz en 1653. » (Edit. Lebarq, I, 426.)
8. Cette parole importante. Remarquer toute la force de ce mot. — Dieu est un roi dont saint Paul est le héraut chargé de faire connaître les ordonnances *(edicta).*

## P. 237.

1. Emploi inattendu du superlatif devant l'adjectif divin qui porte en lui-même l'idée de l'absolu, de la plus haute perfection.
2. *Luc,* I, 26 et sq. — Sur la coutume alors en usage de réciter l'*Ave Maria,* au début des prédications, voir *Panégyrique de saint Bernard* (Exorde).
3. Du monde. Il s'agit du monde dont les maximes sont opposées aux principes de l'Evangile.
4. Nous dirions *insolubles.* Ce mot *indissoluble* se retrouve dans le *Sermon sur la Loi de Dieu.*
5. Cf. *Traité de la concupiscence,* ch. XI : « L'âme se voyant belle, s'est délectée en elle-même, et s'est endormie dans la contemplation de son excellence : elle a cessé un moment de se rapporter à Dieu : elle a oublié sa dépendance, elle s'est premièrement arrêtée et ensuite livrée à elle-même. »

## P. 238.

1. « Evanuerunt in cogitationibus suis... » (*Rom.,* I, 21.)
2. *Rom.,* I, 22.
3. Après avoir énoncé des principes abstraits, l'orateur en vient aux exemples concrets : le premier est tiré de la Création, le second de la Passion. Devant ces deux exemples de la sagesse divine, la sagesse humaine se comporte différemment. Elle admire le premier — le second n'est pour elle que « folie et extravagance ».
4. *Var. :* « d'où lui venaient ».

5. Ces considérations assurément un peu longues, sont l'ébauche de ces fortes pensées que l'auteur exprimera magnifiquement vingt-cinq ans plus tard dans le *Discours sur l'histoire universelle* (II, xxv).

6. Au début de sa carrière de prédicateur, Bossuet affectionnait beaucoup les adjectifs *bon, grand, grave* : il en abusait : le bon Dieu, ce grand personnage, le grave Tertullien. Il les abandonnera petit à petit.

7. Bossuet rappelle ici la preuve traditionnelle de *l'existence* de Dieu par le monde créé, par l'ordre et l'harmonie qui existent dans l'univers.

8. *I Cor.*, I, 21.

9. *I Cor.*, I, 21.

**P. 239.**

1. Dans un raisonnement conduit avec beaucoup de logique, l'orateur montre qu'il est absolument déraisonnable d'accuser de folie la sagesse incompréhensible de Dieu.

2. Il faut prendre ici ce mot dans le sens de personne turbulente, tapageuse, ayant perdu la raison.

3. Cf. *I Cor.*, I, 24. « Ipsis autem vocatis Iudæis atque Græcis Christum Dei virtutem et Dei sapientiam. »

4. Cf. *Luc*, XXI, 15. « Ego enim dabo vobis os et sapientiam, cui non poterunt resistere et contradicere omnes adversarii vestri. »

5. *I Cor.*, III, 18.

6. Après un exorde démesurément long, Bossuet en arrive enfin à indiquer avec précision le thème central de son panégyrique.

7. Saint Paul résume en effet toute la morale chrétienne dans l'imitation du Christ : « Imitatores mei estote sicut et ego Christi. » (*I Cor.*, IV, 16 ; cf. XI, 1 ; *Ephes.*, V, 1.)

8. La doctrine catholique enseigne en effet que le Saint-Esprit produit dans les âmes des mouvements intérieurs qui les inclinent vers une vie plus parfaite : il éclaire sur la vanité des choses humaines, sur le bonheur de se donner plus complètement à Dieu et les presse de faire des efforts plus énergiques pour réaliser l'idéal de l'Evangile. Les âmes saintes sont celles qui ont répondu le plus parfaitement à ces divines inspirations.

9. Celano, *Vita prima* I, III ; *Vita secunda* I, V.

**P. 240.**

1. Mot fréquemment employé au XVIIe siècle : dans tous les salons, dans toutes les sociétés.

2. L'amour de la gloire est l'une des trois choses qui, selon Bossuet, « font toutes les affaires du monde, qui nouent toutes les intrigues ».

3. Cette idée est reprise dans un sermon pour la vêture de Mlle de Beauvais, prêché à Chaillot, le 11 août 1667, en présence de la reine d'Angleterre. (Edit. Lebarq, V, 256.)

4. L'orateur indique ici le plan de son sermon.

5. Dans ce premier point, comme dans les deux autres, le jeune orateur se bornera à appuyer sa thèse sur quelques actions éclatantes du saint, empruntées, pour la plupart, aux récits de saint Bonaventure.

**P. 241.**

1. *Var.* : « tous les honneurs, tous les plaisirs et toutes les commodités... ».

2. Celui de pauvreté.

3. Salomon, né vers 1030 av. J.-C., mort à Jérusalem en 975, fils de David et de Bethsabée. La tradition juive suivie par celle de l'Eglise catholique lui attribue la composition de trois des livres canoniques de la Bible : les *Proverbes*, l'*Ecclésiaste*, le *Cantique des cantiques*.

4. *Prov.*, VI, 11.

5. *Var.* : « appréhension ».

6. Allusion aux guerres qui désolèrent la Lorraine pendant la Fronde.

7. Bossuet développe cette idée dans ses *Pensées chrétiennes et morales* (XXXIII : *De la guerre*). (Cf. Edit. Lebarq, VI, 696.)

8. *Var.* : « aventures », — « rencontres ».

**P. 242.**

1. Ces idées se retrouvent dans un sermon qui aurait été prononcé, selon Déforis, aux Grandes Carmélites de Paris, le 5 décembre 1681, pour la vêture de Marie-Anne de Saint-François Bailly. (Edit. Lebarq, VI, 156 et sq.)

2. *Var.* : « qui deviennent pauvres ».

3. Cette phrase se retrouve presque mot à mot dans le sermon pour une vêture, indiqué à la note 1. (Edit. Lebarq, VI, 156 et sq.)

4. *Ps.* IX, 35.

5. Bossuet donne parfois un complément direct à certains verbes qui sont intransitifs aujourd'hui. Cf. *Oraison funèbre du prince de Condé* (n. 8, p. 197) : « qui put échapper ses mains ». (Edit. de 1687 et de 1689.)

6. *Var.* : « qu'il ait en son âme un mépris extrême... »

7. Cf. Celano (*Vita secunda*, I, 4) Joergensen, *Saint François d'Assise*, traduction de Teodor de Wyzewa, p. 43. (Paris 1920.)

**P. 243.**

1. « Bossuet est animé de cette même ferveur qui respire

dans les peintures tracées par Giotto sur les murs d'Assise ou dans le *Paradis* de Dante. » (Gandar, *Bossuet orateur,* p. 110.)

2. « Esurivi enim, et dedistis mihi manducare,... nudus, et cooperuistis me... » (*Matth.*, xxv, 35, 36.)

3. Evêque de Tours. Né au début du IVe siècle à Sabaria, en Pannonie (aujourd'hui la Hongrie) de parents païens, il se fit instruire à leur insu dans la religion chrétienne. Enrôlé dans l'armée comme son père, il s'y distingua surtout par sa charité. A vingt-deux ans, il reçut le baptême, quitta le service militaire et se rendit à Poitiers auprès de l'évêque saint Hilaire. Fondateur des monastères de Ligugé et de Marmoutier, il resta, quoique devenu évêque de Tours, un vrai moine et un vrai missionnaire. Mort vers 400.

4. Pendant un hiver rigoureux, comme il arrivait avec sa légion aux portes d'Amiens, il rencontra un pauvre et, le voyant insuffisamment vêtu, coupa son manteau et lui en donna la moitié. A la suite d'un songe qu'il eut la nuit suivante, au cours duquel le Christ entouré de sa cour céleste lui apparut, il demanda le baptême.

5. Cf. note 2.

6. « Je soupçonne ici une correction de Déforis ; à cette date, Bossuet disait : « Davantage, ayant appris... » (Ed. Lebarq, I, 198.)

7. Au tombeau. Cf. *premier Panégyrique de saint Gorgon*, n. 3, p. 224 ; ce pèlerinage de saint François à Rome est rappelé dans la *Légende des trois compagnons* et dans Thomas de Célano (*Tres Socii*, chap. III, 10) ; — Celano (*Vita secunda*, I, 4).

8. Beaucoup de relations.

9. Bossuet développe cette pensée dans le IIe point de son *Sermon sur Jésus-Christ, objet de scandale,* (7 décembre 1653). (Edit. Lebarq, I, 469.)

P. 244.

1. Avant de continuer d'examiner « les autres actions » de saint François, l'orateur veut donner une leçon pratique à son auditoire : en célébrant les grandeurs de la pauvreté, selon les maximes de l'Evangile et en flétrissant la conduite méprisante de certains riches à l'égard des pauvres.

2. Les pauvres ont un certain droit au nécessaire, non par stricte justice, mais par charité. Telle est l'idée que l'orateur développe dans ces pages écrites avec cœur et franchise.

3. « On remarquera la hardiesse de la doctrine de Bossuet ; c'est la doctrine des Pères de l'Eglise. » (Mgr. Calvet, *Bossuet, Œuvres choisies*, p. 33, Paris, 1947.)

4. Comparer cette théorie à celle J.-J. Rousseau.

5. *Hom. de S. Philog.*, n. 1.

## P. 245.

1. O riches qui appartenez au monde, à ce monde opposé aux maximes de l'Evangile.

2. S'il existe des pauvres, ce n'est pas parce que Dieu est impuissant et incapable de nourrir toutes ses créatures, mais parce qu'Il a voulu que les riches eussent « l'honneur de faire vivre leurs semblables ».

3. Expression biblique. *Dieu raccourcit son bras :* Dieu cesse de déployer sa puissance ou sa protection.

4. Cf. *Panégyrique de saint Victor,* page 383.

5. Titres donnés souvent à Dieu par la Bible. *Deus Sabaoth* (*Is.,* VI, 3).

6. Les hommes ne sont que les usufruitiers des biens dont Dieu est le seul propriétaire et le souverain Maître. En toute justice, ils Lui doivent une certaine redevance qu'ils acquitteront entre les mains des pauvres, ses représentants.

## P. 246.

1. Cette idée se retrouve dans l'esquisse d'un sermon de charité que Bossuet aurait prononcé à l'Hôpital général, le jour de la Compassion, 1659. (II<sup>e</sup> point.) (Edit. Lebarq, II, 565.)

2. « Propter vos egenus factus est, cum esset dives, ut illius, inopia vos divites essetis. » (*II Cor.,* VIII, 9.)

3. *Déforis* : « ennoblie ».

4. Allusion au *Sermon sur la montagne* (*Matth.,* V, 2 et sq. — *Luc,* VI, 20 et sq.)

## P. 247.

1. *Luc,* VI, 20.

2. Cette scène eut lieu en avril 1207. — L'évêque d'Assise s'appelait Guido II. Il occupait ce siège épiscopal depuis 1204. — Cf. Joergensen, *op. cit.,* p. 67-68.

3. « La rupture (entre François et Bernardone, son père) est ménagée dans la légende : c'est le père qui, par degrés, volontairement, a presque cessé d'être un père ; il n'a pas seulement averti et gourmandé son fils ; il n'a pas seulement menacé de déshériter le prodigue incorrigible qui le ruine par la folie de ses aumônes ; il l'a enfermé dans un cachot, outragé, battu. Bossuet entraîné par le même *excès de zèle* que son héros, dédaigne et supprime, comme un détail inutile, ces circonstances. » (Gandar, *Bossuet orateur,* p. 113.)

4. Terme de Droit. La *cession de biens,* c'est l'abandon de ses biens que fait à ses créanciers un débiteur hors d'état de payer toutes ses dettes, et qui suffit pour le libérer complètement, dans certains cas prévus par la loi.

5. Cette scène dramatique qui eut lieu en présence de Guido, l'évêque d'Assise, entre François et Bernardone, est un

des rares événements de la vie du saint que Bossuet ait rapportés dans son Panégyrique.

**P. 248.**

1. Phrase certainement inspirée par une parole du Christ rapportée par saint Jean : « Meus cibus est ut faciam voluntatem ejus qui misit me, ut perficiam opus ejus. » (*Joan.*, IV, 34.)

2. « Dans ses premiers manuscrits, Bossuet indique rarement le commencement de chaque point du discours. La formule assez inattendue que nous rencontrons ici, ne serait-elle pas d'une autre main ? » (Edit. Lebarq, I, 703, n. 1.)

3. L'Alverne.

4. Allusion à la prédication de François aux oiseaux. « Or, voici qu'après ces paroles de notre saint Père, tous ces petits oiseaux commencèrent à ouvrir leurs becs, à battre de leurs ailes, à étendre le col, et à pencher respectueusement vers la terre leurs petites têtes, et à montrer par leurs chants et leurs mouvements qu'ils se réjouissaient fort des mots que saint François leur avait dits! » (*Fioretti,* ch. XVI, Celano, *Vita prima,* I, 58 ; — Bonaventure, XII, 3).

5. « Iterum simile est regnum cœlorum homini negotiatori quærenti bonas margaritas; inventa autem una pretiosa margarita, abiit et vendidit omnia quæ habuit et emit eam. » (*Matth.*, XIII, 45, 46.)

**P. 249.**

1. Ce sont les idées directrices qui inspirèrent François au moment où il fonda les Frères mineurs. C'est à l'Evangile même que François emprunta ces principes.

2. Il s'agit des premiers disciples de saint François : Bernard de Quintavalle, Pierre dei Cattani, Egide (ou Gilles), Sabbatino, Morino, Jean de Capella. (Cf. *Fioretti,* ch. II, III, IV.)

3. Des vêtements de bure. Certaines fresques de l'église inférieure d'Assise, attribuées à Cimabue, en donnent l'idée exacte.

4. « Et aperti sunt oculi amborum; cumque cognovissent se esse nudos consuerunt folia ficus, et fecerunt sibi perizomata. » (*Gen.*, III, 7.)

5. Corrompue par la faute de nos premiers parents.

6. Tellement il adhérait à son corps. Cette remarque est-elle vraiment utile ?

7. *Actes* XIII, XIV, XV, XVI.

8. *Act.*, XIV, 21. — *Deforis :* « Quia per multas angustias et tribulationes oportet pervenire ad regnum Dei ».

**P. 250.**

1. Tertullien.

## PANÉGYRIQUES

2. Tertull., *De patient.*, n. 8.
3. « Sic curro, non quasi in incertum... Castigo corpus meum et in servitutem redigo, ne forte, cum aliis prædicaverim, ipse reprobus efficiar. » (*I Cor.*, IX, 26-27.)
4. Tertull., *De cultu femin.*, II, n. 13.
5. *Var.* : « le mépris ».
6. Tertull., *De spect.*, n. 29.
7. Tertull., *De spect.*, n. 28.
8. Cf. n. 6, p. 238.
9. Cf. *Oraison funèbre de Marie-Thérèse*, n. 9, p. 122.
10. En effet, puisque les anges sont de purs esprits.
11. « Majorem hac dilectionem nemo habet, ut animam suam ponat quis pro amicis suis. » (*Joan.*, XV, 13.) Cf. *Panégyrique de sainte Thérèse*, p. 404.
12. La vertu théologale de charité subsistera au ciel, alors que les vertus théologales de foi et d'espérance n'y existeront plus ; puisque les bienheureux y verront Dieu face à face, dans la gloire, réalisant ainsi l'objet de leurs désirs et de leurs espérances.

**P. 251.**

1. « Et ait illis : Desiderio desideravi hoc pascha manducare vobiscum, antequam patiar. » (*Luc*, XXII, 15.)
2. « Baptismo habeo baptizari, et quomodo coarctor usquedum perficiatur. » (*Ibid.*, XII, 50.)
3. « Sciens Jesus, quia venit hora ejus ut transeat de hoc mundo... Cum dilexisset suos, in finem dilexit eos. » (*Joan.*, XIII, 1.)
4. « Aperti sunt ei cœli et vidit Spiritum Dei descendentem sicut columbam... Et ecce vox de cœlis dicens : Hic est filius meus dilectus in quo mihi complacui. » (*Matth.*, III, 16-17.)
5. Remarquer ce passage plein de piété et d'onction, à travers lequel transparaît l'amour profond de l'orateur envers Dieu.
6. Bossuet emploie souvent cette expression pour désigner le Christ, chef de l'Eglise, qui a conquis les âmes au prix de son sang.
7. La Passion, le plus grand acte d'amour du Christ envers l'humanité.
8. « Bien que la *circulation du sang* eût été démontrée par Harvey, en 1628 (il l'avait découverte, dit-on, dès 1619), les médecins n'en persistaient pas moins dans leurs anciennes théories. Bossuet se borne ici d'ailleurs à leur emprunter la matière d'une comparaison. » (Edit. Lebarq, I, 207, n. 5.)

**P. 252.**

1. Le répand.
2. Saint François, dans son zèle apostolique, voulut

accompagner les Croisés dans leur expédition, en 1219. Il dut assister à la prise et au pillage de Damiette (5 novembre). — Il alla aussi en Egypte avec treize compagnons et y prêcha la foi. Il ambitionnait le martyre : il ne rencontra que des honneurs, en fut comblé par le sultan.

3. Expression inspirée par plusieurs passages des Epîtres de saint Paul.

4. Sans doute Pierre dei Cattani, ou Elie de Cortone.

**P. 253.**

1. Déforis n'indique pas ici le début de la troisième partie.

2. Parmi les fondements de l'Espérance, il faut ranger la réalisation des promesses de Dieu faites à l'humanité après la faute d'Adam, par l'Incarnation et la Passion de son Divin Fils.

3. Deux ans avant sa mort, c'est-à-dire en 1224, pendant une vision qu'il eut sur le mont Alverne, et au cours de laquelle le Christ lui apparut sous la forme d'un séraphin à six ailes, François reçut les stigmates de la Passion. Par humilité, le saint s'efforça toujours de dissimuler ces marques sacrées.

4. François, par modestie, ne voulut jamais recevoir la prêtrise et resta diacre toute sa vie.

5. Papes et évêques recoururent souvent à ses conseils.

6. *Var.* : « laisser ».

7. Le jeune prédicateur, dans son souci de rester pratique, a voulu donner un long développement à sa conclusion.

**P. 254.**

1. Cf. *Sermon sur le mauvais riche,* prononcé au Louvre, le 5 mars 1662. (Edit. Lebarq, IV, 193.)

2. *I Tim.*, VI, 17.

**P. 255.**

1. *Marc*, X, 24-25.

2. Il faut remarquer que si le Christ, dans le passage de l'Evangile cité par Bossuet, enseigne que les riches ont plus de difficulté que les autres à gagner leur ciel, que leurs chances de salut occupent un des derniers rangs, il ne dit pas que tous les riches sans exception seront damnés : ceux qui emploieront leurs richesses à soulager les infortunes du prochain auront droit, sans aucun doute, à la céleste récompense, eux aussi !

3. Cf. *Oraison funèbre de Michel Le Tellier,* page 187.

**P. 256.**

1. *Marc*, X, 26.

2. *Marc*, X, 27.

3. L'ange Gabriel. (*Luc*, I, 26.)

4. « Et ecce Elisabeth cognata tua et ipsa concepit filium in senectute sua; et hic mensis sextus est illi, quæ vocatur sterilis; quia non erit impossibile apud Deum omne verbum. » (*Luc,* I, 36, 37.)

5. Par ces paroles, Bossuet veut frapper l'imagination de ses auditeurs et leur faire entendre que le salut d'un riche est un véritable miracle.

6. *I Tim.,* VI, 9.

**P. 257.**

1. *I Tim.,* VI, 10.

2. Bossuet donne au mot *avare* le sens d'*avide,* de *rapace :* « O mort, où est ta victoire ? Ta main *avare* n'a rien enlevé à cette vertueuse abbesse. » Cf. *Oraison funèbre de Yolande de Monterby,* n. 4, p. 13.

3. Cf. *premier Panégyrique de saint Gorgon,* page 232, entre les n<sup>os</sup> d'appel 4 et 5.

4. *Luc,* XII, 34.

5. *In Joan,* tract. XI, n. 10.

6. *Luc,* XVIII, 24. — *Déforis :* « ... qui pecunias possident, possunt pervenire ad regnum Dei! »

**P. 258.**

1. Ici encore l'orateur identifie le Christ avec les pauvres, les membres souffrants de son corps mystique.

2. Sur la modicité de vos biens.

3. *Matth.,* X, 42. Cf. *Oraison funèbre du Prince de Condé,* n. 2, p. 217.

4. *Luc,* XII, 33.

5. Pour la vie éternelle, dans l'autre monde.

6. Expression biblique empruntée aux *Psaumes,* pour désigner le Paradis.

# PANÉGYRIQUE
# DE SAINT BERNARD

**P. 259.**

1. A) BIOGRAPHIE : Saint Bernard, fondateur et premier abbé de Clairvaux, docteur de l'Eglise, naquit au château de Fontaine, près Dijon. Il était le troisième fils de Tesselin, seigneur de Fontaine, et d'Alette de Montbard. Il fit ses études à Châtillon; en 1114 il entra comme religieux à Cîteaux. A cette époque, Cîteaux fondait des maisons-filles. L'une d'elles, Clairvaux, eut ainsi Bernard pour fondateur et premier abbé. Il réforma avec énergie et succès les règles monastiques : Clairvaux se développa jusqu'à compter sept cents moines. A partir de 1128, il se mêla aux affaires publiques, prenant parti pour l'évêque de Paris et l'archevêque de Sens contre Louis le Gros; soutenant à la mort d'Honorius II le parti d'Innocent II

contre l'antipape Anaclet. A partir de ce moment, l'influence de Bernard dans les conseils de la cour pontificale devint prépondérante. La seconde croisade (1147) trouva en lui un apôtre éloquent. Il intervint en Lorraine (1153), étant déjà très souffrant, pour y ramener la concorde entre la noblesse et la bourgeoisie. Par des facultés vraiment prodigieuses, son intelligence, son énergie, son activité, Bernard a été la plus grande figure de son siècle.

Contemplatif, saint Bernard a combattu avec force le rationalisme d'Abélard et de son école, Gilbert de la Porée, Arnauld de Brescia et les hérétiques des bords du Rhin. Acharné contre les ennemis de l'Eglise, il n'a cessé de dénoncer les abus qui la mettaient en danger et d'adresser au pape Eugène III, son disciple, d'énergiques avertissements.

Il a laissé des traités d'édification et de polémique : *De contemptu Dei* ; *De consideratione* ; *De diligendo Deo* ; *Adversus Abælardum.* On a de lui trois cent quarante sermons, et plusieurs poésies dont l'une est célèbre : *Salve, caput cruentatum.*

B) Date : L'abbé Lebarq, par l'examen de l'écriture, de l'orthographe et des allusions historiques, est arrivé à dater le manuscrit de ce discours. Ce panégyrique aurait été prononcé à l'anniversaire même de la délivrance de Metz assiégée par Renaud II, comte de Bar, grâce à l'intervention de saint Bernard.

C) Texte : Le manuscrit a été découvert par l'abbé Lebarq. Il appartient à Mme la baronne de Tavernost, à Paris. (Edit. Lebarq, I, 395, n. 1.) Le texte que nous donnons ici est conforme à l'autographe. Toutes les corrections de Déforis ont été supprimées.

D) Analyse. *Exorde :* Pourquoi a-t-on introduit l'usage de réciter un *Ave Maria,* au début des sermons ? C'est pour honorer la Vierge dont les Protestants attaquaient le culte à ce moment-là. — C'est dans la méditation des mystères et de la croix du Christ qu'il faut chercher le principe des vertus de saint Bernard.

*Premier point :* La vie chrétienne de saint Bernard. Il nous apprend à mépriser les vanités de ce monde. Il vécut dans la prière et la pénitence.

*Deuxième point :* Vie apostolique de saint Bernard. Il convertit sa famille : ses frères, son père. Il réforma les règles monastiques, sachant modérer son autorité par la charité chrétienne. Il évangélisa les provinces, l'Allemagne, la ville de Metz.

*Péroraison :* Prière à saint Bernard pour lui demander l'amour de la pénitence et la paix entre tous les chrétiens.

Gandar (*Bossuet orateur,* p. 145) trouve ce panégyrique admirable. Bien que trouvant la langue un peu flottante, l'exorde trop long et trop abstrait, la suite des développements irrégulière, il estime que « Bossuet ne parlera jamais d'une façon plus élevée, ni plus pénétrante... Le premier essor du génie était moins réglé, moins sûr, mais plus prompt, plus irréfléchi, plus libre, au milieu même des négligences que l'improvisation a laissées, on ne sentait que mieux, dans toute la force de leur élan, l'heureuse témérité de la jeunesse et le feu de l'inspiration. »

2. On voit, d'après ce que dit l'orateur, que l'usage de commencer les sermons par un *Ave Maria* remonte au XVIe siècle.

3. *Gal.,* IV, 19.

**P. 260.**

1. *In Evang.,* III, 2, t. I, col. 444. — « Qui Christi frater et soror est credendo mater efficitur prædicando. »

2. Dans le catéchisme de Meaux, publié en 1686, Bossuet conserve cet adjectif archaïque : « Vous êtes bénite par-dessus toutes les femmes » mais il ajoute : « et Jésus, le fruit de vos entrailles est béni ».

3. *Dévot,* du latin *devotus,* qui s'est voué à, a un sens plus fort que *pieux*. C'est ainsi que saint François de Sales a fait une introduction à la vie *dévote*. Au XVIIe siècle, ce mot *dévot* désignait les personnes qui faisaient profession de piété.

4. Dans la *Divine comédie,* Dante faisait dire au saint, chargé par Béatrix de conduire le poète jusqu'aux pieds de la Reine du ciel : Elle nous accordera sa grâce parce que je suis son *fidèle Bernard :* « Per ch'io sono il suo fedel Bernardo. » (*Paradis,* XXXI, 100.)

5. *Var. :* « virginale ».

6. Ce mot est à prendre au sens étymologique (*influere,* couler dans) : action de *découler*.

7. *Edit. :* « il portait gravés ces mots... » (addition superflue).

8. « Statimque obtulit Aaron et filios ejus; cumque lavisset eos, vestivit pontificem subucula linea, accingens eum balteo, et induens eum tunica hyacinthina, et desuper humerale imposuit, quod astringens cingulo aptavit rationali, in quo erat : Doctrina et veritas. » (*Lev.,* VIII, 6-8.) C'est le latin *rationale* que Bossuet a traduit par *pectoral*.

9. Le terme auquel aboutit la Loi.

**P. 261.**

1. Le souverain sacerdoce, ou le pontificat, était, par la loi de Moïse, héréditaire dans la famille d'Aaron.

2. *Var. :* « notre précepteur ».

3. *Var. :* « mais certes il ne faut nous persuader, — croire — que Dieu engendre... »

4. « Spiritus est Deus, et eos qui adorant eum, in spiritu et veritate oportet adorare. » (*Joan.,* IV, 24.)

5. *Var. :* « de la connaissance ».

6. La parole et la sagesse du Père : tel est le sens du latin *verbum* et du grec Λόγος.

7. *Joan.*, I, 3.

8. *Ms.* : « une » (distraction).

9. Les éditeurs mettent le mot *amour* au masculin et écrivent : il nous *le* manifeste.

10. Cette expression emphatique, de même que la longueur exagérée du premier point et la forme toute scolastique de la démonstration, décèlent presque toujours l'époque de Metz.

11. La condition humaine, il s'est fait homme, il s'est incarné.

**P. 262.**

1. *Edit.* : « par conséquent. »

2. *Edit.* : « par le même Verbe. Car, de même... » Pourquoi supprimer la phrase : Rendez-vous, etc... ?

3. *Edit.* : « dont il s'est revêtu ».

4. *Edit.* : « avec un soin ».

5. *Edit.* : Elle est gouvernée d'une manière toute particulière. *Singularité* a ce sens dans les Psaumes : « singulariter in spe constituisti me ».

6. Terme emprunté au vocabulaire théologique, servant à exprimer qu'il y a deux natures en Jésus-Christ : la nature divine et la nature humaine. Le jeune orateur se sent encore de ses habitudes d'école!

7. *Edit.* : « une influence toute divine de grâce et de sagesse... »

8. Cette phrase sent le jeune docteur habitué à rappeler dans les discussions de l'école les enseignements du maître. La précédente est également d'un orateur tout jeune qui ne sait pas se borner. (Note de M. Gazier.)

9. Cf. *supra*, n. 8.

**P. 263.**

1. « In quo sunt omnes thesauri sapientiæ et scientiæ absconditi. » (*Col.*, II, 3.) — Dans certaines éditions (Gazier, Jacquinet par exemple) cette citation latine fait partie du texte même du panégyrique.

2. « ... Veni non in sublimitate sermonis aut sapientiæ... Non in persuasilibus humanæ sapientiæ verbis. » (*I Cor.*, II, 1 et sq.)

3. Petite pointe à l'adresse des orateurs de l'époque. Bossuet dans ses écrits postérieurs, ne craindra pas de les attaquer avec plus de véhémence encore (cf. à ce sujet le *Panégyrique de saint Paul* et le *Sermon sur la parole de Dieu*).

4. « Si tamen illum audistis et in ipso edocti estis, sicut est veritas in Jesu. » (*Ephes.*, IV, 21.)

# PANÉGYRIQUES

**P. 264.**

1. Appellation empruntée à l'*Epitre aux Hébreux* : « Nec quisquam sumit sibi honorem, sed qui vocatur a Deo tanquam Aaron. Sic et Christus non semetipsum clarificavit ut pontifex fieret : sed qui locutus est ad eum : Filius meus es tu, ego hodie genui te. » (*Hebr.*, V, 4-5.)

**P. 265.**

1. « Aux images et aux accents qui viennent à Bossuet pour nous représenter les saints, en ardente contemplation devant le crucifix, on sent qu'il nous parle en intime connaissance de cause de leurs délices et de leurs transports. » (Note de M. Jacquinet.)

2. Le prix dont est payé notre rachat et le breuvage qui nous vivifie.

3. Bossuet ne traduit pas, mais paraphrase, *I Cor.*, I, 20 : « Ubi sapiens ? ubi scriba ? ubi conquisitor hujus sæculi ? nonne stultam fecit Deus sapientiam hujus mundi ? »

4. « Nos autem prædicamus Christum crucifixum, Judæis quidem scandalum, gentibus autem stultitiam. » (*I Cor.*, I, 23.)

5. Cf. n. 3, p. 260.

6. *Respecter* s'est affaibli. Il a gardé ici la force du latin *respicere* : regarder avec attention, intérêt et respect.

7. Il s'en faut de beaucoup que la *vie apostolique* (sujet du second point) ait été montrée dans toute son étendue.

8. Cet exorde est d'une longueur démesurée et présente tous les défauts de la jeunesse. L'orateur s'engage dans des dissertations théologiques interminables comme il le faisait naguère sur les bancs du collège. Il faut toutefois remarquer que, si l'usage réclamait ces exordes infinis, Bossuet en réduira peu à peu l'étendue.

9. Son fils *unique*. Très souvent Bossuet emploie l'adjectif substantivement dans ses œuvres de jeunesse.

**P. 266.**

1. *Gal.*, II, 19.

2. Dans lesquelles : archaïsme. Les éditeurs impriment *auxquelles*.

3. C'est le vers d'*Athalie* :
   Et fait dans la faiblesse éclater sa puissance.

4. *Edit.* : « avec autant de détachement que le fit... »

5. Remarquer la différence notable existant entre ce premier point et l'avant-propos. On croirait presque qu'ils ne sont pas de la même époque.

**P. 267.**

1. Bossuet, dans cette description de la jeunesse, imite souvent Aristote, *Rhétorique,* II, 12.

2. « Annos natus circiter tres et viginti », dit le biographe de saint Bernard sans insister davantage sur ce point.

3. Cette comparaison plaisait à Bossuet. Elle reparaît en plus d'un autre endroit où il parle des dangereuses ivresses de la puissance, des richesses, de la grandeur. « La coupe de la colère de Dieu remplie d'un breuvage fumeux comme un vin nouveau, qui monte à la tête des pécheurs et qui les enivre. » (*Sermon sur l'amour des plaisirs,* Ier point.)

4. Corrections de date postérieure : « *elle est emportée,* elle est agitée, *tour à tour* de toutes les *tempêtes* des passions, avec une *incroyable* violence ».

5. « Autre addition, au bas de la page, sans renvoi : « Saint Bernard ne se prend point parmi tant de pièges, il n'a jamais souillé la source de l'amour. » — Il y a grande apparence que ces remaniements sont de 1656. Bossuet, prêchant la profession d'une postulante bernardine, fit un nouvel éloge de saint Bernard. » (Edit. Lebarq, I, 405, note 2.)

6. Réglée, réfléchie. — *Edit. :* « et qui n'a honte que de la modération et de la pudeur. » « C'est une addition de date postérieure qui devait se placer après le texte latin et se lire ainsi : « Et pudet non esse impudentem. » On n'a honte que de la modération et de la pudeur. » Saint Augustin, *Confess.,* II, IX. (Edit. Lebarq, I, 405, note 3.)

7. Construction remarquable : il lui est échappé quelque chose, mais ils n'y songe même pas. L'effet est détruit si l'on remplace *songer* par *croire,* ou si l'on emploie l'indicatif : *que rien lui est* échappé.

8. « Bien plus » (omis par certains éditeurs). Cet archaïsme se rencontre encore dans les *Sermons sur la loi de Dieu* et *Sur Jésus-Christ, objet de scandale,* l'un et l'autre de 1653. Il disparaît dans les années suivantes.

9. *Edit. :* « où il ne nous présente... »

10. Si Bossuet a emprunté à Aristote quelques-uns des traits de cette vivante peinture de la jeunesse, il faut reconnaître que l'orateur français a ajouté beaucoup de poésie et de vie aux observations froides et scientifiques de l'écrivain grec.

**P. 268.**

1. La construction est irrégulière ici.

2. « Honnêteté, courtoisie, manière honnête de vivre et de converser dans le monde. » (*Dict. de l'Académie* de 1694.)

3. Nous dirions aujourd'hui *les belles lettres*. Dans ce mot qui les caractérisait, l'idée de bonté (bienfaisance, action salutaire) et celle de beauté se confondaient ; n'étaient-elles pas bien nommées ?

4. L'aspect, l'abord. — *Edit. :* « la représentation ».

5. *Edit. :* « du mépris ».

# PANÉGYRIQUES

6. « Ego enim ostendam illi quanta oporteat eum pronomine meo pati. » (*Act.*, IX, 16.)

7. Au sens étymologique du mot : assemblée de gens qui écoutent, c'est-à-dire l'auditoire.

8. Sa pureté, sa virginité *(integritas)* :
Ton adorable *intégrité*
O Vierge mère, ainsi ne souffre aucune atteinte
(Corneille, *Louanges*.)

Bossuet emploie rarement ce mot dans ce sens. Il lui donne d'ordinaire le sens de « caractère de ce qui est entier et sain ».

## P. 269.

1. L'*s* est ici une correction. — Bossuet écrit tantôt *jusques*, tantôt *jusque*.

2. « Ego autem dico vobis quia omnis qui viderit mulierem ad concupiscendum eam, jam mœchatus est eam in corde suo. » (*Matth.*, V, 28.)

3. « Oculos habentes plenos adulterii et incessabilis delicti. » (*II Petr.*, II, 14.)

4. La pudeur.

5. *Var.* : « mais, Seigneur, achevez... »

6. « Amans habitare secum, publicum fugitans, mire cogitationes. » Guillaume de Saint-Thierry, dans sa *Vita prima*, passim, nous montre le jeune saint pénétré de la pensée de Dieu.

7. En écrivant ces lignes, Bossuet s'est inspiré autant des *pensées* du saint que des siennes et du souvenir de sa propre vocation.

8. « *Prétendre*, verbe actif, demander une chose à laquelle on croit avoir droit. Il signifie aussi simplement aspirer à une chose et alors il est neutre. » (*Dictionnaire de l'Académie*, 1694.) Mais Bossuet n'observe pas cette distinction. — *Que prétends-tu dans le monde*, signifie ici : que cherches-tu dans le monde, qu'est-ce qui t'y attire ?

9. *Var.* : « qu'une certaine ardeur ».

10. Cette idée se retrouve en termes presque identiques dans le *Sermon sur la loi de Dieu*.

11. *Déforis* : « rares ».

12. Bossuet, à la veille d'être ordonné diacre, âgé alors de vingt-deux ans, se posait la même question dans une *Méditation sur la brièveté de la vie ;* que reste-t-il de l'existence, si l'on élimine le temps de l'enfance, le temps employé au sommeil ou à des choses négligeables ? : « Ma carrière est de quatre-vingts ans tout au plus, et de ces quatre-vingts ans, combien y en a-t-il que je compte pendant ma vie ?... C'est comme des clous attachés à une longue muraille dans quelque distance; vous diriez que cela occupe de la place; amassez-les, il n'y en a pas pour remplir la main. »

13. Du monde : les hommes qui se laissent guider par des principes opposés à ceux de l'Evangile.

14. Cf. Corneille, *Polyeucte,* IV, 11.
> Toute votre félicité,
> Sujette à l'instabilité,
> En moins de rien *tombe par terre.*

15. *Edit. :* « de se trouver ».

## P. 270.

1. *Edit. :* « qui subsiste toujours ». — La répétition du verbe *passer* était voulue : elle revient encore à la phrase suivante.

2. On retrouve la même idée en termes presque identiques dans la *Méditation sur la brièveté de la vie,* mentionnée dans la note 12, p. 269.

3. *Edit. :* « concluait Bernard... »

4. Bossuet avait dit plus haut (p. 265) : « ce sang précieux qui est notre prix et *notre breuvage.* » Il emploie fréquemment ce verbe au sens figuré dans ses sermons prêchés à Metz. — Cf. *Panégyrique de saint Jean :* « Quel avait plus d'ardeur pour la croix que Jean, qui avait *humé ce désir* aux plaies mêmes de Jésus-Christ. » Expression à la fois bizarre et énergique.

5. *Edit. :* « découlaient des fleuves de cette eau vive qui rejaillit jusqu'à la vie éternelle ». — C'est refaire complètement la phrase. Par distraction, Bossuet a écrit sur son manuscrit : « Cette bouche divine *desquels* inondaient... »

6. C'est à Jésus crucifié, et non pas à la Mort personnifiée que s'adressent ces paroles.

7. « Consepulti ei in baptismo, in quo et resurrexistis per fidem operationis Dei qui suscitavit illum a mortuis. » (*Coloss.,* II, 12.)

## P. 271.

1. Etienne Harding, troisième abbé de Cîteaux (Cf. Fleury, *Hist. ecclés.,* IX, 66).

2. *Vita S. Bernardi, auct. Guill.,* III, 18.

3. *Var. :* la 1re rédaction, effacée par un trait vertical sur le ms., est conservée dans le texte par les éditeurs : « mais autant que leur vie était inconnue aux hommes, autant était-elle (*Edit. :* « elle était ») en admiration devant les saints anges. »

4. Abbaye de Bénédictins fondée en 1098, à Cîteaux, près de Dijon. Quinze ans plus tard seulement, Bernard y vint prendre l'habit.

5. *Edit. :* « de sorte » : latinisme fréquent chez Bossuet — mais on trouvera un peu plus loin : « de telle sorte ».

6. *Edit. :* « croître en vertu ».

7. *Ms.* : « capables ». — Toutes ces distractions sont une preuve de la rapidité avec laquelle Bossuet a composé son sermon.

8. « D'après ce qui précède, ce mot paraît se rapporter aux exploits de l'infatigable créateur d'abbayes nouvelles, dans l'ordre de Cîteaux, sans cesse agrandi, soit en France, soit hors de France sous une seule et même règle, sévèrement maintenue et souvent revisée. » (Note de M. Jacquinet.)

9. « Bien qu'on retrouve dans ce « tableau » plusieurs traits empruntés aux écrits mêmes de saint Bernard, à ses lettres, aux *Sermons sur le Cantique des cantiques,* c'est principalement aux diverses Vies de saint Bernard que Bossuet fait des emprunts, et surtout à la biographie commencée du vivant même du saint par son ami, l'abbé Guillaume de Saint-Thierry de Reims. Elle raconte la jeunesse et la vie monastique du saint jusqu'au temps du schisme d'Anaclet. » (Note de M. Rébelliau.)

10. *Vita S. Bernardi, auct. Guill.,* I, IV, 20; VIII, 38 et 40; XII, 33.

11. *Edit.* : « tellement ».

12. Cette phrase est renvoyée plus loin par les éditeurs.

13. « La pauvreté des moines dans l'abbaye de Clairvaux, fille de celle de Cîteaux, était si grande au commencement, qu'ils étaient souvent réduits à faire leur potage de feuilles de hêtre, et de mêler dans leur pain de l'orge, du millet et de la vesce. » *Histoire ecclésiastique.* (Cité par M. Jacquinet.)

**P. 272.**

1. *Edit.* : « Epicure nous apprend, disait-il, à nourrir le corps parmi les plaisirs, et Hippocrate promet de le conserver en bonne santé : pour moi, je suis disciple de Jésus-Christ, qui m'enseigne à mépriser l'un et l'autre. » — Il n'y a pas un mot de cette phrase au manuscrit. (Edit. Lebarq, I, 411, n. 1.)

2. *S. Bernardi epist.,* I, 12.

3. Au XVIIe siècle ce mot était synonyme de *nourriture, d'aliment* en général. Bossuet a dit que les fruits du paradis étaient la viande de nos premiers parents. — Les moines de Cîteaux s'abstenaient de viande.

4. Au sens général de saveur recherchée et piquante, qui invite à goûter de nouveau *(regustare).* — *Edit.* : « la délicatesse de la table ».

5. C'est ici que les éditeurs placent la phrase supprimée plus haut : « Le pain, etc... » en ajoutant ces mots : « cependant, pour n'être pas tout à fait dégoûté de son pain d'avoine et de ses légumes, il attendait que la faim les rendît un peu supportables. »

6. *Edit.* : « le travail ».

7. « Correction qui remplace : « causées ». Nous l'acceptons ici, bien qu'elle soit de date postérieure : l'auteur paraît

avoir réprouvé sa première rédaction. » (Edit. Lebarq, I, 411, n. 5.)

8. *Gal.*, VI, 14.

9. *De compunct.*, II, 2.

10. Comme plus haut : *vivre à Dieu, vivre à la justice.* — *Mourir au péché, mourir au monde, mourir à ses passions* se disent encore.

**P. 273.**

1. *Edit.* : « le ».

2. *Var.* : « qu'un cœur ».

3. Cette idée est excellemment développée dans le IIIe point du *Sermon sur l'honneur du monde*.

4. Au plus fort d'une violente maladie, le saint, dont la vie était chargée de mérites, avait cependant tremblé devant le juge auquel il se croyait près d'en rendre compte, tellement il estimait ses œuvres insignifiantes aux yeux de son Créateur. Cf. *Vita S. Bernardi auct. Guill.*, XII, 57.

5. *Ibid.*, I, XII.

6. *Var.* : « Premièrement par droit de nature, et comme le prix de ses travaux et de ses conquêtes ».

7. C'est-à-dire le titre de conquérant du ciel; titre cédé par pure libéralité puisque « les bonnes œuvres n'ont de mérite qu'autant qu'elles viennent de Jésus-Christ ».

**P. 274.**

1. *Edit.* : « ne prononcez-vous pas... ? »

2. *Première rédaction* : « Sa complexion était tendre et délicate; cependant ni jeune ni vieux, il ne s'est jamais épargné. Sa première jeunesse a vu naître sa pénitence : sa vieillesse la plus décrépite ne l'a jamais vue relâchée ».

3. Exagération. Saint Bernard est mort à soixante-quatre ans, bien avant l'âge de la *décrépitude.*

4. *Var.* : « Bernard maniait presque toutes les affaires de son Ordre, et presque de toute l'Eglise ». (1re rédaction.)

5. Cf. biographie de Saint Bernard, note 1, p. 259.

6. *Idem*, note 1, p. 259.

7. Que négociait-il ? sans doute la paix, la charité entre les grands et les petits, entre les puissants de ce monde et leurs égaux.

8. *Var.* : « il ne modérait point la rigueur de sa pénitence... » (1re rédaction.)

9. « Tout ce passage est une éloquente addition. Il en est de même du suivant. La première rédaction portait seulement : « Si cette extrême rigueur nous rebute, du moins devrions-nous tâcher d'imiter quelque chose de ce généreux mépris de la terre. Mais nous voulons contenter nos esprits et vivre à

notre aise, et après cela être appelés chrétiens. N'appréhendons-nous pas cette terrible sentence du Fils de Dieu : « Malheur à vous qui riez, car vous pleurerez ! » (*Luc*, VI, 25.) Mais je vous laisse sur cette pensée ; car je suis moi-même trop languissant pour vous en représenter l'importance ; et il faudrait pour cela que j'eusse quelque étincelle de ce zèle apostolique de saint Bernard, que nous allons considérer un moment dans la seconde partie. » (Edit. Lebarq, I, 414, n. 2.)

10. *Edit.* : « N'appréhendons-nous pas cette terrible sentence, etc. » Phrase empruntée à la 1re rédaction. (Voir note 9.) On la retrouve à la fin du discours.

11. « Mortui enim estis, et vita vestra est abscondita cum Christo in Deo. » (*Coloss.*, III, 3.)

## P. 275.

1. *Matth.*, XI, 12.
2. *Var.* : « cette ».
3. *Var.* : « versa ».
4. *Edit* : qui fréquentaient la maison... »
5. « On a ici un de ces exemples où ces mots qui ne disent rien, placés à propos, et entourés comme il convient, en disent plus, par ce qu'ils font entendre ou laissent deviner, que les termes les plus précis et les plus corrects... » (Note de M. Jacquinet.)
6. Cf. Vacandard, *Vie de saint Bernard*.
7. « Dieu voulut que tous ses frères, après avoir résisté quelque temps, vinssent à lui l'un après l'autre. » (Déforis.)

## P. 276.

1. Bossuet fait allusion ici à la séparation de Guy, frère aîné de Bernard, d'avec sa jeune épouse et mère de deux petites filles, — séparation obtenue par le zèle apostolique du saint abbé menaçant son frère et sa belle-sœur des pires châtiments s'ils demeuraient dans le monde. Bernard obtint que Guy se fît religieux et que sa femme entrât au cloître avec ses deux enfants. — Cf. *Vita S. Bernardi*, III, x; et Vacandard, *Vie de saint Bernard*, I, 26 (Paris 1910).
2. Voir plus haut n. 8, p. 269.
3. *Edit.* : « ces généreux militaires... »
4. « Ces trois derniers mots sont une addition que l'auteur a jugée nécessaire en se relisant plus tard. » — *Var.* : « ni le repos. » (Ed. Lebarq, I, 416, n. 3.)
5. Ces mots ajoutés au récit rendent vraisemblable cette réponse bien sérieuse pour un enfant de cet âge.
6. Certaines éditions portent : « et quoi donc ».
7. *Vita S. Bernardi*, I, III.
8. *Edit.* : « fit une telle impression... »

9. *Edit.*: « la satisfaction de les voir, jusqu'à ce qu'elle eût protesté... instructions. Alors le vénérable... »

10. *Vita S. Bernardi*, I, VI.

11. Bossuet, jeune prédicateur ne craint pas d'employer des termes extrêmement rudes. Il traite ici notre corps de *pourriture,* puis de *masse de boue* et un peu plus loin *d'ordure.* Plus tard, il saura sans les affaiblir, adoucir ces termes et les rendre plus acceptables.

12. *Edit.* : « mais, c'est toujours... »

## P. 277.

1. Le *sac* ou *cilice* était un habit de pénitence, une sorte de chemise d'étoffe grossière.

2. *Edit.* : « vous ferai-je voir... »

3. Bossuet s'étend longuement sur cette conquête et derrière ce récit pénétré d'onction, au style simple et naïf, on sent le cœur si délicat et si tendre du jeune orateur.

4. C'est la quatrième ou la cinquième fois que Bossuet emploie cette exclamation.

5. Ms. : « caduque ».

6. *Var.* : « dans son dernier âge ».

7. *Var.* : « sous la discipline ».

8. *Edit.* : « ce ».

9. Cf. *Oraison funèbre de Henriette d'Angleterre* : texte p. 104 et note 2.

10. *Edit.* : « ainsi vous voyez... »

## P. 278.

1. Fleury, dans son *Histoire ecclésiastique,* LXVIII, LXI, parle de cet abbé qui poussa saint Bernard à s'élever contre Abélard.

2. *Vita S. Bernardi*, VII, 35.

3. *Edit.* : « de telle manière ».

4. *Edit.* : « de ».

5. Voici ce que saint Bernard écrivait aux parents d'un jeune homme se préparant à entrer dans son monastère : « At fortassis metuitis corpori ejus vitæ asperitatem... nolite flere... Ego ero illi pater, ego mater, ego frater et soror. » (*Ep.*, CIX.)

6. Au sens du latin *separare* : mis à part.

7. Pierre Léon ou Pierre de Léon, élu antipape en 1130, à la mort du pape Honorius, sous le nom d'Anaclet. Il fut excommunié au concile de Reims, et violemment combattu par saint Bernard.

8. *Edit.* : « se rendant ainsi... »

9. « Sollicitudo omnium Ecclesiarum. » (*II Cor.*, XI, 28.)

10. Le saint refusa toujours les sièges épiscopaux les plus importants qu'on lui offrit.

11. Les miracles. — Ce mot *signe* est employé souvent dans ce sens dans les Evangiles, celui de saint Jean en particulier.

## P. 279.

1. Les miracles sont en effet des événements extraordinaires se produisant hors ou au-dessus des lois de la nature.
2. « In simplicitate cordis et sinceritate Dei, et non in sapientia carnali, sed in gratia Dei. » (*II Cor.*, I, 12.)
3. Les éditeurs remplacent *ni* par *et*.
4. « Fiduciam habuimus in Deo nostro. » (*I Thess.*, II, 2.)
5. « In ostensione spiritus et virtutis. » (*I Cor.*, II, 4.) Il s'agit de la manifestation de l'Esprit.
6. « Nemo (te) contemnat. » (*I Tim.*, IV, 12.)
7. *Var.* : « une gravité ».
8. *Edit.* : « ce violent ».
9. Le duc Guillaume IX, un des plus déclarés partisans de l'antipape Anaclet.
10. « Discite subditorum matres vos esse debere. » (Saint Bernard, *Sermon XXIII*.)
11. *Ms.* : « ses ».
12. C'est la traduction littérale du texte latin de saint Paul : *opportune, importune.*
13. Cf. *Sermon pour la Pentecôte* : « Spiritum nolite extinguere », au IIe point.
14. « Omnibus omnia factus sum, ut omnes facerem salvos. » (*I Cor.*, IX, 22.) — Les éditeurs ont introduit cette citation latine dans le texte de Bossuet.

## P. 280.

1. Allusion au livre *De consideratione,* adressé au pape Eugène III.
2. Leur dignité, leur rang.
3. *S. Bernardi epist.*, 45, 185, 220-221, 237-238, et *passim*.
4. Dans ces quelques lignes, est contenue en germe toute l'entrée en matière de l'*Histoire des variations* qui devait paraître trente ans plus tard. — L'orateur rend ici hommage à l'esprit de modération apporté par saint Bernard dans son rôle de réformateur de la discipline et des mœurs de l'Eglise.
5. *Var.* : « insupportable ».
6. Croyance unanime des fidèles qui les unit entre eux, dans l'Eglise.
7. *Var.* : « mais ils se sont laissé trop flatter... »
8. Bossuet désigne ainsi la réforme protestante.
9. Ces quelques mots font allusion aux luttes ardentes que le saint soutint victorieusement contre les novateurs de son temps : Abélard, Arnauld de Brescia, Gilbert de la Porée, Pierre de Bruys

10. Cf. *Oraison funèbre de Henriette de France*, n. 6, p. 63. — Bossuet fait peut-être allusion à des événements actuels pleins de tristesse.

11. Note de Déforis : « Ce fut en 1153 que se donna cette bataille. Les Messins indignés des ravages que commettaient sur leur territoire les seigneurs voisins, dont le chef était Renaud II, comte de Bar, sortirent à leur rencontre. Le combat se livra à Thyrcy, près de Pont-à-Mousson. Les habitants de Metz, quoique plus nombreux, furent défaits, et il en périt environ deux mille qui furent tués ou noyés dans la Moselle. »

12. Voir n. 3, p. 274.

**P. 281.**

1. Au temps de Bossuet, on ne distingue pas les deux locutions *près de* et *prêt à* l'une de l'autre. — *Edit.* : « et prêtes... »

2. C'est-à-dire, ce sang que celui de Jésus a racheté.

3. A l'époque où Bossuet parlait, il y avait près d'un siècle que Metz était devenue française par le traité de Cateau-Cambrésis (1559) : sa fidélité ne s'était pas démentie depuis ce temps.

4. Regardés comme :
les Gentils : les païens.
les publicains : les collecteurs d'impôts, détestés par les juifs.

5. « C'est le développement du *Sancta Sanctis* que le grand Arnauld avait pris pour épigraphe de son livre de la *Fréquente communion* ; et les principes de Port-Royal et de Bossuet sont ici les mêmes. » (Note de M. Gazier.)

6. *Edit.* : « pouvoir obtenir miséricorde... »

7. *Edit.* : « de l'enfer ».

**P. 282.**

1. L'apparence, à peine remarquée d'abord d'un jeu antithétique de mots, qui serait bien froid et indigne du grave orateur, s'est produite inconsciemment dans cette page d'une rédaction évidemment hâtive. » (Note de M. Jacquinet.)

2. « Dominus zelotes, nomen ejus. » (*Exod.*, XXXIV, 14.)

3. « Radix omnium malorum est cupiditas. » (*I Tim.*, VI, 10.)

4. *Edit.* : « et nous menace encore de plusieurs malheurs... »

5. *Var.* : « de courir après les plaisirs ».

6. « Les éditeurs ajoutent encore ici : « Le seul mot de mortification nous fait horreur. » Il faut, au contraire, retrancher quelques mots, que l'auteur a transportés, au dernier moment, à la fin de son I^er point : « Nous aimons la débauche, la bonne chère. » (Edit. Lebarq, I, 423, n. 6.)

7. *Luc,* VI, 25.

8. *Prov.*, XIV, 13.

9. *Edit.* : « et celle-ci... »

10. *Job,* XXI, 13.

PANÉGYRIQUES 1333

11. Obtenez-nous. Ce latinisme *(impetrare)* ne s'emploie plus aujourd'hui. Seul le mot *impétrant* existe encore.

12. La phrase est inachevée sur le ms. *Edit. :* « Votre secours et votre médiation au milieu des troubles qui nous agitent. » (Cette phrase est de Déforis.)

13. La guerre de Trente ans n'avait été arrêtée que partiellement par le traité de Westphalie (1648) ; la lutte continuait entre la France de Mazarin et l'Espagne de Philippe IV.

**P. 283.**

1. Cette paix si désirée ne devait être conclue que six ans après (1659).

2. Mot oublié par les éditeurs.

## SECOND PANÉGYRIQUE
## DE SAINT GORGON

**P. 285.**

1. A) Biographie : Voir le *premier Panégyrique de saint Gorgon,* note 1 A.

B) Date : La date n'a pu être établie que par conjecture. « Malgré quelques rudesses de forme... ce discours d'un tour si vif et si ferme doit, ce semble, être tenu, à la vérité, pour un essai de jeunesse de l'orateur, mais non pour l'un des plus anciens. » (Ed. Lebarq, I, 576.) M. Gandar (*Bossuet orateur,* p. 34) fait du présent discours le brouillon du panégyrique que nous donnons p. 223. « Bossuet n'aurait guère pu, écrit-il en note, même à deux ou trois ans d'intervalle, dans la même paroisse, en présence du même auditoire, répéter si souvent les mêmes termes. »

C) Texte : Le manuscrit de ce discours n'existe plus.

D) Analyse. *Exorde :* L'heure du saint sacrifice de la messe est le temps le plus propice pour célébrer les louanges d'un martyr. — Que les chrétiens prennent exemple sur ces âmes généreuses.

*Premier point :* La grâce de Jésus-Christ est puissante dans les martyrs. C'est elle qui a soutenu saint Gorgon tandis qu'il était à la cour de l'Empereur et qui lui a fait mépriser les vanités humaines. Le tyran a lutté en vain contre lui. Les grands biens que sa mort glorieuse a procurés au serviteur de Dieu.

2. Cette entrée en matière nous indique que Bossuet a prononcé son discours au cours d'une messe célébrée en l'honneur du saint martyr.

3. L'Eucharistie.

4. Cf. Bossuet, *Méditations sur l'Evangile, la Cène,* 57ᵉ jour.

5. Pour l'amour de Dieu le Père.

6. *Epist.*, XXII, n. 13.

7. « Dans le sépulcre de la pierre d'autel reposent quelques reliques des saints, dont l'une au moins doit provenir d'un martyr; l'on sait en effet que primitivement il fut d'usage de célébrer les saints mystères sur le tombeau des martyrs. » (Dom Vandeur, *la Sainte Messe,* p. 38.)

**P. 286.**

1. La Sainte Messe, qui est le sacrifice du corps et du sang du Christ offerts sur l'autel pour rendre présent et continu le sacrifice de la croix.

2. L'identité entre le Christ et ses martyrs est affirmée ici.

3. La messe est un mémorial de la Passion du Sauveur, mais un mémorial vivant : « Faites ceci en mémoire de moi », dit Jésus à ses apôtres et saint Paul ajoute : « Toutes les fois que vous mangerez ce pain et que vous boirez ce calice, vous annoncerez la mort du Seigneur jusqu'à ce qu'il vienne. » (*I Cor.,* XI, 26.)

4. « Adimpleo ea quæ desunt passionum Christi in carne mea pro corpore ejus, quod est Ecclesia. » (*Coloss.,* I, 24.)

5. « Bien que la prière « *Veni Sanctificator omnipotens, æterne Deus...* » que le prêtre récite au cours de la messe après l'offrande du pain et du vin s'adresse au Seigneur considéré dans son unité, bien des liturgies cependant, s'adressent à la troisième personne de l'auguste Trinité; elles demandent que le feu du Saint-Esprit consume le pain et le vin pour les changer au corps et au sang de Jésus-Christ. C'est à lui de produire le Fils de Dieu sur l'autel comme il forma son corps dans le sein de Marie; telle est l'explication que suggérait saint Fulgence au VIᵉ siècle. » (Lib. II *ad Monim*, c. x. — Migne, P. L., t. LXV, col. 188.) (Dom Vandeur, *la Sainte Messe,* p. 151.)

6. La récitation de l'*Ave Maria* qu'on avait coutume de dire au début des sermons, au temps de Bossuet est amenée par quelques mots seulement. Comparer avec le *Panégyrique de saint Bernard.*

7. Le monde qu'il faut combattre, c'est le monde qui suit des maximes opposées aux principes apportés par le Christ et codifiés dans l'Evangile.

8. Cette phrase se retrouve dans le *Panégyrique de sainte Catherine* que nous avons donné en appendice (début du 2ᵉ alinéa, p. 641).

9. Cf. *Panégyrique de sainte Catherine, ibid.*

10. Bossuet a donné fréquemment, et avec raison, le titre de capitaine au Christ. Celui-ci est en effet le chef de l'Eglise et de l'humanité qu'il a conquise par le sacrifice du calvaire.

**P. 287.**

1. « In nomine Jesu omne genu flectatur, cœlestium, terrestrium et infernorum... » (*Phil.,* II, 10.)

2. Le baptême fait naître l'âme à la vie surnaturelle et incorpore le chrétien, devenu par lui soldat de Dieu, à une société spirituelle : l'Eglise catholique.

3. *Is.*, LXV, 23. (Cette citation se retrouve dans le *Panégyrique de sainte Catherine.*)

4. Cf. *Panégyrique de saint François d'Assise,* n. 6, p. 238.

5. *De corrept. et grat.,* XII, 35.

6. Bienheureuses en ce sens qu'elles lui ont acquis l'éternité bienheureuse.

7. Qu'il a acceptées vaillamment par amour pour le Christ.

**P. 288.**

1. Le chevalet de torture était un instrument qui se composait d'une pièce de bois triangulaire reposant sur quatre pieds, et sur lequel on couchait le patient, dont le corps était lié et fixé dans un état de complète immobilité. L'extrémité des cordes qui attachaient les membres était fixée à un cric. Il suffisait d'imprimer un mouvement au cric, à l'aide d'un tourniquet, pour tendre les cordes et disloquer en les déchirant, les membres du patient. On opérait cette tension graduellement pour déterminer l'accusé à faire des aveux.

2. Comparaison de la charité d'Adam avant sa faute avec celle du martyr au moment où il fait le sacrifice de sa vie à Dieu.

3. La concupiscence n'existait pas en Adam avant sa faute. Les affections et les passions qu'il possédait en vertu de sa nature, étaient soumises à la raison, et ne se portaient vers les biens sensibles que selon l'ordre de la raison.

4. Le premier homme, par pure bonté de Dieu avait été élevé à l'état surnaturel et établi dans la justice et la grâce et possédait tous les privilèges de la nature intègre : la science, la rectitude de la volonté, l'impassibilité, l'immortalité, biens que le martyr ne possédera de fait que s'il reste fidèle à Dieu jusqu'à la mort.

**P. 289.**

1. Saint Augustin, *ubi supra*.

2. La supériorité du martyr est affirmée ici : Adam ne demeure pas ferme à son devoir, le martyr, malgré toutes les séductions du monde reste fidèle à Dieu.

3. Le Christ, qui a revêtu toutes les infirmités de la nature humaine par le mystère de l'Incarnation.

4. *Var.* : « ne garde pas... »

5. *II Cor.,* XII, 9.

6. Saint Augustin, *De corrept et grat.,* XII, 35.

7. Il faut chercher la source de la force, de la constance, de la charité du martyr, en Dieu, dans le mystère de Jésus-Christ fait chair.

8. *Rom.*, VIII, 35.

9. Cf. *premier Panégyrique de saint Gorgon,* page 226.

10. *Matth.*, XI, 8.

11. Cf. *premier Panégyrique de saint Gorgon,* n. 5, p. 226.

**P. 290.**

1. *Histor. eccles.*, VIII, VI.

2. *Edit. :* « effrayant ».

3. Cf. *premier Panégyrique de saint Gorgon,* p. 227.

4. Cette idée se retrouve exprimée différemment dans le *premier Panégyrique de saint Gorgon,* p. 227 (après le n° d'appel 10).

5. Cf. *premier Panégyrique de saint Gorgon, ibid.*

6. Cette fin de phrase se retrouve dans le *premier Panégyrique de saint Gorgon, ibid.*

7. Cf. *premier Panégyrique de saint Gorgon, ibid.* (au n° d'appel 5).

8. Les chrétiens passaient pour des impies, contempteurs de la divinité, responsables dès lors des malheurs publics, comme Tertullien en témoigne dans son *Apologétique :* « Si le Tibre déborde, si le Nil n'inonde pas les campagnes, qu'il y ait sécheresse, tremblement de terre, famine, peste, aussitôt retentit le cri : « Les chrétiens aux lions! »

9. Dioclétien vaincu par les instances du césar Galère publia, en 303, les fameux édits qui ordonnèrent successivement la destruction des temples et des livres chrétiens; puis le supplice des évêques et des clercs, enfin l'extermination de tous les fidèles. La persécution fit rage dans toute l'étendue de la Gaule. Saint Vincent en Espagne, saint Maurice et la légion thébaine, saint Sébastien, saint Victor à Marseille (303), sainte Catherine à Alexandrie (307), sainte Agnès à Rome sont les plus célèbres martyrs de l'époque.

**P. 291.**

1. Allusion à l'édit de Milan (313) publié par Constantin et Licinius qui marqua la fin des persécutions.

2. Cf. *Act.*, XVI, 25 et seq., et en particulier verset 33 : « Et tollens eos in illa hora noctis, lavit plagas eorum. »

3. Cf. *premier Panégyrique de saint Gorgon,* p. 230.

4. Tout cet alinéa n'est que le commentaire de deux citations de la Sainte Ecriture : un verset du prophète Zacharie et un verset du psaume LXVIII.

5. *Zach.*, XIII, 6.

6. *Ps.* LXVIII, 27.

PANÉGYRIQUES 1337

7. « ... et plectentes coronam de spinis posuerunt super caput ejus... » (*Matth.*, XXVII, 29.)

8. Allusion à la flagellation. — « Pilatus... tradidit Jesum flagellis cæsum ut crucifigeretur. » (*Marc,* XV, 15.)

9. *Ps.* LXVIII, 27.

10. « Foderunt manus meas et pedes meos. » (*Ps.* XXI, 17.)

11. « Postea sciens Jesus, quia omnia consummata sunt, ut consummaretur Scriptura, dixit : sitio. » (*Joan.*, XIX, 28.)

12. *Ps.* LXVIII, 22 : « Et dederunt in escam meam fel, et in siti mea potaverunt me aceto. »

13. Cf. *premier Panégyrique de saint Gorgon :* « qui aussitôt rétrécit ses nerfs dépouillés... » p. 230.

14. Cf. *premier Panégyrique de saint Gorgon :* « nourrissant de ses entrailles une flamme pâle et obscure... »

**P. 292.**

1. Cette description du supplice de saint Gorgon est, comme on le voit, d'un réalisme de fort mauvais goût.

2. C'est ainsi que Bossuet appelle David.

3. *Ps.* LXV, 12.

4. *I Cor.*, XV, 55.

5. *Luc,* X, 42.

6. *I Tim.*, VI, 8. — *Déforis :* « Habentes victum et vestitum, contenti sumus. Telle était sans doute la leçon du manuscrit, inexacte d'ailleurs. »

7. S. Aug., *Serm.* LXII, n. 14.

**P. 293.**

1. *Ps.* LI, 4.

2. Excroissance. — Cette page écrite très rapidement est très négligée : on y trouve des trivialités en même temps que de nombreuses redites.

3. S. Aug., *Enarr. in Ps.* LI, n. 9.

4. *II Cor.*, XII, 15.

## PREMIER PANÉGYRIQUE
## DE SAINT BENOIT

**P. 295.**

1. A) Biographie : Saint Benoît de Nursie, patriarche des moines d'Occident. Les renseignements historiques que nous possédons sur ce saint se réduisent à ceux que nous donne saint Grégoire le Grand (540-604) au livre II de ses *Dialogues,* d'après le témoignage de disciples immédiats de saint Benoît. Né vers 480 à Nursie (au S.-E. de Spolète) de parents nobles, élevé à Rome; le désir d'échapper à la corruption qui l'entourait le fit se retirer dans la solitude de Subiaco, à une quarantaine de kilomètres de Rome où Romain, futur abbé de Fontrouge

près d'Auxerre, l'initia à la vie érémitique. Après trois années d'austère pénitence, il fut élu abbé par les moines de Vicovaro (entre Subiaco et Tivoli). Ceux-ci mécontents de sa sévérité voulurent l'empoisonner. Il aurait alors fondé douze monastères sur les noms et l'emplacement desquels on n'est point d'accord. Persécuté par un prêtre calomniateur, nommé Florent, il quitta Subiaco pour le Mont-Cassin où Tertullus, père de son disciple saint Placide, lui donna des terres. Après avoir abattu les idoles qu'y vénérait encore une population païenne, il fonda vers 529 le célèbre monastère qui devint le chef de son ordre et rédigea sa règle monastique dans laquelle tout est prévu avec la plus grande précision. Il serait mort le 21 mars 543. Il fut enterré près de sa sœur jumelle sainte Scolastique morte le 10 février précédent. Les reliques des deux saints conservées d'abord au Mont-Cassin auraient été enlevées en 653, après la destruction du monastère par les Lombards et portées au monastère de Fleury, appelé depuis Saint-Benoît-sur-Loire. Les moines du Mont-Cassin contestent cette tradition et prétendent avoir conservé la plus notable partie du corps de leur fondateur.

B) Date : « Ce discours que, faute d'en avoir vu l'original, M. Lebarq assignait à l'année 1660, dut être prononcé à Metz, et vraisemblablement dans l'église des Bénédictins de Saint-Clément. A en juger par l'écriture, il fut composé vers 1654. Cette conjecture est d'autant plus probable que l'exorde est écrit sur le dos d'un acte relatif à l'exercice, *sede vacante,* des pouvoirs de plusieurs dignitaires ecclésiastiques, parmi lesquels figure Jean Royer, archidiacre de Metz, à qui Bossuet fut donné pour successeur le 27 août 1654. » (Edit. Lebarq, VII, 1.)

C) Texte : Le manuscrit autographe est la propriété de M. Michelmore, libraire à Londres. Il est malheureusement incomplet.

D) Analyse : Depuis l'origine de l'humanité existent deux races d'hommes : les enfants de Dieu et les enfants du monde qui vivent mêlés les uns aux autres. Saint Benoît a voulu éviter la contagion de ces derniers en se retirant dans la solitude, et en y menant auprès de Romain une existence d'austère pénitence qui lui apporte les plus douces consolations. Que les chrétiens suivent son exemple : qu'ils se mortifient !

Son austérité lui a fait aimer profondément les biens éternels : sa foi ardente, son amour confiant envers Dieu...

2. De cet exorde, Bossuet, en 1664, a fait le début du premier point de son *Panégyrique de saint Sulpice* (cf. p. 529).

3. *Var.* : « l'Eglise ».

4. Saint Augustin : *De civit. Dei,* XIV, IV.

5. Les descendants de Caïn sont par excellence les *fils des hommes* (Bossuet les désigne par l'expression : *enfants du monde*)

parce qu'ils se sont distingués par leur savoir-faire et par leur sagesse humaine. L'auteur sacré, en effet, a constaté que le progrès matériel est dû à leur initiative. C'est Enoch, fils de Caïn, qui a construit la première ville. Jabel est le père des Nomades et Jubal le père de ceux qui joueront de la harpe et du chalumeau. La Bible nous laisse ainsi entendre que toutes les manifestations de la vie humaine ont pris naissance grâce à l'ingéniosité de la race de Caïn. L'auteur sacré constate le fait sans prétendre pour cela condamner des institutions qui sont nécessaires à la vie.

6. La lignée de Seth a pour trait distinctif, d'être faite comme son premier chef Adam, à l'image et à la ressemblance de Dieu (*Gen.*, v, 1-3). A cause de cela, ses membres sont appelés *fils de Dieu* (*Ibid.*, vi, 2) par analogie avec les anges auxquels est réservée ordinairement cette appellation. Le progrès religieux est dû à Enos, un des fils de Seth, qui inaugura le culte extérieur et public.

7. Babylone, rivale de Jérusalem, fut souvent en guerre avec le peuple juif, qui y passa les soixante-dix ans de captivité. Les Ecritures en parlent comme d'un foyer de corruption et d'idolâtrie, et en font le réceptacle de tous les vices et de toutes les impuretés. Exaspérés par la politique barbare des Babyloniens, les Israélites leur vouèrent une haine profonde, et la dissolution des mœurs dont ils furent témoins durant leur captivité ajouta à ce sentiment celui de l'horreur : d'où l'appellation de *grande prostituée* qu'ils appliquèrent à cette ville.

8. Jérusalem (de l'hébreu : vision de paix). Dans l'*Apocalypse* de saint Jean (xxi, 2 et sq.) la Jérusalem céleste n'est pas plus une ville, dans le sens propre du mot, que ne l'était la grande Babylone (*Apoc.*, xvii, xviii, xix); mais bien une *cité,* c'est-à-dire une société formée de membres harmonieusement unis entre eux comme les pierres d'un édifice. Jérusalem *la ville sainte* symbolise l'Eglise, la Société des Saints, et est opposée à Babylone la prostituée, *symbole du vice.*

9. *Ps.* cxxxvi, 1.

10. *Var.* : « c'est pourquoi... »

11. *Ps.* cxxiv, 1.

12. Bossuet développe cette même idée dans le second point du sermon pour le dimanche de Quasimodo, 4 avril 1660.

13. « Videntes filii Dei filias hominum quod essent pulchræ, acceperunt sibi uxores ex omnibus quas elegerant. » (*Gen.*, vi, 2.)

14. Avec la race des hommes. Voir note 5.

**P. 296.**

1. *Var.* : « et ne doivent point communiquer... »

2. « Nolite communicare operibus infructuosis tenebrarum. » (*Ephes.*, v, 11.)
3. *Joan.*, XVII, 14.
4. *Joan.*, XVII, 9.
5. Le monde, dont les maximes sont opposées aux principes évangéliques.
6. *Joan.*, XVII, 16.
7. *Var.* : « tout à fait — infiniment ».
8. *In Joan.*, tr. CVIII, 1.
9. Depuis notre baptême.
10. *Var.* : « renés de l'Esprit de Dieu... »
11. « Et ingressus Angelus ad eam dixit : Ave, gratia plena, Dominus tecum, benedicta tu in mulieribus. » (*Luc*, I, 28.)
12. *Joan.*, XVI, 33.
13. *Ephes.*, III, 17.
14. *I Joan.*, IV, 4.
15. Cette appellation de Satan venant de l'*Evangile de saint Jean* (XIV, 30) est employée constamment par saint Ambroise et saint Damase.
16. *Var.* : « la vertu ».
17. « Qui nous dira quelle est cette secrète partie de notre âme dont le Père et le Fils font leur temple et leur sanctuaire ? Qui nous dira combien intimement ils y habitent : comme ils la dilatent comme pour s'y promener, et, de ce fond intime de l'âme se répandre partout, occuper toutes les puissances, animer toutes les actions ? Qui nous apprendra ce secret, pour nous y retirer sans cesse, et y trouver le Père et le Fils ? » (*Méditations sur l'Evangile, la Cène,* 1re partie, 93e jour.)
18. *I Joan.*, v, 1.
19. *Ms.* : « Donques ».
20. « Quoniam omne quod natum est ex Deo vincit mundum, et hæc est victoria quæ vincit mundum : fides nostra. Quis est qui vincit mundum, nisi qui credit quoniam Jesus est Filius Dei ? » (*I Joan.*, v, 4, 5.)
21. *I Tim.*, v, 8.

**P. 297.**

1. *I Joan.*, v, 4.
2. Cf. *Panégyrique de saint Bernard,* n. 3, p. 268.
3. *Var.* : « à tous ses désirs ».
4. *Var.* : « à un désir ardent — à un puissant dessein ».
5. Bossuet emploie ce substantif tantôt au masculin, tantôt au féminin.
6. « Quod natum est ex carne caro est, et quod natum est ex Spiritu spiritus est. Non mireris quia dixi tibi : oportet vos nasci denuo. » (*Joan.*, III, 6, 7.)
7. Expression empruntée aux *Epîtres* de saint Paul.
8. *Gen.*, XII, 1.

## P. 298.

1. *Var.* : « O Dieu éternel, que lui montrez-vous ? »
2. Voir la biographie du saint, note 1 A, p. 295.
3. Sur la fidélité d'Abraham, cf. *Hebr.*, VI. — *Croire à Dieu :* ajouter foi aux paroles de Dieu.
4. Cette expression a ici un sens très fort : sans aucun doute, incontestablement.
5. Romain appartenait à un monastère de Subiaco appelé autrefois San Biagio. Il fut l'ami dévoué de saint Benoît pendant la jeunesse de ce dernier. Quand saint Benoît quitta Subiaco pour le Mont-Cassin, il devint son représentant à Subiaco. Une légende rapporte qu'il serait venu vers 529 en Gaule et y aurait fondé le monastère de Dryes-les-Belles-Fontaines ou de Fontrouge, où il serait mort, vers 550.
6. Ou Adéodat : abbé du monastère de San Biagio à Subiaco, sous le gouvernement duquel était placé Romain.
7. *Var.* : « ce saint homme... »
8. Il s'agit ici de la nourriture en général.
9. *Var.* : « qu'il est plus aisé aux serviteurs de Jésus d'arracher entièrement leurs cupidités qu'aux amateurs du monde de les satisfaire ».
10. *Epist.*, CCXX, 3. *Ms.* : « Facilius cupiditates resecantur in eis qui diligunt Deum ».

## P. 299.

1. Des plaisirs qui causent la mort de l'âme.
2. *Ms.* : « prêt ». A l'époque de Bossuet, la distinction entre *prêt à* et *près de* n'existait pas.
3. *Gen.*, III, 17-18.
4. *Ms.* : « bienhureux ».
5. La race humaine, la race d'Adam qui avait été chassé par Dieu du paradis terrestre à la suite de sa désobéissance.
6. *Gen.*, III, 17.
7. *Ms.* : « hureux ».
8. Tert., *De corona*, XIV.

## P. 300.

1. *Ms.* : « De dessus » : sans doute par distraction, pour *dessus*.
2. Sur la tête. — Allusion au couronnement d'épines. « Et milites plectentes coronam de spinis imposuerunt capiti ejus et veste purpurea circumdederunt eum. » (*Joan.*, XIX, 2.)
3. « Major est qui in vobis est quam in mundo. » (I *Joan.*, IV, 4.)
4. Bossuet a maintes fois condamné les richesses dans ses sermons, comme étant un obstacle au salut. Il se borne ici à une simple allusion, laissant à ses auditeurs le soin de tirer la conclusion pratique que leur inspire la vie humble et pauvre du saint patriarche.

5. L'orateur fait entrevoir en quelques mots le degré suréminent de sainteté atteint par Benoît au terme de son existence, épanouissement des perfections qu'il possédait déjà dans sa jeunesse.

6. *Ms. :* « bienhureuse ».

7. *Dialog.,* II, xxxv.

8. Cf. n. 8, p. 295.

9. Développer, faire ressortir.

**P. 301.**

1. *De civit. Dei,* XIV, xxviii.

2. Dieu et ses perfections.

3. Moine bénédictin, né à Rome vers 515, massacré à Messine vers 541. Il n'avait que sept ans lorsque son père Tertullus, riche et noble Romain, le confia à saint Benoît, qui lui donna plus tard l'habit monastique à l'abbaye de Subiaco. Placide suivit son maître au monastère du Mont-Cassin, que son père Tertullus dota richement. Envoyé en Sicile, il y fonda un couvent à Messine, où il fut massacré, avec tous ses religieux, par une horde de barbares.

4. Saint Maur : abbé, né en Italie vers 510, mort à Glanfeuil (Anjou) en 584. Disciple préféré de saint Benoît, il quitta par l'ordre de son maître, le monastère du Mont-Cassin et alla fonder en France, à Glanfeuil, la première abbaye bénédictine.

5. S. Gregor., *Dialog.,* II, vii.

6. *Var. :* « aussi bien comme par la foi... »

7. « Respondens autem Petrus dixit : Domine, si tu es, jube me ad te venire super aquas. At ipse ait : Veni. Et descendens Petrus de navicula, ambulabat super aquam, ut veniret ad Jesum. » (*Matth.,* xiv, 28-29.)

8. *Vivre :* au singulier : la nourriture.

9. Aux pauvres, qui sont les membres souffrants de ce corps mystique qu'est l'Eglise et dont le Christ est le chef.

10. *Gen.,* xii, 1.

# PREMIER PANÉGYRIQUE
# DE SAINT FRANÇOIS DE PAULE

**P. 303.**

1. A) Biographie : Saint François de Paule, fondateur de l'ordre des Minimes, naquit à Paola (Calabre) vers 1416. Entré dans l'ordre franciscain à l'âge de treize ans, il se retira, en 1435, au fond d'une caverne creusée au bord de la mer dans les flancs d'une falaise. Quelques disciples s'étant soumis à sa direction, il leur donna une règle sévère et les appela d'abord : « Ermites de saint François d'Assise » puis *Minimes*. Le pape Sixte IV approuva la règle austère du nouvel ordre, le 23 mai 1474. En 1482, sur l'ordre de Sixte IV, saint François

PANÉGYRIQUES 1343

vint en France assister Louis XI, à ses derniers moments, au château de Plessis-lès-Tours, et l'aida à mourir plus chrétiennement qu'il n'avait vécu. Retenu en France par Charles VIII, et par Louis XII, saint François de Paule mourut à Plessis-lès-Tours le 2 avril 1507. Les calvinistes brûlèrent son corps en 1562.

B) DATE : Ce discours a été prononcé à Metz devant le maréchal de Schomberg. Or celui-ci qui devait mourir en juin 1656, quitta Metz au mois de mars de cette année-là. M. Floquet (*Etudes sur la vie de Bossuet,* I, 342) en déduit que ce panégyrique ne pouvait être postérieur à 1655.

C) TEXTE. Le manuscrit de ce panégyrique n'a pu être retrouvé.

D) ANALYSE. *Exorde* : Le Christ est venu ici-bas pour être notre modèle, mais notre orgueil nous empêchant de l'imiter et de l'aimer, nous devons lutter contre nous-mêmes et purifier notre âme par les austérités de la pénitence.

*Premier point* : Saint François de Paule a pratiqué la mortification avec courage et générosité dès l'âge le plus tendre ; il a traité durement son corps, et a humilié son âme. Sa conduite admirable à la cour de Louis XI. Attitudes respectives du roi et du saint en face de la mort : l'un l'envisage avec frayeur, l'autre avec allégresse.

*Deuxième point* : L'amour divin était le principe de la joie que le saint ressentait au milieu de ses austérités. Efficacité de cet amour dans nos cœurs. Exhortation à la pénitence pour honorer dignement tous les saints.

2. Tertull., *De anima*, n. 1.

3. Très haut par ses infinies perfections.

4. Terme de liturgie désignant la prière que le prêtre lit à la messe avant l'épître.

# P. 304.

1. Schomberg avait combattu à Leucate, à Estagel, à Perpignan et à Tortose.

2. Des désordres apportés par la guerre et les armées en campagne.

3. Marie de Hautefort.

4. Allusion aux fléaux qui se déchaîneront sur terre, à la fin des temps, et qui seront le prélude du jugement général.

5. « Cum autem venerit Filius hominis in majestate sua, et omnes Angeli cum eo, tunc sedebit super sedem majestatis suæ... Tunc dicet rex his qui a dextris ejus erunt : Venite, benedicti Patris mei, possidete paratum vobis regnum a constitutione mundi. » (*Matth.,* XXV, 31, 34.)

6. Celle de mère de Dieu.

**P. 305.**

1. « Deponere vos secundum pristinam conversationem veterem hominem... Renovamini... et induite novum hominem. » (*Ephes.*, IV, 22-24.)

2. « Factus est primus homo Adam in animam viventem, novissimus Adam in spiritum vivificantem. » (*I Cor.*, XV, 45.)

3. « Et ait [Deus] : Faciamus hominem ad imaginem et similitudinem nostram » (*Gen.*, I, 26). — « Et creavit Deus hominem ad imaginem suam; ad imaginem Dei creavit illum, masculum et feminam creavit eos. » (*Gen.*, I, 27.)

4. Le Christ est en effet l'auteur du salut de l'humanité par ses souffrances et sa mort rédemptrices.

5. *Var.* : « envoyé ».

6. *Gal.*, IV, 6.

7. *Var.* : « réglés ».

8. *Var.* : « établi ».

9. *De Trinit.*, XII, XI, n. 16.

**P. 306.**

1. Voici les principaux effets du péché d'Adam, tels que l'Eglise catholique les enseigne :
1° dans la vie présente : *a)* Perte des dons gratuits ou préternaturels; *b)* Peine du dam; *c)* Blessures de la nature (l'harmonie entre les puissances de l'âme est détruite); *c)* Souffrances physiques; *d)* Captivité à l'égard du démon. 2° Dans la vie future : Privation de la vision intuitive de Dieu, ou de la béatitude surnaturelle.

2. *Var.* : « par l'endroit qui nous plaît ».

3. Dans cet alinéa, l'orateur montre que tous les devoirs envers Dieu se résument dans ce commandement : « Tu aimeras ton Seigneur, ton Dieu, de toutes tes forces, de toute ton âme, et de tout ton esprit... » et que l'amour de soi-même au contraire est la source de tous les péchés.

4. *De civitate Dei*, XIV, XXVIII.

5. *Joan.*, XII, 25.

6. *Matth.*, X, 38.

**P. 307.**

1. *De civit.*, XIV, XXVIII. — Bossuet a utilisé ce passage de saint Augustin comme plan de son *Discours pour la profession de Mme de La Vallière* (1675).

2. Les deux opérations de l'Esprit Saint dans l'âme sont les suivantes : 1° Il nous « détrompe des illusions de l'amour-propre »; 2° « Il embrase notre cœur des flammes de la charité. »

3. Cette expression est évidemment inspirée par le texte de saint Paul : « Caritas Christi urget nos. »

4. *II Cor.*, V, 14.

PANÉGYRIQUES

5. Bossuet, en effet, dans son sermon, ne rappellera que les épisodes importants de la vie du saint, ceux qui viennent à l'appui de sa thèse ou capables d'édifier ses auditeurs.

6. « Le jeune orateur paraît sentir l'inconvénient de ces longs avant-propos. L'usage les autorisait. Toutefois il les réduira progressivement. » (Edit. Lebarq, II, 21, n. 1.)

## P. 308.

1. « Il y a dans cette comparaison, que l'auteur semble jeter sans intention, un nouvel éloge de son illustre ami. Il est indirect, et d'autant plus délicat. » (Edit. Lebarq, II, 22, n. 1.)

2. *Serm.* CCCLI, n. 3.

3. Il s'agit de l'état primitif de sainteté dans lequel se trouvait l'humanité avant le péché d'Adam.

4. *Var.* : « d'entrée ».

5. Saint Augustin, *in Ps.* XXIX, *Enar.* II, n. 18.

6. Adam se révolta contre Dieu sur les instigations du serpent qui avait dit à Eve : « nequaquam morte moriemini. Scit enim Deus quod in quocumque die comederitis ex eo, aperientur oculi vestri; *et eritis sicut dii* » (*Gen.*, III, 4, 5).

7. *Var.* : « banni ».

8. *De pœnit.*, n. 12.

9. De nos maux, de tous les péchés qui sont la conséquence de la faute d'Adam.

## P. 309.

1. Le Christ a racheté tous les hommes en mourant pour eux; mais pour participer au bienfait de la Rédemption, chaque homme doit mourir et être enseveli avec le Christ : cette sépulture mystique est l'œuvre du baptême. Cette idée est propre à saint Paul.

2. *Rom.*, VI, 3, 4. — *Déforis :* « In morte Christi baptizati estis consepulti ei... »

3. Ces idées se retrouvent dans le sermon que Bossuet prononça le samedi saint de l'année 1652, quinze jours après son ordination sacerdotale. (Edit. Lebarq, I, 113.)

4. *Var.* : « représenter ».

5. *Serm.* CCCLI, n. 3 et sq.

## P. 310.

1. Expression inspirée par saint Paul : « ... quia quicumque enim in Christo baptizati estis, Christum induistis. » (*Gal.*, III, 27.)

2. *Var.* : « si cruellement ».

3. La nouvelle alliance, entre Dieu et les hommes, conclue grâce à la médiation de Jésus-Christ.

4. Jésus foulé aux pieds et sa loi violée. — Ce passage n'est guère que la traduction de la citation latine que nous donnons ci-après.

5. « Filium Dei conculcaverit et sanguinem testamenti pollutum duxerit, et spiritui gratiæ contumeliam fecerit. » (*Hebr.*, x, 29.)

6. Les pénitences que les pécheurs s'imposent en réparation de leurs fautes ne sont pas proportionnées à ces dernières dont la malice est infinie, étant donné que la majesté de Dieu est elle-même infinie.

7. Latinisme : étant substituée.

**P. 311.**

1. Le Christ a souvent prêché la nécessité de la pénitence, v. g. « Pœnitentiam agite, appropinquavit enim regnum cœlorum. » (*Matth.*, III, 2.) — « Si pœnitentiam non egeritis, omnes similiter peribitis. » (*Luc,* XIII, 3.)

2. La phrase qui suit se retrouve à peu près mot à mot dans le *Sermon pour le jour de Pâques* (IIe point) que Bossuet prononça en 1654. (Edit. Lebarq, I, 515.)

3. *Var.* : « plus tendre... »

4. La concupiscence. — « Peccatum operatum est in me omnem concupiscentiam. Sine lege enim peccatum mortuum erat. » (*Rom.*, VII, 8.)

5. *Edit.* : « aucun ».

6. Il s'agit du combat incessant que nous avons à soutenir toute notre vie contre le mal et le démon.

7. *Serm.* CCCLI, n. 6.

8. *Var.* : « elles les épuiseraient... »

9. La lutte entreprise contre le mal et le démon afin que ceux-ci ne tyrannisent pas l'âme, et que la vertu s'affermisse en elle.

**P. 312.**

1. Ils deviennent maîtres dans l'art d'inventer de nouvelles pénitences.

2. Il mourut presque centenaire. (Cf. notice biographique, n. 1, p. 303.)

3. « Et erat Joannes vestitus pilis cameli, et zona pellicea circa lumbos ejus, et locustas et mel silvestre edebat... » (*Marc,* I, 6.)

4. Non pas l'apôtre, mais le premier ermite, né et mort dans la Thébaïde (vers 228-vers 341). Dénoncé comme chrétien par son beau-frère, durant la persécution de Dèce (252), il s'enfonça dans le désert de la haute Thébaïde, et y vécut 87 ans. Saint Antoine le visita à ses derniers moments et l'ensevelit.

5. Abbé, né près d'Heracleopolis, en Haute Egypte, vers 251, baptisé à l'âge de vingt ans. Il fut célèbre par ses miracles. Pendant la persécution de Dioclétien, il vint à Alexandrie pour fortifier les chrétiens dans leur foi; puis se

retira au désert de Clysma où il forma de nombreux disciples. Ami personnel de saint Athanase, correspondant avec l'empereur Constantin ; il mourut en 356, âgé de 105 ans.

6. Instituteur de la vie monastique en Palestine, né vers 291, près de Gaza, mort dans l'île de Chypre vers 372. Né de parents païens, il embrassa le christianisme, à Alexandrie, au cours de ses études. Après avoir reçu le baptême (302) il visita dans la Thébaïde, saint Antoine, et se fit son disciple ; étant encore adolescent à la mort de ses parents, il vendit ses biens, en distribua le prix aux pauvres, et se retira dans le désert de Majuma où il se livra à tous les exercices de la vie contemplative. La renommée de ses vertus attira auprès de lui un grand nombre de disciples à qui il donna des règles et qu'il établit en divers monastères.

7. Sur le mot *ragoût,* voir *Panégyrique de saint Bernard,* n. 4, p. 272.

**P. 313.**

1. *I Cor.,* IX, 26, 27.

**P. 314.**

1. Dans son Evangile.
2. « Et factus est sudor ejus sicut guttæ sanguinis decurrentis in terram. » (*Luc,* XXII, 44.)
3. *Enar. in Psal.* LXXXV, n. 1.
4. *Serm.* CCCLI n. 7.
5. *Marc,* IX, 42.
6. *II Tim.,* III, 12.

**P. 315.**

1. L'humiliation volontaire de l'âme.
2. *De pænit.,* n. 8.
3. Diminuée, abaissée au sens moral, humiliée.

**P. 316.**

1. *Var. :* « terrible ».
2. Satan.

**P. 317.**

1. Louis XI, Charles VIII et Louis XII (qui n'était encore que duc d'Orléans).
2. « La pieuse amie d'Anne d'Autriche, la duchesse de Schomberg, présente dans l'auditoire, avait montré, par une heureuse exception, « qu'on peut conserver l'innocence parmi les faveurs de la cour ». Mais grâce à son expérience, elle pouvait témoigner de la vérité de cette peinture. » (Edit. Lebarq, II, 32, n. 2.)

3. Image heureuse propre à faire comprendre combien dangereux sont les plaisirs fascinants et les séductions de la cour.
4. Les Minimes.

**P. 318.**

1. Parallèle entre saint François de Paule et le roi Louis XI : leur attitude devant la mort. Celui-ci en est effrayé, celui-là l'accepte avec joie.
2. Ce mot a ici un sens péjoratif : dissimulé, usant de détours habiles.
3. *Var.* : « avec toutes ses extorsions violentes... »
4. Les fautes.
5. Ici encore Bossuet présente la mort comme l'ennemie du genre humain (cf. *Oraison funèbre de Henriette d'Angleterre*, 1re partie).
6. La fin de cet alinéa se retrouve presque mot à mot à la fin du Ier point du *second Panégyrique de saint François de Paule* (p. 442, à partir du n° d'appel 11).

**P. 319.**

1. *In Joan.*, Tr. XLVIII, n. 1.
2. *In Cant.*, LXXIX, 1.

**P. 320.**

1. Saint Basile le Grand (329-379), frère de saint Grégoire de Nysse, un des trois grands Cappadociens. Ne pas confondre ce docteur de l'Eglise orientale avec saint Basile de Séleucie (*Panégyrique de saint Victor*, n. 6, p. 376).
2. L'arianisme est une hérésie touchant le dogme de la Sainte Trinité, qui apparut vers 318 en Orient. Arius (280-336) prêtre d'Alexandrie enseigna que le Fils n'était pas égal au Père, qu'il n'était pas de la même essence, ni infini, ni éternel, qu'il était une créature, à vrai dire, la plus parfaite, celle par qui toutes les autres étaient créées, une créature qui s'était élevée à une telle union avec Dieu que, dans un certain sens, on pouvait l'appeler Dieu, mais en définitive une créature. Bien que condamnée au concile de Nicée (325) cette hérésie trinitaire subsista longtemps encore. Les invasions barbares lui permirent de pénétrer en Italie, en Gaule, en Espagne et en Afrique.
3. *In Psal.* XLIV, 6.
4. Cette expression, inspirée sans doute par le *Cantique des cantiques*, revient souvent dans Bossuet.
5. *In Cant.*, LXXXIII, 6.

**P. 321.**

1. *I Cor.*, XVI, 14.
2. Virg. *Æneid.*, IX, 185.
3. *I Joan.*, IV, 16.

## P. 322.

1. Le Père, de même qu'il produit éternellement son Fils ou son Verbe, le contemple, l'admire et l'aime éternellement ; le Fils aime pareillement le Père et leur amour est si puissant et si parfait qu'il forme entre eux un lien vivant, éternel et infini comme terme d'une seconde procession et ce lien, c'est le Saint-Esprit. Telle est, en résumé, la doctrine catholique sur la génération du Saint-Esprit.

2. Dieu est la vie. Or, la vie c'est l'action. Dieu agit donc en lui-même, de la façon la plus haute et la plus sublime, par l'intelligence et la volonté ; et comme dans l'action, il y a un principe et un terme, Dieu agissant comme principe est Père, et comme il est tout esprit, tout intelligence, ce qu'il engendre est une pensée, ce qu'il produit est une parole intérieure ou un verbe. Tel est le résumé de la doctrine catholique sur la génération du Fils.

3. *In Cant.*, VIII, 2 ; *In Ascens. Dom.*, V, 13 ; *In Fest. Pent.*, III, 4.

4. S. August., *Serm.* LXXI, 78.

5. S. Basil., *lib. de Spiritu Sancto*, XVIII, 45.

6. S. Aug., *Serm.* LXXI, 18.

## P. 323.

1. « Quia caritas Dei diffusa est in cordibus nostris per Spiritum sanctum qui datus est nobis. » (*Rom.*, V, 5.)

2. Le Saint-Esprit, par opposition à la *charité créée*, qui se trouve dans l'âme en état de grâce ; le premier don divin à l'âme qui vient d'être purifiée de ses fautes et justifiée, c'est la personne du Saint-Esprit lui-même. Cette mission invisible du Saint-Esprit apporte à l'âme du juste la charité ou amour de Dieu ou grâce sanctifiante.

3. *I Joan.*, VI, 7.

4. *Sedul.*, V, 35. (Cf. *Act*, II, 3.)

5. Philippe de Commines, chroniqueur français, né au château de Commines (Nord) en 1445, mort au château d'Argenton (Deux-Sèvres), en 1509. Louis XI en fit son conseiller et son confident préféré. Il le combla de faveurs et de dons, le fit sénéchal de Poitou en 1476. Tombé plusieurs fois en disgrâce, il utilisa ses années de retraite à rédiger des mémoires qui embrassent les années 1464-1498 et contiennent par conséquent les règnes de Louis XI et de Charles VIII. La partie concernant Louis XI est supérieure à la suivante.

## P. 324.

1. Mouvement intérieur de la grâce qui console le fidèle ou le porte au bien.

2. *I Cor.*, VI, 17.

3. *Apoc.*, III, 20.

4. Cette idée est le thème général du second panégyrique du même saint, prêché le 6 avril 1660.

5. La pureté, l'innocence parfaite du baptême.

**P. 325.**

1. Mollesse, indolence.

**P. 326.**

1. Réminiscence du *premier Panégyrique de saint Gorgon* (p. 224).
2. *De Spectac.*, n. 28.
3. C'est ici-bas, sur cette terre.
4. *Temps :* époque propice, heureuse. *Dans le siècle :* en ce monde.

## PANÉGYRIQUE
## DE SAINT JOSEPH

**P. 327.**

1. A) Biographie : Saint Joseph, époux de la Vierge Marie, et père nourricier du Christ, était fils de Jacob et descendant de David. Il épousa Marie vers l'an 7 avant notre ère. Il était plus âgé qu'elle de quinze ou vingt ans peut-être. « C'est par suite d'une idée fausse et non en s'appuyant sur des documents traditionnels, que les auteurs d'Évangiles apocryphes ont vu dans le gardien de Marie l'octogénaire qu'ils décrivent. Il faut les abandonner résolument. » (De la Broise, *la Sainte Vierge,* p. 73.)

Il emmena l'Enfant Jésus en Égypte pendant la persécution d'Hérode, s'établit avec lui et avec Marie dans la petite ville de Nazareth, où il exerça le métier de menuisier. On croit généralement qu'il mourut dans un âge avancé ; mais on ne sait exactement ni où ni quand.

B) Date : Lachat (XII, 104) a prétendu que la rédaction primitive de ce discours avait été destinée aux Feuillants, de Paris, en 1657. Lebarq estime que ce panégyrique aurait été écrit pour une église de province, avant 1657. « Les caractères paléographiques du manuscrit ne s'opposent pas à cette hypothèse, pourvu qu'on ne remonte pas au delà de 1656. On en peut voir une confirmation dans l'appellation *Fidèles,* si fréquente dans ce discours. L'auteur n'y emploie jamais le mot *messieurs,* que nous rencontrerons à l'époque de Paris. » (Edit. Lebarq, II, 119.)

C) Texte : Le manuscrit faisait partie de la collection Floquet. Il appartient maintenant à M. de Rothschild. — Nous donnons ici le discours sous sa forme primitive.

D) Analyse. *Exorde :* On ne confie d'ordinaire un dépôt qu'à ceux dont la fidélité a été particulièrement éprouvée. Combien grande est la gloire de saint Joseph qui a été le dépositaire de la virginité de Marie, de la personne de Jésus, et du secret du Père éternel dans l'Incarnation de son Fils.

*Premier point* : Le Christ devait naître d'une vierge. — Raisons de cette naissance virginale. La virginité de Marie, dépôt sacré entre tous, a été protégée par le chaste mariage de la Vierge et de Joseph. Comment peut-on dire que le Christ est le fruit de ce mariage. Pureté angélique dont Joseph fit preuve dans son union avec Marie.

*Deuxième point* : Le deuxième dépôt confié par Dieu à Joseph est la personne de son Divin Fils. L'époux de Marie fut un véritable père pour Jésus. Il travailla pour le nourrir, et accepta l'exil pour le mettre à l'abri de la persécution. Sa douleur au moment de la perte de Jésus dans le Temple de Jérusalem. Sa fidélité persévérante dans ses soins.

*Troisième point* : Le secret du Père éternel dans l'Incarnation est le troisième dépôt confié à saint Joseph. Celui-ci mena une vie humble et cachée pour en assurer la garde. Que les chrétiens aiment aussi la retraite, et vivent loin des regards du monde.

2. Par une sorte de devoir sacré.
3. Cap. XXIX.
4. *Var.* : « dépôts ».
5. *Var.* : « dépose ».
6. *Edit.* : « s'était introduite dans l'Eglise.... »
7. « Et nuntiavit ei, pecuniis innumerabilibus plenum esse ærarium Jerosolymis, et communes copias immensas esse, quæ non pertinent ad rationem sacrificiorum. » (*II Mach.*, III, 6.)
8. Herodian., *Histor.*, lib. I.
9. *Edit.* : « il ne pouvait être mieux placé... »

**P. 328.**

1. L'épithète *juste* est empruntée à l'Evangile : « Joseph..., cum esset justus. » (*Matth.*, I, 19.)
2. Les éditeurs intercalent ici l'allocution à la Reine, nouvel exorde composé en 1659 pour remplacer le premier, et non pour l'allonger démesurément. Le lecteur le trouvera dans cette édition p. 431.
3. *Var.* : « votre ( ?) ».
4. « Dixit autem Maria ad Angelum : Quomodo fiet istud, quoniam virum non cognosco ? » (*Luc*, I, 34.)
5. *Var.* : « nous fait voir... »
6. *Première rédaction* : « Si nous apprenons du grand saint Ambroise que c'était une pieuse coutume pratiquée de son temps parmi les fidèles de mettre leurs dépôts dans l'église, entre les mains des ministres des choses sacrées, parce que le monde n'avait rien de plus vulnérable. » « L'auteur avait d'abord placé ici la citation qui est passée ensuite dans son

avant-propos, écrit, à l'ordinaire, après tout le reste. Il a alors marqué ici d'un trait le passage qui faisait double emploi. Rien ne l'empêchera de le rétablir, s'il le juge à propos, en 1659 : Ce premier exorde sera alors, en effet, tout différent. » (Edit. Lebarq, II, 121, n. 2.)

7. « Et ecce vox de cœlis dicens : Hic est Filius meus dilectus, in quo mihi complacui. » (*Matth.*, III, 17.) (Cf. *Luc,* IX, 35 ; *II Petr.,* I, 17.)

8. *Var.* : « trésor commun de tout l'univers ».

9. *Var.* : « pourrait ».

**P. 329.**

1. *Var.* : « S'il est donc si glorieux, — Que si donc, Fidèles, ce titre est si glorieux. » — Les éditeurs ont mêlé le texte et les variantes.

2. *Var.* : « que nous entrions plus profondément dans un mystère si admirable ».

3. *Edit.* : « nos Ecritures ». — *Var.* : « les Evangiles ».

4. *Var.* : « nous montrions ».

5. *Var.* : « au grand saint Joseph ».

6. *Var.* : « qui lui a été confié ».

7. *Var.* : « pour servir ».

8. *Var.* : « vous le faire entendre... »

9. *Corp. jur. civ.*, Digeste, XVI, 3.

10. Membre de phrase omis par les éditeurs.

11. *Première rédaction :* « Les Apôtres sont (étaient) des lumières pour le faire voir (afin de faire voir Jésus-Christ), et saint Joseph un voile pour le couvrir jusqu'à ce que son heure fût arrivée. » (Pensée réservée pour le troisième point.)

12. « Erat pater ejus, et mater mirantes super his quæ dicebantur de illo. » (*Luc,* II, 33.)

**P. 330.**

1. *Super Missus est*, II, 16.

2. *Var.* : « si le Ciel... »

3. *Var.* : « l'Ecriture ».

4. *Var.* : « La première, c'est sa pureté, la seconde, sa fidélité, la troisième, son humilité, et l'amour de la vie cachée. Qui ne voit la pureté... ? Combien paraît sa fidélité par...! Enfin qui ne remarque son humilité... ? » — La rédaction de notre texte est postérieure à celle de la note, les additions étant placées en interlignes et les mots : *Enfin qui ne remarque,* ayant été effacés.

5. *Var.* : « des hommes ».

6. *Var.* : « gloire ».

7. *Var.* : « voyons ».

# PANÉGYRIQUES

### P. 331.

1. « Déforis, Lachat, etc. donnent en note des fragments d'une première rédaction. Elle existe complète à l'ancienne page 3, verso et recto, et bien qu'elle soit effacée et ne doive pas être admise dans le texte, elle peut être un sujet d'étude intéressant, mais à condition d'être donnée intégralement. » (Edit. Lebarq, I, 125, n. 1.) L'édition Lebarq cite cette première rédaction I, 146.

2. « Ecce virgo concipiet et pariet filium. » (*Is.*, VII, 14.)

3. *Var.* : « considérant ».

4. *Var.* : « le Père éternel à nous donner son Fils par son entremise ».

### P. 332.

1. *De sancta virginit.*, cap. XIII.

2. *Var.* : « combien son entremise était nécessaire au mystère de l'Incarnation ».

3. Il s'agit de l'union hypostatique, c'est-à-dire de l'union personnelle, totale, immédiate de la nature divine et de la nature humaine dans le Christ.

4. « Et Verbum caro factum est. » (*Joan.*, I, 14.)

5. *Var.* : « et les approche... »

6. Ce mot est souligné. Il est probable que l'orateur songeait à le remplacer, comme trop souvent répété.

7. Evêque et Père de l'Eglise d'Orient, né vers 330, mort vers 400. Zélé défenseur de la foi de Nicée, il fut exilé par l'empereur arien Valens, mais Gratien le rappela en 378. En 381, il parut avec éclat au concile œcuménique de Constantinople.

### P. 333.

1. Mot souligné sur le manuscrit.

2. *De virginit.*, cap. II.

3. En ce sens que la pureté virginale de Marie montre le degré de perfection que peut atteindre la nature humaine. Cette pureté devient ainsi un idéal vers lequel doivent tendre les hommes de bonne volonté.

4. « La première rédaction effacée montre bien la difficulté qu'éprouvait l'orateur à représenter « la merveille de ce mariage, qui est le triomphe de la pureté... » Avant de trouver si à propos une réminiscence providentielle de saint Augustin, il disait : « Cette matière est très délicate (*var.* : « trop délicate »), et je sens qu'il est dangereux que je ne blesse sans y penser cette pureté que je prêche, par un soin trop exact de vous la décrire. Mais, ô Dieu de pureté, remplissez tellement mon esprit et celui de mes auditeurs que mon discours ne donne que des idées chastes, dignes de la très pure Marie et de Joseph, son pudique époux. Appuyé sur cette espérance, j'entrerai en cette

matière, et d'abord je remarquerai trois liens dans le mariage. » (Edit. Lebarq, I, 127, n. 3.)

5. *Var.* : « explique ».

6. *De Genesi ad litteram imperfectus liber,* IX, VII, 12.

7. Selon la doctrine catholique, le mariage chrétien doit être considéré comme *contrat* et comme *sacrement.* En tant que *contrat,* le mariage est une convention bilatérale par laquelle l'homme et la femme consentent à s'unir, dans le but d'élever des enfants et de se prêter un mutuel appui dans la vie commune. En tant que *sacrement,* le mariage a pour but de sanctifier l'union légitime de l'homme et de la femme et de leur donner les grâces nécessaires pour bien remplir les devoirs de leur état.

8. *Contra Julian.,* V, XII, 46.

**P. 334.**

1. « Dans cette union virginale, et très réelle cependant, les deux époux se donneront véritablement l'un à l'autre... Ils échangeront leur tendresse, leurs soins, les prévenances de leur charité, et jouiront de tous les biens que procure aux époux la communauté de vie ; mais leur mutuelle affection où n'entrera rien de terrestre, n'aura pas l'inconvénient de partager le cœur. » (De La Broise, *La Sainte Vierge,* Paris, 1929, p. 71.)

2. *De nupt. et concup.,* I, 12.

3. *Histor. Franc.,* I, 42.

4. Moururent et entrèrent dans la bienheureuse éternité.

**P. 335.**

1. *Var.* : « pourquoi nous sépare-t-on ? »

2. Des plaisirs sensuels, qui causent la mort de l'âme.

3. *Var.* : « dans ».

4. Ce récit de Grégoire de Tours a inspiré à Coeffeteau *la Conversion de deux Amans,* publiée dans les *Lettres* de Rosset, et dans le *Bouquet des plus belles fleurs de l'éloquence* de Puget de la Serre. (Cf. Ch. Urbain, *Nicolas Coeffeteau,* Paris, 1894, in-8, p. 243 et 244 et Guy de Pierrefeu, les *Martyres de l'épiscopat,* Paris, 1897, in-18.)

**P. 336.**

1. L'édition Lachat ne porte pas ce dernier mot.

2. Qui a déterminé le Verbe de Dieu à s'incarner.

3. *Var.* : « sacrée ».

4. Evêque de Ruspe en Afrique, né à Thélopte en 468, mort à Ruspe en 533. Il remplit d'abord la charge de collecteur des impôts, prit l'habit de moine et se retira à Sicca-Venerea, puis à Rome (500). A son retour, élu évêque de Ruspe, il fut exilé en Sardaigne par le roi Thrasamond, mais

rappelé par Hildéric. Il a été surnommé l'*Augustin* de son siècle, parce qu'il s'est efforcé d'imiter ce docteur dans ses nombreux ouvrages, surtout dans son *Traité de la Trinité,* et ses trois *Livres sur la Foi catholique.* Il est le théologien le plus éminent du VIe siècle, après saint Grégoire le Grand.

5. *Ad Prob.*, III, 6.

6. « Et respondens Angelus dixit ei : Spiritus Sanctus superveniet in te, et virtus Altissimi obumbrabit tibi. » (*Luc,* I, 35.) — « ... Inventa est in utero habens de Spiritu Sancto. » (*Matth.,* I, 18.)

7. Marie a engagé à Dieu sa virginité d'une manière absolue, avant le jour de l'Incarnation. La réponse qu'elle a faite à l'ange en est la preuve. (*Luc,* I, 34.)

8. *De nupt. et concup.*, I, 12.

## P. 337.

1. *De pudicit.*, n. 6.

2. *Edit. :* « de lui-même... ». — Ce trait d'union crée ici un contresens : *même* est adverbe.

3. Le péché originel.

4. Phrase inspirée par *Joan.*, III, 5. « Amen, amen dico tibi, nisi quis *renatus fuerit ex aqua, et Spiritu Sancto,* non potest introire in regnum Dei. »

5. *I Thess.*, IV, 4-7.

## P. 338.

1. C'est le nom qu'on donne aux premiers chefs de famille de l'Ancien Testament. Saint Joseph a mérité ce titre en tant que chef de la Sainte Famille.

2. *Hebr.*, VII, 3.

3. Tout ce qui suit dans le IIe point, ainsi que le commencement du IIIe, manque aujourd'hui au manuscrit. Nous suivons donc, comme l'a fait M. Lebarq, le premier éditeur, en tenant compte de certaines corrections proposées par l'abbé Vaillant.

4. *Matth.*, XXVII, 46.

5. Allusion à la fuite en Egypte.

## P. 339.

1. Il naquit à Antioche vers 347. Après avoir exercé quelque temps la profession d'avocat, il fut ordonné prêtre, puis devint évêque de Constantinople. L'impératrice Eudoxie, qu'il avait traitée sévèrement dans ses prédications l'exila. Rétabli sur son siège, il fut exilé une seconde fois. Il mourut en 407 laissant des traités sur la Virginité et le Sacerdoce, des commentaires sur les prophètes et le Nouveau Testament et surtout des Homélies, qui sont parmi les plus beaux monuments du génie chrétien.

2. C'est au moment de la circoncision du nouveau-né que son père lui donnait le nom qu'il avait choisi pour son fils.

3. *Matth.*, II, 13, 19-20.

4. *In Matth.*, IV, 6.

5. Cf. *Panégyrique de saint Paul*, n. 7, p. 355.

6. *Jérémie*, XXXI, 21, 22 (hebr.). Isaïe en particulier : « C'est pourquoi Adonaï lui-même vous donnera un signe : Voici la Vierge concevant et enfantant un Fils et elle lui donne le nom d'Emmanuel... » (*Is.*, VII, 14.)

**P. 340.**

1. *Var.* : « en soit offensée... »
2. Au milieu desquelles, à travers lesquelles.
3. *Var.* : « et dont le Psalmiste a dit ce beau mot, avec une merveilleuse énergie, « qu'il forme en particulier tous les cœurs des hommes » : *Qui finxit singillatim corda eorum*. Entendons le sens de cette parole ».
4. *Ps.* XXXII, 15.
5. *Var.* : « instrument de la vie... »
6. *Var.* : « les autres parties de nos corps ».
7. En ce passage de la Sainte Ecriture.

**P. 341.**

1. *I Reg.*, X, 9.
2. *Ibid.*, 26. — Bossuet avait écrit : « quorum tetigerat Deus corda ».
3. Cf. *premier Panégyrique de saint François de Paule*, n. 1, p. 322.
4. D'après saint Thomas d'Aquin, il convenait que l'Incarnation n'eût pas lieu dès le commencement du monde, que d'autre part, elle ne fût pas différée jusqu'à la fin, mais qu'elle eût lieu pour ainsi dire au milieu des temps, c'est-à-dire qu'elle fût précédée et qu'elle fût suivie d'un grand nombre de siècles. Trois motifs requéraient qu'il en fût ainsi : la dignité du Verbe incarné ; le bien de l'humanité ; la beauté de l'ordre à observer pour faire passer le genre humain de l'état de péché à la perfection de la gloire.
5. *Var.* : « mais au moins avaient-ils leur maison en laquelle ils se mettaient à couvert ».

**P. 342.**

1. *Var.* : « il n'y a plus... »
2. *Joan.*, I, 11 ; *Matth.*, VIII, 20.
3. Par jalousie, Hérode ne songe qu'à faire périr le Roi des Juifs, à qui les Mages étaient venus rendre hommage de si loin. « On n'est pas surpris de l'effroi d'Hérode et du projet cruel qu'il éveille ; ses plus proches parents avaient été victimes de sa cruauté soupçonneuse : son beau-frère

Aristobule, son beau-père Hircan, sa belle-mère Alexandra, sa femme Marianne, et enfin les deux fils qu'il avait eus d'elle : Alexandre et Aristobule. » (Lebreton, *la Vie et l'enseignement de J. C. N.-S.*, I, 55.)

4. *Var.* : « à la rage... »

5. Les Mages.

6. *Var.* : « qui se voit tous les jours au bout de son fonds ».

7. Cet enfant gênant; à cause des soucis et des fatigues qu'il lui créera.

8. *Var.* : « de ses douleurs... »

9. « ... Ecce positus est hic in ruinam et in resurrectionem multorum in Israel, et in signum cui contradicetur. » (*Luc*, II, 34.)

10. « Et factum est, post triduum invenerunt illum in templo sedentem in medio doctorum audientem illos et interrogantem eos. » (*Luc*, II, 46.)

**P. 343.**

1. *Luc*, II, 48.

**P. 344.**

1. L'orateur, toujours préoccupé des intérêts spirituels de ceux à qui il prêche, se propose, en utilisant l'exemple de saint Joseph, de leur montrer que la gloire véritable se trouve dans le témoignage de la conscience.

2. *II Cor.*, I, 12.

3. *Joan.*, VI, 42.

4. Bossuet disait : « Verbum Evangelii. »

5. *Act.*, V, 20.

6. *Luc*, XVIII, 34.

7. *Var.* : « la gloire en va jusqu'au ciel ».

8. « Dispensatio sacramenti absconditi a sæculis in Deo..., ut innotescat principatibus et potestatibus in cœlestibus per Ecclesiam. » (*Ephes.*, III, 10.)

**P. 345.**

1. *Ps.* X, 4.

2. *Ibid.*

3. *Var.* : « il a tout réservé... »

4. *Var.* (1re rédaction) : « Pourquoi le fait-il, et que veut-il nous enseigner ? Ha, Fidèles, j'entends le mystère. C'est qu'il voit au fond de nos cœurs combien nous sommes tyrannisés par le désir de paraître. C'est le premier vice qui se montre en l'homme, et c'est le dernier qui le quitte. Il éclate dès notre enfance, il corrompt toute notre vie, il nous suit jusqu'à la mort. Combien étouffe-t-il de vertus par cette crainte honteuse de paraître sage ? Combien fait-il faire de crimes pour

satisfaire l'ambition, etc. ? C'est donc le vice le plus dangereux et le plus enraciné dans l'esprit des hommes : et je ne m'étonne pas, mon Sauveur, si vous vous cachez avec ceux que vous aimez le plus sur la terre, c'est-à-dire avec Joseph et Marie, pour nous apprendre par ce grand exemple, que le bruit et l'éclat du monde est l'objet de votre mépris, qu'il n'est point de véritable grandeur que d'obéir à Dieu notre Père, en quelque état qu'il nous veuille mettre. »

5. *Edit. :* « ... que ce vice produit ». — Nous corrigeons d'après l'abbé Vaillant (*Etudes sur les Sermons de Bossuet*, p. 6).

## P. 346.

1. *Edit. :* « quelles racines elle y a jetées, et combien elle corrompt... » (Vaillant, *ibid.*)

2. *Var. :* « défigurée ».

3. Le ms. reprend ici.

4. *Var. :* « à peine vous reste-t-il une forme humaine ».

5. Allusion au dialogue entre le Christ en croix et le bon larron. Ces paroles sont rapportées par saint Luc, XXIII, 40 et seq. — « Et dicebat ad Jesum : Domine, memento mei, cum veneris in regnum tuum. » (*Ibid.*, 42.)

6. Tertull., *De patient.*, n. 3.

## P. 347.

1. *Var. :* « avec Marie, avec Joseph, lesquels il associe... »

2. *Var. :* « Pratiquons cette leçon importante. Eh! Fidèles, ne voyez-vous pas que Jésus-Christ est encore caché ».

3. La fin du discours était sur une feuille additionnelle, aujourd'hui perdue. Après ces mots : « Chrétiens, ne savez-vous pas », le ms. ne contient actuellement qu'un renvoi, et l'avant-propos, écrit, selon l'usage, après tout le reste.

4. *Coloss.*, III, 4. — *Edit. :* « et simul apparebimus cum illo... »

5. *Matth.*, VI, 2.

6. *Var. :* « justice ».

7. Il brillera avec grand éclat.

## P. 348.

1. *Var. :* « cachons-nous à nous-mêmes le bien que nous faisons : que la gauche ne sache pas ce que fait la droite; mais confessons sincèrement que c'est Dieu qui fait tout en nous. »

2. *Matth.*, V, 11.

3. L'allocution à la Reine, que les éditeurs ajoutent à cette péroraison, est de 1659. Le lecteur la trouvera à la page 432.

# PANÉGYRIQUE
## DE L'APOTRE SAINT PAUL

**P. 349.**

1. A) BIOGRAPHIE : Saint Paul naquit à Tarse (Cilicie) vers le commencement de l'ère chrétienne. Sa famille, juive d'origine, s'était établie à Tarse où elle acquit le droit de cité romaine. Il reçut le nom de Saul; à l'âge de douze ans, il devint, à Jérusalem, l'élève du célèbre rabbin Gamaliel. Il semble qu'il n'a ni vu ni entendu Jésus. Il fut présent au martyre de saint Etienne. Bientôt, on le vit poursuivre de maison en maison les adeptes de la religion nouvelle; il reçut même du sanhédrin la mission de les rechercher dans toute la Syrie. Muni de ce mandat, il se rendait à Damas, à la tête d'une troupe armée, lorsque Jésus lui apparut, racontent les *Actes* et le terrassa aux portes de la ville en lui disant : « Saul, Saul pourquoi me persécutes-tu ? » Saul se releva, frappé de cécité, mais éclairé intérieurement d'une lumière divine. Baptisé par Ananie, il recouvra la vue et commença à annoncer la résurrection de Jésus aux juifs stupéfaits d'un tel revirement. Il se rendit plus tard à Jérusalem pour voir Pierre, le chef de l'Eglise naissante. Devenu avec Barnabé, son ancien condisciple, l'apôtre particulier des Gentils, il reçut l'imposition des mains à Antioche et prit alors le nom de Paul. Ame héroïque dans un corps débile, il travaillait de ses mains, parlait, dans un grec hérissé d'hébraïsmes, mais sa foi lui faisait trouver des accents qui arrivaient à dompter les âmes. Antioche fut le centre d'où, pendant quatorze années, il ne cessa de rayonner dans l'Orient devenu chrétien à sa voix.

Au cours d'une première mission, il évangélisa l'île de Chypre, la Pamphylie et la Galatie, en compagnie de Barnabé et de Jean-Marc.

Une seconde mission le conduisit en Asie Mineure, en Phrygie, en Galatie, en Macédoine, à Athènes, à Corinthe.

Au cours d'une troisième mission, accompagné de Tite, il se rendit à Ephèse, puis à Noas. Après avoir visité Corinthe, la Macédoine, la côte d'Ionie, il retourna à Jérusalem. Là, poursuivi par la haine des juifs, il fut arrêté, conduit à Césarée devant le procurateur Félix. Il en appela à César. Le magistrat l'envoya donc à Rome pour le faire juger par l'empereur. Néron lui rendit la liberté après deux ans de captivité. On croit qu'il fit un dernier voyage en Palestine, en Crète, en Asie et en Macédoine. Il visita peut-être l'Espagne pendant la persécution de Néron. Après avoir été flagellé, il eut la tête tranchée sur la route d'Ostie, au lieu appelé les *Eaux-Salubres,* et depuis, les *Trois-Fontaines.*

B) Date : La date de ce discours est incertaine. M. le chanoine Calvet *(Bossuet, Œuvres choisies)* se range à l'avis de M. Rébelliau.

« Si l'on songe qu'en 1659, Bossuet déjà l'ami de saint Vincent de Paul, devenu son collaborateur dans les conférences de Saint-Lazare dut vivre avec lui dans la plus étroite communion d'idées, il paraîtra assez vraisemblable de rapporter à cette année un discours si fortement pénétré de l'esprit de saint Vincent et de ses maximes sur la prédication. » (Rébelliau, *Sermons choisis,* p. 135.)

MM. Lebarq, Urbain et Levesque sont du même avis que M. Floquet *(Etudes,* I, 404) et lui assignent la date du 30 juin 1657. « L'orateur lui-même nous y invite par cette allusion à l'ouverture récente de l'Hôpital général : « Mais jetez encore les yeux sur les nécessités temporelles de tant de pauvres qui crient après vous. Ne semble-t-il pas *que la Divine Providence ait voulu les unir ensemble dans cet Hôpital merveilleux,* afin que leur voix fût plus forte et qu'ils pussent plus aisément émouvoir vos cœurs. » Ces mots sont beaucoup plus significatifs que les contrastes et les rapprochements les plus ingénieux imaginés par M. Gandar. » (Edition Lebarq, II, 316.)

Lachat estime que ce discours a été prononcé en 1661. Le faire remonter à 1657, écrit-il, c'est le rapprocher trop du début de l'auteur.

C) Texte : Le manuscrit de cette œuvre de Bossuet est malheureusement perdu.

D) Analyse. *Exorde :* Dieu se sert de la faiblesse humaine pour manifester sa toute-puissance. Saint Paul nous en est un exemple admirable. Toujours faible, il triomphe de tous les obstacles, dans sa prédication, dans ses luttes, dans son gouvernement.

*Premier point :* La prédication de saint Paul a été simple et directe. L'apôtre rejette tous les artifices de l'éloquence humaine. Heureux résultat de cette prédication.

*Deuxième point :* Les paroles ne suffisent pas pour convertir les hommes à la vérité de Jésus-Christ. Saint Paul, à l'exemple de son maître, a accompagné son enseignement de ses souffrances. Exemples de la fécondité des croix qu'il a supportées vaillamment dans les lieux qu'il voulait convertir.

*Troisième point :* La force du gouvernement de saint Paul venait de sa faiblesse apparente. L'apôtre a su, par sa charité inépuisable, par ses infirmités supportées avec courage et résignation, se faire l'esclave de tous, et gagner les âmes à son divin Maître. Que les chrétiens prennent modèle sur lui et soulagent les infortunes corporelles et spirituelles dont ils sont témoins !

Cet admirable discours a été étudié en détail par Gandar *(Bossuet orateur,* p. 267 et suiv.)

Bossuet avait déjà prêché un Panégyrique de saint Paul, sur ce texte : *Surrexit Saulus de terra apertisque oculis nihil videbat.* Ce discours excita dans la capitale un concert unanime d'éloges.

2. Et plus loin, *ce qui m'étonne le plus* : par ce verbe répété, l'orateur ne craint pas de faire entendre son impuissance, son trouble comparable à celui qu'il avouait au début de son *Sermon sur la justice* : « De tous les sujets que j'ai traités, celui-ci me paraît le plus profitable, mais je ne puis vous dissimuler qu'il *m'étonne* par son importance et m'accable presque de son poids. »

3. Qu'il a dévoilés en les enseignant, en les expliquant.

4. Allusion au ravissement dont l'apôtre parle dans la IIe *Epître aux Corinthiens,* XII, 2.

## P. 350.

1. « Façon de parler pieusement, saintement familière, vivement accentuée de reconnaissance et d'amour et dont le premier mot, si profondément senti, trahit comme un bonheur de possession joyeux et tendre. » (M. Jacquinet.)

2. Il est bon de comparer cet avant-propos, avec celui du *Panégyrique de saint Bernard* : la différence est prodigieuse.

3. Titre donné habituellement à saint Paul parce qu'il a eu pour mission d'évangéliser les païens (Gentils).

4. *Var.* : « grandes, — belles ».

5. Illustres, par opposition au sujet sans éclat, auquel il se réduit : les faiblesses, les infirmités de l'apôtre.

6. C'est le mot même de l'apôtre : « ... Exinanivit semetipsum. » (*Philip.*, II, 7.)

## P. 351.

1. *I Cor.*, I, 27.

2. Les combats où le persécuté, le martyr ne songeait qu'à vaincre en souffrant.

3. *Var.* : « persécutée ».

4. Se détruirait, tomberait en ruines. Le verbe *dissipare* a le sens de ruiner dans la Sainte Ecriture.

## P. 352.

1. Du grec πολιτεια : constitution, ensemble de règlements.

2. *Var.* : « étranges ».

3. *II Cor.*, XI, 28.

4. *I Cor.*, II, 4.

5. *Rom.*, VIII, 36. *Edit.* : « facti sumus... »

6. « Sicut filius hominis non venit ministrari, sed ministrare... » (*Matth.*, XX, 28.)

7. *I Cor.*, IX, 19, 22.

**P. 353.**

1. *Var.*: « avec un air... »
2. *Var.*: « il voit tout le monde au-dessous de lui ».
3. Nouvelle reprise, en termes plus brefs, du merveilleux contraste déjà présenté plusieurs fois sous trois points de vue différents.
4. Ces grands hommes sont sans doute ceux des temps bibliques.
5. *Var.*: « ont désiré avec tant d'ardeur... »
6. Comparer cette théorie de l'éloquence chrétienne avec la théorie de Fénelon.

**P. 354.**

1. « Cet emploi de l'adjectif *efficace* avec un nom de personne est peut-être unique en français. Ni Littré, ni les autres lexicographes n'en donnent d'exemple. Mais comme le manuscrit n'existe plus, on peut se demander si Bossuet n'avait pas écrit : à rendre *la parole* d'un orateur agréable et efficace. » (Gazier.)
2. *II Cor.*, x, 10.
3. Occupation d'ouvrier. Saint Paul fabriquait des tentes à Corinthe, pour gagner sa vie. « Et quia ejusdem erat artis, manebat apud eos, et operabatur : erant autem scenofactoriæ artis. » (*Act.*, XVIII, 3.) — Cf. *Act.*, xx, 34 ; *I Thess.*, II, 9 ; *II Thess.*, III, 8.
4. *I Cor.*, II, 3.
5. *Ibid.*, 2.
6. *Var.*: « étudiez du moins des termes choisis... » — *Polis*: élégants.
7. *I Cor.*, II, 4.

**P. 355.**

1. *Var.*: « l'Esprit de Dieu ».
2. *Var.*: « sans crédit ».
3. Allusion au dernier roi des juifs, Agrippa, qui après avoir entendu Paul à Césarée, au tribunal du gouverneur Festus, lui dit : « Il s'en faut de peu que tu ne me persuades d'être chrétien. » (*Act.*, XXVI, 28.)
4. *I Cor.*, II, 7.
5. Les trois noms propres de la seconde personne de la Trinité sont ceux-ci : le Fils, le Verbe, l'Image du Père. Parmi les noms appropriés, il faut ranger « la Sagesse » parce que la Sagesse appartient à l'Intelligence, et que le Verbe procède de l'intelligence divine.
6. *Var.*: « bas ».
7. Non pas *faisons une supposition,* une hypothèse ; mais tenons pour certain, *posons pour fondement.* Bossuet dira plus loin : « Cette vérité étant supposée. »

PANÉGYRIQUES

8. Les idées exposées dans cet alinéa se retrouvent dans le *Sermon sur la parole de Dieu* (début du I$^{er}$ point).

9. Origène (185-254) : un des grands écrivains de l'Ecole chrétienne d'Alexandrie. En 203, un an après le martyre de son père Léonide, il fut malgré son jeune âge mis à la tête de l'école d'Alexandrie, sa ville natale. Il s'y fit remarquer par l'étendue de sa science et la puissance de son génie. Origène a abordé toutes les branches de la science ecclésiastique, exégèse, morale, ascétique, apologétique, polémique ou dogme. Son œuvre capitale est le *Traité contre Celse* (cité fréquemment par Bossuet). Malheureusement le génie d'Origène ne l'empêcha pas de tomber dans les plus graves erreurs ; de très bonne foi du reste, puisqu'il couronna sa vie par le martyre.

10. *In Matth. commentar.*, n. 85 : cette idée se retrouve dans le *Sermon sur la parole de Dieu* que Bossuet prononça en 1661.

**P. 356.**

1. Cette belle doctrine contenait en germe tout le fond du *Sermon sur la parole de Dieu*.

2. Cf. « Domine, ad quem ibimus ? Verba vitæ æternæ habes. » *(Joan.*, VI, 69.)

3. Faible. Cf. « Jésus... les avertit que l'esprit est prompt et la chair infirme. » Pascal *(Mystères).*

4. « Est-ce à saint Paul que Bossuet fait dire cela, ou nous le dit-il lui-même, ici comme dans ses sermons sur la Prédication ? C'est saint Paul et c'est Bossuet ; on ne distingue plus les deux esprits, les deux voix se confondent. » (Note de M. Jacquinet.)

**P. 357.**

1. Cette élocution.

2. Paul était né à Tarse, en Cilicie. Le style de ses écrits se ressent de son origine. Son grec n'est point pur.

3. Saint Denis l'Aréopagite.

4. Ce proconsul s'appelait Sergius Paulus *(Act.*, XIII, 6-12).

5. *Act.*, XXIV, 25.

6. Il s'agit de l'Epître de saint Paul aux Romains, la première du recueil des *Epîtres*. Elle est divisée en seize chapitres.

7. Cf. Bourdaloue : *Panégyrique de saint Paul,* premier point : « Depuis l'Asie jusqu'aux extrémités de l'Europe, il établit l'empire de la foi : dans la Grèce qui était le séjour des sciences et par conséquent de la sagesse mondaine ; dans Athènes et dans l'Aréopage où on sacrifiait à un Dieu inconnu ; dans Ephèse où la superstition avait placé son trône ; dans la cour de Néron qui fut le centre de tous les vices : il publia là, dis-je, l'Evangile de l'humilité, de l'austérité, de la pureté, et cet Evangile y est reçu. Ce ne sont pas seulement des barbares et des ignorants qu'il persuade ; mais ce sont des riches, des

nobles, des puissants du monde, des juges et des proconsuls, des hommes éclairés qu'il fait renoncer à toutes leurs lumières en leur proposant un Dieu crucifié. »

8. *Var.* : « je ne sais quelle vertu secrète s'est répandue... »

9. Ce passage est reproduit dans le *Sermon de la divinité de la religion* que Bossuet prononça en 1665.

**P. 358.**

1. *Var.* : « d'où ses eaux sont précipitées... »

2. *Var.* : « elle a réprimé la fierté des juifs, qui se glorifiaient trop insolemment des promesses faites à leurs pères; elle a dompté l'orgueil des Gentils, qui s'enflaient des fausses grandeurs de leur vaine philosophie : elle a humilié les uns et les autres sous la grâce de Jésus-Christ et sous sa prédestination éternelle (*Lachat :* « sous sa prédication éternelle »); elle a confondu l'audace obstinée des faux zélateurs de la Loi, qui voulaient charger les fidèles de ses dures obligations ». — Cette variante que nous empruntons aux anciens éditeurs est, selon toute apparence, un passage effacé, une première rédaction. (Note de l'édition Lebarq.)

3. Et son humilité.

4. *Var.:* « ne nous arrêtons pas aux discours qui plaisent, mais aux enseignements qui instruisent ».

5. Une simplicité éloignée de tout artifice, sans fard, une simplicité pure et du plus parfait naturel, ou bien une simplicité débarrassée de la dialectique des philosophes.

**P. 359.**

1. *Var.* : « C'est pourquoi Tertullien dit, et il le prouve par les exemples de l'ancienne et de la nouvelle alliance, que la foi est obligée au martyre : « Talia primordia et exempla debitricem martyrii fidem ostendunt » : Quand la foi, dit-il, s'expose au martyre, ne croyez pas qu'elle fasse un présent; c'est une dette dont elle s'acquitte. Puisqu'elle vient étonner le monde par la nouveauté de sa doctrine, troubler les esprits par sa hauteur, effrayer les sens par sa sévérité, qu'elle se prépare à combattre! Elle est obligée au martyre, parce qu'elle doit du sang : elle en doit au divin Sauveur qui nous a donné tout le sien, « elle en doit aux vérités qu'elle prêche, qui méritent d'être confirmées par ce témoignage; elle en doit au monde rebelle, qu'elle ne peut gagner que par ses souffrances ».

2. Je tiens pour certain. Cf. n. 7, p. 355.

3. Cette idée est développée dans le premier point du *Sermon pour la fête de l'Exaltation de la Sainte Croix.*

4. *Var.* : « Disons-en seulement ce mot, que notre Sauveur Jésus-Christ étant venu au monde pour s'humilier, tant qu'il y a eu quelque ignominie à laquelle il a pu descendre, la confusion l'a suivi partout. De là vient que tous ses mystères sont

une chute continuelle. Il est tombé du ciel en la terre, de son trône dans une crèche, de la bassesse de sa naissance premièrement à l'obscurité, après, aux afflictions de sa vie, et de là enfin à sa mort honteuse. Mais c'était le terme ordonné où devaient finir ses bassesses. Comme il ne pouvait descendre plus bas, c'est là qu'il a commencé à se relever, et cette course de ses abaissements étant achevée par sa croix, il a été couronné de gloire. Aussitôt son Père céleste a donné une efficace divine au sang qu'il avait répandu ; et pour honorer ce cher Fils, il a changé l'instrument du plus infâme supplice en une machine céleste pour attirer à lui tous les cœurs. »

5. Celle du ciel.

**P. 360.**

1. *Hébr.*, XII, 24. *Vulg.* : « Melius loquentem ». Bossuet a mis *clamantem* par l'influence de Gen., IV, 10.

2. *Var.* : « Et la raison en est évidente, parce que... »

3. *Ps.* LXXXIV, 13. — *Fruit* : progrès, avancement surtout au sens religieux.

4. *Joan.*, XII, 32.

5. Cf. n. 7, p. 355.

6. *Var.* : « donnez-en, martyrs invincibles : ce sang répandu pour le Fils de Dieu est une semence divine qui fera naître des chrétiens par tout l'univers : *Semen est sanguis christianorum* » (Tertull., *Apolog.*).

7. Portez-la sur vous-même, représentée par les traces de vos supplices, par les plaies qui les rappellent.

8. *Var.* : « chaste et innocente victime, abandonnez-le... »

9. *Var.* : « grave sur vos membres... »

10. C'est ce que fait le divin apôtre : il sait ce que peut la croix de son maître imprimée sur le corps de ses disciples.

**P. 361.**

1. *II Cor.*, IV, 10.

2. *Coloss.*, I, 24.

3. *Accomplir,* au sens du latin *complere,* c'est-à-dire en compléter l'effet, assurer par celle de l'apôtre martyr l'ubiquité féconde de la croix.

4. Cf. n. 1, p. 350.

5. *Var.* : « Ils la verront gravée sur sa chair si souvent déchirée pour le Fils de Dieu et pour la gloire de son Evangile. Il faut que ce même Jésus qu'il a persécuté autrefois en la personne de ses disciples soit persécuté en la sienne : le sang des martyrs l'a gagné, et son sang gagnera les autres. Animé de cette pensée il va du levant jusqu'au couchant, de Jérusalem jusqu'à Rome, il vole de pays en pays, avec un zèle infatigable, portant... »

6. Achevant, complétant. Cf. n. 3.

7. *Var.* : « que sa force est dans ses souffrances, — combien ses souffrances attirent les peuples ».

8. Ville de Macédoine.

9. *Act.*, XVI, 23 et seq.

10. *Var.* : « sur son corps ».

11. Un des principaux chrétiens envoyés par les apôtres à Antioche pour porter la lettre contenant les décisions du concile de Jérusalem (*Act.*, XV, 22-29). Il demeura quelque temps en Syrie et y instruisit de nouveaux catéchumènes. Paul en fit son coadjuteur. Quand Barnabé et Jean-Marc le quittèrent, c'est avec lui qu'il partit pour sa deuxième mission, en 51. Tous deux évangélisèrent la Syrie, la Cilicie, la Lycaonie, la Phrygie, la Galatie, la Thrace, la Macédoine et, en particulier, Philippes où ils furent battus et emprisonnés. (*Act.*, XVI, XVII.)

12. *Var.* : « Quel exemple de patience ! et vos cœurs ne sont-ils pas attendris par la vue d'un si beau spectacle ? »

13. *Matth.*, XXVII, 51.

14. *Act.*, XVI, 26.

15. « Et monumenta aperta sunt : et multa corpora sanctorum, qui dormierant, surrexerunt. » (*Matth.*, XXVII, 52.)

## P. 362.

1. *Act.*, XVI, 26.
2. *Matth.*, XXVII, 54.
3. *Act.*, XVI, 29.
4. *Ibid.*, 30.
5. Les plaies ou les souillures de la corruption originelle.
6. « Antithèses d'un goût mystique, mais aussi sérieuses que vives, mais vraies, tirées du fait et de la situation même et par lesquelles le grave orateur dégage en paroles concises l'esprit et la religieuse beauté de cette scène. » (M. Jacquinet.)
7. *I Thess.*, II, 1.
8. Son arrivée.
9. *I Thess.*, II, 2.
10. *Var.* : « et, messieurs, n'en soyez pas étonnés. Comme il met sa force en la croix, et sa puissance dans l'infirmité, ses coups lui tiennent lieu de victoire, et les peines qu'il a souffertes lui assurent un succès heureux. C'est pourquoi il dit ces beaux mots : Nous avons prêché avec confiance, parce que nous avons beaucoup enduré. »
11. *Var.* : « excitait ».

## P. 363.

1. *Var.* : « parler ».
2. Cf. plus haut, n. 3, p. 360.
3. *Var.* : « qu'il gagne ».

4. *Var.* : « il étend partout ses conquêtes et son empire ».
5. Cf. *Epître aux Galates,* chapitre II.
6. *I Cor.,* XV, 31.
7. *Var.*, : « que vous sert donc, ô persécuteurs, de le poursuivre avec tant de haine ? Vous avancez l'ouvrage de Paul, lorsque vous pensez le détruire. Car deux choses lui sont nécessaires pour gagner les nations infidèles : des paroles pour les instruire et du sang pour les émouvoir. Il peut leur donner ses instructions par la seule force de sa charité; mais il ne peut leur donner du sang, si on ne le tire par quelque supplice : si bien que votre fureur lui est nécessaire. Vous lui donnez le moyen de vaincre en lui donnant celui de souffrir. Ses blessures font ses conquêtes, et nous pouvons dire de lui ces beaux mots de Tertullien... »
8. *Var.* : « il fait naître ».
9. *Scorpiace,* n. 6.
10. « Hommage énergique du grand apologiste au grand saint! » (M. Jacquinet.)

**P. 364.**

1. Notre siècle qui aime les délices.
2. *Var.* : « mais si nous ne pouvons imiter cette fermeté de l'apôtre, imitons du moins sa tendresse : si nous ne pouvons pas dire avec saint Paul : *je ne me plais que dans mes souffrances,* tâchons, mes Frères, de dire avec lui : <u>*Quis infirmatur et ego non infirmor ?*</u> je me rends infirme avec les infirmes. Imprimons en nos cœurs ces infirmités bienheureuses que la charité lui inspire. C'est ma dernière partie que je donne toute à l'instruction ». (Déforis avait introduit ici une traduction qui faisait manifestement double emploi.)
3. Cf. *II Cor., passim.*

**P. 365.**

1. *Luc,* XXII, 25, 26.
2. *Var.* : « établi ».
3. *Var.* : « impérieuse ». — Cf. *I Cor.,* XIII, 4, 5. « Caritas patiens est, benigna est : caritas non æmulatur, non agit perperam, non inflatur, non est ambitiosa, non quærit quæ sua sunt, non irritatur, non cogitat malum... »
4. *Var.* : « dédaigneux ».
5. *Modeste* est à prendre au sens latin du mot : modéré.
6. *Var.* : « c'est une dispensation charitable, une servitude honorable. Mais le caractère de cette charité ecclésiastique qui gouverne dans les pasteurs, c'est qu'elle ne s'élève pas orgueilleusement au-dessus des troupeaux qui lui sont commis; mais plutôt elle descend jusqu'à eux pour les gouverner, elle s'abaisse à leurs pieds. Car elle imite le Fils de Dieu, qui, venant régner sur son peuple a voulu prendre ses infirmités. Il

ne veut pas régner par la crainte, parce qu'il veut régner sur les cœurs, qu'il les veut gagner par la charité ; c'est pourquoi il est venu pour servir. Ainsi les pasteurs du peuple fidèle doivent se revêtir de ses infirmités.

7. Une administration domestique, un gouvernement de famille. L'Eglise est comme une grande famille gouvernée par ses pasteurs.

8. Bossuet reprend cette doctrine paulinienne de l'*Epître aux Hébreux* dans ses *Méditations sur l'Evangile,* La dernière semaine, 95e jour.

9. « Omnium me servum feci... Factus sum infirmis infirmus. » (*I Cor.*, IX, 19-22.)

10. Cf. n. 3, p. 354.

11. « Laboramus operantes manibus nostris ; maledicimur et benedicimus. » (*I Cor.*, IV, 12.)

**P. 366.**

1. Cincinnatus.
2. Cf. n. 1, p. 350.
3. Paul évangélise tout en travaillant et mène de front la prédication et le travail manuel.
4. Saint August., *De opere monach.*, n. 13.
5. *Il* : ce soupçon, la crainte de ce soupçon. — *Déchire* semble un mot bien fort ici.
6. *Var.* : « ses entrailles en sont émues ». — *Plus que maternelles*. Cf. saint Augustin : « paternis maternisque visceribus ».

**P. 367.**

1. *II Cor.*, XI, 29.
2. Cf. n. 4, p. 349.
3. *Var.* : « atteints ».
4. *In Epist. II ad Cor.*, XXV, 2.

**P. 368.**

1. *Var.* donnée par les anciens éditeurs :

« Violence de cette persécution : plus cruelle que les autres. Là, ses faiblesses propres ; ici, celles de tous les autres. Là, il résiste ; ici, il veut bien être infirme. Ici, la charité le soutient pour résister aux autres : ici, c'est la charité elle-même qui l'accable. En l'autre, il se réjouit, ici, il est toujours dans les larmes. Là, il souffre de ses persécuteurs ennemis, ici de ses frères. » Cet intéressant canevas cité par Lebarq et Urbain est supprimé par Lachat.

2. Allusion à la parabole du Bon Pasteur.
3. Il s'agit sans doute de l'agonie de Jésus au Jardin des Oliviers. (*Matth.*, XXVI, 30.)

4. Souvenir de la I<sup>re</sup> *Epître de saint Pierre :* « cujus livore sanati sumus », (II, 24).
5. Supportez son infirmité.
6. « Corripe eum inter te et ipsum solum. Si te audierit lucratus eris fratrem tuum. » (*Matth.*, XVIII, 15.)

**P. 369.**

1. L'ouverture de l'Hôpital Général avait été publiée « aux prônes de toutes les paroisses ». (Félibien, *Histoire de Paris*, p. 1460.)
2. Cf. *Sermon sur la bonté et la rigueur de Dieu.* (I<sup>er</sup> point.)

# PANÉGYRIQUE
# DE SAINT VICTOR

**P. 371.**

1. A) BIOGRAPHIE : Victor était un citoyen de Marseille, soldat peut-être. Plein de zèle pour encourager les chrétiens à rester fermes dans leur foi, il fut arrêté, dégradé et emprisonné sur l'ordre de l'empereur Maximien Hercule de passage à Marseille. Il convertit ses geôliers : Alexandre, Longin et Félicien, et fut exécuté en même temps qu'eux sur la place publique de Marseille, le 21 juillet 304. Au V<sup>e</sup> siècle, saint Jean Cassien construisit un monastère sur son tombeau. Ses reliques furent dispersées pendant la Révolution Française.

B) DATE : « Avec l'abbé Vaillant et avec Gandar, nous accepterons la date indiquée par le premier éditeur (21 juillet 1657, fête du saint). N'importe que Lachat se soit inscrit en faux contre elle, pour en proposer une autre. » (Ed. Lebarq, II, 342.)

C) TEXTE : Le manuscrit de ce panégyrique n'a pu être retrouvé.

D) ANALYSE. *Exorde :* Le mépris des idoles, la conversion de ses propres gardes, l'effusion de son sang, telles sont les trois manières dont Victor fait triompher Jésus-Christ.

*Premier point :* Le mépris de Victor pour l'idole. Son courage : il n'hésite pas à la renverser. L'idolâtrie, si elle a changé de forme, existe encore. Notre éloignement de Dieu, et l'amour de nous-mêmes sont les causes de l'idolâtrie moderne qui se glisse jusque dans la routine avec laquelle nous prions Dieu habituellement.

*Second point :* Victor a employé le temps qu'il a passé en prison à travailler au salut des âmes. Il a exercé son apostolat à l'égard de ses gardes et les a convertis. Que les chrétiens se rendent captifs par l'amour de la sainte retraite et qu'ils utilisent leurs libertés à se dévouer aux œuvres charitables.

*Troisième point :* Trois circonstances principales rendaient la persécution épouvantable : on méprisait les chrétiens, on les haïssait, et cette haine allait jusqu'à la fureur. Victor a supporté avec une patience et un courage invincibles tous les tourments que cette fureur inventa. La piété profonde qui le soutint dans son martyre n'existe plus de nos jours, malheureusement. Que les chrétiens soient plus convaincus et plus généreux, lorsque leur foi est attaquée!

2. Le conflit qui mit aux prises la société païenne et la société chrétienne dura deux siècles et demi, de 64 à 313, de Néron à Constantin qui, par l'édit de Milan, accorda aux chrétiens la liberté du culte et ordonna la restitution de leurs biens confisqués. Les persécutions continuèrent, hors des frontières de l'Empire, en Perse, jusqu'en 414.

3. *Var.* : « la foi chrétienne ».

4. L'alliance contractée entre Dieu et les hommes grâce à la médiation du Christ, qui réconcilia son Père avec les hommes par le sacrifice sanglant du Calvaire.

5. *Var.* : « et si nous en savons pénétrer le fond, nous reconnaîtrons aisément que... »

6. *Var.* : « déteste ».

## P. 372.

1. *Première rédaction du second exorde :*

« Il y a cette différence entre la milice des hommes et celle de Jésus-Christ, que, dans la milice des hommes, on n'est obligé que de bien combattre, au lieu que, dans celle de Jésus-Christ, il nous est outre cela ordonné de vaincre et de désarmer nos ennemis. Cette différence, Messieurs, est fondée sur cette raison, que, dans les guerres des hommes, l'événement ne dépend pas toujours du courage ni de la résolution des combattants : mille conjonctures diverses, que nulle prudence ne peut prévoir ni nul effort détourner, rendent le succès hasardeux, et toutes les histoires sont pleines de ces braves infortunés, qui ont eu la gloire de bien combattre, sans goûter le plaisir du triomphe. Au contraire, sous les glorieux étendards de Jésus-Christ, notre capitaine, comme les armes qu'on nous donne sont invincibles, et que le seul nom de notre chef peut mettre nos ennemis en déroute, la victoire n'est jamais douteuse, pourvu que le courage ne nous manque pas. « Mes élus, dit le Seigneur, ne travaillent pas en vain : *Electi mei non laborabunt frustra* » (Is., LXV, 23). C'est pourquoi, dit le bien-aimé disciple, *tout ce qui est né de Dieu surmonte le monde,* tout ce qui est enrôlé dans cette milice, par la grâce du saint baptême emporte infailliblement la victoire : c'est-à-dire, que dans cette armée il n'y a point de vertus malheureuses, et que la valeur n'y a jamais de mauvais succès ; enfin, que la conduite en est si certaine qu'il n'y a de vaincus que les déserteurs. Ainsi, comme l'assurance de vaincre dépend de la résolution de combattre, ne vous étonnez pas si je vous ai dit que nous devons mériter autant de couronnes que nous livrons de batailles et que Jésus-Christ ne souffre sous ses étendards que des victorieux et des conquérants : *Omne quod natum est ex Deo, vincit mundum.* (I Joan., V, 4.)

« Cette vérité étant reconnue, il n'y a rien à craindre pour saint Victor dans ce long et admirable combat dont vous venez aujourd'hui d'être spectateurs. Puisqu'il est résolu de résister, il est par conséquent assuré de vaincre; mais il ne veut de victoire que pour faire régner Jésus-Christ son maître. En effet, il le fait régner, et il montre bien sa puissance à la face des juges romains et de tout le peuple infidèle, en trois circonstances remarquables que nous apprend son histoire. On le produit devant les idoles pour leur présenter de l'encens; et au lieu de les adorer, d'un coup de pied qu'il leur donne il les renverse par terre; n'est-ce pas faire triompher le Dieu vivant sur les fausses divinités, par lesquelles on l'excite à jalousie ? Mais c'est peu d'un divin Sauveur d'avoir vaincu les idoles muettes et inanimées : ce sont les hommes qu'il cherche, c'est sur les hommes qu'il veut régner : Victor, prisonnier et chargé de fers, lui conserve non seulement des sujets, mais encore il lui en attire; il encourage ses frères, il fait des martyrs de ses gardes : n'est-ce pas établir généreusement l'empire de Jésus-Christ que de retenir ses troupes dans la discipline et même les fortifier de nouveaux soldats, pendant que la puissance ennemie travaille à les dissiper par la crainte ? Enfin il est tourmenté par des cruautés sans exemple : et c'est là qu'il scelle de son propre sang la gloire de Jésus-Christ, en soutenant, pour l'amour de lui, la terrible nouveauté de tant de supplices. Voilà les entreprises mémorables de notre invincible martyr : c'est ainsi que Victor est victorieux, et le fruit de cette victoire est de faire triompher Jésus-Christ.

Oui, vous triomphez, ô Jésus, et Victor... »

2. *Var.* : « pour laquelle ils ont enduré... »

3. *Var.* : « le renversement ».

4. *Var.* : « c'est de ne s'être pas épargnés eux-mêmes et d'avoir versé leur sang pour leur maître ! »

5. Joan., XV, 13. — *Edit.* : « Majorem caritatem ».

6. L'abbaye de Saint-Victor avait été fondée par Louis VI, en 1113, pour une association de chanoines réguliers de saint Ruf d'Avignon. Elle prit une importance considérable et fournit à la philosophie scolastique du moyen âge des hommes éminents : Guillaume de Champeaux, Hugues de Saint-Victor, Santeuil. Elle fut presque entièrement reconstruite au XVIe siècle. Supprimée en 1790, l'abbaye resta néanmoins debout jusqu'en 1811, date à laquelle ses bâtiments firent place à ceux de la Halle aux vins.

**P. 373.**

1. *Var.* : « ce qu'il désire le plus, c'est qu'on abatte devant lui, d'une autre manière, les hommes, ses vives images... »

2. L'absence du manuscrit est ici regrettable. Ne fallait-il pas lire : « *la* divinité » ? Peut-être « *sa* divinité » veut-il dire : « la divinité d'une ignorance grossière ». S'il s'agit de la « divinité du Dieu vivant », comment prétendre que ce fût elle qu'on voulait représenter devant les idoles ? (Note de l'Edition Lebarq).

3. « Faut-il : Victor, le généreux Victor » ? (Remarque de l'édition Lebarq.)

4. Il les a confirmés dans la foi; il a rendu leur foi *plus ferme,* plus solide.

5. A rendre plus fortes les troupes en enrôlant de nouvelles recrues.

6. De les disperser.

7. *Var.* : « notre saint a fait quelque chose de plus glorieux, car non content... »

8. *Var.* : « par des cruautés inouïes... »

9. *Var.* : « en les gagnant ou les conservant pour votre service ».

**P. 374.**

1. Cf. la notice biographique n. 1, p. 371.
2. Les signes, les marques, les traces laissées par les tourments que le Christ a subis, dans la flagellation, sur le chemin du calvaire et sur la croix.
3. Ce jour au cours duquel.
4. *Edit.* : « aucun relâche ».
5. *Var.* : « de le produire publiquement devant l'idole ».
6. *Lachat* : « troublé par... »
7. *Lachat* : « laisserait enfin échapper... »
8. *Var.* : « ils étaient accoutumés... »
9. *Act.*, XVII, 16.

**P. 375.**

1. Comparer cette page au *premier Panégyrique de saint Gorgon* (p. 230). L'amélioration du style est considérable : plus de trivialités, de termes de goût douteux; mais une grande sobriété d'expression.

2. *Var.* : « un cri s'élève... »
3. *Var.* : « sanguinaire ».
4. « Avarus, quod est idolorum servitus. » (*Ephes.*, V, 5.)
5. *De idolol.*, n. 1.
6. *Var.* : « confondons-nous ».

## P. 376.

1. *Var. :* « qui doit couvrir nos faces de honte... »
2. *Act.*, XIV, 16.
3. *Sap.*, XIV, 21.
4. Comparer avec le *Panégyrique de saint François d'Assise,* p. 237.
5. *Gen.*, III, 5.
6. Basile, archevêque de Séleucie en Isaurie, mort vers 458, dans un âge très avancé. Nommé archevêque vers 440, il combattit l'hérésie d'Eutychès au concile de Constantinople (448) mais au concile d'Éphèse il se prononça dans un sens diamétralement opposé. Il n'a pas droit au titre de saint que Bossuet lui donne toujours.
7. *Var. :* « pour moi, je pense, Messieurs, que proférant... »
8. *Orat.*, III.
9. *Var. :* « de communiquer ».

## P. 377.

1. *Ps.* CX, 9. « Sanctum et terribile nomen ejus. »
2. Cf. *Panégyrique de saint François,* p. 237.
3. *De civit. Dei,* IV, VIII.
4. *Var. :* « porté à tous ces excès... »
5. *Var. :* « la plus extrême ».
6. « Adorate statuam auream quam constituit Nabuchodonosor rex. » (*Dan.*, III, 5.)
7. *Var. :* « sacrilège ».

## P. 378.

1. *Var. :* « à fouler aux pieds ».
2. Les fantaisies humaines, l'amour des plaisirs et de la richesse, etc.
3. *Var. :* « le principe ».
4. Ces idées se retrouvent dans le *Sermon de la Conception* (1669).

## P. 379.

1. *Var. :* « ô homme, tu soupires après le plaisir, et voilà ta première idole. Mais ce qui te donne le plaisir ne te donne pas la fortune; et cette fortune que tu poursuis, à laquelle tu sacrifies tout, est une divinité que tu sers. Mais peut-être que ta fortune ne satisfera pas à ta vanité : une autre passion s'élève et une autre idole se forme. Enfin autant de vices qui nous captivent, autant de passions qui nous dominent; ce sont autant de fausses divinités, par lesquelles nous excitons Dieu à la jalousie. Et ne sont-ce pas en effet des divinités, puisque nous les préférons à Dieu, puisqu'elles nous le font oublier, et même le méconnaître ? »

2. L'idolâtrie la plus coupable est celle qui consiste dans une idée indigne et dans un faux culte du vrai Dieu.

3. Une nature différente de celle qu'il possède en réalité.

4. Bossuet développe cette pensée sur la prière, dans le *Sermon sur la réconciliation* (I$^{er}$ point) (Edit. Lebarq, I, 373) qu'il prononça le V$^e$ dimanche après la Pentecôte de l'année 1653.

5. Cf. *Panégyrique de saint François,* page 237.

6. *Exod.*, XXXII, 1.

## P. 380.

1. Bossuet donne habituellement le signe du pluriel aux noms propres.

2. Exciter la jalousie de Dieu. Cette idée est vraisemblablement inspirée par l'Ancien Testament dans lequel Dieu est présenté comme un Dieu jaloux.

3. Mammone (ou Mammon) : dieu des richesses chez les Syriens, nom que l'Evangile donne au démon des richesses ou au démon en général. (Cf. *Matth.*, VI, 24.)

4. Cf. n. 6, p. 372, sur l'abbaye de Saint-Victor.

5. Le sacrifice de sa vie.

6. *Var.:* « la liberté ».

7. *I Cor.*, VII, 22.

8. *Var.:* « entreprend de le faire... »

## P. 381.

1. *Var.:* « au libre ».

2. *Var.:* « par cette doctrine cette vérité admirable que... »

3. *Var.* : « dans l'étendue de la liberté nous devons nous donner toujours quelques bornes; et dans cette contrainte salutaire nous devons toujours conserver... »

4. Victor, par une grâce divine, a joui dans son corps de cette liberté et de cette contrainte que les autres fidèles ne possèdent que dans leur âme.

5. *Var.:* « se rencontrassent ».

6. *Passios. Victoris* (cf. Ruinart : *Acta martyrum,* 1689, in-4, p. 305).

7. *Var.:* « fortifier ».

## P. 382.

1. Cette pensée est le thème général du *Panégyrique de sainte Thérèse* : le monde est pour elle une prison dont elle s'efforce de s'évader pour s'unir à son Dieu de la manière la plus parfaite.

2. Sur l'étymologie de ce mot, cf. *Oraison funèbre de Yolande de Monterby,* n. 3, p. 15.

3. Tertull., *Ad Mart.*, n. 2.

4. Bienheureuses, parce qu'elles permettaient aux martyrs de prier en commun et qu'elles étaient le premier pas vers la vie bienheureuse de l'Eternité.

5. Cf. *Panégyrique de saint Paul* : n. 11, p. 361.

6. « Et baptizatus est ipse et omnis domus ejus continuo. » (*Act.*, XVI, 33.)

7. *Var.* : « on avait peine à en trouver qui fussent assez durs. »

8. *Var.* : « ô victoire de notre Victor qui, tout prisonnier qu'il était, s'est rendu maître de ses propres gardes, pour en faire des victimes de Jésus-Christ ! Mais pendant que ces braves soldats de l'Eglise étendaient ses conquêtes par leur patience, que faisaient cependant leurs frères que la fureur publique avait épargnés ? »

**P. 383.**

1. Exhortation aux riches de faire du bien aux pauvres et à tous ceux qui sont affligés. Cf. *Panégyrique de saint François d'Assise*, p. 244-245.

2. C'est qu'Il veut que vous ressembliez à son Divin Fils, l'homme des douleurs. Cf. n. 2, p. 374.

3. Tertull., *Ad Mart.*, n. 1.

4. *Var.* : « excitaient. — exhortaient ».

5. « On en trouve un exemple dans Lucien, περὶ τῆς Περεγρίνου τελευτῆς (*La mort de Peregrinus*), n. 11-13. » (Note de l'Edit. Lebarq.)

**P. 384.**

1. Cf. n. 2, p. 374.

2. Au temps de Bossuet, la distinction entre *prêt à* et *près de* n'était pas encore établie.

3. *Var.* : « et nous pouvons lui appliquer ce beau mot de Tertullien... »

4. *Ad Mart.*, n. 2.

5. *Var.* : « il revient dans sa chère prison, il remet ses mains dans les chaînes... »

6. Aimable en ce sens que si la foi lui impose le fardeau si douloureux du martyre elle lui assure la céleste récompense qui en est la conséquence.

**P. 385.**

1. *Var.* : « de vos excès ».

2. *Var.* : « représentez-vous cette haine étrange contre le nom de chrétien : en eussiez-vous pu soutenir l'effort ? Pour vous juger sur ce point, méditez attentivement ces trois circonstances qui l'accompagnaient ».

3. *Matth.*, X, 22.

4. Cf. *Panégyrique de saint Gorgon*, p. 227.

5. *Var.* : « qu'on exerçait sur les chrétiens... »

6. *Var.* : « parce que, sans preuve et sans apparence on les chargeait de crimes atroces, dont on les tenait convaincus, seulement à cause d'un bruit incertain qui s'était répandu parmi le peuple. Y avait-il rien de plus vain ? Et néanmoins, sans autre dénonciateur et sans autre témoin que ce bruit confus, qui n'était pas même appuyé d'une conjecture, on accumulait sur la tête de ces malheureux chrétiens, les incestes, les parricides, les rébellions, les sacrilèges, tous les crimes les plus monstrueux. Non contente de les charger de ces crimes, la haine publique du genre humain les voulait rendre responsables de tous les malheurs de l'Etat, de toutes les inégalités des saisons, de la pluie, de la sécheresse... (Débris d'une première rédaction.)

### P. 386.

1. *I Cor.*, IV, 13.
2. Tertullien : le plus illustre des Pères de l'Eglise latine. Né à Carthage en 160, il se convertit vers 190 au christianisme, et il en devint un des plus puissants défenseurs jusqu'au moment où il tomba lui-même dans l'hérésie montaniste (vers 203). Ses principaux ouvrages sont l'*Apologétique* et le Traité *De la prescription des hérétiques.*
3. *De spectac.*, n. 1.
4. Toute cette page se retrouve à peu près mot à mot dans le *Panégyrique de saint Gorgon* (p. 227).
5. *Rom.*, VIII, 36.
6. Ce détail se trouve dans l'*Apologie* de Tertullien.
7. *Apol.*, n. 40.
8. *Var.* : « à peine faites-vous du bruit sur la terre, tant vous êtes paisibles et modestes, et on vous... »
9. Bouleverser. Cf. *Panégyrique de sainte Catherine,* IIe point, p. 648-649.
10. *Apol.*, n. 40.
11. Tout ce développement se trouve en germe dans le *Panégyrique de saint Gorgon,* prononcé en 1649 (p. 227) et dans un *Panégyrique de sainte Catherine,* prononcé en 1656, pris à l'audition et que nous donnons en appendice (voir p. 644).

### P. 387.

1. *I Rég.*, XXIV, 15.
2. Cf. *premier Panégyrique de saint Gorgon,* page 227.
3. *De resurr. carn.*, n. 8.
4. Cf. *second Panégyrique de saint Gorgon,* n. 1, p. 288.
5. *Var.* : « quel marbre veut-on broyer ? »

### P. 388.

1. Tertull., *Scorp.*, n. 6.
2. *Var.* : « elle allait, dit Tertullien, arracher leurs corps mutilés de l'asile même de la sépulture : *De asilo quodam mortis*

*jam alios, nec totos avellunt.* On leur enviait jusqu'à un tombeau : ou plutôt on tâchait de leur dérober les honneurs extraordinaires que la piété chrétienne rendait aux martyrs. Ce fut dans ce sentiment qu'on jeta au fond de la mer le corps de Victor ».

3. Les actes des martyrs offrent de nombreux exemples de cette haine des païens s'exerçant sur les corps de ceux qu'ils avaient martyrisés. Les précieux restes étaient jetés en mer, afin d'empêcher la piété chrétienne de leur rendre les honneurs de la sépulture.

4. *Var.* : « que vous êtes la cause de leur salut ».

5. *Var.* : « convaincantes ».

6. Ce passage se retrouve presque littéralement dans le *Panégyrique de saint André* (page 575).

**P. 389.**

1. Cf. *Panégyrique de sainte Thérèse*, p. 403.

2. La piété n'était pas, au temps des persécutions, un moyen d'obtenir des avantages matériels. Elle était sincère et désintéressée.

3. Salvian., *Adv. Avar.*, lib. I.

4. *Var.* : « s'est uni avec... »

5. Cf. *Oraison funèbre de Nicolas Cornet*, n. 1, p. 45.

6. Cet alinéa se retrouve littéralement dans le *Panégyrique de saint André* (p. 575 et 576).

7. *Var.* : « et dans les grimaces ».

8. Se moque de toi.

9. *Var.* : « sans corps ».

10. *Ps.* XXI, 16.

**P. 390.**

1. La majeure partie de cet alinéa se retrouve avec quelques modifications de détail, à la fin du Ier point du *Sermon sur les souffrances,* prononcé le 10 avril 1661. Tout ce qui est dit ici sur la vraie et la fausse piété, se retrouvera presque littéralement dans le *Panégyrique de saint André* (p. 569 et suiv.).

2. Cette idée est reprise dans le 2e point du *Sermon pour l'Exaltation de la Sainte Croix,* et dans l'esquisse d'un *Sermon pour le dimanche dans l'octave de Noël* (Edit. Lebarq, IV, 518).

3. *Matth.*, V, 10.

4. *Matth.*, X, 38.

**P. 391.**

1. *Var.* : « à la société ».

# PANÉGYRIQUE DE SAINTE THÉRÈSE

**P. 393.**

1. A) BIOGRAPHIE : Sainte Thérèse naquit à Avila (Vieille Castille) le 28 mars 1515. Elle descendait de l'antique famille de Cépéda. D'un caractère chevaleresque, d'une foi ardente et d'une intelligence supérieure, Thérèse, un moment dissipée par la lecture des romans, voulut bientôt se soustraire aux vanités du monde en entrant au Carmel, où elle fit profession en 1534. Là, sa vie ne tarda pas à devenir un mélange de pratiques religieuses, de maladies extraordinaires et de visions. Elle souffrit beaucoup des méprises de ses confesseurs à son sujet, jusqu'au moment où saint Pierre d'Alcantara devint son directeur de conscience. Elle entreprit de nombreux voyages et de laborieuses négociations pour réformer les monastères de son ordre et en fonder de nouveaux. La réforme qu'elle introduisit dans les Carmels d'Espagne fut adoptée par la plupart des Carmélites du monde entier. En vingt ans, elle fonda dix-sept monastères de femmes et quinze d'hommes, avec le concours de saint Jean de la Croix. Elle mourut le 4 octobre 1582 à Alba de Tormes. Les papes, par une exception unique, lui ont décerné le titre de « docteur de l'Eglise ».

Les écrits de sainte Thérèse, bien que composés à la hâte, au milieu d'intolérables souffrances, sont considérés comme les plus beaux monuments de la langue castillane. On peut les ranger en quatre groupes :

1º Les œuvres biographiques : *Vie* de la sainte *écrite par elle-même,* et l'histoire des Fondations.

2º Les œuvres de direction, comme les *Constitutions,* la *Méthode pour visiter les couvents,* l'*Abrégé de vie spirituelle.*

3º Les œuvres ascétiques et mystiques dont les plus célèbres sont : *le Chemin de la perfection* et *le Château de l'âme,* chef-d'œuvre de doctrine et de style.

4º Les œuvres poétiques, effusions lyriques peu nombreuses, auxquelles il faut ajouter un nombre considérable de lettres.

B) DATE : M. Floquet (*Etudes,* I, 428 et suiv.) a fixé avec certitude la date de ce discours en s'appuyant principalement sur les renseignements précis contenus dans la *Muse poétique* de Loret (20 et 27 octobre 1657). Dans l'automne de 1657, Louis XIV, âgé de dix-neuf ans, fit un voyage en Lorraine, et la reine mère Anne d'Autriche, qui l'accompagnait avec la cour, passa six semaines à Metz. C'est devant elle, dans la cathédrale de Metz que Bossuet prononça ce panégyrique le 15 octobre 1657. Le roi n'entendit pas le sermon : il avait quitté Metz avant cette date pour effectuer la visite des places fortes du pays.

C) Texte : Le manuscrit n'a pu être retrouvé.

D) Analyse. *Exorde :* La charité entraîne l'âme chrétienne vers les choses célestes en la détachant de ce monde. Elle a engendré en sainte Thérèse l'espérance, les désirs ardents de s'unir à Dieu et de briser les liens de sa chair mortelle; en même temps que l'amour des souffrances.

*Premier point :* L'espérance chrétienne met par avance l'âme chrétienne en possession du bonheur que Dieu lui propose. C'est cette grande vertu qui a encouragé sainte Thérèse à réformer l'ordre du Carmel et qui lui a fait accepter avec résignation toutes les épreuves que Dieu lui a envoyées.

*Second point :* L'âme pieuse considère le monde d'ici-bas comme une terre d'exil et a hâte de se trouver dans la céleste patrie. Il en a été ainsi de sainte Thérèse. L'amour de Dieu a créé en elle le désir ardent de se débarrasser de son corps mortel. Ç'a été pour elle un martyre inexprimable de vivre sur cette terre séparée de son divin Epoux.

*Troisième point :* Le plaisir seul rend la vie aimable aux hommes. Pour sainte Thérèse, au contraire, suivant en cela l'exemple de son Divin Maître, l'amour de la souffrance a été la seule raison qui lui ait fait aimer cette terre d'exil. Que les chrétiens acceptent avec résignation les croix que le Ciel leur envoie, et qu'ils cherchent à adoucir celles de leur prochain !

2. Saint Paul. Cf. *Panégyrique de saint Paul,* n. 3, p. 350.

3. La reine mère Anne d'Autriche qui accompagnait Louis XIV dans le voyage que celui-ci faisait en Lorraine.

4. *Var. :* « ne s'est pas moins élevée... »

5. Les anges.

6. *Var. :* « qui brûlent toujours devant lui par le feu d'une charité éternelle... »

**P. 394.**

1. Sainte Thérèse.
2. L'ange Gabriel.
3. *Première rédaction :* « Puisque la divine Thérèse a mené une vie céleste, puisque son âme, purifiée par les chastes feux de la charité, semblait être presque dégagée de tout ce qu'il y a de terrestre en l'homme, je ne puis mieux vous représenter quelle était cette sainte vierge que par ces beaux mots de l'apôtre, par lesquels il ne craint point de nous assurer qu'encore que nous vivions sur la terre... »
4. Saint Paul.
5. *Var. :* « notre conversation ».
6. *Première rédaction :* « Mais comme la vie de sainte Thérèse a été la véritable pratique de cette excellente doctrine que saint Paul nous a enseignée, il faut aujourd'hui pénétrer

le fond de cette vérité tout évangélique, et rechercher par les Ecritures pour quelle cause le grand Apôtre établit les chrétiens dans le ciel, même pendant leur pèlerinage ».

7. *Var.* : « il a plu à la Providence qu'il y eût néanmoins un lien sacré par lequel elles fussent unies. Et quel est ce lien, Messieurs, sinon l'esprit de la charité, qui se trouve... ? »

8. *Var.* : « enflamme ».

9. *Var.* : « échauffe ».

10. *ô Sainte Jérusalem* : cf. *premier Panégyrique de saint Benoît*, n. 8, p. 295.

11. *Var.* : « chaste Eglise ».

12. Comparaison entre l'Eglise triomphante et l'Eglise militante. La première est *en possession* des biens éternels qu'elle a obtenus par ses victoires contre le mal. La seconde lutte encore; et *cherche* ici-bas à acquérir les mêmes biens.

13. *Première rédaction :* « Il y a du moins ceci de commun, que ce que vous aimez dans le ciel, elle l'aime aussi sur la terre. Jésus est votre vie, Jésus est la nôtre; et ce divin fleuve de charité dont vos âmes sont inondées, a été aussi « répandu sur nous par le Saint-Esprit qui nous a été donné ». D'où est-il aisé de comprendre la société qui nous lie avec les esprits bienheureux. Je n'ignore pas, Chrétiens, que ces âmes, pleines de Dieu et rassasiées de son abondance, chantent des cantiques de joie pendant que nous gémissons, qu'elles se réjouissent de leur liberté tandis que nous déplorons notre servitude. Mais quoique les états soient divers, nous ne respirons tous que le même amour; et parmi leurs chants d'allégresse et nos tristes gémissements, on entend résonner partout ces paroles du sacré Psalmiste : *Mihi autem adhærere Deo bonum est* (*Ps.* LXXII, 28). C'est pourquoi l'apôtre saint Paul, nous voyant unis avec eux par ces chastes mouvements de l'amour de Dieu, il ne peut se résoudre à dire que nous soyons encore en ce monde : « Notre demeure, dit-il, est aux cieux : *Nostra conversatio in cœlis est.* »

« Et ne vous persuadez pas que le poids de ce corps mortel empêche cette union bienheureuse : car, mes Frères, ce divin Esprit qui est l'auteur de la charité, qui l'inspire aux hommes mortels aussi bien qu'aux esprits célestes, lui a aussi voulu donner trois secours pour secouer le poids de la chair, sous lequel elle serait accablée... »

14. *Ps.* LXXII, 28.

**P. 395.**

1. Les anges et les bienheureux qui sont dans la gloire céleste.

2. La charité est une vertu infuse, c'est-à-dire qu'elle n'est ni naturelle ni acquise par les forces de la nature, mais répandue dans l'âme de l'homme par l'infusion de l'Esprit-

Saint, selon le mot de saint Paul : « *...quia caritas Dei diffusa est in cordibus nostris per Spiritum Sanctum, qui datus est nobis.* » (*Rom.*, v, 5.)

3. *Var.* des anciennes éditions : « La charité, don du ciel à la terre. Espérance et désirs, dons de la terre au ciel. Promesse, échelle par laquelle elle monte. Parole, descendue du ciel, y attire notre espérance comme une chaîne divine. » — On ne sait au juste si l'on a ici le reste d'une esquisse primitive, ou un fragment de sommaire.

4. *Première rédaction :* « Et premièrement, Chrétiens, les promesses de Dieu l'animent de telle sorte que, jouissant déjà par avance du bonheur qui lui est promis, malgré les misères de cet exil elle peut dire avec l'Apôtre que « son espérance la rend heureuse, *Spe gaudentes* » (*Rom.*, XII, 12) : et c'est sa première action, l'espérance qui la réjouit par une possession anticipée. Et de là naissent les désirs ardents ; parce que, parmi les douceurs divines que son espérance lui donne, elle trouve des liens qui l'attachent, elle sent une chair qui lui pèse, et qui l'empêche d'aller à Dieu. Que fera-t-elle ? qu'entreprendra-t-elle ? C'est là que l'âme fait un second effort et que, tâchant de rompre ses chaînes par la violence de ses désirs, elle s'écrie encore avec saint Paul : *Cupio dissolvi et esse cum Christo :* « Que je voudrais être bientôt avec Jésus-Christ ! » Elle ne se contente pas des désirs : elle s'irrite contre cette chair qui la tient si longtemps captive, et, touchée d'une sainte haine, elle la veut, ce semble, détruire elle-même par de longues mortifications et par l'amour de la pénitence. Voilà donc en peu de paroles toute la vie de sainte Thérèse, enflammée de l'amour de Dieu, » *etc.*

5. *Osée*, XIV, 10. — *Edit. :* « hæc ».
6. *Hebr.*, VI, 19.
7. *Ibid.*, 20.
8. *Phil.*, I, 23. — *Edit. :* « Cupio dissolvi... »

## P. 396.

1. *Var. :* « si les désirs ne suffisent pas... »
2. *Var. :* « ces beaux mots... »
3. *Var. :* « et qui établit l'âme de Thérèse dans la possession du souverain bien... »
4. *Apud S. Basil.*, *Epist.* XIV, n. 1.

## P. 397.

1. *Var. :* « grande ».
2. *Ps.* CXVII, 8.
3. *Var. :* « c'est elle qui, contre la nature de toutes les autres, nous met... »
4. *Var. :* « de tout le bien qu'elle nous propose... »

5. *Première rédaction :* « Expliquons cette vérité par une doctrine solide, et après nous en verrons la pratique dans la vie de sainte Thérèse. Pour entendre solidement cette merveilleuse doctrine, je suppose pour premier principe une vérité très connue, que l'espérance des chrétiens est fondée sur l'autorité des promesses que Dieu leur a faites et des paroles qu'il leur a données. C'est ici qu'il nous faut entendre, dans l'effusion de nos cœurs, la bonté de Dieu sur les hommes. Car, mes Frères, le Père éternel, nous voyant bannis en ce monde comme en une terre étrangère, bien que nous fussions criminels et qu'il nous regardât en fureur comme des enfants de colère, néanmoins ce Père miséricordieux, qui, même dans sa juste indignation, ne peut oublier ses bontés, a remis en son souvenir que notre origine est céleste ; et se laissant attendrir sur nous, touché des misères de notre exil, il a aussitôt conçu le dessein de nous rappeler à notre patrie. Qu'a-t-il accompli pour exécuter ce dessein ? Ecoutez le divin psalmiste : *Misit verbum suum, et sanavit eos.* (*Ps.* CVI, 20.) »

6. Les Juifs attendaient avec impatience le messie, qu'ils considéraient avant tout comme le libérateur de leur patrie, comme un conquérant qui leur assurerait la domination sur les autres nations. Les Chrétiens considèrent aussi le Christ comme un libérateur : par le sacrifice du Calvaire, il a délivré les hommes de l'esclavage du péché.

7. *Is.,* IX, 6.

8. Sept siècles environ se sont écoulés entre l'époque où vécut Isaïe et la naissance du Christ.

**P. 398.**

1. *De civit. Dei,* XVII, VIII.
2. Isaïe.
3. L'ordre du Carmel fut institué vers le XIIe siècle en Syrie par un croisé calabrais nommé Berthold. La règle définitive fut approuvée en 1245 par Innocent IV.
4. « Peut-être cette phrase fait-elle double emploi avec le commencement de celle qui suit. Jusqu'à ce que se retrouve l'autographe, il faut, malgré qu'on en ait, reproduire l'édition princeps, sauf le cas où l'erreur serait évidente. » (Edit. Lebarq, II, 375, n. 3.)
5. Sainte Thérèse.
6. Cf. la fin du *Discours aux Religieuses de la Visitation de Meaux* prononcé le 2 juillet 1688. (Ed. Lebarq, VI, 474) et *Hebr.,* VI, 13-20.
7. *Rom.,* IV, 18. — *Edit. :* « In spem contra spem. »
8. *Déforis :* « ne nous montre ».

**P. 399.**

1. L'immutabilité des desseins secrets de Dieu.
2. *Mal.,* III, 6.

3. *Edit. :* « qui sont tous faits... » — C'est ainsi qu'on écrivait, au xviie siècle, l'adverbe *tout* suivi d'un adjectif pluriel.
4. *Adv. Marcion.*, III, 5.
5. *Var. :* « suspendu ».
6. *Var. :* « mais il n'en est pas de la sorte de l'espérance des chrétiens : ce grand Dieu... »
7. *Matth.*, xxiv, 35.

**P. 400.**

1. *Hebr.*, vi, 13.
2. *Ibid.*, 17.
3. *Première rédaction :* « C'est, Messieurs, sur cette promesse, c'est sur ce serment immuable par lequel Dieu s'engage à nous, que notre espérance s'appuie ; et c'est pour cela que je dis qu'elle commence la possession. La raison en est évidente, car on ne peut révoquer en doute que Dieu ne veuille effectivement tout ce qu'il promet aux fidèles. Il le veut, en peut-on douter ? Et quelle force pourrait obliger cette majesté infinie à promettre quelque chose aux hommes, si elle-même ne s'y portait par un mouvement de son amour. Par conséquent, il est véritable que Dieu veut tout ce qu'il promet. Maintenant ne savez-vous pas que, dans l'ordre de ses conseils, faire et vouloir, c'est la même chose ? Cette volonté souveraine tient pour fait tout ce qu'elle ordonne, parce que, sentant sa propre puissance, elle sait qu'on ne peut lui résister ; et nous en voyons des exemples dans les Écritures divines. »
4. *Var. :* « Une promesse si sûre, si bien confirmée me vaut un commencement de la possession ; et si la promesse divine est un commencement de la possession, n'ai-je pas eu raison de vous dire... »
5. *Première rédaction :* « Ces choses étant ainsi établies, je ne m'étonne pas, Chrétiens, si l'espérance des enfants de Dieu est si ferme et si généreuse, si elle jouit déjà par avance des délices des bienheureux ! C'est qu'en adorant la vérité éternelle, elle prend toutes ses promesses pour une espèce d'accomplissement, à cause de leur certitude infaillible. Et de même que les promesses divines commencent en quelque sorte l'exécution, l'espérance qui s'y attache est le commencement de la jouissance. C'est pourquoi l'apôtre saint Paul dit qu'« elle est l'ancre de notre âme : *Quam sicut anchoram habemus animæ tutam et firmam* (*Hebr.*, vi, 19). » Admirable pensée de saint Paul, par laquelle vous pourrez comprendre ce que j'ai à dire de sainte Thérèse ! Qu'est-ce à dire ceci, Chrétiens ? Comment est-ce que l'espérance est une ancre et quel est le sens de l'Apôtre ? Il faut que je tâche de vous expliquer cette belle pensée de saint Paul, qui relâchera vos attentions. Représentez-vous... »
6. *Hebr.*, vi, 19.
7. *Var. :* « votre cœur ».

**P. 401.**

1. Ce tribunal établi dans certains pays pour la recherche et le châtiment des hérétiques, des juifs, des mahométans, a revêtu en Espagne une forme particulière. Institution d'Etat, l'Inquisition espagnole devint entre les mains des rois, une source de revenus peu avouables et un instrument de terreur contre les juifs, les maures, les protestants, et souvent aussi contre les catholiques, surtout contre le clergé tant régulier que séculier.

2. Philippe II en particulier qui prit la défense de sainte Thérèse au moment où celle-ci rencontrait les difficultés les plus grandes dans l'établissement de nouvelles fondations.

**P. 402.**

1. *Rom.*, XII, 12.
2. Cf. note 1 A, p. 393.
3. Jésus. Cette appellation du Christ vient de trois sources principales : 1° du *Cantique des Cantiques;* 2° de l'Evangile où Jésus est présenté à plusieurs reprises comme l'époux (Parabole des Vierges sages et des Vierges folles); 3° des *Epîtres* de saint Paul (*Epître aux Ephésiens* en particulier).

**P. 403.**

1. Ici-bas. — Cf. *second Panégyrique de saint Benoît;* la même idée y est développée : « La vie du chrétien est un long et infini voyage... Dans ce grand et infini voyage... Nous devons marcher sans repos et avancer sans relâche... »

2. *Var.* : « voulez-vous savoir, dit saint Augustin, qui sont ceux d'entre les mortels qu'on verra un jour citoyens de la Jérusalem bienheureuse ? Ce sont ceux qui pleurent, ceux qui gémissent, ceux à qui des désirs ardents font sentir qu'ils sont étrangers tant qu'ils vivent sur la terre. Si vous n'avez pas ce désir, vous ne serez jamais habitants du ciel, parce que vous le voulez être, de ce monde, et que vous y vivez comme citoyens et non pas comme voyageurs. »

3. *Enar. in Psal.*, CXLIII, 4.
4. Cf. *premier Panégyrique de saint Benoît*, n. 8, p. 295.
5. Les bienheureux et les anges.
6. Ce n'est pas lui qui a composé le psaume que l'auteur mentionne ici, et qui date de la captivité de Babylone.
7. *Var.* : « d'un accent plaintif ».
8. *Ps.* CXXXVI, 1.
9. « Adoptionem filiorum Dei exspectantes. » (*Rom.*, VIII, 23.)
10. La Jérusalem céleste. — Cf. note 4.
11. Cf. *premier Panégyrique de saint Benoît*, n. 7, p. 295.

# PANÉGYRIQUES

**P. 404.**

1. *Var.* : « son âme altérée court au Dieu vivant *comme un cerf aux fontaines d'eaux* et éprise de ses beautés immortelles, elle ne peut souffrir son absence. »
2. Cf. *Oraison funèbre de Marie-Thérèse,* n. 9, p. 122.
3. *Rom.*, VII, 24.

**P. 405.**

1. *Var.* : « mèneraient... à la mort ».
2. *Var.* : « et c'est ce qui fait son plus grand martyre que le Fils de Dieu fait souffrir à Thérèse, sa fidèle amante. »
3. Ici un terme de théologie : il s'agit de la vision bienheureuse, de la vue de Dieu face à face par les justes aussitôt après la mort.
4. Cf. *Panégyrique de saint Jean,* p. 425 : « leurs âmes... furent percées et ensanglantées avec une douleur incroyable ».
5. *Job*, VII, 20.
6. *Ps.* CV, 2.
7. Remarquer que Bossuet a écrit à la ligne suivante : *il se plaît à.*

**P. 406.**

1. *I Cor.*, XV, 31.
2. *Var.* : « et égalée aux intelligences célestes ».
3. La cendre : restes mortels en général. « Pour égaler à jamais les conditions, la puissance divine ne fait de nous qu'une même *cendre.* » (Bossuet.)
4. Cf. *Oraison funèbre de Marie-Thérèse,* n. 9, p. 122.

**P. 407.**

1. *Var.* : « de crier ».
2. Ezéchias, qui, au cours d'une maladie mortelle, demanda à Dieu de le laisser vivre encore. (*Is.*, XXXVIII.)
3. *Is.*, XXXVIII, 12.

**P. 408.**

1. *Var.* : « met ».
2. *I Cor.*, II, 12.
3. « Virum dolorum et scientem infirmitatem. » (*Is.*, LIII, 3).
4. La fin de cet alinéa se retrouve mot à mot dans le *Sermon sur les souffrances* prononcé le 10 avril 1661. (1er point.) (Edit. Lebarq, IV, n. 60.)
5. *De patient.*, n. 3.
6. Selon les jugements du monde.

**P. 409.**

1. Allusion à la flagellation et aux mauvais traitements que le Christ subit dans le palais de Ponce Pilate.

2. « Postea sciens Jesus quia omnia consummata sunt, ut consummaretur Scriptura, dixit : Sitio. » (*Joan.*, XIX, 28.)

3. *Ps.* CVII, 2.

4. *Joan.*, XIX, 30.

**P. 410.**

1. *Var.* : « dont le Sauveur voudra nous charger ».

2. Bossuet, directeur de conscience très expérimenté, fait toujours ses exhortations avec grande modération, comprenant qu'une excessive sévérité risquerait de rendre ses conseils stériles.

3. Cf. *premier Panégyrique de saint Benoît,* n. 9, p. 301.

**P. 411.**

1. « Tel est le texte des éditeurs. Il serait à contrôler sur l'original, si celui-ci se retrouve. Y aurait-il ici encore amalgame de deux rédactions, dont la première aurait été en partie effacée ? Fallait-il lire simplement : « Puisque vous ne m'avez pas jugé digne de votre croix » ? — Telle que nous la lisons, du reste, la phrase est intelligible. » (Edit. Lebarq, II, 390, n. 2.)

2. La reine mère, Anne d'Autriche.

3. Rapprocher ce passage de l'allocution que Bossuet adressa à la reine mère, lors de la reprise du *Panégyrique de saint Joseph,* en 1659 (page 432).

4. « Eloge mérité. Prier, donner, ce fut l'emploi de sa vie; la présidente de Motteville, si assidue près d'elle le répète à chaque page de ses *Mémoires.* » (Floquet, *Etudes,* I, 433.)

**P. 412.**

1. Cette allocution ne fut pas prononcée. Bossuet l'avait préparée au cas où Louis XIV eût été présent à son sermon.

2. Certains éditeurs suppriment cette première phrase et rendent inintelligible cette allocution.

3. *Edit.* : « et qui leur fait... »

4. *Lachat* et *éditions modernes :* « pressentir ».

5. Comme on le voit, le texte de cette dernière allocution n'est qu'une adaptation de l'adresse à la reine mère.

# PANÉGYRIQUE
# DE SAINT JEAN APÔTRE

**P. 413.**

1. A) Biographie: Saint Jean, apôtre et evangéliste, naquit en Galilée, à Bethsaïde. Fils d'un pêcheur nommé Zébédée et de Salomé, il était le frère cadet de saint Jacques le majeur. Il s'attacha de bonne heure au Christ, après avoir été probablement le disciple de Jean-Baptiste. Le quatrième Evangile nous le représente comme le disciple *bien-aimé* de Jésus. Avec Pierre

et son frère Jacques, il fut témoin de la Transfiguration. Il reposa sur la poitrine du Christ pendant la dernière Cène et le suivit au palais d'Anne. Il est le seul des Douze qui n'ait pas abandonné son Maître au moment de sa passion. Jésus, sur la croix, lui confia en récompense la garde de sa mère. Jean fut avec Pierre un des témoins de la résurrection et des apparitions du Christ. Avec le chef des Apôtres, il prêcha l'Evangile en Samarie et à Jérusalem. Il assista au concile de Jérusalem, prêcha la foi aux Parthes et se fixa à Ephèse pour gouverner les églises environnantes. D'après Tertullien, il aurait été conduit à Rome sur l'ordre de Domitien et condamné à être brûlé vif. Jeté devant la Porte Latine, dans une chaudière d'huile bouillante, il en serait sorti sain et sauf. Relégué dans l'île de Patmos, il y composa son *Apocalypse*. Après son retour à Ephèse, il écrivit son *Evangile* et ses *Epîtres*. Seul survivant des Apôtres, il vécut jusqu'à un âge très avancé. Il mourut sous le règne de Trajan vers 101.

B) Date : « C'est presque le seul (des panégyriques de Bossuet) dont la date soit restée tout à fait incertaine et on peut croire qu'il en sera toujours ainsi, parce que le manuscrit autographe est égaré et que le discours ne renferme aucune allusion qui puisse aider à deviner ni en quel lieu, ni en quelles circonstances, ni devant quel auditoire il a pu être prononcé... Rien ni dans les formes du style, ni dans l'ordonnance et le ton du discours, ne nous oblige à croire qu'il soit par sa date, très éloigné du Panégyrique de sainte Thérèse, et je n'aurai pas contre moi les apparences en le rapportant par conjecture et sous toutes réserves, à la même année (1657) ou à l'année suivante (1658). » (Gandar, *Bossuet orateur,* p. 221, 222.)

C) Texte : Le manuscrit n'a pu être retrouvé.

D) Analyse. *Exorde :* La Sainte Ecriture nous enseigne qu'au cours de son existence terrestre le Sauveur a passé par trois états : le premier a été sa vie, le second sa mort, le troisième tenant à la fois de la vie et de la mort. Jésus a fait don au disciple bien-aimé de présents inestimables correspondant à chacun de ces trois états.

*Premier point :* Pendant sa vie, Jésus a donné à Jean sa croix, en même temps qu'il lui a réservé une place d'honneur dans son royaume. Cette croix est double, comme celle du Sauveur. Comme Lui, Jean souffrira une fois dans son corps : son martyre devant la Porte Latine. Comme Lui, il portera une autre croix plus douloureuse encore que la première : celle qui consiste à souffrir les épreuves de la vie quotidienne; croix que le Sauveur a aggravée en prolongeant démesurément l'existence de son apôtre.

*Second point :* Absolument dépouillé de tout, le Christ, au moment de sa mort, a donné sa mère au disciple, et le disciple à sa mère, prévoyant qu'après sa résurrection, son amour filial prendrait un autre aspect. Saint Jean est ainsi destiné à représenter le Fils de Dieu auprès de Marie.

*Troisième point :* Lors de l'institution de la sainte Eucharistie, Jésus a donné à Jean son amour et l'a choisi pour être le docteur de la charité. Tous les écrits du disciple bien-aimé ne tendent qu'à expliquer le cœur du Christ. Que la charité des chrétiens envers leurs frères soit ardente et universelle!

« Dans la longue suite des discours de Bossuet, il en est que j'admire davantage, il en est peu qui me touchent plus vivement... Dans le Panégyrique de saint Jean, il veut exprimer le mystère de la charité et toutes les tendresses de l'Evangile. » (Gandar, *Bossuet orateur,* p. 222.)

2. *De Genes. contra Manich.,* I, VIII, 13.

3. Il n'a pas réalisé.

4. « Creati in Christo Jesu in operibus bonis. » (*Ephes.,* II, 10.)

## P. 414.

1. Obtenez-nous. Cf. *Panégyrique de saint Bernard,* n. 11, p. 282.

2. « Cum vidisset ergo Jesus matrem et discipulum stantem quem diligebat, dicit matri suæ : Mulier, ecce filius tuus; deinde dicit discipulo : Ecce mater tua. Et ex illa hora accepit eam discipulus in sua. » (*Joan.,* XIX, 26, 27.)

3. Comparer avec le *Panégyrique de saint Bernard.*

4. De son Incarnation.

5. C'est-à-dire le temps qu'Il passa ici-bas depuis sa naissance jusqu'à son Ascension.

6. « Dans la consécration, le corps et le sang sont mystiquement séparés... Ils sont séparés, oui, séparés : le corps d'un côté, le sang de l'autre : la parole a été l'épée, le couteau tranchant qui a fait cette séparation mystique. En vertu de la parole, il n'y aurait là que le corps et rien là que le sang; si l'un se trouve avec l'autre, c'est à cause qu'ils sont inséparables depuis que Jésus est ressuscité : car depuis ce temps-là il ne meurt plus. Mais pour imprimer sur ce Jésus, qui ne meurt plus, le caractère de la mort qu'il a véritablement soufferte, la parole vient qui met le corps d'un côté et le sang de l'autre et chacun sous des signes différents. » (Bossuet, *Méditations sur l'Evangile. La Cène,* 1re partie, 57e journée.)

7. Jean eut l'insigne privilège de faire reposer sa tête sur la poitrine du Sauveur, au moment de l'institution de la sainte Eucharistie.

## P. 415.

1. *Marc,* X, 39.

2. *Joan.,* XIX, 27. — Cf. n. 2, p. 414.

3. « Erat ergo recumbens unus ex discipulis ejus in sinu Jesu, quem diligebat Jesus. » (*Joan.*, XIII, 23.)
4. Ni saint Matthieu (XX, 20-28) ni saint Marc (X, 35-45) ne font allusion à ce détail, imaginé probablement par l'orateur.
5. *Marc*, X, 39.
6. *Joan.*, XIX, 27. Cf. n. 2, p. 414.

## P. 416.

1. La suite nous montrera que l'orateur y a réussi autant qu'il était possible.
2. *Matth.*, XX, 23.
3. *Luc*, XII, 32.
4. *Matth.*, X, 34.

## P. 417.

1. *Matth.*, X, 16.
2. Ses disciples, en bons juifs qu'ils étaient, se représentaient le Messie comme un conquérant, un roi glorieux qui leur donnerait part à son royaume, et non pas comme l'homme des souffrances tel qu'Isaïe le décrit au chapitre LIII de son livre.
3. Allusion à la demande des fils de Zébédée.
4. Jacques.
5. *Matth.*, XX, 21.
6. *Ibid.*, 22.
7. *Ibid.*
8. *Matth.*, XX, 23.
9. Voir notice biographique, note 1 A, p. 413.
10. *Apoc.*, I, 9, 10.

## P. 418.

1. Cf. n. 3, p. 417 et *Matth.*, XX, 20-28.
2. Saint Jean est le seul des apôtres qui ne soit pas mort martyr. Cf. note 1 A, p. 413.
3. Cette doctrine est celle de l'*Epître aux Hébreux,* X, 5-10, en particulier.
4. *Dan.*, VIII, 11, 12, 13.
5. *Joan.*, XIII, 31.
6. *Luc*, XII, 50.

## P. 419.

1. *Joan.*, XXI, 21.
2. « Bossuet exprime l'impatience de saint Jean, comme les langueurs de sainte Thérèse ou la folie de saint François d'Assise, avec une ardeur passionnée. » (Gandar, *Bossue orateur,* p. 223.)
3. Cf. *Panégyrique de saint Bernard* : « avec cette divine liqueur, il humait le mépris du monde. »

4. « Sed unus militum lancea latus ejus aperuit, et continuo exivit sanguis et aqua. » (*Joan.*, XIX, 34.)

5. Allusion à l'exil dans l'île de Patmos auquel saint Jean fut condamné par Domitien.

6. Voir note 1 A, p. 413.

7. Saint Jean mourut presque centenaire.

**P. 420.**

1. I *Joan.*, III, 2. — *Edit.* : « Dilectissimi ».

2. Les visions que saint Jean a rapportées dans l'*Apocalypse*.

3. Cf. *premier Panégyrique de saint Benoît*, n. 8, p. 295.

4. *Apoc.*, XXII, 17, 20.

5. S. Aug., *In Joan.*, CI, 6.

6. *Première rédaction* : « Jusqu'ici, mes Frères, l'amour de mon Sauveur pour saint Jean semble n'avoir rien eu que de fort sévère, et il paraît tenir davantage des sentiments d'un père qui nourrit son fils dans une conduite rigoureuse, pour tenir ses passions en bride, que de la tendresse d'un ami qui s'empresse pour témoigner une affection cordiale. Ce n'est pas que je veuille dire que la croix qu'il lui a donnée, tout horrible qu'elle vous paraît, ne soit pleine de consolation... »

7. S. Aug., *Epist.*, XXV, 1.

8. Cf. n. 3, p. 415.

**P. 421.**

1. *Joan.*, XIII, 1.

2. Saint Jean, comme les autres disciples, s'était enfui au moment de l'arrestation de Jésus. Mais il sera le seul à assister aux derniers moments de son divin Maître.

3. Cf. n. 3, p. 415.

**P. 422.**

1. « Postquam autem crucifixerunt eum, diviserunt vestimenta ejus sortem mittentes, ut impleretur quod dictum est per prophetam dicentem : Diviserunt sibi vestimenta mea et super vestem meam miserunt sortem. » (*Marc*, XV, 24; *Luc*, XXIII, 34; *Joan.*, XIX, 23; *Ps.* XXI, 9.)

2. *Joan.*, XVII, 10.

3. *Ps.* XXI, 2; *Matth.*, XXVII, 46.

4. *Cant.*, VII, 10.

5. *II Cor.*, V, 16.

**P. 423.**

1. La réalité.

2. La suite du discours explique cette affirmation : la vie du Christ peut se diviser en deux périodes : la première qui

s'étend de la nativité à la mort sur le Calvaire, la deuxième (vie glorieuse) qui commence à la Résurrection.

3. La glorification du Fils par le Père est une récompense des humiliations que Jésus a subies par amour pour lui et par charité pour nous.

4. « Et Dominus quidem Jesus, postquam locutus est eis, assumptus est in cœlum et sedet ad dextris Dei. » (*Marc*, XVI, 19.) — Cette expression que le Symbole des Apôtres a reprise, et qu'il faut évidemment entendre au sens figuré, a plusieurs significations.

1° Dans le langage commun, être assis *à la droite* de quelqu'un, c'est avoir la place d'honneur. Le Christ, dans son *humanité*, a donc la place d'honneur auprès de Dieu.

2° Jésus est *assis*, cela veut dire qu'il est comme un roi sur son trône, un *juge* à son tribunal.

5. Saint Paul.

**P. 424.**

1. *Luc*, II, 51.
2. Cf. *Oraison funèbre de Henri de Gornay*, n. 3, p. 20.
3. Cf. *Oraison funèbre de Michel Le Tellier*, n. 4, p. 189.

**P. 425.**

1. *Epist.*, IV, 17.
2. Bouleversées d'émotion.
3. Cette image revient à plusieurs reprises dans les discours de Bossuet : cf. *Panégyrique de sainte Thérèse*, n. 4, p. 405.

**P. 426.**

1. La sainteté consiste en effet à imiter, pour y participer, la vie de Dieu. Il est donc nécessaire de connaître Dieu pour l'imiter. Or Dieu se révèle à nous par Jésus-Christ, notre modèle, dans sa personne et dans ses œuvres. L'idéal que proposait la Vierge à saint Jean était par conséquent l'imitation parfaite par ce dernier de la vie exemplaire du Christ.

2. Dans son Evangile et aussi dans sa première Epître, IV, 7-21.

**P. 427.**

1. *Joan.*, I, 1.
2. *Ibid.*, 14.
3. *Ibid.*, III, 16.
4. *Prov.*, XXI, 1.
5. Allusion à la Parabole du Bon Pasteur : *Joan.*, X, 11-16.
6. *Joan.*, VII, 37.
7. *Matth.*, XI, 28.
8. *Joan.*, X, 18.

9. « Les mots que nous mettons entre crochets, et qui faisaient partie du texte dans la première édition, seraient à supprimer, selon une note inédite, que nous avons rencontrée dans les papiers de M. Floquet. » (Edit. Lebarq, II, 550, n. 4.)

10. *I Joan.*, IV, 16.

11. Cf. *Panégyrique de saint François d'Assise,* début de l'exorde, p. 235.

**P. 428.**

1. *Edit.* : « caritati ejus ». Voir l'*Oraison funèbre de la princesse Palatine,* p. 157-158.

2. Cf. n. 1, p. 426.

3. *Joan.*, XVII, 23.

4. *Joan.*, XVII, 24.

5. Il ne met personne à l'écart.

6. *Philipp.*, I, 8.

7. La charité du Christ s'est étendue à tous les hommes sans exception. Les chrétiens doivent à leur tour, à l'exemple de leur divin Maître, rendre leur charité universelle.

8. *Apoc.*, III, 16.

9. « Credidimus caritati quam habet Deus in nobis. » (*I Joan.*, IV, 16.)

10. La source de cette citation n'a pu être retrouvée.

**P. 429.**

1. L'orateur conclut en signalant à ses auditeurs quelques avantages de la charité envers le prochain. Elle est la source des joies les plus douces que Dieu nous ménage ici-bas et qui sont comme le prélude de l'éternité bienheureuse.

# REPRISE DU PANÉGYRIQUE
## DE SAINT JOSEPH

**P. 431.**

1. A) BIOGRAPHIE : Voir *premier Panégyrique de saint Joseph,* note 1 A, p. 327.

B) DATE : La reine mère avait voulu entendre le *Panégyrique de saint Joseph* que Bossuet avait composé pour un auditoire de province, et que nous donnons page 327 et suivantes. « La date, comme le fait remarquer à juste titre l'édition Lebarq, est fixée non seulement par les souhaits que forme l'auteur pour la paix prochaine mais aussi par Loret dans sa *Muse historique* (lettre du 22 mars 1659) :

« L'abbé Bossuet, esprit rare,
Qu'aux plus éloquents on compare,
Mercredi jour de saint Joseph,
Aux Carmélites dans la nef,

Fit un sermon si mémorable
            Qu'il passa pour incomparable. »
  C) Texte : Le manuscrit est perdu.
  D) Analyse: Voir *Panégyrique de saint Joseph,* note 1 D, p. 329.
  2. *Var.* : « Elle a la bonté de vouloir entendre ce que Dieu m'a inspiré autrefois dans une occasion pareille. »
  3. *Première rédaction abandonnée* : « Et trouvez bon, Madame, que je dise avec tout le respect que je dois, que, me donnant à peine deux jours pour rappeler à mon souvenir des idées que le temps avait effacées, il semble que Votre Majesté m'ait voulu ôter le loisir d'y joindre de nouvelles pensées. »

**P. 432.**

  1. Ici encore, Bossuet revendique avec franchise et fermeté l'indépendance qui lui vient de son caractère sacerdotal.
  2. « Cette nouvelle péroraison dut remplacer l'ancienne, et non pas l'allonger, comme dans toutes les éditions. Je suppose qu'elle se renouait à l'ancien discours, après cette phrase (p. 347) : « Prenons-y donc part avec eux, et cachons-nous avec Jésus-Christ. » (Edit. Lebarq, II, 560, n. 1.)
  3. *Var.* : « ne sert de rien... »
  4. A l'encontre de certains prédicateurs de l'époque, Bossuet n'a jamais cherché à persuader aux grands qu'ils étaient impeccables!

**P. 433.**

  1. Remarquer avec quelle autorité Bossuet s'adresse à la reine mère. Cf. *Panégyrique de sainte Thérèse,* p. 411 et 412.

# SECOND PANÉGYRIQUE
# DE SAINT FRANÇOIS DE PAULE

**P. 435.**

  1. A) Biographie : Voir *premier Panégyrique,* note 1 A, p. 303.
  B) Date : Ce panégyrique servit de sermon de clôture de la station du Carême 1660 que Bossuet prêcha en la chapelle des Minimes de la Place Royale. Déforis mal renseigné lui assigne la date de 1658. Bossuet était en effet à Metz cette année-là.
  C) Texte : Le manuscrit n'a pu être retrouvé. Le texte que nous donnons ici est celui de la première édition, faite par Dey (1788).
  D) Analyse. *Exorde :* L'innocence baptismale a donné à saint François de Paule trois avantages : 1° elle l'a séparé du monde; 2° elle l'a uni intimement à Jésus-Christ; 3° elle lui a donné des droits particuliers sur les biens de Dieu.
  *Premier point :* L'innocence baptismale a donné à saint François de Paule la force de se séparer du monde, de combattre sa

nature par les austérités de la pénitence, et de se préparer saintement à la mort.

*Second point* : L'innocence baptismale a fait de saint François de Paule le familier du Seigneur. Son union intime avec le Christ par l'oraison. Qu'à l'exemple du serviteur de Dieu, les chrétiens se détachent du monde.

*Troisième point* : L'innocence baptismale lui a donné des droits particuliers sur les biens de Dieu, qui exauce ses fidèles serviteurs. Efficacité des prières de saint François : les miracles que Dieu a accomplis par son intermédiaire. Exhortation à une piété plus profonde.

2. *Var.* : « de finir cet ouvrage que j'ai entrepris en produisant... »

3. *Act.*, XX, 32.

4. *Var.* : « les souhaits ».

5. Ce mot qui désigne habituellement dans l'Ancien Testament les chefs de grandes familles sert aussi à désigner les fondateurs des grands ordres religieux. Ainsi, l'on appelle saint François d'Assise, le patriarche d'Assise.

6. *Var.* : « vous laissant en partage l'exemple de ses vertus...»

7. *Var.* : « que j'ai tâché de vous annoncer... »

**P. 436.**

1. *Var.* : « de lui donner l'affermissement ».

2. Allusion à la parabole évangélique de l'Enfant prodigue (*Luc*, XV, 11-32) à laquelle l'orateur a emprunté le texte de son sermon.

3. *Var.* : « près de sa personne ».

4. *Var.* : « cordiale ».

5. *Edit.* : « et ».

6. *Var.* : « si nous le savons entendre ».

7. « Déforis met ainsi l'indicatif. Les exemples de cette construction sont assez fréquents. A vrai dire, Bossuet, écrivant de même façon l'indicatif et le subjonctif de ce verbe (au pluriel) n'avait pas dû indiquer quel mode il préférait ici. » (Edit. Lebarq, III, 451, n. 3.)

8. « Et ibi dissipavit substantiam suam vivendo luxuriose. » (*Luc*, XV, 13.)

**P. 437.**

1. L'innocence, la pureté baptismale.

2. *Var.* : « jusqu'à la vieillesse décrépite ».

3. Avant d'aborder le Ier point, l'orateur donne la division de son discours : l'intégrité baptismale a apporté trois avantages à saint François de Paule :

1º elle l'a séparé du monde;

2º elle l'a uni intimement avec Jésus-Christ;

3º elle lui a donné un droit particulier sur les biens de **Dieu**.

4. *Var.* : « il a éternellement rompu le commerce avec le monde par les exercices de la pénitence ».

**P. 438.**

1. « In morte ipsius baptizati sumus consepulti sumus cum illo per baptismum in mortem, ut quomodo Christus surrexit a mortuis per gloriam Patris, ita et nos in novitate vitæ ambulemus. » (*Rom.* VI, 3-4.)
2. *Job*, III, 14.
3. *Var.* : « pour garder l'intégrité baptismale et mériter d'entendre ces belles paroles de la bouche de Jésus-Christ : « Mon fils, tu es toujours avec moi », il faut se résoudre, avant toutes choses, de ne le quitter jamais dans ses souffrances, et de le suivre persévéramment à sa croix. L'homme baptisé, Chrétiens, est un homme crucifié avec le Sauveur, et saint Paul nous a expliqué admirablement à quoi nous oblige ce crucifiement, lorsqu'il a écrit ainsi aux Galates : *Mihi mundus...* »
4. *Galat.*, III, 14.
5. *De compunct.*, II, 2.
6. *Var.* : « quelque liaison ».

**P. 439.**

1. *Var.* : « que veut-il cette rupture ? »
2. *Var.* : « pour les biens du monde ».
3. *Var.* : « éblouit ».
4. Cf. *Oraison funèbre de Henriette d'Angleterre*, p. 91. « Madame cependant a passé du matin au soir, ainsi que l'herbe des champs ».
5. *Var.* : « ...en tant qu'il n'a plus d'attraits pour son cœur; et le chrétien est mort pour le monde, en tant qu'il n'a plus d'amour pour ses vains plaisirs, et que s'il a pour lui quelque reste d'inclination, il ne cesse de la combattre par une vie pénitente. C'est ce qui s'appelle dans l'Ecriture être crucifié avec Jésus-Christ. Nous le devons être par notre baptême, où nous contractons tous l'obligation de mortifier en nous l'amour des plaisirs ».
6. Cf. *premier Panégyrique de saint François de Paule*, p. 312.
7. Cf. *ibid.*, p. 312 et note 2.
8. Cf. *premier Panégyrique de saint François de Paule*, n. 3, 4, 5, p. 312.
9. *Var.* : « parce qu'elle est prête à s'éteindre ». — Peut-être les mots : « prête à tomber par terre », sont-ils eux aussi, une autre variante.

**P. 440.**

1. *Var.* : « désire ».
2. *Ps.* LXXXVII, 16.
3. Cf. *premier Panégyrique de saint François de Paule*, n. 7, p. 312 et *Panégyrique de saint Bernard*, n. 4, p. 272.

**P. 441.**

1. Le début de cette phrase se retrouve mot à mot dans le *premier Panégyrique,* p. 312.

2. « Cette préposition était-elle réellement dans le texte ? Plus haut, Déforis l'omettait, où elle nous a paru nécessaire. » (Edit. Lebarq, III, 456, n. 1.)

3. *Var.* : « nous engage à nous crucifier avec lui en mortifiant nos mauvais désirs. Car, puisque saint Paul nous enseigne que tous autant que nous sommes de baptisés, nous avons été revêtus de Jésus-Christ, cette bienheureuse conformité que nous devons avoir avec lui suffit pour nous obliger de prendre part à sa croix. »

4. « Rursum crucifigentes sibimetipsis Filium Dei ». (*Hebr.,* VI, 6.)

5. « Filium Dei conculcaverit et sanguinem testamenti pollutum duxerit et spiritui gratiæ contumeliam fecerit. » (*Hebr.,* X, 29.)

6. Remarquer la modération avec laquelle l'orateur, directeur de conscience consommé, rappelle les fidèles au devoir de la pénitence : il réclame plus de générosité ; mais il connaît la pusillanimité humaine. En demandant trop il risquerait de ne rien obtenir du tout.

**P. 442.**

1. Etant substituée.
2. *Var.* : « en s'étendant du moins jusqu'à... »
3. *Var.* : « saisit ».
4. *Var.* : « Dieu a promis la rémission à la pénitence, mais il ne s'est pas engagé à donner du temps à tes remises. »
5. *Var.* : « c'est vous, sainte pénitence, qui avez fait mourir saint François de Paule avec cette tranquillité admirable ; c'est vous qui lui donnez un avantage par-dessus le plus grand monarque du monde. Je vois trembler Louis XI au milieu de ses gardes et de ses forteresses, et l'appréhension de la mort ne lui laisse plus aucun repos. Voilà un roi en un état bien déplorable, toujours tremblant... »
6. Cf. *premier Panégyrique de saint François de Paule,* p. 318 : attitudes différentes du saint et de Louis XI en face de la mort.
7. Cf. *Ibid.,* p. 318 et note 5.
8. *De jejun.,* n. 12.
9. *Var.* : « voyant ».
10. *Var.* : « montre ».
11. Ce passage se retrouve presque mot à mot dans le *premier Panégyrique,* p. 318.

**P. 443.**

1. *Var.* : « ne me seraient rien ».
2. *Var.* : « retrancher, ou mortifier ».

#### PANÉGYRIQUES

3. Cf. *premier Panégyrique*, p. 312.
4. *Hebr.*, VI, 4, 6.
5. *Var.* : « je ne dirais pas la vérité... »
6. Ils accusèrent le pape Corneille de montrer trop d'indulgence à l'égard des *lapsi* et prétendirent que l'Eglise ne devait se composer que de purs *(cathares)*, que ceux qui tombaient après le baptême ne devaient pas être réintégrés, et que le pouvoir de leur pardonner n'appartenait qu'à Dieu.
7. *Var.* : « si je conclus de ces paroles... »

**P. 444.**

1. *Var.* : « converti ».
2. *Var.* : « cette robe, c'est la grâce dont... »
3. Voir la parabole de l'Enfant Prodigue, celle du Bon Pasteur, celle de la Drachme perdue; etc.
4. *Var.* : « il semble même qu'il les préfère aux justes, puisqu'il... »
5. « Quis ex vobis homo, qui habet centum oves et, si perdiderit unam ex illis, nonne dimittit nonaginta novem in deserto et vadit ad illam quæ perierat, donec inveniat eam ? » (*Luc*, XV, 4.)
6. *Var.* : « comment donc accorderons-nous ces contrariétés apparentes ? Dieu témoigne plus d'amour au juste, et il en témoigne plus au pécheur, mais en différentes manières. »
7. Saint Thomas d'Aquin.
8. *Var.* : « plus chéri ».
9. *Var.* : « et par conséquent le plus estimé de Dieu ».
10. *Var.* : « ... n'ôtent pas la préférence qui est due à la sainteté toujours fidèle. On goûte mieux la santé, quand on relève nouvellement d'une maladie; mais on estime toujours beaucoup davantage les forces toujours égales d'une bonne constitution. Les cœurs sont saisis d'une joie soudaine par la grâce inopinée d'un beau jour d'hiver, qui, après un temps pluvieux, vient réjouir tout d'un coup la face du monde; mais on ne laisse pas de mieux aimer la constante sérénité d'une saison plus bénigne. Ainsi, Messieurs, s'il nous est permis de juger des sentiments du Sauveur par l'exemple des sentiments humains, il caresse plus tendrement les pécheurs récemment convertis, qui sont sa nouvelle conquête; mais il aime avec plus d'ardeur les innocents, il réserve une familiarité plus particulière aux justes, qui sont ses anciens amis, qu'il a eus toujours avec lui. »

**P. 445.**

1. *Var.* : « enfin qui ne lui ont jamais donné sujet de se plaindre. »
2. *Ps.* XXI, 11, 12.
3. *Var.* : « de le faire sortir de sa retraite ».

4. *Tract. de Pass. Dom.*, cap. XXVII, *in Append. Oper. S. Bernardi.*

5. Cf. *premier Panégyrique*, p. 316.

6. Comparer avec *premier Panégyrique,* p. 316 : Les deux passages sont presque identiques.

**P. 446.**

1. Cf. *ibid.*, p. 317 et note 1.

2. Cf. *ibid.*, p. 317. — Ici encore les deux passages sont presque identiques.

3. Ce dernier membre de phrase n'existe pas dans le *premier Panégyrique.*

4. *Var.* : « quand on en a goûté, on ne peut presque plus... »

5. Cet alinéa se retrouve avec quelques modifications de détail, dans le *premier Panégyrique,* p. 317.

6. *Var.* : « dans la paix et les embrassements de Dieu ».

7. Nouveau passage emprunté au *premier Panégyrique,* p. 320-321.

**P. 447.**

1. L'exhortation morale a pour sujet : la vie intérieure réalisée par la prière sous la forme d'entretiens intimes avec Dieu, et par le recueillement habituel. L'orateur déplore la négligence des gens du monde, qui, malgré leurs nombreux loisirs, ne trouvent pas moyen de s'acquitter de ce devoir essentiel.

2. *In Joan.*, XVII, 11.

3. *Var.* : « retirons-nous ».

4. *Var.* : « mais que nous sommes... »

5. *Var.* : « ils ne savent pas converser avec Dieu... »

6. *Var.* : « pour savoir discerner sa voix : ils ne peuvent goûter les douceurs de cette conversation céleste ».

7. *Var.* : « à s'occuper dans les emplois extérieurs : *Exteriorum sensuum subsidia quærunt.* »

8. *Tract. de Pass. Dom.*, cap. XXVIII, *in Append. Oper. S. Bern.*

**P. 448.**

1. S. Cyprian., *Epist. ad Donat.*

2. S. Aug., *Epist.*, XLIII, 1.

3. *Var.* : « est si cher aux hommes... »

4. *Var.* : « cette fidélité persévérante, cette sainte familiarité d'un fils qui est toujours demeuré avec son père, lui donne une pleine disposition de tous les biens paternels, et un droit d'en user avec empire. C'est ce que le Fils de Dieu nous exprime par les paroles de mon texte : « Mon fils, vous êtes toujours avec moi, et tout ce qui est à moi est à vous : *Et omnia mea tua sunt.* »

5. Philosophe gnostique, né à Sinope vers le commencement du IIe siècle apr. J.-C. Fils de l'évêque de Sinope, après avoir été élevé au sacerdoce, Marcion fut excommunié, puis exilé. Réfugié à Rome, il rentra dans l'Eglise, puis en fut exclu de nouveau. Il se mit à enseigner avec succès la doctrine gnostique, que quelques disciples convaincus et résolus propagèrent dans l'empire romain et jusqu'en Perse.

6. *Var.* : « qu'on ne la pouvait regarder... »

7. *Advers. Marcion.*, II, 26, 27.

8. *Première rédaction :* « Dieu, étant en colère contre son peuple, avait comme résolu de le perdre; mais il appréhende Moïse, il craint de fâcher Moïse. Pour avoir entière liberté d'agir, il tâche auparavant de gagner Moïse. « Laisse-moi, laisse-moi, dit-il, que je lâche la bride à ma colère » pour détruire ce peuple infidèle. Pour toi, ne sois pas en peine « je te ferai le père d'un grand peuple ». *Dimitte me ut irascatur furor meus, faciamque te in gentem magnam.* (*Exod.*, XXXII, 10.) »

9. *Exod.*, XXXII, 10.

10. *Var.* : « il se tient alors sur sa grandeur ».

11. Le plus impie des rois d'Israël (917-897 av. J.-C.), fils et successeur d'Amri. Poussé par sa femme Jézabel, il releva les autels de Baal, et fit mourir Naboth pour s'emparer de sa vigne. Il fut tué dans une bataille contre le roi de Syrie, et les chiens, suivant la prédiction d'Elie, léchèrent le sang de ses blessures. (*III Reg.*, XVI-XXII.)

**P. 449.**

1. *Var.* : « que l'on traite ».

2. *III Reg.,* XVII, 1.

3. *Ps.* XXXIX, 8, 9. Cf. *Hebr.*, X, 7. « ... Ecce venio; in capite libri scriptum est de me, ut faciam, Deus, voluntatem tuam. » — Le psaume dit : « In capite libri scriptum est de me, ut facerem... »

4. *Ps.* CXLIV, 19.

5. S. Aug., *Enarr. in Ps.* CXLIV, n. 23.

6. *Var.* : « avec un soin particulier de les satisfaire ».

7. *Var.* : « particulièrement ceux dont le cœur a été droit dans leur enfance, comme le grand saint François de Paule : c'est à ceux-là, Messieurs, qu'il dit avec joie : *Tout ce qui est à moi est à vous.* Et remarquez, s'il vous plaît, quelle est l'occasion de ce discours. L'aîné se plaignait à son père du festin qu'il faisait pour son prodigue, et lui reprochait qu'il ne lui avait jamais rien donné pour régaler ses amis. A quoi le père répondit ce que vous avez entendu : *Tout ce qui est à moi est à vous;* c'est-à-dire si vous l'entendez : Il n'est pas nécessaire, mon Fils, que je vous donne aucune part de mes biens, puisque enfin tout vous est acquis : c'est à vous à user de votre droit, etc. Voilà le privilège de l'innocence; et encore que je confesse que cette

parfaite communication des biens de Dieu regarde principalement les avantages spirituels, néanmoins il est véritable, et l'exemple de saint François de Paule le fait bien connaître, qu'il donne aussi quelquefois aux justes une puissance absolue sur toutes les créatures. De là ce nombre infini de miracles, qu'il faisait tous les jours avec une facilité incroyable. »

**P. 450.**

1. L'ordre des Minimes, institué par saint François de Paule à Cozenza (Italie) se répandit rapidement en Sicile et en Calabre, puis en France. Charles VIII leur fit construire un monastère à Plessis-lez-Tours. Leurs constitutions étaient calquées sur celles des frères mineurs. L'ordre qui avait pour devise le mot latin *caritas* se proposait la contemplation et l'étude comme buts principaux.

2. *Var.* : « accomplissait ».

3. *Var.* : « je sais, Messieurs, que de tels miracles sont le sujet de la raillerie des incrédules, et que, quand ils voient dans les vies des saints que Dieu emploie sa puissance extraordinaire dans des nécessités communes, ils s'élèvent contre ces histoires, et que la vérité leur en est suspecte ».

**P. 451.**

1. *Var.* : « des nécessités pressantes ».

2. *Var.* : « vulgaires ».

3. *Var.* : « la raison en est évidente : c'est que la puissance paraît dans les entreprises extraordinaires, et la bonté se fait connaître en descendant aux soins les plus communs. »

4. *Var.* : « nous lisons au quatrième livre des Rois que le roi de Syrie ayant envoyé Naaman au roi d'Israël, pour le guérir de sa lèpre, ce prince fut fort étonné d'une telle proposition : « Me prend-il pour un Dieu qui puisse donner la vie et la mort ? » *Numquid Deus ego sum, ut occidere possim et vivificare ?* Mais le prophète Élisée lui envoya dire qu'il cessât de s'inquiéter : « Que Naaman vienne à moi, et qu'il sache qu'il y a un prophète en Israël » : *Veniat ad me, et sciat prophetam esse in Israel.*

5. Cf. *Panégyrique du Bienheureux François de Sales,* n. 1, p. 491.

6. *IV Reg.*, v, 8.

7. *Var.* : « étant allés couper du bois nécessaire pour leurs logements... »

8. *IV Reg.*, vi, 5.

9. *Var.* : « de cette nature ».

10. *Var.* : « qu'il écoute ses serviteurs dans les moindres choses, honora tellement la simplicité de ce prophète qu'il fit... »

11. *Première rédaction* : « reconnaissez donc, Chrétiens, que Dieu, à qui il ne coûte rien de faire céder la nature à ses volontés, emploie quelquefois les miracles dans des occasions peu pressantes, seulement pour faire paraître la facilité incroyable avec laquelle il s'abandonne à ses serviteurs. Si quelqu'un mérite cette grâce à cette entière disposition des biens de Dieu, ce sont particulièrement ses anciens amis qui lui ont toujours gardé la fidélité. Si bien que notre saint étant de ce nombre, je n'ai pas de peine à comprendre que Dieu suivant ses désirs, ait fait par ses mains de si grands miracles. La source, Messieurs, n'en est point tarie, et s'il en a fait en ce monde, sa puissance n'est pas épuisée depuis qu'il est devenu citoyen du ciel. Saint Augustin a dit dans le livre XIII *de la Trinité* : *Teneant mortales justitiam, potentia immortalibus dabitur* : « Que les mortels gardent la justice ; la puissance leur sera donnée dans le séjour de l'immortalité » ; c'est-à-dire : c'est ici le temps de pratiquer la justice, mais ce n'est pas encore le temps de recevoir la puissance. Nous devons apprendre en cette vie à vouloir seulement ce qu'il faut ; il nous sera donné en l'autre de pouvoir tout ce que nous voulons. Ce n'est donc pas ici le lieu du pouvoir, et néanmoins Dieu se plaît, Messieurs, de donner dès ce monde à ses serviteurs une étendue de puissance qui s'avance jusqu'aux miracles. Par conséquent, qui pourrait vous dire combien elle s'accroît dans la vie future ? Accourez donc toujours dans les églises consacrées sous le nom et la mémoire du grand saint François ; accourez-y, mes Frères, mais que le concours ne s'y fasse pas au préjudice de la piété. C'est ce que j'ai à vous recommander dans ce dernier discours. »

**P. 452.**

1. *Var.* : « trouvez bon, je vous prie, Messieurs, que je leur adresse la parole : Mes Frères, qui que vous soyez, je vous appelle encore de ce nom ; car quoique vous ayez perdu le respect pour Dieu, il ne laisse pas malgré vous d'être votre père ! Que vous a fait cette église, et pourquoi la choisissez-vous pour y faire paraître vos impiétés ? »

2. Sur l'action du Saint-Esprit, pendant la messe, cf. *second Panégyrique de saint Gorgon,* n. 5, p. 286.

3. *Var.* : « que si Jésus-Christ n'y était pas ».

**P. 453.**

1. *Var.* : « ne devoir pas ».

2. Cf. la fin du *Sermon sur la parole de Dieu* (1661). Bossuet y juge sévèrement les *libertins*.

3. *Rom.*, xv, 13.

# PRÉCIS D'UN PANÉGYRIQUE DE SAINT JACQUES

P. 455.

1. A) BIOGRAPHIE : Saint Jacques le Majeur, apôtre, fils de Zébédée et de Salomé, frère aîné de saint Jean l'Evangéliste, naquit à Bethsaïde (Galilée) vers l'an 12 av. J.-C. Il exerçait le métier de pêcheur sur le lac de Génésareth, lorsque Jésus l'appela à le suivre et l'admit, avec son frère Jean et saint Pierre, dans son intimité. Il fut témoin de sa transfiguration et de ses principaux miracles. Suivant le récit du livre des *Actes des Apôtres* (XII, 2), le roi Hérode Agrippa, voulant plaire aux juifs, fit périr saint Jacques par le glaive, à Jérusalem en l'an 42. Deux traditions chères aux Espagnols concernent cet Apôtre. D'après la première, qui s'appuie sur le témoignage de saint Jérôme, saint Jacques aurait prêché l'Evangile en Espagne entre l'Ascension et sa mort. D'après la seconde, ses restes y auraient été transportés après sa mort. A partir du IX$^e$ siècle, ses reliques, vénérées à Compostelle, en Galice, devinrent le but d'un pèlerinage célèbre.

B) DATE : M. Lebarq tenant compte d'une indication de la main de Bossuet, portée sur le manuscrit d'un sermon prêché le dimanche des Rameaux 1661 : « Prenez la médecine. La main de Dieu invisiblement étendue... voyez saint Jacques. » en conclut que cette esquisse ne saurait être reculée plus loin qu'en 1660. « Il se pourrait qu'elle fût antérieure, ajoute M. Lebarq, mais rien ne le prouve : la fermeté du dessein semble bien convenir à l'époque de Paris. » Lachat, et après lui les éditeurs modernes lui assignent la date de 1684, ce qui est en opposition avec les données précédentes.

C) TEXTE : Le manuscrit n'a pu être retrouvé.

D) ANALYSE. *Premier point :* Jacques et Jean désirent avec un empressement trop humain être auprès de Jésus-Christ les compagnons de sa gloire et de son triomphe. Le Sauveur réprime leur ambition, cause de cette erreur.

*Deuxième point :* Les apôtres sont des ignorants : ils ne se rendent pas un compte exact de la portée de leur demande. Le Christ les instruit et leur apprend qu'ils devront souffrir s'ils veulent partager sa gloire.

*Troisième point :* Jacques et Jean acceptent cette condition. Le Christ prédit leur fidélité : ils subiront le martyre l'un et l'autre; mais différemment. Les chrétiens doivent prendre modèle sur eux et accepter les croix que Dieu leur envoie.

2. *Matth.*, XX, 22.

3. *Ibid.*, 23.

# PANÉGYRIQUES

**P. 456.**

1. *Luc*, XXII, 24.
2. *Matth.*, XVIII, 4.
3. En ce passage de la sainte Ecriture.
4. Bossuet semble admettre l'opinion d'après laquelle Salomé, mère de Jacques et de Jean, aurait été la sœur de la sainte Vierge. Cette hypothèse acceptée par plusieurs exégètes modernes, ne paraît pas suffisamment fondée.

**P. 457.**

1. Cf. *Oraison funèbre de Henri de Gornay*, n. 9, p. 20.
2. Voir plus haut, n, 4, p. 456.
3. *Matth.*, XX, 22.
4. Voir note 1 A, p. 455.
5. Voir *Panégyrique de saint Jean*, note 1 A, p. 413.
6. Allusion au supplice qu'il subit à Rome, devant la Porte Latine et dont il sortit sain et sauf. (Cf. *Panégyrique de saint Jean*, note 1 A, p. 413.)

**P. 458.**

1. Simon Pierre.
2. *Joan.*, XVIII, 11. — *Déforis :* « non vis ut bibam illam ? » Sans doute, d'après un lapsus du manuscrit.

## PANÉGYRIQUE
## DE SAINTE CATHERINE

**P. 459.**

1. A) Biographie : Sainte Catherine serait née à Alexandrie vers la fin du III$^e$ siècle. Ses « Actes » racontent qu'elle embrassa le christianisme d'après les conseils d'un saint ermite. Versée dans toutes les sciences sacrées et profanes, elle alla, à dix-huit ans, trouver Maximin qui gouvernait l'Egypte, et en sa présence, confondit cinquante philosophes, les convertit et soutint leur courage lorsque Maximin les fit périr sur un bûcher. L'empereur fit battre Catherine à coups de lanières de cuir et la retint onze jours en prison, sans nourriture ni boisson. L'impératrice Faustine et Porphyre, son intendant, s'étant fait descendre dans la fosse qui lui servait de cachot, furent persuadés par son éloquence et se déclarèrent chrétiens, ainsi que deux cents soldats. L'empereur irrité, après avoir livré à la mort Faustine, son épouse, et les soldats convertis, ordonna d'attacher Catherine à une roue armée de pointes de fer mais cet instrument de supplice fut mis en pièces à la prière de la jeune fille; et l'empereur obstiné dans son impiété malgré ce miracle, fit décapiter Catherine. Son corps fut miraculeusement transporté par les anges sur le mont Sinaï. Tels sont les principaux détails que nous fournit la tradition sur la vie et la

mort de cette sainte. Beaucoup d'entre eux n'ont aucune valeur historique.

Un passage d'Eusèbe (*Hist. eccles.*, VIII, xiv) est considéré par Assemani comme la source probable du récit amplifié par l'imagination populaire.

B) Date : Ce panégyrique, auquel Lachat assignait la date de 1661, aurait été prêché en 1660. « Dans l'*Histoire critique de la prédication de Bossuet,* écrit M. Lebarq, nous avons comparé un endroit, choisi dans le Ier point, avec une argumentation analogue qui se lit dans le Carême de 1660 (2e dimanche) et nous avons cru pouvoir en conclure que le panégyrique était postérieur. D'un autre côté, il faut le placer avant le *Panégyrique du bienheureux François de Sales,* qui y renvoie et qui est du 28 décembre 1660. »

C) Texte : Le manuscrit original n'a pu être retrouvé. Sur les deux rédactions de ce panégyrique, cf. Edit. Lebarq, III, 548.

D) Analyse. *Exorde :* La science et son légitime usage. Trois sortes d'hommes abusent de la science : les uns veulent savoir seulement pour savoir, les autres pour obtenir la gloire, d'autres enfin, pour amasser des richesses.

*Premier point :* Sainte Catherine nous apprend quel usage nous devons faire du plus beau don du ciel. Elle s'en est servie pour affermir la foi, fondement de toute la vie morale, et diriger ses affections.

*Second point :* Sainte Catherine a répandu sa science au milieu des philosophes et des grands du monde, non pour établir sa réputation, mais pour faire triompher l'Évangile.

*Troisième point :* Sainte Catherine s'est servie de sa science, non pour acquérir des biens temporels ; mais pour gagner des âmes à Jésus-Christ. Condamnation de ceux qui, à l'exemple de Simon le Magicien, utilisent la science pour amasser des biens périssables. Le Christ nous jugera sur l'usage que nous aurons fait de notre science. La glorieuse récompense de ceux qui auront imité sainte Catherine. Que les chrétiens emploient les lumières qu'ils ont reçues à faire régner la vérité sur la terre !

2. Satan.
3. *Enarr. in Ps.* xxxix, n. 1.
4. *Var. :* « dont la patience invincible a soutenu l'effort... »
5. *Var. :* « ait osé écrire son nom dans cette armée... »

P. 460.

1. En effet, la connaissance de Dieu et de sa Loi facilite l'avancement de l'âme sur le chemin de la vertu et de la perfection.
2. *Var. :* « l'arbitre ».
3. *Var. :* « féconde, éternelle ».
4. *In Cant.,* xxxvi, 3.

5. *Var.* : « qui veulent savoir, pour vendre chèrement leur science, et ménager leurs intérêts. » — Cette variante donnée par Déforis pourrait bien être le vrai texte de 1660. Autrement, Bossuet s'excuserait-il, quelques lignes plus bas, de la locution : « elle ne sert que pour le trafic » ?

**P. 461.**

1. *Var.* : « considérée de ».
2. *Eccles.*, I, 13. — *Edit.* : « Pessimam hanc occupationem... »
3. *Var.* : « contemplation ».
4. *Var.* : « et diriger tous vos mouvements. Vous qui étalez votre doctrine... »
5. *Var.* : « ne vous est pas donné de la main de Dieu pour... »
6. *Var.* : « pour faire régner sa vérité ».
7. *Var.* : « ce céleste trésor ».
8. *Var.* : « a mis la science en usage ».
9. *Var.* : « pour donner la victoire à la vérité. »
10. *Var.* : « ce sont trois effets admirables de la science des saints en sa personne : et comme cette maison se propose de s'y avancer, ce seront les trois points de cette méditation » [1663].
11. *Var.* : « le bien est ce qui nous rend meilleurs, comme les richesses ce qui nous rend riches. La science ne nous rend pas meilleurs, quand elle n'est que pour satisfaire la curiosité. Qu'on se serve ainsi des sciences humaines, mais... » [1663].

**P. 462.**

1. *Var.* : « le contenter ».
2. Cette doctrine est mise particulièrement en relief par saint Jean dans son Evangile et ses Epîtres.
3. *Var.* : « on peut regarder Jésus-Christ en deux manières : ou comme un sujet de spéculation, ou comme une règle de vie. Des premiers il est écrit : *Qui dicit se nosse Deum, et mandata ejus non custodit, mendax est* (I *Joan.*, II, 4). Ceux qui le connaissent de la sorte, il ne les connaît pas. *Nescio vos* (*Matth.*, XXV, 12). C'est pourquoi, pour le bien connaître, il faut l'embrasser comme règle : et de là vient qu'en nous disant qu'il est la vérité, il dit premièrement qu'il est la voie. » [1663].
4. *Joan.*, VIII, 12.
5. I *Joan.*, II, 4. — *Edit.* : « nosse Deum ».
6. *Joan.*, XIV, 6.
7. *Rédaction mise en note par Déforis* :

« Cela paraît par une belle distinction, que nous apprenons de l'Evangile. Il y a le temps de voir : alors l'esprit sera satisfait dans toutes ses curiosités raisonnables. « Nous verrons face à face » : *Facie ad faciem*. Maintenant ce n'est pas le temps, « nous ne voyons qu'en énigme » : *Speculum in enigmate* (I *Cor.*, XIII, 12). Ainsi il ne faut pas penser en cette vie à repaître la curiosité et le désir de savoir : c'est pourquoi « heureux ceux qui ont le cœur pur, parce qu'ils verront Dieu » : *Beati mundo corde, quoniam Deum videbunt* (*Matth.*, v, 8). *Videbunt,* ils verront. Alors ce sera le temps de satisfaire l'esprit ; maintenant c'est le temps de purifier le cœur. Aussi voyons-nous que le Fils de Dieu nous a donné des lumières, non autant qu'il en faut pour nous satisfaire, mais autant qu'il en faut pour nous conduire. Quand au milieu de la nuit on présente une lampe à un homme, ce n'est pas pour réjouir sa vue par la beauté de la lumière : le jour est destiné pour cela. Alors on voit le soleil qui anime toutes les couleurs, et qui réjouit par une lumière vive et éclatante toute la face de la nature. Cette petite lumière qu'on vous met en attendant devant les yeux, n'est destinée que pour vous conduire. Ainsi en a-t-on fait aux hommes ; et ce n'est pas moi qui le dis, c'est l'Ecriture elle-même qui compare la saine doctrine « à une lampe allumée pendant la nuit » : *Quasi lucernæ lucenti in caliginoso loco* (*II Petr.*, 1, 19). Voici le temps de l'obscurité : ténèbres de toutes parts. Cependant, de peur que nous ne nous heurtions, « Dieu allume devant vos yeux un petit luminaire » : *Luminare minus, ut præesset noti* (*Gen.*, 1, 16). Il y a le grand luminaire qui préside au jour : c'est la lumière de gloire que nous verrons. Il en faut maintenant un moindre pour présider à la nuit ; c'est la doctrine de l'Evangile au milieu des ténèbres qui nous environnent. Un petit rayon de clarté nous trace un sentier étroit par où nous pouvons marcher sûrement, jusqu'à ce que le jour arrive, et que le soleil se lève en nos cœurs : *Lucerna in caliginoso loco, donec dies illucescat, et lucifer oriatur in cordibus nostris.* Ne vous arrêtez pas à cette lumière, seulement pour la contempler. Si vous voulez jouir pleinement du spectacle de la lumière, attendez le jour ; cependant marchez et avancez à la faveur de cette lumière, qui vous est donnée pour vous conduire : *Inspice et fac secundum exemplar quod tibi in monte monstratum est* (*Exod.*, xxv, 40). Le flambeau allumé devant vous, a de la lumière ; mais il a encore plus d'ardeur. Jésus-Christ dit de saint Jean, qui a commencé à faire briller la lumière de l'Evangile et la science du salut (*Luc,* 1, 77), ces paroles importantes : *Ille erat lucerna ardens et lucens ; et voluistis ad horam exultare in luce ejus* (*Joan.*, v, 35). Voilà nos curieux qui veulent se réjouir à la lumière ! Pourquoi divisent-ils le flambeau, en admirant son éclat, et méprisant son ardeur ? Il fallait joindre l'un à l'autre, et se laisser plutôt embraser : car encore que ce flambeau ait de la lumière, il a beaucoup plus d'ardeur. La lumière est comme cachée, *Thesauri scientiæ absconditi* (*Coloss.*, 11, 3) ; l'ardeur de la charité s'y découvre de toutes parts : *Benignitas et humanitas apparuit.* (*Tit.*, 111, 4.) Jésus-Christ nous montre quelque étincelle de la lumière de vérité à travers des nuages et des paraboles :

il n'y a que la charité qui est étalée à découvert. Pour la première quelques paroles; pour la seconde tout son sang. Pourquoi, sinon pour nous faire entendre qu'il veut luire, mais qu'il veut encore plus échauffer et embraser les cœurs par son saint amour ? »

« Bossuet a supprimé ce morceau en revoyant son discours. » Telle est l'hypothèse des *Editeurs de Versailles*.

8. *Edit.* : « qu'elle n'illumine que pour échauffer la connaissance, que pour exciter les affections. » — Sans doute *pour échauffer* était une surcharge dont on n'aura pas saisi la vraie place. Elle était destinée, pensons-nous, à remplacer *pour exciter,* qui devenait *une variante*. (Edit. Lebarq, III, 553, n. 5.)

9. La divinité du Christ est le fondement de la foi. De tous les apôtres, saint Pierre a été le seul à reconnaître en Jésus, « le Fils du Dieu vivant ». (*Matth.,* XVI, 16.)

## P. 463.

1. *Coloss.,* I, 23.
2. *Hebr.,* XI, 1.
3. *Sess.,* VI, cap. VIII.
4. Voir *Panégyrique de sainte Catherine* donné en appendice, pages 654 et 655.
5. Par le Saint-Esprit qui a parlé par la bouche inspirée de l'écrivain sacré.
6. *Var.* : « apporte une grande lumière à... »
7. La certitude de la foi est l'état de l'esprit qui adhère sans crainte d'erreur à la vérité révélée à cause de l'autorité infaillible de Dieu. Voir décrets et canons du concile du Vatican, sur la Foi, session III, chap. III.

## P. 464.

1. Membre de phrase emprunté à l'Evangile : « Et portæ inferi non prævalebunt adversus eam. » (*Matth., * XVI, 18.)
2. *Luc,* XIV, 30.

## P. 465.

1. *Hebr.,* XI, 1.
2. *Var.* : « la terre choisie... »
3. Comparer ce développement avec celui qu'on trouve dans le *Panégyrique de sainte Catherine* donné en appendice (p. 655).
4. *Edit.* : « disons, insistons toujours ». — L'une de ces deux expressions était une variante.
5. *Var.* : « régulièrement ».

## P. 466.

1. *I Cor.,* III, 10.
2. *I Cor.,* III, 11.
3. *Ibid.,* 10.

4. *Edit.* : « sur ses préceptes, sur sa doctrine. » — « Encore un mélange du texte et des variantes. On pourra faire le triage avec plus de bonheur que nous ; mais il faut le faire. (*Préceptes* était le mot employé en 1660, au IIe dimanche de Carême ; nous supposons qu'il est venu le premier sous la plume.) » (Edit. Lebarq, III, 558, n. 3.)

5. Les fondements de la foi chrétienne sont en effet les mystères de l'Incarnation et de la Rédemption.

6. *Var.* : « un dédain généreux des grandeurs du monde... »

7. *Var.* : « Jésus-Christ, fils d'une Vierge : *Fundamentum posui* : amour de la virginité : *Alius autem superædificat.* Jésus-Christ a rendu un fidèle témoignage devant Ponce Pilate : *Fundamentum posui* : sainte Catherine va trouver le tyran : *Alius autem superædificat.* Ainsi nous devons bâtir sur notre foi, de peur qu'on ne dise : *Hic homo cœpit ædificare, et non potuit consummare.* » (1663).

## P. 467.

1. « Christo Jesu qui testimonium reddidit sub Pontio Pilato bonam confessionem. » (*I Tim.*, VI, 13.)

2. *Matth.*, XXVII, 11-12 ; et paral.

3. « Superædificat super fundamentum hoc, aurum, argentum, lapides pretiosos, ligna, fœnum, stipulam. » (*I Cor.*, III, 12.)

4. Salv., *De gubernat. Dei,* VIII, 2.

## P. 468.

1. *Var.* : « se veut rendre particulier ce bien universel du genre humain... »

2. *Confess.*, XII, xxv.

3. *Var.* : « a rempli ».

4. *Var.* : « en la voulant trop recevoir ».

5. *Autre esquisse* (apparemment de 1663) : « Il n'est pas permis de tenir la vérité cachée : *elle ne craint rien que d'être cachée,* dit un ancien (Tertull., *Advers. Valent.*, n. 3) et saint Augustin : *Terribiliter admonens nos ut nolimus eam habere privatam.* C'est un bien public. Mais, en la manifestant, il faut craindre la vaine gloire. Pour l'empêcher, belle distinction que fait la théologie : *Gratia gratum faciens gratiæ gratis datæ* ; celle-là, pour nous ; celles-ci, toutes pour les autres. Sur cette distinction, raisonner ainsi : ces premières grâces, par exemple la charité, nous sont données pour nous-mêmes, et l'ornement intérieur de nos âmes : et néanmoins il n'est pas permis d'en tirer de la gloire, parce qu'encore qu'elles soient données pour nous, elles ne viennent pas de nous : *Si accepisti, quid gloriaris* (*I Cor.*, IV, 7.) De la seconde espèce il est bien moins permis de se glorifier : elle a cela de commun avec la première qu'elle ne vient point de nous, et cela de particulier, qu'elle

n'est pas pour nous. Vous faites un double vol : vous l'ôtez à celui dont elle vient, cela lui est commun avec la première ; mais voici un redoublement de mal : c'est que vous la ravissez à celui pour qui elle est donnée. »

**P. 469.**

1. *Var. :* « si subtil ».
2. Leçon pratique à l'adresse des « femmes savantes » et des « précieuses ».
3. Voir le *Panégyrique de sainte Catherine* donné en appendice, début du deuxième point, p. 648.
4. *Eccli.*, LI, 3.
5. Latinisme *(largiari)* : donné en présent.

**P. 470.**

1. Bossuet ne fait que reproduire ici la doctrine traditionnelle de l'Eglise selon laquelle le don des miracles n'est pas une preuve absolue de la personne par l'intermédiaire desquels ils sont réalisés. Les miracles en effet, pour employer le langage des théologiens, sont uniquement les critères de la foi, les preuves externes de la révélation et les signes très certains de l'origine divine de la religion chrétienne, que Dieu opère pour des motifs dignes de lui.
2. *Var. :* « ... pour les autres ». — *Edit. :* « ... pour les autres, pour toute l'Eglise. »
3. *Autre rédaction :* « il se faut considérer comme un canal, ou comme un miroir. Si le miroir reluit, ce n'est que d'une lumière empruntée, qui ne vient pas de lui, mais du soleil ; et qui n'est pas destinée pour lui, mais afin de rejaillir sur les autres par son moyen. Ainsi les docteurs sont des miroirs, *ad illuminationem scientiæ claritatis Dei in facie Christi Jesu* (II *Cor.,* IV, 6). »

**P. 471.**

1. *II Cor.,* 6. — *Edit. :* « lumen splendescere ».
2. *II Cor.,* IV, 6.
3. Cf. *Oraison funèbre de Michel Le Tellier,* n. 10, p. 185.
4. Voir le *Panégyrique de sainte Catherine* que nous donnons en appendice, début du troisième point, p. 651-652.
5. *De testim. anim.*, n. 1.
6. *Var. :* « ils ont paru à l'entrée... »
7. *Var. :* « soit que, par une heureuse rencontre, cette grande tempête d'opinions les ait comme par hasard conduits au port, *cæca felicitate.* »
8. *De anima*, n. 2.
9. *Var. :* « mais elles étaient captives, parce qu'ils ne permettaient pas qu'on en tirât les conséquences légitimes ; si bien qu'il semblait qu'ils n'avaient la vérité que pour la falsifier et la corrompre par un indigne mélange. »

**P. 472.**

1. « Qui veritatem Dei in injustitia detinent. » (*Rom.*, I, 18.)
2. Comparer avec le *Panégyrique de saint François d'Assise*, p. 238 : « Dans le premier ouvrage que Dieu nous avait proposé, qui est cette belle fabrique du monde, notre esprit y voyait d'abord des traits de sagesse infinie. »
3. *Var.* : « arracher des mains... »
4. *Var.* : « elle veut faire régner la vérité sur les philosophes; elle apprend à ces savants orgueilleux à parler le langage des pauvres pêcheurs. »
5. *Var.* : « à donner la victoire à la vérité, en lui rendant témoignage ».
6. Par la bouche de Jésus-Christ, le Verbe de Dieu fait chair.
7. *Ps.* CXXXVI, 6.

**P. 473.**

1. Bossuet rappelle ici la doctrine de saint Paul : la foi sans les œuvres de charité ne justifie pas : « Et si habuero prophetiam et noverim mysteria omnia et omnem scientiam, et si habuero omnem fidem, ita ut montes transferam, caritatem autem non habuero nihil sum. » (*I Cor.*, XIII, 2. Cf. *Gal.*, V, 6.)
2. *Var.* : « un sacrifice entier, pour l'honorer selon sa dignité... »
3. *Var.* : « je ne puis souffrir que... »
4. La science dont le principe se trouve en Dieu, la vérité infinie.

**P. 474.**

1. Cf. note 1 A, p. 459. La légende du Bréviaire romain (25 novembre) commence en ces termes : « Catharina, *nobilis virgo* Alexandrina... »
2. Il s'agit de Maximin.
3. *Luc*, XIX, 13.
4. *Matth.*, XXII, 20.

**P. 475.**

1. *Var.* : « a voulu ».
2. Cf. *Oraison funèbre de Nicolas Cornet*, n. 11, p. 46.
3. Sur le mot *bénéfice*, cf. *Oraison funèbre de Nicolas Cornet*, n. 2, p. 48.
4. *Act.*, VIII, 20.
5. S. Aug., *in Ps.* CXXX, 5.

**P. 476.**

1. *Var.* : « du monde et de ses pompes... »
2. *II Petr.*, II, 3.
3. *Luc*, XIX, 13.
4. *Ps.* XV, 2.
5. Allusion à la parabole du Bon Pasteur, *Joan.*, X, 11-16.

## P. 477.

1. La sainte Eucharistie.
2. Déforis donne ici en note la seconde péroraison. Le lecteur la trouvera p. 525.
3. *Dan.*, XII, 3.
4. *Coloss.*, IV, 6.

## PANÉGYRIQUE
## DU BIENHEUREUX S<sup>t</sup> FRANÇOIS DE SALES

## P. 479.

1. A) BIOGRAPHIE : Saint François de Sales, évêque de Genève et docteur de l'Eglise, naquit au château de Sales près d'Annecy (Haute-Savoie) le 21 octobre 1567. Il fit ses études à Paris (1578-84) et étudia le droit à Padoue. Il était avocat à Chambéry, quand il embrassa l'état ecclésiastique contre la volonté de son père. Il fut nommé le 7 mars 1593, prévôt de la cathédrale d'Annecy et ordonné prêtre le 18 décembre de la même année. Il s'offrit à son oncle, Claude Granier, évêque de Genève, pour travailler à la conversion des Huguenots du Chablais (1594) et réussit dans ce ministère. En 1599, sur les instances de son oncle, il fut nommé coadjuteur de Genève. Il prêcha en 1602 avec grand succès la station de Carême à Paris. Devenu par la mort de Claude Granier, titulaire du siège de Genève, transporté à Annecy, il se livra avec une ardeur nouvelle à l'apostolat, construisant un séminaire à Annecy, présidant plusieurs synodes, établissant des conférences sacerdotales. En 1610, il fonda avec sainte Jeanne de Chantal l'ordre de la Visitation. En 1619 il accompagna le cardinal de Savoie à la cour de France, se lia d'amitié avec saint Vincent de Paul, refusa de devenir coadjuteur de Paris, et obtint en chaire des succès éclatants. Il mourut en passant à Lyon, d'une attaque d'apoplexie, le 28 décembre 1622. Béatifié en 1661, il fut canonisé par Alexandre VII. Il n'était que bienheureux, au moment où Bossuet prononça son panégyrique.

Saint François de Sales occupe un des premiers rangs parmi les écrivains français de son époque. Son style reflète les qualités charmantes de son âme. Il a laissé plusieurs ouvrages : l'*Introduction à la vie dévote*, un *Traité de l'amour de Dieu*, des *Sermons,* des *Entretiens spirituels* et des *Lettres*.

B) DATE : Lachat assigne à ce panégyrique la date du 28 décembre 1662. L'édition Lebarq estime que ce discours a été prononcé deux ans plus tôt, c'est-à-dire le 28 décembre 1660, s'appuyant sur deux motifs : 1° « L'allusion faite dans l'exorde au jour des saints Innocents prouve que le discours est antérieur à l'époque où la fête de saint François de Sales a été transférée de ce jour-là (28 décembre) au 29 janvier.

Or, cette translation eut lieu dans l'année 1661, le 28 décembre même, par le décret de béatification... Le prédicateur de la fête, à Paris, ne pouvait donc, dans les premiers jours de 1661, ignorer l'imminence du décret, ni parler... de « ce glorieux jour *trop éloigné* pour nos vœux ». — 2° « L'orateur, à la fin de la quatrième page de son manuscrit fait allusion au sermon sur sainte Catherine, qui est postérieur au carême de 1660, il faut donc conclure que les deux discours sont de la même année. »

C) Texte : Le manuscrit de ce panégyrique, conservé aux Archives d'Etat à Turin, a été publié dans les *Etudes* des Pères Jésuites, 20 octobre 1899.

D) Analyse. *Exorde :* Il est naturel aux hommes d'étaler avec orgueil leur savoir et leurs qualités, sans chercher à se rendre utiles à leur prochain. La science de saint François de Sales, au contraire, a été aussi ardente que lumineuse, parce que claire et tendre à la fois.

*Premier point :* La science de saint François de Sales, reposant uniquement sur l'Evangile tend à la piété. Grâce à elle le saint a travaillé avec fruit à l'édification de l'Eglise, comme docteur et comme prédicateur.

*Second point :* Le saint a l'ambition en horreur. Il a toujours refusé les honneurs, et lorsqu'il n'a pu s'y dérober, il les a acceptés avec la plus grande modération. Il a supporté avec résignation les humiliations et les épreuves de la vie quotidienne.

*Troisième point :* Saint François a toujours apporté une douceur sans bornes dans la direction des âmes qui lui étaient confiées. Cette douceur, source de la patience, de la compassion et de la condescendance, est en effet indispensable au directeur de conscience. Le saint prélat a possédé ces vertus d'une manière parfaite.

2. *Correction postérieure :* « lampe ». — Le texte, dans le ms., est placé après le premier exorde, que d'ordinaire Bossuet composait après avoir achevé d'écrire son discours. (Edit. Lebarq, III, 576, notes 1 et 2.)

3. Les massacres des saints Innocents, dont l'Eglise célèbre la fête le 28 décembre.

4. *Var. :* « les couronnes ».

5. *Var. :* « regarder ».

6. *Var. :* « pour ».

7. *Var. :* « relevée ».

8. *Première rédaction en partie raturée :* « *C'est pourquoi* je désirerais, âmes saintes, pour votre entière *(particulière)* satisfaction, que l'éloge de *François de Sales, votre très saint instituteur* eût déjà été fait. » Il faut remarquer qu'au moment où Bossuet prononça ce panégyrique, le serviteur de Dieu n'avait pas encore été déclaré bienheureux. L'acte qui « ouvrira la bouche des prédicateurs » est le décret de béatification.

9. *Déforis :* « et que le Siège apostolique ouvrant la bouche des prédicateurs, nous fassions retentir par toutes nos chaires les mérites de ce prélat incomparable ».

**P. 480.**

1. *Déforis :* « pouvons, il nous est permis... »
2. *Var. :* « composition ».
3. « Memoria... in compositionem odoris facta opus pigmentarii. » (*Eccli.*, XLIX, 1.)
4. « Ponunt eam... super candelabrum ut luceat omnibus. » (*Matth.*, V, 15.)
5. *Var. :* « répandre ».
6. « Ignem veni mittere in terram. » (*Luc*, XII, 49.)
7. Bienfaisante.
8. *Var. :* «embrase ».

**P. 481.**

1. *Var. :* « dans la dignité ».
2. *Var. :* « enflamme-excite ».
3. *Var. :* « sages ».
4. *Première rédaction* (donnée ici par Déforis) : « je commencerai ce discours en détruisant la fausse imagination de certains savants importuns, qui mettent toute la science ecclésiastique dans des connaissances stériles (*var. :* abstraites), qui ne sont pas capables de toucher les cœurs. Notre saint et illustre évêque a rejeté bien loin cette science stérile, et a souvent averti les (*var. :* « a conseillé aux ») théologiens de ne regarder pas Jésus-Christ qui est venu nous apprendre à faire, comme un sujet de questions curieuses. Jésus-Christ, en effet, mes Sœurs, n'est pas venu sur la terre pour donner matière à nos discours, ni la science de son Evangile n'est pas destinée pour contenter nos esprits par des rêveries agréables. Mais afin que... »
5. *Edit. :* « dans le fond, et de quelle sorte... »
6. Etant tenue pour certaine, et prise pour fondement.
7. « Videmus nunc per speculum, in ænigmate, tunc autem facie ad faciem. » (*I Cor.*, XIII, 12.)
8. *Ms. :* « de lumières ».
9. Par la foi, l'intelligence adhère librement à des vérités qu'elle ne voit pas, qu'elle reçoit d'en haut, mais qu'elle tient pour certaines, parce que Dieu lui-même en est le garant.
10. *Matth.*, V, 8.

**P. 482.**

1. *Var. :* « par les Ecritures ».
2. II *Petr.*, I, 19. Le texte de la *Vulgate* est : « lucenti ».
3. *Var. :* « lanterne ». Bossuet a ajouté le mot *lampe* à la sanguine, et renvoie à son *Panégyrique de sainte Catherine*.
4. Ici encore Bossuet renvoie au même discours.

5. Né en 1556, à Saint-Lô suivant les uns, près de Berne suivant les autres, mort à Paris en 1618. Son père, ministre de la religion réformée, lui fit faire de solides études littéraires et scientifiques. Après avoir étudié la *Somme* de saint Thomas et disputé avec les jésuites du collège de Clermont, il abjura le protestantisme. Il fut nommé lecteur du roi Henri III. Il se lia d'amitié avec Desportes, Baïf, Scaliger et Cujas, fit l'éloge de Ronsard en 1586 et l'oraison funèbre de Marie Stuart en 1587. Il n'entra dans les ordres qu'en 1593. Dans les discussions avec les Protestants, du Perron se révéla un controversiste de premier ordre, et il eut la plus grande part à la conversion du roi Henri IV. Nommé évêque de Lisieux la même année, il fut créé cardinal en 1604, nommé en 1606 archevêque de Sens et en 1610 membre du conseil de régence. Il passa la dernière année de sa vie dans son château de Bagnolet à revoir ses écrits dont les plus remarquables sont la *Réplique au roi de Grande-Bretagne,* composée par ordre de Henri IV, et le *Traité de l'Eucharistie.*

6. Bossuet avait d'abord écrit : « les ouvrages *presque divins* » ; mais il a souligné ces deux derniers mots. C'est pour cette raison qu'ils ne sont pas portés dans cette édition.

7. Les protestants.

8. *Var.* : « pénètre bien plus loin... »

9. Cf. n. 7, p. 480.

10. *Var.* : « une extraordinaire efficace ».

11. Le Chablais.

12. « ... ad domesticos fidei. » (*Gal.,* VI, 10.)

13. Bossuet avait fait, probablement en 1656, le panégyrique de ce saint que nous donnons en appendice, dans la présente édition, d'après un texte pris à l'audition.

**P. 483.**

1. « Omnis caro corruperat viam suam. » (*Gen.,* VI, 12.)

2. *Var.* : « pour désabuser les esprits de cette créance pernicieuse ».

3. *Var.* : « solitude ».

4. *L'Introduction à la vie dévote* eut pour origine un recueil de conseils adressés par saint François de Sales à Mme de Charmoisy, en 1608, pendant qu'il prêchait le Carême à Rumilly (Haute-Savoie). C'est à la prière du roi Henri IV que le saint se décida à publier ses notes sous forme de livre en 1609. *L'Introduction à la vie dévote* a pour but de faire connaître les règles de la piété à tous ceux qui désirent la pratiquer tout en vivant dans le monde. Ecrit dans un style où les comparaisons abondent parfois jusqu'à l'excès, mais d'un charme, d'une amabilité qui attirent et séduisent, sans nuire à la gravité de la doctrine, l'*Introduction à la vie dévote* eut vingt-deux éditions et fut traduite en italien, en anglais, en espagnol et en allemand

PANÉGYRIQUES

de 1609 à 1620, du vivant même de saint François de Sales. Depuis sa mort, elle a continué sans cesse à être éditée et traduite dans toutes les langues du monde chrétien.

5. *In Epiſt. ad Romanos*, XXVI, 4.

6. « Luceat lux veſtra coram hominibus, et glorificent Patrem veſtrum qui in cœlis eſt. » (*Matth.*, V, 16.)

7. *Var.* : « désespérons ».

**P. 484.**

1. Suivant la méthode qu'il s'eſt imposée, l'orateur adresse une dernière exhortation morale à ses auditeurs sur la manière dont ils doivent se comporter dans les différents emplois que la Providence leur a confiés, pour assurer leur salut éternel.

2. *Var.* : « vive avec détachement ».

3. *Var.* : « désirs et tout ensemble... »

4. *Var.* : « fine ».

5. *Var.* : « qui eſt le plus accompli de ses ouvrages ».

6. *Paſt.*, I, IX.

7. *Var.* : « il ne pouvait pas mieux nous décrire le naturel étrange de l'ambition, que par l'union monſtrueuse de ces deux qualités contraires, la timidité et l'audace. »

8. *In Epiſt. ad Philip.*, VII, 5.

**P. 485.**

1. Ce tour revient plusieurs fois dans les discours de Bossuet. Cf. *Sermon pour le Vendredi-saint* (20 mars 1660) (III$^e$ point) : « De quelle sorte tout cela s'eſt fait, ne le demandez pas à des hommes. *Tant y a* qu'il eſt infaillible qu'il n'y avait que le seul effort d'une angoisse inconcevable qui pût arracher du fond de son cœur cette étrange plainte qu'il fait à son Père. »

2. *Var.* : « découverte ».

3. « Date et mihi hanc poteſtatem... Precamini vos pro me ad Dominum. » (*Act.*, VIII, 19, 24.)

4. *Var.* : « fouler aux pieds ».

5. *Var.* : « le brûle ».

6. *Var.* : « leurs grandes pensées ».

7. *Var.* : « les dignités, elles reproduiront... »

**P. 486.**

1. *Var.* : « mériterait un plus grand théâtre ».

2. *Var.* : « ils se piquent d'être sensibles à la moindre idée du mépris ».

3. Amalécite qui fut, comme le rapporte la Bible, le miniſtre et le favori du roi de Perse Assuérus. Le juif Mardochée ayant refusé de se proſterner devant lui, il obtint du roi l'ordre de massacrer tous les juifs; mais l'intervention

d'Esther, épouse d'Assuérus et nièce de Mardochée, sauva ces derniers. Assuérus le fit pendre (508 av. J.-C.). — La tragédie de Racine, *Esther,* a contribué à mettre en relief ce personnage biblique.

4. *Var.* : « quoiqu'il veuille... »

5. *Esth.,* v, 13.

6. *Var.* : « autorité, — magistrature ».

7. *Edit.* : « avec faste... par un dédain fastueux ».

8. Le cardinal de Gondi.

## P. 487.

1. La dignité cardinalice.

2. Allusion au chapitre v du livre de *Daniel*. Au cours d'un festin donné par le roi Balthasar, fils de Nabuchodonosor, le prophète Daniel lui prédit sa mort et le partage de son royaume entre les Perses et les Mèdes. Dans la même nuit Balthasar fut tué.

3. *Var.* : « à la vue ».

## P. 488.

1. « Vita vestra est abscondita cum Christo in Deo. Cum Christus apparuerit, vita vestra, tunc et vos apparebitis cum ipso in gloria. » (*Coloss.,* III, 3.)

2. Tertull., *De bapt.,* n. 17.

3. *Var.* : « voir un évêque outragé... »

4. *Var.* : « voir un évêque en colère ».

5. *Var.* : « et n'en parle, en un endroit de ses œuvres, qu'en des termes... que... » — Il s'agit du *Traité de l'amour de Dieu* (Préface).

6. Une cinquantaine d'années s'était écoulée entre l'événement rappelé par l'orateur et le moment où celui-ci prononçait le panégyrique du Bienheureux.

7. La doctrine catholique enseigne en effet que c'est le Saint-Esprit, qui, *par appropriation,* se charge spécialement de la sanctification des âmes.

8. *Var.* : « persuadez ».

9. *Var.* : « âmes, dont... »

10. *Var.* : « or ce souverain moteur des cœurs n'a pas accoutumé de les gouverner comme les autres parties de la nature. »

11. Correction à la sanguine. — *Var.* : « inclinations ».

## P. 489.

1. *Var.* : « il suffit de contempler... »

2. *Var.* : « remarquer ».

3. *Var.* : « afin de le bien entendre, remarquez avant toutes choses... »
4. *Var.* : « que fasse la nature... »
5. *Var.* : « une certaine tendresse... »
6. *Var.* : « tout d'un coup ».
7. *De cath. rud.*, xv, 23.
8. *Ad Marcel.*, cxxxix, 3.
9. *Var.* : « imprimant ».
10. *Var.* : « cette huile douce et bénigne ».
11. *Correction postérieure* : « ces esprits chauds et remuants... »

**P. 490.**

1. *Correction postérieure* : « de cordialité ».
2. *Jacob*, v, 7.
3. *Var.* : « l'opiniâtreté ».
4. *Var.* : « il n'est rien de plus nécessaire... »
5. *Var.* : « précieux ».
6. *Var.* : « la terre ».
7. *Ps.* xxxvii, 14.
8. *Var.* : « égarement ».

**P. 491.**

1. Prophète juif du ix$^e$ siècle. Elie l'avait choisi pour son successeur, au moment de quitter la terre. Elisée lutta énergiquement contre les progrès de l'idolâtrie, comme son maître et fut favorisé comme lui, du don des miracles. — Bossuet fait ici allusion à la guérison de la lèpre de Naaman le Syrien par Elisée (*II Reg.*, v, 1-27).
2. *Var.* : « de Sion ».
3. *Var.* : « en ».
4. *In Joan.*, vi, 15.
5. *Var.* : « n'attaquez pas cette Gabaon par ces hauteurs et ces précipices dans lesquels la présomption se retranche. Approchez... »
6. *In Joan.*, vi, 15.

**P. 492.**

1. *Var.* : « qui vous invite... qui vous attire... »
2. *In Joan., ibid.*
3. *Var.* : « s'est changé ».
4. *Var.* : « ne vous étonnez pas, Chrétiens, si la charité, donnant des sentiments maternels... »
5. Cf. *Panégyrique de saint Paul*, n. 4, p. 349.
6. *I Thess.*, ii, 7.
7. *Panégyrique de saint Paul*, n. 3, p. 350.
8. S. Aug., *De cat. rud.*, xv, 23.

**P. 493.**

1. *Var.* : « s'enfler ».

2. Malgré les nombreuses recherches effectuées, on n'a jamais pu retrouver ce discours qui avait été prêché à Paris, le 25 mai 1659.

## SECOND PANÉGYRIQUE
## DE SAINT JOSEPH

**P. 495.**

I. A) Biographie : Voir premier panégyrique, note 1 A, p. 327.

B) Date : Ce panégyrique fut prononcé le 19 mars 1661 aux Grandes Carmélites devant la reine mère. Plusieurs éléments nous permettent d'accepter cette date avec certitude :

1º La *Gazette de France* du 26 mars 1661 dit que Bossuet prêcha la Saint-Joseph, cette année-là, aux « Grandes Carmélites avec beaucoup de suffisance ».

2º L'orateur rappelle au début de son discours la division du premier panégyrique *(Depositum custodi)*. Le panégyrique dont nous nous occupons présentement est donc postérieur à celui-ci.

3º Le remerciement au roi, dans la péroraison, d'avoir bien voulu rendre plus solennelle la Saint-Joseph en défendant tout travail ce jour-là. Or, c'est en 1661 que cette fête fut célébrée pour la première fois avec autant d'éclat.

C) Texte : Le manuscrit n'a pu être retrouvé. Le texte que nous donnons est celui de l'édition originale (Déforis, t. VII, 2e partie, p. 50).

D) Analyse. *Exorde :* Dieu cherchait un homme vertueux pour lui confier la personne de son Fils unique et l'intégrité de sa sainte mère. Saint Joseph lui parut digne de ce choix. Celui-ci possédait en effet les trois vertus qui forment le caractère de l'homme de bien : la simplicité, le détachement et l'amour de la vie cachée.

*Premier point :* La simplicité est le seul moyen par lequel on trouve Dieu. Cette vertu implique en effet la droiture de cœur et la pureté d'intention. Joseph a accepté avec simplicité les explications de l'ange au moment de ses doutes sur la vertu de son épouse. Sa foi a été parfaite. Il s'est soumis sans discussion aux ordres de l'ange lui demandant de fuir en Egypte avec l'Enfant et sa mère.

*Second point :* Joseph a été un homme détaché des biens de ce monde. Il a su rester maître de ses passions. Il s'est contenté d'une vie pauvre et cachée, acceptant sans se plaindre les déplacements imposés par la Providence.

*Troisième point :* Saint Joseph a aimé la vie cachée; gardant précieusement au fond de son cœur les grands secrets que Dieu lui a confiés. Que les Chrétiens aiment, eux aussi, la vie cachée ; qu'ils pratiquent la vertu loin des regards du monde, évitant de rechercher les flatteries et les compliments !

2. D'après la tradition sacerdotale, le dernier des Juges d'Israël. Le peu qu'on sait de lui, c'est qu'il était le prêtre d'un oracle établi à Rama ; chaque année il en partait pour faire des tournées à Béthel, à Guilgal et à Mispar où il tenait des assemblées populaires. Il fut mêlé aux événements qui amenèrent l'établissement de la royauté en Israël, et c'est à lui qu'on attribua le choix de Saül, puis de David. Il aurait sacré en secret ce dernier. (*I Reg.*, XVI, 1-13.)

3. Deuxième roi des Israélites. Il aurait régné entre les années 1055 et 1014 avant J.-C. Fils d'Isaï, riche propriétaire de Bethléem, il gardait les troupeaux de son père quand le prophète Samuel lui donna l'onction royale et lui promit la succession de Saül, rejeté par Dieu. Vainqueur du géant Goliath, David devint un des chefs de l'armée d'Israël et le gendre du roi. Mais sa popularité excita la jalousie de Saül. Il dut s'enfuir au désert. Proclamé roi à la mort de Saül, il établit la capitale de son royaume sur la montagne de Sion, et lui donna le nom de Jérusalem. En peu de temps il soumit les Amalécites, les Moabites et les Ammonites, refoula les Philistins, les Edomites, les Syriens. La fin de son règne fut attristée par la peste et la révolte d'Absalon, un de ses fils. Malheureux et coupable, David parut plus grand encore par sa constance et son repentir que dans la prospérité. Poète et prophète, il nous a laissé dans des psaumes l'image vivante de son âme. Il mourut après avoir régné quarante ans sur Israël et désigné, pour son successeur, son fils Salomon.

4. *Var.* : « mine guerrière ».

5. *I Reg.*, XVI, 13.

6. *Var.* : « sur lequel Dieu arrêtait son choix ».

7. Cf. *premier Panégyrique de saint Joseph*, n. 1 A, p. 327.

8. Nous trouvons ici le plan général du *premier Panégyrique de saint Joseph (Depositum custodi)* (p. 327 et suiv.).

## P. 496.

1. Suivant une classification habituelle qui remonte aux premiers siècles de l'ère chrétienne, on partage les anges en trois *hiérarchies*, distribuées chacune en trois *chœurs*. La première hiérarchie comprend les *séraphins*, les *chérubins* et les *trônes* ; la deuxième, les *dominations*, les *vertus* et les *puissances* ; la troisième, les *principautés*, les *archanges* et les *anges*.

2. *Ps.* LXII, 26.

3. *Var.* : « avant que de la mettre avec les autres ».

4. *Var.* : « bâtit ».

5. *Var.* : « et artificielles... »

**P. 497.**

1. Cf. premier *Panégyrique de saint Joseph*.

2. *Var.* : « je m'attache à sa vie particulière, et, pour vous en donner le tableau, je n'irai pas chercher bien loin ni des conjectures douteuses, ni des révélations apocryphes. Le peu que nous avons dans les Ecritures me suffit pour vous faire voir dans le bon Joseph l'idée et le caractère de cet homme de bien que nous cherchons, qui a réglé avec Dieu son intérieur. » — (Voy. n. 5.)

3. *Var.* : « qui n'aime point... »

4. *Var.* : « il faut qu'il se retire avec lui ; il faut pour ainsi dire qu'il se cache en lui, afin de le goûter en repos... »

5. *Première rédaction* : « O Joseph, homme simple, vous cherchez Dieu en simplicité ; et il prend soin de guider vos pas, il vous envoie ses anges pour vous instruire ; tout le ciel veille à votre conduite. O Joseph, homme détaché, vous allez et vous venez comme Dieu vous mène ; partout où il vous appelle, vous y trouvez votre maison et votre patrie ; votre cœur ne tient à rien sur la terre ; il fallait que vous fussiez ainsi disposé pour être digne de recevoir en votre maison ce Dieu incarné qui se donne à vous. O Joseph, homme de retraite, vous savez ce que c'est que jouir d'un Dieu ; et dans le dessein de le posséder en la paix de votre cœur, de peur que la gloire du monde ne vous détourne, ou que son tracas ne vous trouble, vous vous enveloppez avec Jésus-Christ dans l'amour de la vie cachée. O homme juste, l'homme de Dieu et l'homme selon son cœur ! Apprenez de là, Chrétiens, que d'être un bon particulier, c'est quelque chose de grand et de vénérable, et dépouillez cette ambition qui vous ôte à Dieu, et à vous-mêmes, sous prétexte de vous donner au public. Mais, pour mieux comprendre cette vérité, venez considérer avant toutes choses la simplicité de Joseph dans ma première partie. » — Note de l'Edition Lebarq : « Plusieurs de ces variantes ne seraient-elles pas des fragments du panégyrique composé sur le même plan en 1657, pour l'église des Feuillants ? Il en serait de même, croyons-nous, de plusieurs de celles qui vont suivre, à l'exception pourtant de la première. »

6. *Première rédaction* : « Quand je vous parle de la sainte simplicité, ne croyez pas entendre le nom d'une vertu particulière. Dans le style de l'Ecriture, homme simple n'est autre chose que la définition d'un homme de bien. Jacob, dit-elle, était homme simple, c'est-à-dire était homme juste (*Gen.*, XXV, 27) ; et c'est ainsi que le Saint-Esprit a accoutumé de parler. Toutefois, Chrétiens, il y a quelque chose de singulier qui nous est représenté par cette expression, et il faut tâcher de l'entendre. La simplicité, si je ne me trompe, est une certaine droiture d'un cœur qui est sincère avec Dieu : et c'est pourquoi l'Ecriture sainte joint toujours ces deux qualités dans la définition de

l'homme de bien. « Job, dit-elle, était simple et droit » : *Erat vir ille simplex et rectus* (*Job,* I, I). Ainsi la simplicité, c'est la droiture du cœur; et vous entendez bien, âmes saintes, que cette droiture de cœur, c'est la pureté d'intention : de sorte qu'un homme simple, c'est un homme dont le cœur est droit avec Dieu, c'est-à-dire dont les intentions sont droites et pures, qui n'aime que Dieu dans le cœur, qui marche à lui sans détour; et c'est la première qualité d'un homme de bien. Vous pouvez juger aisément combien elle est nécessaire, par cette réflexion... »

## P. 498.

1. *Is.,* XXVI, 7.
2. Le Saint-Esprit, parlant par la bouche *inspirée* de l'Ecrivain sacré.
3. *Deut.,* V, 32; XVII, 11; *Prov.,* IV, 27; XXX, 21.
4. *Var. :* « car il faut encore remarquer ceci pour honorer la simplicité, qu'on ne peut chercher Dieu que par son moyen. Il conduit le juste par les voies droites; on ne le trouve jamais qu'on ne marche droitement à lui ».
5. *Off. Eccl.* — Cf. *Sap.,* X, 10. Dans ce passage *deduxit* a pour sujet *Sapientia.*
6. « Il faut donc écouter le Sage, et chercher Dieu en simplicité de cœur : *In simplicitate cordis quærite illum* (*Sap.,* I, I), c'est-à-dire avec une intention pure et dégagée. » — (Fragment d'une première rédaction donné ici par Déforis.)

## P. 499.

1. Ses directeurs de conscience, ses confesseurs.
2. *Var. :* « il les applique pour ainsi dire... »
3. *Var. :* « je ne puis dire qu'elle les produise... »
4. *Var. :* « par étude, comme par machine ».
5. *Var. :* « artificielles ». — Il est probable que Bossuet n'a pas prononcé les redites que lui prêtent ici ses éditeurs.
6. « Nemo potest duobus dominis servire. » (*Matth.,* VI, 24.)
7. « Si oculus tuus fuerit simplex, totum corpus tuum lucidum erit. » (*Luc,* XI, 34.)

## P. 500.

1. *Var. :* « qu'elle devient mère sans qu'il y ait part ».
2. Prouver sa culpabilité.
3. C'est-à-dire le soupçon, le doute. La phrase est peu correcte.
4. « Quod enim in ea natum est, de Spiritu sancto est. » (*Matth.,* I, 20.)
5. *Var. :* « son cœur simple et innocent... »
6. Cf. *Rom.,* IV, 11 et seq.
7. « Credidit Abram Deo. » (*Gen.,* XV, 6.)
8. Cf. *premier Panégyrique de saint Joseph.*

**P. 501.**

1. *Var. :* « un cœur simple et droit avec Dieu ».
2. *Luc*, II, 48.
3. *Var. :* « de moins praticable... »
4. Le mystère de l'Incarnation.
5. *Déforis :* « les ».

**P. 502.**

1. La foi était moins méritoire, puisque le Christ par ses miracles donnait une preuve éclatante de sa filiation divine.
2. L'orateur estime que l'abaissement du Fils de Dieu, par l'Incarnation fut plus grand qu'au moment de la Rédemption; et montre ainsi tout le mérite de la foi de saint Joseph.
3. *Joan.*, XIX, 11.
4. « Et responso accepto in somnis ne redirent ad Herodem, per aliam viam reversi sunt in regionem suam. » (*Matth.*, II, 12.)
5. *Matth.*, II, 13.
6. S. Petr. Chrysol., *Serm.* CLI, *Bibliot. Patr. Lugd.*, VII, 961.
7. *Matth.*, II, 20.

**P. 503.**

1. *Rom.*, IV, 18. *Edit. :* « in spem contra spem » : sans doute d'après le ms., car Bossuet cite toujours ainsi ce verset de saint Paul.
2. Cette idée se retrouve dans l'adresse à Anne d'Autriche, présentée par Bossuet lors de la reprise du *Premier panégyrique de saint Joseph* (19 mars 1659) et que nous donnons p. 431.
3. « Verumtamen Filius hominis veniens, putas, inveniet fidem in terra. » (*Luc*, XVIII, 8.)
4. Cette idée se retrouve dans le *Panégyrique de sainte Catherine* (I$^{er}$ point) (p. 461 et suiv.).
5. *Var. :* « ce ciel ».
6. *Var. :* « sa félicité, son plaisir ».
7. Chargé par Dieu d'aller à Ninive prêcher la pénitence en son nom, Jonas résista à l'appel divin et s'embarqua à Jaffa sur un navire phénicien. Jeté dans les flots par l'équipage, il fut avalé par une baleine et demeura trois jours dans le ventre du monstre. Jonas délivré et repentant se rendit à Ninive, et les habitants de la ville, touchés par ses prédications, firent pénitence par ordre de leur roi. (Cf. *Livre de Jonas*.)
8. *Var. :* « Jonas n'a pas cru à la voix de Dieu, quoiqu'il l'eût entendue ».

**P. 504.**

1. *II Cor.*, VI, 10.

2. *Var.* : « c'eſt ce qu'il n'eſt pas aisé de vous expliquer ».
3. Saint Thomas d'Aquin.
4. *Var.* : « trompent, — séduisent ».
5. *Var.* : « sans effort ».

## P. 505.

1. Cf. *premier Panégyrique de saint Joseph,* p. 335.
2. *De nupt. et concup.,* I, 12.
3. *Var.* : « de ce que le Saint-Esprit a fait dans Marie... »
4. *Cant.,* VIII, 6.
5. *Var.* : « à la nécessité d'éloigner Marie... »
6. Chez les juifs, l'adultère était puni de la peine de mort.

## P. 506.

1. S. Petr. Chrysol., *Serm.* CLXXV, *Bibl. Patr. Lugd.,* VII, 978.
2. *In Matth. Hom.,* IV, 4.
3. *Var.* : « c'eſt une suite infaillible... »
4. *Var.* : « avec l'âge ».
5. II<sup>a</sup> II<sup>ae</sup>, Quæſt. CXVIII, art. 1, ad 3.

## P. 507.

1. *Hebr.,* XI, 16.
2. *Var.* : « s'il ne pensait à nous établir ».
3. *Hebr.,* XI, 10.
4. Cf. *premier Panégyrique de saint Benoît,* n. 7, p. 295.
5. *Var.* : « de nous troubler dans toutes nos joies. C'eſt ce que dit le divin Psalmiſte, que Dieu renverse le lit de ses serviteurs. Parmi ces incommodités de la vie, le cœur soupire après quelque appui... »

## P. 508.

1. *Ps.* XL 4.
2. « Intra in cubiculum tuum et, clauso oſtio, ora Patrem tuum in abscondito. » (*Matth.,* VI, 6.)
3. S. Chrysoſt., *in Matth. Hom.,* XIX, 3.
4. *Var.* : « et celui-là n'eſt pas un vrai chrétien qui ne peut pas se résoudre à... »

## P. 509.

1. *Var.* : « a cessé de vivre ».
2. *Edit.* : « les choses humaines, parce qu'ils mettent la vie dans le bruit ». — Ce membre de phrase qui fait double emploi, nous paraît être une variante introduite mal à propos dans le texte. (Edit. Lebarq, III, 661, n. 1.)
3. Tertull., *Scorp.,* n. 6.
4. Le Chriſt eſt mort pour racheter l'humanité de la servitude du péché. Or toutes les fautes humaines trouvent

leur source dans la désobéissance d'Adam qui fut un acte d'orgueil et de révolte à l'égard du Créateur. Elles sont elles-mêmes des actes d'orgueil, puisque l'homme préfère son plaisir personnel au bon vouloir divin.

**P. 510.**

1. *Gal.*, VI, 14.

2. *Mor. in Job,* V, III.

3. Les mages : cf. *Matth.*, II, 1-12. — Les pasteurs : cf. *Luc,* II, 8-20. — Il faut placer l'adoration des bergers et celle des mages à des dates différentes. Les uns et les autres sont venus trouver l'Enfant Jésus à Bethléem; mais les premiers lui offrirent leurs hommages dans la nuit même de la Nativité, les seconds, dans l'année qui suivit la naissance du Christ, lors d'un passage de la Sainte Famille dans cette ville.

4. *Luc,* II, 22, 38.

5. *Luc,* II, 33. (« Erat pater ejus et mater mirantes... »)

6. « Nonne hic est Jesus filius Joseph, cujus nos novimus patrem et matrem. » (*Joan.*, VI, 42.)

7. L'édition Lebarq (III, 662, n. 3) cite un passage donné en note par Déforis sans doute parce qu'il était effacé au manuscrit; à moins que ce ne soit un fragment d'un discours antérieur : « O Dieu, j'adore avec un profond respect les voies impénétrables de votre sagesse. J'admire la diversité des vocations par lesquelles votre providence daigne dispenser les emplois des hommes, ordonnant aux uns de publier ce que vous confiez à l'autre en secret et sous l'obligation du silence; sanctifiant les prédicateurs par la publication de votre mystère, et Joseph par le soin de le couvrir; rendant la vie des uns illustre et glorieuse par tout l'univers, et donnant pour partage au juste Joseph d'être caché avec vous! O Dieu, soyez béni éternellement. »

**P. 511.**

1. *In Matth. Hom.*, XIX, 1.

2. Cf. *Oraison funèbre de Nicolas Cornet,* n. 1, p. 45.

3. *Var.* : « quelque récompense ».

**P. 512.**

1. *Ps.* CXXVIII, 6.

2. *Var.* (données ici par Déforis) : « à l'ombre de votre clôture, dans le secret de votre retraite. Le voile que vous portez sur vos têtes, ne croyez pas, mes Sœurs, que ce soit seulement pour cacher le corps et pour couvrir le visage ».

3. *Var.* : « châtiment ».

4. *Moral.*, XXII, VIII.

5. « Sic luceat lux vestra coram hominibus, ut videant opera vestra bona et glorificent Patrem vestrum qui in cœlis est. » (*Matth.*, v, 16.)

6. *De virg. veland.*, n. 16.

**P. 513.**

1. Louis XIV, sur les prières de la reine mère, et de Marie-Thérèse, venait d'inviter les évêques à faire chômer cette fête, et lui-même avait interdit tout travail ce jour-là.

2. Bossuet ne craint pas de s'adresser au Roi par l'intermédiaire de la reine mère, pour le rappeler à la pratique de la vertu. L'orateur tout en parlant avec franchise, exprime sa pensée avec une discrétion et un tact parfaits.

## PANÉGYRIQUE
## DE L'APOTRE SAINT PIERRE

**P. 515.**

1. A) Biographie : Saint Pierre, en latin *Petrus,* en araméen *Képhah,* d'où la transcription latine *Céphas,* chef des douze apôtres, naquit à Bethsaïde (Galilée) vers la fin du 1er siècle av. J.-C. Son père se nommait Jean, il avait un frère André, qui fut également apôtre de Jésus (cf. *P. de saint André,* note 1 A, p. 567). Pêcheur de profession sur les bords du lac de Génésareth, on le désignait ordinairement sous le nom de Simon, fils de Jean. Il était marié et habitait avec sa belle-mère à Capharnaüm. Il fut disciple de Jean-Baptiste; et c'est André qui le mena vers Jésus. Il ne s'attacha tout d'abord que momentanément au Sauveur. Il l'accompagna à Cana, à Jérusalem, revint avec lui à Capharnaüm, le reçut dans sa maison; mais reprit son métier de pêcheur. Après la pêche miraculeuse, il quitta tout pour suivre le Christ. Après une solennelle confession de foi, Jésus lui imposa le surnom qui devait l'immortaliser et lui dit : « Tu es Pierre et sur cette pierre, je bâtirai mon Eglise. » (*Matth.,* xvi, 18.) A la veille de la Passion, quand Jésus annonça la désertion des apôtres, Pierre s'écria que, lors même que tous abandonneraient leur maître, pour lui, il ne l'abandonnerait jamais. En effet, au moment de l'arrestation de Jésus, au jardin des Oliviers, il tira son épée, et frappa Malchus, un des serviteurs du grand prêtre. Mais bientôt, ayant pénétré dans la cour du palais de Caïphe, il se troubla à la voix d'une servante, et renia trois fois son maître, qui lui avait d'ailleurs prédit sa trahison. Un regard de Jésus suffit pour lui faire comprendre l'étendue de sa faute, qu'il pleura toute sa vie. Après la Résurrection, prévenu par les saintes femmes, il courut avec saint Jean, au tombeau et le trouva vide. Les apparitions dont il fut le témoin soit seul, soit dans la compagnie des apôtres, à Jérusalem et en Galilée,

établirent sa foi sur des fondements inébranlables. En même temps, Jésus l'institua chef de son Eglise. Il présida à l'élection de Matthias; le premier, il prêcha la Résurrection du Sauveur, il reçut dans l'Eglise les premiers juifs et les premiers païens convertis, il accomplit le premier miracle, infligea la première sanction, excommunia le premier hérétique et prononça des paroles décisives au premier concile. Il alla à Antioche, prêcha l'Evangile en Galatie, en Cappadoce, en Asie et en Bithynie. Lors de la persécution des chrétiens par Hérode Agrippa, il fut jeté en prison. Délivré par un ange, il alla dans *un autre lieu,* selon l'expression même des *Actes* (XII, 17), c'est-à-dire à Rome. Ce premier séjour à Rome, date de l'an 41, sous le règne de Claude. Vers 45, il retourna à Jérusalem présider le concile des Apôtres. Les écrivains ecclésiastiques des premiers siècles attestent qu'il revint à Rome pendant le règne de Néron et qu'il en fut le premier évêque, bien que les *Actes des Apôtres* restent muets à ce sujet. Il fut enfermé dans la prison Mamertine, et crucifié la tête en bas, dans le cirque de Néron, qui se trouvait au pied de la colline Vaticane (vers 65).

B) DATE : La date de ce panégyrique ne peut être fixée actuellement avec certitude. Lachat place cette esquisse en 1664. M. Lebarq lui a assigné, sous toutes réserves d'ailleurs, la date de 1661, en s'appuyant sur la présence dans ce discours de certaines expressions rencontrées fréquemment à l'époque indiquée.

C) TEXTE : Le manuscrit n'a pu être retrouvé.

D) ANALYSE. *Exorde :* Saint Pierre a ressenti trois sortes d'amour pour le Christ : 1° un amour imparfait, faible et trop naturel; 2° un amour épuré et fortifié par les larmes de la pénitence; 3° un amour consommé et perfectionné par la gloire du martyre.

*Premier point :* Bien que saint Pierre ait tout quitté pour suivre Jésus, il a aimé son maître d'un amour trop naturel. Cette tendresse humaine ne pouvait lui faire supporter les humiliations du Christ. Elle fut la cause de sa trahison.

*Second point :* Sa chute a eu un heureux résultat; elle a fait comprendre à Pierre l'imperfection de son attachement à Jésus. L'apôtre a purifié ses sentiments dans les austérités de la pénitence.

*Troisième point :* L'amour de Pierre pour le Christ a atteint la perfection dans le martyre. L'apôtre, en expiation de sa faute passée et se jugeant indigne d'être crucifié comme Jésus, demanda qu'on le crucifiât la tête en bas.

2. Leçon intéressante qu'on ne peut malheureusement contrôler.

3. Allusion au triple reniement de saint Pierre.

## PANÉGYRIQUES

**P. 516.**

1. *Joan.*, XXI, 18.
2. *Ibid.*, XV, 13. — *Edit. :* « Majorem charitatem ».
3. « Ce *nous* est assez inattendu. Le premier éditeur aurait-il achevé à sa manière des phrases simplement ébauchées par Bossuet ? Remarquons toutefois qu'il se retrouve un peu plus loin. Il n'est pas, d'ailleurs, sans exemples. » (Edit. Lebarq, IV, 138, n. 1.)
4. *Matth.*, XIX, 27.
5. *Joan.*, VI, 69.

**P. 517.**

1. *Luc*, IX, 31.
2. *Matth.*, XVII, 1-13; *Marc*, IX, 1-12; *Luc*, IX, 28-36.
3. Note conservée ici par Déforis : « Voyez le sermon du nom de Jésus; *Vocabis nomen ejus.* » Il s'agit du *Sermon pour la fête de la Circoncision* prêché dans la cathédrale de Metz, le 1er janvier 1653.
4. *Matth.*, XVI, 17.
5. *Ibid.*
6. *Matth.*, XVI, 21.
7. *Ibid.*, 22.

**P. 518.**

1. *Ibid.*, 23.
2. « Et ecce unus ex his, qui erant cum Jesu, extendens manum exemit gladium suum et percutiens servum principis sacerdotum amputavit auriculam ejus. » (*Matth.*, XXVI, 51.)
3. *Joan.*, XVIII, 11.
4. L'orateur emploie cette image pour faire comprendre à ses auditeurs que l'amour céleste et l'amour purement humain, bien qu'ayant l'un et l'autre Jésus-Christ pour objet, loin de se soutenir, et de s'entr'aider, se gênent mutuellement. L'amour céleste « non seulement est retardé, mais est encore porté par terre » par l'amour humain.
5. « C'est-à-dire dans ce sermon même, tant dans ce qu'on vient de lire que dans les développements que Bossuet se réservait d'y ajouter en chaire. Nous ne croyons pas qu'il fasse allusion à d'autres discours prononcés devant le même auditoire. » (Edit. Lebarq, IV, 140, n. 3.)

**P. 519.**

1. *Matth.*, XIV, 31.
2. « Tunc dicit illis Jesus : omnes vos scandalum patiemini in me in ista nocte; scriptum est enim : Percutiam pastorem et dispergentur oves gregis... Respondens autem Petrus

ait illi : Et si omnes scandalizati fuerint in te, ego nunquam scandalizabor. » (*Matth.*, XXVI, 31-33.)

3. Abusé, trompé.

4. *De civit. Dei*, XIV, XIII.

**P. 520.**

1. *II Cor.*, V, 16.

2. Il ne l'aime pas moins dans la souffrance que dans la gloire. C'est sur le Thabor que le Christ a apparu à Pierre, à Jacques et Jean, dans toute sa gloire, lors de sa Transfiguration.

3. *Matth.*, XVII, 4.

**P. 521.**

1. *Matth.*, XVI, 21-23.

2. *Act.*, II, 36.

3. « Caritas patiens est, benigna est : caritas non æmulatur, non agit perperam, non inflatur, non est ambitiosa, non quærit quæ sua sunt, non irritatur, non cogitat malum. » (*I Cor.*, XIII, 4, 5.)

4. Allusion à la comparution de saint Pierre et de saint Jean devant le Sanhédrin. (*Act.*, IV.)

5. *Act.*, IV, 20.

6. Déforis achève la phrase en ces termes : « Ainsi l'apôtre saint Pierre [profondément humilié de sa chute, et pénétré de la plus vive douleur de son infidélité envers son divin Maître, ne craint pas de s'exposer à tous les effets de la haine et de la fureur des juifs, pour lui témoigner la sincérité de son repentir, et lui prouver l'ardeur de son zèle]. » Ses successeurs ont insensiblement supprimé les honnêtes crochets dans lesquels il enfermait cette addition.

**P. 522.**

1. Le crucifiement, que Pierre subit à Rome au pied de la colline Vaticane. Voir note 1 A, p. 515.

2. Saint Pierre demanda à être crucifié la tête en bas, se jugeant indigne de subir le martyre de la même manière que son Maître.

3. *Cant.*, VIII, 6-7.

# REPRISE DU PANÉGYRIQUE
## DE SAINTE CATHERINE

**P. 525.**

1. A) BIOGRAPHIE : Voir *premier Panégyrique de sainte Catherine*, note 1 A, p. 459.

B) DATE : « Fondé en 1642 pour l'éducation des jeunes lévites qui se destinaient au sacerdoce, le séminaire de Saint-Nicolas-du-Chardonnet ne se soutenait que par les dons des fidèles, et l'abbé Ledieu nous apprend dans ses *Mémoires* que Bossuet y fit plusieurs sermons de charité en 1663. C'est dans cette circonstance qu'il prêcha le *Panégyrique de sainte Catherine,* en faisant des changements pour l'approprier au nouvel auditoire. » (Lachat, XII, 406.)

C) Texte : Se reporter, pour l'ensemble du discours, p. 459. Les variantes indiquées aux notes 10 et 11, p. 461; 3, p. 462; 5, p. 468; 3, p. 470, et 7, p. 471, doivent être considérées comme les remaniements que Bossuet fit subir au texte rédigé en 1660, lorsqu'il destina ce panégyrique au séminaire Saint-Nicolas-du-Chardonnet. (Cf. Édit. Lebarq, III, 548.)

2. Cf. *premier Panégyrique de sainte Catherine,* p. 477 et note 2.

3. Le mot *vaisseau* du (latin *vascellum,* pour *vasculum,* diminutif de *vas*) signifie ici le réceptacle destiné à recevoir l'âme, c'est-à-dire le corps. C'est dans ce sens que la *Vulgate* emploie le mot *vas,* dans *I Thess.,* iv, 4, « ut sciat unusquisque vestrum *vas* suum possidere in sanctificatione et honore ». Le latin *vas* correspond au grec σκεῦος, chose inerte, corps par opposition à l'âme.

4. *Conc. Aquisgr.,* cap. cxxxv (*apud* Labbe, t. VIII, col. 1400).

5. La ferme est la perception de divers impôts, concédée autrefois par le gouvernement à certains individus, à certaines compagnies.

# PANÉGYRIQUE
# DE SAINT SULPICE

**P. 527.**

1. A) Biographie : Saint Sulpice naquit à Vastinne près de Béziers. Issu d'une famille noble, il devint officier de la cour, sous les rois Clotaire II et Dagobert Ier. Il commença sa carrière ecclésiastique sous les auspices de saint Austrégisille, archevêque de Bourges, qui le nomma archidiacre. Clotaire II le prit pour aumônier et l'éleva en 624, au siège archiépiscopal de Bourges. Il gouverna son église avec zèle, travaillant à la conversion des juifs et des hérétiques et assista au synode de Clichy de 627. Il mourut vers 647, un 17 janvier.

B) Date : Ce panégyrique a été prononcé à Saint-Sulpice le 17 janvier 1664. Plusieurs allusions nous permettent d'accepter ce lieu et cette date en toute certitude. Cette phrase du second point : « C'est ce qu'il faut tâcher d'expliquer en faveur de tant de saints ecclésiastiques qui remplissent ce séminaire et cette audience. » nous indique que les élèves du séminaire Saint-Sulpice assistaient à ce discours. D'autre part, la présence de la reine mère et l'allusion à la maladie mortelle dont elle était atteinte, ainsi que l'examen du manuscrit nous obligent à conclure que ce panégyrique date de 1664.

C) Texte : Le premier exorde se trouve dans la collection de M. Henri de Rothschild. Le manuscrit du sermon appartient au grand séminaire Saint-Sulpice. Déforis avait multiplié ses développements personnels à tel point qu'il était arrivé à faire un sermon deux fois plus long que le canevas donné par le manuscrit.

D) Analyse. *Exorde* : Il existe dans l'Eglise trois grâces qui aident le chrétien à vaincre le monde et ses vanités : la première qui pousse à s'en séparer tout à fait, la seconde qui permet de résister victorieusement à ses attraits, la troisième qui inspire au fidèle à détacher ses frères des séductions d'ici-bas.

*Premier point* : Saint Sulpice a commencé sa vie à la cour. Ses vertus : chasteté, probité, modération, amour pour les pauvres. Courtisan, il a vaincu le monde sans être pris par ses charmes.

*Second point* : Le Saint-Esprit que le prêtre et l'évêque reçoivent dans sa plénitude au jour de l'ordination ou du sacre doit se répandre dans les âmes des fidèles pour détruire en elles l'amour du monde. La vie simple et mortifiée de saint Sulpice et son zèle apostolique ont facilité l'action du Saint-Esprit.

*Troisième point* : Saint Sulpice s'est retiré dans la solitude pour se préparer à la mort. Les Chrétiens doivent à l'exemple de ce saint méditer dans le silence sur leurs fins dernières.

2. La même idée se retrouve dans le *Sermon pour la Pentecôte* que Bossuet prononça, d'après Floquet et Lachat, à Paris, chez les Carmélites, en 1661, d'après Lebarq, en 1658.

**P. 528.**

1. *Var.* : « de sa justice ; — de sa grâce ».
2. *Var.* : « de sa gloire ».
3. *Joan.*, XVI, 33.
4. *Var.* : « qui triomphe de... » — Déforis ne s'était pas trompé en discernant ici cette variante d'avec le texte définitif. Lachat, qui n'a pas connu le manuscrit de ce sermon, y fait cependant des changements arbitraires. (Edit. Lebarq, IV, 536, n. 2.)
5. *Var.* : « ceux-là n'usent plus du monde ».
6. « Hoc itaque dico, Fratres : Tempus breve est, reliquum est ut qui habent uxores tanquam non habentes sint ; et... qui utuntur hoc mundo tanquam non utantur : præterit enim figura hujus mundi. » (*I Cor.*, VII, 29-31.)

**P. 529.**

1. *Var.* : « pour répandre dans tous les cœurs le mépris du monde, pour en prévenir la contagion qui... »
2. *Var.* : « à ses faveurs ».

3. Il a été en effet archevêque de Bourges. (Voir Notice biographique, n. 1 A, p. 527.)

4. *Var.* : « détrompé ».

5. *Var.* : « il a heureusement résisté... »

6. *De civit. Dei*, XIV, IV : ce début du Ier point se retrouve presque littéralement dans le *premier Panégyrique de saint Benoît*, p. 295.

**P. 530.**

1. *Var.* : « l'animale ».

2. Cf. *premier Panégyrique de saint Benoît*, n. 5, 295.

3. Cf. *premier Panégyrique de saint Benoît*, n. 6, p. 295.

4. *Var.* : « terrestre et charnelle ». — Cf. *premier Panégyrique de saint Benoît*, n. 7, p. 295.

5. Cf. *Premier panégyrique de saint Benoît*, n. 8, p. 295.

6. « Meretricis magnæ quæ sedet super aquas multas. » (*Apoc.*, XVII, 1.)

7. « Super flumina Babylonis, illic sedimus et flevimus, cum recordaremur Sion. » (*Ps.* CXXXVI, 1.)

8. L'emprunt au *premier Panégyrique de saint Benoît* continue.

9. *Ps.* CXXIV, 1.

10. *De catech. rud.*, XIX, 31.

11. « Videntes filii Dei filias hominum. » (*Gen.*, VI, 2.)

12. Latinisme venant de la traduction littérale du verbe *communicare,* qui se trouve dans le texte de la *Vulgate.* (Voir note suivante.) — *Communiquer* : prendre part à, participer à.

13. « Nolite communicare operibus infructuosis tenebrarum. » (*Ephes.*, V, 11.)

14. Tertull., *Adv. Marcion.*, IV, 40.

15. « De mundo non sunt sicut et ego non sum de mundo. » (*Joan.*, XVII, 16.)

16. « Non pro mundo rogo. » (*Joan.*, XVII, 9.)

**P. 531.**

1. Il s'agit du *Sermon sur l'efficacité de la pénitence,* que Bossuet prononça au Louvre, pendant la station quadragésimale, le dimanche de la Passion (26 mars 1662).

2. Voir le passage correspondant, p. 266 et 267.

3. « Déforis remplace ces trois mots par une amplification ; il avait fait de même plus haut, à propos du renvoi au *Panégyrique de saint Bernard.* D'ailleurs, lorsqu'en 1778, il imprimait le présent discours, il n'avait encore réussi à retrouver que trois panégyriques : ceux du Bienheureux François de Sales, de saint Sulpice et de saint Benoît. » (Edit. Lebarq, IV, 539, n. 8.)

4. Bossuet prononça ce *Sermon sur l'honneur du monde,* en présence du prince de Condé, dans l'église des Minimes, le 21 mars 1660.

5. S. Greg. Magn., *Paſt.,* I, ix.

6. Correspond au début du second point : page 484 de la présente édition.

7. Senec., *Epiſt.* iv.

**P. 532.**

1. « En supprimant tout ce qui avait été mis entre crochets dans l'édition de Déforis, les éditeurs modernes croyaient reproduire exactement le manuscrit. Ils ne réussissaient quelquefois qu'à rendre un passage inintelligible. Telle était la fin de ce premier point. » (Edit. Lebarq, IV, 540, n. 5.)

2. Ce texte attribué à saint Augustin, par le manuscrit, n'a pu être retrouvé.

3. Saint Denys l'Aréopagite. Déforis a remplacé cette indication pieuse par une formule vague : « dit un ancien écrivain ».

4. Dionys., *De Eccles. hierarch.,* cap. v [P. G. t. III, col. 508].

5. Saint Innocent I, Epiſt. xxiv, *ad Alex.* [P. L., t. XX, col. 550] : « Plenitudinem (Spiritus) quæ maxime in ordinationibus operatur ».

6. *I Cor.,* ii, 12. *Ms. :* « non enim spiritum ».

7. *Ms. :* « doive ».

**P. 533.**

1. La référence de ce texte n'a pu être retrouvée.

2. *Note marginale :* « désintéressé ».

3. Dans le style mystique de l'Ecriture, retranchement des mauvais penchants, amendement religieux.

4. *Première rédaction :* « c'est un retranchement... »

**P. 534.**

1. *I Tim.,* vi, 8.

2. *Edit. :* « soutient... » — Déforis donne ici de longs développements, où il fait preuve à la fois d'une érudition étendue et d'une éloquence douteuse. L'édition Lebarq en fournit un exemple : « Loin de profiter des moyens que lui fournissait sa place, pour se procurer plus d'aisance, de commodités et d'éclat extérieur, il jugea au contraire, que sa charge lui imposait une nouvelle obligation de faire dans sa vie, de nouveaux retranchements. »

3. S. Ambr., *Serm. cont. aux.,* n. 33. — Déforis traduit et complète. Il est vrai, remarque M. Lebarq, que Bossuet ajoutait « etc. ».

4. S. Ambr., *Ad Iren.,* Epiſt. xxviii, n. 2.

5. *Conc. Carthag.,* IV, xv.

6. *Ibid.*, cap. XLV. — *Ms.* : « nec calcibus decorem ». (Distraction.)

7. *Matth.*, VIII, 20.

8. S. Greg. Magn., *Past.*, I, VIII. — *Ms.* : « mundi honor ».

9. « Qui recipit vos, me recipit. » (*Matth.*, X, 40.)

10. S. Aug., *Ad Aurel.*, Epist. XXII, antea LXIV, n. 7. *Ms.* : « ab iis... nec nihil, nec totum ».

11. *Ms.* : « les ».

12. Les éditeurs ajoutent ici la traduction : « à cause de ceux à qui on ne pourrait se rendre utile, si l'on ne jouissait de quelque considération. »

13. *Matth.*, IX. — *Ms* : « non possunt ».

14. II *Cor.*, XII, 21.

15. S. Greg. Magn., *Past.*, I, X. — *Ms.* : « nulla illicita patrat, sed admissa... »

16. *Luc*, VI, 25. — *Ms.* : « quia plorabitis... ».

17. S. Hieron., *Ad nepot.*, Epist. XXXIV. — *Ms.* : « audiatur ».

## P. 535.

1. Ce texte que le manuscrit attribue à saint Bernard, n'a pu être retrouvé.

2. S. Grég. Magn., *Past.*, I, X.

3. Ici est répétée une citation rencontrée plus haut : « Mundi honor (lisez : lucrum) quæritur sub ejus honoris specie, quo mundi destrui lucra debuerunt. » (S. Greg. Magn., *loco cit.*) La phrase latine qui suit est de : Salvian., *De gub. Dei*, III, n. 3. — *Ms.* : « hi qui crucem portant... »

4. II *Cor.*, V, 10. — *Ms.* : « unusquisque quæ in corpore gessit ».

5. *Serm. ad Cler. in conc. Rem.* (in App. op. S. Bern.).

6. Si conforme aux canons ecclésiastiques.

7. *il récompense un verre d'eau* : cf. *Oraison funèbre du prince de Condé*, p. 217, et note 1.

## P. 536.

1. *Ms.* : « la ».

2. Julian. Pom. *De vita contemp.*, V, XIII, int. oper S. Prosp. — *Ms.* : « ut ne discernamus... »

3. *Var.* : « O que le père de mensonge impose adroitement à nos yeux, pour empêcher nos cœurs avides de joies de connaître les véritables sujets de se réjouir ! »

4. II *Reg.*, VII, 27.

5. « Objection restée sans réponse dans le manuscrit. » (Edit. Lebarq.)

6. La reine mère.

7. *Première rédaction* : « nous effraye, et nous fait horreur. Mais, Madame... »

P. 537.

1. *Var.* : « occupation ».

# PANÉGYRIQUE
# DE SAINT PIERRE NOLASQUE

P. 539.

1. A) Biographie : Pierre Nolasque, un des fondateurs de l'Ordre de Notre-Dame de la Merci, naquit vers 1182 à Mas-Saintes-Puelles ou, selon d'autres, à Saint-Papoul, près de Castelnaudary. Il servit d'abord dans la croisade contre les Albigeois et Simon de Montfort lui confia la garde de Jacques d'Aragon, fait prisonnier par les croisés. Ce prince rendu à la liberté et devenu roi d'Aragon (1213) le chargea d'aller racheter plusieurs chrétiens prisonniers des Maures. En 1218, il réorganisa une confrérie ayant pour but le rachat des captifs, fondée en 1192, et la transforma en un ordre de chevaliers, de prêtres et de frères. Il fut aidé dans sa tâche par le roi Jacques d'Aragon et par saint Raymond de Pennafort. Son institut fut approuvé le 17 janvier 1235. Il en resta le général jusqu'en 1249. Il racheta personnellement les quatre cents premiers chrétiens captifs des Maures, à Valence et à Grenade. Il fit deux fois le voyage d'Afrique, et put délivrer au cours de sa vie 2.718 prisonniers. Il mourut le 25 décembre 1256 à Barcelone, et fut canonisé en 1628.

B) Date : Floquet (*Etudes,* II, 492 et 493) et Lachat assignent la date de 1665 à ce panégyrique. « Le type d'écriture, qui commence en 1665, paraît trop bien caractérisé dans ce manuscrit, pour qu'on puisse supposer une date plus reculée que 1665. » (Edit. Lebarq, IV, 577.)

C) Texte : Le manuscrit est la propriété du grand séminaire de Meaux pour le second exorde et les deux premiers points; le reste fait partie de la collection de M. H. de Rothschild.

Lachat avait supprimé le troisième point dans son édition. N'ayant pas eu en main le manuscrit, il avait considéré cette partie du discours comme une interpolation de Déforis.

D) Analyse. *Exorde :* Jésus-Christ a donné aux hommes et à l'œuvre de la rédemption ses soins paternels, sa propre personne et ses disciples. Saint Pierre Nolasque l'a imité fidèlement.

*Premier point :* Profondément affligé des mauvais traitements endurés par les chrétiens captifs des Maures, il leur a prodigué tous ses soins, affrontant toutes les fatigues les plus grandes et les dangers les plus graves pour hâter leur délivrance.

*Second point :* Semblable au Christ qui a sacrifié sa vie pour racheter les hommes de l'esclavage du péché, saint

PANÉGYRIQUES 1435

Pierre Nolasque a consenti à donner sa personne et à devenir prisonnier des infidèles, pour affranchir ses frères de la servitude.

*Troisième point* : Saint Pierre Nolasque a consacré son ordre au rachat des captifs; obéissant de la manière la plus parfaite à la loi d'amour laissée par le Christ à ses disciples.

2. Dans le ms., remarque M. Lebarq, cette traduction est placée avant le latin.

3. « Beatius est magis dare quam accipere. » (*Act.*, xx, 35.)

4. Il ne faut pas prendre cette expression à la lettre, car la conversion de saint Paul n'a eu lieu qu'après l'Ascension.

5. La création de cet ordre, pour la rédemption des pauvres captifs en Aragon, daterait de l'année 1218; mais ce n'est qu'en 1223 qu'en fut célébrée à Barcelone l'institution officielle et que Pierre Nolasque reçut de saint Raymond de Pennafort la dignité de grand maître. Outre les trois vœux monastiques, les chevaliers de la Merci s'engageaient à aller se mettre dans les mains des Maures comme caution des prisonniers qui seraient renvoyés sans rançon. L'ordre s'illustra par la part qu'il prit en 1229 à la conquête de Majorque et de Minorque, et en 1238, à la conquête du royaume de Valence. Au xive siècle, il perdit son caractère militaire pour devenir un ordre ecclésiastique.

**P. 540.**

1. « Et creavit Deus hominem ad imaginem suam; ad maginem Dei creavit illum. » (*Gen.*, 1, 27.)

2. *I Cor.*, XII, 31.

3. L'Eglise catholique enseigne en effet que le Saint-Esprit non seulement habite dans l'âme du juste par l'état de grâce, mais qu'il agit en elle, en y envoyant ses inspirations en même temps que les grâces actuelles.

4. *Var.* : « pour la vie, pour la liberté, pour la rédemption de notre nature ».

5. « Filius hominis non venit ministrari, sed ministrare, et dare animam suam redemptionem pro multis. » (*Matth.*, xx, 28.)

6. *Var.* : « s'il y a quelque état (chose) au monde... »

7. *Var.* : « c'est de voir un chrétien captif sous celle des mahométans ».

**P. 541.**

1. *Var.* : « parce qu'il a toujours pensé à notre salut ».

2. *Var.* : « des autres ».

3. *Var.* : « au mystère d'un Dieu incarné, — du Verbe incarné... »

4. « Les ratures, extrêmement nombreuses au début de ce premier point, montrent que Bossuet hésitait entre Celsus et

Celse. Après trois essais de phrase, interrompus avant que la pensée se laissât apercevoir, en voici un quatrième, qui n'aura pas meilleure fortune : « Les philosophes païens reprochaient aux disciples de Jésus-Christ qu'ils faisaient Dieu trop soigneux des hommes. (Celse l'Epi... — le renommé) Celsus, qui a voulu se rendre célèbre par des écrits tout pleins de venin contre la doctrine de l'Evangile, ne trouve rien de plus ridicule que la... » Le tout effacé impitoyablement. » (Note de l'Edit. Lebarq, IV, 580, n. 5.)

5. Origène, *Contr. Cels.,* lib. V.

6. *Var. :* « auquel le grand Origène a si doctement répondu... »

7. *Var. :* « de l'Incarnation ».

8. *I Joan.,* IV, 16.

**P. 542.**

1. *Ibid.,* IV, 16.

2. *Var. :* « à la droite de Dieu son Père... » — *Edit. :* « à la droite de la majesté de Dieu, son Père... »

3. *Hebr.,* I, 3.

4. *Hebr.,* VII, 25.

5. *I Joan.,* IV, 11.

6. *Luc,* VI, 36.

**P. 543.**

1. Addition marginale que Lachat renvoie dans les notes.

2. *Job,* XXXI, 18.

3. Allusion aux sacrifices de la loi mosaïque : cf. *Lévitique, passim.*

4. *Eccli.,* XXXV, 4.

5. *Var. :* « reconnaître ». « Ce mot souligné comme si Bossuet, après avoir mis une autre expression, voulait revenir à la première. » (Note de l'édition Lebarq, IV, 583, note 2.)

6. *Ps.* LVII, 11.

7. *Ibid.,* LXVII, 3.

8. *Jerem.,* XXIX, 11.

9. *Note marginale :* « Il faut que tout l'autel nage dans le sang; donnez un couteau; allumez du feu, que je consume cette victime. — Donnez-moi une croix, Jésus-Christ. »

**P. 544.**

1. *Var. :* « il sent... »

2. *Ps.* CXV, 3.

3. *Ibid.,* 4.

4. *Ibid.,* XXXIV, 16. — *Ms. :* « non compuncti ».

5. Expression biblique : il prie pour eux.

# PANÉGYRIQUES

**P. 545.**

1. *Edit.* : « par tant de martyrs... »
2. Mahomet enseigne l'*unité divine*. Il rejette la Trinité et l'Incarnation et considère les chrétiens qui adorent Jésus-Christ, comme des polythéistes. Il admet les anciens prophètes dont les principaux sont Abraham, Moïse, Jean-Baptiste et Jésus. Mahomet, lui, est le dernier et le plus parfait; il est le « Paraclet promis par Jésus à ses Apôtres ». (*Joan.*, xv, 26.)
3. *Apoc.*, I, 5.
4. Bossuet a fait allusion aux succès des armées musulmanes, dans son deuxième *Sermon sur la Providence*. (Carême du Louvre, 10 mars 1662.)
5. « Et, cum consummati fuerunt mille anni, solvetur Satanas de carcere suo et exibit et seducet gentes quæ sunt super quatuor angulos terræ, Gog et Magog; et congregabit eos in prælium, quorum numerus est sicut arena maris. » (*Apoc.*, xx, 7.)

**P. 546.**

1. *In Ps.* xcvi, 4.
2. *Var.* : « à la bassesse ».
3. Cet *etc.* a inspiré à Déforis un développement d'une quinzaine de lignes. Nous le donnons ici, afin de permettre au lecteur de juger son éloquence : « Content de tout donner, de tout sacrifier, pourvu qu'il leur procure la liberté, ou du moins quelque soulagement à leurs maux, pour les leur rendre plus supportables. Et pourrais-je vous exprimer les empressements de sa sollicitude pour subvenir à leurs besoins, les attendrissements de sa charité à la vue de leur état, tous les efforts de son zèle en faveur de ces infortunés captifs ? Il sent toutes leurs peines, il est pénétré de leurs dangers; et plus prisonnier qu'eux tous, par ces chaînes invisibles dont la charité le serre, il porte tout le poids de la misère de chacun de ses frères, il s'en voit continuellement pressé, il n'est occupé qu'à y apporter quelque remède. Qui souffre dans ces noirs cachots, sans qu'il souffre avec lui ? Qui est faible au milieu de tant d'épreuves, sans qu'il s'efforce de le soutenir ? Qui est scandalisé sans que son cœur brûle du désir de le relever ?

« Tels sont les sentiments que la charité forme dans l'âme de Pierre Nolasque, telle est la conduite qu'elle lui inspire. Et que ne produirait-elle pas en vous, si vous étiez animés du même esprit ? « Revêtez-vous donc comme des élus de Dieu, saints et bien-aimés, d'entrailles de miséricorde, de bonté, d'humilité, de douceur, de patience », afin de vous secourir mutuellement avec tout l'épanchement d'une tendresse vraiment chrétienne : *Induite vos ergos sicut electi Dei...* »

4. La fin du premier point est simplement esquissée. Les anciennes éditions le remplacent par ce développement diffus :

« Dieu commence, *pour nous donner l'exemple ; imitez sa charité si prévenante, si bienfaisante : qu'il se fasse comme* un combat entre nous et la miséricorde divine; *et soyons jaloux de ne pas nous laisser vaincre en munificence.* »

5. *Luc,* VI, 36.
6. *Matth.,* V, 7.

**P. 547.**

1. *Hebr.,* X, 4.
2. L'édition Lebarq donne en note (IV, 588, note 2) un passage supprimé au manuscrit : « Terre et poudre, méritons-nous d'être rachetés par un tel prix ? créatures viles et de nulle valeur, viles par notre nature, ravilies infiniment par notre crime! »

**P. 548.**

1. *Edit. :* « de telles contraintes ». — Erreur de lecture qui engendre un véritable contresens.
2. *I Petr.,* I, 18, 19 : « Scientes quod non corruptibilibus auro vel argento redempti estis de vana vestra conversatione paternæ traditionis, sed pretioso sanguine quasi Agni immaculati Christi. » (Bossuet semble prêter cette citation à saint Paul.)
3. *Var. :* « par ce prix ».
4. *In Ps.* CII, n. 6. — *Ms. :* « æstima te... »
5. *Var. :* « de ce que je suis ? »
6. *Var. :* « puisque c'est mettre le néant au-dessus de soi. » — Les anciens éditeurs mêlent ici la variante au texte; Lachat abandonne le texte pour la variante.
7. *II Cor.,* XII, 15.
8. On a rendu ce passage inintelligible, en fondant ces deux phrases elliptiques en une seule... Il faut entendre que le saint, voyant avec douleur que le martyre lui était refusé, s'estimait et « s'appelait le vrai néant ». (Note de l'éd. Lebarq, IV, 589, note 7.)

**P. 549.**

1. Membre de phrase omis par les éditeurs, qui ont cru voir dans ces mots une contradiction avec ce qui suit.
2. « Addition sur une feuille isolée, sans renvoi, 9 *bis*-17 *bis.* » (Note de l'édition Lebarq, IV, 590, note 2.)

**P. 550.**

1. *Var. :* « de ceux... »
2. *Hebr.,* XII, 2.
3. *Var. :* « rédempteur ».
4. *I Cor.,* VII, 23.

5. « Bossuet avait d'abord écrit *esclaves*. Pour éviter des répétitions trop nombreuses de ce mot, il le remplace par *serviteurs ;* puis souligne le mot *esclave* qui irait mieux. » (Edit. Lebarq, IV, 592, n. 2.)

**P. 551.**

1. *Galat.,* v, 13.
2. Le monde, qui est opposé aux principes de l'Evangile.
3. *Enarr. II in Ps.* xxxvii, 4.
4. « Sed nihil horum vereor nec facio animam meam pretiosiorem quam me..., » (*Act.,* xx, 24.)
5. *Ps.* cxviii, 109.
6. « Qui invenit animam suam perdet illam, et qui perdiderit animam suam propter me inveniet eam. » (*Matth.,* x, 39.) — « Qui amat animam suam perdet eam, et qui odit animam suam in hoc mundo in vitam æternam custodit eam. » (*Joan.,* xii, 25.)

**P. 552.**

1. *En effet :* en réalité.
2. *Edit. :* « un vrai néant... »
3. Cette expression est vraisemblablement inspirée par saint Paul : « Caritas Christi urget nos » (*II Cor.,* v, 14.)
4. *Céphas :* saint Pierre; Apollos est un missionnaire alexandrin, instruit de philosophie grecque, et s'exprimant dans un langage très artistique, qui remporta un vif succès oratoire auprès des Corinthiens. Saint Paul parle de ce personnage dans sa Ire *Epître aux Corinthiens,* chapitre iii.
5. *I Cor.,* iii, 22.
6. *Edit. :* « et Dieu nous a fait connaître... l'efficace de cette charité si bienfaisante ».
7. Il s'appelait Moley Abdala. (Cf. notes sur la vie de saint Pierre Nolasque, écrites de la main de Bossuet, citées dans l'Edition Lebarq, IV, 598.)
8. *Edit. :* « qui baissa... » — Reste d'une première rédaction, avec un mot ajouté. L'auteur disait d'abord : « Un mahométan... baissa... » Il modifie le tour, en ajoutant « On a vu... »; mais il a oublié de mettre le verbe suivant à l'infinitif.

**P. 553.**

1. *Phil.,* iii, 12.
2. *Ibid.,* ii, 5.
3. *II Cor.,* xii, 15.
4. *Première rédaction :* « Renonçons donc à nous-mêmes, pour gagner nos frères : c'est à quoi nous invite saint Pierre Nolasque. Il y invite les autres, mais, mes Pères, il vous y a dévoués. » — La rédaction définitive se lit sur la même feuille que l'*Ave ;* cette feuille, avec le troisième point tout

entier, est passée dans la collection de M. H. de Rothschild. (Edit. Lebarq, IV, 595, n. 3.)

5. *Phil.,* II, 4.
6. *Joan.,* XIII, 34.

**P. 554.**

1. Quand, à la dernière Cène, Jésus eut converti le pain en son corps et le vin en son sang, il dit à ses apôtres : « Faites ceci *en mémoire de moi.* » (*Luc,* XXII, 19.) Par là, il leur donna le pouvoir de consacrer son corps et son sang mais il leur imposa le devoir de *se souvenir de Lui.* Bossuet, en commentant ce texte évangélique, met sur les lèvres du Sauveur ces touchantes paroles : « Souvenez-vous éternellement du présent que je vous fais en cette nuit; souvenez-vous que c'est moi qui vous l'ai laissé, et qui ai fait ce testament; qui vous ai laissé cette Pâque et que je l'ai mangée avec vous avant que de souffrir. Si je vous donne mon corps comme devant être, comme ayant été livré pour vous et mon sang comme répandu pour vos péchés, en un mot, si je vous le donne comme une victime, mangez-le comme une victime, et souvenez-vous que c'est là un gage qu'elle a été immolée pour vous. » (*Méditations sur l'Evangile, la Cène,* 1re partie, XXIIe jour.)

2. *Joan.,* VI, 64.
3. Les éditeurs suppriment ce pléonasme, si courant au XVIIe siècle et que nous avons rencontré à maintes reprises déjà.
4. *Edit. :* « en effet, qu'ont prétendu... ? »
5. *Edit. :* « de deux sortes ».
6. *Edit. :* « qui fait que... » — Addition inutile.

**P. 555.**

1. *II Cor.,* VI, 13.
2. *Matth.,* XXII, 39.

## DEUXIÈME PANÉGYRIQUE
## DE SAINT BENOIT

**P. 557.**

1. A) BIOGRAPHIE : Voir *premier Panégyrique,* note 1 A, p. 295.

B) DATE : « Bossuet renvoie au *Sermon de la Purification* qui fut prêché au Louvre le 2 février 1662, il composa donc le *Panégyrique de saint Benoît* après cette époque. D'une autre part, il a simplement esquissé les parties principales du discours; et nous savons qu'il n'adopta ce genre de composition que vers le milieu de la deuxième époque, lorsque l'usage de la chaire l'eut rendu complètement maître de l'expression; nous voilà donc ramenés à la date approximative de 1665. » (Lachat, XII, 155.) — Du reste, l'écriture du manuscrit nous invite aussi à placer ce panégyrique à la date proposée par Lachat.

C) Texte  Le manuscrit se trouve au grand séminaire de Meaux (carton A, n. 12). C'est un grand in-4, avec marge.

D) Analyse. *Exorde :* Trois états et comme trois lieux où nous avons coutume de nous arrêter dans le voyage de cette vie, nous empêchent d'arriver à la céleste patrie : le plaisir des sens, la satisfaction de notre esprit et la vue de notre perfection.

*Premier point :* Saint Benoît a été attentif dès sa jeunesse à écouter la voix qui lui criait de sortir des sens. Sa vie admirable au désert. De quelle manière devons-nous agir, lorsque le plaisir des sens s'éveille en nous ? Comme saint Benoît; nous devons lutter, et pratiquer les austérités de la pénitence.

*Second point :* Fin et avantages de la loi de l'obéissance prescrite par saint Benoît; comment l'a-t-il pratiquée ? En servant et en gouvernant.

Exhortation à l'obéissance.

*Troisième point :* Le chrétien doit sans cesse avancer et tendre vers une perfection plus haute. Saint Benoît a eu soin de tenir toujours ses disciples en haleine. L'œuvre de notre perfectionnement spirituel est compromise pour deux motifs principaux : l'assoupissement de notre âme et l'orgueil. Or, la règle de saint Benoît soutient les courages défaillants et est source d'humilité. Que tous les fidèles assurent leur salut avec crainte et tremblement!

2. Le mot *Ave* est écrit avant tout le reste, par exception.

3. Les trois mots « de la vie » ont été barrés sur le manuscrit. Les éditeurs les conservent.

4. *Var. :* « quelque plaisir qui nous attache, quelque compagnie qui nous amuse, — qui nous arrête... » (Une erreur dans Déforis, deux dans Lachat.)

5. *Edit. :* « une voix divine... » — L'épithète a été effacée sur le ms.

6. *Edit. :* « un moine véritable et un moine... »

7. L'édition Lebarq fait remarquer que ces mots sont d'une écriture plus tardive.

# P. 558.

1. « Deux mots ajoutés plus tard à ce qu'il semble. — Le 11 juillet 1693, Bossuet prêche à Jouarre le Panégyrique de saint Benoît, la veille de la fête de la translation de ce saint. Aurait-il, à cette occasion, relu et annoté cette esquisse ? En tout cas, les annotations sont trop peu considérables pour pouvoir être données à part. » (Edit. Lebarq, IV, 619, n. 3.)

2. *Première rédaction :* « qui se fanent... » — La correction semble plus récente. (M. Lebarq.)

3. *Première rédaction :* « de l'amuser... » *Enchanter* est d'une écriture plus récente (M. Lebarq).

4. Etre asservie aux passions, aux plaisirs défendus, aux vices, au mal.

5. *Accoiser* : rendre coi, apaiser, calmer, tranquilliser. — Archaïsme.

**P. 559.**

1. Dieu est l'infiniment Parfait, en même temps que le terme de toutes nos aspirations et l'objet de notre espérance. Non seulement, nous devons le considérer comme tel, en méprisant les biens périssables; mais il faut encore dès ici-bas, par des efforts incessants, chercher à mieux connaître « l'immensité de sa nature » et de ses perfections.

2. « Ibunt de virtute in virtutem; videbitur Deus deorum in Sion. » (*Ps.* LXXXIII, 8.)

3. *Luc,* XV, 13.

4. Saint Augustin, *De civit. Dei,* XIV, XV.

5. Ce sermon, auquel il est fait allusion ici, a été prononcé au Louvre, le 2 février 1662, en présence de Leurs Majestés. Il fait partie des douze chefs-d'œuvre qui nous restent sur les dix-huit sermons qui furent composés pour la station de carême de cette année-là. — C'est au IIe point de ce sermon que Bossuet se renvoie.

6. Saint Augustin, *ibid.*

7. *Var.* : « éloignée ».

8. Ces *Méditations* ne nous sont point parvenues. Lachat indique : XIe Méditation.

9. Saint Augustin, *Confess.,* X, XXXIII.

10. *Ibid.,* cap. XXXIV.

11. Voir *premier Panégyrique de saint Benoît,* p. 297.

**P. 560.**

1. Cf. *premier Panégyrique de saint Benoît,* p. 298.

2. Voir *Premier panégyrique de saint Benoît,* quelques détails sur saint Romain, p. 298.

3. Ce renvoi de Bossuet correspond à la page 298 de cet ouvrage.

4. « Et de ce peu de pain que la pénitence lui avait laissé, la charité lui en dérobait tous les jours pour donner au pauvre Benoît, qui n'avait d'assistance que de lui seul. » (*premier Panégyrique de saint Benoît,* p. 298.)

5. Tertull., *Apolog.,* n. 39.

6. La préposition est omise par les éditeurs.

7. *Edit.* : « donner aux pauvres tout ce qui reste ».

**P. 561.**

1. *I Petr.,* I, 13.

2. *I Cor.,* VI, 18.

3. *Orat. de fug. fornic.*

4. Voir *premier Panégyrique de saint Benoît,* p. 299.

5. *Dialog.,* II, II.

6. Bossuet fait allusion ici à l'utilité des tentations. Dieu a voulu en effet que nous méritions le ciel comme une récompense. Il veut même que la récompense soit proportionnée au mérite, par conséquent à la difficulté vaincue. Or, il est certain que la tentation est un grave péril pour notre fragile vertu. La combattre est un acte méritoire, et quand avec la grâce de Dieu, nous en avons triomphé, nous pouvons dire avec saint Paul que nous avons combattu le bon combat.

7. Saint Augustin, *Contr., Julian.*, VI, XVIII, 56, t. X, col. 694.

8. « Autre renvoi à un panégyrique perdu pour nous, celui du 7 mars 1657. Bossuet en prononça un autre, également perdu, en cette année 1665, le 7 mars et non, comme on a cru, le 18 juillet, jour anniversaire de la canonisation du docteur angélique. On ne commença, à Paris, à célébrer la fête de saint Thomas à cette dernière date qu'avec la réforme liturgique de Monseigneur de Vintimille, en 1736. » (Edit. Lebarq, IV, 624, n. 2.)

9. Ce mot est souligné sur le manuscrit, et n'a pas été remplacé.

**P. 562.**

1. *De civit. Dei*, XIV, XIII, t. VII, col. 364.

2. Bossuet rappelle ici en quelques lignes la doctrine traditionnelle de l'Église sur les conséquences de la faute d'Adam dans son âme et dans celle de ses descendants.

3. Innocent I, *Epist.* XXIV, *ad conc. Carth.*

4. « Eve croit Satan. Elle se laisse aller à l'orgueil : elle se voit déjà semblable à Dieu, connaissant toutes choses, ne devant qu'à elle-même son bonheur. L'indépendance, l'attribut propre de Dieu, quelle joie de le posséder absolument. Plus d'entraves désormais, plus de fruit défendu, plus rien de réservé à Dieu. Et le péché intérieur est commis, péché volontaire... péché de l'intelligence, qui se complaît en elle-même et s'érige en souveraine aux lieu et place de Dieu. » (Monseigneur Prunel, *Cours supérieur de Religion, la Grâce*, p. 32.)

5. Renvoi au chapitre V de la Règle de saint Benoît.

6. Déforis : « Pratiquez donc, mes Pères, avec joie, une obéissance si salutaire et si glorieuse. »

**P. 563.**

1. S. Aug., *Confess.*, VIII, V, t. I, col. 149.

2. Déforis achève ainsi la phrase de Bossuet : « vous coûteront plus à rompre que le fer le plus dur ».

3. « Introibo in potentias Domini; Domine, memorabor justitiæ tuæ solius. » (*Ps.* LXX, 16.)

4. Ce sermon est perdu.

5. Dans le vocabulaire religieux le mot *supériorité* désigne la dignité de supérieur ou de supérieure dans un couvent, dans une communauté.

6. *V. Regul. S. Benedicti,* cap. ii.

**P. 564.**

1. *I Cor.,* ix, 19.

2. *Regul.,* cap. ii.

3. Ici un long développement de Déforis sur l'eau, qui nous est « d'un si grand usage » parce qu'elle est un corps fluide : au lieu que les corps solides... « ne savent jamais se prêter à nos désirs... et plutôt que de céder à nos volontés, se brisent et rompent souvent les instruments qui servent à les réduire! »

4. Ce panégyrique de saint Thomas de Villeneuve, prononcé le 25 mai 1659, est perdu.

5. Déforis raconte ainsi le fait, dans le texte même de Bossuet : « Le jeune Placide, tombé dans un lac en y puisant de l'eau, est près de s'y noyer, lorsque saint Benoît ordonne à saint Maur, son fidèle disciple, de courir promptement pour le retirer. Sur la parole de son maître, Maur part sans hésiter, sans s'arrêter aux difficultés de l'entreprise; et plein de confiance dans l'ordre qu'il avait reçu, il marche sur les eaux avec autant de fermeté que sur la terre et retire Placide du gouffre où il allait être abîmé. »

6. *Dialog.,* II, vii, t. II, col. 225.

7. Allusion au mérite de l'obéissance, la mère et la gardienne de toutes les vertus selon la belle expression de saint Augustin : « Obedientia in creatura rationali mater quodammodo est, custosque virtutum. » (*De civit. Dei,* xiv, 12.)

**P. 565.**

1. La première de ces références nous reporte à une œuvre de 1659 qui nous est parvenue très altérée, mais qui contient le passage visé ici; la seconde désigne le sermon de vêture de Mlle de Bouillon, prononcé en 1660.

2. *Var. :* « si pressant ».

3. *Regul.,* cap. lxxiii.

4. Déforis traduit, commente et complète ainsi cette citation du chapitre lxxiii de la Règle : « Quisquis [igitur] ad patriam cœlestem festinas (effacé dans le ms.) hanc minimam inchoationis regulam. Deo adjuvante, perfice (ms. : perficias); et tunc demum ad majora doctrina virtutumque culmina, Deo protegente, pervenies. »

5. Un renvoi semble indiquer l'intention de placer ici ce qu'on vient de lire : « Le voyage chrétien... » (Note de l'édition Lebarq.)

6. *Matth.,* xxvi, 41.

7. *Edit. :* « tout est tranquille ».

8. Virgil., *Æneid.,* V, 843 ; « ferunt sua flamina classem ».
9. Les éditeurs omettent ce mot.
10. « Bossuet était tenté ici de citer une seconde fois l'auteur profane, dont il relève la belle description en la transportant dans l'ordre moral. Il efface cependant, et avec raison : *O nimium cœlo et pelago confise sereno !* (*Ibid.,* vers 870). » (Edit. Lebarq, IV, 629, n. 6.)
11. Bossuet se réfère à un *Sermon sur la virginité* qu'il prêcha probablement à Jouarre, pour la profession de Mme d'Albert, le 8 mai 1664. (Edit. Lebarq, IV, 556, note 2.)

**P. 566.**

1. *Pressis* (les éditeurs ont mal à propos imprimé *précis*) : suc tiré d'une substance mise en presse, et, au figuré, quintessence d'une chose. Bossuet ne confond ce mot avec *précis,* ni pour le sens ni pour l'orthographe. Voir *Instruction sur les États d'oraison, second traité,* Paris, 1897, p. 148. Ce mot a été employé au sens figuré par J.-P. Camus, le Père Le Jeune, etc.

> Le bel honneur au Roi, d'avoir à son service
> Le pressis, l'élixir de toute la malice.
> (Boursault, *les Fables d'Esope,* IV, v.)

(Edit. Lebarq, IV, 630, n. 1.)
2. *Var. :* « l'austérité » (1665).
3. Les plus parfaits doivent opérer leur salut avec crainte et tremblement.
4. *Philip.,* II, 12. — *Ms. :* « cum timore et tremore ».

# PANÉGYRIQUE
## DE SAINT ANDRÉ, APOTRE

**P. 567.**

1. A) Biographie : Saint André, apôtre, frère de Simon Pierre, naquit à Bethsaïda, en Galilée. Il exerça d'abord le métier de pêcheur à Capharnaüm. Il s'attacha à saint Jean-Baptiste. Il fut le premier des disciples appelés par le Christ. C'est lui qui présenta son frère Simon au Sauveur. Il n'apparaît dans le Nouveau Testament qu'en trois endroits (*Joan.,* VI, 8 et seq.; *Joan.,* XII, 20 et seq. ; *Marc,* XIII, 3). Nicéphore (*Hist. eccles.,* II, 39) prétend qu'André prêcha l'Evangile en Galatie, en Cappadoce et en Bithynie, à Byzance où il aurait établi saint Stachys comme premier évêque de la ville, en Thrace, en Macédoine, en Thessalie et en Achaïe. La tradition raconte qu'il fut crucifié, à Patras, en Achaïe, sur une croix ayant la forme d'un X.

B) Date : Ce sermon et panégyrique a été prononcé dans la chapelle des Grandes Carmélites du faubourg Saint-Jacques, en présence de Turenne, de Condé, du Père Desmares, de l'Oratoire, de la duchesse de Longueville, de la princesse de

Conti, etc., le 30 novembre 1668. Nous pouvons accepter cette date avec certitude; nous lisons en effet, dans les *Mémoires* de l'abbé Ledieu : « Le sermon du plus grand éclat fut celui de la *vocation,* qu'il y prononça (aux Carmélites), un vendredi, fête de saint André, pour confirmer le vicomte de Turenne dans sa réunion à l'Eglise, faite le 28 octobre précédent... ce fut *un sermon d'une exquise beauté,* disent les Carmélites dans leur Mémoire... L'effet en fut tel que M. de Turenne suivit cet abbé dans tout son Avent de Saint-Thomas du Louvre de la même année... »

C) Texte : Le manuscrit est actuellement conservé à la Bibliothèque de la ville de Lille. Il a été publié dans les *Etudes* des Pères Jésuites, du 5 mai 1898.

Bossuet s'était contenté d'esquisser largement son sujet qu'il a développé en chaire à sa guise. Déforis a repris ce canevas, et l'a complété par des développements extrêmement longs. (Cf. Edit. Lebarq, V, 338.)

D) Analyse. *Exorde :* Il n'y en a point sur le manuscrit.

*Premier point :* Magnifique dans sa structure, l'Eglise est le néant dans son fondement, par conséquent l'œuvre d'une main toute-puissante : voilà ce que montre la vocation des apôtres. Le Christ les a choisis parmi les hommes de basse condition et les a destinés à la gloire la plus haute.

*Second point :* Dès que les apôtres jetèrent leurs filets sur l'ordre de Jésus-Christ, ils s'emparèrent d'une foule de nations converties. Mais l'accroissement rapide de l'Eglise a eu un inconvénient : le mal sous la forme du vice et du scandale, a réussi à pénétrer en elle.

*Troisième point :* Les apôtres ont tout quitté pour suivre Jésus et s'attacher à sa croix. Les martyrs ont suivi l'exemple des apôtres. Nous aussi, nous devons marcher sur les traces de Jésus, en l'imitant et en renonçant tous les jours à nous-mêmes.

2. L'exorde et l'avant-propos manquent; peut-être Bossuet les avait-il rédigés sur un papier séparé qui s'est perdu. Il n'y a donc pas de texte, nous y suppléons à l'aide de la traduction du verset de saint Matthieu qui se trouve dans le premier point.

3. Les foules, lat. *turbæ.*

4. *Première rédaction* (effacée) : « il en renvoie, il en choisit ». (Vallery-Radot.)

5. *Première rédaction :* « Mais, puisqu'il a le choix des personnes, peut-être, commencera-t-il... » — Cette première rédaction a été complétée en marge.

6. *Première rédaction :* « ... sur cette *vaste* mer du siècle. » Les neuf derniers mots ont été rajoutés ensuite.

7. *Edit. :* « et il regarde » — Cet *et* proviendrait d'une phrase inachevée et supprimée : « et si tous sont appelés, il y en a... »

8. Nouvelle addition allant jusqu'à « Mais puisqu'il a le choix... » (Vallery-Radot, *Souvenirs littéraires publiés par René Vallery-Radot*, p. 283.)

9. *Ms.* : « pontifice » — Bossuet a souligné ce mot vieilli.

## P. 568.

1. *Matth.*, IV, 18, 19.

2. Par opposition à l'ancienne alliance conclue entre Dieu et Abraham. La nouvelle alliance entre Dieu et l'humanité a été réalisée par la médiation et le sacrifice rédempteur du Christ.

3. Cette idée est développée dans le *Panégyrique de saint Paul*, p. 357.

4. Cf. *Panégyrique de saint Paul*, p. 357. « Il ira en cette Grèce *polie*, la mère des philosophes et des orateurs. »

5. Saint August., *Serm.* 50, *de Verb. Dom.* (P. L., Serm. LXXXVII, 12.)

6. Cette phrase est en marge sur le manuscrit.

## P. 569.

1. Cette explication se trouve en marge sur le manuscrit.

2. *Première rédaction :* « le plus près du précipice ». Bossuet a écrit : « le plus près de l'abîme », et ajouté en interligne les trois mots que nous donnons ici : « hauteur, précipice, égarement ».

3. Cet alinéa est en marge.

4. *Matth.*, XI, 25.

5. *Luc*, X, 21.

6. Déforis développe longuement la pensée laissée inachevée dans l'original. (Voir Lachat, XII, 5.)

7. Ce texte de saint Augustin est suivi de la référence. *Serm.* 59 *de Verbis Domini* (P. L., LXXXVII, 12, t. XXXVIII, col. 537).

8. S. Aug. *(Ibid.)*. *Ms.* : « vasta inanitas admovenda est ».

9. *I Cor.*, I, 26.

10. *II Cor.*, IV, 1. — Voir dans Lachat (XII, 5) le long développement de Déforis qui lui a été suggéré par ces textes de saint Paul, « Considérez mes Frères qui sont ceux d'entre vous, etc. » jusqu'à : « la vérité de l'Evangile ».

11. Addition marginale.

12. Addition marginale distincte de la première. Déforis les a réunies ainsi : « Sans aucune apparence de secours humain, ils partagent le monde entre eux pour le conquérir. »

## P. 570.

1. La médiation universelle du Christ entre son Père et les hommes est affirmée ici.

2. *Edit.* : « trompe ».

3 « Tout cet alinéa a été ajouté en marge, et après le sermon achevé, comme semble indiquer le caractère de l'écriture un peu différente. » (Edit. Lebarq, V, 343, n. 2.)

4. *Gen.,* XVIII, 11-15.

5. Dieu.

6. Bossuet semble affectionner particulièrement cette expression. Nous l'avons rencontrée à plusieurs reprises, notamment dans le *Panégyrique de saint Bernard.*

7. *Luc,* XXIV, 21.

8. *Première rédaction :* « quand Dieu veut faire voir sa puissance, il réduit tout à l'impuissance, et puis il agit ».

9. Cf. *Panégyrique de saint Pierre,* note 1 A, p. 515.

10. *Joan.,* XXI, 17. — Voir le développement de Déforis dans Lachat, XII, 6 et 7.

11. Toujours est-il qu'il faut.

**P. 571.**

1. *Matth.,* XXVI, 69-75 (et paral.).

2. Il ne faut pas oublier que le prince de Condé, auditeur de Bossuet, ce jour-là, était au premier rang de ces *incrédules* et de ces *libertins.*

3. *Var. :* « conclusions ».

**P. 572.**

1. *Var. :* « et la confiance inébranlable... »

2. *Note marginale :* « Apostolica instrumenta piscandi retia sunt, quæ non captos perimunt, sed reservant; et de profundo ad lumen extrahunt (et) fluctuantes de infernis ad superna traducunt (Ambros., lib. IV, *in Luc,* c. 5). Qui ne tuent point ce qu'ils prennent, mais qui le conservent. »

3. *Note marginale,* semblant devoir remplacer le premier jet : « Ces flots vainement émus (*Var. :* enflés) qui crèvent tout à coup et ne laissent que l'écume. Ces ondes qui se roulent les unes contre les autres s'entrechoquent avec grand éclat mutuellement. »

4. *Note marginale :* « Ubi se invicem homines quasi pisces devorant ». (S. Aug., *De div. serm.,* s. 5.)

5. « Quid prodest homini si mundum universum lucretur, animæ vero suæ detrimentum patiatur ? » (*Matth.,* XVI, 26.)

6. Voir le développement de Déforis retranscrit par Lachat, XII, 10. « Dès lors pénétrés par l'efficace de cette parole, etc... le plus honteux esclavage. »

**P. 573.**

1. *Joan.,* I, 46.

2. Prêtre de Jérusalem, mort en 434. Il est considéré par les Grecs comme un exégète de talent; mais la plupart de ses manuscrits sont perdus.

3. *Bibl. Photii,* cod. 269.

4. André fut le premier des disciples appelés par le Christ. Cf. note 1 A, p. 567.

5. *Note marginale* : « la foule des peuples et des nations converties. La gloire à Dieu. In verbo tuo laxabo rete (*Luc,* v, 5). Quos in verbo capit verbo reddit (Amb., *hic lib. IV, in Luc*). Non Petrianos, sed christianos, numquid Paulus crucifixus est pro vobis ? » (*Bibliotheca Photii,* cod. 269.)

6. *Note marginale* que Lachat introduit dans le texte du sermon : « Dans cette pêche, toute l'histoire de l'Eglise. *Rumpebatur autem rete eorum* (*Luc,* v, 6). Ils s'égarent dans des questions infinies, ils se perdent dans l'abîme des opinions humaines. Toutes les hérésies pour mettre la raison un peu plus au large. Pris dans la parole, forcent un passage, se font des ouvertures et sortent par de mauvaises interprétations violentes. Ils ne veulent rien qui captive. Dans les mystères, il faut souvent dire qu'on n'entend pas renoncer à la raison et aux sens. — L'esprit libre et curieux ne peut se résoudre. Il veut tout entendre, l'Eucharistie, les paroles de l'Evangile. C'est un filet où l'esprit est arrêté. On force un passage : on se fait une ouverture par quelque interprétation violente. » L'édition Lebarq (V, 347, n. 1) fait très justement remarquer que ce texte ne peut être fondu avec celui que nous donnons p. 573, car il y aurait des redites.

7. *Ms.* : « il n'y en sort ».

8. *Note marginale* : « Impleverunt ambas naviculas ita ut pæne mergerentur (*Luc,* v, 7.). — Sed mihi cumulus iste suspectus est ne plenitudine sui naves pæne mergantur... Ecce alias sollicitudo Petri cui jam sua præda suspecta est. (Amb., *lib. IV in huc.*)

Nescio quomodo pugnante contra temetipsam tua felicitate, quantum tibi auctum est populorum, tantum pæne vitiorum ; quantum tibi copiæ accessit, tantum disciplinæ recessit.. Fidei filiis fides imminuta est, factaque es, Ecclesia, profectu tuæ, fœcunditatis infirmior, et (quasi) viribus minus valida.

« Déchue par son progrès et abattue par ses propres forces. Annuntiavi et locutus sum. Multiplicati sunt super numerum (*Ps.* xxxix) Annuntiavi, retia misi. (S. Aug.) »

9. *Ms.* : « hautement la tête levée. »

## P. 574.

1. *Première rédaction* : « on ne peut plus les corriger tant leur autorité est redoutable. »

2. *Note marginale* : « Vix ibi apparent grana frumenti propter multitudinem palearum (S. Aug., *Serm. de duab. piscat. Serm. V de Diversis*). Le scandale. La piété n'est qu'un nom, la vertu chrétienne n'est qu'une feinte. Estote tales et invenietis tales. »

3. Alinéa écrit en marge.

4. La volonté.

5. « Ce passage suffirait à prouver que Bossuet songeait à Turenne en composant son discours. » (M. Gazier.)

6. Ces deux phrases sont écrites en marge.

7. S. Chrysost., *In Matth.*, hom. XXVII.

8. Alinéa écrit en marge.

**P. 575.**

1. *Matth.*, XIX, 27.

2. S. Gregor., *In Evang.*, hom. V, 2, 3.

3. « Bossuet a barré de deux traits, pour les reprendre plus loin, les idées qu'il avait d'abord jetées ici et dont Déforis s'est emparé pour un long développement à sa façon. Voici le passage de Bossuet : « Quand tout est heureux, se contrarier soi-même. Il faut craindre ce qui nous attire, pardonner ce qui nous irrite, rejeter souvent ce qui nous avance, et nous opposer nous-mêmes aux accroissements de notre fortune. » (Edit. Lebarq, V, 349, n. 7.)

4. Cette phrase est empruntée à la légende du Bréviaire romain, au jour de la fête de saint André.

5. Cet alinéa et les deux suivants se retrouvent presque mot à mot dans le *Panégyrique de saint Victor* (p. 388 à 390).

6. « Alors la piété était véritable, parce qu'elle n'était pas encore devenue un art; elle n'avait pas encore appris à s'accommoder au monde, ni à servir au negoce des ténèbres : simple et innocente qu'elle était, elle ne regardait que le ciel auquel elle prouvait sa pureté par l'humilité et la patience. » (*Sermon sur l'Honneur*, note marginale datant de 1669.)

7. *Première rédaction :* « ils estimaient que le meilleur pour eux était d'en sortir au plus tôt. »

8. Cf. *Panégyrique de saint Victor*, p. 389.

9. Cf. *Oraison funèbre de Nicolas Cornet*, n. 1, p. 45.

**P. 576.**

1. *Var.*, « simulacre. »

2. Ici, Bossuet suit moins à la lettre le texte du *Panégyrique de saint Victor*. Mais la dernière phrase de cet alinéa se retrouve littéralement dans le Panégyrique de ce saint.

3. Alinéa emprunté au *Panégyrique de saint Victor*.

4. Ici encore le texte du *Panégyrique de saint André* s'écarte de celui du *Panégyrique de saint Victor*.

5. *Var. :* « à nous contrarier nous-mêmes ». Bossuet reprend la formule plus bas. Une de ces deux expressions doit être une surcharge destinée à remplacer ou à compléter la première. En cette dernière hypothèse, il faudrait au moins intervertir les deux membres de phrase et lire : « à nous contrarier nous-mêmes, à nous rendre nous-mêmes nos persécuteurs. » (Edit. Lebarq, V, 351, n. 2.)

6. *Note marginale* : « Saint Jean-Chrysostome. C'est une plus forte résolution de ne pas se laisser corrompre par les grandeurs qu'on possède. »

**P. 577.**

1. Cette phrase a été empruntée au *premier Panégyrique de saint François de Paule* (p. 315).

2. La péroraison donnée par Lachat et d'autres éditeurs, à partir des mots « Saintes Filles », est due à la plume de Déforis.

# PANÉGYRIQUE
## DE SAINT THOMAS DE CANTORBÉRY

**P. 579.**

1. A) Biographie : Thomas Becket, chancelier d'Angleterre et archevêque de Cantorbéry, naquit à Londres le 21 décembre 1118. Ses parents étaient originaires de Normandie. Il fit ses études dans sa ville natale et à Paris. Vers 1141, il entra au service de Théobald, archevêque de Cantorbéry, qui reconnut ses capacités et l'envoya étudier le droit à Bologne. Thomas devint l'ami de Henri Plantagenêt, qui, dès son avènement, le prit pour chancelier (1154) et pendant huit ans, il fut le ministre zélé de Henri II, le roi le plus autoritaire que l'Angleterre ait connu au moyen âge. Après la mort de Théobald (1161) Thomas fut ordonné prêtre, et le 3 juin 1162 il fut nommé archevêque de Cantorbéry. Il avait souvent défendu comme chancelier les prérogatives de l'Etat contre l'Eglise, mais aussitôt après sa consécration épiscopale, il donna sa démission de chancelier et se montra dès lors le défenseur acharné des droits du clergé contre la prérogative royale. Il se brouilla complètement avec Henri II à propos des *Constitutions de Clarendon* qui limitèrent la juridiction ecclésiastique, le droit d'excommunication, etc. (1164). Becket déclaré félon, s'enfuit en France où pendant six ans, il s'adonna à des macérations et à de fiévreuses études théologiques. L'héritier présomptif de Henri II ayant été associé à la couronne en son absence, le 14 juin 1170, il excommunia les prélats qui avaient assisté à la cérémonie. Henri II essaya alors de faire la paix et le rappela. Thomas revint en Angleterre, mais maintint son excommunication. Quatre chevaliers, témoins de la fureur du roi, partirent pour Cantorbéry et assassinèrent l'archevêque dans le transept de sa cathédrale, le 29 décembre 1170. Le pape le canonisa en 1173. Henri VIII, en 1538, fit détruire la châsse où étaient déposées ses reliques.

B) Date : La date de ce panégyrique est connue avec certitude. Bossuet le prononça le 29 décembre 1668, dans l'église

Saint-Thomas du Louvre, devant la Reine, la Cour, Turenne, etc.

C) Texte : Le manuscrit n'a pu être retrouvé.

D) Analyse. *Exorde :* Les martyrs de la foi ont, par le témoignage de leur sang, affermi la doctrine de l'Evangile, amené les persécuteurs sous le joug de ses préceptes et confirmé les fidèles dans son empire. Le martyr de la discipline a, par sa mort, affermi l'autorité de l'Eglise, converti les cœurs indociles à ses lois disciplinaires et réveillé le zèle de ceux qui sont préposés pour en être les défenseurs.

*Premier point :* Ce qu'est l'Eglise ici-bas : une étrangère, car son origine est céleste ; une souveraine, car elle a une autorité à exercer. Henri II se déclara ennemi de l'Eglise et resta sourd aux avertissements de Thomas. Martyre de l'archevêque de Cantorbéry. Vengeance du Ciel.

*Second point :* Henri II a empiété sur les droits de l'Eglise défendus par Thomas. Celui-ci a agi en fils soumis de l'Eglise et en fidèle sujet du roi. Sa mort a été féconde : elle a obtenu du Ciel le repentir du souverain.

*Troisième point :* Le martyre de Thomas Becket a permis à l'Eglise d'Angleterre de garder ses privilèges, employés au bien-être de la communauté chrétienne. Que les ecclésiastiques soient fidèles à leurs devoirs, qu'ils n'utilisent leurs avantages que dans les intérêts de Dieu et des âmes.

2. Cette traduction ne doit pas être de Bossuet, car il la tourne ainsi à la fin de l'avant-propos : « Sa mort a opéré des miracles. »

3. « Nisi granum frumenti cadens in terram mortuum fuerit, ipsum solum manet ; si autem mortuum fuerit, multum fructum affert. » (*Joan.*, XII, 24, 25.)

4. *Var. :* « descendu ».

5. Entre la mort et la résurrection, l'âme du Christ est descendue aux Enfers. Il ne s'agit pas de l'Enfer où sont les damnés, ni du Purgatoire où passent les âmes que la souffrance doit purifier avant leur entrée au Ciel, mais du lieu où reposaient les âmes des justes qui étaient morts dans l'amitié de Dieu : les *Limbes* ou, comme dit l'Ecriture, *le sein d'Abraham.*

6. Allusion à la doctrine du corps mystique.

7. Né au Mans en 1133, mort à Chinon en 1189. Il succéda à Etienne comme roi d'Angleterre en 1154. Après avoir été l'adversaire de Thomas Becket, il dut faire face en 1173, aux barons révoltés, aux Ecossais, à son fils Henri, allié des Français. Ses dernières années furent attristées par de nouvelles luttes contre ses fils Henri et Richard, soutenus par Philippe-Auguste. Vaincu, il en mourut de douleur. Roi brutal, il a substitué au régime féodal le système de l'administration monarchique.

## P. 580.

1. Voir texte du panégyrique, p. 594.
2. Thomas de Cantorbéry était le patron de Saint-Thomas du Louvre.
3. Allusion à la fête du diacre saint Etienne, premier martyr, qui se célèbre le 26 décembre.
4. *Var. :* « comme ceux que j'ai nommés les derniers ont appuyé — établi... »
5. Cf. *premier Panégyrique de saint Gorgon*, n. 5, p. 231.

## P. 581.

1. *Var. :* « des persécuteurs de l'Eglise ».

## P. 582.

1. Cette idée est développée dans le *deuxième Panégyrique de saint Benoît* (p. 557).
2. L'Eglise catholique enseigne que Moïse est l'auteur principal des cinq premiers livres de la Bible : la *Genèse*, l'*Exode*, le *Lévitique*, les *Nombres* et le *Deutéronome* dont l'ensemble forme le *Pentateuque*.
3. Jésus-Christ.
4. *Rom.*, XIII, 1.
5. Etant posée en principe, prise comme fondement.
6. *Var. :* « de cette étrangère... »
7. *Joan.*, XVIII, 36.
8. *Apolog.*, n. 41.

## P. 583.

1. L'édition Lebarq fait remarquer que Bossuet a dû écrire : « il n'est pas ainsi ».
2. *Var. :* « par tout l'univers ».
3. *Apolog.*, n. 39.
4. *Var. :* « qu'elle n'a pas d'armes ni d'exécution contre ces lâches et téméraires usurpateurs ».
5. *Var. :* « étendre ».
6. Allusion à l'histoire d'Oza qui fut frappé de mort pour avoir touché l'Arche d'alliance pendant son transport à Jérusalem. (*II Reg.*, VI, 3 et seq.; *I Paralip.*, XIII, 7 et seq.) (Cf. *I Reg.*, V, 1 et seq.)
7. *Ingrate de :* latinisme : *immemor :* cet adjectif gouverne le génitif.
8. *Var. :* « les publie... »

## P. 584.

1. Déforis, à tort, a écrit : « ils règnent ». Cette phrase se retrouve un peu modifiée, dans le *Sermon sur les devoirs des rois*.
2. *Var. :* « si considérables ».

3. Ce passage est emprunté presque textuellement au *Sermon sur les devoirs des rois*.

4. *Var.* : « en établissant des lois tyranniques ».

5. *Var.* : « salutaire ».

6. *Var.* : « ralentir sa fureur aveugle ».

7. Cf. Notice biographique, note 1 A, p. 579.

**P. 585.**

1. *Philip.*, IV, 11.

2. *II Cor.*, XI, 29.

3. *Note de Bossuet* : Grec : comminuentes, conterentes. (συνθρύπτοντες.)

4. *Act.*, XXI, 13.

5. *Ibid.*

6. Allusion à la fuite de la Sainte Famille, en Egypte, au moment de la persécution d'Hérode.

7. Onzième des « petits prophètes ». Il était de famille sacerdotale et vivait au XVIe siècle avant notre ère. Né en exil pendant la captivité de Babylone, il rentra jeune en Palestine avec Zorobabel; sa mission prophétique commença la seconde année du règne de Darius Hystaspès.

8. *Zach.*, VI, 13.

**P. 586.**

1. *Matth.*, XX, 25.

2. Bossuet suit ici la théorie gallicane.

3. *Var.* : « à l'abri ».

4. Cf. *Sermon sur l'unité de l'Eglise* : « Pendant que saint Thomas de Cantorbéry était banni d'Angleterre, comme ennemi des droits de la royauté, la France, plus équitable le recevait en son sein, comme le martyr des libertés ecclésiastiques. »

5. Ne possède l'autorité.

6. *Var.* : « ecclésiastiques ».

7. *Var.* : « de son appui ».

8. Ludovic. Pius, *Cap. ann.* 823, cap. IV. Bossuet développe la même idée dans le *Sermon sur les devoirs des rois,* et dans celui *sur l'unité de l'Eglise.*

9. Eloge délicat et discret de la piété de la Maison de France.

**P. 587.**

1. *Var.* : « remèdes ».

2. *Fulminer* : publier avec certaines formalités religieuses une bulle, un décret, une excommunication, etc.

3. Le saint rentra en Angleterre en 1170, après s'être apparemment réconcilié avec Henri II, au cours d'une entrevue qui eut lieu à Rouen.
4. *Serm. contra Auxent.*, n. 30.
5. *Var.* : « sont troublées ordinairement... »
6. *Var.* : « dans leurs fausses joies... »
7. Comparer avec l'Evangile. « Reddite ergo quæ sunt Cæsaris Cæsari, et quæ sunt Dei Deo. » (*Matth.*, XXII, 21.)
8. *II Esdr.* (Nehem.), VI, 6, 7.
9. Cf. *premier Panégyrique de saint Benoît,* n. 8, p. 295.
10. *Var.* : « aigri ».
11. « Quoi! s'écria ce prince, un homme qui a mangé mon pain, un homme qui est venu à ma cour sur un cheval boiteux, lève le pied pour m'en frapper, et pas un de ces lâches serviteurs que je nourris à ma table n'ira me venger! » (Edit. Lebarq, V, 433, n. 5.)
12. *Var.* : « et voici les meurtriers qui entrent ».

## P. 588.

1. *Joan.*, XVIII, 8.
2. Mystérieuses. Allusion aux paroles de la consécration, à la messe.
3. M. Lebarq rapproche de ce tableau la belle narration d'Augustin Thierry (*Conquête de l'Angleterre,* livre IX), et celle de Monseigneur Darboy (*Saint Thomas Becket,* II, 446 et suiv.).
4. Une *Vie de saint Thomas,* par son contemporain Garnier de Pont-Sainte-Maxence, fait allusion à la vermine qui rongeait l'archevêque (Edit. Lebarq, V, 434, n. 4.)
5. *Var.* : « et il semble qu'il couvre une seconde peau, ou plutôt il est comme une seconde peau sur son corps ».
6. *Var.* : « avec une telle patience ».
7. En 1179.

## P. 589.

1. *II Cor.,* XII, 10.
2. *Var.* : « ne révère pas ».
3. Bossuet fait allusion à Henri le Jeune ou au Court-Mantel, que son père avait fait couronner roi d'Angleterre en 1170. Cf. note 1 A et note 8, p. 579.
4. *Eccli.,* XLVIII, 15.
5. *Var.* : « à combattre les grands de la terre ».

## P. 590.

1. M. Lebarq considère cette leçon comme suspecte.
2. Le premier concile d'Arles réuni en 314 par ordre de Constantin, et qui condamna les donatistes.
3. *Concil. Arelat.,* I, can. VII.

4. « Omnis anima potestatibus sublimioribus subdita sit ; non est enim potestas nisi a Deo. » (*Rom.*, XIII, 1.)

5. Pierre, André, Jacques et Jean.

6. *Apolog.*, n. 21.

**P. 591.**

1. « N'aurait-on pas dû placer ces sept mots après le second *qui* ? » (Note de l'édition Lebarq.)

2. *Var.* : « de les toucher ».

3. *Var.* : « si on céderait... »

4. Après l'édit de Constantin de 313.

5. *Pastor.*, I, VIII.

**P. 592.**

1. *Var.* : « gagner ».

2. *Var.* : « le nom de chrétien ».

3. *Var.* : « fermeté ».

4. *Var.* : « à leurs mauvais desseins ».

5. *Hebr.*, XII.

6. « Ces mots sont peut-être une variante. D'autres aussi sont douteux. » (Note de l'édition Lebarq.)

**P. 593.**

1. Ce mot est répété vingt-huit lignes plus loin. L'un ou l'autre était à supprimer.

2. *Serm. contra Auxent.*, n. 32.

3. *Ad Scapul.*, n. 4.

4. *Var.* : « et nous nous gardons bien... »

5. Etat de dépendance envers le roi.

6. *Var.* : « je n'entreprends... »

7. *Philip.*, IV, 5.

8. *Var.* : « la cruelle ».

**P. 594.**

1. La haire est une petite chemise en étoffe de crin ou de poil de chèvre, qu'on porte sur la peau par esprit de pénitence.

2. S. Aug., *Serm.* CCCLI, 7.

3. L'orateur montre en quoi le sang du martyr a été une source de bénédictions et de bienfaits pour le royaume d'Angleterre.

**P. 595.**

1. *Var.* : « ôter ».

2. Bossuet présente ici une défense des droits et des privilèges du clergé.

3. *Var.* : « de les toucher ».

**P. 596.**

1. *Var.* : « criminelles ».
2. *Var.* : « quelque partie du saint ministère qui leur ait été confiée... »
3. « Un de ces deux adverbes était peut-être une variante. » (Note de l'Edition Lebarq.)

## EXORDE POUR UN PANÉGYRIQUE
## DE SAINT FRANÇOIS D'ASSISE

**P. 599.**

1. A) Biographie : Voir *premier Panégyrique de saint François d'Assise,* note 1 A, p. 235..
B) Date : Bossuet venait d'être sacré évêque (21 septembre 1670). *La Gazette de France* (11 octobre 1670) rapporte « qu'il officia pontificalement chez les Récollets de Saint-Germain-en-Laye, le jour de la fête de leur saint patron, en présence de la Reine et de Mademoiselle d'Orléans, duchesse de Montpensier. C'est par conjecture que nous plaçons à cette date les notes suivantes. » (Note de l'Edition Lebarq, VI, 1.)
C) Texte : Le manuscrit n'a pu être retrouvé.
D) Analyse : Possédé de la folie de l'Evangile, non seulement saint François néglige les biens de ce monde, mais il est avide de les perdre ; non seulement il méprise les opprobres, mais il ambitionne d'en être couvert ; non seulement il s'expose aux périls, mais il les recherche et les poursuit.

2. *I Reg.*, XXI, 13-15.
3. *Ps.* XXXIX, 5.
4. Cf. *premier Panégyrique de saint François d'Assise,* p. 238 : « Dans le premier (cette belle fabrique du monde) nous vous disions tout à l'heure que la raison humaine y avait compris quelque chose ; et, en étant devenue insolente, elle n'a pas voulu reconnaître celui qui lui donnait ses lumières. »

**P. 600.**

1. *I Cor.*, I, 21.
2. Cf. *premier Panégyrique de saint François d'Assise, ibid.*
3. *I Cor.*, I, 19.
4. *Sap.*, XI, 21.
5. *Job*, XXXVIII, 5.
6. Esquisse de la vie douloureuse et de la vie glorieuse du Christ ; rappel des mystères de l'Incarnation, de la Rédemption, et de l'Ascension triomphale de Jésus au ciel.

**P. 601.**

1. Ils se jettent dans les périls en s'y abandonnant avec joie.

2. Après l'énoncé du plan qu'on vient de lire, Bossuet s'est contenté de jeter sur le papier deux notes concernant le corps du discours. L'une se rapporte au premier, l'autre au second point.

3. *Ps.* LXX, 16.

4. *Matth.*, VI, 33.

## ESQUISSE D'UN PANÉGYRIQUE DE L'APÔTRE SAINT PAUL

**P. 603.**

1. A) Biographie : Voir *premier Panégyrique de saint Paul,* note 1 A, p. 349.

B) Date : La date que nous donnons ici et proposée par M. Lebarq, est tout à fait incertaine. C'est une lettre de Bossuet à Madame d'Albert dans laquelle celui-ci annonce un prochain sermon, qui a amené M. Lebarq à choisir cette date. Mais rien ne permet d'affirmer péremptoirement qu'il s'agit du sermon en question.

C) Texte : Le manuscrit n'a pu être retrouvé.

D) Analyse. *Exorde :* Saint Paul, à l'exemple de Jésus, a aimé la vérité, la croix et l'Eglise.

*Premier point :* Jésus a aimé la vérité et a cherché à la faire connaître. Saint Paul l'a prêchée avec autorité et indépendance.

*Second point :* Paul a aimé la croix à l'imitation de Jésus. Il s'est servi de ses souffrances pour célébrer la grandeur de Dieu, sa bonté miséricordieuse.

*Troisième point :* Trois choses nous montrent que Paul a aimé l'Eglise : l'empressement de la charité de l'apôtre pour ses frères, la tendresse de sa charité pour chacun d'eux, l'étendue de sa charité pour tous les membres de l'Eglise.

2. Cette traduction a été ajoutée par Déforis.

3. Il leur a prêché l'Evangile, c'est-à-dire la bonne nouvelle; à savoir l'avènement du royaume de Dieu et les moyens à employer pour y parvenir : reconnaître la filiation divine du Christ, vivre selon les préceptes de la Loi d'amour vis-à-vis de Dieu et du prochain.

**P. 604.**

1. Le bienfait par lequel Jésus-Christ transfère aux chrétiens ce qu'il a mérité par sa vie, par ses souffrances et par sa mort.

2. Les éditeurs font commencer ce premier point à l'alinéa suivant.

3. Sur les processions divines, voir *premier Panégyrique de saint François de Paule,* n. 1 et 2, p. 322.

4. *Joan.*, I, 18.

5. Tertull., *Adv. Valentin,* n. 3.

6. « Phrase bizarre, qui n'imite que de loin l'Ecriture aux passages que nous avons indiqués. » (Note de l'édition Lebarq).
7. « In Synagogis prædicabat Jesum, quoniam hic est Filius Dei. » (*Act.*, IX, 20.) — « Confundebat Judæos affirmans quoniam hic est Christus. » (*Act.*, IX, 22.)
8. *Act.*, XVII, 16.
9. Voir *premier Panégyrique de saint Paul*, n. 3, p. 354.
10. *Ps.* II, 6.

**P. 605.**

1. *Coloss.*, I, 28.
2. *II Tim.*, IV, 2.
3. *Philip.*, IV, 10-18.
4. « Scitis, fratres, introitum nostrum ad vos, quia non inanis fuit : ...sed ante passi... fiduciam habuimus loqui ad vos. » (*I Thess.*, II, 1, 2.)
5. Ses souffrances corporelles et morales; toute sa vie exemplaire, en un mot est un sujet d'édification pour les autres, une véritable prédication ininterrompue.
6. *In Epist. II ad Cor.*, XXV, 2. — Cf. *premier Panégyrique de saint Paul*, p. 367.

# *APPENDICE*

## PANÉGYRIQUE
## DE SAINT SÉBASTIEN

**P. 609.**

1. A) BIOGRAPHIE : Saint Sébastien serait né vers 250, à Narbonne selon les uns, à Milan selon les autres. Il entra dans l'armée romaine, servit sous l'empereur Carin, et fut nommé par Dioclétien chef de la première cohorte des prétoriens. Né de parents chrétiens, il avait été baptisé dès ses premières années et ne cessait de prodiguer à ses coreligionnaires les marques de son dévouement. Dénoncé à l'empereur Dioclétien comme chrétien et condamné à perdre la vie, il fut percé de flèches et laissé pour mort. Il respirait encore; une pieuse femme pansa ses blessures. Rendu à la santé, Sébastien alla se placer sur le passage de l'empereur pour lui reprocher sa cruauté. Arrêté de nouveau, il fut fustigé jusqu'à ce qu'il expirât sous les coups (289). Son corps avait été jeté dans la *Cloaca Maxima*, mais les chrétiens le retrouvèrent et l'ensevelirent dans la catacombe qui a reçu son nom. Il fut ensuite transporté dans la basilique élevée en son honneur près de la porte Capène. Une portion notable en fut détachée et donnée par le pape Eugène II, à l'abbaye de Saint-Médard de Soissons (829).

B) Date : La date de ce sermon est incertaine. « Les caractères de notre panégyrique ne permettent pas d'y voir une œuvre de la belle époque. Nous avons là plutôt un sermon de la jeunesse de Bossuet, probablement des derniers temps de ses études à Navarre, lorsque, après avoir reçu le diaconat, il fut nommé directeur de la Confrérie du Rosaire établie dans cette maison (fin de 1649 à 1652)... En qualité de directeur de la confrérie, Bossuet avait à prendre la parole chaque samedi ; or en 1652, la fête de saint Sébastien tombait précisément un samedi. On peut donc, avec assez de vraisemblance, assigner cette date à ce panégyrique... S'il fallait voir dans ce panégyrique une œuvre des débuts de son sacerdoce, on ne pourrait le dater que de l'année 1657. Car, après son ordination, 16 mars 1652, Bossuet n'interrompit son séjour à Metz pour venir prêcher à Paris qu'en 1656 et 1657, et il n'était dans la capitale, au 20 janvier, qu'en cette dernière année. » (Edit. Lebarq, VI, 553 et 554.)

C) Texte : « Ce panégyrique est conservé dans un recueil in-4 manuscrit, appartenant à la Bibliothèque de Tours, où il porte le n° 516... Ce recueil contient dix-sept panégyriques, placés selon l'ordre liturgique des fêtes... La plupart des discours sont anonymes, mais quelques-uns portent en tête, à la marge, l'indication de leur auteur... En tête du panégyrique de saint Sébastien, se lit le nom de *l'abbé Bossuet*... On peut croire cette attribution exacte, puisque les autres sermons du recueil sont bien des prédicateurs auxquels ils ont été assignés... Du reste, on remarque ici les procédés de Bossuet, sa façon de citer Tertullien et saint Augustin. » (Edit. Lebarq, *ibid.*, p. 553.)

D) Analyse. *Exorde :* La perfection chrétienne consiste à pratiquer la morale austère et difficile de l'Evangile. Saint Sébastien y est resté fidèle malgré les plus horribles tourments.

*Premier point :* Saint Sébastien a été un chrétien fervent au milieu des ténèbres du paganisme. Il a possédé une foi courageuse, désintéressée et persévérante. Cette vertu lui a permis de triompher de ses passions et de ses sens. Elle lui a fait mépriser les faveurs impériales et l'a aidé à rester fidèle à Dieu jusqu'à la fin.

*Second point :* Saint Sébastien a été un soldat invincible au milieu des rigueurs de son supplice qui fut pour lui la source de la plus grande de toutes les gloires. Récit de son martyre. Le serviteur de Dieu a triomphé de ses ennemis par la violence de sa mort. Les chrétiens devraient prendre modèle sur lui et avoir une foi plus vive et plus ardente.

2. C'est le *Saint-Esprit* qui, selon la doctrine de l'Eglise, inspire les serviteurs de Dieu, les conseille et leur suggère de bons sentiments et de nobles pensées.

3. Un *blanc* : un papier ou un carton blanc marqué d'un cercle noir, et servant de cible.

4. « Le scribe a écrit *Joseph,* prenant sans doute *Jb* pour *Jh.* » (Note de l'Edit. Lebarq.)

5. *Ms.* : « conformité ».

## P. 610.

1. Tertull., *De patientia,* XIV.

2. Le copiste a écrit « Notre-Seigneur », lisant mal les notes du sténographe.

3. Nous ignorons à quel auteur ce texte a été emprunté.

4. Le texte de la *Vulgate* diffère un peu de celui de Bossuet : « In captivitatem redigentes omnem intellectum in obsequium Christi. » (*II Cor.,* x, 5.)

5. *Meurtrir* : faire mourir. *Ms.* : « meurdrit ».

## P. 611.

1. « Passage altéré, incompréhensible. On lit : fle solide qui est attachée à la matière. » (Note de M. Lebarq.)

2. Les Grecs avaient donné le nom d'Hermès Trismégiste au dieu lunaire des Egyptiens Thot. Les néoplatoniciens en firent un très ancien roi d'Egypte qui aurait été l'inventeur de toutes les sciences. On lui attribue un nombre considérable de livres que Manéthon évalue à 36.525, et Jamblique à 20.000. Les fragments qui restent de ces livres ont été rassemblés et traduits en latin par Marcile Ficin (1471) et publiés par Turnèbe (1554) et par Parthey (1854).

La tradition attribue, en outre, à Hermès des ouvrages secrets sur la magie, l'astrologie et l'alchimie ; de là le nom de *science hermétique* que cette dernière porte à travers tout le moyen âge.

## P. 612.

1. Cf. *De resurrectione carnis,* XLIX : on y retrouve la même idée.

2. Il s'agit de la faute de notre premier père.

3. Tertull., *II ad nationes,* VII.

## P. 613.

1. Dioclétien le nomma chef de la première cohorte prétorienne. (Cf. note 1 A, p. 609.)

2. Quelques lignes plus haut, l'orateur avait dit : « Mon Dieu..., est-ce que je vous suis contraire ? »

3. Allusion à *Gen.,* IV, 7 : « Sed sub te erit appetitus ejus... »

4. Le texte porte : « Qui docet manus meas ad prœlium, et digitos meos ad bellum. »

**P. 614.**

1. L'*Académie* : « Lieu où la jeune noblesse apprend à monter à cheval, à faire des armes et tous les exercices que doit savoir un gentilhomme (Richelet). » (Cité dans l'édit. Lebarq.)

2. « Omne quod natum est ex Deo vincit mundum; et hæc est victoria quæ vincit mundum, fides nostra. » (*I Joan.*, v, 4.)

3. « In omnibus sumentes scutum fidei. » (*Ephes.*, vi, 16.)

**P. 615.**

1. *De idololatria,* xiii, xiv.

2. Rapprocher de ce passage, les chapitres viii, ix, x, de la I<sup>re</sup> *Epître aux Corinthiens* sur la question des idolothytes.

3. *De idololatria,* xiv : « Pares anima sumus, non disciplina. »

4. *II Petr.*, i, 19 : « Quasi lucernæ lucenti in caliginoso loco. »

5. *Ms.* : « notre glorieux martyr ».

**P. 617.**

1. *Ms.* : « aussi ».

2. *Apologeticus,* xii.

**P. 618.**

1. Saint Augustin, *Super Psalm.,* cviii, *conc.* 9.

2. Voir texte du panégyrique, p. 614.

**P. 619.**

1. Cette pensée n'a pu être retrouvée dans saint Léon, mais elle se rencontre dans saint Grégoire, *Moral.,* XX, vii, 17.

2. Les apologistes, considérant l'héroïsme et le courage avec lesquels les martyrs bravèrent les pires tourments et la mort, concluent que pareil fait dépasse les forces humaines et ne s'explique pas sans l'intervention divine. Ils font de ce fait historique un argument spécial en faveur de la divinité du christianisme.

3. Saint Augustin, *De civit. Dei,* x, 12.

**P. 620.**

1. *Ms.* : « et le ppd ». Le copiste ne pouvant déchiffrer l'abréviation du sténographe l'a reproduite telle quelle.

**P. 621.**

1. La foi s'est affaiblie : conséquences de cet état de choses.

2. La foi est le fondement de la vie morale. C'est cette vertu qui inspire le renoncement, l'amour du sacrifice, comme elle a soutenu le courage des martyrs.

## PANÉGYRIQUE
## DE SAINT CHARLES BORROMÉE

**P. 623.**

1. A) Biographie : Saint Charles Borromée naquit au château d'Arona, sur les rives du lac Majeur, le 2 octobre 1538. Il reçut la tonsure en 1550, et fut nommé abbé titulaire de San Graziano e Felino d'Arona; puis étudia le droit à l'université de Pavie. Appelé à Rome par son oncle le pape Pie IV, en 1560, il fut créé cardinal et choisi comme administrateur de l'archidiocèse de Milan, la même année : il n'était âgé que de 22 ans, et n'avait pas encore reçu les ordres majeurs. Le pape lui abandonna en grande partie la direction des affaires générales de l'Eglise. Sa vaste intelligence et son activité le rendaient digne des plus hautes fonctions. Il fut ordonné prêtre et sacré évêque en 1563. En tant que secrétaire d'Etat du pape, il prit une part très active au concile de Trente, et fut un des principaux artisans de la réforme catholique. En 1565, il obtint du pape l'autorisation d'aller résider dans son diocèse, à l'administration duquel il se consacra dès lors tout entier, se donnant pour mission de réformer les mœurs aussi bien que la discipline du clergé et des communautés. Il renonça à ses bénéfices, à ses biens patrimoniaux, à cette splendeur dont il s'était fait une habitude à la cour de Rome, puis par des règlements, des conciles, des synodes, des fondations de séminaires, d'hôpitaux et d'écoles, il travailla sans relâche à cette régénération ecclésiastique devenue nécessaire, et dont l'influence salutaire se fit sentir dans toute l'Italie. Pendant la peste qui désola Milan en 1576, saint Charles Borromée s'illustra par l'héroïsme de sa charité. Ses forces s'épuisèrent à la fin par l'excès de ses travaux et de ses austérités, et il mourut le 3 novembre 1584, consumé par une fièvre lente, à peine âgé de quarante-six ans. Le pape Paul V l'a canonisé en 1610.

Ses écrits se composent d'*Actes synodaux*, de *Sermons*, d'*Instructions* et d'une énorme collection de *Lettres* (la bibliothèque Ambrosienne en conserve 31 volumes). Son style est plein d'onction, d'élégance et de simplicité.

B) Date : « Ce discours fut prêché à Paris, le jour de la fête de saint Charles (4 novembre), devant une confrérie établie sous son patronage en l'église Saint-Jacques de la Boucherie, pour le soulagement des malades et spécialement des pauvres honteux. La date de ce discours est incertaine. Il est sûr néanmoins qu'on ne doit pas songer à l'année 1662, parce que, cette année-là, le panégyrique du saint fut prêché devant la Reine, ce qui n'est pas le cas de ce discours. Il faut aussi écarter l'année 1660, où le panégyrique fut donné par le Père Cueillens, et les années 1657 et 1658, parce que le 4 novembre de ces années-là, Bossuet était loin de Paris. On peut donc hésiter entre 1656, 1659 et 1661. La date la plus ancienne semble plus probable. » (Edit. Lebarq, II, 575.)

C) Texte : « Un manuscrit du chapitre de la cathédrale de Bayeux (n° 46) nous a conservé le texte pris à l'audition d'un Panégyrique de saint Charles Borromée attribué à Bossuet. Rien ne s'oppose à cette attribution d'autant que nous savons que le grand orateur a prononcé un discours de ce genre, auquel il renvoie lui-même dans l'original d'un sermon du 16 mars 1663. » *(Ibid.)*

D) Analyse. *Exorde :* Les chrétiens, les prêtres en particulier, ont le devoir de s'immoler avec Jésus-Christ et de se rendre semblables à Lui, en devenant des hosties vivantes. Saint Charles Borromée s'est mis dans un état de victime en souffrant toutes choses pour expier les péchés de son peuple, en exposant sa vie pour soutenir la discipline ecclésiastique et en s'épuisant lui-même pour pourvoir aux besoins de ses diocésains.

*Premier point :* Le pasteur a le devoir d'expier dans la pénitence les fautes commises par les brebis que Dieu lui a confiées. Saint Charles s'est acquitté parfaitement de cette obligation : il s'est offert comme une victime à la colère de Dieu, et a fait ainsi cesser le terrible fléau qui ravageait Milan.

*Deuxième point :* Saint Charles a combattu pour la discipline ecclésiastique jusqu'à exposer sa vie pour la soutenir. Les réformes qu'il a réalisées, les oppositions qu'il a rencontrées ; l'assistance que Dieu lui a accordée.

*Troisième point :* Saint Charles a pourvu à tous les besoins de son peuple, jusqu'à l'épuisement complet de ses forces. Les sacrifices qu'il s'est imposés pour le soulagement des pauvres. Exhortation aux membres de la confrérie Saint-Charles.

2. Sur cette doctrine, cf. *Épître aux Hébreux,* VII, VIII et Bossuet, *Méditations sur l'Évangile,* la dernière semaine, 95ᵉ jour. Voir *Panégyrique de saint Bernard,* n. 1, p. 264.

3. Hom., XVIII, 3, sur *II Cor.,* VIII, 16.

### P. 624.

1 « Obsecro vos per misericordiam Dei, ut exhibeatis corpora vestra hostiam viventem, sanctam, Deo placentem. » (*Rom.,* XII, 1.)

2. *Hebr.,* IX, 14.

3. S. Ambros., *Apologia David altera,* IV, 25 (P. L., t. XIV, col. 896).

4. Saint Ambroise (340-397) : fils du préfet romain de la Gaule, saint Ambroise est né à Trèves vers 340. Il était gouverneur de la Ligurie, dont le siège était Milan, lorsqu'en 374, il fut élu au siège épiscopal de cette ville, rendu vacant par la

mort de l'archevêque Auxence. N'étant que catéchumène, il reçut en quelques jours le baptême, la prêtrise et la consécration épiscopale. Evêque, Ambroise se distingua par son zèle et sa fermeté. Il faut se rappeler à ce sujet, son attitude courageuse devant Théodose, après le massacre de Thessalonique.

Il nous a laissé un traité sur les *Devoirs des prêtres* et plusieurs autres sur *la Fuite du monde,* sur *la Foi,* etc.

## P. 625.

1. « Le copiste, par le fait sans doute de la répétition des mots *afin de,* a omis une ligne entière facile à suppléer. » (Edit. Lebarq, II, 577, n. 2.)

## P. 626.

1. *In cantica,* X, 1 et 2.
2. Cette phrase est inspirée par un passage de saint Paul: « Caritas patiens est, benigna est : caritas non æmulatur, non agit perperam, non inflatur, non est ambitiosa, non quærit quæ sua sunt, non irritatur, non cogitat malum... » (*I Cor.,* XIII, 4, 5.)
3. *II Cor.,* II, 4.

## P. 627.

1. *II Cor.,* VII, 7. Le texte de saint Paul porte : « Referens nobis..., vestrum fletum... ita ut magis gauderem. »
2. *II Cor.,* VII, 10.
3. *II Cor.,* XII, 21. *Ms. :* « une autre Epistre... »
4. Allusion au livre de Jonas. Les habitants de Ninive avaient mené une vie de débauche. Mais, convertis par les prédications de Jonas, ils firent pénitence et échappèrent ainsi à la colère divine.

## P. 628.

1. *Rom.,* II, 5.
2. Outre cette œuvre, saint Grégoire le Grand écrivit des *Commentaires sur Job,* des *Homélies sur Ezéchiel, les Evangiles, les Dialogues,* et treize livres de *Lettres,* monument précieux pour l'histoire ecclésiastique.

## P. 629.

1. S. Gregor., *Regulæ pastoralis liber,* I, X : « Qui nulla illicita perpetrat, sed perpetrata ab aliis ut propria deplorat. »
2. Cf. Notice biographique 1 A, p. 623.
3. *De resurr. carnis,* VIII : « Ne somno quidem libera, quippe ipsis etiam cubilibus vincta, ipsisque stramentis lancinata. »
4. *II Reg.,* XXIV, 15 ; *IV Reg.,* VIII, 1 (« vocavit famem »); *Jer.,* XXIX, 17.
5. Cf. Notice biographique 1 A, p. 623.

6. L'ange chargé, d'après la Bible, de porter la mort parmi les Égyptiens qui opprimaient le peuple de Dieu.

**P. 630.**

1. « Percutiam pastorem, et dispergentur oves gregis. » (*Matth.*, XXVI, 31.)
2. *Is.*, XLII, 8.
3. *Epist.*, XX, 5 : « Certe ut meus sanguis pro salute non solum populi, sed etiam pro ipsis impiis effunderetur. »
4. *Epist.*, LXVI, 8.
5. « Si non facis, dele me de libro tuo. » (*Exod.*, XXXII, 32.)
6. *Rom.*, IX, 3 : « Optabam enim ego ipse anathema esse a Christo pro fratribus meis. »

**P. 631.**

1. *Enarr. in Ps.* LIV, 3.
2. Maison de jeu ou tripot.
3. « Et ecce ego vobiscum sum omnibus diebus usque ad consummationem sæculi. » (*Matth.*, XXVIII, 20.)

**P. 632.**

1. *Ps.* XCVI, 1 ; S. Aug., *Enarr. in Ps.* XCVI, 4.
2. Quelques mots ont été ici oubliés, car le verbe suivant est au singulier.
3. *Ps.* XXIII, 2. Cette application est en réalité de saint Augustin, *Enarr. in Ps.* XXIII, 2.
4. « Fluctus feri maris despumantes suas confusiones, sidera errantia, quibus procella tenebrarum servata est in æternum. » (*Jud.*, I, 13.)
5. « Gloriosa dicta sunt de te, civitas Dei. » (*Ps.* LXXXVI, 3.)
6. *Ps.* LXXXVI, 1.

**P. 633.**

1. Cf. note 1 A, p. 623.
2. Le sténographe ou le copiste a oublié ici des mots ou un membre de phrase.

**P. 634.**

1. S. Aug., *Enarr. in Ps.* CXLIII.
2. *Epist.*, XX, 23.

**P. 635.**

1. *Serm. contra Auxentium*, 33, in *Epist.* XXI. Le texte de saint Ambroise porte : « sed in orationibus pauperum ».
2. *II Cor.*, IV, 12.
3. *Ps.* XXXIX, 6.
4. « Fornicatio autem et omnis immunditia... nec nominetur in vobis. » (*Ephes.*, V, 3.)

PANÉGYRIQUES

5. Il dura du 13 décembre 1545 au 4 décembre 1563. Ses travaux interrompus ou suspendus plusieurs fois occupèrent vingt-cinq sessions. Ce concile eut pour but et pour résultat d'opposer au protestantisme un ensemble de définitions dogmatiques et de réformes disciplinaires, capables de maintenir l'unité catholique.

6. Quelques mots oubliés et d'autres illisibles.

### P. 636.

1. Notre ordre sacerdotal.
2. *Ps.* xc, 10.
3. *Philip.*, iv, 12.

### P. 637.

1. S. August., *Annot. in Job,* 38.
2. Dans le sermon de charité à l'Hôpital général, pour le vendredi de la Passion 1663, on lit cette référence donnée par Bossuet : « Compassion ébranle le cœur pour ouvrir les sources des aumônes. Voy. S. Charles Borromée. » (Edit. Lebarq, II, 592, n. 1.)
3. Dans le même sermon de 1663, on lit cette seconde référence : « Retranchement nécessaire, autrement vostre aumosne n'est pas un sacrifice. Voy. S. Charles Borromée. » (*Ibid.*, n. 2.)
4. Tertull., *Liber de patientia,* vii : « Ipse rei suæ manum inferre posset in causa eleemosynæ. »
5. Cf. note 1 B, p. 623.

### P. 638.

1. « Leurs plaintes ne sont entendues que de leur pauvre famille éplorée, et de quelques-uns de leurs voisins, peut-être encore plus misérables qu'eux. » (Esquisse d'un sermon prêché à Metz le jour de la Toussaint, 1657, en faveur de l'œuvre des Bouillons. Edit. Lebarq, II, 401.)
2. Espace blanc pour un ou deux mots.
3. Latinisme *(pestilentia)* : la peste.

### P. 639.

1. « Verba sapientium sicut stimuli. » (*Eccl.*, xii, 11.)
2. « Frater propter quem Christus mortuus est. » (*I Cor.*, viii, 11.)
3. *Philip.*, iii, 15.
4. « Pierre Chapelas. Né à Bordeaux, il avait étudié à Paris au Collège de Navarre, et pris le bonnet en 1618, et bientôt après avait été nommé à la cure de Saint-Jacques de la Boucherie. Il résigna ce bénéfice en 1663 à Léonard Chapelas, son neveu. P. Chapelas fut l'ami de M. Olier et de Nicolas Cornet, et devint en 1637, syndic de la Faculté de théologie. Dans les

querelles du temps, il prit quoique avec modération, parti contre les Jansénistes. » (Edit. Lebarq, II, 594, n. 4.)

# PANÉGYRIQUE
# DE SAINTE CATHERINE

**P. 641.**

1. A) BIOGRAPHIE : Voir *premier Panégyrique de sainte Catherine,* note 1 A, p. 459.

B) DATE : « Nous ne savons ni dans quelle église, ni en quelle année ce discours a été prononcé. Il paraît moins bien composé, et par conséquent plus ancien que le panégyrique de la même sainte qu'on lit dans les éditions de Bossuet, et qui est sans doute de 1661. D'un autre côté, on doit le croire postérieur au *Panégyrique de saint Gorgon* (1654), dont l'orateur s'est inspiré ici. Etant donné que Bossuet fut absent de Paris au mois de novembre des années 1657 et 1658, il est probable que notre discours est de 1655 ou de 1656. » (Edit. Lebarq, II, 595.)

C) TEXTE : Le texte de ce sermon est conservé dans le manuscrit n° 46 du Chapitre de Bayeux. (Cf. *Panégyrique de saint Charles Borromée,* note 1 C, p. 623.)

D) ANALYSE. *Exorde:* Les chrétiens sont des soldats auxquels Dieu ordonne non seulement de combattre, mais encore de vaincre le monde. Sainte Catherine a lutté vaillamment ; elle a remporté une triple victoire sur le monde, en méprisant ses plaisirs, ses vanités et sa fausse sagesse.

*Premier point :* Sainte Catherine a vaincu le monde dans ses plaisirs. Elle a repoussé les flatteries humaines et accepté avec joie le martyre par amour pour le Christ.

*Deuxième point :* Sainte Catherine a vaincu le monde dans ses vanités. Douée des plus belles qualités de cœur et d'esprit, elle aurait pu prétendre à la gloire ; mais elle a préféré la honte et l'ignominie attachées au nom de chrétien.

*Troisième point :* Sainte Catherine a vaincu le monde dans sa fausse sagesse. Elle a dissipé le mensonge et fait régner la vérité à laquelle elle a rendu témoignage en la faisant connaître par sa parole et en la manifestant par la sainteté de sa vie.

2. *Joan.,* XVI, 33.

**P. 642.**

1. *Is.,* LXV, 23. Comparer ce passage avec le *Panégyrique de saint Victor ;* 1re rédaction du second exorde, n. 1, p. 372 ; et *Panégyrique de saint Gorgon,* p. 286-287.

**P. 644.**

1. *De corrept. et gratia,* XII, 35. Cf. *deuxième Panégyrique de saint Gorgon,* p. 288 et 289.

2. Cf. *deuxième Panégyrique de saint Gorgon,* n. 1. p. 288.

3. L'édition Lebarq fait remarquer qu'il doit y avoir quelque lacune ou quelque confusion dans ces deux premiers membres de phrase. On lit en effet dans le Deuxième Panégyrique de saint Gorgon, p. 288 : « Dieu promet des biens à Adam, et il en promet au martyr; mais Adam tient déjà ce que Dieu promet, et le martyr n'a que l'espérance : et, cependant, il gémit parmi les douleurs. »

4. « In sudore vultus tui vesceris pane, donec revertaris in terram de qua sumptus es; quia pulvis es, et in pulverem reverteris. » (*Gen.*, III, 19.)

5. S. Aug., *De corrept. et gratia*, XII, 35.

6. Allusion à l'arbre de la vie et à l'arbre de la science du bien et du mal qui se trouvaient dans l'Eden (*Gen.*, II, 9).

7. « Non timoris, sed virtutis et caritatis et continentiæ. » (S. Aug. *De corrept. et gratia, ibid.*)

**P. 645.**

1. « Quo cuncta minantia, cuncta invitantia, cuncta cruciantia superarent. » (*S. Aug., De corrept. et gratia*, XII, 35.)

2. Ce détail est fourni par la Légende du Bréviaire Romain, pour la fête de sainte Catherine. « Catharina..., brevi ad eam sanctitatis et doctrinæ perfectionem pervenit, ut, *decem et octo* annos nata, erudissimum quemque superaret. »

3. *Lib. de virginit.*, n. 7, 5, 20.

4. « Omnis mulier orans... non velato capite deturpat caput suum... Decet mulierem non velatam orare Deum. » (*I Cor.*, XI, 5, 13.)

**P. 646.**

1. *II Cor.*, V, 14.

2. « Majorem hac dilectionem nemo habet, ut animam, suam ponat quis pro amicis suis. » (*Joan.*, XV, 13.)

3. *Joan.*, XIX, 28.

4. *Ibid.*, 30.

5. « Beati estis cum maledixerint vobis et persecuti vos fuerint... propter me. » (*Matth.*, V, 11).

**P. 647.**

1. Cf. *premier Panégyrique de sainte Catherine,* note 1 A, p. 459.

2. *De corrept. et gratia*, XII, 35. Comparer *deuxième Panégyrique de saint Gorgon*, p. 288.

**P. 648.**

1. Siméon Métaphraste, *Vies des Saints,* 25 novembre (P.-G., t. CVI, col. 275-302).

2. Voir *Panégyrique de sainte Catherine* de 1660, IIe point, p. 468 et suiv.

3. Voir n. 1, p. 651.

### P. 649.

1. Comparer avec le *premier Panégyrique de saint Gorgon*, p. 226 et 227, et le *deuxième Panégyrique* du même saint, p. 290.
2. Tertullien, *Apologeticus*, 40. — *Ad nationes*, I, 19.
3. Cf. *premier Panégyrique de saint Gorgon*, p. 227 et *deuxième Panégyrique*, du même saint, p. 290.
4. Tertullien, *De spectaculis*, 1 : « Christianos expeditum morti genus ». — Cf. *Panégyrique de saint Victor*, p. 386.

### P. 650.

1. Maximin. Cf. *Panégyrique de sainte Catherine*, de 1660, note 1 A, p. 459.
2. Comparer avec *Panégyrique de sainte Catherine* de 1660, p. 469.

### P. 651.

1. Tertullien, *De cultu feminarum*, II, 5.
2. « Et infirma mundi elegit Deus, ut confundat fortia. » (*I Cor.*, I, 27.)

### P. 652.

1. Cf. *Panégyrique de sainte Catherine* de 1660, second point, p. 468.
2. *De testim. anim.*, 1 : « Veritatis fores pulsant ».
3. *De anima*, 2 : « aliquis portus offenditur prospero errore. »
4. *De cultu femin.*, I, 8 : « interpolator naturæ ».
5. « Qui veritatem Dei in injustitia detinent. » (*Rom.*, I, 18.)
6. Cf. *Panégyrique de sainte Catherine* (1660), p. 471-472.

### P. 653.

1. Cf. *Panégyrique de sainte Catherine* (1660) p. 472.
2. Cf. *Panégyrique de sainte Catherine* (1660), p. 473.

### P. 654.

1. Cf. *Panégyrique de sainte Catherine* (1660), p. 464.

### P. 655.

1. *Luc*, XIV, 30.
2. Cf. *Panégyrique de sainte Catherine* (1660), Ier point et notes correspondantes.
3. Cf. *Panégyrique de sainte Catherine* (1660), p. 467.
4. *Jud.*, I, 20 : « superædificantes vosmetipsos sanctissimæ vestræ fidei ».
5. « In fide fundati, et stabiles, et immobiles a spe Evangelii. » (*Colos.*, I, 23.)
6. *I Cor.*, II, 12. — Cf. *Rom.*, VIII, 15.

### P. 656.

1. *Ms. :* « vaincus ».

# DISCOURS SUR
# L'HISTOIRE UNIVERSELLE

**P. 665.**

1. On réduira ces notes le plus possible, pour ne pas rompre la suite du texte.

Ce seront essentiellement celles que Bossuet a ajoutées lui-même à son *Discours*.

D'abord pour indiquer les *dates* des événements qu'il étudiait. Selon l'habitude de son temps, il les portait dans la marge. Cette disposition était impossible à maintenir dans cette édition. On a donc reporté toutes les dates en notes. On s'est alors efforcé de les situer exactement dans les lignes qui leur faisaient face.

Pour préciser aussi ses *sources*.

On a fait précéder ces notes de Bossuet par un signe distinctif : un « B ».

Les autres sont d'intérêt historique. Quelques-unes ont pour but de signaler les « erreurs » historiques de Bossuet. Mais on n'a pas voulu faire une étude critique. On a donc signalé quelques inexactitudes saillantes. Pour le détail, on pourra se reporter pour la chronologie pure à l'ouvrage de J. Delorme, *Chronologie des civilisations,* Paris 1956, P.U.F., pour l'interprétation des événements aux collections historiques Glotz, Halphen, Clio, Histoire des civilisations (P.U.F.) et aux notices de la Bible de Jérusalem.

*Discours* : car dans les éditions publiées du vivant de Bossuet, la division en chapitres était simplement marquée dans la marge par des indications abrégées. Rien ne rompait la suite du Discours.

## *AVANT-PROPOS*

**P. 666.**

1. Loi de nature,... loi écrite : Bossuet en donne lui-même la définition dans les premières lignes de la quatrième époque (I<sup>re</sup> partie, ép. IV, p. 676.)

2. Bossuet fait allusion à la guerre de Hollande qui venait de s'achever par les traités de Nimègue en 1678-79, au moment où il écrivait son Discours. Louis XIV n'avait pu compter que sur l'électeur de Bavière et sur une Suède affaiblie pour vaincre la Hollande secourue par l'Espagne, l'Empereur et les principaux princes allemands. Dans toute la France, on salua les traités avec enthousiasme; la ville de Paris décerna alors solennellement à Louis XIV le titre de

Louis le Grand. Bossuet ne fait ici que se mêler au concert de louanges.

3. Bossuet avait composé un cours sur l'Histoire de France en particulier, à l'intention du Dauphin. Il s'était documenté aux sources, se faisant apporter par exemple certaines pièces des archives royales, ou consultant Mabillon qui avait exploré celles de France et d'Italie.

**P. 668.**

1. La *seconde partie* ne fut jamais écrite sans doute; elle ne fut jamais publiée en tout cas. Cf. n. 1, p. 665.
2. L'éloge est flatteur. Le Dauphin n'était peut-être pas sot. Mais tenu sans relâche par Bossuet et par son gouverneur, le duc de Montausier, il se réfugiait dans l'apathie et devait être sans cesse réveillé de sa somnolence. Il ne témoigna en tout cas aucune ardeur à l'étude. Cf. les jugements de la princesse Palatine et de Saint-Simon.

## PREMIÈRE PARTIE

**P. 669.**

1. B. An du monde 1; dev. J.-C. 4004.
2. B. An du monde 129; dev. J.-C. 3875.
3. B. *Gen.*, IV, 1, 3, 4, 8.

**P. 670.**

1. B. An du monde 987; dev. J.-C. 3017.
2. B. An du monde 1536; dev. J.-C. 2468.
3. B. An du monde 1656; dev. J.-C. 2348.
4. B. *Gen.*, II, 15; III, 17, 18, 19; IV, 2.
5. B. *Gen.*, IV, 2.
6. B. *Gen.*, III, 21.

**P. 671.**

1. B. Beros. Chald., *Hist. Chald.* Hieron. Ægypt., *Phœn. Hist.* Mnas. Nic. Damasc., lib. XCVI. Abyd., *de Med. et Assyr.* Apud Jos., *Antiq. Jud.*, lib. I, c. 4, al. 5 et L. I cont. *Apion ;* et Euseb. *Præp. Evang.*, lib. IX, c. 11, 12. Plutarc., *opusc. Plusne Solert, terr. an aquat, animal.* Lucian. *de Dea Syr.*
2. B. An du monde 1656; dev. J.-C. 2348.
3. B. An du monde 1657; dev. J.-C. 2347.
4. B. An du monde 1757; dev. J.-C. 2247.
5. B. *Gen.*, X, 8, 11.
6. B. An du monde 1771; dev. J.-C. 2233. — La chronologie actuelle situe la construction des grandes pyramides à une période moins tardive. Elle propose — sans certitude d'ailleurs — 2525 pour la construction de la pyramide de Chéops; 2480 pour celle de Chéphren, et 2425 pour la dernière, celle de Mykérinos.

**P. 672.**

1. B. Porphyr., *apud Simpl.*, in lib. II; Aristot., *de cælo*.
2. B. *Gen.*, x, 9.

**P. 673.**

1. B. An du monde 2083; dev. J.-C. 1921. — La chronologie moderne s'accorde avec celle de Bossuet. On situe en effet le voyage d'Abraham aux environs de 1900.
2. B. *Hebr.*, VII, 1, 2, 3 et seq.
3. B. An du monde 2148; dev. J.-C. 1856.
4. Inachus — Inachos chez les Grecs — est un roi légendaire d'Argos, fils d'Okeanos et de Téthys. Il se serait réfugié avec quelques hommes sur une montagne pendant le déluge de Deucalion. Il aurait ensuite fondé Argos. Arbitre d'une querelle, qui opposait Athéna et Poseidon, il aurait donné sa faveur à Athéna. Poseidon le punit en asséchant l'Argolide. Ces légendes accueillies par Bossuet montrent sa crédulité à l'égard des auteurs grecs anciens.

**P. 674.**

1. B. An du monde 2245; dev. J.-C. 1759.
2. Surpassa. Ce mot, comme le verbe *excellere,* le plus souvent, n'exprime pas la supériorité de mérite, mais de fait.
3. B. An du monde 2276; dev. J.-C. 1728.
4. B. An du monde 2287; dev. J.-C. 1717.
5. B. An du monde 2289; dev. J.-C. 1715.
6. B. An du monde 2298; dev. J.-C. 1706.

On place généralement la domination des Hyksos et l'installation des Hébreux en Egypte entre 1720 ou 1650 et 1560. Les dates admises actuellement concordent donc avec celles de Bossuet.

7. Bossuet conserve l'usage de *devant* au lieu d'*avant*. Fréquent encore au début du XVIIe siècle, cet usage était condamné par les grammairiens contemporains de Bossuet.
8. B. An du monde 2315; dev. J.-C. 1689.
9. B. An du monde 2433; dev. J.-C. 1571. Cette chronologie n'est plus admise généralement. Ramsès II a sans doute régné de 1301 à 1234. L'Exode, dirigé par Moïse, aurait eu lieu entre 1250 et 1230.

**P. 675.**

1. B. An du monde 2448; dev. J.-C. 1556.
2. B. *Marm. Arund.*, seu *Aera Att*. — Bossuet utilise comme source, les tables de Paros, qu'avait découvertes en 1627 un secrétaire du comte d'Arundel. La chronique grecque qu'on y avait déchiffrée, écartait une tradition plus ancienne qui faisait de Cécrops un héros pélasgique et non égyptien. La tradition qui considérait Cécrops comme un

autochtone, installateur du culte de Zeus et d'Athéna, est plus ancienne et paraît plus vraisemblable.

3. Autre héros grec légendaire, fils de Prométhée et de Pandore. C'est lui qui aurait reconstitué la race humaine en jetant derrière lui des pierres, les os de sa grand-mère la Terre.

4. B. An du monde 2473; dev. J.-C. 1531. Cf. n. 9, p. 674.

5. Encore un archaïsme, utilisé avec le sens d'opprimés.

6. B. An du monde 2513; dev. J.-C. 1491.

## P. 676.

1. B. An du monde 2513; dev. J.-C. 1491.
2. B. *Hebr.*, IX, 9, 13.

## P. 677.

1. B. An du monde 2552; dev. J.-C. 1452.
2. B. An du monde 2553; dev. J.-C. 1451.
3. Mise en ordre *(digerere)*.
4. B. An du monde 2559; dev. J.-C. 1445. On place actuellement l'invasion de la Palestine par Josué entre 1220 et 1200 environ.
5. B. An du monde 2599; dev. J.-C. 1405. Bossuet fait ici une erreur : Chusan (Kushân-Rishéatayion) n'est pas roi de Mésopotamie, mais roi d'Edom. (Voir *Jg.*, III, 7-10.)
6. B. An du monde 2679; dev. J.-C. 1325.
7. B. An du monde 2682; dev. J.-C. 1322.
8. B. An du monde 2699; dev. J.-C. 1305.
9. B. An du monde 2719; dev., J.-C. 1283.
10. B. An du monde 2759; dev. J.-C. 1245.
11. B. An du monde 2768; dev. J.-C. 1236.
12. B. An du monde 2817; dev. J.-C. 1187.
13. B. *Herod.*, I, 95. — Bossuet s'inspire uniquement de la tradition grecque. Bel est en réalité un des principaux dieux de l'Assyrie. Ninus son fils aurait fondé le premier empire assyrien. Il aurait épousé Sémiramis. Il est vrai que les Assyriens ont dominé la Mésopotamie au XIIIe siècle et au XIIe siècle en particulier avec Téglath-Phalassar Ier.

## P. 678.

1. B. *Gen.*, X, 11.
2. B. *Josue*, XIX, 29; Joseph, *Antiq.*, VIII, 11.
3. B. An du monde 2752; dev. J.-C. 1252. — Tyr imposa sa suprématie en Phénicie vers 1200.
4. B. An du monde 2820; dev. J.-C. 1184. — La date traditionnelle de la chute de Troie reste bien 1183. Voir Glotz, *Histoire grecque,* IV, 1, 339.
5. *Idem.*

## P. 679.

1. B. An du monde 2887; dev. J.-C. 1177.
2. B. An du monde 2888; dev. J.-C. 1176. — Eli mourut sans doute vers 1050.
3. B. An du monde 2909; dev. J.-C. 1095. — Samuel se fit connaître vers 1040.
4. Dernier roi légendaire des Athéniens. Ayant appris que les envahisseurs doriens n'occuperaient pas Athènes s'ils le tuaient, il se déguisa en paysan et provoqua un soldat dorien qui lui donna la mort. On abolit alors la royauté. Cette légende cache peut-être une révolution provoquée par l'aristocratie contre la royauté.
5. B. An du monde 2949; dev. J.-C. 1055. — Il régna sans doute de 1010 à 970 environ. Il aurait pris Jérusalem vers 1000.
6. B. An du monde 2970; dev. J.-C. 1034.
7. B. An du monde 2990; dev. J.-C. 1014. — Salomon, selon la chronologie actuelle, régna de 970 environ à 931.
8. B. An du monde 2992; dev. J.-C. 1012

## P. 680.

1. B. An du monde 3000; dev. J.-C. 1005. Voir n. 7, p. 679.
2. B. An du monde 3001; dev. J.-C. 1004.
3. B. An du monde 3029; dev. J.-C. 975.
4. B. *III (1) Reg.*, XII, 29, 32.
5. B. An du monde 3035; dev. J.-C. 971.

## P. 681.

1. B. An du monde 3087; dev. J.-C. 917.
2. B. An du monde 3080; dev. J.-C. 924.
3. B. An du monde 3090; dev. J.-C. 914.
4. B. An du monde 3105; dev. J.-C. 899.
5. B. An du monde 3107; dev. J.-C. 897.
6. B. An du monde 3112; dev. J.-C. 892. — La date de 814 paraît plus probable actuellement.
7. B. An du monde 3116; dev. J.-C. 888.
8. B. An du monde 3119 ; dev. J.-C. 885.
9. B. *Marm. Arund.* — Les dates d'Homère et d'Hésiode sont encore controversées. Homère doit être antérieur. On retient souvent pour lui la date de 850 que donne Hérodote, II, 53. Hésiode a dû écrire aux environs de 750.

## P. 682.

1. B. An du monde 3120; dev. J.-C. 884.
2. B. Plat., *de Rep.*, VIII; *de Leg.*, I; Arist., *Polit.*, II, 9.
3. B. An du monde 3126; dev. J.-C. 878.
4. Travaillés afin de s'assurer leur concours.
5. B. An du monde 3164; dev. J.-C. 840.
6. B. An du monde 3165; dev. J.-C. 839.

## P. 683.

1. B. An du monde 3179; dev. J.-C. 825.
2. B. An du monde 3194; dev. J.-C. 810.
3. B. *Osée*, 1, 1; *Isaïe*, 1, 1.
4. B. An du monde 3228; dev. J.-C. 776.

## P. 684.

1. B. An du monde 3233; dev. J.-C. 771. — Pul est en réalité Téglath-Phalassar III. Les documents assyro-babyloniens prouvent qu'il prit le nom de Pûlu quand il se fit couronner à Babylone en 729.
2. B. An du monde 3250; dev. J.-C. 754. — On situe généralement la fondation de Rome en 753.
3. B. An de Rome 1.
4. B. An de Rome 6; dev. J.-C. 748. — De 783 à 745, il y eut en effet une période d'éclipse de la puissance assyrienne, sous les règnes de Salmanassar IV (782-773) d'Assourdan III (772-755) et d'Assournari V (754-745).

## P. 685.

1. B. An de Rome 7; dev. J.-C. 747. — Le règne de Téglath-Phalassar III commence en 745, d'après la chronologie actuelle. La date indiquée par Bossuet est très proche.
2. B. An de Rome 14; dev. J.-C. 740. — Achaz régna en réalité de 736 à 716.
3. B. An de Rome 33; dev. J.-C. 721.
4. L'Ethiopie correspondait alors à la Nubie.
5. B. An de Rome 39; dev. J.-C. 715.
6. B. An de Rome 40; dev. J.-C. 714.

## P. 686.

1. On hésite encore sur les dates des fondations des colonies grecques de Sicile et d'Italie du Sud. Cf. J. Bérard, *La colonisation grecque de l'Italie méridionale et de la Sicile* et divers articles de Glotz et de Cohen dans l'*Histoire grecque*, publiée aux Presses Universitaires. Dans sa *Chronologie des civilisations*, J. Delorme place la fondation de Naxos en 735 (?), celle de Syracuse en 734 (?), celle de Catane en 729 (?), celle de Sybaris en 721 (?), celle de Crotone en 710 (?), celle de Tarente en 706 (?).
2. Sennachérib (704-681) succéda à Sargon II (721-705) et non à Salmanassar V (726-722).
3. B. An de Rome 44; dev. J.-C. 710.
4. B. An de Rome 56; dev. J.-C. — 698-687 dans la chronologie actuelle.
5. B. An de Rome 67; dev. J.-C. 687.
6. B. An de Rome 73; dev. J.-C. 681. — C'est Sennachérib qui prit Babylone et s'y proclama roi en 688. Assarhaddon lui

succéda en 680 après l'avoir assassiné. Assarhaddon envahit le Delta et le conquit en 671.

7. B. Herod., 1, 96. — On assimile généralement Arphaxad, inconnu de l'histoire, à Phraorte, fondateur du royaume des Mèdes.

8. B. An de Rome 83 ; dev. J.-C. 671.

**P. 687.**

1. B. An de Rome 84 ; dev. J.-C. 670. — Psammétique I régna de 663 à 609. Il chassa les Assyriens d'Egypte vers 650.
2. B. Herod., II, 154.
3. B. An de Rome 97 ; dev. J.-C. 657. — Bossuet s'est inspiré du livre de Judith. Or celui-ci prend de grandes libertés avec l'histoire. Nabuchodonosor n'a jamais été roi d'Assyrie ; il était fils de Nabopolassar qui avait fondé une nouvelle dynastie chaldéenne à Babylone et qui avait détruit Ninive. Holopherne, son général, est le symbole des forces du mal ; Judith, dont le nom signifie « la Juive », celui du peuple fidèle à Dieu.
4. B. An de Rome 98 ; dev. J.-C. 656.
5. Cf. note 3.
6. B. An de Rome 111 ; dev. J.-C. 643.
7. B. An de Rome 113 ; dev. J.-C. 641.
8. B. An de Rome 128 ; dev. J.-C. 626.

**P. 688.**

1. B. An de Rome 130 ; dev. J.-C. 624.
2. B. An de Rome 144 ; dev. J.-C. 610.
3. B. An de Rome 147 ; dev. J.-C. 607. — Nabuchodonosor succéda à Nabopolassar en 604.
4. B. *Jér.*, xxv, 11, 12 ; xxix, 10.
5. B. An de Rome 155 ; dev. J.-C. 599.
6. B. An de Rome 158 ; dev. J.-C. 598.
7. B. An de Rome 160 ; dev. J.-C. 594. — Jérusalem fut détruite en 587.
8. B. An de Rome 176 ; dev. J.-C. 578. — Les Phocéens fondèrent sans doute Marseille vers 600.
9. B. An de Rome 188 ; dev. J.-C. 566.

**P. 689.**

1. B. Abyd., apud Euseb., *Præp. Evang.*, IX, 41.
2. B. An de Rome 192 ; dev. J.-C. 562. — Evilmérodac (Avilmarduk) succéda à Nabuchodonosor en 561.
3. B. An de Rome 194 ; dev. J.-C. 560.
4. B. An de Rome 195 ; dev. J.-C. 559.
5. B. An de Rome 206 ; dev. J.-C. 548.
6. B. An de Rome 211 ; dev. J.-C. 543.
7. B. An de Rome 216 ; dev. J.-C. 538.
8. B. An de Rome 217 ; dev. J.-C. 537.

9. L'histoire de Cyrus est embellie par Bossuet. En réalité, Cyrus, roi des Perses, se révolta contre Astyage, roi des Mèdes, dès 555. Il le battit et devint également roi des Mèdes. Il mourut sans doute vers 529.

**P. 690.**

1. B. Herod., I, 95.
2. B. *Ibid.*, I, 114.
3. B. Hier., *in Pan.*, v.
4. Clésias est un historien contemporain d'Hérodote. Né à Cnide dans une famille d'Asclépiades, il se rendit en Perse, où il fut pendant dix-sept ans le médecin du Grand Roi.

**P. 691.**

1. B. Plat., *in Tim.*
2. B. Aristot., *Polit.*, v, 10.
3. B. Herod., I, 96.
4. B. Herod., I; Xenoph., *Cyro.*, v, vi, etc. — Bossuet fait ici quelques erreurs historiques. S'il est exact que des rois très puissants régnaient en Assyrie, au temps des premiers rois mèdes, le premier étant en effet Déjocès, qui aurait dirigé les Mèdes vers 722, Bossuet se trompe lorsqu'il fait disparaître l'empire assyrien avec la prise de Babylone par Cyrus. L'empire assyrien fut détruit entre 615 et 612 par une coalition des Mèdes et de la nouvelle dynastie babylonienne, fondée par Nabopolassar. Ce sont les successeurs de Nabopolassar, Nabonide et son fils Balthazar, qui furent vaincus en 539, lorsque Cyrus s'empara de Babylone. Sardanapale est un roi mythique. On l'a souvent assimilé à Assourbanipal.

**P. 692.**

1. B. Herod., I, 106, 184.
2. B. *Ibid.*, II, 141.
3. B. Strab., xv, init.
4. B. Aelian, *Hist. anim.*, XII, 21.
5. B. Joseph., *Antiq.*, IX, X, 11; *I Cont. Apion*; Euseb., *Præp. evang.*, lib. IX.

**P. 694.**

1. Assuérus n'est pas Cyaxare, mais Xerxès. Bossuet remarque dans la huitième époque qu'il pourrait être Darios.

**P. 695.**

1. B. *I Esdr.*, IV, 2, 10.
2. B. *IV (II) Reg.*, XV, 19; *I Paral.* V, 26.
3. Bossuet a des audaces d'assimilation peu historiques. Nabuchodonosor (604-562) est le successeur de Nabopolassar

(625-605). — Il faut distinguer Sargon II, roi d'Assyrie de 721 à 705, et Sennachérib, qui lui succéda de 704 à 681.
4. B. Herod., II, 154.
5. B. *Ibid.*, I, 95.

**P. 696.**

1. Cet alinéa a été ajouté dans la deuxième édition.
2. B. An de Rome 218; dev. J.-C. 536.
3. B. An de Rome 219; dev. J.-C. 535.
4. B. *I Esdr.*, IV, 2, 3.
5. B. An de Rome 221; dev. J.-C. 533.

**P. 697.**

1. B. An de Rome 229; dev. J.-C. 525.
2. B. An de Rome 232; dev. J.-C. 522.
3. B. An de Rome 233; dev. J.-C. 521.
4. B. Herod., IV, 91.
5. B. *I Esdr.*, V, VI.
6. B. An de Rome 241; dev. J.-C. 513.
7. B. An de Rome 244; dev. J.-C. 510.
8. B. An de Rome 245; dev. J.-C. 509.

**P. 698.**

1. B. An de Rome 247; dev. J.-C. 507.
2. B. An de Rome 254; dev. J.-C. 500.
3. B. An de Rome 261; dev. J.-C. 493.
4. B. An de Rome 264; dev. J.-C. 490.
5. B. An de Rome 265; dev. J.-C. 489.
6. B. An de Rome 266; dev. J.-C. 488.
7. B. An de Rome 274; dev. J.-C. 480.

**P. 699.**

1. B. An de Rome 275; dev. J.-C. 479.
2. Convoitait *(affectare)*.
3. B. An de Rome 277; dev. J.-C. 477.
4. B. An de Rome 278; dev. J.-C. 476.
5. B. An de Rome 280; dev. J.-C. 474.
6. B. Arist., *Polit.*, V, 10.
7. B. An de Rome 281; dev. J.-C. 473.
8. B. An de Rome 287; dev. J.-C. 467. *I Esdr.*, VII, VIII

**P. 700.**

1. B. An de Rome 300; dev. J.-C. 454. *I Esdr.*, I, 1; VI 3; *II Esdr.*, II, 1, 2.
2. B. *Dan.*, IX, 25.
3. B. Thucyd., I.
4. B. Corn. Nep., *in Themist.*, 9.
5. B. Plutarch., *in Themist.*
6. B. *Dan.*, IX, 25.

**P. 701.**

1. B. An de Rome 302; dev. J.-C. 452.
2. B. An de Rome 303; dev. J.-C. 451.
3. Envahir et non pas seulement déborder sur. C'était un sens fréquent au XVIe siècle, déjà rare au XVIIe siècle.
4. B. An de Rome 304; dev. J.-C. 450.
5. B. An de Rome 305; dev. J.-C. 449.
6. I. *Esdr.*, IX, X; II *Esdr.*, *(I Néhémie)*, XIII; *Deut.*, XXIII, 3. — Les livres des Chroniques, d'Esdras et de Néhémie ont été écrits au XIIIe siècle avant J.-C., donc un siècle environ après Esdras et Néhémie.

**P. 702.**

1. B. *II Esdr. (I Néhémie)*, VIII, 5, 6, 8. La traduction de Bossuet semble erronée. Il est dit au contraire dans le livre d'Esdras (*II Esdr. (Néhémie)*, VIII, 8) : « Et Esdras lut dans le livre de la loi de Dieu, traduisant et donnant le sens : ainsi l'on comprenait la lecture. »
2. Ici commence la plus importante addition de Bossuet. Elle s'étend jusqu'à : « Les Juifs vivaient avec douceur... », quatorze alinéas plus loin. Bossuet la laissa en manuscrit. Il l'eût vraisemblablement remaniée, avant de la publier, car elle rompt l'exposé, et on y trouve des redites d'un paragraphe à l'autre.

**P. 703.**

1. B. An du monde 3029; dev. J.-C. 975.
2. B. An du monde 3080; dev. J.-C. 924.
3. B. An de Rome 77; dev. J.-C. 677. — *IV (II) Reg.*, XVII, 24; *I Esdr.*, IV, 2.
4. B. An de Rome 219; dev. J.-C. 535.
5. B. *Esdr.*, IV, 2, 3.

**P. 704.**

1. B. An de Rome 421; dev. J.-C. 333.
2. B. Joseph., *Antiq.*, XIII, VI, 3.
3. B. An de Rome 587; dev. J.-C. 167.
4. B. An de Rome 624; dev. J.-C. 130.
5. B. *Joan.*, IV, 21, 23.

**P. 705.**

1. B. An de Rome 323; dev. J.-C. 431.
2. B. An de Rome 350; dev. J.-C. 404.
3. B. An de Rome 353; dev. J.-C. 401.
4. B. An de Rome 358; dev. J.-C. 396.
5. B. An de Rome 360; dev. J.-C. 394.
6. B. An de Rome 363; dev. J.-C. 391.
7. B. An de Rome 364; dev. J.-C. 390.

## P. 706.

1. B. Polybe, I, 6; II, 18-22.
2. B. An de Rome 383; dev. J.-C. 371.
3. B. An de Rome 395; dev. J.-C. 359.
4. B. An de Rome 416; dev. J.-C. 338.
5. B. An de Rome 417; dev. J.-C. 337.
6. B. An de Rome 418; dev. J.-C. 336.
7. B. An de Rome 419; dev. J.-C. 335.

## P. 707.

1. B. An de Rome 420; dev. J.-C. 334.
2. B. An de Rome 421; dev. J.-C. 333.
3. B. An de Rome 423; dev. J.-C. 331.
4. B. An de Rome 424; dev. J.-C. 330.
5. B. An de Rome 427; dev. J.-C. 327.
6. B. An de Rome 430; dev. J.-C. 324. — Alexandre est mort en 323. Les autres dates de sa vie concordent avec la chronologie contemporaine.
7. B. An de Rome 421; dev. J.-C. 333.
8. B. An de Rome 422; dev. J.-C. 332.
9. B. Ans de Rome 428, 429, 430.
10. B. An de Rome 430; dev. J.-C. 324.
11. B. Ans de Rome 430, 436, 438, 443.

## P. 708.

1. B. An de Rome 431; dev. J.-C. 323.
2. B. An de Rome 442; dev. J.-C. 312.
3. B. An de Rome 458; dev. J.-C. 296.
4. B. An de Rome 460; dev. J.-C. 294.
5. B. An de Rome 465; dev. J.-C. 289.
6. B. An de Rome 468; dev. J.-C. 286.
7. B. An de Rome 473; dev. J.-C. 281.
8. B. An de Rome 474; dev. J.-C. 280.
9. B. An de Rome 475; dev. J.-C. 279.
10. B. An de Rome 476; dev. J.-C. 278.
11. B. An de Rome 471; dev. J.-C. 283.
12. B. Polyb., II, 20.

## P. 709.

1. B. An de Rome 472; dev. J.-C. 282.
2. B. An de Rome 477; dev. J.-C. 277.
3. B. An de Rome 474; dev. J.-C. 280.
4. B. An de Rome 475; dev. J.-C. 279.
5. B. An de Rome 476; dev. J.-C. 278.
6. B. Joseph., *Antiq.*, XII, 3.
7. B. An de Rome 477; dev. J.-C. 277.
8. B. Joseph., *Antiq.*, I, *Proœm.*, XII, 2.

**P. 710.**

1. B. An de Rome 479; dev. J.-C. 275.
2. B. An de Rome 480; dev. J.-C. 274.
3. B. An de Rome 482; dev. J.-C. 272.
4. B. Polyb., I, 12; II, 1.

**P. 711.**

1. B. An de Rome 490; dev. J.-C. 264.
2. B. An de Rome 494; dev. J.-C. 260. — Rome remporta en 260 la fameuse bataille navale de Myles.
3. B. An de Rome 499; dev. J.-C. 255.
4. B. An de Rome 513; dev. J.-C. 241.
5. B. Polyb., I, 62, 63; II, 1.
6. B. An de Rome 516; dev. J.-C. 238.
7. B. Polyb., I, 79, 83, 88.
8. B. An de Rome 524; dev. J.-C. 230.

**P. 712.**

1. B. An de Rome 525; dev. J.-C. 229.
2. B. An de Rome 526; dev. J.-C. 228.
3. B. Polyb., II, 12, 22.
4. B. *Ibid.*, 21.
5. B. An de Rome 530; dev. J.-C. 224.
6. B. An de Rome 534; dev. J.-C. 220.
7. B. An de Rome 535; dev. J.-C. 219.

**P. 713.**

1. B. An de Rome 536; dev. J.-C. 218.
2. B. An de Rome 537; dev. J.-C. 217. — Les Romains furent battus à la Trébie en 218, au lac Trasimène, en 217, à Cannes surtout, en 216.
3. B. An de Rome 538; dev. J.-C. 216.
4. B. An de Rome 539; dev. J.-C. 215.
5. B. An de Rome 542; dev. J.-C. 212.
6. B. An de Rome 540; dev. J.-C. 214.
7. B. An de Rome 542; dev. J.-C. 212.
8. B. An de Rome 543; dev. J.-C. 211.
9. B. An de Rome 544; dev. J.-C. 210.
10. B. An de Rome 548; dev. J.-C. 206.
11. B. An de Rome 551; dev. J.-C. 203. — Scipion remporta sur Hannibal en Afrique la bataille de Zama, en 202.
12. B. An de Rome 552; dev. J.-C. 202. — La paix entre Carthage et Rome fut signée en 201.
13. B. An de Rome 504; dev. J.-C. 250. — Théodote est plus connu sous le nom de Diodote.

**P. 715.**

1. B. An de Rome 552; dev. J.-C. 202.
2. B. An de Rome 556; dev. J.-C. 198. — Flamininus et non *Flaminius,* ainsi que l'écrit Bossuet, comme l'avait fait Corneille.
3. B. An de Rome 558; dev. J.-C. 196.
4. B. An de Rome 559; dev. J.-C. 195.
5. B. An de Rome 561; dev. J.-C. 193.
6. B. An de Rome 572; dev. J.-C. 182.
7. B. An de Rome 578; dev. J.-C. 176.
8. B. An de Rome 579; dev. J.-C. 175.
9. B. An de Rome 581; dev. J.-C. 173.

**P. 716.**

1. B. An de Rome 583; dev. J.-C. 171.
2. B. An de Rome 586; dev. J.-C. 168. — A la bataille de Pydna.
3. B. An de Rome 587; dev. J.-C. 167.
4. B. An de Rome 588; dev. J.-C. 166.
5. B. An de Rome 589; dev. J.-C. 165.
6. B. An de Rome 590; dev. J.-C. 164.
7. B. An de Rome 591; dev. J.-C. 163.
8. B. An de Rome 592; dev. J.-C. 162.
9. B. An de Rome 593; dev. J.-C. 161.

**P. 717.**

1. B. An de Rome 600; dev. J.-C. 154.
2. B. An de Rome 604; dev. J.-C. 150.
3. B. *Idem.*
4. B. An de Rome 587; dev. J.-C. 167.
5. B. *II Machab.,* vi, 2; Joseph., *Antiq.,* xii, 7.
6. B. Joseph., *Antiq.,* xiii, 6.
7. B. *Ibid.*
8. B. An de Rome 606; dev. J.-C. 148.

**P. 718.**

1. B. An de Rome 608; dev. J.-C. 146.
2. B. An de Rome 610; dev. J.-C. 144.
3. B. An de Rome 611; dev. J.-C. 143.
4. Lui réussissait (un des sens de *succedere*). Ce terme est d'autant moins clair que Bossuet a employé le même verbe quelques lignes plus loin dans son sens habituel.

**P. 719.**

1. B. An de Rome 612; dev. J.-C. 142.
2. B. An de Rome 613; dev. J.-C. 141.
3. B. An de Rome 614; dev. J.-C. 140.
4. B. An de Rome 615; dev. J.-C. 139.
5. B. An de Rome 619; dev. J.-C. 135.

1484  NOTES ET VARIANTES

**P. 720.**

1. B. An de Rome 621; dev. J.-C. 133.
2. Cette appréciation du tribunat de Tibérius Gracchus est partisane; les mesures préconisées par Tibérius avaient plus d'ampleur et de désintéressement que Bossuet ne le dit; il voulait en particulier reconstituer la classe des petits propriétaires indépendants et atténuer la plaie de la clientèle. Bossuet se fait l'écho de la noblesse sénatoriale et même de Cicéron qui jugea sévèrement les Gracques.
3. B. An de Rome 622; dev. J.-C. 132.
4. B. Nic. Damasc. apud Joseph., *Antiq.*, XIII, 16.
5. B. An de Rome 624; dev. J.-C. 130.

**P. 721.**

1. B. An de Rome 625; dev. J.-C. 129.
2. B. An de Rome 626; dev. J.-C. 128.
3. B. An de Rome 629; dev. J.-C. 125.
4. B. An de Rome 630; dev. J.-C. 124.
5. B. An de Rome 633; dev. J.-C. 121.
6. B. An de Rome 645; dev. J.-C. 109.
7. B. An de Rome 650; dev. J.-C. 104.
8. B. An de Rome 651; dev. J.-C. 103.
9. B. An de Rome 629; dev. J.-C. 125.
10. B. An de Rome 631; dev. J.-C. 123.
11. B. An de Rome 633; dev. J.-C. 121.

**P. 722.**

1. B. Ans de Rome 635, 640, 641.
2. B. An de Rome 648; dev. J.-C. 106.
3. B. An de Rome 651; dev. J.-C. 103.
4. B. An de Rome 652; dev. J.-C. 102.
5. B. An de Rome 654; dev. J.-C. 100.
6. B. An de Rome 660; dev. J.-C. 94.
7. B. An de Rome 666; dev. J.-C. 88.
8. B. An de Rome 668; dev. J.-C. 86.
9. B. An de Rome 663; dev. J.-C. 91.
10. B. Ans de Rome 666, 667 et suiv.
11. B. An de Rome 672; dev. J.-C. 82.
12. B. An de Rome 675; dev. J.-C. 79.
13. B. An de Rome 680; dev. J.-C. 74.

**P. 723.**

1. B. An de Rome 681; dev. J.-C. 73.
2. B. An de Rome 683; dev. J.-C. 71.
3. B. An de Rome 686; dev. J.-C. 68.
4. B. An de Rome 687; dev. J.-C. 67.
5. B. An de Rome 689; dev. J.-C. 65.
6. B. An de Rome 691; dev. J.-C. 63.

7. B. An de Rome 696; dev. J.-C. 58 et suiv.
8. B. An de Rome 700; dev. J.-C. 54.
9. B. An de Rome 701; dev. J.-C. 53.

**P. 724.**

1. B. An de Rome 705; dev. J.-C. 49.
2. B. An de Rome 706; dev. J.-C. 48.
3. B. An de Rome 707; dev. J.-C. 47. — César ne fut maître de l'Espagne qu'en 46. On le nomma alors dictateur pour 10 ans.
4. B. An de Rome 708; dev. J.-C. 46.
5. B. An de Rome 709; dev. J.-C. 45.
6. B. An de Rome 710; dev. J.-C. 44.
7. B. An de Rome 711; dev. J.-C. 43. — Cicéron fut la plus célèbre victime.
8. B. An de Rome 712; dev. J.-C. 42. — A la bataille de Philippes.
9. B. An de Rome 718; dev. J.-C. 36.
10. B. An de Rome 722; dev. J.-C. 32.
11. B. An de Rome 723; dev. J.-C. 31.
12. B. An de Rome 724; dev. J.-C. 30.
13. B. An de Rome 727; dev. J.-C. 27.
14. B. An de Rome 730; dev. J.-C. 24.
15. B. An de Rome 732; dev. J.-C. 22. — L'Ethiopie antique correspond à la Nubie actuelle.
16. B. An de Rome 734; dev. J.-C. 20.
17. B. An de Rome 739; dev. J.-C. 15.

**P. 725.**

1. B. An de Rome 742; dev. J.-C. 12.
2. B. An de Rome 747; dev. J.-C. 7.
3. B. An de Rome 753.
4. B. An de Rome 754.
5. B. An de J.-C. 1.
6. En effet Jésus naquit sans doute vers 7-6 avant l'année fixée par la tradition comme date de sa naissance.

**P. 726.**

1. Hérode mourut en réalité en mars-avril (?) 4 avt. J.-C., à Jéricho.
2. B. An de J.-C. 8. — La Judée devint province romaine en 6.
3. B. An de J.-C. 14.
4. Bossuet fait une erreur. Aucune loi n'assura l'hérédité à la succession. En fait, la maison des Césars fournit tous ses empereurs à Rome jusqu'à la mort de Néron en 68.

5. B. An de J.-C. 16. — Arminius avait provoqué le désastre de Varus en Germanie en 9 ap. J.-C.

6. B. An de J.-C. 17.
7. B. An de J.-C. 19. — Bossuet, toujours inspiré par les écrivains latins, porte-parole du Sénat, noircit le personnage de Tibère à l'excès.
8. B. An de J.-C. 28.
9. B. An de J.-C. 30.
10. B. *Dan.*, IX, 27.
11. B. An de J.-C. 33. — On pense généralement que cette date est trop tardive. La mort du Christ eut lieu, plus sûrement, le 8 avril 30, qui voit coïncider également le sabbat avec la Pâque.

**P. 727.**

1. Bossuet fait allusion aux premières études critiques des textes bibliques de la fin du XVIIe siècle. Il avait voulu lui-même relire la Bible dans cet esprit, mais il avait vite écarté avec impatience les minuties de l'analyse des textes, pour revenir aux larges synthèses, plus adaptées à son tempérament.
2. Cet alinéa et le suivant jusqu'à « Les ténèbres qui couvrirent » sont une addition laissée par Bossuet en manuscrit. Elle prouve son exaspération devant les subtilités des discussions scientifiques.
3. B. *Matth.*, XXVII, 45.
4. Phleg., XIII *Olymp.*; Thall., *Hist.*, 3.

**P. 728.**

1. Tertull., *Apol.*, XXI; Orig., *cont. Cels.* II, 33 et tractat. XXXV *in Matth.*, 134; Euseb. et Hieron., *in chron.*; Jul. Afric., chron.
2. B. An de J.-C. 37.
3. B. An de J.-C. 41.
4. B. An de J.-C. 48.
5. B. An de J.-C. 49.
6. B. *Act.*, XV, 7.
7. B. *Ibid.*, XVI, 4.
8. B. An de J.-C. 50.
9. B. An de J.-C. 54.
10. B. Ans de J.-C. 58, 60, 62, 63, etc.
11. B. An de J.-C. 66.
12. B. An de J.-C. 67.

**P. 729.**

1. B. An de J.-C. 68.
2. B. An de J.-C. 69.
3. B. An de J.-C. 70.

4. B. An de J.-C. 79.
5. B. An de J.-C. 93.
6. B. An de J.-C. 95.
7. B. An de J.-C. 97.
8. B. An de J.-C. 98.
9. B. An de J.-C. 102.
10. B. An de J.-C. 106.

**P. 730.**

1. B. Ans de J.-C. 115, 116.
2. B. An de J.-C. 117.
3. B. An de J.-C. 120.
4. B. An de J.-C. 123.
5. B. An de J.-C. 125. — Toutes les dates qui concernent le règne d'Hadrien sont précises mais fausses.
6. B. An de J.-C. 126. — Hadrien fit construire un mur dont il reste quelques portions en Bretagne entre 122 et 126.
7. B. An de J.-C. 130.
8. B. An de J.-C. 135. — Les Juifs se révoltèrent une seconde fois de 132 à 135.
9. B. An de J.-C. 136.
10. B. An de J.-C. 138.
11. B. Ans de J.-C. 139, 161.
12. B. An de J.-C. 162.
13. B. An de J.-C. 169.
14. B. An de J.-C. 180.
15. B. An de J.-C. 192.
16. B. An de J.-C. 193.

**P. 731.**

1. B. Ans de J.-C. 194, 195, 198, etc.
2. B. Ans de J.-C. 207, 209.
3. B. An. de J.-C. 208.
4. B. Ans de J.-C. 211, 212.
5. B. An de J.-C. 218.
6. B. An de J.-C. 222.
7. B. An de J.-C. 235.
8. B. An de J.-C. 233.
9. B. Tertull., *adver. Jud.*, VII; *Apolog.*, XXXVII.
10. B. An de J.-C. 107.
11. B. An de J.-C. 163.
12. B. An de J.-C. 167.

**P. 732.**

1. B. An de J.-C. 177.
2. B. An de J.-C. 202.
3. B. An de J.-C. 174.
4. B. An de J.-C. 215.

5. D'origine phrygienne, prêtre de Cybèle avant de se convertir au christianisme, Montanus prêcha vers 160-170, une doctrine qui fut bientôt condamnée par les Papes. Il croyait en l'intervention permanente du Saint-Esprit qui révélait aux saints l'avenir de l'Eglise. Il prédisait aussi pour un temps prochain le triomphe visible de Jésus-Christ.

6. Les valentiniens furent en réalité une des 70 sectes gnostiques du IIe siècle après J.-C., une des plus célèbres. Les gnostiques s'inspiraient de la philosophie orientale, du manichéisme en particulier, du platonicisme, du judaïsme et du christianisme. Ils cherchaient à « connaître » Dieu. Ils pensaient en général qu'il y avait un Dieu ineffable créateur du monde. Il y avait eu d'abord émanation d'êtres purs, puis chute avec l'incarnation. Il s'agissait de s'affranchir du mal, c'est-à-dire de la matière, par la rédemption.

7. B. Iren., *adv. Hær.*, III, 1, 2, 3.
8. B. De Præsc., *adv. Hær.*, XXXVI.

**P. 733.**

1. B. An de J.-C. 235.
2. B. Ans de J.-C. 236-237.
3. B. An de J.-C. 238.
4. B. An de J.-C. 242. — La Mésopotamie fut alors reconquise.
5. B. An de J.-C. 244.
6. B. An de J.-C. 245. — Philippe l'Arabe céda à Sapor la Mésopotamie et peut-être l'Arménie en 244.
7. B. An de J.-C. 249.
8. B. Euseb., *Hist. eccl.*, VI, 39.
9. B. Greg. Tur., *Hist. Franc.*, I, 28.
10. B. An de J.-C. 251.
11. B. An de J.-C. 254.
12. B. An de J.-C. 257.
13. B. An de J.-C. 258.
14. B. An de J.-C. 256.
15. B. An de J.-C. 257.
16. B. An de J.-C. 259.
17. B. Euseb., *Hist. eccl.*, VII, 6.

**P. 734.**

1. B. Les Burgondes.
2. B. Ans de J.-C. 258, 259, 260.
3. B. An de J.-C. 261.
4. B. An de J.-C. 264.
5. B. An de J.-C. 268.
6. B. An de J.-C. 270.

7. B. Euseb., *Hist. eccl.*, VII, 27 et seq; Athan., *de Synod.*, 26, 43; Theodor., *Hær. Fab.* II, 8; Nicéph., VI, 27.
8. B. An de J.-C. 273.
9. B. An de J.-C. 274.
10. B. *Hist. Aug. Aurel.*, VII; Flor., II; Prob., XI, XII; Firm., XIII.

### P. 735.

1. B. An de J.-C. 275.
2. B. An de J.-C. 276.
3. B. An de J.-C. 277. — L'invasion des Barbares en Orient et en Occident fut générale. Bossuet isole les Francs des Germains, et leur donne une importance que ce petit peuple, le moins nombreux et le moins touché par la civilisation romaine de tous les peuples germaniques, n'a jamais eue, au début des grandes invasions.
4. B. An de J.-C. 278.
5. B. An de J.-C. 280.
6. B. An de J.-C. 282.
7. B. An de J.-C. 283.
8. B. An de J.-C. 284.

### P. 736.

1. B. An de J.-C. 285.
2. B. An de J.-C. 286.
3. B. An. de J.-C. 291.
4. B. An de J.-C. 297.
5. B. Euseb., *Hist. eccl.*, VIII, 13; *Orat.* Const. ad Sanct. cœt., 25; Lact., *de Morte persec.*, XVII, XVIII.
6. B. An de J.-C. 304.
7. B. Lact., *de Morte persec.*, XXIV.
8. B. An de J.-C. 306.

### P. 737.

1. B. An de J.-C. 307.
2. B. Lact., *lib. cit.*, XXVI, XXVII.
3. B. Lact., *lib. cit.*, XXVIII, XXXII.
4. B. An de J.-C. 312.
5. B. Lact., *lib. cit.*, XLII, XLIII.
6. B. Euseb., *Hist. eccl.*, VIII, 16; *de Vita Constant.*, I, 57; Lact., *de Morte persec.*, IX et seq.
7. B. An de J.-C. 302.

### P. 738.

1. B. An de J.-C. 311.
2. B. An de J.-C. 312. — La tradition situe la conversion de Constantin en 312, à la bataille du Pont Milvius. Cette date

est controversée. Constantin ne prit le surnom de Grand qu'en 315.

3. B. An de J.-C. 313.
4. B. An de J.-C. 315.
5. B. An de J.-C. 324.

**P. 739.**

1. B. An de J.-C. 325.
2. B. Gel. Cyzic., *Hist. Conc. Nic.*, II, 6, 27; *Conc.* Labb., II, 158, 227.
3. B. An de J.-C. 326.
4. B. An de J.-C. 330.
5. B. An de J.-C. 336.
6. B. An de J.-C. 337. — Constantin avait été baptisé à la veille de sa mort, par un arien.
7. B. An de J.-C. 340.

**P. 740.**

1. B. An de J.-C. 341. — Socr., *Hist. eccl.*, II, 15; Sozom., III, 8.
2. B. An de J.-C. 350.
3. B. An de J.-C. 351.
4. B. An de J.-C. 353.
5. B. An de J.-C. 357.
6. B. An de J.-C. 359.
7. B. Ans de J.-C. 357, 358, 359.
8. Les Alamans.
9. B. An de J.-C. 360.
10. B. An de J.-C. 361.
11. B. An de J.-C. 363.
12. B. An de J.-C. 364.
13. B. Ans de J.-C. 366, 367, 368, 370, etc.

**P. 741.**

1. B. Epiph., III, hær. LXXV; Aug., hær. LIII.
2. B. An de J.-C. 375.
3. B. An de J.-C. 377.
4. B. An de J.-C. 378.
5. B. An de J.-C. 379.
6. B. An de J.-C. 381.

**P. 742.**

1. B. An de J.-C. 383.
2. B. Ans de J.-C. 386, 387.
3. B. An de J.-C. 388.
4. B. An de J.-C. 392.
5. B. An de J.-C. 394.

## P. 743.

1. B. An de J.-C. 390.
2. Après la révolte de Thessalonique, Théodose avait ordonné le massacre de la population. Il revint trop tard sur son ordre : il y eut 7000 morts.
3. B. An de J.-C. 395.
4. B. Ans de J.-C. 386-387.
5. B. An de J.-C. 395.
6. B. An de J.-C. 399.
7. B. Ans de J.-C. 403-404.
8. B. Ans de J.-C. 406 et suiv.
9. B. An de J.-C. 408.

## P. 744.

1. B. Il s'agit de Constantin III qui avait usurpé l'empire en Bretagne au moment de l'invasion des Vandales et des Suèves en Gaule; en 410, profitant de l'occupation de Rome par Alaric, chef des Wisigoths, il reprit ses menées en Italie.
2. B. An de J.-C. 409.
3. B. An de J.-C. 410.
4. B. Ataulphe succéda à Alaric, à la tête des Wisigoths.
5. B. An de J.-C. 413.
6. B. Ans de J.-C. 414, 415.
7. B. An de J.-C. 420.
8. Il n'est pas sûr que *Pharamond* ait existé; Grégoire de Tours lui-même ne le connaît pas.
9. B. An de J.-C. 423.
10. B. An de J.-C. 424.
11. B. Ans de J.-C. 411, 413.
12. B. An de J.-C. 416.
13. B. An de J.-C. 417.

## P. 745.

1. B. Hier., *cont. Vigil.*, IV, part. II, col. 282 et seq; Gennad. *de Scrip. eccl.*
2. B. An de J.-C. 427.
3. B. An de J.-C. 429.
4. B. An de J.-C. 430.
5. B. An de J.-C. 431.
6. B. Part. II *Conc. Eph.*, act. I; *Sent. depos. Nestor.*, t. III; *Conc. Labb.*, col. 533.
7. B. An de J.-C. 448.
8. B. An de J.-C. 451.
9. B. *Relat. S. Syn. Chalc., ad Leon.*, Conc. part. III, t. IV, col. 837.

**P. 746.**

1. Les Angles.
2. Ancien nom de la mer d'Azov.
3. B. An de J.-C. 452.
4. B. Ans de J.-C. 454, 455.
5. Roi des Vandales, installés en Afrique en 429. Genséric prit Rome en 455.
6. B. An de J.-C. 456.
7. B. An de J.-C. 457.

**P. 747.**

1. B. An de J.-C. 458.
2. B. An de J.-C. 465.
3. B. An de J.-C. 474.
4. B. An de J.-C. 475.
5. B. An de J.-C. 476.
6. B. An de J.-C. 483.
7. B. Ans de J.-C. 490, 491.
8. B. An de J.-C. 492.
9. B. An de J.-C. 493.
10. B. An de J.-C. 494.
11. B. An de J.-C. 495. — Les dates du règne de Clovis sont encore très controversées. On pense en général que Clovis succéda à Childéric en 481, qu'il battit Syagrius et le tua à Soissons en 486; qu'il s'attaqua ensuite aux Alamans. La date de la bataille de Tolbiac et les circonstances de la conversion de Clovis sont très discutées.

**P. 748.**

1. B. An de J.-C. 506. — A Vouillé.
2. Bossuet avait ajouté à la première édition : *aujourd'hui Toulouse*.
3. B. An de J.-C. 507.
4. B. An de J.-C. 508. — Théodoric, roi des Ostrogoths, installés en Italie, écarta les Francs de la Provence.
5. B. An de J.-C. 510.
6. Bossuet fait presque toujours *foudre* du masculin, au propre et au figuré. Le genre de ce mot n'était pas encore fixé. — B. An de J.-C. 518.
7. Savoir et non système de pensée original.
8. B. An de J.-C. 526.
9. B. An de J.-C. 527.
10. B. Ans de J.-C. 529, 530, etc.
11. B. Ans de J.-C. 533, 534.
12. B. Ans de J.-C. 552, 553.
13. B. An de J.-C. 532.

# L'HISTOIRE UNIVERSELLE 1493

**P. 749.**

1. B. An de J.-C. 553.
2. B. An de J.-C. 555.
3. B. An de J.-C. 568.
4. B. Ans de J.-C. 570, 571.
5. B. An de J.-C. 574.
6. B. An de J.-C. 578.
7. B. An de J.-C. 580.
8. B. An de J.-C. 581.

**P. 750.**

1. B. An de J.-C. 583.
2. B. An de J.-C. 590.
3. B. An de J.-C. 597.
4. B. Beda, *Hist. angl.*, I, 25.
5. B. Greg., lib. IX, epist. 58; nunc lib. II, ind. 4, epist. 38; Labb., *Conc.*, t. II, col. 1110.
6. B. An de J.-C. 601.
7. B. An de J.-C. 604.

**P. 751.**

1. B. An de J.-C. 601.
2. B. An de J.-C. 602.
3. B. *Ps.* CXVIII (CXIX), 137.
4. B. An de J.-C. 606.
5. B. An de J.-C. 610.
6. B. An de J.-C. 614.
7. B. Ans de J.-C. 620, 621, 622.
8. B. Ans de J.-C. 623, 625, 626.
9. B. An de J.-C. 622.
10. B. An de J.-C. 629.

**P. 752.**

1. B. An de J.-C. 633.
2. B. An de J.-C. 639.
3. B. An de J.-C. 640.
4. B. An de J.-C. 648.
5. B. An de J.-C. 649.
6. B. An de J.-C. 650.
7. B. An de J.-C. 654.
8. B. An de J.-C. 627.
9. B. An de J.-C. 634.
10. B. An de J.-C. 635.
11. B. Ans de J.-C. 634, 635.
12. B. An de J.-C. 636.
13. B. An de J.-C. 637.

**P. 753.**

1. B. An de J.-C. 647.
2. B. An de J.-C. 648.
3. B. An de J.-C. 663.
4. B. An de J.-C. 668.
5. B. An de J.-C. 671.
6. B. An de J.-C. 672. — Constantinople fut assiégée par une flotte arabe en 673. Les Musulmans ne levèrent le siège qu'en 677. On parla de « miracle », car les Byzantins utilisèrent alors pour la première fois le feu grégeois, un mélange de salpêtre, de soufre, de résine et d'autres matières combustibles qui brûlaient sur l'eau, dont ils devaient conserver le secret de fabrication pendant près de cinq siècles.
7. B. An de J.-C. 678.
8. Confusion de cette province d'Asie Mineure avec la *Mésie,* comprise entre la Save et le Danube.
9. B. An de J.-C. 680.
10. B. An de J.-C. 685.
11. B. An de J.-C. 686.
12. B. An de J.-C. 689.

**P. 754.**

1. B. An de J.-C. 693.
2. B. An de J.-C. 695.
3. B. An de J.-C. 694.
4. B. An de J.-C. 696.
5. B. An de J.-C. 702.
6. B. An de J.-C. 711.
7. B. An de J.-C. 713.
8. L'étude des causes de la pénétration musulmane en Espagne est très insuffisante.
9. B. An de J.-C. 715.

**P. 755.**

1. B. An de J.-C. 716.
2. B. An de J.-C. 718.
3. B. An de J.-C. 719.
4. B. An de J.-C. 725. — Bossuet fait ici plusieurs confusions. La bataille eut lieu entre Tours et Poitiers, mais plus près de Poitiers : on l'appelle donc bataille de Poitiers. Elle fut livrée en 732 et non en 725. Charles Martel écrasa Abd-ar-Rahman, mais il ne le tua pas.
5. Autre inexactitude. Les Arabes gardèrent la Septimanie, au nord des Pyrénées, jusqu'à ce que Pépin les en chasse, vingt ans plus tard.
6. B. An de J.-C. 723.
7. B. An de J.-C. 726.

## P. 756.

1. B. An de J.-C. 730.
2. B. Ans de J.-C. 739, 740.
3. B. An de J.-C. 741.
4. B. An de J.-C. 742.

## P. 757.

1. B. An de J.-C. 743.
2. B. An de J.-C. 747. — La vocation monastique spontanée de Carloman est douteuse.
3. B. An de J.-C. 752.
4. Exagéré. Aucun texte historique ne le prouve.
5. B. An de J.-C. 753.
6. B. An de J.-C. 754.
7. B. Conc. Nic. II, act. VI, t. VII, *Concil.*, col. 395.
8. B. Conc. Nic. II, *Defin. Pseudo. syn. C. P.*, col. 158, 507.
9. B. *Ibid. Pseudo. syn. C. P.*, can. X et XI, col. 523, 527.

## P. 758.

1. B. An de J.-C., 755.
2. B. An de J.-C. 772.
3. B. An de J.-C. 773.
4. B. An de J.-C. 774.
5. B. An de J.-C. 780.
6. Tenue d'un concile (*celebrare* : faire quelque chose à plusieurs).
7. B. An de J.-C. 784.

## P. 759.

1. B. An de J.-C. 787.
2. B. Conc. Nic. II, act. VI, t. VII, *Concil.*, col. 395.

## P. 760.

1. B. Conc. Nic. can. VII, t. II, *conc.*, col. 31.
2. B. Conc. C. P. I, can. III, *ibid.*, col. 948; Conc. Chalced., can. XXVIII, t. IV, c. 769.
3. B. Conc. Nic. can. VI, *ubi sup.*
4. B. An de J.-C. 787.

## P. 761.

1. B. An de J.-C. 793.
2. B. An de J.-C. 795.
3. B. An de J.-C. 796.
4. L'adoptianisme en particulier, condamné en 694 au concile de Francfort.
5. On a la preuve que Charlemagne et son entourage suggérèrent ce couronnement au Pape.

**P. 762.**

1. Bossuet a utilisé les *Annales Veteris et Novi Testamenti* de l'Irlandais Usher, qui avait fait paraître une Histoire universelle, en sept âges, à Londres, en 1650.

## SECONDE PARTIE

**P. 764.**

1. Faibles.

**P. 768.**

1. B. *Gen.*, I, 3, etc.
2. B. *Gen.*, I, 26.
3. B. *Joan.*, V, 19.

**P. 769.**

1. B. *Gen.*, II, 7.
2. B. *Gen.*, I, 20, 24. — On traduit généralement par *être vivant* ce que Bossuet traduit par âme vivante.

**P. 770.**

1. B. *Gen.*, II, 7.
2. Les stoïciens.

**P. 771.**

1. B. *Psal.* VIII, 6.
2. La fin de l'alinéa a été laissée en manuscrit par Bossuet.
3. B. *Gen.*, II, 19, 20.
4. B. *Gen.*, III, 1.

**P. 772.**

1. B. *Gen.*, III, 4.
2. B. *Gen.*, III, 5.
3. B. *Gen.*, III, 6.
4. B. *Gen.*, III, 7. — L'homme s'aperçoit qu'il est nu et se couvre d'un pagne de feuilles de figuier.

**P. 773.**

1. B. *Gen.*, III, 8.
2. B. *Gen.*, III, 14, 15.

3. Le passage compris entre ces mots et *la tête écrasée* est une addition laissée en manuscrit par Bossuet. Il avait écrit simplement dans les trois premières éditions : « Dieu fait voir à Eve notre Mère son ennemi vaincu, et lui montre cette semence bénite par laquelle notre vainqueur devait avoir la tête écrasée. »

**P. 774.**

1. La dernière phrase de l'alinéa ne se trouvait pas dans la première édition.
2. B. *Joan.*, XIV, 30.
3. On en trouve mention en effet dans toutes les littératures anciennes, en particulier dans la tradition mésopotamienne et dans celle de la Grèce. Cf. 1re partie, 1re époque, p. 670, 671; note 1 de la p. 671.

**P. 775.**

1. Alinéa laissé en manuscrit.
2. B. *Gen.*, IX, 9, 10, etc.
3. B. *Ezech.*, I, 28; *Apocal.*, IV, 3.
4. B. *Gen.*, IX, 3.
5. B. Maneth., Beros, Hestiæ, Nic. Damas, et al. apud Joseph., *Antiq.*, lib. I, c. 4, al. 3; Hesiod., *Op. et dies*.

**P. 776.**

1. Nourriture; n'importe quelle sorte d'aliments *(victus)*.
2. B. *Gen.*, IX, 4.
3. B. *Gen.*, IV, 8.
4. B. *Gen.*, IV, 23.
5. B. *Gen.*, X, 9.
6. Cet alinéa est une addition manuscrite.

**P. 777.**

1. B. *Gen.*, XI, 4, 7.
2. Leucippe, Epicure, Lucrèce.

**P. 780.**

1. B. *Gen.*, XVI, XVII.

**P. 781.**

1. B. *Gen.*, XVII, 25; Joseph., *Antiq.*, lib. I, cap. 13, al. 12.
2. B. *Gen.*, XXV; Alex. Polyh., apud Jos., *Antiq.*, lib. I, cap. 16, al. 15.
3. B. Beros, Hecat. Eupol., Alex. Polyh. et al. apud Jos., *Antiq.*, lib. I, cap. 8, al. 7; et Euseb., *Præp. evang.*, lib. IX, cap. 16-20.
4. B. Nic. Damas., lib. IV; *Hist. univ.* in *Excerpt.* Vales., p. 491; et ap. Jos., *Antiq.*, lib. I, c. 8; et Euseb., *Præp. evang.*, lib. IX, cap. 16.
5. B. *Gen.*, XIII, etc.
6. B. *Gen.*, XIV, XXI, 22, 27; XXIII, 6.
7. B. *Gen.*, XIV.

**P. 782.**

1. B. *Gen.*, xii, xvii.
2. B. *Gen.*, *Idem*.
3. B. *Gen.*, xii, 2; xv, 4, 5; xvii, 19.
4. B. *Gen.*, xii, 3; xviii, 18.
5. B. *Gen.*, xvii.
6. B. *Gen.*, xii, 2; xv, xvi, 3, 4; xvii, 20; xxi, 13.
7. B. *Gen.*, xxi, 2, 3.
8. B. *Gen.*, xxii, 2.

**P. 783.**

1. B. *Gen.*, xxii, 18.
2. B. *Gen.*, xxv, 11; xxvi, 4; xxviii, 14.
3. B. *Act.*, vii, 5.
4. Cet alinéa est une addition manuscrite, écrite à la hâte. Bossuet l'eût sans doute revue avant de la publier.

**P. 784.**

1. B. *Gen.*, xxv, 22, 23, 32.
2. B. *Gen.*, xlix.

**P. 785.**

1. B. *Gen.*, xlix, 8.
2. B. *Is.*, lxv, etc; *Rom.*, x, 21.
3. B. *Is.*, ii, 2, 3; xlix, 6, 18; li, 4, 5, etc.

**P. 786.**

1. B. *Gen.*, xv, 16.
2. B. *Gen.*, *Ibid*.

**P. 787.**

1. B. *Exod.*, iii.
2. B. *Exod.*, iii, 14.

**P. 788.**

1. B. *Gen.*, xiv, 18, 19.
2. B. *Gen.*, xxi, 22, 23; xxvi, 28, 29.
3. B. *Gen.*, xii, 17, 18.
4. B. *Exod.*, v, 1, 2, 3; ix, 1, etc.
5. B. *Exod.*, viii, 26.
6. B. *Levit.*, xx, 2, 3.
7. B. Herod., ii, 107; Cæs., *de Bell. Gall.*, vi, 15; Diod., lib. I, sec. 1, n. 32; lib. V, n. 20; Plin., *Hist. natur.*, xxx, 1; Athen., xiii; Porph., *de Abstin.*, ii, 8; Jorn., *de rebus Get.*, c. 49, etc.

**P. 789.**

1. Ce raccourci chronologique est peu vraisemblable. Cf. introduction.

**P. 791.**

1. B. *Num.*, XXI, 14, 17, 18, 27, etc.
2. B. *Exod.*, XV.
3. B. *Deut.*, XXXII.

**P. 792.**

1. B. *Num.*, XXIII, 21, 22, 23.
2. B. *Deut.*, XII, XIV, XV, XVI, XVII, etc.

**P. 793.**

1. B. *Ibid.*, XXVII, XXVIII.
2. B. *Deut.*, XVIII, 15, 18.
3. Cet alinéa ainsi que les trois suivants ont été laissés en manuscrit par Bossuet. Il avait seulement écrit : « Jusqu'à lui, il ne devait point s'élever en tout Israël un prophète semblable à Moïse, à qui Dieu parlât face à face, et qui donnât des lois à son peuple. Aussi jusqu'aux temps du Messie, le peuple dans tous les temps et dans toutes les difficultés... » — L'addition semble avoir été écrite rapidement.
4. B. *Joan.*, XIII, 34.
5. B. *Joan.*, XIV, 15.

**P. 794.**

1. B. *Matth.*, V, 21 et seq.
2. B. *Deut.*, XVIII, 15.
3. B. *Matth.*, XVII, 5; *Marc,* IX, 7; *Luc,* IX, 35; *II Petr.*, I, 17.
4. B. *III Reg.*, II, etc.

**P. 795.**

1. B. *Deut.*, IV, 2; XII, 32, etc. (XIII, 1).
2. B. *Deut.*, XXXI, 10; *II Esdr.*, VIII, 17, 18.
3. B. *Deut.*, XXXI, 26.
4. B. *Deut.*, XVII, 18.
5. B. *IV Reg.*, XXII, 8, etc.; *II Paral.*, XXXIV, 14, etc.

**P. 796.**

1. B. *Deut.*, XXXI.
2. B. *Deut.*, XXXII.
3. B. *Deut.*, XXXI, 19, 22.
4. Cet alinéa a été ajouté dans la troisième édition.

**P. 797.**

1. Les Anciens pensaient en effet que le livre de Job était l'œuvre de Moïse; il semble plutôt avoir été composé par un Israélite qui aurait vécu après Jérémie et Ezéchiel au début du ve s. avant J.-C.
2. B. *Job*, XIII, 15; XIV, 14, 15; XVI, 21; XIX, 25, etc.
3. B. *Exod.*, II, 10, 11, 15.
4. B. *Hebr.*, XI, 24, 25, 26.
5. B. *Num.*, XIV, 10.
6. B. *Num.*, XX, 12.

**P. 798.**

1. B. *Hebr.*, VII, 19.
2. B. *Hebr.*, XI, 13.
3. B. Procop., *de Bell. Vand.*, II.
4. B. *Jos.*, XIII, XIV, et seq.; *Num.*, XXVI, 53; XXXIV, 17.
5. B. *Jos.*, XIV, XV.
6. B. *Num.*, II, 3, 9; VII, 12; X, 14; *I Paral.*, V, 2.
7. B. *Judic.*, I, 1, 2.

**P. 799.**

1. B. *Judic.*, I, 4, 8.
2. B. *Hebr.*, VII, 2.
3. B. *Judic.*, I, 21.
4. B. *I Reg.*, XVI.

**P. 800.**

1. B. *II Reg.*, V, 6, 7, 8, 9; *I Paral.*, XI, 6, 7, 8.
2. B. *I Paral.*, II, 16.
3. B. *II Reg.*, VI, 18.
4. B. *I Paral.*, XVI, 39; XXI, 29.
5. B. *II Reg.*, VIII; *I Paral.*, XVIII. — David ne poussa pas ses conquêtes *jusqu'à l'Euphrate*. Il attaqua seulement Hadadezer, roi de Çoba, alors « qu'il allait établir son pouvoir sur le fleuve de l'Euphrate ». Il y a donc une confusion.
6. B. *II Rég.*, XXIV, 25; *I Paral.*, XXI, XXII et seq.
7. B. Joseph., *Antiq.*, VII, 10, al. 13.
8. B. *III Reg.*, VI, VII, VIII; *II Paral.*, III, IV, V, VI, VII.

**P. 801.**

1. B. *III Reg.*, VII, X.
2. B. *III Reg.*, X; *II Paral.*, VIII, IX.
3. B. *I Paral.*, XXVIII, 4, 5.

**P. 802.**

1. B. *II Reg.*, VII, 14; *I Paral.*, XXII, 10.
2. B. *Matth.*, VI, 29; XII, 42.
3. B. *Psal.* LXXI, 5, 11, 17.

4. B. *Psal.* CIX.
5. B. *Psal.* XLIV, 3, 4, 5, 6, 7, 8.
6. B. *Psal.* II, 7, 8.
7. B. *Ibid.*, 1, 2, 4, 9.
8. B. *Ibid.*, 10, etc.

**P. 803.**

1. B. *Psal.* XXI, 17, 18, 19.
2. B. *Psal.* LXVIII, 22; *Psal.* XXI, 8, 13, 14, 17, 21, 22.
3. B. *Psal.*, XXI, 26, 27 et seq.
4. B. *Mich.*, V, 2.
5. B. *Isa.*, VII, 14.
6. B. *Isa.*, IX, 6 (5 en réalité).
7. B. *Malach.*, III, 1.
8. B. *Isa.*, XI, 10; LIII, 9.
9. B. *Zach.*, XI, 12, 13.
10. B. *Isa.*, LII, 13.

**P. 804.**

1. B. *Isa.*, LIII.
2. B. *Dan.*, IX.
3. B. *Isa.*, XI, 10.
4. B. *Isa.*, LII, 13, 14, 15; LIII.

**P. 805.**

1. B. *Isa.*, LV, 4, 5.
2. B. *Isa.*, LXII, 1, 2.
3. B. *Isa.*, XLII, 1, 2, 3, 4, 5, 6.
4. B. *Isa.*, XLIX, 6.
5. B. *Isa.*, XIX, 24, 25.
6. B. *Isa.*, LX, 1, 2, 3, 4, 11; LXI, 1, 2, 3, 11; LXII, 1, 2, 11; LXV, 1, 2, 15, 16; LXVI, 19, 20, 21.
7. B. *Malach.*, I, 10, 11.
8. B. *Psal.* CIX, 4.
9. B. *Isa.*, XLV, 8, 23.

**P. 806.**

1. B. *Isa.*, XLV, 24.
2. B. *II Reg.*, VII, 8 et seq.; *III Reg.*, IX, 4 et seq.; *II Paral.*, VII, 17 et seq.
3. B. *II Reg.*, XI, XII et seq.
4. B. *III Reg.*, XI.
5. B. *III Reg.*, XII.

**P. 807.**

1. B. *IV Reg.*, XVII, 6, 7 et seq.
2. B. *Tob.*, I, 5, 6, 7.
3. B. *Tob.*, II, 12, 21, 22.

4. B. *IV Reg.*, XVII, 19; XXIII, 26, 27; *II Paral.*, XXXVI, 15; *Jer.*, XXIX, 19.

**P. 808.**

1. B. *I Reg.*, XXVIII, 14; *III Reg.*, XIX, 19; *IV Reg.*, I, 8; *Isa.*, XX, 2; *Zach.*, XIII, 4.
2. B. *I Reg.*, X, 10; XIX, 19, 20; *III Reg.*, XVIII, *IV Reg.*, II, 3, 15, 18, 19, 25; IV, 10, 38; VI, 1, 2.
3. B. *Exod.*, XVII, 14; *Isa.*, XXX, 8; XXXIV, 16; *Jer.*, XXII, 30; XXVI, 2; XXXVI, 11; *II Paral.*, XXXVI, 22; *I Esdr.*, I, 1; *Dan.*, IX, 2.
4. B. *IV Reg*, IV, 23.
5. B. *IV Reg.*, XXI, 16.
6. Depuis *sacrificateurs* jusqu'à la fin de l'alinea : addition laissée en manuscrit. Dans les trois premières éditions, Bossuet avait seulement écrit : « ... Avec les prêtres, enfants de Sadoc, qui comme dit Ezéchiel, dans les temps d'égarement avaient toujours observé les cérémonies du sanctuaire. »

**P. 809.**

1. B. *II Paral.*, XXVIII, 24.
2. B. *Esth.*, XIV, 9.
3. B. *II Paral.*, XXXIII, 18.
4. B. *II Paral.*, XXVIII, 27.
5. B. *Ezech.*, XLIV, 15; XLVIII, 11,

**P. 810.**

1. B. *Jer.*, XXV, etc; *Ezech.*, XXVI, etc.
2. B. *IV Reg.*, XXIV, 1; *II Paral.*, XXXVI. 5. 6.
3. B. *Jer.*, XIV, 14.
4. B. *IV Reg.*, XXV.
5. B. *III Reg.*, IX, 3; *IV Reg.*, XXI, 7, 8.
6. B. *Jer.*, VII, 4.

**P. 811.**

1. B. *IV Reg.*, XXIV, 7.
2. B. *Isa.*, XIII, XIV, XXI, XLV, XLVI, XLVII, XLVIII. — Isaïe a vécu au VIIIe siècle. Mais la seconde partie du livre, du chapitre 40 au chapitre 55, est reconnue par la critique moderne comme l'œuvre d'un disciple d'Isaïe, qui aurait vécu à la fin de l'exil.

**P. 812.**

1. B. *Isa.*, XLIV, XLV.
2. B. *Jer.*, XXV, 11, 12; XXIX, 10.
3. B. *Dan.*, II, 46.

4. B. *Dan.*, IV, 1 et seq.
5. B. *Dan.*, IV, 26 et seq.
6. B. *Jer.*, S., XXVII.
7. B. *Ezech.*, XXI, 30.
8. B. *Dan.*, IV, 31.
9. B. Herod., I, 177; Xenoph., *Cyropæd.*, II, III, etc.
10. B. *Jer.*, LI, 46.
11. B. Herod., I, 178, etc.; Xenoph., *Cyropæd.*, VII; Arist., *Polit.*, III, 3.

## P. 813.

1. B. *Dan.*, V.
2. B. *Isa.*, XIII, 17; XXI, 2; XLV, XLVI, XLVII; *Jer.*, LI, 11, 28.
3. B. *Isa.*, XIV, 16, 17.
4. B. *Jer.*, L, 23.
5. B. *Isa.*, XIV, 5, 6.
6. B. *Isa.*, XIV, 10.
7. B. *Isa.*, XXI, 9.
8. B. *Isa.*, XLVI, 1. — Bel était le dieu du ciel des Assyriens. Nébo (ou Nabou) le dieu des scribes et de la sagesse à Babylone.
9. B. *Jer.*, L, 38; LI, 36.
10. B. *Jer.*, L, 24; LI, 39, 57.
11. B. *Isa.*, XIII, 15, 16, 17, 18; *Jer.*, L, 35, 36, 37, 42.

## P. 814.

1. B. *Jer.*, LI, 31.
2. B. *Isa.*, XLVII, 12, 13, 14, 15; *Jer.*, L, 36.
3. B. *Isa.*, XLVIII, 20; *Jer.*, L, 8, 28; LI, 6, 10, 50, etc.
4. B. *II Paral.*, XXXVI, 23; *I Esdr.*, I, 2.
5. B. *Jer.*, L, 31, 32, 40.
6. B. *Isa.*, XIII, 19. — Ce passage est sans doute l'œuvre d'un disciple d'Isaïe contemporain de l'exil de Babylone.

## P. 815.

1. B. *Jer.*, XLVI, 28.
2. B. *I Esdr.*, II, 62.
3. B. *II Esdr.*, I, 8; VIII, IX.
4. B. *I Esdr.*, I, 1.

## P. 816.

1. B. *Dan.*, II, III, V, VIII, 27.
2. B. *Dan.*, II, VII, VIII, X, XI.
3. B. *Dan.*, VII, 6; VIII, 21, 22.
4. B. *Dan.*, VIII, 8.
5. B. *Dan.*, XI.

## P. 817.

1. B. *Dan.*, II, 44, 45 ; VII, 13, 14, 27.
2. B. *Dan.*, IX, 23, etc.
3. B. *Dan.*, IX, 24.
4. B. *Dan.*, IX, 25, 26.
5. B. *Dan.*, IX, 27.
6. B. *Dan.*, IX, 26, 27.
7. B. cf. I<sup>re</sup> partie, VII<sup>e</sup> et VIII<sup>e</sup> époques, an 216 et 280 de Rome.

## P. 819.

1. B. *Zach.*, XIV. — La première partie du livre de Zacharie a été écrite vers 520-519. La seconde, à partir du chapitre 9, date du dernier tiers du IV<sup>e</sup> siècle ; c'est celle-ci surtout qui est importante pour sa doctrine messianique.
2. B. *Zach.*, XIV, 14.
3. B. *Zach.*, IX, X.
4. B. *Zach.*, X, 6.
5. B. *Zach.*, X, 11.
6. B. *Zach.*, IX, 1, 2, 3, 4, 5, 6, 7, 8, 9.
7. B. *Zach.*, XI.
8. Depuis : *Les paroles du prophète*... jusqu'à la fin de l'alinéa : addition manuscrite.
9. B. *Zach.*, XI, 8.

## P. 820.

1. B. *Zach.*, XI, 12, 13. — Matthieu a appliqué ces vers au Christ. Dans la bouche de Zacharie, les trente deniers étaient remis au prophète en signe de dérision.
2. B. *Zach.*, XI, 15, 16, 17.
3. B. *Zach.*, XIII, 7.
4. B. *Zach.*, XII, 10.
5. B. *Zach.*, IV, 8, 9, 10, 11.
6. B. *I Esdr.*, III, 12.
7. B. *Agg.*, II, 7, 8, 9, 10.

## P. 821.

1. B. *Malach.*, I, 11.
2. B. *Malach.*, III, 1.
3. B. *Malach.*, III, 1 ; IV, 5, 6 (B. de Jérusalem : III, 23, 24).

## P. 822.

1. B. *Malach.*, IV, 4, 5, 6 (B. de Jérusalem : III, 23, 24).

## P. 823.

1. B. *Zach.*, XIII, 2, 3, 4, 5, 6.
2. Depuis *En voici les propres paroles*... jusqu'à la fin de l'alinéa, addition manuscrite.

L'HISTOIRE UNIVERSELLE 1505

3. B. *Isa.*, XLI, 11, 12, 13; XLIII, 18, 19; XLIX, 18, 19, 20, 21; LII, 1, 2, 7; LIV, LV, etc.; LX, 15, 16; *Ezech.*, XXXVI, XXXVIII, 11, 12, 13, 14.
4. B. *Jer.*, XLVI, 27.

**P. 824.**

1. B. *Esth.*, IV, V, VII, VIII, IX.
2. B. *Jer.*, XXVII, 12, 17; XL, 9; *Baruch.*, I, 11, 12.
3. B. *I Esdr.*, VII, 25, 26.
4. B. Joseph., *Antiq.* XI, 8; et lib. II *cont. Apion.*, n. 4
5. B. Joseph., *Antiq.*, XII, 1, 2; II *cont. Apion.*
6. B. Joseph., *Antiq.*, XII, 3; II *cont. Apion.*
7. B. Joseph., *Præf. Antiq.*, XII, 2; II *cont. Apion.*

**P. 825.**

1. B. *I Mach.*, I, 12, 13, etc.; *II Mach.*, III, IV, 1, etc., 14, 15, 16, etc.
2. B. *Zach.*, XIV, 14. — Cf. IIe partie, ch. X.
3. B. *Dan.*, VII, 24, 25; VIII, 9, 10, 11, 12, 23, 24, 25.
4. B. Polyb., XXVI et XXXI, in *Excerpt.* et *apud Ath.*, X.
5. B. *Dan.*, VIII, 24.
6. B. *Dan.*, VII, 8, 11, 25; VIII, 25.
7. B. *Dan.*, VIII, 11, 12, 13, 14.

**P. 826.**

1. B. *I Mach.*, I, 43, 46, 57; *II Mach.*, VI, 1, 2,
2. B. *Dan.*, VII, 25; XII, 7, 11; Joseph., *Antiq.*, XII, 11, al. 5.
3. B. Joseph., *de Bell. Jud.*, Prol. et lib. I, 1.
4. B. *Isa.*, LXIII; *I Mach.*, IV, 15; V, 3, 26, 28, 36, 54.
5. B. *Dan.*, VIII, 14.
6. Au sens étymologique : fixé d'avance ; Bossuet l'employait souvent dans ses premières œuvres.
7. B. *I Mach.*, VI; *II Mach.*, IX.
8. B. *Dan.*, VIII, 25.
9. B. *Zach.*, XIV, 14; *I Mach.*, I, 12, 20; IX; XI, 21, 22; XVI; *II Mach.*, IV, 22 et seq.

**P. 827.**

1. B. *I Mach.*, XIV, 41.
2. *quoique... l'attendait :* cette proposition a été ajoutée à la seconde édition.
3. *la religion judaïque... :* l'alinéa entier jusqu'à *l'empire de son pays*, a été ajouté en manuscrit.

Dans les trois premières éditions, Bossuet avait écrit : « En vertu du décret du peuple dont nous venons de parler, Jean Hircan, fils de Simon, succéda à son père. Sous lui, les Juifs s'agrandissent... »

4. B. Joseph., *Antiq.*, XIII, 16, al. 8; Plut., *Apopht. Reg. et Imper.*; Diod., XXXIV, in *Excerptis Photii, Biblioth.*, p. 1150.
5. B. *Annal.*, II, ad an. 3870.
6. B. *Exod.*, XXIII, 10, 11; *Levit.*, XXV, 4, 5.

**P. 828.**

1. B. *Ezech.*, XVI, 53, 55, 61; *Jer.*, XXXI, 5; *I Mach.*, X, 30.
2. B. Joseph., *Antiq.*, XIII, 8, 17, 18, al. 4, 9, 10.
3. B. *Zach.*, IX, 1, 2 et seq.

**P. 829.**

1. B. Joseph., I *cont. Apion.*
2. B. Porphyr., *de Abstin.*, IV, § 13; Id. Porph. et Jul., apud Cyril., V et VI in *Julian.*

**P. 831.**

1. B. Plat., *de Leg.*, VI.
2. B. Arist., *Polit.*, VII, 17.
3. B. *Baruch.*, VI, 10, 42, 43; *Herod.*, I, 199; Strab., VIII.
4. B. Athen., XIII.
5. B. *Ibid.*
6. Bossuet oublie les temples d'Héra, déesse du foyer et des épouses, celui d'Olympie, celui d'Egine, par exemple.

**P. 832.**

1. B. Xenoph., *Memor.*, I.
2. B. Plat., *de Leg.*, V.
3. B. *Apol. Socr.*, apud Plat. et Xenoph.
4. B. Epist. II, *ad Dionys.*
5. B. Diog. Laert., II, Socr.; III, Plat.

**P. 833.**

1. B. Diog. Laert., II, *Stilp.*
2. B. Joseph., *Antiq.*, XIII, 9, al. 5.
3. B. Joseph., *Antiq.*, XVIII, 10; *de Bello Jud.*, II, 7, al. 8.

**P. 834.**

1. B. *Zach.*, XI, 6, 7, 8, etc.
2. B. Joseph., *Antiq.*, XIV, 8, al. 4; XX, 8, al. 9; *de Bello Jud.*, I, 4, 5, 6; Appian., *Bell. Syr. Mithrid.*, et *Civil.*, V.

**P. 835.**

1. B. *Zach.*, XI, 8. Voir IIe partie, ch. XII.
2. Servait à; sens fréquent au XVIIe siècle.

**P. 836.**

1. B. *Isa.*, IX, 6.
2. B. *Matth.*, I, 21.

3. B. *Luc*, II, 32.
4. B. *Joan.*, I, 27.
5. B. *Matth.*, X, 2; *Marc*, III, 16; *Luc*, VI, 14.

**P. 837.**

1. B. *Act.*, I, 13; *Matth.*, XVI, 18.
2. B. *Joan.*, I, 14, 15, 16.
3. B. *Joan.*, VIII, 46.
4. B. *Joan.*, VIII, 12, 29; V, 34.
5. B. *Matth.*, XVI, 1.
6. B. *Luc*, VI, 19; VIII, 46.
7. B. *Joan.*, XIV, 12.

**P. 838.**

1. B. *Joan.*, III, 34.
2. B. *Joan.*, IV, 21, 25.
3. B. *Matth.*, XV, 22, etc.
4. B. *Matth.*, VIII, 10, 11.
5. B. *Luc*, XVIII, 8.
6. B. *Matth.*, XXIV, 12.
7. B. *Matth.*, XVI, 18.
8. B. *Matth.*, XI, 12.
9. B. *Matth.*, XXIII, 2.

**P. 839.**

1. Plus précisément : procurateur de la province de Judée.
2. B. *Joan.*, XIX, 30.

**P. 840.**

1. B. *I Cor.*, XV, 6.
2. B. *Luc*, XXIV, 47; *Act.* I, 8.
3. B. *Matth.*, XXVIII, 19, 20.

**P. 841.**

1. B. *Gen.*, I, 26.
2. B. *Prov.*, VIII, 22.
3. B. *Psal.* CIX, 3.
4. B. *Prov.*, XXX, 4.
5. B. *Hebr.*, I, 3.
6. B. *Isa.*, XLVIII, 16.

**P. 842.**

1. B. *Isa.*, VI.
2. B. *Joan.*, I, 18.
3. B. *Joan.*, VIII, 58.
4. B. *Joan.*, III, 13.
5. B. Greg. Naz., *Orat.*, XXXVI, nunc XXX, n. 20; **Aug.,** *de Trinit.*, IX, 4 et seq.; et in *Joan. Evang.*, I, etc; *De Civit. Dei,* XI, 26, 27, 28.

**P. 843.**

1. B. Aug., *loc. cit.*
2. B. Aug. *Ep. III ad Volus.*, nunc CXXXVII, 3, n. 11 ; *de Civit. Dei*, X, 29 ; Cyrill., *Ep. ad Valerian.*, III ; *Conc. Ephes.*, III Concil., col. 1155 et seq., etc. ; *Symb. Ath.*, etc.

**P. 846.**

1. B. Cæsar, *de Bello Gall.*, VI, 18.
2. B. *Eccle.*, XII, 7. — Salomon n'est certainement pas l'auteur de l'*Ecclésiaste,* bien que ce livre soit attribué « au fils de David ». Sa rédaction est tardive ; on la situe généralement au IIIe siècle.

**P. 847.**

1. B. *Dan.*, XII, 2, 3.
2. B. *Dan.*, XII, 4.
3. B. *Joan.*, XVII, 3.
4. B. *I Cor.*, XIII, 9, 12.
5. B. *I Joan.*, III, 2.
6. B. *Apoc.*, VII, 12 ; XIX, 1, 2, 3, 4, 5, 6.

**P. 849.**

1. B. *Luc,* XXIII, 43.
2. Bossuet utilise le mot *idée* dans le sens platonicien de modèle parfait.

**P. 850.**

1. B. Socr., apud Plat., *de Rep.*, II.
2. B. *II Cor.*, V, 19.
3. B. *Luc,* XII, 49, 50.

**P. 851.**

1. B. *Joan,* XII, 31.
2. Latinisme, employé dans les sentences.
3. B. *Colos.*, II, 13, 14, 15.
4. B. *Joan.*, XVII, 24, 25, 26.
5. B. *Apoc.*, III, 21.
6. B. Just., *Epist. ad Diognet.*, n. 9.
7. B. *Rom.*, V, 6, 7, 8, 9, 10.

**P. 852.**

1. B. *Hebr.*, XI, 8, 9, 10, 13, 14, 15, 16.
2. B. *Matth.*, XXII, 32 ; *Luc,* XX, 38.

**P. 853.**

1. B. *Hebr.*, XI, 14, 15, 16.
2. B. *II Cor.*, V, 1.

# L'HISTOIRE UNIVERSELLE

**P. 854.**

1. B. *Matth.*, XXVIII, 19, 20.
2. B. *Luc*, XXIV, 49.

**P. 855.**

1. Bossuet a fait deux petites additions à la 1re édition : il a ajouté *en un instant* et *encore* (non seulement défenseur, mais *encore* zélé).
2. B. *Act.*, XXVI, 23.

**P. 856.**

1. B. Philost., *Vit. Apoll. Tyan.*, VI, 29; Joseph., *de Bello Jud.*, VII, 16, al. VI, 8.
2. B *Rom.*, XI, 17.

**P. 857.**

1. B. *Osée*, III, 4, 5; *Isa.*, LIX, 20, 21; *Zach.*, XI, 13, 16, 17; *Rom.*, XI, 11, etc.

**P. 858.**

1. B. *Isa.*, VI, LII, LIII, LXV; *Dan.*, IX; *Matth.*, XIII; *Joan.*, XII; *Act.*, XXVIII; *Rom.*, XI.
2. B. *Rom.*, XI, 1, 2, etc.
3. B. *Ibid.*, 11, etc.

**P. 859.**

1. B. *Rom.*, XI, 22 et seq.
2. B. *Rom.*, XI, 25 et seq.
3. B. *Isa.*, LIX, 20.

**P. 860.**

1. B. *Isa.*, LIX, 20, 21.

**P. 861.**

1. B. *Rom.*, XI, 28, etc.

**P. 862.**

1. B. *Joan.*, VIII, 28; XII, 32.
2. B. *Rom.*, I, 8.
3. B. *Col.*, I, 5, 6, 23.
4. B. Greg. Naz., *Orat.* XXV, nunc XXXIII, n. 11.
5. B. *Psal.* XVIII, 5; *Rom.*, X, 18.
6. B. Just., *Apol.*, II, nunc I, n. 53; et *Dial. cum Tryph.*, n. 117.

**P. 863.**

1. B. Iren., *adv. Hær.*, I, 2, 3, nunc. 10.
2. B. Tertull., *adv. Jud.*, VII; *Apolog.*, XXXVII; Orig. tr. XXVIII, in *Matth.*, *Homel.* IV in *Ezech*.

3. B. Arnob., *adv. Gentes,* II.
4. B. Aug., *de Civit. Dei,* XXI, 7; XXII, 5.

**P. 866.**

1. B. R. Johanan fils de Zacaï, Tr. *de Fest. Expiat.*
2. B. Joseph., *de Bello Jud.,* VII, 12; VI, 5; Tacit., *Hist.,* V, 13.

**P. 867.**

1. B. Joseph., *de Bello Jud.,* ubi sup.

**P. 868.**

1. B. *II Paral.,* XXXVI, 13.
2. B. *Jerem.,* XXVII, 12, 17.
3. B. *Jerem.,* XXVIII, 2, 3.
4. B. *IV Reg.,* XXV.

**P. 869.**

1. B. Joseph., *de Bello Jud.,* VII, 4, al. VI, 2.
2. B. Joseph., *Ibid.,* 11, al. 5.

**P. 870.**

1. B. Joseph., *de Bello Jud.,* VII, 9, 10, al. VI, 4.
2. B. *Ibid.*
3. B. *Ibid.*
4. B. *Ibid.,* VI, VII.

**P. 871.**

1. B. *Matth.,* XXIV, 1, 2; *Marc,* XIII, 1, 2; *Luc,* XXI, 5, 6.

**P. 872.**

1. B. *Matth.,* XXIII, 34, etc.
2. B. *Matth.,* XXIII, 36; XXIV, 34; *Marc,* XIII, 30; *Luc,* XXI, 32.

**P. 873.**

1. B. *Luc,* XIX, 42 et seq.
2. B. *Luc,* XXIII, 27.
3. B. *Luc,* XXIII, 28 et seq.

**P. 874.**

1. B. *Matth.,* XXIV; *Marc,* XIII; *Luc,* XXI.
2. B. *Matth.,* XXIV, 1, 2; *Marc,* XIII, 1, 2; *Luc,* XXI, 5, 6.

**P. 875.**

1. B. *Matth.,* XXIV, 1, 2; *Marc,* XIII, 8; *Luc,* XXI, 11.
2. B. *Matth.,* XXIV, 6, 7; *Marc,* XIII, 7; *Luc,* XXI, 9, 10.
3. B. *Matth.,* XXIV, 6, 8; *Marc,* XIII, 7, 8; *Luc,* XXI, 9.
4. B. *Matth.,* XXIV, 9; *Marc,* XIII, 9; *Luc,* XXI, 12.

5. B. *Matth.*, XXIV, 11, 23, 24; *Marc,* XIII, 22, 23; *Luc,* XXI, 8.

**P. 876.**

1. B. Joseph., *Antiq.*, XX, 6, al. 8; *de Bello Jud.*, II, 12, al. 13.
2. B. *Matth.*, XXIV, 26.

**P. 877.**

1. B. *Matth.*, XXIV, 24; *Marc,* XIII, 22.
2. B. Aug., *de Civit. Dei*, I, 8.

**P. 878.**

1. B. *Matth.*, XXIV, 15; *Marc,* XIII, 14.
2. B. *Luc,* XXI, 20, 21.
3. B. Orig., tract. XXIX in *Matth.*, n. 40; Aug., epist. LXXX, nunc CXCIX, *ad Hesych.*, n. 27, 28, 29.
4. B. Joseph., *Antiq.*, XVIII, 7, al. 5.
5. B. Joseph., *de Bello Jud.*, II, 23, 24, al. 18, 19.
6. B. Joseph., *de Bello Jud.*, VI, VII.

**P. 879.**

1. B. *Ibid.*, II, 23, 24, al. 18, 19.
2. B. *Ibid.*
3. B. *Luc,* XIX, 43.
4. B. *Luc,* XXI, 20, 21.
5. B. Euseb., *Hist. Eccl.*, III, 5; Epiph., I, *Hær.* XXIX, *Nazaræor.*, 7; et lib. de *Mens. et Pond.*, c. 15.

**P. 880.**

1. B. Lact., *Div. Instit.*, IV, 21.
2. B. Phleg., XIII et XIV, *Chron.*, apud orig., contra Cels., II, n. 14.
3. B. Amm. Marcel., XXIII, 1.

**P. 881.**

1. B. *Ibid.*
2. B. Orat. III, *in Judæos,* nunc V, n. 11.
3. B. *Joan.*, V, 43.
4. B. *Num.*, XXIV, 17.
5. B. Euseb., *Hist. Eccl.*, IV, 6, 8.
6. B. Talm. Hieros., tract. *de Jejun.*, et in vet. *Comm. sup. Lam. Jerem.*; Maimonid., lib. de *Jure Reg.*, c. 12.

**P. 882.**

1. B. *II Thess.*, II, 10.

## P. 883.

1. B. *Gem., Tr. Sanhed.*, c. 11.
2. B. Talm. Hierosol., *Tr. Sanhed.*
3. B. *Dan.*, XIII.
4. B. *I Esdr.* VII, 25, 26.

## P. 884.

1. B. Joseph., *Antiq.*, XIV, 17, al. 9.
2. B. *Joan.*, XVIII, 31.
3. B. *Act.*, XII, 1, 2, 3.
4. B. *Act.*, XXIII, XXIV.
5. B. *Act.*, VII, 56, 57.

## P. 885.

1. B. Tract., *Voc. magna Gen.*, seu *Comm. in Gen.*
2. B. Suet., *Vespas.*, n. 4; Tacit., *Hist.*, V, 13.
3. B. Joseph., *de Bell. Jud.*, VII, 12, al. VI, 5. Hegesip., *de Excid. Jer.*, V, 44.
4. B. Epiph., I, *Hær.* XX; *Herodian.* I.
5. B. *Matth.*, XXII, 16; *Marc*, III, 6; XII, 13.
6. B. Pers. et vet. Schol., *Sat.* V, v. 180.

## P. 886.

1. B. Joseph., *de Bello Jud.*, III, 14, al. 8.
2. B. Joseph., VII, 12, al. VI, 5.
3. B. Joseph., VII, *ibid.*

## P. 887.

1. B. *Luc*, III, 15; *Joan.*, I, 19, 20.
2. B. Origen. Tract., XXVII *in Matth.*, n. 33; *in Joan.*, n. 27; 1 *contr. Cels.*, n. 57.

## P. 888.

1. B. Iren., *adv. Hæres.*, I, 20, 21; nunc 22.
2. B. *Joan.*, IV, 25.
3. B. Justin, *Dial. cum Tryph.*, n. 8, 49.
4. B. R. Juda filius Levi, Gem., *Tr. San.*, XI.
5. B. R. Hillel., *Ibid.* Is. Abrau. *de Cap. fidei.*
6. B. Gem. *Tr. San.*, XI; Moses Maimon, *in Epist. Tal.*; Is. Abrau. *de Cap. fidei.*

## P. 889.

1. B. Gem. *Tr. San.*, XI.
2. B. *Paraph. onkelos Jonathan, et Jerosol.* Vide Polyg. Ang.

## P. 890.

1. B. Gem., *Tr. San.*, 11.
2. B. Joseph., *Antiq.*, X, cap. ult.; *de Bell. Jud.*, VII, 4, al. VI, 2.

3. B. Joseph., *de Bell. Jud.*, VII, 24, al. 5; Justus Tiber, *Biblioth. Phot.*, cod. XXXIII, p 19.

## P. 891.

1. B. *Dan.*, IX, 27.

## P. 892.

1. B. *Dan.*, IX, 26, 27.
2. B. *Isa.*, LIII.
3. B. *Tr. Succa,* et *Comm.* sive *Paraphr. sup. Cant.*, VII, 3.

## P. 893.

1. B. *Psal.* CIX.
2. B. *Luc*, XXIV, 25, 26.
3. B. *Isa.*, LIII.
4. B. Gem., *Tr. San.,* 11.
5. B. *Matth.*, XVI, 2, 3, 4; *Luc,* XII, 56.

## P. 894.

1. B. Hier., *Ep. ad Dardan.*
2. B. *Matth.*, XXVII, 25.
3. B. *Joan.*, XIX, 15.
4. B. *Rom.*, XI, 25, 26.

## P. 895.

1. B. *Isa.*, II, 2.
2. B. *Isa.*, II, 2, 3, 17, 18.
3. B. *Isa.*, II, 3, 4.
4. B. *Joan.*, IV, 22.

## P. 896.

1. B. *I Cor.*, I, 17, 18, 19, 20.
2. B. *Isa.*, XXIX, 14; XXXIII, 18.
3. B. *I Cor.*, I, 21.

## P. 897.

1. B. *II Cor.*, X, 4, 5.
2. B. *Philip.*, II, 7, 8.
3. B. *Rom.*, I, 21, 22.

## P. 898.

1. B. *I Cor.*, I, 20.
2. B. *Rom.*, I, 18.
3. B. *I Cor.*, I, 19, 20.

## P. 899.

1. B. *Matth.*, V, 8.
2. B. *Philip.*, II, 6, 7.

# NOTES ET VARIANTES

**P. 900.**

1. B. *I Cor.*, I, 22, 23, 24, 25.
2. B. *I Cor.*, I, 26, 27, 28, 29.

**P. 901.**

1. B. *Act.*, XXIV, 25.

**P. 902.**

1. B. *Act.*, XIX, 24 et seq.
2. B. Tit. Liv., XXXIX, 18, etc.; *orat. Mæcan.*, apud Dion Cass., LII; Tertull., *Apolog.*, 5; Euseb., *Hist. Eccl.*, II, 2.

**P. 903.**

1. B. Tertull., *Apolog.*, 11, 35, 36, etc.
2. B. *Matth.*, XXII, 21.
3. B. Tertull., *Apolog.*, 37.

**P. 904.**

1. B. Cic., *Orat. pro Flacco, Orat. Symm. ad Imp. Val., Théod. et Arc. ap. Ambrosi*; Zosim., *Hist.*, III, IV, etc.
2. B. Plin., X, *Ep.* 97.

**P. 905.**

1. B. Cic., *de nat. deor.*, I et III.
2. B. Jul., *Ep. ad comm. Judæor.*, XXV.

**P. 906.**

1. B. Tacit., *Annal.*, XV, 44.
2. B. Lamprid., *in Alex. Sev.*, 45, 51.

**P. 907.**

1. B. Lamprid., *in Alex. Sev.*, 29, 31.
2. B. Porph., *lib. de Philos. per orat.*; Euseb., *Dem. evang.*, III, 6; Aug., *de Civ. Dei*, XIX, 23.
3. B. Tr. *de Idololat.* et *Comm. in Eccl.*

**P. 908.**

1. B. Tr. *de Sabb.*, 12, lib. *Generat. Jesu*, seu *Hist. Jesu*.
2. B. *Deut.*, XIII, 1, 2.
3. B. Plin., *Hist. natur.*, XXX, 1; Apul., *Apol. seu de Magia*.
4. B. *II Tim.*, III, 8.
5. B. Orig., *cont. Cels.*, I, 38; II, 48.
6. B. *Ibid.*, VI, 39; *Act. Mart.*, passim.
7. B. Jul., *ap. Cyrill.*, VI.

**P. 909.**

1. B. Apud Aug., *Ep.* III, IV, nunc CXXXV, CXXXVI.
2. B. Tertull., *Apol.*, 5; Euseb., *Hist. Eccl.*, II, 2.

L'HISTOIRE UNIVERSELLE 1515

3. B. Lamprid., *in Alex. Sev.*, 43.
4. B. *Ibid.*
5. B. Lamprid., *in Alex. Sev.*, 43.

**P. 910.**

1. B. *II Cor.*, VI, 15, 16.
2. B. Macrob., *Saturn.*, I, 17 et seq.; Apul., *de Deo Socr.*; Aug., *de Civitate Dei*, IV, 10, 11.
3. B. Orig., *Cont. Cels.*, V, VI, etc., passim; Plat., *Conv. Tim.*, etc; Porphyr., *de Abstin.*, II; Apul. *de Deo Socr.*; Aug., *de Civit. Dei*, VIII, 14 et seq., 18, 21, 22; IX, 3, 6.

**P. 911.**

1. B. Aug., *Ep. III ad Volusian*, etc., nunc CXXXVII.
2. B. Porphyr., *de Abstin.*, II; Aug., *de Civit. Dei*, X, passim.

**P. 912.**

1. B. Porphyr., *de Abstin.*, II; apud Aug., *de Civit. Dei*, VIII, 13.
2. B. *Psal.* XCV, 5.
3. B. Eunap., Maxim., Oribas., Chrysanth., Ep. Jul. *ad Jamb.*; Amm. Marcel., XXII, XXIII, XXV.

**P. 913.**

1. B. *Rom.*, XII, 3.
2. B. Orig., *cont. Cels.*, IV, V, VI.
3. B. Iren., *adv. Hær.*, III, 1, 2, 3, 4; Tertull., *de Carne Christ.*, 2; *de Præscrip.*, 20, 21, 32, 36.

**P. 914.**

1. B. Orig., *cont. Cels.*, V, 59.
2. B. Euseb., *Hist. Eccl.*, VII, 30.
3. B. Amm. Marc., XXI, 16.
4. B. *Ibid.*, XV, 7.

**P. 915.**

1. B. Orig., *cont. Cels.*, VII, 40.
2. B. Just., *Apol.*, II, nunc I, 26.

**P. 916.**

1. B. *si religieusement gardés... est le seul qui ait connu,* au début du second alinéa suivant, addition laissée en manuscrit. Dans la 1re édition, Bossuet avait seulement écrit : « il est certain que ce peuple est le seul qui ait connu... ». Dans la 3e édition : « Ce peuple est le seul qui ait connu... ».
2. Cf. Epoque VIII, an de Rome 305.

## P. 918.

1. B. Tit. Liv., XL, 29; Varr., *de cultu Deor.*; apud Aug., *de Civit. Dei*, VII, 34.

## P. 919.

1. B. Aug., *cont. Fauſt.*, XI, 2; XXXII, 21; XXXIII, 6.

## P. 920.

1. B. Iren., *adv. Hæres*, III, 1, 2; Tertull., *adv. Marc*, IV, 1, 4, 5; Aug., *de Utilitat. cred.* 3, 17, n. 5, 35; *cont. Fauſtum Manichæum*, XXII, 79; XXVIII, 4; XXXII, XXXIII; *cont. adv. Leg. et Proph.*, I, 20, n. 39 etc.
2. B. cf. 1re partie, ép. VII, VIII, IX, an du monde 3000, Rome 218, 305, 604, 624, etc.

## P. 921.

1. B. Iren., Tertull., Aug., *loc. cit.*

## P. 924.

1. B. *I Esdr.*, III, VII, IX, X; *II Esdr.*, V, VIII, IX, X, XII, XIII.
2. B. *I Esdr.* III, 2; *II Esdr.* VIII, XIII, etc.

## P. 925.

1. B. *Malach.*, IV, 4.
2. B. *II Paral.*, XXXVI, 21, 22; *I Esdr.* I, 1.

## P. 927.

1. B. *Aɛt.* III, 22; VII, 22, etc.
2. B. *Rom.*, X, 5, 19.
3. B. *Luc,* XXIV, 44.
4. B. *Luc,* XXIV, 27.
5. B. *Joan.*, V, 46, 47.

## P. 928.

1. B. *Deut.,* XXVII, 4.

## P. 929.

1. B. *Deut.,* IV, 2; XII, 32. Cf. ci-dessus, IIe partie.

## P. 930.

1. B. *Jos.,* V, 12.
2. B. *Exod.,* XVI, 35.

## P. 931.

1. Tout le chapitre XXIX a été ajouté par Bossuet après la troisième édition et laissé en manuscrit. C'est la plus importante addition.

**P. 950.**

1. B. *Apoc.*, XVII, 6.
2. B. *Apoc.*, XVII, XVIII.

**P. 955.**

1. B. Herod., I, 103.
2. B. Strab., XV.
3. B. Justin, I, 1.
4. B. Strab., XV.
5. B. *IV Reg.*, XIX, 9; *Isa.*, XXXVII, 9. Ce Tharaca fut en réalité pharaon de 690 à 664 environ. Il était originaire du pays de Kush, alors appelé Ethiopie.
6. B. Herod., III, 20.

**P. 956.**

1. B. Diod., I, sect., 2, n. 22 et sq.
2. B. Diod., op. cit., n. 27.

**P. 957.**

1. B. Diod., op. cit., n. 25.
2. B. Herod., II, 91; Diod., I, 2, n. 22; Plat., *de Leg.*, II.
3. B. Diod., I, 2, n. 26.

**P. 958.**

1. B. Diod., I, 2, n. 26.
2. B. *Ibid*.
3. Soigneusement (sens ordinaire du latin *curiose*).

**P. 959.**

1. B. Herod., II, 136; Diod., I, 2, n. 34.
2. B. *Ibid.*, n. 22.
3. B. Herod., II.
4. B. Diod., I, 2, n. 22. — *Destinées* : fixées à l'avance.

**P. 960.**

1. B. Diod., I, 2, n. 23.
2. B. Joseph., *Antiq.*, XIII, 23, al. 15.
3. B. Diod., I, 1, n. 8; Plut., *de Isid. et Osir.*

**P. 961.**

1. B. Plat., *Epin.*; Diod., I, 2, n. 8; Herod., II, 4.
2. B. Plat., in *Tim*.
3. B. Diod., I, 2, n. 29.
4. B. Diod., I, 2, n. 29 et 30; Herod., II, 4.
5. B. Diod., I, 2, n. 5.

# L'HISTOIRE UNIVERSELLE

**P. 933.**

1. B. *Exod.*, XVI, 23.
2. B. *Gen.*, XVII, 11.
3. B. *Ibid.*, IX, 4.
4. B. *Ibid.*, II, 3.

**P. 934.**

1. Certainement. Ce sens était fréquent au XVII<sup>e</sup> siècle. (Cf. *constat* latin).

**P. 935.**

1. B. *Jerem.*, XI, 1, etc; *Bar.*, II, 2; *Ezech.*, XI, 12; XVIII, XXII, XXIII, etc; *Malach.*, IV, 4.
2. B. *II Paral.*, XXXV.
3. B. *IV Reg.*, XXII, XXIII; *II Paral.*, XXXIV.
4. B. *IV Reg.*, XV, 5; *II Paral.* XXVI, 19, etc; *Lev.*, XIII; *Num.*, V, 2.

**P. 936.**

1. B. *Prov.*, VI, 20, 21, 22, 23.
2. B. *Ps.* XVIII, 8, 9.
3. B. *Deut.*, VI, 6, 7, 8, 9.
4. B. *Deut.*, XII, 5; XIV, 23; XV, 20; XVI, 2, etc.

**P. 937.**

1. B. *IV Reg.*, XXII, 10; *II Paral.*, XXXIV, 14.
2. B. *Deut.*, XXXI, 26.
3. B. *II Paral.*, XXXIV, 14.

**P. 938.**

1. B. *II Paral.*, XXXIV, 21.

**P. 940.**

1. B. *Matth.*, XXI, 33 et seq.

**P. 943.**

1. B. *Hebr.*, XIII, 8.

**P. 947.**

1. B. *Prov.*, XX, 8.

## TROISIÈME PARTIE

**P. 948.**

1. Les relations (cf. latin *commercium*).

**P. 949.**

1. B. Zosim., IV, *Orat.*, *Symm.*, *apud Ambr.*, Ep. XXX, nunc XVII; Aug., *de Civit. Dei*, I, 1, etc.

## L'HISTOIRE UNIVERSELLE 1519

**P. 962.**

1. B. Plat., in *Tim.*; Diod., I, 1, n. 5.
2. B. Herod., II, 108; Diod., I, 2, n. 10, 14.

**P. 963.**

1. B. Herod., II, 101, 149; Diod., I, 2, 4, 8.
2. Utiliser une chose de manière à n'en rien perdre.
3. B. Herod., II, 177; Diod., I, 2, n. 6 et seq.
4. B. Herod., II, 148, 153, etc.
5. B. Diod., I, 2, n. 4.
6. B. Pomp. Mela, I, 9.
7. B. Strab., XVII; Tacit., *Annal.*, II, 60.
8. B. Herod., et Diod., *loc. cit.*

**P. 964.**

1. B. *Voyages imprimés du Levant* par M. Thevenot, II, 5. — Parus en deux tomes de 1663 à 1672, c'était la relation d'un voyage « dans le Sayd » de deux missionnaires, le P. Protais et le P. Ch. Fr. d'Orléans, qui s'étaient rendus jusqu'à Louqsor et Karnak.
2. Erreur : les obélisques n'étaient pas entremêlés aux colonnes de la salle hypostyle; ils étaient devant les pylones à l'entrée du temple.

**P. 965.**

1. B. Herod., II, 136.
2. B. Herod., II, 136; Diod., I, 2, n. 15, 16, 17.
3. B. Herod., II, 148; Diod., *ibid.*, n. 13.
4. B. Diod., I, 2, n. 15, 16, 17.

**P. 966.**

1. B. Diod., I, 2, n. 36; Plut., *de Isid.*, 5.
2. B. *Act.*, VII, 22.
3. B. Diod., I, 2, n. 29.
4. B. Herod., III, 12. — Les Perses étaient pourtant réputés pour leur vigueur, acquise au cours d'une vie rude, nomade et guerrière.
5. B. Diod., I, 2, n. 29.
6. B. *Ibid.*, I, 1, n. 8.

**P. 967.**

1. B. Diod., I, 2, n. 29.
2. B. Diod., I, 1, n. 8.
3. B. Clem. Alex., *Strom.*, VI.
4. B. Plat., in *Tim.*
5. B. Herod., II, 160.

**P. 968.**

1. B. Diod., i, 2, n. 9.
2. B. *Ibid.*

**P. 969.**

1. B. Herod., ii, 102 et seq; Diod., i, 2, n. 10.
2. B. *II Par.,* viii, 9.
3. B. Diod., i, 2, n. 10.
4. B. Tacit. *Annal.* ii, 60. — Sésostris régna sans doute au xixe siècle av. J.-C. Il fit seulement une expédition en Canaan, conquit le Nord de la Nubie et soumit la Libye.

**P. 970.**

1. B. Nymphodor., xiii, *Rer. Barbar.*, in *Excerpt.* post Herodot.
2. B. Herod., ii, 137; Diod., i, 2, n. 18.
3. B. Strab., xvii.

**P. 971.**

1. B. Diod., i, 2, n. 5.

**P. 972.**

1. On sait actuellement que l'histoire de l'Egypte a commencé vers 3000, donc plus tôt que ne le pensait Bossuet et qu'elle n'est pas détachée de celle des pays voisins : l'histoire commença en Mésopotamie vers 3000 également.
2. B. Diod., ii, 2; Just., i, 1.
3. B. Strab., xvi.
4. B. Herod., i, 178, etc; Dion. Hal., *Ant. Rom.,* i *Præf., App. Præf.,* op.
5. B. *Gen.,* xiv, 1, 2; *Judic.,* iii, 8. — Les rois cités dans la *Genèse* sont inconnus hors de la Bible. On a souvent identifié l'un d'entre eux avec Hammourabi. Il semble seulement qu'ils aient vécu au xixe siècle av. J.-C.
6. B. Plat., *de Leg.,* iii.

**P. 973.**

1. B. Just., i, 1; Diod., ii, 12.

**P. 974.**

1. B. Xenoph., *Cyropæd.,* iii, iv. — La valeur guerrière des Assyriens est plus réputée, maintenant qu'on les connaît mieux.
2. B. Herod., i, 192.
3. B. Xenoph., *Cyropæd.,* iii, iv.

## P. 975.

1. B. Herod., I, 193.
2. B. Herod., II, 185 et seq.
3. B. Xenoph., *Cyropæd.*, VII, 5.

## P. 976.

1. B. Xenoph., *Cyropæd.*, I.
2. B. Polyb., V, 44; X, 24.
3. B. Xenoph., *Cyropæd.*, IV, V.
4. B. Xenoph., *Cyropæd.*, V.

## P. 977.

1. B. Plat., *de Leg.*, III.
2. B. Plat., *Alcib.*, I; Herod., I, 138.
3. B. Herod., III, 15.
4. *honnêtes* : bien élevés, d'esprit éclairé; *civils* : qui ont de bonnes manières à l'égard de leurs concitoyens.

## P. 978.

1. B. Herod., I, 137.
2. B. Plat., *de Leg.*, III.
3. B. *Esth.*, I, 13.
4. B. Xenoph., *Cyropæd.*, VIII.
5. B. *Esth.*, I, 13.
6. B. *Esth.*, VI, 1.
7. B. Xenoph., *Œconom.*
8. B. Herod., I, 136.

## P. 979.

1. B. Plat., *Alcib.*, I.
2. B. Xenoph., *de Exped. Cyri Jun.*, I.
3. B. Education (cf. latin *institutio*).
4. B. Xenoph., *Œconom.*

## P. 982.

1. Bossuet a confondu avec Proclès.
2. Plat., *de Leg.*, III.
3. Amis du peuple (cf. latin *vir popularis*).
4. En prenant activement soin de.

## P. 983.

1. B. Isocr., *Paneg.*

## P. 984.

1. B. Plat., *de Leg.*, III.

## P. 985.

1. B. Plat., *de Leg.*, III.

# NOTES ET VARIANTES

**P. 986.**

1. B. Arist., *Polit.*, VIII, 4.
2. B. Arist., VII, 14.
3. B. Xenoph., *de Rep. Lac.*
4. B. Plat., *de Rep.*, VIII.

**P. 987.**

1. B. Plat., *de Leg.*, III; Isoc. *Paneg.*, etc.

**P. 988.**

1. B. Diod., XVII, 1, n. 5.

**P. 992.**

1. B. Dion. Hal., *Ant. Rom.*, V, 1.
2. B. Tit. Liv., II, 13, 15.

**P. 993.**

1. B. Tit. Liv., *Epist.*, XVIII.
2. B. Cic., *de Offic.*, II, 22, n. 76.
3. B. Tit. Liv., I, 53, 55; VI, 4; Dion. Hal., *Ant. Rom.*, III, 20, 21; IV, 13; Tacit. *Hist.*, III, 72; Plin., *Hist. natur.*, XXXVI, 15.
4. B. Dion. Hal., VII, 13. — Bossuet confond ici plusieurs époques. Les monuments publics romains n'eurent leur ampleur que sous l'Empire. Or, à cette époque, Rome avait perdu sa rudesse de vie.

**P. 994.**

1. B. Cic., *de Offic.*, III, 23, n. 110; Florus, II, 2.
2. B. Polyb., VI, 65; Tit. Liv., XXII, 57, 58; Cic., *de Offic.*, III, 26, n. 114.
3. B. Sallust., *de Bell. Catil.*, n. 9.

**P. 995.**

1. B. Polyb., II, 28 et seq.
2. B. Polyb., XVII, in *Excerpt.*, 24 et seq.; Tit. Liv., IX, 19; XXXI, 39, etc.

**P. 997.**

1. B. Plut., in *Philop.*
2. B. Polyb., X, 13.
3. B. Polyb., X, 29.

**P. 998.**

1. B. *I Machab.*, VIII, 15, 16.
2. B. Tit. Liv., XLII, 14.

## P. 999.

1. B. Dion. Hal., VIII, 5; Tit. Liv., II, 29.
2. B. Dion. Hal., VIII, 7.
3. B. Polyb., VI, 56; *Excerpt., de Legat.*, 69; Dion. Hal., VIII, 5.

## P. 1000.

1. B. Tit. Liv., II, 9.
2. B. Tit. Liv., III, 71; IV, 7, 9, 10.

## P. 1001.

1. Injustice (cf. latin *injuria*).
2. B. Polyb.; Tit. Liv.; Cic., *de Off.*, III, 25, 26, etc.

## P. 1005.

1. B. Polyb., I, III, VI, 49, etc.
2. B. Arist., *Polit.*, II, 11.
3. B. Polyb., I, 17.

## P. 1006.

1. B. Polyb., I, 63. — *Conduite :* dessein suivi.

## P. 1007.

1. B. Dion. Hal., *Ant. Rom.*, I, II.
2. B. Plut., *lib. de Fort. Alex.* et *de Fort. Rom.*
3. B. Cic., *de Off.*, I, 11, 12; III, 25.

## P. 1008.

1. B. Dion. Hal., *Ant. Rom.*, II, 19.
2. B. Tit. Liv., I, 32.
3. B. Polyb., X, 15.

## P. 1009.

1. Cette description convient plus à l'administration des provinces sous l'Empire que sous la République.
2. *Tanaïs :* Don; *colonnes d'Hercule :* détroit de Gibraltar.
3. Mer Caspienne.
4. Civilisation.

## P. 1011.

1. B. Dion. Hal., II, 4.

## P. 1013.

1. B. Dion. Hal., II, 16.

**P. 1015.**

1. Aspirer à la tyrannie.
2. B. Dion. Hal., VI, 8 et seq.
3. Fermement (cf. latin *constanter*)

**P. 1016.**

1. B. App., *Præp. op.*

**P. 1017.**

1. B. Vell. Paterc., II, 3.
2. Fureur de s'enrichir.

**P. 1022.**

1. B. Polyb., VI, 1 et seq; 41 et seq.
2. B. Arist., *Polit.,* V, 4.

**P. 1024.**

1. Factions.

**P. 1025.**

1. B. *I Tim.*, VI, 15.

# SERMONS

## MÉDITATION SUR LA BRIÈVETÉ DE LA VIE

**P. 1035.**

1. A) Date : Cette célèbre méditation a été écrite en septembre 1648, pendant la retraite que fit Bossuet avant d'être ordonné sous-diacre, le 21 septembre, à Langres.

Il décida alors de s'attacher définitivement à sa vocation, que sa raison et sa volonté avaient approuvée.

B) Texte : On en possède le manuscrit, avec la référence Ms. fr. 12.822, f. 370. En tête de la feuille, figure la fin d'une autre méditation sur la Pénitence.

C) Analyse : Comme l'écrit Gandar, *Choix de sermons de Bossuet,* p. 3, Bossuet « s'y est surpassé lui-même, en agitant au fond de sa conscience, dans le recueillement et l'effusion de la prière, cette grande pensée de la mort et de l'éternité, qui devait remplir les oraisons funèbres ». L'éloquence y est déjà ample. Bossuet n'avait pas encore été à l'école de simplicité de M. Vincent. Il conservait le goût des antithèses brillantes et subtiles des salons de l'époque, qu'il venait de fréquenter à Paris. Le ton est différent de celui des sermons qu'il prononça à la même époque, sans doute parce qu'il est ici plus spontané. Il évoque Pascal.

L'homme est bien peu de chose, écrit Bossuet ; la vie occupe peu de place dans l'abîme du temps, même s'il vit quatre-vingts ans. Il est menacé par les périls ; même les contentements sont goûtés par parcelles.

Or Dieu demandera compte de chaque moment de cette vie ; les plaisirs qui passent ne valent pas la peine de se damner. Il faut donc s'attacher non à ce qui passe, mais à ce qui demeure.

2. B. *I Cor.*, VII, 31.

**P. 1036.**

1. *et lorsqu'il croit* : Lebarq pense que ce singulier est une distraction « qu'il faut corriger sans hésitation » (*Œuvres oratoires de Bossuet,* I, 10, n. 4). Il semble préférable de le maintenir, car la construction de la phrase de Bossuet est très libre : il use fréquemment de l'anacoluthe.

**P. 1037.**

1. Avant moi. Bossuet emploie souvent *devant* pour avant. Les contemporains eux-mêmes critiquaient cet usage, qui passait pour un archaïsme.

## PREMIER SERMON
## SUR LA PROVIDENCE

**P. 1039.**

1. A) Date : On a longtemps pensé que ce sermon avait été prononcé en 1668, année jubilaire, devant Condé. On en tirait argument pour admettre que Bossuet avait été inférieur à lui-même, car ce sermon ne vaut pas celui de 1662 où il traite du même sujet. C'est A. Floquet, qui a montré dans ses *Etudes sur la vie de Bossuet de 1627 à 1670,* I, 379-391, qu'il datait de 1656. Le personnage à qui Bossuet s'adresse dans l'exorde ne peut être que le duc d'Epernon ; nommé gouverneur de la Bourgogne en 1651, il s'en absenta pendant trois ans et y revint justement en 1656. Il fit son entrée solennelle à Dijon le 8 mai. C'est la carrière du duc et non celle de Condé qu'évoquent les premières pages du sermon. Bossuet faisait enfin allusion à un jubilé : or l'année 1656 est une année jubilaire, comme 1668.

B) Texte : Le manuscrit existe encore avec la référence suivante : Ms. fr. 12.824, f. 119-128 in f°.

Il semble avoir été écrit avec beaucoup de précipitation. Bossuet y cite de mémoire et sans précision des textes latins et grecs. L'écriture à la fin est rapide ; on l'a même comparée à celle des années précédentes, mais l'orthographe est différente.

C) ANALYSE : Bossuet a composé lui-même un sommaire. *Mundus gaudebit.* Pourquoi les méchants heureux. *(Avant-propos.)* Vanité de la joie. *Risum reputavi errorem.* Tristesse chrétienne. *Tristes eritis. (Ave) (Exorde.)* Libertins ne veulent point de Providence. Stoïciens qui disent que le sage est lui-même sa félicité.

*Premier point :* Quelques gens de bien heureux. — Les vices plus heureux, et pourquoi. — Vertu : sa médiocrité peu agissante.

Tout est réglé : *ergo a fortiori* l'homme, qui est son image. — Il faut regarder par un certain point. Comparaison. — Discernement réservé au jugement général. — En attendant, l'arbre mort et l'arbre vivant paraissent égaux durant l'hiver. Comparaison. — Attendre la résurrection.

Dieu ne précipite pas ses conseils, parce que la précipitation c'est le propre de la faiblesse, qui dépend des occasions. Tertullien. *(Apologet.)* — La sagesse n'est pas à faire promptement les choses, mais à les faire dans le temps.

Biens purs et biens mêlés : purs, pour le siècle à venir, où se fera la séparation ; mêlés, pour celui-ci, où tout est dans le mélange. *Vini meri plenus mixto.* Patience de Dieu, prouve la sévérité de son jugement. — Prospérité des impies est une peine : *Imaginem illorum ad nihilum rediges.*

*Deuxième point :* Trois sources de douleurs. — Toutes médicinales.

Appétits de malades, ne doivent pas être rassasiés. — Utile de troubler les pécheurs dans leurs plaisirs. Ancre, espérance, comparaison.

Puisque la vertu combat, donc elle sera un jour paisible ; parce qu'on ne fait la guerre que pour la paix.

Bons, ne sont pas confondus avec les méchants, quoique souffrant mêmes choses. *Vicibus disposita res est.*

Herbe rampante, oses-tu durant l'hiver te comparer à l'arbre fruitier, parce que tu conserves ta verdure?

2. B. *Eccl.*, II, 2.

3. Le 8 mai, le lendemain, le duc d'Epernon fit sa rentrée solennelle dans la ville.

4. B. Tertullien, *De Corona*, n. 13. — Dans le manuscrit, Bossuet a interverti l'ordre de *publicæ* et de *lætitiæ*.

### P. 1040.

1. Bossuet prononçait son sermon dans la Sainte-Chapelle de Dijon. Construite par les ducs de Bourgogne, cette Sainte-Chapelle était devenue royale depuis l'annexion de la Bourgogne par la France.

2. Le duc d'Epernon avait pendant la Fronde obtenu la reddition du château de Dijon d'où les Frondeurs bombar-

daient la ville, en décembre 1650, puis celle de Seurre où ils avaient établi leur quartier général, en juin 1653.

3. Les ducs d'Épernon étaient alliés en particulier aux familles royales de France, d'Angleterre, et de Hongrie.

4. Le duc d'Épernon avait été gouverneur de Metz, occupée par Henri II, conservée malgré le siège de Charles Quint, et reconnue à la France par les traités de Westphalie en 1648.

5. Richelieu avait fait condamner le duc d'Épernon en 1639. Celui-ci se réfugia en Angleterre; il fut réhabilité en 1643, après la mort du cardinal.

6. Dijon, où Bossuet était né en 1627, et non la France.

**P. 1041.**

1. B. Tertullien., *Apolog.*, n. 40.
2. *Var.* : « déshonoré par... »
3. *Var.* : « sans règle ».
4. B. *Joan.*, XVI, 20.
5. *Var.* : « l'adorable vérité de notre évangile ».

**P. 1042.**

1. B. *Job*, IV, 7.
2. *Var.* : « à la doctrine modeste... »
3. B. Sen., *de Provid.*, VI.

**P. 1043.**

1. B. *I Joan.*, II, 17.

**P. 1045.**

1. B. *Ps.* X, 3.
2. Dans une première rédaction, Bossuet avait énuméré ces impies : Caïn, Esaü, Nabuchodonosor, Néron.
3. B. *Ps.* LXXII, 12.
4. B. *Eccl.*, III, 17.

**P. 1046.**

1. Cette phrase sans verbe est une addition interlinéaire; le développement est seulement indiqué.
2. *Var.* : « d'un point de vue... »
3. B. *Matth.*, XIII, 49.
4. B. St Aug., in *Ps.* CXLVIII, n. 16.

**P. 1047.**

1. *Var.* : « voudraient arracher... »
2. B. *Matth.*, XIII, 30.
3. B. *Eccl.*, III, 17.
4. B. Tert. *Apolog.*, 41.

**P. 1048.**

1. B. *Ps.* xxxvii, 13.
2. B. *Ps.* lxxv, 9.

**P. 1049.**

1. Bossuet avait d'abord écrit *vengeance*. Il barra ce mot, le remplaça par *colère*, qu'il effaça; il reprit *vengeance*, l'écrivit dans la marge, l'abandonna enfin pour lui préférer définitivement *colère* qu'il inscrivit dans l'interligne.
2. Cette apostrophe aux pécheurs est une addition.

**P. 1050.**

1. *Var.* : « O voies de Dieu bien contraires aux voies des hommes ! » (*Is.*, lv, 8).
2. B. *Ps.* lxxi, 20.

**P. 1051.**

1. B. *Ps.* lxxiii, 20.
2. B. St. Aug., *Ep.* cxxxviii, *ad Marcell.*, n. 14.
3. B. St. Aug., *De lib. arbit.*, i, xv, 33.

**P. 1054.**

1. B. *Ps.* lxxviii, 20, 27, 29; *Num.*, xi, 4, 6.
2. B. *Rom.*, i, 24.
3. B. *I Tim.* vi, 9. — Bossuet a ajouté entre les lignes : πλουσιάξοντες. Mais le texte grec porte : βουλόμενοι πλουτεῖν. Cette erreur de mémoire est une nouvelle preuve de la rapidité avec laquelle Bossuet dut composer son sermon.
4. *Var.* : « vicieux ».
5. B. St. Aug., *De civit. Dei*, lib. I, cap. x. — Bossuet a fait la citation latine de mémoire; il a écrit : « Quantum amando deliquerint ».

**P. 1055.**

1. B. Tertul., *De pœnit.*, n. 18.
2. *Var.* : « de mieux établi... »
3. *Var.* : « sur cette parole... »

**P. 1056.**

1. *Var.* : « si c'est une maxime établie... »
2. *Var.* : « du divin Apôtre... »
3. B. *Rom.*, v, 3.
4. B. *Ibid.*, 4.
5. B. *Hebr.*, vi, 19.
6. Bossuet conserve ici le genre latin de *navire*. Ce latinisme est exceptionnel dans ses manuscrits.
7. *Var.* : « parmi ».
8. *Var.* : « fidèles ».

9. *Var.* : « se confondrait... »
10. B. *II Tim.,* II, 19.
11. B. *Ps.* XXXIV, 16.
12. B. St. Aug., *De civit. Dei,* lib. I, cap. VIII.

**P. 1057.**

1. B. St. Aug. *Ps.* XLVIII, *Serm.*, II, n. 3, 4.
2. Sur le manuscrit Bossuet a écrit : *à l'herbe,* sans doute par distraction ; l'écriture de cette page est serrée, assez confuse, certainement hâtive.
3. B. Tert., *De spect.,* n. 28.
4. Il y eut en effet un jubilé à Dijon en 1656, comme l'a montré A. Floquet. Cf. note 1. A, p. 1039.

## SECOND SERMON
## SUR LA PROVIDENCE

**P. 1059.**

1. Bossuet avait déjà fait un sermon sur la Providence en 1656, à Dijon, devant le duc d'Epernon. Cf. p. 1039.

Il reprit le même thème en 1662. Mais au cours d'un carême prêché au Louvre devant le roi et la cour. Celui de 1656 avait été composé à la hâte, celui de 1662 fut préparé avec beaucoup de soin.

A) Date : On a discuté aussi de sa date : de l'année surtout. Lachat (*Œuvres complètes de Bossuet,* IX, 161) et Floquet (*Etudes sur la vie de Bossuet de 1627 à 1670,* II, 490) le dataient de 1666. Mais l'écriture du manuscrit est celle du carême royal de 1662. Dans le deuxième point d'ailleurs, Bossuet fait allusion « à la croix abattue sous le croissant » et « aux armes trop fortunées de Mahomet ». En 1662, Mahomet IV, sultan de Constantinople, menaçait la Hongrie et la Crète. En 1666, si la menace turque pesait toujours sur Candie, elle avait été écartée des Impériaux aidés par d'importantes troupes françaises, au Raab et au Saint-Gothard.

On a discuté également du jour. Bossuet avait d'abord pensé prononcer son sermon le mercredi 8 mars : il a inscrit sur l'enveloppe qui le contenait : 2 m. Il se ravisa ensuite : le 2 fut corrigé en 3 ; car il préféra parler de l'Enfer tout de suite après avoir dépeint la mort du mauvais Riche, le dimanche 5 mars.

Le deuxième sermon sur la Providence a donc bien été prononcé le vendredi 10 mars 1662.

B) Texte : Ce sermon figure sous la cote : Ms. fr. 12.822, f° 177-194, in 4°, avec marge.

On possède aussi une grande partie du brouillon du premier point, peu différent du texte définitif ; en 1665 ou en 1666,

Bossuet relut encore son sermon : il y apporta quelques corrections de détail.

Toutes ces variantes ont été relevées par Lebarq. *Œuvres oratoires de Bossuet,* IV, 217-237. Elles ne concernent que le style. On ne signalera que les plus importantes.

C) Biographie : Gandar a comparé les deux sermons sur la Providence dans *Bossuet orateur,* p. 148-160.

D) Analyse : Les libertins nient la Providence, car les biens et les maux sont distribués sans justice entre les bons et les méchants. Bossuet répond que cette inégale répartition établit au contraire la Providence. Moïse nous enseigne en effet que Dieu est satisfait du monde qu'il a créé. Il prend plaisir à le conduire.

*Premier point :* Il n'y a peut-être que sagesse où on n'imagine que désordre. Dieu laisse subsister le désordre humain pour que l'homme reste en attente du jour de l'éternité. Le bien est seulement la félicité éternelle.

*Second point :* Les biens terrestres doivent être considérés à leur juste valeur. La grande affaire du chrétien, c'est son salut. D'ailleurs les puissants seront tourmentés puissamment.

2. *III Reg.,* xv, 16-22.

**P. 1060.**

1. Ο εοῦ τρυφήν: *Orat.* xxxiv (nunc xxviii). — Bossuet cite volontiers les textes sacrés en grec. Il le savait bien. Il connaissait Homère par cœur; on le surnomma le *Père grec,* dans le *petit Concile,* formé autour de lui vers 1674, par des savants laïques et de pieux ecclésiastiques.

2. B. *Gen.,* i, 4; *Gen.,* i, 31. — Les crochets sont de Bossuet.

3. La plupart des éditions, celle de Gandar en particulier, portent *l'instabilité.* Lebarq pense que c'est une erreur de lecture. On a dû en effet interpréter une abréviation, Bossuet écrivant *urlité* pour universalité, *ursel* pour universel.

**P. 1061.**

1. B. *Deut.,* xxxiv, 9.

**P. 1062.**

1. B. *Eccl.,* ix, 11. — Ces citations ainsi que leur traduction étaient écrites en marge. Bossuet le fait souvent pour les textes latins à partir de cette époque.

2. B. *Eccl.,* ix, 2.

3. *Ps.* lii, 1.

**P. 1063.**

1. B. *Eccl.,* iii, 16-17. — Bossuet a indiqué le latin en marge: Vidi... in loco judicii impietatem, et in loco justitiæ iniqui-

tatem. Et dixi... Juſtum et impium judicabit Deus, et tempus omnis rei tunc erit.

2. Addition marginale.

**P. 1064.**

1. B. *Matth.*, VI, 26.

**P. 1065.**

1. B. S. Aug., in *Ps.* CXI, 8.
2. B. Tert., *Apolog.*, XLI.
3. B. *Ps.* XXXVI, 13

**P. 1066.**

1. B. *Ps.* LXXIV, 9.

**P. 1067.**

1. B. *Ps.* LXXV, 9.
2. B. *Apoc.*, XV, 3.
3. B. *Ps.* XCI, 7.
4. B. *Sap.*, II, 21. — Bossuet a sans doute cité ce texte de mémoire. Il a écrit *consideraverunt* au lieu de *cogitaverunt*. Sa traduction eſt inexacte.
5. B. *Jerem.*, XXIII, 20.

**P. 1068.**

1. B. *Luc*, XVII, 25.
2. Addition marginale

**P. 1069.**

1. B. In *Ps.* LXXII, n. 14.
2. Mahomet IV, sultan de Conſtantinople, qui menaçait alors la chrétienté en Méditerranée orientale et en Europe centrale.

**P. 1070.**

1. B. S. Aug., *De civit. Dei*, lib. V, cap. XXIV.
2. *Var. :* « par le moyen de ce miniſtre... » Bossuet écarte « jusqu'à l'apparence des allusions » (Lebarq). Il voulut éviter de suggérer la disgrâce de Fouquet, qui venait d'être arrêté, et dont on examinait les papiers, compromettants pour beaucoup de courtisans et de gens de finances.
3. B. *Rom.*, VIII, 28.

**P. 1071.**

1. B. *Rom.*, V, 4.
2. B. *Luc,* XII, 32.
3. B. St. Aug., in *Psalm.* LVII, n. 21.

**P. 1072.**

1. B. *Sap.*, VI, 7.
2. B. *Hebr.*, VI, 9.

## SERMON SUR LA MORT

**P. 1073.**

1. Bossuet avait déjà écrit en 1648 une *Méditation sur la brièveté de la vie* (cf. p. 1035). En 1656 et en 1658, il avait pris la mort comme thème des *Oraisons funèbres de Yolande de Monterby et d'Henri de Gornay* (cf. p. 9 et 17). Il l'avait également traité dans un discours dont on possède un fragment, sans doute le second point, (cf. Lebarq, *Œuvres oratoires de Bossuet,* IV, 146-149), antérieur à 1662. Il devait le reprendre avec ampleur en 1670, dans l'*Oraison funèbre de Henriette d'Angleterre, duchesse d'Orléans* (cf. p. 83), et plus modestement en 1689, dans un *Discours aux filles de la Visitation* prononcé à l'occasion de la mort de leur confesseur, M. Mutel (Lebarq, VI, 475-477).

La Gazette de France, pourtant peu bienveillante pour Bossuet, mentionna tout de suite son *Sermon sur la Mort*. Ses louanges allaient d'abord, il est vrai, au *Panégyrique de saint Benoît,* prêché le 21 mars par l'Abbé de Fromentières, orateur fort prisé alors ; mais elle signalait que l'Abbé de Bossuet avait fait aussi une prédication avec « grand applaudissement », le 22 mars.

A) Date : On a parfois reporté ce sermon au carême de 1666, car Bossuet s'y adresse au Roi. Or la Gazette de France qui signale toujours la présence royale fait allusion seulement, parmi les auditeurs, aux reines Marie-Thérèse et Anne d'Autriche. Louis XIV avait refusé, en effet, de se rendre au prêche, après la fuite de Louise de La Vallière au couvent et son retour forcé : il voulait protester contre la tutelle morale des dévots et de la Reine Mère. Bossuet n'en était pas prévenu ; il a maintenu dans son texte ce qu'il s'était proposé de dire. L'écriture du manuscrit d'autre part, la composition et le style sont ceux de Bossuet en 1662. Il fait donc partie du même carême que le 2ᵉ sermon sur la Providence.

B) Texte : Il a été préparé avec un soin particulier, comme tous ceux de ce carême. Le manuscrit porte de nombreuses corrections. On s'en est souvent servi pour étudier la manière dont Bossuet travaillait ses sermons. Il a semblé intéressant d'indiquer les principales variantes. Cf. Lebarq, *Œuvres oratoires de Bossuet,* IV, 262-281.

Le manuscrit porte, à la Bibliothèque Nationale, la cote Ms. fr. 12.822, f. 358-369, in 4°, avec marge.

C) Analyse : On se détourne ordinairement de la pensée de la mort, or c'est devant elle qu'on comprend ce qu'est

## SERMONS

l'homme : « méprisable en tant qu'il passe, et infiniment estimable en tant qu'il aboutit à l'éternité ».

*Premier point* : L'homme est peu de chose. Après la mort, le corps devient un je ne sais quoi qui n'a plus de nom dans aucune langue. L'homme occupe peu de place dans l'abîme du temps. Il ne poursuit d'ailleurs que des choses vaines, l'image du bien et non le bien même.

*Deuxième point* : Mais l'homme ne tient pas tout entier à la matière, il participe de l'Esprit de Dieu. C'est ainsi qu'il a pu discipliner l'univers, qu'il trouve du bonheur même dans la mort, qu'il conçoit un esprit pur.

Il est ange et bête, parce qu'il a été fait en même temps par Dieu et par le péché. La mort doit le délivrer du péché, car Dieu le réforme alors selon son premier modèle en l'accueillant au ciel.

2. Bossuet avait d'abord écrit : « Quand on assiste à des funérailles, ou bien qu'on entend parler de quelque mort imprévue, on se parle... »

3. *Première ébauche* : « ... les hommes n'ont pas moins de soin d'enterrer et d'ensevelir les pensées de la mort, que les morts mêmes ».

## P. 1074.

1. *Var.* : « de toutes... »
2. *Première ébauche* : « ... et cette curiosité de connaître fait qu'il s'épuise par de grands efforts pour trouver... »
3. *Var.* : Bossuet a effacé « parmi », l'a remplacé par « dans », puis rétabli.
4. *Rature* : « portant ».
5. *Var.* : « raison ».
6. *Première ébauche* : « sur toutes les choses éloignées... »
7. *Première ébauche* : « sur ce qui la touche de plus près, que même nous consumons... »
8. *Première ébauche* : « Toutefois, il n'est rien... »
9. *Var.* : « des choses humaines ».
10. *Plusieurs ébauches* : « de votre être — de notre être — que je m'adresse à la mort pour vous instruire de votre être ».
11. *Var.* : Bossuet avait d'abord écrit : « ce qui nous paraît ».
12. *Var.* : Bossuet a effacé « ni ».
13. *Var.* : Bossuet avait d'abord écrit : « Considérez, Chrétiens, ce que la mort nous ravit ». Puis, il a effacé et ajouté les trois premières phrases, en marge.

## P. 1075.

1. *Var.* : Bossuet avait d'abord écrit « tellement », puis, « si bien que ».

2. *Var.* : Bossuet a raturé successivement : « Venez donc au sépulcre avec Jésus-Christ », — « ... au sépulcre du Lazare » — « ... de son ami le Lazare » — « Venez donc au sépulcre du Lazare, et voyez ce que vous devez connaître de l'humanité : Veni et vide ».

3. *Var.* : Rature sur : « venez voir la chute de tous vos desseins, venez voir le commencement ».

4. *Var.* : « venez voir la dissolution et le renouvellement... »

5. *Var.* : « Toi seule nous fais voir le peu que nous sommes ».

6. Hésitations : Bossuet avait commencé à écrire : « dépri-[mer] », puis il l'a remplacé par « abat[tre] », avant de le reprendre.

7. *Var.* : « infiniment méprisable... »

8. On a souvent rapproché le *Sermon sur la mort* des *Pensées* de Pascal. Les idées et leur expression même ont d'étroites analogies. Pascal aurait peut-être entendu Bossuet prêcher. Bossuet aurait peut-être assisté aux entretiens au cours desquels Pascal exposait le plan des *Pensées* à ses amis, à moins qu'il n'en ait lu le manuscrit. Cette communauté de pensée s'explique plus simplement, semble-t-il, par une inspiration puisée aux mêmes sources : la Bible et les Pères de l'Eglise, saint Augustin en particulier.

9. *Var.* : « délicate » a été raturé.

10. *Var.* : « de son b[ien] » a été raturé.

11. Bossuet avait d'abord ajouté : « Mais c'est encore trop de vanité de distinguer en nous la partie faible, comme si nous avions quelque chose de considérable ». Puis il a marqué ce passage d'un trait en marge, comme insuffisant ou inutile.

## P. 1076.

1. *Var.* : « trop vains ».

2. *Var.* : « plus distinctes ». Bossuet avait d'abord écrit : un « raisonnement plus distinct ».

3. Bossuet pensait avoir Louis XIV parmi ses auditeurs.

4. B. *Ps.* xxxviii, 6.

5. *Var.* : « toujours permanent ». Bossuet avait écrit permanent, il mit au-dessus « immuable », puis l'effaça et revint ainsi à « permanent ».

6. *Var.* : « les emporte ».

7. *Var.* : « les corbeaux... »

8. Cf. Pline l'Ancien. *Hist. nat.* viii, liv. 32; Columelle, *De agricultura,* ix, 1 ; Cicéron, *Tusculanes,* iii, 28.

9. *Var.* : « à nos descendants ».

10. *Var.* : « qui vous servira ».

## P. 1077.

1. *Var.* : « de même qu'un château de cartes, vaine admiration des enfants ». Bossuet avait écrit d'abord « inutile » au lieu de « vaine », puis il l'a raturé.
2. *Var.* : « une même rature... »
3. *Var.* : « encore cette rature laissera-t-elle quelque vestige du moins d'elle-même ».
4. *Var.* : « dans cet abîme... »
5. *Var.* : « restes ».
6. *Première rédaction effacée* : « ... du néant; et que s'il ne demeure parmi les hommes quelque souvenir de votre nom, il n'y aura plus sur la terre aucun vestige de votre substance : substantia mea tanquam nihilum ante te ». Il avait aussi écrit en marge un texte de saint Augustin qu'il a effacé : « Neque aliud melius est, aliud deterius : aut aliud majus, aliud brevius, quod jam pariter non est » (*De civit. Dei*, I, XI).
7. Bossuet a cité dix fois ce texte dans ses sermons. Cf. l'*Oraison funèbre de Henriette d'Angleterre*.
8. *Var.* : « tant il est vrai, Chrétiens, que tout ce qui s'aperçoit meurt en nous... » — *Première rédaction* : « si bien que peu à peu tout mourra en nous... »
9. B. Tertull., *De resur. carn.*, n. 4.
10. *Première rédaction* : « Comme les autres, je viens faire mon personnage ».
11. *Var.* : « comme si elle était envieuse... »
12. *Première rédaction* : « peut ».
13. Bossuet avait d'abord écrit : « ... elle en a besoin pour d'autres formes, elle la redemande pour d'autres ouvrages. Elle ne peut pas demeurer dans les mêmes mains et doit être éternellement dans le commerce ». « Elle » faisant amphibologie, il a reporté cette phrase plus haut.
14. *Var.* : « cette nouvelle recrue... »
15. *Var.* : « nous en voyons passer d'autres ».
16. *Var.* : « O Dieu! qu'est-ce que de nous ».
17. *Var.* : « immense ». Bossuet avait d'abord commencé à écrire : « épo[uvantable] » ; il l'a effacé avant de l'avoir achevé.
18. *Var.* : « dans ce grand abîme du temps ».

## P. 1078.

1. Bossuet a hésité en composant cette phrase : il a écrit successivement : « nous péririons *nous* (effacé) si *nous ne* (effacé), si, promptement, nous n'en saisissions...; jusqu'à ce qu'il en viendra un..., et il en viendra *enfin* (effacé) un auquel... »
2. Bossuet avait d'abord ajouté : « à terre ». Il l'a effacé.
3. B. *Ps.* XXXVIII, 7.

4. *Var.* : « L'homme passe comme une ombre et comme une figu[re] ». Bossuet a effacé « image creuse ». Cette fin de phrase a été ajoutée en marge avec une autre phrase, où le latin et le français se mêlent, simple indication d'idées à développer en chaire : « Aussi est-il in imagine ; — sed et frustra conturbatur ».

*Image en figure* : avec le sens scolastique : image qui n'a que l'apparence extérieure.

5. B. Arn., *Adv. Gent.*, II, *sub init.*
6. *Var.* : « animée ».
7. *Première rédaction effacée :* « troublé par des simulacres ».
8. B. *I Cor.*, VII, 31.
9. *Première rédaction* : Bossuet avait ajouté : « Je suis emporté si rapidement qu'il me semble que tout me fuit et que tout m'échappe. Tout fuit, en effet, Messieurs, et pendant que nous sommes ici assemblés, et que nous croyons être immobiles, chacun avance son chemin, chacun s'éloigne sans y penser, de son plus proche voisin, puisque chacun marche insensiblement à la dernière séparation : Ecce mensurabiles [posuisti dies meos.] ».

Il n'y a pas de transition entre les deux points. Sur le manuscrit, la fin du premier point occupe une demi-page; l'autre moitié et le verso sont restés blancs.

10. En note marginale, Bossuet avait écrit : « Faciamus hominem ad imaginem et similitudinem nostram ». C'est sans doute l'indication d'une transition. Cf. *Oraison funèbre de Madame.* Exorde.
11. *Var.* : « du monde... »
12. *Var.* : « de ce corps terrestre... » — « mortel ». — Bossuet a raturé une première rédaction : « de cette matière et malgré les préjugés de nos sens ».
13. *Var.* : « par sa vigueur, — par son mouvement... » « Action » a été effacé.
14. *Var.* : « quelque chose qui sent son origine céleste... »

**P. 1079.**

1. *Var.* : « grandes ».
2. Bossuet a peut-être voulu distinguer entre le participe suivi du sujet et celui qui en était précédé qu'il accordait avec le complément direct. Cf. plus loin : « tant de belles inventions que l'art a trouvées... »
3. *Var.* : « il a dompté... »
4. *Rature* : « contraindre ».
5. *Rature* : « sauvage ».
6. *Var.* : « la terre a été forcée... »
7. *Rature* : « fruits ».
8. *Var.* : « pour l'amour de lui ».

9. *Rature :* « leur amertume ».
10. *Var. :* « poisons ».
11. Bossuet a ajouté « pour l'amour de lui » en surcharge.
12. *Var. :* « tous les jours au feu et à l'eau, qui sont les plus intraitables... » Rature : « au ciel et..., — à l'eau et au feu... »
13. *Var. :* « si merveilleuses et si salutaires ».
14. En surcharge. — Bossuet a transposé en français le latin : « Quid plura », en faisant l'ellipse de la préposition.
15. *Gen.*, 1, 26, 28.
16. *Var. :* « il lui est resté... » Bossuet avait d'abord écarté cette phrase qu'il a ensuite reprise en corrigeant les premiers mots.
17. *Var. :* « dans toutes les parties... »
18. *Rature :* « et il signale son industrie dans toutes les parties de l'univers ».
19. *Rature :* « si (une créature... de toutes les autres) aurait pu opérer — en elles — de si grands effets... »
20. Jusqu'en 1662, Bossuet écrit « insult », comme on le faisait au début du XVIIe siècle, conformément à l'étymologie; puis il emploie « insulte », d'abord au masculin, puis au féminin.
21. *Var. :* « en son âme... »
22. *Var. :* « quelque rare machine... »

## P. 1080.

1. *Var. :* « comme sa seule puissance pouvait la construire ».
2. *Rature :* « il a établi l'homme pour s'en servir ».
3. C'est la conception classique de l'art qui doit être une création et non une copie.
4. *Rature :* « traits ».
5. Bossuet a ajouté : « si forte ».
6. Bossuet utilise plusieurs termes, dans sa recherche du mot exact. Le premier est faible, le dernier trop fort. Bossuet se corrigea lui-même dans le IIIe *Avertissement aux protestants,* n. XXII : « Les âmes et les esprits ne sont pas une portion de son être et de sa substance. Il a tout également tiré du néant et tout également par lui-même » (cf. Lebarq. IV, 273. n. 11).
7. *Var. :* « Et s'il est ainsi, Chrétiens, toute la nature... et ainsi notre âme... ».
8. *Première rédaction :* « d'éteindre cette partie de nous-mêmes (*Var. :* de notre être) qui porte un caractère si noble de la puissance divine ».
9. *Var. :* « de quelle manière — de quelle sorte cette créature chérie... »
10. *Var. :* « qui pourrait... ? ».
11. *Hésitations raturées :* « cette âme qui a tant d'attache — qui est tellement plongée dans son corps, qui en épouse...»
12. *Var. :* « qui languit, qui se désespère ».

13. *Var.* : « où a-t-elle pu songer qu'elle eût sa félicité à part ? »

14. *Première rédaction* : « qu'elle dût dire quelquefois... » Le reste a été ajouté en marge. La seconde citation venait d'abord la première.

15. B. *Philipp.* I, 21.

16. B. *Coloss.*, I, 24.

17. *Var.* : « qu'il faut... »

18. *Var.* : « infaillible ».

**P. 1081.**

1. Lebarq avait lu « décrient » au lieu de « dénient ». Urbain a rétabli « dénient » qui semble plus conforme au manuscrit.

2. *Var.* : « aussi peu de personnes qui les dénient comme il y en a peu qui les pratiquent parfaitement ». (*Var.* : dans leur perfection ; d'abord préféré à parfaitement, puis ensuite raturé).

3. *Rature* : « Sans doute il y a en nous une lumière ».

4. B. *Ps.* IV, 7.

5. *Var.* : « les agréments immortels de... ».

6. *Var.* : « par cette étincelle ».

7. Suivi d'un adjectif ou d'un participe, formant locution avec un nom, le participe « fait » restait invariable.

8. *Var.* : « séparé — dégagé ».

9. *ne* : addition, sans doute pour réparer un oubli.

10. *Rature* : « songé ».

11. *Rature* : « immens[ité] ».

12. « dit saint Augustin » ajouté en surcharge. — *Confes.*, X, cap. XI.

13. *Hésitations* : « ne soupçonnent pas — seulement pas ».

14. *Var.* : « de ces esprits purs... ». « Purs » a été barré ensuite.

15. *Var.* : « nous ne concevons pas trop... ».

16. *Var.* : « quelque corps ».

17. *Var.* : « prononcera — sortira ». — *Ratures* : « sortira du fond de v[otre être] ».

**P. 1082.**

1. *Var.* : « pour oser rejeter tout ce qu'elle pense ».

2. *Rature* : « secret ».

3. *Première rédaction raturée* : « qu'il dépend certainement d'un plus haut principe, — d'un autre principe ».

4. *Passage supprimé* : « ces belles idées s'épaississent bientôt, et... »

5. *Var.* : « Elle a des faiblesses, elle a des langueurs ».

6. Bossuet avait d'abord écrit : « des grossièretés incompréhensibles ». Puis, il a supprimé ce mot.

7. *Var. :* « des grossièretés, qui la forcent presque elle-même de douter de ce qu'elle est, si elle n'est éclairée d'ailleurs ».

8. *Première rédaction supprimée :* « d'une si étrange composition ; demandez aux philosophes profanes ce que c'est que l'homme ».

9. *Rature :* « d'un si grand... ».

10. Enigme était alors encore masculin ; Bossuet l'emploie au féminin dès 1666.

11. *Nombreuses hésitations :* « Il n'est pas moins ridicule de soupçonner du caprice dans les... — Quant au caprice... Et vous qui soupçonnez du caprice..., vous découvrez trop votre ignorance en offens [ant]..., c'est découvrir... ».

**P. 1083.**

1. *Correction inachevée et abandonnée :* « Je suis prêt [à m'écrier]. »

2. B. *Thren.*, II, 15.

3. *Plusieurs ébauches de rédaction raturées :* « Est-ce là ce petit monde, cette créature immortelle faite à l'image de Dieu ? Est-ce là ce petit monde, est-ce là ce chef-d'œuvre de la main de Dieu ? C'est lui-même, n'en doutez pas. Et pourquoi... ? ».

4. *Nouvelles ratures :* « Pourquoi donc toutes ces piè[ces], — parties si mal rapportées ? ».

5. *Première rédaction effacée :* « le divin... ».

6. Bossuet a tâtonné longtemps, avant de trouver l'expression définitive de sa pensée. Il avait d'abord écrit : « De cette sorte, Messieurs, on voit que tout se brouille et tout se démêle ; tout se dément et tout s'établit ; tout se choque et tout s'accorde ; et c'est la lumière de la foi qui nous tire de ce labyrinthe. Après qu'elle nous a si bien éclairés, et qu'elle nous a rendus à nous-mêmes, gardons-nous bien de nous méconnaître, et que nos faiblesses honteuses ne nous cachent pas notre dignité naturelle. Mais hélas ! que nous profite cette dignité ? Quel avantage ? — Mais, hélas ! que nous profite cette dignité ? et que nous sert de comprendre que nos ruines respirent encore quelque air de grandeur, puisque nous n'en sommes pas moins accablés sous leur pesanteur ? » Il a écrit ensuite : « Quoique nos ruines respirent encore quelque air de grandeur, nous n'en sommes pas moins accablés dessous. Pour avoir été immortels, en sommes-nous moins la proie de la mort ? »

Puis : « Notre ancienne immortalité passée, — notre immortalité ne nous garantit plus de la mort ; et quoique nos âmes lui échappent, si le péché les rend misérables (malheureuses, — les exclut de la vie heureuse) leur éternité — cette éternité leur est trop onéreuse, — trop à charge. — Son éternité lui est trop onéreuse, — trop à charge — et elle n'a pas de quoi s'en glorifier ».

7. B. *Coloss.*, III, 10.
8. *Ratures successives :* « O âme ch[rétienne], — accablée... remplie de péché ».
9. *Rature :* « la ».
10. B. *Joan.*, XI, 25, 26.
11. *Var. :* « est toujours sujet à la corruption ».

**P. 1084.**

1. Cet alinéa a été écrit à une autre époque, postérieure, ou avec une autre plume (cf. Lebarq, IV, 280, n. 1), au verso de la dernière page du sermon resté blanc. J. Calvet pense qu'il est emprunté à un sermon sur l'Assomption prêché l'année précédente aux Carmélites. Vers 1666, selon Lebarq (p. 280. n. 5), Bossuet aurait ajouté à la fin de cet alinéa « etc. ».
2. Première rédaction effacée : « corruption » — Bossuet a fait cette correction à la sanguine.
3. B. *Rom.*, VIII, 3.
4. B. *I Cor.*, XV, 50.
5. *Var. :* « qu'on laisse tomber pièce à pièce ». Addition vers 1666 : « de réparer ».
6. *Var. :* « précipitée ».
7. B. *Apoc.*, XXI, 4.

**P. 1085.**

1. B. *II Cor.*, V, 1.
2. *Première rédaction effacée :* « (il) veut ».
3. *Homil. in dict. Apost. de dormientibus.* — Ms. : *in II Cor.*
4. *Var. :* « rebâtir ».
5. *Phrase supprimée :* « car que ferions-nous dans cette foudre, dans ce tumulte, dans cet embarras ? »
6. Le sermon ne devait pas se terminer là.

# RELATION SUR LE QUIÉTISME

**P. 1099.**

1. Fénelon avait écrit *les 4 lettres de M. de Meaux*. Il s'y plaignait des altérations qu'on portait à sa doctrine et du peu de bienveillance qu'on lui manifestait, Bossuet en particulier.
2. La déclaration des trois évêques. Elle fut publiée d'abord en latin sous le titre : *Declaratio trium episcoporum,* le 6 août 1697, car elle avait été écrite pour les examinateurs romains des *Maximes des Saints* de Fénelon. Elle avait été composée par Noailles, l'archevêque de Paris, par Godet des Marais,

l'évêque de Chartres et par Bossuet. Elle fut traduite et publiée à Paris, chez Anison, l'éditeur habituel de Bossuet, à la fin de l'année. Le Dieu, le secrétaire de Bossuet, écrit dans ses *Mémoires* (II, 227-230) que « c'est M. de Meaux qui l'a toute faite ».

3. B. Edit. de Brux., p. 6. — Parue en décembre 1697, en latin. Fénelon devait faire éditer ses œuvres à l'étranger ou à Lyon, par ses amis, car il n'avait pas de privilège royal d'impression comme Bossuet, qui disposait de l'appui du Roi et de Mme de Maintenon. C'est ainsi qu'on refusa à Fénelon l'impression de sa *Réponse à la Relation*. En fait l'interdiction officielle des écrits de Fénelon fut mal appliquée; peut-être d'ailleurs sur ordre du Roi. (Cf. Schmittlein, p. 196 et p. 401.)

4. B. Edit. sans nom de la ville, p. 9.

5. M. l'évêque de Chartres : Godet des Marais; directeur hiérarchique de Saint-Cyr, qui se trouvait dans son diocèse, directeur spirituel de Mme de Maintenon, il avait été le premier instigateur de la lutte contre le quiétisme. Il fut ensuite moins constamment hostile à Fénelon que Bossuet.

6. L'*Explication des maximes des Saints sur la vie intérieure*. Elle parut le 28 janvier 1697.

# P. 1100.

1. B. Edit. de Bruxelles, p. 6.

2. B. *IVe lettre à M. de Meaux*, p. 42, 43. Ecrite en février-mars, elle fut publiée en avril 1698 à Bruxelles.

3. B. *IIIe lettre*, p. 45.

4. B. *Lett.*, p. 4, 29, 38.

5. B. *Responsa ad Summa doctrinæ*, ad obj. 15, p. 71.

6. Prêtre d'origine espagnole, il avait répandu sa doctrine à Rome, dans la haute société en particulier; certains cardinaux lui étaient même favorables. Il y montrait que la perfection chrétienne consiste dans un acte continuel de contemplation. L'âme dans cet état ne doit même pas avoir le souci de son salut. Les bonnes œuvres sont inutiles et même nuisibles à cet état de quiétude. L'âme unie à Dieu n'est pas affectée par les dérèglements du corps. La morale était ainsi menacée d'anéantissement. Les mœurs de quelques disciples de Molinos le prouvèrent. On ne suspecta pas les siennes. Mais le Saint-Office condamna les propositions contenues dans son principal ouvrage, la *Guide spirituelle,* en novembre 1687. Il fut alors emprisonné; il devait le rester jusqu'à sa mort.

7. Bossuet avait été chargé d'examiner la doctrine de Mme Guyon en 1693. Leurs entrevues furent souvent orageuses, car il était choqué par ses outrances de paroles et de conduite, en particulier par son « air de dogmatiser ou d'ensei-

gner ou de répandre les grâces ». Le détail de leurs relations, au moment où elle s'était retirée chez les Visitandines de Meaux le 13 janvier 1695 jusqu'au début de juillet est étudié en détail par L. Cognet, p. 320-350.

### P. 1101.

1. Cette affirmation paraît inexacte. Mme Guyon dans sa *Vie*, III, XIX, 5, raconte que le 2 juillet 1695, Bossuet « dit la messe (à la Visitation de Meaux) et souhaita que je communiasse de sa main ».

2. Mme Guyon avait signé en 1688, au moment de sortir de la Visitation de la rue Saint-Antoine où on l'avait emprisonnée, un texte que nous ne connaissons que par ce de qu'elle en dit dans sa *Vie*, III, IX, 10. Elle se contente de « condamner de tout son cœur... l'erreur qui pouvait se trouver dans ses livres ou dans ses écrits ». En 1694, elle avait envoyé une nouvelle lettre de soumission à l'archevêque de Paris qui venait de censurer le *Moyen court* et le *Commentaire du Cantique des cantiques* sans la nommer. On ne la possède pas. Elle fut, semble-t-il, préparée par Fénelon et le duc de Chevreuse ; divers passages des livres condamnés étaient opposés à ceux que l'archevêque avait condamnés.

En 1695, elle signa les Articles d'Issy, puis en juillet, avant de quitter le monastère de la Visitation de Meaux, un acte de soumission — « un écrit exprès » — mis au point avec Bossuet au cours de discussions orageuses, où elle avait refusé de se reconnaître hérétique. Cf. Cognet, p. 329-350.

3. Bossuet avait rédigé une longue attestation d'orthodoxie, vague, et une autre plus courte et plus favorable à Mme Guyon, qu'il voulut ensuite lui reprendre et faire passer pour fausse. Cf. Cognet, p. 339-350. Cf. aussi Crouslé, *Fénelon et Bossuet*, II, 14, 64-68, qui pense au contraire que l'attestation favorable est l'œuvre de Mme Guyon.

### P. 1102.

1. B. *Lett.* IV, p. 43.

2. B. *Max. des Saint*, Avert., p. 16. — Les *Maximes des Saints* ont paru les premières avant l'*Instruction sur les états d'oraison* de Bossuet, sans doute sur l'initiative du duc de Chevreuse, que Fénelon avait chargé de l'édition. Cf. Schmittlein, p. 95-96.

3. Il est vrai que Bossuet avait remis son manuscrit de l'*Instruction sur les états d'oraison* à Fénelon pour qu'il l'examine et l'approuve. Mais celui-ci n'avait pas voulu y souscrire. Il l'avait renvoyé à Bossuet après l'avoir seulement feuilleté quelques heures. Cf. Cognet p. 378-385.

**P. 1103.**

1. Attaque gratuite. Fénelon avait des amis à la cour, comme le duc de Chevreuse, le duc de Beauvillier, et leurs épouses, les filles de Colbert. Les Jésuites le soutenaient à Rome. Il avait pour lui les gazettes calvinistes de Hollande. Mais c'est Bossuet qui, grâce à Mme de Maintenon, disposait de la faveur royale et de l'opinion.

2. Allusion voilée à Mme de Maintenon.

3. Fénelon avait été nommé précepteur du duc de Bourgogne en août 1689. Il avait rencontré Mme Guyon pour la première fois, quelques mois plus tôt, en octobre 1688.

**P. 1105.**

1. La duchesse de Béthune-Charost; qui recevait fréquemment Mme Guyon, ou la duchesse de Mortemart.

**P 1106.**

1. Corset ou corps de jupe.

2. Cf. *Vie,* III, 1, 9. Bossuet avait lu ce passage dans l'autobiographie que Mme Guyon lui avait remise en manuscrit et sous le sceau de la confession, mais avec l'autorisation de l'utiliser comme il lui plairait. Il fut édulcoré dans l'édition imprimée, mais confirmé dans une lettre de Mme Guyon, écrite le 5 février 1694. Cf. Fénelon, *Œuvres complètes,* Paris, Gaume, 1851-1852, 10 vol. Cognet, p. 190-192.

**P. 1107.**

1. Fénelon, mais surtout un petit groupe de dames pieuses, Mme de Miramion, Mme la princesse d'Harcourt, les duchesses de Chevreuse, de Beauvillier et de Mortemart, — les trois filles de Colbert, — enfin la duchesse de Béthune-Charost; le duc de Chevreuse et le duc de Beauvillier également. Cf. E. Carcassonne, *Etat présent des travaux sur Fénelon,* Paris, 1939, *Mémoires* d'Hébert, p. 227. — Delplanque, *Fénelon et ses amis,* 1910.

**P. 1109.**

1. Mme de Maintenon. Cf. Cognet, p. 132-157. — Schmittlein, p. 27 et svtes.

**P. 1110.**

1. Le père La Combe était un barnabite du pays de Gex qui l'avait initiée à la doctrine du Pur Amour. Cf. Cognet, p. 62 et svtes. — Brémond, *Apologie pour Fénelon.* — Schmittlein, p. 139 et svtes.

**P. 1111.**

1. Fénelon avait protesté dès 1696 contre l'interprétation que Bossuet avait faite de ce rêve. Avec les ducs, il sus-

pecta même Bossuet de l'avoir inventé. Il l'accusa surtout de révéler ce qui lui avait été confié « par excès de bonne foi et de confiance et sous le sceau de la confession ». Cf. Fén., *Correspondance,* VII, 231. — Schmittlein, p. 191, 192.

**P. 1112.**

1. En janvier 1694. Cf. Cognet, p. 184 et svtes.

**P. 1114.**

1. La lettre de Bossuet du 4 mars 1694, « longue de plus de 20 pages », a été publiée par Urbain et Lévesque, VII, 161-187. Comme l'Abbé Cognet le remarque, p. 198 et svtes, la réponse de Mme Guyon n'est pas exempte en son apparente soumission d'une certaine ironie. Elle se soumit pourtant sans restriction. « Je crois tout, sans raisonner, écrivait-elle ». Cf. Urbain et Lévesque, VI, 192.

2. Sur les raisons véritables qui ont poussé Mme de Maintenon à refuser la nomination de commissaires pour examiner les mœurs de Mme Guyon, cf. Cognet, p. 206-211.

Aucun des adversaires de Mme Guyon n'a douté sérieusement de sa moralité. Aucun ne poussa à fond son examen. En 1694, Mme de Maintenon livrait sa pensée en écrivant aux ducs de Beauvillier et de Chevreuse : « Je n'ai jamais rien cru des bruits que l'on faisait courir sur les mœurs de Mme Guyon ; je les crois très bonnes et très pures ; mais c'est la doctrine qui est mauvaise, du moins par les suites. En justifiant ses mœurs, il serait à craindre qu'on ne donnât cours à ses sentiments... ».

**P. 1115.**

1. M. de Châlons avait été le condisciple de Fénelon à Saint-Sulpice. Il en était « l'intime ami » (Phélippeaux). — M. Tronson était le confesseur de Fénelon et l'ami des ducs de Beauvillier et de Chevreuse. Supérieur de Saint-Sulpice, il était respecté par tous pour sa piété et pour sa science.

2. Les ducs de Beauvillier et de Chevreuse.

3. Bossuet ne donne pas toutes les raisons de ce secret : les autres sont moins pures. On voulait surtout éviter d'alerter l'archevêque de Paris, Harlay de Chanvallon, qui semblait vouloir entamer une nouvelle campagne contre le quiétisme, pour des raisons encore discutées. Cf. Schmittlein, p. 27. — Cognet, p. 132-157. — Brémond, *Apologie pour Fénelon.*

**P. 1116.**

1. Cf. sur les entretiens d'Issy, E. Lévesque, *Conférences d'Issy sur les états d'oraison,* Revue Bossuet, 25 juin 1906 ; P. Dudon, *les Conférences d'Issy,* Revue d'ascétique et mystique, juillet 1928 ; article développé dans l'*introduction au*

*Gnostique de saint Clément d'Alexandrie,* de Fénelon, Paris, 1930, et Cognet, p. 221-246. C'est Bossuet qui demanda à Fénelon de compiler à son usage des recueils de textes mystiques et d'en faire, selon l'expression de Fénelon « des espèces d'analyses ».

**P. 1121.**

1. Sur la signature des 34 articles cf. Cognet, p. 278-302. — Bossuet rédigea un projet en 30 articles. Fénelon proposa des contrepropositions en 33 articles. Bossuet, sous l'influence de Noailles, fit des concessions : on ajouta trois articles et Noailles ajouta encore de sa main le 34ᵉ article conciliant au moment de la signature. Cf. Fénelon., III, 26.

2. B. Edit. de Brux., p. 8.

**P. 1122.**

1. Cf. Urbain, *Bossuet et les secrets de Fénelon.* La Quinzaine, 1903, p. 304-319. — Fénelon affirme au contraire qu'il a donné à Bossuet par écrit une confession générale; que Bossuet l'a gardée quelque temps; qu'il l'a même communiquée à M. de Châlons.

2. Il est certain que Noailles a été moins ferme que Bossuet ne l'affirme, dans son hostilité au quiétisme. Il ne s'y est engagé que pour plaire à Mme de Maintenon qui avait favorisé sa nomination à Paris, et poussé par Bossuet. — Cf. Schmittlein, p. 57 et svtes; Mme Guyon, *Vie,* III, 207 et svtes.

3. Ce n'est pas Fénelon qui pria Bossuet d'être son consécrateur, mais celui-ci qui le sollicita instamment pour être choisi, sur le conseil de Mme de Maintenon et malgré le cardinal de Bouillon qui s'était déjà proposé, malgré l'archevêque de Reims, malgré Godet des Marais, sur le diocèse duquel eut lieu le sacre. — Jamais non plus Bossuet ne demanda à Fénelon « s'il était dans sa doctrine ». Cf. Fénelon, *Corr.,* VIII, 334; Hébert, p. 239-240.

**P. 1123.**

1. Fénelon avait encore peu écrit. Pendant les entretiens d'Issy, il avait fait des recueils de textes de saint Clément d'Alexandrie, de saint Grégoire de Nazianze, de Cassien et du Trésor ascétique. Il donnait aussi « des recueils de passages de Suso, de Harphius, de Ruysbroeck, de Tauler, de sainte Catherine de Gênes, de sainte Thérèse, du bienheureux Jean de la Croix, de Balthasar Alvarez, de saint François de Sales, et de Mme de Chantal ». (*Réponse à la Relation,* II, 20, Fénelon, III, 15).

Il avait fait surtout un *Mémoire sur l'état passif* (cf. Cognet, p. 229). Il avait même composé un ouvrage plus important :

*Le gnostique de saint Clément d'Alexandrie,* puis un nouveau court mémoire *De l'autorité de Cassien*.

2. A Saint-Cyr.

## P. 1124.

1. Fénelon faisait au contraire de sa fidélité à Mme Guyon, « de qui il n'avait jamais reçu que de l'édification », une question d'honneur. Cf. texte de la lettre à Bossuet, F., IX, 87-88.

## P. 1125.

1. Il semble en effet — ce que ne veut pas croire Bossuet — que Fénelon n'ait reçu le livre de Bossuet que le 23 juillet à Versailles et qu'il l'ait retourné au duc de Chevreuse le 24, au moment où il repartait pour Cambrai. Il aurait seulement cherché dans les marges ce que Bossuet disait de Mme Guyon et de ses ouvrages. Cf. Cognet, p. 378.

2. De la Visitation de Meaux.

## P. 1126.

1. Mme Guyon envoya la courte attestation favorable de Bossuet à la duchesse de Charost. Celle-ci en fit circuler des copies parmi ses amis et refusa toujours de la rendre à Bossuet qui suggéra alors qu'elle était fausse, peut-être, comme le suggère Schmittlein, sous la pression de Mme de Maintenon.

## P. 1127.

1. Le duc de Chevreuse.

2. C'est la lettre que Fénelon adressa le 2 août 1696 à Mme de Maintenon, confidentiellement. Godet des Marais en connaissait l'existence. Il en parla à Bossuet, qui exigea qu'elle lui soit remise, en recourant même à des menaces de peines infernales.

## P. 1130.

1. B. 1$^{re}$ sect., n. 3.

## P. 1132.

1. On n'en a aucune preuve. C'est Bossuet qui répandit le scandale hors de France. A moins qu'il ne fasse allusion au séjour de Mme Guyon à Gex où elle fut chargée en 1681 de fonder une maison de Nouvelles Catholiques, mais où elle rencontra rapidement l'hostilité de l'évêque de Genève, Jean d'Aranthon, de tendance janséniste, et à son passage à Turin en 1683-1684, où elle fut poursuivie par la réputation que lui avait faite Mgr d'Aranthon. L'évêque de Grenoble Le Camus avait aussi manifesté de la méfiance envers la mystique guyonienne et avait interdit la lecture du *Moyen court,* du

*Commentaire du Cantique des cantiques,* et des *Torrents,* qui circulaient en manuscrit, ainsi que celle des œuvres du P. La Combe. Rome ne prononça de condamnation qu'en 1689, lorsque le P. La Combe emprisonné à la Bastille et condamné par Harlay, l'archevêque de Paris, eut fait appel. Cf. Cognet, ch. II.

**P. 1133.**

1. B. Voyez *Inst. sur les états d'oraison,* liv. I, n. 25.
2. B. *op. cit.,* liv. II, n. 2.
3. B. Liv. III, n. 4, 5, etc.
4. Falconi : espagnol, père de la Merci, il est considéré comme le premier quiétiste du XVIIe siècle. Il écrivit en 1628 une *Lettre* qui fut imprimée en 1657; il y enseignait l'acte d'abandon à Dieu et l'oraison « de contemplation et d'amour ». Cf. Crouslé, *Fénelon et Bossuet,* I, 428-429.

Malaval développa cette théorie à Marseille : il publia en 1664 *la Pratique facile pour parvenir à la contemplation.* On y avait découvert « 7 illusions ». Mme Guyon l'avait rencontré en 1685 lors d'un passage à Marseille, où il était très estimé.

Molinos. Cf. p. 1100, n. 6.

**P. 1135.**

1. Bossuet a utilisé ce terme à dessein. Traduit en latin pour les examinateurs romains par *amica,* il signifiait « maîtresse ». L'Abbé Bossuet le propagea. L'Abbé de Chantérac, le représentant de Fénelon à Rome, lui écrivait : « En Italie, ce terme est odieux ». Cf. Schmittlein, p. 188.

**P. 1136.**

1. Mme Guyon s'était réfugiée librement à la Visitation de Meaux. Mais Bossuet vint exiger d'elle, brutalement, des reconnaissances d'hérésie. Cf. Cognet, p. 331-350. — Mme Guyon, *Vie,* III, 219.

**P. 1138.**

1. Le 27 décembre 1695, Mme Guyon avait été à nouveau arrêtée : on l'enferma à Vincennes où elle demeura jusqu'au 16 octobre 1696. Elle fut alors placée sous surveillance chez les Sœurs de Saint-Thomas de Villeneuve à Vaugirard. On l'accusait d'actes immoraux et même de sorcellerie.
2. Fénelon avait fourni des arguments à Mme Guyon, par l'intermédiaire du duc de Chevreuse, au moment des entretiens d'Issy. Mais il ne la rencontrait plus. C'est la *Relation sur le Quiétisme* qui apprit au public son attachement à la personne et à la doctrine de Mme Guyon.

**P. 1139.**

1. Le mot d'*enfance*. Cf. F., VIII, 449 et svtes., Cognet, p. 317-320.

**P. 1140.**

1. *M. Pirot :* syndic de la Sorbonne depuis 1682, il y avait été imposé par le roi. Il était le censeur de l'Archevêché.

**P. 1141.**

1. Les raisons de la rupture de Fénelon et de Bossuet, au cours de l'année 1695, sont assez obscures. Devant la volonté de Bossuet de limiter les concessions qu'il avait faites lors de la signature des Articles d'Issy, Fénelon pensa sans doute qu' « il y en allait du tout pour l'Eglise » et pour la mystique. Cf. Cognet, p. 303-396.

2. Noailles montra quelque réticence, lorsque Fénelon le mit au courant de son intention de rédiger les *Maximes des Saints*. Mais il accepta d'examiner l'ouvrage et le fit même remanier : sur son conseil, Fénelon supprima les textes des Pères, des saints et des docteurs. Il conseilla aussi fortement à Fénelon de laisser paraître l'ouvrage de Bossuet, avant de publier le sien.

3. B. cf. III<sup>e</sup> sect., n. 4, 6.

**P. 1142.**

1. B. IV<sup>e</sup> sect., n. 27.
2. B. IV<sup>e</sup> sect., n. 28.
3. B. IV<sup>e</sup> sect., n. 29.

**P. 1143.**

1. Le frère de Bossuet écrivit alors : « Sans M. de Meaux, il (le livre des *Maximes des Saints*) aurait peut-être passé sans qu'on y eût fait réflexion ». Cf. Schmittlein, p. 98 et svtes. — cf. Le Dieu, *Mémoires* et *Journal*, II, 226.

2. B. IV<sup>e</sup> sect., n. 30. — Fénelon fit lire son ouvrage à Noailles, à M. Tronson, à M. Pirot, à Hébert, curé de Versailles, « célèbre par sa science et par sa vertu ».

**P. 1144.**

1. Bossuet s'acharnait plus ouvertement sur les ouvrages et sur la personne de Mme Guyon, peut-être poussé par Mme de Maintenon. Cf. *Vie,* III, 219.

**P. 1145.**

1. Noailles et Godet des Marais avaient des préventions en faveur de Fénelon. Bossuet avoue dans une lettre du 10 juin 1696 : « M. de Paris craint M. de Cambrai et me craint également. Je le contrains, car sans moi tout irait à l'abandon,

et M. de Cambrai l'emporterait. Du reste, MM. de Paris et de Chartres sont faibles et n'agiront qu'autant qu'ils seront poussés ». Cf. Urbain et Lév., VIII, 267.

2. B. IV<sup>e</sup> sect., n. 31.
3. B. *Ibid.*, n. 15.
4. B. IV<sup>e</sup> sect., n. 9, 13, 20, 22.

**P. 1146.**

1. B. IV<sup>e</sup> sect., n. 23.
2. B. III<sup>e</sup> sect., n. 4.

**P. 1147.**

1. B. IV<sup>e</sup> sect., n. 23.
2. B. III<sup>e</sup> sect., n. 4.
3. B. IV<sup>e</sup> sect., n. 23.

**P. 1148.**

1. C'est pourtant à Fénelon que Bossuet réclama les recueils de textes de mystiques. Noailles et M. Tronson n'étaient pas plus versés dans la littérature mystique que Bossuet. M. Tronson lui-même reconnaissait plus tard « qu'il n'était pas très éclairé ni expérimenté en cette matière ».

**P. 1149.**

1. B. Cf. *Etats d'or.*, liv. X, n. 21.
2. Ses amis espéraient pourtant mieux que Cambrai pour Fénelon : Paris, le cardinalat. On considérait Cambrai comme un « exil doré ».

**P. 1150.**

1. Plus exactement le 28 janvier 1697.

**P. 1151.**

1. Cette affirmation est à nuancer. M. de Noailles avait conjuré Fénelon de laisser passer le livre de M. de Meaux avant le sien. Cf. F., II, 521. Fénelon n'avait obtenu son approbation doctrinale que pour un travail moins documenté que les *Maximes,* plus souple : l'*Explication des articles d'Issy.* Mais les *Maximes* avaient reçu l'approbation sans réserves de M. Pirot. Cf. Hébert., p. 251-252. — Schmittlein., p. 94.

**P. 1154.**

1. B. *Avert.*, p. 9, 11; *Expl. des max.*, p. 240; *Decl. ult.*, p. 270.
2. B. Voy. *Rép. à quatre lett. de M. de Cambray,* n. 2.
3. B. Voy. *Inst. sur les états d'or.*, I, n. 25.
4. B. *Epist. ad Innocent.*, XII, p. 51.
5. B. *Ibid., Decl.*, p. 256.
6. B. IV<sup>e</sup> sect., n. 11.

**P. 1155.**

1. B. *Rép. à la déclar.*, éd. ss nom, p. 189; de Brux., p. 119.
2. B. *I Petr.*, III, 15.

**P. 1156.**

1. B. Ed. de Brux., p. 119.
2. B. *Rép.*, p. 13-15, etc.

**P. 1157.**

1. B. *Max. des Ss.*, p. 249.
2. B. *Ibid.*, p. 221, 267, 269.
3. Fénelon put ensuite reprocher à Bossuet d'avoir diffamé Mme Guyon en utilisant sa *Vie* qu'elle lui avait confiée sous le sceau de la confession.
4. Elle avait plus simplement fait sa connaissance par l'intermédiaire de son frère, le P. de la Motte, barnabite comme le P. La Combe.

**P. 1158.**

1. B. *Vie* de Jean d'Aranthon, etc., liv. III, ch. IV, p. 261. Cette vie fut écrite par le général des Chartreux, Le Masson, soucieux de faire sa cour à Bossuet et au Roi, en 1697. Jean d'Aranthon avait connu Mme Guyon à Genève. En 1694, quand on commença son procès de mœurs, on eut recours à lui. Ses réponses furent contradictoires. Il semble cependant avoir reconnu la pureté de mœurs de Mme Guyon. Le Masson, après sa mort, falsifia ses témoignages, mais en utilisant toujours des termes violents et imprécis. Cf. Cognet, p. 320 et svtes. — Schmittlein, p. 41 et svtes; p. 140 et svtes.
2. B. *Max. des Ss.*, p. 224.
3. B. *Art. 31.*

**P. 1160.**

1. B. *V<sup>e</sup> lett. à M. de Meaux*, p. 5.
2. Scolastique enseignée à la Sorbonne.

**P. 1161.**

1. L'*Instruction pastorale* de Fénelon fut donnée à Cambrai le 15 septembre 1697. Fénelon s'était engagé à la publier, comme Bossuet et Noailles, en signant les Articles d'Issy en 1695.
2. B. *Ep. ad Innoc.*, XII, p. 49, 59.

**P. 1162.**

1. B. *Préf.*, n. 106, prop. 15, 18.
2. B. *Préf.*, prop. 7; *Inst. past.*, p. 90, 91, 100.
3. B. *Lett.*, II, p. 5, 7, 13.

**P. 1163.**

1. B. *Max. des Ss.*, p. 6.
2. B. *Ibid.*, p. 10.
3. B. *Resp. ad Summam,* p. 48, 50.
4. B. I II q. LXXXVIII, a. 1, resp. ad 2.
5. B. *Resp. ad Summam,* p. 50; *Lett.* IIe à M. de Meaux, p. 13.

**P. 1164.**

1. B. *Rép. à quatre lett.*, n. 20. — En réalité, Fénelon avait écrit *volontaire ;* c'est le P. Pirot qui ajouta *in.*; on avait retenu la correction dans la première édition des *Maximes des Saints.* Fénelon rétablit ensuite son premier terme. Cf. F., x, 38 (14 nov. 1698).
2. B. *Ep. ad Poss.*

**P. 1165.**

1. On s'apprêtait à soumettre le livre des *Maximes des Saints* à l'examen de quelques évêques français, sur la demande de Mme de Maintenon, lorsque Fénelon porta l'affaire à Rome. On avait chargé Bossuet de relever les propositions contestables.
2. B. *Lett. au Pape,* p. 51, 58.
3. B. Ci-dessus, Ire sect., n. 1.

**P. 1167.**

1. Pasteurs protestants. Bossuet, dès ses premières années de sacerdoce, avait participé à de nombreuses conférences avec des protestants, à Metz en particulier, avec Paul Ferri, puis avec Claude.
2. Fénelon avait été nommé en 1680 supérieur des Nouvelles Catholiques.
3. B. *Premier écrit,* art. 2. — *Premier écrit ou mémoire de M. l'évêque de Meaux à M. l'archevêque de Cambrai.*
4. B. *Ibid.*, art. 5.
5. B. *Ibid.*

**P. 1168.**

1. B. *Premier Ecrit.*
2. B. *Max des Ss.*, p. 77, 91, 92.
3. B. IIIe *Ecrit,* n. 17. — IIIe *Ecrit ou mémoire de M. l'évêque de Meaux sur les passages de saint François de Sales.*
4. B. *Max.*, p. 76, 77.
5. B. *Max.*, p. 123, 124.

**P. 1169.**

1. B. IIIe *Ecrit,* n. 23.
2. B. *Max.*, art. 11, faux, p. 31, 32.
3. B. *Art.* 12, faux.

**P. 1170.**

1. Il est vrai que le premier ouvrage contre le quiétisme a été écrit par le janséniste Nicole, à la veille de sa mort, en 1695. A Rome, les jansénistes qui avaient de l'estime pour le sérieux de Fénelon devinrent ses ennemis, lorsqu'il eut trouvé l'alliance des Jésuites, et qu'il eut refusé de suivre leur méthode de défense en distinguant le fait et le droit. Cf. Orcibal, *Le procès des Maximes des saints à Rome*. Revue *XVIIe siècle*, p. 226-242.

2. Fénelon avait pour lui en août 1697 les Jésuites, les Cordeliers, les Jacobins et la majorité des Oratoriens, si l'on en croit le ministre Chamillart. — Cf. également Orcibal, article cité.

**P. 1171.**

1. A Rome, les cardinaux de Bouillon, ambassadeur de Louis XIV, Janson, d'Estrées, membre du Saint-Office, l'abbé de Rohan étaient pour Fénelon.

Jamais aucun docteur de Saint-Sulpice ne voulut attaquer Fénelon; M. Tronson le premier, qu'on écarta de toute consultation théologique, malgré sa science.

2. Homoousion de Nicée,... theotocos d'Ephèse : deux des principales définitions des premiers conciles œcuméniques, concernant la nature du Christ. En 325, au concile de Nicée, le Christ fut déclaré « de même substance » que Dieu le Père, contre Arius; en 431, le concile d'Ephèse proclamait Marie « Mère de Dieu » et non « Mère du Christ », comme l'entendait Nestorius, qui enseignait que le Christ avait deux natures, une divine et une humaine.

3. B. *I Timoth.*, I, 4.
4. B. *II Timoth.*, II, 23.

**P. 1172.**

1. B. *Hebr.*, VI, 9.
2. Dans la fameuse attestation courte qu'il avait remise à Mme Guyon le 1er juillet 1695, Bossuet avait déclaré : « Elle a toujours détesté, en notre présence, les abominations de Molinos ».

**P. 1173.**

1. Cf. IVe sect.
2. Cf. IIIe sect.

**P. 1174.**

1. Cf. IIIe sect.
2. B. *I Cor.* XIII, 5.
3. C'est ce qu'a voulu démontrer Schmittlein.

**P. 1175.**

1. C'est une grave insinuation gratuite, qui à Rome a fait « verser des larmes » aux amis de Fénelon (de Chantérac), car elle le discréditait.

Montan était un prêtre d'origine phrygienne ; il avait été prêtre de Cybèle, avant de devenir chrétien. Il fonda une secte ; il enseignait en Orient et à Rome, que certaines âmes étaient en relations directes avec l'esprit de Dieu. Il était accompagné de deux femmes, Priscille et Maximilla, ses prophétesses qu'il avait détachées de leurs maris, et avec qui il entretenait un commerce qui « n'était pas seulement de fausse spiritualité » (Eusèbe).

2. B. *Act.* XVIII, 14-17.
3. B. *Ibid.*, 17.

**P. 1176.**

1. B. *Coloss.*, II, 8.

**P. 1177.**

1. B. Prud., *de Præd. adv. Scot. Erig.*, cap. I, etc.
2. B. *Conc. Val.* III, can. 6.

# BIBLIOGRAPHIE

# BIBLIOGRAPHIE

*On trouve tous les renseignements bibliographiques souhaitables — jusqu'en 1931 — dans trois ouvrages :*

Ch. Urbain. — *Bibliographie critique de Bossuet.* Paris, 1899, 31 p. — Essentielle.

V. Verlagne. — *Bibliographie des oeuvres de Bossuet.* Paris, 1908, 141 p.

V. Carrière. — *Bossuet au XX<sup>e</sup> siècle.* Paris, Revue d'Histoire de l'Eglise de France, mars 1931, 34 p.

## ÉDITIONS DES ŒUVRES DE BOSSUET

### 1. — ŒUVRES COMPLÈTES

*Œuvres de Messire Jacques-Bénigne Bossuet, évêque de Meaux,* publiées par dom Déforis, bénédictin, Paris, 1772-1788, 19 vol., in-4º.
Dom Déforis a pris beaucoup de libertés avec le texte de Bossuet, surtout avec celui des sermons.

*Œuvres de Bossuet, évêque de Meaux,* publiées par J. A. Lebel, Versailles, 1815-1819, 43 vol., in-8º.
C'est une meilleure édition, corrigée et augmentée, mais encore imparfaite.

*Œuvres complètes de Bossuet,* publiées par F. Lachat, Paris, 1862-1866, 31 vol., in-8º.
Malgré un recours aux manuscrits, Lachat a laissé subsister d'assez nombreuses inexactitudes.

*Œuvres complètes de Bossuet,* publiées par l'abbé Guillaume, Bar-le-Duc, 1877, 10 vol., in-4º.
C'est l'édition complète la plus correcte.

### 2. — ŒUVRES ISOLÉES

*On sait que Bossuet n'a publié qu'une partie de ses œuvres (cf. Chronologie) :*
  *— Ses œuvres de controverse avec les Protestants, avec les Ultramontains, avec Fénelon et les quiétistes, avec les éditeurs critiques de la Bible.*

— *Quelques œuvres de piété (des mandements épiscopaux, des traités composés pour des communautés de religieuses).*

— *Et sur la demande de ses amis, les principales Oraisons funèbres et le* Discours sur l'histoire universelle.

*Son neveu, l'abbé Bossuet, bientôt évêque de Troyes, publia certains manuscrits dont il avait hérité. Déforis publia le reste. Au XIX$^e$ siècle, on multiplia les rééditions.*

*On ne signalera ici que les éditions critiques récentes :*

*Œuvres oratoires de Bossuet,* éditées par l'abbé LEBARQ, Lille, 1890-1896, 7 vol., in-8°.

Cette édition critique excellente a été revue et augmentée, de manière définitive, par CH. URBAIN et E. LÉVESQUE, Paris, Hachette et Desclée, 1914-1926, 7 vol., in-8°.

*Correspondance de Bossuet,* édition critique par CH. URBAIN et E. LÉVESQUE, Paris, Hachette, 1909-1925, 15 vol., in-8°.

*Traité de la concupiscence,* présenté par CH. URBAIN et E. LÉVESQUE, Paris, 1930.

# VIE DE BOSSUET

## *1. — TÉMOIGNAGES CONTEMPORAINS : CORRESPONDANCES ET MÉMOIRES*

F. LE DIEU. — *Mémoires* et *Journal sur la vie et les ouvrages de Bossuet,* Paris, 1856, 4 vol., in-8°.

L'abbé Le Dieu a été le secrétaire de Bossuet, à Meaux, pendant vingt ans.

F. LE DIEU. — *Les dernières années de Bossuet ; Journal de Le Dieu.* Edition annotée par Ch. Urbain et E. Lévesque, Paris, 1928.

P. DANGEAU. — *Journal du marquis de Dangeau,* Paris, 1854-1860.

F. HÉBERT. — *Mémoires du Curé de Versailles François Hébert,* Paris, 1927.

L. LEGENDRE. — *Mémoires de l'abbé Legendre, secrétaire de M. de Harlay, archevêque de Paris, abbé de Clairfontaine,* Paris, 1856.

L. SAINT-SIMON (marquis de). — *Mémoires de Saint-Simon,* Paris, la Pléiade, 1947-1955, 5 tomes.

E. Orléans (duchesse d'). — *Nouvelles lettres de Mme la Duchesse d'Orléans, Princesse Palatine,* mère du Régent, accompagnées de notes et de fragments inédits, Paris, 1853.

*Correspondance de Madame, duchesse d'Orléans,* traduction et notes par E. Jaeglé, Paris, 1880.

R. Rabutin. — *Correspondance de Roger de Rabutin, comte de Bussy,* Paris, 1858.

Sévigné (marquise de). — *Lettres de Mme de Sévigné,* Paris, la Pléiade, 1953-57, 3 tomes.

La Vallière (duchesse de). — *Les confessions de Mme de La Vallière repentante* écrites par elle-même et corrigées par Bossuet, Paris, 1855.

E. Spanheim. — *Relation de la cour de France en 1690,* publiée par M. Cl. Schefer, Paris, 1882.

## 2. — ÉTUDES SUR LA VIE ET SUR L'ENSEMBLE DE L'ŒUVRE DE BOSSUET

Bausset (cardinal de). — *Histoire de J. B. Bossuet,* Paris, 1849, 4 vol., in-8°.

A. Floquet. — *Etudes sur la vie de Bossuet de 1627 à 1670,* Paris, 1855.
Ouvrage très précis et très sérieux.

Ch. Reaume. — *Histoire de Jacques Bénigne Bossuet et de ses œuvres,* Paris, 1869.
Peu favorable à Bossuet.

G. Lanson. — *Bossuet,* Paris, 1891.
Très favorable, au contraire.

A. Rébelliau. — *Bossuet,* Paris, 1900.
Équitable. Une des meilleures études sur Bossuet.
A compléter par plusieurs articles parus dans *la Revue des deux Mondes,* 1919, 1922, 1927.

E. Baumann. — *Bossuet,* Paris, 1929.
Portrait pénétrant.

J. Calvet. — *Bossuet, l'homme et son œuvre,* Paris, 1941.
Rapide, mais bien informé et nuancé.

*On peut aussi consulter :*

Sainte-Beuve. — *Causeries du Lundi,* t. X et XII. *Nouveaux lundis,* t. XI et XII. *Port-Royal.*

F. Brunetière. — *Etudes critiques*, 2e et 5e séries; article *Bossuet* de la grande Encyclopédie.
Admire Bossuet sans réserves.

H. Druon. — *Bossuet à Meaux,* 1899.
Continue agréablement Floquet.

G. Brunet. — *Evocations littéraires : l'esprit de Bossuet,* 1930.

*La Revue Bossuet.* Articles d'Urbain en particulier; sur les relations de Bossuet avec Mlle de Mauléon; sur un parent de Bossuet, etc.

*La Revue de Lille* où écrivit surtout Th. Delmont à partir de 1896.

## ÉTUDES PARTICULIÈRES

### *1. — SUR LA PENSÉE DE BOSSUET*

*Etudes d'ensemble :*

H. Brémond. — *Histoire littéraire du sentiment religieux en France,* Paris, 1916-36, 12 vol., in-8°.

J. Calvet. — *La littérature religieuse de François de Sales à Fénelon,* Paris, 1938.

P. Hazard. — *La crise de la conscience européenne,* Paris, 1935, 2 vol.

*Etudes spéciales :*

R. de la Broise. — *Bossuet et la Bible,* Paris, 1891.

Th. Delmont. — *Bossuet et les Saints Pères,* Paris, 1896.

J. Turmel. — *La théologie de Bossuet,* Revue du clergé français, 1er mars, 1er mai, 1er et 15 juillet 1906.

A. Veillard. — *Les idées thomistes dans la philosophie de Bossuet,* Toulouse, 1920.

Th. Demon. — *Le traité de la concupiscence.* La vie intellectuelle, juin 1931.

G. Truc. — *Bossuet et le classicisme religieux,* Paris, 1934.

### *2. — BOSSUET ORATEUR*

E. Gandar. — *Bossuet orateur,* Paris, 1862.

J. Lebarq. — *Histoire critique de la prédication de Bossuet* d'après les manuscrits autographes et des documents inédits, Paris et Lille, 1891.

Truchet. — *La division en points dans les sermons de Bossuet.* Revue d'histoire littéraire en France, 1952, p. 316 et svtes.

## 3. — *BOSSUET, DIRECTEUR DE CONSCIENCE*

Bellon. — *Bossuet, directeur de conscience*, Paris, 1895.

Th. Delmont. — *Bossuet, directeur de conscience.* Revue de Lille, août, sept. 1898.

J. Devroye. — *Bossuet, directeur d'âmes.* Tournai, Paris, 1937.

## 4. — *BOSSUET ET LE GALLICANISME*

J. de Maistre. — *De l'Eglise gallicane* dans son rapport avec le Souverain Pontife, Lyon, 1821.

Ch. Gérin. — *Recherches sur l'Assemblée de 1682*, Paris, 1869.

A. G. Martimort. — *Le gallicanisme de Bossuet,* Paris, 1953. Thèse récente, sévère pour Bossuet.

*L'établissement du texte de la Defensio declarationis de Bossuet,* Paris, 1956. Thèse complémentaire.

## 5. — *BOSSUET ET LE PROTESTANTISME*

A. Rébelliau. — *Bossuet, historien du Protestantisme,* Paris, 1892.

L. Crouslé. — *Bossuet et le protestantisme. Etude historique,* Paris, 1901.

## 6. — *BOSSUET ET LE QUIÉTISME*

J. Phélippeaux. — *Relation de l'origine, du progrès et de la condamnation du Quiétisme répandu en France,* S. l., 1732.

L. Crouslé. — *Fénelon et Bossuet,* Paris, 1895, 2 vol., in-8°. Récit très dense de la querelle, favorable à Bossuet.

H. Brémond. — *Apologie pour Fénelon,* Paris, 1910.
C'est la réfutation de Crouslé.

A. Delplanque. — *Fénelon et la doctrine de l'amour pur* d'après sa correspondance avec ses principaux amis, Lille, 1907. Thèse prudente.

H. Sanson. — *Saint Jean de la Croix entre Bossuet et Fénelon.* Contribution à l'étude de la querelle du pur amour. Thèse complémentaire, étudiant surtout les effets de la querelle.

R. Schmittlein. — *L'aspect politique du différend Bossuet-Fénelon*. Bade, 1953.
Attaque virulente de Bossuet.

L. Cognet. — *Le Crépuscule des mystiques : Le conflit Fénelon-Bossuet,* Tournai, 1958.
Etudie la querelle du quiétisme jusqu'en 1698.

De Caussade. — *Instructions spirituelles en forme de dialogues sur les divers états d'oraison suivant la doctrine de Bossuet,* publiées par H. Brémond sous le titre *Bossuet, maître d'oraison,* Paris, 1931.

## 7. — BOSSUET ET LE JANSÉNISME

A. M. Ingold. — *Bossuet et le jansénisme,* Paris, 1897. Bossuet n'aurait pas été janséniste.

A. Rébelliau. — *Bossuet et le jansénisme,* Paris, 1898.
Nombreux articles de Bouix, (Revue des sciences ecclésiastiques, 1865), Cherot (Etudes religieuses, I, 1899), Gazeau (Etudes religieuses, 1874-1877), Gazier (Revue politique et littéraire, 1875, t. I), La Broise (Revue des Facultés catholiques de l'Ouest, II, 552, 1893), et surtout controverse de Th. Delmont et de Ch. Urbain de 1899 à 1906 (Revue du clergé français, t. XX, sept. 1899; t. XXV, janv. 1901 en particulier). Urbain y montre que Bossuet, s'il n'approuvait pas la doctrine des jansénistes, a combattu avec eux la morale relâchée des casuistes.

## 8. — BOSSUET HISTORIEN

H. d'Arbois de Jubainville. — *Deux manières d'écrire l'histoire :* critique de Bossuet, d'Augustin Thierry et de Fustel de Coulanges, Paris, 1896.

Hardy. — *Le « De civitate Dei », source principale du Discours sur l'histoire universelle,* Paris, 1913.

Th. Goyet. — *Autour du Discours sur l'histoire universelle.* Etudes critiques. L'histoire du Discours, l'utilisation de Platon. Besançon, Paris, 1956.

## 9. — BOSSUET ET L'ABSOLUTISME

A. Gazier. — *Bossuet et Louis XIV. Etude historique sur le caractère de Bossuet,* Paris, 1914.
Montre que Bossuet ne fut pas un courtisan soumis.

H. Sée. — *Les idées politiques en France au XVIIe siècle,* Paris, 1923.

R. Pissere. — *Les idées politiques de Bossuet*, Montpellier, 1943. Thèse.

J. J. Chevallier. — *Au service de l'absolutisme. La politique de Bossuet*. Les grandes œuvres politiques de Machiavel à nos jours, Paris, 1949, p. 71-85.

Cf. Schmittlein. — *L'aspect politique du différend Bossuet-Fénelon*, 1953.

## 10. — BOSSUET ÉCRIVAIN

J. A. Quillacq. — *La langue et la syntaxe de Bossuet*, Tours, 1903.

# TABLE DES MATIÈRES

# TABLE DES MATIÈRES

INTRODUCTION, *par l'abbé Velat* . . . . . . . . IX
CHRONOLOGIE, *par Y. Champailler* . . . . . . . XXIII

## ORAISONS FUNÈBRES

*Texte de présentation par l'abbé B. Velat* . . . . . . . 3
O. F. DE YOLANDE DE MONTERBY . . . . . . . . 9
O. F. DE HENRI DE GORNAY . . . . . . . . . 17
O. F. DU PÈRE BOURGOING . . . . . . . . . 23
O. F. DE NICOLAS CORNET . . . . . . . . . 41
O. F. DE HENRIETTE DE FRANCE . . . . . . . . 57
O. F. DE HENRIETTE D'ANGLETERRE . . . . . . . 83
O. F. DE MARIE-THÉRÈSE D'AUTRICHE . . . . . . 107
O. F. D'ANNE DE GONZAGUE . . . . . . . . . 135
O. F. DE MICHEL LE TELLIER . . . . . . . . . 163
O. F. DE LOUIS DE BOURBON . . . . . . . . . 191

## PANÉGYRIQUES

*Texte de présentation par l'abbé B. Velat* . . . . . . . 221
I<sup>er</sup> PANÉGYRIQUE DE SAINT GORGON . . . . . . . 223
PANÉGYRIQUE DE SAINT FRANÇOIS D'ASSISE . . . . 235
PANÉGYRIQUE DE SAINT BERNARD . . . . . . . 259
II<sup>e</sup> PANÉGYRIQUE DE SAINT GORGON . . . . . . . 285
I<sup>er</sup> PANÉGYRIQUE DE SAINT BENOIT . . . . . . . 295
I<sup>er</sup> PANÉGYRIQUE DE SAINT FRANÇOIS DE PAULE . . 303
PANÉGYRIQUE DE SAINT JOSEPH . . . . . . . . 327
PANÉGYRIQUE DE L'APOTRE SAINT PAUL . . . . . 349
PANÉGYRIQUE DE SAINT VICTOR . . . . . . . . 371
PANÉGYRIQUE DE SAINTE THÉRÈSE . . . . . . . 393
PANÉGYRIQUE DE L'APOTRE SAINT JEAN . . . . . 413
PANÉGYRIQUE DE SAINT JOSEPH (reprise) . . . . . 431
II<sup>e</sup> PANÉGYRIQUE DE SAINT FRANÇOIS DE PAULE . . 435
PRÉCIS D'UN PANÉGYRIQUE DE SAINT JACQUES . . . 455
PANÉGYRIQUE DE SAINTE CATHERINE . . . . . . 459
PANÉGYRIQUE DE SAINT FRANÇOIS DE SALES . . . . 479

| | |
|---|---|
| II<sup>e</sup> Panégyrique de saint Joseph | 495 |
| Panégyrique de l'apotre saint Pierre | 515 |
| Panégyrique de sainte Catherine (reprise) | 525 |
| Panégyrique de saint Sulpice | 527 |
| Panégyrique de saint Pierre Nolasque | 539 |
| II<sup>e</sup> Panégyrique de saint Benoit | 557 |
| Panégyrique de l'apotre saint André | 567 |
| Panégyrique de saint Thomas de Cantorbéry | 579 |
| Exorde pour un Panégyrique de saint François d'Assise | 599 |
| Esquisse d'un Panégyrique de l'apotre saint Paul | 603 |

*APPENDICE :*

| | |
|---|---|
| Panégyrique de saint Sébastien | 609 |
| Panégyrique de saint Charles Borromée | 623 |
| Panégyrique de sainte Catherine | 641 |

# DISCOURS SUR L'HISTOIRE UNIVERSELLE

| | |
|---|---|
| *Texte de présentation par Y. Champailler* | 659 |
| Avant-Propos. — Dessein général de cet ouvrage : sa division en trois parties | 665 |

## PREMIÈRE PARTIE

### *LES ÉPOQUES, OU LA SUITE DES TEMPS*

| | |
|---|---|
| Première époque : Adam, ou la création | 669 |
| Deuxième époque : Noé, ou le Déluge | 671 |
| Troisième époque : La vocation d'Abraham, ou le commencement du peuple de Dieu et de l'alliance | 673 |
| Quatrième époque : Moïse, ou la loi écrite | 676 |
| Cinquième époque : La prise de Troie | 678 |
| Sixième époque : Salomon, ou le temple achevé | 680 |
| Septième époque : Romulus, ou Rome fondée | 684 |
| Huitième époque : Cyrus, ou les Juifs rétablis | 696 |
| Neuvième époque : Scipion, ou Carthage vaincue | 715 |
| Dixième époque : Naissance de Jésus-Christ | 725 |
| Onzième époque : Constantin, ou la paix de l'Église | 738 |
| Douzième époque : Charlemagne, ou l'établissement du nouvel empire | 761 |

# TABLE DES MATIÈRES

## SECONDE PARTIE

### *LA SUITE DE LA RELIGION*

Chapitre premier : La création, et les premiers temps. . . . . 764
Chapitre II : Abraham et les patriarches. . . . . . . 779
Chapitre III : Moïse, la loi écrite, et l'introduction du peuple dans la Terre promise. . . 786
Chapitre IV : David, Salomon, les rois et les prophètes . . . . . . . . . . . . . . . . 799
Chapitre V : La vie et le ministère prophétique : les jugements de Dieu déclarés par les prophéties. . . 808
Chapitre VI : Jugements de Dieu sur Nabuchodonosor, sur les rois ses successeurs, et sur tout l'empire de Babylone . . . . . . . . . . 811
Chapitre VII : Diversité des jugements de Dieu. Jugement de rigueur sur Babylone; jugement de miséricorde sur Jérusalem . . . . . . . . . . 814
Chapitre VIII : Retour du peuple sous Zorobabel, Esdras et Néhémias. . . . . . . . . . . 815
Chapitre IX : Dieu, prêt à faire cesser les prophéties, répand ses lumières plus abondamment que jamais . . . . . . . . . . . . . . . 816
Chapitre X : Prophéties de Zacharie et d'Aggée . . . 818
Chapitre XI : La prophétie de Malachie, qui est le dernier des prophètes, et l'achèvement du second temple . . . . . . . . . . . . . . . . 821
Chapitre XII : Des temps du second temple; fruits des châtiments et des prophéties précédentes; cessation de l'idolâtrie et des faux prophètes. . . . . 822
Chapitre XIII : La longue paix dont ils jouissent, par qui prédite . . . . . . . . . . . . . . 823
Chapitre XIV : Interruption et rétablissement de la paix; division dans le peuple saint; persécution d'Antiochus : tout cela prédit. . . . . . . . . 825
Chapitre XV : Attente du Messie; sur quoi fondée; préparation à son règne et à la conversion des Gentils. . . . . . . . . . . . . . . . . . 828
Chapitre XVI : Prodigieux aveuglement de l'idolâtrie avant la venue du Messie. . . . . . . . . . 830
Chapitre XVII : Corruption et superstition parmi les Juifs : fausses doctrines des pharisiens . . . . . 833
Chapitre XVIII : Suite des corruptions parmi les Juifs; signal de leur décadence, selon que Zacharie l'avait prédit . . . . . . . . . . . . . . 834
Chapitre XIX : Jésus-Christ et sa doctrine . . . 836

Chapitre XX : La descente du Saint-Esprit; l'établissement de l'Église; les jugements de Dieu sur les Juifs et sur les Gentils. . . . . . . . . . . . 854

Chapitre XXI : Réflexions particulières sur le châtiment des Juifs, et sur les prédictions de Jésus-Christ qui l'avaient marqué. . . . . . . 865

Chapitre XXII : Deux mémorables prédictions de Notre-Seigneur sont expliquées, et leur accomplissement est justifié par l'histoire . . . . . . 873

Chapitre XXIII : La suite des erreurs des Juifs, et la manière dont ils expliquent les prophéties. . . . 882

Chapitre XXIV : Circonstances mémorables de la chute des Juifs : suite de leurs fausses interprétations. . . . . . . . . . . . . . . . . . . . . 891

Chapitre XXV : Réflexions particulières sur la conversion des Gentils. Profond conseil de Dieu, qui les voulait convertir par la croix de Jésus-Christ. Raisonnement de saint Paul sur cette manière de les convertir . . . . . . . . . . . . . . . . . 895

Chapitre XXVI : Diverses formes de l'idolâtrie : les sens, l'intérêt, l'ignorance, un faux respect de l'antiquité, la politique, la philosophie, et les hérésies viennent à son secours : l'Église triomphe de tout. 901

Chapitre XXVII : Réflexion générale sur la suite de la religion, et sur le rapport qu'il y a entre les livres de l'Écriture . . . . . . . . . . . . . . . 916

Chapitre XXVIII : Les difficultés qu'on forme contre l'Écriture sont aisées à vaincre par les hommes de bon sens et de bonne foi. . . . . . . . . . . 926

Chapitre XXIX : Moyen facile de remonter à la source de la religion, et d'en trouver la vérité dans son principe . . . . . . . . . . . . . . . . 931

Chapitre XXX : Les prédictions réduites à trois faits palpables : parabole du Fils de Dieu qui en établit la liaison. . . . . . . . . . . . . . . . . 939

Chapitre XXXI : Suite de l'Église catholique et sa victoire manifeste sur toutes les sectes. . . . . . 941

## TROISIÈME PARTIE

### *LES EMPIRES*

Chapitre 1er : Les révolutions des empires sont réglées par la Providence, et servent à humilier les princes. . . . . . . . . . . . . . . . . . 948

Chapitre 2 : Les révolutions des empires ont des causes particulières que les princes doivent étudier. . . . 953

# TABLE DES MATIÈRES

Chapitre 3 : Les Scythes, les Éthiopiens et les Égyptiens. . . . . . . . . . . . . . . . . . . . . . . . 954
Chapitre 4 : Les Assyriens anciens et nouveaux, les Mèdes et Cyrus. . . . . . . . . . . . . . . . . 972
Chapitre 5 : Les Perses, les Grecs, et Alexandre . . . 977
Chapitre 6 : L'empire romain, et, en passant, celui de Carthage et sa mauvaise constitution . . . . . 990
Chapitre 7 : La suite des changements de Rome est expliquée. . . . . . . . . . . . . . . . . . . . . 1013
Chapitre 8 : Conclusion de tout le discours précédent, où l'on montre qu'il faut tout rapporter à une Providence . . . . . . . . . . . . . . . . . . . . . 1024

## SERMONS

*Texte de présentation par Y. Champailler* . . . . . . . 1031
Méditation sur la brièveté de la vie . . . . 1035
Sermon sur la Providence. . . . . . . . . . 1039
Second Sermon sur la Providence. . . . . . 1059
Sermon sur la mort. . . . . . . . . . . . . 1073

## RELATION SUR LE QUIÉTISME

*Texte de présentation par Y. Champailler* . . . . . . . 1089
Première section : Raison d'écrire cette Relation. . 1099
IIe section : Commencement de la Relation : et premièrement ce qui s'est passé avec moi seul. . . . . 1103
IIIe section : Seconde partie de la Relation contenant ce qui s'est passé avec M. de Châlons, M. Tronson et moi. . . . . . . . . . . . . . . . . . . . . . . 1114
IVe section : Quelles furent les excuses de M. de Cambrai. . . . . . . . . . . . . . . . . . . . . . . . 1127
Ve section : Faits contenus dans ce mémoire . . . . 1141
VIe section : L'histoire du livre . . . . . . . . . . 1150
VIIe section : Sur les explications de M. de Cambrai, et sur la nécessité de notre Déclaration. . . . . 1159
VIIIe section : Sur les voies de douceur et les conférences amiables. . . . . . . . . . . . . . . . . . 1166
IXe section : Sur la Déclaration des trois Évêques, et sur le *Summa doctrinae*. . . . . . . . . . . . . 1168
Xe section : Procédés à Rome : soumission de M. de Cambrai. . . . . . . . . . . . . . . . . . 1170
XIe section : Conclusion. . . . . . . . . . . . . . 1172

## NOTES ET VARIANTES

ORAISONS FUNÈBRES :

*Oraison funèbre de Yolande de Monterby* . . . . . . . 1182
*Oraison funèbre de Henri de Gornay* . . . . . . . . 1185
*Oraison funèbre du Père Bourgoing* . . . . . . . . 1189
*Oraison funèbre de Nicolas Cornet* . . . . . . . . 1198
*Oraison funèbre de Henriette de France* . . . . . . . 1206
*Oraison funèbre de Henriette-Anne d'Angleterre* . . . . 1221
*Oraison funèbre de Marie-Thérèse d'Autriche* . . . . . 1235
*Oraison funèbre d'Anne de Gonzague* . . . . . . . 1249
*Oraison funèbre de Michel Le Tellier* . . . . . . . 1264
*Oraison funèbre de Louis de Bourbon* . . . . . . . 1280

PANÉGYRIQUES :

*Premier Panégyrique de saint Gorgon* . . . . . . . 1299
*Panégyrique de saint François d'Assise* . . . . . . . 1309
*Panégyrique de saint Bernard* . . . . . . . . . 1319
*Second Panégyrique de saint Gorgon* . . . . . . . 1333
*Premier Panégyrique de saint Benoît* . . . . . . . 1337
*Premier Panégyrique de saint François de Paule* . . . . 1342
*Panégyrique de saint Joseph* . . . . . . . . . . 1350
*Panégyrique de l'apôtre saint Paul* . . . . . . . . 1359
*Panégyrique de saint Victor* . . . . . . . . . . 1369
*Panégyrique de sainte Thérèse* . . . . . . . . . 1378
*Panégyrique de saint Jean apôtre* . . . . . . . . 1386
*Panégyrique de saint Joseph (reprise)* . . . . . . . 1392
*Second Panégyrique de saint François de Paule* . . . . 1393
*Précis d'un Panégyrique de saint Jacques* . . . . . . 1402
*Panégyrique de sainte Catherine* . . . . . . . . . 1403
*Panégyrique du bienheureux saint François de Sales* . . . 1411
*Second Panégyrique de saint Joseph* . . . . . . . 1418
*Panégyrique de l'apôtre saint Pierre* . . . . . . . 1425
*Panégyrique de sainte Catherine (reprise)* . . . . . . 1428
*Panégyrique de saint Sulpice* . . . . . . . . . . 1429
*Panégyrique de saint Pierre Nolasque* . . . . . . . 1434
*Deuxième Panégyrique de saint Benoît* . . . . . . 1440
*Panégyrique de saint André apôtre* . . . . . . . . 1445
*Panégyrique de saint Thomas de Cantorbéry* . . . . . 1451
*Exorde pour un Panégyrique de saint François d'Assise* . 1457
*Esquisse d'un Panégyrique de l'apôtre saint Paul* . . . 1458

APPENDICE :

*Panégyrique de saint Sébastien* . . . . . . . . . 1459
*Panégyrique de saint Charles Borromée* . . . . . . 1463
*Panégyrique de sainte Catherine* . . . . . . . . . 1468

*DISCOURS SUR L'HISTOIRE UNIVERSELLE.* 1471

*SERMONS :*

*Méditation sur la brièveté de la vie.* . . . . . . . . . 1524
*Sermon sur la Providence* . . . . . . . . . . . . . 1525
*Second Sermon sur la Providence.* . . . . . . . . . . 1529
*Sermon sur la mort.* . . . . . . . . . . . . . . . 1532

*RELATION SUR LE QUIÉTISME* . . . . . . 1540

*BIBLIOGRAPHIE* . . . . . . . . . . . . . . 1555

*Ce volume,*
*portant le numéro trente-trois*
*de la « Bibliothèque de la Pléiade »*
*publiée aux Éditions Gallimard,*
*a été achevé d'imprimer*
*sur Bible des Papeteries Bolloré Technologies*
*le 15 décembre 2006*
*par Normandie Roto Impression s.a.s.*
*à Lonrai,*
*et relié en pleine peau,*
*dorée à l'or fin 23 carats,*
*par Babouot à Lagny.*

ISBN : 2-07-010078-2.
N° d'édition : 133715 – N° d'impression : 062929.
Dépôt légal : janvier 2007.
Premier dépôt légal : 1961.
Imprimé en France.